葛渭君 編

詞話叢編補編

第五册

中華書局

王闓運撰

湘綺樓説詞

湘綺樓説詞目録

湘綺樓説詞

摩訶填詞

六雲問《琵琶記・雨過南軒曲》意云何，因告以孟昶《摩訶池詞》及東坡《洞仙歌》。因及海門師於丁巳夏覆試諸生，以「摩訶填詞」爲賦題，而與循得第一，此風雅學政今無有矣。又念與循當賦此時，翩翩未婚，而今已鰥。人生風流真如夢境，徒以好光景作惡因緣耳。因命功兒擬此詞作一首，詞成頗佳。

《湘綺樓説詩》卷一

靡靡之音開發心思

楊氏婦兄妹學詩之功甚篤，然未秀發。余間爲女婦言：「亦知有小詞否？靡靡之音，自能開發心思，爲學者所不廢也。《周官》教禮，不屏野舞縵樂。人心既正，要必有閒情逸致，游思别趣。如徒端坐正襟，茅塞其心以爲誠，正此迂儒枯禪之所爲，豈知道哉？學者患不靈，不患不蠢，蕩佚之衷，又不待學。」既坐東洲，日短得長，六時中更無所爲，爰取《詞綜》覽之；所選乃無可觀，姑就其本更加點定。餘

暇又自録精華名篇，以示諸從學詩文者。俾知小道可觀致遠不泥之道云。　同上

李煜虞美人

南唐後主李煜《虞美人》云：「春花秋月何時了。往事知多少。小樓昨夜又東風。故國不堪回首月明中。　雕闌玉砌應猶在。只是朱顔改。問君能有幾多愁。恰似一江春水向東流。」「朱顔」，本是山河，因歸宋，不敢言耳。若直説「山河改」，反又淺也。結亦恰到好處。　同上

鄧剡徐君寶妻詞

鄧剡《南樓令》云：「雨過水明霞。潮回岸帶沙。葉聲寒、飛透窗紗。懊恨西風摧世换，更隨我，落天涯。　寂寞古豪華。烏衣日又斜。説興亡、燕入誰家。只有南來無數雁，和明月，宿蘆花。」亡國不死，仍有羈愁，一語寫盡黄梨洲、王船山一輩人。徐君寶妻《滿庭芳》云：「海上繁華，江南人物，尚遺宣政風流。緑窗朱户，十里爛銀鉤。一旦刀兵齊舉，旌旗擁、百萬貔貅。長驅入，歌臺舞榭，風捲落花愁。　清平三百載，典章文物，掃地俱休。幸此身未北，猶客南州。破鑑徐郎何在，空惆悵、相見無由。從今後，斷魂千里，夜夜岳陽樓。」寫兵亂國亡，正是不相干人語，非吴梅村所得借口，亦非趙子昂所能説也。　同上

史達祖喜遷鶯

史達祖《黄鐘·喜遷鶯》云：「月波疑滴。望玉壺天近，了無塵隔。翠眼圈花，冰絲織練，黄道寶光相直。自憐詩酒瘦，難應接、許多春色。最無賴，是隨香趁燭，曾伴狂客。　踪迹。謾記憶。老了杜郎，忍聽東風笛。柳院燈疏，梅廳雪在，誰與細傾春碧。舊情拘未定，猶自學、當年游歷。怕萬一，誤玉人、夜寒簾隙。」富貴語無脂粉。結有調侃，非方回見妓輒跪也。余已丑至天津，正是此意，但非書辦所知，所謂借他人酒杯也。　同上

效五代人詞作女冠子

余出游廿餘年，未嘗以早春泛江。今爲此行，乃知汀洲芳草，傷心如此。古人豈欺余哉！作小詩志之。《青草湖曲》云：「湖草最先春，芳心自千里。汀洲偶然望，客恨連天水。平生不省江南怨，柳眠花飛春如見。誰知露葉煙絲中，一水一堤情萬里。平波隱隱隨空曲，極浦萋萋迷雨風。湖光草色春相引，扁舟暗覺東風近。行人來去莫相思，天涯易盡愁難盡。」又憶壬子二月朔日春分作小詩五首，此時初聘夢緹，故末章云：「正憶緋桃色，無言解泥人」云云。今廿年，因效五代人《四月十一》韋莊原詞作「四月十七」小詞，作《女冠子》云：「二月初一，十九年前今日，正春分。酒緑香如霧，腮紅暈作雲。　娉婷輕嫁了，旖旎暗憐人。惟有迷離夢，暫留春。」泊東瓜腦，榜人落水，衣褌盡濕，蓋余學道而好作綺語，

故以此相警也，明當戒之。李雲丈昨與余言，向老久靜，不知七情爲何物。余已能去怒、懼、惡、欲矣，而未忘哀、樂，亦緣文詞爲障，莊子所謂以香自煎也。携妾不障道，殆非誠語。同上卷二

爲倡女作瑞鶴仙

余爲吴穎函題《獨坐圖》二律，又題《四菊圖》。四菊，開封倡女也，以情死。作《瑞鶴仙》記之云：「汴宫流水咽。剩秋花、無人更與攀折。幽情自縈結。只繁霜弔雁，暗香藏蝶。輕憐重別。淚涓涓、羅衣皺褶。恨清尊易竭。關山一去，愁煙萬疊。凄絶。微根地弱，殘夢天寒，恁時清歇。人間一霎，生共死，爲誰說。待看花，人問孤芳尋斷，正是消魂時節。替西風、補入圖中，伴他明月。」同上卷三

題水仙花芳草詞

諸女放學，與莼看《詞選》。《水仙花詞》六闋，皆不能佳。因告莼：《爾雅》藿山韭即今春蘭，茖山葱即晚香玉，葝山䪥即建蘭之素心者，蒚山蒜即水仙。水仙花如杯盞，故取鬲爲名，鬲謂釜蒸甑也，花形似之。四者皆香草，海内通有，又分四時。藿取香意，葝一名鼠尾，葉柔韌，茖取高出之狀，亦新說也。爲填《芳草》一闋，詞云：「又相逢，深寒簾幕，晴光燈焰參差。素蘭羞葉瘦，銅瓶湘几外，占春宜。瑶姬慣嫁，甚遠來、暗損腰支。看萬里、輕車細駝，玉蕾瓊肌。拋離。一分塵土，不須風露，自損芳時。嫩黄三四箭，暗香疏影地，摇曳煙颸。伴晨妝夜盥，卻不妨、污粉凝脂。怪只怪、横江一笑，誤了幽

期。」　同上卷四

和草窗春游詞

夏芝岑歲有探梅之約，每以人日載酒定王臺。余前有和白石詞及詩，今歲更於六日招飲，因用草窗春游調，先成一闋，云：「探梅信。看乍入新年，東風相趁。喜詞人依舊，韶光艷華鬢。幾年人日尋芳約，春早佳期近。更多情、逗酒迎香，鬬詩催韻。　紅綻北枝認。似漢月窺檐，湘煙長暈。雲麓臺前，游屐没苔暈。登臨共道邀頭好，花與人俱俊。料今年、先占一分春穩。」　同上

作小詞寄家人

翰仙約至機局陪穉公小酌，辰至步往。頃之，穉公至，乃陪我耳。芥帆亦作主人，更有朱小舟言與龔叔雨子婦看脈。其子婦聰明如神仙，未一歲而死，有似師曠之遇王子晉。姑妄聽之。席上多談法人侵越南事，席散更及書院事。余言皆督府之所未聞，亂以他語而罷。還與諸生談詩，舉歌行數篇，言直斫横入之法。夜來甚杳，歸期無準，七夕秋近，作小詞寄家人云：「瘦蕊穠花，更不管人愁，香滿涼夜。欲睡還休，長記玉窗燈下。冰簟夢醉惺惺，誤茉莉、暗兜羅帕。想帶煙冪露無語，開遍閑庭閒榭。　一年容易秋還夏。望銀河、月斜星亞。玉真自許禁離别，妝晚鐃嬌姹。聽到絡緯一聲，重繞向、翠藤雙架。那夜西風裏，羅裙拽處，散香和麝。」　同上

賦紙煤長亭怨

胡生問：「碧山詞千篇一律，難於去取。」余云：「詠物分題之所自盛，亦字字斟酌，但不必作耳。」因舉紙煤示之，云：「此亦徵詩，豈能不作乎？」故當具此一副本領。胡生既退，因用王調《長亭怨》賦紙煤一闋云：「正妝罷、搓胭掏粉。早又拈起，麝煤纖筦。巧削葱根，細吹蘭氣，捲紅暈。酒邊茶後，頻敲處，微紅印。看似碧蕉心，不許展、春風一寸。　香燼。怎知香歇處，剛被冷茸留盡。殷勤接取，喜羅袖、暮鐘相近。待寫盡、玉版相思，便燒了、成灰教認。莫點作孤鐙，長只是，照人離恨。」　同上

題鄭太守狎妓小照

鄭太守請題狎妓小照，愠其無理，久不下筆，偶思雪琴小姑事，因作《采桑子》二闋，序云：「癸未軍事爲中興一大關紐，吾友彭、張南防，幸無敗闕，然爲之捏汗屢矣。有游南海參軍事者，作携妓看劍之圖。閲七年，於天津請題，因作二闋。」前借酒杯，後題本事，亦他日一段公案。「小姑吟罷英雄老，再起南征。轉恨餘生。淒訴琴聲雜鼓聲。　微之也悔從前誤，誤了鶯鶯。莫誤卿卿。可惜風流顧曲名。」「書生却有元戎膽，醉罷蒲桃。笑摘紅蕉。茉莉花前宿酒消。　思量冷暖吴鈎劍，重把燈挑。細撚香燒。一卷兵書付小喬。」　同上

大雨後譜雨淋鈴

子後大雨，至辰乃稍止，猶點滴濛溟，真詞料也。譜《雨淋鈴》一闋云：「秋霖曾賦。自中年後，漸減愁趣。連宵到曉何事，向孤燈外，敲窗搖樹。料是無眠慣聽，更淒切蛩語。驀記起、飄箔紅樓，點點聲聲斷腸處。　殘花落溷泥沾絮。總饒天、漏盡何須補。閒情已自難奈，爭得管、酒簾花櫓。睡也休休，侵曉、衝門一段寒霧。只怕到、絲鬢重青，早又瀟瀟暮。」　同上

同集夜散見月得句

鄭太耶、李洛才招游定王臺，不作此會正十年矣，欣然命舁，善化王令亦預爲主，與程子大、吴楚卿同集。夜散見月，得句云：「漢時月色，向古城一角，長窺詞客。試傍玉梅，歲歲春來探消息。環佩歸時夜冷，料瘦損、胡沙天北。南國。遠岑寂。比雪苑兔園，未到烽鏑。故垣約略，時有幽禽覷苔石。又十載、蠟屐重經，長嘯楚天碧。休道長沙地小，長樂外、歡娱堪憶。這冷淡、蹤迹處，幾人覓得。」題江藩《募梓圖》並填小詞頌華蘭貞，江學臺母也。頻改未穩，乃知遺詞不易：「歐氏灰寒，孟家機暖，長是辛勤慈母。紫誥回鸞，金觴捕鯉，春暉待報難補。寫不盡、畫鐙味，當年折菱處。　歲華暮。問從來、雪叨冰坼，幾曾見、翠柏碧筠寒冱。莫作傲霜看，想人生、隨分爲遇。玉樹庭階，喜承歡、更有謝絮。只披圖暗恨，我亦曾經荼苦。」《法曲獻仙音》　同上卷五

用人原韻長亭怨慢

余晚年詩渾漫與，尚不及少作。試擬昔作雜詩，詩思甚窘。爲易郎題二妓畫扇，作小詞一首，開口便令人失笑，以太諧不録。俞廙仙畫《卧游圖册》徵題，殊難著筆，用主人原韻填《長亭怨慢》一闋云：「記曾探、山陰春曉。思發花前，興先雲到。王謝風流，遠情都説宦游好。玉驄珠舫，剛一洗、酸寒稿。況鶴畔琴邊，自指點、年時游釣。　吟嘯。正汾陰聽雁，又早洞庭飛棹。漁蓑豸繡，總不負、江山文藻。更到處、勝侶高朋，間添入、奚囊詩料。但展卷看題，空想圖中三妙。」調廙仙之號，取王廙之移蘭亭水中，以自表其山陰人也。　同上

詞二首

見雙蝶交飛，賞佇久之，作一小詞云：「二月相逢後，正見深秋籬豆。玉階前幾日，長苔繡。艷影交飛，略比春前瘦。無酒無花候。莫更兜人，只防離恨迤逗。　閒慢消長晝。漫道詩情依舊。薄羅歌扇冷，舞裙皺。桂小香寒，怎似牡丹雙宿。晴日金釵溜。爲報西風，盡他羅袖消受。」爲李文石題《花酒圖》云：「十頃澄瑩水，有客亭負日，看人來去。春怨難勝，不如秋好，碧雲吟暮。多少銷金地，待付與、柳絲蘆絮。問荷花，照過傾城，還似舊時香否。　延佇。前游三過，記玉堂牆外，眉月彎處。更有珠宮，聽紅兒歌罷，較量詞譜。只恨詩人老，況近日、黄流沙污。怕圖中、畫出相思，又添離緒。」　同上

填詞有趣

遣人下縣鈔詩稿畢，《游仙》亦將畢工。欲補作《除夕還山》詩，竟不若填詞有趣。乃知文各有宜，作《拜新月慢》一闋云：「臘鼓催年，航船侵夜，送我匆匆喚渡。自笑閒忙，把佳期遲誤。問何事，只剩殘冬一日，兀自片帆雙櫓。却累長年，向斜風吹雨。　算年來、更没關心處。誰曾管、世上流光度。去住不負良時，似山陰來去。到明朝、獨守梅花樹。屠蘇暖、醉把歸程數。道此行、恰似飛仙，在春來前路。」衡陽夜宴，喜逢徐幼穆，賦《驀山溪》云：「舊時游處，只恐滄桑換。明月又窺人，喜分明、尊前眼見。塵襟初浣，離緒不勝情，三更燭，滿堂賓，總恨深杯淺。　玉驄催去，計日征蓬轉。公事且匆匆，好安排、詩筒茗琖。涞陰梅子，五月定應黄。將携酒，共談心，莫論人長短。」　同上

題彭雪琴尚書畫梅

余爲俞廙仙中丞《題彭雪琴尚書畫梅·歸國謡》云：「姑射貌。舊日酒邊曾索笑。東風吹醒人年少。花開花落情多少。明蟾照。人間只有西湖好。」雪琴畫梅，以童時有所眷小名梅香也。方其孤貧，梅獨識其非常人，執巾進茗，磨墨拂紙，以不能約婚爲恨。及其稍貴，梅已適人有子矣。因往來，爲太夫人義女，要其夫俱從軍，爲保叙副將。梅家日用所需，纖悉爲之經營，江南石炭由衡運載，梅家煤必由江南戰船送衡，他可知矣。如是卅餘年，情好彌至。一日，梅得其西湖一函，知其在杭别有所眷，取

其書徑歸。尚書徒步追數里，索以還。自是不甚相見。及其薨，梅來弔，而哭甚哀，知者皆以梅不負之也。畫梅必自題一詩，詩皆有奇意，人知其事者，不知其後之參差也。俞廙仙名輩稍後，不敢問其畫緣起，而求其畫。及來撫湘，尚書已逝。余家先畫數幅，半毁於火。但得丁氏一幅，將歸杭，請余題之，爲作此詞。感德懷人，即事寄情，點化人情，不少英雄兒女，一齊放下，況功名富貴之幻乎。

同上卷六

題寄八仙宫詞

《八仙圖》，晚唐時蜀人張素卿所畫，孟昶得之，令歐陽炯爲贊，即李耳，容成、董仲舒、張道陵、嚴君平、李八百、長壽、葛永璝也。長安城東有八仙庵，西巡詔改八仙宫。有黄楊二株，交蔭數畝，蓋宋時古樹。樊承宣請余爲詩，以六朝體不詠唐事，歸作《玲瓏四犯》寄之，詞曰：「漢柏唐槐，只陌上荒塵，長罨斜照。却訪青門，雙樹緑陰寒罩。牆外碧玉交枝，渾不似、閏年生小。想向來、閲過滄桑，相伴歲寒三老。　曾經御輦鳴鸞到。問游仙、夢痕誰掃。吹香密葉藤花外，古寺臨官道。看盡灞上柳條，兵火後，依然春好。比六榕鑾地，空杳靄，雲昏曉。」　同上

題嶽雲聞笛圖水龍吟

甲寅秋，余於宣武門西館《題嶽雲聞笛圖·水龍吟》云：「嶽雲遠道南横，尚書舊第風箏碎。人生逝水，

幾家詩社，又興吟事。西蜀才人，少年潘鬢，暗驚鉛淚。笑詩翁充老，龍鐘自喜，渾不管，陳搏睡。今日法源春醉。問歸魂、可留瓊佩。再傳弟子，比康南海，更加憔悴。來往燕臺，驢背馱詩，遺編不墜。恨虞淵日薄，黄公壚畔，更無題字。」圖爲程穆庵爲其師顧印伯作。印伯，余弟子，葉焕彬誤以康有爲爲我再傳弟子，故戲比之。時久不作詩，偶題二絶句寄去。又於案頭得來來紙索題者，因檢案頭易由甫《琴思詞》，本和其第一篇韻，以期立成，蓋文思不屬時，非和韻必無着手處。以此知宋人和韻，皆窘迫之極思也。印伯温文大雅，必無無聊之作，見此必憐我之匆匆矣。如張孝達，則又無此捷才。而印伯亦師之弟子，不必如師，康南海又何諱焉。穆庵師誼至篤，印伯如存，待余身後，未必能如穆庵也。或曰余弟子多，印伯弟子少，故不能同。然則三千人故不及一子貢，此又昌黎《師説》所未及者。書此以記淵源，時年八十有三。同上

寄張東丈張衡州詞

作書與張東丈、張衡州、楊耕雲。寄東丈《法曲獻仙音》詞云：「回雁霜鐘，湘東梅月，游宦未妨羈旅。選句挑鐙，消寒添酒，華簪雅共尊俎。奈冰雪、劉叉去，無緣問聯句。　潭州路。記扁舟、犯寒東下，早孤負、官閣翠酣紅舞。鴛瓦不留人，又吟鞭、敲雪何處。粥嫩香甜，好年光、正在歲暮。便貂裘典盡，差勝黄紬衙鼓。」寄張衡州《一萼紅》云：「碧雲深。正霜輕日嫩，梅萼破疏林。驢背行佳，翠禽眠暖，薄醉還自微吟。料何遜、風流未老，想白髮、幡勝正堪簪。紫印泥封，繡衣貂薄，俊賞須尋。　卧

雪披雲世外，倚邦君政美，隨興登臨。臘鼓占豐，竈觚催鉢，重聞盛日和音。莫便放、年華去也，只應爲、詩酒惜光陰。寒盡山中班春，願聽瑶琴。」初，東丈以仲冬下湘，值霜風戒寒，衡州以詩戲之，有「尹、邢避面」及「珍重懶寒」之語。尹、邢謂東丈去而余適至也。余以雪中自湘還，故詞中均及之。「鴛瓦」句，即自用鴛瓦油衣語也。時與衡州索憲書，故有末句。　同上

送竈詞

夜遣六雲侍夢緹祠竈，六雲佯睡，起已不及事矣。作《送竈詞·祝英臺近》云：「玉餳香，紅燭艷，良夜永清漏。爆竹聲催，新泉釀芳酎。年年三六盈虛，瓶尊報塞，還略記、夢華風候。一年又。爲問葉爨陰羊，人間幾貧富。每度梅開，每度醉村酒。饒他士銼鎧空，寒宵鏡聽，應不解、替人僝僽。」三六盈者，小除之興，乃以期三百六旬六日之説。故除六日爲除夕，又以小除第一夜爲送竈之夕，其實即除夕送竈之説也。吾湘謬云小除夕送，除夕又迎，故作此正之。非女作《送竈詞》云：「蠟煙輕，梅萼瘦，繡閣杏簾靜。畫馬迎神，珠盂酌芳茗。便教陰氏晨祠，復涂宵夢。應長憶、良辰酩酊。玉簫冷。花院殘雪初凝，瓊枝弄疏影。鼕鼓聲催，未覺漏籤永。明年寒食香餳，玉廚新火，又添了、一番清景。」非女詞筆秀潤，但思遲耳。　同上

作女冠子戲夢緹

夢緹不爲余磨墨十四年矣，今始研一池入銅斗中。是日送竈，變不親祠，遣窅女代行禮。兩兒、六雲均懈怠，藏匿不敢見正人。余不日督之，恐夢緹真不能治此將敗之家。淵明責子，以繼妻耳。兩兒全不畏嚴母，豈非頑鈍之尤，念此歎恨。比年送竈，惟今年敗人意。王戎所云卿輩意亦復易敗也。作《女冠子》詞一首戲遣之：「年年簫鼓，總是一家兒女。鬧深宵。酒薄寒仍在，香輕春共摇。　饔飧何日了。車馬不辭勞。消受餳糕粥，更鏖糟。」　同上

游曲江詞紀

約午詒兄弟游曲江，坐車出南門，至小雁塔，復至雁塔。又與午詒、齊七、純孫步看高翰林旗竿，因至行宫，舊督府也。還過雲門，留晚飯，更招午詒來談，三更還。填《二郎神》一闋云：「漢宫唐殿，夕照外、並無禾黍。更五載秋風，依稀誰記，前度雕闌綺署。反掛珊鉤旁人見，也被笑、匆匆來去。看彩鳳帷空，盤蟠金暗，啞咿鴉語。　無數。翠緌鳴玉，朝班鴛鷺。想待漏星稀，退朝雲散，看盡終南黛嫵。古往今來，前因後果，留得許多詞句。但一角，危樓無人共倚，朱顏如故。」　同上卷七

訪游詞

要叔玫、砥卿、夏公子同出德勝門，訪北蘭寺，至則改爲北壇，未知否。臨江徘徊，便訪婁妃墓，讀鄧碑，入看吴大安寺香爐。至澹臺門，看唐將軍石像，尋與希唐别處，門已鎖矣。小車甚多，過新學地基，日烈照灼，繞東湖還。過傅若生門，小坐還寓。夜填《一枝春》詞一闋，云：「舊迹重荒，剩殘壘、指點承平游處。北蘭寺廢，畫棟片雲成霧。網船唱晚，料無藏園詞句。空自訪、賢守碑題，更尋傍城斜路。　江州謝家治譜。到如今、想像南朝風度。南唐又過，説甚澹臺徐孺。轉車腹痛，似聽得往年笳鼓。應爲我、細數流光，不須弔古。」題韓滉小忽忽雷拓本，孔氏舊藏，後歸漢陽葉氏，有鈔存方廷鋤長歌及桂馥跋。端午橋得拓本，屬題，云好詩題。余以爲詞題耳，因作《琵琶仙》一闋，悲壯空靈，詞中上乘也。「馬上胡笳，更安史亂後，琵琶淒切。誰道經畫江淮，繁華未銷歇。檀槽手製，幾回看，柳花如雪。用滉詩意。元相徵歌，李謩擫笛，長自嗚咽。　想秦蜀、流落千年，又新染，桃花扇邊血。多少玉顏漂泊，歎腥膻宫闕。祇一曲、沙邏沙塵，把古今、積恨彈徹。説甚葉氏韓家，那時喧熱。」甲辰臘月十四日，萍鄉换船，泛醴陵渌水。出湘入漣，一日夜至山塘莊，喜而成咏，作《燕山亭》小詞云：「細雨催春，蘭槳順流，迴避殘年風雪。十五盡頭，早約還期，圓夢勝於圓月。鴛瓦油衣，從前意、如今都歇。佳節。祇粥嫩糕甜，酒温香熱。　多少離合悲歡，算年去年來，大家休説。誰是倦游，那有閒情，朝朝替人傷别。若問歸舟，亂山裏、片帆明滅。山缺。剛見綺窗梅發。」　同上

閒寫代冶游詞

丙午二月二日，苦雨淒風，饒有春意，宜飲酒作伎，不宜他事。鄉中岑寂，以閒寫代冶游耳。《霓裳中序第一》云：「淒淒半月雨。做盡春愁無處訴。簾外潑寒處處。只柳眼啼煙，杏腮籠霧。寒鴉報曙。聽幾聲、蕭瑟如許。誰知我，酒邊詩裏。別有詠花句。　芳樹。艷陽潛度。早引起、玉鈎金縷。花朝剛是小雪，儘放春來，莫教天妒。眼前驄馬路。怕他日、天涯又去。還分付，暖香眠鴨，好在繡幃護。」

同上

翠樓吟寄慨

檢書得舊作《翠樓吟》詞，久失其稿，因録存之。繼蓮畦爲藩，與端督齟齬，朝命移甘肅，於道令權皖撫，故仍用此調寄之。詞云：「一角鍾山，朝朝拄笏，宦情不如歸興。君恩容卧治，且饒與、皋蘭軺乘。公才須稱。喜六旆紅停，皖山青映。新開府，早秋衙鼓，雁聲遥應。　還認。油幕看人，問故人別後，好風誰贈。白蘋江上句，料難共、吴興爭勝。戟門香凝。有得意詩篇，賞心圖蹬。君知否，楚雲樓閣，有人閒憑。」今端督又蹈死地矣，今人惘惘。

同上卷八

附：論詞宗派

唐詩宋詞，天上風靡，販夫走卒皆能之，無宗派也。即就其多者爲家數，則有二派：曰蘇辛，曰姜吴，其近似者各以是準之，蓋豪邁旖旎之殊耳。而詞之本用不因此。人心日靈，文思日巧，有不可爲詩賦者，則以詞寫之。故詞至卑，而實至難也。能於其中捭闔變化者，斯爲名手。其工之外多做多看，與詩文一也。然詩文之用，動天地，感鬼神；而詞則微感人心，曲通物性。大小頗異，玄妙難論。蓋詩詞皆樂章，詞之旨尤幽曲易移情也。詩所能言者，詞皆能之；詩所不能言者，詞獨能之。皆所以宣志達情，使人自悟，至其佳處，自有專家。短令長調，各有曲折，作者自知，非可言也。詞家以周姜爲準，本朝尤多作手。余間以游藝爲之，非專家也。所選分三編，不過二百首，大要盡美善矣。其要在胸無俗塵，意致高深，前人亦盡有品卑而詞佳者。其以佳必偶然合道，不似其素行也。若刻意求工，是如俳優必無品矣。詞所以多言閨房者，患其陳腐，故以芬芳文之。亦猶六朝宫體，只是詩料，而論者乃以妖艷譏之，是不知文體也。常笑後人説「思無邪」，誤以邪正解之。呈詩必正，又何待言。後世淫褻之言，豈可以對君父教子孫乎？凡讀詞必不可有邪見，由毛、鄭説詩刺奔誤之。見人淫奔，諱之不暇，邪淫之人，又何足刺。此由不知文致不知事，不足與多語矣。然詞自足蕩人，由情之所感，因文而發，即猶聲有雅鄭，不必有詞。如琴能使人静，笛能使人怨，非以詞也。百獸率舞，只爲聲感，此樂之本原，無關文理。文人之詞，具於前説，超逸幽曲，不能言傳，人各有性情，自得所近而已。但取前人名家之作，反復吟之，自有拍湊會心之處。吟成自審，有不安者斟酌易之，此則辭章之所同也。不言理，不事流連風月，俯仰身世，此詞之所獨也。無理而有韻，無事而有情，怡然自樂，快然自足，亦復上接千古，下籠百族，豈小道哉！但不可雕鏤字句，强作摇曳，使之纖俗耳。宋人論詞以用唐詩爲工雅，此自時賞真，無關雅俗。其有超妙自然者，如「吹皺一池春水」、「待折玫瑰，飛下粉黄蝶」、「悶來彈鵲，又攪碎、一簾花影」，皆偶然得景，配以研詞。如「嬙施艷妝，絶世風神」，又有作意，使工入深出顯者。如「春慵恰似春塘水，一片縠紋愁。溶溶曳曳，東風無力，欲皺還休」，此則幾經錘鍊，幾番斟酌而後得之。所謂「明月照積雪」，羌無故實，亦不可言傳也。

《論詞宗派》

梁啟超撰

飲冰室詞話

飲冰室詞話目録

飲冰室詞話

李白桂殿秋

李白還有兩首詞，把他的美感表得十分圓美，詞調是《桂殿秋》：「仙女下，董雙成。漢殿夜涼吹玉笙。曲終却從仙官去，萬户千門惟月明。」「河漢女，玉鍊顔。雲軿往往在人間。九霄有路去無跡，裊裊香風生佩環。」這類詩詞，從唯美的見地看去，很有價值。他們並無何種寄託，只是要表那一片空靈純潔的美感。太白、介甫一流人，胸次高曠，所以能有這類作品。象杜工部雖是情聖，他却不會作此等語。

《中國韻文裏頭所表現的情感》

李後主詞代表作

初期的大詞家，當然推李後主。他是一位文學的亡國之君，有極悲痛的情感，却不敢公然暴露，自然要用一種蟠鬱頓挫的方式表他，所以最好。他的代表作品是：「春花秋月何時了，往事知多少。」《虞美人》；「簾外雨潺潺，春意闌珊。羅衾不耐五更寒。夢裏不知身是客，一晌貪歡。　獨自莫憑欄，無限江山。別時容易見時難。流水落花春去也，天上人間。」《浪淘沙》。這兩首詞，音節上雖然仍帶含蓄，也算得把滿腔愁怨盡情發泄了。所以宋太祖看見，竟自賜他牽機藥，要他的命。同上

范文正漁家傲

詞曲以緣情綺靡爲主，用這種資料却不多。范文正公有一首最好：「塞下秋來風景異。衡陽雁去無留意。四面邊聲連角起。千嶂裏。長煙落日孤城閉。濁酒一杯家萬里。燕然未勒歸無計。羌管悠悠霜滿地。人不寐。將軍白髮征夫淚。」《漁家傲》。同上

柳屯田藻艷在義山下

柳屯田寫女性詞最多，可惜毛病和義山一樣，藻艷更在義山下。同上

蘇東坡水調歌頭

我想，悲痛以外的情感並不是不能用奔迸這種方式。他的訣竅，只是當情感突變時，捉住他「心奥」的那一點，用强調寫到最高度。那麽，别的情感，何嘗不可以如此呢？蘇東坡的《水調歌頭》，便是一個好例：「明月幾時有，把酒問青天。不知天上宫闕，今夕是何年。我欲乘風歸去，又恐瓊樓玉宇，高處不勝寒。」這全是表現情感一種亢進的狀態，忽然得着一個「超現世的」新生命，令我們讀起來，不知不

覺也跟着到他那新生命的領域去了。這種情感的這種表現法，西洋文學裏頭恐怕很多，我們中國却太少了。我希望今後的文學家努力從這方面開拓境界。

同上

蘇東坡洞仙歌

詞裏頭寫女性最好的，我推蘇東坡的《洞仙歌》：「冰肌玉骨，自清涼無汗。水殿風來暗香滿。繡簾開、一點明月窺人，人未寢、攲枕釵橫鬢亂。　起來攜素手，庭户無聲，時見疏星渡河漢。試問夜如何，夜已三更，金波淡、玉繩低轉。但屈指、西風幾時來，又不道、流年暗中偷换。」好處在情緒的幽艷，品格的清貴，和工部《佳人》不相上下。

同上

促節聖手要推周清真柳耆卿

促節的聖手，要推周清真，其次便數柳耆卿。各録他的代表作品一首：「柳陰直。煙裏絲絲弄碧。隋堤上、曾見幾番，拂水飄綿送行色。登臨望故國。誰識。京華倦客。長亭路，年去歲來，應折柔條過千尺。　閒尋舊蹤跡。又酒趁哀絃，燈照離席。梨花榆火催寒食。愁一箭風快，半篙波暖，回頭迢遞便數驛。望人在天北。　悽惻。恨堆積。漸别浦縈回，津堠岑寂。斜陽冉冉春無極。念月榭携手，露橋聞笛。沈思前事，似夢裏，淚暗滴。」清真《蘭陵王》。「寒蟬淒切。對長亭晚，驟雨初歇。都門帳飲無緒，留戀處、蘭舟催發。執手相看淚眼，竟無語凝噎。念去去、千里煙波，暮靄沈沈楚天闊。　多情自古傷離別。更那堪、冷落清秋節。今宵酒醒何處，楊柳岸、曉風殘月。此去經年，應是良辰好景虛設。便縱有、千種風情，更與何人說。」耆卿《雨霖鈴》。這兩首算是促節的模範，讀起來一個個字都是往嗓子裏咽。當時有人拿耆卿的「曉風殘月」和東坡的「大江東去」比較，估算兩家品格的高下。其實不對，我們應該問那一種情感該用那一種方法。

同上

宋徽宗燕山亭

宋徽宗的身世和李後主一樣。他有一首《燕山亭》，寫的亦是亡國之君這一類極悲痛的情感，但用的吞咽式，覺得分外淒切。今録他下半闋：「憑寄離恨重重，這雙燕，何曾會人言語。天遥地遠，萬水千山，知他故宫何處。怎不思量，除夢裏、有時曾去。無據。和夢也、新來不做。」

同上

李清照聲聲慢

吞咽式用到最刻入的，莫如李清照女士的《壺中天慢》和《聲聲慢》。今録他一首：「尋尋覓覓，冷冷清清，淒淒慘慘戚戚。乍暖還寒時候，最難將息。三杯兩盞淡酒，怎敵他、晚來風急。雁過也，正傷心，却是舊時相識。滿地黄花堆積。憔悴損，如今有誰忺摘。守著窗兒，獨自怎生得黑。梧桐更兼細雨，到黄昏、點點滴滴。這次第，怎一個、愁字了得。」清照是當時金石家趙明誠的夫人。他們夫婦學問都好，愛情濃摯。可惜明誠早死，清照過了半世寡婦生活。她這詞是寫從早至晚一天的實感，那種煢獨淒惶的景況，非本人不能領略。所以，一字一淚，都是咬着牙根咽下。

同上

李易安詞可與男子爭席

唐宋以後，閨秀詩雖然很多，有無別人捉刀，已經待考；就令説是真，夠得上成家的可以説没有。詞裏頭算有幾位，宋朱淑真的《斷腸詞》、李易安的《漱玉詞》、清顧太清的《東海漁歌》，可以説不愧作者之林。内中惟易安傑出，可與男子爭席，其餘也不過爾爾。可惜我們文學史上極貧弱的女界文學，我實在不能多舉幾位來撑門面。

同上

陸放翁釵頭鳳

有一位不是詞家的陸放翁，却有一首吞咽式的好詞：「紅酥手。黄縢酒。滿城春色宫牆柳。東風惡。歡情薄。一懷愁緒，幾年離索。錯。錯。錯。　春如舊。人空瘦。淚痕紅浥鮫綃透。桃花落。閒池閣。山盟雖在，錦書難託。莫。莫。莫。」讀這首詞，要知道他的本事。原來放翁夫人是他母族的表妹，結婚後，不曉得爲什麽，他老太太發起脾氣來，逼他們離婚。後來兩個人都各自改婚了，但愛情總是不斷。有一天，放翁在一個地方名叫沈園，碰着他故妻，情感刺激到了不得，所以填這首詞。後來直到六七十歲，每入城一次，總到沈園落一回眼淚。晚年還有一首詩：「夢斷香銷四十年，沈園花老不飛綿。此身行作稽山土，猶弔遺踪一悵然。」這是和《孔雀東南飛》同性質的一出悲劇，所以他這詞極

能動人。　同上

稼軒破陣子

詞裏頭的蘇、辛派，自然都帶幾分悲壯色彩，内中最粗豪的如稼軒的：「醉裏挑燈看劍，夢回吹角連營。八百里分麾下炙，五十絃翻塞外聲。沙場秋點兵。　馬作的盧飛快，弓如霹靂弦驚。了却君王天下事，贏得生前身後名。可憐白髮生。」　同上

稼軒本事詞

詞中用回蕩的表情法用得最好的，當然要推辛稼軒。稼軒的性格和履歷，前頭已經説過。他是個愛國軍人，滿腔義憤，都拿詞來發泄，所以那一種元氣淋漓，前前後後的詞家都趕不上。他最有名的幾首是：「更能消、幾番風雨，匆匆春又婦去。……」《摸魚兒》。「野棠花落，又匆匆、過了清明時節。……」《念奴嬌》。「緑樹聽鵜鴂，更那堪、鷓鴣聲住，杜鵑聲切。……」《賀新郎》。凡是文學家，多半寄物託興。我們讀好的作品，原不必逐首逐句比附他的身世和事實。但稼軒這幾首有點不同，他與時事有關，是很看得出來。大概都是恢復中原的希望已經斷絶，發出來的感慨。《摸魚兒》裏頭「長門」、「蛾眉」等句，的確是對于宋高宗不肯奉迎二帝下誅心之論。所以《鶴林玉露》批評他説：「斜陽」、「煙柳」之句，在漢、唐時定當賈禍。又説高宗看見這詞，很不高興，但終不肯加罪，可謂盛德。詩人最

喜歡講怨而不怒，象稼軒這詞，算是怨而怒了。《念奴嬌》那首，題目是「書東流村壁」，正是徽、欽北行經過的地方，所以把他的「舊恨新恨」一齊招惹出來。《賀新郎》那首，是和他兄弟話別之作，自然把他胸中壘塊，盡情傾吐。所以這三首都是有本事藏在裏頭，不能把他當一般傷春、傷別之作。前兩首都是千回百折，一層深似一層，屬于我所説的螺旋式。後一首却是堆壘式。你看他一起手硬邦邦的舉了三個鳥名，中間錯錯落落引了許多離别的故事，全是語無倫次的樣子，却是在極倔强裏頭，顯出極嫵媚。《三百篇》、《楚辭》以後，敢用此法的，我就只見這一首。　同上

辛稼軒菩薩蠻

詞裏頭這種(奔迸)表情法也很少，因爲詞家是最講究纏綿悱惻，也不是寫這種情感的好工具。若勉强要我舉個例，那麽，辛稼軒的《菩薩蠻》上半闋：「鬱孤臺下清江水。中間多少行人淚。西北望長安。可憐無數山。」這首詞是徽、欽二宗北行所經過的地方題壁的。稼軒是比岳飛稍爲晚輩的一位愛國軍人，帶着兵駐在邊界，常常想要恢復中原，但那時小朝廷的君臣都不許也。到了這個地方，忽然受很大的刺激，由不得把那滿腔熱淚都噴出來了。　同上

辛稼軒祝英臺近

稼軒的詞風，不甚宜于吞咽式，但裏頭也有好的。如：「寶釵分，桃葉渡。煙柳暗南浦。怕上層樓，十

日九風雨。斷腸片片飛紅，都無人管，倩誰喚、流鶯聲住。鬢邊覷。試把花卜心期，纔簪又重數。羅帳燈昏，嗚咽夢中語。是他春帶愁來，春歸何處。却不解、將愁歸去。」《祝英臺近》。這首很有點寫出幽咽的情緒了。但仍是曼聲，不是促節。同上

熱烈盤礴派

這一熱烈盤礴派的詞，除稼軒外，還有蘇東坡、姜白石，都是大家。蘇、辛同派，向來詞家都已公認。我覺得白石也是這一路。他的好處，不在微詞，而在壯采。但蘇、姜所處的地位與辛不同，辛詞自然格外真切。所以我拿他來作這一派的代表。同上

劉後村沁園春

名家的詞，最粗獷的莫過劉後村，幾乎全部集都是這一類的話。他最著名的一首是：「何處相逢，登寶釵樓，訪銅雀臺。喚廚人斫就，東溟鯨膾，圉人呈罷，西極龍媒。天下英雄，使君與操，餘子誰堪共酒杯。車千兩，載燕南趙北，劍客奇才。　飲酣畫鼓如雷。誰信被、晨雞輕喚回。歎年光過盡，功名未立，書生老去，機會方來。使李將軍，遇高皇帝，萬户侯何足道哉。披衣起，但淒涼感舊，慷慨生哀。」《沁園春》。這一派詞，我本來不大喜歡，因爲他有爛名士愛説大話的習氣。但他確帶點北朝氣味，在文學史上應備一格的。同上

吴梅村賀新郎

吴梅村臨死的時候，有一首《賀新郎》，也是寫這一類陳少松按：指忽然奔迸，一瀉無餘的情感。那下半闋是：「故人慷慨多奇節。爲當年、沈吟不斷，草間偷活。艾炙眉頭瓜噴鼻，今日須難訣絶。早患苦、重來千疊。脱屣妻孥非易事，竟一錢不值何須説。人世事，幾完缺。」梅村因爲被清廷强姦了當貳臣，心裏又恨又愧，到臨死時才盡情發洩出來，所以很能動人。

同上

顧梁汾賀新郎

清朝好詞不少。内中最特别的，算顧梁汾貞觀《寄吴槎》兩首：「季子平安否。便歸來、平生萬事，那堪回首。行路悠悠誰慰藉，母老家貧子幼。記不起、從前杯酒。魑魅擇人應見慣，總輸他、覆雨翻雲手。冰與雪，周旋久。　淚痕莫滴牛衣透。數天涯、依然骨肉，幾家能彀。比似紅顔多命薄，更不如今還有。只絶塞、苦寒難受。廿載包胥承一諾，盼烏頭、馬角終相救。置此札，兄懷袖。」「我亦飄零久。十年來、深恩負盡，死生師友。宿昔齊名非忝竊，試看杜陵窮瘦。曾不減、夜郎僝僽。薄命長辭知己别，問人生、到此淒涼否。千萬恨，從君剖。　兄生辛未吾丁丑。共此時、冰霜摧折，早衰蒲柳。詞賦從今須少作，留取心魂相守。但願得、河清人壽。歸日急繙行戍稿，把空名、料理傳身後。言不盡，觀頓首。」這兩首和元微之的三首悼亡，算得是過去文學界的雙絶。他是三板一眼唱得出來的一封信。以體裁論，已算創作。他的好處，全在句句都是實感，没有浮光掠影的話。有點子血性的人，讀了不能不感動？後來成容若用盡力量把吴漢槎救回，全是受了這兩首詞的刺激。容若賜梁汾的《賀新郎》末幾句：「絶塞生還吴季子，算眼前、此外皆閑事。知我者，梁汾耳。」就是這兩首詞結束的歷史。所以我説情感是一種催眠術。

同上

成容若其人其詞

清代大詞家固然很多，但頭兩把交椅，却被前後兩位旗人：成容若、鄭叔問占去，也算奇事。容若的詞，自然以含蓄蘊藉的小令爲最佳。但我們要知道，這個人有他特別的性格。他是當一位權相明珠的兒子，是獨一無二的一位闊公子，他父母又很鍾愛他。就尋常人眼光看來，他應該没有什麽不滿足。他不曉爲什麽總覺得他所處的環境是可憐的。他的夫人早死，算是他極慘痛的一件事，但不能便認爲總原因。説他無病呻吟，的確不是。他受不過環境的壓迫，三十多歲便死了。所以批評這個人，只能用兩句舊話，説「古之傷心人，別有懷抱。」他的文學，常常表現出這種狂熱的怪性。我們試背他幾首：「辛苦最憐天上月。一昔如環，昔昔都成玦。若似月輪終皎潔。不辭冰雪爲卿熱。無奈塵緣容易絶。燕子依然，軟踏簾鉤説。唱罷秋墳愁未歇。春叢認取雙棲蝶。」《蝶戀花》。「而今才道當時錯，心緒淒迷。紅淚偷垂。滿眼春風百事非。情知此後來無計，强説歡期。一別如斯。落盡梨花月又西。」《采桑子》。象這類的作品，真所謂「哀樂無端」，情感熱烈到十二分，刻入到十二分。許多人

說，《紅樓夢》的寶玉，寫的就是成容若。我們雖然不願意輕率附會，但容若的奇情，只怕有點象寶玉哩。　同上

鄭叔問詞近稼軒白石

鄭叔問的詞格，很近稼軒、白石，但幽咽的作品比他們多。此老怕要算填詞界最後的一個名家了。他的名作，我不大背得出，只記得幾句：「延佇，銷魂處。早漏洩幽盟，隔簾鸚鵡。殘花過影，鏡中情事如許。西風下夜驚庭緑，問天上人間見否。」《月下笛》題目是「戊戌八月十三日宿王御史宅聞鄰笛」，詠的是戊戌政變時事。「隔簾鸚鵡」，指袁世凱洩漏我們的秘密。「一夜驚庭緑」等語，很表得出當時一般人對于這件事的情感。　同上

填詞表現法

回蕩的表情法，用來填詞，當然是最相宜。但向來詞學批評家，還是推尊蘊藉。對于熱烈盤礴這一派，總以爲别調。我對于這兩派，也不能偏有抑揚。　同上

王荆公詞有佳者

荆公詞不能名家，然亦有絶佳者。李易安謂「王介甫、曾子固文章似西漢，若作小詞，則人必絶倒，不

可讀。」此自過刻之論。易安于二晏、歐陽、東坡、耆卿、子野、方回、少游之詞，無一許可，況荆公哉！今録三首。《桂枝香·金陵懷古》：「登臨送目。正故國晚秋，天氣初肅。千里澄江似練，翠峰如簇。歸帆去棹殘陽裏，背西風、酒旗斜矗。綵舟雲淡，星河鷺起，畫圖難足。　念往昔、繁華競逐。歎門外樓頭，悲恨相續。千古憑高，對此謾嗟榮辱。六朝舊事隨流水，但寒煙、芳草凝緑。至今商女，時時猶唱，後庭遺曲。」《浣溪沙》：「百畝中庭半是苔。門前白道水縈迴。愛閑能有幾人來。　小院回廊春寂寂，山桃溪杏兩三栽。爲誰零落爲誰開。」《南鄉子·金陵懷古》：「自古帝王州。鬱鬱葱葱佳氣浮。四百年來成一夢，堪愁。晉代衣冠成古丘。　繞水恣行游。上盡層城更上樓。往事悠悠君莫問，回頭。檻外長江空自流。」其《浣溪沙》、《南鄉子》二首，蓋集句也，開《萫錦集》之先聲矣。荆公之詞，其流亦爲山谷一派，非詞家正宗。《王荆公》

岳武穆滿江紅句

「三十功名塵與土，八千里路雲和月。莫等閑、白了少年頭，空悲切。」此岳武穆《滿江紅》詞句也。作者按指梁本人自六歲時即口受記憶，至今喜誦之不衰。自今以往，棄「哀時客」之名，更自名曰「少年中國之少年」。《少年中國説·作者附識》

辛稼軒

辛稼軒《摸魚兒》「更能消幾番風雨」，羅大經《鶴林玉露》跋此詞云：詞意殊怨。「斜陽」、「煙柳」之句，比之「未須愁日暮，天際乍輕陰」者異矣。在漢、唐時，寧不賈種豆種桃之禍。聞壽皇見此詞，頗不悦，然終不加以罪，可謂盛德。按宋人説部好傅會，此段却似可信。孝宗（壽皇）好文詞，且具賞鑒力，觀其改俞國寶《風入松》見《武林舊事》、評趙彦端之《謁金門》見《貴耳集》可見。則其愛讀此詞，讀而不悦，亦意中事。詞意誠近怨望，「長門事，準擬佳期又誤。蛾眉曾有人妒。千金縱買相如賦，脈脈此情誰訴。」語幾露骨矣。先生兩年來由江陵帥、隆興帥轉任漕司，雖非左遷，然先生本功名之士，惟專閫庶足展其驥足。碌碌錢穀，當非所樂，此次去湖北任，謂當有新除，然仍移漕湖南，殊乖本望。故曰「準擬佳期又誤」也。本年《論盜賊札子》有云：「臣孤危一身久矣。荷陛下保全，事有可危，殺身不顧。」又云：「生平剛拙自信，年來不爲衆人所容，恐言未脱口，而禍不旋踵。」則「蛾眉曾有人妒」，亦是實情。蓋歸正北人，驟躋通顯，已不爲南士所喜。而先生以磊落英多之姿，好譚天下大略，又遇事負責任，與南朝士夫泄沓柔靡風習尤不相容。前此兩任帥府皆不能久于其任，或即緣此。詩可以怨，怨固宜矣。然移漕未久，旋即帥潭，且在職六七年，譖言屢聞，而天眷不替。豈壽皇讀此詞後，感其樸忠，憫其孤危，特加賞拔調護耶？因讀《鶴林玉露》，輒廣其意如右。

《辛稼軒先生年譜》

辛稼軒菩薩蠻

辛稼軒《菩薩蠻》「鬱孤臺下清江水」。《鶴林玉露》云：南渡之初，金人追隆祐太后御舟，至造口不及而還。此詞蓋感興前事，故沉痛乃爾。　同上

辛稼軒賀新郎永遇樂

辛稼軒《賀新郎》「緑樹聽鵜鴂」、《永遇樂》「烈日秋霜」。先生贈行兩詞，語皆悲壯激楚。　同上

辛稼軒水龍吟

辛稼軒《水龍吟》「楚天千里清秋」。此詞年月絶無考。惟詞中「落日樓頭，斷鴻聲裏，江南游子。把吴鈎看了，闌干拍遍，無人會，登臨意」，及「倩何人，唤取盈盈翠袖，揾英雄淚」等語，確是滿腹經綸在羈旅落拓或下僚沉滯中勃鬱一吐情狀。當爲先生詞傳世者之最初一首。　同上

辛稼軒水調歌頭

辛稼軒《水調歌頭》「今日復何日」、「千古老蟾口」、「君莫賦幽憤」三詞，當爲同時作。第二首「笑年來，蕉鹿夢，畫蛇杯」，是被議落職後語。玩第三首全文，殆李子永贈詞，爲先生深抱不平，先生反以達語

解之，故云「君莫賦幽憤，一語試相開」；「我愧淵明久矣，猶借此翁湔洗，素壁寫歸來。」又云：「買山自種雲樹，山下斸煙萊。百鍊都繞指，萬事直須稱好，人世幾輿臺。」皆達觀中尚帶痛憤也。同上

辛稼軒沁園春

吾敢斷定，先生之被劾去官，已在兩年以前。今在山中忽見邸報有此訛傳，殊覺可笑。故賦詞以解嘲。非如此則詞題及詞句皆成爲無意味。今全録原文，加以解釋如下。「老子平生，笑盡人間，兒女怨恩」，先生落職，本緣被劾，而邸報誤以爲引疾。詞中「笑盡兒女怨恩」、「此心無有新冤」，謂胸中絶無芥蔕，被劾與引退，原可視同一律也。「白頭能幾，定應獨往」；「衣冠」「無恙，合掛當年神武門」，言早當勇退，不必待劾也。「都如夢，算能爭幾許，雞曉鐘昏」，言邸奏竟爲我延長若干年做官生涯，然所差能幾，不足較也。「抱甕年來自灌園」、「凄涼顧影，頻悲往事」，此明是罷斥後情狀。若猶在官，安得有此語？「却怕青山，也妨賢路」，極言憂讒畏譏，恐雖山居猶不免物議也。山友「重與招魂」，言本已罷官，邸奏又爲我再罷一次，山友不妨再賦招隱也。如此解釋，則詞句及詞題之意皆明。同上

辛稼軒行香子

辛稼軒《行香子》，此告歸未得請時作也。發端云：「好雨當春，要趁歸耕，況而今、已是清明。」直出本意，文義甚明。次云：「小窗坐地，側聽檐聲。恨夜來風，夜來月，夜來雲。」謂受讒謗迫擾，不能堪忍

也。下半闋云：「花絮飄零，鶯語丁寧，怕妨依、湖上閒行。」尚慮有種種牽制，不得自由歸去也。次云：「天心肯後，費甚心情。放霎時陰，霎時雨，霎時晴。」謂只要諭旨一允，萬事便了。却是君意難測，然疑間作，令人悶殺也。此詩人比興之旨，意內言外，細繹自見。　同上

辛稼軒蘭陵王

辛稼軒《蘭陵王》「恨之極」，詞文恢詭寃憤，蓋借以攄其積年胸中塊磊不平氣。　同上

清詞作者駕元明而上

以言夫詞，清代固有作者駕元、明而上，若納蘭性德、郭麐、張惠言、項鴻祚、譚獻、鄭文焯、王鵬運、朱祖謀，皆名其家，然詞固共指爲小道者也。　《清代學術概論》

詞苑叢談

徐釚《詞苑叢談》，唯一之詞話，頗有趣。　《國學入門書要目及其讀法》

容若小詞

容若小詞，直追李主。　成容若《淥水亭雜識》

與仲弟論詞書

一

近詞皆學《椎歌》。此間可辟出新國土也，但長調較難下手耳。

二

《樵歌》，四印齋有不完本，其完本則在朱古微之《彊村叢書》。此叢書爲古微所裒刻，宋、元詞凡數十種，洋洋大觀。弟有意學詞，不可不置一部也。

三

《鵲橋仙·成容若卒于康熙乙丑五月十六日，今年今日共二百四十年周忌也。深夜望月，諷納蘭詞，振觸成詠》：「冷瓢飲水，蹇驢側帽，絶調更無人和。爲誰夜夜夢紅樓，却不道、當時真錯。寄愁天上，和天也瘦，廿紀年光迅過。斷腸聲裏憶平生，寄不去的愁有麽。」　以上轉録自陳少松《梁啟超詞評輯要》

顧伯雋摸魚兒

南海先生曰：「伯雋殆有夙根者，遊戲人間耳。」顧伯雋寡言，吾無從窺其底藴；以文字論之，知其非泠腸人也。記其所填詞《摸魚兒》一闋云：「算只有江山無數。怎盛得靈氛住。氣吞地球常八九，渺爾衆生何有，甚情緒。向百尺高樓，覷看行人路。滿人簫鼓。算愁裏無人，夢中無地，獨自任情苦。　秋風起，春草春花又暮。忽見陀城煙樹。蕭蕭馬鳴催落日，弄得老天憔悴，我何顧。算萬里堂堂，猶是神州土。算聲歸去。待日闇雲冥，風狂雨横，重覓舊遊處。」又《金縷曲》一闋，記其末四句云：「他若有情吾能見，吾有情、更待向誰説。空佇立，肝腸熱。」然則伯雋豈忘世者耶？記昔嘗責備之，伯雋曰：「我今日正在卧薪嘗膽的時候。」但薪膽生涯忽忽十年矣，海内風雲如此其急，而小舍利佛尚不肯出定，吾又安能無憾也！《飲冰室詩話》

鐵笛滿江紅

鐵笛復有《滿江紅》一闋，其自序云：「庚子黨禍再作，亡命桃源，遂遊桃源洞。黑箐鬼語，蒼櫚猩啼，魂悽魄殭，非復人間世也。援筆賦此。」其詞云：「造化小兒，簸弄我、望門投止。黑夜裏、攀藤附葛，雨來風起。燈火一星林際出，忽聞犬吠心頭喜。又出門、閉了寂無人，鐘聲死。　撫身世，淚盈眥。悲家國，血盈臆。叶上聲。問蒼天何苦，磨人至此。靖節先生知甚處，避秦有甚桃源裏。聽天邊、啞啞有慈

鴉，歸來只。」　同上

平子菩薩蠻

余故友中復生、鐵樵之外，惟平子最有切密之關係，相愛相念，無日能忘。前月在美洲時，得所寄小詞，自序云：「九月十五日，午夢初醒，念我故人，遠隔太平洋，此時却月影正圓矣。洲别東西，時異晝暝，然相隔僅一塊土耳。戲占一闋以寄遥思。」「故鄉日影初停午。郵書電話渾無據。兩面總高山，盈盈一水間。　頻思穿地脈。一望君顔色。皓月正當天。知君眠未眠。」　同上

岳鄂王滿江紅可譜曲

樂學漸有發達之機，可謂我國教育界前途一慶幸。苟有此樂專門，則吾國古詩今詩，可以入譜者正自不少，如岳鄂王《滿江紅》之類，最可譜也。　同上

蔣萬里詞氣象壯闊

梁溪蔣君萬里，其詩屢見各報，頃以新詞二闋見寄，氣象壯闊，神思激揚，洵足起此道之衰，録之《揚子江》一闋，調寄《大江東去》云：「乘風萬里，看長流日夜，更番潮汐。舊是神州形勝地，天界華夷南北。襟帶淮湘，并吞漢泗，吐納猶嫌窄。茫茫天塹，當年雄視無敵。　記得初導岷山，濫觴一勺，水勢奔湍

急。終古英雄淘未了，巫峽千尋崔崒。擊檝雄心，投鞭壯志，人物原奇特。六朝遺恨，江流嗚咽如泣。」《黄河》一闋調寄《望海潮》云：「濫觴星宿，導源積石，滔滔今古長流。勢薄秦關，氣吞大野，紆迴灌遍神州。逝水幾時休。看河聲入塞，嶽色横秋。一氣鴻濛，直隨大陸共沉浮。西風一葉遍舟。奈迅如駛箭，難着閒鷗。水激桃花，歌悲瓠子，投鞭此去堪憂。借箸共誰籌。慨澄清有志，挽救無謀。欲上崑崙山頂，遥望海東頭。」　同上

公度金縷曲贈友

挽公度詩頗多，不能悉録，擇録佳句一二。嶺西倚劍生作：「儒林爭拜靈光殿，詩界新開人境廬。」又：「民間私定陶潛謚，海上龕迎白傅歸。舊日冠巾成紀念，故山猿鶴尚哀飛。」又：「人天撒手歸真早，留下仔肩付與誰。」公度於丙申春間，曾爲一《金縷曲》贈鄙人及吴鐵樵、陳師曾者，記其開端三句云：「世界無窮事，付後來、二三豪俊，吾今倦矣。」讀倚劍生詩，棖觸及此，哀與慚兼矣。　同上

隱名詞

某贈某《金縷曲》一闋，兩人者皆余摯友也，不許我道其姓名，顧愛其詞不忍釋，乃隱之以入詩話：「悲憤應難已。問此時、絶裾温嶠，投身何地。莫道英雄無用武，尚有中原萬里。胡鬱鬱、今猶居此。駒隙光陰容易過，恐河清、不爲愁人俟。聞吾語，當奮起。　青衫搔首人間世。悵年來、興亡弔徧，殘山

賸水。如此乾坤須整頓，應有異人閒起。君與我、安知非是。漫説大言成事少，彼當年、劉季猶斯耳。旁觀論，一笑置。」　同上

公度雙雙燕

公度集中，詩多詞少，然亦曾爲數十首。其原稿昔在余篋中，戊戌之役，同成灰燼，平生一憾也。蘭史頃以公度一詞見寄，調寄《雙雙燕》，題爲《題蘭史羅浮記游圖》，今録之：「羅浮睡了，試召鶴呼龍，憑誰喚醒。塵封丹竈，賸有星殘月冷。欲問移家仙井。何處覓、風鬟霧鬢。只應獨立蒼茫，高唱萬峰峰頂。　荒徑。蓬蒿半隱。幸空谷無人，棲身應穩。危樓倚徧，看到雲昏花暝。回首海波如鏡。忽露出、飛來舊影。又愁風雨合離，化作他人仙境。」原注云：蘭史所著《羅浮游記》，引陳蘭甫先生「羅浮睡了」一語，便覺有對此茫茫，百端交集之感。先生真能移我情矣。輒續成之。狗尾之誚，不敢辭也。又蘭史與其夫人舊有偕隱羅浮之約，故「風鬟」句及之。「羅浮睡了，看上界沉沉，萬峰未醒。喚起霜娥，照得山河盡冷。白徧梅田千井。見玉女、青青兩鬢。恰當天上呼船，倒卧飛雲絶頂。　仙洞，有人賦隱。羨胡蝶雙棲，翠屏安穩。煙扃擬叩，還隔花深松暝。誰揭瑶臺明鏡。應畫我、高寒㾓影。指他東海火輪，衹是蓬萊塵境。」原注云：昔在菊坡精舍，聽陳蘭甫先生話羅浮之游，云僅得「羅浮睡了」四字，久之未成詞也。壬寅三月，余游羅浮，至東江，泊舟望四百峰横亘煙月中，覺陳先生此四字神妙如繪，故於游記中紀其事。而黄公度京卿以飄逸仙才，成詞一首見寄，猿驚鶴舉，惜不能起陳先生相賞也。寒夜無眠，獨起步月，如置身五龍潭上，玉女峰邊。忽憶京卿原韻，意有所悟，擬和成稿，蓋距京卿寄示時，又易一寒暑矣。　同上

桂伯華詞

十年前以狄平子之介紹，得交桂伯華，心儀其人。嗣聞共隱於金陵，就楊仁山居士學佛，不婚不宦，醰然有得，心益嚮往之。今春平子以書來，言伯華東渡學梵文，以弘法自任。亟思走謁，苦不知其所居地。客有自署公耐者，忽以伯華近作詩詞見寄，以綺語説法，感均頑艷。維摩詰耶？天女耶？文殊師利耶？舍利弗耶？吾烏從測之。惟喜誦不克割舍耳。乃録入詩話。《江城子》一闋云：「落盡紅英萬點，愁扳緑樹千條。雲英消息隔藍橋。袖間今古淚，心上往來潮。懊惱尋芳期誤，更番懷遠詩敲。靈風夢雨自朝朝。酒醒春色暮。歌罷客魂銷。」《菩薩蠻》二闋云：「才華已爲情消損。那堪又被多情困。珠玉女兒喉。新詞懶入眸。清愁銷不得。夢入蓮花國。方信斷腸癡。斷腸天不知。」「月斜迷夢春城隔。隔城春夢迷斜月。寒燭畫樓殘。殘樓畫燭寒。許時同密語。語密同時許。才盡費疑猜。猜疑費盡才。」　同上

跋四卷本稼軒詞

《文獻通考》著録《稼軒詞》四卷，《宋史・藝文志》同，而引《直齋書録解題》注其下云：「信州本十二卷，視長沙爲多。」或誤以爲此四卷者即長沙本，實則直齋所著録乃長沙本，只一卷耳。十二卷之信州本，宋刻無傳，黄蕘夫舊藏之元大德廣信書院本，今歸聊城楊氏，而王半塘四印齋據以翻雕者，即彼本也。

可見《稼軒詞》在宋有三刻：一爲長沙一卷本，二爲信州十二卷本，三即四卷本。明、清以來傳世者惟信州本，毛刻《六十一家詞》亦四卷，實乃割裂信州本以求合《通考》之卷數。毛氏常態如此，不足深怪，而使讀者或疑毛、王二刻不同源，而毛刻即《通考》與宋志之舊，則大不可也。

近武進陶氏景印宋、元本詞集，中有《稼軒詞》甲乙丙三集，其編次與毛、王本全别，文字亦多異同，余讀之頗感興趣，顧頗怪其何以卷數畸零，與前籍所著録者悉無合也。嗣從直隸圖書館假得明吴文恪訥所輯《唐宋名賢百家詞》，其《稼軒集》正採此本，而丁集赫然在焉，乃拍案叫絶，知馬貴與所見四卷本固未絶於人間也。甲集卷首有淳熙戊申正月元日門人范開序，稱「開久從公游，暇日裒集冥搜，才逾百首，皆親得於公者。以近時流布於海内者率多贗本，吾爲此懼，故不敢獨閟，將以祛傳者之惑焉」。范開貫歷無考，然信州本有贈送酬和范先之之詞多首，而此本凡先之皆作廓之，蓋一人而有兩字，開與先與廓義皆相屬，疑即是人，誠從公游最久矣。戊申爲淳熙十五年，稼軒四十九歲，知甲集所載皆四十八歲以前作。稼軒年壽雖難確考，但六十八歲尚存，則集中有明證。乙丙丁三集所收，則戊申後十餘年間作也。其是否並出范開裒録，抑他人續輯，下文當更論之。

此本最大特色，在含有編年意味。蓋信州本以同調名之詞彙録一處，長調在先，短調在後，少作晚作，無從甄辨。此本閲數年編輯一次，雖每首作年難一一確指，然某集所收爲某時期作品，可略推見。

考稼軒以二十九歲通判建康府，三十一歲知滁州，三十五歲提點江西刑獄，三十七歲知江陵府，三十八歲移帥隆興（江西），僅三月被召内用，旋出爲湖北轉運副使，四十歲移湖南，尋知潭州兼湖南安撫，四十二三歲之間轉知隆興府兼江西安撫，五十間(?)以言者落職，久之主管沖佑觀，五十二歲起福建提點刑獄，旋知福建兼福建安撫，五十四歲被召還行在，五十六歲落職家居，五十九歲復職奉祠，六十一二歲間起知紹興府兼浙東安撫，六十五歲知鎮江府，明年乞祠歸，六十七歲差知紹興府又轉江陵府，皆辭免，未幾遂卒。其生平仕歷大略如此。以上所考，據本傳，參以本集題注等，雖未敢謂十分正確，大致當不謬。此本甲集編成在戊申元日，明見范序，其所録諸詞，皆四十八歲前官建康、滁州、湖北、湖南、江西時所作，既極分明。乙集於宦閩時之詞一首未見收録，可推定其編輯年當在紹熙二年辛亥以前，所收詞以戊申己酉庚戌等年爲大宗，亦間補收丁未以前之作。丙集自宦閩詞起收，其最末一首爲辛酉生日，蓋壬子至辛酉十年間、五十三歲至六十二歲之作，中間强半爲落職家居時也。丁集所收詞，時代頗廣漠難辨，似是雜補前三集之所遺。惟有一點極當注意者，稼軒晚年帥越、帥鎮江時諸名作，如登會稽蓬萊閣、京口北固亭懷古諸篇，皆未收録。《北古亭懷古》詞云：「四十三年，望中猶記，烽火揚州路。」稼軒於紹興三十二年以忠義軍掌書記奉表歸朝，以嘉泰四年知鎮江府，相距恰四十三年。作此詞時年六十六，幾最晚作矣。此決非棄而不取，實緣編集時尚未有此諸詞耳。然則丁集之編，當與丙集略同時，其年雖不能確指，要之四集皆在稼軒生存時已編成，則可斷言也。若欲爲《稼軒詞》編年，憑藉兹本，按歷年游宦諸地之次第，旁考其來往人物，蓋可什得五六。就中江西一地，稼軒家在廣信，而數度宦隆興(南昌)，故在江西所作詞及贈答江西人之詞，集中最多，其時代亦最難梳理，略依此本甲乙丙三集所先後收録，劃分爲數期，而推考其爲某期所作，雖未能盡正確，抑亦不遠也。惟四集中丙丁集所甄採，似不如甲乙集之精嚴，其字句間與信州本有異同者，甲乙集多佳勝，丙丁集時或劣誤，似非同出一手編輯。若吾所忖度范廓之即范開之説果不謬，則似甲乙集皆范輯，丙丁集則非范輯。蓋辛、范分攜，在紹熙元、二年間，廓之赴行在，稼軒起爲閩憲，故丙集中即無復與廓之往還之作。廓之既不侍左右，自無從檢集篋稿，他人因其舊名而續之，未可知也。信州本共得詞五百七十二首，此本四集合計，除其複重，共得四百二十七首，但其中却有二十首爲信州本所無者，內四首辛敬甫補遺本有之。丙集有《六州歌頭》一首，丁集有《西江月》一首，皆諛頌韓平原作。《西江月》之非辛詞，《吴禮部詩話》引謝疊山文已明辨之；《六州歌頭》當亦是嫁名。本傳稱：「朱熹殁，僞學禁方嚴，門生故舊至無送葬者。棄疾爲文往哭之。」時稼軒之年已六十一矣，其於韓不憚批其逆鱗如此，以生平澹榮利尚氣節之人，當垂暮之年而謂肯作此無聊之媚竈耶？范序謂懼流布者多贋本，此適足證丙丁集之未經范手釐訂爾。戊辰中元，新會梁啟超。

跋四印齋本稼軒長短句

陶氏涉園《景刻宋元詞》中，有《稼軒詞》一種，分甲乙丙三集者，向來著録家所未見也。甲集百十一首，乙集百十四首，丙集百七首。三集之編，似非同出一人一時。甲集最善，卷首爲淳熙戊申正月元日門人范開序。稱「暇日裒集冥搜，才逾百首，皆親得於公者，以近時流布率多贋本，故不敢自閟」云云。乙丙集是否仍開續輯，抑出後人手，不敢知矣。今取校此本，甲集爲此本無之詞凡三首，其二首亦見辛敬甫校《永樂大典·補遺》本。乙集八首，丙集四首中，惟兩首見《補遺》，餘皆未見。其字句與此本異同者百餘事。甲集殊多勝處，如《念奴嬌》之「喚做真閒客」，此本誤「閒箇」；《沁園春》之「驚弦雁避」，此本誤「驚絃」；「被東風吹斷」，此本「被」誤「快」。《滿江紅》之「嫦娥孤冷」，此本誤「孤令」；「晚風吹贈」，此本「贈」誤作「帽」。《木蘭花慢》之「共秋風、只等送歸船」，此本「等」誤「管」。《水龍吟》之「桐陰閣道」，此本誤「聞道」。《聲聲慢》之「丹蕉葉展」，此本誤「葉底」。《滿庭芳》之「風雨曉來稀」，此本誤「稀稀」。凡此皆應□讀此詞時，懷疑不釋者，今得校正釐然，有□於心。乙丙集與此本之異文，則此本較勝者多矣。長夏無事，予校具列卷端，其題目有詳删者，亦□校録焉，凡二日而果。戊辰先立秋三日，啟超。

又

此本與淳熙本甲乙丙集校，此有彼無者二百四十首，彼有此無者，甲集四首，乙集八首，又並有而調名異題者一首，丙集四首。兩本合計，除複重共五百八十八首，再合以辛敬甫從《永樂大典》所輯補遺三十六首，内除誤收他人作二首，占此兩本複重五首，實二十九首，□共得詞六百一十七首，是爲傳世辛詞之總數。　戊辰夏啟超記。

跋稼軒集外詞

此所謂集外者，謂信州十二卷本《稼軒長短句》所未收也。其目如下：《生查子·和夏中玉》「一天霜月明」、《滿江紅》「老子當年」、《菩薩蠻》「稼軒日向兒曹説」此首亦見《稼軒詞》甲集、《菩薩蠻・和夏中玉》「與君欲赴西樓約」、《一翦梅》「塵灑衣裾客路長」、《一翦梅》「歌罷尊空月墜西」、《念奴嬌・謝王廣文雙姬詞》「西真姊妹」、《念奴嬌・三友同飲借赤壁韻》「論心論相」、《念奴嬌・贈夏成玉》「妙齡秀發」、《江城子・戲同官》「留仙初試砑羅裙」、《惜奴嬌・戲同官》「風骨蕭然」、《南鄉子・贈妓》「好箇主人家」此首亦見《稼軒詞》乙集、《糖多令》「淑景鬭清明」此首亦見乙集、《踏歌》「攧厥看精神」此首亦見甲集、《眼兒媚・妓》「煙花叢裏不宜他」、《如夢令・贈歌者》「韻勝仙風漂渺」、《鷓鴣天・和陳提幹》「翦燭西窗夜未闌」、《踏莎行・春日有感》「萱草齊階」、《□□□・出塞春寒有感》「鶯未老」、《謁金門・和陳提幹》「山共水」、《鵲橋仙・送粉卿行》「轎兒排了」、《好事近・春日郊遊》「春動酒旗風」、《好事近》「花月賞心天」、《好事近》「春意滿西湖」、《水調歌頭・和馬叔度遊月波樓》「客子久不到」、《水調歌頭・鞏采若壽》「泰嶽倚空碧」、《賀新郎・和吴明可給事安撫》「世路風波惡」、《漁家傲・湖州幕官作舫室》「風月小齋模畫舫」、《霜天曉角・赤壁》「雪堂遷客」、《蘇武慢・雪》「帳暖金絲」、《緑頭鴨・七夕》「歎飄零離多會少」、《烏夜啼・戲贈籍中人》「江頭三月清明」、《品令》「迢迢征路」。右三十三首，見辛敬甫啟泰輯《稼軒集》(朱氏《彊邨叢書・稼軒詞補遺》本，皆采自《永樂大典》者。原輯共三十六首，内《洞仙歌》壽葉丞相一首已見信州本，《鷓鴣天》二首(天上人間酒最尊、有箇仙人捧玉巵)則誤采朱希真《樵歌》，今皆删去。《南歌子》「萬萬千千恨」一首，見《稼軒詞》甲集。陶氏涉園景宋本，乙丙集同。甲集本有三首爲信州本所無，内《菩薩蠻》一首稼軒日向兒曹説、《踏歌》一首攧厥看精神皆已見辛輯，不復録。《浣溪沙・贈子文侍人名笑笑》「儂是嶔崎可笑人」、《鵲橋仙·贈人》「風流標格」、《行香子》「歸去來兮」、《一翦梅》「記得同燒此夜香」、《虞美人》「夜深困倚屏風後」五首，見《稼軒詞》乙集。乙集原有八首爲信州所無，内《糖多令》一首淑景鬬清明，《南鄉子》一首好箇主人家，《鵲橋仙》一首轎兒排了，皆已見辛輯，不復録。《六州歌頭》「西湖萬頃」、《西江月·題阿卿影像》「人道偏宜歌舞」、《清平樂》「春宵睡重」、《菩薩蠻·贈周國輔侍人》「畫樓影蘸清溪水」四首，見《稼軒詞》丙集。《祝英臺近》「緑楊堤」、《鷓鴣天》「一片歸心擬亂雲」、《鷓鴣天》「欲上高樓去避愁」、《西江月》「堂上謀臣帷幄」四首，見《稼軒詞》丁集吴文恪《唐宋名賢百家詞鈔》本。《金菊對芙蓉·重陽》「遠水生光」一首，見《草堂詩餘》。凡四十八首，散在各本，可綜收繕寫。《稼軒詞》自陳直齋即已推信州本爲最備，信州本有詞五百七十二首，益以此所録，都爲六百二十首，辛詞傳世者盡是矣。惟此四十八首在辛詞中價值何若，則有更待評量者。案《稼軒甲集》范開《序》稱「近時流布於海内者率多贋本」，甲集編成於淳熙戊申，時稼軒方在中年，而范開已有慨於贋本之混真，此後尚二十年，稼軒齒益尊，名益盛，則嫁名之作益多，蓋意中事耳。丁集所收《西江月》「堂上謀臣帷幄」一首，謝疊山已明辨其爲京師士人所作，不容以寃忠魂見《吴禮部詩話》。考韓侂胄下詔伐金，在開禧二年，此《西江月》當作於彼時據詞中「天時地利與人和，燕可伐與曰可」及「此日樓臺鼎鼐，明年帶礪山河」等語。依畢氏《續通鑑》，則稼翁已於開禧元年乙丑前卒，雖繫年未確，然翁於乙丑解鎮江（京口）帥任，奉祠西歸，兩見本集題注，翁蒞京口似未及一年，所以遽解職之原因雖不可確考，以理勢度之，當是不贊開邊之議，故或自引退，或爲執政所排，歸後方飾巾待盡翁蓋卒於開禧三年，安肯更學勢利市兒獻頌朝貴，此不等疊山之辨已可一言而決也。《六州歌頭》亦侂胄封王時媚竈之作，事同一律，集中於其年有戊午拜復職奉祠之命《鷓鴣天》一詞，文云：「老退何曾説着官。今朝放罪上恩寬。便支香火真祠俸，更綴文書舊殿班。　扶病脚，洗衰顔。快從老病借衣冠。此身忘世渾容易，使世相忘卻自難。」此種懷抱，此種意興，豈是作「看賢王高會，飛蓋入雲煙」等語之人耶？惟彼兩詞皆學稼軒而頗能貌襲者，意當時傳誦甚盛，編集者無識，率爾摻收，正乃范開所謂「吾爲此懼」耳。《永樂大典》所載佚詞，内失調名一首，題爲出塞字樣，稼軒生平無從出塞；又《漁家傲》一首，題有湖州幕官字樣，稼軒官跡未到湖州；似皆屬贋鼎。自餘數十首，或妓席游戲題贈，或朋輩酬應成篇，即使真出稼軒，在集中亦不爲上乘諸佚詞中要以丁集之《祝英臺近》「緑楊堤，青草渡」一首爲巨擘。大抵辛詞傳本以范氏所編甲集爲最謹嚴可信，惜僅及中年之作，不能盡全豹，乙集倘亦出范手，但編成亦僅後四年耳。甲乙集所收出信州本外者共十一首，皆當認爲真辛詞。信州本蓋輯於稼軒身後，故自少作以迄絶筆皆蒐采不遺。信州爲稼軒釣遊地，門人後學甚多，其慎擇或不讓范開，在宋代辛詞諸刻中當最爲完善。此諸佚詞或爲輯者所曾見而淘棄者，今重事掇拾，毋亦過而存之云爾。　戊辰孟秋，啟超記。

跋稼軒詞補遺

《稼軒詞》以信州十二卷本爲最備，凡五百七十二首。宋淳熙本甲乙丙三集合計三百十二首，内十六首爲信州本所無。此本補遺三十六首，除誤收朱希真二首外，一首複信州本，四首複淳熙本，其爲諸本所未見者，實二十九首。三本互除複重，都得詞六百一十八首，是爲傳世稼軒詞之總數。淳熙本甲集范開序云：「近時流布海内者，率多贋本。」此六百十八首中，未必半爲稼軒作。然已無□辨别，□而存之可耳。　戊辰先立秋三日啟超跋。

又

後五日，復見明吴訥《唐宋百家詞》，所收稼軒集正淳熙本，惟更有丁集，凡詞百首。内五首與乙集重出，其爲諸本所無者。又五首内一首，係誤入《龍洲詞》，實多出四首，都計六百二十一首，實傳此稼軒詞總數。　啟超又記。

跋程正伯書舟詞

程垓正伯《書舟詞》一卷，《直齋書録解題》著録，毛氏汲古閣有刻本，《四庫全書》採之。楊升庵《詞品》云：程正伯，東坡中表之戚，故盛以詞名，獨尤尚書以爲正伯之文過于詞。毛子晉跋所刻《書舟詞》亦云：「正伯與子瞻，中表兄弟也，故集中多溷蘇作。」清代官書皆沿此説，故《歷代詩餘》附録詞話及詞人姓氏皆置諸北宋蘇門四學士之間。《四庫提要》以列《山谷詞》後、《小山詞》前。然《直齋書録》所序次，則後于稼軒而先于白石，不以厠北宋作者之林也。余讀正伯詞，愛其俊宕，其中確有學蘇而神似者。然通觀全集，終覺不似北宋人語。又怪正伯既東坡戚畹，集中詞逾百首，何以無一與元祐諸賢唱和之作？ 諸賢詩文詞集，亦無一及之。 又王灼《碧雞漫志》于北宋詞人評騭殆遍，尤推重蘇門諸子，何以亦無一語及正伯？ 又集中詞題屢稱臨安，不稱杭州，則諸詞作于南宋無疑。 記王文浩《蘇詩總案》于東坡母黨諸程考證綦詳，檢之，確無名垓字正伯者，于是益大疑。 及細讀本集卷首所載紹熙甲寅王稱序云：「程正伯以詩詞名，鄉之人所知也，獨尚書尤公以爲不然，曰：正伯之文過詩詞。今鄉人有欲刊正伯歌詞，求余書其首。 余以告之，且爲言正伯方爲當涂諸公以制舉論薦，使正伯惟以詞名世，豈不小哉？」玩其語氣，是王稱作序時，正伯尚在，且甫被論薦。 則正伯乃紹熙間人，上距東坡百餘年矣。 嗣偶翻《渭南集》，見有跋程正伯所藏山谷帖一條，文云：「此卷不應携在長安逆旅中，亦非貴人席帽金絡馬傳呼入省時所觀。 程子他日幅巾笻權，渡青衣江，相羊喚魚潭、瑞草橋、清泉翠樾之間，與山中人共小巢龍鶴菜飯，掃石置風爐，煮蒙頂紫茁，然後出此卷共讀乃稱耳。」按文明是正伯携卷在臨安逆旅中請題者。 則正伯與尤延之、陸放翁同時，其決非東坡中表，蓋信而有徵矣。 詞人姓氏及提要，皆謂正伯眉山人。 今考集中有「不知家在錦江頭」、「且是芙蓉城下水，還送歸舟」等語，則爲蜀人無疑。 是否眉山，尚待考也。 楊升庵喜造故實以炫博，偶見正伯與坡公母黨同姓，遂信口指爲中表，其述尤尚書語，亦不過襲王序耳。 後人以其蜀人談蜀事，遂不復置疑，不知爲所欺也。 子晉跋謂：「其詞多溷蘇作，今悉删正。」今據鈔本吴文恪《百家詞》校之，闋數同毛刻，所謂删正者，又不知何指也。 正伯不失爲宋詞一名家，其年代若錯誤，則尚論南北宋詞風者滋迷惑，故不辭詳辨之如右。 梁啟超。

大鶴山人詞話續編

鄭文焯撰

大鶴山人詞話續編目録

大鶴山人詞話續編卷一

柳永

《鶴林玉露》云：金主亮聞宫人歌柳三變《望海潮》，遂起投鞭渡江之志，至爲謝處厚所訕詬，有「牽動長江萬里愁」之句。案宇文懋昭《大金國志》亦載此事正詳。《詞苑叢談》又稱柳與孫相何爲布衣交，殆孫知杭，耆卿乃以《望海潮》詞諧名妓楚，欲因府會，朱唇歌之，爲之地道，果獲中秋預坐，是柳七此詞延賞當時，流傳異代，何意態雄傑至此，宜范蜀公嘗歎「仁宗四十年太平，鎮在翰苑十餘載，不能出一語歌詠，乃於耆卿詞見之。」其言豈亡謂邪。

柳以楚楚而諧府，周以師師而解褐。兩家名句又皆流播禁中，託諸歌妓，固一時嘉話，然屯田以獻《醉蓬萊》見黜於仁廟，待制以作《少年遊》被謫於祐陵。且賢俊作曲子爲相公晏殊所譏，歌席贈舞鬟爲郎官張果所譖，是知詞客流連風月，固宜胥疏江湖，高逸自持，無怨涼獨，正未可與朝貴抗聲比迹也。

宋元小説紀詞人逸事多不可信從，《苕溪漁隱》已有所指斥。至《詞苑叢談》尤以假謗射聲爲詞流終古之酷，如謂柳因名妓府會而謁孫相，周爲漂水令而款洽主簿之家，蓋出於當世忌名者輕薄之口，遂爲稗官文以周納，誠巨謬也。柳卒於潤州，周卒於處州，一客一官，雖涯分有異，固潦倒江南以終則一也。

耆卿詞以屬景切情，綢繆宛轉，百變不窮，自是北宋倚聲家妍手。其骨氣高健，神韻疏宕，實惟清真能與頡頏。蓋自南唐二主及正中後，得詞體之正者，獨《樂章集》可謂專詣已。以前此作者，所謂長短句，皆屬小令，至柳三變乃演贊其未備，而曲盡其變，詎得以工爲俳體而少之？嘗論樂府原于燕樂，故詞者，聲之文也，情之華也，非嫻于聲，深于情，其文必不足以達之，三者具而後可以言工，不綦難乎？求之兩宋，清真以外微耆卿其誰歟？世士恒苦其音節排奡，幾不可句讀，言如貫珠，又不復易于摭拾，類它詞之可以字句剿襲，用是以媟黷相詬病，誡勿學爲淫佚。美之者或附于秦七、黄九之末，誠不自知其淺妄，甚可憫笑也。

學者能見柳之骨，始能通周之神，不徒高健可以氣取，淡苦可以言工，深華可以意勝，哀艷可以情切也。必先能爲學人之詞，而後可語專詣，知此蓋寡。詞雖小道，吁亦難已！

柳詞渾妙深美處，全在景中人，人中意，而往復迴應，又能寄託清遠，達之眼前，不嫌淩雜。誠如化人城郭，惟見非煙非霧光景，殆一片神行，虚靈四蕩，不可以迹象求之也。曩嘗笑樊榭箋《絶妙好詞》，獨取其中偶句或研鍊字目爲詞眼，寔則注意字面之雕潤耳。余玩索是集，每於作者着意機括轉關處，衮案揣得，以墨圍注之，真詞中之眼，如畫龍點睛，神觀超越，使觀者目送其破壁飛去而已，烏得不驚歎叫絶。

《樂章集》中多存舊譜，故音拍繁促，乃詞家本色。南渡後樂部放失，在曲隊，逸大半虚譜亡辭，賴是以傳，亦案音所宜究心者也。

《畫墁録》載柳永以景祐元年改名方及第，考景祐爲仁宗第三改元。美成以元豐初爲布衣，獻《汴都賦》，始召爲大樂正，距柳及第已四十餘年，是知三變正及歌詠太平時也，美成後於柳可證。柳以詞名潦倒，屯田至客死潤州蕭寺，而爲無後之鬼，然花山弔柳，會以感詞客之靈。王漁洋所以有「殘月曉風仙掌路」之詠也。周以詞名而提舉大晟，至徽猷待制，出守知順昌徙處州而卒。迨强焕後八十餘年宰漂水，猶聞邑人弦哥不息。似兩君所執有升沈之感，顧柳以新樂府流傳宫禁中，有故内官求助之嫌，周亦以妙音律見賞於祐陵，遂有師師爲釋褐之謗書矣。自古詞人不可以言遭際致盛名有如是哉？

戊申春晚，發明柳三變詞義爲北宋正宗。

考《四庫提要》，柳永，崇安人，《宋志》崇安縣屬福建建寧府。《樂章集·滿江紅》「桐川」一首感由閩入浙之作，《府志》人物類有耆卿名可證。

屯田詞，自李端叔、劉潛夫、黄叔暘諸家評泊，多以其俳體爲詬病久矣。惟張端義《貴耳集》引項平齋言：「詩當學杜，詞當學柳，杜詩柳詞，皆無表德，只是實説」云云。柳得一知音，不惜歌苦矣。

戊申春晚，發明柳三變詞義，爲北宋正宗。

《傾杯樂》「禁漏花深，繡工日永，蕙風布暖。變韶景、都門十二，元宵三五，銀蟾光滿。連雲複道淩飛觀。聳皇居麗，佳氣瑞煙葱蒨。翠華宵幸，是處層城閬苑。龍鳳燭、交光星漢。對咫尺鼇山開羽扇。會樂府兩籍神仙，梨園四部絃管。向曉色、都人未散。盈萬井、山呼鼇抃。願歲歲，天仗裏、常瞻鳳輦」。萬紅友云「調更長，句法更亂」。案此並爲譌舛，蓋萬氏誤在不得參句攞了。

《笛家弄》「花發西園，草薰南陌，韶光明媚，乍晴輕暖清明後。水嬉舟動，禊飲筵開，銀塘似染，金隄如繡。是處王孫，幾多遊妓，往往攜纖手。遣離人、對嘉景，觸目傷懷，盡成感舊。別久。帝城當日，蘭堂夜燭，百萬呼盧，畫閣春風，十千沽酒。未省、宴處能忘絃管，醉裏不尋花柳。豈知秦樓，玉簫聲斷，前事難重偶。空遺恨，望仙鄉，一餉消凝，淚沾襟袖」。「媚」作「秀」，宋朱雍《梅》詞韻，第三句是「秀」字，可證耆卿是句必叶爲起調。紅友以「別久」二字屬下段，是也。萬氏云，當以「未省宴處」四字，移「帝城當日」句下。然朱雍《梅》和柳詞與《樂章集》合。案此二句爲對仗，故知「弦管」不作「管弦」，而萬氏舛誤亦不攻自破已！「望仙鄉一餉，淚沾襟袖」，宋本作「望仙鄉一晌，消凝淚沾襟袖」，上下收句多二字，宜據正。

《曲玉管》「隴首雲飛，江邊日晚，煙波滿目凭闌久。一望關河蕭索，千里清秋。忍凝眸。杳杳神京，盈盈仙子，別來錦字終難偶。斷雁無憑，苒苒飛下汀洲。思悠悠。暗想當初，有多少、幽歡佳會，豈知聚散難期，翻成雨恨雲愁。阻追遊。悔登山臨水，惹起平生心事，一場銷黯，永日無言，卻下層樓」。天籟本分三卷，以「杳杳神京」爲第二段，以「暗想當初」爲第三段，此可依據，以證清真詞《雙頭蓮》也。音譜亦如此分段爲三疊。於三字内結，蓋所謂《雙頭蓮》者，即雙曳頭之義也。

《長相思》「畫鼓喧街，蘭燈滿市，皎月初照嚴城。清都絳闕夜景，風傳銀箭，露暖金莖。巷陌縱横。過平康款轡，緩聽歌聲。鳳燭熒熒。那人家、未掩香屏。向羅綺叢中，認得依稀舊日，雅態輕盈。嬌波豔冶，巧笑依然，有意相迎。牆頭馬上，謾遲留、難寫深誠。又豈知、名宦拘檢，年來減盡風情」。清真詞有「慢」字，句例與此宋（本）合，煞拍微異，疑有譌脱。此解入聲字律，唯第二句之「月」字，下闋第二句「得」字。清真并嚴守之。餘悉有出入。案汲古本清真詞煞句注云：「時刻『但連環不解』句下，有『流水長東』四字，誤。」證以柳詞字律正合，非衍誤也。汲古失考已甚。柳詞亦有是調，結句十三字，與「時刻」字律正合。

《郭郎兒近拍》「帝里。閒居小曲深坊，庭院沈沈朱户閉。新霽。畏景天氣。薫風簾幕無人，永晝厭厭如度歲。愁悴。枕簟微涼，睡久輾轉慵起。硯席塵生，新詩小闋，等閒都盡廢。這些兒、寂寞情懷，何事新來常恁地」。唐王言史詩「曲池煎畏景」可證，非誤字。萬氏疏陋已甚。萬氏以「畏景」，使是誤字，不云此用「夏日可畏」，云「畏景」即「畏日」，夢窗詞有之。又本集《過澗歇》，亦有「避畏景，兩兩舟人夜深語」，可知柳詞恒見，原於《文選》。耆卿取字不僅在温、李詩中，蓋熟於六朝文，故語多艷冶，無一字無來處。

《雨霖鈴・秋别》「寒蟬淒切。對長亭晚，驟雨初歇。都門暢飲無緒，方留戀處，蘭舟催發。執手相看淚眼，竟無語凝噎。念去去、千里煙波，暮靄沈沈楚天闊。多情自古傷離别。更那堪、冷落清秋節。今宵酒醒何處，楊柳岸、曉風殘月。此去經年，應是良辰、好景虚設。便總有千種風情，更與何人説」。

考唐《樂府雜録》别樂五音廿八調闕，入聲；商七調，第四運雙調。故填是曲宜用入聲，均作俳詞於雙調，宫譜中亦用上聲，起調則以商、角同用之例，角爲上聲也。此義鮮有知之者。宋本無「方」字，真一字千金譜也。「留戀處」句，正與下闋「楊柳岸」同律，增一「方」字便差。此未見宋本之誤，諸刻竝有「方」字，和柳詞者亦未之精審音拍也。

詠當時宫詞之類，亦託之游仙。唐詩人常有此格，特詞家罕見之。

《巫山一段雲》五首：一「六六真游洞，三三物外天。九班麟㩜破非煙。何處按雲軿。　昨夜麻姑陪宴。又話蓬萊清淺。幾回山脚弄雲濤。髣髴見金鼇」。二「琪樹羅三殿，金龍抱九關。上清真籍總羣仙。朝拜五雲間。　昨夜紫微詔下。急唤天書使者，令齎瑶檢降彤霞。重到漢皇家」。三「清旦朝金母，斜陽醉玉龜。天風摇曳六銖衣。鶴背覺孤危。　貪看海蟾狂戲。不道九關齊閉。相將何處寄良宵。還去訪三茅」。四「閬苑年華永，嬉遊别是情。人間三度見河清。一番碧桃成。　金母忍將輕摘。留宴鼇峰真客。紅狵閒卧吠斜陽。方朔敢偷嘗」。五「蕭氏賢夫婦，茅家好弟兄。羽輪飆駕赴層城。高會盡仙卿。　一曲雲謡爲壽。倒盡金壺碧酒。醺酣争撼白榆花。踏碎九光霞」。此五闋蓋

《破陣樂》「露花倒影，煙蕪蘸碧，靈沼波暖。金柳摇風樹樹，繫彩舫龍船遥岸。千步虹橋，參差雁齒，直趨水殿。繞金隄、曼衍魚龍戲，簇嬌春羅綺，喧天絲管。霽色榮光，望中似覰，蓬萊清淺。　時見。鳳輦宸遊，鸞觴禊飲，臨翠水、開鎬宴。兩兩輕舠飛畫檝，競奪錦標霞爛。罄歡娱，歌魚藻，徘徊宛轉。別有盈盈遊女，各委明珠，争收翠羽，相將歸遠。漸覺雲海沈沈，洞天日晚」。雷溪子注《蕭閑老人明

秀集》引《長恨傳》云：「雲海茫茫，洞天日晚。」柳詞此煞拍正用之。繆氏校以爲「羽」字叶韻，誤已。詞例凡對句於長調中最具絶大魄力，如《西平樂》、《蘭陵王》等曲是也，對句中因多不叶，以歌者一氣合拍作肉裹聲，此詞自「轉」字至「遠」韻，才隔一二句，正長調恒例。紅友以「别有」以下至尾方用韻，疑有譌脱，不知宋本「遠」字已協，此宋槧之足貴也。

《雙聲子》「晚天蕭索，斷蓬蹤跡，乘興蘭棹東遊。三吴風景，姑蘇臺榭，牢落暮靄初收。夫差舊國，香徑没、徒有荒丘。繁華處，悄無覩，惟聞麋鹿呦呦。想當年、空運籌決戰，圖王取霸無休。江山如畫，雲濤煙浪，翻輸范蠡扁舟。驗前經舊史，嗟漫載、當日風流。斜陽暮草茫茫，盡成萬古遺愁」。「驗前經舊史」數語，便抵得無限懷古傷高之致。

《雨中花慢》「墜髻慵梳，愁蛾懶畫，心緒事事闌珊。覺新來憔悴，金縷衣寬。認得這疏狂意下，向人誚譬如閒。把芳容整頓，恁地輕孤，爭忍心安。依前過了舊約，甚當初賺我，偷翦雲鬟。幾時得歸來，香閣深關。待伊要、尤雲殢雨，纏繡衾、不與同歡。儘更深、款款問伊，今後敢更無端」。紅友以爲「認得」句下難解，恐必有誤。案此云「向人誚譬」，即用北語，「誚譬」者，言善謔浪，作罕辟譏笑之語，如閒中信口詼諧也。「誚譬」北語，猶一言工諧謔也。

《定風波》「自春來、慘緑愁紅，芳心是事可可。日上花梢，鶯穿柳帶，猶壓香衾卧。暖酥銷，膩雲嚲。終日厭厭梳裹。無那。恨薄情一去，音書無箇。早知恁般麽。悔當初、不把雕鞍鎖。向雞窗、只與蠻牋象管，拘束教吟課。鎮相隨，莫抛躲。鍼綫閒拈伴伊坐。和我。免使少年，光陰虚過」。喁喁如見女私語，意致如抽絲。千萬緒盡成文理，真妍手也。「吟詠」作「吟課」，「課」字是韻，此宋本之可證音譜者，若作「詠」，則不成格調矣。

《抛毬樂》「曉來天氣濃淡，微雨輕灑。近清明，風絮巷陌，煙草池塘，盡堪圖畫。艷杏暖、妝臉勻開，弱柳困、宮腰低亞。是處麗質盈盈，巧笑嬉嬉，爭簇鞦韆架。戲綵毬羅綬，金雞芥羽，少年馳騁，芳郊緑野。占斷五陵遊，奏脆管、繁絃聲和雅。　向名園深處，爭泥畫輪，競羈寶馬。取次羅列杯盤，就芳樹、緑陰紅影下。舞婆娑，歌宛轉，髣髴鶯嬌燕姹。寸珠片玉，爭似此、濃歡無價。任他美酒，十千一斗，飲竭仍解金貂貰。恣幕天席地，陶陶盡醉太平，且樂唐虞景化，須信艷陽天，看未足、已覺鶯花謝。對緑蟻翠蛾，怎忍輕捨」。結拍與《破陣樂》「漸覺雲海沉沉，洞天日晚」，語意俱有掉入蒼茫之慨，骨氣雄逸，與徒寫景物情事，意境不同。

《少年游》「長安古道馬遲遲。高柳亂蟬嘶。夕陽島外，秋風原上，目斷四天垂。　歸雲一去無蹤跡，何處是前期。狎興生疏，酒徒蕭索，不似去年時。」上片晚唐詩中無此俊句。

《戚氏》「晚秋天。一霎微雨灑庭軒。檻菊蕭疏，井梧零亂惹殘煙。淒然。望江關。飛雲黯淡夕陽間。當時宋玉悲感，向此臨水與登山。遠道迢遞，行人淒楚，倦聽隴水潺湲。正蟬吟敗葉，蛩響衰草，相應喧喧。　孤館度日如年。風露漸變，悄悄至更闌。長天淨，絳河清淺，皓月嬋娟。思綿綿。夜永對景，那堪屈指，暗想從前。未名未禄，綺陌紅樓，往往經歲遷延。　帝里風光好，當年少日，暮宴朝歡。況有狂明怪侶，遇當歌、對酒競留連。別來迅景如梭，舊遊似夢，煙水程何限。念利名、憔悴長縈絆。

追往事、空慘愁顔。漏箭移、稍覺輕寒。漸嗚咽、畫角數聲殘。對閑窗畔,停燈向曉,抱影無眠。」此調至長,中多夾叶,並有側聲借叶例,第一段「亂」、「淡」、「感」,第二「館」、「變」,第三「限」、「絆」,用仄聲叶例。東坡亦有是曲,坡詞於「留連」句下多一韶,作七字。

《離別難》「花謝水流倏忽,嗟年少光陰,有天然、蕙質蘭心。美韶容、何啻值千金。便因甚、翠弱紅衰,纏綿香體,都不勝任。算神仙、五色靈丹無驗,中路委瓶簪。人悄悄,夜沈沈。閉香閨、永棄鴛衾。想嬌魂媚魄非遠,總洪都方士也難尋。最苦是、好景良天,尊前歌笑,空想遺音。望斷處,杳杳巫峰十二,千古暮雲深」。此哀逝之作。

《夜半樂》「凍雲黯淡天氣,扁舟一葉,乘興離江渚。渡萬壑千巖,越溪深處。怒濤漸息,樵風乍起,更聞商旅相呼。片帆高舉。泛畫鷁、翩翩過南浦。望中酒旆閃閃,一簇煙村,數行霜樹。殘日下,漁人鳴榔歸去。敗荷零落,衰楊掩映,岸邊兩兩三三,浣紗遊女。避行客、含羞笑相語。到此因念,繡閣輕拋,浪萍難駐。歎後約丁寧竟何據。慘離懷,空恨歲晚歸期阻。凝淚眼、杳杳神京路。斷鴻聲遠長天暮」。清空流宕,天馬行空,一氣揮灑。爲柳屯田絶唱。屢欲和之,不敢下筆。案:集末又有《夜半樂》一首,與此句調無異,且同爲中吕調,雖次首結句多一字,校勝以第一二段收句皆作八字,其氣骨更雄傑也。

《如魚水》「輕靄浮空,亂峰倒影,瀲灩十里銀塘。繞岸垂楊。紅樓朱閣相望。芰荷香。雙雙戲、鸂鶒鴛鴦。乍雨過、蘭芷汀洲,望中依約似瀟湘。風淡淡,水茫茫。動一片晴光。畫舫相將。盈盈紅粉清商。紫薇郎。修褉飲、且樂仙鄉。便歸去，徧歷鑾坡鳳沼，此景也難忘」。是調聲拍繁促，夾叶處自然成韻。視夢窗之《夜合花》，梅溪之《玉簟涼》，更覺淒異。夢窗詞有是調，即次韻者卿。

《玉蝴蝶·秋思》「望處雨收雲斷，凭闌悄悄，目送秋光。晚景蕭疏，堪動宋玉悲涼。水風輕、蘋花漸老，月露冷、梧葉飄黄。遣情傷。故人何在，煙水茫茫。難忘。文期酒會，幾辜風月，屢變星霜。海闊山遥，未知何處是瀟湘。念雙燕、難憑遠信，指暮天、空識歸航。黯相望。斷鴻聲裏，立盡斜陽」。夢窗詞有是調，即次韻耆卿。

《引駕行》「紅塵紫陌，斜陽暮草長安道，是誰人、斷魂處，迢迢匹馬西征。新晴。韶光明媚，輕煙淡薄和氣暖，望花村，路隱映，摇鞭時過長亭。愁生。傷鳳城仙子，别來千里重行行。又記得臨歧，淚眼溼、蓮臉盈盈。　　銷凝。花朝月夕，最苦冷落銀屏。想媚容、耿耿無限，屈指已算回程。相縈。空萬般思憶，爭如歸去覩傾城。向繡幃、深處竝枕，説如此牽情」。萬氏云：「自起首至『西征』廿三字方起韻，無此詞格，或云『人』字韻，不確。『和氣』下更有譌字。『村』字作叶，亦未必然。」審是調起句，疑原作「紫陌紅塵」，「塵」字是韻，「人」字亦確是韻。紅友失考，「誰人」宋本作「離」，此句似斷似連。「村」字是韻，但一氣連貫和之，長調多如是。

《望遠行·冬雪》「長空降瑞，寒風翦，淅淅瑶華初下。亂飄僧舍，密灑歌樓，迤邐漸迷鴛瓦。好是漁人，披得一蓑歸去，江上晚來堪畫。滿長安，高卻旗亭酒價。　　幽雅。乘興最宜訪戴，泛小棹、越溪瀟灑。皓鶴奪鮮，白鷴失素，千里廣鋪寒野。須信幽蘭歌斷，彤雲收盡，别有瑶臺瓊樹。放一輪明月，交光清夜」。「亂飄僧舍」數語，全本鄭谷詩句。案唐鄭谷此詩，當時多傳誦之，段贊善因采其詩意圖寫之，曲盡瀟灑之意，谷爲詩寄謝云。見宋郭若虛《圖畫見聞志》。

《塞孤》「一聲雞，又報殘更歇。秣馬巾車催發。草草主人燈下別。山路險，新霜滑。瑶珂響、起棲烏，金鐙冷、敲殘月。漸西風緊，襟袖淒裂。　遥指白玉京，望斷黄金闕。遠道何時行徹。算得佳人凝恨切。應念念，歸時節。相見了、執柔荑，幽會處、偎香雪。免鴛衾、兩恁虚設」。寫北行逆旅之作，悲涼□。

《夜半樂》「艷陽天氣，煙細風暖，芳郊澄朗閒凝竚。漸妝點亭臺，參差佳樹。舞腰困力，垂楊緑映，淺桃穠李夭夭，嫩紅無數。度綺燕、流鶯鬭雙語。　翠娥南陌簇簇，躡影紅陰，緩移嬌步。擡粉面、韶容花光相妒。絳綃袖舉。雲鬟風顫，半遮檀口含羞，背人偷顧。競鬭草、金釵笑爭賭。　對此嘉景，頓覺銷凝，惹成愁緒。念解珮、輕盈在何處。忍良時、辜負少年等閒度。空望極、回首斜陽暮。歎浪萍風梗如何去」。此調「凍雲黯淡」闋與此闋句調無異，且同屬中吕調，第一二段收句皆作八字，維此結句多一字，氣勢更雄渾。

大鶴山人詞話續編卷二

姜夔

《鷓鴣天·丁巳元日》「柏緑椒紅事事新。隔籬燈影賀年人。三茅鐘動西窗曉，詩鬢無端又一春。慵對客，緩開門。梅花閒伴老來身。嬌兒學作人間字，鬱壘新荼寫未真」。《輟耕録》引陳隨應《南度行宫記》云：「吴知古掌禁修，每三茅觀鐘鳴，則觀堂之鐘應之。」是知此解爲道人在杭州作可證。

《鷓鴣天·正月十一日觀燈》「巷陌風光縱賞時。籠紗未出馬先嘶。白頭居士無呵殿，只有乘肩小女隨。　花市滿，月侵衣。少年情事老來悲。沙河塘上春寒淺，看了游人緩緩歸」。夢窗《元夕》詞有「乘肩爭着小腰身」之句。《武林舊事》都城自舊歲冬孟，駕回，則已有乘肩小女鼓吹舞綰者數十隊，以貢貴邸豪家幕次之玩。道人以江湖閒逸，感時觸景，聊記鐙市風光，夢窗所謂草邊一笑，所費殊不多也。

《鷓鴣天·元夕有所夢》「肥水東流無盡期。當初不合種相思。夢中未必丹青見，暗裏忽驚山鳥啼。　春未緑，鬢先絲。人間别久不成悲。誰教歲歲紅蓮夜，兩處沈吟各自知」。「紅蓮」謂鐙。此可與

「丁未元日金陵，江上感夢之作」參看。

《鷓鴣天·十六夜出》「輦路珠簾兩行垂。千枝銀燭舞僛僛。東風歷歷紅樓下，誰識三生杜牧之。歡正好，夜何其。明朝春過小桃枝。鼓聲漸遠遊人散，惆悵歸來有月知」。自「丁巳元日」至此詞「十六夜出」，竝爲道人旅杭時作。

《訴衷情·端午宿合路》「石榴一樹浸溪紅。零落小橋東。五日淒涼心事，山雨打船蓬。諳世味，楚人弓。莫沖沖。白頭行客，不採蘋花，孤負薰風」。万俟詠詞：「五日淒涼今古、與誰同。」

《浣溪沙》「翦翦寒花小更垂。阿瓊愁裏弄妝遲。東風燒燭夜深歸。落蕊半黏釵上燕，露橫斜映鬢邊犀。老夫無味已多時。」結句用「味」，如嚼蠟之義，甚新。

《齊天樂·丙辰歲，與張功父會飲張達可之堂，聞屋壁間蟋蟀有聲，功父約予同賦，以授歌者。功父先成，辭甚美。予徘徊茉莉花間，仰見秋月，頓起幽思，尋亦得此。蟋蟀，中都呼爲促織，善鬭，好事者或以二三十萬錢致一枚，鏤象齒爲樓觀以貯之》「庾郎先自吟愁賦。淒淒更聞私語。露溼銅鋪，苔侵石井，都是曾聽伊處。哀音似訴。正思婦無眠，起尋機杼。曲曲屏山，夜涼獨自甚情緒。西窗又吹暗雨。爲誰頻斷續，相和砧杵。候館迎秋，離宮弔月，別有傷心無數。豳詩謾與。笑籬落呼燈，世間兒女。寫入琴絲，一聲聲更苦」。《負喧雜録》：鬬蛩之戲，始於天寶間。長安富人鏤象牙爲籠而蓄之，以萬金之資付之一喙。此叙所記好事者云云，可知其習尚至宋宣、政間，殆有甚於唐之天寶時矣。功父《滿庭芳》詞，詠促織兒，清雋幽美，實擅詞家能事，有觀止之歎；白石別構一格，下闋託寄遙深，亦足千古已。

《滿江紅·〈滿江紅〉舊調用仄韻，多不協律，如末句云：無心撲三字，歌者將心字融入去聲，方諧音律。予欲以平韻爲之，久不能成。因泛巢湖，聞遠岸簫鼓聲，問之舟師，云：居人爲此湖神姥壽也。予因祝曰：得一席風，徑至居巢，當以平韻〈滿江紅〉爲迎送神曲。言訖，風與筆俱駛，頃刻而成。末句云：聞佩環，則協律也。書以綠箋，沈于白浪。辛亥正月晦也。是歲六月，復過祠下，因刻之柱間。有客來自居巢云：土人祠姥，輒能歌此詞。按曹操至濡須口，孫權遺操書曰：春水方生，公宜速去。操曰：孫權不欺孤。乃徹運還。濡須口與東關相近，江湖之所出入，予意春水方生，必有司之者，故歸其功於姥云》「仙姥來時，正一望、千頃翠瀾。旌旗共、亂雲俱下，依約前山。命駕羣龍金作軛，相從諸娣玉爲冠。向夜深、風定悄無人，聞珮環。神奇處，君試看。奠淮右，阻江南。遣六丁雷電，別守東關。卻笑英雄無好手，一篙春水走曹瞞。又怎知、人在小紅樓，簾影間」。《詞律》上、去聲字有作平用之例。如集中「近」字，類可證。此曲爲道人自製平韻，第二句、第五句「千頃」之「頃」，審音當作平。證以夢窗兩作，一用「蒼浪」，本漢《樂府》上有「蒼浪天」，「浪」爲平聲，猶云天色之老倉也。汲古本不誤，萬氏引作「滄浪」，四印齋刻從之，非是。「滄浪」出《禹貢》，水名，今誤爲水貌之通訓。又：吳詞次解作「胡蝶」，「蝶」字亦入平例。是知白石之「頃」字亦不作上用，有左諭矣。近世詞人作此解並不達斯音呂，故訂及之。

《法曲獻仙音·張彥功官舍在鐵冶嶺上，即昔之教坊使宅。高齋下瞰湖山，光景奇絶。予數過之，爲賦此》「虚閣籠寒，小簾通月，暮色偏憐高處。樹隔離宫，水平馳道，湖山盡入尊俎。奈楚客淹留久，砧聲帶愁去。屢回顧。過秋風、未成歸計。誰念我、重見冷楓紅舞。唤起澹粧人，問逋仙、今在何許。象筆鸞牋，甚而今、不道秀句。怕生平幽恨，化作沙邊煙雨」。洪陔華刻本有《越女鏡心》二解，它本所無。諦審其語義風格，竝近靡曼之音，可決爲道人之作。至其曲體與《獻仙音》相類。南村依宋槧寫校，既無是闋，宋、元諸家選本説部，亦不聞有集外軼詞，是洪刻雖多，亦奚以爲？

《琵琶仙·〈吴都賦〉云：户藏煙浦，家具畫船，唯吴興爲然。春游之盛，西湖未能過也。己酉歲，予與蕭時父載酒南郭，感遇成歌》「雙槳來時，有人似、舊曲桃根桃葉。歌扇輕約飛花，蛾眉正奇絶。春漸遠、汀洲自緑，更添了、幾聲啼鴂。十里揚州，三生杜牧，前事休説。又還是、宫燭分煙，奈愁裏、匆匆换時節。都把一襟芳思，與空階榆莢。千萬縷、藏鴉細柳，爲玉樽、起舞回雪。想見西出陽關，故人初别」。姚鼎臣《文粹》引賦云：「其近也方塘含春，曲沼澄秋，户閈煙浦，家藏畫舟。」白石作「藏」、「具」二字，均誤，又失原韻，且移唐之西都於吴，於地理尤謬。

《解連環》「玉鞭重倚，卻沈吟未上，又縈離思。爲大喬、能撥春風，小喬妙移箏，雁啼秋水。柳怯雲鬆，更何必、十分梳洗。道郎攜羽扇，那日隔簾，半面曾記。西窗夜涼雨霽，歎幽歡未足，何事輕棄。問後約、空指薔薇，算如此溪山，甚時重至。水驛燈昏，又見在、曲屏近底。念唯有、夜來皓月，照伊自睡」。《鶯聲繞紅樓》「前舞絲絲近」，「近」注平。此句「曲屏近底」，「近」字祠堂本亦注平聲，或皆由白石自注。按此句與此闋「十分梳洗」句例同，故「近」字必作平。又疑《疏影》「飛近蛾緑」之「近」字，亦非側用，以玉田《緑意》調證之，始信。

《摸魚兒·辛亥秋期，予寓合肥。小雨初霽，偃卧窗下，心事悠然。起與趙君猷露坐月飲，戲吟此曲，蓋欲一洗鈿合金釵之塵。他日野處見之，甚爲予擊節也》「向秋來、漸疏斑扇，雨聲時過金井。堂虚已放新涼入，湘竹最宜欹枕。閒記省。又還是、斜河舊約今再整。天風夜冷。自織錦人歸，乘槎客去，此意有誰領。空贏得，今古三星炯炯。銀波相望千頃。柳州老矣猶兒戲，瓜果爲伊三請。雲路迥。謾説道、年年野鵲曾並影。無人與問。但濁酒相呼，疏簾自捲，微月照清飲」。三星見䟦彼《織女詩》疏，唐竇常《七夕詩》：「露槃花水望三星。」夢窗詞亦用之。戈順卿選本以意改作「雙星」，淺妄已甚。

《揚州慢·淳熙丙申至日，余過維揚，夜雪初霽，薺麥彌望。入其城，則四顧蕭條，寒水自碧，暮色漸起，戍角悲吟。予懷愴然，感慨今昔，因自度此曲。千巖老人以爲有黍離之悲也》「淮右名都，竹西佳處，解鞍少駐初程。過春風十里，盡薺麥青青。自胡馬窺江去後，廢池喬木，猶厭言兵。漸黄昏，清角吹寒，都在空城。杜郎俊賞，算而今、重到須驚。縱荳蔻詞工，青樓夢好，難賦深情。二十四橋仍在，波心蕩、冷月無聲。念橋邊紅藥，年年知爲誰生」。紹興三十年，完顔亮南寇江淮，軍敗，中外震駭。亮尋爲其臣下殺於瓜州。此詞作於淳熙三年，寇平已十有六年，而景物蕭條，依然「廢池喬木」之感。此與《淒涼犯》當同屬江淮亂後之作。

《長亭怨慢·予頗喜自製曲，初率意爲長短句，然後協以律，故前後闋多不同。桓大司馬云：昔年種柳，依依漢南。今看揺落，悽愴江潭。樹猶如此，人何以堪。此語予深愛之》「漸吹盡、枝頭香絮。是處人家，緑深門户。遠浦縈回，暮帆零亂向何許。閲人多矣，誰得似、長亭樹。樹若有情時，不會得、青青如此。　日暮。望高城不見，只見亂山無數。韋郎去也，怎忘得、玉環分付。第一是、早早歸來，怕紅萼、無人爲主。算只有并刀，難翦離愁千縷」。「只」沈遜齋本作「空」。「空」字當是宋刻舊文，義亦較長。案集中《江梅引》亦作「算空有」，是其習用者。

《淡黄柳・客居合肥南城赤闌橋之西，巷陌淒涼，與江左異。唯柳色夾道，依依可憐。因度此闋，以紓客懷》「空城曉角。吹入垂楊陌。馬上單衣寒惻惻。看盡鵝黄嫩緑，都是江南舊相識。　正岑寂。明朝又寒食。强攜酒、小橋宅，怕梨花落盡成秋色。燕燕飛來，問春何在，唯有池塘自碧」。陸本作「喬」，非是。此所謂「小橋」者，即題叙所云赤闌橋之西客居處也，故云「小橋宅」。若作「小喬」，則不得其解已。《絶妙好詞》亦作「橋」，可證。長吉有「梨花落盡成秋苑」之句，白石正用以入詞，而改一「色」字協韻。當時如清真、方回多取賀詩雋句爲字面。案草窗《絶妙好詞選》是解「色」字均竝與宋本同。而王碧山作此句不協，誦之便落韻已。又見姜集別本作「秋苑」，此因唐人詩句而誤，不足徵也。

《石湖仙・壽石湖居士》「松江煙浦，是千古三高，游衍佳處。須信石湖仙，似鴟夷、翩然引去。浮雲安在，我自愛、緑香紅舞。容與。看世間、幾度今古。　盧溝舊曾駐馬，爲黄花、閒吟秀句。見説胡兒，也學綸巾欹雨。玉友金蕉，玉人金縷。緩移箏柱。聞好語。明年定槐府」。《齊東野語》云：「周益公於乾道壬辰上巳，以春官去國，過吴，范公招飲園中，夜分題壁云：『吴臺越壘，距門才十里，而陸沈於荒煙蔓草者，且七百年，紫微舍人始創別墅，登臨得要，甲於東南。豈鴟夷子成功於此，扁舟去之，天閟絶景，留之賢者，然後享其樂邪？』」此白石以鴟夷喻范功成身退之微旨，非亡本也。陸刻「雨」誤「羽」。戈《選》又改「胡」爲「吴」，繆甚。考《石湖集》有《靈溝燕賓館》二詩，自注「對菊酌酒，故有『雪滿西山把菊看』之句。」又有《踏鴟巾》一首，注：「接送伴田、彦皋，受予巾裹，求其樣，指所載踏鴟有愧色。」故有句云：「雨中折角君何愛？」蓋用郭林宗折角墊雨故事。白石詞即承用石湖詩意，後有詩悼石湖云：「尚留巾墊角，胡虜有知音。」正可爲此詞佳證。戈順卿、陸渟川輩乃疏闇至此，可謂胸馳臆斷已。

《暗香·辛亥之冬，予載雪詣石湖。止既月，授簡索句，且徵新聲。作此兩曲，石湖把玩不已，使工妓隸習之，音節諧婉，乃名之曰暗香、疏影》「舊時月色，算幾番照我，梅邊吹笛。唤起玉人，不管輕寒與攀摘。何遜而今漸老，都忘卻、春風詞筆。但怪得、竹外疏花，香冷入瑶席。江國。正寂寂。歎寄與路遥，夜雪初積。翠樽易泣。紅萼無言耿相憶。長記曾攜手處，千樹壓、西湖寒碧。又片片、吹盡也，幾時見得」。此二曲爲千古詞人詠梅絶調，以託喻遥深，自成馨逸。其《暗香》一解凡三字句逗，皆爲夾協。夢窗墨守綦嚴，但近世知者蓋寡，用特著之。詞中「玉」、「雪」二字，竝宜作平之字爲合律。

《疏影》「苔枝綴玉，有翠禽小小，枝上同宿。客裏相逢，籬角黄昏，無言自倚修竹。昭君不慣胡沙遠，但暗憶、江南江北。想珮環、月夜歸來，化作此花幽獨。猶記深宫舊事，那人正睡裏，飛近蛾緑。莫似春風，不管盈盈，早與安排金屋。還教一片隨波去，又卻怨、玉龍哀曲。等恁時、再覓幽香，已入小窗横幅」。此蓋傷心二帝蒙塵，諸后妃相從北轅，淪落胡地，故以昭君託喻，發言哀斷。考唐王建《塞上詠》某詩曰：「天山路旁一株梅，年年花發黄雲下。昭君已没漢使回，前後征人誰繫馬。」白石詞意當本此。近世讀者多以意疏解，或有嫌其舉典儗不於倫者，殆不自知其淺闇矣。詞中數語，純從少陵詠明妃詩義隱括，出以清健之筆，如聞空中笙鶴，飄飄欲仙。覺草窗、碧山所作《弔雪香亭梅》諸詞，皆人間語，視此如隔一塵。宜當時傳播吟口，爲千古絶唱也。至下闋藉《宋書》壽陽公主故事引申前意，寄情遥遠，所謂怨深文綺，得風人温厚之旨已。

《惜紅衣·吴興號水晶宫，荷花盛麗。陳簡齋云：今年何以報君恩，一路荷花相送到青墩。亦可見矣。丁未之夏，予遊千巖，數往來紅香中。自度此曲，以無射宫歌之》「簟枕邀涼，琴書换日，睡餘無力。細灑冰泉，并刀破甘碧。牆頭换酒，誰問訊、城南詩客。岑寂。高樹晚蟬，説西風消息。虹梁水陌。魚浪吹香，紅衣半狼藉。維舟試望故國。眇天北。可惜柳邊沙外，不共美人游歷。問甚時同賦，三十六陂秋色」。考旁譜「日」字塙當叶，與美成《解連環》「絶」字同律。夢窗贈石帚之作，於此字亦守之。或云：譜無對起，次句叶韻之例，則舉所習見之《踏莎行》爲證。又句中韻爲夾協，如是調「客」、「國」二韻是。夢窗正合。近世作者，萬氏《詞律》謂從下二字方斷句，則繆甚。但宋人已有誤會句投者。以詞人不必皆深於樂紀也。至求之深者，疑下闋之「惜」字，末句之「十」字，竝爲夾協。强作解事，抑亦傎已。

《淒涼犯·合肥巷陌皆種柳，秋風夕起騷騷然。予客居闔户，時聞馬嘶。出城四顧，則荒煙野草，不勝淒黯，乃著此解。琴有淒涼調，假以爲名。凡曲言犯者，謂以宫犯商、商犯宫之類。如道調宫上字住，雙調亦上字住。所住字同，故道調曲中犯雙調，或於雙調曲中犯道調，其他準此。唐人樂書云：犯有正、旁、偏、側。宫犯宫爲正，宫犯商爲旁，宫犯角爲偏，宫犯羽爲側。此説非也。十二宫所住字各不同，不容相犯，十二宫特可犯商、角、羽耳。予歸行都，以此曲示國工田正德，使之以啞觱栗吹之，其韻極美，亦曰瑞鶴仙影》「緑楊巷陌。秋風起、邊城一片離索。馬嘶漸遠，人歸甚處，戍樓吹角。情懷正惡。更衰草寒煙澹薄。似當時、將軍部曲，迤邐度沙漠。追念西湖上，小舫攜歌，晚花行樂。舊游在否，想如今、翠凋紅落。漫寫羊裙，等新雁來時繫著。怕匆匆、不肯寄與，誤後約」。紹興庚辰，金人敗盟，犯盧州。王權敗歸。太師陳秉伯請下詔親征，以葉義問督江淮軍，虞允文參謀軍事。尋敗敵於采石。詞中所謂似當時將軍部曲，迤邐度沙漠，蓋隱寓其戰事也。

《湘月·長溪楊聲伯典長沙楫櫂，居瀕湘江，窗間所見，如燕公郭熙畫圖，卧起幽適。丙午七月既望，聲伯約予與趙景魯、景望、蕭和父，裕父、時父、恭父大舟浮湘，放乎中流。山水空寒，煙月交映，淒然其爲秋也。坐客皆小冠練服，或彈琴、或浩歌、或自酌、或援筆搜句。予度此曲，即念奴嬌之鬲指聲也，於雙調中吹之。鬲指亦謂之過腔，見晁无咎集。凡能吹竹者，便能過腔也》「五湖舊約，問經年底事，長負清景。暝入西山，漸唤我、一葉夷猶乘興。倦網都收，歸禽時度，月上汀洲冷。中流容與，畫橈不點清鏡。　誰解唤起湘靈，煙環霧鬢，理哀弦鴻陣。玉麈談元，難坐客、多少風流名勝。暗柳蕭蕭，飛星冉冉，夜久知秋信。鱸魚應好，舊家樂事誰省」。此「練」字甚古，詞中多譌作「練」。如清真《齊天樂》「練囊」，夢窗《解連環》「練帷」，並不作「練」。考《類篇》「練」訓絡屬，引彌衡着練巾。《後漢書·衡傳》作疏巾。案疏字或體亦作踈，此綀字作平聲之一證。又徐鉉有「好風輕透白綀巾」之句。趙以夫詞云：「正蕭然、竹枕綀衾」，竝作平聲，可爲左證。今得此詞題叙，益信。《晉書·車武子傳》：「家貧，不常得油，夏月則綀囊盛數十螢火以照書。」此清真詞所本。今元巾箱本及毛刻並已作「練」誤。

《永遇樂·次韻辛克清先生》「我與先生，夙期已久，人間無此。不學楊郎，南山種豆，十一徵微利。雲霄直上，諸公袞袞，乃作道邊苦李。五千言，老來受用，肯教造物兒戲。　東岡記得，同來胥宇，歲月幾何難計。柳老悲桓，松高對阮。未辨爲鄰地。長干白下，青樓珠閣，往往夢中槐蟻。卻不如、窪尊放滿，老夫未醉」。近世詞家，務爲雕絢，意製淺疏，以爲倚聲中別有取字一格。元、明以降，益用胸馳臆斷，文不雅馴。覩於清真、白石諸大家，無一字無來歷，盡從唐人詩句翦裁而出，使讀者但驚歎於清紗而已。「松高對阮」，老杜詩「松高擬對阮生論」。

大鶴山人詞話續編卷三

吴文英

詞意固宜清空，而舉典尤忌冷僻。夢窗詞高雋處，固足矯一時放浪通脱之弊，而晦澀終不免焉。至其隸事，雖亦淵雅可觀，然鍛鍊之工，驟難索解，淺人或以意改竄，轉不能通，此近世刻本訛變之甚於諸家，當時流傳所爲不廣也，兹略舉一二以證之。如《掃花遊》换頭「天夢」句，用秦穆上天事。《塞垣春》起句「漏瑟」用温飛卿詩。《聲聲慢·宏庵宴席》一闋，起句「寒筲驚墜」，用陸天隨「黄精滿緑筲」句意。筲，竹器也，今本誤作「簫」，則不可解；惟明鈔本作「筲」可證。《木蘭花慢·壽秋壑》「漢節葆仍紅」句，用《漢·禮儀志》赤葆故事，今訛「葆」作「棗」。《宴清都·送馬林屋赴南宫》上闋末句「唯朝」，用《中吴紀聞·夷亭潮汛》引諺「潮過夷亭出狀元」。案「夷」，《吴志》亦作「唯」，《圖經》只作「唯」，夢窗正用此吴諺以頌馬南宫之捷。馬號林屋，蓋洞庭山人。今毛本則訛作「淮潮」，失考，並失作意已。此類尚不止此，誠務博之過，亦字意用晦之所致也。

吴君特一四明詞客耳，端平、景定之間，以倚聲鳴於時，吴山越水時復見其高蹤，聞其逸唱，胥疏江湖，老于韋布，史傳亡稱，僅于尹梅津、沈義甫諸人品題及草窗、玉田兩詞集中，依約考見其生平。倡酬間，亦足以知人論世已。顧集中涉及榮王詞凡六闋，又兩壽秋壑，再題其西湖居處，是君特曳裾王門，附聲權貴，終未免白璧微瑕，以睎白石道人，其高致倜乎遠已。

《瑞鶴仙·秋感》「淚荷抛碎璧。正漏雲篩雨，斜捎窗隙。林聲怨秋色。對小山不迭，寸眉愁碧。涼欺岸幘。暮砧催、銀屏剪尺。最無聊、燕去堂空，舊幕暗塵羅額。行客。西園有分，斷柳淒花，似曾相識。西風破屐。林下路，水邊石。念寒恐殘夢，歸鴻心事，那聽江村夜笛。看雪飛、蘋底蘆梢，未如鬢白」。「迭」與「疊」通用。詞意自以「迭」爲佳，言山眉不皺碧，正見作意。

《瑞鶴仙·贈絲鞵莊生》「藕心抽瑩繭。引翠鍼行處，冰花成片。金門從迴輦。兩玉鳧飛上，繡絨塵軟。絲絇侍宴。曳天香、春風宛轉。傍星辰、直上無聲，緩躡素雲歸晚。寄跡。平康得意，醉踏香泥，潤紅沾線。良工詫見。吴蠶唾，海沈楦。任真珠裝綴，春申客屨，今日風流霧散。待宣供、禹步宸遊，退朝燕殿」。《樂章集》《引駕行》過片有「秦樓晝永，謝閣連宵奇遇」，此「奇踐」，正與柳詞鍊字相似。「楦」字，《廣韻》訓履模也。杜刻「寄跡」作「奇踐」，句意頗新，大似文英之筆。

《滿江紅·澱山湖》「雲氣樓臺，分一派、滄浪翠蓬。開小景、玉盆寒浸，巧石盤松。風送流花時過岸，浪摇晴練欲飛空。算鮫宫、祇隔一紅塵，無路通。神女駕，淩曉風。明月佩，響丁東。對兩蛾猶鎖，怨緑煙中。秋色未教飛盡雁，夕陽長是墜疏鐘。又一聲、欸乃過前巖，移釣篷」。「蒼浪」即「蒼波」之謂，白石作「千頃翠瀾」可證。「兩蛾」，謂洞庭兩山。

《拜星月慢・姜石帚以盆蓮數十置中庭，宴客其中》「絳雪生凉，碧霞籠夜，小立中庭蕪地。昨夢西湖，老扁舟身世。歎遊蕩，暫賞、吟花酌露尊俎，冷玉紅香罍洗。眼眩魂迷，古陶洲十里。翠參差、澹月平芳砌。甎花滉、小浪魚鱗起。霧盎淺障青羅，洗湘娥春膩。蕩蘭煙、麝馥濃侵醉。吹不散、繡屋重門閉。又怕便、緑減西風，泣秋檠燭外」。昔賢謂夔家無儋石之儲，而一飯未嘗無客。觀於此詞題叙，已足考見其生平風誼之豪矣。

《玉燭新・春情》「花穿簾隙透。向夢裏消春，酒中延晝。嫩篁細掐，相思字、墮粉輕黏練袖。章臺別後，展繡絡、紅蔫香舊。□□□，應數歸舟，愁凝畫闌眉柳。移燈夜語西窗，逗曉帳迷香，問何時又。素紈乍試，還憶是、繡懶思酸時候。蘭清蕙秀。總未比、蛾眉螓首。誰訴與，惟有金籠，春簧細奏」。鶯籠，本集中數見之。此用春黄，亦是黄鶯，非鸚鵡也。

《宴清都・連理海棠》「繡幄鴛鴦柱。紅情密，膩雲低護秦樹。芳根兼倚，花梢鈿合，錦屏人妒。東風睡足交枝，正夢枕、瑶釵燕股。障灔蠟、满照歡叢，嫠蟾冷落羞度。人間萬感幽單，華清慣浴，春盎風露。連鬟並暖，同心共結，向承恩處。憑誰爲歌長恨，暗殿鎖、秋燈夜語。叙舊期、不負春盟，紅朝翠暮。」「兼」字切「連理」。夢窗工於練字，故文之以艱澀，其實夢窗清空在骨氣，非雕琢薄辭，徒以文掩意也。

《齊天樂・贈姜石帚》「餘香繞潤鸞綃汗，秋風夜來先起。霧銷林深，藍浮野潤，一笛漁蓑鷗外。紅塵萬里。就中決銀河，冷涵空翠。岸觜沙平，水楊陰下晚初艤。桃溪人住最久，浪吟誰得到，蘭蕙疏綺。硯色寒雲，籤聲亂葉，蘄竹紋如水。笙歌醉裏。步明月丁東，靜傳環佩。更展芳塘，種花招燕子。」硯章皆白石珍玩，見諸詩詞，故君特贈句及之，匪亡謂也，昔賢舉典屬辭並非虛詞，於斯益信。「研色寒雲，籤聲亂葉」句，東坡題《書軒》詩「雨昏石硯寒雲色，風動牙籤亂葉聲」，此詞之所本。

《掃花遊·西湖寒食》「冷空澹碧，帶翳柳輕雲，護花深霧。艷晨易午。正笙簫競渡，綺羅爭路。驟捲風埃，半掩長蛾翠嫵。散紅縷。漸紅溼杏泥，愁燕無語。乘蓋爭避處。就解佩旗亭，故人相遇。恨春太妒。濺行裙更惜，鳳鉤塵污。酹入梅根，萬點啼痕暗樹。峭寒暮。更蕭蕭、隴頭人去」。案《歲時廣記》引《越地傳》云：「競渡起于越王勾踐，蓋斷髪文身之俗，習山而爲戰者也。」《荆楚歲時記》亦云：「南方競渡者，治其舟使輕利，謂之飛凫，又曰水車水馬，州將及土人重臨而觀之。」夢窗兩詞記事，皆在越中，無一語及沅湘可證。其詞中所寫節物光景，皆與越俗相同。蓋競渡之俗，在荆楚則以五月五日爲弔屈原，在越俗則以春水方生，治舟輕利，便于水事，遂傳爲清明寒日水嬉故實。此在昔人詩詞備見之，亦足補競渡一典要焉。

《掃花遊·送春古江村》「水園沁碧，驟夜雨飄紅，竟空林島。艷春過了。有塵香墜鈿，尚遺芳草。步繞新陰，漸覺交枝徑小。醉深窈。愛緑葉翠圓，勝看花好。芳架雪未掃。怪翠被佳人，困迷清曉。柳絲繫棹。問閶門自古，送春多少。倦蝶慵飛，故撲簪花破帽。酹殘照。掩重城、暮鍾不到。」《蘇州府志》：西園在閶門西，洛人趙思別業也，張孝祥大書其扁曰「古江村」，中有足娛堂，是知其地以于湖得名。故詞□有流連以詠□傳爲勝跡。

《丁香結·秋日海棠》「香娟紅霏，影高銀燭，曾縱夜遊濃醉。正錦温瓊膩，被燕踏、暖雪驚翻庭砌。馬嘶人散後，秋風換、故園夢裏。吴霜融曉，陡覺暗動偷春花意。還似。海霧冷仙山，唤覺環兒半睡。淺薄朱唇，嬌羞艷色，自傷時背。簾外寒掛澹月，向日鞦韆地。懷春情不斷，猶帶相思舊字」。案《初學記》：十月爲小春。《山堂肆考》謂南方冬温，草木常茂，今江南十月，春卉再華，俗呼爲迎小春。柳耆卿有《望梅》一解，題「詠小春」。見明顧汝爲所編《草堂詩餘》。毛刻改「小春」爲「秋日」，以爲即今之秋海棠，淺妄已甚。諦審詞義，云「秋風換、故園夢裏」，又云「暗動偷春花意」，皆原作「小春」佳證。又：《石湖詩集》有「小春海棠」絶句，是知題例有由來已。江南春卉，至十月再華，謂之「迎小春」，此「小春海棠」似以命題也。毛氏臆改「秋日」，大繆。宜援君特手寫本更訂之。

《瑞龍吟·德清清明競渡》「大溪面。遥望繡羽衝煙，錦梭飛練。桃花三十六陂，鮫宫睡起，嬌雷乍轉。去如箭。催趁戲旗遊鼓，素瀾雪濺。東風冷溼蛟腥，澹陰送晝，輕霏弄晚。洲上青蘋生處，鬬春不管，懷沙人遠。殘日半開，一川花影零亂。山屏醉纈，連棹東西岸。闌干倒、千紅妝靨，鉛香不斷。傍暝疏簾捲。翠漣皺淨，笙歌未散。簪柳門歸懶。猶自有、玉龍黄昏吹怨。重雲暗閣，春霖一片」。此詞所謂「鬬春不管，懷沙人遠」，可證競渡不盡在端五。

《倒犯·贈黄復庵》「茂苑、共鶯花醉吟，歲華如許。江湖夜雨。傳書問、雁多幽阻。清溪上，慣來往扁舟、輕如羽。到興懶歸來，玉冷耕雲圃。按瓊簫，賦金縷。回首詞場，動地聲名，春雷初啟户。枕水卧漱石，數間屋，梅一塢。待共結、良朋侣。載清尊、隨花追野步。要未若城南，分取溪隈住。晝長看柳舞」。是詞下闋瘦硬，如誦少陵《東川》詩，有偃蹇空山之概。

《玉樓春·京市舞女》「茸茸貍帽遮梅額。金蟬羅翦胡衫窄。乘肩爭看小腰身，倦態强隨閒鼓笛。問稱家住城東陌。欲買千金應不惜。歸來困頓殢春眠，猶夢婆娑斜趁拍」。此詞見《武林舊事》引之。明楊升庵以爲「乘肩」有誤，繆已。乘肩小女，亦舞戲之一類。今遨頭之有背閣，皆以小女郎妝飾戲齣，對立肩上，或多至三人，亦能跳舞搬演《水滸》傳奇中人，汴梁春秋會恒有之，蓋昉于北宋舞樂也。此詞所謂「小腰身」，正以見其輕眇之技耳。

《望江南·賦畫靈照女》「衣白苧，雪面墮愁鬟。不識朝雲行雨處，空隨春夢到人間。留向畫圖看。慵臨鏡，流水洗花顔。自織蒼煙湘淚冷，誰撈明月海波寒。天澹霧漫漫」。東坡詩「但有靈照女」，張建詩亦以「靈照女」對「孟光妻」，可徵宋人習用之典。夢窗是詞或詠人家之淑女好道者。「明月」句蓋寓掌上明珠之義也。夏劍丞曰：「《山海經》注：舜次妃癸比氏生二女，曰宵明，曰燭光，處於河大澤，靈照萬里，是爲湘之神。此云靈照，蓋畫湘神，如畫雒神女者。」

《婆羅門引·郭清華席上爲放琴客而新有所盼，賦以見喜》「風漣亂翠，酒霏飄汗洗新妝。幽情暗寄蓮房。弄雪調冰重會，臨水暮追涼。正碧雲不破，素月微行。雙成夜笙，斷舊曲、解明璫。別有紅嬌粉潤，初試霓裳。分蓮調郎。又拈惹、花茸碧唾香。波暈切、一盼秋光」。詞題用顧況詩中故實，況有《宜城放琴客》詩，曰：「琴客，宜城之愛妾也，宜城請老，愛妾出嫁。」此況放其舊而盼其新。《詩》不云乎？「其新孔嘉，其舊如之何」？

《西子妝慢·湖上清明薄遊》「流水麯塵，艷陽醅酒，畫舸遊情如霧。笑拈芳草不知名，乍淩波、斷橋西堍。垂楊漫舞。總不解、將春繫住。燕歸來，問綵繩纖手，如今何許。懽盟誤。一箭流光，又趁寒食去。不堪衰鬢著飛花，傍緑陰、冷煙深樹。玄都秀句。記前度、劉郎曾賦。最傷心、一片孤山細雨」。此曲惟玉田有和作，云愛其聲調妍雅，久欲述之而未能。又謂惜舊譜零落，不能倚聲而歌也。今就玉田所作校此，凡夢窗詞中入作平之字，如「曲」、「食」之屬，玉田並直用平聲字，少欠精細。而萬氏《詞律》不悉其所以，即注云「可平」，於「食」字卻又漏注。昔人於審律未暇深考可知。

《江南春·賦張藥翁杜衡山莊》「風響牙籤，雲寒古硯，芳銘猶在棠笏。秋牀聽雨，妙謝庭、春草吟筆。城市喧鳴轍。清溪上、小山秀潔。便向此、搜松訪石，葺屋營花，紅塵遠避風月。瞿塘路，隨漢節。記羽扇綸巾，氣淩諸葛。青天萬里，料漫憶、蓴絲鱸雪。車馬從休歇。榮華事、醉歌耳熱。天與此翁，芳芷嘉名，紉蘭佩兮瓊玦」。「棠笏」不詭，乃用《唐書·魏徵傳》中「此笏乃今之甘棠也」，語有故實。徵五世孫魏謩爲起居舍人，對宣宗言「惟故笏在」。詔令送上，帝曰：「此笏乃今甘棠也。」夢窗詞舉典淵雅類此，匪後學黷淺所可擬議。即此已足徵朱刻手稿一字千斤。

《金盞子·吴城連日賞桂，一夕風雨，悉已零落。獨寓窗晚花方作小蕾，未及見開，有新邑之役。揭來西館，籬落間嫣然一枝可愛，見似人而喜，爲賦此解》「賞月梧園，恨廣寒宫樹，曉風摇落。莓砌掃珠塵，空腸斷、薰爐燼銷殘萼。殿秋尚有餘花，鎖煙窗雲幄。新雁又、無端送人江上，短亭初泊。　籬角。夢依約。人一笑、惺忪翠袖薄。悠然醉魂唤醒，幽叢畔、淒香霧雨漠漠。晚吹乍顫秋聲，早屏空蔣竹山詞上金雀。明朝想，猶有數點蜂黄，伴我斟酌」。此詞神似美成《六醜·詠薔薇謝後之作。闋收處作三字逗，或以此詞「新雁又」爲句，亦無不可。蓋歌者所謂字裏融聲，逗處即停頓之字，非斷句可比，與下闋「明朝想」正同一音節，此不須沾沾細剖之也。因聞漚公論及，謂竹山本之夢窗，不可據後以衡前。但古譜墜遺，苟有足徵，正當取以勘定，勝從後數百年之冥索也。

臨池羞落梅花片。弄水月、初匀妝面。紫煙籠處，雙鸞共跨，洞簫低按。《絳都春·爲郭清華内子壽》「香深霧暖。正人在、錦瑟年華深院。舊日漢宫，分得紅蘭滋吴苑。東風先轉。繡畔晝遲，花底天寬春無限。仙郎驕馬瓊林宴。待捲上、珠簾教看。更傳鶯入新年，寶釵夢燕」。此調夢窗連篇皆於律甚細，凡上闋第三韻三字句上並屬對而意自聯，下闋第三韻亦如之。詳審四解，字律不差累黍，可徵詞雖小道，而律之細密，斷非率爾操觚者所能見到。吁，亦難已！一語道破，夫豈偶然。

《十二郎·垂虹橋》「素天際水，浪拍碎、凍雲不凝。記曉葉題霜，秋燈吟雨，曾繫長橋過艇。又是賓鴻重來後，猛賦得、歸期纔定。嗟繡鴨解言，香鱸堪釣，尚廬人境。幽興。爭如共載，越娥妝鏡。念倦客依前，貂裘茸帽，重向淞江照影。酹酒蒼茫，倚歌平遠，亭上玉虹腰冷。迎醉面，暮雪飛花，幾點黛愁山暝」。「解」字宜上聲律。「鴨」語用天隨子故事，切笠澤，可云典雅。

《木蘭花慢·陪倉幕遊虎丘》。時魏益齋已被新擢，陳芬窟、李方庵皆將滿秩》「紫騮嘶凍草，曉雲鎖、岫眉顰。正蕙雪初消，松腰玉瘦，憔悴真真。輕藜漸穿險磴，步荒苔、猶認瘞花痕。千古興亡舊恨，半丘殘日孤雲。　開尊。　重弔吴魂。　嵐翠冷、洗微醺。　問幾曾夜宿，月明起看，劍水星紋。　登臨總成去客，更軟紅、先有探芳人。　回首滄波故苑，落梅煙雨黄昏」。　考柳詞是闋上下第七句夾協，下四字句並是一字領三字例，三解從同，蓋舊律如此，南宋作者漸有出入已。　案是句有短韻，集中凡七見，並協可證。　白石《一萼紅》「翠藤共閒穿徑竹」，與此作「輕藤漸穿險磴」同意。　朱古微侍郎以爲「藤」之訛，非韻，謂下闋「臨」字在侵部，未聞與蒸韻通也。　余嘗詳考兩宋諸名家詞，押韻絶不與詩同例，如白石號深于樂者，其自製《長亭怨慢》，上闋結韻以「比」字與上句「樹」爲韻，按之詩例，紙、語兩部古無通轉，故《詞譜》竟以意改作「許」，而第三韻又易爲「處」字，不知《絶妙好詞》趙寒泉《清平樂》亦以「裏」字與「雨」、「縷」、「語」爲韻。　若夢窗用韻，更有不可以今例相繩者，蓋詞原於風人歌謡之義，依永和聲，别是一格。　菉斐分部，固已强作解事，不足訓也。

《木蘭花慢・重遊虎丘》「步層丘翠莽，□□處、更春寒。　漸晚色催陰，風花弄雨，愁起闌干。　驚翰。　帶雲去杳，任紅塵、一片落人間。　青塚麒麟有恨，卧聽簫鼓遊山。　年年。　葉外花前。　腰艷楚、鬢成潘。歎寶匳瘞久，青萍共化，裂石空磐。　塵緣。　酒沾粉汙，問何人、從此濯清泉。　一笑掀髯付與，寒松瘦倚蒼巒」。　「青塚」二句，從老杜《曲江》詩脱胎出，下句益高健，有此乃是詞筆。

《喜遷鶯・福山蕭寺歲除》「江亭年暮。　趁飛雁又聽，數聲柔櫓。　藍尾杯單，膠牙餳澹，重省舊時羈旅。雪舞野梅籬落，寒擁漁家門户。　晚風峭，做初番花訊，春還知否。　何處。　圍艷冶、紅燭畫堂，博簺良宵午。　誰念行人，愁先芳草，輕送年華如羽。　自剔短檠不睡，空索綵桃新句。　便歸好，料鵝黄，已染西池千縷」。「藍尾」、「膠牙」句，用白香山詩意。「簺」，今北人尚謂之「擲簺子」。案即骰子，昔人詩詞中用簺子僅見此。

《聲聲慢・飲時貴家，即席三姬求詞》「春星當户，眉月分心，羅屏繡幕圍香，歌緩□□，輕塵暗簌文梁。秋桐汎商絲雨，恨未回、飄雪垂楊。連寶鏡，更一家姊妹，曾入昭陽。　鶯燕堂深誰到，爲殷勤、須放醉客疏狂。量減離懷，孤負蘸甲清觴。曲中倚嬌佯誤，算只圖、一顧周郎。花鎮好，駐年華、長在鎖窗」。大好排場，詞家妍手。

《聲聲慢・宏庵宴席，客有持桐子侑俎者，自云其姬親剥之》「寒筲驚墜，香豆初收，銀牀一夜霜深。亂寫明珠，金盤來薦清斟。緑窗細剥檀皺，料水晶、微損春簪。風韻處，惹手香酥潤，櫻口脂侵。　重省追涼前事，正風吟莎井，月碎苔陰。顆顆相思，無情漫攪秋心。銀臺翦花杯散，夢阿嬌、金屋沈沈。甚時見，露拾香、釵燕墜金」。「寒筲」，蓋用陸天隨「黄精滿緑筲」之句而化裁之。「筲」，竹器。《唐書・南蠻傳》：「自夜郎以西，有稻、麥、桃、李，飯用竹筲摶而噉之。」

《聲聲慢・夏景》「梅黄金重，柳細絲輕，園林暮煙如織。殿角風微，簾外燕喧鶯寂。池塘綵鴛乍起，露荷翻、千點珠滴。閒晝永，稱瀟湘竿叟，爛柯仙客。　日午槐陰低轉，茶甌罷、清風頓生兩腋。撚玉盤中，朱李淨沈寒碧。朋儕閒歌白雪，卸紗巾、尊俎狼藉。有皓月、照黄昏、眠又未得」。此《草堂詩餘》所載劉涇之作，涇字巨濟，西川簡州人。登進士，官太學博士，以紹聖丁丑守括蒼郡。見《南明山題壁》。此調清健在骨，是北宋風格。其高迴不減清真，不能强夢窗爲之也。　結處轉入蒼茫空窈之境，看似平易，非大魄力不辯，所謂「眼前有景道不得」也。

《三姝媚・過都城舊居有感》「湖山經醉慣。漬春衫，啼痕酒痕無限。又客長安，歎斷襟零袂，涴塵誰浣。紫曲門荒，沿敗井、風搖青蔓。對語東鄰，猶是曾巢，謝堂雙燕。春夢人間須斷。但怪得、當年夢緣能短。繡屋秦箏，傍海棠偏愛，夜深開宴。舞歇歌沈，花未減、紅顏先變。竚久河橋欲去，斜陽淚滿」。都城謂臨安，故曰「湖山」。此弔臨安貴人之舊居，非自傷也，與白石毁舍後作有異。

《慶春澤・過種山即越文種墓》「帆落迴潮，人歸故國，山椒感慨重遊。弓折霜寒，機心已墮沙鷗。燈前寶劍清風斷，正五湖、雨笠扁舟。最無情，巖上閑花，腥染春愁。當時白石蒼松路，解勒回玉輦，霧掩山羞。木客歌闌，青春一夢荒丘。年年古苑西風到，雁怨啼、綠水蘋秋。莫登臨，幾樹殘煙，西北高樓」。此類題斷非庸手所能着墨，此作「是何意態雄且傑」，其妙處亦在化質實爲清空，故無凝滯之迹。詠古豈易言哉。《煙霞萬古樓集》有《木客吟》。木客山去山陰二十七里。相傳吳王作宮室時，越使木工三千人，入山伐木以獻。一年無所得，一夕，天生神木，長五十餘尋，使大夫種獻于吳，于是越工歌木客之吟。夢窗當舉此典，見《吳越春秋》。文種羌無故實，所可入詞者，惟木客一事，此夢窗善於隸事也。

《八聲甘州・靈巖陪庾幕諸公遊》「渺空煙四遠，是何年、青天墜長星。幻蒼崖雲樹，名娃金屋，殘霸宮城。箭徑酸風射眼，膩水染花腥。時靸雙鴛響，廊葉秋聲。宮裏吳王沈醉，倩五湖倦客，獨釣醒醒。問蒼波無語，華髮奈山青。水涵空、闌干高處，送亂鴉、斜日落漁汀。連呼酒，上琴臺去，秋與雲平」。

「膩」字從「腥」字意出，警策無比。

《八聲甘州·姑蘇臺和施芸隱韻》「步晴霞倒影，洗閑愁、深杯灔風漪。望越來清淺，吴歈杳靄，江雁初飛。輦路淩空九險，粉冷濯妝池。歌舞煙霄頂，樂景沈暉。　別是青紅闌檻，對女牆山色，碧澹宫眉。問當時遊鹿，應笑古臺非。有誰招、扁舟漁隱，但寄情、西子卻題詩。閑風月，暗消磨盡，浪打鷗磯」。「樂景」本唐人「歡情樂景催」句，《戈選》臆改作「落景」。既云「沈暉」，又用「落景」，可謂疊牀架屋。且四字直率，失弔古之意。淺人初學，猶當厚誡，以之校古人名作，可乎？是詞如「九險」，戈以意易「花陰」二字，杜氏從之以訂毛刻。若校詞於其所不知而敢於僭改，則亦何必汲汲斠訂邪？覺翁有靈，當爲啞然。「寄」字便渾。

《新雁過妝樓·中秋後一夕，李方庵月庭延客，命小妓過新水令，坐間賦詞》「閬苑高寒。金樞動、冰宫桂樹年年。翦秋一半，難破萬户連環。織錦相思樓影下，鈿釵暗約小簾間。共無眠。素娥慣得，西墜闌干。　誰知壺中自樂，正醉圍夜玉，淺鬬嬋娟。雁風自勁，雲氣不上涼天。紅牙潤沾素手，聽一曲，清歌雙霧鬟。徐郎老，恨斷腸聲在，離鏡孤鸞」。考王涣《惆悵詩》云：「訣別徐郎淚如雨，鏡鸞分後屬何人。」此「徐郎」正用此典，實可證汲古本作「郎」不誤。此半塘未解詞意，以習見之「徐娘」改之，不知與下句相背也。

《尾犯·贈陳浪翁重客吴門》「翠被落紅妝，流水膩香，猶共吴越。十載江楓，冷霜波成纈。燈院靜、涼花乍翦，桂園深、幽香旋折。醉雲吹散，晚樹細蟬，時替離歌咽。　長亭曾送客，爲偷賦、錦雁留別。

淚接孤城，渺平蕪煙闊。半菱鏡、青門重售，采香隄、秋蘭共結。故人憔悴，遠夢越來溪畔月」。「遠夢」句，柳詞作「肯把金玉珠珍博」，與丁卷「滿地桂陰無人惜」，同有字裏融聲之妙。

《水龍吟·壽嗣榮王》「望中璇海波新，泛查又帀銀河轉。金風細嫋，龍枝聲奏，鈞簫秋遠。南極飛仙，夜來催駕，祥光重見。紫霄承露掌，瑶池蔭密，蟠桃秀，錙蓮綻。新棟晴翬淩漢。半涼生、蘭檠書卷。繡裳五色，昆臺十二，香深簾捲。花萼樓高處，連清曉、千秋傳宴。賜長生玉字，鸞迴鳳舞，下蓬萊殿」。「泛」，明鈔本作「訊」。此用海上八月查信故事，榮王八月壽辰，是以查訊詞八月可證。若「泛查」，則張騫奉使，與八月無涉。即此一字，舊本足徵。

《點絳脣·有懷蘇州》「明月茫茫，夜來應照南橋路。夢遊熟處。一枕啼秋雨。　可惜人生，不向吴城住。心期誤。雁將秋去。天遠青山暮」。丁稿《鷓鴣天》結句有「楊柳閶門屋數間」，蓋寓吴之志終有逮也。

《燭影摇紅·餞馮深居，翼日，其初度》「飛蓋西園，晚秋恰勝春天氣。霜花開盡錦屏空，紅葉新裝綴。時放清杯泛水。暗淒涼、東風舊事。夜吟不絶，松影闌干，月籠寒翠。　莫唱陽關，但憑綵袖歌千歲。秋星入夢隔明朝，十載吴宫會。一棹回潮渡葦。正西窗、燈花報喜。柳蠻櫻素，試酒爭憐，不教不醉」。題意曲折，而清辭麗句，面面俱到，斯爲能事。可知修辭匪難，辭能達意惟難耳。

《齊天樂·與馮深居登禹陵》「三千年事殘鴉外，無言倦憑秋樹。逝水移川，高陵變谷，那識當時神禹。幽雲怪雨。翠萍濕空梁，夜深飛去。雁起青天，數行書似舊藏處。　寂寥西窗坐久，故人慳會遇，同翦燈語。積蘚殘碑，零圭斷璧，重拂人間塵土。霜紅罷舞。漫山色青青，霧朝煙暮。岸鎖春船，畫旗喧賽鼓」。萬古精靈，空蕩幽默，懷古之作至此乃神。

《滿江紅・甲辰歲，盤門外寓居過重午》「結束蕭仙，嘯梁鬼、依還未滅。荒城外、無聊閒看，野煙一抹。梅子未黄愁夜雨，榴花不見簪秋雪。又重羅、紅字寫香詞，年時節。簾底事，憑燕説。合歡縷，雙條脱。自香銷紅臂，舊情都別。湘水離魂菰葉怨，揚州無夢銅華闕。倩臥簫、吹裂晚雲，看新月」。「揚州」句，用江心鑄鏡事。可知「銅華」爲鏡典，集中屢見。《異聞集》：「唐元宗天寶中，揚州進水心鏡一面。進鏡官爲揚州參軍守李守泰。」趙春若帖子詞云：「揚子江中百煉金，寶奩疑是月華沈。」此夢窗「銅華闕」之出典也。其詞中所云「銅華」，蓋皆切月，即天鏡之義也。

《三部樂・賦姜石帚漁隱》「江鶂初飛，蕩萬里素雲，際空如沐。詠情吟思，不在秦箏金屋。夜潮上、明月蘆花，傍釣蓑夢遠，句清敲玉。翠罌汲曉，欸乃一聲秋曲。越裝片篷障雨，瘦半竿渭水，鷺汀幽宿。那知暖袍挾錦，低簾籠燭。鼓春波、載花萬斛。帆鬣轉、銀河可掬。風定浪息，蒼茫外、天浸寒緑」。「息」字亦協，清真是句亦用「息」字，與《還京樂》結處「翼」字，夢窗作亦用「翼」字，此例正同。可徵夢窗墨守清真入聲字律一字不苟。

《絳都春・餞李太博赴括蒼別駕》「靄雲旅雁。斂倦羽、寄棲牆陰年晚。問字翠尊，刻燭紅箋檻曾展。冰灘鳴佩舟如箭。笑烏幘、臨風重岸。傍鄰垂柳，清霜萬縷，送將人遠。吴苑。千金未惜，買新賦、共賞文園詞翰。流水翠微，明月清風平分半。梅深驛路香不斷。萬玉舞、罘罳東畔。料應花底春多，軟紅霧暖」。第四、五句對仗例，下闋同。「畔」字空靈。

《三姝媚・姜石帚館水磨方氏，會飲總宜堂，即事寄毛荷塘》「酣春青鏡裏。照晴波明眸，暮雲愁斂。半緑垂絲，正楚腰纖瘦，舞衣初試。燕客飄零，煙樹冷、青驄曾繫。畫館朱樓，還把清尊，慰春憔悴。　離苑幽芳深閉。恨淺薄東風，褪花銷膩。彩箑翻歌，最賦情、偏在笑紅顰翠。暗拍闌干，看散盡、斜陽船市。付與金衣清曉，花深未起」。「斂」作「髩」字神妙，明鈔足據。

《鷓鴣天・化度寺作》「池上紅衣伴倚闌。棲鴉常帶夕陽還。殷雲度雨疏桐落，明月生涼寶扇閒。　鄉夢窄，水天寬。小窗愁黛澹秋山。吳鴻好爲傳歸信，楊柳閶門屋數間」。宋詞人之僑吳者，世但知賀方回之寓醋坊橋，吳應之之居小市橋，觀於此詞結句，是夢窗亦有老屋在閶門，而兩寓化度寺，所作皆有懷歸之意，豈老去菟裘，復以此邦爲樂耶！　丙稿《點絳脣・有懷蘇州》云：「可惜人生，不向吳城住」，可知覺翁久於此有終焉之志已。

《漢宫春・壽梅津》「名壓年芳，倚竹根新影，獨照清漪。千年禹梁蘚碧，重發南枝。冰凝素質，遣凡桃、羞濯塵姿。寒正峭，東風似海，香浮夜雪春霏。　練鵲錦袍仙使，有青娥傳夢，月轉參移。逋山傍鶯繫馬，玉蒻新辭。宫妝鏡裏，笑人間、花訊都遲。春未了，紅鹽薦鼎，江南煙雨黄時」。通首切梅，爲壽詞之一格。

《戀繡衾》「頻摩書眼怯細文。小窗陰、天氣似昏。獸爐暖、慵添困，帶茶煙、微潤寶熏。　少年驕馬西風冷，舊春衫、猶涴酒痕。夢不到、梨花路，斷長橋、無限暮雲」。此詞未必即指西湖之斷橋，或從原本亦無甚誤，意謂暮雲隔斷長橋，亦詞家應有之意也。

《法曲獻仙音·放琴客和丁宏庵韻》「落葉霞翻，敗窗風咽，暮色淒涼深院。瘦不關秋，淚緣輕別，情銷鬢霜千點。悵翠冷搔頭燕，那能語恩怨。　紫簫遠。記桃根、向隨春渡，愁未洗、鉛水又將恨染。粉縞澀離箱，忍重拈、燈夜裁翦。望極藍橋，綵雲飛、羅扇歌斷。料鶯籠玉鎖，夢裏隔花時見」。有此「放琴客」三字，始見詞中語義之妙。

《憶舊遊·別黄澹翁》「送人猶未苦，苦送春、隨人去天涯。片紅都飛盡，正陰陰潤緑，暗裏啼鴉。賦情頓雪雙鬢，飛夢逐塵沙。歎病渴淒涼，分香瘦減，兩地看花。　西湖斷橋路，想繫馬垂楊，依舊攲斜。葵麥迷煙處，問離巢孤燕，飛過誰家。故人爲寫深怨，空壁掃秋蛇。但醉上吴臺，殘陽草色歸思賒」。起韻縹渺空靈，非覺翁不能到此境。世士但知七寶樓臺，雕飾古艷，試參其翻空奇筆，方審夢窗毫顛神妙，俱從清真得來。末句第四字例用入聲，片玉、白石及文英竝守是律，其他則出入不免。予嘗以此舉似半塘翁，以爲自來論詞者得未曾有。

《金縷歌·陪履齋先生滄浪看梅》「喬木生雲氣。訪中興、英雄陳迹，暗追前事。戰艦東風慳借便，夢斷神州故里。旋小築、吴宫閒地。華表月明歸夜鶴，歎當時、花竹今如此。枝上露，濺清淚。　遨頭小簇行春隊。步蒼苔、尋幽別塢，看梅開未。重唱梅邊新度曲，催發寒梢凍蕊。此心與、東君同意。後不如今今非昔，兩無言、相對滄浪水。懷此恨，寄殘醉」。考吴履齋以賈似道誣譖罷相，有嶺表之行。夢窗是作蓋其時也。詞中慷慨悲歌，傷今感昔，殆爲履翁發也。　半塘先生云初讀此詞，不得其思解。後見說部中有謂滄浪爲韓蘄王故墅，始知君特意之所在。詞中多感詠當時遺事，藉看梅以發思古幽情，良有以也。

《古香慢・滄浪看桂》「怨娥墜柳，離佩摇葓，霜訊南圃。漫憶橋扉，倚竹袖寒日暮。還問月中游，夢飛過、金風翠羽。把殘雲、賸水萬頃，暗熏冷麝淒苦。漸浩渺、淩山高處。秋澹無光，殘照誰主。露粟侵肌，夜約羽林輕誤。翦碎惜愁，更腸斷、珠塵蘚路。怕重陽，又催近、滿城細雨」。《中吴紀聞》：滄浪亭，舊爲孫承祐家園，後歸韓蘄王，最後爲蘇子美四萬錢買得。夢窗詞中屢詠滄浪名勝，皆寓中興之感，似因孫、韓故迹，託寄遥深，其時或未聞子美《滄浪吟》邪。

鄭文焯辑

大鶴山人詞評散輯補

大鶴山人詞評散輯補目録

大鶴山人詞評散輯補

評花間集

温庭筠

宋人詩好處，便是唐詞。然飛卿《楊柳枝》八首，終爲宋詩中振絶之境，蘇、黄不能到也。唐人以餘力爲詞，而骨氣奇高，文藻温麗。有宋一代學人，嫥志於此，駸駸入古，畢竟不能脱唐、五代之窠臼，其道亦難矣。

皇甫松

天仙子　晴野鷺鷥飛一隻

其聲揮綽。

韋莊

浣溪紗　夜夜相思更漏殘

善爲淡語，氣古使然。

菩薩蠻　如今却憶江南樂

此首叙知遇之恩，完全由自己口中道出，而結尾則誓不歸也。

又　勸君今夜須沈醉

承前首「醉入花叢宿」。此首言受知遇之恩而不能辜負主人之心，爲環境所迫而不得歸也。

荷葉盃　記得那年花下

鍾仲偉云：「觀古今勝語，多非補假，皆由直尋。」于韋詞益諒其言。

薛昭藴

離別難　寶馬曉鞴雕鞍

集中只此首，疑是兩解。俟考。

牛嶠

感恩多　自從南浦别

「幾度」句，「煙」字以音衍。

望江怨　東風急

文情往復，雜寫景中，致足諷味。

歐陽炯

獻衷心　見好花顏色

起首超忽而來，毫端神妙，不可思議。

顧夐

醉公子　岸柳垂金線

極古拙，極高淡。非五代不能有此詞境。

魏承班

黄鐘樂　池塘煙暖草萋萋

此亦當是兩首。

評小山詞

留春令

晏小山《留春令》「樓下分流水聲中，有當日凭高淚」二語，亦襲馮延巳《三臺令》：「流水，流水，中有傷心雙淚。」宋人所承如是，但乏質茂氣耳。

評清真詞

木蘭花令

「郊原雨過金英秀」闋：「風」、「惜」二字新。

清真詞風骨

清真風骨原於唐詩人之劉夢得、韓致光，與屯田所作異曲同工，其格調奇高，文采深美，亦相與頡頏，未易軒輊也。夢華論詞，獨以梅溪與清真並提，而謂周之勝史又在「渾」之一字，豈莫談哉！清真長論骨力奇高，其雄渾處全在連用三字。句逗緊接，前後呼應，無一復筆，勢如轉丸，却不使氣而自然揮綽，此境亦莫能名己。

鄭文焯撰

絶妙好詞校録

附録一　大鶴先生手札彙鈔

附録二　詞林翰藻殘璧遺珠

附録三　大鶴山人遺札

附録四　序跋

絶妙好詞校録目録

附録一　大鶴先生手札彙鈔

附録二　詞林翰藻殘璧遺珠

附録三　大鶴山人遺札

附録四　序跋

絶妙好詞校録

冷紅別墅鄰麗娃祠之西，水香亭榭，叢桂佳留，時有俊風，輒聞侍兒歌湘春夜月之曲，屬引清異。余以鐵洞簫和之，白石風流不是過也。余考原雅樂，强附聲家，暇日既校定淳熙本《花間集》十卷，獨《絶妙好詞》罕遘良刻。南宋高製，美盡是編，絳雲傳鈔，實多譌奪，樊榭箋録，音譜未詳。爰以謏聞稽譔佳證，類詩餘之別墨，亦樂府之枝言。侏儒一節，不自知其細已甚也。光緒涒歎之歲四月既望，叔問記於吴城西園。

詞韻通用之例

詩韻紙、語，寘、御古無同用之例，獨詞韻通之，戈氏《詞林正韻》頗有失考處。姜白石《長亭怨慢》「不會得、青青如此」，《詞譜》改「此」作「許」，改第三韻「許」字作「處」，或以爲借叶，並非是。按趙寒泉《清平樂》「烟浦花橋如夢裏，猶記倚樓別語」，李秋堂《盟鷗集・摸魚兒》「鴻北去，渺岸芷汀芳，幾點斜陽字」，嚴九能校云：「宋詞從無支、微與魚、虞相通之例，疑『字』字有誤。」此未博考之過。又俞商卿《點絳脣》「怨春無語，片片隨流水」，並是詞韻同用之佳證。白石深於音吕，必無落韻之譏。此僅記所得於《絶妙好詞》，已非孤證，觸類求之，當不止此。亦足破羣疑，而補詞韻之通例焉。

戈氏改白石詞之誤

白石《琵琶仙》題引《吴都賦》云：「户藏煙浦，家具畫船。惟吴[興]爲然。」按二語見《唐文粹》所録李庾《西都賦》。又《摸魚兒》「今古三星炯炯」，戈氏《七家詞選》改「三」作「雙」。按《詩》「跂彼織女」，《正義》引孫毓云：「織女三星，跂然如隅。」白石賦「辛亥秋期」，正用《詩疏》。《花外集·錦堂春·詠七夕》亦用「三星」，戈《選》亦改作「雙」，疏繆已甚。又《石湖仙》「見説胡兒，也學綸巾欹羽」，蓋以范順陽使虜，故用武鄉侯故實，承上「盧溝駐馬」句意。戈氏以意改「胡兒」作「吴兒」、「欹羽」作「欹雨」，不知所謂。按石湖《水調歌頭·燕山九日作》，中有「無限太行，紫翠相伴過盧溝」之句，又「黄花爲我一笑，不管鬢霜羞」。石帚壽石湖詞，實即演贊其詞中旨要，足徵前賢文不虚綺也。唐竇常《七夕》詩「露盤花水望三星」，亦可取證姜詞。

翠尊易泣

清吟堂刻《絶妙好詞》，石帚《暗香》「翠尊易泣」，注云：「『泣』當作『竭』。」不詳所出。近時坊刻遂改「竭」。按嘉泰本是「泣」字，當從之。黄孝邁《湘春夜月》「空尊夜泣」，此可爲石帚作「泣」之證。弁陽是選本作「泣」字，蓋坊本從清吟堂校注所改耳。

乘肩

《武林舊事》：「都城自舊歲冬孟駕回，則已有乘肩小女皷吹舞綰者數十隊，以貢貴邸豪家幕次之玩。」引文英《玉樓春·元夕》詞「乘肩爭看小腰身」之句。按白石《鷓鴣天》詞「白頭居士無呵殿，只有乘肩小女隨」，亦實寫南宋鐙市風景。楊升庵以爲吴詞「乘肩」乃「乘輿」之誤，可謂疏於考古矣。

白石一蕚紅句

白石《一蕚紅》「翠藤共閑穿徑竹」，嚴九能校云：「此句有錯，各本皆同。」按嘉泰本亦如是，元無踳駁，蓋嚴不得其解，疑有誤耳。

吴毅夫和姜詞疏律

白石《暗香》、《疏影》二曲，余凡三四和之，并審定其旁譜，一一爲之解，知《暗香》過片處「江國」「國」確是韻。旁注「ㄌ」字，按之欒色，乃小住也。《開慶四明續志》：吴毅夫和姜詞，云「回首往事寂」，不次韻，亦不叶，其疏於律如此。

碧山專學白石不深考

碧山詞《長亭怨慢》，第二句「尚記當日，緑陰門掩」，「日」字當作平聲，疑「時」之譌。又《淡黄柳》下闋「料得青禽，一夢春無幾」，此句不叶。按白石自度此曲，「怕梨花、落盡成秋色」，「色」字是韻。中仙媍學石帚，豈於此未之深考邪？姚梅伯校本謂「秋色」本作「秋苑」，引碧山此句不叶爲證。然嘉泰本固作「秋色」，《詞律》從同。按戈《選》碧山詞是闋「幾」字據舊本校改作「著」，可知姜詞是韻。

詞韻入聲更嚴

唐之法曲存於宋者，惟《獻仙音》一闋。片玉、白石、夢窗、篔房、君亮諸名家賦《獻仙音》，首句第二字及次句第四字並用入聲，此律之微妙處。近世詞人稍謹於上、去兩聲，便自許知律。不知詞韻於入聲更嚴，曲韻則無之矣。

李篔房一蕚紅有脱字

李篔房《一蕚紅》下闋「數菖蒲、老是來期」，語意未足。按譜當八字句，此脱一字，諸本並未校正。

李萊老詞不合白石自製音譜

李萊老《惜紅衣》第五句「還尋故人書屋」，按白石此調五字句「并刀破甘碧」，乃平平側平側。又《揚州慢》「歎而今、杜郎還見」，白石作「漸黄昏、清角吹寒」。此二闋並白石自製曲，音譜當依之，而萊老並不合。

趙冰壺臨江仙詞用詩經孔疏

趙冰壺《臨江仙》「簫鼓晴雷殷殷」，「殷」字作上聲。《詩》「殷其雷」，《疏》：「『殷殷』，猶隱隱也。」是「殷」讀「隱」之證，趙詞正用孔《疏》。

范石湖醉落魄憶秦娥

范石湖《醉落魄》「花影吹笙」，一本「笙」作「簾」，是。高刻本注云：「『笙』當作『簾』，不然與下『昭華』句相犯。」又《憶秦娥》「片時春夢，江南天闊」二語，乃用岑嘉州「枕上片時春夢中，行盡江南數千里」詩意（編者按，語見岑參《春夢》），蓋隱括餘例也。

宋人詞承五代乏質茂氣

徐山民《阮郎歸》「妾心移得在君心，方知人恨深」，詞意全襲《花間集》顧太尉《訴衷情》「換我心，爲你心，始知相憶深」。晏小山《留春令》「樓下分流水聲中，有當日、凭高淚」，二語亦襲馮延巳《三春令》：「流水，流水，中有傷心雙淚。」宋人師承如是，但乏質茂氣耳。

箋本失考周草窗李彭老詞

周草窗《曲遊春・西湖》詞，乃和施梅川韻。李彭老《青玉案》，乃和方回韻，但第五句不叶。原詞並未注和韻，《箋》亦失考。

草窗甘州詞有衍文

草窗《甘州》詞，過片「還是江南春夢曉」句，「曉」字當是衍文，舊譜此句無作七字者。

十字可平側兩叶

陳西麓平調《絳都春》，結句「二十四闌」，「十」字作平，與白石《側犯》「紅橋二十四」同例。唐人讀「十」字本有平側兩叶。白香山詩「紅闌三百九十橋」，杜牧之詩「南朝四百八十寺」，並不作側聲。

薛夢桂三姝媚夜字

薛夢桂《三姝媚》「連夜(送春風雨)」,「夜」字當作平聲。嚴九能校云:「『夜』字必『宵』之誤。」

宋詞不加意上下闋重韻

宋詞上下闋重韻,不甚加意。如文英《采桑子》「清睡濃時」之「時」字,周明叔《點絳脣》「移舟去」之「去」字,並非傳寫之譌。《片玉詞・花心動》兩押「就」字,《西河》重「水」韻,同此例。

尹梅津點點愛輕撚

尹梅津《霓裳中序第一》「點點愛輕撚」,按《類篇》有「𢴤」字,又作「㨻」,即此「撚」字,言摘也。《詞綜》誤作「清絶」。竹山有《秋夜雨》四闋,押「撚」字。又云此詠茉莉之作,佳作未易學步。嚴九能校云:《詞律》謂此作下半闋,第五句只四字,無此體,故不收。此故五字句,紅友誤已。

張東澤念奴嬌

張東澤《念奴嬌》第二句「怪得」,「得」字衍。姚梅伯校本疑多一字,爲又一體,亦求之太深之過也。

樓扶水龍吟墨本有誤

樓扶《水龍吟》自注「次清真梨花韻」，以《片玉詞》校之悉合。惟「滿襟離思」，「思」字非原韻。清真作「不成春意」，墨本必有一誤。

許王兩詞句可同爲詞叢新話

許棐《鷓鴣天》「月濾紗窗約半更」，「半更」二字甚新異，蓋謂初更之後。吕種玉引李長吉詩「宫門掌事報六更」，以證唐時有「六更」之制，「六更」則五更後矣。又王嵎《夜行船》首句「曲水濺裙三月二」，不曰「三三」而曰「二二」，更奇。可與「半更」同爲詞叢新話。

藻井

史梅溪《雙雙燕》「還相雕梁藻井」。按《表異録》「綺井」亦名「藻井」，又名「鬬八」，今俗曰「天花板」也。余昔和陸淞《瑞鶴仙》，有「畫堂深香迷綺井」之句。

湯恢二郎神和詞有譌脱

湯恢《二郎神・和徐幹臣》，第二韻「杯泛梨花冷」句，「冷」字上脱一「凍」字，高刻本及坊刻《箋》本並未補入。下闋「悄一似荼蘼」，「一」字疑「不」字之譌。張龍榮《摸魚兒》詞「悄不似留眠」，宋詞中固有是語。

四橋

宋詞凡用「四橋」，大半皆謂吴江城外之甘泉橋，俗以爲西湖六橋之第四，誤矣。《蘇州志》：「甘泉橋，舊名第四橋。」白石詞：「第四橋邊，擬共天隨住。」（編者按，句見姜夔《點絳唇》）陸魯望固吴人也；李廣翁《摸魚兒・賦太湖》云：「又西風、四橋疏柳。」題屬太湖，是四橋不屬西湖，可證。若「五橋」，則並謂西湖已。如廣翁《聲聲慢》「淒涼五橋歸路」，《箋》引《遂昌雜録》「錢塘湖上，舊多行樂處」云云。又《祝英臺近》「五橋流水」亦然。

何光大泛碧沉朱供晚醉

何光大《謁金門》「泛碧沉朱供晚醉」，詞中皆寫夏景，蓋用浮瓜、沉李故事，「碧」謂瓜，「朱」謂李也。

趙聞禮王易簡詞有脱句

趙聞禮《風入松》下闋結處缺一句，高刻本作「何時剪燭重盟」；王易簡《慶宫春》題缺三字，高刻本作「謝草窗惠詞卷」。坊本脱簡如是。

夢窗讀唐詩多

夢窗《過秦樓·賦芙蓉》「暗驚秋被紅衰」，戈《選》改「被」作「破」，漫無依據。按玉溪詩：「西亭翠被餘香薄，一夜將愁入敗荷。」夢窗舉典本此。「被」字非「破」之譌，可證。玉田《詞源》云：「如方回、夢窗皆善於鍊字面，多於温庭筠、李長吉詩中來。」沈伯時云：「要求字面，當於飛卿、長吉、商隱及唐人諸家詩句好而不俗者，採摘用之。」所謂讀唐詩多，故語雅淡也。

夢窗詞校勘記

夢窗《采桑子慢》「玉臺妝謝，羅帕香遺」二句，正相對。今本作「妝榭」，譌甚。《唐多令》「縱芭蕉、不雨也颼颼」，《詞律》云「也」字衍，或謂歌者贈板之聲，或云當去「縱」字，則成七言，與下闋譜句不合。余嘗見舊本，無「也」字，「颼颼」作「飀飀」，蓋後人因是句費解，而妄增之。姚梅伯校高刻本，引嚴九能云：「《蘋洲漁笛譜》有此闋，上下第三句皆八字，乃知本有此一體，夢窗此句元無衍文，而下闋當脱一字耳。」是又一説。又《高陽喜·詠落梅》，「官粉雕痕」，「官」當作「宫」，「雕」當作「彫」，並以形譌，高刻本正合。又《催雪》，古無是調，蓋以《無悶》調賦雪，後逸其調名，而傳其題耳。又《瑞龍吟》第二换頭「瞰危梯」，「梯」字當是「睇」字之譌，《詞律》云「叶平」，誤矣。《祝英臺近》「沙印小蓮步」，戈《選》改「小」作「瓣」。《珍珠簾》「聽舞簫雲渺」，戈改「渺」作「杪」。《采桑子》「清睡濃時」，戈以「時」韻複，改作

「休迷」。《催雪》「侵羅袂」，戈改「袂」作「被」。《解語花》「別淚」，戈改「別」作「清」；「蔥翠」，改「蔥」作「濕」；「征帆去，似與東風相避」，戈改作「東風到，似與去帆相避」。《西江月》「晚色先收」，戈改「先」作「初」。《三姝媚》「青梅已老」，戈改「已」作「漸」，並當從原本。戈氏每以意改，甚亡謂也。杜小舫校刻《夢窗詞》，多取證順卿。如《三姝媚》「湖山經醉慣」一首，「徑」、「惟」、「淺」三字之譌；《甘州》注「庚幕」，「庚」爲「瘐」之譌，並當據《絶妙好詞》正之。乃不信而尊今，何邪？

史梅溪釵頭鳳

史梅溪《釵頭鳳》，前後結句並三疊字。今本並脱一字，誤爲《清商怨》。當據《詞律》正之。

仇山村高刻本有玉蝴蝶

竹垞云：第七卷仇仁近殘闕，目亦無存，可惜也。按高刻本仇山村二首，前有《玉蝴蝶》，注「缺詞」。蓋弁陽本選三首，缺《玉蝴蝶》一首，故僅存其目耳。

證以校汲古閣刻宋六十家詞

是編百三十有二人，證以汲古閣刻《宋六十家詞》，僅得十一。因校其異同，擇善者而從之可也。

張于湖念奴嬌西江月校汲古本

張于湖《念奴嬌》「悠然」，汲古本作「怡然」，「嶺表」作「嶺海」，「短髩」作「短髮」，「蕭疏」作「蕭騷」，「滄溟」作「滄浪」，「盡吸」作「盡挹」；《西江月》「柳色」作「春色」。

辛幼安瑞鶴仙祝英臺近校汲古本

辛幼安《瑞鶴仙》「靚妝」，汲古本作「艷妝」，「尋花覓柳」作「尋桃」，「冷澹」作「冷落」；《祝英臺近》「將愁歸去」作「帶將愁去」。

劉龍洲賀新郎唐多令校汲古本

劉龍洲《賀新郎》「翠鈿」，汲古本作「翠蛾」，「凝臉」作「流臉」，「愁多」作「愁深」；《唐多令》「重到」作「重過」，「今在」作「曾到」，「總是」作「渾是」。

史梅溪詞校汲古閣本

史梅溪《雙雙燕》「愁損玉人」，汲古本作「愁損翠黛雙蛾」。按此調上下闋結處並六字句，此脱二字，當從毛本。又《黄鍾喜遷鶯》「凝滴」，汲古作「疑滴」；《玉樓春》「閑」作「堪」，「紅杏」作「穠杏」，「鍼指」作

「鍼線」，「新燕」作「雙燕」；《青玉案》「日暝」作「日午」。

高賓王思佳客祝英臺近校汲古本

高賓王《思佳客》「鳳簫」，汲古本「簫」作「清」；《祝英臺近》「一窗寒」，「寒」作「閑」。

白石夢窗别有詳校本

《白石道人歌曲》、《夢窗甲乙丙丁稿》，余别有詳校本。且爲石帚作傳，專取宋人説部及其詞中所紀年月事蹟，爲編年例，庶足補東澤之遺焉。憶丁亥之秋，余與仲實兄弟、次湘、子苾連句和白石全詞。嘗擬重編附刻，匆匆十餘年，竄槀篋衍，舊社零落，爲之憮然。

附識

玉田《詞源·雜論》篇云：近代詞如《陽春白雪集》、《絶妙詞選》亦有可觀，但所取不精一，豈若草窗所選《絶妙好詞》之爲精粹，惜此板不存，墨本亦有好事者藏之。據此則元初已有刻本，但世士罕覯耳。樊榭謂有明三百年，樂府家未見其隻字。案《汲古閣書目》有精鈔本二卷，絳雲樓所藏亦是元鈔，未知與汲古秘本有無異同。國初，嘉善柯南陔又從虞山錢氏鈔得，與高江村詹事合校重鋟，是選始流布人間。樊榭當康熙時已歎其購之頗艱，僅得殘帙二卷。其後謁選入都，道出沽上，查蓮坡留之水西莊，出示舊本，同爲之箋。近世坊刻盛行，皆箋本也。余近見有小瓶廬刻本，無續，亦無箋，云從宋本重雕，蓋即當時坊間覆高刻本。簡眉有姚梅伯手校，多録嚴九能評語，泚筆寥寥，殊未精贍。顧是編元刻既不可見，柯叙又謂傳寫多譌，汲古舊鈔更難搜致。孿經餘日校訂及兹，同好雖多，啟予蓋寡，亦舉所疑者徵信於古云爾。冷紅詞客附識。

附録一　大鶴先生手札彙鈔

致朱古微書十七函

一

嗣音湛寂，春雨連檐，所懷如何。華亭鶴自入荒野，曠若山澤，時有引吭寥天之致，惜無高枝以棲之，但依人堦下舞耳。對竹之思，差慰清獨。兹寫上近作一解，無甚愜心，唯紫霞翁定拍，幸甚。新霽當謀良晤。此承漚公詞長先生道履。

文焯頓白　廿三日

二

昨散席，當即步至微波榭小坐。旋中丞亦至，因與尋覓高蹤，遍山陬水涘不可得。想白雲去人遠已。歸來偶檢昌黎詩，又得一字，足與夢窗詞相印證，亟録奉教，當亦同一賞音也。吴詞兩用「差」字，並作仄。考是字作「釵」去聲，訓病除。則東坡「人生一疾今先差」之句，與「懷」、「債」同押，可證。又「杈」字去聲，訓「異」也，見韓《瀧吏》詩云，「颶風有時作，掀簸真差事。」此夢窗兩詞所本。公可補注於明鈔，聊誌一欣。又《掃花遊·春雪》一解，「凌波路鑰」，塙爲「鑠」之譌。集中是類如「酒醉」、「車馬」、「晴暗」等字，並以義近譌。此「鑠鑰」則形意並近，鈔者之誤，亦當注明以示後之讀者，何如。前送上箋樣，已否摹撫。幸檢還。餘晤言不次，匆匆上彊邨先生道案。

文焯頓首　六月十日

三

昨口述近作小城尋梅一解，深荷賞擊，不惜歌苦，乃獲知音，能無感慰。茲録上就正，倘辱嗤點而和之，不翅乞酒得漿也，幸甚，幸甚。枕上又得《花犯》，欲次韻美成，而「喜」字韻難，恐强出轉令全章皆躓。公能首唱，俾繼聲何如。又清真第七句「倚」字爲叶，而夢窗初闋不押韻，殆異撰爾。敝鈔《壼園連倡》二本久置高齋，記與子復和此曲，亟思覆示，即乞檢還付去手。至企、至企。此上

彊邨詞長左右

樵風白　十二日卯

伯弢來告，能假觀一慰雜愁，亦所謂心聲獻酬也。又及

四

漚尹詞掌侍郎左右。旅滬得手翰兼大衍之貲辭受並于義未安。病喙三尺，感誓肌骨而已。小詞盛荷宏獎，益增弱顔，倘獲導珠玉，良有厚幸。下走醉司命日始歸。年事遒盡，衰境頽侵，茆構新營，都成坿贅。灌園學圃，聊慰羈孤。且竢新春人日，挈濯西崦，飡勝而歸，再賡老杜堂成之什耳。昨解後研裔于滬，海客談瀛，頗資殫洽。渠約於小除前可抵耦園。歲晚務閒，尚堪作隻鷄近局也。濡削小疏，次於詹對，不盡覼縷。敬承

起居苦寒，惟珍重萬萬。乙巳歲不盡五日。

文焯白

五

歲除苦雨，兀坐篝鐙，劇有清致，度詞仙必獲名章迥句，爲吴皋妝點故實也。伻來，果誦嘉什。「換年事雨聲中」，真能道着眼前景，鍾中偉所謂「古今勝語，多非補假，皆由直尋」，匪寸心富捷，烏得臻此能事，心折曷已。昨幸滬江回櫂，亦觸技癢，偶得《江梅引》一解，短節庸音，坿博大方齒冷。今晨翫弄石濤和尚貝子鼻煙壺以爲茶煙體物，集中宜補吟此物，構思略成半闋，雖媿良工，却未敢示人以樸，來日當奉正索同作何如。憶公前夕有云，使鶩翁見之，當攫去。近每展舊詞，輒迴腸蕩氣，且爲奈何。此頌

漚尹先生詞掌元吉。

鄭文焯敬白　丙午元旦

六

昨宴甚驩，説詞益承教匪淺。恨鶩翁仙去，不少待校夢堪補夢也。悢悢如何。其《思佳客·癸卯除夜》一解結句：「無限妝樓盡畢華」句，塙有可疑。十年前即三索不得其解。昨夕聞公言，當時與鶩翁校訂，遍檢六麻韻，竟無以易之，奈何。昨歸靜坐，隱心獨念，仍就本字聲形近者着想，忽發奥悟。審是二字元作「醉譁」，並以聲形致譌無疑，得之頓爲神王，若有覺翁覺之者，亟走白同志，以竢裁決，所謂「思誤更是一適」也。曩斠《清真詞》，每夜深呼鐙數起，泚豪累年不倦。自俢所得十之七八，惜近迫人事，録淨本甫過半，亦以孤學寡興，不過展卷相對，與古人歌哭出地耳。今公信能起予者。孫樵云：「孤進患心不苦，及其苦，誰復知之。」詞人本幾生心苦而來，此可爲知者道也。向晚晤言，不更覼縷。此上

漚尹詞掌先生

文焯敬白　丙午孟月三日

昔致書半塘老人論校詞與校經異，既使此心到實劈劈地，卻又須從活潑潑地發想。非參西人靈學不辨。一笑。惜半塘不及見吾兩人，連情發藻，又可悲已。又及

七

饋藥高義，尚虚報謝，此心闕然。復誦和章并《楊柳枝》新製，哀感頑艷，琅琅如擊秋玉，病骨寒棱，爲之一振。公才雄獨，斗南一人，能無心折。頃得伯弢老友書尺，並見寄新刻詩詞二卷。書中極拳拳，大雅知契之深。渠瓜代後已返秣陵作吏隱矣。下走日來攖小寂，操藥漸痡。來日擬趨詣夜談，或置尊遲羊求枉過，補前約一醉何如。此上，敬承

漚尹侍郎詞伯起居

文焯再拜言　二月二日

八

晨夕清飲，彌復依依。叢桂留人，高雲頓遠，惓念昨幸結鄰之約，能無悄然。兹因秋日散佚，得日本舊刻《樂書要録》殘本，此見之唐《藝文志》，題武后撰。宋《志》未列，蓋闕佚久已。書後有東士天瀑叙，詳記遣唐留學歸國獻書歲月，感歎今昔中外盛衰之故。文獻存佚，有關世運，更十年後，又不知國粹之銷湛，時變之遷流曷極已。觸緒悲來，率成俚曲，録就采覽，冀見和焉。言不盡意。敬承

漚尹侍郎起居

文焯上　八月廿五日

《夢窗詞》校本，乞加意寄誨，幸甚，幸甚。又及

九

漚尹詞掌先生垂目，一昨枉過西樓，兼誦嘉藻，靜諷累日，不能去口，如聞秋玉珊珊，使人心骨清泠，無一字凡響。是從君特七寶樓臺分得珠塵玉雨者，敬次韻奉酬，不免邯鄲學步矣。案《渡江雲》一解，入聲律綦嚴，清真結句當作「時時自剔鐙花」，以吴詞校之，可訂盟鷗園本「頻」字之譌，更無論字意與「時時」相復。又繹大箸煞聲「春」字，不若逕易「朝衫」爲聲情俱合，不揆狂簡，惟知音裁之。伏想公茲遊，入山三日，飡勝而歸，定有新製以補某欠。虎山橋踞兩崦之勝，爲曩與半塘老人風流賞心之地，度公傷高懷遠，曾一醉蹋長虹，招魂水月。拙和山橋夜笛二語，歌以造哀，不自知其依黯也。承索樵風近作，洎《清真》校本，許爲墨版。自惟寡闇，過蒙賞較，陳義甚高，感且不朽。第拙編尚有零疊須删訂，即《片玉》亦有續斠，未盡釋然。假以兩月，當以淨本奉上，不久稽也。敬承起居，臨書主臣

文焯頓白　二月廿四日

十

損書，復誦嘉什，仙語撫塵，如坐琴臺，松風謖謖，衆山皆響，真一洗人間箏琶耳也。曩與鶩翁亦和此

曲，想已寫呈。游山清事，甚不易舉，匪同志必不克諧。昔好獨遊，有時攜侍兒可可，扶醉登臨，勝似襭襭子石壁刻竹留題，至今依約也。君特云：「芳節多陰，蘭情稀會。」天時人事，二語盡之。暮春風日清淑，病軀當追踐佳敖，補兹遺憾。坿上昨製《滿路花》和美成一解，體極拗折。倘有興見和，爲金鍼度何如？幸甚、幸甚。敬承

漚公詞宗先生道履

文焯頓白　廿七日

十一

漚尹詞掌先生道案。去月之昔，樵風小集，野無車，公爲怊悵。正擬馳函屬意，執省來告，恍若復面。載繹藻詠，逮憶深情，感慕無極。所訂清真「短」字韻，甄微之學，孤進可欽。兹以別帖詳疏，冀聞令誨。鄙意若作短字，轉嫌無謂，有妨直致，質之宏雅，當亦謂然。承光誦之末，賞音之切，不恥下問，用敢妄託狂簡，唯大賢裁之。至拙校《清真集》及近製，累日手訂，益難慊心。蓋已作之獻醜，猶易芟夷，而前哲之疑塵，良難精析。擬更假時日，既竭吾力，稍稍會通，務求浹洽，庶免罣漏孟浪之譏。一俟寫淨，即當寄上。商量邃密，尚賴宗工。再半塘老人詞叙，斷無諉卸，緣其生前即有逋諸未償，今悲宿草，重以嘉命，夫復何辭。且少間，必泚筆以報，不久稽也。匆匆上，敬頌起居安隱，臨書軋軋。

三月廿日　文焯狀上

再侍兒夙恙終未脱，然近可無危慮矣。辱訊，感悚之至。又及

十二

漚尹侍郎詞掌左右，前奉　手畢，兼示新章，會迫冗煩，未即作答，罪過，罪過。方録近製二詞，并商榷《被花惱》一解紫霞音譜，就正有道。臨發有未盡義，閣於人事，乃昨辱頓駕見過。適在西樓闃然，展待皇歉，曷可言狀。小别匆匆夏始，日月易得，佳會稀逢，能無悵悵。即訂十九日酉初刻，薄治園蔬，奉遲枉過樵風墅一話。坐惟香田，藉可爲之祖餞。聞其不日又將北行，届期敢乞惠然偕逮，以補前席何如。特此奉訂，更承起居安隱。

文焯再拜　四月十七日

坿塵小詞二解

「覺」字韻似訓夢醒，與知覺之覺有異。附及

十三

封題臨發，忽憶伯弢昨書至，商榷清真《西平樂》詞中夾協韻例兩條，其「盡」、「晚」本自爲韻，不須疑「去」字之譌脱原作「事逐孤鴻去盡」，今本作「盡去」誤倒。曩校已顯言之，至過片之「楚」、「野」二韻，是其刱獲，

可佩。以夢窗詞足徵也。「楚」、「野」二韻在毛詩固已協聲，「言刈其楚」一章，楚、馬、下、野，竝一音之諧，不庸據古通轉之例，以曲折副已説也。頃已函致金陵，并拙詞寄去，辱示坿及，不更詞費。伯弢學識精健，才力雄獨，甚可畏也。案《滿路花》有平側二體，美成作共三首，無第七句不協之例。今考之《清真集》卷下《歸去難》句調悉與《滿路花》合，實同調而異名也。秦少遊是解亦無出入。曩校《清真詞》冬景一首亦疑此句「短」字爲鈔者之誤，證以方、陳和作，竝作「坐」字。以宋人和宋詞，所見從同，即可據以訂正。其詞本歌席游衍之作，蓋謂非關夜長冷坐，卻愛日高猶眠。其坐字即緣下句卧字意對出。若以爲矬之形譌，以附會短意，似嫌韻語生澀，且考之矬字無側聲，今韻在下平五歌部末。雖詞韻有平側互協之例，然是調不當爾爾。況清真前後兩作並無異體，旁徵淮海，信而有證也。

丁未三月鶴道人記

十四

漚尹詞掌先生侍者：損書，正擬作答，甘遯忽見過。一尊永夕，話雨繩床。述近事、譚藝、通書之樂，恍若與公復面也。東坡詞例來議甚愜鄙忱，惜才韻枯梗，無以一得舉似，不足佐宏達搜校之勤，真媿媿耳。穆工近刻愈腐敗，緣於寫手太弱，不如遯翁之刻工遠甚。此後決意改良，若版貲尚可收回，似宜急圖，恐伊恃以居奇。吴詞卷富，未克美終，求精反粗，奈何。走比來既苦隆閟之疾，復廑憂生之嗟，極思習靜入山，灑濇靈府。適補陀洛伽山中舊熟老僧，堅約逭暑，欲往從之，作荷花生日。慧心人能偕游一澄清淨果邪？世變日亟，黨禍雄成。皖撫乃一見，耑患氣伏于自擾。其人本佯狂素厲，類任俠而蹇亡命，當路頑懦，震懾其名號，思以權勢服之。大聲發揚，燕寢皆設兵衛，徒亂人意，是猶擒虎而已爲之倀，其不成市虎也幾何？天下脊脊不可終日，乃復沾沾于一鐙一槍之禁令，并耳目不能自掩。黑籍未除而白梃競集，狐埋之而狐搰之，亦太無聊已。蘇堪近晤否？行藏何似？念之，念之。敬承起居，臨書悾悾，不盡願言。

文焯白疏　五月廿九日

伯宛想已决北行。鏡公有無致詞。君章殆羈累如故也。又及

十五

漚尹詞掌侍者：煩暑赫炎，流金爍石，頹居涇墅，手一編《彊邨詞》，坐披卧誦。躍蕤賓之鐵，鳴雲韶之玉，蘭雪和襟，靈芬滿抱，真一服清涼散也。謬延下問，敢貢區區，率爾捺觚，不足潤色鴻業，勿以荒誕見尤。幸甚，幸甚。今付局寄上，伏惟昭納。半塘詞叙，亦即塞白，秋初奉寄。敬承動定，臨題惓惓，不盡願言。

文焯白疏　六月廿六日

十六

漚尹詞掌有道：前撮題近意，亮徹清聰。殘暑未銷，秋陽轉酷。吴中大扎，謡言四驚，想見滬居湫隘囂塵，其疫氣流染，殆有甚焉。下走今兹畏熱，彌用骫骳，樵風五畝之居，曠若山林，終夕散髮北窗，猶嫌隆鬱，不克少事豪素。文字舊責，只待一雨追涼，庶償逋諾耳。昨夜偶一攤卷，見文待詔書明吴文端《白樓先生傳》，有云：「弘治己未，同考禮闈，閲春秋卷。」又「正德戊辰，同考禮闈，閲易卷。」「辛未，復同考禮闈，閲詩卷」三記。都堂分校，各閲一經。蓋明制本有分經取士之條，故閲卷者得執一經之埶以取勝。代有無明經專科？舊例若何？此制畢竟始於何時？廢於何時？它書未聞津逮，不及宏搜。公屢秉文權，見聞殫洽，深諳科舉故實，願垂示顛末，以啟心盲，幸甚，幸甚。伯宛舍人料簡北裝，比復作何住箸？秋風容易，來日大難，豪傑數奇，千古同慨，大可懷也。去月承渠寄示諸家纂補白石小傳，取三課卷，强半失之簡率，以徐養原素負英稱，論列亦復爾爾。吴興陸氏《集録》，既多猥濫，且不采及道人歌曲叙題，裁制既疏。綜覽羣製，似未若故人子復與下走所搜致，斷自宋元，編年比事，不著一字，差有條理，猶賢乎爾。鄙意以姜詞及詩自叙爲經，固足徵其生平歲月事跡。緯以宋季元初羣賢説部，益可考見遺事軼聞。不取元以降者，竊慮病在不親傳聞之世，雖多奚爲。昔苕溪漁隱謂小説家近記詞人故事，殊未足傳信，諒哉斯言。當時唯歎同社漂零，啟予蓋寡。獨偕子復晨搜暝寫，不及旬日而蒇，罣漏誠多，然其義例視徐、陸固稍稍謹嚴也。匆匆廿餘年來，零疊匧槖，久不復省措，兼以鈔胥淪缺，欲補輯之，則無復三間潔，姑舍是，又懼爲冥冥之負。每念疇昔落南，同志通書之樂，猶及國家閒暇，而今新學囂囂、吾道大皾，黨禍將與世變相終始，思如平居故情，便難一二。墜緒殘鈔，觸目增泫，惟兩賢矜其雄成，弗棄其黯淺，冀有以閎兹恉焉。此上，敬承

起居，臨題不盡悾悾。

鄭文焯白　七月十四日

十七

漚尹詞掌侍者：一昨草草飣槃，苦無選具，深媿輶褻，惶歉不任。比審新居卜定，何日同往觀之，即可練時日，開門户，極願喬遷在即，楓窗秋話，勝境盤桓，就詣亦良便也。下走自前夕忽感寒，畏風如虎，兼嗽上氣，隱几茶然，亟服清宣肺俞之劑，今病小瘉。適漁川亦患濕甚劇，堅招爲診治，遥度一方，不獲造診，真所謂醉者負醉，其勢彌顛也。昨甘遯書來，并見近鈔《西麓繼周集》，其詞既不工，於律復多出入，竟無稍稗後學，而甘遯校列簡眉，亦失之疏漏爲多，已隨筆改正，嫌于老草。俟斠竟就正有道何如？鄙意虞山毛氏刻詞之雄成，與其校改之繆妄，傳至今日，始信其功罪不相掩，烏得據爲舊本，復蹈專輒之弊。此非深造有得者，未足語其細趣也。餘詣譚不一。敬承

起居。有興，幸見過，但豫示以期，必不偕也。

文焯白上　八月十三日

附録二　詞林翰藻殘璧遺珠

（一）鄭文焯致朱祖謀書（摘録）

前夜聞雨聲過竹，繞闌問花，有寂寞空山之感。平曉就枕上改詞，得託字韻，稍稍愜心。固以次直攄胸臆，所謂無表德，直是寫實者，在入乎意内，出乎言外，能判舍一切陳迹。着想時不可有古人一字到眼，養空而遊，獨與天地精神往來而後落紙，如羚羊掛角，不至爲字律韻腳所拘檢，此境近始發奥悟，待知音商略之。……年來造境，愈思高研，律愈欲細，而詞境轉仄，動爲律縛，既無所懷，益無雋句，且爲奈何。

夜來改詞，深知對起詞眼，工之至難。既須清典可諷，自成馨逸，復誡雕琢，着力便差。乃嘆夢窗、石帚，屬對真好手也。……玉田謂清真諸大家取字皆從温李詩中來，此猶淺識。實以清靈之氣，發經籍之光，不特舉典新奇，遂工側艷也。願以請益，當踶斯言。

夜來愁眠，聞牀下蟋蟀有聲，感念歲月，昔事如梭，不任依黯。因思白石、功父賦後，幾無嗣音可傳之製。雖以竹垞體物之博，亦僅以小令寥寥託聲，不足盡其幽致，他亦未聞傳頌焉。豈以感音比興，於此易得而難工。

昨製《迷神引》，先就正瞻園，有溢美之譽，未之深信。公亦宏獎，不遺取懷，而予能無弱顏，兼策孤進，以副知音之切。……高吟見和，覺骨氣清奇，駸駸入石帚之室。

近索詞境於柳、周清空蒼渾之間，益歎此詣精微，不獨律譜格調之難求，即著一意、下一語必有真情景在心目中，而後傾其才力以赴之，方能令人歌泣出地，若有感觸於境之適然，如吾胸中所欲言者。太白所謂「眼前有景道不得」，豈易言哉。蓋不求之於北宋，無繇見骨氣；不求之於南宋數大家，亦患無情韻。文質相輔，又必出之騷雅，齊以聲律，洵非學力深到，由博返約，奚克語此。懸此格以讀古今人詞，會心當不在遠已。

功甫賦促織詞不使才氣，自成名貴，澹雅冲和，其盛唐雅頌之遺音歟。石帚則如變風小雅，幾以奴僕命騷，超然異撰，兩家皆各盡能事，誠未易軒輊也。昨夕感時附物，又成短製，不欲蔽帚自珍，故以就正孤樵，所謂意深然後爲工，别是一格，正爲雕飾曼聲者下一鍼砭耳。請質諸同調，以爲然否。勞者易歌，亦自忘其黯淺也。

損書垂獎過情，忝在癖痴，實有溢美之譽。……聞道已晚，病骨頹侵，深恐欲宏斯詣，以佚餘齒，不可得已。……嘉製《安公子》一曲，託寄遥深，其音揮綽，微有爲韻所拘處，致才力稍弱，未克放筆爲直幹，然不足爲聲病也。

昨夕伏讀新製，盛藻繽紛，耐人尋味，以意高，故辭不必工，此屯田所以夐絶也。

比復校《清真詞》，又得訂譌數字，是知思誤一適之難。……下走校詞，但求其是，於諸本從違，固無容心也。特苦識力寡闇，唯日不足。許洨長有云：「翫其所習，蔽所希聞，不見通學。」三語正爲近今校詞者，痛下鍼砭也。昔半塘翁謂校詞有與他書異者，以其文小而體卑，又有聲例可以按索。愚以爲舊譜零落，宋以後，音吕久失，解家宏雅之儒，恒視爲一藝之末，不屑深研，且不工詞者，先失其信好之篤，更不足與言校詞。千餘年遂成孤詣，不絶如縷。又經傳寫，一再覆刻。則校之視他書益難。誠以胸馳臆斷，誤於已識者，不諳古言古義，動以習見習用之字句腔調，妄議前脩。踵其蔽者，又從而傅會之，以爲殺青在前，當有所本，不思折衷。矯其失者，又病在昧於裁決，自滋疑竇，皆苟爲異同，不足徵其要實也。……今下走研究音譜，吴詞即本之柳。雖結句平側小異，乃玉田《謳曲旨要》所謂「腔平字側，拗則少入。」沈夢溪所謂「字皆舉本，融入聲中。」實古歌者音拍之微妙，絶非後學所得擬議其字例異同也。……吾人校刻古人之作，既思傳世爲後人準則，故勘訂不厭精詳，墨版未宜孟浪，非欲以刻書徼名於世也。小司馬校《史記》所稱「編録有闕，竊所未安。」即闕疑亦必資於多聞，未聞寡闇疏淺而徒守蓋闕存疑之例也。即如此詞之僅僅一字，而一再斠刻，幾至失其本來，枉費鉛槧，詞客有靈，能無啞然千古歟。……半塘所云：「但得孤證，即可據依，若無其書，則付之不議」也。蓋前夕與公所言，幽隱有動乎中，竟藉詠嘆以出之，是用文不加點，率爾切情，昔人比興之篇，類如是耳。

昨夜聞雨，頓觸春感，屬引淒異，倚枕口占，誦之不覺聲情悱惻，欲易一字不得，似近韋馮之深哀。損書種懷抑抑，彌用心儀。近悟詞家比興之作，唐、五代爲最上。蓋芬芳悱惻之深情，坿物宛轉，其調哀急，唯宜令拍，而徒謡短節，工之至難。比年吾儕唱和，多取慢聲，託寄雖遠，貞則易乖。轉視《花間》舊體，苦其高澹，學之未工，有傷直致。此所謂文榮意瘁，未若於生處陶寫奇韻，純以簡古出之，或以器冷而絃調歟。狂愚一得，敢以舉似。唯夫子哂之。昨又得《蝶戀花》二解，《御街行》一闋，亦思文俳語以自攄幽憂。昔半塘老人嘗謂下走《絶妙好詞校録》後語，有啟予蓋寡之嘆，以爲鄙生自謂之狂今值老斲輪運於散木，既雕既琢，復歸於樸，敢弗貢其曲輳以待神椎乎！

竊以詞道衰息，自南宋來三百餘年，至嘉慶間始得一皋文先生，窮討達學，而詞體一尊。顧翰鳳附録七家，當時以爲必傳者，且不當來哲之楷素。比二十年，作者輩出，駸駸欲度驊騮前矣。是知詞雖小道，求其至精固甚難。兹大雅發藻玉，振江皋，繆引篋弄，以應黄鐘，猶嗛嗛不皇，清問下逮。同聲感切，不揆狂簡，恒思有譊見效一日之知，誠自忘其唐突也。居常誦《庚子秋詞》及《春蟄吟》二册，極服高製。以泂放之旨，流愀惻之音，骨氣沉雄，弁冕羣雅，幾於思不周賞，驚絶一時，豈亦忠愛離憂之感，緣情坿物，唯以造哀，詞之體固然邪。下走少嗜詩，旅居吴之初，見眉老伯，苦言切句，每以古今體製相高，因思别構一格自異。乃日攻長吉《昌谷》編。起誦臥夢，矜奇逍變，詭得詭失，務爲精密，自詡不避危仄已。廹邂逅湘綺翁，縱論三唐格律，輒覺襞積細微，傷其真美。皤然奥悟，始能讀唐人詩，而漢晉以還，名章迥作，亦漸泠然解焉。宋詞家之有夢窗，殆猶唐詩人之長吉乎。其灝氣流轉，文采高麗，純學清真，而未得其渾。又相從石帚遊，掔討聲律，遊苕霅三十年，倡酬風月，神韻所至，騷雅似之，而特變其疏澹，然諦觀宋人集中，清空雋快之製，絡繹奔會，如下走近選廿餘首，其郵焉者也。

映菴新製《竹馬子》，頗復疏快，惜中有音節微差。上片寫景，似嫌驚露，韻情便少渾含。嘗謂北宋人詞之深美，非可以氣取，蓋其高健在骨，清空入神，而意内言外，仍出於低徊幽咽之餘，不徒以澹雅爲工也。

曩與子復老友談詞，先務盡詞表之能事，即玉田所謂字面，爲詞中起眼，必須字字敲得響也。而文章色澤，皆情之華，最關切要。間嘗熟讀周、姜二家名章迥句，一一索其來歷，玩其工力。同時同志，劇有新獲，相誡每出一篇，各數所舉之典，不得陳陳相因。固取材於六朝文藻及得之飛卿、昌谷詩中爲多。乃嘆周、姜取字至純粹，若柳、吴則取字至博。近考屯田於二謝詩極多運用，至夢窗更博於史，而鎔鑄工，顧韻中字例，亦不若周姜之精嚴已。故造語雅瞻，摛文老成，沈義父云：「讀唐詩多，故語雅澹。」古人有作，固無一字無來歷，豈獨詞耶。下走十餘年前，鋭意務爲文采發明自注之例（昉於康樂《山居賦》），以爲辭必己出，文不虚綺，非敢炫博也。詞之爲體，又在清空，著文益難，必内藏宏富而後咀嚼出之，藴釀深之。雖淺語直致，要以文而韻；苦言切句，務以淡而永，性靈往來，如香著紙。以是言字面，豈易甄采哉。近世學者知其難，遂專於詞中求生活，一涉筆，輒多勦襲之浮艷，曼衍支離，幾忘所自，比比然也。國初諸名家，固淵雅而觀，而隸事龐雜，雕潤新奇，不免蕪累。其文字真從學問中來者，誠有經籍之光，一目瞭然，非塞膚儉腹所能充也。昨與伯弢發議及此，亦極相許。謂吾儕正宜究心於此關鍵。下走自知疇昔才過其文，文過其氣。近則於音律稍稍細密，而文轉不逮，然不惟吾大賢有以誨之。昨伯弢示及譚公問道尺書，辯難良多，而深悟詞道之工至難。並索拙刻《斠律》編及半塘翁詞，並乞大箸全集。渠以天誕英逸，驕才雄力，於詩文勝任愉快者，獨於倚聲而斂衽焉，將毋英雄入彀邪！

生平於訓故考據之學，偶有心得，泠然神解，闢易羣言，雖孤證亦當仁不讓。獨詞章一道，工之至難，一字未安，不惜三易。

昨損書答，並示《金荃詞》篇目，自以《花間》選本爲鉅觀也。拙選羼入正中一家，本不愜意。擬竟删去《陽春》、《漱玉》兩家，亦了當也。

右漢鐃歌《有所思》一章，《楚辭》所謂「情抑鬱而不達兮，又着文而莫之白也。」此歌者之心苦有如是，當與《離騷》、《九歌》以斗酒讀之。生平惟愛誦《古詩十九首》及此《有所思》、《上邪》二曲。曩者與吴社諸子和石帚令詞，愛其琢句老成取字雅潔，多從昌谷詩中得來。因徵之清真，先後同揆，所謂無一字無來歷。玉田亦謂方回、夢窗取材温李，以字面爲詞中起眼處，須字字敲得響也。其櫽括例尚不在此數。近世作者，乃見兩宋詞眼清新，對仗工麗，遂復移花換葉，塗飾陳陳，窸窣支離，幾莫名其所自，是專於詞中求生活者，固難語以高詣，而炫博者又或舉曲龐雜，雕潤新奇，失清空之體，坐掎摭之累，是誤於詞外作注腳者，亦未足以言正宗也。夫詞之爲道，義出風謡，情兼雅怨。故造語有淡苦而無虚玄，如道家禪悦之言，皆所深忌。命意有悲涼而無窮蹙，感事有歎恨而無激烈。遺懷有艷冶而無媟黷，坿物有華綺而無幽僻。淺語直致以文工，苦言切句以味永。小文巧對以格古，新辭麗藻以意定。此詞表之能事，可以學力致之，至於骨氣神韻之間，則造乎精微，匪言像所能求之已。沈義父云：「讀唐詩多，故語淡雅。」若耆卿富於甄采，得之六朝文藻爲多，不僅摘艷三唐。夢窗更博於史，其研錬益工。世士恒苦淺聞寡聞，輒目爲晦澀，未嘗於此窮討宏蒐，遂於舊文妄有點竄。余近取毛、杜、王、朱諸本校訂，其文字碩異，碻有徵驗。乃歎書經三寫而成謁，猶未若汲古初雕本之有獲也。周、柳、姜、吳爲兩宋詞壇鉅子，來哲之楷素，樂祖之淵源。於是證其要實，余以餘力悉爲採按舊藝，勘爲定本，邢子才所謂「思誤一適」者，庶無戈氏專輒之病。今之學者，當用力於此四家，熟讀深思，選其名章迥句，反復索其來歷，求其工力於實靈。先學其對仗之深穩於虛靈，先悟其起結過變之空靈，而後精神往來，怊悵自得，養空而遊，如香著紙。……（以下原稿缺）

……劉禹錫謂詩用僻字，須要有來去處，近人往往發端微覺質實，與通體未洽；「攜」字短協亦嫌重。

不求甚解，但務冷俊，觸目皆痏痏，奈何。

此間消息至微，不盡於一二聲調，規規於平側已也。

屯田此解，亦似偶合，不須深究譜例，但取其音拍鏗訇，諷入吟口，無復凝滯，即依永和聲，已得空積勿微之旨。

近擬專意柳之疏奡，周之高健，雖神韻骨氣不能遽得其妙處，尚不失白石之清空、騷雅。取法固宜語上也。願舉以證同志之造詣，而詞家流別，亦於是定。

篇中校《金奩集》爲《金荃》之譌，固已。而放翁一跋，亦有踳駮。考飛卿詞，唯見《花間集》之六十有六首。雖顧氏秀埜小堂所稱宋槧一卷，未見刊行，而弘基在五代之初，去晚唐未遠，宜其甄録所得爲多。自後《古今詞話》之誤以《春曉曲》爲玉樓春，《全唐詩》坿載又羼入袁國傳之《菩薩蠻》。下走曩作《金荃詞考略》，已深切著明，是渌飲所謂温詞只十三首，未足徵信。此必明初坊寫俗本，見《四朝名賢詞》飛卿首列，遂以此卷爲《金荃》，又譌「荃」作「奩」，姑舍勿論。放翁兩跋《花間集》，汲古僅載其一。此跋所云，謂其專屬《金荃》，殊亦無據。按飛卿無《南鄉子》詞，《花間》載有《南歌子》七首，類宫怨之作，不得比之《竹枝》，惟歐陽舍人《南鄉子》八首，實皆紀嶺海風土語，義與竹枝爲近。然則放翁所謂追配禹錫者，當不謂飛卿。可證漢趙邠卿《孟子題辭》所謂「宜在條理之科」。篇中是類甚夥，此條亦坿之。拙纂《考略》亦足多也。究之斠定之學，後起者洵易爲功。

新製疏快，當爲近年傑作，蓋發於忠憤，言必由中，始能真宰上訴，不同流連光景，雕潤文藻也。此曲不難在隨律押韻，而難於妥溜達意也。

兹更得《惜紅衣》一曲，放爲直幹，取暢予情，於意云何，願探月旦。至此解音節譜字，唯當以君特和詞爲旁證。觀其自叙從石帚遊苕霅三十年，其平居切礲功（下原稿闕）至姜詞平側，凡作入聲及入作平用之字例，君特並精審律譜，悉與符合，非有出入，吾儕當思兼二妙，自定一格。公前後兩作，深諳是旨，誠無懈可擊矣。當懸此格以求兩宋。金元諸詞人之造詣，每況愈下，至不可擬議。始悟音吕之空積忽微。清真爲詞聖，姜吴墨守，入室夾輔，皆吾論樂之諍友導師，不可偏廢也。

臥披姜吴詞集，益悟音韻古通，詩詞迥異，不特今韻部居，不可懸合，即唐韻通例，亦未宜持以相繩，博考聲家，證以旁譜，信而有徵。如石帚《惜紅衣》次句「日」字爲韻，乃詞例對起之常格，《踏莎行》其習見者耳。若夫夢窗押雪，萊老押曲，尤足破紅友之疑塵，而次公有喙，不能曲爲之解矣。而詞韻舊譜，但取古諧，不以部別。歷觀耆卿、美成洎姜、吴兩家詞中，所押韻腳，冥若符合，確有佳證，略爲點定，待大賢面質焉。

兩宋詞人之僑吴者，世但知賀方回，吴應之諸賢。偶於旅夜，暇披《霜華腴集》之《鷓鴣天》，有「楊柳昌門屋數間」之句，上云「歸信」，又云「鄉夢」。是知覺翁固有老屋相近臯橋，其《點絳唇》有懷蘇州所云「南橋」，蓋指此也。又兩寓化度寺，皆有懷歸之思。豈垂老菟裘，復以此邦爲可樂邪。

伯弢甚厭南宋詞家雕潤一派，亟欲開逕自行昨已取手校《樂章集》去，恐音拍失古，易流輕俗，氣過其文，亦是一撓也。畢竟當以清真爲集大成者。詞雖小道，豈易言哉。監以兩宋之間，用能文質並茂，空前絶後，兼以才力獨雄，蔚爲詞聖。湘綺翁曩以兹事下問，深嘆其微妙。觀此老所作，且如徐太保詩，須人投著，不爾便飛去。

小詞和柳，不能得其高澹，入後稍稍藉傷春餘事，託寄蒼茫，却成墨淚。想賞音者於此同一浩歎，願聞嗣音，爲砭狂疾。

和小山令曲，獨多感音淒麗。愴懷同調，能無輟弦之悲。三復叔原叙言，益歎古今文字造哀，有同慨焉。載繹高製，怨深文綺。淮海、壺山，先後輝映，心折曷已。

伯勤高製，疏宕似東堂，心折之至。但煞句舉典，微嫌與上句未融貫，用意亦晦，唐人詩：「侍臣最有相如渴，不賜金莖露一杯。」其宛諷已是輾轉隸事，今專用「金莖」，復以「承掌」，既不及文園病渴，又無關西子嬌顰。

半塘翁據《詞譜》考正，何獨於起結絶大關鍵，轉多猶豫，未之折中，抑矜眷之過已。下走譾見佹得，曷敢謬託聲家，然宣尼説禮，於杞宋既不足亡徵，則志在從周。

考《小雅·苕之華》三章，傳云：「閔時也。幽王之時，西戎之夷，交侵中國。師旅並起，因之以饑饉。君子閔周室之將亡，傷己逢之，故作是詩也。」詩載詠苕華，悲其將落。次章云：「知我如此，不如無生。」反復沉哀，正合此世衰亂之故。比年每嗜誦此詩，輒終夜不寐。今擬題拙詞第四集曰《苕華》，以

見閔時之義　且茲集實皆激楚悽戾之音，又會當憂生救死之不暇，以是名編，得毋隱寓小雅怨悱之旨。刓詞出於燕樂，原於變雅歟？　惟知我者哀而敘之。

附上清真詞曲略一事，就正有道。

曩愛誦清真詞《浪淘沙慢》二解，既一再和之。獨至其過片次句：「念珠玉、臨水猶悲感，何況天涯客。」語義嶄嶄有奇氣，又極淒宛幽艷之致。間嘗舉似子復及中實、伯弢諸子，皆不求甚解。究其曲實，則蒙然如坐雲霧，蓄疑有年。深思詞之難工，要在博極羣書，不著一字。玉田謂諸名家詞，取字多從温李及長吉詩中來，諒哉是言，猶未盡發其奧悟爾。昨偶於病榻散帙得《説苑》一卷，閱至「趙簡子游於河而樂之，歎曰：安得賢士而與處焉。舟人古乘跽而對曰：夫珠玉無足，去此數千里而所以能來者，人好之也。今士有足而不來者，此是吾君不好之乎。」乃歎美成隸事屬辭，有羚羊掛角之妙。蓋託諸隱秀以傷其不遇也。《宋史·文苑傳》謂其以諸生獻賦，一命爲正，五歲不遷。詞意悲感，或當其浮沉時耶。昔人稱杜詩無一字無來歷，吾謂讀者亦當不放過清真一字，清真固詞中之老杜也。狂愚一得，敢以舉似，唯宏達裁之。

據《樂府雅詞》則爲「思」字。案曾慥選刻在紹興丙寅，距美成提舉大晟樂府僅二三十年，所見當可依據。（墨按：此札考訂清真《水龍吟》。）

《夢窗詞·滿江紅》兩解，次句第五字，用「浪」協平，一用「蜨」作平，是知白石道人製此曲，千頃之「頃」，亦非上聲。按詞律上聲字例有作平用者，然不得逕易作平聲字，以趨自便。如白石「近前舞絲絲」，「近」自注「作平」，或「頃」字，其義例耳。夢窗《瀫山湖》一闋，原作「蒼浪天」，正謂水天一色之義。白香山詩所謂「髩髮蒼浪」，亦云色之老蒼也。汲古本吳詞原不誤。自萬紅友引作「滄浪」，杜、王諸校刊，並從之，遂失其舊，而夢窗詞意晦矣。所謂書三寫而成譌。按滄浪出《禹貢》，孟子引滄浪之歌，蘇子美取以名亭。近世文人淺闇，未之深考，幾目爲水之通訓，則又讀書不求甚解之過也。嘗謂校書之難，必能合訓詁、考據、詞章三者會於心而驗之目，乃可以從事以義理爲斷。專輒固學者之病，從以闕疑載疑，終無一義之晰，則亦何取於校訂。故必多聞而後可定闕疑，此由博返約之功也。

方回言少陵入蜀後詩格一變。嘗怪叔夏十窗，皆故國王孫逸老，誦其所製，歌曲渢渢移情，獨乏蒼鬱激楚之響。蓋哀而不傷，風人之旨趣也。若南宋諸名家，調轉激於時艱，有君臣羈旅之感，因多慷慨餘哀。事有可爲，斯義無可逃。故忠愛溢於詞表，非若傷春、懷古、悼國、諷時，託寄遥遠，極命風謡，有待於後人之興起也。

《清真集》校本舊有《水調歌頭》及《鬢雲鬆》二首，已爲校訂，確非美成之作。以李伯起、傅國華事實並非周所及知，那有投贈。證之宋史，益信。況美成通集無一與人倡和者。或必汲古本之羼入。元巾箱本無是二解，尤足徵也。無已，惟據以附刊爲補校餘録耳。

去春曾假尊藏《樂府雅詞》，得審《雨霖鈴》曲有上聲起調之例，忘其爲誰作，即乞更借一觀。記得當時亦識此曲爲雙調譜，本有商角同用之律，角爲上聲。曩考原五音二十八調圖，入聲商七調第四，已詳斯旨。但世之詞家罕有津逮耳。拙集《冷紅詞》有《雨霖鈴》一解，頗爲子苾、伯弢諸同調賞擊。徒以所製非側韻，疑失舊律。伯弢所著之《裒碧齋詞話》，似深惜之。乃宋人有先我爲之者。且與今所校之宋本《樂章集》差異，如「方留戀處」之多「方」字，轉與汲古本合，是知宋人所填宫譜已如是，此校律之難也。

後村《千家詩》選載美成《春雨》詩七言絶句：「耕人扶耒語林丘。花外時時落一鷗。欲驗春來雨多少，野塘漫水可迴舟」意境幽約，有晚唐風格。

夢窗《掃花遊》，題《送春古江村》，嘗疑其地當屬閶門或爲故家園名，未得要領。昨偶檢《吴郡志》卷四十六，有西園，在昌門西，洛人趙思别業也。張孝祥大書其扁曰「古江村」，中有足娱塋，是其地當時必因於湖榜書而傳播詞人吟口，夢窗題詠者即此。

昨誦新製，淒寒感人，非愚箢所及，有若仲偉之論謝吏部，微傷細密，蓋限於宫譜聲律，不避危仄。竊意當此世變，宜以奇情慷慨，以寫餘哀，如清真《西平樂》、《瑞鶴仙》、《浪淘沙慢》諸曲。其時或值方臘之亂，其詞頗多峻切之音。即夢窗亦感觸時事，不盡自組麗中來。他若南宋諸老，發言哀斷，益令人感音潸淚矣。

《避暑語録》云：柳永屯田員外郎死，旅殯潤州僧寺，王和甫爲守時，求其後不得，乃爲出錢葬之。詞人固甘於寂寞，而身後至無以歸骨，亦可哀也已。偶覽宋袁文《甕牖閒評》記黄太史乙酉生，是時有柳彦輔者，耆卿孫也，善陰陽，能訣人生死，謂太史向後災難大，或見於六十以下，後果以六十一貶宜州卒，彦輔之言驗已。是知永非無後，且有賢孫，深明氣緯，爲一時名流所推，誠無忝明達之後。世有爲永補傳者，當據此以爲要實。然則，花山弔柳，特出於好事者爲之耳。

怨深文綺，詞人本色，唐五代作者，其原出宫體，蓋小雅怨悱之義也。三復新製，寫意宛悉，如誦唐人長門怨。初若散緩，反復乃識其窈窕之深哀，宜以擬宫詞秋怨命題，尊旨當亦然。兹更寫上有所思一解，倘演贊其恉入浪淘沙慢第二三段，彌用幽抑，寧不詒音，願言發藻。記湘綺翁曾亦賦《古别離》，後半純用是詩微義，遂成激楚之聲，略賞檢睎共證之。

《漁隱叢話》云：唐初歌舞多是五七言詩，後漸變爲長短句。今止存《瑞鷓鴣》、《小秦王》二闋。《瑞鷓鴣》是七言八句，猶依字易歌，《小秦王》是七言絶句，必須雜以虚聲，乃可歌耳。又宋秦觀云，《渭城曲》絶句，世又歌入《小秦王》，蓋即《東坡樂府·陽關曲》，題下自注「本名小秦王，入腔即陽關曲。」考入腔即詞之起調，今譜所傳《小秦王》起二句與《陽關曲》無異。惟《陽關》第三句五字用入聲及第四句五字平聲，並舊譜字律，其《木蘭花》所謂「忍聽陽關第四聲」，即《渭城》詩中第四句「西出陽關無故人」，歌者音苦，調亦哀急，故感人深切耳。又寇萊公有離别詞，名《陽關引》，顧從敏箋注云：「《陽關引》，近世又歌入《小秦王》，更名《陽關曲》。」然此渭城詩耳。若寇詞自是宋慢曲，不可唱入《小秦王》調也。其義至顯。據此知《陽關曲》之名《小秦王》，正以入腔相類，其名由來久已。坡公詞元本毛刻並出，原本自注可證，不得列爲異文也。宋以後宫譜墜軼，有其辭，亡其聲，學者徒見其句法差池，莫繇辨細致精微。不揆愚箴爲採按大略，並知音審定之。

（二）王鵬運致鄭文焯書

《西河》詞：前兩段意境排奡，有横空槃硬之致。「市里」兩韻，終嫌窸窣，「對」字韻亦苦弱。押「市」字不如直用千金市駿骨，以玉田妥溜法寫之最妙。又《倒犯·辛亥歲除》，拗韻不宜澀，澀體不宜鑿，「黏雞畫燕」四字，連用太熟。

拓本已裝成小幅，縣之書室，以袚不祥，而迓嘉福。……在焦山有一詞，自謂不惡，另紙寫上，以我公之和否，斷此詞之優劣。……朱古微學丈來書，當拳拳於執事，前亦致書以通殷勤否。吟諷有暇，盍作一緘，古微公當信是我輩，且於公甚傾倒。《冷紅》、《南音》，蓋不時出入懷中者，亦一知己也。

兼以酷熱不可耐，閉户裸陳，幾不知我爲何物。蚊蚋攢膚，爬搔不已，始知此身尚有血肉，猶知痛痒，奈何！……端節狂窘，無可奈何，只得借詞出氣，兩日所得，竟有六七闋。然不佳知矣。古微時來譚藝，稍慰寂寥，此外所聞，深恨不聾耳。

叔問先生吟席。重九後一日，同鄉陳小敬轉到惠書。困處危城中已餘兩月，如在萬丈深阱中。望天末故人，不啻白鶴朱霞，翱翔雲表。又嘗與古微言，當此時變，我叔問必有數十闋佳詞，若杜老天寶、至德間哀時感事之作，開倚聲家從來未有之境。但悠悠此生，不識當能快覩否。不意名章清問，意外飛來，非性命至契，生死不遺，何以得此。與古微且誦且泣下。徘徊展望，帋欲生毛。古微於七月中旬兵事棘時，移榻來四印齋，里人劉伯崇亦同時來下榻，兩月來尚未遽作芙蓉城下之遊，兩公之力也。古微於五六月間，封事再三上，皆與朝論不合，而造膝之言，則尤爲侃侃。同人無不爲之危，而古微處之泰然。七月三日之役，不得謂非倖免，人生有命，於此益可深信，人特苦見理不真耳。鄙人嘗語天下斷無生自入棺之人，亦斷無入棺不蓋之理。若今年五月以後之事，非生自入棺耶，七月以後之我，非入棺不蓋耶。以横今振古未有之奇變，極人生不忍見，不忍聞，不忍言之事，皆於我躬丁之，亦何不幸置耳目於此時此地而不聾不盲也。八月以來，日盼傅相到京，庶幾稍有生機，乃到京已將一月，而所謂生機者，仍在五里霧中。京外臣工屢請鑾輿回，鑾輿乃日去日遠，且日促各官赴行在。論天下大勢，與近日都門殘破滿眼，即西遷亦未爲非策，特外人日以此爲要挾，和議恐目前之大梗。況此次倡謀首禍諸罪臣，即以國法人心論，亦萬不可活，亦屢請，亦迄未報。七月諸公歸元之易，而此輩絶頸之難也。是非不定，賞罰未明，在承平不能爲國，況今日耶！鬱鬱居此，不能奮飛，相見之期有無，尚未可必。弟是死過來人，恐未易一再逃死。生生之氣，自五月以來，消磨淨盡，不唯無以對良友，且無以質神明。晚節頹落，但有百愧，尚何言哉。中秋以後，與古微、伯崇每夕拈短調，各賦詞一兩闋，以自陶寫，閩閩冗冗，充積鬱塞，不略爲發洩，將膨脹以死，累君作輓詞，而不得死之所以然，故至今未嘗輟筆。近稿用遯法唱酬例，合編一集，已過二百闋，芸子檢討屬和，亦將五十闋，天公不絶填詞種子，但得亂定後始死。此集必流傳，我公必得見其全帙。兹先揮録十餘闋呈政。詞下未注明誰某，想我公暗中摩索，必然得其主名。伯崇詞於公爲初交，然鄙人與古微之作，公所素識。

(三)朱祖謀致鄭文焯書(摘録)

昨陪清讌，遂至深更。惜未能重集高齋，感歎無似。……舊作《安公子》詞，前半辱承繩削，過片後太不相稱。妄爲貂續，彌用皇汗，敢復寫上，千求痛爲塗改，俾後之讀彊村詞者，許爲壓卷之作。甚爲榮施，曷可紀極。

昨歸誦賜辭，依黯無已。圖爲嗣音，以當歲寒之盟。起聯平側小誤，乙轉便協。午間奉書，發我墨守，玉田論詞，邃於律拍，疏於體骨，往往有迷誤後人處，不獨謂夢窗七寶樓臺未爲定評也。

右乃《詞林翰藻》中部分摘録。《詞林翰藻》，戴亮吉先生珍藏之清季詞學家王鵬運、鄭文焯、朱祖謀之來往書簡，共十本，以册頁形式裱裝。戴老，四川人，鄭文焯之女夫，居重慶之紅岩村。丙戌歲，喬大壯先生將隨中央大學東下前，曾約余專程造訪，承其出示《詞林翰藻》，得讀前輩之詞論，獲益良深。新中國成立後，戴老來京定居。一九五九年，詞壇開始討論李清照之《詞論》。余再次向戴老借閲《詞林翰藻》，蒙其俯允抄録，並同意余撰論文時引用。一九八一年，唐圭璋先生函告，上海華東師大施蟄存先生搜集詞學前輩論詞文獻，囑余向戴老親屬探詢《詞林翰藻》下落。余往晤戴老之女、鄭文焯之外孫女戴荇，始知「文革」初期，家中之文物藏書，悉被紅衛兵抄去，撥亂反正後，退回少許文物書籍，其中無《詞林翰藻》。近日余將抄録之部分整理以獻《詞學》，雖非全璧，然吉光片羽，尤宜珍惜，墨谷謹跋。丙寅秋日。

白石以沈憂善歌之士，意在復古，進《大樂議》，卒爲伶倫所阨；其志可悲，其學自足千古。叔夏論其詞如野雲孤飛，去留無迹，百世興感，如見其人。

附録三　大鶴山人遺札

與張孟劬書

余齠齔時，好讀唐詩，日課十數首，輒能背誦。年十一，侍先中丞公遊雒陽，一日出城西，觀櫻桃溝，率成絶句云：「櫻桃紅漲雨纖纖，京洛風光舊未諳。絶似熟梅好天氣，衣篝香裹夢江南。」其時未識江梅黄天氣如何光景，率爾操觚，意若有會。迨二十五歲，南遊客吴，匆匆歲月，每值滿城梅雨，襟袖酥凝，美成詞所云「地卑山近，衣潤費鑪煙」，蓋紀梅天以熏篝除濕，而少作轉成落南之詩讖，亦足徵漂泊生涯，匪偶然也。沈伯時論詞云：「讀唐詩多，故語多雅淡。」宋人有檃括唐詩之例，玉田謂取字當從温李詩中來。今觀美成、白石諸家，嘉藻紛縟，靡不取材於飛卿、玉溪，而於長爪郎奇儁語，尤多裁製。嘗究心於此，覺玉田言不我欺。因暇熟讀長吉詩，刺其文字之精采絶豔，一一彙録，擇之務精，或爲妃儷，頓獲巧對。温八叉本工倚聲，其詩中典要，與玉溪獺祭稍別，亦自可綷以藻詠，助我詞華，必不可肌造纖靡之辭，自落輕俗之習，務使運用無一字無來歷。熟讀諸家名製，思過半已。夫文者，情之華也，意者，魄之宰也，故意高則以文顯之，艱深者多躍，文榮則以意貫之。塗附者多庸，又筆欲其曲，雖放不黂，語欲其新，實費而隱，前輩謂無理之理，無體之體，猶隔一塵。

又

唐五代及兩宋詞人，皆文章爾雅，碩宿耆英，雖理學大儒，亦工爲之，可徵詞體固尊，非近世所鄙爲淫曲箧弄者可同日而語也。自君相以逮學士大夫，畸人才流，遷客怨女，寒□隱淪，靡不歌思泣懷，興來情往，甚至名伎高僧，頑仙艷鬼，託寄深遠，屬引湛冥，其造耑甚微，而極命風謡，感音一致，蔚爲羣雅之材，焕乎一朝之粹。至美成提舉大晟，音盛，見徽宗宫詞演爲曼聲，三犯、四犯，變調綦繁，美且備已。白石以沈憂善歌之士，意在復古，進大樂議，卒爲伶倫所阨，其志可悲，其學自足千古。叔夏論其詞，「如野雲孤飛，去留無迹」，百世興感，如見其人。自乙酉丙戌之年，余舉詞社於吴，即專以連句和姜詞爲程課，繼以宋六十一家，擇其菁英，咸爲嗣響。今同社諸子，零落殆盡，半篋秋詞，但有餘泫，此近十年所爲傷心之極致，雖長歌不能造哀已。惜曩和姜全詞，及鄙人補白石傳，並未付鍥，且遺一葉，篋稿零疊，不省措久已。

又

玉田崇四家詞，黜柳以進史，蓋以梅溪聲均鏗訇，幽約可諷，獨於律未精細。屯田則北宋專家，其高渾處不減清真，長調尤能以沈雄之魄，清勁之氣，寫奇麗之情，作揮綽之聲，猶唐之詩家，有盛晚之别。

今學者驟語以此境，誠未易諳其細趣，不若紬繹《白石歌曲》，得其雅淡疏宕之致，一洗金釵鈿合之塵，取其全詞，日和一章，以驗孤進。其它如《絶妙好詞》，亦可選其雅句，日久翫索，以草窗所録，皆南宋元初詞人也。

又

聲調從律吕而生，依永和聲，聲文諧會，乃爲佳製。然詞原於燕樂，非專於樂府中求生活者。自古音譜失圖，所可見只《詞源》一書耳。故凌仲子著《燕樂考原》，苦無圖説，以闡發祕奥，至晚歲始得玉田書擘究之，頗有創獲。雖仲子書不爲詞旨昌明，而其所造，終不出燕樂章本。會心正不在遠。曩嘗博徵唐宋樂紀，及管色八十四調，求之三年，方稍悟樂祖微眇，悉取詞原之言律者，鋭意箋釋，斠若畫一，豈旦夕能畢其説耶？今蘇布政陳公，曾於甲午之夏，持拙編《斠律》二卷，見訪於沽上客樓，殷殷下問，意在盡得其旨要，卒之未竟其緒，但辨以宫位所在，能知戈氏自詡知律之謬誕而已。朱文公嘗云，不知宫位究在那裏，其全書中有記俗譜管色，益錯亂已。此老不爲考據訓故之學，固未爲知樂也。

又

近世詞家，謹於上去，便自命甚高。入聲字例，發自鄙人，徵諸柳、周、吴、姜四家，冥若符合，乃知詞學之微，等之詩亡，元曲盛行，彌以傖靡，失其舊體。國朝諸家，匙所折衷，良以攻樸學者薄詞爲小道，治古文者又放爲鄭聲。自宋迄今將千年，正聲絶，古節陵，變風、小雅之遺，騷人比興之旨，無復起其衰而提倡之者，宜夫朱、厲雕琢爲工，後進馳逐，幾欲奴僕命騷矣。獨皋文能張詞之幽隱，所謂不敢以詩賦之流，同類而風誦之，其道日昌，其體日尊。近三十年，作者輩出，罔敢乖剌，自蹈下流，然求其速造淵微，洞明音吕，以契夫意内言外之精義，殆十無二三焉。此詞律之難工，但勿爲轉折怪異不祥之音，斯得之已。姑舍是，詞之難工，以屬事遣詞，純以清空出之，務爲典博，則傷質實；多著才語，又近猖狂。至一切隱僻怪誕，禪縛窮苦，放浪通脱之言，皆不得著一字，類詩之有禁體。然屏除諸弊，又易失之空疏，動輒跼蹐。或於聲調未有諧協，則拌舍好句，或於語句自知落韻，則俯就庸音，此詞之所爲難工也。而律吕之幾微出入，猶爲别墨焉。所貴清空者，曰骨氣而已。其實經史百家，悉在鎔鍊中，而出以高澹，故能騷雅。淵淵乎文有其質，如石帚之用「三星」，則取之《詩》「跂彼織女」之疏；夢窗之用「棠笏」，則取之舊唐・李暮之傳，餘類不可勝數。若子集中之所取裁者益夥，讀者貴博觀其通耳。

又

余少日最不喜爲帖括，爲文專擬六朝，詩則學東川，取逕雖高，才力苦弱。迨南遊，獲交高君碧湄、張君嘯山、强君賡廷、李君眉生，始稍稍務博，而所造不克精進。略别文章原流，間得奇句，默契古人，輒驚呼狂喜，然每有所作，未嘗不歎學之遠道也。乃晤王壬老，聞其餘緒，而文一變。世士嘗謂訓詁考據之學，有妨詞章，余治經小學及墨家言二十餘年，攻許學則著有《説文引羣説故》二十七卷今刻有《楊雄説詁》、《六書轉注舊説》四卷，自謂發前人所未發。研經餘日，未嘗廢文，獨於詞學，深鄙夷之，故本朝諸名家，悉未到眼一字。爲詞實自丙戌歲始，入手即愛白石騷雅，勤學十年，乃悟清真之高妙。進求《花間》，據宋刻製令曲，往往似張舍人，其哀艷不數小晏風流也。若夫學文英之穠，患在無氣；學龍洲之放，又患在無筆。二者洵後學所厚誡，未可率擬也。復堂謂余善學清真，吾斯未信。詞無學以輔文，則失之黯淺；無文以達意，則失之隱怪，並不足與言詞，而猥曰不屑小道，吾不知其所爲遠大者又何如耶？

又

凡爲文章，無論詞賦詩文，不可立宗派，却不可偭體裁。蓋無體則餖飣窸窣，所謂安蔽乖方，迷不知門户者也。不知所以裁之，則冗濫敷庸，放者爲之，或矜才使氣，靡靡無所底止，又所謂凌雜無章者也，作詞尤誡。此二弊，一由蔽所希見，一由予智自雄。比嘗見並世詞人，陳陳相因，得門實寡。即有志師古者，亦往往爲律所縛，頓思破析舊格，以爲腔可自度，黠者或趨於簡便，藉口古人先我爲之，此畏難苟安之錮習使然，甚非謂也。然則今之妄託蘇辛，鄙夷秦柳者，皆巨怪大謬，豈值一哂耶！宣尼論學，以約失之者鮮，請進此恉以言詞，貴能精擇以自鏡得失耳。拉雜書之，不復詮第，冀宏達廣張吾勢焉。鶴道人記。

又

孟劬仁兄太守鈐下：前者退樓餞春，小集同志，如漚尹、伯弢，皆有和清真之作，鄙人不揆狂簡，輒賦《瑞龍吟》二解，亦次韻。以諸家墨版，咸載是篇弁首，蓋猶宋本之舊次。原注云：「此謂之雙拽頭。」屬正平調。自「前度劉」以下，即犯大石調，屬第三段。至「歸騎晚」以下四句，再歸正平調。坊刻皆於「聲價如故」句分段者非。世士今知此蓋寡矣！兹録拙製，奉博知音一粲。比患臂痛，搦管若錐，書不成字，尚希宥之。夢窗詞譌誤二字，曩已手校。其「鴻」字，今漚公刊本已改正。半塘沿汲古之舛駁甚多，拙校幾十過，惜今刻未盡從耳。前題一長跋，顯若鍼砭，□若畫一，首在正名，以爲甲乙丙丁稿之目，實毛氏無據之題，不得已，只可謂之《夢窗詞》。以見之宋元諸詞人所稱，並無「甲乙丙丁」一説。且文英字君特，與美成爲邦彦甫同例，若「清真」乃美成自名其集者，見《宋史·藝文志》及周傳。疑夢窗亦然，非文英字也明甚，故尹惟曉諸皆以夢窗與清真對舉，此一佳證。草窗題其詞卷，輒隱屬分切夢窗二字，更可徵爲其集名。下走歷陳前失，及所勘訂數十條，自信碻然，無可疑議。今漚公在滬開雕，徒依吴伯宛墨守汲古一家之言，終多遺憾。何事再版，漚公已將拙題刊列卷首，等諸異譔，甚亡謂也。即如來書所校「輕」、「藜」二字，藜碻爲藤之誤，此即白石「翠藤共閑穿徑行」句，同作杖解，且藤亦韻。以吴詞《木蘭花慢》，是句無不用短叶例，適與漚公言之，至云「是詞臨字亦非韻，詞中無十一真及文、元通十蒸、十二侵之例」。余舊纂詞韻辨例，即據北宋晏、柳、周，南宋吴、姜諸名家韻例，歷駁戈氏巨謬，極辨《廣韻》古通轉音例，僅可論詩，不可繩詞。《蕖斐軒韻》，亦未得幼眇，平水韻部，更不足徵。蓋詞爲樂府之遺，本乎歌謡，極命風騷，出入正變，純以古音之諧，契夫人籟之旨，齊以亢墜，繫以和聲，渢渢古燕樂之原，其惟此一綖哉！近以同人説詞中韻例，頗尠折中，爰盡發夢窗用韻微意，舉似音譜，證以白石旁綴字律，案之五音，悉相吻合。恨年來衰病，無是精力，手寫淨本，又未克假手友生，竄槁篋中，久將淪佚，如何如何？至尊斠「藤」字爲協，曾亦考訂，所見從同。若謂蒸韻不可通，即以吴詞乙集中《醜奴兒慢》通首押庚、青韻，而煞拍獨著一「層」字，豈非蒸部通轉一證？故嘗謂詞律之嚴密，不在韻而在聲。猶見唐以前古樂遺製，如六經有韻之文，但有諧音，無所謂通轉義例也。質諸敏求深思之君子，常弗河漢斯言，悾悾不盡。區區敬承動定安善。鄭文焯頓首。

與夏劍丞書

執誨有溢美之譽，彌用媿悚。屬寫聚頭扇，今夕即落墨，但惡札不足當清風一拂耳。垂示新製，音節流亮，摇蕩情靈，能無心折，擬附均末，勉一效顰，旦夕奉教，何如？敬承呋庵詞掌道履。文焯再拜，即夕。

又

昨奉誨音，兼誦高製，驕才雄力，麗采英聲，匪獨宋參軍不辟危仄，直如齊記室特出奇嶄，心折無已。

清真此解，自十年前，與易叔由同年連句和之，訖今不敢着相。忽覩嘉藻，彌用斂手。兹附上《國粹學報》近刻拙詩文數篇，欲探月旦，幸有以裁之，感甚感甚。呹堪先生督書。文焯敬白。三月廿日

又

損答兼拜雪茄之賜，珍謝無已，得此已悉其售處，不敢煩源源相濟也。第三方試服後，有殊效，幸見示，更須進一服理陰和中湯頭，即占勿藥矣。承命寫聚頭扇，旦夕即録近製。篋稿舊有詠石濤和尚鼻煙壺一詞，容檢寫奉政，且儗求和也。此報，敬候呹盦先生起居。文焯白疏。二月六日

又

昨伯弢書示近製《大酺》，致多俊語，微嫌文榮意悴，有才大難用之慨。然渠意甚得，未可遽爲軒輊，蓋由於着想太高，觸筆廉斷，正如袁嘏之詩，須人捉着，不爾便飛去矣。下走廿年前，曾有和清真之作，刻之《瘦碧詞》初稿，版久淪軼，兹偶憶寫上，頗愧中有鄙直處，惟紫霞拍定，當時意鋭才弱，且多不協，欲拉雜摧燒之久已，擬閒中更和一解就正，苦乏好懷，奈何！餘馳謁不次，敬承呹盦詞掌先生動定。文焯頓首。四月二十八日

又

執誨感甚。拙製《金陵懷古》，耑取桓宣武登平乘樓北眺數語，據寫近事。老子婆娑，亦陶侃諷時之辭，正謂玄譚諸君，以清言品隲過江名士，遂致神州陸湛耳。比歲社會清流，痛哭高談，頗類晉客，吁可悲已！大著《江南春》，只結韻微澀，擬易疊字，何如？并乞裁定。又「女牆」似與上「堞」均嫌複，妄擬以「繚」字，不審當否？餘俱雋逸，無懈可擊。此承劍丞先生使君起居。文焯頓白。初八日

又

前夕盛飫豐飪，飽德無量，迺衰齒折福，昨晨頰輔瘇痛，餔啜都廢，今牙車猶鑿鑿甲錯也。伯弢及瓜而代，以去年同時攝官者，皆次第更替，匪伊向隅，然延此月餘，徒增纍耳。吴會又多一詞侶，密邇倡酬，秋夜當謀近局，時相喚酒，亦一欣也。偶憶與漚公述蟄老近事，感秋而作，得小詞，先奉紫霞翁定拍，幸有以裁之。意欲學柳，苦才力弱，奈何！此上，祇承吷盦吟掌先生道履。文焯敬白。七月十七日

又

昨寫上小詞，闕然教益，意將有金玉嗣音，綷以藻詠耶，願一傾耳，砭我箋弄，遲之遲之。前夜忽聞南雁，秋思蒼茫，頓增懷舊之感，枕上又得《木蘭花曼》，既無好懷，彌乏新意，未敢享帚，録請一笑。至

《湘春夜月》，略改竄數字，并乞郢斤削之。匆匆上，衹承劍丞詞長使君起居。文焯再拜。十九日

又

昨載誦高製，并見和聞雁之作，骨氣清雄，深入六一翁三昧，匪尋常詞客所證聲聞果也，佩之無斁，頃再寫上近製小令二解，就正有道。吾黨同志日希，宜以風義相切礪，幸無爲過情之譽，至祝至祝。比以舍姪輩來自九江，未免清事一撓耳。呋盦先生道案。文焯敬白。七月二十三日

又

前誦嘉藻，極耐翫味。近得漚公和夢窗《江南春》一解，苦爲韻縛，未盡能事。比來頗覺其作意略入晦澀，好爲人所難能，終慮以次公面諛，誤以追駿處末耳。鄙製乃力求疏瀹，欲舉似相規，竊未敢遽發，如何如何？兹寫上二令就正，幸教之。此上，衹承劍丞先生道履。文焯頓白。七月二十九日

又

前得誦嘉製《竹馬子》詞，極疏快之致，一洗窸窣雕琢之塵，匪得唐人詩境三昧，不能發此奥悟也。但下走竊有貢疑，嘗以北宋詞之深美，其高健在骨，空靈在神，而意内言外，仍出以幽窈詠歎之情，故耆卿、美成，並以蒼渾造耑，莫究其託諭之旨，卒令人讀之，歌哭出地，如怨如慕，可興可觀，有觸之當前

即是者，正以委曲形容所得感人深也。毛先舒云：不可以氣取，不可以聲求，洵先得我心矣。蓋學之者寫景易驚露，切情難深折，稍一縱，便放筆爲直幹，恐失詞之本色爾。昔齊袁嘏語徐大保尉云：我詩有生氣，須人捉着，不爾便飛去。敢以舉似高製，幸無以怪侶見屏焉。諸作終當以《采桑子》新定稿爲超絶，佩之畏之。秋夕南濠水燕，羣公到者幾人？幸豫示及，必偕漚公同踐也。附上改定前詞一解，惟誨拍爲感。此復上呋盦先生道案。晚飯後擬走訪談藝，何如？文焯頓首。八月十二日

又

昨晤老友王少谷，述及重九前一日，與公同飛車回蘇。節物淒涼，又是一年風雨，想清致所逮，定有高唱也。前夕填得《木蘭花曼》一解，即守柳體短協下四字句法，因紬繹《樂章集》中，多存北宋故譜，故緐音捉拍，視他家作者有别。南渡後樂部放失，古曲墜佚，大半虚譜亡辭，白石補亡，僅數闋爾，賴柳集傳舊京遺音，亦倚聲家所宜研討者也。漚公索折閲不得，遂游白下，聞頌陔云，尚擬作平原十日飲耳。拙詞寫上，就正有道，幸實誨之。尊處近有無佳便如滬，走有書籍數部，欲存之秋枚書樓也。此上。敬承呋盦先生道履。文焯頓首。

再聞藩署有子蹈海，其絶命詞，可覓得一假觀乎！望示及。又及。

附録四　序跋

山左人詞本樂章集跋一

宋本好處有禆音譜者，如《破陣樂》之「遠」字，《定風波》之「課」字，《雨霖鈴》之「無」、「方」字，皆足考訂舊律，不翅一字千金。至若《宣清》之增多二十四字，《傾杯樂》之多十五字，删二字亦能决疑於惑，以視坊刻諸選本顛倒舛脱，令人摸索而不倣，遽斠訂者所得，豈淺尠哉？惜未覩十原卷，廑宋槧原本，陸氏裒封勘成，慮有未盡譯者。翌日得汲古秘本，盡得搜校當，益勝佢而愉快矣。光緒辛丑之年八月，老芝審音。

山左人詞本樂章集跋二

《避暑録話》謂：「永終屯田員外郎，死旅殯潤州僧寺。王和父爲守時，求其後不得，遂爲出錢葬之。」詞人身後落寞，至耆卿囗哀已。予偶覽宋袁文《甕牖閒評》，載黄太史乙酉生，是時有柳彦輔者，乃耆卿之孫，善陰陽，能決人生死。謂太史向後災難，尚見于六十以下。後太史以六十一貶宜州卒。是永非無後，且有賢孫，深於氣緯，所交必多當代名流，亦足爲柳家明德之後，爲之補傳者應增一故實焉。然則花山弔柳，亦出於一時詞人好事爲之耳。鶴道人又記于小城東墅，辛亥夏至

清真詞校後録要

一、「清真」爲美成自號以名其集者也，見于《宋史·藝文志》。集十一卷，蓋合其集之全者而言，或詩餘即附載其中。自陳振孫《書録解題》有《清真集》二卷、《後集》一卷，始專以《清真集》之名屬其詞，其篇目不可復考。虞山毛子晉所云：「家藏三本，一名《清真集》，未詳卷數。」又云：「最後得宋刻《片玉集》二卷，計調百八十有奇，晉陽强焕爲叙。」《直齋書録》所記，卷首亦有强叙，未知汲古傳本與陳録合否？至所稱篇數，則與强叙所言僅得百八十有二章相類，但增其二及補遺十首耳。顧「片玉」之名，始見於元刻廬陵劉肅之叙、漳江陳元龍《詳註》之本，其叙云：「猶獲崑山之片珍，琢其質而彰其文，因命之曰《片玉集》。」是《清真詞》實自陳刻始改題號，宋時刊本斷無「片玉」之名可證。如方千里、楊澤民、陳君衡三家和作，及見諸夢窗、玉田詞叙者，並稱清真，强叙前亦止云「題周美成詞」，諸子皆南宋時人，可知「片玉」爲後起之號，信而有徵也。且説部中如胡仔《苕溪漁隱叢話》、王灼《碧雞漫志》、贋元英《談藪》、陳藏一《話腴》、毛幵《樵隱筆録》及《揮麈録》、《浩然齋雅談》、《詞源》諸書所稱引，洎楊守齋之《圈法》、曹季中之《箋注》，於其詞並云：「清真」，更未聞以「片玉」稱也。毛刻乃據多本而羼亂其名，戈氏順卿未見元本，輒稱「片玉」爲强焕所輯，搜羅最富，其疏妄已甚。後之襲謬沿訛者，昧厥淵

源，無復正名之議，此宋、元本題號先後之證也。

一、《清真集》當以淳熙官本爲美贍。蓋以强公繼踵美成，廣邑人之遺愛，聆歌者之雅聲，遠紹旁搜，手校墨版，陳義甚高，故視諸本所得倍之。嘗謂兩宋詞刻，善本流傳，在南宋爲《白石道人歌曲》，雲間錢希武以嘉泰壬戌刻於東巖之讀書堂；北宋則《清真集》，晉陽强煥以淳熙庚子刻於溧水縣齋者。獨是姜詞宋本有傳刻，而清真闕然，亦一憾事。陳藏一《話腴》稱：「邦彦以樂府獨步，學士貴人、市儈伎女皆知其詞爲可愛。」蓋其提舉大晟，每製一曲，名流輒依律賡唱，可知在宋時傳鈔裒刻，各本異同，不名一格。今行世者，最初爲汲古本，亦最踳駮。其跋云：「一名《清真集》，一名《美成長短句》，皆不滿百闋。」余證以方千里和詞才九十四首，楊澤民又次之，其叙第並與元巾箱本相符，惟闕卷末二首及雜賦類三十二首。當時未覩其全，好事輒合方、楊和章爲《三英集》刊行。陳君衡《西麓繼周集》追步在後，所得差多。將毛氏所謂「不滿百闋者」，豈南宋坊刻罕覯足本耶？迨强煥爲溧水長，網羅放失，釐爲上下卷，始廣其傳，今毛本所輯百八十有四闋，證以强叙所稱，數雖冥合，然强叙不言有注，而毛本則校注間存，疑多出子晉刪節之餘，其所斥評註龎雜者，豈陳元龍補註即在其中？而詞下每註《清真集》不載」，或云「見《清真集》」，必其就詞之多者雜連彙刊，又獨嫁名於「片玉」，目元刻爲宋槧，抑亦繆已。其《補遺》一卷十首，自謂取之清真諸本，與此錯見者。近臨桂王給諫半塘老人影明鈔元巾箱本附集外詞五十四首，即從汲古補入，又刪其卷下《鎖陽臺》三首及《補遺》十首。惜陳振孫所録《後集》一卷，其書不傳，無從勘其出入耳。至《四庫》集部所收，近今丁氏《西泠詞萃》所重刻，篇卷題號，悉仍汲古之舊，於其譌舛，斠所校正。其作十卷附註者，惟阮氏《揅经室外集》録目及汪閬原《藝芸書目》載之，其編分四時、單題、雜賦諸體，而阮、汪二家皆誤以爲宋槧。汪目稱：「宋本《詳註》十卷」，阮録謂「此宋陳元龍注釋本」，並題曰「《詳註片玉詞》十卷。」按元龍乃元人，爲美成詞補註，因命之曰《片玉集》，即孫京兆駕航所藏元刻《片玉詞》，廬陵劉必欽叙稱「漳江陳少章」其人也。半塘據以校明隆慶庚午盟鷗園主人影鈔復所司李藏元人巾箱本，其編次百廿七首並分類體例，一一相符，特分卷與題號異耳。蓋孫氏所藏元刻陳註十卷之本，即出於汪、阮舊録，以其分類卷數集注命名，考之悉合。按自《直齋書録》已標二卷，其《後集》當是續編，强刻釐爲上下，則亦二卷，王刻明影鈔元巾箱本，卷第正同。毛刻雖合三本爲之，未必盡依舊次，而《汲古祕本書目》固稱元板《片玉詞》二本，昔黄蕘翁嘗謂所見毛氏珍藏之本，不必盡合所刻，信然。今觀其跋刻《片玉集》曰「宋刻二卷」，其《祕目》則稱「元板二本」，實一書而前後自紊其標題，此宋、元本篇目多寡之證也。

一、《清真集》在宋時已有注本，《直齋書録》云：「有曹杓字季中，號一壺居士，曾註《清真詞》二卷。」元本已無稱曹註者，則其書不傳久矣，此爲註本之初桃。玉田《詞源》言：「楊守齋有《圈法美成詞》，蓋取其詞中字句融入聲譜，一一點定，如《白石歌曲》之旁譜，特於其拍頓加一墨圍，故云圈「法耳。」夢窗《惜黄花慢》詞叙云：「吴江夜泊惜别，邦人趙簿携伎侑尊，連歌數闋，皆清真詞。」毛幵《樵隱筆録》云：「紹興初，都下盛行清真詠柳《蘭陵王慢》，西樓南瓦皆歌之。」王田詞叙亦兩記杭伎沈梅嬌、吴伎車秀卿能歌美成曲，得其音旨。强焕叙言：「式燕嘉賓，歌者果以公之詞爲首唱。」可知其詞當南渡後，頗以雅管流傳，一時勝寄。自元以來，大晟餘韻，嗣音闃然，學者但賞其文藻，率於其舉典隸事，强作解人，雖習見者，亦多所箋釋，要之詞原於比興，體貴清空，奚取典博。美成詞切情附物，風力奇高，玉田謂其取字「皆從唐之温、李及長吉詩中來」一語，思過半矣。故詞之有註，轉爲贅疣，且有因注而誤者：如清真詞《西河・金陵懷古》：「傷心東望淮水。」此數語實隱括劉夢得《金陵五題・詠石頭城》詩句，融會分明，而《草堂詩餘》及毛刻注皆以「傷心」爲「賞心」，草堂本引《詩話總龜》賞心亭故實，頓失作者本義。又《六醜》「斷鴻」句，諸本「鴻」字確是「紅」之譌，而汲古注引詩「天南斷雁」之句以實之。考宋龐元英《談藪》云：「本朝詞人用御溝紅葉故事，惟清真樂府《六醜・詠落花》見之，云：「恐斷紅、上有相思字，何由見得。」」是宋人所見原本爲「斷紅」可證。此類尚多，並是注者妄有所掎摭，以亂其真，甚無謂也。元劉肅叙稱，陳少章病舊注之簡略，遂詳而疏之。宋以後所見注本僅此，其間舊注固無從條晰，而毛本删存及《草堂》所有者，同一猥雜，此宋、元本注釋存佚之證也。

一、《清真集》分類體例，蓋宋時已有刊行，據方千里和詞次第，以考元巾箱本及陳注本，自「四時」至「單題」類，若合符節，千里固宋人，是宋本有分類可知。其「雜賦」一類三十二首，疑出於後之《續編》，校刻者不欲羼竄舊次，遂附卷末，別立一門，或陳振孫所謂「後集一卷」者此歟？否則「雜賦」諸詞，儘可分入前編諸類，奚事他題，千里未見，故無和作耳。考分類之體，昉於昭明，宋人編訂前賢專集，多沿其例，如劉後村《分門纂類唐宋時賢千家詩選》廿二卷，列十四門；趙孟奎《分類唐歌詩》百卷亦然。至於少陵、香山、東坡之集，皆有分類本行世。《士禮居藏書記》有乾道本《山谷詞》一卷，亦是分類編纂。是《清真集》在宋已有類編之刻，可類推矣。元本未詳所自，蓋亦依據舊格，附注以行，非創體也。至强刻或從溧水官本搜輯，故視諸坊刻爲多，論世知人，當時必以編年之例刊行於世，惜淳熙本世無傳刻，僅見一叙。毛本義近編年，第所據宋刻多本，仍是元板之《片玉詞》，其所謂「清真集《美成長短句》不滿百闋」者，必非强刻百八十二章之本可知，是編年宋本散佚久矣。此宋、元本體例出入之證也。

曩嘗取《白石詞》爲之編年補傳，以其詞叙自注歲月，旁徵宋、元説部事跡，易於考見。今欲仿其義例，編訂《清真集》，爲之詮第，其見諸説部者，集外軼事寥寥，惟王灼《碧雞漫志》謂：「《點絳唇》爲美成歸自京師飲於太守蔡巒子高坐中，見營伎岳楚雲之妹，作此曲以寄之。」麗元英《談藪》謂：「本朝詞人用御溝流紅葉故實，惟清真樂府《六醜·詠落花》見之。」又《揮麈録》載《瑞鶴仙》「悄郊原帶郭」一首，謂是美成晚歸錢塘鄉里，夢中所得，後兆方臘盜起，倉皇出奔，趨西湖之墳庵，遇故人之妾，小飲旗亭，歸卧庵閣，恍如詞中情境，繼得提舉洞霄宫，悉乎前作，美成因自記之。毛幵《樵隱筆録》云：「紹興初，都下盛行周清真《詠柳·蘭陵王慢》，西樓南瓦皆歌之，謂之《渭城三疊》。以周詞凡三换頭，至末段聲尤激越，惟教坊老笛師能倚之以節歌者。其譜傳自趙忠簡家。忠簡於建炎丁未九日南渡，泊舟儀真江口，遇宣和大晟樂府協律郎某，叩獲九重故譜，因令家伎習之，遂流傳於外。」玉田《國香》詞叙云：「沈梅嬌，杭伎也，忽於京都見之，把酒相勞苦，猶能歌周清真《意難忘》、《臺城路》二曲，因屬余記其事。詞成，以素羅帨書之。」又《意難忘》詞叙：「中吴車氏秀卿，樂部中之翹楚者，歌美成曲，得其音旨，余每聽，輒愛歎不已。」此數事，尚足爲詞中佳證。至草窗《浩然齋雅談》云：「宣和中，李師師以善歌稱，時邦彦爲太學生，游其家，祐陵臨幸，倉皇避去，賦《少年游》詞，所謂「并刀如水，吴鹽勝雪」者，蓋紀此夕事也。未幾，李被宣唤，歌於上前，遂與解褐。」按强焕《叙》言元祐癸酉春，公爲溧水邑長，是其作宰已在哲宗朝。癸酉屬元祐八年，距宣和前廿餘年，且《宋史》稱其元豐中獻《汴都賦》，召爲太學正，安所謂宣和中始爲太學生，其誣一也。《雅談》又云：「朝廷賜酺，師師又歌《大酺》、《六醜》二解，上顧教坊使袁綯問之，綯曰：『此起居舍人新知潞州周邦彦作也。』上意將留行，且以近多祥瑞，將使播之樂章，命蔡元長叩之。邦彦云：『某老矣，頗悔少作。』」按《宋史·文苑傳》言邦彦仕至徽猷閣待制，出知順昌府，徙處州卒，未嘗稱其知潞州。玉田《詞源》云：「崇寧立大晟府，命美成諸人討論古音，八十四調之聲稍傳。美成復增慢曲引、近，或爲三犯、四犯之曲，依月律進之，其曲遂繁。」是其《六醜》犯六調之曲，當在提舉大晟時所製，既非少作，且未嘗以老辭，信而有證，其誣二也。《雅談》又云：「起居郎張果廉知邦彦嘗於親王席上作小詞贈舞鬟，即《望江南》「歌席上，無賴是横波」一闋，爲蔡道其事，上知之，由是得罪。」按此又與前記師師事相反，豈出於一人之詞，一時之事，而一官榮落，以詞始終。且祐陵既於宣幸之坊伎聞歌詞而賞音，詎以藩邸之舞鬟因贈詞而株累，時主愛才，必不出此，其誣三也。餘書如《鶴林玉露》引楊東山言：《道藏》「經蝶交粉退，蜂交黄退」，而誤以爲美成詞「蝶粉蜂黄」出典，且斥其以「退」爲「褪」之繆。《墨莊漫録》謂：今人家閨房遇春秋社日，不作組紃，謂之忌作，引美成《秋蕊香》「聞知社日停針綫」之句爲證。又《西湖游覽志》稱其以「顧曲」名堂，獨載《意難忘》一曲，率評其詞格類此。《詞苑叢談》又記其爲溧水令，主簿之室有色而慧，每款洽於尊席之間，世所傳《風流子》，蓋所寓意，至妄謂其詞中「新渌」、「待月」皆簿廳亭軒之名。又載邦彦在師師家，聞道君至，匿牀下，道君自携新橙一顆，云是江南初進，遂與諧謔。邦彦悉聞之，隱括成《少年游》。因師師歌，以直對。道君大怒，因加遷謫，押出國門。越日復幸，聞歌其《蘭陵王·留别》詞，乃大喜，復召邦彦爲大晟樂正。凡此皆小説家附會，或出之好事忌名，故作訕笑等諸無稽。倘史傳所謂邦彦疏雋少檢，不爲州里推重者此歟？苕溪漁隱謂「小詞紀事，率多舛誤，豈復可信」，洵知言也。若夫集中自叙，惟《西平樂》一詞歲月可考。其云「元豐初，予以布衣西上」，是其未獻賦通籍時可知。又云「後四十餘年辛丑正月，避賊復游故地」，考神宗元豐元年戊午，迄徽宗宣和三年辛丑，正得四十四年，時以金狄之亂，中外騷然，美成至是，蓋已老矣，故詞云：「身與塘蒲共晚。」其徙處州，當在宣和之季。又集中《隔浦蓮近》題云：「中山縣圃姑射亭避暑作。」《滿庭芳》題云：「夏日溧水無想山作。」《鶴沖天》題云：「溧水長壽鄉作。」此三闋當屬元祐癸酉官溧邑時所作，證以强叙，稱其所治後圃有亭曰「姑射」，曰「蕭閒」，皆取神仙中事，揭而名之，則所注「無想山」、「長壽鄉」亦甚遺跡，足補强《叙》所未及。他如《少年游》題「荆州作」，《西河》題「金陵懷古」，《水調歌頭》題「中秋寄李伯紀觀文」，《鬢雲鬆令》題「送傅國華奉使三韓」，《一寸金》題「新定作」，其人與地，間可考見時事，而未足盡爲編年之助。足則能徵，仍蓋闕之例焉耳。綜核其身世，蓋生於治平之初，通顯於元豐之季，哲宗一朝，宦游南北，多見諸詞，崇寧内召，名在樂官。時已躬歷三朝，迴翔近侍，一麾江海，終老青田。至其詞、賦知遇，不可謂非遭際昌明，而少壯至老，蹤蹟所之，即《西平樂》一叙，亦略具顛末，感歎歲月，不啻自述其生平矣。光緒上章困敦之年大梁月既望，叔問校竟附記。

片玉詞記

戊戌閏三月，邂逅王侍御幼遐前輩，出元巾箱本《清真集》示，證以元鈔明刻盟鷗主人校本，詳爲考定。清真風骨，原於唐詩人劉夢得、韓致光，與屯田所作異甚而同工，其格調之奇高，文采之深美，亦相與頡頏，未易軒輊也。夢華論詞，獨以梅谿、片玉並提，而謂周之勝史又在「渾」之一字。己酉九月鶴道人記。

「片玉」定名，實昉於元人陳少章補注之刻。見劉必欽後叙。阮文達、汪閬源並稱宋《片玉集》，疏於考古如此。

南宋後，大晟遺譜久歎畸零。丁酉仲夏逭暑西園，取諸宋人詞譜研究校訂，正其沿譌，比例詳證，不無一得，讀者審之。叔問。

按强焕《叙》刻於淳熙時，得詞八十有二首，今毛本實多二首，又補遺十首，陳振孫所記《清真集》二卷、《後集》一卷，不知與此章數合否？《書録解題》又云：「曹杓曾注《清真詞》二卷。」毛刻後跋稱「最後得宋刻二卷，見評注龐雜，一一削去。」今毛本猶存其一二，似非一壺居士注本，惜毛氏未著其厓略耳。

光緒涒灘之歲七月既望叔問記於齊玉堪。

白石道人歌曲校跋一

是卷後原有陶南村跋尾二則。一在至正十年庚寅正月望日，云：如葉君居仲本于錢唐之用拙幽居。曰如者，即依其説而録之。《説文》訓「如」爲隨也，同也。又校定于十一年庚子夏四月，云此書俾他人鈔録，故有誤字，今將善本勘讎，方可人意，自元末至國初乾隆時又四五百年，始一行世。顧所稱善本者，殆即嘉泰壬戌錢刻之舊本。然則葉氏本必爲當時傳鈔者，復經南村景寫，故云俾他人鈔録，多誤耳。

白石道人歌曲校跋二

案《四庫提要》云：從宋本翻刻。前注監察御史許寶善家藏本。諦審其分卷，實與陸刻無異。據陸氏自叙，合爲四卷，實自伊鰲定，當時白石歌曲刻本，嘉泰舊版已佚久，不可復得。即貴與馬氏本，亦少流傳。汲古刻但依花庵選三十四闋。康熙甲午玉山人所刊詩詞合集，及歙縣洪正治本，俱以意羼亂。姜忠肅祠堂本，猶未見行世。以《提要》所據爲善本者，當即陸渟川乾隆癸亥從元鈔鏝版，同時許寶善因以進呈，以其所刊譜式大似宋槧，故目之最爲完善也。

白石道人歌曲校跋三

乾隆寫本《白石道人集》，靈鶼閣舊藏，旋於光緒戊戌之冬，江建霞以之見貽，審訂數過，於陸、張兩本無鞞補，惟所記世系綦詳，其年譜則寥寥行墨，僅據道人詩詞中自述年月類編，亦嫌零疊不備。曩與半塘老人參觀其逸聞故事，仁和許增刊本大半已徵采之，近閲臨桂況葵生《香東漫筆》，盛稱此寫本之該洽可貴，而集中附録《越女鏡心》二首，爲道人佚詞，決爲非它人之作所羼入。不知此爲洪陔華刊本之誤，無論其風骨之靡曼，字句之雕繢，一望而知爲非白石詞格也；即其曲體亦爲宋譜所無，且兩解音調參差，似《獻仙音》而非與盡合，益可異也。況氏素治校勘之學，特喜矜奇立異，以奉爲枕祕耳。

白石道人歌曲校跋四

《白石道人歌曲》，自宋嘉泰二年，錢參政刻於東巖，是爲道人手編定本，證以祠堂本《年譜》，紀是年秋客雲間，有題《華亭錢參政園池五言》，詞集亦有題錢氏溪月，云：「才因老盡，秀句君休覓。」可知錢刻必謀諸道人，因於是年中冬鏤版蕆役，而記歲月也。道人廿世孫虬緑箋略云：自嘉泰間刻于東巖，後公又删汰録定本藏於家，五六百年，世無知者，其間僅一見之嘉禾郡齋。時在淳祐辛亥，趙菊坡所歎千歲令威者，距嘉泰壬戌已五十年已。自是遂沈薶於夷灰劫墨之餘，洎元末至正間，始陶南村據葉居仲本手鈔校訂於錢塘之用拙幽居，時去淳祐又近百年。是其家轉徙自隨，苟非賢子孫之善藏，此書之流傳江南者，蓋亦僅矣。顧歷元、明三百年中，初未有能賡其傳者，汲古毛氏彙刻宋六十一家詞，祇從《花庵詞選》刻三十四闋，尚不及原編之半。康熙甲午陳撰又從毛刻輯其詩詞，合刻於廣陵，與洪陔華續栞之本，同一羼亂，等諸既灌焉爾。迨乾隆初乃有雲間樓敬思舊藏陶鈔，發見於都門。遡自嘉泰開雕，刱始於雲間錢氏，聲聞之美，不絕如縷，至是又幾幾五六百年，復於雲間樓廉使得之，豈道人於松江煙浦間，有翰墨未了緣邪？想其載雪垂虹，紅簫餘韻，昔日風流賞心之地，一時高致，亦足千古矣！其南村手鈔六卷，藏之樓氏者，一由符藥林傳鈔於江都陸鍾輝刻于乾隆癸亥；一從周耕餘校録，歸於華亭張奕樞，刻於乾隆己巳。同時刱獲傳自京師，若不謀而合者。陸刻分卷，頓失舊格，而文字碩異，未若張本景宋之善。兹加辨按，不揆愚管，定彼從此，證其疏遺，具條如後。跡其同出敬思所藏，所以致此者，陸氏以意釐定，失之未勘；張刻則經厲樊榭、黄痁堂、姚鱣鄉諸名士商榷斠訂，而後成，甚矣！一書之傳，固其難如是，傳之而善，善而可久，則難之又難！今距乾隆又一百八十餘年，陸版已付之文選樓一炬。張槧亦喪失於南藹兵火中。二者得一於此，已珍若片羽吉光，孰使余扚律尋聲，晰疑辨惑，汲汲從事於元鈔宋刻之遺？白石有靈，尚其起予乎？宣統二年歲次庚戌十月既望，叔問題於吴小城。

白石道人歌曲校跋五

曩於光緒戊子己丑之間，與同社张君子復同輯《白石年譜》，專取宋、元人説部，及道人詞中題叙所記歲月，切於要實，信而可徵，意在重刊其詞，依編年義例，已寫定若干卷，行將付鍥。會子復以翰林改官出宰懷遠，未竟厥役，而子復旋没於秦中。濡滯訖今，二十餘年，竄稿篋衍，不復省措，死生契闊之悲，烏能已已！嗣從元和江氏靈鶼閣，得姜氏忠肅祠堂本，有《年譜》一卷，以之較曩所輯者，體例小異，徵據亦簡，倘合訂重編，附詞以傳，良足多矣。

又：昔客沽上，見義州李猛堪，有《白石集》祠堂本，是道光癸卯，其松江裔孫名熙者所刻，前有小像，共十卷，次第與遜齋本同，合詩詞八卷，後集二卷，附録酬唱及徵事評跋，所引如《詞旨》、《樂府指迷》、《曝書亭集》、《帶經堂集》，皆習見，其句讀頗有誤，未足依據也。

朱彊邨舊鈔本白石詞跋

近從朱彊邨見示一舊鈔《白石詞》，謂得之陳彦和所獲于吴肆者。審之，是乾隆二年仁和江炳炎從符藥林借鈔於揚州，即南村手録六卷舊本，傳鈔於吴江樓敬思，與江都陸鍾輝所刻，同一淵源也。顧字裏行間，劇有同異。彊邨合三本詳校一通，擬據江鈔付鍥，而條具陸、張二刻，互有得失，折衷一是，讀者庶知所依據也。

又：炳炎字研南，號冷紅詞客。其題叙云：「上海周晚菘，昔留漢上，見書估持陶南村手録《白石詞》五卷，《别集》一卷，可稱善本，索金五十兩，遂不能有，聽其他售，猶在人間，安得一快覩邪？」

又：近聞新建夏劍丞得南村手鈔原本於滬上。夏所稱陶鈔原本，即乾隆六年仁和江炳炎鈔本，亦符氏轉寫者。

沈遜齋本白石道人歌曲跋一

是刻凡宋廟諱，竝缺末筆。顧二名有偏諱者，有從其初名更名而避者。宋太宗初名匡，又改賜光義；仁宗初名受益，景祐三年賜濮王第三子曰宗實，即英宗也。他若欽宗名桓，初名亶，更名烜。此本於太宗、仁宗、英宗之初名賜名，二字並避；闕於欽宗初名卻不避，獨避一桓字。此景宋之未逡易者。至書式發首留二行，卷尾鬲一行空紙，然後題卷，亦宋槧之舊格。如汲古刻宋仲良本《陶靖節集》，胡果泉覆宋本《文選》，汪閬泉景宋刻《隸釋》，孫淵如景宋刻《説文》，阮文達刊《經籍纂詁》，江容父刊《廣陵通典》之類，並放此格。南匯張嘯山徵君《舒藝室隨筆》載《白石歌曲考證》，謂陸鍾輝本所刊譜式，以意羼改，每失故步，不如張奕樞所刻之善。蓋謂此也。

又：《白石道人歌曲》，嘉泰壬戌，雲間錢希武刻本，既久不可復覯。陶南村校録葉居仲本，相傳雲間樓敬思所藏，其手鈔六卷，完好無恙者，又從符藥林傳鈔，以付江都陸鍾輝刊以行世，歙人江春復得其舊版，附益集事、評論及投贈諸作，刻於乾隆辛卯之秋，世所稱爲善本，出於元鈔宋槧者也。但陸氏分體釐定，合爲四卷，已屬移易失真，非陶鈔六卷之舊也，明甚。伯宛孝廉獨稱張奕樞景宋本爲最完善，而流傳絶少。今見杭州許榆園刊本，載其一叙，則亦從陶本傳鈔，經黄唐堂、厲太鴻諸君校定，於乾隆己巳秋付梓，後陸刻僅六年耳。又同時出陶鈔於都門，何其不相侔若是？可異也。今考此本，凡宋廟諱初名如光義受宗等字，竝避之。又别集中「桓」字亦缺末筆，每卷後凡隨卷第皆空白兩行，是景宋舊刻可證，尚是原編六卷本來面目。至集中字句亦無碩異，唯《石湖仙》「羽」字韻，本用林宗角巾墊雨故事，此本固作「雨」，足訂陸刊之誤。裴駰叙《史記集解》，所謂有此古字，乃爲好本也。或即奕樞舊刊邪？顧陸本後附南村二跋，在至正庚辰、庚子兩年，此則闕焉，而菊坡一叙，卻迻置目録以前，不知沈遜齋學使，從何處得此本也？末附《音樂舉要》二卷，乃得之日本故文庫者，余曾録副，取其所載字譜，足與張氏玉田《詞源》及白石旁譜有可互證樂紀者，如管尺、中尖、一尺、凡上等字，今《詞源》刊本，竝誤爲「大」、「小」二字，蓋即清聲之高調耳。

又：校此本竟，其單詞隻字，厥誼緜區，有足存舊聞，資異證者，以視江都陸氏所刊，雖同時出於南村手鈔之遺跡，又皆雲間樓敬思所藏傳鈔之本。然參互研核，涣然有淄澠之别焉。如《鷓鴣天·十六夜出》之「遊」字，《慶宫春》之「徑」字，《長亭怨慢》之「空」字，《淡黄柳》之「橋」字，《石湖仙》之「雨」字，《角招》之「友」字，《湘月》題叙之「綀」字，《念奴嬌》之「褋」字，《卜算子》第八注中之「芘」字，《虞美人》之「巉」字，竝爲宋本僅存之證，得此亦足多矣。

沈遜齋本白石道人歌曲跋二

三四年來，隨所考見，任筆漫塗，或出舊校，或據新獲，隨得隨失，冗複實多。嘗擬别本迻寫，質之當代宏雅。異日有校刊姜詞善本者，爲之審定，附諸簡末，亦聲家之别子焉。樵令逸民識於淞南客次。

校訂餘日，復述舊聞，辨按音吕，審勘旁譜，注之簡眉，裴駰《史記集解》所謂有此古字，乃是好本。豫是有益，悉是鈔内。此其義例耳。樵風詞老記於琴西寮，時雪中山茶盛，窗外竹聲振風，泠然如聞碎玉，亦濟勝具也。

四印齋校刻夢窗四稿跋

是刻訂正杜之踳駁不少，但朱存理刻手寫本，至有精義，當一一依據，奉爲舊本足徵之文，以所可信從者僅此耳。又毛本原文舊闕確無疑誤者，杜本校正亦有見到處，並當墨守參校，據形近、意近、義近三例，正其訛舛，合諸選本，反復細勘，齊以聲律，斯得之已。鶴記。

夢窗詞校議序

明朱存理《鐵網珊瑚》載夢窗手寫詞稿十六闋，文句碩異，雖零疊不完，而出之手稿，信而有證。案卷首標「新詞稿」，下署「文英皇懼百拜」。其第一闋三字《瑞鶴仙》，題云「癸卯歲爲先生壽」，證以汲古閣本，是稿作「壽方蕙巖寺簿」。是其所録詞稿，即寫似方蕙巖者可知。然則此十六闋，又皆一時之作，故曰「新詞」。今據以校訂諸刻之誤，有足多者。其次第悉依手稿之舊，爲編年足徵之文，别輯一卷，具條如後，示存古也。

夢窗詞校議校例

大抵校勘之例，莫善於存舊文，廣異證。而究其旨要，則在闕疑必資於多聞，思誤務求夫一適。何也？徵據不廣，斯蔽於淺聞，幾無一義之晰，奚貴聞疑以載疑；審擇不詳，斯狃於依違，轉成三寫之訛，何止一誤而再誤。校詞雖别於羣書，而音譜字律之間，堙替已久，文隱而理幽，有非窮討旁通不能泠然解者。此集行世，汲古閣本最先，原其鈔非一手，刊非一時，雕印孤行，踳駁百出，二百年來，幾使讀者病喙，至苦其晦澀，而不求甚解。其疏妄者，又翫其所習，動以師心破作者之意。如戈載所選，胸馳臆斷，於其所不知而詭更之，又專輒其郵焉者已。顧子晉值明季亂世，汲汲傳刻，未暇參稽，故其叙言，一則曰「藏書未備」，再則曰「錯簡紛然」，初未嘗自詡爲善本。然其蓋闕之列，先見之文，得失猶相半也。洎杜氏以有力聚於所好，當道、咸間詞流輩出，度得一通材而精審之，其蒇事非甚難，乃並毛本之原闕者而以意補之。其僅存者則以意改之，誠不知其自命爲何如獨是。毛之疏，由於傳寫之承訛，而舊文多賴以存。杜之妄，習于戈選之謬改，而新校亦有可取。四印齋鑒於前失，鳌訂綦嚴，舉五目以發凡，傳四明之定稿，宏搜廣益，所得良多，豈亦繼起者易爲功邪？第有毛本之匪謬，杜校之新獲者，或以矜慎之過，不知所以裁之，亦無容爲良友諱也。今欲抉致誤之由，當舉似初雕之本，根其通弊，厥失有三：比類區分，斠若畫一，綜其以形近訛者半之，以聲近訛者亦半之，以意近訛者則十之三四焉。甚至三者互訛，上下脱衍，約以文而緒以義，刊之律而定以聲，仍依舊次條繫之，附列杜、王二刻之得失。其已見之朱刻手稿者，别爲區目，不更辭費，俾後之緐帑瞭焉。凡屬汲古刻本原文，並以旁注例標於詞句本條之次。其以形、聲、意三類譌者，悉爲勘定，具列如後。凡所發正一百四十三字，其有説者，則從類以别條下一格識之。

夢窗詞校議跋

右據《鐵網珊瑚》舊刻夢窗手稿，研覈衆本，决所從違，涣然有淄澠之别。如集中「小春」、「棠笏」、「如餘」、「涼宫」諸字，類皆切於典實，有資多聞。有如《還京樂》、《花犯》、《江南春》、《玉漏遲》、《瑞鶴仙》、《沁園春》諸題序，並足考見其事跡；或單辭隻字，厥誼縣區，誠於聲文宏旨，既多左驗，舊執僅存，有確乎其不可易者。惜乎毛氏失於檢校，蔽所希見，杜氏踵戈選之臆改，見之而昧於持擇。吾友半塘老人，知其可信從而未盡據之以勘正，甚非謂也。昔裴駰叙《史記集解》，謂「預是有益，悉皆鈔内」，今依是例，一一採按，證其要實，兼下譸意，冀獲折中。語云：「中流失船，一壺千金」，于斯益信，豈得以殘卷異文而少之。昔賢每多手書所著，流傳世間，爲後來校勘家所依據。曹倦圃所謂先民手迹，益可珍秘，不似版本傳寫承訛，苟爲同異也。如宋之山谷老人詩集宋任淵注稱彭山黄氏有山谷手寫詩卷，元之錢思復《江月松風集》練川陸氏家藏曲汀居士手書十二卷，明鄺湛若手寫《嶠雅》及黄石齋、傅青主自寫詩卷，皆及今猶可考見者。況夢窗手稿近千年，得明人傳刻之精審，不益足寶貴歟。漁洋《居易録》云：朱性甫手寫《鐵網珊瑚》十四卷，江陰周榮起研農又以精楷鈔録，爲汲古閣珍祕。是

《夢窗詞》手稿，當亦子晉所及見而未之一校，或毛刻猶在先歟？又張玉田《山中白雲詞》卷五《醉落魄》有趙霞谷所藏吴夢窗親書詞卷，惜未詳其目，不審與朱刻手稿有無異同，曰「親書詞卷」，當是寫定之本，即可據以題號。

校議補録前叙

明萬曆二十六年，太原張廷璋藏鈔本《夢窗詞集》一卷。有「太原張家文苑」印，又「太原廷璋」印，又「謏聞齋」印，「竹泉珍祕圖籍」印，不分卷。第凡一調於題下並注雅俗宫譜。蓋從宋、元舊本鈔得，證以臨桂王氏四印齋校刻《清真詞》，爲隆慶庚午盟鷗園主人録，元巾箱本。其詞亦具有宫調，但列俗名。是知此鈔較《清真集》前後僅二十八九年，或當時宋槧元鈔藏書家猶有存者，今爲滬上張鞠生所得。

夢窗詞校議後叙

草窗《浩然齋雅談》謂，夢窗與元龍爲親伯仲。案元龍名時可，戴石屏復古詩集有翁季可石龜其人，是知季可與時可爲兄弟行。夢窗詞《探春慢》題叙，據明太原張氏藏舊鈔本作「憶兄翁石龜」，是又知石龜與元龍皆長於君特。而公謹所謂親伯仲者，未審其改姓之由來，以夢窗事實，宋元説部中鮮有及之者，無繇考見，此亦一異聞耳。案《絶妙好詞箋》，翁時可《水龍吟》「登吴山見滄閣」，箋引《西湖遊覽志》吴山石龜巷内寶奎寺：宋相喬行簡故第，後捨爲寺，有理宗書「見滄」二字，勒之崖石。是知石龜爲巷名，或翁處静居處。然未可稱爲翁石龜也。夢窗詞在汲古刻本以前，見之草窗、玉田所題，並稱《夢窗詞卷》，或云《霜華腴集》，明朱存理且據其手稿，墨版以傳。其《陽春白雪》、《絶妙好詞》二選，洎尹惟曉、沈義甫諸家評論，皆出之君特同時，於其詞則並稱夢窗，無所謂「甲乙丙丁」也。自毛子晉摭其先後所獲傳寫稿本，以意分合，一再付鍥，因取或云「甲乙丙丁」釐目之次，又從而名其詞。觀其原叙三引，或言曰一卷，曰二卷，曰凡四卷。是皆謂其詞集之分卷，非題號也明甚。又稱吴君特謝世後，同遊集其丙、丁兩年稿若干篇，是夢窗詞以干爲編年、爲標目，闡疑載疑，尚無佳證，安得遽以己所移併者題爲四稿之名，抑亦傎已。《四庫提要》謂其分爲四集之由，不甚可解。後之校刊者，未之諦審，無復正名，於義誠未安也。今據尹梅津煥以夢窗與清真並稱之例，定爲詞集專名，題曰《夢窗詞》。毛叙以「甲、乙、丙、丁」釐目，分爲四卷，别以細書曰卷甲、卷乙等類，從《史記》如淳注注令甲、令乙、令丙之名例也。光緒著雍涒灘之歲，月在大梁，叔問鄭文焯校訖，叙於吴小城樵風别墅。

校議補録一

吴君特一四明詞客耳，端平、景定之間，以倚聲鳴於時，吴山越水時復見其高蹤，聞其逸唱，胥疏江湖，老于韋布，史傳亡稱，僅于梅津、沈義甫諸人品題及草窗、玉田兩詞集中，依約考見其生平。倡酬間，亦足以知人論世已。顧集中涉及榮王詞凡六闋，又兩壽秋壑，再題其西湖居處，是君特曳裾王門，附聲權貴，終未免白璧微瑕，以睎白石道人，其高致倜乎遠已。

校議補録二

夢窗詞集，既未得覩其手寫《霜花腴》稿，而附刻于汲古《六十家詞》中者，又非宋槧元鈔，足資佳證。加以寫者校者，黯淺寡聞，以夢窗驚才絶艷，其拗而體澀者，苦詰屈不可讀，所爲典據，又皆如瓦棺篆鼎，古譎冷峭，世士罕有津逮，遂謂其詞在可解不可解之間。其訛舛大略以形近，音近或義近之字致誤而不思誤者，類十之六七；以同類異文，舊闕新遺，得而言。毛氏不暇研求，孟浪墨版，厥有數弊，可承上衍下，移前倒後，或習見恒用之字，互羼複出之文，不校而臆改者，類又十之三四焉。毛本之弊，殆不出此。嘗擬摘校其兩端，折中於一是。類列條分，層剥疊索，庶幾七寶樓臺，差免散玉零珠之憾。覺翁有知可作，當引爲千載下一同調歟。老芝又記。

手批夢窗詞跋

諦審夢窗詞舊本之足徵者，以《霜花腴》卷爲最古，草窗有《玉漏遲》一解題《霜花腴詞集》。明朱存理刻《鐵網珊瑚》，載君特手寫本，今世所見者止此。曩賢嘗手鈔其稿，以爲定本。朱刻所摹勒者，僅十六闋爲君特所寫，不審與草窗所題有無同異。至名爲詞集，其不止十六闋可知。朱氏所得，蓋非完本，以□重名跡收録之而已。且夢窗自度《霜花腴》，即以名其詞集，豈反遺而不録與。又其手稿，多作行草書體，朱刻輒有訛舛，如《齊天樂》「招飲丁園」一首，「背月」之「月」作「川」，《拜新月慢》「泣」之作「泫」等類，並鈔者之誤。然足考見手稿不作正書顯甚。草窗題其詞集，未云卷數。世所傳本，惟汲古閣毛氏叙稱二十年前僅見丙丁二集，此爲夢窗詞稿最初之本，與毛刻以前諸家選本，可據以考訂。蓋即所謂其謝世後同遊集其丙丁兩年稿若干篇，釐爲二卷者，是以其丙丁紀年編集，絶非以甲乙依次題寫，信而有證已。

愚以爲今之刻古人文集者，必也正名。如美成之原名《清真集》，見之《宋史·藝文志》中，而毛本妄取元人陳注舊編，又未詳繹劉必欽叙文，頓昧《片玉》命名之義，務爲新異，自矜祕獲，竟以宋本《片玉》名之。後學如戈順卿輩，至謂强焕所編《片玉詞》，其疏妄已具；而通博如阮文達、汪閬源，亦沿訛襲繆，而名《片玉》爲宋槧。近世杭州丁松生刻《西泠詞萃》未之訂正，洵不免專輒之弊。厚誣古人，貽誤後學，莫此爲甚。此吴夢窗詞題甲乙丙丁四卷，僅見汲古叙言「或曰」如此，未實其人，亦未顯著所據何本，見於何説。即如毛氏所稱「或云」中，已設三疑，莫衷一是。顧杜刻因之，已屬孟浪。半塘翁素精神，乃亦率爾相沿，付之剞劂。且承汲古之誤，反以朱存理所摹夢窗寫本之確當處，列之異證。如《江南春》之「棠笏」，《西平樂慢》之結句並題，《丁香結》之「小春海棠」，《水龍吟》之「澹煙」，《拜星月慢》題叙及「千里細浪」等字，此其大略，皆失之薄古信今。不知汲古刻書於明季喪亂之餘，所得零疊泰半。勇於蒧事，疏於校讎，加以胸馳臆斷，以意筆削。夢窗隸事奇麗，世之黯淺笨伯，讀之不甚求解，滿紙疑塵，填胸芒刺。遂得任情點竄，妄下雌黄。於其艱深詰曲者，或故求其通；於其文從字順者，反疑爲踳誤。二百年來，未聞理董。至杜氏始一斠之，又復改羼擬補，自逞師心，其荒率疏舛，與戈載厥失惟鈞。第校詞與校經有異，以有聲調韻律可尋繹而得者。杜校雖妄，然非無可取也，如甲稿《瑞鶴仙》過片「寄迹」，確應有韻，杜「奇踐」是也。又「海沈檀」之爲「楦」，亦確然不易。他如《玉燭新》之「蕙秀」，乙稿《絳都春》之「筤屏」，丙稿《新雁過妝樓》之「秋月香中」，丁稿《瑞龍吟》之「城根」，諸疑滯字句，皆宜從杜更正，無事過爲矜慎，以蓋闕之理雖是，而曲護毛刻之短則非。況子晉叙跋，實未申明所據爲宋槧之妙，但言先後獲者錯簡遺缺，則毛本亦非舊編淨本可知，豈得以其殺青在前，使我思誤竟終無一適邪？兹聞漚尹侍郎重訂付鍥有日矣，亟以舉似，一得之功，將爲壤流之助。宜首先正名，或即據汲古叙跋第一義兩稱夢窗詞，因以名之，亦極直覺了當。附以鄙語，庶無爲後之通人所訕笑也已。至集中校定諸語句字律，皆余十多年來所究心，細意不苟，爲異同者亦可附之篇末，資一旁證，似校四印齋覆刻，益稱完善，以視前修未遑多讓焉。嗟嗟，曩當半塘翁初議校刊之際，郵示大凡，雅意諄屬，命舉舊斠正各條，一意相睨。今年内余有期功之喪，戚戚煩襟，未及盡以所得爲報知己，而翁之沖懷虚抱，速函敦趣，清問逮延，切切滿口。且謂若有它刻後出，視此精當，首將咎余，其信善之誠如是。迨翁南逝，壬寅冬，蓋猶訪余吴下，連船載酒，縱覽湖山，時復道及鉛槧苦心。間爲裁決一二疑義相與稱快，盛口不置。今翁下世，忽忽四年，輟弦之悲，烏能已已。漚尹侍郎方補刊翁之遺稿，索叙顛末，徒以哀迫，不能成章，闕然未報。侍郎近復議重刻吴詞，不揆狂簡，悉以比年校定去取，注之簡眉，盡情舉似，俾今昔斠若畫一。惜翁不少待，預斯壯役。九原可作，得毋念前言而督過之乎。袖燈隱几，吮墨泫然。時光緒丁未中冬之首，叔問題記於吴小城東威喜燕宧。

後半塘老人之没，越七年，從孝臧得明太原王氏舊鈔本，斠定多所是正，亦一大快。孝臧復據以刊布，恨半塘之未見也。每一披誦，輒爲淒絶，如何如何。

瘦碧詞自序

古之樂章皆歌詩。詩之外，又有和聲，所謂曲也。隋唐以來，聲詩間爲長短句，至唐貞元、元和間，新奏競作，乃以詞填入曲中，不復用和聲，是爲歌詞之始。然唐人製曲，多詠其曲名，故文之哀樂，猶與聲相諧會。洎乎宋崇寧立大晟府，美成諸人，增演慢曲引近，或移宫換羽，爲三犯、四犯之曲，依月律進之，其音遂繁，而古節駁矣。白石以沈憂善歌之士，振響於南渡之季，進議大樂，志在復古，而道不行。顧所謂鐃部鼓吹、越九歌，固能緣飾詩樂。其自製詞曲，旁綴音譜，雜以樂句，則仍當時樂工之所爲。間嘗竊取王灼、沈括論樂諸書及玉田《詞源》所紀宫譜器色，參互審訂，十得八九焉。然則唐宋歌詞之法，雖變古律，猶可考見音樂之舊譜耳。古人謂詞以可歌者爲工，近世善言詞者，僉昧於律，知律者又不麗於詞，而一二懸解之士，如方成培（《詞麈》）、許穆堂（《自怡軒詞譜》）、謝墨卿（《碎金詞譜》）輩，於聲歌遞變之由，漫無關究，徒沿明人沈伯英九宫十三調之陋説，率以俗工曲譜爲轂梁，所謂聽遠音者，聞其疾不聞其舒，甚可閔閔也。余幼嗜音，嘗於琴中得管吕論律本之旨。比年雕琢小詞，自喜清異，而苦不能歌。乃大索陳編，按之樂色，窮神研核，始明夫管弦聲數之異同，古今條理之純駁，雜逻筆之於書，曰《律吕古義》、曰《燕樂字譜考》（附《管色應律圖》）、曰《五聲二變説》、曰《白石歌曲補調》、曰《詞源斠正》、曰《詞韻訂律》、《曲名考原》。凡兹所得，雖孤學荒冗，未爲佳證，庶病於今，弗畸於古焉。世有皆音善歌如堯章者，齊以抗墜，取余詞而聲之，倘亦樂府之一綎哉？歲在徒維大梁月，文焯叙於大鶴山房。

朱祖謀撰

彊邨老人評詞補

彊邨老人評詞補目録

彊邨老人評詞補

龍榆生先生曰：「彊邨老人論詞最矜慎，未嘗率意下筆。」我繼龍先生之後，又喜獲八家，或總評、或分闋評不一，是輯録作補，以廣流傳。葛渭君記。

舒信道詞

舒亶乃奉權邪，密意與李定煅煉坡翁詩案者。覽其文辭，亦非士俗下才，乃甘心爲人鷹犬，遂自儕於蟊賊鬼蜮，哀哉！復何及矣。

《虞美人》：「芙蓉落盡天涵水。日暮滄波起。背飛雙燕貼雲寒。獨向小樓東畔倚闌看。浮生只合尊前老。雪滿長安道。故人早晚上高臺。贈我江南春色一枝梅。」如此等雅詞，倘出太虛、无咎之手，便覺神骨俱仙，乃辱以舒信道乎。

《一落索》：「正是看花天氣。爲春一醉。醉來卻不帶花歸，誚不解、看花意。試問此花明媚。將花誰比。只應花好似年年，花不似、人憔悴。」亶當日考訊坡公，退而曰：「子瞻真天下才。」亶能隱服坡公，固應有此吐屬。卒甘心爲小人，故君子尚德，浮華有文，非道所貴。

清真詞

兩宋詞人，約可分爲疏、密兩派，清真介在疏、密之間，與東坡、夢窗，分鼎三足。

曹元寵詞

《水龍吟》：「曉天穀雨晴時，翠羅護日輕煙裏。酴醿徑暖，柳花風淡，千葩濃麗。三月春光，上林池館，西都花市。看輕盈隱約，何須解語，凝情處、無窮意。金殿筠籠歲貢，最姚黄、一枝嬌貴。東風既與花王，芍藥須爲近侍。歌無筵中，滿裝歸帽，斜簪雲髻。有高情未已，齊燒絳蠟，向闌邊醉。」此等詞看似平平，極不易作。

山中白雲詞

《解連環》：「楚江空晚。悵離群萬里，恍然驚散。自顧影、欲下寒塘，正沙淨草枯，水平天遠。寫不成書，只寄得、相思一點。料因循誤了，殘氈擁雪，故人心眼。誰憐旅愁荏苒。謾長門夜悄，錦箏彈怨。想伴侶、猶宿蘆花，也曾念春前，去程應轉。暮雨相呼，怕驀地、玉關重見。未羞他、雙燕歸來，畫簾半卷。」穎而超。

《木蘭花慢》：「萬花深處隱，安一點、世塵無。步翠麓幽尋，白雲自在，流水縈紆。携歌緩游細賞，倩何人、重寫輞川圖。遲日香生草木，淡風聲和琴書。安居。歌引巾東。童放鶴、我知魚。看静裏閒，醒來醉後，樂意偏殊。桃源帶春去遠，有園林、如此更何如。回首丹光滿谷，恍然卻是蓬壺。」「安」字疑。

手批篋中詞　蔣春霖

水雲詞，盡人能誦其雋快之句，嘉、道間名家，可稱巨擘，宜復翁仰倒賞擊，而有會於冰叔李肇增之言也。顧其氣格駁而不純，比之蓮生差近之，正惟其才僅足爲詞耳。

手批海綃詞　陳洵

海綃詞神骨俱静，此真能火傳夢窗者。善用逆筆，故處處見勝踏之勢，清真法乳也。卷二多樸遬之作，在文家爲南豐，在詩家爲淵明。

評麥孟華《六醜・除夕》

麥孟華《六醜・除夕》「又凋年黄落」闋云：淒麗盤折。

評廖恩燾懺盦詞

胎息夢窗，潛氣内轉，專於順逆伸縮處求索消息，故非貌似七寶樓臺者所可同年而語。至其驚采奇豔，則又得於尋常聽覩之外，江山文藻，助其縱横，幾爲倚聲家别開世界矣。

朱祖謀撰

無著盦詞話

無著盦詞話目録

無著盦詞話

王質別素質詞

王質雪山詞，《別素質·請浙江僧嗣宗住庵》云：「一箇茅庵，三間七架。兩畔更添兩廈。倒坐雙亭平分，扶闌兩下。門前數十丘穲稏。塍外更百十株桑柘。　一流活水長流，餘波及、蔬畦菜把。便是招提與蘭若。時鈔疏鄉園，看經村社。隨分斗米相酬，鐶錢相謝。便缺少亦堪借借。常收些、筍乾蕨鮓。好年歲，更無兵無火，快活殺也。」初疑「素質」或緇流之名，偶檢《碧雞漫志》，載王齊叟《別素質》句云：「此事憑誰知，證有樓前明月，窗外花影。」乃決知「別素質」是調名。此調萬氏《詞律》、徐氏《詞律拾遺》、杜氏《詞律補遺》並未載。

善於驅使楊花者

翁五峰之「人生好夢逐春風，不似楊花健」，與朱野逸之「一徑楊花不避人」，及盧蒲江之「何處一春游蕩，夢中猶恨楊花」，皆善於驅使楊花者。

附　清詞壇點將録

詞壇舊頭領一員

晁蓋——陳子龍

詞壇都頭領二員

宋江——朱彝尊　盧俊義——陳維崧

掌管詞壇機密軍師二員

吴用——張惠言　公孫勝——厲鶚

一同參贊詞壇軍務一員

朱武——周濟

掌管錢糧頭領二員

柴進——性德　李應——顧貞觀

馬軍五虎將

關勝——曹貞吉　林冲——毛奇齡　秦明——王鵬運　呼延灼——蔣春霖　董平——朱孝臧

馬軍大驃騎兼先鋒使八員

花榮——李雯　徐寧——曹溶　楊志——周之琦　索超——莊棫　張清——王士禛　朱仝——

錢芳標　史進——嚴繩孫　穆弘——張祖同

步軍頭領十員

魯智深——屈大均　武松——陳曾壽　劉唐——董士錫　雷横——沈謙　李逵——文廷式　燕青——鄭文焯　楊雄——項廷紀　石秀——況周頤　解珍——李良年　解寶——李符

馬軍小彪將兼遠探出哨頭領十六員

黄信——宋琬　孫立——吴偉業　宣贊——佟世南　郝思文——沈豐垣　韓滔——尤侗　彭玘——吴綺　單廷珪——吴翊鳳　魏定國——承齡　歐鵬——沈傳桂　鄧飛——朱綬　燕順——邊浴禮　馬麟——沈曾植　陳達——許宗衡　楊春——陳鋭　楊林——張景祁　周通——王以慜

步軍將校十七員

樊瑞——樊增祥　鮑旭——黄景仁　項充——龔自珍　李衮——洪亮吉　施恩——吴錫麒　薛永——曹言純　穆春——郭麐　李忠——張琦　鄭天壽——易順鼎　宋萬——王時翔　杜遷——嚴元照　鄒淵——楊芳燦　鄒潤——楊揆　龔旺——朱紫貴　丁得孫——趙熙　焦挺——靳方錡　石勇——金泰

守護中軍馬軍驍將二員

吕方——萬樹　郭盛——戈載

守護中軍步軍驍將二員

孔明——謝元淮　孔亮——秦恩復

四賽水軍頭領八員

李俊——陳澧　張横——陳洵　張順——譚廷獻　阮小二——宋徵輿　阮小五——宋徵璧　阮

小七——成肇麐　童威——汪全德　童猛——王國維

四店打聽聲息邀接來賓頭領八員

孫新——馬日琯　顧大嫂——徐燦　張青——杜文瀾　孫二娘——顧春　朱貴——曾懊　杜

興——張四科　李立——謝章鋌　王定六——江炳炎

總探聲息頭領一員

戴宗——彭孫遹

專管行刑劊手二員

蔡福——張仲忻　蔡慶——李慈銘

軍中走報機密頭領四員

樂和——鄒祗謨　時遷——王拯　段金柱——王僧保　白勝——蔣敦復

專管三軍内探事馬軍頭領二員

王英——馮煦　扈三娘——吴藻

行文走檄調兵遣將一員

蕭讓——包世臣

定功贈罰軍政司一員

裴宣——趙文哲

考算錢糧支出納入一員

蔣敬——董祐誠

監造大小戰艦一員

孟康——陶樑

專造一應兵符印信一員

金大堅——吴熙載

專造一應旌旗袍襖一員

侯健——何紹基

專治一應馬匹獸醫一員

皇甫端——錢枚

專治内外諸科病醫士一員

安道全——曹元忠

監造一應軍器鐵器一員

湯隆——林蕃鍾

專造一應大小號砲一員

淩振——沈岸登

起造修葺房屋一員

李雲——黄燮清

屠宰牛馬猪羊一員

曹正——王闓運

排設筵宴一員

宋清——丁致和

監造供應一切酒筵一員

朱富——龔鼎孳

監造梁山泊一應城垣一員

陶宗旺——蔣平階

專一把捧帥字旗一員

郁保四——王昶

《清詞壇點將録》，爲予數年前校刻《彊邨遺書》時，友人聞在（宥）先生録以見寄者。據在宥言：此爲彊邨先生晚年遊戲之作，又以董平自居，故原稿不署真名，但題「覺諦山人」云云。此一別號，他處未見題署。雖一時戲筆，要爲談清代詞林故實者一絶好資料也，偶從行篋檢出，特爲刊布，以示同好。辛巳初秋，龍沐勛謹識。

朱祖謀撰

彊邨論詞

附録一　彊邨序跋

附録二　近人與朱祖謀論詞札

彊邨論詞目録

附録一　彊邨序跋

附録二　近人與朱祖謀論詞札

彊邨論詞詞

望江南雜題我朝諸名家詞集後

湘真老，斷代殿朱明。不信明珠生海嶠，江南哀怨總難平。愁絶庾蘭成。屈翁山

蒼梧恨，竹淚已平沈。萬古湘靈聞樂地，雲山韶濩入悽音。字字楚騷心。王船山

爭一字，鵝鴨惱春江。脱手居然新樂府，曲中亦自有齊梁。不忍薄三唐。毛大可

雲海約，明鏡已秋霜。但願生還吴季子，何曾形穢漢田郎。歸老有罏塘。顧梁汾

迦陵韻，哀樂過人多。跋扈頗參青兕氣，清揚恰稱紫雲歌。不管秀師訶。陳其年

江湖老，載酒一年年。體素微妨耽綺語，貪多寧獨是詩篇。宗派浙河先。朱竹垞

蘭錡貴，肯作稱家兒。解道紅羅亭上語，人間寧獨小山詞。冷煖自家知。納蘭容若

消魂極，絶代阮亭詩。見説緑楊城郭畔，游人齊唱冶春詞。把筆儘淒迷。王貽上

留客住，絶調鷓鴣篇。脱盡詞流薌澤習，相高秋氣對南山。騷度衍波前。曹升六

長水畔，二隱比龜溪。不分詩名叨一饌，居然詞派有連枝。人道好壎篪。李武曾

南湖隱，心折小長蘆。拈出空中傳恨語，不知探得頷珠無。神悟亦區區。厲樊榭

回瀾力，標舉選家能。自是詞源疏鑿手，橫流一別見淄澠。異議四農生。張皋文

金鍼度，詞辨止庵精。截斷衆流窮正變，一鐙樂苑此長明。推演四家評。周保緒

舟如葉，著岸是君恩。一夢金梁餘舊月，千年玉笥有歸雲。片席蜕巖分。周稚圭

無益事，能遣有涯生。自是傷心成結習，不辭累德爲閑情。兹意了生平。項蓮生

娱親暇，餘事作詞人。廿載柯家山下客，空齋畫扇亦前因。成就苦吟身。嚴九能

秋醒意，抱碧契靈襟。生長莡蘭工雜佩，較量台鼎讓清吟。欣戚導源深。王壬秋　陳伯弢

甄詩格，淩沈幾家參。若舉經儒長短句，巋然高館憶江南。綽有雅音涵。陳蘭甫

皋文説，沆瀣得莊譚。感遇霜飛憐鏡子，會心衣潤費鑪煙。妙不著言詮。莊中白　譚復堂

窮途恨，斫地放歌哀。幾許傷春憂國淚。聲家天挺杜陵才。辛苦賊中來。蔣鹿潭

香一瓣，長爲半塘翁。得象每兼花外永，起孱差較茗柯雄。嶺表此宗風。王佑霞

招隱處，大鶴洞天開。避客過江成旅逸，哀時無地費仙才。天放一閒來。鄭叔問

閒金粉，曹鄶不成邦。拔戟異軍成特起，非關詞派有西江。兀傲故難雙。文道希

雙飛翼，悔殺到瀛洲。詞是易安人道韞，可堪傷逝又工愁。腸斷塞垣秋。徐湘蘋

前調意有未盡，再綴二章。紅友之律，順卿之韻，皆足稱詞苑功臣。新會陳述叔，臨桂況夔笙，並世兩雄，無與抗手也。

談聲律，詞筆此權輿。翻譜竹枝歸刌度，重雕菉斐費爬梳。持配紫霞無。

雕蟲手，千古亦才難。新拜海南爲上將，試要臨桂角中原，來者孰登壇。

附録一　彊邨序跋

金奩集鮑渌飲鈔本跋

此鮑渌飲手稿，朱筆别紙附寫本後。按宋吉州本《歐陽文忠公集》刻成於慶元二年，《近體樂府》校語引《尊前》、《金奩》諸集。陸放翁跋《金奩集》云：飛卿《南鄉子》八闋，語意工妙，殆可追配劉夢得《竹枝》，信一時傑作也。淳熙己酉立秋觀於國史院直廬。此則更在慶元之前。蓋宋人雜取《花間集》中温、韋諸家詞，各分宫調以供歌唱，其意欲爲《尊前》之續，故《菩薩蠻》注云：五首已見《尊前集》。吴伯宛謂《尊前》就詞以注調，《金奩》依調以類詞，義例正相比坿也。《南鄉子》本歐陽炯作，放翁目爲温詞，可見標題飛卿，由來已古。《尊前集》有張志和《漁父》五首，以校此集，無一相同，而亦沿志和名者。吾友曹君直據《書録解題》有元真子漁歌，嘗得其一時倡和諸賢之辭各五章，及南卓、柳宗元所賦，通爲若干章，集爲一編，以備吴興故事等語。謂此集所載，當是同時諸賢倡和，或南卓、柳宗元所賦者，疑本題「《漁父》十五首和張志和」。傳鈔本以爲衍「和」字而去之，不然，集於韋莊、張泌、歐陽炯之作，猶且屬於飛卿，斷無於漁父明知非志和所作，而强題其名也。今爲目録，依《花間集》分别作者名氏標注題下。其《漁父》詞當如曹説，定爲「和張志和」云。丙辰三月穀雨日，歸安朱孝臧。

張子野詞跋

鮑刻《張子野詞》二卷，補遺二卷，原校稍繁，經江都黄子鴻芟正，仍著卷中。兹舉諸條，據黄氏改訂，或譔見所及者，疏記如右。孝臧。

樂章集跋

毛斧季據含經堂宋本及周氏、孫氏兩鈔本校正《樂章集》三卷。勞巽卿傳鈔本，老友吴伯宛得之京師者。《直齋書録解題》：《樂章樂》九卷，《汲古閣秘本書目》：柳公《樂章》五本注云：今世行本俱不全，此宋版特全，俱不經見。伯宛又寄示清常道人趙元度校焦弱侯三卷本，毛子晉所刻似從之出，而删其《惜春郎》、《傳花枝》二調。然毛刻不分卷，亦不云何本。海豐吴氏重梓毛本，繆小珊、曹君直引梅禹金及諸選本一再校勘，又采案吾郡陸氏藏宋本入記而别刊之。考《皕宋樓藏書志》稱曰：毛斧季手校本非宋槧也。以校勞氏鈔本，篇次悉同，而字句頗有乖違，往往與萬紅友説合。或傳寫者據《詞律》點竄，已非斧季真面。杜小舫校《詞律》，徐誠齋編《詞律拾遺》，兼舉宋本，又與毛校不盡合符。兹編顯有脱訛雜采。周、孫二鈔恐非宋槧，未可盡爲依據。繆杜諸所據本又未寓目，無從折衷。姑就諸本，鉤稽異同，粗爲諟正。其貳文别出，非顯屬忹謬者，具如疏記，以備參榷。柳詞傳誦既廣，别墨寔繁，選家所見，匪盡辜較。今止惟是之從，亦依違不能斠若也。甲寅三月，彊村老民朱孝臧跋。

小小詞校記

右《小山詞》一卷，趙氏星鳳閣藏明鈔本。以校毛氏汲古閣刻，斠正八十餘字。其譌文之顯見者，即以毛本校録如右，它所參校亦附見焉。孝臧識。

東坡樂府跋

曩纂次《東坡樂府》編年本，以急於觀成，漏誤滋甚。今年春，徐君積餘以舊鈔傅幹《注坡詞》殘本見示：《南歌子》「海上乘槎侶」、「苒苒中秋過」二闋，題作「八月十八日觀潮和蘇伯固」；《南鄉子》「晚景落瓊杯」一闋，題作「黄州臨皋亭作」；《臨江仙》「夜飲東坡醒復醉」一闋，題作「夜歸臨皋」；《八聲甘州》「有情風萬里卷潮來」一闋，題作「寄參寥子，時在巽亭」；《臨江仙》「九十日春都過了」一闋，題作「熙寧九年四月一日，同成伯公謹輩，賞長春館殘花密州邵家園也」；《菩薩蠻》「畫檐初掛彎彎月」一闋，題作「七夕黄州朝天門上作」。又汪穰卿《筆記》言，在張文襄幕見蘇文忠手書《浣溪沙》五首，「雪林初下晚跳珠」句，「林」作「牀」，注：公京師俚語，霰爲雪牀；「廢圃寒蔬挑翠羽」句，「挑」作「排」；「薦士已聞飛鶚表」句，「聞」作「曾」，注：公近薦僕於朝；「萬頃風濤不記蘇」句，注：公田在蘇州，今年風潮盪盡云云。事實佚聞，胥足爲考訂坡詞之一助。姑類記之，以俟他日補編焉。乙丑歲，孝臧記。

山谷琴趣外篇跋

右《山谷琴趣外篇》三卷，南宋閩刻本。按《宋史·藝文志》：黄庭堅詞二卷，今佚。《直齋書録解題》：山谷詞一卷，虞山毛氏刻本疑從之出，故仍沿舊名。明嘉靖刻寧州祠堂本《豫章黄先生詞》一卷，詞同毛刻，而編次前後則異。往歲吴伯宛嘗以見示。小山何仲子據張南伯鈔本校録者也。勞巽卿又校以《琴趣》，竝於書眉標其卷次。余據勞校移寫，即以《琴趣》名之，以不睹原書《琴趣》之名，未遽徵實，未付手民。今年春，張君菊生獲是書於海鹽，爲其先世清綺舊藏。余亟假歸，比勘勞校，一一符合。宋詞稱《琴趣》傳於今者，醉翁、二晁、介庵諸家，皆攟摭繁備，甚或闌入他人之作。惟山谷此編，較别本僅得其半。卷中譌文脱字往往而有，題尤芟節太甚，或乖本恉。今以祠堂本斠補，間涉他校，撮録如右。《方輿勝覽》載山谷《待月》詞云：「老子平生，江南江北，最愛臨風笛。」謂蜀人讀「笛」若犢。今本「笛」改「曲」，非是。《甕牖閒評》、《濘南詩話》竝言《西江月》「杯行到手莫留殘」，「莫」爲「更」誤。然則《琴趣》者，祝穆所譏俗本，其誤字之有待鉤考者，惜無袁文、王若虚其人耳。辛酉端陽，歸安朱孝臧跋於禮霜堂。

淮海詞跋

蕘翁得此，以校舊鈔本。《淮海詞》爲雲間韓緑卿所藏，老友曹君直手録遺余，刻入《彊村叢書》中。蕘翁跋稱：宋刻全集，但有詩文而不收詞，可見長短句爲專刻。此帙跋又稱藏有殘宋本，行款正同，内有錯入序文亦同，知全集或有長短句。其説兩歧。全集藏錫山秦氏，今不知尚存否？顧湖帆求得之，以參斠其説也。丁卯歲寒，孝臧跋於思悲閣。葉恭綽案：此跋爲朱古微先生手書。

淮海長短句跋

秦太虚《淮海長短句》，流傳善本甚稀。余往年校刊是詞，曹君直以所録松江韓氏本見貽，出自黄蕘圃據宋本手校，而所據宋本未得見也。後識吴湖帆，始得見潘氏滂喜齋所藏宋本，即蕘圃據以校勘者。今歲葉遐庵以影印故宫藏宋本見貽，始知錫山秦氏家藏宋本已入祕府，亦蕘圃所經見者。兩本本同出一版，而詞集或有時别印單行，致蕘圃間滋迷惑，實則滂喜齋藏本亦即《淮海全集》中物也。遐庵既幸兩宋本之復見，又傷兩宋本之僅存，乃取兩宋本之屬於原版者，并合影印；其兩本皆缺者，則取潘氏本補葉，以其出朱卧庵手校精審也。遐庵又以歷代所刊《淮海集》今存者尚十餘種，乃鉤考其源流統緒及字句異同，爲《淮海詞版本系統表》、《淮海詞經見各本概要表》、《淮海詞經見各本字句異同表》、《現存淮海詞兩宋本比較表》各一；復别爲《兩宋本校記》及《兩宋本各序跋摘要》彙印於後，精密貫串，得未曾有。余聞遐庵治事精幹，不圖治學翔實亦如此。遐庵先德，三世以詞名嶺海，家學所承，遠有端緒。其所作亦把臂前賢，成連海上，能移我情，載覽兹編，逌然神往已！庚午孟冬之月，朱孝臧跋。

東山詞跋

右《東山詞》一卷，虞山瞿氏藏殘宋本。《賀方回詞》二卷，勞巽卿傳録鮑渌飲鈔本。《東山詞補》一卷，則吴伯宛就諸家補遺，汰複除訛，别爲編次也。考《東山寓聲樂府》三卷，見《直齋書録解題》，《東山樂府别集》，見《敬齋古今黈》，皆久佚。彭文勤知聖道齋藏汲古閣未刻本，即《東山詞》上卷。前增《望湘人》一首，後又雜輯數十首，錫山侯氏亦園所刻，實由之出。而二卷本之《方回詞》訖未見於著録。道光間，錢塘王氏惠庵，始取而彙之，録作三卷，仍題以《寓聲樂府》。惟前本原題卷上，何以反置之下卷，而以後本列於上、中。又同調之詞，併歸一處，復往往以意竄補，盡失《寓聲樂府》真面。補遺四十首，亦即汲古所輯，略加排比而已。半塘翁用汲古本版行，而校以侯刻，兼有增附，最後得吾郡陸氏皕宋樓寫惠庵本，乃掇拾所遺，别補一卷，諸刻皆遜勞鈔之完善，其補遺又多不著所本，亦未逮吴輯之詳明。伯宛不欲徒襲故名，手寫三本，各自爲卷，寄屬授梓。適又獲見鮑渌欽覆校本，略得據以斠訂。半塘翁所謂《東山》一集，銷沈剥蝕，僅而獲存，而復帝虎焉。烏使讀者不能快然滿意者仍未盡免。他日宋本復出，庶乎一晰疑塵。寓聲之名，蓋用舊調譜詞，即摘取本詞中語，易以新名。後來《東澤綺語債》略同兹例。半塘翁以平園近體、遺山新樂府擬之，似猶未倫也。甲寅閏端陽，歸安朱孝臧跋於無著庵。

片玉集跋

周美成詞《片玉集》十卷，陳元龍少章集注，汲古閣舊藏，半塘翁目爲元板者也。美成詞刻於宋世者：一爲嚴州本，名《清真詩餘》。《景定嚴州續志》載「州校書板」有《清真集》，復有《詩餘》是也，黄昇《花庵詞選》據之。一爲溧水本，名《清真詞》，《真齋書録解題》謂：邦彦嘗爲溧水令，故邑有詞集，即晉陽强焕爲序者是也，《西麓繼周集》據之。一爲《圈法美成詞》，見《詞源》。一爲《美成長短句》，見毛子晉跋語。又有《三英集》，乃與方千里、楊澤民和作同刻者，皆無注。若曹杓注《清真詞》，亦見《書録解題》，其書久佚。然兹集劉必欽序謂：病舊注之簡略，詳而疏之。所云舊注，疑即曹注，嘗見士禮居別藏本，與兹本悉同，惟卷五注中有異，又序尾有「嘉定辛未」云云，其爲宋刻無疑。兹本雖削「嘉定辛未」字，詞中譌脱較尠，注亦加詳。卷五注尤多增改，其爲少章手訂覆刻亦無疑。毛氏《秘本書目》，謂爲元刻，半塘翁因之，蓋未睹黄本標明嘉定也。毛刻用强焕序，本《清真詞》乃以兹集之名名之，老友曹君直謂其跋中「最後得宋刻」云云，明指强本；「余見評注龐雜」云云，復指陳本。懸牛頭，市馬脯，令人迷罔。而所謂「長短句」者，未知視兹集增損何如？亦湮没不可考，爲尤可惜也。庚申小除日，歸安朱孝臧跋於禮霜堂。

東堂詞跋

《東堂詞》一卷，璜川吴氏影寫宋詞，凡二百二首，與毛刻正同。其譌脱亦有同者，而前後編次絶異。《直齋書録解題》稱《東堂樂府》二卷。今《東堂集》久佚，《四庫》從《永樂大典》輯存，謂其詞毛氏已刊，别著於録，則當時更未睹有别本可知。老友吴甘遯移寫見示，並據《樂府補題》補《水調歌頭·元會曲》「垂衣」二句，據《全芳備祖》補《玉樓春·詠紅梅》「生羅衣褪」句，而猶不能無誤，乃以丁氏善本書室藏明鈔本校訂如右。原鈔經仁和勞氏收藏，有「染蘭」小印。甘遯謂，染蘭即巽卿姬人陳氏雙聲小字。尚欲詳考紀年，以補碎金跋尾也。宣統强圉大荒落之歲，朱孝臧跋。

樵歌跋

朱希真《樵歌》，《真齋書録解題》作一卷，其本不傳。《彊經室外集》：《樵歌》三卷，録自汲古閣舊鈔。愛日精廬、鐵琴銅劍樓、皕宋樓藏書志並有其目，與直齋所云一卷，同異殆不可考。《詞譜》：《采桑子》注云：調見朱希真《太平樵唱》，豈《樵歌》之異名耶？近有梅里許氏、臨桂王氏兩刊本。王刊爲吴枚庵鈔校，稽録致詳，足資參斠。往年於家冀良案頭見吾鄉范白舫鍇藏鈔一帙，與吴鈔「舉」注一作「去」云，十九脗合。疑此本枚庵先亦寓目，惜皆未著所出。今據范本兼校吴本，其許本之顯屬訛誤者不復贅及。他日倘獲直齋一卷本勘之，尤足快已。《詞綜》亦稱《樵歌》三卷，而所選《念奴嬌》「别離情緒」

一闋，爲此本及吴、許二本所不載，又不可解也。甲寅四月先立夏三日，朱孝臧跋。

鄮峰真隱大曲跋

《鄮峰真隱大曲》二卷，《詞曲》二卷，史氏裔孫傳寫。四庫《鄮峰真隱漫録》本，乃天一閣范氏所進呈者。范氏藏底本，今歸繆氏藝風堂。去年臘月借校一過，卷中率信筆芟薙，殆寫進時出於妄人之手。詞曲亦多竄改字句，鄮刻正與符合，始知經進本亦未足盡據也。直翁本不爲倚聲媕家，落腔失韻，增減文字，往往而有，改之者以其不紕於律也。勇違不知蓋闕之義，遂蹈削足適屨之失，塗飾真面，迷誤方來。今一一臚舉，得百四十餘條，記注如右。其原誤脱者，亦頗類及，俾後之讀是編者有所鉤考焉。

丁巳二月，朱孝臧跋。

石湖詞跋

右《石湖詞》一卷，附《補遺》，半塘翁手校知不足齋本。乙巳夏間寄余粤東，翁旋歸道山，以未詳所據，久庋匧衍。去年吴伯宛以鮑渌飲原鈔本見示，其誤與刊本同。覆檢翁校，精審無可疑，豈出舊本耶。遂付剞氏，以補四印齋叢刻之所未逮云。原鈔詞後有小齊雲江立跋，首闋《滿江紅》詞亦江氏手録，《補遺》僅九闋。刊本《玉樓春》以下八闋，殆渌飲輯也。宋劉昌詩《蘆浦筆記》載《白玉樓賦》，道君皇帝親灑宸翰於圖後。石湖跋有《法駕導引·步虚詞》六章原跋云：自玉階及紅雲法駕之後以至六小樓，意趣超絶，形容高妙，必夢游帝所者彷彿得之，非世間俗史意匠可到。晴窗淨几，盡卷展玩，恍然便覺身在九霄三景之上。《簡齋集》有《水府法駕導引曲》，乃倚其體作《步虚詞》六章。羽人有不俗者，使歌之，風清月明之下，雖未得仙，亦足以豪矣。今併附卷尾。癸丑上巳，歸安朱孝臧跋於無著庵。

又

《愛日精廬藏書志》云：《滿江紅》第二闋脱「始生之日，丘宗卿使君攜具來爲壽，坐中賦詞，次韻謝之」二十二字。按宗卿《滿江紅》壽石湖詞，正同其韻。又云：三聘和《醉落魄·元夕》詞「欲知此夜碧天闊」下脱一葉。據目録，尚有《醉落魄》唱和兩闋，《眼兒媚》唱和兩闋。末葉「何人爲我丁寧，驛使來到江干」，蓋《眼兒媚》和詞尾句。據此，知石湖與陳夢弢詞唱和相間，原編爲一卷。《補遺·眼兒媚》非夢弢韻，所輯殆尚未盡也。癸丑四月朔，上彊邨人再記。

松坡詞跋

《松坡詞》一卷，彭氏知聖道齋藏明鈔本。鋟木既竣，始於滬肆見吴兔牀手寫本，亟校改者若干字如右。吴本缺《水調歌頭》「四載分蜀閫」一闋，《滿江紅》「道骨仙風」一闋。而《水調歌頭》。「次永康白使君韻」詞後，又有《奉陪永康白使君游春城再次韻》一詞曰：「雪嶺倚空白，霜柏傲寒青。千巖萬壑奇秀，禽鳥寂無聲。好是群賢四集，同訪寶仙九室，中有玉京城。眼底塵囂遠，胸次利名輕。雲山旁，煙水畔，肯渝盟。傳呼休要喝道，方外恐猜驚。雅羡林泉勝概，倘遂田園歸計，志願足生平。此意只自解，聊復爲君傾。」己未十月，朱孝臧跋。

介庵琴趣外篇跋

《介庵琴趣外篇》六卷，汪閬源藏舊鈔本，蓋黄氏士禮居故物也。毛子晉刊《介庵詞》一卷，爲《琴趣》所不載者三十三首。而《琴趣》增多之四十首，則三十六首見趙師俠《坦庵詞》。子晉跋稱曾見《琴趣外篇》章次顛倒，贋作頗多，殆以雜見《坦庵詞》中，故爲此語。介庵宦游多在湘中，暨閩山贛水間，坦庵蹤跡頗同。編者於二家詞未能一一抉别，似未可遽以贋作擯之。子晉又言，介庵席上贈人《清平樂》，昔人稱爲集中之冠。《琴趣》逸去，以爲坊本亂真，而是編載之，則又非子晉所見矣。今粗校條記如右，惜子晉所藏《寶文雅詞》四卷，未得寓目耳。丁巳重九，朱孝臧。

稼軒詞補遺跋

《稼軒詞補遺》一卷，萬載辛敬甫啟泰輯得於《永樂大典》中者。《稼輯詞》，毛氏汲古閣刊本四卷，與《文獻通考》合，王氏四印齋重刊元大德信州書院本十二卷，視毛本增多十一闋，是卷補毛本之遺，其見諸大德本者，僅《洞仙歌·壽葉丞相》一闋。編纂《大典》者殆亦未睹大德本耶？敬甫《稼軒集·誌語》謂所得長短句五十首，詞跋則稱三十六首，蓋初有他人之作，後又芟汰者，而《鷓鴣天》有二闋，曾見朱希真《樵歌》，當時或未致詳審。今《大典》已散佚殆盡，此數十闋者，使非敬甫表襮而出之，幾何不有亡書之歎也。卷中訛誤，間亦未免，刊既畢，爲條舉所校者如右。壬子立冬後四日，彊邨遺民朱孝臧跋。

南湖詩餘跋

右《南湖詩餘》一卷，鮑氏知不足齋刻。《南湖集》本乾隆間館臣輯自《永樂大典》者。其中《蘭陵王》一闋，從《詞綜》録補。可知竹垞所稱《玉照堂詞》一卷，必有此本所未載，惜無傳本可校耳。偶得沈氏頎校本，采記如右。寄閑老人張樞，字斗南，一字雲窗，叔夏父也，爲功甫諸孫。仁和許增輯其詞於《山中白雲》卷首。老友吴伯宛以爲宜附此集後，今從其說，並録付剞氏云。甲寅四月朔辛巳，彊邨老民朱孝臧跋。

龍洲詞補遺跋

曩刻錢遵王校本《龍洲詞》，曹君直謂出宋槧，羅經之則謂出明王朝用覆刊端平中龍洲弟澥輯刻《龍洲道人集》而加補輯者，是亦源出宋槧也。經之得明沈愚《懷賢録》，載龍洲詞六十九首，其爲他本所無者三十一首。又就他本及《全芳備祖》諸書補輯若干首，稱足本劉龍洲詞，校訂精核，洵爲劉詞最善之本。據校拙刻僞脱處，皆應刃而解。修改既竣，別爲補校記附後，而識其大略如此。羅本據周止庵

《詞辨》補《玉樓春》「春風只在園西畔」一首，爲嚴仁作，見花庵《中興絶妙詞選》，非龍洲詞，未補入。

乙丑除夕，朱孝臧跋。

白石道人歌曲跋

雲間樓敬思得陶南村鈔本《姜白石歌曲》六卷，江都陸渟川鍾輝刻於乾隆癸亥，華亭張漁村奕樞録於雍正壬子，越十八年乾隆己巳始刻之。陸本合六卷爲四卷，張嘯山文虎譏其以意竄改，每失故步，不如張刻之善。許邁孫增據陸本重刊，謂「二刻相去才數年，中間或以鈔胥致誤。兩本對勘，陸猶勝張。」今年秋，陳彦通方恪於吴門得江研南乾隆二年手録《白石道人歌曲》，亦陶南村本也。以校二刻，互爲異同，且有與二刻並歧者。大抵張之失在字畫小譌，尚足存舊文資異證；陸則併卷移篇，部居失次，大非陶鈔六卷之舊；江氏手自寫校，未付剞人，亥豕之嫌，自較二刻爲尠。惟是張刻經黄唐堂、厲樊榭、陸恬浦先後勘定，或有據他本點竄者；陸刻自稱悉依元本，且與江本同出符藥林，何以並不脗合；三本各有短長，未敢輒下己意，迷瞀來者；爰一依江本授梓，兼臚二家同異，以待甄明。他刻校文，茍非臆説，隨所采案，附著於篇。意有所疑，不復自閟。至其旁譜，亦稍參差，依樣鉤摹，未遑糾舉云爾。癸丑五月日短至，彊村老民朱孝臧跋於蘇州寓園。

澗泉詩餘跋

《澗泉詩餘》一卷，錢塘丁氏善本書室藏明鈔本也。《澗泉集》久散佚，《四庫》采自《永樂大典》中，得詞九十八首《提要》云七十九，丁跋云九十七，並誤。此本都百九十七首，卷末《攤破浣溪沙》一首，勞氏權據《大典》本《澗泉集》增勞格《讀書雜志》云百九十五闋，亦誤。傳寫甚夥。余前後凡三見，略有同異，調下輒摘詞中三數字標題，恐出後人臆注。或謂如《東山寓聲》、《東澤綺語》之例，尋繹辭義，殊不盡然。校録若干條，其摘注之題，並依次移埘，以俟讀者斠訂。吴伯宛謂：宋人父子並有詞集，臨川晏氏、江陰葛氏而外，殆不多覯。余方栞《南澗詞》，又獲此本，一家父子皆屬完書，尤可喜矣。甲寅九月，朱孝藏跋於滬北春江里行窩。

蒲江詞稾跋

右《蒲江詞稾》一卷，南昌彭氏知聖道齋藏明鈔南詞本。比毛氏汲古閣刻多七十一闋，疑即黄叔暘所謂有《蒲江詞稾》行於世者。毛刻與花庵《中興絶妙詞選》略同，而增《好事近》「雁外雨絲絲」一闋，《中興詞選》載之，標爲吴君特詞。今考彭本亦無是闋，殆非申之作也。癸丑仲夏校訖並記，歸安朱考臧。

後村長短句跋

《後村先生長短句》，汲古閣刊本爲《別調》一卷，今通行者也。林秀發編《後村居士集》五十卷，詩餘爲二卷，曾見殘宋本。鮑渌飲得明鈔《後村詞》，以爲勝於毛刻，未獲寓目。繆小珊前輩藏鈔本《後村大全集》一百九十六卷，乃愛日精廬故籍，張月霄録自范氏天一閣者，長短句五卷，視林本幾倍之。僅《水調歌頭》「君看郭西景」一闋，未之編入。吾郡陸氏皕宋樓舊有此本，今流入東瀛；天一祖本亦久亡佚；惟藝風祕笈，孤皮人間矣。亟謀録副授梓人，以中有闕文，尚俟斠補。適老友吴伯宛以劉燕庭藏鈔《大全》本長短句寄示，視張本爲完善，間有譌脱，即援張本參校寫定，兼取殘宋本、汲古本及《陽春白雪》改補若干條，舉其異同之足備參考者，疏記如右。刊既成，又見夏悔生同年藏《後村集》殘鈔本，爲卷六十，與諸本又別。詞僅存目，編次同《大全》本，卷末《西江月》後有《朝中措》四闋，張、劉二本並闕，惜乎無從采獲。海内同志，或發匧藏，俾成完帙，跂予望之已。壬子九日，彊村遺民朱孝臧跋。

癸丑秋仲，吾郡張石民得舊鈔《後村集》六十卷本於滬上，小珊前輩録張、劉二本所闕《西江月》結拍二句、《朝中措》四闋見示，遂補刻之。孝臧又記。

履齋詩餘跋

《履齋先生詩餘》一卷，《續集》一卷，吾鄉姚氏邃雅堂舊鈔本。《別集》二卷，南滙江韻秋茂才校録宋本

《開慶四明志》而改題者也。南昌彭氏知聖道齋《南詞》本與此同，而《續集》六首不分卷。梅禹金編《履齋遺集》，次序略異，末多《水調歌頭·問子規》一首，注云：「見《吴氏家譜》，亦不分卷。」梅本題下注《遺集》者，即此本《續集》之六首，知《遺集》之名不始於禹金，特重爲編定耳。吴伯宛又見舊鈔《履齋遺集》，首有「十二代孫吴伯敬閲梓」一行，禹金之輯，當是應吴氏族裔所求，而不述所據何本。然與彭本同爲正續合卷，決出此本後矣。《四明志》所載，乃丙辰至己未先生守慶元時所作。原析二卷，其重見姚氏諸本者，只《滿江紅·擬卜三椽》一首，今據梅本及《至元嘉禾志》補；《水調歌頭》二首，據《景定建康志》補；《滿江紅》二首，附入《續集》。而以彭氏、梅氏兩本校姚本，《别集》乃江韻秋録於甬上。韻秋意校若干字，皆確然無疑者，並録如右。惜原書佚一頁，缺詞二首，不免俄空之歎矣。辛酉二月社日，朱孝臧跋於禮霜堂。

夢窗詞稿序

光緒己亥，臨桂王幼遐給諫校刊《夢窗四稿》，叙述五例，以程已能。殺青甫畢，謂余參預是役，宜且弁辭簡端。給諫苦邃於詞，觸情協律。新聲令慢，疊稿巾箱；麗製佳篇，傳誦海内。而尤勤蒐孤本，雅耽鉛槧。其《四印齋所刻詞》，論者以爲國朝詞刻叢書，叱於虞山毛氏、江都秦氏，角逐精富猶實過之。兹編以杜校毛本踳駁尤多，細意鉤稽，每窮曛旦。遐遺既甄，靈扃自啟。録秀水之勤，匡正謬訛；完四明之舊，廣通疑滯。精審博奥，詳於例言。蓋故籍流傳，舛誤斷缺，由來殊致。有逸書旁見，捃注而逢原；或遺文竟亡，大索而不得。承疑踵陋，妄改離真，兩者皆傷，離真爲最。乾嘉鉅儒，嚴絶忤斷，以其用力寡而信心勇也。劉勰有言：凡操于曲而後曉聲。圓照之象，務先博觀。故知給諫詳慎通識，所爲賢於杜氏遠矣。夢窗詞品在有宋一代，頡頏清真。近世柏山劉氏獨論其晚節，標爲高潔。或疑給諫亟刊其詞，毋亦有微意耶？余知給諫隱於詞者也。樂笑翁題《霜花腴》卷後云：「獨憐水樓賦筆，有斜陽，還怕登臨。愁未了，聽殘鶯、啼過柳隱。」古之傷心人别有懷抱。讀夢窗詞當如此低迴矣。若夫海角逢春，天涯倦客，撩人塵土，久㵱朝衣。擊築高陽，尋簾易水，昭王臺畔，酒人漸稀，醒眼鈔書，迴腸度曲，愁邊易老，不似當年。况乃小雅道廢，頌聲寖微，五洲人物，喧闐上國，蜃樓海市，彈指空中，高臺落日，俯瞰神州，畫角吹愁，幾時消盡。然則給諫日抱此編，俯仰身世，殆所謂人間秋士，學作蟲吟，字裏神仙，遍存蟫跡。必非如乾嘉諸老，校讎經典，鼓吹感時，六籍明矣。寒藤老屋，繞砌秋陰，舊集重温，頻驚客夢，爲題醉墨，强附知音云爾。歸安朱祖謀。

夢窗詞集跋

夢窗詞，毛氏汲古閣刻《甲乙丙丁稿》外，傳槧極尟。此舊鈔本，不分卷，明萬曆中太原張廷璋藏，今歸嘉興張氏涵芬樓，疑即子晉所稱或云《夢窗詞》一卷者也。通卷分調類此，略同《甲乙稿》，而小有出入。汰去誤入他人之作，凡得二百五十六首，視毛本少六十八首。標注宫調者六十有四，爲從來著録家所未載，則沉翳也久矣。君特以雋上之才，舉博麗之典，審音拈韻，習諳古諧，故其爲詞也，沉邃縝密，脈絡井井，縋幽抉潛，開徑自行，學者匪造次所能陳其義趣。余治之二十年，一校於己亥，再勘於戊申，深鑒戈氏、杜氏肆爲專輒之弊，一守半塘翁五例，不敢妄有竄亂，迷誤方來。今遘是編，復審曩刻，都凡訂補毛刊二百餘事，並調名亦有舉正者。舊校疏記，兼爲理董，依詞散附，取便繙帒，質之聲家，或無訾焉。比見鄧正闇《群碧樓藏書目》，有張夫人學象手録《吴夢窗詞集》一卷。夫人國初時從父拱端僑吴中，亦屬籍太原，與廷章同氏里，而後之百年，所録或出一源。他日稽譔異同，倘猶有刱獲於是編之外者，當别爲校録云。歸安朱孝藏跋於無著庵。

日湖漁唱跋

《日湖漁唱》一卷，吴伯宛校録何夢華藏舊鈔本。考阮文達《揅經室外集》云：《千頃堂書目》稱二卷，或併《西麓繼周集》計之。江都秦氏本跋稱，補遺二十二首，與慢曲《西湖十詠》、引、令、壽詞通爲一卷，此蓋前人所爲。秦輯續補遺云於諸名家詞中搜得，實皆見《繼周集》中，以補《漁唱》，殊失舊觀。惟《瑞鶴仙》、《垂楊》二首，不知據何本輯入？今依伯宛説，附此卷後，並據秦本及周公謹所選諸作校舉如右。丙辰五月夏至後二日，朱孝臧跋。

西麓繼周集跋

《西麓繼周集》一卷，勞巽卿傳録新城羅氏寫本。都詞百二十有三首，和美成韻者百二十一首，其《過秦樓》前一首，《琴調相思引》一首，並非周韻。吴伯宛疑宋時周詞别有存此二闋者，理或然歟。又載《蘇幕遮》、《驀山溪》、《玉團兒》、《三部樂》、《玉燭新》五調而缺其詞，爲何氏夢華館、朱氏結一廬藏兩鈔本所未有。集中序次與汲古閣刻《片玉詞》粗合，惟多在上下卷之前半，亦有同調而未盡和者。竊意當時周詞原有此本，後經强焕增輯，故較衡仲所和有溢出者。然衡仲所見，亦非善本，觀於《荔枝香》、《拜星月》、《滿路花》、《西平樂》諸詞可見也。先衡仲而和周詞者有方千里、楊澤民，時人並周詞裒刻之，稱爲《三英集》。方、楊所據，同爲周詞分類本，此與迥異。然足以見美成舊本面目，亦可貴已。《蓮子居詞話》稱鮑渌飲鈔本詞中有《繼周集》，彭文勤《知聖道齋詞目》亦有之。吾鄉陸氏皕宋樓嘗有汲古影宋本，惜皆無由寓目。輒依何、朱兩鈔本羅舉同異如右。江都秦氏刻《日湖漁唱》續補各卷，乃從《歷代詩餘》輯出，頗有臆改，不足深據。其可兩通者，亦附著焉。《歷代詩餘》采此集至九十餘首之多，則康熙時必見《繼周集》可知。丁氏《善本書室藏書志》謂乾隆前罕見，亦未然也。丙辰端陽日，朱孝臧校畢記。

須溪詞跋

《須溪詞》集本分三卷，自《望江南》至《聲聲慢》爲卷八，自《漢宫春》至《鶯啼序》爲卷九，自《沁園春》至《摸魚兒》爲卷十。兹刻初據錢塘丁氏嘉惠堂藏舊鈔本不分卷本，譌舛屢見。丐吴郡金養之孝廉文梁校勘一過，沈山臣明經修覆斠若干條，率授剞氏。庚申春，南城李振唐太令之鼎傳録文淵閣本《須溪集・詞》三卷見貽，稽其異同，又無慮數十百字，亟就原刻比勘遵改，庶臻完善。其不可通者，仍參以他校。惟卷葉未分，但於目録標明卷次耳。丁本雖譌文疊出，然資以諟正閣本，亦往往而有。若《水龍吟》之「移將剡棹」，《鶯啼序》之「千載能胡語」，又頗疑閣本非本來面目也。養之墓草久宿，比聞山臣亦歸道山，輒爲之掩卷而唏矣。辛酉二月，朱孝臧跋於禮霜堂。

輯校草窗詞跋

右周公謹《草窗詞》二卷，詞補二卷。按公謹詞自定名爲《蘋洲漁笛譜》，長塘鮑氏先據琴川毛氏本刻之，中有脱簡。後刻《草窗詞》，復輯《笛譜》及《絶妙好詞》所載而玆集逸去者，爲詞補二卷，秀水杜氏據之刻於吴中，而或列原題，或以《笛譜》詞序羼入，體例殊未盡善。去年春夏間，半塘老人約校《夢窗詞》既卒業，復取鮑氏《草窗詞》重加商榷，編題一依其舊，而以《笛譜》諸題移附詞後，並仿查心穀、厲太鴻《絶妙好詞箋》之例，爲之輯校，取徵本事，間載軼聞。所引皆公謹自著書，不復泛濫旁涉。其摭及查、厲《詞箋》者，以猶是弁陽翁志也。集中諸題，與《笛譜》詳略得失頗相異。如《渡江雲・再雪》，《齊天樂・梅》，《一枝春・春晚》，又「和韻」，《長亭怨慢・懷舊》，《乳燕飛・夏游》，《明月引・寄恨》，《柳梢青・梅》，皆爲未盡當時事實。至《拜星月慢》之「春晚寄夢窗」，《齊天樂》之「赤壁重游」，《聲聲慢》之「水仙」，《江城子》之「閨思」，譌舛尤甚。阮元謂爲後人掇拾所成，其説至審。惟《笛譜》既非完書，不得不據此爲定本。校既畢，爰述其崖略如此。光緒庚子三月，歸安朱祖謀跋。

竹山詞跋

《竹山詞》一卷，黄蕘圃藏鈔本。卷端有明孫唐卿胤嘉記云：乙巳春季，假錫山劍光閣本校一過。蕘圃稱嘉慶庚午得之毛意香，寔吴枚庵物，《竹山詞》祖本也。毛子晉刊本似從兹出。而詞佚目存之《謁金門》、《菩薩蠻》、《卜算子》、《霜天曉角》、《點絳脣》十四闋，及上半闋之《憶秦娥》，下半闋之《昭君怨》，毛本並目不載。《喜遷鶯》，毛本二闋復十餘句，兹本並缺，而目稱一闋，或傳寫有異耶？蕘圃定爲元鈔，意極珍秘。往從吾鄉張石銘假録，勘正毛本數十字。異時倘并有缺佚者補得之，是所蘄於同志已。癸丑清明前一日，朱孝臧跋於吴下聽楓園寓。

山中白雲詞跋

《山中白雲》八卷，廣陵江賓谷疏證本。《山中白雲》爲陶南村手鈔流傳，晚出著録罕及。朱竹垞録自錢庸亭，釐卷爲八，龔蘅圃始刊之。曹巢南重刻，標曰《山中白雲詞》，恐非舊稱。賓谷以龔本裁綴成帙，其詞後所附別本，全章概未之載。今於夾注一作某某，而疏所不及者，一律芟去，猶是江氏志也。疏校諸條，既據更訂，其所未及，兼取他刻參録記之。疏證尚缺五十餘事，今舉所知者，條寫始左：

卷二《臺城路》「太白山人」，按《寧波府志》：太白山，鄞縣東六十里，視諸山爲高，以太白星得名。或曰：近有小白嶺，故此爲太白也。

又《祝英臺近》賦孫虚齋四雲庵之耕雲，按《鄞縣志》：耕雲亭在四明白雲山旁，孫凝所居，疑即此。凝蓋虚齋之名。

卷三《疏影》「題賓月圖」，按《牆東類稿》有《賓月亭記》，亦爲永嘉葉君作，圖之爲堂爲亭，未可知也。

又按《宋遺民録》：梁隆吉有題葉東叔賓月堂詩，是葉伯幾父，字東叔，本卷《桂枝香》賓月葉翁，即此人矣。

卷四《清波引》横舟爲陸垕號，疏據《漢泉漫稿》謂義齋亦垕。按崇禎《南海縣志》首有元大德甲辰陳大震舊序，稱廉訪使江陰義齋陸公命里耆舊陳大震教授，吕桂孫編修。足證義齋爲垕。而垕仕至廣東廉訪史，可補史闕。又按《牆東類稿》横舟記清暉堂之東曰梅臺，臺下爲池，池北爲横舟閣，垕號横舟，殆以此。

又《摸魚兒》「魏叔皋」，按《癸辛雜識》：魏峻，字叔高，號方泉。叔皋、叔高或一人。

又《壺中天》「陸性齋」，疏謂性齋爲陸行直號。按《牆東類稿》有性齋二首，爲分湖陸提舉作。《分湖陸氏家譜》：陸大猷，字雅叔，號翠巖，仕宋爲江浙儒學提舉。子行直，字季道，號壺天，任湖北十學士，遷翰林典籍致仕，不言爲提舉。則性齋乃大猷，非行直也。《分湖小識》：陸氏桃園在來秀里，宋陸大猷别業，中有翠巖亭。

又《風入松》「澄江仙刻海山圖」，疏謂《夷堅志》今所傳止五十卷，不載此事。按此見《夷堅丙志》「桃源圖」條。其略云：劉甫通判成都日，遇異人，言能刻桃源景物。索斗酒，引滿入室，須臾，圖已成。

樓閣人物，細如絲髮，女仙七十二，各執樂具，知音者按之，乃霓裳法曲全部。

又《南樓令》「黄一峰」，按《畫史彙要》：黄公望，字子久，號一峰，又號大癡道人，平江常熟人。山水師董源巨然，晚年變其法，自成一家。

卷五《滿江紅》「《韞玉傳奇》」，按《文淵閣書目》月字號有《韞玉傳奇》。注云：《籙竹堂書目》亦有是書。或即玉田所賦。

又《桂枝香》「如心翁」，按厲鶚《東城雜記》：元初虎林城東徐文雋字如心，扁其屋曰雲泉，方回爲雲泉題詠，見《桐江續集》。不止陳恕可字如心也。

卷六《清平樂》「爲伯壽題四花」，按趙由礽《保母帖跋》稱「清江羅伯壽志仁同觀」。又大德四年跋有云：「辛卯之秋，余同伯壽過浩然齋，弁陽翁俾賦詩題此卷。」知伯壽爲江西羅志仁，即羅壺秋也。

甲寅冬十有一月日長至歸安朱孝臧記。

遺山樂府跋

右《遺山樂府》三卷，明宏治壬子高麗刊本也。《遺山樂府》一卷，本明錢塘凌彦翀雲翰編選，勞巽卿謂即《詞綜·發凡》之二卷本，阮伯元以五卷本《新樂府》當之，誤矣。《新樂府》五卷，盧抱經謂出義門何氏。平定張碩洲穆、華亭張調甫家鼒兩刻之平定張氏本今止四卷，末卷海豐吴氏補刻。顧是編遺山自序，亦稱新樂府。新之云者，殆别乎詩中之樂府而言。或謂遺山詞有舊樂府已佚者，非也。而篇次多寡與五卷本不合，且有廿餘闋溢乎其外者。張歗山謂五卷鈔本流傳，謬亂百出，故二張所刊，未爲盡善。或脱載全題，或漏列注語，且有坿刻他人之作不爲標明，尤其失之甚者。是編訛字闕文，間亦不免。老友吴伯宛寄屬校刊，遂援凌、張諸本，勘舉若干條，其異文得兩通者，亦坿著焉。原本每半頁十行，每行十七字，上下黑口雙邊，惟劂工稍陋，篇幅復漫漶。爰爲移刻，而記其行款如此。張玉田謂先生詞深於用事，精於練句。杜善夫謂先生詩如佛説法，其言如蜜，中邊皆甜。吾於先生詞亦云。癸丑六月，歸安朱孝臧跋。

秋澗樂府跋

《秋澗樂府》四卷，爲《秋澗大全集》之卷七十四至七十七，元至治壬戌嘉興路學刊本。洵倚聲中一秘笈也。十年前與吴伯宛同客滬上，見一舊寫本，有朱竹垞、姚伯昂藏印，爲孫問清所得。伯宛嘗從假録一帙。去年伯宛於都中獲覯此本，屬章式之就寫本比勘見寄，中仍不免脱誤，疏校如右。明宏治中，河南按察副使車璽與河北道祝直夫、僉事包好問有校正翻刻本，或視此又有異同也。乙卯五月小暑後二日，歸安朱孝臧跋。

瓢泉詞跋

《瓢泉詞》一卷，傳鈔《瓢泉吟稿》本。《四庫提要》考元代有兩朱晞顔，其一爲作《鯨背吟》者；一字景淵，長興人，即著此稿者也。卷中原有《浣溪沙》「銀海清泉」一調，《菩薩蠻》「鄉關散盡」一調、「芙蓉紅落」一調，《柳梢青》、《臨江仙》、《鷓山溪》、《蘇武慢》各一調，並見宋朱希真《樵歌》。吾友章怡田明經校此詞，以爲館臣誤録。如《菩薩蠻》之「嵩少參差碧」，《柳梢青》之「洛浦鶯花，伊川雲水，何時歸得」，率非浙人語氣。余曩刻《湖州詞徵》，已依其説，删此七調。今怡田墓已宿草，故附著之。宣統辛酉仲秋之月，朱孝臧跋。

柘軒詞跋

淩彦翀《柘軒詞》一卷，吴伯宛據《西泠詞萃》重爲編校本。《和全真馮尊師·蘇武慢》十二首，又《無俗念》一首，本在前。伯宛既寫定《道園樂府》，因校是詞，移編於後，與《道圜》同例。彦翀領元至正己丑鄉薦《歷代詩餘·姓氏》記作己卯，授紹興路蘭亭書院山長及平江路學正，皆不赴。退居吴興梅林邨，號避俗翁。明洪武間，爲鄉人官外郡者飛舉，里胥臨門，不容辭避，迫脅到京，授四川學官。謫南荒以卒。錢氏《列朝詩選》之明代，違其指矣。瞿佑《歸田詩話》稱：彦翀以梅詞《霜天曉角》百首、柳詞《柳梢青》百首，號「梅柳爭春」。《歷代詩餘》引《詞品》曰：楊復初築室南山，以邨居自號。淩彦翀賦《漁家傲》壽之云：「采芝步入南山道。道深宛似蓬萊島。聞説邨居詩思好。還被惱。蒼苔滿地無人掃。　載酒亭前松合抱。客來便許同傾倒。玉兔已將靈藥擣。秋意早。月華長似人難老。」據此則彦翀佚詞尚多。《詞萃》所刻殆非足本歟？歸安朱孝臧跋。

蒼梧詞跋

國朝詞流常州稱盛，其年實開其先，同時分鑣平騁者，其惟舜民先生乎。王阮亭論詞，每道晉陵、陽羨，又謂《烏絲詞》多□□閨房、游俠之詞尤妙。而其年序《蒼梧詞》，亦極言醇酒婦人白擲劇飲之槩。蓋先生以名孝廉懷才不遇，復遭詿誤，侘傺不自得，故激昂哀感，悉寓於詞。先生裔孫授經將重梓是編，徵言於余。余老矣，遭逢世變，志意怫鬱，偶有所作，亦所謂可以適獨坐，而不可以娱衆賓者。讀《蒼梧詞》，輒爲想見常時冠裾文酒之盛，而不獲進退於其閒也。乙丑夏歸安朱孝臧跋。

雲謡集雜曲子跋

《雲謡集雜曲子》，敦煌石室舊藏唐人寫卷子本，今歸英京博物館。毘陵董授經游倫敦，手録見貽。原題三十首，存十八首，《傾杯樂》以下佚，目亦無存。集中脱句譌文，觸目而是，授經間有諟正，未盡祛疑。旋從吴伯宛索得石印本，用疏舉若干條，質之況蕙風，細意鉤擿，復多創獲，爰稽同異，臚識如右。其爲詞樸拙可喜，洵倚聲中椎輪大輅，且爲中土千餘年來未睹之秘籍，亟付槧人，以冠吾書，以餉同嗜。倘《傾杯樂》諸佚詞，得旦暮遇之，俾斯集復成完帙，益幸矣。中元甲子始春，朱孝臧跋。

尊前集跋

《尊前集》一卷，錢塘丁氏善本書室藏梅禹金鈔本。《尊前集》屢見宋人記載，惟《直齋書録解題》歌詞一類所采至詳，獨未之及。明嘉禾顧梧芳刻於萬曆壬午，序稱聯其所製，爲上下二卷，名曰《尊前集》。又稱素愛《花間集》，而余所編，第有類焉。毛子晉重刻之，則謂《尊前集》本不傳，梧芳采録多篇，釐爲二卷，仍其舊名。一若輯自顧氏之手者。《四庫提要》嘗辨之。明季刻書，往往故爲眩亂，顧氏此《序》，且不能自圓其説矣。朱竹垞見吴匏庵手鈔本，取勘顧本，章次悉同，因定爲宋初人編輯。是本爲禹金珍弆，押以印記。丁氏《藏書志》謂：禹金去萬曆時不遠，如果爲顧輯，必不鄭重如此。按歐陽公《近體樂府》羅泌校語，已引《尊前集》《蝶戀花》、《玉樓春》二條，《金奩集·菩薩蠻》注云：「五首已見《尊前集》」，並與今本合。惟羅校《長相思》「深畫眉」一首云：「《尊前集》作唐無名氏詞」，爲今本所無。吴伯宛謂流傳稍有遺易，其非顧氏重輯，則碻無可疑。且卷中注舉一作云云，亦爲尚有他本之證。今依梅本寫定，其脱誤處，以毛本校補，未暇旁徵也。甲寅冬十有一月，歸安朱孝臧跋。

樂府雅詞題記

君直先生據明鈔及曝書亭傳鈔斠正數十百字，甲寅春孟，借校一過，他日當付乎民，列之《彊邨叢刻》中也。孝臧記。

絶妙好詞跋

《絶妙好詞》一書，柯寓匏謂與竹垞選《詞綜》時，聞錢遵王藏有寫本，從子煜爲錢氏族婿，因得假歸，傳寫版行。何義門謂竹垞詭得之，非也。今通行諸本皆由之出。己未歲尾，鶴逸先生出示所藏精鈔本，有毛氏子晉、斧季諸印。遵王藏書半歸季滄葦，此爲毛氏所得，故《汲古秘本》有其目，而延令《書目》無之。卷二李鼐仲鎮姓字，諸刻皆脱去，其《清平樂》「亂雲將雨」一闋，遂誤屬李泳。卷七脱簡，趙與仁《好事近》詞後存「浣溪沙」三字。仇遠《生查子》前存「北山南」三字，知爲《玉蝴蝶》之「獨立軟紅」一闋。皆此本勝處。其他字句可諟正諸刻者，尤不可枚舉。然亦不免有譌異，而卷四施岳缺三十行、詞六闋，並目亦佚去，蓋目爲後人補編，非弁陽老人原本也。是書自沈伯時按爲張炎之誤時，已惜其版不存，墨本亦有好事者傳之，今墨本不可復睹，此鈔本珍若星鳳矣。遂假録一過，擬續刊《彊邨叢書》中，而記其大略以歸之。庚申孟秋之月，歸安朱孝臧跋。

中州樂府跋

右《中州樂府》一卷，彭汝寔、毛鳳韶序，明嘉靖中嘉定守高登刊之九峰書院者。毛子晉刻《中州集》，據宏治本；刻《樂府》即據此本。然頗有異文，且云：小叙已見詩集中，不復贅。不知鄧千江、宗室文卿、張信甫、王玄佐、折元禮五人，詩中俱未見小叙，一概不載，疏矣。元至大庚戌，平水進德齋刊《中州集》並《樂府》，日本五山嘗覆刻之，取校此本，頗資訂正。獨是吴學士、蔡丞相、高内翰之流，蕭真卿嘗稱國初文士，不可不謂之豪傑。而嚴永濬則病其以宋之名士，或以奉使留，或以知名顯，使言楚材晉用，特逭其辭，責以成一代之文耳。裕之疏其人，直書而不諱者，殆深意存焉。三復斯言，爲之累歎。宣統旃蒙單閼之歲辜月，歸安朱孝臧跋。

天下同文跋

右《天下同文詞》一卷，汲古閣鈔本，殆從《天下同文・前甲集》裁篇别出也。往歲録自罟里瞿氏，寄吴伯宛京師。伯宛依式付印，並補盧疏齋四詞於後。偶取《元草堂詩餘》校其同異如右。所疑者，《元草堂》未收之詞，厲樊榭據《天下同文》輯入者，其字句亦參差耳。曹君直言：聞之周季貺，《天下同文》傳寫本有歧出。然則樊榭所據，未知視瞿氏本爲何如。伯宛又據程文海《雪樓樂府》坿録續補疏齋一首，非《天下同文》所載，今不復坿。癸丑穀雨日，歸安朱孝臧跋。

半塘賸稿跋

半塘翁填詞凡七稿，自刻者爲丙、丁、戊三稿，既又裒其已刻未刻諸集，删存百餘闋，付余寫定。翁没後一年，余爲刊之廣州，所謂《半塘定稿》也。然刊落泰甚，翁所揮爲涕唾糠粃不屑屑者。世之人率踵汗奔喘，望塵而超之若不及者也。端居循省，良不能忍而割舍，輒剌取《褢墨》、《蟲秋》、《校夢龕》、《南潛》四集所薙者，得五十五闋，排録成帙，其已墨版者，不復緟，及昔黄仲則與洪稚存論詩不合，戲要之曰：脱不幸先稚存死，吾橐經若删定，必乖吾旨趣矣。翁生平旨趣，余不敢謂不知，今之爲是刻也，其果不至於乖與否也，則卒不敢自知，顧以竢之，世之知翁詞者。丙午八月朱祖謀跋。

附録二　近人與朱祖謀論詞札

朱祖謀致繆藝風論詞書

筱珊前輩大人侍右：宣南執别，瞬已十年，關河修阻，箋繒間闊。上聞有天童之游，侍亦曾携屐其間，惜未一從杖履，長贏應節。伏想臺候常勝，無任馳仰。林泉高蹈，載徵不起，下走心形俱服久矣。安得載酒問字，相與於蒼煙寂寞之間耶。前托閏枝親家轉上周止庵詞稿，度已付梓人料理，是帙爲朱又笏名啓勛，宜興人同年得之於譚復堂者，他日命筆爲序跋時，希一述其緣因也。侍學倚聲歷十年所，毫無心得，擬請紫霞翁拍正。小兒以事至陵，命其捧呈，紕繆甚多，幸勿吝教，至禱。專請道安，不一。姻侍生祖謀啓。五月六日。

又

藝風姻年老前輩大人閣下：一昨奉書，敬承道履勝常爲慰。《中州樂府》粗校一遍，略有同異。尊藏鈔元本固極精，毛本亦不可多得，未敢率爾加墨，已别爲疏記，他日刊成，再呈請教益。元本是否《中州集》全部？ 九峰書院所刻小傳間有脱誤，轉不如毛本之善專指小傳而言。 録出擬携滬就尊處元本一校，方敢付梓也。 復請臺安，不一一。 侍祖謀頓首。 二月廿五日。

又

藝風年姻老前輩大人閣下：頃奉復書，敬承起居勝常爲慰。《中州樂府》九峰本有小傳，與毛刻《中州集》小傳小有參差，異日當携就尊處一校。《山谷琴趣》今年必付梓。天一閣書散出，聞之一歎。屬致孫端甫書奉上。 復請道安，不一一。 侍祖謀頓首。 廿六夕　閏枝尚無信來，想甚忙也。

又

藝風前輩年姻大人尊右：日昨奉寄一箋，並《草堂詞》跋當先達。 印丞寄來《蘆川詞》紅本屬校，侍無影宋底本，其中雖有譌奪，不敢以毛刻改之也，仍呈大鑒，最好以瞿藏原本校之，方爲信心耳。 元遺山自序其《新樂府》有「壺頭大鶴」，語出何書？ 或云是金頭草書，不能辨。 公如知之，希示及。 此請道安。侍祖謀謹啓。 三月四日。

又

筱珊前輩姻年大人侍右：前作復書，托宋澄翁帶，而澄翁已行，稽滯多日，始浼陳伯嚴携奉，當已送上。

旋誦十六日手教，並《後村長短句》四卷，敬悉一一。汲古《後村别調》僅百廿三首，然有兩首爲集本所未載，不知二卷本有無增減？便中亦求假校，並求預作一弁言，侍决將五卷本付梓毛本二首，或他本有多者，搜爲補遺。湘事不寒而栗，侍歸來五年，望鄉里而卻步，今亦堅此志矣。出月擬一視閏枝，公欲爲湖上一游否？敬復，即叩道安。侍祖謀謹啓。五月廿四日。

又

藝風姻老前輩吾師閣下：别又彌月，敬念起居。伯宛書云，公常與通函，且又吃酒矣，足見臺候康勝，但鄙人仍以珍攝爲祝耳。伯宛屬懇臺端，爲影寫罟里瞿氏藏宋本《樵心詞》。樵心何人耶？侍擬校刻毛鈔宋本《樂章集》，往年公爲吴仲飴校此書，據陸藏宋本。據曹君直云，陸氏曾有轉鈔本在尊處，未知尚可檢出否？緣毛、陸雖同爲宋本，頗有異同也。此懇，敬請道安，不一一。姻侍祖謀敬啓。十月初四。

又

筱珊前輩年姻大人史席：在滬奉手書，怱怱未復爲罪。侍旋蘇後見穆子美，告以尊意，忻然從命。兹屬其到滬上謁請，即面示辦法，幸甚。吴中沈後齊茂才，績學士也，侍薦於翰怡，分任校勘之役。將來穆子美所寫刊，或就近在蘇校閲，亦甚便也。侍近得劉須溪詞三百餘闋丁氏鈔本，惜多譌脱，鄰架有《須溪全集》否？ 此請箸安，不一一。侍祖謀頓首。廿八日。

又

昨日造謁，匆匆未盡所懷。比日披讀藏書兩記，擬求假詞刻數種，敢希清暇檢在，容親自走領，何如？敬上藝風年姻老前輩大人鑒。侍功祖謀頓首。廿五。

元王義山《稼村類稿》有詞，不知殘否？ 元張雨《貞居詞》，古香樓藏本。唐易靜《兵要望江南》詞。韓玉《東浦詞》，誦芬室鈔本。

又

《鄮峰真隱漫録》底本，固有譌脱，校者信筆改竄，且有芟節，可謂妄矣。詞中所改，多有遠遜原本者，其意殆以避重文，就定律，殊不知鄮峰于詞，本非專家，小小失律，亦宋詞所恒有，不足爲病。鄙刻據傳寫《四庫》本，與底本所改盡同，然則庫本不足貴矣。暇當别爲校記附後，以存真面也。寓庵初寫樣未來，他日再假校。聘山約探梅湖上，明晨行，三數日即歸。翰怡約不克到，敢希代達。敬請藝風年姻老前輩大人大安。侍祖謀頓首。《校詞圖》，乃彊邨，非薀也，敢告。

冒廣生撰

疚齋詞論

附録一　燉煌舞譜釋詞

附録二　序跋

疚齋詞論目録

自叙

經有經學，史有史學。言詞學者，玉田而後，吾所服膺爲凌次冲、張嘯山、陳蘭甫三人。兹編宗旨在溯詞源，明詞體，開詞禁，通詞郵，冀與好學深思之士，發揮而光大之。四十年前所撰《小三吾亭詞話》，爲江寧唐君圭璋采入《詞話叢編》者，今日覆視，面赤至頸，恨不作楚人一炬也。疚齋記。

疚齋詞論卷上

論艷趨亂

《宋書·樂志》言：「樂府前有艷，後有趨。」此二字無人能解。吾謂「艷」即今「引」字也。詞牌有：《翠華引》、《法駕導引》、《江城梅花引》、《華清引》、《琴調相思引》、《太常引》、《青門引》、《東坡引》、《梅花引》、《千秋歲引》、《婆羅門引》、《陽關引》、《望雲涯引》、《夢玉人引》、《迷仙引》、《黄鶴引》、《蕙蘭芳引》、《清波引》、《華胥引》、《遥天奉翠華引》、《雲仙引》、《迷神引》、《石州引》。「引」與「序」，曲家皆歌在前，且皆散板。《九宫大成譜》凡引詞列在正曲之前卷，可證也。《樂府詩集》有《三婦艷》、《羅敷艷》。《輟耕録》載有《四妃艷》、《球棒艷》、《破巢艷》、《開封艷》、《鞍子艷》、《打虎艷》、《四王艷》、《蝗蟲艷》、《撅子艷》、《七捉艷》、《修行艷》、《般調艷》、《棗兒艷》、《蠻子艷》、《快樂艷》、《慈烏艷》，俱院本也。「艷」又作「豔」。《禮記·郊特牲》：「而流示之禽，而豔諸利，以觀其不犯命也。」注：「豔讀爲艷。」《隋書·音樂志》有《疎勒豔》，《樂府詩集》有《昔昔豔》。《容齋隨筆》又載有《突厥豔》、《黄帝豔》、《白鴿豔》、《神雀豔》、《滿座豔》、《歸國豔》、《刮骨豔》。元遺山詩，又有《竹枝豔》。「豔」又減寫作「炎」，沈存中《夢溪筆談》云「頃年王師南征，得《黄帝炎》一曲於交阯」，即容齋所舉之《黄帝鹽》也。「炎」又作「啖」，宋人所謂「啖段」，實同一字。自「引」字行，而「艶」字與「鹽」字、「炎」字、「啖」字並廢。學者所當於聲近求之，以期一貫者也。今詞牌有《羅敷艶歌》，此「艶」字之僅存者。然既曰「艶」，即不得再加「歌」字。如於《鶯啼序》等「序」字下加一「歌」字，作《鶯啼序歌》，《調笑令》等「令」字下加一「歌」字，作《調笑令歌》，不成蛇足耶？

「趨」即今之「煞」字。「趨」何以作「煞」？俗工以「趨」作「趋」，又急就作「㕘」。「㕘」不成字，遂改爲「煞」。後又用「煞」之同聲字作「殺」，又省作「杀」。自「煞」與「殺」、「杀」字行，而「趨」字又廢矣。此學者所當於形近求之，以期一貫者也。然今詞牌不用「煞」字。吾以曲牌求之，則仙呂有《後庭花煞》，中呂有《賣花聲煞》，雙調有《離亭宴煞》，詞牌亦有此三調，皆無「煞」字，殆省文耳？

《唐書·五行志》云：「天寶樂曲，多以邊地爲名，有《伊州》、《甘州》、《涼州》等。至其曲偏繁聲，皆謂之入破。」故元稹詩有《甘州破》，張祜詩有《涼州破》也。《教坊記》又有《阿遼破》，李後主有《念家山破》，凡破，在曲將終時，五音雜奏，即《論語》「《關雎》之亂，洋洋盈耳」之「亂」字。《離騷》每篇後亦有「亂曰」，自「破」字行而「亂」字又廢矣。學者所當於字義求之，以期一貫者也。張端義《貴耳集》不明「破」字之義，乃有「有周美成輩出，自製樂章，有曰《側犯》、《尾犯》、《花犯》、《玲瓏四犯》。八音雜律，宫呂奪倫，是不克諧矣。天寶後，曲遍繁聲，皆名入破。破者，破碎之義也。宣和之曲，皆曰犯。犯者，侵犯之義」云云。是誤以「破」爲破碎，又誤以犯詞爲「破」，非知音者。吾人讀書，先求識字，不識字，不識古音古義，詞其小焉者也。

論大徧解數

沈存中《夢溪筆談》云：「所謂大徧者，有序、引、歌、䡖、嗺、哨、催、攧、衮、破、行、中腔、踏歌之類，凡數十解。」按此皆所歌之詞之名詞也。今詞牌有尚存者；有詞牌不存，而曲牌尚存者；有并曲牌亦不存者。爲分别述之，並附己見。

序　今詞牌有《霓裳中序》、《鶯啼序》。即王晦叔《碧雞漫志》所稱「大曲有散序」也。

引　今詞牌有《翠華引》等，已見上《論艷趨亂》章。

歌　今詞牌有《羅敷艷歌》一名《醜奴兒》，實亦引也。、《子夜歌》、《洞仙歌》、《玉人歌》即《探芳信》、《金縷歌》即《賀新郎》、《白苧》即《白苧歌》，即《碧雞漫志》所謂排遍中之一遍也。

䡖　此字不可解。《集韻》：「音䟦。」實即「鞁」字，即《碧雞漫志》所謂「鞁」也。張玉田《詞源》有「七敲八掯鞁中清」語。然今曲牌無名鞁字者，意後来楔子之「楔」字，即從「鞁」改稱，自「楔」字行而「鞁」字、「䡖」字並廢矣。

嗺　《集韻》：「促飲也。」史浩《鄮峰真隱大曲·壽鄉詞》第五首爲實催，而曲牌亦有《六么實催》一調，疑下文「催」字專指歌言。此則歌兼進酒，故名實催，以别於虚催也。俗工以是促飲，乃改作口旁耳。《碧雞漫志》有實催，有虚催。張表臣《珊瑚鈎詩話》云：「樂部中促拍催酒，謂之《三臺》。」李濟翁《資暇録》云：「鄴中有三臺，石季龍常爲游宴之所，而造化此曲以促飲。」今詞牌有《三臺》，即嗺。

哨 今詞牌有《哨徧》，謂哨之一徧也。哨亦在排徧中之一。

催 今曲牌有《鮑老催》，又有《催拍子》。

攧 字書無此字。《夢溪筆談》云：「寇萊公好《柘枝舞》，會客必舞《柘枝》，每舞必盡日，時謂之柘枝顛。今鳳翔有一老尼，猶是萊公時柘枝妓。云：當時《柘枝》尚有數十遍，今日所舞柘枝，比當時十不得二三。老尼尚能歌其曲，好事者往往傳之。」意「攧」即「顛」字。「柘枝顛」殆當時曲名，俗工形容其手勢，乃加手旁。放翁詩有「海棠顛」，疑亦曲名。《碧雞漫志》有攧，又有正攧。

袞 今曲牌有《劉袞》、《山東劉袞》、《鮑老三台袞》、《薄媚袞》、《伊州袞》、《賀新郎袞》、《黄龍袞》、《降黄龍袞》。又有《袞袞令》。《碧雞漫志》有袞徧。

破 今曲牌有《入破》、《出破》。《碧雞漫志》亦有入破。

行 今詞牌有《月中行》、《引駕行》、《望遠行》、《踏莎行》、《御街行》。行亦在排徧中之一。

中腔 今詞牌有《鈿帶長中腔》、《徵招調中腔》。《碧雞漫志》無中腔及踏歌，而有歇拍、殺袞。

踏歌 今詞牌有《踏歌辭》。《樂府雅詞》所載《調笑》諸詞，目云《轉踏》，皆踏歌也。

論折字

姜白石《越九歌》，後附折字法云：「篪笛有折字。假如上折字，下無字，即其聲比無字微高。餘皆以下字爲準。金石弦匏無折字，取同聲代之。」世人誤以無字讀作有無之無，不能得其解矣。白石此兩行接《蔡孝子》後。《蔡孝子》第一末句爲「鬱陶以死」，譜作「夷無（折字）無」；第二末句爲「靈不歸兮父思子」，譜作「夾仲夾太無（折字）無」；第三末句爲「屋陽阿兮招爾」，譜作「夷（黄清）無夷（折字）無」，此無字，指無射之無，非有無之無也。無射應下凡，其聲爲㊂㊂㊂。用三下凡字，歌者將拗折嗓子，故第二聲須微高，以别之也。此外，《越九歌》中有折字者，爲《曹娥》之三「仲（折字）仲」。仲爲仲吕，應上，其聲爲上上上，而中一上字，須微高也。《龐將軍》之兩「姑（折字）姑」，五「應（折字）應」，姑洗應乙、應鐘應凡，其聲爲乙乙乙，凡凡凡，而中一乙字、凡字，須微高也。《旌忠》之兩「夾（折字）夾」，夾鐘應下乙，其聲爲㊀㊀㊀，而中一㊀字，須微高也。惟譜中有折字者，其上下皆同一聲，而《蔡孝子》第三末句獨作「夷（黄清）無夷（折字）無」，疑刻本顛倒一字，當作「夷（黄清）夷無（折字）無」，否則不必折矣。

《越九歌》中之楚調即越調。又有中管商調、中管般瞻調，南宋時此兩調已不用。白石志在復古，故有此告朔餼羊。惟中管般瞻調瞻即涉字當云高般瞻調，若中管般瞻調，則爲太簇羽，其結聲爲應鐘，非無射矣。此亦刻本之誤，附記於此。

論鬲指

姜白石《湘月》詞自序云：「予度此曲，即《念奴嬌》鬲指聲也，於雙調中吹之。鬲指亦謂之過腔，見《晁無咎集》。凡能吹竹者，便能過腔。」按晁無咎《琴趣外篇》有《消息》一首，自注云：「即越調《永遇樂》。」白石所謂見《晁無咎集》者指此。陳元龍《白石詞選》此調注小石，小石即雅樂之仲呂商，用尺字住，白石用雙調吹之，雙調即夾鐘商，用上字住，仲呂與夾鐘隔一律，上與尺則隔一指，故云鬲指聲也。萬紅友《詞律》於《念奴嬌》調後云：「白石《湘月》一調，自注即《念奴嬌》鬲指聲，其字句無不相合。今人不曉宫調，亦不知鬲指爲何義，若欲填《湘月》，即仍是填《念奴嬌》，不必巧狥其名也。故本譜不另收《湘月》調。」夫不收《湘月》調，可也。鬲指二字，則紅友實未明其義也。

越調爲雅樂之無射商，住聲合字。無咎殆以商調吹之，商調即夷則商，住聲用下凡。無射與夷則，亦隔一律。下凡與合，亦鬲一指。《琴趣》雖未明言。可按律而推求得之也。

論近慢

詞牌中近詞，有《訴衷情近》、《荔枝香近》、《隔浦蓮近》、《撲蝴蝶近》、《祝英臺近》、《紅林檎近》、《早梅芳近》。慢詞有《浪淘沙慢》、《江城子慢》、《長相思慢》、《上林春慢》、《浣溪沙慢》、《卜算子慢》、《醜奴兒慢》、《錦堂春慢》、《西江月慢》、《探春慢》、《雨中花慢》、《木蘭花慢》、《鼓笛慢》、《卓牌子慢》、《謝池春慢》、《聲聲慢》、《滕滕慢》、《惜黄花慢》、《粉蝶兒慢》、《玉女迎春慢》、《倦尋芳慢》、《慶清朝慢》、《西子妝慢》、《長亭怨慢》、《揚州慢》、《國香慢》、《瑞雲濃慢》、《西平樂慢》、《瑶花慢》、《石州慢》、《拜星月慢》、《瀟湘逢故人慢》、《惜餘春慢》、《蘇武慢》、《紫萸香慢》、《夜飛鵲慢》。此「近」、「慢」二字，應用小字注寫，不應連屬作詞牌名。姜白石《淡黄柳》詞下注「正平調近」四字，是也。「慢」者慢板，「近」者緊板。「近」即緊字之減寫。笛師多用減寫字，猶「工」作「フ」，「尺」作「∧」，「上」作「ㄅ」，「四」作「マ」，「合」作「Ａ」也。至曲中此等字尤多，如「娘兒」作「卜兒」之類。娘減寫作奵，再減写作卜。幾非重譯，不能明矣。

論雙調及過徧

詞家於《南歌子》、《望江南》諸詞有後徧者，謂之雙調。其長調則於後徧起處，或稱過徧，或稱過變，或稱過片。實則小令從五、六、七言絶句來，以單徧爲本位。其有後徧者，當名雙疊，不當名雙調。雙調乃雅樂夾鐘商之俗名，不容紊也（《蓮子居詞話》引吴西林説同）。過徧、過變，亦不容無别。曲家於第二徧起處與前遍同者，謂之么篇，不同者謂之换頭。以此準之，則小令不换頭者，當名過徧；長調之换頭者，當名過變（小令亦有换頭者，如《菩薩蠻》等是也。長調亦有不换頭者，如《晝夜樂》等是也）。片則變之同聲減寫字。

論和聲

《竹枝》出巴渝沅湘間，詞家以其調中所注「竹枝」、「女兒」字，與《采蓮曲》之「舉棹」、「年少」，皆爲和聲。吾謂此《竹枝》之體云爾。吾足跡未至巴渝沅湘，僅知衡州山歌，盛於他處。官京師時，陳梅生侍御酒酣輒爲吾歌之，已無竹枝、女兒等聲。若粤中蛋家所歌：「香港有間魚肉鋪，兄哥。買條魚眷打邊爐。姑妹。」又云：「手中縷頭鹹水妹，兄哥。長鬃大髻淡水姑。姑妹。」則真《竹枝》遺響也。宋玉《對楚王問》云：「客有歌於郢中者，其始曰《下里》、《巴人》，國中屬而和者數千人；其爲《陽阿》、《薤露》，國中屬而和者數百人；其爲《陽春》、《白雪》，國中屬而和者，不過數十人；引商刻羽，雜以流徵，國中屬而和者不過數人而已。」古人歌詞，必一人唱，衆人和其尾聲，今弋陽腔猶然，世謂之高腔。南北曲譜，遍尾注合字者，亦是衆人合唱。南宋以後之詞，與音樂離，閉門造車，視爲文章之事，和聲無存，乃僅僅以「竹枝」、「女兒」、「舉棹」、「年少」等短句爲和聲哉。《虞書·益稷篇》「股肱喜哉，元首起哉，百工熙哉」，爲堯所歌；其「元首明哉，股肱良哉，庶事康哉。元首叢脞哉，股肱惰哉，萬事墮哉」，必皋陶與夔合和。夔典樂，時又在帝旁，不应讓皋陶一人拜手，而已獨向隅也。

論虛聲

《後庭花》爲陳隋舊曲。今《花間集》所載毛熙震詞云：「輕盈舞妓含芳艷。競妝新臉。步摇珠翠修蛾斂。膩鬟雲染。　歌聲謾發開檀點。繡衫斜掩。時將纖手匀紅臉。笑拈金靨。」一、三、五、七句增五字爲七字，與二、四、六、八等四字句，皆以虚聲填實字也。孫光憲於後徧起句又增一「上」字，次句增一「見」字；同調後徧起句增一「盡」字、「更」字，又疊「野棠如織」一句（增法詳後）。白居易《長相思》詞，則從一首七言絶來，不應分徧。詞云：「汴水流。泗水流。流到瓜州古渡頭。吴山點點愁。　思悠悠。恨悠悠。恨到歸時方始休。月明人倚樓。」「汴水流」、「思悠悠」句並減一字（減法詳後，假定作「汴水流兮泗水流」、「思悠悠兮恨悠悠」，則皆七字句也），其「吴山點點愁」與「月明人倚樓」兩句，皆以虚聲填作實字。吾人閉目冥想，此等絃音，如在耳也。凡長調過變之短句用韻者，亦皆絃音。

論官韻

歐公《摸魚兒》詞云：「卷繡簾、梧桐秋院落，一霎雨添新緑。對小池閒立殘妝淺，向晚水紋如縠。凝遠目。恨人去寂寂，鳳枕孤難宿。倚闌不足。看燕拂風簷，蝶翻露草，兩兩長相逐。　雙眉促。可惜年華婉娩，西風初弄庭菊。況伊年少，多情未已難拘束。那堪更趁涼景，追尋甚處垂楊曲。佳期過盡，但不説歸來，多應忘了，雲屏去時祝。」不獨萬紅友疑其「前段起句多一字，次句平仄亦異，三句亦多一字」，「後段則竟全異」也。讀此詞者，當無不致疑。永嘉夏瞿禪，在近人中爲真好學深思之士，嘗舉以問吾。吾謂此不差錯，但依歐公填者，無第二首耳。詞從五、六、七言絶句來，無論如何長調，祇有四個官韻。二十字或二十四字、二十八字以外，皆增字。四個官韻以外，皆增韻也。韻何以要增？以字數既增，不增韻，不能拍板也。韻增則板亦增（曲家謂之增板，與襯字即增字同。一取字音，一取字義），所謂死腔活板者是也。明皇問黄繙綽板法，繙綽畫一耳朵以進。蓋謂板無一定，在人耳之所聽。詞之長短，爲手之所下，板之疏密也。北曲商調《梧葉兒》本體祇二十七字，《折桂令》本體祇五十四字，有加至百字者，名《百字知秋令》、《百字折桂令》，並板隨字增。後來南曲限於襯不過三，非古法也。襯不過三，小令不得變爲長調矣。歐公此詞，其本體祇是：「梧桐院落添新緑。小池向晚紋如縠。寂寂（二字並作平）鳳枕孤難宿。風檐露草長相逐。」後徧云：「婉娩西風弄庭菊。多情未已難拘束。追尋甚處垂楊曲。歸來忘了雲屏祝。」兩首七絶本腔已經還足，則增字與增韻之多少，不能限之。故第一句增一「秋」字（次句平仄異，柳、周詞常有），第三句增一「對」字。後徧第四、五句減二字，破七、六作四、七。而「那堪更」句「更」字、「佳期過盡」句「盡」字，以不在官韻中，遂不更叶。謂之疏則可；謂之羞錯，或不然也。讀者疑吾言乎，則試以東坡《洞仙歌》詞證之。東坡此詞，蓋從後蜀後主《木蘭花》加以增字增韻而成，其中但減一「雲」字、「啟」字而已。其「庭户」「庭」字應作「瓊」，「不道」二字應作「只恐」，或東坡誤記，或東坡不誤記而今所傳蜀主之詞有誤也。

木蘭花

後蜀後主

冰肌玉骨清無汗。水殿風來暗香滿。繡簾一點月窺人，欹枕釵横雲鬢亂。　起來瓊户啟無聲，時見疏星渡河漢。屈指西風幾時來，只恐流年暗中换。今通行《木蘭花》詞，第五句韻，實則與首句「汗」字，皆非官韻也。官韻祇有四個，觀於七律首句有叶有不叶，便明。

洞仙歌　　蘇軾

冰肌玉骨，自清涼無汗。水殿風來暗香滿。繡簾開一點明月窺人，人未寢欹枕釵横鬢亂。起來携素手，庭户無聲，時見疏星渡河漢。試問夜如何，夜已三更，金波淡玉繩低轉。但屈指、西風幾時來，又不道流年暗中偷换。

此詞後遍，破四五作五四。其「試問夜如何」三句，乃疊「起來携素手」三句，「但屈指」句減一字，《詞律》收此調又一體多至十首，未明攤、破、增、減法耳（法詳後）。歸納而劃一之，責在學者。

論增減攤破

詩變爲詞，小令衍爲長調，不外增、減、攤、破四字。除《紇那曲》、《羅嗊曲》依然五言絶句本體，《塞姑》、《回波詞》、《舞馬詞》、《三臺》依然六言絶句本體，《竹枝》、《柳枝》、《小秦王》、《採蓮子》、《浪淘沙》、《八拍蠻》、《阿那曲》、《欸乃曲》、《清平調》依然七言絶句本體外，五言絶句之有增、減、攤、破者，其變化至《洞仙歌》、《六州歌頭》而極（詳後）。六言絶句之有增、減、攤、破者，其變化至《傾杯》而極（詳吾所著《傾杯考》）。其他長調，十九皆自七言絶句增、減、攤、破而成。蓋「渭城朝雨」，「黄河遠上」，旂亭所唱，無一非七言也。今詞牌有《攤破浣溪沙》、《攤破醜奴兒》、《減字木蘭花》三調，尚有斷港可尋。若增則與減爲對待字，謂四十四字者爲《減字木蘭花》，即可謂五十二、五十四、五十五、五十六字者爲增字也。今專就柳、周二家詞，考證於後（柳無者，取周；柳、周皆無者，始取他家）。

十六字令 清真亦有此調，句首「明」字失叶。改録蔡詞　　蔡　伸

□□□□□□天。休使蟾圓照客眠。□□□□人何在，□□桂影自嬋娟（凡墨圍，皆虚聲不填實字。）

右減詩字變詞。

浣溪沙　　周邦彦

不爲蕭娘舊約寒。何因容易別長安。□□□□□□□，預愁衣上粉痕乾。（後徧不録。凡詞後遍，皆從前遍增也。下同。）

右減詩句變詞。

瑞鷓鴣　　柳　永

天將奇豔與寒梅。乍驚繁杏臘前開。暗想花神巧作江南信，鮮染燕脂細剪裁。

右增詩字變詞。

漁家傲　周邦彦

灰暖香融銷永晝。蒲萄上架春藤秀。曲角闌干群雀鬭。清明後。風梳萬縷亭前柳。

右增詩句變詞。

鵲橋仙　秦觀

纖雲弄巧，飛星傳恨，銀漢迢迢暗度。金風玉露一相逢，便勝卻、人間無數。柔情似水，佳期如夢，忍顧鵲橋歸路。兩情若是久長時，又豈在、朝朝暮暮。

鵲橋仙　柳永

屬征途携書劍，迢迢匹馬，東去慘離懷，嗟年少易分難聚。佳人方恁繾綣便忍分鴛侶。常媚景算密意幽歡盡成孤負。此際寸腸萬緒，慘愁顔斷魂無語。和淚眼片時幾番回顧。傷心脈脈誰訴但黯然凝竚。暮煙寒雨望秦樓何處。

右爲小令入長詞之漸。

望遠行　　李珣

露滴幽庭落葉時。愁聚蕭娘柳眉。玉郎一去負佳期。水雲迢遞雁書遲。　屏半掩，枕斜欹。蠟淚無言對垂。吟蛩斷續漏頻移。入窗明月鑒空帷。

望遠行　　柳永

繡幃睡起（殘妝淺，無緒）勻紅（鋪）翠。藻井（凝塵，）金階（鋪蘚，寂寞）鳳樓十二。風絮（紛紛，）煙蕪（苒苒，永日畫）闌（沈吟）獨倚。（望遠行、）南陌春殘悄歸騎。（凝睇。消遣）離愁無計。（但暗擲、）金釵（買）醉。好景（空飲）香醪，（爭奈）轉添（珠）淚。待伊（游冶）歸來，（故故解放）翠（羽輕）裙重繫。（見）纖腰圍小（信）人憔悴。

右爲小令衍成長調。

詩之變爲詞，小令之衍爲長調，其法既明，以後乃可言增、減、攤、破之法。增之法有四：一增字，二增句，三增疊，四增偏。凡詞句之首，有「恁」字、「甚」字、「鎮」字、「又」字、「況」字者，十九皆爲增字也。其句中所增字句，如耆卿《黄鶯兒》起云：「暖律潛催，幽谷暄和，黄鸝（翩翩）乍遷芳樹。」後偏云：「恣狂蹤跡，兩兩相呼，終朝霧吟風舞。」則「翩翩」二字增也。中云：「曉來枝上綿蠻，似把芳心，深意低訴。」後云：「此際海燕偏饒，（都）把韶光誤。」則「似把芳心」句增也。增疊之法。如耆卿《安公子》云：「長川波瀲灎。楚鄉淮岸迢遞，一霎煙汀雨過，芳草青如染。」下加一疊云：「驅驅携書劍。當此好天好景，自覺多愁多病，行役心情厭。」世所謂雙拽頭者，實則增疊也。增徧之法，世多未明。其實《詞律》所收二十四字《三臺》，後有万俟雅言一百七十一字之《三臺》，即是增徧。紅友謂：「從來舊刻，此篇俱作雙調，於『雙雙游女』分段。余獨斷之，改爲三疊。」不知此調本體祇六言四句，此詞實應分六徧。紅友知二五，猶未知十也。耆卿有兩《引駕行》，「虹收殘雨」一首，是四徧。當於「輕舉」、「煙樹」、「輕負」下各分段。其「愁覩」、「幾許」、「南顧」三短句，皆過變也。「紅塵紫陌」一首，是五徧。當於「西征」、「長亭」、「盈盈」、「回程」下各分段。其「新晴」、「愁生」、「消凝」、「相縈」四短句，亦皆過變也。彊村刻《樂章集》，後附《校記》，誤信夏吷庵云：「集中《引駕行》凡二調。此較中吕宫仄叶者，多二十五字。疑起句至『新晴』數語，措描秋景者，別是一同調殘詞。編者誤以冠諸『韶光明媚』之首，蓋其下皆寫春景，爲一完全平叶之《引駕行》」云云。吷庵一時失言，當不吝改過。詞牌中有《減字木蘭花》，蓋減第一、第三句七字爲四字句。

減爲增字對待，多在長調後徧之尾。其在中間者，謂此爲減，亦可謂彼爲增。耆卿《瑞鷓鴣》之「暗想花神，巧作江南信。」攤七字爲九字，謂之增攤之法有時近於增，有時近於破。美成《荔枝香》之「大都世間最苦唯離別」，攤三、三、三句爲九字一句，謂之破亦可也。詞牌有《攤破浣溪沙》，蓋攤第三句之七字爲七三句。《攤破醜奴兒》，蓋攤第四句之七字爲七、三、三句，中加「也囉」二助辭。

攤句之多，莫多於小令。破句之多，莫多於長調。凡小令中，《虞美人》之「恰似一江春水向東流」，《相見歡》之「寂寞梧桐深院鎖清秋」及「别是一般滋味在心頭」，皆攤句也。至長調則攤多寓於破矣。破之法，在四者之中爲最繁。吾曩校《雲謡集》，前有《發凡》，所舉實未悉備，兹更列之：

悄郊原帶郭。　暝煙籠细柳。（周《瑞鶴仙》）

右破上一、下四五字句，作上二、下三。

慣輕擲，慣憐惜。　事須時恁相憶。（柳《法曲獻仙音》）

右破三、三句作六。

先歛雙蛾愁夜短。　脱羅裳姿情無限。（柳《菊花新》）

右破上四、下三七字句，作上三、下四。

離愁别恨無限，何時了。　月不長圓。春色易爲老。（柳《梁州令》）

右破上六、下三句，作四五。

繞嚴陵灘畔，鷺飛魚躍。　儘思量、休又怎生休得。（柳《滿江紅》）

右破上五、下四句，作三、六。

樓下水，漸緑遍、行舟浦。　大都世間最苦唯聚散。（周《荔枝香近》）

右破三、三、三句，作九字一句。

只恁殘卻黛眉，不整花鈿。　尤殢檀郎，未教拆了鞦韆。（柳《促拍滿路花》）

右破上六、下四句，作上四、下六。

多少離恨苦，方留連啼訴。　似癡似醉，暗惱損憑闌情緒。（周《芳草渡》）

右破五、五句，作四、六。

著這情懷，更當恁地時節。　不成也還似伊無個分别。（周《滿路花》）

右破上四、下六句，作十字一句。

暗想歡游，成往事、動欷歔。　鬭草踏青人，艷冶遞逢迎。（柳《木蘭花慢》）

右破四、三、三句，作五、五。

近日来、不期而會重歡宴。　奈你自家心下，有事難見。（柳《秋夜月》）

右破上三、下七句，作六、四。

何期到此，酒態花情頓辜負。　算伊還共誰人，爭如此寃苦。（柳《祭天神》）

右破上四、下七句，作六、五。

巷陌乍晴，香塵染惹，垂楊芳草。　盡日竚立無言，贏得凄涼懷抱。（柳《滿朝歡》）

右破四、四、四句，作六、六。

帝居壯麗，皇家熙盛，寶運當千。　傍柳陰，尋花徑，空恁嚲轡垂鞭。（柳《透碧霄》）

右破四、四、四句，作三、三、六。

鶴書飛下，雞竿高聳，恩露均寰宇。　雖看墮樓换馬，爭奈不是鴛幃伴。（柳《御街行》）

右破四、四、五句，作六、七。

極目處，微雲暗度，耿耿銀河高瀉。　願天上人間，占得歡娛，年年今夜。（柳《二郎神》）

右破三、四、六句，作五、四、四。

人靜夜久憑闌，愁不歸眠，立殘更箭。　誰信無聊，爲伊才減江淹，情傷荀倩。（周《過秦樓》）

右破六、四、四句，作四、六、四。

眼看菊蕊重陽，淚落如珠，長是淹殘粉面。　春困懨懨，抛擲鬬草工夫，冷落踏青心緒。（柳《鬬百花》）

右破六、四、六句，作四、六、六。

地勝異錦里風流，蠶市繁華，簇簇歌臺舞榭。　仗漢節攬轡澄清，高掩武侯勳業，文翁雅化。（柳《一寸金》）

右破七、四、六句，作七、六、四。

金絲帳暖銀屏亞。　並燦枕輕偎輕倚，緑嬌紅姹。　愛印了雙眉，索人重畫。　忍負艷冶，斷不等閒輕捨。（柳《洞仙歌》）

右破七、七、四句，作四、四、四、六。

增、減、攤、破之法，既如上述，而其源則出於《三百篇》。　概而言之：則增、減之法，風多於雅；攤、破之法，雅多於風。　試爲舉例，大抵小令近風，長調近雅也。

增字　陟彼崔嵬，我馬虺隤。　我姑酌彼金罍，維以不永懷。（《國風·周南·卷耳》）　第[三]四（五）句，均增字。

增句　求之不得，寤寐思服，悠哉悠哉，輾轉反側。（《國風・周南・關雎》）比前章增四句。

增疊　采采芣苢，薄言采之。采采芣苢，薄言有之。（《國風・周南・芣苢》）第三四句疊。

增徧　參差荇菜，左右采之。窈窕淑女，琴瑟友之。參差荇菜，左右芼之。窈窕淑女，鐘鼓樂之。（《國風・周南・關雎》）承上章增兩徧。

減字　螽斯羽，詵詵兮。宜爾子孫，振振兮。（《國風・周南・螽斯》）第一、二、四句，均減一字。

減句　麟之趾。振振公子，于嗟麟兮。（《國風・周南・麟之趾》）中間減一句。

攤　我龜既厭，不我告猶。謀夫孔多，是用不集。發言盈庭，誰敢執其咎。如匪行邁謀，是用不集於道。（《小雅・心旻》）除第六句增其字，第七、八句是攤法。與下章「如彼築室於道謀，是用不潰于成」同。

破　哀哉不能言，匪舌是出，維躬是瘁。哿矣能言，巧言如流，俾躬處休。（《小雅・雨無正》）除「哀」字增，破下章「維予曰仕，孔棘且殆。云不可使，得罪于天子（「于」字增）。亦云可使，怨及朋友」之上二、下四。作兩三三。

再以杜詩證之。《今夕行》之「君莫笑劉毅從來布衣願，家無儋石輸百萬」，則增字也。《蘇端薛復筵簡薛華醉歌》之「忽憶雨時秋井塌，古人白骨生青苔，如何不飲令心哀」，則增句也。《杜鵑行》之「蒼天變化誰料得。萬事反覆何時無」，則增疊也。《乾元中寓居同谷》之「有弟有弟在遠方」，「有妹有妹在鍾離」，則增徧也。《兵車行》之「車轔轔，馬蕭蕭」，則減字也。《飲中八仙歌》之「知章騎馬似乘船，眼花落井水底眠」，則減句也（汝陽、左相、宗之、張旭，每人三句，李白四句。此與蘇晉、焦遂每人二句）。《天育驃騎歌》之「如今豈無腰褭與驊騮，世無王良伯樂死即休」，則攤法也。惟破法絶少。祇《入奏行》之「竇侍御，驥之子，鳳之雛，年未三十忠義俱」，是破七字作三、三、三，中加兩襯。與李白《蜀道難》之「其險也若此，嗟爾遠道之人，胡爲乎來哉」，破七、七作五、六、五，亦中加兩襯同。

附增句增疊最多之詞：

增句以《鶯啼序》爲最多。增疊以《蘭陵王》、《瑞龍吟》爲最多。清真、夢窗所作，膾炙人口，求其能理會諸詞本體者，百無一也。今爲分別正襯，赤裸裸還他一個父母未生時，俾學者認識本來面目。

鶯啼序　吴文英

殘寒正欺病酒，掩沈香繡户。燕來晚、飛入西城，似説春事遲暮。畫船載、清明過卻，晴煙冉冉吴宮樹。念羈情游蕩，隨風化爲輕絮。　十載西湖，傍柳繫馬，趁嬌塵軟霧。遡紅漸、招入仙溪，錦兒偷寄幽素。倚銀屏、春寬夢窄，斷紅濕、歌紈金縷。暝隄空，輕把斜陽，總還鷗鷺。　幽蘭旋老，杜若還生，水鄉尚寄旅。別後訪、六橋無信，事往花萎，瘞玉埋香，幾番風雨。長波妒盼，遥山羞黛，漁燈分影春江宿，記當時、短楫桃根渡。青樓髣髴，臨分敗壁題詩，淚墨慘淡塵土。　危亭望極，草色天涯，歎鬢侵半苧。暗點檢、離痕歡唾，尚染鮫綃，嚲鳳迷歸，破鸞慵舞。殷勤待寫，書中長恨，藍霞遼海沈過雁，謾相思、彈入哀箏柱。

傷心千里江南，怨曲重招，斷魂在否。

第一偏「掩」字，「似説」二字，「念羈情」三字，並增。中間「畫船」二句，或作上四、下三，或作上三、下四。紅友不知破法，爲此二句，費至萬言，無異癡人説夢，卒之不得其解，以「可疑」及「想不拘」了之。第二偏「傍柳」二字（詞家斤斤於「傍柳繫馬」四字，謂必須去上去上，以爲神秘。不知此襯字可有可無也），「趁」字，「錦兒」二字，「暝隄空」三字，並增。第三偏「旋老」二字，「尚」字，增。「事往花萎，瘞玉埋香」二句，與「長歌妒盼，遥山羞黛」二句，並疊。凡增疊，必與上下句同。歌者歌至此時，操絃管者，可就原有譜字，迴環加以一偏或多偏。若字句一參差，不能合原調矣，此又詞家所不可不知者也。此下「記」字，「青樓髣髴」四字（下句「敗壁題詩」是四字句，故可增四字句），「臨分」二字，「慘淡」二字，並增。第四偏「望極」二字，「歎」字，增。「尚染鮫綃，嚲鳳迷歸」二句與「殷勤待寫，書中長恨」二句，增疊，與第三偏同。此下「謾」字，「傷心千里」四字，「江南」二字，並增。

蘭陵王　　周邦彦

柳陰直。煙裏絲絲弄碧。隋堤上、曾見幾番，拂水飄綿送行色。登臨望故國。誰識。京華倦客。長亭路，年去歲來，應折柔條過千尺。閒尋舊蹤跡。又酒趁哀絃，燈照離席。梨花榆火催寒食。愁一箭風快，半篙波暖，回頭迢遞便數驛。望人在天北。悽惻。恨堆積。漸别浦縈回，津堠岑寂。斜陽冉冉春無極。念月榭携手，露橋聞笛。沈思前事，似夢裏，淚暗滴。

此詞應分四徧：第一徧「送行色」止。第二徧「過千尺」止。第三徧「便數驛」止。第一徧「隋堤上」三字增。第二徧首句增「登臨」二字。「誰識」句六字，即第一徧之「煙裏絲絲弄碧」，但添一暗韻，以求美聽耳。「長亭路」三字亦增。第三徧減第二句。增「一箭風快」一疊。一疊中又各增「燈照離席」、「半篙波暖」四字一句。「閒尋」二字，「又」字，「愁」字，並增。「席」字暗韻。向來以「望人在天北」分段，直是不識詞體。此詞每徧皆七字句收，此如何獨異。讀者皆盲讀之，填者亦盲填之而已。第四徧從「望人在天北」起，此即第二徧之「登臨望故國」，第三徧之「閒尋舊蹤跡」也。「人在」二字增，與「登」臨、「閒尋」同。「悽惻」之「惻」字亦暗韻。「恨」字下減一字。此下增疊、增句，與第三徧同。「漸」字，「念」字，「似夢裏」（一作「似夢魂裏」）三字，並增。［各增「津堠岑寂」、「露橋聞笛」四字一句。］「寂」字，「笛」字，暗韻。

瑞龍吟

減字，增字，增句，增疊，詳後。第二徧中，「故」字，「步」字，「緒」字，「雨」字，並暗韻。凡暗韻皆不在宫韻之内。故宋人名詞，遇暗韻，有叶者，有不叶者。

論聲字相融

聲之高低，分爲七級。古之宫、商、角、徵、羽、變宫、變徵，今之凡、工、尺、上、一、四、合，西人之度、累、米、乙、沙、拉，西（此七字已見《律吕精義》）。其名雖異，其爲音階之符號則同。未加二變以前，《爾雅·釋樂》：「宫謂之重，商謂之敏，角謂之經，徵謂之迭，羽謂之柳。」（張嘯山謂當作「商謂之經，角謂之迭，徵謂之敏。」以聲音求之，張言是也。）自宫、商行而重、敏、經、迭、柳廢。自工、尺行而宫、商、角、徵、羽、變宫、變徵，亦幾於廢矣。然音階實不祇於七，以十二律言，則音階當有十二。十二猶不足，故又加黄鐘、大吕、太簇、夾鐘之四清聲。陳蘭甫疑四清聲不見經傳。今案《周禮·小胥》職云：「凡縣鍾磬，半爲堵，全爲肆。」注云：「鍾磬編縣之，二八十六枚，而在一（簨）簴，謂之堵。鍾一堵，磬一堵，謂之肆。」十六枚之數，起於八音。倍而設之，故十六也。編鍾、編磬既各十六枚，則當爲十六個音階。此四清聲，蓋在此十六個音階之内，但經傳無明文耳。工尺之名，始見於《遼史·樂志》。世人以《楚辭》「四上競氣」當之，此穿鑿附會之言，未足爲據。《遼史》所載音階凡十：曰五，曰凡，曰工，曰尺，曰上，曰一，曰四，曰六，曰句，曰合（句即低尺，譜字上作勹，尺作人，蓋合二字爲勾，又改勾爲句耳。）《事林廣記》所載音階凡十六。六二聲：曰六，曰合。凡三聲：曰凡，曰尖凡，曰大凡。工二聲：曰工，曰尖工。尺三聲：曰尺，曰尖尺，曰勾。上二聲：曰上，曰尖上。一二聲：曰一，曰尖一。五二聲：曰五，曰四。今笛家所用音階，名爲七級，實則十九。由低而高，曰低上，曰低尺，曰低工，曰低凡，曰合，曰四，曰上，曰尺，曰工，曰一，曰凡，曰六，曰五，曰高一，曰高上，曰高尺，曰高工，曰高凡，曰高六。蓋由七音，或折之而高，或折之而低，非此不能與歌者之字相融也。字有喉、脣、齒、舌等音之不同，而凡、工、尺、上、一、四、合，祇有七級，故不能不以高低融之。聲不能融，則歌者以字融之。古之善歌者，皆能以字融聲，以聲融字。以聲融字者，謂之善過度。以字融聲者，謂之内裏聲。如宫聲之字，而曲合用商聲，則能轉宫爲商以歌之也。姜白石云：「《滿江红》舊調用仄韻，多不叶律。如末句云『無心撲』三字（此清真句），歌者將『心』字融入去聲，方諧音律。」蓋北音「撲」字讀平。三平相連，不能諧聽，故「心」字須融入去聲。然白石所譜之「簾影間」，「影」字開口亦平聲，須收音方到上聲。不如「聞佩環」之「佩」字去聲，爲界限清楚也。周德清《中原音韻》論《四塊玉》「青樓飲」之「飲」字須改。「飲」字之病，與白石「影」字正同。然德清所改「纏頭錦」，「錦」字仍上聲，所謂責人則明也。

清真《浣溪沙慢》，起句爲「水竹舊院落」，連用五仄。史梅溪之《壽樓春》起句，「裁春衫尋芳」，則連用五平。史詞當以「裁春衫」三字爲句，「尋芳」二字爲句。《詞律》作五字一句，非也。周詞則「水竹」二字，「落」字皆當融作平聲，否則拗折歌者嗓子史詞中如「今無裳」、「良宵長」、「愁爲鄉」，皆連用三平。及「消磨疏狂」、「猶逢韋郎」，皆連用四平，在詞中爲罕見，故宋人亦無第二首。此如曲中仙吕長拍，第六句四字全用上聲。洪昉思《長生殿・得信》折之「兩載寡侣」，「載」字、「侣」字，在古人唱時，必融入平聲。而《納書楹》、《吟香堂》兩譜，皆譜凖上聲，不稍通假。以云嚴密，則嚴密矣。不知古之善歌者，尚有融之一法也。

《能改齋漫録》載：杭之西湖，有一倅，閒唱少游《滿庭芳》，偶然誤舉一韻，云「畫角聲斷斜陽」。妓琴操在側，云「畫角聲斷譙門，非『斜陽』也。」倅因戲之曰：「爾可改韻否？」琴即改作陽字韻云：「山抹微雲，天連衰草，畫角聲斷斜陽。暫停征轡，聊共飲離傷。多少蓬萊舊侣，頻回首、煙靄茫茫。孤村裏，寒雅萬點，流水繞低牆。　魂傷。當此際，輕分羅帶，暗解香囊。漫贏得、青樓薄倖名狂。此去何時見也，襟袖上、空有餘香。傷心處，長城望斷，燈火已昏黄。」以原詞校之，「紛」字、「村」字、「分」字、「昏」字，皆陰平。而「茫」字、「牆」字、「囊」字、「黄」字，則陽平。「魂」字、「痕」字，皆陽平。而「傷」字、「香」字，則陰平。若在今之泥於四聲者，將譏其不合。然而琴操能歌之者，必歌時能以字配聲，用融之之法也。

古人填詞，皆就舊譜。觀於《白石歌曲》，除自度腔，不更注譜字，可以知之。惟其依譜填詞，故字有不合於聲者，則歌者有融之法以救之。若今日盛行之水磨腔，字字唱準，字字譜準。故雖同牌之曲，其譜亦不一致，蓋緣歌者不能以字就聲，作譜者始純以聲就字。其法則密於前，而譜則繁於調矣。今南曲中之北曲，非復古之北曲也。即南曲中之南曲，亦非復古之南曲也。南曲以《琵琶記》爲最先，經魏良輔點拍之後，在明時即有古板與時板之不同。而近時所通行《遏雲》、《六也》諸譜，較之《納書楹》之一板一眼者，已增爲一板三眼。不獨非魏良輔明時之舊，且非葉懷庭乾隆時之舊矣。音樂由簡而入繁，詞由小令而衍爲長調，其理正同，因論聲字之義附及之。

總之，無論詞曲，是陶寫性情之事，非梏桎性靈之事。吾曩撰《四聲鉤沈》，歷舉《清真詞》中之平仄全句移易者。若《風流子》之「望一川暝靄」，他首作「羨金屋去來」；《荔枝香近》之「共剪西窗蜜炬」（汲古閣本注），他首作「此懷何處消遣」；《滿路花》之「玉人新間闊」，他首作「不是寒宵短」；《西河》之「南朝盛事誰記」，他首作「瀟灑西風時起」，「莫愁艇子曾繫」，他首作「冷落關河千里」；《瑞鶴仙》之「斂餘紅」，他首作「濃於酒」，「重解繡鞍」，他首作「黄昏淡月」，「上馬誰扶」，他首作「洞房佳宴」；《浪淘沙慢》之

「念漢浦離鴻去何許，經時信音絶」，他首作「聽數聲何處倚樓笛，裝點盡秋色」，「嗟萬事難忘」，他首作「憶少年歌酒」；《看花迴》之「秀色芳容」，他首作「蕙風初散」，「那日分飛」，他首作「雲飛帝國」。謂工尺衹有高低，無平仄，故平仄可移。嘌唱衹有斷續，無可讀，故句讀可破也。吾爲此言，蓋爲近時死守四聲者下一針砭。今音樂既與文字離，何處可增、可減、可攤、可破、不復能知，則惟依古人已增、已減、已攤、已破者，一一填之，不能隨便再爲增、減、攤、破。若於句之首字、三字，平仄亦不許移易，甚至通首平、上、去、入，一字均不許移易，何苦在高天厚地之中，日日披枷帶鎖，作詞囚也。此由未知古人聲能融字，字亦能融聲，有時非曲子中所能縛住也。此《夢溪筆談》所以於融之一字，詳哉言之也。

疢齋詞論卷中

論選韻

唐虞之世，朝有賡歌，野有擊壤，（「帝力」二字，應在「何有於我哉」之下，方與「息」字、「食」字叶。自來相傳已誤，亦無留心者。）遠在未有韻書以前。蓋韻之叶不叶，在人喉舌中也。「韻」字後起，古書作「均」。《國語》：「伶州鳩謂律所以立均出度也。」韋昭注：「均者，均鍾木，長七尺，有絃，繫之以均鍾者。」《文選·成公綏嘯賦》：「音均不恒，曲無定制。」李善注：「均，古韻字也。」世傳詞家韻書，以菉斐軒《詞林要韻》爲最古。其書分十九部：一東冬。二邦陽。三支時。四齋微。五車夫。六皆來。七真文。八寒間。九鸞端。十先元。十一蕭韶。十二和何。十三嘉華。十四車邪。十五清明。十六幽游。十七金音。十八南山。十九占炎。所標韻目，羌無來歷，實出南宋書坊本。自道光後戈氏載《詞林正韻》盛行，而李氏漁之《詞韻》、沈氏謙之《詞韻略》、吴氏烺、程氏名世等之《學宋齋詞韻》與菉斐軒韻書全廢。吾人填詞，遇侵、尋、廉、纖等閉口音之韻，須稍留意，不可與開口音同押。次則用古人自製之調，不可不依其平或上、去或入聲韻，能事畢矣。若如順卿所云《秋宵吟》、《魚游春水》，宜單押上聲。《玉樓春》、《菊花新》、《翠樓吟》，宜單押去聲。又謂《霜天曉角》、《慶宫春》、《憶秦娥》、《慶佳節》、《江城子》、《柳梢青》、《望梅花》、《聲聲慢》、《看花回》、《兩同心》、《南歌子》，皆宜入聲。又謂必須用入聲者，則如《丹鳳吟》、《蘭陵王》、《鳳凰閣》、《三部樂》、《霓裳中序第一》、《應天長慢》、《西湖月》、《解連環》、《侍香金童》、《曲江秋》、《琵琶仙》、《雨霖鈴》、《好事近》、《蕙蘭芳引》、《六么令》、《暗香》、《疏影》、《淒涼犯》、《淡黄柳》、《惜紅衣》、《尾犯》、《白苧》、《玉京秋》、《一寸金》、《浪淘沙慢》。今以柳、周兩家詞校之，除《應天長》、《六么令》、《浪淘沙慢》，兩家並押入聲，《望梅》（無花字）、《鳳凰閣》、《雨霖鈴》、《尾犯》、《白苧》，柳押入聲，《憶秦娥》、《看花回》、《丹鳳吟》、《蘭陵王》、《三部樂》、《霓裳中序第一》、《解連環》、《蕙蘭芳引》，周押入聲外，《慶宫春》則柳、周皆押平聲，《看花回》則柳押平聲，《柳梢青》則周押平聲。然此猶可曰平與入通也。若《一寸金》則柳押上、去，《兩同心》則周亦押上、去矣。其餘爲兩家集中所無之調，及後來《暗香》、《疏影》、《淒涼犯》、《淡黄柳》、《惜紅衣》諸白石自度腔，不在此數。戈氏之説，亦不盡可憑也。又其所舉單押上聲兩調，柳、周並無。單押去聲三調，除《翠樓吟》柳、周無外，《菊花新》則柳押上聲，《玉樓春》則柳、周非獨押上聲，且押入聲矣。學者於前人陳説，皆須用過一番工夫。若徒耳食，則將如萬紅友所云，方千里《和清真詞》，無一字四聲不同者，害盡天下蒼生也。（周、方及楊、陳諸家和詞之不同者，詳吾所著《四聲鈎沉》。）

紫霞翁《作詞五要》，其第四云：「要隨律押韻，如越調《水龍吟》、商調《二郎神》，皆合用平、入聲韻。古詞俱押去聲，所以轉摺怪異，成不詳之音。昧律者反稱賞之，是真可解頤而啟齒也。」其持論似極精。

耆卿集中，無《水龍吟》，有《二郎神》；清真集中，無《二郎神》，有《水龍吟》，均上、去通押。東坡無論，柳、周皆詞聖，而所作均不限平、入聲，則紫霞翁説，亦可破也。

論選調

周德清云：仙呂宫清新綿邈，南呂宫感歎傷悲，中呂宫高下閃賺，黄鍾宫富貴纏綿，正宫惆悵雄壯，道宫飄逸清幽，大石風流醞藉，小石旖旎嫵媚，高平條利滉漾，般涉拾掇坑塹，歇指急併虚歇，商角悲傷宛轉，雙調健捷激裊，商調悽愴怨慕，角調嗚咽悠揚，宫調（即黄鍾羽）典雅沉重，越調陶寫冷笑。蓋聲音應於律宫，哀聲不可歌樂詞，樂聲不可歌怨詞，非可謬然爲之也。今詞之宫調即殘，又離音樂已久，無人能唱。然亦須相題選調，自爲消息之。若賦閨情而用《六州歌頭》、《哨徧》，雖盡人皆知其不是也。古人填詞，所賦之事，必與其所用之調，發生映帶，不獨《臨江仙》賦江妃，《河瀆神》賦祠廟，《思越人》賦西子，《天仙子》賦天台仙子也。今若贈僧而填《女冠子》詞，爲人妻壽而填《巫山一段雲》詞，不令人掩口葫蘆耶？憶往在京師時，某君新年出所作春詞八首，皆和古人名詞原韻，屬吾繼聲，吾見其有用荆公韻《桂枝香》詞，逡巡斂手，謝不敢爲也。此外則如楊守齋云：「（詞）要擇腔，腔不韻則勿作。如《塞翁吟》之哀颯，《帝臺春》之不順，《隔浦蓮》之寄煞，《門百花》之無味」云云，拈筆時亦不可不慎。擇腔，即選調也。

論平仄須注重偏尾

近人泥於四聲之説，作繭自縛。吾既撰《四聲鈎沉》一書以解放之。謂四聲者，宫、商、角、羽（琵琶無徵絃，故唐人無徵調），指宫調言，非謂平、上、去、入也。今爲學者斟酌損益，則偏尾之平，上、去字，亦當稍加之意。周德清《中原音韻·作詞十法》論末句云：「前輩已有某調末句是平煞，某調末句是上煞，某調末句是去煞。照依填之，云：上者必要上，去者必要去；上、去者必要上、去，去、上者必要去、上。」其羅列諸調之末句，或云「仄平平去平」，或云「平平上去平」，或云「平平仄平平去平」，或云「平去仄平平去上」。詞曲初無二理，然亦無全句必須依平、上、去者。

惟尚有一言，當爲學者忠告者。則遇詞中入聲字，古人多作平聲。若誤以爲可通去、上，則又大謬不然。柳詞《傾杯》八首中，其一首云：「暮雨乍歇，小檝夜泊」，「歇」字、「檝」字，均入作平，惟「泊」字作入。蓋此二句與「木落霜州，雁横煙渚」對也。至美成《浪淘沙慢》詞「南陌脂車待發，東門帳飲乍闋」二句，是破柳詞之「那堪酒醒，又聞空階，夜雨頻滴」之四、四、四作六、六。今人已誤認「發」字爲韻，其實「發」字可不叶也。又「掩紅淚玉手親折」，今人亦誤「折」字爲韻。其實柳詞此句作「負佳人幾許盟言」。周「折」字讀平，亦非韻也。此則須明於詞體者，分别其語氣屬上屬下。若一味死填，不知以此句起下，劃然中止，成腰斬矣。

又有用入聲疊字，而兩字均作平，或一字作平，一字作入者。如歐公《摸魚兒》詞，「恨人去寂寂」，此兩字均作平者也。白石《暗香》詞「江國，正寂寂」，此一字作平，一字作入者也。詞雖今不能唱，讀時可於喉舌間得之也。

近日曲家，遇雙疊韻，如「局促」、「淅瀝」等字，均視爲畏途。若如李易安之《聲聲慢》詞，連用十四疊字，惟元人雜劇《李春郎》之《九轉貨郎兒》有之。後來《長生殿・彈詞》一折，摹仿其調，他詞無有也。

論唱法

唱詞之法，失傳久矣。古人治經，皆重口授，較之尋章摘句，事半功倍。謝元淮《碎金詞譜》以崑曲之法，譜唐、宋人詞，識者譏之。然崑曲亦適成爲今日之崑曲耳，其唱法不獨非古人北曲之舊，且非南詞之舊也。今即不能唱古人之詞，而古人唱詞之法，猶可於《詞源》之《謳曲要旨》求之。不揣鄙陋，略將歌訣疏證，其所不知，仍本闕如之義。近人蔡楨有《詞源疏證》，用功甚劬；惟過信鄭叔問言，不知《斠律》中固有模糊影響之談也。

歌曲令曲四掯勻　破近六均慢八均

官拍艷拍分輕重　七敲八掯靸中清

歌曲令曲，四字對舉。歌如《子夜歌》之類是也。令如《調笑令》之類是也。破爲入破，近爲近詞，慢爲慢詞。掯即拍也。芝庵《論曲》，有碎掯兒，《詞源》作碎拍（纏令用）；又有長掯兒，短掯兒，曲牌作《長拍》、《短拍》（南仙吕），可證。歌曲令曲，多爲四句，故用四掯。破、近較長，故均之爲六掯。慢又長，故均之爲八揩也。官拍者，正板之拍。艷拍者，贈板之拍。官拍重，艷拍輕也。敂即楔子（説見前），揩用板，於八音爲木。敲用方響（今雲鑼），於八音爲金。楔子八揩，同於慢詞，但多雲鑼七敲耳。

大頓聲長小頓促　小頓才斷大頓續

大頓小住當韻住　丁住無牽逢合六

「頓」，沈存中《筆談》、芝庵《唱論》並作「敦」，《遏雲要訣》作「墩」，實一字也。當韻曰「住」，不當韻曰「頓」。小頓小住當一字，故曰「促」；大頓大住則當二句，故曰「長」也（一敦一住當一字，一大住當二字，見《筆談》。大住當二字，故知大頓亦當二字也）。言小住者，雖當韻，别於結聲之大住也。「丁」亦頓字，下卷論音譜有「丁抗掣拽」之語，即《遏雲要訣》所謂「墩亢掣拽」也。「無牽」謂小頓小住，皆不縈縷也。「逢合六」者，舉正宫之住聲，以概其餘之大住。黄鐘住聲爲合，黄鐘清住聲爲六。既曰合，又曰六者，歌訣不能不叶韻耳。今曲家唱法，有四字訣：曰掇。曰疊。曰擻。曰霍。霍之聲欲其短不欲其長，如尺上工尺，或合工合四，其第二腔皆衹要閉口帶過，不可延長，近於小頓。掇則近於大頓，謂以一腔唱作兩腔，如仩乙五六唱作仩、乙五六是也。

慢近曲子頓不疊　歌颯連珠疊頓聲

反掣用時須急過　折拽悠悠帶漢音

「疊」即今日曲家「掇、疊、擻、霍」之「疊」也。「疊」者，將其腔重疊唱之，大都用於腰板以下之長腔。如五・・・六工尺，此五字自腰贈板以下，三疊其音，唱作五五五五是。「慢、近」疑破、近之訛。破爲繁聲，近爲緊板，故可不疊。若慢詞則正所謂「歌颯連珠」者，此而不疊，則次句所謂「歌颯連珠疊頓聲」者，將何指耶？「反」「掣」「折」三聲以《事林廣記》考之，其《音樂總敘訣》有「折聲上生四位，掣聲下隔一宫，反聲宫閏相頂」云云。上生四位，則如合尺連用是也。下隔一宫，則如上四連用是也。宫閏相頂，則如尺尺連用，而下一尺字用低尺是也。沈存中云「一掣減一字」，則反字亦當減一字，故云「用時須急過」也。「拽」即今曲家之「擻」字。擻者，摇曳其音之腔也。如工五六工尺，其末眼上之工字，將笛孔忽開忽按，唱者隨之而作摇曳之腔是。「折拽」與「反掣」爲對待，故一用「急過」，一則「悠悠」也。《事林廣記·寄煞訣》有「折掣四相生」語，蓋舉折以概拽，舉掣以概反，謂謳曲中有此四者，生生不已耳。鄭叔問疑折有同於掣，非也。（此「折」字與白石所論「折」字不同，彼爲指法，此爲唱法也。）《管色應指字譜》亦舉折以概拽，舉掣以概反。故有折掣，無拽反。惟折應作𠂆，從斤省。掣應作刂，從刀。今刻本𠂆作𠂉，則與上字混。刂作丿，則與凡字混，此亟應改正者也。漢音對北曲言。北曲勁，無悠悠之致。時金人院本已行，故别之以漢也。

頓前頓後有敲揞　聲拖字拽疾爲勝

抗聲特起直須高　抗與小頓皆一揞

此四句中惟「聲拖字拽疾爲勝」句最不易通。蓋既云「拖拽」，則絲竹與肉，聲皆主緩，云何又以「疾勝」？爲此一句，尋思累日，始悟玉田所謂「疾」者，對「敲揞」而言。蓋頓前頓後，敲揞已過。若聲字不過，一味拖拽，即不得云勝也。《舜典》：「歌永言，聲依水，律和聲。」一依字包盡千古歌訣。當拖拽不拖拽，不得云依。不曾拖拽而猶拖拽，亦不得云依也。「抗」即《樂記》「上如亢」之亢，凡抗聲多去聲字。

腔平字側莫參商　先須道字後還腔

字少聲多難過去　助以餘音始繞梁

「側」即仄字。腔平字仄，歌者須用融之一法。沈存中所謂「宫聲之字，而曲合用商聲，則能轉宫爲商」也。「先道字後還腔」者，如上文所舉柳詞「暮雨乍歇」之「歇」字，「小檝夜泊」之「泊」字，周詞「掩紅淚、玉手親折」之「折」字，若不先道字，則「歇」成爲「些」，「檝」成爲「淒」，「折」成爲「遮」，失卻詞意。故歌時仍當以入聲吐字，而微以平聲作腔也。字爲實字，聲爲虚聲。虚「聲多」，實「字少」，非以餘音不能「過去」。《樂記》所謂「纍纍乎如貫珠」者，正指「餘音」也。

忙中取氣急不亂　停聲待拍慢不斷

好處大取氣流連　拗則少入氣轉换

段安節《樂府雜録》言：「善歌者必先調其氣。」芝庵《論曲》有「偷氣、取氣、换氣、歇氣、就氣」。此四句專言取氣、换氣，而偷氣、歇氣、就氣悉寓其中。

哩字引濁囉字清　住乃哩囉頓唛喻

大頭花拍居第五　疊頭艷拍在前存

今詞中《攤破醜奴兒》，南曲中《水紅花》，並尚存「也囉」二字之腔。「哩囉」、「唛喻」四字皆「纏」聲。

俗語於人糾纏不清者，謂之「囉嗹」。「囉」即「哩囉」二字合音，「嗹」即「唛喻」二字合音也（唛喻二字，今不見曲中，吾疑即「玲瓏」二字之俗寫，犯詞尚存《玲瓏四犯》名）。「大頭」、「疊頭」皆慢曲。下卷論拍眼，謂慢曲有大頭曲、疊頭曲是也。惟何者爲大頭曲，何者爲疊頭曲，則玉田未明言。今以《清真集》中慢詞證之，如《夜飛鵲》詞，後偏「何意重經前地，遺鈿不見，斜徑都迷。免葵燕麥，向殘陽、影與人齊」，與前偏「相將散離會處，風前津鼓，樹杪參旗。花驄會意，縱揚鞭、亦自行遲」對。而前偏起云「河橋送人處，良夜何其。斜月遠，墮餘輝。銅盤燭淚已流盡，霏霏涼露霑衣」，較後偏「迢遞路回清野，人語漸無聞，空帶愁歸」，多十四字、兩韻。《大酺》詞後偏「怎奈向、蘭成顦顇，衛玠清羸，等閒時易傷心目。未怪平陽客，雙淚落、笛中哀曲。況蕭索青蕪，紅糝鋪地，門外荊桃如菽」。與前偏「潤逼琴絲，寒侵枕障，蟲網吹黏簾竹。郵亭無人處，聽簷聲不斷，困眠初熟。奈愁極頻驚，夢輕難記，自憐幽獨」對。而前偏起云「對宿煙收，春禽靜，飛雨時鳴高屋。牆頭青玉旆，洗鉛霜都盡，嫩梢相觸」，較後偏「行人歸意速，最先念、流潦妨車轂」，多十四字。此「大頭」曲也。兩詞後偏偏尾各增一句，則「餘音」。餘音亦名泛聲，非此不能與前偏相稱也。至《蘭陵王》之爲疊頭曲，則盡人能知之，不煩吾更言之矣。「花拍」、「艷拍」名異實同，即今曲家之贈板也。「居第五」義未詳，以臆度之，則大頭花拍當歌詞之第五字。疊頭艷拍當歌詞之首字或第三耶？此當與下卷論拍眼中「打前拍」、「打後拍」之語合參。

舉本輕圓無磊塊　清濁高下縈縷比

若無含韻强抑揚　即爲叫曲念曲矣

沈存中《筆談》云：「古之善歌者，謂當使聲中無字，字中有聲。凡曲止是一聲，『清濁高下』如『縈縷』耳。字則有喉、脣、齒、舌等音不同，當使字字舉本皆『輕圓』，悉融入聲中，令轉換處無『塊壘』。」又云：「不善歌者，聲無『抑揚』，謂之『念曲』。聲無『含韞』，謂之『叫曲』。」足爲此四句注脚。「本」者舌本，「含韻」爲「含韞」之訛。

芝庵《曲論》，言歌之格調，有抑揚頓剉、頂疊垛換、縈紆牽結、敦拖嗚咽、推題丸轉、搖欠遏透；歌之節奏，有停聲、待拍、偷吹、拽棒、字真、句篤、依腔、貼調，可與玉田合參，但其中或有訛字耳。

論詞有謎語

秦少游贈妓陶心兒《南歌子》詞「天外一鈎殘月挂三星」。黄山谷「兩同心」詞「你共人、女邊著子，爭知我，門裏挑心」。又《少年心》詞：「似合歡桃核，真堪人恨，心兒裏、有兩個人人。」皆謎語也。《雲溪友議》載晉公弟之子裴誠，與温歧爲友。裴有《南歌子》云：「不是廚中串，爭知炙裏心。井邊銀釧落，展轉恨還深。」又曰：「不信長相憶，抬頭問取天。風吹荷葉動，無夜不摇蓮。」又曰：「簳蠵爲紅燭，情知不自由。細絲斜結網，爭奈眼相鈎。」二人又爲《新添聲柳枝》詞，飲筵競唱其詞而打令也。詞云：「思量大是惡因緣。只得相看不得憐。願作琵琶槽那畔，美人常抱在胸前。」又曰：「獨房蓮子莫人看。偷折蓮時命也拚。若有所由來借問，但道偷蓮是下官。」温歧曰：「一尺深紅蒙麴塵。舊物天生如此新。

合懽桃核終堪恨，裏許元來别有人。」又曰：「井裏點燈深燭伊。共郎長行莫圍碁。玲瓏骰子安紅豆，入骨相思知不知。」知秦、黄之詞，蓋有所本。

論詞有俳體

明寧獻王朱權論樂府體一十五家，其末曰俳優體。注謂：「詭喻淫謔，即淫詞也。」秦、黄集中，此體常見。其中勾欄市井之語，今多不可解，然亦不必學也。《碧雞漫志》言：「元祐間王齊叟彦齡、政和間曹組元寵皆能文，每出長短句，膾炙人口。彦齡以滑稽語譟河朔，組潦倒無成，作《紅窗迥》及雜曲數百解，聞者絶倒，滑稽無賴之魁也。……其後祖述者益衆，嫚戲汙賤，古所未有。」曾慥選《樂府雅詞》，周密選《絶妙好詞》，正爲俳體對方下藥。但學者亦須知詞中有此一種文字耳。

品令　　秦觀

幸自得。一分索强，教人難喫。好好地惡了十來日。恰而今、較些不。　須管啜持教笑，又也何須肐織。衡倚賴臉兒得人惜。放軟頑、道不得。

品令　　秦觀

掉又懼。天然箇品格。於中壓一。簾兒下時把鞖兒踢。語低低、笑咭咭。　每每秦樓相見，見了無限憐惜。人前强不欲相沾識。把不定、臉兒赤。

滿園花　　秦　觀

一向沉吟久。淚珠盈襟袖。我當初不合、苦撋就。慣縱得軟頑，見底心先有。行待癡心守。甚捻著脈子，倒把人來僝僽。　近日來、非常羅皁醜。佛也須眉皺。怎掩得衆人口。待收了孛羅，罷了從來斗。從今後。休道共我，夢見也、不能得勾。

望遠行　　黄庭堅

自見來虛過，卻好時好日。這訑尿、黏膩得處煞是律。據眼前言定，也有十分七八。冤我無心除告佛。　管人閒底且，放我快活㖞。便索些別茶祇待，又怎不遇偎花映月。且與一班半點，只怕你没丁香核。

少年心　　黄庭堅

心裏人人，暫不見、霎時難過。天生你要憔悴我。把心頭從前鬼，著手摩挲。抖擻了、百病銷磨。　見説那廝脾鱉熱。大不成我便與拆破。待來時、鬲上與廝噉則箇。温存著、且教推磨。

鼓笛令　黄庭堅

見來兩箇寧寧地。眼廝打、過如拳踢。恰得嘗些香甜底。苦殺人、遭誰調戲。臘月望州坡上地。凍著你、影鬆村鬼。你但那些一處睡。燒沙糖、管好滋味。

鼓笛令　黄庭堅

見來便覺情於我。廝守著、新來好過。人道他家有婆婆。與一口、管教屎磨。副靖傳語木大。鼓兒裏、且打一和。更有些兒得處囉。燒沙糖、香藥添和。

醜奴兒　黄庭堅

濟楚好得些。憔悴損、都是因它。那回得句閒言語，傍人盡道，你管又還鬼那人吵。得過口兒嘛。直勾得、風了自家。是即好意也毒害，你還甜殺人了，怎生申報孩兒。（「兒」字失叶，疑下奪「呵」字，古人歌、麻通叶也。「申」字襯。黄詞尚有《歸田樂令》一首，殘缺不可句讀，今不録）

論詞有平仄通叶

詞牌中叶韻可平可仄者，不獨白石《滿江紅》改仄爲平也。《浣溪紗》本平叶，而李後主詞云：「紅日已高三丈透。金鑪次第添香獸。紅錦地衣隨步皺。佳人舞點金釵溜。酒惡時拈花蕊齅。別殿遥聞簫鼓奏。」則仄叶矣。《念奴嬌》本仄叶，而陳允平詞云：「凝雲沍曉，正醿花纔積，荻絮初殘。華表翩躚何處鶴，愛吟人在孤山。凍解苔鋪，冰融莎甃，誰憑玉勾闌。茸衫氈帽，冷香吹上吟鞍。將次柳際瓊消，梅邊粉瘦，添做十分寒。閒踏輕澌來薦菊，半潭新漲微瀾。水北峰巒，城陰樓觀，留向月中看。巘雲深處，好風飛下晴湍。」則平叶矣。此外如《竹枝》、《回波》、《三臺》、《閒中好》、《南歌子》、《浪淘沙》、《憶王孫》、《如夢令》、《天仙子》、《江城子》、《上行杯》、《醉太平》、《霜天曉角》、《憶秦娥》、《人月圓》、《沙塞子》、《柳梢青》、《雨中花慢》、《引駕行》、《鳳銜杯》、《聲聲慢》、《兩同心》、《惜黄花慢》、《撼庭竹》、《山亭柳》、《滿路花》、《步月》、《漢宮春》、《萬年歡》、《絳都春》、《鳳歸雲》、《慶春宫》、《南浦》、《西平樂》、《永遇樂》、《尉遲杯》、《大聖樂》、《過秦樓》、《八歸》、《多麗》，或叶平，或叶仄者，不勝枚舉。又有一首之中，平仄通叶者。如《西江月》、《換巢鸞鳳》、《哨徧》、《戚氏》，皆是也。而《哨徧》、《戚氏》兩調，最爲難讀。《哨徧》暗韻之多，加以增疊、增韻、減句，則尤難之難者。茲就吾囊所撰《詞律糾謬》，遂寫於後，俾世明此兩調之本體焉。其有糾正吾說者，則吾攻疾之良醫，有證成吾說者，則吾多聞之益友也。

哨徧　　蘇軾

爲米折腰，因酒棄家，身□交相累。歸去來，誰不遣君歸。覺從前俱非今是。露未晞。征夫指予歸路，門前笑語喧童稚。嗟舊菊都荒，新松暗老，吾年今已如此。但小牕容膝閉柴扉。策杖看、孤雲暮鴻飛。雲出無心，鳥倦知還，本非有意。噫。歸去來兮。我今忘我兼忘世。親戚無浪語，琴書中、有真味。步翠麓崎嶇，泛清溪窈窕，涓涓暗谷流春水。觀草木欣榮，幽人自感，吾生行且休矣。念寓形宇内復幾時。不自覺、皇皇欲何之。委吾心、去留難計。神仙知在何處，富貴非吾志。但知臨水登山嘯咏，自引壺觴自醉。此生天命更奚疑，且乘流、遇坎還止。

「哨」或作「稍」。《古今詞話》：「卓人月曰：『此般涉調曲，於華言爲五聲。五聲，羽聲也。羽於五音之次爲五。』」今《北詞詞廣正譜》、《南詞新譜》皆入般涉調。《雍熙樂府》入中吕宫。惟《九宫大成南北詞宫譜》入之小石調，似誤。（《廣正譜》于《哨徧》調下注：「亦入中吕。」又中吕宫類題借宫内有般涉《哨徧》。）《詞律》載東坡此詞，而以其長而多訛。以辛稼軒、王初寮、劉後村、方秋厓諸詞，逐句注釋，惟不能分字之正襯。又誤將暗韻一律作叶，遂至墮五里霧中，若瞽者之無相。其向來所持方千里和美成詞四韻無一字異之説，至此而扞格難通。一則曰韻腳平仄通叶，不拘；再則曰或有不叶者，不拘；再則曰平仄不異，分逗可不拘；再則曰平仄異，或可不拘，亦佛家所云歧舌矣。今爲學者燃覺燈，分出正襯之字，除去暗韻，庶幾沉沉黑暗地獄，放大光明。持此以讀東坡《春詞》及辛、王、劉、方諸詞，涣然冰釋矣。

此首「來」、「歸」、「晞」、「扉」、「噫」、「兮」、「時」、「計」、「疑」九字，皆暗韻也。何以知其然？一「來」字在襯字内，故《春詞》不叶也。二「歸」字、三「晞」字，《春詞》皆不叶。「晞」字且是破句，其句法應四、四也。四「噫」字《春詞》不叶。王初寮用「嗟」字，汪方壺亦用「噫」字，皆非叶也。五「兮」字初寮不叶。

辛稼軒一首用「有命存焉」，「焉」字亦不叶也。六「計」字，稼軒一首用「鵾鵬變化」，「化」字不叶也。凡吾所説，皆有依據，非武斷者能藉口也。「扉」字、「時」字、「疑」字，何以亦知爲暗韻？以《春詞》後徧「醉鄉路穩不妨行，但人生要適情耳」，兩七字句準之，行字不叶。後村之「呼僮秣馬更膏車，便與君從此逝矣」，「車」字亦不叶也。

「露未晞」二句，破四、四作三、五，增一字。「噫歸去來兮」至「忘世」，是過變。凡過變不必與前徧同。「去留難計」至「還止」，疊「翠麓崎嶇」至「何之」八句，看似比前徧增，實則減「雲出無心」三句也。「雲出無心」三句，何以要減？則以既增八句一疊，詞太冗長，不得不伸縮變化，俾歌者至此得少休也。《雍熙樂府》中吕宫載《哨徧》十首，有《么篇》者九首，皆有遍末之三句或一句，然無加疊。此中消息，願與學人參之。

「身□」字、「俱」字、「春」字、「志」字、「奚」字，據《苕溪漁隱叢話》改。「清」字據添。

哨徧　　蘇軾

睡起畫堂，銀蒜押簾，珠幕雲垂地。初雨歇，洗出碧羅天，正溶溶養花天氣。一霎暖風迴芳草，榮光浮動，卷皺銀塘水。方杏靨匀酥，花鬚吐繡，園林翠紅排比。見乳燕捎蝶過繁枝，忽一綫爐香惹游絲。晝永人間，獨立斜陽，晚來情味。　便乘興攜將佳麗。深入芳菲裏。撥胡琴語，輕攏慢撚總伶俐。看緊約羅裙，急趣檀板，霓裳入破驚鴻起。顰月臨眉，醉霞橫臉，歌聲悠揚雲際。任滿頭紅雨落花飛墜。漸鴆鵲樓西玉蟾低。尚徘徊、未盡歡意。君看今古悠悠，浮幻人間世。這些百歲，光陰幾日，三萬六千而已。醉鄉路穩不妨行，但人生、要適情耳。

此首「時」、「枝」、「麗」、「眉」、「墜」、「意」六字皆暗韻。

此詞即《詞律》所再三謂與本調不合，不必從者也。讀名家詞，不知增、減、攤、破之法及分别官韻、暗韻，終身如矮人觀場，不能見詞之本體也。前徧「風迴芳草」八字，即破前一首之「露未晞」八字。彼为三、五，此为四、四。彼为攤四、四作三、五，此爲破三、五作四、四也。「撥胡琴語」十一字，亦破前一首之「親戚無浪語」十一字。彼爲五、六，此則四、七也。「這些百歲」句，與前一首「但知臨水」句，均攤四、四兩句爲八字一句。吾平時謂工尺衹有高低，無平仄，故北宋人平仄可以易也。嘌唱衹有斷續，無句讀，故北宋人句讀可以破也。南宋人詞與音樂離，除姜、張外，鮮能解此，於紅友更無足責矣。其所云「坡公《春詞》『洗出碧羅天』不叶韻」者，彼不知「誰不遣君歸」之「歸」字乃暗韻也。其所云「『一霎暖(今改「時」字，從《南詞宫譜》)風迴芳草，榮光浮動，卷皺銀塘水』與本調不合」，又「『任滿頭紅雨落花飛』各刻俱於『飛』字下增一『墜』字，人遂謂九字句，誤」者，彼不知「一霎暖」三字，「落」字，皆襯字也。其所云「『但小窗』『窗』字坡又作『燕』，不如用平」，又「『君看今古悠悠』與本調不合」者，彼不知平、仄可以易也。其所云「『便乘興携將佳麗，深入芳菲裏』，不但無一『噫』字，其下句亦非一四、一七，故云與本調不合」者，彼不知此爲過變。凡過變，後徧與前徧可不同也。其於前言「親戚無浪語」二句下注云：「坡《春詞》此二句作上四、下七，與本調不合」，則攤、破之法不同，上文詳之矣。

哨徧　辛棄疾

池上主人，人適忘魚，魚適還忘水。洋洋乎，翠藻青萍裏。想魚兮、無便於此。嘗試思。莊周正談兩事。一明豕蝨一羊蟻。説蟻慕於羶，於蟻棄知。又説於羊棄意。甚蝨焚於豕獨忘之。卻驟説於魚爲得計。千古遺文，我不知言，以我非子。噫。子固非魚，魚之爲計子焉知。河水深且廣，風濤萬頃堪依。有網罟如雲，鵜鶘成陣，過而留泣計應非。其外海茫茫，下有龍伯，饑時一啖千里。更任公五十犗爲餌。使海上人人厭腥味。似鵾鵬變化，幾東游入海，此計直以命爲嬉。古來謬算狂圖，五鼎烹死。指爲平地。嗟魚欲事遠游時。請三思而行可矣。

此首「裏」、「思」、「事」、「知」、「之」、「噫」、「餌」、「死」、「時」九字，皆暗韻。「嘗試思」句，攤四、四二句爲八字一句，與蘇前首同。「古來」三句，破四、四、六作六、四、四。《詞律》於前遍第六句，謂「『談』字上落一『嘗』字或『曾』字」，不知何據。其尤謬者，謂各家俱於「幾」上落一字，讀作「鵾鵬變化□幾」爲一句，「東游入海此計」爲一句。而力詆《圖譜》之注「似鵾鵬變化」爲五字句，「幾東游入海」亦注爲五字句，而下注七字句爲「無此體例」，爲「可歎可歎」。指天畫地，信口開合，不知所謂體例者，是何體例也。

哨徧　辛棄疾

蝸角鬭爭，左觸右蠻，一戰連千里。君試思方寸此心微。總虛空、並包無際。喻此理。何言泰山毫末，從來天地一稊米。嗟小大相形，鳩鵬自樂，之二蟲又何知。記跖行仁義孔丘非。更殤樂長年老彭悲。火鼠論寒，冰蠶語熱，定誰同異。　噫。貴賤隨時。連城纔換一羊皮。誰與齊萬物，莊周吾夢見之。正商略遺篇，翩然顧笑，空堂夢覺題秋水。有客問洪河，百川灌雨，涇流不辨涯涘。於是焉河伯欣然喜。以天下之美盡在己。涉滄溟望洋東視。逡巡向若驚歎，謂我非逢子。大方達觀之家，未免長見悠然笑耳。北堂之水幾何其。但清溪一曲而已。

此首「思」、「微」、「理」、「非」、「噫」、「時」、「喜」、「視」、「其」九字，皆暗韻。「喻此理」句攤四、四二句爲一句，實際與前首句法同，但中增一字耳。「大方」二句，又攤前首之六、四、四爲六、八，與蘇之八、六，同爲攤法。而所攤之法不同，以正法眼觀之，歸於一也。《詞律》致疑於句法不同，又曲爲之説，謂「觀」音「貫」，平仄不異，分逗可不拘。不知分逗平仄，唱時祇須還他本腔，本無拘束。即有拗句，歌者固能融之，使諧於口與耳也。至「達觀」之「觀」，與佛家「止觀」之「觀」，本應讀作去聲，注之反覺其陋。

哨徧　辛棄疾

一壑自專，五柳笑人，晚乃歸田里。問誰知。幾者動之微。望飛鴻、冥冥天際。論妙理。濁醪正堪長醉。從今自釀躬耕米。嗟美惡難齊，盈虛如代，天邪何必人知。試回頭五十九年非。似夢裏歡娛覺來悲。夔乃憐蚿，穀亦亡羊，算來何異。嘻。物諱窮時，豐狐文豹罪因皮。富貴非吾願，遑遑乎欲何之。正萬籟都沉，月明中夜，心彌萬里清如水。卻自覺神游，歸來坐對，依稀淮岸江涘。看一時魚鳥忘情喜。會我已忘機更忘己。又何曾物我相視。非魚濠上遺意。要是吾非子，但教河伯，休慚海若，小大均爲水耳。世間喜慍更何其。笑先生三仕三已。

此首「知」、「微」、「理」、「醉」、「非」、「嘻」、「時」、「喜」、「視」、「意」、「其」十一字皆暗韻。「論妙理」句與前首攤法同。「但教」三句四、四、六與前首攤法異，實非異也。

哨徧　　王安中

世有達人，瀟灑出塵，招隱青霄際。終始追游覽，老山棲。藐千金、輕脱如屣。彼假容江皋，濫巾雲岳，攖情好爵欺松桂。觀向釋談空，尋真講道，巢由何足相擬。待詔書來起便驧馳。席次早焚裂芰荷衣。敲朴喧喧，牒訴悤悤，抗顔自喜。嗟。明月高霞。石徑幽絶誰回睇。空帳猿驚處，淒涼孤鶴嘹唳。任列壑爭議。衆峰竦誚，林慚澗媿移星歲。方浪栧神京，騰裝魏闕，徘徊經過留憩。致草堂靈怒蔣侯麾。扃岫幌、驅煙勒新移。忍丹崖碧嶺重滓。嗚湍聲斷幽谷，逋客歸何計。信知一逐浮榮，便喪素守，身成俗士。伯鸞家有孟光妻。豈逡巡、眷戀名利。

此首「棲」、「馳」、「譏」、「麾」、「滓」、「妻」六字皆暗韻。「終始」句上五、下三，不作上三、下五。「假容」

二句四、四，增一字，不作三、五。「信知」三句六、四、四，不作八、四、六，而與稼軒「古來」三句同，皆破法也。「嗟」字、「霞」字忽换韻，與汪方壺「述詰」韻忽押「朧」、「雄」、「春」、「同」、「琮」、「風」等字同。以此爲暗韻，非正韻，可出入也。《詞律》謂「彼假容」之「容」字不叶。彼未知東坡「晞」字，因攤破句法不同，加一暗韻，求美聽也。

哨徧　劉克莊

勝處可宫，平處可田，泉士尤甘美。深復深，路絶住人稀。有人兮、盤旋於此。送子歸。是他隱居求志。是要明主媒當世。嗟此意誰論，其言甚壯，孔顔猶有遺旨。大丈夫之被遇於時。便入坐廊廟出旗麾。列屋名姬，夾道武夫，滿前才子。噫。有命存焉，吾非惡此而逃之。富貴人所欲，如之何、幸而致。向茂樹堪休，清泉可濯，谷中別有閒天地。愛鱠細於絲。蕨甜似蜜，采於山，釣於水。大丈夫不遇之所爲。唐處士、依稀是吾師。覺山森、尊如朝市。五侯門下賓客，擾擾趨權勢。嗟盤之樂，誰爭子所，占斷千秋萬歲。呼僮秣馬更膏車，便與君，從此逝矣。

此首「稀」、「歸」、「志」、「時」、「姬」、「噫」、「絲」、「爲」、「市」九字皆暗韻。句法與東坡前一首同。惟「有命存焉」之「焉」字不叶。以東坡「兮」字本暗韻，非官韻也。「采於山」六字，東坡作一句，此破作三、三。「嗟盤」三句，東坡作八、六，此破作四、四、六，實無不同，紅友少見多怪耳。紅友又云：「『大丈夫不遇之所爲』，毛刻於『遇』字下誤多一『時』字。」按毛刻有「時」字，有亦增字，不得云誤多。

哨徧　　方岳

月亦老乎，勸爾一杯，聽説平生事。吾問汝。開闢自何時。有乾坤便應有爾。年幾許。鴻荒邈哉遐已。吾今斷自唐虞起。緊帝曰放勳，甲辰踐祚，數至今、宋嘉熙。凡三千五百廿年餘。歎雨僽風僝幾盈虧。老兔奔馳。癡蟇吞吐，定應衰矣。噫。月豈無悲。吾觀人壽幾期頤。炯炯雙眸子。明無過嬰兒。但纔到中年，昏然欲眊，那堪老矣知何似。試以此推之。吾言有理。不能不自疑耳。恐古時月與今時異。恨則恨今人不千歲。但見今、冰輪如洗。阿誰曾自前古，看到隋唐世。幾時明潔，幾時昏暗，畢竟少晴多雨。須臾月落夜何其。曰先生、寘之姑醉。

此首「汝」、「時」、「許」、「已」、「餘」、「馳」、「噫」、「悲」、「子」、「之」、「理」、「異」、「洗」、「其」十四字皆暗韻。句法亦與東坡前一首同。惟「幾時」三句，東坡作八、六，此破作四、四、六耳。「之」字添一暗韻，於本體無關，且通首暗韻，不止一「之」字。紅友以爲可以不必叶，吾以爲可以不必説也。

哨徧　　方岳

月曰不然，君亦怎知。天上從前事。吾語汝。月豈有弦時。奈人間并觀乃爾。休浪許。曆家繆悠而已。誰云魄死生明起。又明死魄生，循環晦朔，有老兔、自熙熙。妄相傳、月遡日光餘。歎萬古誰知了無虧。玉斧修成，銀蟾奔去，此言荒矣。噫。世已堪悲。聽君歌復解人頤。桂魄何曾死。寒光不減些兒。但與日相望，對如兩鏡，山河大地無疑似。待既望觀之。冰輪漸側，轉斜纔一鈎耳。論本來不與中秋異。恐天問靈均未知此。又底用、咸池重洗。乾坤一點英氣。寧老人間世。飛上天來，摩挲月去，纔信有晴無雨。人生圓闕幾何其。且徘徊、與君同醉。

此首「知」、「汝」、「時」、「許」、「已」、「餘」、「噫」、「悲」、「死」、「之」、「異」、「洗」、「氣」、「其」十四字皆暗韻。句法亦與前首同，惟「冰輪」句攤四、六兩句作十字一句。「天問」句押「此」字與前首押「歲」字異。此句當東坡「不自覺皇皇欲何之」句，亦即當前、後之「策杖看、孤雲暮鴻飛」，「且乘流、遇坎還止」兩句。此調凡三用七字句，上句爲暗韻，下句爲增韻。增韻不在官韻中，故秋崖雖和前詞，可不依也。至汪方壺詞，首尾用「詰述」韻者，至此且轉「東、鍾」韻，押「雄」字、「春」字矣。吾前引坡詞「醉鄉路穩不妨行」之「行」字，劉後村詞「呼僮秣馬更膏車」之「車」字，證兩七字之上句爲暗韻（坡詞爲「扉」、「時」、「疑」三字）。此則足證下句亦增韻（坡詞爲「飛」、「之」、「止」三字）。而向來持長調每徧官韻衹有四個之說，不誣也。至各詞增字，有可於句中移上移下者，見仁見智，容或各有不同，要其爲增，則一也。

附録　北曲哨徧　朱庭玉

喚起瑣窗離恨，鬧花深處鳴啼鴂。獨立高樓望郊原，但凝眸堪畫宜詩。是則是年年景物，歲歲風光，無比正三二。偏得東君造化，緑裁翡翠，紅染胭脂。斷雲微雨養花天，暖日和風困人時。妝點人愁，將近清明，纔過上巳。

首二句破四、四、五作六七。「偏得」三句，破四、四、六作六、四、四。李玄玉謂：「與詩餘不同。」蓋未達耳。

戚氏　柳永

晚秋天。一霎微雨灑庭軒。檻菊蕭疏，井梧零亂惹殘煙。淒然。望江關。飛雲黯淡夕陽間。當時宋玉悲感，向此臨水與登山。遠道迢遞，行人淒楚，倦聽隴水潺湲。正蟬鳴敗葉，蛩響衰草，相應喧喧。孤館度日如年。風露漸變，悄悄至更闌。長天靜，絳河清淺，皓月嬋娟思綿綿。夜永對景，那堪屈指，暗想從前。未名未祿，綺陌紅樓，往往經歲遷延。帝里風光好，當年少日，暮宴朝歡。況有狂朋怪侶，遇當歌、對酒競留連。別來迅景如梭，舊游似夢，煙水程何限。念利名、憔悴長縈絆。追往事、空慘愁顏。漏箭移、稍覺輕寒。聽嗚咽、畫角數聲殘。對閒窗畔，停燈向曉，抱影無眠。

《歷代詩餘》謂：「《戚氏》本曲名。」今南北曲俱無。僅據《樂章集》，知其隸中呂調而已。《詞律》以「往往經歲遷延」分段，作第二遍，蓋沿坊刻《樂章集》之誤。《詞律拾遺補注》云：「『帝里風光好』三句，與第一段『正蟬鳴』三句字數相同。且所言即是經歲遷延時所爲之事，正可屬之第二段下。『況有狂朋怪侶』句乃是於『暮宴朝歡』外推開說，尤似換頭語也。」其說甚是，從之。並爲分別暗韻、增韻、增字、增疊，讀者可一醒心目矣。

第一偏：「望江關」至「與登山」，疊上「晚秋天」至「惹殘煙」四句，增「淒然」二字。「天」字、「然」字、「關」

字並暗韻。「倦聽」二字、「正」字並增。第二徧：「孤館」至「思綿綿」，當是第一徧起四句。惟與第三徧皆不加疊（「孤館」句是過變，不必去增字）。「年」字、「變」字、「淺」字、「娟」字並暗韻。「悄悄」二字、「長天靜」三字、「往往」二字、「好」字並增。「帝里」至「朝歡」，疊「未名」至「遷延」三句。徧首不疊，而與第三首皆疊徧尾，以求勻襯。此詞家變化不測處，吾於《樂章》、《清真》兩集，時時遇之。第三徧：起句不叶，以「天」字、「年」字非官韻也。「遇」字、「別來」二字、「煙水」二字，增。「限」字仄叶，是官韻。「利名」四句，並破四、四、四作六、六。增「念」字、「長」字、「追」字、「箭」字、「聽」字、「數」字及中間「絆」字、「寒」字並暗韻。大抵無論何詞，分正、襯，解攤、破，則萬法歸一。不能分正、襯，解攤、破，則蒙頭蓋面，永永不識太行山，而慢詞爲尤甚也。

戚氏　蘇軾

玉龜山。東皇靈姥統群仙。絳闕岧嶢，翠房深迥，倚霏煙。幽閒。志蕭然。金城千里鎖嬋娟。當時穆滿巡狩，翠華曾到海西邊。風露明霽，鯨波極目，勢浮輿蓋方圓。正迢迢麗日，玄圃清寂，瓊草芊綿。

爭解繡勒香韉。鸞輅駐蹕，八馬戲芝田。瑶池近、畫樓隱隱，翠鳥翩翩。肆華筵。間作脆管鳴絃。宛若帝所鈞天。稚顔皓齒，緑髮方瞳，舉止恬淡高妍。盡倒瓊壺酒，獻金鼎藥，固大椿年。縹緲飛瓊妙舞，命雙成、奏曲醉留連。雲璈韻響瀉寒泉。浩歌暢飲，斜月低河漢。漸綺霞，天際紅深淺。動歸思、迴首塵寰。爛漫游、玉輦東還。杏花風、數里響鳴鞭。望長安路，依稀柳色，翠點秦川。

此首亦依《詞律拾遺》分段。《詞律》引李方叔云：「此是因妓歌此調，詞不佳。公適讀《山海經》，乃令妓復歌，隨字填去，歌完詞就。」當日有井水處，皆能歌柳詞。吾意此妓所歌，爲柳詞也。東坡在當時，一切一切均在耆卿上，惟詞名不及耆卿之當行。而一生好勝，對耆卿未稍放鬆。十八女郎曉風殘月，與關西大漢銅琶鐵板，既著定評。而《高齋詩話》載：「少游自會稽入都，見東坡。東坡曰：不意別後卻學柳七作詞。」因戲作「山抹微雲秦學士，露花倒影柳屯田」之句。蓋以其氣格爲病也。月旦所加，遂爲定論。故耆卿詞有俗名，此詞又有不佳之名。後來南宋人「不曉音律，乃故爲豪放不羈之語，遂借東坡、稼軒諸賢自諉」（此《樂府指迷》語，作者沈義父，固南宋人也）。世遂無學耆卿詞者，避俗名也。清真學耆卿，世猶以爲時不免俗，此皆受東坡之賜，此中實有一大關鍵，詞家不可不知。比如韓、白同時，韓在生前，詩名不及香山，而意氣不肯相下，乃開生硬一派。後得歐公提倡，荆公、逢原承其緒餘，而香山亦被俗名也。東坡此詞，按之平仄，無不與耆卿合。（東坡「翠華」之「華」字平，耆卿「此」字固上作平也。「杏花風」之「風」字平，耆卿「咽」字固入作平也。）其所用「絃」、「泉」二韻，乃暗合，不得云叶。又「雲璈韻」之「韻」字，疑衍。餘説見柳詞。

此外，則宋人詞尚有一韻到底者，世目爲獨木橋體。

疚齋詞論卷下

論詞有集詞

南曲有集曲。集曲者，集同一宮調之他曲而成此曲也。然必於句首注明。試舉一例，如黃鍾宮集曲《黃龍醉太平》，則云：「《降黃龍》首至四運際昇平，三洞清虚皎日朱庭。恰青陽啟號，調律崑崙欲和咸韺（《醉太平》五至末）。晶瑩。北宫御女黑衣繒。捧的個湯盤禹鼎，九重承應，一泓方水朗頌岡陵。」蓋《降黃龍》起四句，爲「宦室門楣，寒士尋常若望雲霄。爲時移事遷，地覆天翻君去民逃。」《醉太平》五句至末句，爲「思昔。絶糧陳蔡自絃歌，那夫子幾曾悲戚。讀書學道，他時自然榮貴赫弈」也。此外尚有集三四曲而成一曲者。惟詞句之先後，不可亂次。如彼曲之起句，此亦應在起；中間句，此亦應在中間；末後句，此亦應在末後。若以起句置中間或末後，則亂次矣。此不可不知者也。或不同一宮調，則須同一笛色，詞家所謂犯是也。

曲有集曲。詞但苦於不注明，使學者能由之而不能知之耳。今惟劉龍洲詞有一首，足以證成吾説。其《四犯剪梅花》云：「水殿風涼，賜環歸、正是夢熊華旦《解連環》。疊雪羅輕，稱雲章題扇《醉蓬萊》。西臨安記、龍飛鳳舞，信清侍宴。望黄傘、日華籠輦《雪獅兒》。金券三王，玉堂四世，帝思偏眷《醉蓬萊》。功名歲晚，帶河與、礪山長遠《雪獅兒》。笑折花看，挹荷香紅淺《醉蓬萊》。吹青陰漲卻，神明有後，竹梧陰滿《解連環》。麟脯杯行，狨韉坐穩，内家宣勸《醉蓬萊》。」以蔣捷《解連環》證之，前偏起云：「妒花風惡。吹青陰漲卻，亂紅池閣」後偏起云：「天津霽虹似昨。聽鶻聲度月，春又寥寞。」（《龍洲詞》「記」字是襯）吕渭老《醉蓬萊》前偏中間云：「閒伴游絲，過曉園庭沼。」末後云：「碧縷牆頭，紅雲水面，柳堤花島。」後偏中間云：「鶯語丁寧，問何時重到。」末後云：「處處傷懷，年年遠念，惜春人老。」程垓《雪獅兒》前偏中間云：「紅爐對謔，正酒面、瓊酥初削。」後偏中間云：「花嬌柳弱，漸倚醉、要人摟著。」以此推之，所謂《三犯渡江雲》、《玲瓏四犯》、《八犯玉交枝》，皆集詞。乃至《六醜》、《八歸》，無一非集詞也。《蓮子居詞話》云：「《六醜》詞，周邦彦所作，上問六醜之義，對曰：此犯六調，皆聲之美者，然極難歌。高陽氏有子六人，才而醜，故以比之。」其他詞牌至五字，除用古人名句或己句標新領異外，皆爲集詞。如《玉女搖仙佩》爲集《傳言玉女》、《法曲獻仙音》、《解佩令》而成；《黄鸝繞碧樹》爲集《黄鶯兒》、《繞池游》、《春草碧》而成；《鶯聲繞紅樓》爲集《黄鶯兒》、《繞池游》、《百尺樓》即《卜算子》而成；《瀟湘逢故人》爲集《瀟湘夜雨》、《憶故人》而成；《春從天上來》爲集《絳都春》、《齊天樂》、《上林春》、《燕歸來》即《喜遷鶯》而成。試列於後。若好學深思之士。一一能證其爲某詞集某詞，亦可爲詞學中放一異彩也。

玉女摇仙佩　柳　永

飛瓊伴侣，偶别珠宫，未返神仙行綴。取次梳妝，尋常言語，有得幾多姝麗。擬把名花比。恐傍人笑我，談何容易。細思算、奇葩艷卉，惟是深紅淺白而已。爭如這多情，占得人間，千嬌百媚。　須信畫堂繡閣，皓月春風，忍把光陰輕棄。自古及今，佳人才子，少得當年雙美。且恁相偎倚，未消得、憐我多才多藝。願奶奶、蘭心蕙性，枕前言下，表余深意。爲盟誓。從今斷不負鴛被。

附凡詞之後徧，除一起有换頭有不换頭不計外，其他均與前徧同。

一夜東風，不見柳梢殘雪。御樓煙煖，對鰲山綵結。蕭鼓向晚，鳳輦初回宫闕。（晁沖之《傳言玉女》起六句）

悔恨臨歧處，正携手翻成，雲雨離析。（柳永《法曲獻仙音》中間二句）

春雨如絲，繡出花枝紅裊。怎禁他、孟婆合皁。（蔣捷《解佩令》末三句）

黄鸝繞碧樹　周邦彦

雙闕籠佳氣，寒威日晚，歲華將暮。小院閒庭，對寒梅照雪，淡煙凝素。忍當迅景，動無限、傷春情緒。猶賴是、上苑風光漸好，芳容將煦。　草莢蘭芽漸吐。且尋芳、更休思慮。這浮世、甚驅馳利禄，奔競塵土。縱有魏珠照乘，未買得流年住。爭如賸引榴花，醉偎瓊樹。

附

園林靜晝誰爲主。（柳永《黄鶯兒》起句。南曲商調起句五字，故知「園林」二字襯。）玉漏花深寒淺。（無名氏《繞池游》次句。三、三攤作六字。）

東風裏、誰望斷西塞，恨迷南浦。天涯地角，意不盡消沈萬古。曾是送別長亭下，細緑暗煙雨。（万俟雅言《春草碧》四至末。末二句破四、六作五、五。後遍不破。）

鶯聲繞紅樓　　姜夔

十畝梅花作雪飛。冷香下、携手多時。兩年不到斷橋西。長笛爲予吹。　人妬垂楊緑，春風爲染作仙衣。垂楊卻又妬腰肢。近前舞絲絲。

附

園林靜晝誰爲主。（柳永《黄鶯兒》起句）

玉漏花深寒淺。（無名氏《繞池游》次句）

時見幽人獨往來，縹緲孤鴻影。（蘇軾《卜算子》末二句。《卜算子》又名《百尺樓》。南唐、兩宋人平仄叶不拘。）

瀟湘逢故人　王安禮

熏風微動，方榴花弄色，萱草成窩。翠帷敞輕羅。試冰簟初展，幾尺湘波。疏櫺廣廈，稱瀟湘、一枕南柯。引多少、夢魂歸緒，洞庭兩棹煙蓑。　驚回處，閒晝永，更時時、燕雛鶯友相過。正綠影婆娑。況庭有幽花，池有新荷。青梅煮酒，幸隨分、贏取高歌。功名事、到頭終在，歲華忍負清和。

附

釵點銀缸，高擎蓮炬，夜深不耐微風。重重簾幕卷堂中。香漸遠、長煙裊穟，光不定、寒影摇紅。（趙長卿《瀟湘夜雨》起六句）

無奈雲沈雨散。憑闌干、東風淚眼。海棠開後，燕子來時，黃昏庭院。（王詵《憶故人》五至末。破六六作四、四、四。此詞舊分兩徧，非也。《燭影摇紅》即就全詞加一疊者）

春從天上來　王惲

羅綺深宮。記紫袖雙垂，當日昭容。錦封香重。彤管春融。帝座一點雲紅。正臺門事簡，更捷奏、清晝相同。聽鈞天，倚瀛池內宴，長樂歌鐘。　回頭五雲雙闕，恍天上繁華，玉殿珠櫳。白髮歸來，昆明灰冷，十年一夢無蹤。寫杜娘哀怨，和淚把、彈與孤鴻。淡長空。看五陵何似，無樹秋風。

附

情黏舞線，悵駐馬灞橋，天寒人遠。（吴文英《絳都春》起三句）

乍咽涼柯，還移暗葉，重把離愁深訴。（王沂孫《齊天樂》四、五、六句）

滿城車馬，對明月、有誰閒坐。（晁沖之《上林春》七、八句）

對此景，動高歌一曲，何妨行樂。（蔣捷《喜遷鶯》末三句。《喜遷鶯》一名《燕歸來》）

大抵詞家犯調，即是曲之集曲。曩讀周美成《瑞龍吟》詞。《花庵》云：「此詞自『章臺路』至『歸來舊處』是第一段。自『黯凝佇』至『盈盈笑語』是第二段。此謂之雙拽頭，屬正平調。自『前度劉郎』以下，即犯大石。至『歸騎晚』以下，再歸正平。」此語自來無人能解。萬紅友謂「既以尾爲『再歸正平』，則該分四疊，應在『縷』字再分一段」云云，完全不知詞體，真癡人前説不得夢也。此爲美成自製腔，以《瑞鶴仙》犯《龍山會》。《瑞鶴仙》屬正平調。正平殺聲用四字。《龍山會》屬大石（《虚齋詞》謂是商調，蓋黄鐘商也。黄鐘商俗名大石調。）大石亦殺聲用四字。同一笛色，故能犯也。

瑞龍吟

周邦彦

章臺路。還見褪粉梅梢，試華桃樹。愔愔坊陌人家，定巢燕子，歸來舊處。　黯凝佇。因記個人癡小，乍窺門户。侵晨淺約宫黄，障風映袖，盈盈笑語。　前度劉郎重到，訪鄰尋里，同時歌舞。唯有舊家秋娘，聲價如故。吟牋賦筆，猶記燕臺句。知誰伴、名園露飲，東城閒步。事與孤鴻去。探春盡是，傷離意緒。官柳低金縷。歸騎晚、纖纖池塘飛雨。斷腸院落，一簾風絮。

附

暖煙籠細柳，弄萬縷千絲，年年春色。（周邦彦《瑞鶴仙》起三句。當「章臺路」至「桃樹」。）對重門半掩，黄昏淡月，院宇深寂。（《瑞鶴仙》前徧末三句。當「坊陌」至「舊處」。）愁極。因思前事，洞房佳宴，正值寒食。（《瑞鶴仙》後徧起三句。當「前度」至「歌舞」。其第二徧之「黯凝佇」至「笑語」，則疊第一徧之「章臺路」至「舊處」。花庵所謂雙拽頭也。）今朝寒菊依然，重上南樓，草草成歡聚。（趙以夫《龍山會》换頭三句。當「唯有」至「燕臺」句。花庵所謂「劉郎」以下犯大石也。中間襯「聲價」二字，疊「吟牋賦筆」一句。「名園」至「孤鴻去」，「探春」至「低金縷」，均疊「唯有舊家」三句。此美成變化使人莫捉處，其與耆卿均爲詞壇聖手在此。其「故」字、「步」字、「緒」字皆暗韻，以求美聽。若認作官韻，則不知此爲增疊矣。）早歸來，雲館深處，那人正憶。（《瑞鶴仙》末三句，當「歸騎晚」至「風絮」。中間「纖纖」句增。花庵所謂「歸騎晚」以下再歸正平調也。若以「歸騎晚」、「纖纖」五字作襯，以「池塘」三句當「坊陌」三句，亦可。）

觀此，知古人自度腔，必以宫調相同或笛色相同者集合而成。今詞之宫調既殘，而時人居然有自度腔刻入詞集，不知所據爲何宫何調也，吾服其膽。

論詞有聯套

聯套者，以一詞聯綴衆詞而成，或以兩詞回環聯綴而成。曲家謂之套數，詞亦有之。樂府之《九張機》，歐公之《十二月漁家傲》詞，皆聯套之先聲也。至趙德麟以《蝶戀花》詞譜《會真記》，遂爲後來雜劇、傳奇之祖。金董解元繼之作《西廂記》。今爲劃分作三時期。宋人以一調到底，仍名之曰詞。金人用不止一調，不必同宫，故謂之諸宫調。元人以後，則一折之中，所用之調，必同一宫。其法以後起者爲嚴：至於水磨腔而極，乃至分别四聲；乃至一聲之中，又分别陰陽；乃至對於《琵琶》、《拜月》千古名作，亦譏爲不尋宫數調。此以後來眼光，責備古人。知二五而不知十者，則以所學止於嘌唱，不知從流溯源故也。趙詞長不録。

九張機

一張機。採桑陌上試春衣。風晴日暖慵無力，桃花枝上，啼鶯言語，不肯放人歸。

兩張機。行人立馬意遲遲。深心未忍輕分付，回頭一笑，花間歸去，只恐被花知。

三張機。吴蠶已老燕雛飛。東風宴罷長洲苑，輕綃催趁，館娃宫女，要换舞時衣。

四張機。咿啞聲裏暗顰眉。回梭織朵垂蓮子，盤花易綰，愁心難整，脈脈亂如絲。

五張機。横紋織就沈郎詩。中心一句無人會，不言愁恨，不言憔悴，只恁寄相思。

六張機。行行都是要花兒。花間更有雙蝴蝶，停梭一餉，閒窗影裏，獨自看多時。

七張機。鴛鴦織就又遲疑。只恐被人輕裁剪，分飛兩處，一場離恨，何計再相隨。

八張機。回紋知是阿誰詩。織成一片凄涼意，行行讀遍，厭厭無語，不忍更尋思。

九張機。雙花雙葉又雙枝。薄情自古多離別，從頭到底，將心縈繫，穿過一條絲。

漁家傲　歐陽修（？）

正月新陽生翠琯。花苞柳綫春猶淺。簾幕千重方半卷。池冰泮。東風吹水琉璃軟。漸好憑欄醒醉眼。隴梅暗落芳英斷。初日已知長一綫。清宵短。夢魂怎奈珠宫遠。

二月春期看已半。江邊春色青猶短。天氣養花紅日暖。深深院。真珠簾額初飛燕。漸覺啣盃心緒懶。酒侵花臉嬌波慢。一捻閒愁無處遣。牽不斷。游絲百尺隨風遠。

三月芳菲看欲暮。胭脂淚灑梨花雨。寶馬繡軒南陌路。笙歌舉。踏青鬬草人無數。强欲留春春不住。東皇肯信韶容故。安得此身如柳絮。隨風去。穿簾透幕尋朱户。

四月芳林何悄悄。綠陰滿地青梅小。南陌採桑何窈窕。爭語笑。亂絲滿腹吴蠶老。宿酒半醒新睡覺。雛鶯相語匆匆曉。惹得此情縈寸抱。休臨眺。樓頭一望皆芳草。

五月薰風才一信。初荷出水清香嫩。乳燕學飛簾額峻。誰借問。東鄰期約嘗佳醖。漏短日長人乍困。裙腰減盡柔肌損。一撮眉尖千疊恨。慵整頓。黄梅雨細多閒悶。

六月炎蒸何太盛。海榴灼灼紅相映。天外奇峰千掌迴。風影定。漢宮圓扇初成詠。　珠箔初搴深院靜。絳綃衣窄冰膚瑩。睡起日高堆酒興。厭厭病。宿酲和夢何時醒。

七月芙蓉生翠水。明霞拂臉新妝媚。疑是楚宮歌舞妓。爭寵麗。臨風起舞誇腰細。　烏鵲橋邊新雨霽。長河清水冰無地。此夕有人千里外。經年歲。猶嗟不及牽牛會。

八月微涼生枕簟。金盤露洗清光淡。池上月華開寶鑑。波瀲灩。故人千里應憑檻。　蟬樹無情風苒苒。燕歸碧海珠簾捲。沈臂(原注疑)冒霜潘鬢減。愁黯黯。年年此夕多悲感。

九月重陽還又到。東籬菊放金錢小。月下風前愁不少。誰語笑。吴娘搗練腰肢裊。　槁葉半軒慵更掃。憑欄豈是閒臨眺。欲向南雲新雁道。休草草。來時覓取伊消耗。

十月輕寒生晚暮。霜華暗卷樓南樹。十二欄干堪倚處。聊一顧。亂山衰草還家路。　悔別情懷多感慕。胡笳不管離心苦。猶喜清宵長數鼓。雙繡户。夢魂儘遠還須去。

律應黄鍾寒氣苦。冰生玉水雲如絮。千里鄉關空倚慕。無尺素。雙魚不食南鴻渡。　把酒遣愁愁已去。風摧酒力愁還聚。卻憶獸爐追舊處。頭懶舉。爐灰剔盡痕無數。

臘月年光如激浪。凍雲欲北寒根向(原注疑)。謝女雪詩真絶唱。無比況。長堤柳絮飛來往。　便好開尊誇酒量。酒闌莫遣笙歌放。此去青春都一晌。休悵望。瑶林即日堪尋訪。

此外《初寮詞》之《六花》，亦聯套之最佳者。尚有《安陽好》九首，亦聯套，不録。

蝶戀花　王安中

露桃煙杏逐年新。回首東風跡已陳。頃刻開花公莫愛，四時俱好是長春。

曲徑深叢枝裊裊。暈粉揉綿，破蕊烘清曉。十二番開寒最好。此花不惜春歸早。　青女飛來紅翠少。特地芳菲，絶艷驚衰草。只殢東風終甚了。久長欲伴姮娥老。

右長春花

無窮芳草度年華。尚有寒來幾種花。好在朱朱兼白白，一天飛雪映山茶。

巧剪明霞成片片。欲笑還嚬，金蕊依稀見。拾翠人寒妝易淺。濃香別注脣膏點。　竹雀喧喧煙岫遠。晚色溟濛，六出花飛遍。此際一枝紅綠眩。畫工誰寫銀屏面。

右山茶花

雪裹園林玉作臺。侵寒錯認暗香迴。化工清氣先誰得，品格高奇是臘梅。

剪蠟成梅天著意。黄色濃濃，對蕚匀裝綴。百和薰肌香旖旎。仙裳應漬薔薇水。　雪徑相逢人半醉。手折低枝，擁髻雲爭翠。馥蕊撚枝無限思。玉真未洒梨花淚。

右蠟梅花

千林蠟雪綴瑶瑰。晴日南枝暖獨回。知有和羹尋鼎實，未春先發看紅梅。

青玉一枝紅類吐。粉頰愁寒，濃與胭脂傅。辨杏猜桃君莫誤。天姿不到風塵處。　雲破月來花下住。要伴佳人，弄影參差舞。只有暗香穿繡户。昭華一曲驚吹去。

右紅梅花

年年節物欲爭新。玉頰朱顔一笑頻。勾引東風到池館，春前花發自迎春。

雪霽花梢春欲到。餞臘迎春，一夜花開早。青帝迴輿雲縹緲。鮮鮮金雀來飛遶。　繡閣紗窗人窈窕。翠縷紅絲，鬬剪旛兒小。載在花枝爭笑道。願人常共春難老。

右迎春花

鴛瓦鋪霜朔吹高。畫堂歌筦醉香醪。小春特地風光好，艷粉嬌紅看小桃。

穠艷夭桃春信漏。弄粉飄香，楓葉飛丹後。酒入冰肌紅欲透。無言不許群芳鬬。　樓外何人揎翠袖。剪落金刀，插處濃雲覆。肯與劉郎仙去否。武陵曲路相思瘦。

右小桃花

論摘徧

詞牌中有摘徧二字者，非調名，當用小字注寫。沈存中《夢溪筆談》云：「曲有大偏者，凡數十解，每解中有數疊，裁截用之，則謂之摘徧。」晏小山詞有《泛清波摘徧》一首，萬紅友疑是「四段合成。『催花』至『春早』爲一段，『秋千』至『多少』爲二段，而『長安道』三字，乃換頭語也。……『楚天渺』至『清曉』爲三段，『帝城杳』至末爲四段」，是也。此即存中所謂「裁截每解中之數疊而用之」者也。惜《泛清波》大曲，今已不傳，無能引證。惟趙虚齋詞有《薄媚摘徧》一首。今《樂府雅詞》所載有董穎詠西子詞《薄媚》十首，似全徧矣，然從排徧第八起。說者疑第八以前，尚缺七徧。以校《虚齋詞》，知虚齋蓋摘入破之一徧也。

薄媚摘徧　　趙以夫

桂香銷，梧影瘦，黄菊迷深院。倚西風，看落日，長江東去如練。先生底事，有賦飄然。剛道爲田園。獨醒何爲，持杯自勸。未能免。休把茱萸吟翫。但管年年健。千古事、幾憑欄。吾生早、九十强半。歡娱終日，富貴何時，一笑醉鄉寬。倒載歸來，回廊月又滿。（「廊」字下舊無「又」字，依江刻《宋元名家詞》補。董詞此句作七字，但按其餘徧，此徧末應作四、四兩句，則「回廊月滿」四字實不誤。今姑就兩詞劃一耳。《薄媚》全徧劃一，别詳吾所撰《宋句章句》。）

入破第一　　董穎

窣湘裙，摇漢珮。步步香風起。斂雙蛾，論時事。蘭心巧會君意。殊珍異寶，猶自朝臣未與。妾何人，被此隆恩，雖令效死。奉嚴旨。　隱約龍槿悦。重把甘言説。辭俊雅，質娉婷，天教汝、衆美兼備。聞吴重色，憑汝和親，應爲靖邊陲。將别金門，俄揮粉淚。靚妝洗。（「與」字是韻，不可忽過。吾校宋人詞，「魚模」、「克思」通叶者，不知凡幾。）

詞牌中有《法曲獻仙音》，亦摘徧也。云法曲者，指示此爲唐人法曲之遺。法曲二字，亦當用小字注寫。柳耆卿有《法曲獻仙音》，又有《法曲第二》，乍閱之，不知爲何調之第二。及細按之，仍《獻仙音》也。吾初校《樂章集》，於《獻仙音》一調，有懷疑者三事。其一：唐人無長調，而此詞長至九十餘字。其二：詞之有兩徧或多徧者，其後徧除有攤、破、增改外，其聲響無不與前徧相同，而此詞僅前徧「悔恨臨歧處」與後徧「早是乍清減」句同，餘無同者。其三：《法曲第二》，即《法曲獻仙音》。何以同調異名？繼始悟前徧爲《獻仙音》之其一，「其二」二字，應在後徧之前。二詞蓋合《獻仙音》之第一、二闋聯綴爲之，故字數如此之長，而又前後徧不對。《夢溪筆談》所謂「裁截數疊」爲之者也。《筆談》又云：「或謂今燕樂有《獻仙音》曲，乃《霓裳》遺聲。」然則此二闋合之《霓裳中序第一》，皆爲明皇殘譜，南唐周后所傳，故又名《獻仙音》也。萬紅友《詞律》收耆卿「追想秦樓」一首，吴夢窗「落葉霞翻」一首，而云：「柳詞多訛，與諸家句法太異，必有錯誤處，不可從。」紅友不知詞有正、襯耳。正、襯一分，不獨與《法曲第二》同，與清真、白石、玉田、夢窗，無不同也。

法曲獻仙音　　柳　永

追想秦樓心事，當年便約，于飛比翼。悔恨臨歧處，正携手、翻成雲雨離析。念倚玉、偎香前事，慣輕擲。慣憐惜。　饒心性，正厭厭多病，柳腰花態嬌無力。早是乍清減，别後忍教愁寂。記取盟言，少孜煎、賸好將息。遇佳景、臨風對月，事須時恁相憶。（四、五、六句破四、四、六作五、三、六。「偎香」二句破四、六作四、三、三。）

法曲第二

青翼傳情，香徑偷期，自覺當初草草。未省同衾枕，便輕許相將，平生歡笑。怎生向、人間好事，到頭少。漫悔懊。細追思，恨從前容易，致得恩愛成煩惱。心下事千種，盡憑音耗。以此縈牽，等伊來、自家向道。洎相見喜歡存問，又還忘了。（「盡憑」句奪二字。末二破四、六作六、四。）

法曲獻仙音

周邦彦

蟬咽涼柯，燕飛塵幕，漏閣籤聲時度。倦脱綸巾，困便湘竹，桐陰半侵庭户。向抱影凝情處。時聞打窗雨。耿無語。歎文園、近來多病，情緒嬾，尊酒易成閒阻。縹緲玉京人，想依然、京兆眉嫵。翠幕深中，對徽容、空在紈素。待花前月下，見了不教歸去。（「抱影」二句，破作五、五，後來皆依此填。）

法曲獻仙音

張炎

雲隱山暉，樹分溪影，未放妝臺簾捲。篝密籠香，鏡圓窺粉，花深自然寒淺。正人在、銀屏底，琵琶半遮面。語聲軟。且休彈、玉關愁怨。怕喚起西湖那時春感。楊柳古灣頭，記小憐、隔水曾見。聽到無聲，謾贏得、情絮難翦。把一襟心事，散入落梅千點。

法曲獻仙音　　姜　夔

虚閣籠寒，小簾通月，暮色偏憐高處。樹隔離宫，水平馳道，湖山盡入尊俎。奈楚客淹留久，砧聲帶愁去。　屢回顧。過秋風、未成歸計。誰念我、重見冷楓紅舞。喚起淡妝人，問逋仙、今在何許。象筆鸞牋，甚而今、不道秀句。怕平生幽恨，化作沙邊煙雨。

法曲獻仙音　　吴文英

落葉霞翻，敗窗風咽，暮色淒涼深院。瘦不關秋，淚緣生别，情銷鬢霜千點。悵翠冷搔頭燕，那能語恩怨。　紫簫遠。記桃枝、向隨春渡，愁未洗、鉛水又將恨染。粉縞澀離箱，忍重拈、燈夜裁剪。望極藍橋，綵雲飛、羅扇歌斷。料鸚籠玉鎖，夢裏隔花時見。

法曲獻仙音　　薩都剌

鬢未銀，東風早挂冠。侑詞圖鄉稱人瑞，度蓬瀛仙祝靈丹。遶膝舞斕斒。

此《獻仙音》第二徧，即吾前所云法曲之其二者也。起二句當柳詞「饒心性，正慽慽多病」二句。「侑詞圖」句當「柳腰」句。「度蓬瀛」句當「少孜煎」句。末句當「時恁相憶」句，增「舞」字。吾向疑唐詞無長調者，得此知此調長至九十餘字者，實合兩闋爲一首，而其中復有襯字。此則赤裸裸一徧中僅二十餘字，爲此詞本體之一徧。喜其足以證成吾説，盡祛諸疑，亟補録之。王晦叔謂「唐中葉漸有今體慢曲子」者，彼以《念奴嬌》爲天寶間所製曲，而所見《念奴嬌》詞，皆百字，皆有後徧，故有此云云。不知凡詞之有後徧者，皆就前徧疊成。前徧爲詞之本體，後徧即曲家之所謂么篇。以原則言，已屬第二首也。小令之有雙調者同。宋人刻詞，後徧多提行，此古法之未失者，惜無人理會耳。姜白石有《醉吟商小品》一詞。「商」字、「小品」二字亦當用小字注寫，此實《胡渭州》也。「醉吟」與「濩索」、「轉關」、「歷弦」，皆形容琵琶之聲與指法。當名《醉吟胡渭州》，或逕名《胡渭州》。其曰「商」者，白石自序云「雙聲」。戴長庚《律話》、陳澧《聲律通考》、張文虎《舒藝室餘筆》皆以爲雙調。按雙調爲雅樂之夾鍾商，住上字。今旁譜正住上字，則戴、陳、張諸家所説是也。故曰「商」也。「小品」，謂《胡渭州》爲《六州》之一。《六州》皆大曲，此爲小品，猶之摘徧也。

論歌頭第一

《樂府詩集》載《水調歌》凡十二徧，皆五、七言絶句。前五徧爲歌，六徧以後爲入破，末徧为徹（當即遣隊）。詞牌之有《水調歌頭》，即依前五徧之五言絶句而增、減、攤破之者。其詞蓋合四徧爲一首，今僅分爲兩段，不能得其本體矣。東坡之「明月幾時有，把酒問青天，不知天上宫闕，今夕是何年」，此四句爲第一徧。三四句攤五、五作六、五（後徧則攤作四、七）。「我欲乘風歸去，又恐瓊樓玉宇，高處不勝寒。起舞弄清影，何似在人間」爲第二徧。「我欲」句增一字，下增「又恐」一句。「我欲」句既增爲六字，故增句亦六字也。「轉朱閣，低綺户，照無眠。不應有恨，何事常向别時圓」爲第三徧。此過變也。在曲家名换頭，可隨意增減。故起破五、五作三、三、三，中減一字。「人有悲歡離合，月有陰晴圓缺，此事古難全。但願人長久，千里共嬋娟」，增字增句法，與第二徧同。

唐天寶間，取邊地樂歌爲大曲，曰《六州》。《六州》者，《甘州》、《石州》、《涼州》（一作《梁州》）、《伊州》、《氐州》、《渭州》也。《樂府詩集》載《陸州歌》凡七徧，前三徧爲歌，後四遍爲排徧。《涼州歌》凡十一徧，前三徧爲歌，後二徧爲排徧。又五徧为大和（当即入破），末徧爲徹。《伊州歌》凡十徧，前五徧爲歌，後五徧爲入破，皆五、七言絶句也。今詞牌中有《甘州曲》、《甘州子》、《甘州徧》、《伊州令》。又《八聲甘州》，則犯調也。有《石州慢》，有《梁州令》，其《梁州令》疊韻，則增徧也。有《伊州令》，其《伊州三臺》，則奏《伊州》大曲，至催酒時所歌之詞，非《伊州》本調也。有《氐州第一》，亦歌頭也。此歌頭不屬他州，故曰《氐州第一》也。有《胡渭州》，白石歌曲之《醉吟商小品》是也。《六州歌頭》即依《六州歌》前徧之五言絶句而增、減、攤、破之者。此調以《龍州集》中二首爲最傳誦。而三字句之多，暗韻之多，亦最爲不易讀。

六州歌頭　　　　劉過

鎮長淮，一都會，古揚州。昇平日，珠簾十里春風，小紅樓。誰知艱難去，邊塵暗，胡馬擾，笙歌散，衣冠渡，使人愁。屈指細思，血戰成何事，萬户封侯。但瓊花無恙，開落幾經秋。故壘荒野竈炊煙裏，依然是，宿貔貅。歎燈火，今蕭索，尚淹留。甚時休。　野竈炊煙裏，依然是，宿貔貅。

邱，似含羞。悵望金陵宅，丹陽郡，山不斷，鬱綢繆。興亡夢，榮枯淚，水東流。甚時休。野竈炊煙裏，依然是，宿貔貅。歎燈火，今蕭索，尚淹留。莫上醉翁亭，看濛濛雨、楊柳絲柔。笑書生無用，富貴拙身謀。騎鶴來游。

此詞三字句之多，中夾暗韻，使人莫得其音節。今細析之，前徧自「鎮長淮」至「小紅樓」爲第一節，蓋攤破五絶之「都會古揚州，十里小紅樓」爲三、三、三、六、三也。「誰知」至「使人愁」爲第二節，蓋攤破「誰知艱難去，衣冠使人愁」爲五、三、三、三、三、三也。「屈指」至「封侯」爲第三節，蓋攤破「屈指思血戰，何事萬户侯」爲四、五、四也。「但瓊花」至「幾經秋」，爲第四節，蓋即五言兩句，但上句破二、三作一、四耳。此詞亦合四徧爲一首。「州」字暗韻，「故壘荒邱」句爲泛聲。美成詞中，徧尾泛聲最多。若《風流子》之「多少暗愁密意，唯有天知」，《夜飛鵲》之「但徘徊班草，欷歔酹酒，極望天西」，《大酺》之「夜游誰共秉燭」，皆泛聲也。蓋《風流子》之「想寄恨書中，銀鉤空滿，斷腸聲裏，玉筯還垂」對前徧「砧杵韻高，唤回殘夢，綺羅香減，牽起餘悲」，本調已完，惟洞明音律者，爲能於所餘絃音，填以實字，故又增多少二句。朱子所謂「樂府只是詩中間添卻許多泛聲，後來人怕失了那泛聲，逐一添個實字，遂成長短句。今曲子便是」者是也。《夜飛鵲》之「兔葵燕麥，向殘陽、影與人齊」，對前徧之「花驄會意，縱揚鞭、亦自行遲」。《大酺》之「況蕭瑟青蕪，紅糝鋪地，門外荆桃如菽」，對前徧之「奈愁極頻驚，夢輕難記，自憐幽獨」，本調並完，故「但徘徊」三句，「夜游」句，並泛聲也。（美成《大酺》詞「青蕪」下刻本有「國」字，《詞統》云：「『國字不通。』吾謂『青蕪國』三字見温飛卿詩，不能謂爲不通。萬紅友謂是借韻，亦誤。蓋此實爲衍字。「蕭瑟青蕪，紅糝鋪地」

八字齊齊整整，與「愁極頻驚，夢輕難記」相對，此處如何容有一「國」字耶？南渡播遷，圖書散失，《樂章》、《清真》兩集，至爲踳駁。觀於毛幵《樵隱筆録》云：「周清真《詠柳・蘭陵王慢》，惟教坊老笛師能倚之以節歌者，其譜傳自趙忠簡家。」則知老笛師之外，無人能節。故今本乃以第四徧之起句爲第三徧之尾句也。千里和《大酺》詞，依據誤本，衹知填字，不知按律。後來夢窗亦不免此病，流傳至今，大失詞之本體。）

「似含羞」短句似應爲後徧之過變，即曲家换頭也。凡短句無不在换頭者。前徧尾句之「故壘荒邱」與後徧尾句「騎鶴來游」正相對。或云此與「故疊荒邱」並泛聲，亦通，今仍之。「悵望」二字並增。「興亡夢」至「甚時休」，疊「金陵宅」至「鬱綢繆」四句，「繆」字、「流」字暗韻。此又爲第一節，蓋攤破「金陵山不斷，枯淚甚時休」爲八個三字句也。「野竈」至「淹留」，又爲第二節，蓋攤破「野竈炊煙裏，蕭索尚淹留」爲五、三、三、三、三、三也。「莫上」至「絲柔」又爲第三節，蓋攤破「莫上醉翁亭，濛濛柳絲柔」爲六、三、四也。「笑書生」二句破法與前徧同。「騎鶴來游」句亦泛聲而減尾三字。

六州歌頭　　劉過

中興諸將，誰是萬人英。身草莽，人雖死，氣填膺。尚如生。年少起河朔，弓兩，劍三尺，定襄漢，開虢洛，洗洞庭。北望帝京。狡兔依然在，良犬先烹。過舊時營壘，荆鄂有遺民。憶故將軍。淚如傾。說當年事，知恨苦，不奉詔，僞耶真。臣有罪，陛下聖，可鑒臨。一片心。萬古分茅土，終不到，舊姦臣。人世夜，白日照，忽開明。衮珮冕圭百拜，九泉下、榮感君恩。看年年三月，滿地野花春。鹵簿迎神。

起二句破三、三、三作四、五，「英」字暗韻。「身草莽」四短句，破三、四、五作、三、三、三、三，「膺」字暗韻。「年少」以下，至「憶故將軍」止，與前首同。「京」字亦暗韻。「説」字增。「真」字、「臨」字、「臣」字，並暗韻。餘與前首同。

《尊前集》有唐莊宗《歌頭》，吾初疑晚唐不應有如此長調。且但名《歌頭》，與耆卿之《法曲第二》同，不知爲何法曲，爲何歌頭。沉吟久之，得其聲響，乃知即《六州》中之一歌頭也。《六州歌頭》以四首五絶爲本體，以三字短句爲本腔。此詞亦多短句，其分詠春、夏、秋、冬四季，應分四偏，極爲明顯。而自來皆作兩偏，誤也。《詞律》於此首點句多誤，今更正之。

歌頭　　唐莊宗

賞芳春，煖風飄箔。鶯啼緑樹，輕煙籠晚閣。杏桃紅，開繁蕚。靈和殿，禁柳千行斜，金絲絡。

夏雲多，奇峰如削。紈扇動，微涼輕綃薄。梅雨霽，火雲爍。臨水檻，永日逃繁暑，泛觥酌。

露華濃冷，高梧彫萬葉。一霎晚風，蟬聲新雨歇。惜惜此光陰，如流水。東籬菊殘時，歎蕭索。

繁陰積，歲時莫。景難留，不覺朱顏失卻。好容光，且且須呼賓友，西園長宵讌，雲謡歌皓齒，且行樂。

此詞每偏句法爲：三四、三五、三三、五三。第一偏「箔」、「閣」、「蕚」、「絡」四字韻；「緑」字、「靈和殿」三字，並增；「斜」字屬上，《詞律》作「斜金絲絡」，非。第二偏「削」、「薄」、「爍」、「酌」韻；「臨水檻」三字增；「微涼」二字屬下，《詞律》作「紈扇動微涼」，非。第三徧「葉」字、「歇」字、「索」字韻；「水」字應叶，或本作「此光陰，流水惜」，上文「惜惜」二字，有一字在此，有一字衍；然此當五絶之第三句，叶與不叶均可；「濃」字、「萬」字、「一」字、「惜惜」二字並增；「冷」字屬上，「高梧」二字屬下，《詞律》作「露華濃」句、「冷高梧」句、「彫萬葉」句，非。第四徧「莫」字、「卻」字、「樂」字韻；「歲時」下少一字，或本作「歲時且暮」；下文「且且」二字，有一字在此，有一字涉「且行樂」而衍；「讌」字亦應叶不叶，與第三徧同，或是「嚼」字，今皆仍之；「失」字、「好容光」三字、「且且須」三字、「西園」二字並增；「讌」字屬上，「雲謡」二字屬下，《詞律》作「西園長宵」句、「讌雲謡」句，非。吾意若全首均讀爲三字一句，以蘆管吹之，尤合邊地羌人腔口，惜無他首可證也。

白香山《霓裳羽衣曲》自注：「散序六徧，無拍。中序始有拍，亦名拍序。」又云：「《霓裳》後六徧而曲終。」詞牌有《霓裳中序第一》，蓋後六徧之第一徧也。詞牌又有《徵招調中腔》、《鈿帶長中腔》。

論小令

小令在大曲之外。士夫文宴，花間尊前，出家姬行酒，式歌且舞，以娱賓客。其初尚執旗旛，故名之曰令。其後但作手勢，故曰打令。（近人有以打令之令爲樂器者，非也。打令猶打諢打謎，以手作勢耳。不得謂諢與謎爲器具也。）陳元靚《事林廣記》所載酒令，有《卜算子令》、《浪淘沙令》、《調笑令》、《花酒令》。（即《甘草子》。）兹録其《卜算子令》并注云：「先取花枝，然後行令，口唱其詞，逐句指點，舉動稍誤，則行罰酒，後詞准此。我有一枝花，指自滿滿身，復指花。斟我些兒酒。指自令斟酒。唯願花心似我心，指花，指自心頭。幾歲長相守。放下花枝叉手。泛金盃，指酒盞。重把花來嗅。把花以鼻嗅。不願花枝在我旁，把花向下座人。付與他人手。把花付下座接去。」尚可見當時行酒之式。後來或嫌其繁重，則僅僅嘌唱，而令之名不屬於酒而屬於詞矣。然猶有令之名，亦所謂羊存禮存也。

論角徵二調

唐人無徵調（見段安節《琵琶録》），以琵琶祇宫、商、角、羽四絃，無徵絃也。宋乾興後不用角調，以黄鐘閏爲角，而其實則黄鐘商也。宋七閏角一均，借用七商，故《詞源》云：「黄鐘閏俗名大石角，大吕閏俗名高大石角，夾鐘閏俗名雙角，仲吕閏俗名小石角，林鐘閏俗名歇指角，夷則閏俗名商角，無射閏俗名越角。」七正角一均，則借七宫，故《詞源》云：「黄鐘角俗名正黄鐘宫角，大吕角俗名高宫角，夾鐘角俗名中吕正角，仲吕角俗名道宫角，林鐘角俗名南吕角，夷則角俗名仙吕角，無射角俗名黄鐘角。」蓋閏角借用七商，故其調名與七商同。正角則借用七宫，故其調名與七宫同也。白石志在復古，其歌曲中乃有《角招》、《徵招》二調，其《角招》調自注黄鐘角。黄鐘角應住聲一字，而譜字住聲爲五，五爲高四，則仍黄鐘之商，俗名大石調者也。其後趙虚齋亦有《角招》一詞賦梅花，謂古樂府有大小梅花，皆角聲也。趙詞無譜，不知住聲何字，意亦用白石製腔而已。《徵招》一調自序：「依《晉史》名曰黄鐘下徵調。」下徵調者，黄鐘變，非黄鐘正徵也。黄鐘正徵住聲尺字，不獨去母不用合字，即清聲之六字亦不用。黄鐘變則住聲勾字，用合、四、一、勾、尺、工、凡、六、五九聲，凌次仲譏其用合用六，謂「非於徵、角二調，實有所見」。蓋誤以黄鐘下徵爲黄鐘正徵，而不知白石所用實黄鐘變，故其住聲爲勾，又用合字，六字。自序謂「雖用母聲，較大晟爲無病」也。白石何以云「雖用母聲，較大晟爲無病」？則以黄鐘之徵，於律爲林鐘之宫，亦住聲尺（尺與勾衹差半音）。其所用下五、高凡、工、尺、高一、高四、勾七聲，恰無合字、六字。故白石又云，若不用黄鐘聲（指合字、六字），便自成林鐘宫也（今南吕宫）。然白石此調，名爲自製，實即《並蒂芙蓉》。《並蒂芙蓉》又即《黄河清慢》。爲録晁次膺兩詞，俾學者可以對勘。晁詞即當日丁仙現譏爲落韻，而載之葉夢得《避暑録話》者也。

徵招　　姜夔

潮回卻過西陵浦，扁舟僅容居士。去得幾何時。黍離離如此。客途今倦矣。漫赢得、一襟詩思。記憶江南，落帆沙際，此行還是。　迤邐。剡中山，重相見、依依故人情味。似怨不來游，擁愁鬟十二。一邱聊復爾。也孤負，幼輿高致。水葓晚，漠漠摇煙，奈未成歸計。

「時」字、「矣」字、「邐」字、「爾」字並暗韻。「奈」字增。

並蒂芙蓉　　晁端禮

太液波澄，向鑑中照影，芙蓉同蒂。千柄緑荷深，並丹臉爭媚。天心眷臨聖日，殿宇分明敞嘉瑞。

弄香嗅蕊。願君王，壽與南山齊比。　池邊屢回翠輦，擁群仙賞醉。憑闌凝思。萼緑攬飛瓊，共波上游戲。西風又看露下，更結雙雙新蓮子。鬬妝競美。問鴛鴦、向誰留意。

一起破七、六作四、五、四。「殿宇」句，「更結」句並破上三、下四作上四、下三。末三句破三、四、四作四、三、四。「醉」字、「美」字暗韻。「眷」字、「願」字、「屢」字、「又」字並增。

黄河清慢　晁端禮

晴景初開風細細。雲收天淡如洗。望外鳳凰城闕，葱葱佳氣。朝罷香煙滿袖，侍臣報、天顔有喜。夜來連得封章，奏大河、徹底清泚。　君王壽與天齊，馨香動上穹，頻降祥瑞。大晟奏功，六樂初調宫徵。合殿薰風乍轉，萬花覆、千官盡醉。内家傳詔。重開宴、未央宫裏。

「望外」二句破五、五作六、四。後徧「大晟」二句同。「夜來」二句破四、四、四作六、六。末三句亦破三、四、四作四、三、四。「細」字暗韻。「袖」字、「奏」字、「王」字、「乍」字並增。

附録一　燉煌舞譜釋詞

往閲《燉煌掇瑣》所載舞譜，輒思爲釋其詞，以行篋携書無多，未敢下筆。自頃葉君玉華以所撰《唐人打令考》見寄，援引博洽，佳士也。《打令考》附此譜殘卷，兼有釋詞。略貢所知，復於葉君。葉君曰：「譜内關於音節身段所用名詞，計十三目：令、送、舞、挼、據、摇、奇、約、拽、頭、揖、与、請是也。除舞字外，皆需解釋，而与、請、奇尤爲罕見。」

余謂：「与」即「由」之殘字。《詩・君子揚揚》章：「右招我由房」，「右招我由敖。」箋云：「欲使我從之於燕舞之位。」《全唐詩》所收酒令，有「送」、「摇」、「招」、「由」之目，即此「与」也。十三目有「由」無「招」者，言「由」而「招」已賅括，省文也。

「請」即「精」字。《打令考》於唐人酒令之一斑下，引唐・李肇《國史補》云：「壁州刺史鄧宏慶，始創『平』、『索』、『看』、『精』四字令。」又於「據」字下，引宋・王讜《唐語林》云：「其後『平』、『索』、『看』、『精』四字，與律令全廢。」今《掇瑣》所載六調十四篇，僅《遐方遠》第二詞「請」字一見，則唐時此字僅存，今并不能求其義矣。葉知引《國史補》、《唐語林》，或偶失之眉睫。

「奇」爲「喝」之殘字。馬臻詩「新腔翻得梨園譜，喜入王孫喝采聲」，謂聽者於歌至此時能喝采，否則犯令。

「令」即律録事所司之令，其初用旍；其後雖不盡用旍，飆羊尚存，故酒曰酒令，詞曰詞令也。葉疑「令」爲一種小樂器，非是。

「送」字葉謂兼送酒、送聲

二義。今案六調十四篇中，除疊字八十三見不計外，「送」字凡二百十三見。一首中少者六七見，多者三十見。依王訓《美人舞》詩云「折腰送餘曲」，是送聲僅在偏尾，不能如此之多，當專屬之送酒。送酒爲觥録事所司。　「挼」字當如葉説。但五代、宋人詞用「挼」字可補證者尚多。　「據」當讀如字。葉引唐皇甫松《醉鄉日月》及《唐語林》並有《下次據令》，是也。《下次據》蓋謂舞者從上及下，鱗次作反身貼地之態。元人雜劇中尚存「下次」二字，如《殺狗勸夫》中孫大妻云「下次小的每，接了兩個小叔羊者」，可證。　「摇」，《爾雅・釋詁》：「作也。」婦人首飾，有鐵步摇，見《後漢書・烏桓傳》。又《輿服志》注引《釋名》云：「皇后首飾，上有垂珠，步則摇之。」《朱子語類》云「摇則摇手呼唤之意」，非也。《詩・匏有苦葉》章「招招舟子」，呼唤乃招手，非摇手也。　「約」，束也，謂舞者以手自束其腰也。《洛神賦》「腰如約素」，約、索聲近，素、索形近，疑即鄧宏慶「平」、「索」、「看」、「精」之「索」字，樂府羽調曲有《丁娘十索》本此。謂一曲之中，舞者凡索十回也。　「拽」指聲言。葉引白居易詩「慢拽歌頭唱渭城」是也。　「頭」初謂是頭容，而與「摇」字無大分别。《打令考》謂是詞家换頭及雙拽頭之「頭」。但《掇瑣》中所舉六調十四篇，「頭」字凡十九見。其中加一疊者四見，加二疊者亦四見，偏尾有連用頭、頭，或頭、頭、頭，或頭、送、頭者，則不得謂爲换頭。諸「頭」字多在徧尾，惟《遐方遠》第二篇一「頭」字在徧中。他無在徧中者，則不得謂雙拽頭。且六調皆無雙拽頭。此「頭」字疑當爲投。《資暇録》云：「投字者，投擲於盤筵之義。今或作頭字，言其骨頭，非也。因此兼有作骰子者。」《唐語林》引白樂天詩云：「鞍馬呼教住，骰盤喝遣輸。長趨波卷白，連擲采成盧。」原注：「《骰盤》、《卷白波》、《莫走鞍馬》，皆當時酒令名。」《醉鄉日月》所載《骰子令》云：「聚十隻骰子齊擲，自出手六人依采飲焉。堂印本采人勸合席，碧油勸三人。骰子聚於一處，謂之酒星，依采聚散。」《骰子令》中改易不過三章，次改《鞍馬令》不過一章，與今時用骰子戲迥異。然皇甫亦自云：今人不曉其法矣。「揖」，葉疑「措」之俗字，引張炎《詞源·謳曲要旨》曰：「七敲八措靸中清」及元燕南芝庵《曲論》有「明措兒」、「長措兒」、「短措兒」、「碎措兒」，亦確。

唐宋燕樂異名表

《燕樂考原》所列諸表誤，茲爲訂正

雅樂	唐俗名	宋俗名
黃鐘宮	黃鐘宮《唐會要》缺時號。	正宮《宋史·樂志》：燕樂七宮皆生於黃鐘
大簇商	越調《唐會要》：黃鐘商時號越調。	大食調《宋史·樂志》：商聲七調皆生於太簇。
姑洗角	越角	宋教坊及舞隊皆不用七角，其以閏爲角，但名存耳。
蕤賓變於十二律中陰陽易位，故謂之變。		
林鐘徵		

續表

雅樂	唐俗名	宋俗名
南吕羽	黄鐘調《唐會要》：黄鐘羽時號黄鐘調。	般涉調《宋史・樂志》：羽聲七調皆生於南吕。案此調元人不用，金有。今殆併入中吕宫。
應鐘閏變宫以七聲所不及收，故謂之閏。		大食角宋人以變宫爲角，故《宋史・樂志》曰：角聲七調皆生於應鐘。《筆談》仍用姑洗以下七律。
右黄鐘均		
大吕宫		高宫
夾鐘商		高大食調《補筆談》：大吕商今無。
仲吕角		
林鐘變		
夷則徵		
無射羽		高般涉調《補筆談》：大吕羽今無。
黄鐘閏		高大食角《補筆談》：大吕角今無。

續表

雅樂	唐俗名	宋俗名
右大吕均		
太簇宫	正宫《唐會要》又作沙陁調。	
姑洗商	大食調《唐會要》：太簇商時號大食調。	
蕤賓角	大食角《唐會要》缺時號。	
夷則變		
南吕徵		
應鐘羽	般涉調《唐會要》：太簇羽時號般涉調。	
大吕閏		
右太簇均		
夾鐘宫	高宫燕樂以夾鐘爲黄鐘，故謂夾鐘爲律本。然其聲實比黄鐘爲高，故名以高宫，而以正宫屬之低一律之太簇。	中吕宫宋樂較唐又差二律，故高宫屬之大吕，正宫屬之黄鐘。而黄鐘之宫則屬之無射。其夾鐘宫聲已當唐人中吕宫聲，故此名中吕宫也。餘遞推。

續表

雅樂	唐俗名	宋俗名
仲吕商	高大食調	雙調
林鐘角	高大食角	
南吕變		
無射徵		
黃鐘羽	高般涉調	中吕調《補筆談》：夾鐘羽今無。案：此調元人不用，金有。今附入仲吕宮。
太簇閏		雙角
右夾鐘宮		
姑洗宮		
蕤賓商		
夷則角		
無射變		
應鐘徵		

續表

雅樂	唐俗名	宋俗名
大吕羽		
夾鐘閏		
右姑洗均		
仲吕宫	中吕宫	道調《筆談》作道調宫。案：此宫調元人不用，金有。
林鐘商	雙調《唐會要》：仲吕商時號雙調。	小食調此調元人不用，金有。今併入大石調。
南吕角	雙角	
應鐘變		
黄鐘徵		
太簇羽	中吕調	正平調亦曰平調。案：此調乾興後不用。
姑洗閏		小食角
右仲吕均		

續表

雅樂	唐俗名	宋俗名
蕤賓宮		
夷則商		
無射角		
黃鐘變		
大呂徵		
夾鐘羽		
仲呂閏		
右蕤賓均		
林鐘宮	道調《唐會要》：林鐘宮時號道調。	南呂宮
南呂商	小食調《唐會要》：林鐘商時號小食調。	歇指調此調元人不用，金有。今附雙調。
應鐘角	小食角《唐會要》缺時號。《琵琶録》又作正角調。	
大呂變		

續表

雅樂	唐俗名	宋俗名
太簇徵		
姑洗羽	正平調《唐會要》又作平調。	高平調此調元人不用，金有。今附商調。
蕤賓閏		歇指角
右林鐘宮		
夷則宮		仙呂宮
無射商		商調《補筆談》作林鐘商。
黄鐘角		
太簇變		
夾鐘徵		
仲呂羽		仙呂調《補筆談》：夷則羽今無。案：此調元人不用，金有。今附雙調。
林鐘閏		商角《補筆談》作林鐘角。又云：夷則角今無。

續表

雅樂	唐俗名	宋俗名
右夷則均		
南吕宫	南吕宫	
應鐘商	歇指調《唐會要》又作水調。	
大吕角	歇指角	
夾鐘變		
姑洗徵		
蕤賓羽	高平調	
夷則閏		
右南吕均		
無射宫	仙吕宫	黄鐘宫
黄鐘商	林鐘商	越調
太簇角	林鐘角	
姑洗變		

續表

雅樂	唐俗名	宋俗名
仲呂徵		
林鐘羽	仙呂調	黃鐘調《詞源》作羽調。
南呂閏		越角
右無射均		
應鐘宮		
大呂商		
夾鐘角		
仲呂變		
蕤賓徵		
夷則羽		
無射閏		
右應鐘均		

附録二　序跋

蒲江詞跋（編者按，盧祖皐，字申之，撰《蒲江詞藁》。）

右《蒲江詞》一卷，凡二十五首，余從他處補得十首。申之少孤，見其舅樓攻媿所撰《池州教官聽壁記》。《貴耳集》稱其貌字修整，作小詞纖雅。曾爲《玉堂有感》詩：「兩山風雨故留寒，九陌香泥苦未乾。開到海棠春爛漫，擔頭時得數枝看。」又《舟中獨酌》詩：「山川似舊客懷老，天地何言春事深。」《松江別》詩：「明月垂虹幾度秋，短篷長是繫人愁。暮煙疏雨分携地，更上松江百尺樓。」《梅澗詩話》亦載其《廟山道中》詩云：「粉黄蛺蝶繞疏籬，山崦人家挂酒旗。細雨嫩寒衫袖薄，客中知是菊花時。」語意清新，頗能模寫村居景趣。申之在翰林日，與胡衛草明堂赦文，有「江淮盡掃於胡塵」云云。太學諸生嘲之曰：「胡塵已被江淮掃，卻道江淮盡掃於。」又曰：「傳語胡盧兩學士，不如依樣畫胡蘆。」事載《鶴林玉露》。此殊足以資談噱者也。乙卯四月三日，冒廣生記。

草間詞序

吾於歸善得友二人。其一江孝通舍人，其一則李漢珍太守也。二人者，皆善填詞。二十年前，孝通與吾各集李昌谷詩句爲詞。孝通既没，其遺稿之存亡不可得而問已。漢珍成進士，以知縣官閩，已而調吉林。光、宣間始與吾相識於京師。然吾少時從番禺葉南雪先生學爲詞，則已知漢珍名。歲丁酉，吾兩客福州，與傅節子太守、張韻梅太令日過從，獨未識吾漢珍。比相見，道姓氏，詢邑居，則又未嘗不各嗟其爲日之已晚也。當是時，梁伯尹吏部居韓家潭之芥子園，其地既饒木石之勝，士夫文酒恒集於園中，吾與漢珍蓋無一日不相見。國變之後，漢珍以貧故，留滯周南。端居寡歡，則益肆力於詞。自言：「南宋詞人如玉田、草窗、碧山及篔房兄弟，皆生際承平，晚遭離亂。牢愁山谷，無補於世，一以禾黍之痛，託之歌謡。百世之下，猶想見其懷抱。」顔其所作曰《草間詞》，蓋取梅村「草間偷活」之語，以志其悔。然即置漢珍詞於《草堂》、《花間》，固亦無愧赧色也。夫詞者，詩之餘也。本忠愛之思，以極其纏綿之致。尋源《騷》、《辯》，託體比、興。自其文字而觀之，不過曰蹇修曰《蘭》、《荃》耳。世無解人，而急功近利之徒盈天下，此天下所以亂而《春秋》不得不因《詩》亡而作也。然則謂詞之不亡，即詩之不亡可也。吾數年以來，填詞雖不如漢珍之多，獨刺取古樂府題爲《擬古樂》一卷，皆於時事深著切明，言者無罪，聞者足戒。自謂不似有明何、李，强爲無病之呻吟也。唱予和汝，漢珍能鼓勇爲之乎，不必問後世之有無桓譚也。戊午九月。

定巢詞序

少時讀《湘社集》，輒慕寧鄉程子大之名。歲癸卯，子大應經濟特科，來京師，與余及黄陂陳士可、龍陽易由甫，定異姓昆季交，連鑣結駟，文酒過從無虚夕。尋各報罷。余於保和殿覆試日，約子大、士可、由甫暨侯官陳石遺、湘鄉曾重伯、湘潭王伯諒，飲於市樓。邵陽魏蕃室後至，詫曰：「此舉吾亦下筆耶？」蓋諸君與余皆特科初試被放者。子大爲五言古詩紀其事，復爲余題《水繪庵填詞圖》，遂别去。壬子再見於海上，時臨桂況夔笙日訪余於傅姬家，聽傅姬自述其所遭，賦《鶯啼序》詞，子大和之。既而余往永嘉，子大歸武昌，夔笙客死。傅姬流落京師，窮愁老大，雖欲嫁爲商人婦而不可得。夫其婉孌巧笑之姿，則亦天地間之尤物也。而日暮途遠，盛年不再，度後世猶有哀而憐之者。至於吾儕，則固所謂不暇自哀又復哀人者也。去年余復至海上，子大亦避兵來。蓋自癸卯至丁卯，凡二十五年，而蹤跡乃三合焉。人生幾二十五年，而余與子大則各垂垂焉老矣。子大出所刻《定巢詞》，屬爲之序。子大詞凡三刻，二十四歲所刻曰《鷗笑詞》，二十七歲所刻曰《十韃詞》，三十七歲所刻曰《美人長壽庵詞》。海内作者，推許無間，以爲白石、白雲、草窗、夢窗也。子大曰：「吾於嚮所爲詞，存者十之三，改十之三，删十之四，而補十之二。稍不合夫聲律者，雖絶妙好，吾猶割而舍之。今兹所存，其不當於古人者廑矣。」由甫嘗語余，子大之詞之佳，有爲宋人之所無者。蓋子大從樂府入，不從宋人詞入。從宋人詞入者，學至於宋人止矣。從樂府入，則侔平化工，合乎天籟，如勞人之自歌，如寡婦之夜哭，如小兒女喁喁燈下，使人之意消，又恍然如其意所欲出。爲詞如此，雖上接《九騷》、《九辯》，無愧顔矣。光、宣以降，爲長短句者，務填難調，用澀字，以詰曲聱牙相號召。讀之終卷，無可上口者。此所謂以艱深文淺陋也。若子大之詞，則使十八女郎唱之，使關西大漢唱之，無不可者。子大負經世才，當其舉大科日，盱衡世變，頗思藉手以挽頽運。既以知府官鄂中，受知於張文襄、端忠愍，終不獲大用。晚遭喪亂，携一妾一子，行吟憔悴於海濱，賣畫自給。詞雖工，何補於窮。然而子大傳矣。戊辰十月。

青蕤盦詞叙

論詞於宜興，泱泱乎大風也哉。迦陵以沈浸穠郁之才，爲長短言，如入建章之宫，千門萬户，使人目駭意震，舌撟而不能下。紅友標聲律，止莽辨旨趣，承學之士，奉爲圭臬，莫敢愆焉。歲癸亥，余游宜興，始識蔣香谷先生。明年，先生以書來，招余同過永定，看東坡手植之海棠。又往亳村，拜迦陵四世墓，宿先生青蕤盦中，始稍稍與先生論詞。先生少日，隨其尊人醉園先生客江右，濡染家學，則已以詞鳴於時。其後歸宜興，與上元顧石公爲群紀之交，學益進。同時所與游者，若劉子光珊、惲子季庵、金子夔伯，皆班孟堅所謂詞賦之流也。先生詞以白石爲宗。嘗一夕泊垂虹橋下，夢見白石。白石新製《慶春宫》詞，使先生和之。先生有「月在當頭杯在手，人在垂虹」之句。蓋《浪淘沙》調也。醒而足成之。華子若溪爲作《垂虹詞夢圖》，江南北好事者多傳其事。夫垂虹，白石所往來之地也。山寒天迥，雪浪四合，星斗下垂，錯雜漁火。不知先生所觸之景，同乎不同。又不知舟中同載，有俞商卿、張平父其人否。而荒寒寂寞之區，一若有匪夷所思之思，迴環無端於沈冥杳靄之中，而萬萬不能自已者。此詞之消息，而亦即鬼神來告之時，雖欲不與古人通夢交魂，不可得也。然則先生之詞之工，可想見也。先生所撰曰《青蕤盦詞》。其近年與里中諸子唱和者曰《樂府補題後集》，與其女夫任授道所合撰者曰《冰玉詞》，而《青蕤盦詞》所抉擇爲最精。雖所存才二百首，而婉約清微，其於白石，殆火盡則薪傳焉。嚮者先生嘗以叙屬予，而予未有以報也。今幾何時，人事澒洞，干戈滿目。宜興一彈丸地，五年之間，被兵者三。先生亦避地蘇、松間，余即欲再爲善卷之游，誰東道者。而問先生所居之青蕤盦，則亦毁於火矣。顧盦雖毁而詞不毁，是天之所以昌先生也。夫欲昌先生，則先生之詞，固非兵火所能劫也。夫能歷劫，是以能存也。戊辰十一月。

重刻小山詩餘序

太倉王熾甫重刻其五世祖皋謨太守《小山詩餘》四卷，附太守子若姪涵碧先生《分秀閣詩餘》一卷、漢舒先生《香雪詞》二卷。顧廣生言：「始吾之將謀是刻也，朱彊村先生許爲之序矣。先生没，海内詞客存者無幾，吾子其不可辭。」鄙宗嵩少憲副、巢民徵君，自崇禎迄康熙朝，與煙客太常祖孫交三世。廣生光緒中計偕入京師，又得於唐蔚芝許識熾甫之兄紫翔，今亦垂三四十年。微熾甫言，吾猶將當仁不讓也。小山之詞曰：「空言猶是玉人恩。」廣生曰：爲此言者，庶幾怨誹而不怒者歟。以之事君，則爲純臣；以之事父，則爲孝子；以之事兄，則爲弟弟；以之施於夫婦、朋友，則《白頭》之吟、《絶交》之書，可以無作也。古詩皆入樂，其流極則爲填詞。自長短句興，而歌詩之法亡。自南北曲興，而歌詞之法又亡。《白石道人歌曲》旁譜，雖使善歌者歌之，不能得其音節也。丁文頫《歌詞自得譜》、謝元淮《碎金詞譜》，聲則美矣，然而今之樂，非古之樂也。宋人歌詞之法，非起宋人於地下，其爲一字一音，或一字不止一音，不可得而究詰也。近時作者，務爲高論，其所作未必工，乃假夢窗集中難調、澀句，依聲和之，如盲者之捫籥。然則何若探原忠孝，接體《騷》、《辯》，使孤臣孽子、勞人思婦，千載而下讀其詞者，怳然若有所思，又惘然不自知其情之所由生，與情之所由竟，則猶爲此物此志也。婁東爲天下詩國，而詞家較鮮。廣生嘗得《婁東詩派》一書，以贈吾同年汪仲虎。其後讀仲虎所撰《外家紀聞》，於太倉王氏門材之盛，科第之富，文章技藝之美，孰能詳矣。今乃得讀太守父子、叔姪之詞，洋洋乎若與晏小山、歐陽永叔、秦少游相接也。《蓮子居詞話》言太守「與同里毛鶴汀、顧玉渟倡詞社，漢舒及王素威、潁山、存素、徐冏懷輩，起而應之。」異時有爲《婁東詞派》之書者乎！梅村而後，其必以太守爲巨擘矣！太守官成都，有政聲，其事蹟具《清史·循吏傳》中，不悉書。癸酉十月。

捫蝨談室詞序

鳳舒先生以杖朝之大年，爲倚聲之鉅子。隨身筆硯，彈指樓臺。舊所刻《半舫齋詩餘》，海内脛走，同社傳唱。鍥而不舍，復成《捫蝨談室詞》一卷，屬爲喤引。夫其宿世詞客，前身聖童。居近羅浮，帶李泌之仙骨；家有德曜，勝高柔之賢妻。帷房之間，唱酬已盛。迨夫中歲，奉使絶域，簡書之暇，不廢弦誦。娵隅佳什，播入蠻箏；棒苓美人，來問奇字。比之西夏有井水處歌耆卿詞，其事逾盛，其屆逾遠。自頃以來，兵塵未息。戢景斗室，發爲長謠。撫節物之變遷，則託意時花；慨山川之綿邈，則每懷陳跡。競四上之氣，屈、宋接乎風雅；應雌雄之鳴，伶倫調其律吕。詩人老去，子野之詞逾工；故國神游，東坡之興不淺。僕未燥玄髮，亦耽小技。推襟送抱，彌多北海之流；浮李沈瓜，恒預南皮之讌。孝通已逝，漢珍云亡。嗟此二雄，皆君鄉里。惠州天上，碩果僅存。尚冀異時與君日啖荔枝於黄龍、白鶴之間，發其霞唱也。

遐庵詞稿序

語中國之學術，其莫小於詞乎。士大夫出餘力稍習爲之，以陶冶其性情而遠於鄙倍，斯亦無愧於大雅之林矣。三四十年前，佻薄之子見人之能爲古文者，則訾其小説；人之能爲詩者，則訾其詞。訾人者其意實相輕，受人之訾者非怒於言則怒於色，以小説之賈不如古文，詞之賈不如詩也。自頃歌曲盛行，庠序之子非學詞無以卒業。此亦足以覘運會之升降矣。而又定於一尊，驅天下之才智咸趨於質實之二塗，而束縛之以四聲。此猶作文而專學樊宗師，作詩而專學李長吉，所詣即甚深至，適足示人以隘焉耳。詞家之聖，莫聖於周、柳，《樂章》、《清真》，全集具在。其於四聲，或此闋與彼闋之不同，或前編與後編之不同，其至全句平仄互易，而律自諧。蓋工尺祇有高低，無平仄，字之平仄，則工尺之高低可以融之，使聽者之耳，與歌者之口，訴合而無間焉。詞云詞云，四聲云乎哉。番禺葉裕甫博雅嗜古，有名於時。其曾祖父蓮裳先生，祖南雪先生，兩世皆以詞鳴。自其垂髫，濡染家學，即能爲詞，而所爲又輒工。中歲從政，時或作輟。迫流寓吴會，避兵香江，而所作乃精且多。新建夏吷庵爲選定，得如干首，顔曰《遐庵詞稿》。刻既竣，而以書抵余曰：「吾詞之平凡，丈之所知也。於多事之秋，而爲此不急之務，又無謂也。顧念詞學淵源關係之深，無如丈者。丈其爲我序之。」余少時從吾師南雪先生學爲詞。所居越華講舍，有竹木池亭之勝。後堂絲竹，余與潘蘭史、姚伯懷恒得與聞。今潘、姚並逝，舊時講舍已易民居。數年前客廣州，過布政司後街，輒低徊而不能去。初見裕甫，才十一二歲，余所學百無一就，而裕甫亦年過六十矣。裕甫平時嘗病詞家縛於聲病，逐末忘本，雜乎人而彌遠乎天。欲求各地風謡，合之今樂，別爲新體，以上接風雅，中承樂府，後繼詞曲，旁紹五、七言詩，而爲群象抒情寫實之用。此其識爲甚偉。而兹事體大，非國家設大晟府，得美成者流，相與揚扢，而徒恃一人手足之烈，則終無以觀厥成。今兹所存之詞，誠不足以盡其百一。若更出其所學，大之若葉大慶之《考古質疑》，葉適之《習學記言》，次之若葉夢得之《避暑録話》，又次之若葉盛之《水東日記》，其爲沾溉來學，流布更廣，盍亦董而理之乎。因序《遐庵詞》一及之，欲使世之讀其詞者，知裕甫之學，無所不窺，而詞特其家學云爾。癸未正月。

佞宋詞痕序

古方聞之士，於金石文字多跋尾。研求點畫，分別肥瘦，及其所出之土，時代先後，與夫流傳之緒，咸著於録，以詒來哲。至翁覃溪乃一發之於詩。而或者譏之，以爲此學人之詩，非詩人之詩也。則彼未嘗讀鳳翔八觀，於《石鼓》、《詛楚文》皆韻語也。昌黎、臨川，精於訓詁。故其所作若干將、莫邪，光氣不可逼視。又若赤刀、大訓、天球、河圖，森然羅列於左右之間。此固非枵腹寒儉夢境之所能造。然則覃溪豈非豪傑之士，毅然有爲者哉。吴君湖帆之於詞，其亦詩家之覃溪矣。湖帆既愙齋中丞之孫，又聚於潘。吴、潘兩家，收藏甲海内。自其兒時，日寢饋於金石書畫，其作畫乃並世無與爲匹。而尤嗜詞，尋聲按律，規橅周、吴，所次周、吴韻者最多。上自方回、子野、屯田、東坡、淮海，以迄稼軒、白石、玉田、草窗、竹山、梅溪，不名一家，顔其耑曰《佞宋詞痕》，志微尚也。夫文章，小技也；詞於文章，又其技之小而又小者也。工於此者，不過閨襜之言，恩怨爾汝，甚者至流於淫蕩。其稍異趣，則或呵天斫地，以發其胸中抑鬱不平之氣。自常州學者標舉比興，以爲上接《騷》、《辨》，而詞之體始尊。然猶未能拓其境域也。湖帆博雅嗜古，耳目聞見，既有異乎單門，集中所題金石文字若齊壺、邾鐘、吴季子劍、孫吴大泉、以至漢《沙南侯獲碑》、魏《石門銘》、梁《蕭敷敬太妃雙志》、隋《常醜奴墓志》、《董美人墓志》、《元公姬夫人墓志》、懷素《聖母帖》、懷仁《聖教序》、蘇書《大江東去》詞、《蜀先主廟碑》，太半宋、金人舊拓，改跋尾爲倚聲。幾使明誠《金石録》與《漱玉詞》合而爲一。此真能爲詞家日闢百里者。

其他題宋以來法書名畫，及秘藏宋槧《梅花喜神譜》，尚不與焉。曾子固所謂騷人所不及，近世所未有，殆即此也。湖帆元妃潘靜淑，亦能詞，其「緑遍池塘草」句，頗傳頌。庚寅八月。

芙蓉江上草堂詩詞稿跋

吾東髮受書，自少而壯而老，所識東南耆舊，蓋無不知有金丈湗生者。丈曾祖父鑑，康熙朝舉鴻博。祖父捧閶，父謌，子和，五世咸有著述，載《江陰藝文志》。丈所刻叢書及自著之《粟香五筆》、《陶廬雜憶》、《續憶》、《後憶》，又《灕江》、《赤溪》二記，刻入《小方壺齋輿地叢鈔》者，皆盛行於時。其《芙蓉江上草堂詩稿》十二卷、《詞稿》一卷，見諸《七十自述》詩注，則云未敢問世。但將《灕江游草》一卷付梓而已。江陰金氏，五代八科，顧仍世多儒官。惟丈從足逸亭，武功彪炳，官至廣東按察使，爲稍通顯。丈以鹽運同，需次廣東。浮沈廿年，僅一權赤溪直隸廳同知。其他于役，皆在嶺西。桂林諸郡，足跡幾徧。在梧州四年，詩最多，而亦最工。吾七外祖周昀叔都轉兩粤時，最激賞之。五外祖涑人刺史，復爲其作《粟香隨筆序》。兩外祖没，丈各刻其遺集。其後吾合外祖諸昆所作，爲《五周先生集》，蓋基於此。吾伯祖、吾祖，與丈爲同僚。歲癸巳，伯祖挈兩叔曁吾鄉試，與丈遇於南京。丈有和吾伯祖贈詩。乙未，吾禮部試報罷，客廣州，丈有贈詩。己亥，丈來蘇州，丁叔衡亦自江陰來。江建霞招同費屺懷，曹夔一，泛舟山塘，聽報恩寺雲閑上人彈琴。過龍壽山房，觀元僧血書經，各題名卷中。丈與屺懷、夔一，咸賦詩紀事。丈又爲吾題《話荔圖》，諸詩詞今均入集中。而事隔五六十年，真成電光石火矣。季鳴陳君，新從同郡董氏獲此稿本，卷數與丈自述詩注相符，惟第十二卷篇頁特少，第十一卷中有重出之作，知未爲禮堂寫定也。季鳴屬吾跋後。披閲卷中名姓，存者僅吾一人，何敢以不文辭。更念囊吾流寓吴門時，瑞安孫丈仲容方撰《墨子閒詁》，以未見張皋文所撰《經説》，欲吾爲物色。吾馳書告丈，展轉鈔得其稿，以報仲容。仲容志其事於書後。此與繆小山輯《常州詞録》，屠敬山輯《常州駢體文鈔》，皆得丈搜采附益之力，同足爲一則詩事者。至丈詩近體駕古體之上，七古駕五古之上，近體中則七言律、絶尤勝，吾不能易吾七外祖周先生之言。丙申六月世再姪冒廣生。

標誌萬氏詞律序

莫釐王氏，自明文恪公以來，代有聞人。吾友琴希，今其僅存之碩果矣。琴希父兄皆名進士。少留學日本，歸與余同官商曹。晚乃喜填詞，尤潛心於聲律。曾著有《詞學執範》一書，於宋詞中所用四聲，知去聲字尤注重。因詳舉其叶平韻者，句末多爲去、平。叶仄韻者，除句末爲去聲字外，多爲去、上或去、入。拗句則七言中之第五字，五言中之第三字，多爲去聲。即非叶韻處，遇兩仄連用時，則宜上去、去上或入去、去入，而不宜於去去。兩上、兩入、入上、上入，皆詞中所忌。沈義父《樂府指迷》所謂「上去入三仄，須調停參訂用之」者也。琴希又以萬紅友一部《詞律》，於去聲字區别綦嚴，而其漏列未爲舉出者多。就其二十卷中，自首至尾，如前所舉，一一加以符號，爲之標誌。冀世有據此本付印，以嘉惠後生。而乞余一言，以爲喤引。余維紅友於上去配用之字，每言其妙，或言妙妙，而不言其所以妙。其實上聲由低而高，去聲由高而低，低者如墜，高者如抗，纍纍乎若貫珠然。若高高、低低，或低低、高高，「上」、「去」連用，不能美聽矣。又沈括《筆談》言善歌者有融之一法。平上入三聲皆可融，獨去聲不可融，故名大家用去聲字時，斤斤焉不輕放過者，此也。琴希所舉於宋詞容有出入，未爲通例。然其用力至劬，從大多數言，則固爲言之中哉。難兄君九，著有《蟫廬曲談》，於南北曲浸潤者深，惜其已逝，不能對牀風雨一覽斯文也。（一九五七年）

夏敬觀評

吷庵詞評

映庵詞評目録

補遺

映庵詞評

尊前集

温飛卿《菩薩蠻》　玉纖彈處真珠落

此詠淚，乃詠物體，唐五代詞極少如此。

金奩集

飛卿以薄於行而遭屏棄，兩《唐書》本傳皆言之。其不遇，宜也。《菩薩蠻》詞或傳係代令狐綯作，張皋文以感士不遇釋之，恐未必然。

唐詞初由詩變，所以渾厚，故學詞者必先知詩，乃能造詣上乘。飛卿深美閎約，神理超越。張皋文、周止庵知其無跡象之中字字連繫，得其章法、脈絡。持此法尋《花間》諸詞之緒，庶不浮泛、籠統，而亦悟南宋詞之過露鍼縷痕跡爲薄也。飛卿詩在晚唐亞於李義山，温、李齊名而温以詞勝。猶之道子善畫，惠子善塑，使温果不能詩，或其詩不能亞於李，則亦必不能爲此詞也。

端己能詩，其《浣花集》亦冬郎之亞。唐亡仕蜀，心不忘故，身世堪悲，情見於《菩薩蠻》五闋。其詞品稍降於温，卻非他輩所及。由詩入詞，漸開後來諸派，此時代使然也。

端己善作質直語，飛卿如此者則罕。飛卿琢句如其詩，端己則漸成詞家琢句之法。

歐陽炯特抒新艷，亦能詩者，小詩亦見詩才也。《花間》所選，惟《南鄉子》爲勝。遺珠尚多，幸有《尊前》存之。

張子野詞

醉垂鞭　朱粉不須施

（「啄木細聲遲。黄蜂花上飛」眉批）末二句體物微妙。

菩薩蠻　憶郎還上層樓曲

古樂府作法。

又　牡丹含露真珠顆

古樂府作法。

山亭宴慢　宴亭永晝喧簫鼓

長調中純用小令作法，别具一種風味。晏小山亦如此。

一叢花令　傷高懷遠幾時窮

用筆疏爽，稍不類子野，恐是六一詞。（編者按，此詞别見於歐陽修《近體樂府》卷三。）

破陣樂　四堂互映

「暝色韶光」猶言夜間之春色也。「粉面」非指婦女，當係指粉牆而言，始與「飛甍朱户」相貫。

臨江仙　自古傷心惟遠别

前後闋兩「塵」字嫌複。（編者按，此評該詞上闋「暮塵衰草一番秋」，下闋「紅塵遠道」二句。）

千秋歲　數聲鶗鴂

此詞筆快爽，不類子野，確是六一詞。（編者按，此首别見於歐陽修《近體樂府》卷三。）

少年游慢　春城三二月

八字句中對。

翦牡丹　野緑連空

「繡屏」必指山言。

子野詞凝重古拙，有唐五代之遺音，慢詞亦多用小令作法。後來澀體，鍊詞鍊句，師其法度，方能近古。

子野在北宋諸家中，可云獨樹一幟，比之於書，乃鍾繇之體也。

李端叔謂子野詞，才不足而情有餘。晁无咎謂：「子野與耆卿齊名，而時以子野不及耆卿。然子野韻高，是耆卿所不及處。」蘇東坡謂：「子野詩筆老妙，歌詞乃其餘技耳。」

樂章集

鬬百花　煦色韶光明媚

八字對。

鳳銜杯　有美瑤卿能染翰

上五下七中八字對。

慢卷紬　閒窗燭暗

（「舊事新歡，都來未盡，平生深意」眉批）「都來」謂都上心來也。萬紅友謂不成句，何耶？

巫山一段雲　閬苑年華永

（「一番碧桃成」眉批）「番」讀去聲。杜工部詩：「會須上番看成竹」；獨孤及詩：「舊日霜毛一番新。」

婆羅門令　昨宵裏恁和衣睡

（「好景良天，彼此空有相憐意」眉批）「此」字是句中韻。

法曲獻仙音　追想秦樓心事

（「記取盟言，少孜煎、賸好將息」眉批）「孜煎」當是宋代俗語。紅友但於「煎」字注豆。

一寸金　井絡天開

八字對者三處。

留客住　偶登眺

六字一句，九字一句，前六字對。

尾犯　晴煙羃羃

八字對。

引駕行　虹收殘雨

句中八字對者二處。

望海潮　東南形勝

八字對。

鳳歸雲　向深秋

（「天末殘星，流電未滅，閃閃隔林梢」眉批）「殘星」之光，亦隔林閃閃不止。「流電」寫景逼真。

長壽樂　繁紅嫩翠

（「竟尋芳選勝歸來，向晚起、通衢近遠，香塵細細」眉批）「向晚起」猶言從傍晚始也。（「向尊前、舞袖飄雪，歌響行雲止」眉批）「舞袖」二句，亦是參差對，此楚辭之作法也。

俚者卿詞當分雅、俚二類。雅詞用六朝小品文賦作法，層層鋪叙，情景兼融，一筆到底，始終不懈。俚詞襲五代淫詖之風氣，開金、元曲子之先聲，比於里巷歌謡，亦復自成一格。其鄙俚過甚者，不無樂工歌兒所竄改，可斷言也。惟人品放蕩，幾於篇篇皆冶游之作，亦屬可厭，又其半雅半俚者爲多，學者尤當慎擇也。

耆卿寫景無不工，造句不事雕琢，清真效之，故學清真詞者，不可不讀柳詞。

耆卿多平鋪直叙，清真特變其法，一篇之中，回環往復，一唱三歎，故慢詞始盛於耆卿，大成於清真。

小山詞

臨江仙　淺淺餘寒春半

（「從前虛夢高唐，覺來何處放思量」眉批）「放」字生而鍊熟。

又　夢後樓臺高鎖

吐屬華貴，脱口而出。

蝶戀花　喜鵲橋成催鳳駕

（「路隔銀河猶可借」眉批）「借」字生而鍊熟。

又　碾玉釵頭雙鳳小

（「倒暈工夫畫得宮眉巧」眉批）「暈」字熟而鍊生。

又　醉别西樓醒不記

熟意鍊生。

又　欲減羅衣寒未去

（「啼紅正恨清明雨」，「宿酒醒遲，惱破春情緒」眉批）「恨」字、「遲」字妙極，熟字鍊之使生，尤不易。

又　千葉早梅誇百媚

（「笑面淩寒，内様妝新試」眉批）「笑面淩寒」意生字新，「内様」字生不覺碍眼者，鍊熟之功也。

又　金翦刀頭芳意動

「金翦刀頭」用「二月春風似翦刀」，接以「芳意動」，意新。

又　碧落秋風吹玉樹

七夕詞，意新語新。

又　黄菊開時傷聚散

熟意鍊新。

鷓鴣天　醉拍春衫惜舊香

「拍」字生而鍊熟。（「天將離恨惱疏狂」眉批）「惱」字新。

又　小令尊前見玉簫

傷心夢囈，昔人以爲鬼語，余不謂然。

又　小玉樓中月上時

（「歸來何處驗相思」眉批）「驗」字新。

又　九日悲秋不到心

重九詞，新意。

生查子　金鞭美少年

俊爽已極。

又　墜雨已辭雲

齊梁新體詩之佳者不能過之。

又　長恨涉江遥

是六朝人采蓮賦作法。

又　遠山眉黛長

（「偏看潁川花，不似師師好」眉批）此非徽宗時之李師師。

南鄉子　何處别時難

（上片「待得清霜滿畫闌」，下片「百媚也應愁不睡更闌」眉批）「闌」字重韻異解，宋人詞前後闋不避重。

清平樂　蓮開欲徧

抵過六朝人一篇采蓮賦。

泛清波摘徧　催花雨小

純用小令作法，氣味甚古。

洞仙歌　春殘雨過

（「玉黯藏羞媚䞓笑」眉批）「䞓」字稍生。

玉樓春　雕鞍好爲鶯花住

（「儘教春思亂如雲，莫管世情輕似絮」眉批）清真襲取「人如風後過江雲，情似雨餘黏地絮」。（編者按，句見周邦彦《玉樓春》詞，「過」原作「入」。）較此尤妙。

又　當年信道情無價

清真襲取入《瑞鶴仙》詞。

浣溪沙　浦口蓮香夜不收

託興采蓮，無不佳絶。

六幺令　緑陰春盡

此倒押韻之法，甚峭拔。

更漏子　柳閒眠

（「遮悶緑，掩羞紅」眉批）「悶緑」字生。

倚高樓　小梅風韻最妖嬈

即用當代人詩句入詞。

少年游　西溪丹杏

(「西溪丹杏，波前媚臉，珠露與深勻。南樓翠柳，煙中愁黛，絲雨惱嬌顰」眉批)前三句與次三句對，作法變幻。

又　離多最是

(上片「東西流水」，「行雲無定」；下片「可憐人意，薄於雲水」眉批)「雲」、「水」意相對，上分述而又總了，作法變幻。

采桑子　湘妃浦口蓮開盡

意新。

又　金風玉露初涼夜

語意俱新。

思遠人　紅葉黄花秋意晚

凡倒押韻處皆峭絶。

醉落魄　天教命薄

以爲惡者怨辭也。

晏氏父子嗣響南唐二主，才力相敵，蓋不特辭勝，猶有過人之情。叔原以貴人暮子，落拓一生，華屋山邱，身親經歷，哀絲豪竹，寓其徵痛纖悲，宜其造詣又過於父。山谷謂爲「狎邪之大雅，豪士之鼓吹」，未足以盡之也。

東山詞

璧月堂　夢草池南璧月堂

是唐人小令，卻非温飛卿一派。

避少年　誰愛松陵水似天。畫船聽雨奈無眠。清風明月休論價，賣與愁人直幾錢。

意新。前四句豈非一首晚唐人之絶句？（「袖手低回避少年」眉批）「袖手」句是宋人詩中佳句。

千葉蓮　聞你儂嗟我更嗟

「你儂」猶今北京語之你能也。（「化出白蓮千葉花」眉批）末句平仄異。

花想容　南國佳人推阿秀

（「今夜扁舟淚不供」眉批）「淚不供」頗新，卻不甚安。

夜擣衣　收錦字

杵聲齊　砧面瑩

夜如年　斜月下

翦征袍　拋練杵

望書歸　邊堠遠

觀以上凡七言二句，皆唐人絶句作法。

夢江南　九曲池頭三月三

多以唐人成句入詞，有天衣無縫之妙。

陌上郎　西津海鶻舟

方回《慶湖遺老集》有《望夫石》五古一篇，《苕溪漁隱叢話》云：「方回因此詩以得名，交游間無不愛之。」

呈纖手　秦絃絡絡呈纖手

（「蜜炬垂花知夜久」眉批）「垂」字新，「知」字乃得神。

歸風便　津亭薄晚張離燕

（「歌聲煎淚欲沾襟」眉批）「煎」字新。

續漁歌　中年多辦收身具

（「萬頃月波難滓污」眉批）「滓」字新，有來歷。用《世說新語》王道子戲謝景重「滓穢太清」之意。

惜餘春　急雨收春，斜風約水

「收」、「約」字均鍊熟。

陽羨歌　山秀芙蓉

（下片眉批）東坡求田陽羨，人皆知之。方回與同調，見於此詞。

平陽興　涼葉辭風

(「此生乍可輸鸚鵡」眉批)「輸」即勝也。

醉中真　不信芳春厭老人

意新。《詞律》以多三字者爲《攤破浣溪沙》。　此則以多三字者爲《浣溪沙》，少三字者謂之減字。

頻載酒　金斗城南載酒頻

(「桃李趣行無算酌，桑榆收得自由身」眉批)「趣行」字新。

楊柳陌　興慶宫池整月開

(「細風抛絮入人懷」眉批)「抛」字新。

將進酒　城下路

是漢魏樂府。

行路難　縛虎手

稼軒豪邁之處從此脱胎。　豪而不放，稼軒所不能學也。

偶相逢　綵山涌起翠樓空

(「桂娥唤回清晝」眉批)「唤回」新穎。

步花間　憑陵殘醉步花間

(「風綽佩珊珊」眉批)「綽」字鍊熟。

忍淚吟　十年一覺揚州夢

（「揚子灣西夕照深」眉批）「深」字妙。

淩歊　控滄江

「江」字叶。「寄一笑（何與興亡）」句爲全詞之眼。

秋風歎　瓊鉤褰幔

（「商歌彈。依稀廣陵清散。低眉歎」眉批）「彈」字作去聲用似欠，或與前「漫」字同爲挾叶平韻，未可以東坡詞例之。

斷湘絃　淑質柔情

迴環宛轉，清真作法如此。

翻翠袖　繡羅垂

（「令隨鬮，歌應彈。舞按霓裳前段」眉批）此「彈」字亦仄用。觀此北宋時《霓裳曲》亦只存前段，至南宋白石譜《中序第一》，亦前段也。

臺城游　南國本瀟灑

平仄通叶，句句押韻。

瀟湘雨　一闋離歌

何減秦郎。

傷春曲　火禁初開

「人自起、翠衾寒夢，夜來風惡」眉批）「人自起」句挺接妙極。此篇所用虚字，前後貫串，此類處所又清真所同。

橫塘路　淩波不過橫塘路

稼軒穠麗之處，從此脱胎。細讀《東山詞》，知其爲稼軒所師也。世但言蘇、辛爲一派，不知方回，亦不知稼軒。

薄倖　豔真多態

（「便認得、琴心相許，與寫宜男雙帶」；又「便翡翠屏開，芙蓉帳掩，與把香羅偷解」眉批）兩「便」字，兩「與」字，非複也，是文章變換處，出於有意。

伴雲來　煙絡橫林

稼軒所師。

寒松歎　鵲驚橋斷

此另一體也，惜殘缺不完。此悼亡詞也。

吹柳絮　月痕依約到西廂

意新。

□□□更漏子　酒三行

意新。

夢相親　清琴再鼓求凰弄

（「流水車音牽目送」眉批）「牽」字新。　意新。

賀方回詞

羅敷歌　自憐楚客悲秋思

（「平淡江山落照中」眉批）用「平淡」二字乃有味。

小重山　枕上閶門五報更

穠麗。

又　月月相逢只舊圓

意新。

鳳棲梧　獨立江東人婉孌

（「乍可問名賒識面」眉批）「賒」字新。

玉京秋　隴首霜晴，泗濱雲晚

（首二句及「更想像、晉客□歸，謝生能賦繼高作」眉批）「隴首」二句，及下「更想」二句均句中對。

菩薩蠻　綵舟載得離愁動

未經人道過。

又　曲門南與鳴珂接

意新。

又　緑窗殘夢聞鶗鴂

語新。

又　粉香映葉花羞日

（「窗間宛轉蜂尋蜜」眉批）「宛轉」字佳。

又　鑪煙微度流蘇帳

（「相望莫相忘。應無未斷腸」眉批）較斷腸意更深一層。

浣溪沙　雙鶴横橋阿那邊

（「歌雲猶許小流連」眉批）「流連」字佳。

風流子　何處最難忘

（「琴心漫流怨，帶眼偷長」眉批）「琴心」對「帶眼」。

鷓鴣天　轟醉王孫璹琱筵

（「傷心兩岸官楊柳，已帶斜陽又帶蟬」眉批）俊爽之至，末句尤妙。

憶仙姿　白紵春衫新製

意新。

又　江上潮迴風細

意新。

浪淘沙　把酒欲歌驪

（「明日景陽門外路，相背春歸」眉批）「背」字新。

憶仙姿　蓮葉初生南浦

（「向晚鯉魚風，斷送綵帆何處」眉批）「斷送」字佳。

定情曲　沈水濃熏

此調與下《擁鼻吟》「別酒初銷」當是自製曲。

思越人　京口瓜洲記夢間

揚州無山，所見皆隔江山色。

木蘭花　嫣然何啻千金價

意新。

又　朝來著眼沙頭認

意新。

又　多情多病萬斛間愁量有賸

「賸」字妙。

怨三三　玉津春水如藍

李之儀詞乃用東山韻，第一句七字，第四句六字。

燭影摇紅　波影翻簾，淚痕凝蠟青山館

八字對。

減字浣溪沙　煙柳春梢蘸暈黄

（「井闌風綽小桃香」眉批）「綽」字鍊。

東山詞補

獻金杯　風軟香遲

此調與《驀山溪》音節略相似，或由彼調減字而成。

清平樂　小桃初謝

意新。

六州歌頭　少年俠氣

與《小梅花》三曲同樣功力，雄姿壯采，不可一世。

浣溪沙　疊鼓新歌百樣嬌

以「飛瓦雹聲」形容鼓聲，不嫌語險，「焦」字尤妙。

《獻金杯》「風軟香遲」、《清平樂》「陰晴未定」、又「小桃初謝」、《攤破浣溪沙》「湖上秋深藕葉黄」、又「雙鳳簫聲隔彩霞」、《惜雙雙》「皎鏡平湖三十里」、《思越人》「紫府東風放夜時」、又「怊悵離亭斷綵襟」、《鶴沖天》「鼕鼕鼓動」、《小重山》「飄徑梅英雪未融」、《六州歌頭》「少年俠氣」、《浣溪沙》「翠縠參差拂水風」、又「雲母窗前歇繡鍼」、又「疊鼓新歌百様嬌」、《江城子》「麝熏微度繡芙蓉」、《浪淘沙》「一葉忽驚秋分付」、《木蘭花》「佩環聲認腰肢軟」、又「銀簧雁柱香檀撥」、《蝶戀花》「小院朱扉開一扇」，此十九首多係佳詞，誦之迴腸蕩氣，奈何爲前三卷所遺，足見非譜録所云三卷之舊。

《老學庵筆記》稱：方回喜校書，丹黄未嘗去手，詩文皆高，不獨工長短句。張文潛序有「或者譏方回好學能文，而惟是爲工」之語，今人稱方回惟知其詞矣。《四庫提要》於《慶湖遺老集》評語亦言詞勝於詩。余以爲方回詞之工，正得力於詩功之深也。《王直方詩話》謂方回言學詩於前輩，得八句云：「平淡不涉於流俗，奇古不鄰於怪僻，題詠不窘於物義，叙事不病於聲律，比興深者通物理，用事工者如己出，格見於成篇，渾然不可鐫，氣出於言外，浩然不可屈。」此八語，余謂亦方回作詞之訣也。小令喜用前人成句，其造句亦恒類晚唐人詩。慢詞命辭遣意多自唐賢詩篇得來，不施破碎藻采，可謂無假脂粉，自然穠麗。張叔夏謂「與吴夢窗皆善於鍊字面者，多於李長吉、温庭筠詩中來」，大謬不然。方回詞取材於長吉、飛卿者不多，所以整而不碎也。

赤城詞

鷓鴣天　柳外東風不滿旗

（「莫向尊前唱教池」眉批）《教池回》，詞調名。

蘋洲漁笛譜

探春慢　綵勝宜春

（「斷句元宵，燈前共誰攜手」眉批）「句」讀若彀，「斷句」宋時俗語也。本集《玲瓏四犯》云：「杏腮紅透梅鈿皺。燕將歸、海棠斷句。」「斷句」與「皺」叶。

色采鮮新，音響調利，是其所長。然内心不深，則情味不永，是詞才有餘，詞心不足也。

調利則無澀味，鮮新則非古彩，所以下夢窗一等。總之愛好太過，亦是一病。

白石恰到好處，效之者輒過。平情而論，調利最易，斂勒最難，白石手辣，故不病於調利。草窗、玉田所不能也。碧山差勝一籌。

山中白雲詞

鄭思肖原序

瘋狂之語，似通非通，開明季惡風氣之先。

《山中白雲詞》卷一

在玉田詞中，最爲嚴整者，多在此卷。

南浦　波暖緑粼粼

此膾炙人口之詞，余不明其妙處安在，但覺工穩而已。

高陽臺　接葉巢鶯

（「怕見飛花，怕聽啼鵑」眉批）疊「怕」字便滑。

憶舊游　看方壺擁翠

似夢窗。

壺中天　揚舲萬里

佳詞。

聲聲慢　平沙催曉

佳詞。

慶春宫　波蕩蘭觴

纖小。

甘州　記玉關踏雪事清游

健爽。

憶舊游　記開簾過酒，隔水懸燈

四字句對，看似甚新，實非大方家數。

滿庭芳　晴皎霜花

如前調《解連環·孤雁》之「未羞他」、此調之「恐和他」等語調，最爲詞之下品。

憶舊游　問蓬萊何處

總由虚字領句，只圖前後鈎勒便利，遂成滑調。

又　記凝妝倚扇

起句輕。（「斷腸草，伴幾折眉痕，幾點啼痕」眉批）疊「幾」字，南宋爛調，小巧可厭。

探春慢　銀浦流雲

此佳詞矣。惜中間仍有務爲流走句調。

徵招　可憐張緒門前柳

（「古調誰彈，古音誰賞，歲華空老」眉批）「古音」何妨易爲「雅音」。必疊「古」字，南宋惡習。

甘州　記天風飛佩紫霞邊

（「是幾番、柳邊行色，是幾番、同醉古園林」眉批）疊三字，貫二句，俗調滑極。

慶春宫　蟾窟研霜

此詞稍凝重，微似夢窗。

長亭怨　望花外小橋流水

似白石。

甘州　望涓涓一水隱芙蓉

似白石。

又　隔花窺半面帶天香

似白石。效白石雖亦流轉處使用虛字，有變化則不爲爛調。在流動中仍有凝重處，則不爲滑調。

此辨别甚不易。

探春慢　列屋烘鑪

（「聽雁聽風雨，更聽過、數聲柔艣」眉批）疊三「聽」字，油滑可厭，可謂之甚之又甚矣。

憶舊游　記瓊筵卜夜，錦檻移春，同惱鶯嬌。暗水流花徑，正無風院落，銀燭遲銷

起五句似梅溪。

滿江紅　傅粉何郎

（「似花還欲似非花」眉批）「似花」句乃玉田爛調，如是者不止一處。東坡妙句，被玉田抄壞矣。

瑶臺聚八仙　春樹江東

（「行藏也須在我，笑晉人爲菊，出岫方濃」眉批）「笑晉人」句與雲之「出岫」相接。

霜葉飛　繡屏開了驚詩夢

「隱將譜字轉清圓」，似已爲南曲之歌法矣。

蝶戀花　濟楚衣裳眉目秀

（「渾砌隨機笑開口，筵前戲諫從來有」眉批）「諢砌」、「戲諫」字妙。兩「得」字滑調。

甘州　俯長江不占洞庭波

似稼軒。

月下笛　千里行秋

（「斷腸不恨江南老，恨落葉飄零最久」眉批）兩「恨」字滑調。此類甚多，所以詞品卑下。

臨江仙　憶得沈香歌斷後

奇句。

滿江紅　近日衰遲

似稼軒。

水調歌頭　白髮已如此

似稼軒。

采桑子　西園冷罥秋千索

（「雨透花皺。雨過花皺。」又「夢裏行雲。陌上行塵」眉批）《采桑子》調兩四字句，一屬上，一屬下。

此二句用疊字貫串之，尤無理；是不明調中之分也。

滿江紅　老子今年

（「書册琴棋清隊仗」眉批）「隊仗」新穎。

壺中天　苔根抱古

似東坡。

南樓令　曾記宴蓬壺

似東坡。

玉田詞流麗清暢，可謂能事盡矣。然終欠沉著，亦坐此病。周止庵謂其「只在字句上着功夫，不肯换意」。誠然，誠然。

——以上録自夏敬觀手批《彊邨叢書》

前輩詞人夏敬觀（吷庵）畢生致力詞學，著有《詞調溯源》。手批詞籍多種，輒有真知灼見。龍榆生、吕貞白等嘗從過録，奉爲枕中秘書。夏老下世後，遺書散出，余購得其所藏《彊邨叢書》，朱墨批校，粲列書眉。頃因《詞學》徵稿，遂爲輯録，公諸同好，亦以發夏老潛德。一九八四年六月，平湖葛渭君記。

又，此文初次發表於《詞學》第四輯，收入本書時有所增補修訂。另輯歐陽修等七家詞評作爲《補遺》附卷後。二〇〇二年四月補記。

補遺

張先詞

張子野《歸朝歡》云：「等身金，誰能得意，買此好光景。」乃用《舊唐書·郝玭傳》語，贊普下令國人曰：「有生得郝玭者，賞之以等身金。」《詞品》云：宋賈黄中幼日聰悟過人，父取書與其身相等，令誦之，謂之等身書。張子野《歸朝歡》云云，不觀賈黄中傳，知「等身金」爲何語乎？

歐陽修詞

採桑子　輕舟短棹西湖好

又　春深雨過西湖好

又　畫船載酒西湖好

又　群芳過後西湖好

又　何人解賞西湖好

又　清明上巳西湖好

又　荷花開後西湖好

又　天容水色西湖好

又　殘霞夕照西湖好

又　平生爲愛西湖好

此潁州西湖詞。公昔知潁，此晚居潁州所作也。

漁家傲　喜鵲填河仙浪淺

又　乞巧樓頭雲幔卷

又　別恨長長歡計短

七夕詞三闋，意皆不複，此詞選韻。

以上手批《六一詞》

蘇軾詞

東坡詞如春花散空，不著跡象，使柳枝歌之，正如天風海濤之曲，中多幽咽怨斷之音，此其上乘也。若夫激昂排宕，不可一世之概，陳無己所謂：「如教坊雷大使之舞，雖極天下之工，要非本色。」乃其第二乘也。後之學蘇者，惟能知第二乘，未有能達上乘者，即稼軒亦然。　東坡《永遇樂》詞云：「紞如三鼓，鏗然一葉，點點夢雲驚斷。夜茫茫，重尋無處，覺來小園行遍。」此數語，可作東坡自道聖

處。　手批《東坡詞》

近人惟文道希學士，差能學蘇。　手批《東坡詞》

黄庭堅詞

滿庭芳　脩水濃青

方之少游，靈不足，嚴整有餘。

後山稱：「今代詞手，惟秦七、黄九。」少游清麗，山谷重拙，自是一時敵手。至用諺語作俳體，時移世易，語言變遷，後之閲者漸不能明，此亦自然之勢。試檢揚子雲絶代語，有能一一釋其義者乎？以市井語入詞，始於柳耆卿；少游、山谷各有數篇，山谷特甚之又甚，至不可句讀，若此類者，學者可不必步趨耳。曩疑山谷詞太生硬，今細讀，悟其不然。「超軼絶塵，獨立萬物之表；馭風騎氣，以與造物者游。」東坡譽山谷之語也。吾於其詞亦云。　以上手批《山谷詞》

秦觀詞

少游詞清麗婉約，辭情相稱，誦之回腸蕩氣，自是詞中上品。比之山谷，詩不及遠甚，詞則過之。蓋山谷是東坡一派，少游則純乎詞人之詞也。東坡嘗譏少游：「不意別後，公卻學柳七！」少游學柳，豈用諱言？稍加以坡，便成爲少游之詞。學者細玩，當不易吾言也。　手批《淮海詞跋》

周邦彦詞

瑞龍吟　章臺路

詞中對偶句，最忌堆砌板重。如此詞「褪粉」二句，「名園」二句，皆極流動，所以妙也。「愔愔」、「侵晨」挺接。末段挺接處尤妙，用「潛氣内轉」之筆行之。

風流子　楓林凋晚葉

此詞四句對偶凡三處，句調皆變换不同。　通篇一氣銜貫。

六醜　正單衣試酒

一氣貫注，轉折處如「天馬行空」。所用虚字，無一不與文情相合。　以上手批《清真集》

辛棄疾詞

粉蝶兒　昨日春如十三女兒學繡

連續誦之，如笛聲宛轉，乃不得以他文詞繩之，勉强斷句。此自是好詞，雖去别調不遠，卻仍是穠麗一派也。　手批《稼軒詞》

渭君按：以上夏評六家原批已不知落入誰家侯門，是已不可得，兹據龍榆生先生《唐宋名家詞選》輯録，以作《映庵詞評》之補。

吴文英詞

瑣窗寒　紺縷堆雲

王荆公《送鄞州知府宋諫議》詩：「海谷移文省，谿堂燕豆添。」夢窗蓋用荆公詩。　明鈔作「海谷」是，兹改「海客」。他本作「梅谷」，皆非。　「冷薰」七字拙而不成句。

《尉遲杯》　垂楊徑

換頭處拙句可學。然縱此必用活筆乃佳。

渡江雲三犯　羞紅顰淺恨

收句拙而不佳，次三亦不貫。五、六二句一指舟，一指騎。在西湖誠有此景，然未能使人知，爲分寫此景，實不易道也。

三部樂　江鶂初飛

此極似白石作法。　他本「半竿」上無「瘦」字，「鷺汀」有「泮」字，則上四下五，與周詞句調不合。明鈔有「瘦」字，無「泮」字，上五下四，合則合矣，「瘦」究他奇。

霜葉飛　斷煙離緒

前結三句，甚難索解。

瑞鶴仙　淚荷抛碎璧

「頟」韻新。

又　晴絲牽緒亂

意新。

又　藕心抽瑩繭

「兩玉凫」避去虚字不用，夢窗往往如此。「絲絢侍宴」句，過拙。

滿江紅　雪氣樓臺

擬白石極似。「盡雁」對「疏鐘」，「盡」字未工。

又　結束蕭仙

「嘯梁鬼」句，萬不可學。

解連環　思和雲結

「省聽風」句接以「笙簫」二字未安。

一寸金　秋入中山

運用典實，自饒古芬。二詞按指與又「秋壓更長」闋皆類稼軒，無其才氣，乃才不之及也。澀則夢窗專長，擬以美成，相去遠矣。「邑」、「入」依戈順卿分爲質術韻，「業」爲合盍韻。此與勿迄韻同押。「楫」字依美成詞及本集第二首，可不以韻論。

繞佛閣　夜空似水

此雙拽頭也。美成詞首句「斂」字是韻，夢窗兩詞皆失之，陳西麓和韻用「斂」字是。

又　蒨霞艷錦

此詞未免過澀。凡滑調須使稍澀，澀調須使稍順。此詞不若前詞，對看即明。起二句對甚不生情，美成絶不如此。「歎遊蕩」三字，殊不佳。

水龍吟　有人獨立空山

此用「漢」字，卻固避去虚字。然「漢游仙」三字雖用從赤松游故事，琢句稍欠。換頭二字用韻。

又　幾番時事重論

此學稼軒，極似之。

玉燭新　花穿簾隙透

意新，語新。

解語花　門横皺碧

首二句對，似美成。「翠」字失叶。

又　檐花舊滴

首二句對，似梅溪，然是南宋派矣。不大。

慶春宫　春屋圍花

首二句對。此等對句甚呆相，不可學。「亂篁」二句，即前《玉燭新》之「嫩篁」二句之意，而措辭不若前調之美。

又　殘葉翻濃

辭意俱新。「追」字、「近」字極生，而能煉之使熟，意乃更深一層。

塞垣春　漏瑟侵瓊管

雕琢太過。「看爭拜」句，清真作七字句，必有譌誤，恐非今一體，即若譌句，亦欠佳。

宴清都　萬里關河眼

《宴清都》六闋，祇此差可誦，其上列五闋，真所謂「不成片段」者。「斂」、「店」、「感」韻與元□韻同押。「□」字雖新，未免觸眼，蓋未經練熟也。（與此前《慶春宮》之「追」字生熟不同）

掃花游　冷空澹碧

夢窗詞虛字不苟用，能用實字必用實字，頗得美成之訣。此詞「帶」字、「就」字、「濺」字皆是，如此類者甚多，不能盡注，讀者注意可也。「萬點啼痕暗樹」，不成句。

又　草生夢碧

「逋」讀去聲。古音東侯對轉，實即透音。

又　暖波印日

換頭句太奇，殊難索解。

應天長　麗花鬬靨

首四字句對太着力，第四句亦太着力。

風流子　金谷已空塵

四排三處句調變化不能如美成之詞，故波亦不及遠甚。

又　温柔酣紫曲

「花君去」，不解。此比《繞佛閣》之「人鬢花老」更爲不妥。「花」，毛本作「誆」，亦不佳，且此字宜平。

荔枝香近　睡輕時聞

第二句真是一氣難于强斷。

浪淘沙慢　夢仙到吹笙路杳

「飛絮」句一領四，則起調作五字，詩句則音節不振。夢窗蓋以「飛」字領「絮颺東風」四字，但嫌「飛絮」二字連，使人易讀爲二領三耳。夢窗换虚字用實字往往如此，亦往往有合不合。「料池柳」句應三字豆，下接二領三句。造句亦稍軟，使人可讀如一領四句。「更醉蹋」三字亦易連下讀。

瑞龍吟　墮虹際

「酒香」句未安。

又　大溪面

「簪柳門歸懶」句未安。

祝英臺近　晚雲開

「笙簫」句無理。

探芳新　九街頭

「椒杯」句未安。

暗香　縣花誰葺

「天際」句、「簾晝隙」句均未安。

江南好　行錦歸來

「圍密」句太澀。

水調歌頭　屋下半流水

夢窗自有學蘇辛一派之詞，故漚尹晚頗入此路。

秋思　堆枕香鬟側

毛本「酌」作「夕」，兩字句換頭較安。

沁園春　情如之何

以其本期事對前代事，未爲合法。

珍珠簾　密沈爐暖萸煙嫋

首句太雕琢。

鶯啼序　天吴駕雲閬海

又　殘寒正欺病酒

又　横塘棹穿艷錦

三篇皆夢窗本色之詞，能一氣貫注，故不爲藻采所累，乃儷文作法，詞中之變格也。

天香　珠絡玲瓏

風味、風韻稍嫌複。

玉蝴蝶　角斷籤鳴疏點

首句太笨。「想」字敷衍。「御溝」七字不成句。

絳都春　香深霧暖

「深院」二字接于「錦瑟華年」下，無理。　八字對學美成變换句調之法，以下皆然。

惜秋華　細響殘蛩

「鴻」字不叶韻者一體。「晚夢」三句作上四下六二句，考又一體，凡三體。

惜黄花慢　粉靨金裳

「故人帽底」句費解。

木蘭花慢　紫騮嘶凍草

「藜」字失韻。

又　送秋雲萬里

「風」字不叶，爲又一體。

探芳信　轉芳徑

「待留向、月中聽」句多一字，爲又一體。

聲聲慢　檀欒金碧

四字對嫌板。　「蘸」字新而煉熟。

又　春星當户

「秋桐」句費解。

又　鶯團橙徑

「團」字過生。

又　旋移輕鷁

「是州」未穩。

倦尋芳　海霞倒影

「輕塵」對「爭艷」，「輕」字欠。　「漏壺」、「銅壺」複。

又　暮帆挂雨

「寄新吟」依上二詞應作三字豆，于第六字再作豆，或屬上或屬下無一定。萬紅友于兩豆皆作句乃執泥，不可以概括他詞。

探春慢　徑苔深

依明鈔增字乃《探芳新》也。漚尹以爲因爲自度腔而異其名。夢窗奈何自度一曲而製二名耶？疑此爲明時人所竄改，當從《甲乙丙丁稿》。蓋與《探芳新》小異，始以《探春慢》名之也。

夏敬觀撰

五代詞話

五代詞話目録

五代詞話

温韋菩薩蠻

韋莊《浣花集》詩，止於近體，辭婉骨遒，亦韓冬郎之亞。故其詞格高音亮，比之飛卿稍趨流麗，以其《菩薩蠻》五闋，與飛卿之十四闋相較，飛卿則多用縮筆，且章法銜接處不易見。飛卿十四闋，或非一時所作，張皋文所評，亦有牽强處。莊五闋，則銜接甚明。皋文所評，亦極確切。飛卿「小山重疊」一闋，以篇法言，脈絡甚明，首二句言天曉睡醒，次二句言懶起梳妝，下四句則妝成著衣矣。自顧憐影，睹物思情。篇法者，一闋中之脈絡也；章法者，數闋相連之脈絡也。若依皋文以章法言，此闋何緣居首？「江上柳如煙」以下，所叙爲夢境，至「蕊黄無限」以下三闋，則未必皆本人夢之情也。飛卿《菩薩蠻》詞，實有十五闋，其「玉纖彈處」一闋，完全賦淚，《花間》未選耳。可推知十四闋，非必一時之作，不當以章法言之也。

唐詞至飛卿告大成

飛卿詞，實從六朝樂府出，不僅命意，遣辭亦然。句中絶少使用虚字，轉折處皆用實字挺接，故不見鈎勒之迹。唐時詞體，至飛卿始告大成。命意遣辭，在初創者不失爲新。經後人襲取，遂成陳舊。況夔笙謂「《花間》至不易學，其弊也襲其貌似，其中空空如也」，此語誠然。然小令至高之境，厥在《花間》，謂其不易學，誠是。若作小令，不知《花間》之妙處，終落下乘。蓋學者欲去貌襲之弊，欲其中不空無所有，須從六朝樂府及小品賦用功，且須能詩而後可。

飛卿詞造句新穎

飛卿詞，造句新穎，而仍不現刻畫，若《菩薩蠻》之「明鏡照新妝，鬢輕雙臉長」，「鬢輕」者，髮稀；「臉長」者，面瘦也。「深處麝煙長，卧時留薄妝」，人多言曉妝殘，未曾道著卸妝後之所留也。

飛卿詞爲南唐二主取法

飛卿《更漏子》云：「梧桐樹。三更雨。不道離情正苦。一葉葉，一聲聲，空堦滴到明。」《南歌子》云：「手裏金鸚鵡，胸前繡鳳凰。偷眼暗形相。不如從嫁與，作鴛鴦。」其詞流麗似此者極少，是爲南唐二主之所取法。五代詞流麗者，大都仍重在勒住，不然，更薄矣。

飛卿河瀆神詞

飛卿《河瀆神》三闋，皆賦調名本意也。「河上望叢祠。廟前春雨來時。楚山無限鳥飛遲。蘭棹空傷別離」。又「孤廟對寒潮。西陵風雨蕭蕭」。又「銅鼓賽神來，滿庭幡蓋徘徊。水村江浦過風雷。楚山如畫煙開」。誦之儼見巫陽《九招》，白石禱巢湖神姥《滿江紅》詞，從此出。李義山《重過聖女祠》詩，不是過也。稼軒亦有以楚騷之意入詞者，何能若斯嚴肅。

飛卿河傳三闋

飛卿《河傳》三闋，可當六朝小賦讀，其間造句以拙勝者，爲最難學。第二句六字尤難，此句不拙，則通首不振。此等處所，非經歷不能悟也。《河傳》句短韻多，其音節之妙，人人皆知之，學之未有能到者，故後來作者，句調有改易。若其拙勝之處，不拙則不起調，過拙則笨。

飛卿詞開蜀與江南二派

飛卿《夢江南》云：「過盡千帆皆不是，斜暉脈脈水悠悠。腸斷白蘋洲。」此名句，人人所知也，能效此者，惟南唐二主。飛卿詞實開蜀與江南二派，蜀派得其以拙勝者爲多。

皇甫松詞善寫眼前景物

皇甫松詞，善寫眼前景物，而情即融於景中。如《浪淘沙》之「宿鷺眠鷗飛舊浦，去年沙觜是江心」。「浪起鵁鶄眠不得，寒沙細細入江流」。《摘得新》之「錦筵紅蠟燭，莫來遲。繁紅一夜經風雨，是空枝」。《天仙子》之「躑躅花開紅照水，鷓鴣飛繞青山觜」。皆眼前之景物也。又《抛球樂》云：「金蹙花毬小，真珠繡帶垂。繡帶垂。幾回銜鳳蠟，千度入香懷。上客終須醉，觥盂且亂排。」其寫抛毬景象，尤爲逼真。此詞《尊前》選而《花間》遺之。

韋莊漸開詞家琢句法

飛卿詞凡五七言句，皆其詩琢句之法，至韋莊則漸開詞家琢句之法。如《浣溪沙》之「捲簾直出畫堂前」、「欲上秋千四體慵，擬教人送又心忪」。置之詩中，殊嫌其弱，即在詞中，亦必通首句法挺健，而後能相扶，不嫌其弱。後人專學詞之琢句，使通首皆然，則不振矣。

韋莊菩薩蠻之氣連貫

韋莊《菩薩蠻》五闋，連貫之氣，學者細讀自知。飛卿絶少用虚字，莊使用虚字，卻是前後照應，不僅每闋首尾前後照應，且連貫五闋首尾前後照應也。其挺接處非有虚字，亦首尾前後照應，尤其第一闋開場得勢，第五闋總括得勢，皆用作詩之法，其妙處殆有遇於飛卿者。

韋莊紀事詞

《詞統》謂莊有寵姬，姿質豔麗，兼善詞翰。建託以教内人爲詞，强奪去。莊作《謁金門》云：「空相憶。

無計得傳消息。天上嫦娥人不識。寄書何處覓。新睡覺來無力。不忍把君書迹。滿院落花春寂寂。斷腸芳草碧。」情意淒婉，人相傳播。姬得聞之，遂不食而卒。《古今詞話》以《荷葉杯》「絶代佳人難得」一闋，亦爲姬作。余以爲《浣溪沙》云：「夜夜相思更漏殘。傷心明月凭闌干。想君思我錦衾寒。咫尺畫堂深似海，憶來惟把舊書看。幾時携手入长安。」亦其姬初入王建宫，尚不知其永不放歸，而亦已疑建之奪，思去而還長安也。《歸國遥》之「春欲暮」一首亦同。詞有本事，則誦之愈覺其親切，然如陳述叔之解夢窗詞，處處皆釋爲思去妾，則又未免迂遠也。

小詞以含蓄爲佳

《詞筌》云：「小詞以含蓄爲佳，亦有作決絶語而妙者。如韋莊『誰家年少足風流，妾擬將身嫁與，一生休。縱被無情棄，不能羞』之類是也。牛嶠『須作一生拚，盡君今日歡』，抑亦其次。」余謂此不當以決絶語解之，乃詞中之質直語。飛卿《更漏子》詞「知我意，感君憐，此情須問天」，《南歌子》詞「近來心更切，爲思君」，亦然。質直語最難學，學之不善，便落粗豪或纖細。韋莊《思帝鄉》詞，固是自道其絶意留蜀之意，前一闋云：「説盡人間天上，兩心知。」是必與同來依蜀者言也。《女冠子》詞云：「四月十七，正是去年今日。」此亦必有本事。此二闋皆質直語。

韋莊詞與飛卿有相似處

韋莊《清平樂》四闋，鍊辭琢句及篇法之嚴整，極似飛卿。第三首云「何處游女」，末云「住在緑槐陰裏，門臨春水橋邊」，倒裝尤妙。第四闋末云：「去路香塵莫掃，掃即郎去歸遲」，語言極新。《天仙子》五闋，前二闋不似一時所作，第三、第四則是同時所作，二闋之意，正銜接，如《菩薩蠻》五闋然。末一闋，乃賦調名本意，選家以歸并一調。飛卿《菩薩蠻》十四闋，亦必非一時所作，乃選家歸并一調。皋文合言之，誤矣。

韋莊訴衷情

《訴衷情》云：「何處按歌聲。輕輕。舞衣塵暗生。負春情。」又：「鴛夢隔星橋。迢迢。越羅香暗銷。墜花翹。」傳神處在兩疊字，兩「暗」字，音節神韻，極似飛卿。

韋莊木蘭花

《木蘭花》云：「坐看落花空歎息。羅袂濕斑紅淚滴。千山萬水不曾行，魂夢欲教何處覓。」誦之回腸蕩氣。

薛昭藴詞筆路重拙

薛昭藴詞，筆路尤重拙，無一詞涉入南唐派者。《浣溪沙》云：「不語含顰深浦裏，幾回愁煞棹船郎。燕歸帆盡水茫茫。」末句與「過盡千帆皆不是」同意，而造句特拙重。其「鈿匣菱花錦帶垂」一首，末云「二年終日換芳菲」；「粉上依稀有淚痕」一首，曰「郡庭花落」，曰「延秋門外」，此必有本事也。「意滿便同春水滿，情深還似酒杯深。楚煙湘月雨沉沉」，其措語口近，意亦拙重而後可。「簾下三間出寺牆。滿街垂柳緑陰長。嫩紅輕翠見濃妝。　瞥地見時猶可可，卻來閑處暗思量。如今情事隔仙鄉。」此詞有本事，更屬顯然。後三句費盡思力而淺出之，愈重拙矣。

薛昭藴離別難

《離別難》云：「紅蠟燭，青絲曲，偏能鈎引淚闌干。」語新意長，此詞通篇句豆，乃創澀調之始。其下半闋「未别心先咽，欲語情難説。出芳草、路東西」。吴印丞翻刻宋本，於「出」字斷句。此斷句，不知爲何人？余疑當從「説」字斷句，「出」字上或脱二字，蓋此三句即前半闋「那堪春景媚。送君千萬里。半妝珠翠落，露華寒」三句也。《醉公子》云：「慢綰青絲髮。光砑吴綾襪。床上小熏籠，韶州新退紅。」琢句亦極趨密致。其下半闋云：「叵耐無端處。撿得從頭污。惱得眼慵開，問人閑事來。」開後人使用俚語一派。

牛嶠柳枝詞

《丹鉛總録》云：牛嶠《柳枝》詞：「吴王宫裏色偏深。一簇纖條萬縷金。不分宋刊作「不憤」錢塘蘇小小，引郎松下結同心。」按古樂府《小小歌》有云：「妾乘油壁車，郎乘青驄馬。何處結同心，西陵松柏下。」牛詞用此意詠柳而貶松。唐人所謂尊題格也。後人改「松下」作「枝下」，語意索然矣。余按此詞正是譏當時人不尚節義，寧有貶松之意？自古以柳喻婦人，不過喻其細腰善舞，或以比眉，若楊花飄蕩，即貶矣。古詩結同心於松柏下，乃重節義之意也。牛詞用此，正其深意。

牛嶠夢江南

牛嶠《夢江南》詞云：「啣泥燕，飛到畫堂前。占得杏梁安穩處，體輕唯有主人憐。堪羨好姻緣。」又云：「紅繡被，兩兩閒鴛鴦。不是鳥中偏愛爾，爲緣交頸睡南塘。全勝薄情郎。」詠燕，一詠鴛鴦，乃詠物詞也。其中固亦有喻意，無絲毫纖巧沾滯之態，其格所以高也。

牛嶠詞之質直語

《感恩多》之「願得郎心、憶家還早歸」，又云「禮月求天，願君知我心」。《更漏子》云：「挑錦字，記情事。唯願兩心相似。」又云：「辜負我，悔憐君。告天下不聞。」《菩薩蠻》之「今宵求夢想。難到青樓上。嬴得一場愁。鴛衾誰竝頭。」又云「朝暮兩般心，向他情謾深」。又云「須作一生拚，盡君今日歡」。凡此，皆質直語也。

毛文錫詞力趨新穎

毛文錫詞，遣辭命意，力趨新穎，在蜀詞中，另開一派。惟意在辭中，絶少質直語。差近者，但《虞美人》之「相思空有夢相尋，意難任」兩句。及《醉花間》之「休相問，怕相問，相問還添恨」、「深相憶，莫相憶，相憶情難極」。

毛文錫五代中之別派詞

《贊成功》云：「海棠未坼，萬點深紅。香包緘結一重重。似含羞態，邀勒春風。蜂來蝶去，任繞芳叢。　昨夜微雨，飄灑庭中。忽聞聲滴井邊桐。美人驚起，坐聽晨鐘。快教折取，戴玉瓏璁。」《接賢賓》云：「香韉鏤襜五花驄。值春景初融。流珠噴沫躞蹀，汗血流紅。　少年公子能乘馭，金鑣玉轡瓏璁。爲惜珊瑚鞭不下，驕生百步千蹤。信穿花，從拂柳，向九陌追風。」二詞皆道一物，一瀉直下，此誠五代詞中之別派也。

毛文錫詞好奇避熟

文錫詞，又好奇避熟，如《中興樂》云：「豆蔻花繁煙艷深。丁香軟結同心。翠鬟女。相與。共淘金。　紅蕉葉裏猩猩語。鴛鴦浦。鏡中鸞舞。絲雨。隔荔枝陰。」女子淘金，以之入詞，惟此與薛昭藴《浣溪沙》之「越女淘金春水上」而已。《巫山一段雲》云：「貌掩巫山色，才過濯錦波。阿誰提筆上銀河。月裏寫嫦娥。　薄薄施鉛粉，盈盈挂綺羅。菖蒲花役魂夢多。年代屬元和。」以奇詭之思入詞，蓋亦謹見。

牛希濟生查子

牛希濟《生查子》詞：「春山煙欲收，天澹稀星小。殘月臉邊明，别淚臨清曉。　語已多，情未了。迴首猶重道。記得緑羅裙，處處憐芳草。」周清真《早梅芳近》云「去難留，話未了，早促登長道」，實襲取之。

牛希濟有女冠子不傳

《十國春秋》稱其《臨江仙》「月斜江上，征棹動晨鐘」，又「風流初道勝人間。須知狂客，拚死爲紅顔」，特爲詞家之雋。又云又次牛嶠《女冠子》四闋，時輩嘖嘖稱道，今其詞不傳。

歐陽炯南鄉子

歐陽炯《南鄉子》詞：「嫩草如煙。石榴花發海南天。日暮江亭春影淥。鴛鴦浴。水遠山長看不足。」又：「路入南中。桄榔葉暗蓼花紅。兩岸人家微雨後。收紅豆。樹底纖纖擡素手。」寫南中風景，宛然如畫。《野人閑話》載其賦貫休《羅漢歌》長篇，大氣包舉，晚唐人所無。蓋能詩者，其小詞亦見詩才也。

歐陽炯詞作法較諸家不同

《巫山一段雲》云：「春去秋來也，愁心似醉醺。去時邀約早回輪。及去又何曾。　歌扇花光黦，衣珠滴淚新。恨身翻不作車塵。萬里得隨君。」《更漏子》云：「一向。凝情望。待得不成模樣。雖叵耐，又尋思。怎生嗔得伊。」《木蘭花》云：「兒家夫壻心容易。身又不來書不寄。閉庭獨立鳥關關，爭忍拋奴深院裏。　悶向緑紗窗下睡。睡又不成愁已至。今年卻憶去年春，同在木蘭花下醉。」《菩薩蠻》云：「曉街鐘鼓絶。嗔道如今別。特地氣長吁。倚屏彈淚珠。」此等作法，又較同時詞家不同。

歐陽炯詠荷花意極新艷

《春光好》云「柳眼煙來點緑，花心日與妝紅」。《女冠子》云「蘂中千點淚，心裏萬條絲」。詠荷花也，句意極其新艷。況夔笙《蕙風詞話》賞其《浣溪沙》：「蘭麝細香聞喘息，綺羅纖縷見肌膚。此時還恨薄情無。」以爲自有艷詞以來，殆莫艷於此。余謂此意之艷，非詞之艷也。

歐陽炯清平樂

《清平樂》「春來階砌」一首，句句使用「春」字，後人學之者不乏其人，此炯所創。

夏敬觀撰

學山詞話

學山詞話目録

附録　序跋

學山詞話

李拔可刊王允皙詞集

長樂王又點允皙，以工詞名。予既書其詞於《忍古樓詞話》，邇來李君拔可復爲刊印遺集；疊搜得其逸詩逸詞。忍古樓詩話

樊樊山詞以側艷擅長

樊樊山方伯增祥，自州縣官起家，洊升至江寧布政使，曾一護督篆。詩詞皆以側艷擅長。同上

劉融齋短於詞而長於曲

興化劉融齋中允熙載，同治三年視學廣東，一介不取。引疾歸，主講上海龍門書院十四年，著有《藝概》六卷。其《詩概》一卷，所論自漢、魏及趙宋而止，所以示學者作詩之法備矣。《詞曲概》一卷，察其所學，蓋短於詞而長於曲。其論曲韻頗精，特誤以入聲配隸三聲，《中原音韻》自一東、鍾至十九廉、纖

皆是。……　學山詩話

鄭叔問青玉案集中未存

「長夜長春宴未闌，千枝鳳燭不教殘。持來褐色官窯器，何似瓊瑶碼磁盤。」「水晶屏與水晶宫，亭榭周迴複道通。彩舫新排樂游曲，御杯重映采蓮紅。」此易實甫《題鄭叔問所藏閩主供御杯拓本》詩也。叔問有《題供御古杯·青玉案》詞，爲集中所未存者。　同上

陳金鳳樂游曲

延鈞張長枕大牀，擁金鳳及諸宫女裸卧，隨意幸之。又遣使於日南造水晶屏風，周圍四丈二尺，延鈞與金鳳淫狎於内，令宫女隔屏覘之，嬉笑爲樂。二月上巳，延鈞修禊桑溪，金鳳偕後宫雜衣文錦，列居水次，流觴娱暢，窮日而返。沈麝之氣，環珮之響，燎炬之光，達於遠近。途中絃管繽紛奏和，清音入雲，觀者塞道不能前。端陽日造彩舫數百於西湖，每舫載宫女二、三十人，衣短衣，鼓楫爭先。延鈞御大龍舟以觀。金鳳作《樂游曲》，使宫女同聲歌之。曲曰：「龍舟摇拽東復東。采蓮湖上紅更紅。波澹澹，水溶溶。奴隔荷花路不通。」「西湖南湖鬬彩舟。青蒲紫蓼滿中洲。波渺渺，水悠悠。長奉君王萬歲游。」游人士女，綺繡夾岸，雜沓如市。　同上　引《金鳳外傳》

抒懷操

康熙丁未燕山程穎莽雄，著有《松風閣琴譜》二卷。上卷琴曲十一曲；下卷題爲《抒懷操》，凡三十四小曲，皆當時名流填詞，贈穎莽彈琴之作，穎莽譜之入琴者也。知名者凡十二家：曹秋岳、張砥中、惲正叔、丁藥園、沈遹聲、毛稚黄、丁素涵、王阮亭、孫豹人、宋牧仲、顧梁汾、朱竹垞。以詞入琴譜，或尚不背於古法，較之《九宫大成譜》以南北曲譜法譜宋詞爲允也，是可取法。同上

邵伯褧鶯啼序

和珅多内嬖，有園在海淀，極池館之勝。園中一樓，貯自鳴鐘甚巨，晨鳴則群姬理妝。有吴卿憐、長二姑者，皆嫻文翰。珅敗賜死，長二姑有詩述哀，卿憐自述悲怨詩則云：「梁間燕子來還去，害煞兒家是戟門。」卿憐先爲平陽王亶望妾，亶望伏法，蔣戟門侍御錫棨得之，以獻於珅。珅甚寵之。先後所事二主，皆以罪誅，誠禍水也。邵伯褧太史章《題卿憐小影便面・鶯啼序》詞云：「優曇散空弄影，繞人間翠户。艷陽轉、春入琴川，幾番花事朝暮。愛明慧、如簧顧曲，鶯雛巧囀瓊枝樹。更深情，拈韻敲詩，謝家風絮。一舸鴟夷，照水鬥艷，看旌旗卷霧。試妝罷、依約重簾，解人頻卸紈素。訂幽盟、天長地闊，淚痕漬、歌絲千縷。問何時，迴步層樓，背吟飛鷺。娉婷誰惜，短急催裝，付懊儂倦旅。鸞鳳老、别巢輕换，院冷宵永，敗葉殘燈，五更零雨。修眉暗暈，香衾愁共，候門鍾鼎流光蹙，恨年年、杳隔金閶

渡。雲山似客，歸來畫角添愁，斷腸又見鄉土。　邯鄲夢覺，倚竹驚寒，認舊村漂苧。細點染、羅衫弓袖，半掩嬌羞，彩扇難尋，繡茵偏舞。傷心自寫，纏綿身世，庭軒愁晚悲去雁，渺音塵、慵撥箏絃柱。而今芳杜銷沈，鎮日凝眸，亂紅定否。」扇頭小影，爲吴門周采巖所繪。同上

潘四農賦水調歌頭

山陽潘四農嘗訪和珅淀園故址，花神廟、緑野亭尚存。客有盪舟横笛者，爲賦《水調歌頭》，有云：「昔日花堆錦繡，今日龕餘香火，懺悔付園丁。」王大琠《題四農詞後感事》詩云：「毓華事散賸林邱，此地傳聞舊畫樓。拾翠亭空春草怨，簪花人去曉鐘愁。思深祇道全軀易，勢極旋驚炙手休。一録冰山知悔否，唤回綺夢付漁謳。」同上

文廷式以楚辭入詞

文芸閣學士廷式，嘗謂全以《楚辭》入詞，可另開一境界。其《雲起軒詞集》，有《檃括楚辭山鬼篇意以招隱士·調寄沁園春》云：「若有人兮，在彼山阿，澹然忘歸。想雲端獨立，帶蘿披荔，松陰含睇，乘豹從貍。且挽靈修，長懷公子，薄暮飄風偃桂旗。難行路，向石茸捫葛，山秀搴芝。　最憐雨晦風凄，更猨狖宵鳴聲正悲。悵幽篁久處，天高難問，芳蘅空折，歲晏誰貽。子或慕予，君寧思我，欲門山人轉自疑。歸來好，有華堂廣讌，慰爾離思。」案檃括《楚辭》入歌，漢、魏已有之。同上

文芸閣賀新郎

文芸閣學士《賀新郎》詞云：「別擬西洲曲。有佳人、高樓窈窕，靚妝幽獨。樓上春雲千萬疊，樓底春波如縠。梳洗罷、卷簾游目，采采芙蓉愁日暮。又天涯芳草江南緑。看對對，文鴛浴。侍兒料理裙腰幅。道帶圍、近日寬盡，眉峰長蹙。欲解明璫遥寄遠，將解又還重束。須不羡、陳嬌金屋。一霎長門辭翠輦，怨君王已失苕華玉。爲此意，更躑躅。」此詞自喻，亦爲珍、瑾二妃被謫譴作也。同上

附録　序跋

東坡樂府箋序

詩文集非出手定，爲後人所輯録者，往往次序凌獵，讀者不得尋迹相證，以窺其旨，於是乎有編年；摘藻遺詞，字有來歷，校正譌舛，必詳其源，於是乎有箋注。東坡詩前有百家王注，毗陵邵長蘅、海寧查慎行、桐鄉馮應榴、仁和王文誥踵起編年校補，可謂備矣。獨其詞別本單行，未有從事編注者。歸安朱彊尹侍郎，始爲之校訂編年，刊之《彊村叢書》中。吾友萬載龍君榆生，好學深思，以能詩詞，先後教授於廈門、上海諸大學。暇日復取彊尹所編本，考證箋注，精覈詳博，靡溢靡遺。夫詞於文章，先輩所視爲小道也。然以古例今，街巷謳謡，輶軒所采，士夫潤色，升歌廟堂，《三百篇》亦周代之詞耳。古今文字嬗降，詩變爲五七言，又變而爲詞，爲南北曲，愈近則愈切於民俗國故。詞莫盛於趙宋，《樂章》、《片玉》，幾乎家絃户誦。東坡在當時，異軍特起，孤抱幽憂，託於風人微旨，宜榆生好之篤而考訂之勤也。比集朋輩爲彊社，月課一詞，座中榆生年最少，著述最矜慎。箋方畢，賫稿就予，殷殷求益。予不能有助於榆生也，因爲序言以歸之。新建夏敬觀。

遯盦樂府序

昔予與君同官吴中，歸安朱古微侍郎，僑寓聽楓園。一時所往來者，皆當世詞人，張次珊通參、鄭叔問舍人、陳伯弢大令，及君尊人沚蓴先生常在座。吾曹獲以《燕閒承緒論》，參校樂文，研討聲律，或旦夕得一詞，則傳簡互欣賞。是時君方肆力經史，著書曰《史微》，其爲詞特寄興所及耳。辛亥後，君始寫定詞一卷，侍郎爲編入《滄海遺音》者是也。君慊然自以爲未定，而儕輩已絶歎君造詣之深。矧君自遘世蹇屯，益勵士節，勤撰述，其寓思於詞也，時一傾吐肝肺芳馨，微吟斗室間，叩於窈冥，訴於真宰，心癯而文茂，旨隱而義正，豈餘子所能幾及哉！予嘗謂詞人易致，學人難致，學人而兼爲詞人尤難致。有學人之詞，有詞人之詞，君鄉先輩沈寐叟，學人也，《曼陀羅寱詞》，學人之詞也。叟遺書他人不能董理，而君優爲之，其箋注《蒙古源流》。叟固不能爲君之詞也。詞於文體爲末，而思致則可極於無上，學者雖淹貫群籍，或不能爲，蓋記醜無所施於用，强之則傷其格。若於學無所窺者，但求諸古昔人之詞，又淺薄無足道，彌卑其體，其上焉者，止於詞人之詞而已。君學人也，亦詞人也，二者相因相濟，而不相扞格，詞境之致極也。君又嘗爲《清史》撰《樂志》，於一朝言律吕之書，剖析明朗，條列精簡。謂隋唐登歌，雜蘇祇婆龜兹樂，以律吕文之，神瞽弗世，等於詩亡。其分别古今，使不淆溷，諸泥古樂以求唐宋詞律者，可資以發矇正惑矣。平日論詞，及字陰陽清濁之辨，謂詞興於唐，唐人讀音，有異於今，引慧琳《一切經音義》之反切爲證，則尤前人所未言者。君今將刊其續所爲詞，因書弁簡端，以告承學之士。己卯季秋，新建夏敬觀序。

葉遐庵詞序

周止菴論詞，謂北宋盛於文士，衰於樂；南宋盛於樂工，衰於文士。余嘗深味其言，以爲確論。顧反復思之，北宋詞非不被諸絃管，余於其言，又致疑焉。夫文士製詞，樂工製譜，自漢魏樂府以來皆若是。製詞者不縛於律，故常超妙；製譜者不妄竄易，斯盡能事。東坡不諳音律者也，固亦有入樂之詞；耆卿自諳音律者也，有井水處皆歌之矣。其惡濫之語，爲世訾謷，庸非出自樂工之手耶！是則製譜者有優劣之判耳。止菴之論，猶有未盡也。近頃余與葉君遐庵推論及此，欲溝通今古，令宋詞歌法，復明於今，今樂且克與之合流。而遐庵太息於世無作者，製曲至難，且以學力不逮爲憾。夫以遐庵之才之大，何所不可，然此之責，不在文士而在樂工，吾曹但當闡明樂學，令工知其理可也。矧君固自稼軒進而爲東坡之詞者，其趣在得天之籟，固無庸斤斤於較音比律者哉！余與君皆曾從萍鄉文芸閣學士游，君爲詞最早，其論詞之旨，蓋承先世蓮裳、南雪兩先生之緒，而又多本之學士。晚年益洗綺羅香澤之態，浩歌逸思，恒傑出塵壒之外，而纏綿悱惻，又微近東山。此甲稿所存，少作汰其泰半，多十數年來退居林下之什也。余嘗謂稼軒豪邁學東坡，凡言蘇、辛者，皆知之矣。豪而不放，稼軒所不能也，或知之或不之知。其雄姿壯采，穠麗婉密，學於東山，則未有知之者。又嘗謂東山詞，世無能爲者，近世詞人，惟君之才氣爲最近，君遜謝未遑。昔陳後山謂東坡以詩爲詞，如教坊雷大使之舞，雖極天下之工，要非本色。陸務觀亦謂其不喜裁剪，以就聲律。至於東山則莫不以爲作家者。君年六十有二，猶若四五十許人，精力過於流輩，達兹一間，猶反掌也，豈遑多讓哉！然則製詞以合今樂，又非君所難矣。

廣篋中詞序

甄選清代詞者，先後有佟世南、蔣重光、王昶、黄燮清、姚階、孫麟趾諸家，其最晚出，厥惟仁和譚獻《篋中詞》。嘉、道前，詞人大抵祖禰陳維崧、朱彝尊、厲鶚、郭麐，豪者稱蘇、辛，清婉者稱白石、梅溪、玉田、碧山而已。武進張惠言與弟琦撰《宛鄰詞選》，琦子曜孫復叙録嘉慶詞人爲《同聲集》，荆溪周濟與張氏甥董士錫善，繼爲《詞辨》，於是風氣稍變，浙派外，常州别樹一幟。顧二百年來所薰習濡染，莫能盡滌，譚氏於《詞辨》有評，輯《篋中詞》，剖析精微，議論洽當，至其自爲詞，則結習仍所不免。臨桂王給諫鵬運在中書日，振衰扶雅，況舍人周儀輩翕然從之，同時文學士廷式、鄭舍人文焯、朱侍郎祖謀、陳大令鋭蔚起爲詞宗，海内益嚮風趨正軌，故評清詞者愈晚出愈勝於前，此不易之論也。葉君遐庵早承先世蓮裳南雪先生之學，詞旨閎美。予嘗疑前人盛道姜、張，未嘗有姜。君韙予言，且曰：盛道蘇、辛者，亦何嘗有蘇？蓋東坡、白石自有其超妙者在，未可執後之不善學者之詞，而病蘇爲粗豪，詆姜爲俗也。此其所見，不又精於張、董、周、譚之流耶？譚氏殁於光緒中葉，於近人詞固不及見，今遐庵取而廣之，又補其所當有而闕者，録其所當取而遺者，都爲若干卷，合譚選觀之，於一代盛衰之故，與夫後勝於前之跡，可朗然矣。新建夏敬觀序。

風雨龍吟室詞序

榆生初自閩來，爲海上文學教授，歸安朱古微侍郎一見歎賞。侍郎爲《東坡詞》編年，榆生踵而箋注，予曾序之矣。其文章爾雅，詞宗清真、夢窗，兼嗜蘇、辛，蓋其旨趨與侍郎默契，所取法爲詞家之上乘也。乾嘉人類皆學白石、稼軒、玉田、草窗、碧山，是數家者，非不可學，學之者易之，而其實又皆學其同時人之所爲，於諸家無所得也。侍郎出，斠律審體，嚴辨四聲，海内尊之，風氣始一變。侍郎詞藴情高敻，含味醇厚，藻采芬溢；鑄字造辭，莫不有來歷，體澀而不滯，語深而不晦，晚亦頗取東坡以疎其氣。學者不察也，豈非好爲其難哉！大抵有韻之文，或可入樂，或不入樂，詞者韻文之一體耳。士製其文，工諧其律，作者初無事乎拘牽。而語旨之美，則在其人之胸意吐屬，與夫情感優尚，言而無物，雖可入樂無取也。榆生固深韙吾言者，因書簡端，俾讀榆生詞者知其旨也。丁丑仲冬，夏敬觀。

跋花間、尊前二集

《花間集》，臨桂王幼遐侍御影寫聊城楊氏海源閣所藏宋本，刊於四印齋。其後仁和吴伯宛覆刊明正德陸元大重刻之宋本。元大所據爲紹興十八年濟陽晁謙之所刊。兩本前歐陽炯叙皆題：「廣政三年四月。」查後蜀孟昶立不改元，仍稱明德。至五年始改元廣政，則廣政三年乃晉天福七年也。是選於諸人皆題官。和成績凝，仕後唐、晉、後漢、周四朝。晉天福五年九月，自翰林學士承旨户部侍郎爲中書侍郎同平章事，何以此稱和學士，不曰和相？張子澄泌，仕南唐後主時始爲中書舍人，則距廣政已二十餘年矣，此何以題曰張舍人？孫孟文光憲，初仕高從晦爲從事，歷保融及繼冲三世，皆在幕府。雖累官至檢校秘書監，必甚晚，此何以題曰孫少監？是編所選凡十八人，温飛卿、皇甫子奇，唐人也，故以冠首。合和凝、張泌凡四人，與蜀無涉。余皆蜀人或仕於蜀者，殆蜀人選蜀詞，宜其獨多也。遺庾傳素、歐陽彬不入選，何耶？《四庫提要》謂坊刻妄有增加，殊失其舊，余所疑或亦宋坊刻之過歟？五代詞專集存者，惟馮延巳《陽春集》。韋莊《浣花集》，詩也，不附詞。牛嶠有集三十卷，歌詩三卷，李珣有《瓊瑶集》，孫光憲有《金臺筆傭》、《橘齋》、《鞏湖》諸集，和凝有《紅葉稿》《宋史·藝文志》作《紅藥編》五卷。《五代史》和凝有集一百卷，自篆作板，模印數百帙。雖存其名，今皆不傳。又《宋史·藝文志》有李煜集十卷、集略十卷、詩一卷，成文幹詩集五卷，既不傳，亦無由知其詞附集内否。故惟賴《花間》、《尊前》二選集矣。考《花間》爲後蜀趙崇祚所編，《尊前》則不詳編者姓名時代，以二集參對，除唐詞外，惟歐陽炯《春光好》、《蘋葉嫩》一首，《花間》選作和凝詞；李珣《西溪子》「金縷翠鈿浮動」一首，《花間》前六句與《尊前》同，末作「無語倚屏風，泣殘紅」，與《尊前》異。又薛昭藴《謁金門》一首，與《尊前》同，然則《尊前》所選，殆收《花間》未選之詞，其與《花間》復處，偶不經意耳。五代詞，宋初尚易見，是亦《尊前集》爲宋初人所編之證。明萬曆嘉禾顧梧芳序，稱「聯其所製，爲上下二卷，名曰《尊前集》」，又稱素愛《花間集》，而余所編第有類焉」。毛子晉重刻之，則謂「《尊前集》本不傳，梧芳采録多篇，釐爲二卷」。一若輯自顧氏之手者，殆顧氏竊宋編爲己有，而毛氏又爲顧氏所欺也。

《花間》爲後蜀所編，既不列蜀主王衍、孟昶，則不及南唐二主，自屬當然。至其所選諸人，多屬於蜀。其不屬於蜀者，只張泌、和凝、孫光憲三人。而孫光憲雖不仕於蜀，爲蜀之資州人，則不屬蜀者，實僅張泌、和凝二人。五代詞當以韋莊及南唐馮延巳爲最，既及南唐張泌，而遺馮延巳，未知何故。若謂其擇及人品，則和凝人品，豈高於延巳？由斯言之，殆以詞之派別，有所去取也。余嘗謂五代詞，當分二派：《花間》乃蜀派，南唐與之稍異。南唐二主詞稍流麗，蜀派則務爲嚴重。及宋，二晏、歐陽，皆宗南唐。其宗蜀派者，惟張子野一人。

《花間》所選，屬於蜀者凡十三人，其間確爲蜀人者，只閻選爲蜀布衣，毛熙震蜀人，歐陽炯蜀益州人，尹鶚蜀成都人，李珣蜀秀才本爲波斯人，於載籍有據。此外仕於蜀者：韋莊，杜陵人；牛嶠、牛希濟，隴西人；毛文錫，南陽人；薛昭藴、魏承班、顧敻、鹿虔扆，其爲何地人，則不可考。《五代史》所謂當唐之末，人士多欲依建以避亂，故其僭號，所用皆唐名臣世族，可推知薛昭藴等仕於蜀，非必皆蜀人也。南唐則不然，二主，徐州人；馮延巳，彭城人；張泌，淮南人；陳幼文，江南人《漁隱叢話》引《古今詩話》云：江南成文幼爲大理卿，詞曲絶妙。《歷代詩餘·詞人姓氏録》作成幼文，江南人，官大理卿。當即據《漁隱叢話》、《尊前集》作成文幹，《宋史·藝文志》有成文幹詩集五卷，文幼或即文幹耶，其入選於《尊前集》者，皆江南人之屬於南唐者也。

《尊前》所選，屬於蜀者，又有歐陽彬，衡州人，仕前後蜀，官至尚書左丞、寧江軍節度使。庾傳素，不知何地人，仕前蜀，累官至中書侍郎，後隨衍降後唐，授刺史，此二人《花間》皆遺之。《尊前》又有劉侍讀，許岷，無考。徐昌圖，莆田人，屬於南平。入宋，官殿中丞。林楚翹，《歷代詩餘》列於唐代。

明汲古閣鈔本稼軒詞跋

右毛鈔《稼軒詞》甲乙丙丁集四卷。明吳文恪公訥曾輯入《四朝名賢詞》，當與此同出一源。《稼軒詞》在清代二百餘年間，倚聲家幾於人手一編，大率毛氏汲古閣刊本最爲通行。萬載辛啟泰編刊全集，其長短句四卷悉仍毛刊，補遺一卷云自《永樂大典》鈔出。黃蕘圃獲元大德廣信書院刊本十二卷，其次第與毛刊無異，毛特變其體例化十二卷爲四卷耳。顧澗薲爲蕘翁據毛鈔增補缺葉。所謂毛鈔，殆即刊汲古閣詞之底本歟？此甲乙丙丁四卷本，蕘翁蓋未之見也。元大德刊本，至光緒間臨桂王氏四印齋、海豐吳氏石蓮庵，始傳刊之。獨此四卷本最晚出，武進陶氏刊其前三卷，海寧趙萬里補印丁卷，顧皆未見毛鈔原本也。以毛刊、辛刊、王刊三本與此本對校，吳刊與王刊同。如《念奴嬌・賦雨巖》之「喚做真閒客」句，「客」字是叶，而三本均作「箇」，則失一韻。《烏夜啼》之「酒頻中」句，是用三國徐邈事，三本「頻」皆作「杯」。《玉樓春》之「日高猶苦聖賢中」句，亦是用徐邈事，王本知其誤而校正之矣，毛、辛二刊本則「中」作「心」。《定風波》之「昨夜山公倒載歸」句，是用晉山簡事，三本「公」皆作「翁」，則不典矣。稼軒詞往往以鄉音叶韻，全集中不勝枚舉。《江神子・博山道中書王氏壁》詞，「前結不爭多」句，以「多」字入佳、麻韻叶，此其例甚夥。如《玉蝴蝶・杜叔高書來戒酒》一首，用多、何、呵、《江神子》「簟鋪湘竹帳垂紗」一首，用多、摩、何、麽，《鷓鴣天》「自古高人最可嗟」一首，用多、駞，《上西平》「九衢中」

一首，用蓑字，皆叶，入佳、麻韻。《江神子》「兩輪屋角走如梭」一首，用沙、加，《鷓鴣天》「困不成眠奈夜何」一首，用家字，皆叶，入歌、戈韻。而三本「不爭多」之「多」字，皆作「些」，以下半闋「晚寒些」之「些」字，與上重複，則作「晚寒咱」，試問「晚寒咱」成何語句？又如《浣溪沙》之「臺倚崩崖玉滅瘢」句，是用《漢書·王莽傳》「美玉可以滅瘢」，此詞用元、寒韻之瘢、言、軒，與真、諄韻鞶、村同叶，殆亦其鄉音如此。如《沁園春》「老子平生」一首，用寃、園入真、諄韻，亦其例。而三本「瘢」皆作「痕」，匪特不典，且忘言、軒亦在元、寒韻。此類妄爲竄改之跡，實不可掩。他若《沁園春》「杯汝知乎」一首，詞尾小注「用邴原事」四字，而毛、辛二刊本，則以此注冠於「甲子相高」一首之題上，云「用邴原事壽趙茂嘉郎中」，王氏知其非是，而校正之矣。稼軒詞用典甚富，前一首末，用邴原事，固無須自注，此必後人所加。刊者誤冠次首題上，其跡猶可推思。又《感皇恩》題「讀《莊子》有所思」，三本皆作「讀《莊子》聞朱晦庵即世」，詳此詞，未有追挽朱子之意，且朱子不言老、莊，稼軒奈何於讀《莊子》時追念朱子耶？此六字不知從何而來，亦必後人妄增。而此本兩題皆無其語。略舉數端，已足證此鈔之優於元大德刊本，微論毛、辛兩刊矣。此外可借以校正三本之訛者，尚不可勝數，備載校記，不復贅焉。己卯臘盡，新建夏敬觀跋。

潘飛聲撰

論嶺南詞絶句

論嶺南詞絶句目録

論嶺南詞絶句

黄　損

尚書極諫有時名，底願平生作樂箏。要近佳人纖手子，神仙不過是多情。

崔與之

老來勛業畏投閒，極目邊愁寫亂山。自有激昂雄直氣，高歌立馬劍門關。

劉　鎮

紅塵醉帽愛金揮，曾羨花翁築蹇歸。絶憶青樓題小扇，春愁多半在屏幃。「屏幃半掩，奈夢魂、不到愁邊」，又「屏山半掩，還別有愁來路」，皆名句。

李昂英

曉風殘月酒懷孤，深院春情比似無。做得芳菲詞句好，雕瓊全不費工夫。孫文璨跋《文溪集》，以《蘭陵王》一詞比之「曉風殘月」，其實不倫也。余最愛忠簡《摸魚兒》調「燕忙鶯懶春無賴，懶爲好花遮護。渾不顧。費多少工夫，做得芳菲聚」等句。

趙必瑑

南山詞調記游春，消得風風雨雨辰。拈出美成佳句否，心香一瓣在清真。

陳　紀

高臥溪山老歲華，秋江欸乃托漁家。都將家國無窮感，趁拍哀弦聽琵琶。

葛長庚

天宫花片寫歸思，醉後騎龍鐵笛吹。靜夜玉蟾飛卷下，神光一片海璚詞。

陳獻章

靜裏端倪太極圖，村南詞興愛行沽。小匡廬下光風艇，不礙先生作釣徒。

屈大均

剩水殘山鬱作詩，塞門騷屑又填詞。秣陵弔古蒼涼甚，可有金笳故國思。

張　喬

清詞滴粉與搓酥，珠海群花拜麗姝。爲識雙忠青眼定，蓮香終勝柳蘼蕪。麗人曾侍黎忠愍、陳文忠酒。

梁佩蘭

煙渚靈旗對九峰，雅琴瑶瑟愧雷同。六瑩詩有青蓮筆，題句湘靈恨未工。

梁無技

南樵風調柳耆卿，夢斷南湖載酒行。一席花娘能勸醉，玉梅紅袖可憐生。

張錦芳

尊前親付雪兒歌，博得微嗔喚奈何。偏是銷魂憔悴日，春衫花氣酒痕多。《逃虚閣詞》，最愛其「博得微嗔也」、「都情分、挽斷春衫，半是酒痕花氣」、「假如真有銷魂日，拌暫爲伊憔悴」等句。

黎簡

何人亭下采芙蓉，煙冷湘娥夢不逢。惆悵海天秋一曲，花枯月黑認樵蹤。二樵《芙蓉亭樂府》、《藥煙閣詞鈔》皆不傳於世。前人刻《粤東詞鈔》，亦無可搜采。余近從李氏藏二樵畫山水卷，録其自題《海天秋》一闋，補入《詞鈔》二編。又許周生《鑒止水齋集》詩注有引二樵「別後花枯月黑」一句耳。

吴蘭修

樂府淵源三百篇，淫哇艷曲枉雕鎸。采桑一曲羅敷媚，敢向桐花笑拍肩。石華題《采桑圖》，語意渾厚，真得《風》詩之遺。

譚敬昭

郎君曾讀上清書，絕代仙才嶺海無。買斷人間天不曉，金錢那惜萬緡輸。康侯自鎸「海上秘書郎」小印。其艷詞有云：「那惜金錢，買斷人間不曉天。」

陳澧

經師偏解作詞談，朱厲齊驅筆豈慚。記讀真娘凭弔曲，一簾春雨憶江南。《憶江南館詞》未刻。有《真娘墓》一闋，甚工。《粤東詞鈔》未采入。

陳良玉

倉皇烽火走山川，白髮歸來負酒泉。盡洗詞家穠麗習，銅琶鐵板唱霜天。

李龍孫

夢裏青山寒處描，詞工小令本寥寥。東風不放花成夢，也算銷魂寫六朝。湘賓工小令，《白門即事》云：「東風不放花成夢。」又「青山夢裏寒」，皆名句也。

吴尚憙

楚游煙雨弔湘君，骯髒襟期寫韻人。畢竟嶺南鍾間氣，紅閨詞句似蘇辛。小荷爲吴中丞榮光女，有《寫韻樓詞》一卷。

論詞絶句

潘飛聲撰

論詞絶句目録

附録

論詞絶句

題淮海先生詩詞叢話

孤村流水夕陽時，怕落耆卿格調卑。一抹微雲禪意在，只應琴操續填詞。

樓頭燕子屬誰家，天女維摩好散花。不信先生偏薄倖，修真可事遣朝華。

雙鬟傳唱感龍標，那似詩魂入夢遥。千古佳人殉才子，情根入地恐難銷。

述祖文章兩代雄，藤花開落怨東風。千年不見秦淮海，繞扇歌雲想像中。

詞家四詠

江陰金武祥粟香

蕭瑟平生萬事閑，冰泉酬唱動江關。滄桑一灑新亭淚，中有詞家庾子山。

如皋冒廣生甌隱

玉簫金琯度玲瓏，惆悵芳心與我同。傳遍尊前紅豆曲，買絲箏繡冒郎中。

仁和姚紹書伯環

霜天切切響檀槽，月静花涼調愈高。轉惜少年同學貴，新聲不唱鬱輪袍。

山陰汪兆銓莘伯

越山寫黛三城秀，潭水量情千尺長。往日朱顔同白首，酒邊琴筑各蒼涼。

附録

劉廉生詞集序

詞者，詩之餘，蓋長短句之變格耳。大凡清辭麗句，慷慨高歌，必有意思以運之，性靈以出之，雅而不俚，真而不僞，方成其爲一己之詩。即詞又何獨不然？邇日詞學大興，代有作者，然以描摹草窗、夢窗二家爲最多。晦澁生强，至不可讀，又有追和名家側豔之作，連篇累牘，雖至百數十首，竝無意義之可尋者。昔萬紅友苦心孤詣，撰爲《詞律》，自詡嚴定字句之功臣，却於古人之名曰一調與字句不同者，判之爲又一體。蓋已附會牽强，依譜填之，幾無一自然之句矣。近復有人變本加厲，謂必須吻合四聲，始稱能事，不知古人必無自製一詞，而令人復依其四聲者，此較之李獻吉學秦漢文，張船山謂怕讀假蘇詩，尤增一大笑柄也。廉夫先生，余同社老友，誠意動人，博覽群書，不競名利。向工詩古文辭，近復嗜爲倚聲，力戒摹仿，罔求吻合，風誼篤於師門。汰其淫靡，如眉山、稼軒，託體高邁；真意貫串，即秦七、黄九，無以難之也。間嘗編爲一集，持以示余。余讀而賞之，感近日詞派之枝，蔓趨附之日深，當必有如明代詩文家見歸震川而低者。因爲之序。

蔡嵩雲撰

詞源疏證

詞源疏證目録

詞源疏證

詞　體

詞之體製，在唐、五代盛行令曲，至宋而慢曲引近漸盛，美成諸人復增演之，其曲遂繁。實則令、引、近、慢，尚不足以盡詞體，近人任二北謂：宋詞體類共有九種，純粹屬詞者五，兼合古今之曲體者四，由短以及長，則一曰令，二曰引、近，三曰慢曲，四曰三臺，五曰序子，皆純粹詞體也；六曰法曲，七曰大曲，上繼隋、唐之曲體者也；八曰纏令，九曰諸宮調，下開金、元之曲體者也。此九種名目，皆見於《詞源》論「音譜」、「拍眼」兩節内。三臺與序子，自來詞人一概目之爲慢詞，不知按諸拍眼，則二者絶對與慢詞不同。又云：若執今人而叩以宋詞體類若干，必對曰：令、引、近、慢耳，他非所習矣。其實令、引、近、慢，不過是尋常散詞，乃詞中最普通之一部分，若欲得詞體之全，終必依張氏之説，有上列九種也。以上述詞體之種類，就《詞源》所載加以整理，兼及詞與曲之關係，辨析極有條理，頗能引申玉田之説。

美成新曲非盡自度

美成雖長於創調之才，然其集中新曲，非盡自度，且其詞所注各宫調，亦多非大晟樂府新聲。王觀堂《清真先生遺事》云：樓忠簡謂先生妙解音律，惟王晦叔《碧雞漫志》，謂江南某氏者，解音律，時時度曲，周美成與有瓜葛，每得一解，即爲製詞，故周集中多新聲。則集中新曲非盡自度，然「顧曲」名堂，不能自已，固非不知音者。故先生之詞，文字之外，須先味其音律。惟詞中所注宫調，不出教坊十八調之外，則其音非大晟樂府之新聲，爲隋、唐以來之燕樂，固可知也。今其聲雖忘，讀其詞者，猶覺拗怒之中，自饒和婉，曼聲促節，繁會畢宣，清濁抑揚，轆轤交往，兩宋之間，一人而已。觀此，則美成詞雖新曲非盡自度，其音非大晟樂府新聲，究不失爲聲文并茂之作。玉田謂其於音譜間有未諧，不知何所見而云然。至謂作詞者多效其體製，失之軟媚而無所取，此則後人不善學之咎也。

詞之諧必須審音用字

詞之諧不諧，在用字能審音與否。江順詒《詞學集成》云：「樂以和爲貴，樂府之聲，安有不諧者。美成製作才，而間有未諧。此則余之所不解也。張氏亦第言其難，而不言其所以未諧與所以難之故。其所謂未諧者，以余揣之，非選聲之不克入律，實用字之未能審音也。至後之人，於字之不協者，欲易一字，於音雖協，或於語句未妥，更無可易之字，不得已用原字，歌時讀作某音，此亦變通之一法也。」江氏論詞，力主審音之説，謂一字之中，宜嚴辨喉、舌、脣、齒、牙五音。此五音，皆可配合宫、商，以爲詞之諧不諧，當於此中討消息，故其言如此。

協律爲填詞正軌

協律爲填詞正軌，尤玉田一生致力所在。戈順卿云：「詞以協音爲先。音者譜也。古人按律製譜，以詞定聲，故玉田生平好爲詞章，用功逾四十年，錘鍊字句，必求協乎音律，觀《詞源》一書，可知其用功之所在。今世之人，往往視詞爲易事，酒邊興豪，引紙揮筆，不知宫調爲何物。即有知玉田爲正軌者，而所論五音之數，六律之理，又茫乎如在雲霧中。」近世以音律論詞者，首推順卿。顧千里《詞林正韻序》，稱其論律之書，略已具藁，能發前人所未發，功可與論韻埒。惜不傳耳。

填詞較作詩尤難

填詞較作詩尤難。沈伯時《樂府指迷》云：「癸卯識夢窗，暇日相與唱酬，率多填詞，因講論作詞之法。然後知詞之作難於詩。蓋音律欲其協，不協則成長短之詩。下字欲其雅，不雅則近乎纏令之體。用字不可太露，露則直突而無深長之味。發意不可太高，高則狂怪而失柔婉之意。思此，則知其所以爲難。」蓋填詞分律學、文學二面。協律乃律學上之事，下字、用字、發意乃文學上之事。伯時所謂「不協」「不雅」，「太露」「太高」，即玉田所謂未能盡善全美，抑且未協音聲也。又玉田謂「詩猶旬鍛月鍊，況於詞」，亦即伯時所謂詞之作難於詩之意。

作詞難於起結

作詞尤難於起結。沈偶僧《柳塘詞話》云：「起句言景者多，言情者少，叙事者更少。大約質實則苦生澀，清空則流寬易。換頭起句更難，又斷斷不可犯。此所以從頭起句，須照管全章及下文，換頭起句須聯合上文及下段也。」又云：「前結如奔馬收韁，要勒得住，又似住而未住。後結如泉流歸海，要收得盡，又似盡而未盡者。」此論起結，專就文學一面闡發，換頭起句聯合上文及下段，即玉田所謂「過片不要斷了曲意」，須要承上接下也。

詞之修改

詞之修改，不宜專重字句，尤須兼顧意境與結構。孫月坡《詞逕》云：「詞成，録出黏於壁，隔一二日讀之，不妥處自見，改去。仍録出黏於壁，隔一二日再讀之，不妥處又見，又改之。如是數次，淺者深之，直者曲之，鬆者鍊之，實者空之。然後録呈精於此者，求其評定，審其棄取之所由，便知五百年後此作之傳不傳矣。」此論改詞，較玉田又進一層説。「淺者深之」四語，極修改之能事。惟淺、直、鬆、實四病，犯者每不自覺，且其病在骨，又甚於字面粗疏、句意重疊，或前後意不相應者。故既改之後，猶恐或有未妥，必更求精於此者評定。倚聲小道，其難如此。

詞源論詞皆緣宗派

周介存《論詞雜著》云：「論詞之人，叔夏晚出，既與碧山同時，又與夢窗别派，是以過尊白石，但主清空。後人不能細研詞中曲折深淺之故，群聚而和之，并爲一談，亦固其所也。」按碧山乃王沂孫别號，沂孫一字中仙，《山中白雲詞》有《瑣窗寒》一闋，爲悼碧山而作，有「自中仙去後，詞箋賦筆，便無清致」之語。詞前小序，并稱其「能文工詞，琢句峭拔，有白石意度」。於碧山推許備至。而《詞源》論詞，獨無一語及碧山，亦事之不可解者。至謂玉田與夢窗别派，信然。玉田論詞，揚姜而抑吴，進史而黜柳，皆緣宗派相反，蓋宗尚既别，取舍遂殊。玉田評夢窗，猶或節取其長；論耆卿，不免專揭其短。其實耆卿、夢窗，各有獨到處，學者於其中曲折深淺之故求之可耳。

陸輔之耳傳張炎之説

《詞旨》云：「清空二字，亦一生受用不盡，《指迷》之妙，盡在是矣。學者必在心傳耳傳，以心會意，有悟人處，然須跳出窠臼外，時出新意，自成一家。若屋下架屋，則爲人之臣僕矣。」此數語，與玉田所謂「要不蹈襲前人語意」，所謂「清空中有意趣」，如出一口。陸氏，玉田弟子，可謂耳傳其説，心傳其旨矣。

用事妥貼始有情

《古今詞話》徐士俊云：「稼軒《六幺令·送玉山令陸德隆還吳中》，第四句陸雲貪食羊酪語，第六句陸龜蒙居甫里事，第八句陸績，第十句陸賈，第十二句陸遜，末句陸羽。先輩特以捃拾見長，而情致則短矣。」按稼軒詞最喜用事，其《永遇樂》「千古江山」一闋，岳珂嘗議其用事太多。《皺水軒詞筌》云：「作詞不待用事之妥貼，乃始有情。」斯言允矣。

作詞必去陳取新

彭駿孫《金粟詞話》云：「作詞必先選料。大約用古人之事，則取其新穎，而去其陳因。用古人之語，則取其清儁，而去其平實。用古人之字，則取其鮮麗，而去其淺俗。不可不知也。」按用事不爲事所使，最難，去陳取新，猶其一端耳。

作詞要僻事熟用實事虚用

《藝概》云：「詞中用事，貴無事障。晦也，膚也，多也，板也，此類皆障也。姜白石詞用事入妙，其要訣所在，可於其《詩説》見之，曰：『僻事熟用，實事虚用。學有餘而約以用之，善用事者也。乍叙事而間以理言，得活法者也。』」按膚與多之病，即未能體認着題，晦與板之病，即未能融化不澀。蓋一墮事障，鮮不爲事所使者，「僻事熟用」、「實事虛用」以下數語，持論精闢，足補玉田所未及。

南宋令曲

南宋慢詞盛行，令曲已不爲詞家重視。玉田論令曲作者，五代不及二主，北宋又遺歐、晏，可以覘當時風尚矣。

作詞宜音律與詞章並重

作詞宜音律與詞章並重。仇山村云：「世謂詞者，詩之餘。然詞尤難於詩，詞失腔，猶詩落韻。詩不過四、五、七言而止，詞乃有四聲、五音、均拍、輕重、清濁之别。若言順律舛，律協言謬，俱非本色。或一字未合，一句皆廢。一句未妥，一闋皆不光彩。信戛戛乎其難。腐儒村叟，每以詞爲易事，酒邊興豪，即引紙揮筆，拊几擊缶，同聲附和，如《梵唄》，如《步虛》，不知宫調爲何物，令老伶俊倡，面稱好而背竊笑，是豈足與言詞。」山村與玉田同時，其言如此，可見言順律協之詞，求之當時已覺難能。蓋詞至元初，漸成弩末，作詞者不獨罕通音律，即詞章亦不甚講求。元曲代興，其勢已成。玉田謂音律當參究，詞章先宜精思，乃因時人視音律爲畏途，而真能指授音律之人亦絶少，故不得已而思其次。先詞章而後音律，此雖爲初學説法，然自是以降，詞遂與音律完全分離，即有工於此者，亦不過極詞章之能事而已。

劉融齋論律和聲

律不協不得謂之至，言不雅亦不得謂之至。《藝概》云：「詞固必期合律，然《雅》、《頌》合律，《桑間》、《濮上》未當不合律也。律和聲，本於詩言志，可爲專講律者進一格焉。」融齋此論，殆爲律協言謬者而發，康、柳二家，即不免此病。

寬易工緻乃詞之章法

寬易與工緻相間，乃言詞之章法，不可單作語句看。《藝概》云：「詞之章法，不外相摩相盪，如奇正、空實、抑揚、開合、工易、寬緊之類是已。」又云：「詞中承接轉換，大抵不外紆徐斗健，交相爲用。所貴融會章法，按脈理節拍而出之。」又云：「元陸輔之《詞旨》云：對句好可得，起句好難得，收拾全藉出場。此蓋尤重起句也。余謂起、收、對三者，皆不可忽。大抵起句非漸引，即頓入，其妙在筆未到，而氣已吞。收句非繞回即宕開，其妙在言雖止而意無盡。對句非四字六字，即五字七字，其妙在不類於賦與詩。」此論起、收、對等語句，語語不離乎章法，與前二則所謂「紆徐斗健」，所謂「相摩相盪」，息息相通，詞中關鍵，於是乎在。玉田論此，僅標出「寬、易、工、緻」四字，猶窺豹一斑耳。

詞眼抱定章法不求字句

起頭八字相對，中間八字相對，卻須用功着一字眼，如詩眼亦同，是即陸輔之「詞眼」二字所本。《藝概》云：「詞眼二字，見陸輔之《詞旨》。其實輔之所謂眼者，仍不過某字工，某字警耳。余謂眼乃神光所聚，故有通體之眼，有數句之眼，前前後後，無不待眼光照映。若舍章法而專求字句，縱爭奇競巧，豈能開闔變化，一動萬隨耶。」此論詞眼，亦抱定章法説，不專求之字句，可謂破的之論。

作大詞與作小詞

沈伯時云：「作大詞，先須立間架，將事與意分定了。第一要起得好，中間只鋪叙，過處要清新。最緊是末句，須是有一好出場方妙。小詞只要些新意，不可太高遠，卻易得古人句，然亦要鍊句。」按此雖論大詞小詞作法，然可與玉田之説參看。蓋大詞篇幅長，中間既有鋪叙，去其鋪叙之處，不難歛爲小詞。小詞篇幅短，只一些新意，若將一句之意引爲兩三句，則近敷衍，或引入他意，又欠自然，展爲大詞，必無一唱三歎之致。故云大詞之料可歛爲小詞，小詞之料不可展爲大詞也。

絶妙好詞

草窗所選《絶妙好詞》七卷，自元迄明，未見傳本。至清初，始發見於虞山錢氏，武唐柯煜得之，刻以行世。高江村序云:「草窗所選,乃虞山錢氏祕藏鈔本,柯子南陔得之,與其從父寓匏舍人及余,考校缺誤,繕刻以行。」《四庫提要》云:「密所編南宋歌詞,始於張孝祥,終於仇遠,凡一百三十二家。去取謹嚴,於詞選中最爲善本。」

陳西麓詞

西麓詞雖追步清真,效顰淮海,然僅存面貌,實不見其佳處。惟陸輔之《詞旨》載其警句,《絳都春》云:「燕子未來,東風無語又黄昏。琴心不度春雲遠,斷腸難託啼鵑。夜深猶倚,垂楊二十四闌。」《戀繡衾》云:「寄相思、偏上柳枝。待折向、樽前唱,怕東風、吹作絮飛。」輔之論詞,篤守師說。玉田謂亦有佳者,殆指此等警句耶。周介存極詆西麓,其《論詞雜著》云:「西麓疲軟凡庸,無有是處。書中有館閣體,西麓殆館閣詞也。」又云:「西麓不善學少游,少游中行,西麓鄉愿。」

清真詞古今所見不同

《蕙風詞話》云:「元人沈伯時作《樂府指迷》,於清真詞推許備至。唯以『天便教人,霎時廝見何妨』,『夢魂凝想鴛侶』等句爲不可學,則非真能知詞者也。清真又有句云:『多少暗愁密意,唯有天知。』『最苦夢魂,今宵不到伊行。』『拚今生、對花對酒,爲伊淚落。』此等語,愈樸愈厚,愈厚愈雅,至真之情,由性靈肺腑中流出,不妨説盡而愈無盡。誠如清真等句,唯有學之不能到耳。如曰不可學也,詎必顰眉搔首，作態幾許，然後出之，乃可學耶。」按此條，玉田與伯時論調正同，蕙風駁伯時之説，所持宜與玉田相反，古今人所見不同如此。

冠柳詞爲王觀作

「晁無咎詞名《冠柳》，琢語平帖，此柳之所以易冠也」。按此條疑有誤，無咎詞不名「冠柳」，名「冠柳」者，王觀詞耳。觀字通叟，高郵人，嘗爲學士，應制撰詞，以媟瀆神宗罷職，時有逐客之號。無咎爲蘇門四學士之一，《四庫提要》稱其詞神姿高秀，與蘇軾實堪肩隨。劉融齋論詞，亦言無咎坦易之懷，磊落之氣，與東坡差堪驂靳。馮蒿菴則謂其所爲詩餘，無子瞻之高華，而沉咽則過之。是豈「琢語平帖」者所能望其項背。毛子晉云：「無咎雖游戲小詞，不作綺艷語。」則亦與柳家數不近。惟王觀確以「冠柳」名詞，且工爲浮艷之語。陳質齋云「逐客詞格不高，以冠柳自名」可見殆近之矣。

玉田康柳並譏康非柳比

按「二公則爲風月所使」一語，可謂調侃盡致。玉田康、柳並譏，其實康非柳比。耆卿風流俊邁，爲舉子時，喜狹邪游，既不得志於時，益縱情聲色以自遣，其批風抹月，或有激而然。伯可則以詞受知高宗，後又依附秦檜以求進，人品至爲鄙褻。即以詞而論，伯可多應制之作，諛豔粉飾，實無足觀。豈若耆卿專詣名家，不着筆墨，似古樂府，承平氣象，形容如畫，尤工於羈旅行役，乃當時競傳其俳體，後世遂大共非訾。李清照謂其「變舊聲作新聲，雖協音律，而詞語塵下」。陳質齋稱其「音律諧婉，詞意妥貼」，又謂其詞格不高。雖與玉田之一概抹煞不同，從無就柳詞之文學，作深至之批評者，惟勝清三家有之。

周劉馮三家評柳詞平允

周介存、劉融齋、馮蒿庵三家評柳詞，均能發揮其長，而亦不諱其短，較之《詞源》品隲平允多矣。

已傳之詞未必盡韻

《塞翁吟》、《隔浦蓮》二詞，宋人作者尚多，惟《帝臺春》、《鬬百花》，作者實不多覯。江順詒云：「此擇腔，係指自度曲者，若填前人已傳之詞，則腔自韻矣。」予謂前人已傳之詞，其腔亦未必盡韻，當視製詞者是否深通音律，如耆卿、美成、白石、夢窗輩，何嘗有不韻之腔，是在作者之自擇耳。

推律押韻

推律之意義，乃謂推求此調屬某律某音，然後協某韻，方始合律，即段安節《樂府雜録》五音二十八調所説是也。《水龍吟》越調，即無射商，《二郎神》商調，即夷則商。據《樂府雜録》，入聲商七調用之，平聲則商、角同用者也，故云合用平、入聲韻。若去聲韻，則宫七調用之，只當叶宫聲之調，非商聲之調所宜矣。然宋詞往往不拘，蓋文士揮毫，不暇推求合律故耳。方成培言，嘗取柳永《樂章集》按之，其用韻與段説合者半，不合者半。乃知宋詞協韻，比唐人較寬。以耆卿之精於音律，其用韻猶如此，他可知矣。

運用前人語須另换新意

「第五要立新意。若用前人詩詞意爲之，則蹈襲無足奇者。須自作不經人道語，或翻前人意，便覺出奇。或只能鍊字，誦纔數過，便無精神，不可不知也。更須忌三重四同，始爲具美」。按此條并非謂作詞不可運用前人詩詞語句，特須另换新意，翻而用之耳。如白樂天詩「欲識愁多少，高於灩澦灘」；劉禹錫詩「蜀江春水拍天流，水流無限似儂愁」，爲李後主「問君能有幾多愁，恰似一江春水向東流」二句所本。而秦少游「便做春江都是淚，流不盡許多愁」之句，又自後主詞脱化而出，何嘗不各極其妙。昔賢名作，不乏此例，若無新意而襲用成句，決無精采可言。《藝概》云「詞要清新，切忌拾古人牙慧」，蓋在古人爲清新者，襲之即腐爛也。拾得珠玉，化爲灰塵，豈不重可鄙笑，亦是此意。彼美成采唐詩，融化如自已者；梅川讀唐詩多，故語雅淡。無非善於脱化，或翻前人意耳。

陳匪石撰

舊時月色齋詞譚

舊時月色齋詞譚目録

附録一　舊時月色齋序跋

附録二　論詞書

舊時月色齋詞譚

詞中小令

詞中以小令爲最難，猶詩中之五、七絶也。《花間》一集，盡辟町畦，益之以南唐二主、馮正中，更衍爲珠玉、小山、六一，小令之能事，已不爲後人更留餘地。近世以來，凡填小令，無論如何名家，皆不能脱温、韋、馮、李、晏、歐窠臼。陳伯弢謂小令可以不填，持論雖似稍偏，然實甘苦獨得之言也。余謂填小令而欲避花間途徑者，尚有二派：其一取語淡意遠之致，以古樂府之神行之，莊蒿庵《蝶戀花》四闋，此其選也。其一用豪邁疏宕之致，中泠孽子和《庚子秋詞》韻，爲《春冰》詞五十三首，似得其竅也。

宋六十家詞

汲古閣刻《宋六十家詞》，在今日頗不易得。子晉刻詞，得一集即以一集付梓，故如子野、石湖、東澤，固多未備，即人人傳誦之草窗、碧山、玉田，亦付闕如。且校讎之功亦多疏忽。此汲古之失也。然填詞叢刻中，實以此爲最豐富，故久爲世間所推重。近錢塘汪氏重鐫板於廣東，亥豕魯[魚]視汲古爲尤甚。但取價不昂，且較爲易得，故此人多購之，以彌不得汲古原本之憾。若能以汲古原本付之石印，而再詳加校勘，以校勘記附其後，則風行之遠可預卜也。

善言詞者詞非不工

近二百年來，善言詞者，詞多不工。如萬紅友、戈順卿、徐誠庵、陳亦峰皆是也。或謂律太謹嚴，則爲所束縛，而擿詞遂不能自然超妙。抑知兩宋大家如秦、周、姜、吴、諸子，誰非精於律者？又誰不工於詞耶？故謂紅友諸人精於律而拙於詞則可，謂其詞之不工由於律之太細，則斷斷不可也。

竹垞不得謂南宋始極其工

竹垞有言：「世人言詞，必稱北宋。然詞至南宋始極其工，至宋季始極其變。」此在竹垞當時，自有兩種道理：一則詞至明季，盡成浮響，皆由高談《花間》、《尊前》，鄙南宋而不觀之過，故以此語矯之。二則竹垞專宗樂笑翁，遂開二百年浙西詞派，其得力正在宋季，自言其所致力也。若律以讀詞之眼光，清真包括一切，絶後空前，實奄有南宋各家之長。姜、史、吴、王、張諸人，固皆得清真之一體，自名其家；即稼軒之豪邁，亦何嘗不從清真出？則至變者宜莫如美成。而屯田、子野、東坡，其超脱高渾處，詞境亦在南宋之上。小山、淮海、方回則工秀絶倫，更不得謂「南宋始極其工」也。竹垞此語，實爲宗南宋而祧北宋者開其端。然亦由南宋有門徑可尋，學之易至。而南宋之不如北宋，愈彰彰矣。喬笙巢曰：「詞至北宋而大，至南宋而深。」予於其論南宋之言，亦未敢以爲愜心貴當也。

清代詞學駕於明之上

有清一代詞學駕有明之上，且駸駸而入於宋。然究其指歸，則「宋末」二字足以盡之。何則？清代之詞派，浙西、常州而已。浙西倡自竹垞，實衍玉田之緒；常州起於茗柯，實宗碧山之作。迭相流衍，垂三百年。世之學者，非朱即張，實則玉田、碧山兩家而已。湖海樓崛起清初，導源幼安，極縱橫跌宕之妙，至無語不可入詞，而自然渾脱。然自關天分，非後人勉强可學，故後無傳人，不能與浙西、常州分鑣並進也。至同、光以降，半塘、漚尹出，始倡導周、吴而趨其途徑。漚尹則直入夢窗之室，吴派遂爲清末之新聲矣。若學美成而至者，則尚未之有也。

蘇辛豪情逸氣不可學

蘇、辛豪情逸氣，自不可及，亦不可學。學之則易流於粗。余固不敢問津也。

詞必須融情入景

詞固言情之作，然但以情言，薄矣。必須融情入景，由景見情。温飛卿之《菩薩蠻》，語語是景，語語即是情。馮正中《蝶戀花》亦然。此其味所以醇厚也。然求之北宋，尚或有之；求之南宋，幾成《廣陵散》矣。

詞貴有聰明語

詞貴有聰明語，謂能見其性靈也。詞又不可專作聰明語，恐其漸流於薄，不能入於高渾深厚之境也。

詠物詞須有寄託

詞中詠物之體，忌雕琢，忌膚泛，人所共知。然苟無寄託，亦索然無味。碧山詠物諸詞，俱含有一掬亡國淚，而借物以寫其哀，如詠《蟬》、詠《螢》、詠《榴花》諸作，允推絶倡。而論者猶謂其詠物體多，未免自卑其格。可見詠物之詞不可輕作也。余謂詠物體亦非不可作，然須以我爲主，不以物爲主，而時序之感，家國之事，一以寄之，則不爲物所束縛，方免於呆板之弊。彼《茶煙閣體物集》全掉書袋，直獺祭耳。

填詞以意爲主

瞻園師曰：填詞以意爲主，意淺則語淺，意少則不必强填。意貴新，而造語宜圓熟，不可生硬；意貴遠，而造語宜沖淡，不可晦澀。

詞有咽字訣

詞有「咽」字訣，非可於字句間求之者。讀清真《六醜》，無語不咽。而碧山諸作亦然。若於字句間討生活，未有不失之淺薄也。

詞拙無淺薄浮滑

詞筆無害於拙。惟拙故重，重則無淺薄浮滑之病，而入渾之基在焉。世之犯纖、犯薄、犯滑者，皆自命不拙耳。

典博濃麗

典博，宜加以微婉；濃麗，宜進之深厚。此當於氣息上作工夫。

融化難不澀尤難

玉田《樂府指迷》按當作《詞源》。於詞中用事之法，標題「緊著題融化不澀」七字。予謂「融化」固難，「不澀」則尤難。蓋詞之運用故實，無直用者，無明用者。且地名、人名隨意砌入，則生硬而不圓熟，凌雜而不純粹。故「融化」之法最重。取其意者不妨變其面目，仍不能失其未真。使造作太過，令人不解其所隸何事，則晦澀矣。欲免此弊，須有一番研鍊工夫。

戲作隱括體

山谷《瑞鶴仙》隱括《醉翁亭記》，通首用「也」字均。《阮郎歸》通首用「山」字均。竹山《聲聲慢》詠秋聲，通首用「聲」字均。在諸公一時戲作，以此見巧妙心思耳。張詠以謂此體效「福唐獨木橋體」。近人謝枚如章鋌論之，以爲《湯盤銘》用三「新」字，《董逃歌》用十三「逃」字，即此體之濫觴。然吾以爲，此種體裁無論果出於古與否，吾人皆不必效法，以其太嫌纖巧，非大方家數也。不惟此體，凡詞中以一二字疊用不已，挑逗以示聰明者，如「衡陽猶有雁傳書，郴陽和雁無」，「郴江幸自繞郴山」，「牆裏秋千牆外道，牆外行人牆裏佳人笑」之類，淮海、東坡偶一爲之，未嘗不别饒風趣，爲一時名句。然使後人奉爲金科玉律，專意摹仿，其不專成惡趣者幾希。

草堂詩餘分調

《草堂詩餘》將各種詞調硬分爲小令、中調、長調，以五十八字以下爲小令，六十字以上、九十字以下爲中調，九十二字以上爲長調，不知何所取義。夫詞之有慢、犯、近諸名者，律吕上之關係；而小令、中調、長調等，則無與於宫商也。以此分爲三種，不亦異乎！

詞有題名創自草堂

古來詞多無題，調名即題也。後人或自爲一題，以取别於本意。然無題者居多，則讀其詞者亦不必爲之强標一題也。若詞本無題，而强就詞中之意穿鑿附會，取一題以實之，以致「春景」、「夏景」、「秋景」等字羅列滿紙，不獨無當於詞之真意，抑亦陋矣。然此例亦創自《草堂》。

張皋文不取夢窗

張皋文《詞選》不取夢窗，是爲碧山門徑所限。

白石於兩宋獨樹一幟

周止庵《四家詞選》以周、辛、王、吴爲不祧之宗，是已。然降白石爲稼軒附庸，而所挑剔之「俗濫」、「寒酸」、「補湊」、「敷衍」、「支」、「複」等處，又皆白石之小疵。其實白石之所不可及者，在純以氣勝。子輿氏所謂「浩然」者，白石之詞足以當之。而瘦硬通神，爲他人屐齒所不到。與稼軒之豪邁，畦徑似别。余謂白石在兩宋中固當獨樹一幟，非可爲他人附庸也。

樂章集詞如疑雨集詩

柳屯田有「忍把浮名，換了淺斟低唱」之句，論者譏其輕薄。又以集中諸詞多閨房媟褻語，議其輕褻。不知屯田詞品正如絶代佳人，亂頭粗服，而一種天然之致，自不可掩。且其氣沖和，純是渾淪未鑿氣象。余嘗歎其不易學步，絶不敢人云亦云，視《樂章集》之詞，等于《疑雨集》之詩也。

清真花犯詠梅詞

清真《花犯》一首，詠梅也。結處數語曰：「相將見、脆圓薦酒，人正在、空江煙浪裏。但夢想、一枝瀟灑，黄昏斜照水。」忽而推及梅子，忽而勒轉到梅花，中間仍以人爲骨。若在他手，恐非數十字不能滿足其意。而清真包一切，掃一切，兔起鶻落，操縱自如，筆力何等雄渾。試問他人之鈎勒，有如此包舉之大力否？

讀夢窗詞蕩氣回腸

張玉田論夢窗詞，謂「如七寶樓臺，炫人眼目，拆碎則不成片斷」。是美其奇思異彩，而以其過於典實，意猶不知足也。玉田論詞取清空，不取質實。夫質實之流弊，晦澀與堆砌易蹈其一。玉田之説，未可厚非。但細讀夢窗各詞，雖不着一虚字，而潛氣内轉，蕩氣回腸，均在無虚字句中，亦絢爛，亦奧折，絶無堆垛餖飣之弊。後人腹笥太空，讀之不能了解，輒襲取樂笑翁語，亦爲質實而不疏快，不亦謬乎！

山中白雲詞爲數太多

張玉田爲人詬病，不曰律不精，即曰韻太雜。余謂玉田之病，在《山中白雲詞》共三百首，爲數太多，不無瑕瑜之互見耳。使於三百首中，僅精選數十首傳之後世，亦何至供人指摘耶？

妥溜爲填詞入門途徑

玉田以「春水」詞得名，人呼之曰「張春水」，即《南浦》「波暖碧粼粼」一首也。余昔以其平淡無異人處，心甚疑之，漚尹先生曰：「此詞雖無新奇可喜之處，然吾嘗試爲之，終不能及。玉田之安詳合度，是即其可傳處也。」夫詞之平淡無奇，而他人爲之輒不能及，則其境深遠矣。玉田《詞源》標「妥溜」二字爲入門途徑。漚尹教人亦常舉此語，以爲入渾之基。予嘗思之，填詞一道，不必有驚人語，但通首之中，用意應有盡有，層次秩然不紊，遣詞命筆，無不達之意，安章宅句，磬折鈴圓，自然純熟，而饒有餘味，即爐火純青時候，可以當「妥溜」二字。余學填詞有年矣，然尚不能造此境焉。

成容若瓣香後主

成容若《淥水亭雜識》曰：「《花間》如古玉器，貴重而不適用；宋詞適用而不貴重。李後主兼有其美，而更饒煙水迷離之致。」容若瓣香後主，其所著《飲水》、《側帽》詞，神味雋永，亦頗似之。故其語云然也。然細思之，亦屬確論。「貴重」、「適用」之别，即世風今古之變。《左》、《國》不如《盤》、《誥》，而《史》、《漢》又不及《左》、《國》，亦此故也夫。

詞曲之演進

由《雅》、《頌》而變爲樂府，由樂府而變爲律、絶，由律、絶而變爲詞，由詞而變爲曲，此亦世事由簡趨繁之常軌焉。古之《雅》、《頌》、樂府、律、絶、詞、曲，無不可被之管弦，今僅爲詞章之一枝，則本真寖離矣。然詞謂之「填」，控腔合拍之義顯然可見。苟能協律吕，付絲竹，則黄鐘大吕之遺音俱在是乎？

填詞須明五音四聲

填詞必明五音，始能合拍，非僅辨四聲，即謂能事畢具也。觀玉田《詞源》所載，同一平聲，而「深」字不叶，「幽」字不叶，「明」字乃叶，即可知四聲不誤，未必即能付紅兒也。然挽近以來，五音之論已成絶響，則但於四聲之用而明辨之，庶或免於偭規錯矩之弊。若既不知五音，又不辨四聲，則不必填詞可也。

茅北山四聲立論尤精密

萬紅友《詞律》於去聲辨之極嚴，啟發後人不少。近人丹徒茅北山於四聲之中各分陰陽二部，屬陰之音可以延長，屬陽者不能，立論尤爲精密。聞其自編一韻，不知何日告成。

周止庵論四聲

周止庵曰：「平、去是兩端。上由平而之去，入由去而之平。」此語極精邃。凡詞中押入聲之調，必不能押上、去；而押上、去之調，改押入聲，間或可行。此徵之兩宋各大家而皆然者。

浣溪沙有平調首句不起韻

《浣溪紗》有仄兩調。又有平調而首句不起韻者，其下三字作「平仄仄」。此見之於薛昭蘊：「紅蓼渡頭秋正雨」、「越女淘金春水上」皆是也。宋以後用此體者雖不多見，然固是一格。紅友《詞律》、誠庵《拾遺》皆不載之，何也？

詞律誤例一

紅友駁《嘯餘圖譜》之誤，固爲倚聲家功臣，然《詞律》中亦有誤者。夢窗《探春慢》詞上段之「重雲冷，哀雁斷，翠微深，愁蝶舞」，明明是三字四句；下段之「冰溪憑誰照影，有明月，乘興去」，明明是六字一句，三字二句；與夢窗自度腔《探芳新》詞上段之「層梯峭空麝散，擁凌波、縈翠袖」，下段之「椒杯香乾醉醒，怕西窗、人散後」等句，句法相似。而紅友於此兩調注此數句皆爲六字句，非也。

詞律誤例二

夢窗《玉京謡》過變曰：「微吟怕有詩聲，翳鏡慵看，但小樓獨倚。」明明六字一句，四字一句，五字一句，至「倚」字乃叶韻。而紅友竟以「翳」字屬上句，注之曰「叶」。試問以「翳」字屬上，作何解説？不獨多一韻之爲誤也。

詞律誤例三

清真《浪淘沙慢》「曉陰重」一首，其結處曰：「恨春來、不與人期，弄夜色，空餘滿地梨花雪。」「弄夜色」三字聯於下七字，明明可見。則「色」字處特讀耳。且全首押「月」、「曷」、「屑」韻，而「色」字在「職」韻，亦無從叶，則不過此處適用入聲字耳。方千里和清真詞，不和「色」字，而於其用「色」字處用「日」字，其詞曰：「謾飄蕩、海角天涯，再見日，應憐兩鬢玲瓏雪。」可謂「色」字非叶之證。紅友注之曰「叶」，亦屬非是。

詞律漏惜分飛一體

《惜分飛》兩結句之第四字，有用韻者，有不用韻者。陳西麓之作，上段曰「相思葉底尋紅豆」，下段曰「翠腰羞對垂楊瘦」，是不用韻也。而毛東堂之作，上段曰「更無言語，休相覷」，下段曰「斷魂分付，潮歸去」，則「語」、「付」二字皆韻也。紅友《詞律》僅載西麓之作，而於東堂一體付之闕如，是漏去一體矣。

碎金詞譜初辨惜紅衣叶韻

《惜紅衣》一調，爲白石自度腔。紅友所注「叶」處，只與張玉田諸作相合。其實後段之「國」字亦韻也。鄭叔問謂，鈎稽白石旁譜，次句之「日」亦韻。漚尹先生六疊姜韻，「日」、「國」之韻皆和之，近人靡然從風矣。考與白石同時之作，吴夢窗、李周隱各有一闋。周隱「日」、「國」二字皆不漏，同於時賢之所填。夢窗之作，則次句「雪」字、後段「箔」字，似乎不叶。人有謂爲借叶，而以白石《長亭怨慢》用「此」字叶「語」、「御」韻爲比者，則「日」、「國」之爲叶審矣。然此義實非叔問創獲，周止庵亦曾言之。而最初辨爲叶者，則《碎金詞譜》也。

木蘭花慢調以柳耆卿爲正軌

《木蘭花慢》一調，當以柳耆卿爲正軌。首句爲四字，换頭固已。中間相連之二字、四字、八字三句中，其二字句必叶，其四字句必以一領三，乃爲合格。觀《樂章集》中此調凡三首，無不如是也。若《山中白雲》，此調亦極夥，而不獨四字句多用二二句法，首句或用二三句法，即二字句亦多不叶，殊不足爲訓。

諸風格流派之失誤

趨輕倩一派，其失也浮；趨側艷一派，其失也猥；趨豪邁一派，其失也粗；趨圓熟一派，其失也滑；趨典實一派，其失也砌；趨雕琢一派，其失也纖；趨疏宕一派，其失也生硬；趨艱深一派，其失也晦澀。然皆不善學者之誤，兩宋名家固無是也。

造句琢字須深味夢窗

蘖子語余：一般詞人無一字無來歷，無一字不新穎。予謂造句琢字，不外一「化」字。用一故實，必有數故實以輔佐之。意取於此，用字不妨取於彼。合數典爲一典，自新穎而有來歷。如白石詞中「昭君不慣胡塵遠，但暗憶、江南江北」之類，即得此訣。而夢[窗]尤擅用之，《甲乙丙丁稿》中，舉不勝舉。

吾人欲求造句琢字之妙，須於夢窗詞深味之。

白石夢窗善練氣

白石、夢窗皆善練氣。但白石之氣清剛拔俗，在字句外，人得而見之；夢窗之氣，潛氣内轉，伏於無字句中，人不得而見之。此所以知白石者較多，知夢窗者較少。而一般對君特肆攻擊者，猶不免爲吴氏之門外漢也。

予不謂夢窗澀

世人病夢窗之澀，予不謂然。蓋澀由氣滯；夢窗之氣深入骨裏，彌滿行間，沉着而不浮，凝聚而不散，深厚而不淺薄，絶無絲毫滯相。淺嘗者或未之知耳。但必有夢窗之氣，而後可以不澀。

附録一　舊時月色齋序跋

中興鼓吹序

陳同甫《水調歌頭》云：「堯之都，舜之壤，禹之封。其中應有，一個半個恥臣戎。」劉後村《玉樓春》云：「男兒西北有神州，莫滴水西橋畔淚。」詞嚴義正，上比《春秋》。而前乎此者，岳武穆《滿江紅》云：「壯志饑餐胡虜肉，笑談渴飲匈奴血。」義憤填膺，目無强虜。使建炎、紹興間人人皆武穆，則中原早復，弱宋無譏，陳、劉之詞，可以無作矣。今者蠻夷猾夏，九縣飈馳，凡爲含生負氣之倫，咸抱敵愾同仇之志，無待同甫目穿，後村□苦，其言其行，皆與武穆合符。炎黄有寧，安攘可必。盧子冀野《中興鼓吹》，此物此志也。余愛而讀之，如《滿江紅》、《水調歌頭》、《木蘭花慢》、《賀新郎》、《沁園春》、《水龍吟》、《太常引》、《鷓鴣天》、《點絳唇》、《摸魚兒》、《破陣子》、《百字令》、《西江月》、《減字木蘭花》、《滿庭芳》諸作，乾坤正氣，大漢天聲，噴薄而出，恰如人人所欲言。且寧顯毋隱，寧樸毋華，井水能歌，老嫗都解。如徒於「休將流水勸棲鴉，明日兩天涯」、「東風日日吹青草，未到清明已斷魂」賞其幽咽，「舊時圖畫，倒影寒潭下」、「十里晴波，水上風來爽氣多」稱其雋永，或於「望中應惜西湖好，不作開天亂後看」，與「艇子摇來，始覺江南大可哀」，及《鷓鴣天》第一首、《謁金門》、《鵲踏枝》諸闋，以爲直逼稼軒，則仍囿於論詞之常談，而未達天下興亡，匹夫責在之大義也。至冀野以詞曲鳴當世，謹守聲律，尺寸不逾，而此集若不甚厝意者，實以「鼓吹」名篇，異於「樂章」題集。今日而言，豈同向日？已於《沁園春》自揭之矣。方之於《詩》，《風》也，非《雅》也；方之於樂，《鐃歌》也，非《房中》也。而冀野謙讓未皇，曰「雄風托，莫嫌才弱，將我心，寫余心」。嗚乎！冀野之手，四萬萬人之心也！風已雄矣，才何弱乎？讀此集者，

校清真集跋

陳元龍詳注《片玉詞》十卷，阮芸臺、汪閬源均審定爲宋槧。今尚存兩部，一黄蕘圃所藏，一孫駕航所

藏。黄藏本後歸葉德輝。乙卯有書賈携至滬瀆，余曾見之。書衣有蕘翁跋語并三絶句。王莼農藴章因入所作詞話中。卷端有劉肅叙，且有嘉定年號，其爲宋本，殆無疑義。此書後歸袁克父，值八百元。葉德輝《題無價寶》詩所謂「聞得才人嫁廝養，請君重譜鳳隨鴉」，即指此事也。孫藏本亦歸袁克父。兩本相校，黄爲精美。袁曾許吴伯宛昌綬，由其室人景寫黄本付之，俾刊入雙照樓叢刻宋元詞中，今聞已鋟版矣。王半塘景刻元巾箱本，曾假孫本參校。王跋巾箱本云：元刻廬陵陳元龍《片玉詞》注本，編次、體例與鈔本正同，特分卷與題號異耳。鄭大鶴遂更以陳爲元人。皆誤矣。十卷本與巾箱本不獨編次體例同，其與他本互異之字亦多同者。吴眉孫庠曾以十卷本就鄭校本覆勘一過，因移録之。眉孫曰：「觀鄭校本中如《華胥引》『鳳箋盈篋』闕文、《鎖窗寒》『桐花』字、《掃花游》『想』字、《齊天樂》『練囊』、《渡江雲》『自剔』諸條，可斷言鄭未見詳注本也。」辛酉清明日記。

復堂詞跋

余既覓得蔣鹿潭《水雲樓詞》、杜小舫《采香詞》、項蓮生《憶雲詞》，復從《蒿庵遺集》中鈔得《蒿庵詞》，近代名家已略得一二，亟欲取譚仲修《復堂詞》閲之，而苦無單行本，爰託友人覓之之江，以《復堂滙稿》刊於杭也。適其秋軍興，海内多事，亦遂擱置。頃居海南，無錫王子莼農來游，行篋中有《篋中詞》一部，後附復堂自作凡九十一首。見之狂喜，遽假歸手鈔，一日而畢。竊疑尚非全豹，容俟返國再覓取《復堂滙稿》一印證之。論復堂詞品，原不無取均不高，取意不遠之處，與周草窗同其詬病；即以并世詞人論，亦尚不及蓮生、中白。然幽咽之語亦時見之，徵近代詞者，實不可廢也。壬子五月既望，匪石寫竟附記。

宋詞賞心録跋

近數十年，詞風振起。半塘老人遍歷兩宋大家門户，以成拙重大之詣，實爲之宗。論者謂之清之片玉。然詞境雖愈變愈進，而啟之者則子疇先生。《薇省同聲》、《碧瀣》居首，非僅以行輩尊也。此卷録宋詞十七家，凡十九首，命曰「賞心」，以貽半塘。簽題戊子至日，蓋在《同聲集》寫定前，先生之年已近七十，平生取徑所在，可於此窺見之。今盧子季野得諸大梁，不獨鄉賢手澤，詞林掌故，亦清季詞學之祖燈，洵瑰寶已。嘗疑先生之詞不止《碧瀣》一集。廿年前，以詢叔蕃姑丈，曾允掇拾付斠，且告以《碧瀣》所刻，先生亦不盡當意。余曰俟寫就時乞漚尹師論定之。乃殘稿未獲一讀，而蕃丈已歸道山，漚師墓亦宿草。三復此卷，爲之疊然。

附目：

希文《蘇幕遮》一首

永叔《臨江仙》「柳外輕雷池上雨」一首

東坡《水調歌頭》「明月幾時有」一首

《念奴嬌》「大江東去」一首

淮海《滿庭芳》「山抹微雲」一首

清真《齊天樂》「緑蕪凋盡臺城路」一首

武穆《小重山》一首

稼軒《百字令》「野塘花落」一首

劍南《沁園春》「孤鶴歸飛」一首

漱玉《鳳凰臺上憶吹簫》一首

白石《暗香》一首

《疏影》一首

梅溪《壽樓春》一首

竹屋《金縷曲》「月冷霜袍擁」一首

夢窗《滿江紅》「雲氣樓臺」一首

草窗《玉京秋》一首

君衡《綺羅香》一首

碧山《齊天樂》「一襟餘恨宫魂斷」一首

玉田《高陽臺》「接葉巢鶯」一首

凡十七家詞十九首，生紙楷書，共十二頁。册高約五寸，烏絲直闌高半之。每半頁八行，每行十三字或十二字。首行題《宋詞賞心録》，末行書「幼遐仁棣清玩　端木埰」，未捺印。王瀣曰先生自壬申奉諱後作書不用印章，語殆可信。簽題《宋詞賞心録》，下注「光緒戊子至日天闕山樵者書貽半塘老人珍藏」，皆行草，神似《爭座位帖》，無題名，無印。季野謂半塘所題，殆聞諸其門人許君者。余審其語氣及筆跡，恐仍係子疇先生書也。各詞調名，未録題序。其中異文如《蘇幕遮》之「追旅思」，《滿江紅》之「晴棟」，《玉京秋》之「難輕别」及「翠扇疏」，均有所本。至《滿庭芳》之「暫停征轡，聊共飲離尊」，《綺羅香》之「更無佳句到重九」及「聲迷更漏」，《齊天樂》之「玉箏移柱」，皆未詳所據。若《齊天樂》之「正液新篘」，則寫奪「玉」字無疑。吴梅曰：「觀所録稼軒、夢窗、草窗詞，知疇老胸中别具鑪錘。」王瀣又曰：「觀其所以名『賞心』者，蓋知先生胸中一段貞苦，微奥之旨于楚《騷》爲近。」邵瑞彭曰：「足與止庵《詞辨》並駕齊驅。」季野來自汴，持册征題。已爲作跋，並記其大略如右。

附録二　論詞書

致邵次公書

次公老兄左右：損書祗承一一。日前晤季野，所聞略同。弟向持吏不如師之説，蓋以道尊臣微辜較得之。且我輩治學爲毛、伏、許、鄭之緒，抱殘守闕，與世無爭也。當路倒屣，學人心服，禮堂遺風，未可多觀，然娼嫉之來亦大。《易》：「盈虛消息。」後人因《易》理作持盈之論，由儒家入於道家。特在臣較易，在師較難。進退維谷之境，兄今嘗之。而門户主奴，萬方一概，師道大苦。兄謂將鬻文賣字，固必不得已之計，弟亦爲惺惺之惜矣。拙詞寫竟，凡九十二首，尚有擬删者，略舉其例。如《虞美人・白秋海棠》，似欠沉着；《水龍吟・檗子挽詞》，過片意復，尚能改，而全篇意境平庸；《花犯・櫻花》，近賢多此調此題，有珠玉在前之歎。其他恐仍有不必存之什，應改之字句及題序中待商之處，統乞吾兄論定之。彊老大去，誰與質疑？而十數年來於此道深共甘苦者，無過足下，實不得不瞻馬首也。近年同輩刻詞飆發雲涌，而弟遲遲不敢，蓋亦有故。人苦不自知，如自知則不許文過。拙詞之病，一曰欠深厚，或貌似回腸蕩氣，而讀兩三回則覺意境不稱；或乏煙水迷離之致，而比興之誼失，淺露之譏來。一曰少變化，清真千門萬户，半唐取精用宏，固不敢望，而自視所作，既不能成一家，即此未成之格調，亦有千篇一律之歎。譬諸歌喉，高低寬窄，各出從同，其何能淑？凡此皆非痼疾，藥石可施。鍥而不舍，須假時日。今雖寫竟，而付梓頗爲踟躕。末記百餘字，自述所感，不敢論詞。生性惡諛，作序者例無責難，擬如大集例，不求人序，兄謂如何？不過沙汰吹求，愈嚴愈好，即至無一二完璧，亦不謂苛。亟盼逐條開示，隨原稿擲還，爲指針之錫也。前許代刊，感且不朽。惟此間姜文卿刀筆之技，曾受教於藝風老人，龍榆生爲彊翁刻書，瞿安刻集，均假手其人。拙詞如災梨，亦擬付之，且自斠尚便。特將來署簡，非椽筆不可耳。茲以張生返校之便，附上稿本，並布區區。秋深，伏維珍重，千萬。

與黄公渚書

公渚足下：不奉明教兩月矣。履川、冀野先後入都，知文旆暫返膠東，以勞者之歌，得天倫之樂，甚盛甚盛！然計期當復莅滬矣。春初康橋座上談及詞派，謂陶詩沖淡之境，爲詞家所未辟，意欲於此求之，相視而笑，莫逆於心。然東坡實已有之，《望江南》「春未老」之前遍、「春未老」之後遍、《鷓鴣天》「林斷山明」一首，胎息全從陶詩來。蓋寫陶、和陶，漸漬已深，自然流露，非刻意爲之也。稼軒頗欲效顰，「春在溪頭薺菜花」之句，視「春色屬蕪菁」亦何多讓？然上句曰「城中桃李愁風雨」，騰挪跌宕於不知不覺間，微露青兕本色，氣之未靜，自不能沖，仍是幼安學蘇，與子瞻學陶隔一塵矣。日前得《紅林檎近》一闋，虎賁貌似，神味苦不逮，且跡相未化，知養氣之功淺也。另紙寫呈，兄其何以益我？敬承道履，不一。

與唐圭璋書

圭璋仁兄足下：奉到賜書，久未復爲歉。承過訪，弟竟不知，但亦時有開會或他往，時而閽人失職，固無諱言也。暨大季刊讀悉，龍君諸作，實深紉佩，而四大詞人之評騭，尤爲實獲我心，此皆弟所親炙或私淑者。校勘屬王，鑑賞屬况，千古不易之論。若學爲詞，則兩家不可偏廢。大鶴先生亦長於議論，曾有《論詞書》載《國粹學報》，係答孟劬之問者。二十餘年前，弟居吴中，時陪末席，茅塞爲開。祇今思之，前塵惘惘，蓋與漚老同一風義平生之感也。龍君不以弟爲門外漢，旁求及之，敢不竭所能以奉教。卒卒鮮暇日，欲抄撮少許而未能，今請於舊臘内勉爲之，乞先相報。校課蒇事，吾兄或當家居，容走談一罄衷悰。此上即頌教安。弟陳匪石再拜。一月七日

陳匪石撰

宋詞舉輯論

宋詞舉輯論目録

叙

詞之爲物，「深者入黄泉，高者出蒼天，大者含元氣，細者入無間」。雖應手之妙，難以辭逮；而先民有作，軌跡可尋。若境，若氣，若筆，若意，若辭，視詩與文，同一科條。惟隱而難見，微而難知，曲而難狀。向之詞人，或懲夫雨粟鬼哭而不肯泄其秘，或鄙夫尋章摘句而不屑筆之書。否則馳恍忽之辭，若玄妙而莫測；摭膚淺之説，每渾淪而無紀。學者捫籥叩槃，莫窺奥窔，知句而不知遍，知遍而不知篇，不獨游詞、鄙詞、淫詞爲金應珪所譏也。至張玉田、沈義父、陸輔之及近代之周止庵、陳亦峰、譚復堂、馮蒿盦、況蕙風，論詞之著，咸有倫脊矣，然始學之時，仍體會匪易。余曩者嘗苦之，乃久而有得焉，久而有進焉。高曾之矩矱，固時聞于師友；康莊之途徑，乏可覽之圖經。蓋由能讀而能解，而能作，而知所抉擇，冥行擿埴，不知其幾由旬矣。比年以來，黌序之中强以講授，而晷日限之，收千里于尺幅，吐滂沛乎寸心，既不易爲；蹊徑任其塞茅，寸陰擲諸虚牝，又非所忍。然余平日讀詞，偶得善本，校理異文，有讀宋、元詞之記；心所向往，取則伐柯，有宋十二家詞之選；師劉《略》、阮《録》之例，仿《經義》、《小學》之考，又擬輯《唐五代宋元詞略》；萬氏《詞律》經王敬之、戈順卿、丁杏舲之攻錯，杜小舫之校勘，徐誠庵之拾遺，而一二疏漏，尚堪捃拾，偶有所獲，亦時綴記簡端。卒業未遑，徐俟研討，乃先就所選之宋十二家各舉數首，附著其所校理者、輯録者，並申愳見，以與諸生講習，命之曰《宋詞舉》。一隅雖隘，或能反三；濫觴雖微，終于滙海。蓋欲學者觸類旁通，由是而能讀，能解，馴致于能作，悉衷大雅，毋入歧途。過而存之，此物此志，非敢竊比張、周也。若核其取舍而訾所未當，因其説解而嗤爲短書，余誠願拜受嘉賜。　中華民國十有六年五月　江寧陳世宜

丁卯寫定，徐仲可見之，慫慂問世，余謝未遑，委之敝簏十餘年矣。避寇巴山，與喬大壯窟室相逢，輒共商討，爰理而董之。雲按疑當作「雷」礟隆隆，若弗聞也。校記、考律而外，論玉田、碧山作法者增訂尤多，豈兩家心事今日體會倍切乎？　中華民國三十年十月再記。

宋詞舉輯論卷上

南宋六家

選南宋詞者，戈順卿取史、姜、吴、周、王、張六家，周稚圭取姜、史、吴、王、蔣、張六家，周止庵則以辛、王、吴爲領袖。夫張炎之妥溜；王沂孫之沈鬱，吴文英極沉博絶麗之觀，擅潛氣内轉之妙；姜夔野雲孤飛，語淡意遠；辛棄疾氣魄雄大，意味深厚，皆于南宋自樹一幟，流風所被，與之化者各若干人。然蔣捷身世之感同于王、張，雕琢之工導源吴氏，周密附庸于吴，尤爲世所同認，姑舍周、蔣而録張、王、吴、姜、辛，意實在此。至此五家者，相因相成，往往可見，然各有千古，不能相掩也。史達祖步趨清真，幾于笑顰悉合，雖非戛戛獨造，而南渡以降，專爲此種格調者實無其匹，故效戈、周之選，不敢過而廢之。初學爲詞者，先于張、王求雅正之音、意内言外之旨，然後以吴煉其氣意，以姜拓其胸襟，以辛健其筆力，而旁參之史，藉探清真之門徑，即可望北宋之堂室：猶是周止庵教人之法也。

張炎

炎字叔夏，號玉田，又號樂笑翁，西秦人，張俊六世孫，久寓臨安。從王父鎡、父樞，均工詞，樞尤精于律。炎承家學，又生當宋末，入元曾游燕薊，後歸杭州，徜徉吴、越間，盛衰興亡之感，一寓之于詞。著《詞源》二卷，論作詞之法，曰雅正，曰清空，曰妥溜。陸輔之作《詞旨》，即傳其説。詞集名《山中白雲》，不見明以前著録。元陶南村有鈔本，清初錢庸亭得之，朱彝尊釐爲八卷《詞綜》稱《玉田詞》三卷，或其原本，龔翔麟始付刊，曹炳曾重刻，許增再刊入《榆園叢書》；江昱有疏證本，《彊邨叢書》刻之；四印齋刻有舊鈔不全本；又有范鍇刻本。

鄭思肖曰：玉田一片空狂懷抱，飄飄徵情，節節弄拍。

仇遠曰：《山中白雲詞》意度超玄，律吕妥洽，當可與白石老仙相鼓吹。

舒岳祥曰：張玉田詞，有周清真雅麗之思。

趙昱曰：玉田生詞清空秀逸，遠出宋季諸名家上。

戈載曰：玉田以空靈爲主，但學其空靈而筆不能深，則其意淺，非入于滑即入于粗。玉田以婉麗爲宗，但學其婉麗而句不煉精，則其音卑，非近于弱即近于靡。

周濟曰：玉田才不高，專恃磨礱雕琢，處處妥當，宅句安章，偶出風致。

陳廷焯曰：玉田詞如并剪哀梨，爽豁心目。惟精警處多，沉厚處少，自是雅音，尚非白石之匹。高者有白石意趣。

又曰：玉田工于造句，多感時之語，沉鬱不如碧山，而頗能超逸。

王鵬運曰：弔古傷今，長歌當哭，《山中白雲詞》直與白石老仙方駕。

高陽臺　接葉巢鶯

此調北宋無考，始見于《陽春白雪》第三卷僧皎如之作。吴文英以後，漸多作者。《草堂詩餘》與《慶春澤》分出，爲圖譜者仍之，《歷代詩餘》亦仍之。然句法、平仄均同，原係一調，萬樹之説極諦也。但另有九十九字體，過變六字句，且協韻，吴文英「芳洲酒社詞場」、「壽陽空理愁鸞」杜文瀾説朱刻張氏鈔本《夢窗詞》正作此可爲明證。即僧皎如之「東郊十里香塵」，有無「軟」字者《詞律》録舊譜，亦與之合。而王沂孫「篝熏鵲錦熊氊」，依王鵬運校《花外集》，無「一」字。蔣捷「芳塵滿目總悠悠」，依《彊邨叢書》刊元鈔《竹山詞》，無「總」字。尤見一百字外，僅有過變六字、協韻之一體。而兩兩相比，只增一字者少一韻，其他平仄全符，當屬纏聲之關係矣。起兩句應對，「到薔薇、春已堪憐」應上三下四，自是定格。并除過變三句外，前後句法，平仄悉同。其須注意者，「但」是領句之字，不可作二、三詩句。若「苔深韋曲」八字，則與前後兩結同爲可對可不對矣。至「更淒然」、「莫開簾」，《天籟軒詞譜》謂係協韻，杜文瀾亦云然，證之各家及玉田另一首，皆無協者，只能認「然」字爲撞韻。天籟軒又謂「當年」係句中韻，説亦孤證。

起兩句，陸輔之列入「奇對」，以體物與琢句之工，玉田本色也。合全篇觀之，從春暮景物説起，爲

「歸船」所見者。承以第三句，「斷橋」點出「西湖」，「歸船」拍到自身，「斜日」是船歸時候。下即突起，緊接「能幾番游」兩句，盛時不再，無限低徊，語意極悲，筆力絶大，譚獻以「運掉虚渾」稱之，其篤論矣。第六句一開，第七句一合：未到「明年」，尚有「薔薇」可看，似「東風」伴之且住；然春「到薔薇」，已成婪尾，轉覺堪憐。「更」字進一層，「萬緑西泠，一抹荒煙」，絶無春氣，故曰「淒然」也。前遍題面已足，後遍再由「能幾番游」之感引申言之。第一句曰「當年燕子知何處」，近與「萬緑」「荒煙」之地，遠與「能幾番游」之時，嶺斷雲連，作提空之筆，即玉田所謂「過變不可斷了曲意」者，故譚獻標出「章法」二字。「但」字一轉，筆又一落。「韋曲」、「斜川」，貴游舊地；「苔深」、「草暗」，春末夏初；意從《麥秀》、《黍離》化出。鷗、燕對照，「燕子」不知何往，「新愁」竟「到鷗邊」。曰「見説」，曰「也到」，然疑不定，啼笑皆非。愁至于此，「笙歌」之夢不能續矣，只有掩門「閑眠」矣，且簾不忍開，「飛花」、「啼鵑」不忍見聞矣。加倍寫「新愁」，一步緊一步，一層深一層。陸輔之以「見説」二句，「莫開簾」三句爲警句，實則「見説新愁」引入本旨，以後無一字非急淚也。陳廷焯曰：「淒涼幽怨，鬱之至，厚之至。」蓋以玉田此詞參諸當日處境，「薔薇」、「笙歌夢」、「飛花」、「啼鵑」，似皆有所喻。「見説」二句，與《題漁隱圖》之《如夢令》末句「見説桃源無路」，同一語意。「無心再續」，又似有不得不灰心、不得不袖手者在，洵志而晦矣。若不論身世，但論春暮之悲，亦如顔魯公書，力透紙背，于此可悟深入淺出之訣。

解連環　楚江空晚

此調北宋有柳永、周邦彦二詞。柳詞不見《樂章集》，惟見《草堂》。宋刊本《片玉集》注「商調」。柳、周皆押入聲韻，其押上、去韻者自姜夔始。汲古本《片玉集》于後遍第四句「記得當日音書」上，奪一「謾」字，《歷代詩餘》遂另列百五字體。然不特各家之作無此句六字者，而《花庵詞選》、《陽春白雪》所載周詞並有「謾」字。證以晚出之宋淳祐本、元巾箱本，益見汲古之誤。徐本立據以補體，謬矣。萬氏亦未見他本，但比照前後兩遍，斷爲七字，與訂正《望梅》之即此調，俱徵卓見。調中平仄，應參照柳、周、姜、吴、王五家定之。去、入各字尤應遵。凡七字句皆上三下四，不可似詩句。

此爲詠物之作。南宋人最講寄託，于小中見大，如《樂府補題》所載者。玉田尤以刻畫新警爲工。首句側入。「悵離群」九字，神來之筆，亦全篇作意。「自顧影」三句，「驚散」後情境，借「顧影」寫「孤」字之神，渾涵得妙。「寫不成書」二句，再極力摹繪「孤」字，妙在有情。「因循誤了」，則由「寫不成書」而料不及者。「寒氊擁雪」，因蘇武有雁足繫帛書，借使其事，其作于六宫北行以後乎？過變「旅愁」承「誤了故人心眼」來。在雁爲「因循」，在旅人則覺其「荏苒」，似復而意不復。「錦箏」，貼雁說。「長門」夜永，似與「寒氊擁雪」爲兩事，實皆指眼淚洗面之日月也。「想伴侣」以下七句，是非想，是非非想，是「孤雁」，是「故人」。「宿蘆花」之「伴侣」，佇苦停辛，「念」到「春前」，盼「去程」之「轉」，「暮雨」中「相呼」，「玉關」前「重見」。「怕驀地」者，又驚又喜之心境，仍傳「想」字之神。「雙燕」與「孤雁」對照，實則謂始「孤」而終未必「孤」。「未羞他」二句，「重見」以後，苦盡甘來，已圓舊夢，淋漓興會，有志意成，作者所深望也。玉田曾因此詞得「張孤雁」之號。但人所稱賞，有在「寫不成書，只寄得、相思一點」者，《至正直記》稱之，《詞旨》稱之，然漸開纖巧之端，學者宜審此中分寸。

八聲甘州　記玉關踏雪事清游

舊説龜兹國工製《伊州》、《甘州》、《涼州》等曲，皆翻入中國。「八聲」爲歌時之節奏。詞始柳永《樂章集》，列仙吕調中。譜此調當依柳作。《詞律》所注平仄，乃參酌蘇、晁、辛、吴、周、張而定。然夢窗三首守柳法甚嚴，如「踏雪」二字，柳、吴均用去上；「向」字，柳、吴均用上；「舊」字，柳、吴均用入，與玉田不同，實應注意。又「此意」之「此」字，無用去者；「氣」字、「無」字應用平；「招」字、「有」字應用仄；本詞「玉」字、「不」字係入代平，應用平；「斜陽」二字，多用連語，竊以爲均當謹守。至起調兩句，葉夢得兩首，一曰「問浮家泛宅，自玄真、去後有誰來」，一曰「又新正過了，問東風、消息幾時來」，皆五字一句、八字一句，想如《水龍吟》之四字三句，夢窗有一首作五字、七字兩句；《憶舊游》之起調，五字一句，四字二句，夢窗作五字、八字各一句，在同一宫調體制中，句法偶變，即第八字亦不盡起韻也。《詞律》載劉過詞，第三、四、五句作「誰能借留侯筯，着祖生鞭」十字；又蕭列詞第三、四、五句作「殘春幾許，風風雨雨，客裏又黄昏」，十五、十六兩句作「更月明洲渚，杜鵑聲裏，立向臨分」十三字；《歷代詩餘》又録湯恢詞，徐本立據以補體，其第七句曰「誰品春詞」，第十四句曰「白鶴忘機」，則皆别體，亦孤調，其關係在纏聲也。

譚獻曰：「一氣旋折，作壯詞須識此法。」蓋此詞以事之曲折爲文之波瀾。前五句追溯同入燕都事，有北游道中之《淒涼犯》、夜渡古黄河之《壺中天》、與沈同賦之《聲聲慢》可以互證。「傍枯林古道，長城飲馬」，莽蒼氣象中獨有懷抱，故曰「此意悠悠」也。第六句折到南歸。「短夢依然江表」，非失意歸來，乃「玉關」此意，「江表」仍此意，不過「短夢」中之「老淚」重「灑西州」而已。尋孤游萬竹山中之《月下笛》有句曰「只愁重灑西州淚」，玉田屢使羊曇事，當有所指，惜無考矣。「一字無題處」，承「此意悠悠」，意不可吐，故曰「落葉都愁」。詞意十分沉痛，文氣十分充沛，使唐人題葉故實，化頑艷爲悲涼，又可悟死典活用之法。過變就堯道乍來又別説，「留佩」、「弄影」，有所作爲之意，既無人留之，在沈只得載雲而歸，在張只有折花以贈。「零落一身秋」五字，人與「蘆花」合寫，亦淒斷，亦雋永。「野橋流水」，由「蘆花」想出。向「尋常」之地，見「尋常」之人，招得「沙鷗」，定非舊侣：足音空谷，寥落晨星，言外見之；離别情懷，畸零身世，更不待論；寄趙之意亦在焉。結拍從稼軒「休去倚危闌，斜陽正在，煙柳斷腸處」化出，而氣味各别；言盡意不盡，則與《高陽臺》同一機杼。至「枯林」、「古道」、「落葉」、「蘆花」、「沙鷗」、「斜陽」及「悠悠」、「尋常」等字，均非泛設，且中所藴蓄只同游舊侣可以共喻，有不能明言且無可與語者。在玉田詞中，爲直抒胸臆之作，通篇一氣直下，不使一提筆、轉筆、襯筆，尤見力量。譚獻謂「嘐求稼軒，脱胎耆卿」，愚謂清真《夜飛鵲》亦所自出。

王沂孫

沂孫字聖與，號碧山，又號中仙，又號玉笥山人，會稽人。宋亡後與周密、張炎等同結詞社。其事跡他無可考，惟《延祐四明志》謂至元中官慶元路學正。有《碧山樂府》二卷，一名《花外集》。知不足齋刻之，才六十五首。四印齋重校刊之。又有范鍇刻本。江昱曾得兩鈔本，一名《玉笥山人花外集》，一名《玉笥山人詞集》。今天津有舊鈔本，疑即江所得之一。孫人和據長沙、天津兩舊鈔本校刊。

張炎曰：碧山工詞，琢語峭拔，有白石意度。

張惠言曰：碧山詠物諸篇，并有君國之憂。

周濟曰：碧山饜心切理，言近指遠，聲容調度，一一可循。

又曰：碧山胸次恬淡，故《黍離》、《麥秀》之感，只以唱歎出之，着力不多，地分高絶。

又曰：咏物最爭託意，隸事處以意貫串，渾化無痕，碧山擅場。

戈載曰：中仙之詞運意高遠，吐韻研和。其氣清，故無沾帶之音；其筆超，故有宕往之致。是真白石之入室弟子。

陳廷焯曰：碧山詞性情和厚，學力精深，怨慕幽思，本諸忠厚，而運以頓挫之姿、沉鬱之筆，論其詞已臻絶頂，即于一字一句間求之，亦無不工雅。

又曰：碧山爲詞，只忠愛之忱發于不容已，並無刻意爭奇之意，而人自莫及。

王鵬運曰：碧山詞頡頏雙白，揖讓二窗，實爲南宋之傑。

眉嫵　漸新痕懸柳

此調不知所始。宋詞可徵者，只姜夔《戲張仲遠》及碧山此詞。不獨句法、平仄同，即「漸」字、「破」字、「拜」字、「在」字、「最」字、「挂」字、「謾」字、「處」字、「賦」字、「看」字、「桂」字用去，「柳」字、「小」字、「古」字、「盡」字用上，「彩」字、「約」字、「有」字、「液」字上入，及「畫眉未穩」、「故山夜永」爲去平去上，無不悉同。惟「寶簾挂秋冷」，姜詞作「愛良夜微暖」，二、三與一、四不同；「千古盈虧休問」，姜詞作「無限風流疏散」，杜氏謂「限」字短韻，以協爲正。結句，各本作「還老桂花舊影」，而姜詞作「乘一舸、鎮相見」。徐、杜兩氏均謂姜及張翥皆用折腰句法。宜從《歷代詩餘》作「還老盡、桂花影」，蓋姜在王前，依姜爲是也。至「深深拜」之三、六句法，「未穩」、「夜永」之去上，詞中多有，切宜遵之。起處「漸」字領句，已從「新月」着想。以下八字力寫「新月」，繼之曰「依約破初暝」，是一綫光明氣象，皆題之正面也。「便有」、「誰在」，一開一合。以月言，則圓月已有端倪，惜無賞之者。以非月言，一陽來復，宜如何導其生機？惜無解此者。所以譚獻評之謂「寓意自深，音節高亮」也。「畫眉未穩」，緊承實寫。「素娥」、「離恨」，從「畫眉」引出，以足前意。「最堪愛」，以合爲轉。着一「冷」字，如畫龍點睛，上下皆不隔，不得僅以詞眼目之。過變將筆一縱，從大處落墨。「磨玉斧」、「補金鏡」，是重整金甌之意，而不作憤激之詞。「太液」二句，承此而下。昔宋太祖宴宰執賞新月，盧多遜詩曰：「太液池邊看月時。」暗使此事，而作者之意益臻微而顯之妙，不獨曰「猶在」，曰「何人重賦」，望古遥集，無限低回也。「故山夜永」，折歸本身，且以「故山」與「太液」對照。至「窺户端正」，則已屆圓時，而「雲外山河」，桂影「老盡」，所待何事？此恨綿綿。張惠言曰：「此喜君有恢復之志，而惜無賢臣。」愚謂雖不必如此泥定，而言外之意耐人深思。陳廷焯曰「一片熱腸，無窮哀感，《小雅》怨悱而不亂」，此詞之心也。譚獻曰：「精能以婉約出之」，此詞之品也。

齊天樂　一襟餘恨宮魂斷

此調以周邦彦「緑蕪凋盡臺城路」一首實爲最先，《臺城路》之名即由此出。宋本《片玉集》注「正宮調」。周氏以後，作者頗多，然句末之「過雨」、「似洗」、「更苦」、「萬縷」，必用去上，即「鏡暗」亦以去上爲宜，又如「咽」字、「葉」字、「翼」字、「世」字，應用入或上；「佩」字、「得」字，亦多用入；「爲」、「鬢」、「尚」三字，宜用去，不可以熟調而忽之也。過變第二句，周、姜均二、三句法，碧山此題第一首亦作「晚來頻斷續」，其作一、四句法者，方岳、史達祖、周密各一首，碧山三首耳。結句當用二、三句法，姜詞「一聲聲更苦」則爲例外。「難貯」之「貯」字，宋人或有用平者，似不可從。韻用去上，用入爲例外。至起句及後遍第一句，姜詞協韻；宋人且有起句不用韻，後遍第一句協者，亦例外也。《詞律》載陸游之百三字體，後遍第二句四字，第三句六字；《歷代詩餘》載吕渭老詞，過變三句作「重來劉郎老，對故園桃紅春晚，盡成惆悵」，非訛誤即别裁矣。

碧山《龍涎香》、《苔梅》、《紅葉》、《榴花》、《詠螢》、《詠蟬》諸作，論者多以爲各有所指，且求其事以實之。以此詞言，周濟曰：「此家國之恨也。」端木埰曰：「詳味詞意，殆亦《黍離》之感。『宮魂』點出命意。『乍咽』、『還移』，慨播遷也。『西窗』三句，傷敵騎暫退，燕安如故。『鏡暗』二句，殘破滿眼，而修容飾貌，側媚依然，哀世之臣，全無心肝，千古一轍也。『銅仙』三句，宗器重寶，均被遷奪。『病翼』三句，更是痛哭流涕，大聲疾呼，言海島遷流不能久也。『餘音』三句，遺臣孤憤，哀怨難論也。『謾想』二句，責諸臣到此，尚安危利災，視若全盛也。」陳廷焯曰：「起句卻『一襟餘恨宫魂斷』，下云『鏡暗妝殘，爲誰嬌鬢尚如許』，當指王昭儀改裝女冠。後疊云云，字字淒斷，卻渾雅不激烈。『餘音』數語，或有感于『太液芙蓉』闋乎？」愚以爲詞境之高渾者，行乎其不得不行，不待規規於寄託。在讀者以意逆志，見仁見智，各有會心。若就詞論詞，起處不使一平筆，倒戟而入，自有無限深意，用齊女化蟬事，「宫魂」二字仍是題面。「乍咽」、「還移」，寫蟬之鳴。「西窗過雨」以下，用排宕法，雖知其心之戚，轉疑其心之歡，至曰「爲誰嬌鬢尚如許」，則仍不信其「魂斷」，從反面翻足，以起下文；而五句一氣，又此調常法也。過變小中見大，因蟬飲露而生，故使魏明帝移承露盤故事，折歸「宫魂斷」之本意。「病翼」三句，一片變徵之音，誠如陳氏所評者。「餘音」三句，再申言之。以多情者每似無情，轉疑「清高」者不應「淒楚」，更透過一層。結拍兩語，因過變以下言秋後之蟬，乃回溯「薰風」時節，蟬之始鳴，「柳絲」以外不再着一語，作含蓄不盡之勢。其筆曲而不直，其意則回首前塵，無魂可斷，更爲弦外之音。

無悶　陰積龍荒

此調譜律只碧山一首，然吴文英之《催雪》即係此調，句法、平仄悉合。萬樹謂吴以《無悶》賦《催雪》之詞，後傳其題而逸其調名。王鵬運、朱孝臧校《夢窗詞》，皆從其説。又《陽春白雪》卷一丁葆光詞亦名《無悶》，惟「凍雲」上多一仄聲領句字，餘亦悉同。竊意非吴、王少一字，即丁增一襯聲。平仄宜參吴、丁定之。《詞律》另録程垓一首，字數同而句法多異，且「起舞」、「夢好」並協，萬氏列爲又一體。汲古本《書舟詞》名《閨怨無悶》，《閨怨》想亦是題。程，北宋人，固不敢據南宋以議之，然無别本可證。「照水一枝」，吴作「繡箔半鈎」，丁作「下得控持」，「一」字均用仄，故依鮑刻、王刻本，不從《詞綜》各書。「雁門」之「門」字平，夢窗用「玉」字，想係代平，然句尾用入代平者，實罕見。此在碧山爲清剛一類。周濟許其峭拔而微嫌其粗，似也。然起二句寫景，「西北」句拍到自身，引起「悵」字，與玉田《西湖春感》同一章法。「悵短景」以下數句，以蒼勁之氣運奇麗之思，全爲前結蓄勢，至「未教輕墜」一筆拍合，遂覺有千鈞之重。「悵」、「欲唤」、「怕」、「未教」，皆筋節處。而其旨柔厚，自與倜儻權奇者不同。若但稱其確是「雪意」，並非釀雪，猶淺之乎視碧山也。過變兩短韻，承上起下，以不經意出之。「有照水一枝」，是諷刺語。「誤幾度憑欄」，是失望語。「莫愁凝睇」一轉，接以「應是」二句，又于無可解釋中代爲解釋，怨而不怒，極有分寸。結拍代爲設策，轉覺有無窮之望，氣是直下，意則逆挽。若求其命意所在，「短景」是主觀；「亂山」是對象；「欲唤」「起舞」而「怕攪碎」「銀河」，是老謀深算，不輕一試；「應是」「夢好」，「未肯放」出「東風」，是望眼將穿，反責其過于慎重；至「吹破蒼茫」，則直説出本意。而句句不抛荒「雪」字，真不失意内言外之旨也。「照水一枝，已攙春意」與《掃花游》之「亂碧迷人，總是江南舊樹」，均有所指，而語氣不同，殆各如其分歟？陳廷焯曰「無限怨情，出以渾厚之筆」，良信。

高陽臺　駝褐輕裝

《續甬上耆舊傳》：陳允平，德祐時官制置司參議官。入元，以仇家告變，云「謀爲厓山接應」，遭掠。後事得脱，被薦，以病免歸。此題言「遠游未還」，未著何地，就詞觀之當在被薦以後、病免以前。度脱罪膺薦時必有傳其仕元者，然《傳》未言薦居何職，玉田《拜西麓墓·解連環》詞且有「歎貞元朝士無多」之句，殆以病免保節。碧山此詞，有勸善規過之雅焉。起句「駝褐輕裝」，北行之服；「狨韉小隊」，北行之伴；「冰河」確指北道。「朔雪平沙」，渡河後景物。「飛花」承「雪」，「蛾眉」取譬，起下「琵琶」。杜詩「千載琵琶作胡語，分明怨恨曲中論」，「淒涼調」本此。「已是」、「更」、「不比」，層層逼緊。君衡非和親，非淪落，故曰「賦情不比當時」，加一「更」字，若有不能曲諒者矣。「想如今」三字，詼諧而剴刻。「龍庭」即岳武穆所謂「黄龍府」。「初勸金巵」，未還之故，已不啻以趙孟頫視之，語似興會，然在碧山，實極不堪之傷心話也。過變就自身立言：「一枝芳信應難寄」，反用陸凱詩，微露割席之意；「山邊水際」，無形之首陽；「相思」而曰「獨抱」，「盍各」之旨也。開一筆曰「江雁孤回」，「孤回」者，「獨抱」者，同在一面，「江」與「河」映照。仇遠贈玉田詩曰「金臺掉頭不肯住」，其借此輩以相形乎？「天下人自歸遲」，一合。不曰「不歸」，而曰「歸遲」，是終望其歸，意仍忠厚也。「歸來」二句，令威華表之感，語極沉痛。「此愁」者，「獨抱相思」、「江雁孤回」之心境，無人知之，無從言之，惟「秦淮」兩岸之「垂楊」「零亂千絲」，與「東風」相對，差堪彷彿耳。碧山賦體絶少，述之以示作法。喬曾劬曰：「江昱輯周密《蘋洲漁笛譜》集外詞，《高陽臺·送陳君衡被召》：『朝天車馬，平沙萬里天低。』又：『酒酣應對燕山雪，正冰河月凍。』又：『東風漸緑西湖柳，雁已還、人未南歸。最關情，折盡梅花，難寄相思。』昱案：《玉笥山人詞集》和作即用草窗送別體。」其説是也。即可見桑海詞流切磋之至、倡酬之密，得謂聲家無裨世教哉！

吴文英

文英字君特，號夢窗，晚號覺翁，四明人。隱居不仕，從吴潛諸人游，嘗爲榮王邸上客。其論作詞之法，音律欲其協，否則成長短之詩。下字欲其雅，否則近纏令之體。用字不可太露，露則直突而無深長之味。發意不可太高，高則狂怪而失柔婉之意。所著有《夢窗甲乙丙丁稿》，汲古閣始刻之，杜文瀾、王鵬運皆有校刊本，《彊村叢書》刻明張氏鈔本。

尹焕曰：求詞于吾宋，前有清真，後有夢窗。此非焕之言，天下之公言也。

沈義父曰：夢窗深得清真之妙，其失在用事下語太晦處，人不易知。

張炎曰：吴夢窗如七寶樓臺，眩人眼目，拆碎下來，不成片段。

《四庫提要》曰：天分不及周邦彦，而研煉之功過之。詞家之有文英，如詩家之有李商隱。

周濟曰：夢窗奇思壯采，騰天潛淵，返南宋之清泚爲北宋之濃摯。

又曰：夢窗立意高，取徑遠，非餘子所及。每于空際轉身，非具大神力不能。

又曰：夢窗非無生澀處，總勝空滑。況其佳者，天光雲影，摇蕩緑波，撫玩無致，追尋已遠。

又曰：意思甚感慨，而寄情閑散，使人不能測其中之所有。

戈載曰：夢窗以綿麗爲尚，運意深遠，用筆幽邃，煉字煉句，迥不猶人。貌觀之雕繢滿眼，而實有靈氣行乎其間。細心吟繹，味美于回，引人入勝，既不病其晦澀，亦不見其堆垛。與清真、梅溪、白石並爲正宗，而稍變面目。藻采組織，神韻流轉，旨趣永長，未可妄譏其獺祭也。

周之琦曰：夢窗格律之細，方駕清真；意境之超，希踪白石。非叔夏輩所能跂及。

陳延焯曰：夢窗工于造句，超逸處則仙骨珊珊，洗脱凡艷；幽索處則孤懷耿耿，别締古歡。才情横溢，斟酌于周、秦、姜、史之外，自樹一幟。

王鵬運云：夢窗以空靈奇幻之筆，運沉博絶艷之才。

馮煦曰：夢窗之詞，麗而則，幽邃而綿密，脈絡井井，而卒焉不能得其端倪。

況周頤曰：夢窗密處，能令無數麗字一一生動飛舞，如萬花爲春，非若雕瓊蹙繡，毫無生氣也。如何能運動無數麗字？恃聰明，尤恃魄力。惟厚乃能之。夢窗密處易學，厚處難學。

又曰：重者，沉着之謂，在氣格不在字句。于夢窗詞庶乎見之。即其芬菲鏗麗之作，中間雋句艷字，莫不有沉摯之思，灝瀚之氣，挾之以流轉，令人玩索而不能盡，則其中之所存者厚。沉着者，厚之見于外者也。欲學夢窗之致密，先學夢窗之沉着。

朱孝臧曰：君特以雋上之才，舉博麗之典，沉邃幽密，脈絡井井，縋幽抉潛，開徑自行。

風入松　聽風聽雨過清明

此調前後兩疊，句法、平仄如一。溯其起原，大概初係單調，嗣加後遍者也。但尚有七十二字、七十三字、七十四字三體。七十二字體，第二、第八兩句四字，第四、第十兩句六字。七十三字體則第十句七字。七十四字體則第四、第十兩句皆七字。萬樹疑七十三字體爲誤奪一字，然《歷代詩餘》有三首，徐本立據以補體，存疑可也。《歷代詩餘》又有七十五字體一首，吳文英作，實「玉佩泠丁東」，奪一「佩」字。但字數雖殊，而句法平仄，大概相似。愚屢言之，屬纏聲之關係也。最初作者爲晏幾道，兩首皆七十四字。此七十六字體始見于《孏窟詞》。侯寘爲南宋初人，北宋尚無可考。侯作「少年心醉」一首，第二句作「曾格外疏狂」，上一下四；第八句亦同。但侯另一首及他南宋人作，皆與夢窗同，似宜遵之。三、九兩句如七言詩，四、十兩句上三下四，亦定格。

汲古本有題，爲「春晚感懷」。《絶妙好詞》無之，王、朱兩刻據以删去，然實春晚作也。譚獻曰：「此是夢窗極經意詞，有五季遺響。」蓋情景交融之作，爲詞中上乘。首句「清明」，點出時令。「聽風聽雨」，景中有情。「瘞花」是清明風雨中事。瘞之情已深；銘之情更深；因草銘而愁，情益深一層矣。所以然者，「瘞花」正「緑暗」之時，「樓前」是「分携」之「路」，全篇之眼即在此「分携」二字中。柳一絲，情一寸，極悱惻纏綿之致，極傷離惜别之心。元人曲云「繫春情短柳絲長」，即從夢窗此語出，而遜其渾樸。「料峭」二句，再即景即情申説一番，言酒之中雖欲消愁，鶯之啼依然驚夢也。過變曰「西園日日掃林亭」，望其復來也。「依舊賞新晴」，「人面桃花」之感也。用意上已經兩轉。此時癡心癡想，見「秋千」而思「纖手」，見「黄蜂頻撲」而疑餘香尚凝，無理之理，意倍深厚，故譚氏以「西子裙裾拂過來」比之。此詞之妙境，五代人擅場語也。「雙鴛不到」是「分携」，且遥承「依舊」來，點明題旨。加「惆悵」二字，抱住之信，終不認爲絶望。但説「苔生」，别無露骨語，則温厚之至者也。「苔生」非「一夜」可致，而曰「一夜」者，白駒過隙之旨也。至其命意所在，爲賦？爲興？爲比？不能執一以求之。

花犯　小娉婷

調始清真，方千里和作之外，夢窗、草窗、碧山均有之。《片玉詞》注「小石調」。詞中四聲，固定者十之八九。「素靨」、「夜冷」、「更苦」、「未穩」、「夢準」「砌影」、「傍枕」、「紺鬟」、「喚賞」、「滿應去引」，皆用去上，尤當注意。夢窗于周，實謹守勿失者。「昨」字、「月」字、「作」字，均入代平，以清真用「疑」字、「無」字、「花」字也。碧山于「昨」用「歎」、于「作」用「蕊」，草窗于「作」用「怨」，蓋由方音有讀「昨」、「作」爲去聲者，乃因此詞而誤認焉。萬氏《詞律》謂「作」字平仄通用，愚不敢附和也。「昨夜」句、「淩波」句各九字，或上五下四，或上三下六，似可不拘。「臨砌影」十字，爲三、三、四句法，宜遵。沈伯時《樂府指迷》曰：作詞用花卉之類，須略用情意，或要入閨房之意。然多流淫艷，當自斟酌。如直説花卉，而不着些艷語，又不似詞家體列。此夢窗家法，可據以觀此詞矣。首句寫花瓣，次句寫花蕊，第三句寫花葉，而以「娉婷」、「欹鬟」傳其丰神，皆正面也。然實從「中庭月下」認而知之，故第四句承上起下，因文生情。「睡濃」二句，以十二字具四層轉折，皆由「昨夜」之冷體會出來。翠袖天寒之感，蛾眉見嫉之防，兼而有之。「曉色」既放，「花夢」重回，又是一轉，則疑雲盡掃、驚魂甫定時也。過變因「花夢」之「準」，想到身分之高。「湘娥」、「淩波」，水仙正面。「雲沙」從「湘」字想出，而「雲沙遺恨」，又是一轉，隱寓折戟沉沙之痛。「臨砌影」十字，在旁面一襯。曰「凍梅藏韻」，則「遺恨」本自未消，「淒風」依然告緊。既移「爐畔」，又移枕側，更使近「玉人」之髮，一片愛護深情，比諸金鈴之繫、高燭之燒，更爲真摯。從「昨夜冷」至此，愈轉愈深，亦鬱亦厚，不必依常州派論詞法，别求寄託以實之，亦覺其必有所感而發。而意既層出不窮，筆亦回環宛轉，學者笱深味之，當識夢窗之真面矣。末二句渡到「郭希道」作結。「清華池館」，希道所居，見朱氏箋釋。夢窗集中，有《郭清華席上·婆羅門引》、《爲郭清華内子壽·絳都春》、《往來清華池館六年·絳都春》、《過希道家看牡丹·喜遷鶯》、《郭清華新軒·花心動》、《飲郭園·聲聲慢》諸作，可見其往來之跡，而人與地不可考，厲鶚早慨之矣。朱孝臧極稱此詞潛氣内轉之妙，爰引申其説以述之。

惜黄花慢　送客吴臯

此調有平韻、仄韻兩體。仄韻有田不伐、揚无咎、趙以夫諸作，句法及協韻，惟「望天」四句作四字一句、六字兩句，過變不協，餘與平韻同。杜文瀾謂平韻以此詞爲正格，實則宋人平韻之作，可考者只夢窗兩首耳。平仄及用上去入處，應與「詠菊」一首互參。萬樹謂「正試」、「夜」、「望」、「背」、「漸」、「翠」、「念」、「瘦」、「舊」、「繫」、「鳳」、「悵」、「送」、「醉」、「載」、「素」、「夢」、「翠」、「怨」、「料」諸去聲字，兩篇相合，「用字精審處，嚴確可愛」，學者斷宜遵之。夢窗詞集注「無射羽」，即羽調。

起句先點明「送客」，次點明吴江之地、深秋之時。「長橋」即「垂虹橋」，見《吴郡志》。「楓落吴江冷」，唐崔信明詩也。「望天」四句，承地説。垂虹之亭，淞江之水，只載離恨，則徙倚「長橋」間，惟覺「黯黯」之情，「迢迢」之路，「望天不盡，背城漸杳」而已，章法似倒裝，筆氣極清勁。「翠香」兩句承時説。「暮愁」七字，是翠零紅老後景象，亦翠零紅老時心境，而别意已活躍紙上，極細膩熨貼之妙。且上四句與此二句，同一情景交融，而疏密濃淡，布置停勻，誰謂夢窗「質實」哉！「念瘦腰」三句，由地由時折入「送客」之人，而不説今日之惜别，轉溯舊日之停橈，欲吐仍茹，又似此種感慨非自今始，更饒沉鬱頓挫矣。過變以聞簫引起，渡到今日之「送遠」，前結一縮，此處一伸，又覺有無限情事，但以「瘦腰」、「斷魂」括之。下二句接敘携伎夜飲。繼之曰「歌雲載恨，飛上銀霄」，融化秦青善歌、「響遏行雲」之故實，而以情語出之，彌詼奇，彌深厚，不獨造語新穎也。夫别恨因秋而深，果「素秋」「隨船」俱去，則恨之衝霄者或可付之流水；乃既不解此，而「敗紅」反趁「濤」而來，恐「翠翹」入「夢」，亦如雁過南樓趙嘏詩「鄉心正無限，一雁過南樓」，增人無限感喟矣。結句用一「料」字，由紅葉趁濤推想而來，有悠悠不盡之意。而此四句中翻騰轉捩，則因「悵斷魂」以下六句全用平筆，特作波瀾，亦潛氣内轉之法也。「翠香」即葉，「紅衣」即花，「蘭橈」即舟，「銀霄」即白雲天，「寒濤」即秋潮，「南譙」即南樓，夢窗煉句下語之法，即沈伯時所謂不直説破者。但以爲能此即是夢窗，不免于王鵬運所譏僅學蘭亭面耳。

霜葉飛　斷煙離緒

調始清真，周、吴詞均注「大石」。然格律有後人聚訟之處：第一，「斷煙離緒」之「緒」字，是否起韻？

因及首句爲四字或七字。萬樹謂非韻，且七字、六字兩句，因方千里、楊澤民和周，未和「草」韻也。杜文瀾謂係暗韻，以周、吴及玉田三首皆起韻也。徐本立謂有不用韻一體，但應從其多者，則從杜説而略取調停也。愚以爲「緒」字起韻無可疑。「關心事」三字，按之周、吴、張各詞，亦覺屬下較是。第二，前結之「彩扇」以下十一字，是五六，抑七四？按周詞曰「又透入清輝半晌特地留照」，張詞曰「尚記得當年雅音低唱還好」，又曰「又暗約明朝鬭草誰解先到」，又曰「慣款語英游好懷無限歡笑」，似兩説均通。萬氏必謂「咽」字讀、「夢」字句，泥矣。此外，「香噀西風雨」，周作「正倍添凄悄」；「夜冷殘蛩語」，周作「奈五更愁抱」，句法不同。然千里和詞、玉田三首，實兩者皆有，故萬氏謂似可不拘也。用上去及各入聲處，周、吴並同者，張亦多遵之，是不可易。又玉田「故園空杳」一首，原少一字，《歷代詩餘》及《詞律補遺》均另列一體，而細味「待喚起清魂」下似有奪文，張景祁校補一空格，朱氏因之，則無可議者也。至《歷代詩餘》有無名氏一首，即《樂府雅詞》沈唐之作，句法稍異，而兩書又各有出入，且後鮮作者，今置不論。

「斷煙」是景，「離緒」是情，首句雙入，是此日感想，亦全篇之骨。「關心事」三字，爲由情入景之過脈。「霜樹」紅殷，「斜陽」似隱，昔人怕看「斜陽」，我欲見「斜陽」而不得，但見「秋水」「半壺」，噀「黄花」作雨，「西風」凄苦，我何以堪？當此之時，縱有金鞍「玉勒」，驟馬荒郊，而凄涼氣味中弔古登高，實有四顧茫茫之感。回憶前時，南屏山下，乘醉聞歌，哀蟬之曲，「彩扇」之影，而游情既倦，都如夢幻中事，不復知有小蠻之腰、樊素之口矣。如此則雖對「舊節」，不當「傳杯」，亦不必「傳杯」，而猶復「傳杯」者，無聊之極思也。顧杯雖傳矣，而箋生塵、管生蠹，檢舊時「斷闋」，忽忽「經歲」，未能成篇，今仍「慵賦」，惟對此「淒涼」景物，荏苒終朝，不覺日之既夕，「東籬」斜月，轉影依人，殘蛩夜語，哀音和我，此愁誰解？「萬縷」之髮，早莖莖白矣，況「驚飆」倏起，「卷烏紗」以去，又如落帽之孟嘉乎！杜詩曰「明年此會知誰健，醉把茱萸仔細看」，如我今日，何必細看「茱萸」？惟有留待「明年」，重温舊約，看登高之興會耳。全篇一氣呵成。前遍用加倍寫法，極沉痛。過變三句，一轉再轉，極頓挫。結拍以轉爲收，如雲散雨收，餘霞成綺。而「霜樹」、「黄花」，就「傳杯」前所見言之；蟾影、「蛩語」，就「傳杯」後所遇言之，皆用實寫，而各是一境。「斜陽」、「雨」、「蠻素」、「翠微」，則均游刃于虛，極虛實相間之妙。「斷闋」與前之咽涼蟬、後之「殘蛩語」，「舊節」與前之「記醉蹋」、後之「明年」，綫索分明，尤見細針密縷。即「隱」字、「嘆」字、「輕飛」字、「咽」字、「轉」字、「冷」字、「緣」字、「從卷」字亦各有意義。其千錘百煉，是煉意，非僅琢句，非沉晦，亦不質實。知夢窗真味者，當不河漢斯言。

鶯啼序　殘寒正欺病酒

此爲最長之調。夢窗有三首，前無作者，四聲可參三詞定之。一、二兩段，除過變變兩句爲三句及「斷紅」句上三下四外，餘句法悉同。三、四兩段，除第三句或二、三或一、四及結尾三句不同外，餘句法悉同。其三首中互異者，「水鄉尚寄旅」句，《詠荷》作「歎幾縈夢寐」，《豐樂樓》作「座有誦魚美」而已。《陽春白雪》卷八載徐鼎夫詞，句法悉合，可見《歷代詩餘》同字數而分三體爲不諦矣。《詞林萬選》有黄在軒詞，二百三十四字，萬氏謂係「歸帆」下少四字，「洗卻」句少一字；徐本立謂「有人」句亦少一字，疑係誤奪，體仍同也。惟汪元量詞句法、字數均異，想由吴詞變化者，後人鮮用之。汲古本有題，爲《春暮感懷》，《詞綜》等書均删之，以此等寬泛之題類《草堂》陋習，不如不用爾。愚觀全篇之脈絡，第一段緩緩説入，由索居之時見春暮之景，觸起「羈情」，純乎興體正宗。「念羈情」二句，全篇之骨，籠罩以下三段者也。二、三兩段，叙「羈情」之由來，全爲叙事。先追溯「西湖」舊游，當時艷遇，而勝會不常，瞬即别去，是昔日之乍合旅離，爲第二段。次述别後情事，「水鄉」依然「寄旅」，前歡不可復尋，追念當時影事，歷歷在目，而竟成陳跡，是今日之物是人非，爲第三段。至第四段，則極言相思之苦，「望極」天涯，鬢絲愁白，信物仍在，芳踪不歸，書欲寄而不達，魂已斷而難招，是二、三兩段情事之結果，即收束第一段「羈情」二字也。而二段以後，融情入景，「游蕩隨風化爲輕絮」之意致發揮靡遺，則由展開局面，以大開大闔之筆，淋灕盡致以寫之，意無餘剩，詞無不達，在此種最長之調，爲惟一法門。句多韻少如三、四兩段，尤非如此不可。柳屯田長調用筆運氣，首創此法。南宋善學柳者，惟夢窗一人。特意須極多，否則非竭即復；氣須極盛，否則非斷即率耳。至此詞綿密之情，醇厚之味，煉意琢句之新奇，空際轉身之靈活，則由愚前四首所論，可隅反而得之。再《詠荷》、《豐樂樓》兩首，布局雖略有不同，而作法亦不外是。

姜　夔

夔字堯章，鄱陽人。蕭東夫愛其詞，妻以兄子，因寓居吴興之武康，與白石洞天爲鄰，自號白石道人。慶元中，曾上書乞正太常雅樂，得免解，迄不第。善吹簫，每自製曲，初率意爲長短句，然後協以音律。詞多旁注譜字。嘉泰二年，錢希武爲刻詞曲六卷，名《白石道人歌曲》。後又有《别集》一卷。明時集佚，所傳只《花庵詞選》之三十四首，汲古閣刊之。又有明鈔本，清雍正間洪正治刊之，亦非全集。自元陶宗儀鈔本出，張奕樞刻之，陸鍾輝刻之，而陸并爲四卷。其後鮑刻、江刻、姜刻、倪刻、范刻、四印齋刻皆從陸本出。許增校刻本，則參合張、陸。沈曾植景印張本。《彊邨叢書》以江研南鈔本付刊。

范成大曰：白石詞有裁雲縫月之妙手，敲金戛玉之奇聲。

黄昇曰：白石詞極精妙，不減清真樂府。其間高處，有美成所不能及。

陳郁曰：白石襟期灑落，如晉、宋間人。意到語工，不期于高遠而自高遠。

張炎曰：格調不侔，句法挺異，特立清新之意，删削靡曼之辭。

又曰：如野雲孤飛，去留無跡。不惟清空，又且騷雅。讀之使人神觀飛越。

沈義父曰：白石清勁知音，亦未免有生硬處。

趙孟堅曰：白石，詞家之申、韓也。案：元陸友《研北雜志》引趙語，「詞家」實作「書家」，非評其詞也。

楊慎曰：句法奇麗，腔皆自度。

《四庫提要》曰：白石詞精深華妙，尤善自度新腔，故音節文采並冠一時。

周濟曰：白石脱胎稼軒，變雄健爲清剛，變馳驟爲疏宕。

戈載曰：其高遠峭拔之致，前無古人，後無來者，真詞中之聖。

宋翔鳳曰：詞家之有姜白石，猶詩家之有杜少陵，繼往開來，文中關鍵。其流落江湖，不忘君國，皆借託比興，于長短句寄之。

孫麟趾曰：白石多清超之句。

陳廷焯曰：姜堯章詞清虛騷雅，每于伊鬱中饒蘊藉，其感慨全在虛處，無跡可尋，人自不察耳。

又曰：氣體之超妙，白石獨有千古。

馮煦曰：白石所作，超脱蹊徑。天籟人力，兩臻絶頂。筆之所至，神韻俱到。

揚州慢　淮左名都

調爲白石自度，宋末多有作者，如趙以夫、鄭覺齋、李萊老諸人之詠瓊花。平仄與姜頗多出入，而句法不異，萬樹謂從姜爲妥是也。前後兩結，《詞律》作上五下六，杜文瀾謂有作三字一句、四字兩句者，似可不拘。

此爲賦體，哀時念亂之感，一以摹寫被兵後景象出之。起處從過揚州説入，曰「名都」，曰「佳處」，爲下之「空城」反襯，極言揚州之名勝，風景應佳，亦「少駐初程」前之揣想，絶不料其「四顧蕭條」，即叙中所謂「昔」也。周濟詆爲「俗濫」，愚未敢苟同。「過春風十里」一轉，是「解鞍」時感覺。「十里」之遥，有似「春風」已轉，而見爲「青青」者，盡是「薺麥」，薺麥，冬生夏死，靡草之屬。則人與屋宇蕩然無存，可言外得之。杜詩「城春草木深」，此十字之所祖，皆從《風》詩「彼黍離離」化出者也。所以然者，「胡馬窺江」，兵禍極酷，事後之餘痛，既無知之「廢池喬木」，「猶厭」兵革。陳廷焯評此數語，謂「情景逼真。『猶厭言兵』四字，包括無限傷亂語」，諒哉！「漸黄昏」，又一轉。雖厭兵之極，而所聞猶是軍聲，不過所吹之寒已無人感受，只「空城」一角伴此「黄昏」，更進一層，語意更覺沉痛。「空城」二字，又全篇主眼，于前結揭出，即引起過變以後一段文章。尋金人南犯，屢至江淮，紹興三十一年南至采石，隆興二年復渡淮，丙申爲淳熙三年，遠者十五載，近者十二載，而元氣依然未復，此白石所以歎也。然此爲揚州之今，而非揚州之昔。回憶唐代杜牧分司之時，何等繁盛，乃昔多「俊賞」，今僅「空城」，料「杜郎」如果重來，亦當驚訝。「荳蔻梢頭」之詩，「薄倖」「青樓」之夢，皆將以人蹤寥落，無從賦此「深情」，則今日「仍在」者，惟是「二十四橋」，一丸「冷月」摇蕩「波心」，不復有簫聲可聽。因念「橋邊紅藥」，揚州特産，雖「年年」花開如故，亦不知爲誰而生矣。寫被兵之地寂寞無人，鮑照之賦、杜陵之詩，亦不是過。玉田評「波心蕩」七字：「平易中有句法。」《詞旨》列入「警句」。

暗香　舊時月色

此與《疏影》同爲白石自度，後之作者有趙以夫、吴潛、吴文英、陳允平、張炎等。張詠荷花一首改名《紅情》，其自序可證也。趙、吴、陳、張，平仄四聲各有出入，趙且押上去韻，惟夢窗于姜亦趨亦步。

《詞律》采用夢窗詞，可謂卓見。惟萬氏于第七句上三字，據汲古本作「畫簾隙」，注「畫」可平，然張鈔《夢窗詞》作「簾畫隙」，則仍平去入，與「都忘卻」同，「忘」字讀去聲。

張炎曰：「詞之賦梅，惟白石《暗香》、《疏影》二曲，前無古人，後無來者，自立新意，真爲絕唱。」宋翔鳳曰：「《暗香》、《疏影》，恨偏安也。」陳廷焯曰：「《暗香》、《疏影》二章，發二帝之幽憤，傷在位之無人也。」張惠言曰：「石湖蓋有隱遁之志，故作此二詞以沮之。《暗香》一章，言己嘗有用世之志，今老無能，但望之石湖也。」周濟評《暗香》詞前五句爲「盛時如此」；「何遜而今漸老」四句爲「衰時如此」；「長記曾携手處」二句爲「想其盛時」；「又片片」二句爲「感其衰時」。愚就全詞觀之，以局勢轉折論，周説誠諦。蓋此章立言，以賞梅之人爲主，而言其經歷，述其感想，就梅花之盛時、衰時、開時、落時，反復論叙，無限情事，即寓其中。此張氏所謂「自立新意」，譚獻許爲「獨到」者也。起處首標「舊時」，「月色」中「吹笛」，唤「玉人」、「與攀摘」，是雞人叫旦之用心，是擊楫中流之氣象。「何遜」句一轉，或自喻，或喻人。「春風詞筆」之「忘卻」，則非疇向「吹笛」興致，以喻壯志消磨。「竹外」下九字，極寫「清寒」。「冷」字與「春風」針對。「但怪得」者，前此無此顧慮，今則無可奈何，即「漸老」與「忘卻」之歸宿。宋氏所謂「恨偏安」，陳氏所謂「傷在位無人」，張氏所謂「已嘗有用世之志，今老無能」，皆從此種用意推測而出也。過變承前結而下，由「瑶席」之「香冷」説到「江國」之「寂寂」。「寄與路遥」，暗用陸凱詩，于陸詩所謂「隴頭人」必有所喻，「路遥」則音問隔絕也。「夜雪初積」，似喻絕漠荒寒之境，又似喻陰霾四合，開朗無期。「易泣」以此，「無言」以此，陳氏所謂「發二帝之幽憤」，又從此看出。「長記」承「相憶」而一轉，又回想「舊時」，與首句相應。「携手」，極痛癢相關之旨。「西湖寒碧」，又與「瓊樓玉宇，高不勝寒」同意，則張氏所謂「望之石湖」者，實于言外得之，忠愛之至者也。「又片片」再一轉，落到現在。「片片吹盡」，則「竹外疏花」亦不得見，「玉人」、「攀摘」，更無可爲。傷之極，恨之極。仍曰「幾時見得」，則猶欲見之，不認爲絶望，又張氏所謂「望之石湖」者，亦陳氏所謂「在位無人」之感，宋氏所謂「偏安之恨」也。特其旨隱微，其詞渾脱，不見寄託之跡，只運化梅花故實，説看梅者之心事。陳氏稱白石「感慨全在虚處，無跡可尋」，蓋如此乃真能「以有寄託入，無寄託出」者。

疏影　苔枝綴玉

此調趙以夫、陳允平、周密、張炎諸作平仄頗有出入，又非如《暗香》有夢窗可證，萬氏多未敢注是也。然萬氏注可平可仄處，如「翠禽小小」之「禽」字、「小」字，以爲從玉田之「滿地碎陰」，實則《山中白雲》作「碎陰滿地」，萬氏所見誤本也。「無言自倚」，則或仄平仄仄，或仄仄仄平，或平平平仄，或平仄仄平，似亦未可遽定。若「江」之與「玉」，「月」之與「重」，則以入代平，詞之慣例。調出于姜，守姜法自無過也。至玉田詠荷葉，改名《緑意》，又彭元遜之《解佩環》亦係此調，萬氏已言之矣。

此詞以美人爲喻。「苔枝綴玉」，先點題面。「翠禽」使羅浮事，以美人素妝迎趙師雄，故以「客裏相逢」三句繼之。「無言自倚修竹」，明用杜詩《佳人》末句，暗用蘇詩「竹外一枝」，所以狀梅之孤潔，亦比石湖之清高。若以章法言，首句是梅花，二、三兩句是花神，四、五、六句是與花神相遇時所見，而

「昭君」四句則由「無言」句引出者也。王建《塞上梅》詩有「昭君已歿漢使回」之句，兹即借以立意。「不慣胡沙」、「暗憶江南江北」、「月夜」魂歸「化作此花幽獨」，當然是徽、欽遺恨。徽宗《燕山亭》後遍曰：「憑寄離恨重重，這雙燕，何曾會人言語。天遥地遠，萬水千山，知他故宫何處。怎不思量，除夢裏、有時曾去。」可爲箋注之資。張、陳諸氏謂爲「發二帝之幽憤」，是已。至其命意警辟，運掉空靈，又玉田所謂「自立新意」者，實高出王、張詠物各詞之上；夢窗《郭希道送水仙・花犯》，過變即脱胎于此，不獨「佩環」句運化杜詩，使事而不爲事使，如玉田所贊賞也。過變「深宫舊事」，詞面、詞意均遥承「昭君」句。曰「猶記」，則不堪回首之情。「睡裏飛近蛾緑」，用壽陽點額事，寫一憨態，反照前之「幽獨」。「安排金屋」，承「飛近蛾緑」。一片護惜之情，未忍似「春風」之聽其開落，又不使淪入「胡沙」；不料淪入「胡沙」者，即最可憶者也。「還教」，一轉。「隨波去」後，「卻怨玉龍」，誰爲爲之？此恨遂成終古！無可奈何語，以跌宕之筆出之。結拍作無聊之想，猶欲「重覓幽香」，而「小窗橫幅」，惟存幻影，並香亦不能留，語更沉痛。尋味後遍「飛」者、「安排」者、「隨波」者，言已落之梅花；「睡裏」喻太平時沉酣之狀；「金屋」喻忠愛之忱；「玉龍」亦隱有所指，特其言微穩耳。

翠樓吟　月冷龍沙

此調白石自度，他家罕有，四聲一宜守之。戈載謂專押去聲韻，然「里」字上聲，杜文瀾已駁其説矣。「此地」，句中短韻。「新翻」以下，「玉梯」以下，前後遍同。

前遍作「安遠樓」落成正面。首三句説「安遠」名義。四、五兩句極言「安遠」盛況，所以贊美作樓者。

而賜酺「歌吹」，又與落成綰合。第六句拆入「樓」字。七、八寫樓之壯。「人姝麗」三句，落成宴中所有，蓋宋時有營伎，例須伺應官宴，故用以點綴，實先將題面還足，然後入見志之本意也。過變「此地」二字，緊承前遍，且包括前遍，乃就本地風光，運用崔顥詩以發議論。「宜有詞仙」，是想象中事。「素雲黄鶴」，瀟灑出塵，既高出「氊幕」、「歌吹」上，且隱喻「安遠」之名同一幻想。然久凭「玉梯」「凝望」，惟見「芳草萋萋」，是意中之「詞仙」實不可得，即崔詩前六句之意境。「天涯情味」，由「芳草千里」之歎而來，又崔詩「長安不見」按「長安不見使人愁」乃李白詩，非崔顥詩之意。「仗」字一筆勒轉。「清愁」即「千載悠悠」，而以酒祓之；「英氣」即「長安不見」之感，而以花銷之，雙承「漢酺」、「姝麗」，歸入「落成」本題，又似代圓其説。「西山外」又一轉，晚晴氣象，與斜陽之斷腸者不同，是前途珍重之志，爲作樓者勉也。以章法言，前遍説足「安遠」，後遍乃高一層立論，翻騰頓挫中示遥深之寄託，然後一轉到題，再轉入興會之語，表裏皆一絲不溢。以意境言，則北氛正惡而空言「安遠」，白石胸中本有涇渭，故全篇皆以微諷之詞示針砭之旨，而夭矯之筆，忠厚之意，又白石本色也。陳延焯曰：「一縱一操，筆如游龍，意味深厚。」可謂的評。楊慎《詞品》賞其「檻曲縈紅，檐牙飛翠」、「酒祓清愁，花銷英氣」，稱之曰「句法奇麗」，不免皮相矣。

淡黄柳　空城曉角

此亦白石自渡。繼之者碧山、玉田各一首，用上入及去多遵白石。其不同者，碧山「色」字不協，然戈載、鄭文焯皆謂應協；玉田「角」、「緑」兩字皆協，然「角」、「緑」用入則可借證。「正岑寂」屬前遍者誤，萬樹已言之。調屬引、近一類，爲小令入慢曲之關鍵。但南宋人令、近多參慢曲作法，時有騰挪之筆耳。起二句，一片淒涼景色。「馬上」句則人在陌上所感者。細嚼此中神味，「惻惻」之「寒」是從身外來，抑從心中出？是人是天？是虚是實？雖自身亦不能辨之，此五代作法也。「看盡」句拍到柳色。「都是」句一轉，則無異江左，差足解嘲者耳。過變「正岑寂」三字，承上起下，然如置前遍之末，則語氣未了，不獨與下句「又」字呼應也。「明朝又寒食」，轉入時令。八字二句，共分兩層。如此淒涼，何心「携酒」？何心訪艷？故下一「强」字爲轉語，「小橋」借指所眷之人，《解連環》云「爲大橋、能拔春風，小橋妙擲箏（原作「移箏」，依張文虎校），雁啼秋水」可證。蓋于荒涼寂寞中强遣客懷者。然心境不同，終覺淒異，故「怕」字又一轉。下即放筆爲之：「梨花落盡」，雖春亦秋。「燕燕飛來」，「池塘自碧」。淡淡説景，而寥落無人之感見于言外。就合肥之地當時視爲邊城者觀之，據白石《淒涼犯》第二句。且寓意極深。神味雋永，意境超妙，耐人三日思。此與《揚州慢》、《淒涼犯》兩詞同一棖觸，而作法不同者，慢與近之界也。

琵琶仙　雙槳來時

此詞在《歌曲》第三卷，不列自度腔之内，然他無作者，一切以恪遵姜氏爲合。《詞律》無旁注，戈氏、杜氏均謂與《暗香》、《疏影》、《淒涼犯》同限押入聲韻。

「雙槳來時」，從所遇説起，破空而來，筆勢陡健，與他詞徐徐引入者不同。固知未必即係故人，而覺其相似。扇約「飛花」，是人是景，又心目中認爲相似者，所以爲「奇絶」也。「春漸遠」一轉，不説其人之似是實非，但就景物言之，「汀洲」緑矣，鶗鴂鳴矣。種種皆舊游不堪回首之象，則「舊曲」之「桃根、桃葉」必難重遇，可以推知。妙在構一迷離惝恍之境，欲不説破而又不肯終不説破，故其下即痛快言之曰「十里揚州，三生杜牧，前事休説」，突换老辣之筆。所謂紆徐爲妍、卓犖爲傑者，于寸幅中見之。「野雲孤飛」之境，即此是也。過變從「前事休説」翻出。「又還是」一轉，風景依稀似昔，非不可説：「奈愁裏」再轉，流年逝水，一去不回，竟無從説。因念「空階榆莢」忽生忽落，變化隨時，不能自主，本一無情之物，「一襟芳思」都付與之而無所縈懷，無是事，亦無是理；然鶗鴂先鳴，衆芳皆歇，乃不得不付與之，真所謂「休説」者矣。顧人心之轉换無常，見「榆莢」之飛，則寸心灰盡；見楊柳之舞，又情思飄揚。「藏鴉細柳」，「舞回雪」之容，今日所見，猶是當日别筵所見，其對「西山陽關」之「故人」勸以更進杯酒者，令人不追想而不得，則又如何意緒耶！全篇以跌宕之筆寫綿邈之情，往復回環，情文兼至。結拍想到「初别」，即行收住，尤覺餘味曲包，非徒以清剛勝也。張炎評之曰：「離情當如此作，全在情景交融，得言外意。」讀者宜深味之。

杏花天影　緑絲低拂鴛鴦浦

萬氏《詞律》、徐氏《拾遺》均未載。但調名《杏花天影》，江鈔且無「影」字。詞原有《杏花天》調，五十四字，前後遍之上三句全與此同，惟末句六字，萬氏以三三折腰式者爲兩句，名《於中好》，又名《端正好》；其六字一句者名《杏花天》。杜氏謂白石此詞較《杏花天》多四字，係白石所添。準諸《浣溪紗》有「攤破」一體，兩遍之末各增三字一句；《虞美人》亦有末句各多一字、分兩句、增一韻之體；《踏莎行》又有「轉調」一體：添字添韻，詞之類此者頗多，則姜增前後各二字一韻，杜説是也。因此又見此調實由萬氏所謂《於中好》者而來。《於中好》《杏花天》非爲二物，《歷代詩餘》名《端正好》，注「一名《於中好》，一名《杏花天》」是也。白石未自注宫調，又後無作者。前三句中，《杏花天》之平仄通用處，似亦可通用。「路」字似協，但《杏花天》此句亦三、四句法，而不協韻。

據序「正月二日道金陵」，似「緑絲」、「芳草」決非眼前之景。然江南春早，青青柳眼實已可見。首句因青眼想到「緑絲」，懸揣「桃葉」渡江時曾係如此。「鴛鴦浦」本監利地名，然如史達祖「倩詩情、飛過鴛鴦浦」之類，已不作固定之地名用。若以從沔口來，謂指來處説，則下句不銜接矣。蓋全首除「金陵路」三字外，多游刃于虚，即「桃葉」亦金陵故實也。「又將」句折回所見之柳眼，愁人見之，遂爲「愁眼」。「與春風」云者，愁與春遇，不啻付與之，兼點時令也。「待去」，一頓。「倚蘭橈」，是欲去不去、徘徊未定之狀。「更少駐」一轉，則竟擬不去矣。過變先説金陵盛況，是「少駐」之心情。由鶯燕之樂，益形人之苦。鶯燕不知，惟「潮水」知之，則「倚蘭橈」時之又一轉念。「滿汀」句推想將來，「芳草」自緑，王孫不歸，我亦猶是，上承「最苦」，下開「日暮」。末三句説足「苦」字，日云暮矣，欲不去而不能，又不知于何更駐，前路茫茫之感，一轉便收。布局與慢曲略同，而節促音繁，意賅言簡，南宋小令，大率如是。

點絳脣　燕雁無心

此調五代無可考，宋人作者甚多。萬氏謂「太」字、「數」字、「憑」字均去聲，但宋人亦或用平。陳延焯曰：「通首只寫眼前景物，至結處云云，感時傷事，只用『今何許』三字提唱；『凭闌懷古』下，僅以『殘柳』五字詠歎了之，無窮哀感，全在虛處，令讀者弔古傷今，不能自止，洵推絶調。」陳氏所評，蓋以其沉鬱虛渾也。

詳味本詞，燕春來秋去，雁秋來春去，「隨雲」來往，無所容心，開口便饒閑適之味，謂爲白石自況，亦無不可。「數峰清苦」，所「商略」者又是「黄昏」之「雨」，則紅塵不到，萬籟俱寂，而有四顧蒼茫之慨，與後遍「懷古」二字息息相關。「第四橋」即吴江城外之甘泉橋，見《蘇州府志》。「天隨子」，爲陸龜蒙自號，即笠所祀「三高」之一。通首只此二句稍實。然「擬共天隨住」，又所「商略」者，與「太湖西畔」、「無心」、「隨雲」同一境界也。「今何許」，以提爲轉。「凭闌懷古」，承上起下。「殘柳參差舞」，則煙水迷離之境，桑田滄海之感，兼而有之，所謂「篇終接混茫」者，仍以淡遠之致出之。以詞言，爲小令正軌。以境言，則城所謂「襟期灑落」、「意到語工，不期高遠而自高遠」者。

史達祖

達祖字邦卿，號梅溪，汴人。《四朝聞見録》謂爲韓侂胄省吏，韓敗，黥焉。王鵬運辨其非一人。有《梅溪詞》一卷，汲古閣刊之，四印齋再校刻。

張鎡曰：史生之作，情詞俱到。織綃泉底，去塵眼中，有瑰奇警邁，清新閑婉之長，無拖蕩汙淫之失。

端可分鑣清真，平睨方回。

姜夔曰：奇秀清逸，有李長吉之韻，蓋能融情景于一家，會句意于兩得。

陳造曰：竹屋、梅溪，要是不經人道語。其妙處，少游、美成亦未及也。

《四庫提要》曰：清辭麗句，在宋季頗屬錚錚。

鄒祇謨曰：麗情密藻，盡態極妍，要其追琢處，無不有蛇灰蚓綫之跡。

周濟曰：梅溪甚有心思，而筆涉尖巧。

戈載曰：清真運化唐人詩句，爲詞中神妙之境，而梅溪亦擅其長，筆意更爲相近。

陳廷焯曰：梅溪全祖清真，高者幾于具體而微，骨韻猶出夢窗之右。

鄭文焯曰：梅溪聲韻鏗訇，幽約可諷。

雙雙燕　過春社了

此調梅溪自渡，以題爲調名。夢窗繼作，亦本意。平仄可參吴詞。「愁損」句，《絶妙好詞》少二字，然《花庵》亦宋選本，則爲六字。《夢窗甲稿》及張鈔本作「還過短牆」，與「愁損玉人」合，然《詞譜》作「還憐又過短牆」，則與「愁損翠黛雙蛾」合。此外無可證者。後人填此多用六字。夢窗「井」字未協，或漏韻歟？

梅溪詠物，如《春雨》、《春雪》及此詞，均極體物之工，古今傳誦。張炎稱其「全章精粹，所詠瞭然在目，且不留滯于物」。其專贊此詞者，黄昇曰：「形容盡矣！」又曰：「姜堯章極稱『柳昏花暝』之句。」賀裳曰：「史邦卿《詠燕》，幾于形神俱似。」且極稱其「軟語商量」。

今味全詞，從燕來之時節起。次句即言尋「舊巢」情事。「度簾幕中間」，知舊路也。「去年塵冷」，今昔之感，且爲「欲住」、「試入」及「還」字、「又」字張本也。「差池」，是未住時燕飛之狀。「相並」，是「試入」時燕住之形。「還相」二句，擇居之精審，去住之徘徊，是「相並」時之容與聲。「飄然快拂花梢」，則小住又去。「翠尾」六字，又「拂花梢」時之形相。入幕出幕，層次井然，且形容盡致，不啻一幅飛燕尋巢圖，真所謂「瞭然在目」者。過變以下四句，是「拂花梢」後事，又極寫銜泥銜草時尋覓之狀。如此則燕可歸矣，歸亦不得不晚矣。「紅樓」句，説歸。「看足」句，寫將歸未歸時之興致，極其躊躇滿志，與會淋漓，亦定巢時心境。「應自」二句，言巢成以後之安居，不再勞勞花底，辭若有憾，實深喜之。至此而「詠燕」之意已竟。結拍以玉人之愁比較其間，「獨凭」「畫闌」與「棲香正穩」及入巢「相並」恰相反映，自愁乎？妒燕乎？不得而知，亦不再贅，正如初寫《黄庭》，恰到好處，與《春雪》之「怕鳳靴、挑菜歸來，萬一灞桥相見」同一作法，正玉田所謂「一段意思全在結句」者也。論詠物之詞，實賦體之極軌。如以寄託言，則「紅樓歸晚」以下六句，譏不思恢復、宴安鴆毒之非，喻中原父老望眼欲穿之苦。曰「看足」，曰「應自」，曰「便忘了」，曰「愁損」，曰「獨凭」，微而顯，志而晦，婉而成章，居然《春秋》之筆。白石賞之，殆以與己之《暗香》、《疏影》諸詞異曲同工乎？

秋霽　江水蒼蒼

調始胡浩然，梅溪、夢窗平仄俱與胡合，惟夢窗「屋」字似協。陳允平、周密亦有此調，而平仄稍有出入，陳且漏「國」字一韻。《歷代詩餘》八十一曾紓作，過變前二句作「當時快意登臨」，少兩字，而其他多合，疑有奪文。《詩餘》注「一名《平湖秋月》」，則陳詞之題，疑係誤本逸其調名，如《無悶》之例。

前六句一片秋意，颯颯之聲隨筆俱至。「江水」、「柳」、「荷」，皆眼前景物。「蒼蒼」字、「倦」字、「愁」字，極情景交煉之工。「廢閣」、「古簾」，近就所居言之，與下之「清燈冷屋」同爲驛店郵亭氣象。「雁程」句不專寫西風之勁，且爲征人遠行時之心情。尋《梅溪詞》有《陪節欲行留别諸友》之《水龍吟》，《中秋宿真定驛》之《齊天樂》，《衛縣道中》之《鷓鴣天》，《九月七日定興道中》之《惜黄花》，《四庫提要》謂其隨李壁使金，疑此詞亦作于北行之始，故以「江水」起興。「雁程最嫌風力」，即風利不得泊之意，實全篇之主要語也。漸行漸遠，故回望「故園」，探其「信息」。「南山」之「碧」，與「江水蒼蒼」對照，此「故園」可愛處，亦「上國」可念處。而「念」及「上國」，則我實「未歸」之「客」，「膾鱸」之思益深。曰「誰是」，則「我獨行邁」之嗟，愈在虚處説，愈見感喟之情，此以縱爲擒之手段也。惟「漢」字似無着落，尋《留别》之《水龍吟》有「楚江南」之語，料梅溪于荆楚間必有故實，惜不可考耳。過變從「未歸」卸下，再進一層。「瘦骨臨風」，切定自身，似過脈語，實全篇筋節。「秋聲」曰「聞」，「岑寂」曰「動」，均在主觀上説，故與「先涼」、「空暮」不復。「露蛩」承「秋聲」，「清燈冷屋」承「岑寂」，「翻書」爲「清燈冷屋」中事，「鬢毛」愁「白」乃其究竟，寥寥十四字，可抵一篇《秋聲賦》讀，且見懷鄉惜别之情。

自「還又」至此，一氣直下，絶無轉折，故「年少」句以開爲轉，取疏宕之致。「俊游」反照「岑寂」，「渾斷得」者，言已無從想起也。「但可憐處」一合。「采香南浦」，是送别事。「剪梅煙驛」，是寄遠事。「俊游」雖不復追想，而此等情事直令人已灰之心又復揚起，未了之情又復牽動，殆真所謂「無奈」者。「冉冉魂驚」四字，形容之妙不可言喻。詞即以此收住，益覺一往而深矣。至後遍韻少句多，用筆之法已詳《鶯啼序》下。

湘江靜　暮草堆青雲浸浦

萬樹曰：前「記匆匆」至「蕩晚」，與後「想空山」至「漸老」全同，「西」與「幾」平仄通用。杜文瀾曰：此調無别家可證，疑梅溪自度腔。邵瑞彭疑爲《水龍吟》之變。世宜案：《樂府雅詞·拾遺》下，收無名氏《瀟湘靜》，只第一句二、四、六各字，第四、第九兩句末字平仄不同，並各有平仄通用者數字，過變六字句不協韻，其他句法、協處悉合，用去上處亦多合，可知《湘江靜》即《瀟湘靜》。曾慥《雅詞·叙》題「紹興丙寅」，梅溪生曾慥後，是舊有此調，杜説非也。

戈載稱此詞爲傑構。陳廷焯批「碧袖」下六句曰：「沉鬱之至。」批「三年」下五句曰：「居然美成復生。」愚觀此詞布局，因舊地重游，有許多感喟，特不先説現時心事，而轉由追溯前游入手，再從前次之「斷魂」折入此時「夢冷」、「意短」之境。「還重到、斷魂處」與「酒易醒，思正苦」取嶺斷雲連之勢，爲前後遍之關鍵。故前遍之前七句全説前游，「滄波」四句，一拍合便開後遍，而後遍之「屢」字及「幾番」，又闔合前遍。「潘郎漸老」三句作收，爲點明作詞本意。章法完密，波瀾壯闊。若分析言之，則首句寫水國荒涼之景，實綜合今昔而言。次句由今思昔，開下五句。所聞者「漁榔」之聲，所見者「沙鷗」之影，是愁境，是詩境，是詩中愁境。「怕沾」用重筆一撇，即所以爲「匆匆」也。「碧袖」突轉，「詩句」不成，歌聲猝至，《石城》之怨，去隨「西風」，寥寥十二字，如聞「奈何」之聲，言愁欲愁，擺脱不得。自「漁榔」至此，爲下文之「斷魂」空中摩蕩，曲曲傳神也。夫既隨「西風」以去矣，此後自不欲重來，然而「滄波蕩晚，菰蒲弄秋」，仍是「暮草堆青雲浸浦」景象，則不欲到者今竟重到，猶是「斷魂」之境也，故「滄波」句又是一轉。其轉折皆在空際，爲潛氣内轉之法，愈轉愈深，愈轉愈鬱，此善學清真者，氣象則渾灝流轉，詞句又磬折鈴圓也。過變緊接「重到」，籠罩後遍，爲一頓。「想空山」句，又推開一筆。「想」字由「思」字來。「空山」六字，即小山《招隱》之意，直貫末句之「閑居」。下三句一轉。「三年夢冷」，竪説；「孤吟意短」，横説，仍與「斷魂」映照。「津鐘煙鼓」，寫天涯倦客之境遇，更加一「屢」字，「夢」之不得不「冷」，「意」之不得不「短」，活畫出來，而語仍渾樸，又清真妙境也。「屐齒」句承上説。「移橙」句用杜詩「細雨更移橙」。加「後」、「幾番」三字，益見時序遷流之感，而又與「空山」句映照，情景之交融，吾無間然矣。結拍借用潘岳《閑居賦》而反言之，曰「漸老」，曰「頓減」，曰「未賦」，極拙且重，與輕倩有餘味者不同，亦得自北宋者。

辛棄疾

棄疾字幼安，號稼軒，歷城人。少時以詩詞謁蔡光，光曰：「他日當以詞名家。」紹興間，耿京聚兵山東，聘掌書記。奉表南歸，高宗召見，授承務郎。後官至漸東安撫。德祐初，以謝枋得請，贈少師，謚忠敏。鋭意恢復，所志不行，乃悲歌慷慨，一于詞發之。著《稼軒長短句》十二卷。宋有信州本，汲古閣併爲四卷。四印齋縮摹元刊本，涉園摹小草齋鈔本，均仍十二卷之舊。涉園又影刊宋范開編甲乙丙三卷，涵芬樓補印丁卷。萬載辛啟泰輯《補遺》一卷。

范開曰：公一世之豪，以氣節自負，功業自許，果何意于歌詞？故其詞之爲體，如張樂洞庭之野，無首無尾，不主故常；又如春雲浮空，卷舒起滅，隨所變態，無非可觀。無他，意不在于作詞，而其氣之所充、蓄之所發，詞自不能不爾也。然其間固有清而麗、婉而嫵媚者。

劉克莊曰：公所作大聲鏜鞳，小聲鏗訇，横絶六合，掃空萬古。其穠艷綿密者，亦不在小晏、秦郎之下。

俞彦曰：唐詩三變愈下，宋詞殊不然。歐、蘇、秦、黄，足當高、岑、王、李。南渡以後，矯矯特健，即不得稱「中宋」、「晚宋」也。辛稼軒自度粱肉不勝前哲，特出奇險爲珍錯供，與劉後村輩俱曹洞旁出，學者正可欽佩，不必反脣並捧心也。

王士禎曰：石勒云「大丈夫磊磊落落，終不學曹孟德、司馬仲達狐媚」，稼軒詞當作如是觀。

《四庫提要》曰：棄疾慷慨縱横，有不可一世之概，于倚聲家之變調，而異軍特起，能于剪翠裁紅之外，屹然别立一宗。

周濟曰：稼軒斂雄心，抗高調，變温婉，成悲涼。

又曰：稼軒不平之鳴隨處輒發，有英雄語，無學問語，故往往鋒穎太露。然才情富艷，思力果鋭，實無其匹。

陳延焯曰：辛稼軒氣魄極雄大，意境卻極沉鬱，不善學之，流入叫囂，稼軒不受過也。

又曰：稼軒詞如「不知筋力衰多少，但覺新來懶上樓」及「城中桃李愁風雨，春在溪頭薺菜花」，信筆寫去，格調自蒼勁，意味自深厚。

祝英臺近　寶釵分

此調只七十七字一種，萬氏之説是也。然有平仄兩體。平韻蘇茂一詞，《詞律拾遺》已收；仄韻則有韻多韻少之殊。蘇軾「渡」字不起韻，夢窗「剪紅情」一首亦然，宋人如是者甚顯。岳珂詞前後第七句與前遍第二句均協韻，張輯「客西湖」、無名氏「倚危闌」均如此。此詞「渡」字確係起韻，趙長卿、劉過、張輯均有可證者。徐本立謂「處」字亦協，然自「怕上」至「聲住」，自「羅帳」至「愁去」，前後均同，無後遍第七句獨協之理，當係撞韻。不然，蘇軾前遍第七句似協，豈非應補體乎？

《貴耳集》：吕正己爲京畿漕，「有女事辛幼安，因以微事觸其怒，竟逐之」。「桃葉渡」詞即因此而作。此與《臨江仙》之爲（錢）［阿］錢遣去，同一本事説也。張惠言曰：「『點點飛紅』，傷君子之棄，『流鶯』，惡小人得志。『春帶愁來』，其刺趙、張乎？」此常州派「比興説」也。今案起二句，以詞而言，與《貴耳集》説似合。「煙柳」句從江淹《别賦》中來，爲惜别時光景。加一「暗」字，便有黯然魂銷之意。

以「煙柳」爲登樓所見，故下句拍到自身，即説上樓。然「煙柳」之所以「暗」者，「十日九風雨」，幾許春花，全被摧殘。此一片愁慘氣象中，「飛紅」已「無人管」，「流鶯」更誰解勸？「層樓」、「怕上」，端爲「斷腸」。五句一氣，由景入情，令讀者亦爲腸斷。而所謂「風雨」，所謂「飛紅」，所謂「流鶯」，自當各有所喻，以逐妾爲題，似説不到此種地步也。過變從送别而盼「歸期」，遥承起句。「鬢邊」之「花」，又由「飛紅」想出。「覷」、「卜」、「才簪」、「重數」，輾轉反側之情，傳神阿堵，語極癡，情極摯。稼軒詞中，此種語實不多覯，真所謂摧剛爲柔者。繼之曰「羅帳燈昏，哽咽夢中語」，則直道相思了無益之意，且見「歸期」仍是幻想，所「覷」所「卜」，都無着落可尋，爲下文「愁」字摩空作勢。于是欲驅此「愁」不得，則溯「愁」之來路，謀「愁」之去路，因從「煙柳」、「飛紅」、「流鶯」覓得「春」字，乃覺與春俱來，不與春俱去；不恨留春不住，只恨春去愁留；若能知春之去處，必將請其帶愁而去者。言情可謂極工，且極曲折，而尋繹「春」字，又似當有所指也。張炎評之曰：「景中帶情，而存騷雅。」沈東江評之曰：「昵狎温柔，魂銷意盡。」但愚細味此詞，終覺風情旖旎中時帶蒼涼淒厲之氣，此稼軒本色未有脱盡者，猶之燕、趙佳人，風韻固與吴姬有别也。

賀新郎　緑樹聽鵜鴂

此調宋人作者極多，平仄出入亦多，當就相同較多者依之。然如「鷓鴣聲住」、「回首萬里」亦可用仄仄平平，《詞律》及《拾遺》《補注》舉例甚詳，但比較亦非多數。東坡「乳燕飛華屋」一首與各家頗有異處，然東坡所獨，如「花前對酒不忍觸」句少一字，或誤奪，或省一纏聲，已無可考，徐氏補體非也。

稼軒「緑暗淩波路」一首，後遍第五句多一字，似增一纏聲，徐氏補體亦非也。《歷代詩餘》列爲又一體者，一前遍二三兩句作上五下六，一後遍二三兩句作上五下六，愚亦以爲不必。

楊慎《詞品》謂「盡集許多怨事」，全與李白擬《恨賦》相似。尋江淹《别賦》、《恨賦》，皆首尾述意，中間歷叙若干事，而此則擬《别賦》者。在詞自屬變格，蓋冶前後遍爲一爐，前起後束，中列離别四事，前二者屬女子，後二者屬男子，末句歸到自身以結之，其送茂嘉，只末二句。張惠言謂「茂嘉以得罪遣徙，故有是言」，固嫌穿鑿；周濟謂「馬上琵琶」爲「北都舊恨」，「易水蕭蕭」爲「南都新恨」，亦似附會。在稼軒，只因别茂嘉而廣徵古事言離别之恨耳。若詳釋之，自注依《離騷補注》，鶗鴂非杜鵑，是指鵙言，即司至之伯趙，以五月鳴。「緑樹」舉五月之景物，「春歸」、「芳歇」亦然。因「聽鶗鴂」，遂追溯鴂鳴以前，有「行不得也」之「鷓鴣」，有「不如歸去」之「杜鵑」，皆有關「離别」。及啼到伯趙，則如《離騷》所説，百草不芳矣。「算未抵」句，由鳥之悲鳴轉到人之「離别」，以老辣之筆出之，擬之于詩，實爲興體。自此句入題後，乃第一事舉昭君辭漢，第二事舉莊姜送戴嬀，第三事舉李陵别蘇武，第四事舉易水送荆軻。「人間」二字冒下，「如許」二字結上。四層叙完，再以「啼鳥」應起處。「不啼清淚長啼血」，鳥且如此，人何以堪？故一到「我」字便收，實不必呆説「寄託」。陳廷焯評之曰「沉鬱蒼涼，跳躍動蕩，古今無此筆力」，得之矣。愚謂稼軒以生龍活虎之才，爲鑄史熔經之作，格調不憚其變，隸事不厭其多，其佳者竟成古今絶唱，卻不容人學步。並世如陳同甫、劉龍州，後世如陳其年，善學辛者，亦多傑作，然究涉粗獷。學者讀稼軒詞，宜取神遺貌，藉藥纖弱之病；而發風動氣，則所當慎也。

摸魚兒　更能消幾番風雨

論此調以歐陽修爲最先，然各本字數參差，《歷代詩餘》百十五字，《詞律》百十七字，《醉翁琴趣》、吉州本歐集均百十八字，無從是正。次之者當推晁无咎，《買陂塘》所由名也。南宋人作者極多。惟「休去倚危闌」，各家皆一、四句法，「休」字以去聲領句，即稼軒亦只此首第一字平聲。又首句及後遍第四句似協韻，然後遍第四句與前遍第三句同，可斷爲非協；首句起韻，則《上葉丞相》一首亦然，施芸隱、莫崙、唐珏均協，張炎亦有一首如此，然究以第二句起韻爲多。

陳廷焯曰：「姿態飛動，極沉鬱頓挫之致。」「更能消」三字，「從千回萬轉後倒折出來」。譚獻曰：「權奇倜儻，純用太白樂府詩法。」愚謂此在稼軒亦摧剛爲柔，纏綿悱惻，然時復英英露爽，且淒怨處略逾分寸，則稼軒本色，譚氏所謂「權奇倜儻」，固周、秦所未有也。按本傳，辛氏以大理少卿召，出爲湖北轉運副使，又改湖南。《詞品》謂中年被劾凡十六章，自況淒楚。以此詞後遍觀之，其爲自慨所遭，由近徙遠，意旨甚明。羅大經《鶴林玉露》謂「斜陽」、「煙柳」之句，與「未須愁日暮，天際是輕陰」者不同，「使在漢、唐，寧不賈『種豆』、『種桃』之禍」！然此詞之怨，實不僅末三句也。起句破空而來，將前遍所説，全歸納其中，然後倒戟而入，便較使平筆者别饒姿勢。蓋幾經風雨之後乃有此言，恐春之遽歸也。曰「匆匆」，曰「又」，則竟留春不得，從「更能消」説來，爲進一層，意雖忠愛，而語已含怨矣。「惜春」二句，申説不欲春歸之意。怕早開原怕早落，何況「落紅」，何況「無數」，豈不更可惋惜？于是用一轉筆，唤「春且住」。而所以唤住者，則告以「無歸路」。曰「見説到」，似懸揣語，亦料定語，用意又透過一層，沉痛無比。此情此境，更有何説？惟覺「畫檐蛛网」，「日惹飛絮」，爲之留住餘春，尚有「殷勤」之意，抑鬱誰語爲何如？「惜春」、「怨春」，力透紙背矣。以上爲起興之詞。後遍即入本意，借用《長門賦序》而反言之。雖入「長門」，尚擬再得進幸，而「佳期」又「誤」，端爲衆女之嫉蛾眉，是縱以「千金」壽相如，買得《長門》一賦，而「此情」終無訴處，與上之「怨春不語」，同一怨到極處也。「君莫舞」，《草堂》注引《樂府原題》：巾舞名《公莫》，出于項伯之語項莊。是舞《君莫》，即勸以莫相怨懟。「玉環」、「飛燕」同歸「塵土」，雖蒙寵幸，終等空花，寬譬語，仍不平語。蓋無可奈何者，有一霎之「斜陽」，仍隔「煙柳」，令人「腸斷」，不殊「芳草」「天涯」。欲免「閑愁」，除非不聞不見。曰「閑愁最苦，休去倚危闌」，以勸慰之語作收，亦猶是「脈脈此情誰訴」之意。全篇怨而近怒，微欠和平，特蕩氣回腸，極饒頓挫之致耳。

菩薩蠻　鬱孤臺下清江水

《杜陽雜編》：唐宣宗時，南詔入貢，危髻金冠，瓔珞被體，謂之「菩薩蠻」。因製此曲。文士往往聲其詞。凡四换韻，二仄二平。然李白已有「平平漠漠」一首在前，未必始宣宗時也。

温、韋小令作法，句句垂，句句縮，言盡意不盡，比興之體，深厚之旨以藴藉出之。然太白此調一片神行，千古絶唱，實與温、韋殊途同歸，温、韋亦不襲太白之跡也。稼轩此詞蓋師太白者。陈廷焯曰「用意用筆，洗脱温、韋殆盡，然大旨正見吻合」，是也。《鶴林玉露》：南渡時金人追隆祐太后至此，幼安因以起興。「聞鷓鴣」，謂恢復「行不得也」。尋造口、鬱孤臺均在虔州今江西贛州市，章、貢二江合流于此。首句從臺上俯瞰所見，「多少行人淚」，包括不少傷心事，不專指隆祐而言。「長安」指汴，遥望「西北」，「無數」之「山」隔之，喻恢復之難也。「青山」二句，借水怨山。「畢竟東流」，與望中之「西北」有「南轅而北其轍」之歎，且亦逝水不回之痛。「江晚正愁余」承上開下，「晚」字更饒遲暮之感。「鷓鴣」爲虔州山産，有「行不得也」之聲。「山深聞鷓鴣」者，言無知之鳥亦作此聲，則余愁更不堪説，進一層語，且亦師五代虚縮之法，以作收筆。全詞就造口之所聞所見言，不加塗澤，而以勁氣達之，如生鐵鑄成，不可移動，似淺近，實深厚，樂府中超超元著，實亦從《古詩十九首》得來。

宋詞舉輯論卷下

北宋六家

周邦彦集詞學之大成，前無古人，後無來者，凡兩宋之千門萬户，《清真》一集幾擅其全，世間早有定論矣。然北宋之詞，周造其極，而先路之導，不止一家。蘇軾寓意高遠，運筆空虛，非粗非豪，别有天地。秦觀爲蘇門四子之一，而其爲詞則不與晁、黄同賡蘇調，妍雅婉約，卓然正宗。賀鑄洗煉之功，運化之妙，實周、吴所自出，小令一道，又爲百餘年結響。柳永高渾處，清勁處，沉雄處，體會入微處，皆非他人屐齒所到，且慢詞于宋蔚爲大國，自有三變，格調始成。之四人者，皆爲周所取則，學者所應致力也。至于北宋小令，近承五季，慢詞蕃衍，其風始微，晏殊、歐陽修、張先，固雅負盛名，而砥柱中流，斷非幾道莫屬。由是以上稽李煜、馮延巳，而至于韋莊、温庭筠，薪盡火傳，淵源易溯。録此六家，實正軌所在，瓣香所承，工敢效顰戈、周，舉周邦彦以概其餘也。

周邦彦

邦彦字美成，錢塘人。元豐中獻《汴都賦》，召爲太樂按：當作「學」正。徽宗朝提舉大晟府，討論古音，增引、近、慢曲，或爲三犯、四犯之調。累官徽猷閣待制，出知順昌府，徙處州，卒。《宋史》稱其「詞韻清蔚」。南宋刻本之可考者，一嚴州本《清真詩餘》，一溧州本《清真詞》，一《美成長短句》，一曹杓注《清真詞》，一《圈法美成詞》，一陳元龍注《片玉集》。汲古參合各本，刻《片玉詞》二卷、《補遺》一卷。《西泠詞萃》因之。鄭文焯校刻本亦因之。四印齋摹刻明鈔元巾箱本《清真集》二卷。彊邨、涉園均重刊陳注《片玉集》十卷。

强焕曰：美成詞摹寫物態，曲盡其妙。

陳振孫曰：美成詞多用唐人詩語，檃括入律，渾然天成。長調尤善鋪叙，富艷精工，詞人之甲乙也。

劉肅曰：美成以旁搜遠紹之才，寄情長短句，縝密典麗，流風可仰。其徵詞引類，推古誇今，或借字用意，言言皆有來歷。

張炎曰：美成詞只當看渾成處，于軟媚中有氣魄，採唐詩融化如自己出。

沈伯時曰：作詞當以清真爲主，蓋清真最爲知音，且下字用意，皆有法度。

賀裳曰：周詞大致匀淨，有柳欹花亸之致。

劉體仁曰：詞體雅正。

周濟曰：清真思力獨絶千古，後有作者，莫能出其范圍。

又曰：沉痛之極，仍能含蓄。

陳廷焯曰：詞至清真，乃有大宗。前收蘇、秦之終，後開姜、史之始。其妙處不外沉鬱頓挫。頓挫則有姿態，沉鬱則極深厚，且一篇有一篇之旨。

馮煦曰：陳氏子龍曰：「以沉摯之思而出之必淺近，使讀之者驟遇之如在耳目之前，久誦之乃得雋永之趣，則用意難也。以儇利之詞而製之必工煉，使篇無累句，句無累字，圓潤明密，言如貫珠，則鑄詞難也。其爲體也纖弱，明珠翠羽，猶嫌其重，何況龍鸞？必有鮮妍之姿而不藉粉澤，則設色難也。其爲境也婉媚，雖以驚露取妍，實貴含蓄不盡，時在低回唱歎之餘，則命篇難也。」張氏綱孫曰：「結構天成，而中有艷語、雋語、奇語、豪語、苦語、癡語、没要緊語，如巧匠運斤，毫無痕跡。」毛氏先舒曰：「北宋詞之盛也，其妙處不在豪快而在高健，不在艷冶而在幽咽。豪快可以氣取，艷冶可以言工；高健幽咽，則關乎神理骨性，難可强也。」又曰：「言欲層深，語欲渾成。」諸家所論，未嘗專屬一人，而求之兩宋，惟《片玉》、《梅溪》足以備之。周之勝史，又在「渾」之一字。詞至于渾，則無可復進矣。

六醜　正單衣試酒

調名，陳注引《晉志》所載漢儀：「皇后駕六醜馬。」注曰：「醜，類。」按：《晉書・輿服志》實作「六騩」，非「丑」之繁體「醜」。「騘」，淺黑色馬也。未能明言其故。《浩然齋雅談》述邦彥語：「此犯六調，皆調之美者。」則「美」以「醜」名，猶「治」言「亂」。惜宋本調名下只注「中吕」二字，無由悉其何句犯何調耳。調爲美成自創，句法聲韻概宜依之。方千里和詞、吴夢窗《元夕風雨》，四聲皆謹守周律。「客」字上入，「一朵」之「一」字代平，可參諸方、吴而知也。明人楊慎改名《個儂》，且句讀多誤，萬樹已譏之。惟有一事應説明者，汲古本「東園岑寂」分段，與詞氣不合，且宋、元本皆于「時叩窗隔」分段，此毛誤也。

此詞非詠落花，乃花落後之「追惜」，命意全在此處，與「將落時」、「方落時」之説法絶不相同。此審題之法，所宜知者也。至其悱惻纏綿，沉鬱頓挫，轉折操縱，不使一直筆平筆，而用意皆透過一層，且覺言中有物，南宋諸家未嘗不學步，而苦不能及，即碧山《詠蓴》「江湖興，昨夜西風又起。年年輕誤歸計。如今不怕歸無準，卻怕故人千里」，吞吐之妙，亦猶遜之。起處二句，周濟曰：「千回百折，千錘百煉。以下如鵬羽自逝。」蓋「客裏光陰虚擲」，是作詞之本意。「單衣試酒」，是人事，是天時。着一「正」字、「悵」字，直貫全篇。故雖翻騰曲折，如環無端，仍自一氣貫注。而十三字之妙，尤在雖包括而無剩義，卻含渾而不露骨，想見其意在筆先，躊躇滿志也。「願春暫留」，是不忍「虚擲」。「春歸如過翼」，則竟成「虚擲」。譚獻曰：「逆入平出，亦平入逆出。」前者以意言，後者以筆言。實則作者此時已入化境，並無平逆之成心耳。「過翼」既喻其速，又繼之曰「一去無跡」，直説到盡頭，不留餘地，讀者試掩卷一思，將不知以下應作何語。而以「爲問花何在」一筆噴醒，又輕輕頓住。譚獻謂其「搏兔用全力」。陳廷焯曰：「既突兀，又綿密，妙只五字束住。下文反復纏綿，更不糾纏一筆，卻滿紙羈愁抑鬱，且有許多不敢説處。言中有物，吞吐得妙。」愚謂自下句起至結拍，皆從此一問開出，振起全神。「夜來風雨」二句，落花正面，僅此九字交過排場。「香澤」之「遺」，是從「無跡」想出，引起「追惜」。知其「無跡」而因「香澤」以强尋其跡，故由「追惜」之一念中，説出「亂點桃蹊，輕翻柳陌」八字，實境而虚寫之。然又不自承爲已知「追惜」，故又以「更誰」二字叫起「蜂蝶」。「蜂蝶」不知「追惜」，而「時叩窗隔」，則似教人「追惜」者。自「夜來」至此，層累曲折，仍拍轉到「悵」字，而又虚籠便住，留下段地步，此章法也。「東園」二句，是「窗隔」外景象，是花落後景象，亦「光陰虚擲」、「一去無跡」之實況。「静繞珍叢底」，則因「蜂蝶」之「叩窗隔」，往尋所「遺」之「香澤」者。曰「成歎息」，包一切，掃一切，達上達下，骨節通靈，不可作長調中襯句看。若以章法言，四句皆屬過變也。花已「無跡」，但有「長條」，而「故惹行客」，話别「牽衣」，無情之物，又似有情，是人心所造之境，極無中生有之妙。「長條」之上，偶見「殘英」，以爲話别者即此，雖本非可「簪巾幘」，而以此之故「强」爲「簪」之，「無跡」而竟有跡，更是想入非非。然而「顫裊欹側」，「終不似」未殘之花，一番覺悟，如夢初醒，又無可奈何之感。于是知春之去者終不可留，而人之于花終不願其「一去無跡」，故只對花之「漂流」勸以「莫趁潮汐」，冀「斷紅」之上「尚有相思」之「字」，可以常得見之，更是依依不舍，一往而深，情之至者矣。周濟曰：「不説人戀花，卻説花戀人；不從無花惜春，卻從有花惜春；不惜已簪之殘英，卻惜欲去之斷紅。」蓋用意極奇幻，用筆極矯變。且一段議論，皆從「長條」生出，人人所欲言而人人不能言，渾化之境，詞之極軌，真千古絶唱也。譚獻謂「『殘英』句應『願春暫留』，『漂流』句應

『春歸如過翼』」，亦是章法。蓋其前後貫穿之綿密處，不隔不漏，讀者尤當細心體會之。至結句曰「恐」，曰「何由」，逆挽而不直下，拙重而不呆滯，尤清真所獨。白石《暗香》結句雖極模仿之能事，而比此猶嫌滯相，且覺吃力矣。

花犯　粉牆低

第一句直起點題，明説「梅花」，是美成老辣渾樸處，南宋人所不肯爲，亦不敢爲者。白石《暗香》乃用側筆，非其倫也。第二句叫起全篇，卻倒戟而入，爲全詞眼目。「露痕」三句，正寫「梅花」，還卻題面，且引起以下種種感想。「去年」句入本意，承上「舊風味」來。「冰盤共燕喜」，是賞花對酒，與後遍之「脆圓薦酒」相映照，其不致犯復者，此是花供賞玩，彼以梅實供食品也。「更可惜」一轉，亦即上文之「風味」，且見「孤倚」之意。從「土」字則惜無人共賞；從「樹」字則以「冰盤」喻雪地，而惜雪之封枝，不能盡「勝賞」之興。四句一氣，皆「去年」事。過變徑轉入「今年」。「太怱怱」比「曾孤倚」別是一境，而「愁悴」相同。「依依」、「有恨」，起于「相逢」之際，則由「去年」以入「今年」，或由「今年」想及「去年」，皆包括在内，爲前後遍之樞紐。「吟望久」、「旋看飛墜」，是伸説「怱怱」，即由花開説到花落。「相將見、脆圓薦酒」，又由「今年」之花想到明年之實，夫花既如此，則明年之我又在何處？遂料及「空江煙浪」，既非「去年」之「孤倚」，又非「今年」之「吟望」，而「孤倚」、「吟望」中所見「一枝瀟灑，黄昏斜照水」者，只得于夢寐中想見之，其「可惜」、其「有恨」又當倍于今昔。辛稼軒曰「今不如昔，後更不如今」，吴夢窗曰「後不如今今非昔」，皆即此意。而清真卻只説事實，于弦外得音。則超妙絶倫。且追溯「去年」，推想明年，寫盡「依依」之情，益知「相逢似有恨，依依愁悴」似過脈語，而實極經意語也。黄昇曰：「只詠梅花，而紆徐反復，道盡三年情事。昔人謂『好詩圓美流轉如彈丸』，吾于此詞亦云。」周濟曰：「清婉至此，故知建章千門，非一匠所營。」愚謂此詞勝處，全在有雄渾之筆力，而出以和婉之辭氣，儻來倜往，如神龍夭矯，不可捉摸。而文之波瀾，仍依時之次第，平庸者固望洋而歎，矜才使氣者又不能如此之安詳，真神品也。譚獻評「依然」句曰「逆入」，「去年」句曰「平出」，過變曰「放筆爲直干」，「相將」兩句曰「如顏魯公書，力透紙背」。又曰「凝望久」以下「筋摇脈動」。讀者宜深味之。

蘭陵王　柳陰直

考調名者，謂齊文襄長子長恭對蘭陵王，與周師戰，勇冠三軍，武士共歌謡之，曰《蘭陵王入陣曲》。此調始于清真，是否據舊譜作詞，已無可考。邵瑞彭曰柳永《破陣樂》疑與此同源。然亦難斷定。萬氏《詞律》收史達祖作，旁注可平可仄，則據《清真詞》定之。愚謂南宋作者雖多，而既創自清真，即應謹守矩矱。結句六字皆仄，「夢裏」去上，「淚暗」去去，不可易也。又此調係入韻，張元幹等有押上去者；「識」字句中韻，南宋人亦有不協者，然皆以依清真爲是。即「柳」、「裏」、「暖」、「冉冉」之上聲，「弄」、「送」、「望」、「倦」、「歲」、「舊」、「又」、「趁」、「照」、「快」、「便」、「望」、「恨」、「漸」、「堠」、「露」之去聲，「拂」、「折」、「一」、「别」、「月」之入聲，亦恪遵爲妥。至汲古本之「似魂夢裏」，則證諸他人，「魂」字爲衍文，萬氏已言之矣。

陳廷焯論此詞曰：「『登臨』二句，是一篇之主。上有『隋堤上』云云，暗伏『倦客』之根，是其法密處。故下接『長亭路』二句，久客淹留之感，和盤託出。他手作此，以下便直抒憤懣矣，美成則不然。『閑尋舊蹤跡』二疊，無一語不吞吐，只就眼前景物約略點綴，更不説淹留之故，卻無處非淹留之苦。直至收筆云『沉思前事，似夢裏，淚暗滴』，遙遙挽合，才欲説破，便自咽住，其味正自無窮。」周濟曰：「『客中送客』，一『愁』字代行者設想。以下不辨是情是景，但覺煙靄蒼茫。『望』字、『念』字尤幻。」愚按以「柳」命題卻説別情，詠物而不説物，專説與物相關之事，此亦興體作法，視《六醜》、《花犯》爲別一機杼，更與《樂府補題》不同。起處點題直起，只兩句將題面還足。「柳陰」自「直」而「絲絲弄碧」，且在「煙裏」，已含有依依惜別之意。「曾見幾番」與「年去歲來」，緊相呼應。見之者人，折之者亦人，以「倦客」點明，且點出「京華」之地，而此情此景皆從「登臨望故國」得來。先着「隋堤上」二語，故作迷離之致，説柳説人，以囫圇出之；然後突接以「登臨望故國」，如破空而來；又接曰「誰識，京華倦客」，落到自身，將上文之「故國」拋開不説，而以作者之本意爲「曾見」與「應折」之樞紐，此種用筆之法爲清真最擅長處。張惠言圈出「登臨」五字，譚獻曰「已是磨杵成針手段，用筆欲落不落」，蓋賞此句接法之奇者。至「送行色」三字，亦一篇之眼，下二疊即由此生出。「應折柔條過千尺」，充類至盡，措語奇絕，實亦因「幾番」而發揮之。此第一段，緊就柳説，而將全篇作意以警策之筆寫出者也。「閑尋舊踪跡」，以「閑尋」承「登臨」，以「舊」字承「曾見」及「年去歲來」將上段束住。下文一「又」字，以進一層説法拍到本意。「酒趁哀弦，燈照離席」，是餞別；「梨花榆火催寒食」，是時令，點明現在情事，仍吐中有茹。「愁」字以下放筆爲之，直説到相望而不相見，詞境正如周氏所云：「詞筆亦『一箭風快』。」此第二段，説送別時之感想，而不説別後之情悰，留下段地步，夢窗《鶯啼序》之做法即學此也。「淒惻」承「愁」字來。「恨堆積」以足其意。「漸別浦」九字承前段「愁」字下四句，而由虚入實，別是一種神味。「斜陽冉冉」七字，是「別浦」、「津堠」間情景，其情景交融之妙，有難以言語形容者。譚獻謂「微吟千百遍，當入三昧，出三昧」，洵非過言。「念」字以推想爲轉，「月榭攜手，露橋聞」，即「前事」。「念」爲意思觸動，「沉思」則更進一層。「似夢裏，淚暗滴」，非實非幻，不欲説明，與第一段息息相通，又不着跡象。如此收法，真所謂返虚入渾者，詞中絶高之境。夢窗「怨曲重招，斷魂在否」，比此尚嫌其露。此第三段，説別後而遥顧首段者也。此詞妙處全在虚處着想，無一沾滯之筆，而「寒食」、「數驛」、「別浦」、「津堠」、「斜陽」、「月榭」、「露橋」，仍與「柳」綰合，題面不至拋荒。至宋人短書謂美成以《少年游》詞得罪，押出國門，瀕行作此，聞于徽宗，又復召還。鄭文焯曾辨其非實。周氏謂「客中送客」，陳氏謂「久客淹留」，説一各異。讀者不必執一以求之。

夜飛鵲　河橋送人處

宋本注「道宫」。宋人作者極多，「相將」句皆五字，可見有「處」字者非，萬氏即已致疑，徐、杜更爲斷定。「斜月遠」六字是折腰句法，張炎作「都緣水國秋清」，似不可從。「探」字去聲，吴文英、盧祖皋各作可證。平仄上去入，宜參吴、盧、張定之。

起句從「送人」説入。「送人」是事，即全篇感慨所由生。「河橋」是地，爲後遍之「前地」伏根。然緩緩説去，有地有事，漸引到當時情景。「良夜何其」，貫下三句。「斜月」是夜景。「燭淚」是「離會」。「涼露沾衣」是將散未散時。由此「離會」即散，故繼之曰「相將散離會」。「風前津鼓，樹杪參旗」，着一「探」字，則夜已向晨，行色怱怱矣。于是再言「花驄」，言「揚鞭」，則竟由會散而送一程矣。臨别依依之意，早含于「月墜餘輝」、「燭淚流盡」之中。至「花驄」兩句，則馬且「行遲」，人意可想，透一層寫法，一語可抵千萬。以「意」字替代無數言詞，極簡括，極恢廓，是省字妙法，以措語沉痛到極處，不能再加一句也。前遍將「送人」之事已依次説盡，則後遍更有何説？故過變即説歸途。送時願其「行遲」，歸時覺其「迢遞」，同此經行之地，而心理不同。所以然者，前此有人對語，今則各自西東，臨歧之語已「漸無聞」，但帶離别之愁獨自歸去。然有作萬一之想者，「重經前地」，或有遺跡可尋耳。而有無「遺鈿」既不可見，並所經「斜徑」亦都迷惘，惟如劉禹錫之重過玄觀，「兔葵燕麥，摇動春風」，「向殘陽、欲與人齊」。曠地無人，見葵麥而覺其似人，淒惻之境，亦情景交融之極。「殘陽」與「斜月」對照，將昨夜至今晡情事，曲曲寫出。荏苒光陰，不覺向夕，乍見「葵」、「麥」，始知已是「殘陽」，其妙處尤耐尋味也。「但」字以下，寫此時感觸。所送之人既不可見，只有「徘徊」于「班草」之舊處，「欷歔」于「酹酒」之往事，向「天西」「極望」，致其深情。于前遍之「送人」、「離會」，遥遥綰合，詞境詞筆既深厚沉着，章法亦極完密。至此詞全篇以實寫實境，句句往下墜，無一筆往上提，在《清真集》爲别一機杼，亦他人屐齒所不到也。陳廷焯曰：「『何意重經前地』以下，哀怨而渾雅。白石之《揚州慢》由此脱胎，超處或過之，而厚意微遜。」就命意造境言之，固如是也，然仍當統觀全局，始見其妙。

瑞鶴仙　悄郊原帶郭

此調不知所始，異體甚多。有一百字者，《歷代詩餘》所録方岳、洪瑹等作，徐氏據以補體。有一百三字者，爲清真「暖煙籠細柳」一首。其一百二字者，《詞律》則分三體。惟《歷代詩餘》七十三之紫姑《詠牡丹》，係「扶殘醉」句少一字，不得謂有一百一字體耳。《詞律》所載史達祖詞爲宋人常用之體，亦一百二字。其與此不同者，首句二、三，次句及第四句均五、四，前結七字、六字兩句，後結七字、四字兩句，過變第二字句中韻，因分爲又一體。然如《陽春白雪》卷三郭從范作、卷四俞國寶作則惟前結五、四、四，吴文英「晴絲牽緒亂」一首則惟後結五、六，餘與史同。揚无咎「聽梅花再弄」一首，全依清真此首而過變第二字協。方千里和此詞，第二句作「更芳草萋萋，疏煙漠漠」，後結作「早歸休、月地雲階，剩追笑樂」，過變前二字爲「寂寞」，似補一韻。又各家所作，首句一、四或二、三，第二、第四兩句三、六或五、四，亦多錯出，則此數句似可不拘也。又《詞律》首列之毛幵詞，過變無韻，後結同史，前結作四、五、四，亦似在不拘之列也。惟一百字、一百三字者，不能一概論耳。至入韻、上去韻，衡之宋人，亦可不拘。

《揮麈録》、《玉照新志》均謂此詞夢中所作；未幾方臘亂起，倉皇出走，途遇故人之妾，小飲旗亭，歸卧庵閣；後得領宫觀，挈家以往。所遭一如詞中情境，此所謂詞讖也。周濟不主是説，而着眼「客去」二字，謂是送客後追溯之詞。其言曰：「不『扶殘醉』，不見『紅藥』之系情、『東風』之作惡，因而追溯昨日送客後，薄暮入城，因所携之妓倦游，訪伴小憩，復成酣飲。過變二句，反透出一『醒』字。『驚飈』句倒插『東風』，然後以『扶殘醉』三字點睛。結構精奇，金針度盡。」愚謂本事之説是否可信，「淩波」、「流鶯」何指，亦無須强求。就詞論詞，開首徐徐引入。「郊原帶郭」，以所在之地言。着一「悄」字，大有四顧無人之慨。第二句「客」字，指人指己，皆可説得。「永」字、「漠漠」字，上與「悄」應，且反映下文種種。「斜陽」二句寫景，透出戀戀不舍之情，且亦日暮無歸之況。「淩波」句陡接。「過短亭」四句，意外遭逢，有「山重水復疑無路，柳暗花明又一村」之境。「何用」、「重解」、「緩引」，皆從「悄」字、「永」字反跌出來，全神爲之一振。詞境、詞意、詞筆融合爲一，此化境也。過變不直承「春酌」，而從醉醒以後倒折出來。「不記歸時早暮，上馬誰扶」，忽作醒後驚訝狀，即所「眠」之「朱閣」亦非復「郊原」之「短亭」。于是重「扶殘醉」，自「繞紅藥」，始知「西園」「花深」，「東風」作「惡」，而以一「念」字描出醒後之覺悟。曰「東風何事又惡」，益信「斜陽」、「餘紅」之「戀」，絶非無故矣。然而「驚飈」終不能障，只有不管「流光」之「過隙」而得過且過，「自樂」「洞天」，引爲欣幸。解脱語，亦無奈何語，仍「悄」字、「永」字之心境也。奇幻之境，矯變之筆，沉鬱之思，開後人門徑不少。收句拙樸，尤北宋人擅長處。

瑞龍吟　章臺路

宋本注「大石調」。《樂府雅詞》、《陽春白雪》、宋本、元本均分二疊，于「如故」分段。《花庵詞選》注曰：「此詞自『章臺路』至『歸來舊處』爲第一段，自『黯凝佇』至『盈盈笑語』爲第二段，謂之『雙拽頭』，屬正平調。自『前度劉郎』以下，即犯大石，係第三段。至「歸騎晚」以下四句，再歸正平。諸本于『吟箋』上分段者非。」汲古引之，亦分三段，以「雙拽頭」如《曲玉管》、《秋宵吟》之類，皆係三段，故後多仍之。其有分四段者，亦本花庵説，然犯調不必犯處皆分段，《三犯渡江雲》、《八犯玉交枝》可以爲證，則可不再分也。宋人作者，體制悉同。《歷代詩餘》載有百三十二字體，翁元龍作，「傷春」句七字，則知別本有奪「意」字者，出自《草堂》夾注，必有宋本可據。然夢窗、方、楊、陳、張此句皆八字，故可斷爲無百三十二字體。又此詞「前度」，鄭文焯疑爲短韻，翁作「曲徑」，亦似協者，作考訂之資可耳。「惟有舊家秋娘」二句，上六下四，是定格，惟夢窗《清明競渡》作上四下六，而《送梅津》詞則仍同清真，不必以孤證爲護符也。至調始于清真，四聲多一定，宜遵守之。

周濟曰：「此不過『桃花』『人面』，舊曲翻新耳。看其由無情入，結歸無情，層層脱换，筆筆往復處。」

愚按：本詞第一段，以「還見」二字爲骨。「章臺」、「坊陌」，即「個人」所在之地。「梅」、「桃」點出時令，亦「桃花依舊」之意。「燕子歸來」，物猶懷舊，不必説人，意已反透。第二段以「因念」二字爲骨，而由「凝佇」説入。「個人癡小」，點出「前度」之人，以追念出之，則「人面」之「不知何處」，已見言外。而「乍窺」以下，但説其妝飾、其丰神，愈實寫愈爲後段蓄勢。以局勢言，兩段皆前遍地位。「前度劉郎重到」爲過變。而此六字者，事本在「還見」、「因念」之先，卻在兩段後突接，前者何其紆徐，此處何其卓犖！自此以下，似應直寫胸臆矣，而「訪鄰尋里」，與「個人」「同時歌舞」者，惟有「舊家秋娘」，其「聲價」爲「如故」，反剔「個人」之不見。然仍不肯説破，但説「吟箋賦筆」，我猶記得，而「露飲」、「閑步」，「誰」更「伴」我？ 此筆法之脱换處，即不肯使一直筆，而回環曲折，爲「傷離」二字作頂上之盤旋。至「事與孤鴻去」，則一筆揭穿。「探春」八字，點出作意。極老辣，極沉痛。蓋有前之摩空作勢，然後奮然一擊爲有力也。由「探春」而「傷離」，因「傷離」而歸去，故又轉到「歸騎」。着一「晚」字，彌見戀戀之意。「官柳」四句，全屬「歸騎」之所見所感。「飛雨」中之「金縷」、「風絮」，處處牽愁。「池塘」、「院落」，即第一段之「人家」，第二段之「門户」。不去不可，欲去不忍。「斷腸」二字，即「傷離意緒」，以不經意出之。周氏所謂「無情入，無情結」，實則即景見情，言情之入微而又極渾者也。

氏州第一　波落寒汀

唐樂府有《氏州歌第一》，殆與《霓裳中序第一》同。宋本注「商調」，美成所創。方千里和詞及《陽春白雪》劉天游、鄭小山二詞，四聲、句法均嚴守之。《詞律拾遺》謂《歷代詩餘》「遥看」作「遥見」，應用去聲，然殿板《詩餘》確係「看」字，且方、劉、鄭、陳皆用平聲，則去聲之説未諦也。「甚」字，明、清間選本多屬上句，萬樹謂應屬下句，其説極確。至「亂」字、「破」字，徐氏謂與《齊天樂》同，必用去聲，亦是。惟「覺最縈懷抱」句，方、鄭均上二下三。

此詞在《清真集》中亦别一機杼。前段平平叙景，先就所在之「村渡」，説「波」説「帆」。「遥看數點」，漸望漸遠之意。「亂葉」二句，仰觀所得。而「天角」云云，又與「數點帆小」相映。「甚尚挂」一問，謂「蕭疏」之「柳」似不應挂「殘照」，加以「微微」二字，體物尤工。凡此皆爲「景物關情，川途换目」設色，故「景物」八字，一拍便合，透出心事。「頓來催老」，則直説破矣。過變曰「漸解狂朋歡意少」，從「波落寒汀」起，以前遍全文爲此句蓄勢，至此乃逼拶而出。「漸解」接「頓來」，似一轉，然實「催老」二字之神髓，與前結緊承。「奈猶被、思牽情繞」，忽又一轉。梅溪《湘江靜》前結及過變三句，全學此筆法，而神味猶遜其雋永，用筆亦遜其樸辣。「琴心」、「錦字」，爲「思牽情繞」之由。「最縈懷抱」之感覺，即「牽」與「繞」之説明也。「也知人、懸望久」，代所思者設想。「薔薇謝」時，已望歸來，自春徂秋，足見其「久」，且爲「霜空」蓄勢。「欲夢高唐」，則于無可奈何中謀所以慰其懸望者，拍轉自身，並作開筆。「未成眠、霜空已曉」，一合便收，更與「亂葉」三句相應，既饒有餘不盡之味，章法且見完密。周濟曰：「竭力追逼出過變一句，鉤轉『思牽情繞』，力挽六鈞。與《瑞鶴仙》一闋皆絶新機杼，而結體各別，此輕利，彼沉鬱。」

滿庭芳　風老鶯雛

此北宋人常填之調。晏幾道以後，各名家均有之。過變第二字或協或不協，即一人所作亦然。晏詞「小橋」句，作「可憐流水各西東」，如七言詩，然後遍「不堪聽」句，則仍三、四句法，且他家亦無之，想偶然如此，不足據也。黄公度前遍「人静」二句，後遍「憔悴」二句，各作兩六字對句，「且莫思」九字作三、六句法，亦他無作者。後五句，前後遍相同。「疑」字、「容」字應平。

此清真令溧水時作。前五句及「黄蘆苦竹」，寫江南梅子黄時天氣，讀之如坐梅雨中，庭陰潑水，午夢曹騰時也。一、二對起，寫天時。第三句「陰」字，逗出四、五兩句。「衣潤費爐煙」，不獨模寫天氣入微，且非静中體會不出。譚獻以此爲詞中「消息」，與《大酺》之「流潦妨車轂」、稼軒之「只覺新來懶上樓」並稱。「人静烏鳶自樂」，緊接上句，「烏鳶」之樂，不知人之苦。周濟謂：「夾入上下文中，似褒似貶，神味最遠。」愚謂「人静烏鳶樂」，原係杜詩，添一「自」字，更饒餘味，此清直擅長處也。「小橋外、新緑濺濺」，亦一静境。「凭闌久」，遠承「人静」，近承「小橋」，用白詩「黄蘆苦竹繞宅生」之句，以白詩作于九江，地最卑濕，故有此疑。「泛船」固暗用白詩，然亦由「小橋」、「新緑」聯想而得。統觀前遍，皆寫實境，以情融入景中，「倦客」之苦，在若隱若現之間，極匣劍帷燈之妙。過變以下，如流泉下瀉，直杼胸臆；而旋垂旋縮，又如因風成漪，疊瀾不定。「年年，如社燕」十三字，直入自身，言今年適然在此，過去未來，行踪靡定，勞悴之情，遷流之感，「社燕」一比，形容畢肖，實爲下文「倦客」加倍出力。「且莫思身外」，一撇；「長近尊前」，一合。以前遍云云及「瀚海」、「修椽」皆屬「身外」，似解脱語，仍傷心語，而「尊前」又引起下四句也。「憔悴」句，一轉。「身外」雖欲不思，身内則難忍置，十三字急淚迸流，稱心而道。「尊前」雖「近」，無奈聞樂而憂，而「憔悴」之故，「不堪聽」之故，又絶不肯説明，故只有醉眠一法，以不了了之。于是「歌筵」句再勒轉。「先安」、「容我」四字，亦非輕下，似恐並此亦不可得。而姑爲是請者，仍自安于「地卑山近」之境而已。陳廷焯謂「雖哀怨卻不激烈，沉鬱頓挫中別饒蘊藉」，洵爲知言。蓋全篇之骨，爲「江南倦客」四字，只一點睛，而既無露骨語，亦不作盡頭語也。

秦觀

觀字少游，一字太虚，號淮海居士，高郵人。登第後，以蘇軾薦爲太學博士，遷正字。坐黨籍南遷，後放還，至藤州卒。有《淮海詞》三卷，明張綖刻之；汲古閣刻，非全本；士禮居有校宋本，《彊邨叢書》刊之；故宫博物院影印宋殘本；葉恭綽以故宫及吴縣潘氏兩殘宋本合刊。

晁无咎曰：近來作者，皆不及少游。如「斜陽外，寒鴉數點，流水繞孤村」，雖不識字人，亦知是天生好言語也。

葉夢得曰：少游樂府，語工而入律，知樂者謂之作家。

蔡伯世曰：子瞻辭勝乎情，耆卿情勝乎辭。情辭相稱者，少游一人而已。

李易安曰：秦詞專言情致而少故實，譬如貧家美女，雖妍麗丰逸，而終乏富貴態。

釋覺範曰：少游小詞奇麗，詠歌之，想見其神情在絳闕道山之間。

蘇籀曰：秦詞落盡畦畛，天心月脅，逸格超絶，妙中之妙。

張炎曰：秦少游詞，體制淡雅，氣骨不衰，清麗中不斷意脈，咀嚼無滓，久而知味。

胡元任曰：少游詞雖婉美，然格力失之弱。

張綖曰：少游多婉約，子瞻多豪放，當以婉約爲主。

《四庫提要》：觀詞情韻兼勝，爲倚聲家一作手。

賀裳曰：少游能爲曼聲以合律，寫景亦淒婉動人。

周濟曰：少游意在含蓄，如花初胎，最和婉醇正。稍遜清真者，辣耳。

董晉卿曰：少游正以平易近人，故用力者終不能到。

陳廷焯曰：少游近開美成，導其先路；遠祖温、韋，取其神不襲其貌。詞至是乃一變，然變而不失其正。其詞最深厚、最沉着。

況周儀曰：黄山谷、晁无咎、秦少游，皆蘇長公之客也。山谷、无咎皆工倚聲，體格于長公爲近。惟少游自辟蹊徑，卓然名家。蓋其天分高，故能抽秘騁妍于尋常濡染之外。

馮煦曰：少游所爲詞，寄慨身世，閑雅有情思，酒邊花下，一往而深。而怨悱不亂，悄乎得《小雅》之遺。他人之詞，詞才也；少游，詞心也，得之于内，不可以傳。

又曰：淮海、小山，古之傷心人也。其淡語皆有味，淺語皆有致。

望海潮　梅英疏淡

柳永「東南形勝」一首，淮海三首，晁无咎一首，平仄大率相同。《詞律》及《歷代詩餘》分爲兩體，則以結句有上四下七、上六下五之不同。愚不主此種分法，可不具論。「正絮翻」、「但倚樓」兩句，柳詞上二下三，然他家多以一字領句，下八字作對偶，愚意亦可不拘，非另一體。至鄧千江詞，「金谷」句平平仄仄，「柳下」兩句亦六、五，則孤證矣。

汲古有題，作《洛陽懷古》。《草堂》作《春感》。殘宋本無題。按詞「梅英疏淡」，梅將落矣；「冰澌溶洩」，冰已泮矣。正是初春景物，故以「東風暗换年華」，由景入情，爲全篇眼目。「新晴」時候，最好春游，「金谷」之園，「銅駝」之陌，緑草未生，只有「細履平沙」以遣其興。此皆現時情事，而由「年華」之「换」，想及從前。「長記誤隨車」，以頓宕之筆爲追憶之詞。「絮翻蝶舞」，景屬春暮，以視今日，另是一番「芳思」，曰「交加」，則春意倍濃，已不勝今昔之感。「柳下」二句，申説「芳思交加」之意。「亂分」字、「到」字，思路幽絶，實亦從「誤」字想入也。過變緊承前結，説前度之勝游。「夜飲鳴笳」，是「隨車」後事，其樂無極。「華燈」八字，一片富麗華貴氣象，造句之工，如齊、梁小賦。「礙」字、「妨」字，並開南宋詞眼之門徑。而此處愈説得熱鬧，下三句之轉筆愈覺有力，又清真所自出也。「蘭苑」二句，一承一轉。「重來是事堪嗟」一拍合，與「暗换」遥遥相應，開後人門徑不少。「煙暝酒旗斜」，冷落之象，與下之「時見棲鴉」，皆反映過變三句。「但倚樓」九字，實申説「堪嗟」也。當此之時，極無聊賴，只有思歸。「極目」「天涯」，寄情「流水」，以此作收，無限四顧蒼茫之感。「無奈」是無可奈何，並非轉筆，且直承上句而來。「暗隨」字、「到」字，亦非輕下者。周濟謂「前後兩『到』字作眼，點出『换』字精神」是也。至此詞局度安詳，語意婉約，氣味醇厚，則少游之本色。

八六子　倚危亭

《尊前集》載杜枚一首，九十字，起結全與此同，分段及其他句法多異。楊纘之八十九字一首，又與杜殊。萬氏頗疑其有誤。其與少游同者爲王沂孫詞。中惟「漸」字、「可」字用平，而「倚」、「草」、「盡」、「愴」、「裏」、「水」、「斷」、「晚」之上聲，「外」、「袂」、「暗」、「夢」、「翠」、「減」、「弄」、「正」、「又」、

「數」之去聲，「別」、「十」之入聲，悉遵少游。《陽春白雪》卷六鄭小山詞亦然。至《絶妙好詞》李演作，亦略與秦同，惟「亭」字不起韻，「時」字協，平仄間有出入。

周濟評起處數語曰：「神來之筆。」蓋着一「恨」字，而以「芳草」爲比，是由情説入，但破空而來，不知所由起。第四句着一「念」字，「柳外」兩對句，點出别離；再以「愴然暗驚」虚虚頓住。則前遍純是寫一「恨」字，以「倚危亭」見「芳草」爲觸恨之由，至「暗驚」始知别離之苦，而「剗盡還生」，形容恨之難解。先説得極沉痛，遂覺有無數情事，無限感慨，欲説不得，即「愴然暗驚」亦依然含蓄不盡也。過變追溯前事，「無端」二字，仍「暗驚」之神情，意謂既有後日之離，何必有前此之合？「娉婷」指所思之人，「天與」二字即《毛詩》「天作之合」，語極鄭重。「夜月」二句，爲「天與」之事實，即下文所謂「歡娱」。「怎奈向」，一轉。「向」字讀「亭」去聲，宋時方言，即晉人語之「寧馨」，今吴諺之「那亭」，美成《大酺》亦用此語。「歡娱漸隨流水」三句，别後情事。「聲斷」、「香減」，去已絶踪，而「飛花」、「殘雨」，又勾起已灰之心，俾嘗相思之苦。「可堪」二字絶妙，進一層語，全是「無端」之感，「暗驚」之態。「恨」之「剗盡還生」，端爲此也。「正銷凝」，一頓。「黄鸝又啼數聲」，再進一層作收，饒有餘味。此詞起處突兀，中間委婉曲折，道出心中菀結，而確是别後追念之情。「可堪」以下，不再説情，專就景描寫，而一往情深，令人讀之魂銷意盡。至造句工煉，寫景細膩，猶其餘事。此從唐、五代詞得來者，觀之可知變化之由。而「怎奈向」五句，大氣貫注，亦與耆卿同工。

踏莎行　霧失樓臺

此調五代無考，晏氏父子多譜之，亦兩宋常見之調。前後遍同，想原係單調，嗣加後遍者。可平可仄處見《詞律》。實則前、後起四字二句，以「仄仄平平、平平仄仄」爲正。又有《轉調踏莎行》，六十六字，則前、後遍之後三句各加纏聲者。

汲古本題作「郴州旅舍」，少游客郴所作也。當時已爲衆稱賞。黄山谷稱其「高絶」。蘇子瞻絶愛末二句，自書于扇，曰：「少游已矣，雖萬身何贖！」皆見宋人紀載。蓋自寫羈愁，造境既佳，造語尤雋永有味，實從晏氏父子出者。「霧失樓臺，月迷津渡」，平平兩句，是征途所見，是遷客心事，即元祐黨禍，世人亦作如是觀。「桃源」爲避世之地，在郴西北，是本地風光，亦身世之感。曰「望斷」，曰「無尋處」，又上文「失」字、「迷」字之歸宿也。表面爲景，而怨誹按：當作悱之情寓焉。「孤館」點出旅愁，「館」已「孤」矣，「春寒」又從而「閉」之，淒苦之境，亦「君門九重」之歎。于是只聞「杜鵑」之「聲」，而于其聲中又俄而「斜陽」焉，俄而「暮」焉，則日坐愁城可知，不必寫情而情自見矣。山谷以「斜陽暮」爲復，欲改爲「簾櫳暮」；《郴州志》改「暮」爲「度」；《野客叢書》則謂「暮」原作「曙」；胡仔謂「斜陽」屬日，「暮」屬時，引東坡「回首斜陽暮」、美成「雁背斜陽紅欲暮」證其非復。然不如宋翔鳳據《説文》「莫」「從日在草中」，謂「斜陽」是日斜時，「暮」是日入時，自昃至暮，杜鵑之聲亦云苦矣，較得少游之旨。就詞之局勢論，「可堪」爲進一層語。前三句以地言，「可堪」以下乃人所感受，然皆景也。後遍始言人事。「寄梅花」、「傳尺素」，欲寫其牢落之狀，寄其相思之情。而「此恨」「砌成」已「無重數」，竟不知從何説起。因覺「此恨」所由「砌」者，或山川重復有以致之，而偏不説山川之間阻，轉就眼中之「郴山」、「郴江」，幸其回「繞」，惜其「流去」。夫「郴江」之入「瀟湘」，以水言之是爲就下，以還客言之仍是歸途。而曰「爲誰」，似不解其何以流，又似以爲可以不流者。此中菀結，欲言不言，即寄梅傳書，亦將嫌其多事。透過一層立論，乃更沉鬱也。釋天隱云：末二句從「沅湘日夜東流去，不爲愁人住少時」變化而出。愚案少游《江城子》結拍曰：「便做春江都是淚，流不盡，許多愁。」《虞美人》結拍曰：「爭奈無情江水不西流。」《阮郎歸》結拍曰：「衡陽猶有雁傳書，郴陽和雁無。」同一心境，同一妙句，而《江城子》、《虞美人》清新，《阮郎歸》老辣，惟此詞超脱渾厚，宜東坡愛不忍釋也。至此調做法，前後之末二句最着力，前後起平叙，第三句一頓，幾于千篇一律，層次亦極分明，雖屬小令，已開引、近之端。

蘇 軾

軾字子瞻，號東坡居士，眉山人。嘉祐初登第，歷官翰林學士。前遭詩獄，後罹黨禍，徙置惠州。元符初北還。卒于常州。高宗時追謚文忠。有《東坡居士詞》二卷，錢遵王曾見宋刊；汲古閣刻所得金陵刊本；四印齋景刊元延祐本，名《東坡樂府》，亦二卷；朱孝臧編次編年《東坡樂府》三卷，刊入《彊邨叢書》。

陳无己曰：東坡小詞似詩。

晁无咎曰：東坡居士詞，人多謂不諧音律，然横放傑出，自是曲子中縛不住者。

陸游曰：取東坡詞讀之，曲終覺天風海雨逼人。

周煇曰：豈無去國流離之思？ 終覺哀而不傷。

胡致堂曰：詞曲至東坡，一洗綺羅香澤之態，擺脱綢繆宛轉之度，使人登高望遠，舉首高歌，逸懷浩氣，超乎塵垢之外，于是花間爲皂隸，耆卿爲輿臺。

張炎曰：東坡詞清麗舒徐處高出人表，周、秦諸人所不能到。

《四庫提要》曰：詞自晚唐、五代以來，以清切婉麗爲宗。 至柳永而一變，如詩家之有白居易；至軾而又一變，如詩家之有韓愈，遂開南宋辛棄疾一派。 不能不謂之别格，然謂之不工則不可。

周濟曰：東坡韶秀。

又曰：天趣獨到處，殆成絶詣，而苦不經意。

陳廷焯曰：東坡寓意高遠，運筆空虛，措語忠厚。 其獨至處，美成、白石亦不能到。

又曰：寄慨無端，别有天地，異樣出色，只是人不能學。

馮煦曰：劉氏熙載所著《藝概》，于詞多洞微之言，而論東坡尤爲深至，如云：東坡詞頗似老杜詩，以其無意不可入也；若其豪放之致，則與太白爲近。

水龍吟　似花還似非花

此調百二字體以外，又有百四字體。 章質夫原作，有于前遍第五句作六字者，曰「誰道全無才思」，其爲衍文，萬氏已辨之。而張孝祥、葛立方、趙長卿有結拍作五、四、三、三四句者，見《歷代詩餘》八十二，實較此多二字。萬氏謂百二字體爲正格，固也；然即百二字體，句法亦多參差，若言正格，當以柳永、秦觀、周邦彦各作爲準。《詞律》用辛詞，及其旁注，亦準柳、秦諸人者。過變第一句且應協韻，東坡始不協，而章質夫、晁无咎亦然。其結拍皆五、四、四三句，末句中二字相連。其句法不同者，曹組《牡丹》詞「曉來」三句作「東風既與花王，芍藥須爲近侍」二句；趙長卿《詠雲》詞此三句同曹作，下三句作「我欲乘歸去，翻悵恨、帝鄉何在」二句；吴文英《壽嗣榮王》「春色」三句作「花萼樓高處，連清曉、千秋傳宴」二句；《用見山韻餞別》此二句同《壽嗣榮王》，結拍作「想驕驄又踢，西湖二十四番花信」二句；孔方平、晁端禮起處第一句七字，第二句六字；姜夔《夜泛鑒湖》起處同孔、晁，結拍作七字六字兩句；趙長卿又有起處同孔、晁，結拍同吴文英《餞別》者。而東坡此詞，結拍或讀爲七三三句法，陳允平、張炎並如是作。向子諲、揚无咎末句又作六字，不折腰。《歷代詩餘》依此分體，不知韻拍不變，句法參差，在同一宫調中不能謂之另體也。至趙長卿「淡煙輕霧」一首，「春色」以下，作六字一句、七字一句、五字一句、七字一句，則伸縮在纏聲中，與張、葛同例。

東坡詞如天馬行空，其用意、用筆及取神遺貌，最不可及。此詞詠楊花耳，許多話又被質夫説過。觀其起句，「似花還似非花」，從空處着想，卻覺其他之花借用不得。楊花未辭樹前，無可玩賞，無人愛惜，及其飄墜，始動人情感。「也無人惜從教墜」七字，實與上句同一天生妙文。以下便從「墜」字説入。「拋家傍路」是「墜」。「思量卻是，無情有思」，由無情説到有情，「墜」後「思量」，又爲「也無人惜」下一轉語。「縈損」八字，楊花之動人處，將「有思」二字坐實。「欲開還閉」，又寫「墜」時情態，爲「有思」之由。「夢隨風萬里」四句，再以楊花神魂申説情思，而飛去飛還、忽起忽落之致，雖描寫入微，卻極渾化，此他人所不能也。前遍楊花正面説完，故過變即説「飛盡」。先以「不恨此花飛盡」作一曲筆，而「恨……落紅難綴」，又以襯筆作轉筆。以下轉入楊花去路。「曉來」三句，用「柳花入水，經宿化萍」故實，着「遺踪何在」一語，便令人黯然魂斷。「春色」三句，承化萍説。沾泥入水，歸途無定，而溷入泥土者較多。意既補足，語亦名儁超脱，爲千古絶唱。特由一氣卷舒，町畦化盡，故仍有渾灝之象，否則作算博士語，一挑半剔，非傷薄，即傷纖。東坡此等處，卻不許人捧心也。「細看來」以下，以翻爲收，更進一層説法。「離人」之「淚」，近承「流水」，遥應「尋郎」，于法極密，而意亦悠悠不盡。張炎曰：「後段愈出愈奇，壓倒今古。」晁叔用曰：「毛嬙、西施，淨洗卻面與天下婦人鬭好。」愚謂此固東坡妙處，然統觀全篇，格律精細，固不容豪放者藉口；而緊着題，融化不澀，亦詠物之正法眼藏。誰謂才大者不受羈勒哉！

卜算子　缺月挂疏桐

此調以此爲正格。《詞律》所列又一體凡六，有首句起韻者，有過變亦協者，有後遍第三句協者，有前後結加纏聲作三字二句者，平仄亦有不同。

《草堂》題曰《孤鴻》。汲古録《女紅餘志》原文，謂在惠州爲温都監女作。然朱氏據南宋人王宗稷《東坡年譜》，爲壬戌在黄州作；元本亦題《黄州定慧院寓居》：則《女紅餘志》之言不足信也。以《孤鴻》爲題，疑亦後加。此詞未必專爲詠鴻，猶《賀新郎》未必即詠榴花也。鮦陽居士曰：「『缺月』，刺明微也。『漏斷』，暗時也。『幽人』，不得志也。『獨往來』，無助也。『驚鴻』，賢人不安也。『回頭』，愛君不忘也。『無人省』，君不察也。『揀盡寒枝不肯棲』，不肯偷安于高位也。『寂寞沙洲冷』，非所安也。此詞與《考槃》詩相似。」張惠言頗取其説。譚獻曰：「作者未必然，讀者亦何必不然。」此常州派「比興説」，亦從東坡《西江月》「把盞淒然北望」及《水調歌頭》「玉宇」「瓊樓」之句聯想而及者。若就詞論詞，則黄山谷謂「語意高妙，似非吃煙火食人語」者，最爲得之。首句寫景，已一片幽静氣象。次句寫時，更覺萬籟無聲，纖塵不到。「幽人」，身分境地，烘託已盡。然後説出「獨往來」之「幽人」。「見」上着一「誰」字，更爲上兩句及下「孤」字出力。至「孤鴻」之「影」，則爲見「幽人」者，或即「幽人」自身，均不可定。然而此中「有恨」焉，不知誰實「驚」之，爲誰「回頭」？而卻係如此，乃知實「有恨」事，「無人」爲「省」。「揀盡寒枝」兩句，「孤鴻」心事，即「幽人」心事。因含此「恨」，寂寞自甘，但見徘徊「沙洲」，自寄其「不肯棲」之意。而其所以「恨」者，依然「無人」知之，固亦有吞吐含蓄之妙也。而通首空中傳恨，一氣呵成，亦具有「縹緲孤鴻」之象。于小令爲别調，而一片神行，則温、韋、晏、歐所未有。

賀鑄

鑄字方回，衛州人。元祐中通判泗州。按：賀鑄通判泗州，實在崇寧中，而非元祐。退居吴下。喜校書，詩文皆高，工長短句。有《慶湖遺老集》。又《東山寓聲樂府》三卷，亦園侯氏據汲古閣鈔本刊入《十家詞》；四印齋亦據汲古鈔本校刻，又依王惠庵輯本增《補鈔》一卷；常熟瞿氏藏殘宋本一卷，彊邨、涉園並刻之；彊邨又刻鮑渌飲鈔校本二卷、吴昌綬輯補一卷。

張耒曰：方回樂府，妙絶一世。盛麗如游金、張之堂，妖冶如攬嬙、施之袪，幽索如屈、宋，悲壯如蘇、李。

葉夢得曰：方回長于度曲，深婉麗密，如比組繡。掇拾人所遺棄，少加檃括，皆爲新奇。嘗言「吾筆端驅使李商隱、温庭筠，當奔命不暇」。

張炎曰：賀方回、吴夢窗皆善于煉字面，多從温庭筠、李長吉詩中來。

周濟曰：方回熔景入情，故穠麗。

周之琦曰：詞之有令，唐五代尚已。宋惟晏叔原最擅勝場，賀方回差堪接武。自兹以降，專工慢詞，不復措意令曲，其作令曲，亦與慢詞聲響無異。大抵宋詞閑雅有餘，跌宕不足，長調則有清新綿邈之音，小令則少抑揚抗墜之致，蓋時代升降使然。

又曰：他日四明工琢句，瓣香應自慶湖來。

陳廷焯曰：方回詞極沉鬱，而筆勢卻又飛舞，變化無端，不可方物。

又曰：方回胸中、眼中，另有一種傷心説不出處，全得力于《楚騷》而運以變化，允推神品。

石州慢　薄雨收寒

此詞北宋只此一首可考。《歷代詩餘》七十一載謝懋詞，即七十六之謝詞，而「風月」上奪「當時」二字，只見官書草率，非有百字體也。至《詞律拾遺》所收張炎作，「長亭」以下作「誰家籬下閑心似語試妝嬌怯行行步影未教背寫腰肢一搦猶立門前雪」，徐氏于「下」字、「語」字、「寫」字斷句，「搦」字注協。然江昱《山中白雲疏證》本，「誰家」十二字作「誰家籬院閑花，似語試妝嬌怯」，句讀分明，足證徐誤。惟張元幹作，「回首」二句作「辜負枕前雲雨，尊前花月」；蔡松年作，「畫樓」三句作「曉來一枕餘香，酒病賴花醫卻」；句法確與東山不同。《詞律》旁注參南宋各作而定，然應以從東山爲較當。喬曾劬曰：「星鳳閣鈔毛扆校宋本，此首與侯刻同。」似即依侯刻亦可。然各本異文，四聲亦不盡一致，惜殘宋本無此首也。

《能改齋漫録》謂方回眷一姝，別久，姝寄詩云：「獨倚回闌淚滿襟，小園春色懶追尋。深思縱似丁香結，難展芭蕉一寸心。」因作此詞。宋人言詞之本事，每多附會，今姑置之。就詞而論，第一句至第八句，皆寫當前景物，爲「而今時節」極力鋪排。蓋微雨初晴，引起「空闊」之「春意」。而「春意」所在，則有「才黃」之「柳色」。然此時並非送別，故用折柳之事反言之且泛言之，近爲「猶記」二句、遠爲「頓成輕別」凌空作勢，且反映後之「芭蕉不展丁香結」。「煙橫水漫」三句，再畫「空闊」之「春意」，用意漸逼漸近。「歸鴻」「幾點」，仰觀所得，喻鴻歸而人不歸。「東風」已轉，「龍沙雪」消，俯察所得，又見淹留之久。于是由「而今」之「時節」，想到前此之「出關」，始覺景物相同，離別之感于無意中得之。「猶記」一轉，是頓悟之境，是急轉之筆，而説來若不經意，神味雋永，且亦舉重若輕。有此十字，而上文云云皆非虚藻矣。過變四句，從「猶記」一氣貫下，前後遍粘合爲一，全是追溯之神情。「將發」在「出關」以前；「畫樓芳酒，紅淚清歌」是「將發」時事。「頓成輕别」一頓，似追悔，似意料不到。「回首經年」以下，遂申説别情。而「回首」二句，時序遷流，人事變换，一若始不之知而今始知之者，仍爲「猶記」與「恰」字傳神，且開潛氣内轉之法。「欲知方寸」五句，又一氣趕下，取飄風驟雨之勢。用「共有幾許」一問，以「芭蕉不展丁香結」爲答，比喻既微妙無倫，着色上亦與「柳色才黄」有深淺之别，而皆初春景物，不假别求，有融化無跡之妙，宜乎古今推爲絶唱也。結拍兩句實做，隔天一涯，兩地相望。「厭厭」二字從「風月」上寫出久别之情。上句一人所獨，下句兩人所共。至此遂不能再着一語矣。此詞機杼與清真《氐州第一》略同，與白石《琵琶仙》意境相近，而局勢迥别。又前後兩對句，雖平實側，學者宜潛心玩味之。

青玉案　淩波不過横塘路

《詞律》此調凡七體。其六十六字者，二首「彩筆」句均六字折腰，而「户」、「絮」一協一不協；一首第二句五字，第八句七字，「户」、「絮」皆協。六十七字者，賀詞以外爲吴文英一首，「户」、「絮」不協。六十八字者，一第二句七字，一第二句六字折腰，第八句八字。《歷代詩餘》又有六十三字一首，李孝光作，疑前遍少一四字句。又裘昌今詞押平韻，則不同者九矣。東山此詞，名盛一時，東坡、山谷諸人均有和作，而「户」、「絮」皆未協；黄知命且第八句六字；後世追和，亦多未協「户」、「絮」。萬氏謂爲微疵，蓋此調傳者以方回爲最先，「户」、「絮」二字必非撞韻，不可以蘇、黄爲藉口也。《中吴紀聞》：方回居吴，有小築在盤門之南十餘里，地名横塘，嘗往來其間，作《青玉案》詞。後山谷有詩云：「解道江南腸斷句，只今惟有賀方回。」《復齋漫録》亦云。然《七修類稿》謂係悼秦少游作，似未確也。按詞「横塘」之「路」，就所在地言之。「淩波不過」，是望美人兮不來，下文「錦瑟」、「碧雲」、「蘅皋」皆從此生出，即「閑愁」之根也。惟其「不過」，所以「芳塵」之「去」，只以目送之，且是「往來其間」時口氣。惟其「不過」，所以「錦瑟華年」有誰與共之感，且是「目送芳塵」時感觸。「淩波」、「芳塵」出《洛神賦》，「錦瑟華年」則用義山詩也。此時此境，即《毛詩》所謂「其室則邇，其人甚遠」，故外而「月橋花院」，内而「瑣窗朱户」，似無人知其處，「只有」一年一度之「春」依然來此，若深「知」之者，極寂寞空虚之慨。而「春」字則根「華年」來，「只有春知」，又力寫「誰與度」之心境也。過變，因其不來而望其來，仍用《洛神賦》，覺所「税駕」之「蘅皋」，「冉冉」「碧雲」間，時已遲暮。欲以「彩筆」題之，空有「斷腸」之「句」，則希望漸少，「閑愁」愈深。于是以「幾許」爲問。而所謂「幾許」者，欲形其多且久，乃有以下三句，皆入春以後之景物，皆「錦瑟年華」之感喟，又皆「横塘路」上所習見。《鶴林玉露》曰：「以三者比愁之多」，最爲「新奇」，「興中有比，意味更長」。實則「一川煙草」是二、三月間，「滿城風絮」是三、四月間，「梅子黄時雨」是四、五月間。歷時如此，則「誰與度」之神味，更爲完足。或謂「試問」七字叫起下三句，爲此詞之空靈處。愚謂「一川」以下十三字寫愁之多且久，虚意實作，外結轄而中空虚，即夢窗所自出。至全篇皆情，只此三句是景，而用景仍以寫情，方回融景人情之妙用，尤耐人尋味。山谷所謂「解道」，實深會此旨。乃當時因此一詞，有「賀梅子」之目，後人遂專尋味「梅子黄時雨」一句。潘子真竟舉寇萊公詩「梅子黄時雨如霧」，譏其非創獲，毋乃夢夢耶？若舍全篇而專論一句，則方回用前人詩每直用全句，柳、秦、周皆然，而一經掉運，即自成一境，亦非淺人所知也。

望湘人　厭鶯聲到枕

此調只方回一首，無宋人他作可證。「翰」字，《詞律》注平聲，然《東山樂府》常用「青翰」二字，《浣溪紗》仄用，《一絡索》、《攤破木蘭花》皆平用，惟此詞似難臆斷。《草堂》題作《春思》，他本無之。尋味詞意，當是傷離之作。開口一「厭」字，不知從何飛來。而所「厭」者，乃「到枕」之「鶯聲」、「動簾」之「花氣」，極細膩，極柔媚，偏與心境不合。此種心境，半屬「醉魂」，半屬「愁夢」。第三句寫「厭」字神理，亦極惝恍迷離之致，蓋綜繫全篇，先爲傳神之筆也。下三句申説「厭」字心境。「被惜餘薰」，殘香尚在；「帶驚剩眼」，憔悴可憐，全是「傷春」結果，而決非一時所致，故曰「幾許」。「春晚」二字，點出時令，承上鶯、花，起下「濃暖」。「淚竹痕鮮，佩蘭香老」，是「春晚」，是「傷春」，而湘妃之「淚竹」、屈原之「佩蘭」，又皆使湘中事，下之「湘天」乃不突兀。此三句似鋪排之襯筆，實亦過脈。「記」字引入「傷春」之故，而以追溯口吻出之，拍合之法與《石州慢》略似。「小江」承「湘天」；「風月佳時」與「鶯聲」八字相映；「非煙」借指所思之人；以「屢約」爲説，又探「幾許」二字之源。後遍由前日之聚徑轉到今日之散，使「湘靈鼓瑟」事及錢起詩，暗與「湘天」銜接。

「鸞弦易斷」，未始不可再續，而「雲和再鼓，曲終人遠」，前約已不可復尋，惟有「羅襪」所經，「弄波清淺」，雖踪跡渺然，而舊地依然可認耳。斯時也，艤「青翰」之「棹」，傍「白蘋」之「洲」，極目遠望，直至「臨皋」之「飛觀」。「一字相思」，終無寄處，且亦「不解寄」之法；幸「飛觀」所在，尚有「雙燕」「歸來」。見燕而不見人，固增別離之感；有燕以稍自慰藉，更見無聊之思。「幸」字在此處是轉筆，因我「不解寄」而燕或解寄，與起句之「厭」字又相映成章。「燕」來可「幸」，則「鶯」、「花」益可「厭」。餘味曲包，一頓便住，于此見結拍之妙。至全篇言情，而以景入之，則東山家法也。

浣溪紗　樓角初銷一縷霞

此調七言六句，分兩段，句法如詩。《尊前集》有韓偓二首，蓋起自晚唐，詩詞蛻化之跡，顯然可見。五代作者極多，但有仄韻者，爲李煜作，共押六韻。又有《攤破浣溪紗》，四十八字，一名《山花子》，第三第六兩句添入纏聲，爲七字一句、三字一句，如毛文錫、李璟所作。又有《添字浣溪紗》，四十六字，前後結各三字三句，如顧敻作。《詞律拾遺》收有前後結各九字、似四五句法者，當係添字之别體。然常用者惟此及《山花子》而已。《東山樂府》每書《山花子》爲《浣溪紗》，此體爲《減字浣溪紗》。按敦煌新出之《雲謡集》，有《浣溪紗》二首，與《山花子》同。則《攤破》非始毛文錫；賀集命名，亦仍唐人之舊也。

此種小令，從唐樂府之七言絶句脱胎而來。全以比興出之，言景不言情，而情之所寄于言外得之，上也。言情而以景融入，用吞吐之辭，見含蓄之妙，耐人咀嚼，餘味盎然，次也。方回此作，純是唐、五代遺音，通首不見一情語，而深厚之味、綿邈之情，必幾經諷詠始能領會。蓋「一縷」之「霞」，斜挂「樓角」，已是黄昏天氣；而況此「一縷」者，又當「銷」去之「初」，是何時節！「楊柳」之色，業已「淡黄」，又有「棲鴉」映帶其間，是何景象！「玉人」于此，流連「梅花」之下，見梅月之交映，而「和月」「摘」之，又有何種心事！天寒矣，日暮矣，袖薄矣，欲不歸而不能不歸。故「摘花」以後，「笑撚粉香」，自「歸洞户」。入户以後，仍覺寒意難禁，故「窗紗」之内，「更垂簾幕」以「護」之。護紗耶？護人耶？抑護所摘之花耶？與上之「笑撚」，同一不易測定之心境；與第一句之「初銷」，第二句之「淡黄」、之「帶」，第三句之「和月」，描寫同一微妙。末句揭出「寒」字，曰「東風寒似夜來些」，「些」語詞，又訓少，將全神曲曲傳出，似説明似不説明，餘味曲包，耐人十日想，温、韋復生，不是過也。至此調作法，第三、第六兩句最關重要，須有摇曳之丰神；第六句更須别饒餘味，玩此自明。

柳　永

永原名三變，字耆卿，崇安人。景祐元年進士。有井水處皆能歌其詞。然以「忍把浮名，换了淺斟低唱」之句爲仁宗所不喜，又以《醉蓬萊》詞忤旨，時人亦多鄙爲俗艷，官卒不顯。仕至屯田員外郎。有《樂章集》三卷。汲古閣刊一卷；吴重熹刻入《山左人詞》，附繆荃孫、曹元忠兩校記及補遺；《彊邨叢書》刊毛扆校三卷本。

晁无咎曰：世言耆卿曲俗，非也。如「漸霜風淒緊，關河冷落，殘照當樓」，真不減唐人語。

李端叔曰：耆卿詞鋪叙展衍，備足無餘，較之《花間》所集，韻終不勝。

孫敦立曰：耆卿詞雖極工，然多雜以鄙語。

劉潛夫曰：耆卿有教坊丁大使意。

黄昇曰：耆卿長于纖艷之詞，然近俚俗。

陳振孫曰：柳詞格不高，而音律諧婉，詞意妥貼，承平氣象，形容曲盡，尤工于羈旅行役。

張炎曰：柳詞亦自批風抹月中來。「風月」二字，在我發揮，柳則爲風月所使耳。

《四庫提要》曰：詞本管弦冶蕩之音，永所作旖旎近情，使人易入，雖以俗爲病，而好之者終不絶。

周濟曰：耆卿爲世訾謷久矣，然其鋪叙委婉，言近意遠，森秀幽澹之趣在骨。

又曰：耆卿熔情入景，故淡遠。

宋翔鳳曰：柳詞曲折委婉，而中具渾淪之氣；雖多俚語，而高處足冠群流。倚聲家當尸而祝之。

又曰：慢詞當始耆卿，蓋起宋仁宗朝。中原息兵，汴京繁庶，歌臺舞席，競賭新聲。耆卿失意無俚，流連坊曲，遂盡收俚俗語言，編入詞中，以便伎人傳習。一時動聽，散播四方。東坡、少游輩繼起，慢詞遂盛。

陳廷焯曰：耆卿詞善于鋪叙，羈旅行役，尤屬擅長。然意境不高，思路微左，失温、韋忠厚之意。詞人變古，耆卿首作俑也。

鄭文焯曰：屯田，北宋專家。其高渾處不減清真，長調尤能以沉雄之魄，清勁之氣，寫奇麗之情，作揮綽之聲。

又曰：冥探其一詞之命意所在，確有層折，如畫龍點睛，其神觀飛越，只在一二筆。蓋能見耆卿之骨，始能通清真之神。

馮煦曰：耆卿詞曲處能直，密處能疏，奡處能平，狀難狀之景，達難達之情，而出之以自然，自是北宋巨手。然好爲俳體，詞多媟黷，有不僅如《提要》所言「以俗爲病」者。

陳鋭曰：詞源于詩而流爲曲，如柳三變，純乎其爲詞。

又曰：屯田不着筆墨，如古樂府，長調中大開大闔之筆，周、吴常用其法。

玉蝴蝶　望處雨收雲斷

此調有九十八字，九十九字兩體。九十八字只李之儀一首，《詞律》、《歷代詩餘》均載之，與此詞不同者，「海闊」二句作「耳邊依約，常記巧語綿蠻」，少一字，平仄亦異。耆卿共五首，晁氏兄弟、王安中、葛郯、辛棄疾、史達祖、吴文英均依柳體。耆卿有兩首「晚景」二句上六下四，晁、葛、辛亦然。「海闊」二句，耆卿有一首上六下五，則句法偶異者。平仄可通處見《詞律》，惟「闊」字應用入聲。耆卿善使直筆、勁筆，一起即見此種作法，且全篇一氣貫注。梅溪「晚雨未摧宫樹」一首及夢窗和作，雖色澤較濃，實皆學柳，喬曾劬謂「足見南宋步柳之跡」，是也。開口「望處」二字，直貫「立盡斜陽」。「雨收雲斷」，是「目」之所以能「送」。「凭闌悄悄」，「目送」時神味，亦即「立盡」之根。「秋光」

叫起下四句。「晚景」二句，以宋玉悲秋自比，仍是虚寫。「水風」兩對句，實寫「秋光」，略施色澤，而蘋老、梧飄，俯仰所得，皆因「蕭疏」「晚景」「遣」我「情傷」者。因此念及「故人」，「煙水茫茫」，則秋水伊人之思，一筆拍到作意也。過變「難忘」二字陡接。「文期酒會」，是「難忘」之事，「難忘」之人。「幾孤風月」，是勝會不常；「屢變星霜」，是年華易逝，一意化兩。「海闊天遥」，則「故人」遠隔。「瀟湘」「未知何處」，則「目送」時心境，亦「煙水茫茫」之真詮。于是望音信而覺其「難凭」，指「歸航」而悟其「空識」，「故人何在」之感，寫得無微不至。馮煦所謂「達難達之情」，此也。「黯相望」綜束上文。「斷鴻聲裏」二句，收轉到「凭闌悄悄」。「盡」字極辣，極厚，極樸，較少游「杜鵑聲裏斜陽暮」，尤覺力透紙背。蓋彼在前結，故蘊蓄；此在後結，故沉雄也。

夜半樂　凍風黯淡天氣

《詞律》四聲未注。《樂章集·續添曲子》有「艷陽天氣」一首，一百四十六字，第三句及結句各多一字，依焦竑校，第三句「草」字衍。毛扆校宋本亦然。汲古本及《詞律》均有訛字，杜文瀾已據宋本校得數字，朱孝臧亦有校正。且皆未分段。其實同屬中吕調，而惟前三句句法略殊，末句多一「歎」字，及「黯」字用平，「舟」字用去，「一葉」用平，「越」字用平，「酒」字用平，「零」字用去，「風」字用上，「兩兩」用平上，「行」字用去，「晚歸」用平上，「杳杳」用平上，而其他句法平仄概與此同，二首蓋同體也。但此調宋人少見，屯田外别無可證。又第一、二兩段，萬氏謂「渡萬壑」以下、「殘日下」以下句法相同；愚謂前三句亦只平仄有數字差異，首段多一字，疑爲雙拽頭之變格。

此詞三段。第一段只説「扁舟」遠渡所過之地，于「黯淡天氣」中渡「千巖」「萬壑」，「怒濤」息，「樵風」起。「南浦」之「過」，既饒別離滋味；「商旅相呼」，亦爲「繡閣」「後約」反映。第二段寫途中所見，「酒旆」、「煙村」、「霜樹」、「漁榥」、「敗荷」、「衰楊」，皆一片蕭颯之景。而兩三「浣女」，羞「避行客」，荒涼中之點綴，似空谷足音，觸起離懷之慘。緩緩叙來，只是説景，別離之意，言外得之。而其寫景則極平淡，極幽艷，周濟謂「柳詞總以平叙見長，中以一二語鈎勒提掇」，馮煦謂「狀難狀之景」，即此是也。第三段「到此因念」一語拍轉。「此」字結束上兩段之景，「念」字引起本段離懷，而遥顧「乘興」，近開「淚眼」，運掉空虚，且見草蛇灰綫之妙。「繡閣輕拋」，由「游女」想入；「浪萍難駐」，由「敗荷」、「衰楊」想入。「歎後約」以下四句，一句一韻，一句一意，漸引漸深，字字飛動，促節繁音，急淚衰迸。由「後約」、「無據」而恨阻「歸期」，而凝望「神京」，而以「斷鴻」之「遠」、「長天」之「暮」狀「歲晚」「離懷」之「慘」，仍歸「天氣」作收。前三句與《竹馬子》過變同一機栝，後四句與《卜算子慢》後五句同一氣勢。若合全篇觀之，前兩段紆徐爲妍，爲末段蓄勢；末段卓犖爲傑，一句松不得，一字閑不得，爲前兩段歸結。一詞之中，兼兩種作法。鄭文焯論詞，曰骨氣，曰高健，端在于此。至其以清勁之氣、沉雄之魄，運用長句，尤耆卿特長。美成《西平樂》、夢窗《鶯啼序》，全得力于柳詞。蓋耆卿之不可及者，在骨氣不在字面，彼嗤爲纖艷俚俗者，未深得三昧也。

傾杯　鶩落霜洲

柳集《傾杯》凡八，惟仙吕宫之「禁苑花深」一體，有揚无咎、曾覿各作可證，即萬氏稱爲整齊者也。

餘均未見他人之作。汲古本又多訛奪，《詞律》乃多闕疑。今焦竑、毛扆校本遞出，始均可讀。此首與「樓鎖輕煙」一首同屬散水調，句法字數亦同，實一體也。惟「爭知憔悴損，天涯行客」，似于「損」字斷句，而彼曰「看朱成碧，惹閑愁堆積」，似「碧」字斷句，且協韻。周濟曰：「依調『損』字當屬下，依詞『損』字當屬上，此類甚多。」其説極是。在同宫調中，句讀之異，愚已屢言其不拘，則彼之「碧」字，疑亦非協也。其他六首，宫調字句均異，今姑不論。至調名起原，則唐太宗造《傾杯曲》，玄宗有馬舞《傾杯》，宣宗有《傾杯樂》。

屯田善于羈旅行役，故此類之詞多同一機栝，然用筆則因調而殊。此詞起落翻騰，又與前選兩首用直筆者有異。起兩句對偶，即所謂「畫出秋色」，已隱寓别離之意、淪落之苦。「暮雨」三句，于「秋色」之中，寫泊舟之時、泊舟之處。「何人」句提起，無意中忽聞笛聲，惹起「離愁」。譚獻用《文賦》語「扶質立幹」評之。梅溪之「碧袖一聲歌」，即學此筆法者，最擅神韻悠揚之妙，令人蕩氣迴腸。清真以後，多得此法門也。「羌笛」原不足當「萬緒」，故再説「草」、「蛩」，用「似織」二字以滿其量。過變由景入情，「芳容别後」之「憶」，即上文之「離愁」。「水遥山遠」，是「葦村山驛」中感想。「鱗翼」亦「無計凭」之，則兩地相思，此情難訴矣。于是就對面設想，「繡閣深沉」，未必知征人之苦，從杜詩「遥憐小兒女，未解憶長安」化出。律以屯田《八聲甘州》「想佳人、高樓長望」以下五句，同一意境，而此特渾涵，特温厚，宜譚獻謂其「忠厚悱惻，不愧大家」也。「楚峽」、「高陽」，宴游之地。今我已去，則疏「狂踪跡」遂入「寂莫」之中，又轉到自身，寫「小楫夜泊」時境遇。曰「雲歸」，曰「人散」，「京國」前塵，已不可復問，惟有于「凝碧」「遠峰」，「空」勞「目斷」，虛籠作收，與《玉蝴蝶》近似。此在柳詞爲委婉曲折者，所以屯田爲慢詞之開山也。

雨霖鈴　寒蟬淒切

《詞律》載黄裳詞，第二句讀法作三、五，杜文瀾駁之是也。此調以遵柳爲正，且宋人作者不多。調名起原，當係唐玄宗劍閣聞鈴事。

《草堂》題曰《秋别》，《樂章集》無之。味詞意，當是話别之作。「寒蟬」句點明秋令。「長亭」是啟行之地。「驟雨」未歇，舟不能發，「初歇」則爲下文「催發」張本也。此三句雖未言行事，已微含别意。「都門帳飲」，借用二疏事，點出别筵，即詞所由作。「無緒」近影「凝咽」，遠影「傷離别」。「留戀」是不忍别，「催發」是不得不别，半句一轉。清真之「掩重關、遍城鐘鼓」，實青出于藍。「執手」兩句，「留戀」情狀。「相看」「無語」，形容極妙。「念去去」二句，于「無語」之時想到别後之望而不見。「煙波」之上，又有「暮靄」，「沉沉」字、「闊」字，皆「凝咽」之心理。話到正面，至此説盡矣。過變推開，先作泛論，見離别之情不自我始。「更那堪」，因時令拍合，上應首句，于此處則爲進一層。「今宵」以下，亦推想將來。其與前結不同者，「千里煙波」，不過四顧蒼茫之象，此則由「帳飲」想入。「楊柳岸」七字，千古名句，從魏承班之「簾外曉鶯殘月」化出。而少游之「酒醒後、殘陽亂鴉」，則又由柳詞出。細細咀嚼，當知其味。蓋不獨寫景工致，而一宵之易過，乍醒之情懷，説來極渾脱且極深厚也。「此去經年」四句，盡情傾吐，老筆紛披，北宋人拙樸本色，不得以率筆目之。至由「今宵」以推到「經年」，亦見層次。

晏幾道

幾道字叔原，臨川人。父殊，有《珠玉詞》。幾道承家學，尤擅勝場。嘗監潁昌許田稅。有《小山詞》二卷。汲古本一卷；又有晏氏祠堂本，增補遺若干首；《彊邨叢書》據明鈔校刻。

黄庭堅曰：叔原樂府寓以詩人句法，精壯頓挫，能動摇人心。合者《高唐》、《洛神》之流，下者亦不減《桃葉》、《團扇》。

晁補之曰：叔原不蹈襲人語，風度閑雅，自成一家。

陳振孫曰：叔原詞在諸名勝中，獨可追逼《花間》，高處或過之。

宋徵璧曰：小山詞聰俊。

劉體仁曰：晏叔原熨貼悦人。

周濟曰：晏氏父子仍步温、韋，小晏精力尤勝。

周之琦曰：道得紅羅亭上語，後來惟有《小山詞》。

陳廷焯曰：《詩》三百篇，大旨歸于「無邪」。北宋晏小山工于言情，出元獻、文忠之右，然不免思涉于邪，有失《風》人之旨。而措詞婉妙，則一時獨步。

況周頤曰：小晏神仙中人，重以名父之貽，賢師友相與沆瀣，其獨造處，豈凡夫所能見及！

阮郎歸　天邊金掌露成霜

調始李煜、馮延巳。《歷代詩餘》謂當以李煜作爲定體。以此詞衡之，只「雁」字應平，「欲」字代平，餘悉同。萬樹謂：後起句，歐陽修、蘇軾偶作仄平仄，然以平仄仄爲正。

此在《小山詞》中，爲最凝重深厚之作，與其他艷詞不同。考山谷《小山詞序》：小山磊隗權奇，疏于顧忌。仕宦偃蹇，而不能一傍貴人之門；論文自有體，不肯一作新進士語；費資千百萬，家人饑寒，而面有孺子之色。是殆不隨人俯仰者，其别有傷心可知。此詞其自寫懷抱乎？起兩句寫秋景。「天邊金掌」，本是高寒，而「露」已「成霜」矣。秋雲本薄，而其「長」乃隨「雁字」，短又可想矣。「悲涼」之意，已淋漓盡致。「緑杯」句一轉，本不縈情于「緑杯紅袖」，而姑「趁重陽」令節，一作歡娱，滿腔幽怨，無可奈何，一「趁」字盡之。其所以然者，以「人情」尚「似故鄉」也。過變二句，跟前結來，爲「似故鄉」之風物。「殷勤理舊狂」，則「趁」字之心理。「欲將」句再申言之。「沉醉」爲「緑杯紅袖」之究竟，「悲涼」則「霜雲」之境地。「清歌」偶聽，仍是「斷腸」，終欲换不得，下一「莫」字，自爲解勸，究不肯作一决絶語，其温厚爲何如，其欲吐仍茹爲何如耶！况周儀曰：「『緑杯』二句，意已厚矣。『殷勤理舊狂』，五字二按當作三層意。『狂』者，所謂一肚皮不合時宜發見于外者也。『狂』已『舊』矣，而『理』之，而『殷勤理』之，其『狂』若有甚不得已者。『欲將沉醉换悲涼』，是上句注腳。『清歌莫斷腸』，仍含不盡之意。此詞沉着厚重，得此結句，便覺竟體空靈。」旨哉言乎！小晏多聰俊語，一覽即知其勝，此則非好學深思不能知其妙處者。

鷓鴣天　彩袖殷勤捧玉鍾

此調五代無考，殆起宋初，由近體詩變化而來。小山共十九首，《詞律》注可平可仄處，于小山均有徵。惟「捧」字、「扇」字、「是」字，究以用仄爲多。

此殆爲別後重逢之作，又驚又喜之情至末句始露出，前半則將今昔之事融合爲一。第一句，今昔所同，然詞意當屬現在。第二句，「當年」二字，則現時之「顏」雖亦必由「醉」而「紅」，而自疑尚未至此，故以追溯口吻出之，已將末二句之神髓吸取矣。「舞低」兩句，既工致，又韶秀，且饒雍容華貴之氣，晁補之謂「知此人不住三家村」，沈際飛謂「美秀不減六朝宫掖體」，與乃父之詩「梨花院落溶溶月，柳絮池塘淡淡風」同一名貴語。而由上句「當年」貫下，似拚醉之故在此，語雖實而境則虛。過變以下，仍避實就虛，欲説「相逢」之樂，先説「別後」之苦。「從別後，憶相逢」六字，頗見回環之妙筆。「幾回魂夢與君同」，承上起下，措語已妙絶無倫。「今宵」一轉，更非非想：前也夢且疑真，今也真轉疑夢。「剩把」、「猶恐」四字，略作曲折，一若非燈可證，竟與前夢無異者。筆特夭矯，語特含蓄，其聰明處固非笨人所能夢見，其細膩處亦非粗人所能領會，其藴藉處更非凡夫所能跂望。陳廷焯曰：「曲折深婉，自有艷詞，更不得不讓伊獨步。」此正陳振孫所謂「高處遠過《花間》」者也。至造語煉字之工，則全從唐、五代得來；而此等七字句，又決與《香奩詩》不同，其界限在神味，讀者宜細審之。

臨江仙　夢後樓臺高鎖

《詞律》所列異體頗多。有五十四字者，和凝一首，共八句，前後起結各七字。有五十六字者，趙長卿一首，共十句，第四、九兩句四字。有六十字者，秦觀一首，一、六兩句七字，餘與此同；顧敻一首，共十二句，前後起各七字，前後結各四字一句、三字二句。至柳永「渡口向晚」一首七十四字，「夢覺小庭院」一首九十三字，則屬引、慢，結體迥殊矣。五十八字者，其中兩種，皆一、六兩句七字，四、九兩句四字，而一、六兩句之平仄配置不同；又兩種字數、句法同上，但皆第一句起韻，而第一句之平仄配置又別。此體始徐昌圖，小山有七首，皆如是作。小山又有六十二字者，第一、二、六、七等句皆七字。實則柳詞二首以外，皆纏聲關係也。平仄可參小山七首定之。

此小山詞傳誦之作，極深婉沉着之妙。尋繹詞意，當係别後追憶。「小蘋」，歌姬之名。《小山詞序》有蓮、鴻、蘋、雲，皆人名。《木蘭花》曰：「小蘋若解愁春暮」是也。宋初小詞每用歌姬名，東山、淮海以後，語惟求典，不復用矣。首二句「夢後」、「酒醒」，是久别思量時候；「樓臺高鎖」、「簾幕低垂」，是窺其室闃其無人之象。「春恨」之所由「來」，已不勝淒咽。然人已久别，「恨」事當屬「去年」，而無端又來心上。「去年」句承上起下，確是神來之筆。「落花」二句，雅絶，韻絶，厚絶，深絶。「落花」、「微雨」是「春」；「人獨立」、「燕雙飛」，兩兩形容，不必言「恨」，而「恨」已不可解。此譚獻所以稱爲「千古名句，不能有二」也。過變追溯「初見」，「羅衣」述當時服飾。然今已不見，故「相思」之情只得就「琵琶弦上」「説」之，以琵琶慣彈别曲也。或「初見」時聽彈琵琶，有「相思」之曲，爲今所記得者，意有徹上徹下也。然又不肯明説如何「相思」，但指今之「明月」，猶是「當時」之「明月」，「曾照彩雲」歸去者而確認之，以虚筆收住，仍傳「記得」之神。夢窗「黄蜂頻撲秋千索」二句，用意略同。而着一「歸」

字，又繳回「夢後」「酒醒」之意，欲言不言，耐人尋味。情語艷語，必如此乃深厚閑雅。蓋盡情傾吐，古樂府固有之，而詞不應爾。學令曲當知此訣。

思遠人　紅葉黄花秋意晚

此調鮮他證。萬樹曰：「旋」字、「爲」字皆去聲。《詞律》注可平可仄，均比照前後遍。首句寫景以起興，因感「秋意」，遂「念行客」，此屬閨體，乃代閨中人立言者。「飛雲」縹緲無憑，況已「過盡」，而「雲」邊「歸雁」又杳「無信」息，是雖欲「寄書」而不知其處矣。然書雖無從寄，而又不肯不寫，故後遍説寫書時情事。因無處「寄書」，于是彈淚。「淚彈不盡」，而「臨窗滴」下，有「硯」承之，乃「就硯」「研墨」，仍以寫書，即墨即淚，幽閨動作，幽閨心事，極旖旎，極淒斷，看其只從「和淚濡墨」四字化出，而深婉如許，已令人叫絶矣。下文再進一層説，「漸」字極宛轉，卻激切。「寫到別來，此情深處」，墨中紙上，情與淚粘合爲一，不辨何者爲淚，何者爲情，故不謂箋色之紅因淚而淡，卻謂「紅箋」之「色」因情深而「無」，語似無理，而實則有此想法，體會入微，神妙達秋毫巔矣。至此詞純用直筆樸語，不事藻飾，在小山爲另一機杼。實則《花間》亦有質樸一派，特易涉淺露，小山則出以蘊藉，故終不墮惡趣也。欲入此法門，當求諸《古詩十九首》。

木蘭花　東風又作無情計

《木蘭花》有五十二字，毛熙震作；五十四字，魏承班作；五十五字，韋莊作，均一、三、五、七等句有作三字二句者，此五代體也。五十六字者亦起五代。牛嶠作，一、五兩句「仄仄平平平仄仄」；李煜作，一、五兩句「平平平仄平平仄」，而他句從同，且均七言八句。周濟謂牛作當名《玉樓春》，李作當名《木蘭花》，今從之。萬樹謂此爲宋體，似失考。又三、四兩句宋人多用對偶。

小山學《花間》，妙在吞吐含蓄，全不説破。此詞爲爽利一派，已開慢曲門徑矣。首句破空而來，先怨「東風」之「無情」，着一「又」字，將第四、五、六等句元神提出，直貫篇末。次句，「落花」正面。第三句，飛花零亂，隔簾可見。「簾影不遮愁」，恨簾抑惜春？出以囫圇語氣，氣味絶厚。第四句，回想「去年」。「還似」二字，跟「又」字來，而情倍深，語倍沉痛。過變兩句，承「去年」説，而作翻案語，不説春去須惜，反認惜春爲多事。「登臨」之「淚」，遂嫌其「費」，以有「錯管」之悔。「誰知」是翻筆。「到處」及「曾」字，又回顧「又」字。既嫌以前之「錯管」，故「此時」惟有以沉醉消之。末兩句是得過且過之意，亦古人「惜分陰」之心，恐時不再來，而及時行樂，遂轉不惜「落花」，而欲趁花未落盡以前，恣意玩賞。語似曠達，其沉痛則較惋惜尤甚，實進一層立意也。至其疏而不密，勁而不撓，全從李煜得來。周之琦所謂「道得紅羅亭上語」，其在斯乎？

况周頤撰

蕙風詞話補編

蕙風詞話補編目録

卷一

卷二

卷三

蕙風詞話補編卷一

詞乃君子爲己之學

詞於各體文字中，號稱末技；但學而至於成，亦至不易。不成，何必學？必須有天分、有學力、有性情、有襟抱，始可與言詞。天分稍次，學而能之者也，及其能之，一也；古今詞學名輩，非必皆絕頂聰明也。其大要：曰雅、曰厚、曰重、拙大。厚與雅，相因而成者也，薄則俗矣。輕者重之反，巧者拙之反，纖者大之反，當知所戒矣。性情與襟抱，非外鑠我，我固有之，則夫詞者，君子爲己之學也。

言中有寄託

詞，《説文》：「意内而言外者也。」意内者何？言中有寄託也。所貴於寄託者，觸發於弗克自已，流露於不自知，吾爲詞而所寄託者出焉，非因寄託而爲是詞也。有意爲是寄託，若爲吾詞增重，則是鶩乎其外，近於門面語矣。蘇文忠「瓊樓玉宇」之句，千古絕唱也，設令似此意境，見於其他詞中，只是字句變易，別無傷心之懷抱，婉至激發之性真，貫注於其間，不亦無謂之至耶！寄託猶是也，而其達意之筆，有隨時逐境之不同，以謂出於弗克自已，則亦可耳。

煙水迷離之致

填詞口訣，曰自然從追琢中出，所謂「得來容易卻艱辛」也。曰事外遠致，曰煙水迷離之致。此等佳處，神而明之，存乎其人，難以言語形容者也。李太白《惜餘春》、《愁陽春》二賦，余極喜誦之，以云煙水迷離之致，庶乎近焉。

填詞導源於九歌九辯

《山海經注》：夏后「開上嬪於天，得《九辯》與《九歌》以下。」郭景純注引《歸藏》：「開筮曰：『昔彼九冥，是曰《九辯》，同宫之序，是爲《九歌》。』」考此，則《九歌》、《九辯》，皆天帝樂名，屈原、宋玉特用其音節以詞填之。晚唐五季以還，填詞之法導源於此。

唐人十言詩變爲詞

《鲍廬詩話》：唐人有十言詩，長孫無忌新曲云：「阿儂家住朝歌下，早傳名。結伴來遊淇水上，舊長情。」又云：「回雪淩波遊洛浦，遇陳王。婉約娉婷工笑語，倚蘭房。」余謂每十言二句，極似韻令半闋，每句分上七下三二句宋人稱小詞爲韻令。蓋是時詩變爲詞，風會已開，體格變遷，有不期然而然者。

用字配聲之法

詞必諧宮調，始可付歌喉。凡言某宮某調，如黄鐘宮《齊天樂》、中吕宮《揚州慢》之類，當其尚未有詞，皆是虚位；填詞以實調，則用字必配聲。一法就喉、牙、舌、齒、唇，分宮、商、角、徵、羽。《韻書》云：「欲知宮，舌居中；欲知商，開口張；欲知角，舌根縮；欲知徵，舌拒齒；欲知羽，口吻聚。」大抵合口爲宮，開口爲商，卷舌爲角，齊齒爲徵，撮口爲羽。一法以平聲濁者爲宮，清聲爲商，入聲爲角，上聲爲徵，去聲爲羽，而皆未爲盡善者。與宮、商、角、徵、羽相配之字，又各自有宮、商、角、徵、羽，各自有清濁高下，泥一則不通，欠叶則便拗，所以爲難也。填詞之人，如宋賢屯田、白石輩，自能嘌唱，精研管色，吹律度聲，以聲協律。字之清濁高下，自審稍有未合，則抑揚重輕以就之；屢就而仍未合，則循聲改字以諧之。逐字各有清濁高下，逐律皆可起宮，字句清接之間，逐處安排妥帖，審一定和，道在是矣。若只能填詞，不能吹唱，則何戡、米嘉榮輩，可作邃密之商量，不至於合律不止。唯是詞雖可唱，俗耳未必悦之。以其一字僅配一聲，不能再加和聲，觀白石旁譜可知。極悠揚之能事，亦只能如琴曲中有詞之泛音而已。

琴曲《陽關三疊》泛音：「月下潮生紅蓼汀。柳梢風急度流螢。長亭短亭。話别丁寧。梧桐夜雨，恨不同聽。」詞極婉麗，而旁譜一字配一聲，無所爲遲其聲以媚之者，非甚知音，難與言賞會矣。

填詞須分陰陽平

偶得對聯云：「四時春夏秋冬，五聲平上去入。」平聲有陰陽平也。周九煙星，後改姓黄，冠於本姓之上云：「三仄應須分上去，兩平還要辨陰陽。」上去入亦分陰陽。凡填詞，須分陰陽平；若製曲，尤非四聲悉分陰陽，不能入律。陰，清聲；陽，濁聲。

詞曲平側互叶

金、元已還，名人製曲，如《西廂記》、《牡丹亭》之類，皆平側互叶，幾於句句有韻，付之歌喉，聲情極致流美。溯其初哉肇祖，出於宋人填詞。詞韻平側互叶，丁北宋已有之。姑舉一以起例：賀方回《水調歌頭》云：「南國本瀟灑。六代浸豪奢。臺城遊冶。襞箋能賦屬宫娃。雲觀登臨清夏。璧月流連長夜。吟醉送年華。回首飛鴛瓦。卻羨井中蛙。　訪烏衣，尋白社。不容車。舊時王謝。堂前雙燕過誰家。樓外河横斗挂。淮上潮平霜下。檣影落寒沙。商女篷窗罅。猶唱後庭花。」蕙風舊作，間有合者。《蝶戀花》甲午展重陽日，邃父招，同半塘登西爽閣，子美因病不至（刻入《錦錢詞》）云：「西北雲高連睥睨。一抹修眉。望極遥山翠。誰向西風傳恨字。詩人大抵傷憔悴。　有酒盈尊須拼醉。感逝傷離。端木子疇前輩數日前謝世。何況登臨地。　𢡟好秋光圖畫裏。黄花省識秋深未。」西爽閣，在京師土地廟下斜街山西會館，可望西山。

詞與曲截然兩事

詞與曲，截然兩事。曲不可通於詞，猶詞不可通於詩也。其意境所造，各不相侔各有分際。即如詞貴重、拙、大，以語王實甫、湯義仍輩，寧非傎乎？乃至詞涉曲筆，其爲傷格，不待言矣。二者連綴言之，若曰詞曲學者，謬也！並世製曲專家，有兼長詞學者，其爲詞也，一字一聲，不與曲混；斯人天資學力，逴越輩流，可遇不可求也。

王文簡《花草蒙拾》：「或問詩詞曲分界？曰：『無可奈何花落去，似曾相識燕歸來。』定非香奩詩。『良辰美景奈何天，賞心樂事誰家院。』定非《草堂詞》。」

雲謠集雜曲子

唐人《雲謠集雜曲子》三十首，鳴沙石室秘籍也。有目無詞者十二首，有詞者祇三首。《鳳歸雲》云：「征夫數歲，萍寄他邦。去便無消息，累換星霜。愁聽砧杵，疑塞雁，□□□此三□增行。孤眠鸞帳裏，枉勞魂夢，夜夜飛颺。想君薄行，更不思量。誰爲傳書，與妾表衷腸。倚牖無言垂血淚，暗祝三光。萬般無那處，一爐香盡，又更添香。」又云：「怨緑窗獨坐，修得爲君書。前闋起調二句，句四字；此二句，句五字。疑「怨」字、「爲」字是襯字。征衣裁縫了，遠寄邊塞此字應平應叶，「塞」疑傳寫之譌。想得爲君貪苦戰，不憚崎嶇。中朝沙裏□此□增，□憑三尺，勇戰奸遇。豈知紅□此□增，□淚如珠。枉把金釵卜，卦□皆虛。魂夢天涯無暫歇，枕上□此□增虚。待公卿回日，容顔憔悴，彼此何如。」兩詞譌奪已甚，幾不能句讀，尤不成片段；頃稍加整比，增□六，疑襯字二，疑失叶訛字一，便兩闋皆可分段。前後段句法、字數並同，惟後闋起調多二襯字耳。又。又。並闕。《天仙子》云：「燕語啼時疑鶯啼之譌三月半。煙蘸柳條金綫亂。五陵原上有仙娥，携歌扇。香爛漫。留住九華雲一片。犀玉滿頭花滿面。負妾一雙偷淚眼。淚珠若得似真珠，拈不散。知何限。串向紅絲應百萬。」又。已下詞並闕。《竹枝子》。《洞仙歌》。《破陣子》。《换沙溪》。《柳青娘》。《傾杯樂》。《浣溪沙》作《换沙溪》，僅見。

陽春集

《陽春》一集，爲臨川《珠玉》所宗，愈瑰麗，愈醇樸。南渡名家，沾丐膏馥，輒臻上乘。馮詞如古蕃錦，如周、秦寶鼎彝，琳琅滿目，美不勝收。詞之境詣至此，不易學，並不易知，未容漫加選擇，與後主詞實異曲同工也。

韋文靖詞

韋文靖詞與温方城齊名，熏香掬艷，眩目醉心。尤能運密入疏，寓濃於淡。《花間》群賢，殆鮮其匹。

黄損詞本事

明古吴劉晉充撰《天馬媒傳奇》，演唐人黄損事。損字益叔，連州人。先是與妓女薛瓊瓊有囓臂盟，瓊因謝客，牾權奸吕用之。損家傳玉馬墜一枚，絶寶愛。氤氳使者幻形爲道人，詣損乞取，損慨贈之。未幾，損應襄陽張誼之招，别去。用之以瓊善箏上聞，即日召入后宫。損途次邂逅賈人裴成女玉娥，娥亦善箏，損聞箏頃，賦詞極道愛慕，乘間擲與之。詞云見《締緣》出。：「生平無所願，願作樂中箏。得近佳人纖手子，砑羅裙上放嬌聲。便死也爲榮。」娥與損約，中秋夜繼見於涪州，以父成是夕當往賽神，舟無人，得罄胸臆。損屆期往，得娥船，娥屬移纜近岸。甫解維，纜忽斷，般流遽覆，娥溺焉。會瓊母馮送女歸，道涪，拯娥舟次，相待如母女也者。俄，損狀元及第，上疏，劾用之誤國。用之因劾損，交通瓊宫掖中。適張誼内轉官京朝，旨付用之，誼會審，誼申損，得直，欽賜與瓊畢婚。用之罷歸田里。用之憤怒，其門客諸葛殷、張守一獻計，謂入宫之瓊，贋鼎也；真瓊固猶在母所，盍往刼取！蓋誤以娥爲瓊也。氤氳使者知娥有急，托募化贈玉馬，娥佩不去身。用之眩娥，馬則現形奔奮囓，用之闔府大擾，群以妖孽目娥。仍用葛、张計，以娥贈損，冀嫁禍損。損拒不納，送女者委損門外而去。娥入見損，成眷屬焉。玉馬遂騰空而去。傳奇關目，大略具此。按《御選歷代詩餘》載損此詞，調《望江南》。據傳奇：損，咸通朝人。《詩餘》：損詞，列温庭筠後，皇甫松之前。「生平無所願」作「生平願」；「纖手子」作「纖手指」。《詩餘廣選》云：「賈人女裴玉娥善箏，與黄損有婚姻約，損贈詞云云，首句作「無所願」，「纖手子」，「子」不作「指」，與傳奇合。後爲吕用之劫歸第，賴胡僧神術復歸損。」此云胡僧，傳奇則云氤氲使者，幻形爲道人也。又《粤東詞鈔》第一首即損此詞。則傳奇所演，未可以子虚烏有目之矣。

中國櫻花入詞

《花間集》：前蜀薛昭藴《離别難》云：「摇袖立，春風急，櫻花楊柳雨凄凄。」中國櫻花入詞始此。此句「楊柳」上只着得櫻花，若着别樣花，便不稱。此等句消息可參。

李德潤詞

李秀才詞，清疏之筆，下開北宋人體格。五代人詞，大都奇艷如古蕃錦，惟李德潤詞，有以清勝者。如《酒泉子》云：「秋雨連綿，聲散敗荷叢裏，那堪深夜枕前聽。酒初醒。」前調云：「秋月嬋娟，皎潔碧紗窗外，照花穿竹冷沉沉。印池心。」《浣溪沙》云：「翠疊畫屏山隱隱，冷鋪文簟水潾潾。斷魂何處一蟬新。」所云下開北宋體格者也。有以質勝者，《西溪子》云：「歸去想嬌嬈，暗魂消。」《中興樂》云：「忍孤前約，教人花貌，虚老風光。」宋人惟吴夢窗能爲此等質句，愈質愈厚，蓋五代詞已開其先矣。

歐陽炯詞

歐陽炯詞，艷而質，質而愈艷，行間句裏，卻有清氣往來。大概詞家如炯，求之晚唐五代，亦不多靚。

其《定風波》云：「暖日閒窗映碧紗。小池春水浸晴霞。數樹海棠紅欲盡。爭忍。玉閨深掩過年華。獨凭繡牀方寸亂。腸斷。淚珠穿破臉邊花。鄰舍女郎相借問。音信。教人羞道未還家。」此等詞如淡妝西子，肌骨傾城。

纏足詩詞

昔人載籍，有關繫考證纏足之原始者。詩詞可資印證者：唐明皇詠錦襪云：「瓊鉤窄窄，手足弄明月。」按見宋釋文瑩《玉壺清話》。白香山詩：「小頭鞋履窄衣裳，天寶末年時世妝。」杜牧詩：「鈿尺裁量減四分，碧琉璃滑裹春雲。」北宋徐積詠蔡家婦云：「但知勤四支，不知裹兩足。」按宋時盛行弓足，徐詩云云，即已薄爲陋俗矣。《花間集》詞云：「慢移弓底繡羅鞋。」吴衡照《蓮子居詞話》云：「婦人纏足，見詠於詞始此。劉熙《釋名》：『晚下如舄，婦人短者著之。』今人緣以爲高底之制，即古重臺履也。」宋趙德麟《商調蝶戀花》云：「繡履彎彎，未審離朱户。」按「繡履彎彎」，則是弓鞋矣，趙詞演雙文事，元微之作《會真記》及古艷雜憶、夢遊春等詩，白居易、杜牧、沈亞之、李紳，皆有酬和之作，於崔氏一肌一容，靡不極意模寫，而略不及足。唯微之夢遊春詞有云：「叢梳百葉髻，金蹙重臺履。」未可據爲弓足之證也。趙詞云云，殆以宋時習尚例唐人耳。劉龍洲有《沁園春》詞詠美人足，「洛浦淩波」云云。

打拳船

宋潘閬《逍遥詞·酒泉子》「最憶錢塘」闋，换頭云：「弄潮兒向潮頭立，手弄紅旗旗不濕。」蓋絶技矣。

吴兒有擅飛叉之技者。胥門外，舟行十五里，至月盛橋，一名行春橋，在石湖之濱，即越來溪也。堤岸綿亘，約八九十丈，中有湖心亭，爲宋范文穆成大所建，橋堤之右，爲上方山，即楞伽山，浮屠七級，倒影波心。每歲中秋節後，香會甚盛，畫舫麕集。有打拳船者，船頭鳴金擊鼓，駕雙櫓，疾如飛，健兒四人，肩荷柏木扁擔二，一人赤足立扁擔上，手鋼叉飛舞作種種姿勢，抵月盛橋，橋上行人亟左右避，而其人手中叉，即脱手從橋上飛去，船即由橋洞穿過，而橋上之叉落下，仍入船上舞叉者手中，間不容發。兩岸喝彩聲如雷，船上金鼓鞺鞳，益自鳴其得意。此所謂南方之强，弄潮兒之旗，打拳船之叉，恃巧而不恃力者也。

和靖又作和靜

林君復謚和靖。宋人説部如《苕溪漁隱叢話》、《癸辛雜識》等書，皆寫「靖」作「靜」。夢窗《齊天樂》云：「畫船應不載，坡靜詩卷。」《木蘭花慢》云：「爭似湖山歲晚，靜梅花底同斟。」亦皆指「和靖」，不知何據。

柳耆卿花判公案

宋柳耆卿永以詞得盛名，詩事殊僅見。《事林廣記·花判公案》一則云：「柳耆卿宰華陽日，有不羈子挾僕從遊曲院，張大聲勢。妓意其豪家，恣其宴飲，供具甚盛。僅旬日後，集妓珍飾背走。妓不平，訴於柳，乞判，執照狀捕之。柳借古詩句爲花判云：『自入桃源路已深，仙郎去後暗傷心。離歌不待清聲唱，别酒寧勞素手斟。更没一文酬半宿，聊將十四當千金。元注「十四」乃是走字也。想應只在秋江上，明月蘆花何處尋。』」《廣記》元人編輯，所據舊籍較多，其所記述，往往新穎可喜，此玉局翁所云：「閒尋書册應多味」也。

小山珠玉不同

小山詞從《珠玉》出，而成就不同，體貌各具。《珠玉》比花中之牡丹，《小山》其文杏乎？

吴感折紅梅詞

紅梅閣在小市橋，天聖中，殿中丞吴感所居。感字應之，有姬曰紅梅，因以名閣。又作《折紅梅》詞，傳於一時。王琪知歙州，應之以此詞寄之，末句云：「有花堪折，勸君須折。」琪答詩云：「山花冷落何堪折，一曲紅梅字字香。」蔣希曾亦有《吴殿丞新葺雨圃》詩，有云：「深鎖煙光在樓閣，旋移春色入門牆。」其後，閣爲林少卿家所得。按吴感《折紅梅》詞云：「喜輕澌初泮，微和漸入，芳郊時節。春消息，夜來陡覺，紅梅數枝爭發。玉溪仙館，不是箇、尋常標格。化工别與，一種風情，似匀點胭脂，染成香雪。重吟細閲，比繁杏夭桃，品流真别。只愁共、彩雲易散，冷落謝池風月。凭誰向説。三弄處、龍吟休咽。大家留取，時倚闌干，聞有花堪折，勸君須折。」見《中吴紀聞》。今吴殿直巷即感所居，在吴縣西，小市橋北。

陽春録誤載庭院深深闋

朱竹垞云：「『庭院深深』一闋，載馮延巳《陽春録》，刻作歐九，誤也。」玉梅詞隱曰：據《漱玉詞》，則是《陽春録》誤載也。易安宋人，性復强論，嘗與明誠坐歸來堂烹茶，指堆積書史，言某事在某卷某葉某行，以是否决勝負，爲飲茶先後。何至於當代名作，向所酷愛者，記述有誤？竹垞云云，未免負此佳證。

詩詞中三字聯用

歐陽修《六一詞·蝶戀花》：「庭院深深深幾許」三字聯用，詞中以爲創見，實則詩中固嘗有之。劉駕「樹樹樹梢啼曉鶯。」「夜夜夜深聞子規。」又有一句疊三字者，吴融「一聲南雁已先紅，槭槭淒淒葉葉同。」歐公正可方駕劉、吴。實則文人狡獪，固復無所不可。惟張顛作草，忽覺神來，則語意自然，情致婉約；若出之湊作，則自有捉襟露肘之弊。不獨造句，即獨木橋體、回文體等詞，又何獨不然？學者既不可以詞損意，又不可强意造詞也。

西江月用太白詩

太白詩：「徘徊映歌扇，似月雲中見。相見不相親，不如不相見。」司馬温公《西江月》詞：「相見爭如不見。」用此。

怨叶平聲

宋王微雜詩：「朱火獨照人，抱景自愁怨。誰知心曲亂，所思不可論。」「怨」讀若「冤」。東坡《醉翁操》云：「醉翁嘯詠，聲和流泉，醉翁去後，空有朝吟夜怨。」「怨」叶平聲，與微詩合。

燈花詞

《西京雜記》：「目瞤得酒食，燈火花得錢財。」庾信《對賦》：「本知雪光能映紙，復訝燈花今得錢。」東坡詩：「愁侵硯滴初含凍，喜入燈花欲鬭妍。」何伯明《浣溪沙》詞：「草草杯盤訪玉人。燈火呈喜座添春。邀郎覓句要清新。」燈花主吉祥，涉艷而彌韻，故詞流多用之。

蘇長公詠纖足詞

《東坡樂府》：《菩薩蠻・詠足》云：「塗香莫惜蓮承步。長愁羅襪凌波去。只見舞迴風。都無行處蹤。偷穿宫樣穩。並立雙趺困。纖妙説應難。須從掌上看。」按詩詞專詠纖足，自長公此詞始。前乎此者，皆斷句耳。

晁叔用慢詞

晁叔用慢詞，紆徐排調，略似柳耆卿。

僧仲殊詞

宋僧多工詞翰，仲殊其尤。蓋一時風氣所被，緇素同流，澤溉聲施，有不期然而然者。然仲殊固有托而逃者也。姓張氏，安州進士，棄家杭州，居吴山寶月寺。其時時事日非，憤慨絶俗，拔剃世外，而又未能忘情，則一以孤憤之旨，寓之翰墨。其詞言婉而諷，而又不失忠厚之旨，緣情緯事，寄情遥深，宋僧蓋少與頡頏者。

升平橋

洪武《蘇州志》云：「企鴻軒在升平橋，越人賀方回鑄所居，前《志》云在醋芳橋，誤。又有水軒，其親題書籍賀氏藏書萬餘卷云：升平地。」虎丘蓮花池中，有賀方回題名。「嘗作吴趨曲，能道吴中景物。又[有]别墅在盤門之南十餘里，地名横塘，常扁舟往來其間，有《青玉案》詞：『淩波不過横塘路』」云云。按升平橋，在吴縣學西。「《祥符圖經·吴地記》並作升平」。與賀自題書籍字正合。

東山詞極厚

按填詞以厚爲要旨。蘇、辛詞皆極厚，然不易學，或不能得其萬一，而轉滋流弊，如粗率、叫囂、瀾浪之類。《東山詞》亦極厚，學之卻無流弊，信能得其神似，進而窺蘇、辛堂奥何難矣。厚之一字，關係性情，「解道江南腸斷句」，方回之深於情也。企鴻軒蓄書萬餘卷，得力於醖釀者又可知。張叔夏作《詞源》，于方回但許其善鍊字面，詎深知方回者耶！

東山詞已失拙大重

論詞以兩宋爲集大成，而北宋尤多高手，以凝重寫端莊。國初浙西諸派，但事結藻韻致，已落下乘。論者多謂爲南宋開其源。實則《東山樂府》，松俊處固不可及，然已失拙、大、重之三要，口甲有自，未可即歸之南宋。其《小重山》「枕上閶門報五更。蠟燈香炧冷，恨天明。青蘋風轉移帆輕。檣頭燕，多謝伴人行。　臨鏡想傾城。兩尖眉黛淺，淚波横。艷歌重記遺離群。纏綿處，聞是斷腸聲。」又「月月相逢只舊圓。迢迢三十夜，夜如年。傷心不照綺羅筵。孤舟裏，單枕若爲眠。　茂苑想依然。花樓連苑起，壓漪漣。玉人千里共嬋娟。清琴怨，腸斷亦如弦」等尤具面目，後來學者，以周、柳之不可幸至，而取徑于秦、賀，其至者容似飲水，而凝重之體態，遂不易獲得矣。起衰振靡，此中之消息，正不可不知。

不黏不脱

詠物詞忌黏滯着跡相。美成《看花回・美人眼》歇拍云：「揾香羅，怕揉損，與他衫袖裛。」直是言情非詠物矣，斯爲不黏不脱也。

一剪梅第四句不用韻

《古今詞話》：周永年曰：「《一剪梅》惟易安作爲善。『雲中誰寄錦書來』，『此情無計可消除。』『來』字、『除』字，不必用韻，似俱出韻。」玉梅詞隱曰：易安精研宮律，所作何至出韻。周美成倚聲專家，爲南北宋關鍵，其《一剪梅》云：「一剪梅花萬樣嬌。斜插疏枝，略點眉梢。輕盈微笑舞低回，何事尊前，拍手相招。　夜漸寒深酒漸消。袖裏時聞，玉釧輕敲。城頭誰恁促殘更，銀漏何如，且慢明朝。」又周紫芝《一剪梅・送楊師醇》云：「無限江山無限愁。兩岸斜陽，人上扁舟。闌干吹浪不多時，酒在離尊，情滿滄洲。　早是霜華兩鬢秋。目送飛鴻，那更難留。問君尺素幾時來，莫道長江，不解西流。」第四句均不用韻，詎皆出韻耶？竊謂《一剪梅》調，當以第四句不用韻一體爲最早。晚近作者好爲靡靡之音，徒事諧𡒄，乃添入此叶耳。

康詞似白話詩

《山堂肆考》：宋康伯可與之在翰林，重陽日遇雨，奉敕撰詩，伯可口占《雙調望江南》云：「重陽日，陰雨四郊垂。戲馬臺前泥拍肚，龍山會上水平臍。直浸到東籬。　朱萸胖，菊蕊濕滋滋。落帽孟嘉尋箬笠，休官陶令覓蓑衣。兩個一身泥。」詼諧之作，略似近人白話詩，嫌其尚近典雅耳。

辛幼安千秋歲

辛幼安建康壽史致道《千秋歲》一詞：「塞垣秋草，又報平安道」，人爭傳誦。嘗箋者曰：「按《宋史》高宗紹興三十二年建王爲太子，時史浩爲王府教授。是年金人略邊，高宗親征，而江淮失守。廷臣爭陳退避計，太子請率師爲前驅。史浩言太子不宜將兵，乃草奏，請扈蹕以供子職。上亦欲令太子遍識諸將，遂扈蹕如建康。太子受禪於建康，是爲孝宗。隆興元年，以史浩參知政事。是年，山東忠義耿京起兵，復東平府，遣其將賈瑞及掌書記辛棄疾來奏事，召見，授棄疾承務郎弁，以節度使印告召京。會張安國殺京降金。棄疾至海州，聞變，乃約統制王世隆徑赴金營，安國方與金將酣飲，即衆中縛之以歸。金將追之不及。獻俘行在，斬於市。棄疾改判建康，年才二十三。此詞當作於是時。」又沈際飛以閔刻本「鳳詔看看到」，及「從今盡是中書考」二語，謂其近俚。是並未讀史，蓋僅以尋常壽詞目之者也。是時戎馬倥偬，終日播遷，幼安一見史浩，而即以汾陽恢復規勵之，義勇之氣，溢於言表。史浩相孝宗，雖未能全行恢復，而得以安然。史稱其忠，謚文惠。則此詞亦未爲失言也。

竹山開元曲蹊徑，竹屋開清詞門徑

宋人詞開元曲蹊徑者，蔣竹山。《霜天曉角·折花》云：「人影窗紗。是誰來折花。折則從他折去，知折去、向誰家。　檐牙。枝最佳。折時高折些。說與折花人道，須插向、鬢邊斜。」此詞如畫如話，亦復可喜。開國朝詞門徑者，高竹屋。《齊天樂·中秋夜懷梅溪》云：「古驛煙寒，幽垣夢冷，應念秦樓十二。」此等句鉤勒太露，便失之薄。

城坊考宜補夢窗

彊村朱先生云：「宋詞人之僑吴者，世但稱賀方回、吴應之諸賢。叔問謂吴夢窗《鷓鴣天》『楊柳閶門』之句蓋有老屋相近皋橋，其《點絳脣》懷蘇州詞所云南橋殆指此。又兩寓化度寺詞，皆有懷吴之思，豈垂老菟裘，固以此邦爲可榮耶。」《彊村語業·霜花腴》題按王氏《城坊考》於兩宋詞人賀方回鑄、吴應之感、張章質夫楶，有《水龍吟·詠楊花》，東坡和其韻、元厚之絳，有《映山紅慢·詠牡丹》，見《全芳備祖》、顧淡雲歲寒社友，別號夢粱詞人，著有《夢粱集》，有詞，見陶氏《詞綜補遺》、曹西士豳，有詞，見宋人說部，均詳記其所居，惟夢窗未見著録，似宜考補。

夢窗曾寓蘇州

吴夢窗曾寓蘇州，不徒《鷓鴣天》詞「楊柳閶門」之句，堪爲佐證也。其四稿中，《探芳信》小序：「丙申歲，吴燈市盛常年，余借宅幽芳，一時名勝遇合，置杯酒，接殷勤之歡，甚盛事也。」云云。又《六醜》：「壬寅歲，吴門元夕風雨。」又：「甲辰歲，盤門外寓居過重午。」丙申距壬寅六年，距甲辰九年，此九年或先寓閶門，後寓盤門，惜坊巷之名不可得而詳耳。又《應天長・吴門元夕》句云：「向暮巷空人絶，殘燈耿塵壁。」極似老屋數間景色。《浣溪沙・觀吴人歲旦游承天》句云：「街頭多認舊年人。」《點絳唇》前段云：「明月茫茫，夜來應照南橋路。夢游熟處，一枕啼秋雨。」曰多認，曰熟處，與《探芳信》序云「吴燈市盛當年」，皆足爲久寓蘇州之證。又《齊天樂・賦齊雲樓》，《木蘭花慢・陪倉幕游虎丘》，又《重游虎丘》，《探芳新・吴中元日承天寺游人》等闋，皆寓蘇時所作。夢窗所云南橋，即指臯橋。今蕙風卜居，適在臯橋稍北，俯仰興懷，荃香未沫，素雲黄鶴，跂予望之矣。

夢窗以蘇州爲故鄉

吴夢窗詞，《鷓鴣天・化度寺作》後段云：「鄉夢窄，水天寬。小窗愁黛澹眉山。吴鴻好爲傳歸信，楊柳閶門屋數間。」蓋直以蘇州爲故鄉，何止曾寓是邦而已。「小窗愁黛」即左與言之「盈盈秋水，淡淡春山」。是時筠塘内子夢窗有《天香》詞壽筠塘内子猶寓吴閶也。其《夜行船》後段云：「畫扇青山吴苑路。傍懷袖、夢飛不去。憶别西池，紅綃盛淚，腸斷粉蓮啼露。」亦復芬芳悱惻，文生於情，令人增伉儷之重。

娟娟炯炯

吴夢窗云：「竹窗聽雨，坐久隱几就睡，既覺，見水仙娟娟於燈影中。」《夜游宫》詞題。此詞境絶清妙。宋詞句云：「睡起兩眸清炯炯。」（編者按，周邦彦《蝶戀花·早行》詞「睡起」作「唤起」。）此娟娟從炯炯來。

謎體詞

昔人有以謎體爲詩者，見《雜體詩鈔》。爲詞者不經見。宋陳德武《浣溪沙》云：「山上安山出字經幾歲，口中添口回字又何時。」是以謎體爲詞也。

白石詞似菊花

以花比詞，菊花似白石，其標韻雋而遒。

草窗生平辯證

明李太僕《六硯齋筆》云：「周公謹名密，字草窗，又號弁陽老人、泗水潛夫。殘元時流寓吴中，目見僞吴張氏狂圖不遂，城破國亡，皆由任用非人，淫樂自恣，竟殲天戈，有足嗤者。」云云。《三筆》附周詩，謂皆追悼之作，不具録。孟心史先生以爲非是，見其致趙叔雍書辯證之云。按草窗生於宋紹定壬辰，至德祐丙子臨安陷，已四十五歲，若至元至正丁未明太祖克平江南之年，當爲一百三十七歲，後再作詩慨之，則草窗爲百四十許人矣，恐不可恃。但草窗入元後，隱居不仕，年齒甚高。《癸辛雜識》中跋高炳如七十七歲所書云：「余年及炳如之歲」，是在英宗大德十一年丁未歲矣。從李《筆記》，當再閲甲子一周，以後尚健在，豈非異聞也耶！心史先生精於考據，所撰《叢刊》一、二、三集，多證訂古人傳疑之事，草窗此節，例以年事，不攻自破。嘗因叔雍屬余博采補考，以正其説，栗碌鮮暇，苦未有以應之也。

水滸詞

楊用修《詞品》云：《甕天脞語》載宋江潛至李師師家，題一詞於壁云：「天南地北。問乾坤何處，可容狂客。借得山東煙水寨，來買鳳城春色。翠袖圍香，鮫綃籠玉，一笑千金值。神仙體態，薄倖如何銷得。　遥想蘆葉灘頭，蓼花汀畔，皓月空凝碧。六六雁行連八九，只待金雞消息。義膽包天，忠肝蓋地，四海無人識。閒愁萬種，醉鄉一夜頭白。」按此即水滸詞。楊謂《甕天》或别有據。第以江嘗入洛，太饋饋矣。余按楊好僞託古人之作，「塘水初澄」謂爲後主，則此或亦所自弄狡獪耳。

吴雲公雅故

癯安示余《宋平江城坊考》，補《臨頓里》條下云：「吴雲公雅善詩詞，居城東之臨頓里，著有《香天雪海集》，傳誦一時。靖康國難後，披髮佯狂，更號中興人。厭棄城市，時往來於吳江李山民家。李即忠愍公諱若水之猶子，避寇來吳，就館吳江，與雲公爲仔婿，且同爲歲寒社詩友者也。」按宋胡仔《苕溪漁隱叢話》有稱中興野人和東坡詞，題吳江橋上，車駕巡師江表，過而睹之，詔物色其人，不復見矣。詞云：「炎精中否，歎人才委靡，都無英物。戎馬長驅三犯闕，誰作連城堅壁。萬里奔騰，兩宮幽隔，此恨何時雪。草廬三顧，豈無高卧賢傑。天意眷我中興，吾皇神武，踵曾孫周發。海嶽封疆俱效順，狂虜會須灰滅。翠羽南巡，叩閽無路，徒有衝冠髮。孤忠耿耿，劍芒冷浸秋月。」近人詞話有考出中興野人爲吳雲公者，其身世勿克具詳。《城坊考》凡六卷，郡人王佩諍謇近著。王君年甫三十，劬學媚古，淹貫雅故。是書體例精審，稱引賅博，在昔大興徐氏《唐兩京城坊考》、江陰繆氏《京師坊巷志》，勿容專美於前矣。

宋元人酒令

《事林廣記》癸集卷十二標　玳筵行樂，宋元人酒令也。《卜算子令》先取一枝，然後行令，口唱其詞，逐句指點，誤即罰酒。後詞並同。：「我有一枝花。指自身，復指花。斟我些兒酒。指自身，令斟酒。唯願花心似我心，指花，指自身。歲歲長相守。放下花枝，叉手。滿滿泛金杯，指杯酒。重把花來嗅。把花以鼻嗅。不願花枝在我旁，把花向下座人。付與他人手。把花付下座接去。」《浪淘沙令》：「今日綺筵中。指席上。酒侶相逢。指同席人。大家滿滿泛金鍾。指衆賓，指酒壺。自起自斟還自飲，自起身，自斟酒，舉盞。一笑春風。止可一笑。傳語主人翁。執盞向主人。權且饒儂。指主人，指自身。儂今沉醉眼朦朧。指自身，復拭目。此酒可憐無伴飲，指酒。付與諸公。指酒，付鄰座。」《調笑令》：「花酒。指花，指酒。滿筵有。指席上。酒滿金杯花在手。指酒，指花。頭上戴花方飲酒。以花插頭上，舉杯飲。飲罷了，放下杯。高叉手。叉手。琵琶撥盡相思調。作彈琵琶手勢。更向當筵舞袖。起身，舉兩袖舞。」《花酒令》：「花酒。左手把花，右手指酒。是我平生結底親朋友。指自身及衆賓。十朵五枝花，伸五指反覆，應十朵；又舒五指，應五枝，指花。三杯兩盞酒。伸三指、又伸二指，應三杯兩盞，指酒。休問南宸共北斗。摇手示休問，意指南北。任從他烏飛兔走。束手作任從狀，以手仿飛走狀。酒滿金巵花在手。指酒盞，指花。且戴花飲酒。左手插花，右手持酒飲。」詞筆近質重，是元以前風格。

類書多及倚聲

宋人類書，多及倚聲。武進趙叔雍嘗自涵芬樓藏本《全芳備祖》中，撮録其詞爲詞鈔一卷，雖僅花木題詠之作，然已多不甚經見之作。既從余假劉應李《翰墨大全》，拙藏不備，未有以應。此書載逸詞甚多，各家輯本，多或采及，倘得爲之鈔刊，俾益於詞學者實深。深望海内藏家，有以惠我，俾付叔雍授梓也。

元明詞學

詞學權輿於開、天盛时，寖盛於晚唐五季，盛於宋，極盛於南宋。至元大德之世，未墜南渡風格。《鳳林書院草堂詩餘》元無名氏選皆南宋遺民之作，寄託遥深，音節激楚，厲太鴻鶚以清湘瑶瑟比之。秦敦夫恩復云：「標放言之致，則愴怏而難懷；寄獨往之思，又鬱伊而易感。」比方《中興以來絶妙詞選》無不及，殆有過之。洎元中葉，曲學代興，詞體稍稍敝矣。明詞專家少，粗淺蕪率之失多，誠不足當宋、元之續。時則有若劉文成基、夏文愍言、夏節愍完淳、彭若齋孫貽、王姜齋夫之詞，不必增重其人，亦不必以人增重，合婀娜於剛健，有《風》、《騷》之遺音。昔人謂詞絶於明，詎持平之論耶！

段拂之

段拂之字去塵，米元章之婿。世傳米元章潔癖特甚，方擇婿間，或舉似段之名與字，元章曰：「即拂矣，又去塵，真吾婿也。」遂以女妻之。吴彦高亦元章婿，其父名拭，與拂義同，容或元章有取乎是，是則前人所未發者。

縹渺人

《拙軒詞・南鄉子》序：「大定甲辰，馳驛過通州，賢守開東閣，出樂府縹渺人，作累累駐雲新聲。青其姓，小字梅兒」云云。縹渺人所本待考。

秋澀字奇警

劉龍山詩《龍德宫》句云：「銅闌秋澀雨留苔。」「秋澀」字奇警，入詞更佳。

趙閑閑詞

趙閑閑《梅花引·過天門關作》云：「石頭路滑馬蹄蹶。昂頭貪看山奇絶。」余曩歲入蜀，巫夔道中，層巒際天，引領維勞，愈高愈奇，愈看愈貪，不自知帽之落也；與閑閑所云情景恰合，惟船唇較適於馬足耳。又《缺月掛疏桐·擬東坡作》云：「珠貝横空冷不收，半濕秋河影。」「珠貝」字奇麗，而意境益清絶。

章宗詠聚骨扇

曩撰詞話有云：「真字是詞骨。情真景真，所作必佳。」金章宗詠聚骨扇云：「忽聽傳宣須急奏，輕輕褪入香羅袖。」此詠物兼賦事，寫出廷臣入對時情景，確是詠聚骨扇。它題它人，挪移不得，所以爲佳。

睡　詞

遺山《水龍吟·衍陳希夷睡歌》云：「百年同是行人，酒鄉獨有歸休地。此心安處，良辰美景，般般稱遂。力士鐺頭，舒州杓畔，不妨游戲。算爲狂爲隱，非狂非隱，人誰解，先生意。　莫笑糊塗老眼，幾回看、紅輪西墜。一杯到手，人間萬事，俱然少味。范蠡張良，儘他驚怪，陳摶貪睡。且陶陶兀兀，今朝醉了，更明朝醉。」《天籟集》有睡詞，亦用此調云：「遺山先生有醉鄉一詞，僕飲量素慳，不知其趣，獨閒居嗜睡味，因爲賦此：醉鄉千古人行，看來直到亡何地。如何物外，華胥境界，升平夢寐。鸞馭翩翩，蝶魂栩栩，俯視群蟻。恨周公不見，莊生一去，誰真解，黑甜味。聞道希夷高卧，占三峰、華山重翠。尋常羨殺，清風嶺上，白雲堆裏。不負平生，算來惟有，日高春睡。有林間剥啄，忘機幽鳥，唤先生起。」又用前韻，答曹光輔教授云：「倚闌千里風煙，下臨吴楚知無地。有人高枕，樓居長夏，晝眠夕寐。驚覺遊仙，紫毫吐鳳，玉觴吞蟻。更誰人似得，淵明太白，詩中趣，酒中味。慚愧東溪處士，待他年、好山分翠。人生何苦，紅塵陌上，白頭浪裏。四壁窗明，兩盂粥罷，暫時打睡。儘聞鷄祖逖，中宵狂舞，蹴劉琨起。」半塘老人王鵬運和天籟詞韻云：「軟紅十丈塵飛，人間何許蘧愁地。頽然一笑，玉山自倒，春生夢寐。我已忘情，蕉邊覆鹿，槐根封蟻。問無情世故，倉皇逐熱，誰能解，于中味。漫説朝來拄笏，最宜人、西山晴翠。何如一枕，忘機息影，黑甜鄉裏。萬事悠悠，百年鼎鼎，付之酣睡。待黄鸝三請，窺園乘興，倩花扶起。」三先生睡詞，六百年來，沆瀣一氣，蓋坦夷寧静，時世異而襟袍同矣。余則舊有句云：「早是從來少睡人，何堪聽雨更愁春。」是不知睡味者，烏在從三先生後？其與半塘不同而同，唯吾半塘能言之。疇昔文字訂交，情逾昆季，春明薄宦，晨夕過從，猶憶睡詞脱稿，一燈商榷，如在目前；其過拍「無情世故」句，歇拍「倩花扶起」句，並余爲之酌定。詎今山河邈若，陵谷屢遷，何止夢中，真成隔世，俯仰陳跡，能無悁悁以悲耶！

飛丸故事

馮子駿《玉樓春》句：「花觸飛丸紅雨妥。」按花蕊夫人宫詞：「侍女爭揮玉彈弓，金丸飛入亂花中。」馮詞殆即用此。《續夷堅志》京娘墓一則，有「他日寒日，元老爲友招，擊丸于園西隙地」云云，蓋當時春日有擊丸之戲，若蹴鞠飛堉故事矣。馮名延登，金末刑部尚書，殉汴都之難。

蜕巖詞

《蜕巖詞》：《江神子·惜花》云：「縱使專春春有幾，花到此，已堪哀。」《鷓鴣天·爲妓繡蓮賦》云：「一痕頭導分雲絹，兩點眉山入翠蟨。」「專春」、「頭導」字并絶新。《百字令·眉間雁》云：「鬟彈雲低，眉蟨山遠，去翼宜相映。」又云：「一點風流應解妒，翡翠雙鈿相並。」眉間雁當是花鈿之屬，于此僅見。《瑞龍吟·癸丑歲冬用清真詞韻賦别》云：「斷腸歲晚，客衣誰絮。」「絮」字活用，猶言裝綿，亦僅見。

弇州山人詞

明弇州山人詞《臨江仙》後段云：「我笑殘花花笑我，此時憔悴休爭。來年春到便分明。五原無限緑，難染鬢千莖。」意足而筆能達出，語不涉尖。《春雲怨》歇拍云：「未舉尊前，乍停杯後，半晌盡堪白首。」極空靈沉著之妙。世俗以纖麗之筆作情語，視此何止上下牀之别。

嚴嵩滿江紅

西湖岳廟，有嚴嵩和鄂王《滿江紅》詞，石刻甚宏壯。詞既慷慨，書亦瘦勁可觀。末題衙華蓋殿大學士，後人磨去姓名，改題夏言。見《蕙櫋雜記》。亦猶馬士英畫，改閨人馮玉瑛耳。夏言和鄂王詞，見《蘭皋明詞滙選》：「南渡偏安，瞻王氣、中原銷歇。歎諸公，經綸顛倒，可憐忠烈。曾見淒涼亡國事，而今惟有西湖月。睹祠宮、梓木尚南枝，傷心切。　人生易，頭如雪。竹汗簡，青難滅。豎乾坤要使，金甌無缺。后土漫藏遺骨臭，龍泉耻飲奸臣血。恨當時、無奈小人朋，盈朝闕。」《桂洲詞》不載此闋，疑即嵩詞改名之作。

鞋杯詞

楊廉夫以鞋杯行酒，命瞿宗吉詠之，宗吉即席作《沁園春》以呈。廉夫大喜，即命侍妓歌以侑觴。詞云：「一掬嬌春，弓樣新裁，蓮步未移。笑書生量窄，愛渠盡小，主人情重，酌我休遲。醖釀朝雲，斟量暮雨，能使曲生風味奇。何須去，向花塵留跡，月地偷期。　風流到手偏宜。便豪吸雄吞不用辭。任凌波南浦，惟誇羅襪，賞花上苑，祇勸金巵。羅帕高擎，銀瓶低注，絕勝翠裙深掩時。華筵散，奈此心先醉，此恨誰知。」廉夫事，詞流艷稱，人皆知之。又隆慶間，何元朗覓得南院王賽玉紅鞋，每出以觴客，坐中多因之酩酊，王弇州至作長歌以紀之。此別一鞋杯事。元朗名良俊，華亭人。賽玉字儒卿，小名玉兒，有詞三首，見《衆香集》。

方于魯詞

明方于魯以製墨名於時，其實非墨工也。于魯初名大激，後以字行，改字建元，歙縣布衣。有《佳日樓詩集》。汪伯玉曾招之入豐干社。《送張山人歸越中》云：「雉子斑斑麥正青，黄梅四月雨淒淒。新安江上携尊酒，送爾香山到浙西。」嘗以百花香露和墨，自作長歌。亦工長短句，《明詞綜》著録。所製墨最伙，上自符璽圭璧，下至雜佩之屬，凡三百八十五式，刊成圖譜，鉤勒絶精，曾上呈乙覽，而名遂爲墨掩矣。《静志居詩話》云：「所造雲箋，匪止成都十樣。」于魯又工造紙，世亦罕有知者。

張迂公醉公子

曩余十三四歲即已癖詞，詩猶偶一爲之。有云：「自君之出矣，不復畫長眉。眉長似遠山，山遠君歸遲。」明張迂公杞詞，《醉公子・和薛昭藴韻》云：「怕展曉屏開，關山入眼來。」旨與吾詩略同，故記之。

烘堂詞字未爲甚僻

毛子晉跋《烘堂詞》，謂其「喜用僻字，如袢溽、皴皵、褑子之類」。按《詩・鄘風》：「是紲袢也。」《傳》：「是當暑袢延之服也。」《類篇》：「袢，延衣熱也。」鄒浩詩：「清標藐冰壺，一見滌袢暑。」范成大詩：「袢暑驕陽雜瘴氛。」袢溽，即袢暑也。皴皵，音逡鵲，皮緆也。鄒浩《四栢賦》：「皮皴皵以龍驚。」《爾雅·釋木》：「大而皵楸，小而皵榎。」《疏》：樊光云：皵，猪皮也，謂樹皮粗也。褑：于眷切，音瑗。《玉篇》：佩衿也。《爾雅·釋器》：佩衿謂之褑。《注》：佩玉之帶上屬。此類字未爲甚僻。

清詞不宜看

清朝人詞斷自康熙中葉不必看，尤不宜讀。看之未必獲益，一中其病，便不可醫也。且亦無暇看。吾人應讀之書，浩如煙海，即應讀之詞，亦悉數難終，能有幾許餘力閏晷，看此浮花浪蕊，媚行煙視，災梨禍棗之作耶！

江湖載酒集與詞綜

金風亭長《江湖載酒》一集，雖距宋賢堂奧稍遠，而氣體尚近沉著；就清初時代論詞，不得不推爲上駟。其《歷朝詞綜》一書，以輕清婉麗爲主旨，遂開浙派之先河。凡所撰録古昔名人之作，往往非其至者。操觚之士，奉爲圭臬，初程不無歧誤，抑亦風氣使然。

辨雲郎事

曩撰《白辛漫筆》，有辨《茶餘客話》記雲郎事一則；比又得一確證，可補《漫筆》所未盡。因並《漫筆》原文，纚述如左。《客話》云：「雲郎者，冒巢民家僮紫雲，徐氏子，字九青。儇巧善歌，與陳迦陵狎。迦陵爲畫雲郎小照，遍索題句，王貽上、陳椒峰、尤悔庵，詩皆工絶。相傳迦陵館冒氏，欲得雲郎，見於詞色。冒與要約，一夕作梅花詩百首，詩成遂以爲贈。余曾于寶華庵得見九青小像，亟屬同人工畫者臨摹一本，今猶在行篋，跣足坐苔石，憨韻殊絶。一日，雲郎合巹，迦陵爲賦《賀新郎》詞，有『努力做藁砧模樣。只我羅衾渾似鐵，擁桃笙、難得紗窗亮』之句，又《惆悵詞》云：『城南定惠前朝寺，寺對寒潮起暮鐘。記得與君新月底，水紋衫子捕秋蟲。』相憐相惜，作爾許情態，可見髯少年風致。冒子葚原嘗語予云：『雲郎後隨檢討，始終寵不衰。晚歸商丘家，充執鞭之役，昂藏高軀，黄鬚如蝟，儼幽并健兒。或燭灺酒闌，客話水繪園往事，輒掩耳泬瀾，如瀉瓶水也。』」《漫筆》引《客話》止此。比余收得陽羨任青際繩隗《直木齋全集》，有《摸魚兒》詞，爲陳子其年弔所狎徐雲郎云：「想當然、徐娘老去，再生還是情種。深閨變調爲男子，偏向外庭恩寵。花心動。曾記得、踏歌玉樹娱張孔。紅絲又控。愛叔寶風流，元龍湖海，夙世定同夢。誰知道，才把餘桃親捧。玉容一旦愁重。從今省識蓮花面，生怕不堪供奉。真慚悚。趁寒食、清明金碗埋青冢。髯公休慟。從古少年場，回頭及早，傲然侍中董。」吴天石評：「李夫人蒙面不見武皇，此有深意，非彌子瑕所曉。人皆爲髯言，君獨爲雲幸，是禪機轉語。」按據此詞，則是徐郎玉隕，尚在苕齡，何得有執御商丘之事？任吴並與迦陵同時，其詞與評，可爲確證。冒子葚原之言，殊唐突無據，決不可信也。且任詞後段，及吴評「獨爲雲幸」云云，若對針葚原之言而發，是亦奇矣。《漫筆》止此。偶閲迦陵《湖海樓詞》卷二十有《瑞龍吟》一闋：「春夜見壁間三弦子，是雲郎舊物，感而填詞云：春燈灺。拚取歌板蛛縈，舞衫塵灑。屏間乍見檀槽，與秋風扇，一般斜挂。　簾兒罅。幾度漫將音理，冰弦都啞。可憐萬斛春愁，十年舊事，憪憪倦寫。　記得蛇皮弦子，當時妝就，許多聲價。曲項微垂流蘇，同心結打。也曾萬里，伴我關山夜。有客向、潼關店後，昆陽城下。　一曲琵琶者。月黑楓青，輕攏細砑。此景堪圖畫。今日傖人琴，淚如鉛瀉。一聲聲是，雨窗閒話。」此詞迦陵自作，視任詞吴評，尤爲確證。誠如冒萇原所云，詎猶作爾許情語耶？大抵刻谿之士，好爲翻成案殺風景之言，往往莛可以楹，西施可以厲，此猶無關輕重者耳。雲郎一稱阿雲，迦陵有留别阿雲《水調歌頭》詞。《惆悵詞》凡二十首，爲别雲郎作。「城南定惠前朝寺」云云，其第十二首。句云：「一枝瓊樹天然秀，映爾清揚照讀書。」又云：「柳條今日歸何處，只剩寒雲似昔年。」又云：「寄語高樓休挾彈，鴛鴦終是一心人。」審此二句之意，則迦陵别雲郎，殆有所畈而然，非得已也。蔣大鴻撰《惆悵詞序》：「徐生紫雲者，蕭郢州尚幼之年，李侍郎未官之歲。技擅平陽，家鄰淮海。托身事主，得侍如皋大夫；極意憐才，遂遇潁川公子。分桃割袖，於今四年，雖相感微辭，不及於亂。若乃棄前魚而不泣，弊軒車而彌愛，真可謂寵深緑耩，歡逾絳樹者矣。維時秋水欲波，元蟬將咽，公子乃罷祖帳而言旋，下匡牀而引别。江風千里，詎相見期？厥有怊悵之篇，曲盡離憂之致，僕豈無情，豈能堪此！　傷心觸目，曾無解恨之方；拊節和歌，翻作助愁之句」云云。以詩及序考之，當日清揚照讀，實只四易葛裘。萇原云：相隨始終，迄於晚健。灼然非事實矣。迦陵又有《題小青飛燕圖》詩，序云：「婁東崔不凋孝廉，爲余紈扇上畫《小青飛燕圖》。花曰小青，開艷者有九，一春燕斜飛其上。題曰：爲其年題九青小照。實華庵所藏九青小像，即崔不凋曾題之本。後一日作，意欲擬九青於飛燕也。因題一絕。」詩不録。又有書小徐郎扇詩，自注云：「雲郎侄也。」詩云：「旅舍蕭條五月餘，菖蒲花下獨躊躇。筵前忽聽鶯喉滑，此是徐家第幾雛。」又馬羽長最愛雲郎，見《惆悵詞》自注。

漁洋革迎春陋習

漁洋冶春紅橋，香艷千古。而《香祖筆記》云：「東坡守揚州，始至，即判革牡丹之會。自云：『雖煞風景，且免造孽。』予少時爲揚州推官，舊例，府僚迎春瓊花觀，以妓騎而導輿，太守節推各四人，同知已下二人，歸而宴飲，令歌以侑酒，吏因緣爲奸例。予深惡之，語太守一切罷去。與坡公事相似。」或曰：「不圖此舉，出自王桐花！」蕙風曰：「此其所以爲王桐花也。」曩余自撰《存悔詞序》，有云：「冬郎風格，不能例以香奩。」

爂涼之態入於風雅

《五雜俎》云：「自晉唐及宋元，善書畫者，往往出於搢紳士大夫，而山林隱逸之蹤百不得一，此其故有不可曉者，豈技藝亦附青雲以顯耶？抑名譽或因富貴而彰耶？抑或貧賤隱約，寡交罕授，老死牖下，雖有絶世之技，而人不及知耶？然則富貴不如貧賤，徒虚語耳！」曩蕙風撰《詞話》有云：「考宋興百年已還，凡著名之詞人，十九《宋史》有傳，或附見父若兄傳，大都黄閣巨公，烏衣華胄。即名位稍遜者，亦不獲二三焉。當時詞稱極盛，乃至青樓之妙姬，秋坟之靈鬼，亦有名章俊語，載之曩籍，流爲美談。萬不至章甫縫掖之士，尺板斗食者流，獨無含咀宫商，規模秦、柳者。矧天子右文，群公操雅，提倡甚非無人，而卒無補於湮没不彰，何耶？錫山顧梁汾貞觀有言：『燠涼之態，浸淫而入於風雅，良可浩歎。』即北宋詞人以觀，蓋此風由來舊矣。」與謝在杭氏論畫之言，有同慨焉。

藕漁秋水詞

無錫嚴藕漁繩孫所著《秋水詞》，風格在梁汾、容若之間。《浣溪沙》云：「盡日風吹到大羅。金堂消息見横波。暖雲春霧奈伊何。　猶是不曾輕一笑，問誰堪與畫雙蛾。一般愁緒在心窩。」填詞有三要：曰重、拙、大。此詞换頭二句，可以語大，惜末句稍遜。

獨木橋體

李分虎《耒邊詞》，《好女兒·集侍兒小名》：「掌上團兒。懷裏心兒。歌一縷蘭聲細配錦兒。調瑟金鶯兒。囀拍按紅兒。　風颭鸞兒。交帶楚兒。舞學師兒。立花前當兒。行酒喚香兒。去折玉蓮兒。比勝一分兒。」此通首用兒韻，爲獨木橋體。以視前作，不免斧鑿之跡象矣。

集調名詠梅詞

集名詠作游戲文章，亦盡有巧意工勝者，宋人之藥名詩傳詠久遍無論矣。夜静閲沈南渟《黑蝶齋詞》，

《菩薩蠻·集調名詠梅》：「春風嫋娜春光好。望梅南浦尋芳草。疏影一痕沙。行香滿路花。　笛家曲玉管。側犯清商怨。飛雪滿群山。箇儂愁倚闌。」原名除《行香子》減一「子」字，全文絶無襯字，自然神會，裁雲縫月之妙，信手拈來，亦詞中之別裁也。

查韜荒浣花詞

黔俗云：「清平豆腐楊老酒，黄絲姊兒家家有。」黔故罕聞，亟記之。查韜荒《浣花詞》，《過黄絲·㛹人嬌》云：「前度劉郎，盼到黄絲地面。仿佛認、舊時庭院。牆頭馬上，更桃花千片。誰得似、撩人那枝留戀。　弱態輕盈，柔情宛轉。真不枉、色絲黄絹。生拚世世，作金蠶銀繭。配着你，合成鴛鴦一綫。」

珠江即事詞

五羊方言，閨人拜手謂之扶扶。查韜荒容珠江即事詞：「珠簾卷、羞羞澀澀，阿母勸扶扶。」按「扶扶」當作「扶服」。「扶服叩頭」，見《漢書》。（編者按，見《漢書》卷六十八《霍光傳》）

挐畫詞

挐畫者，指頭畫之流亞。明屈翁山大均《道援堂詞》，《一斛珠·題林文木挐畫看竹圖》云：「蕭疏翠竹。美人手爪時相觸。枝枝葉葉如新沐。寫向鵝綾，看盡瀟湘緑。　冰綃細折成春服。針神更使人如玉。絲絲難繡文章腹。腹裏流光，照映篔簹谷。」《觚剩》續編云：「王秋山工爲挐畫，凡人物、樓臺、山水、花木，俱於紙上用指甲及細針挐出，較紙高出分許，大劈小皴，吮粉研硃，設色濃淡，布境深淺，無不一一法古名繪，其技絕神，無有能傳之者。紅豆詞人吴綺薗次賦《沁園春》贈之曰：『天壤王郎，具天下才，而巧若斯。向邊生腕裏，撇開彩筆，薛娘針下，碎襞靈絲。綴就成春，呼來欲活，展卷閑驚未有奇。真奇也，比千秋圖畫，高一分兒。　相逢别具襟期。看湖海風流一笑時。愛談兵席上，公髯如戟，唧觴燭底，人醉如泥。技至此乎，誰爲是者，長嘯翻疑不是伊。何疑爾，疑紅窗金剪，另有蛾眉。』」按鈕玉樵云：「斯技神妙無能傳者，然林文木後有王秋山，非傳而何？」屈詞，鈕殆未見也。挐，居竦切，音拱。《説文》：「擁也。」與用指甲及細針挐出之義無涉。

啞虎詞

偶於陳蒙庵案頭見南海陳元孝恭尹《獨漉堂集》，有《啞虎詞》，題目絕新。調《水龍吟》云：「宵來萬籟刁調，阿誰清嘯風生苑。仙都仁獸，爪牙空利，肝腸偏善。夜目如燈，斑毛如刺，不驚林犬。但泥沙路上，兒童笑指，啼痕處，看深淺。　浪説騶虞不踐，草青青、經行何損。霽威勿用，忍饑忘食，古今應鮮。負子宏農，乳兒荆楚，化機潛轉。待龍從九五，氣求聲應，大人利見。」以詞意審之，啞虎殆虎而不虎者，可以愧世之不虎而虎，虎猶不食其餘者。元孝，明季布衣，自號羅浮山人。東坡詩：「雲溪夜逢暗虎伏。」自注：「羅浮向有瘂同啞虎巡山。」（編者按，句見蘇軾《遊羅浮山一首示兒子過》，「暗」原作「瘖」。）殆即元孝之所賦歟！

王子凝憶王孫

王宸子凝先生著有《蓬心詩鈔》，無詞。《憶王孫》闋係自題畫楨之作。十年前見於外王舅趙紫尊先生二十四銅鼓樓，當時録附日記中。今尊翁歸道山，寓廬不戒於火，鼎彝圖籍，概付刼灰，雨窗録此，不禁黯然。按詞作見《薇省詞鈔》卷五

秦凌滄虞美人

秦瀛凌滄先生文孫賡彤撰《彈指詞序》云：「吾邑咸豐庚申遭兵燹，先司寇公《小峴山人集》被焜，即鈔存《無碍山房詞稿》亦散失無可搜羅。」是先生詞未經梓行，散失久矣。右題詞一闋，以僅見，亟録存之。按右題詞即《虞美人》，見《薇省詞鈔》卷六

醉白堂詞

《醉白堂詞》，同邑王幼遐前輩鵬運四印齋有藏本，余寓京日借觀，録二闋附日記。今與幼遐南北睽違，郵寄維艱，無從多録，然此二闋，實集中佳勝也。按詞作見《粤西詞見》

素軒詞

《素軒詞》，《滿庭芳·楊花》一闋，半塘老人極賞之。余喜《木蘭花·春晚》，云：「倚闌脈脈幾多愁，一把柳絲猶有數。」語不甚深，卻似未經人道。又《浣溪沙》云：「幽蘭和露太多情。」《虞美人》云：「欲將春恨寄平蕪。亭外雨絲風片兩模糊。」《東風第一枝》云：「薰風無賴，做不熱不寒晴晝。」亦外孫齏臼也。

春山詞

靈均覽揆之歲，余省墓里門，肩輿之距城五里冷家村，訪求春山先生遺詞，先生從孫敬齋明經芳録眎若干闋，用書院課卷餘幅恭楷謄寫，情貌敦篤。吾鄉先輩著述，詢其子孫，往往不知所云，或且笑爲迂，詫爲多事，若明經者可不謂賢乎！惜全集已佚，縣志所稱「枇杷花」、「新雁」諸作，未得見耳。

紀年詞

小岑先生《九芝草堂詩存》八卷，余得於海王村，《紀年詞》求之十年不可得。檢邑志得《絳都春》、《念奴嬌》兩調，專詣精卓，風格在碧山、玉田之間。《詩存》中有《論詞絶句》二十八首，宋人於周清真，國朝於朱錫鬯並有微詞，頗不爲盛名所懾，惟推許樊榭甚至。觀其所爲詞，固不落浙西派也。其論同時人詞，意在以詩傳人，不得以論古之作例之。

國朝詞綜瓣香浙派

嚴榮《王述庵先生年譜》：「乾隆六年辛丑，十八歲。先生先於蔡貢生館中得《東雅堂韓集》、《歸震川集》、張炎《山中白雲詞》，讀而愛之，至是乃始學爲詩詞。」《春融堂集·雜著》示長沙弟子唐業敬：「填詞世稱小道，此捫籥扣槃之語，非爲深知詞者。詞至碧山、玉田，傷時感事，微婉頓挫，上於《風》、《騷》同指，可斥爲小道乎？故竹垞翁於此深致意焉。行有餘力，間閱南宋人詞，及本朝浙西六家，能於此拔幟其間，亦不朽盛事也。」按先生所撰《國朝詞綜》，大致非浙派不録，識者間有周鼎康瓠之歎，觀於《雜著》云云，知瓣香固在是已。

陳小魯詞

仁和陳小魯《一窗秋影庵詞》，題山外看山圖《減字浣溪沙》云：「踞虎登龍心膽寒。上山容易下山難。幸君已過一重山。前面好山多似髮，一山未了一山環。問君何日看山還。」按唐李肇《國史補》載韓退之遊華山，窮極幽險，心悸目眩不能下，發狂號哭，投書與家人别，華陰令百計取之，方能下。此事可作小魯詞第二句注脚。

吴縣潘氏一門詞

潘功甫詞，《詞綜續編》、《詞綜補》所載，均非合作。撰録《湘月》二闋，並見戈順卿詞附録。《謝枚如詞話》云：「集中附他人作有功，散佚不少，信然。」吴縣潘氏一門風雅，自三松老人後，紱庭閣讀、順之太史、功(希)甫補之、辛芝舍人，先後直薇垣，並擅倚聲。功(希)甫補之全稿未見，西圃詞格在《睡香花室》上，辛芝後來之秀，亦復不墜家學。辛芝《淒涼犯》闋，按白石旁譜，此係仙吕調，起結皆注么ㄋ，么合也，𠃌五也。仙吕調清聲用五字住，商聲七調，惟太簇商亦用五字住。白石原詞于「索」字始注么ㄋ，則「陌」字非韻矣。萬氏《詞律》注韻非，「曲」字注叶尤非。且通首用覺、藥韻，何得以質、陌、屋、沃羼入乎！

項蓮生玉漏遲

「恨夜短。夜長卻在，者邊庭院。」項蓮生廷紀《憶雲詞》句。隔牆聞按歌聲，調失記。余二十歲時，極喜誦之，後乃知其絶無佳處，而詞境稍稍進矣。

許海秋霓裳中序第一

海秋《霓裳中序第一・秋柳》後闋云：「堪惜。十年蹤跡。莫又向、隋堤淒惻。臺城煙景非昔。千古傷心，如此顔色。幾人能遺得。看倦眼、青青淚濕。關河晚、只餘短鬢，忍與亂愁織。」念亂憂生，低徊欲絶。前闋奪去九字，惜哉！

洪大全臨江仙詞

洪大全，衡山人，與秀全聯宗誼。起事之初，初擒於永安。獻俘京師，途中賦《臨江仙》詞云：「寄聲虎口運籌工，恨賦徒不識英雄。漫將金鎖縮飛鴻。幾時生羽翼，萬里御長風。　一事無成人漸老，壯懷要問天公。六韜三略總成空。哥哥行不得，淚灑杜鵑紅。」

釋香詞

釋香先生詞，氣體深厚，異乎世之小慧爲詞者。吾粤詞人，誠寥寥如晨星，然皆獨抒性靈，自成格調，絶無挨門傍户畫眉搔首之態，可傳以此，不傳亦以此。吁，可慨矣！

碧聲吟館叢稿

季仁前輩爲周生先生文孫，詩餘合作，不愧家學。所著《談麈》四卷，多載薇垣掌故。合《倡酬録》及《瘞雲巖》、《風雲會》、《茯苓仙》、《胭脂獄》、《神仙引》、《靈媧石》院本六種，爲《碧聲吟館叢稿》。

石鄰詞

石鄰先生詞二闋，見無錫丁氏《詞綜補》未刻卷。憶庚寅冬，余客羊城，先生見貽國朝詞別集十數家，昕夕過從，談藝甚樂。別後忽忽六年矣！今年孟冬，窮居無俚，撰録鄉先輩詞，而先生赴音適至。是夕霜月淒異，掩卷微吟，棖觸舊游，愴念曷極。

綺雲詞

《綺雲詞自序》作於同治丙寅，略謂：小作有《紅蕉》一稿，二百餘闋，爲同邑王竹一先輩所許可，經亂散失，間存數闋，得自知好傳鈔，及近日所作，隨手録存，無復先後次第云。又《齊天樂》題云：「讀王竹一先生《海棠橋詞集》有懷並題。先生自序以秦淮海左遷横浦爲粵開詞家之祖，故取其『海棠』句以名集。」《綺雲詞》中，間刻王竹一、植菊人、趙柳南諸人評語，足見一時朋輩切劘之雅。竹一名維新，著有《都嶠洞天志》。桂平黃雲湄體正《帶江園詩草》卷首有所題南曲《海棠橋詞》，惜未得見。菊人、柳南，亦應有詞集，勿可求也。

耘劬詞

耘劬題周釋香詞云：「天厚吾鄉生此老。」相愛重之意溢於言表，可以藥薄俗傾軋之風矣。故山回首，同調幾人？余敢不思所以傳耘劬耶！

芋亭詞

芋亭《綺羅香》詞出，疇丈、鶴公、半塘相顧驚服，擊節不置，遂與定交，自後唱酬之作甚富。

學使戲占小詞

光緒間，某京卿督學福建，值秋試，巡撫別有要公，學使代辦監臨。閒中戲占小詞，調《減字木蘭花》云：「冷官風調。半外半京君莫笑。文運天開。體制居然學撫臺。盡人撮弄。綫索渾身牽不動。何物相侔。請看京師大肘猴。」都門影戲有所謂大肘猴者。肘字不可解，疑種之聲轉。出闈後，示諸幕友，並先要約，如有一人不笑，則學使特設爲此君壽。或二人、三人，不笑亦如之。如皆笑，則幕友醵貲宴學使。稿出，竟無一人不笑者。乃公同置酒，極歡而罷。

蕙風詞話補編卷二

繪芳詞題詞

歲在壬子，避地海隅，立秋後四日，輯《繪芳詞》成，漫拈《高陽臺》一闋，以當楔子：「春女花身，冬郎繡口，紅牙按拍誰工。悟徹根塵，總然非色非空。斜陽送盡春無賴，剩銷磨、寫翠傳紅。更何因、刻劃西施，棖觸東風。　玉顏自昔悲青鏡，盡搓酥琢雪，知爲誰容。一寸瓊瑤，能消一曲絲桐。彩雲猶作真真喚，甚昂藏、七尺飄蓬。引醇醪、別有傷心，分付驚鴻。」續賦三絶於後：「送春春去仍風雨，聞説清和絶惘然。如此新亭更無淚，且携濁酒撥湘弦。」「一肌一容妍復妍，一字一珠圓復圓。一聲一淚濺復濺，美人勸我金觥船。」「傾城傾國談何易，爲雨爲雲事可哀。切莫相逢訴淪落，眼中樓閣即蓬萊。」

盼盼有二

盼盼有二。《詞苑叢談》：「山谷過瀘帥，有官妓盼盼，帥嘗寵之。山谷戲以《浣溪沙》贈之云：『腳上鞋兒四寸羅。脣邊朱麝一櫻多。見人無語但回波。　料得有心憐宋玉，低徊無奈楚襄何。今生有分向伊麽。』」（編者按，此詞爲秦觀作，見《苕溪漁隱叢話》後集卷三十九；《緑窗新話》卷上引《古今詞話》誤爲黄庭堅詞，況周頤失考。）此燕子樓外别一盼盼。

真娘墓

虎丘真娘墓，有集詞句聯云：「半丘殘日孤雲，寒食相思陌上路。西山横黛瞰碧，青門頻返月中魂。」「半丘」句，見夢窗陪倉慕遊虎丘《木蘭花慢》；「西山」句，見夢窗賦齊雲樓《齊天樂》，皆本地風光，甄采恰合。

漱玉詞屢用疊字

《訴衷情》有單調，有雙調。李清照詞名《訴衷情令》，一名《漁父家風》，張元幹、嚴仁皆同。《漱玉詞》屢用疊字：「尋尋覓覓，冷冷清清，淒淒慘慘戚戚。」最爲奇創。又「庭院深深深幾許。」又「更挼殘蕊，更撚餘香，更得些時。」又「此情此恨，此際擬托行雲，問東君。」又「舊時天氣舊時衣，只有情懷，不似舊家時。」疊法各異，每疊必佳，皆是天籟肆口而成，非作意爲之也。歐陽文忠《蝶戀花》「庭院深深」一闋，柔情回腸，奇艷醉魄，非文忠不能作，非易安不許愛。

漱玉悼亡詞

前《孤雁兒》云：「吹簫人去玉樓空，腸斷與誰同倚。一枝折得，人間天上，没個人堪寄。」《浪淘沙》云：「畫樓重上與誰同。記得玉釵斜撥火，寶篆成空。」皆悼亡詞也。其清才也如彼，其深情也如此，玉臺晚節之誣，忍令斯人任受耶！

易安無改嫁之事

易安如有改嫁之事，當在建炎三年明誠卒後，紹興二年汝舟編管以前。今據俞、陸二家所引，建炎三年七月易安至建康，八月明誠卒。四年易安往台州之越州，十二月至衢州。紹興元年復之越，二年之杭。汝舟建炎三年知明州，四年復知明州，六月主管江州太平觀。紹興元年往池州措置軍務，尋爲監諸軍審計司，二年九月以詀舉入官除名編管。此四年中，兩人蹤跡判然，何得有嫁娶之事？舊説冤謬，不辨而明矣。因校越縵跋尾書此，以廣所未備。

閨人聰明語不必學

李易安詞：「莫道不消魂，簾捲西風，人比黄花瘦。」脱口輕圓，閨人聰明語耳。細審之，實無佳處可言。易安其人，丁易安之時，作此等語便佳，我輩不可作，尤不必學。

元夕故事

宋宣和中，上元張燈，許士女賞觀，各賜酒一杯。有夫婦同游而相失者，婦至端門，飲賜酒，竊懷金杯，衛士見之，押至御前，婦口占《鷓鴣天》詞云：「月滿蓬壁燦爛燈。與郎携手至端門。貪觀鶴陣笙簫樂，不覺鴛鴦失卻群。天漸曉，感皇恩。傳宣賜酒飲杯盡。歸家惟恐公姑責，竊取金杯作照凭。」道君大喜，遂以金杯賜之，令衛士送歸。此元夕故事絶韻者。

簾影詞人

《城坊考·百口橋下》又名試飲橋，今迎春坊。引《燼餘録》：「簾影詞人，某氏女，工詞曲，爲諸社冠。家富孤生，又苛擇婿，因是年二十未有家也。庚戌城陷被掠，以病見遺，爲軍卒所得，鬻入青樓，班頭利其艷慧，居爲奇貨，不肯輕脱；遺黎慕其名者窘於貲，乃爲嘉興李癩皮所贖。癩皮不識一丁，贅於李，業米豆。至是内家被毁，室人病瘁，遂擁婦貲，買屋百口橋，實簾影故居，爲尤姓軍官所鬻也。簾影入門，見瘞藏無恙，秘不言。久之，大婦蓋悍，癩皮益懶，乃與對天要約，發四萬五千金歸癩皮，自取三千金，别嫁劉仲高。劉亦名士，逾年死。李不一月，大婦死，别買姬妾十餘人，氣熖益豪。才命相尅如是哉！」蕙風曰：簾影詞人，其遇可悲，其所得傳止此，尚何才命之足云。

碧桃雅故

《城坊考》引《燼餘録》：「章莊簡有妻之喪，殯於栴檀庵，庵後有五晦園舊址，漢張平子衣冠墓，皆梅校理修復者。柳堤花塢，風物一新。西南即章氏膏腴地，阡陌交通，溪流縈帶，廣七百畝。諸公子顧而樂之，廣辟池沼，旁植桃李，曲折凡十餘里，仍桃塢舊名。又築走馬樓於五晦園西，俯瞰園景，歷歷在目。暮春三月，菜花油油，黄金布地，一望無垠。其西即申公功德祠，曲室洞房，環列左右，極幽雅之趣。其後章公子詠華，遂藏嬌其中：長曰碧桃，工詩詞，著有《微波集》。次曰紅豆，擅絲竹。兀术陷城时，碧桃隨章子殉難。有婢春雪，檢章子、碧桃之骨，歸葬於西崦山。」云云。碧桃才媛，當與簾影詞人並傳，惜所著《微波集》不可得見。近人談塢雅故，輒舉似唐六如，不知六如之前有碧桃，尤才以節重，非尋常韻事可同日語矣。

閨秀詞斷句

《蕙櫋雜記》述閨秀詞兩語云：「關山夜半斷人行，有來往征人夢。」句誠佳矣，卻去兩宋名家尚遠，入《元草堂詩餘》其庶幾乎。

張紅橋

陳蒙庵彰藏明媛張紅橋像硯拓本，硯高四寸三分弱，寬四寸二分，厚六分。像半身，高二寸七分。圓姿替月，手執如意，或靈芝也。像左方刻七言絶句：「摩娑剩斸紫雲根，一片瑶臺影尚存。我是洞天舊游客，春山深淺認眉痕。」林鴻行書，徑二分。左側「瑶臺仙景」四字，篆書，徑四分。下有「世發秘玩」朱文印。右側「洪武十五年二月望日王蓬晟觀」行書，徑三分弱。趺刻「乾隆四十八年於弱中齋賞此硯」、「嘉慶十九年香臧墨卿記」，分書，徑三分。蒙庵絶珍弆之，付裝潢竟，題《夢芙蓉》詞云：「紅橋留韻事。記苕華刻玉，舊題小字。箇儂清課，長伴蘭閨裏。墨花香凝翠。年時多少吟思。喚徹真真，消鶯昏燕曉，潘鬢盡憔悴。　認取奩塵麝膩。曾寫回文，并巧蘇家蕙。小鸞標格，珍重到眉子。玉扃何處是。依稀月丁環佩。省識春風，琉璃窺寶篋，不數平津秘。」按紅橋，閩縣人，居於紅橋之西，因以爲號。恃才擇配，常曰：「欲得才如李青蓮者事之。」因林鴻投詩稱意，遂歸焉。後鴻有金陵之遊，作詞留别，紅橋亦以詞送之。别後，竟以念鴻而卒。有遺稿行於世。鴻字子羽，福清人。洪武中拜膳部員外郎，召試龍池，《春曉》、《孤雁》二詩名動京師，有《鳴盛集》。

張麗人墓志拓本

明歌者張麗人《墓志》，宏光元年刻石，在廣東白雲山，黎節愍遂球撰文，見《蓮須閣集》，鈕玉樵撰傳，見

《觚剩》。麗人名二喬，麗質貞操，卓越千古。武進趙叔雍尊岳有詞題此《志》拓本，調《月下笛》云：「石以文貞，花倖質麗，艷塵千古。披蒼蘚、遥憶三城舊眉嫵。窺奩璧月成雙影，早慧業、人天徹悟。盡梅坳春寂，能消鐵石，廣平一賦。芳緒。蓮香句。更彩筆鐫茗，百花深護。棠梨怨雨。杜鵑猶作吴語。白雲已分紅桑後，算那日、埋香有土。撫斷碣、義熙年，栗裏閑情幾許。」

孟淑卿評朱淑真

歙程聖跂哲《蓉槎蠡説》：「閨秀孟淑卿自號荆山居士，評朱淑真詩有脂粉氣，曰『朱生故有俗病』。」巾幗耳，稱淑真爲生，甚奇！

楊宛叔詞

明女子楊宛字宛叔，詞名《鐘山獻》，蕙心繡口，咳唾俱香。《長相思》云：「偏是相思相見難，無情自等閒。」《陽關引》云：「落葉分、飛散還有聚時節。」皆佳句。《洞天春》句：「紅燭雨中靜悄」六字，得神歡際，餘情縹緲，亦有形容不出之妙。

商媚生詞

祁忠惠夫人商媚生《錦囊詩餘》，傳本不多。比惜陰堂滙刻明詞，因得足本，屬爲校定，浣誦一過，尤愛其《青玉案·言别》：「一簾蕭颯梧桐雨。秋色與、人歸去。花底雙尊留薄暮。雲深千里，雁來寒度。客有愁無數。　片帆明日東皋路。送别恨、重重煙樹。越水吴山知甚處。舞移燈影，箏調弦柱。且盡杯中趣。」此調融景入情，不黏不脱，適得宋人法度。

補輯陳圓圓朱淑真事略

客歲秋冬間，纂《陳圓圓事輯》，得萬餘言。比閲長沙楊朋海恩壽《詞餘叢話》有云：「嘉慶間，蘇州鄭生，客遊滇。春日踏青商山，訪圓圓墓不得，崩榛荒葛中忽迷歸路。俄而落照西沉，暮煙籠樹。遥望前途，似有人家，思往借宿。至則朱门洞開，玉瑱金鋪，儼然王侯第宅。乃使閽者轉達，良久而出，導入東厢，爲設食，尊酒簋貳，亦極精潔。飯已，有老嫗出問：『客操吴音，是何鄉貫？』具告之。少頃，嫗秉燭而出，肅客登堂。有女子容色絶代，羽服霓裳，如女冠妝束，降階而迎曰：『妾即邢氏，埋香地下，百有餘年，時移物换，丘隴就平，念君是妾同鄉，有小詩十首求爲傳播。』因命侍女取詩付鄭。其末章云：『鴛鴦化爲魚鱗瓦，難免當年竺落宫。』鄭問『竺落』之義，曰：『竺落皇笳天，爲十八色界天之一，載在《道經》，妾舊時所居宫名也。』取翠玉笛一枝以贈，並吟一詩曰：『歎息滄桑易變遷，西郊風雨自年年。感君弔我商山下，冷落平原旧墓田。』遂命送鄭出。時東方微明，向之第宅，俱無所見，惟四面隱隱若有垣墉，諦視之，則深林掩映而已。然袖中玉笛故在，視其詩箋，則多年敗紙，觸手欲腐，墨色亦暗淡，迥非人世之物。鄭以幽會荒唐，刻圓圓遺詩，託諸箕筆。東海劉古石，傅會作《商山鸞影》傳奇，彌失其真。蘇人蔣敬臣爲予言如此。」右楊氏《叢話》所述，亦涉幽渺，未可據爲事實。曩閲長樂謝枚如章鋌《賭棋山莊詞話》，載朱淑真降箕，賦《浣溪沙》詞，其後段云：「漫把若蘭方淑女，休將清照比真娘。朱顔説與任君詳。」余嘗輯淑真事略，亦未采入。

馬湘蘭香奩中物

在昔狹斜才女，銅街麗人，其香奩中物，流傳至今，令人摩挲想望不置。據余所見聞，以馬湘蘭之物爲最多。一阿翠像硯。高六寸七分宋三司布帛尺，寬四寸四分，厚一寸五分，背面刻阿翠像，左方題「咸淳辛未」宋度宗七年，右側題云：「『緑玉宋洮河，池殘歷劫多。佳人留硯背，疑妾舊秋波。』己丑三月得此硯，墨池魚損去之。背像眉目似妾，面右頰亦有一痣，妾前身耶！阿翠疑蘇翠，果爾當祝髮空門，願來生不再入此孽海。守貞記。」馬字朱文橢圓小印，余藏有拓本。一薰爐。銘曰：「薰透鴛衾，香添鳳餅，一點春犀管領。」回環刻於蓋側，貴池劉葱石藏。余有詞詠之，調《緑意》。見《二雲詞》。一聽鸝深處印。石方徑一寸弱此依今尺，高一寸七分强，白文，邊款王百谷先生索篆贈湘蘭仙史，何震。今年五月，吴遁庵購得於杭州，余有詞詠之，調《眉嫵》。見《餐櫻詞》。一星星硯。硯背有雙眼，並王百谷小篆「星星」二字。湘蘭自銘云：「百谷之品，天生妙質，伊以惠我，長居蘭室。」錢唐項蓮生廷紀《憶雲詞・乙稿》有《高陽臺》詠之。一「浮生半日閒」印。壽山石，方徑寸四五分，厚三分餘，瓦紐，白文，邊款壬子穀日，偕藍田叔、崔羽長、董元宰、梁千秋社集西湖舟中，女史馬湘蘭索刊。雪漁按何震字，見南昌彭介石

《摶沙拙老筆記》。一牙印。余侶梅文植以唐蘭陵公主碑宋拓本，就趙晉齋魏易馬湘蘭牙印，錢唐陳雲伯文述有詩賦其詩，見《頤道堂集》。至湘蘭所畫蘭花，近人書畫記，著録非一，兹不具述。

馬湘蘭小硯

古美人香奩中物，流傳至今，以馬湘蘭爲獨多。《眉廬叢話》所述，猶有未盡。歙縣程春海侍郎恩澤家藏馬湘蘭小硯一方，背鐫湘蘭小像，一時名流題詠甚夥。祥符周稚圭之琦《三姝媚》詞云：「蟾蜍清淚灑。暈脂痕猶新，粉香初砑。翠斫妝樓，想鏡中眉樣，半蛾偷借。鬭葉閒情，偕象管鸞箋消夜。悄炙紅絲，沈水濃薰，棗花簾下。　仿佛冰姿妍雅。恰手拈蘭枝，練裙歌罷。舊匣空尋，甚石橋新月，尚矜聲價。過眼雲煙，隨夢影、銅臺飄瓦。認取南朝遺墨，青溪恨惹。」按詞云「手拈蘭枝」，則必非《叢話》所述阿翠像硯與湘蘭面貌巧合者，彼像手不執蘭也。周稚圭著有《金梁夢月詞》、《懷夢詞》，合刻爲《心日齋詞》，自命得南宋人嫡傳，此詞其至者。

紅閨吟詠

紅閨吟詠，大都穎慧絶倫。范姝閨怨詞，調寄《夏初臨·集藥名和周羽步》云：「竹葉低斟，相思無限，車前細問歸期。織女牽牛，天河水界東西。比似寄生天上，勝孤生、獨活空閨。人言郎去，合歡不遠，半夏當歸。　徘徊鬱金堂北，玳瑁牀西，香燒龍麝，窗飾文犀。稿本拈來，緗囊故低留題。五味慵調，懨懨病，没藥能醫。從容待、烏頭變黑，枯柳生稊。」姝字洛仙，江蘇如皋人。著有《貫月舫集》。此詞見《衆香集》。按清初王漁洋、陳其年諸名輩，撰録閨秀詞名《衆香集》，分禮、樂、射、御、書、數六册。又湯萊春閨詞，調寄《滿庭芳·集美人名》云：「曉霧非煙，朝雲初霽，枝頭開遍紅紅。莫愁春去，梨雲未飛瓊北音讀若奇雄切。誰控雙鈎碧玉，見小小、檐雀窺籠。傷情處，無知小妹，琴操弄焦桐。東東。卻渾似，琵琶袍月，簫管翾風。奈鶯鶯語澀，燕燕飛慵。欲寫麗春無計，正桃葉、飛下花叢。紅橋畔，芳姿灼灼，清照碧潭中。」萊字萊生，江蘇丹陽人，著有《憶蕙軒詞》。見《衆香集》。

顧媚

《衆香集》顧媚小傳云：「媚字眉生，號橫波，秦淮名校書，歸合肥龔尚書芝麓。尚書雄豪蓋代，視金玉如泥沙，得眉娘佐之，益輕財好客，憐才下士，名譽盛於往時。丁酉歲，尚書挈橫波重過金陵，寓市隱園。值夫人生辰，張燈開宴，召賓客數十輩，命老梨園郭長春等演劇。酒客丁繼之、張燕筑及二王郎串《王母瑶池宴》。夫人垂珠簾，召舊日同居南曲呼姊妹行者與宴。時尚書門人楚南嚴某，赴浙監司任，逗遛居樽下，褰簾長跪捧卮，稱賤子上壽，坐客離席伏，夫人欣然，爲罄三爵，尚書意甚得也。陳其年、吴薗次、鄧李威、余曼翁，並作長歌紀其事，藝林傳爲佳話。」按朱遠山夫人中楣有《千秋歲》詞，題云：「別橫波龔年嫂南歸。」據此詞題，知橫波當日，儼然敵體端毅，龔尚書謚端毅。嚴某之屈膝稱觴，蓋禮亦宜之矣。遠山南昌宗媛，侍郎李元鼎室，尚書振裕母，著有《鏡閣新聲》。

采風録

康熙間，檢討孫致彌陪使朝鮮，手編《采風録》，載王妃權氏詞三首。《謁金門》「天青星欲滴」句，形容夜景絶佳。《踏莎行》過拍、歇拍，藻思綺合。即吾中國元、明以還，閨秀詞中上駟之選，有過之亦僅矣。《采風録》所載，又有公主婷婷、許景樊、李淑媛、海月四家詩，可知彼都漸被文化，金閨諸彦，不乏銘椒詠絮才也。

黄月輝詞

嘉興女史黄月輝德貞，有《擘蓮詞》。《調笑令》云：「織女天星也，世人以七夕事相誣，余爲正之：銀河迢遞東復西。雙星應笑鵲橋低。貫月槎浮天駟外，支機石與玉繩齊。二萬逋錢年月遠。可如天帝何曾管。紅綃香幕駕鸞車，乞巧情多容繾綣。繾綣。雙星燦。浪説烏填營室畔。人間天上情應判。只覺徒增詆訕。潔清織女停梭怨。詞客從今須辨。」曩余作七夕詞，涉靈匹星期語，端木子疇先生採甚不謂然，申誡至再。先生所著《碧瀣詞》，《齊天樂》序云：「牽牛象農事，織女象婦功，七月田功粗畢，女工正殷，天象寓民事也。六朝以來多寫作兒女情態，慢神甚矣，倚此糾之：從豳雅陳民事，天工也垂星彩。稼始牽牛，衣成織女，光照銀河兩界。秋新候改。正嘉穀初登，授衣將届。春耜秋梭，歲功于此隱交代。　神靈焉有配偶，藉唐宫夜語，誣衊真宰。附會星期，描撫月夕，比作人間歡愛。機窗淚灑，又十萬天錢，賈償婚債。綺語文人，懺除休更待。」即誠余之指也。月輝女史時代在端木先生前，綺語之當懺除，已先言之，曷圖閨彥具此卓識？

月上

《廣陵詩事》云：「厲樊榭久客揚州，由湖州納姬歸杭州，名曰月上，作《碧湖雙槳圖》，揚州詩人多題記。」又《眾香集》云：「尼靜照字月上，宛平人。曹氏良家女。泰昌時，選入宮，在掖庭二十五年，作宮詞百首。崇禎甲申，祝髮爲尼。有《西江月》詞云：午倦懨懨欲睡，篆煙細細還燒。鶯兒對對語花梢。平地把人驚覺。　有恨慵彈綠綺，無情懶整雲翹。難禁愁思勝春潮。消滅容光多少。」又按《五燈會元》：「舍利佛尊者，因入城，遥見月上女出城，舍利佛心口思維，此姊見佛，不知得忍不得忍否？」樊榭姬人之名，殆用梵夾語，與明宫媛暗合耳。

月中逋客詞

鄉先輩朱小岑布衣依真《論詞絶句》云：「紅杏梢頭宋尚書。校量閨閣韻全輸。無端葉打風窗響，腸斷人間詞女夫。」自注：「閨秀唐氏，吾友黄南溪原配也，自號月中逋客，早卒。有詞集若干卷，其《杏花天》詞，爲時所稱。予最喜『試聽飄墜聲聲，風際吹來打窗葉』，颯然有鬼氣。」《絶句》又云：「零膏剩粉可能多。嘖嘖才名粱月波。叵耐斷腸天不管，香銷簾影捲銀河。」自注：「粱月波，宦門女，有才思，早卒。『香燼。香燼。簾捲銀河波影』，其《如夢令》中語也。兩詞全闋，今不可得，見零膏剩粉」云云。似乎梁媛之作，當日小岑先生亦僅得見斷句，惟曾見唐媛全集耳。

浦合雙詞

浦合雙按「雙」原作「仙」，誤。女史，名未詳。有《臨江仙》云：「記得纚笄侵曉起，畫眉初試螺丸。春痕淡淡上春山。乍驚新樣窄，較似昨宵彎。　一樣敷來仙杏粉，難匀怪煞今番。傳聞郎貌玉珊珊。妝成嬌不起，偷向鏡中看。」此詞描寫初笄情景。换頭二句，是真確語，亦未爲奇。第非其人，非其時，雖百思不能道。

熊尚珍詞（編者按，《詞話叢編·玉棲述雅》收録此文，「尚」作「商」。）

如皋熊尚珍女史，號澹仙，亦號茹雪山人。許字同里陳遵，未幾，遵得廢疾，遵父請毀婚至再，尚珍堅持不可，卒歸陳，里黨稱其賢。有感悼詞數十首，曰《長恨編》，皆爲金閨諸彦命薄途舛者作。自爲題詞調《金縷曲》云：「薄命千般苦。極堪哀、生生死死，情癡何補。多少幽貞人未識，蘭消蕙香荒圃。埋不了、茫茫黄土。花落鵑啼淒欲絶，剪輕綃、那是招魂處。静裏把，芳名數。　同聲一哭三生誤。恁無端、聰明磨折，無分今古。玉貌清才凭弔裏，望斷天風海霧。未全入、江郎恨賦。我爲紅顔聊吐氣，拂醉毫、幾按淒涼譜。閨怨切，共誰訴。」其《澹仙詞》四卷，刻入《小檀欒室滙刻閨秀詞》第六集，而感悼詞及題詞，並不見於卷中，蓋當時別本單行也。女史詞詩俱妙，出自性靈。所著《詩話》有云：「詩本性情，如松間之風，石上之泉，觸之成聲，自然天籟。古人用筆，各有妙處，不可別執一見，棄此尚彼。」又云：「詩境即畫境也，畫宜峭，詩亦宜峭。詩宜曲，畫亦宜曲。詩宜遠，畫亦宜遠。風神氣骨，都從興到。故昔人謂畫中有詩，詩中有畫也。」非深於詩不能道。熊澹仙凛冰雪之貞操，振《金荃》之逸響，一洗春波紈綺，近於樸素渾堅。《百字令·題吴退庵先生詩草》云：「愁中展卷，訝傷心、字字窮途滋味。時俗爭高薪米價，紙上珠璣不貴。孤棹空江，荒山斜日，木葉紛紛墜。艱辛客況，白頭未了塵累。說甚弔古評今，吟風嘯月，都是才人淚。慟哭文章才絕世，清徹一泓秋水。笑口難開，賞音有幾，只合沉沉醉。蒼茫獨詠，瑶笙吹徹鶴背。」前調《跋黄艮南先生金鹵志餘》云：「閑揮彩筆。抵一編青史，情關今古。耆舊彫殘騷雅歇，凭弔斷煙零雨。把酒興懷，挑燈感往，一一經心數。詩成月旦，搜羅不畏吟苦。　而況屐冷青山，牀空白社，録鬼誰爲簿。宋玉悲哉秋欲老，獨有招魂詞賦。風幌清哦，月樓高詠，都付雙鬟譜。亭留野史，千秋須讓韋布。」《望江南·題黄楚橋先生獨立圖》云：「斜陽館，雁斷不成行。今古人才都冷落，一腔歌哭付文章。把卷立蒼茫。」《鷓鴣天·紀夢》云：「暫避愁魔有睡鄉。宵清如水簟生涼。梧風吹遠魂疑斷，蕉雨驚回夜正長。　參幻景，惜流光。空幃明滅映銀缸。安能盡是邯鄲境，冷逗人間富貴場。」《浣溪沙·秋況》云：「冷境誰將冷筆描。愁人百感鬢先彫。夢回一縷篆煙飄。　荒砌風淒蟲語碎，海棠紅慘蝶魂消。催寒疏雨又瀟瀟。」情疏之筆，雅正之音，自是專家格調，視小慧爲詞者，何止上下樓之別。

澹仙蘇幕遮詞

前人詞中佳句，後人運化入己作，十九須用曲折之筆。澹仙詞《蘇幕遮》云：「淡酒三杯，能解愁多少。」由李易安「三杯兩盞淡酒，怎敵他、晚來風急」脱化而出，態詞二句，僅九字，絶無曲折，而意自足。其上二句云：「淚痕多，鮫帕小。」短氣密接。下二句疏密相間，益見其佳。

澹仙斷句

澹仙詞斷句如《點絳脣》云：「幾個黄昏，人向愁中老。」前調云：「白了人頭，天地何曾老。」《浪淘沙・夜雨》云：「芭蕉如怨訴難休，好似琵琶江上曲，彈淚孤舟。」《沁園春・水仙花》云：「避三春穠艷，軟紅無分，一生位置，書案相宜。韻繞瑶琴，冰凝殘夜，爲伴梅花冷不知。」《菩薩蠻・小樓晝雨》云：「淡墨灑生綃。青山帶雨描。」《蝶戀花・寫懷》云：「稽首遥空先慘咽。欲訴嫦娥，花外雲遮月。」《滿江紅》云：「多病久疏青鏡照，斷炊時解春衣典。甚殘紅、銜過短牆來，雙飛燕。」《鳳凰臺上憶吹簫・病中不寐》云：「舊恨新愁，都並在、五更鐘裏。」《鵲橋仙・早秋》云：「哀蛩滿壁弔黄昏，正宋王、消魂時候。」《卜算子・對酒》云：「杯深得淚多，量窄嫌壺冷。」或以氣韻勝，或以思致勝，皆佳句也。《鳳凰臺上憶吹簫》調叶仄韻，萬氏《詞律》、徐氏《詞律拾遺》、杜氏《詞律補遺》並無此體。或澹仙以意自度耶！

席道華詞

張正夫云：「李易安《聲聲慢》：『尋尋覓覓，冷冷清清，淒淒慘慘戚戚。』乃公孫大娘舞劍手。本朝非無能詞之士，從未有一氣下十四個疊字者。後段又云：『到黄昏、點點滴滴。』又使疊字，俱無斧鑿痕，婦人中有此奇筆，真間氣也。」昭文席道華佩蘭《聲聲慢・題風木圖》云：「蕭蕭瑟瑟，慘慘淒淒，嗚嗚哽哽咽咽。一片秋陰，摇弄晚天如墨。三絲兩絲細雨，更助他、白楊風急。雁過也，遍寒林盡是，斷腸聲息。　有客天涯孤立。回首望高堂，更無人一。寒食梨花，麥飯幾曾親設。空含兩行血淚，灑枯枝、點點滴滴。待反哺、學一個烏烏不得。」易安詞，只是棖觸景光，排遣愁悶。道華此作，尤能綿纏悱惻，字字從肺腑中出。雖渾成稍遜，不當有所軒輊也。道華一字韻芬，適常熟孫子瀟原湘，夫婦並耽風雅，時人以管趙比之。

長真閣詩餘

《長真閣詩餘》雖僅十七闋，就其佳構言之，在閨秀詞中，卻近於上乘。評閨秀詞，固屬别用一種眼光。大略自長真閣以上，未可置格調於勿論矣。《蘇幕遮・送春寄子瀟》云：「緑陰深，深院閉。怕倚闌干，春在斜陽裏。幾片飛花才到地。多事東風，又促花飛起。　篆絲長，簾影細。一經無人，遮斷春歸計。人縱留春春去矣。點點楊花，還替花垂淚。」自注：「『點點楊花』二句，一作『明日池塘，惟有東流水。」兩歇拍，據格調審定之，以叶水韻者爲佳。他如《壺中天·題歸佩珊雨窗填詞圖》云：「只看雨零蕉葉上，悟出美人前世。」何嘗非聰明語，然而直可謂之疵類，傷格故也。

題墨梅詞

《長真閣詞》，《憶真妃·題墨梅》云：「墨痕澹到如詩。瘦橫枝。絶似孤山，風雪立多時。清如許。寒無語。少人知。惟有隔溪明月，最相思。」後段涤筆從甌寫出衣縞標格。起句「如詩」，改「無詩」更佳。

楊古雪詞

西川楊古雪繼端詩餘一卷，《蝶戀花·春陰》云：「料峭春風還做冷。煙雨空濛，花睡何曾醒。幾樹緑楊深院影。濕雲如幕愁天近。　鳩婦呼晴晴未準。載酒蘇堤，遲了尋芳信。貝葉學書消晝永。小窗閑試泥金粉。」《買陂塘·西泠送春》云：「最難忘、六橋煙柳，消陰摇蕩如許。東風吹得春來早，怎不繫將春住。成寄旅。聽記拍紅紅，唱徹黄金縷。深深院宇。漸拾翠人稀，添香夜短，獨自甚情緒。　渾無據。惆悵鶯啼燕語。韶光容易飛去。青山緑水還依舊，瞥眼頓成今古。傷别否。試問取春歸，可是春來處。摧花落絮。又並作黄昏，疏疏淅淅，幾陣打窗雨。」兩詞佳境，漸能融婉麗入清疏。《買陂塘》「處」韻十三字，余尤喜之。

吴小荷詞

輕靈爲閨秀詞本色，即亦未易做到行間句裏，纖塵累累，失以遠矣。南海吴小荷尚熹《寫韻樓詞》，《南柯子·暮春》云：「荏苒餘春駐，依微嫩旭晴。繡簾人靜午風輕，一片絮花吹墜到窗櫺。幾處雙飛燕，誰家百囀鶯。遊絲摇漾繫門庭。門外朱幡緑野正催耕。」斷句《蝶戀花》云：「何處簫聲，暗逐歌聲轉。」《唐多令·賦瓶中白梅》云：「嫋嫋藐姑仙子影，嬌不語，送寒香。」《燭影摇紅·春柳》云：「謾道柔條無力，綰離情、江南江北。」《臨江仙·秋色》云：「星河雲影淨，何處着殘霞。」《唐多令按原作「前調」，誤，據《寫韻樓詞》改正。·秋影》云：愛冰嬋、斜挂疏桐。」《南歌子·寄懷湘君四嫂》云：「東風吹夢似浮萍。且把一衾愁緒伴啼鶯。」《憶秦娥》云：「苕苕更漏，訴人離别。」皆以輕靈勝者。《踏莎行·遣懷》云：「繡幕慵開，雕闌倦倚。金釵難綰夫容髻。也知點檢怕愁來，愁來渾不由人意。身似蓬飄，人如匏繫。壯懷空有鬚眉志。羨他懞懂勝才能，從來物巧招天忌。」此闋後段，漸近沉着，視輕靈有進矣。

思親詞

《寫韻樓詞》，屢見思親之作。吴媛蓋性情中人也。《碧桃春·己亥元旦》云：「燭消香透曉來天。東風入繡簾。一聲恭祝晝堂前。椿萱眉壽添。調鳳律，獻羔筵。斑衣學古賢。融融春色報豐年。書云快睹先。」此詞近凝重，有精彩，又非以輕靈勝者可同年語矣。《鷓鴣天·甲辰秋舟次全州寄懷李凝仙姊》云：「冷怯西風撲鬢絲。寒砧畫角雁歸遲。試覷皎潔天邊月，又向篷窗照别離。思寄語，勸添衣。嫦娥應亦笑人癡。夢魂未隔三千里，已轉柔腸十二時。」《雙調南鄉子·永樂署寄懷湘君四嫂》云：「春暖晝添長。欲度金針轉自傷。記得畫堂同並繡，端相。裁罷吴綾玉尺量。今日雁分行。閨課琴書久已荒。獨把淚珠穿繡綫，淒涼。綫短珠多更斷腸。」何其情之一往而深也。惟有真性情者，爲能言情，信然。

除夕詞

《寫韻樓詞》，《念奴嬌·除夕》云：「鏡裏宜春，釵綰髻、彩勝紅絨斜束。」語緻非閨人不能道。清姒甚喜之，謂可摘爲警句。

朱葆瑛詞

海鹽朱葆瑛璵《金粟詞》，篇幅無多，筆端饒有清氣。《鬲溪梅令·柏芳閣賞梅作》换頭云：「半含半放露華鮮，月爭妍。」梅之精神如繪。《極相思·寄外》後段云：「欲寄魚函情脈脈，擘花箋、下筆還遲。休言別恨，莫書憔悴，只寫相思。」斯爲林下雅音，有合温柔敦厚之旨。

關秋芙詞

錢唐關秋芙瑛，自號妙妙道人，其《夢影樓詞》自序云：「余學道十年，一念之妄，墮身文海。《夢影樓詞》，豈久住五濁惡世間者。譬如鳴蜩嘒嘒，槐柳秋霜，既零遺蜕，豈惜白雪溶溶，餘其去緱山笙鶴間乎。」其自負可想。《高陽臺・送沈湘佩入都》云：「淚雨飄愁，酒潮流夢，惜花人又長征。見説蘭橈，前頭已泊旗亭。垂楊原是傷心樹，怎怪他、踠地青青。向天涯、一樣纏綿，各自飄零。　開筵且莫頻催酒，便一杯飲了，愁極還醒。且住春帆，聽儂細數郵程。壓船煙柳烏篷重，到江南、應近清明。怕紅窗、風雨瀟瀟，一路須聽。」情文關生，漸饒煙水迷離之致。《生查子》云：「儂家江上頭，潮到門前住。一日兩三回，不肯江南去。　江南有暮潮，未識潮生處。還去問梅花，他是江南樹。」再稍加以沉摯，便涉《花間》藩籬。斷句如《惜餘春慢》云：「無計留春不歸，但把海棠，折來盈手。」《高陽臺・夕陽》云：「短帽西風，古今無此荒寒。」前調云：「天涯何處無芳草，到春寒、便覺堪憐。」《清平樂》云：「還有疏燈一點，酒醒不算明朝。」亦外孫齏臼也。《望江南》云：「一春無病瘦難醫。」似乎未經人道。

關錡詞

詞筆微婉深至，往往能狀難狀之情。　關秋芙女弟錡，字侶瓊，《清平樂》歇拍云：「卻又無愁無病，等閒過到今朝。」曩丙辰重九，蕙風《紫萸香慢》云：「最是無風無雨，費遥山眉翠，鎮日含顰。」夫「無愁無病」、「無風無雨」，豈不甚善。然而其辭若有憾焉，古之傷心人别有懷抱。翠袖天寒，青衫淚濕，其揆一也。

錢餐霞詞

秀水錢餐霞斐仲《雨花庵詩餘》，輕清婉約，思致絶佳。《浪淘沙·游金陀園》云：「爲愛香泥乾尚軟，偷印鞋弓。」《點絳唇·戲題自畫緋桃新柳小幅》云：「曲曲闌干按「干」原作「風」，誤，搭住垂楊綫。春猶淺。才回青眼。便睹夭桃面。」《清平樂》云：「濃爇小爐檀炷，負他自在荷香。」慧心人語，有碧耦玲瓏之妙。《高陽臺·戊申清明》云：「摇雨孤篷，重來不是尋春。」從張玉田句「能幾番遊，看花又是明年」，（編者按，句見張炎《高陽臺》詞。）脱化而出。《卜算子》云：「自悔種芭蕉，故故當窗户。葉葉淒淒策策聲，夜夜添愁緒。隔院有梧桐，落葉紛難數。自是離人易得愁，那處無風雨。」蕙風少作《落花》詞云：「風雨枉教人怨，知否無風無雨，也自要飄零。」略與餐霞同恉。

詠枕詞

錢餐霞《綺羅香·詠枕》末段云：「慣偷窺、雙曆偎桃，也曾上、半肩行李。甚新來、悉病懨懨，日高猶倦倚。」「雙曆偎桃」，「半肩行李」，屬對工巧。歇拍作淡語，尤合疏密相間之法。蓋論閨秀詞與論宋、元人詞不同，與論明以後詞亦有間。即如此等巧對，入閨秀詞，但當賞其慧，勿容責其纖。

許德蘋和漱玉詞

閨秀許德蘋《和漱玉詞》全帙，《多麗》闋自記云：「此闋見《樂府雅詞》，原缺八字，過腔之韻亦無第二韻，『吵』字遍閱字書俱未載，乃是當時土音，經易安用過便自雅絶，猶《楚騷》之『些』字矣。夫子在琴川，曾于書肆得舊鈔宋詞一册，内有此闋所缺八字俱全，欣然和之。」按德蘋係朱子鶴姬人。子鶴名和義，自號么鳳詞人。所得舊鈔宋詞有易安此詞缺字，惜女史未經揭出，惟過拍叶字作「摩」。余所據舊鈔本只前段缺六字，今又補「摩」字，則只缺五字矣。唯「摩」上一字須與上文貫穿，極意懸擬，殊難吻合耳。

玉梅雅故

相傳彭剛直作秀才時，與鄰媛名梅者有婚嫁約，事忽中變，迨後剛直通顯，故劍不復可求，剛直悃焉。中年已還，酷耆畫梅，所作詩亦十九詠梅，意有託也。臨川李梅庵方伯未第時，有長沙余公器重其才品，以長女字之，未婚卒。復字以次女，又卒。更字以三女名梅香，婚未久亦卒。梅庵賦潘岳之悼亡，感謝公之風義，因自號梅癡，終身不謀膠續。國變後，黄冠野服，賣字滬濱，署其門曰：玉梅花庵李道士。蓋情之入人至深，武達文通，其揆一也。曩余亦自號玉梅詞人，則辛卯客蘇州，得句云：「玉梅花下相思路，算而今、不隔三橋。」《高陽臺》。又云：「玉梅不是相思物，不合天然秀。」《探芳信》。此等句殊無當於風格，而當時謬自喜，遂以名詞，並以自號，無他旨也。

佩秋閣遺稿

乙丑五月，旅寓吴門，汪甘卿鍾霖奉其太夫人《佩秋閣遺稿》見貽，詩二卷，詞、駢文各一卷。其紅葉、黄葉兩詞，尤爲卷中佳勝。紅葉調《臺城路》云：「楓林坐晚霜痕染，嫣然酒顔新醉。驛路魂消，吴江夢冷，都是者般風味。詩情漫擬。似付與寒姿，冶春爭麗。半壁殘山，斷霞横抹夕陽外。長亭多少送客，數程如畫本，鞭影遥指。艷卻非花，鮮宜著雨，攬作去聲離人紅淚。休隨逝水。便吹去閑階，海棠秋比。樂府吟來，恐餘愁未洗。」黄葉調《霜葉飛》云：「夕陽路詩筇瘦村，平林秋意如許。天涯可奈感飄零，恁打頭飛處。向晚菊、籬邊認誤。漫教倦客吟愁句。只一夜霜華，頓減了濃陰，盡西風便吹去。

何況畫裏江南，幾人家在，此時歸棹無主。那禁摇落好年光，散似摶沙聚。向穲稏、村頭且住。柴扉亂逐昏鴉舞。剩有著書省，槭槭蕭蕭，閉門聽雨。」《臺城路》闋，「漫擬」「逝水」，末用「洗」字，並用上去，守律謹嚴。《霜葉飛》换頭固佳，過拍尤語淡意深，是善學清真者。太夫人姓吴氏，名茝，字珮纕，吴縣人。詩詞古文外，畫花卉宗没骨法，兼工山水，有卷册行世。鑒藏家多重之。爲吴縣許鶴巢前輩玉璩女弟子，其遺稿許先生爲之序。

儲嘯凰詞

《哦月樓詩餘》，滆西儲嘯凰慧撰。《一剪梅》前段云：「旭日東升上海棠。紅映瑚梁。緑映瑶窗。曉妝才罷出蘭房。羅袂生香，錦襪生涼。」《南鄉子・冬夜即事》後段云：「爐火閣中添。坐擁金貂下繡簾。滿室春温寒不到，紅酣。數朶盆花映鏡奩。房中月季數盆方盛開。」誠蓋唐花也。麗而不俗，閨詞正宗。

哦月樓詞

《哦月樓詞》：《鬟雲松令》云：「怪底柳眉渾似皺。裊娜花枝，也向東風瘦。」《蝶戀花・寄仙芝姑母》云：「況是重陽難聚首。寂寞黄花，也似人消瘦。」《惜分飛・憶舊》云：「玉質應非舊，連宵夢見分明瘦。」可與毛三瘦齊名。《擣練子》云：「鶯語急，蝶魂驚。風雨催春一霎行。繞遍闌干愁獨倚，傷春何必爲離情。」佳處在可解不可解之間。

顧太清詞

閨秀詞，心思緻密，往往賦物擅長。詞題尤有絶韻者。西林顧太清春《東海漁歌》，《定風波》序云：古春軒老人，有《消夏集》，徵詠夜來香，鸚哥紉素馨以爲架，蓋雲林手製也。歇拍云：「閒向緑槐陰裏挂。長夏。悄無人處一聲蟬。」此則以意境勝，無庸刻畫爲工也。

太清春詠花詞

西林太清春詠花四闋，極合宋詞消息，若多看近人詞，一中其病，便不能如此純粹。擬古《定風波》，饒有煙水迷離之致。題扇寄雲姜《醉桃源》，不黏不脱，詠物上乘。雨中張坤鶴過訪《冉冉雲》，質而拙，卻近宋人，政復不俗。冬夜盆中殘梅香發，有悟賦《鷓鴣天》，過拍具大徹悟。徵詠《定風波》，歇拍情景絶佳，詠物聖手。

太清詞宋人法乳

西林太清春同遊南谷，雲林妹先返，悵然賦《杏花天》，情深乃爾，是亦獨造。題孫子勤西溪紀遊圖《江城子》，不須色澤，漸近深穩。夏日飲淨緑水房作《賀新涼》，不必以矜鍊勝，饒有清氣，撲人眉宇。雨後過尺五莊看荷花作《碧芙蓉》，清雋沉着，恰到好處。雨中接雲姜信《江城梅花引》，情文相生，自然合拍。水波《東風齊著力》刻劃工緻，是矜心作意而为之，然亦不犯雕琢。送紉蘭妹往大梁《金縷曲》，妥帖易施，卻不犯滑。潭柘龍潭，用夢窗韻《祝英臺近》，近緊勁。久不接雲姜信，用柳耆卿韻《浪淘沙慢》，樸實書情，宋人法乳，非纖艷之筆、藻繢之工所能夢見。

太清詞非時下人所能

西林太清春，送春《壽樓春》，肆口而成，毫不吃力，似此功候，碻從宋詞中得來。雨中海棠《定風波》，清穩，絶無時氣。落花《江城子》，一片空靈，天仙化人之筆。本意《惜花春起早》，直入清真之室，閨秀中不能有二。賦得手倦抛書午夢長《陽臺路》，此等詞非時下詞人所能，並非時下人所知。

熙春閣詞

填詞有三要，曰重、拙、大，非於此道致力甚深不辦。山陽閨秀顧伯彤翊徽，泗州楊毓瓚室，所著《熙春閣詞》，莊雅不佻，於「重」字爲近，得之梱閫中，信未易才也。《瑞鶴仙·對月》云：「流螢侵砌碧。正秋澄如水，涼懷吟得。遲花鎖嬌色。試減新半臂，縫羅雲窄。初生桂魄。鏡屏前、柔光幾尺。最多情、小幌風煙，鄰架舊芸今夕。　遥憶。姮娥天上，未必嬋娟，更嫌寥寂。藤羅繞石。人影瘦，井梧直。聽寒蛩欲語，凭欄心事，江冷波濤夢隔。夜厭厭、銀漢無聲，玉階露白。」《青玉案·遊愚園》云：「鈿車寶馬重遊地。正秋晚、遥天霽。回步園林苔蘚翠。亭前尋到，踏青痕細。女伴今春事。　粉牆迢遞秋千戲。雲外朱樓沸歌吹。并入凭高無限意。愁邊記取，斷零詩思。化作飛鴻字。」《浣溪沙·九日登韓臺》云：「風雨重陽載酒遊。韓臺霜葉伴人愁。築壇勛業歎浮漚。　又見雁行思遠道，故飛燕子自清秋。茱萸斜插玉搔頭。」前調《病中》云：「朱閣層陰夢未通。丁香長晝結成叢。退飛蝴蝶怨東風。　深巷餳簫吹漸遠，疏簾藥鼎沸初濃。　抛書人倦繡衾中。」《熙春閣詞》，南陵徐氏輯《閨秀詞鈔》著録數首，署名作顧翊，落徽字。

蕭月樓詞

高安蕭月樓恒貞《月樓琴語》：《虞美人》云：「一層紅暈一重紗。料是春前開了絳桃花。」《水調歌頭·湖上納凉》云：「有時鬢絲風過，吹上藕花香。」前調《七夕》云：「携得輕紈小扇，坐向冷螢光裏，人意澹于秋。」《蝶戀花》云：「棼尾餘春餘幾許　。畫簾一桁微微雨。」《菩薩蠻》云：「蟲語恁纏綿，道他秋可憐。」《清平樂·雪夜》云：「疑有縞衣入夢，覺來枕角微馨。」疏秀輕靈，兼擅其勝，似此天分，自進於沉著。可以學北宋，未易期之閨秀耳。

朱靜媛詞

先大母朱太夫人諱鎮字靜媛，道、咸間名御史伯韓先生琦太夫人從弟也。著有《澹如軒詩》，曾經梓行。嘗集酒旗詩社，第一題課酒旗。徵閨秀吟詠，當時亦滙刻成帙。詞不多作，余幼時曾見數首。贈某塾女弟子某《臨江仙》云：「家在花橋橋畔住，月牙山到門青。十三年紀掌珠擎。掃眉來問字，不櫛亦橫經。　早至晚歸同一樣，學堂長揖先生。憐渠心性忒聰明。勤勤聽講義，朗朗誦書聲。」

吕壽華詞

李易安《如夢令》:「昨夜雨疏風驟。濃睡不消殘酒。試問卷簾人,卻道海棠依舊。」晁次膺《清平樂》:「莫把珠簾垂下,妨他雙燕歸來。」並膾炙人口之句。蘭陵吕壽華《浪淘沙》云:「試問海棠知道否,昨夜東風。」《菩薩蠻》云:「莫把繡簾開,怕他雙燕來。」變化前人句意,敏妙無倫。壽華名采芝,有《秋茄詞》,情文惋惻,詞稱其名。《菩薩蠻·挽弟婦董儒人》云:「紅粉慣飄零。傷心不獨君。」所謂既念逝者,行自念也。《高陽臺·庭有白海棠一株,花時甚芳,忽經夜雨摧殘,觸緒感懷,偶填一闋誌之》云:「芳心枉自如霜潔,怎禁他、一例摧殘。」則尤靈均懷沙之痛矣。

倫靈飛詞

番禺倫靈飛鸞爲杜鹿笙先生德配。唱隨之雅,時論以昔賢趙、管,近人王愓甫、曹墨琴比之。靈飛資稟穎邁,四子經傳,弱齡畢業。楚騷、古文、唐詩、宋詞,往往背誦無遺。年甫十五,即據講座爲人師。于歸後,爲桂林女學教習數年,授國文、輿地學、算學,生徒百餘人,咸佩仰之。比年侍養滬濱,不廢清課,不爲世俗之好所轉移,其微尚過人遠矣。夙工詩詞,肆力於駢散體文,日進而不已。精楷法,得北碑神韻。仿惲派寫生,期與南樓清于抗手。詞尤清婉可誦,氣格漸近沉着,不涉綺紈纖靡之習。《南浦·用樂笑翁韻同外作》云:「風景數楸湖,最難忘、一片鳥聲催曉。宿霧斂前山,疏林外、微露黛痕如掃。比鄰三五，水邊山下紅樓小。如此他鄉堪負戴，休論天涯芳草。天風吹轉萍踪，忍回頭輕棄，桃園去了。料得燕呢喃，應念我、甚日偕游重到。山居夢渺。黯然滄海情懷悄。昧旦雞鳴仍客裏，添上襟塵多少。」《滿庭芳・暮秋游半淞園》云：「疏柳羃煙，殘荷擎雨，樓臺近水寒侵。塵氛偶避，結伴一行吟。指點半淞帆影，天涯路、無限秋陰。斜陽外，畫船簫鼓，猶作盛時音。幽尋。增悵惘，平蕪到海，不見遥岑。歎星霜屢變，如此登臨。花月春江信美，爭得似、舊日園林。凭欄久，鄉關何處，回首碧雲深。」《蝶戀花・詠鸚鵡》云：「花影回廊春暖處。丹嘴如簧，調舌圓如許。身在棗花簾底住。不同凡鳥寒依樹。九十韶光容易去。道不如歸，欲學紅鵑語。歸路迢迢須記取。玉籠得似家山否。」《青玉案・詠重臺牡丹》云：「金相玉質憐芳影。更天與、瓊枝並。舊約華鬘仙路迥。人天方恨，更無重數，目斷江山暝。低回洛水前身認。翠袖單寒問誰省。自惜輕羅塵未肯。寶奩托月，羽衣疊雪，雙照銀缸冷。」《南鄉子・詠雪獅子》云：「蓄鋭貌猙獰。摶象精神照玉霙。如此雄奇休入夢，夢騰。冷處凭誰一喚醒。皮相盡堪驚。也似麒麟楦得成。便作虎形應遜汝，聰明。隨意堆鹽特地精。」如右數闋，矜持高格，浚發巧心，進而愈上，何止與琴情閣、生香館，分鑣平轡而已。靈飛詞，《醉太平・桂林舟中作》云：「深閨不慣長征也，山程水程。」彊邨朱先生盛稱之，謂雅近宋人風格。

靈飛斷句

靈飛詞斷句，如《蝶戀花・中秋》云：「不見盈時忘闕苦，良宵翻恨逢三五。」《虞美人・訪菊》云：「蕪煙刬徑步遲遲。認得疏林穿過是東籬。」《臨江仙・題曾季碩書畫便面》云：「染綴花枝長旖旎，輕摇還怕飛紅。」《高陽臺・懷古幽栖居士》云：「春在群芳，自憐天賦清奇。」《鳳棲梧・易安居士》云：「最憶歸來堂裏事，茶經書帖閑情膩。」《暗香・詠蠟梅》云：「古香清絶。近歲寒、别有癯仙風骨。淡比黄花，卻向群芳自矜節。」又云：「冰雪稱娟潔。任爛漫着花，拗枝如鐵。」《金縷曲・賞雪》云：「十分清處凭闌立。暫徘徊、梅邊竹外，晴時月色。冷眼大千今何世，萬象從教粉飾。問可是豐年消息。」《倦尋芳・春寒用王元澤韻》云：「昨夜東風驚夢覺，海棠卻道能依舊。怯冰奩，自低徊，試衣人瘦。」並佳妙之句。即各全闋，亦並妥帖可存也。

懷親友詞

靈飛久客桂林，悦其地偏塵遠，風土清嘉，不啻故鄉視之。竭來棲屑淞濱，帶山簪水，時縈離夢。《百字令・寄懷桂林諸親友和鹿笙外韻》云：「昔游如夢，正乍寒天氣，紋窗清寂。柳外樓臺清似水，得似漓江風日。灘咽桃花，路遥芳草，别話長相憶。盛筵應再，浮雲世事何極。猶記詠絮簾櫳，浣花時節，勝友如雲集。異地更思山水好，何日重尋苔跡。此際江南，梅花初著，誰爲傳消息。贈言猶在，篋箋珍重收拾。」鹿笙先生元唱序云：「客歲十月望日，去桂林，生平離悰，此爲最苦。急急逾年，感而賦此。」詞云：「嶺梅欲綻，正林彫霜緊，繁英都寂。只赤屏山千里意，依約去年今日。舊雨鷗盟，晚風驪唱，潭水深情憶。黯然回首，醴陵别恨無極。懷想五美芳塘，浣花小築，裙屐陪歡集。如此他鄉應念否，看取畫圖陳跡。瀕行得送别圖多幅。滿目關河，驚心烽火，鱗雁無消息。雲涯悵望，墜歡何處重拾。」靈飛有《韻聲閣稿》，詩筆亦清新與詞稱。靈飛賃廡樾湖，皋比坐擁，師弟間情誼款深。比年天各一方，猶復蒼雁頳鱗，時傳尺素。間有遭逢不偶，迫切無可告語，僅乃傾臆函丈之前，事或風化攸關，輒表章以賦詠，冀斯事附托以傳，蓋顯微闡幽之旨，何止憐才篤舊而已。《滿江紅》序云：「桂郡陽生，播溪，宋時閨秀亦稱生，朱淑真稱朱生，見某説部。陽讀若央，桂林有此姓。早歲從余受學，貌端妍，性惠穎，擅詞章，工書法。數年已還，磋磨硯席，幾於青勝于藍，余雅愛重之。其母誤信鴆媒，以適龍州某氏。某借晉無文，性復粗獷，迫糟糠下堂，而别圖膠續，溪家不知也。龍州錯壤蠻徼，榛狉之族，爲婦實難。姑威無度，輒不免於鞭箠。溪猶委曲求全，不忍爲外人道也。溪幼失怙，無伯叔兄弟。母氏依婿以居，丁垂暮之年，離待遇之酷。溪積不能平，始稍稍爲余言之。溪于歸七年，亦既抱子，俄故婦貿然歸，姿情嘻嗃。益知夫也不良，薄幸之尤，恥與匹孋，遂賫恨自裁。遺書與余訣别，觸目酸辛，不辨是墨是淚。嗟乎，關山萬里，誰與招魂，賦此哀之。何揚州所云，薶玉樹箸土中，使人情何能已也。」詞云：「一紙遺書，千秋恨、紅顔命薄。憐弱質、于歸萬里，投荒差若。獐狁比鄰風土異，鳳雅爲偶姻緣錯。更婿鄉、憔悴北堂萲，傷萍泊。聞啼鳥，讐姑惡。士罔極，情難託。問去帷誰氏，覆車猶昨。紫玉成煙清自葆，黄花比瘦生何樂。莫執經、更憶笋班聯，人如琢。」「紫玉」句意最佳，清貞不葆，陽生不死矣。

嚴端卿詞

仁和嚴端卿衡，工繡、工詩詞、工音律，有《女世説》、《嫩想庵殘稿》、《紅燭詞》各一卷。《菩薩蠻》云：「白蘋花外秋空碧。夜深悄向池邊立。三十六鴛鴦。影兒都是雙。　曉來誰與共。錦被偎殘夢。零落最憐他。一堆紅蠟花。」《減字木蘭花·嫩想庵坐雨》云：「斷雲如墨。一霎秋陰天欲立。點上疏燈。瑟瑟蕭蕭到夜分。　一聲聲咽。滴盡空階聽不得。别有凄凉。不種芭蕉已斷腸。」斷句《清平樂》云：「辛苦一枝紅燭，剪刀聲裏春寒。」《唐多令》云：「不沉吟、便是徘徊。懊惱一枝紅十八，花落後，又重開。」《買陂塘·落梅》云：「君試數。只幾個黄昏，斷送春如許。」《洞仙歌·自題小像》云：「索歸去支頤，暮春時，向小閣疏燈，自家憐惜。」詞筆婉麗娟妍，如新月吐巖，初花媚蕤。

红燭詞

《紅燭詞·臨江仙》换頭云：「儂似浮萍郎似水，飄零儻得纏綿。」曩撰《眉廬叢話》，載海鹽閨秀陳翠君筠《蝶戀花》過拍云：「郎似東風儂似絮。天涯辛苦相隨處。」爲吴兔牀所擊賞。《紅燭詞》意自婉深，與翠君相較，稍不逮耳。

茂份浣溪沙

光緒朝，蜀中詞人張子芾祥齡、成都胡長木延，蕙風四十年前舊(雨)[友]也。子芾有《半篋秋詞》，夫人曾季碩彥有《桐鳳集》，皆選體詩。嘗爲蕙風書畫箑，一模《爨寶子碑》，一模《天發神讖》，並遒麗絶倫。畫仿惲派，韻度之勝，視上元弟子有過之。長木有《苾芻詞》，夫人字茂份，工詩詞繪事。有《浣溪沙》四首，《題泠女史蕙貞秋花長卷》云：「幾穗幽花颭草蟲。冷紅涼緑一叢叢。小屏風上畫豳風。如此秋光如此艷，這般畫筆這般工。這般工有幾人同。」又：「也似當年葉小鸞。秋風橫剪燭花殘。生綃入尺勝琅玕。聞道焰摩歸去早，浮提容得此才難。寫圖留與阿娘看。」又：「樹蕙滋蘭記小名。此年紀忒聰明。一天秋韻畫中生。殺粉調朱真個好，吹花嚼蕊若爲情。南樓斂手惲冰涼。」又：「好女兒花好女兒。幽花特與素秋宜。華鬘一現使人思。儂也愛花耽畫癖，寫生也在少年時。只覺工麗不如伊。」嘗見夫人所臨《百花圖》卷，亦惲派上乘。其於泠女史有沆瀣之雅，宜其惋惜甚至也。

柯稚筠詞

膠州女史柯稚筠劭慧爲鳳孫劭忞女弟。鳳孫光宣間知名士也。稚筠有《楚水詞》。《浣溪沙》起調云：「疊疊山如繡被堆。盈盈水似畫裙圍。」思致絶佳。《虞美人》過拍云：「夕陽一綫上簾衣。正是去年游子憶家時。」則意增進，庶幾漸近渾成矣。

婦學齋遺稿

《婦學齋遺稿》，君木元室俞夫人著，詩詞各若干首。君木爲之跋，謂詞勝於詩。《蝶戀花・戊戌八月感事和君木》云：「匝地春陰簾不卷。舊恨新愁，惻懷難排遣。天氣乍寒還乍暖。吴綿才試薄衣攙。　十二闌干空倚遍。滿眼蘼蕪，莫問春深淺。只有蕙蘭香不變。亭亭空谷無人見。」《念奴嬌・寄君木處州》云：「鶯癡蝶老，悶沈沈、病遇清明時節。惜别東風無幾日，彈指緗桃如雪。鸞帳燈昏，春屏花落，憔悴無人識。别時情緒，繞梁飛燕能説。　日暮獨上高樓，他鄉何處，望望堪愁絶。一自樓中人去後，日日雨斜煙直。篷背青山，馬頭芳草，莫也添淒惻。碧雲天際，愁看□札消息。」《清平樂・寄君木》云：「金鳧煙直。月弄疏篁碧。湛湛明河天一尺。苦憶他鄉今昔。　笛聲隱約誰家。夜涼獨掩窗紗。一夕畫屏無寐，淚絲彈上秋花。」《菩薩蠻》云：「繡燕纖押敲雙玉。王階風細吹蘭燭。燭影碧冥冥。扶花上畫屏。　半鉤殘月小。鉤起愁多少。翠袂倚紅闌。露華生夜寒。」

俞夫人繡枕詞

俞夫人《清平樂・爲君木製客枕繡此詞其端》云：「爲君裁綺。料理他鄉睡。想得淒涼郵館裏。諳盡孤眠滋味。　合歡心事空睬。連枝繡出雙花。更繡一雙蝴蝶，好扶殘夢還家。」此詞情深一往，昔人「寒到君邊衣到無」之句，未足以喻。歇拍尤見慧心。

俞夫人點絳唇

評文家遇佳句輒加密圈，詞有無一句不可加密圈者，亦有無一句可加密圈者。南宋名賢不經意之作，間一閲之，此境至不易到，非渾成而淡不可，雖非宋人佳詞，卻確是宋人詞也。俞夫人《點絳唇》用林君復詠草闋，庶幾近之。「春淺春深，離亭一片渾無主。故人何處。日日風和雨。　行色匆匆，又是春將暮。征車去。閑愁無數。緑遍天涯路。」

題畫詞玉京謡

徐仲可舍人珂以其女公子新華山水畫稿二幀見貽，冰雪聰明，流露楮墨之表。于石谷麓臺勝處，遮幾具體。仲可屬作題詞，調寄《玉京謡》云：「玉映傷心稿，鳳羽清聲，夢裏仙雲幻。用徐陵母夢五色雲化爲鳳事。故紙依然，韶華容易淒晼。乍洗淨、金粉春華，澹絶處、山容都换。瑶源遠。湘蘋染墨，昭華擒管。徐湘蘋、徐昭華皆工畫。　茸窗舊掃煙嵐，韶致雲林，更楷模北苑。陳跡經年，蟫奩分貯緗繭。黯贈瓊、風雨蕭齋，帶孺子、泣珠塵潸。簾不卷。秋在畫圖香篆。」按此調爲吴夢窗自度曲，夷則商犯無射宫腔。今四聲悉依夢窗，一字不易。余之爲詞，二十八歲以後，格調一變，得力於半唐；比歲守律綦嚴，得力於漚尹，人不可無良師友也。

詠今美人足詞

宋劉龍洲過詠美人足《沁園春》詞，「洛浦淩波」一闋，膾炙人口久矣。明徐文長渭《菩薩蠻》詞，有「莫去踏香堤，游人量印泥」之句，皆詠纖足也。若今美人足，則未聞賦詠及之者。始安周笙頤夔《念奴嬌》云：「踏花行遍，任匆匆、不愁香徑苔滑。六寸圓膚天然秀，韓偓詩：「六寸圓膚光致致」。穩稱身材玉立。襪不生塵，版還參玉，二妙兼香潔。平頭軟繡，鳳翹無此寧帖。花外來上秋千，那須推送，曳起湘裙折。試昉鞋杯傳綺席，小户料應愁絶。第一銷魂，温存鴛被底，柔如無骨。同偕識好，向郎乞作平借吟舄。」又吴縣某閨媛《醉春風》云：「頻換紅幫樣。低展湘裙浪。鄰娃偷覷短和長，放。放。放。檀郎雅謔，戲書尖字，道儂真相。步步嬌無恙。何必蓮鉤昉。登登響屧畫樓西，上。上。上。年時記得，扶教平小玉，畫闌長傍。」兩詞皆佳妙，亟録之。

周夔詠美人詞

始安周笙頤夔撰録宋已來詠美人詞，爲《寸瓊集》，得一百七十闋。凡前人未備之題，皆自作以補之。其詠今美人足《念奴嬌》一闋，已録入前話矣。《菩薩蠻·美人辮髮》云：「同心三綹青絲綰。絲絲比並情長短。背立畫圖中。巫雲一段鬆。　羅衫防污去卻。巧製烏綾托。私問上鬟期。平添阿母疑。」《定風波·美人渦》云：「容易花時輾玉顔。柔情如水語如煙。春意欲流人意軟。深淺。藏愁不够恰嫣然。都説個儂禁平酒慣。自注：俗云：頰有雙渦者善飲。防勸。無端掩笑綺筵前。歡面東風梨雲懶。妝晚。鏡波無賴學人圓。」《減字浣溪沙·美人唇》云：「記向瑤窗寫韻成。重輕音裏識雙聲。五音唯唇分重輕音。石榴嬌欲競珠櫻。唐僖宗時競妝唇，有石榴嬌、嫩吴香等名。笛孔膩分脂暈浥，繡絨香帶唾花凝。憐卿吻合是深情。」《沁園春·美人舌》云：「慧苗心苗，欲度靈犀，温馨自然。恰鸚簾客去，香留茶釃，鸞箋句秀，粲説花妍。金鑰深扃，《黄庭經》：玉箆金鑰身完堅。金鑰，舌也。玉津密漱，消得神方長駐顔。圍曾解，羨瀾翻清辯，巾幗儀連。李白詩：笑吐張儀舌。又：誰云秦軍衆，推卻仲連舌。簪花格最嬋娟。更妙吮香，毫越恁圓。甚小玉偏饒，幽懷易洩，阿入侯乍學，泥去語輕憐。一角溪山，廣長真諦，蘇軾《贈東林長老》詩：溪聲便是廣長舌，山色寧非清淨身。只在紅樓斜照邊。閑凭弔，憶楚宫淒怨，捫竟三年。」《詩》：莫捫朕舌。《減字浣溪沙·美人頸》云：「延秀雒川鶴未翔。《洛神賦》：延頸秀項。又：余朝京師，還濟洛川。又：竦輕軀以鶴立，若將飛而未翔。蝤蠐玉映鏡中妝。低垂膩粉卻羞郎。　書雁遲回勞引望，繡鴛偎傍慣交相。溜釵情味嚲鬟香。」《鳳凰臺上憶吹簫·美人胸》云：「酥嫩雲饒，李洞詩：半胸酥嫩白雲饒。蘭薰粉著，韓偓詩：粉著蘭胸雪壓梅。羅裙半還藏。周濆詩：慢束羅裙半露胸。乍領巾微褪，一縷幽香。依約玉山高並，皚皚雪、宛在中央。難消遣，填膺別恨，《説文》：膺，胸也。積臆春傷。《釋名》：胸，臆也。　閨房。別饒光霽，只風月叨陪，僥幸檀郎。黄山谷曰：茂叔胸中，灑落如光風霽月。更三生慧業，錦繡羅將。雲是掃眉才子，渾不讓、列宿文章。李賀詩：雲是西京才子，文章巨公，二十八宿羅心胸。論平丘壑，楊萬里詩：何日來同丘壑胸。遥山澹濃，占斷眉場。秦韜玉《貧女》詩：不把雙眉鬬畫場。」《減字浣溪沙·美人腹》云：「妙相規前寫秘辛。漢《雜事秘辛》：規前方後，腹與背也。圓肌粉致麝臍温。箇箇常滿玉精神。郎若推心誰與置，天教貯恨不堪捫。蘇軾詩：散步逍遥自捫腹。

奈別經春。」《白蘋香》前題云：「屬稿未須鳳紙，兜羅穩瓊肌。宣文艷説女宗師。不數便便經笥。玉抱香詞慣倚，詞名有《玉抱肚》。珠胎消息還疑。畫眉也不合時宜。約略檀奴風味。」《減字浣溪沙·美人臍》云：「可可珠容半寸餘。《雜事秘辛》：臍容半寸許珠。麝薰温膩較何如。帶羅微勒惜凝酥。酒到暫能酡絳靨。《世説》：桓温有主簿善别酒，好者謂青州從事，惡者謂平原督郵。青州有齊郡，言好酒到臍。平原有鬲縣，言惡酒在鬲上住。陸游詩：且泥杯中酒到臍。藥香長藉暖瓊膚。蘇軾詩：留乞暖下臍。自注：今藥肆有暖臍膏。夢中日入葉禎符。《晉書》：南燕慕容德母，夢日入臍生德。」前調《美人肉》云：「絲竹平章總不如。屏風誰列十美圖。楊國忠冬日，令美姬環之，名曰肉屏風。收藏慣帖是郎書。似燕瘦才能冒骨，如環丰卻不垂腴。雞頭得似軟温無。」《減字木蘭花·美人骨》云：「陽秋皮裏。何止肉匀肌理膩。杜甫《麗人行》：肌理細膩骨肉匀。玉瑩去冰清。無俗偏宜百媚生。王貞白詩：念予無俗骨。蘇軾詩：俗骨變换顔如葩。銀屏讀曲。藥店飛龍爲誰出。宋《讀曲歌》：飛龍落藥店，骨出只爲汝。坦腹才難。消得文章比建安。李白詩：蓬萊文章建安骨。」《金縷曲》前題云：「畫筆應難到。稱冰肌、清涼無汗，摩訶秋早。東坡《洞仙歌》：冰肌玉骨，自清涼無汗。歇拍云：屈指西風幾時來，又不道流年，暗中偷换。乃足成蜀主孟昶與花蕊夫人摩訶池避暑之作。妙像應用天然秀，《洛神賦》：骨像應圖。《神女賦》曰：骨法多奇，應君之像。應圖，應畫圖也。難得神清更好。憐瑣子、掌中嬌小。不把畫場雙眉鬭，恰青衫、未抵紅裙傲。論高格，九仙艷。嗤他皮相爭顰笑。漫魂銷、花柔疑没，《宣和畫譜》：黄荃有没骨花枝圖。《圖畫見聞志》：徐崇智畫没骨圖，以其無筆墨骨氣而名之，但取濃麗生態。肉匀足冒。《雜事秘辛》：肉足冒足。可奈相思深如刻，瘦損香桃多少。

怕玉比、玲瓏難肖。知己半生除紅粉，莫艱難、市駿金臺道。只無俗，是同調。」《滿庭芳·美人色》云：「倚醉微頩，佯羞淺絳，相映妬煞桃花。崔護詩：人面桃花相映紅。艷名增重，顰莫效西家。王維詩：艷色天下重，西施寧久微。又：持謝鄰家子，效顰安可希。旭日皛窗穿照，光艷射、和雪朝霞。《雜事秘辛》：時日晷薄晨，穿照皛窗，光送著瑩面上，如朝霞和雪，艷射不能正視。東風裏，紅紅翠翠，生怕繡簾遮。嫌他。方言讀若「塔」，平聲。脂粉污去，蛾眉淡掃，張祜詩：卻嫌脂粉污顔色，淡掃蛾眉朝至尊。芳澤無加。《洛神賦》：芳澤無加，鉛華弗御。更佳如秋菊，陶潛詩：秋菊有佳色。鮮若晨葩。束晳《補白華》：鮮侔晨葩，莫之點辱。任爾芙蓉三變，濃和淡、莫漫驚誇。蘭閨靜，秀餐長飽，相對茜窗紗。」以上各闋，置之《茶煙閣體物集》中允推佳構。《寸瓊詞》未經印行，故録之。

賦外國銀錢肖像畫

外國銀錢，有肖像絶娟倩者，或曰自由神，亦有其國女王真像。蕙風得見友人所藏，有詞賦之，調《醉翁操》：「嬋媛。笞顔。蓬仙。渺何天。何年。如明鏡中驚鴻翩。月娥妝映蟾圓。凝佩環。典到故衫寒。得楚腰掌擎幾番。泛槎怕到，博望愁邊。玉去聲容借問，風引神仙夢斷。冠整花而端妍。鬟彈雲而連蜷。東來蘭絜緣。西方榛苓篇。此豸秀娟娟。倩誰扶上輕影錢。」此調本琴曲，用蘇文忠譜。辛忠敏亦有一闋，字句與蘇詞小異。文忠填詞，信不爲宫律所縛，有時亦矜嚴特甚，即如此調，固無一字不按腔合拍也。今四聲悉依之。

石家侍兒小銅印

南陵徐積餘得小銅印，文曰：「石家侍兒。」白文方式，以拓本見貽。報之以詞，調《四字令》：「石家侍兒。緑珠宋褘。當年畢竟阿誰。　捺銀箋紫泥。香名未知。鄉親更疑。緑珠，廣西博白人。余舊有「緑珠紅玉是鄉親」小印。紅玉，陳文簡侍兒，墓在臨桂棲霞山麓。願爲宛轉紅絲。繫裙腰住時。」

蕙風詞話補編卷三

朱小岑論詞絶句

臨桂布衣朱小岑先生依真《九芝草堂詩存·論詞絶句》二十八首，宋人於周清真、國朝於朱錫鬯並有微詞，頗不爲盛名所懾，惟推許樊榭甚至，觀其所爲詞，固不落浙西派也。小岑所著《紀年詞》及《分緑窗》、《人間世》雜劇久佚，檢邑志得《絳都春》、《念奴嬌》兩調，録入《國朝詞綜續補》。其論同時人詞，意在以詩傳人，不得以論古之作例之。其詩云：「南國君臣艷綺羅，夢回雞塞欲如何。不緣鄰國風聞得，璧月瓊枝未巨多。」「天風海雨駭心神，白石清空謁後塵。誰見東坡真面目，紛紛耳食説蘇辛。」「柳綿吹少我傷春。杜宇聲聲不忍聞。十八女郎紅拍板，解人應只有朝雲。」「貧家好女自嬌妍，彤管譏評豈漫然。若向詞家角優劣，風流終勝柳屯田。」「詞場誰爲斬荆榛，隻手難扶大雅輪。不獨徘諧纏令體，鋪張我亦厭清真。」「合是詩中杜少陵，詞場牛耳讓先登。暗香疏影精神在，夜月清寒照馬塍。」原注：白石墓在西馬塍。「香泥壘燕盧申之，淡月疏簾綺語間。何似山陰高竹屋，獨標新意寫烏絲。」「質實何須誚夢窗，自來才士慣雌黄。幾人真悟清空旨，錯採填金也不妨。」「雕梁軟語足形容，柳暝花昏意態中。項羽不知兵法誚，也應還著賀黄公。」賀裳字黄公，著《皺水軒詞筌》，謂史邦卿《詠燕》詞，白石不取其「軟語商量」，而取其「柳昏花暝」，不免項羽不知兵法之誚。「半湖春色少人窺，夜月蘋洲漁笛吹。深悔鈍根聞道晚，廿年始讀草窗詞。」「蓮子結成花自落，清虚從此悟宗門。西湖山水生清響，鼓吹堯章豈妄言。」「兒女癡情迴不侔，風雲氣概屬辛劉。遺山合有出藍譽，寂寞横汾賦雁丘。」「蜕巖樂府脱浮囂，又見梅溪譜六么。莫笑彫零草窗後，宋人風格未全消。」「已是金元曲子遺，風流全失草堂詞。端須忘盡昆侖手，更向樓前拜段師。」論明代。「燕語新詞舊所推，中興力挽古風頽。如何拈出清空語，强半吴郎七寶臺。」詞至前明，音響殆絶，竹垞始復古焉。第嫌其《體物集》不免疊垛耳。「陳髯懷抱亦堪悲，寫入青衫悵悵詞。記得中州樂府體，豈知肖子屬吴兒。」「樊榭仙音未易參，追踪姜史復誰堪。一時甘下先生拜，合與詞家作指南。」「侯鯖都不解療饑，癖嗜瘡痂笑亦宜。一夜梨花驚夢破，何如春草謝家詩。」吾鄉謝良琦《醉白堂詞》一卷，首二句括其自序語：「昨夜梨花驚夢破，而今芳草傷心碧。」其詞中佳句也。「十載無能讀父書，摩娑遺譜每欷歔。詞人競美遺山好，藴藉風流那不如。」先大夫有《補閑詞》二卷。「嶺西宗派頗紛拏，誰倚新聲仿竹垞。獨有春山冷居士，閑門窗下詠枇杷。」吾友冷春山昭有詞一卷，《詠枇杷》詞最工。「紅杏梢頭宋尚書，較量閨閣韻全輸。無端葉打風窗響，腸斷人間詞女夫。」閨秀唐氏，吾友黄南溪元配也，自號月中逋客，早卒。有詩詞集若干卷。其《杏花天》詞爲時所稱。予最喜其「試聽飄墮聲聲，風際吹來打窗葉」，颯然有鬼氣。「零膏剩粉可能多，嘖嘖才名梁月波。叵耐斷腸天不管，香銷簾影卷銀河。」梁月波，宦門女，有才思，早卒。「香燼。香燼。簾卷銀河影。」其《如夢令》中語也。

又六首題云《僕少有論詞絶句，迄今二十年，燈下讀諸家詞，有老此數家之意，復綴六章，於前論無所出入也》：「剛道霓裳指下聲，天風海雨倏然生。不逢郢匠揮斤手，楮葉三年刻未成。」「范陸詩名自一時，江南江北鬢成絲。遺聲莫訝多騷屑，不任空城曉角吹。」「妙手拈來意象多，雲中真有鳳銜梭。讀書未敢因人廢，奈爾天南小吏何。」「雜擬江淹筆有花，效顰不辨作東家。等閑渲出西湖色，卻倩旁人寫蜡華。」「欲起琅玡仔細論，機鋒拈出付兒孫。禾中選體荆溪律，一代能扶大雅輪。」阮亭云：「『無可奈何花落去，似曾相識燕歸來』，必不是香奩詩。『良辰美景奈何天，賞心樂事誰家院』，必不是《草堂》詞。」確論也。「琴趣言情尚汴音，獨將騷雅寫秋林。當年姜史皆回席，辛苦無從覓繡針。」《秋林琴雅》，樊榭詞。

周稚圭論詞絶句

周稚圭先生《心日齋詞録》凡十六家，各繫一詩。温飛卿云：「方山憔悴彼何人，蘭畹金荃託興新。絶代風流乾膙子，前生合是楚靈均。」李後主云：「玉樓瑶殿枉回頭，天上人間恨未休。不用流珠詢舊譜，一江春水足千秋。」韋端己云：「浣花集寫浣花箋，消得孤篷聽雨眠。顧曲臨川還草草，負他春水碧於天。」李德潤云：「雜傳紛紛定幾人，秀才高節抗峨岷。扣舷自唱南鄉子，翻是波斯有逸民。」孫孟文云：「一庭疏雨善言愁，傭筆荆臺耐薄游。最苦相思留不得，春衫如雪去揚州。」晏叔原云：「宣華宮本少人知，珠玉傳家有此兒。道得紅羅亭上語，後來惟有小山詞。」秦少游云：「淮海風流舊有名，紅梅香韻本天生。癡人不解陳無己，黄九如何得抗衡。」賀方回云：「雕瓊鏤玉出新裁，屈宋嫱施衆妙該。他日四明工琢句，瓣香應自慶湖來。」周美成云：「宮調精研字字珠，開山妙手巨容誣。後生學語矜南渡，牙慧能知協律無。」姜白石云：「洞天山水寫清音，千古詞壇合鑄金。怪底纖兒誚生硬，野雲無跡本難尋。」史梅溪云：「長安索米漫欷歔，秘省申呈不負渠。泉底纖綃塵去眼，當時侍從較何如。」吴夢窗云：「月斧吴剛最上層，天機獨繭自繅冰。世人耳食張春水，七寶樓臺見未曾。」王聖與云：「碧山才調劇翩翩，風格鄱陽好並肩。姜史姜張饒品目，人間别有藐姑仙。」蔣竹山云：「陽羨鵝籠涕淚多，清辭一卷黍離歌。紅牙彩扇開元句，故國淒涼唤奈何。」張玉田云：「但説清空恐未堪，靈機畢竟雅音涵。故家人物滄桑録，老淚禁他鄭所南。」張蜕巖云：「誰把傳燈接宋賢，長街掉臂故超然。雨淋一鶴銜霄去，寂寞騷辭五百年。」按張詩舲《偶憶編》云：「周稚圭中丞録二十家詞，各繫一詩。」吾鄉蘇虚谷汝謙《雪波詞》自叙，亦謂稚圭選古詞二十家。今刻本只十六家。

孫平叔論詞絶句

金匱孫平叔爾準《泰雲堂詩集》絶句二十二首，專論國朝詞人：「風會何須判古今，含商嚼徵有知音。美人香草源流在，猶是當時屈宋心。」「草窗絶妙剩遺編，碎玉風情韻半天。一曲水仙瀛海闊，刺船何處覓成連。」「鳳林書院紀新收，最愛書棚讀畫樓。猶識金元盛風雅，不知誰洗草堂羞。」「詞場青兕説髯陳，千載辛劉有替人。羅帕舊家閒話在，更兼蔣捷是鄉親。」「姑山句好尚書稱，一代詞家盡服膺。人籟定輸天籟好，長蘆終是遜迦陵。」「七寶樓臺隸事駢，雪獅兒句詠銜蟬。清空婉約詞家旨，未必新聲近玉田。」「笛家南渡慢詞工，静志題評語最工。不分梁汾誇小令，一生周柳擅家風。」「弔雨花臺萬口傳，平安季子語纏綿。東風野火鴛鴦瓦，才是平生第一篇。」「嚴顧同熏北宋香，清詞前輩數吾鄉。珠簾細雨今猶昔，賀老江南總斷腸。」「新來艷説六家詞，秋錦差能步釣師。雲月西昆撏扯遍，防他笑齒冷伶兒。」「作者誰能按譜填，樂章琴趣調三千。誰知萬首連城璧，眼底無人説畹仙。」「史筆梅村語太莊，雕華不解定山堂。要從遺老求佳製，一曲觀潮最擅場。」「炊聞玉友二鄉亭，山左才人未徑庭。只有曹家珂雪句，白楊涼雨耐人聽。」「麗農延露衍波箋，一世才名只浪傳。妾是桐花郎是鳳，倚聲誰辟野狐禪。」「問訊楓江舊釣磯，當時未解盛名歸。叢譚他日傳詞苑，一片殘陽在客衣。」「錢郎一曲託湘靈，錦瑟聲聲也愛聽。二十五弦清怨極，楚天如水數峰青。」「流傳遮莫笑吴兒，蓉渡真凭讕語爲。若向蘭陵論風雅，解嘲賴有栩園詞。」「德也清才卻執殳，棠村未許便齊驅。風流側帽天然好，莫向銅街擬獨孤。」「浪將左柳説淫哇，學步姜張便道佳。雪竹冰絲誰解賞，改蟲齋與小眠齋。」「紅友宮商上去嚴，偷聲減字盡排簽。石亭暢好韓歐筆，一字何妨直一縑。」「定甌練果試新茶，樊榭清吟漱齒牙。付與小紅歌一闋，鬢雲顫落玉簪花。」「馬趙陳吴記合併，響山四壁變秦聲。便如宛委山房裏，蒓玉蟬弦字字清。」

王西御論詞絶句

丁酉暮春，余客維揚，甘泉徐嘯竹布衣穆時年八十，晤於榕園，傾蓋如故。越日録示舊作數闋，及王西御論詞絶句如干首，意甚鄭重。西御名僧保，真州人，殉髮逆之難，有《秋蓮子詞稿》。其論詞絶句未經梓行。嘯翁云：清新俊雄，雖元遺山、王漁洋論詩，未或過之。「消息直從樂府傳，六朝風氣已開先。審聲定律心能會，字字宫商總自然。」「倚聲宋代始專家，情致唐賢小小詩。劉白温韋工令曲，謫仙誰與並才華。」「落花流水寄嗟欷，如此才情絶世稀。誰遣斯人作天子，江山滿目淚沾衣。」「縹渺孤雲漾太清，定知冰雪淨聰明。淒涼一曲長亭怨，擅絶千秋白石名。」「易安才調美無倫，百代才人拜後塵。比似禪宗參實意，文殊女子定中身。」「前輩風流玉照堂，翩翩公子妙詞章。千金散盡身飄泊，對酒當歌不是狂。」「慷慨黄州一夢中，銅弦鐵板唱坡公。何人創立蘇辛派，兩字粗豪恐未工。」「短衣匹馬氣偏豪，淚灑英雄壯志消。最是野棠花落後，新詞傳唱念奴嬌。」「功業文章不朽傳，閑情偶爾到吟邊。平山楊柳今依舊，太守風流五百年。」「深情繾綣怨湘春，芳草天涯妙入神。名士無雙堪伯仲，卻憐空谷有佳人。」原注：穆按，黄雪舟《湘春夜月》：「近清明，翠禽枝上銷魂。」李琳《六么令》：「依約天涯芳草，染得春風碧。」「精心音律有清真，往復低徊獨愴神。若與梅溪評格調，略嫌脂粉污佳人。」「須知妙諦在清空，金碧檀欒語太工。豈有樓臺能拆碎，賞心蕉葉雨聲中。」「唾壺擊碎劍光寒，一座欷歔墨未乾。别有心胸殊歷落，不同花月寄悲歡。」原注：穆按，張于湖在建康留守席上賦《六州歌頭》，感慨淋漓，主人爲之罷席。「功名福澤及來兹，剩有閑愁寫别離。愧煞男兒真薄倖，平生原不解相思。」「惜花恨柳太無聊，幽思沈吟裂洞簫。峭折秋山皴一角，賞心到此亦寥寥。」原注：穆按，蔣竹山詞極穠麗，其人則抱節終身，有足多者。《虞美人》云：「海棠紅盡緑闌干。」「韻事吟梅宋廣平，當歌此老亦多情。夢魂又踏楊花去，不愧風流濟美名。」「淮海詞人思斐然，春風熨帖上吟箋。輸君坐領湖上長，消受鶯花几席前。」「波翻太液名虚負，只博當筵買笑錢。不是曉風殘月句，未應一代有屯田。」「絶無雅韻黄山谷，尚有豪情陸放翁。游戲何關心性事，爲君吟詠望江東。」原注：穆按，山谷《望江東》詞，「江水西頭隔煙樹」云云，清麗芊綿，卓然作者。「自有吟懷妙合宜，空山月破況清奇。蘇詞誤入誠何據，才弱聲流或可疑。」原注：穆按，程垓《書舟詞·瑶階草》云：「空山子規叫，月破黄昏冷。」《意難忘》、《一剪梅》諸闋，毛晉刻《六十家詞》定爲蘇長公作，不知何據？「眼前有景賦愁思，信手拈來意自怡。詞客競傳佳話説，須知妙悟熟梅時。」「詞人多半善言愁，月露連篇欲語羞。夢覺銀屏春太瘦，垂楊應不減風流。」原注：穆按，「銀屏夢覺」，陳西麓《垂楊》句也。「笛聲吹徹想風情，酒館青旂别緒縈。最著尚書春意鬧，一枝紅杏最知名。」原注：穆按，陳簡齋《臨江仙》云：「杏花疏影裏，吹笛到天明。」謝無逸《江神子》云：「杏花村館酒旗風。」宋祁詞：「紅杏枝頭春意鬧。」從古詠杏花者，未有若此三人也。「東堂觴詠自風流，語欠清新浪墨浮。孤負坡公相賞識，一官忍向蔡京求。」「竹坡何事亦工愁，海野悲涼汴水流。須識文章關氣節，才名終與穢名留。」「遺編巨集富搜羅，審擇精詳信不譌。自訂新詞誰媲美，親嘗甘苦竟如何。」「身世悲涼閲盛衰，關山夢裏涕淋漓。蒼茫獨立誰今古，屈子離騷變雅遺。」原注：穆按，張蜕巖以一身閲元之盛衰，憫亂憂時，故其詞慷慨悲涼，獨有千古。《陌上花》云：「關山夢裏歸來，還又歲華催晚。」「風流相尚溯當年，不少名家簡牘傳。論斷若無心得處，依人作計亦徒然。」「殘葩剩粉亦堪珍，或恐飄零委劫塵。字字打從心坎上，此中自有賞心人。」「南北諸賢既渺然，寥寥同調最堪憐。瓣香未墜從人乞，吟斷回腸悟秘詮。」「人人弄筆强知音，孤負霜毫莫浪吟。千載春花與秋月，一經寄託便遥深。」「兒女恩情感易深，更兼怨别思沈沈。美人芳草多香澤，不是離騷意亦淫。」「沉思渺慮窈通神，一片清光結撰成。豈許人間輕薄子，柔弦曼管寫私情。」「裁紅剪緑亦尋常，字字珍珠欲斷腸。別有心情人不識，春穠秋艷要思量。」「百遍尋思總未安，真源自在語知難。高山流水無人處，幽咽秋弦獨自彈。」嘯翁贈余絶句：「當年吟社已沉消，淮海詞人半寂寥。今日粤西媚初祖，令人想象海棠橋。」附記。

譚玉生論詞絶句

論詞絶句，作者頗多，武進趙叔雍近擬滙録一編，俾廣其傳，甚盛事也。昨見海南譚玉生瑩《樂志堂論詞》百首，又專論國朝人四十首，粤東人三十六首，旁徵博引，評騭精至，可謂大成矣。兹録數首：「章臺折柳太多情，寒食東風句未精。若使君王知此曲，曲兼詩並置韓翃。」韓翃。「喚柘枝頭亦自娱，能稱曲子相公無。柔情不斷如春水，認作唐音恐太諛。」寇準。「大范勛華有定名，小詞傳唱御街行。至言酒化相思淚，轉覺專門浪得名。」范仲淹。「空傳飲水處能歌，誰使言翻太液波。詩學杜詩詞學柳，千秋論定卻如何。」柳永。「詞凭法秀浪相誇，迴脱恒蹊玉有瑕。黄九定非秦七比，後山仍未算詞家。」黄庭堅。「亭皋木葉正悲秋，元祐詞家得宛丘。著墨無多風格墜，綺懷不獨少年遊。」張耒。「敢説流蘇百寶裝，唐人詩語總無妨。移宫換羽關神解，似此宜開顧曲堂。」周邦彦。「小晏秦郎實正聲，詞詩詞論亦佳評。此才變態真横絶，多恐端閑轉讓卿。」辛棄疾。「玉照堂開夜不扃，海鹽腔衍與誰聽。滿身花影詞工絶，將種何須蟋蟀經。」張鎡。「石帚詞工兩宋稀，去留無跡野雲飛。舊時月色人何在，戛玉敲金擬恐非。」姜夔。「悲涼激楚不勝情，秀貫江東擅倚聲。詞格若將詩格例，玉溪生讓玉田生。」張炎。「舊選中興絶妙詞，更名絶妙好詞爲。效顰十解人人擬，直比文通雜體詩。」周密。

黄某水調歌頭

得手寫詞二册於坊間，小行書頗精雅，惜不具書者姓氏。録乾嘉時人作，艷體十居八九，殆其所好。卷尾《水調歌頭》二闋，署業師黄仲□遺墨名籍無考，意若甚鄭重者。此寫本爲余收得，是亦墨緣。兩詞雖未臻高詣，未忍聽其湮没，移録如左，冀廣其傳云。《賦恨》云：「潑酒不能飲，悒塊塞心胸。坐對江山清瘦，容易又秋風。世態白衣蒼狗，人事黄鍾瓦缶，傾倒出無窮。呵壁語神鬼，舉首問天公。或擊壺，或斫地，或書空。畢竟古來豪傑，幾個慶遭逢。得意蝸名蠅利，失意蛄啼蛩訴，何必説窮通。一笑俗人見，晦叟判盲童。」《賦愁》云：「乾淚滿盈把，薄鬢漸成蒼。客飲花飛酒醒，此味都難嘗。莫道絲連藕斷，幾見水流石轉，終古爲誰忙。醒效屈平哭，醉作阮公狂。五更鐘，三月雨，九秋霜。疊草重重密密，壓條九回腸。回首青燈黄卷，着眼朱顔翠袖，事事耐思量。願我化蝴蝶，隨夢暫相忘。」

眉緑老人集詞句長聯

李氏南墅名鲟廬壁間，有眉緑老人顧子山文彬集玉田、稼軒詞句長聯：「生意又園林，穿花省路，撥葉通池，傍竹尋鄰，携歌占地，把芳心徐説，老去卻願春遲，多準備水西船，山北酒、樹底行吟，足可幽棲，書册琴棋清隊仗；我志在寥闊，舊雨常來，臨風一笑，乘雲共語，對月相思，與造物同遊，天也只教吾懶，剩安排溪上枕，水邊亭、桐陰閑道，不妨客卧，茶甌香篆小簾櫳。」墅在葑、盤二門之間，葑溪迤西，木杏橋南，爲古南園故址。園爲吴越廣陵王錢元璙鎮吴時所築，廣袤十里，而遥墅占地僅三弓，而全園佳勝在是矣。登樓一望，田塍縵衍，水木明瑟，茶磨棱伽諸山如對屏障，牆外方塘半畝。據郡志，爲長洲彭二林先生放生池，先生曾於此集放生會。築庵曰流水禪居，今圮久矣。

集宋人詞句爲楹言

集宋人詞句爲楹言，吴門顧氏怡園外，以南潯劉氏藏書樓翰怡京卿近築佳構爲多。「佳節若爲酬蘇軾《南鄉子》，縹簡雲簽李彭老《高陽臺》，細凭商略黄機《沁園春》；層闌幾回凭周密《瑞鷓鴣》，青溪翠麓劉克莊《滿江紅》，正好登臨史達祖《齊天樂》」。又「琅函聯璧陳師道《滿庭芳》，藜閣翻芸姚勉《沁園春》，元龍豪氣橫秋詹正《臨江仙》，共嬉遊李昂英《水調歌頭》，歲寒伴侣周密《繡鸞鳳花犯》；天上玉堂張翥《沁園春》，人間福地盧祖皋《沁園春》，新棟晴暈淩漢吴文英《水龍吟》，面屏障吴文英《鶯啼序》，神仙畫圖劉過《沁園春》」。又「是家傳辛棄疾《聲聲慢》，太乙青藜劉克莊《滿江紅》，儒館英遊京鏜《念奴嬌》，伴莊椿壽辛棄疾《水龍吟》；更小隱辛棄疾《滿江紅》，苕溪漁艇劉克莊《沁園春》，煙霏空翠邱密《漢宫春》，作歲寒圖陳草閣《沁園春》」。又「汗青蠹簡劉克莊《水龍吟》，罨畫簾櫳吴文英《聲聲慢》，懷抱向誰開方岳《水調歌頭》，對嬋娟辛棄疾《滿江紅》、香尋古字張炎《八聲甘州》；霧閣雲窗京鏜《瑞鶴仙》，爭輝金碧京鏜《滿江紅》，俗處飛不到曹冠《小重山》，勝絲竹劉子寰《滿江紅》、風響牙簽吴文英《江南春》」。又「璇題寶字張先《喜朝天》，繡水雕欄曹冠《喜朝天》，風月試追陪辛棄疾《水調歌頭》，我亦低窗翻蠹紙朱文公《念奴嬌》；芸帙披香曹冠《滿庭芳》，湘屏展翠周密《霓裳中序第一》，珠玉霏談笑辛棄疾《千秋歲》，天開圖畫肖瀛洲朱文公《水調歌頭》」。此聯蕙風署名又「不盡古今情吕勝己《臨江仙》，閣上藜光劉克莊《沁園春》；劉郎清猷劉克莊《沁園春》，雅飾繁華地吴文英《鶯啼序》，江南圖畫周邦彦《蕙蘭芳引》，王謝風流辛棄疾《八聲甘州》」。樓聯須切藏書，較園聯隨意寫景爲難。宋詞句意，與書樓關切者，殊不多覯。集句聯中，尤多切劉姓及湖郡之句，允推工巧絶倫。

嘉業樓集宋詞句

劉氏藏書樓集宋詞句又云：「石渠天禄姚勉《沁園春》，潤納璇題吴文英《鶯啼序》，笑談間韓元吉《水調歌頭》，引客登臨吴文英《鶯啼序》，得意春風群玉府管鑒《滿江紅》；古簡蟫篇吴文英《掃花游》，香深屏翠李彭老《壺中天》，圖畫裏劉過《沁園春》，有人瀟灑周密《龍吟曲》，云是清都山水郎朱敦儒《鷓鴣天》」。又「檐牙飛翠，檻曲縈紅姜夔《翠樓吟》，應是瓊府修成張樞《壺中天》，星纏斗柄皆回互京鏜《賀新郎》；山秀藏書，池香洗硯周密《八聲甘州》，且由醉帽欹側吴潛《念奴嬌》，清風明月解相留曹冠《宴桃源》」。並雅可誦。

岳陽樓集詞句楹言

曩歲舟次巴陵，岳陽樓未毁也。有楹言集詞句云：「檐牙飛翠，檻曲縈紅，此地宜有神仙，教人立盡梧桐影；平楚南來，大江東去，一時多少豪傑，醉餘扶上木蘭舟。」撰人姓名失記。

壁間集宋詞句楹言

近見友人壁間，有楹言集宋詞句：「一月垂天，餘山窺牖；十眉捧硯，雙髻吹笙。」語兼清艷二妙。亟記之。

紙煤詞

王湘綺賦紙煤詞，調寄《一萼紅》，按調誤，應作《長亭怨》。楚蜀人士多和之。紙煤之製，卷徑寸紙作長條，紙相屬成側理，如筯稍細，中通外直，吸淡巴菰者用以燃火。大約有淡巴菰，即有紙煤，託始於明末，盛行於清初，多出閨人纖手。

香南雅集

何詩孫先生畫不輕作，或以重值求之，經歲猶不能得。辛酉暮春，畹華南下，香南雅集，僅越日而圖成。付裝潢竟，圖後有餘紙，復爲作《雲山遠思圖》，寓惜别之意，並題《清平樂》一闋。先生與沈乙庵先生並齒尊望碩，深居簡出，連日爲畹華莅歌場，深坐逾子夜，未嘗有倦容。陳伯嚴先生亦自金陵命駕來滬，伯嚴亦不常聽歌者也。

沈子培詞

槜李沈子培先生曾植，一字乙庵，晚號寐叟。博學多通，尤熟精内典，時運用入詩文，往往脱落恒蹊。填詞偶一爲之，近須溪風格，勿庸以聲律刻繩耳。

晴窗讀書圖題詞

上海顧景炎樹炘年少澹泊，雅好書畫。嘗屬錫山吴觀岱繪《晴窗讀書圖》以寄其志。甃垣一角，花柳縈拂。牆内一敞軒，四周環以蕉竹，窗櫺簾檻，盡染碧色。軒中玉軸牙籤，琳琅滿目，一少年當窗據案，手披圖卷，意極閒適。階下一小奚，持蕉扇爲之煮茗。迤東方池一泓，繚以朱闌，芰荷萬柄。池邊湖石矗立，極嶙峋皺秀之觀。乃至蔽日之桐槐，礙路之藤箓，在在均合深致。遠峰數點，明媚可愛，此圖之大略也。吴昌碩書首。沈乙庵題云：「借問子平仙躅，何如少文壁圖。事理分明不二，丹青自在相須。峨眉汶領渺然，青鞋布襪無緣。老僧休去歇去，少年莫負當年。」朱彊村題云：「高館停雲不可求。口頭精鑒劇風流。夢回簾幕涼於水，便是滄江虹月舟。」「宗派分曹見别裁，摩挲並幾亦多才。桓家寒具何嘗涴，莫惜懺厨爲客開。」蕙風題《百字令》云：「虎頭三絶，證畫禪金粟，宗風能繼。玉躞瓊題多妙跡，不數倪迂清圓。觸目琳琅，羅胸邱壑，尺幅堪千里。無聲詩筆，野王高矩遺世。《宣和譜》以顧野王畫爲無聲詩。何止寄傲南窗，清芬洛誦，别有蘭臺秘。宗炳卧游奇勝處，看取牙籤標識。上揖荆關，閒評吴惲，茶熟香温地。移來花影，素娥應見深致。」趙叔雍題《浣溪沙》云：「照檻山光拭黛眉。茜紗青玉好棲遲。幼與丘壑自相宜。　詩到無聲都入妙，書如未見肯停披。韶光消得少年時。」

彊邨校詞圖故實

朱漚尹《彊邨校詞圖》，吴缶老筆也。缶老作此圖時，年已八十，蒼勁渾肅，精力彌滿。自言擬奚蒙泉，政恐蒙泉無此氣魄爾。又題《減蘭》其上，亦極俊逸。詞云：「金風嫡派。一世詞流甘下拜。餘事丹黄。遠接虞山近半塘。　故山浮玉。夢裏消磨文字福。何日歸篷。和爾樵歌一笛風。」諸真長宗元題詞云：「論詩兩宋本堂堂，汲古刊成閱海桑。天水厓山供痛哭，累公清淚助丹黄。」「缶翁晚筆健如何，能狀詞靈其不磨。特擬此圖猶仿佛，聽楓園屋舊經過。」陳子言詩題云：「釣遊舊地公持節，百粵山川共繫思。直接東坡寥落意，天涯亭上看梅時。　越賢老作吴門客，七寶樓臺字字工。閑向詞壇纂遺逸，聽楓園裏燭摇紅。　回眸猶記玉簾前，荆棘銅駝總惘然。黄浦牽船伴鷗鷺，桃花蒓菜過年年。」上彊村接竹墩村，藻繪歌謡筆有神。借問當年沈司馬，丹青今日幾傳人。」周梅泉達題云：「遠祧浙派近毗陵，七子吴中翮審音。不廢江河流自在，同光詞客邁元金。　夢月空青異幟張，北詞支派啓文襄。能探星宿源頭水，終讓歸安老侍郎。　近代詞壇數二文，蘇辛豪宕異清真。寧知七寶樓臺手，散外傳燈别有人。　善本難求四印齋，半塘心血已成堆。虞山功自先河在，百宋精刊讓後來。　簾影横波惜别時，銷魂絶代冶秋詞。遺臣老作聽楓客，更耐長年落葉悲。　缶叟支離擅寫生，空中傳恨又圖成。忍翻天水傷心局，一角殘山分外明。」馮君木幵題云：「侍郎窈窕人，虚襟納運思。餘事及聲律，叩心發深摯。宇縣入寒宵，疏燈耿無睡。下上苦求索，旁皇到一字。深深抉内揵，力欲洩其秘。鶴聲出篋飛，彌天鼓清吹。小雅久廢絶，赤手造風氣。缶翁老好事，畫筆見殊致。蕭寥水石外，人間此何世。夢中校夢龕，愉悦在天際。定有古衣冠，呻吟通寤寐。」此圖此題，數百年後，亦足爲詞苑增一故實矣。

彊邨選近人詞

彊邨先生選《宋詞三百首》，蕙風爲之序，開版于金陵。比又選近人詞，自王姜齋以次，以百名家，並皆鴻生巨儒，家喻户曉者。鄙意不如甄采遺佚，俾深林寂壑湮没之作，得以表彰于世，不尤功德靡涯耶！

彊邨艷詞

漚尹以所著《彊邨詩餘》六卷屬爲撰定，卷中艷詞絶少，唯《南鄉子》六首（粤東作），其一云：「雲磴滑，霧花晞。西樵山上揀茶歸。山下行人偏借問。朦朧應。半晌臉潮紅不定。」語艷而味厚，得《花間》之遺，雖兩宋名家，鮮能辨此。

太常仙蝶詞

彊邨先生云：曩寓都門，屢見太常仙蝶，花間尊前，每禱輒至，若夙契然。其後督學五羊，告歸苕霅，亦復如是。辛亥以還，賃廡滬瀆。戊午七月薄遊西泠，寓花港蔣氏湖樓，甫卸裝，過陳氏蒼虬閣，偶談次及仙蝶，僅時許，報蝶至，集窗櫺間，黑質黄章，五采悉備。仙蝶凡二，采章略同，一翎微破損，一穿一小孔。此翎微損者，彊邨直故人視之，觴以酒則就飲，殊從容，飲已，稍回翔，復來集，咂且咽，俯仰至再三，舒其翎者數，意微醺矣，復翔，又集，以鬚微蘸染而已。客曰：是非彊邨之言，信立致仙蝶也。仙蝶之靈，于其將至，默詔彊邨以言也。明日，值彊邨初度，蝶見于蔣莊。又明日，彊邨復詣陳，蝶亦與偕。自是不復見。彊邨感其異，賦《太常引》云：「舊巢同掃十年痕。相望玉京塵。無恙夢中身。似存問。滄江故人。蟲沙無劫，湖山有美，翩作幾家春。身世一靈均。忍杯酒，期君降辰。」蕙風和云：「翩然便出軟紅塵。來相伴，避秦人。幽路稱棲真。問能幾，高花淡筠。天機栩栩，孤芳采采，卿月證前身。杯酒莫逡巡。與重話，春明舊春。」（和者十數人不具録）彊邨又云：仙蝶態度與常蝶迥殊，其飛也凝重沉著，非魏收輕蛺蝶可同年語也。蕙風曰：彊邨詞筆亦凝重沉著，其感召非偶然矣。今無復太常矣，或告余，仙蝶移贈壽寺中。

漚尹題缶廬小像

丙寅元日，白龍山人爲缶廬繪小像，缶自題云：「挂瓢風已誓雙耳，依稀文難成反身。未是清空未塵土，長裾摇曳爾何人。」漚尹題詞，調《虞美人》云：「平生三絶詩書畫。占斷閑聲價。江南一月宰官身。拂袖歸來真作義熙人。　醉中無復逃名地。薇葛餘清淚。本來身命甲辰雄。才信江山塵土對清空。」

彊邨鷓鴣天仿元遺山宫體

《鷓鴣天》仿元遺山宫體八首，彊邨先生最近之作也。感事撫時，情文婉至，雖遺山復起，無以尚之。「生小仙娥只自憐。玉臺金屋誤嬋娟。那能宛轉酬雙珥，已忍伶俜過十年。　蚪箭水，鵲爐煙。無端仙會散金錢。簾櫳早是愁時候，爭遣春寒到外邊。」又「金斗殘薰向夕陽。撲簾真有倒飛霜。竊香鳳子紛成隊，撼局猧幾太作狂。　三歎息，百思量。回腸斷盡也尋常。鏡前新學抛家髻，何事狂花妒淺妝。」又「微步塵波避洛神。玉顔團扇與温存。牽牛夜殿聞私語，騎馬宫門拜主恩。　翻復雨，去來雲。經年才雪舊啼痕。清狂一往寧無悔，卻繡長幡禮世尊。」又「罷轉歌喉道勝常。多生爭忍不疏狂。直饒在髮爲薌澤，未願將身作枕囊。　蟾嚙鎖，鵲横梁。東家着意在王昌。情知薄倖青樓夢，且坐佳人錦瑟旁。」又「聞道嬋媛北渚遊。東風連苑冷于秋。無多裝綴花宫體，禁斷排當菊部頭。　歡易墜，夢難留。女牀鸞樹向人愁。紅蠶憔悴同功繭，抽盡春絲未放休。」又「臨鏡朦朧懶卸釵。無聊啼笑亦多才。探看青鳥迷歸路，橫卧烏龍本妒媒。笙字合，錦梭回。肯將心力事妝臺。初三下九知無準，且疊紅箋寄恨來。」又「未必芳期未有期。等閑蜂蝶底嬌癡。側商小令翻新水，撲地狂香發故枝。風雨裏，苦禁持。有人低唱比紅兒。才知滿樹金鈴繫，未省長年落葉悲。」又「壓卻相思信不磨。親將雙帶綰香羅。未灰蠟苣拼成淚，垂絶鶗弦忍倦歌。休蹀躞，已蹉跎。金鞭拗折負恩多。人間會有相逢事，奈此青春悵望何。」

逃生朝

今年秋，彊邨朱先生七十正壽七月二十一日，有避壽之説。按元洛陽姚文公燧《牧庵詞・清平樂》序云：「大德改元之明年，辰在戊戌春三月十一日，宣慰麓堂邀飲，怪坐客無吾肖齋，或云逃生朝矣。即席賦此解壽之」：「南朝昔歲。此日懸弧記。不料長沙今款避。紅袖青軒負醉。橫闌直楯西東。飄殘萬紫千紅。不是荼蘼噴雪，爭些閑殺春風。」此前人避壽雅故也。又朱竹垞八月二十一日生，彊邨先一月。

叔雍高梧軒繪圖徵題

西湖山水，明秀窈深，詞境也。叔雍築高梧軒于湖上，繪圖徵題。漚尹《清平樂》云：「龍門百尺。罨畫明秋色。南北兩峰相映碧。看取朝陽鳳立。開軒滿目煙霞。軟紅不到雲涯。着個仙源居士，湖山越恁清嘉。」伯嚴詩云：「誓卜幽居傍湖曲，畫手設施無不足。挺立長梧涼壓星，旁羅矮細千竿竹。層層都活石氣中，夜卷秋聲入吟腹。樓臺窈窕出晴雨，山水氤氲界邊幅。應帶坡公葑草堤，恍接逋仙梅花簇。英妙少年亦癡絶，要令夢染靈峰緑。異時朱况兩秃翁漚尹、蕙風，携訪賡歌任沈陸。」蕙風《百字令》云：「倚雲撑碧，唯茜紗青玉，圖書彝鼎。畫罨壺天塵不到，何似結廬人境。公子烏衣，詞仙黄絹，標格同清夐。桐花奇絶，衍波得名盛。王文簡有《衍波詞》。佳氣鳴鳳朝陽，舒蕊郁秀，長空椿暉永。不數龍門高百尺，看取疏枝英挺。大好秋容，最宜商調，蝶戀花重詠。趙德麟有《商調蝶戀花》。爐熏琴趣，翠陰簾幕深静。」

易中實詞

易中實著作，以最初所刻《眉心室悔存稿》、《鬘天影事譜》、《戊巳之間行卷》爲最佳。余最賞會者《春明惜别》詞云：「負汝驚鴻絶代姿，朝朝博得他人醉。」最爲沉痛。又云：「累儂刻骨相思處，是爾顰眉不語時。」又無題云：「再從翡翠簾前過，唯見紅襟掠地飛。」又《鳳凰臺上憶吹簫》詞云：「向緑波低照，憐我憐卿。」曩余戲語中實，讀君此詞，直令我海棠開了，想到如今也。

抱道在躬

漢壽易實甫順鼎早歲才名藉甚，酒邊燈下，珠玉揮毫，所著《眉心室悔存稿》、《鬘天影事譜》、《戊巳之間行卷》，所謂進而不已、未可限量者也。其《鳳凰臺上憶吹簫》換頭云：「煙輕。冪薇似帳，罥鸚鵡簾櫳，一碧無情。向緑波低照，憐我憐卿。」是何丰致乃爾。甫逾冠，由部郎改監司分省廣東。與余晤于吳門。某夕，畫舫宴集，履舄交錯，實甫玉山頹矣。偶過余前，挽之使飲，則遽坐余膝。余曰：此抱道在躬也。四座爲之軒渠，侑觴者不知所謂，亦相以笑云。

金松岑近詞

金松岑天羽寄貽近詞《洞仙歌》「龍堪設酒，招莫君伯衡、畢丈勛閣、亢宙民、李鄂樓，觀青陽地扶桑邸後櫻花，春色惱人，感成此闋」云：「隔城花好。騁遊繮芳甸，醉搦仙雲媚晴昊。幻霞裾雪帔，魔舞蹁躚，妝抹勝、海國春寒料峭。　百狂拚泥酒，處子牆東，倚俊佯憨背人笑。蓬島別經年，回首家山，山影受、萬花圍繞。恁便説、麻姑海揚塵，要戲弄壺天，折花春惱。」《掃花遊》爲印濂題葉小鸞遺影手卷云：「仙凡路隔，天上聰明，墮紅塵劫。吹花唾葉，怕人間綺障，返生兜率。瞥眼驚鴻，笙鶴雲中寫得。重淒咽。一證無生，再生無術。　晚春愁脈脈。歎蒿麥荒坟，試花寒食。冷楓江驛。又疏香閣圮，莽生荆棘。大地山河，換了江南草色。剩留得。硯痕青、小顰眉窄。」

知綺語非宜而不能戒

余于學佛有志未逮，愧且悵矣。然每一念起，輒自警曰：余固有志學佛者，烏乎可？而此妄念遂洗革于無形，未始非身心之益也。唯綺語，則知其非宜而不能戒，第較有斟酌耳。

十四家詞

彊邨朱先生選《宋詞三百首》，取便初學，誠金針之度也。蕙風欲評選《十四家詞》便深造者，與《三百首》相輔而行。甫選定《須溪》一集，猝遭家難，精力驟衰，恐竟成虚願矣。十四家之目：曰温飛卿、曰李後主、曰晏氏父子、曰歐陽文忠、曰蘇文忠、曰柳耆卿、曰周清真、曰李易安、曰辛稼軒、曰姜白石、曰吴夢窗、曰劉須溪、曰元遺山；備選三家：曰馮正中、曰秦少游、曰賀方回。蓋從嚴格，故如右三家，猶爲備選云。

少作滿庭芳

曩年十四歲，詠邛州磚茶長姊自蜀中寄貽《滿庭芳》後段云：「早疏煙一抹，淡著春痕。約略碧紗窗裏，無多隔、淺笑輕顰。」以茶煙形容美人笑顰，可謂匪夷所思，妙笑在筌象之表，然而知者亦不易矣。

貽潘雪艷詞

《秋水詞》句：「一生真得幾回眸。」蕙風絶喜之，知遇之感，讀此爲之增重。歌媛潘雪艷，占籍吴中，生長滬上，明慧温麗，卓越輩流，缶廬、漚尹、蕙風並以嬌女待之。缶廬楹言見貽云：「雪晴小帖論風格，艷色先施比笑娘。」篆書絶精美，以泥金箋書之，尤爲難得。蕙風新詞《八聲甘州》序云：蕙風生平最憐女，潘女士雪艷，惠然肯爲吾女，快且慰矣。蕙風有兩女，雪艷明慧，殆有過之，昔人所謂女中之王也，爲製詞以張之。「向天涯、能得幾情親，誰知更娉婷。見盈盈一舞，便如真個，掌上珠擎。念汝人天絶艷，冰雪淨聰明。爲我萊衣舞，宛宛嬰嬰。　准擬香詞按拍，待趨庭付與，不擲書生。聽珠歌一曲，嬌囀似新鶯。蕙風少作有《新鶯詞》。好相貽、信芳蘭苑，要萬千、珍重慰余情。千金意、佇嬋娟月，來證深盟。」《高陽臺·正月十六夕聽歌，爲雪艷賦》云：「碧玉年芳，紅牙曲麗，當爐妒煞文君。是夕雪艷飾酒家女。遺世仙姿，麗華姑射同論。海棠文杏寰中秀，總輸他、玉雪精神。倚新妝、如此韶年，如此初春。　劇憐紈素吾嬌女，度珠聲清歷，皓齒丹唇。左思《嬌女詩》：「小字爲紈素，口齒自清歷。」又「濃朱衍丹唇」。解駐歌前，吴雲依約閑身。寄生芳草金螢艷，説鍾靈、占斷乾坤。劇場以乾坤名。爲誰消、庾信平生，無限酸辛。」

浣溪沙斷句

丙申丁酉間，寓秦淮水閣，賦《浣溪沙》云：「儂在畫橋西畔住，畫橋東畔是天涯。」語頗淡而入情，于高格無當也，即亦忘之久矣。叔雍游金陵，柳君詒謨偶舉似之，叔雍爲余言之。影事重提，墜歎如夢，爲之悵惘無已，其上下句亦不復省記也。

驚燕

春夏之交，壁間懸名人書畫，恐燕泥飄墮染損，于幀首作兩綾帶下垂，令時時摇動，俾燕不敢近，名曰驚燕。蕙風曩有詞詠之，調寄《浣溪沙》刻入《新鶯詞》：「四壁琳琅好護持。畫簾風影亂烏衣。飛近金題才小立，卻教回。　絹素乍同飄繡帶，襟紅時見涴香泥。倘是雙飛來對語，莫驚伊。」按此調名《浣溪沙》，前後段各七字三句者，名《減字浣溪沙》，據宋賀方回《東山寓聲樂府》。俗以七字三句兩段爲《浣溪沙》，而以此調爲《攤破浣溪沙》，誤也。

陀羅尼經詞

前所記海上某校書皈依淨土得解脱者，兹訪獲其姓名，曰薛飛雲。粤人代飛雲儲貯者曰何君澄一，廣智書局執事，蓋長厚君子也。飛雲平昔事母至孝，其得力有在受持奉誦外者，一切如來心秘密全身舍利寶篋印陀羅尼經。天下兵馬大元帥、吴越國王錢俶造此經八萬四千卷，舍入西關磚塔，永充供養。乙亥八月日紀。西關磚塔即雷峰塔。甲子九月，塔圮經出，虞山周左季收得一本，完整無缺。精裝徵題。有題《八聲甘州》詞者，蕙風依調繼賦云：「坐南屏煙翠晚鐘前，摩挲劫餘灰。向金塗幾塔，吴越王俶造金塗塔四萬八千，余曾見拓本。瓊雕萬軸，肯付沈埋。彩鳳無端掣搦。「彩鳳欲飛遭掣搦，情脈脈，行即玉樓雲雨隔」。吴越後王詞，見《後山詩話》。往事總堪哀。不盡興亡感，□堵波□。我亦傷心學佛，演珠林梵説，隨分清齋。掩新亭涕淚，何物不荒萊。盡消磨、藥爐經卷，忍斷篷、身世老風埃。湖山夢、散諸香處，圍繞千回。」《金剛經》：當知此處即爲是塔，皆應恭敬作禮，圍繞以諸華香而散其處。趙叔雍尊岳繼賦云：「澹斜陽無語暝煙深，雀離失崔嵬。塔一名雀離，見《洛陽伽藍記》。諗花拈諦妙，檀熏業淨，總付蒿萊。諸法本無空相，生滅不須哀。貝葉靈文在，翠池荒苔。我亦湖山舊主，等蹉跎賢劫，八百年來。俯晴漪澄碧，明鏡亦無臺。盡能消、琅函寶軸，算眼中、一字一瓊瑰。興亡感、問金塗塔，幾許沉埋。」

河東君遺墨

莫愁湖之濱，有石刻柳如是書「駐鶴」二字，曩寓金陵，訪求弗獲，悵惘無已。賦《木蘭花慢》，後段云：「南都花月太平時。風雅屬蛾眉。問龍虎銷沈，傷心何似，斷碣殘碑。天涯又逢春暮，便尋芳、弔古不成悲。花外一襟疏雨，玉驄香徑歸遲。」《玉臺名翰》有河東君書宮詞九首，精楷凝秀，近褚登善風格。

唯利是圖詞

《道書》：「八月十六日天曹掠刷真君降。」按《搜神記》：「掠刷神，掌財蓄之有餘者，咸刷而掠之，謂生人貧富有定分，勿越命以强求。」蕙風曰：吾因之有感焉！今之奪攘矯虔，獲罪于天，殘民以逞，取財于地者，其能封殖自固，至千萬世傳之無窮否乎？吾欲呼刷掠之神而敬問之。曩歲辛酉首春，缶廬爲蕙風作《唯利是圖》，畫折枝荔支，精麗凝勁，神采奕奕，蓋極得意之筆。蕙風自題詞並識。缶廬書之云：「夔笙屬作是圖，以玩世之滑稽，寓傷心之懷抱，可爲知者道耳。」爲設色畫荔支，取「荔」、「利」同聲字，夔笙自題五詞，調《好事近》：「荔與利諧聲，藕偶蓮連爲例。便作吾家果論，拜缶翁佳惠。多情爲我買胭脂，艷奪紫標紫。風味銅山更好，問阿環知未。」又「風骨信傾城，何止千金當得。十八娘殊媚嫵，帶寶山春色。小廉吾欲笑髯蘇，日啖僅三百。蘭畹近邊寒峭，問何時挺出。」又「雙蒂水晶丸，劉攽詩：「相見任誇雙蒂美，多情莫唱水晶丸。」得似同心金斷。便擬移根金穴，惜冰肌無汗。垂條疏密亦尋常，不道見寒暖。總被藍紅汪緑，把朱顔輕換。」又「荔下有三刀荔，或書作茘，利則一刀而已。刀作泉刀解詁，以多多爲貴。甘如醴酪沁心脾，和嶠最知味。照眼紅雲絳雪，是天然美利。」又「何必狀元紅，老矣名心倦矣。安得珠懸寶錯，似側生連理。缶翁之缶絶神奇，金合貯瓜子。萬一蘭因證果，在先生筆底。」辛酉燕九日，安吉吴昌碩並書于缶廬之一角樓，時年七十有八。按蕙風作《唯利是圖》，越五年于兹矣。顧賣書鬻文，清不知飢如故，昔人詠梅句云：「清極不知寒。」蕙風食最少，嘗自謂清極不知飢。設遇刷掠神者，將刷掠其所刷掠，神誠聰明，得無望塵卻步耶？

青山解辟塵

滬瀆無山，蕙風詞《鷓鴣天》云：「匝地嬌雷殷畫輪。疏鐘無力破黄昏。總然明月都如夢，也有青山解辟塵。」蕙風曩謚山水曰「無情物」，此曰「解辟塵」，奚翅華衮榮褒，山何修而得此。

瑞菊

潮陽陳質庵彬，有《瑞菊圖》，余爲題詞，調《滿庭芳》。是年秋，陳氏庭中黄菊作並蒂花，而質庵適有弄璋之喜。按徐氏《筆精》云：「宋季崔清獻與之，廣州人，號菊坡，至八世，其室有菊數本，每年作花，皆一蒂兩蕊，人咸異之。」余作陳圖題詞，甚惜未用此典。凡吾舊撰文詞，閲時稍久，往往檢出恰合之典，當用而未用者，甚愧記誦之多疏，藻采之不足也。

緗梅詞

蕙風近繢緗梅，作連理枝，自題《如夢令》云：「明月一窗誰共。證取羅浮香夢。絲鬢耐吳霜，來作守花么鳳。珍重。珍重。端合瑶臺移種。」

遠浦涵星

四明周湘雲鴻孫，屬題《九石圖》之一曰「遠浦涵星」，此景殊難着筆。並非真景，乃是形容奇石，兼顧尤難恰切。爲賦詞，調《南浦》，用張玉田體云：「秀極信能奇，乍凝眸、煙水迷離。如許波路舊歸帆，遥情在、落月霜天籠曙。瑤光歷歷，種榆合傍雲深處。江影平分秋佇雁，依約在東三五。　仙源誰識支機，恰教人卧看，牽牛織女。望極似涔陽，依南斗、不轉楚騷心苦。貞資雪濯，聚星消得髯翁句。丘壑胸中堪列宿，骨傲未須憐汝。」

題葛部郎遺像

平湖葛詞蔚以其尊人毓珊部郎遺像屬題，因檢《尚友録》甄葛姓事，列名僅七人，而其五以神仙稱。周葛由、羌人也。成王時，好刻木羊賣之。忽一日，騎羊入蜀中，王侯貴人追之，上綏山，山在蛾眉西北，最高無極，隨之者不復還，皆得仙。諺曰：「若得綏山一桃，雖不得仙亦豪。」吴葛元、字孝先，初從左慈授《九丹液仙經》，後得仙，號爲仙翁。晉葛洪、葛璝、亦稱仙翁。彭州有葛仙山，因璝得名。宋葛長庚。瓊州人。母以白玉蟾呼之，應夢也。後隱于武夷山，號海瓊子。事陳翠虚，九年得道。嘉定中，詔封紫清明道真人。靈跡蟬嫣，它姓殆未曾有。漚尹題《臨江仙》詞，余亦寄此調云：「家世列仙官列宿，才名小集丹陽。宋葛勝仲著《丹陽集》二十四卷。當湖雅故在青箱。部郎輯《當湖文繫》。太冲原卓犖，叔度自汪洋。　三十六年回首憶，共攀蟾窟天香。己卯同年。幾人寥廓遂翱翔。《瘞鶴銘》：天其未遂，吾翔寥廓耶！滄洲餘病骨，辛苦看紅桑。」歇拍云云，所謂鮮民之生，不覺詞之淒抑也。

曲瓊詞

君木夢中字余曰曲瓊，以告余。曲瓊，簾鈎也，見《楚辭·招魂》。爲賦《蝶戀花》云：「庭院陰陰風雨過。人去簾垂，生受淒涼我。欲斷旌懸何日可。輸他銀押偏寧妥。牽挂早知成日課。瘦影寒宵，愁共纖嫩墮。更憂花風驚夢破。吉丁話是招魂些。」心摇摇如懸旌，簾旌也，去簾額。

蕙風近詞鷓鴣天

蕙風近詞《鷓鴣天·題畫丐丐畫圖》云：「慘緑韶年付酒杯，江關蕭瑟庾郎才。無聲詩筆凭誰識，只合髯蘇作伴來。東坡居士云：「上可以陪玉皇大帝遊，下可以陪卑田院乞兒。」　腰帶緩，鬢霜催。吹簫我亦老風埃。勸君莫唱蓮花落，水逝風飄太可哀。」前調《題王星泉〈顧影自憐圖〉》云：「返舍羲輪不可期。昔遊都付玉簫吹。左徒惆悵余騷辯，《九辯》「惆悵兮私自憐」。張緒風流感鬢絲。　驚夢蝶，惜駒馳。暫徘徊處幾矜持。《漢書》：「昭君丰容靚飾，徘徊顧影。」與杯容易邀明月，與我周旋更阿誰。」

題閑軒深坐圖

陳質庵彬屬題《閑軒深坐圖》，爲題《清平樂》云：「斷無塵涴。人境成清可。何必閑雲來伴我。早是天空雲過。　君家嗜睡圖南。一般道味醰醰。斯旨也通禪定，便如彌勒同龕。」

減字浣溪沙

鰥生窮餓海濱，蓋五年于兹矣。乙卯六月，大風爲災之前數日，室人以無米告，戲占《減字浣溪沙》云：「逃墨翻教突不黔。瓶罍何暇耻齏鹽。半生辛苦一時甜。　傳語枯螢共寧耐，每憐飢鼠誤窺硯。頑夫自笑爲誰廉。」

蕙風君木連句

乙丑七月，左湖、天嬰、君木，薄遊姑蘇，集閶門旅邸，蕙風來會，即席徵歌。賨琴索詞，君木、蕙風連句賦《浣溪沙》贈之；每句嵌座中人字，小美玉磨墨，治葉老捧硯。詞云：「左顧餘情到酒邊。湖山佳處彈吟邊。是日左湖冒雨騎驢遊虎丘。（蕙）嬰伊軟説嫩涼天。（木）　風雨茜窗消寶篆，蕙蘭芳意托琴弦。（蕙）憑君木石亦纏綿。（木）」又「風滿雕櫳月滿樓。玉容清美蕙蘭秋。（蕙）紅嬰消息遠天浮。（木）　切莫四弦悲老大，湖波左計比情景，（蕙）鄂君悵望木蘭舟。（木）」

蝶戀花

天嬰自滬之杭，賦詞寄貽。調《蝶戀花》云：「寥落天涯人自去。偏又東風，吹緑天涯樹。燕子迎人頻送語。無端聽徹聲聲住。　野色苕苕愁日暮。燈火江南，漸墮空濛處。客裏看春如坐霧。回頭不辨來時路。」君木次韻云：「畫閣愔愔春已去。一寸斜陽，猶挂屏山樹。苦憶剪燈深夜雨。梨花門巷尋常住。　徒倚闌干愁日暮。中酒情懷，欲遣渾無處。珍重夕熏薈作霧。爲誰索遍相思路。」蕙風次韻云：「少日年芳何處去。極目江潭，總是傷心樹。愁到今年誰與語。十年飄泊愁邊住。　杜宇聲聲朝復暮。未必天涯，只有春歸處。往事如塵吹作霧。漂摇獨活悲歧路。」

雲窗授律圖題詞

陳蒙庵彰屬琦兒作《雲窗授律圖》，蕙風爲題《洞仙歌》云：「塵飛不度，其雲閑如我，放鶴歸來見深坐。有松聲合并，幽澗鳴泉，風動處，依約宫商迭和。　一丘復爾，桐帽棕鞋，隨分商量到清課。遠致屬聲家，淡墨溪山，君知否個中薪火。早點檢、秋期托蘭荃，便嫋盡爐煙，付它寒鎖。」附識云：「陳生蒙庵，有志聲律家之學，就余商榷，素心晨夕，此圖得其仿佛。」漚尹題云：「又韓琦字世講，績事孟晉，漸近蒼勁，鍥而不舍，以規仿石田爲宜。」缶翁題云：「修學以熟精爲至，唯畫筆貴生忌熟，所謂神明規矩之外。又韓世講勉之。」君木題云：「況生二十負才名，畫筆蒼茫人老成。慘緑華年正英絶，已能滿紙作秋聲。」缶翁云云，寥二十餘字，深得畫家三昧，琦兒宜服膺勿失。

粉面太大

曩客吴門，與易中實、張子苾、鄭叔問同遊虎丘。一葉青篷，煙波容與，聯句賦《鎖窗寒》詞。叔問得句云：「近黄昏，玉鬟更携，粉香欲共蒼翠滴。」頗自喜。余曰：「句誠佳矣，此敷粉之面，無乃太大乎？」四座爲之軒渠。

繆小山姓字巧合

上海新聞橋迤東，有繆筱山醫寓，揭櫫其門者再。與江陰繆筱珊先生姓字巧合，余嘗作詩賦其事。越翼月，先生至自都門，見而賞之。因再占一詞，調寄《點絳脣》云：「男女分科，霜紅龕主原耆宿。太原傅青主先生山，以醫名，著有男科、女科，今盛行。藕香盈掬。何用參苓斸。先生刻精本叢書，名《藕香零拾》。八代文衰，和緩功誰屬。醫吾俗。牙籤玉軸。乞借閑中讀。」

贈東儒千秋歲詞

甲寅四月，日本翌澤青淵男爵來游滬上，先之杭州，拜明儒朱舜水先生祠墓。將游京師，取道曲阜，謁孔林。自言其生平得力，不出《論語》一部。誠彼國貴遊中錚佼者。余嘗賦詞贈之，調寄《千秋歲》云：「雲帆萬里。人自日邊至。桑海後，登臨地。湖猶西子笑，江更春申醉。誰得似，董陵澆酒平生誼。

九點齊煙翠。指顧停征轡。洙泗遠，宫牆峙。乘桴知有願，淑艾嘗言志。道東矣，蓬山回首呈佳氣。」按日本自魏明帝時通中國，其主文武天皇，釋奠于先聖先師，尊崇孔子。彼國名儒，著有《先哲叢談》一書，恪守程、朱之説，于性理之學，多所發明。蓋聖學東漸，由來舊矣。又同治時，有雅里各者，籍英吉利國，曾游歷京師。先迂道山東，謁曲阜孔林。金匱王紫詮韜《送雅君回國序》，稱其注全力于十三經，取材于馬、鄭，折衷于程、朱，于漢、宋之學，兩無偏袒。譯有《四子書》、《尚書》二種，彼國儒者，咸歎其詳明該洽，奉爲南針云云。則西儒亦向風慕義，尤爲難能可貴矣。

本事詞可以作曲

北來者言：畹華《太真外傳》，妙緒環生，鳳城士女，相率賞音。近又有花蕊夫人之製，摩訶清淺，玉骨冰肌，一代韻事，微畹華胡以傳？極盼其定場點拍，早付新聲。實則本事詞之可以作曲者，正復不少，但得慧心爲之選訂，鯫生固亦願預斯役者也。

家信集詞曲名

舊藏先雨人世父家信，中一則云：「聞説某某表弟已下集詞曲名好事近，不日賀新郎，從此做好郎君，與好姊姊，稱並頭蓮，八節長歡可也。但須識得端正好，休再説脱布衫，沾美酒，學那耍孩兒，走的不是路，以致懶畫眉，不知念奴嬌，致稱爲薄倖郎也。」蓋寓箴勸之意。某表弟者，五陵年少之流也。

從此蕭郎是路人

友人某君告余：某日，送某參政北行，歸途宴集某所，晤東陽方伯。東陽自言：日來甚欲填詞。因叩以近作，則擬《鷓鴣天》，僅得起句云：「從此蕭郎是路人。」適案頭有《北山移文》，洛誦至再，俄而客至，遂不竟作。此七字含意無盡，真「黄絹幼婦」也。

王夢湘詞格

與君木談楹言，因憶王夢湘以敏歷山舜廟之作：「高山仰止景行行止。卿云爛兮糺縵縵兮。」時代恰合。工巧不能有二。唯是文章本天成，妙手偶得之，前後乎夢湘，保無與夢湘暗合者。曩嘗論製謎，不取底面成語者，或美之曰玉合子。亦同斯旨。夢湘武陵人，詞格在夢、草二窗之間，湘野後七子之一。

馮君木秋辛詞

君木戊戌已編舊著曰《秋辛詞》，卷中佳勝，雅近南渡群賢風格，間亦涉足《花間》。比歲專力于詞，不常填詞，詞固卓然名家也。《鷓鴣天》云：「惻惻輕風到鬢殘。青春憔悴百花闌。鶯啼燕語渾無賴，種得幽蘭只自看。羅帶減，酒杯寬。參差吹羅倚闌干。美人環佩無消息，暮雨空江生薄寒。」《菩薩蠻》云：「黄蜂紫蝶閑庭院。闌干寂寞蘼蕪滿。不惜卷羅幃。東風惹是非。馨香懷袖裏。珍重千金意。落日碧天雲。高樓思殺人。」又「東西日暮飛勞燕。門前烏桕陰陰見。脈脈惜芳華。橫塘雨又斜。　鈿車南陌路。蘭蕙同心侶。欲贈繡羅襦。羅敷自有夫。」又「綿綿遠道生青草。別君三歲朱顔老。無語憶華年。秋風九月天。　夫容去未遠。采采聽深淺。木落洞庭波。嬋媛太息多。」又「華燈紅暈聞簫鼓。獵獵雌鳳瀟湘語。抱得七弦琴。無人知此心。　髮絲憐曲局。無意調膏沐。溝水日西東。君心同不同。」又「桑棹三宿渾無據。春風秋月尋常度。單枕不成雙。夢爲金鳳凰。　真成瓶落井。消息年年冷。蕙草自芳菲。悦君君不知。」《河傳》云：「遥望。塘上。藕花秋。花外盈盈畫樓。美人似畫樓上頭。箜篌。隔簾生暮愁。　簾低容光天樣遠。塘水滿。無計量深淺。倚花枝。明月時。相思。知君知不知。」《蘭陵王·送厲虞卿同年玉夔南歸》用片玉韻》云：「野煙直。疏柳依依弄碧。長亭路，尊酒送君，席帽黄塵黯行色。回頭念故國。憔悴長安倦客。蘆花外，秋水自生，一夜愁心抵千尺。　滿飲恨無跡。只舊日斜陽，紅上離席。一聲珍重酬眠食。看王盞未酹。錦車何在，漫天煙草失故驛。隔形影南北。　心惻。淚痕積。歎送客天涯，如此岑寂。飄零俊侶愁無極。剩日暮窮蒼，幾聲風笛。黄昏殘雨，卻又向，夢裏滴。」《浪淘沙》云：「風雨自年年。春夢闌珊。星星孤燈欲吹殘。一夜高樓花落盡，如此人間。　兀自掩重關。涕泗無端。更無人處一凭闌。紙閣蘆簾依舊是，只是荒寒。」前調泊舟之罘，煙水合沓，甚有遠思，賦柷王伯諧韶九、柴予平止衡兩同年云：「岸闊暮潮寒。哀角初殘。天涯光景一凭闌。衰柳昏鴉斜日裏，滿目江山。　風緊客衣單。愁思闌珊。北來鴻雁指君看。煙水荒荒天四合，何處長安。」

曲瓊詞

君木夢中字余曰「曲瓊」，余賦《蝶戀花》云云（見前）。君木和答，調《浣溪沙》云：「聽到瓊鉤亦斷腸。疏疏風片作淒涼。夢魂吹墮吉丁當。　珠箔飄燈成惝怳，畫閣垂雨正昏黄。不知今夜爲誰長。」换頭「垂」字精煉，關合曲瓊，得不粘不脱之妙。

馮螳螂

曩歲辛酉撰《天春樓漫筆》，有云：夜來香，閩、廣産。每歲春初，估客捆載其藤至，長六七尺許，色紺，近本處壯如指，春分前，植之庭，圈蘿爲架，盤桓其上，約十日，勿經日曬。洎見日，輒萌動，四月半後作花，花亦不必以夜，香輸茉莉韻也。方萌動間，必有一二小螳螂棲集葉底，僅如蟻之巨者，與葉同色，迨花時，則長數分矣。玲瓏透碧，絶可愛玩。雜置夜來香于衆花之間，他花殊茂密，夜來香蔭疏，而螳螂不集他花也。夜來香性畏寒，八九月間，螳螂長及二寸，則飛去，不知所之。夜來香亦彫零垂盡，一經霜降，並葉而無之矣。留其藤，未久輒枯槁，調護不得法也。螳螂之與夜來香爲緣，其殆緑毛么鳳、桐花鳳之流亞乎？十年間，余寓金陵，每年必購夜來香，每年必有螳螂，花可愛，螳螂尤可愛，螳螂者夜來香之寄生也。是説未經記載，試種夜來香當知余非戲言（前《漫筆》止此，不具録）。君木見而喜之，得「妾是夜來香，郎是螳螂」二句，因成《浪淘沙》後段，屬蕙風補前段，成全闋如左：「風雨黯横塘。着意悲涼。殘荷身世誤鴛鴦。花國蟲天回首憶，猶説情芳。（蕙風）妾是夜來香。郎是螳螂。花花葉葉自相當。容易秋邊尋夢去，點鬢繁霜。（君木）」

霓仙遺稿

馮君木以其同縣葉君同春《霓仙遺稿》印本貽余，葉君光緒己卯舉人，官國子監學正。其遺稿君木爲之序，稱其平生微尚，雅擅填詞，取徑姜、張，分刌悉協。《憶秦娥·春明思歸》云：「何時了。飄零書劍長安道。長安道。紅塵如海，醉吟潦倒。　月明鄉思添多少。銀箏又把離愁攪。離愁攪。江南芳訊，白蘋秋老。」《玉蝴蝶·丁亥重九夜》云：「夢覺被池微冷，階蟲淒切，似報霜寒。猶憶去年重九，人在長安。對金樽、花嫣月媚，聽玉笛、酒醒燈闌。念家山。西風無恙，一雁南還。　堪歎。别來幾許，淚痕塵浣，怕檢征衫。依舊零箋斷簡，落拓江關。便江南、紅衣吟盡，奈洛下、青鬢彫殘。起盤桓。星斜漢轉，拍遍闌干。」《浪淘沙·曉泊甬江口占》云：「曉市郡城東。煙水迷濛。浮橋鐵索纜江中。橋外帆檣無數影，橋上闌紅。　楊柳道頭風。吹散萍踪。輕輕艇子小烏篷。歸信可如潮信準，試問飛鴻。」前調《落花》云：「昨夜小樓中。檐溜丁東。曉來剗地委殘紅。一瞥濃春煙景盡，雨雨風風。　綺夢太忽忽。香徑苔封。緑陰和荔作冥濛。芳草天涯殘醉醒，莫卷簾櫳。」《買陂塘·落葉》云：「怨清霜、幾番寒信，催成憔悴如許。天涯芳草都衰歇，何況緑陰庭宇。游冶處。指波面樓頭，頻寄相思句。愁心日暮。只一曲哀蟬，紅殘花褪，秋恨向誰訴。　平原望，斜照亂鴉無數。吴江潮冷誰渡。庾郎已自悲摇落，更奈茂陵風雨。休歸去。怕辭卻高枝，易化塵和土。繁華無據。看水驛山程，荒臺廢苑，蕭摵甚情緒。」《踏莎行·題友人别業》云：「笠澤溪山，輞川煙雨。碧雲依約蘭皋暮。世間何地有紅塵，柳陰自築藏春塢。　飲啄生涯，登臨佳處。東風緑到門前樹。卷簾花影夕陽低，酒醒好聽黄鸝語。」《蘇幕遮·詠螢》云：「小庭空，良夜静。閃爍依稀，幾度穿芳徑。飛近牆陰還細認。零露花梢，風颭星初定。　月將沉，香乍燼。記得紅閨，簾卷釵鬟冷。團扇輕紈掩映。點上銀屏，微見嬋娟影。」《霓仙詞》意境沉着，間近質樸，得力于南渡群賢，于常州詞派爲近。選録卷中佳勝如右，質之君木，未卜當否。

謝䩄園詞

君木寫示謝䩄園近詞，《蝶戀花·贈歌者梨雲》云：「聽得聲聲珠絡鼓。越袷吴妝，洛水凌波步。爲是纏頭邀一顧。不辭銀鶴翻空舞。　豆蔻梢頭年十五。貌比蓮花，心比蓮心苦。未必芳姿天亦妒。雲涯怕有藏春塢。」䩄園名掄元，餘姚人。

湖上聯吟草

《湖上聯吟草》，丹徒謝公展、介子昆季唱酬之作，玉屑清言與湖山宜稱也。《清平樂（聯句）·訪雲棲過虎跑泉題壁》：「層巒回抱。攬勝雲棲道。弄雨奇雲來縹緲。不許紅塵飛到。　碧山幾個人來。幽泉洗淨秋懷。此境偶然拾得，仙山安問蓬萊。」《前調（介子）·雨後泛舟湖上》：「湖山如洗。一片清涼意。水上孤舟惲小繫。最記藕花香裏。　蓮房甘苦何如。秋波渺渺愁予。小鳥因風驚起，背人飛過菰蘆。」《韜光觀海臺（公展）》：「登高一覽江湖海，千古奇觀畫不成。無數峰巒生足底，不知何處起松聲。」《冒雨泛舟荷花深處，過葛蔭山莊，展兄作畫，賦此題之（介子）》：「雨絲風片浮瓜艇，山色湖光入草廬。人在畫中渾不覺，卻從波上寫芙蕖。」

潘月舫詞

鄉人潘月舫岳森遊寓滬濱，與天南遁叟、高昌寒食生唱酬，有《意琴室詩詞》。《惜分飛·別情》云：「才得逢春春又暮。一枕繁華夢悟。花落紛紛無數。杜鵑不住催春去。　未許重尋桃葉渡。腸斷蕭郎陌路。采艾詩空賦。天涯飛絮知何處。」《贈陸家二妙》有序云：「高昌寒食生閱遍群芳，情鍾兩小。借陸氏如花姊妹，寄何郎傅粉情懷。以孟劬、仲勤命其名，性期返本。以夢蕖、幽琴別其字，樣巧翻新。莫道色即是空，須知周元非蝶。傳來佳話，費幾多月旦閑評。紀以小詩，留一宗風流公案」：「共謫情天未染塵，漫論絮果與蘭因。蹁躚小鳥知親客，窈窕雛鬟總絶倫。有約待爲雙下管，無猜分作兩家春。品紅題翠渾忙煞，終日勞勞爲美人。」原注：二美姓勞。　月舫天分甚高，風流文采，不可一世，中年殂化，未竟其業，甚可惜也。

程十髮美人長壽庵詞

十髮先生《美人長壽庵詞》，于宋人近清真、白石，其致密綿麗之作又似夢窗；于國朝近朱錫鬯，《載酒》、《琴趣》兩集勝處兼而有之。清而不枯，艷而有骨。以昔之鄒、董，今之郭、姚例君，非知詞者也。詞最六弓，都三百六十闋，附十四闋。

邵次公詞

淳安邵次公瑞彭諳政術，擅詞章，風骨騫舉，世人多識其事也。近客京師，暇輒填詞，頃寄積稿成帙示叔雍，相與欣賞。千里素心，燈窗晨夕，天涯情味，當復相同。兹移録數首。《華胥引·和陳小樹》：「寒燈媚夜，殘葉迎風，漏壺初急。恨促蠻弦，啼沾寶枕人未識。不道孤客無眠，滯水西雲北。松柏依然，爲誰凝想油壁。　胡雁傳箋，話如今、舊歡難擲。錦屏雙扇，猶堪舊題象筆。滿眼江山沉醉，待夢魂相覓。閑擁羅衾，怨蛾淒桂林隙。」《永遇樂·遼東懷古》：「鶩夢鶯啼，摩霜鶻奮，絶塞無際。照眼煙塵，羽書馳處，萬古興亡地。長河暮水，平沙秋草，迸入亂笳聲裏。甚忽忽、樓船横海，不敵破空胡騎。　玉龍吹怨，江南春盡，誰灑冰天殘淚。卑帽辭家，白翎换劫，悵望英雄起。月明依舊，美人歌舞，渺渺荷花十里。東風轉、桃根寸札，鶴歸能寄。」《霜葉飛·十一月十五日約葑庵同賦》：「夜堂歡短霜風外，南飛驚墜孤（鷹）鸖。浸痕滄海認明珠，付絳綃同泫。記昨日、疏簾半卷。愁妝吟鏡春無限。念故國、捐瑠舊恨，不分重見。　江上素月弦空，平林燈火，望極前度人面。鳳城秋去、晚鴉啼夢，紫臺天遠。想落葉、宮門閉斷。蛾眉催老閑恩怨。試共吟、横汾賦，簫鼓歸來，茂陵年晚。」《清商怨》：「虚廊啼罷絡緯。又玉簫吹起。遠樹飄燈，涼花垂熱淚。　江南千里萬里，煙水深、樓爲誰倚。閉了重門，關山明鏡裏。」《採桑子》：「紅梅偎向愁鸞泣，花霧溟溟。濃睡初醒。明月當樓夜四更。　吴魂輕逐車輪去，銀漢無聲。幽怨難平。明日煙波路幾程。」

邵次公指事詞

叔雍謂次公近作多指事詞，意内而言外，寄託遥深，固其宜也。持此以讀次公詞，庶幾得之。然其婉約端艷，正不爲事多拘，細加體會，自得其妙。《玉樓春》云：「行雲不合西樓住。遥夜繁紅飛似雨。鏡中潮信有來期，屏上春帆無去路。　錦衾四角絲千縷。飄盡柳綿難作絮。君如瑟柱妾如弦，自古一弦安一柱。」又：「長干波浪連天闊。日日吴船乘浪發。來如春夢去如雲，昨夜星辰今夜月。　夜堂携手芳菲節。不信花開人又别。胡桐着雨淚難乾，密苣偎爐心易爇。」又：「羅衣不怨秋風早。時世梳妝工且巧。泠泠湘女五條弦，彈裂哀雲人未曉。　遠山隱約雙蛾小。應有千金酬一笑。遥遥夜夜滯愁眠，坐對菱花慵自照。」又：「黄鶯二月棲難定。三月楊花飛滿徑。一春無雨到清明，殘醉天涯猶未醒。　妾如桃李開金井。君似銅瓶辭短綆。墜瓶出水不空回，中有夭桃紅淚影。」又：「紅樓只在斜陽裏。不抵開山千萬里。遊絲傳語訊平安，説與相逢渾不似。　鏡鸞照影殷勤寄。貯得方諸千點淚。欲凭環佩領春愁，除是寒裯尋晚睡。」《相見歡·贈歸客》：「西樓驚雁飛回。錦書殘。昨夜何人獵火、照狼山。　千萬里，錯相倚，玉闌干。回首江南不見、見長安。」

邵次公玲瓏四犯

余曩好側艷之詞，或爲秀鐵面所訶。近來投老，意緒闌珊，固卻去不爲，爲之亦未必能工也。讀次公《玲瓏四犯》，輒爲神往。《四犯》自序：「十月晦夜，獨坐假寐，得高丘雲云十四字，度其音律，頗合石帚自製曲。感念離居，情意宛結，因足成之」：「柘館露濃，簫臺風緊，明蟾低挂林表。畫闌凝望久，亘亘星可悄。今宵夢魂未到。滯歡期、亂煙荒草。翠被温愁，玉璫傳淚，腸斷幾時了。　橫塘水桃根棹。想殘盟易踐，歸計難早。滿街寒柝起，竟夕群鴉鬧。高丘萬古春無恨，問誰説、蛾眉不好。天欲曉。思量罷、朱顔暗老。」

邵次公西山旅舍之作

流連風物之作，視之似易，工之實難。蓋山水招邀，各具其勝，而會心所託，又各異其情。且崔顥題詩，前人往往已盡其長，尤在作者之能契理入神，自探妙緒。次公西山旅舍之作，殊其至者。《曲玉管·金陵懷古》：「蔣埠青山，秦淮碧水，遊人苦憶江南好。十里垂楊城郭，空打寒潮。盡魂銷。野草花開，瓊枝歌冷，月明滿地啼烏老。玉氣潛收，酒醒何處吹簫。夜迢迢。　故壘蒼茫，忽終古、傷心東望。可憐燕子無家，都隨紫蓋辭巢。遠難招。盛興亡揮麈，荏苒紅樓秋夢，白門春雨，舉目新亭，莫問前朝。」又《玲瓏四犯·危城索居，終夜不眠，感物懷人，黯然有作並有本事》：「依舊銷寒，好時節、玉笛愔愔。重簾寂寞，亂塵繞遍荒林。此夜凭高望遠，念彌天烽火，何地堪臨。沈吟。知離人腸斷不禁。故國平居怨別，對闌干千里，一片傷心。海樣啼痕，清羅衾、比似誰深。南樓還聞哀雁，便憶起、金梁卻月，有夢難尋。擁書卧，背孤燈，惆悵到今。」

邵次公歲暮渡遼新作

淳安邵次公歲暮渡遼，以詞翰遣離憂。見其近作，風骨婿峭，爲録存之。詞《夢玉人引》：「舊經過地，行雲散，渺無跡。臘鼓催年，回首可憐輕別。橫海孤舟，怕離魂難度，不成相憶。一夜同看，只青天明月。　故衣休换，數啼痕、添了滿衣雪。塞北春遲，玉梅何處攀折。望裏關山，苕苕飛鴻翼。料伊到曉，懨懨暗卜，歸來時日。」

小橋墓磚拓本詞

小橋墓，前明重修，在漢陽城外。陳蒙庵得斷磚，絶珍弆之。文曰「小橋之墓」，篆書樸雅入古。其上段闕文當是修墓年月。蒙庵賦《滿江紅》題其拓本云：「一片苕華，猶未滅、當時名字。更想象、雄姿英發，金龜夫婿。玉箸香銘芳草路，銅臺往事東風裏。付浪淘、人物盡風流，今誰是。　摹遺跡，何年製。尋短碣，消沉未。剩殘珪碎璧，香魂凭寄。赤壁只今餘水月，黃昏應見歸環佩。佇鸚洲，一例感前塵，蒼茫意。」歇拍美人名士，闕合有情，全闋爲之增色。

題雷峰塔經卷

蕙風題雷峰塔經卷，調《八聲甘州》，叔雍繼賦，陳蒙庵彰亦繼聲云：「近幡風珠鐸不成鳴，滄桑劇堪哀。剩塵封寶篋，循環貝葉，妙偈峰臺。佛誦經臺也，見《山堂肆考》。不盡興亡遺恨，惜起劫餘灰。莫到南屏路，俯仰傷懷。　幾許湖山金粉，付酒中蘇晉，繡佛長齋。《飲中八仙歌》：「蘇晉長齋繡佛前。」舊花香散處，陳跡等蒿萊。問金碧、雀離安在。聽晚鐘聲裏一低徊。珍珠字、浣紅薇露，洛誦千回。」又採蓮曲調《攤破浣溪沙》云：「紅娘綃衣翠映眉。鴛鴦驚起背人飛。底事個儂遍採得，並頭枝。　記取停橈休傍柳，千絲萬縷是相思。生怕夜涼花睡去，月來時。」過拍，換頭，並有思致。

陳蒙庵題切夢刀詞

丁旿庭先生著《切夢刀》一書，稱引詳確，辨析精審，斟酌于義蘊術數之間，濟之以多見而識，知微知彰，寓牖民覺世之閎旨，求之近人撰述中，得未曾有。陳蒙庵彰題詞調《金縷曲》云：「訂韻諧宮徵。先生精韻學，撰述甚富。更精研、神交六侯，異書料平聲理。不待三更風力勁，悟徹春婆妙諦。長卿後、微言誰繼。處世原來如大夢，阿誰窺、幻影真如意。先覺者，破玄秘。　一編好作南針指。恁紛紛、蕉隍覆鹿，槐柯封蟻。底事黄粱猶未熟，大可及鋒而試。便指顧、華胥醒矣。舊籍張劉牙慧耳，坊間張三丰、劉誠意解夢書，自云得諸秘藏，實襲君書以售欺者。笑廣微、瑣語林輕比。應紙貴，洛陽市。」

陳質庵題切夢刀詞

陳蒙庵與兄質庵運闓，原名彬，一字伯懌。競爽詞壇，有「二難」之目。晉江丁昞庭成勛，一字欽堯。所著《切夢刀》，質庵題詞調《減字浣溪沙》云：「武庫青霜試及鋒。頓教殘醉失惺忪。趾離退舍脱光雄。「趾離」，夢神名，見《致虚閣雜俎》。「脱光」，刀神名，見《齊太公兵法》。　蝶栩定應回夜枕，鯨鏖須不待晨鐘。邯鄲歸騎莫從容。」質庵樂道好静，書法尤工，得晉帖神髓，不輕爲人作也。

賀新婚詞

賀人新婚詞，宜莊雅温麗，涉佻便俗。陳蒙庵賀林郅君新婚，調《五彩結同心》云：「鳳占宜室，燕賀升堂，穠桃詠葉風詩。冰泮佳期届，秦臺路、紅紫越恁芳菲。華筵緋燭籠香霧，屏舒錦、玉樹交枝。臨鸞鏡、芙蓉蒂並，彩毫畫新眉。　席菜舊家和靖，恰仙人蕚緑，比似瓊姿。清課琅玕竹，雕華手、蓉玉漫擬才思。新人工刻竹。花風研暖花朝近，春如海、月正圓時。珠履集、雲璈曲奏，好斟緑醅紅卮。」

陳質庵合歡帶詞

質庵近詞《合歡帶·賀黄佩蘅新婚》云：「恰新春、景淑辰良。葉鳳卜、儷珪璋。并蒂花開人似玉，錦屏間、子細平章。雲嬌月媚，紅深翠婉，初試梅妝。倚奩品、乍可鸞窺暈淺，蛾鬭眉長。蘭因鴛牒，玉貌羊車，襟懷叔度汪洋。屈指蟾圓三五夜，二分春早付仙郎。花明酒滿，椒紅柏緑，乞與穠香。有情仙、艷説藍橋，料量玉杵瓊漿。」江夏燕爾之期，爲正月初十日，郎韻雅切婉麗，允推冰雪聰明。

題真如室圖

陳質庵録示近詞，《清平樂·題徐仲可真如室圖》云：「神樓畫裏。山水清空地。隔斷西湖紅十里。領取如如真諦。　西來大意云何。先生笑指煙蘿。懺到文人慧業，真成丈室維摩。」質庵一字伯懌，近有志于聲律家之學，所造甚深，與蒙庵塤篪迭奏，今之龜溪二李也。「襄陽回望不勝悲」詩一句，即四書人名六，妙造自然，殆不能有二。「離家人漸損丰頤」亦成句，即卦名六，皆奇句。

王飲鶴詞

蘇州第一師範學校，在護龍街南頭，滄浪亭西北。有紫陽鄉公園，拓地廣袤，以研究種植學爲主旨，一木一花一果，咸揭櫫其名，綴以西國文字，其植物自舶來者什之一二云爾。荷塘逾十數畝，花事已闌，田田彌望，因憶白石詞：「日暮青蓋亭亭，情人不見，爭忍淩波去。」爲之悵惋久之。沿荷塘迤西行，高樹障其左，折而南，岸盡得場圃，臨水置桔槔，則學稼處也。有大田嘉禾，青穎油油，珍實離離，乃亦有秋，安在不如老農耶！蘇城固多土阜，此則因勢成勝，通以略彴，爲亭翼然，芳樹環之，若梅、若緗桃、若海棠、紫荆之屬，未易僂指計。曩余臨桂舊居，有茂樹及檐際，秋日作花似珠蘭，疑即木本珠蘭。名曰樹蘭，入茗飲絶芬馥，非茉莉、玫瑰可同日語。阜之麓亦有此樹，樹大于吾家所有，方作花，尤極繁密；余適筋力已疲，弗克登陟審諦，顧遠而望之，其枝幹花葉，什之九樹蘭也。此花不常有。曩余金陵客次，曾見小樹作盆供者。江南多芳物，其信然耶！逾土阜，迤東，折而北，曲徑通幽，蒼翠匼匝，如往而復，非余游踪所及矣。斯園饒有野趣，與劉顧等園人工雕繪者迥殊，誠莘莘茜茜者息遊之勝地矣。訪校長王君飲鶴朝陽不遇。飲鶴工倚聲，有《忘我詞丙稿》。《徵招》云：「嫩晴枝上翻紅影，穠春去將過半。麗日正遲遲，倚曲闌人倦，吟魂淒欲斷。況門外、風花淩亂。破碎湖山，更誰追問，酒裙歌扇。　淚眼閲滄桑，閑情緒，並入作平玉龍哀怨。恨賦寫江南，怕題襟塵滿。流鶯渾不管，慣偏向、愁邊低喚。卜消息，鏡裏年華，訝鬢絲青换。」近作《聲聲慢·過復成橋倉園》云：「如龍車馬，似水樓臺，芳華無恙新亭。舉目河山，滄桑一霎曾經。銅仙暗傷亡國，費移盤、鉛淚如傾。忍重聽，風前殘笛，水曲哀箏。　還我承平江左，望復成橋下，船火星星。裙屐當年，紅闌花底同凭。依稀眼前影事，已登場、人物全更。憐舊月，照秦淮，誰與送迎。」

王飲鶴霜花腴

王飲鶴詞學孟晉，録示近作《霜花腴·偕童伯章、蔣青蕤、汪鼎丞諸公游天平山，依夢窗自度曲四聲》云：「紺雲暮合，望遠天、斜行雁字排空。霜冷煙郊，石荒苔徑，樓臺亂倚西風。歲華轉蓬。話舊游、零落歡悰。悵投林、倦翼難飛，壯懷消盡酒杯中。　京洛暗塵如霧，換伊涼一曲，瘦損秋容。蕭瑟江關，彫年詞賦，銷魂舊日文通。更携瘦笻。側醉巾、同上吴峰。又登高、過了重陽，晚楓翻錦紅。」

斠書詞

烏程劉翰怡承幹，藏書極富，平甘留心掌故，尤精斠勘之學。嘗冬夜斠書，口占小令調《減字浣溪紗》云：「剪盡紅花坐夜闌。鈔書容易斠書難。異書贏得幾回看。　已覺周詳渾未信，偶逢清暇得重翻。此中真味向誰言。」翰怡有《嘉業堂勘書圖卷》徵題詠。

劉翰怡法曲獻仙音

石門沈醉愚明經焜聘室張女史遺翰，兼莊雅秀逸之長，醉愚夙珍弆之，精裝徵題。烏程劉翰怡承幹賦《法曲獻仙音》云：「高格簪花，淑靈棻蕙，秀奪金閨諸彦。咽鳳沉簫，注鴛摧牒，藍橋舊遊腸斷。其絮果，三生恨，東陽帶圍緩。　世緣幻。問何如、麝塵珠字，珍重意、如見緑窗弱腕。故紙忒禁秋，只雲雲、何事輕散。紫石淒迷，憶金鑾、空剩柔翰。早銀鈎鐵畫，占取茂漪箋管。」醉愚著有《醉吟仙館詩集》。

賦適園詞

南林張石銘鈞衡于所居南牖鷓鴣溪之濱，拓地爲適園。蕙風爲之記：「園多水竹，湖石尤勝，蓋浙右三百年來，舊家名園所有，斯園兼收並蓄之。」劉翰怡京卿秋日游適園，賦贈石銘兄《高陽臺》云：「畫筆紆迴，詩情淡引，廛涯小有仙蓬。平地樓臺，相參人巧天工。玉津金谷非吾意，盡勝他、巢父壺公。最宜秋，鏡罨芳池，雲縐奇峰。　南村卜宅叨情話，幾素心晨夕，尊酒過從。照眼黄花，珠簾又捲西風。寒盟好在長相守，撫松筠、着意葱蘢。憶南湖、舊約風流，玉照堂東。元注：宋張鎡有園在南湖，玉照堂其最勝處。」

題缶廬詩存

劉翰怡題吴丈《缶廬詩存》詞，是真能知缶詩之妙者。調《沁園春》云：「詩人之詩，其心則騷，而筆近韓。似老樹著花，椏杈嫵媚，奇峰拔地，突兀孱顔。節制之師，懈無可擊，當得長城尤五言。論風格，只東陽乙庵尚書高密太夷方伯，方駕吟壇。　須知天帝胡然。凡凌亂之言皆肺肝。念獨立蒼茫，所遺何世，悲歌慨慷，欲問無天。疊稿如融，長愁如質，略舉家風非等閑。陽春曲，問十年滄海，幾見成連。」換頭「肝」韻二句，筆遒而意徹，非功力甚深不辦，非缶翁之詩不足以當之。

題畫蘭蝶戀花

劉翰怡近詞《蝶戀花》三首，爲三蘭畫蘭三枝並題，藻思綺合，芊綿温麗，讀之齒頰俱香：「影事鬘天時記省。點檢離襟，猶有餘香凝。回首江皋仙路回，素心珍重雙珠贈。試問小名羞不應。玉刻口刺，看取瓊枝並。畫裏芳姿娟更靜，三生乞與蘭因證。」「眼底群芳齊俯首。天與娉婷，不數芝三秀。幾話同心携素手。濃香未澣襟痕舊。盡意相思從別後。九畹而今，卻種雙紅豆。紉佩情芳君念否。一年容易秋風又。」「願傍蘭苕爲翡翠。璧月瓊筵，曾幾瞢騰醉。珠樹三花明赤水。芬芳未抵千金意。自昔國香稱服媚。畫裏真真，消得人憔悴。甚日凭肩呼小字。碧紗煙語喁喁地。」三蘭姓錢氏，越國妙姬，容翰雙絶，妝閣在錢塘江上，非俗客所能到也。

劉翰怡詞

張玉娘，吴人，擅場南詞，年二十六，以不耐殷征憔悴死，蓋猶處子，其志節可嘉也。劉翰怡聽張玉娘度曲，賦《臨江仙》云：「白藕香中張好好，鶯吭一曲清圓。歌塵如霧綺筵前。未妨寒倚袖，長是倦調弦。　比玉無瑕珠有淚，忽忽錦瑟華年。葳蕤身世落花天。徐娘猶未嫁，姑射莫輕憐。」翰怡詞筆婉瞻。《如夢令·秋雨》云：「莫道闕人情緒。秋雨不如春雨。梧葉滿閑階，也似飛花飛絮。安否。安否。涼夢玉籠鸚鵡。」《望江南·明湖曲》云：「明湖好，沽酒載花來。盡有微波能旖旎，斷無明月不清挂。煙景似秦淮。」又「明湖好，詩思在餘霞。四面紋窗三面水，兩堤絲柳半堤花。何似便移家。」余喜誦之。

瞿安近詞

瞿安近詞《減字木蘭花》序云：「蘇州第二女子師範學校畢業生毛杏秀，字慧雲。數年前，偕孟禄博士參觀陸軍工藝場，過北仙涇橋，車覆，墮水死。頃將改仙涇橋名曰杏秀，並築慧雲亭，徵詩文辭刻石，余占此解應之」：「風波咫尺。身逐胥濤便不得。漁火江楓。行客愁聽半夜鐘。西郊款段。陌生歸時須緩緩。楚魄重招。應踏楊花過此橋。」此題絶淒艷，詞亦婉至雅令，允推絶唱。

蔡松筠詞

宋時江西詞流極盛，《蘭畹》、《金荃》，流風餘韻，至今猶有存者。蔡松筠楨録示近詞，《翠樓吟·依帚四聲，次瞿安韻》云：「鶴警遼東，鴻飛楚北，聲聲送來霄際。高寒秋宇潔，但彌目、淒清霜氣。江楓遥睇。又染出愁紅，征夫紅淚。生如寄。冷芳垂暮，看隨秋悴。忍記。新柳當年，也望春京國，五陵驛騎。劫餘歸卧久，甚情緒、商量文理。風雲斯世，慨磊落人豪，沈冥天意。金甌碎。海禽難捕，獅醒知未。」《拜星月慢·某氏園見敗荷感賦，和清真韻，並倚四聲》云：「雁足音沉，虹腰秋暮，小立遥天欲暗。一往愁心，著芙蓉荒院。憶初過但覺，淩波洛艷堪擬，曉日朱華明爛。水佩煙裳，恍三生曾見。　夢魂中、慣識迎人面。重來處、怕近危欄畔。悵恨冷露驚。颸捲紅香飛散。剩淒涼、舊月臨池館。殘蛩病、竟夕誰吟歎。忍念那、七孔水絲，獨絲連不斷。」《水龍吟·金陵懷古，次伯秋韻》云：「蔣山依舊嵯峨，碧隨秋盡哀容露。東南故國，幾翻經歷，勝時歌舞。金粉灰飛，綺羅雲散，板橋秋樹。向珠簾十里，遺踪覓遍，分明是，青溪路。　休説興亡千古。泣新亭、後先人去。銷沉王氣，江山如此，英雄難數。遥想當年，□□煙永，只今奚取。怕登樓放眼，斜陽芳陌，總傷心處。」

曾望生詞

沈陽曾望生遁遊寓太原，客歲賦詞寄貽壽陽道中。憶吴門近遊，調《高陽臺》云：「歇浦颸輪，山塘畫槳，西風微綻征袍。兩月淹留，愁邊慣吴簫。客船漁火仍相對，怕鐘聲、夢斷楓橋。剩蕭條。滿目鶯花，回首雲霄。　壺天小隱神仙侶，憶香南詞客，久謝金貂。遺世高風，芳徑幾駐輕橈。蜚聲更有雙雛鳳，待清吟、語塊能消。路迢迢。鯉訊遥傳，鶴夢重招。」望生北方學者，微尚清遠，來遊滬濱，以先集屬彊邨審定，余識望生，彊邨爲之紹介。嘗以泰西攝影法，貌余及琦、璟兩兒，多情好事，晚近未易得也。

胡汾沁園春

江寧第一女子師範胡君汾來函，附丙寅歲首賀詞，調《沁園春》：「南極丙星，東作寅賓，鳳律始更。喜春生江營，煙雲五色，詩吟宋艷，冰雪雙清。頌柏銘椒，歌鶯舞燕，卻羨門庭瑞靄盈。新年樂，有梅花索笑，竹葉多情。　年來已厭言兵。願從此、銷爲日月明。幸金尊同醉，玉簫共奏，虎母耽視，鳳有和音。君展鵬程，我慚蠖屈，莫被浮名誤此生。遥飛柬祝，朝朝如意，歲歲承平。」詞頗華整，具徵工力甚深。而書法娟秀，雅近簪花高格，意者其爲校中之雋云。

趙叔雍詞

叔雍微尚清遠，盛年馳譽于倚聲之學，尤能孁精覃思，發前人所未發也。

叔雍鶯啼序

嘗謂學夢窗詞，須面目不似夢窗。細按之，卻有與夢窗暗相合處。此中消息甚微。叔雍近作《鶯啼序》似乎微會斯旨，雖不能至，庶幾近道。詞云：「涼蟬乍驚倦枕，黯年時綺緒。鬧紅晚、雙槳凌波，酒消隨分歸去。度輕暝、嬌雲罨畫，林陰宛宛蘅皋路。隔花深，誰最多情，玉容知否。　明鏡奩漪，絳淺翠婉，感芳期迅羽。盡絲柳、猶繫斑騅，怨曲吹斷黄金縷。話春愁、紅襟舊壘，幾消受、落花風雨。更何堪、昨夢重尋，舊移尊處。　衣香臉色，粉怨珠啼，畫中自媚嫵。甚側帽、汝南心事，篋稿珍重，解佩誰要，佇琴慵撫。寒蟾照徹，征鴻過盡，玉瑲緘札無消息，戛簾鈎、萬一西風妒。秋心暗警，凭渠碧藕玲瓏，誤人可奈弦柱。　窺妝影事，記曲閑情，剩去塵凝佇。漫記省、無邊香色，似水年華，鬢影低徊，棹歌容與。微波脈斷，遥山眉様，入時深淺莫更問，早紅衣、零落鴛鴦浦。凭闌點檢相思，鳳紙題殘，墜歡慵絮。」

題水村蘆雁圖卷

吴縣吴湖帆爲窓齋中丞文孫，翰墨自娱，尤工丹青。嘗得粤東岳雪樓孔氏所藏北宋趙令穰《水村蘆雁圖》卷，爲模寫一過，疏秀麗則，别具蹊徑。趙叔雍爲題《鷓鴣天》：「天末寒兇帶落暉。西風荻雪欲成堆。故園喬木無多戀，卻傍閑鷗宿釣磯。　心事遠，夢雲低。仙源粉本淺深宜。情懷不盡人人字，詩筆無聲聖得知。」令穰，有宋宗室，仙源漁隱，爲天水起運開基之所自，宋牒具載之，故叔雍用其事云。

和六一詞

趙叔雍和六一詞《蝶戀花》二十二首，琳琅珠玉，美不勝收。撰録二首如左：「杏雨新晴春畹晚。柳外高樓，樓外花深淺。又是薔薇香一院。如何春在人難見。　雲影迷離花影亂。極目遥天，不到江南岸。廿四番風容易换。天涯付與驄嘶斷。」又：「乍暖還寒春意早。載榼尋芳，香徑啼鶯小。萬一流光輕負了。少年能否年年少。　不解酬春應自笑。飛絮飛花，猶有情絲繞。未必蓬山無夢到。逢花且拚青尊倒。」此叔雍最近之作也。

近知詞序

閩縣黄公渚春秋方富，工詩古文詞，已卓然名世。尤長駢儷。爲武進趙叔雍序所作《近知詞》云：「居滬瀆之二年，晤趙君叔雍于臨桂况夔生先生座上。嚶鳴旳慕，相賞撫塵。古歡惠綏，宛然翕羽。萍波既契，弦韋互宣。暇出是編，屬爲弁首。含毫負孑，寄思要紹。圭臬于騷雅，杼軸乎悲愉。澄江喻潔，風引晚漪；秋山共超，夕生空翠。服姑蓝之草，香可悦魂；御羅駢之衣，光能駭世。溢目致歡，抗手無輩。夫心聲攸寄，貴在性情；胎息所區，必明雅鄭。要氤氳于素藴，明得失于寸心。以述景者表裏空靈，以言情者曲突殫盡。元解之宰，肸蠁于古人；獨運匠之，揮斥乎六合。意内言外，斯爲美耳。君家世方雅，春秋綺富，怡情鉛槧，屏絶聲華。到門盡長者之年，置驛悉高塵之侣。造公差之座，有書千卷；讀子敬之文，其才一石。既晤攸之窮達之旨，彌適仲郢名教之娱。鶯辰索句，博循陔之歡；鰈硯渲豪，索中闈而和。夕簾籀月，高樹答響；風笛尋羽，涼籟瀉春。閑居之樂，足備人倫；傳歌之詞，無忝作者。爲之三復，悠然意遠。涼月窺户，花傲傲以競舞；微風在樹，葉蟄蟄而泫涼。負乎雅唱，麗矣難能；其曰近知，猶謙志也。昔君里張皋文先生，載凭經席，兼總詞林，迦葉文宗，遂操選政。篇章艷于當時，流派衍于江左。幽賞代綿，靈契有賴。玩春華而有思，啟秋實于未振。異日者子長絶業，副在名山；耆卿樂章，傳歌井水。繯橐群雅，領袖風騷，吾當爲君勉焉而已。」

東海勞歌

㓜庵《青房並蒂蓮》「御長風，陟翠微高處」；蕭曠空靈，神遊物表。《瑞龍吟》「青山道」：下筆鎮紙，言有寄託。《鷓鴣天》「疊嶂攢峰翠插天」：神似六一翁。《喝火令》「草蝕煙墩石」：悵觸萬端，文外獨絕。

杜鵑不得入詩詞號韻事

《爾雅》：杜鵑一名巂周。甌越間曰怨鳥。夜啼達旦，血漬草木。凡啼皆北向。前人詩如「子規夜半猶啼血，不信東風喚不回。」詞如「惱煞行人東風裏，爲誰啼血。」皆絶韻之句。張華《禽經注》云：「子規莫肯先鳴，每旦必推一鳥，使啼不歇，歇即群啄之，必流血乃已。」據此，則其啼血，乃同類迫之使然，不得入詩詞號韻事矣。

小説可通于詞

《天方夜譚》爲回教國最古之説部，所列故事多涉俶詭奇幻，近于《搜神》、《述異》之流。譯者姓名弗著。其《龍穴合窆記》尤多情至語，非深于情不能道其旨。可通于填詞。如妃謂辛侯：「子慧心人，當知予意，勿辜所託，苟棄予命，以爲予憂，則怨將終其身，誓不復與子見。」其言徑情直，遂視情外如無物，詞之質筆似之。又比客呼妃名自語曰：「予念即不見諒于卿，亦終不能釋，雖形銷骨化，此區區之忱，不與俱泯。」詞有不嫌説盡者，斯語似之。又比客謂宰侯：「余之戀戀，實彼有以召之，一望其神光離合，即心摇摇不自主。」遂自呼名而懟曰：「比客，子何妄，獨不慮如膏之煎，徒自苦耶！」又懟宰侯曰：「君誤我，偕余至此，非紓我繾綣，直益我磨折耳！」復舉手謝曰：「此行家自至，昏瞀中誣君爲道引，余過矣，余過矣！」語未畢，淚墜如雨，哀抑不自勝，若癡若狂，百態交作。其言胡天胡帝，愈轉愈深，詞筆之變化，或流于怨懟激發而不可以爲調，如昔賢之論靈均書辭，其斯旨乎？又妃就坐，目專注比客，與此客言，輒托興于物，而隱寓其心愫，脈脈然相通無間也；既互睫遞意，妃益信比客爲深于情者，雖耳目衆，未能罄所懷，而方寸間蹲蹲歡舞，自流露于眉宇，覺人生之樂，無有逾于此者。又妃顧比客，頻頻而言曰：「余方寸已亂，口不能掬而對。」曰：「即使卿不諒予衷，不列余于没齒不二之臣，是予不足以感動高深，亦惟自怨自艾，矧卿之于予，乃固結若此耶！予自念一見顏色，即不復自知有生命，利劍有刃，能斷百重甲，而不能斷予一縷之愛絲。」皆以至曲之筆，傳至深之情，生命不自知，利劍不能斷。作詞有三要：曰重、拙、大，斯其所謂重乎！又妃默呼比客之名曰：「比客乎，使斯時予膝爲君而屈，固禱祀以求，無幾微怨意也。」又比客甫入船，左手遥指妃，右捧其心顫聲曰：「卿乎，余相愛之情，凝于掌，其將去。」語以質而近拙，而情彌真；求之詞中，唯清真間有之，而未易多覯也。小説可通于詞，《天方夜譚》而外，殆不能有二也。

櫻桃不宜食

黄公度《日本雜事詩》注云：「有賣櫻飯者，以櫻花和飯；賣櫻餅者，團花爲飿。或煎或蒸，有團子貴于花之謡。」余賦櫻花詞《浣溪沙》云：「風味似聞櫻飯好，花時容易戀胡麻。」《戚氏》云：「餐英侶，飯杪霞起，餅腕脂融。」此餐櫻廡所由名也。日本之櫻花可餐，中國之櫻桃不宜食，童稚尤在禁例。凡種牛痘者，三年之内如食櫻桃，即作未種論；三年之外，如食櫻桃，亦甚勿宜。曩光緒中葉，江西朱孝廉計偕入都，年未逾冠，翩翩顧影少年也。江西無櫻桃，而都門西出，色味絶佳，孝廉屢飽啖之，不翅日三百顆。未幾，竟染天花之疾，以齒長危殆萬狀，幸獲保全，而痂痕陷落，面貌變易，非復從前如冠玉矣。孝廉與半塘有連，其未出天花以前，既出天花以後，余皆親見之。櫻桃不宜食，是鐵證矣。《山家清供》云：「櫻桃經雨，則蟲自内生，人莫之見，用水浸良久，蟲出，乃可食。」是亦食櫻桃者所宜知也。

東坡肉

世所稱東坡肉，列食單者以肥遁爲貴。某君嗜吟事，自命規仿髯蘇；而體貌丰碩，有張蒼如瓠、王萬食糠之風，或戲之曰：「詩似東坡，人似東坡肉。」仿漁澤《蝶戀花》句，與「桐花鳳」並傳，何其幸也！

半塘藏宋人詞精鈔本

甲辰四月下沐，過江訪半塘揚州，晤于東關街安定書院西頭之寓廬，握手欷歔，彼此詫爲意外幸事，蓋不相見已十年矣。半塘出示別後所得宋人詞精鈔本四巨册，劉辰翁《須溪詞》、謝薖《竹友詞》、嚴羽《滄浪詞》只二闋，不能成卷、張肯《夢庵詞》、陳深《寧極齋樂府》、張輯《東澤綺語債》、李祺《僑庵詞》、陳德武《白雪詞》、王達《耐軒詞》、曹寵《松隱詞》、吴潛《履齋先生詞》、廖行之《省齋詩餘》、汪元量《水雲詞》、張掄《蓮社詞》、沈瀛《竹齋詞》、王以寧《王周士詞》、陳著《本堂詞》，計十七家。《松隱》、《東澤》、《水雲》三種，曩于半塘同官京師，極意訪求不可得。《松隱》則昔只得前半本，此足本也。

右一則曩撰《蘭雲菱夢樓筆記》鍥行時刊削之稿，今半唐歸道山久，四印齋中長物，悉化雲煙，此宋詞四巨册，不知流落何所，亟記之以存其目。其《東澤綺語債》亦足本，爲最可惜。比以語漚尹，不信有此本也。

鄭叔問藏樵歌

陳蒙庵近得朱希真《樵歌》三卷，而不詳其板本，以較四印齋、彊邨諸本，間有同異。嘗憶鄭叔問藏無錫士人刻本，吴伯宛爲之著録詞集存目中。夫謂之無錫士人而不名，必亦不詳刻者之姓氏，未審即此本否？叔問往矣，遺集零落，固何所得而一爲校之耶！

蘇州府志著録之詞集

倚聲之學，傳遍宇内，詞集流行，已復不少；然徵之著録，則作者尤多。比讀《蘇州府志·詞集》一門：宋仲殊《寶月集》，明楊基《眉庵詞》、王行《半軒詞》、周永言《晚香齋詞》，清昆山方應龍《來玉堂詞》、長洲徐晟《陶園詞》、吴江沈永禋《聆缶詞》、羅康濟室陸瑛女士《賞奇樓詞》、沈世璜《楓江戀影詞》、沈起鳳《紅心詞》、袁棟《玉田樂府》、吴翌鳳《詞約》、葉舒崇《謝齋詞》、常熟龔大濳《蕉雪樓詩餘》，長洲林蕃鍾《蘭葉詞》、尤侗《百末詞》、徐釚《菊莊詞》、翁誥《杏雨詞》、沈時棟《瘦吟樓詞》、徐葆光詞。流寓：清休寧朱昂《秋潭漁老詞》。總集：清昆山葉奕《續花間集》、吴江周銘《林下詞選》。據此則匪特緝選不易，即按索亦復至難，況有未經著録者在耶！

櫻之辨、櫻品

曩賦日本櫻花詞屢矣，頗搜羅彼都雅故；清姒撰《織餘瑣述》，間亦助余甄采。偶閲《甘雨亭叢書》目，有山崎敬義《櫻之辨》、松罔元達《櫻品》各一卷，吾二人未經見及，可知掛漏尚多矣。亟存其名，俟異日訪求焉。

學詞必備之書

詞學初步必需之書：《校刊詞律》二十卷，清宜興萬樹紅友訂正，秀水杜文瀾筱舫校刊。附《詞律拾遺》六卷，德清徐本立誠庵纂。《詞律補遺》，杜文瀾編。共二函十二本。如此書未易購求，似曾見石印本。即暫時購用萬氏《詞律》原本亦可。《詞林正韻》三卷，清吴縣戈載順卿輯，臨桂王氏四印齋刻本。有石印本。坊間别本詞韻，部居分合多誤，斷不可用。《草堂詩餘》四卷，宋人選宋詞。明嘉靖庚寅上海顧從敬汝所刻本最佳，未經明人增羼。《蓼園詞選》，蓼園先生姓黄氏，名佚，臨桂人。選詞悉依《草堂》，去其涉俳涉俚之作，加以箋評，極便初學。武進趙氏惜陰堂石印本。《宋詞三百首》，歸安朱祖謀古微選。

詞學進步，漸近成就，應備各書：《宋六十名家詞》，明常熟毛氏汲古閣刻本。滬上石印本，訛舛太甚，不如廣東覆刻本較佳。《詞學叢書》，道光間江都秦氏享帚精舍刻本。《樂府雅詞》三卷《拾遺》二卷，宋曾慥編。《陽春白雪》八卷《外集》一卷，宋趙聞禮編。《詞源》二卷，宋張炎撰。《日湖漁唱》一卷《補遺》一卷，宋陳允平撰。《元草堂詩餘》三卷，鳳林書院本。《詞林韻釋》一卷，菉斐軒本。《花庵詞選》二十卷，宋黄昇撰。《絶妙好詞》七卷，宋周密編。《御選歷代詩餘》一百二十卷，殿本，有覆本。《四印齋所刻詞》，臨桂王氏輯本。《宋元三十一家詞》，同上。《彊邨叢書》，歸安朱氏輯本。此外各種詞話，如《皺水軒詞筌》、《花草蒙拾》、《詞苑叢談》、《金粟詞話》之類，亦宜隨時購閲，庶幾增益見聞，略知詞林雅故。《叢談》引它家書，不著其名，是其一失。又《宋金元詞集見存卷目》一册，雙照樓寫本，丁未八月，滬上鴻文書局代印。此書傳本罕見。詞學津逮，至要之書。丁未距今僅二十年，亟訪求之，容或尚可得也。

況周頤詞話著作頗豐，除唐圭璋先生已收入《詞話叢編》之《蕙風詞話》五卷、《續編》二卷外，尚有諸多詞話散見於筆記、詞集和報刊之中。爲較全面地將其詞話滙入《詞話叢編》系列，兹據江西人民出版社屈興國《蕙風詞話輯注》，將其《補編》卷一、卷二、卷三，删去我已輯入他人詞話若干條外，悉數收入《詞話叢編·補編》，以求完整統一，供學者研究參考。葛渭君附記

葛渭君 編

詞話叢編補編

第二册

中華書局

〔清〕王士禛輯

漁洋詞話

漁洋詞話目録

漁洋詞話

唐莊宗

莊宗公子時，雅好音律，又能自撰曲子詞。其後凡用軍，皆以所撰詞授之，使揚聲而唱，謂之御製。至於入陣，不論勝負，馬頭纔轉，則衆齊作，故人忘其死。斯亦用軍之一奇也。《五代詩話》卷一《五代史補》

莊宗喜音聲歌舞俳優之戲，自度曲云：「曾宴桃源深洞。一曲舞鸞歌鳳。長記別伊時，和淚出門相送。如夢。如夢。殘月落花煙重。」或曰莊宗修内苑，掘得斷碑，有此三十三字。同上《詞統》

南唐元宗

李璟有詞云：「手捲真珠上玉鉤。」後人改作珠簾，此非知音者。同上《漫叟詩話》

王感化善謳歌，聲韻悠揚，清振林木，繫樂部爲歌板色。元宗嘗作《浣溪沙》詞二闋，手寫賜感化。曰：「菡萏香消翠葉殘。西風愁起碧波間。還與容光共憔悴，不堪看。細雨夢回雞塞遠。小樓吹徹玉笙寒。簌簌淚珠多少恨，倚闌干。」「手捲珠簾上玉鉤。依前春恨鎖重樓。風裏落花誰是主，思悠悠。青鳥不傳雲外信，丁香暗結雨中愁。回首緑波三峽暮，接天流。」後主即位，感化以其詞札上之，後主感動，賞賜甚優。同上《南唐書》

李後主

張文懿家有《春江釣叟圖》，上有李後主《漁父》詞二首，其一曰：「浪花有意千（里）[重]雪，桃花無言一隊春。一壺酒，一竿鱗。世上如儂有幾人。」其二曰：「一棹春風一葉舟。一綸璽縷一輕鉤。花滿渚，酒滿甌。萬頃波中得自由。」同上《古今詩話》

南唐後主在圍城中作長短句，未就而城破，詞云：「櫻桃落盡春歸去，蝶翻金粉雙飛。子規啼月小樓西。曲闌珠箔，惆悵捲金泥。門巷寂寥人去後，望殘煙草低迷。」藝祖云：「李煜若以作詩工夫治國事，豈爲吾擒也。」同上《雪舟脞語》

予觀《太祖實録》及《三朝正史》云：開寶七年十月，詔曹彬、潘美等帥師伐江南。八年十一月拔昇州。今後主詞乃詠春景，決非十一月城破時作。然王師圍金陵凡一年，後主於圍城中春間作此詞，則不可知。同上《漁隱叢話》

宣和間，蔡寶臣致君收南唐後主書數軸來京師，以獻蔡條約之。其一乃王師攻金陵，城垂破時，倉皇中作一疏禱於釋氏，願兵退以後，許造佛像若干身，菩薩若干身，齋僧若干萬員，建殿宇若干所，其數皆甚多。字畫潦草，然皆遒勁可愛，蓋危窘急中所書也。又有看經發願文，自稱蓮峰居士李煜。又有長短句《臨江仙》云：「櫻桃結子春光盡，蝶翻金粉雙飛。子規啼月小樓西。玉鉤羅幕，惆悵捲金泥。門巷寂寥人去後，望殘煙草低迷。」而無尾句。劉延仲爲補之云：「何時重聽玉驄嘶，撲簾飛絮，依約夢回時。」東坡四時冬詞云：「真態生香誰畫得，玉奴纖手嗅梅花。」每疑於奴字殊無意味，若以爲潘淑妃小字，則當爲玉兒，亦非故實。劉延仲嘗見東坡手書本，乃作「玉如纖手」，方知上下之意相貫，愈覺此聯之妙也。同上《墨莊漫録》

蔡絛作《西清詩話》，載江南李後主《臨江仙》，云圍城中書，其尾不全。以予考之，殆不然。予家藏李後主《七佛戒經》，又雜書二本，皆作梵葉，中有《臨江仙》，塗註數字，未嘗不全。其後則書太白詞數章，是平日學書也。本江南中書舍人王克正家物，歸陳魏公之孫世功君懋。予陳氏壻也。其詞云：「櫻桃落盡春歸去，蝶翻輕粉雙飛。子規啼月小樓西。玉鉤羅幕，惆悵暮煙垂。別巷寂寥人散後，望殘煙草低迷。爐香閒裊鳳凰兒。空持羅帶，回首恨依依。」後有蘇子由題云：「淒涼怨慕，真亡國之音也。」同上《耆舊續聞》

項羽夜聞漢軍四面皆楚歌，泣數行下，歌曰：「力拔山兮氣蓋世，時不利兮騅不逝。騅不逝兮可奈何，虞兮虞兮奈若何？」《東坡志林》載李後主去國之詞云：「四十年來家國，八千里地山河。幾曾慣干戈。一旦歸爲臣虜，沈腰潘鬢消磨。最是倉皇辭廟日，教坊猶奏別離歌。揮淚對宮娥。」東坡謂後主當慟哭於九廟之下，謝其民而後行，卻乃揮淚宮娥，聽教坊離曲哉！歌辭悽愴，同歸一揆。然項王悲歌

慷慨，猶有暗嗚叱咤之氣，後主直是養成兒女子態耳。同上《希通録》

李後主於清微歌「樓上春寒水四面」，學士刁衎起奏：陛下未覩其大者遠者爾。人疑其有規諷，訊之，云：「風乍起，吹皺一池春水。」又作紅羅亭子，四面栽紅梅花，作艷曲歌之。韓熙載和云：「桃李不須誇爛漫，已輸了風吹一半。」時淮南已歸周。同上《江鄰幾雜志》

曹彬破金陵，李煜舉族冒雨乘舟。煜渡江，望石城泣下，自賦詩曰：「江南江北舊家鄉，三十年來夢一場。吴苑宫闈今冷落，廣陵臺殿已荒凉。雲籠遠岫愁千片，雨打孤舟淚萬行。兄弟四人三百口，不堪閒坐細思量。」著雜説百篇，時人以爲可繼《典論》。妙於音律，舊曲有《念家山》，親演爲《念家山破》，其聲噍殺，而名不祥，乃敗徵也。同上馬令《南唐書》

金陵語中酒曰酒惡，則知李後主詩「酒惡時拈花蕊嗅」，用鄉人語也。同上《侯鯖録》

《顔氏家訓》言：「别易會難，古人所重。江南餞送，下泣言離。北間風俗，不屑此事，歧路言離，歡笑分手。」李後主蓋用此語耳，故長短句云：「别時容易見時難。」同上《復齋漫録》

後主樂府詞曰：「故國夢重歸，覺來雙淚垂。」又：「小樓昨夜又東風，故國不堪回首月明中。」皆思故國者也。同上《南唐書注》

「歸來休放燭花紅，待踏馬蹄清夜月。」致語也。「問君能有幾多愁，卻似一江春水向東流。」情語也。後主直是詞手。同上《藝苑卮言》

王斿，平甫之子，嘗云：今語例襲陳言，但能轉移耳。世稱秦詞「愁如海」爲新奇，不知李國主已云「問

君能有幾多愁，恰似一江春水向東流」，但秦以「江」爲「海」耳。　同上《後山詩話》

荆公問山谷云：「作小詞曾看李後主詞否？」云：「曾看。」荆公云：「何處最好？」山谷以「一江春水向東流」爲對。荆公云：「未若『細雨夢回雞塞遠，小樓吹徹玉笙寒』，又『細雨濕流光』最妙。」　同上《雪浪齋日記》

前蜀後主王衍

蜀王衍俘繫入秦，至劍閣，見山川之美，賦詩云：「不緣朝闕去，來此結茅廬。」時人笑之。至咸陽，又作曲子云：「盡是一場贏得。」與夫無愁入井者，所較無多也。　同上《北夢瑣言》

九月，奉太后、太妃禱青城山，宫人皆衣雲霞之衣，自製《甘州曲》，令宫人唱之，其詞哀怨，聞者悽慘。詞曰：「畫羅裙，能結束，稱腰身。柳眉桃臉不勝春。薄媚足精神。可惜許，淪落在風塵。」後主之意，本以神仙而在凡塵耳。後降中原，宫妓多淪落人間，始驗其語。　同上《十國春秋》

後蜀主孟昶

乾德四年重陽節，曲宴羣臣於宣華苑，後主唱韓琮《柳枝》詞。詞曰：「梁苑隋隄事已空。萬條猶舞舊春風。何須思想千年事，誰見楊花入漢宫。」内侍宋光浦欲以諷爲諫，遂詠胡曾詩曰：「吴王恃霸棄雄才，貪向姑蘇醉緑醅。不覺錢塘江上月，一宵西送越兵來。」聲節悽惋，後主不樂而罷。　同上《十國春

秋》

楊元素作《本事曲》，記《洞仙歌》：「冰肌玉骨，自清涼無汗。水殿風來暗香滿。繡簾開、一點明月窺人，人未寢，攲枕釵横鬢雲亂。　起來攜素手，庭户無聲，時見疎星渡河漢。試問夜如何，夜已三更，金波淡、玉繩低轉。細屈指、西風幾時來，又不道、流年暗中偷换。」錢塘有一老尼，能誦後主詩首章二句，後人爲足其意，以填此詞。余嘗見一士人誦全篇云：「冰肌玉骨清無汗。水殿風來暗香滿。簾開明月獨窺人，攲枕釵横鬢雲亂。　起來瓊户悄無聲，時見疎星渡河漢。屈指西風幾時來，只恐流年暗中换。」　同上《漫叟詩話》

吴越王錢俶

錢思公謫居漢東日，撰一曲曰：「城上風光鶯語亂。城下煙波春拍岸。緑楊芳草幾時休，淚眼愁腸先已斷。　情懷漸變成衰晚。鸞鑒朱顏驚暗换。昔年多病厭芳樽，今日芳樽惟恐淺。」每歌之，酒闌則垂涕。時後閤尚有故國一白髮姬，乃鄧王俶歌鬟驚鴻者也，曰：「吾憶先王將薨，預戒挽鐸中歌《木蘭花》引紼爲送。今相公其將亡乎？」果薨於隋。鄧王舊曲亦有「帝鄉煙雨鎖春愁，故國山川空淚眼」之句，頗相類。　同上《湘山野録》

吴越後王來朝，太祖爲置宴，出内伎彈琵琶。王獻詞云：「金鳳欲飛遭掣搦，情脈脈，看即玉樓雲雨隔。」太祖起，拊其背曰：「誓不殺錢王。」　同上《後山詩話》

王貞白

唐有一種色，謂之退紅，王建《牡丹》詩云：「粉光深紫膩，内色退紅嬌」；王貞白《娼樓行》云：「龍腦香調水，教人染退紅」；《花間集》「牀上小薰籠，昭州新退紅」。蓋退紅若今之粉紅，髹器亦有作此色者，今無之矣。紹興末，縑帛有一等似皁而淡者，謂之不肯紅，亦退紅之類也。《五代詩話》卷二《老學庵續筆記》

和凝

和魯公有艷詞一編，名《香奩集》。凝後貴，乃嫁其名爲韓偓。今世傳韓偓《香奩集》，乃凝所爲也。凝生平著述，分爲《演綸》、《游藝》、《孝悌》、《疑獄》、《香奩》、《籯金》六集，自爲《游藝集序》云：「余有《香奩》、《籯金》二集，不行於世。」凝在政府，避議論，諱其名，又欲後人知，故於《游藝集序》述之。此凝之意也。予在秀州，其曾孫和惇家藏諸書，皆魯公舊物，末有印記甚完。同上《夢溪筆談》

晉相和凝少年時好爲曲子詞，布於汴、洛。洎入相，專託人焚毁不暇。然相國厚重有德，終爲艷詞玷之，契丹入夷門，號爲「曲子相公」。所謂「好事不出門，惡事行千里」，士君子得不戒之乎？同上《北夢瑣言》

陶穀

朝廷使陶穀使江南，以假書爲名。既至，崖岸高峻，讌席談笑，未嘗啟齒。韓熙載謂所親曰：「觀秀實公妄也，非端人介士，其守可隳。」夜遣歌妓秦弱蘭，詐爲驛卒之女，敝衣持帚，灑掃驛庭。五柳乘隙，因詢其跡，翌日，以詞贈之曰：「好姻緣。惡姻緣。只得郵亭一夜眠。別神仙。琵琶撥盡相思調。知音少。安得鸞膠續斷絃。是何年。」後數日，讌於澄心堂，李主命玻璃巨鍾滿酌之，穀毅然不顧。乃出蘭於席，歌前闋以侑之，穀慚笑，不敢不釂。釂罷，復灌，倒載吐茵，尚未許罷。後大爲主所薄。還朝日，止遣數小吏餞於郊亭。逮歸京，卒不大用。同上《玉壺清話》

世傳陶學士《風光好》詞，是奉使江南日作。近見沈叡達集，有《任秋娘傳》，書其事甚詳，始知陶使吳越，非江南也。同上《研北雜志》

馮延巳

余往在都中，見一士大夫家收南唐李後主一詞，下有「馮延巳」三字，詞中復云「聖壽南山永同」，恐延巳作也。詞云：「銅壺漏滴初盡，高閣雞鳴半空。催啟五門金鎖，猶垂三殿珠櫳。階前御柳摇緑，仗下宫花散紅。鴛瓦數行曉日，鸞旗百尺春風。侍臣蹈舞重拜，聖壽南山永同。」《五代詩話》卷三《侯鯖録》

馮延巳著樂章百餘闋，其《鶴沖天》詞云：「曉月墜，宿雲披。銀燭錦屏圍。建章鐘動玉繩低。宫漏出花遲。」又《歸國謠》云：「江水碧。江上何人吹玉笛。扁舟遠送瀟湘客。蘆花千里霜月白。傷行色。明朝便是關山隔。」見稱於世。元宗樂府詞云「小樓吹徹玉笙寒」，延巳有「風乍起，吹皺一池春水」之句，皆爲警策。元宗嘗戲延巳：「『吹皺一池春水』，干卿何事？」延巳曰：「未如陛下『小樓吹徹玉笙寒』。」元宗悦。同上馬《書》本傳

《古今詩話》云：江南成文幼爲大理卿，詞曲妙絶，嘗作《謁金門》云：「風乍起，吹皺一池春水。」中主聞之，因案獄稽滯，召詰之，且謂曰：「卿職在典刑，『一池春水』又何干於卿？」文幼頓首。又《本事曲》云：南唐李國主嘗責其臣曰：「『吹皺一池春水』，干卿何事？」蓋趙公所撰《謁金門》詞，有此一句，最爲警策。其臣即對曰：「未如陛下『小樓吹徹玉笙寒』。」若《本事曲》所記，但云趙公，初無其名，所傳必誤。惟《南唐書》、《古今詩話》二説不同，未詳孰是。同上《漁隱叢話》

梅用南枝事，共知《青瑣》云云，李嶠云云，南唐馮延巳詞云「北枝梅蕊犯霜開」，則南北枝事，其來遠矣。同上《猗覺寮雜記》

南唐馮延巳詞，有「鬭鴨闌干獨倚」之句，人疑鴨未嘗鬭。予按《三國志·孫權傳》注引《江表傳》：「魏文帝遣使求鬭鴨，羣臣奏宜無與。權曰：『彼居諒陰中，所求若此，豈可與言禮哉？』具以與之。」《陸遜傳》：「建昌侯盧作鬭鴨闌，遜曰：『君侯宜勤覽經典，用此何爲？』」《南史·王僧達傳》：「僧達爲太子舍人，坐屬疾而往揚州橋觀鬭鴨，爲有司所劾。」《新唐書》：「齊王祐善養鬭鴨，方未反時，狸咋鴨四十餘，絶其頭去。及敗，牽連誅死者四十餘人。」則古蓋有之。《唐·田令孜傳》：「僖宗好鬭鵝，數往六王

宅、興慶池與諸王鬭鵝，直五十萬。」則鵝亦能鬭也。　同上《説郛》

潘佑

前輩謂「深院無人杏花雨」之句極佳，此非四雨之數，當作去聲呼。此句正祖南唐潘佑之意，佑有詩曰：「誰家舊宅春無主，深院簾垂杏花雨。」佑兩句意，此作一句言耳。然佑句作上聲，非去聲也。其下曰：「香飛緑鎖人未歸，巢燕承塵默無語。」豈語字亦當作去聲耶？唐《花間集》亦曰：「紅窗寂，無人語，黯淡梨花雨。」　同上《野客叢書》

王感化

江南李氏樂人王感化，建州人，隸光州樂籍。建州平，入金陵教坊。善爲詞。　同上《談苑》

閻選

閻選，故布衣也，酷善小詞，有《臨江仙》詞云：「畫簾深殿，香霧冷風殘。」又云：「猿啼明月照空灘。」時人目爲閻處士。　《五代詩話》卷四《十國春秋》

顧夐

顧夐《醉(草)[公子]》詞云:「(高)[衰]柳數聲蟬,魂銷似去年。」陳聲伯愛之,擬作一絶句云:「擁被忽聽門外雨,山中又作去年秋。」甚脱化。同上《花間集》(戴鴻森案:明詞人陳霆,字聲伯。此條録自《花間集》湯顯祖評語。)

毛文錫

《復齋漫録》云:予讀唐楊巨源詩「江邊楊柳麴塵絲」之句,不知所本。後讀劉夢得《楊柳枝》詞云:「鳳闕輕遮翡翠帷,龍池遥望麴塵絲。御溝春水相輝映,狂殺長安年少兒。」乃知巨源取此。今巨源集作「緑煙絲」非也。苕溪漁隱曰:唐毛文錫詞云:「鴛鴦對浴銀塘暖,水面蒲梢短。垂楊低拂麴塵波。」然則「麴塵」亦可於水言之也。或云:《周禮》「鞠衣」,注云:黄桑服也。色如麴塵,象桑葉始生。鞠者草名,花色黄。世遂以麴塵爲麴塵,其説非是。同上《漁隱叢話》

李珣

李珣字德潤,梓州人,昭儀李舜弦兄也。珣以小詞爲後主所賞,常製《浣溪沙》詞,有「早爲不逢巫峽夜,那堪虚度錦江春」,詞家互相傳誦。所著有《瓊瑶集》若干卷。同上《十國春秋》

牛嶠

牛嶠有集三十卷，歌詩三卷，自言竊慕李賀長歌，舉筆輒效之。尤善製小辭，《女冠子》云：「繡帶芙蓉帳，金釵芍藥花。」《菩薩蠻》云：「山月照山花，夢回燈影斜。」皆佳句也。　同上《十國春秋》

李堯夫

歐陽公愛王君玉《燕》詞：「煙徑掠花飛遠遠，曉窗驚夢語匆匆。」梅聖俞以爲不若李堯夫「花前語澁春猶冷，江上飛高雨乍晴。」　同上《遺珠》

孫光憲

孫光憲《竹枝詞》云：「門前春水白蘋花。岸上無人小艇斜。商女經過江欲暮，閒拋殘食飼神鴉。」又「亂繩寸結絆人深。越羅萬丈表長尋。楊柳在身垂意緒，藕花落盡見蓮心。」　《五代詩話》卷七《全蜀藝文志》

李昭儀

李珣，蜀之梓州人，事王衍，詞名《瓊瑶集》。其妹爲昭儀，亦饒詞藻，有「鴛鴦枕上忽然聲」一首，誤入

花蕊夫人集。《五代詩話》卷八《詞品》

閩后陳金鳳

陳金鳳，閩主王延鈞之后也。端陽日，造綵舫數十於西湖，延鈞御龍舟觀之，金鳳作《樂遊曲》，使宮女同聲歌之。曲曰：「龍舟摇曳東復東。采蓮湖上紅更紅。波澹澹，水溶溶。奴隔荷花路不通。」又曰：「西湖南湖鬬綵舟。青蒲紫蓼滿中洲。波渺渺，水悠悠。長奉君王萬歲遊。」同上《金鳳外傳》

李夢符

李夢符，不知何許人。梁開平中，鍾傳鎮洪州，日與布衣飲酒，狂吟放逸。嘗以釣竿懸一魚，向市肆唱《漁父引》，賣其詞。好事者爭買之，得錢便入酒家。其詞有千餘首，傳於江表，略記其一兩首云：「村寺鐘聲度遠灘，半輪殘月落前山。徐徐撥棹卻歸灣，浪疊朝霞錦繡翻。」又曰：「漁弟漁兄喜到來，婆官賽了坐江隈。椰榆杓子木瘦杯，爛煮鱸魚滿案堆。」察考取狀，荅曰：「插花飲酒何妨事，樵唱漁歌不礙時。」遂不敢復問。或把冰入水，及出，身上氣如蒸。鍾氏亡，亦不知所在。《五代詩話》卷九《郡閣雅談》

楊柳枝

今黄鍾調有《楊柳枝》曲，仍是七字四句詩，與劉、白及五代諸子所製並同，但每句下各增三字一句，此乃唐時和聲，如《竹枝》、《漁父》，今皆有和聲也。舊詞多側字起，第三句亦復側字起，聲度穩耳。

《五代詩話》卷十《碧雞漫志》

喝馱子

《洞微志》云：屯田員外郎馮敢，景德三年爲開封府丞，檢澇户田，宿史胡店。日落，忽見三婦人過店前，入西畔古佛堂。敢料其鬼也，攜童王侃詣之。延坐飲酒，稱二十六舅母者請王侃歌，送酒二女側聽，十四姨者曰：「何名也？」侃對曰：「《喝馱子》。」十四姨曰：「非也。此曲單州營妓教頭葛大娘所撰新聲。梁祖作四鎮時，駐兵魚臺，值十月二十一日生日，大娘獻之。梁祖令李振填辭，付後騎唱之，以押馬隊，因號《葛大娘》。及戰得勝日，始流傳河北，軍中競唱。以押馬隊，故訛曰《喝馱子》。」莊皇入洛，有歌此曲者，謂左右曰：「此亦古曲，葛氏但更五七聲耳。」李珣《瓊瑤集》有《鳳臺曲》，注云：「俗謂之《喝馱子》。」不載何宮調。今世羽調宮有慢，句讀與古不類耳。

同上《碧雞漫志》

工竹枝者

《竹枝》古稱劉夢得、楊廉夫，近彭羨門尤工此體。如《廣州竹枝》云：「木緜花上鷓鴣啼，木緜花下牽郎衣。欲行未行不忍別，落紅没盡郎馬蹄。」「半年水宿半山居，冬采香根夏采珠。珠好須從蚌中覓，香燒還仗博山罏。」山陰徐緘伯調《越中竹枝》云：「句踐城南春水生，水中鬪鴨自呼名。伯勞飛遲燕飛疾，郎進城時儂出城。」皆本色語也。汪鈍翁又擬葉水心作《洞庭橘枝詞》。

《漁洋詩話》卷上

合刻延露詞

康熙癸卯，歲將除，孫無言默欲渡江往海鹽訪彭十羨門。人問有何急事？答曰：「將索其《延露詞》，與阮亭《衍波》、程邨鄒祗謨《麗農詞》合刻之。」陳其年維崧贈以詩曰：「秦七黄九自佳耳，此事何與卿飢寒。」孫新安人，居廣陵。

同上

傅彤臣亦詞曲

同年傅侍御彤臣扆，吾邑人，博雅能詩，作詞曲亦跌宕有致。常於滄州道上賦《柳枝詞》二十首，略載於此：「絶代容華照眼明，幾年聲價重金城。誰言青鬢垂垂老？一到臨風白媚生。」「零露蕭晨半未乾，日高猶自怯輕寒。連錢驄馬驕嘶過，青眼樓頭帶笑看。」「殘照芙蓉溢頰紅，珊珊仙骨玉瓏璁。幾回眠起嬌無力，披拂偏宜少女風。」「垂金小篆不曾譌，葉葉紛披撇與波。截柳編蒲無用處，祗傳新樣似元和。」「靈和前殿見風姿，成辟躭情寫豔詞。九月受風秋色裏，冶游心醉麴塵絲。」「拂堤又復映征帆，折贈還宜女手摻。薄暮一番微雨過，江州司馬濕青衫。」

同上卷下

吴蔡體

段拂、吴激皆米元章之婿。……吴激字彦高，入金爲翰林學士，以詩、樂府知名，與蔡松年齊名，號「吴蔡體」。

《池北偶談》卷六《米元章二婿》

和韻詞

先吏部兄作長調，往往好壓險韻，一調疊韻有至十餘闋者。在杭州，與宋荔裳、曹顧菴倡和《滿江紅》詞，同用上、杖、狀等字，兄句云：「雨滲一犁田犢喜，波添三尺河魚上。」用《史記》河魚太上語也。又「自課織簾還有手，便從荷蓧非無杖。」又「易得濁醪謀若下，難逢春水如天上。」又「司馬高才元和腐，彦淵博學真須杖。恠吾徒、底事暱蟲魚，臣無狀。」又「堤柳已隨坡老没，竹枝誰駕廉夫上。」又「漆後斷紋仍可鼓，削餘方竹還堪杖。」又「顧我已甘居廡下，如公才合居樓上。」疊出不窮，皆奇句也。後在揚州與陳其年輩倡和《念奴嬌》詞，同用屋字，亦至十餘往復。如：「還似離騷傳屈子，句裏龍堂鱗屋。削跡艱虞，擅場風雅，未遣中書秃。」又「十載名場相犄角，戎子支駒逐鹿。」又「我似小乘初禪，愧他杯渡，肆噉人間肉。羡汝機鋒殊自有，已似南能稻熟。」又「更貪清曉晶簾，卧看膏沐。」此類甚多。兄常自跋云：「右小詞諸闋，皆雜次諸公韻，諸公率謬許其押韻之工，僕則自謂此實欲省思力，如昔人云『匆匆不暇草書』耳。」嘗謂「詩不宜次韻，次韻則慮傷逸氣；詞不妨次韻，次韻或逼出妙思」。其持論如此。

同上卷十一

陳其年烏絲詞

陳（其年）有《烏絲詞》三卷，多瓌奇，閨房游俠之詞尤妙。如「春陰簾外天如墨」，又「玉梅花下交三九」，雖秦、李不能過也。

同上《龔陳詩》

吴梅村病中詞

太倉吴梅村偉業祭酒，辛亥元旦，夢上帝召爲泰山府君。是歲病革，有絶命詞云：「忍死偷生廿載餘，而今罪孽怎消除。受恩欠債須填補，縱比鴻毛也不如。」餘三章不具録。先是，先生嘗病中賦《賀新郎》詞云：「萬事催華髮。論龔生、天年竟夭，高名難没。吾病難將醫藥治，耿耿胸中熱血。待灑向、西風殘月。剖卻心肝今置地，問華佗、解我腸千結。追往恨，倍淒咽。　故人慷慨多奇節。爲當年、沈吟不斷，草間偷活。艾灸眉頭瓜噴鼻，今日須難決絶。早患苦、重來千疊。脱屣妻孥非易事，竟一錢不值何須説。人世事，幾完缺。」時浙西僧水月，年百餘歲，能前知。先生病亟，拏舟迎之，至則曰：「公元旦夢告之矣，何必更問老僧？」遂卒。

同上《梅村病中詩》

三家店詞

涿州三家店，題壁一詞，不注名氏，甚工：「客面京塵，登臨目送飛鴻絶。不堪重説。故國煙波闊。一點孤燈，一片朦朧月。交明滅。雙眉寸結。忍聽秋蛩咽。」　同上卷十二

秦留仙憶秦娥詞

無錫秦簡討留仙松齡從軍荆州，雨泊仙桃鎮，中夜聞琴聲，甚清越，跡之，乃一老書生也。破簷數椽，風貌朴野，秦賦《憶秦娥》詞贈之云：「西風切。雁聲淒斷重傷别。重傷别。水村孤棹，雨絲殘葉。天池雅調删繁節。亂離時候誰人説。誰人説。朱絃暗響，茅堂清絶。」　同上《憶秦娥詞》

吴畫余繡

康熙丁未，從同年徐敬庵旭齡處，見秀水吴氏畫扇二：一學李小將軍山水，一洛神圖，妙入毫髪。吴字素聞，其人亦天人也。予在廣陵時，有余氏女子，字韞珠，年甫笄，工仿宋繡，繡仙佛人物，曲盡其妙，不啻針神。曾爲予繡神女、洛神、浣紗諸圖，又爲西樵作須菩提像，皆極工。鄒程村、彭羨門皆有詞詠之，載《倚聲集》。　同上

放翁詩

「玉堦蟋蟀鬧清夜，金井梧桐辭故枝。一枕凄涼眠不得，呼燈起作感秋詩。」小説載此爲蜀中某驛卒女詩，放翁見之，納以爲妾，爲夫人所逐。又有《卜算子》詞，「不合畫春山，依舊留愁住」云云。按《劍南集》，此詩乃放翁在蜀時所作，前四句云：「西風繁杵擣征衣，客子關情正此時。萬事從初聊復爾，百年强半欲何之。」「玉堦」作「畫堂」，「鬧」作「怨」，後人稍竄易數字，輒傅會，或收入閨秀詩，可笑也。

同上卷十三

干人

《丹浦款言》云：杜詩「千人何事網羅求」，當作〔于〕〔干〕人。杜牧之詩「自滴堦前大梧葉，干君何事動哀吟。」按此説，則南唐元宗戲馮延巳云：「吹皺一池春水，干卿何事？」語固有本。然千家註、劉會孟本只作千字，錢本注云：「晉作〔干〕〔千〕」，或作于，于字恐無義。千字對上句在字，亦未切。」子田之説是也。

同上

坡詩乃詞

坡公《送蘇伯固》五言詩云：「三度別君來，此別真遲暮。白盡老髭鬚，明日淮南去。酒罷月隨人，

淚濕花如霧。後夜逐君還，夢繞江南路。」公自注：「效韋蘇州。」予云此《生查子》詞耳。同上《坡詩》

歐陽詞

今世所傳女郎朱淑真「去年元夜時，花市燈如晝」《生查子》詞，見《歐陽文忠集》一百三十一卷，不知何以訛爲朱氏之作？世遂因此詞疑淑真失婦德，紀載不可不慎也。同上卷十四

袁崇冕

袁崇冕，字西野，進士弼之子。兄公冕，弟軒冕，皆用科第起家，崇冕獨以布衣終。工金元詞曲，所著《春遊》、《秋懷》諸曲，足參康、王之座。與李中麓唱酬，王渼陂曰：「雅俗相兼，渢渢有餘音。」楊方城曰：「神聖工巧，元人之儔。」中麓曰：「金石之音，元黄之色。」其爲名流擊賞如此。嘗有客以《黄鶯學畫眉詞》謁李太常，坐客皆言佳，西野後至，太常曰：「翁素負知音，試擇佳句幾何，予已有定評。」西野目畢，應聲曰：「止起五字是詞家語，餘無足取。」太常展手示之，云止「未老已投閑」一句。客皆大笑歎服。同上

辛高陸

陸放翁晚年爲韓侂胄作《南園記》，爲世所譏。然當時文士實不止此。辛稼軒詞用司馬昭假黄鉞異姓真王故事；高似孫獻詩九章，每章用一「錫」字，皆一時名人。同上

竹枝

昔人謂《竹枝》歌詞雖鄙俚，尚有三緯遺意。山谷聞人歌劉夢得《竹枝》，歎曰：「此奔軼絶塵，不可追也。」夢得後工此體者，無如楊廉夫、虞伯生。他如「黄土作牆茅蓋屋，庭前一樹紫荆花」、「黄魚上得青松樹，阿儂始是棄郎時」等句，皆入妙。近見彭羨門孫遹《嶺南竹枝》深得古意。詩云：「木緜花上鷓鴣啼，木緜花下牽郎衣。欲行未行不忍别，落紅没盡郎馬蹄。」「妾家谿口小迴塘，茅屋藤扉蠣粉牆。記取榕陰最深處，閑時來過喫檳榔。」「半年水宿半山居，冬採香根夏採珠。珠好須從蚌中覓，香燒還仗博山鑪。」又山陰徐緘《竹枝》云：「句踐城南春水生，水中鬬鴨自呼名。伯勞飛遲燕飛疾，郎入城時儂出城。」亦本色語也。同上卷十五

徐元端工填詞

廣陵徐氏女子元端，工填詞，有入李易安之室者。如「珠簾輕揭。憔悴憐黄葉。忽憶小亭人乍别。正

是重陽時節。當初一段清秋。平分兩地離愁。試向西風寄問，知他還似儂不。」「起來慵向粧臺倚。亂綰凌雲髻。歸期曾説柳青時。鎮日懨懨、只是惱春遲。小園昨夜西風劣。笑落漫天雪。侍兒佯笑捲簾紗。卻道玉梅、已放滿枝花。」「獨坐數歸期。花影重重日影低。無計徘徊思好句，支頤。除卻春愁没箇題。閑倚畫樓西。芳草青青失舊堤。猶記當時人去處，依依。紅杏花邊卓酒旗。」自注：「白詩：搖膝支頤學二郎。」「看西風吹起、滿庭碎葉。閉珠户，獨坐還怯。窗外芭蕉點點，做盡凄切。禁不住、芳心欲折。殘燈挑盡，隱隱半明半滅。羅衾衹借香温熱。今夜裏，這愁腸、勝似離別。寬褪了、裙兒幾摺。」　同上《徐氏》

朱竹垞集詞

秀水朱竹垞彝尊，集唐詩爲填詞一卷，名《蕃錦集》，殊有妙思，略録數闋於此：「燕語踏簾鈎李賀，池北池南草緑王建。京口情人别久張繼，與君歌一曲李白。」「有時半醉百花前李賀，山月皎如燭韋應物。贈瑶華之旖旎陳子昂，得明珠十斛李賀。」「秋風清李白，秋色白李賀。望盡青山獨立盧綸。披碉户盧照鄰，度飛梁同上，吟詩秋葉黄杜甫。幽蘭露李賀。香楓樹皇甫冉。吠犬鳴雞幾處同上。蒼翠晚劉長卿，染羅衣李賀。鳥還人亦稀李白。」「江海茫茫春欲遍劉長卿。岸上無人孫光憲，野色寒來淺羅隱。向晚因風一川滿薛奇童。蘭閨柳市芳塵斷駱賓王。越女含情已無限羊士諤。灑霧飄煙包佶，天畔登樓眼杜甫。此夜斷腸人不見顧況。紗窗只有燈相伴裴説。」此首詠春雨，尤字字入神。　同上卷十六《集詞》

顧姒小賦詩詞

顧姒字啟姬，杭州人，適鄂生某。康熙庚申，從其夫至京師。嘗見所著《靜御堂集》，小賦詩詞頗婉麗。九日，予與同人飲宋子昭工部小園，限蟹字韻。翌日鄂詩先就，顧代作也。其末云：「予本澹蕩人，讀書不求解。爾雅讀不熟，蟛蜞誤爲蟹。」予驚歎。顧善歌，所製詞曲有「一輪月照一雙人面」之句，予最賞之。　同上《蟹字韻詩》

唐人歌樂府

唐人所歌樂府詞曲，率是絶句，然又多剪截律詩，别立名字，殊不可曉。如王右丞「風勁角弓鳴」一首，截取前四句名《戎渾》；「揚子談經處」一首，截取前四句名《崑崙子》。旗亭伶人所歌高常侍「開篋淚霑臆」一首《萬首》作濡，本是長篇，截取前四句名《涼州歌》是也。又考《教坊記》諸曲名，如《胡渭州》、《穆護子》又作砂、《涼州》、《伊州》、《甘州》之類皆載，而無《戎渾》、《崑崙子》之名。　同上

爲太真作皆用昭陽事

李太白《清平調》行樂詞，皆用飛燕昭陽事。然予觀王少伯宮詞，如「平陽歌舞新承寵，簾外春寒賜錦袍」；「斜抱雲和深見月，朦朧樹色隱昭陽」；「玉顔不及寒鴉色，猶帶昭陽日影來」，皆爲太真而作，皆

用昭陽事。蓋當時詩人之言多如此，不獨太白。　同上卷十七《龍標宮詞》

蘇詞註

東坡詞「行憂寶瑟僵」，乃用《漢書·金日磾傳》「行觸寶瑟僵」語。解者顧引楊行密給朱延壽病目「行觸柱僵」，有何干涉？乃知註書之難。東坡、放翁猶不敢居，有以也。　同上卷十九

翟院深

翟院深與李成皆營丘人，而院深伶工也。一日太守讌會，院深擊鼓失節，召問之，對曰：「適仰見飛鴻，淡佇可愛，思欲圖寫，凝思久之，不知鼓聲之失節也。」院深名在《宣和畫譜》，與史邦卿以堂吏而名列詞中大家，皆奇事。　《分甘餘話》卷一

評陳子龍湘真詞

余少時評陳臥子子龍《湘真詞》：「如香車金犢，流連陌阡，轉令人思草頭一點之樂。」　同上卷二

詩文詞曲貴有節制

凡爲詩文，貴有節制，即詞曲亦然。正調至秦少游、李易安爲極致，若柳耆卿則靡矣。變調至東坡爲

極致，辛稼軒豪於東坡而不免稍過，若劉改之則惡道矣。學者不可以不辨。　同上

羅紨

秦羅敷，敷字或作「紨」。李西臺小詞亦作羅紨。《懶真子》引《漢書》昌邑王賀妾名羅紨，乃嚴延年女孫，然不言「敷」、「紨」二字何以通用。或有博雅者知之，俟考。　同上

錢跋宋本漢書

趙承旨家宋槧前後《漢書》，王大司寇弇州得之陸水邨完家，前有松雪小像。後錢牧齋大宗伯以千二百金購之新安賈人，復售於四明謝氏，自跋云：「此書去我之日，殊難爲懷。李後主去國，聽教坊雜曲，『揮淚對宮娥』一段淒涼景色，約略相似。」　同上卷二《宋本兩漢書》

先人刻書著述

先太師大司馬公常刻小本《玉壺冰》，細入毫髮，都穆元敬所著也，又《文選删注》及《趙松雪文集》。先方伯贈大司寇公常刻賈侍郎三近《滑耀編》，即《文府滑稽》之流；又張南湖綖《詩餘圖譜》、《少游南湖詩餘合刻》，二公皆高郵人也。今版皆燬於兵燹。余所見者僅此。略記其目，以示後人。　同上卷三

先兄西樵著述

先兄吏部西樵有《然脂集》二百卷、《十笏草堂集》、《西湖竹枝》、《三舟倡和詞》、與宋荔裳琬、曹顧庵爾堪。《廣陵倡和詞》。與陳其年維崧等。　同上《先人刻書者述》

少時所作長短句

余少時喜作長短句，《詠楊花》云：「陌上樓前，消得香閨幾日憐。」又云：「欲門三生絕可憐，又化浮萍去。」　同上

花之寺

沂水縣有花之寺，不解其義，張杞園問之土人，云以寺門多花卉，而徑路窈折如「之」字形，故以爲名。周侍郎櫟園詩：「月明蕭寺夢花之。」其長子在浚有《花之詞》一卷。　同上

王攄與兄抃

婁江十子，虹友王攄才尤高，余嘗序其《金陵集》。鶴尹詩才不及，而獨工金元詞曲，所爲《籌邊樓》、《浩氣吟》等傳奇，不但引商刻羽，雜以流徵，殆可謂詞曲之董狐。　同上卷四

詞牌改名

唐于頔以樂府有《想夫憐》，其名不雅，或曰南朝相府有瑞蓮，因歌爲《相府蓮》。或是因王儉蓮幕事耳。至今詩餘有《相府蓮》，頔所改也。余昔與鄒程村祗謨同定《倚聲集》，長調有《秋思耗》者，余嫌其名不雅，改爲《畫屏秋色》。今詩餘遂有此名，余所改也。《古夫于亭雜録》卷一

辯東坡詞

《丹鉛録》載東坡贈青神楊棟詞云：「允文事業從容了。要岷峨人物，後先相照。見説君王曾有問，似此人才多少。」而引小説高宗問馬騏「蜀中人才如虞允文者有幾」云云。按：允文采石之功，在南渡以後，時東坡之殁久矣，安得先有此詞？誤甚矣。而曹能始《蜀中十志》亦載之，略不駁正，何也？同上卷三

詞曲非小道

李白謂五言爲四言之靡，七言又其靡也。至於詞、曲，又靡之靡者。詞如少游、易安，固是本色當行，而東坡、稼軒，直以太史公筆力爲詞，可謂振奇矣。元曲之本色當行者不必論，近如徐文長《漁陽三弄》、《木蘭從軍》，沈君庸之《霸亭秋》，梅村先生之《通天臺》，尤悔庵之《黑白衛》、《李白登科》，激昂慷

慨，可使風雲變色，自是天地間一種至文，不敢以小道目之。　同上卷四

陳其年詩

陳其年以四六、詩餘冠絶一世，然其詩亦豪邁有奇氣。嘗贈先西樵兄及予詩云：「名士終朝能妄語。」蓋反用《世説》語也。又贈山陰吕生云：「馬中赤兔人中布。」用成語尤奇。　同上

三家詞

本朝詩餘頗有十數名家。惟禾中曹講學顧庵爾堪《南溪詞》，沖澹如陶靖節田園詩。彭少宰羨門孫遹《延露詞》，清新俊逸，逼似秦、李二家，尤天然難及。毘陵董孝廉舜民元愷《蒼梧詞》，感慨悲凉，不減横槊，亦後勁也。三家詞皆予所選定，故特論之。　同上

沈自徵夫婦

吴江沈君庸自徵作《霸亭秋》、《鞭歌妓》二劇，瀏灕悲壯，其才不在徐文長下。乃其妻張亦才女也，常有《寄外》詞云：「漠漠輕陰籠竹院。細雨無情，淚濕霜華面。試問寸腸何樣斷。殘紅碎緑西風片。萬轉相思才夜半。又聽樓頭，叫過傷心雁。不恨天涯人去遠。三生緣薄吹簫伴。」張名倩倩。　同上卷六

祝允明論詩餘

明文士如桑悦、祝允明，皆肆口横議，略無忌憚。允明作《罪知録》，歷詆韓、歐、蘇、曾六家之文，深文周内，不遺餘力。……論詩餘則專祖太白、飛卿，稍許歐、晏、周、柳，以爲綴旒，謂東坡木强疏脱，少游、魯直特市廛小家之子。《香祖筆記》卷一

王倩玉長相思

武林女子王倩玉，貌甚美而工詩詞，已字人矣，悦其中表沈生遹聲而越禮焉。母家訟于官，杭守弋斑斷離，鬻于駐防旗下。沈百方贖歸，復爲沈生一女而死。傳其寄沈《長相思》一闋云：「見時羞。别時愁。百轉千回不自由。教奴怎罷休。　懶梳頭。怯凝眸。明月光中上小樓。思君楓葉秋。」雖淫奔失行，其才慧亦尤物也。同上卷二

黄子鴻工小詞

黄子鴻名儀，常熟人，隱居博學，工書法，尤工小詞，有句云：「井桐休放月痕來，玉堦剛臥金鈴犬。」人多稱之。同上

干卿何事所祖

杜子美《黑白二鷹》詩：「干人何事網羅求。」南唐元宗謂馮延巳云：「吹皺一池春水，干卿何事？」《舊唐書》明皇爲楚王叱金吾將軍武懿宗曰：「吾家朝堂，干汝何事，敢迫吾騎從！」此語在前，見本紀。同上卷三

柳枝竹枝詞

唐人《柳枝》詞專詠柳，《竹枝》詞則泛言風土，如楊廉夫《西湖竹枝》之類。同上

緑　腰

《琵琶録》云：「羽調緑腰。」注云：即録要也，本自樂工進曲，上令録出要者以爲名，誤爲緑腰也。白樂天詩注又訛爲六么。乃其曲，又有高平、仙吕，非羽調。吴楚材《彊識略》云然。同上卷四

姜夔詞家大宗

宋姜夔堯章《白石集》，予鈔之近百首，蓋能參活句者。白石詞家大宗，其於詩亦能深造自得。同上卷五

李清照集名漱玉

宋閨秀李清照，號易安居士，吾郡人，詞家大宗。其集名《漱玉》，而詩不概見。同上

周德華歌柳枝詞考

《丹鉛録》云：「《麗情集》載湖州妓周德華者，劉采春女也。唱劉夢得《柳枝》詞云云。此詩甚佳，而劉集不載。」余按此乃白樂天詩，詩本六句，非絶句，題乃《板橋》非《柳枝》。蓋唐樂部所歌，多剪截四句歌之，如高達夫「開篋淚沾臆」，本古詩，止取前四句；李巨山「山川滿目淚沾衣」，本《汾陰行》，止取末四句是也。白詩云：「梁苑城西三十里，一渠春水柳千條。若爲此路今重過，二十年前舊板橋。曾與美人橋上别，更無消息到今朝。」板橋在今汴梁城西三十里中牟之東，唐人小説載板橋三娘子事即此，與謝玄暉之新林浦板橋異地而同名也。升庵博極羣書，豈未睹《長慶集》者，而亦有此誤耶？同上

教坊曲

唐張祜詩：「内人已唱春鶯囀，花下傞傞軟舞來。」按《教坊記》：伎女入宜春院，謂之内人，亦曰前頭人。凡出戲日，所司先進曲名，上以墨點者，即舞，謂之進點。教坊人惟得舞《伊州》，餘悉讓内人，如

《垂手羅》、《回波樂》、《蘭陵王》、《春鶯囀》、《烏夜啼》之屬，謂之軟舞；又有《緑腰》、《蘇合香》、《屈柘》、《涼州》、《甘州》、《柘枝》、《黄麞》、《拂林胡》、《渭州》、《達摩支》之屬，謂之健舞；又有劍器、胡旋、胡騰等。按記中所列曲名，如《小秦王》、《武媚娘》，皆李唐本朝事，與《吕太后》並列，不避忌。《竹枝》本名《竹枝子》，與《采蓮子》、《漁歌子》、《山花子》、《水仙子》、《南鄉子》、《赤棗子》、《生查子》等並列，今獨去子字，但云《竹枝》。若《楊柳枝》，則其本名。　同上卷六

陳霆

陳霆字水南，吴興人，著《兩山墨談》，甚有義理。閲《金陵瑣事》，始詳其本末。霆字震伯，僦居白下，又著《唐餘紀傳》、《渚山詞話》，嘗作詞弔張麗華云。　同上卷八

評陳臥子詞

詞家綺麗、豪放二派，往往分左右袒。予謂第當分正變，不當分優劣。四十年前在廣陵與鄒訏士祗謨同定《倚聲集》，予評陳臥子詞云：「如香車金犢，流連陌阡，反令人思草頭一點之樂。」　同上卷九

李易安

宋李易安名清照，濟南李格非文叔之女，詞中大家。其母王狀元拱辰女，亦工文章。　同上

辛幼安

辛幼安棄疾亦歷城人，亦詞中大家，少與党懷英同學，南渡爲名臣。党入金，官翰林學士承旨，尤工篆書。　同上

催黄葉王桐華

太倉崔華，字不雕，予門人也。工詩畫，常有句云：「丹楓江冷人初去，黄葉聲多酒不辭。」予極愛之，呼爲崔黄葉。歷城族子苹，字秋史，壬午舉人，有句云：「亂泉聲裏才通屐，黄葉林間自著書。」予亦呼爲王黄葉。初予少年，和李清照《漱玉詞》云：「郎似桐花，妾似桐花鳳。」劉公㦃體仁戲呼王桐花，鄒程村祇謨云：「崔黄葉自合作王桐花門生耳。」　同上卷十

秦少游眷妓

秦少游有姬邊朝華，極慧麗，恐妨其學道，賦詩遣之至再。後南遷過長沙，乃眷一妓，有「郴江幸自繞郴山，爲誰流下瀟湘去」之句，何前後矛盾如此？　同上卷十二

少時詠梅妃詞

趙塄執端以元人畫軸索題，……其一《士女惜花圖》，叢花片石。予昔藏江上女子周禧畫《惜花春起早》一幀，似是臨摹此畫。上方有潘純、張雨、倪瓚、錢惟善四詩，錢詩云：「庭院無人春已深，東風吹老惜花心。自知命薄難承寵，不費長門買賦金。」頗有寄托。予少時有《詠梅妃·減字木蘭花》一闋云：「天然姿媚。比似梅花應不異。一斛珍珠。得似鮫人淚點無。　文園老去。恨煞無人能解賦。我見應憐。不索長門買賦錢。」意各别而語相似。

同上

題門人減字木蘭花

昔在淮南，爲門人韓魏題《寫真·減字木蘭花》一闋云：「橫磨大劍。玉帳晨開兵百萬。一卷陰符。孺子功名圯上書。　壯懷煙冷。笑看吴姬雙鬢影。封酒泉侯。骨相輸君是虎頭。」先是先兄題云：「學信陵君飲酒，兼之近婦人。」故末句亦云。然此詞佚其稿，追記之。

《居易録》卷一

白石詞中大家

白石詞中大家，與誠齋、石湖、遂初諸老友善。

同上卷二

辛稼軒長短句有舊刊本

辛稼軒詞中大家，而詩不多見。《劉後村詩話》載其《送別湖南部曲》一詩云云（詩略）。稼軒，吾濟南人……其長短句，予家有舊刊本。　同上卷二

李日華誤引詞作

李君實日華，鑒别法書、名畫最精。然引古人詩文往往紕繆，云白樂天孫龜年往嵩山遇李白，曰：近過潼關，有一詞曰「曾宴桃源深洞」云云，乃後唐莊宗作也。　同上

題點絳唇詞

百脈泉，在章邱縣南明水鎮，澄泓一畝，清鑑毛髮。北流爲淯水，即繡江也。予同年劉石洲渡家回村，有繡江園。康熙己巳四月過宿其居，題《點絳唇》詞一闋於壁，云：「小雨班班，垂楊影裏青青麥。越阡度陌。好箇南村宅。　雁塔同題，相對俱頭白。今何夕。修篁怪石。留我狂吟客。」　同上

東海賢人

高麗宰相李藏用，字顯甫，從其王入朝於元。翰林學士王鶚邀宴於第，歌人唱吴彦高《人月圓》、《春從

天上來》二曲。藏用微吟其詞，抗墜中音節。鶚起，執其手，歎爲東海賢人。　同上卷三

芭蕉樹

邊司徒華泉詩：「自聞秋雨聲，不種芭蕉樹。」或議之，謂芭蕉不得稱樹。又或議王右丞畫《雪中芭蕉》，宋朱翌云：「曲江冬大雪，芭蕉自若紅。」方作花，知前輩畫之不苟，彼身未到蜀、粵，故少所見，多所怪耳。《花間》詞云：「笑指芭蕉林裏住。」既可稱林，顧不得稱樹耶。　同上

董舜民蒼梧詞

武進董元起，故友御史玉虬文驥之子，遺其先人《微泉閣集》十六卷、從兄元愷舜民《蒼梧詞》十二卷。舜民樂府自成一家，洞庭、陽羨、西泠諸山水，居庸關、白羊城、虎牢關諸邊塞之作尤爲奇特。其內子亦有易安風調。今十二卷中，大半予所評次者。　同上卷四

清初詞集三編

宜興門人蔣景祁京少，編《瑶華集》凡二十卷，搜採國朝名家填詞甚富。二十年前，予在揚州，與故友武進鄒祗謨程村撰《倚聲集》，起萬曆末，迄順治初年，以繼卓珂月、徐野君《詞統》之後。蔣此編又起順治迄於今，以繼《倚聲》之後。合觀三集，三百二十年間，作者略備矣。　同上

南渡後詞家冠冕

史達祖邦卿，南渡後詞家冠冕。然其人乃韓侂胄堂吏耳。同上卷九

魏坤賦琴魚詞

偶約座客賦琴魚詩，姜宸英西溟、吴麐仁趾、魏坤禹平作皆佳。……魏《驀山溪》詞云：「桃花潭近，千尺揉藍早。一曲是琴溪，過清明、腥風吹到。仙人去後，水族也留名，鱗影細，浪痕圓，翠網都收了。騎鯨無分，客裏銜杯好。玉椀忽擎來，最堪憐、小於白小。脆能下酒，不用鱠銀絲，除非並，箭頭魚，風味輸多少。」按《賓退録》云：「涇縣東北二十里有琴溪，溪側有石，高一丈，曰琴高臺，有廟存焉。溪中別有一種小魚，相傳琴高投藥汁所化，號琴高魚。歲三月，數十萬一日來集。舊以入貢，乾道中始罷。」同上

廣東坡詩意爲詞

吾鄉刑部侍郎念東高公珩，下筆妙天下，而留意二氏之學，生平撰著不減萬篇。常廣東坡「勸爾一杯聊復醉，人間貧富海茫茫」之意，作小詞八首，雖出遊戲，亦絶調也。偶記一二於此，云：「亭長歸來屯萬乘，大風雲起飛揚。數行泣下美人裳。楚歌爲若舞，何似在烏江。銅雀雙鸞春宛轉，挂釵便到分

香。西陵歌吹爲誰長。一杯聊復醉，啼笑海茫茫。」「送客白衣看短劍，羽聲擊筑相將。雪園寒月倦遊梁。夷門虚左地，春暮緑蕪長。　香水吴宫多少恨，魚腸酒後如霜。姑蘇麋鹿亦荒涼。一杯聊復醉，恩怨海茫茫。」「楊柳春風何婀娜，幽蘭瑟瑟秋霜。江潭憔悴子蘭狂。世情雙燕子，隨處得雕梁。　驚道碧紗新姓氏，大槐爭鑄金章。木棉庵近半閒堂。一杯聊復醉，榮悴海茫茫。」「野外秋蓬風外絮，一生萍海中央。青衫紅淚弔潯陽。江雲天漠漠，楓樹夢蒼蒼。　漢月秦關秋雁斷，短歌對月河梁。西風班馬玉鞭長。一杯聊復醉，離合海茫茫。」「不盡江潮鐵綽板，商歌玉樹秋江。莓苔因雨上宫牆。金仙留剩淚，百度續沾裳。　汾水年年秋雁去，雷塘楊柳含霜。漁歌樵唱下斜陽。一杯聊復醉，興廢海茫茫。」又三首不及録。使明皇聞之，必歎爲真才子也。同上

明代詞曲第一

馮惟敏，字汝行，詞曲爲明第一手。同上卷十

花落餘香著莫人

嘗讀耶律文正詩「花落餘香著莫人」，蓋本朱淑真詞「無奈春寒著摸人」語。適讀宋彭器資汝礪《鄱陽集》，有《湖湘道中見梅花》絶句云：「滴葉開花妙入神，酥盤憶看北堂春。瀟湘此日堪腸斷，隨處幽香著莫人。」乃前此矣。唐人唯元、白集中多用此等字，未暇考《長慶集》也。同上卷十二

侯刻十家樂府

無錫侯氏新刊十家樂府：南唐二主中主四首、後主三十三首，馮延巳《陽春集》宋嘉祐陳世修序。序謂馮遠圖長策，不矜不伐云云，子野張先，東山賀鑄，信齋葛郯，竹洲吴儆，虚齋趙以夫。有淳祐己酉芝山老人自序，松雪趙孟頫，天錫薩都剌，古山張埜，邯鄲人。有至治初元臨川李長翁序。皆在毛氏《宋詞六十家》之外。向見宋牧仲中丞所得李長文昌垣學士鈔本數十家，不甚流傳者尚多有之，恐不止此也。同上卷十三

李龔蘇語

世傳李易安詩：「露花倒影柳三變，桂子飄香張九成。」葉石林《避暑録話》云：「子瞻於四學士中最善少游，常戲云：『山抹微雲秦學士，露花倒影柳屯田。』」李蓋襲蘇語。同上卷十五

詞家張三影

宋兩張子野，皆名先。一與歐陽文忠友，爲孝章皇后戚里之姻官，止知亳州鹿邑縣，寶元二年年四十八卒。文忠誌其墓云：「好學自力，善筆札。」一與蘇文忠公友，公集中云：「昔自杭移高密，陳令舉、張子野皆從至松江，夜半月出，置酒垂虹亭上。子野年八十五，以歌詞聞天下，作《定風波令》。」李公擇守吴興，東坡過之，會於碧瀾堂。子野作《六客詞》，坡詩所謂「詩人老去鶯鶯在，公子歸來燕燕忙」，詞

家所謂張三影者是也，官至都官郎中，死葬吴興弁山，有集一百卷。今有張鈞魚灣，見《掌故集》。

同上卷二十

自賦竹詞

予生平喜竹，所居輒種之。順治庚子辛丑間，任揚州府推官，於讞事廳前後皆種竹。爰書之暇，輒嘯詠其下，廳後故有小亭可置牀几，倦即偃息其中。自賦一詞題壁上，偶未編入《衍波詞》，今録於左云：「手種牆南千箇竹。春雨瀟瀟，拔地參天緑。斫取杉皮新縛屋。直須傲煞簹谷。　解道難醫惟有俗。試問傍人，無竹何如肉。未必禪心超忍辱。且從玉板參尊宿。」存之亦可追想少年高邁之氣，不爲卑冗縛束如此。

同上卷二十一

虞美人辯

《延綏鎮新誌·花木類》有後姚婆，一莖作蓓蕾，開花五六瓣，翠色，俗云舜母，亦曰虞美人。因虞字而傅會，殊謬。按虞美人，即鶯粟花，俗名米囊，有千瓣，五色，人名滿園春。《通雅》曰，虞美人有吴、蜀二種。《碧雞雜志》言桑景舒作《虞美人》曲，而此花輒動。先王父方伯公《羣芳譜》云：「虞美人草獨莖三葉，葉如決明。一葉在莖之端，兩葉在莖之半相對。人或歌《虞美人》曲，則葉動如舞，又名舞草，出雅州。宋曾慥詩：『芳心寂寞寄寒枝，舊曲聞來似斂眉。哀怨裴回愁不語，恰如初聽楚歌時。』」今詩餘

調有《虞美人》，古今通詠虞姬事，舜母之名妄矣。　同上

張三影辯

宋兩張先，皆字子野，人往往不能辨，前卷已各詳其履歷。然未有如《道山清話》之訛舛者。《道山》云：「張先京師人，有文章，尤長於詩詞，人目爲張三影。」又號三中，此官都官郎中，居湖州者，年八十餘，尚無恙。以三影爲京師人已誤。其下又云：「其祖母宋氏，孝章皇后妹也。子野生貴家，刻苦過於寒儒。取高科，甫改秩爲鹿邑縣以殂。歐陽永叔敬重之。云云。今人乃以張三影呼之，哀哉！歐陽爲其墓銘。」此戚里官鹿邑縣者，年四十八卒，不號三影。觀此，則曾參秋胡之誤，又何怪乎。又按湖州張子野，年八十五尚買妾，東坡贈詩云：「詩人老去鶯鶯在，公子歸來燕燕忙。」早年有《一叢花》詞云：「不如桃李，猶得嫁東風。」歐陽公稱爲「桃李嫁東風郎中」。見范公偁《過庭録》，知兩張子野皆從歐公遊也。　同上卷二十五

御製錦堂春詞

十一月，調刑部侍郎喻成龍，工部侍郎吴涵。刑部偶得宣銅宫盤一，中有凸起御製《錦堂春》詞一闋云：「映日穠花旖旎，縈風細柳輕盈。遊絲千尺重門静。金鴨午煙清。　戲蝶渾如有意，啼鶯還似多情。遊人來往知多少，歌吹散春聲。」（末署）「宣德七年正月十五」。背刻交龍，中有「内用」二字。　同上卷三十三

載酒園詞話

〔清〕賀裳 撰

載酒園詞話目録

載酒園詞話

改古人詩

樂天「丘墟北門外，寒食誰家哭。風吹曠野紙錢飛，古墓纍纍春草緑。棠梨花映白楊樹，盡是死生離別處。冥漠重泉哭不聞，蕭蕭暮雨人歸去。」東坡易以「烏飛鵲噪昏喬木，清明寒食誰家哭」。此如美人梳掠已竟，增插一釵，究其美處豈係此？至張子野衍其「花非花」爲小詞，則掖庭之流入北里也。

《載酒園詩話》卷一

周秦詩詞

周邦彦小詞「新笋看成堂下竹，落花都上燕巢泥」。秦觀「杏花零落燕泥香」。蓋詞人數數用之，必欲執無者以概有者，不幾于摇手不得，毋乃太沾滯乎！

同上

孫光憲僅能小詞

孫光憲僅能《浣溪沙》、《菩薩蠻》小詞，有何格律可稱？　同上

李昂英填詞聖手

李昂英填詞聖手，《景泰寺》詩：「遠鴉追夕照，低雁壓西風。」終不脱詞家本色。　同上又編

〔清〕沈　雄撰

柳塘詞話

柳塘詞話目録

卷一

卷二

卷三

卷四

柳塘詞話卷一

六朝風華麗語爲詞家所本

楊用修云：填詞必溯六朝者，亦昔人探河窮源之意。長短句如梁武帝《江南弄》云：「衆花雜色滿上林，舒芳耀彩垂輕陰。連手躞蹀舞春心。舞春心。臨歲腴。中人望，獨踟躕。」梁僧法雲《三洲歌》一解云：「三洲。斷江口。水從窈窕河旁流。歡將樂共來，長相思。」二解云：「三洲。斷江口。水從窈窕河旁流。啼將别共來，長相思。」梁臣徐勉《迎客曲》云：「絲管列，舞曲陳。含羞未奏待嘉賓。羅絲管，陳舞席。斂袖嘿脣迎上客。」《送客曲》云：「袖繽紛，聲委咽。餘曲未終高駕别。爵無算，景已流。空紆長袖客不留。」隋煬帝《夜飲朝眠曲》云：「憶睡時，待來剛不來。卸妝仍索伴，解佩更相催。博山思結夢，沈水未成灰。」「憶起時，投籤初報曉。被惹香黛殘，枕隱金釵裊。笑動林中烏，除卻司晨鳥。」王叡《迎神歌》云：「蓪草頭花柳葉裙。蒲葵樹下舞蠻雲。引領望江遥滴淚，白蘋風起水生紋。」《送神歌》云：「棖棖山響答琵琶。酒濕青莎肉飼鴉。樹葉無聲神去後，紙錢飛出木棉花。」此六朝風華靡麗之語，後來詞家之所本也。略輯於此。

唐曲三首

《唐詞記》爲郭茂倩所輯，楊璠、董御多收僞詞以廣之，有以其名同而濫收之者。今取劉禹錫《紇那曲》云：「踏曲興無窮，調同詞不同。願郎千萬壽，長作主人翁。」按《詞品》「阿那」、「紇那」，皆當時曲名。劉禹錫言變南調爲北曲，蓋隨方音而轉也。劉采春《羅嗊曲》云：「莫作商人婦，金釵當卜錢。朝朝江口望，錯認幾人船。」按曲有三解，一名《望夫歌》，取其一以存調，且申説之也。無名氏《一片子》云：「柳色青山映，梨花雪鳥藏。緑窗桃李下，閒坐歎春芳。」按《教坊記》有此名，《樂府解題》所不詳者。更有琴曲名《千金意》，始分前後段，起俱三字一音，如「音、音、音」三字起句，後接「心、心、心」三字。起句而下俱指法，未能格之也。

别見之五言詩

今以五言之别見者匯較之，如《何滿子》，已收六言六句矣。兹載薛逢之《何滿子》云：「繫馬宫槐老，持杯店菊黄。故交今不見，流恨滿山光。」按白詞有一曲四詞，歌八疊句，則此詞先有是名者。故張祜詩有「一聲何滿子，雙涙落君前」也。如《三臺令》，已收六言四句矣。兹載李後主之《三臺令》云：「不寐倦長更。披衣出户行。月寒秋竹冷。風切夜窗聲。」如《楊柳枝》，已收七言四句矣。兹載李商隱之《楊柳枝》云：「畫屏繡步障，物物自成雙。如何湖上望，只是見鴛鴦。」如《醉公子》，已收無名氏之五言八句矣。茲載無名氏之《醉公子》云：「昨日春園飲，今朝倒接羅。誰人扶上馬，不省下樓時。」如《長命女》，已收長短句矣。茲載無名氏之《長命女》云：「雲送關西雨，風傳渭北秋。孤燈然客夢，寒杵擣鄉愁。」如《烏夜啼》，已收長短句矣。茲載聶夷中之《烏夜啼》云：「衆鳥各歸枝。烏烏爾不棲。還應知妾恨，故向緑窗啼。」如《長相思》，已收琴調之長短句矣。茲載張繼之仄韻《長相思》云：「遼陽望河縣。白首無由見。海上珊瑚枝，年年寄春燕。」又令狐楚之平韻《長相思》云：「君行登隴上，妾夢在關中。玉箸千行落，銀牀一夕空。」諸如此類，恐後之集譜者，多以詩句而亂詞調也。

別見之七言詩

今以七言之別見者略舉之，如《江南春》，既列長短句之小令矣。茲載劉禹錫之平韻《江南春》云：「新妝宜面下朱樓。深鎖春光一院愁。行到中庭數花朵，蜻蜓飛上玉搔頭。」又後朝（元）［光］之《江南春》云：「越王宮裏如花人。越水溪頭采白蘋。白蘋未盡秋風起，（編者按，《全唐詩》收冷朝光《越谿怨》即此詞，「秋風起」作「人先盡」。）誰見江南春復春。」按劉夢得爲答王仲初之作，仲初與樂天俱賦仄韻，而茲以平韻正之。後朝（元）［光］又是一種感慨所係矣。如《步虛詞》，已列長短句之雙調矣。茲載陳羽之《步虛詞》云：「樓閣層層阿母家。昆崙山頂駐紅霞。笙歌往見穆天子，相引笑看琪樹花。」如《漁歌子》，已列長短句之單調、雙調矣。茲載李夢符之《漁父詞》二首云：「村市鐘聲渡遠灘。半輪殘月落前山。徐徐撥棹卻歸去，浪疊朝霞碎錦翻。」「漁弟漁兄喜到來。婆官賽卻坐江隈。椰榆杓子瘤杯酒，爛煮鱸魚滿盎堆。」如《鳳歸雲》，已列林鍾商之長調矣。兹載滕潛之《鳳歸雲》二首云：「金井闌邊見羽儀。梧桐樹上宿寒枝。五陵公子憐文彩，畫與佳人刺繡衣。」「飲啄蓬山最上頭。和煙飛下禁城秋。曾將弄玉歸雲去，金翻斜翻十二樓。」他如《離別難》、《金縷曲》、《水調歌》、《白苧》各有七絶，雜以虚聲，亦有可歌者，總不欲以詩句而亂詞調也。

詩詞中之曲名

《詞品》所舉《昔昔鹽》，梁樂府《夜夜曲》名也。張祜詩「村俗猶吹阿濫堆」，賀鑄詞「塞管孤吹新阿濫」；又戴式之《烏鹽角行》，〔元八月泉吟社詩〕：「笙歌聒耳烏鹽角，村酒柔情玉練槌。」〔「阿濫堆」、「烏鹽角」，皆曲名也〕；李郢詩「謝公留賞山公醉，知入笙歌阿那朋」：皆曲名也。劉禹錫詞：「今朝北客思歸去，回入紇那披緑蘿。」「阿那」、「回紇」亦當時曲名。李郢言變梵唄爲艷歌，劉禹錫言翻南調爲北曲也。此《阿那》、《回紇》所自始。

唐人閒中好三首

唐人《閒中好》三首，《詞品》不載。前人斥爲三首三體，難入詞調，殊不知梓人之誤。即《古今詞譜》，詞隱亦只登其二，以爲二體。余於舊本按之，其鄭夢復云：「閒中好，此趣人不知。盡日松爲侶，輕風度僧扉。」覺前此倒置之者，反無旨趣。其段成式云：「閒中好，塵務不關心。坐對窗前木，看移三面陰。」其張善繼云：「閒中好，雲外度鐘遲。卷上論題肇，畫中僧姓支。」仍然三首一調矣，登之。

詞宋宸翰無聞與遠播

或問詞盛於宋，而宸翰無聞，何也？余謂錢俶之「金鳳欲飛遭掣搦」，爲藝祖所賞。李煜之「一江春水向東流」，爲太宗所忌。開創之主，非不知詞，不以詞見耳。嗣則有金珠乞詩之宫嬪，有提舉大晟之官僚，按月律進詞，承宣命珥筆，寵諸詞人，良云盛事，而必宸翰之遠播哉。

宋宗室能詞者

元祐時，宗室能詞者衆，如嗣濮王趙仲御，《瑶臺第一層》有云：「嶰管聲催。人報道、嫦娥步月來。鳳燈鸞炬，寒輕珠箔，光泛樓臺。」「歡陪。千官萬騎，九霄人在五雲堆。赭袍光裹，星毬宛轉，花影徘徊。」又安定郡王趙令畤，嘗夜過東坡家，飲梅花下，曾題《會真記》，《鳳棲梧》云：「錦額重簾深幾許。只是低頭，怕受他人顧。强出嬌嗔無一語。絳綃頻掩酥胸素。」見《聊復集》。又淳熙間，趙彦端字德莊者，賦西湖有「波底夕陽紅濕」，爲阜陵欣賞，曰：「我家裹人，也會作此等語。」有《介庵詞》四卷。此環衛中之能詞表表者。

四宗室工於詞

岳倦翁云：「趙師俠，燕王德昭七世孫。舉進士，有《坦庵樂府》。其爲文，如泉出不擇地。詞之摹寫風景，體狀物情，俱極精巧。初不知其得之之易。」黄玉林云：「趙善扛字文鼎，自稱解林居士。詞甚富，蓋德莊之流也。」汲古閣載南豐宗室趙長卿，一稱仙源居士，《惜香樂府》多至十卷。《詞綜》載餘干王孫趙汝愚，字子直，舉進士，累官右丞相，盛以詞章鳴世。此四宗室之工於詞者也。

蘇易簡王禹偁詞

宋初以詞章早著名者，梓州蘇易簡作《越江吟》，載《百琲明珠》，蜀之大魁自此始。鉅野王禹偁作《點絳唇》，見《小畜集》，謂其文章重於當世。

方外能詞者

詞選中有方外語，蕪累與空疏同病。要寓意言外，一如尋常，不别立門户，斯爲入情，仲殊、覺範、祖可尚矣。若世所稱白玉蟾、丘長春，皆仙家之有詞名者。即羽衣連久道，十二歲亦能詞也。

歐蘇詞同一意致

歐陽公云：「把酒祝東風，且共從容。」與東坡《虞美人》云：「持杯邀勸天邊月，願月圓無缺。」同一意致。

温歐兩公遭謗詞

姜叔明云：宣和間恥温公獨爲君子，誣之以《西江月》云：「相見爭如不見，有情還似無情。笙歌散後酒微醒。深夜月明人靜。」蔣一葵曰：歐陽公試士時，錢穆父恨之，誣之以《望江南》云：「十四五，閒處覓知音。堂上簸錢堂下走，恁時相見已留心。何況到而今。」愚按：兩公遭謗，盡人知之。所謂高明之家，鬼瞰其室也。

嫁名洪覺範詞

《詞品》云，臨川守陳虚中，因魏壇女真鮮守戒者，爲詩以譏之。有作《西江月》詞，嫁名於覺範云：「最好洞天春晚，黄庭卷罷清幽。凡心無計耐閒愁。試撚花枝頻嗅。」余以洪禪師爲佛祖兒孫，豈得有此，而載於《復齋漫録》也。

有兩朱希真

朱希真名敦儒，天資曠達，有神仙風致。居東都日，作《鷓鴣天》自述云：「曾批給雨支風券，屢上留雲借月章。」有朋儕詣之，聞笛聲自煙波起，頃之，棹小舟與客俱歸。室中懸琴筑阮咸之屬，籃缶貯果實脯醢，皆平日所留意者。南渡後，作《鷓鴣天》遣興云：「道人還了鴛鴦債，紙帳梅花醉夢間。」是真素心之士。若《名媛集》之朱希真，適徐必用，徐商久不歸，亦作警悟風情自解。別是一人，豈得同日而語。

小劉之昂上平南詞

宋開禧中，金將紇石烈子仁，駐兵濠梁，命小劉之昂賦《上平南》書壁。見《齊東野語》，怪其僭而不録。按子仁破宋兵，史書之矣。何以楊慎《詞品》曰「元將紇石烈子仁」也。胡應麟《筆叢》曰，當在張浚用兵符離時，楊何以指爲元將也？又曰紇石烈姓金，元人無此姓。胡之説爲有據乎否？蔣一葵《外紀》所載韓侂胄欲伐金，金將駐兵濠梁，命小劉之昂作《上平南》詞，非金將作也。且紇石烈即姓也。王世貞《宛委餘編》曰，金人姓氏，有紇石烈曰高。胡之不詳於稗史，亦等之楊耳。

清平樂宫詞

余讀憲王《藺雪軒詞》、張昱《輦下曲》、來復《燕京雜詠》各百首，皆有註。余因節取一二故實，滙成《清平樂》宫詞十首。今録其六闋，聊爲述事云耳。詞云一：「部前爭幸。手捧黄鵝進。象背駝峯幄殿近。納鉢歸來交慶。迎鑾曲奏南宫。賢王諫獵從容。雙手來松腰帶，黄鞓共掛烏弓。」二：「含香殿下。優諫傳聲罷。驀把明妃真又掛。學抱琵琶調馬。静瓜約鬧新年。和茶和乳張筵。重進闢卿院本，男兒跪拜當前。」三：「文殊曲會。參佛聲歌脆。昨進女真千户妹。可可十三入隊。雷壇教舞天魔。背翻蓮掌婆娑。國老傳教拋紙，女官親自提鑪。」四：「球場身凑。又促鶻鶉鬬。打馬呼盧步輦後，旁賭牙籌兩袖。就中喝采爭窺。一聲聖口無違。狼藉珠璣滿地，紅竿雉帚輕揮。」五：「盤龍衣敞。乍尚高麗樣。一口鐘衣爭想象。好使身陪貂帳。粉脂分例嘗匀。思教暫假探親。罟罟高冠新樣，嫫嫫小姐聲聲。」六：「端門鎖掣。唵叭名香爇。自打練椎光辮髮。與只孫衣並列。宫名各派鮮花。何來教習巫家。會唱阿喇喇好，摳衣笑倒哈嘛。」

馬祖常宫詞

元有浚儀可温氏，名馬雍古祖常者，製詞云：「金鑪寶熏流篆雲。花間百舌啼早春。五方戲馬賽爭道，傳宣催賜十流銀。」又：「日邊寶書開紫泥。内人珠帽步輦齊。君王視朝天未旦，銅龍漏轉金雞啼。」《詞統》列於《竹枝》，而余辯爲宫詞也。元人小説中，稱其樂府纖艷勝人，惜乎未見。

元人竹枝

有阿魯温掌機沙者，《竹枝》云：「南北峰頭春色多。湖山堂下來棹歌。美人盪槳過湖去，小雨細生寒緑波。」其張掖人燕不花者，《竹枝》云：「湖頭水滿藕花香。夜深何處有鳴榔。郎來打魚三更裏，零亂波光與月光。」其回回别里沙者，《竹枝》云：「鳳凰嶺下月色涼。無數竹枝官道旁。東家爲愛青青竹，截作參差吹鳳凰。」雖云中原文教之遠，又皆象胥之所不載也。

周德清著中原音韻

周德清，字挺齋，著《中原音韻》。元人詞曲勢必本此，使作者通方，歌者協律，亦一代詞曲功臣也。況德清有曰：「關、馬、鄭、白，一新制作，韻共守自然之音，字能通天下之語。」又曰：「諸公已矣，後學莫及，蓋不悟聲分平仄，字别陰陽故也。」此數言者，乃作詞之膏肓，用字之骨髓，皆不傳之妙也。

元曲情致不減於詞

余閲元曲，關漢卿《商調・集賢賓》云：「裙染榴花，睡損胭脂皺。鈕結丁香，掩過芙蓉扣。綫脱珍珠，淚濕香羅袖。楊柳眉顰，人比黄花瘦。」鄭德輝《越調・聖藥王》云：「近蘆花，攬釣槎，有折柳衰蒲緑蒹葭。遥望見、煙籠寒水月籠沙。我只見、茅舍兩三家。」白仁甫題情《陽春曲》云：「笑將紅袖遮銀燭。

不放才郎夜讀書。秪不過迭應舉。及第待何如。」王和甫《别情・堯民歌》云：「自别後、遥山隱隱。更那堪、遠水粼粼。見楊柳、飛綿滚滚。對桃花、醉眼醺醺。」其情致不減於詞也。徐士俊曾叙余詞曰：「上不類詩，下不類曲者，詞之正位也。」余欲力崇詞格，特究心於曲調如此。

劉秉忠乾荷葉

胡應麟《筆叢》駁辨楊慎《詞品》極多，但不嫺於詞而言詞，當必有誤。如劉秉忠之《乾荷葉》，楊謂其自度曲，胡則不能悉其非詞也。兩首亦非一體，如第二首弔高宗詞，楊固疑其助元兇宋，而肯弔之乎。秉忠爲南渡後人，少爲僧，隨其師海雲入見世祖，留之耳，時人稱爲聰書記。其《三奠子》之俚淺不及遺山，而蔣一葵過譽之也。

楊鐵崖作老婦吟

元時完顔澤領修史事，詔修遼、金、元三史。楊維楨作《正統辨》，司徒歐陽玄義之。年未七十休官，駕春水宅，往來九峰三泖間。明興，復辟修元史，楊鐵崖作《老婦吟》以見意。《竹枝》盛于元季，鐵崖集之，自製亦至五十餘首。作客日多，時又有一鐵崖者假其名，折柬邀至。相見次，飲酒賦詩，才思不減，絶無赧容，不受津饋而去，鐵崖爲歎息久之。

王穉登題倪瓚墓

倪瓚人稱倪迂，錢塘黄冠張伯雨與之游。倪盡棄家貲與之，兩人俱得名，後終茅山。明王穉登題其墓云：「一抔蟬蜕葬寒雲，天上神仙地上墳。香骨化爲遼海鶴，華陽洞口侍茅君。」其詞有與班彦功、仇山村次答者。

明本國師行香子

余經鷲脰湖殊勝寺，掛壁有中峯明本國師題詞，後書至正年號，乃《行香子》也。「短短横牆。矮矮疏窗。一方兒、小小池塘。高低疊嶂，曲水邊旁。也有些風，有些月，有些香。　日用家常。竹几藤牀。儘眼前、水色山光。客來無酒，清話何妨。但細烘茶，淨洗盞，滾燒湯。」「閬苑瀛洲。金谷瓊樓。算不如、茅舍清幽。野花繡地，莫也風流。卻也宜春，也宜夏，也宜秋。　酒熟堪𨢬。客至須留。更無榮、無辱無憂。退閒是好，著甚來由。但倦時眠，渴時飲，醉時謳。」若不經意出之者，所謂一一天真，一一明妙也。

宋金華鑑湖竹枝

宋金華文集，以大手筆開風氣而猶有麗語。如「戀郎思郎非一朝。好似并州花剪刀。一股在南一股北，幾時裁得合歡袍。」「有郎金鳳飾花容。無郎秋鬢若飛蓬。儂身要令千年白，不必來塗紅守宫。」此鑑湖《竹枝》也，其小詞不及見耳。

劉文成石末贈答詞

劉文成未遇時，便與石末元帥填詞贈答。時石末方鎮江浙，而文成每以《滿庭芳》、《滿江紅》調寄之。若其次和石末《沁園春》一闋，感憤情詞，有足述者。「萬里封侯，八珍鼎食，何如故鄉。奈狐狸夜嘯，腥風滿地，蛟螭晝舞，平陸沉江。中澤哀鴻，苞荆隼鴇，軟盡平生鐵石腸。凭闌看，但雲霓明滅，煙草蒼茫。　不須踽踽涼涼。蓋世功名百戰場。笑揚雄寂寞，劉伶沉湎，嵇生縱誕，賀老清狂。江左夷吾，隆中諸葛，濟弱扶危計甚長。桑榆外，有輕陰乍起，未是斜陽。」石末亦有次文成者，不及載也。文成集二百三十三首，堪采者多。

夏公謹工於長短句

余師錢宗伯云：「夏公謹工於長短句，草稿未削，已傳播都下。歿未百年，《花間》、《草堂》而後，無有及公謹名氏者，求如前代號爲曲子相公而不可得。」余對曰：「少曾讀書於大姓家，曾見其書《踏莎行》四闋，後題桂洲字。舊刻又嫁名於無名氏，及檢《桂洲集》有之。

衡山水龍吟

衡山待詔性本方正，不與妓接。吴門六月廿四，荷花洲渚，畫舫絃歌咸集。祝枝山、唐子畏匿二妓人於舟尾邀之，衡山又面訂不與妓席。唐、祝私約，酒闌歌聲相接，出以侑觴。衡山憤極欲投水，唐、祝急呼小艇送之。其《水龍吟》題情亦甚婉麗，但其聲調錯落，句讀參差，稍爲正之。詞云：「依依落日從西下，池上晚凉初足。太湖石畔，絲絲疏雨，芭蕉簇簇。院落深沉，簾櫳靜悄，闌干幽曲。猛然間，何處玉簫聲起，滿地月明人獨。　風約輕紗透肉。掩酥胸、盈盈新浴。一段風情，滿身嬌怯，恍然寒玉。青團扇子，欲舉還垂，幾番虚撲。向夜闌獨笑，紅襠自解，滅銀屏燭。」

唐祝詞不甚精警

唐子畏素性不羈，及坐廢，益游於酒人以自娱。宸濠禮聘之，子畏見有異志，裸形箕踞以處，得遣歸。又傳其鬻身梁溪學士家，以求美婢，見諸戲劇。祝枝山嘗傅粉墨，從優伶入市，度新聲，多向狹邪游，所著有《擲果》、《窺簾》、《醉紅》、《金縷》諸曲，皆言情之作。好負逋債，出則羣萃，而呼責之者，踵相接也。兩人同濫筆墨，每多諧謔，而人爭重之。唐有《踏莎行》、《千秋歲引》，祝有《鳳棲梧》、《浪淘沙》。不甚精警，故逸其詞而叙其人。

王世貞以詩文詞名世

王世貞自稱弇州山人，於帖括盛行之日，而獨以詩、古文鳴世。詞家亦皆不痛不癢篇什，而能以生動見長。以故汪道昆、李攀龍輩俱遜之。即弇州自謂意在筆先，筆隨意往，法不累氣，才不累法，有境必窮，有證必切。匪獨詩文爲然，填詞末藝，敢於數子云有微長。晚年學道，王稚登以書諷之，弇州答曰：「僕晏坐澹然無營，子嘲我未焚筆硯。筆硯固當焚，但世無士衡，以此二物少延耳。」

王一泉三臺令

王父一泉公過姚山訪白陽山人。白陽贈以詩云：「重重煙樹鎖招提，野客來尋路不迷。纔過石橋塵又隔，落花無數鳥爭啼。」作擘窠書，併得詠松《浣溪沙》以爲壽。一時好賦六言，王父作客至《三臺令》以答之云：「酒在孤斟不醉，客來共憩無譁。薄暮垂楊江岸，一聲横竹漁家。」今閲喪亂後，而得手蹟於大覺僧家，幸也。

徐師曾詞體明辨多舛訛

徐師曾魯庵著《詞體明辨》一書，悉從程明善《嘯餘譜》，舛訛特甚。如《南湖圖譜》僅分黑白，魯庵《明辨》亦别平仄。但襯字未曾分析，句法未曾拈出。小令之隔韻换韻，中調之暗藏别韻，長調之有不用韻，亦未分明。較字數多寡，或以襯字爲實字；分令慢短長，或以別名爲一調。甚則上二字三字，可以聯下句；下五字七字，可以作對句。過變竟無聯絡，結束更無照應。成譜豈可以如是？此我邑先輩著書最富，諒必爲人所誤也。

錢牧齋柳枝詞

「花信樓頭風暗吹。紅欄橋外雨如絲。一枝憔悴無人見，肯與人間綰别離。」「離别經春又隔年。摇青漾碧有誰憐。春來羞共東風語，背卻桃花獨自眠。」此錢牧齋宗伯《柳枝詞》也。宗伯以大手筆不趨佻儇，而饒藴藉，以崇詩古文之格。其《永遇樂》三四闋，偶一游戲爲之。

沈中翰詞最工香歛

虞山牧齋師語余曰：沈中翰詞數闋，最工香歛。其昆仲如君服善詩，君庸善曲。聞之周安期素矣。若其貞性勁節，固不可以柔情艷語測之耳。余應之曰：《清平調》起自太白，後遂絶響，至家聞華而始爲抗衡。如「鳳樓百尺繞垂楊。暗送鶯聲促曉妝。太液胭脂流不盡，人間來作杏花光。」「春日溶溶春夜闌。風流帝子惜春殘。三千歌舞猶未足，令抱琵琶馬上彈。」低徊無限，此非僅以宫詞傳之者。

徐石麒吴惕庵詞

《蘭皋集》載徐石麒《拂霓裳》云：「望中原。故宫錦樹障烽煙。驚坐起，凉宵夢斷蔣陵前。金人傾寶篆，玉女繡苔錢。問當筵。誰能醉鼓漸離絃。　西臺哭罷，三户裏、識遺賢。欹皂帽，吹簫乞食總堪憐。英雄身未死，屠釣技常兼。又何顔。許青門、瓜種故侯田。」《東湖集》載吴惕庵《滿江紅》云：「斗大江山，經幾度、興亡事業。瞥眼處、英雄成敗，底須重説。香水錦帆歌舞罷，虎丘鶴市精靈歇。尚翻來、吴越歸春秋，傷心切。　伍胥恥，荆城雪。申胥恨，秦庭咽。羞比肩種蠡，一時人傑。花月煙横西子黛，魚龍沫噴鴟夷血。到而今、薪膽向誰論，衝冠髮。」乙丑季春，予帶有選稿，與曹秋嶽司農登琴臺默坐，同下湖山之淚。見此二闋，爲亟登之，以留作正氣歌也。

魏學濂虞美人

柳洲諸公寄情於《虞美人》曲者，不下百家，而魏學濂爲最。詞云：「君王羞見江東死。何事儂來比。最悲亭長古人風。載得一船紅淚過江東。　江東父老深憐我。栽我千千朵。至今留取好容顔。爲問重瞳卻復向誰看。」其詞悲，其心苦矣。

吴祭酒金縷曲

聞吴祭酒於臨終日，殊多悔恨，作《金縷曲》有云：「我病難將醫藥治，耿耿心中熱血。待灑向、西風殘月。剖卻心肝令置地，要華佗解我腸千結。」又「故人慷慨多奇節。爲當年、沈吟不斷，草間偷活。脱屣妻孥非易事，竟一錢不值何須説。」囑後人勿乞墓誌，爲自題「詩人吴偉業之墓」，猶夫許衡卒於至元時，語其子曰：「爲生平虚名所累，死後勿請謚，勿立碑，但書『許衡之墓』，使子孫識其處足矣。」此二祭酒者，死不自諱，朝野哀之。

丁藥園詞

朱近修稱丁藥園，雄視藝林。余見其《虞美人》曲云：「與郎一處誓同生。除是郎爲柳絮妾爲萍。儂擠水面作楊花。只恐郎爲飛絮又天涯。」與周勒山所定吴歈云：「約郎約在夜合開。夜合花開不見來。只道夜合花開夜夜合，那道夜合花開夜夜開。」更爲真摯而稍覺透露。且丁郎中絶不似柳郎中，有穢褻語。若尤悔庵詞云：「漫將薄倖比楊花，楊花猶解穿簾幕。」恐又成妒極情深一種矣。

陳其年詞如潛夫別調

其年詞如潛夫別調，一開生面。不能多載，因檢其一二録之，不嫌偏鋒取勝也。今上宣凱值雪，其年爲作《金縷曲》云：「紫陌春如綺。正巴陵、征南昨夜，捷書飛至。閶闔門開排彩仗，夾道笙歌鼎沸。都不用、魚龍百戲。頃刻鳳樓拋鈿屑，算今朝、玉做人間世。洗兵馬，豐年瑞。臨軒彌覺天顔喜。喜今朝、九衢花滿，千官珠綴。更向銀刀都裏望，小襯粉侯殊麗。想入蔡、軍容如是。宴罷不須宣翠燭，水晶毬、萬盞天邊墜。長似畫，晃歸騎。」

陳其年拂水山莊感舊（編者按，調寄《賀新郎》）

陳其年詞，如《虞山拂水山莊感舊》云：「悄壁哀湍瀉。枕春山、此間原是，裴家緑野。金粉樓臺還羃䍥，已被苔侵繡瓦。蒼鼠竄、鄰侯籤架。今日西州何限感，踏花枝、翻惹流鶯駡。誰認是，羊曇也。西園疇昔高聲價。劇相憐、香閨博士，彩毫題帕。人説尚書身後好，紅粉夜臺同嫁。省多少、望陵閒話。公定還能賞此否，裊東風、蠻柳腰身亞。煙萬縷，匹堪把。」

陳其年煙雨樓感舊（編者按，調寄《賀新郎》）

陳其年《鴛湖煙雨樓感舊》云：「水宿楓根罅。儘沾來、鵝黄老釀，銀絲鮮鮓。記得箏堂和伎館，盡是儀同僕射。園都在、水邊林下。不閉春城因夜宴，望滿湖、燈火金吾怕。十萬盞，紅毬掛。重游陂澤偏瀟灑。剩空潭、半樓煙雨，瓏瓏如畫。人世繁華原易了，快比風檣陣馬。消幾度、城頭鐘打。惟有鴛鴦湖畔月，是曾經、照過傾城者。波織簟，船堪藉。」余讀《感舊》二詞，與其年同一山邱華屋之感，詞若爲余作也，故述於此。

去矜填詞稱最

家去矜列名於西泠十子，填詞稱最。大意以《薄倖》一篇，語真摯，情幽折以勝人。宋歇浦特以書規之。及貽我《東江别業》有云：「野橋南去不逢人，濛濛一片楊花雪。」此即小山「夢魂慣得無拘（鎖）［檢］，又（逐）［踏］楊花過（野）［謝］橋」也。誰謂其僅僅言情者乎。

詞家以兄弟五人者

詞家以兄弟五人者，南渡後，李氏《花蕚集》洪、漳、泳、洤、淛。他如杜伯高早登東萊之門，而仲高、叔高、季高、幼高，才名不肯相下。葉正則有杜子五兄弟之稱，若今新城士禄、士禛、士禧、士祐，亦世所僅見矣。

詞人不拘

錢葆芬年方總角，即好倚聲。酒肆粉牆，倡家團扇，每因興會，輒有斜行。丁蘗園自徙靖安，躬自飯牛。行游紫塞，而吟誦自若。詞人所至，不可拘攝如此。

雲門僧巫山一段雲

康熙初，雲門一大僧枉過柳塘，留《巫山一段雲》詞云：「竹枝穿花徑，蘭橈渡柳村。欹斜古寺白雲屯。相對坐黄昏。　香篆消殘印，霜花凍曉痕。十年情事若爲論，一笑月軒臨。」則又韶秀絶倫之語。他如雲漢、澹歸、各有耑刻。月函亦有禪樂府，選本多以衲子、女郎爲殿後，然女郎易見，衲子罕聞。皆石門文字一流人也。

隨草詩餘

往日讀《文江倡和》，余師牧齋叙之，雪堂跋之。所謂司馬梅公，斂經濟之業，養晦名園。遠山夫人，以林下之風聯吟一室者是也。余得讀其《隨草詩餘》，登其一二唱和者以備佳話。遠山《元日試筆》云：「清煙正吐。玉漏頻催五。數點梅花香繡户。猶帶冬殘嫩雨。　相看醉飲屠蘇。歸來更盡歡娱。卻喜新添彩勝，爐煙漫進金凫。」此《清平樂》也。梅公賡韻云：「銀缸焰吐。照徹梅粧五。夜半忽驚天欲語。做出風風雨雨。　朝來品彙扶蘇。韶光漸漸堪娱。乍溢平湖新水，相看待浴鶺凫。」遠山復次康小范内君《木蘭花》云：「杏園春暮。艷奪朝霞新彩露。翠黛痕收。笑對桃花小檻幽。　雕梁燕語。草長蘼蕪知幾處。彤管蕭蕭。和罷陽春柳絮飄。」詞皆雋永有致，得一唱三歎之妙，而不爲妍媚之筆。

填詞萃於一門

《午夢堂集》：沈宜修字宛君，一女名紈紈，字昭齊，有《愁言集》。一女名小鸞，字瓊章，有《返生香詞》。其宛君《浣溪沙》云：「淡薄輕陰拾翠天。細腰柔似柳飛綿。吹簫閒向畫屏前。　詩句半緣芳草斷，鳥啼多爲杏花殘。夜寒紅露濕秋千。」其紈紈《浣溪沙》云：「幾日輕寒懶上樓。重簾低控小銀鈎。東風深鎖一窗幽。　晝永半消春寂寂，夢殘獨語思悠悠。近來長自只知愁。」其小鸞《南柯子·秋思》云：「門掩瑶琴靜，窗消畫卷閒。半庭香霧繞闌干。一帶淡煙江樹、隔樓看。　雲散青天瘦，風來翠袖寬。嫦娥眉又小檀彎。照得滿階花影、只難攀。」又《虞美人·殘燈》云：「深深一點紅光小。薄縷微煙裊。錦屏斜背漢宫中。曾照阿嬌金屋、淚痕濃。　朦朧穗落輕煙散。顧影渾無伴。愴然午夜漫凝思。恰似去年秋夜、雨窗時。」填詞俱富，盡稱令暉、道藴萃於一門，惜乎天靳之以年也。

吴文青如夢令

梁溪吴文青者，善繪牡丹、鸚鵡，日以易米爲舉案之供。久客寄吴門，有題鸚鵡《如夢令》云：「本是烏衣伴侣。不學文鷖沙渚。偶爾寄寒廡，消受酸風苦雨。無語。無語。猶自解憐毛羽。」其詠紅豆《壺天曉》云：「艷比鮫人淚顆，光交帝網珠絲。根苗何處種相思。不道相思是此。　鸚鵡啄殘何有，珊瑚碾就無疑。隨人拋擲本如斯。但少記歌娘子。」

無名氏菩薩蠻

往年余參軍幕，不省幕庭景象，有郵寄《菩薩蠻》兩闋者，余爲記之云：「畫弓横掩纖腰底。盤鵰捧鶻嬌紅袖。何許。雪作落梅粧。蟬紗罩眼忙。　馬馱空小膽。毳帳和天晚。纔倚埒爲歡。歸牽百寶鞍。」「衿長袖窄盤金領。一圍膩玉搓圓頸。銀管早分煙。含情逗舌尖。　左賢驕作伴。斜墮烏絲辮。不羨漢紅裙。琵琶馬上聞。」此無名氏無題，不忍遺之也。

柳塘詞話卷二

詞選須用舊名

唐宋諸詞《花間》、《草堂》，習久傳多，僻調異名，每置不問。近來異體怪目，渺不可極，故詞選須用舊名。如《本草》誌藥，一種數名。必好稱新目，徒惑視聽，無裨方理。猶必辨以宫律，溯之原起，乃爲有當。若後人自度，或前後湊合，更立新名，則吾豈敢定哉。

古今詞譜

前人既用宫律，豈古者可被管絃，今則不詳譜例哉。家詞隱先生作《古今詞譜》，分十九調：一黄鐘、二正宫、三大石、四小石、五仙吕、六中吕、七南吕、八雙調、九越調、十商調、十一林鐘、十二般涉、十三高平、十四歇指、十五道宫、十六散水、十七正平、十八平調、十九琴調。一按舊律所輯，俱唐、宋元音。然有以黄鐘之《喜遷鶯》而爲正宫之《喜遷鶯》、南吕之《喜遷鶯》者，別宫參互亦可也。即以小令夏竦之《喜遷鶯》，與長調吴禮之之《喜遷鶯》同一黄鐘者，字數多寡無論也。又以皇甫松之平韻《天仙子》，與張先之仄韻雙調《天仙子》同一黄鐘者，聲韻平仄無論也。有以徐昌圖之《臨江仙》爲仙吕，而牛希濟之《臨江仙》爲南吕者，其宫調自别亦可也。此即沈天羽云：南劇越調過曲《小桃紅》，與正宫過曲《小桃紅》異者。蓋以一二證之。世有解人，幸以教我。

虚聲

詞品以艷在曲之前，與吴聲之和，若今之引子。趨與亂在曲之後，與吴聲之送，若今之尾聲。則是羊吾夷、伊那何，皆聲之餘音聯貫者。且有聲而無字，即借字而無義。然則虚聲者，字即有而難泥以方音，義本無而安得有定譜哉。夫唐詞以一章爲一解，傖歌以一句爲一解，《古今樂録》曾述之矣。余以近代吴歌，猶有樂府遺意，腔調如是，而詞義之變，輕重流遞，返復聯合，且有遲其聲以媚之，如那、何二字之類，俱化作數字，亦大有方音在焉。

小令中調長調之分

唐宋作者，止有小令曼詞。至宋中葉，而有中調、長調之分。字句原無定數，大致比小令爲舒徐，而長調比中調尤爲婉轉也。今小令以五十九字止，中調以六十字起，八十九字止，遵舊本也。

唐莊宗歌頭

唐人率多小令，《尊前集》載唐莊宗《歌頭》一闋，不分過變，計一百三十六字，爲長調之祖，苦不甚佳。按《歌頭》係大石調，别有《六州歌頭》、《水調歌頭》，皆宜音節悲壯，以古興亡事實之，良不與艷詞同科者。

長調須沉雄悲壯情致亹亹

《梅墩詞話》曰：詞貴柔情曼聲，第宜於小令。若長調而亦喁喁細語，失之約矣，惟沉雄悲壯，情致亹亹，方爲合作。其多有不轉韻者，以調長勢散，恐其氣不貫也。如俞彦所云：「意窘於侈，字貧於複，氣竭於鼓，鮮不納敗。」

換頭

法曲之起，多用絶句，或皆單調，《教坊記》所載是也。樂府所製，有用疊者。今按詞則云换頭，或云過變，猶夫曲調之爲過宫也。宋人三换頭者，美成之《西河》、《瑞龍吟》，耆卿之《十二時》、《戚氏》，稼軒之《六州歌頭》、《醜奴兒近》，伯可之《寶鼎現》也。四换頭者，夢窗之《鶯啼序》也。

起句

起句言景者多，言情者少，叙事者更少。大約質實則苦生澀，清空則流寬易。换頭起句更難，又斷斷不可犯此。所以從頭起句，照管全章及下文，换頭起句，聯合上文及下段也。

結句

結句如《水龍吟》之「作霜天曉」、「繫斜陽纜」，亦是一法。如《憶少年》之「況桃花顔色」，《好事近》之「放真珠簾隔」，緊要處前結如奔馬收韁，須勒得住，又似住而未住。後結如衆流歸海，要收得盡，又似盡而不盡者。

辨句一

俞彦云，詞全以調爲主，調全以字之音爲主。音有平仄，大有必不可移者，間有可移者。仄有上、去、入，大有可移者，間有必不可移者。任意出入，失其由來，有棘喉澀舌之病。余則先整其詞句平仄之粘，務遵彼宫調陰陽之律。縱奇才博洽，僻字尖新，有不得稱爲當行者。此余從音律家學之傳。雖曲更嚴於詞，詞或寬於詩，有不能任意爲之者。

辨　句二

五字句起結自有定法，如《木蘭花慢》首句「折桐花爛熳」，《三臺子》首句「悵韶華流轉」，第一字必用虚字，一如襯字，謂之空頭句，不是一句五言詩可填也。如《醉太平》結句「寫春風數聲」，《好事近》結句「悟身非凡客」，可類推矣。如七字句在中句，亦有定法，如《風中柳》中句「怕傷郎、又還休道」，《春從天上來》中句「人憔悴、不似丹青」。句中上三字須用讀斷，謂之折腰句，不是一句七言詩可填也。若據《圖譜》僅以黑白分之，《嘯餘譜》以平仄協之，而不辨句法，俞見舛錯矣。

疊　句

兩句一樣爲疊句，一促拍，一曼聲。《瀟湘神》、《法駕導引》，一氣流注者，促拍也。《東坡引》「雄心消一半，雄心消一半」，不爲申明上意，而兩意全該者，曼聲也。體如是也。若呂居仁之「恨君不似江樓月，南北東西。南北東西。只有相隨無别離」，是承上接下，偶然戲爲之耳。

對　句

對句易於言景，難於言情。且開放則中多迂濫，收整則結無音緒，對句要非死句也。牛嶠之《望江南》「不是鳥中偏愛爾，爲緣交頸睡南塘」，其下可直接「全勝薄情郎」，此即救尾對也。

襯字

調即有數名，詞則有定格。其字數多寡，句讀平仄，韻腳叶否，較然少有參差，委之襯字，緣文義偶不聯綴，或不諧暢，始用一二字襯之。究其音節之虚實，尋其正文自在，如沈天羽所引南北劇中，「這」字、「那」字、「正」字、「箇」字、「卻」字，不得認爲別宫別調。

轉韻

轉韻須有水窮雲起之勢，若《重疊金》、《虞美人》、《醉公子》、《減字木蘭花》，謂之四换頭，以其四轉韻也。他如《荷葉杯》、《酒泉子》、《河傳》等曲，如不轉韻，豈不謂之好語零碎也乎。

藏韻

《水調歌頭》間有藏韻者。東坡《明月詞》「我欲乘風歸去，又恐瓊樓玉宇」，後段「人有悲歡離合，月有陰晴圓缺」，謂之偶然暗合則可，若以多者證之，則問之箋體家，未曾立法於嚴。

排調

唐人歌詞，皆七言而異其名。《渭城曲》爲陽關三疊，《楊柳枝》復爲添聲，若《采蓮》、《竹枝》，當日遂有排調，如「竹枝」、「女兒」，「年少」、「舉棹」，同聲附和，用韻接拍之類，不僅雜以虚聲也。

衍　詞

衍詞有三種，賀方回衍「秋盡江南葉未凋」，陳子高衍「李夫人病已經秋」，全用舊詩而爲添聲也。《花非花》，張子野衍之爲《御街行》。《水鼓子》，范希文衍之爲《漁家傲》。此以短句而衍爲長言也。至温飛卿詩云：「合歡桃核真堪恨，裹許原來别有人。」山谷衍爲詞云：「似合歡桃核，真堪人恨，心兒裹、有兩個人人。」古詩云：「夜闌更秉燭，相對如夢寐。」叔原衍爲詞云：「今宵剩把銀釭照，猶恐相逢是夢中。」以此見爲詩之餘也。

集　句一

徐士俊謂集句有六難：屬對一也，協韻二也，不失粘三也，切題意四也，情思聯續五也，句句精美六也。賀裳曰：集之佳者亦僅一斑斕衣也，否則百補破衲矣。介甫雖工，亦未生動。沈雄曰：余更增其一難，曰打成一片。稼軒俱集經語，尤爲不易。

集　句二

蘇長公《南鄉子》云：「悵望送金杯杜牧。漸老逢春能幾回杜甫。花滿楚城愁遠别許渾，情懷。何況青絲急管催劉禹錫。吟斷望鄉臺李商隱。萬里歸心獨上來許渾。景物登三間始見杜牧，徘徊。一寸相思一寸灰李商隱。」近代《蕃錦集》中，朱竹垞《點絳唇·詠風》云：「灑露飄煙包佶，無情有恨何人見皮日休。羅幃舒卷李白。算待花如霰王維。聽不聞聲韓愈，紫陌傳香遠陳翥。陽春半崔湜。柳長如綫李賀。舞態愁將斷鄭愔。」詞則佳矣，但取其義之脗合，不求其句之割切也。律陶集杜，自昔已然，止用七言五言也。即調中對句、結句之工巧，或出人意表，若内用二字、三字、四字，當割切之於何人，而註爲某某句乎。

迴文

東坡《菩薩蠻》四時詞，是名倒句。即晦庵之《春恨》，詞義亦隱，如「晚紅飛盡春寒淺，淺寒春盡飛紅晚」，卒章云：「長恨送年芳，芳年送恨長。」猶不失體。若丘瓊山之《秋思》，卒章云：「寒光月影斜，横透碧窗紗。」平粘已失，句意又倒，此只可用倒句，而不可作迴文者也。

隱字

秦少游《水龍吟》「小樓連苑横空」，隱婁東玉字。《南柯子》「一鈎斜月掛三星」，隱陶心兒字。何文縝《虞美人》「分香帕子柔藍膩，欲去殷勤惠」，隱惠柔字。興會所至，自不能已，大雅之作，政不必然。若黄山谷《兩同心》云：「你共人、女邊着子，爭知我、門裏擔心。」隱「好悶」兩字。總因「黄絹幼婦，外孫虀臼」八字作俑，而下流於「秋在人心上，心在門兒裏」，便門俚淺蹊徑。

隱括詞

東京士人隱括東坡《洞仙歌》爲《玉樓春》，以記摩訶池上之事，見張仲素《本事記》。魯直隱括子同《漁父》詞爲《鷓鴣天》，以記西塞山前之勝，見《山谷詞》。是真簡而文矣。

福唐體

山谷《阮郎歸》，全用「山」字爲韻。稼軒《柳梢青》，全用「難」字爲韻。注云，福唐體，即獨木橋體也。竹山如效醉翁「也」字，楚辭「些」字、「兮」字，一云騷體，即福唐也，究同嚼蠟。

和　韻

古者歌必有和，所以繼聲也。倡予和汝，詩詠《蘀兮》。調高和寡，曲推《白雪》。至一韻而爲之數回往復，長慶之元、白，松陵之皮、陸，實濫觴焉。屬和工而格愈降矣。蘇、黄間一爲之，辛、劉復爲迭出，顧其才力優爲之，此猶夫絶塵遠馭之才技，不馳逐於康莊大堤，而躐騄於巉崖峭壁，若不藉此，無以擅長者。余作周勒山《閒情集序》云然。

詠物

《紫薇詞》「羅帕分柑霜落齒，冰盤剥芡珠盈掬」，《安陸詞》「晴鴿試翎風力軟，鶵鶯弄舌春寒薄」。楊慎特舉之爲詠物之工倩。今《彈指詞》中，有「清脆鈴聲簷鴿夜，悠揚燈影紙鳶風」，清新亦未有人道。即賀黄公《詠燕》詞「斜日拖花，微風撲絮」，如讀柳塘花塢詩，便覺春光駘宕。王阮亭《贈雁》詞「水碧沙明，參横月落，還向瀟湘去」，又絶似箏聲玉指，俱在行間也。

曲調

前人有以詞作曲者，斷不可以曲而作詞。如《念奴嬌》、《百字令》，同體也，俱隸北曲大石調。起句云：「驚飛幽鳥，蕩殘紅撲蔌，胭脂零落。門掩蒼苔書院悄，潤破紙窗偷瞧。一操瑶琴，一番相見，曾道閒期約。多情多緒，等閒肌骨如削。」又起句云：「太平時節，正山河一統，皇家全盛。宫殿風微儀鳳舞，翠靄紅雲相映。四海文明，八方刑措，田畯傳歌詠。風淳俗美，庶民咸仰仁政。」此等調則詞，而語則曲也，不可以不辨。竟有詞名而曲調曲，如《竹枝》亦有北曲，詞云：「胸背裁絨宫錦袍。續斷絲麻雜綵絲。江梅風韻海棠嬌。櫻桃樊素口，楊柳小蠻腰。清高。蘭蕙性，不蓬蒿。」如《浣溪沙》亦有南吕過曲，詞云：「才貌撑衣不整，對良宵、轉覺淒清。似王維、雪裏芭蕉景，擲菓車邊粉黛情。燈月彩，少甚麽鬧蛾兒，引神仙，隘香車，墜瑟遺瓊。」如《減字木蘭花》亦有北曲，詞云：「愁懷百倍傷。那更怯秋光。

逐朝倚定門兒望。怯昏黄，塞角韻悠揚。」如《醉太平》亦有北曲，詞云：「黄庭小楷。白苧新裁。一篇閒賦寫秋懷。上越王古臺。　半天虹雨殘雲載。幾家漁網斜陽晒。孤村酒市野花開。長吟去來。」畢竟是曲而非詞，恐後之集譜者，或以曲調而亂詞體也。

品詞一

詞有寫景入神者。尹鶚云：「盡日醉尋春，歸來月滿身。」後主云：「酒惡時拈花蕊嗅。」亦有言情得妙者。韋莊云：「妾擬將身嫁與，一生休。縱被無情棄，不能羞。」牛嶠云：「朝暮幾般心，爲他情謾真。」抑亦其次，盡人謂言情不如言景，然趙秋官妻所作《武林春》則云：「人道有情還有夢，無夢豈無情。夜夜思量直到明。有夢怎教成。」純乎情矣，亦甚脱化而不落俳調。

品詞二

詞至離合處，有不爲淺人索解者。「時復見殘燈，和煙墜金穗」，「人不見，春在緑蕪中」，「夢斷綵雲無覓處，夜涼明月生南浦」，諸語耐人遐想，又豈獨開宕者所能參耶。

品詞三

山谷謂好詞惟取陡健圓轉。屯田意過久許，筆猶未休。待制滔滔漭漭，不能盡變。如趙德麟云：「新酒又添殘酒病，今春不減前春恨。」陸放翁云：「只有夢魂能再遇，堪嗟夢不由人做。」又黄山谷云：「春未透，花枝瘦，正是愁時候。」梁貢父云：「拚一醉留春，留春不住，醉裏春歸。」此則陸健圓轉之榜樣也。

品詞四

李易安「被冷香消清夢覺，不許愁人不起」，又「於今憔悴，風鬟霜鬢，怕見夜間出去」，楊用修以其尋常言語，度入音律，殊爲自然。但「守著窗兒，獨自怎生得黑」，又「梧桐更兼細雨，到黄昏、點點滴滴」，正詞家所謂以易爲險，以故爲新者，易安先得之矣。

用語一

後村《清平樂》云：「除是無身方了，有身定有閒愁。」特用《楞嚴》「因我有身，所以有患」句也。疑是妙悟一流人語。稼軒《踏莎行》云：「長沮桀溺耦而耕，某何爲是棲棲者。」龍洲《西江月》云：「天時地利與人和，燕可伐與曰可。」用經書語入詞，畢竟非第一義。

用語二

「斷送一生惟有酒」，「破除萬事無過酒」，韓昌黎句。山谷僅去其一字，爲《西江月》云：「斷送一生惟有，破除萬事無過。」此併用之，襲而愈工也。「拂水雙飛來去燕，曲檻小屏山六扇」，和魯公語也。陳子高衍爲《謁金門》長短句云：「花滿院。飛去飛來雙燕。紅雨入簾寒不捲。曉屏山六扇。」此以詞填詞，長短而有致也。

用　事

稼軒《賀新郎》「緑樹聽啼鴂」一首，盡集許多怨事，卻與太白《擬恨賦》相似。吴彦高《春從天上來》一首，全用琵琶故實。即如沈伯時評夢窗詞，用事下語太晦處，人不易知，亦是一病。

割　裂

後人以集句爲割裂，近代以襲句爲割裂。情語未圓，割强先露，是第一病。其有單調小令，而故加以換頭雙調者。更有雙調原詞，而截半爲單調者。如《一剪梅》截取半闋，改名《半剪》。如《燭影摇紅》截取半闋，收爲小令。若以《西江月》加於《小重山》，爲《江月晃重山》。以《踏莎行》加於《虞美人》，爲《踏莎美人》。割裂已極，何不爲四犯、八犯之調，不幾於南曲之配合乎。

禁　忌一

詞之粗莽者，李似之詠桂「勝如茉莉，賽若荼蘼」，仲殊之詠桂，「花則一名，種分三色」。更若王子文之「今日事，何人弄得如此」。王實之之「臺省好官，都做幾回」。筆墨何辜，傖父之甚。

禁　忌二

粗鄙之流爲調笑，調笑之變爲諛媚是也，如《唐多令》之賀半閑堂也，「算（來）［真］閒、不到人間。一半神仙先占取，留一半、與（君）［公］閒」，如《木蘭花慢》之續福華編也，賈似道喜而語人曰：「詞則佳矣，失之太俳，安有著緋衣周公乎？」「篆刻鼎鐘將遍，整頓乾坤方了」，是何言歟？諛媚之極，變爲穢褻：秦少游「怎得香香深處，作個蜂兒抱」；柳耆卿「願得妳妳蘭心蕙性，枕前言下，表余深意」。所以「消魂當此際」來蘇長公之誚也。

禁　忌三

詞貴運動自然，若葉元禮用王氏故事，作《沁園春》云：「濯濯丰姿，春柳秋桐，彷彿超羣。羨烏衣紫燕，畫堂如舊，碧雞金馬，綵筆方新。座講毗曇，手持團扇，可是風流珉與珣。耽情甚，愛長干持檝，載取桃根。　蓮花幕裏相親。看旁若無人捫蝨頻。歎談言絶倒，我非衛玠，平生意好，君是王筠。對酒長歌，唾壺莫缺，家賓猶來即國珍。難忘處，記滕王高閣，賦就驚人。」猶以搬數家珍，終爲觸眼也。

語　病

山谷《西江月》云：「斷送一生惟有，破除萬事無過。」似歇後句。「遠山横黛蘸秋波」，不甚聯屬。「不飲旁人笑我」，亦未全該。南宋人謂其突兀之句，翻成語病。

戲作

蘇長公爲游戲之聖，邢俊臣亦滑稽之雄。蘇贈舞鬟云：「春入腰支金縷細，輕柔。種柳應須柳柳州。」蓋「柳州」用吕温嘲宗元詩「柳州柳刺史，種柳柳江邊」也。邢作《花石綱應制》云：「巍峨萬丈與天高。物輕人意重，千里送鵝毛。」末用成句，以諷徽宗也。若稼軒之《重疊金》云：「人言頭上髮。總向愁中白。拍手笑沙鷗。滿身都是愁。」便不成詞意。

感遇

王琪受知於元獻，辟置館職；毛滂受知於東坡，留款法曹。王輔之賞識漢老，《漢宫春》感舊得名；雙溪之標榜玉林，《金縷曲》尖新特著。雖則一時之勝事，良爲不世之奇逢。只如蔡元長之薦晁氏，趙聞之黨元子。以至游次公有參幕之用，劉改之有求田之資。先輩之在高位，多有爲之延譽而成名者。乃若微行觸忤，流落方城，飛卿之數奇也；「重扶殘醉」，一朝釋褐，國寶之盛遇也。否亦風前月下，自稱奉旨填詞；瓊海金閨，能識風流學士。雄也薄命誰憐，困學自斆。縱不作鐵崖之《老婦吟》，尚能如升庵之熟稗史。無奈僅免公卿三辱，欲續文章九命。三十年來，落落窮途，蕭蕭白髮。諒可期於減字、偷聲，庶有補於按宫變徵。乃若《疎影》《暗香》，小紅得以長價；緺雲棱玉，粉兒真個消魂。當亦自斥爲狂悖云。

傳詞

昔人詞多散逸，而又委巷沿習，宫禁流傳者，細心微詣，其精彩有不可磨滅故也。或有暗用刺譏，及太近穢褻者，統曰無名氏。餘亦聽其託乩仙，冒鬼吟，題壁上，記夢中而已。且和成績嫁名於他人，夏公謹諱言其姓氏。必欲指爲某某手筆也，迂甚。

選詞

選一家詞而以小令始，以長調終者，非通論也。《花間》、《尊前》，絶少長調；《草堂》、《花庵》，方有慢詞。務必拘執字數，分定後先，或賦材爾殊，或托感不一。況當場寄詠，長短皆可懸殊；一調尋思，汗漫亦自無極。大可偏師取勝，何必具體爲工哉。近若梅柳爭春，百篇兩體，春秋分部，終卷一生。是以贈答由興會所合，勢必幾處拆開；寄情爲種類所分，語亦終成零碎。既不得各人面目，復不合選家旨趣。一成變體，殊爲恨事。

柳塘詞話卷三

十六字令

《詞統》以《十六字令》始於周邦彦，《片玉集》中不載，見《天機餘錦》。句法多譌，讀不一體。《詞綜》曰：曾見宋人作《蒼梧謡》，張安國集中三首，蔡伸道集中一首。乃知刻本訛「眠」字爲「明」字，遂聯下文三字作句起，五字作句叶。或以五字作句起，三字作句叶。今讀《晴川集》，以一字作句起，七字作句叶，如云「眠。月影穿窗白玉錢。無人弄，移過枕函邊」爲是。因考周玉晨爲邦彦從子，號晴川，有《晴川詞》，此乃周玉晨所作。元初程鉅夫曰：予於近代諸家樂府，惟《清真集》犁然當於心目，晴川殊有宗風。雨坐空山，試閲一解，便如輕衫俊騎，上下五陵，花發鶯啼，垂楊拂面時也。

三臺令

三臺舞曲，自漢有之，唐王建、劉禹錫、韋應物諸人，有宫中、上皇、江南、突厥之别。《教坊記》亦載五七言體。如「不寐倦長更。披衣出户行。月寒秋竹冷，風切夜窗聲。」傳是李後主《三臺》詞。「雁門關上雁初飛。馬邑關中馬正肥。陌上朝來逢驛使,殷勤南北送征衣。」傳是盛小叢《三臺》詞。今詞不收五七言,而收六言四句。王建詞云:「魚藻池邊射鴨。芙蓉苑裏看花。日色赭黄相似,不着紅鸞扇遮。」故一名《翠華引》。

竹枝

《竹枝》本出巴渝,故亦名《巴渝詞》。劉禹錫序曰:「歲正月,里中兒聯歌《竹枝》,吹笛擊鼓以應節。歌者揚袂睢舞,以曲多爲貴。聆其音聲中黄鐘之羽,卒章訐激如吴歈。雖傖儜不可分,而含思宛轉,有淇澳之艷。」

柳枝

樂府作《折楊柳》,爲漢鐃歌横吹曲,「上馬不捉鞭,反拗楊柳枝。蹀坐吹長笛,怨殺行客兒。」蓋邊詞别曲也。舊詞如劉禹錫云:「清江一曲柳千條。二十年前舊板橋。曾與美人橋上别,更無消息到今朝。」一曰《壽杯詞》,如:「千門萬户喧歌吹,富貴人間只此聲。年年織作昇平字,高映南山獻壽觴。」語意自别。唐人絶句作樂府歌曲,皆七言而異其名,如無名氏之《小秦王》,一名《丘家箏》者。楊慎曰:予愛無名氏三闋,其一:「柳條金嫩不勝鴉。紅粉牆頭道韞家。燕子不來春寂寞,小窗和雨夢梨花。」其二「雁門關外雁初飛」,爲盛小叢《三臺》詞。其三「十指纖纖玉笋紅」,爲張祜《氐州第一》,乃所舉之訛者。

清平調

楚曲有清調、平調、清平相和曲。李供奉乃作《清平調》三章云：「雲想衣裳花想容。春風拂檻露華濃。若非羣玉山頭見，會向瑶臺月下逢。」「名花傾國兩相歡。長得君王帶笑看。解釋春風無限恨，沉香亭北倚闌干。」「一枝穠艷露凝香。雲雨巫山枉斷腸。借問漢宮誰得似，可憐飛燕倚新粧。」《教坊記》作《陽關曲》，即王維《送元二使安西》「渭城朝雨浥輕塵」也。寇萊公、蘇東坡俱有是曲，又作《緩緩歌》。

風光好

周使陶穀奉使江南，傲睨特甚。韓熙載爲飾妓秦弱蘭，以充郵亭卒女，前灑掃。穀悦之，遂私焉。贈以《風光好》曲云：「好姻緣。惡姻緣。祇得郵亭一夜眠。别神仙。　琵琶撥盡相思調，知音少。待取鸞膠續斷絃。是何年。」《雲巢編》又謂，陶穀惑於任社娘，故有此詞。再閲《天機餘錦》，曲云：「柳陰陰。水沉沉。風約雙鳧立不禁。碧波心。」後有换頭，則此曲當以「琵琶撥盡相思調，知音少」爲下段。抑又犯於《虞美人影》之過變也，似不必爲此。

伊川令

「西風昨夜穿簾幕。閨院添蕭索。最是梧桐零落。迤邐秋光過卻。　人情音信難托。教奴獨自守空房，淚珠與、燈花共落。」此《伊川令》，范（編者按，別本作花。）仲胤妻寄外詞也。范爲相州録事，久不歸，其妻製此詞寄之。伊字旁失寫人字，范戲語有「料想伊家不要人」句。妻復答云：「閑將小楷作尹字，情人不解其中意。共伊間別幾多年，身邊少個人兒睡。」見《詞統》，畢竟是北宋人語。

昭君怨

《昭君怨》調本兩韻，如蘇軾、韓駒、万俟雅言、辛棄疾、鄭域、張鎡俱得體。而明之陳繼儒强爲一韻，曰：「水上奏琵琶。一痕沙。」遂名之爲《一痕沙》。此老未爲知詞，换頭亦係兩韻六字者。万俟雅言「春到南樓雪盡」一首，换頭云：「莫把闌干倚。」前人謂「倚」字上落一「頻」字，及查蔡伸道、程觀過、吴幼清俱有此體。

生查子

《尊前集》中，劉侍讀《生查子》一闋云：「深秋更漏長，滴盡銀臺燭。獨步出幽閨，月晃波澄緑。　芰荷風乍觸，一對鴛鴦宿。虚掉玉釵驚，驚起還相續。」《堯山堂外紀》中，歐陽彬《生查子》一闋云：「竟日畫堂歡，入夜重開宴。剪燭蠟煙香，促坐花光顫。　待得月華來，滿院如鋪練。門外簇驊騮，直待聞鷄散。」因思韓偓《生查子》詞：「空樓雁一聲，遠屏山半滅。」足色悲涼，不言愁而愁自見，何必又贅「眉山正愁絶」耶。覺首篇「時復見殘燈，和煙墜金穗」，如此結搆，方爲含情無限。

醉公子

雙調《醉公子》，一名《四換頭》，平仄互叶，詞意四換。如《虞美人》、《菩薩蠻》、《減字木蘭花》之類。五言體云：「昨日春園飲，今朝倒接䍦。誰人扶上馬，不省下樓時。」《詞選》秖以顧敻、尹鶚之所著爲正。

卜算子

紫竹《卜算子》云：「繡閣鎖重門，携手終非易。牆外憑他花影摇，那得疑郎至。　合眼想郎君，别久難相似。昨夜如何繡枕邊，夢見分明是。」是有繾綣意而非穢褻語，携手夢見，方裔可謂不孤。

菩薩蠻

舊曲有衍古詩而作者，如「牡丹帶露真珠顆。佳人折向庭前過。含笑問檀郎。花强妾貌强。　檀郎故相惱。只道花枝好。一晌發嬌嗔。碎挼花打人。」宣宗嘗愛唱之，獻語左右，似婦人支解其夫者。《詞品》以爲遠在《花間》之先也。

山花子

明林章詞云：「燕中樓中覓夢魂。杜鵑枝底認啼痕。惟有遠山江上出，翠氤氳。　風送楊花三月雪，水蓮芳草一天雲。又是去年時候也，儘黄昏。」近代王士禛寄京口程崐崙云：「黄鶴山前黄鶴鳴。杜鵑樓上杜鵑聲。記得戴顒招隱地，共經行。　北固雲山春望遠，南徐風雨暮潮生。一片澄江如練影，接蕪城。」同一情致。

西江月又一體

宋趙與仁《西江月》，又作一體云：「夜半河痕依約，雨餘天氣冥濛。起行微月遍池東。水影浮花，花影動簾櫳。　量減難辭醉白，恨長莫盡題紅。雁聲能到畫樓中。也要玉人，知道有秋風。」見《草窗詞選》。

鞓　紅

《天機餘錦》有無名氏《鞓紅》一曲云：「粉香猶嫩，霜寒可慣。爭奈向、春心已轉。玉容別是，一般閒婉。悄不管、桃深杏淺。　月影簾櫳，金隄波面。漸細細、香風滿院。一折寄，故人雖遠。莫輒使、江南信斷。」前後第四句，各添一字，仍是《鵲橋仙・詠梅》也。按鞓紅者，服帶之飾，天子用黄鞓，王侯用紅鞓，卿士用墨鞓，見《藝苑》。

浪淘沙單調

《浪淘沙》亦有詩體，而入選列前單調者，亦即歇指調也。《唐詞紀》名爲《水鼓子》，作者如白居易、劉禹錫輩。惟司空圖一首爲得大體，詞云：「不必長漂玉洞花。曲中止愛浪淘沙。黄河卻勝天河水，萬里縈紆入漢家。」

河傳

《河傳》水調，本秦皇南幸之曲，如汴渠、隄柳、迷樓、錦帆、烏銅屏、四寶帳、殿脚女、女相如諸闋，各有故實。維揚宗元鼎，即以大業遺事詠之，更用《花間》限體，復仿艷情，千載而下，殊爲香蒨也。余集有《河傳》共十四體，久爲箋出，以求未盡。

摘紅英

《太平樂府》曰：政和中，京師有姥入内教歌，傳得禁中《擷芳詞》，唐人作也。張尚書帥成都日，人競歌之。卻於前段「記得年時，共伊曾摘」，其下添「憶、憶、憶」三字。换頭落句「燕兒來也，又無消息」，於下添「得、得、得」三字。擷芳、擅芳，禁中園名。今以張仲舉詞按之云：「鶯聲寂。鳩聲急。柳陰一片梨雲濕。驚人困。教人恨。待到平明，海棠應盡。　青無力。紅無跡。殘香賸粉那禁得。天難準。晴難穩。晚風又起，倚闌爭忍。」卒章原無三疊字，若有三疊字，此即陸放翁之《釵頭鳳》，毫不異也。

玉樓春

温庭筠詞云：「家臨長信往來道。乳燕雙雙拂煙草。油壁車輕金犢肥，流蘇帳暖春雞早。　籠中嬌鳥曉猶睡，簾外落花閒不掃。衰桃一樹近前池，似惜容顔鏡中老。」詩家收爲《春曉曲》，譌矣。何以趙弘基《花間集》竟失之也。宋子京詞云：「東城漸覺風光好。縠皺波紋迎客棹。緑楊煙外曉寒輕，紅杏枝頭春意鬧。　浮生長恨歡娱少。肯愛千金輕一笑。爲君持酒勸斜陽，且向花間留晚照。」人謂「鬧」字甚重，我覺全篇俱輕，所以成爲「紅杏尚書」。明初開國如劉文成《春感》云：「春來觸處花成綺。春去可憐花委地。催耕布穀强知時，去國杜鵑空有淚。　雙魚不見人千里。落絮牽愁和夢起。芭蕉多事惹西風，故作雨聲驚客耳。」明季中翰如沈聞華《秋怨》云：「盼盡玉郎離别處。空剩紫騮芳草路。年年同嫁與東風，只有小樓紅杏樹。　愁病懨懨魂欲去。一霎芭蕉寒響聚。空嗟薄命玉容人，值得數聲秋夜雨。」情詞悽感更爲勝之。自聽秋雨後，不敢種芭蕉，信然。

步蟾宫

《步蟾宫》係平調，不知原起是何人，但見蔣竹山《詠桂》一首。《詞統》有傳一士人訪妓，妓在開府侍宴，候之以寄，閽者誤達開府。開府見詞清麗，呼士人以妓與之。詞云：「東風捏就腰肢細。繫六幅、裙兒不起。看來只慣掌中行，怎教在、燭花影裏。　更闌應是鉛華褪，暗蹙損、眉峯雙翠。夜深著緉小鞋兒，斜靠著、屏風立地。」

踏莎行

唐子畏《春閨》，若不經意出之者。詞云：「可怪春光，今年偏早。閨中冷落如何好。因他一去不歸來，愁時只是吟芳草。　奈爾雙姑，隨行隨到。其間況味余知道。尋花趁蝶好光陰，何須步步回頭笑。」此與巨源、簡齋同一真趣，而有妙理。余恐其流於漁樵問答也，特拈一詞云：「雙燕相依，深閨寄語。鈎簾未放銜泥去。央伊趁曉向天涯，探郎昨夜和誰住。　桃葉輕風，杏花微雨。芹香不啄來何遽。喃喃惱逐絮顛狂，分明薄倖人如許。」稍爲明破，亦以云救也。

小重山

汪藻詞亦美贍，一時不爲流傳者，曾爲張邦昌《雪罪表》故也。乃其《小重山·秋閨》云：「月下潮生紅蓼汀。殘霞都斂盡，四山青。柳梢風急墮流螢。隨波去，點點亂寒星。」卻從庾信「秋風驅亂螢」不及寒星句來，而景自勝。過變云：「別語記叮嚀。如今能間隔，幾長亭。夜來秋氣入銀屏。梧桐雨，還恨不同聽。」又從小杜「銀燭秋光冷畫屏」不及夜長句來，而情自勝。

柳塘詞話卷四

馮正中陽春詞

陳世修云，馮正中樂府，思深語麗，韻逸調新。有雜入《六一集》中者，余謂其多至百首。黄山谷、陳後山猶以庸濫目之。然諸家駢金儷玉，而《陽春詞》爲言情之作。

尹鶚詞

尹鶚《杏園芳》第二句「教人見了關情」，末句「何時休遣夢相縈」，遂開柳屯田俳調。至其《臨江仙》云：「西窗鄉夢等閒成。逡巡覺後，特地恨難平。」又「昔年於此伴蕭娘。相偎竚立，牽惹敘衷腸。」流遞於後，令作者不能爲懷，豈必曰《花間》、《尊前》句皆婉麗也。

魏承班詞

魏承班詞較南唐諸公，更淡而近，更寬而盡，人人喜效爲之。愚按：「相見綺筵時，深情黯共知」；「難話此時心，梁燕雙來去」，亦爲弄愁無限，只是一腔摹出。至「好天涼月盡傷心，爲是玉郎長不見」；「少年何事負初心，淚滴鏤金雙衽」，有故意求盡之病。

毛熙震詞

毛熙震詞：「象梳欹鬢月生雲」，「玉纖時急繡裙腰」，「曉花微斂輕呵展，裊釵金燕軟」，不止以濃艷見長也。卒章情致尤爲可愛，其《後庭花》云：「傷心一片如珪月，閒鎖宮闕。」《清平樂》云：「正是鎖魂時候，東風滿院花飛。」《南歌子》云：「嬌羞愛問曲中名，楊柳杏花時節幾多情。」試問今人弄筆，能出一頭地否？

窮塞主詞有來處

仁宗朝，范希文守邊，作《漁家傲》，歐陽永叔呼爲窮塞主之詞。每以「塞上秋來風景異」爲起句，故云。余考無名氏《水鼓子》，後衍爲《漁家傲》者，詩云：「雕弓白羽獵初回，薄夜牛羊復下來。青冢路邊荒草合，黑山峯外陣雲開。」窮塞主詞自有來處。

隱士和靖先生

大中祥符中，賜杭州隱士林逋粟帛，贈和靖先生。臨終有「茂陵他日求遺稿，猶喜曾無封禪書」。和靖識見如是，司馬子長當作衙官也。若王旦不諫天書，爲臨終一事之失即削髮披緇，何以謝天下？和靖卒，張子野爲詩以弔之：「湖山隱後家空在，煙雨詞亡草自青。」其詞只《點絳唇》詠草一首，有子林洪著《山家清供》，亦未見有别詞也。

王介甫弟與子詞

王介甫弟和甫，名安禮，有《瀟湘逢故人慢》云：「引多少、夢魂歸結，洞庭雨棹煙蓑。」弟平甫，名安國，有《減字木蘭花》云：「簾裏餘香馬上聞。」子雱，字元澤，有心疾，妻獨居小樓事佛，介甫憐而嫁之，雱作《眼兒媚》詞。或議元澤不能詞，及援筆作《倦尋芳》：「恨被榆錢，買斷兩眉長皺。」人不能及也。

黄魯直少時喜作詞

黄魯直少時，使酒玩世，喜作詞。法雲秀誡之曰：「筆墨勸淫，乃欲墮泥犁中耶？」魯直曰：「空中語也。」後以桂香無隱，因緣有省，居官一如浮屠法。間作小詞，絶不似《桃葉》、《團扇》鬭妖麗者。

秦湛亦多好詞

秦少游有子處度，名湛，亦多好詞，山谷極稱賞之。如「藕葉清香勝花氣」，一时盛傳之句。

賀梅子

方回小築，在吾蘇之横塘。作《青玉案》詞，即黄山谷贈以詩云：「解道江南腸斷句，只今惟有賀方回。」其爲前輩推重可知。因詞中有「梅子黄時雨」，人呼爲「賀梅子」。

晁无咎雞肋詞

鉅野晁无咎，登元祐進士，通判揚州。［集］名《雞肋詞》。又稱濟北詞人。晁補之常自銘其墓，名《逃禪詞》。與魯直、文潛、少游爲蘇門四學士。若晁次膺，其十二叔也。無斁，其八弟也。

洪适盤洲詞

洪适，字景伯，中博學宏詞科。其《生查子·春情》、《好事近·别情》，出人意表，時遂有批抹之者。《生查子》起句「桃疏蝶惜香，柳困鶯銜絮」，真爲蕪累。其下「日影過簾旌，多少閒愁緒」，「春色似行人，無意花間住」，人所不及也。《盤洲詞》大率類此。

謝薖竹友詞

謝無逸弟薖，字幼槃，有《竹友詞》。但見《贈奕妓宋瑶·減字木蘭花》云：「風篁度曲。倦倚銀屏初睡足。清簟疏簾。金鴨香消懶去添。　纖纖露玉。風雹縱横飛鈿局。頻斂雙蛾。凝竚無言密意多。」

三英集

周美成以進《汴都賦》得官，當徽廟時，提舉大晟樂府。每製一詞，名流輒爲賡和。東楚方千里，樂安楊澤民，全和之，或合爲《三英集》行世。

吕渭老詞

吕渭老，秀州人，宣和末朝士。善屬詞，又散落人間。《江神子慢》盡人以爲婉麗。《西江月慢》有無限穠華消不得也。

李甲詞

華亭李甲，字景元，宋之詞人也。《帝臺春》一詞，舊刻李景，爲唐元宗所製久矣。近代朱彝尊輩始出而正之。余暇日曾讀《帝臺春》數過，今偶得《望雲涯引》而併歸之。

胡浩然詞

胡浩然，時代、氏籍俱未詳。選詞家俱甚薄其聲口，但就其《春霽》、《萬年歡》、《東風齊着力》、《送入我門來》，俱以其庸而忽諸，殊不知穩帖者亦有佳處。如《滿庭芳·吉席》云：「幾幅紅羅錦帳，寶妝篆、金鴨焚香。分明是，芙蓉浪裏，一對浴鴛鴦。」如《傳言玉女·元夕》云：「艷妝初試，把珠簾半揭。嬌羞向人，手撚玉梅低説。相逢長是，上元佳節。」其情致人所不到，亦何庸過斥之也。

陳去非佳句

陳去非佳句「杏花疏影裏，吹笛到天明。」「吟詩日日待春風，及至桃花開後卻匆匆。」胡元任、張叔夏俱評其自然而然者。

張元幹詞

紹興戊午，元幹以送胡銓及寄李綱詞坐罪貶謫，皆《金縷曲》也。元幹以此得名。三山人，仲宗其字也。有《蘆川詞》。如「溪邊翠靄藏春樹，小艇風斜沙嘴路」，與「簾旌翠波，颯窗影殘紅一綫」，楊慎《詞品》極歎賞之。

王民瞻詞

王民瞻送胡銓遠謫，有云：「癡兒不了公家事，男子要爲天下奇。」亦貶辰州。其《留別·感皇恩》云：「醉中暫住。離歌幾許。聽不能終淚如雨。無情江水，斷送扁舟何處。」其《感舊·點絳唇》云：「白髮相逢，猶唱當時曲。」皆可歌也。

周文璞詞

周文璞，字晉仙，淳熙時人。義因郭璞，故字晉仙，非晉之仙人也。《唐詞紀》收爲韓文璞更誤。諸選止有《浪淘沙》、《南鄉子》二首。《絶妙好詞》内有《一剪梅》一首流傳於世。因其題壁，訛爲仙家耳。

花庵録張震詞

蜀人張震，字東父，孝宗朝諫官也。花庵録其詞爲富貴人語。

吴禮之順受老人詞

吴禮之，字子和，錢塘人。有《順受老人詞》，久著名，鄭國輔爲之序。其《雨中花慢》長調云：「醖造一生清瘦，能消幾個黄昏。斷腸時候，簾垂深院，人掩重門。」《醜奴兒》長調云：「眼前景物只供愁。寂寥情緒，也恨分淺，也悔風流。」能以極尋常語言，爲極透脱文字。

嚴次山詞

近代選家，無有不知次山詞者，《玉樓春・春思》、《鷓鴣天・别情》是也。甚則《多麗》之記恨，《金縷曲》之送春，有不能釋卷者。獨「粘雲江影傷千古，流不去，斷魂處」，是才人創句，而亦削之，爲咄咄怪事。次山詞極能道閨幃之趣，名《清江欸乃》，杜月渚爲之序，族人嚴羽、嚴參，時稱邵武三嚴。見《花庵選》。

馬古洲詞

馬古洲，建安人。好經論，填詞其餘事也。如《月華清》云：「悵望月中仙桂。問竊藥佳人，與誰同歲。」《賀聖朝》云：「游人拾翠不知返，被子規呼轉。」《阮郎歸》云：「三三兩兩叫船兒，人歸春也歸。」俱有旨趣。

劉叔安隨如百詠

泰定中進士劉叔安，有《隨如百詠》，富貴藴藉，不屑爲無意味句者。其詞皆時令物情之什。

周紫芝有未刻稿

周紫芝，字少隱，宣城人。舉進士，守興國。有《竹坡詞》三卷。余家有未刻稿。

方千里和詞

方千里詞，見汲古閣新刻《[宋]六十家[詞]》。《過秦樓》、《風流子》是和詞之出一頭地者。

趙汝茪詞

趙汝茪，字參晦，《絶妙好詞》載其詞爲多，而語意爲人所重。弁陽老人有十擬詞，直與花翁、夢窗並列於前，且作《醉落魄》以詠之。及讀其《梅花引》、《漢宫春》，有不虚一時之所奬借者。

馮艾子

馮偉壽，小名艾子，非誤用其名也。余以《壽玉林・沁園春》考之，中有云：「更携阿艾，同壽靈椿。」可證。

孫花翁晝錦堂

孫花翁《晝錦堂》一闋，如「柳裁雲剪腰支小，鳳盤鴉聳髻鬟偏」，與「杏梢空鬧相思眼，燕翎難繫斷腸箋」，周摯纖艷，已爲極則。但卒章云：「銀屏下，爭信有人，真個病也天天。」情至之語，又開一種俳調也，奈何。

兩李老

李彭老，字商隱，有《篔房詞》。李萊老，字周隱，有《秋崖詞》。兩人爲一時翹楚，但俱是寄和草窗者。篇章亦甚富，而少餘蘊耳。

趙聞禮詞

趙聞禮，字立之。於南宋播遷之後，而詞章饒有北宋風味。在諸選中亦一二僅見者。《千秋歲》、《風入松》與《水龍吟》之詠水仙，《賀新郎》之詠螢火，猶可被諸管弦也。

文文山詞

德祐初，詔集勤王師，文文山結諸路豪俊，發溪洞酋長以應之。有議其猖狂者。有「山河破碎水漂絮，身世浮沈風打萍」。「諸葛未亡猶是漢，伯夷雖死不從周」句。死年四十七，一時廬陵諸公俱不仕。其詞有和王昭儀《滿江紅》、《南樓令》，别有《吟嘯集》，亦不多見也。

劉會孟父子

劉會孟，字辰翁，廬陵人。宋亡不仕。張孟浩贈詩，直以孤竹、彭澤比之。自題《寶鼎現》詞云「丁酉」，時大德元年，亦只書甲子之意。有《須溪詞》。其子將孫，字尚友，同趙青山結社，亦不仕。有詞行世。

段克己兄弟

河東段克己，字復之，著《遯齋樂府》。弟成己，字誠之，著《菊軒樂府》。兩人登第，入元俱不仕。時人目爲儒林標榜。

趙　雍

趙雍，字仲穆，子昂之子。延祐八年作《木蘭花慢》，别書樂府成卷，以就正於王德璉，蓋魏公長倩王國器也，長於今樂府，楊鐵崖亟稱之者。明正德己卯，文徵明題其後云：「趙待制風流習尚，不減魏公。見於卷軸者，未有若此之富也。」

滕賓玉霄集

楊慎《詞品》云：元人工於小令者，《玉霄集》中不減宋人之工。按賓字玉霄，睢陽人，官江西提舉。後棄家入天台山爲道士，稱涵虚子。其《鵲橋》、《齊天樂》二闋，共推清綺。

陶宗儀南村集

《輟耕録》緣起於天台陶宗儀，九成其字也。崎嶇離亂日，每以筆墨自隨，時時休息於樹陰，有聞見，輒摘葉書之，貯破盎，埋樹根下，積數十日，盡發其藏，作《輟耕録》。嗣有《南村集》，有宋頌韻序一篇。

虞伯生風入松

蜀人虞集伯生，虞允文五世孫也。仕元爲翰林。元文宗御奎章閣，伯生侍從，日以討論法書名畫爲事。柯敬仲退居吴下，伯生賦《風入松》寄之，「報道先生歸也，杏花春雨江南」云云。翰墨兼善，機坊以此織成帕焉，幾如法錦。後張仲舉於柯敬仲席上，爲作《摸魚子》記之。卒章云：「楚芳玉潤吴蘭媚，一曲夕陽西下。沉醉罷。君試問、人生誰是無情者。先生歸也。但留意江南，杏花春雨，和淚在羅帕。」

張仲舉蜕庵樂府

晉寧張仲舉，至正初學士，與同時韓伯清、錢舜舉、姚子章爲友。有《蜕庵樂府》。常集西湖，爲賦《緑頭鴨》，俱以「晚山青」爲起句。

倪元鎮慕吴仲圭

倪瓚字元鎮，慕吴仲圭之爲人，而從事於畫法。仲圭《漁父詞》「紅葉村西日影餘，黄蘆灘畔月痕初」。爲霅溪沈處士作也。元鎮繪之爲圖，詞亦淡潔。

顧阿瑛有玉山璞詞

昆山顧阿瑛，一名德輝，好游。年五十，預定壽藏，自誌其生平成立狀。每出，以其文隨身，往來九峯泖浦，書經於九里寺，自稱金粟後身。有《玉山璞詞》。

邵亨貞詞

邵亨貞，字清溪。曾有《沁園春》二首，一賦美人眉，一賦美人目，新艷入情，世所傳誦。其單調《凭闌人》云：「誰寫江南一段秋。妝點錢塘蘇小樓。樓中多少愁。楚山無限愁。」僅此四句爲創調，氣竭於直，而情亦不贍。

王止仲按律填詞

王止仲國初遺老，有賦《迎春樂》，用夾鐘商調。賦《解語花》，用林鐘羽調。前輩之按律填詞如此。

高季迪青邱樂府

高季迪十宫詞，思深致遠，不僅典贍見長也。即如《長門怨》云：「君明猶不察，妬極是情深。」可以想見其情思。《青邱樂府》，大致以疎曠見長，而《石州慢》又纏綿之極。「緑楊芳草，年少抛人」，晏元獻何必不作婦人語。

楊孟載詩詞

楊孟載詩，如《西湖柳枝》，綽約近人。《春草》詩：「六朝舊恨斜陽外，南浦新愁細雨中。」《落花》詩：「無人摇動秋千索，黄鳥飛來架上啼。」絶妙好詞也。其情致不及格者：「挤醉望愁醒，愁因醉轉增」，《菩薩蠻》調也。「尚短柳如新折後，已殘花似未開時」，《浣溪沙》調也。

史鑑西村集

吴江史鑑，字明古。相傳建文遜國後，潛幸其家閲鑑。其父方生明古，請於建文命之名，賜曰鑑。小詞數首，見《西村集》。

顧華玉詞近詩

吴郡顧華玉，弘正間大司寇，爲當時風雅主盟，負知人之鑒，稱東橋先生。識拔張江陵於童子時。其詩有「君王自信圖中貌，静女虚迎夢裏車」。詞亦近是。

楊用修

成都楊用修，正德辛未第一人。因辨禮謫戍瀘州，號爲淹博。所輯《詞品》、《百琲明珠》、《詞林萬選》諸種，亦詞家功臣也。所作極典贍，而少生動，正李于鱗所云「銅山金埒」之句，雕繪滿前者也。夫人黄氏，亦有《寄外·巫山一段雲》、《旅思·滿庭芳》數闋流誦於世。

夏文愍桂洲集

夏文愍少時，侍父於臨清宦邸，出外漁色，爲人所困。每愛名姬一塊玉者，禁之不止。登第後，嘉靖中以議禮驟擢，猶寄情於小詞，大拜日不廢也。《踏莎行》等詞，故嫁名於無名氏，又見《桂洲集》中。

張世文圖譜

維揚張世文爲《圖譜》，絶不似《嘯餘譜》、《詞體明辨》之有舛錯，而爲之規規矩矩，亦填詞家之一助也。

乃其自製《鵲踏枝》有云：「紫燕雙飛深院静。寶枕紗廚，睡起嬌如病。一綫碧煙縈藻井。小鬟茶進龍香餅。」又「斜日日高樓明錦暮。樓上佳人，癡倚闌子角。心事近來緣底惡。對花珠淚雙雙落。」更自新倩蘊藉，振起一時者。

劉榮嗣簡齋集

劉司空榮嗣忠而被謗，三年請室，故生平多牢落侘傺語。有《簡齋集》。人謂其《中秋·踏莎行》，花明而月白者，如其人也。昔人謂陳簡齋《無住詞》，語意超絶，可摩坡仙之壘。吾於劉簡齋亦然。

程墨仙詞

休寧程墨仙，不爲金粉遮障，閨閣鋪張之語，至情之句，妙合至理，而又毫不可動。如《玉樓春》之密怨，《蝶戀花》之憶别，推閨情第一。要不數嚴次山也。余嘗有云：生居古人之後，而猶多創獲之詞，非才倍古人者弗能。今幸得於《石交堂》一刻也。

董遐周詞友

潯上董遐周，與周永年、茅維爲詞友。周有《懷響齋詞》，茅有《十賫堂詞》，而遐周詞並不隨人口吻。陳黄門大樽謂其風流調笑，情事如見者也。

范仲闇詞

鄒程村語余云：范仲闇先輩《續花間集》，皆畫舫青樓之詞。自作小叙原非不及情者，今得博採之以誌前代風流，且以當《東京夢華録》也。余答之曰：内江備兵明時，既爲僧，復殉節。雲水爲致小詞二十闋於余，故得述之。

陳眉公詞

陳眉公早歲隱於九峯，工書畫，與董宗伯其昌善，爲延譽公卿間。每得眉公片楮，輒作天際真人想。但傳其居佘山，只吟咏過日，不知弘景當年，松風庭院中作何生活。其小詞瀟灑，不作艷語，見《晚香堂集》。

吴惕庵詞

明季吴惕庵西郊較射，便讀其《東湖雜感》云：「深宮醉舞夜，敵國卧薪時。」想見其有心斯世。惕庵服上刑，武林僧名敬然者，乞遺骸於張撫軍，葬菜園中，爲位哭之，歲時供以麥飯。猶傳其《浪淘沙》絶命詞「成敗論英雄，史筆朦朧」云云。

徐笑庵好摹毛謝詞

徐笑庵遭變後，足跡不入城市，築室於萬笏山前，館娃宫左，寫幅青山，以易白粲而已。好摹毛滂、謝逸之爲詞，尚有吟詠餘意。小令差有可觀者。

周安期懷響齋詞

周安期師，以博洽著名，家宰白川之孫，固世其家學者。虞山錢牧齋師所撰《列朝詩選》，從中補輯亦多。所著《詞規》未竟，無後而廢。剩有《懷響齋詞》，如「宿雨揩磨新月色，晚風擡舉好花枝」。新艷如是。

湯卿謀小詞多秀發

湯卿謀多才早夭，著《貧病秋箋》。卿謀死，其友尤悔庵爲文哭之，情至之語，亦數千言，在他人不能下一字。别爲之刻《湘中草》，小詞特多秀發之句，而藻思總不由人者。

錢爾斐菊農長短句

魏里錢爾斐，五十三年填詞手也。曾貽我《菊農長短句》，見其編以歲月，感慨繫之。其詞亦整而有法。

夏存古玉樊堂詞

夏存古《玉樊堂詞》，向得之曹顧庵五集中。見其詞致慷慨淋漓，不須易水悲歌，一時淒感，聞者不能爲懷。留此數闋，以當《東京夢華録》也。

徐野君詞

徐野君與余論詩，如康莊九逵，車驅馬驟，易爲假步。詞如深巖曲徑，叢篠幽花，源幾折而始流，橋獨木而方渡，非具騷情賦骨者，未易染指。其言正爲吾輩長價。

吴梅村詞

有以吴梅村比吴彦高者曰：「吴郎近以樂府高天下。」余讀其「十八年來如夢，萬事淒涼」，幾使唾壺欲碎。

王方百詞

王阮亭推服方百五言，逼真韋左司。故其詞且淡冶而不嫌於俚，刻入而不傷於率。學道人固無一事荒唐，無一語欺人處。

沈去矜詞

家去矜諸詞，率從屯田、待制浸淫而出，言情最爲濃摯，又必欲據秦、黄之壘以鳴得意，所以來宋歇浦之論詞書也。

黄永溪南詞

黄永《溪南詞》，不趨新鬬險，整攝自餘情致。余偕其年讀《溪南詞·金縷曲》云：「説年來、家同鷗泛，門央鶴守。細註農家新月令，樂事吾生盡有。茅檐下、烏烏擊缶。罨畫戴溪都不惡，好風光、只落閒人手。」得想見其生趣。

張硯銘雛鴨草

張硯銘《鴝鴨草》，獨能删削靡曼之詞，咸歸雅潔，而出以工緻。徐臞庵向曾爲余言之，此真選聲第一功臣也。

秦對巖微雲詞

秦對巖以庾、鮑雋才，燕、許大手，得心古學，海内推之。八越聯吟，已窺半豹，而《微雲》一帙，絶無俗惡字句，猶可想見「花影亂，鶯聲碎」於當年。

李容齋詞深於意態

李容齋詞深于意態，如：「香階小立不知還。徘徊久，端爲出來難。」《小重山》之艷情也，豈遜南唐。「極目香塵舊板橋。路迢迢，不見歸鞍見柳條。」《憶王孫》之春望也，逼真北宋。迺若「倩魂不隔枕函邊，化作彩雲飛去遠。」更有餘情矣。

延露詞

《延露詞》綽然有生趣，而又耐人長想。如「舊社酒徒零亂，添得紅襟燕。」「落花一夜嫁東風，無情蜂蝶輕相許」，詞家所謂無理而入妙，非深情者不辨。

映竹軒詞

毛會侯工填詞，其古文已讀之久矣，然未見其《映竹軒全集》也。曾有郵寄《蝶戀花》一闋云：「桂魄清涼寒玉宇。顧影無聊，影也添淒楚。爲月不眠情更苦。來宵願下廉纖雨。待欲澆愁斟緑醑。酒盡愁生，畢竟愁爲主。天上寄愁愁可去。天孫正别銀河渚。」似此曲折情致，豈可與頹唐弄筆者比數哉。

映山堂詞

映山堂詞不喜浮艷，自有沈摯之力。「夢裏和愁，愁時如夢，情似越梅酸」，此詠閨情也。「縱舞遍天下，休教忘了，繡閣斜陽裏」，此詠落花也。一如湘真之深於意態者。

萬紅友詞律

讀萬紅友詞，已見細心微詣。近得《詞律》一書，留情倚聲，服其上下千載，有功詞學，固當以公瑾望之。

汪晉賢月河詞

汪晉賢與竹垞蒐輯宋、元未見詞章，刻爲《詞綜》三十卷以廣見聞，俾倚聲者之有所宗，大有功於詞者。《月河》一刻，不下百篇。而整潔自好，亦自成家，故其人亦如之。余訪之於梧桐鄉，贈答《百字令》，信知名下無虚也。

張其區詞最工對偶

瞟城張其區詞，對偶最工。如《江南好》：「秋白菓香詩岫紫，冬青子熟酒槽紅。」又曰：「萬壽亭邊爭渡急，千人石上殢春情。」諸句清新俊逸備之矣。其《七夕》詞有云：「偏是儂家歡會，人間只管喧傳。」此語千古未經人道破者。

〔清〕李調元撰

樂府侍兒小名

樂府侍兒小名目録

卷上

宋一

卷下

宋二

金

元

明

樂府侍兒小名卷上

宋 一

蓮鴻蘋雲

晏幾道《小山詞》有《補亡》一編，自序云：「補樂府之亡也。叔原往者浮沉酒中，病世之歌詞不足以析（醜）［醒］解愠，試續南部諸賢餘緒，作五七字語，期以自娱，不獨叙其所懷，兼寫一時盃酒間聞見所同遊者意中事。嘗思感物之情，古今不易，竊以謂篇中之意，昔人所不遺，第于今無傳爾。故今所製，通以《補亡》名之。始時沈十二廉叔、陳十君寵家，有蓮、鴻、蘋、雲，品清善謳［娱客］。（時）每得一解，即以草授諸兒，吾三人持酒聽之，爲一笑樂。已而君寵疾廢卧家，廉叔下世，昔之狂篇醉句，遂與兩家歌兒酒使，俱流轉于人間。自爾郵傳滋多，積有竄易。七月己巳，爲高平公綴緝成編。」

鄭容高瑩

蘇東坡自錢塘被召，林子中作郡守，有會，坐中營妓出牒，鄭容求落籍，高瑩求從良。子中呈東坡，東坡索筆爲《減字木蘭花》書牒後，用「鄭容落籍，高瑩從良」八字于句端。詞云：「鄭莊好客。容我尊前先墮幘。落筆生風。籍籍聲名不負公。　高山白早。瑩骨冰膚那解老。從此南徐。良夜清風月滿湖。」

琵琶

東坡贈小鬟琵琶《減字木蘭花》詞：「琵琶絶藝。年記都來十一二。撥弄幺絃。未解將心指下傳。主人嗔小。欲向東風先醉倒。已屬君家。且更從容等待他。」

懿懿

子瞻贈徐君猷家姬詞：「柔和性氣。雅稱佳名呼懿懿。解舞能謳，絶妙年中有品流。　眉長眼細。淡淡梳粧新綰髻。懊惱風情。春着花枝百態生。」

嫵卿勝之慶姬

東坡有《減字木蘭花》四首，贈徐君猷三侍人。一《贈嫵卿》詞云：「嬌多媚瞭。體柳輕盈千萬態。殢主尤賓。斂黛含嚬喜又嗔。　徐君樂飲。笑謔從伊情意恁。臉嫩膚紅。花倚朱闌裏住風。」一《贈勝之》詞云：「雙鬟緑墜。嬌眼横波眉黛翠。妙舞蹁躚。掌上身輕意態妍。　曲窮力困。笑倚人旁香喘噴。老大逢歡。昏眼猶能仔細看。」又一首云：「天然宅院。賽了千千並萬萬。説與賢知。表德元來是勝之。　今來十四。海裏猴兒奴子是。要賭休癡。六隻骰兒六點兒。」一《贈慶姬》詞云：「天真雅麗。容態温柔心性慧。響亮歌喉。遏住行雲翠不(流)[收]。　妙詞佳曲。囀出新聲能斷續。重客多情。滿勸金卮玉手擎。」

懿卿

東坡《水龍吟》云：太守閭邱公顯，致仕居姑蘇。公飲其家，出後房佐酒。有懿卿者善吹笛，東坡爲作《水龍吟》，有「聞道嶺南太守，後堂深、緑珠嬌小。倚窗學弄，《梁州》初遍，《霓裳》未了」；又「爲使君洗盡，蠻風瘴雨，作《霜天曉》」之句。

小蓮

子瞻贈琵琶女《訴衷情》詞云:「小蓮初上琵琶絃,彈破碧雲天。」按《小山詞》亦有「小蓮未解論心素」句,又有「記得青樓當日事」,或「寫向紅窗夜月前,憑誰寄小蓮」句,抑或即此女。

素娘

子瞻《鷓鴣天》詞,自題云:「陳公密出侍兒素娘,歌紫玉簫曲,勸老人酒。老人飲盡,因爲賦此。」詞云:「笑撚紅牙彈翠翹。揚州十里最妖嬈。夜來綺席親曾見,撮得精神滴滴嬌。　嬌後眼,舞時腰。劉郎幾度欲魂銷。明朝酒醒知何處,腸斷雲間紫玉簫。」

柔奴

東坡《定風波》詞題云:「王定國歌兒曰柔奴,姓宇文氏,眉目娟麗,善應對,家世住京師。定國南遷歸,余問柔:『廣南風土應是不好?』柔對曰:『此心安處便是吾鄉。』因爲綴詞云。」[詞云]:常羨人間琢玉郎。天教分付點酥娘。自作清歌傳皓齒。風起。雪飛炎海變清涼。　萬里歸來顏愈少。微笑。笑時猶帶嶺梅香。試問嶺南應不好。卻道。此心安處是吾鄉。」

嵇

子瞻《江城子》詞題云：「陳直方妾嵇，錢塘人也。丐新詞，爲作此。錢塘人好唱《陌上花開緩緩》曲，余嘗作數絶以記其事矣。」詞云：「玉人家在鳳凰山。水雲間。掩門閒。門外行人，立馬看弓彎。十里春風誰指似，斜日映，繡簾斑。多情好事與君還。憫新鰥。拭餘潸。明月空江，香霧着雲鬟。陌上花開看盡也，聞舊曲，破朱顏。」

采菱拾翠

東坡《皂羅特髻》詞，詠「采菱拾翠」，上段云：「采菱拾翠，算似此佳名，阿誰消得。采菱拾翠，稱使君知客。千金買、采菱拾翠，更羅裙、滿把珍珠結。采菱拾翠，正髻鬟初合。」

秀　蘭

子瞻《賀新郎》詞題云：「余倅杭日，府僚湖中高會，羣妓畢集，惟秀蘭不來。營將督之再三乃來。僕問其故，答曰：『沐浴倦卧，忽有叩門聲，急起詢之，乃營將催督也。整妝趨命，不覺稍遲。』時府僚有屬意于蘭者，見其不來，恚恨不已，云：『必有私事。』秀蘭含淚力辯。而僕亦從旁冷語，陰爲之解，府僚終不釋然也。適榴花開盛，秀蘭以一枝藉手獻座中，府僚愈怒，責其不恭。秀蘭進退無據，但低首垂淚而已。僕乃作一曲，名《賀新郎》，令秀蘭歌以侑觴，聲容妙絶，府僚大悦，劇飲而罷。」詞有「手弄生綃白團扇，扇手一時似玉」之句。

婁婉

秦觀少游，有《水龍吟》詞寄營妓婁婉，婉字東玉。詞中前後兩段首句藏其姓名與字，如「小樓連苑横空」，又「玉佩丁東别後」是也。

陶心兒

少游《南歌子》贈陶心兒末句：「天外一鈎殘月帶三星。」蓋「心」字也。

瓊芳

毛滂《惜分飛》詞，富陽僧舍作别語，贈妓瓊芳云：「淚濕闌干花着露，愁到眉峯碧聚。」又「今夜山深處，斷魂分付潮回去。」見賞于東坡。

小

毛滂《虞美人》詞序：「官妓有名小者，坐中乞詞。」詞首句云：「柳枝卻學腰肢裊，好似江東小。」

輕盈

晁補之字无咎，《緑頭鴨》詞題云：「韓師朴相公會上觀佳妓輕盈彈琵琶。」句云：「繡屏深、麗人乍出，坐中雷雨起鵾絃。」又有《行香子》詞贈輕盈云：「柳態纖柔，雪艷疎明。門人來、人道輕盈。張琵蓮臉，一寸波横。比瀟灑處，猶難稱，此嘉名。」又過堯民金部四叔位，見輕盈所留題，《紫玉簫》句云：「羅綺叢中，笙歌隊裏，眼狂初認輕盈。無花解比，似一鈎新月，雲際初生。」

璨奴

補之《永遇樂》詞，贈雍宅璨奴云：「醉裏凝眸，嬌來縱體，此意難分付。憐伊只似，風前輕燕，好語暫來還去。」

閻麗

无咎有《鬭百花》詞，憶汶妓閻麗云：「小小盈盈珠翠。憶得眉長眼細。曾共映花低語，已解傷春情意。」又云：「與問階上，簸錢時節，記微笑，但把纖腰，向人嬌倚。」

榮奴

晁補之云：「家妓榮奴，既出有感。」作《勝勝慢》詞云：「朱門深掩，擺蕩春風，無情正欲輕飛。斷腸如雪，撩亂去點人衣。朝來半和細雨，向誰家、東館西池，算未肯、似桃含紅蕊，留待郎歸。還記章臺往事，别後縱青青，似舊時垂。灞岸行人多少，竟折柔枝。而今恨啼露葉，鎮香街、抛擲因誰。又爭可、妬郎誇春草，步步相隨。」此詞可想公之鍾賞。又其出也，蓋出于不得已也。又有《點絳唇》一首，亦爲榮奴作，語更酸辛。詞云：「檀口星眸，艷如桃李情柔惠。據我心裹。不肯相抛棄。哭怕人猜，笑又無滋味。忡忡地。繫人心裹。一句臨岐誓。」

蟲蟲

柳永字耆卿，《集賢賓》詞：「就中堪人屬意，最是蟲蟲。有畫難描雅態，無花可比芳容。」又《玉樓春》詞：「蟲娘舉措皆温潤，每到婆娑偏恃俊。香檀敲緩玉纖遲，畫鼓聲喧蓮步緊。」

酥娘

耆卿《玉樓春》詞：「酥娘一搦腰肢裊，回雪縈塵皆盡妙。」

秀香

屯田《晝夜樂》贈妓詞：「秀香家住桃花徑，算神仙、才堪並。層波細剪明眸，膩玉圓搓素頸。」

英英

耆卿贈妓《柳腰輕》詞：「英英妙舞腰肢軟。」又「笑何止、傾國傾城，暫回眸、萬人腸斷。」

心娘

屯田《玉樓春》詞：「心娘自小能歌舞。舉意動容皆濟楚。解教天上念奴羞，不怕掌中飛燕妬。玲瓏繡扇花藏羽。宛轉香茵雲襯步。王孫若擬贈千金，只在畫樓東畔住。」

佳娘

耆卿《玉樓春》詞：「佳娘捧板花鈿簇，唱出新聲群艷伏。」

瑶卿

屯田《鳳銜盃》詞云：「有美瑶卿能染翰，千里寄、小詩長簡。想初擘苔牋，旋揮翠管紅窗畔。漸玉箸、銀鈎滿。」蓋能詩妓也。

謝媚卿

張子野先有《謝池春慢》，題云：「玉仙觀道中逢謝媚卿。」［詞］云：「繚牆重院，間聞有、流鶯到。繡被掩餘寒，畫閣明新曉。朱檻連空闊，飛絮無多少。徑莎平，池水渺。日長風靜，花影閒相照。塵香拂馬，逢謝女、城南道。秀艷過施粉，多媚生輕笑。鬭色鮮衣薄，碾玉雙蟬小。歡難偶，春過了。琵琶流怨，都入相思調。」詞中寓名字。又有《減蘭》云：「垂螺近額。走上紅裀初趁拍。只恐驚飛。擬倩游絲惹住伊。　文鴦繡履。去似風流塵不起。舞徹梁州。頭上宮花顫未休。」題但云「贈妓」，不知何人題，亦詠媚卿也。

歐梅

黄庭堅山谷《玉樓春》詞：「樽前見在不饒人，歐舞梅歌君更酌。」山谷自注云：「歐、梅，當時二妓也。」

陳湘

山谷《阮郎歸》詞題云：「曾寿文既眄陳湘，歌舞便出其類，學書亦進，來求小楷，作《阮郎歸》詞付之。」詞云：「盈盈嬌女似羅敷。湘江明月珠。起來綰髻又重梳。弄粧仍學書。　歌調態，舞工夫。湖南都不如。他年未厭白髭鬚。同舟歸五湖。」

楊姝

《山谷集》載「太平州小妓楊姝彈琴送酒」，因作《好事近》詞云：「一弄醒心絃，情在兩山斜疊。彈到古人愁處，有真珠承睫。　使君來去本無心，休淚界紅頰。自恨老來憎酒，負十分金葉。」李之儀詞：「與黄魯直於當塗花園石洞，聽楊姝彈《履霜操》，魯直有詞，因次韻。」詞云：「相見兩無言，愁恨又還千疊。別有惱人深處，在懵騰雙睫。　七絃雖妙不須彈，惟願醉香頰。只恐近來情緒，似風前秋葉。」

瑩

陳師道後山《南鄉子并引》云：「晁大夫增飾披雲，務欲壓黄樓，而張、馬二子，皆當年尊下世所謂英英、盼盼者。盼卒，英嫁，而盼之子瑩，頗有家風，而曹妓未顯者，黄樓不可勝也。作《南鄉子》以歌之。」詞云：「風絮落東鄰。點綴繁枝旋化塵。關鎖玉樓巢燕子，冥冥。桃李摧殘不見春。　流轉到如今。翡翠生兒翠作衿。花樣腰身宫樣立，婷婷。困倚闌干一欠伸。」

李蓮

吕渭老字聖求，有詞自序云：「余每爲歌詩，使李蓮歌之，即解人深意。自去年七月，親往華亭矣，余爲之輟筆。昨夜酒醒，卧不能穩，試作《卜算子》以寄之。」詞云：「渡口看潮生，水滿兼葭浦。長記扁舟載月明，深入紅雲去。　荷蓋覆平池，忘了歸來路。誰信南樓百尺高，不見如蓮步。」

一東

程垓，東坡外兄，《書舟詞·一落索》題云：「歌者索詞，名一東。」詞云：「小小腰身相稱。更著人心性。一聲歌起繡簾陰，都遏住、行雲影。　聞道玉郎家近。被春風勾引。從今莫怪一東看，自壓盡、人間韻。」

吴氏

曾覿《海野集·卜算子》題：「湖州塼牆吴氏女，失身於土山張氏作妾。」詞云：「數盡萬般花，不比梅花韻。雪壓風欺愢地寒，剗地清香噴。　半醉折歸來，插向烏雲鬢。不是愁人悶帶花，花帶愁人悶。」

吕倩倩

楊无咎《逃禪詞·垂絲釣》詞題：「鄧端友席上贈吕倩倩。」詞云：「玉纖半露。香檀低應鼉鼓。逸調響穿空，雲不度。情幾許。看兩眉碧聚。爲誰訴。　聽敲冰戛玉。恨雲怨雨。聲聲總在愁處。放盃未舉。傾坐驚相顧。應也腸千縷。人欲去。更畫簷細雨。」又《解蝶躞·贈吕倩倩吹笛》，詞云：「金谷樓中人在，兩點眉顰緑。叫雲穿月，横吹楚山竹。怨斷憂憶因誰，坐中有客，猶記在、平陽宿。淚盈目。百轉千聲相續。停盃聽難足。謾誇天海風濤舊時曲。夜深煙慘雲愁，倩君沈醉，明日看、梅梢玉。」又《明月棹孤舟·贈吕倩倩》詞云：「醉袖輕籠檀板轉。聽聲聲、曉鶯初囀。花落江南，柳青客舍，多少舊愁新怨。我也尋常聽見慣。渾不似、這翻撩亂。調少情多，語嬌聲咽，曲與寸腸俱斷。」

黄瓊

逃禪《贈黄瓊·好事近》詞云：「花裏愛姚黄，瓊苑舊曾相識。不道風流種在，又一枝傾國。擬圖遮斷倚闌人，休教妄攀摘。其奈老來情減，負十分春色。」首二句，伏黄瓊名字。

李瑩

逃禪《贈李瑩·殢人嬌》詞云：「惱亂東君，滿目千花百卉。偏憐處、愛他穠李。瑩然風骨，占十分春意。休漫説、唐昌觀中玉蕊。妬雪凝霜，淩紅掩翠。看不足、可人情味。會須移種，向曲欄幽砌，愁緑葉成陰，道傍人指。」首句伏李瑩名字。

牛楚

逃禪《贈牛楚·蝶戀花》詞云：「春睡騰騰長過午。楚夢雲收，雨歇香風度。起傍粧臺低笑語。畫簷雙鶻尤偷顧。　笑指遥山微斂處。問我清癯，莫是因詩苦。不道别來愁幾許。相逢更忍從頭訴。」首二句，伏牛楚名字，牛借「午」字巧合。又有《夢牛楚》詞云：「[枕簟]涼生秋早，夢魂忒好。見玉人、且喜且悲，接瓊臉、斷偎斷抱。」可想見无咎種情處矣。

白　玉

逃禪《贈白玉·明月棹孤舟》詞云：「不假鉛華嫌太白。王搓成、體柔腰搦。明月堂深，蓮花盃軟，情重自斟瓊液。　寄語碱砆休竝色。信秦城、未教輕易。絳闕樓成，藍橋藥就，好吹簫共乘鸞翼。」首二句伏白玉名字。

周三五

逃禪《贈周三五·明月棹孤舟》詞云：「竇髻雙垂煙縷縷。年紀小、未周三五。壓一精神，出羣標格，偏向衆中翹楚。　記得譙門初見處。禁不定、亂魂飛去。掌托鞋兒，肩拖裙子，悔不做、閑男女。」首二句伏周三五名字。

勝　喜

逃禪有《殢人嬌·曾韻壽詞》云：「露下天高，最是中秋景勝。喜小名銀蟾、十分增暈名。嫦娥飛下，見露鬟風鬢。念八第行景園中，畫誰能盡。　慢奏雲韶，美小字斟仙醞。清不寐、桂香成陣。只愁來夕，又陰晴無準。卻待約重圓，後期難問。」又有《蝶戀花・曾韻鞢詞》云：「端正纖柔如玉削。窄韈宮鞋，暝襬吴綾薄。掌上細看纔半搦。巧偷强奪嘗春酌。　穩稱身材輕綽約。微步盈盈，未怕香塵覺。試問更誰如樣腳。除非借與嫦娥著。」

雪　香

蔣捷竹山買妾，名雪香，有《瑞鶴仙》詞云：「素肌元是雪，向雪裏帶香，更添奇絕。」又云：「對珠櫳、自剪涼衣，愛把淡羅輕疊。」

翠　英

竹山《送翠英・高陽臺》詞，有「問縈雲佩響，還繞誰樓」句。

潘　氏

蔣捷有談舊娼潘氏，作《柳梢青》詞，有句云：「潘娘不是潘郎。料應也、霜粘鬢傍。」

徐氏

竹山《玉漏遲》詞題：「傳巖隱木如武林，納浴堂徐氏女子于客樓。其歸也，亦貯之所居樓上，而圖西湖景于樓壁。」詞有「花湧袖香，此度徐粧偏稱。水月仙人院宇，到處有、西湖如鏡」。又「萬種惺松笑語，一點温柔情性」等句。

樂府侍兒小名卷下

宋二

宋瑶

謝薖字竹友，有《減字木蘭花・贈棋妓宋瑶》云：「纖纖露玉，風雹縱横飛鈿局。」

星娘

史達祖邦卿《漢宫春》，題「友人與星娘雅有舊分，别去則黄冠矣，託予寄情」。詞云：「唐昌故宫何許，頓剪霞裁霧，擺落塵緣。」

小春

趙長卿，號仙源居士，有寵姬小春，自題《浣溪沙》詞贈之云：「簾捲輕風憐小春。荷枯菊悴正愁人。江梅喜見一枝新。　料得主人偏愛惜，也應冰雪好精神。故園桃李莫生嗔。」

婉卿

仙源《惜香樂府》云：「初夏試生衣，婉卿持素扇索詞，因作《鷓鴣天》詞于扇上。〔詞〕云：牙領番騰一線紅。花兒新樣喜相逢。薄紗衫子輕籠玉，削玉身材瘦怯風。　人易老，恨難窮。翠屏羅幌兩心同。既無閒事縈懷抱，莫把雙蛾皺碧峯。」

才卿

仙源七月命赴漕試，蘭臺主人餞于法回寺，侍兒才卿乞詞，因此賦《醉蓬萊》一闋題于壁，有「魁薦歸來，桂堂裏，與管絃爲主」。

盼盼

長卿《水龍吟》詞題：「江樓席上，歌姬盼盼翠鬟侑樽，酒行，彈琵琶曲，舞《梁州》，醉語贈之。」詞云：「酒潮勻頰雙眸溜。美映遠山横秀。風流俊雅，嬌癡體態，眼前稀有。蓮步彎彎，移歸拍裏，淩波難偶。對仙源醉眼，玉纖籠巧，撥新聲，魚紋皺。　我自多情多病，對人前、只推傷酒。瞞他不得，詩情孏倦，沈腰銷瘦。多謝東君，殷勤知我，暗翻紅袖。拼來朝又是，扶頭不起，江樓知否。」

夢雲

仙源云：「笙妓夢雲，對居士忽有剪髮齊眉修道之語。作《臨江仙》詞云：蕊嫩花房無限好，東風一樣春工。百年歡笑酒樽同。笙吹雛鳳語，裙染石榴紅。　且向五雲深處住，錦衾繡幌從容。如何即是出樊籠。蓬萊人少到，雲雨事無窮。」

文卿

仙源趙長卿云：「予買一妾，稍慧，教之寫東坡字。半年，又工唱東坡詞。命名文卿。元約三年，文卿不忍捨主，厥母不容與議，堅索之去。今失于一農夫，常常寄聲，或片紙數字問訊。仙源有感，遂和其《臨江仙》韻。」詞云：「破靨盈盈巧笑，舉杯灩灩迎逢。慧心端有謝娘風。燭花香霧，嬌困面微紅。　別恨綵箋雖寄，清歌淺酌難同。妾回楚館雨雲空。相思春暮，愁滿綠蕪中。」

官妓

仙源始與官妓往來，中道相棄，遂以小字刺于眉間，作《眼兒媚》，詞云：「雲間藏一點飛鴉。休把翠鈿遮。二年三歲，千撋百就，今日天涯。　奴今有似風前絮。飛入那人家。你還下得，除非睡起，不照菱花。」按官妓通稱必非官姓，而以小字刺眉間，頗近毒矣。仙源亦復爲之，且《惜香樂府》，如《武陵寄暖紅諸院・祝英臺近》，也有「斷腸一曲金衣，兩行玉筯」之語。《歸寧都因成寄暖香諸院・瑞鶴仙》，有「念仙源深處，暖香小院，贏得羣花怨也。是虧他見了，多教罵幾句也」之語。又月夜諸院飲酒行令，有《鷓鴣天》詞云「相攜共學驂鸞侶，卻笑盧郎舊約寒」之語，狹邪至此，可謂極矣。然其《眼兒媚》詞，則又有《東院適人乞詞醉中書于裙帶三首》，詞頗精妙倩麗，一云「人隨社節去匆匆，此恨幾時窮。陽臺寂寞，巫山淒慘，雲雨成空。　芭蕉密處窗兒下，冷落舊香中。黄昏靜也，蛩聲滿院，明月清風。」二云：「槐陰密處囀黄鸝。午日正長時。一番過雨，綠荷池面，冷浸琉璃。　紅塵不到華堂裏，纖楚對蛾眉。笑偎人道，新詞覓個，美底腔兒。」三云：「當年策馬過錢塘。曲徑小平康。繁紅釃白，嬌鶯咤燕，爭喚何郎。　而今又客東風裏，渾不似尋常。只愁別後，月房雲洞，啼損紅粧。」以皆不得其姓字，故附載于此。仙源爲南豐宗室，亦可見不栖志紛華，安心風雅，而花間鶯外，觴詠自娱，可謂能頤養天年者矣。

段雲輕

趙師俠字介之，號坦菴。于《滕王閣贈段雲輕・浣溪沙》詞云：「落日沉沉墮翠微。斷雲輕逐浣風歸。西山南浦畫屏圍。　一目波光明欲溜，兩眉山色翠常低。須知人與景相宜。」二句中寓名姓在内。

沈賽娘

垣菴同曾無玷觀沈賽娘碁，作《點絳唇》，詞云：「（衣）[裊]裊娉娉，可人尤賽娘風韻。花嬌玉潤。一捻春期近。　占路藏機，已向碁中進。但休問。酒旗花陣。早晚爭先勝。」

小桃小蘭

向子諲伯恭和曾吉甫《浣溪紗》韻，呈宋景晉待制。宋有二小姬小桃、小蘭。詞云：「綠繞紅圍宋玉牆。幽蘭林下正芬芳。桃花氣暖玉生香。　誰道廣平心似鐵，艷粧高韻兩難忘。蘇州老矣不能狂。」各寓姓名在内。

輕輕

伯恭在錢卿席上贈侍人輕輕《殢人嬌》詞，有句云：「波上精神，掌中態度。分明是、彩雲團做。」

賀全真

伯恭與何文縝、倪巨濟、王元東、蘇叔黨宴張子實家，侍人賀全真妙絕一時。伯恭有《玉樓春》詞云：「雲窗霧閣春風透。蝶遶蜂圍花氣漏。惱人風味恰如梅，倚醉腰肢全是柳。　細傳一曲情偏厚。淡掃兩山緣底皺。歸時好月已沉空，只有真香猶滿袖。」兩段末二句伏「全真」二字。

郭小娘

向子諲有《南歌子》詞，贈郭小娘道裝云：「縹緲雲間質，輕盈波上身。瑶林玉樹出風塵。不是野花凡草等閒春。　翠羽雙垂珥，烏紗巧製巾。經珠不動兩眉顰。須信鉛華銷盡見天真。」

趙總憐

伯恭《浣溪紗》詞題云：「趙總憐以扇頭來乞詞，戲有此贈。趙能著碁、分茶、寫字、彈琴。」詞云：「艷趙傾燕花裏仙。烏絲欄寫永和年。有時閒弄醒心絃。　茗盌分雲微醉後，紋楸斜倚髻鬟偏。風流模樣總堪憐。」首尾二句，伏「趙總憐」三字。

王稱心

子諲：「王稱心效顰，亦有是請。」伯恭因再作《浣溪紗》一闋贈之云：「曾是襄王夢裏仙。嬌癡恰恰破瓜年。芳心已解品朱絃。　淺淺笑時雙靨媚，盈盈立處緑雲偏。稱人心事儘人憐。」亦於首尾兩句伏「王稱心」三字。

陳宋鄰

伯恭《浣溪紗·和狄端叔韻贈陳宋鄰》詞云：「翡翠衣裳白玉人。不將朱紛污天真。清風爲伴月爲鄰。枕上解隨良夜夢，壺中別是一家春。同心小綰更尖新。」此四首之一。又有《生查子·贈陳宋鄰》云：「娟娟月入眉，整整雲歸鬢。鏡裏弄粧遲，簾外花移影。　斜窺秋水長，軟語春鶯近。無計奈情何，只有相思分。」

蕭　秀

趙彦端字介菴，有《鷓鴣天》詞，題云：「羊城舊名京口，天下最號都會，風軒月館，艶姬角妓，倍於他所。人以群仙目之，因列十名於後，各賦一闋。」《贈蕭秀》云：「有女青春正及笄。蕊宫仙子下瑶池。簫吹弄玉登樓月，絃撥昭君未嫁時。　雲體態，柳腰肢。綺羅活計强（偎）［相］隨。天教謫入羣花苑，占得東風第一枝。」

蕭（雲）［瑩］

又《贈蕭（雲）［瑩］》云：「花動儀容玉潤顔。温柔婀娜趁幽閒。盈盈醉眼横秋水，淡淡娥眉抹遠山。　膏雨霽，曉風寒。一枝紅杏拆朱闌。天台迴失劉郎路，因憶前緣到世間。」

歐懿

又《贈歐懿》云：「月晛金眸雲眸梳。素娥何事下天衢。翩翩舞袖穿花蝶，宛轉歌喉貫索珠。簾翡翠，沈珊瑚。錦衾冰簟水紋（一作象牀）鋪。春光九十羊城景，百紫千紅總不如。」

桑雅

又《贈桑雅》云：「雲暗青絲玉瑩冠。笑生百媚入眉端。春深芍藥和煙拆，秋曉芙容破露看。星眼俊，月眉彎。舞狂花影上欄干。醉來直駕仙鸞去，不到銀河到廣寒。」

劉雅

又《贈劉雅》云：「醉撚花枝舞翠翹。十分春色賦妖嬈。千金笑裏爭檀板，一搦纖圍間舞腰。行也媚，坐也嬌。乍離銀闕下青霄。檀郎若問芳笄記，二月和風弄柳條。」

歐倩

又《贈歐倩》云：「梅粉新粧間玉容。壽陽人在水晶宫。浴殘雨洗梨花白，舞轉風摇菡萏紅。雲枕席，月簾櫳。金爐香噴鳳幃中。凡材縱有淩雲格，肯學文君一旦蹤。」

文秀

又《贈文秀》云：「綽約嬌波二八春。幾時飄謫下紅塵。桃源寂寂啼春鳥，蓬島沈沈鎖暮雲。丹臉嫩，黛眉新。肯將朱粉污天真。楊妃不似才卿貌，也得君王寵愛勤。」

王婉

又《贈王婉》云：「未有年光好破瓜。綠珠嬌小翠鬟丫。清肌瑩骨能秀玉，艷質英姿解語花。釵插鳳，鬢堆鴉。舞腰秀柳受風斜。有時馬上人爭看，擘破紅窗新絳紗。」

楊蘭

又《贈楊蘭》云：「兩兩青螺綰額傍。彩雲齊會下巫陽。俱飛蛺蝶亢（一作尤）相逐，並蒂芙容本自雙。翻綵袖，舞霓裳。點風飛絮恣輕狂。花神只恐留難住，早晚承恩入未央。」

吴玉

又《贈吴玉》云：「拂拂深帷起暗塵。清歌緩響自回春。月和燈市雲間墮，人對梅花雪後新。盃掌露，舞衣雲。酒慵微覺翠鬟傾。洞房不厭陽臺雨，乞與游人弄晚晴。」　以上共十人。又有總詠詞云：

「一簇神仙會見奇。謾誇蘇小與西施。憐輕鏤月爲歌扇，喜薄裁雲作舞衣。　牙板脆，玉音齊。落霞天外雁行低。看看各得風流侶，回首一鸞舊路歸。」

得　趣

吴文英夢窗《悼得趣贈宏庵·祝英臺近》詞，有句云：「一片花飛，人駕彩雲去。」又云：「團扇輕委桃花，流紅爲誰賦。」

李　憐

夢窗《倦尋芳》題「花翁遇舊歡吴門老妓李憐，邀分韻同賦。」詞云：「墜瓶恨井，塵鏡迷樓，空閑孤燕。」又云：「聽細語、琵琶幽怨。客鬢蒼華，衫袖濕徧。漸老芙蓉，猶自帶霜重看。」

倩　倩

黄公度號知家翁，有《菩薩蠻》詞云：「眉尖早識愁滋味。嬌羞未解論心事。試問憶人不。無言但點頭。　嗔人歸不早。故把金杯惱。醉看舞時腰。還如舊日嬌。」公罷歸抵家所賦也。先是公有二侍兒，曰倩倩，曰盼盼，在五羊時，嘗出以侑觴。洪丞相适景伯爲賦《眼兒媚》詞云：「瀛仙好客過當時。錦幌出蛾眉。體輕飛燕，歌欺樊素，壓盡芳菲。　花前一盼嫣然媚。灧灧舉金卮。斷腸狂客，只愁徑醉，銀漏催歸。」倩倩先公而卒，四印居士有《悼侍兒倩倩》詩，其一曰：「蘭質蕙心何所在，風魂雲魄去難招。子規叫斷黄昏月，疑是佳人恨未消。」其二曰：「含怨銜辛情脈脈，家人强遣試春衫。也知不作堅牢玉，衹向人間二十三。」四印於公爲兄行，名泳，字宋永。徽廟時以童子召見，賜五經及第，官止郢州通守。按倩倩、盼盼之名甚多，揚无咎有吕倩倩詞，兹無其姓，意即其人也。《詞綜》云：盼盼，瀘南官妓，有自作《惜春容》詞，侑涪翁。想即後山《南鄉子》詞中之盼盼也。與此盼盼，疑又是一人。

小紅

《研北雜志》：小紅，范成大青衣也，有色藝。成大請老，姜夔詣之。一日授簡徵新聲，製《暗香》、《疎影》兩曲，成大使二妓歌之，音節清婉。成大尋以小紅贈之。其夕大雪過垂虹，賦詩曰：「自喜新詞韻最嬌，小紅低唱我吹簫。曲終過盡松陵路，回首煙波十里橋。」夔卒于蘇州，范挽詩云：「所幸小紅方嫁了，不然啼損馬塍花。」宋時花藥出東西馬塍，皆羽人葬處，夔葬此，故云。

胡芳

蔡伸《友古集》云：「秦妓胡芳來常隸籍，以其端嚴如木偶，人因目之爲佛，乃作是《踏莎行》。」詞云：「如是我聞，金仙出世。一超直入如來地。慈悲方便濟羣生，端嚴妙相誰能比。　四衆（皈）［歸］依，悉皆歡喜。有情同赴龍華會，無憂帳裏結良緣，麼訶修哩修修哩。」

陳文

《友古集·小重山》詞題：「宣和甲辰，余自彭城倅以檄燕山，取道莫閻。見所謂陳文者于州治之籌邊閣，誠不負所聞。明年歸，則陳已入道矣。崔守呼至之，即席以贈。」詞云：「流水桃花小洞天。壺中春不老，勝塵寰。霞衣鶴氅竝桃冠。新裝好，風韻愈嫣然。　功行滿三千。嬰兒並姹女，鍊成丹。劉郎曾約共昇仙。十箇月，養個小金壇。」

黄姬

劉過《龍洲詞集》題云：「安遠樓小集，侑觴歌板之姬黄其姓者，乞詞于龍洲道人，爲賦《唐多令》，同柳阜之、劉去非、石民瞻、周嘉仲、陳孟參、孟容，時八月五日也。」後段云：「黄鶴斷磯頭。故人曾到否。舊江山、渾是新愁。欲買桂花同載酒，終不似、少年游。」

周子文

陳襲善有《漁家傲·憶營妓周子文》詞云：「鷲嶺峯前欄獨倚。愁眉（碎共）［蹙損］愁腸碎。紅粉佳人傷別袂。情何已。登山臨水年年是。　長記同來今獨至。孤舟晚漾湖光裏。衰草斜陽無限意。誰與寄。西湖水是相思淚。」

鄭小奴

石孝友《金谷遺音·鷓鴣天》詞云：「別後應憐信息疏。西風幾度到庭梧。夜來徒有鴛鴦夢，春去空餘蛺蝶圖。　煙樹遠，塞鴻孤。垂垂天影帶平蕪。憑誰寄此相思曲，寄與馮川鄭小奴。」

紅梅

龔希仲云：「吴中丞感，字應之，有侍姬曰紅梅，因以名其閣，嘗作《折紅梅》。」詞曰：「喜輕澌初泮，微和漸入，芳郊時節。春消息，夜來陡覺，紅梅數枝爭發。玉溪仙館，不是個、尋常標格。化工別與，一種風情，似匀點胭脂，染成香雪。　重吟細閱。比繁杏夭桃，品流真別。只愁共、彩雲易散，冷落謝池風月。憑向誰説。三弄處、龍吟休咽。大家留取，時倚闌干，聞有花堪折，勸君須折。」其詞傳播人口。春日羣宴，必使倡人歌之。吴死，其閣爲林少卿所得，兵火前尚存。子純，字晦叔，文行亦高，鄉人呼爲吴先生。楊元素《本事集》以爲蔣堂侍郎有小鬟號紅梅誤。

鴛鴦

周紫芝《竹坡集》有詠《重午日過石熙明，出侍兒鴛鴦·醉落魄》詞云：「薰風池閣。小紅橋下荷花薄。沙平水淺山如削。水上鴛鴦，何處風吹落。　今朝端午新梳掠。錦絲圍腕花柔弱。人生只有樽前樂。前度劉郎，莫負重來約。」其名字亦入詞内。

段雲卿

韓玉《東浦集》，有《水調歌頭》題云：「自廣中出，過廬陵，贈歌姬段雲卿。」有云：「家在金河堤畔，身寄白蘋洲末，南北兩悠悠。」又云：「聽君謳，佇雲卻月，新弄一曲洗君憂。」雲卿，疑即前段雲輕也。

崔念四

吴虎臣云：政和間，士人作《踏青遊》詞贈崔念四，都下盛傳。詞云：「識箇人人，恰正二年歡會。似賭賽、六隻渾四。向巫山、重重去，如魚水。兩情美。同倚畫樓十二。倚了又還重倚。　兩日不來，時時在人心裏。擬問卜、常占歸計。拚三八清齋，望永同鴛被。到夢裏。驀然被人驚覺，夢也有頭無尾。」

聶勝瓊

勝瓊長安妓，歸李之問。有《鷓鴣天》詞，寄別李生云：「玉慘花愁出鳳城。蓮花樓下柳青青。尊前一唱陽關曲，別個人人第五程。　尋好夢，夢難成。有誰知我此時情。枕前淚共階前雨，隔個窗兒滴到明。」

美奴

陸藻敦禮侍兒美奴，有自作《送別·如夢令》詞云：「日暮馬嘶人去。船逐清波東注。後夜最高樓，還肯思量人否。無緒。無緒。生怕黄昏疎雨。」

金

珠簾秀

馮子振字海粟，有《鷓鴣天》詞，贈歌兒珠簾秀。詞云：「十二闌干映遠眸。醉鄉空斷楚天秋。鰕鬚影薄微微見，龜背紋輕細細浮。　香霧歛，翠雲收。海霞爲帶玉爲鈎。夜來捲盡西山雨，不着人間半點愁。」

元

貴貴

趙孟頫子昂于李叔固丞相會間，有《浣溪紗》詞贈歌者貴貴云：「滿捧金巵低唱詞。尊前再拜索新詩。

老夫慚愧鬢成絲。　羅袖染將修竹翠，粉香須上小梅枝。　相逢不似少年時。」

楚芳吴蘭

張翥《蜕巖樂府·摸魚兒》詞，有句云：「楚芳玉潤吴蘭媚，一曲夕陽西下。」自序云：「元夕，吴門姚子章席上，同柯敬仲賦。敬仲以虞學士書《風入松》于羅帕作軸，故末句及之。楚芳、吴蘭，二妓名。」

楊玉娥

楊立齋聽楊玉娥唱故人所撰曲有感，作《鷓鴣天》詞：「煙柳風花錦簇筵。霜芽露葉玉裝船。誰知皓齒纖腰會，只在輕衫短帽邊。　啼粉（一作玉）靨，咽冰絃。舊遊一（一作五牛身）去更無傳。詞人彩（一作老）筆佳人口，再唤春風到眼前。」

小璚英

倪瓚《闕閣遺稿》有《柳梢青》詞，《贈伎小璚英》云：「樓上玉笙吹徹。白露冷、飛璚珮玦。黛淺含顰，香殘棲夢，子規啼月。　揚州往事荒涼，有多少、愁縈思結。燕語空津，鷗盟寒渚，畫欄飄雪。」

楚蘭

顧德輝《玉山草堂集》，陳浩然招遊觀音山，宴張氏樓，徐姬楚蘭佐酒，以琵琶度曲，郯雲臺爲之心醉，口占《蝶戀花》詞云：「春江暖漲桃花水。畫舫珠簾，載酒東風裏。四面青山青似洗。白雲不斷山中起。　過眼韶華渾有幾。玉手佳人，笑把琵琶理。枉殺雲臺標外史。斷腸只合江州死。」

控絃

彭泰翁字會心，有《拜星月慢》詞題壁，宫姬控絃可念有句云：「霧滑觚稜，塵侵團扇，恨滿哀彈倦理。」又句云：「不是舊譜都忘，厭新腔、嬌脆多生，不得丹青意。」

明

小青

小青《天仙子·寫懷》詞云：「文姬遠嫁昭君塞，小青又續風情債。也虧一陣黑罡風，火輪下，抽身快。單單另另清涼界。　原不是鴛鴦一派。休算做相思一概。自思自商量，心可在。魂可在。着衫又撚裙雙帶。」按小青，廣陵人，名元元，姓不獲傳。容態妙麗。解聲律，精諸伎。年十六，歸一武林生。生婦妬，置之別館，鬱鬱而死，纔十八耳。有詩集，婦付之烈焰，惟有絶句一詞，僅存之花鈿中。更于壁間得殘箋寸許，有云：「數盡懨懨深夜雨，無多。也只得一半工夫。」蓋《南鄉子》詞而未全。嗟乎！天上優曇，人間一現，數言足千古，何必盡吐奇葩供人褻玩耶！

紅　橋

林子羽鴻《百字令·留別紅橋》詞云：「鍾情太甚，人笑我、到老也無休歇。月露煙雲多是恨，況與玉人離別。繁語叮嚀，柔情婉戀，鎔盡肝腸鐵。歧亭把盞，水流花謝時節。　應念翠袖籠香，玉壺温酒，夜夜銀屏月。蓄喜含嗔多少態，海嶽誓盟都設。此去何之，碧雲春樹，蚤晚翠千疊。圖將羈思，歸來細與伊説。」按閩縣張氏女，號紅橋，善屬文，操觚之士，咸托五字爲媒，不之許。福清林鴻以詩投之，竟諧匹偶。鴻有金陵之游作。

顧文英

俞君宣有《桂枝香·古鏡》詞，贈顧文英，詞云：「張郎一去，君且代、郎看雙蛾解理。贈別躊躇，不忍把君分碎。問容顏、君獨知憔悴。受多磨、與君無異。廣寒三五，嫦娥相向，卻元自己。　晴空裏、似丹青點綴。個中小小，洞天洞處，背地沈迷。形影都無據，憐君自爲分累。看盡了、漢宮人淚。架罷粧殘，暫然收卻，遠山横翠。」公自序云：「顧文英善書，以碧絲作小行楷，繡之鏡囊，遺所歡。後有人鬬二千金娶之。娶未幾，英死。一夕予夢英相對如常，謝此詞。予曰：『殊悔有「架罷粧殘」二語，遂爲卿讖。』英曰：『此亦竊疑之，愛其佳，不請易耳。』予所云二語之讖，醒時初未及此，既醒不如夢之神清也。但英言『竊疑』等語，此時誠然否？當是予意外起意，然英故慧心人，或果爾未可知也。」

雨村詞話補

〔清〕李調元撰　童根羽輯録

雨村詞話補目録

雨村詞話補

樂府變詞

樂府者以其詞付樂工，其中工尺之抑揚，乃樂工事。五季變爲詞，將所留樂工之虚字盡填滿，較古法更嚴密，不能馳騁才華，不若古樂府之鬆矣。

《雨村詩話》二卷本卷上

蔣苕生賀新郎詞

鉛山蔣苕生士銓，字心餘，與王金英友善。金英納姬，心餘作《賀新郎》詞云：「水院春風護。親檢與、妝臺玉鏡，太姑真母。宛轉玉房清晝永，兩兩胎仙同住。是碧玉、回身佳處。金縷衫籠金粟影，小名兒、可上無雙譜。畫一朵，月中樹。　秋花一對香儔侣。東籬木樨開了，靈犀心住。八月蟾光今夜滿，桂子明年生取。消受到、朝朝暮暮。幾載寒燈孤榻恨，到將眠、卻又喁喁欲訴。人欲睡、話休絮。」又云：「本是多情者。百般爲、無情懊惱，有情牽惹。小杜尋春多少恨，所事心才輸下。容易到、好天良夜。恰是東坡嘗荔日，絳紗中、白玉膚斜亞。任鸚鵡，隔簾罵。　讀書倦後填詞罷。從此把、零愁碎苦，盡情除謝。更有甚于媚嫵事，不但遠山新畫。須趁取、綠窗清暇。再玩衍期歸妹象，算今年、居士應同嫁。綠衣汁，向他借。」詞出後，一時盛傳。《雨村詩話》十六卷本卷一

蔣苕生工于填詞

蔣苕生工于填詞曲，獨步一時。至于詩，不但不及袁子才，亦稍遜趙雲松。同上

題龐靖侯祠詞

湖南中丞天津查儉堂禮老，詩翁也。丙戌，余官文選，查以廣西太平府煙瘴終養，坐補至司，始識其人于吾師戶部梧岡宅。白髮毿毿，善飲酒，口若懸河。因言在太平煙瘴三年，齒落不生，告終养文方出，旋即丁憂。余以應以部文到日論歸起服班言于堂，得即補選寧遠太守，升松茂。適余丁艱，赴京，贈以贐。後歷官至副憲。最愛余詩，嘗于白馬關見余題龐靖侯祠《賀新郎》詞云：「白馬原非馬。是當年、將星應落，箭鋒齊下。至今松柏怒聲號，鳥語猿啼，空聞澗水哀瀉。問劉璋、益州何在，爭地爭城，看來莫非都假。休誇綸巾羽扇，名士風雅。想當年，伏龍鳳雛，一時聲價不相下。人盡道、八陣功最奇，又豈知，三策能亦寡。苦問冠冕南州，微斯人，誰與歸也。」蓋是年庚寅，同年祝芷塘方典試入蜀，過此，故感廟中龍鳳並祠而作。查歎其工，即呼筆伏地親錄之，愛才如此。後辛丑，余官通永，至省，適查由蜀藩入覲，在保定相晤，猶誦此詞，云：「此尊題格也，今人久不講矣。」未幾，卒于京。

同上

南磵自題臨江仙

順德黎二樵簡，工詩畫。余試古學，始拔入黌宫，爲諸生。二樵與益都李髯南磵文藻善，南磵官粤東令，時與二樵往來倡和。二樵爲余擬雲林《松石圖》，添一趺坐道人于思彡彡，細視之，儼然南磵小影也。自題《臨江仙》詞云：「夢裏空山孤負了，平臺一枕松風。好生消受付山翁。尋詩芳樹晚，展席碧湖空。　萬事眼前成畫餅，春窗悶雨蒙蒙。苦茶清水教村童。相邀意中友，來對意中松。」　同上

卷三

玉筠鷓鴣天

閨媛填傳奇，古今所少。長安女史王筠，幼閲書，以身列巾幗爲恨。嘗撰《繁華夢》傳奇，自抒胸臆。以女人王氏登場，生于二出始出，亦變例也。自題一詞于首，名《鷓鴣天》，云：「閨閣沉埋十數年。不能身貴不能仙。讀書每羨班超志，把酒長吟太白篇。　懷壯志，欲衝天。木蘭崇嘏事無緣。玉堂金馬生無分，好把心情付夢詮。」稿成，就正于其戚南圃王元常，爲加評定，藏之篋中。乾隆戊戌，偶出以示觀察息圃張鳳孫，即制軍畢秋帆之舅也。息圃即轉呈畢太夫人，共相擊賞，爲之梓行，並作序詩以弁首。畢太夫人題詞云：「秦臺仙子愛吹簫，鳳去臺空不可招。剩與芳閨傳慧業，清聲譜出也雲

韶。」「燕子桃花絶妙詞，南朝法曲少人知。天公翻樣輕才藻，不付男兒付女兒。」「不爲海上騎鯨客，暫作花間化蝶人。是幻是真都是夢，三生誰證本來身。」「掃眉才罷襲冠簪，海水蓬萊淺復深。真倩麻姑抓背痒，聲聲擊節快人心。」款落「東吴歸河間張藻」，即太夫人諱也。自古女史填詞，容或有之，今並能填曲，可謂奇矣。　同上

羈滯旅店作滿江紅

余在通永被議，時將往涿州，羈滯旅店，作《滿江紅》詞十首。後歸里，偶題金雁驛壁，雲谷與其侄林川競和之。有明經黄望亭者，與余初不相識，亦有和詞。後于雲谷座上見之，圓面皤腹，坦然君子也，一見如故。贈余詩有「簪笏滿門三學士，雷霆貫耳一將軍」之句，余答云：「傳聞廣漢多才子，巨擘繩鄉手屈公。一自留題金雁驛，酒樓都唱滿江紅。」　同上卷七

一詞爲媒

粤東梁裕堂赴京，過白溝河，在逆旅午餐，見有騾車載婦女住對屋中，飯畢去，偶步入，見壁上新題一《眼兒媚》詞云：「垂楊裊裊映回汀。作態爲誰青。可憐弱絮，隨風來去，似我飄零。　蒙蒙亂點羅衣映，相送過長亭。叮嚀囑汝，沾泥也好，莫化浮萍。」梁訝曰：「此妓語也，有厭倦風塵之意。」遂日逐同行至京，遣小奴記其下車處，後宛轉物色，竟納爲小星。兩不相期，偶然湊合，竟以一詞爲媒，亦奇矣。

同上卷十五

宜入詞不宜入詩語

以目送情曰「賣眼」，曰「流目」，即古「目成」也。《楚辭》：「滿堂兮美人，獨與予兮目成。」按「賣眼」見梁武帝《冬歌》「賣眼拂長袖，含笑留上客」。「流目」亦見湯惠休《白紵詞》「短歌流目未肯前，含笑一轉私自憐」。然余以爲此等語皆宜入詞，不宜入詩。《雨村詩話》四卷本卷一

朱淑真無奈春寒著摸人

余家藏有宋彭汝礪器資鈔本《鄱陽集》，卷面有王漁洋親筆批云：「嘗讀《耶律文正集》，有句云：『花落餘香著莫人』，以爲本之朱淑真詞『無奈春寒著莫人』語也。觀《鄱陽集·梅花絕句》云：『滴葉開花妙入神，酥盤憶看北堂春。瀟湘此日堪腸斷，隨處幽香著莫人。』已前此矣。」同上卷四

〔清〕李調元編　童根羽輯録

醒園詞話

醒園詞話目録

醒園詞話

李夢符

《全唐詩話》：梁開平初，夢符在洪州，日與布衣飲酒狂吟。嘗以釣竿懸一魚向市肆唱《漁父引》賣其詞，好事者爭買之，得錢便入酒家。或抱冰入水，及出，身上氣如蒸。後不知所在。人察考取狀，答曰：「插花飲酒何妨事，樵唱漁歌不礙時。」人遂不敢復問。《全五代詩》卷八

莊宗歌頭詞

《五代史補》：莊宗公子時，雅好音律，又能自撰曲子詞。其後凡用軍，皆以所撰詞授之，使揚聲而唱，謂之御制。至于入陣，不論勝負，馬頭纔轉，則衆唱齊作，故人忘其死。斯亦用軍之一奇也。同上卷九

和凝

《北夢瑣言》：和凝少年時，好爲曲子詞，布于汴洛，洎入相，專託人收拾焚毁〔不暇〕。然相公厚重有德，終爲艷詞所玷。契丹入夷門，號爲曲子相公。

《香奩集》，和魯公之詞也。後貴，乃嫁其名于韓偓。凝平生著述分爲《演論》、《游藝》、《孝悌》、《疑獄》、《香奩》、《金籯》六集。避議論，諱其名。又欲後人知，故《游藝集》序中實之，此凝意也。予在秀州，其曾孫和惇家藏諸書，皆魯公故物，末有印記甚完。

同上卷十一

《談賓録》：曲子相公，晉和凝也。判詩博士，五代王仁裕也。

呂巖沁園春

王漁洋《五代詩話》：回仙有《沁園春》一闋，明内丹之旨，語意深妙。惜乎世人但歌其詞，不究其理，吾故表而顯之，云：「七返還丹，在人先須，煉己待時。正一陽初動，中宵漏永，温温鉛鼎，光透簾幃。造化爭馳，虎龍交合，進火功夫尤鬬危。曲江上，看月華瑩淨，有箇烏飛。　當時自飲刀圭。又誰信、無中養就兒。辨水源清濁，木金間隔，不因師指，此事難知。道要玄微，天機深遠，下手速修猶太遲。蓬萊路，仗三千行滿，獨步雲歸。」

同上卷十四

何承裕工小詞

《五代史補》：承裕有逸才，爲小詞尤工。與陶穀素不協。同上卷十五

陶穀詞

《玉壺清話》：朝廷使陶穀使江南，以假書爲名，實使覘之。既至，厓岸高峻，宴席談笑，未嘗啟齒。韓熙載謂所親曰：「觀秀實公妾也，非端人介士，其守可隳。」夜遣歌伎秦弱蘭，詐爲驛卒之女，敝衣持帚，灑掃驛庭，五柳乘隙因詢其跡。翌日，以詞贈之曰：「好姻緣。惡姻緣。只得郵亭一夜眠。别神仙。琵琶撥盡相思調。知音少。安得鸞膠續斷弦。是何年。」後數日，宴於澄心堂。李主命玻璃巨鐘滿酌之。穀毅然不顧。乃出弱蘭于席，歌前闋以侑之。穀慚笑，不敢不釂。釂罷，復灌，倒在吐茵，尚未許罷，大爲主所薄。還朝日，止遣數小吏餞於郊亭。逮歸京，卒不大用。同上卷十五

康駢廣謫仙怨

《詩話》：劉長卿有《謫仙怨》詞云：「晴川落日初低，惆悵孤舟解攜。鳥向平蕪遠近，人隨流水東西。白雲千里萬里，明月前溪後溪。獨恨長沙謫去，江潭春草淒淒。」後台州刺史竇宏餘，有《廣謫仙怨》，並序云：「天寶十五載正月，安禄山反，陷没洛陽。王師敗績，關門不守。車駕幸蜀，途次馬嵬驛，

六軍不發，賜貴妃自盡，然後駕行。次駱谷，上登高下馬，望秦川遥辭陵廟，再拜嗚咽流涕，左右皆泣。謂力士曰：「吾聽九齡之言，不到於此。」乃命中使往韶州，以太牢祭之。因上馬索長笛，吹笛曲成，潸然流涕，佇立久之。時有司旋録成譜，及鑾駕至成都，乃進此譜。請名曲，帝謂吾因思九齡亦别有意，可名《謫仙怨》，其旨屬馬嵬之事。厥後，以亂離隔絶，有人自西川傳得者，無由知，但呼爲《劍南神曲》。其意怨切，諸曲莫比。大曆中，江南人盛爲此曲。隨州刺史劉長卿，左遷睦州司馬，祖筵之内，長卿遂撰其詞吹之爲曲，意頗自得，蓋亦不知本事。余既備知，聊因暇日撰其詞，復命樂工吹之，用廣其不知者。其詞云：「胡塵犯闕衝關。金輅提携玉顔。雲雨此時消散，君王何日歸還。傷心朝恨暮恨，回首千山萬山。獨望天邊初月，蛾眉猶自彎彎。」駢更廣其詞，今并載之。其詞「竇使君序《謫仙怨》」云：劉隨州之辭，未知本事，及詳其意，但以貴妃爲懷。蓋明皇登駱谷之時，實有思賢之意。竇之所製，殊不述焉。駢因更廣其辭，蓋欲兩全其事，雖才情淺拙不逮二公，而理或可觀，貽諸識者：晴山礙目横天，緑疊君王馬前。鑾輅西巡蜀國，龍顔東望秦川。曲江魂斷芳草，妃子愁凝暮煙。長笛此時吹罷，何言獨爲嬋娟。」　同上卷十八

二主璟詞

《南唐書》：王感化善謳歌，聲韻悠揚，清振林木，繫樂部爲歌板色。元宗嘗作《浣溪沙》二闋，手寫賜感化，曰：「菡萏香消翠葉殘。西風愁起碧波間。還與容光共憔悴，不堪看。細雨夢回清漏永，小樓吹

徹玉笙寒。簌簌淚珠多少恨，倚欄干。」「手捲真珠上玉鉤。依前春恨鎖重樓。風裏落花誰是主，思悠悠。　青鳥不傳雲外信，丁香空結雨中愁。回首緑波春色暮，接天流。」後主接位，感化以其詞札上之。後主感動，賜賞感化甚優。

《温叟詞話》：李璟有詞云：「手捲真珠上玉鉤」，後人改作「珠簾」，此非知音者。

同上卷二十四

後主煜

《雪舟脞語》：後主《浪淘沙》詞云：「簾外雨潺潺。春意闌珊。羅衾不耐五更寒。夢裏不知身是客，一晌貪歡。　獨自莫憑欄。無限關山。别時容易見時難。流水落花春去也，天上人間。」含情悽惋。又《老學庵筆記》：李後主《落花》詩云：「鶯狂應有恨，蝶舞已無多。」未幾下世。詩讖蓋有之矣。馬《書》注：後主樂府詞云：「故國夢初歸，學來雙淚垂。」又「小樓昨夜又東風，故國不堪回首月明中。」

《苕溪漁隱叢話》：《西清詩話》云：南唐後主圍城中作長短句，未就而城破。「櫻桃落盡春歸去，蝶翻金粉雙飛。子規啼月小樓西。曲闌金箔，惆悵卷金泥。　門巷寂寞人去後，望殘煙草低迷。」余嘗見殘稿，點染晦昧，心方危窘不在書耳。藝祖云：「李煜若以作詩工夫治國事，豈爲吾虜也。」按：此詞爲《臨江仙》，集中有全篇，末云：「爐香閑嫋鳳凰兒，空持羅帶，回首恨依依。」

《希通録》：《東坡志林》載李後主去國之詞云：「二十餘年家國，數千里地山河。鳳闕龍樓連霄漢，玉樹瓊枝作煙蘿。幾曾動干戈。　一旦歸爲臣虜，沈腰潘鬢消磨。最是蒼皇辭廟日，教坊猶奏别離歌。

揮淚對宫娥。」東坡謂「後主當慟哭於九廟之下，謝其民而後行。卻乃揮淚宫娥，聽教坊離曲哉，直是養成兒女子態耳」。

《江鄰幾雜志》：李後主作紅蘿亭子，四面栽紅梅花，作艷曲歌之。韓熙載和云：「桃李不誇爛熳，已輸了、風吹一半。」時淮南已歸周。

喬氏《眼淚洗面帖》、《雪浪齋日記》：王介甫問山谷曰：「李後主詞，何處最佳？」曰：「問君能有幾多愁，恰似一江春水向東流。」介甫曰：「不如『細雨濕流光』最妙。」　同上

馮延巳詞

馬《書》本傳：延巳著樂章百餘闋，其《鶴沖天》詞云：「曉月墜，宿雲披，銀燭錦屏圍。建章鐘動玉繩低，宫漏出花遲。」又《歸國謠》云云。又元宗樂府詞云「小樓吹徹玉笙寒」。延巳有「風乍起，吹皺一池春水。閒引鴛鴦方徑裏，手挼紅杏蕊」，俱見稱於世。又「鬬鴨闌干獨倚，碧玉搔頭斜墜。終日望君君不至，舉頭聞鵲喜。」調名《謁金門》，皆爲警策。元宗嘗戲謂延巳曰：「『吹皺一池春水』，干卿何事？」巳曰：「未若陛下『小樓吹徹玉笙寒』。」元宗悦。

《説郛》：南唐馮延巳詞，有「鬬鴨闌干獨倚」之句，人疑鴨未嘗鬬。予按《三國志·孫權傳》注引《江表傳》：「魏文帝使求鬬鴨，權曰：『彼居諒陰中，所求若此，豈可與言禮哉？』具以與之。」《新唐書》：「齊王祐，善養鬬鴨，方未及時，狸咋鴨四十餘，絶其頭去。及敗，牽連誅死者，四十餘人。」則古蓋有之。

唐《田令孜傳》：「僖宗好鬬鵝，數往六王宅、興慶池與諸王鬬鵝，值五千萬，則鵝亦能鬬也。」

《猗覺寮雜記》梅用南枝事，延巳詞云：「北枝梅蕊犯霜開。」則南北枝事其來遠矣。同上

後主樂府艷小周后

《詩史》：後主繼后周氏，昭惠后女弟。開寶元年册立，行親行禮，民間觀者萬人。先是后寢疾，小周后已入宫中，后偶褰幔見之，怨，至死面不外向。後主製樂府艷其事。詞云：「花明月暗籠輕霧。今宵好向郎邊去。剗韈步香階。手提金縷鞋。畫堂南畔見。一餉偎人顫。好爲出來難。教君姿意憐。」詞甚狎昵，頗傳於外。至納后，乃成禮而已。翼日，大宴羣臣，韓熙載以下皆詩諷焉。而後主不之譴也。徐鉉有《納后夕侍宴》詩云：「時光物茂歲功成，重翟排雲到玉京。四海未知春色至，今宵先入九重城。」又「銀燭金爐禁漏移，月輪初照萬年枝。造舟已似文王事，卜世應同八百斯。」同上卷二十六

退紅

《老學庵續筆記》：唐有一種色，謂之退紅。王建《牡丹》詩云：「粉光生紫膩，肉色退紅嬌。」王貞白《倡樓行》云：「龍腦香調水，教人染退紅。」《花間集》：「牀上小薰籠，昭州新退紅。」蓋退紅若今之粉紅。而髹器亦有作此色者，今無之矣。紹興末，縑帛有一等似皁而淡者，謂之不肯紅，亦退紅類耶？同上卷三十

杏花雨

《野客叢書》：前輩謂「深院無人杏花雨」之句極佳，此非四雨之數，當作去聲呼。此句正祖南唐潘佑之意。佑有詩曰：「誰家舊宅春無主，深院簾垂杏花雨。」佑兩句意，此作一句言耳。然佑句作上聲，非去聲也。其下曰「香飛緑鎖人未歸，巢燕承塵默無語」。豈「語」字亦當作去聲耶？唐《花間集》亦曰：「紅窗寂，無人語，黯淡梨花雨。」　同上卷三十一

張佖詩詞爲浣衣作

《嫏嬛記》：佖初與鄰女浣衣相善，經年不復睹，精神凝一，夜必夢之。嘗寄詩云：「酷憐風月爲多情，還到春時別恨生。倚柱尋思倍惆悵，一場春夢不分明。」又有句云：「多情只有春庭月，猶爲離人照落花。」浣衣計無所出，流淚而已。又有《經舊遊》詩云：「暫到高堂曉又還，丁香結夢水潺潺。不知雲雨歸何處，歷歷空流十二山。」又詞云：「獨立寒階望月華。露濃香泛小庭花。繡屏愁背一燈斜。雲雨自從分散後，人間無路到仙家。但憑魂夢訪天涯。」想皆爲浣衣作。　同上卷三十六

南唐漁者漁家傲

《玉壺清話》：南唐元宗時，一漁者持蓑笠綸竿，擊短板唱《漁家傲》。其舌爲嗚榔之聲以參之，自號回

同客人，疑爲吕洞賓。音清悲如煙波間，聽者無厭。云：「二月江南山水路。李花零落春無主。一個鯉魚無着處。風兼雨。玉龍生甲歸天去。」唱於金陵凡半年，了無悟者，里巷村落皆歌焉。元宗以甲戌二月殂於正寢。魚兒乃向所謂鯉魚也。歌中之語皆驗焉。同上卷三十九

耿玉真菩薩蠻

《南唐書》：盧絳病疟，夢白衣麗人贈詩一首云：「清風明月夜深時，箕箒盧郎恨已遲。他日孟家坡上約，再來相見是佳期。」又歌《菩薩蠻》詞以勸酒曰：「玉京人去秋蕭索。畫簷鵲起梧桐落。攲(倚)[枕]悄無言。月和清夢圓。　背燈唯暗泣。甚處砧聲急。眉黛小山攢。芭蕉生暮寒。」歌罷，教以食蔗即愈，果差。又夢曰：「妾乃玉真也。他日富貴，相見於孟家坡。」後入宋，臨刑，有白衣婦人同斬，宛如所夢。問其姓名，曰耿玉真，其地則孟家坡也。同上

後主王衍甘州曲

《十國春秋》：咸康元年九月，奉太后太妃禱青城山，宫人皆衣雪霞之衣，自製《甘州曲》，令宫人唱之。其詞哀怨，聞者慘悽。詞曰：「畫羅裙，能結束，稱腰身。桃眉桃臉不勝春。薄媚足精神。可惜許，淪落在風塵。」意本謂神仙在凡塵耳。及降中原，宫妓多淪落人間。同上卷四十

牛嶠詞

《十國春秋》：嶠自言竊慕李賀長歌，舉筆輒效之。尤善製小詞，《女冠子》云：「繡帶芙蓉帳，金釵芍藥花。」「山月照山花，夢回燈影斜。」皆嶠佳句也。

陸游云：嶠《定西番》爲塞下曲，《望江怨》爲閨中曲，是盛唐遺音。及讀「翠娥愁，不抬頭」，則又刻細似晚唐。

姜白石云：嶠有《楊柳枝》詞見稱於時。　同上

牛希濟以詩詞擅名

《十國春秋》：希濟素以詩詞擅名，所撰《臨江仙》二闋有云：「月斜江上，征棹動晨鐘。」又云：「皆道勝人間，須知狂客拚死爲紅顏。」特爲詞家之雋。又次牛嶠《女冠子》四闋，時輩嘖嘖稱道。《女冠子》，故唐駱賓王代王靈妃贈李榮長篇，因取以爲名。　同上

韋莊謁金門

《十國春秋》：莊有美姬，善文翰，高祖託以教宫人爲辭，强奪去。莊作《謁金門》詞憶之，云：「空相憶。無計得傳消息。天上嫦娥人不識。寄書何處覓。　新睡覺來無力。不忍把伊書跡。滿院落花春寂

寂。斷腸芳草碧。」姬聞之，不食而死。同上卷四十一

李珣

《十國春秋》：珣以小詞爲後主所賞。有《浣溪沙》詞云：「早爲不逢巫峽夜，那堪虛度錦江春。」詞家互相傳誦。

《碧鷄漫志》：《喝馱子》，《洞微志》云：「屯田員外郎馮敢，景德三年爲開封府界宿吏。日落，忽見三婦人過店前，入西畔古佛堂。敢料其鬼也，攜童王侃就之。延坐飲酒。二十六舅母者，請王侃歌送酒，二女側聽。十四姨者曰：『何名也？』侃對曰：『《喝馱子》。』十四姨曰：『非也。』」此曲單州營妓教頭葛大娘所撰新聲。梁祖作四鎮時，駐兵魚臺，值十月二十一日生日，大娘獻之。梁祖令李振填詞，付後騎唱之，以押馬隊。因謂之葛大娘。及戰得勝日，始流傳河北。軍中競唱，以押馬隊，故訛曰《喝馱子》。莊皇入洛，有歌此曲者，謂左右曰：「此亦古曲，葛氏但更五七聲耳。」李珣《瓊瑤集》有《鳳臺曲》，注云：「俗謂之《喝馱子》。」不載何宫調。今世羽調宫有慢，句讀與古不類耳。

周密云：李珣、歐陽炯俱蜀人，各製《南鄉子》數首，以誌風土，亦《竹枝》體也。珣詞云一：「歸路近，扣舷歌。采真珠處水風和。曲岸小橋山月過。煙深鎖。荳蔻花垂千萬朵。」二：「乘綵舫，過蓮塘。櫂歌驚起睡鴛鴦。帶香遊女偎伴笑。爭窈窕。競折團荷遮晚照。」三：「沙月靜，水煙輕。芰荷香裏夜船行。緑鬟紅臉誰家女。遥相顧。緩唱櫂歌極浦去。」四：「漁市散，渡船稀。越南雲樹望中微。行客待

潮天欲暮。送春浦。愁聽猩猩啼瘴雨。」五：「相見處，晚晴天。刺桐花下越臺前。暗裏回眸深屬意。遺雙翠。騎象背人先過水。」六：「攜籠去，采菱歸。碧波風起雨霏霏。趁岸小船齊櫂急。羅衣濕。出向桄榔樹下立。」七：「登畫舸，泛清波。采蓮時唱采蓮歌。蘭櫂聲齊羅袖斂。池光颭。驚起沙鷗八九點。」八：「山果熟，水花香。家家風景有池塘。木蘭舟上珠簾卷。歌聲遠。椰子酒傾鸚鵡盞。」同上卷四十六

尹鶚滿宮花

《全唐詩》：鶚工小詞，有《滿宮花》云：「月沈沈，人悄悄。一柱後庭香嫋。風流帝子不歸來，滿地禁花慵掃。　離恨多，相見少。何處醉迷三島。漏清宮樹子規啼，愁鎖碧窗春曉。」蓋傷蜀之亡也。同上

後主孟昶

《五代詩話》：昶令羅城上盡種芙蓉，盛開四十里。語左右曰：「古以蜀爲錦城，今觀之，真錦城也。」嘗夜同花蕊夫人避暑摩訶池上，作《玉樓春》，即《春曉曲》也。

《漫叟詩話》：楊元素作《本事曲》，記《洞仙歌》：「冰肌玉骨，自清涼無汗，水殿風來暗香滿。繡簾開、一點明月窺人，人未寢，欹枕釵鬢雲亂。　起來攜素手，庭户無聲，時見疎星渡河漢。試問夜如何，夜

已三更，金波淡、玉繩低轉。細屈指、西風幾時來，又不道流年，暗中偷换。」錢塘有一老尼，能誦後主詩首章兩句，後人爲足其意，以填此詞。

《苕溪漁隱叢話》：東坡《洞仙歌・序》：「僕七歲時，見眉州老尼，姓朱，忘其名，年九十餘，自言嘗隨其師入蜀主孟昶宫中。一日大熱，蜀主與花蕊夫人夜起避暑摩訶池上，作一詞，朱具能記之，今四十年，朱已死矣。人無知此詞者，獨記其首兩句云：『冰肌玉骨，自清涼無汗。』暇日尋味，豈《洞仙歌令》乎！乃爲足之云。」苕溪漁隱曰：《漫叟詩話》所載《本事曲》云：「錢塘一老尼，能誦後主詞首章兩句。」與東坡《洞仙歌・序》全然不同，當以序爲正也。同上卷五十七

顧敻醉公子

《十國春秋》：敻善小詞，有《醉公子》曲爲一時艷稱。

《花間集》顧敻《醉公子》曲云：「衰柳數聲蟬，魂消似去年。」陳聲伯愛之，擬作一絶句云：「擁被忽聽門外語，山中又作去年秋。」甚脱化。同上

毛文錫詞

《堯山堂外紀》：毛文錫、韓琮、鹿虔扆、閻選、歐陽烱五人，以工小詞供奉後主，時號五鬼。

《十國春秋》：文錫尤工艷語，所撰《巫山一段雲》詞，常世傳詠之。詞曰：「雨霽巫山上，雲輕映碧天。

遠風吹散又相連。十二晚峯前。　暗濕啼猿樹，高籠過客船。朝朝暮暮楚江邊。幾度降神仙。」

《苕溪漁隱叢話》：《復齋漫録》云：「余讀楊巨源詩『江邊楊柳麴塵絲』之句，不知所本。復讀劉夢得《楊柳枝》詞云：『鳳闕輕遮翡翠幃，龍池遥望麴塵絲』云云，乃知巨源取此。今集作『緑煙絲』，非也。」苕溪漁隱曰：汪彦章詩云：「垂垂梅子雨，細細麴塵波。」毛文錫詞云：「鴛鴦對浴銀塘暖，水面蒲梢短，垂楊低拂麴塵波。」則「麴塵」又可於水言之也。　同上卷五十八

鹿虔扆詞

《十國春秋》：虔扆《思越人》詞，有「雙帶繡窠盤錦薦，淚侵花暗香銷」之句，詞家推爲絶唱。

《詩史》：虔扆工小詞，《傷蜀亡》詞云：「金鎖重門荒苑静，綺窗愁對秋空。翠華一去寂無踪。玉樓歌吹，聲斷已隨風。　煙月不知人事改，夜闌還照深宫。藕花相向野塘中。暗傷亡國，清露泣香紅。」　同上

閻選善小詞

《十國春秋》：選善小詞，有《臨江仙》詞云：「畫簾深殿，香霧冷風殘。」又云：「猿啼明月照空灘。」爲人傳誦。　同上

歐陽炯

《十國春秋》：炯善文章，尤工詩詞。……炯著有《武信軍衙記》、《花間集序》傳世。《序》曰：「鏤玉雕瓊，擬化工而迥巧；裁花剪葉，奪春艷以爭鮮。是以唱雲謡則金母詞清，挹霞醴則穆王心醉。名高白雪，聲聲而自合鸞歌；響遏青雲，字字而偏諧鳳律。楊柳大堤之句，樂府相傳；芙蓉曲渚之篇，豪家自製。莫不爭高門下，三千玳瑁之簪；競富樽前，數十珊瑚之樹。則有綺筵公子，繡幌佳人，遞葉葉之花牋，文抽麗錦；舉纖纖之玉指，拍按香檀。不無清絶之詞，用助嬌嬈之態。自南朝之宫體，扇北里之倡風。何止言之不文，所謂秀而不實。有唐以降，率土之濱，家家之香徑春風，寧尋越艷；處處之紅樓夜月，自鎖姮娥。在明皇朝，則有李太白應制《清平樂》詞四首。近代温飛卿復有《金筌集》。爾來作者，無愧前人。今衛尉少卿趙崇祚，以拾翠洲邊，自得羽毛之異；織綃泉底，獨殊機杼之功。廣會衆賓，時延佳論。因集近來詩客曲子詞五百首，分爲十卷。以炯粗預知音，辱請命題，仍爲序引，[昔郢人有歌《陽春》者，號爲絶唱，]乃命曰《花間集》。[庶以陽春之甲，]將使西園英哲，用資羽蓋之歡；南國嬋娟，休唱蓮舟之引。」文，故廣政三年作也。又小詞十七章，人亦時時稱道之，《漁父歌》尤爲詞家所唱和。

《全唐詩話》：炯有《南鄉子》詞最工。詞云：「嫩草如煙。石榴花發海南天。日暮江亭春影淥。鴛鴦浴。水遠山長看不足。」「畫舸停橈。槿花籬外竹横橋。水上遊人沙上女。回顧。笑指芭蕉林裏住。」「岸遠沙平。日斜歸路晚霞明。孔雀自憐金翠尾。臨水。認得行人驚不起。」「洞口誰家。木蘭船繫木蘭花。紅袖女郎相引去。遊南浦。笑倚春風相對語。」「二八花鈿。胸前如雪臉如蓮。耳墜金鬟穿瑟瑟。霞衣窄。笑倚江頭招遠客。」「路入南中。桄榔葉暗蓼花紅。兩岸人家微雨後。收紅豆。樹底纖纖擡素手。」「袖斂絞綃。采香深洞笑相邀。藤杖枝頭蘆酒滴。鋪葵席。荳蔻花間趖晚日。」「翡翠鵁鶄。白蘋香裏小沙汀。島上陰陰秋雨色。蘆花撲。數隻漁船何處宿。」　同上

毛熙震清平樂

《全唐詩話》：熙震有《清平樂》詞，爲人傳誦。詞云：「含愁獨倚閨幃。玉爐煙斷香微。正是銷魂時節，東風滿院花飛。」　同上卷五十九

花蕊夫人徐氏

《詞品》：花蕊夫人《題葭萌驛》詞曰：「初離蜀道心將碎，離恨綿綿。春日如年。馬上時時聞杜鵑。」書未畢，爲軍士促行。後有人戲續之云：「三千宮女皆花貌，妾最嬋娟。此去朝天。只恐君王寵愛偏。」夫人見宋祖，猶作「十四萬人齊解甲，更無一箇是男兒」之句，豈有隨昶行[而]書此敗節之語乎？不惟虛空架橋，而詞之鄙俚，亦狗尾續貂矣。　同上卷六十

伊用昌望江南

《全唐詩話》：用昌與其妻乞食，多在江右廬陵、宜春諸郡。出語輕忽，常爲人毆擊，呼爲伊風子。愛作《望江南》詞，有《詠鼓》詞云：「江南鼓，梭肚兩頭欒。釘着不知浸骨髓，打來只是没心肝。空腹被人謾。」與妻唱和，詞皆有旨。同上卷六十五

忠懿王錢俶

《後山詩話》：吴越後王俶來朝，太祖爲置宴，出内伎彈琵琶，王獻詞云：「金鳳欲飛遭掣搦，情脈脈。看即玉樓雲雨隔。」太祖起，拊其背曰：「誓不殺錢王。」

《湘山野録》：錢思公謫居漢東日，撰一曲，每歌之，酒闌則垂涕。時後閤尚有故國一白髮姬，乃鄧王俶歌鬟驚鴻者也。曰：「吾憶先王將薨，預戒輓鐸中歌《木蘭花》引紼送之。今相公其將亡乎。」果薨於隨。鄧王俶舊曲中亦有「帝鄉煙雨銷春愁，故國山川空淚眼」之句，頗相類。同上卷六十六

香奩集嫁名韓偓

《韻語陽秋》：偓《香奩集》百篇，皆艷詞也。沈存中《筆談》云：「乃和凝所作，凝後貴，悔其少作，故嫁名於韓偓耳。」同上卷七十五

閩后陳氏樂遊曲

《外傳》：延鈞張長枕大牀，擁金鳳與諸宮女裸卧。又遣使於日南造水晶屏風，周圍四丈二尺，與金鳳淫狎於内，令宮女隔屏覘之。二月上巳，延鈞修禊桑溪，金鳳偕後宮雜衣文錦，列坐水次，流觴娱暢。沉麝之氣，環佩之香，達於遠近。途中絲竹管弦，更番迭奏。端陽日，造綵舫數十於西湖，每舫載宮女二十餘人，衣短衣，鼓楫爭先，延鈞御大龍舟以觀。金鳳作《樂遊曲》，使宮女同聲歌之。曲云：「龍舟摇曳東復東。采蓮湖上紅更紅。波淡淡，水溶溶。奴隔荷花路不通。」又：「西湖南湖鬬綵舟。青蒲紫蓼滿中洲。波渺渺，水悠悠。長奉君王萬歲游。」遊人士綺繡夾岸，雜沓如市。　同上卷八十七

長短句

朱晦庵云：古樂府只是詩中泛聲。後人怕失那泛聲，逐一添箇實字，遂成長短句，今曲子便是。

《雨村曲話》卷上

古樂府之末造

《困學紀聞》：古樂府者，詩之旁行也；詞曲者，古樂府之末造也。　同上

詞爲新聲

王弇州云：宋未有曲也。自金、元而後，半皆涼州豪嘈之習，詞不能按，乃爲新聲以媚之。同上

詞曲兆端

胡應麟《莊嶽委譚》：宋詞、元曲，咸以昉于唐末，然實陳、隋始之。蓋齊、梁月露之體，矜華角麗，固已兆端。至陳、隋二主，並富才情，俱湎聲色，叔寶之《後庭花》，煬之《春江玉樹》，宋、元人沿襲濫觴也。同上

詩詞之變

《絃索辨訛》：《三百篇》後變而爲詩，詩變而爲詞，詞變而爲曲。詩盛于唐，詞盛于宋，曲盛于元之北。同上

賀方回詞句用於西廂

《西廂》「淡黄楊柳帶棲鴉」，本宋賀方回《浣溪紗》詞也，王實甫用之與「嫩緑池塘藏睡鴨」作對，天然巧妙，可謂青出于藍。同上

元遺山小令入曲

元遺山有小令云：「湘燕携雛弄語，有高柳、鳴蟬相和。驟雨過，珍珠亂撒，打徧新荷。」一時傳播。今入曲，易牌名《驟雨打新荷》。　同上

彭孫遹工詩餘

彭孫遹工詩，與新城王士禎名埒，時號「彭王」。嘗步蕭寺，僧方製長明燈，請爲賦，公諾之。僧退煮茗以餉，茗未熟，而賦成，敏捷如此。尤工詩餘，士禎倚聲推爲近今詞人第一。見《感舊集》。　《淡墨録》卷四

朱彝尊鈔絶妙好詞

朱彝尊好校書，絳雲未燼之先，藏書至三千九百餘部，而錢遵王《敏求記》凡六百有一種，皆紀宋板元板，及書之次第完闕，古今不同，手披月覽，類而載之，遵王畢生之菁華萃于斯書。既成，扃之枕中，出入每自携，靈踪微露。彝尊謀之甚力，終不可見。後典試江左，尊王會于白下，彝尊故令客置酒高讌，約遵王與偕，私以黄金青鼠裘予侍書小史，啟鑰，預置楷書生數十于密室，半宵寫成，而仍返之。當時所録草窗《絶妙好詞》在焉。詞既刻，函致遵王，[遵王]漸知朱詭得，彝尊爲之設誓而謝之。　同上

徐釚

徐釚，字電發，號虹亭，吴江人。幼穎敏，年十三賦詩，有驚人之句。又善畫山水。己未召試二等第二名，授檢討。與朱彝尊同寓虎坊橋，會有翰林外轉事，釚以忤權貴意，亦在遣中，遂拂衣歸。晚號楓江漁父，年七十三卒。所刻《菊莊詞》，朝鮮貢使仇元吉見之，以金餅購去，貽詩曰：「中朝携得菊莊詞，讀罷煙霞照海湄。北宋風流何處是，一聲鐵笛起相思。」其爲遠人所慕如此。所著有《南州草堂集》三十卷，《詞苑叢談》十二卷，《本事詩》十二卷。同上卷五

夏秉衡

夏秉衡，字谷香，華亭人，工詩文，著有《清綺軒詞選》。同上卷十五

〔清〕郭麐撰　附録〔清〕楊夔生續　〔清〕江順詒補

詞品

附録　續詞品　補詞品

譚新紅輯録

詞品目録

附録一　續詞品

附録二 補詞品

詞品

序

余少耽倚聲，爲之未暇工也。中年憂患交迫，廓落尠歡，間復以此陶寫，入之稍深，遂習玩百家，博涉衆趣，雖曰小道，居然非粗鄙可了。因弄墨餘閒，仿表聖《詩品》，爲之標舉風華，發明逸態。以其塗較隘，止得表聖之半。用以軒翥六義之後，奮蜚四聲之餘，亦猶賢乎博奕。

幽秀

千巖巉巉，一壑深美。路轉峯迴，忽見流水。幽鳥不鳴，白雲時起。此去人間，不知幾里。时逢疏華，娟若處子。嫣然一笑，目成而已。

高超

行雲在空，明月在中。瀟瀟秋雨，泠泠好風。即之愈遠，尋之無蹤。孤鶴獨唳，其聲清雄。衆首俯視，莫窮其通。回顧藪澤，翩哉蜚鴻。

雄放

海潮東來，氣吞江湖。快馬斫陣，登高一呼。如波軒然，蛟龍牙須。如怒鶻起，下盤浮圖。千里萬里，山奔電驅。元氣不死，乃與之俱。

委曲

芙蓉初花，秋水一半。欲往從之，細石淩亂。美人有言，玉齒將粲。徐拂寶瑟，一唱三歎。非無寸心，繾綣自獻。若往若還，豈曰能見。

清脆

美人滿堂，金石絲簧。忽擊玉磬，遠聞清揚。韻不在短，亦不在長。哀家一梨，口爲芳香。芭蕉灑雨，芙蓉拒霜。如氣之秋，如冰之光。

神韻

雜花欲放，細柳初絲。上有好鳥，微風拂之。明月未上，美人來遲。郤扇一顧，羣妍皆媸。其秀在骨，非鉛非脂。眇眇若愁，依依相思。

感慨

人生一世，能無感焉。哀來樂往，雲浮鳥仙。銅駝巷陌，金人歲年。鉛水迸淚，鵾雞裂弦。如有萬古，入其肺肝。夫子何歎，唯唯不然。

奇麗

鮫人織綃，海水不波。珊瑚觸網，蛟龍騰梭。明月欲墮，羣星皆趨。淒然掩泣，散爲明珠。織女下睎，雲霞交鋪。如將卷舒，貢之太虛。

含蓄

好風東來，幽鳥始啭。陽春在中，萬象皆動。一花未開，衆緑入夢。口多微詞，如怨如諷。如聞玉管，快作數弄。望之邈然，鶴背雲重。

逋峭

清霜警秋，微月白夜。其上孤峯，流水在下。幽尋欲窮，乃見圖畫。愜心動目，喜極而怕。跌宕容與，以觀其鱄。翩然將飛，倘復可跨。

穠艷

雜組成錦，萬花爲春。五醞酒釃，九華帳新。異彩初結，名香始熏。莊嚴七寶，其中天人。飲芳食菲，摘星抉雲。偶然咳唾，明珠如塵。

名雋

名士揮麈，羽人禮壇。微聞一語，氣如幽蘭。荷雨夜歇，松風夏寒。之子何處，秋山槃槃。萬籟俱寂，憔鳴幽湍。千漱百嚥，奉君一丸。

附録一　續詞品

輕　逸

悠悠長林，濛濛曉暉。天風徐來，一葉獨飛。望之彌遠，識之自微。疑蜨入夢，如花墮衣。幽絃再終，白雲愈稀。千里飄忽，鶴翅不肥。

綿　邈

秋水樓臺，澹不可畫。時逢幽人，載歌其下。明星未稀，美此良夜。惝恍從之，夢與煙借。荷香沈浮，若出雲罅。油油太虚，一碧俱化。

獨　造

萬山巑巑，迴風盪寒。決眥千仞，飲雲聞湍。龍之不馴，虹之無端。畸士羽衣，露言雷喧。洞庭隱鱗，蒼梧逸猿。元氣紛變，創斯奇觀。

淒緊

送君長往，懷君思深。白日欲墮，池臺氣陰。百年寸暉，徘徊短吟。松篁幽語，獨客泛琴。聆彼七絃，瀟湘雨音。落花辭枝，淒入燕心。

微婉

之子曉行，細路香送。時聞春聲，百鳥含哢。林花初開，鬣須欲動。美人何許，短琴潛弄。明明無言，泠泠如諷。卷簾綠陰，微雨思夢。

閒雅

疎雨未歇，輕寒獨知。茶煙晝青，虆藤一枝。秋老茆屋，檐蟲挂絲。葉丹苔碧，酒眠悟詩。飲真抱和，仙人與期。其曰偶然，薄言可思。

高寒

俯視苔石，行歌長松。千葉萬吹，凛然噓冬。返風乘虛，餐煙太蒙。矯矯獨往，落落希蹤。夜開元關，遥聞天鐘。光滿眉宇，與斗相逢。

澄澹

空波粼天，鳴篸扣舷。鷺鶿立雨，浪花一肩。采采白蘋，江南曉煙。覓鏡照春，逢潭寫蓮。漁舟還往，相忘歲年。佳語無心，得之自然。

疎俊

卓卓野鶴，超超出羣。田家敗籬，幽蘭愈芬。意必求遠，酒不在醇。玉山上行，疎花角巾。短笛快弄，長嘯入雲。軒軒霞舉，須眉勝人。

孤瘦

悵焉獨邁，愀予隱憂。悟出繫表，天地可求。亭亭危峯，倒影碧流。空山沍寒，老梅古愁。味之無腴，揖之寡儔。遥指木末，一僧一樓。

精錬

如莫邪劍，如百錬鋼。金石在中，匪曰永藏。鉥心掐胃，韜神斂光。水爲沈流，星無散芒。離離九疑，鬱然深蒼。萬棄一取，駏驉錦囊。

靈活

天孫弄梭，腕無暫停。麻姑擲米，走珠跳星。荷露人握，菊香到瓶。如泉過山，如屋建瓴。虚籟集響，流影幻形。四無人語，佛閣一鈴。

祥伯别號頻伽，諸生，有《靈芬館詞》。伯夔原名承憲，字浣鄉，官蘇州當作薊州知府，有《過雲精舍詞》、《真松閣詞》。孫麟趾作《七家詞選》，録郭氏爲一家；汪世泰刻《七家詞鈔》，録楊氏爲一家。郭氏有《詞話》二卷，吴衡照《蓮子居詞話》極稱其持論之精。惟二家爲乾、嘉時人，不免疏於律耳。此則風氣使然，不必過爲之責已。昔袁枚仿司空圖《詩品》法作《續詩品》三十二首，郭氏繼之作《詞品》十二首，楊氏又繼之作《續詞品》十二首。其津逮後人與劉彦和《文心雕龍》等。雖曰祇標妙境，未寫苦心，此表聖所不足於隨園者，而不之一顧耶？蓋孰爲上品，熟爲下品，必謂成材者而言，斷不能引泛駕之駒束縛之馳驟之，挾而副六龍之選也。今年夏輯詞六十種成，以二家所作附於卷末，以代例言。此亦陳耀文《花草粹編》首録沈義父《樂府指迷》，舒夢蘭《白香詞譜》録楊守齋《作詞五要》之例焉。乙丑五月江山劉毓盤并識。

附録二　補詞品

序

昔隨園補《詩品》三十二首，謂前人祇標妙境，未寫苦心，特爲續之。詒於《詞品》亦同此論。因仿其意得二十首。

崇　意

詩尚諷諭，詞貴含蓄。綺麗單辭，支離全局。七寶樓臺，炫人耳目。叩厥本源，毫無歸宿。其貌如花，其味如木。一覽無餘，奚容三復。

用　筆

無波不迴，無露不垂。得縮字訣，是謂之詞。弩張劍拔，雨驟風馳。雄而且健，竊恐非宜。用我五色，組彼千絲。但求羚角，莫畫燕支。

布局

名園之樹，國手之棋。起復相應，流密得宜。峯腰雲斷，水面風移。千巖萬壑，尺幅見之。求方必矩，刓圓必規。刻舟求劍，趁韻非詩。

歛氣

游絲初起，微風縈絆。輕煙裊空，浮雲瀲灩。吹之蘭芳，凝之露泫。雲龍盤旋，倏隱倏現。若決江河，如掣雷電。一往無前，神豈能鍊。

考譜

宫商莫辨，喉齒不分。競競上去，是韻非音。天籟人籟，長吟短吟。自在流出，杳不可尋。勿以箏琵，而廢瑟琴。樂府之遺，窺古人心。

尚識

《風》《雅》之調，《離騷》之篇。美人香草，十九寓言。塗抹脂粉，綴拾釵鈿。深情往復，密意纏綿。誤爲綺語，已落言筌。刻劃微物，均無取焉。

押韻

千鈞之重，一髮繫之。萬人之衆，一將馭之。句有長短，韻無參差。一字未穩，全篇皆疵。曲之有板，師之有旗。位置自然，雖巧何爲。

言情

是桓子野，是王伯輿。不知所起，人孰能無。如飲篤耨，如醉醍醐。樓頭柳遠，海上琴初。綿綿有恨，渺渺維余。蠶絲難割，春水何如。

戒褻

郎居城北，妾在墻東。眉語通翠，心曲傳紅。是爲淫哇，見屏宗工。裝來翡翠，薰秀芙蓉。秦七黄九，情之所鍾。泥犁未墮，亦可憐蟲。

辨微

是清非矯，是新非巧。是淡非枯，是空非佻。辨之幾希，得之窈渺。一息紛緼，一絲裊嫋。體判才華，句矜丰調。吹影鏤塵，是爲恰好。

取徑

小舟沿溪，岸夾桃花。石梁飛渡，飯飽胡麻。別有天地，是耶非耶。峯之九曲，路之三叉。可以獨往，可以移家。津如許問，請泛仙槎。

振采

珊瑚鏡檻，翡翠釵梁。中有仙人，霞佩雲裳。剥膚存液，刮垢磨光。千狐之腋，百和之香。明珠的皪，寶玉輝煌。餘霞成黛，寒星射芒。

結響

觀廬山瀑，聽廣陵濤。可以駭俗，未足含毫。春之嬌鳥，秋之寒蜩。碎玉清脆，落葉刁騷。曲終笛裂，風過瓊敲。孤猿三峽，一鶴九臯。

善改

機忌其滯，筆貴乎靈。已安一字，仍撚數莖。金樽滿滿，檀板輕輕。漫拋紅豆，淺畫銀屏。九轉丹成，而鍊金精。鸚鵡作賦，未免飣餖。

著我

玉田公子，白石神仙。已有千古，豈無後賢。空谷之蘭，緑水之蓮。各占其候，各擅其妍。冰魂濯月，瘦影含煙。寒香冷翠，跂脚高眠。

聚材

羣芳之英，釀而爲蜜。郵亭之椽，截而爲笛。白璧十雙，黄金萬鎰。儲之貴多，棄之不惜。一年皆驚，萬花無色。落實已秋，製錦成匹。

去瑕

維鐵可點，維玷可磨。伐毛洗髓，玉律金科。淄澠必辨，銖兩無訛。體著其潔，法不嫌苛。千金不易，殊重吟哦。著一屠沽，奈賢人何。

行空

芙蓉之城，忽爾淩虚。白雲横腰，遠峯欲無。吹笙跨鶴，躡履飛鳧。不著跡象，豈有步趨。仙人五夜，金闕傳呼。騎白鳳凰，態何紆徐。

妙悟

對鏡忘言，拈花微笑。色本是空，影無遺照。畫理自深，仙心獨抱。參之以禪，常觀其妙。忽然而通，必由深造。一轉秋波，十分春到。

宗小梧司馬云：《續詞品》二十則，化工之筆，讀之如游、夏不能贊一辭。他日擬請善書者以《靈飛經》小楷書之，泐之貞珉，拓出以詒同好，亦詞壇佳話也。《詞學集成》原跋

江秋珊師撰《補詞品》，自謂仿袁隨園之補《詩品》，得二十首。宗小梧師激賞之，謂《補詞品》二十則爲化工之筆。是固皆言二十則也。珂得是稿乃僅十九，譚復堂師昔亦云然，深致慨惜。豈稿有脱簡，秋珊師未及覆按，遂謝賓客，而以十九則流布人間歟？原題標二十，今曰十九，紀實也。乙丑中秋杭縣徐珂仲可謹識於上海寓廬之天蘇閣。（編者按，《補詞品》正文確爲十九則，或連序而足二十則之數也）

〔清〕郭　麐撰

靈芬館詞話補

靈芬館詞話補目録

靈芬館詞話補

張志和七律

張志和《漁父》詞，所謂「西塞山前白鷺飛」，人皆知之。又有七律一首尤佳，中有「秋山入簾翠滴滴，野艇倚檻雲依依」之句。

《靈芬館詩話》卷二

碧梧女士詞

近時閨人之工倚聲者，吴中推李生香佩金、楊蕊淵芸；浙中推二孫：一爲茝玉女士秀芬，一則碧梧女士雲鳳也。碧梧《湘筠館樂府》，清麗芊綿，而寄意杳微，含情幽眇，置之《花間集》中，亦當在飛卿、延巳之間，餘子不論也。《相見歡》云：「年時小立苔茵。燕依人。記得柳花如雪正殘春。砧聲急，蟲聲咽，忍教聞。又是梧桐深院月黄昏。」《菩薩蠻》云：「華堂燕罷笙歌歇。夜身香臱鑪煙碧。酒醒小屏風。燭花相對紅。玉釵金翠鈿。柳葉雙蛾淺。日午未成妝。繡裙雙鳳凰。」《清平樂・懷仙品妹》云：「麝鑪煙亂。燭影瓶花短。魚雁不來消息斷。寂寞錦屏人遠。任他女伴嬉遊。一春常掩高樓。

除卻雕梁燕子，無人解得春愁。」《十六字令》云：「明。雨過南軒月影横。疏簾卷，滅燭坐調笙。」余謂碧梧，閨中之伯奇、靈均也，其窮而工也固宜。　同上卷四

李佩金

女士李紉蘭佩金，虎觀先生愛女也。工于倚聲，一時無儷。　同上卷六

盟鷗圖友朋題詞

顧西梅洛爲余作《盟鷗圖》，絲柳摇青，水荭戰碧，極江湖浩蕩之致。同人各以詞題之。奚鐵生《菩薩蠻》云：「遥知白石尋盟處。蕭疏楊柳垂煙暮。分得白漚沙。一溪紅蓼花。　輸君移野艇。幽夢和秋迥。隨意與題詩。雨斜風細時。」吴蘭雪云：「一江秋水銷魂碧。垂楊疏蓼都蕭瑟。新句得來遲。白鷗先已知。　石谿西畔路。是我尋盟處。夢裏昨還家。扁舟摇落花。」陳曼生云：「涼蟬疏柳江南路。煙深認是秋聲處。一片掠微波。夕陽影外過。　扁舟尋舊約。夢破溪雲薄。船尾問樵青。西風恐不禁。」宜秋女士云：「雨晴雲淡江村暮。輕舟短棹葦間渡。秋晚水風涼。白蘋花暗香。　野鷗三十六。溪上閒相逐。招隱有前盟。煙波深復深。」「幾聲漁笛滄江晚。一痕疏雨汀沙軟。夢穩櫪頭船。與鷗相對眠。　夜來霜月苦。聽得征鴻雨。辛苦渡關河。天寒風雪多。」外有轂人先生、二娱、鐵門、渌卿，皆題《邁陂塘》一闋。　同上卷七

題種藕成蓮圖

吾友徐稼庭寶善，往在金陵眷一姝，號藕香，纏綿甚至，有嫁娶之約。中間多故，幾不克踐。今卒歸于徐，徐有《種藕成蓮圖》，余曾題《邁陂塘》一闋于上。　同上續卷二

許月南詞

許孝廉月南，復以詞稿見眎，清詞麗句，正不減温、韋。《攤破浣溪沙》云：「子舍歡言蠟炷長。妝臺温語粉痕香。説着秋聲嫌冷淡，況他鄉。　風打窗櫺推夢醒，雨淋檐角説天涼。此刻爭能家不憶，又重陽。」《沁園春・詠愁》云：「最長眉目晝，纔梳頭後，空房獨返。」《減蘭・詠黑》云：「重帷深掩。小膽惺惺鐙未點。莫愛烏紗。拋得春風兩鬢鴉。」《詠紅》云：「桃花顔色。淡淡衫兒新染得。霞暈微烘。知是羞容是醉容。」皆可入伽陵之室。　同上續卷三

沈芷橋詞

沈芷橋炤，吾吴詩人，少喜爲艷體，極纏綿悱惻之致，尤長于詞。頃自吴門來，出《月夜渡江・水調歌頭》一闋見示，云：「江口月初上，爪步正潮生。空明天水澄鏡，行矣快揚舲。試問金焦兩點，閲盡過江人物，着眼爲誰青。便欲弄長笛，唤取老龍聽。　風方利，吟初就，酒微醒。恍聞舞空，鸞鶴夜靜塔鈴

清。更儗中流容與，滌我詩腸冰雪，和月汲中泠。回首海門闊，長嘯謝山靈。」清雄爽朗，睥睨辛、劉。他如《臺城路·題秋館聽潮》云：「商飇先入江頭，刁騷已盈清聽。月墮空煙，潮迴極浦，滚滚更傳秋信。鄉心易警。算咫尺家山，歸仍難准。並入長宵，羈人剗枕鎮常醒。年來也同梗泛，孤舟聞斷雁，沙觜頻等。轉眼煙雲，過江人物，郁分此聲淘盡。臨流試問。便擊楫乘風，阿誰先證。俊氣銷除，披圖先自醒。」小令《菩薩蠻·雙燕圖》云：「年時見爾深深苑。柳昏花瞑歸飛倦。留爾看梳頭。朝光晃畫樓。重來春已遠。簾也無人卷。凭爾訴春愁。花陰閒玉鈎。」餘句如《贈文蘭》云：「翠尊誰共，疑有纖蛾桂葉，小字蘭修。玉簫代語，新譜倚偏梁州。一朵仙雲，留駐過斜陽，猶漾簾鉤。」《燕泥》云：「別有樓深簾悄，如隔歲歌，塵冷誰掃。」皆有姜、張風調。又《南鄉子》云：「楊柳初三月，梨花昨夜風。夕陽移過畫闌紅。腸斷斷無人處、舊簾櫳。蕙徑迷裙釵，苔堦欹屐弓。楊花無語忒惺忪。剛被游絲攔住、攪晴空。」自謂仿《飲水詞》體，正復不減。

同上續卷三

邵豐城詞

近兒輩于故書攤上買得詞稿一册，自署「風谿邵豐城」，前有王鐵甫題字。其中交遊惟許澹人、張遠春，爲余所知。詞筆雖未能清靈婉約，然著題處頗有用意。蓋學辛、劉而未成者。爲登二首，庶免名字翳如之歎。《清平樂·渡泖》云：「潮平風靜。水色明于鏡。縹緲波心浮塔影。更着遥山腥映。呼舟逕渡蒼茫。艫枝剗碎秋光。浦口日斜漁散，白鷗飛近船窗。」《臺城路·秋草》云：「芳痕怨入東風裏，曾經喚愁多少。緑尚含滋，青將變色，次第商飆吹到。池塘夢杳。奈吟斷春情，頓孤懷抱。落日閒門，伴他疏柳影低照。　黄雲横亘萬里，想霜飛遠塞，沙冷先槁。雨洗凉螢，煙迷瘦蝶，更有幽蛩相弔。征袍漸老。悵遊子天涯，故園荒了。記否羣腰，一條斜更好。」同上續卷五

嚴小農二子

嚴小農觀察延鐵門課其子。長曰達，字子通；次曰适，字子容。二子頗敏慧好學，而各有所嗜。子通讀唐詩，得《劉長卿集》，大喜，可意學之。子容好爲詞，取竹垞所選《詞綜》，朝夕披尋，時亦擬作。子通《落葉》詩云：「幾日蕭條節序更，無端瘦出遠山晴。趁墟人遠孤村見，乞食僧歸一逕平。小院深深延月色，西風莽莽送商聲。最憐古木昏雅外，一段荒寒畫不成。」《秦郵道中》云：「細雨蓬窗催旅夢，荒鷄鐙火認前途。」《秋夜述懷》云：「此時萬户應同夢，是處疏花只獨看。」子容《浣溪沙》云：「不飲分明有醉容，個人生小性嬌慵。無聊睡起鬢雲松。　鎮日無人庭院靜，緑陰如水瀉簾櫳。落花別是一般紅。」《高陽臺·秋柳》落句云：「西湖曾記長堤外，繫斜陽、畫艇初横。勸離尊、老了蛾眉，瘦了腰身。」二子年才弱冠，筆意皆清麗可喜如此。同上續卷六

高雪舫桐詞

种水以其友人高雪《舫桐詞》屬爲點勘，因録二首于此。《憶王孫》云：「鴨頭新緑水平堤。柳擘晴綿煙

縷齊。野店無風酒望低。板橋西。恰恰流鶯花外啼。」《綺羅香·落葉》云：「秋老梧桐，煙寒橘柚，野色蕭蕭如許。扶起西風，繚亂漫天飛舞。才點向、紅板溪橋，又吹還、緑蘿庭户。最難描、一片淒涼，酒醒昨夜打窗處。　漂零愁殺倦旅，南北東西萬里，有誰留汝。古道斜陽，自去自來無緒。供野竈、閒煮茶香，載寒蟲、輕隨波去。記樓頭、新緑濃時，隔江聽杜宇。」同上續卷六

〔清〕郭　麐撰

樗園銷夏録

譚新紅輯

樗園銷夏録目録

附録　序跋

樗園銷夏録

卷上

題顧眉生畫蘭扇面

范小湖崇堦以河東君小像屬題，圖止半身，披紗幅巾，清矑秀眉，靨輔承權，仿佛風流放誕之致。余舊有河東君小影，爲吴江閨秀陸澹容所描，長不滿尺，而眉目意致與此幅無異，知必有所本也。秦敦甫太史時亦寓湖上，見之，倩友人臨一册，微不及元稿。太史又得顧眉生畫蘭扇面，于吴子修澹墨欹傾，嫵媚絶世，余與壽生各題《國香慢》一詞於上。又見小青像一軸，設色古雅，歎爲眉生後，亦歸太史。

東坡率意作詞

東坡詩詞率意而作，自然高妙。後學務爲穿鑿，每以一句一字謂有當時本事，鄙意大不謂然。如「乳燕飛華屋」一詞，《漁隱叢話》謂爲一官伎而作，似稍有據依，要亦借題寓意，非專爲此伎而作，故能飄飄凌雲。他如「冰肌玉骨，自清涼無汗」一詞，是檃括摩訶池上之歌，東坡自叙以爲幼時見老人能言孟蜀時事而作，小説者遂謂東坡少年遇美人，喜歌《洞仙歌》，又邂逅處景色相似，故檃括叶律以贈之。又以《雁》詞「揀盡寒枝不肯棲」爲温都監女而作，皆謬悠不足信。《墨莊漫録》載東坡在杭州，一日游西湖，坐孤山竹閣，時二客皆有服，久之，湖心有一彩舟，靚妝數人，中一人尤麗，方鼓箏，年且三十餘，風韻嫻雅，綽有態度。二客競目送之，曲未終，翩然而逝，公戲作長短句云：「鳳皇山下雨初晴。水風清。晚霞明。一朵芙蓉，開過尚盈盈。何處飛來雙白鷺，如有意，慕娉娉。忽聞江上弄哀箏。苦含情。遣誰聽。煙斂雲收，依約是湘靈。欲待曲終尋問取，人不見，數峯青。」此説尤爲無稽。按東坡此詞，含思淒宛，用意芬芳，所謂《騷》之苗裔，豈復即事有戲哉？其「何處飛來雙白鷺」云云，正用杜牧《晚晴賦》「邈風標之公子」、「如慕悦其容媚」語，自此以下則《高唐》、《洛神》之寄託也，妄以二客有服以附會。「白鷺」「年三十餘」，附會「芙蓉」「開過」，其不學牽引可笑。幸東坡吐辭豪邁，不甚言兒女之情，不然「堂上簸錢」之誣，豈獨歐陽永叔耶。

東坡洞仙歌

《洞仙歌》之説亦見《墨莊漫録》，又謂此説近之，據此乃詩耳。而東坡自叙乃云是《洞仙歌令》，蓋公以此叙自晦耳。《洞仙歌》腔出近世，五代及國初未之有也云云。按東坡自叙，意謂止記此首二語，以意度之，殆《洞仙歌》詞則二句以下坡未之記憶者，安知以下數語，後人不反因坡辭而假作以爲孟昶之辭乎。且小説所記此詩，參錯不同，如此録作「簾間明月獨窺人」，他處作「繡簾一點月窺人」，此録「三更庭院悄無聲」，别本作「起來瓊户啟無聲」，皆可徵也。

秦會之十客有二説不同

秦會之十客有二説不同。《老學庵筆記》：「曹冠以教其孫爲門客，王會以婦弟爲親客，郭知運以離婚爲逐客，吴益以愛婿爲嬌客，施全以剸刃爲刺客，李季以設醮奏章爲羽客，某人以治産爲莊客，丁禩以出入其家爲狎客，曹泳以獻計取林一飛還作子爲説客，初止有九客耳。秦既死，葬于建康，有蜀人史叔夜者，懷雞絮號慟墓前，其家大喜，因厚遺之，遂爲弔客，足十客之數。」《雲麓漫鈔》無親客、羽客、説客、弔客，而有朱希真上客，曾該食客，某詞客，湯鵬舉惡客，又以狎客爲康伯可，謂捷于歌詩，及教坊應制，秦每燕集，必使爲樂語詞曲。湯本出秦門，及薨，攻之不遺餘力，其莊客、詞客則逸其名。二説不同，蓋皆當時惡秦者，因指目其鄙人爲月旦，故有異。末後弔客尤是資笑噱也。

元淑煙夢詞

元淑有《煙夢詞》十二首，極哀艷之致，今録其半，云：「燕子歸時記乍逢。廢池閒館傍西風。客如春草闌珊緑，人對秋花黯淡紅。　凭過樓闌都屈曲，聽來欄鐸尚丁東。如今更是傷心地，無復苔階咽斷蛩。」「綺席無詞詠墮釵。黄衫有夢脱弓鞋。團雲舞隊猶聯臂，畫壁詩人盡愴懷。　玉鏡花空難寫照，紙錢風冷欠營齋。千金欲買驊騮骨，换取遺香擇地埋。」「吴語喁喁怨鷓鴣。自言生小别姑蘇。新妝忍學抛家髻，獨罣愁看奏樂圖。　扉上粉書頻决絶，壺中血淚久模糊。女墳湖畔歸來晚，魂是梅花第幾株。」「身命都如六出花。宜書小字刻苕華。蘭香自幼漂湘岸，杜裏從來弔楚沙。　生託鴛鴦貽珮玦，死無鸚鵡喚琵琶。人間何處堪回首，料得蕭娘不憶家。」「翩翻長袖不勝情。六尺氍毹一燕輕。平日笑啼俱掩抑，此時哀樂轉分明。　愁多儘向東風訴，坐久渾忘北斗橫。太息劉郎幽怨句，無由吹入小紅笙。」「暮更華筵戀酒尊。斜陽未落早黄昏。燈前刺促成良會，坐上迷離見艷魂。　痛惜尚煩諸女伴，浪遊終笑舊王孫。分明歲暮風吹雨，疑有飛花夜打門。」先是雪如之亡，元淑暨諸同人欲葬于玉鈎斜側，其家不願舁歸吴門，蓋欲以駿骨爲市也。既歸，側無葬，理始悔前此之靳，于是江鄭堂、王蘭石、春渠諸君，復謀於吴中，好事者爲買地于虎邱之旁，諸同人率錢爲會，以成其舉。蘭石有題《煙夢詞》，今録其四云：「小謫青城十八春。枉教人唤玉樓人。不多心緒愁難説，最小眉彎只解顰。　泉水在山留本性，月華如雪夢前身。請看冉冉凌波去，羅襪何曾染一塵。」「莫認章臺折柳枝。臨風曾未識相思。乍交花下同心珮，旋斷人間續命絲。　漫道竟成千古恨，也應不負一生癡。披圖欲唤真真出，隔着重泉知不知。」「玉鈎無分葬蛾眉。不是千金買骨遲。始欲葬雪如于平山，不果。　待種碧桃表洪度，好留青塚傍要離。　斂錢只費長門賦，殯葬之費皆諸名士所斂。營墓何慙幼婦辭。陽湖陸祁生爲作壙銘。　他日虎邱山下路，棠梨花裏偏題詩。」「一花見佛便生天。可向瑶宫作散仙。心字定知香不滅，手文誰信月難圓。雪如有文在手，作月字形波折分明。　已將蘇小同心結，應驗韋臯再世緣。往事淒涼莫回首，人消如雪夢如煙。」春渠有和詩十二章，其佳句云：「牆東隣女非窺宋，樓上仙人豈姓蕭。」「始識愁多同小小，尚嫌名艷喚東東。」「閨中易破同心鏡，江上羞彈卻手琵。」「貧恐累相如，賦示疾先離。」「倩女魂雪中，鴻去空留爪。」「簾外飛花不駐顔。」其他題辭甚多，余亦賦《高陽臺》一闋。以上卷中

兩花蕊夫人

《鐵圍山叢談》謂有兩花蕊夫人，一蜀王衍，一蜀主孟昶。孟昶之花蕊即作宫詞者，入宫有寵于昌陵，爲太宗射而殺之。王定國《聞見録》亦載此事，曰金花夫人不言花蕊也。

宓草詩附小詞

《宓草詩》後附小詞幾闋，其《送别・卜算子》甚工，云：「明月送君來，新霽催君去。莫恨無情雨與風，爲我留君住。人當灑淚時，亭是傷心處。萬疊青山一綫愁，秋草殘陽路。」又曹楝亭《漁灣留别・摸魚兒》詞云：「漾晴沙、一痕瑩玉，涼波堆起如許。問君可是寒江雪，好綴漁簑詩句。重記取。截不斷、斷雲寒雁惺忪語。騰騰戍鼓。早夾岸傳呼，堠亭列炬，匆促又西去。菰蘆夢，半載故家茶具。七年飽啗煙雨。白頭郝念天池釣，來與鷺鷗爲侣。誰得住。任拾蛤、撈蝦盡有句留處。荒汀遠渚。倩柔櫓數聲，暗潮拍打，寄寫此情緒。」楝亭詞不多見，此闋亦雅有姜、張風調，故亟録之。以上卷下

附録　序跋

秋夢樓詞序

文章之事，各有所出，各有所極。唐人以詩爲樂章，而有李、温之詞。五代及宋詞别爲一體。至南渡諸家，分刌合度，律吕精嚴，其矩矱森然秩然，一時爲之渠帥者皆有好古絶俗之姿，蕭遠超邁之氣，而又於他文不皆工，獨工爲此事，故其道爲大備。夫人意有所合，與所遌之境不同，有終身爲之而不識其途轍，有偶然得之而非其注意，有問學高世而不能，有爲之而即合者，凡文皆然。詞其易知而可見者也。余少喜倚聲，惟愛《花間集》，得《子夜》《讀曲》之遺。中年以往，羈旅寥落，死生離合，窮鬱悲憂感其中，而事物是非接其外，以爲詩歌雜文有不足以曲折達意者，遂有會於南宋諸家之作，然好之而未暇工也。蘭邨袁君，其先人隨園先生，以詩古文雄一代，獨生平未嘗爲詞。蘭邨顧甚好之，以其餘力精研四聲二十八調，而求其離合，其所作曰《秋夢樓詞》。間出示余，盎然而春和，淒然而秋思，豐情綿態，曼視遠指，工於友朋贈答别離往復之言，未知於古誰比，要非今世之士，途澤肥膩以爲之者也。然蘭邨年甚少，學甚勤，承過庭之訓，負絶人之才，方且極命古今覃思著述以世其家聲，區區小道，何足爲蘭邨重者。余既落寞於世，雅不樂與今世文章之士爭名，力之所及，意旨之所近，有可以自致者，將盡心焉。以究其所極，而後復於蘭邨可也。文章之事大矣，今之學者務博，而蘭邨自謂於他文未皆工，或亦能究其極歟。

案序又有曰《奉月松詞序》，文字全同。

夢緑庵詞序

余游武林最久，獲識一二賢大夫，見其詩文字畫，篆隸合石刻畫，莫不皆有師法，循循然必規於古。蓋武林自國初以來，諸先生類能守矩矱之詔後學，而後之學者亦遵奉弗失，足以見風俗之厚，而老師宿儒之不可無也，如此詞之爲道，詩文之小者。而國初之最工者莫如朱竹垞，沿而工者如厲樊榭。樊榭之詞其往復自道不及竹垞，清微幽眇間或過之。白石、玉田之旨，竹垞開之，樊榭濬而深之，故浙之爲詞者，有薄而無浮，有淺而無褻，有意不逮而無塗澤叫囂之習，亦樊榭之教然也。沈君秋卿，年方弱冠，刻志媚學，於詞尤有獨嗜，其所作雖不多，而塗澤叫囂浮褻之病則已斷然無之，由是以追樊榭、竹垞，且上溯白石、玉田，我知其不至于古不止耳。近世之學者，或守一隅之説，或榮古而虐今，豪傑之士則不然。其始由也，必於耳目所及，師友之服習久於其道，而後精神問學之所至，能識古人之所以卓然者，而追而從之。古與古非有二也，在我精神問學之與爲淺深而已，凡夫詩文字畫、篆隸金石，莫不皆然。是沈君之所至，固未可以所見爲限，而余之所云又豈僅在詞也哉。

無聲詩館詞序

詞家者流，其原出於《國風》，其本沿於齊、梁，自太白以至五季，非兒女之情不道也。宋立樂府，用於慶賞飲晏，於是周、秦以綺靡爲宗，史、柳以華縟相尚，而體一變。蘇、辛以高世之才，横絶一時，而奮末廣憤之音作；姜、張祖騷人之遺，盡洗穠艷，而清空婉約之旨深。自是以後，雖有作者欲離去別見，其道無由，然寫其心之所欲出，而取其性之所近，千曲萬折，以赴聲律，則體雖異，而其所以爲詞者無不同也。興化顧君芷衫，與余相見於邗上，數晨夕者浹旬，出所爲詞示余，測之瀏然以清，即以撥爾而怒，雷驚而電激，波軒而雲委，發原於讀曲《子夜》，而其體則近於稼軒、龍洲，至所謂寫其所欲出，千曲萬折以赴聲律者，則靡不合也。夫詞亦蘄至於是而已矣。進么弦而笑鐵撥，執微旨而訾豪言，豈通論乎。余少喜爲詞，至今爲之不已，其體屢變，而卒無以自信。其可以不愧於古人者，讀芷衫之詞，爲之太息，並以夙所聞者質之芷衫，以爲何如也。

春草閒房詞序

往從隨園先生《歸娶圖》中，見碧梧女士所題《金縷曲》，歎其工麗。閲二十年，又於其族叔《華海圖》中見所作詞，清新婉美，在夢窗、竹屋之間，視昔又加工焉。湖樓展卷，吟賞不置。已而華海出女士所爲《春草閒房詞》見示，且曰：「女士嘗讀《蘅夢》、《浮眉》二集，以爲獨出冠時，敢以所著商榷，且乞一言序之。」夫余何足以序女士之詞？因念曩時年少氣盛，尺蹏寸管，妄欲追逐前人。世運而往，回翔頓挫，悲愉哀樂感其中，窮愁潦落，抑鬱厄塞之境接乎外。荏苒遲莫，舊學忽忘，平昔所刻意究心者，皆不足以自信，而況戔戔之詞乎。女士笄總就縛，婉娩媚學，藉蘭錡之門，承中郎之業。自其髫華，才名藉甚，望之若鸞皇鶩鶩之在雲路，而琅璈笙管之奏，飄天風而偶聞人間也。乃今讀其詞，悲離傷逝，軫往悼來。愀然以憂，悄然以思。琤然流泉之鳴澗，雜然寒蛩之弔秋。孤鳥之鳴春，蓋二十年中裴回身世，於家門之榮落，骨肉之聚散，人事之變易，鬱紆結轖，一寓於詞。其詞益工，其遇益窮。歐陽子之言徵諸閨閣而猶信，其亦可感已矣。雖然，二十年來，游於隨園之門者，聲華銷謝，翳然在亡，而女士之所就如此，則其遇未爲不幸，而余亦竊有以自廣。華海其□此言，復於女士，以爲何如也？

梅邊笛譜序

倚聲之學，今莫盛於浙西，亦始衰於浙西。何也？自竹垞諸人標舉清華，别裁浮艷，於是學者莫不知桃《草堂》而宗雅詞矣。樊榭從而祖述之，以清空微婉之旨，爲幼眇綿邈之音。其體釐然，一歸於正。乃後之學者，仿佛其音節，刻畫其規橅，浮游惝怳，貌若元遠。試爲切而按之，性靈不存，寄託無有。若猿吟於峽，蟬嚖於柳，凄楚抑揚，疑若可聽，問其何語，卒不能明。好異自喜之士，又欲起而矯之，以北宋爲解，而集矢於白石、玉田，以是相勝，則可矣。識曲聽真之謂，何善乎竹垞之言，曰：「蓋有詩所不能言者，委曲倚之於聲。」所謂委曲者，言其所不能言也，而世顧以口吟舌言，若夢若囈者當之，反是，則滑稽調笑，不亦病乎？　余病是久矣。今讀西齋《梅邊笛譜》，而暢然有以自釋也。西齋之詞，規矩繩尺，非姜、張不出也。往復自道，指事類物，讀者曉然，知其性靈寄託所在，而清空婉約之旨，幼眇綿邈之音，卒無以尚焉。洵足以信竹垞、樊榭之説，而砭學者之失也已。夫人世盛衰之故，非徒文章爲然。蓋有救其弊者，而所弊者生焉。其弊屢出而不已，其救亦屢變而不窮。在學者之自得之，要之于正，不可易也。若然則浙西之倚聲，其勿衰矣乎。

二娱小廬詩詞鈔序

余既甄録祖望之詩，乃質而序之曰：介中通外，峻骨和肉，祖望之性也；高步遠引，邈慮綿視，祖望之情也；抗古切今，融通博大，祖望之學也；閎詞纖恉，幼眇精深，祖望之才也。始習俗説，既乃泛濫；窮其絶足，若欲孤往。已而醰醰一于理道，神鋒過雋，時或佚宕。要之諄復篤至，醲粹惻愴，不愧於古情與性，引學必才傳九變，復貫知言者選焉。序祖望者如是而已。詞之爲道，古侈今狹，而作者背馳，每益骩骳。祖望以清爲質，樹體於雅。間有頹放意過其通，故删之爲嚴，期質諸九幽，不爲小子輩也。同斯事者，吴江朱君春生、太倉彭子兆蓀。趣爲引言，兼以相諮之爾。

洮瓊館詞序

嗚呼！　此吾亡友湘湄之詞也。湘湄學後於予，而其用力之久，嗜之篤，及成而且工也倍於予，雅自矜貴，非意所欲爲，與爲之而不能出人，輒棄去，故所存不半予而卓然可傳。所謂上之《高唐》、《洛神》，下亦《子夜》、《讀曲》之遺者也。嗚呼！酒與色所以養老、養病、娱心意、悦耳目也。愚者或溺，達者託以玩世自放，而英雄之士乃以此槃死。瀦英之石，天下之至精也，刻以肖形，能明眸善睞，與生人通語言，而有毒不得近。嗚呼！湘湄之詞亦信陵之醇酒婦人，漢武之方士也。悲之不暇，而論工拙哉！湘湄舊藏宋帝賜周益公洮瓊研，希世之寶也，故以名其館及詞。嘉慶二十年六月浮眉樓主人郭麐序。

蘅夢詞浮眉樓詞序

余少喜爲側艶之辭，以《花間》爲宗，然未暇工也。中年以往，憂患勘歡，則益詩沿詞家之源流，藉以陶寫阨塞，寄託清微，遂有會於南宋諸家之旨。爲之稍多，其於此事，不可謂不涉其藩籬者已。春鳥之啾哵，秋蟲之流喝，自人世觀之，似無足以悦耳目者，而蟲鳥之懷，亦自其胸臆間出，未易輕棄也。爰鈔丙辰以前爲《蘅夢詞》，丙辰迄今曰《浮眉樓詞》，各二卷，序而存之。自此以往，息心學道，以治幽憂之疾，其無作可也。嘉慶八年癸亥，頻伽居士叙。

懺餘綺語序

余自存《蘅夢》、《浮眉》二集，意不復更作。而數年以來，學道未深，幻情妄想，投閑紛然，加以友朋牽率，多體物補題之作，共得若干首，不忍棄去，過而存之。鐵秀之呵，固所不免。休文之懺，竊或庶幾。亦自恨結習之難除，悔過之不勇也。嘉慶丁卯長至日鉛山舟中自序。

僕自焚巢之後，卷帙散佚，都不復料理。又以年逼崦嵫，力疲津逮。精欲銷亡，神思辭去。小文短詠，尚涉毫楮；綺懷側艷，悉付懺摩。良以枯條無重發之榮，老女謝鉛華之飾。物理如斯，末由彊勉。然曾采華芝，未忘情於三秀；素珍徑寸，或注目於九淵。以蚓投魚未方斯好墨，農寮人之偉，文師之雄，研經緯史，追躡作者。顧猶陶冶心靈，散落華藻。閒爲慢令，以翼《風》、《騷》。闖《荃》、《蘭》之逕，麗而不靡；入姜、張之門，腴而彌濬。猥以新編，發其耳目。鑑奇姿於昏鏡，問妙弄於賤工。詎足以寫其妖妍，辨其節族者哉？騎驢京國，鼓柁江淮，再接清言，獲聆雅調。已南郭之我忘，笑梵志之非昔，一唱三歎，媿溢□妍而已。道光己丑八月，老復丁庵主郭麐引。

〔清〕許昂霄選批　張宗橚校録

晴雪雅詞偶評

劉尚榮　李保陽輯録

晴雪雅詞偶評目録

晴雪雅詞偶評

晴雪雅詞序

花溪許蒿廬先生，館涉園者十餘年，先兄思巖受業焉，詩古文外兼及填詞。先生乃就插架所有者，分類標舉，薈萃成帙，自唐宋迄金元，選詞若干首，名《晴雪雅詞》。意不過爲初學津逮，然評騭精當，選擇簡嚴。思巖兄間附按語，詮次而甄録之，所謂珙璧夜光，洵可寶也。竊惟文章著述，非雅弗尚。史遷以爲「文不雅馴，薦紳先生難言」。又曰：「擇其言尤雅者。」是知蘭苕翡翠，碧海鯨魚，體制各殊，一歸於雅，而《樂府指迷》爲尤要。昌黎詩云：「綺語洗晴雪。」蓋言情之作，每涉於纖，纖則易流於穢。褻語嫚詞，法秀道人所指爲「墮犁舌地獄」者，概無取焉。然則以雋永之思，發纏綿之致，巧不傷纖，艷不失穢，洗盡俗諦，賡同白雪，無蹈綺語之戒，此則倚聲家所宜奉爲圭臬者矣。從孫嘉穀刊《詞林紀事》竣，復有是刻，於以鼓吟風雅。庶幾詞旨源流，瓣香有自；而師傳家學，亦並不致泯滅也。余故樂爲之序。乾隆四十六年上巳日，東谷張柯書于涉園之玉玲瓏館。

無名氏題記

許昂霄，字誦蔚，號蒿廬。乾隆五十年歲貢生。自幼穎悟，博覽羣書，同里馬寒中器重之。海鹽張氏慕其名，延之涉園，訓其二子宗橚、載華。涉園故多藏書，昂霄手批其傳譌，校正其陶陰。架有查初白批本，昂霄釋疑補闕，多有初白所未及，人益服其淹貫。所箋注李長吉、義山兩家詩，手評《詞綜》、陳檢討四六。凡張氏所藏，一經丹黄，讀者如披雲霧，得末品有如張氏《帶經堂詩話》，皆其所編輯也。高才不遇，没後其名益著，學者稱蒿廬先生。

晴雪雅詞偶評卷一

賦志類

張泌　南歌子（柳色遮樓暗）　此初日芙蓉，非鏤金錯采也。

張志和　漁歌子（西塞山前白鷺飛）　涪翁稱其有選韻，信然。

皇甫松　夢江南（蘭燼落）

㦸按，厲孝廉樊榭《論詞絶句》：「頗愛花間斷腸句，夜船吹笛雨蕭蕭。」知味外味者，乃可語此，豈笨伯所能解乎？

王琪　望江南（風送滿長川）　又（雲樹半晴陰）　二首與詠物類相似。

歐陽炯　南鄉子（路入南中）

㦸按，《静志居琴趣·暗香·詠紅豆》，前半闋「記得南中舊事」以下數語本此。

李後主　相見歡（無言獨上西樓）　花庵云：此詞最悽惋。

辛棄疾　生查子（去年燕子來）　玩第四句，似帶厭惡之意。

樵按，此詞本入二卷。原評云：「當入賦懷類」，故編次於此，而二卷仍存之。

周密　點絳脣（午夢初回）

樵按，篇内重兩「春」字，又「去」字重叶。甚失檢點。

張曙　浣溪沙（枕障薰爐隔繡帷）　不言而神傷。

蘇軾　浣溪沙（山下蘭芽短浸溪）「休將白髮唱黄雞」，香山詩「聽唱黄鷄與白日」。

李白　菩薩蠻（平林漠漠煙如織）　玩末二句，乃遠客思歸口氣。或注作「閨情」，恐誤。按李益《鷓鴣詞》云：「處處湘雲合，郎從何處歸。」此詞末二句，似亦可作此解，故舊人以爲閨思耳。　樓上凝愁，階前竚立，皆屬遥思之詞。或以「玉階」句爲指自己，於義亦通。蓋玉階、玉梯等字，昔人往往通用，白石《翠樓吟》，亦有「玉梯凝望久」之句。

辛棄疾　菩薩蠻（鬱孤臺下清江水）　此詞寓意，《鶴林玉露》言之最當。

歐陽修　采桑子（輕舟短棹西湖好）　閒雅處，自不可及。

黄公度　卜算子（薄宦各東西）　骨肉之别語，無一毫妝點。

潘閬　酒泉子（長憶西湖湖上水）　翛然自遠，不愧語帶煙霞之目。

辛棄疾　清平樂（繞牀饑鼠）　有老驥伏櫪之概。

張炎　清平樂（候蛩淒斷）　淡語能腴，常語有致，惟玉田爲然。

范成大　眼兒媚（酣酣日腳紫煙浮）　换頭「春慵」緊接「困」字、「醉」字來，細極。

無名氏　眼兒媚（蕭蕭江上狄花秋）　希文「眉間心上，無計相回避」，易安襲用之，而語較工。此則更加尖穎矣。

吴激　人月圓（南朝千古傷心地）　花庵稱其「精妙悽惋」，良然。然只是善於運化唐句耳。

倪瓚　人月圓（傷心莫問前朝事）　前段全用竇鞏《南游感興》詩語，後段則用劉禹錫《石頭城》詩語意。

秦觀　柳梢青（岸草平沙）

檇按，此首《詞綜》作僧仲殊作，今從《淮海詞》訂正。

毛滂　燭影摇紅（一畝清陰）　水窮雲起，寫入夢境，已極變化，説到夢覺，則更匪夷所思矣。此清空之妙也。

辛棄疾　西江月（明月别枝驚鵲）　後疊似乎太直，然確是夜行光景。

無名氏　西江月（記得洛陽話别）　苦語真摯。

李後主　浪淘沙（簾外雨潺潺）　全首語意慘然。

檇按，「一晌」二字，見昌黎《醉贈張秘書》詩，東坡亦屢用之。

辛棄疾　浪淘沙（身世酒盃中）　「老僧夜半誤鳴鐘」三句，與老杜「欲覺聞晨鐘，令人發深省」同意。

無名氏　鷓鴣天（宣德樓前雪未融）　昇平之盛，如在目前，昔人謂非想象者所能道，信然。

周邦彦　玉樓春（桃溪不作從容住）　（上片）　感憤語妙，以藴藉出之。翻用賀知章事，而感慨意即寓其中。

陸游　鵲橋仙（茅簷人靜）「故山猶自不堪聽」一句，不唯句法曲折，而意亦更深。

吴潛　鵲橋仙（扁舟舴艋）與東坡《洞仙歌》結處同意。

劉光祖　醉落魄（春風開者）結句「花竹秀而野」，東坡《題獨樂園》詩中語也。

顧夐　臨江仙（碧染長空池似鏡）兩絡各三字兩句。

陳與義　臨江仙（憶昔午橋上飲）神到之作，無容拾襲。漁隱稱爲清婉奇麗，玉田稱爲自然而然，不虚也。

吴文英　唐多令（何處合成愁，離人心上秋）合，古沓切。第二句如詩中離合體，亦從少游「一鈎殘月帶三星」得來。

范仲淹　蘇幕遮（碧雲天）鐵石心腸人，亦作此消魂語。

朱服　漁家傲（小雨纖纖風細細）「愁無際」三字，總承上三句，好！

蔣捷　行香子（紅了櫻桃）「心字香燒」，見《驂鸞録》。「窈娘隄」，見《比紅兒詩》。「秋娘渡」，見《杜秋娘》詩。「泰娘橋」，見劉禹錫《泰娘》詩。

櫄按，《驂鸞録》：番禺人作心字香，用素馨，茉莉半開者著淨器中，以沉香薄劈，層層相間，密封之，日一易，不待花蔫，花過香成。所謂心字香者，以香末縈篆成心字也。又按，窈娘，喬知之婢也。杜牧《秋娘》詩：「卻唤吴江渡，舟人那得知。」劉禹錫《泰娘》詩，有「有時妝成好天氣，走上皋橋折花戲」。故東坡有聯云：「唤船渡口迎秋女，駐馬橋邊問泰娘。」

張昇　離亭燕（一帶江山如畫）　「畫」字、「挂」字、「話」字，詩韻收入卦部，詞家往往叶入馬、禡韻中。

俞國寶　風入松（一春長費買花錢）　「明日重扶殘醉」。較原本「重携殘酒」，工拙判然。

吳文英　風入松（聽風聽雨過清明）　此則漸近自然矣。結句亦從古詩「全由履跡少，併欲上階生」化出。古詩又有「春苔封履跡」之句。

張炎　風入松（老來學圃樂年華）　如讀儲、王田家詩。

吳文英　祝英臺近（剪紅情）　「花信上釵股」。立春。「花隨紅意發，葉就緑情新」，昔人剪彩詩也。「殘日東風，不放歲華去」。闕合除夜。换頭數語，指春盤彩縷也。「歸夢」二句，從「春歸在客先」想出。

湯恢　祝英臺近（宿醒蘇）　「鴨」字屬洽韻，不與屑、月通，此與雪、節同叶，當讀作乙屆切。東坡《畫雁》詩亦然。

又　祝英臺近（月如水）　「誰道臨水樓臺，清光最先得」，「近水樓臺先得月」，唐戴叔倫句（編者按，當爲宋蘇麟句）。

羅志仁　金人捧露盤（濕苔青）　「更無宫女説元宗」，翻用唐句，感慨更深。

李元膺　洞仙歌（雪雲散盡）　「已失春風一半」，中有至理，卻是未經人道。

張炎　掃花游（嫩寒禁暖）　「待留取斷紅，心事難留」，結句引起下半闋。

又　掃花游（煙霞萬壑）　「聽虚籟泠泠，飛下孤峭」，一作「稱刻竹微吟，卧雲孤嘯」。

周邦彦　滿庭芳（風老鶯雛）　「黄蘆苦竹」，出香山《琵琶行》。　通首疏快，實開南宋諸公之先聲。

張炎　滿庭芳（晴皎霜花）「消凝處，一枝借暖，終是未多情」，折筆，即爲小字添毫。

高觀國　燭影摇紅（别浦潮平）「正慘淡、雲横疏影」，俱寫景物，卻有層次，故不板實，寫景自下而上。「酒醒情緒，日晚登臨，淒涼誰問」，總承上六句。「誤玉人、高樓凝恨」，收轉前段。

張炎　西子妝（白浪摇天）「萬花吹淚」。較坡公「點點是離人淚」更覺纖新。「遥岑寸碧」。用昌黎句。一作「殘山剩水」。

又　聲聲慢（荷衣消翠）一片神行。

湯恢　倦尋芳（錫簫吹暖）「仿佛畫圖曾見」，東坡《續麗人行》，因周昉畫背面欠伸内人而作，故其詩云：「隔花臨水時一見，只許腰肢背後看。」此正用其意。

姜夔　揚州慢（淮左名都）「縱荳蔻詞工，青樓夢好，難賦深情」。「荳蔻梢頭二月初」及「十年一覺揚州夢，贏得青樓薄倖名」，皆杜牧之句。「淮左名都，竹西佳處」。揚州府城東北有竹西亭，故杜牧詩云：「誰知竹西路，歌吹是揚州。」

柳永　玉蝴蝶（望處雨收雲斷）與《雪梅香》、入聲《甘州》數首蹊徑仿佛。

蘇軾　念奴嬌（大江東去）「江山如畫，一時多少豪傑」。應上生下。「早生華髮」。自叙。「人生如夢，一樽還酹江月」。仍收歸赤壁。一起真如太原公子裼裘來。若「亂石」數語，則人人知其工矣。

橚按，此闋各本異同甚多，此從《容齋隨筆》録出。容齋，南渡人，去東坡不遠。又本山谷手書，必非僞託。又按，《詞綜》謂他本「浪聲沉」作「浪濤盡」，與調未協。考譜「浪濤盡」三字，平仄未嘗不協，覺「浪聲沉」更沉着耳。又謂「小喬初嫁」宜句絶，「了」字屬下句乃合，此正如村學究説書，不顧上下語意聯絡，可一噴飯也。

杜旟　酹江月（江山如此）「多少傷心事」。六朝興廢，數語括盡。换頭，又提起言之，並寓南宋之慨。「只有袁公不死」。「寧爲袁粲死，不作褚淵生」，宋時石城謡也。

黄昇　酹江月（玉林何有）「客來茶罷，自挑野菜同煮」，樸而有致，故雅。「零落珠歌翠舞」，宕開。

陳允平　百字令（凝雲沍曉）「閑踏輕澌來薦菊，半潭新漲微瀾」。「一盞寒泉薦秋菊」，東坡《書林逋詩後》句。

張炎　壺中天（揚舲萬里）「卻向而今游歷」。淡語入情，人不能道。

又　壺中天（瘦筇訪隱）「窈窕行人韋曲」。韋曲、杜曲，皆昔時名勝之地。

薩都剌　百字令（石頭城上）「鬼火高低明滅」。已上俱是觸目生慨。「暗换青青髮」。略推開。「傷心千古，秦淮一片明月」。仍收歸石城。

又　酹江月（周郎幽趣）結語自謂。

又　酹江月（短衣瘦馬）「半下鐘聲」以下，似乎稍汎，與前不稱。

張炎　湘月（行行且止）「蓬窗深裏」。冒起。「數筆横塘秋意」。細細寫景。「無復清游如此」。寄慨。「弄影蘆花外」。收轉。「幾時歸去，翦取一半煙水」。去路。

史達祖　東風第一枝（草腳愁蘇）「鞭香拂散牛土」。宋時内宫皆用五色絲彩杖鞭牛，故曰「鞭香」。

張炎　高陽臺（接葉巢鶯）淡淡寫來，冷冷自轉。此境不大易到。

又　渡江雲（山空天入海）　曲折如意。「更漂流何處」。「處」字亦是斜韻。

櫄按，《詞譜》：此闋後段第四句例用仄韻，乃一定之格。宋人自周清真以後俱如此填，唯陳西麓有全叶平韻、全押仄韻二體。

又　瑣窗寒（斷碧分山）　起句隱藏「碧山」二字。偶爾弄巧，詩家亦有此例。「蝴蝶」句及後「黄金」句，俱出李長吉詩。

櫄按，《史記·太史公自序》「禹穴」注：「石箐山，一名玉笥山，又名宛委山。」又按《水經注》：「浙東城東郭外，又有玉笥、竹林、雲門、天柱精舍。並疏山創基，架林裁宇。」則玉笥爲越中山無疑矣。

王安石　桂枝香（登臨送目）　「歎門外樓頭，悲恨相續」。杜牧之詩：「門外韓擒虎，樓頭張麗華。」結用杜牧《秦淮絶句》語意。

張炎　木蘭花慢（水痕吹杏雨）　前段只寫舟中情景，換頭以下方説昔遊。

姜夔　翠樓吟（月冷龍沙）　「聽氈幕、元戎歌吹」。題前一層即爲題中鋪叙，手法最高。「花消英氣」。淒婉悲壯，何減王粲《登樓》一賦。

史達祖　齊天樂（鴛鴦拂破蘋花影）　後段即東坡「擁髻無言怨未歸」之意。

周邦彦　瑞鶴仙（悄郊原帶郭）　「任流光過卻」。緊接上文。「猶喜洞天自樂」。收拾中間。

劉一止　喜遷鶯（曉光催角）　「宿鳥」以下七句，字字真切，覺曉行情景宛在目前，宜當時以此得名，近代唯秀水先生塞孤一闋足與方駕耳。

周密　曲遊春（禁苑東風外）「看畫船盡入西泠，閑卻半湖春色」。《武林舊事》云：「遊之次第，先南後北，至午則盡入西泠橋裏湖，其外幾無一舸矣。」「輕暝籠煙」以下，即《武林舊事》所謂「花影暗而月華生，始漸散去」也。前闋兩「絲」字，後闋兩「煙」字犯重，似失檢點。

施岳　曲遊春（畫舸西泠路）「傍斷橋、翠繞紅圍，相對半篙晴色」。《武林舊事》所謂「小泊斷橋，千舫駢聚」也。和草窗詞，前闋寫遊人之駢集，後闋言遊人之歸去，層次歷歷，無不如畫。

吳文英　金盞子（賞遠梧園）「鎖煙窗雲幄」。寓窗未開。「短亭初泊」。新邑之役。「幽叢畔、淒香霧雨漠漠」。西籬間。

陳允平　探春（上苑烏啼）「柳」字、「酒」字俱借叶。

李彌遜　花心動（水館風亭）前段只寫初秋情景，換頭以下略點入牛女事，最善避俗。

張炎　疏影（柳黄未結）先述舊遊，後説北歸，于事則爲順叙，于法則爲倒裝。

周密　惜餘春慢（紺玉波寬）「魚牽翠帶，燕掠紅衣，雨窗萬荷喧睡」。杜陵詩「水荇牽風翠帶長」。趙嘏詩「紅衣落盡渚蓮愁」。

陳經國　沁園春（誰使神州）按宋紀丁酉爲理宗嘉熙元年，是時金雖已亡，而蒙古兵方壓境，諸鎮皆棄官遁。詞中所感，殆謂是歟？

姜夔　八歸（芳蓮墜粉）「歸來後、翠樽雙飲，下了珠簾，玲瓏閑看月」。三句括盡康伯可《滿庭芳》。翻用太白《玉階怨》，妙！　歷叙離别之情而終以室家之樂，即《豳風·東山》詩意也。誰謂長短句不源于

《三百篇》乎？

櫹按，「疏桐墜緑」用長吉詩語。結處六句清而能麗，綺而不靡，融情景于一家，讀之真令人願作鴛鴦不羨仙矣。作艷體詞，當以此種爲上乘。若山谷詞「歸來晚，文君未寢，相對小窗前」，便直而寡味。

辛棄疾　摸魚兒（更能消幾番風雨）　「見説道、天涯芳草無歸路」。是留春之辭。「休去倚危欄，斜陽正在，煙柳斷腸處」。即義山「夕陽無限好，只是近黄昏」之意。「斜陽」，以喻君也。

王沂孫　摸魚兒（洗芳林、夜來風雨）　疑失題。筆路與思路俱極尖巧，尤妙在無一點俗氣，否則便類市井小兒聲口矣。

櫹按，《復齋漫録》：王逐客送鮑浩然之浙東長短句：「水是眼波横，山是眉峯聚。欲問行人去那邊，眉眼盈盈處。　才始送春歸，又送君歸去。若到江南趕上春，千萬和春住。」韓子蒼在海陵送葛亞卿用其意以爲詩，斷章云：「明日一杯愁送春，後日一杯愁送君。君應萬里隨春去，若到桃源記歸路。」又按《苕溪漁隱叢話》：山谷詞云：「春歸何處。寂寞無行路。若有人知春去處。喚取歸來同住。」王逐客云：「若到江南趕上春，千萬和春住。」體山谷語也。愚意碧山此闋，亦從逐客、山谷兩詞脱化而出，饒有雅韻，倚聲家恐未易學步耳。

元好問　邁陂塘（問世間、情是何物）　玉田云：「雁丘、雙蓮，立意高遠。」

又　邁陂塘（問蓮根、有絲多少）　遺山二闋，綿至之思，一往而深，讀之令人低徊欲絶，同時諸公和章皆不能及。前云「天也妒」，此云「天已許」，真所謂「天若有情天亦老」矣。

張翥　摸魚兒（正匆匆、楚鄉秋晚）　「君記取、待雪夜、相思乘興柴罔路」。訂後會。「要款段隨車」。《馬援傳》：「乘下澤車，御款段馬。」「輕盈换酒，重爲國香賦」。仍關合遣妾意。

辛棄疾　賀新郎（緑樹聽鵜鴂）　「更那堪、杜鵑聲住」。舊注云：鵜鴂，杜鵑，實兩種。見《離騷補注》。「看燕燕，送歸妾」。《詩·小序》云「燕燕，送歸妾也」，竟作换頭用，直接亦奇。「將軍百戰身名裂，向河梁、回頭萬里，故人長絶。易水蕭蕭西風冷，滿座衣冠似雪。正壯士、悲歌未徹」。上三項説婦人，此二項言男子。中間不叙正位，卻羅列古人許多離别，如讀文通《别賦》，亦創格也。

又　金縷曲（柳暗凌波路）　「一番新緑」。叶去聲，音慮。「緑」字叶去，見《中原音韻》及《唐音正》。「千里瀟湘葡萄漲」。坡詩「春江緑漲蒲萄醅」。「唱我新翻句」。《飛燕外傳》：「姊唾染人紺褎，正似石上花唾。」「花」字本此。「望金雀、觚稜細舞」。《西都賦》：「上觚稜而棲金爵。」「觚稜」，殿闕也。「金爵」，鳳也。通首寄慨絶遠。

樇按，《詞譜》作「送春歸、一番新緑，猛風暴雨」，當從。

文及翁　賀新涼（一勺西湖水）　「千古恨，幾時洗」。所謂「直把杭州作汴州」也。

蔣捷　賀新郎（渺渺啼鴉了）　「挂牽牛、數朶青花小」。舊人言，牽牛花日出即萎，故此詞云然。

李南金　賀新郎（流落今如許）　「有因風、飄墮隨塵土」。用《南史》范縝語意。　羅大經云：「淒婉頓挫，不減古作者。」

周邦彥　大酺（對宿煙收）「況蕭索青蕪國」。温飛卿詩「花庭忽作青蕪國」。通首俱寫雨中情景。

樵按，昌黎詩：「桃枝綴紅糝。」

張翥　多麗（晚山青）　西湖晚景，形容曲盡。背馱明月進錢塘者，何足語此？

柳永　夜半樂（凍雲黯淡天氣）「浪萍難駐」。接上一片。　第一疊言道途所經，第二疊言目中所見，第三疊乃言去國離鄉之感。

又　哨遍（睡起畫堂）「珠幕雲垂地」。先從室中說起。「忽一綫爐香若遊絲」。次言物類。「捲皺銀塘水」。次言景象。「晚來情味」。勒住。「乘興深入芳菲裏」。接入行樂。「輕攏慢撚總伶俐」。鳴弦。「霓裳入破驚鴻起」。看舞。「歌聲悠颺雲際」。徵歌。「但人生、要適情耳」。總收。　先言景，後言情；先言晝，後言夜。層次一絲不紊。

樓敬思云「詞到工處，未有不靜細者」。此亦靜細之一端也。

汪元量　鶯啼序（金陵故都最好）「嗟倦客、又此凭高」。點清重過。「檻外已少佳致」。虛籠一句。「更落盡梨花，飛盡楊花，春也成憔悴」。只作引子，亦是襯法。「問青山、三國英雄，六朝奇偉」。領起下二段。「麥甸葵丘，荒臺敗壘，鹿豕銜枯薺。正潮打孤城，寂寞斜陽影裏」。兩層俱是所見，一下一高。「聽樓頭、哀笳怨角」。一層是所聞。「漸夜深，月滿秦淮，煙籠寒水」。轉接。兩層亦是所見，一遠一近。「慨商女不知興廢，隔江猶唱庭花，餘音疊疊」。一層是所聞。「傷心千古，淚痕如洗」。略頓。「烏衣巷口蕪路，忍依稀、王謝舊鄰里」。衣冠人物。「臨春結綺。可憐紅粉成灰，蕭索白楊風起」。宫殿妃嬪。「楚囚對泣何時已」。追思致亂之由。「歎人間、今古真兒戲」。一句總收。「東風歲歲還來，吹入鐘山，幾重蒼翠」。仍應轉第一段。慨古實以傷今，當與《麥秀》之歌、《黍離》之詩竝傳。

晴雪雅詞偶評卷二

賦情類

姚寬　憶王孫（毿毿楊柳緑初低）　與飛卿「送君聞馬嘶」各有其妙，正可參看。

牛嶠　望江怨（東風急）　有急弦促柱之妙。

白居易　長相思（深畫眉）　古樂府之遺。

張先　生查子・彈箏（含羞整翠環）　玩後四句，乃是憶彈箏之人而作，非咏彈箏也。

辛棄疾　生查子・有覓詞者爲賦（去年燕子來）　玩第四句，似帶厭惡之意。此詞當編入賦懷類。

李萊老　生查子（妾情歌柳枝）　「樓上數殘更，馬上看新月」。從「樓上黄昏」、「馬上黄昏」脱來。

顧敻　醉公子（岸柳垂金綫）　覺少游「小樓連苑横空」，無此神韻也。

寇準　點絳脣（小陌輕寒）　本《香奩集》。

周邦彦　點絳脣（遼鶴歸來）　「故鄉」，一作人。「傷心地」，一作事。淡淡寫來，深情無限。宜楚雲爲之感泣也。

程垓　愁倚闌令（春猶淺）　他字借叶。　昵昵兒女語，妙以渲染出之。

李清照　浣溪沙（樓上晴天碧四垂）　「新笋已成堂下竹，落花都入燕巢泥」。眼前景物，自成佳聯。　此詞大旨，只是慨春色已去耳。　玩第三句及結句自明。

張輯　月當窗·寓霜天曉角（看朱成碧）　本唐詩。

槱按，《能改齋漫録》，李太白《前有尊酒行》：「催弦拂柱與君飲，看朱成碧顔始紅。」梁王僧孺《和愁示諸賓》詩云：「誰知心眼亂，看朱忽成碧。」又「看朱成碧思紛然，悴憔支離爲憶君」，武則天詩也，見郭茂倩《樂府》。

温庭筠　菩薩蠻（小山重疊金明滅）　首句「小山」蓋指屏山言也。　「鬢雲欲度香顋雪」。猶言鬢絲繚亂也。「照花前後鏡，花面交相映」。承上梳妝言之。「新帖繡羅襦」。帖疑當作貼，《花菴》選本作著。

又　菩薩蠻（南園滿地堆輕絮）

槱按，是編所選，仿《詞綜》本，更拔其優。惟此詞及東坡《洞仙歌》《阮郎歸》；半山《菩薩蠻》；玉田《新雁》、《過妝樓》數闋，《詞綜》不入選，從集本采録。

李後主　子夜（花明月暗飛輕霧）　飛一作離。　「剗韈步香階」。剗一作衩，剗，平也。階一作苔。「奴爲出來難」。奴一作好，出一作去。　情真景真，與空中語自别。

韋莊　菩薩蠻（紅樓别夜堪惆悵）　語意自然，無刻畫之痕。

張桂　菩薩蠻（東風忽驟無人見）　新倩。

和凝　采桑子（蝤蠐領上訶黎子）　按訶子，樹名，又名訶黎。花白，子黄，似橄欖而有六路。疑當時婦女或懸之以爲飾也。○按休文咏領邊繡有云：「縈絲飛鳳子，結縷坐花兒。不聲如動吹，無風自裊枝。」姚翻又有「日照茱萸領」之句。則訶黎子或是領上裝飾，亦未可知也。「繡帶雙垂」。疑亦言上體之帶，非帬帶也。「叢頭鞋子紅編細，帬窣金絲」。前言上服，此言下服，意亦較前更細。

陸游　采桑子（寶釵樓上妝梳晚）　體格仿佛花間，但味較薄耳。南宋小令佳者，大抵皆然。

成幼文　謁金門（風乍起）　起處九字，千鎚百鍊，卻似以無意得之。

宋祁　好事近（睡起玉屏風）「䙝沉香帷箔」。此䙝字疑是䙝起之䙝，否則只是帖近入内義耳。換頭雖緊接上句來，然既用沉香帷箔，又用朱簾，後人不宜效之。

李白　清平樂（禁闈秋夜）　怨而不怒。以解嘲爲怨悱，可與《客難》、《賓戲》一例看。

韋莊　清平樂（野花芳草）　前闋説遠，後闋説近。

又　清平樂（鶯啼殘月）「門外馬嘶即欲别，正是落花時節」。與飛卿「門外草萋萋」二語意正相似。

劉弇　清平樂（東風依舊）　上片：一作斷句。下片：此必有所傷悼，故云。

槺按，《復齋漫録》：劉偉明既傷愛妾，而不能忘，爲《清平樂》詞云云。

劉克莊　清平樂·贈維揚陳師文參議家舞姬（宫腰束素）「貪與蕭郎眉語，不知舞錯伊州」，入神。

趙汝迕　清平樂（初鶯細雨）　情至之語，不嫌其苦。

黄昇　清平樂·宫詞（珠簾寂寂）「又是羊車過也，月明花落黄昏」。末二句似從摩詰「那堪聞鳳吹，門外度金興」化出。○語意惻惻動人，然較之太白，則更傷矣。○余弟芷齋云：「結句本唐人《宫詞》『月明花落又黄昏』」。

元好問　清平樂（離腸宛轉）「飛去飛來雙乳燕，消息知郎近遠」。二語可與馮延巳「雙燕來時，陌上相逢否」爲配。「杜宇一聲春去，樹頭無數青山」。結句本于真人《鳳棲梧》。

李白　憶秦娥（簫聲咽）「灞陵傷別，樂游原上清秋節，咸陽古道煙塵絶」。灞陵、樂游原，俱在長安。今陜西西安府也。咸陽又名渭城，今仍有咸陽縣。

秦觀　憶秦娥（暮雲碧）「佳人不見愁如織」。古詩：日暮碧雲合，佳人殊未來。

温庭筠　更漏子（柳絲長）又（星斗稀）又（玉爐香）以上三首，與後毛文錫作（春夜闌），皆言夜景，畧及清晨，想亦緣調所賦耳。

無名氏　眉峯碧（蹙破眉峯碧）「纖手還重執」。從牛給事《望江怨》脱來。○「窗外芭蕉窗裏人，分［明］葉上心頭滴」。似從飛卿「空階滴到明」化出。若聶勝瓊《鷓鴣天》結句，則又從此出藍耳。

秦觀　畫堂春（東風吹柳日初長）高麗，直可使耆卿、美成爲輿臺矣。

歐陽炯　三字令（春欲盡）上片：由外而内。下片：由内而外。「花淡薄」。春光欲盡，故曰淡薄。

趙令畤　烏夜啼（樓上縈簾弱絮）「重門不鎖相思夢，隨意繞天涯」。「隨意」一作「依舊」。從休文「夢中不識路，何以慰相思」化出。

王雱　眼兒媚（楊柳絲絲弄輕柔）詞固佳，嫌太輭媚，似婦人耳。

蔣捷　柳梢青・游女（學唱新腔）「柳雨花風，翠鬆裙褶，紅膩鞋幫」。態濃意遠。「日日隨香輦」。香一作春。

槱按，此闋全首用三「江」韻，唯幫字，考《廣韻》，「江」部中不收，「唐」部有幫、挷、鞤三字，詳音義，當是鞤字誤刻幫字。《江湖載酒集・步蟾宫》：「仗席淺露著鞋鞤。」紅狹《茶烟閣體物・鵲橋仙（咏鞋）》：「不比鞤兒還瘦。」可證。又按《敬業堂集》卷十一《月下渡揚子（紅）［江］》七絶一首，撞、幫、江三字同叶，幫字亦誤刻幫字。先生用韻謹嚴，必有所據，諒不僅祖以小詞也。

周密　少年游・宫詞擬小山（簾銷寶篆卷宫羅）「一樣春風，燕梁鶯户，那處得春多」。即「梨花雪，桃花雨，畢竟春誰主」之意。然俱從義山「鶯啼花又笑，畢竟是誰春」脱出。

周邦彦　少年游（并刀如水）多二字。情景如繪，宜遭道君之怒也。

韋莊　荷葉杯（絶代佳人難得）又（記得那年花下）二闋語淡而悲，不堪多讀。

謝逸　燕歸梁（六曲闌干翠幕垂）清麗。

歐陽修　南歌子（鳳鬢金泥帶）真覺娉娉嫋嫋。

秦觀　南柯子（玉漏迢迢盡）「照雙星」。照當作帶。

謝逸　南歌子（雨洗溪光淨）「銅荷燭泪紗」。庾子山賦：「銅荷承泪蠟。」○前段言簾外，後段言簾内。

李清照　醉花陰・九日（薄霧濃雲愁永晝）「人比黄花瘦」。結句亦從「人與緑楊俱瘦」脱出，但語意較工妙耳。

謝絳　夜行船（昨夜佳期初共）情真語摯，不似它人一味雕琢。花庵乃曰：「後段語最奇。」何奇之有！

聶勝瓊　鷓鴣天·寄別李生（玉慘花愁出鳳城）　風致如許，真所謂我見猶憐者也。

李後主　玉樓春（晚妝初了明肌雪）　「重按霓裳歌遍徹」。霓裳曲十二遍而終，見香山詩自注。「臨風誰更香飄肩」，飄香肩，疑指落花言之。

顧敻　玉樓春（月照玉樓春漏促）　「背帳猶殘紅蠟燭」。殘字作餘字解，唐詩類然。

歐陽修　玉樓春（西湖南北煙波隔）　「舞餘裙帶綠雙垂」。餘一作徐。「貪看六幺花十八」，花十八未詳。疑是舞之節拍也，俟考。按詞調中有《六幺》，「花十八」，意必曲名也。

黄昇　鵲橋仙（青林雨歇）　「朱簾風細」。朱一作珠。「雲窗霧閣事茫茫」。昌黎詩：「雲窗霧閣事慌惚。」

蔣捷　虞美人（絲絲楊柳絲絲雨）　「幾度和雲飛去，覓歸舟」。較「天際識歸舟」更進一層。

槵按，汲古閣《竹山詞》及《詞綜》，此闋題俱作《梳樓》，疑誤。

歐陽修　踏莎行（候館梅殘）　「平蕪盡處是春山，行人更在春山外」。春山疑當作青山。否則既用「春水」，又用兩「春山」字，未免稍複矣。

張先　踏莎行（衾鳳猶温）　「映花避月上迴廊，珠裙摺摺輕垂地」。是一幅美人曉起圖。

姚寬　踏莎行（蘋葉煙深）　「飛鴻樓上人空立」。已上是即景。已下是遥想。「夢魂歸去不留踪，厭厭一夜涼蟾入」。兩層一齊收入。

無名氏　踏莎行（碧蘚迴廊）　「分明燭下聞刀剪」。結語本《香奩集》。○可與後主「花明月暗」詞並傳。融情景于一家，固是詞中三昧。若論豔詞，則與其多作情語，無甯多作景語。蓋情語尤易流入鄙褻也。細玩自知。

毛熙震　臨江仙（幽閨欲曙聞鶯囀）「好風頻謝落花聲，隔幃殘燭，猶照綺屏箏」。與顧夐《玉樓春》後段意同。

歐陽修　臨江仙（柳外輕雷池上雨）「水精雙枕，傍有墮釵横」。不假雕飾，自成絶唱。○按義山《偶題》云：「水文簟上琥珀枕，傍有斷釵雙翠翹。」結句本此。

晁沖之　臨江仙（憶昔西池池上飲）「情知春去後，管得落花無」。淡語有深致，咀之無窮。

張元幹　臨江仙（鶯唤屏山驚睡覺）「長記枕痕消醉色，日高猶倦妝梳」。以上俱是追憶。

李石　臨江仙（煙柳疏疏人悄悄）上片。數語較勝。無名氏《踏莎行》詞，所謂有景、有情、有味也。「一方明月中庭」。用劉禹錫詩。「扇子撲流螢」。用杜牧之詩。

晏幾道　蝶戀花（醉别西樓醒不記）「紅燭自憐無好計，夜寒空替人垂淚」。杜牧之詩：「蠟燭有心還惜别，替人垂淚到天明。」

秦觀　黄金縷（妾本錢塘江上住）本，一作在。「不管流年度」。管，一作記。「紗窗幾陣黄梅雨」。一作黄昏幾度瀟瀟雨。「（料）［斜］插犀梳雲半吐」。斜插一作蟬鬢，半一作欲。「夢斷緑雲無覓處」。夢斷緑雲一作酒醒夢回。「夜涼明月生南浦」。夜一作凄。○仙才鬼才兼而有之。

編者按：《全宋詞》於司馬槱名下收此闋，盖録自《張右史文集》卷四十七。文字頗有異同。其編者按云：「《張右史文集》及《雲齋廣録》卷七，並以上半首爲司馬槱夢中見一女子所歌，下半首槱續。《春渚紀聞》卷七則以下半首爲秦觀所續。今從《樂府雅詞》。元楊朝英《陽春白雪》卷一以全首爲蘇小小作，非。」又《晴雪雅詞》鈔本下片「斜插」誤爲

「料插」，今從《全宋詞》。

朱淑真　蜨戀花·送春（樓外垂楊千萬縷）　「莫也愁人意」。意字借叶。「把酒送春春不語，黄昏卻下瀟瀟雨」。與「庭院深深」作後結、「妾本錢塘」作前結相似。

尹焕　唐多令（蘋末轉清商）　「説著前歡佯不記，颺蓮子、打鴛鴦」。記一作倸。○情景逼真。

張炎　南樓子（風雨客殊鄉）　客一作怯。「梧桐傍小窗」。傍一作又。「暗憶舊時歌舞地」。以下俱是追憶。「明月半牀人睡覺」。睡覺一作夢醒。「聽説道、夜深涼」。真所謂「已涼天氣未寒時」。

李清照　一剪梅（紅藕香殘玉簟秋）　「月滿西樓」。原本無西字。

晏殊　破陣子（燕子來時新社）　「疑怪昨宵春夢好，元是今朝門草贏。笑從雙臉生」。如聞香口，如見冶容。

程垓　酷相思（月桂霜林寒欲墜）　人人之所欲言，卻是人人之所不能言，此之謂本色。無學力者，未許妄作邯鄲。

洪瑹　蓦山溪（潮平風穩）　兩疊，一言初别，一言别後。前歡如夢，後會無期。寫得淋漓盡致。

蘇軾　洞仙歌（冰肌玉骨）　「金波淡，玉繩低轉」。

櫄按，《春秋元命苞》：玉衡南兩星，爲玉繩。金波謂月也，見《漢書》。

附蜀主孟昶　玉樓春·夜起摩訶池上避暑作（冰肌玉骨清無汗）　「繡簾一點月窺人」，一作簾開明月獨窺人。○此必隱栝坡詞而托名蜀主者。苕溪漁隱亦云，當以序爲正（編者按，詞序見元刊本，不録）。

櫄按，一闋中重用三來字，亦失檢點。

秦觀　八六子(倚危亭)　「怎奈何」。何一作向。

元好問　滿江紅(一枕餘醒)　「恨伯勞東去燕西飛」。《古詞》：東飛伯勞西飛燕。

秦觀　滿庭芳(山抹微雲)　「煙靄紛紛」。四字引起下文。

附：琴操　滿庭芳・改少游詞：山抹微雲，天連衰草，畫角聲斷斜陽。暫停征轡，聊共飲離觴。多少蓬萊舊侶，頻回首，煙靄茫茫。孤村裏，寒鴉萬點，流水遶紅牆。魂傷。當此際，輕分羅帶，暗解香囊。謾贏得，秦樓薄倖名狂。此去何時見也，襟袖上，空有餘香。傷心處，長城望斷，燈火已昏黄。

秦觀　滿庭芳(晚色雲開)　「驟雨方過還晴」。天氣。「舞困榆錢自落，秋千外，綠水橋平」。景物。「低按小秦箏」。漸說到人事。「珠鈿翠蓋，玉轡紅纓」。會合。「十年夢，屈指堪驚」。離別。「疏煙淡日，寂寞下蕪城」。與起處反照作收。○自起至換頭數語，俱是追敘。玩結處自明。

趙雍　玉珥墜金環(乳燕交飛)　前後俱說目前情景，只中間數語是追敘舊時。

王觀　慶清朝慢・踏青(調雨爲酥)　「餖飣得天氣」。昌黎詩：「肴核紛飣餖。」如世俗攢盤攢盒是也。此借以爲門湊之義。

櫨按，《千金月令》：三月三日上踏青鞋韈，亦見《盧公範饋餉儀》。

潘元質　倦尋芳(獸鐶半掩)　「旋剪鐙花，兩點翠眉誰畫」。鄭谷《貧女吟》，有「笑剪燈花學畫眉」之句。燈煤可爲畫眉之用，宋人小說嘗言之。「香滅羞回空帳裏，月高猶在重簾下」。所謂「心怯空房不忍歸」也。

吳文英　倦尋芳・花翁遇舊歡吳門老伎李憐，邀分韻同賦此詞(墜瓶恨井)　「清瘦畫圖春面」。別後。○古詩：莫作瓶落井，一去無消息。「緑鬢輕剪」。重過。「被西風，又驚吹，夢雲分散」。又别。

姜夔　長亭怨慢·桓大司馬云：「昔年種柳，依依漢南。今看揺落，悽愴江潭。樹猶如此，人何以堪。」此語予深患之。（漸吹盡）「是處人家，緑深門户。遠浦縈回，暮帆零亂向何許」。先言别時之景。「閲人多矣，誰得似，長亭樹。樹若有情時，不會得、青青如此」。借樹以言别時之情。○閲人既多，安得尚有情耶？一笑。○此字借叶。「日暮，望高城不見，只見亂山無數。」别後。○何記室詩：「日夕望高城，緲緲青雲外。」「韋郎去也，怎忘得、玉環分付。第一是，早早歸來，怕紅萼、無人爲主。」望其早歸。韋郎與玉簫别，留玉指環，約七年再會。以其地在江夏，故用之。後遂沿爲通用語。「算只有并刀，難剪離愁千縷」。總收。

張翥　陌上花·使歸閩浙，歲暮有懷（關山夢裏）「歸來還又、歲華催晚」。使歸。歲暮。舊譜作六字句，亦通。今從《詞律》。「緑箋密記多情事，一看一回腸斷」。有懷。連上二句看來，乃見其妙。「滿羅衫、是酒痕香凝處」。舊譜從香字句，固謬。《詞律》以五字爲句，亦未安。《詞緯》作衫字讀。余謂當從是字讀。然未敢臆斷，姑從《詞緯》。「不成便没相逢日，重整釵鸞箏雁。但何郎、縱有春風詞筆，病懷渾嬾。」

檽按，《詞譜》：「滿羅衫是酒痕香凝處」，無香字；結句作平平平仄，病字作高字。當從。曲折如意。

姜夔　琶琶仙　黄鍾商　《吴都賦》云：「户藏煙浦，家具畫船。」唯吴興爲然。春游之盛，西湖未能過也。已酉歲，予與蕭時甫載酒南游，因遇成歌。（雙槳來時）「更添了幾聲啼鴂」。《離騷》：「恐鶗鴂之先鳴兮，使百草爲之不芳。」「三生杜牧」。涪翁詩：「春風十里珠簾卷，仿佛三生杜牧之。」詞中用「三生頓挫，又不待言。杜牧」，本此。「都把一襟芳思。……故人初別」。句句説景，句句説情。真能融情景於一家者也。曲折頓宕，又不待言。

蔣捷　絳都春（春愁乍晝）「細雨院深，淡月廊斜重簾挂」。景中有情。「縱然歸近，風光又是，翠陰初夏」。曲折入情。「鳳釵溜也」。也字叶得妙。高青邱「回首暮山青，又離愁來也」，亦似從此得訣。○姻娅之娅，從無活用者。字書亦無別解。惟《字彙補注》云：娅媣，態也。娅音鴉，幺加切。此又叶作去聲，俟考。娅媣，按《廣韻》作㚿奈。注云：作姿態貌。

𣝗按，《詞譜》、《汲古閣竹山詞》，俱作娅姹，唯《詞綜》作姹娅，故蒿廬師有是評者。姹字與下字也字均屬馬韻，況詩詞中用娅姹二字，未易枚舉。如歐公：「娅姹扶欄車兩頭，髧髦垂鬟嬌未羞。」東坡詩：「娅姹隔花聞好語。」山谷詩：「齋堂有佳處，花柳輕娅姹。」陳基白《美蘘》詩：「娅姹最憐無語處，風流全在半開時。」和凝詞：「娅姹含情嬌不語。」《片玉詞》亦有「娅姹雙眼」之句。其爲《詞綜》誤刻無疑。

陳允平　絳都春（鞦韆倦倚）少二字。「飛梭庭院繡簾閑。」此飛梭只作弄梭解，非用投梭折齒事也。○痕字、昏字，不宜與寒、鵑等字同叶。

王沂孫　慶春宮（淺萼梅酸）「縱飄零、滿院楊花，猶是春前」。與竹山「縱然歸近風光，又是翠陰初夏」，各有其妙。

李清照　壺中天慢（蕭條滿院）此詞造語固爲奇俊，然未免有句無章。前人不加評駁，殆以其婦人而恕之耶？

張先　剪牡丹・舟中聞雙琵琶（野緑連空）「盡漢妃一曲，江空月静」。末句即香山所謂「唯見江心空月白」也。○前闋説舟中，後闋説琵琶。

周密　解語花（晴絲罥蝶）「雨萼煙梢，壓闌干、花雨染衣紅溼」。起用晴絲，忽接雨萼，微碍。兩雨字亦犯重，疑當作露萼，或作霧萼，否則下雨字有誤。

陸子逸　瑞鶴仙（臉霞紅映枕）「悵無人説與」，説與一作與説。○玉田云：景中帶情，屏去浮燥。

陳允平　永遇樂（玉腕籠寒）「雲南歸雁，樓西飛燕，去來慣認炎涼」。三句所謂賦而興也。故下直接云王孫遠。

徐伸　二郎神（悶來彈鵲）從「舉頭聞鵲喜」翻出。「怎堪臨鏡」。怎一作不。「雁足不來」。足一作翼。「馬蹄難去」。去字原本是駐字，苕溪漁隱改作去。○此作多説别後情事。「薔薇舊約」。牧之留贈詩云：「薔薇花謝即歸來。」凡詞中用薔薇，本此。

湯恢　二郎神・用徐幹臣韻　少一字（隕窗睡起）「杯泛梨花冷」。此層尚是寬寫。「燕子銜來相思字，道玉瘦、不禁春病」。從雁足不來，又翻進一層。「玉肌翠帔，消得東風唤醒」。此層寫得更切。○此作以會合與别離兩層夾寫。

姜夔　解連環（玉鞍重倚）「卻沉吟未上，又縈離思」。冒起。「更何必、十分梳洗」。固知濃抹不如淡妝。「歎幽歡未足，何事輕棄」。與起處遥接。○從合至離，他人必用鋪排，當看其省筆處。「算如此溪山，甚時重至」。深情无限。覺少游「此去何時見也」，淺率寡味矣。「又見在、曲屏近底」。近字，花菴選本注曰：平聲。不知出處，義亦未詳。

劉過　賀新郎・去年秋，余試諜四明，賦贈老娼。至今天下與禁巾皆歌之。江西人來以爲鄧南秀詞，非也（老去相如倦）「雲萬疊，寸心遠」。青衫憔悴，紅粉飄零，千古一淚。

晴雪雅詞偶評卷三

賦物類

林逋　點絳脣・草（金谷年年）　「亂生春色誰爲主」。唐人《草詩》：金谷園應没。「王孫去，萋萋無數，南北東西路」。淮南王《招隱》：王孫遊兮不歸，芳草生兮萋萋。〇言短意長，所以爲佳。若徒稱其終篇不出一草字，此兒童之見也。

王茂孫　點絳脣・蓮房（折斷煙痕）

陳師道　菩薩蠻（哀箏一弄湘江曲）　「彈到斷腸時，春山眉黛低」。含情無限。

孫䄵　菩薩蠻・落梅（一聲羌管吹嗚咽）　「含章春欲暮」。暗用壽陽公主事。

宋齊愈　眼兒媚・梅詞應制（霏霏轉影轉征鴻）　轉影一作疏雨。「人間不是藏春處」。一作藏春所。〇可謂珠排字字圓矣。

朱翌　朝中措・五月菊（玉臺金盞對炎光）　「舊日東籬陶令，北窗正卧羲皇」。天作巧合。

歐陽修　少年游・草（闌干十二獨凭春）　清勁。

高觀國　少年游・草（春風吹碧春雲吹綠）　多一字。「萋萋多少，江南舊恨，翻憶翠羅裙」。「蔓草見羅裙」，杜句也。

李邴　玉樓春・美人書字（沉吟不語晴窗畔）　「小字銀鈎題欲遍」。將寫。「珍重提攜常在眼」。已寫。「翻羨鏤金紅象管」。餘意。○秀水咏金指環云：「愛他金小小，曾近玉纖纖。」亦似從此脱出。

蔣捷　虞美人・聽雨（少年聽雨歌樓上）　「悲歡離合總無情，一任階前點滴到天明」。此種襟懷固不宜到，然亦不願到也。

張先　醉落魄・美人吹笛（雲輕柳弱）　「生香真色人難學」。以上寫美人。「横管孤吹，月淡天垂暮」。以下説吹笛。「倚樓人在闌干角」。暗用唐詩。

賀鑄　踏莎行・荷花（楊柳回塘）　「紅衣脱盡芳心苦」。身分。「當年不肯嫁東風，無端卻被秋風誤」。有美人遲暮之慨。

梅堯臣　蘇幕遮・草（露隄平）　前結用嫩色，後結用翠色，犯重。

賀鑄　定風波・桃（牆上夭桃簌簌紅）　全用唐詩隱括入律。

姜夔　側犯・芍藥（恨春易去）　「正繭栗梢頭弄詩句」。「紅藥梢頭初繭栗，揚州風動鬢成絲」，山谷句也。

高觀國　御街行・詠轎（藤筠巧織花紋細）　只起二句説轎，以下俱説轎中之人。花字一首中三見，微複。此亦失於檢點處。

高觀國　御街行・賦簾（香波半窣深深院）　「鶯聲似隔」。簾外。「篆煙微度」。簾內。「彷彿見、如花嬌面」。以上言簾垂。「纖柔緩揭，瞥然飛去，不似春風燕」。結處言簾卷。

曹組　驀山溪・梅（護霜雲際）「想佳人、天寒日暮」。幾於合杜蘇而一之矣。○此首或以爲白石作，然玩結處數語，氣格較弱，其非姜作可知。

鄭斗煥　新荷葉（乳鴨池塘）賦題。

張孝祥　滿江紅・聽雨（斗帳高眠）「也不管，滴破故鄉心」。出唐詩。「愁人耳」。出古詩。「破我一牀蝴蝶夢，輸他雙枕鴛鴦睡」。工妙。

張翥　滿江紅・錢舜舉桃花折枝（前來劉郎）「又淒淒紅雨夕陽中，空相憶」。俱如畫圖作勢。「繁華夢」三句，點清。

張鎡　滿庭芳・促織（月洗高梧）響逸調遠。○「螢火墜牆陰」。陪襯。「任滿身花影，猶自追尋」。工細。

王沂孫　掃花游・秋聲（商飆乍發）「頓驚倦旅」。主意。「但落葉滿階，惟有高樹」。歐公所謂「聲在樹間」也。「想邊鴻孤唳。砌蛩私語。數點相和，更著芭蕉細雨。」借以作波，亦如歐公賦末，用「蟲聲唧唧」也。○不似竹山羅列許多秋聲，命意與歐公一賦仿佛相似，但從旅客情懷説來，倍覺淒然。

王沂孫　掃花游・緑陰（小庭蔭碧）少一字。「剩紅如掃」。來路。「總隨春老」。去路。用杜牧尋春事，入妙。○過變處，一綫相承。

李邴　漢宫春・梅花（瀟灑江梅）「東風也不愛惜，雪壓霜欺。無情燕子，怕春寒、輕失花期。卻是有，年年寒雁，歸來曾見開時。」三層俱用旁寫。「問玉堂何似，茅舍疏籬」。舊人詩句：「白玉堂前一枝梅。」○圓滿流轉，何減美成。

吴文英　天香·蠟梅（蟬葉粘霜）　後段俱從蟬字生發。

王易簡　天香·龍涎香（烟嶠收痕）　「雲沙擁沫，孤槎萬里春聚」。龍涎。「蠟杵冰塵，水研花片，帶得海山風露」。製香。「纖痕透曉，銀鏤小、初浮一縷。重剪紗窗暗燭，深垂繡簾微雨」。焚香。龍涎和衆香焚之，能聚香烟，縷縷不散。

槱按，《捫蝨新話》：製龍涎香者，無素馨花，多以茉莉代之。素馨惟蕃菴種者尤香，龍涎以得蕃菴花爲正云。前段「水研花片」句蓋指此。

姜夔　暗香·仙吕宫。辛亥之東，余載雪詣石湖。止既月，授簡索句，且徵新聲。作此兩曲，石湖把玩不已。使工伎肄習之，音節諧婉，乃名之曰《暗香》、《疏影》。〇《疏影》一闋依調編後。「舊時月色，算幾番照我，梅邊吹笛」。倒裝法。「何遜而今漸老，都忘卻、春風詞筆」。陡轉。「但怪得、竹外疏花，香冷入瑶席」。疑落。「歎寄與路遥，夜雪初積，翠尊易泣」。一層。「紅萼無言，耿相憶」。又一層。「常記曾攜手處，千樹壓、西湖寒碧」。轉。「又片片吹盡也，幾時見得」。收。〇二詞如絳雲在霄，舒卷自如。又如琪樹玲瓏，金芝布護。

張炎　紅情·《疏影》、《暗香》，姜白石不爲梅著語，因易之曰《紅情》、《綠意》，以荷花荷葉咏之。（無邊香色）「記涉江自采，錦亭雲密」。亭一作機。古詩：涉江采芙蓉。「一見依然自語」。太白詩：「荷花嬌欲語。」「愛向人弄影，背酣斜日」。荆公詩：「荷花落日紅酣。」「無數滿汀洲如昔」。一作「正無數、滿汀如昔」。〇此用參寥詩語。「烟浪裏」。浪一作波。

王沂孫　慶清朝·榴花（玉局歌殘）　「金陵句絶」。東坡《賀新涼》詞，後段單説榴花。荆公咏榴花，有「萬緑叢中紅一點，動人春色不須多」之句。「何須擬、蠟珠作蒂，湘彩成業」。出温飛卿詩。「誰在舊家殿閣，自太真仙去，掃地春空」。温陽七聖殿遶殿石榴，皆太真所植，出洪氏雜組。「顛倒絳英滿逕，想無車馬到山中」。用昌黎詩。

史達祖　雙雙燕・春燕（過春社了）「還相雕梁藻井」。梁間曰藻井。「便忘了、天涯芳信」。傳書燕，見《開元天寶遺事》。然文通、太白詩已先用之，不必出處也。◯清新俊逸，兼有之矣。

槈按，七（命）［啟］，屋上以板爲井形，而丹青飾之，謂之綺井，即今俗曰天花板也。又按，傳書燕，唐臣商任宗與妻郭紹蘭事，文士張説嘗爲傳文通詩：「袖中有短書，願寄雙飛燕。」太白詩：「忽逢江上春歸燕，銜得雲中尺素書。」義山詩：「西來雙燕信相通。」

王沂孫　三姝媚・櫻花（紅纓懸翠葆）「漸金鈴枝深，瑶階花少」。正寫起。「萬顆燕支」。以下三層，俱是借用法。「正夜色瑛盤，素蟾低照」。用魏明帝事。「薦筍同時，歎故園春事，已無多了」。用唐人櫻筍會事。「貯滿筠籠，偏暗觸、天涯懷抱」。用少陵詩意。「謾想青衣初見，花陰夢好」。用小説范陽盧子事。

張炎　新雁過妝樓・賦菊（風雨不來）「深院悄」。悄一作曉。「湘潭無人弔楚」。潭一作澤。「誰寄相思」。寄一作記。「想鶴怨山空猶未歸」。猶一作人。◯蕭疏淡遠，雅與題稱。

槈按，落英，集本作落莫。此字應平聲，莫字誤。

張雨　燕山亭・楊梅（鶴頂珠圓）「曾問譜西泠，緑陰青子」。闕合梅字。「君家幾度尊前」。用楊德祖事。「珎果同時，惟醉寫、來禽青李」。陪襯。

槦按，《能改齋漫録》：越中産楊梅最佳。又按，《會稽志》：會稽楊梅佳者出項里，錢塘産者勝之。

姜夔　念奴嬌・吴興荷花（鬧紅一舸）「記年時、常與鴛鴦爲侣」。年一作來。常一作長。○唐詩：「鴛鴦相對浴紅衣。」

陳允平　酹江月・賦水仙（漢江露冷）「是誰將瑶瑟，彈向雲中」。琴中有《水仙操》，故云。「九疑何處，斷魂飛度千峯。」暗用湘妃事。

史達祖　東風第一枝・春雪（巧沁蘭心）「行天入鏡」。昌黎《春雪》詩：「入鏡鸞窺沼，行天馬渡橋。」「怕鳳靴挑菜歸來」。春。「萬一灞橋相見」。雪。

吴文英　高陽臺・落梅（宮粉雕痕）「金沙鎖骨連環」。用鎖骨菩薩事。「南樓不恨吹横笛，恨曉風、千里關山」。翻案法。「半飄零、庭上黄昏」。上一作院。「壽陽宮裏愁鸞鏡」。一句中用兩事。「問誰調玉髓，暗補香瘢」。用鄧夫人事。○宋伯序《落花》詩：「泪臉補痕煩獺髓，舞臺收影費鸞腸。」換頭三句，語意本此。「夢縞衣解珮溪邊」。一句中合用兩事。○可云蹙金結繡矣。特微嫌用事太多耳。

李萊老　高陽臺・落梅（門掩香殘）「斷腸不在聽横笛」。翻案法，夢窗同。「悵秋娘、滿袖啼痕，更關情。青子懸枝，緑書成陰」。《杜秋娘歌》有「莫待無花空折枝」之句。

周密　花犯・水仙花（楚江湄）「冰絃寫怨更多情，騷人恨，枉賦芳蘭幽芷」。襯法。○「誰記」、「謾記」犯重，下「記」字疑誤。○

槦按，此闋如「無」字、「幽」字俱犯重，不僅「記」字也。考草窗他詞，犯此者甚多。

翁元龍　絳都春·秋晚海棠與黄菊盛開（花嬌半面）「記蜜燭夜闌」。蜜字疑訛。「恨他情淡陶郎」。稱陶公爲陶郎，未穩。

陳恕可　桂枝香·蟹（西風故國）「記乍脱内黄」。内黄，地名，此特借用。「還是秦星夜映」。陰陽家以井鬼之分爲巨蟹宫，井鬼分野屬秦。「正香擘新澄」。山谷《蟹詩》：「忍看支解對薑橙。」遺山亦有「酒邊遺汝伴新橙」之句。

樵按：《娱老堂詩話》：曾幾吉甫《謝人送蟹詩》：「從來歎賞内黄侯，風味尊前第一流。」「内黄侯」甚新。又按，《隨隱漫録》：「姑蘇守臣進蟹應制，上令陳藏一擬聞，先臣援筆立成。略曰：内則黄中通理，外則戈甲森然。上大悦。」前人賦蟹，往往借用。内黄不獨行之也。

唐珏　桂枝香·蟹（松江舍北）「正半殼含黄，一醉秋色。纖手香橙風味，有人相憶」。出坡詩。「至今茶鼎，時時猶認，眼波秋碧」。結用蟹眼湯意，與陳作同。

章楶　水龍吟·柳花（燕忙鶯懶芳殘）「點畫青林，全無才思」。「楊花榆莢無才思」，昌黎句。「時見蜂兒，仰粘輕粉」。「仰蜂粘墜絮」，少陵句。

編者按，杜甫詩無此句。許氏誤記也。

蘇軾　水龍吟·和章質夫楊花韻（似花還似非花）「抛家傍路，思量卻似，無情有思」。貫下文六句。「曉來雨過，遺踪何在，一池萍碎」。入水爲浮萍，驗之信然。〇與原作均是絶唱，不容軒輊。

盧祖皋　水龍吟·荼蘼（蕩紅流水無聲）「笑依依欲挽，春風教住」。宋人《荼蘼》詩：「强挽春風留一醉。」「對枕幃空想，東窗舊夢，帶將離恨」。　山谷詩：「名字因壺酒，風流付枕幃。」

槠按，《全芳備祖》，[盧祖皐]蒲江有《詠荼蘼》七絶一首云：「酒中風度夢中聞。」與山谷詩同意。

吴文英　水龍吟・惠山泉（豔陽不到青山）　「淡煙冷翠成秋苑」。　一起便如畫。「吴娃點黛，江妃擁髻，空濛遮斷。樹密藏溪，草深迷失，峭雲一片」。　從山説到泉。　「二十年舊夢，輕鷗素約，霜絲亂，朱顏變。」自慨。　「龍吻春霏玉濺。煮銀瓶，羊腸車轉」。　「銀瓶瀉湯誇第二」，東坡句。「曲几團蒲旺煮湯，煎成車聲繞羊腸」，山谷句。　「鴻漸重來，夜深華表，露零鶴怨」。　懷古。　「把閑愁换與，樓前晚色，棹滄波遠」。　去路。

王沂孫　水龍吟・牡丹（曉寒慵揭珠簾）　以下三首，俱明雋清圓，無堆垜之習。

槠按，太白《清平調》：「名花傾國兩相歡。」名花指牡丹也。　又按，《酉陽雜俎》：《謝康樂集》中言：「似聞水際多牡丹。」

王沂孫　水龍吟・海棠（世間無此娉婷）　「歎黄州一夢，燕宫絶筆，無人解，看花意」。　王元之知黄州，有《海棠詩》。「燕宫」謂《宣和畫譜》也。　○兩首前後結句仿佛相似，尚少變化。

編者按：前首詠牡丹結句：「怕洛中、春色匆匆，又入杜鵑聲裏。」此首詠海棠結句：「怕明朝、小雨濛濛，便化作燕支淚。」

王沂孫　水龍吟・落葉（曉霜初著青林）

編者按：前評「以下三首」，到此首爲止。

張炎　水龍吟・白蓮（仙人掌上芙蓉）　「涓涓猶滴金盤露」。　滴一作溼。　「記小舟夜悄，波明香遠，渾不見、花開處」。

何減「魯望月曉風清」之句。「冶姿清潤」。姿一作容。

趙汝鈉　水龍吟·白蓮（露華洗盡凡妝）「雪空水冷」。微複。「清涼亭院」。清涼字複。「更邀取、姮娥伴」。結語似落套。

槠按，「冰肌雪艷，清涼不汗」。「不汗」二字微硬。視蜀主「冰肌玉骨，清涼無汗」只換一字，何等穩妥。

曾允元　水龍吟·春夢（日高深院無人）「楊花撲帳春雲暖」。開口便是夢境，以下層次極細。「憑肩後約，畫眉新巧，從來未慣」。所謂夢中無限風流事也。

槠按，長吉詩：「楊花撲帳春雲熱。」

張翥　水龍吟·廣陵送客次鄭蘭玉賦蓼花韻（芙蓉老去妝殘）「露華滴盡珠盤泪」。引起。「瘦葦黄邊，疏蘋白外，滿汀烟穟」，襯寫。「幾度臨流送遠，向花前，偏驚客意」。點人送客。「船窗雨後，數枝低入，香零粉碎」。宋人詩：「蓼花無數入船窗。」此更寫得入畫。「秦淮風月，竹西歌吹」。帶出廣陵。「叢叢滿眼，伴離人醉」。收轉蓼花。

張翥　水龍吟·蠟梅（玉人梔貌堪憐）尤延之詩：「梔貌寧欺我輩人。」「甚女貞染就」。女貞一名蠟樹。然樹上收採之蠟，乃白蠟也，故曰染就。

張埜　水龍吟·游絲（落花天氣初晴）「隨風幾縷來何處，飄飄冉冉，悠悠颺颺，欲留還去」。虚。「雪繭新抽，青蟲暗墜，檐蛛輕度。看垂虹百尺，縈回不下，似欲繫，春光住」。實。

姜夔　齊天樂·蟋蟀，中都呼爲促織。〔俗名蟋蟀。〕　正宮黄鍾宫（庚郎先自吟愁賦）「西窗又吹暗雨」。窗一作風。「候館吟秋」。吟一作迎。「離宫弔月，别有傷心無數」。音響一何悲。「笑籬落呼燈，世間兒女」。高絶。「寫入琴絲，一聲聲更苦」。宣政間有士大夫製《蟋蟀引》。○將蟋蟀與聽蟋蟀者，層層夾寫，如環無端，真化工之筆也。

槱按，朱太史竹垞云：《杜子美集》有《漫與》五絶九首，又七言云：「老去詩篇渾漫與，春來花鳥莫深愁。」渾漫與者，言即景口占，率意而作也。其後蘇子瞻、黄魯直、楊廷秀諸公，皆襲用之，押入語韻。姜堯章作《蟋蟀》詞云：「豳詩漫與，笑離落呼燈，世間兒女。」段復之詞云：「詩句一春渾漫與，紛紛紅紫俱塵土。」陰時夫輯《韻府群玉》亦採入宇字韻中。蓋自元以前，無有讀作漫興者，迨楊廉夫作《漫興》七首，妄謂學杜者必先自其《漫興》始。而其弟子吴復見又從而附會之，而世之人遂盡改杜集之舊，易與爲興矣。

史達祖　齊天樂·賦橙（犀紋隱隱鶯黄嫩）「細雨重移」。「細雨更移橙」，杜句也。「想橘友荒凉，木奴嗟怨」。陪襯。○木奴，柑也。「草泥來趁蟹螯健」。又襯。「并刀寒映素手」，「蔌蔌吴鹽輕點」。并刀、吴鹽，俱用美成詞語。「待惜取團圓，莫教分散」。暗用合歡柑事，蓋二物實一種也。「入手温存，帕羅香自滿。」東坡詩注：賜近臣黄柑，以黄羅帕包之。

槱按，橙可芼鮮，可和葅醢，可爲醬齏，故梅聖俞詩云：「玉白搗齏憐膾美，金盤按酒助杯香。」

史達祖　齊天樂·白髮（秋風早入潘郎鬢）「斑斑遽驚如許」。用《秋興賦》序意。「便羞插宫花，自憐衰暮」。用東坡詩意。「舊吟淒斷茂陵女」。用《白頭吟》事。「人間公道惟此」。用唐人語。「涅了重緇」。用陸展染白髮事。「搔來更短」。「白頭搔更短」，亦唐句。「郎潛幾縷」。「白髮郎潛舊使君」，東坡句。「郎潛」二字，出張衡《思玄賦》。「縱有黟黟」。黟音伊，黑也。《秋聲賦》：黟然黑者爲星星。

方岳　臺城路・和楚客賦蘆（孤篷夜傍低叢宿）「那得似西來，一笻橫絶」。用達摩事。「搔首江南，雁銜千里月」。「雁銜蘆以避矰繳」，出《淮南子》。

周密　臺城路・蟬（槐陰忽送清商怨）朗潤清越，咏物題中所難。碧山二作亦然。

王沂孫　齊天樂・蟬（緑槐千樹西窗悄）「殘紅收盡過雨」。紅當作虹。○組織處一一工妙。

張炎　探春・雪霽（銀浦流雲）「懸冰解凍」。解凍一作融露。「碎滴瑶階如霰」。碎一作蘋；如霰一作點點。「也知不作花看」。看一作香。「東風何事吹散」。可謂筆如其手，手如口矣。不意於詠物題得之。

史達祖　綺羅香・春雨（做冷欺花）「盡日冥迷，愁裏欲飛還住」。摹寫入神。「記當日，門掩梨花，剪鐙深夜語」。「猶聽簷聲」。聽一作妒。如此運用，實處皆虛。○綺合繡聯，波屬雲委。

陳允平　綺羅香・秋雨（雁宇蒼寒）「遡歸燕，尚棲殘柳」。遡，迎也。「共裁春夜韭」。杜詩：「夜雨剪春韭。」

張炎　綺羅香・紅葉（萬里飛霜）飛霜一作霜飛；萬里飛霜又作一夜新霜。「千山落木」。山一作林；落木一作木落。「寒豔不招春妒」。不招春妒一作翻成春樹。「斜陽歸路」，歸路一作芳樹。「載情不去載
○以此接武梅溪，正如驂之有靳。

愁去」。愁一作秋。「羞見衰顔栽酒，飄零如許」。比擬最切。○用事無跡。「謾倚新妝，不入洛陽花譜」。一作「小字金書，心事已成塵土」。○香山詩：「醉貌如紅葉，雖紅不是春。」「記陰陰、緑遍江南，夜窗聽暗雨」。彈丸脱手，不足喻其圓美矣。

櫄按，「爲回風、起舞尊前」，借用長吉落花詩句。

王沂孫　南浦・春水（柳下碧粼粼）　「别君南浦，翠眉曾照波痕淺。再來漲緑迷舊處，添卻殘紅幾片」。點化文通《别賦》，卻又轉進一層，匪夷所思。「簾影蘸樓陰，芳流去，應有淚珠千點」。用東坡詞意。

張炎　南浦・春水（波暖緑粼粼）　「前度劉郎歸去後」。歸一作從。○亦空潤，亦微妙，非玉田先生不能。

櫄按，「鳥歸花影動，魚没浪痕圓」，僧悟清詩句，見《復齋漫録》。

張炎　解連環・孤雁（楚江空晚）　「欲下寒塘」。塘一作江。「正沙淨草枯」。淨一作静。「寫不成書，只寄得、相思一點」。奇警。「歎因循誤了」。歎一作料。「暮雨相呼，怕驀地、玉關重見」。「暮雨相呼疾，寒塘欲下遲」，唐崔塗《孤雁》詩也。

姜夔　疏影・仙吕宫（苔枝綴玉）　「月下歸來」。下一作夜。「昭君不慣胡沙遠，但暗憶、江南江北，想珮環、月下歸來，化作此花幽獨」。能轉法華，不爲法華所轉。宋人咏梅，例以弄玉、太真爲比，不若以明妃擬之，尤有情致也。胡澹菴詩，亦有「春風自識明妃曲」之句。「還教一片隨波去，又卻怨、玉龍哀曲」。用筆如龍。○别有爐鞴鎔鑄之妙，不僅以檃括舊人詩句爲能。

櫄按，海昌查浦太史論詩云：「景物意思，古人已不留餘地，惟用巧取之法，或倒用，或翻案。」余謂此特詩家一途，遺山所謂「蘺藩如此亦區區」也，當移以評隲此詞耳。

周密　疏影・梅影（冰條凍葉）　「又横斜照水」。四字是題前影子，即爲下文伏脈。「一花初發，素壁秋屏」。以下方是正面描寫。「輕妝誰寫崔徽面」。比。「記夢回、低帳殘燈，瘦倚數枝清絶」。比而賦。

張炎　疏影・梅影（黄昏片月）　首句標出題目。「似碎陰滿地」。似一作影。「幾度背鐙難折」。句中句。「依稀倩女」。倩一作靚。「窺鏡蛾眉待抹」。抹一作掃。「還驚海上燃犀去」。去一作處。「珊瑚如活」。如一作疑。「窺鏡……如活」八句。三層模寫，賦而比也。○人巧極而天工錯。草窗亦應退三舍以避之。

張炎　緑意・荷葉（碧圓自潔）　「向淺洲遠渚」。渚一作浦。「怕飛去、謾綰留仙裙褶」。綰一作摺。「猶染枯香」。枯一作拈。「還歎鬢絲飄雪」。歎一作笑。○比。「西風吹折」。吹一作聽。「喜靜看」。靜一作淨。「匹練秋光，倒瀉半湖明月」。去路。

張翥　疏影・王元章墨梅圖（山陰賦客）　「微霜卻護朦朧月，更漠漠、暝煙低隔」。即爲畫圖伏脈。「恨翠禽、啼處驚殘，一夜夢雲無際」。跌起畫梅。「惟有龍煤解染」。直接。○元章名冕，諸暨人。前段只説梅花，後段方説畫梅。與《滿江紅》一闋題折枝桃花，章法正同。

劉過　沁園春・美人指甲（銷薄春冰）　「記綰玉曾教柳傳看」。柳傳未詳何人，豈即小説所載柳毅耶？「歸期倦數」。倦數一作暗訴。

邵亨貞　沁園春・美人眉（巧鬥彎環）　少一字。

邵亨貞　沁園春・美人目（漆點填眶）　此二首與劉改之兩闋俱工麗可喜。似此描寫，亦何妨爲大雅罪人。

辛棄疾　賀新郎·賦琵琶（鳳尾龍香撥）「自開元、霓裳曲罷，幾番風月」。貴妃琵琶以龍香板爲撥，以邏沙檀爲槽，有金縷紅紋蹙成雙鳳。故東坡詩云：「散絃已品龍香撥，半面猶遮鳳尾槽。」「最苦潯陽江頭客，畫舸停停待發」。用白香山詩。「記出塞、黄雲堆雪。馬上離愁三萬里，望昭陽、宮殿孤鴻没」。用烏絲公主事。「絃解語，恨難説」。署東。「彈到此，爲嗚咽」。一齊收拾。◯悲壯。

櫨按，今古彈琵琶，廢撥用手，自貞觀中裴洛兒始，所謂搊琵琶是也，見《唐國史纂異》。

高觀國　賀新郎·梅（月冷霜袍擁）「開偏西湖春意爛，算羣花、正作江山夢」。奇語不可多得。◯此詞神韻小減，然氣格自佳。

陳紀　賀新郎·聽琵琶（趁拍哀絃促）「鐵撥鵾絃春夜永，對金釵鍾乳人如玉」。唐賀懷智以鵾雞筋作琵琶絃，用鐵撥彈。故坡公有「鵾絃鐵撥響如雷」之句。香山詩：「鍾乳三千兩，金釵十二行。」◯稼軒作從昔人説起，此作就本事説起。合二闋觀之，可以識章法之變。

唐珏　摸魚兒·蓴（漸滄浪凍痕銷盡）「鳧葉淨」。字書云：「蓴葉似鳧葵。」「千里舊懷誰省」。千里，湖名。「蘋花與老」。與字疑訛，或是共字。

張翥　摸魚兒·題熊伯宣藏梅花卷子（記西湖水邊曾見）「仍獨自、伴瘦影黄昏，和月窺窗紙」。有追魂攝魄手段。◯蹊徑與《疏影》一首相似。

晴雪雅詞偶評卷四

變體類

牛希濟　生查子（新月曲如眉）　借物寓意，詩家謂之風人體，又名吴歌格。以下句釋上句，古樂府類然。

葛立方　卜算子（裊裊水芝紅）　疊字體。

歐陽炯　清平樂（春來衙砌）　《玉臺新詠》載梁元帝《春日》詩，用二十三春字。鮑泉奉和，用三十新字。《文體明辨》目爲句用字體。名甚不典，未知其何據也。余謂此體實起於淵明《止酒》詩，當名之曰止酒詩體。

無名氏　御街行（霜風漸緊寒侵袂）　此即詩家所謂俳諧體也。佳在無一硬語穢語，否則便類《黄鶯兒》、《月兒高》聲口矣。

無名氏　踏青游·贈妓崔念四（識箇人人）　「時時在人心裏」，「到夢裏」。重字，重叶。○古詩中多離合詩體，與此體小異。按《鮑明遠集》有字謎詩，此其遺意也。

蔣捷　聲聲慢·秋聲（黄花深巷）　福唐體，亦名獨木橋體。

胡仔　水龍吟・以李長吉《美人梳頭歌》填（夢寒鮹帳春風曉）　鮹當作綃。〇櫽括體。

謝逸　花心動（風裏楊花輕蕩）　與牛希濟《生查子》體同。沈天羽謂此詞用《小雅・鶴鳴篇》體，非也。《鶴鳴》一詩，大旨全在言外，使人引伸觸類而自得之。此詞不過借字寓意耳。既述其語，即釋其文，安得北面同之？況古樂府及唐宋詩中，如此類者甚衆，何必遠引《小雅》哉！

跋

右《晴雪雅詞偶評》，其張柯之《序》，無名氏之《題記》及卷一之評語詞話，由李保陽輯録，其餘卷二至卷四之評語詞話，由劉尚榮輯録。《晴雪雅詞》四卷，原分賦志、賦情、賦物、雜體四類，共收詞二百三十九調，凡四百六十闋。由許昂霄選批，張宗橚校録。有乾隆間張氏涉園刊本（上海圖書館存書三部）及民國間珍重閣手寫本（中華書局存書一部佚卷一）。諸詞調名下或詞末每有總評，詞文句間每有夾批。經核查，此類批評之文字内容雖與唐圭璋編《詞話叢編》所收許昂霄《詞綜偶評》大同小異，然可以補正《詞綜偶評》的某些疏漏與訛誤，實有獨立保存之價值；張宗橚偶有按語乃首見者，今一併輯録。上海一藏本有眉批，可能出自朱餘庭氏，有待進一步考核研究後再做專題輯録云。戊子初夏劉尚榮識。

山中白雲詞偶評

〔清〕許昂霄手批

山中白雲詞偶評

南浦　波暖緑粼粼

亦空闊，亦微妙，非玉田先生不能。

高陽臺　接葉巢鶯

淡淡寫來，泠泠自轉，此境不大易到。

壺中天　揚舫萬里

淡語入情，人不能道。

瑣窗寒　斷碧分山

起語暗藏「碧山」二字，偶爾弄巧，詩家亦有之。

掃花游　嫩寒禁暖

上闋結句引起下半闋。

疏影　柳黄未結

先説舊游，後説北歸。于事則順叙，于法則爲的鑒。

渡江雲　山空天入海

起處亦是叶韻。「常疑」四句，曲折如意。

水龍吟　仙人掌上芙蓉

「小舟夜悄」三句，何減陸魯望「月曉風清」之句。

風入松　老來學圃樂年華

如讀儲、王田家詩。

滿庭芳　晴皎霜花

「便而今」二句，折筆即爲「小」字添音。「陽和」句，承上再用宕筆。

以上卷一

聲聲慢　荷衣消翠

「此別」六句，一片神行。

綺羅香　萬里飛霜

「甚荒溝」二句，用事無跡。下闋彈丸脱手，不足喻其圓美也。「差見」二句，比擬最切。

新雁過妝樓　風雨不來

蕭疏淡遠，雅與題稱。

疏影　黄昏片月

人巧極而天工錯，草窗亦應退避三舍。首句，標出眼目。「幾度」句，句中句。「窺鏡」八句，三層描寫，賦而比。

西子妝慢　白浪搖天

「楊花」二句，較坡公「點點是離人淚」更覺纖新。

湘月　行行且止

「把乾坤」，冒起。「星散」二句，細細寫景。「堪歎」句，寄慨。「落日」句，收轉。「幾時歸去」，終。

以上卷二

卷三

探春慢　銀浦流雲

「才放些」四句，可謂筆如其手，手如其口，不意于詠物題得之。

壺中天　瘦筇訪隱

「韋曲」、「杜曲」，皆昔時名勝之地。

木蘭花慢　水痕吹杏雨

前段只寫舟中情景，換頭以下方説昔遊。

南樓令　風雨怯殊鄉

「憶着」句，暗憶，以下俱是追憶。「明月」二句，真所謂「已涼天氣未寒時」。

清平樂　侯蛩淒斷

「只有」二句，淡語能腴，常語有致，惟玉田生爲然。　以上卷四

紅情　無邊香色

「看□□倒影」，作「動倒影取次」。「無數滿、汀洲如昔」，一作「正無數、滿汀如昔」，用參寥詩語。

緑意　碧圓自潔

「怕飛去」四句，比。　以上卷六

〔清〕張惠言評

皋文手批山中白雲詞

馬興榮輯録

皋文手批山中白雲詞目録

皋文手批山中白雲詞

卷首

戴表元《送張叔夏西遊序》：「嘗以藝北遊，不遇失意，亟亟南歸，愈不遇。」旁批：「舒岳祥云：上公車，入承明，一旦棄去。此云『以藝北遊，不遇失意。』微言之也。」

「猶家錢塘十年。久之又去，東遊山陰、四明、天台間。」眉批：「案詞注，玉田以至元庚辰入都，庚寅南返，丁酉東遊，己亥回杭，旋即遊吳，此序之作當在己亥六月。玉田家錢塘不過七年餘，此文約略言之曰十年耳。」

袁桷《送張玉田歸杭疏》眉批：「己亥歸杭也。」

仇遠《贈張玉田》詩眉批：「此亦己亥遊吳時。」

袁桷《贈張玉田》詩眉批：「此在鄞時。」

卷一

《南浦・春水》（别本）：「溪燕蹙遊絲。」眉批：「前本似在宋作，此本似入元以後作，或晚年取少作改之，託意遂别。」　「和雲流出空山，甚年年淨洗，花香不了。」眉批：「和雲二句，前本嘆小人衣鉢相傳，此本别傷錦綺之俗，易世不異也，與《燭影摇紅》同意。」

《高陽臺・西湖春感》：「接葉巢鶯。」眉批：「陸文奎跋語所云，淳祐、景定間，王邸侯館，歌舞昇平，君王處樂，不知老之將至。餘情哀思，聽者淚落，君亦因是棄家客遊無方者，此詞蓋其時作也。時叔夏年二十八耳。此後皆入元所作。」　「見説新愁，如今也到鷗邊。」旁批：「言隱亦不可得也。」

《壺中天・夜渡古黄河，與沈堯道、曾子敬同賦》（别本）：「水闊不容鷗獨佔，一棹芙蓉香濕。」眉批：「觀此詞則玉田入都亦有所不得已歟。」

《聲聲慢・都下與沈堯道同賦》：「撼秋聲、都是梧桐。」旁批：「自負正復不小。」

《臺城路・庚辰秋九月之北》眉批：「庚辰，至元十七年，宋亡之明年也。是玉田於宋亡後始北行。」

《甘州・庚寅歲沈堯道同余北歸》眉批：「玉田以庚辰北行，庚寅南歸，前後十年，時年四十三。戴表元贈序所謂『垂及彊仕，表其行資』，正此時矣。」

《聲聲慢・爲高菊墅賦》：「待去隱，怕如今、不是晉時。」眉批：「淵明隱於晉未亡之日，故曰：『如今不是晉時。』」

《瑣窗寒·王碧山又號中仙，越人也，能文工詞，琢語峭拔，有白石意度，今絶響矣》眉批：「此及第二卷《洞仙歌》皆王中仙亡後作。中仙於山陰與玉田泛舟，第二卷有《湘月》一調。其卒當在己亥以後，編於此，誤也。」

《掃花游·台城春飲，醉餘偶賦，不知詞之所以然》：「可惜空簾，誤卻歸來燕子。」眉批：「戴序云：『家錢塘十年，久之又去，東遊山陰、四明、天台間，若少遇者。』此感所賢所知之貧若死，而遇之者不足賴，將棄之歸也。」

《疏影·余於庚寅歲北歸，與西湖諸友夜酌，因有感於舊遊，寄周草窗》眉批：「此『庚寅北歸』之詞，當編在前。『舊遊』，謂宋時。」（按：「庚寅」，四印齋本作「辛卯」。）「閉門約住青山色，自容與，吟窗清絶。」眉批：「蓋決棲隱之志。」

《水龍吟·白蓮》眉批：「詠物清麗，然不如王中仙者，託意淺也。」

《憶舊遊·余離群索居，與趙元父一別四載，癸巳春於古杭見之》眉批：「『別四載』，庚寅至癸巳也，則與元父遊在上都。元父蓋亦杭人。」

《解連環·孤雁》眉批：「此蓋在都時自寓之作。蘆花伴侶，畫簾雙燕，指在山不出者而言，明己之必遂初服也。當次在前，編者之誤。」

《滿庭芳·小春》：「晴皎霜花，曉鎔冰羽，開簾覺道寒輕。誤聞啼鳥，生意又園林。」眉批：「此亦所謂少有遇者耶。」「卻怕驚回睡婕，恐和他、草夢都醒。還知否，能消幾日，風雪灞橋深。」眉批：「此詞若在宋時作，所託便深，當更詳之。」

《憶舊遊・登蓬萊閣》：「看臥龍和夢，飛入秋冥。」眉批：「此應因當時遺者有出山者，而决志隱遁也。」

卷　二

《綺羅香・紅葉》：「萬里飛霜，千林落木，寒豔不招春妬。」眉批：「此是都下之作，誤次於此。此可見玉田非有宦情。」

《湘月・余載書往來山陰道中，每以事奪，不能盡興。戊子冬晚，與徐平野、王中仙曳舟溪上》眉批：「玉田以庚辰入都，庚寅歸浙，『戊子』不得在山陰，蓋當作『戊戌』字之誤。」

《長亭怨・歲庚寅，會吴菊泉於燕薊，越八年，再會於甬東，未幾別去，將復之北》眉批：「大德元年丁酉也。戴序云：『南歸居錢唐十年。』據此則未滿八年。」

卷　三

《聲聲慢・別四明諸友歸杭》眉批：「此在己亥，時年五十二。」

《燭影摇紅・西浙冬春間遊事之盛，惟杭爲然》：「也應回首，紫曲門荒，當年遊慣。」眉批：「市朝已改，歌舞依然，可當痛哭。」「錦街不甚月明多，早已驕塵滿。」眉批：「洛邑頑民，真有古風，後世更不可得。」

《春從天上來·己亥春復回西湖》。眉批：「大德三年。」「春何處、春已天涯。減繁華。是山中杜宇，不是楊花。」眉批：「楊花不足責，責杜宇也。」

《徵招·答仇山邨見寄》眉批：「此亦都中作。」

《高陽臺·慶承園即韓平原南園，戊寅歲過之》眉批：「宋景炎三年，明年宋亡。此詞亦誤編。」

《臺城路·送周方山遊吳》眉批：「亦是應酬家數，然畢竟雅音，玉田此種最多。」

《長亭怨·舊居有感》：「淒咽，曉窗分袂處，同把帶鴛親結……謝楊柳多情，還有緑陰時節。」眉批：「帶鴛親結，不知所指何人。楊柳緑陰，其猶有恢復之思耶。否則，棄予陰雨之感也。」

《甘州·寄李筠房》：「未覺丹楓盡老，摇落已堪嗟。無避秋聲處，愁滿天涯……料荷衣初煖，不忍負煙霞。記前度、剪燈一笑，再相逢、知在那人家，空山遠，白雲休贈，只贈梅花。」眉批：「此當是景定間棄家客遊時作。『無避秋聲處』，蹙蹙靡所騁也。是時東南暫安，故曰：『未覺丹楓盡老』。『荷衣』以下，勸李勿輕出也。『那人家』，元氏也。『白雲』，出岫之物，故曰『休贈』。『梅花』，耐寒也。」

《疏影·題賓月圖》：「乾坤許大須容我，渾忘了、醉鄉猶客。」眉批：「情見乎詞，卻恨淺率。」

《戀繡衾·代題武桂卿扇》眉批：「惡俗之章，玉田亦復爲此。」

《甘州·趙文叔與余賦別十年餘，余方東遊，文叔北歸，況味俱寥落》眉批：「此詞在東遊時，則丁西也，宜編在前。」

卷 四

《醉落魄(柳侵闌角)》眉批：「小家數。」

《甘州·題戚五雲雲山圖》：「無心好，休教出岫，只在深山。」眉批：「相招深隱，此玉田本色，故處處及之。」

《聲聲慢·西湖》眉批：「不過偶然即景則可，如别本題，碧山、玉田當不如此不知痛癢也。」

《國香·賦蘭》：「所思何處，愁滿楚水湘雲。肯信遺芳千古，尚依依，澤畔行吟。」眉批：「此老胸懷如見也。」

卷 五

《木蘭花慢·趙鶴心問余見況，書以寄之》：「目光牛背上。」眉批：「開惡調。」

《燭影摇紅·隔窗聞歌》：「出門一笑，月落江横，數峰天遠。」旁批：「亦復無味。」

《瑶臺聚八仙·爲焦雲隱賦》：「行藏也須在我，笑晉人爲菊，出岫方濃。」旁批：「玉田意可想。」

《瑶臺聚八仙·予昔有梅影詞，今重爲模寫》眉批：「不如舊作。」

《蝶戀花·題末色褚仲良寫真》：「濟楚衣裳眉目秀。」眉批：「惡。」

《甘州·澄江陸起潛皆山樓四景》。眉批：「起潛或即跋詞之陸文奎乎？」

卷六

《紅情·疏影、暗香，姜白石爲梅着語。因易之曰紅情、緑意，以荷花荷葉詠之》。眉批：「紅情，當時故舊蓋有不終隱而出者，此詞譏之。《瑶臺聚八仙》云：『行藏也須在我，笑晉人爲菊，出岫方濃。』同此意也。昔也涉江自涉，今也屏側向人，太液誰家，清興如昔，煙浪中片葉，果得安乎。」

《緑意（碧圓自潔）》。眉批：「此首自寓其意，遺簪不展，當年心苦可知。『浣紗人』即前『臥横紫笛』之輩，恐其羅而致之，不得終其志也。『回首當年漢舞』者，庚辰入都也，彼時惟恐失身，故曰『怕飛去謾縐，留仙裙褶。』幸而青衫未脱，尚帶故香，況今老矣，何所求乎。（此下用黄色塗去一行，以燈光映視，被塗之字爲：金銅仙人辭漢，折莖而止。）玉田庚寅之歸，西風吹折時也。自此得長嘯湖山，故曰『喜静看、匹練秋光』也。刻《詞選》時未見此集，從《詞綜》作無名氏，所解未當也。」「猶染拈香」旁批：「《樂府雅詞》『拈』作『枯』。」

《摸魚子·己酉重登陸起潛皆山樓，正對惠山》眉批：「至大二年，時年六十二。」

《夜飛鵲·大德乙巳中秋，會仇山邨於溧陽》眉批：「溧陽作，宜次己酉前。」

《清平樂·題倦耕圖》眉批：「此自題圖作。」

《滿江紅（近日衰遲）》眉批：「開惡調。」

卷　七

《阮郎歸・有懷北遊》眉批：「此晚年之作。」

《浪淘沙（寒口不多時）》旁批：「食。」

《謁金門（晚晴薄，一片杏花零落）》眉批：「不遇可知。」

《壺中天・白香巖和東坡韻，賦梅》：「隔水笛聲那得到，斜日空明絶壁。」眉批：「梅花詞從未有此清傑。」

《壺中天・懷雪友》：「異鄉倦旅」眉批：「粗糙，非玉田詞佳者。」　「留得一方無用月。」旁批：「語自奇絶。」

《祝英臺近・題陸壺天水墨蘭石》：「肅艾遽如許。」朱筆改「肅」爲「蕭」。　「薜老苔荒，山鬼竟無語。夢遊忘了江南，故人何處，聽一片、瀟湘夜雨。」眉批：「其聲悲以憤。」

卷　八

《木蘭花慢・歸隱湖山，書寄陸處梅》眉批：「歸隱湖山當在甲寅之後，年蓋七十矣，次此非也。」

《臨江仙・甲寅秋寓吴，作墨水仙，爲處梅、吟邊清玩》眉批：「筆筆超脱。」

《風入松・久别曾心傳，近會於竹林清話，歡未足而離歌發，情如之何？　因作此解。　時至大庚戌七月也》眉批：「此又當次甲寅前。」

卷　末

鄭思肖《題辭》：「嘲明月以謔樂，賣落花而陪笑。能令後三十年西湖錦繡山水，猶生清響，不容半點新愁飛到遊人眉睫之上，自生一種歡喜痛快。」眉批：「以所南觀玉田詞，固宜相爲陪哭，忘愁之物，要爲冤卻玉田。」

仇遠《題辭》：「亦可被歌管，薦清廟。」旁批：「膚皮之見。」

舒岳祥《贈玉田序》：「北遊燕薊，上公車，登承明，有日矣。一日思江南菰米蓴絲，慨然襆被而歸。」旁批：「觀此言，則元人有以處玉田，而玉田不爲所羈，非不遇而歸可知矣。」

陸文奎《題辭》：「『詞』與『辭』字通用，《釋文》云：『意内而言外也。』意生言，言生聲，聲生律，律生調，故曲生焉。《花間》以前無雜譜，秦、周以後無雅聲，源遠而派别也。」眉批：「此真知詞，真知玉田，故知宋元之間宗風未墜。」　「《花間》以前無雜譜。」旁批：「是。」　「秦周以後無雅聲。」旁批：「此太過。」　「君亦因是棄家，客遊無方，三十年矣。」眉批：「□□□□之元至玉田來□□□在大德己亥以後，蓋□□□□此云玉田遊三十年□□不數其上公車入承明之十年也。此乃爲玉田真知己。」（按「□」爲蟲損。）

附記

張惠言皋文爲清代常州詞派領袖，對嘉慶後詞壇有很大影響。但他在詞學方面的著述，除《茗柯詞》和《詞選》外，幾無所見。因此，他手批的這部《山中白雲詞》的批語就頗值得注意了。

張批《山中白雲詞》的版本是乾隆初年仁和趙昱重刊龔翔麟本。每卷第一頁一二行下方，均鈐白文印「張皋文閱過」，風格頗似鄧石如篆刻。張與鄧有深交，傳世的好幾種鄧石如印譜中，都有鄧爲皋文、翰風兄弟刻印，則此「閱過」印極有可能也是出於鄧手。

全書批點都用朱筆，詞中警句或值得注意處，有工整不苟的密圈或密點。一部分詞只點句讀，少數詞句讀也未點。全書有眉批六十二條，旁批十一條，共七十三條。其中有四條批語中，有用黃色塗抹處，覆蓋嚴密，可見其下筆矜慎。字作行書，秀雅精熟，與神州國光社影印《張皋文手寫墨子經説解》、《國學論衡》季刊插頁《張皋文儀禮圖手稿》相較，筆跡完全符合。

書中卷六《綠意》的眉批，對詞作了一番解説後，空一字批云：「刻《詞選》時未見此集，從《詞綜》作無名氏，所解未當。」《詞選》刻於嘉慶二年（一七九七），皋文卒於嘉慶七年（一八〇二），由此可以推知，他手批此書，必在去世前的四五年中。

全書批語，少數是校勘方面的，多數是對玉田詞内容的探討和藝術的品評，注重詞人的行跡與詞的聯繫。批語所表現的觀點、方法，正可與《詞選》相互發明。

重慶西南師範大學徐無聞教授尊大人益生先生六十年前得此書於成都舊書肆，書中無收藏印記和題跋，也不見於前人著録，其流傳過程不可考。據無聞教授云：一九五五年，吴則虞先生校輯《山中白雲詞》時，益生先生曾迻録全部張批以贈，吴先生校輯本曾引用了數條（見一九八三年十月中華書局版《山中白雲詞》。）

二十餘年前，我在研讀張炎《山中白雲詞》時，承無聞兄録贈張批，後又將此書賜借，使我得親見皋文手跡。原書奉還前又親録下全部張批。今無聞兄墓木早拱，特將全部張批發表，供詞家參閱，並志不忘。是爲記。

癸未夏至於滬西憶邛瀘齋

〔清〕宋翔鳳撰

過庭録

過庭録目録

過庭録

孤令

黄山谷《品令》茶詞云：「鳳舞團團餅，恨分破、教孤令。」見《漁隱叢話》「孤令」，單獨也。今俗作「孤另」，非。 卷十六

〔清〕宋翔鳳撰

論詞絶句

論詞絶句目録

論詞絶句

李白　温庭筠

風雅飄零樂府傳，前開太白後金荃。引申自有無窮意，端賴張侯作鄭箋。張皋文先生《詞選》申太白、飛卿之意，託興綿遠，不必作者如是，是詞之精者，可以仁者見仁，智者見智也。

李煜

十國山河破碎情，君臣不敢語分明。後來惆悵重湖月，贏得詞人白髮生。

歐陽修

廬陵餘力非游戲，小令篇篇積遠思。都可誣成輕薄意，何論堂上簸錢時。

蘇　軾

不精宫角談詞律，總在模黏影響間。鐵拔鵾弦無恙在，幾人能唱古陽關。

摩訶池上夜如何，玉骨清涼語未多。別出舊詞全隱括，細吟那及洞仙歌。東坡《洞仙歌》序明言老尼本蜀宫女，得首二句續成，後人即東坡詞檃括作小令，託爲蜀主元詞。竹垞舍蘇詞而録之，是有意翻《草堂》之案也。

柳　永

三唐詩變出耆卿，抗墜終能合正聲。就使淺斟低唱去，傷心一樣託浮名。

秦　觀

一鈎殘月夜迢迢，玉佩丁冬意更消。總爲斜陽渾易暮，不關好色是無憀。秦詞「杜鵑聲裏斜陽暮」，是日斜時暮是日没時暮？《説文》作「莫日」且宜也，言白日斜至日没。杜鵑之聲亦云苦矣。山谷未解「暮」字意，以「斜陽暮」爲重出，非也。

寒鴉數點正斜陽，淮海當年獨斷腸。何意西湖湖上水，尊前重改滿庭芳。

周邦彦

清真妙語出珠璣，便有微詞合刺譏。聞説内人紅褎湮，慢憐一個李明妃。李師師入宫號明妃，見《宣和遺事》。

宋　祁

紅杏緑楊于國寶，風簾露井陸辰州。妙詞已足成佳話，何用當年本事留。

辛棄疾

抱得胸中鬱鬱思，流鶯消息不教知。傷春傷别總無賴，生面重開南渡詞。

四上分别極聲變，粗豪無跡剩纏綿。稼翁白髮尊前淚，盡付雲屏一枕邊。

姜　夔

垂紅亭畔老詞人，縫月裁雲意總真。賴得詞原三卷在，異時法曲識傳薪。揚州陸氏重刻宋本《白石詞集》，旁注譜，近人罕解。後秦編修張叔夏詞，原足本，其説皆在。

詩從杜曲波逾闊，詞到鄱陽音太稀。縱有玉田相鼓吹，還當無逢逐天衣。

史達祖

無端軟語去商量，昔日差池今斷腸。丞相堂前存故吏，怪渠詞意盡低昂。史邦卿爲韓侂胄堂吏，侂胄意在恢復，故史詞託興亦在此也。

朱淑真

説盡無憀六一詞，黄昏月上是何時。斷腸集裏誰編入，也動人間萬種疑。

李清照

易安豪宕一時無，劍器公孫勝丈夫。但是有才天已妬，卻使晚景詠蘼蕪。

朱彝尊

南宋風流近未存，浙西詞客欲銷魂。沉吟可奈情俱淺，片片空留襞積痕。

陳維崧

雅詞亡後草堂興，也道修簫月底曾。果使稗官登東府，才從江左數迦陵。

緑斐軒

識曲曾傳緑菉軒，古今聲律本同原。近來苦苦分詞韻，何不精求陸法言。今傳元人緑斐軒詞韻，乃專明以聲配入三聲之法，爲論北曲者所必需，是曲韻非詞韻也。詞不當別有韻，特其部分，宜必如元、魂、庚、耕之類，不可兼用，方能合律，故但用唐韻已得。

〔清〕陸　鎣撰

問花樓詞話補

問花樓詞話補目録

問花樓詞話補

唐柳枝竹枝

唐《柳枝》、《竹枝》諸詞，音節頓挫，有古樂府之遺意。

《問花樓詩話》卷一

張志和詞

張志和自號煙波釣徒，偶然拈出，興趣超然。每誦一過，爲之神往。

同上卷三

徐虹亭工詞

徐虹亭檢討，吴江人，與潘次耕同舉康熙己未鴻博，年未七十，乞歸不出。檢討工詞，所刻《菊莊樂府》，名動海外。

同上卷三

〔清〕謝章鋌纂

賭棋山莊詞學纂説

劉榮平　王信霞校點

賭棋山莊詞學纂説目録

賭棋山莊詞學纂説

霓裳曲辨

唐名曲稱《霓裳羽衣》舊矣，然《唐書·樂志》謂是河西節度使楊敬忠所獻，曲凡十二遍。又，劉禹錫詩：「開元天子萬事足，惟惜當年光景促。三鄉驛上望仙山，歸作霓裳羽衣曲。」唐樂史《太真外傳》云：「楊氏進見之日，奏《霓裳羽衣曲》。」三説蓋不同，何也？考《碧雞漫志》以爲「西涼創作，明皇潤色之」似已。而《外傳》又稱「妃醉中舞《霓裳》一曲」，則妃特妙此舞耳，製其曲當仍爲明皇無疑。宋填詞名有《霓裳中序第一》，亦鮮知其解。余案：《夢溪筆談》謂《霓裳曲》十二疊，前六疊無拍，至七疊始有拍而舞，則填詞名《中序第一》者，蓋中分十二疊，而以第七疊爲《中序第一》，此必宋人舞曲明矣。《宋·樂志》舞隊第五曰「拂霓裳」，是可驗也。宣和初，普州守王平自言得夷則（商）《霓裳羽衣譜》，則此曲當屬商聲，或曲十二疊，各按月令，平獨得其一遍之譜耶？

毛先舒稚黄《潠書》卷三《霓裳曲辨》

填詞名説

填詞不得名詩餘，猶曲自名曲，不得名詞餘。又詩有近體，不得名古詩餘，《楚》、《騷》不得名經餘也。蓋古歌皆作者隨意造之，歌者尋變入節，傳之以聲而歌。故樂有譜歌無譜也。後世歌法漸密，故作定例而使作者按例以就之，平平仄仄，照調製曲，預設聲節，填入詞華。蓋其法自填詞始，故填詞本按實得名，名實恰合，何必名詩餘者？問：若是則古人隨意爲之，何以皆可歌？是歌工之工，善得喉吻耶？抑古人皆通音律耶？曰：歌工雖巧，不能使拗者之可歌；古作者才雖高，不能盡通音律。要之，古人事不强作，名不强成。通音律者乃作歌，不通者不作也；歌之而叶者乃歌，不叶者不歌也。後世歌者愈昧，作者愈濫，而歌法愈益密，不得不爲定譜以繩之，使賢者俯而就，不肖者跂而及，填詞之謂矣，故填詞既出則詩亡。夫詩之亡也詩餘也哉。

《濮書》卷四《填詞名説》

朱依真論詞絶句

臨桂朱小岑布衣依真，精於倚聲，其《論詞絶句》二十二首，以視元遺山《論詩》，無多讓也。詩云：「南國君臣艷綺羅，夢回雞塞欲如何。不緣鄰國風雲得，璧月瓊枝未詎多。」「天風海雨駭心神，白室清空謁後塵。誰見東坡真面目，紛紛耳食説蘇辛。」「柳綿吹水我傷春，杜宇聲聲不忍聞。十八女郎紅拍板，解人應只有朝雲。」「貧家好女自嬌妍，彤管譏評豈漫然。欲問詞家角優劣，風流終勝柳屯田。」「詞場誰爲斬荆榛，只手難扶大雅輪。不獨俳諧纏令體，鋪張我亦厭清真。」「合是詩中杜少陵，詞場牛耳讓先登。暗香疎影精神在，夜月清寒照馬塍。」白石墓在馬塍。「香泥壘燕盧申之，淡月疏簾綺語詞。何似山陰高竹屋，獨標新意寫烏絲。」「質實何須誚夢窗，自來才士慣雌黄。幾人真悟清空旨，錯采鏤金也不妨。」「雕梁軟語足形容，柳暝花香意態中。項羽不知兵法誚，也應還著賀黄公。」賀裳字黄公，著《皺水軒詞筌》，謂史邦卿《詠燕》詞，白石不取其「軟語商量」，而取其「柳昏花暝」，不免項羽不知兵法之誚。「半湖春色少人記，夜月賓洲漁笛吹。深悔鈍根聞道晚，廿年始讀草窗詞。」「蓮子結成花自落，清虚從此悟宗門。西湖山水生清響，鼓吹堯章豈妄言。」「兒女癡情迴不侔，風雲氣概屬辛劉。遺山合有出藍譽，寂寞横汾賦雁丘。」「蜕巖樂府脱浮囂，又見梅溪譜六么。莫笑凋零草窗後，宋人風格未全消。」「已是金元曲子遺，風流全失草堂詞。端須志盡崑崙手，更向樓前拜段師。」論明代。「燕語新詞舊所推，中興能挽古風頽。如何拈出清空語，强半漁郎七寶臺。」詞至前明，音響殆絶，竹垞始復古焉，第嫌其體物雜，不免疊垛耳。「陳髯懷抱亦堪悲，寫入青衫悵悵詞。記得中州樂府體，豈知肖子屬吴兒。」「樊榭仙音未易參，追踪姜史復誰堪。一時甘下先生拜，合與詞家作指南。」「侯鯖都不解療饑，癖嗜瘡痂笑亦宜。一夜梨花驚夢破，何如春草謝家詩。」吾鄉謝良琦《醉白堂詞》一卷，首二句括其自叙語。「昨夜梨花驚夢破，而今芳草傷心碧」，其詞中佳句也。「十載無能讀父書，摩挲遺譜每唏嘘。詞人競美遺山好，蘊藉風流那不如。」吾先大夫有《補閑詞》二卷。「嶺西宗派頗紛拏，誰倚新聲仿竹垞。獨有春山冷居士，閉門窗下詠枇杷。」吾友冷春山昭有詞一卷，詠枇杷詞最工。「紅杏梢頭宋尚書，較量閨閣韻全輪。無端葉打風窗響，腸斷人間秀閣夫。」閨秀唐氏，吾友黄南溪元配也，自號月中逋客，早卒，有詩詞集若干卷。其《杏花天》詞爲時所稱，予最喜其「試聽飄墜聲聲，風際吹來打窗葉。」颯然有鬼氣。「零膏賸粉可能多，嘖嘖才名染月波。叵測斷腸天不管，香銷簾影卷銀河。」梁月波，宦門女，有才思，早卒。「香燼，香燼·簾卷銀河波影。」其《如夢令》中語也。　林昌彝惠常《射鷹樓詩話》

錢謝盦金縷曲

嘗於友人齋中，見懸秦良玉小像一幀，上錢謝盦先生枚題《金縷曲》一闋，風流悲壯，殆罕其匹。其詞云：「明季西川禍。自秦中、飛來天狗，毒流兵火。石砫天生奇女子，賊膽聞風先墮。早料理、夔巫平妥。應念軍門無將略，念家山、只怕荆襄破。妄男耳，妾之可。　蠻中遺像誰傳播。想沙場、弓刀列隊，指揮高座。一領錦袍殷戰血，襯得雲鬟婀娜。更飛馬、桃花一朵。展卷英姿添颯爽，論題名、愧煞寧南左。軍國恨，尚眉鎖。」　梁紹壬應來《兩般秋雨盦隨筆》

爲琴娘賦金縷曲

琴娘者，珠江戴氏婦也。雅善鼓琴，偕其夫游楚南，某中丞耳其名，延請授琴，羣姬並從學焉。不二年，中丞卒，戴夫婦遂流落，轉輾至浙，往來大姓家，雖略行其道，要非復曩時之尊重。每當酒闌燈炧，縷述舊情，未始不淚涔涔也。余聞而感焉，爲賦《金縷曲》二闋云：「雙泛珠江舫。儘風流、泰娘身樣，瑩娘眉嫵。生小自嫺文君技，花底秋桐慣撫。總羞學、尋常菊部。一曲水雲瀟湘調，竟公然、轉入臨淮府。鶼比翼，鳳鸞伍。　蓼蓼夜静軍門鼓。好良宵、闌干月轉，花陰亭午。半臂添寒尚書醉，屏後金釵楚楚。齊俯首、邯鄲學步。絳帳高談勾挑法，把霓裳、譜作鴛鴦譜。飄泊恨，不須訴。」「剗地鵑啼血。怪無端、房中曲奏，鼓宫宫絶。華屋俄成山邱感，化去朱門劍舄。有多少、花啼柳泣。何况堂前雙飛燕，更誰容、重向雕梁歇。飛絮影，化萍葉。　漂流卻向明湖側。恁匆匆、宫移羽换，珠狼翠藉。舊日鞋尖三千拜，今日鶉衣百結。迴首望、侯門天隔。大有水雲捶琴意，莽江山、重話梁園雪。春夢事，感而述。」嗟乎，始則王侯笑傲，繼則賓客飄零，比比是也。獨一琴娘也哉！

同上

趙筱珊詞

仁和趙筱珊先生銘，湖北安陸縣知縣，以詿誤歸。一琴一鶴，頗有祖風，擔石無儲，不改其樂。嘗作小詞自遣，記其遊西溪《齊天樂》云：「清流澹沱，有一鷺飛來，白頭似我。」又《臨江仙・詠秋海棠葉》云：「斷腸人不見，留得緑衣裳。」皆綽有風趣也。

同上

香槍子

萬紅友先生《詞律》一書，其辨《洞仙歌》之雜入《醜奴兒》，《揉碎花箋》之爲殘缺《祝英臺近》，《鶯啼序》之别無「添字」，《三臺》之分兩段爲三段，《笛家》之當移掇句讀，細心校訂，允推詞學功臣。他如《嘯餘圖譜》之複收誤收，如《金人捧露盤》之即《上西平》，《蝶戀花》之即《一籮金》，《念奴嬌》之即《賽天香》，

《六醜》之即《箇儂》，《高陽臺》之即《慶春澤》，《望梅》之即《解連環》，《過秦樓》之即《惜餘春》，《雨中花》之即《夜行船》，《玉人歌》之即《探芳信》，《紅情》、《緑意》之即《暗香》、《疏影》，莫不醜詆之，不遺餘力。其辨體辨句，可謂精且確矣。然亦時有校勘未精者。《律》中第十一卷，收韓玉《番槍子》一調，而數闋之後，又收李獻能《春草碧》一調，細考字數句法，無不相同。且韓詞尾句三字是「春草碧」，而李即以爲名，亦猶《賀新郎》之名《乳燕飛》，《水龍吟》之名《小樓連苑》，《臨江仙》之名《庭院深深》，偶立新標，並非異製。然則《春草碧》之即爲《番槍子》，無疑也。惟有數字平仄稍異，依先生舊例，則當收作又一體，或於韓詞旁注可平可仄字樣，而《春草碧》之名附於《番槍子》之下，則事歸一律矣。

同上

吴穀人望湘人

吴穀人祭酒詞華蓋代，然偶以彫琢掩其才氣。穉存洪太史評其詩如「青緑溪山，尚未蒼古」是已。余謂祭酒著作，以倚聲爲最，余酷愛誦其《望湘人·春陰》詞一闋云：「慣留寒弄暝，非雨非晴，誤抛多少春色。半帶閒愁，半迷歸夢，黯黯蘼蕪空碧。閣處雲濃，禁餘煙重，欲移無力。最晚來、如雪東欄，一樹梨花明白。　辜負餳簫巷陌。已清明時過，懶携遊屐。只潤逼薰爐，約略故鄉留得。天涯燕子，問伊來也，可有斜陽信息。聽傍人、半晌呢喃，似怨暮寒簾隙。」按《望湘人》上半段第五句，下半段第七句，舊皆有韻，自竹垞先生誤之，遂沿訛至今。細膩熨貼，玉田、白石不得專美於前。余向拈此題，曾賦《金縷曲》云：「春在冥濛處。怪東風、無端收拾，蜂情蝶趣。淡煞梨花濃煞柳，嬌煞海棠一樹。更何俟、緑草乞取。庭院深深簾窣地，膩薫爐、潤逼沈檀炷。香篆外，逗飛絮。佳游已誤尋芳侣。好繁華、樓臺十里，鶯花無主。剗厚濃雲癡不醒，竟把韶光勒住。更不放、斜陽一縷。梁燕呢喃聲不定，似猜詳、明日風還雨。鎮相對，説愁緒。」脱稿頗自愜心，讀先生作，爽然失矣。　同上

新婚詞

家巟舫兄敏事眉有斷痕。其完姻也，張舫懷茂才玉海作《賀新郎》詞調之。記其後闋起處數語云：「羊車玉貌真無偶。只微瑕、眉峯青處，斷雲横岫。我有傳家京兆筆，先與檀郎補就。」詼諧入妙，可謂雅謔矣。　同上

花簾詞

吴蘋香女史初好讀詞曲。或勸之曰：何不自作？遂援筆賦《浪淘沙》一闋云：「蓮漏正迢迢。涼館燈挑。畫屏秋冷一枝簫。真箇曲終人不見，月轉花梢。何處暮砧敲。黯黯魂銷。斷腸詩句可憐宵。欲向枕根尋舊夢，夢也無聊。」輕圓柔脆，脱口如生，一時湖上名流，傳誦殆遍。自後遂肆力長短句，不二年，著《花簾詞》一卷，逼真《漱玉》遺音。《祝英臺近・詠影》云：「曲闌低，深院鎖，人晚倦梳裹。恨海茫茫，已覺此身墮。那堪多事青燈，黄昏纔到，又添上、影兒一箇。最無那，縱然著意憐卿，卿不

解憐我。怎又書窗，依依伴行坐。算來驅去應難，避時尚易，索掩卻、繡幃推卧。」《河傳》：「春睡。剛起。自兜鞋。立近東風費猜。繡簾欲鉤人不來。徘徊。海棠開未開。　料得曉寒如此重。煙雨凍。一定留春夢。甚繁華。故遲些。輸他。碧桃容易花。」《南鄉子》云：「吹到鯉魚風。涼煞秋花一朵紅。怪得黃昏寒又力，濛濛。人在疏簾細雨中。　香篆裊房櫳。倦倚熏篝鬢影鬆。多事青燈挑不盡，重重。偏向釵頭綴玉蟲。」《柳梢青・題無人院落圖》云：「不索燒茶。一重簾捲，幾摺闌遮。楊柳樓臺，桃花世界，燕子人家。　東風幅幅窗紗。望翠袖、非耶是耶。鸚鵡前頭，秋千背面，没處尋他。」《如夢令・燕子》云：「燕子未隨春去。飛入繡簾深處。軟語話多時，莫是要和儂住。延佇。延佇。含笑回他不許。」蘋香父夫俱業賈，兩家無一讀書者，而獨呈翹秀，真夙世書仙也。又嘗作《飲酒讀騷》長曲一套，因繪爲圖，己作文士裝束，蓋寓速變男兒之意。余爲題圖有句云：「南朝幕府黄崇嘏，北宋詞宗李易安。」蓋非虚譽也。　同上

圈兒詞

有妓致書於所歡，開緘無一字。先畫一圈，次畫一套圈，次連畫數圈，次又畫一圈，次畫兩圈，次畫一圓圈，次畫半圈，末畫無數小圈。有好事者題一詞於其上云：「相思欲寄從何寄。畫箇圈兒替。話在圈兒外，心在圈兒裏。我密密加圈，你須密密知儂意。　單圈兒是我，雙圈兒是你。整圈兒是團圓，破圈兒是别離。還有那、説不盡的相思，把一路圈兒圈到底。」無中生有，令人忍俊不禁。　同上

趙秋舲詞

仁和趙秋舲慶熺，鐵巖太空殿最來孫也。性倜儻，工詩詞，家貧讀書，傲骨風棱，逸情雲上。道光辛巳舉於鄉，壬午連捷南宮，引見歸本班銓選，此才不入詞館，惜哉！弱冠時曾隨其叔祖筱山大令銘宦游楚北，賦《楚游草》一卷。猶記其《金陵雜詩》十首之二云：「璧月姮娥鏡殿光，六宮學士女兒妝。南朝才子都無福，不作詞臣作帝王。」「出身皇覺忽飛昇，孫祖傳家感孝陵。孫作緇流祖還俗，入山天子出山僧。」議論新警，足以奪目。又在楚時，其所聘室卒，作《續離騷・招魂》哭之，詞旨悲艷。末題《浣溪沙》一闋云：「檢點青衫有淚痕。十年前事最銷魂。偏他細雨又黄昏。鸚鵡一篇才子淚，桃花三尺女兒墳。不知何處弔湘君。」又《長相思・薄游西湖》云：「蘇公堤。白公堤。十里亭臺高復低。斷橋流水西。杜鵑啼。鷓鴣啼。樓外斜陽一酒旗。楊花不住飛。」《蘇幕遮》云：「玉闌干，金屈戌。簾外長廊，廊響弓弓屧。鬢影春雲衫影雪。如水裙拖，幅幅相思褶。阮弦鬆，笙字澀。心上燒香，香上心先滅。安得返魂枝底葉。便做青蟲，也褪花蝴蝶。」《生查子》云：「青溪幾尺長，中有雙枝櫓。楊柳小於人，便解留船住。歌聲遏暮雲，酒氣蒸香霧。又落碧桃花，紅了來時路。」此種小令，柔脆輕圓，酷肖北宋人手筆。同上

竹影詞人

海昌陳敳貞，工詞，有句云：「見他竹影橫窗，疏疏密密，總寫著箇人兩字。」杭堇浦太史呼爲「竹影詞人」。　同上

汪焜喝火令

汪焜字宜伯，號憶蘭，錢塘人。著《懷蘭室詞》，有《喝火令》一闋云：「弱絮黏紅豆，名花委緑苔。一奩秋水鏡初揩。聞道香泥舊逕，重印鳳頭鞋。　欲見無端借，相期有夢來。模糊心事繫春懷。記得盟時，笑指鬢邊釵。記得鬢邊釵上，雙鳳不分開。」旖旎獨絶。　同上

李後主詞

南唐李後主詞：「最是倉皇辭廟日，不堪重聽教坊歌。揮淚對宫娥。」譏之者曰：「倉皇辭廟，不揮淚於宗社，而揮淚於宫娥，其失業也，宜矣。」不知以爲君之道責後主，則當責之於在位之日，不當責之於亡國之時。若以填詞之法繩後主，則此淚對宫娥揮爲有情，對宗社揮爲乏味也。此與宋蓉塘譏白香山詩，謂憶妓多於憶民，同一腐論。　同上

項梅侶悼亡詞

項梅侶學正名達與余爲總角交，恂恂温雅，正如公瑾醇醪。丙戌成進士，以知縣即用。君請於朝，願就學正本班銓補。舍花封之爛漫，甘槐市之蕭條，亦可想其襟懷之沖淡矣。長於制義，尤精算學，閒作小詞，極細意熨貼。記其《祝英臺近·悼亡》詞一闋云：「惱蜂情，慵蝶意，春色又如許。愁立蒼苔，花影亂深塢。如花人已天涯，花開依舊，爭忍見、翠圍紅舞。　漫延佇。猶記雙袖憑闌，冷香上詩句。能幾番游，風月竟抛去。只除夢裏歸來，夢醒何處，重簾外、斷煙零雨。」清思婉轉，逼真白石遺音矣。

同上

姚述堯詞

「簇簇魚鹽喧古市，聲聲絃誦徧儒家。」此宋姚述堯《過青田》句也，見《方輿勝覽》。按：述堯字道進，錢唐人，紹興二十四年進士。所著有《簫臺公餘詞》一卷。生平與張无垢、施彦執諸公友善，《横浦集》中有《和進道詩》，彦執《北窗炙輠録》述進道語尤多。《炙輠録》謂進道華亭人。豈其祖貫歟？竹垞選《詞綜》，直以進道爲名，而所載「三年枕上吴中」一首，又見於《東坡集》，不可解也？

吴騫槎客《拜經樓詩話》

少游贈營妓詞公案

古來文章，雖不無一日之短長，然口述傳聞，亦多有紕繆，不足盡信者。《誠齋詩話》載：人有從秦少游許來見東坡。坡問：「少游近有何言句？」客舉秦燕子樓詞云：「小樓連遠横空，下臨繡轂雕鞍驟。」坡笑曰：「又連遠，又横空，又繡轂，又雕鞍，也勞攘。某亦有此詞云：『燕子樓中，佳人何在，空鎖樓中燕。』」按《高齋詩話》云：少游在蔡州，有營妓婁婉字東玉者，甚密，少游贈以詞云：「小樓連苑横空，下窺繡轂雕鞍驟。」云云。此詞今見《淮海集》，竝非題燕子樓，《誠齋詩話》豈得諸傳聞？又譌「連苑」作「連遠」，「下窺」作「下臨」，而假東坡云云，大抵皆好事者之所爲耳。同上

陳敳貞詞

同邑陳敳貞上舍，詩文清綺，爲厲樊榭、杭堇浦諸前輩所知。施蘭垞作《浣紗圖》，蓋以姓自寓也，敳貞題云：「清溪一曲苧蘿濱，誰把夷光爲寫真。歲歲浣紗猶未嫁，翻教不及效顰人。」蘭垞甚悦。又有《送吴樵石歸硤川》云：「顧況臺邊有故居，騷人此日賦歸歟。四朝文獻詩無敵，兩硤溪山畫不如。著述選幽藏副本，功名投老脱徵書。西來爽氣知無限，時與瑶篇共卷舒。」樵石名嗣廣，亦硤川詩人。早受知於查初白先生，所著有《樵石山人集》。敳貞少有功名念，晚歲志節忼慨，年六十，自作《辭壽文》，累數千言。嘗夢宋柳仲塗持刺來謁，相與論文，終夕而去。周松靄聞而憂之，俄疽發背而卒。蓋開亦以是

病死，殊可異也。散貞壯歲尤工長短句，有云：「見他竹影篩窗，疏疏密密，總寫著箇人兩字。」爲葦浦擊賞，目爲「竹影詞人」云。同上

馬墨麟孫夫婦工詞

海鹽馬墨麟觀察自云是李空同再世，并於夢中常見之。其孫青上少府嘗爲予言。青上工詞，有《蓬萊閣吏詩餘》。婦陳筠字翠君，亦善吟詠。予最賞其「郎似東風儂似絮，天涯辛苦相隨處」之句。同上

徐湘蘋工長短句

明季東吴徐氏，號多才女。徐媛字小淑，爲范長倩先生之室，所著《絡緯吟》盛稱於時。無何而湘蘋繼起。湘蘋名燦，實小淑從孫。尤工長短句，間亦爲詩，人以方阮氏之有仲容。然小淑詩以綺麗勝，故姚園客以爲才情不及陸卿子。湘蘋則盡洗鉛華，獨標清韻；又多歷患難，憂愁拂鬱之思，時時流露楮墨間，恐卿子亦當避之三舍。惜詩稿散佚，予重梓《拙政園詩餘》，復得五七言二首，附録於左，俾世之論湘蘋者，不得僅以詞人目之。「西去窮荒恨，東來故國愁。一心懸兩地，雙淚落分流。羽檄秋偏急，戎車夜不休。壯夫輕出塞，未到隴山頭。」《隴頭水》「帝苑芳春鳳吹諧。看花曾遍洛陽街。行吟緩控青絲轡，擊節頻抽白玉釵。共挽鹿車歸舊隱，幾浮魚艇散秋懷。霜風掃盡煙霞況，愁見龍城葉滿堦。」

《秋日漫興》　同上

符雪樵滿江紅

宜黄符雪樵明府兆綸跌宕風流，愛才如命。余填《金縷曲》寄呈，明府亦填《滿江紅》五闋答贈。其一云：「如此縱横，乃蠻觸、仍然鏖戰。卻無奈、數奇由命，封侯無面。肉食班超投已筆，鐵寒維翰磨猶硯。屈左思、藩溷著十年，三都煉。　洗雙眼，誰如電。跀雙足，猶如卞。論搶才心死，才人已遍。許邵果能高月旦，陳平不合長貧賤。釣鼇竿、携上釣龍臺，鳳雲變。」其二云：「便是英雄，能禁受、幾番磨折。思往事、長歌慷慨，酒酣耳熱。苦笑成名皆竪子，可堪用世無豪傑。吐長虹、耿耿不能平，牀頭鐵。　歷卅載，無停轍。懷萬事，凭誰説。哦惡詩聊當，書空咄咄。一榻坐穿茅屋雨，雙鬟唱暖旗亭雪。待携君、海上控黿鼉，撈明月。」其三云：「又是天涼，已千樹、商聲交作。更兼那、淒淒樓笛，嗚嗚關角。雁響忽沉風力勁，烏啼爭警霜華落。慘邊城、無恙日蕭條，蠻山愕。　問籌策，誰帷幄。問門户，誰鍵鑰。莽鑪錘鐵聚，六州猶錯。虚説賈生前席召，可憐祖逖先鞭著。漫無聊、酒盞合騷人，尋秋約。」其四云：「凡事輸人，才贏得、幾篇詞賦。怎能彀、我書還讀，柴桑歸去。自踏梁鴻春廡月，不貪司馬金莖露。造化鑪、妙手太空空，金難鑄。　這歲月，真虚度。這進退，全無據。便還鄉那許，林泉久住。已去不堪思往事，再來仍是悲前路。冀他時、勛業抵文章，將毋誤。」其五云：「有味燈青，君休便、短檠輕棄。頗無賴、悠悠塵俗，茫茫天意。王後廬前誰計較，棘門灞上都兒戲。猛思量、古調不堪彈，孤琴碎。　說不盡，世間事。　揾不盡，衫邊淚。　且掀翻千古，高尋位置。百尺樓中容嘯傲，五侯門下嫌腥穢。便事成、碌碌祇因人，羞毛遂。」明府著有《屏南草》、《夢梨雲館詩鈔》、《倚樓唱和集》，共若干卷。

李香蘋家瑞《停雲閣詩話》

盧前跋

「指迷樂府。律海探源宫换羽。詞裏滄浪。天水堂堂沉與□。　賭棋草創。志幟巋然閩海上。暖眼殘編。想見精勤落筆前。」義父《指迷》、叔夏《詞源》，爲詞話之始。閩中作志，以前所知枚如先生其首也。耑齋出示《纂説》稿本，蓋《賭棋山莊詞話》之資，饐可珍也。率題《減字木蘭花》一闋於後。壬午歲不盡三日，金陵雪前榕城寓樓燈下記。

校點者按：陳慶元先生編《賭棋山莊稿本》，收録謝章鋌稿本《詞學纂説》一編。此乃謝氏研讀詞學之筆記，可窺謝氏詞學思想之淵源。然稿本多漫漶，不易辨認，是據所引原書一一復核，並删去與詞話無關之曲話。兹爲記。

〔清〕謝章鋌撰

賭棋山莊詞話紀餘

劉榮平　王信霞校點

賭棋山莊詞話紀餘目録

賭棋山莊詞話紀餘

余撰《詞話》十二卷，所論源流正變，頗有會心之語。中亦偶采近人名作。近來所見日多，懶于著録，是以不及《續編》。今略記數則于此。詞出于古樂府，上不及詩，下不及曲，其大旨則余《詞話》詳之矣。然有其要焉，則歸于養性情，宅之以忠愛，出之以温厚。意旨隱約，寄託遥深，猶是作詩作文之根柢也，特其體格不同耳。蘇、辛志于君國，故其詞骯髒而不猥。秦之情深，姜之行潔，故其詞纏綿而娟秀。幸勿以詞爲小道，而謂其無關學問心術也。

最善之詞選詞譜

國朝詞書，以竹垞《詞綜》、臯文《詞選》爲最善。《詞綜》繁而有理，可以窮詞趣；《詞選》簡而不陋，可以敦詞品。若詞譜則以《欽定詞譜》與萬紅友樹之《詞律》爲最善也。

臯文詞選

臯文《詞選》，自唐至宋，凡詞四十四家一百十六首。《自序》謂：「宋之亡而正聲絶，元之末而規矩隳。

以至于今四百餘年，作者十數。諒其所是，互有繁變，皆可謂安蔽乖方，迷不知門户者也。今第録二卷，都爲此編，義有幽隱，並爲指發，幾以塞其下流，導其淵源，無使風雅之士懲于鄙俗之音，不敢與詩賦之流同類而諷誦之也。」其用意可謂卓絶，故多録有寄託之作，而一切誇靡淫猥者不與。學者知此，自不敢輕言詞矣。雖然詞多發于尊前酒後，亦有不可莊論者，即如辛稼軒《祝英臺近》，蓋傷離之篇，本事見《貴耳集》，而皋文以爲與德祐太學生同意，未審何據？學者當分别觀之可也。

皋文茗柯詞

皋文有《茗柯詞》，所存不多。《摸魚兒》云：「鎮三年、看花一度，人生幾回朝暮。歡情容易愁中過，偏是愁人記取。花深處。是往日、分紅瞥翠曾游路。舊時鷗鷺。若問我淒涼，酒徒一散，寂寞委黄土。百年事，休説重來非故。當時感慨何許。尊前萬柄新妝，擁明日亂紅無數。天也誤。怎不許、清秋一例萎風雨。問花無語。但倚遍回欄，斜陽漠漠，獨自下樓去。」《相見歡》云：「枝頭覓遍殘紅。更無踪。春在斜陽芳草野花中。　溪邊樹。堤間路。幾時逢。昨夜夢魂飛過小樓東。」

龔芝麓詞

江左三家，吴梅村、龔芝麓俱以詞名。而龔不及吴，芝麓感慨有餘，纏綿不足也。然愛才下士，頗有長者之風。其《沁園春》和别迦陵諸閔，如云：「堪憐處，君袍未錦，我鬢先霜。」又云：「此客殊佳，吾衰已甚，安用車輪，更轉腸抑。」何其語長心鄭重也。芝麓《香嚴齋詞》中有樓晤二闋，一《鵲橋仙》，一《東風第一枝》。句云：「兩好心情難罷。」又云：「緊圍定、夢憨心軟。」此皆爲横波而發。樓，眉樓也。又有《獄中寄憶》、《春明寄憶》、《湖舫同内人送春》諸作，無非爲顧發者。至釋繫填《萬年歡》，末云：「絡紛調笙，還讓引裾人物。儘取頭廳重印，肯换卻、纖纖霞襪。甘心署、錦隊鉗奴，五湖徧管煙月。」閱盡興亡，而醉夢猶不肯醒。雖是有激之詞，然新亭之淚較之梅村有慚色矣。其《燭影摇紅・爲方密之催妝》云：「一揖芙蓉，閒情亂似春雲髮。凌波背立笑無聲，學見生人法。此夕歡娱幾許，唤新妝、佯羞淺答。算來好夢，總爲今番，被他猜煞。宛轉菱花，眉峯小映紅潮發。香肩生就靠檀郎，睡起還憑榻。記取同心帶子，雙雙綰、輕綃尺八。畫樓南畔，有分鴛鴦，預憑錦札。」密之，桐城方以智也。方先生少年跌宕，其遺事頗見于《板橋雜記》。嗣後紅羊换劫，瓶鉢長往，所謂樂地和尚者。迄今讀《通雅》、《物理小識》諸編，猶令人霍然起敬，不知芝麓聞之以爲何如也。

曹秋岳詞短情

海寧查伊璜，擅聲伎之樂，蔣藏園《雪中人傳奇》所謂查孝廉者。曹秋岳溶有《卜算子》、《采桑子》兩闋，皆爲查氏歌姬作，所謂「漫信雛年不怨春，意思燈前覺」者。秋岳詞頗短于情，其《銅陵阻風・唐多令》下拍云：「無語淚空懸。征衫似舊年。望江心、白浪連天。盡把香車吹散了，剛留我，倦游船。」特爲清遠可誦。

詩詞造句有别

余生平詠物、詠古及一切應酬之作頗多，率不留稿，蓋以無所寄託也。數年前與友人爲鬮詩之戲，其法拈題分韻，限香三寸，成詩三首，或五律或七律，逐寫糊名，立兩人爲主司分閲之，定其甲乙，所作不下數十卷。老友徐雲汀鄂于散佚之餘，掇拾一二刻之，則今所傳《過存詩略》者是。中如《詠殘燈》云：「煙團孤月冷，風曳一星尖。」《寒雅》云：「水村微有雨，驛樹已無花。」此類甚多，觀者以爲警策。近閲曹實庵貞吉《珂雪詞》，鴉陣填《金縷曲》句云：「寒話空林飛且止，似商量，明日風兼雨。」用意頗與余同，但詩詞之造句則有辨矣。又代泉下人語填《望江南》句云：「白骨怯清秋。」此五字殊覺慘動，比「陌上人，歸翁仲」語，爲尤佳也。

調香詞自序

周大樞《調香詞自序》曰：「國朝先輩阮亭詞工于詩，陳檢討詩工于詞，而世所稱或反。蓋詞家兩派，秦、柳；蘇、辛而已。秦、柳婉媚，而蘇、辛以宕激慷慨變之，近于詩矣。詩以風骨爲主，蘇分其詩才之餘者也，辛則並其詩之才之力而專治其餘。故嘗謂閑澹歷落之才，其人宜于詩，詞則閑爲之可矣。其年詩最風秀有骨力，而詞非雅音，無他，勁激之調不易摹耳。」湖海文傳　按國朝之詞多宗浙西六家，導源姜、史，旁參周、秦，若蘇、辛固非其所留意也，故大樞之言如此。然而不善學蘇、辛者，才氣不能自固，滿紙浮囂，則于意内言外之旨遠矣。大樞不爲無見也。

許周生論足正詞律之失

德清許周生宗彦鴛部曰：作詞譜者，一詞或列十數體，思之殊爲未安。詞之體即歌之調，有《齊天樂》、《雙聲子》諸體，即歌有黄鍾宫、林鍾商諸調。按歌者不聞一調之中分又一調，填詞豈得于一體之中分又一體哉？且其所以分之者在字句長短、用韻多少、平韻仄韻之異耳。字句有長短，亦猶曲中襯字，或用或不用，與本調無關。至如上六下四之類，在歌時曼聲引逗，自非音節頓挫之處，原不必定以某字。絶句换韻之句，或叶或不叶，亦同此理。其調本平韻而或用仄韻，本仄韻而或用平韻，正如曲中之聲可以通叶，或以仄作平，要與體制無所增減，作譜者但當于題下及句下一一注明，使填詞知其通變足矣。若因此析爲别體，則逐字平仄之殊，亦當細剖，一詞可分數百體矣。鄙意一詞惟有一體，以其入歌惟有一調也。詞之歌法雖不可考，而曲即詞之支流，曲中字句間有參差，及其合歌要歸一致，則詞可推矣。若字句大相舛互，則必名同而實不同，其宫調亦當有異，當别立一格，不必比而合之也。偶翻《詞律附記》，所見以諗之知音者。《鑒止水齋集》　周生以考據名家，固不在詩詞見長，第此節所論，實足正《詞律》之失。夫詞有體同而調反不同者，如《湘月》爲《念奴嬌》之鬲指聲，此惟審律者知之。外此則字數之多寡，原無關體制之異同，正不必多分名目耳。

梁楚生詞録

梁楚生德繩，周生之室也，著有《古春軒詩詞鈔》。《蒼梧謡・周生意有所感作此戲之》云：「癡。遍繞闌干十二時。千金意，密密祝芻尼。」「愁。鎮日無言獨倚樓。月如鉤，寂寞似寒秋。」「憐。詩骨伶俜聳瘦肩。情脈脈，獨坐小窗前。」「空。吹落春花不見蹤。東風冷，何處覓殘紅。」十首録四。杭有章娘者，故隸山西裴中丞家，通曉音律，從師學琴，轉授女公子。中丞與高相國、姚尚書密戚也，使章娘鼓琴，無不激賞。其後嫁尚書僕某。中丞殁後，隨其夫流轉武林，傭于人，任煩辱之役。偶至余家，爲余鼓琴，因言往事，感喟者久之。嗟乎！才人廝養，念華屋而悲生；商婦琵琶，感青衫而淚下。爲譜斯調，亦庶幾有以傳章娘也。《金縷曲》云：「姻戚崔盧貴。倒金尊、蘭堂日午，廣延佳會。軟舞嬌歌都過了，志在高山流水。催一霎、妝成奏伎。上客低徊頻注目，爲兒家爭洗箏琶耳。嬌顧影，自矜喜。當時只解耽游戲。一年年、桃鬟高並，柳絲難繫。弱蔓孤根無處著，隨分縈依荊杞。也算做、花開連理。茵溷飄零原不定，判百年人事長如此。渾不計，電光駛。」「金谷繁華息。更驚心、喬松鶴去，大弦聲急。絲管春風前日事，悲動白楊蕭瑟。對弟子、青娥暗泣。小隊銀箏零落了，玳梁邊誰管雙棲翼。秋燕影，浪萍跡。燕飛萍轉錢塘客。鼓飛濤、泠泠江上，尊前鬢白。換羽移宫傳別恨，回首蓬萊雲隔。但海水、數峯摇碧。停拂銀鈎增悵惘，坐幽篁獨譜胡笳拍。詞未盡，淚沾臆。」四首録二。

花萼聯吟集

《花萼聯吟集》，吴縣曹實甫毓秀與弟紫荃毓英、姊宜仙景芝所作。實甫詞名《桐華館鈴語》。《摸魚兒》云：「最銷魂、風風雨雨，黄昏攪破檐玉。分明訴出伊涼話，冷答蛩聲斷續。愁萬斛。道今日、山邱昔日皆華屋。釭花閃緑。正倦客愁聽，淒淒切切，幾陣誤窗竹。　因風絮，不管鄉心棖觸。今宵夢魂偏各。傷心天寶當年事，一樣烽煙滿目。孤影獨。對如此、江山淒絶淋鈴曲。繁華轉轂。怕蜀魄歸來，三更相應，抵得楚騷讀。」《春感・高陽臺》句云：「傷春不是，因風雨在，曉寒衾枕瞑色。」《窗紗夜坐憶紫荃・點絳脣》句云：「淒涼麽，料來如我，對影和愁坐。」紫荃詞名《鋤梅館》。《鴉陣・金縷曲》云：「萬翼盤旋急。是將軍、蔽空而下，陣雲都黑。曾向八公山下過，草木至今無色。但一片、霜威蕭瑟。好趁今宵天欲雪，聽營門書報淮西克。城上角，更吹急。　不堪驛路烽煙密。料烏江、八千子弟，全軍皆墨。莫笑連翩虚結隊，應有幕巢堪覓。問何處、關河棲息。此去雁鴻還得意，看零星涂盡風前檄。須不讓，振天翮。」宜仙詞名《壽硯山房》。《悼素芝姊・蘇幕遮》云：「爲多情，雙眉蹙。記得當時，有個人如玉。同倚小闌干一曲。對月聯吟，還把新詩續。　到而今，愁萬斛。無限酸心，獨背人前哭。不道清才多命薄。如此年華，撇我緣何速。」《高陽臺》句云：「欲諱情癡，人前强忍啼聲。明知憔悴原同調，轉愁伊、比我飄零。勸知心、努力加餐，好記丁寧。」《浪淘沙》句云：「心事總淒迷。恨縷愁絲。蘭釭風閃一花低。除卻梅花除卻月，更有誰知。」《金縷曲》句云：「我自相思渾不覺，只覺人間無味。」宜仙許字陳氏，未嫁而夫亡，守貞早卒，又經寇亂，流離辛苦，故多傷心之言。

冷廬雜識記閨秀詞

陸敬安以湉《冷廬雜識》云：嘉興馮柳東教授登府之室李梅卿女史畹早嫻文墨，盛年殂謝，教授深悼之。女史尤工詞，自題《倚梅圖》有「雪影壓殘烏，夢月痕，冷靠花身」之句，其《寒夜·南柯子》云云。按此詞余《詞話》已載，今不録。歿後教授題《城頭月》于後云：「唐詩一卷曾親授。紅豆雙聲就。簫局雨夢，也休回首。蘆簾十載爲新婦，草草分離驟。寫韻樓空，橫琴月冷，總是斷腸候。」按此詞于律不合，依文意斷句。又云：錢塘凌臣沅女史祉媛，丁松生丙之室也。事親孝，兼工詩詞，于歸一載遽卒。松生爲刊遺稿《翠螺閣詩詞》。詩如《裏湖棹歌》云：「輞川莊外水迢迢，携得青尊復碧蕭。商略儂舟泊何處，嫩寒春曉段家橋。」詞如《菩薩蠻》云：「檐鈴驚破紅閨夢。曉妝人怯餘寒重。纖手卷簾衣，風前放燕飛。落紅紛似雪。倦了尋香蝶。樓外易斜暉。春歸人未歸。」女史生于四月八日，製有玉牌，鐫「與佛同生」四字。

雙卿鳳凰臺上憶吹簫

易安居士填《聲聲慢》連用十數疊字，倚聲家以爲創格。近讀金壇史悟岡震林《西青散記》，綃山女子雙卿有《鳳凰臺上憶吹簫》詞云：「寸寸微雲，絲絲殘照，有無明滅難消。正斷魂魂斷，閃閃摇摇。望望山山水水，人去去、隱隱迢迢。從今後，酸酸楚楚，只似今宵。　青遥。問天不應，看小小雙卿，裊裊無聊。更見誰誰見，誰痛花嬌。誰望歡歡喜喜，偷素粉、寫寫描描。誰還管，生生世世，夜夜朝朝。」雖近于曲，然頗清脆可誦。雙卿農家子，才而艷，所適非天，備受荼毒，《散記》録其詩詞甚多。

楊蕊淵李紉蘭詞

梁溪女史楊蕊淵芸有《琴清閣詞》。《蝶戀花·新秋》云：「一院新涼花氣馥。乍試生衣，簟影明秋玉。砌畔寒蛩吟斷續。流螢點破苔痕緑。　燈穗和煙飄簌簌。涼月多情，移近闌干角。午後秋聲高過竹。碧窗小夢風吹覺。」《金縷曲·送畹蘭五妹歸吴江》云：「往事思量否。最難忘、踏青斯近，弓鞋同繡。鬬草尋花驚蝶夢，小燕呢喃如咒。乍一霎、雨僝風僽。腸斷臨歧無一語，只啼痕萬點沾衣透。空彳亍，把衫袖。　離情脈脈濃于酒。恨無情、清秋殘照，雨行疏柳。行矣長途須自愛，莫共黄花爭瘦。算楓落、吴江時候。煙水歸帆安穩到，寄雙魚慰我眉間皺。家山約，盼携手。」長洲女史李紉蘭佩金有《生香館詞》。《減字木蘭花·雨夜書懷》云：「雨昏燈暝。窗外芭蕉敲夢冷。點點聲聲。故攪愁人睡不成。　更深漏永。一縷餘香摇瘦影。舊句低吟。不是傷心不要聽。」《鬢雲松令·春感和蕊淵二姊韻》云：「玉爲心，金鑄淚。薄暝簾前，燕啄香泥墜。春色依然人事改。填就新詞，教與鸚哥背。　夢如雲，愁似醉。誰放風箏，吹墮秋千外。鏡掩葳蕤慵染黛。小病初瘳，怯怯輕寒耐。」

閨秀有工填詞者

國朝閨秀以詩傳者頗多，此外有工畫者、工書者、工填詞者、工爲傳奇者、工作古文時文者。而郝蘭臯之室王婉佺照圓且工考據，有《列女傳補注》八卷、《叙録》一卷行于世，則愈轉愈上矣。前年葉臨恭大莊秀才出長卷求作題跋，其前則王惕甫芑孫詩札，後則惕甫所作墓志銘，其室曹墨琴女史書丹者。墨琴爲兵馬司指揮曹鋭女。鋭工書畫，生三女，二女皆知書，長即墨琴，于書用力甚深。其臨帖自跋十數通，俱見其《寫韻軒小集》中，故其書攀王揖趙，翛然自遠也。吴江郭祥伯麐曰：鹿城半繭園有女郎以簪畫壁，作一絶云：「月底纖纖扶婢來，梨花如雪點蒼苔。紅蠶辛苦愁絲盡，誰把同功繭擘開。」後書一「毗」字，意欲題名而未及者。爲填《蝶戀花》于後，亦無使其無傳焉。「青粉牆頭苔没砌。誰拔金釵，畫破春痕細。羅襪纖纖來月底。有心人識相思字。　天遠彩雲飛去矣。卿自何來，有個芳名未。料得欲題還又止。當時直憑憮憮地。」可見弱質清才，湮没甚多，又豈但士之不遇哉。

郭祥伯詞近今眉目

前十數年，曾見祥伯所著詩話，末附詞話一卷。其論詞雖未能獨出手眼，而詞則實近今一眉目也。短調尤佳。《一痕沙》云：「落了梨花香雪。過了荒村寒食。負了去年期。可憐伊。　三月已將三十。記得去年今日。今日是何時。没人知。」《醉太平》云：「竹風韻長，荷風氣香。待他月上回廊。再圍棋不妨。竹風一窗。荷風半牀。憑肩笑問檀郎。是今涼昨涼。」《如夢令》云：「行過重重樓柱。隨意低低窗户。一樹碧梧桐，垂在小簾深處。深處。深處。簾外數聲殘雨。」《醜奴兒令》云：「五三六點微微雨，開了梨花。謝了梅花。才拓蒙蒙一面紗。玉階獨立思閑事，花在鄰家。吹落儂家。今日東風較大些。」《南樓令·春人綰髻圖》云：「春夢暈潮霞。春風褪臂紗。緩春愁、盤好雙鴉。溜了金釵佯不省，問開否，碧桃花。鏡檻者般斜。新妝略似他。只修眉、人在天涯。尚着薄羅衫一件，簾又卷，太寒些。」《生查子》云：「階前一片苔，青到牆陰住。羅襪是何人，小印香痕去。愁隨爐篆長，影共燈花語。開了碧窗紗，各自聽春雨。」

聚紅榭雅集詞

紹興金谷生萬清太守愛民如子，疾惡如仇，誦聲在道路。丙辰以延平府剿匪被戕，偵其尸十數日乃得，無首，視其服則太守也。袒其臂，有故創如掌大，乃信，蓋太守舊有割臂療父疾，故得以徵實云。宋已舟謙有《金縷曲》挽詞云：「揮盡行人淚。迸將來、躍劍津頭，多于流水。太息彼蒼何夢夢，釀出干戈滿地。偏壞到、長城萬里。不爲溪山留保障，痛遺黎、誰作同仇氣。天下事，奈何矣。感恩況屬真知己。但有愧、才非宋玉，招魂無計。寒雪壓關丹旐冷，枉是英雄蓋世。只博得、如斯而已。熱血一腔空欲灑，灑難成、兩個傷心字。嗚咽處，暮雲紫。」太守敦氣節，上官忌之，平生勇于任事，其死也，蓋有陰致之者，可悲也。劉壽之三才少喪父，終鮮兄弟，依母氏以居。弱冠失母，四壁既空，一身無寄，飄零之苦言及輒下淚。曾以《金縷曲》示余云：「攬鏡低徊久。算人生、誰無骨肉，畏其不壽。憶我數齡先失怙，我母如珠在手。盼頭角、不居人後。未食怕饑衣怕冷，課讀書、又怕兒心嘔。想此意，忍回首。比年病態如衰柳。把世間、淒風苦雨，儘情消受。底事干人爭欲殺，背地頻開笑口。富與貴、吾生自有。無補于時生亦贅，自注：外議謂余必早達而夭。況今生、怎報親恩厚。十年矣，飄零彀。」余書其後云：「一家骨肉總淒涼，三歲麻衣積淚行。今日讀君金縷曲，五更獨立月昏黄。」嗟乎！同是傷心人，天荒地老，血淚坌湧，其奚堪卒讀哉，其奚堪卒讀哉！己舟、壽之皆余社中人也。自余倡詞社，始不過五人，其後至十餘人。抽奇聘秘，頗極一時唱和之樂，匯刻爲《聚紅榭雅集詞》五卷。前年余卧病在家，忽聞流求國使金紫大夫某來見，問其故，則云：「向在國子監讀書，詢訪近日填詞家，聞先生倡教于閩，今自京師歸，特來請益。」予以病謝之去。某乃往見余友魏子安，並求子安爲作立後議，丁寧訂後約，而余之晉，遂不相知矣。社中諸君，其別集已刻者，則有贊軒之《效顰詞》。贊軒性豪巖，填詞則婉轉入細，蓋得力于秦、柳多也。己舟、陳子駒遹祺皆有集未刻。子駒初與黄笛樓錞唱和，有《雙鄰詞鈔》二卷，余曾爲作序。其詞則以《花間》爲圭臬也。己舟之刻摯，子駒之俊逸，禮堂之綿麗，林錫三天齡之雅淡，皆足步武南唐，靳驂兩宋，即使陽羨髯君、金風亭長見之，當亦不誚爲惡札也。名山可券，以俟百年。

以上《稗販雜録》卷三

〔清〕謝章鋌撰

賭棋山莊詞話補輯

劉榮平　王信霞輯補

賭棋山莊詞話補輯目録

附録一　論詞詞

附録二　序跋

賭棋山莊詞話補輯

附録鄭仲濂詞

向栗生世講借詞十數種，撿《紅豆樹館集》，有其尊甫仲濂同年詞數闋，録在卷端，因鈔存二闋。按前調《金縷曲》，後調《浣溪紗》也。其時予與仲濂因在都下，朝夕往還，此二闋皆經予眼者。荏苒三十餘年，人琴俱渺矣。而仲濂詞集未梓，故録之，庶幾存十百于千一也。「意氣雲霄薄。記小時、身如威鳳，回翔阿閣。肯負春風欄七寶，賞遍名花傾國。世儘有、真仙不學。志業未成憂患迫，忽連天烽火來吴越。嗟十事，九全錯。　中年宛轉傷哀樂。便眼前、成圍絲竹，老懷安託。自見蓬萊清淺後，又似遼東歸鶴。何止痛、親交零落。冷淡生涯猶叵耐，憑心情、每對歡場惡。知我者，此明月。」「年紀關心近簸錢。雙垂鬢髮淺齊肩。泥人歡笑怯人憐。　春半簾櫳窺月夜，秋千院落拗花天。是曾逢處莫流連。」原注：欲盡理還之境，幸勿以綺辭罪我。《賦棋山莊餘集》

張石洲南浦

龍樹寺在宣武門外南下窪，近望三殿，遠睇西山，京華登臨佳處也。一日見吴冠英偶所作《龍樹寺燕集圖》，主者韓小亭泰華大令、劉寬夫位坦侍御，中有梅伯言先生《小叙》，而平定張石洲穆填《南浦》詞云：「節序信匆匆，惜芳辰、錯過丙午端午。蒲老更開花，城南曲、莫辨韓劉賓主。連簃展燕，波痕尚殢宵來雨。到眼池塘圍萬緑，化作佛天龍樹。　最難良友如雲，甚詩狂、酒達猶似虎。懷抱豁然開，從頭説、閱盡樓臺歌舞。虧他妙手，當樓放出山眉嫵。夕照煙波真入畫，只欠數聲柔櫓。」石州此作多從玉田體，然「節」字、「芳」字、「錯」字、「韓」字、「波」字、「尚」字、「良」字、「詩狂」「酒達」字、「似」字、「懷」字、「閲」字、「樓」字、「當」字、「放」字、「數」字，平仄多不合，「丙午」、「端午」兩「午」字猶未協。石州考據有重名，生平俯視一切，不受褒貶，豈于詞律別有所據耶？

《課餘偶録》卷一

莪園詩歐陽亭

（張）聽庵名樹荄，閿鄉主人，有拳勇，喜養馬。同治末年，擊賊建寧，搜捕盡力，至今建寧人歌頌之。以任子授鞏秦階道。秦晉饑，出關辦運賑米，以勞卒。亦與予善。讀予《酒邊詞》匝月不已，作《題詞》一闋，曰「此近日第一快事也」。子儁以徐曉芙詞、《莪園詩》示予曰：「君位置之，或附君集以傳。」曉芙名鏡清，德清人，己酉選拔，以知縣謁選，卒于京邸。詞名《歐陽亭》一卷，予乃采其詞入《詞話》。而予不作詩話，《莪園詩》無可附麗，乃録而存之《備忘録》，今復撮集于此。此子儁不死其友之心也。

倚聲初集

《倚聲初集》二十卷，武進鄒祗謨、新城王士禎同選。按此國初舊刻，頗蠹蛀不完。鄒、王二公皆詞家白眉，故補輯存之卷首。所采詞話、韻辨，亦有益減偷之學。

淮南書局紅印本

《復古編》二卷，宋張有撰。《曾樂軒稿》一卷，張維撰。《安陸集》一卷，張先撰，《附録》一卷。按此淮南書局紅印本，甚可愛玩。有，字謙中，篆書有盛名。其所校勘，一筆不苟，晚年入道以終。維，其曾祖。先，其祖也。先以詞傳，即所謂張三影者。安邑葛鳴陽合刻之。

以上《課餘偶録》卷二

譚仲修日記

仲修修詞之功與予派别不同，然亦有家數。近聞其棄官不事去，爲楚北書院院長矣。因檢書中所刻《日記》六卷，蓋按日讀書隨筆之作。中有數則爲予發者，録之，此亦風雨雞鳴之思也。「訪長樂謝章鋌枚如，此君于經籍金石之學均有本末，閩中學人可以稱首。」卷二「閱《聚紅榭雅集詩詞》。聚紅榭者，閩中社集合刻所作。長樂謝枚如持贈，凡四種，曰《雅集詞》五卷、《過存詩略》二卷、《游石鼓詩録》一

卷、《黄劉合刻詞》二卷。枚如，社中巨手，詞人能品。徐雲汀、李星村亦高出流輩。」《課餘偶録》卷三

零星作亦情事所寄

予二十餘年不填詞，十餘年不作詩，即偶有所作，亦零星不成篇卷。然雖不足存，亦一時情事所寄，因附于此。《課餘偶録》卷四

生紅館詩詞

長樂梁九山土國太常，居官有聲，著述頗豐，而皆未付梓，問其家亦不能詳也。……太常三男二女，其季子蘭茬雲鏞廣文最知名，次女蓉函韻書詩筆足以函蓋閨秀。太常拜奉天府丞，子女隨任。蓉函後又隨其夫許明經濂客承德，兩次出塞，得江山之助多。今合録一二，亦文獻之所必及也。廣文有《天花丈室詩集》，久未付梓，其子靖辰携以屬予，予爲編定六卷，附《生紅館詩詞》一卷，則其繼室侯官周蕊芳所作也。有序載《賭棋山莊文又續》。《課餘續録》卷一

以詞學倡立聚紅榭

時有西湖社，則林穎叔、孫穀庭兩方伯主其事，又後有南社，則楊子恂太史、龔藹人方伯主其事。而予與高文樵、劉贊軒以詞學倡同人立聚紅榭，林錫三提學、梁禮堂主政、陳子駒副貢、馬子翊孝廉皆自南

社而來，刻有社集。首集不過五人，次集則十五人，今存者惟予與贊軒耳。

陳宋詩詞合選及諸子詞刻

《陳宋詩詞合選》二卷，閩縣陳遹祺子駒詩名《芙初仙署吟草》，侯官宋謙己舟詞名《燈昏鏡曉詞》，皆聚紅社摯交。子駒填詞秀茜，近晏小山，詞之正宗也。己舟强有力，詞近劉後村，則别調矣。然二君皆兼工詩詞，子駒之詞已成集，而未載于此卷。己舟之詩，此卷亦未盡載。皆不得謂之全集，特録其所見耳。嗟乎！當立社時，予方三十餘，諸君亦皆年少，乃不及一紀，漸棄賓客，近存者惟予與劉贊軒耳。當時諸君亦皆有集，祭酒爲李星村，其友爲刻《琴寄齋詩》，而佳作不盡録。徐雲汀集雖刻成，頗嫌真僞雜糅，蓋雲汀見人佳句則寫以資吟諷，身後無人分别，遂致認甲作乙，甚或指鹿爲馬耳。黄肖巖《婆娑詞》，贊軒取與《效顰詞》合刻。梁洛觀《木南山館詞》，予爲刻之。其子客江浙，予曾寄致百本以備其投贈。子駒最先與黄笛樓唱和，編成《雙鄰詞鈔》，曾問序于予，然議刻數次未能也。林錫三身後，其子弟到處搜其遺稿，未知已成集否？社中著述最富者爲馬子翊習静樓，裒然大集，剞劂殊不易易耳，其餘則散見于社作雅集諸編耳。昔者勿村林丈曾謂予曰：「若有著作當自料理，後人之不留意者無論矣，即或愛惜祖父，實其片紙隻字，將並其不必刻者而刻之，反增一重口實。」予思此言，通徹俗情，殊有至理。故予于生平所作輒付之梓，固知貽笑詅癡符，然較之欲笑而無可笑者，似差勝一籌也。嗟乎！人之學問成不成有天焉，其著作傳不傳亦有命焉，聊以適吾意耳，故不能强作主張也。且亦

不盡關於好醜，彼鶴聲一一飛上天，果足擅千秋佳句乎？《課餘續録》卷五

彭退庵工詞

溧陽彭退庵光斗受知于寧化雷副憲鋐。副憲督江南學課，合屬詩古第一。舉拔萃，後官永安縣，以與上官不合歸。著《雲溪草堂文集》十六卷。退庵工詞，《摸魚兒・聞蛩》云：「正涼宵、酒醒孤館，何來唧唧私語。一派荒庭喧落葉，唤起侯蟲無數。伊何苦，豈愛伴、歐陽慣作秋聲譜。蕭然風露。算籬角牀頭，一般淒緊，相對只吾汝。　更深也，漸喜河傾月午。故園彷彿歸路。無端傍枕偏急，不許夢魂偷去。伊且住。可省有、緑窗爲爾停機杼。淚痕如雨。儘背着燈兒，無眠到曉，没個言愁處。」《暗香・弔林處士墓》句云：「水仙笑俗，收拾吟魂挂修竹。」其曾孫心梅湘典籍與予善，性通而介，避亂居晉十年，爲學使者上客，有《適龕存稿》。《紀家人被難》等詩，皆沉痛不堪卒讀，予曾録入《我見録》。亦治長短句。《醉公子》云：「郎暖酴醾酒。故故將人誘。誘卻上紅潮。云添分外嬌。　懶轉深杯遞。爲怕如泥醉。醉卧五更鐘。醒來苦累儂。」《蝶戀花》云：「神女高唐容易見。莫道匆匆，夙世蘭因淺。畢竟勝他無一面。雙眸尚覺花光眩。　銀漢迢迢情未□。隔院玲瓏，響戛黄金釧。若再相逢須飽看。瑣窗雕户關心遍。」《稗販雜録》卷一

符雪樵滿江紅

宜黃符雪樵兆綸以名孝廉需次吾閩，權建陽，緣事謫官。素性瀟灑，善詩工書，好詼諧，刻集十數卷。詞不多作，然亦豪宕可喜。有《滿江紅》五闋云……（編者按，詞見《詞學纂説》所載同條引述，兹略）《稗販雜録》卷二

閩中方言

余昔槧《聚紅榭雅集詞》，黄肖巖宗彝爲之序，略云：三代正音多存吾閩，苟詞曲家講明而切究之，尤近而易爲功。竊謂音雖起于喉，當以鼻音爲主，閉鼻則開、發、閉、收音俱不真。鼻爲君聲，萬類所統轄也，韻首東等首見，爲得其木矣。劉繼莊《新韻譜》亦先立鼻音，次立喉音，復以喉、鼻二音輾轉相生，而萬有不齊之音統攝于此。國書十二字頭，首部「阿」、「戹」、「衣」、「烏」、「于」亦以喉、鼻二音爲首，六部之音皆從此生。天下方音，五音咸備，獨闕純鼻之音，惟吾閩尚行此音，乃千古一綫元音之僅留于偏隅者。漳、泉人度曲，純行鼻音，則尤得音韻之原矣。且江韻中字，古多與中、冬同用，其偏旁從「工」、「空」、「春」、「童」、「豐」、「叒」、「宗」、「龍」、「從」、「悤」、「農」等字，皆東、冬部，《説文》以之取聲，閩音得之。四方人讀「江」如「姜」，遂合爲江、陽韻，乃俗音，非古音也。先、仙韻中字如「天」、「田」等，半入真部；尤、侯、幽韻中字，如「劉」、「流」、「留」、「樓」、「矛」、「浮」、「猴」、「頭」、「投」等字半入肴部，此

皆有合于古者也。「兒」字古近曰平聲，「大」字古近杕（編者按《聚紅榭雅集詞》黄序「杕」作「代」）字音，吾閩此音尚存。至重唇之轉爲輕唇，舌頭之轉爲穿齒，吾閩依然，三代之本音也。肖巖究心韻學有年，著《閩方言古音考》四卷。時劉芑川家謀亦講此學，著《操風瑣録》四卷。援據俱極該洽。二君余石交，愧未能梓其書，今略[記]數十則于左，頗見梗概。

《稗販雜録》卷四

附録一　論詞詞

金縷曲・談藝視芑川

總要性情耳。自古來、韓蘇李杜，所爭止此。試把藝文時一閱，姓氏紛紛難紀。正法眼、何曾有幾。風雅本原都不講，只描頭畫角真堪鄙。覆醬瓿，誰料理。　要展精神新壁壘。擁皋比、雙眸炯炯，驅神役鬼。莫笑填詞爲小道，第一須删綺靡。如椽筆、横空提起。千古名山原有數，這功名不與尋常比。深相望，子劉子。《酒邊詞》卷三

滿江紅・讀劉壽之三才詞拈贈

香草美人，好懷抱、風騷有幾。便拈毫、鋪紅染翠，畫皮而已。熱血誰從狂膽噴，豪弦陡令雄心起。能酣嬉、跌宕學蘇辛，千秋矣。　山有色，煙霞美。天有骨，風雲喜。且自家閉户，鬚眉料理。手筆敢居臺省下，眼光直滿乾坤裹。看他年、揮灑上凌煙，奇男子。《酒邊詞》卷五

附録二　序跋

我聞室詞序

詞淵源《三百篇》，萌芽古樂府，成體于唐，盛于宋，衰于元、明，復昌于國朝。温、李正始之音也。晏、秦當行之技也。稼軒出，始用氣；白石出，始立格。嗚乎！詞雖小道，難言矣。與詩同志而竟詩焉，則亢；與曲同音而竟曲焉，則狎。其文綺靡，其情柔曼，其稱物近而託興遠且微，驟聆之，若惝怳纏綿不自持，而敦摯不得已之思隱焉。是則所謂「意内言外」者歟？辰溪之于詞，家學也，而余之詞，則土音耳。顧辰溪特喜與余言詞。憶道光乙巳，余讀書西園，其地池臺參差，水木明瑟，去辰溪之居不百步。而主人李少棠者，余姨弟也，意氣豪甚，置酒飲余，輒招辰溪。飲酣，縱談天下事及今昔人才，喜而笑，怒而駡，思而沉吟，哀而長太息。其聲方拉雜不休，忽鄰人善笛者，數聲悠揚，自遠徐至，下視亭階，月三尺許，有蛩獨叫，叢竹受風，如人拜起，舉座默然，而辰溪獨拍案填詞。嗚乎！天下填詞之境，孰有過于此時哉？今辰溪之詞具在矣。回想前塵夙夢，獨使余低徊而不能自已也。嗚乎！舍辰溪其誰知之，辰溪其勉之矣。

《睹棋山莊文集》卷一

婆娑詞序

朝出門聞諸途曰：「昨夜告急，羽書至若干矣」；夕出門聞諸途曰：「某日交綏，敗而死而走若干矣。」歎息而歸，歸而妻曰：「吁！寒甚，椸無衣，牀無被矣。」兒曰：「吁！饑甚，廚無米，灶無薪矣。」言未終，或叩于門，伏而窺之，則索逋者。乃蛇行登牀危坐，戒妻兒婉辭焉。遲久始去，方下牀，剥啄又作，驚怛不遑。忽其人揚言曰：「是我也，主人在家否？」諦聽則吾交好某某也。大喜，開門延之入，瀹苦茗，挑燈促膝坐。始而述家況，其聲嗚嗚然。繼而談時事，其聲囂囂然。既及出所作文字相示相對讀，其聲振振然。于是，披抉古今，低昂作者，其聲欣然、淒然、紛紛然，渺不知其處何地，置身何等也。嗟乎！以此填詞，詞安得工？嗟乎！以此填詞，詞安得不工？雖然，當此之時，而奈何尚以其詞爲也？此吾讀肖巖之詞，所以奮袖起舞彷徨四顧而不能自已也。

效顰詞序

近余窮困不得志，閉門謝客，終日不見一人，而贊軒乃時時造吾廬。贊軒才高氣盛，持論恢譎，余怵然不敢與贊軒深談也。既而贊軒招余讀書其家，禮余加敬，而其家亦不以食客相視，余于是得安其身者數年。間或俯仰侘傺，贊軒必命酒爲歡，相與上下。其議論，舉凡古今之利病，身世之是非，窮如何固節，達如何行義，即至一技一藝之末，無不批導。及之奮袖頓足，而贊軒不余忤也。蓋至是余與贊軒乃相視而笑而莫逆矣。是時，贊軒治舉子業，余方撰定舊所作文。贊軒見余詞獨欣喜，乃學詞，其詞駸駸日上。適錢塘高文樵從惠安來，文樵固善詞，余乃邀宋己舟、劉壽之及文樵與贊軒填詞，數日一聚，拈題分詠，今所傳《聚紅榭雅集詞》者是。其後文樵應官遠出，己舟、壽之各有所事，而贊軒之詞獨裒然集。嗟乎！是吾贊軒之不凡也。夫天下之事，患其不學，學焉有不能而不精者乎？雖然，予之期贊軒者不在詞，即贊軒自視其才當不止詞。贊軒年甚少，賦質甚美，處境又甚順，誠然斂其才不妄用，沉其志不輕發，寄情高遠而出言期于中道，雖以此名世可也，而區區謂其詞能窺作者已哉？劉氏羣從知余頗衆，而芑川獨厚余。贊軒，芑川之弟也，其亦讀芑川之文繼起而大芑川之業者乎？若余之荒陋何足道也。

以上《賭棋山莊文集》卷一

雙鄰詞鈔序

詞也者，意内而言外者也。言勝意，剪彩之花也。意勝言，道情之曲也。固與其言勝，無寧意勝，意勝則情深。「梧桐樹。三更雨。不道離情正苦。一葉葉，一聲聲。空階滴到明。」羌無故實，其感人有甚于「手裏鸚鵡，胸前鳳凰」者矣。「何處合成愁。離人心上秋。縱芭蕉、不雨也（蕭蕭）［颼颼］。」都無點綴，其移情更有甚于「檀欒金碧，婀娜蓬萊」者矣。是故詞貴清空，嫌質實。然而五石之瓠，非不彭然也，清空則清空矣，一往而盡焉。東坡詞詩，稼軒詞論，其流弊又有不厭衆口者矣。蓋言意之不易稱也如是。吾友子駒之詞，則殆合内外而兼之者乎？一日，出其《雙鄰詞》相示，而黄君笛樓之作亦在焉。二君者，其云龍之上下，抑亦笙磬之同聲也。夫吾閩當趙宋之世，詞人甲海内，自柳耆卿、王實甫以下，不下數十家，考其遺製，大抵以流宕自喜。今二君獨以温尉、李主爲職志，而駸靳于晏、秦、張、周之間。選言既工，用意尤極于纏綿。想其酒闌灯灺，占坐分題，琴聲乍歇，爐香徐温，一字之淺深，一句之進退，把臂而起，必有相視而笑，莫逆于心者。嗚乎！令余神往矣。余始識笛樓而蹤跡甚疏，近與子駒相過從，見其温厚多情宜填詞，而子駒顧數稱笛樓，夫子駒豈阿好哉？昔者浙西六家更唱迭和，而金風亭長實爲一雄，若子駒之與笛樓，其二俊矣。師法古人，力振墜緒，不隨流俗，獨爲錚錚，異日者轉而愈上，使意内言外之旨大顯于世者，其在二君乎？余雖無似，猶能尋聲按拍而從之。

詞選跋

禮堂自京師歸，出皋文《詞選》示余。余讀之曰：此詞家正法眼之作也。國朝詞家最盛，王蘭泉《詞綜》、姚茝階《詞雅》、蔣子宣《詞選》，撰録不下數十百人。然自浙派盛行，大抵挹流忘原，棄實佩華，强者似呫吺，弱者塗澤，高者單薄，下者淫猥，不攻意，不治氣，不立格，而詠物一途，搜索蕪雜，漫無寄託，點鬼之薄，令人生厭。嗚乎！其盛也，斯其衰也。豈知竹垞、樊榭之所以挺持百輩，掉鞅詞壇，在寄意遥深，不在用事生澀。舍其閑情逸韻，而師其襞積，學者何取焉？求如皋文之卓見，蓋希已難已。昔竹垞撰《詞綜》，以雅爲宗，讀《詞綜》則詞不入于俚，讀皋文此選則詞不入于淺。且使天下不敢輕易言詞，而用心精求于六義，臯文之有功于詞，豈不偉哉！然而杜少陵雖不忘君國，韓冬郎雖乃心[向]唐室，而必謂其詩字字有隱衷，語語有微辭，辨議紛然，亦未免强作解事。若必以此法求之于詞，則夫酒場歌板，流連景光，保無即事之篇、漫與之作，而不必與之莊論者乎？臯文將引詞家而進之于古，其立言自不得爾，學者當觀其通焉。禮堂殆不以余言爲妄也。以上《賭棋山莊文集》卷二

木南山館詞序

洛觀歿三閲月，遺集告成。其友謝章鋌忍淚而志之曰：余識君將十年，無順境，無歡容，人生非金石，臣精幾何，其不銷亡哉？君閥閲清華，讀書世有聲。弱冠裙屐灑然，雖王、謝佳子弟不過也。未幾，遭太夫人憂，又經數喪，家驟落。尊甫客居，君獨力拮據門户，夜眠不交睫。然君内撫弱弟少妹，外接戚友，充充若有餘，雖至親密戚不知其疲也。是時，余方與梁禮堂、劉贊軒治詞學，招君與其事。君齒稍後于余，抑然不敢以輩行視。每從余問，故余重違君心必盡言，君輒悠然得其意以去。其後君詞大成，出一語，見者皆詘服，而君不自以爲能。烏石之陽有山館焉，羣峯左右拱，大江接于幾席，高秋風利，萬葉漸飛。余甲夜與君登其上，君忽惘惘有所思，謂余曰：「人生歲月，一轉瞬耳，如此江山，亦正需人。嗟乎！父其老矣，弟其少矣！修名不立，詎復圖富貴？」爲余彷徨，無以應對。坐良久，徐歎而起，殘月半規，蟲聲入户，嗒然若不知天之高、地之厚也。間數月而君遂甚

病。君于文無不工，而填詞尤有神解。幽思爽節，動與古會，而余微嫌其聲咽。嗟乎！可傳者在此，其不祥殆亦在此也。然使君抱塵襲俗，謬爲膚悅，遂能百年無恙耶？而謂君其以彼易此耶？世之英俊多矣！求如君之深心果力，百不一二。君不短折，其造就誰窺涯涘哉？乃天既困之阨之，並此勞生而亦靳焉，能無悲乎？綴拾緒餘，以俟後世之知君者。同治乙丑仲冬二十有一日。

詞後自跋

余二十一歲始學詞，其時，建寧許秋史賡皡方以詞有名于世。秋史兄弟姊妹數人，皆能度曲操管弦，家有池臺水木之勝，暇日輒奉其兩大人，上觴稱壽，各奏一技，以相娛樂。其于詞也，蓋能推而合之于音律。秋史之言曰：「填詞宜審音，審音宜認字，先講反切則字清，遍習樂器則音熟。然其得心應手，出口合耳，神明要妙之致，非可以言傳，亦非可以人强也。」余因是不敢爲詞者數年。其後多讀古人詞，覺時時有所疑，久之，乃慨然曰：秋史之說可從而不可泥也。夫詞辨四聲，韻書俱在，言語雖不同而四聲則有一定，且今之傳奇，往往一人填詞，一人正譜，有自填之而不能自度之者，故宋人之詞亦不盡可歌。夫聲一道，詩轉爲樂府，樂府轉爲唐人絶句，唐絶句轉爲宋人詞，宋詞轉爲元人北曲，元北曲轉爲明人之南曲。然《陽關》、《清平》之調雖亡，後人未嘗不爲七言絶；歇拍、哨遍、鬲指聲之法雖亡，後人未嘗不爲長短句。審如秋史言，則豈獨詞哉？詩不能合樂，雖終古不作詩可也。余毋寧爲盲詞啞曲而已矣。于是乃復填詞，積之遂得若干卷，其聞餘風而起者亦不乏其人。雖然，秋史之説，正道也。惜乎秋史已歿，其所謂「神明要妙」者終不得聞矣！嗟乎！秋史不且笑余爲無知妄作哉。

以上《賭棋山莊文集》卷三

抱山樓詞序

國朝詞學浙最盛，竹垞倡于前，樊榭騁于後，羽翼佐佑，俊才輩出，而派别成焉。祖宋窺唐，意内言外，竹垞以情，樊榭以格，作者莫之或先。又揭其涉獵之緒餘，搜奇徵僻，以相誇耀。昔昌黎之詩，時多險澀，皆其文之所吐棄者，積之于詩而已矣。朱、厲體物數典，其游戲殆亦若是哉？或專效之浙，詞之盛反衰。鹿仙觀察，浙産也，家世擅文章。予從穎叔見其詞，志和音雅，卓然能事。己亥冬，予沿海絶江抵鄂，于時冰風淒栗，狂雪兼雨，千重暝色，下抱檐際，余與穎叔摯道契濶。君方小恙，衝寒踵至，繼以他客，談諧喧作，余不能一二言，君亦數言而止。寂寞相視，若老梅孤秀，色香俱遠。余私意君之于文事，必别有得也。君乃出其詞，命爲之序。余于詞，特爲盲腔啞曲焉已。君則清氣在筆先，無所爲塗澤焉、餖積焉。噫！可貴也。夫詞欲清空忌填實，清空生于静，静則必妙，其寄意也微，其託興也孤。君由承明出爲監司，輾轉一官蕭然，物殆亦委心任運者耶？凡物味淡則品遺，凡人心淡則文靈。君之長于詞，理也，況生詞人薈萃之鄉，而默會其盛衰之故哉。余别君之京師三閱月矣，時方苦旱，黄塵漲天，驅車過龍樹寺，萬緑初回，苦无闕不能，遂登淩虚閣，遥睇西山，欲求一點之青而無所見。誦稼軒《惜春》之句、白石《感舊》之章，凭闌太息，有鳥孤逝，心目隨之，與爲無極也。夫詞者，性情事也，勞人思婦，忽歌忽泣，方不自知其意之何屬，其聲調之爲何體也，而豈以鋪張靡麗爲哉？請以此言質之君藥爐茗碗之側，君其悠然一歎也。《賭棋山莊文集》卷五

歐陽亭詞序

紅日滿窗，靜坐猶汗。子儁太史以一卷至，揭而視之，則同年生德清徐曉芙長短句也。讀未半，若有微風起于坐隅，既終卷，矯首向天，微雲自遠。慨然曰：是詞不浮豪而有情，不塗澤而有致，于其鄉先正與金風亭長爲近，可謂能矣。嗟乎！當其時，金戈鐵馬，唾手功名。或者摩崖，或者上封事，中外文章炳然，而君橐筆東西，若蟲作繭，酒殘燈灺，避人而吟。讀集中《金縷曲》、《鷲溪山》諸調，其感慨于身世爲何如耶？雖然，高臺平矣，曲榭傾矣，而拳石或有時尚存；長林翳矣，喬木槁矣，而小草或有時獨笑。詞雖小道，亦視其精神之能自永否耳。敝帚千金之意，或亦有高文典册而不與易者乎？子儁有心人，聞吾言，當必拍案大噱也。君將歿，謵謵出以相託，殆亦有見于此耶。刻而行之。嗟乎！季子可以報徐君矣。光緒丁丑，長樂謝章鋌倚裝序于都門。《賭棋山莊文集》卷六

寒松閣詞序

古不云乎？詩三百篇，大抵聖賢發憤之所爲作也。夫人苟非不得已，殆無文字，即填詞亦何莫不然？浙西之詞，以小長蘆釣師爲職志，其生平減偷宗旨，備見于《自題詞集》之中。以彼飄零桑海，蕭索高門，夜別酒徒，朝瞻兵氣，此何景邪？舟唇馬背，水曲山椒，北風淒其吹人，饑烏昏而啄屋，此何地邪？引商刻羽，其第求派别邪？其第美音節邪？夫固有迫之于初、斡之于内者矣。君生長詞人薈萃之鄉，濡染已非尋常，又得韻甫黄氏爲之導師。卷首所載商榷諸言，可藥末派，可起正宗。故君所涉筆，銅簧新炙無其脆，彈丸脱手無其靈。初寫《黄庭》，神與體會，知者皆能道之矣。憶予經南昌郭外，晤君于野寺，四壁黤暗，小窗微明，君獨據一案，校乙《淮南鴻烈解》，細楷流麗，如珠走盤，蕭然不自知聽鼓應官爲何事。乃歎人惟能甘淡泊之境，始有情至之言。情愈至，品愈高，詣愈深，蘊抱愈厚，激發愈雄，將得已邪？不得已邪？然則君之詞，殆其嚆矢耳。予于詞既孱學，又多意造，況復聞見蒼涼，知交零落，才華既退，結習遂除，棄置不講久矣。今讀君詞，又不禁怦然有動于中，惜乎相逢之已晚也。異日者，落月在梁，碧雲舒卷，若有作天風海濤之音，唱玉宇瓊樓之句者，殆君乎？光緒甲申冬月。

《賭棋山莊文續》卷一

眠琴小筑詞序

詩以道性情，尚矣。顧余謂言情之作，詩不如詞。參差其句讀，抑揚其音調，詩所不能達者，婉轉而寄之于詞。讀者如幽香密味，沁人心脾焉。詩不宜盡，詞所不必務盡，而盡亦不妨焉。詩不宜巧，詞雖不在爭巧，而巧亦無碍焉。其設辭愈近，其感人愈深。范希文、歐陽永叔非一代名德哉？乃觀其所爲詞，與張三影、柳三變未嘗不異曲同工，何哉？嗟乎！夫人必先有所不忍于其家，而後有所不忍于其國。今日之深情款款者，必異日之大節磊磊者也。故工詩者餘于性，工詞者餘于情。韻舫太守爲中丞公子，少年科第得美官，度其遭際，諒無不遂意，而其發爲詞，若不勝悱惻詠歎之情，見者疑之，予以爲不足疑也。不觀納蘭容若乎？容若之境比韻舫似較憂，容若之詞則比韻舫尤爲工愁，然容若之人則生平嗜學問，交友有始終，其周旋姜湛園、吴漢槎諸君，薄俗豈能有此？安知韻舫他時之所樹立，不有過之者乎？詞忌質實，韻舫之詞則已清空矣。方且駸駸然期驂靳于兩宋之間，乃不自滿而來，求益于予。夫予何能詞，自抒胸臆，殆爲五弦之琴，無腔之笛而已。然竊爲自唐以來，詞人日興而詞量則猶未盡。夫曲爲詞之餘，乃傳奇諸作佳者，紀事言情外，可考世運之盛衰，内足驗人物之邪正，而詞反靡靡焉。即素講宗派，亦止爭格調聲律之幽眇。古云詩史，豈詞毫不足以庀史耶？故曰未盡也。韻舫籍山左，山左在宋以詞擅名者，丈夫則歷城辛稼軒，夫人則濟南李易安。其俯仰身世，出以惝恍抑鬱之音，横絶一時，亦深愈千尺，誠詞場飛將手也。韻舫承其國寶，步其後塵，試爲歌曰：「西北是長安，可憐無數山。」又試爲歌曰：「守着窗兒，獨自怎生得黑。」其揉腸蕩氣，果何如耶？　嗟乎！　吾知其詞境方進未已也。

葉辰溪七十壽序

道光(己)[乙]巳、丙午間，予以詞與辰溪定交。是時，年各二十餘，意氣勃發，不知忌諱，雌黄及于古作者。閩人固少言詞，而辰溪大父小庚先生，獨以是名家。所著《詞譜》、《詞韻》、《詞存》、《本事詞》，皆稱爲「天籟軒」，予得盡讀。又獲見潘紱庭、陸萊臧、馮柳東、姚梅伯諸老輩所唱和，每執卷悠然，恨不得奉其緒論。竊念假令旗鼓壇坫，或不無拔幟之一日，每與辰溪相視而笑。蓋其盱衡馳騁，精神所注，雖不專在詞，而詞亦其一也。然文人習氣不足恃，而春秋佳日亦不可多得。未幾，予遂饑驅覓館，與辰溪不常聚。既數年，辰溪家亦落，以資得官，需次澌水。又十餘年，辰溪自浙來歸，予適久病在家，相見則大喜，既而相對無言。偶及倚聲，雖蘇、辛、姜、史諸名作，舉其辭不能屬。而余債負累累，困且窘，求鬻其老屋，辰溪爲介紹于所親，得錢百萬，隨手而盡。予乃跳身遠出，辰溪復之浙，自是不得面，通訊亦稀，蓋于今三十餘年矣。此三十餘年中，世境日下，盜賊蜂起，浙再陷，辰溪匏繫不得食，子女且爲國殤。事稍平，辰溪歷權長興、壽昌、武康、分水諸邑篆，官聲日起而官況則日窮。夫以辰溪之爲人，不得罪于百姓，可決也；處脂膏而不能自潤，尤可信也。且辰溪與予平日所議論，懷抱何限，豈以此而遂謂得行其志耶？　夫辰溪之仕既如此，予所通籍，終不能仕，蓋自古功名之際，雖高庳廣狹不同科，大抵有命焉，非人力也。今君年七十矣，五福之文，一富二壽，其不足于富者，其當有餘于壽耶？憶予與君游，時程君石夫、邱君少蘭、李君少棠往來並密，今程、李已作古人，而少蘭尚强健。日者率君之孫詣予徵文，會予起居頗適，遂能執筆爲君壽，君聞之，當甚喜。文成，不謬爲恭敬贊諛，使君厭聞而掀眉抵掌，猶是五十年前樽酒相於故態，君閲之必且大快也。君清爽淡定，性與予近，而平矜釋躁，勝予數倍，不以機械損其天真，不以嗜欲傷其元氣。雖由此期頤可也。惜予二十年不填詞，不然步魏華父之所長，爲君歌一闋，必將多侑君十觴酒也。　謹序。

以上《賭棋山莊文續》卷二

隨庵遺稿序（節引）

壽之之與予游也，予方在劉贊軒家授讀。贊軒喜填詞，予爲招高文樵、宋己舟與壽之共事，後又益以梁禮堂、林錫三諸君，爲十五人。不逮三十年，彫零殆盡，今僅存者惟予與贊軒耳。省君遺著，大抵當時唱和之遺。嗟乎！人琴之感，其何極哉！（後略）

書茶夢庵詞稿後

仁和高茶庵望曾通判篤于伉儷，曾具稿請予爲其婦作傳，予以塵冗不及作，今並其稿失之。三十年來，負此一諾，每念及輒爲耿耿，而茶庵亦久棄賓客，即成篇將誰付乎？茶庵之婦姓陳名嘉字子淑，與其夫同縣，蓋才女而烈婦也。辛酉杭城失守殉難，遺著俱付劫火，其兄詒與茶庵掇拾搜討，所得不及半，名曰《寫穈樓遺詞》，附《茶夢庵詞》後。茶庵有《行香子·久不得内子書，譜此附家書後》云：「寒色衣邊。暮色燈前。聽征鴻、響落長天。故園魚信，何事遲延。怕病相纏，貧相累，恨相牽。　倦理鵾弦，懶劈鸞箋。寫離外、不盡纏綿。香消酒醒，静夜無眠。剩淚如泉，愁如雨，夢如煙。」子淑有《唐多令·外子客海昌，以詞見寄，譜小令答之》云：『芳事倏將殘。新愁鏡裏看。薄羅衣、尚怯餘寒。不爲傷春非病酒，拚一味，病闌珊。　咫尺阻雲山。音書寄便難。報高堂、兩字平安。瑣屑家常君莫問，須努力，勸加餐。」《好事近·己未冬月，得外子崇川見寄詞，知有歸意，即用元韻爲答》云：「風雪近殘年，恁受别離滋味。夢中儻許相隨，奈關山迢遞。　虧他征雁帶書來，珍重萬金抵。料得羈愁難遣，早商量歸計。」又《踏莎行·花朝》云：「芳草侵階，落花辭樹。韶光一半隨流去。杏餳門巷又清明，踏青試約鄰家女。　旅燕初歸，流鶯欲語。垂楊緑遍閑庭宇。二分春色一分陰，一分不定晴和雨。」筆意頗似頻伽山人，笙磬同音，易茶庵之腸斷孤弦也。以上《睹棋山莊餘集·文》

卷一

跋丁氏因話録（節引）

按《因話録》後以與唐趙璘書同名，遂增删改爲《見見聞聞録》。然郭子横有《洞冥記》，與漢武帝同；吴均有《齊諧記》，與東陽無疑同；嵇含有《南方草木狀》，與徐衷同。文異何害于名同？此則大略見梁曜《北瞥記》、《太平御覽》所引書條。予少年好填詞，自名其詞爲《酒邊》，後知與宋詞向子諲同名，欲改之。時予常與酒人游，多在壺觴狼籍之餘，沉酣夢囈，不可以莊語，非酒不能爲予塞責也。（少陵）［陶淵明］不云「君當恕醉人」乎？遂不改。詞之好醜，不關名之同異也。

《賭棋山莊餘集·文》卷二

賭棋山莊酒邊詞自序

余嘗登峻嶺，臨溪而坐。亂松怒號，幽蟲自咽，奔泉向東作虎嘯，村歌數聲起于隔岸，風徐徐送入余耳。余怳然有感觸，歸而填詞，所得漸多。或曰：其中有天籟焉。或曰：嘔啞啁哳難爲聽也。道光戊申四月，長樂謝章鋌。

乙亥重删一過，存其半，凡已見《聚紅榭雅集詞》者，亦不録。少年鋭進自見，勇于譏刺，其他閑情所寄，皆非聞道之言，多存不如少存，少存不如不存。然而曾用心焉，欲盡去之，其弗忍矣。贅肬黑子，面目之病，亦面目之真也。使子羽遇䶮蔑，安知不以爲兩美之合乎？七月五日，章鋌記于丹芝講院。

《酒邊詞》卷首

聚紅榭雅集詞小引

「曉風殘月」銷歇者七百年，「鐵板銅琵」招邀者二三子，爰與寂寞清閑之地，頻來崎嶔磊落之人，不言性而獨言情，欲讀書必多讀曲。百闋長歌，數杯濁酒。簫聲柳色，敢言太白重生；疏影暗香，且遣

小紅低唱。傳之好事，豈無傍牆偷記之時；示我知音，大有浮海移情之意。咸豐丙辰穀雨節，長樂謝章鋌撰。《聚紅榭雅集詞》卷首

聚紅榭雅集詞二集小引

關河屢警，正渡江擊楫之年；風月自佳，有閉户哀吟之侶。乾坤應留清氣，文酒可養生機，出纏綿綺麗之才，説跌宕酣嬉之夢。《離騷》爲苗裔，微言嘔芳草之心；旌旆各飛揚，硬語壓銅弦之首。方城祖席，井水宗風，昔得五人，今餘十子。嗟乎！大地蕭蕭，樓外之愁雲如墨；勞生擾擾，江頭之春水易波。歌者聊醒其倦眼，聞之敢望夫解頤。長樂謝章鋌撰。《聚紅榭雅集詞二集》卷首

燈昏鏡曉詞題詞

「花外新鶯百囀柔。佳人悄立最高樓。絲絲幽怨聚眉鉤。未免有情歌一曲，忽聞鄰笛更添愁。春江如夢水爭流。」己舟仁兄出近詞相示，上攀温、李，下挹晏、秦，正始之音也。讀竟不勝詘服，而十年舊夢根觸滿心，爰題《浣溪紗》一闋。甚矣！成連之移我情也。以君清思俊才，願益懋之，旗鼓中原，爲吾閩生色焉。可。長樂弟謝章鋌謹書。《燈昏鏡曉詞》卷首

〔清〕馮煦撰

論詞絶句

附録 序跋

譚新紅輯

論詞絶句目録

附録　序跋

論詞絶句

温飛卿

謫仙去後風流歇，一集金荃或庶幾。又是瀟湘春雁盡，海棠謝也雨霏霏。

李後主

夢遍羅衾夜未央，秦淮一碧照興亡。落花流水春歸去，一種銷魂是李郎。

馮正中

吾家正中才絶代，羅衣特地買殘熏。東風吹皺一池水，不分人傳成幼文。

張子野　柳耆卿

曉風殘月劇凄清，三影郎中浪得名。卻怪西湖老居士，强將子野右耆卿。

蘇東坡

大江東去月明多，更有孤鴻縹緲過。後起銅琶兼鐵撥，莫教初祖謗東坡。

秦少游

楚天涼雨破寒初，我亦迢迢清夜徂。淒絶柳州秦學士，衡陽猶有雁傳書。

周美成

大晟樂府宗風扇，裒質裹文孰與多。若使詞中參聖諦，斯人真不愧清和。

史邦卿

一程煙草一程愁，歲晚將歸鬢已秋。怪底梅溪跋珠履，解吟雙雁月當樓。

姜白石

垂虹亭子笛綿綿，吸露餐風解蜕蟬。洗盡人間煙火氣，更無人處是湖仙。

吴夢窗

七寶樓臺迴不殊，周姜而外此華腴。雁聲都在斜陽許，餘子紛紛道得無。

周草窗

弁陽嘯翁譜漁笑，艷歌芳酒太闌珊。可堪人比垂楊瘦，獨倚西窗第幾欄。

王碧山

青禽一夢春無著，頗愛中仙絶妙辭。一自冷雲埋玉筍，黄金不復鑄相思。

張玉田

王孫風調極清遒，石老云荒眇眇愁。猶見貞元朝士否，空彈清淚下西州。

李易安

金石遺文迴出塵，一編漱玉亦清新。玉簫聲斷人何處，合與南唐作替人。

成容若

回腸蕩魄成容若，小令重翻邈不羣。自折哀弦吟楚些，真禁空谷蕙蘭焚。

朱竹垞　厲太鴻

金風亭長詩無敵，更有詞名壓浙西。一躡遺蓁樊榭叟，馬塍西畔子規啼。

附録　序跋

陽春集序

往與成子潄泉有《唐五代詞選》之刻，嘗以未見吾家正中翁《陽春集》足本爲憾。後二年，來京師，遇王子幼霞，出彭文勤家所藏汲古舊鈔。借而讀之，得未曾有。幼霞遂以是編授之剞氏，而囑煦引其端。詞雖導源李唐，然太白、樂天興到之作，非其顓詣。逮及季葉，兹事始邕，温、韋崛興，專精令體。南唐起於江左，祖尚聲律。二主倡於上，翁和於下，遂爲詞家淵叢。翁俯仰身世，所懷萬端，繆悠其辭，若顯若晦，揆之六義，比興爲多。若《三臺令》、《歸國謡》、《蝶戀花》諸作，其旨隱，其詞微，類勞人思婦，羈臣屏子，鬱伊愴怳之所爲。翁何致而然耶。周師南侵，國勢岌岌。中主既昧本圖，汶闇不自彊，彊鄰又鷹瞵而鶚睨之。而務高拱，溺浮采，芒乎芴乎，不知其將及也。翁負其才略，不能有所匡捄，危若煩亂之中，鬱不自達者，一於詞發之。其憂生念亂，意内而言外，跡之唐五季之交，韓致堯之於詩，翁之於詞，其義一也。世亶以靡曼目之，誣已。善乎劉融齋先生曰：「流連光景，惆悵自憐，蓋亦易飄揚於風雨者。」知翁哉！知翁哉！煦系出文昌左相，爲翁族孫，既幸是編之得傳於世，而幼霞甄采之勤，爲尤可感也。光緒己丑秋八月，金壇馮煦。

東坡樂府序

詞之有南北宋，以世言也。曰秦、柳，曰姜、張，以人言也。若東坡之於北宋，稼軒之於南宋，並獨樹一幟，不域於世，亦與他家絶殊。世第以豪放目之，非知蘇、辛者也。顧二家專刻，世不恆有，坡詞尤鮮善本。古微前輩，詞家之南董也，酷嗜坡詞。迺取世所傳毛、王二刻，訂譌補闕，以年爲經而緯以詞。既定本，屬煦一言簡端。煦嗜坡詞，與前輩同。綜其旨要，厥有四難：詞尚要眇，不貴質實，顯者約之使隱，直者揉之使曲。一或不善，鉤輈格磔，比於禽言；撲朔迷離，或儕兔跡。而東坡獨往獨來，一空羈靮，如列子御風以遊無窮，如藐姑射神人吸風飲露而超乎六合之表，其難一也。詞有二派，曰剛與柔。毗剛者斥温厚爲妖冶，毗柔者目縱軼爲粗獷。而東坡剛亦不吐，柔亦不茹。纏綿芳悱，樹秦、柳之前旃；空靈動盪，導姜、張之大輅。唯其所之，皆爲絶詣，其難二也。文不苟作，寄託寓焉，所謂文外有事在也，於詞亦然。然世非懷襄而效靈均《九歌》之奏，時非天寶而擬杜陵《八哀》之篇。無病而呻，識者恫之。而東坡夙負時望，横遭讒口。連蹇廿年，飄蕭萬里。酒邊花下，其忠愛之誠，幽憂之隱，磅礴鬱積於方寸間者，時一流露。若有意，若無意；若可知，若不可知。後之讀者，莫不睪然思，逌然會，而得其不得已之故，非無病而呻者比，其難三也。夫側豔之作，止以導淫；悠繆之辭，或將損性。拘墟不儒，懸爲徽纆。而東坡涉樂必笑，言哀已歎。暗香水殿，時軫舊國之思；缺月疏桐，空弔幽人之影。

皆屬寓言，無慚大雅，其難四也。噫！東坡往矣。前輩早登鶴禁，晚棲虎阜。沈冥自放，聊乞玉局之祠；峭直不阿，幾蹈烏臺之案。其於東坡，若合符契。今樂府一刻，殆亦有曠百世而相感者乎？若夫校訂之審，箋注之精，則前輩發其凡矣，此不具書。時宣統二年庚戌夏五月，金壇馮煦。

唐五代詞選序

詞有唐五代，猶文之先秦諸子，詩之漢魏樂府也。近世學者祖尚南渡，天水而上罕或及之。殆文禰唐宋八家，而祧東西京；詩學黄涪翁而不知有蘇李十九首，可謂善學乎？成子潄泉，竺嗜過我，手寫一編，既精且審，日夕三復，雅共商榷，損益百一，授之劂氏。凡得人某十有某，得詞某十有某。詞雖小道，本末爛然，先河後海，蒙有取焉。夫詩有六義，詞亦兼之。是雅非鄭，風人恆軌。而是編涉樂必笑，言哀已歎。率緣情靡曼之作，感遇怨悱之旨，揆厥所由，或乖貞烈。然晚唐五季，如沸如羹，天宇崩析，彝教凌遲，深識之士，陸沉其間。懼忠言之觸機，文俳語以自晦。黍離麥秀，周遺所傷；美人香草，楚累所託。其詞則亂，其志則苦，義兼盍各，毋勞刻舟。抑思之，吾家正中翁，鼓吹南唐，上翼二主，下啟歐晏，實正變之樞貫，短長之流别。編中所采，亦爲收弁。而《陽春》一録，罕睹傳本，世有好事，願以是編徵之。彊圉大淵獻重九日，金壇馮煦。

六十一家詞選序

余年十五，從實應喬笙巢先生游。先生嗜倚聲，日手毛氏《宋六十一家詞》一編，顧謂余曰：「詞至北宋而大，至南宋而深，是刻實其淵叢，小子識之。」予時弱不知詞，然知尊先生之言，而是刻之可寶也。十七八少少學爲詞，先生已前卒，無可是正。友學南朔求是刻，亦竟不得。乙酉，有徐州之役，道宿遷，過王氏池東書庫，則是刻在焉。服先生之教，懷之幾三十年，始獲一見，驚喜欲狂，因從果亭假得之，長夏無俚，粗得卒業。諸家所詣，其短長高下周疏不盡同，而皆巋然有以自見。先生所云大且深者，比比而在。讀之凡三月，未嘗去手。且念赭寇之亂，是刻或爲煨燼，以予得之之難，而海内傳本不數數觀也。乃別其尤者，寫爲一編，復郵成子漱泉審正之，再寫而後定，遂壽之木以質同好，刊僞糾缺，一漱泉力也。嗟乎！往予與先仲兄事先生於吾園，先生愛予甚，嘗賦七絶句書扇畀予，首章云：「自昔名聞大小馮，而今鵲起又江東。世家科第尋常事，難得清才鳳噦桐。」其六章今不復記憶矣。酒酣耳熱，執卷嗚嗚，爲予眎源流正變甚悉。既輟講，則與兄各述所聞相上下。而宿草一萎，墜簡再逸，先仲兄之歿，忽忽且十歲矣。是刻竟，既悼先生不復作，又重予人琴之戚也。光緒丁亥九月既望，金壇馮煦。

〔清〕劉熙載撰

詞概餘論

詞概餘論目録

詞概餘論

評辛稼軒詞

英雄出語多本色，辛稼軒詞於是可尚。《游藝約言》

飛騰惟稼軒可當

杜詩云：「前輩飛騰入，餘波綺麗爲。」（編者按，句見杜甫《偶題》。）以詞而論，飛騰惟稼軒足當之，綺麗者則不可勝舉。同上

虞美人

填詞有意誇工巧。工處還非妙。要全本色發天機。試問桃花流水豈人爲。　湘漁拔櫂歌清調。欸乃誰能肖。愛渠從不解填詞。自後填詞填字可休提。《融齋論詞詞》

又

好詞好在須眉氣。怕殺香奩體。便能綺怨似閨人。可奈先拋骯髒自家身。　剛腸似鐵經千鍊。肯作游絲罥。仰天不惜效歌烏。正要歌姝幾輩獻揶揄。同上

〔清〕譚　獻撰

重輯復堂詞話

譚新紅輯録

重輯復堂詞話目録

卷一

卷二

卷三

卷四

卷五

復堂序跋

書札

重輯復堂詞話卷一

輯録説明：譚獻爲清季著名學者，於詞學用力亦勤，曾選唐至明人詞編成《復堂詞録》十卷，選評清順康至同光間詞爲《篋中詞》六卷；又點評周濟《詞辨》二卷，以衍張惠言、周濟常州詞派之精微，學者奉爲圭臬。其門人徐珂，于光緒二十六年，將其散見于文集、日記、《篋中詞》及《譚評詞辯》中之詞論，彙輯成《復堂詞話》一卷，計一百三十則。前四則爲《復堂詞録叙》、《篋中詞叙》、《詞辨跋》、《復堂詞自叙》。第五則至二十八則，録自《譚評詞辨》，二十九至七十六則，録自《復堂日記》，第七十七則至卷末録自《篋中詞》。然徐珂所輯，並不完備，學者憾之。爲較全面反映譚獻詞學思想計，今不揣淺陋，重行輯録補正，命之曰《重輯復堂詞話》。兹爲記。後學譚新紅。

國朝詞綜補

閲無錫丁紹儀杏舲《國朝詞綜補》稿本。揚王昶侍郎之波，集中輩行錯落，聞見淺陋。予所見近人詞，多丁所未見。《詞綜續編》，嘉善黄霽青已成數十卷，海鹽黄韻珊繼之，有成書矣。《復堂日記・癸亥》

聚紅榭雅集詞

閱《聚紅榭雅集詩詞》。聚紅榭者，閩中社集合刻所作，長樂謝枚如持贈。凡四種，曰《雅集詞》五卷、《過存詩略》二卷、《游石鼓詩録》一卷、《黄劉合刻詞》二卷。枚如社中巨手，詞入能品。徐雲汀、李星汀亦高出輩流。

多寡不必如案譜填詞

王氏《讀書雜識》校語有不盡然者。當篇句字雖一律，中亦有變化，多寡不必如案譜填詞，不可增減也。

讀柳耆卿詞

挑燈讀宋人詞，至柳耆卿云：「狎興生疏，酒徒蕭索，不似少年時。」語不工，甚可慨也。以上《復堂日記·甲子》

陳實庵詞

閱陳實庵《鴛鴦宜福詞》、《吹月詞》。婉約可歌，有竹山、碧山風味。杭州填詞爲姜、張所縛，偶談五

代、北宋，輒以空套抹摋。百年來，屈指惟項蓮生有真氣耳。實庵雖未名家，要是好手。《復堂日記·乙丑》

選次瑶華集

選次《瑶華集》，爲予《篋中詞》始事。《復堂日記·丙寅》

張玉珊詞

閲嘉興張玉珊《寒松閣詩詞稿》。詩篇秀絶，未深思耳。詞尤婉麗。

劉泖生爲中白詞刻序

閲江山劉泖生駢文一稿，有爲予與《中白詞》刻序，昔未之見。

蔣鹿潭水雲樓詞

閲蔣鹿潭《水雲樓詞》。婉約深至，時造虚渾，要爲第一流矣。

擬撰篋中詞

閲項蓮生《憶雲詞》。篇旨清峻，託體甚高，一掃浙中喘膩破碎之習。蓮生仰窺北宋，而天賦殊近南唐。《丁稿》一卷，遍和五代詞，合者果無愧色。有明以來，詞家斷推湘真第一，飲水次之，其年、竹垞、樊榭、頻伽尚非上乘。近擬撰《篋中詞》，上自飲水，下至水雲，中間陳、朱、厲、郭、臯文、翰風、枚庵、稚圭、蓮生諸家，千金一冶，殊呻共吟，以表填詞正變，無取刻畫二窗，皮傅姜、張也。以上《復堂日記·丁卯》

許海秋詞

閲許海秋《玉井山房詩餘》。幽窈綺密，名家之詞。《復堂日記·戊辰》

吴子律蓮子居詞話

閲吴子律《蓮子居詞話》。頗見深微，有功倚聲不小。《復堂日記·己巳》

定庵詞意合周辛

閲定庵詩詞新刻本。詩佚宕曠邈，而豪不就律，終非當家。詞綿麗沉揚，意欲合周、辛而一之，奇作也。

絶妙好詞箋

讀《絶妙好詞箋》。南宋樂府，清詞妙句略盡於此，高于《唐人選唐詩》矣。四水潛夫填詞名家，善别擇，非《花間》、《草堂》之繁猥。南宋人詞，情語不如景語，而融法使才，高者亦有合於柔厚之旨。

以上《復堂日記·庚午》

吴和甫詞温雅

閲先師吴和甫少宰《榴實山莊集》，蓋新刻付校。詩篇粹美隱秀，不事蹊徑，而雅有師法。夙昔喜言放翁，風格頗近。詞温雅，在君特、公謹間。《復堂日記·辛未》

江秋珊詞

江君秋珊，旌德人。刻《頋爲明鏡室詞》，來屬論定。有婉潤之致，不傖劣也。欲爲删削，江君固有意重刻。詞中一語曰「楊柳當門青倒垂」，七字名雋。原注：别十餘年，秋珊詞學大就，能求聲音之原，又言詞有襯字，辨相傳又一體之非。有《詞學集成》六卷。乙酉補註。

詞壇先後公論

行篋偶携二十年前舊刻《化書堂集》詩詞，展卷慨然。即論交游，齊名忝竊：二十歲前稱譚、高，蓋昭伯。入京師稱吴、譚，則子珍。己未以後南北皆稱譚、莊，莊謂中白。丙寅、丁卯間忽有巨公言海内三異人：湘鄉左夢星、武進劉申孫及予也。昭伯、子珍、夢星奄忽謝世，所學未施。申孫五馬作郡望實蔚然，予故未識面。今惟中白窮交白首，千里如在一室而已。更一二十年何所成就、何所位置？

前後十家詞

戴園獨居，誦本朝人詞，悄然於錢葆馚、沈遹聲，以爲猶有《黍離》之傷也。蔣京少選《瑤華集》，兼及雲間三子。周稚圭有言：「成容若，歐、晏之流，未足以當李重光。」然則重光後身，惟卧子足以當之。嘉慶時，孫月坡選《七家詞》，爲厲樊榭、林蠡槎、吴枚庵、吴穀人、郭頻伽、汪小竹、周稚圭，去取精審。予欲廣之爲前七家，則轅文、葆馚、羨門、漁洋、梁汾、容若、遹聲，又附舒章、去矜、其年爲十家。後七家則皋文、保緒、定庵、蓮生、海秋、鹿潭、劍人，又附翰風、梅伯、少鶴爲十家。詞自南宋之季，幾成絶響。元之張仲舉稍存比興。明則卧子直接唐人，爲天才。近代諸家，類能祧南宋而規北宋，若孫氏與予所舉二十餘人，皆樂府中高境，三百年所未有也。以上《復堂日記·壬申》

高叔遲雙雙燕

高叔遲自淮上寄亡友楊傳弟《聽臚遺集》至。聽臚篤學至性，詩文皆雅音。回首燕臺，舊游如夢。當時酬唱之詩，未入是集，殆散佚矣。有《雙雙燕》一詞，題曰《示仲儀》，則彼時未以録示者也。人琴俱亡，展卷攬涕。

偶作十六字令

偶作《十六字令》云：「寒。燕子辭巢漸欲還。無人處，記取舊紅闌。」蓋有去鄉之志，占此爲别。

意行欲賦蘭陵王

除日偕張子虞、潘鳳洲、許子華、高仲瀛、白叔出錢唐門意行，湖堤茶喜，至平湖秋月亭，棹小舟回。雲陰冪山，湖風倒吹，天容沉沉，春意漸暖。水濱柳枝已荑，十日後當如煙矣。欲以《蘭陵王》賦之。

以上《復堂日記・癸酉》

宋四家詞選

九月南還，十月一病幾殆。十一月赴官安慶，道出嘉善，金眉生都轉招飲。中坐，以周保緒《宋四家詞選》見貽，潘侍郎新刻。周先生有《詞辨》十卷，稿本亡佚；潘季玉觀察刻二卷，版亦毁矣。去年重九張公束寄我寫本甚珍異。嘗馳書越中，以託陶子珍。此《四家詞選》，爲後來定本。陳義甚高，勝于宛鄰《詞選》，即潘四農亦無可詆諆矣。以有寄託入，以無寄託出，千古辭章之能事盡，豈獨填詞爲然。

《復堂日記·甲戌》

爲黄襄男題詞

爲新城黄襄男題《行香子》，書《定風波》二調：「歸興年年厭曉鴉。無風波處也思家。何況風波渾未了。不道。釣竿難覓似黄麻。　老去臨淵何所羨。一綫。残春心事惜飛花。漁弟漁兄無信息。贏得。嗚榔津鼓夢中差。」「雨笠煙簑兩不知。擎杯偷照鬢邊絲。無用文章君莫笑。誤了。畫中人更誤伊誰。　網得長魚鱗莫損。還肯。撇波來去寄相思。酒債尋常行處有。記否。冷吟閑醉少年時。」

王氏詞綜

閲王氏《詞綜》四十八卷、二集八卷。王侍郎去取之旨，本之朱錫鬯，而鮮妍修飾，徒拾南渡之瀋，以石帚、玉田爲極軌，不獨珠玉、六一、淮海、清真皆成絶響，即中仙、夢窗深處全未窺見。予欲撰《篋中詞》，以衍張茗柯、周介存之學，今始事王選所掇者，百一而已。

黄氏詞綜續編

閲黄燮清韻珊選《詞綜續編》。填詞至嘉慶，俳諧之病已淨。即蔓衍闡緩，貌似南宋之習，明者亦漸知其非。常州派興，雖不無皮傅，而比興漸盛。故以浙派洗明代淫曼之陋，而流爲江湖。以常派挽朱、厲、吴、郭原註：頻伽流寓。佻染餖飣之失，而流爲學究。近時頗有人講南唐、北宋，清真、夢窗、中仙之緒既昌，玉田、石帚漸爲已陳之芻狗。周介存有「從有寄託入，以無寄託出」之論，然後體益尊、學益大。近世經師惠定宇、江艮庭、段懋堂、焦里堂、宋子庭、張皋文、龔定庵多工小詞，其理可悟。以上《復堂日記·丙子》

蔣氏詞選

閲蔣氏《詞選》。蔣重光子宣與張玉谷、沈光裕，張朱、陳之餘緒，意在鮮妍奔放，不爲大雅。其採康熙以前與《詞綜》詳略互備，康熙末、乾隆初則遠不如王蘭泉之雅馴。

黄襄男填詞

黄襄男刻《自知齋集》行世，詩如青峭數峰，蕭然遠寄，以山谷立之幹，以惜抱和其音，作手可數。填詞性不甚近，又喜學北宋質直處。北宋之質當學，直處不當學。此則爲二陳之説所眩。二陳謂廣夫、藝叔。

以上《復堂日記・丁丑》

補篋中詞

《篋中詞》五卷，前年録成，復補數家。潘四農《養一齋詞》，清疏老成，而少生氣。其持論頗訾議宛鄰《詞選》，以北宋之詞，當盛唐之詩，不爲無見。而理路言詮，終非直凑單微之手。何青耜《心庵詞存》，駘宕麗逸，如見六朝人物，與許海秋齊名，不虚也。

馮煦蒙香室詞

閱丹徒馮煦夢華《蒙香室詞》，趨向在清真、夢窗，門徑甚正，心思甚邃，得澀意，惟由澀筆。時有累句，能入而不能出，此病當救以虚渾。單調小令，上不侵詩，下不墮曲，高清遠韻，少許勝多，殘唐北宋後成罕格。夢華有意于此，深入容若、竹垞之室。此不易到。

取各選删正

行縣，大風雪，輿中閉置，簾隙中閲《草堂詩餘》。是書人以惡札目之，然去柳、黄、康、胡諸俚詞，則名篇秀句，大略具在。予欲仿漁洋《十種唐詩》例，取《花間》、《尊前》、《草堂》、《花庵》、《中興》、《元儒草堂》各選删正之。周公謹《絶妙好詞》可以孤行，則不措手。漁洋各還本集，不薙複緟。予則用明人選唐詩例合編之，注出某選。此付鈔胥，十日可成。

以上《復堂日記·己卯》

草堂詩餘未可廢

村舍點閱《草堂詩餘》，擁鼻微吟，竟忘身作催租吏也。《草堂》所録，但芟去柳耆卿、黄山谷、胡浩然、康伯可、僧仲殊諸人惡札，則兩宋名章迥句傳誦人間者略具，宜其與《花間》並傳，未可廢也。《詩餘續編》二卷，不知出何人，擇言雅矣。然原選正不諱俗，蓋以盡收當時傳唱歌曲耳。《續》采及元人，疑出明代。然卷中録稼軒、白石諸篇，陳義甚高，不隨流俗，明世難得此識曲聽真之人。

介堂詠鏡詞

涑人刺史尊人介堂太守，詠陳拜鄉八角陳鏡《八寶妝》詞云：「翠箔成塵，銀華蝕土，一片南朝月冷。飛上棠梨雙蛺蝶，零亂隔江花影。歌殘桃葉數聲，金陵紫氣銷沉盡。剩有興亡遺鑑，芙蓉睡醒。此日繡滿苔痕，繁華舊夢，擘箋人在荒梗。念誰伴、青磷碧草，雲母畫屏猶整。好携去、金煙玉水，蟾蜍細細瑩珠粉。試照遍秦淮，菱花悵斷胭脂井。」此詞絶似元遺山、張伯雨。又有「秋老花新，酒濃人澹」八字，可入詞眼。斷句云：「緑上眉梢紅上頰，酒上心時。黛様青山油様水，花様人兒。」亦當時傳唱。

原註：《八寶妝》與譜不協，有脱誤。

劉彦清古紅梅閣遺集

亡友劉履芬彦清《古紅梅閣遺集》，駢儷源于洪北江，而植體清素，不爲恢張，有幽咽潛轉之妙。詩參北宋壇宇。填詞名雋，不肯爲姜、張所囿，足與駢儷文並傳。集中《懷人絶句》論予詩詞，激賞于《蝶戀花》六章。蓋予與彦清定交京邸，在丁巳、戊午間。以上《復堂日記·庚辰》

黄仲則詞

春光漸老，誦黄仲則詞：「日日登樓，一换一番春色，者似卷如流春日，誰道遲遲。」不禁黯然。初月侵簾，逡巡徐步，遂出南門曠野舒眺，安得拉竹林諸人作幕天席地之游！《復堂日記·辛巳》

陽春白雪

閲《樂府雅詞》、《陽春白雪》。趙立之去取有意，似勝曾慥。與四水潛夫《絶妙好詞》比肩鼎足者，其鳳林書院乎。

閲歷代詩餘

自杭州借高白叔藏《歷代詩餘》來，排日閲之，將以補《詞綜》所未備。如袁去華、韓淲，竹垞所未見者具在。予欲訂《篋中詞》全本，今年當首定之。選言尤雅，以比興爲本，庶幾大廓門庭，高其牆宇。

校絶妙好詞

校《絶妙好詞》。往時評泊，與近日所見義微不同，蓋庚午至今十三年矣。

寫定復堂詞録

寫定《復堂詞録》。以唐、五代爲前集一卷，宋集七卷，金、元一卷，明一卷爲後集。從《歷代詩餘》甄采補朱、王二家《詞綜》所無，蓋十之二。又從丁紹儀《聽秋聲館詞話》中，鈔得明季錢忠介、張忠烈二詞，如獲珠船。予選詞之志亦二十餘年，始有定本，去取之旨，有《叙》入集。以上《復堂日記・壬午》

汪時甫藕絲詞

唐子愉以績溪汪時甫《藕絲詞》見貽，清脆婉秀，固是當行，蓋王眉叔之友也。《復堂日記・癸未》

白香詞譜箋

廉訪亡友謝章庵有《白香詞譜箋》稿本，網羅亦富，所託未尊，不能追厲箋《絶妙好詞》也。屬予校正付刻。

趙對澂小羅浮閣詞

趙對澂野航《小羅浮閣詞》，功力頗深，心思婉密，亦嘗染指蘇、辛，不徒柔膩。惟以兼治散曲，聲味不無闌入，韻雜律疏，未能多誦。録七首入《篋中詞》，亦云識曲聽真矣。族孫彦倫懿士有《雲無心軒遺稿》，詩律幽倩，琢句多姚合、許渾家法。填詞不多，亦録一首。以上《復堂日記·甲申》

鄧嶰筠詞

甘劍侯主講六安書院，寄鄧嶰筠督部《雙研齋詞》寫本來，其才氣韻度與周稚圭伯仲。然而三事大夫，憂生念亂，竟以新亭之淚，可以覘世變也。

宿中廟記

宿中廟待月，月出，臨湖覽眺白石詞。千頃翠瀾，盪人胸臆，姥山中流一螺，殆如浮玉望焦山宅矣。

王尚辰詞

謙齋老去填詞，吟安一字，往往倚枕按拍，竟至徹曉。固知惟狂若嗣宗，乃爲至慎。予自來合州與謙齋交，改罷長吟，奚童相望，兩人有同好也。以上《復堂日記·乙酉》

王嚴袁三家詞

閲《阮亭詩餘》一卷，與予舊藏寫本微異。嚴修能《柯家山館詞》，婉約可歌。袁湘湄《洮瓊館詞》，秀潤如秋露中牽牛花也。

錢謝盦詞

錢謝盦《微波亭詞》，一往情深，似謝朓、柳惲詩篇也。

校新刻片玉詞

校新刻《片玉詞》，盡記《歷代詩餘》、《草堂詩餘》、《詞綜》、《詞律》異同，寫定《考異》百餘事。以上《復堂日記·丁亥》

審定詞律拾遺

審定《詞律拾遺》，張韻梅校語精密固多，臆説亦不少。徐君拾紅友之遺，網羅散失，不無襲謬因譌。且生澀俗陋之調求備，殆可廢也。

陶子珍詞之變

子珍詞稿删存百餘章。初學姚大梅，傷于碎澀。庚午以來，予力進以姜、張，詞格一變。通籍後，一意清綺，日趨平正，有陳西麓、方千里筆意，似又一變也。

宋于庭序鄧嶰筠詞

鄧嶰筠督部《雙硯齋詞》，宋于庭序之，忠誠悱惻，咄唶乎騷人，裴回乎變雅。「將軍白髮」之章，「門掩黄昏」之句，後有論世知人者，當以爲歐、范之亞也。以上《復堂日記·戊子》

宗山詞

予聞長白宗山嘯梧郡丞名字，由《侯鯖詞》。五家中，吴晉壬爲卅年舊交，鄧笏臣、俞小甫、邊竺潭歸里後，談藝甚歡，而宗君已前卒。今者校定遺稿，詩篇秀逸，詞旨遥深。雜著文外獨絶，言之有味。且嗣宗至慎，頗有見道之語。

俞小甫璚華室詞

俞小甫《璚華室詞》，雅令夷婉，望而知其深于詞者，無膩碎之習，有繁會之音。

倪米樓詞

見倪米樓嘉慶十九年日記手書一册，文采斐然，想見南國承平。湖海之士，跌宕風流，亦太自喜。填詞入妙，有《雲林庵詞》所未載者。

葉衍蘭詞

番禺葉南雪太守衍蘭，介許邁孫以《秋夢庵詞》屬予讀定。綺密隱秀，南宋正宗。于予論詞頗心折，不覺爲之盡言。原註：今年游鄂，交關季華，乃知集中有借刻名氏者。庚寅八月記。

絶妙近詞

孫月坡選《絶妙近詞》三卷，多幽淡怨斷之音，可以當中唐人詩矣。

聚紅榭雅集詩詞

閩中《聚紅榭雅集詩詞》，倚聲似揚辛、劉之波，惟枚如多振奇獨造語，贊軒較和婉入律。

鄭文焯瘦碧詞

漢軍文焯叔問《瘦碧詞》，持論甚高，摛藻綺密，由夢窗以跂清真，近時作手，頗難甚匹。以上《復堂日記・己丑》

詞林紀事

俞成之來訪，談海鹽張宗橚撰《詞林紀事》甚精，刻本傳世絶少。記此以求。

張崇蘭爲人作詞話叙

見張崇蘭漪谷《悔廬文集》，氣體高潔，語見真際。有爲人作詞話叙，與予論有笙磬之同。以上《復堂日記・庚寅》

徐仲玉詞

點定徐生仲玉行卷，填詞婉約有度，詩篇能爲直幹。駢儷音采凡近，不見體勢，情韻則非所長也。

湘社集

寧鄉程頌萬子大，在長沙聯湘社唱酬，如二易何王，英英俠少。而吾友江夏鄭湛侯，以風塵吏蝨其間，刻行《湘社集》。子大《鷗笑集》，填詞婉密。《蠻語集》詩卷，才思不匱，趨向亦正。

況周儀網羅詞家選本

臨桂況夔笙舍人周儀暫客杭州，聞聲過從，鋭意爲倚聲之學，與同官端木子疇、王幼遐、許子瑑唱和，刻《薇省同聲集》，優入南渡諸家之室。夔笙網羅詞家選本、别集，篋衍盈數百家。秀水女士錢餐霞《雨花盦詩餘》，予借觀，洗鍊婉約，得宋人流别。附《詞話》亦殊朗詣。又示予蘇汝謙虚谷《雪波詞》寫本，唐子實《涵通樓師友文鈔》附龍、王、蘇三家詞。今寫本多唐刻所未見。蘇君超超，殆翰臣、少鶴兩先生所不能掩，予采擷入《篋中詞續》，此事殊未已也。以上《復堂日記・辛卯》

嚴修能詞

借得歸安嚴元照修能《柯家山館詞》一册讀之。能爲雅音，高處望見北宋，乃晚年復染指玉田，何與？修能負奇慧，文名藉甚，深于禪學。

叔眴詞

季貺索歸叔眴《東漚草堂詞稿》。叔眴詞頗事生新，不爲大雅，不能窺其年、錫鬯門户也，然頗自負。

詞綜補輯

閱無錫丁紹儀所爲《國朝詞綜補》。《詞綜》補輯，嘉善黄霽青已成數十卷，海鹽黄韻珊繼之。大都黄茅白葦，闒靡誇多。第二黄尚能自運成章，于此事小有窺見，尚不至如丁之陋。

賦水調歌頭

同治四年九月望日，過桑農師，同人咸在，遂同赴閒福居酒樓會飲。集者：薛師、仲英、芍洲、呈甫、子虞、蒙叔、頌芝、玉珊、朱亮生、許子曼與予十一人。酒酣，薛師題壁，首倡一詩。予和之曰：「一倚危欄夕照秋。拂衣長嘯此登樓。季鷹莫漫思歸去，無浪無風且繫舟。」于是各一絶句。師又成一詩，予又和之曰：「白蘋風起漸成秋。無恙青袍共一樓。高懸玉鏡青天外，遥憶美人江上舟。」諸君亦再和，先後共得一十八章。飲罷，譙樓柝聲已四起矣。與仲英踏月歸，復賦《水調歌頭》詞，曰：「纔上一輪月，萬影起遥天。碧空如水良夜，前有幾千年。留得青鞋布襪，消受金飆玉露，高步不知寒。失意等閒耳，擲付酒杯間。　拂青衫，澆壘塊，酒家眠。畫殘往日眉嫵，怕對鏡光圓。浪説無邊風月，便有無窮風雨，影事記難全。靈藥終難竊，憔悴玉嬋娟。」四更，果大雨，遂成讖矣。

明以來詞手

點誦成容若《飲水詞》袁蘭生選本，風格更高出蔣鹿潭矣。有明以來詞手，湘真第一，飲水次之，陳其年、朱竹垞而下皆小家也。求其嗣響，殆蘅夢乎！

聽秋聲館詞話

閱丁紹儀《聽秋聲館詞話》二十卷，宗旨和雅，持論近正，蓋欲補《詞綜》之書，涉獵頗廣。其訂正朱、王之書，校讐謬誤，多不標出處，恐不免臆見參入。

同聲集

點定《同聲集》，凡七家：吴彦懷廷鈐《塔影樓詞》，王季旭曦《鹿門詞》，潘季玉瑋《玉洤詞》，汪逸雲士進《聽雨詞》，王蓉洲憲成《桐華山館詞》，魯芍生承齡《冰蠶詞》，劉莊年耀椿《海南歸棹詞》，龔定庵自珍《無著詞》。以王季旭爲名家，定庵爲絶手，餘無譏焉。

以上《復堂日記·補録》卷一

蔣鹿潭未刻詞

贊侯鈔示蔣鹿潭未刻詞十餘首，其工，百年來真無第二手也。

詞綜續編

書肆取《詞綜續編》回。《續編》成于海鹽黄韻甫大令，開創于黄霽青太守也，大令女夫宗子城太守刻于武昌。二十一卷選予少作詞五首，展卷幾不自憶，惘然而已。卷一載丹陽荆揩《念奴嬌·洞庭》詞，即張于湖「洞庭青草」一闋，不知何以誤入？于湖此詞南宋最有名，《絶妙好詞》且首列。二黄公必非未寓目者，可異。此書刻時，諸遲菊同年任校勘事，暇當作書告之。

明詞綜

閲《明詞綜》。明自陳卧子外，幾于一代無詞。擬略取數十首，列《篋中詞》之前也。

續詞綜

閲《續詞綜》廿四卷畢。搜葺雖勤，舛漏不免，去取之意漸求縝密，與王氏之僅識江湖派者，稍覺後來居上。然宗旨不立，本事不備，使閲者無可推尋。又補人在前，不復別白，于體例亦未整齊。方伯委勘秋成檄下。

填詞須解

填詞，長短句必與古文辭通，恐二十年前人未之解也。

歷代詩餘名氏有誤

閲《歷代詩餘》，名氏與《花間》、《草堂》多不同，如《憶王孫》之四時詞作李甲，《太常引》之作元妓，則斷爲《詩餘》誤也。

廣篋中詞以朱氏未備

檢閲止庵《宋四家詞選》，皆取之竹垞《詞綜》，出其外僅二三篇。僕所由欲删定《篋中詞》，廣朱氏所未備，選言尤雅，以比興爲本，庶幾大厥門庭。

校絶妙好詞

校《絶妙好詞》，往時評泊與近日所見又微不同，蓋庚午至今十三年矣。

柳耆卿詞

鈔詞柳耆卿畢，知其隱秀，望敬美所謂隱處藏高。千秋毁譽，兩不得其平也。

自檢篋中詞

自檢《篋中詞》，似不在釣月、公謹下也。

白香詞譜箋

校正謝韋庵《白香詞譜箋》四卷，先改寫定譌字，尚須陳書一一讐定。是書爲張樵野奉常權皖臬時，屬爲正定付刻。本非可傳之業，以謝君身後，奉常將寄其哀逝之心也。

龔端毅詞

龔生景章寄《龔端毅奏疏》、《小品》、填詞、制義刻本至。尚書文詞未離明季之習，不逮其詩也。

李亞白詞

得周六皆書，以李亞白《讀騷閣詞》屬選。頗有思力，趨向似在竹垞。

滂喜齋刻近人詩詞

閱《滂喜齋叢書》。潘氏刻近人詩詞，如第一函之《越三子集》，所謂盆景詩也。孫蓮士、陳珊士之填詞，皆《草堂》之下乘，閱竟無可選者。當時裙屐標榜，頗負時譽，所謂佻染禪悅者也。王、孟調才氣較清，風骨未遒。

周稚圭喜收小令

檢校《詞録》，與周止庵《四家詞選》同者十九，與周稚圭《詞録》同者十五而已，以稚圭喜收疏爽小令也。

篋中詞太繁

舟次誦《篋中詞》，終嫌太繁，數十年内當必有删定者。

莊中白詩詞

校《蒿庵樂府》，前一卷同。予尚有《樂府二編》一卷，詩三卷，與定本大異。當以定本付刻而補之以他稿。其中有手删者，有必删者。詞二卷，手稿寫本去留不同，當詳加審正。予所藏一册爲中白在時寄示，有賦有詞。一册爲郎君信谷寄來手稿，有樂府二卷、詞一卷、庚午以後詩二卷、雜文數篇。一册則自定《蒿庵詩》三卷，倪元卿寫本最完，但當續入庚午以後作一卷。詞即以子笠寫本爲主，稍集遺篇，爲《樂府詩補遺》、《蒿庵詩外遺》、《片石詞補遺》各一卷，可以傳矣。

錢謝庵詞

閲錢謝庵《微波詞》，幽憶怨斷，如聞洞簫。人爲傷心才學佛，真傷心語。

詞綜補

過邊竹潭，借丁杏舲選《詞綜補》四十卷歸閲。丁氏意在備人，補王氏《詞綜》、黄氏《續詞綜》所未及，故佳篇不多覯也。

補篋中詞續集

録丁杏舲《詞綜補》。凡王蘭泉《詞綜》、陶鳧薌《詞綜二集》、黄韲青、韻珊《詞綜續編》已收者皆不録。用補人補詞例，搜輯至四十卷，可謂勤矣。惟以意在補人，不無泛濫。予補入《篋中詞續集》者數十篇耳。《聽秋聲館詞話》所采之詞，亦有采入此集者。

校片玉詞

校《片玉詞》，爲丁氏新刻《西泠詞萃》本。邁孫校汲古本，是正脱誤不少。予病中杜門，更爲發篋讎對，與邁孫結習同深。

豈歷代詩餘有別本

校《片玉詞》，盡記《歷代詩餘》諸書異同。徐誠庵《詞律拾遺》，記《歷代詩餘》異字，有予所校本不異者，豈《歷代詩餘》有別本邪？

詞集校讎如掃塵

校檢《樂府雅詞》、《陽春白雪》，補校《片玉詞》。倚聲小集，讎對異同，亦如掃塵，旋去旋生。讀書真非躁心之事。

井華詞

爲蒙叔校定《井華詞》一卷。婉約可歌，亦二張伯仲間。二張謂韻梅、玉珊也。

吴中隱詩詞

審定吴子述《中隱詩》三卷、詞一卷。詩秀潤近弱，有句無篇。詞麗而不密，雋而未腴。詩詞多爲悼亡作。

蔣劍人詞話

竺潭以蔣劍人《詞話》見示，引馮柳東《詞律》校正語數條，因檢諸家校語皆已見，惟周清真《荔枝香近》增一「遍」字韻爲新得。劍人論詞宗旨曰「以無厚入有間」，此如禪宗多一話頭，亦不必可信。

徐仲玉詞

定徐仲玉詞稿，年少才弱，有句無篇，然往往有清氣。

詞綜補意在博采

校丁氏《詞綜補》，已刻十八卷，未刻十八卷，粗粗閲竟。合前見之四十卷，蓋全書七十六卷也。意在博采，去取無義例，而舛迕復重尤多。頗以爲惡札，但記名姓而已。

手批詞學集成

徐仲玉來，携《樂府補題》及予手批《詞學集成》去。

復校詞綜補

復校《詞綜補》，其例凡王氏、黄氏已選之人注「補詞」字，乃多漏注，又所補即原選，復重無謂。中有字句異同，不知孰爲善本。至五十八卷以後，未刻之十八卷則全未注，而與黄選重出尤夥，殆難一一釐正矣。

鄧嶰筠雙硯齋詞鈔

鄧太守以嶰筠中丞詞稿見示。一卷爲《妙吉羊室詞》，一卷爲《精進喜庵詞》，寫定清本，則曰《雙硯齋詞鈔》，有宋于庭叙，似予庚申秋見甘劍侯傳寫之本，即從此清本出也。

玉琴齋詞

子用示予《振綺堂詩稿》、《振綺堂書目》。邁孫又携示余澹心手稿《玉琴齋詞》，有梅村、西堂題識，又有顧千里、孫伯淵跋語，皆手跡。今年多見名籍，可喜可豪。

諸遲菊詞

閲諸遲菊《璞齋集》活字本。詩翔雅，詞倜儻較勝。

孔蓮伯詞

蒙叔寄示孔廣淵蓮伯《兩部鼓吹軒詩餘》，屬入《篋中》之選。詞亦朗詣，然眼光只在乾嘉間，于先輩頗近屠琴塢。

張韻舫眠琴詞

審定張韻舫《眠琴詞》，于南宋名家頗窺門徑。

六十一家詞選

以《六十一家詞選》校《復堂詞録》，略竟一過，頗有異同。毛本所據，殊多可取。

樊山詞稿

審定樊山詞稿，本朝家數，遂撮竹垞、頻伽之長。

以上《復堂日記·補録》卷二

張韻梅續詞

審定張韻梅《續詞》二卷，不免老手頹唐之歎。

章次白詩詞

閲章次白《梅竹山房詩詞》。次白廣文詩安雅超曠，是南宋以來杭州士風，猶是浙西大家餘緒，絕無傖父面目。詞亦秀腴如其詩。于滋伯、仲甫二老有同聲之應也。

沈昌宇泥雪詞

審定亡友沈子佩昌宇《泥雪詞》，録存九十首，選二首入《篋中詞》。才人失職，觸緒皆商音也。

十鍵詞

閲子大所撰《十鍵詞》一卷，甚有雅遠之韻。

王夢薇彩鶴詞遺稿

王夢薇有《彩鶴詞》遺稿，生硬，非當家，不足存也。

六橋粉雲庵詞

六橋《粉雲庵詞》，清婉是其本色，淺直猶初入手耳。

秋夢庵詞

翻閲《秋夢庵詞》，七十老翁，旖旎風華，不露頽脱。此翁自少壯以來殆專以倚聲爲寄者也。

欲補白石稼軒詞

星海又校《詞録》一册來，欲補録白石《淒涼犯》、《醉吟商》、《霓裳中序第一》，稼軒《卜算子·尋春作》、《感皇恩》，此可謂賞奇析疑之友矣。閲《唐人説薈》，頗有采擷會心語之意。

嶺南三家詞

葉蘭台屬選《嶺南三家詞》，爲沈伯眉、汪玉泉及蘭翁。今日始就，審定圈識，寫目録寄去。沈爲《楞華館詞》，江爲《隨山館詞》，葉爲《秋夢庵詞》。

葉南雪詞續

上江裕輪舶回杭，昨葉南雪以《詞續》寄示，鮮妍修飾，老猶少壯，壽徵也。予愧之。

陽羨少年好綺語

光珊寄陽湖徐佑成涵生《補恨樓詞》、武進李祖廉緑茹《懷青盦詞》至。徐、李皆陽羨少年，好綺語，閲之有朝華未實之歎。

姜露詞

閲《姜露詞》，折衷南宋，亦深美而未盡閎約之量。方展冒鶴亭詞，愛其有得于幽憶怨斷之音，欲爲論定，而魏孝廉汝駟札來索還，遂以歸之。

棲真室文詩詞稿

閲湘鄉成榷漁本樸《棲真室文詩詞稿》。文規格老成，詩才閎肆，倚聲婉秀，固雋才也。然文當進之深厚，詩當進之沉淡，詞當進之幽遠。

陳亦峰詩詞

陳廷焯亦峰《白雨軒詞話》附所作詩詞，蓋嚴事中白，《詞話》中奉爲正宗，而以予附配以爲同聲者也。持論堅卓，自撰亦雅韻有神，惜年四十以乙科終。見其遺書，已不及遥申商榷矣。

睫巢詞稿

鄧邦達仲璋來訪，以《睫巢詞稿》見質。蓋嶰筠督部孫、笏臣太守子也。詞當行，未出色。斷武家風，尚待進境。

陳亦峰詞話

重閲陳亦峰《詞話》，以沉鬱爲宗旨，固人間精鑒也。

秋蓮子詞

《篋中詞》未見之王西御《秋蓮子詞》，今甫寄舊本至。婉約有深韻，當續采。

陳亦峰白雨軒詞話

又閱陳丹崖孝廉《白雨軒詞話》，推見本末，洞達正變。倚聲樂府有此曠古之識，于流別一一疏證，與予夙論同者十之七八。蓋此君深契中白，推爲正宗。因于復堂亦爲不謀面之知己。一舉于鄉，蕉萃早世，年尚不逮中白，可悼歎也。檢《篋中詞》前、後、今集，證之陳氏所論多合，益惜未得接席深談耳。

半情居集

閱《半情居集》畢，填詞修潔，雜文老成，皆有師法。跋數行，並欲歸後撰序貽之。

榆園欲刻諸家詞話

榆園札來，有刻諸家詞話之意，因檢《聽秋聲館》、《芬陀利室》、《白雨軒》及《詞辨》四種，將借之審之。

黄曉秋詩詞

黄曉秋以所著《瓦缶雷鳴詩》四卷、《欸乃餘曲詞》二卷、《無隧積談》一卷見質，閱一過。詩篇出入中唐及明七子間，婉朗有才思。填詞超超，麗俊而有神韻，殊勝于詩。雜志條舉，持論駿雄，意仿子家。詩詞皆後勝前作，年方二十，進境正未可量。集名失雅，當諷其改定。

劉語石詞

得劉語石寄近作詞五闋，多長調。此君于此事可謂當行。

吕定子詩詞

榆園以吕定子遺稿詩詞屬審定，約略閲一過。詩格老成，詞筆婉約，皆可觀。

六橋外王父詩詞

閲六橋外王父裕貴乙垣禮部《鑄廬詩剩》、《詞剩》，腴淨安雅。

胡右階詩詞

審定胡右階《靈芝仙館詩詞》一過。其自言不以清廢麗，不以麗廢清，志之所在。予將序言，亦勖其即以此爲成就，爲印證。填詞未盡曲折，可誦者少。

以上《復堂日記·續録》

重輯復堂詞話卷二

評温庭筠詞

《菩薩蠻》「小山重疊金明滅」闋：「懶起畫蛾眉」句，起步。又「水精簾裏頗黎枕」闋：「江上柳如煙」句，觸起。又「玉樓明月長相憶」闋：首句，提；下片「花落子規啼」句，小歇。又「寶函鈿雀金鸂鶒」闋：首句，追叙；下片「畫樓音信斷」，指點今情；「鸞鏡與花枝」句，頓。又「南園滿地堆輕絮」闋：「雨後卻斜陽」句，餘韻；下片「無憀獨倚門」句，收束。　以《士不遇賦》讀之最碻。

《更漏子》「玉鑪香」闋：下片，似直下語，正從「夜長」逗出，亦書家無垂不縮之法。

《南歌子》「手裏金鸚鵡」闋：盡頭語，單調中重筆，五代後絶響。又「似帶如絲柳」闋：源出古樂府。又「倭墮低梳髻」闋：「百花時」三字，加倍法，亦重筆也。

《夢江南》「梳洗罷」闋，猶是盛唐絶句。

評韋莊詞

《菩薩蠻》「紅樓别夜堪惆悵」闋：亦填詞中《古詩十九首》，即以讀《十九首》心眼讀之。又「人人盡説江南好」闋：强顔作歡快語，怕腸斷，腸亦斷矣。又「如今卻憶江南樂」闋：首句，半面語；下片，意不盡而語盡。「卻憶」、「此度」四字，度人金針。又「洛陽城裏春光好」闋：項莊舞劍，怨而不怒之義。「洛陽才子他鄉老」句，至此揭出。

評歐陽炯詞

《南鄉子》「岸遠平沙」闋：未起意先改直下，語似頓挫。「認得行人驚不起」，頓挫語似直下，「驚」字倒裝。

評馮延巳詞

《蝶戀花》「六曲闌干偎碧樹」闋：金碧山水，一片空濛。此正周氏所謂「有寄託入，無寄託出」也。下片「滿眼游絲兼落絮」，感；「紅杏開時，一霎清明雨」，境；「濃睡覺來鶯亂語」，人；「驚殘好夢無尋處」，情。或曰非歐公不能爲，或曰馮敢爲大言，如是讀者審之。又「誰道閒情拋棄久」闋：此闋叙事。又「幾日行雲何處去」闋：「行雲」、「百草」、「千花」、「香車」、「雙燕」，必有所託；末句，呼應。又「庭院深深深幾許」闋：宋刻玉甑，雙層浮起；筆墨至此，能事幾盡。

《浣溪沙》「馬上凝情憶舊游」闋：開北宋疏宕之派。

評晏殊詞

《踏莎行》「小徑紅稀」闋：刺詞。「高臺樹色陰陰」句，正與斜陽相映。

評歐陽修詞

《采桑子》「群芳過後西湖好」闋：起句，掃處即生。下片「笙歌散盡游人去」句，悟語，是戀語。

《蝶戀花》「越女采蓮秋水畔」闋：「窄袖輕羅，暗露雙金釧」句，小人常態。下片「霧重煙輕，不見來時伴」句，君子道消。

評晏幾道詞

《臨江仙》「夢後樓臺高鎖」闋：「落花人獨立，微雨燕雙飛」，名句，千古不能有二。下片，所謂柔厚在此。

評柳永詞

《傾杯樂》「木落霜洲」闋：耆卿正鋒，以當杜詩。「何人月下臨風處，起一聲羌笛」二句，《文賦》云「扶質立幹」。下片「想繡閣深沈，爭知憔悴損、天涯行客」二句，忠厚悱惻，不媿大家。「楚峽雲歸，高唐人散，寂寞狂蹤跡」三句，寬處坦夷，正見家數。

評秦觀詞

《滿庭芳》「山抹微雲」闋：淮海在北宋，如唐之劉文房。下闋不假雕琢，水到渠成，非平鈍所能藉口。

《望海潮》「梅英疏淡」闋：「長記誤隨車」句，頓宕；「柳下桃蹊，亂分春色到人家」二句，旋斷仍連。下片，陳、隋小賦縮本。填詞家不以唐人爲止境也。

評周邦彦詞

《蘭陵王》「柳陰直」闋：已是磨杵成鍼手段，用筆欲落不落。「愁一剪風快」諸句，此類噴醒，非玉田所知。「斜陽」七字，微吟千百徧，當入三昧，出三昧。

《齊天樂》「緑蕪凋盡臺城路」闋：亦是以掃爲生法。下片「荆江留滯最久」句，應「殊鄉」；「渭水西風，長安亂葉」二句，點化成句，開後來多少章法；「醉倒山翁，但愁斜照斂」二句，結束出奇，正是哀樂無端。

《六醜》「正單衣試酒」闋：但以七言古詩長篇法求之，自悟；「願春暫留，春歸如過翼，一去無跡」三句，逆入平出，亦平入逆出；「爲問家何在，夜來風雨，葬楚宮傾國」三句，搏兎用全力。下片「靜遶珍叢底，成太息。長條故惹行客。似牽衣待話，別情無極」五句，處處斷，處處連；「殘英小、强簪巾幘。終不似一朵，釵頭顫裊，向人欹側」四句，「願春暫留」；「飄流處、莫趁潮汐。恐斷紅、尚有相思字，何由見得」三句，「春歸如過翼」，仍用逆挽，此片玉所獨。

《大酺》「對宿煙收」闋：「牆頭青玉旆，洗鉛霜都盡，嫩梢相觸」三句，辟灌皆有賦心，前周後吴，所以爲大家也。下片「行人歸意速。最先念、流潦妨車轂」二句，此亦新亭之淚；「況蕭索、青蕪國」至末，一句一折，一步一態，然周昉美人，非時世妝也。「向」、「亭」，去聲，方言。

《滿庭芳》「風老鶯雛」闋：「地卑山近，衣潤費爐煙」二句，《離騷》廿五，去人不遠。下片「且莫思身外，長近尊前」二句，杜詩韓筆。

《少年游》「并刀如水」闋：麗極而清，清極而婉。然不可忽過「馬滑霜濃」四字。

《尉遲杯》「隋隄路」闋：「無情畫舸，都不管、煙波隔前浦」二句，沉著。下片「因思舊客京華」句，章法；「如今向、漁村水驛，夜如歲、焚香獨自語」二句，挽；末句收處頗率意。

《花犯》「粉牆低」闋：「依然舊風味」句，逆入；「去年勝賞曾孤倚」句，平出。下片「今年對花太匆匆」句，放筆爲直幹；「凝望久」以下，筋摇脈動；「相將見、脆圓薦酒，人正在、空江煙浪裏」二句，如顔魯公書，力透紙背。

《浪淘沙慢》「曉陰重」闋：「正拂面垂楊堪攬結。掩紅淚、玉手親折」二句，難忘在此。下片「翠尊未竭，憑斷雲留取，西樓殘月」三句，所謂「以無厚入有間」，「斷」字、「殘」字皆不輕下；末「恨春去、不與人期，弄夜色，空餘滿地梨花雪」三句，本是人去「不與人期」，翻説是無憀之思。

評陳克詞

《菩薩蠻》「赤闌橋盡香街直」闋：「金碧上晴空，花晴簾影紅」二句，李義山詩，最善學杜。「醉眼不逢人，午香吹暗塵」二句，風刺顯然。又「綠蕪牆遶青苔院」闋：「風簾自在垂」句，不聞不見無窮。

《謁金門》「愁脈脈」闋：「小樓山幾尺」句，不如不見。下片「細草」一，「孤雲」二，「斜日」三。「簾外落花飛不得，東風無氣力」二句，宰相何故失此人。又「花滿院」闋：「紅雨入簾寒不卷，曉屏山六扇」二句，簾既不卷，屏又掩之，亦加倍寫。下片「消息不知郎近遠，一春長夢見」二句，不怨簾；亦不怨屏。

評史達祖詞

《雙雙燕》「過春社了」闋：起處藏過一番感歎，爲「還」字、「又」字張本。「還相雕梁藻井，又軟語商量不定」二句，挑按見指法，再搏弄便薄。下片「紅樓歸晚」句，換筆。「應自棲香正穩」句，換意。「愁損翠黛雙蛾，日日畫闌獨凭」二句，收足，然無餘味。

評吳文英詞

《憶舊游》「送人猶未苦」闋：正面已是深湛之思，最是善學清真處。首句「送人猶未苦」，飛鳥側翅。下片「西湖斷橋路」，章法。

《點絳脣》「捲盡浮雲」闋：此起稍平。下片「輦路重來，彷佛鐙前事」句，便見拗怒；「情如水，小樓熏被，春夢笙歌裏」句，咳唾珠玉，此足當之。

《玉漏遲》「雁邊風訊小」闋：「秦鏡滿，素娥未肯，分秋一半」句，奇弄閒發。下片「每圓處即良宵」句，直白處不當學。

《齊天樂》「煙波桃葉西陵路」闋：雖亦是平起，而結響頗遒。「涼颸乍起」句，領句，亦是提肘書法；「但有江花，共臨秋鏡照憔悴」句，便沉著。下片，追叙。

《風入松》「聽風聽雨過清明」闋：此是夢窗極經意詞，有五季遺響；「黄蜂頻撲秋千索，有當時、纖手香凝」二句，西子衾裾拂過來，是癡語，是深語；「惆悵雙鴛不到，幽階一夜苔生」句，温厚。

評周密詞

《玉京秋》「煙水闊」闋：南渡詞境高處，往往出於清真。下片「玉骨西風，恨最恨、閒卻新涼時節」句，何必非髀肉之歎。

《解語花》「暗絲罥蝶」闋：層折斷續，鎔鍊瀝液。下片「淺薄東風，莫因循、輕把杏鈿狼藉。塵侵錦瑟。殘日紅窗春夢窄」句，柔厚至此，豈非《風》詩之遺。

評王沂孫詞

聖與精能，以婉約出之，以詩派律之，大歷諸家，去開寶未遠。玉田正是勁敵，但士氣則碧山勝矣。

《眉嫵》「漸新痕懸柳」闋：蹊徑顯然；「便有團圓意，深深拜，相逢誰在香徑，畫眉未穩」句，寓意自深，音辭高亮。歐、晏如《蘭亭》真本，此僅一翻。

《齊天樂》「碧痕初化池塘草」闋：「誤我殘編，翠囊空歎夢無準」二句，亦寓言。下片「樓陰時過數點」句，拓成遠勢，過變中又一法；「漢苑飄苔，秦宫墜葉，千古淒涼不盡」句，可謂盤挐倔强矣；「已覺蕭疏，更堪秋夜永」句，繞梁之音。

又「一襟餘恨宫魂斷」闋：此是學唐人句法、章法，「庾郎先自吟愁賦」，遂其蔚跂；「西窗過雨」句，亦排宕法。下片「銅仙鉛淚似洗，歎移盤去遠，難貯零露」句，極力排盪；「病葉驚秋，枯形閱世，銷得斜陽幾度」句，玩其弦指，收裹處有變徵之音；「謾想薰風，柳絲千萬縷」句，掉尾不肯直瀉，然未自在。

《高陽臺》「殘雪庭陰」闋：《詩品》云：「反虚入渾，妙處傳矣。」「相思一夜窗前夢，奈箇人、水隔天遮」句，點逗清醒。下片「況游驄古道，歸雁平沙」句，又是一層鈎勒。

《埽花游》「捲簾翠溼」闋：刺朋黨日繁。「亂碧迷人，總是江南舊樹」句，風刺。

《瑣窗寒》「趁酒梨花」闋：「數東風、二十四番，幾番誤了西園宴」句，幽咽如訴。下片，章法；「試憑他、流水寄情，遡紅不到春更遠」句，宕逸得未曾有，碧山勝處獨擅。

評張炎詞

《解連環》「楚江空晚」闋：「楚江空晚，悵離群萬里，恍然驚散」句，亦是側入，而氣傷於僄；「寫不成書，只寄得、相思一點」句，檇李指痕。下片「想伴侶、猶宿蘆花，也曾念春前，去程應轉」句，如話；「暮雨相呼，怕驀地、玉關重見」句，浪花圓蹴，頗近自然。

《高陽臺》「接葉巢鶯」闋：「能幾翻游，看花又是明年」句，運掉虛渾；「東風且伴薔薇住，到薔薇、春已堪憐」句，措注，是玉田，他家所無。換頭見章法，玉田云：「最是過變不可斷了曲意」是也。

《甘州》「記玉關踏雪事清游」闋：一氣旋折，作壯詞須識此法。白石嘤求稼軒，脱胎耆卿，此中消息，願與知音人參之。「一字無題處，落葉都愁」句，頗恢詭。下片「有斜陽處，最怕登樓」句，不著屠沽。

評唐珏詞

《水龍吟》「淡妝人更嬋娟」闋：「汐社」諸篇，當以江淹《雜詩》法讀之；更上則郭璞《游仙》，元亮《讀山海經》。字字詄麗，字字瓏玲，學者取月，於此梯雲。「太液池空，霓裳舞倦，不堪重記」句，開。下片「別有淩空一葉，泛清寒、素波千里」句，推闡以盡能事；「珠房淚濕，明璫恨遠，舊游夢裏」句，合；「奈香雲易散，綃衣半脱，露涼如水」句，一唱三歎，有遺音者矣。

評李清照詞

《浣溪沙》「髻子傷春懶更梳」闋：易安居士獨此篇有唐調，選家鑪冶，遂標此奇。

以上《譚評詞辨》卷一

評詞辨卷二

周氏以此卷爲變，截斷衆流，解人不易索也。

評李煜詞

《玉樓春》「晚妝初了明肌雪」闋：豪宕。

《臨江仙》「櫻桃落盡春歸去」闋：「爐香閒裊鳳凰兒，空持羅帶，回首恨依依」三句，疑出《續貂》。

《相見歡》「林花謝了春紅」闋：濡染大筆。

《清平樂》「別來春半」闋：「淚眼問花花不語，落紅飛過秋千去。」與此同妙。

《浪淘沙》「簾外雨潺潺」闋：雄奇幽怨，乃兼二難，後起稼軒，稍傖父矣。

《虞美人》「風迴小院庭蕪緑」，又「春花秋月何時了」闋：二詞終當以神品目之。後主之詞，足當太白詩篇，高奇無匹。

評孟昶詞

《玉樓春》「冰肌玉骨清無汗」闋：此詞終當存疑，未必東坡點竄。

評鹿虔扆詞

《臨江仙》「金鎖重門荒苑靜」闋：哀悼感憤，終當存疑，當以入正集。

評范仲淹詞

《蘇幕遮》「碧雲天」闋：大筆振迅。

《漁家傲》「塞下秋來風景異」闋：沉雄似張巡五言。

評蘇軾詞

《卜算子》「缺月掛疏桐」闋：皋文《詞選》，以《考盤》爲比，言非《河漢》也。此亦鄙人所謂「作者未必然，讀者何必不然」。

《賀新涼》「乳燕飛華屋」闋：頗欲與少陵《佳人》一篇互證。下闋别開異境，南宋惟稼軒有之，變而近正。

評王安國詞

《清平樂》「留春不住」闋：「滿地殘紅宫錦污，昨夜南園風雨」句，倒裝二句，以見筆力。下片「不肯畫堂朱户，春風自在楊花」句，品格自高，言爲心聲。

評辛棄疾詞

《青玉案》「東風夜放花千樹」闋：稼軒心胸，發其才氣，改之而下則獷。首二句，賦色瑰異。下片「衆裏尋他千百度。驀然回首，那人卻在，燈火闌珊處」句，何嘗不和婉。

《念奴嬌》「野棠花落」闋：大踏步出來，與眉山同工異曲。然東坡是衣冠偉人，稼軒則弓刀游俠。「樓空人去，舊游飛燕能説」句，當識其俊逸清新，兼之故實。

《祝英臺近》「寶釵分」闋：「斷腸點點飛紅，都無人管，更誰勸、流鶯聲住」句，一波三過折。下片「是他春帶愁來，春歸何處。卻不解、帶將愁去」句，託興深切，亦非全用直筆。

《木蘭花慢》「老來情味減」闋：只結語沉鬱骯髒，振起全詞。

《摸魚兒》「更能消幾番風雨」闋：權奇倜儻，純用太白樂府詩法。「見説道、天涯芳草無歸路」句，開。「君不見、玉環飛燕皆塵土」句，合。

《水龍吟》「楚天千里清秋」闋：裂竹之聲，何嘗不潛氣内轉。

《永遇樂》「千古江山」闋：起句嫌有獷氣，且使事太多，宜爲岳氏所譏。非稼軒之盛氣，勿輕染指也。

《漢宮春》「春已歸來」闋：以古文長篇法行之。

《蝶戀花》「誰向椒盤簪彩勝」闋：結處旋撇旋挽。

《菩薩蠻》「鬱孤臺下清江水」闋：「西北望長安，可憐無數山」句，宕逸中亦深鍊。

評姜夔詞

《淡黄柳》「空城曉角」闋：白石、稼軒，同音笙磬，但清脆與鏜鞳異響，此事自關性分。

《暗香》「舊時月色」闋：石湖詠梅，是堯章獨到處。下片「翠尊易泣，紅萼無言耿相憶」句，深美有《騷》、《辨》意。

《疏影》「苔枝綴玉」闋：下片「還教一片隨波去，又卻怨、玉龍哀曲」句，跌宕昭彰。

評陸游詞

放翁穠纖得中，精粹不少。南宋善學少游者惟陸。

《朝中措》「怕歌愁舞懶逢迎」闋：「總是向人深處，當枉道無情」句，彌拙彌秀。

評劉過詞

《唐多令》「蘆葉滿汀洲」闋：下片「舊江山、渾是新愁」句，雅音。

評蔣捷詞

《玉樓春》「春風只在園西畔」闋：能用齊梁小樂府法入填詞，便參上乘。

《賀新涼》「夢冷黄金屋」闋：瑰麗處鮮妍自在。詞藻太密。

以上《譚評詞辨》卷二

詞辨跋

及門徐仲可中翰，録《詞辨》索予評泊，以示楽範。予固以知周氏之意，而持論小異：大抵周氏所謂變，亦予所謂正也；而折衷柔厚則同。仲可比類而觀，思過半矣。復堂譚獻識。

重輯復堂詞話卷三

篋中詞叙

國朝二百餘年，問學之業絶盛，固陋之習蓋寡。自六書、九數、經訓、文辭、篆隷之字，開方之圖，推究於漢以後、唐以前者備矣。至於填詞，僕少學焉，得本輒尋其所師，好其所未言，二十餘年而後寫定。就所睹記，題曰《篋中》。其事爲大雅所笑，其旨與凡人或殊。容若、竹垞而後，且數變矣。論具卷中，不覼縷也。李白、温岐，文士爲之。昇元、靖康，君王爲之。將相大臣，范仲淹、辛棄疾爲之。文學侍從，蘇軾、周邦彦爲之。志士遺民，王沂孫、唐珏之徒，皆作者也。昔人之論賦曰：「懲一而勸百。」又曰：「曲終而奏雅。」麗淫麗則，辨於用心。無小非大，皆曰立言。惟詞亦有然矣。譚獻叙，光緒四年立秋日。

評吴偉業詞

《浣溪沙》「斷頰微紅眼半醒」闋：本色詞人語。

《滿江紅》「沽酒南徐」闋：澀於稼軒。

評龔鼎孳詞

《東風第一枝》「鳳琯排煙」闋：有諷。

《薄倖》「碧簾風綰」闋：去國懷人，日暮途遠。

評趙進美詞

《醉落魄》「木犀小院」闋：觚棱之夢。

評李雯詞

《菩薩蠻》「薔薇未洗燕支雨」闋：亡國之音。

《謁金門》「楓葉舞」闋：淒咽。

《鵲踏枝》「慘碧愁黄無氣力」闋：客子畏人。

《鳳皇臺上憶吹簫》「漏咽銅龍」闋：當言未言。

《虞美人》「簾纖斷送荼蘼架」闋：《九辨》之遺。

又「蜂黄蝶粉依然在」闋：故國之思。

《浪淘沙》「金縷曉風殘」闋：哀於墮溷。

《風流子》「誰教春去也」闋：同病相憐。

評曹溶詞

《霓裳中序第一》「繡囊冷雲輭」闋：沉著似盛唐詩。

評宋琬詞

《蝶戀花》「月去疏簾才幾尺」闋：憂讒。

評宋徵輿詞

《踏莎行》「錦幄銷香」闋：何減馮、韋。

《憶秦娥》「黄金陌」闋：身世可憐。

《浪淘沙令》「雁字起江干」闋：縮本《哀江南賦》。

《蝶戀花》「寶枕輕風秋夢薄」闋：悱惻忠厚。

《玉樓春》「雕梁畫棟原無數」闋：探喉而出。

評王庭詞

《暗香》「半城落日」闋：南渡樂章之奥。

評王士(正)[禛]詞

《點絳脣》「水滿春塘」闋：源出小樂府。

《減字木蘭花》「紗窗夢起」闋：嬋娟著眼。

《醉花陰》「香閨小院閑情晝」闋：含淒垂縮。

《浣溪沙》「北郭青溪一帶流」闋：名貴。

又「白鳥朱荷引畫橈」闋：風人之旨。

《蝶戀花》「涼夜沈沈花漏凍」闋：深於梁、陳。

《賀新郎》「過雨花如繡」闋：居然勝欲。

評吴兆騫詞

《念奴嬌》「牧羝沙磧」闋：其氣不怯，宜乎生還。

評李天馥詞

《憶王孫》「姤春良夜愛春朝」闋：人意中語。

評孔尚任詞

《鷓鴣天》「院静厨寒睡起遲」闋：哀於《麥秀》。

評曹貞吉詞

《留客住》「瘴雲苦偏」闋：投荒念亂之感。

《玉樓春》「蘼蕪一翦城南路」闋：警策。

《水龍吟》「平湖煙水微茫」闋：瑶臺嬋娟。

評江臯詞

《江神子》「幾枝疏樹近斜陽」闋：每作一波，恆三過折。

評毛先舒詞

《滿江紅》「一片殘陽」闋：丰柔婀娜。

《水龍吟》「恍然夢影樓臺」闋：詩人之詞。

評沈謙詞

《清平樂》「香羅曾寄」闋：小樂府遺意，與俳詞只隔一塵，須嚴辨之。

又「雪消水溢」闋：源出《金荃》。

《東風無力》「翠密紅疏」闋：神似稼軒。

《浪淘沙》「彈淚濕流光」闋：天籟。

《滿江紅》「獨對銀釭」闋：幽思。

評吴綺詞

《浣溪沙》「吴苑青苔鎖畫廊」闋：東風、紅豆最下最傳，似此含淒古淡，乃爲不負。

評佟世南詞

《山花子》「芳信無由覓彩鸞」闋：不無天際輕陰之感。

評顧貞觀詞

《南湘子》「嘹唳夜鴻鳴」闋：清空若拭。

《石州慢》「一月長河」闋：貧士失職。

《金縷曲》「季子平安否」、又「我亦飄零久」二闋：使人增朋友之重，可以興矣。

評徐倬詞

《金縷曲》「碧海晶簾卷」闋：詞中杜陵。此境宋人未有，遺山、伯雨之流也。

評納蘭性德詞

周稚圭曰，或言納蘭容若，南唐李重光後身也。予謂重光，天籟也，恐非人力所及。容若長調多不協律，小令則格高韻遠，極纏綿婉約之致，能使殘唐墜緒，絶而復續。第其品格，殆叔原、方回之亞乎。

《臺城路》「白狼河北秋偏蚤」闋：逼真北宋慢詞。

《蝶戀花》「蕭瑟蘭成看老去」闋：勢縱語咽，延巳、六一而後，僅見湘真。

評錢芳標詞

《憶少年》「小屏殘燭」闋：原出義山。

《臨江仙》「歷歷槿籬芳草徑」闋：適怨清和，如聞《錦瑟》。

《雙雙燕》「記休沐宴」闋：固是推衍唐人，正是詞家本色。

《水龍吟》「黄昏庭院無人」闋：當時貳臣倖進，詞人刺之。

又「乍晴紋簟涼多」闋：神味居然淮海。

《薄倖》「裲襠殘綫」闋：取裁六朝樂府，聲情亦肖似矣。

《望海潮》闋：「窮桑一髮」闋：當作於海事定後。

評彭孫遹詞

《生查子》「薄醉不成鄉」闋：唐調。

《柳梢青》「何事沉吟」闋：不嫌太盡。

《宴清都》「四壁秋聲静」闋：艷似中仙。

《花心動》「幾陣西風」闋：體素儲潔。

《踏莎行》「鶯擲金梭」闋：觸緒無端。

《少年游》「花底新聲」闋：自然湊泊。

評秦松齡詞

《臨江仙》「向日風流今在否」闋：情景相副。

評尤侗詞

《水龍吟》「卷簾但見飛花」闋：似勝質夫。

評高詠詞

《聲聲慢》「隋堤銷翠」闋：感起隋堤漢苑，便爾身世難堪。

評毛奇齡詞

《南歌子》「茜染牆頭草」闋：五代單調，幾成絶響。

《南柯子》「驛館吹蘆葉」闋：北宋句法。

評鄧漢儀詞

《小重山》「淮水横拖柳綫柔」闋：從李後主《浪淘沙》出。

評孫致彌詞

《解連環》「豆花微雨」闋：骨堅音脆。

評張台柱詞

《念奴嬌》「游絲裊裊」闋：清麗。

以上《篋中詞·今集》卷一

評朱彝尊詞

《高陽臺》「橋影流虹」闋：遺山、松雪所不能爲。

《桂殿秋》「思往事」闋：單調小令，近世名家復振五代、北宋之緒。

《賣花聲》「衰柳白門灣」闋：聲可裂竹。

《百字令》「崇墉積翠」闋：意深。又「横街南巷」闋：有潛氣内轉之妙。

《河傳》「南陌」闋：漸近自然。

《蝶戀花》「十里雷塘歌吹遠」闋：吞吐離即。

《臨江仙》「菜甲齊開更斂」闋：風諭三昧。

《水龍吟》「當年博浪金椎」闋：何堪使洪、吴輩聞之。

《金縷曲》「誰在紗窗語」闋：人才進退，知己難尋，所感甚深。

《春風裊娜》「倩東君着力」闋：層臺嬋媛。

《暗香》「凝珠吹黍」闋：累累如貫珠。

《綺羅香》「挾火難温」闋：刺詞。

評陳維崧詞

《滿江紅》「二十年前」闋：失職不平。

《夏初臨》「中酒心情」闋：故家喬木，語自不同。

《琵琶仙》「暝色官橋」闋：亦似海上未靖時作。

《慶春澤》「已近花朝」闋：尚有拙致，頻伽不能爲。

《滿庭芳》「龍德殿邊」闋：與《御香歌》並美。

《摸魚子》「是誰家、本師絶藝」闋：拔奇，本師長歌之外。

評朱彝尊陳維崧

錫鬯、其年出，而本朝詞派始成。顧朱傷於碎，陳厭其率，流弊亦百年而漸變。錫鬯情深，其年筆重，固後人所難到。嘉慶以前爲二家牢籠者，十居七八。

評嚴繩孫詞

《南歌子》「積潤初消砌」闋：能用重筆。

《雙調望江南》「歌宛轉」闋：稼軒之神。

評孫枝蔚詞

《臨江仙》「春到揚州人又去」闋：岸異。

評李良年詞

《暗香》「春才幾日」闋：白石故以幽勝。

《疏影》「旗亭隴首」闋：澀處可味。

《蝶戀花》「映水藤邊絲萬縷」闋：珠玉、六一。

評李符詞

《疏影》「雙橈且住」闋：惝怳迷離，意有所指，絶似六朝賦手。

評吴棠楨詞

《滿庭芳》「紅樹藏雅」闋：哀玉之音。

評沈遹駿詞

沈遹駿倚聲柔麗，探源淮海、方回，所謂層臺緩步、高謝風塵，有竟體芳蘭之妙。

評沈岸登詞

《珍珠簾》「緑筠翦取煙江畔」闋：漸開常州一派。

《浣溪沙》「自在珠簾不上鉤」闋：比興温厚。

評龔翔麟詞

《南浦》「人柳乍三眠」闋：南宋本色。

評王允持詞

《解連環》「亂帆零雨」闋：斂抑斷續。

評沈昆詞

《鎖窗寒》「雨細吹絲」闋：觸緒幽咽。

評梁佩蘭詞

《山花子》「水闊瀟湘見二妃」闋：善學唐人。

評錢肇修詞

《滿庭芳》「酥雨澆花」闋：遲遲春晝，未久日斜，鶯聲蝶影，轉眴皆非。此危辭也。

評魏坤詞

《摸魚子》「禁煙時、賣餳天氣」闋：遠懷如訴。

評徐瑶詞

《惜紅衣》「雲母屏前」闋：尤展成云，惝恍迷離，得神光離合之妙。

評杜詔詞

《杏花天》「柳絲風翦青旗颭」闋：側艷正宗。

評張梁詞

《西子妝》「浥翠窗深啼紅徑」闋：徘徊婉約，一往而深。

評徐逢吉詞

《霓裳中序第一》「纔看過寒食」闋：鬭亂不亂。

評厲鶚詞一

《齊天樂》「瘦筇如喚登臨去」闋：頓挫跌宕。

又「簟凄鐙暗眠還起」闋：詞禪。

《百字令》「春光老去」闋：忍俊不禁。

又「秋光今夜」闋：與于湖《洞庭》詞壯浪幽奇，各極其勝。

《揚州慢》「疏雨催妍」闋：縹緲之音。

《賣花聲》「花月秣陵秋」闋：才人同感。

《曲游春》「一水仙源曲」闋：至境迷離。

《丁香結》「吹落嬌雲」闋：太鴻思力可到清真，苦爲玉田所累。

《玉漏遲》「薄游成小倦」闋：柔厚幽森。

《憶舊游》「溯溪流雲去」闋：白石卻步。

《八歸》「初翻雁背」闋：無垂不縮。

《高陽臺》「縞月啼香」闋：靚妝獨立之態。

《蕙蘭芳引》「塵沁短衣話前事」闋：關山失路，觸緒可憐，與登車攬轡者，别是一种心眼。黄莘田詩：「我亦譬如騎竹日，所思人本不曾來。」彼教所謂轉語。

《聲聲慢》「簾垂有影」闋：如此方是清空不質實。

評厲鶚詞二

填詞至太鴻，世人爭賞其餖飣窳弱之作，所謂微之識碔砆也。《樂府補題》，别有懷抱。後來巧構形似之言，漸忘古意，竹垞、樊榭不得辭其過。浙派爲人詬病，由其以姜、張爲止境，而又不能如白石之澀，玉田之潤。録乾隆以來詞慎取之。

評王時翔詞

《踏莎行》「嫩嫩煙絲」闋：工於著句。

評王愫詞

《緑意》「采香怎定」闋：緑陰中有人，緑陰外有事，此賦物三昧。

《清平樂》「雨濛煙暝」闋：森竦。

評毛健詞

《疏影》「秦簫怨咽」闋：玩其斷續之妙。

評王嵩詞

《滿庭芳》「中酒心情」闋：野雲孤飛，去留無跡，妙在語言之外。

評王太岳詞

《憶秦娥》「愁如織」、又「人如削」闋：紆回隱軫，《騷》、《辨》之遺。

評張四科詞

《邁陂塘》「問江南西風消息」闋：火攻碧山。

評史承謙詞

《一萼紅》「楚江邊」闋：加一倍法。

評蔣士銓詞

《長亭怨慢》「畫檐上蟾鉤皎潔」闋：詩人比興。

《水調歌頭》「偶爲共命鳥」闋：生氣遠出，善學坡仙。

《賀新涼》「水鳥愁鐘鼓」闋：源出山谷演雅。

評儲祕書詞

《蝶戀花》「乍減羅衣寒未褪」闋：天際乍輕陰。

評趙文哲詞

《倦尋芳》「柳遮翠館」闋：態穠意遠。

評鄭澐詞

《齊天樂》「雁風吹送燕南雪」闋：森峻威夷。

評林蕃鍾詞

《清平樂》「晚妝初就」闋，又「翠禽飛盡」闋：含淒古淡。

《玉樓春》「羅幃小幛殘寒淺」闋：微詞可悟。

《探春慢》「潮落沙平」闋：蕭條温厚。

《珍珠簾》「暮帆微覺西風勁」闋：清絶滔滔。

《南浦》「薄霧散愁陰」闋：大筆壓榨，士衡所謂警策。

《梅子黄時雨》「殘葉離亭」闋：雖未空際盤旋，而婉約有晚唐人絶句意思。

評沈起鳳詞

《玉蝴蝶》「涼意乍歸庭樹」闋：猶有古服勁裝之意。

評黄景仁詞

《醜奴兒慢》「日日登樓」闋：名作，於律太疏。

評沈清瑞詞

《東風第一枝》「火樹藏橋」闋：語含比興。

評吴錫麒詞一

《望湘人》「慣留寒弄暝」闋：迷離悒怏，若近若遠。

評吴錫麒詞二

祭酒名德清才，矜式後起。詩規漁洋，詞學樊榭，可云正宗。而骨脆才弱，成就甚小。

評淩廷堪詞

《摸魚兒》「暮天空、乍收涼雨」闋：奇情蹴起。

評李方湛詞

《齊天樂》「燕歸換得哀鴻到」闋：精警。

以上《篋中詞·今集》卷二

評吴翌鳳詞

《玉樓春》「空園數日無芳信」闋：俊絶。

《瑶花》「疏花散霧」闋：名貴。

《桂枝香》「蘋風吹晚」闋：善用逆筆。

《倦尋芳》「碧雲向晚」闋：意境深異。

《滿庭芳》「花氣浮春」闋：琴簫俊韻，秦七去人不遠。

《齊天樂》「十年不上吹笙路」闋：秀絶。

評郭麐詞一

《臺城路》「薄陰不散霜飛早」闋：雅令。

《望湘人》「漸蕭蕭瑟瑟」闋：清深婉麗。

《疏影》「珠啼玉泣」闋：深思密藻，漸近張、周。

又「生香活色」闋：亦本色語，運思窈曲，便不覺其易盡。

《高陽臺》「暗水通潮」闋：中邊俱徹。

評郭麐詞二

南宋詞敝，瑣屑餖飣。朱、厲二家，學之者流爲寒乞。枚庵高朗，頻伽清疏，浙派爲之一變。而郭詞則疏俊少年尤喜之。予初事倚聲，頗以頻伽名雋，樂於風詠。繼而微窺柔厚之旨，乃覺頻伽之薄。又以詞尚深澀，而頻伽滑矣，後來辨之。

評劉嗣綰詞

《木蘭花慢》「插天湖柳碧」闋：離即吞吐間求之。

評楊夔生詞

《高陽臺》「隱霧蛾消」闋：昂昂若千里之駒。

《木蘭花令》「緑香繡帳懸空霧」闋：《金荃》遺響，不絶如縷。

評左輔詞

《一萼紅》「溯空明」闋：胸襟甚大，針綫甚細，此非易到。

《浪淘沙》「水輭櫓聲柔」闋：所感甚大。

《南浦》「尋陽江上恰三更」闋：濡染大筆，此道遂尊。

評沈蓮生詞

《蝶戀花》「年去年來江上燕」闋：浮雲白日，與此同慨。

評曹言純詞

《步蟾宫》「鳳脛燈小添油灼」闋：黄韻甫曰，小令觸緒生情，瑣瑣如道家常，深得古樂府神理。

評孫鼎烜詞一

《綺羅香》「碎裂苔箋」闋：伯雨、仲舉妙處傳矣，捫之有棱，使人不思南宋。

《二郎神》「凍雲紺合」闋：婉甚。

評孫鼎烜詞二

休寧孫耀乾，乾隆中與汪西顥交，《耔香堂詞》雅健，有夢窗、草窗遺意。

評張惠言詞

《木蘭花慢》「儘飄零盡了」闋：擷兩宋之菁英。

《水調歌頭》「東風無一事」、又「百年復幾許」、又「珠簾卷春曉」、又「今日非昨日」、又「長鑱白木柄」五闋：胸襟學問，醞釀噴薄而出。賦手文心，開倚聲家未有之境。

《相見歡》「年年負卻花期」闋：信手拈來。

《木蘭花慢》「是春魂一縷」闋：屈曲洞達。

《玉樓春》「一春長放秋千靜」闋：善學子野。

評張琦詞

《六醜》「悵秋光漸老」闋：美成思力。

《摸魚兒》「漸黄昏、楚魂愁斷」闋：諷刺隱然。

《南浦》「驚回殘夢」闋：所謂「深美閎約。」

評二張詞

翰風（張琦）與哲兄（張惠言）同撰《宛鄰詞選》，雖町畦未盡，而奥窔始開。其所自爲，大雅遒逸，振北宋名家之緒。其子仲遠序《同聲集》有云：「嘉慶以來，名家均從此出。」信非虚語。周止齋益窮正變，潘四農又持異論。要之倚聲之學，由二張而始尊耳。

評錢季重詞

《六醜》「正木棉乍試」闋：寫仿清真，唐臨晉帖，終非廖瑩中所能爲。

《四園竹》「蜂須蝶粉不住鬧」闋：用意深遠。

評丁履恒詞

《緑意》「暗蛩吟斷」闋：人品甚高。

《滿庭芳》「冥霧沈山」闋：氣體高妙。

評金應城詞

《湘春夜月》「鎮愁人」闋：温潤縝密。

《臨江仙》「篆縷厭厭人悄悄」闋：如明七子之擬古。

評金式玉詞

《六州歌頭》「重帷深鎖」闋：言近指遠。

評鄭善長詞

《緑意》「芳塘曲處」闋：叔夏卻步。

《高陽臺》「暮雨催眠」闋：常州詞派，不善學之，入於平鈍廓落，當求其用意深雋處。（編者按，此評語，徐輯標作「常州詞派」，不確切。今重擬標題。）

評周濟詞一

《渡江雲》「春風真解事」闋：怨斷之中，豪宕不減。

《垂楊》「秋懷漸遠」闋：開闔動蕩。

《徵招》「邊笳吹老天山雪」闋：擲筆空際，偉岸深警，如讀杜詩。

《滿庭芳》「珍重經年」闋：逋峭。

《夜飛鵲》「春酣鎮無語」闋：閎約。

《八六子》「竟日歸」闋：温然其辭。

《蝶戀花》「柳絮年年三月暮」闋：渾灝。

《金明池》「十五年前」闋：諷刺。

評周濟詞二

茗柯《詞選》出，倚聲之學，日趨正鵠。張氏甥董晉卿，造微踵美。止庵切磋於晉卿，而持論益精。其言曰：「慎重而後出之，馳騁而變化之，胸襟醖釀，乃有所寄。」又曰：「詞非寄託不入，專寄託不出。一物一事，引伸觸類，意感偶生，假類必達，斯入矣。萬感橫集，五中無主，赤子隨母笑啼，野人緣劇喜怒，能出矣。」以予所見，周氏撰定《詞辨》、《宋四家詞筏》，推明張氏之旨而廣大之，此道遂與於著作之林，與詩賦文筆同其正變也。止庵自爲詞，精密純正，與茗柯把臂入林。

評董士錫詞

《江城子》「寒風相送出層城」闋：格高。

評汪士進詞

《鵲橋仙》「誰知今夜」闋：嬋嫣百態。

評承齡詞

《金縷曲》「莫翦燈花穗」闋：善學幼安。

《采桑子》「永豐坊裏尋常見」闋：妍妙。

《憶舊游》「怎燕子鶯兒」闋：草窗勝境。

《雙雙燕》「玉釵股上共幺鳳」闋：幽靚淒婉。

評潘德輿詞 一

《蝶戀花》「百尺高樓春色暮」闋：駘蕩縹緲，何嘗非陽湖詞派。

《望海潮》「欄干醉拍」闋：亦在草窗、玉田間，何遽北宋。

評潘德輿詞二

四農大令《與葉生書》略曰：「張氏《詞選》，抗志希古，標高揭己，宏音雅調，多被排擯。五代、北宋有自昔傳誦，非徒隻句之警者，張氏亦多𢵧然置之。竊謂詞濫觴於唐，暢於五代，而意格之閎深曲摯，則莫盛於北宋。詞之有北宋，猶詩之有盛唐，至南宋則稍衰矣」云云。張氏之後，首發難端，亦可謂言之有故。然不求立言宗旨，而以跡論，則亦何異明中葉詩人之侈口盛唐邪。宜養一齋詞平鈍淺狹，不足登大雅之堂也。然其針砭張氏，亦是諍友。

評宋翔鳳詞

《高陽臺》「雲疊離情」闋：婉約。

評汪全德詞

《唐多令》「春水細紋生」闋：格韻俱遠。

《探春慢》「薄霧籠寒」闋：氣體甚高。

《緑意》「春愁如綺」闋：北宋名篇，柔澹秀折。

《埽花游》「溪邊一樹」闋：情語癡絶。

評周之琦詞

《三姝媚》「交枝紅在眼」闋：工力甚深。

《一枝春》「珂裏新晴」闋：仙骨。

《瑞鶴仙》「柳絲征袂綰」闋：仲宣《灞岸》之篇。

《思佳客》「帊上新題間舊題」闋：唐人佳境，寄託遥深，珠玉、六一之遺音也。

心日齋十六家詞

稚圭中丞撰《心日齋十六家詞選》，截斷衆流，金針度與。雖未及皋文、保緒之陳義甚高，要亦倚聲家疏鑿手也。

評吴慈鶴詞

《高陽臺》「鑄柳塗金」闋：吐屬非凡，人品高峻。

評李堂詞

《望湘人》「正回潮落處」闋：雅詞。

評汪潮生詞一

《高陽臺》「浪蹙鱗圓」闋：君聽空外音。又「陌上春歸」闋：淒澹。

《百字令》「漏聲初轉」闋：少游、方回有此替人。

《大酺》「正漏將殘」闋：麗密悲斷。

《湘春夜月》「太淒清」闋：婉約。

《木蘭花慢》「是誰家長笛」闋：《士不遇賦》，不徒作孤憤語。

《高陽臺》「暝外含晴」闋：沖微。

評汪潮生詞二

《冬巢詞》，粹美無疵，深入宋賢之室。同時抗手有王西御《秋蓮子詞》，惜未得見。

評尤維熊詞

《應天長》「憹憹人病了」闋：精到。

評蕭師度詞

《月下笛》「雁底懷人」闋：有數名篇。

評趙慶熺詞

秋舲先生詞名甚著，竊嘗議其剽滑，不能多録。

評戈載詞

順卿謹於持律，剖及豪亡。道光間吴越詞人從其説者，或不免晦澀窳離，情文不副。然實爲聲律諍臣，不可就便安而偭越也。

評仲湘詞

《緑意》「垂楊巷陌」闋：忍俊不禁。

評吴廷鉁詞

《臺城路》「寒枝未别聲先急」闋：三昧。

評王曦詞

《湘月》「春風十里」闋：氣體勝。

《水龍吟》「迢迢萬里長空」闋：書家所謂逆入平出。

又「分明鏡裏朱顔」闋：綿麗。

《暗香》「半窗月白」闋：感遇。

《憶舊游》「更看花幾度」闋：有諷。

評江沅詞

《高陽臺》「小雨開晴」闋：依約宛轉。

以上《篋中詞·今集》卷三

評項鴻祚詞

蓮生古之傷心人也。盪氣回腸，一波三折。有白石之幽澀，而去其俗。有玉田之秀折，而無其率。有夢窗之深細，而化其滯。殆欲前無古人。其《乙稿》自序「近日江南諸子，競尚填詞，辨韻辨律，翕然同聲，幾使姜、張頫首。及觀其著述，往往不逮所言」云云，婉而可思。又《丁稿》序云：「不爲無益之事，何以遣有涯之生。」亦可以哀其志矣。以成容若之貴，項蓮生之富，而填詞皆幽艷哀斷，異曲同工，所謂别有懷抱者也。

評龔鞏祚詞

定公能爲飛仙劍客之語，填詞家長爪、梵志也。昔人評山谷詩，如食蝤蛑，恐發風動氣，予於定公詞亦云。

評朱綬詞

《選冠子》「細馬妝殘」闋：濡染淋漓。

《瑞鶴仙》「笑芙凋淚影」闋：綺密。

評沈傳桂詞

《高陽臺》「酒薄欺寒」闋：以温、李詩筆入詞，自是精品。

《踏莎行》「細緑迷雅」闋：晚唐樂府之遺。

評袁祖悳詞

《金縷曲》「暝色沈寒角」闋：危苦之言。

評許謹身詞

《齊天樂》「春光三月渾如夢」闋：哀語成讖。

評孫麟趾詞

《祝英臺近》「懶看山」闋：沉痛。

評王憲成詞

《祝英臺近》「洛城鐘」闋：巧思拙致，最是高手。

《揚州慢》「水國魚鹽」闋：鹺網既壞，海氛又惡，杜詩韓筆，斂抑入倚聲，足當詞史。

評周岱齡詞 一

《八寶妝》「翠箔成塵」闋：别有懷抱。

評周岱齡詞二

芥堂先生循吏文人，倚聲餘事，又有「秋老花新，酒濃人澹」八字，可入詞眼。

評黄曾詞

《蝶戀花》「廟子灣頭春正雨」闋：大令審律甚嚴，胸襟凡近，詞多死句。

評姚燮詞

《高陽臺》「拭唾題裙」闋：幽倩。

評王嘉禄詞

《南浦》「東風怨碧」闋：正宗。

評吴廷燮詞

《解連環》「峭寒輕閣」闋：語語有意，善學清真。

評吴承勛詞

《四犯翠連環》「露翦聲輕」闋：芳蘭競體。

《唐多令》「愁共水潺潺」闋：青琴高響。

《探芳信》「戀芳書」闋：手書小箋，署子述字，予於故書中收得之，愛其清綺，録之。

評黄增禄詞

《浪淘沙》「慵唱女兒箱」闋：比興。

評王效成詞

《玉漏遲》「漏遲深巷窈」闋：清深。

評許宗衡詞一

《百宜嬌》「鏤玉無煙」闋：使事如水中鹽，味長於换意，深入南宋之室。

《西窗燭》「薊門煙樹」闋：骨折魂驚，語語沉痛。

《中興樂》「繞樓一帶薜蘿牆」闋：止庵《詞辨》所謂「既成格調求實」，「實」則精力彌滿者也。

《霓裳中序第一》「西風又蕭瑟」闋：念亂憂生。

《百宜嬌》「倚帽愁煙」闋：宋玉微詞，蘭成小賦。

評許宗衡詞二

海秋先生傷心人別有懷抱，胸襟醞釀，非尋常文士。度越少鶴通政，爲近詞一大宗。齊名者有上元何青耜觀察。

評王錫振詞

《湘春夜月》「夜朦朧」闋：悟境。

《瑣窗寒》「小閣雲深」闋：俊絶。

《暗香》「亂峰翠帀」闋：有對此茫茫之慨。

《疏影》「江樓跨鶴」闋：書劍從軍，觚棱望闕，感兼身世，語合情文。

評何兆瀛詞一

《金縷曲》「辛苦銜泥燕」闋：情瀾不竭，曲盡事理。

《壺中天慢》「緇塵人老」闋：神明於《樂府補題》，乃覺賦、比、興皆備。

《月下笛》「一抹荒煙」闋：幽澀，爲玉田所無之境。

《南鄉子》「春事了殘紅」闋：高格。

《臺城路》「修蛇曲折城南路」闋：南宋平夷之韻，北宋峭折之思。

評何兆瀛詞二

何先生詞，抗手許海秋，齊名文苑，不虚也。但沉鬱稍不逮許，而無海老枯率之失。

評陳元鼎詞

編修《鴛鴦宜福詞》，艷冶纏綿。予嘗借閲，可誦者多。

評張炳堃詞

《湘月》「湘妃素面」闋：工而不縟，寄託遥深。

評潘曾瑋詞

《菩薩蠻》「芙蓉帳外燒銀燭」，又「輕雲冉冉籠殘月」、又「登樓一望傷心碧」、又「相思不語香閨裹」、又「東風吹醒桃花浪」、又「征鴻不到邊城遠」、又「鄰家同戍遼陽轉」七闋：徐子陵序略曰：「肇端房闥之近，叙恨睽隔之交。其愛也似蝶，其怨也如慕。」余思之，余重思之，而卒無以解其旨之所在。　鉤鎖斷續，聲情相副，末章特開異境，乃不爲《金荃》所囿。

評楊傳第詞

《雙雙燕》「娉婷瘦景」闋：宛鄰詞派，不絶如綫。

評薛時雨詞

《臨江仙》「雨驟風馳帆似舞」闋：結響甚遒。

《東風第一枝》「彩换桃符」闋：裂石穿雲，感均頑艷。

《木蘭花慢》「問春風來處」闋：温厚得詩教。

評杜文瀾詞

《臺城路》「江南一夜江波冷」闋：芳潤悱惻。

評喬守敬詞

《埽花游》「女牆一桁」闋：幽怨而磊落，得力草窗。

《法曲獻仙音》「晴緑愔愔」闋：似南宋人和清真詞體。

《點絳唇》「著意尋春」闋：温厚有餘味。

評范凌霙詞

《邁陂塘》「怕蟲鳴草間私語」闋：詞吏。

評吴熙載詞

《霓裳中序第一》「花光動木末」闋：曲折。

評江鋆詞

《埽花游》「晚煙漾碧」闋：不作昵昵喁喁，是謂雅詞。

評王菼詞

《賣花聲》「簾外是天涯」闋：漸近自然。

評黄涇祥詞

《埽花游》「一天夢影」闋：起結甚工。

評郭夔詞

《淡黄柳》「青山與客」闋：金陵陷後作。

《琵琶仙》「何世人間」闋：名作。

《緑意》「曲池漾碧」闋：曲折處有潛氣内轉之意。

評馬汝楫詞

《二郎神》「一春冷淚」闋：士屈於不知己。

評黄錫禧詞

《聲聲慢》「鷗波打槳」闋：彈丸脱手。

《陌上花》「燕支一抹」闋：深靚婉麗。

評姚正鏞詞一

《霓裳中序第一》「微飈蕩静碧」闋：精粹，南宋深處。

《淒涼犯》「幾家落日」闋：念亂之言，源於《小雅》。

評姚正鏞詞二

仲海爲詞，思力甚刻至，才性均厚，是一作家。

以上《篋中詞·今集》卷四

評蔣春霖詞

《木蘭花慢》「泊秦淮雨霽」闋：子山、子美把臂入林。

《浪淘沙》「雲氣壓虚欄」闋：鄭湛侯爲予言此詞本事，蓋感兵事之連結，人才之惰窳而作。

《柳梢青》「芳草閑門」闋：自然。

《踏莎行》「疊砌苔深」闋：詠金陵淪陷事，此謂詞史。

《揚州慢》「野幕巢烏」闋：賦體至此，轉高於比興矣。

《南浦》「緑意隱汀沙」闋：南唐之骨，北宋之神，此才獨擅。

《鷓鴣天》「楊柳東塘細水流」闋：字字用意，氣體甚高，不易到也。

《三姝媚》「相思堤上柳」闋：如誦中晚唐絶句詩。

《虞美人》「水晶簾捲澂濃霧」闋：斜陽煙柳，謝其温厚。

《東風第一枝》「糝草疑霜」闋：憂時盼捷，何減杜陵。南國廓清，詞人已死。其志其遇，蓋可哀也。

《渡江雲》「春風燕市酒」闋：詞當作於庚申。前使李謨事，後闋以天寶應之，鈎鎖精細。

《臺城路》「兩年心事西窗雨」闋：豪竹哀絲，一時竝奏。「馬足（關河同賤）」句千古。

《换巢鸞鳳》「雲涌蓀橈」闋：調易墮曲，宋詞原唱亦不免。作者乃沉著而大雅。

《琵琶仙》「天際歸舟」闋：屈曲洞達，齊梁書體。

詞人之詞三家

文字無大小，必有正變，必有家數。《水雲樓詞》（編者按，蔣春霖著），固清商變徵之聲，而流別甚正，家數頗大，與成容若、項蓮生二百年中，分鼎三足。咸豐兵事，天挺此才，爲倚聲家杜老，而晚唐兩宋一唱三歎之意則已微矣。或曰「何以與成、項並論？」應之曰：「阮亭、葆馚一流，爲才人之詞。宛鄰、止庵一派，爲學人之詞。惟三家是詞人之詞。與朱、厲同工異曲，其他則旁流羽翼而已。」

評丁至和詞

萍緑與水雲齊名，胸襟未必盡同，填詞甚有工力。

評趙彦俞詞一

《瀟瀟雨》「咿啞停弱櫓」闋：玉田佳境。

評趙彦俞詞二

次梅六十學詞，成就於鹿潭，殊有俊語。

評程紹裘詞

《瑣窗寒》「解纜旗亭」闋：空際傳神，《樂府解題》所未有。

評周作熔詞

《祝英臺近》「曉妝慵」闋：秀絶。

《鷓鴣天》「池柳初裁細葉新」闋：神來。

評蔣敦復詞

《大酺》「問一重山」闋：神似清真。

《蘭陵王》「暮煙直」闋：以深重之筆，發綿邈之思。

《阮郎歸》「玉驄人去畫樓西」闋：意本樂府，調學南唐。

評宋志沂詞

《長亭怨慢》「早過了清明寒食」闋：君子之交，以言贈處。

評劉履芬詞

《長亭怨慢》「又風裏楊花吹盡」闋：對此茫茫。

《疏影》「西風起矣」闋：方回逝矣，百身何贖。

《蝶戀花》「細草平沙三月暮」闋：江淹已擬惠休詩。

評孔廣牧詞

《玲瓏四犯》「摇落牆陰」闋：不作隨指汎音，半甲半肉，所謂猱吟者是。

評江順詒詞

《浣溪沙》「楊柳當門青倒垂」闋：「楊柳」七字千古。

評王詒壽詞

《虞美人》「峭帆風裏眠難穩」闋：婉麗，真小樂府。

《清平樂》「三更時候」闋：戀語、癡語，推之忠愛。

《揚州慢》「笙玉排雲」闋：居然石帚，不徒形似。

《解語花》「初三月子」闋：一結沉痛，得美成之髓。

評孫德祖詞

《高陽臺》「紅板橋頭」闋：惻愴傷懷，拔奇古人之外。

評朱孝起詞

《一萼紅》「燒痕平」闋：神韻獨絕，使人不思少游。

《八聲甘州》「算繁華已到盡頭時」闋：危苦悲哀，不能卒讀，拔奇古人之外。　牆花拂面枝，惟樂天知之耳。　此篇余有《長亭怨》和作，廉卿又和一闋。

《河傳》「簾卷」闋：蓮卿小令，姚冶跌宕。

《蝶戀花》「老去逢春春漸短」闋：風調駘蕩。

評潘介繁詞

《賣花聲》「好夢倩誰招」闋：超妙。

《長亭怨慢》「曾幾度曲闌閒凭」闋：刀揮不斷，慢詞佳境。

評高望曾詞

《蝶戀花》「樓上春寒眠未穩」闋：合作。

《一萼紅》「漾簾旌」闋：通於比興。

評諸可寶詞

《浣溪沙》「舊恨新愁雨不饒」闋：宕逸。

評樊增祥詞

《采桑子》「娟娟月子隨人慣」闋：淒婉。

評程耀采詞

《金縷曲》「冰麝成塵搗」闋：沉鬱。

評張鳴珂詞

《綺羅香》「蝶夢剛回」闋：回腸欲絶。

《甘州》「甚年時踪跡似浮萍」闋：此是安石碎金。

評陶方琦詞

《永遇樂》「水殿柔瀾」闋：元人絶勝之作。

《長亭怨》「苦曉雨纏綿催冷」闋：幽怨。

《浪淘沙》「寒色動簾旌」闋：情至之語，誦之黯然。

評曾行淦詞

《江南好》「秦淮好」闋：好聞水樂。

《瑣窗寒》「疏柳摇寒」闋：庯峭之致，南宋高手。

評莊棫詞

《壺中天慢》「行雲何處」闋：屈曲洞達，一轉一深。

《垂楊》「東風幾日」闋：哀於片玉，厚於屯田。

《鳳凰臺上憶吹簫》「瓜渚煙消」闋：清空如話，不至輕僄，消息甚微。

《菩薩蠻》「六銖衣薄迷香霧」闋：語語温厚。

《夜飛鵲》「河橋送行處」闋：頓挫排蕩，深入北宋之室。

《高陽臺》「長樂渡邊」闋：駘蕩怨抑之境，爲前人所未開。

又「飄拂微風」闋：碧山、白雲之調，屈原、宋玉之心，興寄百端，望古遥集，止庵所謂能出者也。予録《篋中詞》，終以中白非徒齊名之標榜，同聲之喁于，亦以比興柔厚之旨相贈處者二十年。向序其詞有曰：「閨中之思，靈均之遺，則動於哀愉而不能已。」中白當曰：非我佳人，莫之能解也。

《唐多令》「燈焰似凝脂」闋，《虞美人》「悠悠客鬢生華髮」闋：二詞皆於時事多棖觸，非苟作者。

評馮燾詞

《一痕沙》「月子彎彎清絶」闋：脆如新簧。

評馮煦詞

《一枝花》「帆影收殘驛」闋：幽咽怨斷，萝華詞境，感遇爲多。

《琵琶仙》「何事西風」闋：綿綿無盡。

《江南好》「三月暮」闋：單調，漸近自然。

《南鄉子》「一葉碧雲輕」闋：顧影矜寵。

《霓裳中序第一》「孤蟾下倦驛」闋：回曲隱軫。

評徐𤋮詞

《踏莎行》「芳草才芽」闋：興亡之感，相國愧之。

《永遇樂》「翠帳春寒」闋：相國加刴墜淵，愆咎自積，此詞殊怨。又「無恙桃花」闋：外似悲壯，中實悲咽，欲言未言。

評金莊詞

《清平樂》「淒涼晚色」闋：大手筆。

評賀雙卿詞

《惜黄花慢》「碧盡遥天」闋：清空一氣如拭。　忠厚之旨，出於《風》、《雅》。

評顧信芳詞

《鳳凰臺上憶吹簫》「已暗忘吹」闋：别調。

評顧樹芬詞

《浣溪紗》「一雁横飛萬里秋」闋：幾可抗手梁汾。

《浣溪紗》「昨夜東風透露臺」闋：天籟。

評李佩金詞

《菩薩蠻》「冰輪碾破遥空碧」闋：五代十國之遺。

《金縷曲》「月照梨花白」闋：筆勢奇縱，清照卻步。

評沈芳詞

《一枝春》「作弄輕寒」闋：神來。

評莊盤珠詞

《踏莎行》「曉月離亭」闋：一何浩渺。

《菩薩蠻》「群芳遈媚韶光裏」闋：古詩高境。

《探芳信》「冷消息」闋：奇筆。

評吴藻詞

《木蘭花慢》「明湖千萬頃」闋：樂章高格，非苟作者。

《月華清》「柳穉匀黄」闋：用意甚深。

《風流子》「欄干十二曲」闋：高華。

評關鍈詞

《高陽臺》「斷雁飄愁」闋：忽聞變徵。

《南樓令》「夢醒杏花叢」闋：百端交集。

評鄭芥仙詞

《滿庭芳》「三月煙花」闋：鄭爲山陽程振室，殉亂爲此詞，見儀徵程畹《潛庵復筆》。以上《篋中詞·今集》卷五

重輯復堂詞話卷四

評邊浴禮詞一

《齊天樂》「碧雲界破殘陽影」闋：置之《絶妙好詞》中，亦屬上乘。

《雙雙燕》「杏梢粉墜」闋：雅令婉約。

《石州慢》「薄暝摇窗」闋：幽咽如訴。

《踏莎行》「香霧籠嬌」闋：高秀。

評邊浴禮詞二

袖石方伯詩篇富有，已名其家。填詞刻意南宋，位置在草窗、玉田間。

評金泰詞

《鷓鴣天》「勝業坊前見淨持」闋：以氣體勝。

《石州慢》「鴛瓦新霜」闋：有神味。

改之《曉行》詞有「曉風殘月太淒涼，更無一樹垂楊柳」二語，甚疏快。

《摸魚子》「只疏疏不多水墨」闋：纏綿悱惻，一結尤淒黯。

評馮志沂詞

《蝶戀花》「雨過空庭人寂寂」、又「老圃花殘風露冷」闋：二篇高秀，居然作家。

與馮志沂談詞之出

魯川廉訪官比部時，予入都游從，屢過談藝。一日酒酣，忽謂予曰：「子鄉先生龔定庵言，詞出於《公羊》，此何説也？」予曰：「龔先生發論，不必由中，好奇而已，第以意内言外之旨，亦差可傅會。」魯翁曰：「然則近代多艷詞，殆出於《穀梁》乎！」蓋魯翁高文絶俗，不屑爲倚聲，故尊前諧語及此。

評丁至和詞

《月下笛》「開盡桐華」闋：如新炙簧。

《清平樂》「丁香開後」闋：有意翻新。

《瑣窗寒》「碧瓦霜鋪」闋：絲不如竹。

保庵頗以幽澀學石帚，乃取其疏俊者。

評孫汝燮詞

《揚州慢》「香袖長垂」闋：丁紹儀云：此詞作於淮鹽改票後，鹺商失業，市景日落，不無今昔之慨。

評湯貽汾評

《長亭怨慢》「更誰向灞橋攀折」闋：力透紙背。

評趙懷玉詞

《浪淘沙》「茶熟酒微温」闋：丁紹儀云：王氏《詞綜二集》誤倒「情人」二字，殊失詞意。

評馮焯詞

《念奴嬌》「春光澹沱」闋：多少和婉。

《疏影》「春歸太早」闋：邊卓存曰：細膩風光，近惟《金粱夢月詞》（編者按，周之琦著）中有此上乘。

評丁彦和詞

《更漏子》「露初凝」闋：超妙。

評史震林詞

《丁香結》「犬吠疏籬」闋：丁紹儀云：修然之致，如見其人。

評劉家謀詞

《山花子》「七里横塘半里山」闋：名貴。

評劉勷詞

《水龍吟》「簾前幾陣狂風」闋：感憤無憀。

聚紅榭詩詞

閩中詞人，道、咸間唱和頗盛，予在閩所識，如劉贇軒、謝枚如輩，皆作手也。社集有《聚紅榭詩詞》之刻。

評倪稻孫詞

《長亭怨慢》「又行盡淒淒三楚」闋：丁紹儀云：悲涼蒼秀，直合石帚、玉田二家爲一。　憔悴婉篤，梁塵不飛。

評鄧廷楨詞

《金縷曲》「悄影來秋館」闋：「寓言十九」。

《買陂塘》「梅殘春爐邊買醉」闋：姿態横生。

《高陽臺》「徑轉疏花」闋：竟有新亭之淚。

《好事近》「雲母小窗虚」闋：韻勝。

《酷相思》「百五芳期過也未」闋：三事大夫，憂生念亂，敦我之歎，其氣已餒。

評夏塽詞

《壽樓春》「斜陽華梢紅」闋：無一字不工。

評黄長森詞

《踏莎行》「玉宇天高」闋：失職不平，婉曲可以諷矣。

評黄燮清詞

《燭影摇紅》「燈火江城」闋：駘蕩有神韻。

評顧翰詞一

《清平樂》「翠陰如埽」闋：得文章加一倍法。

《虞美人》「淒淒涼月如煙白」闋：深婉。

《百字令》「烏篷當日」闋：精粹不減竹屋、草窗。

《玉漏遲》「四圍雲影帖」闋：險韻鮮穩，賦情駘蕩，何減尹惟曉《茉莉》詞。（編者按，即尹焕《霓裳中序第一》。）

評顧翰詞二

蒹塘先生倚聲名家，自成馨逸。朋輩中頻迦、伯夔莫能相掩。

評莊縉度詞

《賀新涼》「九陌黄塵淺」闋：一何綺。

評汪淵詞

《一枝春》「一樹棠梨」闋：幽怨。

《三姝媚》「胥江停旅棹」闋：探喉而出，漸近自然。

《鷓鴣天》「梅雪吹殘玉笛風」闋：姿妍情婉。

評於士廉詞

《甘州》「望人家宛在水中央」闋：彈丸脱手。

評王尚辰詞

《貂裘换酒》「雪又飛花也」闋：筆情拗怒而醞釀出之。

《清平樂》「綺窗春透」闋：豪竹哀絲，坐中竝起。

《賣花聲》「小鳥自呼晴」闋：消息甚大。

評趙對澂詞 一

《點絳唇》「陌上人回」闋：氣體自勝。

《乳燕飛》「芳草斜陽路」闋：觸類引伸人物身世之感，不得以狎詞少之。

《鳳凰臺上憶吹簫》「芍藥階前」闋：《長門賦》本是寓言，消息可以微悟。

《虞美人》「千金一劍留身畔」闋：奪胎李益詩句，聲可裂竹。

《風流子》「曉風吹不斷」闋：癡語，正是三昧。

《蝶戀花》「聒耳聲聲行不得」闋：巧語似俳，後闋格高。

《酹江月》「淒涼夜色」闋：一結奇響，想見嶔崎。

評趙對澂詞二

野航名儁之才，運思婉密而激楚，亦學蘇、辛，倚聲可當名家。惟以闌入散曲，微茫處未免染指。佳篇不止於此，往往韻雜律疏，未能多誦。

評趙彦倫詞

《鳳凰臺上憶吹簫》「月滿離亭」闋：峭倩幽艷。

評李恩綬詞

《百字令》「段橋新霽」闋：倚新聲玉田差近。

《水龍吟》「西風抱犢山家」闋：碧山法乳，後結尤奇。

《點絳脣》「疑雨疑煙」闋：雋永。

《湘春夜月》「問并刀」闋：高秀不讓叔夏。

評潘慎生詞

《探芳信》「慚春過」闋：騷雅。

評嚴繩孫詞

《御街行》「算來不似瀟雨」、《菩薩蠻》「君恩自古如流水」闋：丁紹儀云：二詞似有所諷。

評江泰鈞詞

《滿江紅》「恁遣春歸」闋：開闔關鎖，唐人詩法。

評左錫璇詞

《蝶戀花》「月過西窗涼似水」闋：名作。

評楊琇詞

《江城子》「繡帷睡起倚香篝」闋：人意中語，詞家上乘。

評丁芝仙詞

《憶王孫》「梧桐分緑上雕闌」闋：警絶。

以上《篋中詞·今集》續卷一

評董祐誠詞

《菩薩蠻》「簾前一夜霜華紫」闋：張韻梅曰：情至文生，麗而有則。舊恨新愁，鈎鎖完密，花驛畫樓皆夢境。

《翠樓吟》「夢冷金娥」闋：驚心動魄，正復蕩氣回腸。

陽羨詞流

往年與莊仲求數乾隆以來陽羨詞流，幾幾人握蛇珠。而董晉卿先生《齊物論齋詞》，迄未過讀，頗以爲憾。仲求盛稱蘭石詞，予亦未見方立遺書也。

評方濬頤詞

《垂楊》「春來憶遠」闋：清空如話。嘗有句云：「詞家工比興，儂獨工賦。」

評葉英華詞

夢禪居士有《小游仙詞》《法駕導引》一百首，託興幽微，辭條豐蔚，談者與樊榭老人絶句三百首並稱，不愧也。

評張延邴詞

《曲游春》「春向沉陰」闋：婉曲幽秀。

《邁陂塘》「蕩秋情一痕煙活」闋：隱軫裴回，語含騷雅。

評夏寶晉詞一

《湘春夜月》「可憐春」闋：少游神味。

評夏寶晉詞二

夏玉延爲郭頻伽之甥，所謂「山抹微雲」女婿也。高秀之致，欲度冰清。

評顔錫名詞

《點絳脣》「椷椷淒淒」闋：集句如自運。

劉逢禄輯詞雅

禮部（編者按，指劉逢禄）經學淵源皋文、方耕兩大師，《易》、《書》、《公羊》可云卓爾。而淩雲辭賦，揖讓馬、揚。倚聲之學，猶復洞究源流。嘗撰《詞雅》五卷，八十家、三百首，自叙以爲「唐、五代、宋所傳，才士名卿，闕意眇指，正變聲律具矣」云云。集中詞只七首，亦所謂善易者不言易也。《詞雅》一編，不知傳寫尚有其人否。

評蔣坦詞

《霓裳中序第一》「移篷翠嶂疊」闋：殊有鬼氣。

評張景祁詞一

《高陽臺》「月苦啼鵑」闋：掩抑如訴。

《八歸》「煙寒鷺溆」闋：石帚遂有替人。

《天仙子》「煙柳垂堤春已半」闋：骨清辭綺。

《一枝春》「不管清寒」闋：茵溷飄零，感均頑艷。

《小重山》「幾點疏雅眷柳條」闋：高尋歐、晏，參異己之長。

《雙雙燕》「玳梁對語」闋：繚曲往復，不數梅溪。

《木蘭花慢》「萬重蓬海隔」闋：清新相接，婉約可歌。

《秋霽》「盤島浮螺」闋：笳吹頻驚，蒼涼詞史，窮發一隅，增成故實。

評張景祁詞二

韻梅（編者按，即張景祁）早飲香名，填詞刻意姜、張，研聲刌律，吾黨六七人奉爲導師。故山兵劫，同好晨星。亂定重見，君已摧鋒落機，謝去斧藻。中年哀樂，登科已遲。又復屈承明之著作，走海國之韡板，不無黃鐘瓦缶之傷。倚聲日富，規制益高，駸駸乎北宋之壇宇。江東獨秀，其在斯人乎。《外集》集古，多長篇奇製，如《洞仙歌》、《解連環》之組紃石帚，真無縫鉄衣也。

評張鳴珂詞

《南浦》「溪雨夜廉纖」闋：今之張春水。

評潘鴻詞

《念奴嬌》「水沉香燼」闋：淒戾至不忍讀。

評宗山詞

《齊天樂》「牆陰不斷蝸涎篆」闋：筋脈甚細。

評邊葆樞詞一

《浪淘沙》「涼雨忽瀟瀟」闋：疏俊。

評邊葆樞詞二

竺潭爲袖石方伯少子，倚聲家學，能補《空青(館)詞》未有之格調。

評吴唐林詞

晉壬如虹之氣，不屑爲滴粉搓酥語，而情深一往，無愧古人。

評鄧嘉純詞

《後庭宴》「別思春濃」闋：非必《花間》之雋，足當《草堂》之腴。

侯鯖詞

宗山、邊葆樞、吴唐林、鄧嘉純、俞廷瑛五家，合刻《侯鯖詞》，傳唱西泠。

評俞廷瑛詞

《瓊華室詞》一卷，熨帖頗近陳西麓。

評王映薇詞

《臨江仙》「載酒湖山佳處去」闋：俯仰欲絶。

評李恩綬詞

亞白示予《縫月軒詞》三十餘首，蓋少作也，殊有駘蕩之致。

評楊錦雯詞

絅士與張藴梅少時唱和最久，刻意姜、史，律吕叶洽。

評馬賡良詞

《疏影》「鷗邊檥艇」闋：幽勝。

評易佩紳詞

《采桑子》「客行正對鴻來處」闋：超超。

評袁棠詞

《賀聖朝》「漲痕潑緑連芳草」闋：觀河面皺之歎。

評錢枚詞一

《清平樂》「斜風細雨」闋：高格。

評錢枚詞二

《微波詞》芳蘭竟體，秀絶人寰。有「人爲傷心才學佛」語，尤警絶。

評倪稻孫詞

《憶舊游》「又携琴話雨」闋：如聞洞簫。

《鷓鴣天》「簾外濃陰護緑苔」闋：壯其蔚跂。

評嚴元照詞

《念奴嬌》「紅樓珠箔」闋：過變以下，沉鬱頓挫。

《定風波》「一寸光陰一寸金」闋：顧蒹塘云：深情以淺語出之，使人低回不盡。

《生查子》「珠簾一半垂」闋：顧蒹塘云：結句從「天寒翠袖」翻出。

《祝英臺近》「峭寒輕」闋：小人難養，趙孟所貴，作如是讀。

評徐廷華詞

《蝶戀花》「百舌一聲先弄巧」闋：海氛正亟，襍進群言，寓意顯然。

評吴存義詞

《臺城路》「十年不踏青溪路」闋：王介甫「秦淮感舊」，把臂入林。

《浣溪沙》「翠縷挑成韻字紗」闋：如嘲似惜。

評徐延祺詞

《菩薩蠻》「王郎何處貪游冶」，又「翠蛾長日懨懨病」闋：二詞自爲開闔。

評張道詞

《三姝媚》「西風捎墜葉」闋：便可平揖蔣、史。

評徐本立詞

《大聖樂》「濃露迎花」闋：細腰輕軀。

《賀新郎》「夜色明於水」闋：白傅詩篇，不嫌太盡。

徐本立撰詞律拾遺

誠庵撰《詞律拾遺》，搜采極博，審音矜慎，倚聲家功臣也。杜觀察踵武成書，校勘益密。張韻梅復正其僞失云。

評易順鼎詞

《疏影》「瑶華寄語」闋：吹蘭散雪，空艷絶塵。

評鄭由熙詞

《浪淘沙》「禽語尚綿蠻」闋：佳俠含光。

評沈景修詞

《一萼紅》「倚牆根」闋：探喉而出。

《祝英臺近》「暑紋移」闋：託意幽遐，含淒古澹。

《踏莎行》「草長紅心」闋：絶似小晏。

《一枝春》「一夜風欺」闋：繚而曲，如往而復，惟其情至乃爾韻長。

評陳翰詞

《柳色黄》「太液池邊」闋：以氣體勝。

評鄧濂詞

《摸魚兒》「聽聲聲鷓鴣啼雨」闋：一滴知大海味。

評許增詞

邁孫老去填詞，傳頻伽、蒹塘本師衣鉢。頻年校刻古今名家詞集，千金一冶，而矜慎下筆，一字未安，不欲問世。

評鄭方坤詞

《踏莎行》「暖日初熏」闋：有靈識我，無主憐君，可微悟也。

評左輔詞

《蘇幕遮》「玉波寒」闋：畏此簡書，徘回求助，詞當賦於已達時。

評戴敦元詞

《減字木蘭花》「金風玉露」闋：清節名臣，情深語婉，希文、永叔之流亞。

評范鍇詞

《點絳唇》「永夜輕寒」闋：沉痛。

評程定謨詞

《八聲甘州》「蕩簾波、一片翠模糊」闋：怨詞。

評儲徵甲詞

《洞仙歌》「梅天過了」闋：温厚悱惻。

評董士錫詞

《憶舊游》「恨繁華逝水」闋：鬱勃無端。

評董基誠詞

《南浦》「幽夢戀重衾」闋：幽峭。

評吴廷鉁詞

《山花子》「寂寞東籬菊已殘」闋：一字一珠。

《高陽臺》「暖雪烘晴」闋：雕塵鏤香，無微不入，奇作也。

評顧翃詞

《水龍吟》「世間一樣飄零」闋：遂與汐社諸君把臂。

評周僖詞

《淒涼犯》「垂楊縱解回青眼」闋：换筆换意。

評吳熙載詞

《摸魚兒》「問天河可能回挽」闋：甚見筆力。

評陳澧詞一

《疏影》「空庭雨積」闋：如太白古風，多少和婉。

評陳澧詞二

蘭甫先生，孫卿、仲舒之流，文而又儒，粹然大師，不廢藻詠。填詞朗詣，洋洋乎會於《風》《雅》。乃使綺靡奮厲兩宗，廢然知反。

評姚輝第詞

《換巢鸞鳳》「葉落銅溝」闋：綺麗中有飛騰之致。

詞綜補編與續詞綜

三十年前客閩，與無錫丁君杏舲相識，君方纂《詞綜補編》。予告以黄霽青觀察屬草，已有成書，韻珊大令益之搜討。東南兵事方亟，殆不可知其成毁矣。丁氏采輯之旨，前人已録者間爲補詞，而補人尤多。亂定以來，鉛槧日出，黄氏《續詞綜》刻於漢上，丁君書刻於吴中，四十卷中著録千餘人。以上《篋中詞·今集》續卷二

評徐一鶚詞

《柳梢青》「水國蕭然」闋：高郎。

評黄宗彝詞

《步蟾宫》「風簾怕碍金釵滑」闋：托興人事。

評羊復禮詞一

辛楣文采，最近齊梁，運筆倚聲，寓意高秀。

評羊復禮詞二

《百字令》「涼蟾飛白」闋：即此片玉，已兼白石、碧山，仰窺秦、晁矣。

評蔣恭亮詞一

《長相思》「思綿綿」闋：格高。

評蔣恭亮詞二

賓梅老友詩詞矜慎，亂後竟罕覯遺墨。

評徐芝淦詞

《玉樓春》「空階點滴黄昏雨」闋：情靈諧暢，小詞妙境。

評宗山詞

《一萼紅》「映斜陽」闋：一味本色語，爲有寄託，樂府上乘。

評嚴廷中詞

《祝英臺近》「夢初醒」闋：鬱伊噴薄，觸類而長。

評侯家鳳詞

《齊天樂》「游絲不繫韶光住」闋：有同牀各夢，有影事前塵，離即吞吐間得之。

評鄧濂詞

《秋波媚》「幾絲垂柳趁風斜」闋：淒澹入神。

《摸魚兒》「最銷魂綠陰門巷」闋：婉曲。

評田林詞

《解連環》「到時何晚」闋：寓意自工，氣體高渾。

評李茨詞

《淒涼犯》「荻花蕭瑟」闋：亦脆亦澀。

評夏爽詞與前卷夏塽，當是一人。

《綺羅香》「洗夢無痕」闋：渾雄。

評舒位詞

《緑意》「青燈促漏」闋：高格遠韻。

評吴震詞

《南浦》「休再説飄零」闋：一氣如話，别調風吹。

評沈兆霖詞

《洞仙歌》「蒲帆一葉」闋：民物之懷，觸緒自露。

評吴嘉洤詞

《月下笛》「密葉烘秋」闋：警絶。

評蔣敦復詞

《買陂塘》「黯長亭魂銷完未」闋：婉密。

評張熙詞

《玉漏遲》「寂寥聽亂雨」闋：淡語彌深旨。

評陳景雍詞

《臺城路》「倡條冶葉都消歇」闋：題外振奇，固是騷雅。

評陳慶藩詞

《慶春澤》「徑掩蒼茫」闋：宕逸。

評陳慶溥詞

《臺城路》「眼中多少飄零苦」闋：語意奇雋。

孫麟趾輯詞

嘉慶以來五六十年，南國才人雅詞日出。不僅常州流派，大都取裁南宋，婉約清超，拍肩挹袖。王侍郎《詞綜》成，膚語未濯，而名手以隱秀相尚者，不爲所掩。吴人孫麟趾月坡，掉鞅詞壇，往往有汐社遺風，分題唱和，不欲爲箏琶俗響。嘗舉樊榭、蠡槎、枚庵、穀人、頻迦、小竹、稚圭爲《七家詞選》五十五篇，以示揭櫫。復緝《詞綜》以後作者，撰《絶妙近詞》。去取矜慎，殆可繼踵草窗，沖澹幽微，如讀中唐七言詩。

評劉勷詞

《水龍吟》「簾前昨夜西風」闋：起迄沉著。

評謝章鋌詞

《賣花聲》「無計避淒涼」闋：噌吰鏜鎝，弦管皆瘖。

評姚鼐詞

《臺城路》「粉牆翅底尋芳處」闋：夫惟大雅，卓爾不群，倚聲得此，文儒乃爲游藝。

評楊秉桂詞

《摸魚子》「耐清馨野塍花放」闋：幽抑怨斷，如讀晚唐人詩。

評沈曰富詞

《買陂塘》「忒微茫溶溶月色」闋：高逸。

吴江三家詞

陳壽熊、楊秉桂、沈曰富吴江三家，學行敦茂，文辭爾疋。寓興長短句，是爲緒餘，是爲正軌。

評王潤詞

《三姝媚》「遥嵐嵌缺樹」闋：句法章法，不墜止庵周氏師傳。

評孔廣淵詞

《百字令》「荒涼如此」闋：憂患之言，不嫌太盡。

評張僖詞

《南歌子》「新釀和愁醉」闋：自然名雋。

評葉衍蘭詞

《長亭怨慢》「已拚作天涯羈旅」闋：振響哀弦。

《珍珠簾》「楚天環佩清秋迥」闋：直揭本旨，大筆淋漓。

《垂楊》「章臺夢杳」闋：去國之思，韻合《騷》、《辨》。

評汪遠孫詞

《催雪》「風冷偏尖」闋：湛深之思。

評王壽庭詞

《長亭怨慢》「漸窗外涼雲凝碧」闋：款款語，出以澹雅。

評潘遵璈詞

《探芳信》「步幽窈」闋：有離即之妙。

《曲游春》「薄雨收塵後」闋：咽而後流，得澀字法。

評江順詒詞

《摸魚兒》「倦西風飄零入海」闋：比興貞正。

評潘鍾瑞詞

《長亭怨慢》「最無奈飄零風絮」闋：《士不遇賦》，含淒古淡。

評劉觀藻詞

《垂楊》「啼鶯已散」闋：婉篤之致，彦清且難爲兄矣。

評楊葆光詞一

《瑶華》「官家富貴」闋：杜詩韓筆，淩厲無前，此事自關襟抱。

評楊葆光詞二

古韞老困場屋，仕宦不進，豪情古意，寓於詩文。集中《沁園春・詠帳》四闋，寓言身世，倜儻權奇。

評汪初詞

《湘月》「清明近了」闋：有春事，有春人，意内言外。

評郭鍾岳詞

《浣溪紗》「軟倦惟宜鎮日眠」闋：温、韋遺響。

評諸可寶詞

《蝶戀花》「野狐弦索龜年口」闋：衆中製淚，澤畔行吟。

《玉交枝》「仙源楫」闋：陶湘湄云：八字銷魂。

評汪清冕詞

《高陽臺》「洞古猿空」闋：此亦令威城郭之痛。

《齊天樂》「刼灰堆裏兵初洗」闋：浩刼茫茫，是爲詞史。

評蔣曰豫詞

《南浦》「一碧澹如煙」闋：婉約可歌。

《賀新涼》「夢雨敲詩屋」闋：樂府雅辭。

評潘鴻詞一

《月華清》「刀唱金環」闋：情瀾回薄，靈緒低迷。

《齊天樂》「翠樓吹笛行雲散」闋：跌宕昭彰，情靈不匱。

評潘鴻詞二

鳳洲逸才微尚，洞明流變，文心詩品，唾地成珠。然而江東兵法，固未肯竟學也。

評楊廷棟詞

《玲瓏玉》「圓玉擎來」闋：體物賦心，可通《風》興。

評鄭文焯詞

《湘月》「夜鈴語斷」闋：漸離倚筑。

《八聲甘州》「喚吟邊、瘦月替珠燈」闋：「弦弦掩抑聲聲思」。

《虞美人》「斷魂空畫相思景」闋：尚是北宋小令。

《摸魚兒》「渺吴天覓愁無地」闋：名士新亭之涕。

《東風第一枝》「玉鬬新梅」闋：邦卿失色。

文焯評鄭文焯詞

兄文焯曰：從弟小坡，少工側艷，而不盡協律。南游十年，學琴於江夏李復翁，討論古音，乃大悟四上競氣之恉，於樂紀多所發明。故其爲詞，聲出金石，極命風謠，感興微言，深美閎約。如楊守齋所譏，轉折怪異成不祥之音者，庶幾免與。

易順鼎評鄭文焯詞

易順鼎實父曰：追撢兩宋，精辨七始。抉微暗奥，梳櫛披奏。聽於無聲，眇忽成律。使樂官比響不累於詠歌，文士摛華靡淆於弦笛。故能鬱伊善感，和平蕩聽。

鄭文焯瘦碧詞

《瘦碧詞》研討聲律，辟灌光氣。夢窗善學清真。

評樊增祥詞

《金縷曲》「江外青青柳」闋：汐社遺音。

評王詠霓詞

《滿江紅》「終古斜陽」闋：超妙。

評余燮詞

《疏影》「溶溶泠月」闋：殊有幽澀之致。

以上《篋中詞·今集》續卷三

評張金鏞詞

《高陽臺》「病葉棲寒」闋：幽致。

《水龍吟》「杯前一寸光陰」闋：幽憶之音，拂拭而出。

評蘇謙詞

《摸魚兒》「歎飄零、十年書劍」闋：「濺淚」、「驚心」，杜陵詩句。

《醉篷萊》「又長亭繫馬」闋：寓興徘徊，深於《騷》、《辨》。

蘇謙與王錫振詞

桂林山水奇麗，唐畫宋詞之境。蘇君超超，非少鶴丈（編者按，指王錫振）所能掩，亦不負靈區矣。後起有王幼遐、況夔笙，宫商舉應，伶翟爭傳已。

評張僖詞

《木蘭花慢》「笑雙雙燕子」闋：託興幽遐。

《清平樂》「狂花易落」闋：一何温厚。

《虞美人》「妝成斜倚湘奩坐」闋：人意中語。

評陶邦穀詞

《摸魚子》「數垂楊、短長亭畔」闋：漸近自然。

評吴恩慶詞

《南浦》「殘燒未全蘇」闋、《瀟瀟雨》「洞庭波起矣」闋：二詞可入草窗之選。「落葉」一闋尤嫖姚。

評萬釗詞

《憶秦娥》「春流碧」闋：高格。

《酷相思》「最憶南山幽絶處」闋：抱山誓水，遠想沖襟，遂使六橋、三竺間增成故實。硐民詩人之詞，清空不質實。

評章黼詞

《探春》「嵐染空青」闋：無假絲竹。

評吴蘭修詞

《臺城路》「寒林漸做傷心色」闋：蕭疏。又「閑庭葉落無人掃」闋：淼瀰伊鬱。

評端木埰詞

《齊天樂》「一聲彈指分今昔」闋：思舊之賦，主客千秋。

又「冷雲低冪簾櫳影」闋：時急移寓，自記云：「君衡舊作，句句題魂，不黏不脱，我則非黏即脱也。」

疇老（編者按，端木埰，字子疇）《碧瀣詞》下卷皆用此調，變態生姿。兹録遒峻者二篇。

評許玉瑑詞

《一萼紅》「度蕭辰」闋：因寄所託。

評王鵬運詞一

《齊天樂》「新霜一夜秋魂醒」闋：野雲孤飛，去來無跡。

《宴清都》「歡意隨春減」闋：每作一波，恒三過折。

《綺羅香》「雨斷雲流」闋：清真法乳。

評王鵬運詞二

《袖墨詞》千辟萬灌，幾無鑪錘之跡，一時無兩。

評況周儀詞

《南浦》「南浦黯銷魂」闋：字字《離騷》屈、宋心。

薇省同聲集

往者，陽湖張仲遠，叙録嘉慶詞人爲《同聲集》，以繼《宛鄰詞選》。深美閎約之旨未墜，而佻巧奮末者自熄。顧有以平鈍雷同相訾者。近歲中書諸君子，有《薇省同聲集》，作者四人，人各有格，而襟抱同棲於大雅。幼遐絜精，夔笙隱秀，將冶南北宋而一之，正恐前賢畏後生也。

評陳澧詞

《摸魚兒》「繞城陰雁沙無際」闋：□箸。

《甘州》「漸斜陽澹澹下平堤」闋：柔厚衷於詩教。

評沈世良詞

《蘭陵王》「錦波直」闋：筆筆中鋒，清真法乳，此調幾成《廣陵散》矣。

粤三家詞

嶺南文學，流派最正，近代詩家張黎大宗，餘韻相禪。填詞有陳蘭浦先生，文儒蔚起，導揚正聲。葉南雪爲春蘭，沈伯眉爲秋菊，婆娑二老，並秀一時。約梁君星海將合二集，益以寓賢汪玉泉，爲粤三家詞云。

評沈昌宇詞一

《六州歌頭》「鵝黄淺嫩」闋：如怨如慕，百端交集。

評沈昌宇詞二

《蝶戀花》「布穀聲中鄉味苦」闋：牢愁結轖，乃成達觀。

子佩才人失職，侘傺不平，身世多感，託諸倚聲，填詞百篇，皆商聲也。

評程頌萬詞

湘社詞人，齊驅掉鞅，子大芳蘭竟體，騷雅翂緋。

評易順鼎詞

《霜花腴》「亂山做雨」闋：一字不輕下，是謂雅詞。

評易順豫詞

《臺城路》「杜郎已是尋春倦」闋：潛氣内轉。

《浪淘沙》「窗雨夜潺潺」闋：天生好言語。

評易順鼎易順豫詞

易氏二妙，倚聲家之丁、陸矣。

評王廷鼎詞一

《玉京秋》「雲欲没」闋：託興幽微，聲辭相副。

評王廷鼎詞二

夢薇通經稽古，發爲高文。填詞未嘗專詣，而《騷》怨所激，頓折沉揚，頗近晚宋。

評三多六橋詞一

《昭君怨》「新霽落花春曙」闋：三河年少，風流自賞。

《緑意》「非珠不玉」闋：清綺。

評三多六橋詞二

六橋都尉學於夢薇，倚聲乃冰寒於水。

評程承澍詞

《六州歌頭》「乳鵝屏底」闋、《月下笛》「脱葉收螢」闋：詞妙在澀，二調直到汴宋。

評徐珂詞

《采桑子》「黄昏幾陣瀟瀟雨」闋：自然。

《疏簾淡月》「羅浮春暖」闋：筆能逆入平出。

評劉炳照詞一

《清平樂》「韶光虚度」闋：高秀。

《梅子黄時雨》「無數樓臺」闋：詞賦本意，清空幽㝢，直到古人。

評劉炳照詞二

《留雲借月盦詞》中，細意熨帖，情文相生，完篇雅製，美不勝録，擷小令之高朗，慢詞之自然者。光珊自道，有「軌循姜、史，製規秦、柳，源溯馮、韋」語，既攄心得，又表正宗，庶乎不愧。

評鍾景詞

《高陽臺》「瘦竹敲涼」闋：著色透紙，清談如面語。

《八聲甘州》「聽迷離漁唱起斜陽」闋：「弦弦（咽悒）［掩抑］聲聲思」。

評吕泰詞

《臨江仙》「見説征人容易瘦」闋：後章代家人語。

《洞仙歌》「春愁已罷」闋：前闋一綫，次章結語乃回應。

又「韻華冉冉」闋：沉痛在「團扇」一叶。

評馬寶文詞

《金縷曲》「花事銷春雨」闋：芷民好倚聲，稿草散落。此調綿邈回蕩。

評錢斐仲詞

《高陽臺》「銜肉雅盤」闋：上乘。

《鷓鴣天》「臺榭新晴燕子飛」闋：可以怨。

以上《篋中詞·今集》續卷四

重輯復堂詞話卷五

復堂序跋

復堂詞録序

右録三百四十餘人，詞一千四十七首。叙曰：詞爲詩餘，非徒詩之餘，而樂府之餘也。律吕廢墜，則聲音衰息。聲音衰息，則風俗遷改。《樂經》亡而六藝不完，樂府之官廢，而四始六義之遺，蕩焉泯焉。夫音有抗墜，故句有長短。聲有抑揚，故韻有緩促。生今日而求樂之似，不得不有取於詞矣。唐人樂府，多采五七言絶句。自李太白創詞調，比至宋初，慢詞尚少。至大晟之署，《應天長》、《瑞鶴仙》之屬，上薦郊廟，拓大厥宇，正變日備。愚謂詞不必無頌，而大旨近雅。於雅不能大，然亦非小，殆雅之變者歟。其感人也尤捷，無有遠近幽深，風之使來。是故比興之義，升降之故，視詩較著，夫亦在於爲之者矣。上之言志永言，次之志絜行芳，而後洋洋乎會於《風》《雅》。雕琢曼辭，蕩而不反，文焉而不物者，過矣靡矣，又豈詞之本然也哉。獻十有五而學詩，二十二旅病會稽，乃始爲詞，未嘗深觀之也。

然喜尋其恉於人事，論作者之世，思作者之人。三十而後，審其流别，乃復得先正緒言以相啟發。年逾四十，益明於古樂之似在樂府，樂府之餘在詞。昔云：「禮失而求之野。」其諸樂失，而求之詞乎。然而靡曼熒眩，變本加厲，日出而不窮，因是以鄙夷焉，揮斥焉。又其爲體，固不必與莊語也，而後側出其言，旁通其情，觸類以感，充類以盡。甚且作者之用心未必然，而讀者之用心何必不然。言思擬議之窮，而喜怒哀樂之相發，嚮之未有得於詩者，今遂有得於詞。如是者年至五十，其見始定。先是寫本朝人詞五卷，以相證明。復就二十二歲以來，審定由唐至明之詞，始多所棄，中多所取，終則旋取旋棄，旋棄旋取，乃寫定此千篇，爲《復堂詞録》。前集一卷，正集七卷，後集二卷。（徐珂謹按：書成於光緒八年九月，未刊行，師歸道山矣。）其間字句不同，名氏互異，皆有據依，殊於流俗。其大意則折衷古今名人之論，而非敢逞一人之私言，故以《論詞》一卷附焉。大雅之才三十六，小雅之才七十二，世有其人，則終以詞爲小道也，亦奚不可之有。

蒿庵詞題辭

夫神之所宰，機之所抽，心之所游，境之所構，身之所接，力之所窮，孰能無所可寄哉！縱焉而已逝，蕩焉而紛。魚寄於水，鳥寄於木，人心寄於言，凡夫寄於榮利，莊棫寄於辭。填詞源於樂，閨中之思乎，靈均之遺則乎！小子學詩可以興，可以觀，可以群，可以怨。沱潛洋洋，岷嶓峩峩。汎彼柏舟，容與逍遥。爲鶴鳴，爲沔水。爲園有桃，爲匏有苦葉。吾知之矣，吾知之于其詩也。

笙月詞叙

時則顥宇澂鮮，涼波蕩潏。明月千里，倡婦樓頭；離笛三秋，西風江上。王子於是悦縹渺之魂，發徘徊之曲。美人獨立，參差誰思？鶴骨不肥，如答子晉；銀河無景，疇箋玉谿。《水調》百篇，《笙月》一卷，抑何玲瓏？其聲激昂善變，與夫採詩入樂，無詔伶人；按譜填詞，豈云小技？子夜讀曲之變，勞人思婦之遺。致兼情文，雅備比興。世有作者，前無古人。庶尚友夫《風》、《騷》，乃吐音於令、慢。溺志閨帷之内，應求尊俎之間。刻畫微物以誇多，雕琢曼辞以取悦。闊達大雅，蓋無取焉。王子之詞，儲體於絜，結想斯遠，文外獨絶。予懷信芳，可謂古瑟未拌、洞簫作謚者也。僕《擁鼻》、《洛下》之吟；《隱几》、《玉臺》之集，深情只有一往，抽豪不知誰屬。竊託同調，敢曰知音。《隴首》雲飛，《洞庭》葉下。秋心杳然，秋士悲矣。壬申九月，杭州譚獻撰。

蘋洲漁唱叙

浙水之西，嘉禾之里，蓋樂府之職志，而倚聲之林淵也。珂雪把梅村之袖，竹垞拍飲水之肩，四方歌曲，莫能相尚。吾友嘉興張公束，陶靈碧山，標體白石。擷梅溪之秀而芟其蕪，翫夢窗之奇而割其纇。先哲可作，後來交推。結交十五六年，唱予數十百調。公束以稚圭揭橥，不佞以止庵津逮。而同有法於皋聞。以爲樹比興於慢、令，通弦雅於犯、引。譬之染黛妝蛾，短長入鏡；成塵拂麝，冷暖皆香。琴緒分明，酒鄉棲逸。抑亦磊落如昔、顰笑無端者也。公束去年賦《春柳》四詩，傳唱東南。身世之感，民物之故，託興如見，而棫棫詞可通。予閱歲乃始和之。折腰淪落，拄笏偃蹇。同心離居，兩刀一鞘。斯荀文通、孝標，各當自叙可乎？審定公束詞卷，附以誶之。

井華詞叙

往歲叙蒙廬詩，未及其詞者，則以沈子竺好樂府，堂奧邃密，不當以詞爲詩之餘類及之也。夫詞爲詩餘，固不足爲定論也。古者採詩入樂，八代之《鐃歌》三調，即入樂之詩。唐五七言古、近體詩分，詞始萌芽，將以樂府之婦墟，溯濫觴於《三百》。宋、元名家可以興觀，不忘比興者，曷敢以俳優畜之。國朝文儒微言大義之學，推極於文章之正變，於是乎倚聲、樂府無小非大，《雅》、《鄭》之音昭昭然白黑分矣。獻既冠填詞，淑艾於張皋文、周止庵，應求於莊中白、陶子珍，而垂老笙、磬之同，莫如我沈子諷《井華詞》：若游佳山水，一丘一壑，咫尺而千里；若聆古琴瑟，變宫變徵，出《風》而入《雅》。往往相視而笑，莫逆於心者已。沈子瀓心，超然物表，哀樂可忘，而不能無所於寄。乃以可言者寄之詩，一言當言未及得言者，脈脈焉以寄之詞。四方之交亦有一意雅詞者，沈子論之曰：「文采斐然，惜少拙致。」此言索解人不易，請舉以告讀《井華詞》心知其意者。

微波詞叙

浙西詞人，云屬霞舉，揭櫫六家，以爲職志。先聲同調，接武旁流，莫能盡也。乃有杳眇湘君之佩，蒼涼成連之琴。屈刀爲鏡，唾地生珠。如錢吏部謝庵先生《微波詞》，非朱、厲以來所能蓋也。先生高言令德，曠代逸才。遐舉人海之中，託興《國風》之體。玄微其思，鏘洋其音。如謝朓、柳惲之詩，所謂芳蘭竟體者已。同時龔定庵儀曹，横絶一世，目空千古，填詞超超，有飛仙劍客之概，而傾倒先生，若同工而異曲。其言曰：疑澀於口，而聲音欲飛，殆不可狀。則夫六家之流，或有前賢之畏。五十年來，傳本頗稀，許邁孫氏重刻於榆園。此非鄉曲之見，是爲《騷》、《雅》之遺。卷中有句云：「人爲傷心才學佛。」予舉似邁孫，以爲倚聲家觸類之微言在是矣。時光緒丁亥十月，仁和譚獻撰。

老學後庵自訂詞叙

昨歲涼秋九月湖上晚歸，偶率意爲長短句曰：「拂水楊枝，依稀似老子，婆娑風月。」蓋謂何心庵先生也。入城以後，病忘按拍。今讀先生自定詞，乃憶之。先生種桓公之柳，比召伯之棠，寓公杖履，望若神仙，金石大年，正八十矣。回憶泠泉判事，南海建牙，有如昨日。澄清夙志，付之委轡看山。而當年畫省之趨，青蒲之伏，則蓬萊雲氣，尚裴回於寤寐間，悱惻纏綿，固先生之詞旨也。昔者烏衣公子，有公輔之器，結客少年之場，命疇歗侶五六十載，雨散雲飛之懷感深矣。輦下交游，末座後生，如獻者蒲柳蚤衰，猶得以飄蕭白髮從游，在彭宣、盧植間，奉袂撰杖，與聞緒言，何其幸與！兩宋詞人之耆壽者，前稱子野，後則放翁。放翁樂府曲而至，婉而深，跌宕而昭彰，抑亦先生因寄所託，把臂遇之者乎？獻題先生《白門歸棹圖》云：「西風問渡恁老倦，津梁柳枝非故詞。」筆依然寫愁，無一語舉似海內，尚不愧親炙之言以否。弟子譚獻拜叙。

秋夢庵詞叙

竊嘗推大樂府，庚續興觀，以爲短長，其字則情罔勿章玲瓏，其聲則聽亡不浹，於是平章衆制，進退美文，由唐迄明，篋中寫定，昭代作者，莀録今集，夙昔佇興，而作斯言，一人之私，睇想神交，沈吟元賞，吾南海葉曼伽先生有同耆焉。先生破萬卷而有神，成一家而不愧。承明奏賦，笙磬乎鄒枚；名山著書，籥勺乎儒墨。摩天之刃，鋭而爲針；帝子之衣，紉而亡縫。舉宮倚商而交應，側峰横嶺而畢成。慎若數馬之對曲，求雕龍之心，有觀樂者得微悟焉。夫以「斜陽芳草」，淘洗希文；「缺月疏桐」，流連蘇子。煙柳唱危闌之倚，亂鴉送歸夢之濃。識忠愛之微言，固怨悱而不亂。文外獨絶，傳之其人。《秋夢庵詞》擘傫直之誠，山水寄田間之興，變衰秋氣，落木蕭然，綺麗餘波，美人安在？非心索老嫗之解，是以流弦外之音。夢禪家學郭景純之《遊仙》，原注：尊甫夢禪居士有《小遊仙詞》百首。東塾師資宋大夫之《九辨》。注：陳蘭甫先生，君師法所出。使我著朱而成碧，君知得魚而忘筌也已。獻投老以來，同聲斯應，嶺表賢達，天涯繫心：東有沈伯眉、梁星海，西有王、況幼遐、夔笙二中書。崑玉交映，井水聞歌。出門有必合之車，異曲有同工之奏。《花間》、《草堂》去人不遠，拍肩挹袂引以自豪。沫朊先生之倚聲，蔚跂篋中之續集。永嘉之末聞正始之音，若何而不歎息絶倒也。光緒壬辰九秋譚獻再識。

留雲借月庵詞叙

予惟文學之術，各有本末。世稱填詞爲詩餘者，豈不以流連哀樂，推焬比興。言情只有一往，披文不主故常。夙昔與達微鏡古之友有成言矣。劉君光珊學有本末，託於令慢，惟敦詩説禮，而後乃刻羽流徵以宣之。游蕭寥，寄抑塞，雲月傾其衿裛，師友與爲針芥。陽羨山水之音，百年文獻之寄，顧以無當之巵，易缺之劍。君平棄世，世棄君平。不材散廢以來，酒所相視無言而莫逆者也。比受其留雲借月，倚聲别集，微詠長歌，惝怳無主，(消摇)[逍遥]與游，夫抑揚四上出入華月整齊之者，厥軌可循，飄摇乎情靈，紃組乎騷怨，體制之當規也。而溯其流，而脈其源，晚唐闕以堂奥，五季掖其梯舉，鸞翔之表，願以自道三言，與之尚友千載。君詞有曰：軌循姜、史，制規秦、柳，源溯馮、韋。君所心得，吾何間然。乃叙君詞，亡以易之。

三家詞序

送遠碧草，登樓青山，目之所際，春秋佳色，此汪玉泉之詞也；錦瑟幽憶，奇珠轉圓，裴回裴回，采詩入樂，此葉南雪之詞也；佩玉千聲，流水九曲，書執正宗，逆入平出，此沈伯眉之詞也。夫以榮曜花茂，人間之松鞠同生;引商流徵,伶官則竹肉中吕。既曰轉益多師,亦且同中見益。賦當六藝之一,宋景喁于詞出八代而還比興十九。嶺表崇秀,海氣合離。敦乎風雅之林,蔚矣文章之府。非獨國秀,亦有寓公。目論本朝,心儀囊喆,陳、梁振乎前轍,黎、張賡乎藝林。尚已東埻先生,文而又儒,開示承學。武庫之無不有,文苑之當其難。乃至倚聲樂府,游藝名家。秦、晏、姜、張,入千金之冶;鄉雲蘇、李,同異落之岑。接武三家,比物此志。綺藻麗密,意内而言外;疏放豪逸,陳古以刺今。中原競爽者,在百年以前;海上同聲者,視三足之鼎。緜乎其思,琅乎其響,沈乎其抱,振乎其筋。溯自華年,洎于傳世。沈約緝韻,著録皆無凡語注:伯眉選嶺南詞;汪倫客籍,井里所不敢私注:芙生家世浙東。而我葉先生被服儒者,纏綿忠愛。香草之寄,瓊樓之吟。一殿靈光,操觚作賦。名山招隱,矿石神交。獻方與梁節庵行歌互答,江漢之濱,流連雲物,結想風期,撰《三家詞選》以達神詣。沈、汪逝矣,牙琴調絶。行念南雪翁杖履東山,則天涯猶一室也。

願爲明鏡室詞稿叙

詞爲詩餘,掌之樂府,聲音之道,入人最深。唐人斂其吟歎,歌行之才,濫觴厥製。至於五代,競好新聲,顧其音抗墜,其旨閎約,如五言之有蘇、李矣。纏令慢調,宋世日出,遂極其變,然而大晟協律之奏,施諸朝廟,《花間》、《草堂》詩教最近,故不得目爲小文也。聖朝文治邁古,賢人君子,類有深湛之思,湛雅之學。倚聲雖一端,亦必溯源以及流,崇正以盡變,而詞益大。六七十年間,推究日密,持論日高。阮亭、羨門慚其雅，其年、錫鬯失其才。乃至堯章、叔夏亦不能匿其瑕，而升庵、元美之祧已久矣。旌德江君賦士不遇，乃隱於簿尉，憔悴婉篤，而無由自見於世。於是玲瓏其聲，有所不敢放；屈曲其旨，有所不敢章。爲長短言卷，退然不欲附於著作之林，而無靡曼奮末之病。杳杳乎山水之趣，依依乎花草之色。前代《湘真》，百年《飲水》，皆其師也。由是而求梅溪、竹山之遺則，生氣潤乎丹青，餘芬襲乎巾帶，抑亦極才人之致矣。春風天涯，泛舟吴苑。懷古託之云物，愁思近夫尊酒。君詞適在行篋，微吟點筆，會於予心。復思進以所未至，夙所持論，主於風諭，歸於比興，而惡夫世之以小慧爲詞者。偶撮大耑，書以爲質。同治十一年仲春月朔，仁和譚獻叙于吴門舟中。

校刻衍波詞序

許君邁孫篤好填詞，與予同嗜。中年以來，予選録古今人詞成十餘卷，邁孫則校刻古今名家《倚聲别集》，宋元以來成十餘家。予愧泛濫，不及邁孫之專也。今年夏，予謝事賦歸，乃晨夕來榆園，坐竹石間，與邁孫縱論填詞之變。皆以爲王貽上尚書以詩篇弁冕一代，顧論者曰「王愛好」，又曰「絶代消魂王阮亭」，其言不盡王詩之量，而於詞適合。出篋中《衍波詞》寫本共讀之，所謂「愛好」與「消魂」者，其在是與？邁孫以世鮮傳本，欣然手校付槧，佈諸藝苑。邁孫舊藏《阮亭詩餘》一卷，祇三十調，有尚書自叙，爲當日手定之本。今據以讎勘，並存叙目附後。嘗讀《帶經堂全集》，尚書撰述備具，而《衍波詞》未嘗著録，殆以少歲綺靡之習棄之。然則予與邁孫垂白之年，方與研尋先正之緒餘，微吟寄想，世事都忘，亦古今人之不相及也。光緒十有三年閏月既望，譚獻書於榆園今雨樓下。

蓮漪詞序

屈摶象之力，抽剥繭之思，芳草未歇，獨鶴與飛，詞境似之。然而邁往不屑之韻，往往遇之言外。側聞曉涵先生閎達大雅，而珠玉咳唾，乃觸物佇興，倚聲之學，出入辛、姜，抑亦神龍下，宿藕絲孔矣。僭加朱圍，以識流别。丁亥八月朔譚獻識。

詞以深婉爲主，然不諱淺，淺語必快；不諱拙，拙語必重。淺而快，南宋人亦能之；拙而重，非晚唐、北宋不能爲。都雅名雋，深婉之津筏也。蓮漪詞人，刻意倚聲，謬采蕘言，將移其貪多愛好之才，從事於深美閎約。此卷郵示，率加點勘，奇玉特珠，揭櫫什一，作者之林，庶與吴、史、姜、辛把臂耳。戊子處暑後五日，譚獻讀竟。

重刻拜石山房詞叙

蒹塘先生，吾友許君邁孫少從受詩學者也。先生偃蹇乙科，沉淪下僚，卒以簡書中吏議，蕉萃於晚歲，懂而得歸，竟死於寇，有識哀之。先生早飲香名，詩篇深美而閎約。五言善者，妙絶時人。雖登選樓，亦亡愧色。刻意填詞，思旨高迴，聲哀厲而彌長。又未嘗不折哀柔厚，使人識安雅之君子。與楊伯夔唱和，而清轉華妙，反復勝邪。先生詞卷，近無錫有重刻本。皖浙之士求而未過讀者衆。老成逝矣，遺書如綫。邁孫篤念師資，手自讎校，覆刻於榆園。少陵云：今兹弟子，亦匪盛顏，流離頓挫，夫有所受。觀舞劍器，吾且爲邁孫賦之。光緒戊子冬仁和譚獻。

秋夢盦詞序

蘭臺先生鬱乎著作之大手，發此妃儷之小文。口禹似不成之子，鄭重皆有爲之言。寓意即工，得言忘象。而獻猥以齊竽濫夫曠聽，俯求錯石遠賁隨珠。縱心往復，擊節再三。煙之□□知其遠，琴之渢渢知其清，睢之關關知其和，錦之爛爛知其采。猶復抉摘瑕疊，振拂羽翰。庶幾候蟲亦登月令，茈艸且貢染人。聞聲相思，微塵何益？若大《三都》之紙貴，不藉皇甫而傳。無補淵深，且安緘默。嶺雲在目，海思盈襟矣。仁和譚獻拜識。

中白詞題辭

夫神之所宰，機之所抽，心之所游，境之所構，身之所接，力之所窮，孰能無所可寄哉！縱焉而已逝，蕩焉而紛。魚寄於水，鳥寄於木，人心寄於言，凡夫寄於榮利，莊棫寄於辭。填詞源於樂，閨中之思乎，靈均之遺則乎！小子學詩可以興，可以觀，可以群，可以怨。沱灊洋洋，岷口峩峩。汎彼柏舟，容與逍遥。爲鶴鳴，爲沔水。爲園有桃，爲匏有苦葉。吾知之矣，吾知之於其詩也。譚獻。

蕉窗詞叙

古昔南雅之音，賢君、后妃，大夫、夫人，宣德達情，皆作者也。若夫《國風》正變，有勞人則有思婦，其中有哀焉，其辭有怨焉，固其次也。奇偶陽陰，文章之事，彼君子女有士行者，亦當有婦言，以備德容工之一，四始而降，代有聞焉。夫立言之君子，豈不以達倫修義爲職志哉？巧構形□，文若□華在口耳者，俳優畜之，流及闡房綺□，相扇辟若蔦蘿，施松上而榮者，固勿貴爾。昔私淑艾會稽章先生《婦學》一篇垂範方來，隄之防而經通自流，蕪之翦而後彫自茂，則夫六義之遺，何必不昌於笄珈？同舉□交諸璞齋令君有賢婦鄧，又予同岑友人石瞿文儒之女兄，乃緣譚□沃聞，門内風雅之盛。璞齋讀書著書，仕不息□，畏愛定交二十餘年，石瞿則應魯遽之瑟，和漸離之筑。又四三年矣，鄧夫人矢《卷耳》、《芣苢》之音，有詩一卷，抑於夫子爲笙磬邪？於弱弟爲塤篪邪？循覽終始，獨淵乎感其仁孝之言溢於外，充於中，即達倫修義之職志，粹乎立言，君子之所尚蔑以加已。然則士行在是，婦言在是，彤管煒若，不其然歟？彼其□華之采采，信乎無與於文章，夫何歉於婦學也乎？光緒十有八年夏五譚獻識。

獻頻年往來歇浦，與君定交，琴歌酒賦，久要不忘，君栖澹之懷，超人之涯涘，文字其寄耳。然而味於無味，踐跡而入室者，亦隨人□結而不窮。嘗游吾鄉九谿十八□之幽，有結廬之志，號曰□盟，平生禽向之誓言在是，安得同好，昏嫁麤畢，獻與老友，行歌互畣，谷飲終焉，何必遠尋五嶽哉？回首生平，故人不見，抑亦慨當以慷已，高秋落木，酒痕在襟。君詩方付寫定，傳之其人。題記交期，附前序之後。癸巳九月譚獻識。

題　記

□公朗抱沖襟，使飲醪者自醉。詩卷長留名家屈指，而餘事爲詩人之詞，《樂府雅詞》有合於南宋名賢清空不質實之旨，前之草窗，後有月坡，把臂入林，此其選也。壬辰七月既望譚獻識。

蹇盦詞

倚聲家學樂府遺音，情文麗密，不欲率爾操觚，雖於兩宋名家所造未深，然已超塵入雅。辱垂訊問，願以先輩名言云填詞以澀，又謂離合頓挫通於行文，大端則詞尚比興，小而字句各有氣類，勿以片瑕累連城，我誦臧大雅當哂此雷門布鼓。譚獻識。

寒松閣詞序

夫以珂雪鬱鬱把梅村之袖，竹垞朗朗拍飲水之肩。姜、張、吴、史商羽流徵之音，溯厥遺風，實在長水，蓋樂府之職志，而倚聲之林淵也。吾友嘉興張公束，陶靈碧山，標體白石。擷梅谿之秀而芟其蕪，翫夢窗之奇而割其纇。先哲可作，後來交推。結交十五六年，唱予數十百調。公束以稚圭楬櫫，不佞以止庵津逮。以爲樹比興於慢、令，通絃雅於犯、引。譬之染黛妝蛾，短長入鏡；成塵拂麝，冷煖皆香。琴緒分明，酒鄉棲逸。抑亦磊落如昔，顰笑無端者已。公束去年賦《春柳》四詩，傳唱東南。身世之感，民物之故，託興如見，而械械詞可通。予閱歲乃始和之。折腰淪落，拄笏偃蹇。同心離居，兩刀一鞘。斯苟文通、孝標，各當自序可乎？審定公束詞卷，附以誶之。譚獻撰。

鶴緣詞

輦下已而來游杭州，文字槃桓相得也。而未悉覯篋衍，君以文爲餘事，不備收拾，身後叢殘散。今陳養原廉訪葺□看詞二卷，吉光之□，片羽而已。定予填詞婉麗，樂府之餘，而通於比興，可諷詠也。遺集傳之其人，君之志行遭遇必有瑋異，而嗟惜之者所謂以少勝者，亦在是。光緒己亥十二月仁和譚獻撰。

書札

與繆藝風論詞書

《常州詞》校改處均已寓目，不誤。大序引鄙論爲同心之言，亦牙、曠之賞矣。目中避家諱字已劃缺。竊以爲人姓名似不必拘，已改亦可耳。志例目原本及宋樣，仍交傳掌櫃，候兄審定。再承起居。獻又頓首。

葛渭君 編

詞話叢編補編

第三册

中華書局

〔清〕陳廷焯撰

白雨齋詞話補

白雨齋詞話補目録

白雨齋詞話補

《白雨齋詞話》有八卷本和十卷本，《詞話叢編》所收乃經陳氏家人整理刊刻之八卷本。爲完整保存陳廷焯詞學思想，兹據手稿十卷本未刊入者作補，以方便學者。渭君記

竹垞艷詞當與風懷二百韻參看

竹垞艷詞，確有所指，不同泛設。其中難言之處，不得不亂以他詞，故爲隱語，所以味厚。合全集詩詞觀之，大約同舟一層，是兩情相照之始；元夜一事，是彼此離合之由，故集中屢屢言之。《漁家傲》結句云：「一面船窗相並倚，看渌水，當時已露千金意。」《金縷曲》云：「枕上閒商略，記全家、元夜看燈，小樓簾幕。」又云：「徑仄春風漸逼，惹釵横翠鳳都驚落。三里霧，旋迷卻。」欲合仍離，即《風懷》詩所謂「徑思乘窨步，梯已上初桄。莫綰同心結，停斟冰齒漿。月難中夜墮，羅枉北山張」也。下云：「渌葉青陰看總好，也不須、頻悔當時錯。且莫負，晚雲約。」此詞似别後重逢，追訴往事之辭。起五字是正面，結二語遥遥挽合。蓋元夜時猶待字閨中，此時則已嫁經年矣。本詞云：「星橋路返填河鵲，算天孫、已嫁經年，夜情難度。走近合歡牀上坐，誰料香含紅萼。」故有「悔當時錯」一語，想見兒女喁喁，一時怨懟情況。皆當與《風懷

二百韻》參看。

竹垞西江月結句

竹垞《西江月》結句云：「殷勤臨別爲披衣，軟語蟲飛聲裏。」淒麗而幽索，總非凡艷。

竹垞艷詞空前絶後

竹垞詞如《好事近》云：「中央四角百回看，三歲袖中納。一自淩波去後，悵神光難合。」情深語至，脱盡香奩門面語。又《卜算子》云：「松葉頗黎碧，勸飲春纖執。本向人前欲避嫌，禁不住、心憐惜。」柔情密意，盡態極妍。又《南樓令》云：「欲話去年今日事，能幾個，去年人。」較永叔「不見去年人，淚滿春衫袖」之句，更曲折有味。又《南歌子》云：「忍淚潛窺鏡，催歸懶下階。臨去不勝懷，爲郎迴一盼，强兜鞋。」寥寥數語，意態絶濃。又《臨江仙》云：「可憐新蝶夢，猶戀舊蚊幬。」亦情詞雙絶。又「一灣楊柳板橋西，料得燈昏，獨上小樓梯。」又「約指輕彄，熏看小像，都悔還伊。」又「一樣霜天月仍圓，只不照、淩波步。」皆極纏綿極懇摯語。國初諸公多好爲艷詞，未有如竹垞之空前絶後者。雖非正聲，亦令人歎賞不置。

竹垞洞仙歌驚才絶艷

竹垞《洞仙歌》十七首，是計其始終，而歷叙悲歡離合之情也。色取其淡，骨取其高，不用綺語，風韻自勝，斯謂驚才絶艷。

竹垞洞仙歌善用折筆

《洞仙歌》善用折筆，淺處皆深。如云：「傍妝臺、見了已慰相思，原不分，雲母船窗同載。」又云：「津亭回首，望高城天遠。何況城中玉人面。」又云：「周郎三爵後，顧曲無心，爭忍厭厭夜深飲。」又云：「正不在、相逢合歡頻，許並坐雙行，也都情分。」諸如此類，一折便深，可悟用筆之妙。

竹垞洞仙歌仙而麗

《洞仙歌》之妙，全在烘襯，正面寥寥。惟四章云：「冉冉行雲，明月懷中半霄墮。」十五章云：「明月重窺舊時面。」均可謂仙乎麗矣。

竹垞洞仙歌直是化境

《洞仙歌》每以樸處見長，最是高妙。如云：「仲冬二七，算良期須果，若再沈吟甚時可。」下云：「難道又、各自抱衾閒坐。」結云：「也莫説，今番不曾真個。」又云：「最難得、相逢上元時，且過了收燈，放船由恁。」又云：「佳期四五，問黄昏來否。説與低帷月明後。」又云：「隔年芳信，要同衾元夕。比及歸時小寒食。」又云：「十三行小字，寫與臨摹，幾日看來便無別。」又云：「行舟已發，又經旬調笑。不算忽忽別離了。」此類皆愈樸愈妙。艷詞有竹垞，直是化境。

竹垞洞仙歌發前人所未

《洞仙歌》有運思極雋極深者。如云：「旋手揭、流蘇近前看，又何處迷藏，者般難捉。」又云：「若不是、臨風暗相思，肯猶把留題，舊時團扇。」又云：「翻喚養娘眠，底事誰知，燈一點、尚懸紅豆。」又云：「隨意楚雲臺，抱玉挨香，冰雪净、素肌新浴。」此語卻俚淺。「便歸觸、簾旌侍兒醒，只認是新涼，拂檐蝙蝠。」又云：「偏走向、儂前道勝常，渾不似西窗，夜來曾見。」皆能發前人所未發。不必用穠麗之詞，而視彼穠麗者，淺深判然矣。

竹垞洞仙歌無綺羅俗態

《洞仙歌》有極密極昵者。如「恩深容易怨，釋怨成歡，濃笑懷中露深意。」古香古艷，無些子綺羅俗態。

竹垞洞仙歌之淒艷

《洞仙歌》有淒艷入骨者，如云：「起折贈、黄梅鏡奩邊，但流睇無言，斷魂誰省。」又云：「同夢裏，又是楝花風雨。」又云：「怪十樣、蠻箋舊曾貽，祇一紙私書，更無消息。」又云：「舍舊枕、珊瑚更誰知，有淚雨烘乾，萬千愁夢。」又云：「奈飛龍骨出，束竹腸攢，月額雨，持比淚珠差少。」又云：「中有錦箋書，密囑歸期，道莫忘、翠樓煙杪。」杜韋負、劉郎此重來，戀小洞春香，尚餘細草。」又云：「自化綵雲飛，蟲網蝸涎，又誰對、芳容播喏。」盡沈水、煙濃向伊熏，覬萬一真真，夜深來也。」此類皆淒絕艷絕。然自是竹垞之淒艷，非棠邨、藕漁輩所能到也。

竹垞艷詞情至文亦至

竹垞艷詞，純以真氣盤旋，情至者文亦至。若董文友則麗而淫也。

董文友與王次回匹敵

董文友，詞中之妖也，與王次回《疑雨集》可謂匹敵。《滿江紅》十二章，置之《蓉渡集》中，無乃不類。

蓉渡詞工麗芊綿

《蓉渡詞》三卷，艷體居其八九，鈎心鬬角，工麗芊綿，又遠出施浪仙、馬浩瀾、沈去矜、周冰持之右。《花影詞》不過如倚門賣笑者流，並不足爲詞之妖。《蓉渡詞》乃真足惑人矣，此妖之神通也。

王阮亭評文友非虛譽

文友詞，如《感思多》云：「忒覺情多，真假轉難分。轉難分。便是空言，忍猜他未真。」王小山詞：「空言亦是玉人恩。」未嘗不刻入，尚不及此之沈至。又《［憶江南·］叩叩詞》云：「堂下每迎花底笑，人前私向鏡中看。可許一生拚。」又《菩薩蠻》云：「此情頻欲寄。又恐傷郎意。斟酌數行書。言歡字字虛。」曲折哀婉，情之至也。王阮亭謂：「文友爲艷情中繪風手。」亦非虛譽。

文友相思引

文友《相思引·爲雲孫詠侍兒小福》云：「閑伴夫人同鬬草，沈思未敢摘宜男。郎情深淺，還向夢回參。」慧心密意，描寫入微，當爲千古詠侍女者絶唱。

文友詞中之妖

文友《鷓鴣天》諸篇，如《憶》云：「花並蒂，燕雙棲。合歡猶卜紫姑乩。傍人已道成連理，惹得春山翠黛低。」又《繡苑》云：「名花結果春前定，小鳥姻緣枝上諧。」又《寄》云：「鴛鴦向午常交頸，荳蔻多時始見心。」又《慰》云：「每彈指處聞花歎，自抵牙時爲曲差。」麗而不佻，極芊婉之致。至《昨夜》云：「昨夜天孫罷錦梭。輕槎無恙渡明河。幾經私語全珍重，再試真心薄譴訶。羞月姊，避鸚哥。玉人頻問夜如何。最憐蝴蝶驚魂驟，輸與莊生曉夢多。」深情密意，自有艷詞以來，未有寫到如此地步者。又《東坡引》九首，《蘇幕遮》十首，命題既異，措詞尤能銷魂鑠骨，真詞中之妖也。

文友東坡引

《東坡引》如《詠湖鏡》云：「箇中人也將人覷。肯教他讓汝，肯教他讓汝。」《杭粉》云：「道儂真色何曾借。不堪珠汗灑，不堪珠汗灑。」《濟寧油胭脂》云：「問郎原碟多應滿。是誰分一半，是誰分一半。」《川扇》云：「輕摇莫便心兒喜。秋風明日起，秋風明日起。」《蘄簟》云：「與伊鋪在紗帷近。銀燈將欲暈，銀燈將欲暈。」皆極有思致。又《建寧香袋》云：「縫成紅素絹。妝就鴛鴦綫。雙雙蟢子雙雙燕。一雙圖半面。一雙圖半面。繫他裙衩，氤氳堪羨。願翠管、郎親捻。翻來覆去教郎見。這邊題欲偏。這邊題欲偏。」前後疊句，俱有兩意，真是想入非非。

文友蘇幕遮

《蘇幕遮》，如《簾外聽墮釵聲》云：「鬧掃雖鬆，窣墮知何故。難道拔時纖手誤。倘爲儂來，忽地回頭顧。」《屏邊聽浴聲》云：「粉應消，珠定映。喚取湯添，冷熱心頭省。」《樓前聽骰子聲》云：「似無愁，如有思。漫想閑猜，卜甚心頭事。轉憶前宵楸局裏。親點牙籌，賭喝雙雙雉。」王北山云：「骰子逡巡裏手拈，無因得見玉纖纖。」「玲瓏骰子藏紅豆，刻骨相思知未知。」總不如「親點牙籌，賭喝雙雙雉」爲銷魂鑠骨也。轉親轉熱，愈難爲情耳。《燈下聽剪刀聲》云：「應恐鴛鴦分背面。鈿尺頻移，停處商量遍。」《帳畔聽流蘇響聲》云：「響原輕，聲漸悄。睡熟鸚哥，定不驚他覺。和月和雲和被抱。此語庸劣，「和月和雲」四字，亦似雅而俗。姜西銘獨歎爲化工之句，何也。一夜春風，散盡愁多少。」如此之類，皆能曲折傳神，撲入深處，詞中之妖也。學詞者一入其門，念頭差錯，終身不可語於大雅矣。同時如梅村、阮亭、迦陵、薗次、蛟門、程邨、西堂、西銘、荔裳、顧庵輩，多心折《蓉渡詞》，每首下各綴以評語，亦不可解。（編者案，此條八卷本有增删：《蘇幕遮》前增「董文友」，後增「諸篇」，接後「皆能曲折傳神，詞中之妖也」至末。其餘皆删去，自成一條。）

以上十卷本卷第三

璞函祝英臺近八章

《祝英臺近》八章，意態極濃，筆力極健，層折又極入妙，亦艷詞極軌也。首章云：「映紅霞，環碧水，宛在芋蘿住。小扇箕扉，恰對大堤路。番番南浦迴舟，東風試馬，曾繫到、畫樓芳樹。　幾朝暮。不是手控簾鈎，誰分見眉嫵。約略華年，纔到玉箏柱。橫波一寸無多，儘人魂斷，問底事、雙鴛還露。」首章敘識面之始。次章云：「採茶天，挑菜地，有意者邊走。記得高樓，一笑目成久。趁他葉葉衣香，弓弓襪印，盼歸路、翠堤煙柳。板扉扣。殷勤試乞瓊漿，堂上話清晝。墮地釵聲，只在曲屏後。多時阿母呼來，勝常道罷，又背立、花陰垂手。」此章訪之，句句承上章來。借「乞漿」入門，偏先見其母，層折妙。「墮地」二語，有意無意，八面玲瓏。三章云：「鳳釵盟，鸞鏡約，心事尚難料。見説東鄰，爭撲小庭棗。何如一舸移家，三楹賃屋，獨占取、燕昏鶯曉。道南好。遥指修竹吾廬，别院更清悄。隨意安排，藥臼與茶竈。年來手種梅花，玉羅窗下，算合有、冶妝人到。」此章既見之後，特移居以就之。「心事尚難料」五字妙。是初見時情景，心尚摇摇如懸旌。四章云：「拓書巢，安鈿檻，南北喜連棟。研粉牆低，含睇獨窺宋。笑他折齒機邊，鍼心畫裏，盼不到、眼波微送。兩情重。幾番月午霜辰，不怕玉樓凍。佳約無憑，寂寞翠帷夢。最憐持贈殷勤，白團扇子，也描取、吹簫雙鳳。」此章移居已就。上半言彼此心心相印，下半歎佳約仍是無憑，所謂「空有相憐意，未有相憐計」也。殷勤反（履）［覆］，以起下章之意。五章云：「井桐陰，牆杏外，小犬卧花影。那角單扉，别有竊香徑。尋來鳳眼窻心，蝦鬚簾額，笑一捻、露萁尖冷。夜初靜。留取如豆銀釭，細照晚妝靚。犀蝶雙雙，偷解意偏肯。通宵軟語吹蘭，雲情水盼，拚種了、菖蒲相等。」此章因比鄰既久，有隙可乘，遂赴佳約也。「偷解意偏肯」五字，筆力絶大。寫到此處，學力稍次者，立見其蹶矣。六章云：「月如弓，風似剪，花外漏將盡。夢醒催歸，燒燭酌殘醞。分明三五星期，枕函留約，恁臨去、又還重問。別離忍。依然獨擁羅衾，無那薄寒陣。日度梅梢，睡起意猶困。銷魂鬢惹脂香，衣沾粉淚，更鏡裏、腕闌留印。」此章叙暫時離別，更重堅後約也。「睡起意猶困」，題後傳神，是加一倍寫法。七章云：「捲魚雲，收虹雨，弦月半池浸。溪閣臨風，減燭愛涼寢。一聲宿鳥翻檐，流螢撲扇，笑挽住、瑣連誰禁。薄羅衽。莫愁濕偏真珠，高柳恰垂蔭。欵語遲遲，偏戀碧瓷飲。可憐良夜如年，柔情似水，休負了、珊瑚雙枕。」五章是訪彼美，此章是彼美自來。八章云：「颺茶煙，堆燭淚，簾閣鎮長掩。猶是雙棲，已覺別魂黯。誰令玉箸成珠，金環化玦，連翠帳、風情都減。倚闌檻。屈指陌上花開，難把繡袪摻。夢斷芝田，只合寫魚梵。還愁藕色春裙，蘭香秋帕，尚留得、猩紅殘點。」此章叙離別，結處不作心灰意死語，餘情無盡。

袁蘭邨臨江仙

蘭邨詞，輕薄纖小，又下於頻伽。其最佳者，如《臨江仙》云：「訴來別恨太零星。薄羅衫一角，曾爲拭紅冰。」又：「慵妝不整兩鬟雲。偏忘纖指冷，强爲數螺紋。」又：「料無消息到王昌。只愁瞞不得，三十六鴛鴦。」又：「無意詢他夫壻事，頻潮紅暈胭脂。新來言笑太矜持。不應裙帶上，雙寫合歡詩。」亦不過小有心思耳。

以上十卷本卷第五

蝶戀花最爲古雅

《蝶戀花》一調，最爲古雅。「六曲闌干」唱後，幾成絶響。一千年來，復得蒿庵四闋，仲修六闋，可以嗣響正中，此外鮮有合者。余曾賦四章，非敢云抗美古人，要亦不外《离騷》「初服」之義。首章云：「日日傷春如病酒。但到春來，便是愁時候。樓畔斜陽溪畔柳。可堪往事重回首。　前度桃花無恙否。好夢如煙，風景都非舊。冉冉行雲迷洞口。無端立盡黄昏後。」次章云：「楊柳高樓天欲暮。深院無人，莫放春歸去。六曲闌干同凭處。此心偏似沾泥絮。　何事竟迷三里霧。昨夜東風，今夜瀟瀟雨。記不分明花下語。細思翻悔從前誤。」三章云：「細雨黄昏人病久。不分傷心，都在春前後。獨上高樓風滿袖。春山總被鵑啼瘦。　昨夜重門人靜候。料得燈昏，一點懸紅豆。夢裏容顏還似舊。南來消息君知否。」四章云：「回首行雲三月暮。竟日相思，不道相思苦。私祝東風休作雨。憑伊遮斷春歸路。　簾外斷紅重拾取。淚眼依依，枉自關情緒。金篋留香還記否。叶府，五代人已作俑矣。沈吟前度憑闌處。」越五日，情有未盡，不能無言，續賦四章，覺孤詣苦心，熱腸鬱思，均不於言外領會。首章云：「迢遞聲催花外漏。滿院鶯啼，殘夢醒時候。臨水高樓凝望久。陌頭折盡青青柳。　風景而今還似舊。强起開簾，春燕歸來否。欲拾殘紅遲素手。憑欄不覺黄昏後。」次章云：「爐篆香消人意倦。春夢岑岑，不隔閒庭院。曉雨初過寒尚淺。穿簾只有雙飛燕。　玉洞桃花難久戀。山瀑飛來，百尺跳珠濺。一片濕雲愁不展。夢回依舊天涯遠。」三章云：「閑倚江樓頻目送。過盡征帆，江上閑雲擁。紅豆枝枝和淚種。相思都付迴潮湧。曾説碧梧樓彩鳳。落盡桐花，此恨君應共。芳草不曾來入夢。碧闌干外春陰重。」四章云：「小字紅箋曾遠寄。一夢三年，滅盡懷中字。江閣不堪重徙倚。萋萋芳草愁無際。山外斜陽雲外水。淚盡南天，竟日空凝睇。欲説相憐無好計。錦書何處緘紅淚。」此類皆多比興之旨，不至遺譏於浮薄。

更漏子

飛卿《更漏子》三章，後來無人爲繼，惟蒿庵一闋爲高境。秋宵不寐，哀感無端，賦《更漏子》三闋以寄懷，書之於左，都忘工拙。首章云：「颸輕煙，收急雨。花外沈沈鐘鼓。羅袖薄，淚痕濃。思君春夢中。西風起。人千里。今夜月明如水。燈漸燼，雁還飛。夢君君豈知。」次章云：「鳳盟寒，鸞信杳。離夢近來多少。風不定，月初沈。空階絡緯聲。芙蓉岸。秋江畔。惆悵落紅零亂。煙漠漠，草萋萋。玉驄何處嘶。」三章云：「漏纔停，鐘漸動。記不分明殘夢。啼緑蕙，怨紅蘭。瀟湘雲水寒。腸欲斷。車輪轉。開篋淚痕都滿。春夢杳，别情長。蟲聲迎曉霜。」

菩薩蠻

飛卿《菩薩蠻》，古今絶調，難求嗣響。蒿庵諸詞，幾欲上掩古人，惟《菩薩蠻》十三章，雖窮極高妙，究不能出飛卿之右。蓋詞各有極，既振其蒙矣，又何加焉！後人爲此調者，本諸《風》、《騷》，參以温、韋，無害大雅，便算合作。更欲駕飛卿上之，則不能也。余曾賦兩闋云：「翡幬翠幄深深處。畫屏金雀雙雙舞。鸞鏡照花枝。低回攏鬢絲。　敢將脂粉棄。知合時宜未。寂寞倚闌干。小窗春夢殘。」「翡幬」二語，言托根之厚；「鸞鏡」二語，言修飾之工，即《離騷》「內美修能」意。不棄脂粉，委曲求全，寂寞夢殘，言所遇之卒不合也。次章云：「江南春信歸來早。江南紅豆相思老。心緒落花知。流鶯故故啼。　卷簾天正遠。不見西飛燕。隔院自笙歌。劇憐春恨多。」「流鶯故故啼」，即汪彥章所謂「無奈這一隊畜生何」也。結言歡慼不同。二詞於伊鬱中饒蘊藉，厚之至也。

作浪淘沙誌一時之感

戊寅秋，余作《浪淘沙》云：「殘日照平沙。煙際歸鴉。黄昏風起暮雲遮。消息不知郎近遠，楊柳天涯。　簾卷月鈎斜。燈背紅紗。尋思前事漫嗟呀。一自緑雲歸去也，空怨年華。」書以誌一時之感。

水調歌頭

東坡《水調歌頭》一闋，忠愛纏綿，千年絶唱。稼軒諸篇，不盡忠厚，而於飛行絶跡中，時見古意，可謂神勇。至迦陵則才力甚雄，古意全失。茗柯五章，與坡仙所感，不必相同，卻有暗合處。余曾賦數闋，未知有於昔賢否？如云：「春事已如許，曲沼點輕荷。百年彈指間耳，日月去如梭。我有銅琶鐵板，況對清風明月，不醉待如何。揺筆走風雨，拔劍斫蛟鼉。　浮生事，今古恨，儘消磨。人生哀樂何限，得意且高歌。一夜緑窗殘夢，又被曉鶯啼破，煙景等閒過。蘭蕙莫輕折，路遠慎風波。」極直率中，卻有一片幽怨。又云：「斜日半山紫，歸雁落平沙。猲來音信無據，隔斷赤城霞。記折梅花贈我，又是菊花時候，離夢繞天涯。腸斷未能語，側帽數飛鴉。　望江南，千里隔，暮雲遮。挑燈深閉孤館，薄霧掩紅紗。永夜霜風淒警，起弄五更殘月，清淚墮秋笳。不忍復開篋，芳草怨年華。」反覆低回，總無一語説煞，故厚。又云：「促柱鼓瑶瑟，慷慨復淒清。龍吟虎嘯兕吼，風雨颯空庭。涼月梧梢正落，簾外秋星如斗，古壁一燈青。肝膽向誰是，中夜拭青萍。燈欲燼，弦轉急，曉鐘鳴。虚廊黄葉亂舞，商氣薄空城。歎息雲和調絶，抛卻金徽玉軫，舊恨渺難平。明發不能寐，揮手涕縱横。」三詞尚不悖於古。人生不能無所感，故與《浪淘沙》一闋，連類書之。

買陂塘

詩詞皆貴沈鬱，而論詩則有沈而不鬱，無害其爲佳者。杜陵情到至處，每多痛激之辭，蓋有萬難已於言之隱，不禁明目張膽一呼，以舒其憤懣，所謂不鬱而鬱也。作詞亦不外乎是，惟於不鬱處，猶須以比體出之，終以狂呼叫囂爲恥，故較詩爲更難。己卯九月，余作《買陂塘》一闋，嗚咽纏綿，幾不知是血是淚，蓋天地商聲也。詞云：「最愁人、深秋時節，雁聲嘹唳西去。天寒紅袖高樓倚，樓外滿天風雨。情莫訴。望百疊、寒山一綫中原路。幾回凝竚。枉目断西洲，魂飛南國，淚血灑江樹。傷心事，鴉雀偏能傲汝。南來音信無據。殷勤分付西飛雁，一幅錦箋寄與。還囑咐。也不望、重逢慰我飄零苦。

華年已誤。便瑶瑟親調，玉箏低弄，哽咽不成語。」怨而怒矣，然亦有不能已於言之隱。

卜算子與買陂塘參看

余作《卜算子》云：「殘夢逐楊花，行盡江南路。行盡江南路幾程，還戀江南住。碧海杳茫茫，瑶島知何處。不嫁東風卻怨誰，空歎華年誤。」時己卯九月十九日也，可與《買陂塘》一闋參看。

賦蝶戀花

庚長秋九月，中宵不寐，萬感交集，賦《蝶戀花》一闋，天下後世，讀我詞者，皆當興起無窮哀怨，且養無限忠厚也。詞云：「采采芙蓉秋已暮。一夜西風，吹折江頭樹。欲寄相思憐尺素。雁聲淒斷衡陽浦。贈我明珠還記否。試撥鵾弦，更欲從君訴。蝶雨梨雲渾莫據。夢魂長繞南塘路。」余甥包榮翰字樹人云：「『采采芙蓉』，日暮途遠之感。『西風』折樹，言所如輒阻也。『欲寄相思』，情不能忘。『雁聲淒斷』，書無可達。『明珠』憶贈，舊事關心。『鵾絃』更訴，不忍薄待其人。雨雲無據，明知訴必無功。『夢魂長繞』，意欲不連。情總不斷也。可以觀，可以怨，鬱之至，厚之至。詞至是，乃蔑以加矣。」

滿庭芳哀怨與蝶戀花同

越五日，復作《滿庭芳》詞云：「潮落楓江，雲迷篁谷，雁聲嘹唳秋空。華筵樽酒，曾記叙離踪。前度湘皐佩解，煙檻外、波碧蘭紅。高樓望，粘天衰草，無處問征鴻。　飄蓬。憐緑鬢，誰歌楚些，弄影雲中。歎盤心非故，老盡芙蓉。永夜霜砧入破，釵梁卜、心事誰同。燈將燼，西窗夢醒，殘月五更鐘。」哀怨與上《蝶戀花》一闋同，而冲厚之意微減。

醜奴兒慢有感而發

丙戌之愁，余曾賦《醜奴兒慢》一篇，極鬱極厚，有感而發也。詞云：「嫩寒破曉，簾外落紅成陣。鎮幾日、花昏柳暗，雨濕雲封。婉娩年華，一時都付鳥聲中。小窗夢冷，西樓月淡，影掠孤鴻。　記否年時，游絲繫處，不礙簾櫳。歎此日、飄殘清淚，遺誤花工。寂寞空山，更無人與説殘紅。野煙深鎖，儘伊憔悴，莫怨東風。」

與蒿庵詞較

或問余詞較蒿庵如何？余曰：譬挽六鈞之弓，蒿庵已滿十分，余則纔至八九，後日甚長，尚不知究竟如何也。

閑情之作亦不易工

閑情之作，雖屬詞中下乘，然亦不易工。「一面發嬌嗔，碎揉花打人」，惡劣已極，無足置喙。即「須作一生拚，儘君今日歡」，「好爲出來難，教君恣意憐」，亦失之流蕩忘返。蓋摹色繪聲，礙難着筆。第言姚冶，易近纖佻；兼寫幽貞，又病迂腐。然則何爲而可？曰：根柢於《風》、《騷》，涵泳於温、韋，以之作正聲也可，以之作艷體亦無不可。宋人詞云：「香減羞回空帳裏，月高猶在重簾下。」雖薄不佻，尚有可觀。下忽接云：「恨疎狂，待歸來、碎揉花打。」則令人噴飯矣。他如「上馬出門時，金鞭莫與伊」；又「莫倚傾國貌，嫁取箇、有情郎。彼此當年少，莫負好時光」；又「有時覷著同心結，萬恨千愁無處説。當初不合儘饒伊，贏得如今長恨别」；又「歸去想嬌嬈，暗魂銷」；又「嫁得薄情夫，長抱相思病」；又「照水有情聊整鬢，倚闌無緒更兜鞋」；又「等閒妨了繡工夫，笑問雙鴛鴦字，怎生書」；又「旋移針綫小姑前」；又「又成嬌困倚檀郎，無事更抛蓮子打鴛鴦」；又「待雁卻回時，也無書寄伊」；又「和羞走，倚門回首，卻把青梅嗅」；又「笑摘朱櫻，微揎翠袖，枝上打流鶯」。國朝詞如「欲罵東風誤向西」；又「倦倚檀肩數辭星，數到牽牛住」；又「待他重與畫眉時，細數郎輕薄」；又「笑請檀郎今夜暫分牀」；又「起常憎婢早，睡每怨娘遲」；又「曉風殘月命如絲」；又「小桃如綺，命短東風裏」；又「可憐人度可憐宵」。諸如此類，不可枚舉。將婉娩風流，寫成輕薄不堪女子，吾不知此輩是何肺腑？即以之寫歌妓尚不可，況閨襜耶！古人詞如毛熙震之「暗思閑夢，何處逐雲行」；晏元獻之「樓頭殘夢五更鐘，花底離愁三月雨」；林和靖之「羅帶同心結未成，江頭潮已平」；晏小山之「落花人獨立，微雨燕雙飛」，又「當時明月在，曾照綵雲歸」，又「從别後，憶相逢，幾回魂夢與君同。今宵賸把銀釭照，猶恐相逢是夢中」，又「春思重，曉粧遲，尋思殘夢時」；歐陽公之「照影摘花花似面，芳心只共絲爭亂」；秦少游之「欲見迴腸，斷續薰爐小篆香」；賀方回之「初未試愁那是淚，每渾疑夢奈餘香」；無名氏之「爲君惆悵，何獨是黄昏」；湯義仍之「不經人事意相關，牡丹亭夢殘。斷腸春色在眉彎，倩誰臨遠山」；國朝王香雪之「鬭草心慵垂手立，兜鞋夢好低頭想」；史位存之「千蝶帳深縈夢苦，倦拈紅豆調鸚鵡」；趙璞函之「東風落紅豆，悵相思空遍」。似此則婉轉纏綿，情深一往；麗而有則，耐人玩味。其次則牛松卿之「强攀桃李枝，斂愁眉」，又「彈到昭君怨處，翠蛾愁，不擡頭」；牛希濟之「紅豆不堪看，滿眼相思淚」；顧敻之「斂袖翠蛾攢，相逢爾許難」；寇萊公之「愁蛾淺，飛紅零亂，側卧珠簾捲」；晏元獻之「疑怪昨宵春夢好，元是今朝鬭草贏，笑從雙臉生」；范文正之「眉間心上，無計相迴避」；歐陽公之「都緣自有離恨，故畫作、遠山長」；周子寬之「傷春還上去年心，怎禁得，時節又燒燈」；無名氏之「怎得西風吹淚去，陽臺爲暮雨」；王次回之「善病每逢春月卧，長愁多向花前歎」，又「幾度卸粧垂手望，無端夢覺低聲唤。猛思量、此際正天涯，啼珠濺」；國朝吴梅村之「摘花高處賭身輕」，又「慣猜閒事爲聰明」；梁玉立之「拂鏡試新妝，低回問粉郎」；吴薗次之「巫雲昨夜，同騎雙鳳。夢，夢，夢」；王小山之「燈微屏背影，淚暗枕留痕」，又「小園春雨過，扶病問殘春」，又「眼波低翦篆絲風」，又「一彎愁思駐螺峯」；王香雪之「檻外紅新花有信，鏡中黄淡人微恙」，又「夢短易添清晝倦，書長慣費黄昏想」；毛今培之「斜月小屏風，玉人殘夢中」；過湘雲之「遊絲不解繫韶華，爲誰偏逐香車去」。均不失爲風流酸楚。而世人每好讀尤西堂之「不敢駡檀郎，喃喃咒杜康」，又「笑擲竹夫人，無端一面嗔」，又「聊聊私語小窗中，駡春風」；湯卿謀之「倚煙欺雨咒東風」；周冰持之「睡起釵偏髻倒唤娘梳」，又「半醉帶郎冠，暗中試小鬟」，又「獻鬭紅豆教郎猜，笑郎呆」，又「倚闌故意教鸚哥，罵兒夫」等類，作者可鄙。又如牛希濟之「終日劈桃穰，人在心兒裏」；辛稼軒之「道無書、卻有書中意。排幾箇、人人字」；國朝蔣希元之「刺繡恁般鍼腳細，拈詞好箇筆頭尖，錯教夫壻認神仙」；又閨秀秦清芬之「獻剝瓜仁排梵字，閒將盞底印連環」；又有竹影詞人所謂「你看他疎疎密密，整整斜斜，總寫着個人兩字」。此類皆一味纖巧，不可語於大雅。又有着力寫去，適形粗鄙者，如柳耆卿之「昨宵裏、恁和衣睡，今宵裏、又恁和衣睡」；蔡仲道之「我只爲、相思特特來，這度更休推，後回相見」；辛稼軒之「枕頭兒、放處都不是。舊家時、怎生睡」；國朝陳其年之「努力、做藁砧模樣」；董文友之「不禁蓮瓣一輕敲」；鄭板橋之「盈盈十五人兒小，慣是將人惱。撩他花下去圍棋，故意推他勍敵讓他欺」，皆是也。若竹垞《靜志居琴趣》一卷，璞函《祝英臺近》八章，文友《東坡引》、《鷓鴣天》諸闋，俱實有所指，又當別論。至贈妓之詞，原不嫌艷冶，然擇言以雅爲貴，亦須慎之。若孫光憲之「醉後愛稱嬌姊姊，夜來留得好哥哥，不知情事久長麽」，真令人欲嘔。魏承斑之「攜手入鴛衾，誰人知此心」，語褻而意呆。林楚翹之「重道好郎君，人見莫惱人」，亦俚鄙可笑。古人詞佳者，如孫光憲之「將見客時微掩斂，得人憐處且生疏。低頭羞問壁邊書」；又「除卻弄珠兼解佩，便隨西子與東鄰。是誰容易比真真」；張子野之「舞徹梁州，頭上宮花顫未休」；陳無己之「彈到斷腸時，春山眉黛低」；劉濳夫之「貪與蕭郎眉語，不知舞錯伊州」，均無害爲婉雅。而余所愛者，則張子野之「望極藍橋，正暮雲千里，幾重山，幾重水」；司馬公之「相見爭如不見，有情還似無情」；周美成之「舊時衣袂，猶有東風淚」；賀方回之「芭蕉不展丁香結，枉望斷天涯，兩厭厭風月」；張仲宗之「相見嫣然一笑，眼波先入郎懷」；王漁洋之「今夜夢瀟湘，琴心秋水長」；陳其年之「凝情低詠年時句，人在東風二月初」；周冰持之「尊前譜我淋鈴調，與滴雨、新梅一樣酸。看舞餘欲墜，歌餘微喘，不忍催完」，皆極其雅麗，極其淒秀。而尤愛趙璞函之「渾已換款柳心情，猶未減咒桃眉嫵。」下云：「選壻窗邊，可憶斷魂柔路。縱尊前、不鼓琵琶，算青衫、也無乾處。」情深文明，自是絶唱。贈妓詞者，要當以此爲法，則不病詞蕪，亦不患情淺矣。今人不知作詞之難，至於艷詞，更以爲無足輕重，率爾操觚，揚揚得意，不自知其可恥。此《關雎》所以不作也，此鄭聲所以盈天下也，此則余之所大懼也。（編者案，此條八卷本有删，故仍全文迻録。）

舊作艷詞

或問余所作艷詞，以何爲法，余曰：余固嘗言之，根柢於《風》、《騷》，涵泳於温、韋，以之作正聲也可，以之作艷體亦無不可。蓋綺語已屬下乘，若不取法乎古，更於淫詞褻語中求生活，則吾豈敢！余舊作艷詞，大半付丙，然如《菩薩蠻》十二章，有云：「簫鼓畫船歸，雙雙蝴蝶飛。」又「太息鏡中緣，當時意惘然。」又「新愁舊恨年年有，重逢又是春歸後。靦面悄無言，低頭弄素紈。」又「心事素娥知，月明三五時。」又「高梧夜鵲驚飛起，月明簾外天如水。燈背小紅樓，殘鐘咽暮秋。」此章係述夢境。又「小立影珊珊，春風羅袖單。」又「一杯桑落酒，薄醉黄昏後。勸飲意殷勤，低回攏鬢雲。」又「柳棉吹盡春寒惻，爲誰含怨中庭立。」又「草草理殘粧，春山眉黛長。」又「花枝嬌欲並，杳杳青鸞信。竹外一枝斜，輸他桃李花。」又「宛轉繡花枝，當窗理亂絲。」又「楊柳夜烏飛。愁中音信稀。」又「夢雲依約無憑據，孤根嫩葉禁風雨。掩袖淚痕多，鬆鬆挽髻螺。」又「千里雁書來，秋風落葉哀。」又「去去莫回頭，煙波江上愁。」雖屬艷詞，似尚不背於古。（編者案，此條八卷本文字有增删。並與後之「倦尋芳」條合爲一條。）

倦尋芳諸闋與菩薩蠻參看

余曾作《倦尋芳·紀夢》云：「江上芙蓉凝别淚，橋邊楊柳牽離緒。望南天，數層城十二，夢魂飛渡。」下云：「正颯颯、梧梢送響，攙入疏砧，殘夢無據。倚枕沈吟，禁得淚痕如注。欲寄書無千里雁，最傷心是三更雨。待重逢，卻還愁，彩雲飛去。」又《齊天樂·爲楊某題憑欄美人圖》後半云：「樊川舊愁頓觸，歎梨雲夢杳，鎖香何處。翠袖天寒，青衫淚滿，怕聽棟花風雨。」又《憶江南》云：「離亭晚，落盡刺桐花。江水不傳心裏事，空隨閒恨到天涯。歸夢逐塵沙。」皆可與《菩薩蠻》十二章參看，措語亦無纖浮薄之弊。（編者案，此條八卷本亦有增改。）　以上十卷本卷之六

余詞初有淫冶叫囂之失

余友王竹庵鳳起亦有此癖。余初爲詞，亦不免淫冶叫囂之失。猶憶丙子報罷後，宴竹庵座中，賦《臨江仙》云：「落日江干分手處，無端重見雲英。眉棱猶帶遠山青。多卿珍重意，苦語慰飄零。　颯颯西風摧勁羽，蕭郎憔悴而今。賓鴻嘹唳過前汀。紅燈摇客夢，明月碎秋心。」又

眉生好爲艷，間作壯語。

《金縷曲·秋江送別，座中有歌者，即癸酉春竹庵座中所見也。琵琶三弄，哀怨不勝，爲賦此曲》云：「鶻血凝羅袖。撥檀槽、輕攏漫撚，雙蛾淺逗。訴盡半生恩怨語，颯沓悲風來驟。正鴻雁、初飛時候。一曲琵琶彈未徹，已青衫爲汝重重透。再爲我，一揮手。　當年絲竹春江口。惜韶華、良辰莫負，暗抛紅豆。今日雲英還未嫁，我亦杜陵消瘦。又待折、渡頭楊柳。眼底茫茫分南北，也無心再進當筵酒。江月白，浪花吼。」又《九日登岳墩感懷》賦前調後半闋云：「絲絲慘結秋陰候。撫危闌、生平細數，儘多僝僽。三十男兒仍落拓，何論中年以後。況又值、西風重九。倒插此句見筆力。破帽多情偏戀我，問何人印佩黄金斗。中原望，悲風吼。」又前調云：「箕踞狂呼聊復爾，拭青萍夜夜光凝紫。便欲擊，唾壺碎。」下云：「黄花小圃饒秋意。掃蒼苔、眠裀藉草，徑須覓醉。得失雞蟲何足數，一笑浮雲富貴。聊自學、田家生計。不信馬周終落拓，倒金尊且了東籬事。更不下，窮途淚。」余戊子捷南闈，詩題《金罍浮菊催開宴》，此亦詞讖也。此類非無才思，皆不足語於大雅。

羅敷艷歌

余曾作《羅敷艷歌》云：「紅橋一帶傷心地，煙雨淒淒。燕子樓西。難道東風不肯歸。　青旗冷趁飛鴉起，沽酒人稀。舊恨依依。一樹垂楊裊亂絲。」竟境似尚深厚。又《青門引》云：「斷腸無奈送春歸，落花時節，妝閣鎮常掩。」下云：「夢魂應苦關山遠，只傍閒庭院。」亦尚有沈至之思。視前《金縷曲》諸篇，淺深判然矣。而閱者多遺此録彼，曲高和寡，自昔已然。蔡以臺文云：「冀得數人譽以堅其信，尤慮不得數人毁以釋其疑。」又云：「不獨得一知己也，顧而色動；即得一不知己也，亦聞而快心。」余讀之，浮一大白。（編者按，以上二條八卷本亦有節删。）　以上十卷本卷之七

與王竹庵作詩詞

余友王竹庵，工詩詞，而未造深厚之境。余賦《秋怨》詩有云：「雞鳴欲曙天未曙，此夜知君在何處。紅燈如霧紗如煙，涼月沈沈夢中語。」竹庵歎爲幽絶，以爲不厭百回讀也。癸酉年，與余唱和甚多，余時年二十一，竹庵長余九年。後聞其游楚、粤間，援例得縣丞，以海運保舉，補缺後以知縣用，與新簡大令某公不合，惝怳抑鬱，年未四十下世，可哀也已。甲申秋，余過靖江，懷以詩云：「雲水空濛欲化煙，眼前風物似當年。黄蘆苦竹秋蕭瑟，腸斷江樓暮雨天。」竹庵著有《江樓暮雨詩鈔》。越三日，過其墓下，是夜旅宿宜陵，復賦二律云：「墓門鬱鬱滿楸梧，獨向秋原哭素車。蕪館空縈孤客夢，秣陵誰報故人書。張堪妻子嗟流落，陶令田園半有無。生死論交吾負汝，不堪回首子雲居。」「萬里淒涼曲未終，數聲哀雁月明中。但將清淚酬知己，苦恨浮雲蔽太空。寶劍未遑求烈士，文章從古哭西風。江樓暮雨秋蕭瑟，嗚咽寒潮日向東。」又有《怨歌》一篇，亦爲竹庵作也。詩云：「桃李城南開欲遍，春光已老閒庭院。美人二八泣春風，獨抱芳心君不見。機中織錦雲爲裳，頭上金釵雙鳳凰。畫閣熏香梟沈水，關山明月照流黄。自憐碧玉良家女，卻笑東鄰獻歌舞。寂寂朱扉晝不開，楊花滿地春無主。銀瓶汲井寒照影，素手抽鍼憐夜永。二月東風倚暮花，江樓處處吹簫冷。」詞則唱和者，不下十餘首。大半率意之作，都無

存稿。僅記《摸魚子》一闋云：「甲戌春暮，竹庵將有遠行，賦此留之。」「又匆匆，幾聲杜宇。今年花事如許。萬千紅紫都休了，那又送君南浦。王十五。竹庵行十五。試問汝、天涯芳草歸何處。功名浪語。算四海爲家，萍蹤絮影，冷夢狎鷗鷺。思歸賦，我亦飄零羈旅。時余家在黄巖，余則往來吴越。浮名慣把人誤。朝吴暮越成何事，冷落高陽舊侶。君莫去。君不見、亂山相向愁無數。留君少住。願剪燭西窗，一杯相屬，同聽夜深雨。」竹庵得詞，憂喜交集。此余十七年前作，現詞境變而益上矣，使竹庵見之，又不知喜慰如何也。（編者按，此條八卷亦有删節，僅存詩無詞。）十卷本卷之八

董文友詠美人詞

文友[《沁園春》]詞，如《美人額》云：「更輾轉愁添，回頭半枕，平安喜報，舉手頻加。卻訝蕭郎，虚稱上客，歲歲龍門望總賒。」詞意俱勝。又《美人鼻》云：「花氣嗅來，歌聲收入，藴得風前無限春。」又云：「想微亞風檽，侵寒欲嚏，潛携月幌，屏息無聞。」《美人齒》云：「念襯處參紅，榴編細貝，露時凝素，瓠(破)[剖]明犀。」又云：「曾微倖、有姓名輕掛，何福消伊。」又云：「更吟費推敲，咬松鹓管，繡商深淺，嚼爛絨絲。」皆極其細膩。《美人肩》云：「想向月凭時，削成軟玉，將雲護著，襯出明霞。」又云：「愁多處，似相思擔盡，繞遍天涯。」又云：「更昵語羞應，笑時微聳，慵倩漫倚，觶處恒斜。嬌若難勝，瘦如欲脱，寒倩蕭郎半袂遮。」此數語稍纖○竹垞賦此題云：「籬弱纔過，牆低乍及，結伴還從影後窺。緣紅索，上秋千小立，恰並花枝。」亦自貼切，而不及文友精細。《美人乳》云：「訝素影微籠，雪堆姑射，紫尖輕暈，露滴葡萄。」又云：「見浴

罷銅窪，羅巾掩早，圍來繡襪，錦帶拴牢。逗向瓜期，褪將裙底，天壤何人吮似醪。此數語太纖鄙。幽歡再，爲嬌兒抛下，濕透重綃。」「寧斷嬌兒乳，不斷郎殷勤」，樂府荒淫語也，似此運用入妙，特有分寸。竹垞賦此題云：「量取刀圭，調成藥裹，寧斷嬌兒不斷郎。」用成語亦呆相。《美人背》云：「浹來紅汗還頻。便浴室、潛窺此獨親。想入非非。想郎手遶將，柔鄉熨貼，妹胸擁着，寒夜橫陳。數語亦太昵。剪爪輕搔，靠窗閒曝，問相應封號與秦。偏芒刺，怕無端笑指，向後紛紛。」似此運典，則雅而有味。竹垞賦此題云：「每到嗔時，抛郎半枕，難嚙猩紅一點脣。堪憎甚，縱千呼萬唤，未肯回身。」太褻太昵，不及此之工雅。《美人膝》云：「更愛欲頻登，促來綺席，愁教獨抱，閣盡吟箋。暫月幽窗，拈花法座，屈向氍毹較可憐。如今見，有阿侯旋繞，長在伊前。」此類皆極精麗。劉龍洲《沁園春》等篇，不足數矣。

以上十卷本卷之九

國初閨夜詞

國初諸老，好作閨夜詞，董文友「昨夜天孫罷錦梭」一篇，最爲刻骨。他如梅村《醉春風》云：「皓腕頻移，雲鬟低擁，羞眸斜睇。」棠邨《一剪梅》云：「畫眉人似舊風流，對面温柔，背面嬌羞。」又云：「雙結燈花兩意投，一晌低頭。半晌迴眸。玉猊煙冷睡還休。倚了香篝。褪了蓮鈎。」西堂《醉花間》云：「芙蓉帳底眠，春夢同郎續。」棠楨《兩同心》云：「城上三更漏鼓，春寒太甚。不回頭、媚眼羞開，假生嗔、笑聲難禁。」此類皆麗而淫矣。

余曾作菩薩蠻

余曾作《菩薩蠻》云：「青山斷續江如帶。孤帆直刺青山外。疏柳短長亭。離人夢未醒。　斷雲橫別浦。芳草和煙雨。燕子畫樓西。春歸人不歸。」起二語嫌着力，餘皆悲鬱而和厚，有風人遺意。

感時傷事非碧山詠物

「寂寞空城鼓角鳴，敵樓西望旅魂驚。天山月落單于壘，遼海風悽漢將營。萬里金閨空有夢，十年荒戍未休兵。輪臺夜指妖星墮，竚俟秋高返旆旌。」「欃槍焰焰掃天河，大漠雲昏擁鸛鵝。不信前軍皆棄甲，猶能落日一揮戈。鉞旄未假甘延壽，薏苡終憐馬伏波。爭怪扁舟歸隱去，五湖煙水老漁簑。」「兀坐空堂日已曛，摩挲風雨拭龍文。新亭獨下千秋淚，瀚海虛傳百戰勳。邊馬夜嘶胡地月，捷書曉望隴山雲。城頭觱篥聲淒咽，鬼哭天陰不忍聞。」「十上封章願未休，書生何必不封侯。陳陶豈謂悲房琯，酒市憑誰識馬周。彈鋏年年成畫餅，書空咄咄亦庸流。弧南星彩中天耀，指日關河雪涕收。」此余丙戌年《雜感》中四律也，聲調極悲，而不免過激，發之於詩尚可，發之於詞則伉矣。故知感時傷事，非如碧山詠物諸篇不可。

以上十卷本卷之十

〔清〕陳廷焯選評

雲韶集輯評

張若蘭輯録

雲韶集輯評目録

卷二

宋詞

卷三

卷四

卷五

卷六

卷七

卷十

卷十一

金詞

元詞

卷十二

卷十三

卷十四

清詞

卷十五

卷十六

卷十七

卷十八

卷十九

卷二十

卷二十一

卷二十二

卷二十三

卷二十四

卷二十五

補金人詞

補元人詞

補明人詞

補國朝人詞

卷二十六

雲韶集輯評卷一

輯録説明：詞調下，先以小字録詞題，再以大字録首句，無詞題者徑録首句。未加標注説明之批語，均爲眉批，而所評或爲全作、或不詳其所指字句者。一詞而有數條眉批者，依據原書批語位置及内容，標注出批語的大致所指或所評字句。

張若蘭識

唐　詞

唐人之詞如六朝之詩，惟太白《菩薩蠻》、《憶秦娥》兩調，實千古詞壇綱領。飛卿雖工綺語而風骨不高，獨香山小令數闋，雖非正聲而飄灑疎狂，當别樹詞壇一幟。

昭宗皇帝

巫山一段雲題寶雞驛壁　蝶舞梨園雪

遺詞哀艷，至有李茂貞之變。

李白

詞雖創於六朝，實成於太白，千古論詞，斷以太白爲宗。

菩薩蠻　平林漠漠煙如織

節短韻長，妙有一氣揮灑之樂。　結筆音節綿邈，神味無窮。

憶秦娥　簫聲咽

音調淒斷。　對此茫茫，百端交集，如讀《黍離》之詩。　後世名作雖多，無出此右者。

張志和

漁歌子　西塞山前白鷺飛

此中自有真樂，難與俗人言也。　（尾批）黄魯直云：有遠韻。

韓翃

章臺柳寄柳氏　章臺柳

「往日」七字令人猛省，下二句作一頓跌，逼進一層，愈見筆力，愈覺淒楚。

王建

調笑　團扇團扇

結句抵宫詞百首，而淒艷過之。

白居易

香山詞不求高而自高，骨高故也。看他只是信筆寫法，絶不着力，而意味往復無盡。

花非花　花非花

起二語奇妙，看他分寫「去」、「來」二字，不着人力而神妙天然。

長相思錢塘　汴水流

「吴山點點愁」是唐人語，宋人不能道。結得孤淒。（尾批）一片神行。

又　深畫眉

上半闋仿佛一篇《神女賦》，下半闋勝讀迴文《織錦》詩。《長相思》調只應如此顯豁呈露，斷推合作。

（尾批）好在「暮雨瀟瀟」四字。

温庭筠

黄叔暘云：「飛卿詞極流麗，宜爲《花間集》之冠。」飛卿詞綺語繚人，開五代風氣。飛卿詞以情勝，以韻勝，最悦人目，然視太白、子同、樂天，風格已隔一層。

菩薩蠻　小山重疊金明滅

温麗芊綿，已是宋、元人門徑。

又　水精簾裏頗黎枕

（上闋眉批）「楊柳岸、曉風殘月」，從此脱胎。　（「雙鬢隔香紅」眉批）「紅」字韻押得妙。

又　玉樓明月長相憶

（上闋眉批）音節淒清。　（下闋眉批）字字哀艷，讀之魂銷。

又　牡丹花謝鶯聲歇

（上闋眉批）領略孤眠滋味。　（下闋眉批）逐句逐字淒淒惻惻，飛卿大是有心人。

又　寶函鈿雀金鸂鶒

（「楊柳又如絲」眉批）只一「又」字，有多少眼淚。　（下闋眉批）音節淒緩。凡作香奩詞，音節愈緩愈妙。

又　竹風輕動庭除冷

「春恨」二語意是兩層，言春恨正自關情，況又獨居畫樓而聞殘點之聲乎。

更漏子　玉爐香

遺詞淒艷，是飛卿本色。　結三語，開北宋先聲。　（尾批）胡元任云：庭筠工於造語，極爲綺麗。此詞尤佳。

酒泉子　楚女不歸

（上闋「月孤明，風又起。杏花稀」眉批）三句中有多少層折，情詞悽楚。

南歌子　倭墮低梳髻

低徊欲絶。

又　懶拂鴛鴦枕

上三句三層，下接「近來」二字，妙甚。

河瀆神　孤廟對寒潮

起筆蒼莽中有神韻。　（結句眉批）音節湊合。

玉蝴蝶　秋風淒切傷離

「寒外」十字抵多少《秋思賦》。　飛卿詞「此情誰得知」、「夢長君不知」、「斷腸誰得知」，三押「知」字俱妙。

清平樂　洛陽愁絶

上半闋最見風骨，下半闋微遜。（尾批）上三句説楊柳，下忽接「橋下水流嗚咽」六字，正以襯出折柳之悲，水亦爲之嗚咽，如此着墨，中有一片神光，自離自合。

遐方怨　憑繡檻

神致宛然。

夢江南　梳洗罷

絶不着力而欵欵深深，低徊不盡，是亦謫仙才也。吾安得不服古人。

河傳　湖上

「夢魂迷晚潮」，五字警絶。（「若耶溪，溪水西」眉批）用蟬聯法更妙，直是化境。

蕃女怨　萬枝香雪開已遍

「又飛迴」三字更進一層，令人叫絶，開兩宋先聲。

又　磧南沙上驚雁起

起二語有力如虎。

荷葉杯　楚女欲歸南浦

飛卿「鏡水夜來秋月」一作，押韻嫌苦，此作節奏天然，故録此遺彼。

皇甫松

子奇詞琢句奇妙，綺麗不及飛卿，而俊快過之。

天仙子　晴野鷺鷥飛一隻

「飛一隻」便妙。　結筆（十二晚峰青歷歷）得遠韻，亦是從「曲終人不見，江上數峰青」化出。

又　躑躅花開紅照水

無一字不警快可喜。

夢江南　蘭燼落

夢境畫境。詞雖盛于宋，實唐人開其先路也。

又　樓上寢

淒艷似飛卿，爽快似香山。

鄭符

閑中好　閑中好

清絶卻有靜機。

李重元

憶王孫春景　萋萋芳草憶王孫

（結句眉批）情詞淒艷。

又夏景　風蒲獵獵小池塘

（「針綫慵拈」句眉批）此種句法開元人門徑。

又秋景　颼颼風冷荻花秋

情景兼到，氣韻沉雄，尤爲四章之冠。

又冬景　同雲風掃雪初晴

悽涼情況。（結句眉批）一幅絶妙畫稿。

司空圖

酒泉子　買得杏花

遺詞命意是六一公之祖也。

韓偓

生查子　侍女動妝奩

柔情密意，五代、兩宋閨詞之祖也。以意運詞，其妙不在字句之間，而在紘外。

張曙

浣溪沙　枕障薰爐隔繡帷

「始應知」三字想有所指，非空語也。（「天上」二句眉批）對法活潑，導人先路。結句尤佳。

吕嵒

梧桐影景德寺僧房　落日斜

字字幽絶，自是仙筆。（尾批）朱竹垞《詞綜》云：按别本首句皆作「落月斜」，非是，今從《竹坡詩話》更正。又景德寺蛾眉院壁所題「今夜故人」作「幽人今夜」。

柳氏

楊柳枝答韓員外　楊柳枝

較君平作更深一層，言縱無他人攀折，以待君來，亦已晚矣。

王麗真女郎見《才鬼録》

字字雙　床頭錦衾斑複斑

既傷閴寂又悲寫隔乃有如此之妙。

無名氏

後庭宴　千里[故]鄉(關)

(「菱花知我消香玉」句眉批)知我而在菱花，菱花知我耶？我知我耶？我知菱花耶？我不知而菱花知耶？菱花不知而我知耶？我不知菱花而菱花知我耶？我知菱花而並知菱花之知我耶？我耶？菱花耶？其妙令人不可思議。　(尾批)結二語，淒斷而筆力遒健。

五代十國詞

唐人之詞，猶六朝之詩；五代之詞，猶初唐之詩也。李後主情詞淒婉，獨步一時。和成績、韋端己、毛平珪三家，語極工麗，風骨稍遜。孫孟文崛起，筆力之高，庶幾唐人。自馮正中出，始極詞人之工，上接飛卿，下開歐、晏，五代詞人，斷推巨擘。

後唐莊宗皇帝

憶仙姿　曾宴桃源深洞

筆致幽秀。

蜀主孟昶

玉樓春夜起避暑摩訶池上作　冰肌玉骨清無汗

「月窺人」三字奇妙。結二語嗚嗚咽咽，我不忍卒讀。（尾批）朱竹垞《詞綜》云：按蘇子瞻《洞仙歌》本隱括此詞，然未免有點金之憾。

南唐中主李景

山花子　菡萏香銷翠葉殘

淒然欲絶。（結句眉批）只在無可説處。

後主李煜

相見歡　林花謝了春紅

後主詞淒艷出飛卿之右，晏、歐之祖也。

又　無言獨上西樓

淒涼況味。　（下闋眉批）欲言難言，滴滴是淚。　（尾批）黄叔暘云：此首最淒婉，所謂亡國之音哀以思。

清平樂　别來春半

（「離恨恰如春草，更行更遠還生」眉批）歐陽公「離愁漸遠漸無窮，迢迢不斷如春水」，從此脱胎。

浪淘沙　簾外雨潺潺

憑欄遠眺，百端交集，此詞播之管絃，聞者定當墮淚。　（尾批）蔡絛云：含思悽婉。「夢裏不知身是客」，真乃有此苦情。

又　往事只堪哀

起五字悽婉，卻來得突兀，故妙。　淒惻之詞而筆力精健，古今詞人誰不低首。

子夜　花明月暗籠輕霧

「剗襪」二語細麗。「一晌」妙。　香奩詞有此，真乃工絶，後人着力描寫，細按之總不逮古人也。

又　人生愁恨何能免

（下闋眉批）回首可憐歌舞地，「悠悠蒼天，此何人哉！」

虞美人　春花秋月何時了

（上闋眉批）一聲慟哭，如聞哀猿！　（下闋眉批）嗚咽纏綿，滿紙血淚。

擣練子　深院靜

古人以詞名爲題，他本增「秋閨」二字，殊屬惡劣。

長相思　雲一緺

（上闋眉批）字字綺麗。　結五字婉曲。

一斛珠美人口　曉粧初過

（下闋眉批）畫所不到。　（結句眉批）風流秀曼，失人君之度矣。

臨江仙　櫻桃落盡春歸去

淒涼情況，曲曲繪出。　（結句眉批）依依不捨，煞是可憐，讀者爲之傷心。　（尾批）蘇子由云：淒涼怨慕，真亡國之聲也。　《詞綜》云：是詞相傳後主在圍城中賦，未就而城破，闕後三句。劉延仲補之云：「何時重聽玉驄嘶，撲簾柳絮，依約夢回時」。而《耆舊續聞》所載固是全作，當從之。

和　凝

成績詞骨不高，而琢句卻妙。

鶴沖天宮詞　曉月墜

「宮漏」五字，名雋如摩詰之詩，貴品也。

采桑子　蝤蠐領上訶梨子

描繪嬌憨之態，後人襲用者屢矣。

漁父　白芷汀寒立鷺鷥

較子同作，自遠不逮，而遺詞琢句，精秀絶倫，亦佳構也。

韋　莊

端己詞淒艷入人骨髓，飛卿之流亞也。

菩薩蠻　紅樓別夜堪惆悵

情詞淒艷，柳耆卿之祖。　（下闋眉批）婉約。

又　人人盡説江南好

（上闋眉批）一幅春江圖畫。　（下闋眉批）意中是思鄉，筆卻説江南風景好，真是淚溢中腸，無人省得。　（尾批）結言風塵辛苦，不到暮年不得還鄉，豫知他日還鄉必斷腸也。與第二語口氣合。

又　如今卻憶江南樂

風流自賞。　（「白頭誓不歸」眉批）決絶語正自淒楚。

歸國遥　金翡翠

「別後只知相愧」，真有此情。

應天長　緑槐陰裏黄鸝語

（批結句）端己《菩薩蠻》詞「凝恨對斜暉，憶君君不知」，未嘗不妙，然不及「斷腸君信否」。

荷葉杯　絶代佳人難得

「不忍更思惟」五字淒然欲絶，姬獨何心，能不腸斷乎。（尾批）《古今詞話》云：韋莊以才名寓蜀，王建割據，遂羈留之。莊有寵人，姿質艷麗，兼善詞翰，建聞之，托以教内人爲詞，强莊奪去。莊追念悒怏，作《小重山》及此詞。情意悽怨，人相傳播，盛行于時。姬後傳聞之，遂不食而卒。

浣溪沙　夜夜相思更漏殘

（「想君思我錦衾寒」眉批）從對面着筆，妙甚。（下闋眉批）好聲情。

河傳　何處。煙雨

（下闋眉批）蒼涼。《浣花集》中此詞最有骨。

訴衷情　碧沼紅芳煙雨淨

「鴛夢」五字有仙氣，亦有鬼氣。

上行盃　芳草灞陵春岸

「勸君更進一杯酒，西山陽關無故人」，同此淒艷。

女冠女　四月十七

起得灑落。「忍淚」十字真寫得出。

更漏子　鐘鼓寒，樓閣暝

「落花香露紅」五字淒絶秀絶。　結筆（待郎郎不歸）楚楚可憐。

薛昭蘊

侍郎詞善於摹神。

浣溪沙　粉上依稀有淚痕

（批結句）日斜人散，對此者誰不消魂。

女冠子　求仙去也

「野煙溪洞冷，林月石橋寒」十字，頗似中唐五律，語有仙氣。

謁金門　春滿院

曰「相思」，曰「腸斷」，曰「夢見」，皆成語也。　看他分作兩層，便令人愛不忍釋手，遣詞用意須知如此。

牛嶠

松卿詞如怨如慕，當與端己並驅。

感恩多　兩條紅粉淚

（「强攀桃李枝」句眉批）「强攀」妙，中有傷心處，聊借此消遣耳。不必着力，只任意寫來，自臻妙境。

菩薩蠻　緑雲鬟上飛金雀

（上闋眉批）穠至。　結二語，寫得又嬌癡又苦惱。

西溪子　捍撥雙盤金鳳

短句頗不易，此作字字的當，有意筆，能品也。

江城子　鵁鶄飛起郡城東

「越王宫殿，蘋葉藕花中」九字，風流悲壯。

毛文錫

平珪詞婉麗，不減南唐後主。

更漏子　春夜闌

「紅紗一點燈」，真妙，我讀之不知何故，只是瞪目呆望，不覺失聲一哭。我知普天下世人讀之，亦無不瞪目呆望失聲一哭也。「紅紗一點燈」，五字五點血。

醉花間　休相問

（尾批）此種起筆合下章自成章法，自是一時興到之作，婉妙無比，後人屢屢效之，反覺數見不鮮矣。

又　深相憶

與上章起筆合拍。　結筆尤勝上章。

巫山一段雲　雨霽巫山上

神光離合，《高唐》、《神女》之流亞也。

牛希濟

生查子　春山煙欲收

「殘月臉邊明，别淚臨青曉」十字，别後神理。「曉風殘月」不是過也。　結筆尤佳。

又　新月曲如眉

（上闋眉批）亦是滿紙相思淚。　（下闋眉批）觸物生情，哀感頑艷，開後人多少心思。　（尾批）松卿詞無此頑艷。

歐陽炯

舍人詞于平淡中自饒風味。

三字令　春欲盡

「兩心知」三字温厚，較「憶君君不知」更深。　（結句「月分明，花澹薄，惹相思」眉批）好在「分明」、「淡薄」四字。

南鄉子　岸遠沙平

遺詞用意，俱有別致。

又　路入南中

好在「收紅豆」三字，觸物生情，有如此者。

江城子　曉日金陵岸草平

較「越王宫殿，蘋葉藕花中」更勝一着。

浣溪沙　相見休言有淚珠

（批結句）結語情致可想。

鳳樓春　鳳髻緑雲叢

（「因想玉郎何處去」眉批）「因想」者因夢而有想也。（結句眉批）淚痕血點。

清平樂　春來街砌

詞中變態，余最不喜，偶一爲之則可。詞中變格尚可，變態斯下矣。

顧　敻

太尉詞有獨至處。

河傳　棹舉，舟去

好起筆。　「天涯離恨江聲咽，啼猿切」十字，筆力精健。

醉公子　漠漠秋雲淡

（下闋眉批）字字嗚咽。

又　岸柳垂金綫

（「相逢爾許難」眉批）較後主「奴爲出來難，較君恣意憐」稍遜一着，而情致亦復不泛。

訴衷情　永夜抛人何處去

（批結句「换我心，爲你心，始知相憶深」）元人小曲往往脱胎於此。

楊柳枝　秋夜香閨思寂寥

（下闋眉批）悽涼情況，即香山「暮雨瀟瀟郎不歸」意也。

鹿虔扆

臨江仙　金鎖重門荒苑静

「一聲河滿子，雙淚君前」，深情苦調，有《黍離》、《麥秀》之悲。

閻　選

河傳　秋雨，秋雨

起筆勝，結筆緩。

魏承班

玉樓春　寂寂畫堂梁上燕

（上闋眉批）淒艷之筆。　（結句眉批）良辰美景奈何天。

生查子　煙雨晚晴天

（上闋眉批）妙在説不出心中無限事，欲言難言。　結二語更覺哀艷。

尹　鶚

滿宮花　月沉沉

（上闋眉批）綺麗風華。　（下闋眉批）仿佛仲初宫詞。

菩薩蠻　隴雲暗合秋天白

（下闋眉批）慧心密意令人叫絶。嬌癡之情可掬。

毛熙震

清平樂　春光欲暮

「簾卷晚天疎雨」六字精湛。　下闋淒艷。

南歌子　遠山愁黛碧

（下闋眉批）風流藴藉，妖而不妖。

李珣

《瓊瑶詞》頗見風格，語亦名雋。

巫山一段雲　古廟依青嶂

「啼猿何必近孤舟，行客自多愁」二語，語淺情深，言不必猿啼，行客已自多愁，況又聞猿啼乎。

（尾批）黄叔暘云：唐詞多緣題所賦，《臨江仙》則言仙事，《女冠子》則述道情，《河瀆神》則詠祠廟，大概不失本題之意。爾後漸變，去題遠矣。如珣此作，實唐人本來詞體如此。

南鄉子　蘭橈舉

（批結句）嬌態如見。

又　漁市散

「啼瘴雨」三字，筆力精湛，仿佛古詩。

又　相見處

有心耶？　無心耶？　妙，妙！

菩薩蠻　迴塘風起波紋細

「殘日照平蕪」五字，精絶秀絶。　（下闋眉批）音節淒斷。

浣溪沙　晚出閒庭看海棠

（上闋眉批）如畫。　「暗思何事立殘陽」，其妙在説不出處。

河傳　去去，何處

（上闋眉批）一氣舒卷，若斷若連，有水流花放之樂。　結得温厚。

孫光憲

孟文詞，在五代時最見氣格，風致亦復不泛，出韋端已之上。

河瀆神　汾水碧依依

「裊裊兮秋風，洞庭波兮木葉下」，起筆彷佛似之。

後庭花　石城依舊空江國

起筆挺。　（下闋眉批）觸景生情，有不期其然而然者。　「只是教人」四字，真乃達得出。

清平樂　愁腸欲斷

（下闋眉批）柔情密意，思路淒絶。

風流子　樓倚長堤欲暮

情態逼真，令人如見。結三語（「無語。無緒。慢曳羅裙歸去」），有無限惋惜。

浣溪沙　蓼岸風多橘柚香

「片帆煙際閃孤光」七字，壓徧今古詞人。「閃孤光」三字警絶。無一字不秀錬，絶唱也。

又　烏帽斜欹倒佩魚

（上闋眉批）迤邐寫來。（下闋眉批）描寫女兒心性、情態，無不逼真。

又　蘭沐初休曲檻前

（上闋眉批）情態可想，風流窈窕，我見猶憐。（結句「此時模樣不禁憐」尾批）「不禁憐」三字真乃嬌絶，飛燕、玉環無此情態，直欲與麗娟並驅矣。

謁金門　留不得

起筆超脱。結筆妙，一「還」字可知孤悽非一日矣。

思越人　渚蓮枯

（上闋眉批）筆致疎冷。「經春初敗秋風起，紅蘭緑蕙愁死」二語淒艷，而筆力甚遒。

張　泌

子澄詞，最善摹寫閨情。

蝴蝶兒　蝴蝶兒

妮妮之態，一一繪出。（「無端和淚拭燕脂」句眉批）干卿甚事，如許鍾情耶？

江城子　浣花溪上見卿卿

結六字（「和笑道，莫多情」）寫得可人。

馮延巳

陳世脩序云：馮公余外舍祖，樂府思深詞麗，韻逸調新。　正中詞爲五代之冠。　正中詞如摩詰之詩，字字和雅，晏、歐之祖也。　正中詞高處入飛卿之室，卻不相沿襲，雅麗處時或過之。

羅敷豔歌　馬嘶人語春風岸

字和音雅，情味不求深而自深。

又　小堂深靜無人到

（上闋眉批）自然景色。　結拍處含毫邈然。

芳草渡　梧桐落

（上闋眉批）淒秀。　（下闋眉批）短句有一氣相生之樂，直是化境。

歸國謠　江水碧

句中有骨，不同泛寫。　結得蒼涼。

蝶戀花　六曲闌干偎碧樹

（上闋眉批）雅秀工麗，是歐公之祖。　（結句眉批）字字和雅，字字秀麗，詞中正格也。

又　誰道閑情抛擲久

起得風流跌宕。「爲問」二語，映起筆。「獨立」二語仙境、夢境，斷非凡筆也。

又　幾日行雲何處去

（上闋眉批）遣詞運筆如許松爽。　（下闋眉批）情詞並茂，我思其人。

又　庭院深深深幾許

連用三「深」字，妙甚。　（「樓高不見章臺路」眉批）偏是樓高不見，試想千古有情人讀至結處，無不淚下。絶世至文。　此詞他本皆云歐陽永叔作，惟朱竹垞《詞綜》獨云馮延巳作。竹垞博覽群書，必有所據也。

南鄉子　細雨濕秋風

起二語，寫得秋風憔悴。　只如此結，情味自到。

喜遷鶯　宿鶯啼

（下闋眉批）香寒燈絶矣，忽然想到去年離别，意雖尋常，運筆卻妙。

虞美人　玉鈎鸞柱調鸚鵡

（「薄晚春寒無奈落花風」句眉批）婉約。　（結句「誰佩同心雙結倚闌干」眉批）風神藴藉，馮公本色。

抛球樂　梅落新春入後庭

「入」字妙。「芳草迎船緑未成」七字秀鍊，對句稍遜。

又　霜積秋山萬樹紅

起筆制勝。「白雲天遠重重恨，黄葉煙深淅淅風」二語，意有十層，直似中唐絶妙七律。

菩薩蠻　欹鬟墮髻摇雙槳

「欹鬟墮髻」四字妙甚。「楚歌嬌未成」，直以《子夜》一流人物。　結在有意無意之間，妙，妙。

（尾批）較「家住緑楊邊，往來多少年」，更高一層。

三臺令　春色

「依舊」二字中有眼淚。　結筆風流中自覺酸楚。

又　南浦

此「依舊」二字不及上章。此有「當時」二字，則「依舊」人人所有，上章只在無字句處，故妙。

（尾批）「流水，流水。中有傷心雙淚」二語，淋淋漓漓。

又　明月

（結句眉批）孤眠情況，别恨離愁，一一如見。

浣溪沙　馬上凝情憶舊游

「早是出門長帶月，可堪分袂又經秋」，流水對，工麗芊綿，深深欵欵。

應天長　一鈎初月臨妝鏡

「風不定」三字中有多少愁怨，不禁觸目傷心也。　結筆淒婉，元人小曲有此淒涼，無此温惋，古人所以爲高。

成幼文

謁金門　風乍起

只一「閑」字，可知本自無情，以觸物而生情也。　即少伯「少婦不知愁」之意。　「手挼紅杏蕊」，所謂無情處都有情也。　（結句眉批）曰「終日望君」，忽曰「君不至」，便覺掃興矣。　下忽接「舉頭聞鵲喜」五字，只此便住其詞，若離若合，一時柔情密意如見。　（尾批）觸處生情，其妙不可思議。　陳質齋云：世言「風乍起」爲馮延巳作，或云成幼文也，今《陽春集》無有，當是成幼文作。

耿玉真女郎

《南唐書》云：盧絳病痁且死，夜夢白衣婦人歌此詞勸酒。　歌數闋，因謂絳曰：「子之疾，食蔗即愈。」如言，果差。　迨數夕，又夢前婦人曰：「妾乃玉真也，他日富貴，相見於固子坡。」後入金陵，累官柱國，唐亡歸宋，以龔慎儀事坐誅，臨刑有白衣婦人同斬，姿貌宛如所夢。　問其姓名，曰耿玉真，問受刑之地，即固子坡也。　夢境奇幻，是仙是鬼，抑亦神物託詞，莫可測矣。

菩薩蠻　玉京人去秋蕭索

字字沉寂。　（下闋眉批）如怨如慕，如泣如訴，欵欵深深，低徊不盡，無一字不惋約。　（「攲枕悄無言」句下批）夢境孤寂。　（「何處砧聲急」句下批）嗚嗚咽咽。

雲韶集輯評卷二

宋詞

宋人之詞如唐人之詩，五色藻繪，八音和鳴，前無古人，後無來者，一代之盛，雖曰人力，亦天運攸關也。北宋晏、歐、王、范諸家，規模前輩，益以才思。東坡出而縱横排宕，掃盡纖浮。山谷崛强盤屈，另開生面。張、晁則摇曳生姿，才不大而情勝。秦、柳則風流秀曼，骨不高而詞勝。自方回出，獨闢機杼，盡掩古人。自美成出，開闔動盪，骨格清高，如羲之之書，伯玉之詩，永宜獨步千古。詞至北宋，亦云盛矣，然亦未極其變也。南宋而後，稼軒如健鶻摩天，爲詞壇第一開闢手。劉、陸兩家效之。雖非正格，而飛揚跋扈，直欲推倒古今。於是鄱陽姜白石出，鍊骨、鍊格、鍊字、鍊句，歸於醇雅，而詞品至是乃有大宗。史、高出而和之，張、吴、趙、蔣、周、陳、王、石諸家師之。自張叔夜出，斟酌古今，詞品愈純，大致亦不外白石詞體。詞至南宋，正如詩至盛唐，嗚呼！至矣。北宋詞極其高，南宋詞極其變。兩宋作者，斷以清真、白石爲宗。

徽宗皇帝

燕山亭　裁剪冰綃

起三語，綺麗有致。　（下闋眉批）新愁舊恨，鬱結成詞。　故説來滿紙是淚，滿紙是血。　（結句眉批）淋淋漓漓，一聲痛哭，讀者能無深責高宗。

高宗皇帝

漁父詞　水涵微雨湛虚明

筆致清高，幾欲與子同作相鼓吹。　（尾批）廖瑩中《江行雜録》云：《漁父》詞清新簡遠，雖古之騷人詞客，老於江湖、擅名一時者不能企及。

徐昌圖

臨江仙　飲散離亭西去

「淡雲孤雁遠，寒日暮天紅」十字，名秀可愛。　（下闋眉批）字字秀鍊，句句淒涼。

潘閬

酒泉子　長憶孤山

（上闋眉批）天然圖畫。　結二語，清絶，不食人間煙火。　（尾批）山陰陸子遹云：句法清古，語帶煙霞，近時罕及。

又　長憶西湖，盡日憑闌樓上望

此詞頗爲名流所重，然卻有清灑之致。　結五字清妙。　（尾批）《古今詞話》云：石曼卿見此詞，使畫工繪之作圖。又《湘山》云：錢希白愛之，自書玉堂屏風。

寇準

萊公一代名臣，而詞旨婉麗，仿佛飛卿。

點絳脣　小陌輕寒

（上闋眉批）字字細麗。　（下闋眉批）淒艷絶倫，飛卿之亞也。

江南春　波渺渺

此詞語工字鍊，骨秀格高，千古之名作也。

陽關引　塞草煙光闊

起十字魂銷。（下闋眉批）筆致疎散，自是宋派。

王禹偁

點絳脣　雨恨雲愁

情詞淒惋，筆墨秀麗。（結句眉批）只是無可説處，筆力精健可喜。

晏　殊

晁無咎云：元獻不蹈襲人語，而風調閒雅，如「舞低楊柳樓心月，歌盡桃花扇底風」，知此人不住三家村也。　劉貢父云：元獻尤喜馮延巳歌詞，其所自作，亦不減延巳。　元獻詞風神婉約，骨格自高，不流俗穢，與延巳相伯仲也。（傳上眉批）：按「舞低楊柳樓心月，歌盡桃花扇底風」二語，乃晏叔原作，非元獻之筆也，且此二語麗而少骨，不類元獻筆墨。

破陣子　燕子來時新社

（上闋眉批）眼前景誰人道得。（下闋眉批）風神婉媚，令人愛不釋手。

清平樂　紅箋小字

起筆深情綺語，我讀之低徊不盡。（下闋眉批）欵欵深深，哀而不傷。

浣溪沙　一曲新詞酒一杯

（上闋眉批）有一刻千金之感。　（下闋眉批）觸目生情，筆致嫵媚。

玉樓春　緑楊芳草長亭路

（上闋眉批）字字淒秀。　（下闋眉批）低徊反覆，言有盡而意無窮。

踏莎行　碧海無波

起三句（「碧海無波，瑶臺有路。思量便合雙飛去」），憑空結撰，妙甚。（「當時輕別意中人」眉批）輕別悔當時，真有此情。　（結句眉批）深情苦調，妙在不傷。

又　小徑紅稀

（「春風不解禁楊花，濛濛亂撲行人面」眉批）春風有知耶？　春風無知耶？　其妙不可思議。　結七字（「斜陽卻照深深院」）只寫景而情自到。

蝶戀花　檻菊愁煙蘭泣露

起筆淒艷。　「明月不諳離恨苦，斜光到曉穿朱户」二語，極有情味而音節卻雅正。　（結句眉批）低徊欲絶，《陽春集》中最高之作不過如是。

漁家傲采蓮　越女采蓮江北岸

（「時時照影看粧面」眉批）有顧影自憐之態。　（結句眉批）與歐陽公「芳心只共絲爭亂」同妙。

王　琪

陳輔之云：君玉有《望江南》十首，自謂謫仙。荆公酷爱其「紅綃香潤入梅天」之句。

望江南　江南雨

工貼雅秀，畫意詩情，宜其自負不凡也。（「碧瓦烟昏沉柳岸，紅綃香潤入梅天。」）「沉」字警絶，「入」字尤妙。「春江深閉木蘭船」七字，絶妙好詞。

又　江南岸

灑落有致。（下闋眉批）愈唱愈高。（「山下孤烟漁市遠，柳邊疏雨酒家深」）「遠」字微妙，「深」字意味不盡，古人一字不輕落如此。

林　逋

和靖詞婉約有别致。

長相思　吴山青

（上闋眉批）筆致横逸，精湛絶世。　結筆沉着又極疎散，仿佛香山。

霜天曉角　冰清霜潔

和靖以梅詩擅名，此詞全在旁面取神，亦復清徹無比。

點絳脣　金谷年年

（上闋眉批）淒秀絶世，讀之神往。　（下闋眉批）那不魂銷。

葉清臣

賀聖朝　滿斟緑醑留君住

（「三分春色二分愁，更一分風雨」眉批）句法真妙，惜爲後人盜襲多矣。　（結句眉批）清快。

聶冠卿

多麗李良定席上賦　想人生

《多麗》一詞，煞是清新。

此詞情文並茂，富麗極矣。　湯義仍《牡丹亭》大半從此脱胎，但有此情詞，無此風格，古人之高，愈味愈出，後人詞愈工，骨愈下矣。（「彩雲歸後，何處更尋覓」眉批）《西廂》「彩雲何在」，亦是盜襲此詞。

余嘗謂《多麗》一詞爲詞中最下品，爲曲中最上乘，實際元人雜曲之祖也。　（尾批）黄叔暘云：冠卿詞不多見，如此篇亦可謂才情富麗矣。　其「露洗華桐，煙霏絲柳，緑陰摇曳，蕩春一色」四句，又所謂玉中之珙璧，珠中之夜光，每一觀之，撫玩無斁。　胡元任云：「露洗華桐」二語，此是仲春天氣，下乃云「緑陰摇曳，蕩春一色」，其時未有「緑陰」，亦語病也。　胡論亦是，然易此二字不難。

李師中

菩薩蠻　子規啼破城樓月

起筆好。「萬家煙雨中」，絶妙一幅雄秀畫圖。（「從此信音稀，嶺南無雁飛。」）結得淒絶，妙在「從此」二字。我讀至「從此」二字，只是要哭，不知何故。「從此」二字，只是兩點血。

韓琦

吴虎臣云：魏公皇祐初鎮揚州，撰《維揚好》四章，所謂「二十四橋千步柳，春風十里上珠簾」者是也。其後罷相出鎮安陽，復作《安陽好》詞十章。

點絳脣　病起懨懨

（上闋眉批）淒艷不減飛卿。（下闋眉批）深情遠韻，極盡頓挫之致。

范仲淹

希文詞不多，而一一沉着痛快處，冠絶古今。

蘇幕遮　碧雲天

《西廂·長亭》篇從此脱胎。（「碧雲天，黄葉地。秋色連波，波上寒烟翠。」）起三語，無數秋景。「芳草無情，更在斜陽外」二語，與歐陽公《踏莎行》結句同一沉至。結得悲切。

御街行　紛紛墜葉飄香砌

（「夜寂靜，寒聲碎。」）「碎」字鍊。筆致亦疎亦整，化境也。淋淋漓漓，《西廂》之祖也。但《西廂》有此情詞，無此骨力，北宋所以爲高。

漁家傲　塞下秋來風景異

起筆便來得精鋭。塞外秋景，一一繪出，筆力横絶古今，悲壯沈雄，唐人塞外諸曲無此沈着痛快也。悲而壯，一腔熱血，滿紙忠愛，想見文正生平。

宋祁

李端叔云：宋景文、歐陽永叔以餘力游戲，風流閑雅，超出意表。

玉樓春　東城漸覺風光好

（「紅杏枝頭春意鬧」眉批）紅杏尚書艷奪千古。（結句眉批）字字輕倩，語語沉着，真絶調也。

浪淘沙別劉原父　少年不管

琢句精妙。「到如今」三字，有多少猛省。（結句眉批）送行絶妙好詞，神理俱到，情文並茂。

韓縝

芳草即《鳳簫吟》 鎖離愁

起筆來脈甚遠，真有連綿無際之致。深深欵欵，令人魂銷。後半闋平正無甚大出色處。

張昪

離亭燕 一帶江山如畫

起筆真似畫圖。（换頭眉批）句句匀貼。（「多少六朝興廢事，盡入漁樵閒話」眉批）馮弔蒼茫，唐人遺響。（「紅日無言西下」）結句精湛，收得住。

歐陽修

陳質齋云：歐陽公詞多與《花間》、《陽春》相混，亦有鄙褻之語厠其中，當是仇人無名子所爲也。

羅長源云：公嘗致意於詩，爲之本義，温柔寬厚，所以深矣。今詞之淺近者，前輩多謂是劉輝僞作。

又云：元豐中，崔公度跋馮延巳《陽春集録》，謂其間有誤入《六一詞》者。今柳三變詞亦有雜之《平山集》中，則其浮艷者殆亦非皆公少作也。永叔詞樂而不淫，竹垞《詞綜》所選公詞極爲純雅，余略爲增減一二，亦無害風格也。公詞風流藴藉，飛卿、延巳不得專美於前。

長相思　深花枝

連用四「花枝」，二「深」、「淺」字，一字一意，筆如轉環，極盡詞中能事。後半闋嫌平。

采桑子　群芳過後西湖好

（上闋眉批）佳句可愛。「始覺」二字中有骨。

踏莎行　候館梅殘

一層遠一層，寫得有致，亦是從後主「更行更遠還生」化出。（結句眉批）平蕪盡處只有春山，已悲極矣，結云「更在春山外」，淒絶妙絶。

蝶戀花　越女採蓮秋水畔

（結句「離愁引著江南岸」眉批）與同叔《漁家傲》結筆同妙，而語更簡妙。「引着」二字妙甚。

又　小院深深門掩乍

（上闋眉批）秀麗纏綿，突過馮延巳。（結句眉批）情生文，文生情，令讀者魂移骨化。

玉樓春　湖邊柳外樓高處

上半闋淡淡着筆，已自銷魂。（下闋眉批）綺思妙語，超出意表，讀之不忍釋手。

浪淘沙　把酒祝東風

（上闋眉批）字字有心。（結句「可惜明年花更好，知與誰同」眉批）想到明年，語至情真，低徊不盡。

又　今日北池遊

放開筆寫，字字淒楚，字字痛快。

浣溪沙　堤上遊人逐畫船

（「緑楊樓外出秋千」）「出」字中有多少微倖，多少惋惜，情味挹之不盡。（結句眉批）風流自賞。

（尾批）晁無咎云：只一「出」字，自是後人道不到。

又　湖上朱橋響畫輪

（上闋眉批）明潤。（下闋眉批）遣詞琢句閑雅之極。

又　香靨凝羞一笑開（編者按，此首見於《淮海居士長短句》卷中，應爲秦觀作。《草堂詩餘續集》卷上誤爲歐陽修詞。）

（「柳腰如醉暖相挨」）「挨」字妙。（下闋眉批）無窮愁緒，情致楚楚，令人魂銷。

訴衷情畫眉　清晨簾幕卷輕霜

（「故畫作遠山長」眉批）縱畫長眉，能解離恨否？明知不能，偏要故畫作遠山之狀，我與眉有仇耶？眉與我有仇耶？筆法真妙，真能傳出癡女子心腸。筆致淒楚，亦只是尋常意耳，卻寫得如許濃至。看看是三字，筆端有神。

少年游草　闌干十二獨憑春

骨格自高，風韻亦勝，真絶唱也。將「憶王孫」三字插在「疎雨滴黄昏」之後，筆力横絶。（尾批）

吴虎臣云：不惟君復、聖俞二詞不及，雖求諸唐人温、李集中，殆與之爲一矣。

南歌子　鳳髻金泥帶

（「愛道畫眉深淺入時無」眉批）渾用成句，無害風雅。　（結句「笑問雙鴛鴦字，怎生書」眉批）錦心繡口，其詞在有意無意之間，其情有若合若離之妙。

臨江仙　柳外輕雷池上雨

起筆精秀。　風致楚楚，筆亦沉細。　風流閑雅，宜令滿酌賞歐而使公庫償釵也。　（尾批）宋錢文僖罷政爲西京留守。一日，宴於後園，客集，而歐公與妓俱不至，移時方來，在坐相視以目。公責妓云：「末至何也？」妓云：「中暑，往涼堂睡着，覺失金釵，猶未見。」公曰：「若得歐推官一詞，當爲償汝。」歐陽公即席云云。合座稱善，遂命妓滿酌賞歐，而令公庫償釵。

青玉案　一年春事都來幾

（上闋眉批）愈疎愈妙。　（「有箇人憔悴」眉批）情文相生，伊何人歟？　（結句眉批）字字淒斷。

梅堯臣

蘇幕遮草　露隄平

與君復《點絳脣》一闋，並驅中原。　（結句眉批）寫魂繪影，淒秀絶世。

石延年

燕歸梁　芳草年年惹恨幽

（上闋眉批）有心人語。　（結句眉批）斜日馮樓，易動愁思，意亦平常，看此倒用法便覺深切有味。

司馬光

阮郎歸　漁舟容易入春山

温公《西江月》詞，淫褻不類温公筆墨，疑是後人僞作。　此作清淡有味，故録之。

王安石

文公詞風格自高，運筆亦精健。

桂枝香　登臨送目

（上闋眉批）詩情畫境，風韻自勝。　（下闋眉批）馮弔流連，筆力蒼秀。　結亦嗚咽。

傷春怨夢中作　雨打江南樹

起五字勝。　「把酒祝東風，且莫恁、匆匆去」二語，有多少愛惜、多少無可奈何之意。

晏幾道

黄魯直云：叔原樂府寓以詩人句法，精壯頓挫，能動揺人心，合者《高唐》、《洛神》之流，下者不減《桃葉》、《團扇》。　陳質齋云：叔原詞在諸名家中，獨可追逼《花間》，高處或過之。　程叔徹云：伊川聞誦晏叔原「夢魂慣得無拘檢，又踏楊花過謝橋」，笑曰：「鬼語也。」意亦賞之。　叔原詞風流自賞，極頓挫起伏之妙。　叔原詞麗而有骨，不第以綺語見長。

長相思　長相思

此詞爲《小山集》别調，而纏綿婉約，煞有别致。

臨江仙　夢後樓臺高鎖

「落花人獨立，微雨燕雙飛」十字，工麗芊綿。　（「當時明月在，曾照彩雲歸。」）結筆依依不盡。

點絳脣　妝席相逢

（下闋眉批）風流秀曼，讓君獨步。

生查子　金鞍美少年

（上闋眉批）芊麗。　（結句眉批）亦有相思，只是無處説得，究不知何者關我情、觸我相思也。　要知真有此情。

採桑子　秋千散後朦朧月

（下闋眉批）字字婉媚。

更漏子　柳絲長

（上闋眉批）只就眼前景物，點染出如許姿態。　（結句眉批）越是殘夢時，最耐人尋思，虧他道破。

兩同心　楚鄉春晚

（上闋眉批）遣詞必工。　（結句「相思處，一紙紅箋，無限啼痕」眉批）清詞麗句，爲元人諸曲之祖。

清平樂　留人不住

（下闋眉批）淒艷芊綿，讀者傷神。

六么令　緑陰春盡

（上闋眉批）輕脆。　（下闋眉批）深情雅韻，令我情移，令我骨醉。　以月代燭，結得好。

鷓鴣天　綵袖殷勤捧玉鍾

（上闋眉批）清麗絶世，仙乎仙乎。　（結句「今宵賸把銀釭照，猶恐相逢是夢中」眉批）真有此情。

玉樓春　秋千院落重簾暮

（上闋眉批）遣詞琢句，秀色可餐。　（結句「紫騮認得舊游踪，嘶過畫橋東畔路」眉批）情真。

浪淘沙　小緑間長紅

（上闋眉批）觸物生情。　（下闋眉批）情極深切，語極悲恨，灑落有致。

蝶戀花　碧玉樓高臨水住

清詞麗句必爲鄰。　字字悽婉，仙耶鬼耶？

又　喜鵲橋成催鳳駕

（上闋眉批）情致楚楚。　（結句「路隔銀河猶可借，世間離恨何年罷」眉批）沈痛如此，何其怨也？

又　醉别西樓醒不記

（上闋眉批）清絶麗絶，亦復冷絶。　（下闋眉批）一字一淚，一字一珠，千古有情人一齊淚下。

破陣子　柳下笙歌庭院

無一語不秀，無一字不細膩，絶世艷才。　（結句「今年老去年」眉批）字字酸楚，大有怨情。

張　先

李端叔云：子野詞才不足而情有餘。　晁無咎云：子野與耆卿齊名，而時以子野不及耆卿，然子野韻高，是耆卿所乏處。　《古今詩話》云：有客謂子野曰：「人皆謂公『張三中』，即『心中事，眼中淚，意中人』也。」公曰：「何不目之爲『張三影』？」客不曉，公曰：「『雲破月來花弄影』、『嬌柔嬾起，簾卷厭花影』、『柳徑無人，墮飛絮無影』，此余平生所得意也。」　子野詞不假敷佐，一往情深，卓不可及。

卜算子　夢短寒夜長

（上闋眉批）無人整妝，亦常事耳，卻寫出如許情態，如許哀怨。　（結句「問尺素何由到」眉批）情詞淒怨。

卜算子慢　溪山別意

亦只是衆人所有之意，誰能道得如此曲折、如此悲怨？　（「恨私書、又逐東風斷。」）只一「又」字，便承上更深一層。

木蘭花　西湖楊柳風流絶

（上闋眉批）寫景處，亦清麗有致。　（結句「驪駒應亦解人情，欲出重城嘶不歇」眉批）較叔原《玉樓春》一闋更覺有味。

又　去年春入芳菲國

（結句「若不多情頭不白」眉批）天若有情天亦老。

翦牡丹　野緑連空

子野《玉樓春》云：「中庭月色正清明，無數楊花過無影。」此云「墮飛絮無影」，下《青門引》云「隔牆送過秋千影」，是又一「張三影」也。　（「江空月靜」）結得冷俊，從香山《琵琶行》「惟見江心秋月白」得來。

好事近和毅夫内翰梅花　月色透横枝

梅花詞最難工，白石《暗香》、《疎影》二闋，實爲古今絶調。　此作清而有骨，亦佳構也。

醉垂鞭　雙蝶繡羅裙

（「昨日亂山昏，來時衣上雲。」）蓄勢在一結，風流壯麗。

惜瓊花　汀蘋白

只是自春及秋，卻寫得如此沉着。（「飛破秋夕」）「破」字精鍊。結得孤遠。

漁家傲　巴子城頭青草暮

（上闋眉批）筆力高古。（結句眉批）情節之妙，一時獨步。

減字木蘭花贈妓　垂螺近額

嬌鬟低嚲，飛鸞輕鳳，不是過也。

醉落魄美人吹笛　雲輕柳弱

情詞並茂，姿態横生。李端叔謂子野才短情長，豈其然歟？

碧牡丹　步障摇紅綺

字字淒惻，筆力精鋭，詞人能事已盡。（下闋眉批）字字是淚痕血點，晏公聞之，能無動情耶？

（尾批）《道山清話》云：晏元獻爲京兆尹，辟張先爲通判。新納侍兒，公甚屬意。先能爲詩詞，公雅重之。每張來，令侍兒出侑觴，往往歌子野所爲之詞。其後王夫人浸不容，公即出之。一日子野至，公與之飲，子野作此詞，令營妓歌之。至末句，公聞之憮然，曰：「人生行樂耳，何自苦如此。」亟命於宅庫支錢若干，復取前所出侍兒。既來，夫人亦不復誰何也。

青門引　乍煖還輕冷

（上闋眉批）詞中有骨，不同信筆寫去。（結句「那堪更被明月，隔墻送過秋千影」眉批）情態殊佳，亦只是常意，點綴得好。

生查子彈箏　含羞整翠鬟（編者按，此首別作歐陽修詞，見《近體樂府》卷一）

（上闋眉批）雅韻欲流。（結句眉批）此詞頗似飛卿、延巳一類，而風格出其右。

柳　永

李晁無咎云：世言柳耆卿曲俗，非也。如「漸霜風淒緊，關河冷落，殘照當樓」，此真不減唐人語。孫敦立云：耆卿詞雖極工，然多雜以鄙語。吴虎臣云：仁宗留意儒雅，深斥浮艷虛華之文。三變好爲淫冶之曲，傳播四方，嘗有《鶴沖天》詞云：「忍把浮名，換了淺斟低唱。」及臨軒放榜時，人語之曰：「且去淺斟低唱，何要浮名。」劉潛夫云：耆卿有教坊丁大使意。葉少蘊云：嘗見一西夏歸朝官云：「凡有井水飲處，即能歌柳詞。」端叔云：耆卿詞鋪叙展衍，備足無餘，較之《花間》所集，韻終不勝。陳質齋云：柳詞格不高而音律諧婉，詞意妥帖，承平氣象，形容曲盡，尤工於羈旅行役。黄叔暘云：耆卿長於纖艷之詞，然多近俚俗。耆卿詞以情勝，音調悽婉，動搖人心，自是一代作手。譏之者雖多，終無損于先生也。

雨零鈴　寒蟬淒切

起數語疎落，作家風格。（「執手相看淚眼」數語眉批）傳神入骨。「今宵酒醒何處，楊柳岸曉風殘月」二語，想到別後情景，迷離綽約，一片神光。宜東坡自歎其「大江東去」一闋不如也。

傾杯樂　木落霜洲

（上闋眉批）絶妙畫圖。（「何人月下臨風處，起一聲羌笛」眉批）已自離愁莫解，況又聞月下羌笛乎？善寫羈旅情，是耆卿獨步處。曰「狂蹤跡」，豪放極矣，上忽加「寂寞」二字，便如横風吹斷，絶世文情。

卜算子慢　江楓漸老

（上闋眉批）淒秀絶世。（下闋眉批）淋漓沉痛，滿紙是淚。

少年游　參差煙樹霸陵橋

描寫秋色，懷古情傷，柳詞見長專在此等處。

夜半樂　凍雲黯淡天氣

此詞措詞之妙，所不待言，須觀其層折，始而渡江直下，繼而江盡沿溪而行，怒濤已息。「漸」字妙，是行路人語。風濤雖息而耳中風濤猶未息也。「樵風」好是荒野，尚未依村落也。繼而望見酒旆，繼而望見遊女，一層進一層，因遊女而觸動離情，不禁歎歸期無據。前此臨别時，不過一時强慰語也。繼而下淚，繼而斷鴻聲遠而日已暮矣。層折之妙，空絶古今。（「歎後約丁寧竟何據」眉批）此一「歎」字妙絶，可知閨中臨别時，勉强安慰，謂歸期必早；到此地空闊無人，回頭自想，究歎歸期無據也。真絶。

戚氏　晚秋天

(「綺陌紅樓,往往經歲遷延」批語)「紅樓」二語,穠艷中寓以蒼茫之氣,情景兼到,宜爲東坡歎服。

玉蝴蝶　望處雨收雲斷

(「水風輕」數句眉批)淒秀,是柳詞本色。　(下闋眉批)悽婉勝過飛卿。　(結句眉批)一往情深。

八聲甘州　對瀟瀟暮雨灑江天

(上闋眉批)風韻蒼涼,雖令太白、飛卿執筆,亦不過如此。　(「想佳人、妝樓顒望,誤幾回、天際識歸舟」數句眉批)即杜少陵「今夜鄜州月」之意。

安公子　遠岸收殘雨

起筆有力,不第寫景工秀也。真景真情。　(下闋眉批)淋漓曲折,一往情深。末二語(「聽杜宇聲聲,勸人不如歸去」),惜爲後人套爛。

雪梅香　景蕭索

「漁市孤烟裊寒碧,水村殘葉舞愁紅」二語,字字秀鍊,神理都到,千古詞人一齊低首。(「浪浸斜陽。」)「浸」字鍊。　行文不苦澀,亦有落花流水之致。

婆羅門令　昨宵裏恁和衣睡

(上闋眉批)筆致飛舞。　「中夜後、何事還驚起」一語,不是有心人道不出。　(結句「彼此空有相憐意,未有相憐計」眉批)嗚咽纏綿,不知是血是淚?

訴衷情近　雨晴氣爽

（「暮雲過了，秋光老盡，故人千里」眉批）「暮雲」二句是景，「故人」一語是情，此情此景，對此能不銷魂。「隱隱漁村，向晚孤煙起」，畫境，如摩詰之詩。

河傳　淮岸。向晚　雅麗有致。　去路悠遠，其情不盡。

蘇　軾

晁無咎云：居士詞，人謂多不諧音律，然横放傑出，自是曲子内縛不住者。　陳無己云：東坡以詩爲詞，如教坊雷大使之舞，雖極天下之工，要非本色。　陸務觀云：世言東坡不能歌，故所作樂府詞多不協。晁以道謂紹聖初與東坡别于汴上，東坡酒酣，自歌《古陽關》。則公非不能歌，但豪放不喜裁剪以就聲律耳。　又云：東坡詞歌之曲終，覺天風海雨逼人。　周煇云：豈無去國流離之思，殊覺哀而不傷。　《吹劍續録》云：東坡在玉堂日，有幕士善歌，因問：「我詞比柳耆卿何如？」對曰：「柳郎中詞，只好十七八女孩兒執紅牙拍，歌『楊柳岸、曉風殘月』。學士詞，須關西大漢執鐵綽板，唱『大江東去』。」公爲之絶倒。　胡致堂云：詞曲至東坡，一洗綺羅香澤之態，擺脱綢繆宛轉之度，使人登高望遠，舉首高歌，逸懷浩氣，超乎塵垢之外。於是《花間》爲皂隸，而耆卿爲輿臺矣。　張叔夏云：東坡詞，清灑舒徐處高出人表，周、秦諸人所不能到。　東坡詞擺脱羈縛，獨往獨來，雖有一二與調不合處，而飛揚跋扈，自是推倒一時豪傑。

醉翁操琴曲　琅然

（上闋眉批）清絶高絶，不許俗人問津。（下闋眉批）化筆墨爲煙雲。

行香子　清夜無塵

（上闋眉批）看得破。（結句「作箇閑人，對一張琴，一壺酒，一溪雲」眉批）胸襟灑落，真名士也。

雙調南鄉子重陽　霜降水痕收

（「酒力漸消風力軟，颼颼。破帽多情卻戀頭」眉批）用龍山落帽事，卻用得風雅疎狂。此翻用成典法。

點絳脣　獨倚胡床

（「明月清風我」眉批）押「我」字擲地有聲。（下闋眉批）此種筆墨，坡公獨有千古。

又　月轉烏啼

此詞不減秦、柳，可知東坡非不能爲綺語也，特才人不屑耳。

水調歌頭中秋　明月幾時有

落筆高超，飄飄有淩雲之氣。謫仙而後，定以髯蘇爲巨擘矣。（結句「但願人長久，千里共嬋娟」

眉批）筆致疎散。

西江月　照野瀰瀰淺浪

《西江月》一調，最易入於俚俗，此作卻灑落有致。通首寫醉後踏月，極有神致。

哨遍　睡起畫堂

（上闋眉批）筆致紆徐，蓄勢在後。（換頭眉批）措詞未嘗不細緻，東坡原無所不能。（下闋眉批）筆勢處處提振。前路紆徐曲折而入，到此放開筆，寫得天風海雨，咄咄逼人。

賀新涼　乳燕飛華屋

（上闋眉批）情節相生，筆致婉曲，東坡筆墨自有東坡心事。（下闋眉批）此中大有怨情，但怨而不怒，哀而不傷，詞骨詞品，高絶卓絶。

水龍吟和章質夫楊花韻　似花還似非花

東坡詞純是身世流離之感，卻極温厚，令讀者喜悦悲歡不能自已。（下闋眉批）淋漓曲折，躊躇滿志，詞中能事至斯極矣。（尾批）張叔夏云：後片愈出愈奇，直是壓倒古今。

浣溪沙游蘄水清泉寺　山下蘭芽短浸溪

愈豪放，愈覺悲鬱，愈見忠厚，愈令我神往。

卜算子雁　缺月挂疎桐

寓意深遠，筆力高絶。此種地步不惟秦、柳不能道，即求諸唐、宋名家，亦不能到。（尾批）黄魯直云：語意高妙，似非喫煙火食人語。

江城子　天涯流落思無窮

（結句「寄我相思千點淚，流不到、楚江東」眉批）語極沉着，一往情深。

念奴嬌赤壁懷古　大江東去

（上闋眉批）滔滔莽莽，其來無端，千古而下，更有何人措手。　大筆摩天，自是東坡本色，後來惟陳其年有此氣概，他手皆未能到此。東坡詞句調多不遵古法，不可爲訓，然正是此老神明變化處，後人不能學也。　（尾批）朱竹垞《詞綜》云：按他本「浪聲沉」作「浪淘盡」，與調未協。「孫吴」作「周郎」，犯下「公瑾」字。「崩雲」作「穿空」，「掠岸」作「拍岸」。又「多情應是，笑我生華髮」作「多情應笑我，早生華髮」，益非。今從《容齋隨筆》所載黄魯直手書本更正。至于「小喬初嫁」宜句絶，「了」字屬下句乃合。按《詞綜》更正極是，但以「了」字屬下句，與調雖協，其奈文意不順何？

蝶戀花　春事闌珊芳草歇

（上闋眉批）清麗。　此詞合秦、柳爲一手。

如夢令有寄　爲向東坡傳語

風流跌宕，是名士胸襟，是東坡本色。

昭君怨　誰作桓伊三弄

「新月與愁烟，滿江天」二語，意有六層，淒清絶世。

采桑子潤州多景樓與孫巨源遇　多情多感仍多病

語亦别致。　（「斜照江天一抹紅」眉批）詩情畫景，只此七字便寫出晚江景色來。

雲韶集輯評卷三

黄庭堅

晁無咎云：魯直小詞高妙，然不是當行家語。　魯直詞毁者譽者居其半，然觀其信筆寫法，姿態有餘，風格亦勝，是何等本領。竹垞《詞綜》于黄九詞去取最嚴，余略爲增減一二，願天下後世人平心讀之，其有合於心否？

減字木蘭花　中秋無雨

（上闋眉批）運筆靈妙，風韻自勝。　（結句眉批）亦風流，亦豪放，亦愁苦，絶世文情。

浣溪沙漁父　新婦磯頭眉黛愁

此作微嫌襲舊，而句法卻妙。

望江東　江水西頭隔煙樹

念奴嬌　斷虹霽雨

筆力奇横，是山谷獨步處。人只知其運筆之妙，崛强盤屈，不知一片深情，往復不置也。

起筆如畫。（換頭眉批）筆力精緊，鋒棱盡露。（結句眉批）風流豪宕，氣壓千人，筆力亦復横絶。

虞美人宜州見梅作　天涯也有江南信

（上闋眉批）有情，有景，有色，有香。（下闋眉批）姿態極妍，氣格亦高，此山谷本色，非秦少游詞，非柳耆卿詞也。

秦　觀

晁無咎云：近來作者皆不及少游，如「斜陽外，寒鴉數點，流水繞孤村」，雖不識字人，亦知是天生好言語。　蔡伯世云：子瞻辭勝乎情，耆卿情勝乎辭。辭情相稱者，惟少游而已。　張綖云：少游多婉約，子瞻多豪放，當以婉約爲主。　釋覺範云：少游小詞奇麗，詠歌之，見其神情在絳闕道山之間。　葉少藴云：少游樂府，語工而入律，知樂者謂之作家。子瞻戲云：「山抹微雲秦學士，露花倒影柳屯田」，微以氣格爲病也。　少游詞，纏綿婉約，出柳耆卿之右。　少游詞，於婉約中亦時有俊快處，真正作家。

滿庭芳　山抹微雲

起勢鍊字鍊句。（「斜陽外」三句眉批）畫所不到，秦學士儘自獨步處。（結句「傷情處，高城望斷，燈火已黄昏」眉批）情詞雙絶，東坡、耆卿皆不能及。

又　晚色雲開

清詞麗句，開人先路，風致自勝。綺麗。（結句「凭欄久，疏烟淡白，寂寞下蕪城」眉批）情景兼到，最是少游制勝處。

如夢令　鶯嘴啄花紅溜（編者按，此首別作黄庭堅詞，見《花草粹編》卷一；又作無名氏詞，見《草堂詩餘》前集卷上。《類編草堂詩餘》卷一作秦觀詞。《全宋詞》判爲無名氏作。）

（上闋眉批）秀鍊。（結句「依舊，依舊，人與緑楊俱瘦」眉批）情詞淒艷，不減飛卿。

又　遥夜月明如水

（上闋眉批）夜景旅情，寫得真至。（「無寐，無寐，門外馬嘶人起」眉批）結句尤佳。

生查子　眉黛遠山長

（上闋眉批）細緻。（結句眉批）清麗似飛卿。

浣溪沙　漠漠輕寒上小樓

「上」字好。（下闋眉批）婉約。

減字木蘭花　天涯舊恨

（上闋眉批）援物賦情，饒有姿態。（下闋眉批）淒絶秀絶，少游本色。

憶秦娥　暮雲碧（編者按，此首別作賀鑄詞，見《詞的》卷二；又作無名氏詞，見楊金本《草堂詩餘》前集卷下。《古今詞統》卷六作秦觀詞。《全宋詞》判爲無名氏作。）

結四字「影雙人隻」四層，妙，妙。

好事近夢中作　春路雨添花

（上闋眉批）措詞精秀。　（下闋眉批）筆勢飛舞，如風雨馳驟，誰謂少游僅婉約而已哉。

海棠春　流鶯窗外啼聲巧（編者按，此首別作無名氏詞，見《草堂詩餘》前集卷上，《樂府雅詞》拾遺卷下。《花草粹編》卷七作秦觀詞。《全宋詞》判爲無名氏作。）

（上闋眉批）婉媚。　（結句「試問海棠花，昨夜開多少」眉批）風致嫣然，正如玉環春夢醒時節。

鵲橋仙　纖雲弄巧

（上闋眉批）筆下亦翩翩有仙氣。　（結句眉批）情至語，卻説得雋絶。

踏莎行　霧失樓臺

「斜陽暮」三字犯起二語，固是語病，而琢句卻佳。　（「郴江幸自繞郴山，爲誰流下瀟湘去」眉批）結二語情文雙絶。　筆力既高，風韻亦勝，我莫名其妙。　此詞骨高韻高，少游獨有千古。　（尾批）釋天隱云：末二句從「沅湘日夜東流水，不爲愁人住少時」變化來。　黄山谷云：此詞高絶，但「斜陽暮」三字爲重犯耳。　又云：極似劉夢得楚、蜀間語。　胡元任云：子瞻絶愛尾兩句，自書於扇曰：「少游已矣，雖萬身何贖。」

江城子　西城楊柳弄春柔

（上闋眉批）淒斷。　（結句「便作春江都是淚，流不盡，許多愁」眉批）較坡老《江城子》結筆更覺沉至。

望海潮洛陽懷古　梅英疎淡

「亂分春色到人家」七字雋絶。（「柳下桃蹊」眉批）「下」字必妙。（下闋眉批）臨風懷遠，曲曲達出。結筆沉至

晁補之

陳質齋云：無咎嘗云，今代詞手，惟秦七、黄九。然兩公之詞，固自有不同，若無咎佳者，固未多遜也。無咎詞沉鬱頓挫，幾欲與秦七、黄九並驅。

鹽角兒梅　開時似雪

梅花品最高，詩詞俱難工。此作刻摯之至，但少渾涵，固是佳作，尚非神品。南宋姜白石《暗香》、《疎影》二詞，神明變化，永宜冠絶古今。

滿江紅　東武城南（編者按，此首應爲蘇軾詞，見《東坡詞》卷上。《類編草堂詩餘》卷三誤作晁補之詞。）

風雅疎狂，聲流絃外。措詞饒有姿態，如靈和殿柳，三起三眠。

臨江仙信州作　謫宦江城無屋買

（「水窮行到處，雲起坐看時」眉批）顛倒成句，偶然爲之則可。「青山無限好，猶道不如歸」十字，有多少眼淚。

摸魚兒　買陂塘旋栽楊柳

（上闋眉批）倜儻似東坡，清雋似少游。（下闋眉批）淋漓頓挫，敲碎玉唾壺。結數語愈覺悲憤盤屈。

憶少年　無窮官柳

（「無窮官柳，無情畫舸，無根行客」眉批）起三語，姿態有餘。（下闋眉批）字字悲鬱。

水龍吟　去年暑雨鉤盤

此詞真情苦意，點點是淚，秦、柳不能過也。（下闋眉批）以文爲詞，抑揚頓挫。情景兼寫，筆墨曲折之極。

惜奴嬌　歌闋瓊宴

（上闋眉批）蒼涼悲鬱，語極沉至。（下闋眉批）淚痕血點結成詞，《離騷》耶？杜詩耶？我讀之悲歌起舞。

張　耒

風流子　亭皋木葉下

「芳草有情，夕陽無語，雁横南浦，人倚西樓」四句，字字秀鍊。結筆盡而不盡，運筆亦擺脱有致。

陳師道

胡元任云：後山自謂他文未能及人，獨於詞不減秦七、黄九，其自矜如此。　無己詞風流飄灑，尤工小令。

菩薩蠻箏　哀箏一弄湘江曲（編者按，此首乃晏幾道作，見《小山詞》。《詞綜》卷六誤爲陳師道作。）

（上闋眉批）風韻綿麗。　（下闋眉批）絶世聲情，宜其自矜不減秦七、黄九也。

減字木蘭花晁無咎出小鬟佐歡　娉娉嫋嫋

（上闋眉批）無己詞亦是以情勝。　（下闋眉批）亦慨歎，亦風流。

李之儀

卜算子　我住長江頭

清雅芊綿，如讀古樂府。　結得苦惱又温厚。

賀　鑄

張文潛曰：方回樂府，妙絶一世，盛麗如遊金、張之堂，妖冶如攬嬙、施之袪，幽潔如屈、宋，悲壯如蘇、李。　周少隱云：方回有「梅子黄時雨」之句，人謂之「賀梅子」。　方回寡髮，郭功父指其髻謂曰：「此真賀梅子也。」　陸務觀云：方回狀貌奇醜，俗謂之賀鬼頭。其詩文皆高，不獨工長短句也。兩宋詞人，除清真、白石兩家外，不敢與先生抗手。

詞至方回，悲壯風流，抑揚頓挫，兼晏、歐、秦、柳之長，備蘇、黄、辛、陸之體，一時盡掩古人。

薄倖　淡妝多態

（上闋眉批）風致嫣然，低徊往復，妙絶古今。　（下闋眉批）意味極纏綿，而筆勢極飛舞，宜其獨步千古也。　（結句眉批）去路有韻。

青玉案　淩波不過横塘路

起筆飄逸，是賀公本色。　（「惟有春知處」）較秦少游「春隨人意」更來得妙。　（結句「一川煙草，滿城飛絮。梅子黄時雨」眉批）筆態翩翩，遺詞精秀，宜爲當時所重。　（尾批）《中吴紀聞》云：鑄有小築，在姑蘇盤門之内十餘里地，名横塘，方回往來其間，作此詞。後山谷有詩云：「解道江南斷腸句，只今惟有賀方回」，其爲前輩推重如此。　潘子真云：寇萊公詩「杜鵑啼處血成花，梅子黄時雨如霧」。世推方回所作「梅子黄時雨」爲絶唱，蓋用萊公詩也。

柳色黄　薄雨催寒

（上闋眉批）句句明秀。　有情有景，亦有筆。　「還記（出門時，恰而今時節）」二語妙，可知别已久矣。　（下闋眉批）淋漓頓挫，情生文，文生情。　（尾批）《能改齋漫録》：方回眷一姝，别久，姝寄詩云：「獨倚危欄淚滿襟，小園春色懶追尋。深恩縱似丁香結，難展芭蕉一寸心。」賀因所寄詩，遂成此調。

清平樂　小桃初謝

起筆清麗。（結句「惟有夜來歸夢，不知身在天涯」眉批）嗚咽極矣，而句卻灑脱。

又　陰晴未定

「簿日」五字妙，卻是「陰晴未定」天氣。（結句「看看鑷殘雙鬢，不隨芳草重生」眉批）悲鬱仿佛少陵。

踏莎行　急雨收春，斜風約水

起八字鍊。低徊盡致，賀公詞只就衆人所有之語運用入妙。結得淒艷。

又荷花　楊柳回塘

此詞必有所指，特借荷寓言耳。通首如怨如慕，如泣如訴，有多少惋惜，有多少慨歎，淋漓頓挫，一唱三歎，真能壓倒古今。

浣溪沙　鸚鵡無言理翠衿

畫境。方回詞一語抵人千百，初望之亦平常，細按之情味愈嚼愈出。

又　煙柳春梢蘸暈黄

（下闋）對法活潑，一片神行。結句尤妙。

又　秋水斜陽繞緑陰

（上闋眉批）只七字，勝人數百句。（下闋眉批）純用虚字，琢句奇絶横絶，總由筆力震得住。

憶秦娥　曉朦朧

《憶秦娥》兩章另有別調，骨高氣古，他手未易到此。

又　著春衫

看他似信筆寫法，其實千迴百折然後落筆，真絶技也。

感皇恩　蘭芷滿汀洲

（上闋眉批）筆致宕往。　（下闋眉批）骨韻俱高，情深一往。

瑞鷓鴣　月痕依約到西廂

（「初未識愁那是淚，每渾疑夢奈餘香」眉批）此種句法賀老從心化出，真正神技。　此詞殊有別致。

惜雙雙　皎鏡平湖三十里

（上闋眉批）句法總別致。　（結句「回首笙歌地。醉更衣處長相記」眉批）語極風致，卻是横空硬盤出來。

下水船　芳草青門路

「簾捲津樓風雨」六字警快。　去路悠然神遠。

好女兒　車馬匆匆

（上闋眉批）字字精秀。　（下闋眉批）芊綿婉麗，欸欸深深。

思越人　重過閶門萬事非

此詞最有骨，最耐人玩味。　方回詞兒女、英雄兼而有之。　結語清而有骨，亦有味。

毛　滂

澤民詞儘有絶妙處，秦七、黄九之流亞也。

浣溪沙　煙柳風蒲冉冉斜

（上闋眉批）筆致蕭疎淡遠。　結得深欵。

又　小雨初收蝶做團

（上闋眉批）句法清雋。　結筆情致芊綿。

惜分飛　淚濕闌干花著露

心中事何處説得，曰「更無言語，空相覷」，真有此情。　（「斷魂分付，潮回去」眉批）與方回「斷魂分付，與春歸去」，同一情深。　（尾批）陳質齋云：澤民他辭雖工，未有能及此者。　周煇云：語盡而意不盡，意盡而情不盡。

最高樓　微雨過

清麗紆徐，後半闋愈工愈妙，便欲突過秦七、黄九。　（結句「仗行雲，將此恨，到眉峰」眉批）清麗不減坡老。

玉樓春　盱眙作　長安回首空雲霧

淒斷中而音節卻和雅，仿佛馮正中。（結句「欲寄此情無雁去」眉批）意極纏綿，筆力雄勁。

青玉案　芙蕖花上濛濛雨

（上闋眉批）此種筆墨不減叔原。（結句「可人今夜，新涼一枕，無計相分付」眉批）深情苦調。

七娘子舟中早秋　山屏霧障玲瓏碧

（上闋眉批）筆致亦整亦散，此賀公筆法也，先生正不多讓。（「雲外長安，斜暉脈脈。西風吹夢來無迹」眉批）結三語，情景兼至，而句亦雋絶。

憶秦娥　夜夜夜了花朝也

疎狂有致。（下闋眉批）深情如許，深心人也。

夜行船　弄水餘英溪畔

（上闋眉批）畫景，如摩詰之畫。（結句「莫把鴛鴦驚飛去，要歌時、少低檀板」眉批）思深情遠。

感皇恩　緑水小河亭

「江月娟娟上高柳」七字，真景真畫，直令讀者撫玩無斁。「月明知我意，來相就」句，用「明月來相照」意。（「露涼釵燕冷，更深後」眉批）結得如許淒涼哀怨。

杜安世

卜算子　樽前一曲歌

（「纔欲歌時淚已流，恨［應］更、多於淚」眉批）梅村詩「才轉清喉便淚流，樽前訴出飄零苦」，從此脱化而更勝。　結筆正是情至語。

李元膺

茶瓶兒悼亡　去年相逢深院宇

此詞情不深，且不合悼亡體。以琢句尚雅秀存之。

思佳客　寂寞秋千兩畫旗

（結句「薄情飛絮難拘束，飛過東牆不肯歸」眉批）風致儘有，興而比也。

孫　洙

菩薩鬘記恨　樓頭尚有三通鼓

（上闋眉批）句句來得爽快，絶不粘皮帶骨。　（下闋眉批）音節自佳，又惋惜又憤恨。　（尾批）黄叔暘云：孫公于元豐間爲翰苑，與李端願太尉往來尤數，會一日鎖院，宣召者至其家，則出數十輩蹤跡，得之于李氏。時李新納妾，能琵琶，公飲不肯去，而迫于宣命，入院幾二鼓矣，遂草三制，復作此長短句以記別恨，遲明遣以示李。

朱服

漁家傲　小雨纖纖風細細

（上闋眉批）遣詞琢句精湛絶倫，仿佛范文正筆法。（結句「拚一醉，而今樂事他年淚」眉批）沈鬱悲壯，筆墨淋漓，小儒何足知之。

舒亶

菩薩蠻　畫船撾鼓催君去

放筆直書，卻極曲折。黄叔暘謂此詞極有味，信然。

散天花　雲斷長空落葉秋

此詞骨最高，語亦精緊。（結句「不堪殘酒醒，凭高樓」眉批）哀情苦意，柳耆卿「曉風殘月」後有嗣音矣。

王詵

黄魯直云：晉卿樂府清麗幽遠，在江南諸賢季孟之間。　晉卿詞灑落有致，名士風流。

憶故人　燭影摇紅向夜闌

按此詞佳絶。美成迫於召命，强爲增益，真如續鳧爲鶴，反不及原詞多矣。（尾批）《能改齋漫録》：都尉《憶故人》之作，徽宗喜其詞意，猶以不豐容宛轉爲憾，遂令大晟府别撰腔。周美成增益其詞而以首句爲名，謂之《燭影摇紅》云。

趙令時

行香子 蓼花　金井先秋

（上闋眉批）句烹字鍊。　風流宕往，脱盡煙火氣。（結句「有竹間風，尊中酒，水邊牀」眉批）一味疎狂，淡不可及。

蝶戀花　欲減羅衣寒未去

（上闋眉批）清麗婉約，晏、歐之嗣音也。　（結句「小屏風上西江路」眉批）深深曲曲，筆致淒艷。

王安禮

點絳脣　秋氣微凉

（上闋眉批）字字脆。　（下闋眉批）温雅芊麗，絶妙情致。

王安國

減字木蘭花　畫橋流水

（上闋眉批）工雅秀麗，姿態有餘。　（下闋眉批）絶妙思路，情能生文，信不誣也。

晁沖之

具茨詞工麗和雅，上接叔原。

感皇恩　蝴蝶滿西園

（上闋眉批）筆態翩翻，情詞並茂。　（下闋眉批）淒艷，是有心人語。

臨江仙　憶昔西池池上飲

（上闋眉批）清麗婉約，叔原不是過也。　情文相生，天下有情人讀之墮淚。

傳言玉女上元　一夜東風

上半闋富麗，便如身入皇都，目覩燈火。下半闋艷冶，便如躬遇可人，嬌波溜盼。總由達得出、道得真，故能令讀者神往。

秦觀

黄金縷足司馬才仲夢中蘇小小詞　妾本錢塘江上住（編者按，《御選歷代詩餘》卷三十九、《詞綜》卷七編入秦觀詞；《花草粹編》卷十三及《樂府雅詞拾遺》卷上以爲司馬槱作。又按《春渚紀聞》卷七載，此詞上闋乃唐妓蘇小小詞，司馬槱夢中得句；下闋爲錢塘尉秦觀（少章）所續也。結句云：「夜涼明月生南浦。」）

起筆便能脱俗。（换頭眉批）耐人玩味，即令少游執筆，當不過是。（結句眉批）仙風縹緲，情詞淒艷。

王觀

黄叔暘云：通叟詞名《冠柳》，至《踏青》一詞，風流楚楚，又不獨冠柳詞之上也。陳質齋云：逐客詞格不高，以《冠柳》自名，則可見矣。逐客詞舞態翩躚，儘可人意。

清平樂應制　黄金殿裏

應制題最難工，此作風流綺麗，工妙極矣。但於應制體不合，卒以此被謫，不亦宜乎？結句從旁面寫，愈見精神。

慶清朝慢　調雨爲酥

（上闋眉批）字字秀鍊，雅韻騷情，宜其自負冠柳。「煙郊外，望中秀色，如有無間」三句，是踏青正語。　下半闋起法跳宕，姿態横生，能令才人低首。結二語（「東風巧，盡收翠緑，吹在眉山」），情致楚楚，永推踏青題絶唱。

菩薩鬘　單于吹落山頭月

情詞淒斷。

生查子　關山魂夢長

（上闋眉批）十字淒絶。　別離難，相逢好，誰不知之，今卻加「真箇」二字，若前此猶在夢中者，真有此情，真妙絶矣。

臨江仙　別浦相逢何草草

淒婉。　下半闋風流酸楚，極悲惋之致。

滕宗諒

臨江仙巴陵　湖水連天天連水

運用成句有此一格，然偶一爲之則可。

孫　艤

菩薩鬘　一聲羌笛吹嗚咽

（上闋眉批）中流自在。　（下闋眉批）尖穎。

程過

滿江紅　春欲來時

「還又向、竹林疎處，一枝開卻」，坡公「竹外一枝斜更好」，亦此意也。　（下闋眉批）風流豪宕，欲歌欲舞。

陳亞

吴處厚云：雖一時俳諧之詞，寄興亦有深意。

生查子　相思意已深。

風流有致，亦淡亦濃。

张舜民

賣花聲題岳陽樓　木葉下君山

「下」字好。　通首語極豪壯，意極悲鬱，名作也。

王雱

眼兒媚　楊柳絲絲弄輕柔（編者按，此首乃無名氏作，見《草堂詩餘》前集卷上；然《類編草堂詩餘》卷二標爲王雱作，《詞綜》同。）

（「海棠未雨，梨花先雪，一半春休」眉批）春休一半，思路真妙，直是真愛惜春光，故想得到，説得出。

蔡挺

子政在渭久，鬱鬱不自得，寓意詞中，有「玉關人老」之歎。中使至，令優伶歌之，遂達禁掖，有樞密之拜。

喜遷鶯　霜天秋曉

通首摹寫邊景，亦淒苦亦悲壯，而大局總不外忠厚，其得達禁掖也宜哉。通叟以詞見謫，子政以詞得拜，筆墨之不可不慎也如此。

趙鼎臣

念奴嬌送王長卿赴河間司録　舊游何處

（上闋眉批）遣詞亦倜儻風流。（下闋眉批）敲碎玉唾壺，舞倒青鋒劍，悲壯淋漓，沈鬱頓挫。

蘇庠

菩薩鬘　園林寂寂春歸去

（上闋眉批）寫景秀絶，琢句清麗。　結語有別致。

木蘭花令　江雲疊疊遮鴛浦

（上闋眉批）旅情如畫，柳郎中未能道出也。　（下闋眉批）「渚花不解留人住」，觸景生情，歸怨「渚花」，妙，只是無可説處。

潘元質

倦尋芳　獸鐶半掩

秀豔極矣，才人之筆。　（下闋眉批）承上寫來，漸漸夜深矣。　（「恨踈狂，待歸來，碎揉花打」眉批）寫得又可笑，又可憐，又嬌癡，又驕縱，極盡才人能事，妙絶古今。

蘇過

點絳脣　高柳蟬嘶（編者按，此首乃汪藻作，見《浮溪文粹》卷十五。《詞品》卷三定爲蘇過詞，未明所據。）

（上闋眉批）有筆力。　（下闋眉批）情景聲色都有，不愧稱「小坡」也。

秦湛

謁金門　鴛鴦浦（編者按，此首乃張元幹作，見《蘆川詞》卷上；《類編草堂詩餘》卷一列入秦湛作。）

情詞淒怨，句法名雋，不愧少游家風也。

許庭

臨江仙詠柳　不見灞陵原上柳

（上闋眉批）情真語切。　（結句「夕陽影裏，愁殺宦游人」眉批）情景雙絶，道盡客路之苦。

葛勝仲

點絳脣　秋晚寒齋

深情如訴。　筆力雄深，音調淒惻。

鷓鴣天　玉琯還飛換歲灰

亦是詞中變格，而風致殊佳。　如此着筆，到處有情。

李冠

蝶戀花　遥夜亭皋閒信步

（「數點雨聲風約住，朦朧淡月雲來去」眉批）繪影繪色，神來之筆。（結句「人間没箇安排處」眉批）筆致爽直亦芊綿，最是詞中高境。（尾批）王介甫云：張子野「雲破月來花弄影」，不及李冠「朦朧淡月雲來去」也。

周紫芝

《竹坡詞》三卷，高郵孫競序云：竹坡樂章清麗婉曲，非苦心刻意爲之。竹坡詞信筆寫去，有微雲淡月之妙，水流花放之樂，不關人力，神妙天然。

鷓鴣天　一點殘紅欲盡時

（上闋眉批）淒涼之極，寫得清切，不必着力，韻味自深。（結句「如今風雨西樓夜，不聽清歌也淚垂」眉批）一味放筆直書，他手自不能到。

醉落魄　江天雲薄

一味古樸，而芊綿往復之情即寓於内，是何本領。（結句「雪滿西樓，人在闌干角」眉批）風神絶妙。

生查子　金鞍欲別時

（上闋眉批）情深如此。　（下闋眉批）無一字不輕倩，似不關人力者。

又　春寒入翠帷

（上闋眉批）又清麗，又雄秀。　結二語（「滿眼是相思，無説相思處」），清絶麗絶，卻極不費力，是少隱獨步處。

又　青絲結曉鬟

（「知爲曉愁濃，畫得雙蛾淺」眉批）與歐公「畫作遠山長」一正一反，各有情致。

謁金門　春雨細

（上闋眉批）婉麗。　（下闋眉批）淒惋可憐。

朝中措　雨餘庭院冷蕭蕭

（上闋眉批）字字秀鍊，而句法卻爽快。　（結句「又是夕陽時候，一爐沉水烟銷」眉批）此情此恨，何處訴得。

點絳脣　燕子風高

令讀者愛惜春光。

一剪梅　無限江山無限愁

（上闋眉批）情景都絶。「酒在離樽，情滿滄州」二語，語不深而情極深。　結筆（「莫道長江，不解西流」）語既深情亦深。

江城子　夕陽低盡柳如煙

起語如畫。　（「怎得人如天上月，雖暫缺，有時圓」眉批）月缺難圓，此翻用其意。　（「因甚江頭來處雁，飛不到，小樓邊」眉批）歸怨於雁，怨生於情。

謝　逸

無逸詞頗見筆力，語亦奇警。

花心動　風裏楊花輕薄性（編者按，《草堂詩餘别集》卷四收此詞於謝逸名下；然此詞見於明人傳奇《覓蓮記》中，《全宋詞》以爲非謝逸作。）

通首純用比方，亦是詞中一格，亦未嘗不古，但總嫌小家氣，且有色無韻，余所最不喜，録此一首，以備一格而已。　（尾批）沈天羽云：此詞句句比方，《小雅・鶴鳴》篇體也。

蝶戀花　豆蔻梢頭春色淺

（上闋眉批）婉麗悦目。　結筆精秀，且有遠神。

如夢令　花落鶯啼春暮

凄涼況味。

柳梢青　香肩輕拍

(「昨夜歡濃，今朝别酒，明日行客」眉批)疊句法。　語極清雋。　(「無限離情，無窮江月，無邊山色」眉批)結三句，着而不甚着，妙甚。

江神子　一江秋水碧灣灣

(「閑抱琵琶尋舊曲，彈未了，意闌珊」眉批)彈猶未了，意已闌珊，即「欲歌先淚」意。　(結句「恰似梨花春帶雨，愁滿眼，淚闌干」眉批)深情楚楚，無者必不善詞也。

青玉案　蘆花飄雪迷洲渚

有情有景，筆力老横。　(「江上瀟瀟雨」)結筆高。

廖行之

青玉案　家山去此無多路

(上闋眉批)筆力勁直，亦能品也。　高雅。

點絳脣　音信西來

(上闋眉批)筆致爽快，頗似稼軒。　只如此結，妙，妙。

雲韶集輯評卷四

周邦彦

晉陽强焕序云：美成詞撫寫物態，曲盡其妙。　劉濳夫云：美成頗偷古句。　陳質齋云：美成詞多用唐人詩語櫽括入律，混然天成。長調尤善鋪叙，富艷精工，詞人之甲乙也。　張叔夏云：美成詞渾厚和雅，善于融化詩句。　沈伯時云：作詞當以清真爲主，蓋清真最爲知音，且下字用意皆有法度。　美成詞極頓挫之致，窮高妙之趣，前無古人，後無來者。　詞至美成，開合動盪，包埽一切，讀之如登太華之山，如掬西江之水，使人品槩自高，塵垢盡滌。　兩宋作者，除白石、方回，莫與爭鋒矣。

美成長調高據峰巔，下視衆山，盡屬附庸。

瑞龍吟　章臺路

此詞自「章臺路」至「歸來舊處」是第一段；自「黯凝竚」至「盈盈笑語」是第二段，此之謂雙拽頭，屬正平調。自「前度劉郎」以下即犯大石調，是第三段。至「歸騎晚」以下四句再歸正平。　諸本以「吟箋賦筆」處分段，非也。　此黄叔暘所云，當從之。

蘭陵王柳　柳陰直

（換頭眉批）意與人同，而筆力之高壓扁古今。　（下闋眉批）又沉鬱，又勁直，有獨往獨來之槩。

鎖窗寒　暗柳啼鴉，單衣竚立，小簾朱户

起三語精工，若他人寫來秀麗或過之，骨韻終遜。　（結句「到歸時，定有殘英，待客携尊俎」眉批）一味直來直往，自非他手所能到。　「少年羈旅」四字慘切。

齊天樂　緑蕪凋盡臺城路，殊鄉又逢秋晚

只起二句便覺黯然魂消。　下字用意，無不精鍊。　（下闋眉批）沈鬱蒼涼，太白「西風殘照」，復有嗣音矣。

蘇幕遮　燎沈香

（上闋眉批）不必以詞勝而詞自勝。　（結句「小楫輕舟，夢入芙蓉浦」眉批）風致絶佳，亦見先生胸襟恬淡。

十六字令　眠（編者按，此首别作元人周玉晨詞，見《花草粹編》卷一。《詞品》卷二誤爲周邦彦作，《詞綜》承誤。）

他本「眠」字誤作明字，遂以「明月影」爲句，誤矣。　（尾批）《天機餘錦》謂此詞係元人周晴川作。

六醜　正單衣試酒

（上闋眉批）如泣如訴，語極嗚咽，而筆力沉雄，如聞孤鴻，如聽江聲。　（下闋眉批）筆態飛舞，反覆低徊，詞中之聖也。　結筆愈高。

滿庭芳　風老鶯雛

起筆秀絶。　以意勝不以詞勝，筆墨真高。　（結句「歌筵畔，先安簟枕，容我醉時眠」眉批）亦淒惻，亦疎狂。

玉樓春　桃溪不作從容住

（上闋眉批）只縱筆直寫，情味愈出。　（「人如風後入江雲，情似雨餘黏地絮」眉批）上句人不能留，下句情不能已。

少年游　并刀如水

（上闋眉批）秀艷。　（下闋眉批）情急而語甚婉約，妙絶古今。

浣溪沙　水漲魚天拍柳橋（編者按，此首乃無名氏作，見《草堂詩餘》前集卷上。《類編草堂詩餘》卷一誤作周邦彦詞。）

（「一番春信入東郊」句批）「入」字妙。　（下闋眉批）語極香艷而意極恬淡，中有静機。

憶秦娥　香馥馥（編者按，此首乃無名氏詞，見《草堂詩餘》後集卷下。《類編草堂詩餘》卷一誤作周邦彦詞。）

（上闋眉批）艷麗無比。　（下闋眉批）風流淒艷，令讀者忍俊不禁。

西河　佳麗地

此詞純用唐人成句融化入律，氣韻沈雄，蒼涼悲壯，直是壓徧今古。　金陵懷古詞古今不可勝數，要當以美成此詞爲絶唱。

點絳脣　遼鶴歸來

淒黯芊綿，銷楚雲魂矣。（尾批）《夷堅支志》云：美成在姑蘇，與營妓岳楚雲相戀。後從京師過吴，則岳已從人久矣。因飲于太守蔡巒子高坐上，見其妹，因作此詞寄之。楚雲讀之，感泣者累日。

又　征騎初停

情景兼勝，筆力高絶，較柳耆卿「今宵酒醒何處」，更高一着。

一落索　杜宇催歸聲苦

（下闋眉批）情詞雙絶，奴婢秦、柳。

意難忘　衣染鶯黄

此詞香艷極矣。但香艷不難，難在吐棄一切泛語。（下闋眉批）誰不能作香奩詞，誰能如此擺脱有致？

憶舊游　記愁横淺黛

（上闋眉批）無限淒涼，鍊字鍊句，精勁絶倫。（「歎因郎憔悴，羞見郎招」眉批）「爲郎憔悴卻羞郎」，真有此情。

霜葉飛　露迷衰草

寫秋夜景色，字字淒斷。（「丹楓撼曉」眉批）「撼」字下得精神。曉何可撼，「撼曉」何可解？惟其不可撼，所以爲奇妙，惟其不可解，所以爲神化也。

傷情怨　枝頭風信漸小

（「又是黄昏，閉門收返照」眉批）「又是」妙。「收」字妙。　情文相生。

菩薩蠻　銀河宛轉三千曲

情景都妙，筆力又高，不減太白。　深欵。

關河令　秋陰時作漸向暝

「雲深無雁影」，五字千古。　（「酒已都醒，如何消夜永」眉批）不必説借酒澆愁，偏説「酒已都醒」，筆力勁直，情味愈見。

過秦樓　水浴清蟾

（上闋眉批）婉約芊麗。　（結句「但明河影下，還看稀星數點」眉批）淒艷絶世，滿紙是淚，而筆墨極盡飛舞之致。

氏州第一　波落寒汀

（「亂葉翻鴉，驚風破雁」眉批）「翻」字、「破」字鍊得妙。　（上闋眉批）寫秋景淒涼，如聞商音羽奏。（下闋眉批）語極悲婉，一波三折，曲盡其妙。　美成詞大半皆以紆徐曲折制勝，妙于紆徐曲折中有筆力，有品骨，故能獨步千古。

望江南　歌席上

此詞最芊綿，麗而有則，他手自不及。

花犯梅花　粉牆低

此詞非專詠梅花，特借花以寄身世之感耳。黄叔暘謂此詞只詠梅花而紆徐反覆，道盡三年間事，圓美流轉如彈丸，可謂知言。

浪淘沙慢　曉陰重

美成善于摹寫秋景，每讀晏、歐詞後，再讀美成詞，正如水逝雲卷，風馳電掣，覺萬彙哀鳴，天地變色。　第三段急管繁絃，飄風驟雨，如聆樂章之亂。

渡江雲　晴嵐低楚甸

（上闋眉批）寫秋來春去，意亦猶人，而筆法自别。　（下闋眉批）雅韻欲流，視《花間》、秦、柳如卑隸矣。　筆力勁絶，是美成獨步處，所謂清真。　結筆（「沈恨處，時時自剔燈花」）情真語切。

解語花元宵　風銷焰蠟

因元宵而念禁城放夜時，屈指年光已成往事，此種着筆何等姿態，何等情味。若泛寫元宵衣香燈彩如何艷冶，便寫得工麗百二十分，終覺看來不俊。

垂絲釣　縷金翠羽

（下闋眉批）重尋舊跡，卻寫得如許淒涼，唐人「桃花依舊笑東風」不及此也。

晁端禮

《能改齋漫録》：政和癸巳，大晟樂成。蔡元長以次膺薦，詔乘驛赴闕。次膺至都，會禁中嘉蓮生，遂屬詞以進，名《並蒂芙蓉》。上覽之稱善，除大晟府協律，不克受而卒。

水龍吟　倦游京洛風塵

（上闋眉批）筆致亦疎雅可喜。（下闋眉批）低徊婉曲，深情苦語。

宴桃源　又是青春將暮

起二字便是有情人語。　悽惋。

田不伐

南柯子　夢怕愁時斷

（上闋眉批）句法、字法頗似美成。（結句「依舊滿身花雨，又歸來」眉批）情致相生。

曹組

《揮麈録》：官止副使。有《箕潁集》。　元寵詞頗有骨。

青玉案　碧山锦樹明秋霽

（「路轉陡，疑無地，忽有人家臨曲水」眉批）「柳暗花明又一村」，即此意也。（「一聲征雁，半窗斜月，總是離人淚」眉批）情兼景，韻味無窮。《西廂・長亭》套此。

驀山溪梅　護霜雲際

此詞清幽淡遠，綺麗風華，雖不及美成、白石梅詞，然自是名作。美成梅詞以情勝，白石梅詞以品勝，此詞以韻勝。

點絳脣　雲透斜陽

（「歸雁愁邊去」眉批）何者爲愁邊？何者知雁向愁邊去？總由心中、眼中有多少血淚，故寫入化境。

憶少年　年時酒伴

起有姿態。（「登臨恨無語，把闌干暗拍」眉批）何怨于闌干而必欲拍之，且暗拍之耶。真妙真妙。

向　鎬

如夢令　誰伴明窗獨坐

「影也把人拋躲」，真妙，真乃寫盡悽惶。

万俟雅言

黄叔暘云：雅言精於音律，自號詞隱。發妙旨於律吕中，運巧思於斧鑿之外，平而工，和而雅，比諸刻琢句意而求精麗者遠矣。　雅言長調固佳，小令尤臻妙境。

春草碧　又隨芳渚生

此詞骨高氣古，音節和雅，筆致亦紆徐（喜），永叔、君復、聖俞三詞都不及也。　（下闋眉批）未嘗不悽惻，妙在哀而不傷，深得風人之旨。

卓牌兒　東風緑楊天

有「梨花帶月」、「海棠經雨」八字，卻以「玉艷淡泊」、「胭脂零落」八字襯出，如自家注脚，妙甚。（結句「無據。奈酒醒春去」眉批）曲折紆徐，情韻並勝。

長相思　一聲聲

我對此景況便要哭，然天下才人誰不要哭耶？　「不道愁人不喜聽」七字入情入理。

又　短長亭

羈旅人對此，何以爲情？　「不要聽」，妙絶。

憶秦娥　天如洗

「等閑莫把闌干倚」句，恐望遠生愁也。　結二語「幾重雲岫，幾重煙水」，是從張子野「幾重山，幾重水」偷來。

昭君怨　春到南樓雪盡

（上闋眉批）雅秀。　只是一箇遠字，而層折卻寫得妙。

陳　克

陳質齋云：子高詞格頗高麗，晏、周之流亞也。　子高詞規模五代而能得其神髓。

菩薩蠻　綠蕪牆繞青苔院

工雅芊麗，雖令韋端己、馮正中執筆爲之，當不過是。

謁金門　愁脈脈

此詠不減孫孟文。　孟文詞芊綿中見骨力，此詞亦然。

又　花滿院

（「曉屏山六扇」眉批）和凝詞「拂水雙飛來去燕，曲檻小，屏山六扇」，此詞用其語。

李　祁

點絳脣　樓下清歌

「夢雲煙樹」，秀絕。　（下闋眉批）清麗芊雅。

風蝶令　嫋嫋秋風起

此詞超絶，無字不工。「聽箏」已使人愁，何況「哀箏」，何況在「岳陽樓上」，對此者誰不銷魂？　而又無處訴説，不得不歸咎于「江月」之「爲誰明」。　嗚呼！　猶是月也，我獨何心耶？

吕渭老

趙師秀云：聖求詞婉媚深窈，視美成、耆卿伯仲。　聖求詞極深婉，高者不減耆卿，視美成尚遠一層。

薄倖　青樓春晚

（「晝寂寂、梳勻又懶」眉批）晝長正好梳勻，卻偏「又懶」，「又」字真妙。　（下闋眉批）追思往事，如夢如煙。　（結句「腰支漸小，心與楊花共遠」眉批）平沙落雁，一曲腸斷。

情久長　冰梁跨水

（上闋眉批）筆致紆曲，情味深婉。　（「雞咽荒郊」眉批）「咽」字妙。　（「想伊睡起，又念遠，樓閣橫枝對倚」數語眉批）從對面想來，最有意味，雖人人皆知，然不嫌其屢也。

滿路花　西風晴日短

（上闋眉批）字字精秀，真不減耆卿。　遺詞俱以秀艷出色，是柳郎中一派，非賀方回、周美成二公筆法也。

南歌子　策杖穿花圃

（「遥見夕陽江上、捲飛蓬」眉批）「捲」字好，且有聲勢。（結句「一林楓葉墮愁紅。歸去暮烟深處、聽疏鐘」眉批）字字秀，字字雅。

減字木蘭花　雨簾高捲

（上闋眉批）有詩意。（下闋眉批）合張、柳爲一手。

祝英臺近　寶蟾明

（上闋眉批）回思往事，卻寫得穠艷綺麗。（下闋眉批）寫分散時，運筆自妙。（「細看羅帶銀鉤，綃巾香淚，算不枉、那時分付」）結三語，鍾情之至，柳郎中之匹也。

燕歸梁　樓外東風杜宇聲

此詞上半闋頗似五代人手筆，下半闋依約有方回、美成之致。

豆葉黄　輕羅團扇掩微羞

此詞艷絶。

小重山　半夜燈殘鼠上檠。上窗風動竹，月微明

起三語，是病中神理，寫來逼真。「月微明」妙，確是七夕。蓋此時明月將落，故下云「斗西傾」，則月落已久矣。

一落索　蟬帶殘聲移别樹

（「秋風有意染黄花，下幾點、清涼雨」眉批）「秋風」二語真妙，令人不可思議。（下闋眉批）有情，有景，有筆力。

李持正

明月逐人來上元　星河明澹

此詞麗而有則，較晁沖之《上元》詞雅正多矣。（上闋尾批）蘇子瞻云：好箇「皓月隨人近遠」。

王寀

蝶戀花梨花　縷雪成花檀作蘂

（上闋眉批）風流酸楚。（結句「丹青傳得淒涼意」眉批）筆態極佳。

韓駒

昭君怨　昨夜樵村漁浦（編者按，此首是完顏亮詞，見《夷堅志》支景卷五，《桯史》卷八。《詞品》卷三誤題爲韓駒作。）

上半闋是雪正面。下半闋從旁面渲染。

蔣子雲

好事近　葉暗乳鴉啼

有情，通首純以情感勝。

李　甲

景元詞頗似丈夫見客。

帝臺春　芳草碧色

（上闋眉批）筆頭摇曳，有低徊不盡之致。（「愁旋釋。還似織。淚暗拭。又偷滴。」眉批）四語淋淋漓漓。（「拚則而今已拚了，忘則怎生便忘得」眉批）此種句法神妙天然，似不關人力者，然正是人力到一百二十分，方能神妙天然也。

八寶妝　門掩黄昏（編者按，此首爲劉燾詞，見《樂府雅詞拾遺》卷上。《詞綜》卷十誤題爲李甲作。）

寫景淒涼，情節生出。亦風流，亦沉着，亦飄灑。

夏　倪

減字木蘭花　江涵曉日

此詞有聲有色，氣概過人。（「獨立風烟，湘水浯臺總接天」眉批）結二語高絶，「獨立風煙」妙甚。

沈會宗

菩薩鬘　落花（一作春城）迤邐層陰少（一作繞）

「江色雨如烟」五字寫出闊遠，再曰「［行人］江那邊」，其遠更可知矣。　結筆「一春無此寒」有味。

驀山溪　想伊不住

（上闋眉批）曲折有味。　（下闋眉批）淚痕滿紙。　結三句「尊前月，月中人，明夜知何處」，一往情深，元人小曲之祖。

林少瞻（仰）

眼兒媚曉行　霽霞散曉月猶明

（上闋眉批）寫山路曉景，畫所不到。　（結句「十里青山，一溪流水，都做許多情」眉批）只緣心中有情，遂覺觸目生情。

何大圭

小重山　緑樹鶯啼春正濃

「玉船風動酒鱗紅」七字奇妙，真善於琢句者。臨邛高恥庵謂：此七字如雲錦月鈎，奪造化之巧。

沈公述（唐）

念奴嬌　杏花過雨

沈君詞不多，然此篇紆徐婉約，綺麗風華，亦詞中能事也。（「燕子千般，爭解説、些子伊家消息」眉批）「燕子」二語，妙甚。　深深欸欸，沉着之極。

魯逸仲（孔夷）

南浦　風悲畫角

此詞遣詞琢句，工絶警絶，最令人愛。　韻勝情勝，筆致自佳。（「好在半朧溪月，到如今、無處不銷魂」眉批）「好在」二語，真好筆仗。（「爲問暗香閒艷，也相似、萬點付啼痕」眉批）「爲問」二語，淋漓痛快，筆仗亦佳。

王安中

玉樓春　秋鴻只向秦箏住。終寄青樓書不去

起二語，若怨若悟，妙甚。「眼到花開無著處」七字淒怨。結二語（「欲尋巫峽舊時雲，問取陽關西去路」)，純用隱詞，著而不着。

一落索　塞柳未傳春信

婉約有致，情韻俱勝，筆仗儘有。

楊　适

南柯子　怨草迷南浦

(「看取無情花鳥也關情」眉批)烏知花草之無情？　又烏知花草也關情？　總由心中有情，故觸處莫不生情，運筆真妙。　(「待倩風吹夢，過江城」眉批)結二語雋。　「過」字是。

方　喬

生查子贈紫竹　晨鶯不住啼

(上闋眉批)情致楚楚。　「嬌極不成狂，更向屏山倚」二語，描摹殆盡，真乃寫得出。

李　玉

賀新郎　篆縷消金鼎

此詞綺麗風華，情韻並勝，永推名作。　黄叔暘謂「李君詞不多見，然風流蘊藉，盡於此篇。」非虛語也。（下闋眉批）用唐人成語卻妙。

謝克家

憶君王徽宗北行作此　依依宮柳拂宮牆

少陵《哀江頭》云：「江頭宮殿鎖千門，細柳新蒲爲誰緑」，黍離、麥秀之悲，千古墮淚，此詞仿佛似之。

向子諲

胡致堂云：薌林居士步趨蘇堂而嚌其胾者也。　伯恭詞骨不爲高，遣詞琢句亦不爲高，而其味深長耐人玩索。

如夢令　午夜涼生翠幔

此恨妙在無可解處。　「楚夢驚殘一半」眉批）「一半」妙。

生查子　近似月當懷

（「近似月當懷，遠似花藏霧」眉批）拈「花」、「月」二字，寫來饒有情致，一句一意，不同泛衍，然總是變格。

鷓鴣天　説著分飛百種猜

此詞如七寶樓臺，不能拆碎。合之則一片神來，情味無盡；分之則無一句悦目。正如太白「牛渚西江夜」一詩。

梅花引　花如頰

《梅花引》詞頗不易填，轉韻太多，凡轉韻一處必須另換一意。此詞風流艷冶，香麗極矣。　上半闋已妙，下半闋愈唱愈妙。

殢人嬌席上贈侍兒輕輕　白似梨花

（上闋眉批）描寫「輕」字佳絶。　下半尤寫得好。上半虛寫「輕」字之神，下半便實寫「輕」字之態，故必須運典。

南歌子　碧落飛明鏡

筆分自高。　（結句「凭暖瓊樓十二、玉欄干」眉批）即少陵「今夜鄜州月」之意。

蔡伸

伸道詞極盤屈伸縮之致。

水調歌頭　醉擊玉壺缺，恨寫緑琴哀

起得悲鬱，運筆亦咄咄可喜。　「遠遠逐人來」，五字奇妙。　（結句「爲我將雙淚，好過楚王臺」眉批）筆有顧盼。

蘇武慢　雁落平沙

此詞上半闋寫景，而句句有情，故以「佳人何處」四字作一束筆。下半闋寫情，而句句有景，故以「憑仗西風」四字作一去路，結構甚佳。

虞美人　瑤琴一弄清商怨

（上闋眉批）精秀。　（下闋眉批）情文相生。

洞仙歌　鶯鶯燕燕

（上闋眉批）誠無不格，和「天也憐人」，真有此情，真有此理。　（下闋眉批）淋灕曲折，語至情真，不必計詞之工拙，但一片真切，永推絶唱。

七娘子　天涯觸目傷離緒

（上闋眉批）「憑誰分付」妙甚，我不知先生怨誰。　（下闋眉批）此種筆法，元人曲本往往宗之。

蒼梧謡　天

語淺情深。猶是月也，而今昔殊矣，月豈知我心哉？

點絳脣　人面桃花

此詞頗似子野筆墨。　結三句「空腸斷。亂紅千片。流水天涯遠」，字字凄艷。

王庭珪

點絳脣　玉漏春遲

（上闋眉批）清麗。　（下闋眉批）惋惻之神，寫于綺麗中，如憐如惜，豐致絶佳。

葉夢得

關子東云：葉公妙齡詞甚婉麗，晚歲落其華而實之，能于簡淡時出雄傑，合處不減東坡。

菩薩蠻　平波不盡蒹葭遠

（上闋眉批）句句精湛。（「孤鴻下夕陽」眉批）「下」字錬。　結筆惋約。

水調歌頭　霜降碧天靜

（「秋事促西風」眉批）「促」字錬。　（上闋眉批）有筆力有頓宕，頗似坡仙。　（下闋眉批）語極悲鬱，而其氣勃勃，其光熊熊。

王之道

如夢令　一餉凝情無語

詩情畫本。

李邴

漢宮春　瀟灑江梅

起數語不減東坡、和靖梅花詩，而有骨韻更勝，宜其播傳一時也。「問玉堂何似，茅舍疏籬」二句真灑脱真名士。耆卿詞云：「忍把浮名，換了淺斟低唱。」不過風流語耳，此卻有韻有骨，想見文敏生平。　結句（「清香未減，風流不在人知」）愈見氣骨，舉國無與談而卒見重於首相，其有由乎。

（尾批）王仲言云：漢老少日作《漢宮春》詞，膾炙人口，所謂「問玉堂何似，茅舍疎籬」是也。政和間，自王省丁憂歸山東，服終造朝，舉國無與談者，方悵悵無計，時王黼爲首相，忽遣人招之東閣，開宴出其家姬十數人，酒半唱是侑觴，大醉而歸。數日遂有館閣之命也。

玉樓春　沈吟不語晴窗畔

「雲情散亂未成篇，花骨欹斜終帶軟」二語，寫盡美人。

劉　弇

清平樂　東風依舊

（上闋「著意隨堤柳」眉批）「著意」好。　（下闋眉批）纏綿淒咽，血淚交流。

汪　藻

點絳唇　永夜厭厭

按「曉鴉」，《草堂》改作「亂鴉」，「歸夢」改作「歸興」，便少意味，竹垞《詞綜》從吴虎臣《能改齋漫録》

改正，今從之。（尾批）《能改齋漫録》云：彦章在翰苑，屢致言者，作此詞。或問曰：「歸夢濃於酒，何以在曉鴉啼後？」公曰：「無奈這一隊畜生何。」

曾　紆

菩薩蠻月夜　山光冷浸清溪底

此詞寫景最佳。（下闋眉批）「溪山無限好」五字，總起二語。　結筆是情。

徐　俯

卜算子　天生百種態

一本「天生」作「胸中」，意味便減。（「遮不斷，愁來路」眉批）愁亦有來路，真乃妙不可言。

陳與義

黄叔暘云：去非詞雖不多，語意超絶，識者謂可摩坡仙之壘。　去非詞多奇警語。

虞美人　張帆欲去仍搔首

此詞句句淒艷而骨韻甚壯，亦詞中豪傑也。（「滿載一船離恨向衡州」眉批）悲壯奇警。「一船離恨」，妙，妙。

臨江仙　憶昔午橋橋上飲

「長溝流月」七字警絶。　「杏花疏影裏，吹笛到天明」二語，自然流出，若不關人力者。　「古今多少事，漁唱起三更」二語有多少感慨，情景兼到，骨韻蒼涼，下字亦警絶。　（尾批）張叔夏云：真是自然而然。　胡仔云：清婉奇麗，簡齋詞惟此最優。

劉一止

行簡詞婉麗有情，合者不減秦、柳。

夜行船　十頃疎梅開半就

「花共人俱瘦」五字淒艷。　（結句眉批）寫景寫情彷彿晏、歐一派。

青玉案　小山遮斷藍橋路

（上闋眉批）筆致之妙，直逼秦柳，而骨韻過之。　「東日西邊雨」，似謡似諺，然是妙絶。

喜遷鶯　曉光催角

（上闋眉批）寫曉行一層一層，遞入如畫。　（下闋眉批）曲折纏綿，雖使耆卿、少游爲之，亦不及也。

「須不是不曾經著」一語，妙甚。　（尾批）陳質齋云：行簡是詞盛傳京師，號「劉曉行」。

趙長卿

居士詞淒艷芊綿，飛卿之流亞也。

臨江仙　過盡征鴻來盡雁

（上闋眉批）好句如珠，不減中晚唐人手筆。　（下闋眉批）精絶秀絶，真正唐人。

更漏子　燭消紅

（上闋眉批）情景兼工。　結三句（「魂蝶亂，夢鸞孤。知他睡也無」）是飛卿化身。

卜算子　春水滿江南

（上闋眉批）奇妙之句，令人首肯。　（下闋眉批）婉約。

畫堂春　小亭煙柳水溶溶

字字淒艷，直與飛卿一鼻孔出氣。

菩薩蠻　隔江一帶春山好

（上闋眉批）愈淒艷愈婉約。　「芳草外斜陽，行人更斷腸」十字，是從歐陽公脱胎。

王灼

長相思　來忽忽

「短夢無憑春又空」七字妙，有兩層，方顯出下句「難」字來（「難隨郎馬蹤」）。上半闋是始别，下半闋是久别。

王十朋

點絳脣酴醾　野態芳姿

（上闋眉批）此詞頗見身分。（下闋眉批）亦風流亦雅正。

趙鼎

黄叔暘云：趙公中興名相，詞章婉媚，不減《花間》。趙公詞風格婉約，不亞馮延巳。

蝶戀花　盡日東風吹緑樹

（上闋眉批）風神綽約，情韻並勝。「曾倚哀絃，歌斷黄金縷」二語曲折。（結句眉批）有情有景，氣骨亦高。

點絳脣　香冷金爐

（上闋眉批）淒艷似飛卿，雅麗似元獻。（下闋眉批）字字婉媚。

又　惜别傷離

（下闋眉批）婉約芊麗，麗詞中妙品。

賀聖朝　斷霞收盡黃昏雨

（上闋眉批）「收盡」字妙。「鎖」字妙（「鎖一庭風露」）。（結句「知他窗外促織兒，有許多言語」眉批）筆致疎宕，合蘇、辛爲一手。

滿江紅　慘結秋陰

此詞通首無一字道着南渡事跡，但摹寫江口景色，而一片忠愛之誠，憂鬱之隱，無不流露於楮墨中，真絶妙好詞，真絶代名臣。

岳飛

鄂王一代靖忠，讀其詞如見其人。

小重山　昨夜寒蛩不住鳴

（上闋眉批）寫情寫景，俱見骨韻。（下闋眉批）蒼涼悲壯中風流儒雅。（結句「知音少，絃斷有誰聽」眉批）寓意深長，情味愈出。

滿江紅　怒髮衝冠

拔劍斫地，敲碎玉唾壺，余讀之，距躍三百，曲踊三百。「莫等閒」語，當爲千古箴銘。（結句眉批）何等氣概，何等志向，千載下讀之，凜凜有生氣焉。

李彌遜

似之與檜不合，乞歸田。隱然憂君憂國之心，未嘗忘也，時時於詞中流露，愈增氣骨。

菩薩蠻　江城烽火連三月

（上闋眉批）沈鬱之氣，溢於言表。（下闋眉批）筆致高絶，不落恒徑。

水調歌頭　不見隱君子

此不過平常贈答事，卻寫得勃勃有生氣，總由胸中有多少盤鬱，故觸處皆見氣骨也。「正是天寒日暮，獨釣一江殘雪，風獵碧莎裘」三語，真乃獨往獨來，日無餘子。

蝶戀花　百疊青山江一縷

（上闋眉批）字字警鍊，句句精秀。結二語「老子人間無著處，一尊來作横山主」，頗似黄山谷、辛稼軒手筆。

天仙子　飛蓋追春春約佇

（上闋眉批）情韻絶世，字字婉約。「人欲去」三字最悲惋，蓋既去則已耳，最難爲情者正是欲去未去之時。

朱翌

點絳唇　梅　流水泠泠（編者按，此首别誤作釋惠洪詞，見《梅苑》卷十；又作孫和仲詞，見《苕溪漁隱叢話》前集卷五十九。）

「斷橋横路梅枝亞」七字，寫得入神。（結句「西風平野，一點香隨馬」眉批）其清其秀在骨。

雲韶集輯評卷五

張元幹

仲宗詞亦婉轉亦勁直，大踏步便出去，卻極盡儒雅風流之致。

賀新郎　夢遶神州路

（上闋眉批）筆力高絶，起勢銷魂。　（「天意從來高難問」）情見乎詞，即「悠悠蒼天」之意。　（下闋眉批）流連感慨，字字是血。

石州慢　寒水依痕

落筆流宕生姿。　「不盡眼中青，是愁來時節」二語，語極奇警，然實是滿腔悲鬱積發出來。　（下闋眉批）淋漓曲折，純用白描，高東嘉之祖也。

點絳脣　春晚輕雷

（上闋眉批）秀絶。　（下闋眉批）筆力不亞澤民。

又　清夜沉沉

合叔原、子野爲一手。

清平樂　明珠翠羽

絶世丰神，絶妙好詞。

胡銓

胡公詞沉着。

醉落魄　百年强半

「幽懷已被黄花亂」七字，好在下三字。　別後月常圓，此云「故向愁人滿」，皆同一有心人語。

青玉案　宜霜開盡秋光老

紫薇詩「塵世難逢開口笑，菊花須插滿頭歸」，蓋用胡公語也。紫薇，杜牧之也。

吕本中

伯恭詞佳者，直可摩蘇、黄之壘。

南歌子　驛路侵斜月

（上闋眉批）情勝則文勝。　（下闋眉批）怨而不怒，是純臣語。

減字木蘭花　去年今夜

數十字中紆徐反覆，道出三年間事，有實有虚，運筆甚妙。

鄧　肅

長相思　一重溪

（「溪轉山回路欲迷，朱欄出翠微」眉批）善於寫景。歐公詞「緑楊樓外出秋千」，妙在「出」字。此「出」字從上「迷」字生出驚喜之狀來，正復不減歐公。　（尾批）結筆盡留戀之致，都與上文「迷」字、「出」字相映合。

生查子　執手兩潸然

「情極都無語」，正情至語。　（「孤館得村醪」眉批）「得」字真絶，蓋孤館荒村酒不易得，故鄭重其得也。　去路尤妙。

劉子翬

驀山溪　浮煙冷雨

傷心人傷心語，偏寫得如此豪宕。　結三句（「芰壠麥，網溪魚，未落他人後」），風雅疎狂之甚。

張掄

霜天曉角　曉風揺幕

（上闋眉批）寫景淒秀。　（下闋眉批）情韻絶佳，音節和婉。

朱敦儒

張正大云：希真賦月詞「插天翠柳，被何人、推上一輪明月」，自是豪放。賦梅詞「横枝消瘦一如無，但空裏、疎花數點」，語意奇絶，如不食煙火人語。　汪叔耕云：希真詞多塵外之想，雖雜以微塵，而其清氣自不可没。　黄叔暘云：希真東都名士，詞章擅名。天資曠遠，有神仙風致。　希真詞清雋名貴，不減竹坡。

念奴嬌　别離情緒

（上闋眉批）不以詞勝而以味勝，竹坡之敵，東嘉之祖也。　（换頭眉批）風流藴藉。　「料得文君，重簾不卷，且等閒消息」數語，著墨不多，而聲情絶世。

十二時　連雲衰草

（上闋眉批）一片蒼涼之景，非此寫不出來。　「征人最愁處，送寒衣時節」十字，亦是常意，卻無人道過。

好事近　春雨細如塵

（上闋眉批）字字清麗。　（下闋眉批）約略數語，而慧心苦意，一一如見。

又漁父　搖首出紅塵

希真《漁父》數篇，清絶高絶，真乃看破紅塵，煙波釣徒之流亞也。

又　漁父長身來

（「隨意轉船回櫂，似飛空無跡」眉批）行文亦是飛空無跡。　（下闋眉批）真高，真雅，真正樂境，不足爲外人道。

又　撥轉釣魚船

（上闋眉批）一葦航之，飄飄欲仙。　結二語静中有動，妙合天機，然亦公晚遇之兆。

又　短棹釣船輕

（上闋眉批）繪景清絶，直是仙境。　（下闋眉批）嘯傲疎狂，真神仙中人也。

又　失卻故山雲

（上闋眉批）想落塵外，仙乎仙乎。　（結句眉批）「有何人相識」，正與第二章「只共釣竿相識」映射。

點絳脣　客夢初回

清徹似竹坡，情味似子野，真逸品也。

相見歡　金陵城上西樓

希真詞最清淡，惟此章筆力雄大，氣韻蒼涼，悲歌慷慨，情見乎詞。

卜算子　碧瓦小紅樓

（上闋眉批）清麗。　（下闋眉批）情致最佳，頗似子野。

醉落魄　海山翠疊

「我共扁舟，江南兩萍葉」二句，鑄語極奇警，意極沈痛，而韻味一似恬淡，真神品也。　結筆去路只應如此，方與上一色筆墨。

柳枝　江南岸

《柳枝》一調，余雅不喜，以其無味也。　録之以備一格。

康與之

陳質齋云：伯可詞鄙褻之甚。　黄叔暘云：伯可以文詞待詔金馬門，凡中興粉飾治具，及慈寧歸養、兩宫歡集，必假伯可之歌詠，故應制之詞爲多。　王性之云：伯可樂章，令晏叔原不得獨擅。　沈伯時云：康伯可、柳耆卿音律甚協，但未免時有俗語。　伯可上《中興十策》時，洞見利害，後以諂檜，得進富貴要人，頓改其素。　其人不足取，其詞則哀感頑艷，儘有佳者。

洞仙歌　若耶溪路

（上闋眉批）風流藴藉，詞亦媚人。　（「不嫁東風被誰誤」眉批）用方回「當年不肯嫁東風」一語。

訴衷情令長安懷古　阿房廢址漢荒坵

（上闋眉批）懷古蒼茫，情景兼勝。（下闋眉批）蒼涼悲壯，何等魄力，直逼唐人。

玉樓春　青箋後約無憑據

（上闋眉批）哀艷不亞叔原。（「手把新愁無處寫」眉批）從周竹坡「滿眼是相思，無説相思處」脱化出來。

曾　覿

黄叔暘云：純甫東都故老，詞多感慨。如《金人捧露盤》、《憶秦娥》等曲，悽然有黍離之感。

金人捧露盤　記神京、繁華地

（上闋眉批）追思往事，能不悲哉？（下闋眉批）黍離、麥秀之悲，令讀者神傷。（結句「塞笳驚起暮天雁，寂寞東風」眉批）一片淒涼。

憶秦娥　風蕭瑟，邯鄲古道傷行客

起十字，便似燕趙悲歌慷慨徒。（下闋眉批）蒼涼沈鬱，一片眼淚。

左　譽

王仲言云：與言策名之後，籍甚宦途。錢塘幕府樂籍有名姝張芸女，名穠，色藝妙天下，君頗顧之，如「盈盈秋水，淡淡春山」與「一段離愁堪畫處，横風斜雨挹衰柳」，及「帷雲剪水，滴粉搓酥」，皆爲穠作。當時都人有「曉風殘月柳三變，滴粉搓酥左與言」之對。後穠委身立勳大將家，易姓章，疏封大國。紹興中，因覓官行闕，暇日訪西湖兩山間，忽逢車輿甚盛，中覩一麗人，搴簾顧君而顰曰：「如今若把菱花照，猶恐相逢是夢中。」視之，乃穠也。君醒然悟入，即拂衣東泝，一意空門。

眼兒媚　樓上黄昏杏花寒（編者按，此首乃阮閲作，見《苕溪漁隱叢話》前集卷十一。《花草粹編》卷四據《玉照新志》卷四誤歸左譽作。）

（上闋眉批）描景淒秀，才人之筆。　「盈盈秋水，淡淡春山」八字，寫出美人雅態，只是白描。

陸凝之

念奴嬌　遠山一帶

（上闋眉批）以布衣不赴天子之召，其品可見，其詞可知。　句奇語重。（下闋眉批）雄奇傑傲，摇五嶽而淩滄州。（結句眉批）筆力横絶。「西風歸路，爲君重噴霜笛」十字，竟住，真有本領。

楊无咎

生查子　秋來愁更深

（「翠袖怯天寒，修竹蕭蕭晚」眉批）楚楚可憐，善於融化杜詩。　（下闋眉批）傳神最妙。

甘草子　秋暮

（「夢破櫓聲中」眉批）「破」字好，似晚唐人句法。　（下闋眉批）疎狂有致。

阮　閱

洞仙歌　趙家姊妹

此詞埽盡一切綺麗語，只是奮筆寫去而味愈出。白描高手。　（下闋眉批）低徊曲折，元人有此白描，無此筆力。

侯　寘

四犯令　月破輕雲天淡注

（上闋眉批）灑落有致。　（「春逐行人去」眉批）「逐」字妙。　（結句「能著意留春住」眉批）想境甚妙。

漁家傲　本是瀟湘漁艇客

《孏窟集》中此詞最勁直。　（結句「潮生月落今如昔」眉批）一片慨歎，筆力仿佛蘇、辛。

姚進道

青玉案　三年枕上吴中路

（上闋眉批）風流自賞，氣骨高絶。（結句「小蠻針綫，曾溼西湖雨」眉批）較「襟上杭州舊酒痕」更覺有味。

劉之翰

水調歌頭　涼露洗金井

此詞筆力雄勁，夭矯如龍，宜其值千緡也。「笑折碧荷倒影，自唱采蓮新曲」二語，於蒼勁中露嫵媚，最是高境，而束以「（詞句）滿秋風」三字，又有水逝雲卷之妙。（尾批）竹垞《詞綜》：田世輔爲金州都統制，時之翰待峽州遠安主簿闕，作此詞獻之，田覽之大喜，致書約來金城，欲厚加資給，而之翰遽亡。明年田出閱武，恍惚見之翰立道左，因大驚異，亟送千緡與其孤。

辛棄疾

稼軒詞如龍蛇飛舞，信手拈來，都成絶唱。詞至稼軒，縱横博大，痛快淋漓，風雨分飛，魚龍百變，真詞壇飛將軍也。稼軒詞拉雜使事，而以浩氣行之，如登泰山，如觀東海，珠寶金銀、樓臺宫闕皆在虚無縹緲之中，非後世運典者所得方其萬一。　蘇、辛千古並稱，然東坡豪宕則有之，但多不合拍處，稼軒則於縱横馳驟中，而部伍極其整嚴，尤出東坡之上。　稼軒負奇鬱之氣，而值國運顛沛之時，發而爲詞，正如驚雷怒濤，駭人耳目，其實是一片血淚。　詞有格，稼軒詞若無格；詞有律，稼軒詞若無律。　細按之，格律絲毫不紊。　總由才大如海，只信手揮灑，電掣風馳，飛沙走石，真詞壇第一開闢手。　兩宋詞人，前推方回、清真，後推白石、梅溪、草窗、夢窗、玉田諸家。　蘇、辛横其中，正如雙峰雄峙，雖非正聲，自是詞曲内縛不住者。　其獨至處，美成、白石亦不能到。　（傳上眉批）稼軒詞上掩東坡，下括劉、陸，獨來獨往，旁若無人。

破陣子　醉裏挑燈看劍

（上闋眉批）字字跳躑而出。　「沙場秋點兵」五字，起一片秋聲。　（結句「可憐白髮生」眉批）沉雄悲壯，淩轢千古。

青玉案元夕　東風夜放花千樹

題甚秀麗，措詞亦工絶，而其氣仍是雄勁飛舞，絶大手段。

踏莎行　夜月樓臺

（上闋眉批）筆致疎宕，獨有千古。　（「問他有甚堪悲處」眉批）問得疎狂。　（結句「重陽節近多風雨」眉批）合拍處妙，不可思議。

又　吾道悠悠

（上闋眉批）筆力横絶。　「西風林外有啼鴉，斜陽山下多衰草」二語，措詞勁直，氣韻蒼雄。

念奴嬌　野棠花落

（上闋眉批）起筆愈直愈妙。　不減清真，而俊快過之。「舊恨春江流未斷，新恨雲山千疊」二語，矯首高歌，淋漓悲壯。（結句「也應驚問，近來多少華髮」尾批）悲而壯，是陳其年之祖。

金縷曲　柳暗凌波路

（上闋眉批）筆態恣肆，是幼安本色。（换頭眉批）字字有氣魄，卓不可及。（下闋眉批）閑處亦不泛姿態。　情景都絶。

賀新郎　緑樹聽鶗鴂

（上闋眉批）悲鬱。　沈鬱頓挫，姿態絶世。　换頭處起勢崚嶒。（結句「誰共我、醉明月」眉批）悲歌頓挫。

又　鳳尾龍香撥

此調運典雖多，卻是一片感慨，故不嫌堆垛。（下闋眉批）心中有淚，故下筆無一字不嗚咽。（結句眉批）哀感頑艷，筆力卻高。

祝英臺近　寶釵分

（上闋眉批）短句筆力如刀。（换頭眉批）低徊婉約，幼安真無不能。（結句「春歸何處，却不解、將愁歸去」眉批）埋怨得妙，琢句卻爽快，絶不苦澀。

沁園春　三徑初成

起筆高絶，灑落如此，真名士也。（上闋眉批）抑揚頓挫，跌宕生姿。（下闋眉批）字字幽雅，不減陶令。（結句眉批）欸欸深深，一往不盡。

粉蝶兒　昨日春如，十三女兒學繡

（上闋眉批）詞中奇格，偶一爲之。（下闋眉批）句奇，而筆力足以赴。去路亦是。

西江月　明月别枝驚鵲

（上闋眉批）夜景妙絶。（結句「路轉溪橋忽見」眉批）目中所見，隨手拈來，都成妙語。

滿江紅　家住江南

幼安《滿江紅》、《水調歌頭》諸作，俱能獨辟機杼，極沈着痛快之致。（結句眉批）亦流宕，亦沉切。

又　敲碎離愁　起筆精湛。

（上闋眉批）情致楚楚，那弗動心。（下闋眉批）低徊婉轉，一往情深，非秦、柳所能及。

又　蜀道登天

（上闋眉批）骨力堅拔，氣韻沈雄，秦、柳爲輿臺矣。氣魄之大，突過東坡。（下闋眉批）風流悲壯，如聞怒濤。（結句眉批）龍吟虎嘯之筆，驚天動地之才。

又　過眼溪山，怪都似、舊時曾識

起數語便超絶。回頭一擊，魚龍飛舞。（下闋眉批）淋漓痛快，悲壯蒼涼，敲碎玉唾壺。

水調歌頭　落日塞塵起

（上闋眉批）筆力高絶。落地有聲，字字警絶。（下闋眉批）筆致疎散，而氣甚遒鍊。結筆有力如虎。

又　四坐且勿語

此詞似整不整，一片神行，非人得到。（下闋眉批）悲憤。魄力甚勁。

又　長恨復長恨

一片悲鬱，不可遏抑。（「門外滄浪水，可以濯吾纓」眉批）運用成句，長袖善舞。（下闋眉批）鬱勃骯髒，筆力恣肆，聲情激越。

又　帶湖吾甚愛

此詞一味樸直，真不可及。（「白鶴恁何處，嘗試與偕來」眉批）白鶴另寫，卻妙。（「廢沼荒丘疇昔，明月清風此夜」眉批）勝讀鮑明遠《蕪城賦》。結二語（「東岸綠陰少，楊柳更須栽」），愈直樸，愈有力。

洞仙歌　飛流萬壑

愈疎狂愈見鬱勃。（結句「父老約重來，問如此青山，定重來否」眉批）神致最佳，於疎散處見筆力。

摸魚兒　更能消幾番風雨

怨而怒矣，然沈鬱頓挫，筆勢飛舞，千古所無。（下闋眉批）胸中抑鬱，不禁全露。其免於禍也，幸矣。結得愈淒涼，愈悲鬱。（尾批）羅大經云：詞意殊怨。使在漢、唐時，寧不賈種豆、種桃之禍？然聞壽皇見此詞，頗不悦，終不加以罪，可謂盛德。「春且住」三字，一喝怒甚。

水龍吟　舉頭西北浮雲

詞直氣盛，寶光焰焰，筆陣横埽千軍。（「風雷怒，魚龍慘」眉批）「慘」字勝。（下闋眉批）雄奇之景，非出雄奇之筆，不能寫得如此精神。

又　楚天千里清秋，水隨天去秋無際

起二語，蒼蒼茫茫，筆力雄勁可喜。「無人會，登臨意」，落落數語，不輸王粲《登樓賦》。（下闋眉批）字字是淚。結得風流悲壯。

尋芳草　有得許多淚

一味古質，自是絶唱。通首纏綿盡致，語至情真，愈樸愈妙，于此見稼軒真面目。

鷓鴣天　撲面征塵去路遥

幼安短調另有别致。「山無重數週遭碧，花不知名分外嬌」二語妙，是信手拈來。（結句眉批）韻味自勝。

又　枕簟溪堂冷欲秋，斷雲依水晚來收

起二語亦精秀。（「白鳥無言定是愁」眉批）「定是」二字妙甚。（結句眉批）信筆直寫，似少陵一時揮灑之作。

又　陌上柔桑破嫩芽

「斜日寒林點暮鴉」七字，一幅畫圖。　（下闋眉批）以詩爲詞，詞愈出色。

又　山上飛泉萬斛珠

（上闋眉批）繪影繪聲，詞中神品。　（「已通樵徑行還礙，似有人聲聽卻無」眉批）寫山徑真絶。

（結句眉批）何等姿態，何等風流。

河傳　春水，千里

（上闋眉批）即景寫來，姿態已足。　（結句「那岸邊。柳綿。被風吹上天」眉批）未嘗不風流秀蔓，而筆致卻奔放，不耐拘束。

一絡索　羞見鑑鸞孤

（上闋眉批）深情如見。　（下闋眉批）情致婉轉，而筆力勁直，自是稼軒詞。

西河　西江水

滿紙是淚，幼安一腔悲鬱，均于此詞露出。　（下闋眉批）字字是快字，句句是快字，而滿紙卻是血淚，吾不知其是何本領。

永遇樂　千古江山

此詞拉雜使事，而以浩氣行之，如猊之怒，如龍之飛，不嫌其堆垜。　岳倦翁謂此作微覺用事多，非也。（結句「憑誰問，廉頗老矣，尚能飯否」眉批）句句有金石聲，吾怖其神力。

漢宮春　春已歸來

何等風韻，起勢飄灑。（下闋眉批）只是鑿空寫去，《離騷》耶？漢樂府耶？我莫名其妙。稼軒詞其源出自楚《騷》。

又　亭上秋風

高絶，超絶，既沈着又風流，既婉轉又直捷，命意深長，尤爲千古傑作。跡似淵明，志如子美。

酒泉子　流水無情

悲而壯，閲者誰不變色。無窮感喟，似老杜悲歌之作。

南鄉子　何處望神州

魄力雄大，虎（神）［視］千古。東坡詞極名士之雅，稼軒詞極英雄之氣，千古並稱，而稼軒更勝。

蝶戀花　誰向椒盤簪綵勝

只是惜春，卻寫得姿態如许，筆致伸縮，真神品也。

瑞鶴仙　片帆何太急

（上闋眉批）筆勢如濤奔雲湧，不可遏抑，極盡詞中能事。（下闋眉批）短句字字跳躑。（「問誰憐舊日，南樓老子，最愛月明吹笛」眉批）下合東坡、山谷爲一手。

清平樂　遶牀饑鼠

數語寫景逼真，不減昌黎《山寺》詩。（結句眉批）語奇情至。

菩薩蠻　鬱孤臺下清江水

（上闋眉批）血淚淋漓，古今讓其獨步。結二語（「江晚正愁予，山深聞鷓鴣」），號呼痛哭，音節之悲至今猶隱隱在耳。（尾批）羅大經云：南渡初，金人追隆祐太后御舟至造口，不及而還。「鷓鴣」之句，謂恢復之事行不得也。

生查子　去年燕子來

此詞頗似叔原，而句法勁直，仍是幼安本來面目。

浪淘沙　身世酒杯中

（上闋眉批）沈鬱頓挫中自覺眉飛色舞。（下闋眉批）筆力雄大，辟易千人。結數語，如聞霜鐘，如聽秋風，讀者神色都變。

范成大

石湖詞風神婉約，有元人先聲。

眼兒媚　酣酣日腳紫煙浮

石湖詞音節最婉轉，讀稼軒詞後讀石湖詞，令人心平氣和。

菩薩蠻　客行忽到湘東驛

（上闋眉批）語不深而情深。（下闋眉批）曲折低徊，情致最妙。

謁金門　塘水碧

「東風如愛惜」五字，雋絶。上半寫野塘，下半懷舊隱。

秦樓月　湘江碧

（上闋眉批）筆致精秀。（結句「明朝殘夢，馬嘶南陌」眉批）即「今宵酒醒何處」意，而説來哀而不傷。

黄公度

公度詞沉摯有味。

卜算子　薄宦各東西

（上闋眉批）分作兩層，情味乃出。（「君向瀟湘我向秦」眉批）用唐人成語，情節卻妙。

菩薩蠻　眉尖早識愁滋味

（上闋眉批）傳神之筆，從閑處寫出美人心事來。（下闋眉批）風神綽約。

青玉案　鄰雞不管離懷苦

寫意温婉。按《詞綜》云：公登第後，爲趙忠簡所器，而秦檜頗銜之。及召赴行在，雖知非當路意，而迫於君命，故寓意此詞。蓋去就早定矣。

葛立方

卜算子　裊裊水芝紅

此詞頗有别致。

張孝祥

黄叔暘云：于湖有《紫薇雅詞》，湯衡爲序，稱其平昔未嘗著藁，筆酣興健，頃刻即成，卻無一字無來處。　安國詞意到筆隨，卻不浮滑，字字腴鍊。

滿江紅　斗帳高眠（編者按，此首乃無名氏詞，見《草堂詩餘後集》卷上。《類編草堂詩餘》卷三誤作張孝祥詞；《花草新編》卷四誤作張先詞。）

只眼前景，口頭語道來，卻如許清雅腴鍊，足令今古詞人低首。　（結句「向此際、别有好思量，人千里」眉批）絶不費力而工整匀貼，費力者不能到。

念奴嬌　星沙初下

（上闋眉批）筆力雄勁。　（下闋眉批）高潔處不減老坡。

六州歌頭　長淮望斷

歷朝詞選自起處至「亦羶腥」为第一段，自「隔水」至「且休兵」爲第二段，自「冠蓋使」至末爲第三段。

於調未合，今從竹垞《詞綜》分爲二段爲正。　淋漓痛快，筆飽墨酣，讀至末處，如驚沙亂飛，誰不起舞。　（尾批）《朝野遺記》云：安國在建康留守席上賦此，歌闋，魏公爲罷席而入。

姚寬

合威詞秀絶。

憶王孫　毵毵楊柳緑初低，澹澹梨花開未齊

起二語，已自對景傷情，再加「聽馬嘶」三字，逼出「憶（郎歸）」來。　結七字（「細雨春風溼酒旗」）只寫景，不寫憶字泛話，落筆最高。

生查子　郎如陌上塵

（下闋眉批）殷勤婉欵，令人神往。

程垓

朱竹垞云：正伯與子瞻爲中表兄弟，故其詞有相亂者。　正伯詞，奇肆處亞于老坡，而一種風流婉轉之處，是又先生獨步也。

酷相思　月挂霜林寒欲墜

慎重離别，故有「如今真箇是」五字。　「欲住也、留無計。　欲去也、來無計」，只是一意，分作兩層寫，便覺去住難憑，意味愈長。　後半愈妙。

小桃紅　不恨殘花嚲

（上闋眉批）筆態飛舞，語亦濃至。　奇快之語。　（下闋眉批）無一字不飛舞，才力真可亞于坡翁。

芭蕉雨　雨過涼生藕葉

（下闋眉批）一片神行，不得議其太直也。　結二語（「今夜小院無人，重樓有月」）雋絶，只寫景而情味愈出。

摸魚兒　掩淒涼黄昏庭院

「矮窗曲屋風燈冷」七字幽絶。　工麗。　（下闋眉批）情能生文，筆致腴鍊。

念奴嬌　秋風秋雨

起筆神來，如聞蕭條風雨之聲。　（「知他别後，負人多少風月」眉批）「知他」妙。　（「不是怨極愁濃，只愁重見了，相思難説」眉批）「不是」二字着一頓跌，松一步正是緊一步。　結筆迴應起筆。

漁家傲　獨木小舟煙雨濕

（上闋眉批）句句錘鍊而出，真乃無一字不斟酌。　（結句「不知那個傳消息」眉批）無中生有，妙絶古今。

南鄉子　幾日訴離尊

（上闋眉批）不着力而寫得自銷魂。　（下闋眉批）情文相生，令人往復吟詠。

卜算子　獨自上層樓

筆致精鍊，另開生面，神妙直到秋毫巔。妙在二「獨」字（編者按，換頭句「獨自下層樓」）。

愁倚欄令　春猶淺

（上闋眉批）別致卻妙。（下闋眉批）婉麗似叔原，而筆法卻別。

謁金門　濃睡醒

此詞與坡翁一鼻孔出氣，直謂眉山兩雄可也。

鳳棲梧　有客錢塘江上住

起筆勁直，最有骨力。（「荷花又繞南山渡」眉批）「又」字中有感喟。結得婉轉。（「湖山幽尋君已許」眉批）「君已許」三字妙。

雨中花　聞説海棠開盡了

起便跳脱。（「問有愁多少」眉批）問得妙，非有心人道不出來。結佳。

水龍吟　夜來風雨匆匆

正伯辭工于發端。（上闋眉批）筆致愈婉轉愈直捷，真才人之筆。（下闋眉批）此種筆法是正伯長技。「留雲借月」四字，奇妙。

韓元吉

南澗詞頗有骨。

薄倖　送君南浦

只讀起數語，便知先生胸中有一片感激。　（下闋眉批）感歎欷歔，筆墨飛舞。　結筆嗚咽欲絶。

霜天曉角　倚天絶壁

（上闋眉批）筆力横。　（下闋眉批）魄力雄勁，筆分甚高。

周必大

點絳脣　秋夜乘槎

引用亦妙。　情致楚楚。

仲　并

念奴嬌　練江風静

（上闋眉批）寫景奇肆。　「眼冷江頭立」五字警絶。　（下闋眉批）琢句奇快，得行文樂境。　結得疎狂之至。

朱　熹

水調歌頭　江水浸雲影

（上闋眉批）描空闊之景，筆筆有神，唱歎入神。　（下闋眉批）筆致若整若散，而神氣卻凝結，頗似坡仙。

真德秀

蝶戀花紅梅　兩岸月橋花半吐

清詞麗句。（「先自冰霜真態度，何事枝頭，點點胭脂汙」眉批）描寫紅字，用意着而不着，筆法自高。　結筆（「問花花又嬌無語」）妙甚。

趙汝愚

柳梢青　水月光中

無一字不壯麗，真富貴人語。　上半壯麗，下半疎散，各極其妙。

洪　适

浣溪沙　整頓春衫欲跨鞍

（下闋眉批）深情如訴，雅韻欲流。

吴　儆

浣溪沙　十里青山泝碧流

（「煙樹出層樓」眉批）遠近景色只一「出」字，兩面都到。

減字木蘭花　碧梧秋老

感慨遥深，人生如寄之意。

陳達叟

菩薩蠻　舉頭忽見衡陽雁

此詞想入妙境，又嬌癡又苦惱，女兒心性，别離情況，無不畢現。

雲韶集輯評卷六

楊萬里

好事近　月未到誠齋

本無命意，只是衝口而出，而説來自覺直樸有味。

張　震

黄叔暘云：無隱居士詞甚婉媚，蓋富貴人語也。

蝶戀花　梅子初青春已暮

（上闋眉批）匀麗。　（下闋眉批）風流秀曼，情致自佳。

劉克莊

潛夫詞豪宕風流，有獨往獨來之概。

憶秦娥　遊人絶

（上闋眉批）筆路頗似方回。　（下闋眉批）純是寫景，而意味自見。

賀新郎端午　思遠樓前路（編者按，《齊東野語》卷十三引首句作甄龍友詞，《全宋詞》從之。《草堂詩餘》後集卷上作無名氏詞。《類編草堂詩餘》卷四誤作劉克莊詞。）

（上闋眉批）清麗芊綿。　（下闋眉批）豪宕感激，悲壯風流，是潛夫本色，是蘇、辛流亞。

滿江紅　落日登樓

（上闋眉批）筆力蒼秀。　情味勝人。　（下闋眉批）情真語直，其妙令人不可摹擬。

清平樂　宫腰束素

（上闋眉批）麗娟之流亞也。　（「貪與蕭郎眉語」眉批）「眉語」二字奇妙。

卜算子　片片蝶衣輕

雨洗風吹，亦是天工愛惜，須看得破。

長相思　風瀟瀟

淒涼别感，一一達出。　（結句「舟人頻報潮」眉批）寫行人不留，情真語切。

又　朝有時

上下闋用兩排格最佳，此與叔原一闋正不多讓。

吴　琚

酹江月　玉虹遥挂

潮勢變幻莫測，可以縱筆揮灑，第限於應制，又當别論。　此作雄闊壯麗，筆走風雷，既合應制，又寫出潮勢洶湧閃忽來，真能品也。　結句（「晚來波静，海門飛上明月」）亦是常意，而鑄語有千鈞之力。

趙彦端

德莊詞佳者直入永叔之室。

謁金門　休相憶

（「花飛如許急」眉批）「急」字妙，真惜花人語。　「波底斜陽紅溼」六字煞是精秀。　（「送盡去雲成獨立，酒醒愁又入」眉批）結二語孤寂。　（尾批）張正夫云：德莊宗室之秀，賦西湖《謁金門》云：「波底斜陽紅濕」。阜陵問：「誰詞？」答云：「彦端所作。」上云：「我家裏人也會作此等語。」喜甚。

青玉案　當年萬里龍沙路

有筆力，有風韻，真可上接永叔。

沙塞子　春水緑波南浦

（「暗銷魂柳際輕煙，花梢微雨」眉批）精秀。「際」字、「梢」字細婉。（下闋眉批）情詞悲婉，太白「長相思，在長安」之遺也。

點絳脣　頫頷天涯

「我是行人，更送行人去」二語，真乃喜悦悲歌都有。

虞美人　斷蟬高柳斜陽處

（上闋眉批）似五代人手筆。（結句「無事更抛蓮子，打鴛鴦」眉批）句法秀麗，得永叔之遺，開後人心思。

管　鑑

生查子　天教百媚生

詞極清淡，意極穠冶，局段自高。

玉連環　江上青山無數

胸次高曠。

甄龍友

霜天曉角　峨眉仙客

既深慕其才之大，又惜其不得志于當時，寥寥數語，可括東坡一生。

俞國寶

風入松　一春長費買花錢

（上闋眉批）「金勒馬嘶芳草地，玉樓人醉杏花天」，有此香艷，無此情致。（「明日重扶殘醉，來尋陌上花鈿」眉批）結二語餘波綺麗，可謂「回頭一笑百媚生」。

衛元卿

謁金門　花過雨

此詞有慨身世，大有怨情。後半闋是因己之怨而推之於當世，言天下不齊者甚多，亦聊以自慰耳。

李　石

漁家傲　西去征鴻東去水

情詞俱妙。（下闋眉批）美人情態，兒女心腸，字字如畫。

杜旟

陳同甫云：伯高奔風逸足而鳴以和鸞；仲高麗句使晏叔原不得擅美；叔高戈矛森立，有吞虎食牛之氣。左右輝映，匪獨一門之盛，可謂一時之豪。　葉正則贈幼高云：「杜子五兄弟，詞林俱上頭。」

伯高詞一氣盤旋，魄力甚大。

酹江月　江山如此，是天開萬古，東南王氣

這起二語爲千古石頭城絶調，後人着力爲之，終不逮也。　通首議論縱横，魄力雄偉，此是何等品概，何等感慨，真乃目無餘子。

摸魚兒　放扁舟萬山環處

起筆便有氣力、有聲勢、有風韻，已是壓倒衆人。　前半寫景富艷精工，而「仙人憐我征塵久，借與夢游清枕」二語已漏後半消息。　後半寄慨，情節蒼涼，而結句仍扣本題，思深法密。

驀山溪　春風如客

工於發端。　（「猶作風前舞」眉批）一「猶」字有多少感慨。　「老來心事，唯只有春知」二語真妙，妙在未經人道。　（「江頭路，帶春來，更帶春歸去」眉批）結得擺脱。

劉儗

黄叔暘云：叔儗有《招山詩集》，樂章尤爲人所膾炙。　叔儗詞頗占身分，可即詞以觀志。

菩薩蠻　東風吹了秦樓畔

（上闋眉批）雅韻自然流出，仿佛唐人。　（下闋眉批）好情韻。

念奴嬌　艅艎東下

此詞議論縱横，無限感喟，真是厭倒今古。　魄力不亞辛稼軒，並貌亦與之仿佛，而一二名貴處直欲駕而上之。後半純以神行，置之稼軒集中亦是高境。

又　西風何事

（上闋眉批）感慨蒼茫。　（下闋眉批）詩人之辭，文人之筆，名士胸襟，英雄氣概，他人無此品骨，焉敢望其項背。

蝶戀花　小立東風誰共語

（上闋眉批）風韻絶世。　（「碧盡行雲」眉批）「碧雲」二字折用甚妙。　結句是宋初一派。

王千秋

賀新郎　弔古城頭去

懷古蒼涼。　爭荆州計出呂蒙，此詞獨責子敬。蓋蒙取荆州不過爲一己功名，而令吳、蜀相吞，老瞞得利。漢之亡，亡于蒙也。其人固不足責，但子敬在日不於吳主前痛陳利害，春秋之責不得爲子敬辭也。

蘇　洞

雨中花　十載尊前

運筆奇肆，中有多少感慨，一片血淚。改之一生心跡，此詞描繪殆盡。「隴水」二語嗚咽。結尤妙。

張　鎡

昭君怨　月在碧虛中住

（上闋眉批）摇曳生姿。　（下闋眉批）麗絶艷絶，真不負此一「賞」字。

姜　夔

范石湖云：白石有裁雲縫月之妙手，敲金戛玉之奇聲。　趙子固云：白石詞家之申、韓也。　黄叔暘云：白石詞極精妙，不減清真，其高處有美成所不能及。　沈伯時云：白石清勁知音，亦未免有生硬處。　白石詞不惟清虚，且又騷雅，讀之使人神觀飛越。　張叔夏云：姜白石如野雲孤飛，去留無跡。　又云：白石詞不惟清虚，且又騷雅，讀之使人神觀飛越。　白石詞亦是祖述清真，而高者令美成卻步。　白石詞神游象外，如白雲在空，隨風變滅，蓋聖於詞者。　兩宋作者，前推方回、清真，後推白石、梅溪。　然方回、清真各極其盛，梅溪或稍遜焉。　若白石神清意遠，不獨方回、清真不得專美於前，直欲合唐、宋、元、明諸家盡歸籠罩矣。

詞至白石，而知詞人之有總萃焉。　清勁似美成，風骨似方回。　騷情逸志，視晏、歐如輿台矣；高舉遠引，視秦、柳如傀儡矣。　清虚中見魄力，直令蘇、辛避席；剛健中含婀娜，是又竹屋、梅溪、夢窗、竹山、玉田以及元、明諸家之先聲也。　嗚呼，至矣。　詞有白石，猶史有馬遷，詩有杜陵，書有羲之，畫有陸探微也。

探春慢　衰草愁煙，亂鴉送日，風沙回旋平野

起數語，是歲暮旅行畫圖。　人知其工而不知其句句是「過」字神理，清真外無第二人。　（結句「甚日歸來，梅花零亂春夜」眉批）詞、意都絶，正如野鶴閑雲，去來無跡。

揚州慢　淮左名都

起數語意不深，而措詞卻獨有千古，愈味愈出。　「自胡馬窺江去後，廢池喬木，猶厭言兵」數語，寫兵燹之後情景，任他人千百言總無此韻味。　（結句「念橋邊紅藥，年年知爲誰生」眉批）古雅精鍊，突過清真。

點絳脣　燕雁無心

此詞無限哀感，卻字字清虛，無一字着實，而令讀者傷今弔古不能自止，真絶調也。

暗香　舊時月色

二章脱盡橫蹊，永爲千古絶調。　（下闋眉批）無一字不騷雅，此風人遺韻，賀、周而外，誰敢與先生抗手？　（尾批）張叔夏云：《暗香》、《疎影》二曲，前無古人，後無來者，真爲絶唱。

疏影　苔枝綴玉

上章已極精妙，此章拉雜使事而一往情深，了無痕跡，既腴鍊又清虛，不獨冠絶兩宋，直欲壓遍千古。　「還教一片隨波去，又卻怨玉龍哀曲」二語，姿態穠艷，風韻過人。

長亭怨慢　漸吹盡枝頭香絮

一「漸」字迤邐而來，妙絶。　其意海枯石爛，而其詞宛轉風流，古今詞人誰能窺其藩奥。　柔情密意，字字沉着，他人有此纏綿，無此沉着也。

齊天樂蟋蟀　庾郎先自吟愁賦

此詞精工絶世，妙只一路寫去，而中間自有起伏。　正如大江無風，波濤自湧，洵千古絶技也。　前無古，後無今。　（尾批）張叔夏云：全章精粹，所詠瞭然在目，且不留滯于物。

念奴嬌　鬧紅一舸

此詞鍊字、鍊句、鍊意、鍊骨，歸於純雅，真詞中集大成者。　（下闋眉批）楚騷化境。　「高柳垂陰，老魚吹浪，留我花間住」三語，風雅絶世，他手不乏風彩，總無此雅致也。

湘月　五湖舊約

遺詞琢句亦猶夫人，而骨韻錚錚，風流蘊藉，自是他人不能到。（「暗柳蕭蕭，飛星冉冉，夜久知秋信」眉批）「暗」字與「夜」字映射，細。「夜久知秋信」五字，饒有意味。

淡黄柳　空城曉角

（上闋眉批）旅情畫景，字字有味。（「强携酒」）「强」字妙。愛惜春光，多少眼淚都于「成秋色」三字中現出。

側犯　恨春易去

詠花題易流艷冶纖媚，此獨騷雅而姿態正自穠麗，宜其獨步詞壇也。

琵琶仙吴興　雙槳來時

字字惋惻，仿佛秦、柳筆墨，而氣格俊上，則是先生本來面目。（結句「想見西初陽關，故人初别」眉批）用陳語而不落陳腐，風味清雋。

鬲溪梅令探梅　好花不與殢香人

詞雖短而音節宛轉，醖釀可喜。（結句「翠禽啼一春」眉批）精秀。

淒涼犯　緑楊巷陌

每讀此詞，如聞一片秋聲，想當日先生落筆時攝盡造化之氣。（下闋眉批）人謂柳詞以情勝，然烏能及白石之情？

翠樓吟　月冷龍沙

起筆便覺銷魂。（上闋眉批）精麗。麗而有則。（「仗酒祓清愁」眉批）「祓」字奇警。（結句「晚來還捲，一簾秋霽」眉批）情詞雙絶，妙是雅音，非秦、柳能到。

法曲獻仙音　虚閣籠寒

風流酸楚，白石詞每于一二虚字中反覆唱歎，韻味都出，如此篇「奈」字（「奈楚客淹留久」）及「誰念我」、「甚而今」、「怕平生」等俱極有意思，他可類推。

眉嫵　看垂楊連苑

「聽艷歌郎意先感」七字，斯爲精妙，他手縱寫得百分婉麗，總無此入骨也。　結筆穠至。

石湖仙　松江煙浦

「浮雲安在」四字，令讀者如清夜聞鐘、空山對月，那不猛省，白石真詞仙也。

解連環　玉鞍重倚

寫離別妙在起筆已將題説完，卻以「沉吟」二字起下，以「爲」字爲一篇總領，運筆矯變莫測。「柳怯雲鬆」四字精艷，左與言「滴粉搓酥」不足道矣。　結筆（「念唯有，夜來皓月，照伊自睡」）一往情深。

八歸　芳蓮墜粉

聲情激越，筆力精健而意味仍是和婉，哀而不傷，真詞聖也。

玲瓏四犯　疊鼓夜寒

苦雨淒風，白石詞此篇最激切，蓋亦身世之感，有情不容己者。　（下闋眉批）擊碎玉唾壺。　詩人如杜、李，詞人如白石，未能大用，我亦欲代擊唾壺。

清波引　冷雲迷浦

題是詠梅，而詞則純寫身世之感，特借題作一引子耳。　結得淒切。

陸游

劉潛夫云：放翁、稼軒一掃纖艷，不事斧鑿，高則高矣，但時時掉書袋，要是一癖。　放翁、稼翁埽盡綺靡，别樹詞壇一幟，然二公正自不同：稼翁詞悲而壯，如驚雷怒濤，雄視千古；放翁詞悲而鬱，如秋風夜雨，萬籟呼號，其才力真可亞於稼軒。　人謂放翁頹放，詩詞一如其人，不知處放翁之境，外患既深，内亂已作，不得不鍼口結舌，托於頹放，其忠君愛國之心，實與子美、子瞻無異也。　讀先生詞，不當觀其奔放横逸之處，當觀其一片流離顛沛之思，哀而不傷，深得風人大旨，後之處亂世者，其有以法矣。

南鄉子　歸夢寄吴檣

詩情畫景，（「煙樹參差認武昌」眉批）一「認」字極斜陽晚景、煙樹參差之致。　結筆（「却恐他鄉勝故鄉」）破涕爲笑。

好事近　溢口放船歸

（上闋眉批）好景可愛。　（下闋眉批）清詞麗句。

昭君怨　晝永蟬聲庭院

落墨不多，恣態儘有。　通首純以詞勝，詞到極工處，情亦畢露。

卜算子　驛处斷橋邊

（上闋眉批）沉淪不遇者讀之一歎。　（下闋眉批）寓意深長，有色有骨，蓋先生自道也。

采桑子　寶釵樓上梳妝晚

（上闋眉批）工緻。　（下闋眉批）雅韻自流。

漁家傲　東望山陰何處是

此詞落筆老横無匹，而層折低徊往復，正自姿態有餘。　結筆精細，亦婉約。

極相思　江頭疏雨

此詞極有味，仿佛五代人手筆。

雙頭蓮　華髮星星

沉鬱頓挫，極淋漓宛轉之致。　明是哀時傷事，一片血淚，而說來一絲不露，意境雖極悲涼，遣詞卻極婉約，那得不令人心折。

鵲橋仙　華燈縱博

余嘗謂放翁詞勝于詩，以詩近于粗，詞則精粗恰當，讀此詞益信。

又　茅簷人靜，蓬牕燈暗，春晚連江風雨

起三句已握題魂。　（下闋眉批）字字是血。　（結句「況半世飄然羈旅」眉批）放翁一生不遇，于情不得已時不覺偶露。

感皇恩　小閣倚秋空

（上闋眉批）空有壯心，誰人許我，悲壯沉鬱，蓋亦情不自禁也。　（下闋眉批）無可奈何，不如歸去，我不忍卒讀。

沁園春　粉破梅梢

字字秀鍊，卻無一字不惹人眼淚，直至性人語。　（「當時豈料如今」眉批）「豈料」二字中無限悲鬱。　（結句「東風裏，有灞橋煙柳，知我歸心」眉批）一片熱腸有誰知得，放翁舉動，庶幾少陵。

又　一別秦樓

「自怪平生殊未曾」，中有多少愁思老境，不僅懷彼美也。　（結句眉批）婉委中而寫以蒼莽之氣，不減稼軒。

真珠簾　山村水館參差路

此詞懷鄉戀闕，一腔熱血，無處可賣，不僅羈旅之感也。　杜陵而後，先生遮幾近之。　處放翁之境，其詞自應激烈，而不敢者，蓋恐賈禍也。　故忠烈之氣不形之於面，然愈見其悲鬱，愈信其爲人。

陳亮

水龍吟　鬧花深處層樓

此詞「念遠」二字是主，故目中一片春光，觸我愁腸，都成眼淚。（下闋眉批）字字纖冶，淒艷絶世。

結筆淒遠。

洞仙歌　瑣窗秋暮

精妙之至，仿佛「落日斜」筆墨而轉折過人。筆端宕往摇曳，又哀怨，又沉着，又無枯滯痕跡，真神品也。

劉過

黄叔暘云：改之，稼軒之客，多壯語，蓋學稼軒者也。　陶九成云：改之造詞瞻逸有思致，《沁園春》二首尤纖麗可愛。　改之詞豪壯感激，升稼軒之堂。如《賀新郎》、《唐多令》諸闋，俱極頓挫之致。板橋所謂「老年學劉、蔣」，斷推此種。陶君獨取其《沁園春》二闋，不知此不過纖麗之作，非其至詣。以作者詞，極豪壯，有走石飛沙之氣。特録此婉麗詞一二章，可見能無不可，若獨取此二章，則吾不敢壞後世風氣也。

賀新郎　多病劉郎瘦

（上闋眉批）疎狂跌宕，豪邁直前，是改之性格，是稼軒規模。（下闋眉批）字字是快字，句句是快句，而實是一種鬱勃之氣，所謂人生行樂耳。

又 老去相如倦

同悲老大，「同是天涯淪落人」，故有「彼此魂消腸斷」之句，大致亦只從樂天《琵琶行》脱化出來，而情節卻合，故所作亦工力悉敵。

又 睡覺啼鶯曉

（「去盡酒徒無人問」眉批）不是無人問，實是目無餘子。（下闋眉批）其詞風流跌宕，而其意則冀有知遇，雖不如陶令淡泊、杜陵忠悃，而其情亦可哀矣。

唐多令 蘆葉滿汀洲

（上闋眉批）風流悲壯。（下闋眉批）悲而壯，筆墨淋漓之極。

又 解纜蓼花灣

與前篇同一筆墨。「望星河低處長安」七字，想見改之情事。

行香子 佛寺雲邊（編者按，此首爲張翥詞，見《蜕巖詞》卷下。《花草粹編》卷七誤作劉過詞。）

（上闋眉批）叙次畫境。（「只欠桃花，欠沙鳥，欠漁船」眉批）補不足之景，筆墨變化。（結句「恰似欹湖，似枋口，似斜川」眉批）借他處景境，用一「似」字點染出來。

沁園春 洛浦凌波

《沁園春》二闋，去古已遠，不免麗而淫矣。然妖冶纖柔，風流楚楚，如攬嫱、施之袪，洵推香奩名作。後來瞿宗吉、馬浩瀾輩雖着力爲之，終不逮也。

又　銷薄春冰，碾輕寒玉，漸長漸彎

兩「漸」字妙絶，古今真才人之筆。　下半闋愈唱愈妙，形容盡致，情韻並勝，真絶調也。（結句「風流甚，把仙郎暗掐，莫放春閒」眉批）全是楚楚之致，故令人愛，令人憐。

醉太平　情高意真

神致綽約，是從楚《騷》變化來。寥寥數語，令人玩索不盡，後世罕見此種筆墨。

水調歌頭　春事能幾許

（上闋眉批）真有情人也。（下闋眉批）風流灑脱，粗言之竹林七賢之流，精言之有隨遇而安之樂。

楊炎正

濟翁詞不事鑱刻而韻節自佳。

鵲橋仙　思歸時節

（上闋眉批）筆法雅近竹坡。（結句「又只恐書成雁去」眉批）情勝則不假詞藻。

蝶戀花　點檢笙歌多釀酒

（上闋眉批）句句平正。上半闋不出色，下半闋不得不做出恣態來，一定之理。

秦樓月　東風寂

悽麗婉惜，筆墨懇至。（結句「冷煙池館，又將寒食」眉批）「又」字承上便是兩層。

水調歌頭　把酒對斜日

（上闋眉批）筆力高超。迴翔有致，卻非苦想出來，另有妙境。（下闋眉批）筆致灑脱，胸次亦超曠可喜。　結亦婉妙。

張　輯

朱湛廬云：東澤得詩法于姜堯章，世謂謫仙復作，不知其又能詞也。　東澤詞情高韻遠，佳者直入白石之室。

疎簾淡月（桂枝香）　梧桐雨細

起筆警鍊。　聲情頗似白石老仙。（下闋眉批）深情遠韻，無限淒涼。　結筆清勁。

如此江山（齊天樂）　西風揚子江頭路

筆力雄深，措詞警策，是宗瑞真面目。　高處直似白石。（結句眉批）益以「蒼煙白鷺」，「江山」愈覺增色，真好筆法。

釣船笛（好事近）　載酒岳陽樓

（上闋眉批）琢句遒鍊。（下闋眉批）中有一片感慨，故發於音愈能入人。

月當窗（霜天曉角）　看朱成碧

（上闋眉批）筆法婉約。　（下闋眉批）清勁有骨。

山漸青（長相思）　山無情

（上闋眉批）得唐人遺響。　（下闋眉批）音節合拍，如流水行雲。

碧雲深（憶秦娥）　風淒淒

（上闋眉批）音調淒冷。　（下闋眉批）神行官止，合拍無痕。

花自落（謁金門）　春寂寞

「相思天一角」五字奇妙。　「無風花自落」，神妙天然。

垂楊碧（謁金門）　花半濕

（「醉中歸夢直」眉批）「直」字奇絶，警絶。　（「樓外垂楊如此碧」眉批）「如此」二字有多少惋惜。

闌干萬里心（憶王孫）　小樓柳色未春深

（上闌眉批）無一字不婉約。　（結句眉批）深情娓娓。

謝　懋

黄叔暘云：「［静寄］居士《樂章》二卷，吴垣伯明爲序，稱其片言隻字，戛玉鏗金，藴藉風流，爲世所貴。

念奴嬌　霽天湛碧

（上闋眉批）寫景亦有層折。　（下闋眉批）遺詞淒艷有骨，合張、柳爲一手。　結筆高雅。

憶少年　池塘綠遍

（上闋眉批）好句，似北宋時手筆。　（「心情費消遣，更梨花寒食」眉批）結尤佳。

黄　機

竹齋詞情意懇到，處處皆身歷其境語。

乳燕飛　擊碎珊瑚樹

起勢崢嶸。　（上闋眉批）豪放似青蓮，痛快似稼軒。　（下闋眉批）寫景處亦字字精湛。　風流瀟灑。

水龍吟　晴江滾滾東流

起勢滔莽，而骨力非常警拔。　（下闋眉批）字字淒艷。　語極婉轉而意極沈至，頗近美成。

酹江月　春愁幾許

（上闋眉批）聲情綿邈，直逼叔原。　遺詞措語，俱極工緻。　「香雪精神依舊否」七字寫骨，真乃善寫美人。「兩下平分取」，兩面都到，絶世文情。

清平樂　西風獵獵

（上闋眉批）寫景精鍊。　（「年年客裏重陽」眉批）只「客裏」二字，便有無限淒涼。

憶秦娥　秋蕭索

聲情不亞張三中。　（下闋眉批）又婉轉，又淒苦，情生文耶？文生情耶？

蝶戀花　碧樹涼颸驚畫扇

此詞層折之妙，空絶千古。　（「先自離愁裁不斷」眉批）「先自」妙。　「夢也無由見」，已是山窮水盡矣。下文何處轉身，忽然想到燈花，其詞若離若合，煞是高妙。

醜奴兒　綺窗撥斷琵琶索

（「薄倖知他知不知」眉批）「知」字連互用，三字兩面都到，兩面都有幾層曲折，真神妙之筆。

虞美人　十年不作湖湘客

淋漓痛快。　結句（「自古英雄之楚、又之秦」）自稱自慰，何等婉欵，立言命意，庶幾唐人。

劉　鎮

劉潛夫云：叔安樂府，麗不至褻，新不犯陳，周、柳、辛、陸之能事，庶乎兼之。　叔安詞韻味深婉，得歐陽永叔之遺。

水龍吟　弄晴臺館收煙候

和章韻者，東坡《楊花》一闋空絶古今，東坡外推此作合拍。　（下闋眉批）情詞淒艷，而句卻從《多麗》新詞得來。

浣溪沙　簾幕收燈斷續紅

（「夜寒歸路噤魚龍」眉批）一「噤」字他人道不出。　欵欵深深，低徊不已。

吴禮之

霜天曉角　西風又急

善於寫景。　結有筆力，亦不□遠神。

又　連環易缺

「意切，人路絶」五字奇警，但不免生硬。　（「斷橋月」眉批）結佳。

劉光祖

醉落魄　春風開者

此詞一味灑脱，遣詞命意，俱極超忽可喜。　（「何不歸歟，花竹秀而野」眉批）結二語，尤覺風致有餘。

昭君怨　人在醉鄉居住

小令不減南唐二主。　結不着力而有唐音。

閭丘次杲

朝中措　橫江一抹是平沙

（上闋眉批）詩情畫景，取次寫來，神妙無匹。（「漁唱不知何處，多應只在蘆花」眉批）結二語，既騷雅又清虛，自是作手。

李　泳

子永詞飛動，爲諸李之冠。

賀新郎　門掩長安道

子永語頗近周、秦，故别于李氏五人，所選獨多。（下闋眉批）情致儘有。（結句「幽恨闊，楚天杳」眉批）聲調情韻俱極雅致。

水調歌頭　危樓雲雨上

（上闋眉批）運筆亦飛動可喜。　筆力能振起，故佳。（下闋眉批）奇肆直似坡仙。

清平樂　乱雲將雨（編者按，此首乃李甗作，見《陽春白雪》卷四。《絶妙好詞》卷二誤作李泳詞。）

（上闋眉批）鍊字鍊句，情景俱工。（下闋眉批）情深語至，北宋人執筆不過如此。

李　浙

踏莎行　紅藥香殘

（上闋眉批）有情有景，亞於子永。　（下闋眉批）聲調絶佳，措詞亦清麗亦婉約。

雲韶集輯評卷七

鄭　域

念奴嬌　嗟來咄去

（上闋眉批）筆力奇警。　以文爲詞，淋漓痛快，其實如説話一般。　（下闋眉批）有議論，有識解，於平淡中寫得眉飛色舞。

黄　銖

江神子　秋風嫋嫋夕陽紅

蕭蕭索索，滿紙秋聲。　（下闋眉批）悲歌慷慨，而結筆（「多少事，不言中」）付之無言，其味愈出。

嚴　仁

黄叔暘云：次山詞，極能道閨閣之趣。　次山詞雅近和凝。

玉樓春　春風只在園西畔

字字秀艷。（結句眉批）深情委婉，讀之不厭百回。

一落索　清曉鶯啼紅樹

婉轉低徊，情詞淒艷。　深情如訴。

鷓鴣天　一曲危絃斷客腸

（上闋眉批）合端己、正中爲一手。　（下闋眉批）聲情委婉，讀之覺耳際餘音嫋嫋不絶。

趙善扛

重疊金　玉關芳草粘天碧

解林詞頗見骨力，揖讓進退庶幾古人，不第於句調中見長也。

十拍子　柳絮飛時緑暗

（上闋眉批）只如此寫上巳，應有儘有，便是高境。　（結句「飛鸞與共驂」眉批）情中帶景，極見神致。

毛开

滿江紅　潑火初收

（上闋眉批）亦只是以詞勝，而説來字字動人。（結句眉批）情詞並勝，兼秦、柳、辛、陸之長。

謁金門　春已半

（上闋眉批）五字着紙。（下闋眉批）韻味深婉，得古樂府之遺。

王　埜

西河　天下事

登高一呼，悲風四起。合下文恭和作，二公忠憤之氣，溢於言表，千載下猶凛凛有生氣。（結句「絶域張騫歸來未」眉批）忠憤之氣，自是不磨，即以詞論，亦是空絶古今。

曹　豳

西河　今日事

時外患已不可遏而權臣當國，進賢無人，故末節有希賢之望。淋漓悲壯，與上章並存不朽。思賢之深，言之懇切，勝讀一篇求賢表，真至文也。

洪咨夔

眼兒媚　平沙芳草渡頭春

（上闋眉批）淡淡着筆，韻味自深。　（下闋眉批）情致婉約，得晏、歐遺旨。

陸　淞

瑞鶴仙　臉霞紅印枕

（上闋眉批）如畫。絶世豐神。　低徊曲折，情詞悽惋。　「重省」下，回憶一筆妙。　（結句眉批）曲折盡致，描寫女子心腸如許逼真。

盧祖皋

黄叔暘云：蒲江樂章甚工，字字可入律吕。　蒲江詞如白雲在空，舒卷有致。

倦尋芳　香泥壘燕

（「鬬草烟欺羅袂薄，鞦韆影落春遊倦」眉批）「欺」字、「落」字俱是錘鍊而出。　（下闋眉批）情致摇曳。　深深欵欵。

清平樂　柳邊深院

妙有數層曲折，便自耐人玩索。　結句（「一雙蝴蝶飛來」）奇妙。

烏夜啼　段段寒沙淺水

（上闋眉批）字字淒惻，耆卿流亞。　（結句「昨夜幾秋風」眉批）一「幾」字極昨夜心神恍惚之致。

謁金門　蘭棹舉

依約有致。　（下闋眉批）分作兩層，便是曲折。

水龍吟　會昌湖上扁舟

此詞聲調宏遠，字字有精神。　聲情俱絕。　（「亦有魚龍戲舞」眉批）「亦有」二字筆力矯變，真好轉頭。　去路恰當如此。

洞仙歌　玉肌翠袖

（上闋眉批）清絶高絶。　（下闋眉批）仙乎！　仙乎！　筆墨真似煙雲。

賀新郎　挽住風前柳

起五字有神理，有筆力，直似稼軒。　（換頭「江涵雁影梅花瘦」眉批）字字精神，繪聲繪影。　（「猛拍闌干呼鷗鷺」眉批）「猛拍」二字妙，甚有神境，有悟境。

沁園春　幾葉凋楓

字字精鍊，誰不首肯？　灑落有致。　（結句眉批）命題既妙，故措語必高，想見先生氣宇。

高觀國

陳唐卿云：竹屋、梅溪詞要是不經人道語，其妙處少游、美成亦未及也。　張叔夏云：竹屋、白石、邦卿、夢窗格調不凡，句法挺異，俱能特立清新之意，删削靡曼之詞，自成一家。　竹屋詞剽新領異，有獨往獨來之槩。竹屋、梅溪、夢窗、草窗諸家大致遠祖清真，近師白石，諸家中梅溪、夢窗尤臻絶頂。竹屋詞獨有一片飛舞之致，亦是他人不能到。

蘭陵王春雨　灑虚閣

只「春雨」二字寫出無限層折，無限感慨，無限淒涼，無限艷冶，極似清真。押韻處、换頭處、跌宕處極盡飛舞之致，自是竹屋真面目。

御街行　藤�巧織花紋細

《詠轎》、《詠簾》二詞俱極工緻，卻不落小家數，以措詞雖纖冶而行氣卻爽俊，自是作家。（「歸來時晚，紗籠引道，扶下人微醉」眉批）結得綺麗。

又　香波半窣深深院

上章極其纖麗，此章極其細緻。如雲如水，寫來着而不着，自是妙竟。（「纖柔緩揭，瞥然飛去，不似春風燕」眉批）結得警，妙。

菩薩蠻　春風吹緑湖邊草

上闋不着力而自勝。下闋神味。

解連環　露條煙葉

詠柳詞佳者林立，總無此婉約。前半詠題之正面，後半觸物生情，低徊曲折，道盡今昔之感，真絶唱也。

燭影揺紅　別浦潮平

筆力精緊，竹屋諸篇此章尤覺精神團聚。　字字沉着。　風流凄楚，絶世聲情。

霜天曉角　春雲粉色

意亦猶人，而説來自有無窮韻味。　結得住。

卜算子　屈指數春來

無情處都寫出情來，直是空絶千古。　卻有別致。

齊天樂　碧雲闕處無多雨

運筆精警，遣詞悽惻，真可亞于白石。　下闋句法雅近清真。　「［歎］璧月空簷，夢雲飛觀」八字精鍊。

又　晚雲知有關山念

起便得勢。　無一句不鎮紙。　後半闋臨風懷友，字字精神。　即置之梅溪集中，亦是高境。

永遇樂次韻弔青樓　淺暈脩蛾

題本凄絶，落筆自有一種哀怨神理。　（下闋眉批）字字凄艶，彼美人兮，魂其來耶？　結筆（「西風細雨，盡吹淚去」）凄絶，一往情深。

金人捧露盤　楚宮閑

（上闋眉批）合周、秦爲一手。　（「錦江三十六鱗寒」眉批）「寒」字鍊。　（「此情天闊，正梅信笛裏關山」眉批）結筆高遠。

鳳棲梧　雲唤陰來鳩唤雨

「雲唤」二字，奇妙卻不生硬，煞有别致。　聲調婉委。

賀新郎　月冷霜擁

白石《暗香》、《踈影》二闋已成絶調，此作復於旁面取勢，思深意遠，幾欲與白石並驅。（下闋眉批）筆勢飛舞，姿態恣肆，真乃目無餘子。

清平樂　春蕪雨濕

措語奇警，如龍如虬，是竹屋獨至處。（下闋眉批）婉轉得妙，情詞俱中的。

史達祖

姜堯章云：邦卿詞奇秀清逸，融情景於一家，會句意於兩得。　張功甫云：生詞纖綃泉底，去塵眼中，妥帖輕圓，辭情俱到，有環奇警邁、清新閑婉之長，而無訑蕩汙淫之失，端可分鑣清真，平睨方回。　梅溪詞，祖述自是清真，而取法全師白石，其高處雖令美成、堯章爲之當不過是也。　梅溪詞騷情逸致，高者與方回並驅中原，次亦竹屋、夢窗之匹。

綺羅香　做冷欺花

字字精鍊，卻極玲瓏。　梅溪之高，宜出竹屋之右。　世稱梅溪、白石並祖清真，然白石當與清真並驅，梅溪雖少遜焉，而相去不過一間耳。

雙雙燕　過春社了

詠物詞着筆須要大方，此作有一絲小家氣否？（「紅樓歸晚，看足柳昏花暝。應自棲香正穩。便忘了、天涯芳信」眉批）「紅樓」下數語，寫題亡魂，斯爲精萃。（「愁損翠黛雙蛾，日日畫闌獨凭」眉批）結到題外，去路卻好。

玉樓春　玉容寂寞誰爲主

（上闋眉批）梨花之貌。（結句「黄昏著了素衣裳，深閉重門聽夜雨」眉批）寫出此花亡魂。

西江月　西月濸窺樓角

《西江月》一調，易流於濫，此作獨情辭並茂，且有骨力，大家之别于衆流如此。

夜行船　不剪春衫愁意態

不必節外生枝而情自勝。（結句「常記故園挑菜」眉批）鍾情之極。

蝶戀花　二月東風吹客袂

（「蝴蝶識人游冶地」句眉批）蝴蝶有情，情何能已？結二語（「今歲清明逢上巳，相思先到濺裙水」）婉約，情意自足。

臨江仙　草腳青回細膩

（上闋眉批）畫景。（結句「莫教無用月，來照可憐宵」眉批）未經人道語，説來都是情深一往。

又　倦客如今老矣

（上闋眉批）不勝今昔之感。　（結句「向來簫鼓地，曾見柳婆娑」眉批）真是唐人絶妙樂府，倚聲云乎哉。

八歸　秋江帶雨

筆力直似白石，不但貌似，骨律、神理亦無不似。　後半一起一落，宕往低徊，極有韻味。　（「望徹淮山，相思無雁足」眉批）結筆淒惻。

惜黄花　涵秋寒渚

（上闋眉批）句句遒鍊，深得清真之妙。　（下闋眉批）姿態如許。

齊天樂　秋風早入潘郎鬢

起七字便是一片感喟。　（下闋眉批）真絶。淋漓曲折，極感喟之神。　（「縱有黟黟，奈何詩思苦」眉批）結出本色。

東風第一枝　巧沁蘭心

梅溪詞專以婉轉曲折見長，蓋不如此，則情不出。　（結句「怕鳳靴、挑菜歸來，萬一灞橋相見」眉批）深情如訴，不滯於題。

又　草腳愁回

（上闋眉批）字字精妙，得白石之境。　（下闋眉批）又流動，又騷雅沉至，後人以白石、梅溪竝稱千古，蓋有以乎。　（「待過了一月燈期，日日醉扶歸去」眉批）結有感喟。

風流子　紅樓橫落日

起勢淩雲。　「記窗眼遞香，玉臺妝罷，馬蹄敲月，沙路人歸」四句，秀鍊絶倫。字字淒斷。　「怨深腮赤，愁重聲遲」八字，婉約亦静細。　（結句「多少寄來芳字，都待還伊」眉批）絶世文情。

喜遷鶯　月波疑滴

（上闋眉批）淡處亦自遒鍊。　真有情人語，無情人不肯説出。　一往淒惻。　（結句「怕萬一誤玉人夜寒簾隙」眉批）情文相生，極其婉約。

湘江静　暮草堆青雲浸浦

起七字絶妙畫圖。　中有淒怨情，故落紙皆作秋聲，非可强而致也。　（結句「潘郎漸老，風流頓減，閒居未賦」眉批）字字淒苦，正如孤燈秋夜，嫠婦哀猿，此梅溪之詞别於衆家也。

換巢鸞鳳　人若梅嬌

「倚風融漢粉，坐月怨秦簫」十字淒艷。　無魂可銷，而曰「定知我」，是何相信之深，真情至語。

「花外語香，時透郎懷抱」二語精麗，爲元人諸曲之祖。

汪　莘

孫山甫云：柳塘長短句似坡翁，不受音律束縛。　程洺水曰：叔耕藴霞箋玉滴之奇，而憂深思遠，未易遽班之賀白也。　叔耕詞情高意遠，雅韻騷情，庶幾古人。

杏花天　美人家在江南住

筆墨自高。　筆致翩翩，妙是雅音。

好事近　夾岸隘桃花

不事追琢，神韻自足，真似老坡。　言盡而音不盡。

謁金門　簷漏滴

不落纖豔又無理障，而一片靜機，令人撫玩無斁。

玉樓春　一片江南春色晚

情深語至，不必以辭勝，而情勝辭亦勝。　（結句「心共白蘋香不斷」眉批）唐人遺響。

憶秦娥　村南北

《離騷》耶？　樂府耶？　當焚香月夜讀之。

乳燕飛　去郢頻回首

（上闋眉批）運用楚詞，精絶工絶。　（下闋眉批）先生之情不亞屈子，發而爲詞，真乃《離騷》嗣響。

行香子　野店殘冬

（上闋眉批）畫境。　（下闋眉批）鍊字鍊句，鍊意鍊骨，歸於純雅，有灑脱之致，無放蕩之譏。

吴　潛

毅夫詞筆力蒼勁，滿紙皆作秋聲。

滿江紅　萬里西風

「楚山雲漲，楚江濤作」二語伏下「雨」字。　通首氣骨沈雄，音節悲壯。　淋淋漓漓，敲碎唾壺。

酹江月　紅塵飛騎

（上闋眉批）寫景處亦雄濶恣肆。　（「可憐如此春色」眉批）無限深情都於「如此」二字中流出。

（結尾「斜陽冉冉，依然無限悽惻」眉批）觸目皆愁。

鵲橋仙　扁舟乍泊

「前山急雨過溪來」七字有聲勢。　（「癡兒騃女賀新涼，也不道、西風又起」眉批）句中有骨。

青玉案　十年三過蘇臺路

（上闋眉批）毅夫詞善寫秋意，脱盡富貴人氣息。　（「酒邊成醉，醉邊成夢，夢斷前山雨」眉批）筆法蟬聯却不傷雅，以氣盛故也。

李昴英

蘭陵王　燕穿幕

（上闋眉批）曲折深婉。　淒艷。　（下闋眉批）情詞並茂，合秦、柳爲一手。　遣詞押韻，字字精鍊，一片神行。

史蔿之

望海潮　危岑孤秀

通首懷古蒼茫，筆力蒼勁。　懷古即以傷今，想見先生抱負。　（結句「未許英雄老去，西北是神州」眉批）有筆力有志向，庸手何能知之。

趙以夫

（川）［用］父詞純師白石，清逸俊快處直入其室矣。

孤鸞　江頭春早

通首大半身世之感，不專詠梅也，然其詠梅處已自高絶。　清逸。　騷情遠致，深得白石之妙。

龍山會　九日無風雨

（上闋眉批）信有浩然之氣。　關切時事處着而不着，深得《風》、《騷》遺旨。　可勝浩歎。

角招　曉寒薄

通首清麗刻入，自不及白石兩闋，當與梅溪一闋相伯仲。　「削」字鑱刻。　清麗有骨。　結筆緊。

徵招　玉壺凍裂琅玕折

（上闋眉批）字字精粹，較上章詠梅更高一籌。　情味自出。　（下闋眉批）工麗而清虛，仿佛白石。

永遇樂　雲雁將秋

自起筆至「華渚」，詠題正面。「妝樓」三語，忽作一縱筆。「金鉞」二語，言兒女雖癡，卻有觸于余心，故便有作一擒筆。「經歲」下皆是因題而觸往事，層折絕妙。

陳經國

龜峰詞悲而壯。

沁園春　誰使神州

（上闋眉批）傷今弔古，議論縱橫。　大聲疾呼，聲滿天地。　（下闋眉批）預料。　有志不成，千古同慨。　挑燈看劍，令讀者起舞。

又　過了梅花，縱有春風，不如早還

起便妙絕。　有筆力，有聲調，龜峰詞純是一片精神對付他。　風流跌宕。

方岳

巨山詞與龜峰相伯仲。

臺城路　孤蓬夜傍低叢宿

（上闋眉批）精深蒼勁，如讀劉越石之詩。　情景竝到。　結筆（「搔首江南，雁銜千里月」）尤警鍊，傲睨一切。

滿江紅　且問黄花

開口便佳，是前一步，奇文在後，故以「且」字先作緩筆，妙甚。　（下闋眉批）敲碎唾壺。　（「倘只消、江左管夷吾，終須有」眉批）結得痛快，亦見身分。

水調歌頭　秋雨一何碧

合下章情景兼到，真一時神來氣來之作。　（下闋眉批）筆致飛舞，起東坡爲之亦不過是。

又　醉我一壺玉

（上闋眉批）看是一氣捲抒，實無一字不錘鍊。　目無餘子。　（下闋眉批）語精字鍊，何等氣骨。

（「莫倚闌干北，天際是神州」眉批）結筆言中有物。

張　榘

青玉案　西風亂葉溪橋樹

寫淒涼村落景況，歷歷如畫。　上半寫景逼真，下半傷今感昔，一縱千里。

洪　璨

驀山溪　潮平風穩

（上闋眉批）描寫情事，姿態逼真。　（下闋眉批）句句是憶字，淒艷絶世。

踏莎行　滿滿金杯

（上闋眉批）「楊柳岸、曉風殘月」，同此酒醒後神理。　（結句「秋山萬疊水雲深，茫茫無著相思處」眉批）天長地久，此情不盡。

方千里

塞垣春　四遠天垂野

和清真而筆法亦雅近清真。　字字婉約。　老境可歎。

醜奴兒　淩波臺畔花如剪

綺麗紆徐。　「鼓角聲中又夕陽」七字，絶妙唐詩。

尹　焕

唐多令　蘋末轉清商

（上闋眉批）綺語撩人。（「説着前歡佯不記」眉批）真耶？假耶？女郎心情伎倆早已繪出。

（尾批）周公謹云：可與杜牧之「尋芳較晚」爲偶。

馮取洽

摸魚兒　歎劉郎那回輕別

長句極見姿態。（下闋眉批）觸處皆情。別有懷抱，此中人語云：不足爲外人道也。

陳以莊

水龍吟　晚來江濶潮平

句有魄力。婉約淒艷，不泛情致。（下闋眉批）字字淒斷，如雨打殘花、風摧衰草，令人哀感不盡。

盧炳

謁金門　春寂寂

淒絶。（下闋眉批）筆路雅近子野。

點絳脣　過眼溪山

（上闋眉批）亦是常意，道來卻好。　結筆（「閒看江楓舞」）只寫景而情自深。

踏莎行　秋色人家

（「江煙引素忽飛來，水禽破暝雙雙去」眉批）「引」字靜細，「破」字精鍊。　（結句「白雲低處雁回峰，明朝便踏瀟湘路」眉批）寫景精妙，亦灑落。

沈端節

虞美人　去年寒食初相見

情節自一望而見，而句法卻婉曲。　（結句「一任落花飛絮、兩悠悠」眉批）好情態。

潘　牥

洞仙歌　雕簷綺户

語極淒艷，氣極疎朗　（下闋眉批）懷古流連。　（結句「明月裏、鷺鷥背人飛下」眉批）景中帶情。

黄　昇

月照梨花　晝景

叔暘詞高超簡括，真不食人間煙火者。

（上闋眉批）好句珠串。　（結句「煙草萋迷。鷓鴣啼」眉批）清麗芊綿，直似飛卿。

清平樂　珠簾寂寂

淒淒惻惻，怨而不怒，勝讀王仲初《宫詞》百首。

酹江月　玉林何有

自是高絶，看破紅塵。然「那得粉牆朱户」及「甲第連雲，十眉環座，人醉黄金塢」數語，轉着痕跡，不如並隱之爲妙。亦如陶令「結廬在人境」一篇高絶，而曰「心遠地自偏」，又曰「此中有真意」，皆嫌有跡。

又　西風解事

此篇高絶。　上章云「甲第零落」，尤存痕跡。此看得才名亦虚，真乃看透語。

鵲橋仙　青林雨歇

（上闋眉批）淒艶中別有韻味。　（結句眉批）筆境甚高。

長相思　天悠悠

「笛聲人倚樓」五字簡鍊，神味自足。　（「催得吴霜點鬢稠」眉批）「催」字妙。

謁金門　花事淺

起得超。　「雨聲簾不捲」五字静細。

文及翁

賀新涼　一勺西湖水

沈痛迫烈。　如許感慨。　（「借問孤山林處士，但掉頭、笑指梅花蕊。天下事，可知矣」眉批）許閒堂、半間堂送了宋天下，不敢明言，故託詞和靖，非譏和靖也。

李芸子

木蘭花慢　占西風早處

字字悲楚，撫時傷事，亦杜陵之心也。　飄泊如杜陵，千古公論卻是先生盡得。　結本意。

嚴　羽

滿江紅　月近觚稜

（上闋眉批）筆力英挺。　（下闋眉批）激昂沈痛，似辛稼軒。

許　棐

夜行船　一轡東風留不住

情致婉麗。　情景兼工。

樓　槃

霜天曉角　月淡風輕

考甫《詠梅》三章，高簡古樸，别于諸家詠梅之作，獨有天地。

又　剪雪裁冰

一片神行，合拍處妙不可言。

雲韶集輯評卷八

吴文英

張叔夏云：吴夢窗詞如七寶樓臺，眩人眼目，拆碎下來，不成片段。　尹惟曉云：求詞于吾宋，前有清真，後有夢窗，此非予之言，四海之公言也。　沈伯時云：夢窗深得清真之妙，但用事下語太晦處人不易知。　夢窗詞如蓬萊縹緲，令人可望而不可及。南宋自姜堯章出，直追清真，度越千古；竹屋、梅溪爲其羽翼。後有作者，遠莫能及。夢窗以曠逸之才，發沉静之思，直入白石、清真之室，當與梅溪竝驅中原。

倦尋芳　暮帆挂雨

讀夢窗詞，須息心静氣，方知其鍊字鍊句、用意用筆之妙。世人譏其太晦者，正粗心浮氣不善讀夢窗詞耳。

又　墜瓶恨井

字字淒斷，妙極深婉。　欲歌欲泣。　結更嗚咽芊綿。

法曲獻仙音　落葉霞翻

（上闋眉批）無一句不精粹。　俗本以「紫簫遠」分上半闋，今從《詞綜》更正。　情深語艷。

點絳唇　明月茫茫

夢窗短調亦自高絶。　筆力精警。

又　捲盡愁雲

起便精神。　綺語，亦是他人道不到。

又　推枕南窗

聲情俱妙絶古今。

又　時霎清明

婉約。　情景雙絶。

西子妝　流水麴塵

人謂夢窗詞多晦語，殊不知夢窗詞于沉静中筆態猶自飛舞，如此篇是也。

唐多令　何處合成愁

夢窗詞大半沉静爲主，此篇獨清快。　（尾批）張叔夏云：此詞疎快，不質實。

祝英臺近　剪紅情

（「花信上釵股」眉批）「上」字婉細。　夢窗詞不以綺麗見長，然其一二綺麗處正是他人道不出。

（結句「寒銷不盡，又相對、落梅如雨」眉批）筆致淒斷。

又　采幽香

（上闋眉批）婉轉中自有筆力。　（下闋眉批）奇想，然亦只是常意，不過善於傳寫。

水龍吟　艷陽不到青山

（上闋眉批）字字精鍊，其秀在骨。　（下闋眉批）點染處不滯於物，純是一片客感。　結得鎮紙。

桃源憶故人　越山青斷西陵浦

情韻自足。　憑弔流連，淒艷無比。

聲聲慢　檀欒金碧

何等姿態，遣詞琢句百鍊千錘，歸於純雅，真可亞于清真，近接白石。　深情如許，觸手成春，不必身逢其會始作綺語也。

高陽臺　宮粉彫痕

字字淒惻，只是一篇絶妙弔梅花文。　他人有此淒惻，無此筆力，故終不能逮。　尹［煥］君「前清真，後夢窗」之語，真不我欺也。

又豐樂樓　脩竹凝妝

（上闋眉批）描景高妙。　題是樓，偏説「傷春不在高樓上」，何等筆力。　其文極曲，其情極真，方回、清真、白石外誰敢抗手。

滿江紅　雲氣樓臺

平調《滿江紅》仍有如許魄力，是何神勇。（下闋眉批）既精鍊又清虚騷雅，真是絶唱。

解語花　門横皺碧

清俊有神味，與梅溪一闋並驅中原。　鍊字鍊骨。　俊絶秀絶。

霜葉飛　斷煙離緒

情詞兼勝。　有筆力有感慨。　（下闋眉批）淒涼處只一二語，已覺秋聲四起。

瑞鶴仙　淚荷抛碎璧

字字秀鍊。　淒涼。　（下闋眉批）觸目皆愁，情深如許。

齊天樂　煙波桃葉西陵路

傷今感昔，憑眺流連，此種詞真入白石之室矣。　（下闋眉批）一片感喟，情深語至。

又　三千年事殘鴉外

憑弔中純是一片感歎，我知先生胸中應有多少憂時眼淚。　（「岸鎖春船，畫旗喧賽鼓」眉批）結足禹陵。

又　竹深不放斜陽入

通首遺詞秀絶，脱盡塵埃，清虚騷雅，不減白石。　（下闋眉批）秀鍊極矣，卻極清虚。　（「背日移舟，亂鴉溪樹曉」眉批）結寫景妙。

掃花游　水園沁碧

（上闋眉批）亦風流，亦豪放，亦濶達。（下闋眉批）好句，如讀唐詩。

惜紅衣　鷺老秋絲

（上闋眉批）筆路高絶。（下闋眉批）清虛似白石，沉静似清真，幾欲合而一之矣。

風入松　聽風聽雨過清明

情深而語極純雅，詞中高境也。婉麗處亦見别致。

鶯啼序　殘寒正欺病酒

全章精粹，空絶古今。（「十載西湖」以下數句眉批）追叙昔日歡場，寫得躊躇滿志。妙句。

（「幽蘭旋老」以下數句眉批）此折言離别，淚痕血點，慘澹淋漓之極。（「危亭望極」以下數句眉批）此折撫今追昔，悼歎無窮。結筆尤寫來嗚咽。

醉落魄　春温紅玉

（上闋眉批）密意柔情，一一繪出。（結句「一葉波心，明滅澹妝束」眉批）精絶，秀絶。

蝶戀花　北斗秋横雲髻影

起七字仙乎仙乎，我莫名其妙。（結句「紅簾幾度啼鴉暝」眉批）寫情夾寫景，最妙。

望江南　三月暮

此詞稍覺爽快，細按之仍是沉静。（「無處覓殘紅」眉批）結佳。

金縷曲　喬木生雲氣

起五字神來。通首流連詠歎，天地爲之低昂。　欷歔流涕有如此者。（下闋眉批）一片熱腸，有誰知得？（結句「懷此恨，寄殘醉」眉批）沉痛迫烈，碎擊唾壺。意極激烈，語卻温婉。

金盞子　賞月梧園

循題佈置，所詠瞭然在目，其佳處亦瞭然在目。　（結句「猶有數點蜂黄，伴我斟酌」眉批）題後點染，自不落空。

蔣捷

竹山詞亦是效法姜堯章，而奇警雄快非白石所能縛者。　竹山與改之並稱劉、蔣，其魄力正是兩雄相敵。　竹山詞勁氣直前，老横無匹，如秋風之掃敗葉，斬絶決絶。　竹山詞信手拈來，都成絶唱，若不假思索者，此正是詞中老境，非可强而致也。　鄭板橋謂：「少年學秦、柳，中年學蘇、辛，老年學劉、蔣。」其有以夫。

賀新郎　渺渺鴉啼了

「人做夢」已自淒絶，加以「竹几一燈」四字，便覺眼見青燐。　（下闋眉批）何等感慨。　筆力雄勁，不亞改之。

又　雁嶼晴嵐薄

竹山詞句句如斬釘截鐵，老絶橫絶。（下闋眉批）措詞勁直，是竹山本色。豪雄恣肆。

又　夢冷黄金屋

（上闋眉批）筆致飛舞奇警，後來惟板橋深得其妙。（下闋眉批）處處飛舞，如奇峰怪石，非平常谿徑也。

如夢令　夜月溪篁鸞影

猛然驚醒。（結句「樵斧耕蓑漁艇」眉批）六字三層，恰是善寫村景。

洞仙歌　世間何處

（上闋眉批）筆致不整不斜，煞是妙境。（下闋眉批）奮筆直書，情味愈見。

浪淘沙　明露浴疎桐

下字絶腴鍊。（結句「不解吹愁吹帽落，恨殺西風」眉批）筆力勁絶，不得議其太直也。

女冠子　蕙花香也

極力煊染。「而今」二字，忽見一轉，有水逝雲卷、風馳電掣之妙。苦樂不同他人，焉知我心。

一剪梅　小巧樓臺眼界寬

（「雲又迷漫，水又迷漫」眉批）低徊曲折，俱在兩「又」字唱歎而出。（結句「敲遍闌干，拍遍闌干」眉批）神韻天然。

高陽臺送翠英　燕捲晴絲

題極芊綿，而詞極勁直，直情在骨。　（下闋眉批）一聲《河滿》。

絳都春　春愁怎畫

無一字不婉轉香艷，而一種勁直之氣仍是不可遏抑，自是竹山本色。　（結句「無言暗擁嬌鬟，鳳釵溜也」眉批）婉麗之極。

聲聲慢　黄花深巷

每讀此詞，真覺秋聲在耳，能令樂者哀，能令怒者怨。　其他爭名奪利之徒，讀之塵襟頓滌，意懶心灰矣。

滿江紅　秋本無愁

真閲歷過來語。　（下闋眉批）秋氣如許。　情韻竝勝。

梅花引　白鷗問我泊孤舟

清矯奇肆，純以神行。　神來氣來。　合拍處其妙，不可思議。

解珮令　春晴也好

句句勁直，詞中老境。　其氣不可遏。

虞美人　少年聽雨歌樓上

「江濶雲低、斷雁叫西風」九字中有數十層，真神來氣來，精金百鍊之筆。

又　絲絲楊柳絲絲雨

奇警。　神味悠然，不絶如縷。

行香子　紅了櫻桃

（上闋眉批）勁氣直前，老横莫敵。　（下闋眉批）姿態有餘。

柳梢青　學唱新腔

綺麗風華，與改之《沁園春》二闋，皆二公偶然筆墨。　（結句「嬌欲人扶，醉嫌人問，斜倚樓窗」眉批）寫得入微。

霜天曉角　人影窗紗

古古樸樸，不假思索，而風韻正自不乏。　後人不能學，亦不必學也。

陳允平

張叔夏云：詞欲雅而正，志之所之，一爲（物）［情］所役，則失其雅正之音。　近代陳西麓所作平正，亦有佳者。　西麓詞風神綽約，麗而有則，亦是效法白石而低徊宛轉，深得《騷》、《雅》之遺，蓋其取法也近，其祖述也遠也。　詞至元、明而後，纖冶流於淫矣。　雅正之音不可復作，有志倚聲者，自當以清真、白石爲宗，然西麓、玉田兩家尤能拔人於汙泥之外。

摸魚兒　倚東風畫欄十二

（上闋眉批）無一字不婉約，音調綿遠，學白石而化者。　（下闋眉批）曲折深婉。

酹江月　漢江露冷

詠物詞最忌落小家氣數，此作清虛騷雅，飄飄欲仙。　（下闋眉批）好句如珠，好景如煙。　（「九疑何處，斷魂飛度千峰」眉批）結筆情至。

又　霽空虹雨

（上闋眉批）字字婉欵，層折亦妙。　（下闋眉批）由晚至夜，觸動相思。　（結句「歸心如醉，夢魂飛趁東流」眉批）秀鍊之句，令人神往。

清平樂　鳳城春淺

（上闋眉批）婉麗似元獻。　（下闋眉批）痛惜之深，卻極婉約。

八寶妝　望遠秋平

（上闋眉批）景物關情。　神韻天然。　（下闋眉批）情真語至，不堪回首。

綺羅香　雁宇蒼寒

「又是」二字，有多少低徊。　觸目添愁。　（下闋眉批）字字錘鍊而出，卻極醇雅，是西麓本色。

探春　上苑烏啼

西麓《［西］湖（上）［十景］》諸篇，芊綿清麗。不關時事者，蓋君子素位而行；亦不流於纖冶者，則是《風》、《雅》之遺而西麓之本色也。

秋霽　千頃玻璃

風流騷雅，具見名士胸襟，别于同時諸家，獨有千古。（下闋眉批）婉轉流美，極力點綴，有清虚之致，無斧鑿之痕，詞中正聲也。

驀山溪　春波浮渌

清麗。只就本題點染，已自姿態有餘，不必節外生枝也。（「三湘夢，五湖心，雲水蒼茫處」眉批）結三語高絶。通篇就本位寫，結筆必須推遠。

齊天樂　赤欄橋畔斜陽外

西麓《［西］湖（上）［十景］》諸篇，惟此篇最爲濶大，最有感慨，蓋亦相題生文也。（結句「鷲嶺啼猿，唤人吟思起」眉批）風流哀感，要不傷雅度。

明月引　雨餘芳草碧蕭蕭

起七字便自精神。（下闋眉批）低徊曲折，詞極淒艷，意極婉雅，真楚《騷》之遺也。

唐多令　何處是秋風

句句勁直，似不着力者，然正自一字不可易。（「欲寄相思無好句，聊折贈雁來紅」眉批）結亦芊綿。

又　休去採芙蓉

此詞深情雅韻，字字倜儻，雖白石爲之，亦不過是。餘景亦佳。

戀繡衾　緗桃紅淺柳褪黄

此詞全在一二虚字寫出情來。　有心人語。

小重山　岸柳黄深緑漸饒

艷冶之句，西麓偶然筆墨。　神味宛然。

惜分飛　釧閣桃腮香玉溜

西麓詞此篇最婉麗卻不傷雅。　情韻絶世。

垂楊　銀屏夢覺

低徊俯仰，感慨不盡。　（「斷橋人，空倚斜陽，帶舊愁多少」眉批）「斷橋」二語，白石化境。　深深歎歎，無一字不和雅，所以爲高，所以爲難。

瑞鶴仙　燕歸簾半卷

情詞兼勝。　（下闋眉批）筆筆曲折，音調和雅，清真、白石外，獨有千古矣。

周　密

草窗詞亦是取法白石，而精深雅秀，儘有獨至處。　夢窗、草窗大致相同，昔人已有定評。　然兩家之師白石取法皆同，但夢窗高處，人不易知，草窗高處，一望而知，此其同而不同者也。　及細按之，其實夢窗何嘗沉晦，人自領略不到耳。　草窗亦不僅軒豁呈露，其骨韻之高，仍與夢窗無二，真一時兩難也。　草窗詞風骨高，情韻深，有夜月秋雲之妙。

大聖樂　嬌緑迷雲

（上闋眉批）秀鍊有神。（「漸午陰、簾影移香」眉批）一「漸」字迤邐有致。（下闋眉批）筆致宛轉，情韻並勝。　淒艷之筆。

探春慢　綵勝宜春，翠盤消夜，客裏暗驚時候

「暗驚」二字中有眼淚。　情詞淒楚有神。（「簫鼓動春城」眉批）一「動」字寫盡簫鼓之盛。

瑶花慢　朱鈿寶玦

不是詠瓊花，只是一片感歎無可説處，借題一發泄耳。　雅致。（結句「記少年，一夢揚州，二十四橋明月」眉批）回頭一顧，多少眼淚。

玉京秋　煙水濶

此詞精金百鍊，既雄秀又婉雅，幾欲空絶古今。（「怨歌長、瓊壺暗缺」眉批）一「暗」字，其恨在骨。　悽悽惻惻，可以怨矣。

獻仙音　松雪飄寒

感慨欷歔，真乃無一字不淒惋。　回首可憐歌舞地。（「又西泠殘笛，低送數聲春怨」眉批）結更嗚咽。

探芳信　步晴晝

（上闋眉批）好句如煙，好夢如雲。（結句「最消魂，一片斜陽戀柳」眉批）一往情深。

秋霽　重到西泠

草窗詞純是一片淒涼，如塞雁穿雲、孤鴻叫月，無一快樂之句，蓋性情所至，有不期然而然者。

臺城路　東風又入江南岸

無一字無感慨，真有心人也。　（下闋眉批）雖是點綴坡詩，卻是自抒懷抱。　（「花自多情，看花人自老」眉批）結尤淒婉。

齊天樂　清溪數點芙蓉雨

數語亦清雋有味。　（「此生此夜此景」眉批）三「此」字盡一身羈旅之感，若悲若喜，如泣如訴。（「底事閑愁，醉歌浮大白」眉批）結二語是快語，正是極悲鬱語。

又　槐陰忽送清商怨

通首借蟬詠志，如聞其聲，如見其人。　悽惻語。　一片商音羽奏，天地爲愁，不堪卒讀。

玲瓏四犯　波暖塵香

調夢窗便似夢窗筆法，能者無不可也。不惟貌似，即下字用意亦無不似。　深欵。

長亭怨慢　記千竹萬荷深處

（上闋眉批）絶妙一幅消夏畫圖。　草窗詞總是感慨。　（下闋眉批）騷情雅度。

宴清都　老去閑情懶

起便感喟。　淋漓曲折中卻極騷雅，深得白石之妙。　（結句「溯流紅、一櫂歸時，半蟾弄晚」眉批）

此情不斷，不計路之遠近也。

霓裳中序第一　湘屏展翠疊

字字淒斷。　聲情俱妙，善於怨者。（結句「凭闌久，一庭香露，桂影弄棲蝶」眉批）草窗詞每到曲終，愈形淒惻。

祝英臺近　倚玲瓏

（上闋眉批）信筆點綴，落花流水皆文章。（結句「畫樓外，一聲秋笛」眉批）清徹在骨。

徵招　江蘺搖落江楓冷

此調一片商音，魄力在梅溪、竹屋之間。　沉痛凱切。　結更綿遠，《騷》、《雅》之遺。

聲聲慢　瓊壺敲月

撫今追昔，世事茫茫，可勝浩歎。（「次第重陽近也」眉批）只「次第」二字，便有多少時光易過之感，妙是從上文生出。　結更淒絶。

醉落魄　寒侵徑葉

（「秋事正奇絶」眉批）筆法亦正自奇絶。（結句「愁是新愁，月是舊時月」眉批）低徊曲折。

水龍吟　燕翎誰寄愁箋

起得力。　無限哀感，草窗真深於怨者。（下闋眉批）曲折深婉，情之至者，文亦至。

又　素鸞飛下青冥

此詞微嫌刻劃太過，但字斟句酌，有鏤雲裁月之妙，故録之。（下闋眉批）靜麗之至，一塵不染。

珍珠簾　寶階斜轉春宵永

「光照萬星寒，曳冷雲垂地」二語，真神化之筆，此題得此詞可以無憾矣。（下闋眉批）極力襯染，巧不傷雅。結筆餘波綺麗。

疎影　冰條凍葉

梅影題難於梅花，花有色有香，影則淩虚幻境也。通篇曲曲摹寫，精絶秀絶。飄然欲仙，得此題魂魄矣。

玉漏遲　老來歡意少

「與君共是，承平年少」八字，不必明言當時之亂由於某某，但撫今追昔，已于言外畢露矣。（「春恨悄。天涯暮雲殘照」眉批）結筆有情有景。

南樓令　開了木芙蓉

筆力絶高，頗似竹屋。神在箇中。

西江月　花氣半侵雲閣

（上闋眉批）清麗之句，令人神往。（結句「二十四簾春靚」眉批）婉約。

鷓鴣天　相傍清明晴更慳

（上闋眉批）似晚唐人七律。（結句「獨倚西樓第幾闌」眉批）神韻悠然不絶。

夜行船　寒菊淒風樓小蝶

似叔原又似白石，清虚淒艷，兼而有之。　好聲情。

杏花天　瑞雲盤翠侵宫額

句句秀鍊得色，既清虚又騷雅。　大家之作小令，亦有與衆不同者。

又　漢宫乍出慵梳掠

詠昭君自少陵詩後已成絶唱，此作多翻陳出新處，自遠不及少陵，然亦是佳作。

又　金池瓊苑曾經醉

（上闋眉批）奇麗之句，正與夢窗異。　（結句「爲問春歸那裏」眉批）遺詞遺韻，合拍天然。

點絳脣　午夢初回（編者按，此首爲周晉［密之父］所作，見《絶妙好詞》卷三。《草窗詞》卷下誤爲周密詞。）

「卷簾盡放春愁去」七字奇警。　不減清真。

謁金門　花不定

「日遲簾幕静」五字精細，似五代高手。　情節婉約。

又　天水碧

筆力雄肆，相題生文。　遣詞擇韻，精深雅秀。

清平樂　曉鶯嬌咽

字字關情，語亦沉至。

少年游　簾銷寶篆捲宮羅

擬叔原便真似叔原，能者無所不可。（結句「花深深處，柳陰陰處，一片笙歌」眉批）清麗之極，小山集中高境。

一萼紅　步深幽

此詞蒼茫感慨，情見乎詞，當爲草窗集中壓卷。雖使清真、方回、白石、梅溪諸家爲之，亦不能毫釐相過。大抵詞各有極，既據其巔矣，又何加焉？

石孝友

次仲詞清奇雄秀，别于諸家外獨樹一幟。次仲詞多警句，令人拍案叫絶。次仲最工小令，余嘗謂叔原小令婉麗，次仲小令雄秀，真先後兩雄也。

點絳脣　霽景澄秋

（上闋眉批）筆力雄秀。（下闋眉批）字字秀鍊，是次仲本色。

又　醉倚危牆

（上闋眉批）如畫。（下闋眉批）他手淒艷之詞都化作怒濤急雨。

西地錦　回望玉樓金闕

（上闋眉批）神來氣來，似蔣竹山。（下闋眉批）筆致似竹山，而字字團鍊，不落散漫，非竹山能及。

好事近　微雨灑芳塵

（上闋眉批）婉約中具筆力。　（下闋眉批）情至語。

謁金門　雲樹直

（上闋眉批）寫景筆力高絶。　（下闋眉批）合子野、竹坡爲一手。

清平樂　天涯重九

此詞全是迴環入妙，卻不傷雅，以有筆力故也。

臨江仙　醉袖吟鞭行色裏

（上闋眉批）好句，直似唐詩。　（下闋眉批）秀麗之至而句特精鍊。

又　長記夢雲樓上住

（上闋眉批）精秀。　（結句「水腥魚菜市，風碎荻花洲」眉批）「水腥」、「風碎」，千錘百鍊之句。

南歌子　亂絮飄晴雪

春去難留，情致婉約。　結句（「怕見一天風雨，捲春歸」）沈雄悲壯，直如杜老悲歌之作，不謂於詞中見之，一快。

南歌子　春淺紅梅小

筆力老横，精絶，淒絶，秀絶，一片神行，次仲獨有千古。

眼兒媚　愁雲淡淡雨蕭蕭，暮暮復朝朝

起二語奕奕有神。（下闋眉批）淒麗過人。（結句「一叢萱草，幾竿修竹，數葉芭蕉」眉批）點綴有情。

減字木蘭花　新荷小小

筆致自是黄山谷，而艷冶卻似晏叔原，幾欲合而一之矣。

雲韶集輯評卷九

王沂孫

碧山詞自是取法白石，風流飄灑，如春雲秋月，令人愛不忍釋手。　碧山詞與陳西麓仿佛，但陳以和雅勝，王以清麗勝，要皆師白石而得其正者。　碧山詞高者入白石之室，而與竹屋竝驅中原。　碧山學白石得其清者，他如西麓得白石之雅，竹山得白石之俊快，夢窗、草窗得白石之神，竹屋、梅溪得白石之貌，玉田得其骨，仲舉得其格，蓋諸家皆有專司，白石其總萃也。

天香　孤嶠蟠煙，層濤蛻月

起八字高。　（上闋眉批）字字嫻雅，斟酌於草窗、西麓之間。　（下闋眉批）亦有感慨，卻不激迫，深欵處得風人遺旨。

南浦春水　柳下碧粼粼

題極清秀，卻合碧山手法。　寄慨處亦清麗閑雅，非蔣竹山，亦非周草窗也。

露華碧桃　紺葩乍坼

字字精鍊，句句雅秀，無一毫纖小之態。（下闋眉批）精湛之句。結筆寄慨。

慶宫春水仙花　明玉擎金

若有人兮，立而望之，翩姍姍其來遲。「哀絃重聽，都是淒涼，未須彈徹」三句淒冷。寄慨無窮。（「空想咸陽，故宫落月」眉批）結筆高，謫仙之遺也。

無悶雪意　陰積龍荒

筆致翩翩，音調和雅。是雪意，不是落雪。寫「意」字描色取神，極盡能事。

眉嫵新月　漸新痕懸柳

句句是新月，卻句句是望到十五。「漸」字及「便有（團圓意）」字用得婉約。「千古盈虧休問」句，忽將上半闋意一筆撇去，有龍跳虎卧之奇。「看雲外山河，還老盡桂花影」，結更高簡。

水龍吟牡丹　曉寒慵揭珠簾

牡丹極富艷，作者易入俗態，此作精工富麗，卻又清虚騷雅，絶不作一市井語，詞可占品。（「怕洛中，春色忽忽，又入杜鵑聲裏」眉批）結有感慨。

又海棠　世間無此傳停

起筆絶世丰神。字字是痛惜之深，花耶？人耶？吾烏乎測其命意之所至？（結句「怕明朝、小雨濛濛，便化作燕支淚」眉批）纏綿嗚咽，風雨葬西施同此淒艷。

又落葉　曉霜初著青林

（上闋眉批）淒涼奇秀，屈、宋之遺。　此中無限怨情，只是不露，令讀者心怦怦然。　（「望吾廬甚處，只應今夜，滿庭誰掃」眉批）結筆寂寞。

綺羅香秋思　屋角疎星

（上闋眉批）婉欸。　字字淒惋，卻極閑雅。　（下闋眉批）直似白石。　結亦悽惋。

齊天樂螢　碧痕初化池塘草

（上闋眉批）淒淒切切，秋聲、秋色、秋氣滿紙。　（下闋眉批）感慨蒼茫。　末二語（「已覺蕭疏，更堪秋夜永」）一往歎息。

又蟬　緑槐千樹西窗悄

較草窗一作稍覺婉雅，其借題抒寫身世之感，情則一也。　（下闋眉批）有骨有韻，不獨哀感。　後半直與草窗作無二。

又　冷煙殘水山陰道

起得淒秀。　一味感惜，情見乎詞。　（下闋眉批）淋漓曲折，白石化境。

三姝媚　蘭缸花半綻

（上闋眉批）情詞都勝。　同是天涯淪落，可勝浩歎。　（下闋眉批）情景兼工，秦、柳不得專美於前。

慶清朝榴花　玉局歌殘

榴花題難於諸花，以可説者少，此獨寫得宜風宜雅，清新綺麗，兼而有之。（結句「西風後，尚餘數點，還勝春濃」眉批）感慨係之。

高陽臺　駝褐輕裝

上半闋是叙其遠游未還，懸揣之詞。（换頭眉批）數語是懷西麓正面。下半闋是言其他日歸後情事，逆料之詞。

踏莎行題草窗詞卷　白石飛仙

草窗詩清峭得白石之妙，故歷言其品格。南宋白石出，詩冠一時，詞冠千古，諸家皆以師事之。

掃花游秋聲　商飆乍發

前半摹仿歐陽公《秋聲賦》，後半則自寫身世飄零之感。寫出許多愁景，攪人愁思。

又緑陰　小庭陰碧

（上闋眉批）低徊曲折，感慨不盡。（下闋眉批）可勝痛惜。（「聽蒙茸、數聲啼鳥」眉批）結于不得意中加點染。

又　捲簾翠濕

寫惜春情意，亦藴藉深婉，不作激迫之詞，自是碧山本色。嗚咽。

瑣窗寒春思　趁酒梨花

句句閑雅。聲情婉妙，頗似西麓。（下闋眉批）曲折盡致，宕往低徊。

摸魚兒　洗芳林夜來風雨

此詞筆墨仿佛竹山，集中偶一爲之。　聲情並茂。（下闋眉批）感慨不盡。　絶妙情韻。

聲聲慢　啼螿門静

一片蕭索之聲，如聞如見，真神作也。（下闋眉批）感慨。　悽惻之情以飄灑之筆出之，絶有姿態。

望梅　畫欄人寂（編者按，此首乃無名氏詞，見《梅苑》卷四。《花草粹編》卷十二誤題爲王沂孫［聖與］作。）

諸家梅詞各極其盛，白石尚矣，餘則各具一幟，不分短長也。　「粉怯珠愁」四字，警鍊。（「半窗曉月，夢回隴驛」眉批）結二語是題神，亦是抒情。

張　炎

仇仁近云：叔夏詞意度超玄，律吕協洽，當與白石老仙相鼓吹。　玉田詞亦是取法白石而風度高超，襟期曠遠，不獨入白石之室，幾欲與之相頡頏。　兩宋作者，前推方回、清真，後推白石、梅溪。余謂玉田詞可上繼清真，近追白石，出同時諸君之右，梅溪、竹屋似仍讓此君一步。　玉田詞骨韻之高，所不待言，而一種蕭疎放蕩、幽深玄遠之懷，又可以占其人品。　朱竹垞序其詞集云：「不師秦七，不師黄九，倚新聲、玉田差近。」見重於傑匠，亦非易易。

南浦春水　波暖緑粼粼

「魚没浪痕圓」五字静細。（下闋眉批）神化之句，碧山《春水》一篇不能及此。（結句「前度劉郎歸去後，溪上碧桃多少」眉批）婉約流麗。

壺中天　揚舸萬里

高絶，超絶，真絶，老絶。風流灑脱，置之白石集中亦是高境。（下闋眉批）下字琢句，精鍊無匹。結更高更曠，筆力亦勁。通篇骨韻都高，壓遍今古。

水龍吟　幾番問竹平安

（上闋眉批）深情婉約。（下闋眉批）風雅疎狂，兼而有之。（「待相逢、説與相思，想亦在、相思裏」眉批）結更是情至語，意亦曲折入妙。

又　仙人掌上芙蓉

（上闋眉批）意度閑雅，非人所及。（下闋眉批）若諷若惜，如怨如慕，直入方回之室矣。結更精湛。

探春雪霽　銀浦流雲

處處摹「霽」字之神。好句如珠、如玉、如煙。奇警恰切。（結句眉批）是冬盡春初時候。

高陽臺　接葉巢鶯

（上闋眉批）情景兼到，一片身世之感。（「東風且伴薔薇住，到薔薇、春已堪憐」眉批）「東風」二語雖是激迫之詞，然音節卻婉約。（「掩重門、淺醉閒眠」眉批）惹甚閒愁，不如掩門一醉高卧也。

掃花游　煙霞萬壑

（上闋眉批）有筆力，有氣骨，白石不能過也。（下闋眉批）敷佐亦真。

渡江雲　山空天入海

（上闋眉批）筆力雄蒼。（「猶記得、當年深隱，門掩兩三株」數句眉批）低徊，想到當年，情致不乏。

（下闋眉批）淒婉。一層逼一層，直是淒絶。

綺羅香紅葉　萬里飛霜

「寒艷不招春妒」六字新警。情詞兼工，少游之匹也。（下闋眉批）鏤金錯彩之筆，撫時哀世之情。

清平樂　候蛩淒斷

（上闋眉批）秋江圖畫。（下闋眉批）筆法自高，亦是因感有得。

疎影梅影　黄昏片月，似碎陰滿地，還更清絶

起筆實寫影字，正妙，不假敷佐，何等筆力。（下闋眉批）處處見筆力。（結句「做弄得、酒醒天寒，空對一庭春雪」眉批）清虚騷雅，竟似白石。

又　柳黄未結

寫游湖起。（「縱艷遊、得似當年，早是舊情都别」眉批）追想到當年。（下闋眉批）以下是寄周之詞。自叙身世之感，怨而不怒，哀而不傷，深得清真、白石之妙。

紅情　無邊香色

（上闋眉批）只寫荷花正面，而情味亦不泛。　略略推開。（結句「汪片葉、煙浪裏，卧横紫笛」眉批）又收足正面，自是常格。

邁陂塘　愛吾廬傍湖千頃

（上闋眉批）雄潤雅秀，畫所不到。　高境高景，超然閑遠。（結句「正碧落塵空，光摇半壁，月在萬松頂」眉批）吐棄紅塵，飄飄有淩雲之致，世稱白石老仙，玉田其仙乎？

甘州　記玉關踏雪事清遊

（上闋眉批）一片淒感，似唐人悲歌之詩。　警句。（下闋眉批）一片淒感。（「空懷感，有斜陽處，却怕登樓」眉批）結筆情深一往。

臺城路　朗吟未了西湖酒

（上闋眉批）只緩緩寫來，寫到銷魂之處，令人感慨不盡。　字字秀鍊，卻極純雅，無斧鑿痕跡，此白石之妙也。　冀其歸來，而説來極嫻雅。

又　薛濤箋上相思字

「虚沙動月」四字精鍊。（下闋眉批）字字感慨，句句閑雅。（「露涼鷗夢濶」眉批）「濶」字妙。

又　十年舊事翻疑夢

追思疇昔，慨歎而今，數十年心事隱隱如見。　詞不必激迫，意不必新奇，但一路寫去，圓美流轉，有彈丸脱手之妙。

又　扁舟忽過蘆花浦

（上闋眉批）疎狂閑雅，真可與白石老仙相鼓吹。　（下闋眉批）字字精神團聚，錘鍊歸於和緩。國朝竹垞太史有此風格。

真珠簾　雲深别有深庭宇

婉雅。　只「休去」二字，足見筆致不可捉摸處。　（下闋眉批）胸襟越遠，先生本色。　結婉麗。

三姝媚　蒼潭枯海樹

（上闋眉批）筆致高遠。　（下闋眉批）低徊曲折，有白石之妙。　（「待得重逢却説，巴山夜雨」眉批）結筆冀其歸來，是題後一層。

探芳信　坐清晝

語極沉至。　（下闋眉批）聲情淒怨。　（結句「我何堪，老卻江潭漢柳」眉批）哀而不傷，得情之正。

聲聲慢送琴友季靜軒還杭　荷衣消翠

聲情酸楚。　上半闋先寫還杭後情景，下半闋倒入送季正面。　筆法變換，妙。

瑣窗寒　斷碧分山，空簾剩月

起八字精妙。　一片痛惜之情。　（下闋眉批）淒淒惻惻。　字字從真性中流出，情詞都妙。

法曲獻仙音　雲隱山暉

(上闋眉批)寫婉麗處夾寫清景,故自不俗。　(下闋眉批)泠泠似珠玉,颯颯似秋風。

長亭怨　記横笛玉關高處

起筆淒切中筆力雄蒼。　(下闋眉批)夾情夾景,妙不可思議。　(結句「且莫把孤愁,説與當時歌舞」眉批)一往淒絶。

又　望花外小橋流水

通篇無一字不嗚咽,如斷雁驚風、哀猿叫月。　(下闋眉批)故作擺脱之筆,愈形淒惻。　(「謝楊柳多情,還有緑陰時節」眉批)結筆從無可奈何處聊以自解。

西子妝　白浪摇天

景物蒼茫,情深語至,固自不減夢窗。　(换頭眉批)一聲慨歎,以下便寫一片惱人景物。　(「謾依依,愁落鵑聲萬里」眉批)結筆淒切而有魄力。

湘月　行行且止

此詞胸襟高曠,氣韻沉雄,有一片精神團聚,尤爲玉田集中高作,真與白石竝驅中原。　(「幾時歸去,翦取一半煙水」眉批)結筆有力如虎。　題外餘波。

風入松　小窗晴緑占閑波

(上闋眉批)音調嫻雅,不落俗態,自是本色。　通篇和婉。　(「燕子尋常巷陌,酒邊莫唱西河」眉批)結二語略寄感慨,固自不可少。

南樓令　風雨客殊鄉

入愁人耳中，自覺秋聲長。若至明日，又覺更長於今夜，愁人心中耳中事也。

南歌子　葉（一作窗）密春聲聚，花多瘦一作水影重

起十字静細，淺情人道不出。（結句「知是誰調鸚鵡、柳陰中」眉批）婉麗。

浪淘沙　香霧濕雲鬟

此詞命意若隱若露，而詞極淒怨，每讀一過，不知是《離騷》？是樂府？是杜詩、小令云乎哉？

張　槃

綺羅香　浦月窺檐

（上闋眉批）纏綿往復，有西麓、草窗之妙。（下闋眉批）情中有景，景中有情。結筆淒婉。

浣溪沙　習習輕風破海棠

（上闋眉批）雅近永叔。（「滿庭芳草又斜陽」眉批）結句秀絶。

湯　恢

倦尋芳　錫簫吹暖

西村詞佳者，入草窗之室。（下闋眉批）回首可憐。水逝雲卷，可勝浩歎。

祝英臺近　月如冰

此詞清矯奇警，絶唱也。　（「此翁對此良宵，别無可恨，恨則恨、古人頭白」眉批）恨得奇絶、幻絶、高絶、卓絶，直是絶作。　（下闋眉批）清矯之句。　（「不妨彩筆雲牋，翠尊冰醞，自管領、一庭秋色」眉批）結數語風流之極，此翁興致不淺。

毛　翊（編者按，一作「珝」）

踏莎行　顧曲多情

（上闋眉批）綺麗多情，已是元人本色。　（下闋眉批）情致楚楚。

翁元龍

謁金門　鶯樹暖

（上闋眉批）若無情若有情，風致絶佳。　（下闋眉批）婉約。

李肩吾

清平樂　夢魂尋遍

（上闋眉批）綺麗可人。　（下闋眉批）個人無恙否？

康仲伯

憶真妃　匆匆一望關河

（上闋眉批）匆匆離別，致怨艇子無情，真有此情。　（「明日畫橋西畔、暮雲多」眉批）結句遠神。

樓扶

菩薩蠻　絲絲楊柳鶯聲近，晚風吹過鞦韆影

「晚風」七字秀麗。　淒艷絶世。　（「滿庭花自開」眉批）結筆音調自然流出。

楊彦齡

浣溪沙　倦客東歸得自由（編者按，此首乃無名氏詞，見《楊公筆録》。《詞綜》卷二十二誤作楊彦齡詞。）

（上闋眉批）警句。　（下闋眉批）句亦清疎可喜。

方有開

點絳脣　七里灘邊

寫景簡妙。　（「笑我塵勞，羞對雙臺石」眉批）與范文正「羞見先生面，黄昏過釣臺」意相同。

汪　存

步蟾宫　玉京此去春猶淺

（上闋眉批）題本富麗，自宜作此種筆墨。　（結句「揚州十里小紅樓，盡捲上珠簾一半」眉批）秀麗之句。

周格非

多麗　隴頭泉

通篇自爲懷舊而作，淒淒切切，嗚嗚咽咽，如珠走盤，如月墮影，圓美流轉，自是合作。　（下闋眉批）深深欵欵，曲折低徊，情詞兼勝。　（結句「須知道，東陽瘦損，不爲傷春」眉批）一往情深。

吕直夫

洞仙歌　征鞍帶月

上半闋寫路中風景，見柳生情起下。　下半闋回思臨別時囑付，曲曲折折，情真語真。

王武子

玉樓春　紅樓十二春寒側

（上闋眉批）情文相生，筆力精湛。（結句「一聲落盡短亭花，無數行人歸未得」眉批）情詞俱妙，少游之匹也。

王文甫

虞美人　黄金嫩柳摇絲軟

迴文有此一體，雖近小家氣，然亦煞費心思，録之以備一格。

王月山

臺城路　夜來疎雨鳴金井

（「一葉舞空紅淺」眉批）「一葉」妙。淒切有怨情。「横竹吹商，疏砧點月」八字淒鍊。（「聽著鳴蛩，一聲聲是怨」眉批）結明怨字。

房舜卿

秦樓月　與君別

（上闋眉批）秀鍊有神。　（下闋眉批）筆力雅近石湖。

黄孝邁

湘春夜月　近清明

（上闋眉批）字字凄咽動人。　（下闋眉批）雄透之詞，凄涼之筆。　（結句「這次第，算人間没箇并刀，剪斷心上愁痕」眉批）淋淋漓漓，情節最激迫。

水龍吟　閑情小院沈吟

（上闋眉批）凄婉。　（「二十年好夢，不曾圓合，而今老、都休矣」眉批）撫今感昔，不勝凄斷。　亦是從坡仙《楊花》一作化出，而情深語至，要自先後相同。

江　開

浣溪沙　手撚花枝憶小蘋

（上闋眉批）景中帶情。　（「離愁還入賣花聲」眉批）「入」字妙。　（「十分春事倩行雲」眉批）結句淒婉。

文天祥

唐多令　雨過水明霞（編者按，此首乃鄧剡詞，見元《草堂詩餘》卷上。《草堂詩餘續集》卷下誤爲文天祥作。）

一片感慨，自是孤臣心事，不第寫旅景已也。

大江東去　水天空濶

氣極雄深，語極蒼秀。其人絶世，其詞亦非他人所能及。（下闋眉批）擊碎玉壺。（「夜深愁聽，胡笳吹徹寒月」眉批）結筆超遠，亦淒切。

汪元量

水雲詞商音羽奏，一片《黍離》之感。

滿江紅　一個蘭舟

（上闋眉批）一片哀感，每讀《水雲詞》，令人墮淚。（下闋眉批）苦中作樂，聊以解憂，一片眼淚。（「問人間，今夕是何年，清如許」眉批）結妙，真不知有元。

長相思　吴山深

（上闋眉批）超秀。（下闋眉批）骨韻錚錚。

好事近　獨倚浙江樓

不堪重聽。「獨倚」是（編者按，此下疑有脱字。）蒼茫感喟，孤臣情事。

鶯啼序　金陵故都最好

通首傷今弔昔，淋淋漓漓，《黍離》、《麥秀》之歌當不過是，後來惟《桃花扇》傳奇卒章有此哀感，他皆不及也。　中二段融化唐詩，渾然天成而感慨欷歔，欲歌欲泣，仍出其右。　「可憐紅粉成灰，蕭索白楊風起」二語，真乃海枯石爛，雷擊風馳，血淚模糊，我不堪卒讀。　（結句「東風歲歲還來，吹入鍾山，幾重蒼翠」眉批）低徊往復，感慨無窮，此千古絶調也。

唐多令　莎草被長洲

（上闋眉批）飄零苦況，孤高節烈。　（結句「誰伴我，廣寒游」眉批）高曠，水雲其殆仙乎？

王鼎翁（編者按，名炎午）

沁園春　又是年時

炎午《上文山書》具見大節，亦奇男子也。　此詞通首只寫景而感慨欷歔，思故君故國，幾至觸目皆淚，草野中豈無忠良哉？

何夢桂

摸魚兒　記年時人人何處

（上闋眉批）回首可憐。句法亦清儁可喜。（下闋眉批）放開筆寫。

李南金

賀新郎　流落今如許

（上闋眉批）賦命不齊，大都如是，然紅顔薄命者多，能有幾人闖破閎乾坤也。（下闋眉批）兒女心情，英雄眼淚，淋淋漓漓，滿紙是血。

莫　崙

摸魚兒　聽春教燕䜊鶯訴

（「正閑覓閑花，閑草閑歌舞」眉批）連用數「閑」字，饒有姿態。（下闋眉批）摇曳，亦勁直。（「更多囑多情，多愁杜宇，多訴斷腸語」眉批）連用「多」字，與上「閑」字激射成趣。

徐一初

摸魚兒　對茱萸一年一度

（上闋眉批）風流悲壯之句。（下闋眉批）欷歔流涕，草野純臣。（結句「畢竟是西風，朝來報拂，猶憶舊時主」眉批）草木有知，猶戀故主，奈何人而不如草木乎？

劉辰翁

寶鼎現　紅妝春騎

通篇鏤金錯采，絢爛極矣，而一二今昔之感處，尤覺韻味深長。二疊清詞麗句，令人神往。三疊風流淒艷中，筆墨曲折之至。（「便當日，親見霓裳，天上人間夢裏」眉批）結筆餘韻亦好。

蘭陵王　送春去

題是送春，詞是悲宋，曲折説來，有多少眼淚。（下闋眉批）悽惻之懷。（結句「人生流落、顧孺子，共夜語」眉批）情詞悽絶，水雲之流亞也。

黄公紹

青玉案　年年社日停針綫（編者按，此首乃無名氏詞，見《陽春白雪》卷五。《詞林萬選》卷三誤爲黄公紹［在軒］詞。）

（上闋眉批）悽切語，情詞兼勝。（結句眉批）不是風流放蕩，只是一腔血淚耳。

雲韶集輯評卷十

李萊老

青玉案　吟情老盡江南句

題草窗詞佳作最多，惟此章簡鍊恰切。（「荀香猶在，庾愁何許，雲冷西湖賦」眉批）結句好。

生查子　妾情歌柳枝

是五代宋初筆墨，而運意、運筆更警鍊。

李彭老

清平樂　緑窗初曉

（上闋眉批）淒切而深婉。　（下闋眉批）一往情深。

生查子　羅襦隱繡茸

（上闋眉批）精麗。　（下闋眉批）秀麗絶世，不減小山。

王易簡（編者按，字理得）

理得詞高者草窗、玉田之間。

天香 龍涎香　煙嶠收痕

字字秀鍊，句句精麗，有氣有筆，自是名作。（下闋眉批）曲折婉妙。　結二語（「待剪秋雲，殷勤寄與」），情致尤佳。

水龍吟 白蓮　翠裳微護冰肌

（上闋眉批）情詞淒艷。（「相逢憔悴，當應被、薰風誤」眉批）亦是脱胎方回。　仙骨淩雲，煩襟頓滌。

齊天樂 蟬　碧雲深鎖齊姬恨

（上闋眉批）孤高絶世。　蟬最清高，即詞可占人品。（「古木斜暉，向人懷抱苦」眉批）結二語，寓意深長。

又　宮煙曉散春如霧

雅麗有致。　淒淒切切，曲折低徊，不減周草窗。

呂同老

水龍吟白蓮　冰肌不汙天真

（上闋眉批）題詠白蓮詞則具見人品。　「甚依然、舊日濃淡粉，花不似、人憔悴」數語，字字新妙。

（「共芳盟，猶有雙棲雪鷺，夜寒驚起」眉批）同盟惟有雪鷺，與理得一闋同意。

陳恕可（編者按，字行之）

桂枝香蟹　西風故國

（上闋眉批）悽怨不勝，如讀《詩》之變雅。　（下闋眉批）襯染處亦清徹有味。　結得淒咽。

唐　珏

菊山人品清高而其氣忠烈，即詞可以觀志。

摸魚兒蓴　漸滄浪凍痕銷盡

（上闋眉批）極其工緻而不傷雅。　（下闋眉批）一笑回頭已非今日始。　（「功名夢，曾被秋風喚醒」眉批）一「曾」字妙。　一味清雋。

桂枝香蟹　松江舍北

（「西風有恨無腸斷，恨東流、幾番潮汐」眉批）「西風」句與行之「無腸枉抱東流恨」同一妙絶。　餘波亦好。

臺城路　蜕痕初染仙莖露

淒涼怨慕，一片商音，較理得作更覺悲惋。　淒淒切切，草野孤臣。

譚宣子

江城子　嫩黄初染緑初描

（上闋眉批）句亦新奇突兀。　（下闋眉批）風流狂宕。

陳逢辰

烏夜啼　月痕未到朱扉

（上闋眉批）情深如許。　（下闋眉批）淒艷之句，妙有筆力。

趙聞禮

水龍吟水仙花　幾年理玉藍田

（上闋眉批）詞亦翩躚有致。　後片愈唱愈高，仿佛有坡仙《楊花》一闋情態。

寇寺丞

點絳脣　春睡夢騰

（上闋眉批）婉約。（下闋眉批）淒秀不減柳卿。

陳參政

木蘭花慢　北歸人未老

悲壯雄深，偉然名作。（下闋眉批）悲歌慷慨。結悲鬱。

德祐太學生

百字令　半隄花雨

權臣當國，不得志者屈而不伸，又不敢明斥其非，乃發爲詩歌，痛哭流涕，若隱若露，哀之深，怨之至，以冀朝廷或悟于萬一而卒不悟也，哀哉！（尾批）見《湖海新聞》：三四謂衆宫女行，五謂朝士去，六謂臺官黙，七指太學生上書，八九謂只陳宜中在，「東風」謂賈似道，「飛書傳羽」謂北軍至也，「新塘楊柳」謂賈妾。余謂「幾番過了」應是指賈。以上秦、韓、史、丁諸賊臣。

祝英臺近　倚危欄

此詞欷歔流涕，一片血流，更迫于上章。（下闋眉批）大聲疾呼，千古可爲戒。（尾批）「穉柳」謂幼君，「嬌黄」謂太后扁舟，「飛渡」謂北軍至，「塞鴻」指流民也。「人惹愁來」謂賈出，「那人何處」謂賈去，愁來不去，謂賈雖去而禍已不可遏。

無名氏

眉峰碧　蹙破眉峰碧

（上闋眉批）情致便足。（下闋眉批）情真語真，似唐人手筆。（尾批）《玉照新志》：裕陵親書其後，此詞甚佳，不知何人所作。

生查子　閒倚曲屏風

屏去浮艷，純用白描，纏綿往復，情致不斷。

撲蝴蝶　煙條雨葉（編者按，此首别又作晏幾道（小山）詞，見《陽春白雪》卷三。《苕溪漁隱叢話》後集卷三十九收此詞不云何人作。）

字和音雅，擇言綺麗，落墨悽婉，亦西麓、夢窗之流。　工緻亦婉麗。（尾批）胡元任云：非惟藻麗可喜，其腔調亦自婉美。

踏莎行　碧蘚迴廊（編者按，此首爲歐陽修詞，見《醉翁琴曲外篇》卷五。《詞綜》卷二十四列入無名氏作品。）

（上闋眉批）妙語未經人道。（下闋眉批）真耶？假耶？讀者試想。

玉瓏璁　城南路

此詞佳絶，惜不知其名。　結三字（「得得得」）最婉約。　（尾批）《能改齋漫録》：近有士人嘗於錢塘江漲橋爲狹斜之游，作此詞。其後朝廷復收河南，士人陷而不返。其友作詩寄之，且附以《龍涎香》。詩曰：「江漲橋邊花發時，故人曾共著征衣。請君莫唱橋南曲，花已飄零人不歸。」士人在河南得詩，酬之云：「認得吴家心字香，玉窗春夢紫羅囊。餘薰未歇人何許，洗破征衣更斷腸。」

九張機　一張機見《樂府雅詞》

《九張機》字字芊麗，絶妙樂府。

又　四張機

每讀《九張機》諸闋，恍如讀《子夜怨歌》。

又　五張機

婉轉曲折，絶妙好詞。

又　七張機

可以觀，可以怨，風人之遺旨也，敢以小道目詞哉？

又　九張機

慧心密意，我讀之只是不忍釋手。

又　春衣

秋風摇落堪悲，我讀之淚下數斗。（「無復奉君時」眉批）結筆淒然欲絶。

玉樓春　東風楊柳門前路見《能改齋漫録》

纏綿工麗。（結句「若將眉黛染情深，且到丹青難畫處」眉批）真乃一往情深。

踏青游　識個人人

描摹廿四可謂工絶，國程生贈葛九一作尤出其右，誰謂今人不逮古人耶？（尾批）吴虎臣云：政和間士人作，都下盛傳。

調笑桃源集句　相誤桃源路見《宣和九重樂府》。《全宋詞》未收

纏綿盡致，綺麗風華。

祝英臺近　剪酴醿見《樂府雅詞》

（上闋眉批）字字婉麗，宋初筆墨。（下開眉批）淒艷之句，不減柳郎中。

水調歌頭　平生太湖上見《中吴紀聞》

風流悲壯。（下闋眉批）淋漓痛快，血淚模糊，我讀之欲歌欲泣，爲之起舞。

楊柳枝　簌簌花飛一雨殘見《樂府雅詞》

（上闋眉批）婉緻。（結句「夕陽樓上凭欄干，望長安」眉批）餘韻不盡。

浣溪沙　剪碎（一作碎剪）香羅裛淚痕見《能改齋漫録》

（上闋眉批）神味宛然。　結筆不着力而韻勝。（尾批）黄季岑云：瓜洲瓜陂鋪有用篦刀刻青泥壁

爲詞。

鷓鴣天　宣德樓前雪未融見《蘆浦筆記》

（上闋眉批）富艷精工。（下闋眉批）富麗中妙見風韻，語亦婉至。（尾批）劉興伯云：上元詞十五首，備述宣政之盛，非想像者所能道，當與《夢華録》並行也。

又　鎮日無心掃黛眉見《花草粹編》

如此鍾情，千古罕有其匹。通篇淋漓血淚，情文相生，千古分離之作，以此爲最。

緑意　碧圓自潔見《樂府雅詞》（編者按，此首爲張炎詞，見《山中白雲詞》卷六、《御選歷代詩餘》卷八十七。《花草粹編》卷二十三、《詞綜》卷二十四誤爲無名氏作。）

情生文，文生情，有此妙構。凄惻之筆。（「喜靜看匹練秋光，倒瀉半湖明月」眉批）結筆尤見精神。

擷芳詞　風摇動見《古今詞話》

（「記得年時，共伊曾摘」二句眉批）回頭一顧。（下闋眉批）凄涼藴藉，情詞俱勝。

御街行　霜風漸緊寒侵袂見《古今詞話》

情致絶佳，低徊欲絶。風致珠勝。意不深，而詞卻曲折入妙。

念奴嬌　炎精中否（編者按，此首爲黄中輔詞，見《金華黄先生文集》卷三。《苕溪漁隱叢話》前集卷五十九不著撰人。）

只當痛恨賊檜，不言韓、岳久已成功，並不必待虞允文矣。　（下闋眉批）淋漓酣暢。　結筆精神，想見其人。

又　鮑魚腥斷（編者按，此爲黎廷瑞詞，見《芳洲集》卷三。《古今别腸詞選》卷四誤爲陸秀夫詞；《花草粹編》不題撰人；《詞綜》歸入無名氏詞。）

此詞魄力雄大，石破天驚，堂堂正正，如大將旗鼓，卓爲百代偉作，後來名作雖多，總是另尚新奇，斷無此中鋒正大悲壯淋漓也。　蓋信古人力量之雄厚。

點絳脣　蹴罷秋千

迤邐叙來，情態如畫，自是妙作。

烏夜啼　都無一點殘紅見《天機餘錦》

情詞淒艷，他本作五代人，未知何所據也。

又　一彎月挂危樓見《古今詞話》

（上闋眉批）有韻有味。　（下闋眉批）神韻宛然。

秦樓月　煙漠漠

前半寫景雄濶。　後半爲秦皇、漢武猛下一針。

又　秋寂寂

（上闋眉批）今昔之感。　結有遠神，從《湘靈鼓瑟》脱胎。

菩薩蠻　牡丹帶露真珠顆（編者按，此爲唐無名氏詞，見《槁簡贅筆》。）

（上闋眉批）從「請郎今夜伴花眠」脱胎，卻妙。　（「花若勝如奴，花還解語無」眉批）末二語，曲盡嬌憨之態。

西江月　記得洛陽話別見《翰墨》　（編者按，此首別又誤作張先詞，見《草堂詩餘》續集卷上，首句作「憶昔錢塘話別」。《翰墨大全》壬集卷八作無名氏詞。）

（上闋眉批）水逝雲卷。　（下闋眉批）亦悲涼，亦風流。

洞仙歌　斷雲疎雨見《梅苑》

（上闋眉批）詩情畫景。　（結句「問客路春風，爲誰開早」眉批）低徊宛轉，嗚咽芊綿，有横雲斷袖之妙。

憶少年　疎疎整整見《梅苑》

通首寫梅花，全是側面取神。

琴調相思引　膽樣瓶兒幾點春

（上闋眉批）恰是梅瓶。　（下闋眉批）情深如許。

眼兒媚　蕭蕭江上荻花秋（編者按，《于湖先生长短句》卷二同調詞，與此首大同小異。《花草粹編》卷七誤作賀鑄詞。《詞綜》卷二十四歸於無名氏作。）

上半寫景只「做弄許多愁」五字是情。　下半純是情。（「今宵眼底，明朝心上，後日眉頭」眉批）結三語最沉至。

步蟾宫　東風捏就腰肢細（編者按，此首與《陽春白雪》卷三載陸凝之《夜游宫》詞大同小異。《瑞桂堂暇録》作無名氏詞，《詞綜》卷二十四從之。）

（上闋眉批）婉轉有致。　（下闋眉批）我見猶憐。

謁金門　山無數見《天機餘錦》

（上闋眉批）寫景淒冷。　（下闋眉批）深情苦調，令人魂消。

風光好　柳陰陰見《天機餘錦》

（上闋眉批）婉緻。　（下闋眉批）旅情如見。　口頭語正是絶妙好辭。

僧　揮

黄叔暘云：仲殊之詞多矣，佳者固不少，而小令爲最。　仲殊詞極婉麗。

玉樓春　飛香漠漠簾帷暖

（上闋眉批）麗而有則。　（結句「舊年顔色舊年心，留到如今春不管」眉批）情詞哀艷動人。

柳梢青　岸草平沙

（上闋眉批）好句，直似六一公語。　「酒醒處、殘陽亂鴉」，與「曉風殘月」同一得别後酒醒之妙。

僧祖可

吴虎臣云：正平工詩，其長短句尤佳，世徒稱其詩也。　正平詞佳者，直逼韋端己。

菩薩蠻　西風簌簌低紅葉

（上闋眉批）清麗。　（下闋眉批）淒切瀏亮，端己詞佳者不過如此。

又　誰能畫取沙邊雨

（上闋眉批）婉約得妙。　「去了更回頭」五字妙，出人意外。

上清蔡真人

法駕導引　闌干曲

語極清麗，飄飄有仙氣。　（尾批）《夷堅志》云：陳東，靖康間嘗飲于京師酒樓，有妓倚欄歌此詞，音調清越。東不覺傾聽，其後有「鏗鐵板，閑引步虚聲。塵世無人知此曲，卻騎黄鶴上瑶京。風泠月華清」五句。問何人所製，曰：上清蔡真人詞也。

于真人

《詞綜》云：調見彭致中《鳴鶴餘音》。　按北宋有虚靖真君詞，内有和于真人作。

鳳棲梧　緑暗紅稀春已暮（編者按，此首爲葛長庚詞，見《玉蟾先生詩餘》。《詞綜》卷二十四歸入無名氏作，詞句稍異。）

（上闋眉批）有詞有筆，居然作手。　（下闋眉批）真高，真乃跳出乾坤圈套。

行香子　閬苑瀛洲

此詞高則高矣，但未免有痕跡，與黄叔暘《酹江月》一作同一太露，轉覺擺脱不開而句特高妙。

葛長庚

真人詞清踈俊快中而往復纏綿，一唱三歎，别于清真、白石外獨成一家。

酹江月　漢江北瀉

（上闋眉批）俯仰流連，無限哀感。　（下闋眉批）一片英雄不得志心事，不第以明道真人目之。

水調歌頭　江上春山遠，山下暮雲長

起十字清快，有十層。　清俊。　（下闋眉批）未嘗輕棄天下，吾知真人之志矣。

摸魚兒　問滄江舊盟鷗鷺

風流悲楚中而有清快之致，是爲真高出黄叔暘、于真人之工。　情景俱到。

霜天曉角　五羊安在

（上闋眉批）是何等筆力。　（下闋眉批）魄力雄峻，音調蒼涼。

賀新郎　且盡杯中酒

真人《賀新郎》諸闋俱是送别之作，而情深語至，雅意騷情，不求工而自工，前無古，後無今。（結句眉批）清俊而芊麗，絶世文情。

又　倏又西風起

直起，高絶老絶。　無限感慨，無限情思。（下闋眉批）一波三折，詞中有此，庶幾無愧。

又　謂是無情者

此詞低徊反覆，情之至者詞亦至，尤出上兩章之右。雖起方回、清真、白石諸家爲之，亦無此淒涼，無此曲折，無此令人骨醉心死也。

乩仙

憶少年　淒涼天氣

（上闋眉批）筆致蕭颯，卻是仙非鬼。（「重陽又近也，對黄花依舊」眉批）結筆婉至。

盧氏

蝶戀花　蜀道青天煙霧翳

（上闋眉批）婉麗無比。（結句「畫眉學得遥山翠」眉批）風流蘊藉，秀色可餐。

舒　氏

點絳脣　獨自臨池

（「耗却年時興」，「少箇年時影」眉批）特用兩「年時」字，遂不勝今昔之感。　句亦婉約。（尾批）

按《夷堅支志》云：彦齡，元祐中樞密彦霖弟也，善爲詞曲，妻舒亦工篇翰，而婦翁本出武列。彦齡頗失禮于翁，翁怒，邀其女歸，竟至離絶。女在父家，偶獨行池上，懷其夫，乃作此詞。

魏夫人

朱晦庵云：本朝婦人能文者，惟魏夫人及李易安二人而已。　魏夫人詞疾徐進退，居然作家，高者不減端己、正中。

菩薩蠻　溪山掩映斜陽裏

（上闋眉批）天然姿態，不假雕飾。　（下闋眉批）情詞雙絶，韻味亦深婉。

好事近　雨後曉寒輕

（上闋眉批）只此便見悽惻。　（「不似海棠陰下，按涼州時節」眉批）結筆婉妙。

點絳脣　波上清風

（上闋眉批）情致不泛。　（下闋眉批）情景兼寫，合秦、柳而一之。

延安夫人

更漏子　小闌干

（上闋眉批）婉麗可喜。　（下闋眉批）骨韻之妙，不減魏夫人。

李清照

張正夫云：易安元宵《永遇樂》詞云：「落日鎔金，暮雲合璧」，已自工緻，至於「染柳煙輕，吹梅笛怨，春意知幾許」，氣象更好。後疊云「于今憔悴，風鬟霧鬢，怕向花間重去」，皆以尋常語度入音律。鍊句精巧則易，平淡入調者難。且秋詞《聲聲慢》，此乃公孫大娘舞劍手。本朝非無能詞之士，未曾有一下十四疊字者。後疊又云「到黄昏、點點滴滴」，又使疊字，俱無斧鑿痕。「怎生得黑」，「黑」字不許第二人押。婦人有此奇筆，殆間氣也。　易安格律絶高，不獨爲婦人之冠，幾欲與竹屋、梅溪分庭抗禮。　易安詞騷情詩意，高者入方回之室，次亦不減叔原、耆卿。兩宋婦人能詞者不少，無出其右矣。

鳳凰臺上憶吹簫　香冷金猊

（上闋眉批）此種筆墨不減耆卿、叔原，而清俊疎朗過之。　「新來瘦，非干病酒，不是愁秋」三語，婉轉曲折，煞是妙絶。　（下闋眉批）筆致絶佳，餘韻尤勝。

壺中天慢　蕭條庭院

世稱易安「緑肥紅瘦」爲佳句，黄叔暘謂「寵柳嬌花」語亦甚奇俊，前此未有能道之者。　結亦合拍。

一剪梅　紅藕香殘玉簟秋

起七字秀絶，真不食人間煙火者。　梁紹壬謂：只起七字已是他人不能到。（「此情無計可消除，才下眉頭，却上心頭」眉批）結更淒絶。

醉花陰　薄霧濃雲愁永晝

無一字不秀雅。　（下闋眉批）深情苦調，元人詞曲往往宗之。

如夢令　昨夜雨疎風驟

只數語中層次曲折有味，世徒稱其「緑肥紅瘦」一語，猶是皮相。

浣溪沙　樓上晴天碧四垂（編者按，此首乃周邦彦詞，見《片玉集》卷三。沈際飛本《草堂詩餘》正集卷一、《古今詞統》卷四誤作李清照詞。）

（上闋眉批）神味宛然。　（下闋眉批）淒艷似叔原。

又　髻子傷春懶更梳

（上闋眉批）清麗之句。　（下闋眉批）婉約。

武陵春　風住塵香花已盡

（上闋眉批）又淒婉又勁直。　（下闋眉批）婉曲辭之。　觀此詞，益信易安無再適張汝舟之事，即風人「豈不爾思，畏人之多言」之意。

點絳脣　寂寞深閨

（下闋眉批）情詞並勝，神韻悠然。

賣花聲　簾外五更風（編者按，此首乃無名氏詞，見楊金本《草堂詩餘》前集卷下，調名原作《浪淘沙》。《詞林萬選》卷四、《詞綜》卷二十五誤作李清照詞。）

（上闋眉批）淒艷不忍卒讀。　（結句「留得羅襟前日淚，彈與征鴻」眉批）情詞淒絶，多少血淚。

聲聲慢　尋尋覓覓

疊字體後人效之者甚多，且有增至二十餘疊字，才氣雖佳，終著痕跡，視易安風格遠矣。　（「守着窗兒，獨自怎生得黑」眉批）「黑」字警。　後幅一片神行，愈唱愈妙。

幼卿

《能改齋漫録》云：宣和間有女子幼卿，題詞陝府驛壁。

賣花聲　極目楚天空

（上闋眉批）情詞淒怨，似有所思。　（下闋眉批）情深語真，滿紙淒涼意緒。　（「望斷斜陽人不見，滿袖啼紅」眉批）結筆尤妙。

吴淑姬

嫁士人楊子治。有《陽春白雪詞》五卷。　黄叔暘云：淑姬詞，佳處不減李易安。　淑姬詞頗以韻勝。

惜分飛　岸柳依依拖金縷

（上闋眉批）無情處都有情也。　（結句「斷腸遥指苕溪路」眉批）具見筆法，不第以韻味見長也。

朱淑真

淑真詞以情勝，悽艷芊綿，除李易安外無出其右者。　淑真詞風流宛轉，合者晏、歐之匹，次亦與魏夫人並驅中原。

蝶戀花　樓外楊柳千萬縷

（上闋眉批）曲折宛轉，不減易安。　（結句「把酒送春春不語，黄昏却下瀟瀟雨」眉批）情詞凄艷，晏、歐之匹也。

眼兒媚　風日遲遲弄輕柔

婉麗之句，自是閨中聲口。　（結句「緑楊影裏，海棠亭畔，紅杏梢頭」眉批）字字綺麗風流。

謁金門　春已半

（上闋眉批）風神超雋。　（下闋眉批）神味宛然，自是作手。

菩薩蠻　濕雲不度溪橋冷

（上闋眉批）清雋，不落詠梅俗套。　（下闋眉批）宛麗無比。

生查子　年年玉鏡臺

（上闋眉批）韻味自勝。以詞勝。　（下闋眉批）淒艷芊綿，情詞俱勝。

又　去年元夜時

按此詞非淑真作，漁洋辨之於前，雲伯辨之於後，俱有挽扶風教之心。余著《白雨齋筆談》，詳辨此詞及李易安再適之誣。　（尾批）陳雲伯大令云：宋人小説往往污衊賢者，如《四朝聞見録》之于朱子，《東軒筆録》之于歐陽公，比比皆是。又謂「去年元夜」一詞本歐陽公作，後人誤編入《斷腸集》，遂疑朱淑真爲泆女，皆不可不辨。

蔣興祖女

靖康間金人犯闕，陽武蔣令興祖死之。其女爲賊虜去，題詞雄州驛中。蔣令，浙西人。

減字木蘭花　朝雲横度

（上闋眉批）寫兵燹後村落如畫。　（下闋眉批）情詞淒絶，令人墮淚，不忍責其不死也。

鄭意娘

好事近　往事與誰論

（上闋眉批）語不多而意勝。　（結句「何計可同歸雁，趁江南春色」眉批）淒斷。

慕容嵓卿妻

浣溪沙　滿目江山憶舊游

（上闋眉批）神味宛然。　（下闋眉批）悽宛之音，令人感觸。　（尾批）平江雍熙寺月夜有客聞婦人歌此詞，傳之姑蘇，嵓卿驚曰：「此余亡妻平生作也。」詢所由來，正其妻殯處。

孫道絢

沖虛詞頗合雅正，非鮮淺者可比。

如夢令　翠擘紅蕉影亂

（上闋眉批）句法精秀。　（下闋眉批）麗而有則，自是作家。

憶少年　雨晴雲斂

（上闋眉批）見筆力。　（結句「歸家漸春暮，探酴醾消息」眉批）餘波最妙。

秦樓月　秋寂寞

（上闋眉批）悲涼感慕，似白石老仙。　（下闋眉批）音調悽涼，餘音不絶。

鄭文妻孫氏

憶秦娥　花深深

（上闋眉批）字字婉麗。　（下闋眉批）風流秀曼，情詞俱佳。　（尾批）《古杭雜記》云：文，秀州人。太學服膺齋上舍，孫氏寄以詞，一時傳播，酒樓伎館皆歌之。

陸游妾

陸游之蜀，宿一驛中，見題壁詩，詢之則驛中女也，遂納爲妾。半載，夫人逐之，妾賦詞而别。

生查子　只知眉上愁

悽涼怨苦，可以怨矣。獨怪放翁不能庇一妾，何也？

美　奴

如夢令　日暮馬嘶人去。

美奴詞宛委有致。

（上闋眉批）曲折有情。（「無緒。無緒。生怕黄昏疏雨」眉批）結句悽惋。

卜算子　送我出東門

（上闋眉批）淒秀。（下闋眉批）情詞都絶，雅韻欲流。

王清惠

滿江紅　太液芙蓉

此詞淒涼中見筆力，和作雖多，無出其右者。（下闋眉批）沈雄悲鬱，真見筆力。（「問嫦娥，於我肯從容，同圓缺」眉批）結得悽惋。（尾批）《東園友聞》云：此詞或傳昭儀下張瓙英所賦。

徐君寶妻

滿庭芳　漢上繁華

上半闋言往日繁華，銷歸一夢，深責在位諸臣。下半闋言三百載典章猶在，今日有死而已，義正詞嚴，凛凛有生氣。

蕭淑蘭

菩薩蠻　有情潮落西陵浦

（上闋眉批）音節婉妙。　（下闋眉批）憶多怨少，温厚和平，風人之遺也。

章麗真

長相思　吴山秋

自是淒絶之調，然其筆力亦何遒鍊乃爾。

袁正真

長相思　南高峰

滿紙煙雲。　前作雄蒼，此作淒婉。

金德淑

望江南　春睡起

原只寫景，然一片物是人非之感。

盼　盼

惜（春）［花］容　少年看花雙鬢緑

一生心事，約略可見。　上半寫自己情懷，下半從旁面美女着筆，絶妙。

聶勝瓊

鷓鴣天　玉慘花愁出鳳城

（上闋眉批）清麗芊綿。（結句「枕前淚共簾前雨，隔箇窗兒滴到明」眉批）情致最佳，較無名氏「窗外芭蕉窗裏燈」二語正不多讓。

蜀中妓

市橋柳　欲寄意渾無所有

此詞運筆奇妙可喜。（「苟富貴、無相忘，若相忘，有如此酒」，用成語絶妙，宜爲草窗所賞。（尾批）周公謹云：詞亦可喜。

玉　英

浪淘沙　塞上早春時

（上闋眉批）風致有餘。（結句「凭遍闌干十二曲，日下樓西」眉批）若慕若怨，神致宛然。

吴城小龍女

江亭怨　簾卷曲欄獨倚

情詞都妙，筆態亦飛舞。　精秀絶世。　（尾批）《冷齋夜話》云：黄魯直登荆州亭，柱間有此詞。夢一女子云有感而作，魯直驚悟曰：此必吴城小龍女也。

赤城韓夫人

（編者按，此首及下一首《法駕導引》皆爲陳與義作，見宋本《無住詞》。《詞品》卷一誤爲赤城韓夫人詞。）

法駕導引　東風起

如聞《霓裳羽衣》之奏，如聽鈞天廣樂之聲，真仙筆也。

又　煙漠漠

寫雄濶之景而運以清虚沖淡之筆，非凡筆所能到。「月華」句直是妙機，耐人玩索。　（尾批）紹興間，都下有烏衣椎髻女子歌此詞，凡九闋，皆非人世語，或記之以問一道士。道士驚曰：此赤城韓夫人所製水府蔡真君《法駕導引》也。烏衣女子疑龍云。

衛芳華

木蘭花慢　記前朝舊事

（上闋眉批）回頭一哭，不堪重記。普天下事無大小，皆當作如是觀。（下闋眉批）淒淒切切，滿紙鬼氣，冷入骨髓，不忍再誦。（「落日牛羊隴上，西風燕雀林邊」眉批）結二語荒涼之景。

紫　姑

瑞鶴仙　覩嬌紅細捻

此詞絶麗，句亦甚精湛。　婉麗風流。　餘波亦不單薄。

雲韶集輯評卷十一

金詞

金詞格律猶高，不流薄弱，雖不逮兩宋，固遠出元、明之上。同時尚「吴蔡體」，余雅不喜伯堅詞，故從舍旃，即彦高詞所選亦寧刻毋濫。遺山樂府爲金詞之冠，足以平睨賀、周，俯視百代，故所選獨多。

完顔璹

青玉案　凍雲封卻駝岡路

（上闋眉批）清絶高絶。　（下闋眉批）不必深刻，自有韻味。

耶律楚材

鷓鴣天　花界傾頹事已遷

（上闋眉批）自是宋、元人七律聲口。　（結句「不知何限人間夢，併觸沉思到酒邊」眉批）句亦婉至。

吴　激

彦高與伯堅才譽竝推，號「吴蔡體」。　黄叔暘云：彦高詞精妙悽惋。

春從天上來　海角飄零

此詞淒涼哀怨，宜爲世所貴也。　（下闋眉批）淒艷。曲折淒涼，彦高集中最勝之作。　（尾批）黄叔暘云：三山鄭中卿從張貴謨北使時，聞彼中有歌此調者。　元遺山云：曾見王防禦公玉説，此詞皆用琵琶故實，引據甚明，惜不能記憶。

人月圓　南朝千古傷心地

（上闋眉批）多少感慨，不落小家數，宜令叔通歎服。　結更悽惋，兩面都到。　（尾批）洪景盧云：先公在燕山，赴北人張總侍御家集。出侍兒佐酒，中有一人意狀摧抑可憐。叩其故，乃宣和殿小宫姬也。坐客翰林直學士吴激作詞紀之，聞者揮涕。《中州樂府》云：彦高賦此時，宇文叔通亦賦《念奴嬌》先成，而頗近鄙俚，及見彦高作，茫然自失。是後人有求作樂府者，叔通即批云：吴郎近以樂府名天下，可往求之。

劉仲尹

詞甚新艷。

浣溪沙　繡館人人倦踏青

（上闋眉批）秀麗可人，不減陳子高。　（下闋眉批）句妙在婉欵。

琴調相思引　蠶欲眠時日已曛

（上闋眉批）風流絶世。　（下闋眉批）和雅之極。

高士談

減字木蘭花　西湖睡起

（上闋眉批）玲瓏工巧。　（下闋眉批）骨韻風流，且有筆力。

王庭筠

訴衷情　夜涼清露滴梧桐

（上闋眉批）頗似飛卿手筆。　（下闋眉批）淒切悲涼。

蝶戀花　衰柳疏疏苔滿地

（上闋眉批）此亭亦閲人多矣，何等感慨。　（結句「雁飛不斷天連水」眉批）情景俱勝。

劉　迎

烏夜啼　菱鑑玉篦秋月

（上闋眉批）清麗。　（結句「離愁分付殘春雨，花外泣黄昏」眉批）嗚咽纏綿，小山之匹也。

王特起

正之詞音調淒清，泠泠作泉石響。

喜遷鶯　東樓歡宴

（上闋眉批）字字清麗芊綿，自是作手。　婉約。　情景兼工。　（下闋眉批）天長地久，此情不斷。情既不斷，那怕天長地久也。

又　登山臨水

善寫途中秋景，運筆亦瘦削之極。　運筆雖瘦削，而遣詞姿態有餘，故不嫌其枯也。　（下闋眉批）悲今弔古，字字淒斷，筆筆蒼勁。

梅花引　山之麓

（上闋眉批）真乃畫境。　（結句「溪橋路滑，平沙没舊痕」眉批）只是寫景而情詞兼勝。

韓　玉

減字木蘭花　香檀素手

（上闋眉批）淒咽。　（下闋眉批）淒秀之句，頗近耆卿。

賀新郎　柳外鶯聲碎

（上闋眉批）曲折紆徐，字字入妙。　（下闋眉批）情詞淒艷，絶世風韻。

趙秉文

青杏兒　風雨替花愁

（上闋眉批）筆致灑落可喜。　（下闋眉批）筆致疎散，風雅之至。

高　憲

貧也樂　城下路（編者按，此首爲賀鑄詞，見《花草粹編》卷二十四、《御選歷代詩餘》卷三十四，調名又作《將進酒》、《梅花引》。《中州樂府》誤作高憲詞，《詞綜》踵誤。）

（上闋眉批）滄海桑田，一轉瞬耳，讀此令人猛省。　（下闋眉批）圖名圖利，忙忙碌碌，着甚來由，倒不如貧居無事之爲樂也。

党懷英

感皇恩　一葉下梧桐

（上闋眉批）淒艷。　（换頭「天上何年，人間朝暮」眉批）天上一年，亦如人間一朝暮耳。語甚精妙，前人七夕詞未有能道之者。

王　渥

水龍吟　短衣匹馬清秋

（上闋眉批）精悍中時有閑暇之致，真乃儒將風流。　（下闋眉批）筆墨亦慘澹淋漓，躊躇滿志。（「看韃橐嗚咽，咸陽道左，拜西還駕」眉批）結得豪宕，吐氣不凡。

景　覃

鳳棲梧　倦客情悰紛似縷

（上闋眉批）「攙」字妙。　（下闋眉批）近竹坡。　（「别有溪山容杖履。等閒不許知人處」眉批）結二語，高超。

王礀

浣溪沙　林樾人家急暮砧

（上闋眉批）筆致灑落，自是逸品。（下闋眉批）語亦奇警。（「幾多秋思亂鄉心」眉批）結淒咽。

折元禮

望海潮　地雄河岳

（上闋眉批）山川地勢非雄壯之筆、蒼莽之氣不足以達之。（下闋眉批）感激豪宕。（結句「臏著黄金换酒，羯鼓醉凉州」眉批）亦風流，亦悲壯，亦儒雅。

劉著

鷓鴣天　雪照山城玉指寒

（上闋眉批）客感淒凉，旅情如見。（結句「翰林風月三千首，寄與吴姬忍淚看」眉批）淒艷之筆。

高永

大江西上曲　閑登高閣

通首取詞亦就原賦點綴，而一片今昔之感令人詠諷不已。　流連俯仰，感慨不盡。

段克己

復之詞筆力精健，在稼軒、放翁之間。

漁家傲　龍尾溝邊飛柳絮

（上闋眉批）風雅有致。　（結句「回首處，夕陽又下西山去」眉批）情韻並勝，不讓玉田。

又　詩句一春渾漫賦

（上闋眉批）不着力處亦見姿態。　（結句「依舊住。伴人直到黄昏後」眉批）淒咽芊綿，遣詞卻爽快，是放翁一派。

蝶戀花　鶗鴂一聲春已晚

（上闋眉批）婉麗處極雅致。　（結句「春來悄没人知道」眉批）藉以寓志，情見乎詞。

段成己

誠之詞不減復之，高者出其右。

大江東去　西風溢浦

（上闋眉批）筆筆蒼老，亦極疎狂。　「歲月不貸閑人」六字警絶。　（「憑高西望，相思目斷煙水」眉批）結得遠望之神。

滿江紅　料峭東風

（上闋眉批）自是脱胎晁君，而情致亦復不淺。　悲鬱。　感歎如此。　（「舊愁未斷新愁又」眉批）倒裝句法亦佳。

李俊民

莊靖詞有骨有韻，自是高手。

摸魚兒　這光景能銷幾度

起筆古樸得妙。　灑脱有致。　筆致翻飜，姿態有餘。

滿江紅　宿酒纔醒

（上闋眉批）清麗而淒咽，近草窗。　字字是快字，句句是快句，卻是一片血淚。　（下闋眉批）此則並無快字，一往痛哭矣。

點絳脣　秋樹風高

（上闋眉批）簡鍊。　（下闋眉批）無窮感慨。

元好問

張叔夏云：遺山詞深於用事，精於鍊句，風流藴藉處不減周、秦。　遺山詞以曠逸之才，馭奔騰之氣，使才而不矜才，行氣而不使氣，骨韻錚錚，精金百鍊，别于清真、白石外自成大家。　遺山詞自是一片感喟，卻超逸有致，每舉一篇，知非稼軒、非放翁、非改之、非竹山也。

水調歌頭　空濛玉華曉

（上闋眉批）筆致飄逸。　如讀摩詰之詩。　（下闋眉批）鄉景絶妙。　（「吾道付滄洲」眉批）結得高。

最高樓　商於路

（上闋眉批）不必作一煙霞語，而令人懷想此地風景不置。　（下闋眉批）一味疎散，筆致絶佳。

玉漏遲　浙江歸路杳

（上闋眉批）憤極語卻似俊快之氣、平淡之筆出之。　風人遺旨。　（結句「白髮又添多少」眉批）淒淒切切，一片秋聲。

滿江紅　一枕餘酲

（上闋眉批）淒艷芊綿，叔原之匹也。　（下闋眉批）紆徐寫來最婉妙。　深情一片。

石州慢　擊筑行歌

（上闋眉批）胸襟鬱勃，筆致蕭疎，自是絶唱。　（下闋眉批）骨韻蒼涼。

洞仙歌　黄塵鬢髮

（上闋眉批）風雅之極，卻不落纖巧，又不迫烈。　（結句「待都把功名付時流，只求箇天公，放教空老」眉批）放開腳步便出去，頗似坡仙筆法。

江神子　河山亭上酒如川

（上闋眉批）清麗而曲折。　（下闋眉批）精鍊之句，玉田所重者斷是此種句法。

臨江仙　今古北邙山下路

（上闋眉批）憑弔蒼茫。　（下闋眉批）萬事皆空，不必怨天公也。　然語太勁直，故下三語開脱得妙。

又　自笑此身無定在

（上闋眉批）多少感喟。　（結句「清泉明月曉，高樹亂蟬秋」眉批）淒清之句。

又　夏館秋林山水窟

多少慨歎，遺山胸中一片鬱結，情見乎詞，非真慕隱士也。

鷓鴣天　華表歸來老令威

感激豪宕似劉改之，而清逸之致仍是遺山本色。　（結句「元是中原一布衣」眉批）超曠絶世。

清平樂　悲歡聚散

（上闋眉批）可歎。　（下闋眉批）天倫之樂，雖南面王不易也。

又　離腸宛轉

（上闋眉批）婉至。　（下闋眉批）寫景淒清，景中有情。

邁陂塘　問世間情是何物

（上闋眉批）事奇文亦至，自是合作。　「君應有語，渺萬里層雲，千山暮雪，隻影向誰去」數語，叙明所以自死之故。　（下闋眉批）悲風颯颯天爲愁。　風流悲壯。

又　問蓮根有絲多少

（上闋眉批）事更奇，文亦婉曲有致。　沉痛。　旁面襯筆，自不可少。　「幽恨不埋黄土」六字，從悲鬱中發痛快之詞。　（結句「紅衣半落，狼藉卧風雨」眉批）一往淒絶。

點絳脣　醉裏春歸

「醉裏春歸」，「夢裏尋春去」，皆是絶奇絶妙之句。

江月晃重山　塞上秋風鼓角

（上闋眉批）豪壯風流。　（下闋眉批）一掃纖冶之詞，其曠氣自不可遏。

青玉案　苧蘿坊裏青驄駐

（上闋眉批）婉約之語，不必多着墨，略一點染，面面都到。　結亦婉約。

王予可

生查子　夜色靜明河

（上闋眉批）清雅流麗。　（下闋眉批）遣詞精秀，不減宋人。

鄧千江

望海潮　雲雷天壍

（上闋眉批）瑰瑋雄壯，富麗精工，宜爲世所重。　有骨有韻，不是一味行氣。　亦壯麗亦風流，讀至末二語，擲地當作金石聲。　（尾批）陶九成云：近世所謂大曲，蘇小小《蝶戀花》，蘇東坡《念奴嬌》，晏叔原《鷓鴣天》，柳耆卿《雨淋鈴》，辛稼軒《摸魚子》，吴彦高《春草碧》，蔡伯堅《石州慢》，張子野《天仙子》，朱淑真《生查子》，鄧千江《望海潮》。

元　詞

詞莫盛于兩宋，至有明一代而風雅掃地矣。然明詞之失，誰作之俑？論古者不得不歸咎於元。元代作者如程鉅夫、趙子昂輩，猶是宋音，後則漸尚新艷，風格不逮。虞伯生一代作手，惜所作寥寥不足振弊。張仲舉出，直追南宋，遠祖清真，取法白石，爲一代之冠，後人論詞並稱宋、元者，賴仲舉一人耳。余所選元詞，盡除鮮冶，專取風雅之正，故所收不多。

張弘範

臨江仙　千古武陵溪上路

清新雅秀，不減草窗、玉田諸賢。　大英雄人自天縱奇才，自有不謀而合者。

燕公楠

摸魚兒　又浮生平頭六十

（上闋眉批）此詞極豪宕，一掃頹敗之語，令讀者浮一大白。　（下闋眉批）擊節高歌，目無餘子，元詞中最爽俊者。

程鉅夫

雪樓詞，不減宋人。

摸魚兒　問疎齊湘中朱鳳

（上闋眉批）筆致翩翻而合于古。（「吾自愛吾亭」）吾愛吾廬，陶令後有此雅致。　（下闋眉批）婉妙紆徐。

點絳脣　緑鬢青雲

（上闋眉批）奇麗。（下闋眉批）筆墨亦摇曳生姿。

劉敏中

點絳脣　短夢驚回

寫雨後之景，雄麗無比，卓爲千古名作。

楊　果

摸魚兒　恨年年雁飛汾水

起筆如孫孟文「汾水碧依依」之致，真古人高境。（下闋眉批）淋淋漓漓，血淚交流之筆。

李　治

邁陂塘　雁雙雙正飛汾水

起筆便説盡，真乃悽絶。情深語至，十分沉着。「詩翁」至「酸楚」數語，叙遺山築丘事。欲歌欲泣，淒艷纏綿，尤勝正卿一作。

王惲

仲謀詞骨力甚堅，仿佛孫孟文。

點絳脣　楊柳青青

（上闋眉批）壯氣淩雲。　（下闋眉批）不作兒女子語最高。

平湖樂　采蓮人語隔秋煙

（上闋眉批）句甚精秀。　（下闋眉批）悵望神理一一如見。

又　秋風湖上水增波

此調頗難合拍，此作極圓美流轉。　（下闋眉批）秀鍊入神。

趙孟頫

邵復孺云：公以承平王孫而嬰世變，黍離之悲，有不能忘情者，故長短句深得騷人意度。　子昂以王室苗裔忍于降元，故其詞欲言難言。　騷情雅致，昔人云窮愈工，詩詞亦然也。

後庭花破子　清溪一葉舟

不必以詞勝，只此一直寫去，姿態自然有餘。

蝶戀花　儂是江南遊冶子

（上闋眉批）淒涼哀怨，情不自已。　（結句「一聲催下相思淚」眉批）哀感不勝，似韋端己。

虞美人　潮生潮落何時了

通首寫景，而哀怨之情溢於言表，讀者責其人，亦深哀其志也。

浣溪沙　滿捧金卮低唱詞

（上闋眉批）一聲《河滿》。　（下闋眉批）一味哀傷，真亡國之音。

劉　因

木蘭花　未開常探花開未

（上闋眉批）疏狂風雅之致。　（下闋眉批）真曠達之語，即「人生行樂耳」之意，而語卻婉委。

陳　孚

太常引　短衣孤劍客乾坤

（上闋眉批）淒惻語。　（結句「倩誰寫、青衫淚痕」眉批）真情真景，字字是淚，令遠游者淚下。

汪宗臣

蝶戀花　年去年來來去早

（上闋眉批）婉曲有致。（下闋眉批）其詞若遠若近，不第詠燕而已。

姚雲文

摸魚兒　渺人間蓬瀛何許

（上闋眉批）字字奇警嗚咽，句句錘鍊無渣滓。（下闋眉批）塵世滄桑，可勝浩歎。

詹　正（一作玉）

可大詞，淒涼怨慕。

霓裳中序第一　一規古蟾魄

通首無窮感喟，無一字、一句不精鍊，自是名作。（下闋眉批）低徊曲折，感歎不已。（「興亡事，道人知否，見了也華髮」眉批）結入主翁亦是。

三姝媚　一篷兒別苦

有心人遇此筆題目，何患詞不妙。通篇歷叙當日之盛，一旦化爲灰土，風致騷雅，骨韻錚錚，元詞中最有骨者。

清平樂　醉紅宿翠（編者按，此首乃石孝友詞，見《金谷遺音》。《草堂詩餘別集》卷一誤作童甕天詞；《詞綜》卷二十七誤作詹正詞。）

(上闋眉批)語妙甚卻不入淫褻。　(「却恨一番新雨，想應濕透鞋兒」眉批)「立蒼苔地，將繡鞋濕透」，從此脱胎。

彭元遜

子夜歌　視春衫篋中半在

(上闋眉批)筆致精勁似草窗。　香艷之句，悽惻之筆。　(下闋眉批)姿態從不着力處得之。

解珮環　江空不渡

此詞淒秀絶世，《離騷》、樂府之遺也。　悲而壯。　(下闋眉批)淒涼之筆，情詞都勝。　(「有白鷗淡月，微波寄語，逍遥容與」眉批)結高遠。

羅志仁

金人捧露盤　濕苔輕

奇警之句，滿紙如見青燐，如見碧血，如觀人豖，如遇木魅，真奇筆也。　不是懷古，只是悲宋亡之慘耳。

虞美人　君王曾惜如花面

此詞最淒惋，令人想謝太后、王昭儀祝髮之時，回思宣、政之世，不禁淚下。

李　琳

木蘭花慢　蘂珠仙馭遠

極寫當日之盛，珊瑚玉樹交枝柯。　換頭一筆徑轉，有雷擎風馳之妙。　「興亡」下寫現在荒涼之景（「只青山淡淡夕陽明。懶向沙鷗説得，柳風吹上旗亭」）。

趙　文

塞翁吟　坐對梅花笑

（上闋眉批）灑落。　（下闋眉批）高情逸致，富貴浮雲。　結楚楚有致。

仇　遠

生查子　釵頭綴玉蟲

（「京洛少年遊，猶恨歸來早」眉批）只二語，寫盡少年。　（下闋眉批）婉約芊麗，直逼唐賢。

宋　遠

意難忘　鷄犬雲中

同時以「重與細論文」五字分韻，此作最佳，餘皆不能及。（下闋眉批）遒鍊語。寫別離之感。

王學文

摸魚兒　記當年舞衫零亂

宋末元初，凡送汪水雲之作無不佳者，蓋水雲先生風襟瀟灑，值易代之時，發爲哀歌，羽奏商音，傳諸四海，故送水雲之詞無不令人感歎。

柳梢青　客裏淒涼（編者按，此首爲趙功可詞，見元《草堂詩餘》卷中。《歷代詩餘》卷二十、《詞綜》卷二十八誤爲王學文詞。）

（上闋眉批）亦見筆致。（下闋眉批）情景都到，語亦淒秀。

劉景翔

如夢令　獨立荷汀煙暮

「似爲我無情」五字妙甚，觀此可見觸處生情，無論鴛鴦來去，皆成絶妙好詞也。

吴元可

采桑子　江南二月春深淺

（上闋眉批）輕秀之句。（下闋眉批）好句妙解人頤，心思微妙，一至於此，自是元人筆法。

蕭允之

竹屋詞婉轉有致。

蝶戀花　十幅歸帆風力滿

（上闋眉批）寫景似畫。（下闋眉批）淒涼道左，忽遇媚眼垂青，愈增情思。

點絳脣　花徑相逢

（下闋眉批）哀怨不勝，情詞兼至。

黄子行

蓬甕詞，合者不減柳耆卿。

西湖月　湖花冷浸玻瓈

起七字秀。「藕花」三語，有鏤雲鈎月之妙。（下闋眉批）秀麗。淒艷芊綿。

花心動　誰倚青樓

（上闋眉批）起便精警。精秀絶倫，骨韻自高，元人詞中罕見者。（下闋眉批）筆墨化煙雲，突過耆卿，真千古絶唱。

小重山　一點斜陽紅欲滴

「滴」字妙。　（「江湖風月好收拾」眉批）「收拾」二字極風雅。

段弘章

洞仙歌　一庭晴雪了

（上闋眉批）婉麗之句。　（下闋眉批）奇警亦甚鮮艷。　（結句「是曾約梅花帶春來，又自共梨花，送春歸去」眉批）兩花一襯夾寫，妙不傷雅。

劉天迪

一萼紅夜聞南婦哭北夫　擁孤衾

題本悽絶，詞那得不妙。　（下闋眉批）苦者自苦，樂者自樂，賦命不齊，大都如是。　我爲之痛哭。

蝶戀花　一剪晴波嬌欲滴

（上闋眉批）妮妮有致。　（下闋眉批）絶世聲情。　嬌艷可人，虧他畫得出。

周伯陽

摸魚兒　又匆匆月鞭露鐙

「月鞭露鐙」四字亦新警。　畫所不到。　（下闋眉批）風韻有餘，令人玩索不置。　極疎狂之致，窮風雅之趣，真高士也。

曾允元

鷓江詞儘有佳者。

謁金門　山銜日

只起句我便要痛哭。　（下闋眉批）筆致固佳，筆力尤勝，直空前絶後之作。

點絳脣　一夜東風

（上闋眉批）語亦警。　（下闋眉批）神韻天然，令人首肯。

水龍吟春夢　日高深院無人

題甚綿渺，通首字字綺麗，卻是一片夢境。　（下闋眉批）一場春夢，驀然驚醒。　（結句「甚依稀難記，人間天上，有緣重見」眉批）猶思再續餘夢。

李天驥

摸魚兒　又何須向明還滅

（上闋眉批）婉麗風流，永推合作。　（下闋眉批）先極力從高興一邊想下，以「怎知無定」四字一掃，筆態最濃。　（「算只解窺人，人孤影隻，成瘦又成病」眉批）結數語，如冷水澆背。

周孚先

木蘭花慢　訪梅江路遠

（上闋眉批）句句婉委。　（下闋眉批）情詞淒艷，多少感慨。　（結句「醉後唾壺敲缺，龍光摇動晴漪」眉批）自是元人筆法，然卻不減宋人。

蝶戀花　舟艤津亭何處樹

（上闋眉批）情最苦切而語可解頤。　（結句「明日重來須記取，緑楊門巷深深處」眉批）婉麗有情。

王從叔

阮郎歸　風中柳絮水中萍

（上闋眉批）是别後途景，淒涼之至。　（下闋眉批）情真語至，令人愛不忍釋手。

昭君怨　門外春風幾度

山樵小令不減唐人，如此作是也。

蕭漢傑

唫所詞亦不減山樵。

菩薩蠻　春愁一段來無影

（上闋眉批）不減飛卿。　（下闋眉批）婉約。　詞以雅爲宗，而雅以婉約爲主。

賣花聲　濕逗晚香殘

（「慘慘悽悽仍滴滴，做出多般」眉批）連用疊字，爲「多般」二字生色。　（結句「緑遍階前苔一片，曉起誰看」眉批）句亦脆秀。

戴山隱

滿江紅聞笛　醉倚江樓

一小題耳，而墨花飛舞，如龍、如虯、如松濤、如山瀑，良由心中有情，故筆下有詞也。

趙　雍

攤破浣溪沙　春草萋萋緑漸濃

仲穆小令似五代人。　（結句「獨倚闌干誰是伴，月明中」眉批）淒婉。

浣溪沙　楊柳樓臺鎖翠煙

（上闋眉批）字字淒秀。（下闋眉批）秀鍊有神，其才亦不亞文敏。

王　璉（字國器）

菩薩蠻　青山不趁江流去

（上闋眉批）畫景。（下闋眉批）精秀而有骨力，恐文敏盡所不到。

虞　集

道園詩宗少陵，爲一代之冠。詞不多，然即此寥寥數篇，而風骨崚嶒，自足雄跨一時。

蘇武慢　放棹滄浪

（上闋眉批）高情雅調，合夢窗、玉田爲一手。（下闋眉批）筆致亦整亦散，此白石化境也。（「容我故山高謙」眉批）「容我」妙甚，極疎狂之趣。

又　憶昔東坡

此詞一片神行，雖起東坡爲之，亦不過是。奇想。（下闋眉批）高絶，超絶，自無今古，真道士後身也。道園老子胸襟，約略可見。

風入松　畫堂紅袖倚清酣

（上闋眉批）寫柯在禁中，數語已極工雅。　（下闋眉批）好句天然，神韻在唐、宋之間。

南鄉一剪梅　南阜小亭臺

原屬一時戲筆，而情味正自不淺。　結三語尤妙。　「春在天涯」，妙甚。

宋　褧

浣溪沙　落日吴江駐畫橈

顯夫詞佳者不少，但全篇多不稱者，惟此作音調鏗鏘，字字雅秀。

劉　詵

謁金門　春睡倦

（上闋眉批）儘有情致。　（下闋眉批）絶妙情韻，前此未有道之者。

許有壬

文忠詞得靜中之味。

摸魚子　買陂塘旋栽楊柳

文忠與楚人馬熙及弟有孚倡和，其子楨亦與焉，共爲《圭塘欸乃集》一卷。　凡《摸魚子》調，起句皆

「買陂塘旋栽楊柳」七字，佳者儘多，此作爲最。

太常引　幽人早起赴池亭

（上闋眉批）語極婉欵，是福澤人語。　（下闋眉批）絶妙好詞，絶妙樂境。

又　四隄楊柳接松筠

（上闋眉批）婉麗。　（下闋眉批）真高。　真乃忘卻富貴。

馬　熙

摸魚子　買陂塘旋栽楊柳，夢中還理家務

詞句閑遠，是亦視富貴如浮雲者。　（「待游徧西園，荷鋤歸去，吾亦愛吾圃」眉批）結三句，詞固佳，其口氣亦甚妙。

雲韶集輯評卷十二

薩都剌

天錫詞淋漓悲壯，著紙欲飛，詞壇戰將也。

滿江紅　六代豪華

（上闋眉批）滿目江山，淒然淚下，自是有心人語。（「聽夜深、寂寞打孤城，春潮急」眉批）束筆淒斷。（下闋眉批）淒涼風景，一一繪出。（結句「到如今、惟有蔣山青，秦淮碧」眉批）無限哀感，淒艷絶倫。

小闌干　去年人在鳳凰池

一「去年」，一「今年」，筆筆直叙，不雜一他意而情態愈見有餘。

百字令　石頭城上

懷古蒼茫。天錫長於弔古，古詩亦然，不獨工於倚聲也。（結句「傷心千古，秦淮一片明月」眉批）一片淒涼之景，自應以悲壯之筆出之。

酹江月　題清溪白雲圖　周郎幽趣

通首不是題圖，直是羨慕不置，恨不得老隱此中耳。余嘗謂不滌除煩襟，詩必不雅；不滌除煩襟，詞必不雋也。

又　短衣瘦馬

（上闋眉批）先寫城勢。　慷慨悲歌，唤起淮陰。　（下闋眉批）淒惻。　（「道傍楊柳，青青春又來了」眉批）結筆綿遠。

木蘭花慢　古徐州形勝

天錫詞自是稼軒、放翁一派，風骨雖少遜而詞氣雄邁，亦不亞辛、陸也。　（下闋眉批）一筆撇開。

（「回首荒城斜日，倚闌目送飛鴻」眉批）結筆只宜寫景，自有神味。

張　翥

仲舉詞自是祖述清真，取法白石，其一種清逸之趣，淵深之致，固自不減夢窗。　南宋自姜白石出乃有大宗，後有作者總難越其範圍。　夢窗諸人師之于前，仲舉效之於後，詞至是推極盛焉。　自仲舉後，明代絶少作者，直至國朝詞爲之中興，益信仲舉之詞風骨之高，直絶響三百餘年。

多麗　晚山青

（上闋眉批）寫景精秀之至，真乃無一語不工。　流連之致，慨慕無窮。　（下闋眉批）婉麗。　深情逸韻，神味彌永。

摸魚兒　漲西湖半篙新雨

（上闋眉批）句亦温麗。　温婉芊麗，合西麓、碧山爲一手。　（下闋眉批）感慨流連，得白石意趣。

又　問西湖舊家兒女

癡入情魔，古今大都如此。　題是詠並頭蓮之被折，詞卻推得遠。　（下闋眉批）感歎無限。　（「待載酒重來，尋芳已晚，餘恨渺煙水」眉批）結更淒咽。

又　記西湖水邊曾見

此詞風骨高聳，寓意深長，傑作也。　一哭。　（下闋眉批）淒冷之詞，令人骨怯。　亦沉至。

又　記蘭臺舊時風景

（上闋眉批）回首可憐歌舞地，最爲淒艷。　（下闋眉批）婉麗可人。　（結句「但留意江南，杏花春雨，和淚在羅帕」眉批）以歌代哭，如泣如訴，先生真有情人也。

疏影王元章墨梅圖　山陰賦客

奇筆奇語，足令此圖生色。　題畫詩以假爲真，創自少陵，最是化境。　詩詞一也，亦必須以真境寫之，方見一片精神躍躍紙上。

解連環　夜來風色

（上闋眉批）正寫留別，忽從閨中一邊落想，從老杜「今夜鄜州月」一詩化出。　（下闋眉批）詩情畫景。（「算今古、此情此恨，甚時盡得」眉批）結筆一往。

綺羅香　燕子梁深

（上闋眉批）數語亦輕婉有致。（下闋眉批）逼近白石。凄凄切切，耳中如聞點滴之聲。

水龍吟　芙蓉老去妝殘

（「瘦葦黄邊，疏蘋白外，滿汀煙穟」眉批）「黄邊」、「白外」四字亦新奇。（下闋眉批）的是蓼花，畫所不到。（「不見當年，秦淮花月，竹西歌吹」眉批）「不見」下慨歎得妙。

摘紅英　鶯聲寂

（上闋眉批）筆致婉委而沉着。（下闋眉批）押韻陡險，然卻妙。

齊天樂　紅霜一樹凄涼葉

起便凄斷。（下闋眉批）風韻有餘，深得白石老仙之妙。結筆清虚驕雅。

真珠簾　銀蟾半露嬋娟影

（上闋眉批）清麗委婉。（下闋眉批）仲舉詞有一片避世懷鄉之致，落筆便合，非可强而然也。

（結句「送白蘋一剪，碧雲千里」眉批）精秀，得遠神。

東風第一枝　老樹渾苔

（上闋眉批）句句離合不定，筆致卻妙。（「雲淡淡，粉痕漸薄。風細細，凍香又落」眉批）换頭十四字爲千古詠梅絶唱，白石《疎影》、《暗香》二闋後有嗣音矣。

陌上花　關山夢裏

起筆將題先説盡，簡鍊有神。　情詞淒艷。　（下闋眉批）已寫十分水盡山窮，偏以「不成便没相逢日」一轉，已自心滿意足，卻又以「病懷」二字一推，仍是淒絶，運筆真有龍跳虎卧之奇。

八聲甘州　向芙蓉湖上駐蘭舟

（下闋眉批）淒涼之景。　（結句「江南客，此生心事，只在漁磯」眉批）仲舉一片避世之心，於此益見。

滿江紅　前度劉郎

（上闋眉批）不堪回首。　深情苦調，欲歌欲泣。　（結句「但有山、可隱便須歸，栽桃客」眉批）真知塵世勞勞，不如隱者之爲樂也。

踏莎行　芳草平沙

（「醉來扶上木蘭舟，將愁不去將人去」眉批）怨得妙，妙在無理而情愈真切。　（結句「春光已到銷魂處」眉批）可不惜乎？

謁金門　溪水漫

（上闋眉批）一幅鄉村酒家圖畫。　（下闋眉批）即上《滿江紅》「東風不管花狼藉」之意。

唐多令　花下鈿箜篌

（下闋眉批）風流婉媚。　淒艷，如落花墮絮，流水東西。

洪希文

浣溪沙　入室蕭條似病禪

(「歸心一點落燈前」眉批)「落」字神妙無比。　(下闋眉批)灑脱風流，句句是悶句，字字是快字。

張埜

古山詞揖讓進退，去南宋諸家(去)[未]遠。

水龍吟　落花天氣初晴

此詞絶工絶雅，後來惟國朝朱竹垞《春風嫋娜》一闋出其右。　淒斷。　(「望天涯盡日，柔情不斷，又閒庭暮」眉批)結亦閑雅。

石州慢　紅雨西園

(上闋眉批)新麗之詞，悽惻之筆。　埜夫詞高者原不減仲舉。　(結句「無處著羇愁，滿春城煙雨」眉批)字字曲折，筆筆淒斷。

奪錦標　涼月橫舟

(上闋眉批)清麗芊綿，離合悲歡，不能自已。　一筆束住，換頭處全寫身世離別之感，句句淒涼。結二語「聽窗前、淚雨瀟瀟，夢裏檐聲猶滴」直是孤絶冷絶。

吴鎮

漁父詞　紅葉村西日影餘

只就本位實寫，不必着拋棄紅塵語，而令讀者自見一片樂境。

倪瓚

元鎮品極清高，詞如其人。

憑欄人　客有吴郎吹洞簫

寥寥數語，儘有遠神，《楚騷》之遺也。

人月圓　傷心莫問前朝事

（上闋眉批）此種筆墨悲壯風流，獨有千古。　（下闋眉批）情景兼到，神味無窮，雖令白石執筆，亦不過是。

又　驚迴一枕當年夢

（上闋眉批）感喟不盡。　（結句「閑身空老，孤蓬聽雨，燈火江村」眉批）淒秀絶倫。

小桃紅　一江秋水淡寒煙

（上闋眉批）數語情景都見。　（下闋眉批）閑雅之句。

顧德輝

蝶戀花　春江暖漲桃花水

上半闋寫山景，筆致精秀，下半闋寫琵琶，亦風雅疎狂之至。

青玉案　春寒惻惻春陰薄

此詞句句來得勁直，可藥元人纖軟風氣。「難道」二字妙甚。

邵亨貞

復孺詞風流楚楚，去宋漸遠。

後庭花　銅壺更漏殘

復孺小令極有遠韻。　結得遠神。

又　刺船鸚䳇洲

（上闋眉批）字字工麗。　（下闋眉批）疎狂。

憑欄人　誰寫江南一段秋

一句逼入一層，神味悠然不絕。

沁園春　巧鬭彎環

（上闋眉批）工巧之極，然不入纖小，風雅可歌。（下闋眉批）低徊深婉。情韻並勝。

又　滚點填眶

（上闋眉批）筆筆入妙入神，令讀者恍見盈盈秋水之態。（下闋眉批）曲折入微，描摹殆盡。楚楚可憐。

齊天樂　離歌一曲江南暮

（上闋眉批）情節自妙。（下闋眉批）「人面不知何處去，桃花依舊笑東風」，亦猶是也。「粉銷紅溜」四字亦新警。

沈景高

沁園春　新脱魚鱗

通篇曲折描寫，有詞有韻，工巧極矣。但微嫌有刻劃之痕，少天然之趣，視劉改之一闋自是不及。

結二語閑雅之極。（尾批）俞焯云：景高舊家子也，余見此詞纖麗可愛，因定交焉。

王　行

如夢令　滿眼落花飛絮

止仲小令與古人不相沿襲，自高。（「歸去，歸去，春到故園深處」眉批）結真佳句。

虞美人　黄花翠竹臨溪處

（上闋眉批）真有山林之癖。（下闋眉批）流連不置之神，如聞其聲，如見其人。

楊樵雲

水龍吟　多情不在分明

起六字渾寫題神，神妙直到秋毫巔。（下闋眉批）夢覺。「定是」下寫所以致夢之由。（結句「待説與，如何寄」眉批）深情娓娓。

傅按察

鴨頭緑　静中看

凡作詩詞以忠厚爲主，方不外風人之旨。作微嫌刻薄，以措詞尚覺雄健，姑存之。「陳橋驛，孤兒寡婦，久假當還」三語太刻，而句甚警快。（「縱餘得西湖風景，花柳亦凋殘」眉批）「西湖」二語，語以凄涼而意嫌刻毒。

何可視

蝶戀花　金井啼鴉深院曉

（上闋眉批）婉委有情。（結句「天涯不斷青青草」眉批）情詞兼勝，似宋初手筆。

王　蒙

憶秦娥　花如雪

（上闋眉批）字字精湛。（下闋眉批）多少感慨，亦見筆力。

王容溪

如夢令　林下一溪春水

真高真妙，其人高，其詞妙，讀之不禁神往。

張　雨

伯雨詞自是作手，但辭少韻，故所選從略。

蝶戀花　誰道鶺兒黄似酒

（上闋眉批）句亦清麗。（結句「落花都聚紅雲帚」眉批）新麗之句，微少風韻。

早春怨　盼得春來

此作卻有風韻，不獨清麗已也。但不似白石。

朝中措　草堂移住古城隈

（上闋眉批）亦清婉可歌。　（結句「説與定巢新燕，杏花開了重來」眉批）情韻俱佳，似竹坡手筆。

滕　賓

鵲橋仙　斜陽一抹

《玉霄華光閣誌》：别一作亦有佳致，但不及宋遠，故不録。

無名氏

鵲橋仙　一竿風月

（上闋眉批）自是元人筆法，去宋已遠，然意境卻好。　結得高。

劉燕哥

太常引　故人别我出陽關

（上闋眉批）神致亦芊婉可喜。　（結句「第一夜、相思淚彈」眉批）直似元人小曲，但情致卻好，自是可兒。

明詞

詞至於明而詞亡矣，然三百年中豈無合作？ 余盡删其蕪穢，節録若干，尚無害于風雅也。 明初如劉伯温、高季迪、楊孟載之流，尚沿虞伯生、張仲舉之舊，無害風雅。 至文徵明、楊升庵輩，風格雖低，猶堪接武。 自此而後，如馬浩瀾輩，陳言穢語，讀之欲嘔。 明末陳人中爲一時傑出，但氣數近小，國運使然。

仁宗皇帝

蝶戀花　煙抹霜林秋欲褪

（上闋眉批）婉至語。　（下闋眉批）居然有詞有筆。

劉　基

《古今詞話》：青田《謁金門》云：「風嫋嫋，吹緑一庭春草。」《轉應曲》云：「秋雨。秋雨。窗外白楊自語。」《青門引》云：「相憐自有明月，照人肺腑清如水。」《漁家傲》云：「亂鴉啼破樓頭鼓。」《花犯》云：「餘香怨繡被。」《踏莎行》云：「愁如溪水暫時平，雨聲一夜依然滿。」《渡江雲》云：「定巢新燕子，睡起雕梁，對立整烏衣。」《山鬼謡》云：「離魂常在郊樹。月深星暗蒼梧遠，化作杜鵑歸去。」皆妙麗入神句。　王元美云：伯温穠纖有致，去宋尚隔一層。　伯温詞秀鍊入神，永樂以後諸家遠不能及。

如夢令　草際斜陽紅委

題畫妙以假爲真，從少陵「堂上不合生楓樹，怪底江山起煙霧」化出。

眼兒媚　煙草萋萋小樓西

「雲壓雁聲低」五字警絶。　（結句「無情明月，有情歸夢，同到幽閨」眉批）深情楚楚，元人得意之筆。

少年遊　清風收雨

句句清秀，風格雖不及宋人，措詞要不亞元人也。

臨江仙　街鼓無聲春漏咽

（上闋眉批）清麗，是明初本色，去古尚未遠也。　（結句「淚如霜後葉，摵摵下庭柯」眉批）感激不勝。

驀山溪　清明過了

「天襯海雲低」，與上「雲壓雁聲低」同一警句。　「無計」二語，婉轉芊綿。

千秋歲　淡煙平楚

（上闋眉批）柔情密意，逼成絶妙好詞。　（下闋眉批）景情兼到。

張以寧

明月生南浦　海角亭前秋草路

此詞筆力絶高，蓋明初諸公沿伯生、仲舉之舊，去宋未大遠也。　結筆悲壯，憑弔蒼茫。

高　啟

《古今詞話》：青邱樂府大致以疎曠見長，而《石州慢》又極纏綿之致。　青邱詞信筆寫去，不留滯于古，别有高境。

行香子　如此紅妝

（上闋眉批）筆致自佳。　（下闋眉批）情詞婉轉，感歎有神。

沁園春　木落時來

此作句句精秀，雖非宋人風格，固自成明代傑作。　「横波瀟湘萬里天」七字精湛而雄秀，真才人之筆。　（結句「須高舉、教弋人空慕，雲海茫然」眉批）先生言之，而終自不免，何也？

楊　基

孟載詩亞於鐵崖，當時有老楊小楊之目。　詞亦饒有新致，去元人不遠也。

浣溪沙　鷺股先尋鬬草釵

字字秀麗，妙在極其風雅，不落纖巧。名家出筆，雖不及大家，自與衆不同。

菩薩蠻　水晶簾外涓涓月

上半合寫、對寫；下半分寫、側寫。開人心思不少。

多麗　問鶯花

長調最難，通篇佈局必須一氣散爲五花八門，方是妙境。此詞風格稍低，句調尚合于古，明人詞中便算佳作，不必以宋詞刻繩之也。

劉　昺

浪淘沙　石徑土牆斜

彥章亦明初高手，落筆尚不流頽慢。（下闋眉批）英雄割據今已矣。

滿江紅　水北幽居

（上闋眉批）寫鄉野之景如畫。　上半寫景，下半言情，一定之法。

憶秦娥　溪頭柳

（上闋眉批）合拍自然。　（下闋眉批）情節自妙，筆力亦不弱。

程本立

清平樂　山翁歸去

（上闋眉批）清雋有味。　（下闋眉批）婉約。

姚廣孝

轉應曲　斜日

閒情逸致。

胡儼

三臺令　樓上角聲嗚咽

實寫景四句不雜一他意，古有此格，但措詞微軟耳。

瞿祐

沁園春　一掬嬌春

宗吉多偎紅倚翠之語，風氣之壞，極于馬浩瀾，實鐵崖、宗吉之流作之俑也，故所選從略。

此在楊鐵崖席上作也。時杭妓甚美，以鞋杯行酒，鐵崖命宗吉詠之。宗吉就席上作《沁園春》一闋，鐵崖大喜，即令侍妓歌以侑觴，因袖其稿而去。

張肯

如夢令　庭掩塵蹤静悄

高雅閑遠，自得其樂。

謝應芳

點絳唇　老眼猶明

（上闋眉批）古古樸樸，轉是高境。　（下闋眉批）此老豪壯風流之甚。

王直

浪淘沙　風暖翠煙飄

（上闋眉批）婉惻有神。　（結句「瘦盡城南千樹柳，不似宫腰」眉批）芊綿淒婉。

商輅

一叢花　今年春淺臘侵年

商素庵負鼎鉉重望，而詞極明浄簡鍊。此作尤妥貼輕圓。

聶大年

《堯山堂外紀》云：《東軒集》有「玉樓人醉東風曉，高卷紅簾看杏花」，直詞筆也。壽卿詞淒秀入神。

卜算子　楊柳小蠻腰

壽卿小令之工，直欲上追五代諸賢。情詞淒艷。

又　粉淚濕鮫綃

（上闋眉批）淒艷之筆。（「但悔從前錯」眉批）結五字妙絶，令人拍案。

臨江仙　記得武陵門外路

（上闋眉批）筆路不減元人。（下闋眉批）情詞淒感。

王　越

浪淘沙　遠水接天浮

（上闋眉批）遣詞亦清快。（結句「載得古今多少恨，都付沙鷗」眉批）筆力甚勁，感慨無窮。

李東陽

雨中花　正愛月來雲破

（上闋眉批）自是明人聲口，不可强也。（結句「恨燭短宵長，院深牆迴，憑仗風吹過」眉批）情韻有餘。

趙　寬

減字木蘭花　（寒）［黑］風吹水

（上闋眉批）筆力蒼老，明詞之錚錚者。（下闋眉批）骨韻都高，情景兼。此種詞真不減宋人也。

蔣　冕

呂調陽云：《湘皋集·樂府》，若碧水芙蕖，不假雕飾，而天巧自在。

卜算子　斜日墜荒山

全是鈔襲東坡一闋，以此詞爲人所重，故録之。

王鴻儒

轉應曲　金井

有感慨。

史鑑

臨江仙　秋水芙蓉江上飲

（上闋眉批）寫景如畫。（結句「他年麟閣上，畫像會居先」眉批）筆力清勁，骨韻都高。此清真、白石化境也，不謂于明代是之，一快。

張旭

點絳脣　卜盡金錢

情致楚楚。

祝允明

蝶戀花　鬧蝶窺春花性淺

（上闋眉批）温麗可歌。　（下闋眉批）麗而雅，足以愧宗吉一流人。

李夢陽

如夢令　昨夜洞房春暖

婉麗無比。

顧　潛

憶秦娥　眉山蹙

（上闋眉批）以意勝，最是詞中高境。　（下闋眉批）低徊不已。

邊　貢

踏莎行　露濕春莎

（上闋眉批）畫景。　（下闋眉批）廷實自是明代高手，出筆精秀如此。

蝶戀花　亭外潮生人欲去

（上闋眉批）委婉有情。　（結句「醉中愁見吴山路」眉批）情景兼到，神韻無窮。筆力舉季迪相伯仲。

唐　寅

一剪梅　雨打梨花深閉門

（上闋眉批）韻味自勝。　（結句「行也思君，坐也思君」眉批）情深如許。

陳　霆

踏莎行　流水孤村

（上闋眉批）有情有景，有筆有詞，居然作手。　（結句「欲將歸信問行人，青山盡處行人少」眉批）寫出旅次荒景。

韓邦奇

西江月　殘雪已消往事

（上闋眉批）輕爽。　（結句「春在小橋楊柳」眉批）儘有風韻。

楊慎

《樂府紀聞》：用修因議禮謫戍永昌，暇時紅粉傅面，作雙丫髻插花，令諸妓扶觴游行，了不爲愧。詩有「羅衣香未歇，猶是漢宫恩」句，詞亦華美流利。　用修詞清新雅秀，長調不免俚俗，小令之妙，信堪接武伯温。

轉應曲　雙燕

用修小令自是明人詞筆，去宋、元已隔一層，然語特精秀。

又　促織

（結句「長夜。長夜。露冷芙蓉花謝」眉批）淒艷語。

又　銀燭

其詞麗，其筆秀，其句調淒切，在明代便算高手。

如夢令　雲影月華穿過，雨意鐘聲敲破

起二語精秀絶世。「飛透流螢一箇」六字亦冷雋不禁。

長相思　雨聲聲

情真景真。　淋淋漓漓。「你若知我言相思，我甘心兒爲你死」，亦猶是也。

烏夜啼梅雨　雨來江漲波渾

畫景。

昭君怨　樓外東風到早

（上闋眉批）綿婉有神。　（下闋眉批）神韻悠悠不絶。

浪淘沙　春夢似楊花

（上闋眉批）情致自佳。　（下闋眉批）淒艷之詞，叔原遺響。

雨中花　一搦纖腰清瘦

「愁時候」三字絶妙。　（結句「聽盡蓮花漏」眉批）婉至。

盧　雍

蝶戀花　野樹煙生斜日墮

句亦精鍊。　（下闋眉批）詩宜占身分，詞亦然也。

張　綖

蝶戀花　紫燕雙飛深院静

《古今詞話》謂：世文《詩餘圖譜》辨詞體之舛錯而爲之規矩，真填詞家功臣也。此作亦風流藴藉之至。

李濂

柳梢青　爛漫春遊

昨、今、明三層，自是常法。（「問酒花村，題詩松寺，飛夢蓬丘」眉批）好在結句。

夏言

《湧潼小品》：夏言以議禮驟貴，世廟因正月降雪，命言等作時玉賦，石塘曾銑，夏之内戚，作《漁家傲》詞，互相賡唱，遂起河套之議。故黄泰泉有「千金不買陳平計」，蓋譏之也。錢氏云：公謹喜爲長短句，當其得君專政，聲勢烜赫，長篇小令，草藁未削，已流布都下，互相傳唱。歿後百年，黯然無聞，《花間》、《草堂》之集，無有及桂洲氏名者，求如前代所謂曲子相公，亦不可得。可一慨也。

浣溪沙　庭院沈沈白日斜

《藝苑卮言》謂公謹詞雄爽似稼軒，而少精思。余謂公謹與稼軒迥不相侔，且兩人高下不合同日而語。

文徵明

《太平清話》：衡山極熟勝國遺事，能口述其故實。里居性介潔，太宰喬白巖、司空林見素爲延譽于朝。授翰林待詔即乞歸，往來姚山遯浦。小詞散布，隸書尤工。衡山詞，情詞淒秀，不在楊用修之下。

卜算子　酒醒夜堂涼

（上闋眉批）畫所不到。　中有神理，都在「不覺」二字中。

南鄉子　香煖透春肌

（上闋眉批）神致可想。　（結句「相思，只有青團燕子知」眉批）絶清之調，頗得子野遺韻。

滿江紅　漠漠輕陰

「欲語更沈吟，終難説」，欲語終難説，其中已不説之説，言情用筆婉妙乃爾。　（下闋眉批）淒斷。

謝承舉

卜算子　病影有燈知

婉麗有情。

陸　埘

臨江仙　病後衣裳慵對客

（上闋眉批）以意運詞，多少感慨，自不落恒徑。　（結句「無端春夢繞，猶自在江南」眉批）神韻無窮，感慨不盡。

呂希周

重疊金　粉痕未褪梅粧雪

「燈影小紅樓，角聲起暮愁」十字不獨淒透，且有骨韻，明詞之最高者。

王慎中

點絳脣　門掩青山

（上闋眉批）清麗。　（下闋眉批）高絶。

陳如綸

踏莎行　楊柳溪橋

（上闋眉批）工雅芊麗，詞中正聲。　（下闋眉批）淒豔有神。

蔡宗堯

點絳脣　寒雨溪橋

（上闋眉批）亦有筆力。　（下闋眉批）情景兼到，神味悠然。

雲韶集輯評卷十三

萬士和

臨江仙　睡裏釣臺相失了

此詞絶有本領，不沿明代俗習。　（下闋眉批）其詞沉雄蒼勁，其氣俯視一切。

王世貞

汪伯玉云：詩如孫武、韓信用兵，宫嬪市人，無不可陣者。詞則沾沾自喜，亦出人一頭地。　李于鱗云：惟某敢與狎主齊盟，而小詞弗逮也。　弇州詞纏綿婉麗，長調雖俚俗而小令卻工。（李于鱗一行上眉批）于鱗小詞無力少韻，故不録。

浣溪沙　窗外閒絲自在遊

（上闋眉批）淒怨。　（下闋眉批）字字和雅，可接武用修。

虞美人　摩訶池上金絲柳

（上闋眉批）句亦婉約，不入俗態。　（結句「錯道褪殘春事罵東風」眉批）婉妙有情。

憶江南　春睡足

寫出一箇絕色美人來，卻妙在寫神不寫貌。

漁家傲　細雨輕煙裝小暝

深情楚楚，並信同志之人，情之至也。

王好問

賀聖朝　嫋嫋西風斂暝煙

句甚精秀。趙符庚謂西塘詞如秋水芙蓉，寒江映月，信然。

點絳脣　九十春光

吴三樂謂西塘詞可伯仲有宋，斷推此種。

王世懋

如夢令　枝上子規猶鬧

「倚盡小樓殘照」六字妙。　（「寒峭，寒峭。一夜白蘋天老」眉批）結筆警。

高濂

沈詞隱云：高深甫詞獨出清裁，不尚會于庸俗者。

惜分釵　桃花路

（上闋眉批）曲曲傳出，畫不出來。　（「愁難擺脱，病害今番。看，看」眉批）結二字妙絶。

陳淳

如夢令　吟罷小池楊柳

精壯之筆，卻極清虚。

林章

孤鸞　爲誰拋撇

起有筆致。　（「東風不憐春色，把一枝楊花吹折」眉批）「東風」二語，婉折有致。　淒咽芊綿。

（「莫把琵琶亂撥，正春江潮咽」眉批）結有魄力，在明代最爲難得。

夏樹芳

醉落魄　團冰握雪

淒艷，從李易安「人比黃花瘦」化出。　（結句眉批）神致絶佳。

湯顯祖

阮郎歸　不經人事意相關

義仍精思異彩見於傳奇諸書，出其緒餘以爲詞，亦復婉妙。

陳繼儒

攤破浣溪沙　蜂欲分衙燕補巢

眉公詞風流瀟灑，不作艷語。　人品不足取，其才自不可及。

浪淘沙　風雨霎時晴

（上闋眉批）婉麗有情。　（結句「撲得流螢飛去也，團扇多情」眉批）不必着力而情味有餘。

卓發之

王阮亭云：左車詞尚駿逸，頗有宋人風味，至珂月而格調尖新，語意儇側，極詞之變態。

菩薩蠻　小玉樓前風雨急

（上闋眉批）婉麗自如。　（下闋眉批）情詞之妙，尚合于古。

范鳳翼

減字木蘭花　晴雲如絮

漁陽謂異羽詞似半山。今觀此詞，頗見風韻。

俞彦

长相思　折花枝

「開時人去時」五字沉痛，卻極婉約。　（結句「眉間露一絲」眉批）從李易安「才下眉頭，卻上心頭」化出。

王　衡

點絳脣　濕夢沉沉

（上闋眉批）風致有餘。　（結句「茱萸看罷，半刻重陽假」眉批）「假」字妙。

魏大中

臨江仙　埋没錢塘歌吹裏

（上闋眉批）令人痛恨史、黄、秦、賈諸賊。　（結句「但供儂醉後，囊句付奚奴」眉批）真風流，真名士，亦真英雄。

劉榮嗣

長相思　山悠悠

（上闋眉批）饒有神致。　（下闋眉批）情景都不泛。

阮大鋮

減字木蘭花　春光漸老

阮翡子乃阿諛諂媚小人，而小詞卻精秀似宋人。

王坊

一斛珠　翻空紅雨

（「萬千綠葉無情緒，連夜生新，占盡花開處」眉批）「萬千」三語是常意，卻未有人道過，蓋名大家不屑道，庸手亦不知道也。　結有情。

彭紹賢

浣溪沙　曉發離亭春日遲

（「嫩黃吹上去年枝」眉批）「去年枝」妙。　（下闋眉批）情詞都勝。

馬洪

鶴窗詞出劉菊莊之門，陳言穢語蒸染江南詞壇，至是而詞亡矣。

少年遊　弄粉調脂

浩瀾詞雖曰「幻影空花」，畢竟遺詞不雅，故所選僅此一篇，以此作尚不過淫慢。

施紹莘

浪仙詞風流悽楚，卻不淫慢，勝馬鶴窗多矣。　浪仙詞語雖悽秀，而格不高，不惟不及宋、金、元諸家，且不及明初伯温輩，並不及永樂以後用修、元美諸家。詞至是愈趨愈下，我要痛哭。（傳上眉批）浪仙詞絶不高，在當時便算高手。　詞亡矣，我如何不哭。

浣溪沙　半是花聲半雨聲

浪仙小詞尚有可取，長調則不免庸軟，故不録。

菩薩蠻　春深加倍心情惡

（上闋眉批）情致儘有。　（下闋眉批）悽秀。

浣溪沙　如鏡窺粧逗小樓

（上闋眉批）是月夜。　（下闋眉批）麗而不淫。

謁金門　春欲去

結語有筆力、有景色、有氣象，浪仙最高之作。

顧同應

柳梢青　六曲窗紗

（上闋眉批）句亦悽斷。　（結句眉批）冷絶。

徐石麒

拂霓裳　望中原

悲歌慷慨，自是先生胸襟，即以詞論，亦是去古不遠者。　（結句眉批）胸次如見。

陸錫明

點絳脣　三尺冰絃

（上闋眉批）亦警快。　（下闋眉批）淒艷有味。

江　𢈔

浣溪沙　宿雨酣花黯未收

（「飛沫卷珠過水面，濕煙拖雨上雲頭」眉批）「濕煙」七字佳絶，惜上句稍遜。

馮鼎位

減字木蘭花　長亭淒絶

素人佳作儘有，然總不逮此作之不着力而得也。

葛一龍

憶王孫　春風吹後滿天涯

「不如他」三字妙甚。宋人詠草名作多矣，此作獨有别致，可以上繼宋人。

湯傳楹

鷓鴣天　一片傷心花影重

卿謀美丰姿，配丁氏亦有林下風。卿謀早夭，尤悔庵爲文哭之，竝爲刻《湘中小草》。詞特多明秀語。

支如增

如夢令　又見東風吹遍

（結句「埋怨，埋怨。忽地暗將人换」眉批）自是明派，然卻妙。

吴本泰

滿江紅　白雁南飛

（上闋眉批）悲愴嗚咽，真可亞於原作。　（下闋眉批）淒咽纏綿，去元人未遠。

錢繼章

浣溪沙　春盡園林褪鬧紅

（下闋眉批）自小免近小家氣，然當時便算佳作。

浪淘沙　雲意壓山尖

起五字好。　此詞絶佳，不減元人。

陳子龍

《古今詞話》：大樽文宗兩漢，詩軼三唐，蒼勁之色與節義相符，乃《湘真詞》一集風流婉麗如此。傳稱河南亮節，作字不勝羅綺；廣平鐵石，賦心偏愛梅花。吾於大樽益信。　王阮亭云：大樽諸詞，神韻天然，風味不盡，如瑶臺仙子，獨立卻扇時。而《湘真》一刻晚年所作，寄意更綿邈悽惻。　陳人中詞芊綿婉麗，獨步一時，直與伯温並驅中原。

如夢令　紅燭逢迎何處

此詞最綺麗，卻麗而有則，非淫慢者可比。

浣溪沙　半枕輕寒淚暗流

（上闋眉批）淒艷芊綿。　（下闋眉批）遣詞自是以淒秀爲宗。

醜奴兒令　赤欄橋下煙波急

（下闋眉批）芊綿往復，直欲遠追叔原。

憶秦娥　春漠漠

悽惻之神，穠冶之筆，真絶唱也。　雖不及東坡《水龍吟》一闋，然意境卻相同。

江城子　一簾病枕五更鐘

情深一往。　（下闋眉批）情韻淒清，自是作手。

青玉案　海棠枝上流鶯囀

仿佛有永叔遺風。　情詞淒艷。

蝶戀花　裊裊花陰羅襪軟

（上闋眉批）婉麗之詞。　（下闋眉批）淒麗有神。

天仙子　十二畫屏圍楚岫

此詞綺麗極矣，自是明末所尚，大樽偶一爲之耳。

又　古道棠梨寒惻惻

（下闋眉批）泠泠然，如讀古詩。　（「我淚未彈花淚滴」眉批）結筆淒妙。

山花子　楊柳淒迷曉霧中

悽悽慘慘，哀以思矣。　與《江城子》「憑燕子，駡東風」，同一用意用筆之妙。

千秋歲　章臺西弄

淒艷酸楚，似元人小曲。　（下闋眉批）又悲鬱又淒艷，情詞絶妙。

清平樂　繡簾花散

低徊欲絶。大樽小令之工仿佛元人，但長調是其所短。明代工長調者無一人。

金俊明

生查子　逼暝轉深林

此作淋漓悲壯，不可以時會限也。

魏學濂

浣溪沙　漠漠微寒到水濱

「鴛鴦來啄影中人」七字妙。因此七字便選此詞，選者到此不得不低下眼界也。

吴　易

滿江紅　斗大江山

淋淋漓漓，忠義之氣如見，不必於詞中計工拙也。　（下闋眉批）擊碎唾壺。下半闋純用《吴越春秋》故事。承上句來。

夏完淳

《柳塘詞話》：夏存古詞慷慨淋漓，不須易水悲歌，一時悽感，聞者不能爲懷。　存古詞旨慷慨，不囿于時俗。

卜算子　秋色到空閨

筆分絶高，漁洋謂此詞寓意即工，自是再來人，信然。

一剪梅　無限傷心夕照中

（上闋眉批）感慨不盡。　（結句眉批）不獨有韻，且有骨。

魚游春水　離愁心上住

此詞情況，若遠若近，另有寓意，耐人玩索。　（結句「十二時中，情懷無數」眉批）淒惻芊綿。

燭影摇紅　辜負天工

觀「隔浦紅蘭堪采。上扁舟傷心欸乃」二語，何等委婉，卻又何等斬決。其氣慷慨悲壯，其詞忠厚溫柔，節愍公一生心事可見矣。（結句「金釵十二，珠履三千，凄凉千載」眉批）《黍離》之慨，有不能自已者。

沈自炳

更漏子　憶情人

情致如許。

韓洽

菩薩蠻　玉鱗狼籍殘梅片

（下闋眉批）語亦奇警。

于儒穎

浣溪沙　一片心情眼底柔

「倦容疎態」四字，令通篇增色。（下闋眉批）嬌態如畫。

計南陽

花非花　同心花

不謂明詞亦有此種筆墨，我如何不快，我如何不選。　（尾批）王阮亭云：可作古樂府讀。

沈謙

去矜列名于西泠十子，填詞稱最，然亦只以香奩見長，去宋、元已遠。

清平樂　香羅曾寄

（下闋眉批）落想奇妙，真聰明人語也。

蘇幕遮　燕聲嬌

（上闋眉批）我見猶憐。　（「鏡子裙兒，曉得人憔悴」眉批）結句妙。

月籠沙　簾外潺潺暮雨

淒惻之詞，自是本色。　（「只恐粉雲遮不斷，怕殺登高」眉批）結更淒斷。

滿江紅　一剪鶯梭

此詞婉轉有致，《東江集》中佳作，出《薄倖》一篇之右，故舍彼録此。　（下闋眉批）悽惻之筆。

張逸

桂枝香　天高氣肅

起筆蕭蕭颯颯，儘有筆力。　閒雅。　（下闋眉批）寫景亦疎快亦有致。

李明嶽

阿那曲　幾回閒夜停機杼

似姚月華一派。

程舒

西江月　盡日荷鋤治圃

（上闋眉批）有風致。　（結句「轉過蘆花不見」眉批）如畫。

張大烈

少年遊　蕭瑟秋風古渡橋

（上闋眉批）寫景而有筆力，故佳。　（結句「山海情深，石尤風急，留住遠征橈」眉批）婉約亦勁快。

程可中

浣溪沙　複道懸空踏翠微

「卷簾嵐氣撲人衣」七字精秀。

沈懋德

菩薩蠻　江聲洶洶魚龍老

（上闋眉批）情景都有。　（結句「獨有倚樓人，凝眸語不聞」眉批）從太白《菩薩蠻》一闋盜來。

胡　介

滿江紅　走馬歸來

（上闋眉批）可歎。　悽絶，説來卻婉委。　（下闋眉批）淒涼婉妙。

孟稱舜

卜算子　回首望西陵

（結句「江外峰青似劍鋩，難割愁腸去」眉批）奇筆，煞是高妙。

邵梅芳

點絳脣　車馬三更

（上闋眉批）清麗。（下闋眉批）筆致清俊。

眼兒媚　東風一剪過池塘

景悦小令之妙，有元人神致。（「多應是訴，來時春短，别後秋長」眉批）結三語妙，未經人道過。

少年遊　五更天漸曉鷄鳴

（上闋眉批）曉行如畫。（結句「一綫江流，幾層山色，千里隔長亭」眉批）情景兼工，詞安得不妙。

醉花陰　病起閒愁消晝永

此詞絶工，在不即不離之間。

錢光繡

臨江仙　酒國投時輒醉

（上闋眉批）淒切有味。（結句「鴉啼歸曉樹，蛩語伴疏燈」眉批）字字淒斷可歌。

賀裳

蝶戀花　薄暮銀塘風色靜

黄公風流倜儻，名重一時，小詞亦精秀明麗，宜爲漁洋所賞。　結二語（「飛盡殘霞天又暝。柳梢笑指新懸鏡」）不過寫月上之景，卻寫得風致如許。

李煒

浣溪沙　修竹天寒倚翠娥

（「人生憔悴是情多」眉批）結七字真至。

南鄉子　談笑解吴鈎

（下闋眉批）神韻獨勝。　（結句「休休，老作人間馬少游」眉批）詞意淒怨而語妙解頤。

韓純玉

子蘧詞高者與景悦相伯仲。

浣溪沙　手捲蝦鬚上玉鈎

（上闋眉批）婉惜有神。　（下闋眉批）語悽惻而意甚豪。

菩薩蠻　夾山一帶山平遠

（上闋眉批）畫景。　（下闋眉批）真彷彿張子同也。

清平樂　春來消息

（上闋眉批）句亦清快。　（下闋眉批）妙甚，特格不高耳。

江城子　眉峰煙鎖未分明

（上闋眉批）子蘧詞頗有豪興。　婉麗在末二語（「嫌煞銅壺銀漏短，香炮燼，燭花横」）。

周　篔

青士詞，出景悦、子蘧之右，高者升叔原之堂。

生查子　切切亂蛩悲

淒淒切切，深入骨髓，誰謂明末無高手哉？

又　徑轉翠屏開

（上闋眉批）亦清爽。　（下闋眉批）淒艷似叔原，清徹以竹坡。

踏莎行　蘆月凝霜

（「不知人在愁深處」眉批）「愁深處」三字微至。　（結句「雲山豈礙魂歸路」眉批）情之至者，乃有此種語。

蝶戀花　芳草生煙横野渡

（上闋眉批）淒麗語固自不俗。　（結句「柳絲不解牽伊住」眉批）怨得妙在無理，真有情人語。

張　草

生查子　寒井下梧桐

（上闋眉批）淒涼景況。　（結句「記得別郎時，雞唱千林曉」眉批）事過情留，不能自已。

胡文焕

一剪梅　雨葉銀牀落井柯

絶世声情。　（下闋眉批）情詞淒感入神。

顧　衆（一作顧同應）

浪淘沙　生小弄冰絃

（上闋眉批）情詞淒婉。　（結句「誰唱西陵腸斷句，夢到君邊」眉批）真是合作。

张仲立

浣溪沙　淺束深粧最可憐

（上闋眉批）真道得出。　下半闋惟用推襯法，亦佳。

倪　撫

菩薩蠻　年年自放春歸去

（上闋眉批）自然在骨。　（「愁他夢裏歸」眉批）結五字淒惋，語亦奇警。

梁木公

蝶戀花　野草含煙鋪紫陌

（上闋眉批）平淡。　（「宿鳥不須尋比翼，有人獨倚閑亭北」眉批）結二語情節之妙，令人神往。

秦公庸

卜算子　憶昔約佳期

此詞清快，卻亦芊綿。　無些子渣滓，自是佳作。

天隨子

南鄉子　風雨滿長亭

（上闋眉批）情詞俱淒感有神。（結句「漫憶風流張步兵」眉批）有景、有情、亦有筆。

杜陵生

南歌子　草煖鴛鴦泊

數語中，塞外之景，思鄉之情，一一都見。

今釋

八聲甘州　歎離情一往一重來

此詞層層折入，善用虛字，然語卻句句沉着，不是敷衍空文。　淒清之調。

一靈（編者按，即屈大均）

一靈詞頗沉至。

浪淘沙春草　嫩緑似羅裙

「春心抽盡」四字沉細。　淒艷芊綿，不減宋賢詠草諸作。

一落索　杜宇催春從汝

將古人所用成意翻過來用，雖是偏鋒，然卻是情至語。

（「落花爭似淚花紅，只滴在、分襟處」眉批）結淒咽沉痛之至。

離亭燕　漸到鷓鴣多處

沉至語。　（結句「終日濛濛洲渚」眉批）情中帶景。

調笑令　芳草

（結句「流淚，流淚。點點桃花又墜」眉批）淋淋漓漓，不知是血，是淚，是桃花。

顧文婉

浣溪沙　曉日凝粧上翠樓

文婉詞甚閑麗。　（下闋眉批）淒切之語。

西樓子　雕闌漫倚凝眸

不沾沾描寫初月，落筆自高。

王鳳嫻

浣溪沙　曲徑新篁野草香

畫景。

陸卿子

憶秦娥　砧聲咽

婉約有情。

张鴻逑

孫蕙媛云：每有賡詠，意到即成，不煩推敲，聲出金石。

點絳唇　相見空憐

（上闋眉批）情深語至，亦曲折得妙。　（下闋眉批）婉至。

瞿寄安

長相思　朝含顰

(「風動疏簾疑是君」眉批)「疑是君」妙絶,從《西廂》「風弄竹聲,只道金珮響;月移花影,疑是玉人來」化出。

沈宜修

沈宛君詞淒切有味,升淑真之室。

浣溪沙　淡薄輕陰拾翠人

淒艷之詞。

又　袖惹飛煙緑鬢輕

曲曲描出嬌憨之態,如見其人。

望江南　河畔草

(上闋眉批)感慨不勝。　(下闋眉批)無限哀感,不僅以句調見長。

葉小紈

浣溪沙　髻薄金釵半嚲輕

(上闋眉批)婉麗。　(下闋眉批)如見妮妮之態。

沈憲英

點絳唇　簾外輕寒

（上闋眉批）哀感頑艷。（下闋眉批）只寫景而情自見。

商景蘭

擣練子　長相思

情詞淒怨，得古樂府之遺。

葉紈紈

浣溪沙　幾日輕寒懶上樓

（上闋眉批）淒婉。（下闋眉批）愁來無端，自亦不知其所以然。情真語至。

葉小鸞

鈕玉樵云：小鸞父仲韶，風神雅令，工六朝駢體，同沈宜人宛君偕隱汾湖，與子女刻意詩詞，以自娱樂。小鸞生十歲能韻語，秋夜，仲韶命以句云：「桂寒清露濕。」即對曰：「楓冷亂紅凋。」是時以爲夭折之徵。及未婚而殁，見有五彩雲捧足而去，知前身爲緱嶺女仙，今當歸月府。適有冥中比邱尼智泐傳天台教，起無葉堂，以收女士慧業而早亡者。小鸞從之。泐師審成，信口答應，如「研香製就夫人字，鏤雪吟成幼婦詞」，凡十餘聯，皆晚唐名句也。泐師留之堂中，與姊昭齊薰習梵行。所存詩詞皆似不食人間煙火者。瓊章詞風骨珊珊，有流水行雲之致，尤出姊昭齊之右。

南歌子　門掩瑤琴静

（上闋眉批）只是寫景，卻有仙氣。（結句「照得滿階花影，只難攀」眉批）清虚騷雅。

虞美人　深深一點紅光小

詠燈題不落小家子樣，一片哀感，真慧心女子，然亦是早夭之徵。

浣溪沙　紅袖香濃日上初

《浣溪沙》諸闋無不哀感芊綿，然卻是神仙中人語，無一字凡間人道得出來，真不輸韓夫人、赤城仙也。

又　幾日東風倚畫樓

何等悽感，「但憑」二字妙。

又　曲曲闌干繞樹遮

（「又看暝色入窗紗」眉批）只「又看」二字，中有多少哀感。（下闋眉批）麗句，亦是仙句。

又　曲樹鶯啼翠影重

（下闋眉批）淒淒切切，令人憐惜。

謁金門　情脈脈

（上闋眉批）有情、有景，亦有筆力。　（下闋眉批）仙乎仙乎，何多情也。

憶秦娥　湘簾揭

（上闋眉批）淒清。　（下闋眉批）神味獨勝，直似唐人。

申　蕙

長相思　月滿衣

（「砧聲到竹扉」眉批）「到」字好。　（下闋眉批）淒婉之詞，自是閨閣中人語。

吴　綃

憶王孫　寒砧風急擣衣秋

「木落聲中人倚樓」七字淒絶。　（結句「一夜江南千里舟」眉批）憶字之神，蓋以詞名爲題者。

顧道善

滿江紅　禾黍斜陽

此詞悲歌嗚咽，一片哀感，固是佳作，但微有一二力弱處，自是婦人本色。（「料明朝、好鏡不相瞞，霜侵髮」眉批）結尤淒斷。

陳　氏

謁金門　春欲暮

（上闋眉批）宛麗有情。（下闋眉批）字字閑雅，去古未遠。

徐元端

《漁磯漫鈔》云：延香詞佳者入李易安之室。　延香詞絶工秀，然去宋已遠。

清平樂　繡窗無那

（上闋眉批）神致可想。（下闋眉批）想境淒妙，真作家語，亦有心人語。

虞美人　起來慵向粧臺倚

不著力而神情如見。（結句「侍兒佯笑捲簾紗，却道玉梅已放滿枝花」眉批）妙，妙，真聰明絶世語也。

南鄉子　獨坐數歸期

「遲遲」二字妙甚，蓋原要想一樂境，故想之遲遲，而落筆卻又是春愁題也。　結句秀麗。

顧若璞

長相思　梅子青

（上闋眉批）神韻天然。　（下闋眉批）淒艷之詞，最易感人。

郭　琇

思帝鄉　紅燭冷

長句最難，此獨宛轉有致。「一分愁」，「愁」字疑當作「秋」。

張紅橋

紅橋少所許可，其風骨自高。詞存不多，卻非他人所能及。

念奴嬌　鳳凰山下

紅橋寄此詞後獨坐小樓，感念而卒。余《白雨齋筆談》中詳録其唱和諸詩，不獨工長短句也。通篇情詞俱妙，一時傑作。

馬守貞

蝶戀花　陣陣東風花作雨

句甚精湛。　婉麗。

薛素素

臨江仙　喚起提壺池上飲

（上闋眉批）凄秀之神，溢於言表。　情詞兼勝。

朱無暇

卜算子　梧葉薦新凉

（上闋眉批）凄清之調。　（下闋眉批）筆致不減朱淑真。

趙　燕

長相思　去悠悠

情韻無窮。

楊宛

浪淘沙　盡日若含愁

閑雅。（結句「不忿淒涼伊似我，説甚風流」眉批）深婉曲折，讀之心醉。

王微

修微色藝冠絶一時，詞亦風流藴藉，升易安之堂。

如夢令　月到閒庭如晝

（結句眉批）情味不盡。

又　只合喚他如夢

起筆妙。（結句「休送，休送。今夜月寒珍重」眉批）情生文，文生情。

擣練子　心縷縷

神味正自不泛。

憶秦娥　多情月，偷雲初照無情别

起十字警絶。施子野謂此詞不減易安，非虚譽也。

景翩翩

憶秦娥　秋蕭索

（上闋眉批）情況可想。　（下闋眉批）秀絶矣，而語極婉雅。

頓文

點絳脣　纔長芭蕉

（上闋眉批）有情人最怕聽芭蕉雨，真有此情。　（下闋眉批）淒艷。

呼采（編者按，原誤作「呼舉」，則字文淑，乃呼采字文如者之妹也。歸邱謙之者乃呼采，今正。）

皂羅袍春、夏、秋、冬

文如詞麗而淫矣，然風致殊勝。

（四闋共批）與邱謙之定情，將携以東，父不許。文如刺血寄邱詩曰：「長門當日歎浮沉，一賦翻令帝寵深。豈是黄金能買客，相如曾見白頭吟。」後謙之赴京，道過武昌，相見甚喜，互相唱和詩詞甚多。其最苦者如「懸知雨露深如許，結子明朝是小星」之句，相與涕泣而别。一日雪甚，邱方倚樓念文如，忽一艇飛楫渡江，直抵樓下，推篷而起，則文如也。相見驚喜，及委禽成禮焉。所作《皂羅袍》四詞，雖不免淫褻，而一往情深，蓋有出于不得已者，我要忍不選？

玉樓春　一燈半滅愁無數（編者按，《全明詞》收此詞歸於呼舉作，有異文。）

此詞風流閒雅，蓋信上四詞出于情不自已，非好爲褻詞也。

元妙洞天少女

《詞統》：元之《夢遊仙詞序》云：夏夜倦寢，神游異境，榜曰「元妙洞天」，見少女獨立，朗然歌《謁金門》云云。歌未竟，命侍兒傳語曰：「與君有緣，今時尚未至，請辭。」遂翻然而醒。

謁金門　真堪惜

此詞他本或作元人無名氏所作，未知是否？　結二語（「自請捲簾窺夜色，天青星欲滴」），真乃洞天中人語。

乩仙

金陵諸生扶鸞，有兩女仙降乩，自云荷珠、桂珠，所作詩詞甚多，似教坊被選入宫死乙酉之難者。

賀新涼　鼙鼓驚天地

（上闋眉批）寫得悽慘。　「天子」二句，言外有無窮歎息、無窮諷寓，都在「忍把」二字中流出。

（下闋眉批）俠骨貞心，高出寇白門遠矣。

鄭婉娥 女鬼

念奴嬌　離離禾黍

吴江沈韶，洪武初登琵琶亭，月下聞歌聲。明日復往，見一麗人曰：妾僞漢婕妤鄭婉娥也，死葬于亭側，爲沈歌《念奴嬌》，曰昨夜郎所聞也。詞甚悲憤，明人無此手筆。

翠　微 女鬼

嘉靖初年，清河邱生泊舟江陵。有女子自稱運使何公妾翠微，引至一亭就枕，臨别賦詞云云。明日視之，乃其墓也。

憶秦娥　楊枝裊

（上闋眉批）春宵一刻千金，信斯言也。　（下闋眉批）淒斷。

雲韶集輯評卷十四

清詞

詞創于六朝，成于三唐，廣于五代，盛于兩宋，衰於元，亡於明，而復盛於我國朝也。　國朝之詩可稱中興，詞則軼于三唐、兩宋而等而上之。　國初梅村、棠邨、南溪、漁洋、珂雪、蘅香、華峰、飲水、羨門、西堂、秋水、符曾、分虎、晉賢、覃九、蘅圃、松坪、莘野、紫綸、奕山諸家，各具旗鼓，互有短長，（其上眉批：國朝諸家炳炳燐燐，難于備述，詳見各家小注中，别類分門，低昂互見矣。）而聖于詞者莫如其年、竹垞兩家，譬之于詩，李、杜分道揚鑣，各有千古，詞至是蔑以加矣。　朱、陳外，首推樊榭，而南香、石牧並重于時，繼之小山、鶴汀、香雪、曇華、滓虚、繡谷諸家，俱能變化三唐、出入兩宋而獨樹一幟，此詞之再盛也。（其上眉批：小山、香雪尤爲傑出。）嗣是而後，板橋名重江南，竹香名重武陵，漁川名重臨潼，橙里名重安徽，而琢春、梅鶴尤爲傑出，名不逮板橋諸家而詞骨實過之，益以淡存、龍威並峙兩雄，遂佺、夢影亦不多讓，位存起而囊括之，信爲當時第一作手，此詞之又盛也。　繼而春橋、荀叔、湘雲、秋潭、聖言、對琴諸家，風格微低，猶堪接武（其上眉批：湘雲尤爲傑出。），而銅鉉以魄力爭雄，竹嶼以風流制勝，自璞函出，直逼朱、陳，分鑣樊榭。芝田、晴波、蠡槎、蕢漁起而羽翼之，此詞之復盛也。乾嘉以還，谷人一時獨步，而蓉裳、伊仲、次仲、頻伽、米樓、荔裳、吉暉諸君，古風雖遠，亦不在元人下。故論詞以兩宋爲宗，而斷推國朝爲極盛也。

李元鼎

鄧孝威云：文江詞清真雅澹，無富縟之累，又得遠山夫人伉儷倡酬，調琴鼓瑟，亦詞林一段佳話也。

醜奴兒令　稀疎紅翠簷前滴

精秀絶倫，如聞湘靈鼓瑟之聲。

吴偉業

《四庫全書提要》云：吴偉業詩餘二卷。韻協宫商，感均頑艷。（允足）［亦復］接跡屯田，嗣音淮海。王士禎詩稱「白髮填詞吴祭酒」，亦非虚美。尤展成云：先生以詩名海内，其所譜《通天臺》及《臨春閣》、《秣陵春》諸曲尤膾炙人口。詞在季春之間，雖不多作，要皆不乖風雅之致。王阮亭云：婁東祭酒長短句，能驅使南北史，爲是體中獨創，且流麗穩貼，不徒直逼幼安。梅村詞一片哀感，其詞纖麗如攬嬙、施之袪。其旨悲涼、實屈子美人香草之遺也。

生查子　香暖合歡襦

新詞麗句，卻不傷雅。

浣溪沙　斷頰微紅眼半醒

（上闋眉批）何等姿態。　（下闋眉批）傳神繪影，千古詠美人者説不到此。

采桑子　低頭一霎風光變

（上闋眉批）嬌態如畫。　（下闋眉批）既曰後約，又曰商量，何也？　蓋當抵死推時，不得不稍爲婉欵，讀末句（「難得今宵是乍涼」），真乃妙絶，真有此理，真善于商量。

醉春風　眼底桃花媚

一句一意，描摹殆盡。

南鄉子　皓腕約金環

（上闋眉批）傳神之句。　（下闋眉批）直似麗娟，不止如太真出浴時也。

滿江紅　沽酒南徐

（上闋眉批）懷古蒼茫，議論雄快。　（下闋眉批）可勝浩歎。　悲鬱。

木蘭花慢　冰輪誰碾就

此詞絶灑落，直似坡仙手筆。　（下闋眉批）胸襟高曠，語亦奇警，合東坡、稼軒爲一手。

龔鼎孳

尤展成云：先生詞如花間美人，自覺嫵媚，當與宋子京「紅杏枝頭」、晏同叔「桃花扇底」並艷千古。

《芙蓉詞》秀而有骨，故佳。

點絳脣　簾外河橋

情韻並勝，突過原作。　（下闋眉批）淒秀。

青玉案　金閶個是迷香路

（上闋眉批）語義筆力俱臻絶頂。　（下闋眉批）精湛逼人。

曹　溶

朱竹垞云：余壯日從先生南游嶺表，西北至雲中，酒闌燈灺，往往以小令慢詞更迭唱和，有井水處輒爲銀箏檀板所歌。念倚聲雖小道，當其爲之，必崇爾雅、斥淫哇，極其能事，則亦足以宣昭六義，鼓吹元音。往者明三百禩詞學失傳，先生搜輯遺集，余曾表而出之。數十年來，浙西填詞者，家白石而户玉田，春容大雅，風氣之變實由于此。　潔躬詞直追南宋，無一字不雅。

十六字令　輕

蛺蝶不驚，極寫輕之至也，真乃畫筆。

滿江紅　浪湧蓬萊

此詞沉雄悲壯，卓爲千古名作。　（下闋眉批）如目睹潮至。　雄文駭俗，讀之起舞。

蝶戀花　深巷賣花將客唤

（上闋眉批）閑雅似陳西麓。　（下闋眉批）不落纖冶，斯为雅正。

趙進美

菩薩蠻　獸香不斷紅茵煖

（上闋眉批）婉麗。　（下闋眉批）低徊宛轉。

李雯

菩薩蠻　薔薇未洗胭脂雨

（上闋眉批）凄艷。　（下闋眉批）聲情俱妙。

梁清標

陸藎忠云：棠邨極穠艷而無綺羅薌澤之態，所謂生香真色，人難學也。　棠邨詞風流秀麗，猶勝叔原，但风格微遜。

如夢令　露下秋宵方永

（結句「小立滿身花影」眉批）秀麗欲仙。

生查子　蘭湯浴罷時

此詞絶麗，尚不流于淫。　丰神綽約。

菩薩蠻　亂鴉啼處春風曉

（上闋眉批）自然丰韻。　（下闋眉批）嬌絶，媚絶，落下半天丰韻。

雙調南鄉子　深院雨簾纖

（上闋眉批）細麗，真非臆想所及。　（結句「開盡桃花不捲簾」眉批）淒秀突過叔原。

一剪梅　宛宛冰輪上畫樓

一層一層，曲曲叙來，極盡閨夜之致，香奩體至此可稱精工秀麗之極。

釵頭鳳　簾櫳悄

（上闋眉批）穠麗之句，讀之心悦。　曲折入微。　（結句「天涯人遠，金錢難問。恨，恨，恨」眉批）

下三字最難匀貼，三「恨」字卻妙。

玉樓春　花飛南陌東風暮

（上闋眉批）情詞淒艷，不讓叔原。　（結句「好夢欲尋無覓處」眉批）何等悽感。

望江南　銀燈翦

婉麗有情，雖用成典，卻自成妙語。

曹垂璨

點絳脣　柳眼拖青

（上闋眉批）筆端有神。　（下闋眉批）秀麗之詞，淒惋之神。

憶秦娥　聲淒切

（上闋眉批）淒清。　（下闋眉批）情詞都妙。

季振宜

南鄉子　曉霧如煙

清麗芊婉，不減五代人。

宋琬

董蒼水云：玉叔慢詞多商羽之音，如秋飈拂林，哀泉動壑。小令則如新箏作調，雛鶯初囀，尖佻新艷。　玉叔詞淒涼婉麗，高在雅致，不作佻語。

浣溪沙　乍暖猶寒二月天

婉麗芊綿。

蝶戀花　月去疎簾纔數尺

此詞最佳，在不即不離之間，非真有本領者，無此貼切。

滿江紅　試問哀蛩

（上闋眉批）只詠一蟋蟀而落想淒切，自是有心人語。　（結句「背銀釭、和淚共伊愁，牀前説」眉批）

淒淒切切，不忍卒讀。

宋徵輿

憶秦娥　黄金陌，茫茫十里春雲白

起十字好。　着筆秀而用意沉着。

小重山　春流半繞鳳凰臺

（下闋眉批）淒清之調最足感人。

魏允枚

蘇幕遮　隴頭雲

（上闋眉批）淒清而遒勁，儘有筆力。　（結句「緩控金羈，前路霜蹄滑」眉批）如畫。

唐夢賚

浣溪沙　愚谷山頭放畫橈

（上闋眉批）佳句，令人想身入其境。　（下闋眉批）婉麗語。

王庭

點絳脣　曲港萍開

（上闋眉批）點綴如畫。「秋在斜陽裏」五字，驚動千古。

丁彦

浣溪沙　日盡蒼寒引翠尊

（下闋眉批）淒切非正面。益切詠梅之難。

周茂源

浣溪沙　燕寢凝香賦倍工

（上闋眉批）騷情雅致。　（下闋眉批）婉至。

毛萬齡

瀟湘神　叢嶂迷

有古致。

王士禄

浣溪沙　金井風微響轆轤

西樵詞刻意雕琢，有過于求奇之病，非詞家本色，宜爲《四庫全書提要》所譏，故所選從略。

曹爾堪

尤展成云：近日詞家愛寫閨襜，易流狎昵；蹈揚湖海，動涉叫囂，二者交病。顧庵工于寓意，發爲雅音，品格當在周、秦、姜、史之間。　南溪詞婉麗有情，字字和雅。

長相思　溪邊蘆

何等雅致，西堂所謂揚湖海而不叫囂者歟？

點絳脣　沙暖蒲香

（「雨絲拖逗，似補梨花瘦」眉批）好在「似補」二字。

采桑子　晚風吹破流蘇暖

（上闋眉批）婉麗無比。　（下闋眉批）如見盈盈之致。

清平樂　眉痕頻皺

（上闋眉批）情詞淒艷。　（下闋眉批）淒絶。

醉花陰　烘桃熨柳春方縱

（上闋眉批）想入妙境，然巧不傷雅。　（結句「杜宇莫頻啼，不喚人歸，只喚三更夢」眉批）清詞絶妙，不減秦七。

周季琬

蝶戀花　影落中庭花欲午

此詞情辭淒婉，字字閒雅，恰到好處。　（結句「春歸畢竟歸何處」眉批）婉妙。

張淵懿

周冰持云：月聽詞纔去尖刻，以温潤爲體，深得樂府之遺。　硯銘詞温婉流麗，入西麓之室。

南歌子　篆冷香魂去

只此數語而情致自見。

擣練子　香乍燼

清徹在骨而句特和雅，真化于古者。

浣溪沙　春事飄零付晚風

淒清慧意，措詞之妙不減陳、吕。

漁家傲　野草淒淒經雨碧

警句，亦是情至語。　（下闋眉批）情景兼工。

滿江紅　南陌春光

此作纏綿淒艷，無一字不工。　（下闋眉批）寓意深長。　淒切之詞令讀者情深一往。句婉而約。

王士禎

彭羡門云：《衍波詞》體備唐、宋，美非一族，《江上》之「風高雁斷」，《蜀岡》之「亂柳啼鴉」，《贈雁》之「水碧沙明，參橫月落，遠向瀟湘去」，直合東坡、稼軒、白石、梅溪爲一手。　鄒程村云：《衍波詞》小令極哀艷之深情，窮倩盼之逸趣，其《醉花陰》、《浣溪沙》諸闋不減南唐二主也。　漁洋詞意極沉着，語極風流，如海上三山，煙雲縹緲，富麗矣，又清虚也，吾烏乎測其所至。　小令爲最。

望江南　江南好，春雨暮廉纖

（「底事惱江淹」眉批）結句妙，蓋當此情景，樂者自樂，而有心人若不自知其何以樂也。

又　江南好，畫舫聽吴歌

上章是岸上，此章是水中，俱有情致。

點絳脣春詞和李清照韻　水滿春塘

婉雅，亦不讓原詞。

浣溪沙　柳暖花寒雨似酥

作詞第一要以情勝，此作遣詞絶麗，微嫌詞過於情，亦猶東坡之病之也。

又　小院蘼蕪欲作叢

（上闋眉批）婉麗。　（下闋眉批）描寫入妙。

減字木蘭花　紗窗夢起

（上闋眉批）不着力而情詞兼勝。　（下闋眉批）淒艷。

應天長　餞春時節深深院

（「偏髻拖殘綫」眉批）「偏髻」五字誰不曾見過，卻未經人道過，所以爲妙。　（尾批）「一幅吴綾秋水面」句，别本作「一幅鴛鴦剛半面」。

醉花陰　香閨小院閒清晝

（上闋眉批）雅麗自是漁洋本色。　（結句「打疊人消瘦」眉批）情不深，而詞極婉轉淒涼，並情亦深矣。

蝶戀花　涼夜沉沉花漏凍

漁洋此詞成後，京師見者呼之爲「王桐花」，以「郎似桐花，妾似桐花鳳」一語也。

浣溪沙　北郭清溪一帶流

「緑楊」七字江淮間取作畫圖，然此詞之妙，神韻天然，無一字不騷雅，此七字猶是寫景之工耳。

菩薩蠻　玉蘭花發清明近

又　玲瓏嵌石紅蕉葉

清溪遺事諸闋，摹仿坊曲瑣事，盡態極妍。鄒程村謂：阮亭拂箋詠詩，便如杜牧、韓偓身經游歷，尋歡窈窕，含睇芊綿，青樓紫陌，得此點染，又何必周昉輩以寫生論工拙耶？

丁　澎

宗定九云：《扶荔詞》如《瑣窗寒·詠東風》：「入柳非煙，弄花無影。」《柳初新·詠柳》：「及早和他同倚，怕消魂、夕陽飛絮。」淒楚回環，情味無盡。以視《花間》、《草堂》諸詞，不啻奴盧橘而婢黄柑，輿蒲萄而隸荅遝。　飛濤詞風流美麗，情味無窮，讀之使人心醉。

擣練子　情脈脈

直似中晚唐人絶句。

甘州子　晝長人夢小紅樓

（結句「貪睡穩，忘却下簾鈎」眉批）情節之妙，一至於此。

雙調南鄉子　柳色半紅樓

（上闋眉批）慧心密意妙絶千古，洵是可兒。　（結句眉批）情真語真，焉得不令人骨醉？

攤破浣溪沙　一剪鴉翎半觶肩

（「曾解東風多少恨，自今年」眉批）「自今年」三字妙絶。　（結句「捉得蜻蜓雙叠翅，背人看」眉批）密意柔情，寫來妙甚。

醉花陰　簾影沉沉移午晝

（上闋眉批）淒艷之詞亦不減易安。　（結句「試揣紅綿，却是何時瘦」眉批）飛濤每一詞必有一二動人之語，如此結二語是也。

虞美人　夕香人去金猊冷

（上闋眉批）觸物生愁。　（結句「又被姊歸催去，二三分」眉批）異樣淒艷，飛濤真才子也。

踏莎行　淺碧藏鴉

（上闋眉批）點染入妙，是何等新艷，卻不著力。　（結句「笑將花影同歸去」眉批）何等姿態，艷奪千古。

蝶戀花　嫩緑枝頭鶯睡穩

（上闋眉批）婉麗閑雅。　（下闋眉批）情詞淒婉，《剽梅》、《蔓草》之遺也。

行香子　纔住香車

（上闋眉批）曲盡别離情緒，字字工貼。　（下闋眉批）淒涼景況，那不魂消？

黄　永

（醜奴兒）［減字木蘭花］　風風雨雨（編者按，調名原作「醜奴兒」，誤。據《十五家詞》卷十六校正。）

（上闋眉批）雅麗。　（下闋眉批）筆致輕婉。

孫　暘

朱竹垞云：蔗庵詞心情澹雅，寄託遥深，能盡洗《草堂》陋習。與柘西交最深，近復同往雙柏樹下坐卧研論，宜其詞之工也。　蔗庵詞絶似南宋陳西麓。

憶舊游　喜故人無恙，天外歸來，同慰飄零

（上闋眉批）起數語叙明來歷，以下便寫送别情景。　下半闋是寫劉到武林後應如此如此，俱是預想之詞。

解連環　紅箋題徧

蔗庵詞濃處固佳，淡處尤見筆力，非真作手不能。　（「今宵酒醒，鷄聲茅店」句眉批）「楊柳岸、曉風殘月」是水路之景，「鷄聲茅店」是陸路之景。

李天馥

曹秋岳云：楊用修評陸務觀詞纖艷如淮海，沉雄似東坡，余謂容齋能兼擅所長。　容齋詞秀絶而筆力警鍊。

巫山一段雲　遠水春潮白

（上闋眉批）如畫。　（下闋眉批）精秀有神，畫所不到。

烏夜啼　遠山漸隱斜陽

（結句「怕折青青蓮子，有空房」眉批）想入妙境，雙關得好。

菩薩蠻　落紅萬片花如雨

（上闋眉批）音節自然合拍。　（下闋眉批）温麗和雅。

張錫懌

長相思　楚江秋

氣韻沉雄，情詞淒婉，斟酌于東坡、淮海之間。

鄒祗謨

浣溪沙　何事連宵唱懊儂

淒清之景。

毛際可

沈昭子云：會侯博洽研貫，其所爲詞俱審音協律，不愧大晟樂府之遺。　會侯詞思深詞艷，香奩體之最高者。

蘇幕遮　早春天

寄衣詩詞，古今佳者不可勝數，然總無出此詞之右者。　（結句「只有啼痕，點點應難化」眉批）淋淋漓漓，一片血淚。

青玉案　彈箏銀甲寒初卸

（上闋眉批）不是愁人知夜長，實是愁人苦夜長。　（下闋眉批）真妙，真服他想得出。

謁金門　雛燕囀

何等姿態。

眼兒媚　蛾眉誰不鬬嬋娟

人耶？　影耶？　卿耶？　我耶？　卿不如我耶？　我不如卿耶？　鏡裏池邊，以人較影，落想真妙。

孔尚任

鷓鴣天　院静廚寒睡起遲

此詞無限感慨，如讀楚騷，如讀漢樂府，如讀杜詩，其妙令人不可思議。

張養重

浣溪沙　狹巷朱樓認妾家

（上闋眉批）閒雅。　（下闋眉批）自不及阮亭作，然情韻亦佳。

盧元昌

醉花陰　暮雲靄靄高樓閉

（上闋眉批）有志之士，方有此種語。　（「半嶺巫雲，一江白雁，香夢幾時圓」眉批）筆力甚勁。

魏（冀）[際]瑞（編者按，「際」原作「冀」，據《江西通志》卷九十四改。）

蝶戀花　小院日高花影轉

（上闋眉批）自然丰韻。　（結句眉批）深情麗句不減晏、歐。

曹貞吉

朱竹垞云：詞至南宋始工。斯言出，未有不大怪者，惟䆠庵舍人意與予合，今就詠物諸詞觀之，心摹手追，乃在中仙、叔夏、公謹，兼出入天游、仁近之間。北宋自方回、美成外，慢詞有此幽細綿麗否？　王阮亭云：䆠庵不爲閨襜靡曼之音，而氣韻自勝，其澹處絶似宋人。　䆠庵詞風韻之高，不減南宋諸賢，至是一變至道矣。

賣花聲　風緊紙窗鳴

（上闋眉批）淒清而和雅，真不減宋人也。　（下闋眉批）哀感有情。

玉樓春　蘼蕪一剪城南路

（上闋眉批）只如此寫，情味自勝。　（結句「畫梁燕子睡方濃，落盡香泥却飛去」眉批）其神味在骨不在貌。

御街行　寒蕪極目連三楚

（上闋眉批）視阮亭原作可相伯仲。　（結句「相逢何處，紅蓼洲邊路」眉批）意極淒清，而語不激迫，風雅之遺。

埽花游　元宵過也

詠雪之作，古今佳者多矣，然未有如此作之雅者。　（下闋眉批）旁面點染，亦不傷雅。

金縷曲　鴉陣來沙渚

（上闋眉批）寫鴉之神。　一「鴉」字寫得盡致，題魂俱出。　通首亦脱胎李供奉《烏棲曲》一作，而波瀾轉折處過之，洵足並稱千古也。

水龍吟　平湖煙水微茫

宋末詠白蓮名作多矣，總無此作匀貼。　（换頭眉批）運典亦輕松有致。　（結句「泛木蘭舟小，輕綃掩映，問誰家女」眉批）閒雅之極，真古人也。

董俞

彭羡門云：蒼水情詞兼勝，小令尤工。　蒼水詞取法叔原，而有静細之致。

憶江南　江南好，携手慧山旁

秀鍊中自覺靜細，自是本色。

菩薩蠻　草堂人去煙光夕

（上闋眉批）淒秀入神。　（下闋眉批）靜秀之至，如讀王、孟詩。

又　去年元夕和君别

（上闋眉批）語極輕快，意極婉轉。　（下闋眉批）淒絶秀絶。

眼兒媚　亂蟬哀柳泣刊溝

（上闋眉批）一片眼淚。　（下闋眉批）淒惻在小山、淮海之間。

董元愷

尤展成云：舜民以名孝廉忽遭詿誤，侘傺不自得，故激昂哀感，悉寓於詞。

如夢令　枝上啼鵑如訴

幽深窈曲，《楚》、《騷》之道。　（結句「回顧，回顧。月約花陰西度」眉批）景中生情。

江　皋

江神子　幾株踈樹近斜陽

（上闋眉批）題本淒絶，自宜有此悽惻之筆。　（下闋眉批）情詞淒楚。

袁于令

浣溪沙　郭外紅橋半酒家

（上闋眉批）秀麗。　（下闋眉批）香艷中妙有哀感，筆致自勝。

余懷

吴梅村云：澹心詞大要本于放翁，而藻艷輕俊又得之于梅溪、竹山。

浣溪沙　鶯子啣春入畫橈

（「隋家宮殿久湮銷」句眉批）弔古不必多著墨，只此七字便足。　以下便略略寫景，筆分最高，不愧宋人。

憶秦娥　蛾眉淡

描寫芊麗，卻極温雅。

陸埜

彭羨門云：曠莽落拓不偶，詞多寄託，妍雅綿麗，與北宋名家風格相似。

相見歡　碧桃落盡前溪

（上闋眉批）怨得無端，故妙。　（「非干病，不關醉，是思伊」句眉批）善于溶化易安詞，卻無痕跡。

醉花陰　細雨清風花滿路

（上闋眉批）婉麗有情。　（結句「愁共春來，不共春歸去」眉批）亦是常用之意，然卻不陳腐。

毛先舒

漢宮春　何處飛來，怪玲瓏剔透，如此之奇

起筆神來，亦如飛來峰從空而降。　大筆如椽。　（下闋眉批）數語淡寫，有濃必須有淡，一定之理。　（「終有日、飛還西竺，我當乘此而歸」眉批）結筆神來，通首作勢在一起一結。

張　潮

浣溪沙　日影罘罳罷曉眠

低徊婉轉，不減孫孟文諸闋。

錢　𤎆

昭君怨　簌簌風敲簾箔

似施浪仙一派筆墨，而精雅過之。

王　晫

施愚山云：詞貴清空，不尚質寔，丹麓詞在清空質寔之間。

情少年　春山淡淹

丹麓小令可亞於飛濤。　（下闋眉批）何等情態。

醉紅妝　單衫鮮似杏紅嬌

（結句「製得宁宫羞不點，明日驗，怕全消」眉批）風致如此，柳耆卿、黄山谷之流亞也。

洪雲來

菩薩蠻　春風吹淡眉梢翠

（上闋眉批）情中有景最佳。　（下闋眉批）婉轉哀啼，如見其形。

吴綺

《四庫全書提要》云：吴綺詩餘頗擅名，有「紅豆詞人」之號，以所作有「把酒祝東風，種出雙紅豆」句也。跌宕風流，亦可謂一時才士矣。　朱竹垞云：薗次之詞，選調寓聲各有旨趣，其和平雅麗處，絶似陳西麓。　蓺香詞名最勝，出入西麓而顯豁近人。

憶王孫　昨宵凍合水晶宫

婉麗之詞，是薗次本色。　（「雪在山茶樹上紅」眉批）「紅」字押得新警。

歸自謡　深院靜

（上闋眉批）麗句。（結句「愁誰證，説來但與鸚哥聽」眉批）婉妙無比。

點絳脣　幾席鶯啼

（上闋眉批）淒艷。（下闋眉批）好句不減宋人。

又　素綏高嘶

（下闋眉批）淒涼憑弔，如泣如訴。

釵頭鳳　燈花滴

短句須簡括，無一字軟弱，試觀此作有一字不協否？（「巫雲昨夜，同騎雙鳳，夢，夢，夢」眉批）結三字真妙。

兩同心　舞煞東風

（上闋眉批）字字淒婉。（下闋眉批）運典清虛，自是詞家手筆。

雙調望江南　堪憶處

（上闋眉批）婉艷有情。（結句眉批）艷詞如此便足，便覺風雅，否則失之流僈。

丁　煒

朱竹垞云：雁水構甓園於官廨，與往來賓客倚聲酬和，所成《紫雲詞》流播南北，蓋兼宋、元人之長。紫雲詞艷而不佻，自是正聲。

鬢雲松　碧幃深

（上闋眉批）寫景綿麗，似六一公。　（下闋眉批）麗而有則。

碧窗夢　蓮漏催蟬影

情致微妙。

青玉案　蘭橈拍浪浮煙浦

以往日情事，供今日詞料，那得不工。　（「明滅漁燈風外吐」眉批）「吐」字妙。　情詞淒咽，不減草窗。

丁　焯

藻蘭香　汀蒲戰雨，水荇牽風，綠漲青溪渡口

起三句寫渡口如畫，琢句亦凝鍊。　有意味。　（下闋「侵夜驪珠爭吐，九井龍翻，蕩開星斗」眉批）「侵夜」三句有氣勢。　語亦芊婉。

宋泰淵

千秋歲　落花如夢

（上闋眉批）無一字不綿麗。　（下闋眉批）描寫盡態極妍。

宋思玉

王阮亭云：楚鴻詞警語層出，去宋人未遠。

點絳脣　夢冷魂消

（上闋眉批）精秀淒清。　（下闋眉批）觸物生情。

吕洪烈

桃源憶故人　梧桐露滴冰輪洗

（上闋眉批）寫月夜秋景，畫所不能到。　（結句「擣就寒衣未」眉批）婉曲入情。

佟國鼐

望江南　覓宿處

雄壯之氣，雖一小令亦不可遏。

佟國器

酷相思　百尺高臺臨鶴渚

淋漓悲壯，放開筆寫。　上半闋沉雄，下半闋淒咽。

佟國璵

浣溪沙　午倦慵將繡帖移

（「暮雲樓外遠山迷」眉批）結七字七層，絕妙畫圖。

佟世南

曹秋岳云：東白詞纏綿婉約，當與柳屯田、秦淮海爭長。　梅岑詞善寫閨中情事，淒艷入神，不乖風雅。

寶鼎現　長林雨過

此詞清徹蒼雄，高超閒遠，東白詞中傑作也。　「任閑庭，雲卧花冷」真不食人間煙火語，秦、柳那有此種筆墨。　（三疊）此段既見之後寫得如許芊綿、如許高遠。　（「長嘯高岡，却把千山喚醒」眉批）結更警絕，直似嵇、阮之流。

望江南　閑倚檻

運筆精秀。　（「不病也懨懨」眉批）結筆微至。

點絳脣　憶昔芳時

秀雅。　淒斷之句。

謁金門　春寂寂

淒艷不堪重讀。　（「日斜山影直」眉批）結五字警絶不減唐人，宋人無此筆法。

山花子　芳信無由覓彩鸞

（結句「誰在暮烟殘照裏，倚闌干」眉批）情詞兼勝，少游之匹也。

浪淘沙　相望隔重闈

「夢去夢來遮不住」，想境真妙。　語似快絶倖絶，而意則聲咽氣絶，是何筆法。

小重山　日暖池塘春草齊

（上闋眉批）寫景清秀。　（結句「東風裏，千點落花飛」眉批）韶華一瞬耳，如何不愛惜春光。

天仙子　隱隱青山濛碧霧

是寫桃花，偏説無處可問，通首疑仙疑隱，筆墨之妙，不可思議。

顧　湄

滿江紅　曲罷峰青

此種題目，其詞必工，不待善詞者而知之矣。　然工亦頗非易，然此作佳絶，微嫌運典太多。

鄒宏志

尤展成云：具區今之孝子也，殺賊守城，馳名天下。又工于小令，字字香艷。

望江南　江南好，春到柳吹綿

念蕁四時詞俱極雋永輕秀。

又　江南好，銷夏儘風流

亦靜細。

又　江南好，秋老拾松釵

念蕁四時詞自是工絶，然嫌其對仗太工，轉覺不免小家氣。

又　江南好，冬暖愛農家

此章尤爲四章之冠。

周　綸

鷹垂詞風流雅秀，直逼叔原。

憶江南　多少事

精秀之句，艷奪千古，真才子也。

又　門晝掩

低徊曲折，情致不泛。

江南春　雲漠漠

「一鞭茅店遠，萬里壯心違」十字，如讀唐詩。（「江南江北人如織，帶得窮愁信馬歸」眉批）結語雋絶。

洛妃怨　寂寞舊時池館

淒惋閑雅。　情景俱佳，俱有意味。

浣溪沙　懶捉瓊梳倚鏡前

嬌娜之態，一一如畫，不減孫孟文。

雲韶集輯評卷十五

顧貞觀

杜紫綸云：《彈指詞》極精之至，出入南北兩宋而奄有衆長。　詞貴以情勝，情到至處，其詞無有不工，如華峰詞是也。

如夢令　顛倒鏡鸞釵鳳

深情如訴。言情必真，斯爲情至。

歸國遥　舒玉腕

（上闋眉批）嬌態如見。　（下闋眉批）婉麗。

南鄉子　嘹唳夜鴻鳴

淒淒切切，筆力甚精勁雄蒼。　（結句「分明，纖手頻呵帶月迎」眉批）淒婉。

百字令　冷清清地

一起魂消。　（下闋眉批）華峰詞一片哀感，自是本色。　（結句「由他夢醒，别來和夢難據」眉批）

情詞淒咽。

采桑子　秋來看盡星河也

深情欵欵，不盡低回。　琢句精湛。

金縷曲　此恨君知否

「此恨君知否」，問得妙，妙在無端。　華峰心中、眼中不知有許多血淚，故落筆間有過分語，不必譏其荒淫也。（「但寒烟、衰草秋無數」眉批）「秋無數」三字奇警。

賀新郎寄吴漢槎寧古塔。以詞代書　季子平安否

二詞如説話一般，而淋漓痛快，婉轉反覆，兩人心事境況，一一可見。　既悲之，復又慰藉之，情詞兼勝。

又　我亦飄零久

上章寄吴，歷歷叙其家事。　此章兼自慨，將十年心跡舉以告吴，字字從肺腑流出。　末段仍歸到吴身上，冀其留身後之名，情真語切。　結二語妙，妙是寄書體。

錢芳標

彭羨門云：葆馚居清切之地，雍容都雅，名滿海内，乃詞名《湘瑟》，若以仲文自況。　夫「曲終江上」，句非不工，然寥寥十韻，何至乞靈神助？　以視是編之驚才絶艷，大曆才人殆不免有愧色矣。　葆

紛詞風流秀艷，不落凡近，得《騷》、《雅》之遺。

點絳脣　絡緯聲中

（上闋眉批）本色最妙。　（下闋眉批）從向鎬《如夢令》化出。

萬里春　頤霞鬢翠

（上闋眉批）情態如見。　（「愛極翻憎你。怎藏向、刺桐屏裏」眉批）「愛極」二語，奇警有情。

卜算子　寒食雨和煙

（「笑聰明、輸與娃僮，早猜將人意」眉批）結二語，不言之言。凡作褻詞，宜含而不露爲妙。

南歌子　欲住還飄雨

（「多少鶯梭織未成，燕尾休頻剪」眉批）「鶯梭」、「燕尾」極陳腐字面，一側用便有情。

似和凝。

又　添麝更衣後

婉麗有情。

七娘子絡緯　轆轤聲斷珠猶滴

（上闋眉批）凄凄切切，如聞秋蟲。　（結句「鬢絲總被伊催織」眉批）傷情語。

憶少年　小屏殘燭

（上闋眉批）字字仙艷，真楚《騷》之遺。　（下闋眉批）婉麗。

陳玉璂

賡明小令不減毛文錫。

漁歌子　繡閣香濃花綴枝

「欲罵東風恨向西」，直想到無可想處，真乃絶世聰明人語也。與元人「一樣東風兩樣吹」同妙。

望江南　芳隄畔

字字如畫。

憶漢月　明月一天如水，變作五更殘雨

起二語奇警，「夢魂只在枕頭邊，幾度思量不起」二語婉轉有味。（下闋眉批）寫盡「慵」字。

汪懋麟

誤佳期　寒氣暗侵簾幕

（上闋眉批）寫怨字。（下闋眉批）風流淒艷，又嬌癡，又苦惱，真正妙絶。

好女兒　十五芳時

（上闋眉批）遣詞必麗。（下闋眉批）若無心，若有心，不語之語，煞是妙絶。

王士祜

醜奴兒令　去年今月

（上闋眉批）風韻自見。　（下闋眉批）兩面都到。

葉燮

遐方怨　妝未了

（上闋眉批）字字婉麗有情。　（結句「困人疏雨在長亭」眉批）不減晏、歐。

性德

顧梁汾云：容若詞一種淒惋處，令人不忍卒讀，人言愁我始欲愁。　陳其年云：《飲水詞》哀感頑艷，得南唐二主之遺。　《飲水詞》含情綿邈，言有盡而意無窮。

如夢令　黄葉青苔歸路

容若詞深得五代人之妙，如此闋及下《酒泉子》一闋尤爲神似。

采桑子　誰翻樂府淒涼曲

淒淒切切，不忍卒讀。

又　冷香縈遍紅橋夢

（上闋眉批）淒艷入神。　（下闋眉批）淒絶。

酒泉子　謝卻荼蘼

（上闋眉批）淒婉。　（下闋眉批）端己、正中不得專美於前。

謁金門　風絲裊

（「雨晴春草草」眉批）「草草」二字妙甚。　（下闋眉批）婉約。

浣溪沙　微暈嬌花濕欲流

（上闋眉批）秀絶矣，亦自淒絶。　（「待聽鄰女喚梳頭」眉批）結筆從旁面生情。

又　楊柳千條送馬蹄

（下闋眉批）情景兼勝。

又　萬里陰山萬里沙

（上闋眉批）一片淒感。　（下闋眉批）筆筆淒艷，是容若本色。

蝶戀花　又到緑楊曾折處

（上闋眉批）情景兼工，亦有筆力。　（下闋眉批）一味淒感。

南歌子　暖護櫻桃蕊

（「不信一生憔悴，伴啼鶯」眉批）「不信」二字真妙，真有情人語。　淒艷欲絶。

秋千索　藥闌携手銷魂侣

悲惋。（下闋眉批）曰「（滿地梨花）似去年」，已不勝物是人非之感，再加以「廉纖雨」，有心人何以爲情也。

好事近　簾外五更風

淋漓沈痛。

太常引　晚來風起撼花鈴

（上闋「那更雜、泉聲雨聲」眉批）只「那更」七字，便是情景兼到。（結句「夢也不分明。又何必、催教夢醒」眉批）真達人語。

菩薩鬘　知君此際情蕭索

（上闋眉批）畫景。（下闋眉批）筆致秀絶，而語特凝鍊。

清平樂　風鬟雨鬢

（上闋眉批）婉麗。（「心期便隔天涯，從此傷春傷別」眉批）「便」字、「從此」二字中有多少沉痛。

臨江仙　飛絮荷花何處是

「愛他明月好，憔悴也相關」，明月無私，令人歎息。（結句「西風多少恨，吹不散眉彎」眉批）情詞兼勝。

天仙子　夢裏蘼蕪青一剪

措詞遺韻，直逼五代人。

高層雲

摸魚子　訝姮江緑揉千頃

（上闋眉批）一幅妙畫。　諼苑工於長調，極揮灑淋漓之致。　高雅。

葉舒崇

浣溪沙　仿佛清溪似若耶

（上闋眉批）婉麗。　（下闋眉批）嬙娜有致。

又　潛背紅窗解珮遲

（「羅裙消息落花知」眉批）「知」當作「時」，否則與下「知」字複韻。　（下闋眉批）一往情深。

又　斗帳脂香夜半侵

（上闋眉批）淒麗。　（下闋眉批）情詞都妙，不減秦淮海。

趙執信

浣溪沙　寒雨聲聲滴小窗

語亦沉至。

沈朝初

如夢令　花裏鶯聲歌溜

語不多，自覺淋淋漓漓，情詞兼勝。

點絳脣　薄病懨懨

（上闋眉批）婉麗。　（下闋眉批）妙在有意無意之間。

彭孫遹

嚴秋水云：彭羨門驚才絶艷，長調數十闋固堪獨步江左，至其小詞啼香怨粉、怯月淒花，不減南唐風格。　羨門詞風韻微遜阮亭，而骨力則過之，兩人各有千古也。

憶王孫　梨雲婀娜柳雲斜

（結句「風雨年年葬落花」眉批）淒艷不忍卒讀，亦教人不忍不讀。

生查子　薄醉不成鄉

（下闋眉批）情詞楚楚，飛卿之匹也，秦、柳云乎哉？

浣溪沙　客裏佳辰祗自憐

（下闋眉批）不必深刻而語自沉着。

宴清都　四壁秋聲靜

通首無限淒感，楚騷樂府之遺。（下闋眉批）描寫正面亦有致。　傷今弔古，水逝煙銷，可勝痛哭。

花心動　幾陣西風涼氣滿

（上闋眉批）迤邐寫來絶有筆致。　情深一往，得「還恐怕」一接，更覺纏綿。（下闋眉批）無限悽斷。（「江南夢，一曲瀟瀟暮雨」眉批）結更淒感。

浣溪沙　翠浪生紋點曲池

（上闋眉批）秀麗。（下闋眉批）雅韻芊綿。

柳梢青　何事沉吟

羨門詞洋溢海内，此詞尤膾炙人口，然煞是淒艷，哀感入神。

蘇幕遮　柳花風

（上闋眉批）淒切之詞，焉得不工。（結句「婁水無情，不肯西流去」眉批）歸怨婁水，情之至也。

倪燦

浣溪沙　逐水尋幽路不窮

（上闋眉批）暮景如畫。　「野菊背開崩石下」七字別有風致，「歸雲橫捲亂流中」七字雄秀入神。結筆尤佳。

王頊齡

丁藥園云：螺舟詞能于無景中著景，此意近人所未解。　螺舟不獨情詞兼勝，其骨法亦遒鍊亦紆徐，自是作家。

如夢令　窗外一聲啼鳥

（「想起舊時人，悔把夢兒草草」眉批）悔得妙，真情至語。　（「一點爐烟細裊」眉批）結寫景亦自有情。

長想思　風凄凄

情詞俱佳，構局亦層層遞入。

點絳脣　日暖風和

（「愁入眉尖小」眉批）警句。　（下闋眉批）情詞凄艷，上接飛卿。

御街行　秋山木落楓林赤

（上闋眉批）寫途次秋景，無限凄涼。　（下闋眉批）如畫。　（「不如歸去，科頭箕踞，高枕看山色」眉批）結三語高，真視富貴如浮雲者。

秦松齡

柳梢青　小艇横斜

（上闋「秋雨殘燈，秋心殘酒，秋色殘花」眉批）特用三「秋」字、三「殘」字，警鍊有味。　（下闋「天外歸雲，水邊歸舫，烟底歸鴉」眉批）三「歸」字與上照映有致。

陸　棻

臺城路　九龍雕輦南京駐

（上闋眉批）雖是句句遺事，而語極修潔，情詞兼妙，無堆疊之病。　（下闋眉批）感慨無限。　（「月徑猶聞，蘗婆深夜語」眉批）結更淒咽。

湯　斌

滿庭芳　雲淡霜洲

（上闋眉批）即景最佳。　文正公配饗聖廟，大節昭然，觀此詞一種閒遠之致，亦不減靖節風度也。

尤侗

曹顧庵云：悔庵詞流麗圓轉，如細管臨風，新鶯啼樹，至其感慨詼諧，流傳酒樓郵壁，又天然工妙，直兼蘇、辛、秦、柳諸家所長。　西堂詞情相生，風流哀怨，令人不忍釋手。　西堂詞穠麗中寓感慨，《騷》、《雅》變相也。

醉公子　何處貪杯酒

（上闋眉批）自然合拍。　（下闋眉批）想入非非，真才人之筆也。　描寫閨情盡致。

憶王孫　一春心事付眉尖

每讀西堂詞，如讀初唐詩。

轉應曲　春雨

西堂詞含情綿邈，不第以詞勝韻勝也。

春光好　繡閣掩

（上闋眉批）情態最佳。　（下闋眉批）風致不減和凝。

醉花間　蘭湯沐

（上闋眉批）如古樂府。　（下闋眉批）麗絶千古，妙是情勝，非詞勝也。

卜算子　秋雨急如箏，彈破江南夢

起十字勝讀吴梅村詩。（下闋眉批）哀感淒怨，是白石化境，非徒貌似者。

菩薩鬘　一階芳草茸茸緑

（上闋眉批）寓意好。（下闋眉批）其妙令人不可思議。

踏莎行　獨上妝樓

（上闋眉批）淒咽纏綿。（結句「漫將薄倖比楊花，楊花猶解穿羅幕」眉批）情深語至，可以怨矣。

齊天樂　小園疎柳斜陽晚

（上闋眉批）必有寓意，方耐人玩味。（下闋眉批）悽惻。遣詞運典，無一字不淒斷。

滿江紅　對酒當歌

直起。哀感頑艶，不減草窗。（下闋眉批）風流蘊藉。

念奴嬌　江山如夢

此詞字字淒感，吾不知梅村見之何以爲情也。（下闋眉批）淒淒切切，不忍卒讀。（結句「何時把酒，浩歌同送明月」眉批）情詞之妙，可兼蘇、辛。

毛奇齡

姜汝長云：河右詞其旨精深，其體温麗。户網粘蟲，枕聲停釧。吹籥苦唇朱之落，夢歡愁臂紅之銷。腰慵結帶，時作縈迴；鏡喜看花，暗相轉側。此真靡曼之瑋辭，夫豈纖庸之佚調。西河淵博如海，著述等身，爲國初才人之冠。詞非先生之至詣，然一種婉麗之情，亦不在宋人下也。

相見歡　倚牀還繡芙蓉

（上闋眉批）婉麗有情。（下闋眉批）是何等姿態，問讀者肯釋手否？

點絳脣　惱殺啼鵑

（上闋眉批）如聞其聲。（下闋眉批）風韻有餘，情詞兼勝。

風蝶令（編者按，即南柯子）　喜摘惟紅豆

（上闋眉批）寫得又聰明又嬌羞，絶世可人。（結句「暗揀花枝插補鬢邊虚」眉批）綺麗有情。

小重山　麥壠青青菜壠黄

（「小姑不解斷人腸。看花落，又看浴鴛鴦」眉批）語不必多，只結三句而一無心一有心，寫來情至。

徐釚

梁雲麓云：菊莊高處在穠艷中時見本色。電發早歲有「殘月無情入小樓」之句，以此得名。所著《菊莊詞》流傳海外，詞名之盛，無出其右者。北宋風流之目，亦非虚譽。

昭君怨　愁畫遠山鏡裏

（上闋眉批）如許有情。（下闋眉批）情態逼真，自是可人。

生查子　晶簾乍卷時

（上闋眉批）婉麗。　（下闋眉批）其秀在骨，先生自贊。

減字木蘭花　垂鞭欲暮

（上闋眉批）回首可憐。　（下闋眉批）詩情畫景，絶妙好辭。

清平樂　梨花無語

（上闋「因恁斜陽留不住，變做一天絲雨」眉批）平叙無味，故着「變做」二字便有味。　（「簾前都滿苔痕」眉批）一「滿」字寫得觸處皆情。

鳳棲梧　廉纖絲雨春陰重

情詞悽艷，永叔、聖俞、君復後有嗣音矣。　（結句「明日踏青誰與共，芳郊怕損鞋頭鳳」眉批）婉麗有情。

朱彝尊

李分虎云：竹垞詞雖多艷語，然皆一歸雅正。不若屯田《樂章》，徒以香澤爲工者。而艷能如竹垞，斯可矣。　沈融谷云：竹垞博授唐、宋、金、元人集以輯《詞綜》，一洗《草堂》之陋，其句琢字鍊，歸於醇雅，雖起白石、梅溪諸家爲之，無以過也。　杜紫綸云：竹垞詞神明乎姜、史，刻削雋永，本朝作者雖多，莫有過焉者。　詞至竹垞，前無古人，後無來者，博而不雜，麗而不佻，茂矣，美矣。　竹垞（集）［輯］《詞綜》一書，洗《花間》、《草堂》之陋，一以雅正爲宗。千載後古樂不致泯没者，皆先生力也。余選此集，屏邪扶雅，大旨亦不敢外先生也。《竹垞自題詞集》云：「倚新聲，玉田差近」，此先生謙辭，亦猶少陵之師開府，太白之師宣城，才大者心必小，其實竹垞之詞實駕玉田而上之。千古詞人除北宋方回、美成，南宋白石及國朝陳其年外，莫與先生爭鋒矣。余選此集，自唐迄元，悉本先生《詞綜》略爲增減，大旨以雅正爲宗，所以成先生之志也，故集中選先生詞獨多。（傳上眉批）竹垞詞小令之工，兼唐、宋、金、元諸家而奄有衆長。長調之妙尤爲沉鬱頓挫，獨往獨來，取法南宋而不泥于南宋，先生真人傑哉。

解珮令　十年磨劍

（上闋眉批）字字精警而夭矯。幻影空花，《離騷》變相。（下闋眉批）眼光如炬，不獨秦、黄避席，即玉田亦當卻步。

霜天曉角　青桐垂乳

只寫本地風光，不言情而情自勝，可與知者道矣。

桂殿秋　思往事

真唐人化境。余常謂長調以南宋爲宗，小令則以五代、北宋爲宗，然不至於唐不止也。

擣練子　煙嫋弱

（「斷腸春色又今年」眉批）淒婉在一「又」字。

高陽臺　橋影流虹

（上闋眉批）情關一座，誰能跳出。　低徊欲絶。　（「前度桃花，依然開滿江潯」眉批）「人面不知何處去，桃花依舊笑東風」，亦此意也。

生查子　密樹引長隄

（上闋眉批）措語必真。　（下闋眉批）寫曉發情景，畫所不到。

賣花聲　衰柳白門灣

氣韻沉雄，卻不涉叫囂，不流散漫，出蘇、辛之上。　（「燕子斜陽來又去，如此江山」眉批）結得妙，妙在其味不盡。

酷相思　社鼓神鴉天外樹

（上闋眉批）如見如畫。　（下闋眉批）自然合拍。

滿江紅　玉座苔衣

通首氣魄悲壯，無一弱筆，乃至無一弱字，真神絶之技。　（下闋眉批）沉雄悲壯。

風蝶令　青蓋三杯酒

（上闋眉批）中有感慨。　（結句「猶戀風香閣畔舊松杉」眉批）風流悲壯。

好事近　新月下孤洲

小令亦有如許氣骨，此美成、白石化境也。

秋霽　七里灘光

作嚴灘詩詞不可勝數，或流板腐，或涉輕佻，或不免粗魯，絶少合者。此作只寫高隱，不涉光武事跡，眼界自高。

祝英臺近任城登李太白酒樓　女牆低

（上闋眉批）感慨斯人。（結句「也未許、此翁千古」眉批）惟先生方與太白代興，言非誇也。

百字令　崇墉積翠

（上闋眉批）寫曉起度關，畫所不到。上半寫景，以下必須弔古，議論縱横，慨當以慷。

消息　千里重關

（上闋眉批）淋淋漓漓，以弔古之情，寫旅人眼中之景，無一字不精神。（下闋「有限春衣，無多山店，酹酒徒成虚語」眉批）只「有限」、「無多」四字中有多少感慨。

滿庭芳李晉王墓下作　獨眼龍飛

（上闋眉批）魄力雄大。其氣有若長虹。（下闋眉批）無限歎息，深惜唐室終亡。司馬温公入寇梁之書，令人髮指。

畫堂春　東城朝日啼鴉

（上闋眉批）秀鍊。（下闋眉批）語不深，而情卻一往。

四和香　小小春情光泄漏

「須未是，愁時節」六字妙甚。（下闋眉批）其情在骨，不以詞勝。

摸魚子　一身藏萬人海裏

起筆奇警。　筆力雄勁，情詞都妙。　（下闋眉批）情文相生。

又　擅詞場飛揚跋扈

將其年一身心事繪出，不獨深得其詞之妙也。　因空悟色，朱、陳二公同一用意，相知之深，兩人有心相印者。　竹垞題其年詞與自題詞集，皆同一道破空中幻想，非實有燕釵蟬鬢也。　朱、陳相交最深，詞分道揚鑣，一時瑜亮，其大旨則一也。

邁陂塘　記分襟秋河射角

字字高雅。

又　對層簷沉沉春酌

竹垞詞無論自作及題他人詞集，俱是一團感喟，卻只不露。　其詞温厚和平，其意則看破紅塵，不如歸去。　讀者試于言外求之，其一唱三歎之神，至今猶在人耳。

又　更無須調鉛吮粉

（上闋眉批）畫境令我神往。　（下闋眉批）一冷一熱，言中有味，令讀者涵詠不置。

又　玉玲瓏閣前松石

脱口而出，絶不粘滯。　（「早和徧、蕢洲笛譜篔房句」）謂青士、分虎。　豪哉。　（下闋眉批）遺詞必雅。　雅而則，不激不佻。

又　愛蓮洋無多行卷

（上闋眉批）借事運詞，非絶大本領不能。　（下闋眉批）豪情逸致，我恨生不與君同時，然安知當時不有我也。

又　最撩人東華塵土

「最撩人」三字極妙。　必須情景兼寫。　（下闋眉批）筆致精秀，意度超玄。　（「拖條竹林」眉批）「拖條」二字妙甚。

金縷曲　誰在紗窗語

（上闋眉批）去華存實，此詞家老境，非聖手不能。　（下闋眉批）春去奈何。　情詞兼勝。

卜算子　殘夢遶屏山

（上闋眉批）字字幽秀。　（下闋眉批）風雨送春，有心人何以爲情。

摸魚子　粉牆青虯簷百尺

（上闋眉批）精秀絶世。　凄咽。　（下闋眉批）凄艷纏綿，字字騷雅。　（「算只有當時，一丸冷月，猶照夜深路」眉批）結凄警。

渡江雲　鼕鼕街鼓歇

「白日澹幽州」五字直壓千古。　筆筆警拔。　（下闋眉批）無一語不曲折深入，氣骨最高，情韻最勝。　（「能記憶，買田陽羡人不」眉批）結筆如此便住，卻佳。

木蘭花慢　今年風月好

上半寫上元燈景，如火如荼。下半寫觀燈美人，如畫如見。自是絶唱。（下闋眉批）一句一意，一字一轉，千古艷詞于此已極，非細讀領會不來。（「料是金釵溜也，不知兜上鞋兒」眉批）結二語尤妙。

南鄉子　明日別離人

情至語。

南樓令　疎雨過輕塵

（上闋眉批）婉麗有情。（結句「欲話去年今日事，能幾箇，去年人」眉批）情真語真，不以詞勝，而情之至者詞亦至。凡有絶妙之詞，必須有絶世之情，非可强而至也。

又　垂柳板橋低

（結句「惟有天邊眉月在，猶自挂，小樓西」眉批）淒秀絶倫。

一葉落　淚眼注

如讀漢人短樂府。

無悶　密雨垂絲

（上闋眉批）迤麗寫來，清寒入骨。（下闋眉批）八字寫得出。（結句「風吹雨，草草離人語」眉批）因淒涼情況我受之，今夜亦同受之也，情真語切，一至於此。

風蝶令　秋雨疎偏響

與上篇同一筆墨，而語更精鍊。

憶少年　一鈎斜月

（上闋眉批）簡括。　（下闋眉批）一片淒感。

臨江仙　削就葱根待束

（上闋眉批）婉麗之詞，卻不淫褻。　（結句「解時愁不斷，約了悶翻添」眉批）詩人之詞麗以則，如是如是。

秦樓月　涼煙翠

（下闋眉批）低徊往復，綿麗有情。

雙雙燕別淚　問銀海水，有多少層波，歛愁飄怨

起筆好。　「霑向長亭早晚，定減了、輕塵一半」二語加一倍力量寫。　（下闋眉批）淋漓曲折，淚痕滿紙。　（「裁得幾幅榴裙，點點行行都滿」眉批）結二語尤極淋漓。

玉樓春　柔條曾記春前種

婉至。　（結句眉批）「夢魂慣得無拘檢，又踏楊花過謝橋」，小山名作也。彼以夢爲醒，此以醒作夢，同一婉妙。

疎影芭蕉　是誰種汝

（「欲折翻連，乍捲還抽，有得愁心如許」眉批）「欲折翻連」八字真絶。（下闋眉批）淒切生愁。

又　西風馬首，有哀蟬幾樹，高下聲驟

只起三語便令人魂消。（下闋眉批）情致不泛。　可歎。（「話六朝遺事淒涼，張緒近來消瘦」眉批）結亦淒切。

長亭怨慢　結多少悲秋儔侣

起筆神來。竹垞詠物諸篇，大率寓身世之感，以淒切之情，發爲哀婉之調，既悲涼又忠厚，讀之久而其味愈長。

暗香　凝珠吹黍

（上闋眉批）淒麗。（「擡素手，摘新雨」眉批）一本删去「擡」字，殊屬無理。（下闋眉批）慧心密意，曲折傳出。

春風嫋娜　倩東君着力

通首風流藴藉。（上闋眉批）風鬟霧髩，若有若無，極盡此題之妙。（下闋眉批）纏綿往復，情味無窮。　風流婉麗，一至於此。

浣溪沙　惜别愁窺玉女窗

集句原非正格，且近小家氣，然借古人往日成句，寫我今日性情，又必須脱口而出，亦非易易，録先生詞四闋可見一斑。

又　十二層樓敞畫簷

結句妙甚，上二語（「小院迴廊春寂寂，朱欄芳草緑纖纖」）連用雙字，映射成趣。余集唐絶句百首爲友人輓故繡雲校書，中有「自休自了自安排，雨散雲飛自此乖」，亦了無痕跡。（結句「年年三月病懨懨」眉批）工絶。

臨江仙　無限塞鴻飛不度

（上闋眉批）集成語如己出，一片神行，無窮哀感。（結句「詩題青玉案，淚滿黑貂裘」眉批）語極工整，意極悲涼，出自成語，所以爲難。

解佩令　城頭畫鼓

聯句亦非正格，存之以備一格。　聯句必須彼此會意，方是一氣。

嚴繩孫

張漁川云：國初詞家小長蘆而外，斷推秋水。小詞精妙一時，作者未易幾也。　樊榭《論詞絶句》曰：「閑情何礙寫雲藍，淡處翻濃我未諳。獨有藕漁工小令，不教賀老占江南。」斯言當矣。　秋水小令情詞並勝，出入唐、宋，自成一家。

浣溪沙　緑擁紅遮惱暗期

（上闋眉批）「慧心無處不先知」七字真傳得出。　（下闋眉批）似正中、永叔一派。

雙調望江南　臨欲别

（上闋眉批）字字淒婉。　（下闋眉批）淒絶之時，寫婉麗之詞，即《西廂》「風弄竹聲」四句之意，彼在事前，此在事後，各極其盛，古人不尚蹈襲也。

虞美人　征帆只是悠悠去

似耶？　非耶？

踏莎行　月魄分橋

（上闋眉批）迷離綽約，《神女》、《洛神》之流也。　（結句「西風篷底博山香，一絲絲似秋情緒」眉批）精絶。

風入松　星移帆影月移沙

（上闋眉批）情能生文。　（下闋眉批）情韻並勝，語似元人，骨則宋人。

雲韶集輯評卷十六

陳維松

曹秋岳云：其年與錫鬯並負世才，同與博學鴻詞，交又最深，其爲詞亦工力悉敵，《烏絲》、《載酒》一時未易軒輊也。　其年詞沉雄悲鬱，變化從心，詩中之老杜也。　詞至北宋方回、美成，各極其盛，南宋而後，竹屋、梅溪諸家，各樹一幟，而總其全者，則白石老仙也。　元、明以來作者無幾。　國朝諸老出，直軼兩宋而上之，而冠于國朝者，則竹垞、其年也。　今就兩家論之，竹垞以高勝，其源出于玉田而縝密過之；其年以大勝，其源出于蘇、辛而悲壯過之。　譬之于詩，如少陵、太白，各有千古，未可別爲低昂也。　其年詞能包一切，埽一切，源出蘇、辛，實兼姜、史之長，真詞中之聖也。　其年、板橋皆祖蘇、辛，然板橋不免叫囂，失雅正之旨，其年則學蘇、辛而出其上，既淋漓悲壯，又忠厚温柔，除竹垞外誰敢與之並驅哉！　其年年近五十尚爲諸生，學業最富又目睹易代之時，其一種抑鬱不平之氣，胥于詩詞發之。　而詞又其最著者，縱横博大，鼓舞風雷，其氣吞天地、走江河，而其大旨，仍不外忠厚纏綿之意，後人動揚湖海，那有先生風格耶？　（傳上眉批）詞雖小道，未易言矣。　低唱淺斠，不免淫褻；銅琵鐵板，見笑粗豪。舍是二者，一以雅正爲宗，又動涉沉晦迂腐之病。必兼之乃工，然兼之實難。余謂聖于詞者有五家，北宋之賀方回、周美成，南宋之姜白石，國朝之朱竹垞、陳其年也。

望江南　如皋憶，記坐得全堂

又　如皋憶，如夢復如煙

又　如皋憶，往事倍盈盈

其年小令諸篇雖非正格，然獨來獨往，自成一家，亦如少陵七絕也，但學其年者不宜從此入門。

又　如皋憶，按譜砌香詞

（結句「雙鬢可憐生」眉批）悲鬱。

此詞婉轉流美，小令正聲也。

浣溪沙　秋染包山樹樹蒼

小題目卻寫得如許感喟，寓意深長，令人玩索無盡。

又　窈窕山塘半酒家

以其年之才而爲小令，如豢神龍于池中，雖有風韻，而桀鷔之氣不滅。

梅子黃時雨　天水空濛

淒切悲鬱，其年本色。　（下闋眉批）不得意者，情詞如見。

瑣窗寒　此地當年，蕭娘妝閣，緑窗幽靚

起三語便鈎引出無數感慨，通首那得不佳。　（下闋眉批）弔古蒼涼。　（結句「便化爲玉剪重來，還認紅香徑」眉批）淒切。

春夏兩相期　有羅羅水煙千頃

曲折畫境，他手叙來風致必秀，此獨字字有骨力，而其秀亦即在骨，真詞壇巨擘也。　（結句「惆悵曾分，半榻鶯聲，一杯花影」眉批）雅秀入情。

東風第一枝　簷溜纔停

（上闋眉批）數語寫踏青，來路清雅。　秀而必鍊。　（下闋眉批）詞必警快方工，否則雖然秀雅，終嫌平弱。

翠樓吟　小院蟲蟲

（上闋眉批）字字淒艷，兼東坡、稼軒、草窗、玉田之長。　（下闋眉批）舊跡徒存，可勝浩歎。

齊天樂　洗妝樓下傷情路

此詞風格俊上，氣韻蒼涼，出陸義山一闋之上。　（下闋眉批）淒咽悲涼，自是本色。　放筆寫去，悲壯沉雄，大聲一哭。　結二語（「惹甚閑愁，且歸斟翠醥」）不關正文，而魄力如許。

過秦樓　烏啄雙環

情詞雙絶，骨力似竹山，體格兼東坡、淮海，真一時絶技。　（下闋眉批）何等感慨，何等姿態。

洞仙歌　碧雲耿耿

其年才大如海，其於倚聲，獨開門徑，別具旗鼓，足以光掩前人，不顧後世，如神龍在天，變化盤屈，他手自不能到。即如《乞巧》一題，佳者林立，問有此種筆墨否？自是神技。

金鳳鈎　東風裹

「只是我朱顔非故」七字，七滴淚。

繫裙腰　滿園草色緑迢迢

其年詞以氣魄勝，綺語非其所尚。然偶一落筆已足邁等越倫，自是大才。

芭蕉雨　輕暖輕寒時節

（上闋眉批）清麗。（下闋眉批）情致不泛。有情，然後有詞。

臨江仙　自別西風憔悴甚

（上闋眉批）淒切如此，蓋自歎也。（結句「三眠明歲事，重鬭小樓腰」眉批）低徊婉麗，情韻無窮。

驀山溪　碧雲薄暮

字字婉麗有情，兼取東坡、淮海之長。（下闋眉批）緑楊依舊，「人面不知何處去」矣！可歎。

極相思憶夢　濕雲未斂香蟬

一題便有幻影空花之妙，詞中那得不妙？（結句「濛濛脉脉，如塵似影，記也難全」眉批）是真是假？

拂霓裳　釀寒天

此詞絶麗，而骨格卻高。（下闋眉批）令人神往。　未嘗無感慨。（結句「悵桐花、一樹翠簾前」眉批）餘韻最勝。

醉落魄　春閨日暮

（上闋眉批）情詞都妙。（結句「嬾剔金荷，細對菱花語」眉批）淒冷如此。

七娘子　紅縈斜照人無語

七字淒絶。（結句「水晶簾外廉纖雨」眉批）風致頗似永叔，才大者無所不能。

愁春未醒　鶯窺燕壘

（上闋眉批）精秀在骨，情韻並勝。　曰「扶殘夢」（「懶扶殘夢倚圍屏」），曰「理夢」（「理夢窗前」），皆絶妙好辭。

又　攀來尚隔

絶是感喟，句句題目，卻字字是自歎。寫意芊綿。

東風齊着力　春困初濃，春愁難妥，又是花朝

「又是」二字感歎無限。（「妝成知爲誰嬌」眉批）即「膏沐爲誰容，倚樓春夢中」之意。

滿江紅　二十年前

直起老橫。　血淚淋漓，其年詞多悲調，有不期然而然者。（結句「笑落花、和淚一般多，淋羅帕」

眉批）不堪卒讀。

又　鐵笛鈿箏

（上闋眉批）悲歌嗚咽，真正絶唱。　字字是淚。　（下闋眉批）情詞都佳，骨力亦警拔。

賀新郎　小酌酴醾釀

徐郎名紫雲，廣陵人，冒巢民家青童，儇巧善歌，與其年狎。其年嘗畫雲郎小像，遍索題句，漁洋、西堂諸名家各有題詠。至是出橐中金爲雲郎合巹，復繫以詞，情致酸楚。雲郎寧不骨醉情死？

夏初臨　中酒心情

（上闋眉批）寫來如畫。　（下闋眉批）軒然波起。　（結句「細柳新蒲，都付鵑啼」眉批）令人只喚奈何。

小諸皋夏雨　密灑脩梧，輕敲疏竹，一雨碧天如此

「如此」二字振下段之神，大家手段與人不同如此。　疎疎落落，寫來一層逼一層，逼出「無限事，思量起」二語，起下半闋觸景生情。　運意運筆，俱跳躍動蕩，那得不空前絶後。　後半闋悲壯盤屈，敲碎玉唾壺，其年外無第二人。　題爲思鄉而作，淋淋漓漓，即令方回、美成、白石、竹垞爲之亦不能及。　（「拚流落、楚尾吴頭而已」句下批）慷慨激昂，讀之拔劍起舞。　（「今夜樓中，明朝篷底」句下批）歸到「雨」字。　（「便瀟湘、宋玉悲秋，未必此情堪比」句下批）以宋玉悲秋作結，收足題面，通篇方不散漫，真才大如海，心細如髮。

琵琶仙　暝色官橋

用白石韻，詞亦似白石體，其年真無可無不可。

齊天樂　分明一幅江南景

（上闋眉批）幽潔明朗。　情韻正復不淺。　（下闋眉批）情既深，詞亦至，合白石、梅溪爲一手。

一萼紅　屐初停

（上闋眉批）曲曲傳寫，好景如畫。　（下闋眉批）筆致精警。　以氣運詞，兼竹垞之長。　（「再噴

月華清　漠漠閒愁

數聲風笛，吹動新秋」眉批）結筆高逸千古。

（上闋眉批）深情舊事，一片淒感。　（下闋眉批）往事不堪重記省。　（結句「被淚痕占滿，銀箋桃

帕」眉批）血淚模糊。

浣溪沙　出郭尋春春已闌

聯句妙自然，一氣相生，如生一人之手。首唱出自其年，故附録先生詞後。

邱象隨

浣溪沙　清淺雷塘水不流

風流淒秀，漁洋一闋外斷推此作爲最，他手皆不及也。

孫枝蔚

尤展成云：豹人詞以飛揚跋扈之氣，寫嶔嵜歷落之思，其品格當在稼軒、東坡之間。

臨江仙　春到揚州人又去

（上闋眉批）風流淒感。　（結句「多情江上客，不獨爲思家」眉批）情詞雙絶，非出入兩宋者不能。

王　昊

望江南　思往事

（上闋眉批）迴環入妙，但非正格耳。　（「花落又清明」眉批）結句淒清。

李良年

曹升六云：秋錦論詞，必盡埽蹊徑，嘗謂南宋詞人夢窗之密、玉田之疎，必兼之乃工。今讀是集，洵非虚語。符曾詞奄有三唐、兩宋之長，獨闢機杼，其才力亞于竹垞、其年，其識力當與竹垞並驅。

暗香　春纔幾日

（上闋眉批）襯染有情，筆力亦精勁。　（下闋眉批）淒艷。　（結句「歸路杳，但夢繞，銅坑斷碧」眉批）淒切芊綿。

柳梢青　春事閑探

（上闋眉批）婉約。　（結句「白下殘鐘，青溪遠笛，今夜難堪」眉批）淒秀有神。

西興樂　天街燈火繡簾重

（上闋眉批）心心相映。　（下闋眉批）淒艷。

疎影　旗亭隴首

通首無一字不淒切，白石、梅溪之匹也。　竹垞和作亦不能出此作之上，並存千古可也。　（結句「縱待得、來歲春還，只恐那人腰瘦」眉批）曲折纏綿。

綺羅香　僧磬纔聞

（上闋眉批）畫境，令人神往。　（下闋眉批）句法字法，真姜、史化境。　（結句「甚西風、吹亞霜砧，數枝遮浣女」眉批）情韻如許。

好事近秦淮燈船　相對捲珠簾

（上闋眉批）句不多而姿態有餘。　一味詠燈船，縱寫得十分精工，便做一百首一千首也只是無謂，須有此感慨，方歷久愈新。

惜秋華　亂插疎�

情詞淒楚，詠物不滯于物，方有意味。

留佳客

（上闋眉批）情景兼寫。　（下闋眉批）逼真夢窗而清快過之。　旁面自不可少。

月下笛　白下迢迢

先生自謂兼夢窗、玉田之長，今讀此詞益信。　先生之詞，視蘅圃、分虎有過之無不及也。

高陽臺　屋背空青

（上闋眉批）感慨無限。　情韻之妙，不減白石。　情韻悽切，别於其年，竹垞外自成高手。

踏莎行金陵　兩岸洲平

沉雄悲壯。相題行文，寫金陵之景，語必沉雄，意必淒感，方是合作，否則有何趣味。

解連環　冷雲吹絮

（上闋眉批）好景如畫。　（下闋眉批）綺麗。　（結句「且休調、鈿管銀箏，只許鶯聲低訴」眉批）此所謂一曲「大江東去」，也不如「楊柳曉風殘」。

減字木蘭花　楚隄行遍

（上闋眉批）佳句。　（下闋眉批）句亦精秀。

三姝媚十姊妹花　曲欄春已謝

（上闋眉批）不刻意摹寫，是其高處；不脱略不寫，是其精處。　（下闋眉批）點綴亦不可少。　（「自顧無媒，不願東風催嫁」眉批）結得高雅。

摸魚子　記年時千絲縈釜

詠尊者千古佳作多矣，後有作者每好出奇制勝，終近小家氣。此獨就題言題，蓋以身世之感，不求勝而自勝。

蝶戀花　映水藤邊絲萬縷

（上闋眉批）婉麗。（結句「春風又到凭欄處」眉批）情詞兼勝，風韻無盡。

李　符

朱竹垞云：分虎游屐所向，南朔萬里，詞帙繁富，殆善學北宋者。頃復示余近稿，益精研于南宋諸名家詞，乃變而愈上矣。高二鮑云：《耒邊詞》能盡埽臼科，獨露本色，在宋人中絶似竹山。分虎詞疎快處似竹山，而一種精深雅秀之致，是又竹屋化境，其年、竹垞不可及矣，豈在符曾下乎？

河滿子　慘澹君王去國

不必作一深責之詞，而大鋮無恥之事自於言外可見，去風人猶未遠也。

綺羅香　屏山翠遠

情節之妙，虚虚實實，不可思議。（結句「待重尋、含笑桃門，冷煙迷斷浦」眉批）淒艷入骨，兼草窗、西麓之長。

齊天樂　野塘水漫菰城路

（上闋眉批）一幅畫稿。（下闋眉批）淒秀而精警，幾欲與竹垞並驅，分虎真詞壇一戰將也。

摸魚兒　鏡奩中白蘋風起

筆端有神，令讀者恍如置身柁尾，高歌橫卧，滿耳秋聲。　絶妙畫本。

摘紅英　鴛衾冷

寫春雨落花狼藉，慘淡有情。　（結句「怪他紫燕，銜來紅碎」眉批）姿態有餘。

好事近　夢裏舊池塘

（上闋眉批）岑寂。　（下闋眉批）兼南北宋之長。

水龍吟白蓮　天孫織就輕綃

風流綺麗，冷艷在骨。　此題佳作最多，此作全在旁面取勢，風致獨別。　旁面極力渲染，便面目恰切不移，不必呆寫題面也，真詞中能品。

疏影帆影　雙橈且住

（上闋眉批）一「影」字寫得低徊婉折，情詞都妙，洵是分鑣竹垞。　（下闋眉批）精深雅湛，真出入南北宋而自成一家者。

華胥引　試妝纔罷

（上闋眉批）迷離惝恍，仙耶人耶？　的是夢境。　（結句「重疊花陰，怕伊迷了鴛徑」眉批）悽婉入神。

淒涼犯　翠鋮繡罷

先寫製枕之精細，下言離別之恨。　（下闋眉批）情況試想。　情至之語，淒艷無比。

釣船笛　春漲一溪渾

分虎《釣船笛》諸闋，清虛高雅，張志和之亞也。　（「隨意溪南溪北，任香風吹去」眉批）結得高。

又　黄葉墮寒村

浮家泛宅，其樂如此。

又　曾去釣江湖

（上闋眉批）回頭是岸。　（下闋眉批）真高，真雅，真不食人間煙火者。

柳梢青　前度芳游

（上闋眉批）婉麗。　（下闋眉批）風流淒艷。

生查子　松翠石楠紅

（上闋眉批）冷寂。　（下闋眉批）艷絶千古。　風致絶佳，卻雅而不佻。

淒涼犯　蒲荒菰冷

（上闋眉批）筆路雅近白石。　（下闋眉批）觸景添愁，文生於情。

玉女迎春慢　裁取杉心

（上闋眉批）字字細膩。　鏤金錯彩，如見如繪。　（下闋眉批）不專詠物，旁及玩物之人，方有意態。

摸魚兒　幾年來月泉吟社

（上闋眉批）風流自賞。　字字清雅。　（下闋眉批）分虎詞一味閒遠，自是本色。

汪　森

朱竹垞云：晉賢居桐鄉，築裘抒樓，積書萬卷其上。而哲昆周似治別業鷗波亭北，令弟季青僑居雉城，往來酬唱不出户庭，名流秀望，企其風尚。家藏宋、元人詞集最多，取而研究之，故其詞能標舉新異，一洗《花間》、《草堂》陋習。　晉賢詞氣骨最高，遺詞能精警，高者不亞于竹垞。

十六字令　閒

淒切有味。

摸魚子　正端居歲華剛换

（上闋眉批）叙事中帶寫景物，姿態有餘。　不必爭奇鬬勝，平淡寫去，而意味正自無盡。

步蟾宫　平沙雁叫西風冷

（上闋眉批）無一字不精湛。　（「寒波不斷古今愁，渺一片、蘆花無影」眉批）結二語空濛無際，有此畫不可無此詞。

瑣窗寒　南國閒情

（上闋眉批）情感無限。　（下闋眉批）必夾寫景色而情愈出。　（結句「算蓬山、遠隔千重，恁識此情苦」眉批）一往不盡。

燭影搖紅　霽月湖山

（上闋眉批）精麗。　（下闋眉批）元夕詞佳者多矣，似此雄偉之詞，固應壓倒千古。

臨江仙　長憶裏湖芳草（畔）［岸］

上半闋是追叙當年情事，下半闋是追思當日而繫慨而今也。

浣溪沙　油壁輕車斷陌塵

（上闋眉批）婉約。　（下闋眉批）不減元人。

巫山一段雲　野霧沈山郭

此詞去唐人、五代人尚未遠。

王顯祚

點絳脣　青粉牆高

（上闋眉批）婉麗。　（下闋眉批）秀語必以精湛之筆出之方有味。

曹爾埏

青玉案　曉妝纔罷香雲擁

（上闋眉批）凄艷之詞，有此雄秀之筆，愈自出色。（下闋眉批）婉約。

董以寧

文友閨詞麗而不佻，去古未遠。

鷓鴣天　荳蔻香含正未笄

文友《鷓鴣天》諸闋，風神俊秀，香奩詞之有則者。（結句「傍人已道成連理，惹得春山翠黛低」眉批）風致可人。

又　繡苑晴光盡日佳

（上闋眉批）婉麗之詞，最耐人味。（結句「彩繩握處開裙衩，多少香風正入懷」眉批）何等姿態。

又　賦得將離向綺窗

（上闋眉批）麗而雅，唐、宋之遺也，元、明云乎哉？（結句「多情恐逐浮萍去，發願拈針繡佛幢」眉批）慧心慧術，妙絶千古。

又　兩小無猜直到今

極寫得十分穠艷，而遺詞仍是不佻，自是作手，足以愧殺馬浩瀾一流人。

又　何處春風着柳斜

（上闋眉批）工麗有情。（結句「門前流水藍橋鎖，猶度當初金犢車」眉批）語極低婉，意極纏綿。

又　昨夜天孫罷錦梭

（上闋眉批）曲曲達出，語至情真，古今絶唱。　（結句「最憐蝴蝶驚魂驟，輸與莊生曉夢多」眉批）婉麗已極。

曹封祖

玉連環　春連繡閣衣香潤

（上闋眉批）語極清雅。　（下闋眉批）婉麗。

徐喈鳳

點絳脣　紫媚红嫣

徐野君謂竹逸歸來將母，優游願息齋中，所作詩餘蕭寥工雅，兼備風雅，如聆清琴，不覺意消心遠。

程康莊

桂枝香　吴頭楚尾

（上闋眉批）弔古流連，無限感慨，不涉叫囂，是其高處。　（結句「旗亭月滿，夾堤喧市，紫簫聲沸」眉批）風流悲壯，蘇、辛、劉、陸之亞也。

吴棠楨

伯憇詞風流秀曼，不減南唐二主。其一二沉雄之作尤不可及。

南歌子　山色晴還好

此詞絶有姿態，但微嫌太露耳。

甘州子　鴉啼露井玉樓寒

（結句「銀甲細，剥與小姑看」眉批）婉妙流麗無比。

蝴蝶兒　錦樓東

「酒病驚春瘦，花愁入鬢濃」十字淒絶艷絶。（「羅衣耐得五更寒，繡牀明月空」眉批）結二語尤有意味。

濕羅衣　蘭堂春夜遇娉婷

（「繡得鴛鴦，一半將成」眉批）好在「一半」。風景依然，箇人何處，能不傷心。

相思引　珠殿金宫帝子家

氣韻沈雄，《吹香集》中罕見之作。

清平樂　秋來風雨

（上闋眉批）妙如説話一般，深得北宋之妙。（「若看城頭山色，何如鏡裏眉灣」眉批）結筆情態無盡。

山花子　江影涵天蘿月青

（上闋眉批）字字傳出，描寫閨閣性情如見。　（「只説鄰家催繡枕，待三更」眉批）結筆尤妙，大抵總不外一情真耳。

又　狼藉殘花水面紅

（上闋眉批）淒冷情況。　（下闋眉批）雄秀之句，其年、竹垞之亞也，《吹香集》中偶見。

兩同心　斗帳剛垂

此詞絶細膩，較梁棠邨《一剪梅》詞尤覺曲折有致。　「不回頭、媚眼羞開，假生嗔、笑聲難禁」二語，寫閨詞至此，其妙已盡。

張星耀

雨中花　暗竹敲風聲不定

淒秀而精警，真作家也。　結五字精深婉約。

朱　輅

蝶戀花　十里西陵楊柳渡

語亦精秀。　觸目生情，其味愈出。

高不騫

探春　采盡珊瑚

（上闋眉批）筆致疎雅，深得白石、梅溪之妙。　（下闋眉批）言有盡而情無盡。

魏允札

法曲獻仙音　霜鶴哀翎

柯南陔謂東齋詞始學稼軒，縱橫排放，羃不可捉搦。既而焚香靜寄，灑然有得，鏟除豪氣，一歸清雅。吾觀此詞益信。　（「怕山靈暗哂，道是去年殘客」眉批）結筆雅甚，絶無怒容。

孫鋐

漁家傲　潑潑衙波鸂鶒舞

通篇字字精秀。盧文子謂思九詞精麗圓妥處不減梅溪、片玉，信然。

王　潞

風流子　曉風吹落葉

此詞骨似北宋，語似南宋。精工淒秀，卓然佳作。（下闋眉批）低徊欲絶。（「空伴蘆花明月，寂寞江濱」眉批）結更淒咽。

陸次雲

蘇幕遮　賣花聲

《四庫全書提要》謂：次雲《北墅緒言》，有屬友人改正詩餘姓氏書，蓋因《西泠詞選》借名刻其詞三首，故力辨之。高士奇稱其自處甚高，今觀所作乃往往多似元曲，不能如書中所稱周、秦、蘇、辛體也。

萬　樹

浣溪沙　魚子蘭香曉露濕

本地風光點染得妙，便是佳作，不必别求新奇也。

姜培穎（編者按，一作培胤。）

小重山　隋苑春深燕語柔

（下闋眉批）情詞淒艷，仿佛漁洋老仙一派。

趙維烈

丁藥園云：承哉爲半眉進士猶子，其詞鍊格，流麗處妙極自然。

一痕沙　記得君行春暮

承哉詞能于婉麗中時見骨力，固自高人一等。

踏莎行　雲散高城

寫景絶妙　風韻有餘，不待做作。

越溪春　城遶亂山山擁樹

雄肆蒼凉。　（「惟有女牆明月，夜深冷照秦淮」眉批）結二語，抵美成《西河》一篇。

沈豐垣

吴吴山云：《蘭思詞》如「獨憐春草不成花，看盡晚雲都做水」、「怪底窺人鶯不語，緑楊枝上微微雨」，妙語天然，直臻神境。

點絳脣　花霧冥濛

蘭思詞甚幽秀，格不過高而意味卻不乏。

王紹

浣溪沙　望去平林矬晚霞

（上闋眉批）淒艷。（下闋眉批）悽惋無限。

曹鑑徵

山花子　小院西風木葉殘

（上闋眉批）似五代人手筆。（結句「音書絶。長安何處，晚山重疊」眉批）語工秀而意淒涼。

諸匡鼎

鷓鴣天　人住紅橋第幾家

（上闋眉批）婉麗之詞，不減董文友。（結句「曲曲銀屏照晚霞」眉批）何等姿態。

雲韶集輯評卷十七

沈皞日

龔蘅圃云：融谷詞況之古人，殆類王中仙、張叔夏，雖其博綜樂府，兼括衆長，固不盡出于二家，然體各有所近，不位置融谷于二家之間不可也。　融谷詞風流疎雅，深得南宋之妙。

紅娘子　送我花間去

（上闋眉批）巧而雅。　語雖工雅，意卻清虚。　（下闋眉批）婉麗。

淒涼犯　飛花兩槳

（上闋眉批）語意纏綿，氣骨疎朗，叔夏化境也。　（下闋眉批）冷風颯颯。　情詞之妙，直似白石。

滿庭芳　野渡鶯疎

（上闋眉批）情景兼寫，最妙。　（下闋眉批）合張、王爲一手。

百字令　水西門外

詞不可無情，融谷詞情最深婉。　（下闋眉批）感慨自不可少。

醉落拓　孤鸞罷舞

（上闋眉批）悽惋。　與上半同一筆法，映射成趣。

解連環　斷蛩吟晚

（上闋眉批）情詞悽斷。　（下闋眉批）老懷如見，情感之妙，真不亞玉田。

摸魚子　著征衫初蘋蕙轉

（上闋眉批）離情不盡，如此如此。　（下闋眉批）何等姿態，何等感喟。

孔傳鐸

卜算子　月弔玉鈎斜

語亦婉約。

李　璿

清平樂　更籌寥廓

（「不管夜長夢覺」眉批）好在「不管」二字。　（下闋眉批）措詞精湛。

虞美人　小亭陣陣飄香雨

（上闋眉批）觸景生情，無限愁思。　（結句「只是隨他流水遶天涯」眉批）筆致雅近六一公。

林子威

齊天樂　昨宵夢約江流住

武宣所作寥寥，然骨力卻高，兼有南北宋之長。（下闋眉批）代他打算，羈旅之愁，禾黍之感，不若歸來爲得也。

吴儀一

清平樂　畫屏煙霧

王漁洋晚年《寄懷西泠三子》詩曰：「稗村樂府紫山詩，更有吴山絶妙詞。此是西泠三子者，老夫無日不相思。」其爲前輩推重如此。（「五月楊花如雪，滿城羌笛飛來」眉批）精絶。

陳謀道

臨江仙　春到江南芳草緑

（「數枝紅杏斜陽」句眉批）王漁洋謂心微「數枝紅杏斜陽」句，勝于宋子京，人稱爲「紅杏秀才」。余謂此語亦平平，漁洋此論未允。（尾批）「紅杏」句亦佳，然不及「紅杏枝頭春意鬧」。

沈　漳

小重山　城上斜陽畫角催

通首寫景，具見筆力。（結句「荒臺下，寂寞晚潮迴」眉批）氣韻沉雄。

陳　聞

浣溪沙　地僻村深竹影斜

（下闋眉批）秀鍊精工，幾欲摩漁洋之壘。

孫　琮

轉應曲　秋暮

情詞淒切。

顧戩宜

望江南　芳草渡

通首精湛。（下闋眉批）不獨有筆力，且有神韻。

計　善

望江南　臺城柳

結五字，寫景而情自足。

沈岸登

朱竹垞云：詞莫善於姜夔、梅溪、玉田、碧山諸家，皆具夔之一體，自後得其門者寡矣。吾友覃九詞可謂學姜氏而得其神明者。　覃九長調固佳，小令尤神明乎白石。

點絳脣　紅板橋西

如畫。　（下闋眉批）字字鎮紙，白石化境。

臨江仙　記得停橈柳岸

（上闋眉批）幽艷絶俗。　（結句「水蓱花外，斜照落疏藤」眉批）寫景亦是他人道不出。

好事近　花徑石闌斜

（上闋眉批）精秀逼人。　（下闋眉批）曲折深婉。

采桑子　桃花馬首桃花放

（上闋眉批）如讀唐人之詩。　（下闋眉批）風致固佳，筆力尤勝。

浣溪沙　自在珠簾不上鈎

（「薄羅衫子叠春愁」眉批）「叠春愁」妙。　（下闋眉批）淒婉。淒而不婉，便失詞人之正。

賣花聲　三畝舊柴扉

雅秀。　（結句「可惜年年芳草色，緑遍漁磯」眉批）秀而有神，味之不盡。

步蟾宫　雲花未浄侵階滑

（下闋眉批）婉麗如此，麗而有則，字字雅湛，真竹垞之匹也。

點絳唇　花下重門

（上闋眉批）感物生情。

卜算子　長簟點點螢

兼竹屋、梅溪之長，真出神入化于白石者。　結二語是從辛稼軒《芳草》一闋脱胎，但句法顛倒耳。

永遇樂　何事飄零

（下闋眉批）其意擊碎唾壺，而其詞温厚絶不激迫，深得風人大旨。

如夢令　纔見垂楊飄絮

（結句「飛去，飛去。　生怕晚來煙雨」眉批）言中有物。

齊天樂　天涯怕見年華度

（上闋眉批）樂者自樂，異鄉人何以爲情耶？　（結句「好夢除非，枕函邊去訴」眉批）無可奈何，惟望夢中歸耳，情真語至，一至于此。

沈雄

浣溪沙　壓帽花開香雪痕

（「拋殘歌舞種愁根」眉批）「種愁根」三字精絶。（下闋眉批）字字精絶淒絶。結筆和雅，通篇精錬，近于刻矣。有此和雅結筆，方合于古。

王紹雍

浣溪沙　紅蓼黄蘆覆遠汀

（「滿江秋霧濕漁燈」眉批）結七字精秀絶倫。

王武功

踏莎行　斷岸煙荒

（上闋眉批）可憐歌舞地，那不魂銷。（結句「寒潮夜夜錢塘渡」眉批）悲鬱。

曹亮武

《四庫全書提要》云：亮武以倚聲擅名，與陳維崧爲中表兄弟，當時名幾相埒。其纏綿婉約之處亦不減于維崧，而才氣稍遜，故縱横跌宕，究不能與之匹敵也。　渭公詞才不大而情勝。

浣溪沙　畫閣春眠貼繡茵

（上闋眉批）語亦婉麗。　（下闋眉批）淒艷芊綿。

剔銀燈　戛觸琅玕欲碎

如螢如豆，冷氣入骨。　（結句「如今何意，照不了、五更滋味」眉批）情致悽惋。

徐允哲

周鷹垂云：西厓爲《春藻赤幟響泉詞》一卷，極温藻芊綿之至。

清平樂　似花如雨

「扶住」二字古人慣用，偏用「扶去」二字，另有一種意味。押韻須知有變幻，讀此可悟。

陳維岱

河傳　風起，村裏

（上闋眉批）無一語不精湛。（「閑愁堆二更」眉批）「堆」字警絶。

楊通佺

生查子　欲繡合歡襦

綺麗風騷，仿佛梅村先生手筆。

盛楓

浪淘沙　槐影緑毿毿

（上闋眉批）悽婉。（結句「有意尋愁愁不見，鏡裏眉山」眉批）情詞都妙。

盛禾

清平樂　遥天玉砌

干甚事而曰「莫題紅葉」？蓋情至之人，真有是情至之語。

陳見鑨

在田詞不減五代人。

十六字令　清

神味自足。

調笑令　百舌

(「鳥也把人調弄」眉批)與向鎬「影也把人抛躲」同一敏妙。

更漏子　塞垣風

(上闋眉批)悽婉。　(下闋眉批))逼近飛卿。

龔翔麟

李分虎云：竹垞客通潞時，蘅圃與之朝夕，故爲倚聲最早，無纖毫俗尚入其筆端。　蘅圃詞冷艷入骨，可亞于夢窗。

醉公子　馬首山無數

艷筆亦與他人不同。　蘅圃詞清警多、穠艷少，即一二艷作仍是清警，深得姜、史之妙。

好事近　極目總悲秋

(下闋眉批)真非世俗所有之句，其實亦是衆人所有之景。

生查子　風急布帆偏

措詞如畫，而用意深沉。

甘草子　無寐

（上闋眉批）精切。　（下闋眉批）情詞之妙，直過小山。

好事近　久雨霎兒晴

（下闋眉批）好詞好景，令讀者作遺世之想。

秋霽　買酒西泠

（上闋眉批）極目寓湖中晚景。　（下闋眉批）上半寫景，此則景中帶情，方有意味，其實是一定之法。

天淨沙　草芽徑淺春還

此調最難合拍，此作尚不離于古。

馮　瑞

霄燕詞情似子野，而才更過之。

更漏子　藕花風

「秋蘭繞夜煙」五字精絶千古，冷絶千古，秀絶千古，冠絶千古。

青玉案　芙蓉露染輕紅透

「窗隙燈光漏」，此種句法神似子野。　（下闋眉批）淒切。

滿江紅　夜永更闌

「滿庭殘月」四字妙，是寫秋風之神。　（下闋眉批）真有此情，即《西廂》「風弄竹聲，只道金珮響」之意，卻更緊切。

臨江仙　草碧芳隄春水漲

（上闋眉批）情詞凄艷。　（結句眉批）悽艷絶世，不能卒讀。

俞兆曾

法曲獻仙音　護玉簾深

（上闋眉批）筆路不俗，蓋亦沐浴于南宋者。　（下闋眉批）曲曲傳出，描寫殆盡，巧不傷雅，所以爲貴。

沈　崑

鎖窗寒　雨細吹絲

（上闋眉批）悽清之感。　觸物生愁。　（結句「底事歸遲，酒醒重門閉」眉批）一片悽感，兼草窗、夢窗之長。

潘宗洛

清平樂　羅幃涼到

（上闋「殘月半規斜枕照」眉批）他本「斜枕照」作「窺枕照」，「窺」、「照」二字鬭。　（下闋眉批）字字悽惋，可以怨矣。

孫致彌

樓敬思云：松坪先生《别花餘事》絶似東山、東堂、小山、淮海，《梅沜詞》則旁及於青兕，而變化于樂笑，駸駸乎入宋人之室矣。　松坪詞婉麗處妙有風神，深得方回之妙。雄快處不涉浮躁，是又沐浴遺山而得之也。

浣溪沙　千頃雲邊笑語來

（下闋眉批）粲花妙舌。

又　未解相思學避人

（上闋眉批）婉約如此。　（下闋眉批）風致不減叔原。

青玉案　十年不踏行春路

（「鷗邊寒水，雁邊斜照，多少關情處」眉批）兩「邊」字用得絶妙。　（下闋眉批）何等踈狂。

望江南　人去也

夢由心生，而心便夢裏也苦離别，故曰「縱是夢難留」，真情至之語。

虞美人　青播半卷花枝動

芊麗。（結句「獨自倚樓和夢送斜陽」眉批）悽艷之詞，北宋秦淮海一派。

摸魚子　挂蒲帆鯉魚風弱

（上闋眉批）筆力清勁。　雄勁沉深之句。（下闋眉批）骨力沉雄堅拔，深得遺山之妙。

狄億

立人詞秀而能鍊，幾欲奪竹坡之席。

南柯子　暎日嬌晴柳

無限村景，只數語已描繪殆盡。

憶王孫　秋風一夜滿天涯

（結句「又見横空雁影斜」眉批）雁歸人未歸，可歎。

點絳脣　日暖煙銷

（「一片晴湖，縹緲鎔天地」眉批）「鎔」字鍊。　寫景見筆力。（「遠山呈翠」眉批）「呈」字妙。

又　柳岸誰家

(上闋眉批)冷絶淒絶。　「隨」字婉細。

菩薩蠻　平湖渺渺煙波路

(上闋眉批)景物淒涼。　(下闋眉批)神韻悠然,不絶如縷。

憶秦娥　庭除靜

(上闋眉批)清秀而鍊。　(下闋眉批)無情處都有情也。

臨江仙　城郭依然風景異

(上闋眉批)沉雄悲壯。　(結句「夕陽山色裏,猶帶舊時秋」眉批)何等感喟,駸駸乎唐人之詩矣。

又　月滿樓臺花滿路

寫景寫情,語意俱臻絶頂。　(結句「天生歌舞地,强半使人愁」眉批)情詞之妙,兼東坡、淮海之長。

蝶戀花　夏日園居何所事

不着意而姿態有餘,風格俊上。　(結句眉批)眼前景,點綴卻妙。

姜　遴

浣溪沙　描黛無心鎖鏡鸞

(上闋眉批)淒婉。　(下闋眉批)精秀之句。　妙在清虚,絶不着實,《騷》、《雅》之遺也。

焦袁熹

李健林云：直寄詞高麗精巧，音節間超然入勝，昔人稱梅溪「融情景于一家，會句意于兩得」，作者亦然。

廣期詞非一格，奄有衆長，小令尤工。

采桑子　蘚階苔砌無人跡

廣期小令語似勁直，意則芊婉，最有神致。

菩薩蠻　盈盈步襪花陰裏

（下闋眉批）回首一想，空唤奈何。

更漏子　漏初殘

「憶他臨别時」五字真絶，蓋最難忘情者，每在臨别時也。

西江月　斜日赤闌橋影

《西江月》一調最濫，難得佳作，此作去古未遠。

蝶戀花　草緑閑階花滿砌

（上闋眉批）悽詞淒秀。　（結句「燕子歸來雙語細，如何管得人憔悴」眉批）運筆婉妙無比。

姜宸英

蝶戀花　浪逐韶光朝復暮

（「夢魂又向花間去」句眉批）從小山「又踏楊花過謝橋」化出。（結句「三春只是和愁度」眉批）情詞悽絶。

魏　坤

朱竹垞云：魏孝廉《水村琴趣》力追南渡作者，禹平詞能得味外味，自是知音。

十六字令　眠

語亦幽秀。

南鄉子　髩影西風

情景兼寫，意味深長，音節淒斷。

城頭月　淩風玉剪穿簾去

（下闋眉批）言中有意，故韻味深長。

摸魚子　禁煙時賣餳天氣

（上闋眉批）語意筆力雅近美成。（下闋眉批）情詞俱妙。（「薄寒料峭，卧聽杏花雨」眉批）結得冷艷。

范允鏋

蘇幕遮　粉牆陰

（上闋眉批）筆致亦佳。　（結句「舊時燕子歸來語」眉批）字字婉麗，不減元獻。

陳聶恒

黄金縷　簾卷一層波萬頃

（「嫋嫋風生，吹得斜陽冷」眉批）「冷」字警絶。　直似仙筆。　（結句「隔溪飄渺傳僧磬」眉批）寫清妙之景，儘有神味，真東坡復生。

減字木蘭花　城東歸路

（上闋眉批）神韻蒼涼。　（下闋眉批）情詞之妙，逼真周、秦、蘇、辛。

姜　垚

憶少年　悄携纖手

（上闋眉批）仙乎仙乎？　（下闋眉批）婉約不減五代高手。

江尚質

惜秋華　瑟瑟金風

（上闋眉批）淒切入骨。　（下闋眉批）只要兩心知，便受些煩惱何妨。

葉尋源

蝴蝶兒　蝴蝶兒

（上闋眉批）靜細之句。　（下闋眉批）風致最佳，不減五代張泌之作。

沈履忱

滿江紅　石馬金輿

（上闋眉批）雄秀之句，最爲生色。　（下闋眉批）回頭一想，當日繁華，誰不猛省。

范　纘

蝶戀花　狼藉梨花飄冷雨

筆致閒遠。　（結句「曉星移上西泠樹」眉批）絶精妙之句，而無凝鍊之跡。

周禹吉

擣練子　青雀舫

畫境，直似唐詩。

沈　渭

浪淘沙　別酒冷還温

（上闋眉批）韻致宛然。　（結句「料得相思同皓月，今夜黄昏」眉批）亦悽婉。

孔傳誌

愁倚欄令　層樓外

一層深一層，淒切入骨。

金長輿

點絳脣　一抹輕煙

（上闋眉批）愁來無端，觸目便是。　（下闋眉批）婉約，是晏、歐一派。

周珂

望江南　江聲咽

衆人慣見之景，偏説得如此神奇，全仗一管靈活之筆故也。　「扁舟明日戴蘆花」七字高雅。

屠文漪

浣溪沙　上巳纔過春又闌

凄婉有神。

蘇幕遮　柳啼烏

（上闋眉批）從解學士《中秋待月》化出。　（結句「香潤微煙，舊事思量遍」眉批）情詞兼工，最爲出色。

齊天樂　千年未了青娥恨

自宋迄今詠蟬者不下千百首，此作雖未能超出古人，然音調凄清，哀而不傷，雖起白石、梅溪諸家爲之，無以過也。

屠宸楨

滿江紅　山寺春游

（上闋眉批）婉麗。（結句「怕情傷，莫問少年游，鶯花侶」眉批）淒艷之詞，如泣如訴。

惜紅衣　雲綻長天

（上闋眉批）用白石韻，筆路亦雅近白石。（結句「笑絳幡難護，二十四番風色」眉批）不涉情而情自勝，白石化境。

徐瑶

惜紅衣　雲母屏前

狄立人謂天璧才擅衆長，詞非一格。尤展成謂此詞惝恍迷離，得神光掩映之妙。余謂此詞誠佳，真《高唐》、《洛神》之流，但與夢窗貌似而神不似，不必擬夢窗也。

沈永令

離亭燕　誰把飛流横瀉

（上闋眉批）氣象雄偉。（下闋眉批）筆力雄大，氣韻蒼涼，名作也。

柯炳

浣溪沙　雨冷風寒深閉門

（「綺樓只有燕依人」眉批）嬌鳥依人，風致可想。

周稚廉

冰持好爲艷詞，合者不減李後主。

相見歡　小鬟衫著輕羅

（上闋眉批）嬌態如畫。　（下闋眉批）情致尤妙，在有意無意之間。　（尾批）此詞別本作明代湖廣女子龍輔作，未知何據。

又　雛鸝啄下紅櫻

（上闋眉批）風致如許。　（下闋眉批）一片柔情，有誰省得。　（尾批）此詞別本亦作龍輔女子作。

生查子　鸂鶒翠鈿飛

（上闋眉批）綺麗極矣。　（下闋眉批）淫褻之詞，出以雅致之筆，妙只不露。

玉蝴蝶　越羅初繡雙鸞

（上闋眉批）麗絶千古。　（下闋眉批）慧心妒意，虧他寫出。何等風流，令人心醉。

卜算子　剗襪墜金菱

（上闋眉批）自解自剖，妙絶人寰，我如何不醉。　（下闋眉批）何等神致，令讀者拍案叫絶。

添字昭君怨　斗帳朝搴銀蒜

（上闋眉批）風致絶佳。　（下闋眉批）箇人心事，一一繪出。

浪淘沙　把盞餞東君

（上闋「爲春憔悴不憎春」眉批）曰「不憎春」，蓋甘心爲情死也。　（結句「只有心愁如織錦，别樣翻新」眉批）情詞之妙，超出古人之上。

送入我門來　青粉牆頭

（上闋眉批）新詞麗句，淒豔絶世。　（下闋眉批）初見再重逢，情致愈深，起下「尊前」句。　切切悽悽，冷風苦雨，魂斷千秋。　一結愛憐備至。

王宗蔚

臨江仙　門外新潮催桂檝

淒婉。　（結句眉批）似中唐人五律。

潘雲赤

蘇幕遮　五更初

（上闋眉批）寫得淒凉。　（結句「煙樹江村，屏上相思路」眉批）觸物生愁。

柴　震

更漏子　麝煙微

（上闋眉批）秀婉。　「夢回還當真」五字情真語至。

高宗元

菩薩蠻　緑楊枝上吹晴雪

「佳期似夢中」，與上柴尺階「夢回還當真」句一反一正，皆情至語。　「做」字妙。

楊之順

踏莎行　紅葉重簾

（上闋眉批）淒絶冷絶。　（下闋眉批）曰「夢裏（好）相逢」，已自淒絶，曰「醒來依舊」，此愁何日得消耶？

許　田

劉廷璣云：詞家三昧全以不着跡象爲佳，余最愛莘野《解語花》結句「漾花梢，一朵行雲，化水痕難覓」，其妙處在離即之間。　莘野詞音調淒清，风流名俊，雖不逮其年、竹垞，要是不在分虎、符曾諸公下也。

俞美英

憶秦娥　風淅淅

（上闋眉批）淒凉之景。　（下闋眉批）沉雄悲切，雖不及「西風殘照」，固自不凡。

如夢令　春夜小樓寒重

（「燭淚串紅珠」眉批）「串」字妙。　（下闋眉批）神在箇中。

浣溪沙　春漲平如瀉碧油

（上闋眉批）一幅畫圖。　（下闋眉批）筆端亦有冷氣。

采桑子　縷金繡帶同心結。

（上闋「穩稱腰身，驀過花陰不動塵」眉批）曰「不動塵」，正形容出上文「穩稱」二字。　（下闋「燕子歸時早閉門」眉批）淒艷不減「雨打梨花深閉門」之句。

小重山　百囀新鶯在柳梢

（結句「纔一笑，雙頰上紅潮」眉批）風致可想。

揚州慢　隋苑春殘

追思往跡，水逝煙銷，今之視昔，猶後之視今，後之視今，亦猶後人之視後人也，能不銷魂耶？

解語花　鴨頭波淨

（上闋眉批）春情偶露，如此如此。　（下闋眉批）情詞並妙。　結筆着而不着，故佳。

查慎行

初白詞沙明水淨，神味無窮。

臺城路　商飆瑟瑟涼生候

一層一層，寫出無限秋聲。　他手之詞每寫得慷慨激烈，否則淒咽纏綿，此獨出以和雅之筆，令讀者想見先生風度。

臨江仙　兩岸孤蒲聞笑語

離鄉遠出，情亦苦矣，偏寫得隨遇而安，絕無怨懟詞，雖小道可以觀志。　他手非淒苦即豪邁，此獨溫厚和平，深得風人之旨。

念奴嬌　尋春較晚

（下闋眉批）低徊曲折，情致芊綿，于臨別時將往日風情、一生心事和盤託出，令人心醉。（結句「叮嚀莫似瓶井」尾批）李嶠詩：「消息似瓶井」。

戴　錡

百字令　日趖瓶影

坤釜受業竹垞，竹垞稱其詞能務去陳言，謝朝華而啟夕秀，兼南北宋之長。録此一闋，可見一斑。

沙張白

好事近　喚起百千愁

（上闋眉批）淒切中妙有筆力。（下闋眉批）何等淒咽。

華宗鈺

減蘭　朱門更靜

（上闋眉批）寄情綿邈。（下闋眉批）淒艷直似飛卿。

誤佳期　竹箭水寒聲咽

婉致。語亦精鍊。

陳　崿

憶江南　江南憶，豆莢正扶疎

詠一豆莢乃有如許風致，詞人之筆，如是如是。

又　江南憶，十里芰荷池

婉麗芊雅。

邵　崑

望江南　青溪好，小暖即春晴

（「紙鳶斜颺夜深燈」眉批）押「燈」字獨有千古。　鳶燈衆人所見，卻無人説過。

又　青溪好，雨過晚涼移

結五字（「閑立後門時」），寫盡鄉村小户人家光景。

秦道然

金縷曲　老矣城南杜

起便好。　（下闋眉批）絶有筆力，墨花飛舞。　情詞悽艷。

雲韶集輯評卷十八

杜　詔

顧梁汾云：浣花風流醖藉，詞如其人，麗而則，清而峭，晏、周之流亞也。　宋牧仲云：紫綸詞脱去凡艷，品格在草窗、玉田之間。　雲川詞清新俊逸，兼而有之。

杏花天　柳絲風剪青旗颭

（上闋眉批）字字穠麗。　（結句「尋春那抱傷春怨，約略疏香小艷」眉批）情詞之妙，直逼宋初。

南鄉子　絮語曲欄邊

（上闋眉批）是何情態。　（結句「纔著思量便渺然」眉批）低徊婉曲，神致無盡。

西江月　人静擁爐時節

麗詞。　（結句「鈴聲不耐五更風，并起秋衾説夢」眉批）冷俊不禁。

臺城路　石頭城下長千里

有此題宜有是作，情詞悽楚，筆墨蒼涼，且處處合拍，真是知音。　（下闋眉批）無窮歎息。

一剪梅　一碧秦淮瀉緑油

其詞清絶滔滔，可謂洗盡無渣滓，而其意則纏綿往復不盡。

西子妝　月桂香寒

（上闋眉批）麗而有則，最難。　（下闋眉批）風致自佳。　（結句「過西陵、愁絶煙花夢老」眉批）心中眼中無淚，那得有好詞，結筆一往情深，正由胸中有物耳。

夜行船　趁月且從南浦去

（「剩有秋心，翻憐夢客，忍聽垂虹風雨」眉批）無一字不淒警。

埽花游　相逢有幾

（上闋眉批）運詞琢句，兼有兩宋之長。　（下闋眉批）一片淒感。　結更一往情深。

宴清都　暈碧裁紅遍

（上闋眉批）紫綸詞大有怨情，然怨而不怒，《風》、《雅》之遺也。　（下闋眉批）説到自己，淒風苦雨中仍自雅正，真鄭板橋一流才人之師也。

張　梁

奕山詞格清俊，兼宋、元人之長。

玉京秋　涼露滴

奕山詞最淒切，妙能疎密相間，兼草窗、夢窗、玉田、遺山之長。（結句「怎消得，此後檐牙月白」眉批）一往情深。

渡江雲　雨昏楊柳岸

（上闋眉批）芊綿中深得《風》、《雅》之正。（下闋眉批）淒切纏綿。結得婉細。

洞仙歌　小橋南北

婉麗有致。（下闋眉批）詠物詞最忌呆切正面，須有此飄灑之致。

壺中天　五茸西北

（上闋眉批）筆致瀟灑可喜。（下闋眉批）風流自賞。（「賦詩還上高處」眉批）結得豪爽，亦不減叔暘。

查爲仁

憶秦娥　秋聲咽

詞格清俊，是能洗《草堂》、《花間》之習，而出以雅正之筆者。

菩薩蠻　長紅小白花如纖

字字婉約，在玉田、白石之間。

徐逢吉

如此江山　朔風捲卻彤雲去

題佳詞亦佳，有此詞不負此題。　（下闋眉批）情詞淒切。　四面煊染，筆力精湛。

點絳脣　似箭流光

厲樊榭謂紫山詞清微婉妙，不減宋人，想指此種。

樓儼

長亭怨　便携了藥爐丹竈

（上闋眉批）筆亦疎放之至。　雅致。　（下闋眉批）精湛。　（「且收拾詩囊，留待故人相訪」眉批）結亦雅致。

夜行船　薄霧朦朧雙槳去

（上闋眉批）寫夜景畫所難。　（結句「夢不分明，景還依約，腸斷天涯羈旅」眉批）情詞兼妙。

厲鶚

徐紫珊按一作「山」云：樊榭詞生香異色，無半點煙火氣，如入空山，如聞流泉，真沐浴于白石、梅溪而出之者。　陳玉几云：樊榭詞清真雅正，超然神解，如金石之有聲，而玉之聲清越；如草木之有花，而蘭之味芬芳。　趙意田云：《琴雅》一編，節奏精微，輒多絃外之響，是謂以無累之神，合有道之器者。　樊榭詞窈然而深，悠然而遠，能令人探索不盡。　樊榭詞每讀一篇，試問讀者探索得盡否？樊榭詞泠泠有泉石之響而不流于禪，國朝除其年、竹垞外，斷推先生爲巨擘。（傳上眉批）每讀諸名家詞雜以樊榭詞，正如萬花谷中雜以幽蘭，有不爭採其芳者乎？　玉几此喻可謂真絶。

齊天樂　瘦筇如喚登臨去

（上闋眉批）雪霽晴景如畫。　（下闋眉批）風流俊逸。　警絶。　（結句「忽展斜陽，玉龍天際繞」眉批）神來氣來，出徐紫山一闋之右。

百字令　春光老去

（「恨年年心事，春能拘管」句眉批）恨得妙。　（下闋眉批）淒切之情，雅正之筆。　（結句「望中何處，那堪天遠山遠」眉批）悠然無際。

桃源憶故人　夜涼那更秋情獨

（上闋眉批）只寫正面，儘有情致。　（下闋眉批）兼寫旁面。　結得冷雋，「緑」字真絶。

摸魚兒　又騰騰一番春晚

樊榭詞自是樊榭筆墨，隨舉一篇，知非白石，非玉田，非草窗，非夢窗，非梅溪、竹屋，非其年、竹垞也。

浣溪沙　數到湘琴未滿紘

（下闋眉批）婉約有味。

霓裳中序第一　牆陰擁翠浪

（上闋眉批）遣詞濃麗，而氣骨悲涼，可稱絶唱。　（下闋眉批）淒咽芊綿，不堪卒讀。　結亦不忽。

滿庭芳　屋借峰圍

（上闋眉批）淡淡數語，寫景已足，自是高手作法。　（下闋眉批）寫情處多，寫景處少，頗似美成。

賣花聲　花月秣陵秋

起五字淒艷絶世。　一味淒艷。　只結二語可包括一篇《琵琶行》。

水龍吟　客懷偏恨秋陰

（上闋眉批）一片淒感，出入兩宋而獨樹一幟。　（下闋眉批）淒切芊綿。

曲游春　一水仙源曲

（上闋眉批）情生文。　（下闋眉批）詞絶麗，情絶深，而措語雅正，詞人有此，庶幾無憾。

高陽臺　祕翠分峰

起八字精鍊無比。　淒艷絶世。　（下闋眉批）何等感喟，言中有物，故耐人玩索。　（尾批）明時瓷器進御者，出浮梁之景德鎮。

眼兒媚　一寸横波惹春留

（上闋眉批）句法古直在骨，頗似陳其年。　（結句「分明記得，吹花小徑，聽雨高樓」眉批）雅湛。

玉漏遲　薄游成小倦

（上闋眉批）情詞之妙，獨有千古。　（下闋眉批）似周草窗，而騷情雅致尤覺過之。

百字令　秋光今夜

無一字不清俊，先生自云「幾令衆山皆響」，斯言信不誣也。　（下闋眉批）千錘百鍊之句。　（「隨流飄蕩，白雲還卧深谷」眉批）結更高遠。

憶舊游　遡溪流雲去

起三語寫景清妙。　（下闋眉批）樊榭胸中本無些子俗意，落筆自與他人不同。　「入」字鍊。

齊天樂　簟淒燈暗眠還起

（上闋眉批）淒切哀怨。　（下闋眉批）遣詞琢句忽離忽合，四面敷助，繪出秋聲，較之蔣竹山《聲聲慢》一闋，體格雖不同，而淒怨之情則無不同也。

皂羅特髻　膠鬢攏罷

（下闋眉批）字字工麗，不落纖冶。　結筆工秀。　情致不泛。

八歸　初翻雁背

（上闋眉批）淋漓淒切，情詞兼有。　（下闋眉批）淒絶。　四面烘襯，逼出夕陽時淒慘景色來。

高陽臺　縞月啼香

（上闋眉批）冷秀在骨。（下闋眉批）無一語不淒涼，無一字不精湛。結更一往淒絶。

木蘭花慢　自吹簫伴去

先生之品、先生之詞不必絶俗，要非俗人所能望其項背。（結句眉批）情韻並勝。

念奴嬌　孤舟入畫

（上闋眉批）真神仙中人也。五字精秀。「吟破」二字精鍊。「逗」字鍊。「煙路」二字妙。

琵琶仙　休恨無山

輦土爲山，起四語卻寫得如此豪興，便如突過真山者。（結句眉批）筆力兼白石、玉田之長。

摸魚兒　杏餳香鬧花門巷

（「來時猶道江程短，定不短如愁鬢」眉批）兩「短」字有致。一片悽感。（下闋眉批）玉田之疎，夢窗之密，兼而有之。

掃花游　折花汎舸

（上闋眉批）句句精深，不獨鍊字，兼能鍊骨。（下闋眉批）風雅。

蝶戀花　三月風顛吹斷柳

（上闋眉批）此種句子清絶矣，其實麗絶。但俗人學之，畢生不得耳。「春欲瘦」三字精絶。

謁金門　凭畫檻，雨洗秋濃人淡

「人淡」二字精妙。通首寫雨後情景，畫所不到。上半寫景，下半寄情。

澡蘭香　荷聲碧檻

居然似夢窗，不獨貌似，神亦似。　結得精湛。

湘月　客游未孏

（上闋眉批）鍊字鍊句，有此詞不負此游。　（下闋眉批）風雅疎狂，歐、蘇風派。　（結句眉批）客裏遨游，結筆鈎起鄉思，可謂語不忘本。

角招　話離索

（「看盡人間迎送，似官道柳垂垂，任西風梳掠」句眉批）即白石「閱人多矣，誰得似長亭柳」之意，但遣詞各别耳。　「瘧」字妙。　（結句眉批）筆仗卻好。

聲聲慢　簾垂有影

（上闋眉批）字字淒清。　（下闋眉批）淒婉。　（結句眉批）詞不可無情，然有情無筆，竟似村歌，須觀其運筆之雅。

齊天樂　夕陽纔作微涼意

（「怨緒回風，情絲曳雨」眉批）八字淒警。　曰「去年響」，胸中之情不言自見。　（結句眉批）情景兼寫。

清平樂　膠鬢新拭

（上闋眉批）語妙婉約，不必多着墨。　（下闋眉批）風致自勝。

黄之雋

石牧詞風流淒艷，能移我情。

憶漢月　没個有情如爾

起二語似悲似喜，令我讀之不忍釋手。　（結句眉批）無一字不冷俊。

翠樓吟魂　月魄荒唐

一「魂」字寫得迷離惝恍，神影畢現，嗚嗚咽咽，慘慘悽悽，對之不覺魂移，讀之不覺魂銷，固知非石牧先生不能道隻字也。

一枝春　絮撲東鄰

痞堂《香屑集》膾炙人口久矣，然人第賞此貌而已，不知是先生早年未遇時筆墨，寄情美人香草，一抒其憤也，所謂麗而有則者。　此詞亦去古不遠。

納蘭常安

如夢令　簾外月明誰共

（結句「吹動，吹動。　驚破棲鴉寒夢」眉批）筆路似北宋人。

點絳脣　春老園林

「兕」字有味。（下闋眉批）淒艷絶世。

畫堂春　高樓百尺月孤明

（上闋眉批）婉約。（下闋眉批）低徊曲折，淚在心頭。

眼兒媚　晚粧樓下樹陰陰

（上闋眉批）淒警。（下闋眉批）柔情密意，妙于無人處傳出。

季元春

醉太平　去年今年

「傷心酒宴」四字淒苦。（下闋眉批）字字淒婉。

吴雯炯

謁金門　秋已半

（「孤月也應無可遣，各分愁一段」眉批）厲樊榭謂此結二語非「踏楊花」之鬼語乎，蓋兼南唐、北宋之長者。

清平樂　柳長如綫

玉几稱鏡秋穠而不迷，艷而能清，其指此種乎？

陳沆

浣溪沙　紫陌人嬌細馬馱

湛斯小令之工，不減南唐手筆。　結句婉妙。

又　簾外將雛燕語忙

婉至。　（下闋眉批）從「忽見陌頭」詩中化出。

又　斜挂桐梢月一弓

（上闋眉批）句亦精雅。　「秋心」七字精絶。

又　的的苔枝破臘前

字字婉麗。

陸培

厲樊榭云：南香詞清麗閑婉，使人意消。《續藁》二卷乃燕山後游及客梁園之作，年長多愁，聲情變而愈上矣。　張今培云：《白蕉詞》宮嗚徵和，纖妙嬛奇，直兼宋、元諸家所長。　南香詞悽涼哀怨，合者是楚《騷》變相。

真珠簾　阿誰軟語紋窗畔

句句是詠白燕，而一生身世之感，亦約略可見，所以耐人玩味。　（結句「月華如練」眉批）點染白字，自不可少。

南浦　面面翠陰遮

（上闋眉批）略略點綴景色，寄意在下半闋。　一片悽感，似周草窗。　結數語似疎雅而實悲鬱。

燭影摇紅　征雁來時

（上闋眉批）最淒苦之題，自宜有是淒苦之作。　（下闋眉批）一味淒怨。　淒淒切切，不堪卒讀。

（尾批）微之詩「悼亡詩滿舊屏風」。

長亭怨慢　正啼鴂聲中春暮

自不及東坡《水龍吟》一闋之壓倒今古，然亦是合作。　（下闋眉批）亦是從坡老一闋化出，詞雖不逮而情寔一也。　（尾批）劉禹錫詩：「春盡絮飛留不得，隨風好去落誰家。」

賣花聲　月額雨頻吹

先生之情，先生之詞，賀梅子要未遠也。　結得淒艷。

何夢瑶

殢人嬌　潑火新晴

（上闋眉批）淒切，滿紙冷氣。　（下闋眉批）言中有淚。

金　焜

齊天樂　出門便與青山近

起七字信手拈來，卻是好句。　（下闋眉批）寫景奇警。　筆力雄蒼，不減竹山。　結冷雋。

張奕樞

鳳棲梧　淅淅秋聲天欲暝

詞綺麗芊綿淡沲平遠，此作是當此八字。　「等」字不許他人押。

梁文濂

點絳脣　清晝如年

（上闋眉批）亦有風致。　（下闋眉批）情詞婉麗。

毛之玉

拜星月　露洗冰蟾

（上闋眉批）情味儘有。　（下闋眉批）略作波折，愈襯出題之正面情節來。　（結句眉批）淒切如此。

王時翔

小山自跋云：詞至南宋始稱極盛。誠屬創見。然篤而論之，細麗密切無如南宋，而格高韻遠以少勝多，北宋諸公往往高拔南宋之上。（其上眉批：小山論南北宋最平允。）余年十五，愛歐文忠、晏小山、秦淮海之作，摹其艷製，得二百餘首。年來與里中毛博士鶴汀、顧孝廉玉停舉詞社，二君皆仿佛南宋，余亦强效之，弗能工也。　小山詞依微婉約，誠如自跋所云，其蓋化于北宋，而亦不略南宋者歟。　小山詞風流蘊藉，初讀似平淡，讀之既久，乃覺意味深長。

浣溪沙　消減惟應鵲鏡知

小山詞句句婉約，乃至字字無不婉約，躁心人不許讀也。

采桑子　梨花小院東風謝

「記不真」三字絶有味。　「上」字婉細。

又　涼波倒浸層樓影

看似容易，然非天人兼到者，説來總無此合拍。

踏莎行　嫩嫩煙絲

（上闋眉批）情詞俱妙。　（下闋眉批）寫景處情亦在内。

一斛珠　夜來聞雨

北宋而後，古風日遠，南宋雖稱極盛，然風格終遜北宋。今讀小山諸篇，晏、歐、周、賀之風又可概見，寧非詞壇一快？

臨江仙　不斷柔情春似水

（結句眉批）究令晏、歐爲之，不是過也。

又　一段旅情無處著

（上闋眉批）字字淒艷，亦細絶。　（結句眉批）淒清微婉，讀之既久，其味無窮。

釵頭鳳　瓊窗口

（上闋眉批）姿態有餘。　（結句眉批）無一字不婉約最難。

青玉案　暗飄玉笛高樓

以「相思雨」因而欲寫「相思句」，卻又腸斷心碎。訴不勝訴，須待當面訴，才稱心懷。真乃情真語至。

行香子　錦額煙絲

（下闋眉批）風流婉麗，雅而不佻。　（結句眉批）無一字不精秀。

倦尋芳　畫梁乳燕

（上闋眉批）初夏情景。　（「被東皇、裁花剪柳，惹得人兒，消瘦如許」眉批）怨得妙。　（結句眉批）

情詞淒婉，不減秦淮海。

蝶戀花　曉揭風簾猶帶倦

（上闋眉批）婉麗。　（下闋眉批）嬌弱不勝，迤邐寫來，可謂愛憐備至。

海棠春　東風駘蕩楊舞

「已」字、「又」字中有兩層，便有味。　（結句眉批）情致如許。

蝶戀花　碧樹蕭疎斜日漏

（上闋眉批）冷俊不禁。　（結句眉批）情詞婉麗似張子野，而才尤過之。

南柯子　錦軸閑常卷

（上闋眉批）分作兩層，自有意味，亦是常法。　（結句眉批）寫景淒秀。

又　麗影收青鏡

（上闋眉批）語妙能約。　（結句眉批）淒艷之詞是以情勝。

桂枝香　孤舟凍月

（上闋眉批）居然似東坡、美成分身，小山真豪傑之士。　後半闋兼有南宋之長。

雨霖鈴　一編香雪

小山心折於香雪，故字字從肺肝流出。　「郴江」句用東坡歎少游詞，情節亦同。　漢舒多才而早亡，通篇無一字不是眼淚。　（尾批）漢舒所遇，平原君有「落花小院夕陽黄」之句，漢舒時對人吟之。亡後，漢舒填詞哀輓，累數十闋。

秋霽　有屋臨溪

（上闋眉批）秀而能鍊，故佳。　（下闋眉批）風致不泛。　（結句眉批）清雅疎狂，點之徒歟？

南浦　幽築畫中

（上闋眉批）閑人之樂如此。　只就題寫去，儘有情致。　（下闋眉批）情態如此，妙是借本地風光。

結筆推開，愈見其樂。

薄倖　謝橋春晚

雖不及東坡一闋，卻出南香一闋之右。　（下闋眉批）寄情何限。　結更好，真乃萬緣俱滅。

浣溪沙　曉起貪涼夢未圓

（上闋眉批）詞亦妙有淡香。　（下闋眉批）句句精湛。

祝英臺近　驟添寒

（上闋眉批）睹物傷情，無限淒感，蓋同一飄零，情自有不容己者。　（結句眉批）倩雁傳書，古人用之累矣，此獨預約歸時，妙甚妙甚。

祝英臺近　曉衾孤

（上闋眉批）字字淒冷入骨。　（結句眉批）情致芊綿，兩面都到，深得北宋之妙。

浣溪沙　彩扇輕遮畫燭紅

（上闋眉批）措語精秀。（下闋眉批）與南唐、北宋化矣。

又　半是含嬌半是慵

（上闋眉批）婉麗如此。（下闋眉批）人謂張子野才不足而情有餘，此則才情兼勝。

又　楊柳梧桐翠色齊

曰「夢中仙路」，看是快活之句，卻是愁悶之句。（下闋眉批）字字婉至。

又　細雨尖風欲斷魂

（上闋眉批）淒咽如此。（下闋眉批）情到至處，乃有此種句子，非淡情人所知也。

南柯子　握藕香沾雪

（上闋眉批）字字凝鍊。（結句眉批）有情人觸處皆愁。

訴衷情近　晚香庭院

（上闋眉批）淒花怯柳，如是如是。（下闋眉批）淒淒切切，不必付之管絃，已覺悽清不勝。

花犯　古金昌

以「何處有」三字起下半闋感歎。（結句眉批）除卻巫山不是雲，猶論其美耳，此結筆真乃情到至處。詞以情爲上。

夏雲峰　淡晴天

（上闋眉批）精秀在骨。（下闋眉批）無一字不秀鍊有神。

王愫

存素詞風流淒婉，亞於小山。

浣溪沙　水遠波平點白鷗

（上闋眉批）好句。　（下闋眉批）真名士之語。

又　夢去書來黯別魂

（上闋眉批）頗似小山。　（下闋眉批）字字精鍊有味。

甘州子　楚山無限楚天秋

（結句眉批）無可贈者，愁在言外。

清平樂　雨濛湮暝

（上闋眉批）婉約。　（下闋眉批）低徊婉轉。

山花子　簾影參差花影横

（下闋眉批）眼前景寫來如許有味。

疎影　淒風栗烈

（上闋眉批）淒切蒼涼，有生意盡矣之歎。　（下闋眉批）不堪再讀。

毛健

王小山云：鶴汀杜門家居，購唐、宋以來諸名家樂府，徧覽而精收之，薈萃醞釀，久而後發，所著彌工，挹其神致大都在竇州、花外、玉田之間。　鶴汀詞法南宋，幾與小山分道揚鑣。

菩薩蠻　流蘇百結參差影

此詞頗似飛卿，蓋鶴汀雖取法南宋，而其源流仍自唐人、五代、北宋來也。

昭君怨　簾底燭花銷盡

（上闋眉批）婉麗可歌。　（下闋眉批）不多着墨，而意味正自無盡。

玉樓春　玉船銷盡銀缸焰

（上闋眉批）婉至。　（結句眉批）情詞淒艷，源出五代。

疎影　秦簫怨咽

（上闋眉批）音調清越，兼二窗之長。　（下闋眉批）一片淒感。　（結句「簾外游蹤，已逐曉風殘月」眉批）一往。

浪淘沙　簷外雨瀟瀟

（下闋眉批）寫情處約而有味。　結得騷雅。

解語花　塵埋寶鏡

（上闋眉批）淒絶，情深如此。　（下闋眉批）情詞雙絶，兼唐、宋之長。

喜遷鶯　驚鴻飛燕

一「影」字寫得有如許姿態，較石牧先生《詠魂》一作相去不遠。　結得有致。

浪淘沙　無處著塵埃

（上闋眉批）颯然涼風，浮滿紙上。　（結句眉批）衆人皆睡我獨醒，禪機也。

臨江仙　樓上輕寒風景悄

美人最好佛，名士亦好佛。　美人懺悔在暮年，名士懺悔亦待白髮，然總不能脱去繩縛者，惟此情關一點打不破耳。

月當窗　非鶯非燕

句句緊切「三三」二字，巧不傷雅。

眼兒媚　柳條輕輭杏花鮮

（上闋眉批）婉媚風流。　（結句眉批）從彭駿孫《眼兒媚》一闋化出來。

更漏子　不成眠

「空階落葉聲」五字冷，令人心厭骨死。　（下闋眉批）情韻可味，亦妙在能約。

雲韻集輯評卷十九

王　輅

滓虛詞婉而多風，清而不瘦，視小山不多讓。

點絳脣　粉絮濛濛

神在「偏向」兩字中。　（下闋眉批）婉而多風。

浣溪沙　漠漠輕陰暝玉樓

斟酌南唐、北宋而出之。

虞美人　經時閑卻園中路。

（上闋眉批）寫景淒涼。　（結句眉批）淒婉有情。

又　聞説碧桃開滿院

「碎」字有精神，有情態，固知詞不可不鍊字也。　結筆妙，恍見凌波仙子，分花拂柳而來。

采桑子　春光欲别園林去

（上闋眉批）點綴有情。　（下闋眉批）盡在不言中。

卜算子　低髻晚來粧

（上闋眉批）有姿態。　（下闋眉批）雅態可想。

疎影　碧雲庭院

你看他疎疎密密，整整斜斜，總寫着「箇人」兩字，人稱竹影詞人。然此不過一時聰明語耳，那有如此篇風流騷雅，直合兩宋、金、元爲一手耶？

王　嵩

王小山云：南宋詞人號稱極盛，然以夢窗之奇麗而不免于晦，以草窗之澹逸而或近于平，穎山詞能兼二窗之美而無見病。穎山詞字字斟酌，亦不減滓虚。

一斛珠　香銷金獸

（上闋眉批）原本東坡。　（下闋眉批）原本易安。

蝶戀花　依約春光難記省

（上闋眉批）點綴入妙。　結句雖不及「平林新月人歸後」一語，然亦是佳句。

踏莎行　曲徑通幽

（上闋眉批）寫景便有曲折。　（結句眉批）淒艷之詞。

疎影　霜柯槭槭

（上闋眉批）風流騷雅，骨格清高，與滓虚「竹影」一作並垂不朽。　（下闋眉批）淒切悲涼，運典處亦無板滯之跡，真神到之作，真情到之作。

王　策

王小山云：吾家漢舒《香雪詞》逸塵而奔，幾欲駕兩宋諸名家而出其上，吾婁建治三百年始得一香雪，學之久而不能至者如余是也。　香雪詞情到神到，盡掩古人，太倉王氏多才，香雪其尤者也。

香雪小令之妙，直與晏、歐把臂入林，長調則兼有南宋作者之長，神乎技矣。　北宋詞每以少勝多，香雪亦然，小山自謂學之久而弗能至，亦非虚語。　《香雪詞》精微婉妙，純乎《騷》、《雅》，無纖治之失，亦無亡國之音，于其年、竹垞、樊榭外別有天地。

十六字令　愁

余詠《愁月·十六字令》，中有句云「西風起，吹碎作秋聲」，當與香雪此篇並傳。

南鄉子　日影紅簷

字字淒感。

玉連環影　絲雨

短句易滑，讀香雪諸篇，可以藥平庸之病。

甘州子　畫眉纔了换花冠

「勒」字有味。　（結句眉批）婉約。　小令以婉約爲宗。

天仙子　遠樹鶯烏飛不定

寫景正如畫圖，摩詰詩中有畫，香雪其詞中之摩詰乎？

烏夜啼　濃香艷紫叢叢

（下闋眉批）寓意深長。「窮」字中有多少歎息。「一般」二字歎花兼自歎也。

浣溪沙　緑葉鶯啼卵色天

（下闋眉批）絶妙畫圖。

又　野堠斜明遠樹閑

（下闋眉批）精秀之句，壓倒北宋晏、歐諸家矣。

南柯子　澗水新煙碧

不假雕飾，胸中所有之意，即發現紙上。轉是妙境。

河傳　微雨

（上闋眉批）居然似唐人手筆。　（結句眉批）不亞飛卿。

虞美人　惱春心事消魂景

「落花」七字卻妙，怪底香雪反覆吟詠。　曰夢中吟，情之至也。

又　消他幾句愁邊稿

可勝歎息。（結句眉批）悽慘如此。

又　落紅鋪滿樓前路

「淚也無彈處」，淒警之句。（結句眉批）胸中有疏癖，合有此種語。

踏莎行　短燭三條

淒警絶倫。（結句眉批）較叔原鬼語更覺有韻。

臨江仙　綵絡雙鈎銀蒜小

（上闋眉批）好句如珠。（結句眉批）風流淒婉。

又　詩思燈前來草草

（上闋眉批）遣詞措語，俱極精鍊。（「相逢曾半醉，一夢竟殘春」）對法妙無痕跡。

又　一棹離鄉纔四日

（「雨晴山骨瘦，岸圮樹身斜」眉批）十字如畫，亦如中晚唐人詩。「花」字韻偏押得虚鍊。

蘇幕遮　柳綿新

（上闋眉批）淒斷。（結句眉批）淋淋漓漓，淚痕滿紙。

芭蕉雨　昏昏天影如墨

（上闋眉批）筆力精湛。（結句眉批）一味淒苦，怨之至也。

法曲獻仙音　時有鴉啼

（上闋眉批）兼玉田、白石之長。　（下闋眉批）淒切，層層寫入，哀怨不勝。

滿江紅　睡眼初回

（上闋眉批）無一字不工細芊婉。　（結句眉批）低徊婉曲，我不忍釋手。

又　嫩碧池塘

（上闋眉批）情詞悽婉。　（下闋眉批）香雪詞合之固妙，即分之，亦無一語不耐人玩索也。

又　黛拂輕螺

（上闋眉批）精工婉麗，亦自淒絶。　押「料」字警。

又　君去珠江

（上闋眉批）遣詞必秀。　（下闋眉批）情態從閒處點出。　（結句眉批）誰謂今人不及古人耶？

燕山亭　過了春分

（上闋眉批）此怨無端。　（下闋眉批）快意，快筆，快字，快句。　（結句眉批）一點春意。

念奴嬌　江山如畫

（上闋眉批）淒切悲涼，作者、讀者一齊淚下。　「浮生」二語淒絶憤絶，然怨而不怒，所以爲貴。

後半言不如歸隱，説得忠厚，絶無怒目之相。

高陽臺　遠縷鵝黄

（下闋眉批）寫景奇秀，然亦是衆人共見之景，特衆人説不透耳。（結句眉批）寬一步不是緊一步。

（尾批）「底」當作「低」。

琵琶仙　秋士心情

（上闋眉批）淒清嗚咽，似周草窗。（下闋眉批）無窮感喟，人亦何能逃氣數也？（結句眉批）任汝跋扈一時，終歸烏有，可歎。

玉燭新　清溪環舍後

（上闋眉批）淒絶。（下闋眉批）狂呼騷魂，要是從肺腑流出，無一絲假借得。

二郎神　白楊枝老

（上闋眉批）一哭。淒絶，真乃沉痛無比，與上篇同一凱切也。（結句眉批）同一傷心，香雪享年不永，于詞中已可概見。

徐庾

王小山云：冏懷年少俊才，不隨時尚，尤愛填詞，《曇華》一集，半皆風情之作，微詞婉約，託興遥深。

曇華詞騷情逸致，竹屋之遺也。

齊天樂　蕭蕭木葉荒江岸

（上闋眉批）淒切。詞不淒切，其味便不深婉。（下闋眉批）點綴自佳。（結句眉批）何等淒感。

鵲橋仙　青鸞作（一作「乍」）訂

（上闋眉批）亦婉約。　（下闋眉批）此種筆墨逼真竹屋，蓋竹屋之妙，每在若整若散，若鍊若不鍊間也。

埽花游　蕭蕭槭槭

（上闋眉批）筆路亦雅近中仙。　（下闋眉批）情景必兼寫乃工，缺一不可。

甘州　記春城大齊萬珠紅

（上闋眉批）寫得富麗，激射下半闋。　「三載」句，一筆竟轉入今昔之感。　一「剩」字有水逝雲卷、風流電掣之感。

踏莎行　蕊珮淩雲

（上闋眉批）淒切入骨。　（下闋眉批）梅詞最難工，似此亦可謂着盡心力者矣。

吴焯

厲樊榭云：繡谷作詞在中年以後，寓託既深，攬擷亦富，紆徐幽邃，惝怳綿麗，使人有清真再生之想。其掐譜尋聲，兢兢于去上二字分，尤不失刌。　繡谷詞流麗婉轉，清而不枯。

惜分飛　黄鳥陰陰交接語

不必用艷麗之詞，憑仗一枝筆寫去，句句轉接，字字飛舞，但不善學者非失之枯寂，即失之平弱矣。

玉京秋　秋雨歇

（上闋眉批）句句清硬似美成。　（下闋眉批）無一字不矯鍊，真是一片精神發付出來，非瘦也。

市橋柳　聽燕語雕梁弄晚

此種筆墨又似竹山一派，繡谷真善學古者。

被花惱　絲絲只在一絲風

較竹垞《春風嬝娜》一闋，工麗雖不及，而疎落有致，情韻悠揚，轉覺過之。　（下闋眉批）純以情勝。

陳　濟

探芳信　聽蓮漏

此詞筆路在草窗、碧山之間。　（下闋眉批）妙在婉轉。

陸　震

滿江紅　驀地逢君

種園此詞附板橋集中，板橋幼從種園學詞，故兩人詞筆墨一色。　（下闋眉批）把世態炎涼形容盡致，結三字尤妙。

鄭燮

板橋詞擺去羈縛，獨樹一幟。其源亦出蘇、辛、劉、蔣，而更加以一百二十分恣肆，真詞壇霹靂手也。板橋詞讀至快處，不覺起舞。余每讀板橋詞，案頭必置酒瓶二、巨觥一、錘一、劍一，擊桌高唱，爲之浮白，爲之起舞，必至觥飛瓶碎而後已。板橋詞，譏之者多謂不合雅正之旨，此論亦是，然與其晦，毋寧顯，與其低唱淺斟，不如擊碎唾壺。余多録板橋詞者，一以藥平庸之病，一以正纖冶之失，非有私于板橋也，不然琢春、梅鶴，其詞出板橋之右，何以所收無幾耶？板橋詞是馬浩瀾、施浪仙輩一劑虎狼藥。板橋詞粗粗莽莽，有旋乾轉坤、飛沙走石手段，在倚聲中當得一個快字。（傳上眉批）板橋詞看似粗魯，其實字字鐵鑄，無可移異。板橋自序云：「此中甘苦備嘗，有獲者亦不少。」真閲歷過來語。

漁家傲　積雨新晴江日吐

（「茅屋數間誰是主，王介甫，而今曉得青苗誤」眉批）猛喝一聲，何等筆力。（下闋眉批）議論亦平允。（結句眉批）筆力警拔。

蝶戀花　一片青山臨古渡

（上闋眉批）寫景亦是絶大筆力。（結句眉批）精鍊無比。

浪淘沙　春氣晚來晴

板橋集中惟此詞最芊婉。　（結句眉批）芊麗。

又　風雨夜江寒

（上闋眉批）一忙一閒，相對如何？　（結句眉批）神在個中，意在言外。

又　山頂暮雲遮

（上闋眉批）眼前景，偏寫得如此壯麗。　（結句眉批）精絶。

又　日落萬山巔

（上闋眉批）沉雄中别饒藴藉。　（結句眉批）發人深省。

又　秋水漾平沙

（上闋眉批）兩「怕」字極有意味，普天世下人皆雁也。　結得有味。

賀新郎　墨瀋餘香賸

板橋《賀新郎》、《念奴嬌》諸長調獨往獨來，目無今古。　（下闋眉批）勁快。　淋漓痛快。

又　撫景傷飄泊

（上闋眉批）情景兼到。　不堪回首。　（下闋眉批）描寫景物，無限淒感。　情節之妙，獨有古今。

又　擲帽悲歌起

起筆便悲而壯。　（「望不盡，洶洶勢」眉批）人世大抵皆洶洶勢也。　（結句眉批）大筆如椽，讀先生詞亦是海内奇觀。

又　獨有難忘者

情真語至，不忍卒讀，遠游者其亦可以返矣。「不爲」二語，原其不得已之故。常使君登岱有「十萬峰巒腳底青」之句，結數語勉之，得體。

又　竹馬相過日

（上闋眉批）歷叙當年嬌小情態，畫所不到。（下闋眉批）重逢情況。（結句眉批）深情婉轉，令我不能釋手。

又　咄汝陳生者

好起筆，有如猛喝。（上闋眉批）名士收場，每每如此，我要大哭。（下闋眉批）可勝痛哭。亦是無可奈何耳。

又　舊作吴陵客

（上闋眉批）迤邐寫來，一幅青樓畫稿。（結句眉批）情到至處，淋淋漓漓。

菩薩蠻　留春不住由春去

（上闋眉批）無一滯語。（下闋眉批）婉約。

又　留春不住留秋住

（下闋眉批）他人亦善寫景，那有此筆力。

浣溪沙　萬里金風病骨秋

寫盡老病之苦，前無古、後無今。　結七字勝似痛哭。

又　隴雨蕭蕭隴草長

起筆如讀古詩。　（下闋眉批）字字精鍊。

沁園春　飛鏡懸空

（上闋眉批）曲曲傳出。　淒感。　（結句眉批）筆致如此，何等姿態？

踏莎行　中表姻親

亦簡約。　（結句眉批）既怕銷魂，又願銷魂，情之至也。

虞美人　盈盈十五人兒小

此詞頗開初學心思。　（下闋眉批）情致不泛。

念奴嬌　懸崖千尺

板橋《念奴嬌・金陵懷古》十二首，聖哲、英雄、美人、名士都于筆端現出，前無古人，後無來者，今擇其尤佳者録八首。　筆力雄大，虎視一切。

又　勞勞亭畔

起三語，便令人魂銷。　姿態飛舞。　（下闋眉批）看得破，説得出。　結得警絶。

又　鴛鴦二字

（上闋眉批）艷奪千古。　不可無此生色之筆。　精秀絶世。　（結句眉批）板橋「桃葉渡」結數語云：「假使夷光，苧蘿終老，誰道傾城哲」，「王郎一曲千秋艷，説江楫」，亦是此意。

又 透迤曲巷

（上闋眉批）迴環有態。 （下闋眉批）極力寫出好處來，都爲結二語張本。 結穴。

又 秋之爲氣

（上闋眉批）精警已極。 淒涼如此，流連無盡。 （下闋眉批）運事不累，議論看似刻削，其實平允。 結更警絶。

又 暮雲明滅

上半闋寫寺前、寺後、寺内、寺外之景。 （下闋眉批）議論風生，詩不可無議論，詞亦然也。

又 乾坤欹側

（上闋眉批）大筆淋漓，亦足撑住乾坤，不令欹側。 「信心而出」二語，纔寫出二先生來，蓋「孔曰成仁，孟曰取義」，原非勉强得來。 末二語罵盡千古。

又 宏光建國

（上闋眉批）余謂宏光之謬，猶不逮陳後主也。 （下闋眉批）抵掌而談，説得痛快爲止。 結二語是推本之論。

唐多令 一抹晚天霞

此詞最雅正，板橋集中偶然之作。 （結句眉批）婉雅有致。

滿江紅　淮水東頭

上下千年，流連憑弔，遣詞琢句，俱極精湛。　（下闋眉批）有筆力。　（結句眉批）字字淒斷。

又　我夢揚州

（上闋眉批）情詞之力，不能釋手。　（下闋眉批）筆致亦疏散入妙。　語微而婉。

酷相思　杏花深院紅如許

（上闋眉批）情致如見。　（下闋眉批）摹繪入微，卻是不着力自勝。

太常引　滿天星露壓長城

（上闋眉批）數語已盡塞外之景。　（下闋眉批）莊雅。

滿庭芳　秋水連天

（上闋眉批）曰「釣艇都稀」，甚衣風波之可畏也，夫人世間一風波之藪也。　（下闋眉批）高雅如此。

馬曰璐

謁金門　孤村遠

（上闋眉批）寫秋景如畫。　（下闋眉批）語淡遠而有骨力。

陳榮傑

長相思　杏花紅

清虚婉約。

羅敷媚　瑣窗窗外辛夷花

掃除靡曼之音，獨以情勝。

陳　章

竹香詞清雅腴鍊，在宋人中絶似碧山。

齊天樂　晚天微雨繅車響

千古詠絡緯者佳作多矣，此作音調清圓，遣詞騷雅，亦不讓古人也。　結五字寫景，卻極貼切。

如此江山　淮東此是吟詩地

（上闋眉批）婉致。　（下闋眉批）情致楚楚。　（結句眉批）寫景雄秀。

杏花天　眠沙夢冷瀟湘岸

竹香詞苦於無色，故不能悦人，然無色而有味，故不嫌晦也。

點絳脣　笑問朱橋

婉轉有致。竹香詞佳則佳矣，但不免於晦，故所録從刻。

木蘭花慢　傍僧樓絶壁

（上闋眉批）清圓流轉。（結句眉批）運詞有味，不同泛衍。

謁金門　天欲暮

（上闋眉批）渾如畫境。（下闋眉批）婉約得妙，是板橋所欠。

沈德潛

解珮令　古楓江宅

（結句眉批）雋絶，正是風流已極。

王太岳

憶秦娥　愁如織

芥子小令不多而有味。（下闋眉批）情詞微婉。

又　人如削

（上闋眉批）好句。（下闋眉批）淒切有情。

陸文蔚

綺羅香　乍暖還寒

（上闋眉批）神味雋永。　（下闋眉批）筆致在西麓、中仙之間。　（結句眉批）筆致淵永。

江炳炎

陳玉几云：琢春詞艷艷如月，亭亭若雲，蕭然遇之，清風入林，程物賦形而無遺聲焉。至于審音之妙，鑰合尺圍，靡間絲髮，昔人所稱神解者非耶？　琢春詞埽除靡曼，屏斥浮誇，獨歸雅正，合者不減竹垞也。　琢春詞疾徐進退，兼有南宋諸家之長。

南浦　隔樹漏空明

讀琢春詞，蕭然如清風之入懷，當焚香静坐讀之。　（下闋眉批）精秀在骨。　結淒然。

綺羅香　帆腳初收

迤邐叙入。　「東風」二語，可謂古今名句。　以上俱寫客感及玉几聽敲篷，下方聽琵琶聲、雨聲，妙在以少勝多。

買陂塘　記年時湖干信宿

（上闋眉批）曲寫情景。　（下闋眉批）題是詠蓴，詞則一片身世之感，特借題抒寫耳。

淮甸春　閒門客裹

（上闋眉批）字字高雅，去白石老仙不遠。　（下闋眉批）疑無疑有，極清虛騷雅之致。

八聲甘州　記蘇隄芳草翠輕柔

（上闋眉批）極寫當日湖上清遊之樂，以起下文。　（結句眉批）思鄉如此，形諸夢寐，醒來卻仍在揚州，可謂神理俱足。

買陂塘　弄檐牙懸冰滴溜

（上闋眉批）字字淒感。　有筆力有情韻。　（下闋眉批）無留滯之跡，筆路雅近竹垞，蓋亦從玉田來也。

高陽臺　野店煙迷

泊題處先用「淡閃星燈」四字，便令人眼下淒冷。　曰「見亦酸心」，不如不見，倒也省卻許多煩惱，情之至也。　（結句眉批）一往悽秀。

邁陂塘　想伊人溯洄綿渺

（上闋眉批）青山如舊故人非，一歎。　（「驚老矣，不信道，天工定不憐才子」眉批）越是才子，天公越不見憐，一哭。　（下闋眉批）神致在個中，音調流絃外。

垂楊　輕寒乍暖

（上闋眉批）是「影」字。　（下闋眉批）句句精秀。　古雅精腴。

江月晃重山　傍晚煙痕帶紫

（上闋眉批）冷俊。　（結句眉批）情味無窮。

揚州慢　螢墜花梢

（上闋眉批）凄警之句。　精鍊雅秀，深得姜、張之妙。　（下闋眉批）兩心相照，古人交友之誠有如此者。

江　昱

刁去瑕云：賓谷雅好南宋人詞，及所自爲，並能追其所見。　趙飲谷云：賓谷《梅邊琴泛》一卷，追清白石，繼響玉田，昔《南史》稱柳公雙鎖爲琴品第一，若《梅邊琴泛》者，其亦第一詞品乎。《梅邊琴泛詞》是其初名，後改名《梅鶴》。　《梅鶴詞》騷情古致，逼近姜、史，與《琢春》並峙爲兩雄。

邁陂塘　摺檀痕細巡銀字

（上闋眉批）運用古人詞，妙不板滯。　（下闋眉批）此歎余亦有之，屢欲改而未能，蓋聲音之道，有不期然而然者。

好事近　江館雁聲寒

答内詞卻字字雅正，都從感喟中來，真合乎古者。

鷓鴣天　午夜寒多酒不勝

（上闋眉批）淒冷如此，所謂如僧也。　（結句眉批）冷雋。

清平樂　才人老去

（上闋眉批）言中有感。　（下闋眉批）遣詞精警，淒冷絶倫。

琵琶仙　春草臺荒

（上闋眉批）無限哀感，胥于憑弔中露出。　（下闋眉批）一片淒切。　結更淒斷。

湘月　試香過也

（上闋眉批）語語婉約。　（「詩在無人境」眉批）「詩在無人境」，真乃善作詩者。　（下闋眉批）有景皆仙。　結得有感，所謂人生行樂耳。

湘月　天涯孤旅

上半歎，下半慰之。　（下闋眉批）痛快淋漓，有才不遇者，讀之當浮一大白。

鵲橋仙　繚垣碧瓦

（上闋眉批）亦簡潔。　（下闋眉批）此語絶有風致，但微嫌輕薄耳。

摸魚子　黯銷魂片篷斜挂

（上闋眉批）淒淒切切，對景傷心。　（下闋眉批）亦悲亦喜。

清平樂　緑楊未絮

（上闋眉批）題畫如真景，最妙。　「颭」字有神。

念奴嬌　東風妖冶

（上闋眉批）淒艷絶世。　似耶？非耶？立而望之。　結筆拚著相思不忍破除，情到一百二十分。

蝶戀花　夜定收帆葭葦際

（上闋眉批）淒緩。　（結句眉批）破題兒第一夜。

雲韶集輯評卷二十

張四科

厲樊榭云：漁川詞删削靡曼，歸于騷雅。其研詞鍊意，以樂笑翁爲法，讀《響山》一篇，覺《白雲》未遠也。漁川詞取法南宋，疎而不浮，深而不晦，蓋兼玉田、夢窗之長者。

臺城路　閑來且放登臨眼

（上闋眉批）有雲煙縹緲之致。（下闋眉批）詞必有感，方能動人。（結句眉批）晚景亦妙。

齊天樂　綠楊城郭黄梅雨

（上闋眉批）無一字不騷雅，深得姜、張之妙。（下闋眉批）泉石襟期，風流瀟灑。結筆精雅。

浣溪沙　一片青山枕水斜

（上闋眉批）婉麗有情。讀此詞想見此圖，讀此圖想入此境。

齊天樂　亭西萬竹煙消後

（上闋眉批）有靜中味。（下闋眉批）脱去恒徑套語，故神味獨永。（尾批）明月橋在寺南。

買陂塘　古城陰彎碕煙水

（上闋眉批）字字疏雅。　清興如此，埽除多少煩惱，亦吾師也。　（結句眉批）令人解頤。

醜奴兒令　玉梅花下晴光嫩

（上闋眉批）婉約。　（下闋眉批）高情逸致。

南歌子　新漲平池

（結句眉批）有芭蕉最易助愁，最易成好詞，今無芭蕉，即以無芭蕉做出好詞。　虚處皆寔，可以爲法。

疎簾淡月　劉郎去也

（下闋眉批）是後游。　景中有情，神明乎玉田。

買陂塘　雁來時爲營將老

（上闋眉批）何等姿態。（下闋眉批）點綴藍田，不可少。　風流自賞。

踏青游　燕子來時

（上闋眉批）妙有淒感。　（下闋眉批）字字有轉折，故不嫌其平。

高陽臺　架屋編闌

（上闋眉批）亦是滿紙生雲。　（結句眉批）高情曠志，仙乎仙乎。　與汪君「近蓬萊、天風怒展」並垂千古。

齊天樂　夕陽催放扁舟出

因景生情，所謂有觸斯發，風人之旨。　有景皆仙。

浣溪沙　夜合花西水閣東

（上闋眉批）畫所不到亦能到。　（下闋眉批）情韻並勝。

憶舊游　問當年垂楊

（上闋眉批）追思當日，一層親一層，愈生出此日之感來。　（結句眉批）即「桃花依舊笑春風」之意。

甘州　策孤笻流水古城闉

（「可是東風來晚，誤了一分春」眉批）自問自答，風流自賞。　（下闋眉批）工秀。　去路悠悠。

梅子黄時雨　乍密還疎

（上闋眉批）句法字法，俱沐浴于夢窗、西麓而出之者。　（下闋眉批）一味凄警。

高陽臺　門柳風疎

（上闋眉批）是新秋。　有情人語，有心人語，固應如是。　（下闋眉批）精秀，得騷人之遺。

邁陂塘　問江南西風消息

起便凄警。　（上闋眉批）清骨珊珊，言中有味。　（下闋眉批）情詞凄怨。　（結句眉批）怕水雲一朵，重返巫山，應有此感。

樓錡

木蘭花慢　看懸蒲幾葉

（上闋眉批）繪神繪影，不獨詞勝，情亦勝。　（下闋眉批）閃爍有情。

江昉

沈沃田云：橙里少嗜倚聲，饒有情致，劌鉥肝腎，磨濯心志，蓋幾幾乎追南渡之作者而與之並，雖自汰甚嚴，所存不啻半珠一粟，而其苦心孤詣，善學古人，審音者固望而可知也。練溪在歙之北鄉，江氏世居於此，故以名其詞云。　《淮海英靈集》云：橙里意境清遠，慕姜白石、張叔夏之風，其詞清空蘊藉，無繁麗昵褻之情，除激昂囂號之習，可謂卓然名家。　橙里詞比肩南宋諸家，清遠瀏亮，與漁川並峙兩雄。

柳梢青　風約簾衣

（上闋眉批）婉惻。　（結句眉批）遺詞必秀。

木蘭花慢　近蒹葭野岸

（上闋眉批）情景兼工，遣詞淒婉，亦不減樊榭。　（下闋眉批）淒感如此。　（結句眉批）收足正面，空濛無際。

高陽臺　乍茁瑶房

（上闋眉批）不流于亵冶，是其不可及處。（下闋眉批）何等雅致，豈村夫俗子所知。（結句眉批）寫情在有意無意之間。

玉漏遲　伊人秋水遠

（上闋眉批）淒艷之詞，雲煙之筆，未可與俗人言也。字字悽婉，卻極閒雅。

風入松　輕衫戀體稱閒尋

（上闋眉批）此境可想。（下闋眉批）高山流水，斜日深林，一一繪出，令讀者情移。

淒涼犯　淒迷望極平原

「無情」、「自碧」四字精警。（下闋眉批）低徊哀感，一往淒斷。

醉花陰　摇曳汀沙霜落後

（上闋眉批）寫景秀鍊。（下闋眉批）不鋪排蓼花泛話，全是寫神，筆分高絶。

玉漏遲　秋來吟興悄

「入」字警。（上闋眉批）字字淒感。（下闋眉批）從性分中流出，無一毫粧點意。結更一往無盡。

蝶戀花　緑樹陰陰春欲暮

婉致。婉而多風。

清平樂　曲欄閒憑

（「攬亂夕陽紅影」句眉批）押「影」字妙，亦不減張三影也。　（下闋眉批）芊綿無盡。

又　新陰滿徑

（「月底花篩影」眉批）亦不減「雲破月來花弄影」之句。　「始解」二字中有婉折。

菩薩蠻　一丸孤月生光悄

（上闋眉批）秀鍊。　（下闋眉批）不追琢而合千古。

清平樂　怕聽簷鐵

（上闋眉批）我未飲，心先醉。　（下闋眉批）字字匀貼，不可移易，非天（編者按：以下疑脱數字。）

憶蘿月　嘹嘹征雁

一片悽怨，卻只不怒，豈但比肩姜、史，直欲嗣響《騷》、《雅》。

洞仙歌　湖天雲淨

（上闋眉批）佳句，簡淨。　（結句眉批）寫景精秀，情致自勝，不必另起情也。

點絳脣　雀舫煙篷

（上闋眉批）淒婉。　（下闋眉批）神明白石之句。

綺羅香　詰曲園春

（上闋眉批）精工婉雅，無絲毫俗巧之態。　（下闋眉批）情致芊綿。　低徊婉轉，情之正者。

又　細擘湘痕

作此種題易流于淫，此章合上章讀之，工麗婉雅，問有一絲淫褻否？　亟録之以正頽風。　（下闋眉批）不必淫褻，儘有情態，世人亦何苦定欲作淫詞也？

買陂塘　一枝枝荒江送響

（上闋眉批）精秀名俊。　筆致固佳，筆力亦健。　（下闋眉批）運典處亦不留滯，以情運詞故也。

又　愛平鋪水明沙淨

（上闋眉批）佳句兼南北宋之長。　精雅。　（下闋眉批）鍊字鍊句，歸于純雅，白石之化境。

摸魚子　艤孤篷水平天遠

題易激昂，此獨騷雅，詞中正聲也。　（下闋眉批）意極沈痛，語卻淒婉，《騷》、《雅》遺音。　結筆雋絶。

史承謙

儲長源云：位存以熏香摘艷之才，爲滴粉搓酥之用，優游漸漬，久而益專，其于南渡諸家，不屑屑句摩篇倣，而一種幽情逸韻，流于筆墨之外，蓋能自出杼軸，而又得體裁之正者。　史衎存云：位存兄精于倚聲治學，自南唐兩宋迄昭代諸名家，靡不搜采研誦，吸其精英而淘洗出之，高者直軋白石、梅溪，次不失爲竹垞、華峰諸前輩語。　梁溪杜丈雲川推爲近代第一作手，非虚譽也。　位存詞獨標新異，卓然名家，在乾隆初年時無出其右者。　國朝詞其年、竹垞尚矣，朱、陳外首推太鴻，十餘年而得一位存，又數十年而得璞函。位存者其接武樊榭，而爲璞函導其先路者歟？

南歌子　月上輕羅扇

數語中情景兼到。

又　茜袖凝香重

「人去月痕消」五字警絶。

百字令　布帆清曉

（上闋眉批）情詞都妙，不減柳郎中，而氣骨過之。　（下闋眉批）依微淡遠，觸處皆愁。

祝英臺近　楚雲歸

此詞無一語不婉約，情詞淒艷，較之《神女》、《洛神》轉得其正。　（下闋眉批）情能生詞。

小重山　閒倚風前數落紅

位存詞無一句不耐人玩索，無一字不耐人玩索，如此篇是也。

滿江紅　纔説春來

（上闋眉批）情詞婉轉。　欸欸深深，如泣如訴。　（「更不推辭花下酒，最難消受黃昏雨」眉批）此種句法非天人兼到者不能。

采桑子　鬱輪袍曲當時譜

（下闋眉批）文言道俗情，只要説得清、真，便是古今絶調。

踏莎行　荷髻翻新

（上闋眉批）鍾情天氣如此。　（結句眉批）婉約。

一萼紅　楚江邊

（上闋眉批）情詞悽楚。　（下闋眉批）較白石「野老林泉，故王臺榭，呼喚登臨」之句亦不多讓。

（結句眉批）淒切。

臺城路　槐花忽送瀟瀟雨

位存「三秋絲雨」二句詩，亦泛常佳詞，卻深婉。　（下闋眉批）深婉曲折。　（結句眉批）淒絶。

玉樓春　年來不學歡情減

（「淒迷只似雨餘花，涼冷略如秋後簟」眉批）兩喻淒警。　（結句眉批）冷絶俊絶，真有鬼氣。

謁金門　涼滿院

（上闋眉批）婉雅芊麗。　一「先」字真深于怨者。

鵲踏枝　乳燕初飛春已去

（上闋眉批）情態可想。　（結句眉批）月雨亦何心，特我自多情，故不禁有愛憎耳，真情之至者。

鵲橋仙　經時消渴

（結句眉批）情詞兼勝，姿態横生。

石州慢　寒掩空庭

情文相生，「把酒」十餘字，讀之至數十遍而其味愈出。（結句眉批）深情苦意，只「年時」二字中可見。

賣花聲　獨自掩屏山

（上闋眉批）淒惋。（結句眉批）低徊深婉。

留春令　薄羅初試

情詞婉折，此種筆法、句法、字法，可謂無古無今。（結句眉批）最歎捱是第一夜。

東風第一枝　杏葉陰繁

（上闋眉批）字字工秀。　觸景生情，故下半闋只言情不言景。「相思」二語，字字是淚。（結句眉批）冀倖之深。

木蘭花慢　記華燈颭影

詞意與上篇仿佛，而語覺疎快，蓋上篇是夢窗一派，此篇是草窗、玉田一派也。（下闋眉批）淒艷芊綿，于此已極。

綺羅香　風柳誇腰

（上闋眉批）好景堪愛，我讀之尚舒愁抱，況目見者。（下闋眉批）將成典成語極力翻用，運以新意，真正作家。

阮郎歸　香殘醉淺止無聊

（下闋眉批）位存小令工緻芊婉，字字有味，不減飛卿。

探芳訊　冶城暮

（上闋眉批）神明姜、張之作。　（結句眉批）蒼茫哀怨，弔古詞能免叫囂之習，最爲難得。

臺城路　江南五月寒如許

（上闋眉批）筆致淒婉，有流動之神，無衰颯之態，神明姜、張者。　（下闋眉批）沉切之詞，一至于此。

解佩令　澄江如練

遣詞精秀而不沉雄，用意淒婉而不悲鬱，自是位存本色。

滿庭芳　燈影分紅

迤邐而來，至「漸」字一擒，至「又」字忽又一縱，千回百折，轉出「春情遠」三語來。　（結句眉批）淒婉如此。

任曾貽

儲長源云：淡存詞删削靡曼，獨抒性靈，于宋人不沾沾襲其面貌，而能吸其神髓，一語之工，令人尋味無窮。　任淡存詞淒艷風流，得味外味，真漁川、橙里之亞也。

臨江仙　斷雁西風古驛

「砧聲」十字意味深長，如讀唐人五律。　（結句眉批）情詞都妙。

南樓令　風外數枝涼

寫謝後荷花，偏有如許風致。　（結句眉批）情詞淒婉。

風入松　數聲蟬噪又新秋

物與如此。　情深詞亦精鍊。

踏莎行　絮影簾櫳

（上闋眉批）有情乎？　無情乎？　妙極清虛之致。　（結句眉批）婉轉淒涼。

阮郎歸　征鴻飛盡月初生

（上闋眉批）景中傳神。　（結句眉批）心中之情無數，故耳中之聲亦無數。

菩薩蠻　雲屏曲曲圍金屋

宛麗無比。

買陂塘　聽聲聲子規啼罷

看此起數語，略易數字，便自婉約，便非稼軒筆墨，今之學古者第學其貌而遺其神，曷不三復淡存之詞乎？　（結句眉批）淒絕。

瑣窗寒　敗葉鳴廊

（上闋眉批）淒切入骨。（下闋眉批）亦是昔人慣用之句，綴湊得來，卻成自己之妙。（結句眉批）其味俊永。

臺城路　溪光只在闌干角

情詞之妙仿佛夢窗。淡存詞不沾沾襲宋人之貌，然就淡存詞合宋諸家觀之，不置之夢窗不可也。

三姝媚　蟾痕生樹杪

（上闋眉批）先寫景後拍題。入題。下半闋寫情，至結筆仍寫景。起數語因景入題，故末句還說到景上，首尾相映，方有意味。今人作詞多不講究格法，曷不熟讀淡存詞也。

高陽臺　淡日籠煙雲

（結句眉批）淒婉而緊密，自是夢窗一派。

史承豫

小重山　曲淥闌干一徑通

（上闋眉批）字字婉約沉靜。情詞俱妙，結二語亦是昔人屢用之句，然尚不腐。

埽花游　輕帆卸罷

（上闋眉批）淒婉。（結句眉批）筆致亦不減位存，可謂二雄。

張雲錦

厲樊榭云：龍威有和予《續樂府補題》五闋，其《天香·賦薛鏡》云：「粉潔休磨，塵輕不染，識取夜來名字。」深有感于予懷也，題二絶句其後云：「蹤跡江湖燕尾船，一回相見一流連。新詞合付兜孃唱，可喜紅牙久寂然。」「樂笑翁今不可回，補題五闋屬清才。薛家鏡子塵昏後，悽絶何人喚夜來。」龍威詞淒香秀色，與淡存相伯仲也。

雨霖鈴　炎精銷歇

龍威詞于宋人中雅近中仙。　精絶之句。　結二語與上半闋是通篇精湛之筆。

長亭怨慢　故情歇了無飛絮

白石原唱云：「閲人多矣，誰得似、長亭樹。樹若有情時，不會得、青青如許。」永推千古絶調。此作「雁來秋矣」四句亦佳，但遠不及白石耳。

滿江紅　寂寞寒塘

（上闋眉批）冷雋不禁。　（下闋眉批）淒切。　格似中仙，語似草窗。

齊天樂　井欄昨夜涼初轉

（上闋眉批）淒切哀怨，亦不減樊榭原唱。　淒艷工雅。　（結句眉批）悽孤如此，真令我不忍再讀。

洞仙歌　涼飇怎引

（上闋眉批）遺詞精秀。　（下闋眉批）題多佳作，此數語獨精妙簡鍊，駸駸乎比肩南宋諸家矣。

朱雲翔

許名崙云：《蝶夢詞》融情鍊景，刻羽引商。溯權輿於李唐，備體裁於趙宋。擬之竹垞，可以代興。

《蝶夢詞》情詞婉轉，可升竹垞之堂。

疎影　墻陰深處

（上闋眉批）詞必以情爲主。　（結局眉批）以凄婉之情，運精秀之詞，焉得不妙？

一枝香　碎錦新妝

（上闋眉批）寫得工雅流麗，不落纖靡，恍如神仙中人。　（下闋眉批）低徊深婉。

玉漏遲　莽秋雲一片

起筆消魂　（下闋眉批）觸物生愁，無限凄斷。　（結句眉批）物我皆然，故曰同苦。

浣溪沙　淡月微黄雨乍晴

（「闗情柳絮舞郵亭」眉批）楊柳何心，妙在有意無意之間。　（下闋眉批）深婉可歌。

繆　謨

祝英臺近　舫裝書

（上闋眉批）淒秀而能鍊。　（下闋眉批）蒼茫雄勁。

陸　烜

陳太暉云：《夢影詞》以白石之清勁，兼玉田之深婉，生香真色，在離接之間。《夢影詞》瓣香白石，意味深長。　（陳評上眉批）玉田詞疏快，非深婉者，太暉此論未允。

醉花陰　冷苑碧梧深午晝

較之易安原唱，一則淒涼深婉，一則悲鬱蒼茫，並存千古可也。

點絳脣　困倚紅樓

（上闋眉批）淒婉。　（下闋眉批）語甚沉着，不獨淒婉。

滿庭芳　細雨吹絲

少游原唱已是空前絶後，此雖極力爲之，亦不及十分之一，但一種淒婉之致自不可没。

浣溪沙　好夢無端上玉釵

（上闋眉批）叔原一派。　（下闋眉批）悽惋，不能再讀。

夏宗沂

浣溪沙　暗别偷啼掩淚珠

此調昔人用之屢矣，然屢用屢鮮，不病其襲也。

朱芳靄

高槎客云：桐鄉朱子春橋，竹垞太史族孫，碧巢農部之外孫也。其詞句琢事鍊，調和律諧，具有小長蘆家法。　春橋詞風流疏快，深得玉田之妙。

摸魚子　挂輕帆隨流東下

春橋詞每作一題，有振筆疾書之樂。　竹垞聲口。　（「虚名休再相誤，封侯料得非吾分」眉批）即竹垞「封侯白頭無分」之意。

賣花聲　芳草滿平沙

（上闋眉批）音調亦是自然流出。　（結句眉批）工切。

釣船笛　雪浪打城根

（上闋眉批）筆力雄勁，不獨善寫景。　（下闋眉批）春橋慣用之筆。

又　秋氣滿江潭

用數虚字跌出殘字意來。

一落索　簾外殘英風裏絮

（上闋眉批）淒婉而爽利。　（下闋眉批）語極婉而筆力極爽直，真能得玉田之神髓者。

湘月　銜杯幾日

（上闋眉批）叙衆人送行，「明朝」二語寫己之去。（下闋眉批）此後相思如此。（結句眉批）重冀再聚，是題後去路。（尾）時同人有寒山消夏之約。

好事近　流水罨吴雲

（上闋眉批）婉約。　桃花流水真春水船如天上坐。

又　澹蕩占鷗波

春橋詞襟懷淡逸，想見其人，余嘗謂讀春橋詞，便可覘竹垞，蓋真淵源有自也。

齊天樂　蜀岡萬樹松陰翠

（下闋眉批）寫遠望山色之趣。（結句眉批）飄然若仙。

姚培炎

憶秦娥　愁難説

（下闋眉批）見鄰牆秋千，而想到夜臺遺魄，淒惻無比。

張　冕

如夢令　誰弄押簾銀蒜

（結句眉批）惋惻似北宋人。

徐柱臣

珍珠簾　雲空碧落寒光透

（上闋眉批）深深欵欵，反覆低徊，不減《西廂》。　（下闋眉批）冷秀之筆。　（結句眉批）「垂手」二字，與上半闋「稽首」二字有不動聲色之妙。

又　游絲裊裊春光暮

題前之妙如此。迤邐寫來有不得不折，不忍折之妙。「還住」二字一頓，妙有波折。　（結句眉批）題後之妙又如此。

吴　烺

荀叔詞悲涼凄怨，與春橋並駕齊驅。

釣船笛　霜月落孤篷

（上闋眉批）高雅。　（下闋眉批）此中有真樂，未許俗人問津。

探春　度曲人歸

凄警。　（下闋眉批）《續西廂》云：「你若知我害相思，我甘心兒爲你死。」此云「銷盡吟魂，知他知未」，不顧相思死活而惟恐其不知，真死於情者。

浣溪沙　獨倚危樓望曉天

「一行香夢」句，精秀。結七字婉約。

淒涼犯　夕陽簾幕波紋細

（上闋眉批）雅近夢窗。（下闋眉批）情景兼工。

雨中花　一架西風

通首哀而不傷，意味固自無盡。（下闋眉批）旁面襯染。（結句眉批）工雅淒清，兼而有之。

（尾批）張翰有《豆羹賦》。

水龍吟　新涼才換羅衫

筆致鬆快。上半束筆，下半起筆，都由《西廂·長亭》一篇偷來。（結句眉批）筆格警鍊。

董元度

百字令　珊珊鴻影

（上闋眉批）直起。婉轉有情。（下闋眉批）騷情賦手，不謂于詞中見之。（結句眉批）呼之欲出。

汪士通

青門引　十里沿江路

梅花題無論詩詞，古今佳者絶少，蓋梅花高絶清絶，最難落筆。此作「是花是雪，不辨雲深處」二語卻妙，當與釋齊己「前村深雪」，老杜「山意衝寒」，坡公「竹外一枝」，逋仙「雪後園林」，放翁「孤城小驛」及白石《暗香》、《疎影》二詞並壽千古。余鄉蔣寶素有詩云：「東風吹陽和，梅花先精神」，亦不減和靖諸家。

王鳴盛

虞美人　羅幃當日梧桐雨

（結句眉批）筆力沈雄。

漁家傲　淺夢輕寒添酒病

（上闋眉批）楚楚自憐。（結句眉批）凄涼情況，我見猶憐。

王又曾

真珠簾　槐花小店鞭絲墮

（上闋眉批）觸景生情，因壚畔少女，追想我心中人，情深語至。　（下闋眉批）既思之又復慮之。

（結句眉批）不敢寄紅豆，恐伊悽楚也。　情深一至于此。

齊天樂　東風扶上春雲頂

寫景處雄濶壯麗，沈鬱蒼涼，兼而有之。　（結句眉批）無限淒感。

查　禮

減字木蘭花　愁雲闇淡

（上闋眉批）題後一層落想。　（下闋眉批）神致宛然。

董　均

鵲踏枝　嵇阮壚邊司馬壁

（上闋眉批）如此情況，非此説得不透，語極沉著有味。　（下闋眉批）聞笛寄慨。

顧詒禄

如夢令　昨夜雨聲成陣

（結句眉批）語極閑婉，似晏叔原。

沈超

長相思　酒初醒

（結句眉批）淒切不減《大聲集》中二闋。

雲韶集輯評卷二十一

過春山

吳竹嶼云：湘雲徜徉山水，嘯傲風月，所作詩詞如雪藕水桃，沁人醉夢。　湘雲詞寄情綿緲，每取一篇，于風前月下歌之，覺澧蘭沅芷之音，至今猶在人耳。

明月生南浦　宿雨收春芳事盡

（上闋眉批）婉雅。　（結句眉批）以情運詞，風流俊逸。

水龍吟　片帆斜挂西風

（下闋眉批）精秀絕倫。　（下闋眉批）得中仙之趣，兼玉田之長，直入白石之室矣。　結淒秀。

探春　小雨啼花

臺城路　東風又入荒園畔

（上闋眉批）筆致疏散。　亦令讀者不勝淒楚。

俛仰流連，無窮悽感，令白石老仙爲之當不過是。　淒涼感喟，字字和雅，不激不迫，前無古後無今。　結更警絶。　詞各有極，如此詞不獨爲湘雲壓卷，即質之今古，亦是有數之作。

臨江仙　試數舊愁餘幾縷

（結句眉批）好句，勝讀唐詩，湘雲真古人也。

江亭怨　寒翠濕衣欲暮

（上闋眉批）淒冷之筆。　（下闋眉批）風流疏雅，不減玉田。

朱　昂

秋潭詞最淒切，骨似周、張，語似晏、歐。

浣溪紗　蕙鼎香微掩畫屏

（上闋眉批）語最婉約。　（下闋眉批）淒艷。

一剪梅　一樹緗桃浥露穠

低徊淒婉。　（結句眉批）淒艷，正如「雨打梨花」。

清平樂　芙蓉九朶

不獨有詞有骨，題三泖漁莊者不下數百篇，此獨簡淨。

攤破浣溪沙　藥鼎微温枕半欹

此詞只結二語婉約，去古不遠，餘俱落纖巧一派，取其所長是在善讀者。

明月棹孤舟　蔓草荒汀帆影直

秋潭詞此章最見骨力。（結句眉批）筆力冷俊。

惜秋華　亞字城西

（上闋眉批）兼草窗、玉田之長。（下闋眉批）情景兼到。

江　立

聖言詞逼真南宋諸家，而於中仙尤近。

瑣窗寒　冷月棲霜

（上闋眉批）筆態翩翩，而語語完密，直入中仙之室矣。（結句眉批）字字淒感，亦《枯樹賦》之流亞也。

百字令　孤雲海樹

「冷」字警。（下闋眉批）必以情運詞乃工。（結句眉批）深惡塵世，語妙不激。

高陽臺　影帶雲涼

（上闋眉批）淒感無限，都在數虚字唱出。（下闋眉批）淒淒切切，語似草窗而處處整鍊，仍是中仙之妙。

汪棣

黄廡堂云：對琴詞如入武夷啖荔枝，鮮美獨絶；又如饌設江瑶柱，與群肴錯迥别。　張漁川云：對琴每于酒邊花下，閒作倚聲，如聞空山琴語，松下幽泉，使人不復作塵想。　對琴詞亦是取法南宋，遠追樂笑翁，近亦比肩湘雲。

洞仙歌　思量不起

（上闋眉批）筆致疎冷。　（結句眉批）筆態之妙與湘雲如出一轍。

一剪梅　支枕垂簾到夜分

（上闋眉批）字字是追思神理。　（結句眉批）婉約，妙。

南浦　孤月最關情

（上闋眉批）情詞悽楚，南宋之妙境。　「斷橋」七字淒警而藴藉。

渡江雲　孤城吹曉角

（上闋眉批）字字雄健，句句風流，貌似湘雲而骨猶過之。　（下闋眉批）淒而警。　結二語是盤硬語，不知者以爲軟語。

琵琶仙　斜日揚舲

（「秋空片雲卷」眉批）五字精湛。　「野草」三句是白石手段。　（「看胥口波面」二句眉批）千古快論，成敗在所不論也。（結句眉批）有議論，有感慨，有筆力，淵淵出金石聲。

蔣士銓

心餘太史九種曲，膾炙人口久矣。詞不逮曲，然一種壯往之氣，自是無敵。稼軒詞運用典實而不嫌其累，如淮陰將兵，多多益善；銅絃詞拉雜使事而不病其粗，如仲景用藥，投之所向，無不如意。真古今兩雄也。銅絃詞初看似板橋，繼看半似半不似，再看則全不似。蓋讀書成名，二公皆可無憾，而一人有一人之心胸，故發爲詞章，卒不能强之使同也。板橋詞看似粗莽，其實天人兼到，熟極而流，不可移易一字。銅絃則粗粗莽莽，任意疾書，但不免有生硬處，視板橋稍遜一着。

滿江紅　鑿翠流丹

此先生少年之作，字字精悍。（下闋眉批）俯視一切。　名士襟懷。

水龍吟　相逢同飲亡何

（上闋眉批）語意筆力，當于詞壇别樹一幟。（下闋眉批）運詞遣句，一片神行。（結句眉批）另有一種筆致。

賀新涼　蝶是莊生化

先生《一片石》傳奇表婁妃之墓，極其悲壯淋漓，此詞非題傳奇之事，乃寫自己襟懷，所以傳奇之故。

（結句眉批）警絶。

滿宫花　態嬌癡

愁生于情。（「不解愁從何處至，覺道眼前都是」眉批）即「滿眼是相思」、「無處説相思」之意，竹坡已先言之。

蝶戀花　雨雨風風愁不止

愁來無端，觸處皆是，欲破愁城，當請如來説法。　結雋絶。

賀新涼　瀟灑房櫳底

（「我輩鍾情而已」眉批）我亦是鍾情者。（上闋眉批）時北涯方校心餘新詞院本，故云。（下闋眉批）淋淋漓漓。

又　名宦何堪數

（上闋眉批）北涯有後西樓填詞，故云。　着「秋宵」二字方使「苦」字神理出。（結名眉批）有筆力。

又　帳冷香銷夜

北涯姬人趙蘭徵，能詩。亡後廿餘日，八月十三夜，夫人將產。北涯共友人露坐庭吧，見姬入夫人卧内，遂産子，七日而殤。姬復見夢曰：「本非樂生者，聊歸視家人耳。」北涯痛絶，爲作《再生緣》樂府。

又　燭炧銅盤亦

（「笑昌黎早脱期期齒」眉批）北涯年未五十，齒脱幾半，故云。　（結句眉批）碎擊唾壺。

又　老屋三間下

（上闋眉批）語不驚人死不休。　（下闋眉批）痛絶快絶。　以文遣詞，是何意態？　雄且傑。

水調歌頭　對酒不能飲

（上闋眉批）其源亦出劉、蔣耳，更覺粗莽有力。　（下闋眉批）拉雜使事，無先生本領者不可學。

滿江紅　短後之衣

（上闋眉批）妙解人頤。　（下闋眉批）振筆直書，無一毫阻滯，不必議其粗魯也。

又　馬鐸郎當

（「吹徹玉笙寒，新婚别」眉批）時北涯方納姬，故戲云。　（下闋眉批）筆力傲健，自成一家。

齊天樂　來時盡説長安樂

（上闋眉批）三「半」字鋪排有致。　語極藴藉。　（下闋眉批）淒警語。　結得亦悲鬱亦灑脱，妙不激烈。

賀新涼　仰屋和誰語

（上闋眉批）字字真樸，一片淚痕血點結綴而成。　（下闋眉批）淚隨聲墮，何能卒讀。　淒淒切切，虧他叙此不如意事。

又　愁似形隨影

（上闋眉批）悲愴嗚咽，滿紙秋聲，天地爲之動色。　（下闋眉批）以醒爲夢，以夢爲醒，現身説法，勝讀如來幾卷經。

城頭月　他鄉見月猶淒楚

（上闋眉批）深一層起。　（下闋眉批）淒切之筆，妙在簡鍊。

邁陂塘　灑秋風淚痕幾許

（「哀猿啼到三聲後」眉批）聽猿寔下三聲淚。　「青春去矣」四字，猶多少惋惜。　（下闋眉批）筆致總不與時同。

賀新涼　一丈清涼界

心餘於諸詞家最心折其年，故言之最真切。　（下闋眉批）其年有靈，當與先生接冥交。　字字真切，真有此情。

滿江紅　十載填詞

余于先生九種曲，最愛《空谷香》、《冬青樹》二種，所謂脱盡脂粉氣而無堆垛之跡者也。　余雖不敢謬託知音，然每讀先生《空谷香》、《香祖樓》諸篇，未嘗不喉中哽咽也。

賀新涼　女子如斯也

《西廂記》、《牡丹亭》最膾炙人口，然皆無關風化，何如先生諸傳奇。

醜奴兒令　年光得得忽忽去

（上闋眉批）劉、蔣之筆。（下闋眉批）淒感如此。

又　膝前長跪慚潘令

（上闋眉批）一筆抒灑。（下闋眉批）亦雅致。

解連環　江流日夜

（上闋眉批）淋漓悲壯，此地不可無此健筆。（下闋眉批）上下千古，感慨不盡。（結句眉批）用唐詩亦好。

賀新涼　寇至無人抗

二詞寫得英風颯颯，如見公鬚眉。敘事處硬起硬轉，筆力廉悍。（結句眉批）痛快之筆，讀之起舞。

又　利刃環而下

（上闋眉批）天地爲之久低昂。（「看府谷荒城斗大」眉批）斗大荒城，有孤星耿耿。此層斷不可少。（下闋眉批）公裔孫遇龍壬申進士龍泉令，故云。

彭光斗

漁家傲　九日年年風復雨

（上闋眉批）嘯傲自得。（下闋眉批）筆力精湛，平淡題不可無警句。

吴泰來

蔣西原云：企晉水月方清，雲嵐比潤，偶作計餘，亦是蘇門長嘯。　竹嶼詞情詞悽惋，兼宋、元人之長。

鳳棲梧　江梅吹盡紅樓閉

（上闋眉批）情詞凄艷。　（結句眉批）竹嶼詞每至收筆，正如餘音繞梁，三日不絶。

卜算子　蕙帳嫋殘煙

（上闋眉批）婉約有情。　（結句眉批）亦是古人慣用之詞，然不嫌其盜也。

清平樂　紫蘭香徑

（上闋眉批）妙極婉欵。　（下闋眉批）凄艷，頗似叔原。

賣花聲　風雨送扁舟

（上闋眉批）婉轉凄涼，音節瀏亮。　（結句眉批）情詞都妙，不求高而自合于古。

買陂塘　又匆匆水田分袂

（上闋眉批）情詞之妙，幾欲與竹垞代興。　（下闋眉批）風流凄楚。　凄警。　情詞都勝。

酷相思　煙鎖垂楊江色暮

無限凄涼。　（結句眉批）愁人心裏，聽風聽雨，何以爲情？

王文治

酹江月　春將歸去

（上闋眉批）自是有心人語。　（「才人補恨，舫齋爲製新句」眉批）才人之筆，如是如是。　（下闋眉批）一片活潑之機。　（結句眉批）有悠然自得之樂。

儲秘書

臺城路　秋光看到丹楓候

（上闋眉批）寫十月間天氣如畫。　（下闋眉批）詞若無情，便不成詞，必須有此感喟。　結句寫景，綿緲無際。

許寶善

蝶戀花　樓上珠簾樓下路

（上闋眉批）淒婉，得晏、歐之遺。　（結句眉批）淒涼藴藉，是北宋人句法。

阮郎歸　一簾酥雨杏花殘

（上闋眉批）輕圓婉約。　（結句眉批）從「郴陽和雁無」化出。

王初桐

春光好　蘆花白

（上闋眉批）畫境詩境。　（下闋眉批）婉約合乎古。

趙文哲

吴竹嶼云：璞函詞瓣香于碧山、蜕岩，故輕圓俊美，調協律諧。以今代詞家論之，允堪接武竹垞，分鑣樊榭。　國朝詞家朱、陳尚矣，數十年而得一太鴻，又數十年而得一位存，又十餘年而得一璞函，其他名手雖多，無出此五家之右者。　璞函詞亦是南宋規模，而才大心細，圓美流轉，斟酌古名家而出之者，盡美矣，又盡善也。　閨詞易流淫褻，璞函《祝英臺近》及《孤鸞》、《雙頭蓮》、《摸魚子》諸篇，詞極婉雅，意味愈嚼愈出，情勝故也，不必用粉白黛緑之詞，自令讀者低徊不已。

臺城路　奈何聲裏香魂斷

通首淒切而合乎古。　（上闋眉批）點染有情。　（下闋眉批）淒艷悲涼，聲情絶世。　結筆愈自生色。

又　烏衣巷口斜陽冷

起便銷魂。　（上闋眉批）淒涼婉轉，語亦秀絶。　通首點染，結二語結足本題，最爲完密。

河傳　送客南陌

（上闋眉批）淒秀不減飛卿。　（結句「秋聽紗窗啼曉鶯」眉批）婉約。

摸魚子　記當年破窗風雨

（上闋眉批）追叙當年。　風流雲散。　（下闋眉批）兼清真、白石之長。　精神秀鍊，竹垞不得專美于前。

又　打疏窗朔風淒緊

淒感如此。　有懷故里，只一二語點綴，便令讀者想見清幽。　（結句眉批）名士英雄兼而有之，先生襟懷可想。

南浦　昨夜又東風

（上闋眉批）語極温婉。　（下闋眉批）從對面想來，淒切無比。

摸魚子　悵江湖舊游星散

（上闋眉批）慨想舊游，不獨贈鄭也。　「樊榭」謂厲太鴻，「吴船」謂趙飲谷。　客中作樂聊以自遣耳。

淒涼犯　滄江望遠

（上闋眉批）淒清哀切。　（下闋眉批）璞函詞多不食煙火語，真可與竹垞分道揚鑣。

臺城路　疏枝一夜鳴鵑鴂

璞函《蘆花》、《落花》、《秋草》、《秋柳》諸篇，淒涼深秀，永推絶妙好詞。《秋草》一篇，尤爲諸篇之冠。

（結句「獨立蒼茫，舊袍青淚濕」眉批）慷慨而今，追念當日，雙收最有力。

又　南樓昨夜吹横笛

秋柳名作多矣，後人刻意求勝，愈工愈下，亦愈趨愈遠。似此無意求工，第以一片真情，綿邈無際，轉不在古人下也。

薄倖　閑門深閉

（上闋眉批）哀艷。　有情有景，神韻無窮。　（結句眉批）凄婉如此。

憶少年　楊花時節

（上闋眉批）不是凡艷，仙乎仙乎。　（下闋眉批）句絶精鍊。

倦尋芳　柳遮翠館

（「滿目江山，何處送春歸去」眉批）「不解春歸何處去」，即此意也。　「斜陽欲下，一庭疏雨」八字，的是送春最凄切語。　（下闋眉批）凄凄切切，不忍再讀。　何減古人？

綺羅香　燕絡晴絲

較其年重過遺址諸篇，一悲壯，一凄婉，並垂不朽。　（下闋眉批）璞函之詞仿佛阮亭之詩，但阮亭詩振起微遜，不如璞函詞可謂兼善。

摸魚子　寄荒郊打頭茆屋

（上闋眉批）寫景精鍊。　（「最苦花間小酌，酒醒人已離索」眉批）即「酒醒何處」之意。　（下闋眉批）一片淒感，而語特精絶。　璞函詞押韻堅確而不板滯，可謂神明變化。

霓裳中序第一　輕煙弄暝色

（下闋眉批）淒警。情詞之妙遠接白石，近比竹垞。（結句眉批）曰「別後休思此夕」，真淚隨筆墮語。

綺羅香　乳燕棲梁

（上闋眉批）客裏相逢，悲喜交集。　婉麗無比。　後半闋低徊曲折，一往情深，極淋淋漓漓之致，便令竹垞復生，亦絲毫不能相過。

祝英臺近　映紅霞

璞函《祝英臺近》諸篇遺詞輕婉，脱盡凡艷，前無古後無今。　此章叙見面之始。「玉箏柱」，十三齡也。

又　采茶天

此章訪之。　（下闋眉批）借乞漿以入門。　（結句眉批）風流閒雅，我見猶憐。

又　鳳釵盟

此章訂約，特移居以就之。「心事尚難料」五字妙絶，是初訂約時心情也。　草草移居，結句拍題。

又　拓書梁

此章移居已成，上半闋喜得與玉人相近，下半闋歎佳約仍是無憑，殷勤反覆，以起下章之意。

又　井桐陰

此章因比鄰既久，有隙可乘，遂赴佳約也。通首無一字不輕婉，令人心醉。（結句眉批）詞必極麗，情必極深。

又　月如弓

此章寫第一夜離別又重訂後約也。（結句眉批）第夜別後相思，如是如是。

又　捲魚雲

上是訪彼美，此章是彼美自來，情節特妙。曰「誰禁」者，非比前日至彼處之畏人知也。（結句眉批）情韻如此。

又　颺茶煙

此章叙離別，中有一片不得已情，欲言難言，令讀者自悟。結三句「回頭一笑百媚生」，以云情深，結處自宜回顧，是若論風格，結三句只作心灰意死之詞亦可。

憶少年　迢迢煙水

「誰憐」十字，情詞既妙，風骨亦高。

酷相思　草草一尊臨欲去

（「酒醒也，人何處。夢醒也，人何處」眉批）運用柳詞，妙是自出機軸。（結句眉批）淒清如此。

一萼紅　步深幽

璞函詞幾欲與竹垞相等，似尤出位存之右。（下闋眉批）淒感不勝。（結句「怕見舊時月色，莫上簾鈎」眉批）一片淒感，極風流酸楚之致。

孤鸞　當年鴛社

麗字麗句，妙是追想當年之詞，將一片綠雲紅粉之詞，都憑虚駕不嫌其□□也。「何時」二字與□處「當年」二□遥遥開合。

雙頭蓮　學繡棚邊

學繡時叙起，姿態有餘。□□句情深。（下闋眉批）淒艷芊綿，深情無限。結更淒冷。

祝英臺近　映紅薔

（上闋眉批）淒淒切切。（下闋眉批）雪裏芭蕉，自是天然圖畫，亦非于無理中求理也。此詞深得古人之心。

摸魚子　怪苔痕一番疏雨

（上闋眉批）追思當日風流，幾于一字一淚。（下闋眉批）淒艷如此。一往淒感。

洞仙歌　庾郎蕭瑟

（上闋眉批）風流自賞，不減竹垞。（下闋眉批）詞必有情輔之，方覺意味無盡。

臺城路　紅闌橋轉逢西弄

（上闋眉批）字字雅麗，真畫中人也。（下闋眉批）情詞之妙，不減淮海。淒艷。（結句眉批）

一往情深。

朱澤生

吴竹嶼云：芝田天才幽儁，于詞不學而能，其《西湖送春》、《感舊》、《梨花》、《剪秋羅》諸闋，品格在碧山、玉田之間。　芝田詞信筆抒寫，而情韻自勝。

浣溪沙　細雨霏霏逼禁煙

風流婉轉，若不假思索而得者。

又　銀鴨香消寶篆輕

芝田小令之妙，幾欲與藕漁後先輝映。

長亭怨　乍鶯語蘇堤晴曉

（上闋眉批）何等淒感。　（下闋眉批）頗似元遺山、張仲舉筆法。　（結句眉批）綿渺無際。

摸魚兒　泛西湖淥波明鏡

（上闋眉批）精秀絶倫，淒艷無比。　（下闋眉批）兼竹垞、太鴻之長。

鄭　澐

楓人詞氣骨蒼涼，在草窗、玉田之間。

齊天樂　荷衣銷盡煙江翠

（上闋眉批）遺詞運句，自是南宋人手段。（下闋眉批）淒涼哀感，擊碎唾壺，逼真草窗、玉田之作。

長亭怨慢　甚相見匆匆如此

（上闋眉批）筆力精健。低徊曲折中情勝，而筆力亦勝。（下闋眉批）淒切語。結得綿遠。

清平樂　雨闌風定

（上闋眉批）語不多而情交集。（下闋眉批）語意精警。

轆轤金井　倚樓人遠

（上闋眉批）逼真草窗。（下闋眉批）疊進一層，愈覺淒警。

月下笛　十四橋邊

題玉田詞後，所作亦是玉田筆法。（上闋眉批）淒感有情。（下闋眉批）悲涼淒警，呼醒玉田。

施朝幹

月下笛　怪底湖邊蒼龍睡

筆筆蒼涼，字字精湛，此題有此可稱絶調。感慨無限。一結淒切哀怨，如聞羌管悠悠。

吴省欽

憶蘿月　鑪薰被暖

「夢又不來」，四字妙甚。（下闋眉批）語亦清俊。

張熙純

高陽臺　眉譜慵翻

一往纏綿，情韻並勝。策時《曇華閣詞》外，有《香奩藝林》，惜未傳播，當必有可觀者。（結句眉批）淒艷。

胡奕勳

清平樂　煙疏古岫

（上闋眉批）亦是常意，而語特遒鍊。（下闋眉批）是有情人語，是有心人語。

殷如梅

臨江仙　强欲登高舒望眼

（上闋眉批）好景可想。　（下闋眉批）詞勝情亦勝，頗似璞函筆法。

陳　嵇

百字令　隔林蕭寺

「留住人間殘夢」六字精妙無比。　字字精秀。　後半闋一片淒感。　結到題面。

邵　玘

更漏子　半含桃

（上闋眉批）字字婉約。　（下闋眉批）得唐末宋初之遺。

林蕃鍾

沈桐威云：蠡槎有《精選南宋四家詞》，以石帚、玉田爲宗，而旁及于草窗、梅溪，故鍊句研詞，自能超越凡近。　蠡槎詞神明乎南宋，骨韻都高。

菩薩蠻　春風一棹天涯客

（上闋眉批）精鍊。　秀絶警絶。

鬲溪梅令　蓀橈載酒下吴淞　妙在不多寫客感，而客感自覺淒切。

蠡槎詞語似南宋，而骨則仍自晚唐、五代、北宋來者，蓋先學北宋，後學南宋也。

清平樂　晚粧初就

（上闋眉批）淒艷。　（下闋眉批）柔情欵欵。

玉樓春　羅幃小障殘寒淺

（上闋眉批）深得馮正中、晏元獻之妙。　（結句眉批）真與晏、歐一鼻孔出氣。

珠珠簾　暮帆微覺西風勁

（上闋眉批）筆意亦雅近白石。　（下闋眉批）我弔古人，後人亦弔我，異代可以爲友。　結綿邈。

倦尋芳　薄寒未散

（上闋眉批）清冷入骨，絶唱也。　（下闋眉批）精湛之句與古人爭驅。　結亦有情。

浣溪沙　漠漠寒汀起暮愁

（上闋眉批）筆致疏雅。　（下闋眉批）蠡槎詞慣多精秀之句，當以錦囊貯之。

梅子黄時雨　殘葉離亭

（上闋眉批）好句，令讀者吟誦不置。　（下闋眉批）送别覼别，直寫得一樣傷心。

沈起鳳

褚筠心云：桐威以度曲知名吳中，麴部求得新聲，奉爲珙璧，而詞亦清新，不墮王實甫、關漢卿蹊徑。

桐威負絶世才，喜詼諧，所著多誚世人語，自是才人之筆。但不免口孽耳。詞則風流婉娩而清瘦在骨，要是本色。

謁金門　風乍定

桐威詞長調兼有衆長，小令則專取法于五代也。

鬲溪梅令　小寯山下水溶溶

（上闋眉批）婉麗不減南唐。　（結句眉批）輕圓脆美，飛卿、正中之流也。

菩薩蠻　小屏山外春雲晚

（上闋眉批）淒艷。　（下闋眉批）遣詞淒秀亦瘦削。

感皇恩　流水謝橋灣

（上闋眉批）此作頗近北宋。　（下闋眉批）得耆卿、子野之遺。

浣溪沙　幾度天涯夕照殘

（上闋眉批）好句如珠。　（下闋眉批）風雅襟期。居然自賞。

慶春宫　波遠生煙雲

（上闋眉批）筆筆精秀。　有詞有韻，筆致在姜、張之間。　（下闋眉批）對面落想，結三語挽歸本題，筆力精健，語亦秀雅。

雲韶集輯評卷二十二

汪　煥

蝶戀花　柳眼啼煙花泣露

（上闋眉批）情詞淒艷，不減秦、柳。（結句眉批）語妙婉娓。

張雲璈

浣溪沙　昨夜春寒減一分

起句好。「隔簾」七字恰到好處。（結句眉批）語亦婉約。

蔣元龍

憶江南　深院靜

情詞淒警，宜其自賞。余曾作《憶江南》六首，其三云：「江南憶，能不憶揚州。夢到綠楊城郭地，多情重上十三樓。明月二分秋。」其六云：「江南憶，我亦憶淮城。平野送他千里目，深秋添我一分情。落日海門聲。」余自謂不在古人下也。

施　源

蒙泉詞凄涼哀怨，逼真南宋。

木蘭花慢　聽庭梧葉落

（尾批）通首俱佳，後半闋起筆尤爲凄警。

瑶華　美人何處

題本妙絶，自宜有此妙詞。（上闋眉批）婉轉輕揚，翩何姗姗其來遲。結更精雅，《風》、《騷》之遺。

蝶戀花　天澹雲空含淺碧

「携」字有味。（結句眉批）竹屋、梅溪不過如此。

埽地花　夕陽影裏

（上闋眉批）多情人，有此多情筆。（下闋眉批）凄怨無限。鍊字鍊句。

吴錫麒

梁紹壬云：祭酒詞華蓋代，然偶以彫琢揜其才氣。穉存洪太史評其詩如青緑溪山尚未蒼古，是已。余謂祭酒諸作以倚聲爲最。　祭酒詞風流藴藉，神明乎姜、史。陳元山題祭酒詞有《滿江紅》一闋，後半闋云：「門閉也，傾薇露。香爐也，添蘭炷。把梅溪唤起，問誰千古。短鬢不禁寒食夜，斷魂又逐風流句。怕雙鬟、賺我趂利花，旗亭去。」蓋深知祭酒詞者。　祭酒文章詩賦，洋溢海内，原不以詞名，然其天才俊逸，出其緒餘以爲倚聲，已足邁等越倫。（傳上眉批）祭酒詩賦一以雅正爲宗，詞亦然也。　祭酒詩詞最善道淒涼景況，然怨而不怒，《風》、《雅》嗣音也。

埽花游　恨難銷處

（上闋眉批）海枯石爛之詞，風流雲散之筆。　（下闋眉批）淒麗無比。

鳳凰臺上憶吹簫　冷落鴉邊

（上闋眉批）撇去弔古套語，獨得淒婉之神。　（下闋眉批）無一句不婉欸。　結句警絶。

臺城路　江流不管閒鷗夢

（上闋眉批）風流淒楚，穀人本色。　同一寫景，自是他手寫不到。　（下闋眉批）白雲都嬾，真仙人語。　結筆畫境。　「流」字妙，並畫亦畫不出也。

鎖窗寒　淺壓山腰

（上闋眉批）風流蘊藉，是先生本色，他人非可强而至也。　（下闋眉批）以神運氣，以情運詞，有此手法。

柳色黄　減碧攙黄

（上闋眉批）精湛亦雅秀，妙不衰颯。　（下闋眉批）淒婉而不悲激。　「老盡」二語自是近人筆法，去古已遠，人亦何能逃氣數也。

解連環　斷煙零雨

（上闋眉批）遣詞必秀。　淒涼哀怨，通首無一字不騷雅。　（下闋眉批）低回婉轉。　（結句眉批）一片淒感。

臺城路　緑楊城郭春如畫

穀人詞賦最工於寫景，便令讀者身入畫圖之中，不獨詞勝韻勝，寔能以情勝也。　（結句眉批）婉麗。

西子妝　霞水雙篙

（上闋眉批）風流騷雅，不負樊榭矣。　（「總相宜，道銷金鍋子，並銷愁去」眉批）古人銷愁最難，古人之情最深也。　結尾亦自空遠。

又　人外秋情

（上闋眉批）雅意騷情，風流千古。　有筆力。　（下闋眉批）俛仰蒼茫，感慨無限。　結亦淒涼，有及時勿失之慨。

宴清都　楓葉今朝冷

（闋眉批）精鍊絶倫。　字字是秋陰，無一字可移到春陰上去。　「盪一片」七字精絶千古。　結到題後。

百字謡　舊扶醉處

起三語何等風流，何等姿態。　（下闋眉批）一味風雅，無些子俗韻犯其筆端，前身應是謫仙人也。

望湘人　漸雲寒逼硯

（上闋眉批）遣詞琢句，無不緊鍊。　短句有力。　（下闋眉批）淒切。　（結句眉批）婉轉有情，筆致雅近草窗。

探春慢　月樹棲烏

（上闋眉批）好句如珠，彀人善于琢句，幾欲突過古人。　（下闋眉批）淒淒切切，寄慨無窮。

臺城路　夕陽多少閒鷗在

起二句便自超絶。　畫所難到。　（下闋眉批）琢句之精，幾於前無古人，後無來者。　結句亦精鍊逼人。

摸魚兒　染輕帆滿陂煙翠

「一雁」更妙。　寫景之妙，勝如讀畫。　（下闋眉批）白石老仙化境，淒感而不激烈。　絶妙畫圖。

望湘人　慣留寒弄暝

梁紹壬謂《望湘人》上半第五句、下半第七句，舊皆有韻，自竹垞先生誤之，遂沿訛至今。余按易安《一剪梅》、文簡《滿江紅》皆不按古譜，他如《洞仙歌》、《天香》等調，長短不一，然被之管紘，都無不可，學者不必泥也。亦有不可者，如東坡「大江東去，浪淘盡、千古風流人物」，「淘盡」二字本不入律呂，如此種卻不可不辨。（下闋眉批）松一步，正是逼近一層，愈自淒絶。結筆總須綿遠。

高陽臺　荷網粘珠

（上闋眉批）細膩如此。精絶之句卻不費力，頗似草窗。「今宵」二語，筆法與「西風」二語遥映。

魏之琇

臺城路　十年曾醉揚州月

（上闋眉批）筆路自高，在夢窗、玉田之際。（下闋眉批）幽雋。（結句眉批）高雅，與物化矣。

宋維藩

蝶戀花　客裏尋春真莫據

（上闋眉批）絶妙畫圖。（絶句眉批）兼有南北宋之長。

臺城路　午餘一枕游仙夢

（上闋眉批）筆路雅近中仙。　好句。　（下闋眉批）此層卻想得妙，不嫌小氣也。

王　曙

醉蓬萊　弔青山

通篇無一字不悲涼，自是懷古題目正聲。　字字蒼老，運典處無堆朵之跡，有感喟之神。

唐　宏

青玉案　六更乍息聰將曉

（上闋眉批）遣詞立格亦甚新穎。　（下闋眉批）與上半闋相映。

黄景仁

仲則一代詩手，詞亦清奇傑傲，不落恒徑。

點絳脣　宿酒初醒

二詞上半闋第三句變格，下半闋第四句不押韻。　偶一爲之則可，不可爲訓也。

又　瘦骨無情

「討箇」妙。　（下闋眉批）字字婉約。

醉花陰　錦幕輕風吹又動

（上闋眉批）兼有宋、元人之長。（結句眉批）不寫淒苦詞，而淒苦之情言外可見，斯爲婉約。

（尾批）「空」去聲。

蘇幕遮　雪初晴

此種思路，此種筆意，仲則獨有千古。（下闋眉批）沉至。

小重山　整整春光客底逢

（上闋眉批）句法字法另有别致，妙不泥于古。（結句眉批）婉約。

沁園春　讀萬卷書

二詞不免有應酬俗套處，然一二奇拔峭健之語，自不可没。（結句眉批）體裁如此。

又　久客京華

上章叙其從征歸隱，此章叙到本題消寒夜讌之事。（下闋眉批）約略叙正面。結處回映上章。

御街行　城東昨見青旗轉

（「六街拋得，月華如練，今夜無人管」眉批）只三語已見燈市之勝。結得淒感。

摸魚子　倚柴門晚天無際

（上闋眉批）約略點綴一二語，以下純是寄慨。「黑」字妙，不減穀人《寒鴉賦》「壓空江而陣黑」語。

（結句眉批）一片淒感，借題目自慨耳。

王　復

買坡塘　漾粼粼碧琉瑠璃

（上闋眉批）遺詞穠艷。　宛然如畫中人。　（下闋眉批）情詞兼工。　夜以繼極賞心樂事之趣。

李旦華

西江月　翠被涼生枕簟

（上闋眉批）其詞婉轉，其筆清健。　（結句眉批）雄秀之詞，令讀者快甚。

江如洋

疏影　尋芳夢遠

雲壑身膺巍科。　所作詞婉而多風，純以韻度勝，雖非高深，然可占福澤。　（結句眉批）筆致亦佳。

吴蔚光

酷相思　金縷絲牽牽别緒

(上闋眉批)淒感不勝。　(結句「草緑也,春何處。水緑也,人何處」眉批)複筆見長。

臨江仙　樓上闌干閒倚遍

(上闋眉批)工絶語,妙是精警且淡雅,故不病其巧也。　(結句眉批)工麗。

蝶戀花　粉蝶不知春已去

(上闋眉批)有心人何以爲情?　(「最是情多,難向東風訴」眉批)東風應不解人愁。　結筆神遠。

趙懷玉

憶秦娥　春晴後

(上闋眉批)亦婉轉。　(結句眉批)情至語。

蘇幕遮　雪將殘

(上闋眉批)花有情乎? 人有情乎? 妙在言外。　(結句眉批)情韻並勝。

楊芳燦

蓉裳詞低回深婉,情詞兼工。

浣溪沙　宿雨初晴度洩雲

(上闋眉批)淒冷。　(下闋眉批)好句如春。

雙調望江南　人去也

（上闋眉批）情詞淒妙，仿佛叔原。（結句眉批）工麗芊綿。

滿江紅　十月江南

（上闋眉批）善于鍊字。（下闋眉批）淒切悲涼中，妙有深婉之致。

蝶戀花　片片輕冰凝緑井

（上闋眉批）何等情態。（下闋眉批）精秀句，寫景處情亦有之。

念奴嬌　多情風雨

（上闋眉批）不着力而情自深。真深心人語。（下闋眉批）字字秀雅。結得有情。

摸魚兒　據胡牀深林獨坐

（上闋眉批）風流淒警，亦有秋氣。（下闋眉批）筆致之妙，兼二窗之長，得張、王之趣。（結句眉批）好句不厭百回讀。

雙調望江南　腰圍減

（上闋眉批）秀艷無比。（結句眉批）情文相生。

蝶戀花　秋水一灣雙槳舉

（上闋眉批）精秀之句，雄蒼之神。（結句眉批）深得五代、北宋之妙。

楊揆

荔裳詞筆力雄健，骨韻都高。小令姿態有餘，長調尤覺流動充滿，真作家也。

浣溪沙　檻外春流長暮潮

（上闋眉批）荔裳小令以南宋爲法。　（下闋眉批）精秀之句。

又　曲録廊西屧響過

婉約。此詞頗近方回手筆。

又　手展文窗幾扇紗

（上闋眉批）情態如許。　（下闋眉批）淒艷芊綿。

江神子　柔鄉到處儘徘徊

（上闋眉批）二語妙甚。　婉雅。　（下闋眉批）風流淒艷，雅近西麓。

太常引　蕭條落木近孤城

（上闋眉批）只此已足，已是寫出淒涼況味來。　（結句眉批）用古亦不嫌襲，緣情真故也。

渡江雲　連雲低暝色

起三語氣皓雄偉，筆力儘有。　（下闋眉批）不可無此感慨。　挽到本題，妙見筆力。

臺城路　東風驚破繁華夢

（上闋眉批）淒婉之神。　題本空虛，看此描形繪影之法。　（下闋眉批）美人黃土，千古同慨，放開筆寫，令天下有情人讀之淚下。

摸魚兒　冷濛濛糝空絲雨

精絶。不減吳祭酒《望湘人》一篇。　（下闋眉批）情詞之妙，庶幾古人。

愁春未醒　檐齊縹瓦

（上闋眉批）繁華如夢，寄慨無窮。　（下闋眉批）淋漓曲折，真有情人，真有心人。

摸魚兒　近重陽絶無風雨

（上闋眉批）字字精悍，在兩宋之間。　筆墨欲飛。　情韻都化。　結五字反撲，總不着一平筆。

又　澹長空碧雲無影

此作及上章頗似稼軒手筆。　（下闋眉批）畫境。「紅皺青鬬」四字精絶警絶。　（結句眉批）筆致翩翻，墨花飛舞。

沈清瑞

清平樂　篆煙飛盡

（上闋眉批）風流冷雋之筆。　（下闋眉批）淒婉可憐。

點絳脣　夢隔涼煙

起四字便自精妙，「澹到」五字亦自警絶，通首俱佳，當爲梨花詞絶唱。

王開沃

子良詞風流雄秀，傑出一時。

好事近　風約繡簾冷

（上闋眉批）筆致幽秀。　（下闋眉批）無限凄感，情詞兼勝。

相思引　瓜步秋殘草樹凋

（上闋眉批）雄秀。　（下闋眉批）沉雄悲壯中别有風流。

清平樂　依然極浦

（上闋眉批）冷雋不禁。　（下闋眉批）凄婉。

又　前宵夢好

（上闋眉批）筆致踈散。　（下闋眉批）婉約之詞，不煩筆墨。

鷓鴣天　相識東風又到家

（上闋眉批）晏家父子一派。　（結句眉批）直是叔原化境。　（尾批）桂木，守宫别名也。

浣溪沙　筆甃朝寒喚錦鳩

（上闋眉批）凄警。　（下闋眉批）工麗凄警，卻有别致。　結句婉欵。

吴志遠

卜算子　攬鏡不成妝

（上闋眉批）情隨韻出。　（下闋眉批）淒絶。

陳澤泰

蝶戀花　記得櫻桃花下住

（上闋眉批）風流淒艷，不減元人。　（結句眉批）婉約直似宋人。

那彦成

疎影　鳳城啟早

繹堂詞于古人中最近吴夢窗、張仲舉。　跌有味。　（結句眉批）感慨蒼茫，勝讀穀人先生《寒鴉賦》。

吴鈞

臨江仙　書劍飄零誰似我

(上闋眉批)高雅。　(結句眉批)有感慨,有氣韻,情詞兼勝之作。

洪亮吉

一萼紅　傍禪關

稚存太史名溢海内,詩有奇氣,詞亦清虚騷雅,時見化機,真才人手筆也。　(下闋眉批)旁面烘染不可少。　結有禪機。

余鵬翀

玉樓春　荒郵盡處多時立

(上闋眉批)淒冷之景,中有鬼氣。　(結句「一片寒蘆秋瑟瑟」眉批)精冷之筆,頗似古詩。

倪象占

生查子　昔日緑楊絲

(上闋眉批)得古樂府之遺。　(下闋眉批)如讀古歌。　(尾批)時秋輝得斷絃信。

吴翊鳳

伊仲詞既輕婉，又沉着，直與白石、梅溪化矣。

玉樓春　空園數日無芳信

（上闋眉批）南宋風格。　（「斜日畫橋煙水冷」眉批）結七字七層，真名儁語。

瑶花　疎花散霧

（上闋眉批）字字凄感，卻不落套語。　（下闋眉批）艷絶，正是凄絶。　（「冷月籠烟，照我夜分吹笛」眉批）結亦古雅。

曲游春　花冷春江夜

（上闋眉批）婉轉情生。　精湛語。　（下闋眉批）風流騷雅，可占人品。　結又作一曲筆，波折自妙。

倦尋芳　碧雲向晚

（上闋眉批）輕婉。　語極輕婉，卻極沉着，不虚浮。　（下闋眉批）情文相生，其妙令人不可思議。

凄涼犯　宵深和淚郎當

有此凄絶苦絶之題，自宜有此凄絶苦絶筆墨，余讀之久而弗能置也。　（下闋眉批）凄感如此。「弔芳草」七字感慨蒼茫，放開筆寫，離題已遠，故結二語仍挽歸本題，骨法都高。

法曲獻仙音　難繫長繩

（下闋眉批）無窮慨歎。　結亦高遠。

詹肇堂

清平樂　簾波織雨

（上闋眉批）輕婉有味。　（下闋眉批）淒涼感歎，詞生于情。

馮金伯

西江月　萍梗漂浮處處

（上闋眉批）是行旅中人語。　（下闋眉批）襟期可想。　畫境。　（尾批）孤山在靖江東門外。

史善長

蝶戀花　湖外新晴湖上雨

（上闋眉批）婉雅有情。　（結句眉批）情詞之妙，百讀不厭。

茶瓶兒　塞上寒多遲雁信

（上闋眉批）遣詞精秀。　親卿愛卿。　（結句眉批）不減杜老「香霧雲鬟濕」二語。

施　晉

踏莎行　蝶困眠花

（上闋眉批）有雲淡風清之致。　（結句眉批）精湛絶倫。

王翰青

憶少年　一江離恨

（上闋眉批）有筆力。　（下闋眉批）綿遠無際。

汪　淮

蝶戀花　堤柳無端千萬緒

（上闋眉批）情詞都妙。　（下闋眉批）上句言情，下句寫景，則無景之非情也，然亦是古人常法。

踏莎行　夢短無憑

（上闋眉批）淒涼情況。　（結句眉批）觸處生情，固應如是。

吴寶書

浣溪沙　對鏡何必理翠鈿

（上闋眉批）姿態有餘。　（下闋眉批）淒婉，不亞五代人手筆。

淩廷堪

次仲詞精深雅秀，無一字不跳躍。

齊天樂　夕嵐遥送芙蓉影

（上闋眉批）鍊字鍊句，極其騷雅。　筆態飛舞如此。　（下闋眉批）感慨無限，即「人生别易會常難」之意。　結二語挽歸本面，愈見有情，愈見筆力。

瑞鶴仙　一番秋雨後

（上闋眉批）筆致在中仙、玉田之間。　淒切哀怨。　後半闋追思春日，寄慨窮秋，有水逝雲卷之歎。

疎影　年芳去疾

（上闋眉批）秀而能鍊。　（下闋眉批）語必精湛，自是本色。　精絶之句。　結二語反襯，有别致。

摸魚兒　暮天空乍收涼雨

（上闋眉批）警句。　前半寫景，後半情景兼寫。　（下闋眉批）何等情態，筆墨亦精鍊。　情致無限。

孫爾準

瑶華　低雲弄晚

（上闋眉批）居然似草窗筆墨。　（「想伊背著燈兒」數句眉批）從對面想來，愈是淒絶。　淒切無比。　（結句眉批）情到至處，應有是語。

徐雲路

摸魚子　漲吴淞渺然煙水

（上闋眉批）字字雅湛。　跌宕生姿，意味雋永。　（下闋眉批）居官者如一葉扁舟，在波濤中浮家者，轉自安然無恐也。

李方湛

惜分飛　繡閣妝殘春睡醒

（上闋眉批）字字婉麗。　（結句眉批）詞意俱妙，仿佛元人。

鮑　份

大江東去　緑蘆才長

（上闋眉批）筆力精健。　（下闋眉批）對如此江山，弔古亦不可少。　結亦佳。

孫原湘

鳳凰臺上憶吹簫　疏柳含鴉

（上闋「夕照横秋」眉批）「横」字好。　凄切入骨。　（下闋眉批）追憶當年，一片情感。　（「箇中情思，不是離愁」眉批）結得凄婉。

昭君怨　花裏一絲雲影

（上闋眉批）婉約。　（結句眉批）情態有餘。

小桃紅　又趁西風去

（上闋眉批）筆力雄警，是先生本色。　（下闋眉批）秋聲一片。

許宗彦

清平樂　冷煙淒碧

（上闋眉批）淒艷而幽冷。　（結句眉批）小鳥何知，攪人情感。

臺城路　秋陰漸覺炎氛退

（上闋眉批）字字淒切。　結五字壓偏千古，余讀之變色。

江城梅花引　涼雲幾葉逗疎青

「月泠泠」三字乃妙。　此調頗難合拍，易入俚俗，此作可謂善矣。

史　蟠

極相思　儘他燕掠鶯捎

淒切哀怨。　（下闋眉批）無情風雨，大率如此，我亦要哭。

清平樂　風吹酒醒

（上闋）精鍊。　（下闋）情絲牽惹。

顧　皋

念奴嬌　井梧槭槭

（上闋眉批）淒涼哀怨，能道出此時情況。　（「漫説春情無着處」二句眉批）以傷春作襯筆，亦可。

結得哀遠。

張興鏞

梅子黄時雨　寒入春心

起四字鍊。　淒艷似飛卿筆墨。　觸物生情。　一片深情，低徊不已。　結得蒼涼。

探芳信　夜何杳

淒怨。　（下闋眉批）有情人觸處皆愁也。

玉漏遲　映寮燈鬭語

（上闋眉批）風流騷雅，斯爲詞品。　（下闋眉批）擊碎玉壺。　悲切之情，溢於言表。

李　福

如夢令　天上碧雲何處

精絶警絶。　（「明月一庭蟲語」眉批）孤冷之景，仿佛如見。

虞美人　松梢隱約銀鈎挂

此詞去古已遠，然字字工麗可喜。　結得好。

浣溪沙　望裏層層衆緑齊

語亦婉約。　（「蝴蝶不知花事晚」二句眉批）多情蝴蝶，令我情移。

臨江仙　春色三分澹宕

（「落花飛不遠，有恨幾人知」眉批）淒怨之詞，直似孟文。　語甚沉着，不獨淒感而已也。

張　禮

一痕沙　隔水人家何處

寫景入微。　如畫。

雲韶集輯評卷二十三

郭麐

頻伽詞曲折深婉，古今罕有此筆致，尤工於小令，別有天地。

好事近　深院斷無人

（上闋眉批）婉約。（下闋眉批）語極輕脆，意極芊綿。

卜算子　簾外雨如煙

（上闋眉批）淒切芊綿。（下闋眉批）婉轉淒涼，其妙令人不可思議。

憶少年　三巡淥酒

（上闋眉批）亦有別致。（下闋眉批）淒絶警絶，晏小山不得專美於前。

清平樂　小桃如綺

絶有風致。　淒婉。

賣花聲　十二玉欄干

淒涼況味，有心人何以爲情？　（「只是别來珍重意，不爲春寒」眉批）真情至語。

喝火令　鶴背吹笙下

（上闋眉批）楚楚可憐。　此調最易悦目。

江城梅花引　一重方空一重紗

梁紹壬謂詞中《江城梅花引》一調最難措手：長句轉接處易俚，一病也；短句重疊處易滑，二病也；兩段結處易澀，三病也；措辭類曲，四病也。似此音節和緩，情迷離，永推合作。

月華清　碎剪鮫綃

淒麗如此。　（下闋眉批）情致無限。　結得秀鍊無比。

十二時　疎窗四面

（上闋眉批）冷絶雋絶。　（下闋眉批）淒切。

賣花聲　秋水澹盈盈

（上闋眉批）情繫乎詞。　（結句眉批）淒切纏綿，讀之既久，其味愈出。

摸魚兒　一簾兒花天酒地

頻伽詞純以情勝，情之至者，詞無不工，故落筆便令人神往。　（結語眉批）情詞俱妙。

臺城路　薄陰不散霜飛早

（上闋眉批）寫景亦有筆致，有筆致有遠神。　（下闋眉批）以情運詞。　（「畫角聲中，夕陽垂地，樹樹西風，暮鴉寒不起」眉批）情詞兼勝，淒警絶倫。

疏影　空庭潑水

（上闋眉批）遣詞擇字，無不雅湛，嘉慶以還，斷推有數作家。　（結句眉批）挽歸本題。

張詡

江城梅花引　韶華屈指没三分

情詞宛轉，雖不及頻伽一闋，然自是合作。　（結句眉批）不突不竭，儘有筆法。

摸魚兒　笑年來倦鴻蹤跡

（上闋眉批）情到至處，詞亦到至處，極痛快淋漓之至。　（結句眉批）精警無比。

又　甚悠悠半年離别

「天也」六字極沉痛語。　（「含愁相對，忍淚不能語」眉批）淒切如此。　（「堪喜處，是仙骨珊珊，久脱風塵苦」眉批）此筆亦是仙骨珊珊，超越凡俗。

倪稻孫

米樓詞抑揚婉轉中而字字沉静，深得南宋之妙。

風入松　一溪寒水浸蘆花

（上闋眉批）好景如畫。　婉約。　（下闋眉批）詞中有情，其韻最遠。

祝英臺近　展涼心

（上闋眉批）筆致雅秀，語意精湛。　（下闋眉批）筆意輕婉，細味卻極沈著。

長亭怨慢　又行盡淒淒三楚

（上闋眉批）一片淒感。　（下闋眉批）風流淒楚，骨韻都高，不減姜白石。　雜以議論，筆飛墨舞。

金縷曲　顆顆勻圓矣

字字淒楚，全從感慨中流出，絕不作一綺語，誠如自序所云。　淒切無比。（結句眉批）切合處亦能清虛，運用不泥。

蕭掄

埽花游　霜天夜迴

絕有筆力。　子山心折中仙，所作亦能入中仙之室。　（換頭眉批）淒切。　結更淒斷。

卜算子　幾度悔相思

情之至者，應有此語。　情關一座，千古誰能破得？　我哀古人，我知後人又哀我也。

摸魚子　算年來別離已慣

筆致可喜。　（「但秋水秋山，秋風秋雨，秋老菊花瘦」眉批）連用「秋」字亦佳。　（下闋眉批）深情雅韻，極婉轉流動之致。

孫　延

壺中天　天垂平幕

（上闋眉批）筆力精健無比。　（下闋眉批）四面烜染，情詞俱有一片淒感。　結筆有力如虎。

董國華

浣溪沙　背着銀釭伴寂寥

（上闋眉批）淒絶。　（下闋眉批）淒警之句，似北宋人。

一蕚紅　粉牆陰

（「一片秋心夕陽外」數句眉批）曲折精鍊。　（換頭眉批）淒感。　（結句眉批）何等姿態，筆力亦健。

江　初

點絳脣　分付西風

愁來無端，我亦不自知來何處也。　淒切哀怨。

虞美人　一番離緒還如舊。

（上闋眉批）似元人筆法，語亦輕婉。　（結句眉批）婉冶如此。

南鄉子　香露濕春衫

（上闋眉批）婉約明秀。　（下闋眉批）情詞幽秀，神味宛然。

齊天樂　朝來靜拭紅塵眼

（上闋眉批）是初夏情景。　（下闋眉批）有情人語。　筆致高雅，結二語尤能生色，煙雲無盡。

沈星禕

秋卿詞風流淒楚，奄有衆長，與祥伯並驅中原。

青玉案　東風不記淩波步

（上闋眉批）好句如春。　（「悔煞當時留一顧」眉批）一點情根，誤人不少。

臺城路　天涯望斷疑無路

淒秀兼南北□□□（編者按，原脱數字。）　（下闋眉批）筆致名雋。　語必精湛，其味乃長。　結得遠神。

滿庭芳　碧草平煙

（上闋眉批）淒艷無此，不減柳卿。　（結句眉批）情調淒涼。

齊天樂　雲深不礙看山眼

（上闋眉批）有筆力便能刮目。　（下闋眉批）情詞兼勝。　結二句遒鍊無比。

南鄉子　澹月上疏櫺

「獨鶴」七字千古。　（結句眉批）亦婉約。

臨江仙　記得樓頭深夜語

悼亡十闋，情文交至，自是絶唱，陸以湉謂秋卿詞勝於詩，而《臨江仙》十闋尤爲集中之冠，特全録之。

又　記得春前江上别

（上闋眉批）淒艷。　（下闋眉批）音節瀏亮，情韻雙絶。

又　記得滄江歸路晚

（上闋眉批）低回婉轉。　（結句眉批）淚隨聲墮，一至於此。

又　記得畫眉窗下立

十闋皆上半述往事，下半悼亡也。　（下闋眉批）淒絶。

又　記得荆花開五樹

（上闋眉批）情真語至，沉痛絶倫。　（下闋眉批）情節悲涼。

又　記得良言曾勸我

字字沉痛，尤爲十章之冠，我讀之淚下沾襟，不忍再誦。

又　記得天下逢七夕

（上闋眉批）淒秀之詞，令人心醉。　（下闋眉批）好句如雲。

又　記得秀簾風影細

（上闋眉批）古今悼亡詞，有此意境，無此筆致。　（下闋眉批）字字是淚。

又　記得涼飈吹碧樹

（上闋眉批）一片真切之情。　（下闋眉批）淒斷，讀者誰不魂消？

又　記得傷心臨去日

此章説到臨終日，一片眼淚。　（下闋眉批）自解自歎，真絶唱也。

史　麟

卜算子　雨夜長蘆芽

（上闋眉批）精湛雅秀。　（下闋眉批）措語極有意味，耐人玩索。

陶　樑

徵招　霜林漸滿斜陽影

筆致雅秀，氣骨蒼老，序中所謂「古意蕭颯」四字，可移贈此篇。　（下闋眉批）情詞俱極精湛，幾欲令中仙避席。

探春慢　么鳥穿林

聊句非正格，然彼此呼應，亦不易易，于集中間録一二闋以備一格。　（眉批）亦自精雅。

賣花聲　薄暈臉烘霞

（上闋眉批）語亦明淨。　（結句眉批）語亦巧妙，然微覺輕薄。

吴蘭修

菩薩蠻　愁蟲瑣碎啼金井

嶺南詞家絶少如石華者，真有數作家也。　（下闋眉批）神理都到。

減蘭　春衫乍换

音節之妙，空絶千古，宜梁應來酷愛誦之也。

虞美人　一年又到穿鍼節

歐陽公後乃有替人。　（結句眉批）語極沉切。

黄金縷　柳絲細膩煙如織

兼晏、歐、秦、柳之神韻，而運以梅溪、竹屋之清真，宜有此合作。

汪　焜

喝火令　弱絮黏紅豆

（上闋眉批）字字淒切。　（下闋眉批）旖旎無比，讀之久而不能置。

項名達

祝英臺近　惱蜂情

梅侶詞不多作，而極其沉細。　後半闋清思婉轉，兼有南宋諸名家之長。

陳　行

鬲溪梅令　庭前竹樹報平安

（上闋眉批）筆致頗近竹山。　（結句眉批）音節和緩而悲涼。

太常引　蒲帆十幅挂江干

（上闋眉批）劉、蔣化境。　（下闋眉批）字字簡約，卓不可及。

又　水天水地水人家

（上闋眉批）何等風致，何等爽快，頗似板橋。　（結句眉批）深入板橋之室矣。

浣溪沙　一世楊花二世萍

（上闋眉批）此種筆致，自不可及。　（結句眉批）情深一往。

崔溲生

如夢令　爲愛吴江晚景

洪稺存太史見此詞呼爲「崔紅葉」，幾欲與王桐花弟子「崔黄葉」齊名。

趙慶熺

浣溪沙　檢點青衫有淚痕

秋舲所聘室卒，作《續離騷》、《招魂》哭之，末題此闋。　淒艷絶世，直令千古才人一齊低首。

長相思　蘇公堤

（上闋眉批）句爽而秀。　（結句眉批）不減小山樂府。

生查子　清溪幾尺長

（「楊柳小于人，便解留船住」眉批）物亦有情。　（下闋眉批）輕圓柔脆，逼真晏小山。

蘇幕遮　玉闌干

（上闋眉批）婉麗無比。　（换頭眉批）警絶。　（下闋眉批）引種想境，便古人説不到此。

梁紹壬

金縷曲　春在冥濛處

（上闋眉批）細意熨貼，雖不逮𣪊人一闋，然亦是佳作。（下闋眉批）穠艷之詞，出以婉雅之筆，所以耐人玩味。

何其章

菩薩蠻　玻璨冷浸蓮湖月

（上闋眉批）寫景工絶。（下闋眉批）此中自有真樂。

陳孟周

憶秦娥　光陰瀉

孟周，瞽人也，聞鄭板橋填詞，問其調，爲誦太白《菩薩蠻》、《憶秦娥》二闋，不數日即成此詞，其妙亦不在古人之下也。

冒襃

浣溪沙　翠被生寒寶篆斜

婉妙無比。情致不泛。

歐陽德榕

長相思　雲蒼蒼

（下闋眉批）低徊哀怨，語極輕圓。

吴啟思

望江南　江南憶

不如拚着醉如泥。

敖巘

訴衷情　微風不盡捲輕霞

（上闋眉批）音調淒清。　（下闋眉批）語亦婉約。

傅世堯

臨江仙　春到夷門催草色

（上闋眉批）懷古蒼茫，卻不浮泛。　（結句眉批）情韻並勝。

西泠酒民

龔南陔云：酣酣子長短句一片傷心，寄情言外，泥者、昧者俱未易言。　酣酣子詞寄情深遠，一字一句間細味之，俱覺綿渺無際。

繡帶兒　金鬣小桃春

（上闋眉批）筆墨真另有一種風情。　（下闋眉批）字字悽惻。

沙塞子　休將醽醁破愁城

（上闋眉批）恨極語，説來卻不激迫。　（結句眉批）婉約。

謁金門　江樓晚

（上闋眉批）意在言外，極耐玩索。　（下闋眉批）中有無限淒感，故不禁觸物傷心。

蘇幕遮　寶釵横

（「庭雨深深秋雨闊」數句眉批）愁人應不忍聽也。　（結句眉批）仿佛義山《無題》諸篇寄意。

蝶戀花　一片明湖歌舞舊

（上闋眉批）淒涼哀怨，如讀《黍離》、《麥秀》之歌。（「會須重飲當壚酒」眉批）酌酒解憂，中有多少不得已。

琴調相思引　鴛瓦寒飛半夜霜

（上闋眉批）淒絶。（下闋眉批）淒淒切切，不能再讀。

蒿亭居士

減字木蘭花　啼鶯婉囀

（上闋眉批）淒警。（結句眉批）有人生行樂之慨。

宏倫

點絳唇　玉笛丁寧

（上闋眉批）淒警無比。（下闋眉批）婉約。

無名氏見《冷廬雜識》

雙調南鄉子　茅店月昏黄

情味蒼涼，二詞殆下第後有託而言者，惜其姓名不傳。

又　宛轉撥檀槽

（上闋眉批）宛轉淒涼，已成絶調。　（下闋眉批）余表兄唐煜，字少伯，《京師感懷八律》中有句云：「貧賤文章供白眼，亂離心事訴紅顔」，亦是此意。

高　雲

踏莎行　漏靜鐘鳴

（上闋眉批）中有感慨。　（結句眉批）不外僧家本色。

繡　鐵

赤棗子　煙外雨

字字婉麗無比。

雲門僧

《柳塘詞話》：選本多以衲子、女郎爲殿後，然女郎易見，衲子罕聞。康熙初，雲門一大僧枉過柳塘，留《巫山一段雲》詞，則真韶秀絶倫之語，他如雲漢、澹歸各有專刻，月函亦有禪樂府，皆石門文字一流人也。

巫山一段雲　竹杖穿花徑

字字畫景。結句尤有味。

西湖老僧

《查恂叔詞話》：茂州陳時若大牧最喜歌此調，云武林一老僧所填《點絳脣》也，忘其名。余聞之輒録出，往復詠歎，音調超絶。噫！此亦紅薑老人之儔匹也。

點絳脣　來往煙波

高超簡括，一片化機，古今絶調也。「偏」字嫌嫩，當改作「逾」字。（「自家拍掌唱得」眉批）一作「徹」，然「徹」字不及「得」字。

余一淳

好事近　一片石玲瓏

（上闋眉批）能寫出深山古洞之景。（下闋眉批）亦見筆致。

徐燦

《林下詞選》：湘蘋夫人善屬文，兼精書畫、詩餘，得北宋風格，絶去纖佻之習。　湘蘋夫人詞宛轉嫻雅，麗而不佻，足以並肩李易安，俯視朱淑真。

如夢令　花似離顏紅少

（上闋眉批）淒婉。　（下闋眉批）神味宛雅。

少年游　衰楊霜遍灞陵橋

（上闋眉批）感慨蒼涼，頗似白石老仙手筆。　（「魂與落花飄」眉批）五字淒斷。

憶秦娥　東風老

（上闋眉批）淒涼景物。　（下闋眉批）淒婉。

踏莎行　芳草纔芽

（上闋眉批）不減北宋諸家。　（結句「碧雲猶疊舊河山，月痕休到深深處」眉批）此種筆墨，歐陽公不得專美於前。

浣溪沙　金斗香生繞畫簾

淒涼婉媚。

臨江仙　不識秋來鏡裏

（上闋眉批）觸物生愁，字字淒感。　（結句眉批）淒警之句。

蝶戀花　剩絮殘紅能幾許

（上闋眉批）清思婉轉，令人不能置。　（結句眉批）感慨係之。

風中柳　春到眉端

（上闋眉批）一片淒慨，想有所指而言也。　（結句眉批）婉惻如此。

滿江紅　碧海茗溪

湘蘋夫人《滿江紅》諸闋一片感喟，運筆之妙，如落花流水，蓋熟極而流也。　（結句眉批）淒絶。

又　柳岸欹斜

（上闋眉批）婉惻。　（換頭眉批）有筆力，有感慨，北宋諸名家不得專美於前。　（結句眉批）字字淒惋。

又　既是隨陽

筆力矯變，一片神行，空絶千古，其妙真令人不可思議。　結得婉曲，餘音繞梁，風人旨也。

永遇樂　翠帳春寒

（上闋眉批）風流閒雅，自不可及。　（下闋眉批）淒艷如此。　（結句眉批）筆致可喜。

又　無恙桃花

通首感慨無限，運用成典處，無堆朵之跡，有唱歎之神，真兩宋諸家之勁敵也。　不謂婦人有此傑筆，

婦人有此傑筆，幾令李易安避席。

顧貞立

滿江紅　爲問嫦娥

（上闋眉批）筆致亦與湘蘋夫人相伯仲。　（下闋眉批）悽切哀怨。

虞兆淑

點絳脣　梅綻芳菲

（上闋眉批）婉而多風。　（下闋眉批）淒艷之詞，不減叔原。

賀　潔

一剪梅　髻子鬅鬆一作「淡掃眉痕」掩鏡奩

從《清綺軒詞選》原本、《國朝詞綜》原本小注注明，似覺稍遜也。　（結句眉批）姿態有餘。

侯承恩

孝儀詞淒切悲涼，泠泠然作秋聲。

擣練子　春夢杳

小令亦頗不易易，孝儀諸闋庶幾猶有古風。

又　情脈脈

小令以婉約爲宗，當言盡而意不盡，孝儀有焉。

憶王孫　遠客長途孤寺秋

一層一層，寫出淒涼情況來

訴衷情　難從弱水泛蘭舟

（「天涯契闊空凝望，此恨幾時休」眉批）「天長地久有時盡，此恨緜緜無絶期」。（結句眉批）除非夢裏相逢。

西江月　天上繁星難數

（上闋眉批）中有意味。（結句眉批）淒冷。

浣溪沙　姹紫嫣紅風日佳

（上闋眉批）婉妙。（結句眉批）紅顏薄命千古成例，曰「不須嗟」，中有一斗血淚。

虞美人　春過九十餘芳草

（換頭眉批）婉雅。（結句「小樓獨上覺淒涼，只見一池荷淨浴鴛鴦」眉批）此時當羨殺鴛鴦，妒殺鴛鴦也，妙在不明言。

畫堂春　夕陽時候薄寒生

此詞最有骨，不獨措詞妙也。（結句「畫橋西去是蓬瀛，只隔雲程」眉批）咫尺間天樣濶。

一翦梅　無緒嚴妝獨倚樓

（上闋眉批）音節婉娟無比。（結句眉批）李易安之亞也。

吴　芳

阮郎歸　東風吹就雨廉纖

（上闋眉批）淒切似飛卿。（下闋眉批）淒警無比。

鍾　筠

減字木蘭花　曉鶯破夢

（上闋眉批）春光如此，那不魂消。（結句眉批）恨來無端，觸處皆是。

顔繡琴

長相思　思漫漫

（上闋眉批）雅淨。（結句眉批）輕圓脆美，音節綿邈。

吴森札

望江南　人去也

望眼茫茫，離人何以爲情？

張學雅

古什詞情詞淒艷，無限傷心，葉小鸞之匹也。

生查子　夢醒燭條斜

（上闋眉批）淒切如此，何能卒讀？　（下闋眉批）淒冷可憐。

菩薩蠻　纖纖眉月窺簾小

（上闋眉批）似飛卿。　（下闋眉批）淒艷語，情詞兼勝。

蝶戀花　門掩蒼苔春寂寂

清思婉轉，不減吴石華。不獨不減吴石華，且是吴石華之祖。

又　紫燕雙飛春去了

（上闋眉批）淒艷芊綿，字字温雅。　（結句眉批）似歐陽永叔筆墨。

沈闢闢

臨江仙　春睡懨懨如中酒

（換頭眉批）不獨有筆致，且有筆力。　（結句眉批）情詞兼勝，淒秀絶倫。

葉宏緗

王素巖云：石林居士世仰高風，葇竹名儒代傳清德，書城葉太君頌椒語菊，抹月批風，閑寄意於填詞，積等身之傑作。吹簫嬴館，即試新聲；挾瑟楊家，偏摹舊譜。近宗兩宋，可登秦、柳之堂；上溯三唐，幾奪白、温之席。　書城詞清麗芊綿，宛而多風。

望江南　人別後，獨自倚窗紗

（上闋眉批）麗而清雅。　結五字婉約。

又　人別後，錦字倩誰傳

情景兼工，儘有筆致。

浣溪沙　開遍薔薇小院香

浸字鍊。　（下闋眉批）景中有情，神味不散。

南歌子　桂殿清香杳

(上闋眉批)淒切似朱淑真,而婉雅過之。　(結句眉批)書城詞最淒清,讀之覺冷氣逼人。

踏莎行　寒雁侵吟

(上闋眉批)鍊句妙。　(「斜陽斷處青山瘦」眉批)「瘦」字千古,筆力亦自瘦絕。　(結句眉批)淒清無比。

浣溪沙　吹落雙星雁獨歸

(上闋眉批)淒切哀怨,是書城本色。　(下闋眉批)淒警。

顧瑶華

卜算子　殘雪壓南枝

(上闋眉批)語亦清秀。　(下闋眉批)言中有味,不同泛泛遣詞也。

郁大山

柳梢青　何處鐘聲

(上闋眉批)寫淒涼景況,畫所不到。　(結句眉批)冷絶孤絶。

秦清芬

憶江南　人靜也

慧心慧舌。結五字尤覺婉妙無比，但措詞纖巧，自是閨閣聲口。

陸鳳池

鳳池詞字字淒感，筆力亦蒼古。

點絳脣　玉腕香消

（上闋眉批）不減方回。（下闋眉批）喚起屈大夫，筆力橫絶，古今名作也。

憶江南　垂楊外

幾於以夢爲真，情詞都妙，那得不令人歎絶。

憶秦娥　東風咽

（上闋眉批）淒艷絶世。（下闋眉批）筆力精鍊。

毛茂清

林逸詞淒涼哀怨，居然似南宋人手筆。

踏莎行　閑裏心情

工麗芊綿，淒婉無比。（結句「夕陽天外亂山多，望中又是愁來候」眉批）寫空濶之景，因而觸景生情，直與歐陽公無二。

臨江仙　一夜西窗細雨

（上闋眉批）淒艷絶倫。（結句眉批）低徊宛轉，可以怨矣。

齊天樂　碧梧芳信驚初到

通首淒切哀怨，居然作家。（換頭「還疑春藹曳緒，引秋情暗起」眉批）筆致亦好。（結句「絮盡新愁，夜涼誰共語」眉批）愈唱愈高，幾欲與南宋諸名家頡頏千古。

邵斯貞

蝶戀花　春雨三更喧碧沼

「空庭」七字自是名句，謝公「池塘生春草」後有嗣音矣。

馮挹芳

菩薩蠻　繡衣風透餘香織

（上闋眉批）精秀無比。（下闋眉批）寫景幽冷絶倫。

許心榛

菩薩蠻　數聲漁笛斜陽裏

（上闋眉批）依依如畫。（下闋眉批）音節淒婉，可入律呂

金　莊

清平樂　淒涼晚色

（上闋眉批）筆力精鍊。（下闋眉批）字字婉約。

顧之瓊

浪淘沙　風靜綺窗閒

（上闋眉批）輕圓宛雅，不減侯孝儀。（結句眉批）淒婉可歌。

曹鑑冰

疎影雁影　行行點點

（上闋眉批）是「影」字，是「雁」字。（下闋眉批）寫景幽秀，運筆名俊，居然作家。結得淒涼。

張　蘩

沁園春　竹影摇窗

（上闋眉批）雅而秀。　（换頭眉批）綿渺如此。　（下闋眉批）此中别有真樂，但余非嗜此者。

許宜媖

柳梢青　日殘春暮

（上闋眉批）春色難留，及時勿失。　（結句眉批）想到來時，去路自好。

袁寒篁

虞美人　輕寒漸退東風暖

（上闋眉批）淒切，是愁人心中眼中語。　（下闋眉批）春去由他自去，留也留他不住，但我自不忍耳。

程茯娥

減蘭　浮雲散盡

（上闋眉批）婉麗有情。　（下闋眉批）恰切。

徐玉映

采桑子　仙山樓閣空中住

風流仙艷，亦董雙成之匹也。

許玉晨

好事近　春水碧漪漪

筆致婉轉可喜。

浣溪沙　翠竹陰深暑半消

（上闋眉批）靜中之景。　（下闋眉批）婉雅。

孫雲鳳

碧梧詞有風韻，有骨力，北宋風格於今再見。

菩薩蠻　玉階露冷蟲聲咽

「不肯明」三字有力，非傖父所能解也。　結二語似五代人手筆。

蝶戀花　一枕梨雲天欲暮

（上闋眉批）情詞兼勝，何減馮延巳？　（下闋眉批）兼五代、北宋之長。

訴衷情　紅樓夢斷曉啼鶯

（上闋眉批）何等輕婉。　（下闋眉批）婉約。

少年游　淡埽蛾眉

（上闋眉批）清秀。　（結句眉批）聰明絶世語也，但微嫌似馬浩瀾一派。

柳梢青　紅藥東風

（上闋眉批）字字簡約。　（結句「天若有情，月如無恨，水亦西流」眉批）天若有情天亦老，月如無恨月常圓。

孫雲鶴

點絳脣　村柝聲寒

（上闋眉批）冷絶孤絶。　（「梅花和我，對月成三箇」眉批）較「對影成三人」更覺幽雅。

張玉珍

清河詞骨錚錚，悠然泠然，遠追易安，近比湘蘋。　（傳上眉批）清河著有《得樹樓詞》。

桃源憶故人　松濤聲和瀟瀟雨

（上闋眉批）純以神行。（「花時翻悔曾相聚」眉批）早知有後日相思，悔不當初不相遇。

東風第一枝　露墜紅蓮

（上闋眉批）淒淒切切，秋意蕭條。（换頭）神韻無盡。（結句眉批）一片淒感。

柳梢青　怕是芳春

（上闋眉批）寫淒涼之景，滿目皆愁。（結句眉批）宛轉哀怨，都在「又是」二字中。

又　愁化輕煙

（上闋眉批）琢句精湛。（結句眉批）情景兼寫最佳。

城頭月　墨痕淺淡雲箋碧

（上闋眉批）情真語至。（結句眉批）押「黑」字亦好。

卜算子　不奈沉寥天

五字冷絶。　我不忍讀此詞也。

金縷曲　小院春寒冽

（上闋眉批）淒淒切切，淚痕血點，繼綴成詞，不必計其句調之工拙也。（結句眉批）大徹大悟。

滿江紅　雙燕穿簾

（上闋眉批）觸物傷心。　真情苦意，字字是淚，字字是血。此詞不見佳，然一片苦情繚繞筆下，若無暇計詞之工拙者，何可滅也。

祝英臺近　雁書沈

（上闋眉批）淒怨如此。　（換頭眉批）寫景中亦是一片眼淚。　結得綿渺。

沁園春　北斗闌干

句句工雅，字字貼切，天人兼到之作。　（結句眉批）無一字不工妙，尤妙在渾融，無纖巧痕跡。

清平樂　藥鐺茶白

（上闋眉批）淒切語。　（下闋眉批）無限哀怨。

踏莎行　漁浪吹香

（上闋眉批）筆致閒雅。　（結句眉批）遣詞之妙，婉麗無比。

沈 纕

蝶戀花　百五韶光餘幾許

（上闋眉批）淒婉之詞，最耐人玩味。　（下闋眉批）情詞兼勝，晏、歐之遺也。

點絳脣　晝靜簾垂

（上闋眉批）精鍊之句。　（下闋眉批）悠揚宛轉之詞，情致芊綿之筆。

沈湘雲

淡黄柳　寒蟬乍咽

筆力清雋，音節蒼涼，便清真、石帚亦不過此，真奇女子也。

戴淩濤

虞美人　千林葉落千峰曉

「逗」字鍊，寫景空濶。　（結句眉批）景中帶情。

何月兒

鷓鴣天　整束簪環下碧霄

（上闋眉批）頗似古歌聲口。　（結句眉批）宛雅有情。

雲韶集輯評卷二十四

補唐詞

李白

清平樂令　禁闈秋夜

起筆細麗，開後人句法。

桂殿秋　仙女下（編者按，此首及同調下一首《桂殿秋》詞，《能改齋漫録》卷十六謂李白作。然據《步虚詞》，實爲李德裕所作。）

結句清絶，似古樂府。

又　河漢女

仙風縹緲，豈凡筆所能仿佛？　（尾批）吴虎臣云：此太白詞也，有得於石刻而無其腔，劉無言倚其聲歌之，音極清雅。

王　建

調笑　蝴蝶

仲初「春草昭陽」一闋，千秋絶唱。此作微遜，而琢句匀恰，開後人門徑。

温庭筠

憶江南　千萬恨

低徊深婉，情韻無窮。

菩薩蠻　滿宫明月梨花白

（上闋眉批）淒艷，是飛卿本色。（下闋眉批）從摩詰「春草年年緑」化出。

更漏子　柳絲長

（上闋眉批）明麗。「夢長君不知」絶妙音節。

又　星斗稀

（「滿庭堆落花」眉批）「堆」字妙，空庭無人可知。（結句「春欲暮，思無窮。舊歡如夢中」眉批）回首可憐。

南歌子　手裏金鸚鵡

「偷眼暗相形」五字，開後人多少金奩佳話。

又　轉盼如波眼

「恨春宵」三字有多少婉折。

訴衷情　鶯語

哀感頑艷，琢句遣字無不工妙。結三字（「夢中歸」）淒絶。

女冠子　含嬌含笑

綺語繚人。麗而秀，秀而清，故佳。清而能鍊。

河傳　江畔

（上闋眉批）猶有古意。（結句「晚來人已稀」眉批）逐字逐句，神理俱合。

皇甫松

摘得新　酌一巵

感慨係之。

補五代十國詞

後唐莊宗皇帝

一葉落　一葉落

押「著」字只如此押，真妙。

南唐中宗李景

山花子　手卷真珠上玉鈎

（上闋眉批）那不魂消。（下闋眉批）綺麗芊綿，置之元、明以後便成絶妙好詞，緣彼時尚以古爲貴，故不便圈也。

後主李煜

玉樓春　晚妝初了明肌雪

（結句「歸時休照燭花紅，待放馬蹄清夜月」眉批）風雅疏狂，失人君之度矣。

韋　莊

應天長　別來半歲音書絶

押韻須如此信筆直書，方無痕跡。

清平樂　野花芳草

起筆冷　（下闋眉批）清絶孤絶。

薛昭藴

相見歡　羅襦繡袂香紅

（下闋眉批）即韋端己所云「斷腸君信否」也。

牛　嶠

望江怨　東風急

（「寄語薄情郎，粉香和淚泣」眉批）結得悽苦可憐。

菩薩蠻　舞裙香暖金泥鳳

通首音節天然合拍。　（「眉翦春山翠」眉批）「翦」字妙。

閻選

浣溪沙　寂寞流蘇冷繡茵

（上闋眉批）淒艷。　（下闋眉批）已開元、明一派。

毛熙震

臨江仙　幽閨欲曙聞鶯囀

（上闋眉批）已與北宋筆墨無二。　（結句「暗思閑夢，何處逐雲行」眉批）風流淒婉，歐陽公之祖。

補宋詞

歐陽修

浣溪沙　紅粉佳人白玉杯

（上闋眉批）何等姿態。　（「夕陽高處畫屏開」眉批）結句是梅村之祖。

晏幾道

清商怨　庭花香信尚淺

（「夢覺春衾，江南依舊遠」眉批）婉轉淒惻，夢生於情，「依舊」二字中一波三折。　（「要問相思，天涯猶自短」眉批）結句沉痛。

點絳唇　明日征鞭

上半寫久别，下半憶當年，情文相生。

玉樓春　採蓮時候慵歌舞

（上闋眉批）情景兼有，真是好句。　（結句「細思巫峽夢回時，不減秦源腸斷處」眉批）嫻麗有情。

蝶戀花　庭院碧苔紅葉遍

（上闋眉批）寫景亦有情致，是小山本色。　（結句「誰家蘆管吹秋怨」眉批）好句，兼歐、蘇、秦、柳之長。

張　先

木蘭花　龍頭舴艋吴兒競

（上闋眉批）淡雅。　（「無數楊花過無影」眉批）子野「三影」外又有此一影，其寔不減「雲破月來花弄影」也。

柳　永

陽臺路　楚天晚

耆卿工于羈旅行役，每成一闋，極婉轉淒怨之致。　（「暮煙衰草，算暗鎖、路岐無限」眉批）暮煙衰草，是觸物生感。　結到旅館，一往哀怨。

玉山枕　驟雨新霽

（上闋眉批）寫雨霽之景，有筆力，有神采，此北宋真面目也。　（「晚來高樹清風起，動簾幕、生秋氣」眉批）「晚來」三句精鍊無比，獨有千古。　（結句「省教成、幾闋新歌，盡新聲，好尊前重理」眉批）徵歌樂事也，此獨曲折寫來，遂使幾闋新聲僅爲忘憂之具，真文生於情。

蘇　軾

西江月　三過平山堂下

（上闋眉批）東坡一派，東坡獨有千古。　（結句「休言萬事轉頭空，未轉頭時皆夢」眉批）深一層，喚醒癡愚不少。

點絳脣　不用悲秋

（上闋眉批）感慨係之。（結句「白雲飛亂，空有年年雁」眉批）淒感中有仙氣。

秦　觀

阮郎歸　滿天風雨破寒初

「燈殘」五字，直似唐人。（結句「衡陽猶有雁傳書，郴陽和雁無」眉批）一片哀感。

晁補之

臨江仙　緑暗汀洲三月暮（編者按，《類編草堂詩餘》卷二録此詞爲晁補之作。然《草堂詩餘》前集卷上謂爲無名氏詞）

（上闋眉批）好句如雲如水。（結句「行雲歸楚峽，飛夢到揚州」眉批）亦不減秦、柳諸君。

賀　鑄

望湘人　厭鶯聲到枕

（上闋眉批）方回詞另有一種纏綿温雅之致，非他人所能幾及者。（結句「不解寄、一字相思，幸有歸來雙燕」眉批）何等情味。

山花子　錦韉朱絃瑟瑟徽

此詞初看似不甚着力，細味之，便覺機趣盎然。

木蘭花　銀簧雁柱香檀撥

（上闋眉批）婉麗。　（「還見尊前前夜月」眉批）結七字閒處著筆，景中言情，勝是他人千百句。

南柯子　斗酒才供淚

（上闋眉批）情味已見。　（結句「蕭散楚雲巫雨，此生休」眉批）妖冶之詞，凄涼之調。

周邦彦

拜星月慢　夜色催更

迤邐寫來，入微盡致。　（「畫圖中、舊識春風面」眉批）當年畫中曾見，今日重逢，其情愈深。

（「念荒寒、寄宿無人館。重門閉、敗壁秋蟲嘆」數語眉批）旅館凄涼，相思情況，一一如見。

陳　克

浣溪沙　淺畫香膏拂紫綿

（「手捋梅子並郎肩」眉批）一「並」字何等姿態。　（下闋眉批）我見猶憐。　結句「旋移針綫小窗前」尤妙絶，是吴梅村之祖也。

辛棄疾

木蘭花慢　老(去)[來]情味減

此稼翁晚年筆墨，不必十分經意，只信手寫去，如聞餓虎吼嘯之聲，古今詞人焉得不望而卻步。

太常引　一輪秋影轉金波

一味勁直，後人自是學不到。（結句「斫去桂婆娑，人道是、清光更多」眉批）以率直爲勝，古今罕見。

姜　夔

一萼紅　古城陰

白石詞字字和雅，卻字字高俊，永宜籠罩千古。（「野老林泉，故王臺榭，呼喚登臨」數句眉批）只此語，勝他人弔古千百言，人才高下之殊至於此矣。（「待得歸鞍到時，只怕春深」眉批）結得有情。

惜紅衣　枕簟邀涼

（上闋眉批）意亦猶人，而説來自覺不可幾及。（結句「問甚時同賦，三十六陂秋色」眉批）題情題面都到。

張輯

南浦月　來剪蓴絲

（上闋眉批）不減子和。　（下闋眉批）真高，真雅，飄然欲仙。

高觀國

少年游　春風吹碧

（上闋眉批）婉雅。　（下闋眉批）淒秀絶倫，不讓永叔、和靖、聖俞諸闋。

吴文英

倦尋芳　海霞倒影

（上闋眉批）奇麗精工。　情詞並妙。　（結句「漸銅壺，閉春陰、曉寒人倦」眉批）悠揚宛轉，夢窗集中之最芊麗者。

周密

祝英臺近　殢餘酲

（上闋眉批）於閑靜中見淒婉之致。　（結句「煙月冷、子規聲斷」眉批）情詞兼勝。

張炎

埽花游　嫩寒禁暖

叔夏詞脱去羈縛，疏而不散，自是高絶。　（結句「想依然，斷橋流水」眉批）淒涼無限。

渡江雲　錦香繚繞地

（上闋眉批）既曰「（葉題）堪寄」，又曰「流不到天涯」，其詞有盡，其情無盡。　（「空江片月蘆花」眉批）結只寫景而情味自深。

無名氏

擣練子　林下路

（上闋眉批）婉雅。　（下闋眉批）追思往日，無限淒怨。

補金詞

党懷英

月上海棠　傲霜枝裊團珠蕾

此詞筆致高俊，氣骨悲涼，真傑作也。（下闋眉批）詩情畫意。（「家何處，落日西山紫翠」眉批）

結二語蒼茫無際。

元好問

鵲橋仙　梨花春暮

（上闋眉批）知我有誰，但青山如故人耳。（結句「劉郎爭得似當時，比前度心情又減」眉批）無憀如此。

鷓鴣天　臨錦堂前春水波

（「三山宮闕空瀛海，萬里風埃暗綺羅」眉批）「三山」二語，蒼蒼茫茫。（結筆「人間更有傷心處，奈得劉伶醉後何」眉批）筆路雅近稼軒。

太常引　十年流水共行雲

（上闋眉批）人於老去情懷，追思往事，恍如隔世，真有此情也。（「莫話洛陽春，更誰似、金鑾故人」眉批）結淒而婉。

補元詞

程鉅夫

清平樂　新來酒户

（上闋眉批）春在先生杖履中。（下闋眉批）淡遠可觀。

王　惲

平湖樂　秋風嫋嫋白雲飛

（上闋眉批）騷意。（下闋眉批）一片低徊。

後庭花破子　緑樹遠連洲，青山壓樹頭。落日高城望，烟霏翠滿樓

起四語似六朝人詩。

趙孟頫

浪淘沙　今古幾齊州

（上闋眉批）感歎無限。　（結句「惟有石橋橋下水，依舊東流」眉批）有水逝雲卷之慨。

邵亨貞

祝英臺近　暮天雲

（上闋眉批）幽冷無比。　（下闋眉批）觸目生愁。　（「怕驚起故溪鷗鷺」眉批）結七字妙，妙在思裏夢裏也。

補明詞

劉　基

浣溪沙　細草垂楊村巷幽

（上闋眉批）畫景。　（「屋頭新月學簾鉤」眉批）「學」字妙。

楊基

清平樂　欺煙困雨

起四字精雅無比。　（下闋眉批）依依有情。

陳子龍

望江南　思往事

人中爲明代巨擘，其詞明秀獨絶。

虞美人　枝頭殘雪餘寒透

（上闋眉批）淒婉。　（下闋眉批）淒楚如此，其薛靈芸耶？

畫堂春　艷陽深染杏花梢

（上闋眉批）婉約。　（下闋眉批）有無可奈何之意。

桃源憶故人　小樓極望連平楚

（上闋眉批）字字精湛。　（結句「怨盡梨花雨」眉批）輕微婉雅。

邵梅芳

浣溪沙　水殿涼生咽暮蟬

「冰綃斜映薄如煙」七字精秀。　（「鬢雲撩亂墮香肩」眉批）結有姿態。

趙燕

憶王孫　東風惡劣打殘紅。簾幙輕陰漾碧空

曰「打殘紅」，可知惡劣；曰「漾碧空」，可見輕陰。皆以下三字襯出上四字來。結二語（「倚薰籠，夢斷香銷寶鴨空」），又以下七字托足上三字，句法又變。

補國朝詞

李元鼎

減字木蘭花　雨朝晴暮

（上闋眉批）精鍊。　（下闋眉批）其神清，其味腴。

吴偉業

如夢令　誤信鵲聲枝上

情詞雙絶，凄婉無比。

又　小閣焚香閒坐

（上闋眉批）六字警絶。（下闋眉批）我見猶憐。

王士禛

柳含煙　銷魂樹

（上闋眉批）得三唐、五代之遺。（下闋眉批）凄婉。

丁　澎

醉花陰　牆角秋千紅影度

（「賺燕迷鶯」眉批）四字奇妙。（下闋眉批）飛濤閨詞之妙，直欲獨步一時，非施浪仙、馬浩瀾輩所知也。

毛際可

清平樂　落花時節

（上闋眉批）一層深一層。　（下闋眉批）情詞都妙。

佟世南

阮郎歸　杏花疎雨灑香堤

（「春愁壓翠眉」眉批）五字精雅。　（下闋眉批）有情人觸處皆情。

顧貞觀

柳初新　南朝一片傷心雨

（上闋眉批）好起筆。　感慨無限。　（結句「念天涯，有人羈旅」眉批）淒切之詞，而語極婉轉。

性德

浪淘沙　紅影濕幽窗

容若詞不減飛濤，然一則精麗中有飛舞之致，一則芊綿中得淒婉之神，筆路又各别。

又　眉譜待全删

（上闋眉批）妙在婉雅。　（結句眉批）淒婉不減古人。

毛奇齡

滿庭芳　微雨凉收

（上闋末）高雋之詞，令人卻步。　（結句「今宵無夢，有夢也應醒」眉批）曲折深婉，語意淒絶。

朱彝尊

更漏子　櫪頭船

目中所見，信手拈來，筆老氣蒼，即小令已見。

陳維崧

紗窗恨　鬧紅啞翠何時了

此種詞不過其年信筆一揮耳，看似無味，然讀之猶有唐人風氣。後人詞雖綺麗，骨格終低。

嚴繩孫

雙調望江南　歌宛轉

其情如水，其詞若仙，宜太鴻稱其獨步江南也。

浣溪沙　隙影餘香望未賒

蓀友小令之妙，不減楊用修。

南歌子　積潤初消砌

（「卻道年來渾是不關情」眉批）真耶假耶？　其妙令人不可思議。　（結句「夢裏紅香清露泣三更」眉批）淒艷無比。

沈皞日

摸魚子　乍清和山城飄泊

（上闋「問苦菜王瓜，風篴露徑，誰共一燈語」眉批）風流秀雅，情文相生。　（結句「有蠶浴桑雲，蟻浮松釀，臥聽刺桐雨」眉批）筆致騷雅，兼南宋諸家之長，尤於碧山、玉田爲近。

沈岸登

柳梢青　簾鈎低揭

（「藥裏看殘，詩愁漸老，這番寒怯」眉批）「這番」妙。　（結句「一點風燈，數聲蘆管，滿庭霜葉」眉批）寫淒涼之景，令人魂銷。

孫致彌

浣溪沙　新緑陰中酒旆招

（上闋眉批）松坪詞全以韻致勝。　（下闋眉批）淒婉不佻。

焦袁熹

杏花天　細風吹到眉山畔

（上闋眉批）廣期自是作手。　（結句「夢逐楊花更遠」眉批）頗似晏小山。

許　田

蝶戀花　底事催花風太妒

（上闋眉批）不減北宋名家。　（結句「小屏山上迎人語」眉批）晏叔原之匹也。

厲鶚

國香慢　路遠三湘

幽香異彩，非此詞不能稱此題。　太鴻先生詞與諸家獨別，亦正如萬花谷中雜以幽蘭也。　結得遠雅。

綺羅香　水榭收燈

太鴻詞別有韻味，隨舉一篇，非唐、宋詞，非元、明詞，非國初諸老詞也。　太鴻詞如姑射神人，風流自賞，未許俗人問津，吾如何不服，吾如何不拜？

梅子黄時雨　枯坐幽窗

（上闋眉批）筆致閑遠，在有意無意之間。　（下闋眉批）遣詞押韻，俱非俗派。

王時翔

虞美人　柳陰陰下絲絲雨

（上闋眉批）小山詞取法北宋，亦不減晏小山也。　（結句眉批）秀鍊之句。

王　策

蘭陵王　小樓角

香雪詞亦是取法北宋，然得其神髓，非貌似者，且兼有衆長，亦不拘於北宋，其筆致之妙幾於前無古人，後無來者。（下闋眉批）句句是相思，卻句句從對面寫來，至結處一筆挽題，只此便住，真絶技也。

鄭　燮

浪淘沙　遠水浄無波

（上闋眉批）妙切遠浦。　（結句眉批）言外有多少省悟。

又　誰買洞庭秋

板橋詞細味之，都有一片詠歎。　（結句眉批）君其仙乎？

賀新郎　小立梅花下

（上闋眉批）大徹大悟。　悽切不能再讀。　（「忽見柳花飛亂絮」數句眉批）從少伯「忽見陌頭楊柳色」化出。

又　十載名場困

（上闋眉批）我欲起舞悲歌。　筆致幽雋。　（下闋眉批）無窮怨憾。

又　詩法誰爲準

板橋平日論詩，以沉着痛快爲最，而以温厚平和者，笑其一枝一節爲之，不免有小家氣。此説偏近，余詩話中論之詳矣。惟此二詞上章總論千古，而唐人以後等諸自鄶無譏，此何等眼孔。下章發明詩旨，屏去浮艷，可爲後世法，與陸象山所論互相參閲可也。潘彦輔曰：予考陸象山論詩云：「詩學原於賡歌，委于《風》、《雅》，《風》、《雅》之變，壅而溢者也，《騷》又其流也，《子虚》、《長楊》作而《騷》幾亡。黄初而降，日以澌矣，惟彭澤一源與衆殊趨，而玩嗜者少。隋、唐之間否亦極矣，杜陵之出，愛君悼時，追躡《風》、《雅》，才力宏厚，偉然是鎮浮靡，詩爲之中興。」此數行文字能貫三四千年詩教源流，又洞悉少陵深處，語意筆力皆臻絶頂。潘彦輔所著《養一齋詩話》儘有可觀，其總論千古詩家云：「兩漢以後，必求詩聖，得四人焉：子建詩如文、武，文質適中；陶令詩如夷、惠，獨開風教；太白詩如伊、吕，氣舉一世；子美詩如周、孔，統括千秋。」此論寔獲我心，録之與此二詞參閲。

沁園春　花亦無知

（尾批）此詞太野，然痛快可喜。

念奴嬌　周郎年少

（尾批）字字精悍，如讀少陵早年之詩。

又　橋低紅板

（尾批）後半感慨無限，如桃葉者真大幸也。

又　轆轤轉轉

（下闋眉批）筆致横生。　（結句眉批）妙語解頤。

又　東南王氣

板橋《金陵懷古》諸篇，俱極蒼茫感慨之神，永推百刧不磨之作。　一片虎鬬龍爭，至結筆如冷水澆背，令我有遺世之想。

玉女摇仙佩　紫瓊居士

（上闋眉批）亦端莊亦流麗。　「仙李」謂梅山李鍇也。　（下闋眉批）妙在風流騷雅中處處合體。

結句尤佳。

滿庭花　玉笛聲遲

（上闋眉批）有致。　情景兼寫。　（下闋眉批）語必精鍊。　（結句眉批）頗似其年筆法。

瑞鶴仙　青旗江上酒

（上闋眉批）寫出無限樂趣，真令我心醉。　（下闋眉批）筆致疏雅。　（結句眉批）富貴猶如草頭露，何如一醉之樂。

任曾貽

鵲橋仙　輕籠繡户

（上闋眉批）静秀。　（結句眉批）風流宛麗，不減北宋人。

朱芳靄

浣溪沙　十二重簾鏡檻邊

（上闋眉批）絶妙暮春天氣。　（下闋眉批）饒有韻致。

過春山

踏莎行　寂寂簾櫳

每讀湘雲詞使人情醉。　（結句眉批）芊婉無盡。

倦尋芳　絮迷蝶徑

（起句眉批）四字絶精。　字字淒艷，我知湘雲亦情種也。　（「且盡花前今夕酒，洛陽春色忽忽换。」）待重來，怕只有，斷魂千片」眉批）及時勿失，真有心人語。

清平樂　雨輕風細

（上闋眉批）情致宛雅。　（結句眉批）多情只有燕飛來。

柳梢來　落水流花

（起）流水落花四字，顛倒用之乃妙。　（結句眉批）含情無限。

更漏子　半開簾

（上闋眉批）秀麗可人。　（下闋眉批）韻味直逼飛卿。

江　立

揚州慢　拍岸春波

（上末）南宋神味，非僅貌似也。　（下末）字字精秀。

蔣士銓

念奴嬌　中年絲竹

心餘詞仿佛其年、板橋一派，而意致又别。　（結句眉批）情節皆妙。

虞美人　人生只在浮雲裏

（上闋眉批）大悟。　（結句眉批）雲耶我耶？　我耶雲耶？　吾不得而知之矣。

蝶戀花　長安何處天香滿

（上闋眉批）清麗之句。　（結句眉批）句秀而老，不煩錘鍊之工，真名手也。

虞美人　疎桐墜葉敲羅幌

（上闋眉批）淒涼況味。　（結句眉批）淒切有鬼氣。

四字令　仙郎玉人

（上闋眉批）婉約。　（結句眉批）風致絶佳。　妙在極雅。

清平樂　子虚烏有

（上闋眉批）婉麗有情。　（結句眉批）表明作圖之旨，與起筆應。

吴泰來

柳梢青　緑柳煙斜

（上闋眉批）精秀獨絶。　（結句眉批）何等韻致。

祝英臺近　石玲瓏

每讀竹嶼詞，如挹清風，如觀淡月，又如登山臨水，使人齷齪消盡。真詞壇有數家也。

儲秘書

臨江仙　酒冷香殘愁不淺

（上闋眉批）清徹，直似位存。　（下闋眉批）無限今昔之感。

趙文哲

瑶華　水痕褪岸

（上闋眉批）紆徐婉折，全以韻度勝，古今寧有第二人耶？（結句眉批）高雅如此。

惜秋華　過了星期

（上闋眉批）精秀而婉麗，無些子詠物小家氣。（下闋眉批）用七夕故事雅切不俗，尤妙在暗用。詞必有情方工。

陌上花　貓頭乍迸

（上闋眉批）遣詞琢句，秀雅在骨。（换頭眉批）點綴有情。（結句眉批）淒秀絶倫。

探春　蔬甲初分

（上闋眉批）字字皆貼切題面，寄情在後半闋。然前半只寫題面，已足動情。（下闋眉批）寄情綿渺，璞函詞之妙，别于陳、朱外獨樹一幟。

吴錫麒

東風第一枝　驛館春深

穀人詞中之仙也，乾隆以後無出其右者。（下闋眉批）精雅是其本色，而運筆又極流動充滿之致。

望湘人　乍商飇卷樹

「戀」字妙絶。　（上闋眉批）無一字不秀鍊。　（下闋眉批）淒涼感怨中自有一種仙氣，他手如何能到。尤妙在怨而不怒。

疏影　春江破凍

通首情詞兼工，描摹殆盡，南宋諸君不得專美。換頭處妙有曲折之致，總不作一直筆也。　結亦淡雅。

西江月　密灑迷迷寒雪

「梅花」二語獨絶千古，真神仙中人語，世人好爲艷詞，那有如許韻致。

徐燦

滿庭芳　水點成冰

（上闋眉批）淒清如此。　（下闋眉批）情詞兼勝，湘蘋夫人自是一代作手。

水龍吟　隔花深處聞鶯

（上闋眉批）觸處生情，綿麗無比。　（下闋眉批）好句不減易安。　情韻之妙，百讀不厭。

程茯娥

桃源憶故人　西窗斗柄驚秋早

（上闋眉批）令人解頤。　（下闋眉批）警錬之句，淒切無比。

徐玉映

點絳脣　獨倚薰籠

（上闋眉批）似北宋人手筆。　（下闋眉批）温雅。

雲韶集輯評卷二十五

補唐人詞

韋應物

調笑　河漢

轉折卻佳。

劉禹錫

春去也　春去也

輕揚婉麗，然已開元人門徑。

瀟湘神　斑竹枝

頗似初唐七絶，猶有古致，宋人以後此調不復彈矣。

段成式

閑中好　閑中好

有靜機。

補五代十國人詞

蜀主王衍

醉妝詞　者邊走

真荒淫之語，焉得不亡。　衝口而作，尚合乎古。　（尾批）《北夢瑣言》云：蜀主衍嘗裹小巾，其尖如錐，宮女多衣道服，簪蓮花冠，施臙脂夾臉，號醉妝，作此詞。

補宋人詞

李遵勗

滴滴金　帝城五夜宴游歇

(「殘燈外，看殘月」眉批)兩「殘」字妙。　(下闋眉批)猛省。斯人而亦有斯語，故佳。

李清臣

謁金門　楊花落

(上闋眉批)居然作者。　(下闋眉批)猶有五代人遺響。

鄭僅

調笑　蘇小

聲切。起筆精鍊可喜。

張表臣

驀山溪　樓横北固

(上闋眉批)遣詞精秀，筆力亦腴鍊。　(下闋眉批)神在箇中。

謝薖

蝶戀花　一水盈盈牛女渡

（上闋眉批）語亦温雅。（結句「人閑豈有無愁處」眉批）愁生於情，亦迫於境。

徐積

漁父樂　水曲山限四五家

樂趣天然。

吴則禮

秦樓月　悵離闋

「君聽説」三字妙甚，全首制勝在此。

韓維

踏莎行　歸雁低空

（上闋眉批）如句如詩。（結句眉批）婉致。（尾批）雙桂樓千花。

韋驤

減字木蘭花　人生可意

（上闋眉批）富貴於我如浮雲。　（下闋眉批）及時勿失。

菩薩蠻　瓊杯且盡清歌送

（上闋眉批）猛省。　（下闋眉批）且自由他。

李　呂

鷓鴣天　臉上殘霞酒半消

（上闋眉批）婉麗如此。　（結句眉批）遺詞綺麗而音節綿邈，自是合作。

胡舜陟

漁家傲　幾日北風江海立

（上闋眉批）有筆勢。　（下闋眉批）風流騷雅。

洪　邁

踏莎行　院落深沈

（上闋眉批）情詞俱妙。　（下闋眉批）猶有永叔遺韻。

趙師俠

謁金門　沙畔路

（上闋眉批）晚景可愛。（結句「家在清江江上住，水流愁不去」眉批）警鍊。

王自中

酹江月　扁舟夜泛

通首只寫本面，逸氣高風，千古共仰。題子陵臺只宜就本面抒寫，便是佳作。若節外生枝，或姍笑光武，如「子陵有釣臺，光武無寸土」云云，固屬偏僻；或菲薄功臣，如「靈臺不及釣臺」云云，尤屬無理。否則刻論子陵，如「一著羊裘便有心」云云，亦太苛毒；亦或別持正論，如「糟糠之妻尚如此」云云，亦非本色。且事在子陵高隱之後，烏得引以爲證？總不如一概不論，只寫其逸氣高風之爲得也。

丘密

西江月　明日又還重九

（尾批）有清逸之氣。

蔡　栯

鷓鴣天　病酒懨懨與睡宜

（結句「不知橋下無情水，流到天涯是幾時」眉批）一往情深。

張履信

謁金門　春睡起

（上闋眉批）句法亦鍊。　（下闋眉批）婉致。

姚　鏞

謁金門　吟院静

（上闋眉批）不減牛希濟。　「春不肯」三字妙甚。

翁孟寅

阮郎歸　月高樓外柳花明

（上闋眉批）詞不高而字鍊。　「梨花夢滿城」五字卻妙。

趙汝莐

梅花引　對花時節不曾歡

（上闋眉批）字字纏綿，後人法此者多矣。　（下闋眉批）看似佻，其寔不佻也。　結得一往。

夢江南　簾不捲

詞中有詩。　（結句「濯髮聽吹簫」眉批）得皇甫松之遺。

如夢令　小呀紅綾箋紙

一字一珠，一珠一淚，曲折哀怨，情至詞亦至。《如夢令》有此詞，可稱絶調。

蕭泰來

霜天曉角　千霜萬雪

刻贇盡矣，即詞可以見氣骨，但微少渾涵之致耳。

趙與鉚

謁金門　歸去去

（上闋眉批）夢耶真耶？　（下闋眉批）重尋舊夢，不堪回首。

楊冠卿

夢錫詞風流瀟灑，明代詞人往往宗之，但遠不及耳。

如夢令　滿院落花春寂

低徊淒怨，情詞兼長。

生查子　瀟湘日暮時

（上闋眉批）筆致幽秀。　結五字（「波底魚龍舞」）於箋中所無者傳寫卻妙。

浣溪沙　洞口春深長薜蘿

（上闋眉批）畫景。　（下闋眉批）上半景下半情。

又　銀葉香銷暑簟清

（下闋眉批）情詞婉轉。

菩薩蠻　飛雲障碧江天暮

（上闋眉批）得唐人樂府之遺。　（結句「尺書難寄將」眉批）押「將」字卻好。

好事近　晚起倦梳妝

（上闋眉批）婉雅。　（結句眉批）「雕鞍人近」卻在「燈火黄昏院落」之時，故妙。

又　細雨落簷花

（上闋眉批）絶妙好辭。　（下闋眉批）語妙在約，約則神在個中。

謁金門　傷漂泊

脱去浮詞，直筆抒寫而遣詞愈腴愈永。

蝶戀花　舞處曾見花滿面

（上闋眉批）有心人語。　（下闋眉批）綺麗之詞，凄惻之筆，情文雙絶。

韓　滮

好事近　一澗水南山

（上闋眉批）秀而鍊。　（下闋眉批）情致自佳。

阮郎歸　小樓秋霽碧闌干

飄飄然有仙氣。

尤　袤

瑞鷓鴣　清溪西畔小橋東

以詩爲詞而不脱詞場本色，真此調中合作。

魏了翁

卜算子　携月上南樓

「携月」二字妙絶。（下闋眉批）筆致如許。

李廷忠

生查子　玉女翠帷薰

（上闋眉批）亦有筆意。（結句「未許停歌扇」眉批）句法好。

袁去華

宣卿詞風流悽楚，不愧詞家。

謁金門　春索寞

遺詞遺韻俱極真切，艷詞有此，可以無憾。

又　歸鳥急

（「點滴城頭漏澁」眉批）「澁」字妙。（下闋眉批）一片淒楚，我見猶憐。

又　清漢曲

天然雅致，信手拈來。

浣溪沙　庭下叢萱翠欲流

（上闋眉批）是春天風氣。　（下闋眉批）警絶。

相思引　曉鑑燕脂拂紫綿

（上闋眉批）婉秀。　勾引春心，是何等情韻，尤妙在雅正不佻。

東坡引　隴頭梅半吐

（上闋眉批）警絶。　（下闋眉批）淒涼滋味。

黎廷瑞

祥仲詞筆精秀，令讀者神怡。

浪淘沙　别易見時難

（上闋眉批）落想自妙。　（結句「小樓疏雨可鄰人」眉批）好個瘦人天氣。

浣溪沙　一曲離愁淺黛顰

（上闋眉批）情景兼到。　（下闋眉批）情詞之妙，何減淮海。

訴衷情　曲屏深院赴幽期

（下闋眉批）語妙婉約。

秦樓月梅花　羅浮暮

三詞皆從空處傳神，不呆寓此花正面，所以爲高。

又　醒人眼

（上闋眉批）亦令讀者精神曠逸。　（下闋眉批）韻致綿遠。

又　幽香歇

字字精秀有神，妙在不刻不流，真足貴也。

吴　存

霜天曉角　龍梭四壁

（上闋眉批）氣魄雄偉。　（下闋眉批）筆力蒼老可喜。

浣溪沙　花滿離筵酒滿瓶

不如飲，待奴先醉，圖得不知郎去時。　結句（「一般杜宇兩般聽」）與「一樣東風兩樣吹」同妙。

趙君舉（子發）

眼兒媚　曉山日薄半春陰

（上闋眉批）秀而能鍊。　（結句「十里暮雲深」眉批）婉秀之詞，妙在沉着。

胡仲弓

謁金門　蛾黛淺

淒艷異常。

朱藻

採桑子　障泥油壁人歸後

（上闋眉批）無影無形，然有心人對此盡不可解。（「一徑楊花不避人」眉批）結句佳。

吳大有

點絳脣　江山旗亭

（上闋眉批）有情景。（下闋眉批）情韻都妙。

陳克

好事近　尋遍石亭春

（上闋眉批）精鍊之句。（結句「有餘香愁絶」眉批）餘音繞梁，三日不絶。

補金人詞

趙攄

南歌子　澗草萋萋緑

（上闋眉批）雨後之景。（結句「江湖老伴一蓑衣，真箇斜風細雨不須歸」眉批）高雅如此，用成句卻妙。

李晏

虞美人　佳人酒暈潮生頰

（上闋眉批）有筆致。（結句「只恨馬蹄無處避殘紅」眉批）深情密意。

張可久

人月圓　羅衣還怯東風瘦

（上闋眉批）淒惻。（下闋眉批）情詞兼有乃妙。

喬　吉

天淨沙　一從鞍馬西東

不知者謂此詞自然夢不及真，何必多説，知之者謂此詞真情真語至，蓋心中千思百轉，而後有此夢，而後有此情，而後有此作也。

補元人詞

何繼高

採桑子　醉歸那忍旋分手

筆致亦好。

汪　斌

蝶戀花　芳草天涯猶未歇

（上闋眉批）句法字法得六一真傳。　（結句「年年來趁梅花月」眉批）筆致淒婉。

馬致遠

天淨沙　枯藤老樹昏鴉

此三詞別本作無名氏作，非也。（結句眉批）淒淒切切。

又　平沙細草斑斑

詞骨錚錚，不減唐人。

又　西風塞上胡笳

塞外荒寒之景。　結句蕭蕭颯颯。

陸祖先（編者按，「先」一作「允」。）

菩薩蠻　當年圖畫知何處

（「吾亦愛吾廬」眉批）用成語好。（下闋眉批）景物雅秀。

闕　名

憶秦娥　花蹊側

（上闋眉批）神仙中人也。（下闋眉批）含情綿渺，情韻並勝。

管道昇

漁父詞　遥想山堂數樹梅

管夫人風雅千古，詞亦瀟灑可喜。

補明人詞

王　洪

卜算子　宿雨漲春流

淒秀中自有意味。

莫　璠

蝶戀花　十里樓臺花霧繞

明詞中之佳者。　（結句「紫騮嘶過香塵道」眉批）絶妙聲情。

吴寬

採桑子　織雲盡卷天如水

趙粟夫爲匏庵所取士，匏庵嘗曰：「不遇吴寬，爭得趙寬。」當時傳以爲佳話。詞亦有風雅之致。

周用

訴衷情　人間何處有丹丘

（上闋眉批）風雅。　（下闋眉批）詞中有畫。

趙金

謁金門　湖天渺

「孤吟秋色老」五字有骨力。　（下闋眉批）是閱歷後有得而言者。

吴子孝

訴衷情　韶光都過亂離中

景物都變，令人歎息。

趙大佑

菩薩蠻　畫粱雙燕春江曲

情詞淒婉。

焦竑

菩薩蠻　梅花坐對天如水

（上闋眉批）情中帶景最佳。　（結句「明日又離歌，天涯奈爾何」眉批）淒婉。

吴兖

漁歌子　千頃蒹葭一釣翁

（結句「短笛横吹細雨中」眉批）高絶雅絶，亦復樂絶，真不減子同。

陳翼飛

字字雙　長城飲馬嘶復嘶

上二句寫淒凉之景，下二句寫愁苦之情。

范　汭

望江怨　蘭房曉

字字細婉。

單　恂

采桑子　畫簾微雨春風暮

質生平日論詞，以含情綿麗者爲宗，謂不失《三百篇》與《騷》賦、古樂府之遺意。其所自作皆藻思麗句，迴不猶人，但風骨微低，開後人巧薄之習。

浣溪沙　荳蔻花紅滿眼春

（「冷清清地奈何人」眉批）結句好。

王彦泓

滿江紅　眼角眉端

次回《疑雨集》風氣掃地，寔詩中之妖。詞不多作而淒秀之神、綿麗之筆，尚不過於荒淫也。（結句「況如今、憔悴已難堪，何曾慣」眉批）憔悴可憐，令人神往。

念奴嬌　簾櫳午寂

此詞或謂是于玉班作，非也。　（換頭眉批）精秀絶俗。　（結句「枕邊零亂如許」眉批）句法松秀可愛。

錢應金

踏莎行　銅雀春深

（上闋眉批）綺致獨絶。　（「雲連猿路秋連燕」眉批）結七字真絶妙好詞。

方以智

憶秦娥　花如雪

（上闋眉批）鍊字鍊句，精絶秀絶，亦自淒絶。　（下闋眉批）放開筆寫，足徵才氣。

沈　麐

如夢令　月枕紗籠酒後

妙極，婉雅之致。

周積賢

南歌子　玉篆沉凫永

春心如此。

望江南　遥想憶

（結句「腸斷七香車」眉批）好句。

吴　騏

蝶戀花　淡月溶溶花映緑

沈去矜嘗謂日千小令不纖不詭，不淺不深，在離即之間。吾於此詞益信。

蔣爾璵

浣溪沙　剪剪輕雲片片霞

（「黄昏風颭繡簾斜」眉批）「颭」字好。　（「一番春夢落天涯」眉批）「落」字尤妙。

徐士俊

好事近　剪亂海棠絲

野君論詞須如深巖曲徑，叢篠幽花；源幾折而始流，橋獨木而方渡。非具騷情賦骨者未易染指。其所自作雖不能赴其所論，然論詞數語當爲詞法中另樹一幟。

杜濬

浣溪沙　曲曲紅橋漲碧流

雖不逮我朝漁洋諸公「紅橋」之作，然自是佳篇，另有别致。

李伊玉

惜分飛握扇美人圖　花雨繽紛迷小院

全從握扇前後左右、上下四旁落筆，神致固佳，情韻亦勝。

郭輔畿

浣溪沙　海比相思尚有涯

（上闋眉批）真情至語。　（下闋眉批）風流絶世。

吴莫勝

浣溪沙　午夢誰驚樹影摇

除起二語引題物，餘皆寫春景，自覺情不自禁。

黄　氏 楊慎室

巫山一段雲　巫女朝朝艷

升庵夫人《寄外》詩有「曰歸曰歸歲云暮，其雨其雨怨朝陽」之句，爲時傳誦。詞亦雅麗可觀。

袁彤芳

長相思　風滿樓

音節凄楚。

徐　媛

霜天曉角　雙峰鬭碧

（上闋眉批）有筆力。　（下闋眉批）切合蛾眉，自不可少。

謝季蘭

阮郎歸　數盡更籌夢未成

（上闋眉批）淒楚可憐。　（下闋眉批）觸目生情，如此如此。

吴　山

鵲橋仙　思量昨歲

（上闋眉批）以昨歲一陪。　（下闋眉批）感慨中有筆力，有氣魄，有骨韻。

武　氏文翔鳳室

如夢令　畫閣閑吟玉案

點六字恰到好處。

黄　鴻

蝶戀花　着意留春春不許

（上闋眉批）全以情勝。（下闋眉批）寫來入妙，自覺觸目動情。（「飛飛又入花間去」眉批）一「又」字婉細。

楊　琰

如夢令　新緑釀成楊柳

玉香與閩人林景清狎，許終身焉，期未果而玉香死矣，詞亦有纏綿婉麗之致。

白旃香

山花子　一桁垂柳拂畫橈

（上闋眉批）雅麗。（下闋眉批）筆致婉妙。

鄭　妥

浪淘沙　日午倦梳頭

（「試問別來多少恨，江水悠悠」眉批）江水流不盡，恨亦無盡。（結句「夢斷天涯春已暮，不見歸舟」眉批）含恨無限，對景傷情。

張　婉

如夢令　陌上鶯啼緑柳

情韻絶佳，淒麗無比。

朔朝霞

桂殿秋　秦淮渡

「泠月」七字佳絶。通首俱飄飄然有仙氣。

王　月

破陣子　宫粉香消睡鴨

無一字不清麗，令我眼界一新。

崔嫣然

謁金門　風蕭瑟

淒切不勝。

京師妓

瑞鷓鴣　少年曾侍漢梁王

（上闋眉批）清麗而爽直，自是古節。　結只寫景，而淒清綿渺，一往不盡。

蘇世讓

憶王孫　無端花絮曉隨風

居然合拍。

鎖懋堅

菩薩蠻　曉鍾才到春偏度

《詞品》：鎖懋堅，西域人，善吟詠。成化間游苕城，朱文理座間，索賦其家假山，懋堅賦《沉醉東風》一闋云：「風過處。香生院宇。雨收時，翠濕琴書。移來小朵峰，幻出天然趣。倚闌干，盡日披圖。漫説蓬萊本是虚。只此是，神仙洞府。」爲一時所稱。其《菩薩蠻》一闋尤爲入妙。

沈靜筠

《林下詞選》：吴江女士沈玉霞，名靜筠，吕元洲室，没後降乩作《鷓鴣天》一闋云云。

鷓鴣天　一片春光過九霄

（尾批）語卻帶仙氣，且處處是過來人語。

王秋英

瀟湘逢故人慢　春光將暮

《詞苑叢談》：福清諸生韓夢雲，嘉靖甲子過石湖山，遇一女子，自稱楚人王秋英，從父德育宦閩，遇寇，石湖山投崖而死，賦此詞，淒怨衰感，幾令人不能再誦。

補國朝人詞

李　霨

三字令　愁倚户

（上闋眉批）字字沉深。　（下闋眉批）情景兼到，此老自是多情。

魏學渠

柳梢青　水落平沙

（上闋眉批）琢句鍊字。　（下闋眉批）風流淒警。

劉體仁

秦樓月　簫聲咽

「花時節」而有離别，何以爲情，真善寫别恨者。

林雲銘

如夢令　剛把書燈吹隱

句法清鍊。

楊大鯤

如夢令　曉日和鶯催曙

（結句「絲雨，絲雨。又送一年春去」眉批）低徊婉惜，神味無窮。

支隆求

菩薩蠻　空濛雨後晴巒曉

（上闋眉批）幽秀。　（結句「暮鐘林［編者按，一作「悠悠雲」。］外深」眉批）較摩詰「深山何處鐘」更好。

毛　蕃

如夢令　楊柳枝頭疏雨

（結句「愁緒，愁緒。　燕子啣將歸去」眉批）妙有筆致。

華　衮

臨江仙　十里芰荷香暗送

（上闋眉批）阮亭謂龍眉詞筆清婉，仿佛竹屋、蘆川。非虚譽也。　（結句「流螢飛四壁，清漏徹三更」眉批）語亦清徹可喜。

袁　袾

蝶戀花　鞦韆牆外紅橋畔

（上闋眉批）婉麗之詞，晏、歐遺響。（結句「輕綃微露雙金釧」眉批）丰韻可想。

陸舜

好事近　横海下戈船

筆力峭拔。

錢霞

憶秦娥　春未老

凄凄切切，語不深而意深。

汪鶴孫

浣溪沙　嫩緑毵毵日半低

（上闋眉批）情詞楚楚。（下闋眉批）可憐如是。

毛遠公

南歌子　玉露溥秋草

是有情人心中眼中語。

鄧漢儀

小重山　彔曲闌遮柳綫柔

淒涼哀怨。　淒切之詞，出以蒼莽之筆，故佳。

黄　延

蝶戀花　楊柳梢頭春又褪

「前日恨」，何恨耶？　其妙令人不可思議。　（「東風只有相思分」眉批）「只有」二字警絶。

魯　超

賣花聲　疎雨東輕涼

是何等姿態，是何等丰韻，有心耶？　無心耶？

陳慈永

清平樂　禁庭春暖

獨不失前人宫詞之體。

錢廷枚

點絳脣　冷落垂楊

（結句「寒煙摇曳，猶見青青色」眉批）中有感歎。

丁　介

南柯子　落日家何在

上半寫得客感悲涼，下半自慰自解，卻妙。

江士式

蝶戀花　遠眺平蕪天際染

（上闋眉批）精秀絶倫。　（結句「是非不到深深院」眉批）軟語鈎人魂魄。

王熹儒

臨江仙　螢火光微疏樹暗

（上闋眉批）依約中神韻。　（結句「淒清孤館，無夢到天涯」眉批）一往情深。

王　樞

臨江仙　月照紗㡡明似雪

（下闋眉批）居然似六一公筆法。

徐　鄴

昭君怨　初日光籠落月

（下闋眉批）淒婉。

如夢令　耐過一番春冷

（結句「柳外睡鶯初醒」眉批）只寫景而情自勝。

李　蕃

菩薩蠻　蛩聲唧唧驚秋夢

（上闋眉批）含愁無那。　（下闋眉批）淒絶驚絶。

張　戬

小重山　浪跡年年歎未收

（上闋眉批）風景是而人非。　（結句「西風裏，無數蓼花秋」眉批）淒清苦調。

俞士彪

浣溪沙　眉翠都殘畫未成

（上闋眉批）妙能寫出。　「人前還似不知情」七字妙，真有此。　結亦好。

魏學洙

鷓鴣天　輕捲珠簾試晚晴

工緻。　（結句「黄鶯枝頭休頻唤，人在遼西夢裏行」眉批）即梅波所謂「玉樓夢遠怕鶯啼」也。

仲　恒

醉花陰　一春風雨春將暮

句法亦佳。

沈聖昭

浣溪沙　枕畔堆雲小髻鬆

（上闋眉批）我見猶憐。　（下闋眉批）婉約。

王　攄

浣溪沙　紈扇輕羅趂晚涼

（上闋眉批）雅麗無比。　（下闋眉批）不知情從何處來，妙妙。

沈　進

柳梢青　十二重樓

（上闋眉批）好句，如春水秋雲。　（「團扇歌殘，羅衣試罷，人上蘭舟」眉批）結三語不言離别，自覺銷魂。

陳維嵋

浣溪沙　緑剪堤邊楊柳絲

（上闋眉批）婉約。（結句「江南紅豆百相思」眉批）情深語。

錢　炎

點絳脣　小院層闌

（結句「翠遮紅映，忽露全身影」眉批）動人情處正在不露全身也。

王九齡

清平樂　殘春何處

（「捱過春風幾度」眉批）一「捱」字無限淒苦。

沈爾燝

生查子　昨夜月籠霞

（上闋眉批）惜花人有此語。（結句「一種惜花心，底事縈眉寸」眉批）自亦不可解也，故妙。

楊守知

減字木蘭花　素芳誰識

（上闋眉批）悽惋。　（下闋眉批）令人喚奈何。

史惟圓

河瀆神　照水月娟娟

此調最古，亦最難合拍。此作尚不背于古。

鄭景會

憶王孫　萋萋芳草遍江痕。

此詞大有怨情，在欲言難言之間。復兩「痕」字韻。

金　張

菩薩蠻　清明纔過稀花朵

（上闋眉批）畫境。　（下闋眉批）音節淒婉。

顧仲清

秦樓月　愁難說

（「水天盡處，夢魂飛越」眉批）舟車所不至，魂夢可到，真情至語。　（下闋眉批）低徊哀怨。

雷維馨

望江南　探芳信

（結句「詩思夕陽中」眉批）五字名雋。

又　尋春去

一幅青溪圖畫。

卓允基

賀新郎　寂寂重門閉

（上闋眉批）愁人那管春秋，總是一般愁也。　（結句「離别恨，倩誰寄」眉批）筆致綿渺無際。

倪濂

青玉案　天涯極目長干路

筆致秀麗。　（結句「脂嬌粉膩，臉痕眉暈，點滴成紅雨」眉批）貼切桃花，純以情勝。

章士麒

醜奴兒令　梧桐滴盡瀟瀟雨

（「秋色平分各自知」眉批）一「各」字兩面都到。　淒婉。

錢　璜

訴衷情　晚來斜倚玉牀前

（上闋眉批）中有傷心。　（結句「紗窗月冷，羅帳燈昏，没箇人憐」眉批）卿須憐我我憐卿。

邢汝仁

行香子　携得香醪

上半闋用「三郎」，下半闋用「三娘」，映射成趣。

張陳典

臨江仙　依舊薔薇香壓架

（上闋眉批）淒切苦調。　（結句眉批）那堪回首。

劉綸

踏莎行　宰木叢邊

（上闋眉批）寫廢寺之景，畫所不到。　（結句眉批）筆致雅湛。

蔣元益

浣溪沙　日射桐陰桐色鮮

（「刺繡恁般針腳細，拈詞好箇筆頭尖」眉批）對法工巧，琢句亦佳。

章愷

浪淘沙　風約水晶簾

（下闋眉批）淒婉綿麗，真詞筆也。

醉落魄　花陰嫩約

（上闋眉批）語冷而峭。　（結句眉批）情詞兼勝，押韻亦合拍。

鄭廷暘

謁金門　津口樹

無限懷人意，淒清不可聽也。

韓　騏

青玉案　小窗依舊風淒緊

（上闋眉批）風流雅麗，句法字法亦有别致。　（結句眉批）有情人之言如是。

汪　棟

小重山　黄葉飄飄映晚霞

（换頭眉批）不着力而有古意。

周天度

南歌子　山曉疑含黛

（上闋眉批）黄嫩可知。　（下闋眉批）目中所見，隨筆點染，自有妙趣。

張玉穀

如夢令　夜靜雪光穿牖

淒惻可憐。

春光好　屏翡翠

（上闋眉批）回首舊情如夢。　「難道」二字，筆意筆致都妙。

張洪謨

如夢令　閑裹春光欲暮

「你而今煩惱猶閒可，你久後思量怎奈何」，即此意也。

沈開勳

虞美人　雨絲細裊游絲重

次句警鍊。　（結句眉批）是愁人聲口。

陶元藻

采桑子　浮家不畏風兼浪

（上闋眉批）風流騷雅。　（下闋眉批）樂趣天然，亦如「清風明月，不用一錢買」也。

城頭月　蕪城萬箇何年聚

（上闋眉批）有感慨。　結五字依依有致。

朱景輔

憶秦娥　雞聲杳

（上闋眉批）依約如見，好句。　結筆景中見情。

孔繼涵

鵲橋仙　淒涼若此

（换頭眉批）情景悲涼。　（結句眉批）神致綿遠。

汪照

留春令　柳花飄絮

（上闋眉批）作踐得春光如此。　（結句眉批）淒切。

阮郎歸　無風陰雨細如絲

「能」字妙。　（下闋眉批）有情人觸處皆愁，原不必真有相思也。

張璉

轉應曲　明月

（下闋眉批）最苦是離别，有如此者。

錢塘

浣溪沙　一陣荷香遞笑聲

結七字只寫景而神理自足。

余旻

卜算子　獨自倚南樓

東坡原唱借題寓意，哀而不傷，千古絶調。　此作不過就題詠題耳，緣語意清雋，故存之。

陳逢堯

清平樂　吟香句裹

（下闋眉批）琢句精秀。

顧列星

臨江仙　短夢半隨雞唱斷

（上闋眉批）音調淒婉。　（結句眉批）情詞俱妙，秦、柳之匹也。

又　捲絮風狂簾不捲

（上闋眉批）無人有淚，警句淒絶。　（結句眉批）無窮淒怨，卻只不怒，猶不失風人之旨。

曾煜

浣溪沙　臨水南枝暖欲花

（下闋眉批）絶妙畫本。

何琪

錦帳春　豆顆輕圓

（上闋眉批）婉至。　（結句眉批）情生文，文生情。

朱士廉

疎影　殘紅半點

（上闋眉批）淒清而騷雅，亦不減乃父也。　（下闋眉批）一波三折。　結更淒警。

趙帥

醉花陰　載酒城西來唤渡

（上闋眉批）婉雅。　（結句眉批）風致亦佳。

潘奕雋

羅敷媚　染香小閣秋光裏

（小闋眉批）精秀。

馬緯雲

減字木蘭花　西陵舊路

對景流連，無窮淒感。

王芑孫

蝶戀花　夢斷紅牆煙隔路

（上闋眉批）情詞之妙，如六一復生。（下闋眉批）秀而麗，與淒艷者迥然别，各有妙處。

隔溪梅令　梨花明白護窗陰

（上闋眉批）花下觀美人，其樂如何。（結句眉批）有晏小山筆致。

王紹舒

憶秦娥　魚書錯

（上闋眉批）淒斷。　（下闋眉批）春風無路通深院。

王紹成

高陽臺　蝶徑香殘

（換頭眉批）運筆精秀，情詞兼有。　（下闋眉批）深深款款，無限低徊。　結得綿遠。

吴　會

曉嵐詩平平，而詞則風雅淒清，獨臻妙境。

歸國謡　愁如許

（結句眉批）非有愁有情人，必無此語。

相見歡　天涯裁罷閑游

「載離情」妙。　（結句眉批）沖口而出，不煩錘鍊，自是好詞。

醉太平　濃雲正鋪酸風

寫雪意。上半寫神，下半寫正面。

生查子　薄倖不歸來

後半闋即從上束句幻出四語來，妙甚。

點絳脣　風約簾鉤

（上闋眉批）風雅何減小山。

羅敷媚　玲瓏一派花光亂

沙明水淨之詞。

卜算子　一葉布帆

（上闋眉批）淒清有味。　（下闋眉批）清警之句，令人生感。

青玉案　朝來繫馬長干路

（上闋眉批）奈何天。　（結句「亂鴉殘照，一片秋山暮」眉批）寫景妙有筆力。

滿江紅　頭白周郎

直起老。　（換頭眉批）骨力蒼雄，飛沙走石。　後半闋淋淋漓漓，沉鬱頓挫，令我讀之欲歌欲泣。

又　石户松關

（上闋眉批）絶有畫圖。　（換頭眉批）短句亦有層折。　對法活潑。　結得騷雅，拍合題面。

水龍吟　四圍紅燭如山

（上闋眉批）筆力有千斤之重。（結句眉批）風致亦復不泛。

沁園春　午夢纔酣

（上闋眉批）一味纖冶，是馬浩瀾之流。（下闋眉批）入微。結得有情緻。

又　若有人兮

（上闋眉批）句法獨別。凝鍊。（下闋眉批）風流騷雅。結更好，一片妙機。

金縷曲　十里秋江碧

（上闋眉批）寫景好。（换頭眉批）還清題旨。（下闋眉批）低徊淒怨。結筆餘音不絶。

摸魚兒　倩東風吹愁不去。

「猜他不透」四字妙。（换頭眉批）絶妙情詞。（下闋眉批）顧盼往事，情詞淒惋。（結句眉批）

挽入本面，情致亦綿遠。

哨遍　炙了燈兒

通首淒淒切切，如泣如訴，真佳作也。（上闋眉批）讀之如聞秋窗夜雨之聲。（下闋眉批）追思往事，黯然銷魂。運筆遣詞俱妙。不堪回首。（結句眉批）嗚嗚咽咽，一往淒絶，亦不管讀者腸斷也。

馮柳東

柳東詞筆清雅，哀感中無張眉努目氣象。

滿江紅　一枕瞢騰

温厚和平，怨而不怒，不獨不怒，且從容閒暇，並怨亦含而不露，和者數十家皆莫能及。

滿庭芳　種豆棚低

千古同慨。只起數語寄慨，下皆寫種菜本面，而不得已之情自於言外可會。温柔敦厚，我思其人。

長亭怨慢　又聽到棲鴉時節

節節淒清冷秀，即詞可以占其功名不終。題其圖者數十家，亦皆遜原唱之佳。　收數語更淒感。

城頭月　唐詩一卷曾親授

梅卿自題圖有「雪影壓殘鳥夢，月痕冷靠花身」之句，並柳東題詞可稱雙絶，惜也不得意，一早死矣。

朱紫貴

買陂塘　甚無端水程山驛

起便疏落。　（上闋眉批）筆致仿佛竹垞。　（下闋眉批）下半柬陳。　（結句眉批）收足鄉思。

臺城路　大江東下君西上

（上闋眉批）情詞兼有。　（下闋眉批）遺詞精秀。　（結句眉批）情詞之妙，可以興矣。

陸以湉

金縷曲　鬬鴨欄路

（换頭眉批）句絶精秀。　（結句眉批）風流温雅，想見人品。

朱　諶

蝶戀花　紫陌風光看又度

（上闋眉批）不知愁來何處，真有情人語。　（結句眉批）芊麗。

劉霖恒

浣溪沙　倩得蕉陰步欄

淒清之調。

許孫荃

浣溪沙　草色斜陽江上幽

（下闋眉批）措詞精鍊。

吴文柔

謁金門　情惻惻

（上闋眉批）曲盡塞外之苦。　（下闋眉批）情思無限。

章有湘

浣溪沙　此夜難分怨曉鐘

（上闋眉批）真切有情。　（結句眉批）含情無限。

沈御月

虞美人影　送春春去添煩惱

（上闋眉批）筆致精秀，頗似朱淑真。　（結句眉批）有心人語。

閔懷英

減字木蘭花　春寒驚夢

（上闋眉批）春光如此，我欲喚奈何。（結句眉批）情韻綿渺。

倪小

菩薩蠻　蘭閨幽靜纖塵絶

曰「獨自聽」，淒涼可知矣。「人坐秋聲裏」五字警絶，真作家語。

沈珮

南鄉子　簾外雪初飄

清秀在骨，説梅花如此。末二句最得最有神韻。

吴蘋香

蘋香詞輕圓柔脆，其秀在骨，梁應來題其圖有「南朝幕府黄崇嘏，北宋詞宗李易安」之句，非虚譽也。（傳上眉批）蘋香父、夫俱業賈，兩家無一讀書者，而獨呈翹秀，真夙世書仙也。著有《花簾詞》一卷。

浪淘沙　蓮漏正迢迢

蘋香女史初好讀詞曲，或勸之曰何不自作？遂援筆賦《浪淘沙》一闋云云。一時湖上名流傳誦殆遍。

祝英臺近　曲欄低

一「影」字寫得淒清婀娜，借題抒恨耳。　（尾批）人謂蘋香詞不減朱淑真，其實淑真詞不及蘋香。

河傳　春睡

蘋香詞筆精秀而意境淒涼，可以怨矣。

南鄉子　吹到鯉魚風

（上闋眉批）淒絶秀絶，何減易安？　（結句眉批）淒清而婉麗。

柳梢青　不索燒茶

（上闋眉批）麗絶語，院落無人意自於言外見之。　（下闋眉批）錦口繡口，結句尤佳。

如夢令　燕子未隨春去

風流藴藉，有意耶無意耶？　此種筆墨，無論賢愚皆知愛不忍釋手也。

淩祉媛

菩薩蠻　簷鈴驚破紅閨夢

（上闋眉批）情致絶佳。　（下闋眉批）清婉可喜。

李晼

南柯子　細點瓜蠶譜

（上闋眉批）語亦樸實。　（結句眉批）芊綿温婉，音節絶佳。

雲韶集輯評卷二十六

雜　體

曰雜體者，上溯漢、唐，下迄國朝，覽乎詞曲、小唱、諸傳奇而言也。漢、唐之際，歌曲有類於詩，實爲詞之先聲，有目共賞，姑弗具論。自唐人以後，山歌、樵唱、酒令、道情以及傳奇雜曲，言雖俚俗而令讀者善心感發，欲泣欲歌，哀者可以使樂，樂者可以使哀，燈前酒後可以除煩惱，可以解睡魔，况夫古樂不作，獨勞人思婦、怨女曠夫發爲歌詞，不求工而自合于古，何也？同一性情之真也。集中所選，大率風流秀慢、痛切入骨及一切看破紅塵之作，亦間有端莊者，或以其事風雅，録其詞並録其事，以當一覽之快，而過於淫褻或過於粗率者亦概不入選，未知有當于讀者之意否？《南風》之操、《五子之歌》，是詞之祖，然味淡而聲希，驟讀之烏知其快，故弗録。唐人以後歌曲，近於詩者亦區别不録。輯者按：原有漢人雜體、晉人雜體、隋人雜體、唐人雜體，亦删之不録。

五代十國人雜體詞

李珣

南鄉子　乘綵舫

眼前景寫來有情。（「帶香游女偎人笑」句下批）一作「游女帶香偎伴笑」。

又　攜籠去

點染入妙，無情處都有情也。

又　登畫舸

顧盼生姿。

又　雙髻墜

風流綺麗，情致劇佳。

宋人雜體詞

宋祁

鷓鴣天　畫轂雕鞍狹路逢

子京過繁臺街，逢内家車子，有褰簾者曰：「小宋也。」子京歸，遂作《鷓鴣天》一詞云云，傳唱都下，達於禁中。仁宗知之，問内人「第幾車子，何人呼小宋？」有内人自陳：「頃侍御宴，見宣翰林學士，左右内臣曰：小宋也。時在車子中偶見之，呼一聲爾。」上召子京，從容語及，子京惶懼無地。上笑曰：「蓬山不遠。」因以内人賜之。

晁沖之

感皇恩　寒食不多時

（尾批）風流獨絶。

上林春慢　帽落宮花

（上闋眉批）好情節。（下闋眉批）工麗。（結句「醉歸來，又重向、曉窗梳裹」眉批）題後有此餘情，愈令通篇增色。

章謙亨

念奴嬌　垂楊得地

此詞及上二詞當選入補詞，緣上未録，雜録於此。（結句「有時微笑，把伊綰個雙結」眉批）何等姿態，情致無限。

楊冠卿

東坡引　渌波芳草路

事亦奇，詞亦佳。

楊妹子

訴衷情　閑中一弄七絃琴

楊妹子書法類寧宗，凡御府馬遠畫多命題詠。清雅閒遠，映帶縹緗。

琴　妖

古琴歌　音音音音

東坡宿靈隱山房，夜聞窗外歌聲淒楚，推窗視之，見一女子冉冉没于牆下。明日鋤發，得古琴一張。

琴　妖

天仙子　別酒未斟心已醉

輕圓婉麗之詞，出諸香口，改之當爲情死可也。乃聽道士之言，原形復現，千年之修，付之流水。況此妖並無害人之意，既復其形，瘞之可也；乃復加以一炬，改之亦忍心人也。（尾批）劉改之得一妾，愛甚。淳熙甲午預秋薦赴省試，在道賦《天仙子》，每夜飲旅舍，輒使小童歌之。到建昌游麻姑山，屢歌至於墮淚。二更後，有美人執拍板來，願唱一曲勸酒，即賡前韻云云。改之喜，與之偕東，果擢第。調荆門教授，遇臨江道士熊若冰謂之曰：「竊疑隨車娘子非人也。」劉具以告。曰：「是矣，今夕與並枕時，吾于門外作法，教授緊緊抱之，勿令竄逸。」劉如所戒，乃擁一琴耳。頓悟昔日蔡邕之語。携之麻姑，訪之，知是趙知軍所瘞壞琴也，焚之。

金人雜體詞

李獻能

春草碧　紫簫吹破黄昏月

淒瘦如此。　撫時嗟悼，仿佛東坡老仙筆路。（尾批）此詞絶佳。正集、補集俱忘卻，入選雜録於此。

元人雜體詞

趙孟頫

贈管夫人詞　我儂兩個

言雖俚俗，卻妙絶人寰，真第一等鍾情，第一等痛快語。

戴石屏妻

祝英臺近　惜多才

（調下批）元戴石屏薄游江西，有富家翁愛其才，以女妻之。居二三年，忽欲作歸計。妻問其故，告以曾娶，妻白之父，父怒。妻宛曲解釋，盡以奩具贈行，仍餞以辭云云。石屏既別，遂赴水死。

（正文眉批）癡情恨語，然怨而不怒，一死明志，亦可哀矣。後半闋起處少三句，想是傳寫之誤。

（尾批）結三語淒絶。

明人雜體詞

解縉

落梅風　嫦娥面

《古今詞話》：成祖于中秋夜開宴賞月，月爲雲掩，上不懌，命解縉賦之。縉遂口占《落梅風》一調云云，成祖覽之歡甚；又賦長歌成，上益喜。同縉飲至夜半，月復明朗，浮雲盡散，成祖笑曰：卿真奪天手段。

李廷機

一剪梅　小門深巷巧安排

四詞看破富貴，夷猶自在，深得閒居之樂，真羲皇上人也。

又　一生風月且隨緣

（「窮也悠然，達也悠然」眉批）窮達付之天命。　（「日高三丈我猶眠，不是神仙，誰是神仙」眉批）妙妙，真神仙也。

又　扶輿清氣屬吾曹

（「莫笑風騷，算來名利也徒勞」眉批）利是徒勞，即名亦徒勞，真達人語。　（「何處爲高，閒處爲高」眉批）安閒即是神仙。　（「木樨香裏卧吹簫，且度今朝，誰管明朝」眉批）瀟灑可喜。

又　於今揮手謝浮生

（上闋）真看得破，養多少天機自得之樂。　（下闋）明月照積雪，其清如何。

楊　慎

《寄内》詞，費長房云。升庵謫滇中久不得調，寄夫人詞云云。夫人答詞有「曰歸曰歸歲云暮，其雨其雨怨朝陽」之句，一時並傳。

黄鶯兒　夜雨滴空階

（調下批）三首。《黄鶯兒》四首，前一首爲升庵夫人作，後三首爲升庵作。王士禛以爲四詞皆出升庵，非也。　淒清苦調。

又　霽雨帶殘紅

觸處生愁，出於不得已。

又　細雨濕流光

（「到處是家鄉」眉批）愁人作達語，愈是一片傷心。

陳繼儒

戒好色　紅顔雖好

（上闋眉批）爲惑於聲色者，腦後猛下一針。　（下闋眉批）驚心觸目，喚醒癡愚。　（結句眉批）回頭是岸。

黄氏

黄鶯兒　積雨釀春寒

此詞爲夫人所作無疑，觀結句可知非用修作。　（「無情征雁，飛不到滇南」句下批）時用修謫滇南。

鎖懋堅

沉醉東風　風過處香生院宇

是詞成于茗城朱文理座間，爲一時所稱。

謁金門　人艤畫船

李子陽旻以成化庚子解元，癸卯冬將赴春闈，鎖懋堅送之，賦詞云云。已而子陽果大魁天下。

國朝人雜體詞

宋琬

西江月　閲盡古今俠女

林鐵崖嗣環使君口吃，有小史名絮，鐵嘗共患難，絶憐愛之，不使輕見一人。一日宋觀察琬在坐呼之不至，觀察戲爲此詞云云。

汪懋麟

憶秦娥　開金屋

（上闋眉批）水晶簾下看梳頭，何等風流。　（結句眉批）畫所不到。

鄭　燮

一剪梅　幾枝修竹幾枝蘭

板橋蘭竹卓然名家，自畫自題並臻妙絶。　（結句眉批）有意味。

蔣士銓

蝶戀花　氣節如山

（上闋眉批）真湯若士之知己也。　（下闋眉批）亦是實話。　千古同慨。

水調歌頭　萬縷亂愁緒

（上闋眉批）一個悶乾坤，誰能撞破，我亦欲大哭也。　（下闋眉批）千古皆然。　（結句眉批）菩薩心腸，有此苦語。

秋夜月　花影斜

結二語冷雋可喜。

粉蝶兒　黯澹冰綃

茗生心折其年，觀其筆下之真切可知。

剔銀燈　片時石光火摇

淒感無盡，今人弔古人。不轉瞬間，後人又復弔今人矣。哀哉。

江　聲

菩薩蠻　月斜穿牖疎簾隔

迴文體非予所喜，此作尚有清致，故録之。

劉　偉

水調歌頭　敲斷燕釵股

劉生自是奇士，宜其自負不凡。　風流騷雅，千古無匹。　（尾批）先是小三蘇氏行三，故群呼小三云慕劉生名，託同邑查君爲介。查挽劉去，行未數武，值舊識黄生强邀過寓，見一姬體貌粗陋，劉厭薄之。黄曰：「君勿覷此輕之，此秦淮文狀元某姬也。」蓋當時定花案，曲中諸妓有文狀元、文探花之名，文探花者即蘇三也。劉不悦，憤然曰：「狀元若此，探花可知。」查挽之不可，拂袖竟歸。既而試畢旋里，過武定橋東，見一姬病容愁態，臨流倚檻，而衫痕黛影，湖水皆香。劉顧查笑曰：「何處驚鴻，翩來洛浦。」查曰：「是即予所薦之文探花也。」劉大悔，曰：「因艾棄蘭，吾知罪矣。」急維舟過訪，小三張筵欵之。酒三行，劉避席起曰：「僕固鍾於情者，但狹邪之游，生平未習。今日歡筵已同祖帳，請留數語以當雪泥鴻爪。」小三覆素巾案上，劉援筆題此詞畢，與查登舟而去。白下諸名士傳爲美談，競相鈔寫，自此探花之名大著。而所謂文狀元者，「門前冷落車馬稀」矣。

程振鷺

金縷曲　廿四橋頭步

處處切合「九」字，分切合切，如天衣無縫，巧奪天工，葛九之名焉得不著。　工麗而不纖小，真絶世奇人，絶世奇才也。　（尾批）程生負俠氣，文奇詩奇事亦奇。邗溝一妓名葛九，早歲墮平康，後洗心滌行，剪花賣履，孝養父母。忽二老相繼逝，無力殯葬，不得已復理舊業，好事者述諸程生。時大雨盆注，程持蓋着屐黑夜過訪，葛一見心傾，拂牀薦夕。程笑曰：「我非紅樓選夢者，所以冒雨過卿，欲代籌殯葬費耳。」葛感且泣下，繼請方略，程曰：「近日冶游兒都似盲人瞎馬，奔逐章臺柳下，汝一練裳椎髻，雖姿容閒雅，未必有千金博笑者。惟仗筆墨有靈，庶可廣致多金，期於事濟。」袖中出研紅綾數尺，以其行九戲拈「九」字題《金縷曲》一闋云云。書畢漏深雨惡，葛再三挽袖，拂衣竟回客寓。明日，葛飾以畫屏，張諸客座，好名者爭相傳播，走馬王孫，墜鞭公子，宴無虚日，不浹洵積金滿篋。命弟持歸瘞其雙槥，致書招程，藺足不至。一日，曉妝初抹，陪貴客宴露葵軒下，忽遣人齎白木匣至。發之，金剪一枚，僧帽衣履具備，中有短札一封曰：「古人辱身非考，吾憐汝愚，姑借辱身暫行孝道。今事已濟矣，心已盡矣，及早回頭，别尋覺岸。沉淪欲海，墮落花塵，泉下人能瞑目乎？字到速斷業根，退修初服。畫眉窗下，即是選佛之場；打槳湖頭，總屬慈航之路。倘能晚盖，許滌前愆，毋得狐疑，至同繭縛。」葛覽書大悟，對鏡自截其髮，改粧作比丘狀，貴客逡巡避去。亡何，程大笑而來，合掌徑登上座，葛伏地膜拜，程學老僧宣口偈曰：「彼美人兮人盡可夫，吾今度汝超脱泥塗。踢翻桃葉渡，跳出莫愁湖。從今撒手菩提岸，火裏蓮花何處無。」葛受記訖，星夜喚舟回揚，捨身曇華上院，後乞韓幔亭寫《妓堂皈佛圖》懸諸浄室，以誌不忘舊德云。（上眉批）如程生者，吾願鑄金人事之。

朱瓣香

醉太平用獨木橋體十二解　高槐怒聲、沉沉鼓聲、鄰猧吠聲、蟲娘緯聲、重門喚聲五闋：

冷冷清清，不必作一悲秋語，自令人千愁萬緒，一時觸起，不能再讀，真千古絶唱也。

又　蘭窗剪聲

此詞尤凄切，誰能再讀。

又　喁喁暱聲

「惜」字妙，如聞其聲。

又　盤珠算聲、風鳴瓦聲二闋：

瀟瀟滿紙秋聲，耳中來哭聲。

又　牀鈎觸聲、空堂颯聲二闋：

寫出無限聲來，妙，一一都似從枕上聽得。

又　遥聲近聲

總收。　此一夜真虧他挨也。

馮小青

天仙子　文姬遠嫁昭君塞

小青本屬子虚，然必求其人以寔之，亦殊無味。　（結句眉批）淒婉如此，我見猶憐。

無名氏

題圈兒信詞　相思欲寄從何寄

（名下批）有妓致書於所歡，開緘無一字，先畫一圈，次畫一套圈，次連畫數圈，次又畫一圈，次畫兩圈，次畫一圓圈，次畫半圈，末畫無數小圈。有好事者題一詞於其上云云。見《兩般秋雨盦》。

無中生有，妙絶古今。　纏綿盡致，事奇，詞奇，偶讀一過，令人忍後不禁。　自是名手，惜不知其名。

無名婦

黄鶯兒　妾本木星臨

（調下批）有告姦情者，官欲枷女人，婦言能詞。官命就事爲題，婦隨口云云。官笑而釋之。　此詞未知是國朝之事否？姑録于此。

又　花發不能簪

邑令能不我見猶憐耶？

按以上元、明、清三朝之曲、道情、山歌、傳奇雜曲等亦删之不録。

本書出版得到國家古籍整理出版專項經費資助

葛渭君 編

詞話叢編補編

第一册

中華書局

圖書在版編目(CIP)數據

詞話叢編補編/葛渭君編．—北京：中華書局，2013.3(2021.10 重印)

ISBN 978-7-101-09032-1

Ⅰ.詞…　Ⅱ.葛…　Ⅲ.詞(文學)-詩歌評論-中國-古代-選集　Ⅳ.I207.23

中國版本圖書館 CIP 數據核字(2012)第 270052 號

詞話叢編補編

（全六册）

葛渭君 編

*

中 華 書 局 出 版 發 行

（北京市豐臺區太平橋西里 38 號　100073）

http://www.zhbc.com.cn

E-mail:zhbc@zhbc.com.cn

北京市白帆印務有限公司印刷

*

850×1168 毫米 1/32 · 144¾ 印張 · 12 插頁 · 2980 千字

2013 年 3 月第 1 版　2021 年 10 月北京第 2 次印刷

印數:2501－3400 册　　定價:530.00 元

ISBN 978-7-101-09032-1

詞話叢編補編總目

第一册

第二册

第五册

第六册

詞話叢編補編前言

所謂「詞話」，乃考訂詞人生平仕履、評述詞作本事藝文、記載詞籍版本題識等方面的專門著述。它録存着歷代詞家賞析名篇的心得感悟，印證着不同詞派的詞論詞風，承載着詞體演變的艱難歷程。歷代詞話，不但内容豐富多彩，而且形式靈活多樣，不拘一格。今人所見詞話，有的以專著面世，如宋楊元素《時賢本事曲子詞》、清陳廷焯《白雨齋詞話》、近人王國維《人間詞話》；有的混跡於詩話、筆記、雜著、隨筆中，如宋周密《草窗詞話》、明楊慎《升庵詞話》；更有些是來自詞籍、詞選之點評，如明末清初王士禛、鄒祗謨《倚聲初集輯評》。研讀古今詞話著述，若逐條翻閲，似覺支離瑣細；倘整體合觀，頗能引人入勝，猶如諸家詞論彙粹，蔚爲大觀。

歷代詞話資料頗爲淩亂，搜集彙編並非易事，整理校點則困難更多。近代學者曾爲此做出過堅持不懈的努力，唐圭璋於一九三四年推出《詞話叢編》（以下簡稱《叢編》），凡三函二十四卷，收詞話六十一種；中華書局於一九八六年再版重印，多有補正，收詞話達八十五種，堪稱詞話資料甚爲精準的集大成之作。吴梅序中稱之爲「洵詞林之鉅製，藝苑之功臣」，實非溢美也。因而該書自問世至今，一直深受讀者喜愛，成爲研習詞學必不可少的重要參考書。

時過境遷，學者每每感歎《叢編》亦有其難以避免之缺憾：首先，限於主客觀條件，尤其是在戰亂與動亂環境下，某些珍貴的詞學文獻，包括某些孤本秘籍，乃至稿本，唐先生未曾寓目；其次，某些散見於總集别集、史乘方志、詞籍叢編中的詞話條目，唐先生無緣得見，未及摘録；再次，當年《叢編》採納的個别底本不是善本，先天不足，原有疏漏。唐圭璋先生曾表示《叢編》仍有待擴編增補，惜乎時不我待，唐老早逝，宏願未酬。於是，爲《叢編》拾遺補缺的重任，只能由後學晚輩接力繼武、勉力爲之矣。

唐圭璋私淑弟子葛渭君熱衷詞學，長期致力於收集詞話，網羅資料。唐老生前對他亦頗多鼓勵，給予指導。葛先生説自己走過不少彎路，甚至早年所輯資料亦曾被人趁火打劫，但他在唐老治學精神感召下，從來不灰心，不放棄，數十年如一日，不遺餘力，千方百計尋覓詞話，資料丢了重新再輯。功夫不負有心人，終於抄録出幾百萬字的詞話資料，手稿裝滿十餘個紙箱，目前正在有計劃地進行整理編次以交付出版。

葛先生對詞話的補續增編，是有目標分階段進行的。第一階段，先做《詞話叢編補編》（以下簡稱《補編》），補録《叢編》所列各位作者之散見漏輯或近來新發現的詞話，换言之，《補編》中出現的詞話，其作者名均見諸《叢編》，並無新人。第二階段，再編《詞話叢編續編》，專收唐圭璋《詞話叢編》無暇顧及、不曾採編的詞話，含專著、專文、專評等；换言之，《續編》中出現的詞話及其作者，可謂葛先生的新發現，初步清理約計百餘種。第三階段，以《詞話叢編外編》結集收入上述《補編》《續編》容納不下的、比較零碎甚至無法編成書的詞話資料，儘管其作者不一，體例有別，卻如靈光一現，極具參考價值，因而彌足珍貴。如今《補編》已定稿排版，即將出書。《續編》亦開始後期加工，可望明年完成。《外編》已得部分成稿，尚待增訂。三部巨編，擬於五年内陸續出版問世。

這裏且説《詞話叢編補編》。

據本書《凡例》可知，《補編》的收録範圍，遵《詞話叢編》慣例，「大抵以言本事、評藝文爲主。若詞律、詞譜、詞韵諸書，以及研究詞樂之書，概不列入」。其參考引用書目達一百二十餘種，合併編成詞話著述六十七家，總計近三百萬字。若與《叢編》相比較，《補編》輯録詞話特點顯著。

首先，《補編》擴大了輯録範圍。以宋胡仔《苕溪漁隱詞話》爲例，《叢編》收録的二卷凡四十九則，分别採自《苕溪漁隱叢話》之《前集》卷五十九與《後集》卷三十九的「長短句」專篇。葛渭君將搜索範圍擴展至全書，即在《前集》六十卷、《後集》四十卷中，凡涉及詞評詞論詞人考辨者，均予摘録，遂補得《漁隱詞話》一百六十條，幾爲《叢編·漁隱詞話》的三倍以上，從而令胡仔的詞學理論暨美學觀點得以全面展現，給後人更多啟迪。如在《漁隱叢話後集》卷三十七《俞秀老漁父詞》中，附録了苕溪漁隱即胡仔據《傳燈録》轉述的閩縣謝氏「棄釣艇投芙蓉山訓禪師落髮」的故事，以此爲俞紫微《阮郎歸》詞（見《全宋詞》二二〇九頁）之用典本事，使讀者終於可以讀懂該詞。諸如此類擴大搜索範圍後所獲得的新詞話，在《補編》中在在皆是，比重最大。

其次，《補編》將目光移向詞籍、詞選的批注點評，從而彙集出更多的詞話。如明楊慎《批點草堂詩餘》；清許昂霄《山中白雲詞偶評》；徐珂《歷代詞選輯評》等，雖多爲對名家、名作、名句所作的三言兩語、言簡意賅之點評，卻真實反襯出作者獨到的詞學觀。如在陳廷焯《詞則輯評》中，讀者即可通過條條短評，領悟清浙西詞派的「雅正」觀及常州詞派的「沉鬱」説之具體而微的深刻内涵，很值得做專題研究。

再次，《補編》中出現了新近發現的詞話著述，格外令人驚喜。如《倚聲初集輯評》二十卷（《續四庫全書》本），展示了清初鄒祇謨、王士禎某些頗富現實指導意義的詞論見解，對於清詞的中興與繁盛，起過推波助瀾的作用。又如陳廷焯《雲韶集輯評》二十五卷（稿本），還能爲我們提供出作《全明詞》與《全清詞》（順康卷）補佚的大量資料線索。而況周頤輯《歷代詞人考略》（景刊本），在修正詞人小傳、訂校詞人作品方面的資料參考價值更是不容忽視。

最後應予指出的是，《補編》中有些詞話，是《叢編》已有詞話的重輯本。凡此個别的重輯本，誠如《凡例》所云：「其内容與《詞話叢編》略有交叉。如於譚獻《復堂詞話》一卷之外，别有重要發現，爲確保譚獻全部詞話體制之完整性，不得不重新輯編。又如許昂霄之《晴雪雅詞偶評》，與《詞話叢編》所收《詞綜偶評》編次有别，而内容大同小異，然亦有所增補，並附録了張宗橚某些校跋，又可訂正《詞綜偶評》某些疏漏與誤刊，故仍予採録。」總之，重輯本内容既有增補，文字也更精確，應可與舊本合觀，甚或取代舊本，更便於讀者參考使用。

《補編》對所收詞話的整理校點是下過苦功的。衆所周知，詞話之來源十分龐雜，那些從詞籍點評、詩話筆記、隨感雜著中摘録出來的詞話，一向不被認爲是嚴肅的學術論著。即便是散見於别集總集、書信題跋、史乘方志、類書典籍中的詞話，亦往往成爲茶餘飯後的談資，學者視如冷門。現代詞學界對詞話的認知與關注日益强烈，然而詞話固有的疏漏增添了彙編整理、點校考辨的難度，《補編》的成書概莫能外，試舉數例：

《倚聲初集》卷九《浪淘沙》的詞調下列舉了吴偉業的名篇「枉自苦凝眸」，評曰：「梁人云：『此柳風流可愛。』」點明吴詞「報導孫郎消息好，楊柳風流」所用典故出處。然而遍查梁人文集，未見所引贊柳名言。原來「此柳風流可愛」並非「梁人」所云，實乃齊武帝用以比擬張緒的。按唐許嵩撰《建康實録》卷十六云：「劉悛之爲益州刺史，獻蜀柳數株，枝條甚長，狀若絲縷，［齊武］帝命置於太昌靈和殿前，因宴翫賞咨嗟曰：『此柳風流可愛，甚似思曼少年。』」齊武帝蕭頤以柳擬人，誇張緒（思曼）有材幹，隨即提拔張緒爲太常卿、國子祭酒。吴偉業借此典故，以風流楊柳贊歎孫郎（令修）前途光明可望高升。鄒、王號稱學問高，卻將人物時代都記錯了。《補編》將「梁人」加圓括號以示當删，添「齊武帝」三字加方括號以示當補，如此校改後文理便暢通了。

《漁洋詞話》引顧敻《醉草》詞云：「高柳數聲蟬，魂銷似去年。」經查《花間集》卷七、《花草粹編》卷二、《御選歷代詩餘》卷四、《詞綜》卷三等書，所收顧敻該詞，其調名皆作《醉公子》，雙調四十字；並且「高柳」均作「衰柳」，義勝。可見「草」，是「公子」兩字合文致形近而訛。按王士禛門人鄭方坤撰補《五代詞話》，引顧敻此詞調名仍作《醉草》，蓋延續乃師之誤也。《補編》將原文「草」字加圓括號，另添「公子」兩字加方括號，修正了此處調名之誤。

《升庵詞話》有「側寒」條，引「王介甫詩：『側側輕寒剪剪風。』」查遍王安石《臨川文集》百卷，並無上引詩句。《丹鉛餘録》卷十重見此條詞話，引王荆公詩句同前。按《唐人萬首絶句選》卷七明確標示「惻惻輕寒剪剪風」是唐代詩人韓偓《寒食夜》中名句，《歲時雜詠》卷十二引韓偓詩句「側」亦作「惻」，惻惻同側側，狀寒冷也。楊慎誤記詩之作者，並且一誤再誤。《補編》將「王介甫」加圓括號以示當删，添上「韓偓《寒食夜》」加方括號以示當補，糾正了楊慎的重大失誤。

《樗園銷夏録》附《無聲館詞序》有云：「顧君芷衫與余相見於邗上數晨夕者浹旬出所爲詞示余。」原稿於「衫」下、「夕者」下分别加逗號，文理不通，出現破句。按陶淵明《移居》詩云：「聞多素志人，樂與數晨夕。」逯欽立校注：「數晨夕，算過了幾朝幾夕，言過日子。」又「浹旬」指一旬，十日。明乎此，則可知當作如下標點：「顧君芷衫與余相見於邗上，數晨夕者浹旬，出所爲詞示余。」這是對斷句標點的校正。

《補編》中個别詞話也有存疑待考者。如《倚聲初集》卷十五《滿江紅》録陳維崧「一畝書齋」詞，點評道：「長瓜生天才瑰詭，有其年起而匹敵。」按「長瓜生」，史無其人，不明所指。據文義，似當作「長爪郎」。長爪郎指李賀，典出李商隱《李長吉小傳》：「長吉細瘦，通眉，長指爪。」頗疑「瓜」乃「爪」之形近而訛，而「生」與「郎」乃同義詞。評語或謂李賀鬼才，瑰詭之詩爲世人驚歎；而陳維崧（字其年）詞作堪與李賀詩匹敵云。三個字竟錯了兩個，卻無版本實證，便只能存疑了。

《補編》中還有某些詞話内容有疏失，簡單校勘無濟於事，遂附「編者按」加以說明。如《歷代詞人考略》卷五「王衍」小傳下有《北夢瑣言》云云，出處有誤，遂加「編者按，以上兩條不見於今本《北夢瑣言》，分别見於《花草粹編》卷五及《五代詩話》卷一轉引；異文據《花草粹編》校正。」由此校正了引文出處，文理順暢，事理可通。還有大量他集互見詞，也是借「編者按」予以說明，有利於讀者查核，避免了諸家點評之詞句在相關詞籍（例如《全唐五代詞》、《全宋詞》、《全金元詞》、《全明詞》及《全清詞・順康卷》等）中相關作者名下查不到下落的尷尬。

凡是諸詞籍選本之眉批、旁注、總評的詞話，編者酌情摘引了被評批之相關詞句，可省讀者翻檢之勞，有利於互相比照理會詞話。圓括號内的此類摘句，不與詞話本文訛混，這一點做得比較得體。

《叢編》標點簡單，不用專名號。考慮到當今讀者、尤其是中青年學者的需要，《補編》於書名篇名、詩文標題、特别是詞牌名，酌加書名號，很有必要。

《補編》卷首開列了「引用書目」，交代了本書的資料來源、詞話出處並所據版本。這有利於讀者按圖索驥，查核校訂，追本溯源。

精心整理校勘、標點補正的《詞話叢編補編》，連同隨後推出的《續編》、《外編》，必能爲當代詞學研究，提供系列的完整的彙刊的詞話資料，且請拭目以待。

中華書局　劉尚榮

二〇一二年四月

詞話叢編補編序

半宋樓主人葛渭君先生，詞壇宿將唐圭璋大師之私淑弟子，鹵陽野夫薛瑞生之金石友也。凡天下士，相識而後相知者多，未若予與葛渭君先生，相知而後相識也。君子會友以文，憶昔拙著《樂章集校注》面世未久，即得一不相識者賜函，拆而視之，彩箋之「半宋樓」三字空心印紋赫然入目，邊款又印有姜白石「舊時月色，算幾番照我，梅邊吹笛」之句，尾署名則「葛渭君」者。來教未睹，先知其爲雅士，並知其以治詞爲業者，所謂宋詞乃宋代文學之半壁江山者是也。其後文字往來不絶，大抵言詞，並對拙著獎掖之餘又指瑕糾謬，手自抄録可補拙著之資料十數萬言，予是以知其爲諍友可交也。未嘗謀面即以心印心，識荆之急切可知。其後又以所校點結撰之《陽春白雪》等鴻著相贈，又知其所收藏宋人詞集之善本、珍本、名人批註本乃至國圖所無之孤本，而其正在董理之歷代詞話又篋笥相疊，自又引起予之另一金石友、學者、中華書局編審劉尚榮先生之興味。學界譽劉君「愛朋友勝於愛自己，愛中華勝於愛朋友，愛學術勝於愛中華」。得此信息，其喜抃可知。於是戊寅初秋，餘暑尚熾，畏日灼人，即與劉君相約赴平湖訪友兼訪書耳。吾儕一見如故，遍觀其珍藏，復論其詞話，觀復論，論復觀，如此者數日不倦。既一見傾心，即以心相值，故在觀、論之外，亦復有争執在。以其所輯詞話宋代部分已蒙宋少連再世者之强取豪奪，惟易壓殺之手段爲等其先死。愚二人既憤掠奪者之卑鄙，又怨葛渭君之不争，而伊卻泰然自若，寧願重新董理而不訟諸有司。君子以直報怨，以德報德，今見其以德報怨，無乃迂腐可哂乎？然又不能求人同己，説而不服，只好存異而已矣。對其山積尚待殺青之稿，劉君當即商酌由中華付梓。孰料藏香匿光，泄耀難遮，知者遂多，出版界識家蜂至，遂有欲捷足先登者。愚恐其誠厚失計致節外生枝，遂疾電劉君，劉君得報，適值中華書局領導换屆，不忍此稿之旁落，當即匆匆再奔平湖，負笈歸京。此乃是編由中華棗梨之始末也。今觀是書，名之曰《詞話叢編補編》，昔日之惑於是乎洞明矣。意新而名之以唐編之舊，且綴之以「補」者，是示其承師之遺緒，而不欲另立門户也；蒙劫掠而以德報怨者，非尊老子之教，而恐有辱師門也。然則歐門雜遝，賢佞並存，賢者自賢，佞者自佞，賢者自能光大歐陽門楣，佞者又何能損歐陽之門楣於萬一也。所以明此者，恐如昔日之《代白頭吟》之兩籍錯見，故效《南部新書》，載記其始末，略示立此存照之意耳。況古往今來，有其名者未必有其實，有其實者未必有其名。而更有甚於此者，則無其實有而竊其名，有其實卻辭其名。蓋葛渭君有其實卻辭其名者久爲人所聞，據個中人言，有兩所名牌大學，願出資爲其建詞學研究中心，並聘其爲教授，許其來去自便，卻爲其婉言拒絶，甘蟄居海隅，足不出户，潛心著述，積而不發，發則一鳴驚人。綜而論之，半宋樓主人葛渭君先生，嘗被譽稱爲「學歷不足，學力有餘」，名不前人，實不後人。學歷不足，名不前人者，無教授、長江學者、學術超人之類光環，僅爲平湖航運公司之一退食職員耳。學力有餘，實不後人者，有是編爲證，勿庸鹵陽野夫之饒舌也。嗚呼！此正所謂「澗底松」與「山上草」之雲泥之别耳！試讀是編，知其爲唐門之英，士林之秀，詞苑成就之佼佼者也。陳後山云：「士之行世，窮達不足論，論其所傳而已。」葛君有是編傳世，可謂不虚此生矣。因劉尚榮君與予知其撰著梗概，且劉君又通審全稿，故半宋樓主人以爲劉君宜撰前言，予宜寫序，故不敢辭。

奉先薛瑞生壬辰閏四月於西北大學蝸居軒

詞話叢編補編凡例

一、唐圭璋《詞話叢編》修訂本（中華書局一九八六年版），收歷代詞話八十五種，洵詞林之鉅製，藝苑之功臣。然因主客觀條件之局限，所輯諸家詞話，難免未盡完備。爲唐編拾遺補闕，即本書之編纂緣起也。

二、本書所收詞話之作者，全部見諸唐圭璋《詞話叢編》。然因資料來源或與唐編不盡相同，故詞話命名偶有變異。比較兩書之總目，可見其異同也。

三、本書收録範圍，仍遵《詞話叢編》成例，「大抵以言本事、評藝文爲主。若詞律、詞譜、詞韻諸書，以及研討詞樂之書，概不列入。」然有詞評兼及律譜韻樂者，酌情採録。注釋文字及原詞之作者題序，概不採録。

四、本書所收詞話，分别採自諸家别集、筆記、雜著及部分總集、叢書等，大多使用通行本，然亦不乏新發現的珍本秘籍乃至手稿，還有附見詞選者。經擴大搜索範圍後，所獲良多。如夏敬觀《五代詞話》即不易尋覓；又如周密詞話，除有一卷見諸《浩然齋雅談》外，於周密其他著述中所見甚多，今一併攔入補編中。全書遵循《詞話叢編》成例，於總目録中標出作者名、詞話名，並借「引用書目」交待版本出處簡況，更於詞話正文中詳明所自。個別詞話酌附弁言跋語，交代資料來源及輯補、整理之原委。

五、本書個别詞話是重輯的，故其内容與《詞話叢編》略有交叉重疊。如於譚獻《復堂詞話》一卷之外，别有重要發現，爲確保譚獻全部詞話體制之完整性，不得不重新輯編。又如許昂霄之《晴雪雅詞詞話》，雖與《詞綜偶評》編次有别，而内容大同小異；然亦有所增補，並附有張宗橚某些校跋，又可訂正《詞綜偶評》某些疏漏與誤刊，故仍予採録。

六、本書所收諸家詞話原文出現誤漏衍倒而影響閲讀使用者，今據善本資料或其他相關文獻加以校改。凡删削原文字句者，均加圓括號（　　）；凡增補改正文字，均加方括號［　　］。爲省篇幅，不出校記。

七、本書所收諸家詞話每有字句費解或見事理難通及内容有誤者，今酌加編者按而不作校注，編者按一律用小五宋字體置於圓括號内。

八、本書所收諸家詞話有出自各種詞集選本之眉批旁注及總評者，不見原詞則如霧裏看花，不知所云；附録全詞則徒增篇幅。今酌情摘引所評注之相關詞句，以資比照，並省讀者翻檢之勞。摘句均加圓括號，不與詞話正文譌混。

九、本書所收詞話，有的採自今人稿本，亦即輯録者尚未公開發表之專文或未及正式出版之專著者。今於該詞話前之扉頁上署整理者名，以示文責自負，並不敢掠美云。

十、本書採用新式標點而力求簡明，特别關注引號的起訖。人名、地名、朝代名等不加專名號。但爲照顧中青年學者閲讀習慣，於書名篇名、詩文標題，尤其是詞牌名，酌加書名號。

十一、本書出版後擬另編人名索引與詞牌索引，便於讀者覆核與檢索。

詞話叢編補編引用書目

事物紀原　宋·高承撰　中華書局　金圓、許藻點校本

寄園所寄　清·趙吉士撰　泰山出版社《中華野史》本

中吴紀聞　宋·吴感撰　清《知不足齋叢書》本

壽域詞　宋·杜安世撰　明毛晉跋　汲古閣《六十名家詞》本

四庫全書總目提要補正　胡玉縉撰　上海書店排印本

蟫精雋　明·徐伯齡撰　景印文淵閣《四庫全書》本

堯山堂外紀　明·蔣一葵撰　泰山出版社《中華野史》本

堅瓠集　清·褚人穫撰　中國公共圖書館古典文獻珍本匯刊本

比紅兒詩　宋·馮曾撰　上海古籍出版社景印《説郛三種》本

又　羅虬撰　商務印書館張宗祥整理《説郛》本

傅幹注坡詞　宋·傅幹注　北京圖書館藏清鈔本

又　明吴訥鈔本　天津古籍出版社景印《百家詞》本

又　巴蜀書社一九九三年版劉尚榮校證本　按：此本最佳。

西塘耆舊續聞　宋・陳鵠撰　上海書店景印夏敬觀《宋人小説》本

古今合璧事類備要前集、後集、續集、别集　宋・謝維新、虞載撰　景印文淵閣《四庫全書》本

古今事文類聚　宋・祝穆撰　景印文淵閣《四庫全書》本

湖録經籍考　清・鄭元慶撰　《吴興叢書》本

杜工部草堂詩話　宋・蔡夢弼撰　中華書局《歷代詩話續編》本

稗史彙編　明・王圻纂編　北京出版社景印明萬曆刊本

能改齋漫録　宋・吴曾撰　上海古籍出版社《宋元筆記叢書》本

苕溪漁隱叢話　宋・胡仔纂集　人民文學出版社《中國古典文學理論批評專著選輯》本

又　影印文淵閣《四庫全書》本

詩人玉屑　宋・魏慶之編　上海古籍出版社版王仲聞校勘本

唐宋諸賢絶妙詞選　宋・黄昇編　商務印書館《四部叢刊》本

中興以來絶妙詞選　宋・黄昇編　商務印書館《四部叢刊》本

浩然齋雅談　宋・周密撰　清・武英殿聚珍版本

絶妙好詞箋　宋・周密編纂　清・道光徐楙愛日軒刊本

武林舊事　宋・周密撰　中華書局《東京夢華録》外四種本

齊東野語　宋・周密撰　中華書局《唐宋史料筆記叢刊》本

癸辛雜識　宋・周密撰　中華書局《唐宋史料筆記叢刊》本

雲煙過眼録　宋・周密撰　遼寧教育出版社版鄧子勉校點本

志雅堂雜鈔　宋・周密撰　遼寧教育出版社版鄧子勉校點本

澄懷録　宋・周密撰　遼寧教育出版社版鄧子勉校點本

浩然齋視聽鈔　宋・周密撰　宛委山堂《説郛》本　又商務印書館張宗祥整理本

浩然齋意鈔　宋・周密撰　宛委山堂《説郛》本　又商務印書館張宗祥整理本

吴禮部文集　元・吴師道撰　景印文淵閣《四庫全書》本

吴禮部詩話　元・吴師道撰　清《知不足齋叢書》本

敬鄉録　元・吴師道撰　上海古籍出版社景印本

兩山墨談　明・陳霆撰　《吴興叢書》本　景印文淵閣《四庫全書》本

藝苑巵言　明・王世貞撰　中華書局《歷代詩話續編》本

百琲明珠　明・楊慎選評　天地出版社《楊升庵叢書》本

批點草堂詩餘　明・楊慎批評　天地出版社《楊升庵叢書》本

升庵詩話新箋證　明・楊慎撰　中華書局版王大厚箋證本

丹鉛餘録　明・楊慎撰　景印文淵閣《四庫全書》本

丹鉛續録　明・楊慎撰　景印文淵閣《四庫全書》本

丹鉛總録　明・楊慎撰　景印文淵閣《四庫全書》本

譚苑醍醐　明・楊慎撰　景印文淵閣《四庫全書》本

畫品　明・楊慎撰　景印文淵閣《四庫全書》本

西河詩話　清・毛奇齡撰　民國上海開明書店排印本

倚聲初集　清・鄒祇謨、王士禛編選　上海古籍出版社《續四庫全書》景印本

五代詩話　清・鄭方坤、王士禛編　人民文學出版社戴鴻森校點本

漁洋詩話　清・王士禛撰　上海古籍出版社《清詩話》本

池北偶談　清・王士禛撰　中華書局《清代史料筆記叢刊》本

分甘餘話　清・王士禛撰　中華書局《清代史料筆記叢刊》本

古夫于亭雜録　清・王士禛撰　中華書局《清代史料筆記叢刊》本

香祖筆記　清・王士禛撰　上海古籍出版社《明清筆記叢書》本

居易録　清・王士禛撰　景印文淵閣《四庫全書》本
載酒園詩話　清・賀裳撰　上海古籍出版社《清詩話續編》本
柳塘詞話　清・沈雄撰　況周頤輯　王文濡補《詞話叢鈔》本
樂府侍兒小録　清・李調元編　商務印書館《叢書集成》本
雨村詩話校正　二卷本，又十六卷本，又四卷本　清李調元著　巴蜀書社版詹杭倫、沈時蓉校點本
全五代詩　清・李調元編　巴蜀書社版何光清點校本
雨村曲話　清・李調元撰　商務印書館《叢書集成》本
淡墨録　清・李調元撰　商務印書館《叢書集成》本
詩品集解　郭紹虞集解　人民文學出版社《中國古典文學理論批評專著選輯》本
續詩品注　郭紹虞輯注　人民文學出版社《中國古典文學理論批評專著選輯》本
靈芬館全集　清・郭麐撰　清道光刊本
晴雪雅詞偶評　清許昂霄選批本
山中白雲詞　宋・張炎撰　清許昂霄手批本　中華書局藏珍重閣鈔本
又　上海圖書館藏鈔本
詞學［十五輯］　華東師範大學出版社馬興榮主編本

過庭録　清・宋翔鳳撰　中華書局《學術筆記叢刊》本

洞簫樓詩紀　清・宋翔鳳撰　道光十年刊本

問花樓詩話　清・陸鎣撰　上海古籍出版社《清詩話續編》本

賭棋山莊全集　清・謝章鋌撰　臺灣文海出版社影印本

賭棋山莊稿本　清・謝章鋌撰　江蘇古籍出版社影印本

蒿庵類稿　清・蔣敦復撰　民國二年刻本

隨園軼事　清・蔣敦復撰　鈔本

劉熙載論藝六種　清・劉熙載撰　巴蜀書社版徐中玉、蕭華榮校點本

白雨齋詞話十卷本　清・陳廷焯撰　上海古籍出版社景印本

雲韶集稿本　清・陳廷焯撰　國家圖書館藏鈔本

詞則　清・陳廷焯撰　稿本　上海古籍出版社景印本

復堂類集　清・譚獻撰　《半厂叢書》本

復堂日記　清・譚獻著　河北教育出版社版范旭倫、牟曉明整理本

詞學季刊創刊號　龍沐勛主編　民智書局排印本

裒碧齋詩話　清・陳鋭撰　上海書店出版社《民國詩話叢編》本

溪南詞　清・黄永撰　清留松閣刊本
蒼梧詞　清・董愷撰　清刊本
清稗類鈔　徐珂編　中華書局排印本
歷代詞選集評　徐珂纂　民國上海商務印書館排印本
清詞選集評　徐珂纂　民國上海商務印書館排印本
歷代閨秀詞選集評　徐珂纂　民國上海商務印書館排印本
人間詞話手稿　王國維撰　浙江古籍出版社景印本
詞學論叢　唐圭璋者　上海古籍出版社排印本
填詞要略及詞評四篇　陳聲聰著　廣東人民出版社排印本
王國維遺書　上海書店出版社景印本
王國維學術隨筆：東山雜記、二牖軒隨録、閲古漫録　社會科學文獻出版社排印本
王闓運詩文集　嶽麓書社版馬積高校點本
飲冰室詩話　梁啓超著　人民文學出版社《中國古典文學理論批評專著選輯》本
梁啓超手批《稼軒長短句》　宋・辛棄疾撰　中國書店景印《四印齋所刻詞》本
飲冰室文集　梁啓超撰　中華書局　民國間刊本

鄭文焯手批《樂章集》　宋・柳永撰　臺灣廣文書局景印本

鄭文焯手批《白石道人歌曲》　宋・姜夔撰　民國陳柱《白石道人詞箋評》本

鄭文焯手批《夢窗詞》　宋・吴文英撰　臺灣中央研究院《近代文哲學人論著叢刊》本

絶妙好詞校録　鄭文焯撰　《冷紅詞》刊本附。按國圖所藏《旁證》、《校録》悉同。

詞學［六輯］［七輯］　華東師範大學出版社　施蟄存主編本

北宋三家詞　舒亶、蘇庠、曹組撰　易大厂編校　朱孝臧評　民國上海民智書局刊本

夢窗詞　宋・吴文英撰　民國上海無著庵刊朱孝臧手批本

彊邨叢書　朱孝臧編校本　半宋樓藏夏敬觀手批本

彊邨遺書　龍榆生編　諸家資助刊刻本

藝風堂友朋信札　顧庭龍編　上海古籍出版社排印本

文獻季刊　北京圖書館出版社編印本

蕙風詞話輯注　況周頤撰　屈興國輯注　江西人民出版社排印本

歷代詞人考略　中國公共圖書館古籍文獻珍本匯刊本　全國圖書館文獻縮微復製中心影印

五代詞話　夏敬觀撰　稿本　上海圖書館善本部藏本

詞學［五輯］　華東師範大學出版社　施蟄存主編本

唐宋名家詞選　龍榆生編　上海古籍出版社排印本
忍古樓詩話　夏敬觀撰　張寅彭主編　上海書店出版社《民國詩話叢編》本
學山詩話　夏敬觀撰　張寅彭主編　上海書店出版社《民國詩話叢編》本
詞源疏證　蔡楨疏證　中央大學排印本
宋詞舉(外三種)　陳匪石編著　鍾振振校點　江蘇古籍出版社排印本
詞集序跋萃編　施蟄存主編　中國社會科學出版社排印本
唐宋詞集序跋匯編　金啓華　張惠民編　江蘇教育出版社排印本
詞學季刊　共十二期　龍沐勛編　刊本
同聲月刊　一——三六期　僞滿時龍沐勛編　刊本

補梁趙輯時賢本事曲子集

〔宋〕楊繪 撰

補梁趙輯時賢本事曲子集目録

劉尚榮跋：楊元素與蘇東坡過從甚密。《東坡詞》中與元素唱和之作凡十二首；《蘇軾文集》中寫給元素的書簡多達十七篇，其中寫於黄州的兩篇述及《時賢本事曲子集》，對於考查該書的編纂體例、成書過程、内容特點等，不無參考價值，可參見《蘇軾文集》。當蘇軾貶居黄州時期，該書已收集到「百四十許曲」，粗具規模。其内容則「足廣奇聞，以爲閒居之鼓吹也」。看來是很引人矚目的。這時蘇東坡爲友人出了個絶妙的主意：「但囑知識間令各記所聞，即所載日益廣矣。」並率先提供了至少四條資料綫索。書簡有云：「近於城中葺一荒園，手種菜菓以自娱。陳季常者，近在州界百四十里住，時復來往，……其人甚奇偉，得其一詞，以助《本事》。」陳季常，名慥，此人之「奇偉」，於《蘇軾文集》卷十三《方山子傳》中可見一斑。「得其一詞，以助《本事》」，當即指陳慥所填之《無愁可解》而「東坡爲作序引者」。此詞一向混編在《東坡詞》中，序引所稱「龍丘子」亦往往被誤認爲是東坡雅號。《山谷題跋》已辨其謬，魏衍《後山詩注・答田生詩》注文及《于湖先生長短句》陳應行序等，皆謂《無愁可解》爲陳慥作，似不容置疑。考《蘇軾文集》卷五十三《與陳季常書》云：「又惠新詞，句句警拔，詩人之雄，非小詞也。但豪放太過，恐造物者不容人如此快活。」竊以爲這「句句警拔」，「豪放太過」之「新詞」，當即《無愁可解》，經蘇軾推薦後人選《時賢本事曲子集》。梁、趙二人未採録，今當補入。

又：南宋傅幹《注坡詞》鈔本，引《本事曲集》甚多，中有三條爲梁、趙漏輯者，一條爲其輯本缺文過多，今據傅注補正，共輯得《蘇軾》四則；校補《葉清臣》一則；《陳慥》一則。其餘《小辭之起》等六則，乃葛渭君據别本資料補輯者。

補梁趙輯時賢本事曲子集

小辭之起

近世謂小辭起於温飛卿，然王建、白居易前于飛卿久矣，王建有《宫中三臺》、《宫中調笑》，樂天有《謝秋娘》，咸在本集，與今小辭同。《花間集序》則云起自李太白。《謝秋娘》一云《望江南》。又曰：近傳一闋云李白製，即今《菩薩蠻》，其辭非白不能及此，信其自白始也。《事物紀原》卷二引《本事曲子》，又《寄園寄所寄》卷四引

葉清臣

葉道卿《賀聖朝》詞：「三分春色，一分愁悶，一分風雨。」《傅幹注坡詞》卷三引楊元素《本事曲集》。劉尚榮按：《全宋詞》所收葉清臣《賀聖朝》原句爲：「三分春色二分愁，更一番風雨。」

吴感

吴感，字應之，以文章知名。天聖二年省試爲第一，又中天聖九年書判拔萃科，仕至殿中丞。居小市橋，有侍姬曰紅梅，因以名其閣。嘗作《折紅梅》詞曰：

喜輕澌初泮，微和漸入、芳郊時節。春消息，夜來斗覺，紅梅數枝爭發。玉溪仙館，不是箇、尋常標格。化工别與、一種風情，似匀點臙脂，染成香雪。　重吟細閱。比繁杏夭桃，品格真别。只愁共、彩雲易散，冷落謝池風月。憑誰向説。三弄處、龍吟休咽。大家留取，倚闌干，聞有花堪折，勸君須折。

其詞傳播人口，春日郡宴，必使倡人歌之。原注：楊元素《本事集》誤以爲蔣堂侍郎有小鬟號紅梅，吴殿丞作此詞贈之。《中吴紀聞》卷一。案《汲古閣書跋·壽域詞》引《中吴紀聞》及此注。又胡玉縉《四庫全書總目提要補正·詞曲類存目·壽域詞》亦引此注，又引張文虎《索笑詞》甲《折紅梅》下云：此調惟見《壽域詞》，而龔希仲《中吴紀聞》載其詞，係吴感作，謂感有侍姬曰紅梅，因以名其閣，嘗作《折紅梅》詞云云，末有注云云，則是希仲考知其實，故有此辨，不知又何以仞爲壽域也？

司馬光

《西江月》：寶髻鬆鬆綰就，鉛華淡淡妝成。紅煙紫霧罩輕盈。飛絮游絲無定。　相見爭如不見，有情還似無情。笙歌散後酒微醒。深院月明人静。

元素跋云：温公剛風勁節，聲動朝野，宜其金心藏意，不善吐軟媚語。近得其席上所製小詞，雅亦風情不薄。（《蟫精雋》卷十五、《堯山堂外紀》卷四十七、《堅瓠集》八集卷二）

范寬之

范寬之得妓人結絲合歡香囊，寄詞云：「謝娘梔子，賈妃萸佩。」（出《本事集》）　商務印書館張宗祥校理本《説郛》卷八十《比紅兒詩話》

蘇　軾

公自序云：昔謝自然欲過海求師蓬萊，至海中，或謂自然曰：「蓬萊隔弱水三十萬里，不可到。天台有司馬子微，身居赤城，名在絳闕，可從之。」自然乃還，受道於子微，白日仙去。子微著《坐忘論》七篇，疏一篇。年百餘，將終，謂弟子曰：「吾居玉霄峰，東望蓬萊，嘗有真靈降焉，今爲東海青童所召。」乃蟬蜕而去。其後李太白作《大鵬賦》云：「嘗見子微於江陵，謂余有仙風道骨，可與神遊八極之表。」元豐七年冬，余過臨淮，湛然先生梁君在焉。童顔清澈，如二十許人。然人有自少見之，喜吹鐵笛，嘹然有穿雲裂石之聲。乃作《水龍吟》一首，寄子微、太白之事，倚其聲而歌之。

《水龍吟》：古來雲海茫茫，道山絳闕知何處。人間自有，赤城居士，龍蟠鳳舉。清淨無爲，坐忘遺照，八篇奇語。向玉霄東望，蓬萊晻靄，有雲駕、驂風馭。　行盡九州四海，笑紛紛、落花飛絮。臨江一見，謫仙風采，無言心許。八表神遊，浩然相對，酒酣箕踞。待垂天賦就，騎鯨路穩，約相將去。傅幹《注坡詞》卷一引《本事曲集》

又

陳述古守杭，已及瓜代，未交前數日，宴寮佐於有美堂。侵夜，月色如練，前望浙江，後顧西湖，沙河塘正出其下。陳公慨然，請貳車蘇子瞻賦之，即席而就。

《虞美人》：湖山信是東南美。一望須千里。使君能得幾回來。便使樽前醉倒且徘徊。　沙河塘裏燈初上。水調誰家唱。夜闌風靜欲歸時。惟有一江明月碧琉璃。傅幹《注坡詞》卷八引《本事集》

劉尚榮按：梁啟超據毛斧季校本《東坡詞》下引《本事集》輯此條，文字較此簡略，今據傅注補足全文。

又

汝陰西湖勝絶名天下，蓋自歐陽永叔始。往歲子瞻自禁林出守，賞詠尤多，而去歐陽公時已久，故其繼和《木蘭花》，有「四十三年如電抹」之句。二詞俱奇峭雅麗，如出一人。此所以中間歌詠寂寥無聞也。文忠公自號醉翁。

《木蘭花令》：霜餘已失長淮闊。空聽潺潺清潁咽。佳人猶唱醉翁詞，四十三年如電抹。　草頭秋露流珠滑。三五盈盈還二八。與予同是識翁人，惟有西湖波底月。傅幹《注坡詞》卷十一引《本事曲集》

又

潤州甘露寺多景樓，天下之殊景。甲寅仲冬，蘇子瞻、孫巨源、王正仲參會於此。有胡琴者，姿色尤好。三公皆一時英秀，景之秀，妓之妙，真爲希遇。飲闌，巨源請於子瞻曰：「殘霞晚照，非奇才不盡。」子瞻作此詞：

《採桑子·潤州多景樓與孫巨源相遇》：多情多感仍多病，多景樓中。樽酒相逢。樂事回頭一笑空。停杯且聽琵琶語，細撚輕攏。醉臉春融。斜照江天一抹紅。　傅幹《注坡詞》卷十二引《本事集》、《王狀元集百家注分類東坡先生詩》卷十二《潤州甘露寺彈箏》堯卿注引楊元素曰

陳　慥

國工花日新作越調《解愁》，洛陽劉几伯壽聞而悦之，戲作俚語之詞，天下傳詠，以謂幾於達者。龍丘子猶笑之：此雖免乎愁，猶有所解也。若夫遊於自然而託於不得已，人樂亦樂，人愁亦愁，彼且惡乎解哉？乃反其詞，作《無愁可解》云：

光景有年，看便一世，生來不識愁味。問愁何處來，更開解箇甚底。萬事從來風過耳。何用不著心裏。你喚做、展卻眉頭，便是達者，也則恐未。　此理。本不通言，何曾道、歡遊勝如名利。道即渾是錯，不道如何即是。這裏元無我與你。甚喚做、物情之外。若須待醉了，方開解時，問無酒、怎生

醉。　見曾慥輯《東坡詞》卷下。

無名氏

余嘗見《本事曲·魚游春水》詞云：

秦樓東風裏。燕子還來尋舊壘。餘寒微透，紅日薄侵羅綺。嫩筍才抽碧玉簪，細柳輕窣黄金蕊。鶯囀上林，魚游春水。　屈曲闌干遍倚。又是一番新桃李。佳人應念歸期，梅妝淡洗。鳳簫聲杳沈孤雁，目斷澄波無雙鯉。雲山萬重，寸心千里。（編者案：《耆舊續聞》不載詞文，兹據《樂府雅詞·拾遺》卷下補録）

因開汴河，得一碑石，刻此詞，以爲唐人所作，云「嫩草初抽碧玉簪，緑楊輕拂黄金穟」，蓋用唐人詩「楊柳黄金穟，梧桐碧玉枝」。今人不知出處，乃改作「黄金蕊」或「黄金縷」。又如周美成《西河》詞「賞心東畔淮水」，今作「傷心」，如此之類甚多。《西塘集耆舊續聞》卷九　《全宋詞》編者按：「《類編草堂詩餘》卷二誤以此首爲阮逸女作。《詞綜補遺》卷二又誤以此首爲袁裪（一作綯）作。或以爲唐人作，見《唐詞紀》卷十一。」今據《本事曲》定爲無名氏之作。

補趙輯古今詞話

〔宋〕楊　湜撰

補趙輯古今詞話目録

補趙輯古今詞話

蔡　挺

元豐間，蔡敏肅公挺子正，自西掖出鎮平陽府。經數歲，意欲歸，作《喜遷鶯》一闋云云。詞播中都，遂徹聖聽，上因語吕丞相曰：「蔡挺欲歸。」遂以西掖詔還。

霜天清曉。望紫塞古壘，寒雲衰草。汗馬嘶風，邊鴻翻月，壠上鐵衣寒早。劍歌騎曲悲壯，盡道君恩難報。塞垣樂，盡雙鞬錦帶，山西年少。　談笑。刁斗靜，烽火一把，常送平安耗。聖主憂邊，威靈遐布，驕虜且寬天討。歲華向晚愁思，誰念玉關人老。太平也，且歡娱，不惜金尊頻倒。《古今合璧事類備要·外集》卷十一引楊湜《詞話》　案詞作據《全宋詞》録補

張　先

子野晚年，風韻未已，嘗寵一姬，頗艷麗，但姬亦士族，不肯立名，子野以六娘呼之。而子野閨中性嚴，堅使立名，子野不得已，以「緑楊」呼之，蓋取其聲音與「六娘」相近也。既而不相容，將欲逐去之。子

野乃作《蝶戀花》一曲，以寓惓惓之意。云：

移得緑楊栽後院。學舞宫腰，二月青猶短。不比灞陵多送遠。殘絲亂絮東西岸。　幾葉小眉寒不展。莫唱陽關，真箇腸先斷。分付與春休細看。條條自是離人怨。

緑楊將行，子野更作《浪淘沙令》以送别云：

腸斷送韶華。爲惜楊花。雪毬摇曳逐風斜。容易著人容易去，飛過誰家。　聚散苦咨嗟。無計留他。行人灑淚滴流霞。今日畫堂歌舞地，明日天涯。

《湖録經籍考》卷五引《古今詞話》

曾慥

曾端伯《調笑令》取友於十花：芳友，蘭也；清友，梅也；奇友，臘梅也；殊友，瑞香也；淨友，蓮也；禪友，薝蔔也；佳友，菊也；仙友，巖桂也；名友，海棠也；韻友，荼蘼也。仍有玉友，來奉佳賓，酒也。

《全芳備祖・前集》卷七引《詞話》、《古今合璧事類備要・别集》卷三十一

高觀國

高觀國精於詠物，《竹屋癡語》中，最佳者有《御街行・詠輪》《詠簾》、《賀新郎・詠梅》、《解連環・詠柳》、《祝英臺近・詠荷》、《少年遊・詠草》，皆工而入逸，婉而多風。

《歷代詞人考略》卷三十四

無名氏

蜀人《將進酒》，嘗以爲少陵詩，作《瑞鷓鴣》唱之：「昔時曾從漢梁王。濯錦江邊醉幾場。拂石坐來衫袖冷，踏花歸去馬蹄香。　當初酒賤寧辭醉，今日愁來不易當。暗想舊遊渾似夢，芙蓉城下水茫茫。」此詩或謂杜甫，或謂鬼仙，或謂曲詞，未知孰是？然詳味其言，唐人語也。首先有「曾從漢梁王」之句，決非子美作也。況集中不載，灼可見矣。不知楊曼倩何所據云。《杜工部草堂詩話》卷一引《古今詞話》

補趙輯復雅歌詞

〔宋〕鮦陽居士撰

補趙輯復雅歌詞目録

補趙輯復雅歌詞

復雅歌詞序略

孟子嘗謂今之樂猶古之樂，論者以謂今之樂，鄭、衛之音也，烏可與《韶》、《夏》、《濩》、《武》比哉。孟子之言，不得無過。此説非也。《詩》三百五篇，商、周之歌詞也。其言止乎禮義，聖人删取以爲經。周衰，鄭、衛之音作，詩之聲律廢矣。漢興，制氏猶傳其鏗鏘。至元、成間，倡樂大盛，貴戚、五侯、定陵、富平、外戚之家，淫侈過度，至與人主爭女樂，而制氏所傳，遂泯絶無聞矣。《文選》所載樂府詩，《晉志》所載《碭石》等篇，古樂府所載其名三百，秦、漢以下之歌詞也。其源出於鄭、衛，蓋一時文人有所感發，隨世俗容態而有作也。其意趣格力，猶以近古而高健。更五胡之亂，北方分裂，元魏、高齊、宇文氏之周，咸以戎狄强種，雄據中夏。故其謳謡，淆糅華夷，焦殺急促，鄙俚俗下，無復節奏，而古樂府之聲律不傳。周武帝時，龜兹琵琶工蘇祇婆者，始言七均；牛弘、鄭譯因而演之，八十四調始見萌芽。唐張文收、祖孝孫詩論郊廟之樂，其數於是乎大備。迄於開元、天寶間，君臣相爲淫樂，而明皇尤溺於夷音，天下熏然成俗。於時才士始依樂工拍彈之聲，被之以辭句；句之長短，各隨曲度，而愈失古之聲依永之理也。温、李之徒，率然抒一時情致，流爲淫艷猥褻不可聞之語。我宋之興，宗工巨儒，文力妙於天下者，猶祖其遺風，蕩而不知所止。脱於芒端，而四方傳唱，敏若風雨，人人歆艷，咀味於朋游樽俎之間，以是爲相樂也。其韞騷雅之趣者，百一二而已。以古推今，更千數百歲，其聲律亦必亡無疑。屬靖康之變，天下不聞和樂之音者，一十有六年。紹興壬戌，誕敷詔旨，弛天下樂禁。黎民歡抃，始知有生之快，謳歌載道，遂爲化圜，由是知孟子以今樂猶古樂之言不妄矣。《古今合璧事類備要·外集》卷十一、《古今事文類聚·續集》卷二十四

案：《古今事文類聚·續集》所載引《能改齋漫録》，文較簡。今本《漫録》不載。

劉几

三春向暮，萬卉成陰，有嘉艷方坼。嬌姿嫩質，冠羣品，共賞傾城傾國。上苑晴晝暄，千素萬紅尤奇特。綺筵開，會詠歌才子，壓倒元白。　別有芳幽苞小，步障華絲，綺軒油壁。與紫鴛鴦，素蛺蝶。自清旦、往往連夕。巧鶯喧翠管，嬌燕語雕梁留客。武陵人，念夢役意濃，堪遺情溺。

劉几在神宗時，與范蜀公重定太樂。洛陽花品曰狀元紅，爲一時之冠。樂工花日新能爲新聲，汴妓鴇懿以色著，秘監致仕劉伯壽尤精音律。熙寧中，几攜花日新就鴇懿歡詠，乃填詞以贈之。《稗史彙編》卷一百四十四引《復雅詞》

曹　棐

政和二年得玄圭，三年聖旨平江府進士曹棐撰《徵招》調《舜韶新慢》曲，文理可采，特補將仕郎充大晟樂府製撰。《古今合璧事類備要·外集》卷十一引《復雅歌詞》

補能改齋詞話

〔宋〕吴　曾撰

補能改齋詞話目録

補能改齋詞話

樂府名大郎神

本朝樂府有《二郎神》，非也。按唐《樂府雜録》曰：「《離别難》。武后朝，有一士人，陷冤獄，籍其家。妻配入掖庭，善吹觱篥，乃撰此曲以寄情焉。初名《大郎神》，蓋取良人行第也。既畏人知，遂三易其名，曰《悲切子》，又曰《怨回鶻》。」乃以大爲二，傳寫之誤。

《能改齋漫録》卷一

女稱娥

唐樂府有《憶秦娥》。娥字見《史記·齊悼惠王傳》：「皇太后有愛女，曰修成君。修成君有女，名娥。」後漢順帝，乳母宋娥。又《史記·外戚世家》：「武帝時幸夫人尹婕妤。邢夫人，衆人謂之娙娥。」

歌曲以闋爲稱

歌曲以闋爲稱。按，《吕氏春秋》：「昔葛天氏之樂，三人操牛尾，投足以歌八闋。」

八相太常引

京師僧念《梁州八相》、《太常引》、《三皈依》、《柳含煙》等，號「唐讚」。而南方釋子作《漁父》、《撥棹子》、《漁家傲》、《千秋歲》唱道之辭。蓋本毗奈耶云：「王舍城南方，有樂人名臈婆，取菩薩八相，緝爲歌曲。令敬信者，聞生歡喜。」　以上卷二

别酒莫留殘

周庾信《舞媚歌》六言云：「少年唯有歡樂，飲酒那得留殘。」豫章長短句云：「一盃別酒莫留殘。」出此。

無垢洗更輕

東坡《宿海會寺》詩：「本來無垢洗更輕。」樂府云：「居士本來無垢。」按《維摩詰經》偈云：「八解之浴池，定水湛然滿。布以七淨華，浴此無垢人。」　以上卷六

東邊日下終無雨闕上封書合有碑

《潘子真詩話》記張文潛詩云：「東邊日下終無雨，闕上封書合有碑。」「東邊日出西邊雨，道是無晴卻有晴。」此劉禹錫《竹枝歌》也。「別後長相思，頓書千丈闕，題碑無罷時。」此宋《華山畿》詞也，事見匠智

《古今樂録》。予又以爲文潛兼取宋《讀曲歌》詞耳。「打壞木棲牀，誰能坐相思。三更書石闕，憶子夜啼碑。」梁元帝《金樂歌》亦云：「石闕題書字。」

山色有無中

東坡《水調歌頭》云：「長記平山堂上，攲枕江南烟雨，杳杳没孤鴻。認得醉翁語，山色有無中。」蓋歐陽文忠公長短句云：「平山欄檻倚晴空，山色有無中。」東坡蓋指此也。然王摩詰《漢江臨汎》詩已嘗云：「江流天地外，山色有無中。」歐實用此，而東坡偶忘之耶？　以上卷七

太液披香

《西清詩話》記荆公《賞花釣魚》詩：「披香殿上留珠輦，太液池邊送玉盃。」都下翌日競以公用柳耆卿詞「太液波翻，披香簾捲」之語。余讀唐上官儀《初春》詩：「步輦出披香，清歌臨太液。」乃知上官儀已嘗對之，豈始耆卿耶？　隋庾信賦：「宜春苑中春已歸，披香殿裏作春衣。」長安有宜春宫，此又以「宜春」對「披香」矣。

門外緑楊春繫馬牀前紅燭夜呼盧

晏叔原長短句云：「門外緑楊春繫馬，牀前紅燭夜呼盧。」蓋用樂府《水調歌》云：「户外碧潭春洗馬，樓

前紅燭夜迎人。」然叔原之辭甚工。

雲破月來花弄影

張子野長短句「雲破月來花弄影」，往往以爲古今絕唱。然予讀古樂府劉氏瑶《别離》：「朱絃暗斷不見人，風動花枝月中影。」意子野本此。

回眸一笑百媚生

白樂天《長恨歌》云：「回眸一笑百媚生，六宫粉黛無顔色。」蓋用李太白應制《清平樂》詞云：「女伴莫話孤眠。六宫羅綺三千。一笑皆生百媚，宸遊教在誰邊。」

春水碧於天

温庭筠樂府：「春水碧於天，畫船聽雨眠。」皮日休《松陵集》詩云：「漢水碧於天，南荆廓然秀。」豫章取以作《演雅》云：「江南野水碧於天，中有白鷗閒似我。」

此心安處便是吾鄉

東坡作《定風波序》云：「王定國歌兒曰柔奴，姓宇文氏。定國南遷歸，余問柔：『廣南風土，應是不好?』柔對曰:『此心安處,便是吾鄉。』因用其語綴詞云:『試問嶺南應不好,卻道,此心安處是吾鄉。』」余以此語本出於白樂天,東坡偶忘之耳。白《吾土》詩云:「身心安處爲吾土,豈限長安與洛陽。」又《出城留別》詩云:「我生本無鄉,心安是歸處。」又《重題》詩云:「心泰身寧是歸處,故鄉獨可在長安。」又《種桃杏》詩云:「無論海角與天涯,大抵心安即是家。」

緑楊樓外出秋千

晁無咎評樂章:「歐陽永叔《浣溪沙》云:『堤上遊人逐畫船。拍堤春水四垂天。緑楊樓外出秋千。』要皆絶妙,然只一『出』字,自是後人道不到處。」余按,唐王摩詰《寒食城東即事》詩云:「蹴踘屢過飛鳥上,秋千競出垂楊裏。」歐陽公用「出」字,蓋本此。

詠荷花

胡仔《苕溪詩話》以詞句欲全篇皆好,極爲難得。如賀方回「淡黄楊柳帶棲鴉」,秦處度「藕葉清香勝花氣」二句,寫景詠物,可謂造微入妙。然予見劉忠肅莘老已言之矣。《湖上口號》云:「緑荷深不見湖光,萬柄清風動晚涼。莫恨紅葩猶未爛,葉香元自勝花香。」

以上卷八

西塞

張志和歌曰：「西塞山前白鷺飛，桃花流水鱖魚肥。」按，《武昌記》曰：「西陵縣，對黄公九磯，謂之西塞。」　卷九

花落去燕歸來

晏元獻公赴杭州，道過維揚，憩大明寺，瞑目徐行。使侍史誦壁間詩板，戒其勿言爵里姓名，終篇者無幾。又使别誦一詩云：「水調隋宫曲，當年亦九成。哀音已亡國，廢沼尚留名。儀鳳終陳迹，鳴蛙只沸羹。凄涼不可問，落日下蕪城。」徐問之，江都尉王琪詩也。召至同飯，又同步游池上。時春晚已有落花，晏云：「每得句書牆壁間，或彌年未嘗强對。且如『無可奈何花落去』，至今未能也。」王應聲曰：「似曾相識燕歸來。」自此辟置，又薦館職，遂躋侍從矣。

錢文僖賦竹詩唱踏莎行

錢文僖公留守西洛，嘗對竹思鶴，寄李和文公詩云：「瘦玉蕭蕭伊水頭，風宜清夜露宜秋。更教仙驥傍邊立，盡是人間第一流。」其風致如此。淮寧府城上莎，猶是公所植。公在鎮，每宴客，命廳籍分行剗襪，步于莎上，傳唱《踏莎行》。一時勝事，至今稱之。　以上卷十一

陳瑩中不撰樂語

政和四年，臣僚上言：「欲望應見任教授，不得爲人撰書啟簡牘樂語之類。庶幾日力有餘，辦舉職事，以副陛下責任師儒之意。」奉聖旨依。嘗聞陳瑩中初任潁昌教官，時韓持國爲守，開宴用樂語。左右以舊例必教授爲之，因命陳。陳曰：「朝廷師儒之官，不當撰俳優之文。」公聞之，因遂薦諸朝，不以爲忤。　卷十三

洪覺範長短句

洪覺範嘗爲長短句贈一女真云：「十指嫩抽新筍，纖纖工染紅柔。人前欲展强嬌羞。微露雲衣霓袖。最好洞天春曉，黄庭卷罷清幽。凡心無計奈閒愁。時撚梨花頻嗅。」　逸文

〔宋〕胡　仔纂集

補苕溪漁隱詞話

補茗溪漁隱詞話目録

補苕溪漁隱詞話

東坡般涉調哨遍

東坡云：「余舊好誦陶潛《歸去來》，嘗患其不入音律，近輒微加增損，作《般涉調哨遍》，雖微改其詞，而不改其意，請以《文選》及本傳考之，方知字字皆非創人也。詞曰：『爲米折腰，因酒棄家，身口交相累。歸去來，誰不遣君歸。覺從前，俱非今是。露未晞。征夫指予歸路，門前笑語喧童稚。嗟舊菊都荒，新松暗老，吾年今已如此。但小窗容膝閉柴扉。策杖看孤雲暮鴻飛。雲出無心，鳥倦知還，本非有意。　噫。歸去來兮。我今忘我兼忘世。親戚無浪語，琴書中有真味。步翠麓崎嶇，泛清溪窈窕，涓涓暗谷流春水。觀草木欣榮，幽人自感，吾生行且休矣。念寓形宇内復幾時。不自覺皇皇欲何之。委吾心、去留誰計。神仙知在何處，富貴非吾志。但知臨水登山嘯詠，自引壺觴自醉。此生天命更奚疑。且乘流、遇坎還止。』」　《苕溪漁隱叢話》前集卷三

阮閎眼兒媚詞

苕溪漁隱曰：「閩中近時又刊《詩話總龜》，此集即阮閎所編《詩總》也，余於《漁隱叢話序》中已備言之。阮字閎休，官至中大夫，嘗作監司郡守，廬州舒城人，其《詩總》十卷，分門編集，今乃爲人易其舊序，去其姓名，略加以蘇黄門《詩説》，更號曰《詩話總龜》，以欺世盜名耳。世所傳《眼兒媚》詞：『樓上黄昏杏花寒。斜月小欄干。一雙燕子，兩行歸鴈，畫角聲殘。　綺窗人在東風裏，無語對春閑。也應似舊，盈盈秋水，淡淡春山。』亦閎休所作也。閎休嘗爲錢唐幕官，眷一營妓，罷官去，後作此詞寄之。」

前集卷十一

東坡水調歌頭

《西清詩話》云：「三吴僧義海以琴名世。六一居士嘗問東坡：『琴詩孰優？』東坡答以退之《聽穎師琴》，公曰：『此祇是聽琵琶耳。』或以問海，海曰：『歐陽公一代英偉，然斯語誤矣。「昵昵兒女語，恩怨相爾汝」，言輕柔細屑，真情出見也。「劃然變軒昂，勇士赴敵場」，精神餘溢，竦觀聽也。「浮雲柳絮無根蔕，天地闊遠隨飛揚」，縱横變態，浩乎不失自然也。「喧啾百鳥羣，忽見孤鳳凰」，又見穎孤絶，不同流俗下俚聲也。「躋攀分寸不可上，失勢一落千丈强」，起伏抑揚，不主故常也。皆指下絲聲妙處，惟琴爲然。琵琶格上聲，烏能爾邪？退之深得其趣，未易譏評也。』東坡後有《聽惟賢琴詩》云：『大絃春温和且平，小絃廉折亮以清。平生未識宮與角，但聞牛鳴盎中雉登木。門前剥啄誰扣門，山僧未閑君莫嗔。歸家且覓千斛水，洗盡從來箏笛耳。』詩成欲寄歐公而公亡，每以爲恨。客復以問海，海曰：『東坡詞氣倒山傾海，然亦未知琴。「春温和且平」、「廉折亮以清」，絲聲皆然，何獨琴也？又特言大小絃聲，不及指下之韻。「牛鳴盎中雉登木」，概言宮角耳，八音宮角皆然，何獨絲也？』聞者以海爲知言。余嘗考今昔琴譜，謂宮者非宮，角者非角，又五調迭犯，特宮聲爲多，與五音之正者異，此又坡所未知也。」苕溪漁隱曰：「東坡嘗因章質夫家善琵琶者乞歌詞，亦取退之《聽穎師琴》詩稍加隱括，使就聲律，爲《水調歌頭》以遺之，其《自序》云：『歐公謂退之此詩最奇麗，然非聽琴，乃聽琵琶耳。余深然之。』觀此，則二公皆以此詩爲聽琵琶矣。今《西清詩話》所載義海辨證此詩，復曲折能道其趣，爲是真聽琴詩。世有深於琴者，必能辨之矣。」

六么

《蔡寬夫詩話》云：「近時樂家多爲新聲，其音譜轉移，類以新奇相勝，故古曲多不存。頃見一教坊老工言，惟大曲不敢增損，往往猶是唐本，而絃索家守之尤嚴。故言《涼州》者，謂之濩索，取其音節繁雄；言《六么》者，謂之轉關，取其聲調閑婉。元微之詩云：『《涼州》大遍最豪嘈，《緑要》散序多籠撚。』濩索轉關，豈所謂豪嘈籠撚者邪？唐起樂皆以絲聲，竹聲次之，樂家所謂細抹將來者是也。故王建《宮詞》云：『琵琶先抹緑腰頭，小管丁寧側調愁。』近世以管色起樂，而猶存細抹之語，蓋沿襲弗悟爾。《緑腰》本名《録要》，後訛爲此名，今又謂之《六幺》。然《六幺》自白樂天時已若此云，不知何義也。」

蘇易簡越江吟詞

《冷齋夜話》云：「世傳琴曲宫聲十小調，皆隋賀若弼所製，最爲絶妙。一《不博金》，二《不换玉》，三《峽泛》，四《越溪吟》，五《越江吟》，六《孤猿吟》，七《清夜吟》，八《葉下聞蟬》，九《三清》，十亡其名，琴家但名《賀若》而已。太宗尤愛之，爲之改《不博金》曰《楚澤涵秋》，《不换玉》曰《塞門積雪》，仍命詞臣各探調製詞。時北門學士蘇易簡探得《越江吟》，其詞曰：『神仙神仙瑶池宴。片片。碧桃零落春風晚。翠雲開處，隱隱金輿挽。玉麟背吟清風遠。』又一本云：『非雲非煙瑶池宴。片片。碧桃零落黄金殿。蝦鬚半捲天香散。春雲和，孤竹清婉入霄漢。紅顔醉態爛熳。金輿轉。霓旌影亂簫聲遠。』此篇勝前篇也。」

東坡瑶池燕詞

東坡云：「琴曲有《瑶池燕》，其詞既不佳，而聲亦怨咽，或改其詞作《閨怨》云：『飛花成陣。春心困。寸寸。别腸多愁悶。無人問。偷啼自揾。殘粧粉。抱瑶琴、尋出新韻。玉纖趁。南風未解幽愠。低雲鬢、眉峰斂暈。嬌和恨。』」

以上前集卷十六

山谷評劉夢得竹枝詞

山谷云：「劉夢得《竹枝》九章，詞意高妙，元和間誠可以獨步。道風俗而不俚，追古昔而不愧，比之杜子美《夔州歌》，所謂同工而異曲也。昔子瞻嘗聞余詠第一篇，歎曰：『此奔軼絶塵，不可追也。』《淮陰行》情調殊麗，語氣尤穩切，白樂天、元微之爲之，皆不入此律也。唯『無耐脱菜時』不可解，當待博物洽聞者説也。《三閣辭》四章，可以配《黍離》之詩，有國存亡之鑑也。大概夢得樂府小章優於大篇，詩優於它文耳。」　前集卷二十

唐人歌曲不隨聲爲長短句

《蔡寛夫詩話》云：「樂天《聽歌》詩云：『長愛夫憐第二句，請君重唱夕陽開。』注謂：『王右丞辭：「秦川一半夕陽開」。此句尤佳。』今《摩詰集》載此詩，所謂『漢主離宫接露臺』者是也。然題乃是《和太常韋主簿温陽寓目》，不知何以指爲《想夫憐》之辭。大抵唐人歌曲，本不隨聲爲長短句，多是五言或七言詩，歌者取其辭與和聲相疊成音耳。予家有《古涼州》、《伊州》辭，與今遍數悉同，而皆絶句詩也，豈非當時人之辭爲一時所稱者，皆爲歌人竊取而播之曲調乎？」

郭生改樂天詩爲詞

東坡云：「與郭生遊寒溪，主簿吴亮置酒，郭生善作挽歌，酒酣發聲，坐爲悽然。郭生言恨無佳詞，因改樂天《寒食》詩歌之，坐客有泣者。其詞曰：『烏啼鵲噪昏喬木。清明寒食誰家哭。風吹曠野紙錢飛，古墓纍纍春草緑。棠梨花映白楊路。盡是死生離別處。冥寞重泉哭不聞，蕭蕭暮雨人歸去。』每句雜以散聲。」　以上前集卷二十一

香奩集

《遯齋閑覽》云：「《筆談》謂《香奩集》乃和凝所爲，後人嫁其名於韓偓，誤矣。唐吴融詩集中有《和韓致堯侍郎無題》二首，與《香奩集》中《無題》韻正同，偓《叙》中亦具載其事。又嘗見偓親書詩一卷，其《裊娜》、《多情》、《春盡》等詩，多在卷中。偓詞致婉麗，非凝言『余有《香奩集》，不行於世』。凝好爲小詞，洎作相，專令人收拾焚毁。然凝之《香奩集》，乃浮艷小詞，所謂不行於世，欲自掩耳，安得便以今《香奩集》爲凝作也？」

借　對

東坡云：「沈佺期《回波詞》云：『姓名雖蒙齒録，袍笏未换牙緋。』杜子美詩：『飲子頻通汗，懷君想報

珠。』以『飲子』對『懷君』，亦『齒録』、『牙緋』之比也。」　以上前集卷二十三

一詞有三説

苕溪漁隱曰：「小説記事，率多舛誤，豈復可信；雖事之小者如一詩一詞，蓋亦爾。《淮陰侯廟》詩『築壇拜日恩雖重』之句，《青箱雜記》謂是錢昆作，《桐江詩話》謂是黄好謙作，是一詩而有二説也。小詞《春光好》『待得鸞膠續斷絃，是何年』之句，《江南野録》謂是曹翰使江南贈娼妓詞，《本事曲》謂是陶穀使錢唐贈驛女詞，《冷齋夜話》謂是陶穀使江南贈韓熙載歌姬詞，是一詞而有三説也。其他類此者甚衆，殆不可偏舉。」　前集卷二十四

晏相善作小詞

《鍾山語録》云：「晏相善作小詞，詩篇過於楊大年；大年雖稱博學，然顛倒少可取者。」

論晏元獻詞

《詩眼》云：「晏叔原見蒲傳正云：『先公平日，小詞雖多，未嘗作婦人語也。』傳正云：『「緑楊芳草長亭路，年少抛人容易去」，豈非婦人語乎？』晏曰：『公謂「年少」爲何語？』傳正曰：『豈不謂其所歡乎？』晏曰：『因公之言，遂曉樂天詩兩句云：「欲留年少待富貴，富貴不來年少去。」』傳正笑而悟。然如此

語，意自高雅爾。」

王君玉望江南詞

《陳輔之詩話》云：「王君玉有《望江南》十首，自謂謫僊。荆公酷愛其『紅綃香潤入梅天』之句。」以上前集卷二十六

韓玉汝詞盛傳天下

《石林詩話》云：「元豐初，虜人來議地界，玉汝自樞密都承旨出分畫。玉汝有愛妾劉氏，臨行，劇飲通夕，且作樂府詞留別。翌日，神宗已密知，忽詔步軍司遣兵爲般家追送之，玉汝初莫測所因，久之，方知其自樂府發也。劉貢甫，玉汝姻黨，即作小詩寄以戲之，云：『票姚不復顧家爲，誰爲東山久不歸。卷耳幸容攜婉孌，皇華何啻有光輝。』玉汝之詞，由此亦盛傳於天下。」前集卷二十八

范希文漁家傲詞

《東軒筆録》云：「范希文守邊日，作《漁家傲》樂歌數闋，皆以『塞下秋來』爲首句，頗述邊鎮之勞苦，永叔嘗呼爲窮塞主之詞。及王尚書素守平涼，永叔亦作《漁家傲》一詞以送之，其斷章曰：『戰勝歸來飛捷奏。傾賀酒。玉堦遥獻南山壽。』顧謂王曰：『此真元帥之事也。』」前集卷二十九

李白清平調詞

《李翰林集後序》云：「開元中，禁中初重木芍藥，即今牡丹也，得四本，紅、紫、淺紅、通白者，上因移植於興慶池東沉香亭前。會花方繁開，上乘照夜車，太真妃以步輦從。詔選梨園弟子中尤者，得樂十六色。李龜年以歌擅一時之名，手捧檀板，押衆樂前，將歌之。上曰：『賞名花，對妃子，焉用舊樂辭爲？』遽命李龜年持金花箋賜翰林供奉李白，立進《清平調》辭三章。白欣然承詔，猶若宿酲未解，因援筆賦之。其一曰：『雲想衣裳花想容。春風拂檻露華濃。若非羣玉山頭見，會向瑶臺月下逢。』其二曰：『一枝紅艷露凝香。雲雨巫山枉斷腸。借問漢宫誰得似，可憐飛燕倚新粧。』其三曰：『名花傾國兩相歡。長得君王帶笑看。解釋春風無限恨，沉香亭北倚闌干。』龜年以歌辭進，上命梨園弟子，略約調撫絲竹，遂促龜年歌之。太真妃持玻璃七寶杯酌西涼州蒲萄酒，笑領歌辭，意甚厚。上因調玉笛以倚曲，每曲徧將换，則遲其聲以媚之。太真妃飲罷，斂繡巾重拜。上自是顧李翰林尤異於諸學士。」

前集卷三十

蘇子美水調歌頭

《東軒筆録》云：「蘇子美謫居吴中，欲遊丹陽，潘師旦深不欲其來，宣言於人欲拒之。子美作《水調歌頭》，有『擬借寒潭垂釣，又恐沙鷗猜我，不肯傍青綸』之句，爲是也。」

前集卷三十二

王舍人竊柳詞

《西清詩話》云：「仁廟嘉祐中，開賞花釣魚燕，介甫以知制誥預末坐。帝出詩示羣臣，次第屬和，末至介甫，日將夕矣，亟欲奏御，得披香殿字未有對，時鄭毅夫獬接席，顧介甫曰：『宜對太液池。』故其詩有云：『披香殿上留朱輦，太液池邊送玉盃。』翌日都下盛傳王舍人竊柳詞『太液波翻，披香簾捲』。介甫頗銜之。」　前集卷三十三

王平甫點絳唇詞

《倦游雜録》云：「平甫熙寧中判官告院，忽於秋日作宮詞《點絳唇》一解以示魏泰，泰曰：『斷章有流離之思，何也？』明年，果得罪廢歸金陵。其詞曰：『秋氣微涼，夢回明月穿簾幕。井梧蕭索。正遶南枝鵲。　寶瑟塵生，金雁空零落。情無託。鬢雲慵掠。不似君恩薄。』」　前集卷三十六

山谷書俞秀老詞句

《潘子真詩話》云：「俞紫芝字秀老，喜作詩，人未知之。荆公愛焉，手寫其一聯『有時俗事不稱意，無限好山都上心』於所持扇，衆始異焉。弟清老，亦修潔可喜，俱從山谷遊。山谷所書『釣魚船上謝三郎』一帖，石刻在金山寺，鷄林每入貢，輒市模本數百以歸，亦秀老詞也。」

俞清老歌荆公漁家傲

《石林詩話》云：「俞紫芝，揚州人，少有高行，不娶，得浮屠氏心法，所至翛然，而工於詩。……秀老卒於元祐初，惜時無發明者，不得與林和靖一流槩見於隱逸。其弟澹，字清老，亦不娶，滑稽善諧謔，洞曉音律，能歌。荆公亦喜之，晚年作《漁家傲》等樂府數闋，每山行，即使澹歌之。然澹使酒好駡，不若秀老之恬静。

雲破月來花弄影

《遯齋閑覽》云：「張子野郎中，以樂章擅名一時。宋子京尚書奇其才，先往見之，遣將命者，謂曰：『尚書欲見「雲破月來花弄影」郎中乎？』子野屏後呼曰：『得非「紅杏枝頭春意鬧」尚書邪？』遂出，置酒盡歡。蓋二人所舉，皆其警策也。」《古今詩話》云：「子野嘗作《天仙子》詞云：『雲破月來花弄影。』士大夫多稱之。張初謁見歐公，迎謂曰：『好「雲破月來花弄影」，恨相見之晚也。』」二説未知孰是。

張三影一

《高齋詩話》云：「子野嘗有詩云：『浮萍斷處見山影。』又長短句云：『雲破月來花弄影。』又云：『隔牆送過鞦韆影。』並膾炙人口，世謂張三影。」

張三影二

《後山詩話》云：「尚書郎張先善著詞，有云『雲破月來花弄影』，『簾壓捲花影』，『墮輕絮無影』。世稱誦之，號張三影。介甫謂『雲破月來花弄影』，不如李冠『朦朧淡月雲來去』也。冠，齊人，爲《六州歌頭》，道劉、項事，慷慨雄偉。劉潛，大俠也，喜誦之。」

張三影三

《古今詩話》云：「有客謂子野曰：『人皆謂公張三中，即心中事、眼中淚、意中人也。』公曰：『何不目之爲張三影。』客不曉，公曰：『雲破月來花弄影；嬌柔懶起，簾壓捲花影；柳徑無人，墮風絮無影。此余平生所得意也。』」苕溪漁隱曰：「細味三説，當以《後山》、《古今》二詩話所載三影爲勝。」

子野歌詞乃餘波

東坡云：「子野詩筆老健，歌詞乃其餘波耳。《湖州西溪》詩云：『浮萍斷處見山影，野艇歸時聞草聲。』與予和詩云：『愁似鰥魚知夜永，懶同蝴蝶爲春忙。』若此之類，亦可追配古人，而世俗但稱其歌詞。昔周昉畫人物皆入神品，而世但知有周昉士女，蓋所謂『未見好德如好色者也』。」

子野爲詩詞至老不衰

《石林詩話》云：「子野能爲詩及樂府，至老不衰。居錢塘，蘇子瞻作倅，時年已八十餘，視聽不衰，家猶蓄聲妓。子瞻嘗贈以詩云：『詩人老去鶯鶯在，公子歸來燕燕忙。』蓋全用張氏故事戲之。」

梅子黄時雨

《潘子真詩話》云：「世推方回所作『梅子黄時雨』爲絶唱，蓋用寇萊公語也，寇詩云：『杜鵑啼處血成花，梅子黄時雨如霧。』」　以上前集卷三十七

蘇詞如詩秦詩如詞

《後山詩話》云：「世語云：蘇明允不能詩，歐陽永叔不能賦；曾子固短於韻語，黄魯直短於散語；蘇子瞻詞如詩，秦少游詩如詞。」

東坡詞用南唐事

《漫叟詩話》云：「東坡最善用事，既顯而易讀，又切當。若招持服人游湖不赴云：『卻憶呼盧袁彦道，難邀駡坐灌將軍。』柳氏求字，答云：『君家自有元和腳，莫厭家鷄更問人。』天然奇作。《賀人洗兒》詞

云：『犀錢玉果。利市平分霑四座。深愧無功。此事如何到得儂。』南唐時，宫中嘗賜洗兒果，有近臣謝表云：『猥蒙寵數，深愧無功。』李主曰：『此事卿安得有功？』尤爲親切。」苕溪漁隱曰：「《世説》：元帝生子，普賜羣臣，殷羨謝曰：『皇子誕育，普天同慶，臣無勳焉，而猥頒厚賚。』中宗笑曰：『此事豈可使卿有勳邪？』二事相類，聊録於此。但『深愧無功』之語，東坡乃用南唐事也。」

東坡游沙湖詞

東坡云：「黄州東南三十里爲沙湖，余將置田其間，因往相田，得疾，聞麻橋龐安常善醫而聾，遂往求療。安常雖聾，而穎悟絶人，以指畫字，不盡數字，輒深了人意。余戲之曰：『余以手爲口，君以眼爲耳，皆一時異人也。』疾愈，與之同游清泉寺，寺蘄水郭門外二里許，有王逸少洗筆泉，水極甘，下臨蘭溪，溪水西流，余作歌云：『山下蘭芽短浸溪。松間沙路淨無泥。蕭蕭暮雨子規啼。　誰道人生無再少，君看流水尚能西。休將白髮唱黄雞。』是日極飲而歸。」　以上前集卷三十八

東坡卜算子詞

山谷云：「東坡道人在黄州，作《卜算子》云：『缺月掛踈桐，漏斷人初靜。誰見幽人獨往來，縹緲孤鴻影。　驚起卻回頭，有恨無人省。揀盡寒枝不肯棲，寂寞沙洲冷。』語意高妙，似非喫烟火食人語，非胸中有數萬卷書，筆下無一點塵俗氣，孰能至此？」苕溪漁隱曰：「『揀盡寒枝不肯棲』之句，或云：『鴻

雁未嘗棲宿樹枝，惟在田野葦叢間，此亦語病也。』此詞詞本詠夜景，至換頭但説鴻，正如《賀新郎》詞『乳燕飛華屋』，本詠夏景，至換頭但只説榴花。蓋其文章之妙，語意到處即爲之，不可限以繩墨也。」

前集卷三十九

東坡詞句用退之詩

《王直方詩話》云：「東坡在定武，作《松醪賦》，有云『遂從此而入海，渺翻天之雲濤。』蓋自定再謫惠州，自惠而遷昌化，人以爲語讖。秦少游紹聖間請外，以校勘爲杭倅，方至楚、泗間，有詩云：『平生逋欠僧坊睡，准擬如今處處還。』詩成之明日，以言者落職，監處州酒，好事者以爲詩讖。陳無己《賦高軒過》詩云『老知書畫真有益，卻悔歲月來無多』之句，不數月遂卒，或以爲詩讖。」苕溪漁隱曰：「人之得失生死，自有定數，豈容前逃，烏得以讖言之，何不達理如此？乃庸俗之論也。如東坡自黄移汝，别雪堂鄰里，有詞云：『百年强半少，來日苦無多。』蓋用退之詩『年皆過半百，來日苦無多』之語。然東坡自此脱謫籍，登禁從，累帥方面，晚雖南遷，亦幾二十年乃薨，則『來日苦無多』之語，何爲不成讖邪？」

前集卷四十

東坡如夢令詞

東坡云：「余嘗浴泗州雍熙塔下，戲作《如夢》兩闋，云：『水垢何曾相受。細看兩俱無有。寄語揩背人，盡日勞君揮肘。輕手。輕手。居士本來無垢。』又云：『自淨方能洗彼。我自汗流呀氣。寄語澡浴人，且共肉身遊戲。但洗。但洗。俯爲世間一切。』曲名本唐莊宗製，一名《憶仙姿》，嫌其不雅，改云《如夢》。莊宗作此詞，卒章云：『如夢。如夢。和淚出門相送。』取以爲之名。」

東坡詞用杜詩

《後山詩話》云：「蘇公居潁，春夜對月，王夫人曰：『春月可喜，秋月使人愁耳。』公謂前未及也，遂作詞曰：『不似秋光，只與離人照斷腸。』而老杜云：『秋月解傷神。』語簡而益工也。」

東坡減字木蘭花

《侯鯖録》云：「東坡在汝陰，初春庭梅盛開，月色鮮霽，夫人曰：『春月勝如秋月。秋月令人慘悽，春月令人和悦。』坡笑曰：『子誠知言。』即召客飲，作《減字木蘭花》云：『春庭月午。影落春醪光欲舞。步轉迴廊。半落梅花婉娩香。　輕風薄霧。都是少年行樂處。不似秋光。只與離人照斷腸。』」

東坡梅詞

《冷齋夜話》云：「東坡在惠州，作《梅》詞云：『玉骨那愁瘴霧，冰肌自有仙風。海仙時遣探芳叢。倒掛緑毛幺鳳。　素面常嫌粉污，洗妝不退唇紅。高情已逐曉雲空。不與梨花同夢。』時侍兒朝雲新亡，其寓意爲朝雲作也。」苕溪漁隱曰：「《王直方詩話》載晁以道云：『説之初見東坡《梅》詞，便知道此老須過海，只爲古今人不曾道到此，須罰教去。』此言鄙俚，近於忌人之長，幸人之禍，直方無識，載之《詩話》，寧不畏人之譏誚乎？」

東坡詞用王昌齡梅詩

《高齋詩話》云：「『高情已逐曉雲空。不與梨花同夢。』後見王昌齡《梅》詩云：『落落寞寞路不分，夢中喚作梨花雲。』方知東坡引用此詩也。」

破帽多情卻戀頭

《三山老人語録》云：「自來九日多用落帽事，獨東坡云：『破帽多情卻戀頭。』尤爲奇特。」　以上前集卷四十一

東坡小詞似詩

《王直方詩話》云：「東坡嘗以所作小詞示無咎、文潛，曰：『何如少游？』二人皆對云：『少游詩似小詞，先生小詞似詩。』」

蘇子瞻自言三不如人

《遯齋閑覽》云：「蘇子瞻嘗自言平生有三不如人，謂着棋、飲酒、唱曲也。然三者亦何用如人？子瞻之詞雖工，而多不入腔，正以不能唱曲耳。」以上前集卷四十二

魯直茶詞品令

苕溪漁隱曰：「魯直諸茶詞，余謂《品令》一詞最佳，能道人所不能言，尤在結尾三四句，詞云：『鳳舞團團餅。恨分破、教孤令。金渠體淨，隻輪慢碾，玉塵光瑩。湯響松風，早減了、二分酒病。味濃香永。醉鄉路、成佳境。恰如燈下，故人萬里，歸來對影。口不能言，心下快活自省。』」前集卷四十六

山谷論詩詞

山谷云：「詩詞高勝，要從學問中來。後來學詩者，雖時有妙句，譬如合眼摸象，隨所觸體得一處，非不即似，要且不是。若開眼全體見之，合古人處，不待取證也。」前集卷四十七

後山論山谷詞

《後山詩話》云：「黄詞云：『斷送一生惟有，破除萬事無過。』蓋韓詩有云『斷送一生惟有酒』，『破除萬

事無過酒』，才去一字，遂爲切對，而語益峻。又云：『杯行到手莫留殘，不道月明人散。』謂思想離之憂，則不得不盡，而俗士改爲『留連』，遂使兩句相失，正如論詩云『一方明月可中庭』，『可』不如『滿』也。」

山谷和惠洪詞

《冷齋夜話》云：「山谷南遷，與余會于長沙，留碧湘門一月。李子光以官舟借之，爲憎疾者腹誹，因攜十六口買小舟。余以舟迫窄爲言，山谷笑曰：『烟波萬頃，水宿小舟，與大廈千楹，醉眠一榻，何所異？道人繆矣。』即解綷去。聞留衡陽作詩寫字，因作長短句寄之，曰：『大廈吞風吐月，小舟坐水眠空。霧窗春曉翠如葱。睡起雲濤正湧。　往事回頭笑處，此生彈指聲中。玉㡆佳句敏驚鴻。聞道衡陽價重。』時余方還江南，山谷和其詞，曰：『月仄金盆墮水，雁回醉墨書空。君詩秀絶雨園葱。想見衲衣寒擁。　蟻穴夢魂人世，楊花蹤跡風中。莫將社燕笑秋鴻。處處春山翠重。』」

魯直漁父詞

東坡云：「魯直作《漁父》詞云：『新婦磯頭眉黛愁。女兒浦口眼波秋。驚魚錯認月沉鉤。　青蒻笠前無限事，緑蓑衣底一時休。斜風細雨轉舡頭。』其詞清新婉麗，聞其得意，自言：『以水光山色，替卻玉肌花貌，此乃真得漁父家風也。』然才出新婦磯，又入女兒浦，此漁父無乃太瀾浪也。」　以上前集卷四十八

秦七黄九

《後山詩話》云：「退之以文爲詩，子瞻以詩爲詞，如教坊雷大使之舞，雖極天下之工，要非本色。今代詞手，惟秦七黄九耳，唐諸人不迨也。」　前集卷四十九

秦少游詩詞

《高齋詩話》云：「少游在蔡州，與營妓婁婉字東玉者甚密，贈之詞云『小樓連苑横空』，又云『玉佩丁東别後』者是也。又《贈陶心兒》詞云：『天外一鈎横月，帶三星。』謂心字也。葉致遠屢對荆公稱秦少游詩，公嘗有别紙云：『秦君之詩，清新婉麗，鮑、謝似之。』又云：『公愛秦君，數口之，今得其詩，手之而不釋；然聞秦君嘗學至言妙道，無乃笑吾二人嗜好異乎？』蓋少游嘗爲道士書符咒水，故公有是語。」苕溪漁隱曰：「東坡嘗有書薦少游於荆公云：『向屢言高郵進士秦觀太虚，公亦粗知其人，今得其詩文數十首拜呈，詞格高下，固已無逃於左右；此外博綜史傳，通曉佛書，若此類未易一一數也。』荆公答書云：『示及秦君詩，適葉致遠一見，亦以謂清新嫵麗，鮑、謝似之。公奇秦君，口之而不置；我得其詩，手之而不釋。又聞秦君嘗學至言妙道，無乃笑我與公嗜好異乎？』二書所云如此，《高齋》以謂葉致遠屢對荆公稱秦少游詩，嘗有别紙，真誤也。東坡謂少游通曉佛書，故荆公有『秦君嘗學至言妙道』之語，《高齋》以謂『少游嘗爲道士書符咒水』，又誣也。」

少游到郴州長短句

《冷齋夜話》云：「少游到郴州，作長短句云：『霧失樓臺，月迷津渡。桃源望斷無尋處。可堪孤館閉春寒，杜鵑聲裏斜陽暮。　驛寄梅花，魚傳尺素。砌成此恨無重數。郴江幸自遶郴山，爲誰流下瀟湘去。』東坡絶愛其尾兩句，自書於扇曰：『少游已矣，雖萬人何贖。』」

詩詞句法不當重疊

《詩眼》云：「或問余，東坡有言：『詩至於杜子美，天下之能事畢矣。』老杜之前，人固未有如老杜，後世安知無過老杜者？余曰：『如「一片花飛減卻春」，若詠落花，則語意皆盡，所以古人既未到，決知後人更無好語。如《畫馬》詩云：「玉花卻在御榻上，榻上庭前屹相向。」則曹將軍能事與造化之功，皆不可以有加矣。至其他吟詠人情，模寫景物，皆如是也。』老杜《謝嚴武》詩云：『雨映行宫辱贈詩。』山谷云：『只此「雨映」兩字，寫出一時景物，此句便雅健。』余然後曉句中當無虚字。後誦淮海小詞云：『杜鵑聲裏斜陽暮。』公曰：『此詞高絶。但既云「斜陽」，又云「暮」，則重出也。』欲改「斜陽」作「簾櫳」。余曰：『既言「孤館閉春寒」，似無簾櫳。』公曰：『亭傳雖未必有簾櫳，有亦無害。』余曰：『此詞本模寫牢落之狀，若曰簾櫳，恐損初意。』先生曰：『極難得好字，當徐思之。』然余因此曉句法不當重疊。」

東坡虞美人詞

《冷齋夜話》云：「東坡初未識少游，少游知其將復過維揚，作坡筆語，題壁於一山寺中。東坡果不能辨，大驚。及見孫莘老，出少游詩詞數十篇，讀之，乃歎曰：『向書壁者，定此郎也。』後與少游維揚飲別，作《虞美人》曰：『波聲拍枕長淮曉。隙月窺人小。無情汴水自東流。只載一船離恨向西州。竹陰花圃曾同醉。酒未多於淚。誰教風鑑在塵埃。醞造一場煩惱送人來。』世傳此詞，是賀方回所作，雖山谷亦云。大觀中於金陵見其親筆，醉墨超放，氣壓王子敬，蓋東坡詞也。」

少游宿海棠詞

《冷齋夜話》云：「少游在横州，飲於海棠橋，橋南北多海棠，有老書生家於海棠叢間，少游醉宿於此，明日題其柱云：『喚起一聲人悄。衾暖夢寒窗曉。瘴雨過，海棠晴，春色又添多少。社甕釀成微笑。半破癭瓢共舀。覺健倒，急投牀，醉鄉廣大人間小。』東坡愛其句，恨不得其腔，當有知者。」

少游小詞奇麗

《冷齋夜話》云：「少游小詞奇麗，詠歌之，想見其神清在絳闕道山之間。詞曰：『柳邊沙外，城郭春寒退。花影亂，鶯聲碎。飄零疎酒醆，離別寬衣帶。人不見，碧雲暮合空相對。憶昔西池會。鵷鷺同飛蓋。攜手處，今誰在。日邊清夢斷，鏡裏朱顔改。春去也，落紅萬點愁如海。』余兄思禹，使余賦崔徽頭子詞，因次韻曰：『半身屏外。睡覺唇紅退。春思亂，芳心碎。空餘簪髻玉，不見流蘇帶。試與問，今人秀韻誰宜對。湘浦曾同會。手弭青羅蓋。疑是夢，中猶在。十分春易盡，一點情難改。多少事，都隨恨遠連雲海。』」

秦詞愁如海出李主詞

《後山詩話》云：「王斿，平甫之子，嘗云：今語例襲陳言，但能轉移耳。世稱秦詞『愁如海』爲新奇，不知李國主已云『問君能有幾多愁，恰似一江春水向東流』，但以『江』爲『海』耳。」

少游雨中花詞

《冷齋夜話》云：「少游元豐初夢中作長短句曰：『指點虛無征路，醉乘班虬，遠訪西極。正天風吹露，滿空寒白。織女明星迎笑，何苦自淹塵域。正火輪飛上，霧卷烟開，洞觀金碧。重重觀閣，横枕鼇峰，水面倒銜蒼石。隨處有奇香幽吹，窅然難測。好是蟠桃熟後，阿鬟偷報消息。任青天碧海，一枝難遇，占取春色。』既覺，使侍兒歌之，蓋《雨中花》也。」

少游詞誤用典實

《漫叟詩話》云：「高唐事乃楚懷王，非襄王也。若古人云：『莫道無心便無事，也應愁殺楚襄王。』少游詞云：『又應容易下巫陽。只恐翰林前世是襄王。』皆誤用也。濠州西有高唐館，俗以爲楚之高唐也。御史閻欽愛題詩云：『借問襄王安在哉，山川此地勝陽臺。』有李和風者，亦題詩云：『若向此中求薦枕，參差笑殺楚襄王。』前人既誤指其人，後人又誤指其地，可笑。」苕溪漁隱曰：「《文選・高唐賦》云：『昔者，楚襄王與宋玉游雲夢之臺，望高唐之觀，其上獨有雲氣，王問玉曰：此何氣也？玉對曰：所謂朝雲者也。昔者，先王嘗游高唐，怠而晝寢，夢見一婦人曰：妾山之女也。』李善注云：『楚懷王游於高唐，夢與神遇。』則《漫叟詩話》之言是也。然《神女賦》復云：『楚襄王與宋玉游於雲夢之浦，使玉賦高唐之事，其後王寢，夢與神女遇，其狀甚麗。』以此考之，則楚襄王亦夢與神女遇。但楚懷王是游高唐，楚襄王是游雲夢，以此不可雷同用事耳。」

秦少游夢中作長短句

《冷齋夜話》云：「秦少游在處州，夢中作長短句曰：『山路雨添花，花動一山春色。行到小溪深處，有黄鸝千百。　飛雲當面化龍蛇，夭矯挂空碧。醉卧古藤陰下，杳不知南北。』後南遷，久之，北歸，逗留於藤州，遂終於瘴江之上光華亭，時方醉起，以玉盂汲泉欲飲，笑視之而化。」

以上前集卷五十

陳後山自矜其詞

《後山詩話》云：「晁無咎言：『眉山公之詞短於情，蓋不更此境也。』余謂不然。宋玉初不識巫山神女，而能賦之，豈待更而知也？余他文未能及人，獨於詞，自謂不減秦七黄九。」苕溪漁隱曰：「無己自矜其詞如此，今《後山集》不載其小詞，世亦無傳之者，何也？」

晁無咎吕居仁詞

苕溪漁隱曰：「《摸魚兒》一詞，晁無咎所作也；《滿江紅》一詞，吕居仁所作也。余性樂閑退，一丘一壑，蓋將老焉；二詞能具道阿堵中事，每一歌之，未嘗不擊節也。『買陂塘、旋栽楊柳，依稀淮岸江浦。東皐新雨輕痕漲，沙觜鷺來鷗聚。堪愛處，最好是、一川夜月光流注。無人獨舞。任翠幙張天，柔茵藉地，酒盡未歸去。　青綾被，空憶金閨故步。儒冠曾把身誤。弓刀千騎成何事，荒了召平瓜圃。君試覷。滿青鏡、星星鬢影今如許。功名浪語。便似得班超，封侯萬里，歸計恐遲暮。』此《摸魚兒》也。『東里先生，家何在、山陰溪曲。對一川平野，數間茅屋。昨夜岡頭新雨過，門前流水清如玉。抱小樓、回合柳參天，摇新緑。　疎籬下，叢叢菊。虚簷外，蕭蕭竹。嘆古今得失，是非榮辱。須信人生歸去好，世間萬事何時足。問此春、春醖酒何如，今朝熟。』此《滿江紅》詞也。」

張文潛詩用劉夢得竹枝

《潘子真詩話》云：「文潛《次張遠韻》，有『襄王坐上徵詞客，子建車前步水妃。瞥過低鬟留盼處，爭先凝笑獨來時。東邊日下終無雨，闕上題詩合有碑。腸斷吴王煙水國，扁舟何日逐鴟夷。』或問：『「無雨」、「有碑」，何等語也？』予答以『東邊日出西邊雨，道是無情卻有情』，劉夢得《竹枝歌》也。『別後常相思，頓書千丈闕，題碑無罷時。』宋《華山畿》詞也，事見智匠《古今樂録》。」　以上前集卷五十一

趙循道以長短句得名

《高齋詩話》云：「趙企循道，以長短句得名，所爲詩亦工，恨不多見。」　前集卷五十二

曹彦章點絳唇詞

《桐江詩話》云：「潁昌曹緯彦文，弟組彦章，俱有俊才。彦文釋褐即物故，彦章多依棲中貴人門下。一日，徽廟苑中射弓，左右薦至，對御作射弓詞《點絳唇》一闋，云：『風勁秋高，頓知斗力生弓面。靶分筠簳。月到天心滿。　白羽流星，飛上黄金椀。胡沙鴈。雲邊驚散。壓盡天山箭。』今人但知彦章善謔，不知其才，良可惜。彦章後字元寵，兄弟幼孤，母王氏，教養成就。王氏亦能詩，嘗有《雪中觀妓》詩云：『梁王宴罷下瑶臺，窄窄紅靴步雪來。恰似陽春三月暮，楊花飛處牡丹開。』」　前集卷五十四

題苕溪漁隱圖詩詞

苕溪漁隱曰：「余卜居苕溪，日以漁釣自適，因自稱苕溪漁隱，臨流有屋数椽，亦以此命名。僧了宗善墨戲，落筆瀟洒，爲余作《苕溪漁隱圖》，覽景攄懷，時有鄙句，皆題之左方；既久益多，不能盡録，聊舉其一二云：『溪邊短短長長柳，波上來來去去船。鷗鳥近人渾不畏，一雙飛下鏡中天。』『秋雲漠漠烟蒼蒼，蘆花初白蓮葉黄。釣船盡日來往處，南村北村秔稻香。』『卷起綸竿撇櫂歸，短篷斜掩宿漁磯。日高春睡無人喚，撩亂楊花繞夢飛。』又《滿江紅》一闋云：「泛宅浮家，何處好、苕溪清境。佔雲山萬疊，烟波千頃。茶竈筆牀渾不用，雪蓑月笛偏相稱。爭不教、二紀賦歸來，甘幽屏。　紅塵事，誰能省。青霞志，方高引。任家風舴艋，生涯笭箵。三尺鱸魚真好膾，一瓢春酒宜閑飲。問此時、懷抱向誰論，惟箕潁。」』」　前集卷五十五

圓　澤

《甘澤謡》云：「唐李憕之子源，以父死王難，不仕，居洛陽惠林寺，與僧圓澤遊。一日，相約遊峨嵋山，源欲泝峽，澤欲取斜谷路，源不可，曰：『吾已絶世事，豈可復道京師哉？』舟次南浦，見婦人錦襠負甖而汲者，澤望而泣曰：『吾不欲由此者爲是也。』源驚問之，澤曰：『婦人姓王氏，吾當爲子，孕三歲矣，吾不來，故不得乳；今既見，無可逃者。三日浴兒時，願公臨我，以一笑爲信。後十二年，杭州天竺寺

外，當與公相見。』至暮澤亡。婦乳三日，源往視之，兒見源果笑。源後適吴，赴其約，聞葛洪川畔有牧童，扣牛角而歌曰：『三生石上舊精魂。賞月吟風不要論。慙愧情人遠相訪，此身雖異性常存。』問：『澤公健否？』答曰：『李公真信士。』又歌曰：『身前身後事茫茫。欲話因緣恐斷腸。吴越山川尋已徧，卻回煙棹上瞿塘。』遂去不知所之。」東坡詩云：「欲向錢塘訪圓澤，葛洪陂畔帶秋深。』即此事也。

船子和尚

《冷齋夜話》云：「華亭船子和尚有偈曰：『千尺絲綸直下垂。一波纔動萬波隨。夜靜水寒魚不食，滿船空載月明歸。』叢林盛傳，想見其爲人。山谷倚曲音，歌成長短句曰：『一波纔動萬波隨。簑笠一鈎絲。金鱗正在深處，千尺也須垂。吞又吐，信還疑。上鈎遲。水寒江靜，滿目青山，載月明歸。』」

東坡參寥少游詩詞皆奇句

《高齋詩話》云：「東坡長短句云：『村南村北響繅車。』參寥詩云：『隔林彷佛聞機杼，知有人家住翠微。』秦少游云：『菰蒲深處疑無地，忽有人家笑語聲。』三詩大同小異，皆奇句也。」

洪覺範長短句一

《冷齋夜話》云：「余至瓊州，劉蒙叟方飲於張守之席，三鼓矣，遣急足來覓長短句。問欲叙何事，蒙叟視燭有蛾撲之不去，曰：『爲賦此。』急足反走持紙，曰：『急爲之，不然獲譴也。』余口授吏書之曰：『蜜燭花光清夜闌。粉衣香翅遶團團。人猶認假爲真實，蛾豈將燈作火看。方嘆息，爲遮攔。也知愛處實難拚。忽然性命隨煙焰，始覺從前被眼瞞。』蒙叟醉笑首肯之。既北渡，夜發海津，又贈行，爲之詞曰：『一段文章種性。更謫仙風韻。畫戟叢中，清香凝宴寢。落日清寒勒花信。愁似海、洗光詞錦。後夜歸舟，雲濤喧醉枕。』」

洪覺範長短句二

《冷齋夜話》云：「予謫海外，上元，椰子林中，漁火三四而已。中夜聞猿聲悽動，作詞曰：『凝祥宴罷聞歌吹。畫轂走，香塵起。冠壓花枝馳萬騎。馬行燈鬧，鳳樓簾卷，陸海鰲山對。當年曾看天顔醉。御盃舉，歡聲沸。時節雖同悲樂異。海風吹夢，嶺猿啼月，一枕思歸淚。』又有《懷京師》詩云：『十分春瘦緣何事，一掬歸心未到家。』」苕溪漁隱曰：「忘情絶愛，此瞿曇氏之所訓，惠洪身爲衲子，詞句有『一枕思歸淚』及『十分春瘦』之語，豈所當然？又自載之詩話，矜衒其言，何無識之甚邪！」

洪覺範長短句三

《冷齋夜話》云：「衡州花光仁老以墨爲梅花，魯直觀之，嘆曰：『如嫩寒春曉，行孤山籬落間，但欠香耳。』余因爲賦長短句曰：『碧瓦籠晴香霧繞。水殿西偏，小駐聞啼鳥。風度女牆吹語笑。南枝破臘應開了。　道骨不凡江瘴曉。春色通靈，醫得花重少。抱甕釀寒春杳杳。譙門畫角催殘照。』又曰：『入骨風流國色，透塵種性真香。爲誰風鬢涴新粧。半樹入村春暗。（編者按，「暗」出韻，《梅苑》卷八引此詞作「漾」，義勝。）　雪壓枝低籬落，月高影動池塘。高情數筆寄微茫。小寢初開霧帳。』前《蝶戀花》，後《西江月》也。」

以上前集卷五十六

魯直不作艷語有憾法秀

《冷齋夜話》云：「法雲秀老，關西人，面目嚴冷，能以禮折人。李伯時[善]畫馬，東坡第其筆當不減韓幹。都城黄金易致，而伯時畫[馬]不可得。師讓之，曰：『伯時[爲]士大夫，而以畫（馬之）名行已可恥，矧又畫馬；人誇以爲得妙。入馬腹中，亦足可懼。』伯時大驚，不自知身去坐榻曰：『今當何以洗其過？』師勸畫觀音像以贖其罪。黄魯直作艷語，人爭傳之，秀呵曰：『翰墨之妙，甘施於此乎？』魯直笑曰：『又當置我於馬腹中邪？』秀曰：『公艷語蕩天下淫心，不止於馬腹中，正恐生泥犁耳。』魯直頷應之。故一時公卿伏師之善巧也。」苕溪漁隱曰：「余讀魯直所作晏叔原《小山集序》云：『余少時間作樂府，以使酒玩世，道人法秀獨罪余以筆墨勸淫，於我法中當下犁舌之獄；特未見叔原之作邪？』觀魯直此語，似有憾於法秀，不若伯時之能伏善也。」

東坡戲大通禪師詞

《冷齋夜話》云：「東坡鎮錢塘，無日不在西湖。嘗攜妓謁大通禪師，愠形於色。東坡作長短句，令妓歌之，曰：『師唱誰家曲，宗風嗣阿誰。借君拍板與門槌。我也逢場作戲莫相疑。溪女方偷眼，山僧莫皺眉。卻嫌彌勒下生遲。不見阿婆三五少年時。』時有僧仲殊在蘇州，聞而和之，曰：『解舞清平樂，如今説向誰。紅爐片雪上鉗鎚。打就金毛獅子也堪疑。木女明開眼，泥人暗皺眉。蟠桃已是着花遲。不向春風一笑待何時。』」以上前集卷五十七

吕洞賓詞

山谷云：「『秋風吹渭水，落葉滿長安。黄塵車馬道，獨清閑。自然爐鼎，虎繞與龍盤。九轉丹砂就，琴心三疊，蘂珠看舞胎仙。便萬釘、寶帶貂蟬。富貴欲薰天。黄粮炊未熟，夢驚殘。是非海裏，直道作人難。袖手江南去，白蘋紅蓼，再游溢浦，廬山住，三十年。』有人書此曲於州東茶園酒肆之柱間，或愛其文旨趣，而不能歌也。中間樂工，或按而歌之，輒以俚語竄入，睟然有市井氣，不類神仙中人語也。十年前，有醉道士歌此曲廣陵市上，童兒和之，乃合其故時語。此道士去後，乃以物色跡逐之，知其爲吕洞賓也。」苕溪漁隱曰：「近時吴江長橋垂虹亭屋山壁上草書一詞，人亦謂吕仙作，其果然邪？詞曰：『蜚粱欹水，虹影清光曉。橘里漁鄉半烟草。看來今往古，物是人非，天地裏、惟有江山不老。

雨衣風帽，四海誰知道。　一劍橫空幾番到。　按玉龍嘶未斷，月冷波寒歸去也，琳宇洞天無鏁。　指雲屏烟嶂是吾廬，但滿地蒼苔，年年不掃。』」

陳瑩中長短句

《冷齋夜話》云：「劉跛子者，青州人也，拄一拐，每歲必一至洛中看花，館范家園，春盡即還京師。爲人談噱有味，范家子弟多狎戲之。有大范者見之，即與二十四金曰：『跛子喫半角。』小范者即與一金喫椀羹。於是以詩謝伯仲曰：『大范見時二十四，小范見時喫椀羹。人生四海皆兄弟，酒肉林中過一生。』張丞相召自荆湖，時跛子與客飲市橋，客聞車騎過甚盛，起觀之，跛子挽其衣使且飲，作詩曰：『遷客湖湘召赴京，輪蹄迎送一何榮。爭如與子市橋飲，且免人間寵辱驚。』陳瑩中甚愛之，作長短句贈之曰：『槁木形骸，浮雲身世，一年兩到京華。又還乘興，閑看洛陽花。聞道鞓紅最好，春歸後、終委泥沙。忘言處，花開花謝，不似我生涯。　年華。留不住，饑飡困寢，觸處爲家。這一輪明月，本自無瑕。隨分冬裘夏葛，都不會、赤水黄芽。誰知我，春風一拐，談笑有丹砂。』余政和春，見於興國寺，以詩戲之曰：『相逢一拐大梁間，妙語時時見一班。我欲從公蓬島去，爛銀坑裏看青山。』予姻家許中復之内，乃趙槩參政之孫，云：『我十許[歲]時見劉跛子來覓酒飲，笑語而去。』計其壽百四五十許。嘗館于京師新門張婆店三十年，日坐相國寺東書邸中，人無識之者。」

上清蔡真人望江南詞

《夷堅志》云：「陳東，靖康間嘗飲於京師酒樓。有娼打坐而歌者，東不顧。乃去倚闌獨立，歌《望江南》詞，音調清越，東不覺傾聽。視其衣服皆故弊，時以手揭衣爬搔，肌膚綽約如雪，乃復呼使前再歌之。其詞曰：『闌干曲，紅颺繡簾旌。花嫩不禁纖手捻，被風吹去意還驚。眉黛蹙山青。　鏗鐵板，閑引步虚聲。塵世無人知此曲，卻騎黄鶴上瑶京。風冷月華清。』東問何人製，曰：『上清蔡真人詞也。』歌罷，得數錢，即下樓；亟遣僕追之，已失矣。」

吴城小龍女詞

《冷齋夜話》云：「魯直自黔安出峽，登荆州江亭，柱間有詞曰：『簾卷曲闌獨倚。江展暮天無際。淚眼不曾晴，家在吴頭楚尾。　數點雪花亂委。撲撫沙鷗驚起。詩句恰成時，没入蒼煙叢裏。』魯直讀之，悽然曰：『似爲余發也。不知何人所作，所題筆勢妍軟欹斜類女子，而有「淚痕不曾晴」之句；不然，則是鬼詩也。』是夕，有女子絶艷，夢於魯直曰：『我家豫章吴城山，附客舟至此，墮水死，不得歸，登江亭有感而作，不意公能識之。』魯直驚寤，謂所親曰：『此必吴城小龍女也。』」

以上前集卷五十八

洞仙歌

《漫叟詩話》云：「楊元素作《本事曲》，記《洞仙歌》：『冰肌玉骨，自清涼無汗。水殿風來暗香滿。繡簾開、一點明月窺人，人未寢，欹枕釵横雲鬢亂。　起來攜素手，庭户無聲，時見踈星渡河漢。試問夜如何，夜已三更，金波淡、玉繩低轉。細屈指、西風幾時來，又不道、流年暗中偷换。』錢塘有一老尼，能誦後主詩首章兩句，後人爲足其意，以填此詞。余嘗見一士人誦全篇云：『冰肌玉骨清無汗，水殿風來暗香暖。簾開明月獨窺人，欹枕釵横雲鬢亂。　起來瓊户啟無聲，時見踈星渡河漢。屈指西風幾時來，只恐流年暗中换。』」東坡《洞仙歌序》云：「僕七歲時，見眉州老尼，姓朱，忘其名，年九十餘。自言嘗隨其師入蜀主孟昶宫中，一日，大熱，蜀主與花蕊夫人夜起，避暑摩訶池上，作一詞，朱具能記之。今四十年，朱已死矣，人無知此詞者，獨記其首兩句云：『冰肌玉骨，自清涼無汗。』暇日尋味，豈《洞仙歌令》乎？　乃爲足之云。」苕溪漁隱曰：「《漫叟詩話》所載《本事曲》，云錢唐一老尼能誦後主詩首章兩句，與東坡《洞仙歌序》全然不同，當以《序》爲正也。」

荆公家能詩者衆

《隱居詩話》云：「近世婦人多能詩，往往有臻古人者。王荆公家能詩者最衆，張奎妻長安縣君，荆公之妹也，佳句爲最：『草草杯盤供笑語，昏昏燈火話平生。』吴安持妻蓬萊縣君，荆公之女也，有句云：『西風不入小窗紗，秋意應憐我憶家。極目江山千萬恨，依前和淚看黄花。』劉天保妻，平甫女也，句有：『不緣燕子穿簾幕，春去春來可得知。』荆公妻吴國夫人亦能文，嘗有小詞約諸親遊西池，有：『待得明年重把酒。攜手。那知無雨又無風。』皆脱洒可喜之句也。」

李易安小詞多佳句

苕溪漁隱曰：「近時婦人能文詞，如李易安，頗多佳句，小詞云：『昨夜雨踈風驟。濃睡不消殘酒。試問捲簾人，卻道海棠依舊。知否。知否。應是緑肥紅瘦。』『緑肥紅瘦』，此語甚新。又《九日》詞云：『簾捲西風，人似黄花瘦。』此語亦婦人所難到也。易安再適張汝舟，未幾反目，有啟事與綦處厚云：『猥以桑榆之晚景，配兹駔儈之下材。』傳者無不笑之。」

德麟小詞用香奩集語

《王直方詩話》云：「『白藕作花風已秋，不堪殘睡更回頭。晚雲帶雨歸飛急，去作西窗一夜愁。』此趙德麟細君王氏所作也。德麟既鰥居，因見此篇，遂與之爲親。余以爲乃二十八字媒也。德麟，名令畤，東坡作《秋陽賦》云：『越王之孫，有賢公子，宅於不土之里，而詠無言之詩。』蓋『畤』字也。坡云：『且教人別處不得。』」苕溪漁隱曰：「德麟小詞，有『臉薄難藏淚，眉長易覺愁』之句，人多稱之，乃全用《香奩集》『桃花臉薄難藏淚，柳葉眉長易覺愁』一聯詩，但去其上四字耳。」

杜大中妾臨江仙詞

《今是堂手録》云：「杜大中自行伍爲將，與物無情，西人呼爲杜大蟲，雖妻有過，亦公杖杖之。有愛妾才色俱美，大中牋表，皆此妾所爲。一日，大中方寢，妾至，見几間有紙筆頗佳，因書一闋寄《臨江仙》，有『彩鳳隨鵶』之語，大中覺而視之，云：『鵶且打鳳。』於是掌其面，至項折而斃。」

李元膺長短句

《冷齋夜話》云：「李元膺喪妻，作長短句云：『去年相逢深院宇。海棠下、曾歌金縷。歌罷花如雨。翠羅衫上，點點紅無數。　今歲重尋攜手處。空物是、人非春暮。回首青門路。亂紅飛絮，相逐東風去。』元膺尋亦卒。」

張子野爲官妓作詞

《後山詩話》云：「杭妓胡楚、龍靚，皆有詩名。胡云：『不見當時丁令威，年來處處是相思。若將此恨同芳草，卻恐青青有盡時。』張子野老於杭，多爲官妓作詞，而不及靚，靚獻詩云：『天與碧芳十樣葩，獨分顔色不堪誇。牡丹芍藥人題徧，自分身如鼓子花。』子野於是爲作詞也。」

妓詞

《後山詩話》云：「往時青幕之子婦，妓也，善爲詩詞。同府以詞挑之，妓答之曰：『清詞麗句，永叔子瞻曾獨步；似恁文章，寫得出來當甚强。』」以上前集卷六十

詞人以篇名世

苕溪漁隱曰：「古今詩人以詩名世者，或只一句，或只一聯，或只一篇，雖其餘别有好詩，不專在此，然播傳於後世，膾炙於人者，終不出此矣！豈在多哉。如……『百尺絲綸直下垂。一波纔動萬波隨。夜靜水寒魚不餌，滿船空載月明歸。』此華亭船子也。『西塞山邊白鳥飛。桃花流水鱖魚肥。青箬笠，緑簑衣。斜風細雨不須歸。』此玄真子也。」後集卷二

古今詩詞用吹笛則梅落

《復齋漫録》云：「古曲有《落梅花》，非謂吹笛則梅落，詩人用事，不悟其失。」余意不然之。蓋詩人因笛中有《落梅花》曲，故言吹笛則梅落，其理甚通，用事殊未爲失。且如角聲，有大小《梅花曲》，初不言落，詩人尚猶如此用之，故秦太虚《和黄法曹梅花》云「月落參横畫角哀，暗香消盡令人老」者是也。古今詩詞，用吹笛則梅落者甚衆，若以爲失，則《落梅花》之曲，何爲笛中獨有之，決不虚設也？故李謫

仙《吹笛》詩：「黄鶴樓中吹玉笛，江城五月落梅花。」又《觀胡人吹笛》云：「胡人吹玉笛，一半是秦聲。十月吴山曉，梅花落敬亭。」戎昱《聞笛》云：「平明獨惆悵，飛盡一庭梅。」崔魯《梅》詩云：「初開已入雕梁畫，未落先愁玉笛吹。」黄魯直《從王都尉覓千葉梅云已落盡戲作嘲吹笛侍兒》云：「若爲可耐昭華得，脱帽看髮已微霜。催盡落梅春已半，更吹三弄乞風光。」張子野詞云：「雲輕柳弱。内家髻子新梳掠。天香真色人難學。横管孤吹，月淡天垂幕。　朱脣淺破桃花萼。倚樓人在欄干角。夜寒指冷羅衣薄。聲入霜林，簌簌驚梅落。」《摭遺》載《梅》詩云：「南枝向暖北枝寒，一種春風有兩般。憑仗高樓莫吹笛，大家留取倚欄看。」晁次膺填入《水龍吟》詞云：「最是關情處，高樓上、一聲羌管。仗何人説與，爭如留取倚欄看。」孫濟《落梅》詞云：「一聲羌管吹雲笛，玉溪半夜梅翻雪。」泛觀古今詩詞，用事一律，可見《復齋》妄辨也。

太白詩詞

《復齋漫録》云：「前漢趙飛燕既立爲皇后，寵少衰，女弟絶幸，爲昭儀，居昭陽，蓋飛燕本傳云爾。太白《宫詞》云：『宫中誰第一，飛燕在昭陽。』夫昭陽，昭儀所居也，非謂飛燕耳。後見唐王叡《松窗録》云：『禁中呼木芍藥爲牡丹，命太白爲新詞，有：借問漢宫誰得似，可憐飛燕倚新妝。』乃知昭陽之語，世所傳者誤也。」　以上後集卷四

重陽菊花詩詞

苕溪漁隱曰：「東坡《九日》詩云：『相逢不用忙歸去，明日黄花蝶也愁。』又詞云：『萬事到頭終是夢，休休。明日黄花蝶也愁。』吕居仁詩云：『尚惜故人輕作别，亂山深處過重陽。』又詞云：『短籬殘菊一枝黄。已是亂山深處過重陽。』皆兩用之。詩意脈絡貫穿，並優於詞。但居仁以殘菊於重陽言之，此一字爲病。」　後集卷六

東坡荔枝詞

苕溪漁隱曰：「東坡《荔枝》詞云：『閩溪珍獻。過海雲帆來似箭。玉坐金盤。不貢奇葩四百年。輕紅釀白。雅稱佳人纖手擘。骨細肌香。恰似當年十八娘。』《荔枝譜》云：『十八娘荔枝，色深紅而細長，時人以少女比之。俚傳：閩王王氏有女第十八，好噉此品，因而得名。其冢今在城東報國院。冢傍猶有此樹。』」

斷送一生惟有破除萬事無過

苕溪漁隱曰：「友于之語，自陶彭澤已自承襲用之。詩云：『一欣侍温顔，再見喜友于。』然則少陵蓋承之也。且歇後語，蘇、黄亦有之。蘇云：『伯時有道真吏隱，飲啄不羨山梁雌。』黄云：『斷送一生惟有，

破除萬事無過。』然黄集此句，對偶甚工，後山以爲姸而反嗜之，不以爲病也。」　以上後集卷七

寇萊公陽關引詞

《復齋漫録》云：「《送元二安西》絶句云：『渭城朝雨浥輕塵，客舍青青柳色新。勸君更盡一杯酒，西出陽關無故人。』李伯時取以爲畫，謂之《陽關圖》。予嘗以爲失。按《漢書》：『陽關去長安二千五百里。』唐人送客，西出都門三十里，特是渭城耳。今有渭城館在焉。據其所畫，當謂之《渭城圖》可也。東坡題《陽關圖》詩：『龍眠獨識慇懃處，畫出陽關意外聲。』皆承其失耳。山谷題此圖云：『渭城柳色關何事，自是離人作許悲。』然則詳味山谷詩意，謂之《渭城圖》宜矣。」苕溪漁隱曰：「右丞此絶句，近世人又歌入《小秦王》，更名《陽關》，用詩中語也。舊本《蘭畹集》載寇萊公《陽關引》，其語豪壯，送别之曲，當爲第一。亦以此絶句填入。詞云：『塞草煙光闊，渭水波聲咽。春朝雨霽輕塵歇。征鞍發。指青青楊柳，又是輕攀折。動黯然，知有後會甚時節。　更盡一杯酒，歌一闋。歎人生，最難歡聚易離别。且莫辭沉醉，聽取陽關徹。念故人，千里自此共明月。』東坡取《蘭畹集》不載此詞，何也？」　後集卷九

東坡聽琵琶詞

《古今詩話》云：「『呢呢兒女語，燈火夜微明。恩寃爾汝來去，彈指淚和聲。忽變軒昂勇士，一鼓填然作氣，千里不留行。回首暮雲遠，飛絮攪青冥。　衆禽裏，真彩鳳，獨不鳴。躋攀寸步千險，一落百尋

輕。煩子指間風雨，置我腸中冰炭，坐起不能平。攜手從歸去，無淚與君傾。』曲名《水調歌頭》，東坡居士聽琵琶而作也。舊都野人曰：『此詞自外取意，無一字染着，後學卒未到其閫域。反復味之，見居士之文採竊處：「呢呢兒女語」，取白樂天「小絃切切如私語」意。「忽變軒昂勇士，一鼓填然作氣，千里不留行」，便是「銀瓶乍破水漿迸，鐵騎突出刀鎗鳴」。「攜手從歸去，無淚與君傾」，則又翻「江州司馬青衫濕」公案也。子瞻凡爲文，非徒虚語。「寸步千險，一落百尋輕」之句，皆自喻耳。後人吟詠，患思而不得；既得之，爲題意纏縛、不解點化者多矣。』」苕溪漁隱曰：「東坡嘗因章質夫家善琵琶者乞歌詞，取退之《聽穎師琴》詩，稍加隱括，使就聲律，爲《水調歌頭》以遺之。其自序云：『歐公謂退之此詩最奇麗，然非聽琴，乃聽琵琶耳。余深然之。』舊都野人乃謂『此詞自外取意，無一字染着』，彼蓋不曾讀退之詩，妄爲此言也。又謂『居士之文採竊處，取白樂天《琵琶行》意』，此尤可絶倒也。」

後集卷十

詠美人梳頭詞

苕溪漁隱曰：「《美人梳頭歌》云：『西施曉夢綃帳寒，香鬟墮髻半枕檀。轆轤咿啞轉鳴玉，驚起芙蓉睡新足。雙鸞開鏡秋水光，解鬟臨鏡立象牀。一編香絲雲撒地，玉梳落處無聲膩。纖手卻盤老鴉色，翠滑寶釵簪不得。香風爛熳惱嬌慵，十八鬟多無氣力。妝成鬖鬌欹不斜，雲裾數步踏雁沙。背人不語向何處，下階自折櫻桃花。』余嘗以此歌填入《水龍吟》，詞云：『夢寒綃帳春風曉，檀枕半堆香髻。轆轤初轉，欄干鳴玉，咿啞驚起。眠鴨凝煙，舞鸞翻鏡，影開秋水。解低鬟試整，牙牀對立，香絲亂、雲撒地。纖手犀梳落處，膩無聲、重盤鴉翠。蘭膏勻漬，冷光欲溜，鸞釵易墜。年少偏嬌，髻多無力，惱人風味。理雲裾下堦，含情不語，笑折花枝戲。」」

桂花曲

苕溪漁隱曰：「《桂花曲》云：『仙女侍，董雙成。桂殿夜涼吹玉笙。曲終卻從仙宮去，萬户千門空月明。』「河漢女，玉練顔。雲軿往往到人間。九霄有路去無際，裊裊天風吹珮環。』此曲許彦周《詩話》謂是李衛公作，《桐江詩話》謂是均州武當山石壁上刻之，云神仙所作，未詳熟是。」

麴塵波

《復齋漫録》云：「余讀唐楊巨源詩『江邊楊柳麴塵絲』之句，皆不知所本。其後讀夢得《楊柳枝》詞云：『鳳闕輕遮翡翠幃。龍池遥望麴塵絲。御溝春水相輝映，狂殺長安年少兒。』乃知巨源取此。今《巨源集》作『緑煙絲』，非也。」苕溪漁隱曰：「唐毛文錫詞云：『鴛鴦對浴銀塘暖。水面蒲梢短。垂楊低拂麴塵波。』汪彦章詩云：『垂垂梅子雨，細細麴塵波。』然則麴塵亦可于水言之也。或云，《周禮》鞠衣注云：『黄桑服也，色如鞠塵，象桑葉始生。』鞠者，草名，花色黄，世遂以鞠塵爲麴塵。其説非是。」

竹枝歌

苕溪漁隱曰：「《竹枝歌》云：『楊柳青青江水平。聞郎江上唱歌聲。東邊日出西邊雨，道是無情也有情。』予嘗舟行苕溪，夜聞舟人唱《吴歌》，歌中有此後兩句，餘皆雜以俚語，豈非夢得之歌，自巴渝流傳至此乎？」

以上後集卷十二

詩詞警句

苕溪漁隱曰：「『梨花一枝春帶雨』，『桃花亂落如紅雨』，『小院深沉杏花雨』，『黄梅時節家家雨』，皆古今詩詞之警句也。予嘗欲作一亭子，四面皆植花一色，榜曰四雨，豈不佳哉！秦少游《題扇頭》小詩云：『絶島烟生樹，秋江浪拍空。憑君添小艇，畫我作漁翁。』余嘗用此寫真，則玄真子家風也。」

喜遷鶯

《緗素雜記》云：「劉夢得《嘉話》云：『今謂進士登第爲遷鶯者久矣，蓋自《毛詩·伐木篇》云：「伐木丁丁，鳥鳴嚶嚶。出自幽谷，遷於喬木。」又曰：「嚶其鳴矣，求其友聲。」並無鶯字。頃歲省試《早鶯求友》詩，又《鶯出谷》詩，别書固無證據，斯大誤也。』余謂今人吟咏多用遷鶯出谷之事，又曲名《喜遷鶯》者，皆循襲唐人之誤也。故宋景文公詩云『曉報谷鶯朋友動』，又云『杏園初日待鶯遷』，舒王云『鶯猶尋舊友』。惟漢梁鴻《東遊作思友人》詩曰：『鳥嚶嚶兮友之期，念高子兮僕懷思。』《南史》劉孝標《廣絶交論》云：『嚶嚶相召，星流電激。』是真得《毛詩》之意。」以上後集卷十三

東坡快哉亭詞

《談苑》云：「予知制誥日，與余恕同考試，恕曰：『夙昔師範徐騎省爲文，騎省有《徐孺子亭記》，其警句云：「平湖千畝，凝碧乎其下；西山萬疊，倒影乎其中。」他皆常語。近得舍人所作《涵虚閣記》，終篇皆奇語，自渡江來，未嘗見此，信一代之雄文也。』其相推如此。因出義山詩共讀，酷愛一絶云：『珠箔輕明拂玉墀，披香新殿鬥腰肢。不須看盡魚龍戲，終遣君王怒偃師。』擊節稱歎曰：『古人措辭寓意，如此之深妙，令人感慨不已。』」苕溪漁隱曰：「東坡《快哉亭》詞云：『一千頃，都鏡浄，倒碧峰。』用徐騎省語意也。」後集卷十四

温庭筠詞

苕溪漁隱曰：「温庭筠《湖陰曲》警句云：『吴波不動楚山遠，花壓闌干春晝長。』庭筠工於造語，極爲綺靡，《花間集》可見矣。《更漏子》一詞尤佳，其詞云：『玉爐香，紅蠟淚。偏照畫堂秋思。眉翠薄，鬢雲殘。夜長衾枕寒。　梧桐樹。三更雨。不道離情正苦。一葉葉，一聲聲。空堦滴到明。』」後集卷十七

感化善於謳歌

《南唐書》云：「感化善於謳歌，聲韻悠揚，清振林木，繫樂部爲歌板色。元宗嗣位，宴樂擊鞠不輟，嘗乘醉命感化奏《水調》詞，感化惟歌『南朝天子愛風流』一句，如是者數四，元宗輒悟，覆盃嘆曰：『使孫、陳二主得此一句，不當有啣璧之辱也。』感化由是有寵。元宗嘗作《浣紗溪》二闋，手寫賜感化，曰：『菡萏香消翠葉殘。西風愁起碧波間。還與容光共憔悴，不堪看。　細雨夢回清漏永，小樓吹徹玉笙寒。漱漱淚珠多少恨，倚闌干。』『手捲珠簾上玉鈎。依前春恨鎖重樓。風裏落花誰是主，思悠悠。　青鳥不傳雲外信，丁香空結雨中愁。回首緑波春色暮，接天流。』後主即位，感化以其詞札上之，後主感動，賞賚感化甚優。

後集卷十八

王君玉

《復齋漫録》云：「晏元獻赴杭州，道過維揚，憩大明寺，瞑目徐行，使侍史讀壁間詩板，戒其勿言爵里姓氏，終篇者無幾。又俾誦一詩，云：『水調隋宫曲，當年亦九成。哀音已亡國，廢沼尚留名。儀鳳終陳跡，鳴蛙秖沸聲。淒涼不可問，落日下蕪城。』徐問之，江都尉王琪詩也。召至同飯，飯已，又同步池上。時春晚，已有落花，晏云：『每得句書牆壁間，或彌年未嘗强對。且如「無可奈何花落去」，至今未能對也。』王應聲曰：『似曾相識燕歸來。』自此辟置館職，遂躋侍從矣。山谷南遷，還至南華竹軒，亦令侍史誦詩板，有一絶云：『不用山僧供帳迎，世間無此竹風清。獨拳一手支頤卧，偷眼看雲生未生。』稱歎不已，徐視姓名，曰：『果吾學子葛敏修也。』」苕溪漁隱曰：「《昭陵諸臣傳》，元獻不曾知杭州，《復齋》乃云『元獻赴杭州，道過維揚』；《豫章先生傳》山谷崇寧四年卒於宜州，《復齋》乃云：『山谷南遷，還至南……』南華自在廣州，亦非宜州路。所紀皆誤也。」

後集卷二十

林和靖點絳唇詞

《藝苑雌黄》云：「和靖詩：『惟應數刻凄涼夢，時曲顔肱興未厭。』按《論語》云：『飯疏食，飲水，曲肱而枕之，樂亦在其中矣。』孔子自謂也。至如顔子，『簞食瓢飲，在陋巷，人不堪其憂，回也不改其樂，賢哉回也。』不改其樂，即無曲肱之説。又按《南史》：『劉之遴嘗墮車折臂，周舍戲之曰：「雖復並坐可横，正恐陋巷無枕。」』則此謬亦已久矣。張子野《過和靖隱居》詩，一聯云：『湖山隱後家空在，烟雨詞亡草自青。』注云：『先生嘗著《春草曲》，有「滿地和煙雨」之句，今亡其全篇。』予按楊元素《本事曲》有《點絳唇》一闋，乃和靖《草》詞，云：『金谷年年，亂生春色誰爲主。餘花落處。滿地和煙雨。　又是離歌，一闋長亭暮。王孫去。萋萋無數。南北東西路。』此詞甚工，子野乃不見其全篇，何也？」

東坡梅詞

苕溪漁隱曰：「東坡《梅》詞云：『花謝酒闌春到也，離離。一點微酸已着枝。』《張右史集》有《梅花十絶》，《後山集》有《梅花七絶》，其無己《七絶》，乃文潛《十絶》中詩，但三絶不是，未知竟誰作者。其間有云：『誰知檀萼香鬚裏，已有調羹一點酸。』用東坡語也。」苕溪漁隱曰：「予先君嘗秉燭賞梅，有絶句云：『蠟煙青繞雪培堆，神女疑乘香霧來。綽約仙姿明醉眼，横斜疎影入樽罍。』」

倒掛緑毛幺鳳

苕溪漁隱曰：「陳敏政《遯齋閑覽》云：『荆公在金陵，有《和徐仲文顰字韻詠梅》詩二首，東坡在嶺南，有暾字韻《詠梅》詩三首，皆韻險而語工，非大手筆不能到也。余以《臨川集》、《東坡後集》細細味之，顰字韻二首，亦未是荆公平日得意詩，其一云：『額黄映日明飛燕，肌粉含風冷太真。』其一云：『肌冰綽約如姑射，膚雪參差是玉真。』其餘亦别無奇特句。至若東坡暾字韻三首，皆擺落陳言，古今人未嘗經道者，三首並妙絶，第二首尤奇。詩云：『羅浮山下梅花村，玉雪爲骨冰作魂。紛紛初疑月掛樹，耿耿獨與參黄昏。先生索居江海上，悄如病鶴棲荒園。天香國艷肯相顧，知我酒熱詩清温。蓬萊宫中花鳥使，緑衣倒掛扶桑暾。抱叢窺我方醉卧，故遣啄木先敲門。麻姑過君急洒掃，鳥能歌舞花能言。酒醒人散山寂寂，惟有落蘂黏空樽。』注云：『嶺南珍禽有倒掛子，緑毛紅喙，如鸚䳇而小，自海東來，非塵埃間物也。』又有《西江月·梅》詞云：『海仙時遣探芳叢，倒掛緑毛幺鳳。』亦謂此耳。」以上後集卷二十一

司馬温公詞

《東臯雜録》云：「世傳温公有《西江月》一詞，今復得《錦堂春》，云：『紅日遲遲，虚廊轉影，槐陰迤邐西斜。彩筆工夫，難狀晚景煙霞。蝶尚不知春去，漫遶幽砌尋花。奈猛風過後，縱有殘紅，飛向誰家。始知青鬢無價，歎飄零宦路，荏苒年華。今日笙歌叢裏，特地咨嗟。席上青衫濕透，算感舊、何止琵琶。怎不教人易老，多少離愁，散在天涯。』」　後集卷二十二

山色有無中

《藝苑雌黄》云：「《送劉貢父守維揚》作長短句云：『平山欄檻倚晴空。山色有無中。』平山堂望江左諸山甚近，或以謂永叔短視，故云『山色有無中』。東坡笑之，因賦快哉亭道其事云：『長記平山堂上，攲枕江南煙雨，杳杳没孤鴻。認取醉翁語，山色有無中。』蓋山色有無中，非煙雨不能然也。」　後集卷二十三

荆公詩不取柳詞

《復齋漫録》云：「《西清詩話》：『荆公《賞花釣魚》詩：「披香殿上留珠輦，太液池邊送玉杯。」都下人以公用柳耆卿「太液波翻、披香簾捲」之句。』余讀唐上官儀《初春》詩云：『步輦出披香，清歌臨太液。』乃

知荆公取儀詩，豈謂柳詞邪？ 庾信《暮春》詩云：『宜春苑中春已歸，披香殿裏作春衣。』長安有宜春宫，此又以宜春對披香矣。」

方回雁後歸詞

《復齋漫録》云：「方回詞有《雁後歸》云：『巧剪合歡羅勝子，釵頭春意翩翩。 艷歌淺笑拜嬌然。 願郎宜此酒，行樂駐華年。 未至文園多病客，幽襟悽斷堪憐。 舊游夢掛碧雲邊。 人歸落雁後，思發在花前。』山谷守當塗，方過焉，人日席上作也。 腔本《臨江仙》，山谷以方回用薛道衡詩，故易以《雁後歸》云。 唐劉餗《傳記》云：『隋薛道衡聘陳，作《人日》詩曰：「入春纔七日，離家已二年。」南人嗤之，及云：「人歸落雁後，思發在花前。」乃曰，名下無虚士。』」

以上後集卷二十五

伊州涼州甘州

苕溪漁隱曰：「《西清詩話》云：『余嘗觀唐人《西域記》，言龜兹國王與臣庶知樂者，於大山間聽風雨之聲，均節成音，後翻入中國，如《伊州》、《涼州》、《甘州》，皆龜兹至也。』」

子瞻佳詞

苕溪漁隱曰：「《後山詩話》謂：『退之以文爲詩，子瞻以詩爲詞，如教坊雷大使之舞，雖極天下之工，要非本色。』余謂《後山》之言過矣，子瞻佳詞最多，其間傑出者，如『大江東去，浪淘盡、千古風流人物』，《赤壁》詞；『明月幾時有，把酒問青天』，《中秋》詞；『落日繡簾捲，庭下水連空』，《快哉亭》詞；『乳燕飛華屋，悄無人、桐陰轉午』，《初夏》詞；『明月如霜，好風如水，清景無限』，《夜登燕子樓》詞；『楚山修竹如雲，異材秀出千林表』，《詠笛》詞；『玉骨那愁瘴霧，冰肌自有仙風』，《詠梅》詞；『東武南城新堤固，漣漪初溢』，《宴流杯亭》詞；『冰肌玉骨，自清涼無汗』，《夏夜》詞；『有情風、萬里捲潮來，無情送潮歸』，《別參寥》詞；『缺月掛疏桐，漏斷人初靜』，《秋夜》詞；『霜降水痕收，淺碧鱗鱗露遠洲』，《九日》詞。凡此十餘詞，皆絶去筆墨畦徑間，直造古人不到處，真可使人一唱而三歎。若謂以詩爲詞，是大不然。子瞻自言平生不善唱曲，故間有不入腔處，非盡如此，《後山》乃比之教坊司雷大使舞，是何每況愈下？蓋其謬耳。」　以上後集卷二十六

子野詞本詩經

《許彦周詩話》云：「『燕燕于飛，差池其羽。之子于歸，遠送于野。瞻望弗及，泣涕如雨。』此真可泣鬼神矣。張子野長短句云：『眼力不知人，遠上溪橋。』東坡《送子由》詩云：『登高回首坡壠隔，惟見烏帽出復没。』皆遠紹其意。」　後集卷二十七

少游贈朝雲詞

《藝苑雌黄》云：「朝雲者，東坡侍妾也，嘗令就秦少游乞詞，少游作《南歌子》贈之云：『靄靄迷春態，溶溶媚曉光。不應容易下巫陽。祇恐翰林前世、是襄王。　暫爲清歌住，還因暮雨忙。瞥然歸去斷人腸。（斷人腸。）空使蘭臺公子、賦高唐。』何其婉媚也。《復齋漫録》云：『《洛陽伽藍記》言：河間王有婢名曰朝雲，善吹篪。諸羌叛，王令朝雲假爲老嫗吹篪，羌人無不流涕，後降。語曰：快馬健兒，不如老嫗吹篪。』然則名婢曰朝雲，不始於東坡也。」

後集卷二十九

山谷繼東坡赤壁詞

山谷云：「八月十七日，與諸生步自永安城，入張寬夫園待月，以金荷葉酌客，客有孫叔敏善長笛，連作數曲。諸生曰：『今日之會樂矣，不可以無述。』因作此曲記之，文不加點，或以爲可繼東坡《赤壁》之歌，云：『斷虹霽雨，淨秋空，山染修眉新緑。桂影扶疎，誰便道、今夕清輝不足。萬里青天，嫦娥何處，駕此一輪明玉。寒光零亂，爲人偏照醽醁。　年少隨我追涼，晚城幽徑，繞芳園森木。共倒金荷家萬里，難得樽前相屬。老子平生，江南江北，最愛臨風曲。孫郎微笑，生來聲歕霜竹。』」苕溪漁隱曰：「山谷謂此詞可繼東坡《赤壁》之歌，余故列東坡之詞於左方：『大江東去，浪淘盡、千古風流人物。故壘西邊，人道是、三國周郎赤壁。亂石穿空，驚濤拍岸，卷起千堆雪。江山如畫，一時多少豪傑。　遥想公瑾當年，小喬初嫁了，雄姿英發。羽扇綸巾，談笑間、檣艣灰飛煙滅。故國神遊，多情應笑我，早生華髮。人生如夢，一樽還酹江月。』」

和賀方回青玉案詞

《復齋漫録》云：「自賀方回爲《青玉案》詞，山谷尤愛之，故作小詩以紀之。及謫宜州，山谷兄元明和以送之，云：『千峰百嶂宜州路。天黯淡、知人去。曉别吾家黄叔度。弟兄華髮，舊山修水，異日同歸處。尊罍飲散長亭暮。别語丁寧不成句。已斷離腸知幾許。水村山館，酒醒無寐，滴盡空堦雨。』山谷和云：『煙中一線來時路。極目送、歸鴻去。一曲陽關雲外度。山胡聲轉，子規言語，正是愁人處。别恨朝朝連暮暮。憶我當筵醉時句。度水穿雲心已許。晚年光景，小窗南浦，共捲西山雨。』洪覺範和云：『緑槐煙柳長亭路。恨耿耿、分離去。日永如年愁難度。高城回首，暮雲遮盡，目斷人何處。解鞍旅舍天將暮。暗憶丁寧千萬句。一寸危腸情幾許。薄衾孤枕，夢回人靜，徹曉瀟瀟雨。』」以上後集卷三十一

流水遶孤村

《藝苑雌黄》云：「程公闢守會稽，少游客焉，館之蓬萊閣。一日，席上有所悦，自爾眷眷不能忘情，因賦長短句，所謂『多少蓬萊舊事，空回首、煙靄紛紛』也。其詞極爲東坡所稱道，取其首句，呼之爲山抹微

雲君。中間有『寒鴉萬點，流水遶孤村』之句，人皆以爲少游自造此語，殊不知亦有所本。予在臨安，見平江梅知録云：『隋煬帝詩云：「寒鴉千萬點，流水遶孤村。」少游用此語也。』予又嘗讀李義山《效徐陵體贈更衣》云：『輕寒衣省夜，金斗熨沉香。』乃知少游詞『玉籠金斗，時熨沉香』，與夫『睡起熨沉香，玉腕不勝金斗』，其語亦有來歷處。乃知名人必無杜撰語。」苕溪漁隱曰：「晁無咎云：『少游如《寒景》詞云：斜陽外，寒鴉萬點，流水遶孤村。雖不識字人，亦知是天生好言語。』其褒之如此，蓋不曾見煬帝詩耳。」

晁無咎和少游千秋歲

《復齋漫録》云：「少游爲《千秋歲》，世尤稱之。秦既没藤州，晁無咎嘗和其韻以弔之，云：『江頭苑外。常記春朝退。飛騎軋，鳴珂碎。齊謳雲遶扇，趙舞風回帶。嚴鼓斷，杯盤藉草猶相對。　洒涕誰能會。醉卧藤陰蓋。人已去，詞空在。兔園高宴悄，虎觀英游改。重感慨，驚濤自卷珠沉海。』中云『醉卧藤陰蓋』者，少游臨終作詞，所謂『醉卧古藤陰下，了不知南北』，故無咎用之。山谷守當塗日，郭功甫寓焉，日過山谷論文。一日，山谷云：『少游《千秋歲》詞，歎其句意之善，欲和之而海字難押。』功甫連舉數海字，若孔北海之類。山谷頗厭，未有以卻之。次日，功甫又過山谷問焉，山谷答曰：『昨晚偶尋得一海字韻。』功甫問其所以，山谷云：『羞殺人也爺娘海。』自是功甫不論文於山谷矣。蓋山谷用俚語以卻之。」

少游詞用杜詩

苕溪漁隱曰：「《和東坡金山詩》云：『雲峰一隔變炎涼，猶喜重來飯積香。』《維摩經》云：『維摩詰往上方，有國號香積，以衆香鉢盛滿香飯，悉飽衆會。』故今僧舍厨名香積，二字不可顛倒也。太虚乃遷就押韻，殊不成語。小詞云：『落紅鋪徑水平池。弄晴小雨霏霏。杏園憔悴杜鵑啼。無奈春歸。』用小杜詩『莫怪杏園憔悴去，滿城多少插花人。』《春日》云：『卻憩小庭纔日出，海棠花發麝香眠。』語固佳矣，第恐無此理。《香譜》云：『香中尤忌麝。』唐鄭注赴河中，姬妾百餘盡騎，香氣數里，逆於人鼻。是歲，自京兆至河中，所過瓜盡一蒂不獲。然則海棠花下豈應麝香可眠乎？」

陳無己木蘭花詞

《復齋漫録》云：「晁無咎貶玉山，過彭門，而無己廢居里中。無咎出小鬟舞《梁州》佐酒，無己作《木蘭花》云：『娉娉裊裊。芍藥梢頭紅樣小。舞袖低垂。心倒郎邊客已知。　金樽玉酒。勸我花前千萬壽。莫莫休休。白髮簪花各自羞。』無咎云：『人疑宋開府鐵心石腸，及爲《梅花賦》，清駛艷發，殆不類其爲人；無己清適，雖鐵石心腸不至於開府，而此詞清駛艷發過於《梅花賦》矣。』」苕溪漁隱曰：「乙酉歲，余歸苕溪上，才獲《復齋漫録》，見無己小詞，因筆之。」

晁無咎評詞

《復齋漫録》云：「無咎評本朝樂章，不見諸集，今録於此，云：『世言柳耆卿曲俗，非也，如《八聲甘州》云：「漸霜風悽慘，關河冷落，殘照當樓。」此唐人語，不減高處矣。歐陽永叔《浣溪沙》云：「堤上遊人逐畫船。拍堤春水四垂天。緑楊樓外出鞦韆。」要皆絶妙，然只一「出」字，自是後人道不到處。東坡詞，人謂多不諧音律，然居士詞横放傑出，自是曲中縛不住者。黄魯直間作小詞，固高妙，然不是當家語，自是着腔子唱好詩。晏元獻不蹈襲人語，而風調閑雅，如「舞低楊柳樓心月，歌盡桃花扇影風」。知此人不住三家村也。張子野與柳耆卿齊名，而時以子野不及耆卿，然子野韻高，是耆卿所乏處。近世以來作者，皆不及秦少游，如「斜陽外，寒鴉萬點，流水遶孤村」。雖不識字，亦知是天生好言語。』」

秦七黄九

苕溪漁隱曰：「無己稱：『今代詞手，惟秦七黄九耳，唐諸人不迨也。』無咎稱：『魯直詞不是當家語，自是着腔子唱好詩。』二公在當時，品題不同如此。自今觀之，魯直詞亦有佳者，第無多首耳。少游詞雖婉美，然格力失之弱。二公之言殊過譽也。」

晁無咎評晏元獻詞

苕溪漁隱曰：「《雪浪齋日記》謂：『晏叔原工於小詞，「舞低楊柳樓心月，歌盡桃花扇影風」，不愧六朝宫掖體。無咎評樂章，乃以爲元獻詞，誤也。元獻詞謂之《珠玉集》，叔原詞謂之《樂府補亡集》，此兩句在《補亡集》中，全篇云：「彩袖殷懃捧玉鍾。當年拚卻醉顔紅。舞低楊柳樓心月，歌盡桃花扇影風。從别後，憶相逢。幾回魂夢與君同。今宵剩把銀釭照，猶恐相逢是夢中。」詞情婉麗。』」

李易安詞論

李易安云：「樂府聲詩並著，最盛於唐開元、天寶間，有李八郎者，能歌擅天下。時新及第進士開宴曲江，榜中一名士先召李，使易服隱名姓，衣冠故敝，精神慘沮，與同之宴所，曰表弟，願與坐末。衆皆不顧。既酒行樂作，歌者進，時曹元謙念奴爲冠，歌罷，衆皆咨嗟稱賞。名士忽指李曰：『請表弟歌。』衆皆哂，或有怒者。及轉喉發聲，歌一曲，衆皆泣下，羅拜曰：『此李八郎也。』自後鄭、衛之聲日熾，流靡之變日煩，已有《菩薩蠻》、《春光好》、《莎雞子》、《更漏子》、《浣溪沙》、《夢江南》、《漁父》等詞，不可偏舉。五代干戈，四海瓜分豆剖，斯文道熄；獨江南李氏君臣尚文雅，故有『小樓吹徹玉笙寒』，『吹皺一池春水』之詞，語雖奇甚，所謂『亡國之音哀以思』也。逮至本朝，禮樂文武大備，又涵養百餘年，始有柳屯田永者，變舊聲，作新聲，出《樂章集》，大得聲稱於世；雖協音律，而詞語塵下。又有張子野、宋子京兄弟、沈唐、元絳、晁次膺輩繼出，雖時時有妙語，而破碎何足名家。至晏元獻、歐陽永叔、蘇子瞻，學際天人，作爲小歌詞，直如酌蠡水於大海，然皆句讀不葺之詩爾，又往往不協音律者，何邪？蓋詩文分平側，而歌詞分五音，又分五聲，又分六律，又分清濁輕重。且如近世所謂《聲聲慢》、《雨中花》、《喜遷鶯》，既押平聲韻，又押入聲韻；《玉樓春》本押平聲韻，又押上、去聲，又押入聲。本押仄聲韻，如押上聲則協，如押入聲則不可歌矣。王介甫、曾子固文章似西漢，若作一小歌詞，則人必絶倒，不可讀也。乃知别是一家，知之者少。後晏叔原、賀方回、秦少游、黄魯直出，始能知之。又晏苦無鋪叙，賀苦少典重，秦即專主情致，而少故實，譬如貧家美女，雖極妍麗丰逸，而終乏富貴態。黄即尚故實，而多疵病，譬如良玉有瑕，價自减半矣。」苕溪漁隱曰：「易安歷評諸公歌詞，皆摘其短，無一免者，『此論未公吾不憑』也。其意蓋自謂能擅其長，以樂府名家者。退之詩云：『不知羣兒愚，那用故謗傷。蚍蜉撼大樹，可笑不自量。』正爲此輩發也。」

晁無咎下水船詞

《復齋漫録》云：「元豐己未，廖明略、晁無咎同登科。明略所遊田氏者，麗姝也。一日，明略邀無咎晨過田氏，遽起對鑑理髮，且盼且語，草草妝掠，以與客對。無咎以明略故有意而莫傳也，因爲《下水船》一闋云：『上客驪駒至。鸚唤銀屏睡起。困倚妝臺，盈盈正解螺髻。鳳釵墜。繚繞金環玉指，巫山一段雲委。　半窺鏡、向我横秋水。斜領花交鏡裏。淡拂鉛華，怱怱自整羅綺。斂眉翠。雖有愔愔意，空作江邊解佩。情何寄。』」

謝無逸江城子詞

《復齋漫録》云：「無逸嘗於黄州關山杏花村館驛題《江城子》詞云：『杏花村裏酒旗風。烟重重。水溶溶。野渡舟横，楊柳緑陰濃。望斷江南山色遠，人不見，草連空。　夕陽樓外晚燈籠。粉香融。淡眉峰。記得年年，相見畫屏中。只有關山今夜月，千里外，素光同。』過者必索筆於館卒，卒頗以爲苦，因以泥塗之。」　以上後集卷三十三

陳去非詞

苕溪漁隱曰：「去非舊有詩云：『風流丘壑真吾事，籌策廟堂非所知。』其後登政府，無所建明，卒如其言。《九日》詞云：『九日登臨有故常。隨晴隨雨一傳觴。』用退之《淮西碑》『欲事故常』之語。又《憶洛中舊遊》詞云：『憶昔午橋橋上飲，坐中多是豪英。長溝流月去無聲。杏花疏影裏，吹笛至天明。』此數語奇麗，《簡齋集》後載數詞，惟此詞爲優。」　後集卷三十四

東坡詞句

《復齋漫録》云：「『亭亭畫舸繫春潭，只向行人酒半酣。不管烟波與風雨，載將離恨過江南。』張文潛詩

也。王平甫嘗愛而誦之。然余謂張特取東坡長短句『無情汴水自东流，只載一船離恨、向西州』之句。」苕溪漁隱曰：「余以《张右史集》徧尋無此詩，《蔡寬夫詩話》以謂此詩嘗有人於客舍壁間見之，莫知誰作，或云鄭兵部仲賢也，然集中無之。二説竟未知孰是。」

東坡行香子詞

苕溪漁隱曰：「淮北之地平夷，自京師至汴口，並無山，惟隔淮方有南山，米元章名其山爲第一山，有詩云：『京洛風塵千里還，船頭出没翠屏間。莫能衡霍撞星斗，且是東南第一山。』此詩刻在南山石崖上。石崖之側有東坡《行香子》詞，後題云：『與泗守遊南山作。』字畫是東坡所書小字，但無姓名。崇觀間，禁元祐文字，遂鐫去之。余頃居泗上，皆打得此二碑，至今尚存，其詞云：『北望平川。野水荒灣。共尋春、飛步孱顔。和風弄袖，香霧縈鬟。正酒酣，人語笑，白雲間。　飛鴻落燕，相將歸去，淡嬋娟、玉宇清閑。何人無事，宴坐空山。望長橋上，燈火亂，使君還。』」

東坡詠瑞香花詞意

《復齋漫録》云：「廬山瑞香花，古所未有，亦不産他處，天聖中始稱傳。東坡諸公繼有詩詠，豈靈草異芳，俟時乃出，故記序篇什，悉作瑞字。訥禪師云：『山中瑞采一朝出，天下名香獨見知。』張祠部圖之，强名佳客，以瑞爲睡焉，其詩曰：『曾向廬山睡裏聞，香風占斷世間春。竊花莫撲枝頭蝶，驚覺南柯半夢人。』」苕溪漁隱曰：「余觀元祐羣公集，並無詠瑞香花詩，惟東坡《次韻曹子方龍山真覺院瑞香花》云：『幽香結淺紫，來自孤雲岑。骨香不自知，淺色意殊深。移栽青蓮宇，遂冠簷蔔林。結爲楚臣佩，散落天女襟。』又有《西江月》詞三首，其一云：『領巾飄下瑞香風。驚起謫仙春夢。』其一云：『更看微月轉光風。歸去春雲入夢。』東坡詞意，亦與張祠部詩意相類，但能含蓄之耳。」

詠木樨詞

苕溪漁隱曰：「木樨，閩中最多，路傍往往有參天合抱者，土人以其多而不貴之。漕宇門前兩徑，自有一二百株，至秋，花盛開，籃輿行清香中，殊可愛也。古人賦詠，惟東坡倅錢塘，《八月十七日天竺送桂花分贈元素》詩云：『月缺霜濃細蘂乾，此花元屬桂堂仙。鷲峰子落驚前夜，蟾窟枝空記昔年。破裓山僧憐耿介，練裙溪女鬬清妍。願公採擷紉幽佩，莫遣孤芳老澗邊。』陳去非有詞云：『黄衫相倚。翠葆層層底。八月江南風日美。弄影山腰水尾。　楚人未識孤妍。離騷遺恨千年。無住庵中新夢，一枝唤起幽禪。』万俟雅言有詞云：『芳菲葉底。誰會秋工意。深緑護輕黄，怕青女霜侵憔悴。開分早晚，都占九秋天，花四出，香七里。獨步珠宫裏。　佳名岩桂。卻是因遺子。不自月中來，又那得、蕭蕭風味。霓裳舊曲，休問廣寒人，飛太白，酬仙蘂，香外無香比。』」　以上後集卷三十五

晁無咎弔李誠之長短句

《許彦周詩話》云：「晁無咎在崇寧間，次李誠之長短句韻以弔誠之，曰：『射虎山邊尋舊跡。騎鯨海上追前約。便與世、江湖永相忘，按原校：原作「便與江湖永相忘」，據明抄本校改爲「便與世永相忘江湖」。《全宋詞》據《樂府雅詞》卷上改定爲「便江湖與世永相忘」。還堪樂。』不獨用事的確，其措意高古，深悲而善怨似《離騷》，故特録之。」

王寀漁家傲詞

《復齋漫録》云：「王寀輔道，觀文韶子也。徽宗朝妄奏天神降于家，卒以此受禍，人以其父熙河妄殺之報耳。嘗爲《漁家傲》詞云：『日月無根天不老。浮生總被消磨了。陌上紅塵常擾擾。昏復曉。一場大夢誰先覺。　洛水東流山四遶。路傍幾個新華表。見説在時官職好。爭信道。冷烟寒雨埋荒草。』」

張先詞句

苕溪漁隱曰：「胡宿詩：『風花飛有態，烟絮墜無痕。』張先詞：『柳徑無人，墜飛絮無影。』二人詩詞頗相類。」

以上後集卷三十六

端師子

《僧寶傳》云：「端師子，始見弄獅子者，發明心要，則以彩帛像其皮，時時著之，因以爲號。秦少游聞其道高，請升座，端以手自指，曰：『天上無雙月，人間只一僧。一堂風冷淡，千古意分明。』少游首肯之。能誦《法華經》，必得錢五百乃開帙，日誦數句，即持錢地坐，去其缺薄者，易之而去。好歌《漁父》詞，月夕，必歌之達旦。有狂僧回頭和尚，以左道鼓動流俗，士大夫亦安其妄，方對丹陽吕公肉食，端徑至，指曰：『正當與麽時，如何是佛？』回頭不能遽對，端捶其頭，推倒乃行。又有妖人號不托，掘秀州城外地，有佛像，建塔其上，傾城敬信。端見揕住曰：『如何是佛？』不托擬議，端趯之而去。章相子厚請升座，使俞秀老撰疏，叙其事，曰：『推倒回頭，趯翻不托，七軸之《蓮經》未誦，一聲之《漁父》先聞。』端聽僧官宣至此，以手揶揄曰：『止。』乃引聲吟曰：『本是瀟湘一釣客。自東自西自南北。』大衆雜然稱善。端顧笑曰：『我觀法王法，法王法如是。』下座。」

俞秀老漁父詞

山谷云：「『釣魚船上謝三郎。雙鬢已蒼蒼。蓑衣未必貴，不肯换金章。　汀草畔，浦花傍。静鳴榔。自來往。好箇漁父家風，一片瀟湘。』金華俞秀老作此篇，道人多傳之，非道意岑寂，其語不能如是。」

苕溪漁隱曰：「《傳燈録》云：『玄沙，福州閩縣人，姓謝氏，幼好垂釣，泛小船於南臺江，狎諸漁者。年甫三十，忽慕出塵，乃棄釣艇，投芙蓉山訓禪師落髮。』秀老用其事也。」

洪覺範長短句 一

《冷齋夜話》云：「予留南昌，久而忘歸，獨行無侶，意緒蕭然；偶登秋屏閣望西山，于是浩然有歸志，作長短句寄意，其詞曰：『城裏久偷閑。塵浣雲衫。此身已是再眠蠶。隔岸有山歸去好，萬壑千岩。霜曉更凭欄。減盡晴嵐。微雲生處是茅庵。試問此生誰作伴，彌勒同龕。』」

洪覺範長短句 二

《復齋漫録》云：「臨川距城南一里，有觀曰魏壇，蓋魏夫人經遊之地，具諸顏魯公之碑，以故諸女真嗣緒不絶，然而守戒者鮮矣。陳虚中崇寧間守臨川，爲詩曰：『夫人在兮若冰雪，夫人去兮仙踪滅。可惜如今學道人，羅裙帶上同心結。』洪覺範嘗作長短句贈一女真云：『十指嫩抽春笋，纖纖玉軟紅柔。人前欲展强嬌羞。微露雲衣霓袖。　最好洞天春晚，黄庭卷罷清幽。凡心無計奈閒愁。試撚花枝頻嗅。』」

洪覺範善作小詞

《許彦周詩話》云：「近時僧洪覺範頗能詩，其《題李愬畫像》云：『淮陰北面師廣武，其氣豈止吞項羽。

公得李祐不肯誅，便知元濟在掌股。』此詩當與黔安並驅也。頃年，僕在長沙，相從彌年，其他詩亦甚佳，如云：『含風廣殿聞棋響，度日長廊轉柳陰。』頗似文章巨公所作，不類衲子。又善作小詞，情思婉約，似秦少游。至如仲殊、參寥雖名世，皆不能及。」

減字木蘭花聯唱

《復齋漫録》云：「元豐末，張誂樞言龍圖之守杭也，一日，宴客湖上，劉涇巨濟、僧仲殊在焉，樞言命即席賦詩曲，巨濟先唱云：『憑誰妙筆。横掃素縑三百尺。天下應無。此是錢塘湖上圖。』仲殊遽云：『一般奇絶。雲淡天高秋夜月。費盡丹青。只這些兒畫不成。』樞言又出梅花邀二人同賦，仲殊即作前章云：『江南二月。猶有枝頭千點雪。邀上芳樽。卻占東君一半春。』巨濟不復繼也。後陳襲善云：『我爲續之，曰：尊前眼底。南國風光都在此。移過江來。從此江南不復開。』」

東坡減蘭聯唱辨證

《古今詞話》云：「東坡守錢塘，劉巨濟赴處州，道過錢塘，東坡留飲于中和堂，僧仲殊與焉。時堂之屏有《西湖圖》，東坡遽索牋管作《減字木蘭花》曰：『憑誰妙筆。横掃素縑三百尺。天下應無。此是錢塘湖上圖。』以後疊屬巨濟，辭遜再三，遂以屬仲殊，繼曰：『一般奇絶。雲淡天高秋夜月。費盡丹青。只這些兒畫不成。』東坡大稱賞之。」苕溪漁隱曰：「此詞首句云：『憑誰妙筆。横掃素縑三百尺。』則是初無此《西湖圖》，姑言之耳。《詞話》乃云中和堂屏有《西湖圖》，可見其附會爲説，全與詞意不合。以此驗之，其以爲東坡作亦必妄言，當以《復齋》爲正也。」

以上後集卷三十七

回仙沁園春詞

苕溪漁隱曰：「回仙有《沁園春》一闋，明内丹之旨，語意深妙，惜乎世人但歌其詞，不究其理，吾故表而顯之，云：『七返還丹，在人先須，煉已待時。正一陽初動，中宵漏永，温温鉛鼎，光透簾幃。造化爭馳，虎龍交合，進火功夫猶鬭危。曲江上，看月華瑩静，有個烏飛。當時自飲刀圭。又誰信、無中養就兒。辨水源清濁，木金間隔，不因師指，此事難知。道要玄微，天機深遠，下手速修猶太遲。蓬萊路，仗三千行滿，獨步雲歸。』」

回仙詞

苕溪漁隱曰：「回仙於京師景德寺僧房壁上題詩云：『明月斜，秋風冷。今夜故人來不來，教人立盡梧桐影。』相傳此詞自國初時即有之。柳耆卿詞云：『愁緒終難罄，人立盡、梧桐碎影。』用回仙語也。《古今詞話》乃云：『耆卿作《傾杯·秋景》一闋，忽夢一婦人云：「妾非今世人，曾作前詩，數百年無人稱道，公能用之。」夢覺説其事，世傳乃鬼謡也。』此語怪誕，無可考據，蓋不曾見回仙留題，遂妄言耳。」

回仙詞用枕中記故事

《復齋漫録》云：「《異聞集》載沈既濟作《枕中記》云：『開元中，道者吕翁經邯鄲道上邸舍中，以囊中枕借盧生睡事。』此之吕翁，非洞賓也。蓋洞賓嘗自序以爲吕渭之孫，仕德宗朝，今云開元，則吕翁非洞賓，無可疑者。」苕溪漁隱曰：「回仙嘗有詞云：『黄粱猶未熟，夢驚殘。』尚用《枕中記》故事，可見非吕翁也。《靈怪集》載《南柯太守傳》，與《枕中記》事絶相類。浮世榮枯固已如夢矣，此二事又於夢中作夢，既可笑，亦可歎也。」

無名氏感庭秋詞

《高道傳》云：「唐末有狂道士，不知何許人，又晦其名氏。游成都，忽詣紫極宫謁杜光庭先生，求寓泊之所，先生諾之，而不與之通。道士日貨藥於市，所得錢，隨多少沽酒飲之，惟唱《感庭秋》一詞，其意感蜀之將亡，如秋庭之衰落然；人未之曉，但呼爲感庭秋道士。凡半年，人亦不知其異。一夕，大醉歸，夜將闌，尚聞唱聲愈高。有訝之者，隔户窺之，見燈燭綵繡，筵具器皿，羅列甚盛，狂道士左右二青童應侍，時斟酒而唱。窺者具以白先生，先生乃款其户曰：『光庭識量膚淺，不意上仙降鑑，深爲罪戾；然不揆愚昧，而匍匐門下，冀一拜光靈，以消塵障。』道士曰：『何辱勤奉之若是，當出奉見。』乃令二童收筵具器皿及陳設，致於前，揲之，則隨手而小，如符子狀，置冠中；又將二童按之，如木偶，可寸許，又置冠中，乃啟户。光庭欣然而入，但空室而已。」

蔡真人法駕道引

《復齋漫録》云：「李定記宣和中太學士人，飲於任氏酒肆。忽有一婦人，妝飾甚古，衣亦穿弊，肌膚雪色，而無左臂，右手執拍板，乃鐵爲之，唱詞曰：『闌干曲，紅飏繡簾旌。花嫩不禁纖手捻，被風吹去意還驚。眉恨蹙山青。』諸公怪其辭異，即問之，曰：『此何辭也？』答曰：『此上清蔡真人《法駕道引》也。妾本唐人，遭五季之亂，左手爲賊所斷，今游人間，見諸公飲酒，求一杯之適耳。』遂與一杯，飲畢而去。諸公送之出門，杳無所見。」苕溪漁隱曰：「《夷堅志》所記與此小異，此仍少詞一半，未詳孰是。」

江亭題詞剽東坡樂章

《復齋漫録》云：「魯直記江亭鬼所題詞，有『淚眼不曾晴』之句。余以此鬼剽東坡樂章『秋雨晴時淚不晴』之语。」

夢蘇小小歌蝶戀花詞

苕溪漁隱曰：「《雲齋廣録》載司馬槱官於錢塘，夢蘇小小歌《蝶戀花》詞一闋，其詞頗佳，詞云：『妾在錢塘江上住。花開花落，不記流年度。燕子啣將春色去。黄昏幾度瀟瀟雨。　蟬鬢犀梳雲半吐。檀板新聲，唱徹黄金縷。酒醒夢回無覓處。淒涼明月生秋浦。』」

盧絳一

《藝苑雌黄》云：「《談苑》載，金陵之陷，有盧絳者，收散卒，由宣歙長驅入福建，以圖興復李氏。至歙州，州將龔儀先已降王師，閉門不給薪水，絳擊破，殺儀。將至建州，敗於松溪，麾下散亡，朝廷以節鎮招之，遂自歸。時儀兄子潁上言求復季父之仇，召潁與絳面質曲直，潁舉手版擊絳，遂按誅絳。初絳舉事，夢一白衣婦人，酌酒勸之，歌《菩薩蠻》詞以送之，歌畢，謂絳曰：『他日當相見嶋子陂。』絳私記之。及是伏法於京之西嶋子陂之地。《南唐近事》及《本事曲》所載皆同，惟《江南野録》獨異，謂白衣婦人爲玉真，姓耿氏，以嶋子陂爲孟家陂，無《菩薩蠻》詞，而有詩一首云：『清風良月夜深時，箕帚盧郎尚恨遲。他日孟家陂上約，再來相見是佳期。』二説不同，未知孰是。」

盧絳二

苕溪漁隱曰：「余觀《南唐書》云：盧絳少病痁，按原作「痞」，校别本作「痁」。夜夢白衣婦人，頗有姿色，歌《菩薩蠻》勸絳巵酒，其詞云：『玉京人去秋蕭索。畫簷雀起梧桐落。欹枕悄無言。月和清夢圓。　背燈惟暗泣。甚處砧聲急。眉黛小山攢。芭蕉生暮寒。』歌畢，謂絳曰：『子之疾食蔗即愈。』詰朝求蔗食之，果瘥。迨數夕，又夢曰：『妾乃玉真也，他日相見於嶋子陂。』絳仕江南，後歸朝。會龔潁上言，求復季父之仇，乃命誅絳。絳臨刑，問其受刑之地，即崛子陂。有白衣婦人，姿貌宛如所夢，姓耿名玉真，其夫死，與前夫之子通，當極法，與絳同斬焉。《洞微志》所記亦與此同。《南唐書》三十卷，馬令所撰，成一代之史，所記必審，當以爲正也。」

孔大娘歌晏元獻小詞

《文昌雜録》曰：「昔年，陳州有女妖，自云孔大娘，每昏夜於鼓腔中與人語言，尤知未來事。時晏元獻守陳，方製小詞一闋，修改未定，而孔大娘已能歌之矣。亦可怪也。」

以上後集卷三十八

唐人楊柳枝詞

《許彦周詩話》云：「南齊楊侃性豪侈，舞人張静婉腰圍一尺六寸，能掌上舞。唐人作《楊柳枝》詞曰：『認得楊家静婉腰。』後人卻除家字，只使楊静婉，誤矣。李太白云：『子夜吴歌動君心。』李義山云：『鶯能子夜歌。』晉有子夜女善歌，非當時可及也。」

王初寮點絳唇詞

苕溪漁隱曰：「王初寮有《點絳唇》一詞送韓濟之歸襄陽，云：『峴首亭空，勸君休墮羊碑淚。宦游如寄。且伴山翁醉。　說與鮫人，莫解江皋珮。將歸思。暈紅縈翠。細織迴文字。』初寮用前事，以其漢上故事，然于送人之詞，似難用也。」

東坡定風波詞

《東皋雜録》云：「王定國嶺外歸，出歌者勸東坡酒，坡作《定風波》，序云：『王定國歌兒曰柔奴，姓宇文氏，眉目娟麗，善應對，家世在京師；定國南遷歸，余問柔：「廣南風土，應是不好？」柔對曰：「此心安處，便是吾鄉。」因爲綴此詞云。』常羡人間琢玉郎。天教分付點酥娘。自作清歌傳皓齒。風起。雪飛炎海變清涼。　萬里歸來年愈少。微笑。笑時猶帶嶺梅香。試問嶺南應不好。卻道。此心安處是吾鄉。」

美奴善綴詞

苕溪漁隱曰：「陸敦禮藻，有侍兒名美奴，善綴詞，出侑樽俎，每丐韻于坐客，頃刻成章。《卜算子》云：『送我出東門，作別長安道。兩岸垂楊鎖暮烟，正是秋光老。　一曲古陽關，莫惜金樽倒。君向瀟湘我向秦，魚雁何時到。』《如夢令》云：『日暮馬嘶人去。船逐清波東注。後夜最高樓，還肯思量人否。無緒。無緒。生怕黄昏疎雨。』」

劉偉明清平樂詞

《復齋漫録》云：「劉偉明既喪愛妾而不能忘，爲《清平樂》詞云：『東風依舊。着意隋堤柳。搓得鵝兒黄欲就。天色清明厮勾。　去年紫陌朱門。今朝雨魄雲魂。斷送一生憔悴，知他幾箇黄昏。』與唐阿灰之詞有間矣。」

劉文美詩詞

苕溪漁隱曰：「江寧章文虎，其妻劉氏名彤，文美其字也，工詩詞。嘗有詞寄文虎云：『千里長安名利客，輕離輕散尋常。難禁三月好風光。滿堦芳草緑，一片杏花香。　記得年時臨上馬，看人眼淚汪汪。如今不忍更思量。恨無千日酒，空斷九迴腸。』又云：『向日寄去詩曲，非敢爲工，蓋欲道衷腸萬一耳。何不掩惡，輒示他人？適足取笑文虎也。本不復作，然意有所感，不能自已，小草二章，章四句奉寄。』其一云：『碧紗窗外一聲蟬，牽斷愁腸懶晝眠。千里才郎歸未得，無言空撥玉爐烟。』其二云：『畫扇停揮白日長，清風細細襲羅裳。女童來報新篘熟，安得良人共一觴。』」

東坡減字木蘭花詞

《東皋雜録》云：「東坡自錢塘被召，過京口，林子中作守。郡有會，坐中營妓出牒，鄭容求落藉，高瑩求從良，子中命呈東坡。坡索筆爲《减字木蘭花》書牒後云：『鄭莊好客。容我樓前先墮幘。落筆生風。籍籍聲名不負公。　高山白早。瑩骨球肌那解老。從此南徐。良夜清風月滿湖。』暗用此八字于句端也。」苕溪漁隱曰：「《聚蘭集》載此詞，乃東坡《贈潤守許仲塗》，且以『鄭容落籍，高瑩從良』爲句首，非林子中也。」

蘇瓊九字韻詞

《復齋漫録》云：「姑蘇官妓，姓蘇名瓊，行第九。蔡元長道過蘇州，太守召飲；元長聞瓊之能詞，因命即席爲之，乞韻，以九字。詞云：『韓愈文章蓋世，謝安情性風流。良辰美景在西樓。敢勸一卮芳酒。記得南宫高第，弟兄爭占鰲頭。金爐玉殿瑞烟浮。高占甲科第九。』蓋元長奏名第九也。」

僧兒滿庭芳詞

苕溪漁隱曰：「廣漢營妓小名僧兒，秀外惠中，善填詞。有姓戴者，忘其名，兩作漢守，寵之，既而得請玉局之祠以歸，僧兒作《滿庭芳》見意云：『團菊苞金，叢蘭減翠，畫成秋暮風烟。使君歸去，千里倍潸然。兩度朱幡雁水，全勝得、陶侃當年。如何見，一時盛事，都在送行篇。　愁煩。梳洗懶，尋思陪宴，花月湖邊。按「花」原作「把」，今從《詩話總龜》改作「花」。有多少、風流往事縈牽。聞道霓旌羽駕，看看是、玉局神仙。應相許，衝雲破霧，一到洞中天。』」

以上後集卷四十

〔宋〕魏慶之編

補魏慶之詞話

補魏慶之詞話目録

補魏慶之詞話

誠齋評爲詩隱蓄發露之異

太史公曰：《國風》好色而不淫，《小雅》怨誹而不亂。《左氏傳》曰：春秋之稱，微而顯，志而晦，婉而成章，盡而不汙。此《詩》與《春秋》紀事之妙也。近世詞人，閒情之靡，如伯有所賦，趙武所不得聞者，有過之無不及焉。是得爲好色而不淫乎！惟晏叔原云：「落花人獨立，微雨燕雙飛。」可謂好色而不淫矣。唐人《長門怨》云：「珊瑚枕上千行淚，不是思君是恨君。」是得爲怨誹而不亂乎！惟劉長卿云：「月來深殿早，春到後宫遲。」可謂怨誹而不亂矣。近世陳克《詠李伯時畫寧王進史圖》云：「汗簡不知天上事，至尊新納壽王妃。」是得爲微、爲晦、爲婉、爲不汙穢乎！惟李義山云：「侍燕歸來宫漏永，薛王沉醉壽王醒。」可謂微婉顯晦，盡而不汙矣。《詩人玉屑》卷二

句法不當重疊

淮海小詞云：「杜鵑聲裏斜陽暮」，東坡曰：「此詞高妙，但既云『斜陽』，又云『暮』，則重出也。」欲改「斜

陽」作「簾櫳」。余曰：「既言『孤館閉春寒』，似無簾櫳。」公曰：「亭傳雖未必有簾櫳，有亦無害。」余曰：「此詞本模寫牢落之狀，若曰簾櫳，恐損初意。」先生曰：「極難得好字，當徐思之。」然余因此曉句法不當重疊。《詩眼》卷三

意脈貫通

唐人嘗詠十月菊：「自緣今日人心別，未必秋香一夜衰。」世以爲工，蓋不隨物而盡。如「酒盞此時須在手，菊花明日便愁人。」自覺氣不長。東坡亦云「休休，明日黄花蝶也愁」也。然雖變其語，終有此過，豈在謫所，遇時感慨，不覺發是語乎！予寓吴江，值重九，有「鬢緣心事隨時改，依舊在天涯。多情惟有，籬邊黄菊，到處能華」。詩人讀之淒然，以爲有含憤意。休齋

造語綺靡

温庭筠《湖陰曲》警句云：「吴波不動楚山碧，花壓欄干春晝長。」庭筠工於造語，極爲綺靡，《花間集》可見矣。《更漏子》一詞尤佳，其詞云：「玉鑪香，紅蠟淚。偏照畫堂秋思。眉翠薄，鬢雲殘。夜長衾枕寒。　梧桐樹。三更雨。不道離情正苦。一葉葉，一聲聲。空堦滴到明。」漁隱

歐陽公下字

歐陽永叔詞云：「堤上游人逐畫船，拍堤春水四垂天。綠楊樓上出秋千。」此等語皆絶妙，只一「出」字，是後人着意道不到處。《侯鯖録》 以上卷六

借　對

沈佺期《回波詞》云：「姓名雖蒙齒録，袍笏未换牙緋。」杜子美詩：「飲子頻通汗，懷君想報珠。」以「飲子」對「懷君」，亦「齒録」、「牙緋」之比也。東坡　卷七

承襲其意

「燕燕于飛，差池其羽。之子于歸，遠送于野。瞻望弗及，泣涕如雨。」此辭可泣鬼神矣。張子野長短句云：「眼力不知人遠，上溪橋。」東坡《送子由》詩云：「登高回首坡壠隔，惟見烏帽出復没。」皆遠紹其意。《許彦周詩話》

换骨奪胎法

山谷言：詩意無窮，而人才有限；以有限之才，追無窮之意，雖淵明、少陵，不得工也。不易其意而造

其語，謂之换骨法；規摹其意而形容之，謂之奪胎法。如鄭谷詩：「自緣今日人心别，未必秋香一夜衰。」此意甚佳，而病在氣不長。西漢文章雄深雅健，其氣長故也。曾子固曰：詩當使人一覽語盡，卻意有餘，乃古人用心處。荆公《菊》詩曰：「千花百卉彫零後，始見閑人把一枝。」東坡曰：「萬事到頭都是夢，休休。明日黄花蝶也愁。」又李翰林曰「鳥飛不盡暮天碧」，又曰「青天盡處没孤鴻」，其病如前所論。山谷《達觀臺》詩曰：「瘦藤拄到風煙上，乞與游人眼豁開。不知眼界闊多少，白鳥去盡青天回。」凡此之類，皆换骨法也。顧況詩曰：「一别二十年，人堪幾回别。」其詩簡緩而意精確。荆公《與故人》詩曰：「一日君家把酒杯，六年波浪與塵埃。不知烏石岡頭路，到老相尋得幾回。」樂天詩：「臨風鈔秋樹，對酒長年身。醉貌如霜葉，雖紅不是春。」東坡詩：「兒童悮喜朱顔在，一笑那知是酒紅。」凡此之類，皆奪胎法也。《冷齋夜話》　以上卷八

薛能劉白

薛能，晚唐詩人，格調不高，而妄自尊大。有《柳枝》詞五首，最後一章曰：「劉白蘇臺總近時。當初章句是誰推。纖腰舞盡春楊柳，未有儂家一首詩。」自注云：「劉、白二尚書，繼爲蘇州刺史，皆賦《楊柳枝》詞，世多傳唱，但文字太僻，宫商不高耳。」能之大言如此。但稍推杜陵，視劉、白蔑如也。今讀其詩，正堪一笑。劉之詞云：「城外春風吹酒旗。行人揮袂日西時。長安陌上無窮樹，惟有垂楊管别離。」白之詞云：「紅板江橋青酒旗。館娃宫暖日斜時。可憐雨歇東風定，萬樹千條各自垂。」其風流氣

概，豈能所可髣髴哉！《隨筆》

富貴佳致

温飛卿《晚春曲》云：「家臨長信往來道。乳燕雙雙拂煙草。油壁車輕金犢肥，流蘇帳曉春雞報。籠中嬌鳥暖猶睡，簾外落花閑不掃。衰桃一樹近前池，似惜容顔鏡中老。」殊有富貴佳致也。漁隱

非窮兒家語

存中云：「山谷稱晏叔原：『舞低楊柳樓心月，歌盡桃花扇裏風。』定非窮兒家語。」《王直方詩話》

王　琪

晏元獻公赴杭州，道過維揚，憩大明寺，瞑目徐行，使侍史誦壁間詩板，戒其勿言爵里姓名，終篇者無幾。又俾别誦一詩云：「水調隋宫曲，當年亦九成。哀音已亡國，廢沼尚留名。儀鳳終陳跡，鳴蛙只廢聲。淒涼不可問，落日下蕪城。」徐問之，江都尉王琪詩也。召至同飯，又同步游池上。時春晚，已有落花，晏云：「每得句書牆壁間，或彌年未嘗强對；且如『無可奈何花落去』，至今未能也。」王應聲曰：「似曾相識燕歸來。」自此辟置，薦館職，遂躋侍從。《遺珠》　以上卷十

蘇秦詩詞

東坡嘗以所作小詞示無咎、文潛，曰：「何如少游？」二人皆對云：「少游詩似小詞，先生小詞似詩。」《王直方詩話》　卷十二

文章心術

世俗誇太白賜牀調羹爲榮，力士脱靴爲勇。愚觀唐宗渠渠於白，豈真樂道下賢者哉？其意急得艷詞媟語，以悦婦人耳。白之論撰，亦不過爲「玉樓」、「金殿」、「鴛鴦」、「翡翠」等語，社稷蒼生何賴。就使滑稽傲世，然東方生不忘納諫，況黄屋既爲之屈乎。説者以謀謨潛密，歷考全集，愛國憂民之心如子美語，一何鮮也。力士閹闖腐庸，惟恐不當人主意，挾主勢驅之，何所不可，脱靴乃其職也。自退之爲「蚍蜉撼大木」之喻，遂使後學吞聲。余竊謂如論其文章豪逸，真一代偉人；如論其心術事業，可施廊廟，李杜齊名，真忝竊也。《碧溪詩話》　卷十四

獨步元和

劉夢得《竹枝》九章，詞意高妙，元和間誠可以獨步。道風俗而不俚，追古昔而不愧，比之杜子美《夔州歌》，所謂同工而異曲也。昔子瞻嘗聞余詠第一篇，歎曰：「此奔軼絶塵，不可追也。」《淮陰行》情調殊

麗，語意尤穩切，白樂天、元微之爲之，皆不入此律也。唯「無耐脱莱時」不可解，當待博物洽聞者説也。《三閣詞》四章，可以配《黍離》之詩，有國存亡之鑑也。大槩夢得樂府小章優於大篇，詩優於它文耳。　山谷　卷十五

寒食詩

東坡云：「與郭生游寒溪，主簿吴亮置酒。郭生善作挽歌，酒酣發聲，坐爲悽然。郭生言：『恨無佳詞。』因改樂天《寒食》詩歌之，坐客有泣者。」其詞曰：「烏啼鵲噪昏喬木。清明寒食誰家哭。風吹曠野紙錢飛，古墓纍纍春草緑。棠梨花映白楊路。盡是死生離别處。冥寞重泉哭不聞，蕭蕭暮雨人歸去。」每句雜以散聲。　王直方

詞意深妙

余知制誥日，與余恕同考試。恕曰：「夙昔師範徐騎省爲文，騎省有《徐孺子亭記》，其警句云：『平湖千畝，凝碧乎其下；西山萬疊，倒影乎其中。』它皆常語。近得舍人所作《涵虚閣記》，終篇皆奇語，自渡江以來，未嘗見此，信一代之雄文也。」其相推如此。因出義山詩共讀，酷愛一絶云：「珠箔輕明拂玉墀，披香新殿鬬腰肢。不須看盡魚龍戲，終遣君王怒偃師。」擊節稱嘆曰：「古人措辭寓意，如此之深妙，令人感慨不已。」苕溪漁隱曰：「東坡《快哉亭》詞云：『一千頃，都鏡淨，倒碧峰。』用徐騎省語意

也。」《談苑》　以上卷十六

俞秀老清老品藻

俞紫芝，揚州人，少有高行，不娶，得浮屠氏心法，所至翛然，而工於詩。王荆公居鍾山，秀老數相往來，尤愛重之，每見於詩。……其弟澹，字清老，亦不娶，滑稽善諧謔，洞曉音律，能歌，荆公亦喜之。晚年作《漁家傲》等樂府數闋，每山行，即使澹歌之。然澹使酒好駡，不若秀老之恬靜。《石林詩話》

張三影

子野嘗有詩云「浮萍斷處見山影」，又長短句云「雲破月來花弄影」，又云「隔牆送過鞦韆影」，並膾炙人口，世謂張三影。《高齋詩話》

子野佳句

子野詩筆老健，歌詞乃其餘波耳。《湖州西溪》詩云：「浮萍斷處見山影，野艇歸時聞草聲。」與予和詩云：「愁似鰥魚知夜永，懶同蝴蝶爲春忙。」若此之類，亦可追配古人；而世俗但稱其歌詞。昔周昉畫人物皆入神品，而世俗但知有周昉士女，蓋所謂「未見好德如好色者」也。東坡

東坡詩戲子野

子野能爲詩及樂府，至老不衰。居錢塘，蘇子瞻作倅時，年已八十餘，視聽不衰，家猶蓄聲妓。子瞻嘗贈以詩云：「詩人老去鶯鶯在，公子歸來燕燕忙。」蓋全用張氏故事戲之。《石林詩話》以上卷十八

船子和尚

華亭船子和尚有偈曰：「千尺絲綸直下垂。一波纔動萬波隨。夜静水寒魚不食，滿船空載月明歸。」叢林盛傳，想見其爲人。山谷倚曲音，歌成長短句曰：「一波纔動萬波隨。簑笠一鈎絲。金鱗正在深處，千尺也須垂。　吞又吐，信還疑，上鈎遲。水寒江静，滿目青山，載明月歸。」《冷齋夜話》

三詩皆奇句

東坡長短句云：「村南村北響繅車。」參寥詩云：「隔林髣髴聞機杼，知有人家在翠微。」秦少游云：「菰蒲深處疑無地，忽有人家笑語聲。」三詩大同小異，皆奇句也。《高齋詩話》

小詞聯唱

元豐末，張詵樞言龍圖之守杭也，一日宴客湖上，劉涇巨濟、僧仲殊在焉。樞言命即席賦詩曲，巨濟先

唱云：「憑誰妙筆。横掃素縑三百尺。天下應無。此是錢塘湖上圖。」仲殊遽云：「一般奇絶。雲淡天高秋夜月。費盡丹青。只這些兒畫不成。」樞言又出梅花，邀二人同賦。仲殊云：「卻作前章。」曰：「江南二月，猶有枝頭千點雪。邀上芳尊。卻占東君一半春。」巨濟不復繼也。後陳襲善云：「我爲續之。」曰：「尊前眼底。南國風光都在此。移過江來。從此江南不復開。」《復齋漫録》

惠洪善作小詞一

近時僧洪覺範頗能詩，其《題李愬畫像》云：「淮陰北面師廣武，其氣豈止吞項羽。公得李祐不肯誅，便知元濟在掌股。」此詩當與黔安並驅也。頃年僕在長沙，相從彌年，其他詩亦甚佳。如云：「含風廣殿聞碁響，度日長廊轉柳陰。」頗似文章巨公所作，殊不類衲子。又善作小詞，情思婉約，似秦少游。至如仲殊、參寥，雖名世，皆不能及。《許彦周詩話》

惠洪善作小詞二

余至瓊州，劉蒙叟方飲於張守之席，三鼓矣，遣急足來覓長短句。問：「欲叙何事？」蒙叟視燭有蛾，撲之不去，曰：「爲賦之。」急足反走，持紙曰：「急爲之，不然，獲譴也。」余口授吏書之曰：「蜜燭花光清夜闌。粉衣香翅遶團團。人猶認假爲真實，蛾豈將燈作火看。方歎息，爲遮攔。也知愛處實難拚。忽然性命隨煙焰，始覺從前被眼瞞。」蒙叟醉笑首肯之。既北渡，夜發海津，又贈行爲之詞曰：「一段文

章種性。又謫仙風韻。畫戟叢中，清香凝宴寢。　落日清寒勒花信。愁似海、洗光詞錦。後夜歸舟，雲濤喧醉枕。」《冷齋夜話》

玄真子

玄真子張志和，會稽人，守真養氣，卧冰不冷，入水不濡。顏魯公守湖州日，與賓客唱和，爲《漁父》詞。志和曰：「西塞山前白鳥飛。桃花流水鱖魚肥。青蒻笠，緑蓑衣。斜風細雨不須歸。」坐客嘆服不已。後果傳之。《古今詩話》

蔡真人詞

陳東，靖康間嘗飲於京師酒樓，有倡打坐而歌者。東不顧。乃去倚欄獨立，歌《望江南》詞，音調清越，東不覺傾聽。視其衣服皆故弊，時以手揭衣爬搔，肌膚綽約如雪，乃復呼使前再歌之。其詞曰：「闌干曲，紅颺繡簾旌。花嫩不禁纖手捻，被風吹去意還驚。眉黛蹙山青。　鏗鐵板，閒引步虚聲。塵世無人知此曲，卻騎黄鶴上瑶京。風冷月華清。」東問何人製？曰：「上清蔡真人詞也。」歌罷，得數錢，即下樓。亟遣僕追之，已失矣。《夷堅志》

黄穀城母夫人孫氏道絢小詞

穀城母夫人孫氏道絢，極有詞藻，嘗賦《九日》詩，有「别墅蒼煙縈古木，寒溪白浪捲輕沙」，又《擬進士試月華臨静夜》詩，其貼静夜處云：「大虚萬籟息，人散一簾斜。」思致極不淺也。其小詞云：「月光飛入林間屋。風策策，度庭竹。夜半江城擊柝聲，動寒梢棲宿。等閑老去年華促。祇有江梅伴幽獨。夢繞夷門舊家山，恨驚回難續。」又宫詞：「翠栢紅蕉影亂。月上珠簾恰半。風自碧空來，吹落歌珠一串。不見。不見。人被繡簾遮斷。」使易安尚在，且有愧容矣。

營妓僧兒滿庭芳詞

廣漢妓女小名僧兒，秀外惠中，善填詞。有姓戴者，忘其名，兩作漢守，寵之。既而得請玉局之祠以歸。僧兒作《滿庭芳》見意云：「團菊苞金，叢蘭減翠，畫成秋暮風煙。使君歸去，千里倍潸然。兩度朱幡雁水，全勝得、陶侃當年。如何見，一時盛事，都在送行篇。愁煩。梳洗懶，尋思陪宴，花月湖邊。有多少、風流往事縈牽。聞道霓旌羽駕，看看是、玉局神仙。應相許，衝雲破霧，一到洞中天。」漁隱

以上卷二十

吴城小龍女詞

魯直自黔安出峽，登荆州江亭，柱間有詞曰：「簾卷曲欄獨倚。江展暮天無際。淚眼不曾晴，家在吴頭楚尾。　數點雪花亂委，撲漉沙鷗驚起。詩句欲成時，没入蒼煙叢裏。」魯直讀之悽然曰：「似爲予發也。不知何人所作？所題筆勢妍軟欹斜，類女子，而有『淚眼不曾晴』之句，不然則是鬼詩也。」是夕，有女子絶艷，夢於魯直曰：「我家豫章吴城山，附客舟至此，墮水死，不得歸，登江亭有感而作，不意公能識之。」魯直驚寤，謂所親曰：「此必吴城小龍女也。」《冷齋夜話》卷二十一

花庵詞評（補中興詞話）

〔宋〕黄　昇撰

花庵詞評目録

花庵詞評（補中興詞話）

詞選序

古樂府不作，而後長短句出焉。我朝鉅公勝士，娛戲文章，亦多及此。然散在諸集，未易徧窺。玉林此選，博觀約取，發妙音於衆樂竝奏之際，出至珍於萬寶畢陳之中，使人得一編，則可以盡見詞家之奇，厥功不亦茂乎。玉林蚤棄科舉，雅意讀書，間從吟詠自適，閣學受齋游公，嘗稱其詩爲晴空冰柱。閩帥秋房樓公，聞其與魏菊莊爲友，併以泉石清士目之。其人如此，其詞選可知矣。淳祐己酉上巳前進士胡德方季直序。

唐　詞

凡看唐人詞曲，當看其命意造語，工緻處，蓋語簡而意深，所以爲奇作也。

李太白

菩薩蠻　平林漠漠煙如織

憶秦娥　簫聲咽

二詞爲百代詞曲之祖。

清平樂令　禁庭春晝

清平樂令　禁闈秋夜

翰林應制　按唐吕鵬《遏雲集》載應制詞四首，以後二首無清逸氣韻，疑非太白所作。

清平調辭　名花傾國兩相歡

一枝紅豔露凝香

雲想衣裳花想容

沈香亭應制，古詞多只四句。

白樂天

長相思一詞，非後世作者所及。

張志和

漁歌子五首，極能道漁家之事。

温庭筠

温庭筠詞極流麗，宜爲《花間集》之冠。

張泌

江城子　碧闌干外小中庭

　　浣花溪上見卿卿

唐詞多無換頭，如此詞兩段自是兩首，故兩押「情」字。今人不知，合爲一首，則誤矣。

李珣

巫山一段雲　有客經巫峽

巫山一段雲　古廟依青嶂

唐詞多緣題所賦，《臨江仙》則言仙事，《女冠子》則述道情，《河瀆神》則詠祠廟，大概不失本題之意。

爾後漸變，去題遠矣。如此二詞，實唐人本來詞體如此。

李後主

烏夜啼　無言獨上西樓

此詞最淒惋，所謂亡國之音哀以思。

以上《唐宋諸賢絶妙詞選》卷一

歐陽永叔

踏莎行　候館梅殘

句意最工。

蘇子瞻

蘇子瞻名軾，號東坡居士。晁無咎云：「東坡詞横放傑出，自是曲子中縛不住者。」

永遇樂　明月如霜

夜登燕子樓，夢盼盼，因作此詞。後秦少游自會稽入京，見東坡，坡云：「久别當作文甚勝，都下盛唱公『山抹微雲』之詞。」秦遜謝。坡遽云：「不意别後，公卻學柳七作詞。」秦答曰：「某雖無識，亦不至是，先生之言，無乃過乎？」坡云：「『銷魂，當此際』，非柳詞句法乎？」秦慚服，然已流傳，不復可改矣。又問别作何詞，秦舉「小樓連苑横空，下窺繡轂彫鞍驟」，坡云：「十三箇字，只説得一箇人騎馬樓前過。」秦問先生近著，坡云：「亦有一詞説樓上事。」乃舉「燕子樓空，佳人何在，空鎖樓中燕」。晁無咎在座云：「三句説盡張建封燕子樓一段事，奇哉！」

卜算子　缺月掛疎桐

黄山谷云：「坡在黄州作此，語意高妙，似非喫煙火食人語，非胸中有數萬卷書，筆下無一點塵俗氣，孰能至此。」

鮦陽居士云：「『缺月』，刺明微也；『漏斷』，暗時也；『幽人』，不得志也；『獨往來』，無助也；『驚鴻』，賢人不安也；『回頭』，愛君不忘也；『無人省』，君不察也；『揀盡寒枝不肯棲』，不偷安於高位也；『寂寞吴江冷』，非所安也。此與《考槃》詩相似。」

王介甫

漁家傲　平岸小橋千嶂抱

極能道閒居之趣。

錢思公

玉樓春　城上風光鶯語亂

此詞暮年作，詞極淒惋。

賈子明

木蘭花令　都城水緑嬉遊處

平生惟賦此一詞，極有風味。

夏子喬

喜遷鶯令　霞散綺

景德中，水殿按舞。英公翰林内直，上遣中使取新詞，公援毫立成以進，大蒙天獎。

謝希深

夜行船　昨夜佳期初共

後段語最奇。　以上《唐宋諸賢絶妙詞選》卷二

宋子京

宋子京名祁，張子野所稱「紅杏枝頭春意鬧」尚書者也。

鷓鴣天　畫轂彫鞍狹路逢

子京過繁臺街，逢内家車子，中有褰簾者曰：「小宋也。」子京歸，遂作此詞，都下傳唱，達於禁中。仁宗知之，問内人第幾車子，何人呼小宋。有内人自陳：「頃侍御宴，見宣翰林學士，左右内臣曰小宋也，時在車子中偶見之，呼一聲爾。」上召子京，從容語及，子京皇懼無地。上笑曰：「蓬山不遠。」因以内人賜之。

顏持約

西江月　草草書傳錦字

詞簡意高，佳作也。

陳希元

踏莎行　二社良辰

皇祐中，吕申公夷簡乞致仕。仁宗因問：「卿去誰可代者？」夷簡乃薦堯佐，上遂召還，大拜。申公生日，公作此詞，攜酒過之。申公使之歌。申公笑曰：「只恐捲簾人已老。」公曰：「莫愁調鼎事無功。」老於廊廟。

蘇叔黨

點絳脣　新月娟娟

此詞作時，方禁坡文，故隱其名，以傳於世。今或以爲汪彦章所作，非也。

孫巨源

菩薩蠻　樓頭尚有三通鼓

公於元豐間爲翰苑，與李端愿太尉往來尤數，會一日鎖院，宣召者至其家，則出數十輩踪跡得之於李氏。時李新納妾，能琵琶。公飲不肯去，而迫於宣命，入院幾二鼓矣，草三制罷，作此詞記恨，遲明遣示李。

晏同叔

晏同叔名殊，以神童出身，仁宗朝宰相，謚元獻公。有詞名《珠玉集》，張子野爲序。

晏叔原

晏叔原，元獻公之暮子，自號小山。有樂府行於世，山谷爲之序，稱其詞爲《高唐》、《洛神》之流，其下者不減《桃葉》、《團扇》云。

鷓鴣天　碧藕花開水殿涼

慶曆中，開封府與棘寺同日奏獄空，仁宗於宮中宴集，宣晏叔原作此，大稱上意。以上《唐宋諸賢絶妙詞選》卷三

黄魯直

黄魯直名庭堅，號山谷。陳後山云：「今代詞手，惟秦七黄九耳，唐諸人不逮也。」

秦少游

水龍吟　小樓連苑横空

寄營妓婁婉，婉字東玉。詞中藏其姓名與字在焉。

千秋歲　水邊沙外

少游謫處州作。今郡治有鶯花亭，蓋因此詞取名。

踏莎行　霧失樓臺

東坡絶愛尾兩句。

南歌子贈陶心兒　玉漏迢迢盡

末句蓋「心」字也。

賀方回

賀方回名鑄，少爲武弁。以定力寺一絶見奇於舒王。山谷又賞其詞，遂知名當世。小詞二卷，名《東山寓聲樂府》，張右史序之。

青玉案　淩波不過横塘路

山谷稱此詞云：「解道江南斷腸句，世間只有賀方回。」

舒信道

菩薩蠻　畫船槌鼓催君去

此詞極有味。

秦處度

秦處度名湛，山谷嘗稱其詞。

李　嬰

滿江紅　荆楚風煙

元豐爲蘄水令作此。上東坡，坡甚奇之。

以上《唐宋諸賢絶妙詞選》卷五

晁無咎

摸魚兒　買陂塘

真西山絶愛此詞。

張子野

張子野名先，宋子京稱之爲「雲破月來花弄影」郎中者也。

清平樂　清歌逐酒

末二句最工。

王通叟

王通叟名觀，有《冠柳集》，序者稱其高於柳詞，故曰「冠柳」。至於《踏青》一詞，又不獨冠柳詞之上也。

《踏青》詞，即《慶清朝慢》。

慶清朝慢　調雨爲酥

風流楚楚，詞林中之佳公子也。世謂「柳耆卿工爲浮豔之詞」，方之此作，蔑矣。詞名《冠柳》，豈偶然哉。

田不伐

田不伐，工於樂府。

章質夫

水龍吟　燕忙鶯懶花殘

「傍珠簾散漫」數語，形容盡矣。

聶冠卿

多麗　想人生

冠卿之詞不多見，如此篇亦可謂才情富麗矣。其「露洗華桐」四句，又所謂「玉中之拱璧，珠中之夜光」，每一觀之，撫玩無數。

柳耆卿

柳耆卿名永，長於纖豔之詞，然多近俚俗，故市井之人悦之。今取其尤佳者。

醉蓬萊　漸亭皋葉下

永爲屯田員外郎，會太史奏老人星見，時秋霽，宴禁中，仁宗命左右詞臣爲樂章，内侍屬柳應制。柳方冀進用，作此詞奏呈。上見首有「漸」字，色若不懌，讀至「宸遊，鳳輦何處」，乃與御制真宗挽詞暗合。上慘然，又讀至「太液波翻」，曰：「何不言波澄？」投之於地。自此不復擢用。

滿江紅　暮雨初收

换頭數語最工。

晝夜樂　秀香家住桃花徑

此詞麗以淫，不當入選。以東坡嘗引用其語，故録之。

以上《唐宋諸賢絶妙詞選》卷五

蔡子正

喜遷鶯　霜天秋曉

元豐間，公自西掖出鎮平陽府，經數歲，意欲歸，作此詞。詞播中都，遂徹聖聽。上因語吕丞相曰：「蔡挺欲歸。」遂以西掖召還。

阮閎休

眼兒媚　樓上黄昏杏花寒

閎休小詞，惟有此篇見於世，英妙傑特。所謂百不爲多，一不爲少。

毛澤民

惜分飛　淚濕闌干花着露

元祐中，東坡守錢塘。澤民爲法曹掾，秩滿辭去。是夕宴客，有妓歌此詞，坡問誰所作，妓以毛法曹對，坡語坐客曰：「郡寮有詞人不及知，某之罪也。」翌日，折簡追還，留連數日。澤民因此得名。

沈公述

望海潮　山光凝翠

公述此詞典雅有味，而今世但傳其「杏花過雨」之曲，真所謂「吾未見好德如好色者也」。　以上《唐宋諸賢絶妙好詞》卷六

周美成

周美成名邦彦，初進《汴都賦》得官，徽廟時提舉大晟樂府，官至待制。詞名《清真詩餘》。

瑞龍吟　章臺路

今按此詞自「章臺路」至「歸來舊處」是第一段；自「黯凝竚」至「盈盈笑語」是第二段，此謂雙拽頭，屬正平調。自「前度劉郎」以下犯大石，係第三段。至「歸騎晚」以下四句再歸正平。今諸本皆於「吟牋賦筆」處分段者，非也。

花犯　粉牆低

此只詠梅花，而紆餘反覆，道盡三年間事。昔人謂「好詩圓美，流轉如彈丸」，余於此詞亦云。

晁次膺

晁次膺，宣和間充大晟府協律郎，與万俟雅言齊名，按月律進詞。

万俟雅言

万俟雅言精於音律，自號詞隱。崇寧中，充大晟府製撰，依月用律製詞，故多應制。所作有《大聲集》五卷，周美成爲序。山谷亦稱之爲一代詞人。

雅言之詞，詞之聖者也。發妙旨於律吕之中，運巧思於斧鑿之外，平而工，和而雅，比諸刻琢句意而求精麗者，遠矣。

以上《唐宋諸賢絶妙詞選》卷七

魯逸仲

魯逸仲，詞意婉麗，似万俟雅言。

宋退翁

眼兒媚　霏霏疎影轉征鴻

固陵召對曰：「卿文章新奇，可作梅詞進呈，須是不經人道語。」齊愈立進此詞，天語稱善。次日諭近臣曰：「宋齊愈《梅》詞非惟不經人道，又且自開花説至結子黄熟，並天色言之，可謂盡之矣。」

陳子高

陳子高名克，天台人。吕安老帥建康，辟爲參議。有《赤城詞》一卷。

曹元寵

曹元寵名組，工謔詞，有寵於徽宗。任睿思殿待制。

徐幹臣

二郎神　悶來彈鵲

徐幹臣，名伸，三衢人。有《青山樂府》一卷行於世。然多雜周詞，惟此一曲，天下稱之。

李　玉

賀新郎　篆縷銷金鼎

李君之詞雖不多見，然風流醖藉，盡此篇矣。

以上《唐宋諸賢絶妙詞選》卷八

僧覺範

僧覺範名惠洪。許彦周稱其善作小詞，情思婉約，似秦少游云。

僧仲殊

僧仲殊名揮，姓張氏，安州進士，棄家爲僧，居杭州吴山寶月寺，東坡所稱蜜殊者是也。有詞七卷，沈注爲序。

仲殊之詞多矣，佳者固不少，而小令爲最。小令之中，《訴衷情》一調又其最，蓋篇篇奇麗，字字清婉，高處不減唐人風致也。

以上《唐宋諸賢絶妙詞選》卷九

吴城小龍女

清平樂令　簾卷曲欄獨倚

黄魯直登荆州亭，柱間有此詞，魯直淒然曰：「似爲余發也。筆勢類女子，又有『淚眼不曾晴』之語，疑其鬼也。」是夕，有女子見夢曰：「我家豫章吴城山，附客舟至此，墮水死，登江亭有感而作，不意公能識之。」魯直驚悟曰：「此必吴城小龍女也。」

李易安

李易安，趙明誠之妻。善爲詞，有《漱玉集》三卷。

如夢令　昨夜雨疎風驟

苕溪漁隱云：「近時婦人能文詞，如李易安頗多佳句，如云『緑肥紅瘦』，此語甚新。」

念奴嬌　蕭條庭院

前輩嘗稱易安「緑肥紅瘦」爲佳句，余謂此篇「寵柳嬌花」之語亦甚奇俊，前此未有能道之者。

吴淑姬

吴淑姬，女流中黠慧者，有詞五卷，名《陽春白雪》，佳處不減李易安也。

阮　氏

花心動　仙苑春濃小桃開

阮氏，阮逸之女。工於文詞，惟此曲傳於世。

以上《唐宋諸賢絶妙詞選》卷十

絶妙詞選序

長短句始於唐，盛於宋。唐詞具載《花間集》，宋詞多見於曾端伯所編。而《復雅》一集又兼采唐宋，迄於宣和之季，凡四千三百餘首，吁！亦備矣。況中興以來，作者繼出，及乎近世，人各有詞，詞各有體，知之而未見，見之而未盡者，不勝算也。暇日裒集得數百家，名之曰《絶妙詞選》。佳詞豈能盡録，亦嘗鼎一臠而已。然其盛麗如遊金張之堂，妖冶如攬嬙施之袪，悲壯如三閭，豪俊如五陵。花前月底，舉杯清唱，合以紫簫，節以紅牙，飄飄然作騎鶴揚州之想，信可樂也。親友劉誠甫謀梓，傳之好事者，此意善矣。又録余舊作數十首附於後，不無珠玉在側之愧，有愛我者，其爲删之。淳祐己酉百五玉林。《中興以來絶妙詞選序》

康伯可

康伯可名與之，號順庵。渡江初有聲樂府，受知秦申王。王薦於太上皇帝，以文詞待詔金馬門。凡中興粉飾治具，及慈寧歸養，兩宮歡集，必假伯可之歌詠，故應制之詞爲多。書市刊本皆假托其名。今得官本，乃壻趙善貢及其友陶安世所校定，篇篇精妙。汝陰王性之，一代名士，嘗稱：「伯可樂章，非近代所及，今有晏叔原，亦不得獨擅。」蓋知言云。

瑞鶴仙　瑞煙浮禁苑

按此詞進入，太上皇帝極稱賞「風柔夜暖」以下至於末章，賜金甚厚。

喜遷鶯　臘殘春早

此詞雖佳，惜皆媚竈之語，蓋爲檜相作耳。

陳去非

陳去非名與義，自號簡齋居士。以詩文被簡注於高宗皇帝，入參大政。有《無住詞》一卷。詞雖不多，語意超絶，識者謂其可摩坡仙之壘也。

曾純甫

曾純甫名覿，號海野，東都故老，及見中興之盛者。詞多感慨，如《金人捧露盤》、《憶秦娥》等曲，淒然有《黍離》之悲。

曾訢父

曾訢父名惇，以故相之孫，工文辭，播在樂府，平康皆歌之。有詞一卷，謝景思爲序。

朱希真

朱希真名敦儒，博物洽聞，東都名士。南渡初，以詞章擅名。天資曠遠，有神仙風致。其《西江月》二曲，辭淺意深，可以警世之役役於非望之福者。

朱　雍

朱雍，紹興中乞召試賢良。有《梅詞》二卷行於世。

張仲宗

張仲宗，三山人。紹興戊午之和，胡澹庵上書乞斬時相，坐謫新州。仲宗以詞送行，後並得罪。

以上《中興以來絶妙詞選》卷一

劉彦沖

劉彦沖名子翬，號屏山先生。劉忠顯公之子，朱文公之師。有《屏山文集》行於世，小詞附其後。

趙元鎮

趙元鎮名鼎，號得全居士。中興名相。詞婉媚不減《花間集》。

張材甫

張材甫名掄，號蓮社居士。南渡故老，及見太平之盛者。集中多應制詞。

張安國

張安國名孝祥，號于湖，歷陽人。以妙年射策魁天下。不數載，入中書。有《紫微雅詞》，湯衡爲序，稱其平昔爲詞，未嘗著稿，筆酣興健，頃刻即成，無一字無來處。如《歌頭》、《凱歌》諸曲，駿發踔厲，寓以詩人句法者也。

吴彦高

春從天上來　海角飄零

青衫濕　南朝千古傷心地

右二曲，皆精妙淒婉，惜無人拈出。今録入選，必有能知其味者。

陸務觀

陸務觀名游，號放翁，山陰人，官至焕章閣待制。劉漫塘云：「范至能、陸務觀以東南文墨之彦。至能爲蜀帥，務觀在幕府，主賓唱酬，短章大篇，人爭傳誦之。」以上《中興以來絶妙詞選》卷二

張功甫

燭影摇紅　宿雨初乾

「柳塘花院」、「現樂」，皆家中堂名也。

張東父

張東父名震，號無隱居士。詞甚婉媚，蓋富貴人語也。

京仲遠

京仲遠名鏜，豫章人。寧宗朝拜相。有樂章名《松坡詞》。

以上《中興以來絶妙詞選》卷三

吴子和

吴子和名禮之，號順受老人，錢塘人。有詞五卷，鄭國輔序之。

瑞鶴仙　風傳秋信至

詞鄙意高。

謝勉仲

謝勉仲名懋，號靜寄居士，有樂章二卷，吴坦伯明爲序，稱其「片言隻字戛玉鏗金，醖藉風流，爲世所貴」云。

趙文鼎

趙文鼎名善扛，號解林居士。詩詞甚富，蓋趙德莊之流也。

黄子厚

黄子厚名銖，號穀城翁，與朱文公爲友。喜作古詩，樂章甚少。其母孫夫人能文，有詞見前《唐宋集》。

李居厚

李居厚名廷忠，自號橘山。長於四六，有樂府一卷，然是獻壽之詞。

以上《中興以來絶妙詞選》卷四

劉德修

劉德修名光祖，號後溪，蜀之名士。有《鶴林文集》，小詞附焉。

李子大

李子大名洪，家世同登桂籍，躋膴仕，號淮甸儒族。子大其弟漳、泳、泩、淛，皆以文鳴，有《李氏花萼詞》五卷，其姪直倫爲之序。廬陵人。

劉改之

劉改之名過，太和人，稼軒之客。王簡卿侍郎嘗贈以詩云：「觀渠論到前賢處，據我看來近世無。」其詞多壯語，蓋學稼軒者也。號龍洲道人。

劉叔擬

劉叔擬仙倫，廬陵人，自號招山。有詩集行於世，樂章尤爲人所膾炙。吉州刊本多遺落，今以家藏善本選集。

繫裙腰　山兒矗矗水兒清

詞猥薄而意優柔。

嚴次山

嚴次山名仁，樵溪人。詞集名《清江欸乃》，杜月渚爲之序。其詞極能道閨闈之趣。

以上《中興以來絶妙詞選》卷五

馬莊父

鷓鴣天　睡鴨徘徊煙縷長

末二句有深意。

姜堯章

姜堯章名夔，號白石道人，中興詩家名流。詞極精妙，不減《清真樂府》，其間高處，有美成所不能及。善吹簫，自製曲，初則率意爲長短句，然後協以音律云。居鄱陽。

高賓王

高賓王名觀國，號竹屋。詞名《竹屋癡語》，陳造爲序，稱其與史邦卿皆秦、周之詞，所作要是不經人道語，其妙處少游、美成若唐諸公亦未及也。

以上《中興以來絶妙詞選》卷六

史邦卿

史邦卿名達祖，號梅溪。有詞百餘首，張功父、姜堯章爲序。堯章稱其詞：奇秀清逸，有李長吉之韻，蓋能融情景於一家，會句意於兩得。

綺羅香　做冷欺花

「臨斷岸」以下數語，最爲姜堯章稱賞。

雙雙燕　過春社了

形容盡矣。姜堯章極稱其「柳昏花暝」之句。

東風第一枝　巧沁蘭心

結句尤爲姜堯章拈出。

魏華父

魏華父名了翁，臨卭人，號鶴山先生。慶元己未黄甲第三名。晚與真西山齊名。有詞附《鶴山集》，皆壽詞之得體者。

劉潛夫

劉潛夫名克莊，莆田人。號後村先生，負一代盛名。詩文甚高，有《後村別調》一卷。淳祐辛丑八月御筆：「劉某文名久著，史學尤精，可特賜同進士出身。」

以上《中興以來絶妙詞選》卷七

劉叔安

劉叔安名鎮，號隨如。兄弟皆以文鳴。有《隨如百詠》，刊於三山。

盧申之

盧申之名祖臯，號蒲江，樓攻媿先生之甥，趙紫芝、翁靈舒諸賢之詩友。樂章甚工，字字可入律吕，浙人皆唱之。有《蒲江詞稿》行於世。

以上《中興以來絶妙詞選》卷八

張宗瑞

張宗瑞名輯，鄱陽人，自號東澤。有詞二卷，名《東澤綺語債》，朱湛盧爲序，稱其得詩法於姜堯章。世所傳《欸乃集》皆以爲采石月下謫仙復作，不知其又能詞也。其詞皆以篇末之語而立新名云。

宋謙父

宋謙父名自遜，號壺山，南昌人。文筆高絶，當代名流皆敬愛之。其詞集名《漁樵笛譜》。

吴毅甫

吴毅甫名潛，號履齋。嘉定丁丑狀元。有《履齋詩餘》行於世。

方千里

方千里，三衢人。盡和美成詞。

以上《中興以來絶妙詞選》卷九

吴君特

吴君特名文英，自號夢窗，四明人。從吴履齋諸公遊。山陰尹焕叙其詞，略曰：「求詞於吾宋者，前有清真，後有夢窗。此非焕之言，四海之公言也。」

馮偉壽

馮偉壽名艾子，號雲月雙溪子。精於律吕，詞多自製腔。

李耘叟

李耘叟名芸子，號芳洲，昭武人。石屏序其詞，最稱賞「予懷渺渺」以下數語。

連可久

連可久名久道，江湖得道之士也。十二歲已能作詩。其父攜見熊曲肱，適有漁父過前，令賦漁父詞。曲肱贈以詩，且謂此子富貴中留不住，後果爲羽衣，多往來西山。

洪叔璵

洪叔璵名瑹，自號空同詞客。

以上《中興以來絶妙詞選》卷十

〔宋〕周　密撰

補浩然齋詞話

補浩然齋詞話目録

補浩然齋詞話

容與

《石林詞》：「誰採蘋花寄與。又悵望、蘭舟容與」，或以爲重押韻，遂改爲「寄取」，殊無義理。蓋「容與」之「與」自音豫，乃去聲也。揚子雲《河東賦》云：「靈輿安步，風流容與。」注：「天子之容服而安豫。」「與」讀爲豫。《漢・禮樂志》：「《練時日》：淡容與。」注：「閑舒。」皆去聲。

堯章歌曲師前人

姜堯章《饒歌鼓吹曲》乃步驟尹師魯《皇雅》；《越九歌》乃規模鮮于子駿《九誦》。然言辭峻潔，意度蕭遠，似或過之。

史邦卿

史達祖邦卿，開禧堂吏也。當平原用事時，盡握三省權，一時士大夫無廉恥者，皆趨其門，呼爲梅溪先生。韓敗，達祖亦貶死。善詞章，多有膾炙人口者。李和父云：「其詩亦間有佳者。」

紅梅閣

天聖中，吴咸爲殿中丞。吴中所居有紅梅閣，蓋吴有愛姬者紅梅，因以名閣。又作《折紅梅》詞。

以上《浩然齋雅談》卷上

吴君特思佳客詞

坡翁嘗作《女髑髏贊》云：「黄沙枯髑髏，本是桃李面。而今不忍看，當時恨不見。業風相鼓轉，巧色美倩盼。無師無眼禪，著便成一片。」其後徑山大慧師宗杲，亦作《半面髑髏贊》，云：「十分春色，誰人不愛。視此三分，可以爲戒。」甫成四句，忽若有續之者云：「玉樓清夜未眠時，留得香雲半邊在。」吴君特嘗戲賦《思佳客》詞云：「釵燕攏雲睡起時。隔牆折得杏花枝。青春半面妝如畫，細雨三更花欲飛。情輕愛别舊相知。斷腸青冢幾斜暉。亂紅一任風吹起，結習空時不點衣。」案此詞未載《詞譜》。後半闋常以三字二句換頭，乃作七字一句，或宋人有此别體。

振　觸

涪翁云「百葉緗梅觸撥人」，又云「推牀破面振觸人」。樂天《榴花》詩「撑撥詩人興」。陸天隨《蠹化》

曰：「或振觸之，輒舊角而怒。」《朝野僉載》楊廷玉《回波詞》：「阿姑婆見作天子，旁人不得振觸。」

載雪録

慶元丙辰冬，姜堯章與俞商卿、銛朴翁、按《癸辛雜識》：葛天民，字無懷，後爲僧，名義銛，號朴翁。此云「銛朴翁」，疑當是取其僧名下一字連號稱之。張平甫自封禺同載詣梁谿，道吴淞。既歸，各得詩詞若干解，鈔爲一卷，命之曰《載雪録》。其自序云：「予自武康與商卿、朴翁同載至南谿，道出苕、霅、吴淞，天寒野迥，仰見雁鶩飛下玉鑑中。詩興横發，嘲唫吟諷，造次出語便工，而朴翁尤敏不可敵。未浹日得七十餘解，復有伽語小詞，隨事一笑。大要三人鼎立，朴翁似曹孟德，據詩社出奇無窮。商卿似江東多奇秀英妙之士。獨予椎魯不武，雖自謂漢家子孫，然不敢與二豪抗也。」且云：「此編向見之雪林李和父，後歸之僧頤蒙，乃朴翁手書也。古、律、絶句、贊、頌、偈、聯句、詞曲，紀夢凡一百五十三，多集中所無者。」以上卷中

〔宋〕周　密評

草窗詞話

草窗詞話目録

草窗詞話

施岳

步月　玉宇薰風

弁陽老人原注云：茉莉，嶺表所産。古今詠者不甚多，文公曾詠二絶句，鄒道鄉亦曾題詠。此篇「小蓮冰潔」之句，狀茉莉最佳。此花四月開，直至桂花時尚有玩芳味。古人用此花焙茶，故云。

《絶妙好詞箋》卷四

張炎

樂笑翁張炎詞，如「荒橋斷浦，柳蔭撑出漁舟小」，賦春水入畫。其詠《孤雁》云：「自顧影、欲下寒塘，正沙淨草枯，水平天遠。寫不成書、只寄得、相思一點。」如此等語，雖丹青難畫矣。《御選歷代詩餘》卷一百十八引《草窗詞選》

吴夢窗玉樓春詞

都城自舊歲冬孟駕回，則已有乘肩小女、鼓吹舞綰者數十隊，以供貴邸豪家幕次之翫。而天街茶肆，漸已羅列燈毬等求售，謂之「燈市」。自此以後，每夕皆然。三橋等處，客邸最盛，舞者往來最多。每夕樓燈初上，則簫鼓已紛然自獻於下。酒邊一笑，所費殊不多。往往至四鼓乃還。自此日盛一日。姜白石有詩云：「燈已闌珊月色寒，舞兒往往夜深還。只應不盡婆娑意，更向街心弄影看。」又云：「南陌東城盡舞兒，畫金刺繡滿羅衣。也知愛惜春遊夜，舞落銀蟾不肯歸。」吴夢窗《玉樓春》云：「茸茸貍帽遮梅額。金蟬羅翦胡衫窄。乘肩爭看小腰身，倦態强隨閒鼓笛。　問稱家在城東陌。欲買千金應不惜。歸來困頓殢春眠，猶夢婆娑斜趁拍。」深得其意態也。

《武林舊事》卷二

俞國寶風入松詞

淳熙間，壽皇以天下養，每奉德壽三殿，遊幸湖山，御大龍舟。宰執從官，以至大璫應奉諸司，及京府彈壓等，各乘大舫，無慮數百。時承平日久，樂與民同，凡遊觀買賣，皆無所禁。畫楫輕舫，旁午如織……一日，御舟經斷橋，橋旁有小酒肆，頗雅潔，中飾素屏風，書《風入松》一詞於上，光堯駐目，稱賞久之，宣問何人所作。乃太學生俞國寶醉筆也。其詞云：「一春長費買花錢。日日醉湖邊。玉驄慣識西湖路，驕嘶過、沽酒樓前。紅杏香中歌舞，緑楊影裏鞦韆。　暖風十里麗人天。花壓鬢雲偏。畫船載取春歸去，餘情付、湖水湖煙。明日重攜殘酒，來尋陌上花鈿。」上笑曰：「此詞甚好，但末句未免儒酸。」因爲改定云「明日重扶殘醉」，則迥不同矣。即日命解褐云。

同上卷三

弁陽老人詞

都城自過收燈，貴遊巨室，皆爭先出郊，謂之「探春」，至禁煙爲最盛。龍舟十餘，綵旗疊鼓，交午曼衍，粲如織錦。内有曾經宣唤者，則錦衣花帽，以自别於衆。京尹爲立賞格，競渡爭標。内璫貴客，賞犒無算。都人士女，兩堤駢集，幾於無置足地。水面畫楫，櫛比如魚鱗，亦無行舟之路。歌歡簫鼓之聲，振動遠近，其盛可以想見。若遊之次第，則先南而後北，至午則盡入西泠橋裏湖，其外幾無一舸矣。弁陽老人有詞云：「看畫船、盡入西泠，閑卻半湖春色。」蓋紀實也。既而小泊斷橋，千舫駢聚，歌管喧奏，粉黛羅列，最爲繁盛。橋上少年郎，競縱紙鳶，以相勾引，相牽翦截，以線絶者爲負，此雖小技，亦有專門。爆仗起輪走線之戲，多設於此，至花影暗而月華生始漸散去。絳紗籠燭，車馬爭門，日以爲常。張武子詩云：「帖帖平湖印晚天，踏歌遊女錦相牽。都城半掩人爭路，猶有胡琴落後船。」最能狀此景。

同上卷三

除夕守歲詞

都下自十月以來，朝天門内外競售錦裝、新曆、諸般大小門神、桃符、鍾馗、狻猊、虎頭，及金綵縷花、春帖幡勝之類，爲市甚盛。八日，則寺院及人家用胡桃、松子、乳蕈、柿栗之類作粥，謂之「臘八粥」……至於饋歲盤合、酒擔羊腔，充斥道路。二十四日，謂之「交年」，祀竈，用花錫米餌及燒替代及作糖豆粥，謂之「口數」。市井迎儺，以鑼鼓遍至人家，乞求利市。至除夕，則比屋以五色錢紙酒果，以迎送六神於門。至夜蕡燭秈盆，紅映霄漢。爆竹鼓吹之聲，喧闐徹夜，謂之「聒廳」。小兒女終夕博戲不寐，謂之「守歲」。又明燈牀下，謂之「照虚耗」。又書天行帖兒貼於門楣。祀先之禮，則或昏或曉，各有不同。如飲屠蘇、百事吉、膠牙餳，燒朮賣懵懂等事，率多東都之遺風焉。守歲之詞雖多，極難其選，獨楊守齋《一枝春》詞最爲近世所稱，併書於此云：「爆竹驚春，競喧闐、夜起千門簫鼓。流蘇帳暖，翠鼎緩騰香霧。停杯未舉。奈剛要、送年新句。應自賞、歌字清圓，未誇上林鶯語。　從他歲窮日暮。縱閑愁、怎減劉郎風度。屠蘇辦了，迤邐柳忻梅妬。宫壺未曉，早驕馬、繡車盈路。還又把、月夕花朝，自今細數。」同上卷三

豐樂樓詞

豐樂樓，舊爲衆樂亭，又改聳翠樓，政和中改今名。淳祐間，趙京尹與籌重建，宏麗爲湖山冠。又甃月池，立秋千梭門，植花木，構數亭，春時遊人繁盛。舊爲酒肆，後以學館致爭，但爲朝紳同年會拜鄉會之地。林暉、施北山皆有賦。趙忠定《柳梢青》云：「水月光中，煙霞影裏，湧出樓臺。空外笙簫，雲間笑語，人在蓬萊。　天香暗逐風回。正十里、荷花盛開。買箇小舟，山南遊遍，山北歸來。」吴夢窗嘗

大書所賦《鶯啼序》於壁，一時爲人傳誦。同上卷五

菊花新曲破事處

永寧崇福院，又名小隱寺，元係内侍陳源適安園。近世所歌《菊花新》曲破之事，正係此處。同上卷五

孫花翁墓

惟信，字季蕃，隱居湖山，棄官自放。能詩，詞尤工。趙節齋葬之，劉後村爲誌，杜清獻爲文以祭之。同上卷五

施梅川墓

梅川，名岳，字仲山，吳人。能詞，精於律吕。楊守齋爲寺後樹梅作亭，以葬。薛梯飈爲誌，李篔房書，周草窗題蓋。同上卷五

曾覿張掄進遊苑詞

乾道三年三月初十日，南内遣閤長至德壽宮奏知：「連日天氣甚好，欲一二日間恭邀車駕幸聚景園看花，出自聖意選定一日。」太上云：「傳語官家，備見聖孝，但頻頻出去，不惟費用，又且勞動多少人。本

宫後園亦有幾株好花，不若來日請官家過來閑看。」遂遣提舉官同到南内奏過遵依訖。次日進早膳後，車駕與皇后太子過宫起居二殿訖，先至燦錦亭進茶，宣召吴郡王、曾兩府已下六員侍宴，同至後苑看花。兩廊竝是小内侍及幕士，效學西湖鋪放珠翠、花朵、玩具、匹帛，及花籃、鬧竿、市食等，許從内人關撲。次至毬場，看小内侍拋綵毬、蹴鞦韆。又至射廳看百戲，依例宣賜。回至清妍亭看荼蘼，就登御舟，繞堤閑遊。亦有小舟數十隻，供應雜藝、嘌唱，鼓板、蔬果。與湖中一般。太上倚闌閑看，適有雙燕掠水飛過，得旨令曾覿賦之，遂進《阮郎歸》云：「柳陰庭院占風光。呢喃春晝長。碧波新漲小池塘。雙雙蹴水忙。　萍散漫，絮飛揚。輕盈體態狂。爲憐流水落花香。銜將歸畫梁。」既登舟，知閤張掄進《柳梢青》云：「柳色初濃，餘寒似水，纖雨如塵。一陣東風，縠紋微皺，碧沼鱗鱗。　仙娥花月精神。奏鳳管、鸞絃鬭新。萬歲聲中，九霞杯内，長醉芳春。」曾覿和進云：「桃靨紅勻。梨腮粉薄，鴛徑無塵。鳳閣淩虚，龍池澄碧，芳意鱗鱗。　清時酒聖花神。看内苑、風光又新。一部仙韶，九重鸞仗，天上長春。」各有宣賜。　同上卷七

張掄壺中天慢

淳熙六年三月十五日，車駕過宫，恭請太上、太后幸聚景園。次日，皇后先到宫起居，入幕次換頭面，候車駕至，供泛索訖，從太上、太后至聚景園。太上、太后至會芳殿降輦，上及皇后至翠光降輦，竝入幄次小歇。上邀兩殿至瑶津少坐，進泛索。太上、太后竝乘步輦，官裏乘馬，遍遊園中，再至瑶津西

軒，入御筵。至第三盞，都管使臣劉景長供進新製《泛蘭舟》曲破，吴興祐舞，各賜銀絹。上親捧玉酒船上壽酒，酒滿玉船，船中人物，皆能舉動如活，太上喜見顔色。散兩宫内官酒食，並承應人目子錢。遂至錦壁賞大花，三面漫坡，牡丹約千餘叢，各有牙牌金字，上張大樣碧油絹幕。又别翦好色樣一千朶，安頓花架，並是水晶玻璃天青汝窑金瓶。就中間沈香卓兒一隻，安頓白玉碾花商尊，約高二尺，徑二尺三寸，獨插「照殿紅」十五枝。進酒三杯，一應隨駕官人内官，並賜兩面翠葉滴金牡丹一枝、翠葉牡丹沈香柄金綵御書扇各一把。是日知閤張掄進《壺中天慢》云：「洞天深處，賞嬌紅，輕玉高張雲幕。國豔天香相競秀，瓊苑風光如昨。露洗妖妍，風傳馥郁，雲雨巫山約。春濃如酒，五雲臺榭樓閣。聖代道洽功成，一塵不動，四境無鳴柝。屢有豐年天助順，基業增隆山嶽。兩世明君，千秋萬歲，永享昇平樂。東皇呈瑞，更無一片花落。」太上喜賜金杯盤、法錦等物。（此詞或謂是康伯可所賦，張掄以爲己作。）

同上卷七

張掄臨江仙

（淳熙六年）九月十五日，明堂大禮。十三日值雨，未時奏請宿齋。北内送天花蘑菇、蜜煎山藥棗兒、乳糖、巧炊、火燒角兒等。十四日早，車駕詣景靈宫，回太廟宿齋。雨終日不止，午後太上遣提舉至太廟傳語官家：「連日祀事不易，所有十六日詣宫飲福，以陰雨泥濘勞頓，可免到宫行禮。天氣陰寒，請官家善進御膳，頻添御服。」聖旨遣閤長回奏：「上感聖恩，至日若登樓肆赦時，依舊詣宫行禮。若值雨不登門時，續當奏聞。」至晚，雨不止，宣諭大禮使趙雄：「來早更不乘輅，止用逍遥輦詣文德殿致齋，一應儀仗排立，竝行放免，從駕官並常服以從。」並遣御藥奏聞北内：「來日爲值雨，更不乘輅，謹遵聖旨，更不過宫行飲福禮。」太上令傳語官家：「既不乘輅，此間也不出去看也。」大禮使趙雄雖已得旨，猶不許放散。上聞之曰：「來早若不晴時，有何面目？」雄聞之曰：「縱使不晴得罪，不過罷相耳。」堅執不肯放散。至黄昏後雨止月明，上大喜，遣内侍李思恭宣諭大禮使，仍舊乘輅，再遣御藥奏聞北内，以天晴仍舊乘輅，候登門肆赦訖，詣宫行飲福禮。十五日晴色甚佳，車駕自太廟乘輅還内，日映御袍，天顔甚喜，都民皆贊歎聖德。至巳時，太上直閤子官往齋殿傳語官家：「且喜晴明，可見誠心感格。」賜御用匹段、玉鞦轡、七寶篦刀子、事件、素食、果衣等，仍諭：「連日勞頓，免行飲福禮。」今上就遣知省回奏：「上感聖恩，天氣轉晴，皆太上皇帝聖心感格。容肆赦訖，詣宫行禮，併謝聖恩。」十六日登門肆赦畢，車駕詣宫小次降輦，提舉傳太上皇聖旨：特減八拜，仍免至壽聖處飲福。行禮畢，略至絳華堂進泛索。知閤張掄進《臨江仙》詞云：「聞道彤庭森寶仗，霜風逐雨驅雲。六龍扶輦下青冥。香隨鸞扇遠，日映赭袍明。簾捲天街人頂戴，滿城喜氣氤氲。等閑散作八荒春。欲知天意好，昨夜月華新。」　同上卷七

吴琚水龍吟詞

淳熙八年正月……初二日，進早膳訖，遣皇太子到宫，恭請兩殿，並只用轎兒，禁衛簇擁入内，官家親至殿門恭迎，親扶太上降輦，至損齋請茶，次至清燕殿閒看書畫玩器。約午時初，後苑恭進酥酒，十色

熬煮。午正二刻，就淩虚排當三盞，至萼緑華堂看梅。上進銀三萬兩、會子十萬貫。太上云：「宫中無用錢處，不須得。」上再三奏請，止受三分之一。未初，雪大下，正是臘前，太上甚喜。官家云：「今年正欠此雪，可謂及時。」太上云：「雪卻甚好，但恐長安有貧者。」上奏云：「已令有司比去年倍數支散矣。」太上亦命提舉官於本宫支撥官會，照朝廷數目發下臨安府，支散貧民一次。又移至明遠樓，張燈進酒。節使吴琚進《喜雪·水龍吟》詞云：「紫皇高宴蕭臺，雙成戲擊瓊包碎。何人爲把，銀河水翦，甲兵都洗。玉樣乾坤，八荒同色，了無塵翳。喜冰消太液，暖融鳷鵲，端門曉、班初退。聖主憂民深意。轉鴻鈞、滿天和氣。太平有象，三宫二聖，萬年千歲。雙玉杯深，五雲樓迥，不妨頻醉。細看來、不是飛花，片片是、豐年瑞。」上大喜，賜鍍金酒器二百兩、細色段匹、復古殿香羔兒酒等。太后命本宫歌板色歌此曲進酒，太上盡醉。至更後，宣轎兒入便門，上親扶太上上輦還宫。同上卷七

曾覿壺中天慢

淳熙九年八月十五日，駕過德壽宫起居，太上留坐至樂堂進早膳畢，命小内侍進綵竿垂釣。上皇曰：「今日中秋，天氣甚清，夜間必有好月色，可少留看月了去。」上恭領聖旨，索車兒同過射廳射弓，觀御馬院使臣打毬，進市食，看水傀儡。晚宴香遠堂，堂東有萬歲橋，長六丈餘，竝用吴璘進到玉石甃成，四畔雕鏤欄檻，瑩徹可愛，橋中心作四面亭，用新羅白羅木蓋造，極爲雅潔。太池十餘畝，皆是千葉白蓮。凡御榻、御屏、酒器、香匳、器用，竝用水晶。南岸列女童五十人奏清樂，北岸芙蓉岡一帶，竝是教

坊工，近二百人。待月初上，簫韶齊舉，縹緲相應，如在霄漢。既入座，樂少止。太上召小劉貴妃獨吹白玉笙《霓裳中序》，上自起執玉杯。奉兩殿酒，並以壘金嵌寶注椀杯盤等賜貴妃。侍宴官開府曾觀恭上《壺中天慢》一首云：「素飇颺碧，看天衢穩送，一輪明月。翠水瀛壺人不到，比似世間秋別。玉手瑶笙，一時同色，小按霓裳疊。天津橋上，有人偷記新闋。當日誰幻銀橋，阿瞞兒戲，一笑成癡絶。肯信羣仙高宴處，移下水晶宫闕。雲海塵清，山河影滿，桂冷吹香雪。何勞玉斧，金甌千古無缺。」上皇曰：「從來月詞不曾用金甌事，可謂新奇。」賜金束帶、紫番羅水晶注椀一副。上亦賜寶盞古香。至一更五點還内。是夜隔江西興，亦聞天樂之聲。同上卷七

吴琚酹江月詞

淳熙十年八月十八日，上詣德壽宫恭請兩殿往浙江亭觀潮。進早膳訖，御輦簷兒及内人車馬，竝出候潮門，先命修内司於浙江亭兩旁抓縛席屋五十間，至是竝用綵纈幕䌸。得旨從駕百官，各賜酒食，竝免侍班，從便觀看。先是澉浦、金山都統司水軍五千人抵江下，至是又命殿司新刺防江水軍、臨安府水軍竝行閱試，軍船擺布西興、龍山兩岸，近千隻。管軍官於江面分布五陣，乘騎弄旗，標槍舞刀，如履平地，點放五色煙炮滿江，及煙收炮息，則諸船盡藏，不見一隻。奉聖旨自管軍官已下，竝行支犒一次。自龍山已下，貴邸豪民，綵幕凡二十餘里，車馬駢闐，幾無行路。西興一帶，亦皆抓縛幕次，綵繡照江，有如鋪錦。市井弄水人，有如僧兒、留住等凡百餘人，皆手持十幅綵旗，踏浪爭雄，直至海門迎

潮。又有踏混木、水傀儡、水百戲、撮弄等，並有支賜。太上喜見顔色，曰：「錢塘形勝，東南所無。」上起奏曰：「錢塘江潮，亦天下所獨有也。」太上宣諭侍宴官，令各賦《酹江月》一曲，至晚進呈，太上以吴琚爲第一，其詞云：「玉虹遥掛，望青山隱隱，一眉如抹。忽覺天風吹海立，好似春霆初發。白馬凌空，瓊鼇駕水，日夜朝天闕。飛龍舞鳳，鬱葱環拱吴越。此景天下應無，東南形勝，偉觀真奇絶。好似吴兒飛綵幟，蹴起一江秋雪。黄屋天臨，水犀雲擁，看擊中流楫。晚來波静，海門飛上明月。」兩宫並有宣賜。至月上還内。同上卷七

放翁鍾情前室詩詞

陸務觀初娶唐氏，閎之女也，於其母夫人爲姑姪。伉儷相得，而弗獲於其姑。既出，而未忍絶之，則爲别館，時時往焉。姑知而掩之，雖先知挈去，然事不得隱，竟絶之，亦人倫之變也。唐後改適同郡宗子士程。嘗以春日出游，相遇於禹跡寺南之沈氏園。唐以語趙，遣致酒餚，翁悵然久之，爲賦《釵頭鳳》一詞，題園壁間云：「紅酥手。黄縢酒。滿城春色宫牆柳。東風惡。歡情薄。一懷愁緒，幾年離索。錯錯錯。　春如舊。人空瘦。淚痕紅浥鮫綃透。桃花落。閑池閣。山盟雖在，錦書難託。莫莫莫。」實紹興乙亥歲也。翁居鑑湖之三山，晚歲每入城，必登寺眺望，不能勝情。嘗賦二絶云：「夢斷香銷四十年，沈園柳老不飛綿。此身行作稽山土，猶弔遺蹤一悵然。」又云：「城上斜陽畫角哀，沈園無復舊池臺。傷心橋下春波緑，曾是驚鴻照影來。」蓋慶元己未歲也。未久，唐氏死。至紹熙壬子歲，復有詩。

序云：「禹跡寺南，有沈氏小園。四十年前，嘗題小詞一闋壁間。偶復一到，而園已三易主，讀之悵然。」詩云：「楓葉初丹槲葉黄，河陽愁鬢怯新霜。林亭感舊空回首，泉路憑誰説斷腸。壞壁醉題塵漠漠，斷雲幽夢事茫茫。年來妄念消除盡，回向蒲龕一炷香。」又至開禧乙丑歲暮，夜夢遊沈氏園，又兩絶句云：「路近城南已怕行，沈家園裏更傷情。香穿客袖梅花在，緑蘸寺橋春水生。」「城南小陌又逢春，只見梅花不見人。玉骨久成泉下土，墨痕猶鎖壁間塵。」沈園後屬許氏，又爲汪之道宅云。《齊東野語》卷一

王實之作沁園春

庚子辛丑歲，先君子佐閩漕幕時，方壺山大琮爲漕，臞軒王邁實之與方爲年家，氣誼相好。用此，實之留富沙之日多，而壺山資給亦良厚，然亦僅資一時飲博之費耳。籍中有吴宜者，王所狎也。一日，三司燕集，大合樂於公廳。吴方舞遍，實之被酒，直造舞筵，攜之徑去，旁若無人，一座爲之愕然。壺山起謝曰：「此吾狂友王實之也。」時以爲奇事。實之，莆人。登甲科，甚有文名，落魄不羈。爲正字日，因輪對，及故相擅權。理宗宣諭曰：「姑置衛王之事。」邁即抗聲曰：「陛下一則曰衛王，二則曰衛王，何容保之至耶？」上怒不答，徑轉御屏，曰：「此狂生也。」邁後歸鄉里，自稱「勑賜狂生」。嘗有詩云：「未知死所先期死，自笑狂生老更狂。」又賦《沁園春》曰：「狂如此，更狂狂不已。」押赴瓊厓。同上

戲作山陵故事詞

韓魏公爲永昭山陵使，事畢，而英宗不豫，不敢還。至四載，以永厚陵成，復護葬於洛陽。因上疏云：「自唐至於五代，故事，山陵使事訖，合行求去。」遂以司徒、兩鎮節鉞，判相州。元符間，章子厚爲永泰山陵使，有作詞戲之云：「草草山陵職事，厭厭罷相情懷。」蓋謂故事當然也。

同上卷六

辛幼安賀王宣子討賊詞

王佐宣子帥長沙日，茶賊陳豐嘯聚數千人，出没旁郡，朝廷命宣子討之。時馮太尉湛謫居在焉，宣子乃權宜用之。諜知賊巢所在，乘日晡放飯少休時，遣亡命卒三十人，持短兵以前，湛自率百人繼其後，徑入山寨。豐方抱孫獨坐，其徒皆無在者。卒覩官軍，錯愕不知所爲，亟鳴金嘯集，已無及矣，於是成擒，餘黨亦多就捕。宣子乃以湛功聞於朝，於是湛以勞復元官，宣子增秩。辛幼安以詞賀之，有云：「三萬卷，龍頭客。渾未得，文章力。把詩書馬上，笑驅鋒鏑。金印明年如斗大，貂蟬元自兜鍪出。」宣子得之，疑爲諷己，意頗銜之。殊不知陳後山亦嘗用此語送蘇尚書知定州云：「枉讀平生三萬卷，貂蟬當復坐兜鍪。」幼安正用此。然宣子尹京之時，嘗有書與執政云：「佐本書生，歷官處自有本末，未嘗得罪於清議。今乃蒙置諸士大夫所不可爲之地，而與數君子接踵而進，除目一傳，天下士人視佐爲何等類？終身之累，孰大於此！」是亦宣子之本心耳。

同上卷七

六么羽調

《演繁露》云：「唐有新翻羽調《緑腰》。白樂天詩集自注云：『即《六么》也。』今世亦有《六么》，而其曲有高平、仙吕調，又不與羽調相協，不知是唐遺聲否？」按今《六么》中吕調亦有之，非特高平、仙吕也。《唐・禮樂志》俗樂二十八調，中吕、高平、仙吕在七羽之數。蓋中吕、夾鍾，羽也；高平、林鍾，羽也；仙吕、夷則，羽也，安得謂之不與羽調相協，蓋未之考爾。　同上卷八

詩詞祖述

隆興間，魏勝戰死淮陰，孝宗追惜之。一日，諭近臣曰：「人才須用而後見，使魏勝不因邊釁，何以見其才？如李廣在文帝時，是以不用，使生高帝時，必將大有功矣。」其後放翁贈劉改之曰：「李廣不生楚漢間，封侯萬户宜其難。」蓋用阜陵語也。改之大喜，以爲善名我。異時，劉潛夫作《沁園曲》案「曲」乃「春」之訛。云：「使李將軍，遇高皇帝，萬户侯何足道哉。」又祖放翁語也。　同上卷八

尹惟曉唐多令詞

梅津尹涣惟曉未第時，嘗薄遊苕溪籍中，適有所盼。後十年，自吴來霅，艤舟碧瀾，問訊舊遊，則久爲一宗子所據，已育子，而猶掛名籍中。於是假之郡將，久而始來。顔色瘁赧，不足膏沐，相對若不勝

情。梅津爲賦《唐多令》云：「蘋末轉清商。溪聲供夕涼。緩傳杯、催喚紅妝。焕綰烏雲新浴罷，拂地水沉香。　歌短舊情長。重來驚鬢霜。悵緑陰、青子成雙。説着前歡佯不采，颺蓮子，打鴛鴦。」數百載而下，真可與杜牧之「尋芳較晚」之爲偶也。同上卷十

無名氏謔詞

黄子由尚書夫人胡氏，與可元功尚書之女也。俊敏强記，經史諸書，略能成誦。善筆札，時作詩文亦可觀。於琴奕寫竹等藝尤精，自號惠齋居士，時人比之李易安云。時趙師羇從善知臨安府，立放生池碑於湖上，高文虎炳如内翰爲之作記，誤書「鳥獸魚鼈咸若，商曆以興」。既以鋟石分送朝行，夫人一誦，即知其誤。會炳如以藏頭策題得罪多士，而從善又以學舍張蓋毆人等，嘗斷其僕。諸士既聞其事，遂作小詞譏詆之：「作爲夏王，道不是商王，這鳥獸魚鼈是你者。」乃胡氏首指其誤也。同上卷十

混成集

《混成集》，修内司所刊本，巨帙百餘。古今歌詞之譜，靡不備具。只大曲一類凡數百解，他可知矣，然有譜無詞者居半。《霓裳》一曲共三十六段。嘗聞紫霞翁云，幼日隨其祖郡王曲宴禁中，太后令内人歌之，凡用三十人，每番十人，奏音極高妙。翁一日自品象管作數聲，真有駐雲落木之意，要非人間曲也。又言：「無太皇最知音，極喜歌。木笪人者，以歌《杏花天》，木笪遂補教坊都管。」間憶舊事，因書

之以遺好事者，蓋二曲皆今人所罕知云。　同上卷十

蜀娼詞

蜀娼類能文，蓋薛濤之遺風也。放翁客自蜀挾一妓歸，蓄之别室，率數日一往。偶以病少疏，妓頗疑之。客作詞自解，妓即韻答之云：「説盟説誓，説情説意，動便春愁滿紙。多應念得脱空經，是那箇、先生教底。　不茶不飯，不言不語，一味供他憔悴。相思已是不曾閑，又那得、工夫呪你。」或謗翁嘗挾蜀尼以歸，即此妓也。又傳一蜀妓述送行詞云：「欲寄意，渾無所有。折盡市橋官柳。看君著上征衫，又相將，放船楚江口。　後會不知何日又。是男兒、休要鎮長相守。苟富貴、無相忘，若相忘，有如此酒。」亦可喜也。　同上卷十一

姜堯章自叙

番易有布衣姜夔堯章，出處備見張輯宗瑞所著《白石小傳》矣。近得其一書，自述頗詳，可與前傳相表裏云。「某早孤不振，幸不墜先人之緒業，少日奔走，凡世之所謂名公鉅儒，皆嘗受其知矣。內翰梁公於某爲鄉曲，愛其詩似唐人，謂長短句妙天下。樞使鄭公愛其文，使坐上爲之，因擊節稱賞。參政范公以爲翰墨人品皆似晉、宋之雅士。待制楊公以爲於文無所不工，甚似陸天隨，於是爲忘年友。復州蕭公，世所謂千巖先生者也，以爲四十年作詩，始得此友。待制朱公既愛其文，又愛其深於禮樂。丞

相京公不特稱其禮樂之書，又愛其駢儷之文。丞相謝公愛其樂書，使次子來謁焉。稼軒辛公，深服其長短句如二卿。孫公從之，胡氏應期，江陵楊公，南州張公，金陵吳公，及吳德夫、項平甫、徐子淵、曾幼度、商翬仲、王晦叔、易彦章之徒，皆當世俊士，不可悉數。或愛其人，或愛其詩，或愛其文，或愛其字，或折節交之。若東州之士則樓公大防、葉公正則，則尤所賞激者。嗟乎！四海之内，知己者不爲少矣，而未有能振之於窶困無聊之地者。舊所依倚，惟有張兄平甫，其人甚賢。十年相處，情甚骨肉。而某亦竭誠盡力，憂樂同念。平甫念其困躓場屋，至欲輸資以拜爵，某辭謝不願，又欲割錫山之膏腴以養其山林無用之身。惜乎平甫下世，今惘惘然若有所失。人生百年有幾，賓主如某與平甫者復有幾，撫事感慨，不能爲懷。平甫既殁，稚子甚幼，入其門則必爲之悽然，終日獨坐，逡巡而歸。思欲捨去，則念平甫垂絶之言，何忍言去！留而不去，則既無主人矣！甚能久乎？」云云。同時黄白石景説之言曰：「造物者不欲以富貴浼堯章，使之聲名焜燿於無窮，此意甚厚。」又楊伯子長孺之言曰：「先君在朝列時，薄海英才，雲次鱗集，亦不少矣！而布衣中得一人焉，曰姜堯章。」嗚呼！堯章一布衣耳，乃得盛名於天壤間若此，則軒冕鍾鼎，真可敝屣矣。是時又有單煒丙文者，沅陵人，博學能文，得二王筆法，字畫遒勁，合古法度，於考訂法書尤精。武舉得官，仕至路分，著聲江湖間，名士大夫多與之交，自號定齋居士。與堯章投分最稔，亦碩士也。堯章詩詞已板行，獨雜文未之見，余嘗於親舊間得其手稿數篇，尚思所以廣其傳焉。同上卷十二

賈相壽詞

賈師憲當國日，卧治湖山，作堂曰半閒，又治圃曰養樂，然名爲就養，其實怙權固位，欲罷不能也。每歲八月八日生辰，四方善頌者以數千計，悉俾翘館謄考，以第甲乙，一時傳頌，爲之紙貴，然皆諂詞囈語耳。偶得首選者數闋，戲書於此。陳合惟善《寶鼎現》詞云：「神鼇誰斷，幾千年再、乾坤初造。算當日、枰棊如許，爭一着、吾其衽左。談笑頃、又十年生聚，處處邠風葵棗。江如鏡，楚氛餘幾，猛聽甘泉捷報。　天衣細意從頭補，爛山龍、華蟲黼藻。宫漏永、千門魚鑰，截斷紅塵飛不到。街九軌，看千貂避路，庭院五侯深鎖。好一部、太平六典，一一周公手做。　赤舄繡裳，消得道、斑爛衣好。儘龐眉鶴髮，天上千秋難老。甲子平頭纔一過，未説汾陽考。看金盤，露滴瑶池，龍尾放班回早。」廖瑩中羣玉《木蘭花慢》云：「請諸君着眼，來看我、福華編。記江上秋風，鯨鯢漲雪，雁徼迷煙。一時幾多人物，只我公、隻手護山川。爭覩階符瑞象，又扶紅日中天。　因懷下走奉櫜鞬。磨盾夜無眠。知重開宇宙，活人萬萬，合壽千千。凫鷖太平世也，要東還、赴上是何年。消得清時鍾鼓，不妨平地神仙。」陸景思《甘州》云：「滿清平世界慶秋成，看看斗三錢。論從來活國，論功第一，無過豐年。辦得閒民一飽，餘事笑談間。若問平戎策，微妙難傳。　玉帝要留公住，把西湖一曲，分入林園。有茶爐丹竈，更有釣魚船。覺秋風、未曾吹着，但砌蘭、長倚北堂萱。千千歲，上天將相，平地神仙。」奚㵄倬然《齊天樂》云：「金飆吹淨人間暑。連朝弄涼新雨。萬寶功成，無人解得，秋入天機深處。閒中自數，幾心酌乾坤，手斟霜露。護了山河，共看元影在銀兔。　而今神仙正好，向青空覓個，沖澹襟宇。帝念羣生，如何便肯，從我乘風歸去。夷遊洞府。把月杼雲機，教他兒女。水逸山明，此情天付與。」從槖《陂塘柳》云：「指庭前、翠雲金雨。霏霏香滿仙宇。一清透徹渾無底，秋水也無流處。君試數。此樣襟懷，頓得乾坤住。閒情半許。聽萬物氤氲，從來形色，每向靜中覷。　琪花路。相接西池壽母。年年弦月時序。荷衣菊佩尋常事，分付兩山容與。天證取。此老平生，可向青天語。瑶巵緩舉。要見我何心，西湖萬頃，來去自鷗鷺。」郭應酉居安《聲聲慢》云：「捷書連晝，甘澍通宵，新來喜沁堯眉。許大擔當，人間佛力須彌。年年八月八日，長記他、三月三時。平生事，想祇和天語，不遣人知。　一片閒心鶴外，被乾坤繫定，虹玉腰圍。閶闔雲邊，西風萬籟吹齊。歸舟更歸何處，是天教、家在蘇堤。千千歲，比周公、多箇綵衣。」且侑以儷語云：「綵衣宰輔，古無一品之曾參；袞服湖山，今有半閑之姬旦。」所謂三月三者，蓋頌其庚申蘋草坪之捷，而歸舟乃舫齋名也。賈大喜，自仁和宰除官告院。既而語客曰：「此詞固佳，然失之太俳，安得有著綵衣周公乎？」　同上卷十二

林外

林外字豈塵，泉南人。詞翰瀟爽，詼譎不羈，飲酒無算。在上庠，暇日獨遊西湖，幽寂處得小旗亭，飲焉。外美風姿，角巾羽氅，飄飄然神仙中人也。豫市虎皮錢篋數枚藏腰間，每出其一，命酒家保傾倒，使視其數，酬酒直即藏去。酒且盡，復出一篋，傾倒如初。逮暮，所飲幾斗餘，不醉，而篋中錢若循環

無窮者，肆人皆驚異之。將去，索筆題壁間曰：「藥爐丹竈舊生涯，白雲深處是吾家。江城戀酒不歸去，老卻碧桃無限花。」明日都下盛傳某家酒肆有神仙至云。又嘗爲《垂虹亭》詞，所謂「飛梁遏水」者，倒題橋下，人亦傳爲呂翁作。惟高廟識之曰：「是必閩人也，不然，何得以『鎖』字協『埽』字韻。」已而知其果外也。此詞已有紀載，兹不復書。南劍黯淡灘，湍險善覆舟，行人多畏避之。外嘗戲題灘傍驛壁曰：「千古傳名黯淡灘，十船過此九船翻。惟有泉南林上舍，我自岸上走，你怎奈何我。」雖一時戲語，頗亦有味。同上卷十三

甄雲卿

永嘉甄雲卿字龍友，少有俊聲，詞華奇麗。而資性浮躁，於鄉人無不狎侮，木待問蘊之爲尤甚。木生朝，爲詞賀之，末云：「聞道海壇沙漲也，明年。」蓋諺云：「海壇沙漲，温州出相。」明年者，俗言且待也。又嘗損益前人酒令曰：「金銀銅鐵鋪，絲綿紬絹綱，鬼魅魍魎魁。」蓋木以癸未魁天下也。甄辨給雄一時，謔笑皆有餘味。一日登對，上戲問云：「卿安得與龍爲友？」甄倉忙占奏，殊不能佳。及退殿陛，自恨失言曰：「何不云堯舜在上，臣安得不與夔龍爲友？」聞者惜之。競渡日，着綵衣立龍首，自歌所作《思遠樓前》之詞，旁若無人。然於性理解悟，凡禪衲機鋒，皆莫能答。將亡之日，命其子爛湯，且召蘊之，將屬以後事。甄居城外，昏暮門闔不得入，其子白之，甄曰：「然則勿爛以待旦。」既旦，木聞之亟來，甄喜曰：「吾將行，得君主吾喪，則濟矣。」木許諾，乃入浴更衣，與木訣，坐而逝。既復開目曰：「吾

儒無此也。」復卧，乃絶。　同上卷十三

周平園小詞

周平園嘗出使，過池陽，太守趙富文彦博召飲。籍中有曹聘者，潔白純静，或病其訥而不頎，公爲賦梅以見意云：「踏白江梅，大都玉軟酥凝就。雨肥霜逗。癡騃閨房秀。　莫待冬深，雪壓風欺後。君知否。卻嫌伊瘦。又怕伊僝僽。」酒酣，又出家姬小瓊舞以侑歡，公又賦一闋云：「秋夜乘槎，客星容到天孫渚。眼波微注。將謂牽牛渡。　見了還非，重理霓裳舞。雖無悮。幾年一遇。莫訝周郎顧。」范石湖嘗云：「朝士中姝麗有三傑。」謂韓無咎、晁伯如家姬及小瓊也。禁中亦聞之。異時有以此事中傷公者，阜陵亦爲一笑。　同上卷十五

陸放翁風入松詞

陸放翁在蜀日，有所盼，嘗賦詩云：「碧玉當年未破瓜，學成歌舞入侯家。如今顦顇蓬窗底，飛上青天妬落花。」出蜀後，每懷舊遊，多見之賦詠，有云：「金鞭珠彈憶春遊，萬里橋東罨畫樓。夢倩曉風吹不斷，書憑春鴈寄無由。鏡中顔鬢今如此，席上賓朋好在不。篋有吴牋三百箇，擬將細字寫春愁。」又云：「裘馬清狂錦水濱，最繁華地作閒人。金壺投箭消長日，翠袖傳杯領好春。幽鳥語隨歌處拍，落花鋪作舞時茵。悠然自適君知否，身與浮名孰重輕。」又以此詩檃括作《風入松》云：「十年裘馬錦江濱。

酒隱紅塵。黄金選勝鶯花海，倚疎狂、驅使青春。弄笛魚龍盡出，題詩風月俱新。自憐華髮滿紗巾。猶是官身。鳳樓曾記當年語，問浮名、何似身親。欲寫吴牋説與，這回真箇閒人。」前輩風流雅韻，猶可想見也。　同上卷十五

菊花新曲破

思陵朝，掖庭有菊夫人者，善歌舞，妙音律，爲仙韶院之冠，宫中號爲菊部頭。然頗以不獲際幸爲恨，即稱疾告歸。宦者陳源以厚禮聘歸，蓄於西湖之適安園。一日，德壽按《梁州》曲舞，屢不稱旨。提舉官關禮知上意不樂，因從容奏曰：「此事非菊部頭不可。」上遂令宣唤，於是再入掖禁，陳遂憾恨成疾。有某士者，頗知其事，演而爲曲，名之曰《菊花新》以獻之，陳大喜，酬以田宅金帛甚厚，其譜則教坊都管王公謹所作也。陳每聞歌，輒淚下不勝情，未幾物故。　同上卷十六

降仙詩詞

降仙之事，人多疑爲持箕者狡獪以愚旁觀，或宿構詩文託爲仙語，其實不然，不過能致鬼之能文者耳。余外家諸舅，喜爲此戲，往往所降多名士，詩亦粗可讀，至於書體文勢，亦各近似其人。一日，元毖舅諸姬，戲以紈扇求詩，遂各題小詞於上，仍寓姬之名於内，行草間有可觀者。紹興斜橋客邸有請紫姑者，命鱅爲題，詩云：「寒巖雪壓松枝折，斑斑剥盡青虬血。運斤巧匠斲削成，劍脊半開魚尾裂。五湖

仙子多奇致，欲駕神舟探仙穴。碧雲不動曉山横，數聲摇落江天月。」湖學甲子歲科舉後，士友有請仙問得失者，賦詞云：「凄涼天氣，凄涼院宇，凄涼時候。孤鴻叫斜月，寒燈伴殘漏。落盡梧桐秋影瘦。鑑古畫眉難就。重陽又近也，對黄花依舊。」此人竟失舉。淳祐間，有降仙於杭泮者，或以鬼議之，大書一詩云：「眼前青白誰知我，口裏雌黄一任君。縱使挾山可超海，也須覆雨更番雲。」或以功名問，答曰：「朝經暮史無間日，北履南鞭知幾年。踐履未能求實地，榮枯何必問青天。」報其相譏也。又董無益嘗記女仙三絶句云：「柳條金嫩不勝鴉，青粉牆邊道韞家。燕子未來春寂寞，小窗和雨夢梨花。」「松影侵壇琳觀靜，桃花流水石橋寒。東風吹過雙蝴蝶，人倚危樓第幾闌。」「屈曲闌干月半規，藕花香澹水漪漪。分明一夜文姬夢，只有青團扇子知。」亦可喜也。友人姚天澤亦善此。時先君需清湘次，因至外塾觀子弟捧箕。忽大書曰：詩贈周邦君，云：「謝公樓上春光好，五馬行春人未老。鬱孤臺上墨未乾，手捧詔書入黄道。」先子爲一笑，然莫知爲何等語也。未幾，易守臨汀，首披郡志，則舊有謝公樓，所謂「謝公樓上好美酒，三百清銅買一斗」者，與前語適符。然鬱孤臺以後語，竟亦不驗。又宋慶之寓永嘉時，遇詔歲，鄉士從之結課者頗衆。適逢七夕，學徒醵飲，有僧法辨者在焉。辨善五星，每以八煞爲説，時人號爲辨八煞。酒邊一士致仙扣試事，忽箕動，大書文章伯降，宋怪之，漫云：「姑置此，且求一七夕新詞如何？」復請韻，宋指辨云：「以八煞爲韻。」意欲困之也。忽運箕如飛，大書《鵲橋仙》一闋云：「鸞輿初駕，牛車齊發，隱隱鵲橋咿軋。尤雲殢雨正歡濃，但只怕、來朝初八。霞垂彩幔，月明銀燭，馥鬱香噴金鴨。年年此際一相逢，未審是、甚時結煞。」亦警敏可喜。又聞李和父云：「向嘗於貴家觀降仙，扣其姓名，不答。忽作薛稷體大書一詩云：『猩袍玉帶落邊塵，幾見東風作好春。因過江南省宗廟，眼前誰是舊京人。』捧箕者皆悚然驚散，知爲淵聖在天之靈。」真否固未可知，然每讀爲之淒然。　同上卷十六

文莊公滑稽

外大父文莊章公，自少好雅潔，性滑稽，居一室必汛埽巧飾，陳列琴書，親朋或譏其齷齪無遠志。一日，大書素屏云：「陳蕃不事一室，而欲埽除天下，吾知其無能爲矣！」識者知其不凡。後入太學爲集正，嘗置酒，揭饌單於爐亭，品目多異。其間有大鷀卵者最奇，其大如瓜，片切飣飣大盤中，衆皆駭愕，不知何物。好事者窮詰之；其法乃以鳧彈數十，黄白各聚一器。先以黄入羊胞蒸熟，次復入大猪胞，以白實之，再蒸而成。嘗迎駕於觀橋，戲以書句爲隱語云：「仰觀天文，俯察地理，吾嘗終日不食，終夜不寢，以思無益，不如學也。」衆皆莫測，公笑云：「乃此橋華表柱木鸛爾。」其他善戲多類此。其後居兩制，登政第，有《嘉林集》百卷。間作小詞，極有思致。先妣能口誦數闋，《小重山》云：「柳暗花明春事深。小闌紅芍藥，已抽簪。雨餘風軟碎鳴禽。遲遲日，猶帶一分陰。　把酒莫沉吟。身閑無箇事，且登臨。舊遊何處不堪尋。無尋處，惟有少年心。」今家集已不復存，而外家凋謝殆盡。暇日追憶書之，以寄余《凱風》、「寒泉」之思云。　同上卷十六

清涼居士詞

韓忠武王以元樞就第，絶口不言兵，自號清涼居士。時乘小騾，放浪西湖泉石間。一日，至香林園，蘇仲虎尚書方宴客，王徑造之，賓主歡甚，盡醉而歸。明日，王餉以羊羔，且手書二詞以遺之。《臨江仙》云：「冬日青山瀟灑静，春來山暖花濃。少年衰老與花同。世間名利客，富貴與貧窮。榮華不是長生藥，清閑不是死門風。勸君識取主人公。單方只一味，盡在不言中。」《南鄉子》云：「人有幾何般。富貴榮華總是閒。自古英雄都是夢，爲官。寶玉妻兒宿業纏。年事已衰殘。鬢髮蒼蒼骨髓乾。不道山林多好處，貪歡。只恐癡迷悮了賢。」王生長兵間，初不能書。晚歲忽若有悟，能作字及小詞。詩詞皆有見趣，信乎非常之才也。 同上卷十九

紇石烈子仁詞

開禧用兵，金人元帥紇石烈子仁領兵據濠梁，大書一詞於濠之倅廳壁間。詞名《上平南》，即《上西平》之調，云：「蠆鋒摇，螳臂振，舊盟寒。恃洞庭彭蠡狂瀾。天兵小試，百蹄一飲楚江乾。捷書飛上九重天。春滿長安。　舜山川，周禮樂，唐日月，漢衣冠。洗五州、妖氣關山。已平全蜀，風行何用一泥丸。有人傳喜日邊，都護先還。」子仁蓋女真之能文者，故敢肆言無憚如此。 同上卷二十

劉長卿詞

劉震孫長卿號朔齋。知宛陵日，吴毅夫濳丞相方閒居，劉日陪午橋之游，奉之亦甚至。嘗攜具開宴，自撰樂語一聯云：「入則孔明，出則元亮，副平生自許之心；兄爲東坡，弟爲樂城，無晚歲相違之恨。」毅夫大爲擊節。劉後以召還，吴餞之郊外，劉賦《摸魚兒》一詞爲别，末云：「怕緑野堂邊，劉郎去後，誰伴老裴度。」毅夫爲之揮淚。繼遣一价，追和此詞，併以小匳侑之，送數十里外。啟之，精金百星也。前輩憐才賞音如此，近世所無。同上卷二十

張功甫豪侈

張鎡功甫，號約齋，循忠烈王諸孫，能詩，一時名士大夫，莫不交游，其園池聲妓服玩之麗甲天下。嘗於南湖園作駕霄亭於四古松間，以巨鐵絙懸之空半而羈之松身。當風月清夜，與客梯登之，飄摇雲表，真有挾飛仙、遡紫清之意。王簡卿侍郎嘗赴其牡丹會云：「衆賓既集，坐一虚堂，寂無所有。俄問左右云：『香已發未？』答云：『已發。』命捲簾，則異香自内出，鬱然滿坐。羣妓以酒肴絲竹，次第而至。别有名姬十輩皆衣白，凡首飾衣領皆牡丹，首帶照殿紅一枝，執板奏歌侑觴，歌罷樂作乃退。復垂簾談論自如，良久，香起，捲簾如前。别十姬，易服與花而出。大抵簪白花則衣紫，紫花則衣鵞黄，黄花則衣紅，如是十杯，衣與花凡十易。所謳者皆前輩牡丹名詞。酒竟，歌者、樂者，無慮數百十人，

列行送客。燭光香霧，歌吹雜作，客皆恍然如仙遊也。」功甫於誅韓有力，賞不滿意。又欲以故智去史，事泄，謫象臺而殂。

同上卷二十

台妓嚴蘂

天台營妓嚴蘂字幼芳，善琴弈歌舞、絲竹書畫，色藝冠一時。間作詩詞有新語，頗通古今。善逢迎，四方聞其名，有不遠千里而登門者。唐與正守台日，酒邊，嘗命賦紅白桃花，即成《如夢令》云：「道是梨花不是。道是杏花不是。白白與紅紅，别是東風情味。曾記。曾記。人在武陵微醉。」與正賞之雙縑。又七夕，郡齋開宴，坐有謝元卿者，豪士也，夙聞其名，因命之賦詞，以己之姓爲韻。酒方行，而已成《鵲橋仙》云：「碧梧初出，桂花纔吐，池上水花微謝。穿針人在合歡樓，正月露、玉盤高瀉。蛛忙鵲嬾，耕慵織倦，空做古今佳話。人間剛道隔年期，指天上、方纔隔夜。」元卿爲之心醉，留其家半載，盡客囊橐饋贈之而歸。其後朱晦菴以使節行部至台，欲摭與正之罪，遂指其嘗與蘂爲濫。繫獄月餘，蘂雖備受箠楚，而一語不及唐，然猶不免受杖。移籍紹興，且復就越置獄，鞫之，久不得其情。獄吏因好言誘之曰：「汝何不早認，亦不過杖罪。況已經斷，罪不重科，何爲受此辛苦邪？」蘂答云：「身爲賤妓，縱是與太守有濫，科亦不至死罪。然是非真僞，豈可妄言以汙士大夫，雖死不可誣也。」其辭既堅，於是再痛杖之，仍繫於獄。兩月之間，一再受杖，委頓幾死，然聲價愈騰，至徹阜陵之聽。未幾，朱公改除，而岳霖商卿爲憲，因賀朔之際，憐其病瘁，命之作詞自陳。蘂略不搆思，即口占《卜算子》云：「不是愛風塵，似被前緣誤。花落花開自有時，總賴東君主。　去也終須去，住也如何住。若得山花插滿頭，莫問奴歸處。」即日判令從良。繼而宗室近屬，納爲小婦以終身焉。《夷堅志》亦嘗略載其事而不能詳，余蓋得之天台故家云。

同上卷二十

花兒王開

濟王夫人吴氏，恭聖太后之姪孫也，性極妬忌。王有寵姬數人，殊不能容，每入禁中，必察之楊后，具言王之短，無所不至。一日内宴後，以水精雙蓮花一枝，命王親爲夫人簪之，且戒其夫婦和睦。未幾，王與吴復有小競，王乘怒誤碎其花。及吴再入禁中，遂譖言碎花之事，於是后意甚怒，已有廢儲之意。會王在邸新飾素屏，書「南恩新」三大字，或扣其説，則曰：「『花兒王』王墉之父，號花兒王。與史丞相通同爲奸，待異日當竄之上二州也。」既而語達，王與史密謀之楊后，遂成廢立之禍焉。蓋當時盛傳「花兒王」者穢亂宫闈，市井俚歌所唱「花兒王開」者，蓋指此也。

《癸辛雜識》後集《濟王致禍》

洪渠歌真珠簾詞

高疎寮守括日，有籍妓洪渠者，慧黠過人。一日，歌《真珠簾》詞，至「病酒情懷猶困懶」，使之演其聲若病酒而困懶者，疎寮極稱賞之。適有客云：「卿自用卿法。」高因視洪云：「吾亦愛吾渠。」遂與脱籍而去，以此得嘖言者。

同上續集上《洪渠》

徐淵子詞

竹隱徐淵子似道，天台人，名士也，筆端輕俊，人品秀爽。初官爲户曹，其長方以道學自高，每以輕脱目之。淵子積不能堪，適其長丁母憂去官，淵子賦《一翦梅》云：「道學從來不則聲。行也東銘。坐也西銘。爺娘死後更伶仃。也不看經。也不齋僧。卻言淵子大狂生。行也輕輕。坐也輕輕。他年青史總無名。我也能亨。你也能亨。」能亨，鄉音也。同上續集下

曲水湔裙三月二

或云上巳當作十干之己，蓋古人用日例以十干，如上辛、上戊之類，無用支者。若首午尾卯，則上旬無巳矣，故王季夷嵎《上巳》詞云：「曲水湔裙三月二。」此其證也。同上續集下《十干紀節》

多景紅羅纏頭

張于湖知京口，王宣子代之。多景樓落成，于湖爲大書樓扁，公庫送銀二百兩爲潤筆。于湖却之，但需紅羅百匹。於是大宴合樂，酒酣，于湖賦詞，命妓合唱甚懽，遂以紅羅百匹犒之。同上續集下

長橋月短橋月

丙申歲九月九日，紀家橋河北茶肆陶氏女，與裴叔詠第六子合著衣裳，投雙繯於梁間。且先設二神位，乃題自己及此婦姓名，炷香、然燭、酒果、羹飯，燭然未及寸而殂矣。嘗記淳熙間，王氏子與陶女名師兒共溺西湖，有人作「長橋月，短橋月」，正其事也。至載之《周平園日記》，何前後盛情之事，皆生於陶氏門中邪！　同上別集上《陶裴雙縊》

無名氏沁園春詞

咸淳辛未，正言陳伯大建議，以爲科場之弊極矣，欲自後舉始，行下諸路運司，牒州縣先置士籍。編排保伍，取各家户貫，三代年甲，娶誰氏，兄弟男孫若干之數。其有習舉業者，則各書姓名，所習賦經。子孫若憑所書年甲，如十五以上實能舉業者，自五家至二十五家，而百家，百家而里正，許其自召其鄉之貢士，結狀保明，批書舉歷，然後登士籍。一樣四本，縣、州、漕、部，各解其一，仍從縣給印歷，俾各人親書家狀於歷首，以爲字跡之驗。不許臨期陳狀改易。或有隨侍子弟，合赴曹牒，諸色漕試者，各令賫歷先赴縣批鑿，前去各處狀試。每遇唱名後，重行編排保伍取會。如有新進可應舉者，續照前式保明付籍。或有事故服制者，並畫時申聞批鑿。或毀抹，如虛增人名，妄稱舉子，其犯人與里正保伍，並照貢舉條例施行。大意如此。御筆從行編牒諸路，昭揭通衢。或撰《沁園春》云：「國步多艱，民心靡定，誠吾隱憂。歎浙民轉徙，怨寒嗟暑，荆襄死守，閲歲經秋。虜未易支，人將相食，識者深爲社稷羞。當今亟，出陳大諫，箚借留侯。□□迂闊爲謀，天下士如何可籍收。況君能堯舜，臣皆稷契，世逢湯武，業比伊周。政不必新，貫仍宜舊，莫與秀才做盡休。吾元老，廣四門賢路，一柱中流。」又有詩云：「劉整驚天動地來，襄陽城下哭聲哀。廟堂束手渾無計，只把科場惱秀才。」察院陳文龍上疏，頗有憤抑之意，遂以理少出臺。自是士之有籍，嚴行天下，或稍有瑕疵，皆不敢有功名之望。士論紛紛，直至賈老潰師之後，臺中首劾置士籍之陳伯大，變七司法之游汶，行公田之劉良貴，沮寬恩之董樸，稱翁應龍爲簡齋先生，寫萬拜申禀之朱浚，欲變類田法之洪起畏焉。　同上別集下《置士籍》

無咎詞刊本誤

鮮于伯幾樞所藏蘇東坡書晁無咎詞云：「東武城南連堤就，郲湛初溢。」今刊本作「東武南城新堤固，漣漪初溢」，非也。　《雲煙過眼録》卷上

陳參政木蘭花慢

陳石泉自北歸，有北人陳參政者餞之《木蘭花慢》云：「歸人猶未老，喜依舊、著南冠。正雪暗滹沱，雲迷芒碭，夢落邯鄲。鄉心日行萬里，幸此身、生入鬼門關。多少秦煙隴霧，西湖淨洗征衫。　燕山。從不見吴山。回首一歸難。慨故都禾黍，故家喬木，那忍重看。鈞天紫城何處，問瑶池、八駿幾時還。

誰在天津橋上，杜鵑聲裏欄干。」　《志雅堂杂鈔》卷上

仲殊題山陰圖詞

李公麟《山陰圖》，藏子慶家。許玄度、王逸少、謝安石、支道林，縫用「米」姓之印、「睿思東閣」印。南舒李伯時爲襄陽米芾作。公麟印甚奇。米元章與李伯時説：許玄度、王逸少、支道林、謝安石當時同遊，遇於山陰，南唐顧閎中遂畫爲《山陰圖》，三英老僧寶之，莫肯示人。伯時率然落筆，隨米老所説，想像作此，瀟灑有山陰放浪之思。元豐壬戌正月二十五日，與何益之、李君澤、魏季通同觀。李琮記。

壬戌正月，過山陰，伯時作，迥若神明，頓還舊觀。襄陽米芾。　《山陰圖》，長沙作：「一幅輕綃三尺闊，百歲丹青半塵脱。誰將九色借吴綾，神采森然動毫末。」「臨卷歎張芝，落筆入妙思。疎眉映朗目，白玉無泥滓。堂堂偉思長，想見坦腹姿。」「山陰道士。鶴目龜趺多秀氣。右領將軍。蕭散精神一片雲。　東山大傅。落落龍驤兼虎步。潦倒支公。窮骨零丁少道風。」仲殊題。　伯時爲米芾作《山陰圖》，精神蕭爽，令人顧接不暇。今歸希文家。宣和六年十二月十八日，子楚、師正同觀。　同上卷下

白石賦慶宫春詞

余别石湖歸吴興，雪後夜過垂虹，嘗賦詩云：「笠澤茫茫雁影微，玉峰重疊護雲衣。長橋寂寞春寒夜，只有詩人一舸歸。」後五年冬，復與俞商卿、張平甫、銛朴翁自封禺同載詣梁溪，道經吴松，山寒水迥，

雲浪四合。中夕相呼步垂虹，星斗下垂，錯雜漁火，朔吹凜凜，卮酒不能支。朴翁以衾自纏，猶相與行吟，因賦「雙槳蓴波，一蓑松雨」之詞云。姜堯章　《澄懷録》卷下

白石遊西湖詞

甲寅春，余與俞商卿遊西湖，觀梅于孤山之西村。玉雪照映，吹香薄人。已而商卿歸吴興，余獨來，則山横春煙，新柳披水，遊人容與飛花中。悵然有懷，作詞寄之。堯章　同上

石湖水調歌頭

淳熙己亥重九，與客自閶門泛舟，經横塘，宿霧一白，垂垂欲雨。至綵雲橋，氛翳豁然，晴日滿空，風景閑美，無不與人意會。四郊刈熟，露積如繚垣。田家婦子着新衣，略有節物。挂帆溯越來溪，潦收淵澄，如行玻璃地上。菱華雖瘦，尚可采。檥櫂石湖，扳紫荆，坐千巖，觀下菊叢中，大金錢一種已爛熳穠香，正午薫入酒杯，不待轟飲，已有醉意。其傍丹桂二畝，皆盛開，多欒枝，芳氣尤不可耐。攜壺度石梁，登姑蘇後臺，躋攀勇往，謝去巾輿笻杖，石稜草滑，皆若飛步。山頂正平，有坳堂蘚石可列坐，相傳爲吴故宫閑臺别館所在。其前湖光接松陵，獨見孤塔之尖。少北，墨點一螺爲崑山。其後西山競秀，縈青叢碧，與洞庭、林屋相賓。大約目力踰百里，具登臨遠之勝。始余使虜，是日過燕山館，賦《水調》，首句云：「萬里漢家使。」後每自和。桂林云：「萬里漢都護。」成都云：「萬里橋邊客。」明年徘徊藥

市，頗歎倦遊，不復再賦，但有詩云：「年來厭把三邊酒，此去休哦萬里詞。」今年幸甚，獲歸故園，偕鄰曲二三子，醻酢佳節於鄉山之上，乃復用舊韻，首句云：「萬里吴船泊，歸訪菊籬秋。」范至能　同上

絮

方言以濡滯不決絶爲絮，猶絮之柔韌，牽連無邊幅也。富、韓並相時，偶有一事，富公疑之久不決。韓謂富曰：「公又絮。」富變色曰：「絮是何言也？」劉夷叔嘗用爲《如夢令》云：「休絮。休絮。我自明朝歸去。」《浩然齋意鈔》

補吳禮部詞話

〔元〕吴師道撰

補吴禮部詞話目録

附録　題跋

補吴禮部詞話

徐一初摸魚兒詞

大德丙午，師道侍先君在仙居，郭外數里南峰僧寺，山水頗清絶，嘗一至焉。寺有藍光軒，宋季名士吴諒直翁講授其上，壁間題刻詩詞，甚有佳者，略記三首於後。郭三益詩云：「山光竹影交寒輝，下有碧浸吹漣漪。沙痕隱隱白鳥去，石聲鑿鑿扁舟歸。芝蘭發香禪味遠，雲霧吐秀人家稀。須知春事不可挽，杜鵑已遶林中飛。」郭南渡後人，嘗爲令。陳碧棲仁玉《騷詞》云：「懷佳人兮山扃，躡煙霏兮步輕。蹇獨立兮山上，空山無人兮寒松自聲。懷佳人兮何許，白雲封關兮猿鶴看户。羌有懷兮曷愬，風虚徐兮簷鐸語。遲佳人兮未來，聊逍遥兮容與。」陳有文名，以白衣召用，作此時年甚少，蓋懷吴諒直翁也。又有徐一初《九日登高・摸魚兒》詞，蓋丙子後作：「對茱萸、一年一度。龍山今在何處。參軍莫道無勳業，消得從容尊俎。君看取。便破帽飄零，也博名千古。當年幕府，知多少時流，等閑收拾，有箇客如許。　追往事，滿目山河晉土。征鴻又過邊羽。登臨莫上高層望，怕見故宫禾黍。觴緑醑。澆萬斛牢愁，淚閣新亭雨。黄花無語。畢竟是西風，□□披拂，猶識舊時主。」亦感慨之作也。

《吴禮部詩話》

劉改之六州歌頭

葉靖逸《題岳王墓》詩云：「萬古知心只老天，英雄堪恨復堪憐。如公少緩須臾死，此虜安能八十年。漠漠凝塵空偃月，堂堂遺像在淩煙。早知埋骨西湖路，學取鴟夷理釣船。」是詩流傳膾炙人口，其家月致餽於葉。又有林弓寮題云：「天意竟如此，將軍足可傷。忠無身報主，冤有骨封王。苔雨樓牆暗，花風廟路香。沉思百年事，揮淚灑斜陽。」人亦稱之，然已不逮葉作。近時趙子昂篇尤勝：「鄂王墳上草離離，秋日荒涼石獸危。南渡君臣輕社稷，中原父老望旌旗。英雄已死何嗟及，天下中分遂不支。莫向西湖歌此曲，水光山色不勝悲。」若古今賦詞者，劉改之《六州歌頭》一闋，悲壯激烈。詞云：「中興諸將，誰是萬人英。身草莽，人雖死，氣填膺，尚如生。年少起河北，劍三尺，弓兩石，定襄漢，開虢洛，洗洞庭。北望帝京，狡兔依然在，良犬先烹。過舊時營壘，荆鄂有遺民。憶故將軍，淚如傾。　說當年事，知恨苦，不奉詔，僞邪真。臣有罪，陛下聖，可鑒臨，一片心。萬古分茅土，終不到，舊姦臣。人世夜，白日照，忽開明。衮佩冕圭百拜，九原下，榮感君恩。看年年二月，滿地野花春，鹵簿迎神。」時有淮西帥李訦和其韻，爲書忠烈廟廟額，其詞非劉比也。　同上

附録　題跋

鮮于伯幾自書樂府遺墨

鮮于伯幾父遺墨，世方貴重，此卷雖不著題識，望而知其爲真也。樂府詞亦其所自作，首二首道退居之趣，恬淡閑雅，有稼軒、遺山風；後無題一首，規模《香奩》、《花間》，艷麗而媟，非莊士所欲聞。然古今詞人極意以爲上者往往若是，豈惟伯幾父哉？《吴禮部文集》卷十六

跋山谷草書船子和尚漁父詞

漁父詞始於玄真子「青箬緑蓑」一首，山谷老人檃括爲樂府詞。船子和尚「夜静水寒」之偈，亦以樂府歌之，蓋其所甚愛也。此十五首，世多未見，蕭散閑澹中時寓深意，與偈句同一機軸。而老人書法奇逸，又足以發之，蓋衿韻既高，落筆自勝，世之用志於詞翰者，覽此可以有省矣。同上

張志和

張志和，字子同，金華人。著《玄真子》十二卷，及《大易》十五篇，其卦三百六十五。嘗居越州東郭，又往來苕、霅間。事詳見唐本傳及郡志。《漁父》詞，憲宗嘗求訪其詞，李德裕爲潤州刺史得之。「西塞山邊白鷺飛。桃花流水鱖魚肥。青箬笠，緑蓑衣。斜風細雨不須歸。」「釣臺漁父褐爲裘。兩兩三三舴艋舟。能縱棹，慣乘流。長江白浪不曾憂。」「霅溪灣裏釣魚翁。舴艋爲家西復東。江上雪，浦邊風。笑著荷衣不歎窮。」「松江蟹舍主人歡。菰飯蓴羹亦共餐。楓葉落，荻花乾。醉宿漁舟不覺寒。」「青草湖中月正圓。巴陵漁父棹歌連。釣車子，橛頭船。樂在風波不用仙。」《敬鄉録》卷一

俞紫芝

俞紫芝秀老，弟澹清老，名字見王介甫、黄魯直集中。二人志操修潔，爲諸公所稱。然秀老恬静，而清老頗使酒好歌，嘗欲爲僧，不果而止。葉石林以爲揚州人。按秦少游《俞紫芝字序》作「金華居士」。魯直作《清老寒夜》三詩，末一首云：「牧羊金華山，早通玉帝籍。至今風低草，觵觵見白石。金華風煙下，亦有君履迹。何爲紅塵裏，頷鬚欲雪白。」蓋黄上世亦出金華也。張公詡《青溪圖》，秀老手書一詞，後題云：「金華俞紫芝。」石林所記誤矣。二人詩亦少傳，如《南澗月夕》、《旅中諭懷》二章，《文鑑》取之。「夜寒童子唤不醒，猛虎一聲山月高」之句，不見全篇。秀老《題清溪圖·臨江仙》調：「弄水亭

收去雨昏都不見，展時還前千萬景，登臨不忍空迴。水輕墨淡寫蓬萊。莫教世眼，容易洗塵埃。

人人盡道，小杜却重來。」清老《漁父詞·訴衷情》調：「釣魚船上謝三郎。雙鬢已蒼蒼。蓑衣未必非貴，不肯換金章。似雲開。先生高趣更多才。

河草畔，浦花傍。靜鳴榔。自來好個，漁父家風，一片瀟湘。」同上卷二

〔明〕陳　霆撰

兩山墨談

兩山墨談目録

兩山墨談

迷樓

小説有《迷樓》一卷，謂隋煬帝建於京師。煬既殞於江都，唐太宗提兵入京師，見迷樓，謂衆曰：「此皆民膏血所爲也。」下令焚之，火經月不滅。顔師古著《隋遺録》，則謂煬建迷樓於江都。二説不同，未知孰是？東坡詩曰：「江都樓成隋自迷。」白太素《揚州詞》云：「迷樓固應不見問，瓊花底事也香銷。」許有壬《迷樓賦》所指陳，皆江都之事，意皆本諸師古。然《迷樓記序》致前後顯爲可據，而諸公咸不之從，豈以江都爲楊廣敗亡之地，而迷樓實其荒淫之跡，故所取信必於顔氏耶！

《兩山墨談》卷三

李煜錢俶之卒

宋邵伯温曰，南唐主李煜以太平興國三年七月七日卒；吴越王錢俶以雍熙四年八月二十四日卒。二君歸宋，奉朝於京師，其卒之日，俱其始生之辰也。太宗於是日遣中使賜以器幣，與之宴飲，皆飲畢而暴卒，蓋太宗殺之也。予按野史，李後主以七夕誕辰，命故妓於賜第作樂侑飲，聲聞於外，太宗聞之大怒。又傳其小詞有「小樓昨夜又東風，故國不堪回首夢魂中」之句，緣是怒不可解。是日，命秦王移具過飲，既畢，而李主遇牽機藥發於庭前，反卻數十回遂卒。是李之禍，詞語促之也。予因記錢鄧王有《玉樓春》詞，亦云：「帝鄉煙雨鎖春愁，故國山川空淚眼。」其感時傷事不減於李，然則其誕辰之禍，豈亦緣是耶！

卷五

張孝純念奴嬌詞

《竊憤録》載：金人徙宋欽宗回燕京，一日行至平順州，止泊驛舍，時以七夕，官中於驛作酒肆，縱人會飲。帝於室中窺見一胡婦，攜數女子，皆俊目豔麗，或歌或舞或吹笛，持酒勸客，所得錢物酒食，率歸胡婦，稍不及者，婦以杖擊之。少頃，官遣皂衣吏賫酒飲帝。胡婦不知爲帝也，亦遣一横笛女子入室中，對帝嗚咽，吹不成曲。帝問女子曰：「吾與汝爲鄉人，汝東京誰氏女？」女顧胡婦稍遠，乃曰：「我百王宫魏王女孫也，先嫁欽慈太后姪孫。京城既陷，爲賊擄至此，賣與豪門作婢。既又遭主母詬撻，轉鬻與此胡婦。俾在此日夕求酒錢食物，若不及，即箠楚隨之。」言訖，問帝曰：「官人亦是東京人，想亦攜來此也。」帝但泣下，遣之去。按《朝野遺記》：張孝純在雲中府黏罕席上有所覩，賦《念奴嬌》一闋，云：「疏眉秀目，向春風、還是宣和裝束。貴氣盈盈姿態巧，舉止況非凡俗。宋室宗姬，秦王幼女，曾嫁欽慈族。干戈横蕩，事隨天地翻覆。　一笑邂逅相逢，勸人滿飲，旋旋吹横竹。流落天涯俱是客，何必平生相熟。舊日榮華，如今憔悴，付與杯中醁。興亡休問，爲伊且盡船玉。」詳味詞旨，則孝純所覩，即帝之所遇者也。然孝純之詞，賦之黏罕席上，則是女初屬黏罕矣。後乃復流落於偏州，豈非罕之婦妬而逐之耶？吁哉！其可憐也已。卷六

送朝士使虜詞

宋人送朝士使虜詞中云：「堯之都，舜之壤，禹之封。於中應有，一箇半箇恥臣戎。萬里腥羶如許，千古英靈安在，磅礴幾時通。」夫桑維翰、劉豫、秦檜之徒，固無足言矣。卷九

紫荷

范元卿上太守《月詞》中有云：「有人吟諷紫荷香，滿晴陌。」《韻語陽秋》云：「按《晉・輿服志》：『八座尚書則荷紫，以生紫爲袷囊，[綴之]服[外，加於]左肩。』所謂荷紫者，非荷芰之荷，乃負荷之荷也。徒見《南史》『着紫荷囊』四字，遂作一句言之，蓋不知《晉書》荷紫之義。」予讀《宋史》，宣和間，任子太濫，有年始十餘歲，而蔭補通顯者。諫官李會《疏論》以謂：「尚嬉竹馬，已獲荷囊。」以「荷囊」對「竹馬」，則紫荷相承之誤久矣。卷十五

西江月

予喜聞前代之故。一日，閱《宋遺民録》，得宋元以來數事，意好事者所欲共聞也。……順帝駐應昌，

以痢疾殂倉卒。梓宫無備，乃取西江寺梁木以供用。梁間隱隱有《西江月》一調，所謂「死在西江月下」也。　卷十六

補藝苑巵言

〔明〕王世貞撰

補藝苑巵言目録

補藝苑巵言

韓世忠晚年作小詞

宋野史載，韓蘄王世忠目不知書，晚年忽若有悟，能作字及小詞，皆有宗趣。一日，蘇仲虎尚書方宴客香林園，韓乘小驘逕造，劇歡而散。次日，餉尚書一羊羔，仍手書《臨江仙》、《南鄉子》二詞遺之，瀟灑超脱，詞多不載。《藝苑巵言》卷三

讀子瞻小詞神王

讀子瞻文，見才矣，然似不讀書者。讀子瞻詩，見學矣，然似絶無才者。懶倦欲睡時，誦子瞻小文及小詞，亦覺神王。卷四

楊孟載聯用詞中語

楊孟載有一起一聯，甚足情致，而不及之者。「判醉望愁醉，愁因醉轉增。」是詞中《菩薩蠻》調語；「尚

短柳如新折後，已殘花似未開時」，是《浣溪沙》調語故也。卷五

楊循吉善詞

正德末，循吉老且貧，嘗識伶臧賢，爲上所幸愛。上一日問：「誰爲善詞者？與偕來。」賢頓首曰：「故主事楊循吉，吴人也，善詞。」上輒爲詔起循吉。郡邑守令心知故，强前爲循吉治裝，見循吉冠武人冠，靺鞈戎錦，已怪之。又乘勢語多侵守令。已見上畢，上每有所幸燕，令循吉應制爲新聲，咸稱旨受賞，然賞亡異伶伍。又不授循吉官與秩，間謂曰：「若嫺樂，能爲伶長乎？」循吉愧悔，汗洽背，謀於賢，乃以他語懇上放歸。歸益不自懌，諸後進少年非薄之，亡禮問者。而其文亦漸落，不復進。卒窮老以死，所著《奚囊雜纂》，未成書。

楊慎著編詞集

明興，稱博學饒著述者，蓋無如用修。其所撰，有……《升庵長短句》、《詞品》。……其所編纂，有《詞林萬選》……《填詞選格》、《百琲明珠》、《古今詞英》、《填詞玉屑》……。以上卷六

宋詞凡幾變而失本質

唐妓女所歌王之涣、高適及伶工歌元、白之詩，皆是絶句。宋之詞，今之南北曲，凡幾變而失其本質

矣。　　卷七

唐宣宗聽歌楊柳枝

宣宗因見伶官歌白《楊柳枝》詞：「永豐坊裏千條柳。」趣令取永豐柳兩株，栽之禁中。　　卷八

〔明〕楊　慎選評

升庵詞評

升庵詞評目録

升庵詞評

梁武帝

江南弄　衆花雜色滿上林

填詞起於唐人，然六朝已濫觴矣。特録梁武帝一首爲始。其餘如徐勉之《迎客》《送客曲》及「美人聯綿」、「江南稚女」諸篇皆是，樂府具載，不盡録也。《百琲明珠》卷一

李太白

清平樂令　禁庭春晝

又　禁幃秋夜

花庵詞客黄叔暘云：按唐呂鵬《遏雲集》載太白應制《清平樂令》四首，以後二首無清逸氣韻，疑非太白所作。只選此二首云。　太白詩之聖，詞之祖也。《憶秦娥》、《菩薩蠻》二首，久已膾炙人口，而此二詞本集不載，特表出之。同上

白樂天

花非花　花非花

白樂天此詞，蓋自度之曲，因情生文者也。「花非花，霧非霧。」雖《高唐》、《洛神》奇麗不是過矣。張子野衍之爲《御街行》：「夭非花艷輕非霧。夜半來，天明去。來如春夢不多時，去似朝雲無覓處。乳雞新燕，落月沉星，紞紞城頭鼓。參差漸辨西池樹。朱閣欹斜户。緑苔深徑少人行，苔上屐痕無數。殘香餘粉，閒衾剩枕，天把多情付。」雖襲用白語，而不及多矣。同上

周德華

楊柳枝　清江一曲柳千條

唐詞多緣題，如《楊柳枝》詠柳，至今不改。惟和凝《柳枝》詞云云，自賦艷情，與古意異矣。同上

盛小叢

小秦王　雁門山上雁初飛

無名氏

小秦王　柳條金嫩不勝鴉

又　十指纖纖玉笋紅

唐人絶句即是詞調，但隨聲轉腔，以别宫商，如《陽關》、《伊州》、《水調》皆是。以上録其罕傳者三、四首，餘不盡録。同上

唐無名氏

後庭宴　千里故鄉

此詞唐人石刻，宣和中掘地得之，與宋初《魚遊春水》事同。其詞語迴絶，當表出之。

醉公子　門外猧兒吠

花庵云：唐詞多緣題所賦，《臨江仙》則言仙事，《女冠子》則述道情，《河瀆神》則詠祠廟，《巫山一段雲》則狀巫峽，如此詠題曰《醉公子》，即詠公子醉也。爾後漸變，失題遠矣。此詞又名《四换頭》，因其詞意凡四换也。其後製《四换韻》一調，亦名《醉公子》云。同上

唐莊宗

如夢令　曾宴桃源深洞

此詞唐莊宗自度曲，樂府取詞中「如夢」二字名曲。今誤傳爲呂洞賓。　同上

張　泌

江城子　碧闌干外小中庭

又　浣花溪上見卿卿

花庵云：唐詞多無换頭，如此詞，兩段兩押「情」字，自是兩首，故兩押「情」字。今人不知，合爲一首，誤矣。　同上

孟蜀毛文錫

醉花間　深相憶

李義山詩：「本來銀漢是紅牆，只隔盧家白玉堂。」　同上

李後主

一斛珠　曉妝初過

用韻鮮脆，的是詞手，詞名《一斛珠》，真一斛珠也。

搗練子　深院靜

詞名《搗練子》，即詠搗練，乃唐詞本體也。五代僭僞之主例能作小詞，如王宗衍「月明如水浸宫殿」，元人用之爲傳奇曲子，吴越王錢俶「金鳳欲飛遭掣搦，情脈脈，行即玉樓雲雨隔。」爲宋藝祖所賞，然惜不見全篇。　同上

南唐馮延巳

舞春風　嚴妝纔罷怨春風

此即七言律，而音節婉麗。又名《瑞鷓鴣》，見後賀方回《東山詞》，又名《鷓鴣曲》。　同上

李元膺

鷓鴣天　寂寞秋千兩繡旗

秋千「緑索紅旗」及「兩繡旗」，可爲秋千畫譜。　同上卷二

晏同叔

清商怨　關河愁思望處滿

此乃晏元獻公詞，誤入歐公集。按詩話，或問晏同叔詞「雁過南雲，行人回淚眼」，「南雲」字何所本？劉貢父以江總詩「心逐南雲去，身隨北雁來」答之。不知陸機《思親賦》有「指南雲以寄欽」之句矣。　同上

王晉卿

人月圓　小桃枝上春來早

此曲王晉卿製，詞名《人月圓》，即詠元宵也，猶是唐人之意。　同上

顏持約

西江月　草草書傳錦字

花庵云：詞簡意高，佳作也。　同上

王通叟

慶清朝慢　調雨爲酥

花庵云：風流楚楚，詞林中之佳公子也。世謂柳耆卿工爲浮艷之詞，方之此作蔑矣。詞名《冠柳》，豈偶然哉。　同上

史邦卿

换巢鸞鳳　人若梅嬌

史邦卿在宋宣和中，與晁次膺、万俟雅言齊名，皆工樂府。此詞换頭處换韻，故名《换巢鸞鳳》。諸家詞中無此詞，蓋邦卿所自度曲也。　同上

秦少游

望海潮　星分牛斗

《隋遺録》云：隋煬帝命宫女灑明珠於龍舟上，以擬雨雹之聲。此詞所謂「明珠濺雨」是也。　同上

史邦卿

杏花天　軟波拖碧蒲芽短

姜堯章云：史邦卿之詞奇秀清逸，有李長吉之韻。蓋能融情景於一家，會句意於兩得。　同上

蔡伯堅

大江東去　倦游老眼

元裕之云：金世吴彦高、蔡伯堅工于樂府，世號吴蔡體。此詞在蔡集中第一。　同上卷五

劉秉忠

乾荷葉　乾荷葉，色蒼蒼

又　乾荷葉，映著枯蒲

又　根摧折

又　乾荷葉，色無多

此詞曲秉忠自度之腔，四首專詠乾荷葉，猶有唐詞之意也。

又　南高峰

此借腔别詠，後世之詞例也。然其曲悽惻感慨，千載之寡和也。　同上

〔明〕楊　慎評點

批點草堂詩餘

批點草堂詩餘目録

卷二

卷三

卷四

卷五

批點草堂詩餘序

詩詞同工而異曲，共源而分派。在六朝，若陶弘景之《寒夜怨》，梁武帝之《江南弄》，陸瓊之《飲酒樂》，隋煬帝之《望江南》，填詞之體已具矣。若唐人之七言律，即填詞之《瑞鷓鴣》也，七言之仄韻，即填詞之《玉樓春》也。若韋應物之《三臺曲》、《調笑令》，劉禹錫之《竹枝詞》、《浪淘沙》，新聲迭出。孟蜀之《花間》，南唐之《蘭畹》，則其體大備矣。豈非共源同工乎？然詩聖如杜子美，而填詞若不聞之，《憶秦娥》、《菩薩蠻》者，集中絶無。宋人如秦少游、辛稼軒詞極工矣，而詩殊不强人意，疑若獨藝然。豈非異曲分派之説乎？宋人選填詞曰《草堂詩餘》。其曰草堂者，太白詩名《草堂集》，見鄭樵《書目》。太白本蜀人，而草堂在蜀，懷故國之意也。曰詩餘者，《憶秦娥》、《菩薩蠻》二首，爲詩之餘而百代詞曲之祖也。今士林多傳其書，而昧其名，余故爲之批隲而首著之云。洞天真逸升庵楊慎撰。

批點草堂詩餘卷一

搗練子

秦少游　心耿耿

李後主有《搗練子》詞，即詠搗練，乃唐詞本體也。　「人去」二句，繄獨無語，誰與共語。

憶王孫

秦少游　萋萋芳草憶王孫

「空閉門」，望不到也。　無聊之極思。

六一居士　彤雲風掃雪初晴

孤寂。　「月籠明」二句，韻甚。

如夢令

秦少游　門外緑陰千頃

此詞創自唐莊宗自度曲，詞中有「如夢」二字，即以名詞。唐多緣題所賦，爾後漸變，與題遠矣。

「睡起」以下句：只有風弄影，正模出静景。

又　鶯嘴啄花紅溜

「指冷」二句，翻李後主「小樓吹徹玉笙寒」句。「人與」句，意想妙甚，然春柳恐未必瘦。

周美成　池上春歸何處

孤館聽雨，較洞房雨聲，自是不勝情之詞，一喜一悲。

李易安　昨夜雨疏風驟

此詞較周詞更婉媚。　末句甚新。

長相思

白居易　汴水流

閨怨。　「吴山」句，「點點」字下得妙。

万俟雅言　短長亭

景真語近，勝鏤琢者多矣。

生查子

晏叔原　金鞍美少年

「查」，古楂字，即張騫乘楂事。　「牽繫」二句，可憐人度可憐宵。「榭」，似宜作「謝」，言消息未來，梨花謝尚未至也。

張子野　含羞整翠鬟

「深院」二句，蕉雨最不可聽。

點絳脣

賀方回　紅杏飄香

江淹詩：「明珠點絳脣。」詞名本此。

何籀　鶯踏花翻

「門掩」句，可憐，可憐。

汪彥章　高柳蟬嘶

以下二詞，乃東坡次子蘇叔黨過所作。　是時方禁坡文，故隱其名。　「晚雲如髻」奇。

又　新月娟娟

首二句，冬月最幽，「夜寒」句景真。

林君復　金谷年年

妙在通篇不見一草字，且甚感慨。

浣溪沙

周美成　小院閒窗春色深

「遠岫」二句，景語麗語。

又　樓角紅銷一縷霞

句句綺麗，字字清新。　下片，媚甚。

歐陽永叔　湖上朱橋響畫輪

「當路」二句，此是永叔麗語。「奈何春」三字，新而遠。

李璟　風壓輕雲貼水飛

末句，自與人知不得。

又　一曲新詞酒一杯

「無可奈語」二語，工麗，天然奇偶。

秦少游　青杏園林煮酒香

「乍雨乍晴」二語見道，不獨情景之真。

張子野　樓倚江邊百尺高

末句，所謂屈指歸期尚早。

又　水滿池塘花滿枝

「玉窗」句，秦少游詞：「整頓着殘棋，沈吟應劫遲。」與此句若翻出。

李後主　菡萏香消翠葉殘

綺麗委宛，後主詞此爲第一。

黄魯直　新婦磯頭眉黛愁

魯直兩《漁父》詞俱見道語，可以警世。「新婦磯」、「女兒浦」，天然絶對。下片，達人之言。

歐陽永叔　堤上遊人逐畫船

不惟調句宛藻，而造理甚微，足唤醒人。

菩薩蠻

何籀　南園滿地堆輕絮

西域婦人編髮垂髻，如中國佛像瓔珞，曰菩薩鬘。詞名本此。

李太白　平林漠漠煙如織

太白《清平調》爲世所傳，此較勝之。

黄叔暘　南山未解松梢雪

此詞絶不染些子煙火。

孫巨源　樓頭尚有三通鼓

煞甚留戀。

張子野　哀箏一弄湘江曲

子野《詠箏》二詞，《生查子》差勝，此亦不妨並美。

醜奴兒令

康伯可　馮夷剪破澄溪練

句句是雪，絶不露一雪字，與林君復《詠草》詞同一局。

卜算子

徐師川　胸中千種愁

「門外」二句，戲下一轉語：門外重重疊疊山，盼不到、愁來路。

僧皎如晦　有意送春歸

老秃也自傷春，故作情語。

蘇子瞻　缺月掛疏桐

「有恨」句以下，皆説孤鴻，詞家别是一格。

好事近

蔣子雲　葉暗乳鴉啼

「老紅猶落」，「不隨春去」，纔似初夏。

憶秦娥

孫夫人　花深深

《玉林詞選》云李嬰之作，今以爲孫夫人，非。「海棠開後」二句，情自脈脈。

周美成　香馥馥

「一聲聲是」二句，怨之極，舉目皆是。

謁金門

俞克成　愁脈脈

此詞乃陳克字子高所作，非俞克成也。　工致流麗。

秦處度　鴛鴦浦

既云「載取愁歸去」，又云「愁來無著處」，到底愁難解也。用意婉轉頓挫之妙。

韋莊　春雨足

「春雨」二句，麗語。「雲淡」二句，景真如畫。

馮延巳　風乍起

［韋、馮］二詞起語，同一意調。

更漏子

温庭筠　玉爐香

飛卿此詞亦佳，總不若張子野「深院鎖黄昏，陣陣芭蕉雨」更妙。

阮郎歸

秦少游　春風吹雨繞殘枝

寫想深慧，愁人之致，極宛極真。　眉不掩愁，棋不消愁，愁來何處着？　「諱愁」三句，此等情景，匪夷所思。

蘇養直　西園風暖落花時

「遣愁」句，不如秦詞「諱愁無奈眉」更婉轉。

蘇東坡　緑槐高柳咽新蟬

首句，「咽」字下得妙。

曾純甫　柳陰庭館占風光

艷麗。

秦少游　湘天風雨破寒初

此等情緒，煞甚傷心，秦七太深刻矣。

畫堂春

徐師川　落紅鋪徑水平池

「此恨」句，不知心恨誰。

秦少游　東風吹柳日初長

情景兼至。

武陵春

李易安　風住塵香花已盡

秦處度《謁金門》詞云：「載取暮愁歸去，愁來無著處。」從此翻出。

青衫濕

吴彦高　南朝千古傷心事

黍離之思，與李後主《浪淘沙》詞相似。

浪淘沙

李後主　簾外雨潺潺

後主《玉樓春》詞忒富貴，此極淒淒，醒亦夢耳。「不暖五更寒」，一作「耐」，較穩。

歐陽永叔　把酒祝東風

「今年」三句，甚感慨，亦甚達。

錦堂春

趙德麟　樓上縈簾弱絮

「重門」二句，沈休文詩：「夢中不識路，何以慰相思。」意反而合，致各自佳。

朝中措

歐陽永叔　平山欄檻倚晴空

東坡結語似勝。

眼兒媚

王元澤　楊柳絲絲弄輕柔

元澤詞不多，此其得意者。「相思」三句，到底愁來無着處。

柳梢青

僧仲殊　岸草平沙

此詞僧仲殊作，誤作少游，非。

西江月

柳耆卿　鳳額繡簾高捲

魏萬詩：「只今惟有西江月，曾照吴王宫裏人。」　下片，怨甚可惜。

蘇子瞻　點點樓前細雨

「酒闌」二句，翻杜老案，便自超達。

朱希真　世事短如春夢

言近而指遠，不必求其深宛。

黄山谷　斷送一生唯有

「斷送」二句，歇後語工而奇，名理之談。「遠山」二句，如此豈得不飲？元亮諸人有見。古人謂「與其有身後名，不如生前一杯酒。」「杯行」二句，柳耆卿詞：「今宵酒醒何處，楊柳岸、曉風殘月。」與此意同。

蘇子瞻　玉骨那愁瘴霧

古今梅花詞，此爲第一。　「幺鳳」，幺鳳似鸚鵡而小，其矢亦香，俗人蓄之帳中。

桃源憶故人

秦少游　玉樓深鎖薄情種

自是淒冷。

少年遊

周美成　并刀如水

「豈不夙夜，畏行多露。」

醉花陰

李易安　薄霧濃雲愁永晝

末二句，淒語，怨而不怒。

南柯子

蘇子瞻　山與歌眉斂

端午調多用汨羅事，此獨絕不涉，所謂善脱套者。有無限感慨。坡公此詞，必有所爲而作。

僧仲殊　十里青山遠

「白露」二句，直是初唐律句。

批點草堂詩餘卷二

鷓鴣天

向伯恭　紫禁煙花一萬重

鄭嵎詩：「春遊鷄鹿塞，家在鷓鴣天。」今詞名本此。

辛幼安　苦意尋春懶便回

絶似唐律，景事俱真。

秦少游　枝上流鶯和淚聞

「甫能」二句，無限含愁説不得。

黄山谷　黄菊枝頭破曉寒

此詞全把老杜詩翻出，自妙。

朱希真　檢盡曆頭冬又殘

「道人」句，鴛鴦債不須還。

黄魯直　西塞山邊白鷺飛

即以張志和詞妝點幾句，便是出藍。　末句見破世情語。

晏叔原　綵袖殷勤捧玉鍾

「舞低」二句，工而艷，不讓六朝。「今宵」二句，唐詩：「乍見翻疑夢，相悲各問年。」即此意。

玉樓春

晏同叔　緑楊芳草長亭路

末二句，與秦少游《阮郎歸》詞「衡陽猶有雁傳書，郴陽和雁無」同一結想。

謝無逸　弄晴數點梨梢雨

詞中如「飛破」、「惹殘」，用字之妙；如「露桃嗔」、「風柳妬」，對仗之工。

温飛卿　家臨長信往來道

「似惜」句，即何籀《春閨》詞「門掩青春老」，有無限感慨。

錢思公　城上風光鶯語亂

不如宋子京「爲君持酒勸斜陽，且向花間留晚照」，更委婉。

李後主　晚妝初了明肌雪

何等富麗侈縱，觀此那得不失江山？　其《浪淘沙・懷舊》一詞，又極淒楚，宜其有此也。

周美成　桃溪不作從容住

「當時」二句，雖用劉阮事，極藴藉。二語大有惺悟。「風後入江雲」，散難聚；「雨餘黏地絮」，牢不解。此等模擬，極真切。

歐陽永叔　妖冶風情天與措

白樂天詩云：「門前冷落車馬稀，老大嫁作商人婦。」此是翻案。

虞美人

周美成　落花已作風前舞

「我亦多情」句，酒是消愁物，能消幾個時。

李後主　春花秋月何時了

此詞想亦是歸朝後所作。比《浪淘沙》詞較宛轉藴藉。

南鄉子

蘇東坡　霜降水痕收

東坡重陽詞《柳梢青》詞則云：「酒闌不必看茱萸。」此詞則云：「破帽多情却戀頭。」俱反前人之案，用來妙，是脱胎手。又「破帽」句，反用落帽事，奇。

孫夫人　曉日壓重簷

多情怕逐楊花絮，滿院飄飄不捲簾。

潘庭堅　生怕倚闌干

「惟有」三句，正是「高情已逐曉雲空」。「月又漸低」二句，佇望之至，不顧更闌霜下。末句，梅花自看，太無聊矣。此詞有許多轉摺委婉情思。

雨中花

王逐客　百尺清泉聲陸續

清韻映骨，冷色侵肌。

醉落魄

黄魯直　紅牙板歇

元曲訛作《醉羅歌》。單説茶，用水卮、乳妖等事，便堆垛。此獨借醉後清波轉入，何等游衍流暢。

張子野　雲輕柳弱

古人詩詞詠吹笛，多用梅花落事，如此用法便新警。

梅花引

万俟雅言　曉風酸

「寒梅」二句，野店寒雞，凍梅殘雪，妝點旅思。　雅言精於音律，自號詞隱，觀此可見。

踏莎行

黄魯直　臨水夭桃

山谷詞每多名理之言，令人惺悟。

秦少游　霧失樓臺

古人有謂「斜陽暮」三字重出，然因斜陽而知日暮，豈得爲重出乎？　末二句與「衡陽猶有雁傳書，郴江和雁無」同意。

寇平仲　春色將闌

又　小徑紅稀

二詞皆春詞之婉媚藻麗者。

歐陽永叔　候館梅殘

正是盼不見來時路。

小重山

李漢老　誰勸東風臘裏來

句句是立春時景，更不轉一閒意，不著一套語，自是老手。

韋莊　一閉昭陽春又春

「長門一步地，不肯暫回車。」此詞可爲善於翻案。

宋豐之　花樣妖嬈柳樣柔

上片描寫欲盡。「無情月」二句，思怨之極，翻覺月照東樓爲無情矣。

批點草堂詩餘卷三

一剪梅

李易安　紅藕香殘玉簟秋

離情欲淚，讀此始知高則誠、關漢卿諸人是效顰。

臨江仙

賀方回　巧剪合歡羅勝子

「人歸落雁後，思發在花前。」此等句在天地間有限。

鹿虔扆　金鎖重門荒苑靜

故宫黍離之悲，令人黯然。　此詞比李後主《浪淘沙》詞較勝。

陳去非　憶昔午橋橋上飲

語意超，筆力排奡，可摩坡仙之壘。

蝶戀花

辛幼安　誰向椒盤簪綵勝

梁元帝詩：「翻階蛺蝶戀花情。」故名。

蘇子瞻　花褪殘紅青杏小

「緑水人家繞」（編者按：元刊本注：「繞，一作曉。」），「曉」字勝于「繞」字，「曉」字有味，「繞」字呆，可悟字法。

晏同叔　簾幕風輕雙語燕

「斜陽只送平波遠」，景真。

歐陽永叔　庭院深深深幾許

「庭院深深深幾許」，疊用字法妙。

周美成　月皎驚烏棲不定

旅行曉景，狀得曲盡。

俞克成　海燕雙飛歸畫棟

「簾幕」二句，句調自艷。「半醉」二句，爲海棠寫照。

蘇幕遮

范希文　碧雲天

《唐書》：吕元泰上書：「比見坊邑相率爲渾脱隊，駿馬胡服，名曰《蘇幕遮》。」詞名本此。

漁家傲

王介甫　平岸小橋千嶂抱

「忽憶」三句，達人。

周美成　幾日輕陰寒惻惻

懷舊之思，讀之淒然。

范希文　塞下秋來風景異

此是《塞上曲》，少悲壯，似未善。

謝無逸　秋水無痕清見底

漁家樂形容曲盡。

張仲宗　釣笠披雲青嶂繞

瀟灑超達，與山谷《鷓鴣天》漁父詞相伯仲。　「繞」一作「曉」，更妙。

醉春風

趙德仁　陌上清明近

「惟有窗前」三句，致幽。

品　令

黃魯直　鳳舞團團餅

山谷詠茶詞，俱説到酒後景事，乃知杜康、陸羽作不得兩種人。「恰如燈下」五句，下此轉語，「影」字更奇。

行香子

蘇子瞻　北望平川

境界高曠孤渺，無人狀得出。

聲聲令

俞克成　簾移碎影

豔而媚，可方李易安。　「花飛」四句，最是没擺佈處。

錦纏道

宋子京　燕子呢喃

「問牧童」三句，翻舊話更醒。

風中柳

孫夫人　銷減芳容

秦少游《阮郎歸》詞云：「諱愁無奈眉，翻身整頓着殘棋，沈吟應劫遲。」與此詞同一結想，深婉之極。

「别離」三句，婉轉欲絶，何物匠心至此。

青玉案

歐陽永叔　一年春事都來幾

離思黯然，道學人亦作此情語。

賀方回　凌波不過横塘路

情景欲絶。

陳瑩中　碧空黯淡同雲繞

「一夜青山老」，五字好。

吴彦高　人生南北如歧路

道學語，足以警世。

天仙子

張子野　水調數聲持酒聽

「雲破月來花弄影」，景物如畫，畫亦不能至此，絶倒絶倒。

沈會宗　景物因人成勝概

胸中無半點塵，方狀得此等境界。「滿目」句，人中影，影中人，翩翩欲仙。

江城子

蘇子瞻　天涯流落思無窮

結句從李後主「恰似一江春水向東流」轉出，更進一步。

秦少游　西城楊柳弄春柔

此結語又從坡公結語轉出，更進一步。

千秋歲

秦少游　柳邊沙外

此詞少游謫處州時作，後人慕「花影亂，鶯聲碎」之句，建鶯花亭。

謝無逸　楝花飄砌

結句清曠，令人心地生涼。

辛幼安　塞垣秋草

獻壽詞不妨富貴。

河滿子

孫巨源　悵望浮生急景

「天若有情天亦老」，此等語誰人敢道？

訴衷情近

柳耆卿　景闌晝永

寫景真有感慨。

祝英臺近

辛幼安　寶釵分

「是他春帶愁來」三句，無可埋怨處。

過澗歇

柳耆卿　淮楚

揮汗冒暑，魚魚鹿鹿，可鄙可鄙。季鷹之思，自是達者。此詞大有點醒人處。

紅林擒近

周美成　高柳春纔軟

可比《雪賦》。

新荷葉

僧仲殊　雨過回塘

「若耶溪頭採蓮女，笑隔荷花共人語」，此詞全從此詩翻案。

爪茉莉

柳耆卿　每到秋來

情至詞。

驀山溪

張東父　青梅如豆

「小緑間」二句，纔是春半景色。

宋謙父　壺山居士

自是快活人，説得快活話。

曹元寵　洗妝真態

「竹外一枝斜」，乃用東坡「竹外一枝斜更好」之句。徽宗時禁蘇學，元寵近幸之臣，暗用蘇句，所謂掩耳盜鈴者。噫，奸臣醜正，直徒爲勞耳。

千秋歲引

王介甫　別館寒砧

荆公此詞大有感慨，大是見道語。既勘破乃爾，何執拗新法，鏟滅正人哉？夢闌酒醒，正是雞鳴平旦時。「夢闌」三句，思量甚麼？

滿路花

周美成　金花落燼燈

相思之極，設身結想，真道人意中事。

朱希真　簾烘淚雨乾

「酒壓愁城破」，教人那得不飲？「著甚情悰」二句，何等恨。

華胥引

周美成　川原澄映

「舞襯」二句，「豈無膏沐，誰適爲容。」「夜來」句，轉思轉愁，此際實難爲情。

洞仙歌

李元膺　雪雲散盡

人生行樂須及時，可悟此意。

蘇子瞻　冰肌玉骨

「點」字妙，從「樹點千家小」點字用法。「山高月小」，即「一點明月窺人」。

林外　飛梁壓水

此詞傳入宮中，誤謂吕洞賓作，孝宗笑曰：「『洞天無鎖』與老叶韻，則鎖音掃，乃閩音也。」問之，果閩人林外也。

江城梅花引

康伯可　娟娟霜月冷浸門

語語淒婉，字字嬌艷。「怕黄昏，又黄昏」，所謂「可憐人度可憐宵」。「不堪聞，被半温。香半薰。睡也睡也，睡不穩、誰與温存。」此數語俗。

八六子

秦少游　倚危亭

周美成詞：「愁如春後絮，來相接」，與「恨如芳草」，「剗盡還生」，可謂極善形容。

魚游春水

阮逸女　秦樓東風裏

前説景，後説情，一一兼至。

夏雲峰

柳耆卿　宴堂深

「泥歡」亦作「詎歡」，俗謂柔言索物曰泥，猶軟纏也。

批點草堂詩餘卷四

法曲獻仙音

周美成　蟬咽涼柯

即《望江南》，白樂天改《法曲》爲《憶江南》，但《法曲》凡三疊，《望江南》止兩疊耳。

意難忘

周美成　衣染鶯黄

孫夫人詞：「别離情緒，待歸來都告。怕傷郎、又還休道。」即用此意。何等愛惜，何等深婉體貼。

滿江紅

張仲宗　春水連天

唐人小説《冥音録》載曲名有《上江虹》，即《滿江紅》也。極婉轉藻麗，膾炙人口。「楚帆」句，景語如畫。

蘇東坡　東武南城

「到如今」二句，感慨。

周美成　晝日移陰

「都過了」，宜作「渾退了」，「過」字非。「悄無言，尋棋局」，與秦少游詞「整頓着殘棋，沈吟應劫遲」同意，而用法各妙。末二句，無心撲蝴蝶，假意尋棋局，此何等情緒。

趙元鎮　慘結秋陰

上片，一幅李營丘秋意。下片「欲待忘憂」四句，阮籍詩，胸中礧磈，須以酒澆之。

玉漏遲

宋子京　杏香飄禁苑

「亂峰鎖，一竿斜照」，景語也；「東風淚零多少」，情語也。

六幺令

周美成　快風收雨

杜老《重陽》詩，後來作者俱用其語，總不如東坡「酒闌不必看茱萸，俯仰人間今古」二語絕倒。

「更把」句，花如何可囑？

天香

王觀　霜瓦鴛鴦

一派俗俚之談，全不成調。

劉方叔　漠漠江皋

學究口氣。

滿庭芳

秦少游　曉色雲開

吴融詩：「滿庭芳草易黄昏。」詞本此。　景勝於情。

又　山抹微雲

「天連衰草」，宜作「天黏衰草」，即「暮煙細草黏天遠」之意。「黏」字極工，且有出處。今「天連衰草」，「連」字誤甚。

蘇東坡　蝸角虚名

先生此詞，專在唤醒世上夢人，故不作一深語。

胡浩然　瀟灑佳人

俗而陋。

鳳凰臺上憶吹簫

李易安　香冷金猊

「欲説還休」，與「怕傷郎、又還休道」同意。「新來瘦」三句，端的爲着甚的？

水調歌頭

黄山谷　瑶草一何碧

「紅露濕人衣」，情語也；「明月逐人歸」，韻語也。

蘇東坡　明月幾時有

此等詞翩翩羽化，豈是煙火人道得隻字？　中秋詞古今絶唱。

韓子蒼　江山自雄麗

「高寒」二字新。「幽壑」五句，景奇。

蘇子瞻　落日繡簾捲

結句雄奇，無人敢道。

燭影摇紅

張材甫　雙闕中天

材甫名掄，南渡故老。詞多應制，有黍離之思，特甚悲感。　結句甚有感慨。

吴大年　梅雪初消

張詞感舊，吴詞歎新，各有所指。

王晉卿　香臉輕勻

「見了」二句，相見不相親，何如不相見？「海棠」三句，正是不勝情時候。

孫夫人　乳燕穿簾

「没個他風韻」，謂道漢宫人未老。

塞垣春

周美成　暮色分平野

結句不成語。

倦尋芳

蘇養直　獸環半掩

「夢草」二句，景語。「香減」二句，情語。

漢宫春

康伯可　雲海沈沈

「霓裳」二句，《霓裳羽衣》中秋曲也，用之上元，似未妥。

京仲遠　暖律初回

上元前一日立春光景狀不像。

八聲甘州

蘇東坡　有情風萬里捲潮來

此《六州歌頭》之一，本鼓吹曲也，音悲壯，使人慷慨。唐人西邊六州，故名。宋人大祀、大卹皆用此。

慶清朝慢

王通叟　調雨爲酥

「不道」二句，一鉤羅襪破香塵。

雙雙燕

史邦卿　過春社了

史邦卿詞奇秀清逸，有李長吉之韻，蓋能融情景於一家，會句意於兩得者。形容想像，極是輕婉纖軟。

孤　鸞

朱希真　天然標格

未見爽人處。

金菊對芙蓉

辛幼安　遠水生光

與其有身後名，不如生前一杯酒。若必如此，是黨太尉羊羹美酒行徑，豈不將軍負此腹耶？

僧仲殊　花則一名

此等三家村學究話，如何入詞選。

玉蝴蝶

柳耆卿　望處雨收雲斷

「念雙燕」二句，景中情語。

高賓王　喚起一襟涼思

「未成」二句，語多不經人道。「凝」，去聲。

絳都春

丁仙現　融和又報

天家燈夜，自是富貴。

朱希真　寒陰漸曉

結句少味。

念奴嬌

李易安　蕭條庭院

情景兼至，名媛中自是第一。　「清露晨流，新桐初引」，二語絶似六朝。

沈公述　杏花過雨

「厚約」五句，情脈脈，有誰語？

辛幼安　野棠花落

「舊恨」二句，纖麗語，膾口之極。

僧仲殊　故園避暑

「爭知」二句，淒然。與「陽臺人去」句相應。

蘇東坡　憑高眺遠

東坡中秋詞，《水調歌頭》第一，此詞第二。

葉少藴　洞庭波冷

英英獨照。

黄山谷　斷虹霽雨

詠月詞惟此詞與韓子蒼詞可伯仲，餘皆效顰而已。

朱希真　插天翠柳

「被何人」句，不成話。

李呂　海天向晚

此詞亞于東坡中秋詞，餘詞皆未之及。

蘇子瞻　大江東去

古今詞多脂軟纖媚取勝，獨東坡此詞感慨悲壯，雄偉高卓，詞中之史也。銅將軍鐵拍板唱公此詞，雖優人謔語，亦是狀其雄卓奇偉處。「人生如夢」二句，「固一世之雄也，而今安在哉？」

張于湖　洞庭青草

淼杳曠忽，殊有仙氣。「孤光」二句，煞足冷心腸。

鄭中卿　嗟來咄去

亦自適語，無佳處。

僧仲殊　水楓葉下

「媚臉」至結，數句直爲荷花寫照。

萬年歡

胡浩然　燈月交光

結語韻。

玉燭新

周美成　溪源新臘後

「終不似、照水一枝清瘦」，一語爲梅花傳神。

木蘭花慢

京仲遠　算秋來景物

用事庸，出語俗，何以爲詞入選？「遇良辰」句，句法夯而俚。「聊復」句，用此現成語，卻是中秋事。

桂枝香

張宗瑞　梧桐雨細

「歲月天涯醉」，與「吹老幾番塵世」，皆名理語。

水龍吟

秦少游　小樓連苑橫空

首句與换頭一句，俱隱妓名「樓東玉」三字，甚巧。　「天還」二句，情極之語，纖軟特甚。

辛幼安　渡江天馬南來

慶壽詞有許多感慨，當南渡時作。所謂「直抵黄龍府，與諸君痛飲耳」。

蘇東坡　楚山修竹如雲

此詞爲嶺南太守閭丘公顯侍兒懿作。結在嶺南太守下，妙。

周美成　素肌應怯餘寒

通篇只形容得一個白。

章質夫　燕忙鶯懶芳殘

質夫詞工手，坡（教）［老］詞仙手。好形容。

蘇東坡　似花還似非花

坡公詞瀟灑出塵，勝質夫千倍。

批點草堂詩餘卷五

瑞鶴仙

歐陽永叔　臉霞紅印枕

人謂永叔不能作情語，此詞煞甚情至。

黃山谷　環滁皆山也

泊然無味。

拜星月慢

周美成　夜色催更

「慢」與「曼」同。晉鈕滔母孫氏《空侯賦》曰：「樂操則寒條反榮，哀曼則晨華朝滅。」凡詞名有慢字同此義。

石州慢

張仲宗　寒水依痕

石州，唐西邊六州之一，故以名詞。

氐州第一

周美成　波落寒汀

唐人西邊六州：伊、梁、甘、石、渭、氐，即以名樂府，謂之《六州歌頭》，此其一也。

花　犯

周美成　粉牆低

「相逢」二句，相逢似有恨，直爲花傳心。

喜遷鶯

康伯可　臘殘春早

此詞乃壽檜者，陋哉。

春雲怨

馮偉壽　春風惡劣

末句無限感慨。

春從天上來

吴彦高　海角飄零

悲壯。

綺羅香

史邦卿　做冷欺花

「臨斷岸、新緑生時，是落紅、帶愁流處」，此情别人狀不出。

雨霖鈴

柳耆卿　寒蟬悽切

此詞只是「酒醒何處」二句，千古膾炙人口，柳詞遂爲第一。與少游詞「酒醒處殘陽亂鴉」，同一景事，而柳猶勝。

永遇樂

解方叔　風暖鶯嬌

結二句，不如秦少游詞「但有當時皓月，照人依舊」更悽婉。

送入我門來

胡浩然　荼壘安扉

「須知今歲今宵盡，似頓覺、明年明日催。」只此二句好，前後皆惡。

歸朝歡

馬莊父　聽得提壺沽美酒

纖麗中又甚瀟灑。

張子野　聲轉轆轤聞露井

「蓮臺香蠟殘痕凝」，叶去聲，《毛詩》：「膚如凝脂。」凝叶作佞，同此。「等身金」三句，宋賈黄中幼聰慧，父日取書與其身等，使讀之，等身金即此義也。

花心動

阮逸女　仙苑春濃

「還立盡黄昏」二句，最是可憐時。

瀟湘逢人慢

王和甫　薰風微動

柳渾詩：「瀟湘逢故人。」詞名本此。

應天長

周美成　條風布暖

國朝大䘏樂府用此。

尉遲杯

周美成　隋堤路

尉遲敬德飲酒必用大杯，故以名曲。

西河

周美成　佳麗地

前半寫景如畫，後段感慨如訴。

秋霽

陳後主　虹影侵階

此亦胡浩然作也，何等妄人，將此詞添入陳後主名，六朝安得有此慢詞？況孤鶩落霞，乃王勃序，後主豈預知而引用之耶？

朱希真　壬戌之秋

此與山谷《醉翁亭詞》一格，何意味之有？

解連環

周美成　怨懷難託

泠然泫然。

二郎神

柳耆卿　炎光謝

不作十分艷語，自是清纖可喜。

望　梅

柳耆卿　小寒時節

「幽光照水，疏影籠月」，八字已足盡梅花矣。

傾杯樂

柳耆卿　禁漏花

此當是應制詞。

望湘人

賀方回　厭鶯聲到枕

首三句，婉孌可喜。

望海潮

柳耆卿　東南形勝

西湖之(媵)[勝]歷如畫。

風流子

秦少游　東風吹碧草

以下四詞俱迫促。(編者按：其餘三首即張文潛「亭皋木葉下」，周美成「楓林凋晚葉」、「新緑小池塘」。)

周美成　楓林凋晚葉

上片，麗。

又　新緑小池塘

「欲説」四句，一字一血。結二句可憐。

惜餘春慢

魯逸仲　弄月餘花

「天若有情，和天須老」二句，「天若知、和天也瘦」即此意。

丹鳳吟

周美成　迤邐春光無賴

「痛引澆愁酒」三句，古詞云：「最是酒闌時」，即此意。

賀新郎

劉潛夫　深院榴花吐

「誰信騷魂千載後，波底垂涎角黍。又説是、蛟饞龍怒。把似而今醒到了，料當年、醉死差無苦。」此一段議論，足爲三閭千古知己。

宋謙父　靈鵲橋初就

此詞與劉潛夫端午詞並看。　上片，足破千古；　下片，達者之言。

又　步自雪堂去

醉翁亭、前後赤壁詞俱未見佳，當時重此三篇文字，演爲詞以便入調。

劉改之　睡覺啼鶯曉

末句大有意。

辛幼安　瑞氣籠清曉

此筆詞直須付贊禮人一唱《蓮花落》。

白苧

柳耆卿　繡簾垂

不十分堆垛雪事，亦好。

十二時

柳耆卿　晚晴初

「天怎知」七句，秋夜長，寫得出。

蘭陵王

張仲宗　捲珠箔

蘭陵王每入陣必先，故歌其勇。

三臺

万俟雅言　見梨花初帶夜月

首二句纖媚可愛。「半晴半陰雲暮」，勝上句。

哨遍

蘇東坡　爲米折腰

《醉翁亭》、《赤壁前後賦》，當時俱括爲詞，俱泊然無味，獨此東坡《歸去詞》特勝，不特其音律之諧也。

〔明〕楊　慎撰

升庵詞話

升庵詞話目録

升庵詞話

慢字爲樂曲名

陳後山詩：「吴吟未至慢，楚語不假些。」任淵注云：「慢謂南朝慢體，如徐、庾之作。」余謂此解是也。但未原其始。《樂記》云：「宫商角徵羽五者皆亂，迭相陵謂之慢。」又曰：「鄭衛之音，亂世之音也，比於慢矣。」宋詞有《聲聲慢》、《石州慢》、《惜餘春慢》、《木蘭花慢》、《拜星月慢》、《瀟湘逢故人慢》，皆雜比成調，古謂之嘖曲。「嘖」與「賾」同，雜亂也。琴曲有名散，元曲有名犯，又曲終入破，義亦如此。

《升庵詩話》卷一

黏天

庾闡《揚都賦》：「濤聲動地，浪勢黏天。」本自奇語。昌黎祖之曰：「洞庭漫汗，黏天無壁。」張祜詩「草色黏天鶗鴂恨」，黄山谷「遠山黏天吞釣舟」，秦少游小詞「山抹微雲，天黏衰草」，正用此字爲奇。今俗本爲「天連」，非矣。

同上卷二

點絳唇

「江南二月春，東風轉緑蘋。不知誰家子，看花桃李津。白雪凝瓊貌，明珠點絳唇。行人咸歎息，爭擬洛川神。」此詩見《文通外集》。「點絳唇」，後人以爲曲名。以此知是詩膾炙人口久矣。　同上卷三

秦少游改隋煬帝詩爲詞

「寒鴉飛數點，流水繞孤村。斜陽欲落處，一望黯銷魂。」此詩見《鐵圍山叢譚》。秦少游改爲小詞。　同上

同能不如獨勝

孫位畫水，張南本畫火；吴道玄畫，楊繪塑；陳簡齋詩，辛稼軒詞：同能不如獨勝也。太白見崔顥《黄鶴樓》詩，去而賦《金陵鳳凰臺》。　同上卷四

松　下

古人詩句，不知其用意用事，妄改一字，便不佳。孟蜀牛嶠《楊柳枝》詞：「吴王宫裏色偏深，一簇煙條萬縷金。不忿錢唐蘇小小，引郎松下結同心。」按古樂府《蘇小小歌》有云：「妾乘油壁車，郎乘青驄馬。

何處結同心，西陵松栢下。」牛詩用此意，詠柳而貶松，唐人所謂尊題格也。後人改「松下」作「枝下」，語意索然矣。同上卷五

書貴舊本

觀樂生愛收古書，嘗言「古書有一種古香可愛」。余謂此言末矣；古書無訛字，轉刻轉訛，莫可考證。余於滇南見故家收《唐詩紀事》鈔本甚多，近見杭州刻本，則十分去其九矣。刻《陶淵明集》，遺《季札贊》。《草堂詩餘》舊本，書坊射利，欲速售，減去九十餘首，兼多訛字。余鈔爲《拾遺辨誤》一卷。……小詞如周美成「愔愔坊曲人家」，坊曲，妓女所居，俗改「曲」作「陌」。張仲宗詞「東風如許惡」俗改「如許」作「妬花」，平仄亦失貼。孫夫人詞「日邊消息空沈沈」，俗改「日」作「耳」。東坡「玉如纖手嗅梅花」，俗改「玉如」作「玉奴」。其餘不可勝數也。書所以貴舊本者，可以訂訛，不獨古香可愛而已。同上

詩用惹字

王右丞詩「楊花惹暮春」；李長吉詩「古竹老梢惹碧雲」；温庭筠「暖香惹夢鴛鴦錦」；孫光憲「六宫眉黛惹春愁」，用「惹」字凡四，皆絶妙。同上

側寒

唐詩「春寒側側掩重門」，（王介甫）〔韓偓〕《寒食夜》詩「側側輕寒剪剪風」，許奕小詞「玉樓十二春寒側」，吕聖求詞「側寒斜雨」，「側寒」字，詞人相承用之，不知所出。大意，側，不正也。「側寒」字甚新，特拈出之。　同上

凝音佞

《詩》「膚如凝脂」，「凝」，音佞。唐詩「日照凝紅香」；白樂天詩「落絮無風凝不飛」；又「舞繁紅袖凝，歌切翠眉愁」；又「舞急紅腰凝，歌遲翠黛低」。徐幹臣詞：「重省别時，淚漬羅巾猶凝。」張子野詞：「蓮臺香燭殘痕凝。」高賓王詞：「想蓴汀、水雲愁凝，閒蕙帳、猿鶴悲吟。」柳耆卿詞：「愛把歌喉當筵逞，遏天邊、亂雲愁凝。」今多作平音，失之，音律亦不協也。　同上

文選生煙字

宋人小説謂劉禹錫《竹枝詞》「瀼西春水縠文一作紋生」，乃生熟之生，信是。《文選》謝脁詩：「遠樹曖芊芊，生煙紛漠漠。」亦然。小謝之句，實本靈運。靈運《撰征賦》云：「披宿莽以迷逕，覩生煙而知墟。」　同上

岑參簇拍六州歌頭

「西去輪臺萬里餘，也知音信日應疎。隴山鸚鵡能言語，爲報家人數寄書。」伊州、渭州、梁州、氐州、甘州、涼州，謂之六州。宋時大喪以《六州歌頭》引之，本朝用《應天長》。同上卷六

王奐惆悵詞

「夢裏分明入漢宮，覺來燈背錦屏空。紫臺月落關山曉，腸斷君王信畫工。」「李夫人病已經秋，武帝來看不舉頭。修嫮穠華消歇盡，玉墀羅袂一生愁。」漢武帝《思李夫人賦》曰：「美連娟以修嫮兮，命勦絶而不長。」《西京雜記》：武帝《落葉哀蟬曲》云「羅袂兮無聲，玉墀兮塵生」，亦思李夫人所作也。剪裁之妙，可謂佳絶。舊本「德所穠華」，誤謬不通。劉珥江見元人刻本，定爲「修嫮」字，誠一快也。余又見陳子高演此詩爲《太平時》填詞，易舊句「楚魂湘血」爲「玉墀羅袂」，始爲全美，今從之。同上

子美贈花卿

「錦城絲管日紛紛，半入江風半入雲。此曲只應天上有，人間能得幾回聞。」花卿名敬定，丹稜人，蜀之勇將也。恃功驕恣，杜公此詩譏其僭用天子禮樂也。而含蓄不露，有風人言之無罪，聞之者足以戒之旨。公之絶句百餘首，此爲之冠。唐世樂府，多取當時名人之詩唱之，而音調名題各異。杜公此詩，

在樂府爲《入破第二疊》。王維「秦川一半夕陽開」，在樂府名《相府蓮》，訛爲《想夫憐》。「秋風明月獨離居」，爲《伊州歌》。岑參「西去輪臺萬里餘」，爲《簇拍六州》。盛小叢「雁門山上雁初飛」，爲《突厥三臺》。王昌齡「秦時明月漢時關」，爲《蓋羅縫》。張仲素「亭亭孤月照行舟」，爲《胡渭州》。王之渙「黄河遠上白雲間」，爲《梁州歌》。張祜「十指纖纖似笋紅」，爲《氐州第一》。符載「月裏嫦娥不畫眉」，爲《甘州歌》。無名氏「千年一遇聖明朝」，爲《水調歌》。「雕弓白羽獵初回」，爲《水鼓子》，後轉爲《漁家傲》云。其餘有詩而無名氏者尚多，不盡書焉。　同上卷八

泥人嬌

俗謂柔言索物曰泥，乃計切，諺所謂軟纏也。杜子美詩：「忽忽窮愁泥殺人。」元微之《憶内》詩：「顧我無衣搜畫匣，泥他沽酒拔金釵。」《非煙傳》詩曰：「郎心應似琴心怨，脈脈春情更泥誰。」楊乘詩：「晝泥琴聲夜泥書。」元鄧文原《贈妓》詩：「銀燈影裏泥人嬌。」柳耆卿詞：「泥歡邀寵最難禁。」字又作詬，《花間集》「黄鶯嬌囀詬芳妍」，又「記得詬人微斂黛」。字又作妮，王通叟詩：「十三妮子緑窗中。」今山東目婢曰「小妮子」。其語亦古矣。　同上

關山一點

杜詩「關山同一點」，「點」字絶妙。東坡亦極愛之，作《洞仙歌》云「一點明月窺人」，用其語也。《赤壁

賦》云「山高月小」，用其意也。今書坊本改「點」作「照」，語意索然。且「關山同一點」，小兒亦能之，何必杜公也。幸《草堂詩餘》注可證。　同上卷九

王之涣梁州歌

「黄河遠上白雲間，一片孤城萬仞山。羌笛何須怨楊柳，春光不度玉門關。」此詩言恩澤不及於邊塞，所謂君門遠於萬里也。薛能《柳枝詞》：「和花香雪九重城。」亦此意。　同上

陸希聲梅花塢

「凍蕊凝香色艷新，小山深塢伴幽人。知君有意凌寒雪，羞共千花一樣春。」唐詩梅花詩甚少，絶句尤少，此首「凍蕊凝香」，乃「疏影」、「暗香」之先鞭也。　同上

張説蘇摩遮

「臘月凝寒積帝臺，齊歌急鼓送寒來。油囊取得天河水，上壽將添萬歲杯。」《蘇摩遮》，當時曲名，宋詞作《蘇幕遮》。説詩凡四首，第一首云：「摩遮本出海西胡，琉璃寶眼紫髯鬚。」以此考之，即今之舞回回也。　同上

薛能柳枝詞

「和花香雪九重城。夾路春陰十萬營。惟向邊頭不堪望，一株憔悴少人行。」此詩意言粉飾太平於京都，而廢弛防守於邊塞也。本集作「和花煙絮」，趙松雪作「和花香雪」，《唐詩三體》作「和風煙雨」，非也。當從本集及松雪所書，始有味。同上卷十

韓琮楊柳枝

「梁苑隋堤事已空。萬條猶舞舊春風。那堪更想千年後，誰見楊花入漢宮。」韓琮在蜀作此，以諷王宗衍，亦有古意。同上卷十一

符載甘州歌

「月裏嫦娥不畫眉。只將雲霧作羅衣。不知夢逐青鸞去，猶把花枝蓋面歸。」此詩飄飄欲仙，樂府以爲《甘州歌》，而《禪宗頌古》引之，蓋名作衆所膾炙也。符載，成都人，見《唐文粹》。同上

卵色天

唐詩：「殘霞蹙水魚鱗浪，薄日烘雲卵色天。」東坡詩：「笑把鴟夷一樽酒，相逢卵色五湖天。」正用其

語。《花間集》「一方卯色楚南天」，注以「卯」爲「泖」，非也。註東坡詩者，亦改「卯色」爲「柳色」，王龜齡亦不及此耶？　同上

無名氏水鼓子

「彫弓白羽獵初回，薄夜牛羊復下來。青塚路邊芳草合，黑山峰外陣雲開。」《水鼓子》後轉爲《漁家傲》。　同上

無名氏楊柳枝

「萬里長江一帶開。岸邊楊柳是誰栽。錦帆未落西風起，惆悵龍舟更不回。」此弔隋煬帝也。俯仰感慨，蓋初唐之詩，後世《柳枝》詞皆祖之。　同上

月黄昏

林和靖《梅》詩：「疎影横斜水清淺，暗香浮動月黄昏。」《葦航紀談》云：「黄昏以對清淺，乃兩字非一字也。月黄昏，謂夜深香動，月爲之黄而昏，非謂人定時也。」蓋晝午後，陰氣用事，花房斂藏。夜半後，陽氣用事，而花敷蕊散香。凡花皆然，不獨梅也。坡詩：「只恐深夜花睡去，高燒銀燭照紅粧。」宋人《梔子花》詞「惱人惟是夜深時」，是此理。余嘗有詩云「曉屏殘夢暖香中，花氣薰人怯曉風」，亦與此意

同。蓋物理然耳。　同上卷十二

晁詩

晁元忠詩：「安得龍湖潮，駕回安河水。水從樓前來，中有美人淚。」「人生高唐觀，有情何能已。」晏小山《留春令》云：「別浦高樓曾漫倚。對江南千里。樓下分流水聲中，有當日、憑高淚。」全用其語。　同上

蕃馬胡兒

宋柳如京《塞上》詩：「鳴骹直上一千丈，天靜無風聲正乾。碧眼胡兒三百騎，盡提金勒向雲看。」其詩宋人盛稱之，好事者多圖於屏障。今猶有其稿本。唐人好畫蕃馬於屏，《花間》詞云「細草平沙，蕃馬小屏風」是也。又曲有《伊州》、《涼州》、《氐州》，後卒有祿山、吐蕃之變。宋人愛圖鳴骹胡兒，卒有金元之禍。元人曲有入破、急煞之名，未幾而亂。　同上

吴二娘

吴二娘，杭州名妓也。有《長相思》一詞云：「深花枝。淺花枝。深淺花枝相間時。花枝難似伊。　巫山高，巫山低。暮雨瀟瀟郎不歸，空房獨守時。」白樂天詩：「吴娘暮雨瀟瀟曲，自别江南久不聞。」又：

「夜舞吴娘袖，春歌蠻子詞。」自注：「吴二娘歌詞有『暮雨瀟瀟郎不歸』之句。」《絶妙詞選》以此爲白樂天詞，誤矣。吴二娘亦杜公之黄四娘也。聊表出之。　同上《補遺》

唐舞妓着靴

舒元輿詠妓女從良詩云：「湘江舞罷卻成悲，便脱蠻靴出鳳幃。誰是蔡邕琴酒客，曹公懷舊嫁文姬。」可考唐時妓女舞飾也。按《説文》：「鞮，四夷舞人所着屨也。」《周禮》有「鞮鞻氏」，亦是四夷之舞。今之樂部，舞妝皆出四夷，唐人舞妓皆着靴，猶有此意。盧肇《柘枝舞賦》：「靴瑞錦以雲匝，袍蹙金而雁欹。」樂府歌：「錦靴玉帶舞回雲。」杜牧之《贈妓》詩曰：「舞靴應任傍人看，笑臉還須待我開。」黄山谷《贈妓》詞云：「風流，賢太守，能籠翠羽，宜醉金釵。且留取垂楊，掩映庭階。直待朱轓去後，便從伊、窄襪弓鞋。」則汴宋猶似唐制。至南渡後，妓女窄襪弓鞋如良人矣。故當時有「蘇州頭、杭州腳」之諺云。「蠻靴」，一本作「鸞靴」。盧肇賦：「靴瑞錦以鸞匝，袍蹙金而雁欹。」以「鸞」對「雁」，當是。併識於此。　同上

蠲字音義

《説文》：「蠲，馬蠲也。」從虫，引《明堂月令》：「腐草爲蠲。」明也，洗也，潔也，除也。《尚書》「圖厥政，不蠲蒸。」馬音圭。《詩》：「吉蠲爲饎。」《左傳》：「蠲其明德。」古有涓、圭二音。東坡《醉翁操》：「琅然。清蠲。誰彈。」党懷英《題黄彌守吴江新霽圖》詩：「修蛾新妝翠連娟，下拂塵鏡窺明蠲。」又題《採蓮

圖》：「紅妝秋水照明蠲。」又轉音續。唐太宗詩：「水摇文蠲動，浪轉錦花浮。」唐世有蠲紙，一名衍波牋，蓋紙文如水文也。　《譚苑醍醐》卷四

孟婆

俗謂風曰孟婆，蔣捷詞云：「春雨如絲，繡出花枝紅裊。怎禁他、孟婆合皂。」宋徽宗詞云：「孟婆好做些方便，吹個船兒倒轉。」江南七月間有大風，甚於舶艎，野人相傳以爲孟婆發怒。按北齊李騊駼聘陳間，問陸士秀：「江南有孟婆，是何神也？」士秀曰：「《山海經》：帝之女，遊于江中，出入必以風雨自隨，以帝女，故曰孟婆。猶《郊祀志》以地神爲泰媪。」此言雖鄙俚，亦有自來矣。　同上卷五（按《丹鉛總録》卷一重出此條）

六么

古之六博，即今骰子也。晉《謝艾傳》：「梟者，邀也，六博得邀者勝。」是知梟，即骰子之么也。曲名有《六么》，序義取六博之采。小説云緑腰，又云録要，皆是妄説。如謂律令爲雷邊迅鬼，皆古之妄人撰説。而文士或信之，此亦道聽塗説也。　同上卷六（按《丹鉛續録》重出此條）

菩薩鬘

西域國婦女編髮垂髻，飾以雜華，如中國塑佛像瓔珞之飾，曰菩薩鬘。曲名取此。《丹鉛總録》卷七

蘇幕遮

《唐書》：吕元（濟）［泰］上書，「比見坊邑相率爲渾脱隊，駿馬戎服，名曰蘇幕遮。」曲名亦取此。同上

偏髻髻

北齊後宫之服制，女官八品，偏髻髻，注云：髻，所交切，髮覆目也。蓋夷中少女之飾，其四垂短髮，僅覆眉目，而頂心長髮，遶爲卧髻，宋詞所謂「鬢嚲偏荷葉」也。今世猶有之。髻字《玉篇》不收，而獨出此，佛書亦有之云。同上

銀蒜

歐陽六一倣玉臺體詩「銀蒜鉤簾宛地垂」；東坡《哨遍》詞「睡起畫堂，銀蒜押簾，珠幕雲垂地」；蔣捷《白苧》詞「早是東風作惡。旋安排、一雙銀蒜鎮羅幕」。銀蒜，蓋鑄銀爲蒜形，以押簾也。元《經世大

典》：「親王納妃，公主下降，皆有銀蒜簾押幾百雙。」　同上卷八

車子釣

張志和《漁父》曲：「車子釣，橛頭船。樂在風波不用仙。」唐譚用之詩云：「碧玉蜉蝣迎客酒，黄金轂轆釣魚車。」又云：「翩翾鑾榼薰晴浦，轂轆魚車響釣船。」是其事也。　同上

沁園春解紅

説神仙者，大率多欺世誑愚，如世傳《沁園春》及《解紅》二詞爲吕洞賓作。按《沁園春》詞，宋駙馬王晉卿初製此腔。《解紅》，則五代和凝爲製《解紅》一曲，初止五句，見陳氏《樂書》，後乃衍爲《解紅兒慢》焉。有吕洞賓在唐預知其腔，而填爲此曲乎？元俞琰又註《沁園春》。琰雖博學，亦感於長生之説而隨俗耳。　同上卷十

宋詞元曲用韻

《文心雕龍·聲律篇》云：「異音相從謂之和，同聲相應謂之韻。韻氣一定，故餘聲易遣；和體抑揚，故遺響難契。」宋詞元曲皆於仄韻用和音，以叶平韻，蓋以平聲爲一類。而上、去、入三聲附之，如「東」、「董」是和，「東」、「中」是韻也。　同上卷十五

檀色

畫家七十二色，有檀色、淺赭所合，古詩所謂「檀畫荔子紅」也，而婦女暈眉色似之。唐人詩詞多用之，試舉其略：徐凝《宮中曲》云「檀妝惟約數條霞」；《花間》詞云「背人勻檀注」，又「鈿昏檀粉淚縱横」，又「臂留檀印齒痕香」，又「斜分八字淺檀蛾」是也。又云「卓女燒春醲美。小檀霞」，則言酒色似檀色。伊孟昌《黄蜀葵》詩「檀點佳人噴異香」；杜衍《雨中荷花》詩「檀粉不勻香汗溼」，則又指花似檀色也。

同上卷十七

解紅

曲名有《解紅》者，今俗傳爲吕洞賓作，見《物外清音》，其名未曉。近閲《和凝集》，有《解紅歌》云：「百戲罷，五音清，解紅一曲新教成。兩箇瑶池小仙子，此時奪却柘枝名。」《樂書》云：「優童解紅舞，衣紫緋繡襦，銀帶，花鳳冠。」蓋五代時人也。焉有吕洞賓在唐時預填此腔耶？

同上卷十八

黄眉墨粧

後周靜帝令宮人黄眉墨粧，至唐猶然。觀唐人詩詞如「蘂黄無限當山額」，又「額黄無限夕陽山」，又「學畫鴉黄半未成」，又「鴉黄粉白車中出」，又「寫月圖黄罷」，其證也。然温飛卿詩有「豹尾車前趙飛燕，柳風吹散額間黄」之句，王荆公亦云「漢宫嬌額半塗黄」。事已起於漢，特未見所出耳。又《幽怪録》：「神女智瓊額黄。」　同上

詩詞用熨字

《説文》：「熨，持火申繒也。」一曰火斗，柳文所謂鈷鉧也。古音鬱，今轉音暈。杜工部詩「美人細意熨帖平」，白樂天詩「金斗熨波刀剪文」，温庭筠詩「緑波如熨割愁腸」，陸魯望詩「波平熨不如」，又「天如重熨皺」，王君玉詞「金斗熨秋江」，晁次膺詞「去日玉刀封斷恨，見時金斗熨愁眉」。　同上

角妓垂螺

張子野詞：「垂螺近額。走上紅裀初趁拍。」晏小山詞：「雙螺未學同心綰，已占歌名。月白風清。長倚昭華笛裏聲。」又云：「紅窗碧玉新名舊，猶綰雙螺。一寸秋波。千斛明珠覺未多。」「垂螺」、「雙螺」，蓋當時角妓未破瓜時額飾，今搬演淡色，猶有此制。　同上卷十九

張仲宗詞用唐詩語

張仲宗《踏莎行》云：「芳草平沙，斜陽遠樹。無情桃葉江頭渡。醉來扶上木蘭舟，將愁不去將人去。」唐李端詩：「江上晴樓翠靄間，滿闌春水滿窗山。青楓緑草將愁去，遠入吴雲暝不還。」張詞全用李詩

語。若不知其出處，亦不見其工緻也。　同上

近代詩詞當用沈約韻

或問余音韻之原，余曰：唐虞之世已有之矣。《舜典》曰「聲依永，律和聲」是也。「股肱喜哉，元首起哉，百工熙哉」，又「元首明哉，股肱良哉，庶事康哉」。熙之叶喜、起，明之叶良、康，即吴才老韻之祖也。「日出而作，日入而息，鑿井而飲，耕田而食，帝於我有何力哉。」即沈約韻之祖也。大凡作古文、賦、頌，當用吴才老古韻，作近代詩詞，當用沈約韻。近世有倔强好異者，既不用古韻，又不屑用今韻，惟取口吻之便，鄉音之叶，而著之詩焉，良爲後人一笑資爾。　同上

石刻元人詞

於臨潼驪山之温湯，見石刻元人一詞，曰：「三郎年少客，風流夢，繡嶺蠱瑶環。漸浴酒發青，海棠睡暖，笑波生媚，荔子漿寒。况此際，曲江人不見，偃月事無端。羯鼓三聲，打開蜀道寬。霓裳一曲，舞破潼關。　馬嵬西去路，愁來無會處，但淚滿關山。空有香囊遺恨，錦襪傳看。玉笛聲沈，樓頭月下，金釵信杳，天上人間。幾度秋風渭水，落葉長安。」再過之，石已磨爲別刻矣。　同上

菩薩鬘

唐詞有《菩薩蠻》，不知其義。按小説：開元中，南詔入貢，危髻金冠，瓔珞被體，故號菩薩鬘，因以製曲。佛經《戒律》云「香油塗身，華鬘被首」是也。白樂天《蠻子朝》詩曰「花鬘抖擻龍蛇動」，是其證也。今曲名「鬘」作「蠻」，非也。　同上卷二十

郝仙女廟詞

博陵縣有郝仙女廟。仙女魏青龍中山人，年及笄，姿色姝麗。採蘋水中，蒼煙白霧，俄失其所在。母哀求水濱，願言一見。良久，異香襲人，隱約於波渚間曰：「兒以靈契，托蹟綃宮，陰主是水府。世緣已斷，毋用悲悒。而今而後，使鄉梓田蠶歲宜，有感而通，乃爲吾驗。」後人立廟焉。而有題《喜遷鶯》於壁云：「汀州蘋滿，記翠籠采采，相將隣媛。蒼渚煙生，金支光爛，人在霧綃鮫館。小鬟頓成雲散，羅襪凌波不見。翠鸞遠，但清溪如鏡，野花留靨。　情睠。鸞變現。身後神功，繞就吳蠶繭。漢女菱歌，湘妃瑶瑟，春動倚雲層殿。彤車載花一色，醉盡碧桃清宴。故山晚，歎流年一笑，人間飛電。」　同上

茸母孟婆

宋徽宗在北庭，《清明日》詩曰：「茸母初生認禁煙，無家對景倍淒然。帝城春色誰爲主，遥指鄉關涕淚

連。」又戲作小詞云：「孟婆，孟婆，你做些方便，吹箇船兒倒轉。」孟婆，宋汴京勾欄語，謂風也。茸母、孟婆，正是的對。邵桂子《甕天解語》引《天會録》 同上卷二十一

騍與涴同

韋莊《應天長》詞云：「想得此時情切，淚沾紅袖騍。」「騍」字義與「涴」同，而字則讀如涴字入聲，始得其叶。然《説文》、《玉篇》俱無「騍」字，惟元詞中「馬驟騍，人語喧」，北音作平聲，四轉作入聲，正叶。 同上

靺鞨

靺鞨，國名，古肅慎地也。其地産寶石，大如巨栗，中國謂之「靺鞨」。文與可《朱櫻歌》云：「金衣珍禽弄深樾，禁籞朱櫻斑若纈。上幸離宫促薦新，藤籃寶籠貂璫發。凝霞作丸珠尚軟，油露成津蜜初割。君王午坐鼓猗蘭，翡翠一盤紅靺鞨。」葛魯卿《西江月》詞云：「靺鞨斜紅帶柳，琉璃漲緑平橋。人間花月見新妖，不數江南蘇小。 恨寄飛花薮薮，情隨流水迢迢。鯉魚風送木蘭橈。迴棹荒鷄報曉。」二公詩詞，皆用靺鞨事。人罕知者，故特疏之。 同上

蘇幕遮

唐宋務光《諫疏》云：「比見坊邑相率爲渾脱隊，駿馬胡服，名曰蘇幕遮。」渾脱隊，即所謂公孫大娘渾脱舞也。《蘇幕遮》，今曲名有之。　同上卷二十四　（按此條别見於《丹鉛總録》卷一，文字大同小異）

寒側

唐詩「春寒側側掩重門」，（王介甫）［韓偓］「側側輕寒剪剪風」，許奕小詞「玉樓十二春寒側」，吕聖求詞「側寒斜雨」。側寒字，詞人相承用之，不知所出。大意：側，不正也。「側寒」字甚新，特拈出之。　同上

（按此條又見於《升庵詩話》卷五。又按，「側側輕寒剪剪風」，見於唐韓偓《寒食夜》詩，升庵兩次標爲王介甫作，待考。）

弓鞋

《墨莊漫録》載婦女弓足始於五代李後主，非也。予觀六朝樂府有《雙行纏》，其辭云：「新羅繡行纏，足趺如春妍。他人不言好，獨我知可憐。」唐杜牧詩云：「鈿尺裁量減四分，碧琉璃滑裹春雲。五陵年少欺他醉，笑把花前出畫裙。」段成式詩云：「醉袂幾侵魚子纈，彯纓長戛鳳凰釵。知君欲作閒情賦，應願將身作錦鞋。」《花間集》詞云「慢移弓底繡羅鞋」。則此飾不始於五代也。　同上卷二十五

鄭文妻詞

《草堂詩餘》「花深深」詞，鄭文妻孫夫人作。　同上卷二十六

六么

古之六博，即今骰子也。晉《謝艾傳》：「梟者，邀也，六博得邀者勝。」是知梟，即骰子之么也。曲名有《六么》，序義取六博之采。小説云緑腰，又云録要，皆是妄説。如謂律令爲雷邊迅鬼，皆古之妄人撰説。而文士或信之，此亦道聽塗説也。　《丹鉛續録》卷三　（按《譚苑醍醐》卷六重出此條）

檀色

畫家有檀色，淺赭所合也。唐人「牛嶠《女冠子》」小詞：「卓女燒香濃美。小檀霞。」又：「檀畫荔枝紅，金蔓蜻蜓軟。」又：「背人匀檀注，慢轉横波偷覷。」又「鈿昏檀粉淚縱横」，又「背留檀印齒痕香」，又「斜分八字淺檀蛾」，又「檀痕衣上新」。唐末閨妝面注檀痕，猶漢世婦女之玄旳也。　《丹鉛餘録》卷九　（按此條别見於《丹鉛總録》卷十七，文字詳略稍異）

屯雲

中山王《文木賦》：「奔電屯雲，薄霧濃雰。」皆形容木之文理也。杜詩「屯雲」對「古城」，實用其字。李易安《九日》詞：「薄霧濃雰愁永晝」，今俗本改「雰」作「雲」。

《藝林伐山》卷一

日鷰

王晞詩：「日鷰當歸去，魚鳥見留連。」俗本改「鷰」作「暮」，淺也。孟蜀牛嶠詞曰「日鷰天空波浪急」，正用晞語。

同上

真丹

王半山《和俞秀老禪思》詞曰：「茫然不肯住林間。有處即追攀。將他死語圖度，怎得離真丹。漿水價，匹如閑。也須還。何如直截，踢倒軍持，贏取溈山。」此詞意，勸秀老純歸于禪，住山不出遊也。「真丹」，即震旦也。「軍持」，取水瓶也，行脚之具。「踢倒軍持」，勸其勿事行脚也。溈山和尚，欲謀住山，曰：「此山名骨山，和尚是肉人，骨肉不相離。」言人不當離山也。皆用佛書語。「漿水價，也須還」，則用《列子》五漿先饋事。

同上卷三

紫梨

左思《蜀都賦》，有「紫梨津潤」之語，注不言其狀。按蜀有梨樹，花以秋日，其花紅色。唐李遵有《進紫梨表》，元王秋澗有《秋日詠紅梨花》詞，可證。同上卷五

草薰

佛經云：「奇草芳花，能逆風聞薰。」江淹《别賦》「閨中風暖，陌上草薰」，正用佛經語。《六一詞》云「草薰風暖摇征轡」，又用江淹語。今《草堂詞》改「薰」作「芳」，蓋未見《文選》者也。同上

荔枝

白樂天《荔枝圖》曰：「荔枝生巴峽間。形狀團團如帷蓋。葉如桂，冬青。花如橘，春榮。實如丹，夏熟。朵如蒲桃，核如琴軫，殼如紅繒，膜如紫綃，瓤肉潔白如冰雪，漿液甘如醴酪。大略如彼，其實過之。如離本枝，一日色變，二日香變，三日味變，四五日外香、色、味盡去矣。」此文可歌、可詠、可圖、可畫。歐陽公《詠荔枝》詞曰「絳紗囊裹水晶丸」，亦妙。同上

螺首

《通典》：「夏后氏金行，初作葦茭，言氣所交也。殷以水德，以『螺首』謹其閉塞，使如螺也。周人木德，以桃爲。」「葦茭」，今京師人家，歲除插芝麻稭于門，是葦菱之遺。「螺」，人門上銅鐶獸面，一名椒圖，元詞所謂「户列八椒圖」也。「桃梗」，今之桃符。

同上卷九

吹綸

《漢書》注：「齊服官有吹綸方空之目。」梁費昶詩：「金輝起遥步，紅彩發吹綸。」按「吹綸」不知何物，據詩意，想是婦女所執之物，如暖扇之類。沈約詩：「畫扇迎初暑，紅輪映早寒。」庾肩吾詩「粉白映輪紅」，元歐陽玄詞「十二月都人供暖箑」，可以互證。

同上卷十四

金荃

元好問詩：「金荃怨曲蘭畹詞。」「金荃」，温飛卿詞名《金荃集》，「荃」，即蘭蓀也，音荃。「蘭畹」，唐人詞曲集名，與《花間集》出入，而中有杜牧之詞。

同上卷十七

鶡鴣天

唐鄭嵎詩：「春遊雞鹿塞，家在鶡鴣天。」詞名《鶡鴣天》本此。　同上卷十八

齊己詩

僧齊己詩：「重城不鎖夢，每夜自歸山。」宋人小詞：「重門不鎖夢，隨意繞天涯。」　同上

楊柳索春饒

張小山《小桃紅》詞云：「一汀煙柳索春饒。添得楊花鬧。盼殺歸舟木蘭棹。水迢迢。　畫樓明月空相照。今番瘦了。多情知道。寬褪翠裙腰。」「蔓蒿穿雪動，楊柳索春饒」，山谷詩也，此同用之。今刻本不知，改「饒」爲「愁」，不惟無韻，且無味矣。　同上

阿濫堆

張祜詩：「紅樹蕭蕭閣半開，玉皇曾幸此宮來。至今風俗驪山上，村笛猶吹阿濫堆。」賀方回長短句云：「待月上、潮平波灧，塞管孤吹新阿濫。」《中朝故事》云：「驪山多飛禽，名阿濫堆，明皇採其聲爲曲子。」　同上卷二十

點絳唇

江淹《詠美人春遊》詩：「白雪凝瓊貌，明珠點絳唇。」後世詞名本此。　同上

踏莎行

韓翃詩：「踏莎行草過春谿。」詞名《踏莎行》本此。　同上

阿那紇那曲名

李郢《上元日寄胡杭二從事》詩曰：「戀別山登憶水登，山光水焰百千層。謝公留賞山公喚，知入笙歌阿那朋。」劉禹錫《夔州竹枝詞》云：「楚水巴山煙雨多。巴人能唱本鄉歌。今朝北客思歸去，回入紇那披緑蘿。」「阿那」、「紇那」，皆當時曲名。李郢詩言變梵唄爲艷歌，劉禹錫詩言翻南調爲北曲。「阿那」皆叶上聲，「紇那」皆叶平聲，此又隨方音而轉也。　同上

泥人嬌

俗謂柔言索物曰泥，乃計切，諺所謂軟纏也。杜子美詩：「忽忽窮愁泥殺人。」元微之《憶内》詩：「顧我無衣搜畫篋，泥他沽酒拔金釵。」《非煙傳》詩曰：「郎心應似琴心怨，脈脈春情更泥誰。」楊乘詩：「晝泥

琴聲夜泥書。」元鄧原《贈妓》詩：「銀燈影裏泥人嬌。」柳耆卿詞：「泥歡邀寵最難禁。」「泥」又作「詎」，《花間集》顧敻「黄鶯嬌轉詎芳妍。」又：「記得詎人微斂黛。」「詎」字又作「妮」，王通叟詞：「十三妮子緑窻中。」今山東目婢曰小妮子，其語亦古矣。同上

哀曼

晉鈕滔母孫氏《箜篌賦》曰：「樂操則寒條年榮，哀曼則晨華朝滅。」「曼」與「慢」通，亦曲名，如《石州慢》、《聲聲慢》之類。同上

揚補之

揚補之，子雲之後，自蜀而移家清江。善畫梅，秦檜求之，竟不與也。有《逃禪老人詞》一卷。余嘗題其《畫梅譜》一詩云：「逃禪老人揚補之，清江世業錦江移。承家不愧草元後，藝苑豈獨梅花師。神交早與逋仙素，清節不受檜賊緇。請看麝煤鼠尾外，更有玉珮瓊琚詞。」

同能不如獨勝

孫位畫水，張南畫火，吴道玄畫人物，楊繪塑，陳簡齋詩，辛稼軒詞，同能不如獨勝也。所謂太白見崔灝《黄鶴樓》詩，去而賦《金陵鳳凰臺》。

西河詩話

〔清〕毛奇齡撰

西河詩話目録

西河詩話

白樂天竹枝詞

白樂天《竹枝詞》云：「江畔何人唱竹枝。前聲斷咽後聲遲。怪來調苦緣詞苦，此是通州司馬詩。」樂天善歌，每識歌法，觀第二句則長年唱和之法盡之矣。其以調與詞分二端亦屬歌法，所謂善歌者須得意中意耳。樂天又有《問楊瓊》詩云：「古人唱歌兼唱情。」即此意。　卷二

元人詞出杜甫詩意

或疑杜甫《曲江》詩：「一片花飛減卻春，風飄萬點正愁人。」此即元和、長慶之所祖。張南士力辯之，謂元、長小家數。正與此反，此不特具大家氣象，即金閨華闥亦藉生色，不讀元詞乎：「落紅成陣，風飄萬點正愁人。」每讀及，倍覺其艷，誰謂傖父解效此也？　卷八

〔清〕鄒祗謨　王士禛選評

倚聲初集輯評

李保陽輯録

倚聲初集輯評目録

卷二

卷三

卷四

卷五

卷六

卷七

卷八

卷九

卷十

卷十一

卷十二

卷十三

卷十四

卷十五

卷十六

卷十七

卷十八

卷十九

卷二十

附録　序跋

倚聲初集輯評序

序一

王士禛

王子曰：甚矣！聲音之道，詎不大哉？古者歌《詩三百》，弦《詩三百》，意三百五篇之外，可以被管絃、諧金石者，篇目甚衆，特其聲弗傳耳。然余又考諸史記，古詩蓋三千餘篇。孔氏删取三百五篇，皆弦歌以合《韶》、《武》之音，則所謂歌弦之詩，殆即今所傳《關雎》以下正變之詞。獨歌弦之法不傳，而歌弦之詩固在也。小雅《南陔》、《白華》、《華黍》三篇，有其義而亡其辭，孔穎達以爲此三篇在武王之時。周公制禮，用爲樂章，吹笙以播其曲。孔氏删定有三百一十一篇，遭戰國及秦而亡。由是推之，則知三百一十一篇，皆歌弦之文，乃其聲自秦火而後闕軼，固已久矣。漢末杜夔，號嫻雅樂，而所得止《鹿鳴》、《騶虞》、《伐檀》、《文王》四篇。至太和中，又失其三。左延年所得，僅《鹿鳴》一笙耳。夫師曠覘風而識盛衰，季札觀樂而知興廢。非聲音之爲道，何以感人如此其深耶？鄭樵考定漢、魏以來樂府之詩，自《鐃歌》、《鞞舞》而下，系之《風》、《雅》；《郊祀》而下，系之《頌》聲；《三侯》而下，系之别聲。大抵世代升降不同，而聲音之道則一。故樂辭曰詩，詩聲曰歌。尼父之删詩也，得詩而得聲者，則列之《風》、《雅》；得詩而不得聲者，則置之逸詩。善讀詩者，由聲以考義，而與聖人之志庶幾其不遠乎？唐詩號稱極備，樂府所載，自七朝五十五曲之外，不少概見。而梨園弟子所歌，率當時詩人之作，如王之渙之《涼州》、白居易之《柳枝》。王維《渭城》一曲，流傳尤盛，樂府譜爲三疊。此外雖以李白、杜甫、李紳、張籍之流，因事創調，篇什繁富，要其音節皆不可歌。詩之爲功既窮，而聲音之道，勢不可以終廢。於是溫、和生而《花間》作，李、晏出而《草堂》興。此詩之餘而樂府之變也。詩餘者，古詩之苗裔也。語其正，則景、煜爲之祖，至漱玉、淮海而極盛，高、史其大成也；語其變，則眉山導其源，至稼軒、放翁而盡變，陳、劉其餘波也。有詩人之詞，唐蜀、五代諸君子是也；有文人之詞，晏、歐、秦、李諸君子是也；有詞人之詞，柳永、周美成、康與之屬是也；有英雄之詞，蘇、陸、辛、劉之屬是也。上而朝堂宴饗，下而士流贈答。西風白雁，折楊怨別之詞；朔雪黃龍，横槊臨江之賦，無不屬辭比事，動魄而驚心；依永和聲，投袂而赴節。夫至是，聲音之道乃臻極致。而詩之功，雖百變而不可以窮，《花間》、《草堂》尚矣。《花庵》博而未覈，《尊前》約而多疎；《詞統》一編，稍攝諸家之勝，然亦詳于隆、萬，略於啟、禎。鄒子與予蓋嘗歎之。因網羅五十年來薦紳、隱逸、宮閨之製，滙爲一書，以續《花間》、《草堂》之後，使夫聲音之道，不至湮没而無傳。亦猶尼父歌弦之意也。書成，鄒子命曰《倚聲》，陸游有言：唐自大中後，詩家日趣淺薄，會有倚聲作詞者頗擺落故態，適與六朝跌宕意氣差近。厥義蓋取諸此。後之作者，將由聲音之微，以進求夫六義之正變。覽斯集也，可以興矣。是爲序。時順治庚子季冬題於廣陵之羼提閣。

序二

鄒祗謨

麗農子與漁洋山人纂《倚聲集》成，客有過而問者曰：《倚聲》何爲而作也？ 麗農子曰：嘗聞《詩》訖於周，《離騷》訖於楚。 而詩之流爲二十四名，歌曲詞調名居其四。 凡郊祭軍賓、吉兇苦樂之際，因聲起詞，審調節唱。 句度長短之數，聲韻平上之差，前由樂以定辭，後選辭以配樂。 自樂府而禮填詞，其間離合正變之故，前人詳言之已。 蓋自横吹、清商，《神絃》、《上聲》、《子夜》、《白苧》、《折柳》、《落梅》諸曲以極之。 三疊五疊，《伊》、《涼》、《水調》、《鞞廻》、《穆護》、《竹枝》、《阿那》，而聲響音格，漸啟《尊前》、《花間》之緒。 由五季迄兩宋，大暢其義，名人輩出。 又設爲大晟樂府，有制撰、協律諸郎官，討論古音。 而周美成、晁次膺、万俟雅言之徒，廣八十四調之聲，應十二辰三百六十度之次舍，其調益繁，其聲益演。 自新聲進御以外，大祀大衈，則用《六州歌頭》。 而《應天長》、《醉花陰》之屬，悉皆含宫吐商，合於周之清平，漢之楚瑟。 下至公私讌會，選伎徵歌，管絃所協，詞令斐然。 故有聲則有調，有調則有詞。 作之者味腴搴芳，聽之者怡神懌志。 何莫非元音之所吐屬，而雅樂之所鼓吹者哉？ 客曰：其原起是則然矣，其辭與意則何居？ 麗農子曰：是猶夫六義之遺也。 詩之爲體，肇於《風》。 而《風》者，多閭閻井臼、男女歌謠、悲愉聚散、感喟憶贈之詞，故其義如風。 然披拂支體，瀏連情志，猗迂蕩往，而莫窮其所自。 漢樂唐謡，吴歈越艷，無非是也，況於詞乎？ 至於登臨賦答，升歌應制之章，情辭相輔，猶有《雅》、《頌》之百一焉。 若夫詩有比、有興、有賦，而詞人之致莊言之不足，則諧言之；質言之不足，則寓言之；簡直伉激以言之不足，則纏綿戇忽迂徐斐亹以言之。而乃錯綜變軼，緣情假物，或因歡冶而起悽愁，或緣感惻而歸濬宕。緒引於此而思寄於彼，辭見夫離而意趨於合。興比什六，賦言什四，則謂始於六義焉，可也。客曰：子之論詞則然矣。吾聞詞者，閨襜之極致，而坊曲之靡音也。其佳者，蟲鳥爭妍，卉蕊涉趣。驚魂動魄，無關大雅。漸而致整變參差，流爲豪勁。起高平、般涉之宮調，而歸於南北院劇。豈復朱絃玉戚，一唱三歎之餘音歟？麗農子曰：子徒覩夫挑招之陋習，而未見倩盼之令姿；叩陶瓦之雷鳴，而未聆琯絃之妙理也。《惱公》、《懊儂》之曲，《金荃》、《蘭畹》之編，其原始於采芑、弋雁，其流濬於美人、香草。言情之作，原非外篇，揆諸北宋，家習諧聲，人工綺語。「楊花、謝橋」之句，見許伊川；「碧雲、紅葉」之調，共推文正。其餘名儒碩彥，標新奏雅，染指不乏。必欲以莊辭爲正聲，是用《尚書》《禮運》，而屈《關雎》《鵲巢》也。至於南宋諸家，蔣、史、姜、吴，警邁環奇，窮姿搆彩。而辛、劉、陳、陸諸家，乘間代禪，鯨呿鼇擲。逸懷壯氣，超乎有高望遠舉之思，譬諸篆籀變爲行草，寫生變爲皴劈，而雲書穗跡，點睛益頰之風積焉不復。非前工而後拙，豈今雅而昔鄭哉？胡致堂有言：童穉時護侍先生，長者見其酒酣興發，多依腔填詞以歌之，曰：此宋代慢聲也。當時大儒亦所不廢。自套數諸曲行，而昔時「聲依永」之理盡失矣。先儒之言如此，而況於今日帖括之流，呵爲蠟屐；名理之碩，等若雕蟲，毋足怪矣。然近世如用修、元美、元朗、仲茅諸先生，無不尋流溯源，探其旨趣，而詞學復明，犂然指掌；然如錢功甫、卓珂月、沈天羽諸前輩，有成書而網羅未備；賀黄公、毛馳黄、劉公戢諸同志，有論斷而甄汰未聞。僕乃與漁洋山人綜覈近本，覽擷芳蕤，被以丹黄，申之辨論。

爲時不及百年，而爲體與數與人，仿佛乎兩宋之盛。凡名公鉅卿之剩藝，騷人逸友之遐音，無不推本性情，標舉風格。庶幾數百年而後，得比於《花庵》、《尊前》諸選。不零落於荒煙蔓草之間，以存一時之嘯詠。何莫非靈均《騷》、《辨》之餘，靖節閒情之繼，而猥云祧彼元聲，薦斯近曲，子何見之陋耶？矧國家當右文之世，當有審定音律者，爲朝廷制功成之樂，奏嘉至之歌。博稽漢魏以及唐宋樂章，而復夫大晟協律之盛，斯編未必無小補焉。劉勰有言：「雅詠温恭，必欠伸魚睨；奇辭切至，則拊髀雀躍。」僕之爲是選也，亦無倍乎風雅之遺意而已矣。客退，乃書是言以爲序。時順治庚子長至後五日書於廣陵之東城精舍。

倚聲初集輯評卷一

竹枝

俞彦　白鹽山下白板扉

又　巴童愛唱巴渝曲

又　不行朝雲行暮雨

又　黄陵寺裏夜聞鐘

阮亭云：仲茅《竹枝》數闋，音調神色，無一不合，猶是劉賓客遺響。

十六字令

张野　癡女子

淡寫無聊景況，如見其人。

閒中好

董以寧　閒中好

倩極。　文友填詞，染筆稱俊，珠蕾玉塵，無非環瑤。　毛馳黄謂楊用修詞有沐蘭浴芳、吐雲含雪之妙，將無詞有别腸，斯言益信。

荷葉杯第一體

蔣階　桃葉渡頭風起

麗整，是温尉諸調。　此體《花間集》本隔句兩字用韻。《嘯餘譜》第五句不斷兩字，非也。　大約代遠調亡，難協歌管。　就譜填詞，不無舟劍相左，安得硜硜成譜，便矢口協律耶？

陳維崧　突遇荼蘼絶艷

此等屬其年少作，矜奥詭艷，從昌谷、西昆古詩中變出。

三臺令

蔣階　玉案淺浮朱李

《文機集》本倣《花間》刻遺宋調綴詞，悉有調無題。　余爲摘注標目，以便賞音。　諒諸子不嫌蛇足耳。

花非花

計南陽　同心花

阮亭云：直作古樂府讀。

南歌子第二體

張淵懿　篆冷香魂去

此時可想。

周積賢　玉篆沈凫永

阮亭云：閒情泥人。

荷葉杯第二體

俞彦　春色天涯孤館

少卿填詞，持論極嚴，且以刻燭庚唱爲奇，不無率語。至其清濁抑揚，備審源委，不趨佻險，而尊雅澹，獨見典刑。

錢理　好把緑珠相擬

疊韻是上，恰自然。

摘得新

蔣階　倚畫樓

誕得妙。

南鄉子第一體

王士禛　送客江船

短體厭瑣，正以此超截掩映不測爲長。　阮亭詞略注既新綺，可方《世説》；評復雅當，不減須溪。

選中多仍原本，以見傾倒之至。

又　欲去難留

阮亭二詞，俱本中州韻。　藴藉處真堪壓倒温、韋。

望江南

魏浣初　江南憶、第一憶梅坡

宋詩佳處。

鄒嘉生　中秋景

此先伯壬申備兵懷隆時作也。高涼滿目，何減孫光憲「鷄鹿山前」諸調？

陳子龍　思往事

大樽諸詞，神韻天然，風味不盡，如瑶臺仙子獨立却扇時。《湘真》一刻，晚年所作，寄意更綿邈悽惻。

董斯張　簾不捲

尖艷。

卓人月　癡看想

温、段詠繡鞋，無此艷刻。　凝讀如「舞急紅腰凝」之凝。

錢繼章　江南憶、菊社酒人多

詠菊似中唐佳句。

趙進美　寒食近

阮亭云：似「繡尖絨舌唾紅酣」。

又　風乍急

嬌俊，不禁回想。

又　殘睡醒

「額黄」句，括得「撲蕊添黄子，呵花滿翠鬟」二語。

宋徵輿　思往事

「玉簫風」與弇州「藕絲風」並傳。

又　江南好、難向酒杯忘

芊綿韶麗，讀之令人神悦。

佟國鼐　覓宿處

詞品在沐璘、湯胤勣之間。

陸世鎏　遥望處

蕭適似陸渭南。

李昌垣　閒無暑

阮亭云：風韻天成，不煩追琢。

曹爾堪　初夏好

顧菴諸詞，有務觀之蕭散，無後村之粗豪。南宋當家之技。

張我樸　行春遍

四時錦帶中致語。

徐爾鉉　憶夢時

「睡去」句，詮夢奇肆。

王士禛　江南好、最好是盂湖

茗文有詩云：「珠郎歌罷璧郎歌。」豈指此耶？

又　江南好、又過花落朝

似元相憶鏡湖、白傅憶西湖諸作，風流獨絕。

徐允貞　深院靜

能以景語言情。

孫枝蔚　無限事

「細雨索天饒」，本山谷「楊柳索春饒」句得來。

阮亭云：「春心」二語，凝思乃得其妙。

王昊　思往事、腸斷舊郵亭

「情多」二語，字字凄轉，弇州「魂絶色飛」之論，惟夏更進一層，不似元獻家兒，乃諱作婦人語。

阮亭云：所謂宛轉關生。

吴啟思　江南憶、春潤野煙和

眼前語，拈出便雋。

周積賢　遥相憶

「東風」句，説相憶意神到。

黄京　初浴罷

疏字從「修竹」看出來。

袁揆燮　新雨過

阮亭云：「柳梢殘日帶歸鴉」，大好畫意。

鄒祗謨　思昔日

阮亭云：似《讀曲》雙關體，然是詞家本色語。

漁歌子

俞彦　浪外輕風颭雪花

陸放翁詞：「酒徒一半取封侯，獨去作、江邊漁父。」讀此，知封侯不易。

吴宄　千頃蒹葭一釣翁

詹所《緑蓑菴記》自擬玄真謂：「西塞山前」一調，如江風海雨，槭槭生齒牙間。此詞亦復何讓？

蔣階　青筰船輕白浪高

漁家瑣事，恰中詞料。

搗練子

俞彦　庭靜悄

正以淡雅勝人。

范文光　曲兒高

仲闇《續花間集》，皆畫船歌席題贈之詞，小序更層次有致。博採以誌前輩風流，且當《東京夢華録》也。

葛一龍　纔欲去

阮亭云：震父詩以空淡爲宗，乃亦能作許語，政如歐公之「隔花啼鳥喚行人」也。

錢繼振　春睡足

饒有別趣。

周季琬　雲淡淡

可與秦九「寒鴉流水」等詞參看。

曹爾堪　風欲靜

造句奇穩。

巢震林　人在否

倒句好。

宋思玉　煙爐後

近語自有遠致。

黄京　煙縷縷

淡冶似晏小山。

赤棗子

鄒祗謨　紅窈窕

阮亭云：麗語正復耐思。

瀟湘神

俞少卿云：以上諸體俱相似，實不同，宜細辨之。

俞彦　湘女祠

縹緲悽惋，《竹枝》遺響。

鄒祗謨　青女祠

阮亭云：偶然奇峭，鬼語幽墳。

南鄉子 第二體

陳世祥　重門深閉

第四句出韻。愛其清俊，存之。

張杞　深苑誰家

迂公和《花間集》，首首賡韻，未免生鑿，取其句調妥適、自出機杼者録之。正如褚臨王帖，蘇和陶詩，須以不掩本色爲佳。

孫自式　雨濕花枝

意自蕭然。

沈蓑年　芳草淒淒

與歐陽炯「認得行人驚不起」，有有意無意之别。

字字雙

陳翼飛　長城飲馬嘶復嘶

用雙字，意以重出爲佳。

南鄉子 第三體

王士禛　菱刺緑

李珣《瓊瑶集》那得如此幽蒨。

鄒祗謨　衣繡鳳

阮亭云：「和影笑」比張泌「思夢笑」更新警。

憶王孫

葛一龍　東風吹後滿天涯

阮亭云：擬之「春風吹又生」尤妙矣。

董文驥　空庭芳草憶王孫

「能消幾箇黄昏」同此黯然。

夏復　斜捲珠簾翠袖垂

説得東風大有分别。

楊大鯤　半陰半雨近黄昏

視「閒簾深掩梨花雨」，一「掩」一「捲」，並覺傷情。

一葉落

鄒祇謨　一葉落、將誰托

阮亭云：是尊題格。

董以寧　一葉落、正蕭索

憶庚寅、辛卯間，與文友取唐宋諸集僻調，摹填殆遍。刻集十不存五，兹更存一二合體者，聊誌唱和之勤，且深悔少年之浪濫筆墨也。

蕃女怨

陳維崧　榕亭一夜殘燈警

阮亭云：入情語，惟臨川劇中能之。

蔣無逸　落梅粧閣風送暖

阮亭云：「額山無限夕陽黄」，自是北宋人逸語，今才拾得耳。

西溪子第一體

陳世祥　留得暮雲千葉

小調工於發端，便轉旋有致。

訴衷情第一體

孟稱舜　午夜沉沉更漏永

「酒暈」句，不減唐人「殘月臉邊明」。

倚聲初集輯評卷二

如夢令

俞彦　火樣情兒難駐

質不近傖，淺不近俳，此少卿勝人處。

又　草緑南原如繡

清勝，又是一格。

卓發之　柳眼欲開波溜

妙在淡雅。

陳子龍　紅燭逢迎何處

又　醽醁宜春瑶甕

前闋情婉而愉，後闋意深而愴，便知哀樂不同處。

王嗣奭　除去荳棚瓜架

詞貴綺逸，不可無此瀟灑一種。

宋存標　爲是蓮舟風送

阮亭云：「月照吴江煙動」，清暉幽矚，惝怳遇之。

宋徵輿　昨夜景陽鐘動

阮亭云：使鍾隱入汴後爲之，無以過此。「小樓昨夜又東風」，後來居上。

錢穀　子夜玉壺聲動

「不曾真個也消魂。」

陳世祥　聽説暮春來到

此調疊語最難，推易安「知否，知否」第一。彼用實，此用虚，工價相敵。

阮亭云：見花成草，亦是前人未及。

曹爾堪　風送落紅成路

工于寫景。

王士禛　簾外游絲片片

碧，虚窗也。李後主與宫人書：「此中日夕，只以眼淚洗面。」與「蟻拖花瓣」一般香蒨。

又　送别西樓將暮

阮亭和清照詞，押韻天然，復自出新意。芊綿婉逸，勝方千里之和清真也。

又　簾額落花風驟

末句非如此用，幾爲婦人所屈。

黄永　既是雪花飄泊

雲孫詞着筆婉逸，公車諸作，獨有排奡之致。　提辛挈陸，語語擅場。

又　把酒央春寄語

兩首一諾一去，自爲照應。　章法離奇，得未曾有。

阮亭云：兩結句宛然稼軒，等無差别。

徐士俊　不是武陵花片

詠物精麗。

計南陽　長樂晨鐘初動

悽惻，可抵子山一賦。

阮亭云：絶似通眉生賦江潭苑。　末句入神品。

周宏藻　潮落岸頭難駐

阮亭云：亦是寫無人態。

王昊　翠幌暖香猶在

如何消得。

阮亭云：「小立柳邊花外」，是秦七語。

毛蕃　楊柳枝頭疏雨

較「燕子啣將春色去」，有冰水青藍之妙。

楊大鯤　曉日和鶯催曙

着眼在一「又」字。

宗元鼎　連夜小窗風雨

「落花」何關「鸚鵡」事，詠之自覺有會。

倪晉　道是梨花無箅

似嚴蘂詠紅白桃花，又似鄭中卿詠梅。着眼更在下兩字。

阮亭云：「謝娘風絮」之詞重拈，更增嫵媚。

董以寧　綺語和郎細誦

文友少工小詞，捉筆輒得數十首，清新婉艷，妙不一種。此等作復屢經删潤，務歸大雅。每自云：詞曲之辨甚微，正不容門外漢輕道。

董元愷　枝上啼鵑如訴

妙在「約」字。

錢瑆　昨夜玉勾仙洞

靚粧在臂，無此刻畫。

天仙子

陳世祥　織盡雨絲難作匹

落韻健舉。

鄒祇謨　小髻糝糝縮夏雲

阮亭云：説春風有情有色。

風流子第一體

董以寧　已是別時惆悵

阮亭云：連疊六字，是是累棋剥蕉手。

歸自謠

柯聳　秋樹下

單椒秀澤，殊愜神賞。

龔百藥　紗窗際

「汗香」句，視秦處度「藕葉清香勝花氣」更芬艷襲人。

鄒祗謨　心似鐵

阮亭云：銀環玉玦，何其險麗。　後段絶妙好辭。

望江怨

毛羽宸　披荆棘

公阮詩幽異自賞，詞復瘦峭，王南雲之流亞。

定西蕃

沈薿年　眉黛暗隨春色

回頭錯應人，下一轉語。

思帝鄉第三體

陳世祥　都休、留春春也羞

溜適，不復知調之錯落。

長相思

俞彦　折花枝

阮亭云：寫無可奈何之況，可謂非非想。僕嘗與程村論近代詞人，斷當以少卿爲當行第一。

葛一龍　風一村

老筆言情，愈質愈古。

董斯張　酒闌珊

如小窗孤坐時，颯颯可聽。

陳子龍　黛眉收

阮亭云：黄門《西湖絶句》有云：「焚香永夜愁難夢，人在西泠暮雨中。」一往纏綿，可與此詞參看。

單恂　竹打欞

阮亭云：無妨儇巧。

徐士俊　桃花飛

存體。

宋徵輿　月微微

低鬟私語，如聞其聲。

蔣階　吴山東

義山「昨夜星辰昨夜風」，更當退舍。

陳世祥　開花風

換韻從王與可體，更雅倩可喜。

曹爾堪　朝來晴

短歌可入田家月令中。

計南陽　柳煙輕

宋祖《叙畫》云：「臨春風，思浩蕩。」可以語此。

林章　江南頭

起句錯綜成妙，勝元美西湖之作。

龔鼎孳　似多情

合肥《贊河渚》詞：「玉琢巧心，香生紅唾。」此言得無自道？

程康莊　上金山

勝情高寄，如孟參軍命駕時。

又　暮天晴

阮亭云：雋洌如讀昆侖子詩。

胡介　楊花天

作情語至此，殊令人爽然自失。

阮亭云：合肥所云「景事之外，别有纏綿；柔澹之中，自多含咀」，直爲彦遠諸詞寫照。

潘廷瑞　草芊芊

阮亭云：辛岳北固詞以雄宕勝，此以曠冷勝。鶴林寺壁，宜與唐宋諸賢分席。

王宗蔚　梨花幽

「風捲」句，似花蕊《宫詞》中語。

董以寧　片雲留

阮亭云：兩起句押，妙出天然。

黄京　蛩聲聲

湘靈鼓瑟，似此惝怳。

相見歡

魏學渠　是誰漏洩春光

阮亭云：「恨被榆錢買斷，兩眉長鬭」，此又翻新見奇。

朱赤霜　湖頭日出煙銷

梁、陳《采蓮》諸曲。

何滿子第一體

金是瀛　寂寞春殘深院

黄損「願作樂中箏」數語，無此藴藉。

訴衷情第二體

張積潤　不索伊來單等信

一思一怨，翻案正佳。

調笑令第二體

董以寧　記取和君語

此體始于少游，澤民後鮮繼者。卓珂月云：前數語即元人賓白所自始。讀此悲涼綺壯，覺前人昭君、苕子諸詠不及也。

醉太平

黄承聖　坡邊水聲

酷似陳仲醇。

董以寧　蘇仙李仙

比顔吟竹壽須溪詞更饒秀貼。

鄒祇謨　紅樓紫簫

阮亭云：字字仄麗。

薄命女

吴鼎芳　心怯怯

阮亭云：可續秘辛。

郭檀　冬漸少

「人瘦」句，語極透快。

感恩多

沈騏　有情誰共語

兩語令全首生動。

生查子 第一體

趙進美　雕欄百尺懸

阮亭云：清止髫年作《立地成佛》傳奇，妙諧絲肉，兼精禪悦。此居廬陵近作，猶想見思曼少年風致也。

賀裳　郎不怨投梭

艷語卻有含蓄。

錢炯　郎如楊白花

阮亭云：從《白頭吟》來，字字天成。

周積賢　長安市上兒

是六朝樂府遺響。

蔣無逸　金藕出薊門

薄情猶且傷心，鐵石剛猶軟矣。

鄒祗謨　影傍青鸞怯

阮亭云：摹幾道逼真。

董以寧　不見有人煙

集古一氣湊泊，如出一手。

醉公子

吴鼎芳　好夢輕拋去

阮亭云：「鶯滑柳絲黄」，《花間》雋語。

賀裳　休把銀燈滅

阮亭云：如聞喁喁兒女子語也。

陳維崧　小姑牽妹臂

又　低聲添鵲腦

此等俱其年近作。如微之《[贈]雙文》、致光《偶見》諸詠，喁喁呢呢，正是銷魂動魄處。

周積賢　卵色江天白

阮亭云：似韋相。

「新雛啣碎紅」，較「鶯嘴啄花紅溜」，如有初盛之别。

董以寧　小姑斂衽謝

文友諸詞，摹畫香奩瑣事，能補宋人所未到。

又　儂心何事惱

阮亭云：不癡不慧，曲盡情性。

柳　枝第二體

吴洪化　小玉粧成新破瓜

阮亭云：畫。

鄒祇謨　風中欲笑雨中啼

阮亭云：楊柳本兩種，分疏、雅，妙。

昭君怨

陳繼儒　記得去年穀雨

與元人《盤塘江上竹枝詞》類。

阮亭云：眉公以此種風調爲詩，故不能佳。

錢繼登　曾記曲欄深處

下三字叶韻自然。

曹爾堪　日暮畫船微雨

懸宰論畫云：小樹最要淋漓，簡枝繁影，欲如文君之眉與黛。觀此可質顧庵諸短調。

龔鼎孳　依舊紅箋緑譜

精艷似用修。

周亮工　團扇摇摇清晝

阮亭云：「山靜似太古，日長如小年。」可與參此。小令耳，章法甚具。

鄧漢儀　幾日嬌容全褪

短語殊有曲致。

張綱孫　昨夜秋聲不住

觀祖望自序云：「野雀不窺，春蘿自古，鶯愁燕老，淒涼欲絶。」真覺悵悵欲來，不特詞之清愴也。

周永言　一抹青山如掛

淡雅。

王崿　佳節今番重遇

可與元美《閏六月七夕》詞並讀。

春光好

周積賢　東風起

壽王諸子刻畫《花間》，能得其菁華處，故麗句與宋人有別。

錢珵　雲影薄

風神流麗。

生查子 第二體

俞彦　淹抑悶青春

「慣作醒然醉」五字，括卻言愁千萬語。

張一鵠　愁生芳草煙

情語不減淮海。

女冠子 第一體

曹爾堪　淡煙濃水

如讀梅都官詩，平淡處佳。

玉蝴蝶

沈蓑年　越羅初試新涼

於温、和可稱入室。

倚聲初集輯評卷三

點絳唇

王衡　刻燭呼盧

俊邁，有淵渟之致。

陳繼儒　涼雨初晴

幽艶，正如雪中鴻影。

俞琬綸　靜卧牙牀

兩扇對説，瀏灕渾脱之極。

施紹莘　水墨江天

確是雪圖，不是雪景，空濛淡蕩，如見郭忠恕畫本。

陳子龍　簾捲垂楊

總以不説盡爲佳。

吴亮中　榆柳千株

阮亭云：大自在。

宋徵輿　雨雨風風

縱筆神到，不可思議。

曹爾堪　苦是春陰

淡語中饒有腴味。

張天湜　雪壓樓頭

玉樓銀海，真覺笨伯。

王士禛　水滿春塘

「燕兒」二句，比司馬才仲《黄金縷》詞更覺苕雅。

又　淼淼西陵

丑春僑寓西泠者累月，湖山如舊，歌舞寂然。余有即席詩云：「越女自來天下勝，始知原不勝吴儂。」又《竹枝詞》云：「船頭自唱黄金縷，蘇小應逢司馬郎。」得阮亭此作，可爲解嘲。

計敬　門枕長江

阮亭云：直似越絶奇語，填詞固非小技。

陸樹駿　月逗柴門

清越，是武塘詞派。

宗元鼎　細雨亭臺

周璞謂《花間》一集，只有「絲雨濕流光」五字，語意俱微妙。使讀梅岑「半濕斜陽暮」，當何如歎賞耶？

阮亭云：梅岑《芙蓉集》緣情綺靡，不減《西崑》、《丁卯》。此特其續餘耳。

姜彦淳　三兩芭蕉

（「蟋蟀人同語」）五字悽切。

曹鑒平　蟬噪蛩鳴

阮亭云：蕭瑟處秋思滿紙。

宋思玉　夢冷魂消

楚鴻詞多繪縟，編珠積玉，如石家火浣，翻不見珍。此首警語層出，便覺宋人未遠。

董以寧　無可消閒

發想怪絶，數「愁」字錯落離奇，無理而妙。

阮亭云：抵一篇《愁賦》。

黄京　春事闌珊

阮亭云：「兕」字纖而雅，險而穩。

劉霖恒　暮靄晴霞

七夕詞只此便足。

錢理　曉月稜青

好山在手，翻換舊意，妙。

浣溪紗

俞彦　簧暖生寒調不成

此調雖多麗作，言情穩透，畢竟推少卿壓卷。

錢繼登　春盡園林褪鬧紅

仲醇詞有「畫中人、鬟眉皆緑」之句。楚張使君因取「鬟緑」名亭，不若此更清老。「柳開」句，又何靚冶？

范文光　前世剛修半面緣

入骨悽語。

陳子龍　半枕輕寒淚暗流

阮亭云：本色當行。

又　百尺章臺撩亂吹

不着形相，詠物神境。

錢繼章　睡損眉黄澹未添

阮亭云：字法妍絶。

于儒穎　一片心情眼底柔

「懶」字换「疏」字妙。

阮亭云：一幅倦繡圖，嬌慵如見。

單恂　雪白菱花水拍塘

元詩「輕紈叠斷風」，可與「團扇叠荷香」鬬勝。

又　柳醮晴波草醮煙

游戲筆墨，蘇、黄小詩。

又　謝豹聲乾紅霧收

能畫性格。

又　荳蔻花紅滿眼春

阮亭云：僕最喜程孟陽「遠雁如塵飛水面」之句，蓴僧語可並傳。

趙進美　冷蘂含香覆畫幮

清止諸詠，多係題畫之作。荆艷燕佳，倚聲選夢之致，盡在筆端矣。

又　屈膝銀屏護晚涼

工冶，是《金荃》得手處。

魏學濂　漠漠凝寒到水濱

是畫美人，不是泛詠。

李長苞　水漲平橋弄晚晴

輕倩，卻淒激有餘響。

李雯　歷盡長宵夢不成

舊意移詠五更卻妙。

宋徵輿　樓外輕煙着樹高

阮亭云：迪功所謂朦朧萌折，此殆是耶！

又　十里微風滿灞陵

與大樽作難分沈、宋。

又　半似三月楊柳花

有傷感意在。

又　也在江南樹上棲

詠物至此，令人閣筆。

又　徹夜清霜透玉臺

無限含蓄，更下不得思味。

李楝　開到荼蘼花信稀

小燕弄衣之致。

曹爾堪　樂事貧家竟不貪

尋常語，乃如許弄姿。

又　清夏如忘伏日高

拾來便工。顧庵故是當今一作手。

毛重倬　數卷新詩咽復鳴

阮亭云：天壤王郎，千古恨事，不獨淑真。

王士禄　金井風微響轆轤

阮亭自云：髫時每喜吟「紫燕」、「紅魚」二語，時時成誦。今細讀之，瑶翻碧灔，真不減元美江南詞也。西樵《無題》諸詩，秀情麗致，含温吐和。所撰《燃脂集》百餘卷，《朱鳥軼事》數帙，大爲彤管紀勝。惜此集垂成，不及多索新詞，未免有琪花瑶草之歎耳。

周季琬　占得紅樓二月時

句本雲間，用意自别。

王士禛　柳暖花寒雨似酥

「夜聞馬蹄曉無跡」，不如「流鶯」句之神合。

徐東癡云：阮亭人近《騷》而地喜楚，不覺咄出。

又　小院蘼蕪欲作叢

「鶯囀謝娘慵」，本之長吉，加「日斜」二字，何等悠雋。　朦朧旖旎，言情之妙，當于聲表字外求之。

又　寶馬流蘇上洛津

包子廚鏤葱絲如韭黄，正以選料爲佳。　「重重屈戌」與「日斜鶯囀」，仍是阮亭香奩詩佳句，借以重詞價耳。

又　記得相逢亞字城

「眉語」一句，當未免後人膾咀。　換頭處得樂府解斷意。

又　雨後蟲絲罥碧紗

芳澤雜揉，竹絲漸近，真徐東癡所謂「情事如水時」也。

又　花影鈎簾羃䍥垂

又　奩畔豪犀間玉梳

二首窮極雕鏤，義歸藴藉，那肯放教秦、柳獨步耶。

又　漸次紅潮趁曆開

文心慧筆，自生情狀。

又　北郭清溪一帶流

只「緑楊城郭」一句，抵多少江都賦詠！　阮亭《遊記》略云：「出鎮淮門，循小秦淮折而北，陂岸起伏多態。竹木蓊鬱，清流映帶。人家多因水爲園，亭樹溪塘，幽窈而明瑟，頗盡四時之美。拏小艇，循河西北行，林木盡處有橋宛然，如垂虹下飲于澗，又如麗人靚妝袨服流照明鏡中，所謂紅橋也。遊人登平山堂，率至法海寺，捨舟而陸，徑必出紅橋下。橋四面皆人家荷塘，六七月間菡萏作花，香聞數里。青簾白舫，絡繹如織。良謂勝遊矣！」　阮亭性好山水，凡佳名勝跡，務採入詩。曾于毗陵道中，有「飽看紅陵雪後山」之句。今讀《紅橋遊記》，詮叙靈靚，又何減道元箋注《水經》耶？

袁于令　郭外紅橋半酒家

籜庵以樂府擅名，聞者疑爲古人填詞，獨爾闃然。紅橋唱和小令，乃猶不減風流。梅村先生詩云：「淒涼法曲楚江情。」阮亭詩亦云：「紅顔顧曲袁荆州。」正不必賀老《琵琶曲》爲寫照也。

蔣階　紫陌青樓女史家

數首當以此爲絶唱。

張養重　狹巷朱樓認妾家

一語擅場。

劉梁嵩　緑樹陰濃露酒家

即景直寫,《竹枝》遺調。

陳維崧　鳳舸龍船泛畫橈

紅橋詞即席賡唱,興到成篇。各採其一,以誌一時風流勝事。當使紅橋與蘭亭並傳耳。

趙鑰　二月輕寒江上知

阮亭云:「桃霏紅雨」,何其嫣媚。

張天湜　被壓紅綿繡帳垂

大好夢景。

又　望到中庭半碧苔

瑣事可入《女紅志》。

程光禋　醉鄉深處買芳年

「香裏」二語,不嫌砌字。

徐允貞　小院萋萋鎖夕陽

阮亭云:庾子山「人衣香一園」,得此可稱雙璧。

葉世倌　簾捲回廊挂玉弓

阮亭云:七字畫意。

秦松齡　讀得金經解得愁

阮亭云：風調似致光。

又　踏遍春城望欲賒

數首近微之《雙文》詩。

彭孫遹　翠浪生紋點曲池

阮亭云：吹氣如蘭。每當十郎，輒自覺傖父。

又　一幅帆飛十里流

寫景處無限姿態。

又　蟬翼裁成稱體衣

結語藴藉可味。

顧景文　何計留歡百寶欄

如此五更，豈復易得。

又　會得言愁未是愁

真是善于言愁。

李炳　攜手亭前看落花

阮亭云：偶然語，似晉帖，故自佳。

李煒　修竹天寒倚翠娥

阮亭云：輒喚奈何。

嚴繩孫　緑鳥吴音怨綺籠

臨川「一生愛好是天然」，可與參證。

周永年　酒熟茶香客到門

《虞山詩選》言：安期少負才名，凡禪宫講席，西園北里，詩酒淋漓，分身肆應。讀此猶想見揮毫潑墨時也。

王士禄　瓊砌陰濃暑漸收

歐陽炯之「此時心在阿誰邊」，又云「此時還恨薄情無」。「小立低頭」，此時正難理會。

又　茉莉風涼沁洞房

阮亭云：致光以「繡鞋香」入詩爲頹格，入詞即妙。「無奈」字，較「惟覺」相去幾許？

又　半捲流蘇罥緑霞

字字銷魂，那得有恨。

王又旦　幾點漁航映碧流

泠然自異。

王岵　庭院深深曲徑幽

玉柔花醉，風調如許。

董以寧　一綫長洋作硯泜

用僻事如數家珍。

又　十里珠簾正冶游

阮亭云：是杜司勛一流風味。

黄京　畫鷁朱輪未鬬奇

初子作詞，每于穩秀中得琢句之妙。杏瘦柳肥，前人未及。

又　月滿閒庭玉漏遲

天然俊生。

劉霖恒　倩得蕉陰步石欄

清迥如喻鳧詩。

錢瑆　又見春風拂柳條

升庵《敵秀集》中佳料。

鄒祗謨　醉唱新詞付小紅

阮亭云：我始欲愁。

又　花片飛殘逐水流

阮亭云：數首言情歷亂，寄意重複，似有雙文、小玉之恨。

董以寧　欲作家書意萬重

阮亭云：仲茅老手，得此中三昧。獨文友可與並驅。

紗窗恨

陳維崧　紫帆一片因誰卸

阮亭云：無可奈何語。

中興樂

沈自炳　芙蓉池上露初凉

恍惚如見。

阮亭云：「玉釵敲着枕函聲」，無此幻妙。

愁倚欄令

董以寧　簾絲外

見近詩云「木脱鴉如葉」，便覺瑣劣。移以入詞，何等新雋。

酒泉子第二體

毛羽宸　新竹横窗

詞中賈、孟。

清商怨

陳維崧　釵峰黛粉桃花讖

險韻奇叶。

霜天曉角

黄承聖　淒清曉色

用修謂：韓南澗《娥眉亭》，此調無人能繼者。只奉倩「闌干外，一痕碧」與「青山外，遠煙碧」亦何等分鴻乙耶。

倚聲初集輯評卷四

菩薩蠻

俞彦　晴花夜燦樓臺錦

阮亭云：「月娥」句，雕艶是温尉。

錢繼登　梅花未忍辭春去

似朱希真。

阮大鋮　春至年年韋杜曲

闊選佳調。

卓發之　小玉樓前風雨急

左車詞尚駿逸，頗有青蓮風味。至珂月而格調尖新，語意儇側，詞家之變態矣。

賀彦登　緑窗沉睡鶯呼醒

清揚容裔，以啟黄公。亦猶左車之於珂月，而有正變之别。

熊文舉　海棠花下窗紗碧

秀遠似葉石林短調。

吴偉業　謝家池館桐花甃

阮亭云：祭酒長調逼幼安，而小令不概見。予與程村從《秣陵春》、《通天臺》傳奇中採摘數章，如翡翠片羽，殊可珍惜。

陳子龍　玉人裊裊東風急

阮亭云：牛嶠、歐陽炯那得擅絶？

王彦泓　多嬌最愛鞋兒淺

賀黄公《詞筌》云：次回喜作艷詩而工，《疑雨》諸集，見者沁入肝脾，里俗爲之一變，幾于小元白云。詞不多作，而善改昔人詞，殊有加毫頰上之技。　舊作《紅絨》，上半索「繡滿鞋兒雀」，此僅刻畫其纖。改語則見其皙而直矣，尤阿堵中語也。且雀不可以紅絨繡，乃以絨繡雀於紅幫上乎？　亦改語爲是。　詞中最貴警語，有以一句擅場、一字增價者。次回所改舊作，類能自出新意，爲古人點睛畫頰。黄公復善爲之闡發，即謂之次回、黄公之詞可也。

單恂　别時月暈梨花夜

妖倩極矣。

又　秋桐冷滴金螢歇

阮亭云：史言王夷甫捉玉麈尾，與手都無差別。髣髴如見。

趙進美　獸香不斷紅茵暖

阮亭云：韓冬郎分明窗下聞裁剪，生出如許思致。

宋徵璧　楚天香杳春鶯早

如見甘夫人月下時。

宋徵輿　秦淮夜半江潮落

故自大雅。

又　風風雨雨相催急

只是恒語淺語，卻似不經人道過，又卻似人人曾道過。

又　流鶯睡曉啣珠露

舉止詳妍。

李昌垣　雲深霧滿天垂幕

數詞戊子春得自衣月緘寄。今讀之，澄鮮妍瑩，真不減兩歐陽學士也。

賀裳　秋宵正恨銀河闊

阮亭云：此等極是當行妙想。卻從《霍小玉傳》來。

又　笙歌只在前頭起

阮亭云：人在樓中否？

又　片帆忽向沙頭落

阮亭云：此境亦非温尉不能。

蔣階　瑞香毬子風前落

練潔窈妙。

張天湜　小池樹合模糊影

與董遐周「低頭呆看他」同一思路，而各有得處。

黄永　石尤未罷仍聽雨

多本色語。

王士禧　女郎遺蹟秦郵路

女郎在焉，呼之或出。

王士禛　夢殘鬢棗垂香枕

「異紋細艷燈樓錦」，猶嫌界道。

又　斷紅雙臉眉如黛

似李皇「奴爲出來難，教君恣意憐」之句。令人腸斷。

又　曲欄干外紅蘭吐

吴梅村《觀棋》絶句「圍棋中正柳吴興」，又「康猧亂局君王笑」，都可爲此詞作註。

又　梧桐花落飛香雪

極寫無人之態。長生私語，便如彷彿。

又　玲瓏嵌石紅蕉葉

艷詞中那能作如許清語？

又　簾衣半掩湘妃竹

元詞云：「故將紅袖遮銀燭，不放才郎夜看書。」憨態不妨摹出。

又　蟬紗半幅圍紅玉

寫昵事不入褻語，大是唐人風味。　八首摹畫坊曲瑣事，可謂盡態極妍。妙處更在淡寫輕描，語含蘊藉。昔趙吴興畫馬作馬相，李龍眠畫觀音作觀音相。阮亭拂箋吮毫時，便如杜牧、韓偓，身經遊歷，尋歡窈窕，含睇纏綿。青樓紫陌，得此點染，又何必周昉輩以寫生論工拙耶？

趙而忭　高樓猛聽回飆鼓

昔王季重序朱宗遠詞云：「斵月雕風，而有傷指滴心之苦。」觀友沂詞，正復如是。爲點定最秀協者入集，亦見詞家自有正派耳。

程光禋　杯浮百八逃禪數

英氣逼人。

彭孫遹　時序闢心殘臘盡

阮亭云：天然淡俊。

計南陽　芙蓉十里煙波舊

雋語動魄。

賀鑒　緑陰千頃晴川滿

似晏叔原。

盧元昌　淒清客枕譙樓鼓

寫曉行景淒清在目。文子填詞爽俊脱俗，於雲間另作一格。

陳維崧　當年曾上輕紅閣

阮亭云：近日名家，作麗語無如程村，作情語無如其年。

蔡振　晚紅滿地愁堆積

「淡月分前路」，蒼茫慘淡，江醴陵所未賦。

吴啟思　桃笙一片涼如水

着意恬雅。

唐宇昭　曉屏初摺香魂散

韋莊詞云：「金翡翠，爲我南飛傳我意。」驅使無情，與此惱意相似。

于端　如癡如醉緣思意

　字字淒轉。

董漢策　似雨如晴猶未雨

　似楊鐵崖。

孫允恭　眉痕淡蹙嬌無力

　含情無限。

冒禾書　蟬箏雀扇香塵細

　婉約盡致。

冒丹書　金鈴送響秋風至

阮亭云：艷情清緒，後山「曉來」諸調之亞。

陳學謙　珠簾掩映梨花白

　起似邦卿。

董以寧　阿娘碎語綿如絮

阮亭云：艷情中之有文友，繪風手也。

錢理　梅花初着輕輕雪

嬌小未諳情事，一一寫出。　與阮亭迷藏詞參看，各見詳略之妙。

趙開禧　南湖一片涵波樹

阮亭云：末二句，森挺見奇。

陳暉吉　金商欲換秋深矣

阮亭云：較「滿城風雨」，稍易一字，各有其妙。

鄒祗謨　東風無力嬌慵起

阮亭云：「梨花開謝桃花裏」七字，是花竹翎毛妙手。

又　疏簾密簟紅蕉吐

阮亭云：字字香雋。

又　黄金合裏開紅雪

阮亭云：工麗不必言，妙得情態。

又　朱樓十二闌干近

阮亭云：如見小黄門私戲雅娘時也。

又　紗窗風颭蕭蕭竹

阮亭云：「閒把道書慵未起，水晶簾下看梳頭。」又復別闢境地。

又　梅花隔院傳香雪

阮亭云：八圖中惟此最難烘寫，程村妙筆，一一寫生。

又　蘭缸照出梭兒玉

阮亭云：直是銷魂。　僕曩居秦淮，聽人譚舊院遺事，不勝寒煙蔓草之感，因屬好手畫《青溪遺事》一册。陽羡生爲題詩，僕復成小詞八闋，程村倚和。春夜挑燈，迴環吟歎。覺菖蒲北里，松柏西陵，風景宛然在目。正使潘髯、王百穀諸人身在莫愁、桃葉之閒，未必有此寫照也。

俞彦　伴人孤月黄昏半

阮亭云：天然妙語，可匹「朝淚鏡潮，夕淚鏡汐」。

徐士俊　便來無信留歸雁

迴句有連環之妙。

王士禛　鏡臺移日朝紅映

紐結香生。　此中亦具三昧，非仙手不能。

王宗蔚　小樓春夢啼鶯曉

計南陽　曲池春木含珠緑

二首工力悉敵。

朱鴻　白波寒擁孤榕碧

兩「上」字，意以各出爲佳。

卓人月　春宵半吐蟾痕碧

又　霞紅醮袂收紗霧

珂月自云：「妙在順讀是迎，倒讀是送。」真可謂巧心濬發。

張天湜　啼鶯漸老春堤柳

又　殘香暗盡花闌未

此體中斲輪手。

訴衷情第四體

陳子龍　小桃枝下試羅裳

弇州謂：清真能作景語，不能作情語。至大樽而情景相生，令人有後來之歎。

張天湜　綺窗半黑漸黄昏

善寫柔情。

敖𡼏　微風不盡捲輕霞

山來所作制舉業，如長江大河，滔滔千里。小詞亦復細潤，才人故不可測。

董以寧　拈將紅葉寫新詩

阮亭云：怨甚。是「夢見君王覺後疑」注脚。

卜算子 第一體

吴兖　倦放林逋鶴

讀之便如身歷桃源。　魯于孝廉能詩善書，築墅南郭，盡泉池、澗石、亭臺、花竹之勝。小詞頗瀟洒絶俗，自比稼軒。亦如李洞之擬浪仙也。

阮亭云：何必好樓居。

宋徵輿　金爐裊夕香

口頭語耳，出筆便自款至。　雲間諸詞，畢竟以三君爲正始。

夏復　秋色到空閨

阮亭云：寓意即工，自是再來人。

錢光繡　暝色動南樓

阮亭云：故故撩人。

周季琬　愁雨促春歸

阮亭云：向見方邵村侍御畫鶯雛，柔脆可愛，欲賦之而未能，當以文夏妙句移贈。

王士禛　天氣近清明

首二句用晉帖，佳。　「作意」、「花氣」二語，可入高耻菴《麗句圖》。

又　風水望西陵

「江南」句，空綴得好。

尤侗　秋雨急如箏

展成諸詞，字字雋脱，頗有瑶天笙鶴之致。存其合調者以見一班。

董以寧　明月淡飛瓊

文友善作迴文，每于音調糾錯處，見横峰側嶺之妙。此首迴成二調，更屬匪夷。然文友正不于此等處矜擅場也。

巫山一段雲第一體

單恂　畫舫沿波膩

起得脆艶。

計南陽　妾夢帆山路

惠心妍狀，不徒麗語見長。

後庭花

顧朝楨　警霜三兩哀鴻促

叶韻清曠。

添字昭君怨

黄永　今日是春來日

絶似劉後村落花詞章法。

鄒祇謨　應是渡頭桃葉

阮亭云：偶然題詠，不減杜紫薇風流，如聽雙鬟歌「黄河遠上」時。

倚聲初集輯評卷五

醜奴兒令

陳子龍　紅霞緑蕊煙波急

阮亭云：何其濃嫵。

單恂　花篩翠箔鐘聲小

阮亭云：「羅袖」二語，較老狐「開箱驗取石榴裙」，蘊藉多少？

王士禛　隋皇昔幸東都日

王江都「落日背蕪城」之句，差許頡頏。「琵琶」句，陡然一醒。

顧濬生　一庭新緑三分滿

無遮師博極羣籍，悟兼大乘。與先大父憲副石交。所著《拈華齋集》，瀟灑清越，在孫一元、徐渭間。

計南陽　酒深香靜渾如夢

惜卷帙散佚，不能盡爲表章耳。

幽思窅映，引人断腸。

毛穗　小樓一夜西風急

謝莊賦中「隔千里兮共明月」，入詞故佳。

吴玉麟　特地曉妝疑半面

可與董遐周作埒能。「鏡外」二語，更覺爽俊。此外便不許後人饒舌。

又　春光九十忙中錯

較量分數，竟如凌雲銖兩。昔葉道卿「三分春色，二分愁悶，一分風雨」；蘇子瞻「春色三分，二分塵土，一分流水」，俱爾鑿鑿不移，天石當與古人爭衡矣。

徐江蘅　寒煙暝織愁腸碎

阮亭云：宛轉關生。

與「馬上時時聞杜鵑」亦復相等。

減字木蘭花

范鳳翼　晴雲如絮

勛卿白狼耆碩，所著小詞，曠冽似王半山，而風味正復過之。

阮大鋮　春光漸老

阮亭云：僕曩從周櫟園司農許見馬貴陽畫幅，題一詩云：「秦淮往事已如斯，斷素流傳自阿誰。比似南朝諸狎客，何如江令擘箋時。」今日誦懷寧此詞，亦作此感。

董斯張　誰能消受

何乃精刻至此。

阮亭云：妙絶文心。

又　吴菱將老

遐周詞每自出新意，風流調笑，真覺情事如見。

許承欽　穿橋依磴

漱石《粘影軒》一集，瑰奇可喜，而合格者不多，正如碧海珊瑚，一枝足寶。

魏學洙　新瓜被屋

以田傲漁，自快心許。

錢光繡　詩魂字影

「半在孤舟半在家」，不減唐人絶句。

卓人月　絶塵超影

虞僧孺「一道香煙出馬頭」又翻落矣。　珂月于詞家獨闢生面，而于宋人藴藉處，不無快意欲盡之病。

徐遠　石梁天造

是夢境，卻不是夢境。

李長苞　江濤如許

末句脱胎「立盡西風雁不來」。

孫自式　時乎已暮

幼安、務觀，牢騷高放，未免有功名遲暮之悲。衣月早歲拂衣，蕭然物外，胸中筆底，便覺夷曠一層。

阮亭云：末二句達觀。

吳亮中　蔭溪喬木

似《桃源記》。

曹爾堪　幽蘭欲吐

僕最愛阮亭《真州絶句》中「半江紅樹賣鱸魚」。今又得此，不覺爲淵才狂喜。

又　垂垂紫楝

阮亭云：顧菴詞不爲儇巧，自是方家。

戴元韶　薄煙似織

阮亭云：如怨如訴，聲情可憐。

黄永　風風雨雨

阮亭云：「人在黄昏」，所謂「天風吹來」句耶？

王士祜　去年今月

章法井井，筆致流動。　昔宋廬陵李洪兄弟漳、泳、淦、澍，俱躋膴仕，無不能詞，有《花蕚樓》五卷，以方瑯琊昆季，淮甸猶稱素族矣。

王士禛　離愁滿眼

（楚女樓空楚雁來）《花間詞》：「楚女不歸，樓枕小河春水。」　累用楚事，蒨粲自然。至其勝情佳致，可備艷異一則。

又　紗窗夢起

比弇州原詞，如東坡和章質夫《楊花》，故當奪勝。

又　木蘭殿裏

空寫大意。只末一句，周旋全篇。

又　天然姿媚

足爲梅精生色。文士之筆，大有詞權。

黄霖　蕪城二月

清泠絶人。覺元美春雪詞猶有粉粧玉琢氣習。

王曜升　春風何處

神思清舉，意氣飛揚。想見富平公子縈鞭逐醉時。　次谷小詞，與惟夏可稱二美復出。

陸進　臨風欲去

秀致摇曳。　蓋思所選《西湖竹枝》及《鴛鴦紅葉》諸詩，無不詮核妍雅。《内家吟》一帙，猶覺爲玉臺人生色。宜乎填詞之韶蒨也。　徐野君序蓋思詞云：詩如康莊九逵，車驅馬驟，易爲假步。詞如深巖曲徑，叢竹幽花，泉幾折而始流，橋獨木而方度。非具騷情賦骨者，未易染指。雖爲詞林長價，寔是定論。

錢珵　雲溪閒釣

一幅春遊圖，當倩高手寫出。

阮亭云：僕十二歲時，題明湖詩有句云：「楊柳臨湖水到門。」全作都不省記，偶識于此。

王畿　輕雲初曉

阮亭云：譬宫詞之有王龍標。

蔣雯鬠　秋風落帽

善寫幽景。

鄒祗謨　畫橋分手

阮亭云：「書被催成墨未濃」無此詳暇。

好事近

熊文舉　一向怕春歸

落筆淒遠處，稼軒未及。

黄承聖　攜手入層雲

阮亭云：末二語，有「氣蒸雲夢」之概。　　煉字奇。

徐士俊　剪斷海棠絲

起得無賴，結得無聊。　　「擁着半牀懶」，與公阮「支持一懶」，俱有繪影之妙。

王士禛　社日過花朝

清芬逼人，是薌林得意語。

賀宿　草緑蝶香濃

只「夕陽醉起」二語，與義山「醉起微陽若初曙，映簾夢斷聞殘語」，今昔同工。

王愷　葉盡晚鐘平

阮亭云：幽況熠熠在目，作宫詞亦復佳。

謁金門

劉有綸　春恨促

耿邗先生爲吾友玉少尊甫。玉少云：「先生研精理學，所作詞多似偈頌。《春恨》、《憶舊》二詞，自謂得秦、黄之致。」果然。

吴偉業　人離别

阮亭云：「梧桐初下葉」五字，《騷》、《辨》之遺。

陳子龍　鶯啼處

縹渺淡宕，全見用筆之妙。

趙進美　風漠漠

阮亭云：字字雋。

又　風力緊

比齊、梁諸曲，艷中帶俊，便是詞家本色語。

李雯　青楓浦

欲贊亦無一字。

宋徵輿　西風驟

阮亭云：「紅淚年年如舊」，不關思索，自是神會。

又　風着力

神到語，令人含咀不厭。

孫紹祖　春雨足

自覺茗理相關。

俞汝言　酥雨後

佚態横出，遠神自流，可與梅村作伯仲。

李長苞　蛩吟處

態有餘妍，景中冶語。

柳含煙第一體

王士禛　銷魂樹

可爲隋堤寫照。「錦帆」、「天涯」，取境愈遠，措思愈近。

鄒祇謨　長堤外

阮亭云：玉樓金埒，宛然目前。

華清引

鄒祗謨　重重珠幕護窗紗

阮亭云：嬌怯如見。

醉太平第二體

董以寧　鵲兒不斷

「鵲兒」三語得題前意。所爲作賦者，須于前後左右求之，莫謂小詞無法。

鄒祗謨　花明月暗

阮亭云：寫翠裁紅，天然雕緻。

憶秦娥

吴偉業　愁脉脉

阮亭云：咸陽王子「鐘鳴」、「葉落」之詞，無此悱惻。即起左丞自爲之，何以復加。

陳子龍　春漠漠

阮亭云：前段寫情，後段寫景，並入三昧。此譬畫家之有神品，不應于句字求之。

宋徵輿　黄金陌

阮亭云：較陳不及，已入妙品。

王士禛　秦淮水

須看其逐次相生之妙。

計南陽　春魂血

阮亭云：賦杜鵑者，鮑明遠、杜子美，及此而三。詞境亦與青蓮伯仲。

萬里春

鄒祗謨　臨邛緑綺

阮亭云：新艷稱題。

清平樂

李元鼎　銀缸焰吐

「做出風風雨雨」，正長瓜生石破天驚句也。

陳子龍　繡簾花散

阮亭云：此從瑶臺金屋中閲歷得來，非漫作者。

李雯　月殘銀井

每于平淡中出警語，得宋人不傳之妙。

宋徵輿　雁聲初到

綺艷處字字老成。

計南陽　風流甚好

阮亭云：子山意得處，遂登黄門之堂。

孫枝蔚　花時雨候

陳師道「白髮簪花我自羞」，得此解嘲。　龍門清娱、香山蠻素，千古風流，一時韻事。

任繩隗　非桑非濮

阮亭云：機杼甚别。

宋泰淵　開窗春小

阮亭云：銀燭未免有情。

董以寧　已將身許

文友又有詞云「倘若負情悰，來生左太沖」，可答此詞意。　言情至文友，刻畫幾無餘藴。　當與王次回《香歛詩》並傳。　集中嚴爲論列，正爲填詞力返正宗耳。

朱以洽　雙雙乍見

一蝶也，木門以爲韓掾，禋頌以爲何郎，何前身如許紛紛耶？

鄒祗謨　琮琤寒玉

阮亭云：世有于襄陽嫂，必能解此。

占春芳

孫自式　飛急槳

識取放翁，識取風山，更有誰人一眼覷着？

阮亭云：胸無宿物。

鄒祗謨　小閣裹

阮亭云：「鳥識歡情亦解歌」，又爲翻案。

一落索

賀宿　子規到處啼春暮

天士長短句夷猶淡宕，辭淺意深，絶似朱敦儒風格。

誤佳期

龔鼎孳　香定剪風羅幕

中丞小詞，精麗非常。垂珠散錦，而有曳雪牽雲之妙。比之新都，繪琢處相似，而風韻更爾不凡。

鄒祇謨　可怪燈花不省

阮亭云：「燒蘭裁作燭，擘錦不成書」，淒涼爾爾。

更漏子

沈自炳　憶佳人

阮亭云：君晦詩最工香奩。此其零膏餘馥，座間猶留三日香也。

陳子龍　愁眉曉

宋徵輿　玉窗寒

二首天然風韻，見粗服亂頭之致。

王士禛　燕鶯時

沈褎年　雙歸燕

如説開寶遺事，不徒孫棨作《北里志序》也。

阮亭云：神韻合，不必字句之工。

高銑　酒懷寬

金天石「不見郎歸見暮鴉」與小卻「人在歸鴉歸處」，近詞中秦七、黄九也。

鄒祗謨　博山寒

阮亭云：亦有迷迭都梁，芬郁紙上。

倚聲初集輯評卷六

相思引

張積潤　夜夜高燒照畫屏

「蠟燭成灰淚始乾」，釀出許多意象。

相思兒令

董以寧　銀葉如錢一點

艷處能新，總爲詞家別開生面。

荊州亭

鄒祗謨　嬌重偏憎小婢

阮亭云：「倒暈」句，奇麗。「嚙妃女脣甘如飴」，柏梁奇語，鎔化入詞尤佳。

眉峰碧

賀裳　樓角簾齊捲

「夢中不識路，何以慰相思。」誦此轉覺欣慰。

又　徹夜愁無寐

夢中如此珍惜，覺時可知。

甘草子

黄承聖　呼婢

阮亭云：倦繡圖，與大樽「繡簾花散」異曲同工。

曹爾堪　春暮

大似弇州春詞。

阮郎歸

范文光　天然素質孃風鬟

阮亭云：弇州「何山」一闋，此當競巧。

又　堤邊楊柳漸凋絲

阮亭云：與孟襄陽各足狂態。

楊士聰　風吹黄葉客心驚

阮亭云：公子聖喻、聖企、聖宜、聖美，皆富文采，珠璧相照，不減羯末封胡。乃聖宜一令瀛州，遂爾宿草。讀公此詞，不勝山陽之痛。

陳子龍　朱欄清影下簾時

秦、黄佳處，有句可摘。大樽覺無句可摘，總由天才神逸，不許他人掎摭也。

王彦泓　東風吹破藻池冰

《詞筌》云：次句舊作「晴光開五雲」，甚醜。下云「緑情紅意兩逢迎，扶春來遠林」，甚妙。不妨並存。「試看燈」，洪作是；「看試燈」，復從原本。黄公于宋詞，極推洪叔璵。得次回點染，更稱全璧。

李雯　滿簾暮雨對青山

阮亭云：末句不必可解，自佳。

又　愁紅低影碧闌干

舍人較陳、宋，語微透而思轉沉。其得意正在神理淡含處。

又　夕陽庭院鎖芭蕉

悄然无限。

魏學濂　去年抛药種池塘

阮亭云：《西曲》、《子夜》之遺。

宋徵輿　霜華壓露滴重軒

阮亭云：「消魂」，尋常語，如此用卻新。

陳世祥　宿花蝴蝶惹花飛

如見吴儂小女縈手緩步時。

王舟瑶　武陵三月叩漁舷

葉嶼花潭，幽景在目。

曹爾堪　澗流傳響聚沙紅

顧菴諸詞，每與畫理相出入，覺善爲峰巒氣象。

徐允貞　西階霜冷月華明

調本大樽，而設色稍穠至。

王士禛　平山堂外又清明

梨花燕子雙叙，一句中便生色。

陳維崧　鮫綃微皺翳瀟湘

以擬大樽諸詞，可謂落筆亂真。

又　碧窗涼絲染平蕪

阮亭云：其年，今之温八叉也。

顔黄　青楓宜水桂宜山

如讀孟襄陽《春情》詩，自有清氣。

玉聯環第一體

毛羽宸　落花無語凭秋草

讀公阮諸詞，真有「落花無言，人淡如菊」之意。

王士禛　枇杷門巷櫻桃樹

「御香聞氣不知名」無此縹緲。

喜遷鶯第一體

董以寧　拈金鳳

讀此知劉龍洲指甲詞形容未盡。

畫堂春

陳子龍　輕陰池館水平橋

阮亭云：字字雨中杏花，嫣然欲絶。

又　艷陽深染杏花梢

色澤穠妙，而着意稍淺顯。此大樽晚年進步處，亦是其退步處。

王彦泓　東風吹雨破花慳

《詞筌》云：舊作「暮雲修竹淚流殘，翠袖凝斑」，雖是即景傷情，何如封字並淚痕寄之，意爲緊切。

阮亭云：原作藴藉，改作警麗，是進一層法。

宋徵璧　雕梁輕羽拂香泥

歇浦詞能于艷中着意，便綿渺可思。

李雯　長條梳盡影珊珊

宋徵璧　緑衣斷送百花紅

清真詠柳，本爲别師師而作，便覺離况在目。二詞復何所指耶？令人有攀條泫然之感。

又　緑窗虚静水沈飄

阮亭云：結句譬「玉船風動酒鱗紅」，自是世間不多得語。

徐士俊　東坡三萬六千場

元遺山「醉鄉天大，少個神仙我」，從蘇晉「醉裏神仙我」演出。此詞正復相仿。

王士禛　十分春信到梨花

剪綵鏤金，毫無生態，美而不貴。如此韶蒨天然，便有初日芙蓉之致。

王宗蔚　輕雲緑樹鎖長秋

是興慶宫中、摩呵池上語，不徒從永豐坊中移索也。

陳維崧　夜香時候繡屏高

此等題，俱十年前會文附作，落紙爭飛，當時推其年爲絶唱。每一諷詠，輒取有綺才艷骨之歎。

錦堂春

鄭元勳　屋傍煙蘿成里

幼聞廣陵影園泉石清佳，諸先輩目爲當時之驛。今讀此詞，小蓬萊當不減洛陽名勝也。

吴剛思　尚賴殘紅消遣

獨抉清真，不留餘艷。

賀裳　幾日愁酲耽卧

選事必雅妥，是黄公勝人處。

黄承聖　不悔從前孟浪

似劉鶴林「曲塘泉細」之什。

計南陽　新桂蛾眉如畫

阮亭云：麗語不濃重。

海棠春

周積賢　新粧初拂垂垂柳

風致婉約。　此調據《草堂》所載淮海詞，换頭宜作四字兩句、六字一句。而《詩餘圖譜》及馬浩瀾諸作，俱作七字兩句。董遐周又作三字兩句、七字一句，未識何據？益信成譜參稽未確，何況宫商失傳耶。

王士禛　鸚哥初唤聞方響

金雕玉緻，神麗天成。　「花影」二語，温尉有其瑰艷，無其娟妙。

又　緑楊庭院東風足

爲轉一解，曰「開簾風動竹，疑是玉人來」。

又　星光碎月摇花影

「玉沁冰壺冷」，爲「冰肌玉骨」四字翻新。　顧敻「妮」字，韋莊「翫」字，紫玉「䵷」字，與此「鬻」字，俱詞中未曾用過。一經拈出，便覺新雅。乃知古今來佳字句埋没故紙中者，亦復何限。

又　鴛鴦樓角黄昏雨

麈尾能銷炷蠹，阮亭《香歛》詩云：「麈尾難銷黦，蛾眉漸減螺。」亦此意也。

鄒祗謨　蘭風惝怳飄清響

阮亭云：嬌小如畫。

又　閒堦踏遍憐華足

阮亭云：如百寶流蘇。

又　銀牀月起迴孤影

阮亭云：結句妙想天然，和韻尤爲僅事。

又　藥欄鎮日拋紅雨

阮亭云：此「麈」字，亦天然妙押。

武陵春

葛一龍　深鎖樓臺何處裏

清老似其詩。

阮亭云：亦復纏綿。

陳子龍　看盡雕梁雙燕子

「抛卻閒愁」句，比「暖香惹夢」尤爲勝寄。

黄永　爲怕日光爭欲雨

阮亭云：姑妄言之，自昌谷「天若有情天亦老」脱胎。

王士禛　昨日相逢歌扇底

通體揚艷。「秋水簟文流」五字亦情語，非襯句。

山花子

陳繼儒　蜂欲分衙燕補巢

阮亭云：徵君老于名山，熟諳林壑之趣，故其言清脩如此。

又　梓樹花香月半明

阮亭云：幼侍先大父方伯公，從便面見眉翁此詞真跡。開卷如逢故人。

吴偉業　阿母頻催上玉鈎

「曉气撲簾花尚睡」，自是絶妙詞語，着詩不得。

陳子龍　靜掩珠簾透麝蘭

阮亭云：大樽柔情俊語，自淮海、漱玉組織而出，不落南渡以後。

又　楊柳迷離曉霧中

阮亭云：絶妙詞中，未易多遘。

唐世瀚　寂寂閒庭雨下晴

阮亭云：倒句作態。

趙進美　銀爓初銷寶鴨濃

在清真、湘真之間。

李雯　乳燕初飛冰簟涼

《珠玉詞》中神合語。

葛彌光　露濕鞋兒小徑幽

氣骨盡矣。與其假氣骨，寧真風味。

阮亭云：氣骨與氣質有辨，後學當知之。

宋徵璧　細斂娥眉幾許長

綵緻，無佻語。

又　芳草花開蛺蝶飛

「珠淚未乾常帶笑」比「笑啼不敢」，更自神傷。何以體驗至此？

賀裳　白玉搔頭刻鳳凰

阮亭云：一氣流轉，艷體所難。

又　側側輕寒閉瑣窗

似晏小山。

阮亭云：致在「重」字「香」字。

計南陽　風捲流蘇午夢閒

調俊神逸。　子山《江楓》一集，比負鐙字删句削，可見其細心微詣處。　彼放筆頽唐，自矜神會者，吾知其不經敲琢也。

徐允貞　碧樹含風緑水潺

采擷芳異，不見使事之跡。

王士禛　斗帳初垂懶卸頭

如飲甘露。　脂凝蜜醇，故有餘味。

又　黄鶴山前黄鶴鳴

「黄鶴山前」二語，阮亭亦作此狡獪耶？　謝宣城「澄江淨如練」，又得阮亭以「接蕪城」足之，便覺江北江南風景如見。

曹鑒徵　小院西風木葉殘

阮亭云：「塞雁」、「鄰雞」，南唐致語。

鄒祗謨　澹白春煙花信宜

阮亭云：直不減「小樓吹徹玉笙寒」。

眼兒媚

龔鼎孳　窗紗桐洗葉吟秋

視宋詞「今宵眼底，明朝心上，後日眉頭」，更覺惝怳纏綿。言情真至。

陳子龍　裊裊東風軟玉屏

尋常語，賞味不盡。

董斯張　纖腰漠漠裊初春

以柳比人，何如以人比柳之妙。

萬壽祺　花弄香紋春滿樓

摹情設景，便如親見其人。自然風韻。

黃周星　佳人相喚出蘭房

不煩點綴，自見輕倩。

王彥泓　自嚬雙黛聽啼鴉

《詞筌》云：舊作「已歸燕子」，「略」作「忒」，「菱花」作「鶯花」。雖止易數字，精神若增。尤妙于以「菱花」易「鶯花」也。　「重來」易「已歸」，二字醒切。　詩有一字之師，如此改潤，豈非雙溪子功臣。

李雯　曉來獨自上粧樓

「直甚風流」與「不曾真箇也消魂」，俱可于此處悟禪。

李長苞　已傍空山懶着花

即欲借本詞作贊。

許友　精魂石上憶三生

小青第三幅圖。

阮亭云：曾從櫟園司農畫册見甌香道人句云：「野航人遠雁聲低。」吟諷不已。今讀此詞，知虞山老人詩「許友八閩風」，殆非妄歎。

又　半竿殘日上西窗

清空不砌事，詞家妙境。

王士禛　少年無賴好尋遊

豈有黄才伯「如花落梅」之喻耶？　别樣風流，更難消受。

又　相逢曾記在秦樓

僕有詞云：「郎住温柔鄉裏，妾在娉婷市中。」極爲阮亭所歎。偶逸之，附見于此。

曹爾坦　雨餘山翠遠浮簾

畫眉人正難參透。

陳維崧　晚來無語汲銀瓶

有亭亭獨立之致。

任繩隗　舊製凌波只一鈎

阮亭云：「應願將身作錦鞋」，作者得無意乎？

董以寧　初春嫩緑染香溪

可廣崔珏《鴛鴦》詩。

袁揆燮　鶯嬌燕軟破輕紗

嶽咸爲丹六令嗣，詞故在半山、元澤之間。

鄒祇謨　莫教挈伴踏微行

阮亭云：似韓致堯「金蓮緑齒」之詠。

賀聖朝

賀裳　馬融帳後曾經識

麗整。　使事不呆。

朝中措

歸莊　山連霄漢草連空

元公爲太僕文孫，詩歌、行草無不遒麗卓絶。小詞疏快，直逼六一公原唱。

王士禛　平山堂外又東風

平淡中見北宋本色。　杜于皇《紅橋詞序》云：揚州爲自古名士遊宦之地。歐、蘇俱有小詞，醉翁「江天渺渺没孤鴻」、東坡「三過平山堂下」之句是也。六百年而得阮亭，妙絶當時，始繼其響。即此詞，亦復何讓。

孫序皇　霓裳一曲淚痕消

阮亭云：此程村所謂風骨也。

秋蕊香

李雯　昨夜涼風微度

只一語，點醒全首。

倚聲初集輯評卷七

桃源憶故人

葛一龍　落衫點點春應少

清蒼中殊覺澹遠。

陳子龍　小樓極望連平楚

阮亭云：連娟香艷。此處不得不讓大樽擅場。

魏學濂　上流有女誰家者

設想甚奇。

卓人月　讓他姚魏黄金屋

阮亭云：尖仄，是珂月本色。

劉芳　幽魂未認投江水

「劉項原來不讀書」，拈來輕合。　此題子一、珂月、爾斐、墨仙各有十首，刻意摹畫，反損詞格。各存其一，以見文心不窮之妙。

單恂　一枝玉蝶香猶恪

蓴僧諸詞，比《幽蘭》少加刻露，而令人魄動處，輒復弄姿無限。

宋徵輿　碧湖飄蕩紅絲藕

《幽蘭》諸詞，每在新警中仍留藴藉，故立格獨高。

陸亮輔　桃花碎影江如靛

「寶枕垂雲選春夢」，如何换得？

杜濬　清歌妙舞翻多了

此在《續花間集》抄得，中多誤字。昨更于皇自訂，遂覺字字瑩發。

阮亭云：全副名士。

賀裳　粧成無事娱清晝

阮亭云：逼似太虚。黄公《載酒園詩話》一編，論詩詞已入三昧。宜其自運之工如此。

魏學渠　平郊二月東風度

阮亭云：柳洲風雅，極東南之美，實子顧、子存、子更數公倡導之。

龔百藥　紅桃雨散東風起

介眉爲詞，從沉鍊得自然，故深雋無佻語。

計敬　小樓昨夜風姨劣

詠落梅，有孤峰峻壑之氣。

王士禛　金釵澗上人如玉

昔應子和以「蠟炬短燒紅」、「風雨落花紅」、「兩岸夕陽紅」，名「三紅秀才」。今阮亭有「春水平飄緑」、「夢裏江南緑」、「新婦磯頭煙水緑」，不將更稱「三緑」耶？

陳維崧　如何這樣歸鴉快

阮亭云：冷冷瑟瑟，筆挾冬氣。

燭影搖紅第一體

董以寧　到得而今

嬉笑怒駡，皆成好詞。

阮亭云：想見辛幼安、陳同父一輩人，詞品亦在後村、龍洲二劉之間。

三字令

卓人月　花一片

阮亭云：前人詩「一隻相思愁殺儂」，畫相思甚妙。

陳世祥　衫袖怯

喁喁刺刺，似小兒女細語。

徐士俊　深院鎖

更增減一字不得，倒置一句不得。

西地錦

董以寧　不合相攜鬬草

阮亭云：可作《小名録》總序。

鬲溪梅令

董以寧　簾前緑水映雲屏

袁中郎云：近時言情之真者，惟銀紐絲最佳。此則化俗爲雅，與元美「鳳凰橋下」爭衡，攔《打棗》、《掛枝》佳句入宋詞，不似高季迪唱「月子彎彎」也。　阮亭辨韻敏確。文友詞中如庚青、真文通用者，多從逸去，此首以其雋妙，且僻調，因存之。雖姜白石、高竹屋集中，亦偶見此類，然後學自不容濫觴也。

太常引

計南陽　青鬟如畫立娉婷

阮亭云：「杜鵑多夢不分明」，也索對句不得。

王士禛　交飛玉剪羽差池

未免有情，誰能遣此？　「水碧山青去時」，可概一篇《別賦》。

柳梢青

陳子龍　繡嶺平川

阮亭云：繡嶺宮前，樂遊原上，不勝開元盛日之思。

歐陽鉉　春去楊花

阮亭云：嫻雅。

陳震生　雨滴重簷

「人似湘煙」，覺巫雲峽雨，數見不鮮。

程舒　淚染綃霞

阮亭云：「路遠樓低」十二字，不減「雨絲風片，煙波畫船」。

宋徵輿　楊柳梢青

阮亭云：淮海、清真之間。

計善　畫閣平橋

分得奇鑿。

錢穀　倚閣臨軒

阮亭云：欲與黄門「繡嶺平川」爭價。

金長輿　可惜張郎

起句善翻舊意。

極相思

鄒祇謨　小樓獨對雲屏

阮亭云：善寫柔情。

陽臺夢

周積賢　玉釵頭上東風小

正江州司馬青衫欲濕時也。

應天長第一體

張天湜　畫堂酒散迴廊立

艷逸不流凡調。

王士禛　餞春時節深深院

閨人瑣事，得有心人一眼覷着。

惜分飛第二體

吴鼎芳　紅界枕痕微褪玉

阮亭云：首句似「枕痕一綫紅生玉」。

陳子龍　池上輕陰鶯暗度

「不禁着意東風處」，直欲奪易安之席。

宋徵輿　堤上長條煙雨共

「啼時驚妾夢」，更得一妙諦。

王士禛　生小盧家堂裏住

僕《惜紛飛》詞四十餘闋，乃十五年前所作。正樂天《夢遊春》詩所謂「壯年徒自棄，佳會應難復」也。

得阮亭作，不覺感于「空花」、「焦穀」之諷矣。

鄒祗謨　紫玉化煙千萬縷

阮亭云：「霍王小女」，引喻極切。但程村不似十三郎，如何？

又　竹葉同傾飛鵲醆

阮亭云：其年所謂「榴箋幾幅，濃寫相思」也。

又　再浴女蠶難作繭

阮亭云：情絲并剪，何處得來。

又　翠幰流蘇聲細悄

阮亭云：輕紅簾幕，微有人聲。

又　三百籤文親自寫

阮亭云：碎事堪入香眉佳話。

又　河滿數聲催阿沈

阮亭云：鄭愚消得錦半臂。

又　疊得蓉箋書幾瓣

阮亭云：更有隱括來柬云：「九曲腸應碎，此心豈敢爲郎諱。」又：「題起三秋恨，孤舟斷纜儂多分。」楚楚切切，真「腸斷蕭娘一紙書」也。

又　分手柴扉陳數願

阮亭云：如大珠小珠，錯落玉盤。　又云：安能向青溪乞如願耶？

又　畢竟書生真薄命

阮亭云：翻案妙。

又　一朵花鈴紅荳蔻

阮亭云：發乎情，止乎禮義。　不使元十一郎輩藉口。

又　紫雪脂香光灩灩

阮亭云：名士悦傾城，由來佳話；才人嫁厮養，自昔同憐。程村《惜紛飛》詞凡四十餘闋，無不纏綿斷絶，動魄驚心。事既必傳，人斯不朽。正使續新詠于玉臺，不必貯阿嬌于金屋也。今録其最合作者二十首如右，俾方來覽觀者，雖復「太上忘情」，亦未免「我見猶憐」之歎爾。　序略云：「僕本恨人，偶逢嬌女。斯人也，四姓良家，三吴雅質。霍王小女，母號淨持；衛氏少兒，父名鄭季。清風細雨，無不訝爲針神；綺月流雲，咸共欽其墨妙。目成紫姑乩畔，嬌小未諳眉語。朱鳥窗前，慧癡時半。畫堂邂逅，禮猶待以家人；綺閣笑嗎，心直矜爲鄉里。樂府擬合歡之曲，妝臺鮮累德之辭。心既悦君，身請爲妾。珠樓所以設館，江汜于焉待年。」又云：「漢渚在前，間投雜珮；明河不遠，特泛輕槎。巷種蘼蕪，邀郎傅粉；門迎楊柳，唤婢垂簾。犀沓將催，願脱守宫之誌；錯刀雖贈，空虚貯屋之期。」末云：「邯鄲才人，終歸厮養；左徒弟子，空賦閒情。猶復遠寄鴻緘，微求故劍；近尋鵲會，急索亡簪。恨輕委于庸奴，悵妄投于老嫗。溝中紅葉，好謝慇懃；塘上青蒲，忍教訣絶？」文友評云：「以驚才絶艷之筆，寫千古傷心之事。固文人之絶調，亦怨客之愁吟。」斯言誠當矣。

又　長伴犀梳光欲暝

阮亭云：「一點秋波能作鏡」，造語奇雋。

憶漢月

趙進美　入眼繁花如繡

善作詞者，多從詩句脱出。或正用，或反用，或借用，或影用。王建《新嫁娘》詞如此翻借，慧心巧舌，何必冥搜僻索也。

宋徵輿　樹底碧陰銷暑

阮亭云：蕉緑人愁，有何干涉。文心亦如蕉心百結。

鄒祗謨　縱使百年膠漆

阮亭云：起語奇恣，是幼安。

月中行

張淵懿　五更零落杏花風

用意不窮，層層剔出。

西江月 第一體

范文光　幾疊歌聲醉緑

縹緲超忽，不讓牛嶠之賦巫雲。

李元鼎　剪剪寒枝亂落

侍郎《文江唱酬》一集，錢宗伯序云：珊瑚筆格，緑沈之管交揮；玳瑁書籤，雲母之箋雙劈。花深網户，每刻燭以分題；燕乳綺疏，或攤書而徵事。又云：雕軒文駟，驂玉馬以北朝；翟茀鞠衣，伴角巾而東下。水精簾幕，鎮日焚香；雲母蓮花，千年辟蠹。豈若敬通見抵，但對孺人；子美漂流，長隨妻子。侍郎自序云：拈題送韻，不爲交謫之言，多有開愁之句。于喁自適，金石相宜。即言之無文，不暇計矣。觀此小詞，雖秦嘉有贈婦之書，張媛傳寄夫之什，又何能儷此美談，方斯勝事耶？阮亭云：司馬風神玉立，望之如神仙中人；又得遠山夫人佳儷倡酬，《文江》一編，不減《金石》千卷。

梁雲搆　但得甕傾緑螘

予故與程村特拈此序，作千秋佳話云。

《豹陵集》小詞，蕭散多似渭南。此尤暢適可誦。

吴偉業　烏鵲橋頭夜語

歐公故能作麗語。

卓發之　當日逢君如月

此與坡公「溪聲山色」句爲同爲别。

龔鼎孳　箭打亂潮柔艣

阮亭云：合肥公風流文采，照映一時。如此小小結撰，豈非牀頭捉刀本色？

又　别怨暗移青鏡

瓌奇婉佚，逼似梅溪。

李雯　素手深知花重

阮亭云：妙句，與「幸不折來」、「疏影横斜」二聯爭席。

程弈　盡日荷鋤治圃

偶然佳句，不容捉摸。

孫自式　身世飄飄落葉

淺語耳，味之轉深。

曹爾堪　有客漁焉終老

阮亭云：如昔人作《輞川圖》，可以愈疾。

黄永　解纜依然細雨

孤蓬夜雨，誦此黯然。

計南陽　燕子樓邊水淺

阮亭云：「玉鞭雲外」之詞，「江上峰青」之句，遂欲兼而有之。

又　桂子香殘緑鬢

如聞涼風纖手之歌。

阮亭云：僕髫時作《落葉》詩數篇，頗爲先輩所賞。有句云：「已共寒江潮上下，況逢新雁影參差。」又云：「年年摇落吴江路，忍向煙波問板橋。」忽忽十餘年往矣。附見于此，以誌金城之感。

王士禛　夢想天都黄海

讀徐巨源《山居》、《秋光》二賦，愛其清雄曠邈，尋繹不置。今讀阮亭此詞，泠泠漻漻，便覺徐賦爲煩。

又　漢武史稱大略

足爲猿臂公生色。　阮亭常稱易安、幼安。二安俱濟南人，各擅詞家之勝。阮亭曩已和《漱玉》，今復倣稼軒。千古風流，遂欲一時將去耶？

又　少慕魯連高節

宋辛幼安詞有「雄深雅健，不讓文章太史公」之句。昔人謂可移贊幼安。今「倜儻權奇」四字，余欲以移贊此詞。

又　一片西江雲月

如見素車白馬，銀濤澌湃時。

董以寧　千葉寒雲護者

即使雲林揎染，亦當無此細潤。

李煃　皎皎影娥浮玉

似王仲初警語。善道宫人意中事。

留春令第一體

鄒祗謨　昨宵曾夢悲天竺

阮亭云：臨邑邢慈浄子愿先生之妹，善畫觀音大士，莊嚴妙麗，用筆如玉臺膩髮、春日游絲。讀鄒、董二詞，髣髴見之。

燕歸梁第一體

王士禛　海燕紅襟語畫梁

「人間」三句，推説遠妙，秦、黄得意處在此。

鄒祗謨　兩載飄零作浪遊

阮亭云：嘯歌自得。

茶瓶兒

鄒祗謨　水味中泠第一

阮亭云：「善戲謔兮」，正復可念。

雙調荷葉杯

陳世祥　自是多情難得

如珠簾鸚鵡，聲容可愛。

倚聲初集輯評卷八

偷聲木蘭花

陳世祥　春陰拘束花魂瘦

春暉濬裔，一「做」字曲增情狀。

王士禛　緑楊陰裏秋千索

絶世丰標，銷魂刻骨之語。

董以寧　雲母新箋香粉褪

文友小詞，每指一事詠之，率皆前人未發。乃知玉臺繡閣，自有形容不盡處。

錢珵　嬌鶯侵夢人慵起

《東山寓聲》中佳語如是。

滿宮花

王士禛　漢宮春

蕊仙繪事雅倩，與文俶、周禧齊名。更得阮亭寫生，便覺輕綃捧硯，小玉看題，靈心慧性，呼之或出。

宋泰淵　清晝長

阮亭云：亦看朱成碧之意。

少年遊第一體

范文光　弱柳腰肢雛燕性

乘舟問津，是遠是近？

陳子龍　滿庭清露浸花明

詞不極情者，未能臻妙。如此朦朧宕折，應稱獨絶。

趙進美　紅衣初褪小銀尖

剖菱得如許佳句，致堯「手香江橘嫩，齒軟越梅酸」、于湖「羅帕分柑霜落齒，冰盤剥芡珠盈掬」，俱當避席。

李雯　殘霞微抹帶青山

阮亭云：驚心動魄，咄咄周、秦，舍人固是不凡。

又　綠窗煙黛鎖眉梢

爲是景語，爲是情語？

李長苞　戍樓急鼓少人行

阮亭云：唐人閨怨、邊詞，佳處爾爾。

毛羽宸　劍痕一抹與心平

阮亭云：「殺人如草不聞聲」，後百年復得此奇句。

徐允貞　一堦新草碧痕輕

阮亭云：此雲間麗則處。慧眼能辨，必不爲頑艷所溷。

王臣藎　藤花浥露月穿棚

韶雅。

盧元昌　金樽昨夜短燈前

覽之令人增别離之感。

少年遊第二體

趙進美　檀欒修竹

阮亭云：瑣細香倩，似《南部煙花録》。

賀裳　繡罷芙蓉

阮亭云：似「釵梁小燕雙雙顫，春自玉人頭上來」。

黄永　記得中秋

流利，是艾菴本色。

孫元鑒　紅袖半遮

「原來着盡」二語，便覺「二月春風似剪刀」太覺費力。

阮亭云：似《片玉詞》。

鄒祇謨　蛾黄淡掃

阮亭云：京尹畫眉，無此款昵。

又　小步方停

阮亭　極妍盡態，殆非寓言。

瑶池燕

董以寧　當年曾僭

此等調最難裁減熨貼。存二首以見少時狡獪伎倆。

阮亭云：鄒、董以奇麗角勝，在詞苑中亦如沈、宋昆明池應制，未易軒輊。

鄒祗謨　花絲清艷

阮亭云：此調本古琴曲。斯製亦是琴聲。

思越人

張杞　玉簫吹

阮亭云：「楊花」句，止易長吉一字；足下句，似勝本詩。

宗元鼎　登層城

將二十四橋憶六橋，自有一種深情。

阮亭云：此等是秦、張輩正法眼。

董以寧　避車塵

阮亭云：薌林、放翁之間。

思遠人

鄒祗謨　雁字魚函渾未寄

阮亭云：暗用《新嘉驛》詩語，新倩欲絶。

河傳第一體

黄璿　檀郎無事

猶記十五年前，筆墨狼籍，在玉曾有《月苔箋》，余亦有《笑蘭草》，正腸肥腦滿時所爲也。今在玉已成異物，拈之不覺慨然。

鄒祗謨　一杯酹汝

阮亭云：精艷處，思入毫髮。「魂共春絲語」，何處得來？

河傳第二體

吴洪化　殘杏

吴玉麟　菱鏡

二詞微婉，在李、晏二家父子間。

醉花陰

俞彦　誰拯靈均湘水上

阮亭云：光禄詞，當味其本色佳處。

焦源溥　紅綴繁枝鶯語巧

豹人述中丞殉闖難甚烈，爲選小詞登之。正如陳了翁、文信國諸公，令讀者愛其寸璣殘璧也。

陳子龍　繡幕屏山紅影對

阮亭云：寫景布詞，必不入南宋一字，是此公獨絶。

又　幾遍閒愁都過了

當時求夢不曾眠，又進一解。

李雯　絳紗愛把黄金縷

阮亭云：「簾捲西風」又開生面。

宋徵璧　荳蔻梢頭花半吐

刻意作警艷語，幾于目奪神摇。　歙浦論宋詞，品騭精覈，瑕瑜畢見。論倡和諸集云：子璧長于抒藻，子建勇于任才，轅生妙于用筆，轅文神于搆思兼精于持論。凡鑒别妍醜，毫髮不爽。諸公之作，集中俱得備載，獨轅生詞闕如，不能無隴蜀之望耳。

宋存標　香散飛花衣袖窄

月鮮雪膩，更無匿彩。

宋徵輿　風裊繡簾雲鬢礙

阮亭云：古來宫闈佳麗，自西子、梅精輩，足當此者，不過數人耳。

又　黄花滿座香清晝

此詞數「瘦」字，使趙明誠能爲之，必無不如詞女之恨。

張龍文　未解工書欣染翰

善寫閨中强作解事情景。　掌霖《黛濤》一集，奥峼幾不可句讀，因删潤此首存之。

賀裳　柳花飛處分鸞恨

僕有《偶贈》詩云：「能言青鳥時傳信，熟識烏龍不避人。」頗與相似，附記于此。　天士爲余言：黄公少時風流倜儻，在青溪、桃葉間大有佳遇。　此等詞入之《北里》、《青樓》志中，猶令讀者想十四樓中風調也。

錢穀　紅曆輕雲生百媚

一「做」字，便覺悽惋，不待其詞之畢矣。

王士禛　香閨小院閒清晝

有「生受」、「打疊」四字，此「瘦」遂不減前押。

沈謙　霧障雲屏春睡重

去矜諸詞，率從屯田、待制兩家浸淫而出。　言情濃至，不欲多留餘秘，意得處直欲據秦、黄之壘。

計南陽　昨夜輕雷花外轉

末三語不必解索理會，自然百諷不厭。

盧元昌　暮雲靉靉高樓閉

阮亭云：令人憶峴山風景。

董以寧　露沁香心花中酒

阮亭云：文友善摹閨閣，遂爲詞家開幾許生面。

戈元穎　片雨弄愁愁未了

賦物雅潔，勝用修之「金繭包春，玉蛾翻雪」也。

黄京　一片孤村煙霧重

五十字中，酸風曠野，讀者如展北風圖。

鄒祇謨　西風側側催衣袖

阮亭云：《漱玉詞》三昧。

南歌子 第三體

陳子龍　淡淡花梢去

如此詠月，那數「珠斗斕斑，銀河清淺」也。

李雯　霜痕隨碧甃

「獨眠人起」一語，寒氣逼人。香奩中鏤冰畫風手。

曹爾堪　鏡展嬌如雪

顧菴作艷詞，如王、謝子弟。捉麈尾自有俊致。

吴綺　銀甲調新火

風流婉逸，故在秦七、柳七同。

憶餘杭

鄒祇謨　待把愁推愁未捨

阮亭云：程村作諸僻調，能安頓拗折處，使之轉旋從我法，又無一字粗牾，真削猴刻鵠之技也。

望江東

范文光　作眉如作蘭與字

阮亭云：此種風流，乃是名下不虚。

又　花月名家楊柳樹

「鴛鴦福」故自難修；「情字説不盡」，大爲透語。仲闇有情有福，令人想見杜書記平安時。

李元祖　一幅春光明更美

居然《片玉》風味。

迎春樂

宗元鼎　歸來後不覺春光少

似漁樵笛譜中語，人不堪聞，何況僕哉！

尋芳草

夏復　幾陣杜鵑啼

有句法，有章法，善得層次剥换之妙。

任繩隗　多少青鏤筆

「書空」移作閨詠，咄咄怪事。

宗元鼎　這幾日春去

太虚云：「悶損人，天不管。」魯直云：「好殺人，天不管。」「天如知道，和天也瘦」，又那肯回顧也。

阮亭云：小令耳，景語、情語、致語，已無不具，與程村長調，可稱瑜、亮。「天若有情天亦老」，生出如許慧思。

探春令

陳子龍　寒梅香斷滿簾風

措意每令人迴想。

陳世祥　桃花樹上午鶯眠

眼前語，卻能作意寫出。

玉團兒

鄒祗謨　雪衣伶俐烏衣拙

阮亭云：直叙中自見風致。

雨中花第一體

李長苞　挽住垂楊繫馬

促柱繁絃，淒然欲絶。

陳世祥　千里滔滔冰雪

阮亭云：試歌之妙高臺上，坡公有靈，必當起舞。「怒浪都空設」，比坡公「浪淘」語尤狠。

任繩隗　姊妹貪歡鬬草

與「夜來妬殺花枝」，一揉碎，一親藏。總寫香奩人無聊瑣屑處。

董以寧　案上新詩幾種

秀激處又似篁嵘翁。

鄒祗謨　二月春光未老

阮亭云：措思極曲。

青門引

趙進美　繡帶柔風揭

鳳洲「暗送春風意」，麟洲「早碾破、愁腸萬縷」，詠茶已極清麗。黄門又從「釵影欲動時」看出，何等閒細。前人亦便寫不到也。

木蘭花第一體

陳子龍　雨初晴

大樽詠楊花不一調，無意求新，總無一字沾惹舊人處。

陳世祥　喚提壺

有别趣。

醉紅妝

陳子龍　空庭星露暗香消

宋徵輿　碧空飄墜小流星

二詞音節泠泠，自有照卷點衣之致。

紅窗聽

鄒祇謨　撚斷冰蠶金鴨燼

阮亭云：竹肉之間。

望遠行第一體

陳子龍　曉日深沉畫閣眠

每于率然處獨標神彩。

怨王孫

王士禛　畫閣清悄

一种情昵處，惟次梗劇手能之。

上林春令

鄒祇謨　輕煖輕寒春仲

阮亭云：當是衍波箋上語。

河　傳第三體

董以寧　月小

風致泠然。

河　傳第四體

宗元鼎　絲飄綵縷

《河傳》、《水調》，本隋皇南幸之曲。梅岑即用大業遺事詠之，殊爲香倩。但調本錯落，更首首用《花間》韻，微覺艷思不展。張玉田云：「詞不可强和人韻。」斯言亦是一解。

河　傳第五體

周積賢　春雨春雨

鍊琢中，音調鏗然。　其年數爲予言：壽王，奇才也。觀其《與弟書》云：十五歲作賦，又一年作騷，亡去遂不復作。直以所長在此，故慎自愛。見聞不足，恐小用之耳。此言真能知詞賦甘苦者。孝章之年不永，爲之歎息！

河　傳第六體

鄒祗謨　繡幃深處

阮亭云：錦帶書中，有此珍艷。

河　傳第七體

鄒祗謨　新衔花史

自記云：《河傳》一體，錯落不同。《詩餘圖譜》分爲十二體，似矣。但此體上段末句與第三體第七句，俱應七字，中隔兩字用韻。余于第五句中藏一韻，仿顧敻「慵整海棠簾外影」之意，庶幾微合耳。

河　傳第八體

吴玉麟　信風廿四

阮亭云：此譬書家金錯刀法也。

河　傳第九體

儲福疇　清曉

自然勝引。

杏花天

龔鼎孳　紫蘭香重圍青粉

阮亭云：公《薄倖》詞云「不耐啼鶯冷暖」，厭之也。「流鶯欲盡」，又何其與流鶯有情。

又　思香院落蓮釘扣

阮亭云：西樵詩云：「自憐不及閨中月，解照盧家玳瑁粱。」與中丞「作柳」，心情同一無賴。

王國瑛　一江緑水流難去

阮亭云：已近自然。

董以寧　雲眠月醉青山卧

善于翻案。

阮亭云：補清遠道人所未及。

雨中花第二體

單恂　秋影一江煙漠漠

古詩：「願作石尤風，四面斷行旅。」覺太傯憩。此更宛轉可憐。

王士禛　料峭東風吹細雨

勝讀申、魏諸小記。

董以寧　幼小未將情字省

阮亭云：此養娘教壞司馬君實家僕。　文友可與講學。

臨江仙第一體

陳世祥　庭陰日午長無事

曲寫憨態。

紅窗睡

陳維崧　記得年時

阮亭云：已逗元曲。

鄒祇謨　簡點紅缸

阮亭云：非花非霞，如其妙麗。

摘紅英

李鄂　潮頭白

酷似張翥《惜花》詞。

倚聲初集輯評卷九

雙調望江南

龔鼎孳　華燈畔

古《織錦詞》「藥亂雲盤相間深，此意欲傳傳不得」，必如《綺讖》，方許傳此種意味。

又　苔影緑

曹爾堪　秋欲暮

《道經》言月有艷翳寒婉之喻，可贊中丞此詞。

宋存標　燕飛來

阮亭云：學士詞如詩中儲、王。

吳啟思　秋已到

鮮艷殢人，秋士移情之作。

阮亭云：昔人「黄昏微雨畫簾垂」一篇正相似。

王宗蔚　楓葉落

李慎言夢作《拋毬曲》時，曾賦此景。

王士禛　江南憶

又　江南事

《樂府・吴聲歌曲》有《三閣詞》，劉禹錫所作詠陳後主事，所謂「珠箔曲瓊鈎，子細見揚州」也。畫家七十二色有檀色，婦女眉暈似之。《花間詞》：「背人勻檀注。」西樵山人詩：「愁裏眉痕損聖檀。」漢上林苑中有人柳，一日三眠三起，見《西京雜記》。唐詩：「閒倚屏風笑周昉，枉將心力事朝雲。」二詞大爲江南生色。自隋皇、白傅來，此調得阮亭更成絶唱。

董以寧　和郎坐

真閨中風雅。用修閨鄒魯、女洙泗之言，覺太板重。

鄒祗謨　閒中惱

阮亭云：遒逸。

浪淘沙

陳繼儒　風雨霎時晴

阮亭云：此等存之以見前輩風流。　字字清麗。

俞彦　窗裏夕曛殘

阮亭云：李皇「天上人間」四字，分剖妙絶。

吴偉業　枉自苦凝眸

李長吉「幽蘭露重如啼眼」。（梁人）［齊武帝］云：「此柳風流可愛。」令老折永豐一枝，曾憶瀟湘九畹乎？

龔鼎孳　銀燭照柔心

蔚藍天上人語。

陳子龍　閣外曉雲生

可謂鍾隱後身。

又　清淺木蘭舟

阮亭云：讀湘真詞，覺鏤鉥字句者之拙。

錢繼章　往事不堪談

阮亭云：無言而有畫意。

李雯　小苑午陰長

阮亭云：一幅黄筌花鳥。

錢繼振　水水湛清華

置之《渭南集》中，復能辨否？

宋徵璧　銀蠟一重重

阮亭云：「倦枕徐欹寶髻鬆」，那得不愛？

宋徵輿　盡日雨冥冥

阮亭云：無情有恨，月冷風清，確是詠白蓮詩。　此亦字字秋海棠，不可移贈。

又　雁字起江干

阮亭云：景差、宋玉之才。

曹爾堪　喚渡近衡門

阮亭云：如曼陀羅華，不妨空艷。

王彦泓　花霧漲冥冥

《詞筌》云：比洪作止存三句，詞意俱换，幾于虞允文用王權之卒，不止李太尉入河陽軍也。

阮亭云：此詞洪、王二家韻俱「真」、「庚」通用。　程村與余論列尤嚴，復爲更易三韻如春穀者。　由精入鑿，字字妥確矣。

陳世祥　書室紙爲屏

在龍洲、龍川外又創一格。

計南陽　萬里一孤峰

阮亭云：低回無限，有歌泣不可之意。

湯傳楹　無語暮憑樓

展成序《湘中草》，欲呼蘇、柳，叱王、關爲卿謀顧詞曲，此猶見其一斑。

楊繼禮　錦席綺筵重

箋分硯北，燭剪窗西，吴歈越艷，令人神往。

王士禛　硯匣日隨身

（「記得蠶丹脣」）漢人詩：「嚙妃女脣甘如飴。」　用一事必極上選，何患才多。

陳維崧　湘閣斂星眉

其年工作情語，濃澹皆有倩色。

姚袁鑾　未晚預思量

善寫秋景。

倪晉　把酒試評論

阮亭云：讀末句，如聽胥江半夜潮也。

俞汝言　芳草倚天涯

斷腸人遠，傷心事多，言之可爲大息。

董元愷　新月一弓彎

平心之論，天孫亦應首肯。

周振藻　鶯燕太忽忙

阮亭云：字字香倩。

錢珵　三徑草平遮

殊有坡公「高處不勝寒」之致。

江月晃重山

董以寧　幾片桃花𩑶面

阮亭云：「堂上簸錢堂下走」，有其人否？

減字南鄉子

王岱　夢轉西窗

阮亭云：山長磊砢之才，亦作許語？

又　倚檻遲眠

山長四影詞俱善繪空中影，而燈、月二影尤勝，可謂寫照獨工。

一七令

呂鼐　雪回翔

舉似升庵，可與匹響。

河　傳第十體

董以寧　小扣

阮亭云：曲盡温柔鄉風味，非丹青所辦。

河　傳第十一體

周遇緣　吾來桃葉

阮亭云：似潘景升過長坂橋作記時。

河　傳第十二體

宗元鼎　欲去

使阿麼聞之，亦當心折。

雨中花第三體

龔鼎孳　半捻銀梨雲乍瘦

「吹皺一池春水」與「一帶碧欄風欲皺」，工力各至，不妨並美。

芳草渡第一體

鄒祗謨　朱鞢鞨

阮亭云：險調難于艷緻，艷緻而尤停妥，技止矣。

鷓鴣天

吳宗達　何處春光最膩人

文端相業不減趙忠簡，詞亦清婉相近。

俞彥　淺渚明沙聚碧流

阮亭云：風韻天然，妙在非《西洲》、《隴頭》可借。

吳偉業　絳節霓旌降下方

絶似曹唐《小遊仙》諸詩。

宋徵輿　粧束分明是內家

詞中全見畫意，那得南岳喚真真也。

袁黄　袖手春林散翠鬟

筆墨淡永，可謂詞家陶、韋。

李昌垣　十里平蕪帶晚霞

阮亭云：致極閒澹。此等詞非渭南老人不能作。

錢陸燦　楊柳蕭條水拍天

詞境澹遠。末語殊覺黯然。

管捷　疏簾曲院隱嬋娟

香迎花映，情見于詞。

吴周瑾　香滿池塘緑蔭濃

自然娟好。

董文驥　昨夜銀虬覺未長

阮亭云：侍御情艷之作，在杜牧、韓偓之間。詞手固應爾爾。

曹爾堪　漠漠重雲足四垂

阮亭云：歐、蘇禁體後，六百年復見顧菴。

又　赤葉樓頭好醉看

阮亭云：本色人難學。

又　節届重陽覺薄涼

自是竹屋、西樵上乘語。

柳星　明媚春光艷翠微

似《酒邊詞》。

賀裳　獨坐紅窗漏漸深

阮亭云：元微之「小玉上牀鋪夜衾」，韓致光「贉取君王幾餅金」，合之雙美。

又　樹影爐煙裊畫簾

黄公以宋人「燈斜明媚眼，汗浹瞢騰醉」爲顧、陸所不能着筆。演出此詞，更覺神情飛動。

孫纘祖　斜枕琴囊數落霞

曹松、許渾妙句，入詞復佳。

計南陽　金井梧桐一葉秋

阮亭云：亦如宫詞中之有龍標。

黄永　晚掠雲鬟上翠樓

余向贈艾菴詩云：「湘娥皆目成，夜半流輝紅。閒房盛翡翠，斑管如游龍。」可想見其得意是鄉處。

宋實穎　南浦驚鴻賦洛神

既庭綺思艷發，小詞更具迴雪流風之致。

吴啟思　紫陌遥遥走鈿車

阮亭云：不似人間語。

董以寧　欲與歡言礙小姑

文友少時，玉虬爲書一聯于蓉渡，曰：「世皆欲殺真才子，我見猶憐是美人。」使美人見此等詞，決不解擲刀前抱也。

孫以錞　煤麝沉沉燼未銷

阮亭云：僕小時賦柳枝，亦有句云：「波浮碧藻金魚尾，風墮紅翎玉剪巢。」

任繩隗　纖手難扶半整鬟

阮亭云：麗情綺骨，疑是《金荃》後身。

董元愷　醒寫精神醉寫容

阮亭云：故是縹緲。

錢珵　碧嶼丹楓入畫圖

阮亭云：僕幼喜讀《吴船録》，山水細碎處，皆可助文心烘染，如蝦妾岸，拈出便佳。

鄒祗謨　彩雲隨處任風飄

阮亭云：湯子昇作《文簫彩鸞圖》，有煙雲縹緲之狀，不知視此何如？

又　小閣香風縐紫綃

阮亭云：畫屏金屋，情事宛然。

虞美人

吴鼎芳　海棠不礙窗紗影

阮亭云：傳稱凝父游苕溪，汎碧浪湖，入夾山漾，風清月白，苦吟清嘯，往返二十日，僅得絶句一首。先輩風流，應不似時流浪費筆墨。

龔鼎孳　春光九十原嫌窄

宛轉綿至，一往情深。

董斯張　妝闌鸚鵡閒相殢

阮亭云：與小青「稽首慈雲」暗合。

又　不曾認得春江水

阮亭云：巧極，無刻畫之痕，故是絶調。

陳子龍　碧闌囊錦粧臺曉

詠物至湘真，真有鏡花水月之妙。

宋徵璧　小池吹縐冰紋淺

阮亭云：裁雲鏤雪，近在廣平一家。

李雯　廉纖斷送荼蘼架

阮亭云：得春雨之魂。

宋徵輿　無星無月無風夜

「三無」説，風情幽倩之極。

阮亭云：神光離合，乍陰乍陽，寫得惝怳不定。

陳世祥　千紅萬紫剛裁就

阮亭云：用禽語，幽致。

曹爾堪　緑楊青草春生處

後人當有問津者。

賀裳　紅燈攤罷挑金穗

阮亭云：幻艷。

沈際飛　堦前嫩緑和愁長

阮亭云：濟南女郎琅玕有句云：「自憐身似楊花，願向天涯情死。」與此語同意反，各極妙致。

魏學濂　君王羞見江南死

本自凉壯，寫得悽艷。

卓人月　大王絶世之英勇

太史論贊。

阮亭云：固宜大書特書。

劉芳　花開花落興亡譜

阮亭云：偶然巧語解人頤。

徐士俊　崔家處士園中見

奇想層出。

董升　東風醉舞嬌無力

詠物本色語。　此題（指《賦虞美人花》）浙東諸君作者各有十首，爭奇鬭巧。甚者如薛能、唐彦謙，刻詆赤龍子，爲《快筆集》。故不多載，以見詞詩、詞論俱非本色至處。

計南陽　東風昨夜梅花瀉

流商激楚，音調淒然。

又　春宫一去無消息

阮亭云：不減柳柳州「哀歌未斷城鴉起」。

徐石麒　狂奴不愛杯中酒

阮亭云：僕最喜女郎姚青蛾詩：「當壚小婦半遮面，一勺清泉能醉人。」與此詞一説盡，一不説盡，各有其妙。

韓范　曲雲飛盡寒南浦

「一簾晴雪捲楊花」，可與「簾捲」句並傳。

尤侗　病魂纔別書帷去

深憐淺惜，如在筆端。

阮亭云：似《還魂記》中語。

黄永　飛瓊小字誰拈破

阮亭云：諱處正深。

程光禋　牀前燭與燈花話

疊句法，聲情頓挫獨絶。

阮亭云：竇家機上之餘巧。

王士禛　杜鵑庭院春將了

「瀟湘」字破用佳。　雋思縈迴，如春路遊絲，悠颺空際。

又　拔山蓋世重瞳目

「陰陵」二語，足令憤王氣盡，亦令憤王氣長。

王宗蔚　東風菉芷平川繡

阮亭云：苕顔曼睩，絶世獨立。

陳維崧　起來炯炯星眸曉

阮亭云：「朝淚鏡潮，夕淚鏡汐。」被陽羨生「[分付]一江紅淚[點春冰]」九字括盡。

董以寧　花陰空覆鴛鴦寢

阮亭云：言情處入木三分。

沈雄　眼期心諾常凝佇

非有情人渲寫不出。

鄒祇謨　玉奴立向風前倦

阮亭云：程村《答索粉》《索扇》諸闋，風流旖媚，覺前人《十索》未工。

俞彦　悠悠碧海青天遠

是從若蘭機上來者。

玉樓春

沈自炳　盼盡玉郎離別處

阮亭云：絶唱，掩卷讀之，以爲今人者鮮矣。　誦末句，忽令人憶阿甥昭齊、瓊章、君庸婦倩倩當年，欲爲淚墮。

李雯　西園剩有黄花蝶

阮亭云：古艷。

程嵀　霜風簾外吹衣薄

此魯直最得意處，不善學者浸成巷曲矣。

馮達道　從教屐齒侵殘雨

補稼軒即似稼軒，當不爲岳亦齋所指。

計南陽　子規啼遍楊花路

阮亭云：如潮似雨，本前人所有，暗用絶妙。

沈雄　誰向繡裀深處倒

「花觸金丸」，故是麗句。偶僧自運如此。竹窗箋體當不下玉林也。

木蘭花令

陳子龍　愁殺悤悤春去早

阮亭云：無地避消魂，良亦苦矣。

李雯　角聲初展愁雲暮

阮亭云：此潮此雨，與計子山競妙。然下句自妙于上句。

賀裳　簷牙微雨瀟瀟滴

阮亭云：爲復寓言，爲復有謂，何文心遂至于此。

步蟾宫

曹爾堪　木犀香吐金英細

如陳道復寫生，一花半葉，自能傾動群類。

倚聲初集輯評卷十

南鄉子第三體

王衡　午日暈紅椒

一「坐」字，通首生色。

俞彦　湖上好花株

阮亭云：僕在秦淮，亦有句云：「年來愁與春潮滿，不信湖名尚莫愁。」

熊文舉　秋色集飄檣

猗迂往復，寄托自深。

龔鼎孳　槐影落宫牆

融少伯、仲初爲一手，宫怨絶調。

錢繼章　茉莉晚涼天

阮亭云：舌上有青蓮花。

陳子龍　花發小屏山

湘真詞意長于筆，每一調中，定有數致語可供沉諷。

又　小院雨初殘

「黛色」句，雕琢極矣，而無刻畫之痕。

吴剛思　風雨一聲消

孟載雅麗，修蟾清婉，花朝詞中敵手。

宋徵輿　霜露染空簷

摹病態入情，描風繪影，追魂瀝魄之筆。

李雯　斗帳欲温香

不言冬閨，而寒意自足。　僕有絶句云：「金筯撥灰閒對坐，怯寒猶自倚熏籠。」自憎寒態矣。

于儒穎　容易抱離憂

阮亭云：與龍輔「同户恒相憶」並妙。

賀裳　簪犨辟寒犀

阮亭云：香奩佳事，未經拈出。　想張麗華在望仙閣上，用研紅小箋試東郭㲋毫筆答江令《璧月》詩時，有此光景。

李昌垣　風急透疏櫺

宛宛清清，聲情澹宕。

曹爾堪　浴水燕飛忙

阮亭云：輒作羲皇上人之想。

賀裳　鸜鵒懶梳翎

阮亭云：想見鄭康成家婢。

尤侗　紅雨曉闌珊

與小開罵春風，一憨一怯，各見婉媚。

計南陽　鵲尾麝香消

紫簫吹去，翠羽浮來，未免有情，誰能不歎。

又　曲院午陰長

淒淒戚戚，如鬪嗚咽之音。

陸淮　迢遞水雲鄉

竹籬茅舍，芒鞋籐杖，一甌一勺，幽景恍然在目。

陳維崧　玉樹颺西東

阮亭云：「爲近朱樓常墜水」，寫照妙絶。「殘月」、「曉風」，一取錯綜，便使柳七不得獨擅。

史鑒宗　過雨破同雲

疊用「玉」字，似簡文《春日》詩。

鄧漢儀　多感是蕭娘

阮亭云：「引得吴兒愛夕陽」，無端入妙。

陸凝　花撲曉窗明

阮亭云：「簸晴」甚新。

王士禎　小婢弄香奩

《詞統》評弇州《甘草子》詞云：元美豈終日無事，將精神時時于情艷上體察料理，乃參微入竅如是。今阮亭原情晰景，更加精透，豈亦終日無事耶？

鵲橋仙第一體

葛一龍　月眉新畫

老手不作艷語。秦、黄兩詞，遜其超洗。

吴偉業　園林晚霽

阮亭云：祭酒長調，極意稼軒。此處乃似東坡。

龔鼎孳　紅牋記注

阮亭云：詞至此，是追魂攝魄手段。公擅詩柄，又欲抽秦、柳五花簟耶？

董斯張　名姬駿馬

善學辛稼軒。

阮亭云：遐周伏枕喀血，猶日鏤鉥腸胃，正如李長吉嘔出心肝乃已。即此闋，何減渭南老人。

又　夢咽金屏

阮亭云：草衣道人有潔癖、山水癖，往往扁舟往來苕、霅、西湖之間。「水仙祠畔」十四字，孤冷閒靚，可謂傳神。

李長苞　孤燈未了

丁寧款曲，楚楚可憐。

阮亭云：好。

黄永　雲幃乍捲

阮亭云：義山詩「姮娥應悔偷靈藥」，得非羨織女、黄姑耶？

尤侗　玉鈎畫燭

觀此，則乞巧文與反乞巧文真屬多事。

彭孫遹　煙蕪瀉浪

阮亭云：雙關妙絶。齊、梁樂府之雋。

宗元鼎　春波似碧

王昂榜下《催粧詞》云：「行到紫薇花下，悟身非凡客。」蓰若以復「檢書人」，何如？

董以寧　催粧客到

阮亭云：此新婦殊可畏。

鄒祇謨　輕暖輕寒

阮亭云：片幅中極才人之致。

雨中花第四體

趙進美　百尺寒泉清午暑

阮亭云：隱括樂府，極是天然。

周季琬　欄外濕紅嬌欲滴

阮亭云：謂花鳥無情，吾不信也。

魏允札　春事闌珊春意惱

雨送閒愁，煙縈孤悶，是末三句意境。

夜行船

董以寧　青雀舟來新水瀉

一氣如話，喜其不近元劇。

春去也

陳世祥　怪來春不知人聚

無聊語偏説得有情。

採蓮子

張杞　曲苑新粧照緑波

與皇甫松工力悉敵。

河　轉 一名河傳　十三體

鄒祗謨　初霽

阮亭云：體物妙處，從柳子厚小記得來。

醉落魄

劉榮嗣　秋光深也

阮亭云：司空忠而被謗，三年請室，故寄託多牢愁侘傺之詞。

熊文舉　圍紅蘸緑

押險韻風致天然。山谷、于湖來，當以二侍郎稱最。

龔鼎孳　勻朱襯緑

字字險麗，巧不費力。

陳子龍　青樓繡甸

宋披香閣中有玉牌鐫《宫人詞》云：「一把柳絲收不得，和風搭在玉闌干。」直與「幾處垂楊」參看。

又　花嬌玉暖

鏤金琢玉中，自有真色生香之妙。

趙進美　木犀小院

何必辟寒犀始有暖氣耶？

宋徵輿　無人到處

阮亭云：罨靄得情，宋妙于陳矣。

程䜣　平蕪埜燒

阮亭云：閒澹。

計南陽　煙輕霧弱

阮亭云：子山詞別有香氣，前身當從衆香國中來。

張天湜　幾番疏雨

昔人詩云「鸚鵡前頭不敢言」，如此沉吟，差堪共語。

吴綺　啼鶯聲唤

細碎情景，寫來如見。

錢暈　曉簾紅濕

與陳仲醇「帶雨拖泥，花瓣埋雙屐」，並稱幽艷。

王士禛　風流堪惜

「長生殿裏」三語，微譏冷諷，不堪使三郎聞得。然張祜、李商隱輩已公然誦言矣。

董元愷　鳥歌花舞

贏了便覺興盡，輸卻可思。

阮亭云：直得雙金，所謂敗亦可喜。

徐然　繡幃清曉

遣情運句，自然流倩。以擬南唐，思過半矣。

黄京　朱柔粉弱

與「劍雲閒催唱新詞，不應頻摇手」意態宛然。

梅花引

張句　曉雲空

妬風羞雨，故宜有此。

夜遊宫

宗元鼎　百里桃花盡落

「滿地落花閒不掃」，當爲我輩暫消寂寞。

河　傳第十四體

鄒祗謨　溶溶白月

阮亭云：銀牀金井，如聞其聲。

踏莎行

俞彦　一水盈盈

阮亭云：兩結語呼應，章法絶妙。

劉榮嗣　何處鐘殘

曩盧德水評司空詩云：「有一種異香，非沉水，非迷迭，如石如玉，不煙不火。」讀此詞，亦復淡寫空描，花明玉淨。昔人謂陳簡齋《無住詞》語意超絶，可摩坡仙之壘，僕于《簡齋集》亦云。

張一如　轉憶千端

「鶯花」二句遥對，（按指上片「鶯花天外鶯花界」句與下片「鴛鴦牒上鴛鴦債」句）格奇。奇仄險刻，詞中樵兑也。

龔鼎孳　亂緑迷煙

「春歸料是春來處」，多少送春詞，都被一語抹卻。

錢棻　碎石依苔

阮亭云：下場頭每事如此，讀之欲淚。

李標　硯點飛花

神韻合古。

陳子龍　牆柳黄深

阮亭云：春與人有何恩怨，此中索解人不得。

李雯　涼館清深

滿紙秋思。

徐遠　零雨初收

阮亭云：此「顫」字與南唐競美。

宋徵輿　錦幔銷香

紫府參差，青楓開落，絶不似人間境界。

李昌垣　翠幕煙沉

學士諸詞，運澹思于醲彩，古人所謂「蓮子結成花自落」也。

錢棻　涼雨新生

又　萬卷徒空

兩詞善寫幽曠，正如張蘆川與葉子謙倚笛相和時。

郭輔畿　紅樹濃煙

咨署，嶺南奇士。詞有别致，宜與琴張子有冰乳之令。

王庭　曲徑迷苔

阮亭推服方伯五言逼真韋左司。此詞亦不下黄鳥幽蘭之什。

朱灝　雁晝平沙

阮亭云：宗遠詞本纖險，此差不惡。

賀裳　楚楚宫眉

阮亭云：大是林下風味。

徐爾鉉　眼底根苗

阮亭云：唐人「無事含閒夢」，臨川曲「料多情，這夢兒還去不遠」，可與微參。

又　雨倩花香

阮亭云：真少游矣。

沈淀　梧子猶青

是紫溪白嶽中人語。

王士禛　芳樹秦城

黄山谷「黄雲苦竹」詞，無此妥秀。

又　煙雨清明

「樓臺四百南朝寺」，從杜牧之「南朝四百八十寺」來，化板爲活，見鑪錘之妙。「干卿何事」，成語活脱。

又　屈子離騷

《離騷》、《貨殖》並稱，何等塊壘，真須以酒澆之。

又　芍藥紅酣

婉佚圓倩，湘真、海閶諸君子亦當抽扇卷簟。

又　燕補新巢

《柳枝》《團扇》，《桃葉》《釵頭》，當令曼聲以歌之。

又　香壓彤奩

詹天游「搓玉團香，塗雲抹月」之句，覩此清新，便覺面目傖父。

楊大鯤　緑重平池

阮亭云：清婉似六一居士，詞中正派。

陳維崧　翠掠天寒

仙人每好樓居，當是忘情故耶。

又　睡暈痕微

阮亭云：其年詞如玉樓金埒，春色駘蕩。

計南陽　曉閣深深

阮亭云：「猶帶羅裙色，青青向楚人。」妙未至此。

沈謙　竹葉香絲

「縱然端正」二語，是元十一所謂「無力慵移腕，多嬌愛歛躬」，非雙文輩不能當此。趙令時詠會真詞云「端麗妖嬈」，亦是此解。

周積賢　弱柳煙殘

阮亭云：「影」字縹緲。

章惟　殘月窺窗

阮亭云：「一鈎羅襪行花陰」之後，故當有此。

彭孫遹　鶯擲金梭

張子野「不如桃杏，猶解嫁東風」，《詞筌》謂其無理而妙。金粟「落花」二語愈無理則愈妙。試與解人參之。

阮亭云：通體正復蘊藉。

小重山

龔鼎孳　長板橋頭碧浪柔

阮亭云：令與陳、宋旗亭畫壁，未知誰當擅場。

陳子龍　曉日重簾挂玉鈎

阮亭云：「解識江南腸斷句，只今惟有賀方回。」

李雯　樓上低垂翡翠簾

宋徵輿　春流半繞鳳凰臺

讀此覺秋厓、希儒除夕作俱村夫子面目矣。

阮亭云：亦是極致。

王宗蔚　風動琅玕羅袖輕

麗處字字能轉。

裘昌今　山遶平湖寺遶山

高竹屋「平生似欠西湖債」、「花柳春風隘」與此同，曲盡春遊麗景。

張淵懿　日染花枝露欲收

道細景不厭瑣悉，是填詞高手。

鄧漢儀　淮水橫拖柳綫柔

阮亭云：與湘真、幽蘭異曲同工矣。

蔣會貞　無數遊絲裊碧空

清遠多風，頗似滄浪翁詞。

王士禛　夢裏秦淮清夜遊

莫愁、桃葉爲千古消魂之地。阮亭憑弔流連，如劉賓客詠金陵詩。既得驪珠，諸人更無着筆處。

惜分釵

程光禋　慵梭織

阮亭云：亦寄當歸之意。落思新巧。

董以寧　人如玉

研朱滴露，喚汝呼儂。我不卿卿，誰當卿卿者？

臨江仙第二體

龔鼎孳　誰遣風姨吹畫櫬

宗梅岑詩云：「翠羽日翻歌管部，紅燈春泊木蘭船。」殆此時作耶？

王士禛　寶帳垂雲春夢足

「心情無那，比似越梅酸。」有心人讀之，當爲淚下。

臨江仙第三體

錢光繡　酒谷頽然便醉

澹逸頗似唐子西。

東坡引

單恂　芙蓉勻好面

疊語輕俊，微逗元人口角。

虞美人 第二體

沈自炳　竹籬陣陣飛花雨

艷語俱自情景中生出。

七娘子

鄒祗謨　海棠嬌影垂楊綫

阮亭云：一幅美人圖，字字傾城傾國。

倚聲初集輯評卷十一

臨江仙第四體

魏大中　埋没錢塘歌吹裏

阮亭云：想見血性。

徐標　桂子月中開遍了

詞致匀雅。

秦士奇　春睡懨懨生怕起

阮亭云：以疊字見態。

熊文舉　卻憶章門三月暮

「江波」二句，詞中壯語。

又　憶得當初行樂地

阮亭云：得意之境，追思便成悵惘，往往然矣。

又　不見芳姿知幾日

阮亭云：聲音激楚，如聞桓伊之笛。

陳子龍　西風料峭黄花暮

每讀《江籬檻詞》，令人息關字之想。

吴剛思　花露滴香吹夢散

當令杜陵内史以慧心寫之。

李雯　一曲畫橋春水急

詠水，鄭谷詩：「落花相逐向何處，幽鷺獨來無限時。」韓喜詩：「瀟湘月浸千年色，夢澤燈含萬古愁。」舍人融作《春潮》，所謂「爲君更作斷腸流」也。

錢棻　桐院深深秋影滿

藥泉荼靄，翠巘紅巒，幽景中自有艷致。

宋徵輿　春暮幾時秋又暮

唵囕道人「這回裙帶，不認那回腰」，宗丞以一語盡之。

又　紅葉落時秋盡也

「西風過處無聲」，善寫寒況。

曹爾堪　可怪儂家香不散

自然真味，是「生香真色」注解。

又　君在梅花和尚墓

阮亭云：蕭灑自喜。

又　十畝之間新霽色

僕在嚴陵寶華洲有詩云：「春漲滿方塘，金堤濕遊屐。菜圃蛺蝶飛，麥田蝌蚪作。」以擬學士，正恐小巫氣盡。

又　問是誰家游冶子

風神俊邁。

程光禋　嫩草嬌香風未度

阮亭云：奕先嘗呼余「王桐花」，以余「郎似桐花，妾似桐花鳳」之句也。今亦欲以「蘋洲」相贈，如何？

周斑　萬頃蒹葭波浩渺

阮亭云：九峰三泖，便如在目。

黄永　疑雨依稀還未雨

阮亭云：寫景縹緲。

王宗蔚　畫閣輕煙催綵燕

「正是客心愁絶處，誰家紅袖倚高樓。」此詞逼真樊川風致。

陳謀道　春到江南芳草緑

宋子京「紅杏枝頭春意鬧」，一「鬧」字何等費力。此卻不用險字，自然雅儁。

孫以錞　遥岫孅雲愁未散

以比弇州「柔緑篙添梅子雨，淡黄衫耐藕絲風」，正復不減。

華衮　十里芰荷香暗送

龍眉，廣陵詩人。其詞清婉，彷彿竹屋、蘆川。

又　鐵馬乍驚秋欲老

阮亭云：「半黄」句，可匹「人煙寒橘柚」。

吴守棨　揺漾半潭花影重

「春水接秋波」，天然巧語。

蝶戀花

吴宗達　高柳鳴蟬聲暫歇

文端以大手筆作小詞，蕭渾自然，如葉右丞諸作。

俞彦　芳樹年年春色换

與升庵詠柳作伯仲。

張一如　帆上西風橋下水

阮亭云：誦前段，便有對此茫茫之意。

又　花隔玻璃塘外水

阮亭云：來初嘗論邢孟貞《寄陳伯璣》詩：「白下窮交幾人在，南州孺子一書來。」以爲屬對未工。蓋其詩律之嚴如此。偶附記之。

熊文舉　海棠煙濕東風軟

阮亭云：新建詞不矜奇鬭麗，猶有晏氏父子之遺。

吴鼎芳　綵鳳啣書迷雨暮

文友詞云：「不愁怎得光陰過。」同是無聊險語。

龔鼎孳　簾外遊絲飛去了

如百鍊水晶針，將連理綫貫同心花，總無凡縷。可人。

又　宛轉朱欄煙共倚

末句是情語，不嫌其盡。

王彦泓　睡思懨懨鶯唤起

後段慧心如見。比舊作「詩酒琴棋歌舞地」獨饒賞鑒。

馬振飛　拾翠尋芳穿野道

孝廉與配繡君唱和妍雅，宜其曲悉閨趣如此。

陳子龍　紫燕香泥歸畫棟

「白日耽幽夢」，是刻骨情語。

又　纔與五更春夢別

阮亭云：筆思纏綿，如吴蠶作絲。

又　金井雕欄蛩語歇

能得詠物神處，又在平淡巧麗之外。

又　裊裊花陰羅襪軟

阮亭云：如讀《會真》、《雙文》諸詠。

又　雨外黄昏花外曉

阮亭：「雨外」、「花外」，從何分别？　妙。　正索解人不得。

李雯　慘碧愁黄無氣力

阮亭云：落花多柔艷之調，落葉饒悽戾之音。　正如昔人所云春游天台，秋游雁宕耳。

又　荳蔻枝頭紅粟小

阮亭云：（「教人着意憐芳草」）與三閭大夫「誰與玩此芳草」，「玩」字、「憐」字各妙，「着意」尤妙。

韓純玉　繡幕低垂深院静

比遍將宜稱，問傍人更饒身分。

單恂　暖入西園紅紫閃

灼灼以紅綃寄淚，又分卻羅衫矣。

又　菊蕊青青楓葉裊

阮亭云：「風約鴻聲」，何處得來？

孟稱舜　碧草穠煙春日暮

阮亭云：子塞與卓、徐齊名，所爲《桃花人面》諸劇，可以緩步臨川。如此風調，故非時流所及。

宋徵輿　寶枕輕風秋夢薄

「衣不如新」，又翻一解。

又　昨夜江南無數樹

「帶月兼霜」二語，如聞摵摵之聲在樹間欲出。

又　楊柳梢頭金粉重

一「動」字，覺遊絲、春鶯俱活。

又　日影微微生遠浦

阮亭云：艷情至此，是《首楞嚴》矣。

王庭　夢斷驚寒眠不穩

「秋入傷心」四字，冥搜悲語。

又　別館人閒愁眺聽

雅澹清新，自有靜觀之妙。

曹爾堪　小小荒廬圍綠水

阮亭云：甚似陶淵明、王摩詰之於詩。

又　一把黄茅新蓋屋

阮亭云：可續《豳風》一則。

陳舒　試夾羅衣寒尚悄

似蘇子由夢游仙時。

賀裳　聽罷吴歈人薄醉

齊衾兩設，楚簟雙離，似《轉情集》、《半寡賦》中語。

又　薄暮銀塘風色靜

阮亭云：如置身影娥池畔。

周季琬　樓外絲絲煙似織

似爲海棠無香翻一解。

又　影落中庭花欲午

阮亭云：望帝有知，如何作答？

鄧漢儀　庭樹空花開遍了

阮亭云：汝陰王「生生世世不願生帝王家」，正同此意。

又　秦淮依舊來桃葉

阮亭云：「看燕燕，送歸妾」，「妾」字並佳。

徐士俊　借問閒身何處住

阮亭云：如此清福，那易消受。「人在樓中」、「兩對嬌兒女」，又非和靖梅妻鶴子所及矣。

龔百藥　細軟荷絲搖素練

寫微雨殊有空濛杳靄之致。

許肇篪　雨餞雲郵春去矣

塤友暮年蕭瑟，以縱博死。善作金丸玉枕之曲。讀其年一傳，真欲爲之流涕。

計南陽　扇底桃花傳一縷

「夢回時，酒醒後，思量着」，是何如境界。

又　畫閣初回燈路早

數斗霞膏，自是天外奇質。

阮亭云：《草堂》而兼《花間》之妙。

又　作客傷心君太早

後折逗入閨情，唐人風致。

又　金鞍一別垂楊候

詠物至此，直與大樽齊名。

魏允枏　萬里陽關人獨去

筆筆宕折。

龔賢　辜負看花開醉眼

梁公狄簡半千云：佳畫須密于無天，曠若無地，賴此以過殘夏。讀此詞，亦覺涼風拂拂生几席間也。

王宗蔚　桐院深陰花影暮

阮亭云：讀雲間諸君詞，如讀西崑十六體詩。

吴啟思　畫閣回廊低曲曲

阮亭云：「春斷續」妙，無「春」字即庸語耳。

黄永　庭院西風良夜静

艾菴，宋子京也。此亦半臂忍寒人語也。

葉奕苞　月小山高三兩客

阮亭云：「江山零落如殘弈」七字，一部《十七史》在内，令人增感。「汐社」甚新。

陳霆萬　竹院何年荒廢矣

阮亭云：迦葉微笑時耶？

盧元昌　銀雨廉纖深院落

阮亭云：虎關女郎《秋閨夢成》詩，無此蒼涼。

彭孫遹　黄鳥間關啼不住

阮亭云：僕贈十郎詩：「鳳脛燈寒共帝城，銀河小院語平明。」讀「西窗」二語，即昔日情事宛然目前。

王士禛　涼夜沈沈花漏凍

汪苕文《説鈴》云：王阮亭有《桐花詩》，長安稱爲「王桐花」，豈即謂此詞耶？鄭鷓鴣不得耑美于前矣。僕最愛王仲英「學繡青衣艱刺鳳，自把金鍼，代補翎毛空」之句，天然神俊，不數易安。及讀阮亭「郎似桐花」二語，不覺叫絶。昔卓珂月以太白、後主、易安爲三李，名齋。今即以仲英、阮亭爲二王，自堪並垂天壤。余有羼提道人畫扇，乃仲英所作。阮亭自號亦同，因舉以貽之。附記于此。

又　啼碎春光鶯燕語

柔柔一縷，無微不入。

曹爾垣　午睡人扶鬆兩鬢

故是宋調。

沈謙　半夜瑶堦郙細步

以擬南唐，真有色飛魂絶之妙。

朱諶　紫陌風光看又度

夢紅浴碧，雅蒨可餐。

毛椲　獨向仙都尋往跡

阮亭云：是霞上人語。

陳維崧　芳芳萋萋人脉脉

阮亭云：「南北東西」，所謂但取錯綜，便成名筆。「餳簫」一語，亦是絶唱。

又　着意銀牀花露泫

阮亭云：末二語非臨川不能。

朱輅　十里西陵楊柳渡

阮亭云：「願君多采擷，此物最相思。」既惱人，又采擷耶？

支毓祺　陌上晴光縈别辔

比章、蘇諸詠楊花詞，繁簡各有勝地。

宫弘宗　艮嶽當年行樂處

蕙心紈質，自然馨逸。

鄒祗謨　相如不過書生耳

阮亭云：爲風流放誕人寫照阿堵。

後庭宴

孫紹祖　手撥閒雲

中有麋道人，不減林君復放鶴時也。

釵頭鳳

賀裳　人初瞑

「最是五更留不得，向人枕畔着衣裳。」是此「去去」、「住住」。

卓人月　濃于霧

三個「諾」字中，許多懶散。三個「錯」字中，許多急遽。一緩一急，畫得儼然。《詞筌》云：人每喜用此調，率無佳者，難于三疊字不牽綴耳。珂月詞後半，新警處幾過放翁，不惟無愧而已。

攤破醜奴兒

鄒祗謨　幽歡久待蘭缸歛

阮亭云：宋大夫云：「頩薄怒以自持。」《毛詩》云：「巧笑之瑳。」常歎其措語工絶，不意都爲程村收拾錦囊中也。

唐多令

沈同治　一幅細緘愁

流利便易，誦不留口

陳子龍　碧草帶芳林

「雨下飛花花上淚」，比葛震父「橋上飛花橋下水」，更自傷情。落花諸詠，紛紛掃盡。

單恂　簾院午陰長

阮亭云：雲間之有尊僧，正如唐詩中之李才江。

宋徵輿　柳陌半晴陰

驟觀似無佳處，細思自不可及。

顧澹生　春樹正逢春

如晉賢草體，虚澹蕭散。此爲至妙。

陳維崧　蟬鬢隔花陰

「風前」句，所謂俗語雅用。鍊字之妙如此。

吴綺　涼入葛衣鬆

阮亭云：菌次工爲小賦，雋逼庾、鮑。此亦《哀江南》之流。

黄京　乘興泛扁舟

寫秋景説似春遊，便覺淡冶在目。

蘇幕遮第一體

陳子龍　冷風尖

阮亭云：「鈎較」、「排演」四字，是大樽故作狡獪處。　末二語，賦宫人斜絶妙。

又　晚粧新

如無意詠物，細思之，一字更易不得。

計南陽　翠桐高

妍艷之餘，悄愴幽邃。

繫裙腰

毛羽宸　嫣然一見各相憐

「蘇大」、「蘇小」，天生對偶，自是詞中佳料。

倚聲初集輯評卷十二

錦帳春

陳子龍　黛角新調

末二語與「畫眉深淺入時無」各有至處。

宋徵輿　緑鬢雲新

「餘青未了」，是阿麼憑欄望絳仙時。

陳維崧　楊柳低稍

善偷陳、宋語意。是盜狐白裘手。

一剪梅

陳子龍　剪側輕風翠尾流

傷春悲秋，天然妙語。

李雯　紅蓼秋深白鷺飛

淡處能耐人思，是舍人獨得處。

單恂　白藕花殘葉半黄

酒前詩後，如何分别，覺更倒置不得。

宋徵輿　天暮江雲一帶寒

「霜滿」二語，意似青楓白露時作也。

又　雙影翩翩畫閣中

末二句「來是春風，去是秋風」，同劉後村解宜春郡詞。移以詠燕，更生神雋。

阮亭云：故是英雄所見略同。

吴惟修　伊人宛在水中央

殊有晉人風味。

黄承聖　羅刹江邊認客舟

「水」、「火」句，偶然得巧，不容强覓對仗。

夏復　無限傷心夕照中

想殷仲文歎枯樹時，寄興不淺。

曹爾堪　豔開五色上衣裳

如仇實父寫生，殊有髮翠毫金，絲丹縷素之妙。

又　城上啼鴉咽曉風

以當顧菴，當有火攻之目。

黄永　布帆斜挂木蘭舟

阮亭云：昔人詩「十年一覺揚州夢」，又「滿天梅雨是蘇州」。單詠之尚自魂銷，況並舉耶。

又　滿地飄殘六出花

阮亭云：絶勝卓蕊淵之「表在劉家，策在孫家」。

黄京　輕勺微抹兩重山

阮京云：弇州「何山」一闋，有虚虚寔寔之妙。初子又後來居上矣。

王士禛　雁語金塘水漸秋

前段寫秋思，最是淡迤緬邈。

董以寧　與君詩酒兩相于

阮亭云：「山鳥刑于，山花友于」，暗用梅妻鶴子事。二「淳于」，雙璧忽合。

又　慣得相攜花下游

天巧極，人工錯。

阮亭云：二蘇恰好。

遐方怨

葉世佰　粧未了

諸葉昆從能詩，復有孝標。諸妹競譽天人。三詩六筆，幾令古人讓席。

漁家傲

陳子龍　九十韶華如夢短

縱任自在，但覺妍冶少匹。

李雯　半啟朱扉寒粉面

詠物者稱香雪、艷雪。此則詠雪，自有香艷。

孟稱舜　數點紅旗斜照水

風景宛然。

阮亭云：破衲沙頭，拂雲堆上，如聞北風代馬之聲。

陳世祥　未識晚煙紛似絮

阮亭云：此夫此婦，何必鹿門、接輿耶？

董斯張　修竹青青渾若換

選料佳雋。

曹爾堪　紅蓼灘邊頻弄槳

頗似稟道人山居諸詠，而風味新俊過之。

又　八月秋晴剛過半

顧菴善作景語。禽蟲飛蟥，偶入詞中，便如徐熙、邊鸞寫生點染。茅一相云：畫花竹禽魚者，古不如近。于詞亦然。

尤侗　天下滔滔皆是也

太白賦《蜀道難》同一感慨。

龔賢　昨日落花今日掃

阮亭云：似壺山居士語。

吴啟思　雲澹江空寒日暮

末語淡中有麗致。

閻修齡　晝鎖紗窗縈碧霧

再彭自序云：廣陵有老儒，孿生二女子，娟娟相倚，雅好文墨。幼時並處不能辨，以香炙面爲識。戊戌年，訛傳掖庭之選，因倉卒歸二少年。一居城，一居湖中。嫁同日，後偕有娠，復同病而卒。常見戴生所寫《夢遊圖》，姿態絶艷，知爲好女子也。因作二詞，以俟後之憑弔者。

陳維崧　欸乃數聲羅襪濺

陳亭云：讀其年詞，往往如柳毅初入龍宫，心目都别。

董以寧　孤篷漁艇煙中駕

同一漁父，善百寫得閒達，文友寫得矜淺。畢竟煙波釣徒而外，漁家亦不免利習。謝無逸「雨條穿鯉，霜刀落鱠」，昔人謂其冷中有熱，殊不寂寞。試與此詞參之。

韓范　花落不堪芳草路

末語擅場。

王士禛　南湖西塞花如霧

攀辛提陸，用以和李，甚奇。

定風波

李元鼎　把酒花前樂事多

前輩風流，故自任達。

尤侗　不着衣衫不掃粧

標新領異，勝《廣銷夏》一書。

陳維崧　歌謎吹彈百不憂

其年少作，好用僻事，而風致璀艷，絶無馬頭安角之病。

金蕉葉

吕陽　曾聽玉樹鸝歌未

阮亭云：三十六封書，使人怨絶。若看到迷樓一炬，正不必爲黄奴、麗華多憾也。

蘇幕遮第二體

龔鼎孳　粉香城

阮亭云：末句似「何人夜吹笛，風急雨冥冥」。急管繁絃，非復常調。

李雯　花影深

「紫曲迷香，緑窗夢月」，無此雅秀。

又　翠屏高

「夢到君邊常草草」，以之詠枕，直是神到。

宋徵輿　遠山邊

末三語，即宋人「枕頭兒、放處都不是」之意，但雅致自耐思味。

曹爾堪　褻芳臍

「披香殿中」、「採香徑畔」，當以此補香嚴三昧。

凌斗垣　鎖青山

詠物不如李、宋之無跡，其精妥處直欲雁行姜、史。

徐喈　晚花天

純是一派夢境。「曲終人不見，江上數峰青」，彷彿似之。

魏允枚　隴頭雲

「雞聲茅店月，人跡板橋霜。」曉景淒清在目。

陳維崧　月華清

阮亭云：「一角紅綿」，何其艷異。

孫復煒　老紅稀

阮亭云：妙句自「盡日靈風不滿旗」出。

彭孫遹　柳花風

阮亭云：「黃鶯啼到無聲處」，盡情語，無以復加。每一讀之，令人意盡。

鄧漢儀　小姑居

常讀《神仙傳》，有云：大海中水，半是吾宿世父母、妻子別泣之淚。以爲譎誕。讀此，遂確似情理所有。

阮亭云：與合肥「流水青山送六朝」同一悲淚。

董以寧　蓺龍涎

從香說到拜月，詠物真着落處。

袁埴　病侵儂

明歲再來，何似今朝莫去。　不若此語有情。

楊大鶴　惜花紅

九皋爲陶雲難弟，年未及終童，而才情綺逸，偶作小詞，亦不減晏小山「酒濺羅扇」也。

錢壘　杏花天

幽態盈懷。

鄒祗謨　沈真真

阮亭云：如此人，何啻漢武帝朱鳥牖中見耶？　此乃程村少作，存之以見一斑。

又　鵲爐温

阮亭云：「歡爲沉水煙，儂作博山爐。」繁簡各妙。

又　木蘭舟

阮亭云：僕過滄州，有詩云：「落日看春草，鄉愁積漸生。河干新柳色，碧過岇兮城。」「岇兮」，滄州古名也。

破陣子

王屋　二十年來湖上

阮亭云：似向子諲。

徐允貞　萬里孤峰匝地

秀貼。

青杏兒

單恂　簷角晚風颼

阮亭云：「當初偎並，而今獨自，提起從頭」三語，斷非清照不能，然是尊僧別調。

落燈風

袁李渭　漏滴銅龍心乍省

文彩鮮明，自然有舒蹙之勢。

鳳啣杯

毛楠　獨倚粧樓頻頻看

「粧罷低聲問夫婿，畫眉深淺入時無」，匀染入詞，便如絳仙螺黛，獨見秀色。

醉春風

吴偉業　門外青驄騎

祭酒又有詞云：「燈前纔一笑，偷解砑羅裙。」風情不減。知司馬君實詞亦非假託。

又　眼底桃花媚

阮亭云：後段是一幅周昉仕女圖也。

朱諶　院落梨雲冷

入馬浩瀾《花影集》中，故應無辨。

王士禛　一霎瀟瀟雨

「明歲今朝，今年明日」，不覺尖巧，但見春風宕漾。將斷將續之間，寫得黯然欲絶。

解佩令第一體

徐士俊　青禽畫舸

絶妙催粧詞。

風中柳第一體

陳繼儒　燕燕于飛

阮亭云：每讀徵君詞，輒作羲皇上人之想。

曹爾堪　欲問高人

和劉靜修作，形神俱似。

酷相思

支如玉　新柳月痕初欲墜

語意多與書舟同。末句更饒沉切。

毛蕃　一院東風纔報曉

「梅花」「梨花」，「榆錢」「荷錢」，即物感時，情景融合。

品令

龔鼎孳　小啜過龍餅

「甚風吹到」數語，比山谷「口不能言，心下快活自省」，又叫絶無數也。

阮亭云：作雅語易，用俚語難。可爲知者道。

芭蕉雨

董以寧　深鎖緑天小院

阮亭云：文心亦曲如蕉心。

淡黄柳

錢化洪　堤邊池上

殊覺此柳可愛。

聲聲令

鄒祇謨　收將殘照

阮亭云：可備《風俗志》。

風中柳第二體

龔鼎孳　天半峰青

神艷處都無常語。

李長苞　瘦盡蠻腰

抑揚纖楚，備極悽怨，是竹西擅勝處。

阮亭云：吴陵道中，斜陽緩棹。　讀此詞，忽憶與竹西酬倡都門，匆匆五年矣。

陳增新　紫燕來時

阮亭云：憶子更寄予詩云：「歌吹竹西攜手夕，煙波瓜步論心時。」自是官衡湘，遂成千古。　每把遺文，不勝人琴之感。

彭孫遹　芳甸青旗

作艷詞至金粟，情景兼至，字字清麗。　一語之工，能生百媚，不僅作六朝金粉也。

又　槐樹陰濃

換頭以下，逼真宋詞神品。

阮亭云：僕常戲謂彭十是艷情專家，駿孫輒怫然不受。　試以此舉似他人，得不云「吾從衆」耶。

湯原清　玉瑨辛盤

即景遣詞，自然風致，可與屠四明、王山陰諸《竹枝》並詠。

董衡　緑水輕飈

阮亭云：白玉蟾所謂「太微宫中，垂垂裊裊，于淡煙疏雨之間」者也。

凌如升　無限春愁

怨楊花，又怨啼鶯，所謂「感時花濺淚，恨别鳥驚心」，必謂花鳥怡情，吾不信也。

行香子

葛一龍　奈此花晨

震父三「幾多」，與次仲之三「些」、龍洲之三「似」、子野之三「中」、義仍之三「許多」，幾無分别。

梁雲搆　小徑通幽

侍郎此調數首，蕭閒真適，率如宋謙父、劉子謙諸賢，自是南宋别調。

曹爾堪　小小疏椽

阮亭云：喜無殘客。

徐遵湯　篆裊煙勾

詠物至此，無剩思亦無泛句。　仲昭，澄江名士，年至期頤，數以《梧塍詞》相寄。重簡此作，不勝張子野東吴老人之感也。

錢士貴　桃浪溶溶

李習之山居，目松磊落昂藏，似孔北海；檜深密紆盤，似管幼安；杉豐腴秀澤，似謝安石；栢奇峻堅瘦，似李元禮。讀此詞，覺五柳七松，備有其勝。

解佩令第二體

劉榮嗣　秋晴也惱

少陵「春花工迸淚，秋月解傷神。」司空痛切言之，抵得楚騷數篇，不須更作《天問》矣。

卓人月　桃阡蕙畝

險韻嶙峋，逸思瀲灎，故是月中人語。

又　春花萬朵

阮亭云：此等處是蕊淵才情獨絶，人不易及。

徐士俊　山横雲阻

常見黄子久畫《富春山圖》，風景瀟澹，皴畫精妍。讀野君此詞，又似春雨歸舟，一幅好景。

倪晉　更移銀漏

賀黄公評姜白石賦蟋蟀詞云：蟋蟀無可言，而言聽蟋蟀者，是詞家善形容處。此詞又從聽蟋蟀者下翻案，是詞家進步法，莫謂今人工不如昔也。

王士禛　芝田蘅薄

用《洛神賦》中語入詞，亦有神光離合之意。

錦纏道

陳昌　綺陌香濃

阮亭云：宛然《草堂》風致。

宗元鼎　一徑濃陰

阮亭云：數語已是全副畫意。宗氏兄弟皆工繪事，政未知少文撫琹動摻時有此胸中丘壑不？

鳳凰閣

董以寧　記桃花時節

「眼酬眉酢」四字，新艷欲絶。「妾命郎情」，映發巧妙，宋人閣筆矣。此等俱文友近作，縱橫變宕處，直有偃師化人之技。

倚聲初集輯評卷十三

青玉案

龔鼎孳　金閶箇是迷香路

將閭閭，真娘並説，兒女英雄，幾令法護、僧彌更無着足處。

阮亭云：家兄西樵舊有詩云：「願作要離冢上花，願作真娘墓邊草。」與此同參。　要離烈士，伯鸞

清高，宜令相近，獨不言及耶？

陳子龍　青樓惱亂楊花起

每讀湘真詞，令人移情惝怳者彌日。

又　海棠枝上流鶯囀

阮亭云：浣筆漱墨，無不香倩欲絶。　工此派者，今惟子山、其年爾。

歐陽鉉　相將未過陽關路

「半牀幽夢，便是行春處」，如曹唐「水底有天春寂寂，人間無路月茫茫」等語，幽颯不堪再諷。

宋徵輿　金塘雨漲輕煙滑

「東風活」，「活」字可比「晚煙生」「生」字。

又　杜鵑辛苦殘紅底

字字悽切，如聞紅愁緑慘之聲。　末二語非故作遠語，正是極意藴藉處。

徐遠　玉階露冷吟蟲嬾

阮亭云：達。

賀裳　芳郊雨霽香輪繞

李元膺「裙邊遮定雙鴛小，只有金蓮步步香」，那得如此神韻。

程浩明　天街淨洗流空月

淺語卻自渟着。

計南陽　東風一醉清明路

阮亭云：韓冬郎「更無人跡有苔錢」，同此怊悵。

沈謙　望中渺渺相思路

阮亭云：「抱柱立時」、「遶廊行處」，照見「敲徧闌干」之況。

彭孫遹　寒煙衰柳西陵路

阮亭云：鍊句鍊字法具備此。

唐虞　少年情緒傷春慣

阮亭云：對此茫茫，百端交集。

戈元穎　霧罩湖光船未過

「閒鷗坐」，一「坐」字，似王綖山「燕子啣花坐淺巢」。

阮亭云：「坐卧閒房春草深」，同一悟境。

鄒陞　空庭歷亂梧桐月

阮亭云：「幽夢」句，真是恍惚不定。

張天湜　柳綿無數隨風落

阮亭云：詞人送春多矣，獨此不煞風景。

宋思玉　灞橋楊柳魂消處

比史梅溪「蘭燈初上，夜香初炷，猶是聽鸚鵡」，情緒正復不遠。

董以寧　菱花憐我秋來瘦

有前無後，詠物巧語。

曹爾埏　曉粧纔罷香雲擁

「曾經滄海難爲水」，恰是此時別況。

鄒祇謨　紫珍隨月清波滿

阮亭云：六朝宫中謝啟遜此妍妙。

看花回

董以寧　桐尾魚紋響欲仙

須看其使事尖新穩變處。

感皇恩

劉榮嗣　不寐倚前楹

似歐陽公《歸田録》中語。見道之言，非泛作達觀者。

董以寧　有福共嬋娟

文友諸詞，入中調後清艷妥雅，愈有迴風舞雪之妙。此首及《霓裳中序・登燕子磯作》，俱爲選家借刻前輩名氏和成績，嫁名韓致光，愈見捉刀人本色。

阮亭云：「怪東風起處，吹難皺」，亦復「闘卿何事」。

三奠子

鄒祇謨　憶玉蘭花下

阮亭云：兼《會真》惱公之妙句。

金粟云：香艷欲絶。「人悄悄」三句，彷佛見巫陽薦枕時也。

兩同心

單恂 金飈驚暮

蓴僧得意處，微近關、馬。然自是北宋佳語，如以齊、梁樂府較唐、蜀詩餘，自有能辨之者。

宗元鼎 社日花朝

阮亭云：軟昵處得新燕性情。「雪滿梁園」、「月明湘水」，袁白燕不足多釋。

又 兩兩珍禽

阮亭云：後段三十五字，何曾着鴛鴦半字？乃知慧手寫生，都在題位之外。

天仙子第二體

陳子龍 古道棠梨寒惻惻

阮亭云：「我淚未彈花淚滴」，何處得來？

又 十二畫屏圍楚岫

異紋細艷。

宋徵輿　幾陣飛紅簾外急

宗丞善作銷魂語，如「重銷前夜魂」、「輕魂銷盡」。又「重銷」及「欲待銷魂銷未得」，比「不曾真箇也銷魂」又進一塵。

又　香散雲屏遲玉漏

渺邈泓窈，都在艷思之外。

計南陽　昨夜玉鱗飄露井

岑華之管，吹之作羣鳳鳴。

阮亭云：「彈琴看文君，春風吹鬢影。」得此而兩。

夏復　紫玉轆轤青錦索

末語似鬼詩。

王蔚章　山閣半啣殘照影

與蔣勝欲「聲」字體同法。此用「影」字，更學新巧。

阮亭云：更不道張三影。

殢人嬌

毛椒　花落花開

「海棠影下，杜鵑聲裏，立盡黄昏」，與此詞煩簡更有勝地。

小桃紅

宗元鼎　不必山間去

「八窗四面」數語，把小小亭子説得景致如許，可與宋謙父《壺山居士詞》並美。

董以寧　郎寫梅花體

不用前人一字，卻説來淋漓宛暢，所謂焕若神明，頓還舊觀。

江神子第二體

葛一龍　蘇堤楊柳綰絲鞭

震甫有「雲淡一如水，野風吹到門」之句，正復似此詞品格。

李雯　一篙秋水淡芙蓉

起句宋人未有。　詞至《幽蘭》諸調，言内言外，神韻各足。不善學者，辭多意少，風韻索然矣。

魏珥　小窗今夜北風清

「怕鏡裏，有人憎」，比董遐周「除我除他」，一喜一愁，刻畫並至。

陳子龍　一簾病枕五更鐘

多情之言，出自傷感，泫然流涕，有一往不返之象。

阮亭云：「采采流水，蓬蓬遠春。」人孰無情，能不腸斷。

宋徵輿　珍珠簾透玉梨風

前如江、謝自詠，此如崔季舒詠鮑明遠詩，雖聲淒斷，應在他人也。

施紹莘　白蘋水蘸蓼花風

阮亭云：如隱聽《銅斗歌》。

尤侗　花朝去了又春分

末數語如毛令賦朝雲，覺有氤氳杳冥之氣。

朱以浛　門開簌簌半簷霜

淺而暢，似楊孟載卜居諸詞。

月上海棠

董以寧　畫廊曲曲通金井

阮亭云：文人言夢，多得好句。至文友而翻新領異，雖臨川《四夢》，亦覺言煩。

千秋歲

李元鼎　遊絲粘砌

「從來」句，比「破除萬事無過」更爽捷。

阮亭云：文江佳話，近在珠湖、射陂之間，爲吾揚州生色多矣。

陳子龍　章臺西弄

阮亭云：艷思綺語，觸緒紛來。

宋徵輿　春城寂寞

「一生辜負千金諾」，當以韋莊「擬將身嫁與，一生休」訊之。

錢穀　鶯聲初弄

「昔時紅粉今時夢」，與大樽「無數紅顔天上落，祇添了、數坏黄土，搏沙閃影」之語，令人不敢復言哀樂。

陳玉璂　竹林微步

娹娟隔幔，葱蒨臨池，殊爲此君生色。

宋泰淵　落花如夢

風流婉倩，真是元獻家兒。　恨小弟子壽早埋玉樹，令人有看殺衛玠之歎耳。

黄京　陽關低拍

阮亭云：可與程村《惜分飛》諸闋並讀，劉賓客大好詩，無此悽斷。

又　逗留無計

「深如海水濃如醴」，張子野所謂「何物似情濃」也。　徐幹臣「悶來彈鵲」一闋，得李使君爲之劍合。

此詞惜不令有心人聞之。

鄒祇謨　花檀方拍

阮亭云：和韻險麗，百感風生，同牀各夢，羊長史爾時自哭亡妾耶？

又　欷歔無計

初子云：安得靈芸以紅玉唾壺盛之。

離亭燕

曹爾堪　記得杏園新放

只「舊時王謝」二語，一經重寫，遂覺善爲寄託。

柯聳　趁得東風飛絮

比顧菴作各具警思。末句似有昆明夜珠之勝。

周振璜　架上鮫綃初剪

阮亭云：名花比美人，美人比名花，畢竟孰爲主客？

惜奴嬌

龔鼎孳　無賴鸚哥

字字險麗，從玉溪、昌谷生出。

粉蝶兒

沈謙　自恨多情

比東堂原唱，直稱神似。　此調與《惜奴嬌》相似，而句讀不同，《詩餘圖譜》合爲一體，誤也。如《念奴嬌》、《百字謠》、《大江乘》異名而各載，《燕春臺》、《燕臺春》一體而誤分。此類甚多，嗣當細核爲辨體一書耳。

西　施第二體

鄒祇謨　靈芸十五鬟如鴉

阮亭云：吾家右丞《西施詠》云：「艷色天下重，西施寧久微。」正當與程村「何事浣春紗」互看。

師師令

董以寧　斜簪玉導

秘密風情，出口入耳，不足爲喻，卻被慧業文人寫出。

隔浦蓮近拍

龔鼎孳　蘭窗紗粘杏子

拗調如此雋削妥琢，百思不盡，正是壓倒夢窗處。

阮亭云：「恰似一江春水向東流」，爲彼易，爲此難。

隔簾聽

鄒祗謨　何事欺花賺柳

阮亭云：「神雨」當註（編者按，出《尸子》），不則以爲楚詞「神靈雨」矣。「春補」二字，前人未道。

金粟云：「欺花賺柳」、「寵柳嬌花」，古今並絶。

百媚娘

董以寧　忽見璧人縹緲

似蘇姑子作好夢時。

又　小院銅鐶雙扣

用事必揀上料，何必閟通遠、機深二譜。

又　厭舞樽前雙柘

「未能令掩笑，何處欲障聲」，是喁喁刺刺時情景。

又　慵把草兒重鬬

(「學得雙文通内裹，捉向小樓前後。」)元[稹]詩：「[憶得雙文朧月下，]小樓前後捉迷藏。」用元十一詩，典中生趣。

又　人説笙簫偏好

《轉情集》云：「香閣名姬，既精針線，雅善絲桐，且彈且唱，不疾不徐。」真有松風蕉雨之妙。

又　滿架牙籤曾購

讀太虚詞云：「無端銀燭殞秋風，靈犀得暗通。」涪州詞云：「一陣白蘋風，故滅燭，教相就。」歎其摹情過褻。誦文友「狂燭饞脂」二語，乃知南里北曲自有如許清事。

又　比翼雙鶼堪羨

輕描淡揎，全于側寫處傳神。

又　雨滴桐花鴛甃

《青溪遺事》八首，阮亭首唱《菩薩蠻》調，僕與金粟繼和，雖語本空中，麗字濃情，寫生欲活。文友以中調角勝，如温、韋之後繼以秦、柳，艷而不促，雅而盡致。潘景升《鸞嘯》諸篇，梅禹金《青泥》一記，覩此香倩，應漸傖父。

傳言玉女

葛一龍　小小山莊

昔人謂顏吟竹壽須溪詞竟肖須溪。予亦謂震甫壽麋道人詞竟肖麋道人。

唐允甲　二十年前

如謝宣城詩，作西山清曉看，霏藍翕黛之中，時有爽氣。

阮亭云：僕常目先生詩別具丘壑，讀此可想見。

彭孫遹　霧鬢風鬟

阮亭云：詠物貴生動，賦事貴簡括。二者兼之，更饒風韻。金粟其亦綃宮璇闕中人耶？

河滿子

董以寧　雖病猶能縱酒

阮亭云：「管城子無食肉相，孔方兄有絶交書。」讀此，想見文友磊塊。

訴衷情近

龔百藥　海棠乍放

傲骨柔腸，可謂兼具。

越溪春

王岱　十二玉樓初造就

如與抱朴、桃椎相期，縹緲都無凡語。

又　天似有情天亦老

用典故字字雅貼，全得賦心之妙。　山長詠雪四首，至此更佳，豈玉臺寶帳殊易流光四照耶？

風入松第二體

曹爾堪　東風不吝冶遊天

末句即和魯公「羨他薰香金鴨」意也，更覺綿麗。

阮亭云：唐人詩「侍兒偏感路旁人」，善寫美人者，要從此偏傍處寫照。

曹爾坊　細腰難禁曉風尖

阮亭云：何減「手香江橘，齒軟越梅」。

曹以寧　閒擎綵筆染香膠

是衛夫人簪花格。

婆羅門引

王士禛　問平安否

使簹菴讀之，必曰：「李嶠真才子也。」

倚聲初集輯評卷十四

于飛樂第二體

董以寧　想輕紈初棄也

文友「十索」，俱善得題前後意，非徒作詠物體也。薛弘度「十離」詩便可廢却。

剔銀燈第二體

賀裳　小院沉沉深閉

韓冬郎「時復見寒燈，和煙墜金穗」，彷佛見繡窗獨坐時。

董以寧　記得柳堤初餞

阮亭云：程村詞云：「妾把芙蓉爲面，郎把蓮花爲面。」是「妾面何如郎面」答語。

御街行第一體

王士禛　銀河一雁歸湘楚

詠物詞最難遒麗，昔人謂史梅溪「柳昏花暝」，栩栩然燕也。「水明沙碧，參橫月落」，非肅肅然雁乎？　宋人好用詩句入詞，元人好用詞語入曲，須如淮陰入趙，壁壘一新。得此妙者，惟阮亭能之。

拍闌干

陳繼儒　落紅狼籍

茶熟香清，鳥啼花落，非麋道人誰能領會及此。

撲蝴蝶第二體

熊文舉　想見章門

阮亭云：「淚滴湘波」與李退菴侍郎「秋波微停楚天遠」，各有妙境。

董以寧　舞態蹁躚

如靈泉之絲，舒蹙俱成異彩。

祝英臺近

熊文舉　聽鐘聲

宋人「是他春帶愁來，春歸何處。又不解、帶將愁去」，又「何人惹愁來，那人何處。怎知道、愁來不去」，與新建此詞句法似同，而用意各别。

龔鼎孳　緑煙横

愁語什三，艷語什七。

徐士俊　杜鵑啼

如虞伯生「花殘鳥去人不歸，細雨梅酸愁畫眉」，誦之輒淒然增感。

朱延旦　暖雲濃

風味似虆道人。

王賓　咽蟬風

惝怳紆宕，《九辨》之遺。

曹鑒章　楝花風

阮亭云：舊意翻新。

鄒祇謨　樹森森

阮亭云：柳三變、張三影何處生活？

一叢花

賀裳　艤舟微步石橋西

宋詞云：「感多情、輕憐細閱。」又云：「恨檀郎、惡憐深惜。」是燈下重看、枕邊睇視情景。

王兆陞　溶溶天氣到窗紗

瀟灑處淡宕得情，何減髯公「醉眠芳草」之什。

董以寧　銀華九寸水溶溶

「草緑無痕」三語，如飛霧輕塵，但有空濛杳靄之況。

送入我門來

吴鼎芳　翠館歌檀

「郎似鳳凰橋下月，妾似初三十八潮」，同此諧妙，無此楚惻。

卓人月　吹淚成花

首二句，可與「淚痕在竹，愁緒縈絲」並不朽。

董以寧　篆髻看梳

似元十一賦雙文詩。正復艷思紛集。

御街行第二體

曹爾堪　牆邊桃靨晴微逗

不鬪綺思，自然勝引。《東堂詞》中絶唱。

金人捧露盤

褚偉　據秦州

阮亭云：較「五陵無樹起秋風」，更爲愴惻。

陳維崧　憶金莖

似沈初明《通天臺表》。

阮亭云：「茂陵劉郎秋風客」，寫得涼壯。

孫雲會　蓼風澄

又學所著《廣連珠》百首，博麗可掩庾、陸。此亦吉光片羽也。

董以寧　杏花煙

前後段起處，是此調正體，惟文友得之。文友又有詞云：「儂處春歸，郎處春歸否。」與此詞互相映發。

山亭柳

鄒祗謨　紋瀫微流

阮亭云：風流可愛，亦是靈和殿中物也。

金粟云：觀程村此詞，覺義山「垂楊暮鴉」句，寫得隋柳黯然無色。

紅林檎近

鄒祗謨　散髮伊誰氏

阮亭云：如閻令畫人物，髮采生動，指顧欲語，妙在約略濃淡之間。

踏青游

董以寧　郭外青青

見此正不容使人不樂。

鄒祗謨　約伴尋春

阮亭云：「酒頭茶尾」，何減「吴頭楚尾」？

金粟云：用吴語，姿韻横生，不減六朝樂府。

柳初新

吴麟祥　一點春光全未捨

神似高季迪《石州慢》詞。

最高樓

徐士俊　尋梅去

起語與辛稼軒「花一似何郎，又似沈東陽」，天然較勝。

阮亭云：「出門一笑大江横」，恐凌波人未肯北面。

鄒祗謨　離愁處

阮亭云：「他生」二語，微近元曲之絶佳者，亦調體使之然耳。故非關、馬輩所及。

鬬百花

王琪　一葉扁舟前去

似中唐人本事詩。

爪茉莉

嵇宗孟　屢聽吾言

阮亭云：極似稼軒，亦是《滑耀編》中一篇絶妙小文字。

驀山溪

龔鼎孳　清波桃葉

阮亭云：「重來門巷，盡日飛紅雨。」不知其何以佳，但覺魂搖心死。

陳子龍　碧雲芳草

氣醇情密，晏叔原得意之作也。

阮亭云：「雨霏微、淡黄楊柳」，景語之致者。　春光駘宕，宛然心目，殆是化工之筆。

董斯張　夭斜牆杏

「杜詩韓集愁來讀，似倩麻姑癢處搔」，遐周詞亦然。

程䄸　高齋獨坐

阮亭云：「鶴影空潭」五字，仙語。

曹爾堪　朱唇檀板

試問宋内翰，燃雙燭修《唐書》，諸姬夾侍，與党太尉羊羔美酒，淺斟低唱時，畢竟誰勝，況窮措大嚼冷齏冰粥時耶？

周季琬　半春風雨

如洗馬言愁，清辭正復亹亹。

陳維崧　碧雲薄暮

阮亭云：曾記其年一絶云：「豐樂橋前白酒旗，大夫廟後緑楊絲。而今緣盡何須恨，曾見羊車絶妙時。」又《憶法藏寺前柳》云：「一樹青絲拂寺前，毵毵和月復和煙。當時春夜頻來往，曾見依依十二年。」每一諷之，輒有移情之歎。如此詞，亦何減桓子野聞清歌時耶？

龔百藥　西流龍火

讀之覺秋氣秋聲併集紙上。

鄒祗謨　玉鵝橋上

阮亭云：「樓外月黄昏」二語，逼似屯田。

千秋歲引第二體

宋徵璧　雨散郊原

與舒王《秋思》可稱此調雙璧。

過澗歇

葛一龍　山劈斷

震父作詩，于竟陵大盛時，獨具澹遠之致、孤峭之神，故不落空纖一種。詞則更加幽曠，品格當在仲醇、遐周以上。

阮亭云：如讀孟東野詩。

洞仙歌第一體

吴偉業　梅花獨自

神韻逼似坡公。胡浩然「手撚玉梅低頭説。相逢長是，上元時節」，雖爲詞家所賞，以方祭酒此詞，畢竟是郗方回奴，小有意也。

卓人月　開元遺事

生揑出三生案，殊覺多事。想如李皇之爲道君、錢王之爲德壽耶？

阮亭云：以此解嘲，正復不惡。「初離蜀道心將碎，離恨綿綿。春日如年。馬上時時聞杜鵑。」即一亦不能終，何論百耶？

迷仙引

龔百藥　花不是花

「無腸堪斷」，與史梅溪「無魂可銷」俱情至語。

阮亭云：「無腸堪斷」，請號「無腸公子」何如？

滿路花

黃永　樓風落葉青

阮亭云：宋大夫《神女》、陳思王《洛神》二賦，皆以惝怳入妙，不必似俗手刻畫。艾庵得之。

蕙蘭芳引

王士禛　寒食又過

「翠袖」，用杜詩神合。　李㦂復「無端眼界無分別，安置心頭不肯銷」，其柔腸九曲之謂耶？

董以寧　紈扇班姬

阮亭云：此情難畫。又進一層，不僅僅題目丹青也。

鄒祗謨　團扇流連

阮亭云：以此題紈，妙于「亭皋木葉」矣。

艾庵云：題所應有，已無不有。「㴞」字尤雋。

秋夜月

龔百藥　金商佳節

此題介眉、文友俱有作。憶昔時論文把酒，金丸紅袖，雜沓樽管。余輩刻燭限韻，罰依金谷，斷紈零素，放筆頹唐。今偶閲此調，爲參定存之。忽忽少年情事，便如夢游羣玉也。

霜天曉角

許友　拔身不起

阮亭云：不癡不慧，自是再來人。虎頭癡絶，與慧業文人都非兩輩，此惟曉人可語。「命許郎無死」，天帝殊是憐才。然顔回、禰衡、李賀輩，召作修文，抑又何也？

董以寧　一般奇咄

阮亭云：大好宜春帖子。僕常元旦大書「語言不韻無阿堵，冰雪相看有此君」二句作春聯，人多訝之。舉似文友，因應莫逆。

洞仙歌第二體

鄒祗謨　半輪金鏡

阮亭云：記近曲有云：「想爐煙細裊心絲。」欲移評程村此詞。「淚花相贐」，前人未道。

簇水

鄒祗謨　從此閨中

阮亭云：鄒、董諸子分賦十六艷，諸詞率皆鏤腸鉥胃之作，《花間》、《草堂》後，正不可少此一種。

華胥引

孫自儀　銀屏晝敞

比韓致光《晝寢》詩，清艷各至。

董以寧　蕭寺初留

恩愛深

讀此覺「相逢未嫁」殊爲虚語。

江城梅花引

錢繼振　修篁一夜入簷隈

讀之覺耳目空虚，心神亦復冷曠。

董以寧　誰將銀甲撥清商

阮亭云：程村《聽歌》絶句：「彈罷青溪小妹曲，不知風雪滿南樓。」與文友此詞，可稱合璧。

玉人歌

鄒祇謨　春欲去

阮亭云：「鬧花百舌花無語」，不數「紅杏枝頭春意鬧」尚書。

惜紅衣

董以寧　笑折葵枝

阮亭云：楚些之遺響。

八六子

陳世祥　坐僧寮

誕情逸節，自見佳處，不在阿娜旖旎中。

魚游春水

陳增新　艷陽春欲暮

阮亭云：「社酒人稀江燕度」，佳處似韓君平七言詩。　子更遂已長夜寒篷孤燭，對此爲之憮然。

鄒祇謨　十五盈盈小

阮亭云：傳情繪景，投袂赴節，都近自然。

愁春未醒

董以寧　千金不惜

唐人《杜秋行》、《潯陽商婦怨》，皆才人自寓之辭。　雲孫作《青兒行》，亦曰「念及青兒行」，自念也。

知此解者，方許讀此詞。

陳維崧　檀槽尚撥

羅隱《贈妓》詩：「我未成名卿未嫁，可能俱似不如人。」其年演入詞調，殊覺感慨欲絶。阮亭云：沈君庸《痛哭霸亭秋》，同此骯髒。

一枝花

周珂　萬里長空白

阮亭云：近似「關河冷落，殘照當樓」。

謝池春慢

宋存標　舊情難止

字字雅當，詞家大乘。

鵲踏花翻

許朝聘　歌扇停嬌

「衝開芳草」二語，不下徐文長「作時鶻打雪風天，停猶燕掠桃花地」。

阮亭云：「自憐輸厩吏，餘暖在香韉。」

董以寧　弄笛逢場

阮亭云：「吾意獨憐才」，求之閫内，足以豪矣。

宣清

鄒祇謨　冉冉今何日

阮亭云：「寶帳垂雲選春夢」並工。「嬌横」二字，説花甚奇。末句反言之，尤極繾綣。

金粟云：翻意生新。

醉翁操

董以寧　醉翁

節奏疏宕，音指華暢，頗似玉澗道人琴聲。

意難忘

吴偉業　村塢雲遮

東皋北郭，不過如此。寧復知世間有名利事。

孫繹武　清坐昏黄

武經，素心士也，乃亦善作爾語。宋廣平賦梅花時，固爾婉媚耶？

塞翁吟

王士禛　記得相逢處

清真有其妍宛而無其清艷；夢窗有其瑰琢而無其流麗。作僻調具如此風致，兩宋好手恐當避地三舍。

法曲獻仙音

陳維崧　破紙鳴窗

于文則樵、蛻，于詩則韓、柳，于詞則王予可一流。

董以寧　燒得燈明

此等詞，直抵一篇小賦。

絳都春第一體

鄒祗謨　離離瑩綴

風山云：賦物盡變，馨逸自然。覺鍾會之「入口散流」，徐君房之「向齒自消」，徒供老饕點綴耳。

倚聲初集輯評卷十五

滿江紅

李日華　客邸孤懷

太僕自題《墨塍》云：其詩多于所作墨戲，林巒樹石，花鳥蟲魚，間見一語挑焰，生動躍然。讀「野橋」二語，令人猶想見風流也。

俞彦　荏苒征途

少卿長調警語不多見，故以雅度勝人。

錢繼登　西子湖山

阮亭云：灝氣莽蒼，直不減武穆本詞。兩公地下亦當頤解。

季孟蓮　燕子何時

阮亭云：通體纖妙。

梁雲構　橋影飛虹

澄泓停著，有寸水興波之致。

吴偉業　緑草郊原

阮亭云：婁東長句，驅使南北史，妥貼流麗，爲體中獨創。　不意填詞亦復如是。

又　把酒登高

阮亭云：感慨蒼涼，雄深雅健。

又　老矣君謨

稼軒、同甫集中，多有壽詞，揮灑磊落，天然神韻；夢窗、梅溪刻意雕刻，便覺有意作富貴語。　此處惟祭酒得之，所謂畫人難，畫鬼魅易耳。

又　顧盼雄姿

阮亭云：意氣遒上，旁若無人者，幼安而在，必當把臂入林。

又　滿目山川

阮亭云：末句唾壺欲碎，俛仰固是獨絶。

又　詩酒溪山

似白傅洛中詩，無一字欺人語。　讀此，覺辛、陸猶有不平之色。

又　老子平生

阮亭云：又似劍南老子晚年語。

龔鼎孳　鐵騎春寒

藏激烈于綺麗，便覺桂洲之粗，鳳洲之軟。

阮亭云：筆挾風霜，氣摇山岳，與忠武自賦一篇，正足相敵。沈周、文徵明兩作後，又見新製。

又　萬里神州

勒二詞於于、岳祠堂，當有悲風淒雨，颯颯欲動。

阮亭云：忠武、忠肅，所謂「伯仲之間見伊吕」。中丞二詞，工力悉敵。

王彦泓　春雨霡霂

又　眼角相勾

阮亭云：次回艷情詩數百篇，刻盡聲影，有義山、致光所未到者。二詞亦香奩之逸藻也。

卓人月　臣罪當誅

阮亭云：僕幼讀珂月此詞，以爲可與沈、文二闋並垂天壤，正以無義不包，無字不確，不僅僅激昂頓挫之爲美也。

陳子龍　槐院深陰

不填五日故事，風味韶悦。

阮亭云：可匹《五日畫扇頌》。

錢繼章　綫柳雛鶯

三間小閣，賈耘老一首佳詞，沈會宗乃竟近出一家。

阮亭云：「客園園客」，偶然佳妙。

孫自式　一艇歸來

落筆淋漓，意思豪邁，有季鷹拂衣之況，無老驥伏櫪之悲。

曹爾堪　柳浪方高

阮亭云：放翁之詩，顧菴之詞，五百年中有此兩人。

又　欲問春情

阮亭云：「聽鳥」、「踏青」，自成佳料。

又　春水平添

賀黄公謂：宋詩至范至能，真有華山騄耳過都歷塊之才，雖霜蹄一蹶，不捐千里之步。余讀顧菴詞亦云然，使人不得不愛其神駿。

王岱　點破殘寒

阮亭云：「月如無根月長圓」，真續貂耳。

王庭　亦復奚須

阮亭云：稼軒、龍洲季孟之間。

毛重倬　天地中間

艾菴云：向見卓人此調，共有十闋。程村選集將成，予力索之，僅得三首。蒼涼古麗，真六朝小史論也。

又　滿目風沙

此等題最忌作詞論，卓人憑弔流連，艷音愴發，詠古中龍象手也。

又　千里征鞍

王紱詩云：「人語悄傳孤戍火，馬蹄寒踏滿橋霜。」推爲盧溝佳句。以比「一陣霜寒」數語，當令昔人閣筆矣。

尤侗　我醉欲眠

阮亭云：坡公詩：「七尺頑軀走世塵，十圍便腹貯天真。此中空洞全無物，何止容君數百人。」以似展成，得無一笑？

胡心尹　幾夜清霜

「窗前不雨長如滴」，可抵六一公一篇《秋聲賦》。

計南陽　水殿琅玕

悽惻處善作縹緲語，如二李《神絃曲》、《聖女祠》諸詩。

沈謙　一笑回頭

如清真憶待月軒詞：「癡將秦粉，偷換韓香。」意中有多少躊躇在。

趙鑰　十里楊花

阮亭云：此千門罷官後自南昌舟過廣陵投程村與僕之作也。正不知情生于文，文生于情。

錢光繡　幾幅生綃

阮亭云：眼中之人，那得如此老。

陳維崧　咄汝青衫

阮亭云：拊髀撫膺，可續文章九命。

又　日夕此間

阮亭云：「插身净丑場，演作天魔戲。」令人卻憶升菴滇南時也。

又　腰綵唇朱

阮亭云：長卿慢世。

又　一畝書齋

長瓜生天才瑰詭，有其年起爲匹敵，諸辭離奇險麗，字字《湘君》、《山鬼》之亞。昌谷而上，惟有左徒。

又　白柳紅羊

昔唐寅有《悵悵詩》六首，讀者酸鼻。其年以忼激勝之，又令讀者捉鼻喚奈何也。

阮亭云：文章滿腹，不如一囊錢。古今如此，又何必與流輩競眉睫耶？陳生過矣。

周雲駿　狂也兼癡

世言白傅所藴不得施，乃放意文酒，其更如吾曹何？　讀孝迴此詞，何妨爲太白十年酒隱。

王士禛　蕭瑟泓崢

袖中有東海。　西樵「海上」諸句，不下于鱗華山作。　得阮亭此詞，便稱雙璧。

黄永　才藻翩翩

阮亭云：南皮之遊與山陽之痛，同一愴惻。

董以寧　一簿金蘭

東坡《後六客詞》云：「賓主談鋒誰得似。　看取。　曹劉今對兩蘇張。」大似此詞格調。

阮亭云：兩結格奇，全體豪縱。

錢珵　斷岸平沙

梅村先生序紫曜詞，稱其鮮妍秀脱，如瓊枝玉樹，不可梯接，殆與白石、邦卿頡頏。　誠爲定論。　若此詞高涼爽激，又逼真坡公矣。

董元愷　厭粉羞朱

阮亭云：家西樵考功曾有《緑牡丹》詩云：「海國玻黎青截玉，江南天水碧裁煙。」常歎其用事工妙。　碧玉緑珠，致堪相近矣。

陳喆倫　水浸秋空

阮亭云：「三竺二」一聯，竟是歌行遒警語。

鄒祗謨　滚滚紅塵

阮亭云：一肚皮不合時宜，寫來酣飽。韻險語峭，有吞針吐火手段。

臨江仙第六體

龔百藥　夢繞小樓影

介眉喜仿三變，如此僻調，用韻使事無不安頓圓妥，聲情逼肖。昔王通叟集名《冠柳》，當以移號介眉。

埽花遊

龔鼎孳　絳韈萬疊

催情綴色，着手成春。故非襞績家可辦。

陽臺路

鄒祗謨　巫山夢浦

阮亭云：檃括《神女賦》，恒手所能也；「銀鈎」四語，便不許時流夢見。

尾犯

王士禛　羅袂怯西風

是祝京兆篋笥中物。

顧華文　雨過小橋頭

華峰翩翩文采，今之洗馬、散騎也。讀此詞，知其善于言愁矣。

惜秋華

彭孫遹　纔入新秋

「萬斛滄波」數句，寫情極至，與「朝淚鏡潮，夕淚鏡汐」同一傷心語。

玉燭新 第一體

巢震林　帳開貂錦擁

阮亭云：上馬殺賊，下馬草露布。丈夫不當如此耶？

儲貞慶　金風吹繡閣

音節全乎西樵、竹屋矣。

金浮圖

陳維崧　𥈭夫婿

此等調近于元劇矣。然才人遊戲之筆，神韻天然，不許東家刻畫也。

鄒祇謨　春遊去

阮亭云：淺語盡情，當不令李北海見之。

水調歌頭

朱之臣　風日正淒緊

阮亭云：方伯爲先大父方伯公甲辰同年友，迄今甲辰六十年矣。年且百歲，杖屨無恙。然漂泊金陵，貧不能謀饔飧，殊有杜陵拾橡栗隨狙公之況，讀此爲之憮然。

吴偉業　三月鶯花盛

「下馬飲君酒，消盡古今愁」，所謂「我言作僕射，不勝飲酒樂」也。讀此詞，令人神往。

龔鼎孳　小住爲佳耳

阮亭云：艷思纏綿，壯懷噴薄。讀此闋，始知英雄兒女子不應作殊觀。

曹爾堪　簡僻辭城市

有陳、劉之超曠，而無其粗豪；有楊、薛之清恬，而無其凡近。

阮亭云：恐不免賴絲竹陶寫。

許朝聘　載詩兼載酒

阮亭云：胸中灑落，不着一絲磊塊，恐太白、東坡未必到此。殊近張志和一流人。

尤侗　卿自用卿法

信手拈來，位置擺落，是善學稼軒處。

彭孫遹　去年分手處

阮亭云：「角」字、「尾」字、「頭」字、「琢」字，新而不詭，故佳。

宗元鼎　記得故人去

文友云：風致纏綿，似秦、黄懷贈之作。

王士禛　南國清明節

雅調中激楚有餘致，似蘆川、洛水諸家意到處。

鄒祗謨　何處吹蘆管

阮亭云：如此根器，自不必迦葉、司馬問訊也。

滿庭芳

董其昌　宿雨初收

阮亭云：宗伯論畫云：董滾寫江南山，李唐寫中州山，米元暉寫南徐山，趙吴興寫苕霅山，黄子久寫海虞山。若夫蓬閬方壺，必有羽人寫照，予試以意爲之。讀此知公前身固不僅畫師耶。

吴宗達　蕉長青箋

吾鄉諸吴多以園亭競勝，文端罷相之暇，夙無平泉嗜好。其寫懷蕭適，直比周益公《登祝融峰》詞。

錢士升　胸壘千兵

相國黄冠遺老，蕭然物外，故其言似悟道者。

葛一龍　林氣方佳

茶詞，山谷佳在秀，元美佳在艷，震父佳在曠，可補茂卿《茶董》。

龔鼎孳　紅玉籠雲

阮亭云：似繡嶺宫前鶴髮人語。

又　緑翦裙腰

比喻警切。花神有知，必不乞崔處士護花幡也。

陳子龍　紫燕翻風

神氣有餘，已弟畜秦七。和詞之佳于原詞者，此類是也。

李雯　玉樹風疏

幽蘭諸子，長調必不肯入姜、史琢語，亦不屑作柳七俳調。是歐、秦入室處。

曹爾堪　壁印狐蹤

山家樂又有山家憐，野景民風，寓于秀筆。

阮亭云：采風者不可不聞此。

又　釣墜蟾蜍

爲夏仲御、張志和一流人寫照。

又　碧砌樓高

須與袁石公《瓶花譜》參閲。

又　過盡千帆

讀此等詞，令人艷思都淡。

阮亭云：每笑山林樵牧，身在畫圖，或不能自名其谷。學士身踐清華，而其詞了無煙火，乃如巖棲木食人所爲，殆是前身荷蓧、石户之流耶？

王屋　秋橘三千

孝峙，魏里名宿，所著詞箋甚富，賀黄公推爲近來第一手。貽書于僕，相期遠搆全本，且云：江北亦有能詩王屋，非此王屋也。兩曾參須辨。恨終不得刻本。讀之，且以見黄公之憐才，能讓善也。

阮亭云：末句似猶有名心在。

吴亮中　柳眼全青

阮亭云：記沈宛君謂瓊章：「和凝詩『春思翻教阿母疑』，此何須疑，直當信耳。」語甚妙。

計南陽　玉殿驚塵

韋左司「如伴流風縈艷雪」，用修謂非左司不能道雪之艷。若此詞，情景濃至，左司又成寒儉矣。

黄京　芍藥風清

妥帖輕圓，是詞家正始。

倚聲初集輯評卷十六

鳳凰臺上憶吹簫

計南陽　塵滿閒房

情文相生，令人增伉儷之重。

王士禛　鏡影圓冰

首二句，何減「調雨爲酥，催冰作水」。　清照原闋，獨此作似有元曲意。阮亭此和，不但與古人合縫無痕，殆戛戛上之。清照而在，當悲暮年頹唐矣。　末一段單賦雁，亦絶佳。然不若如此用，爲情更長也。

彭孫遹　寶鴨拋煙

阮亭云：昔和漱玉詞，自謂意得。每讀駿孫一篇，輒復自失耳。

黄京　斜日初黄

詞語以不盡爲妙，如此方可云藴藉。

燭影揺紅

龔鼎孳　一揖芙蓉

今人想見西子舞罷倚東吴白玉牀時也。

又　花信爭傳

南宋諸詞，以進奉故，未免淺俗取妍。如此雕鎪綵緻，仍歸生色真香，所謂妙音難文，那容淺人索解也。

王宗蔚　畫閣連天

阮亭云：「正霜風淒緊，關河冷落，殘照當樓」數語，千古絶唱，得中丞而二之。

綺麗中不乏生動。

孫鈘　萬點星開

阮亭云：如讀《東京夢華録》也。

董以寧　離合神光

甄逸女爲袁熙妻。本子建先求，提出「袁家新婦」四字，大爲子建出脱，是文人曲相迴護處。　陸景宣《洛神辨》可與此參看。

塞垣春

鄒祗謨　爽氣生蘭野

初子云：庾信賦云：「逶迤姓秦，窈窕名蘼，朝裝半故，晚拭全新。」吾欲爲此詞賦之。語語是立秋，語語是七夕前一日。散珠橫錦，而有縷雲絲雨之妙。

漢宫春第一體

曹爾堪　一葉孤舟

阮亭云：觸手成趣。

宗元鼎　記得年前

阮亭云：宛然清真。

天　香第二體

鄒祗謨　芍藥初開

紫曜云：艷思紛瑩，悽響瀏颯，不減庾肩吾離前别後之詠。

夢揚州

蔣鑨　煞風流

「玉環」二句，暗用「長生私語」，使事雅妙，押韻處更如飛天仙人遊行下界，去來無跡。

帝臺春

葛一龍　秋氣漸慄

每讀震父五言「夜長人別後，秋好月來初」，歎其神清致遠。不意詞中復得此境。

張積潤　正月三十

起似韋相「四月十七，正是去年今日，别君時」。

阮亭云：「憶着從前難見」，言情透極，然已逗漏元曲矣。

醉蓬萊

龔鼎孳　快花前樽滿

阮亭云：自露英雄本色，不獨風雨彭城之感。

夏初臨

鄒祇謨　未雨梅天

文友云：上段單叙夏景，下段耑指閨怨。此宋人定格，然微程村不能深得其解。朝溪子謂少游歌詞當在東坡上，以其風骨綺艷也。吾于程村詞亦云然。

暗香

董以寧　緑酣紅醉

「五更風雨葬西施」無此悽艷，是宜花有歎聲矣。

倦尋芳

張我樸　小桃深處

誦之如野曲農歌，鄰墟互答，可補儲、王所未備。

彭孫遹　追思往日

絶似玉溪生賦《碧城》詩，饒有對影聞聲之恨。

聲聲慢

黃傳祖　長思短憶

阮亭云：心甫論詩以枯淡爲宗，乃亦有斷腸之句，文人固不可測。

王士禛　蛛迷楚館

「息」字、「黑」字、「得」字，原句並是絶唱。有此勍敵，不似「簾捲西風」笑鬚眉不如巾幗矣。

董以寧　琵琶峰下

「色絲」、「少女」，天工神巧。

雨中花慢

鄒祇謨　軟玉風情

初子云：弱體凌空，香肌透骨，如在珊瑚枕畔、翡翠幃前，頻呼小玉，再認雙成也。

慶清朝慢

蔣胤磐　素節催寒

衷術湛心詩賦，詞不數見，而體物瀏亮，亦何減崔信明「楓落吴江冷」耶。

董以寧　浪濺輕綃

阮亭云：讀此便疑蠡沉西子容或有之。「一舸逐鴟夷」，似不必更爲深辨。多做「繡」字，是詞人着眼處。

長亭怨慢

鄒祗謨　漸過盡鬱儀飛馭

阮亭云：以縹緲之思，寫渺茫之事。陰陰曲曲，如上元夫人歌蘭宫曲時也。

八聲甘州

彭孫遹　點清霜一夜渡河來

柳七「關河冷落」三語，坡公亦服爲唐人佳句。六百年而金粟以「西風旅夢」二語勝之。乃知太白《詠鳳凰臺》終是膽怯司勛也。

初子云：「幾度木蘭船上望，不知原是此花身」，不如金粟「怯上此花舟」之雋妙。

雙雙燕

李炯　誰家燕燕

阮亭云：「亂剪楊風，輕粘梨雨」，亦是着意烘染處。

董以寧　馬蹄驚處

寫生處妙入絲髮。夜來針神，髣髴如見。

揚州慢

鄒祇謨　白嶽移文

阮亭云：字字冷水澆背。

金粟云：起、結有高岸之色，如置身天風海濤中。

繡停針

董斯張　夕雨後

遐周夙精禪乘，有詩云：「古錦出珠笈，散花課晨誦。」即此什，何減維摩天女散花丈室耶？

孤　鸞

董以寧　醉鄉堪徙

艾菴云：從《毛穎傳》中得來，極盡填詞變調。

珍珠簾

彭孫遹　湘紋幾摺闌干疊

杜鵑啼歸，詞語襲用，翻出催別，又爲增一公案。望帝有知，恐不任文人饒舌也。

黄河清慢

鄒祗謨　官閣晝涼初歇雨

昆侖云：如讀習鑿齒《與褚常侍書》，「追尋舊約，髣髴玉儀」，非泛賦五日者可比。

月下笛

白銘　霜杵敲寒

蘇雪溪《紫鳳曲》云：「江波淡淡寒不流，七十二峰凝暮秋。」舉似此詞，足供清嘯矣。

燕山亭

鄒祗謨　青女初裁素縠

阮亭云：起將「麗娟」相比，是詠其名。中用「靈芸」數語，是詠其色。「留待深秋」，是詠其時。體物神麗，直是賦心欲絕。　吴陵方苞有賦云：「狼籍石家之金剪，粉碎薛妃之淚壺。」又：「宛竇鼎之脱丹粒，擬鐵網之出珊瑚。」可謂形似矣。　然不能神似至此。

八節長歡

董以寧　鎮日花間

如閻友情作文，麗色淨妝，觀者怡色。

玉蝴蝶第三體

陳子龍　纔過十三春淺

膩理豐肌，大家舉止。　周、柳俳優，對此自當心死。

宋徵輿　雙臉低垂金雀

阮亭云：義仍云「恰三春好處無人見」，宗丞「無人見處惜紅顔」，意亦正爾。　似勝湘真作。

鄒祗謨　記得麗娟當日

金粟云：常見近詩云：「陳王着眼看羅襪，温尉關心到錦鞋。」恰是此時風味。

三部樂

史樹駿　極目青郊

庸菴作詩，謹持格律，不肯間入中唐。詞不多作，而藴藉清華，故不欲落南宋一字。

丁香結

董以寧　新寓人間

阮亭云：故是謫仙人語。

鎖窗寒

龔百藥　夜漏沉沉

昌黎《送孟東野序》，似此機軸。

宋泰淵　綠暗天涯

幽靚自然，殊極要眇之致。

三姝媚

彭孫遹　花宮清磬杳

阮亭云：「秋窗無火，暗螢相照」，蕭槭欲過《九辨》。「和夢也、分明知道」，較「和夢也、有時不做」，又進一層。

長相思慢

鄒祗謨　南浦依依

阮亭云：不辨爲韓爲和，但覺《香奩》絶調。

玲瓏四犯第一體

董以寧　妾處多言

題本飼金魚，卻以鸂鶒作起結。文心層曲，遂使魚鳥留連，無非慧寄。

催　雪

鄒祗謨　窈渺珠簾

阮亭云：常誦《紅霞覆積雪》詩，有「絳節仙人雲府度，紅鸞帝女玉山回」，歎爲殊麗。未若此詞之神艷也。

金菊對芙蓉

劉侗　華紫移楓

同人《帝京景物[略]》一書，詮志奧軼，爲善長《水經注》之繼。填詞自其餘技，亦非纖宕者可比。

閨怨無悶

鄒祗謨　文采風流

風山云：研齋知爾心魂幽，全不在手目，原題自可持贈。

高陽臺

龔鼎孳　桂粉彈牀

一時名士賦催粧，自當以此壓卷。

彭孫遹　帝女歸來

阮亭云：記近人詩：「夢留千古憶，賦竭一生才。」歎其佳絶。「侍臣」二語，殆又過之。　結句有迴策如縈之妙。

遶佛閣

湯寅　陶家舊業

讀此知作詞與當此詞者，都是張思光、蕭茂鏡一流人物。

渡江雲

鄒祗謨　昔年情緒

阮亭云：衆香國中，温柔鄉裏，不許門外人道半字。

萬年歡

龔鼎孳　一笑東風

阮亭云：真英雄人，定非下愚不及情可比。「兒女情多，英雄氣少」，然乎否耶？

琵琶仙

龔鼎孳　絶代西家風流

阮亭云：二公風流文采，固不可及。然金紫神仙，此福豈易消受？俛仰今古，爲之慨然。

絳都春 第二體

鄒祇謨　素秋飈冷

文友云：程村齋頭多植異卉，偶有賦詠，指物蕭然，自攄素玩，不似殷仲文歎庭前枯樹也。其年有小賦云：「才人以薄命稱珍，小物以傷心見貴。」又：「倘作望夫之石，月是形容；如過妬婦之津，雪爲魂魄。」洵哀離之微物，而閨襜之幽情也。數語可與此詞並傳。

東風第一枝

龔鼎孳　鳳絡霞絨

阮亭云：僕舊詞有云：「欲覓瀟湘屏上路，楚山如黛少雙魚。」見合肥「楚雨」七字，自覺我言爲煩。

又　鳳琯排煙

宋人嘔心鉥腑之句，合肥笑談間揮灑出之，驚才絶艷。前有邦卿，後有予可，恐亦不免絶臏吐舌也。

阮亭云：公天才絶艷，脱口矜雋。小令極多，碎金以《白門柳綺懺》二卷得之，稍晚已不及載。故予輩于長調特詳之，猶不免遺珠之憾。

袁祩　露泣疏英

送春詞善翻舊調，殊有「甘意摇骨髓，艷詞動魂識」之意。

真珠簾

皺祇謨　珊瑚鈎裏明珠照

阮亭云：自多新宛轉，無復舊因緣，令讀者欲爲掩袂。

春夏兩相期

董以寧　合歡牀可憐孤却

于韜仲「日斜纔見下粧樓」之句，文友更婉暢言之，如周文矩畫仕女圖，比周昉復加細潤也。

換巢鸞鳳

鄒祇謨　人爲愁嬌

金粟云：「銷魂」一語，字字刻骨。

初子云：淮海「柳下相將遊冶處，便回首，青樓成異鄉」，絶似此詞風味。

月華清

董以寧　十二調箏

阮亭：得非媚蘭仙子後身？

解語花

陳世祥　柳知偷眼

如讀《嵩岳嫁女記》，疑縹緲非復常境。

雙頭蓮第一體

董以寧　曲水嬌荷

初子云：沈亞之作《會真詩》無此雅切，何必微之狡獪自成耶？

夜合花

鄒祇謨　紫曲粘雲

阮亭云：筆性花情，兩如解語。　詞意清婉處，能令姜、史才盡。

詠物詩自元美數十首外無與競爽者，程村諸題標新領異，更在泥情憐景之外。

倚聲初集輯評卷十七

念奴嬌

鄒嘉生　十年幽夢

家觀察《燕超堂詩》，清詞麗句，映帶風華，與子孝廉欿伯卒俱不及中壽，集成而傳布不廣，惜夫！

陳繼儒　白頭宫保

阮亭云：徵君通隱，意氣正復不減。

葛一龍　柔情野態

詠物透快，東坡詠榴花與楊花，得震父直接其妙。

熊文舉　東風薄倖

高曠處絶似蘇、陸，而意匠幽淡，故非前賢所及。

龔鼎孳　凭欄無賴

阮亭云：杜若飄零，竹箭蕭瑟，哀感都在言外。

又　斷魂無那

阮亭云：哀而不傷，怨誹而不亂。填詞小技，遂有《國風》、《小雅》之遺。

又　流煙迴雪

「楊柳岸、曉風殘月」，昔人視爲情景並絶，坡公貶爲梢公登溷，正是忌語耳。中丞又一翻出，恐更不容嘲誚也。

又　薄寒吹酒

阮亭云：「夢淺無痕，憐深似病」，情語之最工者。

吴偉業　東籬殘醉

讀此可見前輩風流。對山、渼陂雖有才情，恐終不免作秦聲也。

孫源文　社南社北

南宫，秦川貴公子也，所著《鉢庵俑語》，多雄爽忼激之詞。此闋則與竹山、梅溪爭席矣。

陳子龍　問天何事

阮亭云：首尾温麗，無一僻字拗調，是公獨絶處。騷人以幽蘭比君子，此詞其有招些之思乎？

王彦泓　簾櫳午寂

《詞筌》云：簾中堂後，緑陰掩靄，説花時已覺有情。「艷雪」「蘂珠」狀花之色，「暗麝」狀花之香，「鬟」間、「簟」上、「枕邊」，舉護花者之張設、戴花者之神情。摹擬逼到，語復俊麗，可稱詞中聖手。然用劉語不過四句，此可竟稱次回作也。　原詞「稼軒愁絶，惜花還勝兒女」，形容未免入鄙；至結語「返魂何在，玉川風味如許」比茶香於花，或因以傅花水點茶而作，益支離無謂。　次回另出機杼，復經黄公詮繹，遂覺叔安字字傖父。　詞雖小道，其不容鹵莽如此。

孫永祚　一峰中擁

金山詩以張祜、孫魴爲第一，而「因悲城市」及「驚濤濺佛」之句，不免後人彈射。　楊文襄詩云：「恨不名家逢李杜，若爲佳句壓孫張。」得子長此詞，留雲、吞海諸亭，定當分半壁相待也。

沈龍　煙山初晚

阮亭云：全副畫境。

宮偉鏐　蕭娘樓畔

作兒女子語殊有英雄氣，惟稼軒能之。　此詞更有冰藍之勝。

宋徵輿　東風悄悄

阮亭云：字字湘真勍敵。

李長苞　滿樓雲淨

託寓淒婉，可與坡公「瓊樓玉宇」詞參看。

孫自式　十年萍泛

衣月齋中自題陶句云：「多讀書不求甚解，樂天命夫復奚疑。」合此詞觀之，知性情自有丘壑耳。

龔百藥　秋應似客

阮亭云：珠光翠茜，的的動人。

黄永　南樓暫倚

阮亭云：極擬大蘇。

又　别離誰慣

讀「嫩柳緋桃」二語，何異蘇髯與朝雲吟「枝上柳綿」之句耶？

陳維崧　流蘇裊裊

阮亭云：牡丹詞最難擺落俗諦，記吴門含緑堂詠牡丹詩，惟其年擅場。　此闋正復不減。

又　乾坤颯颯

阮亭云：「長歌破衣襟，短歌斷白髮」，直須以一石滓之。　常喜陽羨生「健兒須飽馬須芻，來時北風去時雪」之句，此詞涼壯正與相近。

沈謙　鶯殘花老

阮亭云：僕少和易安此詞，見去矜作，不免如張子(布)[綱]之枏榴枕矣。

許旭　清秋三徑

嫵秀中卻自疏俊，故不乏本色語。

王昊　悲哉秋也

昔人謂張于湖詞未嘗著稿，興酣筆健，卻無一字無來處。今所見止有惟夏耳。

王士禛　疏風嫩雨

「殘朱零落」二語，又不但清照所無，人皆意盡。

又　開元盛日

檃括處凡卉不入縷衣，卻入謝靈運鬚也。　括事押字，無一不妥，只此足見絶才。

彭孫遹　深閨岑寂

阮亭云：駿孫曩與僕唱和香奩詩，自云會向瑶臺金屋中覓證明師，此當是悟後之作耶。

任繩隗　海棠岡上

阮亭云：風情大似杜紫薇，詞品與其年季孟。陽羨同時有此雙絶。

吴守宸　晚涼天氣

深情密態，妍絶無匹。　昔王逐客夏景詞，温叟謂其天然有塵外涼思。今誦「碧簟」數語，亦復作消夏灣想也。

曲遊春

鄒祗謨　柳腴花瘦日

阮亭云：天隨子云：人謂從鈞天帝居而來。王操云：品物多情最屬伊。合此詞觀之，不必更搨滕王圖矣。

初子云：「好夢難醒」，妙于翻用化蝶事。至「粉褪香殘」二語，比「無情有恨」倍覺幽渺，須與解兒參之。

憶舊游

彭孫遹　病酲扶不起

「縹色杯輕」三語，不數二美賦捧茶美人也。

看花迴

鄒祇謨　寒香散霧初暖

其年云：宋人落花詩，以宋莒公「將飛更作迴風舞，已落猶成半面粧」爲第一。若使事神麗，則程村後來居上矣。

桂枝香

俞琬綸　張郎一去

四「君」字即指鏡言。姿調錯落，妙如無意填詞者，此先輩風格高處。

董斯張　貪奇覓怪

昔李爽有《山家閨怨》，此是「山家閨樂」。

張逸　天高氣肅

似金粟道人與鐵笛仙酬唱時。

錢琝　閒看舊照

頰上三毛，傳神阿堵，不必他人代寫也。

月當廳

鄒祇謨　小窗煙雨冥冥

初子云：淒淒切切，此潯陽江上琵琶也。　文友亦有詞云：「已曾貫滿半間堂，重來叫破邯鄲枕。」太罪蟋蟀，得無不平耶？　當以程村此詞平反之。

木蘭花慢

龔鼎孳　鏡中腸斷絶

清森蕭渺，情辭並惻。

沈祖孝　望春游爛熳

「殷勤」、「氤氲」、「紛紛」，俱兩字疊韻。此調升庵論之詳矣。詞惟《樂章集》不失體，至元遺山，九首內止五首兩處用韻，則辨體之難，即古人亦不免出入耳。

瑞雪濃慢

鄒祗謨　九秋挽帶

金粟云：僕曾有《菩薩蠻》云：「含淚待歸期，從頭細問伊。」程村似爲作答，小窗絮語，如聞其聲。

玲瓏四犯

彭孫遹　寄語東君

阮亭云：柳七之神。

又　褉節纔過

阮亭云：往者都下倡酬，駿孫每奏一篇，僕輒欲焚筆研。彭、王齊名之目，忝竊至今。試誦此詞，藉非陳思八斗、江郎五色，何處得來？爲之閣筆三歎。

翠樓吟

鄒祗謨　畫扇歌樓

金粟云：「筵前」句，呼之欲出。　此亦何減大晟諸調耶？

瑶　花

彭孫遹　夜波涼薦

雲機霞錦，非復人間杼軸，自是瓊班瑶籍中人語。

水龍吟

趙南星　春歸忒恁愁人

阮亭云：高邑文章風節，領袖清流。　此詞亦廣平之鐵石心腸矣。

楊士聰　等閒春事闌珊

就本題中寔發，能使景意兩得，自是賦物老手。

錢繼章　細風銛似吴刀

「但看花落，不覩花開」二語，已探驪珠；諸作游行空際，未免蜿蜒鱗爪耳。

徐籀　有情還似無情

「朱樓碧瓦」數語，與石田先生「踏歌女子空連臂，唤不歸來信薄情」，可謂寫照並至。

吴惟修　枝頭樹底曾逢

「不約偏來，有期不赴」，與「有根春風，無心暮雨」，似與楊花無涉，而傳神阿堵，正在个中。深得宋人詠物之妙。

卓人月　天孫慵繡銖衣

詠物善作奇麗語，便覺才情爛熳。此體自義山後，宋惟西崑諸公能之。　左車謂：坡公詞惟《楊花》一闋雄奇幽艷，自可合併。吾于珂月亦云。

徐士俊　鶯兒啼老枝頭

姜白石詠梅云：「想昭君夜月，環珮歸來，化作此花幽獨。」今野君以太真比楊花，復將梅精相較，比前人更想落天際。文情縹緲，不可思議。

阮亭云：和蘇七篇，野君得驪珠矣。

黄承聖　炎天急雨跳珠

阮亭云：後段詠物妙品。

曹爾堪　柳堤一帶疏煙

如此漁樵，是退步英雄，莫作夏仲御一流人看。

吴啟思　小樓倚遍晴空

縱橫昳麗，殊有茫茫今昔之感。

許朝聘　高飛雪浪空中

阮亭云：「船舷暝戛雲際寺，水面月出藍田關」，何以過此？

王士禛　岷峨萬里滔滔

末將吴帝、宋武對舉，如詩人説曹、劉，李、杜，真正銖兩不爽。飛揚豪宕，有恨古人不見我之意，不徒縱横上下，與辛、劉匹敵也。

彭孫遹　畫堂春靜鶯花麗

風流跌宕，促節繁絃，絶似坡公「畫堂堆燭淚，長笛吹新水」之闋。

鄒祇謨　金臺遊倦初回

艾菴云：「雜花」二語，似用丘遲「雜花滿樹，羣鶯亂飛」，入詞更饒神倩。

瑞鶴仙

彭孫遹　攜來一片石

阮亭云：故是意氣所寄。

莊椿歲

鄒祇謨　鹿城綺席初開

阮亭云：如此壽詞，何必不作。

晝錦堂

秦士奇　雨送閒愁

此等詞艷不妨拙，正是力摹歐、晏處，猶詩家之有初唐也。

賀裳　手執紅牋

黄公長調，率善寫閨曲情事。惜用韻太寬，故稍爲分别存之。

宴清都

彭孫遹　四壁秋聲静

阮亭云：僕每讀史邦卿《詠燕》詞：「又軟語、商量不定。飄然快拂花梢，翠尾分開紅影。」又：「紅樓歸晚，看足柳昏花暝。」以爲詠物至此，人巧極，天工錯，無復嗣響矣。從素紈得金粟此詞，至「輕沾葉露，暗棲花蕊」五句，歎爲傳神。載讀至「隨風欲墮，帶雨猶明」，不禁叫絶。令梅溪而在，抽毫拂素，復何以過之乎？二作並傳千古，勿謂古今人不相及也。

齊天樂

龔鼎孳　煙槐一點如鷗小

辛丑春僑寓湖上，十日九雨，深歎坡公「山色空濛」之句爲西子湖寫「粗服亂頭」好景。今得中丞詞，更爲坡公補所未備，當令後人閣筆矣。

又　遠峰吹散雕闌雨

結到大議論，煞有關係，莫謂小詞止談風月也。

毛重倬　輕鞘暫解紅雲下

艷琢摇眩，如史梅溪詞，滿襟風月，俱自漱滌書傳中來。

曹爾堪　南樓逸興今安在

如晏小山詞，能寫一時杯酒間意中情事，當使蓮、鴻、蘋、雲重按紅牙以歌之。

倒犯

鄒祇謨　風澹艷

阮亭云：漁弋典麗，自成冰雪。右丞賦白鸚鵡，遜此英練矣。

花犯

彭孫遹　傍疏籬

阮亭云：「素娥寒擁被」，可敵「香篝薰素被」；「月明天似水」，勝「黄昏斜照水」，以近元倡，殆有過之無不及也。

石州慢

熊文舉　開遍海棠

阮亭云：興懷今昔，正如衛洗馬言愁，令人心折。

龔鼎孳　香閣春添

韻用季迪，風致亦復神似。　新都、太倉俱遜一解。

鄒祗謨　猛憶晶簾

文友云：一氣如話，風致天然，周、秦最得意處，卻不爲關、馬輩所偭。　用韻處最神到。

安公子 第二體

董以寧　茉莉香偏促

情妍景宕，詞人之賦，幾于麗以淫矣。　曲終殊不説盡，能以蘊藉爲雅，所以異于卓蘂淵《刺淫》諸詞也。

倚聲初集輯評卷十八

拜星月慢

彭孫遹　蓉炷初煎

阮亭云：具此才情，何妨學柳七作詞？

王士禛　雨暈紅酥

風流藴藉，令讀者恍然如失真，能得淮海之神者。

宗元鼎　落葉迎涼

七夕、立秋兩意並發，極得自然之致。

戀芳春慢

鄒祗謨　巫雨朝飛

金粟云：葱蒨麗冶，直是江、鮑遺賦。大樽《幽草》，猶爲避席。

南浦

王士禛　河東遊俠

阮亭弱不勝衣，而公暇日與僚寀登平山校射，輒有弓絃霹靂、矢叫鵶鴟之況。此詞寄興豪健，末以歸之逃禪。英雄寄託，大悉如此。

鄒祗謨　瓌姿艷逸

阮亭云：主客井然，見老筆。

雨淋鈴

卓人月　佳哉兹雪

阮亭云：不肯煞風景，胸懷所及，乃自佳。

曲玉管

董以寧　靧面爲容

阮亭云：似非空中語。

金盞子

鄒祇謨　碧瑣空屏雲母涼

金粟云：此詞一字一紅鞢鞨也。　程村詠物諸詞，少陵詠馬、詠鷹，雖寫生者，亦不能到。會須另作一編，永供清賞耳。

綺羅香

楊士聰　淡掃眉峰

麗而有則，原本歐、秦，故是大家格調。

宋徵輿　寒食煙消

每誦一過，悽惻婉至。石田老人「美人天遠無家別，逐客春深盡族行」，猶不及也。

賀裳　巢燕將歸

阮亭云：「正斜日拖花，微風撲絮」，不獨措語之工，正如「柳塘」「花塢」之詩，讀之便覺春光駘蕩也。

俞汝言　麗錦披花

散花流艷，誦之口吻餘香。

孫煌　風裊簾衣

纖穠盡致。

趙鑰　杏苑花新

千門與余談詩憲府，時有並轡齊名之目。頭顱如故，髀肉將生，誦此能無長歎？

鄒祇謨　萊子傳聲

阮亭云：南宋諸名家，才情蹀躞，以長調擅勝場。近惟程村、文友翩翩競爽。即如此闋，肯教竹山、白石獨步耶？「秋水長天」，天然之妙，不可湊泊。

又　禮佛金幢

阮亭云：不辨何名，但聞薌澤。

霓裳中序第一

董以寧　看蕭蕭瑟瑟

阮亭云：僕登燕子磯，有詩云：「永嘉南渡人皆盡，建業西風水自流。」與文友此詞同一對此茫茫之感。

春雲怨

董斯張　谿橋解凍

似「申徒有涯溪雪戴，落梅寒聲激長松」之句，清泠異人，知非凡筆。

安平樂慢

鄒祗謨　甲帳雲開

阮亭云：以大手筆作小詞，壓倒晁、曾諸家矣。

喜遷鶯

周振瑸　瓊花觀裏

阮亭云：柳洲諸子之長，正在不纖不詭，一往熨貼。

彭孫遹　佳人難得

蘭臺雨雲之賦，香山花霧之辭，兼而有之。　惝怳移情，足使温、李失席。

章惟　鶩濤千折

阮亭云：與文友角勝毫釐，即令蘇、黄拈韻競奇，何以復過。

董以寧　迴腸九折

「策」字奇押。

阮亭云：欲與「大江東去」並驅千古。

竹馬兒

董以寧　還自忖

阮亭云：長調、僻調能一氣迴旋，此處惟文友爲最。

眉嫵

鄒祗謨　問誰家月裏

阮亭云：淡粧濃抹，天然真麗。

永遇樂

馮琦　不願爲雲

賈文元生平止作一詞，極有風味。　文敏寄興深婉，豈得謂白璧微瑕耶？

錢謙益　三五中秋

阮亭云：如坡公詞，横放傑出，自是曲子縛不住者。

又　雨脚千重

托意雅深至，自有「瓊樓玉宇」之思。

又　銀漢紅牆

老子于此，興復不淺。

又　白髮盈頭

宗伯自言，長短句雖少作，讀之如新。而稿多散佚，存此亦見風流餘韻矣。

王彦泓　插髻夭桃

《詞筌》云：原本末云：「黯銷魂、那堪又聽，杜鵑聲苦。」「杜鵑聲苦」是了語；「横波」「偷覷」，是不了語。　此首照原本，每句逐次鎔潤，止「解籜吹香」五語仍舊。至黄公所云「不了語」，尤深得詞家三昧。

張一鵠　水緑峰青

阮亭云：公戢《詞繹》云：「須結得有『不愁明月盡，自有夜珠來』之妙。」讀次回作，可與參微言。

友鴻詩畫本以淡遠爲宗，填詞清新藴藉，亦不減淮海「小樓連苑」之闋也。

瀟湘逢故人慢

鄒祗謨　蘭堂遥裔

阮亭云：燈下讀此詞，忽忽如坐鮫室龍堂中，聽《貴主還宫樂》也。

歸朝歡

彭孫遹　畫閣重簾深不捲

此詞調之體似歌行者。金粟艷情剪熨，遂覺着詩語不得。真柔金軟玉手也。

花心動

沈謙　石闕口中悲不語

阮亭云：《子夜歌》之極致。

又　蕉葉千層心卻少

阮亭云：此首尤妙，然須知此等不可無一，不可有二。

彭孫遹　幾陣西風涼氣滿

「倚樓」數語，宋大夫以來誰人更能道得。

春從天上來

唐允甲　羈旅蕭條

阮亭云：畊塢老人與僕孔李通門，又與外家有荀陳之好。憶自髫歲，便托忘年。此《五日》一篇，乃廣陵觀競渡，與龍眠先生、樓岡、邵村、程村諸公同賦之作。會當以素紈求蠅頭細書，比昔人《畫扇頌》耳。

二郎神 第一體

陳子龍　韶光有幾

「多少紅顏」數語，雨粟泣鬼之文。

宋徵璧　良辰令序

蒼涼悽惻，如聞變徵之聲。

宋徵輿　煙煙雨雨

阮亭云：言情之作，與湘真殆是一時瑜、亮。

敖　璛　風吹芳樹

阮亭云：如聽步虛聲，煞是縹緲。

彭孫遹　富春七里

阮亭云：前段清綺，後段纏綿，各極才情之妙。

花發沁園春

董以寧　北苑臨書

周減齊云：拾得古人碎銅散玉，諸章使快絶狂舞。此詞意趣故似之。

西　河

沈謙　傷心地

刻意摹柳七，幾不復有孫優之辨。

合歡帶

龔百藥　羅襟沾惹雪香微

宋王綸女爲仙所憑，有詩云：「君爲桐葉，我爲春風。春風會使秋桐變，秋桐不識東風面。」介眉「願把東風」二語，可謂自有仙骨矣。

鄒祇謨　聽簫聲初下瑶京

阮亭云：鴛鴦社得此擅場。

解連環

董以寧　澧蘭沅芷

阮亭云：僕常評鄺湛若集云：「詩多在瀟湘洞庭之間，那得不佳？」故知文友此等詞，皆得江山之助。

菩薩蠻慢

董以寧　今當共席

阮亭云：一幅《西園雅集圖記》。

望遠行第三體

宗元鼎　寒風淅瀝同雲滿

鄭谷《雪》詩，段贊能繪爲屏幛，使見此詞，當復吮毫三月矣。「羅浮山半」數語，累用故事，絕不排疊，是能善穿散錢者。

王士禛　江樓昨夜聞哀角

蕭蕭瑟瑟，懷古情深。雨窗讀至「井欄風急」二語，便覺感動精靈，颯颯欲語。

鄒祗謨　今年纔過清明節

阮亭云：讀程村此詞，雖欲不作達不可得。

泛清波摘遍

鄒祗謨　尋梅官閣

金粟云：鄭域《念奴嬌·戊午生日作》「救蟻藤橋，養魚盆沼，是亦經綸耳。」確是此詞見解。

望　梅

宗元鼎　暗香浮動

可爲梅詞中絶調。

董以寧　奴年兩七

此等調，與東坡贈妓廿四詞相類。慧心巧舌，偶一爲之，不許他人效羅什吞針也。

阮亭云：《七發》、《七誦》、《七啟》之後，不謂有此獨創。

望海潮

龔鼎孳　江山如此

阮亭云：令瑯琊王伯輿拈筆作情語，未知得如此不？

徐士俊　錢塘秋老

阮亭云：豈獨一錢塘潮爲然？ 讀之三歎。

賀裳　朝來醒早

阮亭云：《神女》、《美人》、《洛神》三賦爲美人寫照至矣，得黄公而四之。 咄咄怪事。

鄒登巖　暖風遲日

「當時語笑渾閒事，向後思量盡可憐」，可括此詞情味。

望湘人

毛重芳　非煙亦非霧

末數語以飄曳見姿態，是《草堂》不傳之妙。

王士禛　看繚綾半幅

讀至「碧雲」數語，離奇惝恍，唐人小説中無此手筆。 首二句，題明「繡」字，下即全敘柳傳，亦是詞中正格。

夜飛鵲

龔百藥　精靈久颯合

前半說牛女佳會，後半獨説到私語乞巧，意在題外，景在題中。以醒語作翻案，此詞出而從前諸作直癡人説夢矣。

一萼紅

錢繼章　步兵厨

起句非老手不能。

阮亭云：末二句「自是君身有仙骨」也。

彭孫遹　試緗鉤

每讀王次回《賦睡鞋》詩至「教郎被底摩挲遍，忽見紅幫露枕邊」，歎其纖褻過甚。讀金粟此作，風流香膩，更不許温、段復賦錦鞋也。《道書》以肩爲玉樓，金粟想暗用此事耶？

薄倖

龔鼎孳　碧簾風綰

讀此便覺白、蘇而後，又有二先生也。

阮亭云：合肥作歌行，每用杜韻，雄深雅健，不可增減，妙如自運。此自天才不可學。

又　粉城春市

阮亭云：僕讀《毛詩》，最喜「甘與子同夢」之句，以爲古人作情語，非後人刻畫可及。讀芝翁「芳夢粘人難起」，遂覺《國風》不遠。

鄒祇謨　妬花風作

風山云：此即《惜分飛》之餘音，而寄情愴惻，更覺消魂動魄。

又　清商歌作

阮亭云：本是怨情，卻字字解人頤，顧才人之筆如此。

又　風姨做作

艾庵云：忽喜忽悲，自怨自艾，總是無可奈何處。　元十一補過，李十郎妬嫉，皆千古薄倖之尤。程村《惜分飛》諸闋，人同小玉，事等放翁。烏絲之墨猶新，絳樹之歌竟絶，誰寔爲之，能無三歎？

擊梧桐

鄒祇謨　青女驚蟬

初子云：程村詠物詞，率皆善寫意態，使事更有化工之妙。　紫曜亦有此詞，云：「嬌分舞草風前質，艷奪晴虹雨後姿。」精切可誦，附志于此。

倚聲初集輯評卷十九

惜黄花慢

鄒祇謨　月珮煙裳

阮亭云：劉後村：「尚友靈均，定交元亮，結好天隨子。」費無學：「若比阿嬌，宜貯三層金屋；不同妃子，徒耽一騎紅塵。」蒼艷各絶。得程村此作，古人坐失聲價矣。

一寸金

彭孫遹　水面新粧

阮亭云：清芬逸藻，姜白石《暗香》、《疏影》之亞。至「玲瓏秋藕」四句，題外題中，得未曾有矣。

憶瑶姬

鄒祇謨　十五年前事

阮亭云：元十一《和夢遊春》詩，無此淒艷。屯田小詞，傳播旗亭、北里間，終不解作香奩繡閣中語也。

疏　影

董以寧　紅憑緑映

寫景處善于言情，須細看其逐次渲染處。

大聖樂

鄒祗謨　冰玦霜紈

艾菴云：節母，吾友龔子仲震之姑，孫子又學之母。又學高才苦學，爲吾黨畏友。近因節母六袠，同學詩成，以文友爲擅場。程村援筆作小詞，善寫冰霜，以光珠玉，勝稼軒「舊時宮樣」諸詞矣。

風流子

俞彦　朝來紅雨過

少卿長調雖多，善持格調，而聲價比小令微減。此詞俊雅妥協，猶有歐、晏之遺焉。

龔鼎孳　柔絲牽不住

陸輔之謂：詞不用雕刻，刻則傷氣。如此瑰奇神艷，令讀者目眩魂摇，不許爲空疏人借逕。

陳世祥　香風吹欲去

此善百新作也，艷中帶愴，似有樊川之恨。

徐士俊　嘉名稱草帝

野君，詞人碩果，近製不愧新清老成之目。

沈際飛　對洛陽春色

阮亭云：天羽爲此道中老手，其自運乃以標新領異爲工。

秦松齡　幾年成夢想

對巖人文綺麗，所遇不減小宋，與蓀友、樂天唱和。此閡履遺纓絶，情味宛然。昔淮海小詞多流播青簾紅袖間，不謂必簡。而後六百年而有少陵也。

嚴繩孫　荀郎多恨後

入之祝氏《醉紅金縷集》中，故應無辨。

秦保寅　當年人隱約

王長樂「神遊蓬島三千界，夢繞巫山十二峰」，想像縹緲，似此風致。

董以寧　已餞將春去

阮亭云：極不寂寞。

錢珵　東皋堪卜築

阮亭云：與程村作合讀之，不減天隨子與皮襲美唱和詩也。

鄒祗謨　村居三畝地

阮亭云：擬之今日名流，惟顧菴可近。

霜葉飛

李元鼎　蛩辭秋草

蕭伯玉評司馬詩云：「如右丞之畫，天機獨出。」又云：「清沁人脾，峻奪人骨。」數言移評此詞，亦復不遠。

鄒祗謨　煙生芳草

對巖云：尋聲投響，要渺悽放，不似周、柳曼音。

江南春

鄧漢儀　吴苑春深抽玉筍

阮亭云：仍是孝威歌行本色。

離别難第二體

鄒祗謨　越水吴山

初子云：蘇長公詩「常恐青霞志，坐隨白髮闌」，馺鹿好遊名勝，得此詞爲驪駒之唱，奚囊不寂寞矣。

小梅花

董以寧　蓮籌促

此體見《賀方回集》，凡八换韻，似晚唐古詩。體最難，一意層頓，逐韻妍詳。此等處，正不容不讓文友一頭地。

阮亭云：换韻最難，亦以换韻見姿態。

透碧霄

鄒祗謨　飲金舟

孝威云：紫懸春雨草堂，據吴陵之勝，名人詩賦甚多。最愛龔芝麓「城外畫圖城裏屋，柳邊溪水竹邊橋」、姜如須「處士藥欄臨曲水，仙曹妓舫泊寒汀」、顧與治「煙纖柳絲迷遠艇，水流花片過前除」，可爲小西湖寫照。得程村此作，直可作十日卧遊矣。

女冠子第二體

侯其源　夕陽西下

渲染處都無俗艷，此題所難。

過秦樓

俞琬綸　有限君情

阮亭云：「如何四紀爲天子，不及盧家有莫愁。」千古恨事，不必聽《雨霖鈴》也。

龔鼎孳　緑幛縫愁

追春比送春奇。

吴剛思　暖暖寒寒

見止《遠山閣詩餘》數刻，張曼謂其澹語、軟語、境語、情語、麗語、快語無不畢備。惜全本遲示，不能無嘗鼎一臠之歎也。

賀裳　涼月横窗

温潤，無縱恣語，詞家正始。

曹鑒徵　浪湧長江

阮亭云：僕《題春申磵》詩云：「桃夏遺宫廢，章華蔓草深。但餘流水意，如聽女環琴。」又《題十字碑》云：「延陵風義著句吴，十字千年映練湖。卻去闔廬城畔望，可憐麋鹿滿姑蘇。」與徵之寓意正同。

玉山枕

鄒祇謨　花影蘭砌

阮亭云：白鸚鵡來自廣州，首有黄冠，丹足朱喙，疑即古之秦吉了也。宗梅岑有小賦云：「一點之黄冠擢秀，狀如幽蘭乍吐；數聲之朱喙敷榮，調如白雪堪親。」可稱象物工切。至「處士才高，賦形而容裔霞委；畫工思敏，繪景而軒舞雲翲」，直似爲此詞作讚也。

蘇武慢

董以寧　欲報廚娘

不識文友何以體驗至此。

周瑛　鴨緑揉香

風流可愛，已進原唱一層。

欒莘　拓地雙弓

阮亭云：程村爲余極道子尹之才，即此闋何翅攀辛提劉耶？

鄒祗謨　九點齊州

阮亭云：《離騷》耶？《天問》耶？《南華》、《楞嚴》耶？

洞庭春色

董以寧　客到蘭陵

阮亭云：如此風味，何必遠希嵇、阮？

輪臺子

鄒祗謨　幾日新寒乍到

東亭云：蕭疏之中能帶嫵媚，以詠仙友，勝仲殊「三種清香」多多矣。

沁園春

焦竑　手葺茅菴

殿撰博極羣籍，學爲儒宗。填詞多稱壽之作，似非其擅長處，然氣格清老，殊得蘇、陸疏放之神。

錢繼章　已遠喧闐

阮亭云：幽致絡繹，舉似市朝人不解。

錢繼振　百尺澄泉

阮亭云：兩結句驚心動魄，字有血淚。

曹爾堪　時值嚴寒

阮亭云：田園歲時語，每多雋絶。　春夏讀書，秋冬射獵，固是曹家父子風味。

賀裳　芍藥蒸霞

黄公作艷詞，每爾情景兼到，故能無鄭、衛之音。

馮達道　君負余乎

昌黎《毛穎》爲滑稽之祖，宋林可山又爲之圖贊，加以官爵。　此詞竟用秦法，得無爲中書、端明二君累耶。　仿稼軒處直欲自我作古。

又　硯筆號呼

不平之鳴，賴有此耳。

又　三兩同儕

風山云：敦五諸詞，悉爾恢奇浩瀚，有鯨呿鰲掣之才。　讀至「旌功不到」數語，小中見大，千古至論，莫作旖孟言語觀也。

尤侗　陸酹前來

阮亭云：酷似稼軒諭杯之作，可補《酒德頌》。

又　酹若母聲

阮亭云：前既頌酒，此復罪之。執御持鎚，幾欲滅此朝食。麯部有靈，展成能免食言之誚耶？

又　若有人兮

阮亭云：學枚叔《七發》。

吴綺　落拓黄衫

阮亭云：酒酣耳熱，拓弓絃如霹靂聲。如此人，那肯作三日新婦態。

錢光繡　傅粉才人

如讀《金縷裙記》。

黄永　賦盡歸來

阮亭云：要自煙霞供養中來，脱盡襬襶。

潘時升　我住雲中

以似稼軒「身世酒杯中」一闋，當無宣武似司空之恨。

程光裡　如是我聞

阮亭云：程髯磊砢人，故其言如此。

陶元瑞　弓樣辭彎

誦楊用修「顫微微，一對玉弓兒，把芳心生拽」，歎其淫艷殊甚，便鮮風人之致。如此雅倩，更不數瞿宗吉諸詠也。

俞汝言　巧附冰腮

詠美人耳詞最少。讀此清婉雕逸，所謂獨有賦心。

阮亭云：題難都不棘手。

沈鱄　新月留痕

歐陽永叔「擬歌還斂，欲笑還顰」，劉龍洲「翠袖輕匀，玉纖彈去」，可與爭嫵。邵清溪詞不及也。

董以寧　間際相看

又　此日鴉侵

兩題不特劉龍洲、邵清溪未及，後人更無染翰者。良由題徑蟻封，難于旋轉耳。文友逸才俊藻，其妙于烘染處，正不在驅策典麗也。

錢珵　曰歸曰歸

可與嚴少魯詞並傳。

黄京　握手河濆

《花菴集》中贈人佳調。

王士禛　春去秋來

風流雅儁，自是晉、宋人語，稼軒、放翁不免横空盤硬之誚矣。

又　何處放懷

遊戲三昧，抛擲五通，故是謫仙人飛行下界，偶作文字禪也。

彭孫遹　歸去來兮

「焦螟河山」數語，宋玉《大言賦》也。辛稼軒「石卧山前認虎，蟻喧牀下聞牛」，卻似參軍作蠻語也。

又　我所思兮

學仙學佛，總是英雄人寄託語。無數塊壘，故須以酒澆之。

黄永　吾道非耶

達語，故是磊塊語。

又　何必吾廬

艾菴自記：予不作填詞迄今十載，適讀阮亭、金粟《偶興》，未免見獵心喜，與程村同和。時家居落托，多無聊寄傲之詞，非特才不逮人，益自愧其識度弇淺，甚有愧于諸公也。

程村云：昔王弇州云：吾自庚寅以後，每讀劉司空二語，未嘗不欷歔罷酒。至少陵「千秋萬歲名，寂寞身後事」，輒黯然低回久之。弇州名位甚盛，乃作爾許語，何况吾輩耶？讀艾菴詞，又不禁爽然自失也。

鄒祗謨　曾憶當年

西樵云：前半俊快，後半瀟灑，情真語透，讀之且快且歎。「鄒衍高談大九州」，故是君家本色語。

又　我欲從之

阮亭云：邁往淩雲之氣，清雄絶俗之談，會當從帝宸碧落間相見，乃知此詞旨趣耳。「置酒」四語，將東西南北遥對，是程村少作狡獪處。

又　汝是何來

阮亭云：傳神寫照，在阿堵中。引滿讀之，有五嶽起方寸之意。起句本杜詩「將軍魏武之子孫」來。

金粟云：讀此自可一石，何必遺簪墮珥耶？

丹鳳吟

彭孫遹　可是行雲有意

阮亭云：得柳七之神。近人學屯田者，僕多不喜，于金粟此種乃歎絶。程村曉人，知僕意耳。

八歸

鄒祗謨　翠靄朝輕

阮亭云：天隨子與醉吟先生徵幽擷異，唱和茶事十詠，程村以雅麗勝之，遂爲餘甘氏不夜侯增一佳話，不數瑯琊二美題《捧茶圖》矣。　從採茶至飲茶，詮次處備見章法。

集賢賓

鄒祗謨　重簾小閣關心事

風山云：能得清真樂章之神。

倚聲初集輯評卷二十

賀新郎

屠隆　華屋重門敞

帳詞率無佳作，豈「歡愉之言難好」耶？　緯真此詞，獨似作遊仙詩風格。

焦竑　南國秋容斂

《魏鶴山詞》一卷，率稱壽語。　漪園《欣賞齋集》頗同，而風致清老，似猶過之。

費元禄　瑞腦燒金鼎

無學才名卓犖，晚而以疾廢人道，有《半鰥賦》、《轉情集》諸篇。　讀此詞，固知非忘情綺語者。

龔鼎孳　銀篆香雲吐

擊碎珊瑚，敲殘如意，旁若無人，正自索解人不得。

沈泓　漏静人彈鋏

阮亭云：卓珂月《秦淮竹枝》有云「水姓秦來樓亦秦」，與「大蘇蘇小」恰是巧對。

比高季迪《詠雁》更覺愴惻。

阮亭云：「秦時明月」，轉用轉奇。

孫自式　去去三千里

風山《歸航初度》詩五百餘言，惻怛忠愛，原本少陵。此詞則春戀庭闈，如有終焉之志，正恐不免爲東山捉鼻耳。

馮達道　文事如花柳

稼軒「昨日春如十三女兒學繡，一枝枝、不教花瘦」，豪奇人忽作嫵媚語。有「文事如花柳」三句，直奪其座，不止壓「殘月曉風」已也。

胡介　落日催行李

彦遠，河渚高士，才情絶似天池生，而澹潔過之。未識許詢與劉尹相對，能道如此語否？

曹爾堪　遠嶂雲千疊

阮亭云：前段警句似遊記，後段警句似歌行。

又　烏鵲剛棲了

阮亭云：庾赤玉胸無宿物。

又　怪殺東風薄

阮亭云：已入三昧。

又　古樹陰相屬

顧菴諸詞，能取眼前景物，隨手位置，自成勝寄。求之兩宋，前有坡翁，後有放翁。其詩彷彿似此不徒稱廣大教化主也。

阮亭云：學士詞源出于《豳風》，一洗《鄭》、《衛》。

程光禋　名實卑卑爾

洸洋縱恣，鯨呿鰲掣，擬莊得稼軒之神。他人故作奇語，畢竟抵掌優孟耳。

阮亭云：其源出于《南華》，宋人惟幼安能之，明如夏公謹不能辨也。程村言是。

李楝　袖手寒猶卻

賦梅花者多以梅精相比，山茶積雪，又爲太真紅汗增一佳話矣。

黄永　春色真堪譜

六一後身。

諸九鼎　勸汝一杯酒

阮亭云：駿男有六朝之才，填詞一卷，尤多升堂入室。惜此書垂成，不暇徵索，讀此便可想見胸次耳。

王士禛　過雨花如繡

讀「金龜」諸語，使人欲淚。至「海水」數語，使人欲狂。阮亭又善作此等詞，使蘇公與辛、陸同時並賦，五花簟恐不在他人手也。

又　把酒歌金縷

風流跌宕，合淳于、宋玉、禰衡、曹植爲一人。僕常有詩云：「步兵沉醉卧當壚，宣武負進呼博徒。古來英雄不得志，翻令曠達稱卑污。」阮亭得志人，亦作爾語，將無「興亦不淺」耶？

彭孫遹　笑謂君休矣

阮亭云：稼軒得力于蒙莊，此亦漆園後身。

董以寧　爲漢空奔走

阮亭云：不難其感，概難其斷制。　虞伯生云：「集詩如老吏斷獄。」僕于文友亦云。

董元愷　雨過苔痕緑

警語甚見軼才，故不以鋪寫爲貴。

錢珵　夢醒都無説

以比稼軒，當無桓宣武似劉司空之恨。

鄒祗謨　短髮愁千縷

阮亭云：譬如蘇子美讀《漢書》，直須浮十大白。　「目成眉語」，四字工絶。　風流跌宕，旁若無人者。　工部詩云：「李杜齊名真忝竊。」僕當爲程村詠之。

金粟云：阮亭「酒如乳」，程村「桐初乳」，並絶一時。

摸魚兒

宋徵輿　只今朝送春歸處

「恰似一江春水向東流」，摇曳惝怳，同此妙境。

尤侗　問東君賺春何意

阮亭云：「梅妃休怨樓東賦，弔取馬嵬黄土。」不獨情語，直是達觀。讀破《十七史》，當知僕言匪妄。

「梅妃」作「梅精」佳。

宮昌宗　望長空月明如素

武承磊落人，工詩，善書畫，常云：文與可遇索畫者，輒截綾作襪，不復一動筆墨，殆是一快事。其任率如此。斯詞亦龍洲、龍川之亞也。

陳玉璂　亂紛紛畫橋流水

融化周、秦、姜、史諸詞，始能得此妙境。

湯寅　候春來幾番溪雨

「宗敬微縱宕巖流，褚元璩談討芝桂」，正令讀者有窺煙液、臨滄洲之意。

鄒祗謨　澹月輕煙

阮亭云：「能消幾箇黄昏」，繁簡各妙。

鳳歸雲

鄒祗謨　吾老矣

阮亭云：塊壘一時，睥睨千古。謂之任誕不得，謂之骯髒更不得。

洞仙歌第三體

鄒祗謨　從別後

初子云：每誦韓冬郎「光陰負我難相偶，情緒牽人不自由」，輒爲忽忽竟日。讀此詞，又不覺情生于文矣。

送征衣

黄京　正秋天

阮亭云：迴環宛轉，自成文章。

金明池

王鑨　別墅煙波

虞山選叔聞詩，極歎爲爾雅之詞，深婉之致。小詞風流自賞，又不僅「一夕殘秋帶客還」之句也。

魏允枏　燕子磯邊

阮亭云：六代興亡，一時茫茫文集。

夏雲峰第二體

鄒祇謨　書幌長清

阮亭云：借題抒寫，或爲隱結，或爲飛越。語愈覼縷，愈無能竟矣。

水慢聲

屠隆　一片大湖何限

長卿爲令，每與諸名士青簾白舫，縱浪泖浦間。後益復遨遊越、閩，嘯傲賦詩。西湖諸調，感慨歷落，則其自度新聲也。

笛家

董以寧　絶少嫌猜

每誦近人詩，云：「但守博山罏畔誓，此生何地不盤桓。」讀至末二語，但存其誓亦足矣。

白苧

彭孫遹　雨乍晴

阮亭云：詞以少游、易安爲宗，固也。然竹屋、梅溪、白石諸公極妍盡態處，反有秦、李未到者。譬如絶句，至劉賓客、杜京兆，時出青蓮、龍標一頭地。金粟刻意高、史，故多神妙之詣。程村亦首肯余言。

春風嫋娜

鄒祇謨　問今年爲底

阮亭云：選妍鬬麗，如鏤冰雕瓊，流光四照。「一絲新喜上眉頭」，措語之工，耆卿遜席。

緑頭鴨

賀裳　逸芳堤

詠物盡致，而不嫌于刻露，是黄公獨詣處。

畫屏秋色

彭孫遹　野照蕪城夕

阮亭云：王介甫《金陵懷古》固平平耳，東坡歎爲野狐精。見金粟斯製，當復何如？

翠羽吟

鄒祗謨　官閣深

金粟云：「有客善題鸜鵒賦」，恐亦無此雅妙。僻調拗調，如此妥叶，是程村獨得處。

引駕行

鄒祗謨　官河楊柳

對巖云：金毫斑管，珠簾璧月，讀之神往，不必高唱《廣陵秋》也。

十二時

龔鼎孳　隔江樓

《樂章集》風致纏綿，情語是其所長，而弩末時涉俚淺，不無易盡之恨。合肥以清麗勝之，婉至精詳，兼融篇煉字之勝，又非屯田所夢见也。

任繩隗　晚霞低引蘆花月

阮亭云：有長劍倚天之概。磊砢人作情語，定不同兒女子剌剌也。

董以寧　孝章自是難兄也

阮亭云：文友此等作，英雄本色，亦復狂奴故態。

蘭陵王

龔鼎孳　戊烽直

麗而有則，情不淪雅，在和韻尤稱僅事。

丁奇遇　明月陌

阮亭云：寫得如遊仙風景。

毛蕃　夕陽暮

可括大業遺事一記。

董以寧　春光削

阮亭云：以險韻寫艷思，有劍頭淅米之奇。

大酺

熊文舉　一片淮清

似晉、宋間名士語。

瑞龍吟

潘炳孚　當初意

大文豪士，以縱酒死，作詞何纏綿款曲乃爾。

浪淘沙慢

王昊　六代史

阮亭云：每讀合肥詩云「流水青山送六朝」，又「青山外，六朝明月，留照綺羅春」，合惟夏作觀之，斷魂千古，不必誦劉賓客「山圍故國」、「潮打空城」之什也。

西平樂

鄒祗謨　亂雨分秋

金粟云：不蹈襲《中秋詞》一字，瑰奇琢麗，更有喝月停雲之妙。

文友云：此調一百三十餘字，篇中止用七韻，字面韻脚最難妥叶。程村用韻爭奇而瀏灕頓挫，一氣旋折，直公孫大娘渾脱舞矣。

玉女摇仙珮

龔鼎孳　青天萬里

字字驚采絶艷。

多　麗

吴綺　夢兒中

阮亭云：起句秦、柳三昧。

張淵懿　雪初消

阮亭云：筋節成就處，已入北宋堂奥，非時流湊泊鋪叙所及。

顧景文　等卿來

可謂風流藴藉。

錢珵　過梧亭

李義山清狂從事，和成績曲子相公，使與紫曜研毫鬬勝，正未知扇簟誰屬。

六醜

鄒祗謨　見春光又去

阮亭云：「憐水憐山」二語，非消渴人不能道。

金粟云：水碧金膏，遜此瓌秀。　瑯琊伯輿，終當情死。

夜半樂

鄒祗謨　當時江左風味

阮亭云：叔言碑版之文，聲動四裔，卻嚴續雙鬟之贈，知非荒于聲色者。醇酒婦人，亦信陵君自污之意耳。程村渲寫摇艷，不減淳于滑稽。末數語似尤爲叔言生色。　程村所藏元人蘇漢臣畫本，寫生妍妙，不減晉、唐人筆法。附識之。

六州歌頭

鄒祗謨　僮來語汝

阮亭云：子淵《僮約》千條萬緒，徒令庯奴淚落涕長耳。程村簡約從事，不須持敏補拙，爲袁小修三拙憂也？

風山云：此仲長統《樂志論》耳，豈王使君作便了約意哉？

小諸皋

彭孫遹　碧蘚庭除

阮亭云：「客去茶清」四語，妙在題中；「孤雁寒蛩」九字，妙在題外。知此可參微言。

寶鼎現

嵇宗孟　羊燈𣇉篆一縷

家彦吉選《文府滑稽》，自莊、列以迄蘇、黄，分文、説二部，而《虞初》、《酉陽》之類不與焉。今讀淑子《識小箋》、《詩曆》、《星路陽秋》、《酒古董》諸集，恢奇挹攬，自是一種異書。嗣爲《廣説郛》一編備集，以公奇好耳。

阮亭云：《酒古董詞》凡二十闋，權奇突兀，不可一世。僕輩擇其尤雅者録之，使幼安、伯可亦當把臂入林。

鄒祗謨　聯翩遊騎玉勒

阮亭云：宛然大晟樂府擅場處，一語之工，能令全篇警拔。

怨朱絃

鄒祗謨　放桃花畫舫尋春

阮亭云：此調染指甚少。程村遊戲三昧，雖復簇金結繡，但覺如蘇門鸞鳳，都近自然。「銷魂」如何「輕擲」？定非曉人不解。

三　臺

鄒祗謨　憶長安握手蕭寺

劬菴云：語語是瑯琊事，語語是贈阮亭詞。三槐七葉間，可作《世家》、《年表》。

文友云：不難其用王氏事，正難其選事雅麗，足資説林耳。然非阮亭，不能無愧此作。

拋毬樂

龔百藥　正逢佳節初到

長調最忌排演拖沓，更忌一直説去，（金）[全]無挽結。介眉此詞，從元宵説到燈事，換頭將嬉笑遊冶處，極寫風情，復從燈火𤬪珊、小窗揮毫時，作一番迴想。有層次，有宛轉，有收束，視《片玉》、梅溪諸作，一時壓倒。

稍遍

丁奇遇　畫堂排麗

阮亭云：結處故故摇曳。文章貴參活句以此。

彭孫遹　拾得年時

阮亭云：髯公碧羅霓裳之詠，似不及此。僕不至阿其所好。

戚氏

鄒祇謨　憶青春

金粟云：昔人謂温飛卿風裏妖嬈，煙中茉莉，比賀辭嬌方商語異，但能作小令耳。若此恢奇艷詭，珠涎玉唾，無非賓思。夢窗、升庵不能角勝矣。

鶯啼序

彭孫遹　半枕新涼破

此調惟君特、用修擅勝。然悉誇靡鬬多，以(塊)[瑰]麗爭長耳。金粟賦才俊逸，敷腴葱蒨，無一字語補湊。如以青蓮視玉谿，不無天人之别。

阮亭云：長調之妙，妙于不冗不複，頓接處有絲颺空之意。試細讀金粟此詞，自知之。

附録　序跋

溪南詞序

予少習爲詞，每以歐、晏、秦、黄爲正風，最後讀南宋諸家詞，乃知能擺落故態而意氣跌宕者惟陸務觀爲善，能自道其與馳騁上下者，庶幾子瞻、幼安其人乎！而務觀自序乃云：「少有所爲，晚而悔之。」然「猶未能止」者何也？豈非樂府歌謡之變，固非此不足以抒永言、發逸思耶？吾友艾庵黄子，於文筆無所不工，少爲詩餘頗有工妙之致。年來縱筆爲詞，嶔崎歷落，洋洋纚纚，有不知其然而然者。余以爲：非渭南老人不能如此超逸獨至也。嗟乎！詞雖小道，本乎性情中乎？音節固有繫乎？時與遇者焉。方黄子少時，故有閨房之好，自相唱和，所著小詩，流傳里巷間，無不述爲佳事。既而偕其季弟初子，與余輩數人，常爲文酒之會，單詞小令，悉被管絃，筆墨所至，皆有低徊宛轉之思。斯時也，亦可謂極人間之快意矣。未幾而登上第，佐西曹，此樂既不可得，而又以清賦之累，與余等共遭放廢。艾庵遂寄跡戴溪之南，小妻稚子，優游卒歲，機杼之聲與絃誦時相間也。暇則從野夫、牧子較量晴雨，間爲小詞，衝胸而出，矢口而成。一再行吟，浩浩乎如出金石，自以爲鈞天、廣樂不過如是。此豈務觀所云「漁歌菱唱，［猶］不能（自）止」者歟？　昔唐季《花間》諸集，流宕可喜，而務觀則謂士大夫無聊所寄世。　有能知艾庵者，誦其詞而想見其意，勿以爲僅出於無聊焉，斯可矣。　同郡鄒祗謨撰

衍波詞序

蓋聞之弇州曰：「《花間》者，《世説》之靡也；《草堂》者，《文選》之變也。」而余以爲不然。《花間》句雕字琢，調或未諧，句無不緻，是昌谷之靡也；《草堂》音協調流，句或未妍，體無不秀，是西崑之變也。至所云字必色飛，語必魂絶，則美出自然，誠非緣借矣。　嘗試論前代諸家。　文成之於元獻，猶蘭亭之似梓澤也；新都之於廬陵，猶弘治之似伯玉也；琅琊之於眉山，猶小令之似大令也；公謹之於稼軒，猶宣武之似司空也。　逮黄門舍人之於屯田待制，直如曹、劉之於蘇、李，遂覺後來益工。　然未有如吾阮亭者也。　阮亭年少才豐，無所不擅。　千古文義書詞，直欲一時將去。　即如詩餘一事，於阮亭直雕蟲耳。而以余讀之，篝燈蕭寺，中夜琅琅，覺十年中離别之苦、哀樂之多，無不怦然欲動，而艷思綺語，令人手推口維而不能解，則阮亭之移我情與我情之合於阮亭，誠有不自知者，又何色飛魂絶之足擬也哉！如余舌本作强，筆底如椎，偶賦短言，無關佳事。　即至同里諸子，好工小詞，如文友之儇艷，其年之矯麗，雲孫之雅逸，初子之清揚，無不盡東南之瑰寶。　以視阮亭，並驅中原，猶恐不免爲黄沛耳。　蘭陵鄒祗謨訏士撰。　以上鄒祗謨序跋

史邦卿詞跋

史達祖邦卿，南渡後詞家冠冕。然考其人，乃韓侂胄堂吏耳。御史中丞雷孝友《彈侂胄疏》云：「蘇師旦既逐之後，堂吏史達祖、耿檉、董如璧三名隨用事，言無不從，公受賄賂，共爲奸利。」葉紹翁記蘇師旦周筠等本末云：「師旦既逐，韓爲平章，專倚省吏史邦卿奉行文字，擬帖撰旨，俱出其手，權炙縉紳，侍從柬札，至用申呈。有李其姓者，嘗與史游，於史几上大書曰：『危哉邦卿，侍從申呈。』未幾致黥云。」其人品流又遠在康與之下。今人但知其詞之工爾。

阮亭詩餘自叙

叙曰：弇州論詞，謂「一字之工，令人色飛；一語之艷，令人魂絶」。而前輩自名其詞，或曰《金荃》，或曰《蘭畹》，或曰《花影》，或曰《散花》，意之所存，略可識矣。夫詩之必有餘，與經之必有騷，騷之必有古詩、樂府，古詩、樂府之必有歌行、近體、絶句，其一致一也。凡人有所感于中，而不可得達，則思言之；言之不足，則長言之；長言之不足，則反復流連、詠歎淫佚，以盡其悲鬱愉快之致，亦人情也。向十許歲學作長短句，不工，輒棄去。今夏樓居，效比丘休夏自恣。桐花苔影，緑入巾舄；墨卿毛子，兼省應酬。偶讀《嘯餘譜》，輒拈筆填詞，次第得三十首。易安《漱玉》一卷，藏之文笥，珍惜逾恒，乃依其原韻盡和之，大抵涪翁所謂「空中語」耳。適内丘喬子文依、雲間田子髴淵徵檄至，聊命奴子録一通寄

之。文依謬獎爲好手。余落魄之餘，聊以寄興，無心與秦七、黄九較工拙，文依之許我過矣。新城王士禛貽上記。以上王士禛序跋

葛渭君 編

詞話叢編補編

第四册

中華書局

〔清〕陳廷焯撰

詞則輯評

附録　序跋

詞則輯評目録

大雅集卷三

史達祖 …… 二一七〇
吴文英 …… 二一七一
陳允平 …… 二一七三
周　密 …… 二一七四

大雅集卷四

大雅集卷五

國朝詞

大雅集卷六

放歌集

放歌集卷一

放歌集卷二

放歌集卷三

放歌集卷四

放歌集卷五

放歌集卷六

别調集

别調集卷一

唐詞

五代十國詞

宋詞

別調集卷二

別調集卷三

金詞

元詞

明詞

別調集卷四

别調集卷五

別調集卷六

閑情集

閑情集卷一

宋詞

閑情集卷二

金詞

元詞

明詞

閑情集卷三

國朝詞

閑情集卷四

閑情集卷五

閑情集卷六

附録　序跋

詞則輯評

序

《風》、《騷》既息，樂府代興，自五七言盛行於唐，長短句無所依，詞於是作焉。詞也者，樂府之變調，《風》、《雅》之流派也。温、韋發其端，兩宋名賢暢其緒，《風》、《雅》正宗，於斯不墜。金、元而後，競尚新聲，衆喙爭鳴，古調絶響。操選政者，率昧正始之義，媸妍不分，《雅》、《鄭》並奏，後之爲詞者，茫乎不知其所從。卓哉皋文，《詞選》一編，宗風賴以不滅，可謂獨具隻眼矣。惜篇幅狹隘，不足以见諸賢之面目，而去取未當者十亦有二三。夫風會既衰，不必無一篇之偶合，而求諸古作者，又不少靡曼之詞，衡鑒不精，貽誤匪淺。余竊不自揣，自唐迄今，擇其尤雅者五百餘闋，滙爲一集，名曰《大雅》。長吟短諷，覺南、豳雅化，湘、漢騷言，至今猶在人間也。顧境以地遷，才有偏至，執是以尋源，不能執是以窮變。《大雅》而外，爰取縱横排奡，感激豪宕者四百餘闋爲一集，名曰《放歌》。取盡態極妍，哀感頑艷者六百餘闋爲一集，得六百餘闋，名曰《閑情》。其一切清圓柔脆，爭奇鬬巧者之作，别録一集，得六百餘闋，名曰《别調》。《大雅》爲正，三集《放歌》、《閑情》、《别調》爲副之，而總名之曰《詞則》。求諸《大雅》，固有餘師，即遁而之他，亦即可於《放歌》、《閑情》、《别調》中求大雅，不至入於岐趨。古樂雖亡，流風未闃，好古之士，庶幾得所宗焉。

光緒十六年五月望日，丹徒亦峰陳廷焯序。

詞則輯評

大雅集

大雅集序

太白詩云：「大雅久不作，吾衰竟誰陳。」然詩教雖衰，而談詩者猶得所祖禰。詞至兩宋而後，幾成絶響。古之爲詞者，志有所屬，而故鬱其辭；情有所感，而或隱其義。而要皆本諸《風》、《騷》，歸於忠厚。自新聲競作，懷才之士皆不免爲風氣所囿，務取悦人，不復求本原所在。迦陵以豪放爲蘇、辛，而失其沉鬱；竹垞以清和爲姜、史，而昧厥旨歸。下此者更無論矣。無往不復，皋文溯其源，蒿庵引其緒，兩宋宗風，一燈不滅。斯編之録，猶是志也。録《大雅集》。

丹徒亦峰陳廷焯識

大雅集卷一

唐　詞

李　白

菩薩蠻　平林漠漠煙如織

《湘山野録》云：此詞不知何人寫在鼎州滄水驛樓，復不知何人所撰。魏道輔泰見而愛之。後至長沙，得《古風集》於曾子宣内翰家，乃知李白所撰。

憶秦娥　簫聲咽

（上闋末句：「灞陵傷别。」下闋末句：「漢家陵闕。」批注）《詞律》云：「灞」、「漢」二字，必須用仄，得去聲尤妙。

《菩薩蠻》、《憶秦娥》兩闋，神在箇中，音流絃外，可以是爲詞中鼻祖。

張志和

漁歌子　西塞山前白鷺飛

（詞末評注）黄魯直云：有遠韻。

王　建

調笑　團扇團扇

（「春草昭陽路斷」眉批）結句淒怨，勝似《宫詞》百首。

温庭筠

菩薩蠻　小山重疊金明滅

（詞末評注）《詞選》云：此感士不遇也。篇法彷彿《長門賦》，而用節節逆叙。此章從夢曉後領起「懶起」二字，含後文情事，「照花」四句，《離騷》初服之意。

（眉批）飛卿短古深得屈子之妙。《菩薩蠻》諸闋，亦全是《楚騷》變相。徒賞其芊麗，誤矣。

又　水精簾裏頗黎枕

（詞末評注）《詞選》云：「夢」字提，「江上」，以下略叙夢境。「人勝參差」、「玉釵」「香隔」，言夢亦不得到也。又云：「江上柳如煙」是關絡。

（眉批）夢境淒凉。

又　蘂黄無限當山額

（詞末評注）《詞選》云：提起。又云：以下三章本入夢之情。

又　杏花含露團香雪

（詞末評注）《詞選》云：結。

（眉批）夢境迷離。

又　玉樓明月長相憶

（詞末評注）《詞選》云：「玉樓明月長相憶」，又提，「柳絲裊娜」，「送君」之時，故「江上柳如煙」，夢中情境亦爾。七章「闌外垂絲柳」，八章「緑楊滿院」，九章「楊柳色依依」，十章「楊柳又如絲」，皆本此「柳絲裊娜」言之，明相憶之久也。

（眉批）低回欲絶。

又　牡丹花謝鶯聲歇

（詞末評注）《詞選》云：「相憶夢難成。」正是殘夢迷情事。

（眉批）三章云「相見牡丹時」，五章云「覺來聞曉鶯」，此云「牡丹花謝鶯聲歇」，言良辰已過，故下云「燕飛春又殘」也。

又　滿宮明月梨花白

（「燕歸君不歸」眉批）結句即七章「音信不歸來」，二語意重，言以申明之，音更促，語更婉。

又　寶函鈿雀金鸂鶒

（詞末評注）《詞選》云：「鸞鏡（與花枝，此情誰得知）」二句，結，與「心事竟誰知」相應。（眉批）沉鬱。

（「楊柳又如絲」眉批）只一「又」字，含多少眼淚。

又　夜來皓月才當午

（詞末評注）《詞選》云：此自臥時至曉，所謂「相憶夢難成」也。

（「錦衾知曉寒」眉批）「知」字淒警，與「愁人知夜長」同妙。

又　雨晴夜合玲瓏日

（詞末評注）《詞選》云：此章正寫夢，「垂簾」、「憑欄」，皆夢中情事，正應「人勝參差」三句。

（下闋眉批）「繡簾」四語婉雅。叔原「夢中慣得無拘檢，又踏楊花過謝橋」，聰明語，然近於輕薄矣。

又　竹風輕動庭除冷

（詞末評注）《詞選》云：此言夢醒，「春恨正關情」，與五章「春夢正關情」相對雙鎖。又云：「青瑣」、「金堂」、「故國吴宫」略露寓意。

（眉批）纏綿無盡。

更漏子　柳絲長

（詞末評注）《詞選》云：此三首亦《菩薩蠻》之意。「驚塞雁（，起城烏，畫屏金鷓鴣）」三句，言懽戚不同，興下「夢長君不知」。

（眉批）思君之詞託於棄婦，以自寫哀怨。品最工，味最厚。

又　星斗稀

（詞末評注）《詞選》云：「蘭露重（，柳風斜，滿庭堆落花）」三句，與「寒雁」、「城烏」義同。

（眉批）「蘭露」三句，即上章意，略將懽戚顛倒爲變换。「還是去年惆悵」，欲語復咽，中含無限情事，是爲沉鬱。「舊歡（如夢中）」五字，結出不堪回首意。

又　玉爐香

（詞末評注）胡元任云：庭筠工於造語，極爲奇麗，此詞尤佳。

（眉批）後半闋無一字不妙。沉鬱不及上二章。而淒警特絶。

玉蝴蝶　秋風淒切傷離

（上闋）括多少《秋思賦》。（下闋）「凋嫩臉」、「墮新眉」，微落俗調。（「斷腸誰得知」眉批）結語怨，卻有含蓄。

河傳　湖上

（眉批）淒怨而深厚，最是高境。此調最不易合拍，五代而後，幾成絶響。

皇甫松

夢江南　樓上寢

（眉批）夢境，畫境，婉轉淒清，亦飛卿之流亞也。

五代十國詞

南唐中宗李景

山花子　菡萏香銷翠葉殘

（眉批）淒然欲絶。後主雖工於怨詞，總遜此哀婉沉至。

浣溪沙　風壓輕雲貼水飛

（眉批）起七字亦工於寫景。

南唐後主李煜

後主詞悽惋，出飛卿之右，而騷意不及。

相見歡　無言獨上西樓

（詞末評注）黄叔暘云：此詞最悽婉，所謂亡國之音哀以思。

（眉批）哀感頑艷，妙只説不出。

浪淘沙　簾外雨潺潺

（詞末評注）蔡絛云：含思悽惋。

（下闋眉批）結得愁惋，尤妙在神。不外散，而有流動之致。

又　往事只堪哀

（眉批）起五字極悽婉，而來勢妙極突兀。

又　清平樂　別來春半

（「離恨恰如春草，更行更遠還生」眉批）永叔「離愁漸遠漸無窮（，迢迢不斷如春水）」二語，從此脱胎。

蜀主孟昶

玉樓春　冰肌玉骨清無汗

（詞末評注）《詞綜》云：蘇子瞻《洞仙歌》本櫽括此詞，然未免反有點金之憾。

韋　莊

詞至端己，語漸疏，情意卻深厚，雖不及飛卿之沉鬱，亦古今絶構也。

菩薩蠻　紅樓別夜堪惆悵

（詞末評注）《詞選》云：此詞蓋留蜀後寄意之作。一章言奉使之志，本欲速歸也。

（眉批）深情苦調，意婉詞直，屈子《九章》之遺。

又　人人盡説江南好

（詞末評注）《詞選》云：此章述蜀人勸留之辭，即下章云「滿樓紅袖招」也。江南即指蜀，中原拂亂，故曰「還鄉須斷腸」。

（眉批）諱蜀爲江南，是其良心不死處。端己人品未爲高，然其情亦可哀矣。

又　如今卻憶江南樂

（詞末評注）《詞選》云：上云「未老莫還鄉」，猶冀老而還鄉也。其後朱温篡成，中原愈亂，遂决勸進之志，故曰「如今卻憶江南樂」。又云：「白頭誓不歸」，則此詞之作，其在相蜀時乎？

（眉批）決絶語，正自凄楚。

又　洛陽城裏春光好

（詞末評注）《詞選》云：此章致思唐之意。

（眉批）中有難言之隱。

歸國遥　金翡翠

（眉批）此亦《菩薩蠻》之意。

應天長　緑槐陰裏黄鸝語

（眉批）亦「憶君君不知」意。

浣溪沙　夜夜相思更漏殘

（眉批）從對面設想便深厚。

牛　嶠

菩薩蠻　舞裙香暖金泥鳳

（眉批）温麗芊綿，飛卿流亞。

又　綠雲鬢上飛金雀

（詞末評注）《詞選》云：「驚殘夢」一點，以下純是夢境。章法似《西洲曲》。又云：《花間集》七首，詞意頗雜，蓋非一時之作。《詞綜》删存二首，章法絶妙。

江城子　鵁鶄飛起郡城東

（眉批）感慨蒼涼。

歐陽炯

江城子　曉日金陵岸草平

（眉批）與松卿作同一感慨，彼於悲壯中寓風流，此於伊鬱中饒蘊藉。

鹿虔扆

臨江仙　金鎖重門荒苑静

（眉批）《黍離》、《麥秀》之怨。

孫光憲

後庭花　石城依舊空江國

（眉批）胸有所鬱，觸處傷懷。妙在不説破，説破則淺矣。

謁金門　留不得

（眉批）不遇之感。自歎語，亦是自負語。（「孤鸞還一隻」眉批）「還」字妙，落拓非一日矣。

馮延巳

蝶戀花　六曲闌干偎碧樹

（眉批）憂讒畏譏，思深意苦。信其言，不必論其人也。

又　誰道閑情抛棄久

（眉批）始終不諭其志，亦可謂自信而不疑，果毅而有守矣。

又　幾日行雲何處去

（詞末評注）《詞選》云：三詞忠愛纏綿，宛然騷辨之義。延巳爲人，專蔽嫉妒，又敢爲大言。此詞蓋以排間異己者，其君之所以信而弗疑也。

（眉批）低回曲折，藹乎其言，可以羣，可以怨。情詞悱惻。「雙燕（來時，陌上相逢否）」二語，映首章。

又　庭院深深深幾許

（眉批）《詞選》本李易安詞序，指此章爲歐陽永叔作。謂「庭院深深」，閨中既以邃遠也。「樓高不見」，哲王不晤也。「章臺」、「游冶」，小人之徑。「雨横風狂」，政令暴急也。「亂紅飛去」，斥逐非一人而已。殆爲韓、范作乎？此論亦通。他本亦多作永叔詞，惟《詞綜》獨斷爲馮延巳作，竹垞博覽羣書，必有所據，且與上三章一色筆墨，從之。

菩薩蠻　畫堂昨夜西風過

（眉批）《菩薩蠻》諸闋，語長心重，温、韋之亞也。

喜遷鶯　宿鶯啼

（眉批）恍惚得妙。

耿玉真女郎

菩薩蠻　玉京人去秋蕭索

（詞末評注）南唐盧絳病痁且死，夜夢白衣婦人歌此詞勸酒。歌數闋，因謂絳曰：「子之疾，食蔗即愈。」如言果差。迨數夕，又夢前婦人曰：「妾乃玉真也，他日富貴，相見於固子坡。」後入金陵，累官柱國。唐亡歸宋，以龔慎儀事坐誅。臨刑，有白衣婦人同斬，姿貌宛如所夢，問其姓名，曰：「耿玉真。」問受刑之地，即固子坡也。

（眉批）如怨如慕，極深欸之致。

詞則輯評

大雅集卷二

宋　詞

徽宗皇帝

燕山亭　裁剪冰綃

（眉批）情見乎詞，宋構之罪，擢髮難數矣。

晏　殊

浣溪沙　一曲新詞酒一杯

（眉批）有一刻千金之感。

踏莎行　小徑紅稀

（詞末評注）《詞選》云：此詞亦有所興，蓋亦「庭院深深」之流也。

蝶戀花　檻菊愁煙蘭泣露

（眉批）纏綿悱惻，雅近正中。

李師中

菩薩蠻　子規啼破城樓月

（「從此信音稀，嶺南無雁飛」眉批）結得淒咽。「從此」二字，包括前後多少事情。

范仲淹

蘇幕遮　碧雲天

（詞末評注）《詞選》云：此去國之情。

（眉批）工於寫景，層次極多。（「芳草無情，更在斜陽外」眉批）「芳草」二語，沉至。

歐陽修

踏莎行　候館梅殘

（「離愁漸遠漸無窮，迢迢不斷如春水」眉批）較後主「離恨恰如芳草」二語，更綿遠有致。

少年游　闌干十二獨憑春

（詞末評注）吴虎臣云：不惟君復、聖俞二詞不及，雖求諸唐人温、李集中，殆與之爲一矣。

（「那堪疏雨滴黄昏。更特地、憶王孫」眉批）將「憶王孫」三字插在「疏雨黄昏」之後，筆力既横，意味亦長，故應勝君復、聖俞作。

蝶戀花　小院深深門掩乍

（眉批）清雅芊麗，正中之匹也。

王安石

桂枝香　登臨送目

（眉批）筆力蒼秀。

晏幾道

臨江仙　夢後樓臺高鎖

（「落花人獨立，微雨燕雙飛」眉批）「落花」十字，自是天生好言語。　（「當時明月在，曾照綵雲歸」眉批）回首可憐。

又　身外閒愁空滿

（眉批）淺處皆深。

蝶戀花　醉别西樓醒不記

（眉批）一字一淚，一字一珠。

又　欲減羅衣寒未去

（眉批）此詞亦見趙德麟《聊復集》，今從《宋六十一家詞選》屬小山作。

張　先

卜算子　夢短寒夜長

（眉批）饒有古意。

青門引　乍煖還清冷

（眉批）韻流絃外，神注箇中。耆卿而後聲調漸變，子野猶多古意。

柳　永

雨霖鈴　寒蟬淒切

（眉批）預思别後情況。工於言情。

八聲甘州　對蕭蕭暮雨灑江天

（眉批）情景兼到，骨韻俱高，無起伏之痕，有生動之趣，古今傑構，耆卿集中僅見之作。○「佳人妝樓」四字連用，俗極。擇言貴雅，何不檢點如是，致令白璧微瑕。

蘇　軾

點絳脣　月轉烏啼

（眉批）一片去國流離之思，卻能哀而不傷。

水調歌頭　明月幾時有

（詞末評注）《詞選》云：忠愛之言，惻然動人。神宗讀「瓊樓玉宇，高處不勝寒」之句，以爲「終是愛君」，宜矣。

（眉批）純以神行，不落《騷》、《雅》窠臼。太白之詩，東坡之詞，皆是異樣出色。○平情。○結得忠厚。

賀新涼　乳燕飛華屋

（詞末評注）胡元任云：托意高遠。

水龍吟　似花還似非花

（詞末評注）張叔夏云：後片愈出愈奇，直是壓倒古今。

（眉批）身世流離之感，而出以温婉語，令讀者喜悦，悲歌不能自已。

卜算子　缺月挂疏桐

（詞末評注）黄魯直云：語意高妙，似非喫煙火食人語。《詞選》云：此東坡在黄州作也。鮦陽居士云：「缺月」，刺明微也。「漏斷」，暗時也。「幽人」，不得志也。「獨往來」，無助也。驚鴻，賢人不安也。「回頭」，愛君不忘也。「無人省」，君不察也。「揀盡寒枝不肯棲」，不偷安於高位也。「寂寞沙洲冷」，非所安也。此詞與《考槃》詩極相似。

（眉批）或以此詞爲温都監女作，陋甚。從《詞綜》與《詞選》，庶見坡公面目。◯寓意高遠，運筆空靈，措語忠厚，是坡仙獨到處，美成、白石亦不能到也。

念奴嬌　大江東去

（詞末評注）《詞綜》云：按他本「浪聲沉」作「浪淘盡」，與調未協。「孫吴」作「周郎」，犯下「公瑾」字。「崩雲」作「穿空」，「掠岸」作「拍岸」。又「多情應是，笑我生華髮」，作「多情應笑我，早生華髮」，益非。今從《容齋隨筆》所載黄魯直手書本更正。至於「小喬初嫁」宜句絶，「了」字屬下句乃合。

（眉批）滔滔莽莽，其來無端。◯大筆摩天，是東坡氣概過人處。後人刻意摹仿，鮮不失之叫囂矣。

秦觀

如夢令　門外鴉啼楊柳

（眉批）起伏照應，六章如一章，彷彿飛卿《菩薩蠻》遺意。

又　遥夜月明如水

（眉批）此章離別。

又　幽夢怱怱破後

（眉批）「破後」，映起句「門外鴉啼楊柳」。

又　樓外殘陽紅滿

又　池上春歸何處

（眉批）上章春半。此章春暮。

又　鶯嘴啄花紅溜

（眉批）映起章首句，亦申明五、六章之意。

江城子　江城楊柳弄春柔

（眉批）「飛絮（落花時候，一登樓）」九字，淒咽。以下（「便做春江都是淚，流不盡、許多愁」）盡情發洩，卻終未道破。

浣溪沙　漠漠輕寒上小樓

（眉批）宛轉幽怨，温、韋嫡派。

虞美人　高城望斷塵如霧

（眉批）沉至。

八六子　倚危亭

（眉批）寄慨無端。

滿庭芳　山抹微雲

（眉批）詩情畫景。○情詞雙絶。此詞之作，其在坐貶後乎？

又　紅蓼花繁

（眉批）警絶。

又　碧水驚秋

（眉批）《滿庭芳》諸闋，大半被放後作。戀戀故國，不勝熱中，其用心不逮東坡之忠厚，而寄情之遠，措詞之工，則各有千（古）［秋］也。

踏莎行　霧失樓臺

（詞末評注）釋天隱云：末二句（「郴江幸自遶郴山，爲誰流下瀟湘去」），從「沅湘日夜東流去，不爲愁人住少時」變化來。　黄山谷云：此詞高絶，但「斜陽暮」三字爲重犯耳。又云：極似劉夢得楚蜀間語。　胡元任云：子瞻絶愛尾兩句，自書於扇曰：少游已矣，雖萬身何贖！

望海潮　梅英疏淡

（眉批）思路雋絶，其妙直令人不可思議。

生查子　眉黛遠山長

（眉批）雅麗，是詞場本色。少游名作甚多，而俚詞亦不少，去取不可不慎。

賀　鑄

青玉案　淩波不過横塘路

（詞末評注）《中吴紀聞》云：鑄有小築，在姑蘇盤門之内十餘里，地名横塘。方回往來其間，作此詞。後山谷有詩云：「解道江南腸斷句，只今惟有賀方回。」其爲前輩推重如此。　潘子真云：寇萊公詩：「杜鵑啼處血成花，梅子黄時雨如霧。」世推方回所作「梅子黄時雨」爲絶唱，蓋用萊公語也。

踏莎行　楊柳回塘

（眉批）此詞應有所指。《騷》情《雅》意，哀怨無端，讀者亦不自知何以心醉也。

又　急雨收春

（眉批）低徊曲折。方回詞只就衆人所有之語運用入妙，其長處正不可及。

浣溪沙　秋水斜陽遶緑陰

（眉批）只用數虚字盤旋唱歎，而情事畢現，神乎技矣。

清平樂　小桃初謝

（眉批）宛約有味。

毛滂

惜分飛　淚濕闌干花著露

（詞末評注）陳質齋云：澤民他詞雖工，未有能及此者。　周煇云：語盡而意不盡，意盡而情不盡。

張舜民

賣花聲　木葉下君山

（眉批）戀闕之心，藹然言外。

周邦彦

蘭陵王　柳陰直

（眉批）一則曰「登臨望故國」，再則曰「閒尋舊蹤跡」，至收筆「沉思前事，似夢裏、淚暗滴」，遥遥挽合，妙，有許多説不出處。欲語復咽，是爲沉鬱。

六醜　正單衣試酒

（詞末評注）《浩然齋雅談》：李師師歌《大酺》、《六醜》二解於上前，上問教坊使袁祹《六醜》之義，莫能對。急召邦彦問之，對曰：「此犯六調，皆聲之美者，然絶難歌。昔高陽氏有子六人，才而醜，故以比之。」上喜。

（上闋眉批）沉鬱。（下闋眉批）思深意苦，亦哀婉，亦恣肆。

齊天樂　緑蕪彫盡臺城路

（眉批）蒼涼沉鬱，開白石、碧山一派。

菩薩蠻　銀河宛轉三千曲

（眉批）美成小令，於温、韋、晏、歐外，別開境界，遂爲南宋諸名家所祖。

掃花游　曉陰翳目

（眉批）宛雅幽怨，梅溪全祖此種。

滿庭芳　風老鶯雛

（眉批）烏鳶自樂，社燕自苦。九江之船，本未嘗泛，沉鬱頓挫中，別饒蘊藉。

玉樓春　桃溪不作從容住

（「人如風後入江雲，情似雨餘黏地絮」眉批）上句，人不能留；下句，情不能已。平常意寫得姿態如許。

花犯　粉牆低

（詞末評注）黄叔暘云：此只詠梅花，而紆徐反覆，道盡三年間事，圓美流轉如彈丸。

尉遲杯　隋堤路

（眉批）窈曲幽深，筆情雋上。

浪淘沙慢　曉陰重

（眉批）第三段飄風驟雨，急管繁絃，歌曲至終，覺萬彙哀鳴，天地變色。○「恨春去（不與人期）」七字甚深。

解語花　風銷絳蠟

《詞綜》、《詞選》（「燈市」）皆作「花市」，「桂華」亦作「桂花」，今從戈選《七家詞》本。後半闋，念及禁城放夜時，縱筆揮灑，有水逝雲卷、風馳電掣之感。

夜飛鵲　河橋送人處

（眉批）哀怨而渾雅。白石《揚州慢》一闋從此脱胎。

陳克

菩薩蠻　赤欄橋盡香街直

（詞末評注）《詞選》云：此刺時也。

又　緑蕪牆遶青苔院

（詞末評注）《詞選》云：此自寓。

（眉批）工雅芊麗，温、韋流派。

謁金門　愁脈脈

(眉批)此詞不減孫孟文。　中有怨情。

又　花滿院

(眉批)和凝詞：「拂水雙飛來去燕，曲檻小屏山六扇。」此詞用其語，更覺婉麗。

陳與義

臨江仙　憶昔午橋橋上飲

(詞末評注)張叔夏云：真是自然而然。　胡仔云：清婉奇麗，簡齋詞惟此最優。

(眉批)自然流出，若不關人力者。　筆意逼近大蘇。

魯逸仲

南浦　風悲畫角

(眉批)十分沉至。

朱敦儒

好事近　春雨細如塵

（眉批）筆意古雅。

又漁父　摇首出紅塵

（眉批）希真《漁父》五篇，自是高境，雖偶雜微塵，而清氣自在。煙波釣徒流亞也。

又　漁父長身來

（眉批）此中有真樂，未許俗人問津。

又　撥轉釣魚船

（眉批）静中生動，妙合天機，亦先生晚遇之兆。

又　短棹釣船輕

又　失卻故山雲

（「有何人留得」眉批）合下「有何人相識」句轉嫌痕跡，何如並渾玄爲妙。

辛棄疾

祝英臺近　寶釵分

（詞末評注）《詞選》云：此與德祐太學生二調用意相似。「點點飛紅」，傷君子之棄。「流鶯」，惡小人得志也。「春帶愁來」，其刺趙張乎？

（眉批）諷刺語卻婉雅。○按《貴耳録》：吕婆有女，事辛幼安。以微事觸怒，逐之。稼軒因作此詞。

此亦一説。

滿江紅　敲碎離愁

（眉批）一往情深，非秦、柳所及。

摸魚兒　更能消幾番風雨

（詞末評注）羅大經云：詞意殊怨。「斜陽」、「煙柳」之句，其與「未須愁日暮，天際乍輕陰」者異矣。使在漢、唐，寧不賈種豆種桃之禍。然聞壽皇見此詞，頗不悦；終不加以罪，可謂盛德。

（眉批）「更能消」三字，從千回萬轉中倒折出來，有力如虎。○怨而怒矣。姿態飛動，極沉鬱頓挫之致。○結得怨憤。

金縷曲　緑樹聽鵜鴂

（詞末評注）《詞選》云：茂嘉蓋以得罪遷徙，故有是言。

（眉批）沉鬱蒼涼，跳躍動盪，古今無此筆力。

又　鳳尾龍香撥

（眉批）發二帝之幽憤，蒼茫感喟。使事雖多，卻不嫌堆雜。

臨江仙　金谷無煙宫樹緑

（眉批）宛雅芊麗。稼軒亦能爲此種筆路，真令人心折。

蝶戀花　誰向椒盤簪綵勝

（眉批）榮辱不定，遷謫無常。言外有多少哀怨，多少疑懼。

菩薩蠻　鬱孤臺下清江水

（詞末評注）羅大經云：南渡初，金人追隆祐太后御舟，至造口，不及而還。幼安因此起興，「鷓鴣」之句謂恢復之事，行不得也。

（眉批）慷慨生哀。

程　垓

摸魚兒　掩淒涼黄昏庭院

（眉批）筆意閒雅。後來竹垞詞與此種筆路最近，而遜此渾融。乃竹垞自以爲學玉田，未免欺人太甚矣。

水龍吟　夜來風雨匆匆

（眉批）愈直捷，愈淒婉。

王千秋

謁金門　春漠漠

（眉批）刺時之言自明，其不仕也。

杜安世

鳳棲梧　籬落繁枝千萬片

(眉批)哀婉沉至。

又　惆悵留春春不住

(眉批)陶詩云:「首夏猶清和。」言初夏猶有春日清和之意。竟以「清和」作夏令,未免相沿誤用。

(「更被閒愁相賺誤」眉批)「賺」字似峭實俗,慎用爲是。

黄公度

卜算子　薄宦各西東

(詞末評注)子沃云:公之從弟童,士季其字也。以紹興戊午同榜乙科及第。有和章云:「不忍更回頭,别淚多於雨。肺腑相看四十秋,奚止朝朝暮暮。　何事值花時,又是匆匆去。過了陽關更向西,總是思兄處。」

(眉批)自然流出,卻極沉至。

菩薩蠻　高樓目斷南來翼

(詞末評注)子沃云:公時在泉幕,有懷汪彦章而作。以當路多忌,故託「玉人」以見意。

（眉批）知稼翁詞，氣和音雅，得味外味，參看子沃諸案語，其妙始見。

青玉案　鄰雞不管離懷苦

（詞末評注）子沃云：公之初登第也……（詳見《全宋詞》該詞序，兹略）

卜算子　寒透小窗紗

（詞末評注）子沃云：公赴召命，道過延平，郡讌有歌妓追誦舊事，即席賦此。

好事近　湖上送殘春

（詞末評注）子沃云：公到闕……「故園桃李」盖指二侍兒也。（詳見《全宋詞》一三二七頁《好事近》詞序，兹略）

眼兒媚　一枝雪裏冷光浮

（眉批）去就早決於胸，故無怨懟之語。

（詞末評注）子沃云：公時爲高要倅……（詳見《全宋詞》一三二八頁《眼兒媚》詞序，兹略）

詞則輯評

大雅集卷三

姜　夔

白石詞，清靈騷雅，前無古人，後無來者，真聖中之聖也。

一萼紅　古城陰

（「野老林泉，故王臺榭，呼喚登臨」眉批）只三語，勝人吊古千言。

探春慢　衰草愁煙

（上闋）一幅歲暮旅行畫圖。（下闋）詞意超妙，正如野鶴閒雲，去來無跡。

揚州慢　淮左名都

（眉批）起數語，意不深，而措詞妙，愈味愈出。「自胡馬窺江」數語，寫兵燹後，情景逼真，他人累千百言，總無此韻味。「猶厭言兵」四字沉痛，包括無限傷亂語。

點絳脣　燕雁無心

字字清虚，無一筆犯實，只摹歎眼前景物，而令讀者吊古傷今，不能自止。真絶調也。「今何許」三字，提唱「憑欄懷古」，下只以「殘柳（參差舞）」五字咏歎了之，神韻無盡。

暗香　舊時月色

（詞末評注）張叔夏云：《暗香》、《疏影》二曲，前無古人，後無來者，真爲絶唱。○《詞選》云：題曰「石湖咏梅」，此爲石湖作也。時石湖蓋有隱遯之志，故作此二詞以沮之。白石《石湖仙》云：「須信石湖仙，似鴟夷、飄然引去。」末云：「聞好語，明年定在槐府。」此與同意。又云：首章言已嘗有用世之志，今老無能，但望之石湖也。

（眉批）二章脱盡恆蹊，永爲千年絶調。

疏影　苔枝綴玉

（詞末評注）《詞選》云：此章更以二帝之憤發之，故有「昭君」之句。

（眉批）上章已極精妙，此更運用故事，設色渲染，而一往情深，了無痕跡，既清虚，又腴煉，直是壓徧千古。

長亭怨慢　漸吹盡枝頭香絮

（眉批）哀怨無端，無中生有，海枯石爛之情。○纏綿沉着。

齊天樂　庚郎先自吟愁賦

（詞末評注）張叔夏云：全章精粹，所詠瞭然在目，且不留滯於物。

（眉批）此詞精絶，一直説去，其中自有頓挫起伏，正如大江無風，波濤自湧。前無古，後無今。「籬落」二句，平常意。一經點染，便覺神味淵永，其妙真令人不可思議。

念奴嬌　鬧紅一舸

（上闋末）好句欲仙。（下闋）鍊意鍊詞，歸於純雅。

琵琶仙　雙槳來時

（詞末評注）張叔夏云：情景交鍊，得言外意。又云：白石《疏影》、《暗香》、《揚州慢》、《一蕚紅》、《琵琶仙》、《淡黄柳》等曲，不惟清虚，且又騷雅，讀之使人神觀飛越。

（眉批）似周、秦筆墨，而氣格俊上。「前事休説」四字，咽住，藏得許多情事在内。

翠樓吟　月冷龍沙

（眉批）起便警策。（下闋）一縱一操，筆如游龍。

霓裳中序第一　亭皋正望極

（眉批）骨韻俱古。

法曲獻仙音　虚閣籠寒

（眉批）白石詞有以一二虚字唱歎，韻味俱出者，雖非最上乘，亦是靈境。篇中如「奈」字、「屢」字及「誰念我」、「甚而今」、「怕平生」等字，俱極有意思，他可類推。

石湖仙　松江煙浦

（眉批）言外有多少婉惜。（「玉友金蕉，玉人金鏤」眉批）「金」、「玉」字對舉，未免纖俗。

玲瓏四犯　疊鼓夜寒

（眉批）音調蒼涼。白石諸闋，惟此篇詞最激，意亦最顯，蓋亦身世之感，有情不容已者。

清波引　冷雲迷浦

（眉批）白石諸詞，鄉心最切，身世之感，當於言外領會。

八歸　芳蓮墜粉

（眉批）氣骨雄蒼，詞意哀婉。

陸　游

鵲橋仙　茅簷人靜

（眉批）寓意。

采桑子　寶釵樓上妝梳晚

（眉批）放翁詞，病在一瀉無餘。似此婉雅閑麗，不可多得也。

張　輯

《綺語債》命名惡劣。

釣船笛　載酒岳陽樓

（眉批）一片熱中，卻不染湖海習氣，是之謂雅正。

碧雲深　風淒淒

（眉批）神行觀止，合拍無痕。

陸　淞

瑞鶴仙　臉霞紅印枕

（詞末評注）張叔夏云：景中帶情，屏去浮豔。　《詞選》云：刺時之言。

陳　亮

水龍吟　鬧花深處層樓

（眉批）淒豔。

盧祖皋

宴清都　春訊飛瓊管

（眉批）此詞絶幽怨，神似梅溪高境。

高觀國

菩薩蠻　春風吹緑湖邊草

（眉批）感時傷事，不着力而自勝。　（「斜日照花西，歸鴉花外啼」眉批）結用比意。

齊天樂　碧雲闕處無多雨

（眉批）鑄語精鍊。

賀新郎　月冷霜袍擁

（眉批）白石《暗香》、《疏影》已成絶調，除碧山外，後人無能爲繼。此作於旁面取勢，思深意遠，亦可謂工於煊染矣。但冲厚之味，不及白石、碧山遠甚。「想見那」三字粗。　（「算群花、正作江山夢。吟思怯、暮雲重」眉批）姿態横生，目無餘子。

史達祖

綺羅香　做冷欺花

（眉批）淒警特絶。

蝶戀花　二月東風吹客袂

（眉批）起七字淡而彌永。（「今歲清明逢上巳，相思先到濺裙水」眉批）情餘言外。

臨江仙　倦客如今老矣

（眉批）直是唐人絶妙樂府。

東風第一枝　草腳愁回

（詞末評注）張叔夏云：不獨措詞精粹，又且見時節風物之感。

（眉批）精妙處直與清真、白石並驅。白石、梅溪皆祖清真，白石化矣，梅溪或稍遜焉。然高者亦未嘗不化，如此篇是也。

湘江靜　暮草堆青雲浸浦

（眉批）淒涼幽怨。

齊天樂　闌干只在鷗飛處

（眉批）情景兼到。樂笑翁高境頗近此種。

又　鴛鴦拂破蘋花影

（眉批）鍊字鍊句，昔人謂梅溪詞「融情景於一家，會句意於兩得」，信不誣也。

又　西風來勸涼雲去

（眉批）寄恨甚遠。

玉蝴蝶　晚雨未摧宮樹

（眉批）幽怨似少游，清切如美成，合而化矣。

吴文英

夢窗詞能於超逸中見沉鬱，不及碧山、梅溪之厚，而才氣較勝。皋文以夢窗與耆卿、山谷、改之輩同列，一偏之見，非公論也。

倦尋芳　暮帆挂雨

（眉批）神味宛然。（下闋）自然流出，有行雲流水之樂，詞境到此，真非易之。

祝英臺近　剪紅情

（眉批）夢窗詞不必以綺麗見長。然其一二綺麗處，正不可及。

水龍吟　豔陽不到青山

（眉批）點染處，不留滯於物。

八聲甘州　渺空煙四遠

（「幻蒼厓雲樹，名娃金屋，殘霸宮城。箭徑酸風射眼，膩水染花腥」眉批）「箭徑」六字，承「殘霸」句，「膩水」五字，承「名娃」句。〇此詞氣骨甚遒。

憶舊游　送人猶未苦

（眉批）平常意，一折便深。

高陽臺　修竹凝妝

（眉批）奇思幽想。

又　宮粉彫痕

（眉批）中有怨情，當與中仙詠物諸篇參看。

瑞鶴仙　淚荷抛碎璧

（眉批）筆致幽冷。

滿江紅　雲氣樓臺

（眉批）平調《滿江紅》，而魄力不減，既精鍊，又清虛。

齊天樂　三千年事殘鴉外

（眉批）憑吊蒼茫，感慨無限。　（「岸數春船，畫橋翻賽鼓」眉批）結是禹陵。

點絳脣　時霎清明

（眉批）筆意逼近美成。

金縷曲　喬木生雲氣

（眉批）起五字神來。（下闋末）激烈語，偏寫得温婉，若文及翁之「借問孤山林處士，但掉頭、笑指梅花蘂。天下事，可知矣」，不免有張眉怒目之態。

陳允平

八寶妝　望遠秋平

（眉批）「琴心（「錦意暗懶，又爭奈、西風吹恨醒。」）」二句，其有感於爲制置司參議官時乎？然不肯仕元之意已決於此矣，正不必作激烈語。

綺羅香　雁字蒼寒

（眉批）字字錘鍊，卻極醇雅，是西麓本色。

酹江月　漢江露冷

（眉批）張叔夏云：「詞欲雅而正。近時陳西麓所作平正，亦有佳者。」夫平正則難佳，平正而有佳者，乃真佳也。三復西麓詞，一切流蕩，志反之矣，不化而化矣。

探春　上苑烏啼

（眉批）憂時之心，溢於言表。

秋霽　千頃玻璃

（眉批）慷慨生哀，時政之失，隱然言外。

百字令　凝雲沍曉

（眉批）幽秀而清超。頗近白石。

驀山溪　春波浮渌

（眉批）通篇就本位寫，一結推開説，生生其有遺世之心乎？○一片憂時傷亂之意。諸詞作於景定癸亥歲，閲十餘年，宋亡矣。

齊天樂　赤欄橋畔斜陽外

（眉批）淒婉處，雅近中仙，下視草窗《木蘭花慢》十闋，直不足比數矣。

玉樓春　柳絲挽得秋光住

（眉批）畫稿。

蝶戀花　謝了梨花寒食後

（眉批）寓意微婉，耐人玩味。

周　密

草窗詞刻意學清真，句法字法居然逼似，惟氣體終覺不逮。其高者可步武梅溪，次亦平視竹屋。

法曲獻仙音　松雪飄寒

(「一片古今愁」至結)即杜詩「回首可憐歌舞地」意,以詞發之,更覺淒婉。

探芳信　步晴晝

(眉批)點綴「空梁落燕泥」句,更饒姿態。

徵招　江籬搖落江楓冷

(眉批)骨韻蒼涼,調和音雅,在梅溪、竹屋之間。

水龍吟　素鸞飛下青冥

(眉批)鏤月裁雲,詞意兼勝。

疎影　冰條凍葉

(眉批)思深意遠。

高陽臺　小雨分江

(眉批)幽怨得碧山意趣,但厚意不及。

甘州　漸萋萋芳草綠江南

(眉批)筆意高遠,可與玉田相鼓吹。

瑶花　朱鈿寶玦

(眉批)感慨蒼茫,不落咏物小家數。亦中仙流亞也。○切合《大雅》,文生於情。

謁金門　花不定

（眉批）怨語深婉。

好事近　輕剪楚臺雲

（眉批）清麗。

聲聲慢　瓊壺歌月

（眉批）幽情苦意。

一萼紅　步深幽

（眉批）蒼茫感慨，情見乎詞。雖使清真、白石爲之，亦無以過，當爲《草窗集》中壓卷。○悲憤。

詞則輯評

大雅集卷四

王沂孫

王碧山詞，品最高，味最厚，意境最深，力量最沉；感時傷世之言，而出以纏綿忠愛，詩中之曹子建、杜子美也。詞人有此，庶幾無憾。

天香　孤嶠蟠煙

（詞末評注）《詞選》云：碧山詠物諸篇，並有君國之憂。　莊希祖云：此詞應爲謝太后作。前半所指，多海外事。

（「荀令如今漸老，總忘卻、尊前舊風味」眉批）「荀令」二語，必有所興，不知其何所指。

南浦　柳下碧粼粼

（眉批）寄慨處清麗紆徐，斯爲雅正。　玉田以《春水》一篇得名，用冠詞集之首，以中仙此篇較之，畢竟何如？南宋詞家，白石、碧山，純乎純者也。梅溪、夢窗、玉田輩，大純而小疵，能雅不能虛，能清不能厚也。

無悶　陰積龍荒

（眉批）無限怨情，出以渾厚之筆，令人攬擷不盡。（「有照水南枝，已攙春意」眉批）「南枝」句中含譏刺，當指文溪、松雪輩。

眉嫵　漸新痕懸柳

（詞末評注）《詞選》云：此喜君有恢復之志，而惜無賢臣也。「漸」字，「便有（團圓意）」字，卻是新月，寓意微而多諷。（下闋眉批）後半忽用縱筆，卻又是虛筆，寄慨無端，別有天地，極龍跳虎卧之奇，海涵地負之觀。

慶宮春　明玉擎金

（眉批）淒涼哀怨，其爲王清惠作乎？

水龍吟牡丹　曉寒慵揭珠簾

（眉批）以清虛之筆，摹富豔之題，感慨沉至。（下闋末數句）一往哀怨。

又海棠　世間無此娉婷

（眉批）碧山咏物諸篇，固是君國之感，時時寄託，卻無一筆犯複，字字貼切故也。就題論題，亦覺躊躇滿志。○清真、白石間有疵累語，至碧山乃一歸純正。善學者，首當服膺勿失。

又白蓮　翠雲遥擁環妃

（眉批）寫出幽貞意者，亦指清惠乎？

又落葉　曉霜初著青林

（眉批）筆意幽冷，寒芒刺骨，其有慨於崖山乎？（「望吾廬甚處，只應今夜，滿庭誰掃」眉批）結得寂寞。

齊天樂　碧痕初化池塘草

（眉批）雅鍊。○感慨蒼茫，深人無淺語。（「但隔水餘輝，傍林殘影」眉批）「隔水」二語，意者其指帝昺乎？

又　緑槐千樹西窗悄

（眉批）言中有物，其指全太后祝髮爲尼事乎？

又　一襟餘恨宫魂斷

（眉批）合上章觀之，此當指清惠改裝女冠。「餘音（更苦。甚獨抱清高，頓成淒楚）」數語，想有感於「太液芙蓉」（編者按，指王清惠《滿江紅》詞，參見《浩然齋雅談》）一闋乎？

又　冷煙殘水山陰道

（眉批）起語令人魂消。○《黍離》、《麥秀》之怨，「國破山河在」，猶淺語也。「山色（重逢都别）」六字，淒絶，警絶。

八六子　洗芳林幾番風雨

（眉批）宛雅幽怨。

法曲獻仙音　層緑峨峨

（眉批）高似孫《過聚景園》詩云：「翠華不向苑中來，可是年年惜露臺。水際春風寒漠漠，官梅卻作野梅開。」可謂淒怨。讀碧山此詞更覺哀婉。

掃花游　小庭蔭碧

（眉批）寄託深婉。

又　商飈乍發

（眉批）前半概指永叔《秋聲賦》，後半則自寫身世飄零之感。

長亭怨慢　泛孤艇東皋過徧

（眉批）感慨繫之。

慶清朝　玉局歌殘

（詞末評注）《詞選》云：此言亂世尚有人才，惜世不用也。不知其何所指。

（眉批）低回婉轉，姿態橫生。《小雅》怨悱不亂，此詞有焉。○美成、少游，詞壇領袖也，所可議者，時有俚語耳。白石亦間有此病。故大雅一席，終讓碧山。

高陽臺　殘雪庭除

（詞末評注）《詞選》云：此傷君臣晏安，不思國恥，天下將亡也。又云：此題應是梅花。

（眉批）無限哀怨，一片熱腸，反復低回，不能自已。以視白石之《暗香》、《疏影》，亦有過之無不及，詞至是，乃蔑以加矣。○詞有碧山，而詞乃尊，以其品高也，古今不可無一，不能有二。○詞法莫密於清真，詞理莫深於少游，詞筆莫超於白石，詞品莫高於碧山，皆聖於詞者。○上半叙遠游未還，是態揣之詞。下半言歸來情事，是逆料之詞。

又　殘萼梅酸

（眉批）幽情苦緒，耐人尋味。

三姝媚　蘭缸花半綻

（眉批）中有幽怨，涉筆便深。

瑣窗寒　趁酒梨花

（眉批）此詞絶似陳西麓，但骨韻過之。　低徊宕往。

花犯　古嬋娟

（眉批）幽索。得屈、宋遺意。

青房竝蒂蓮　醉凝眸

（「水花楓葉兩悠悠」眉批）結七字，淡而有味。

綺羅香　屋角疏星

（眉批）精警。

又　玉杵餘丹

（眉批）此詞亦有所刺。（「但淒涼、秋苑斜陽，冷枝留醉舞」眉批）結亦有所寓。

望梅　畫闌人寂

（眉批）寄慨往事。惓惓故國忠愛之心，油然感人，作少陵詩讀可也。

一蕚紅　玉嬋娟

（眉批）身世之感，君國之恨，一一如見。

又　思飄飄

（眉批）託志孤高。

疏影　瓊妃臥月

（眉批）碧山詠梅之作最多，篇篇皆有寓意，出入《風》、《騷》，高不可及。

醉落魄　小窗銀燭

（眉批）宛麗中見幽怨。

聲聲慢　啼螿門靜

（眉批）此篇以疏淡之筆，狀淒惻之情，絶有姿態。

摸魚子　洗芳林夜來風雨

（眉批）中仙詞，惟此篇最疏快，風骨稍低，情詞卻妙。

又　玉簾寒翠絲微斷

（眉批）疏淡中見沉着，筆意自高。

張　炎

玉田詞，感時傷事，與碧山同一機軸。沉厚微遜碧山。其高者，頗有姜白石意趣。

南浦　波暖緑粼粼

（眉批）玉田以此詞得名，用冠集首。然此詞雖佳，尚非玉田壓卷，知音者審之。○後半有所指而言，自覺深情綿邈。

憶舊游　看方壺擁翠

（眉批）直是仙筆。（下闋）古豔幽香，别饒感喟。

又　記瓊筵卜夜

（眉批）措語超脱而幽秀。

又　問蓬萊何處

（眉批）後闋愈唱愈高，是玉田真面目。

壺中天　揚舲萬里

（眉批）豪情壯采，如太原公子裼裘而來。（「扣舷歌斷，海蟾飛上孤白」眉批）結句，眼前景，寫得奇警。（「迎面落葉蕭蕭」眉批）《詞綜》作「落葉」。《詞選》作「緑葉」誤。「緑」字與「蕭蕭」字不聯屬，亦犯下「秋更緑」字。

湘月　行行且止

（眉批）胸襟高曠，氣象超逸，可與白石把臂入林。

高陽臺　接葉巢鶯

（眉批）淒凉幽怨，鬱之至，厚之至，似此真不減王碧山矣。

浪淘沙　香霧濕雲鬟

（眉批）詞意淒怨，幽冷刺骨。

清平樂　候蛩淒斷

（眉批）《絶妙好詞箋注》作「贈陸輔之家妓卿卿作」，後二句云「可憐瘦損蘭成，多情應爲卿卿」，殊病俚淺。兹從戈選《七家詞》本。

渡江雲　山空天入海

（上闋）筆力雄蒼。（下闋）一層緊一層。情詞悽惻。

又　錦香繚繞地

（眉批）落落清超。

邁陂塘　愛吾廬傍湖千頃

（眉批）亦淒婉，亦超逸，圓美流轉，脱手如丸。（下闋）飄飄有淩雲之志，振衣千仞岡，無此超遠。

甘州　記天風飛珮紫霞邊

精鍊。玉田警句極多，不可枚舉。然不及碧山處正在此。蓋碧山幾於渾化，並無警奇可喜之句令人悦目，所以爲高，所以爲大。

又　記玉關踏雪事清游

（眉批）蒼涼怨壯，盛唐人悲歌之詩，不是過也。（「折蘆花贈遠，零落一身秋」眉批）「折蘆花」十字警絶。

臺城路　朗吟未了西湖酒

（眉批）字字洗鍊，而無斧鑿痕，此白石之妙也。

又　扁舟忽過蘆花浦

（眉批）滿眼是秋，卻云「無尋秋處」，警絶，奇絶。（「一色無尋秋處」眉批）《詞綜》脱去「一色」二字，兹從戈選《七家詞》本。然去此二字，似更精警，惜於調不合。

又　薛濤箋上相思字

（眉批）疏狂閒雅，真可與白石老仙相鼓吹。（「夜涼鷗夢闊」眉批）「闊」字有精神。

又　十年前事翻疑夢

（眉批）起語魂銷。

綺羅香　萬里飛霜

（眉批）情詞兼工，頗近淮海。

掃花遊　煙霞萬壑

（眉批）風骨高騫，文采疎朗，直入白石之室矣。

聲聲慢　百花洲畔

（眉批）哀感無盡，雅近中仙。

三姝媚　蒼潭枯海樹

（眉批）語帶箴規，耐人尋味，便似中仙最高之作。

瑣窗寒　斷碧分山

（眉批）措語琢鍊。○無限痛惜。○字字從性情流出，不獨鑄語之工。

長亭怨　記横篴玉關高處

（眉批）叙薊北一層，來勢蒼莽。○微而多諷，結二語自明其不仕之志。

西子妝　自浪摇天

（眉批）景物蒼茫，出以雄秀之筆，固自不減夢窗。○「殘山剩水」，《詞綜》作「遥岑寸碧」；「誰識」作「誰看」；「輕擲」作「輕把」。　兹並從戈選本。

春從天上來　海上回槎

（眉批）後半極沉鬱。○讀玉田詞者，貴取其沉鬱處，徒賞其一字一句之工，遂驚歎欲絶，轉失玉田矣。

疏影　柳黄未結

（眉批）今昔之感，十分沉至。

又　黄昏片月

姿態横生。

李彭老

木蘭花慢　折秦淮露柳

（眉批）此詞絶有感慨。《絶妙詞選》中失載，見公謹《浩然齋雅談》。

王武子

玉樓春　紅樓十二春寒側

（眉批）故國之怨。

黄孝邁

湘春夜月　近清明

（眉批）芊綿淒咽。起數語便覺牢怨滿紙。

德祐太學生

百字令　半堤花雨

（詞末評注）見《湖海新聞》。三、四謂衆宫女行，五謂朝士去，六謂臺官默，七指太學上書，八、九謂只陳宜中在，「東風」謂賈似道，「飛書傳羽」謂北軍至也，「新塘楊柳」謂賈妾。

（眉批）權臣當國，不得意者隱於下位，不敢明斥其非，託爲詩詞，長歌當哭，哀之深，怨之至也。「幾番過了」，應是指賈。以上秦、韓、史、丁諸人，孟諸人皆可恨，賈尤可恨，故曰「不似今番苦」也。

祝英臺近　倚危欄

（詞末評注）「穉柳」謂幼君，「嬌黄」謂太后，「扁舟飛渡」謂北軍至，「塞鴻」指流民也，「人惹愁來」謂賈出，「那人何處」謂賈去。

（眉批）「愁來不去」，謂賈雖去，而禍已不可遏矣。大聲疾呼，千年淚下。

無名氏

眉峰碧　蹙破眉峰碧

（詞末評注）《玉照新志》：裕陵親書其後：「此詞甚佳，不知何人所作。」

（眉批）一本作「分明葉上心頭滴」。增一「明」字，不獨於調不合，且使「分」字精神全失，並「葉上」二字亦屬贅疣矣。

無名氏

《九張機》字字芊雅，淒婉欲絶之妙，古樂府也。《詞綜》删存七首，今就兩篇摘録十一首，不啻窺全豹矣。

九張機　三張機

（眉批）刺在言外。

又　四張機

（眉批）言外有無窮淒感，詞之可以怨者。

又　五張機

（眉批）低回宛轉，意殊忠厚。

又　六張機

（眉批）宛雅流麗，淺處亦耐人思。

又　七張機

（眉批）苦心密意，不忍卒讀。　詞至「九張機」，高處不減《風》、《騷》，次亦《子夜》、《怨歌》之匹，千年絶調也。

又　八張機

（眉批）淒斷。

又　九張機

（眉批）「雙花（雙葉又雙枝）」七字，何等親切。「從頭（到底，將心縈繫，穿過一條絲）」三句，更慎重，可以觀，可以怨。

又　輕絲

（眉批）歡樂語中含淒感。

又　春衣

（眉批）摇落堪怨。　我讀之於邑累日。◯此章最沉痛。　千古孤臣孽子、勞人思婦讀之，皆當一齊淚下。◯似爲貶節者言之，觀次句可見。　以下言何況又加以塵污也。　淒涼怨慕，不堪再誦。

《九張機》全是寄怨之作，其《緣起》云：醉留客者，樂府之舊名；《九張機》者，才子之新調。　憑戞玉之清歌，寫擲梭之春怨。章章寄恨，句句言情。詩云：「一擲梭心一縷絲，連連織就九張機。從來巧思知多少，苦恨春風久不歸。」可知其寄意矣。

《九張機》純是《騷》、《雅》變相，詞至是已臻絶頂，雖美成、白石亦不能爲也。

《九張機》自是逐臣棄婦之詞，怨怨無端，令人魂斷。

鷓鴣天　宣德樓前雪未融

（詞末評注）劉興伯云：上元詞十五首，備述宣政之感，非想像者所能道，當與《夢華録》並行也。

結二語，隱含諷意，得風人之正。

緑意　碧園自潔

（詞末評注）《詞選》云：此傷君子負枉而死，蓋似李綱、趙鼎之流。「回首當年漢舞」云者，言其自結主知，不肯遠引。結語（「匹練秋光倒瀉半湖明月」），喜其身已死而心得白也。

葛長庚

水調歌頭　江上春山遠

（眉批）起十五字有十一層。

李清照

武陵春　風住塵香花已盡

（眉批）又凄婉，又勁直。觀此益信易安無再適趙汝舟事。即風人「豈不爾思」，「畏人之多言」意也。

聲聲慢　尋尋覓覓

（詞末評注）張正夫云：此乃公孫大娘舞劍手。本朝非無能詞之士，未曾有一下十四疊字者。後疊又云：「到黄昏，點點滴滴。」又使疊字，俱無斧鑿痕。「怎生得黑」，「黑」字不許第二人押。婦人有此奇筆，殆閒氣也。

（眉批）造句甚奇，並非高調。後人效顰，疊字又增其半，醜態百出矣。〇後半闋愈唱愈妙，結句亦峭甚。

賣花聲　簾外五更風

（眉批）凄豔不忍卒讀，其爲德父作乎？

朱淑真

謁金門　春已半

（眉批）凄婉。得五代人神髓。

生查子　年年玉鏡臺

（眉批）宋婦人能詞者，自以易安爲冠，淑真才力稍遜，然規模唐五代，不失分寸，轉爲詞中正聲。

鄭文妻孫氏

憶秦娥　花深深

（詞末評注）《古杭雜記》云：文，秀州人。太學服膺齋上舍，孫氏寄以詞，一時傳播，酒樓妓館皆歌之。

（眉批）麗而有則。

金　詞

吴　激

春從天上來　海角飄零

（詞末評注）黄叔暘云：三山鄭中卿從張貴謨北使時，彼中有歌此調者。元遺山云：曾見王防禦公玉説此詞，皆用琵琶故實，引據甚明，惜不能記憶。

（眉批）故君之思，惻然動人。

人月圓　南朝千古傷心事

（詞末評注）洪景廬云：先公在燕山，赴北人張總侍御家集。出侍兒佐酒，中有一人，意狀摧抑可憐。叩其故，仍宣和殿小宫姬也。坐客翰林直學士吴激作詞紀之，聞者揮涕。《中州樂府》云：彦高賦此時，宇文叔通亦賦《念奴嬌》先成，而頗近鄙俚。及見彦高作，茫然自失。是後，人有求作樂府者，叔通即批云：「吴郎近以樂府名天下，可往求之。」

（眉批）感激動宕，不落小家數。

元好問

清平樂　離腸宛轉

（眉批）婉約近五代人手筆。

元　詞

詞至於元，力衰氣靡，周、秦、姜、史之風不可復見矣。

王從叔

昭君怨　門外春風幾度

（眉批）節短音長，小令雋品。

張　翥

元詞日就衰靡，愈趨愈下。張仲舉規模姜、史，爲一代正聲。高者在草窗、西麓之間，而真氣稍遜。仲舉詞，樹骨甚高，寓意亦遠，元詞之不亡者，賴有仲舉耳。然欲求一篇如梅溪、碧山之沉厚，則不可得矣。

摸魚兒　記西湖水邊曾見

（眉批）筆意超脱，託體亦不卑，元代斷推巨擘。「添人多恨多思」六字庸弱。

解連環　夜來風色

（眉批）婉雅淒怨，可與草窗頡頏。

綺羅香　燕子梁深

（眉批）刻意爲白石，冲味微減，姿態卻饒。

水龍吟　芙蓉老去妝殘

（眉批）「黄邊」、「白外」四字亦新奇。（「船窗雨後，數枝低入，香零粉碎」眉批）「船窗」數語，畫所不到，繫以感慨，意境便厚。

倪瓚

人月圓　傷心莫問前朝事

（眉批）悲壯風流，獨有千古，南宋諸鉅手爲之，亦無以過。

明　詞

詞至於明，而詞亡矣。伯温、季迪，已失古意。降至升庵輩，琢句鍊字，枝枝葉葉爲之，不可語於大雅。自馬浩瀾、施閬仙輩出，淫詞穢語，無足置喙。明末陳人中，能以穠豔之筆，傳淒婉之神，在明代便算高手。然視國初諸老，已難同日而語，更何論唐、宋哉。有明三百年中，習倚聲者，詎乏其人，然以沉鬱頓挫四字繩之，竟無一篇滿人意者，真不可解。

高啟

沁園春　木落時來

（眉批）先生能言之，而終自不免，何也。

楊慎

轉應曲　雙燕雙燕

（眉批）用修小令，猶有五代人遺意。

如夢令　雲影月華穿過

（眉批）淒鍊。（「孤坐孤坐，白雪金徽誰和」眉批）結二語，説破反淺。

夏言

浣溪沙　庭院沉沉白日斜

（眉批）語意幽遠。

陳子龍

憶秦娥　春漠漠

（眉批）措語亦雅正。

山花子　楊柳淒迷曉霧中

（眉批）淒麗近南唐二主，詞意亦哀以思矣。

江城子　一簾病枕五更鐘

（眉批）綿邈悽惻。

葉小鸞

謁金門　情脈脈

（眉批）造語精秀。

浣溪沙　曲曲闌干遶樹遮

（眉批）哀豔，求諸明作者，尤不易覯。

詞則輯評

大雅集卷五

國朝詞

吴偉業

如夢令　誤信鵲聲枝上

（眉批）低回婉轉，中有怨情，不當作豔詞讀也。

又　小閣焚香閑坐

（眉批）此中亦見怨情，當與上章参看。

趙進美

菩薩蠻　獸香不斷紅茵暖

（眉批）與「畫眉深淺入時無」同一感慨。

編者按：「畫眉」句見朱慶餘《近試上張籍水部》詩，又見歐陽修《南歌子》詞。

宋琬

滿江紅　試問哀蛩

（眉批）沉痛語，其在繫獄時作乎？　（「千里黄雲關塞客，三秋紈扇長門妾」眉批）哀感。

王士禛

浣溪沙　北郭清溪一帶流

（詞末評注）鄒程村云：只「緑楊城郭」一句，抵多少《江都賦》詠。

（眉批）字字騷雅。漁洋小令之工，直逼五代、北宋。「緑楊（城郭是揚州）」七字，江淮間取作畫圖。

又　白鳥朱荷引畫橈

（眉批）遣詞琢句，較五代人更覺茗雅。

孔尚任

鷓鴣天　院静廚寒睡起遲

（眉批）哀怨無端，鹿虔扆《臨江仙》一闋猶遜此凄婉。

曹貞吉

金縷曲　鴉陣來沙渚

（眉批）傳出題之魂魄。點綴供奉《烏棲曲》凄婉特絶。

玉樓春　蘼蕪一剪城南路

（眉批）託意澹遠。

佟世南

山花子　芳信無由覓彩鸞

（眉批）風味不減秦淮海。

蘭陵王　雨絲直

（眉批）遺詞琢句，起伏照應，居然得美成遺意。

性德

臨江仙　飛絮飛花何處是

（眉批）纏綿沉着。似此真可伯仲小山，頡頏永叔。

天仙子　夢裏蘼蕪青一剪

（眉批）不減五代人手筆。

朱彝尊

竹垞、其年，在國初可稱兩雄，而心折秀水者尤衆，至以爲神明乎姜史。本朝作者雖多，莫之能過。其實朱、陳兩家，皆非詞中正聲。其年氣魄沈雄，而未能深厚；竹垞措詞温雅，而未逮淵微。求一篇如兩宋諸公之沈鬱頓挫，頗不易得。余不敢隨聲附和也。

竹垞詞，疏中有密，但少沉厚之意。其自題詞集云：「不師秦七，不師黄九，倚新聲、玉田差近。」夫秦七、黄九，豈可並稱，外黄九，並外秦七，所以不能深厚。即以玉田論，竹垞去之尚遠。吾於竹垞，獨取其豔體，詳見《閑情集》中，若《大雅集》則不敢濫登也。

渡江雲　鼕鼕街鼓歇

（眉批）「白日澹幽州」五字，千古。（「縱相思夢有。尋不到、清江古渡，黄鶴空樓。」眉批）亦疏情，亦沉着。

疏影　是誰種汝

（眉批）淒切。雅近草窗。

又　西風馬首

（眉批）起勢淒警。

長亭怨慢　結多少悲秋儔侶

（眉批）來勢蒼莽。感慨身世，以淒切之情，發哀婉之調，既怨涼，又忠厚，是竹垞直逼玉田之作，集中亦不多見。

陳維崧

迦陵詞，氣魄絶大，骨力絶遒，填詞之富，古今無兩。只是一發無餘，不及稼軒之渾厚沉鬱。然在國初諸老中，不得不推爲大手筆。迦陵詞，沉雄俊爽。論其氣魄，古今無敵手，若能加以渾厚沉鬱，便可突過蘇、辛，獨步千古，惜哉。

迦陵直是詞壇一霸，詳見《放歌集》中，擇其宛雅者十餘闋，入《大雅集》。視宋人，正不多讓也。

八聲甘州　記西風握手秣陵隈

（眉批）合上章（按陳選上章《徵招》「一燈分做還鄉夢」。）觀之，其年其有憂患乎？

瑣窗寒　此地當年

（眉批）淒咽語，亦極沉至。

月華清　漠漠閒愁

（眉批）後半闋淋灕飛舞極矣，而仍不失爲雅正，求諸古人，惟美成有此絶技。

翠樓吟　小院蟲蟲

（眉批）淋灕盡致。

齊天樂　洗妝樓下傷情路

（眉批）風格俊上，同時不乏佳作，無出此右者。後幅壯浪縱恣，感慨蒼茫，妙。仍有許多鬱處，所以可貴。（「一般殘照。惹甚閑愁，且歸斟翠醥」眉批）結二語，以離爲合，妙甚！

又　園丁不認曾游客

（眉批）一片淒感，如聞太息之聲。

還京樂　綠楊外

（眉批）絶妙畫圖。意有所鬱，落筆便與衆不同。

過秦樓　鳥啄雙環

（眉批）景中帶情，屏去浮豔。

江南春　風光三月連櫻笋

（眉批）怨深思厚，是其年最高之作。幾不知有周、姜，何論張、史。

賀新郎　問何人生綃滑笏

（眉批）蕭疏閒雅，似竹垞最高之作。（下闋末數句）造語精采。

笛家　秋士心情

（眉批）前半平平寫景。後半寄慨紆徐。其年入詞林後，亦復鬱鬱不得志，凡禮部有差委，卒未能得，情見乎詞矣。

邱象隨

浣溪沙　清淺雷塘水不流

（眉批）婉雅芊麗。漁洋一闋外，斷推此爲名作。

李良年

好事近　相對捲珠簾

（眉批）淡處感慨，情味最永。

踏莎行　兩岸洲平

（眉批）與上（《高陽臺》「屋背空青」）「天寶宫娥，愛説開元」，同一寄慨，而語更隱。

李符

釣船笛　曾去釣江湖

（上闋）回頭是岸，熱中人讀之，冷水澆背。　（下闋）別饒姿態，於朱希真外，自樹一幟。

好事近　夢裏舊池塘

（眉批）情在言外。

疏影　雙槐且住

（眉批）繪影處，妙有曲折之致。通首微嫌詞勝於情，國初諸公，咏物之作，大半犯此病，蓋貌襲碧山、叔夏，似是而非者也。如此篇猶爲稍勝者。

查慎行

臺城路　商飆瑟瑟涼生候

（眉批）層層逼入，滿紙皆作秋聲。他手作此題，每寫得慷慨激烈，此獨出以和雅之筆，可見先生風度。

厲　鶚

樊榭詞，幽香冷豔，如萬花谷中雜以芳蘭，在國朝詞人中别樹一幟，可謂超然獨絶者矣。徐紫珊謂其「沐浴於白石、梅溪」，此亦皮相之見。大抵迦陵、竹垞、樊榭三人，負其才力，皆欲於宋賢外别開天地，而不知宋賢範圍，必不可越。陳、朱固非正聲，樊榭亦屬别調。

樊榭拔幟於陳、朱之外，自是高境，然其幽深處，在貌不在骨，絶非從楚《騷》來，故色澤甚饒，而沉厚之味終不足也。

樊榭措詞最雅，學者循是以求深厚，則去姜、史不遠矣。

國香慢　路遠三湘

（眉批）聲調清越，是樊榭本色，亦是樊榭所長。

霓裳中序第一　牆陰擁翠浪

（眉批）措語幽豔，氣韻蒼涼，就形似而論，正不減中仙也。

高陽臺　秘翠分峰，凝花出土

起八字精鍊。淒豔絶世。　（「數比螽斯，未曾盈百林嫌」眉批）「螽斯」二語纖小。「未曾」六字尤疲軟。

玉漏遲　薄游成小倦

（眉批）此詞絶似周草窗，而《騷》情《雅》意更覺過之。◯樊榭詞品固在竹垞、迦陵之上。

百字令　秋光今夜

（眉批）鍊字鍊句，歸於純雅，而於寫景之外，尤饒餘味，似此真可步武玉田矣。

憶舊游　溯溪流雲去

（眉批）筆意超脱，胸中無些子俗塵。

齊天樂　簟淒燈暗眠還起

（眉批）筆意幽冷。

又　夕陽纔作微涼意

（眉批）怨情離緒，言外自見。

念奴嬌　孤舟入畫

（眉批）此詞佳句絶多，造語之妙，亦近似白石、玉田矣。

謁金門　凭畫檻，雨洗秋濃人淡

「秋濃人淡」四字，寫雨後，奇而精。（「日日緑盤疏粉艷，西風無處減」眉批）中有怨情，意味便厚。否則無病呻吟，亦可不必。

黄之雋

翠樓吟　月魄荒唐

（眉批）慘戚憯悽，迷離惝怳，非深於情者，不能道隻字也。

陸　培

長亭怨慢　正啼鴂聲中春暮

（眉批）清麗紆徐，宫鳴徵和，自是合作。

王　策

太倉諸王皆工詞，漢舒尤爲傑出。然皆偏工豔體，詳見《閑情集》中，兹選從略。

浣溪沙　野堠斜明遠樹間

（眉批）絶妙畫圖

法曲獻仙音　時有鵶啼

（上闋）淒切。　（下闋）翻跌更警。

琵琶仙　秋士心情

（眉批）感慨蒼茫，無窮哀怨。他手每每倒説，意味轉薄。

徐　庾

掃花遊　蕭蕭槭槭

（眉批）託興深遠。

陳　章

謁金門　天欲暮

（眉批）此詞亦有所刺。

江炳炎

八聲甘州　記蘇堤芳草翠輕柔

（眉批）極寫清游之禁，便覺揚州俗塵可厭。「煙花三月下揚州」後，不可無此冷水澆背之作。

垂楊　輕寒乍暖

（眉批）氣和音雅，逼近南宋。

江　昉

玉漏遲　伊人秋水遠

（眉批）清遠而藴藉，在草窗、西麓之間。

詞則輯評

大雅集卷六

史承謙

位存詞，寓纖穠於閒雅之中，流逸韻於楮墨之外；才力不逮陳、朱，而雅麗紆徐，亦陳、朱所不及，真陳、朱勁敵也。

一萼紅　楚江邊

（「恩怨前朝，興亡閒夢，回首淒然」眉批）清虚騷雅，較白石「野老林泉（，故王臺榭，呼喚登臨）」三句，亦不多讓。（下闋眉批）後半闋，用意忠厚。「至竟息亡緣底事，可憐金谷墜樓人」（編者按，句見杜牧《題桃花夫人廟》），適形其輕薄耳。

謁金門　涼滿院

（眉批）《風》、《騷》嗣響，非中有怨情，不能如此沉至也。

滿庭芳　燈影分紅

（上闋末數句眉批）迤邐寫來，至「漸」字一擒，至「又」字忽又一縱，「千回百轉」，逼出「春情遠」三句來。（「依舊鎖眉山」眉批）「依舊」二字，包括多少往事。

鵲踏枝　乳燕初飛春已去

（眉批）凄豔絶世。

臺城路　槐花忽送瀟瀟雨

（眉批）所詠亦淺顯在目，而措語卻深婉可諷。

賣花聲　獨自掩屏山

（眉批）低回凄怨，應是詠梅花。

綺羅香　風柳誇腰，露桃呈臉

（眉批）起八字稍纖。曲折哀婉，雖不能接武南宋諸家，而意境自勝。

過春山

湘雲詞，徜徉山水，綿渺無際，其筆致之妙，别於存位，近於樊榭。同時春橋、荀叔、秋潭、聖言、對琴諸君，皆以詞名東南，然無出湘雲右者。

臺城路　東風又入荒園畔

（眉批）俯仰流連，感慨不盡，卻無一字不和雅，真沐浴於南宋諸公而出之者。

倦尋芳　絮迷堞徑

（眉批）寄情綿渺。及時勿失，有心人語；亦情到至處，有此無聊之解。

汪棣

琵琶仙　斜日揚舲

（眉批）不以成敗論英雄。有議論，有感慨，有筆力，淵淵作金石聲。

吴泰來

鳳棲梧　江梅吹盡紅樓閉

（眉批）情詞淒豔，雅近小山。

賣花聲　風雨送扁舟

（眉批）情詞宛轉，不求高，而自合於古。

許寶善

阮郎歸　一簾酥雨杏花殘

此詞絶宛約，惟「酥」字不自然，致使全篇減色。

趙文哲

璞函詞，措語濃至，用筆清虚，規模亦甚宏遠，可與竹垞、樊榭並驅爭先。

璞函詞，穠豔是其本色，然能規橅古人，不離分寸，故雅而不晦，麗而有則。視國初名家，正不多讓。

臺城路　奈無聲裏香魂斷

（眉批）音調淒惋，措語温雅，所謂麗而有則者。

又　烏衣巷口斜阳冷

（眉批）好起筆。淡淡着筆，情味自饒。後半牽入邪思，不免佻薄也。

又　疏枝一夜鳴鶗鴂

（眉批）於淒感中見筆力，規模南宋，不減張仲舉。

淒涼犯　滄江望遠

（眉批）清虚騷雅，得樂笑翁遺意。

倦尋芳　柳遮翠館

（眉批）哀豔似夢窗手筆。

一萼紅　步深幽

（眉批）輕圓俊美，兼有竹垞、樊榭之長。

施朝幹

月下笛　怪底湖邊

（眉批）蒼涼哀怨，筆力亦勁。

沈起鳳

鬲溪梅令　小叓山下水溶溶

（眉批）婉麗，得南唐二主之遺。

謁金門　風乍定

（眉批）字字清新，逼真五代，不墮南宋人陳跡。

林蕃鍾

玉樓春　羅幃小障殘寒淺

（眉批）怨深婉篤，令人心醉。

吴錫麒

穀人古詩、駢文皆未臻高境，轉不若律賦試帖之工，惟詞則清和雅正，秀色有餘，出古詩、駢文之右。詞欲雅而正，國初自竹垞後，大半尚南宋，惟所得者僅在形似，以云神理，概乎其未之聞也。穀人亦猶是耳。合者不亞於樊榭，微嫌格調稍平。

柳色黄　減碧攙黄

（眉批）沉至語，然自是近人佳作，去宋已遠。

探春慢　月樹棲烏

（眉批）纏綿淒咽，是穀人所長。

望湘人　慣留寒弄暝

（眉批）《香雪詞》：「老藤籬角夢，雜草壁根花。」此云：「閣處雲濃，禁餘煙重。」皆是實字虚用，一在句尾，一在句首，可謂異曲同工。低回婉轉，自是雅音，粗才摹彷不得。

月華清　鴉影偎煙

（眉批）態濃意遠。此類亦居然草窗矣。

黄景仁

醜奴兒慢　日日登樓

（眉批）仲則於詞，鄙俚纖俗，不類其詩。《詞選》附録一首，尚見作意，餘無足觀矣。

李　福

浣溪沙　望裏層層衆緑齊

（眉批）低徊深欵。惜全篇未能盡善。

左　輔

南浦　潯陽江上

（眉批）靈光幽氣，筆態飛舞。「覔愁魂」三字，盡似奇警，究欠雅訓。後片愈唱愈高。

浪淘沙　水軟櫓聲柔

（眉批）無窮幽怨，言外尋繹不盡。

惲敬

《詞選》録子居《畫蝴蝶》六首，俱見新意。兹録其尤佳者二章。

阮郎歸　少年白騎放驕憨

（眉批）哀怨頑豔，古今絶唱。

又　輕須薄翼不禁風

（「蜜官隊裏且從容，問心同不同」眉批）結婉妙。

張惠言

皋文《詞選》一編，可稱精當，識見之超，有過於竹垞十倍者。古今選本，以此爲最。其中小疵，雖不能盡免，詳見余《白雨齋詞話》中。於詞中大段，卻有體會：温、韋宗風，一燈不滅，賴有此耳。

皋文《水調歌頭》五章，既沉鬱，又疏快，最是高境。陳、朱雖工詞，究曾到此地步否？不得以其非專門名家少之。

水調歌頭　珠簾捲春曉，蝴蝶忽飛來

（眉批）熱腸鬱思，全是《風》、《騷》變相。此種起結，看似不甚費力，實乃高絶，精絶。

又　今日非昨日

（眉批）忽言情，忽寫景。若斷若連，似接不接。沉鬱頓挫，至斯已極。○無處不咽住，咽則鬱，鬱則厚矣。

又　長鑱白木柄

（眉批）一片神行，兼老坡、幼安之長。

張　琦

菩薩蠻　横塘日日風吹雨

（眉批）温、韋風格，於斯再見。

又　江花玉面嬌相逐

（眉批）淒麗嫺雅，逼真《花間》。

李兆洛

菩薩蠻　畫眉樓畔花如霰

（眉批）即《楚騷》「好修以爲常」之意。

又　海棠低護行雲徑

（眉批）幽香冷豔，真如雪藕冰桃，沁人醉夢。

又　畫前細裊沉煙紫

（眉批）傷所遇之不偶也。

金應城

賀新涼　芳草何曾歇

（眉批）咏物詞不得呆寫，正面縱極工巧，終無關於興、觀、群、怨之旨。亦不必無病呻吟，必須言中有物，在若遠若近之間，不許絲毫説破，方能入妙。子彦此詞，可推合作。

水調歌頭　春色奈何許

（眉批）中有怨情，語自深切。

金式玉

相見歡　真珠一桁簾旌

（眉批）别有衷曲。

又　微雲度盡窗綃

（眉批）曲折雋永，後主二闋後，有嗣音矣。

鄭善長

緑意　芳塘曲處

（眉批）思深意苦，得中仙之骨髓矣。

湘春夜月　一絲絲

（眉批）思路幽渺，用筆亦曲而能連。（「從此便、更休論春事、任教銀蒜，終日垂垂」眉批）「便」「更」二字嫌逗。

張崇蘭

水龍吟　何來一縷春痕

（眉批）此詞絶精雅。竹垞《春風嫋娜》一闋，未嘗不工，此作波瀾轉折，更出其右，故棄彼録此。（「任年年、抽盡情絲，算只有、春知道」眉批）結三語，於斷處稍病牽强，必須以「情絲」句絶。只有句絶方妥，但於調不合。

蔣春霖

鹿潭詞，深得南宋之妙。於諸家中，尤近樂笑翁。竹垞自謂學玉田，恐去鹿潭尚隔一層也。

詞至國初而盛，至乾嘉以後乃精。莊中白夐乎不可及矣，皋文、仲修亦駸駸與古爲化。鹿潭稍遜於皋文、莊、譚之古厚，而才氣甚雄，洵鐵中錚錚者也。

木蘭花慢　泊秦淮雨霽

（「暈波心月影盪江圓」眉批）「圓」字警絕，不減「平沙落日圓」也。（「看莽莽南徐」至末眉批）淋漓大筆。

淒涼犯　短檐鐵馬和冰語

（眉批）此詞清絕，警絕，讀之覺滿紙有寒色，用筆之妙也。○味不厚而詞絕佳。

甘州　又東風唤醒一分春

（眉批）曲折動盪，似此直可與玉田把臂入林。

卜算子　燕子不曾來

（眉批）沈着。（「化了浮萍也是愁，莫向天涯去」眉批）何其淒怨若此。

唐多令　楓老樹流丹

（眉批）精警雄秀。

齊天樂　千帆影裏斜陽墮

（眉批）工於摹景，筆力清蒼，似樂笑翁。

趙彦俞

徵招　夜闌夢覺西樓上

（眉批）次梅以此調冠詞集之首，然亦實係《瘦鶴軒》壓卷。淒涼悲壯，去古作者未遠。（「願三奏展遍旌旗，報捷書千里」眉批）時髮逆尚未平，故結語及之。

譚獻

復堂詞，品骨甚高，源委悉達，窺其胸中、眼中，下筆時匪獨不屑爲陳、朱，儘有不甘爲玉田處。近時詞人，莊中白尚矣，蔑以加矣；次則譚仲修也；鹿潭雖工詞，尚遜其沉至。

青門引　人去闌干靜

（眉批）淒婉而深厚，純乎《騷》、《雅》。

昭君怨　煙雨江樓春盡

（眉批）深婉沉篤，小令正聲。

浣溪沙　昨夜星辰昨夜風

（眉批）通首虛處傳神。結語輕輕一擊，妙甚。

臨江仙　玉樹亭臺春縹緲

（眉批）「燕飛（偏是落花時）」七字，何等沉鬱。低回婉轉，情致纏綿。

又　芭蕉不展丁香結

（眉批）意中人，心中事。

蝶戀花　樓外啼鶯依碧樹

（眉批）《蝶戀花》六章，美人香草，寓意甚遠。○後三章尤精絕。○幽愁憂思，極哀怨之致。

又　下馬門前人似玉

（「語在修眉成在目」眉批）「眉語自成」四字，不免太熟，此偏用得淒警，抒寫憂思，自不同泛常豔語。

又　帳裏迷離香似霧

（眉批）以膠投漆中，誰能別離此，有此沉着，無此深婉。（下闋）淒婉芊綿，不懈而及於古。

又　庭院深深人悄悄

（眉批）傳神絶妙。（下闋）沉痛已極，真情至語。

又　玉頰妝臺人道瘦

（眉批）沉至語，殊覺哀而不傷，怨而不怒。（下闋）相思刺骨，寤寐潛通，頓挫沉鬱，可以泣鬼神矣。

賀新郎　離思無昏曉

（眉批）淒涼怨慕，深於周、秦，不同貌似者。

蝶戀花　庭院深深秋夢斷

（眉批）怨深思重。

莊棫

中白爲余姨表叔。其詞窮源竟委，根柢盤深，實能超越三唐、兩宋，與《風》、《騷》、漢《樂府》相表裏，自有詞人以來，罕見其匹。而究其得力處，則發源於《國風》、《小雅》，出入斟酌於淮海、大晟，而寢饋於碧山也。

千古詞宗，温、韋發其源，周、秦竟其緒，白石、碧山各出機杼，以開來學。嗣是六百餘年，鮮有知者。得茗柯一發其旨，而詞以不滅，特其識解雖超，尚未能盡窮底藴。然則復古之功，興於茗柯，必也成於蒿庵乎？

蝶戀花　城上斜陽依緑樹

（眉批）「回頭（不覺天將暮）」七字，感慨無限，聲情酸楚。托志帷房，睠懷身世，四章如一章也。

又　百丈游絲牽别院

（眉批）心事曲折傳出。○韜光匿采，憂讒畏譏，可爲三歎。

又　緑樹陰陰晴晝午

（眉批）詞殊怨慕。次章言所謀有可成之機，此則傷所遇之卒不合也。怨慕之深，卻又深信而不疑。想其中或有讒人間之，故無怨當局之語。然非深於《風》、《騷》者，不能如此忠厚。

又　殘夢初回新睡足

（眉批）天長地久之恨，海枯石爛之情，不難得其纏綿沉着，而難得其温厚和平。

相見歡　春愁直上遥山

又　深林幾處啼鵶

（眉批）中白《相見歡》兩篇，能將《騷》、《雅》真消息，吸入筆端，更不可以時代限也。

瑞鶴仙　望鈿車何處

（眉批）纏綿沉厚，似又深於碧山。

垂楊　東風幾日

（眉批）暗合情事。鬱之至，厚之至也。○哀怨。

定風波　爲有書來與我期

（眉批）寄興深遠，耐人十日思。

菩薩蠻　人人都説江南好

又　闌干深院無人語

（眉批）《菩薩蠻》諸闋，和平温厚，感人自深。温、韋後一千年來，此調久不彈矣，不謂於蒿庵見之，豈非快事。

又　荼蘼開後群芳歇

（眉批）沉厚。

又　曉雲和夢凝鴛帳

（眉批）温雅芊麗，油然感人。

又　宫眉新樣黄初吐

（眉批）怨慕之情，不同憤激語。

又　畫橋緑水沽春酒

（眉批）態濃意遠，直與飛卿化矣。

念奴嬌　流雲乍歇

（眉批）纏綿往復。（「不知今夜夢魂，可化蝴蝶」眉批）結從無可奈何中作此癡想，不作决絶語，自是温厚。

真珠簾　熏風乍引齊紈扇

（眉批）意味甚深，不知其何所指。

浪淘沙　衰柳暮棲鴉

（眉批）言盡而意無窮，令人尋味不盡。

夢江南　芳草岸

（眉批）各有感觸，正不以掇拾成語爲嫌。

更漏子　玉樓寒芳草

（眉批）自是脱胎於飛卿，而意味又自不同。

鳳凰臺上憶吹簫　瓜渚煙消

（眉批）幽絶，深絶。純是《風》、《騷》變相。温、韋幾非所屑就，尚何有於姜、史。

青門引　夢裏流鶯囀

（眉批）情懷萬種，欲言難言，極沈鬱之致。

踏莎行　斜日樓臺

（眉批）淒警絶倫，不同凡豔。

醜奴兒慢　飛來燕燕

（眉批）此詞憂愁幽思，骨高味古，幾欲突過中仙。（下闋）此感士不遇也，結更深一層説。

側犯　稀紅怨緑

（眉批）託意甚微，亦不知其何所指。

菩薩蠻　寶函鈿雀金泥鳳

又　六銖衣薄迷香霧

（眉批）意似有所刺。原本五章，今録其二。

水龍吟　小窗月影東風

(眉批)此篇用筆稍疏,但總未隻字説破意境,仍自深厚。

蒿庵詞名不顯,匪獨不及陳、朱諸公,亦不逮楊荔裳、郭頻伽輩,猶爭傳於一時也。然世無不顯之寶,文人學業,特患其不精,不患其無知己,曲高寡和,於我奚病焉。

徐燦

少年游　衰楊霜遍灞陵橋

(眉批)感慨蒼涼,似金、元人最高之作。(「胭脂井畔,魂與落花飄」眉批)結句外淒警,而內少精義。

踏莎行　芳草纔芽

(眉批)筆意高超,音節和雅,在五代、北宋之間。

滿江紅　既是隨陽

(眉批)意愜飛動,姿態絶饒。

吴蘋香

河傳　春睡

(眉批)自寫愁怨之作,宛轉合拍,意味甚長。

詞則輯評

放歌集

放歌集序

若瑰奇磊落之士，鬱鬱不得志，情有所激，不能一軌於正，而胥息深達亹，悱惻纏綿，學人之詞也。酒酣耳熱，臨風浩歌，亦人生肆志之一端也。杜詩云：「放歌破愁絶。」誠慨乎其言矣。録《放歌集》。於詞發之。風雷之在天，虎豹之在山，蛟龍之在淵，恣其意之所向，而不可以繩尺求。

丹徒亦峰陳廷焯識

放歌集卷一

唐　詞

戴叔倫

調笑令　邊草邊草

爽朗。

白居易

長相思　汴水流

（眉批）「吴山點點愁」，五字精警。

温庭筠

清平樂　洛陽愁絶

（眉批）「橋下（水流嗚咽）」句，從離人眼中看得，耳中聽得。

呂　巖

豆葉黄　二月江南山水路

（眉批）奇警。

五代十國詞

毛文錫

甘州遍　秋風緊

（「鳳皇詔下，步步躡丹梯」眉批）結以功名鼓戰士之氣。

孫光憲

定西番　雞禄山前遊騎

（眉批）筆力廉悍。

思越人　渚蓮枯

（眉批）筆力甚遒，而語特淒咽。

宋　詞

李遵勗

滴滴金　帝城五夜宴遊歇

（「殘燈外，看殘月」眉批）　兩「殘」字警。（下闋眉批）猛省。　斯人而有斯語，故佳。

范仲淹

漁家傲　塞下秋來風景異

（詞末評注）彭孫遹云：「將軍白髮征夫淚。」蒼涼悲壯，慷慨生哀。　永叔欲以「玉堦遥獻南山壽」敵之，終覺讓一頭地。

（眉批）絶不作一骯髒語。　悲而壯，忠愛根於血性，不可强爲也。

蘇　軾

生查子　三度别君來

（眉批）語淺情深，正不易及。

雙調南鄉子　霜降水痕收

（眉批）翻用「落帽」事，極疏狂之趣。

點絳脣　獨倚胡牀

（「與誰同坐，明月清風我」眉批）押「我」字警。

西江月　三過平山堂下

（「休言萬事轉頭空，未轉頭時皆夢」眉批）深進一層，唤醒癡愚不少。

又　照野瀰瀰淺浪

（眉批）《西江月》一調，易入俚俗，稍不檢點，則流於曲矣。此偏寫得灑落有致。

浣溪沙　山下蘭芽短浸溪

（眉批）愈怨鬱，愈豪放，愈忠厚，令我神往。

青玉案　三年枕上吴中路

（眉批）此闋《詞綜》作姚進道詞，兹從《宋六十一家詞》本。

八聲甘州　有情風萬里卷潮來

（下闋眉批）寄伊鬱於豪宕。

哨遍　睡起畫堂

（上闋）筆致紆徐，蓄勢在後。（下闋末數句）縱筆揮灑，如天風海雨，咄咄逼人。

黄庭堅

減字木蘭花　中秋無雨

（眉批）愁苦之情，出以風流放誕之筆。絶世文情。

望江東　江水西頭隔煙樹

（眉批）筆力奇横，是山谷獨絶處。人只見其用筆之奇倔，不知其一片深情，往復不置，纏綿之至也。

鷓鴣天　黄菊枝頭生曉寒

（眉批）山谷此詞，頗似稼軒率意之作。

晁補之

摸魚兒　買陂塘旋栽楊柳

（眉批）溜漓頓挫。

惜奴嬌　歌闋瓊筵

（「秋將暮。欲去。待却回、高城已暮」眉批）「暮」字韻複。

賀鑄

南柯子　斗酒才供淚，扁舟只載愁

（眉批）起十字淒警。

朱服

漁家傲　小雨纖纖風細細

（下闋眉批）慨當以慷。

周邦彦

西河　佳麗地

（眉批）此詞以「山圍故國」、「朱雀橋邊」二詩作藍本，融化入律，氣韻沉雄，音節悲壯。

李甲

帝臺春　芳草碧色

（眉批）信筆抒寫，卻仍鬱而不露，耐人玩索。

趙鼎

滿江紅　慘結秋陰

（眉批）通首無一字涉南渡事蹟，只摹寫眼前景物，而一片忠愛之誠，幽憤之氣，溢於言表。人品既高，詞亦超脱。

岳飛

小重山　昨夜寒蛩不住鳴

（眉批）蒼涼悲壯中，亦復風流儒雅。

李彌遜

菩薩蠻　江城烽火連三月

（眉批）怨而鬱，正妙在不多説。

蝶戀花　百疊青山江一縷

（眉批）疏放似山谷、稼軒手筆。

張元幹

賀新郎　夢繞神州路

（眉批）情見乎詞，即「悠悠蒼天」之意。

石州慢　雨急雲飛

（眉批）忠愛根於血性，勃不可遏。

水調歌頭　拄策松江上

（「縱有垂天翼，何用釣連鼇」眉批）結怨憤。

朱敦儒

相見歡　金陵城上西樓

（眉批）筆力雄大，氣韻蒼涼。　短調中具有萬千氣象。

劉之翰

水調歌頭獻田都統　涼露洗金井

（詞末評注）《詞綜》：田世輔爲金州都統制，時之翰待峽州遠安主簿闕，作此詞獻之。　田覽之大喜，致書約來金城，欲厚加資給，而之翰遽亡。明年，田出閱武，恍惚見之翰立道左，因大驚異，亟送千緡與其孤。筆力雄勁，乃至其鬼猶靈。嗚呼，奇矣。

辛棄疾

感激豪宕，蘇、辛並峙千古。然忠愛惻怛，蘇勝於辛，而淋漓怨壯，頓挫盤鬱，則稼軒獨步千古矣。稼軒詞，魄力雄大，如驚雷怒濤，駭人耳目，天地鉅觀也。後惟迦陵有此筆力，而鬱處不及。

踏莎行　夜月樓臺

（眉批）鬱勃，以蘊藉出之。

又　吾道悠悠

（眉批）發難奇肆。

念奴嬌　我來吊古

（下闋末五句）老辣。

金縷曲　柳暗凌波路

（眉批）閒處亦不乏恣態。

沁園春　三徑初成

（上闋眉批）抑揚頓挫。（下闋眉批）急流勇退之情，以温婉之筆出之，姿態愈饒。

滿江紅　蜀道登天

（眉批）氣魄之大，突過東坡，古今更無敵手。想其下筆時，早已目無餘子矣。（「赤壁磯頭」至末眉批）龍吟虎嘯。

又　過眼溪山

（上闋）回頭一擊，龍蛇飛舞。（下闋）悲壯蒼涼，卻不粗鹵。改之、放翁輩，終身求之不得也。

水調歌頭　落日塞塵起

（眉批）稼軒《水調歌頭》諸闋，直是飛行縱跡，一種怨憤忼慨鬱結於中。雖未能痕跡消融，卻無害其爲渾雅，後人未易摹倣。

又　寒食不少住

（眉批）筆致疏放，而氣絶遒鍊。

又　四坐且勿語

（眉批）若整若散，一片神行，非人力可到。

又　長恨復長恨

（眉批）怨憤填膺，不可遏抑。（「門外滄浪水，可以濯吾纓」眉批）運用成句，純以神行。

又　帶湖吾甚愛

（眉批）一氣舒卷，參差中寓整齊，神乎技矣。（結語眉批）一結愈樸愈妙，看似不經意，然非有力如虎者不能。

洞仙歌　飛流萬壑

（眉批）於蕭散中見筆力。

水龍吟　舉頭西北浮雲

（眉批）雄奇兀奡，真令江山生色。

又　楚天千里清秋

（眉批）雄勁可喜。　（「倩何人喚取，紅巾翠袖，揾英雄淚」眉批）一結風流悲壯。

木蘭花慢　老去情味減

（眉批）一直説去，而語極渾成，氣極團練，總由力量大耳。

太常引　一輪秋影轉金波

（眉批）以勁直勝，後人自是學不到。（「斫去桂婆娑，人道是、清光更多」眉批）用杜詩意，亦有所刺。

鷓鴣天　撲面征塵去路遥

（眉批）信手拈來，自饒恣態。　幼安小令諸篇，别有千古。

又　枕簟溪堂冷欲秋

（上闋）空是妙。　（下闋）壯心不已，稼軒胸中有如許不平之氣。

又　陌上柔桑破嫩芽

（眉批）「城中（桃李愁風雨，春在溪頭薺菜花）」二語，有多少感慨。信筆寫去，格調自蒼勁，意味自深厚，有不可强而致者。放翁、改之、竹山學之，已成效顰，何論餘子。

又　壯歲旌旗擁萬夫

（眉批）哀而壯，得毋有「烈士暮年」之慨耶？

一絡索　羞見鑑鸞孤卻

（眉批）中有所感，情致纏綿，而筆力勁直，自是稼軒詞。

西河　西江水，道是西江人淚

起悲憤。（下闋）似豪實鬱。

永遇樂　千古江山

（眉批）稼軒詞，拉雜使事，而以浩氣行之。如五都市中，百實雜陳；又如淮陰將兵，多多益善。風雨紛飛，魚龍百變，天地奇觀也。岳倦翁譏其用事多，謬矣。

漢宮春　亭上秋風

（眉批）風流悲壯，獨有千古。

酒泉子　流水無情

（眉批）不必叫囂，自然雄傑。此是真力量，古今一人而已。

南鄉子　何處望神州

（眉批）信手拈來，自然合拍。

瑞鶴仙　片帆何太急

（眉批）筆勢如濤奔雲湧，不可遏抑。

昭君怨　長記瀟湘秋晚

（眉批）怨鬱。

清平樂　遶牀飢鼠

（眉批）短調中筆勢飛舞，解易千人。（「布被秋宵夢覺，眼前萬里江山」眉批）結更怨壯精警。讀稼軒詞，勝讀魏武詩也。

浪淘沙　身世酒杯中

（眉批）粗莽。　必如稼軒，乃可偶一爲之，餘子不能學也。（「老僧夜半誤鳴鐘，驚起西窗眠不得，捲地西風」眉批）結三語，怨有所悟，不知其何所感。

詞則輯評

放歌集卷二

張孝祥

六州歌頭　長淮望斷

《朝野遺記》云：安國在建康留守，席中賦此歌闋，魏公爲罷宴而入。

起勢蒼莽，全篇亦淋漓盡致。（「使行人到此，忠憤氣填膺，有淚如傾」眉批）「忠憤」二字提明，太淺，太顯，絶無餘味。或亦聳當路之聽，出於不得已耶？《歷朝詞選》自起處至「亦羶腥」爲一段，自「隔水」至「且休兵」爲第二段，自「冠蓋使」至末爲第三段，於調未合，今從《六十一家詞》及《詞綜》分兩段爲正。

念奴嬌　朔風吹雨

（「持杯且醉，不須北望淒切」眉批）結以縱爲擒，正自怨鬱。

又　洞庭青草

（眉批）熱腸鬱思，正於閒冷處見得。

又　星沙初下

（眉批）雄直處亦近似稼軒。

木蘭花慢　擁貔貅萬騎

（下闋眉批）前寫軍容之壯，此以恢復之事期之。

浣溪沙　霜日明霄水蘸空

（眉批）情詞迫烈，音節悲壯。

水調歌頭　湖海倦游客

（末二句「回首叫虞舜，杜若滿芳洲」眉批）發二帝之幽憤。

程　垓

鳳棲梧　九月江南煙雨裏

（眉批）豪宕足破怨鬱。

朱　熹

水調歌頭　江水浸雲影

（眉批）筆意頗近坡仙。

劉克莊

潛夫感激豪宕，其詞與安國相伯仲，去稼軒雖遠，正不必讓劉、蔣。世人多好推劉、蔣，直以爲稼軒後勁，何也？

滿江紅　落日登樓

（眉批）直截痛快。

沁園春　何處相逢

（眉批）何等抱負。「書生（老去，機會方來）」八字，感慨真切。

又　歲暮天寒

（「天地」句至末）沉痛激烈，敲碎唾壺。

又　一卷陰符

（眉批）有「入門下馬氣如虹」之概。（「北望迢迢」至末）粗豪之甚，亦怨壯之甚。

賀新郎　湛湛長空黑

（眉批）悲而壯。南宋有如此將才，如此官方，如此士氣，而卒不能恢復者，誰之過耶？

憶秦娥　春酲薄

（眉批）悲憤。

甄龍友

霜天曉角　峨眉仙客

（眉批）重其人，悲其遇，寥寥數語，可括坡老一生。

杜　旟

酹江月　江山如此

（眉批）議論縱横，魄力雄大，此是何等氣概。

摸魚兒　放扁舟萬山環處

（眉批）調高響逸，絶塵而奔。（「待學取鴟夷，仍携西子，來動五湖興」眉批）一結應上「仙人（憐我征塵久，借與夢游清枕）」二語。

劉　儗

念奴嬌　艅艎東下

（眉批）詞嚴義正，慷慨激昂。

陸　游

辛、陸並稱豪放，然陸之視辛，奚啻瓦缶之競黄鍾也。擇其遒勁者數章，尚可覘其抱負，去稼軒則萬里矣。

青玉案　西風挾雨聲翻浪

（眉批）爽朗。

鷓鴣天　家住東吴近帝鄉

（眉批）未嘗不軒爽，而氣魄苦不大。益歎稼軒天人不可及也。

漁家傲　東望山陰何處是

（眉批）軒豁是放翁本色。

真珠簾　山村水館參差路

（眉批）懷鄉戀闕，有杜陵之忠愛，惜少稼軒之魄力耳！（下闋）數語於放浪中見沉鬱，自是高境。

陳亮

水調歌頭　不見南師久

（眉批）精警奇肆，劍拔弩張。

劉過

改之、竹山皆學稼軒，但僅得稼軒糟粕，既不沉鬱，又多支蔓。詞之衰，劉、蔣爲之也。竹山稍質實，改之才氣較勝，合者未始不可寄稼軒廡下。

沁園春　萬馬不嘶

（「歸來晚，聽隨車鼓吹，也帶邊聲」眉批）結得勁健，筆意亦佳。

八聲甘州　問紫嵓去後漢公卿

（眉批）腐語無味。（「看東南王氣，飛繞星躔」眉批）雄麗。

賀新郎　多病劉郎瘦

（眉批）措詞鍊句，全祖稼軒，但氣魄不逮。（「若見故鄉吾父老，道長安市上强如舊。重會面，幾時又」眉批）酸心硬語，所謂「人生行樂耳，須富貴何時？」

唐多令　蘆葉滿汀洲

（眉批）詞意淒感，而句調渾成，似此幾升稼軒之堂矣。

楊　炎

水調歌頭　把酒對斜日

（眉批）怨壯而沉鬱。（下闋眉批）忽縱忽擒，擺脱一切。

黄　機

木蘭花慢　歎鏡中白髮

（「我自人間屈曲，青雲有眼休回」眉批）結言少年壯志，今老無能，恢復之業，惟望之總幹也。

虞美人　十年不作湖湘客

（下闋）壯語而不激烈。

鄭　域

念奴嬌　嗟來咄去

（眉批）以文爲詞，縱筆爲直幹。平常事，寫得眉飛色舞。

王　壄

西河　天下事

（眉批）此篇合下文恭和作，忠憤之氣，溢於言表，千載下猶覺生氣凜凜。

曹　豳

西河　今日事

（眉批）淋漓悲壯，字字從血性流出，與上章並垂不朽。

盧祖皋

賀新郎　挽住風前柳

（眉批）起筆瀟灑亦突兀。　（「猛拍闌干呼鷗鷺」眉批）「猛拍」妙，有神境，有情境。

吴　潛

滿江紅　萬里西風

（眉批）警快語，然近於廓矣。不可不防其漸。

陳經國

沁園春　誰使神州

（上闋）議論縱横。（下闋）膽大心雄。讀之起舞。

又　過了梅花

（眉批）筆意超脱，意在言外。

方岳

滿江紅　且問黄花

（眉批）「且問」二字於題前頓跌，作一緩筆，議論在後，鬆一步，正是緊一步。（末二句「倘只消江左管夷吾，終須有」眉批）大言炎炎。

水調歌頭　醉我一壺玉

（眉批）跌宕生姿。

張榘

賀新郎　匹馬鍾山路

（眉批）後半縱橫跌宕，感慨不盡。

黄　昇

酹江月　西風解事

（「作賦吟詩空自好，不直一杯秋露」眉批）虚名竟何益，同此感慨。

文及翁

賀新郎　一勺西湖水

（「借問孤山林處士，但掉頭、笑指梅花蕊。天下士，可知矣」眉批）南宋君臣晏安，不亡何待？　不敢明言，故託詞和靖，非譏和靖也。

李芸子

木蘭花慢　占西風早處

（眉批）鬱思豪情，真乃善師古人。

吴文英

齊天樂　凌朝一片陽臺影

（眉批）狀難狀之景，極煙雲變幻之奇。

蔣　捷

竹山在南宋亦樹一幟。然好作質實語，而力量不足，合者不過改之之匹，不能得稼軒彷彿也。

賀新郎　渺渺啼鴉了

（眉批）「嘶馬（誰行古道）」六字，似接不接。「挂牽牛（數朶青花小。秋太淡、添紅棗）」三句，與通首詞意不融洽，所謂外强中乾也。

又　夢冷黄金屋

（眉批）磊落英多。（「恨無人能聽開元曲。空掩袖，倚寒竹」眉批）曲高和寡，古今同慨。

瑞鶴仙　縞霜霏霽雪，漸翠波涼痕，猩浮寒血

（首三句）造語奇麗。

滿江紅　秋本無愁

「萬誤（曾因疏處起，一閒且向貧中覓）」二句，閲歷語。「浪遠（微聽葭葉響，雨殘細數梧梢滴）」二

句，極静細，不是閒寂中，如何辨得。

趙希邁

滿江紅　三十年前

（眉批）粗豪中有勁直之氣。詞品不必高，而筆趣甚足。

李　演

賀新郎　笛叫東風起

（詞末評注）《浩然齋雅談》：淳祐間，丹陽太守重修多景樓，高宴落成，一時席上皆湖海名流。酒餘，主人命妓持紅箋徵諸客詞。秋田詞先成，衆人驚賞，爲之擱筆。

（眉批）淋漓悲壯。此何時也，而修名勝、侈聲妓，以爲樂乎？想太守對之，應有慚色。

翁孟寅

摸魚兒　捲西風、方肥塞草

（詞末評注）《浩然齋雅談》：賓暘嘗遊維揚，時賈師憲開帷閫，甚前席之。其歸又置酒以餞，賓暘即席賦詞云云。師憲大喜，舉席間飲器凡數十萬，悉以贈之。

（上闋）壯浪縱恣。　（下闋）精壯頓挫。

文天祥

大江東去　水天空闊

（眉批）悲壯雄麗，並無叫囂氣息。

鄧　剡

滿江紅　王母仙桃

（眉批）情文根於血性，筆力亦與原作相抗。

汪元量

鶯啼序　金陵故都最好

（眉批）大聲疾呼，風號雨泣。

王鼎翁

沁園春　又是年時

（眉批）故國之思，觸目皆淚。觀炎午《上文山書》具見大節，真不愧信國弟子。

蕭泰來

霜天曉角　千霜萬雪

（眉批）刻摯極矣，即詞可以見氣骨，但微少渾含耳。

無名氏

念奴嬌　鮑魚腥斷

（眉批）龍吟虎嘯，勁氣直前。（「興亡休問，高陵秋草空翠」眉批）結得悲壯。

西江月　記得洛陽話别

（眉批）水逝雲卷。

王清惠

滿江紅　太液芙蓉

（眉批）凄凉怨慕，和者雖多，無出其右。《東園友聞》謂「此詞或傳昭儀下張璚英所賦」，然當時諸公和作俱屬照儀，諒不誤也。

詞則輯評

放歌集卷三

金　詞

高　憲

貧也樂　城下路

（眉批）滄海桑田，令人猛省。句法亦頗近古樂府。

段成己

滿江紅　料峭東風

（眉批）脱胎晁无咎作，情致亦復不淺。（「把春光分付少年場，注今後」眉批）倒裝句法亦雋。

李俊民

摸魚兒　這光景能銷幾度

（眉批）樸直好。（下闋）姿能甚饒，要從感情中得來。

元好問

水調歌頭　空濛玉華曉

（眉批）高雅。

玉漏遲　浙江歸路杳

（眉批）筆致俊快。「鐘鼎（山林，一事幾時曾了）」二句，與上「不入麒麟（畫裏，又不與巢由同調）」二語意複。

洞仙歌　黄塵鬢髮

（眉批）既不迫烈，又不纖巧，自嘲自歎，猶有詩人遺意。　「昇平（十二策，丞相封侯，説與高人應笑倒）」三句，粗。　（結語眉批）大踏步便出去，頗似坡仙筆路。

臨江仙　今古北邙山下路

（眉批）壯浪語，正自沉鬱。

又　自笑此身無定在

（眉批）亦是前篇結意，更覺灑落有致。

又　夏館秋林山水窟

（眉批）多少感慨，溢於言外。　遺山一片熱腸，鬱鬱勃勃，豈真慕隱士哉。

鷓鴣天　臨錦堂前春水波

（眉批）蒼茫雄肆，竟似稼軒手筆。

又　華表歸來老令威

（眉批）此似劉、蔣。（末二句）此又近於稼軒，以力量大而不病其粗也。

鄧千江

望海潮　雲雷天塹

（詞末評注）陶九成云：近世所謂大曲，蘇小小《蝶戀花》、蘇東坡《念奴嬌》、晏叔原《鷓鴣天》、柳耆卿《雨霖鈴》、辛稼軒《摸魚子》、吴彦高《春草碧》、蔡伯堅《石州慢》、張子野《天仙子》、朱淑真《生查子》、鄧千江《望海潮》。

（眉批）魄瑋雄肆，宜爲世所重。　（「招取英靈毅魄，長繞賀蘭山」眉批）一結淋漓悲壯。

元　詞

劉敏中

點絳唇　短夢驚回

（眉批）寫驟雨後景色，雄肆。

羅志仁

金人捧露盤　濕苔青妖血

（眉批）感慨亡宋，無一字不奇警。如閃青燐，如湧碧血，如啼豕人，如睒木魅，真奇筆也。

薩都剌

滿江紅　六代豪華

（眉批）（「玉樹」句至末）淒豔。

百字令　石頭城上

（眉批）天錫最長於弔古之詩，然亦不獨工倚聲也。語意悽惻。

酹江月過淮陰　短衣瘦馬

（眉批）措語淒警。是「過」字神理相題行文，不然竟似淮陰弔古題矣。

木蘭花慢　古徐州形勝

（眉批）聲調高朗，直逼幼安。（「人生」句至末）一筆撇開，兔起鶻落。

明詞

劉基

水龍吟　雞鳴風雨蕭蕭

（眉批）慨當以慷。

萬士和

臨江仙　睡裏釣臺相失

（眉批）氣格蒼勁，不染明代陋習。

乩仙

賀新涼　鼙鼓驚天地

（詞末評注）《漁磯漫鈔》：金陵諸生扶鸞，有兩女仙降乩，自云「荷珠」、「桂珠」，所作詩詞甚多。似教坊被選入宮，死乙酉之難者。

（上闋）大聲疾呼。　（下闋）勁節貞心，轉出卞玉京、寇白門之右。

鄭婉娥

念奴嬌　離離禾黍

（詞末評注）吴江沈韶，洪武初登琵琶亭，月下聞歌聲。明日復往，見一麗人，曰：「妾僞漢婕妤鄭婉娥也，死葬於亭側。」爲沈歌《念奴嬌》曰：「昨夜郎所聞也。」

（眉批）淒涼悲怨，筆力自高。明代詞人轉不及也。

國朝詞

吴偉業

梅村詞筆力甚遒，意味亦永，界乎蘇、辛之間，幾可獨樹一幟。

臨江仙　苦竹編籬茅覆瓦

（詞末評注）靳介人曰：君房門第多遷改，當以此詞注之。

（眉批）慘淡淋漓。

滿江紅　松栝淩寒

（眉批）氣韻沉雄，直摩稼軒之壘。

又　顧盼雄姿

（眉批）筆勢壯浪，似贈將帥之作。而以《讀史》命題，或所贈者非人，故諱之也。

又　滿目山川

（眉批）一片哀怨，與《白門感舊》同意。但彼是感家國，此兼感身世。「庾信（哀時惟涕淚，登高却向西風灑）」二句，一篇之主。

又　老子平生

（詞末評注）靳介人曰：玩此詞意，梅村其省憂患乎？

（眉批）牢愁寓於閒放。

又　沽酒南徐

（眉批）此詞聲情悲壯，高唱入雲。（「落日」句至末眉批）頓挫生姿，哀感不盡，不專爲南徐寫照也。

又　緑草郊原

（「捉松枝麈尾，做些聲價」眉批）此詞足長澹心聲價矣。

又重陽感舊　把酒登高

（眉批）上半闋懷舊，後幅自慨身世，前後俱不略重陽。

木蘭花慢　天清華不注

（眉批）後半闋自寫身世，不勝悔恨。此詞之作，其在梅村南歸時乎？

又　仰首看皓魄

（「菊花」句至末眉批）前半從滇南點染。此從嘉定着想。

又　冰輪誰碾就

（眉批）句句灑落。（「欲乘月明」句至末）胸次高曠，語亦奇警，合老坡、幼安爲一手。

沁園春　八月奔濤

（眉批）前半雄肆，後半淡遠，筆意歷落有致。

賀新郎　萬事催華髮

（眉批）此梅村絶筆也。悲感萬端，自怨自艾。千載下，讀其詞，思其人，悲其志，固與牧齋不同，亦與芝麓輩有别。

曹　溶

滿江紅　浪湧蓬萊

（眉批）沉雄悲壯，筆力千鈞，永爲此題絶唱。竹垞和作，已非敵手，何論餘子。（「城上」句至末）雄文駭俗，讀之起舞。

曹爾堪

長相思　溪邊蘆

（眉批）鬱而不迫，西堂所謂「揚湖海而不叫囂者」歟！

毛先舒

漢宫春　何處飛來

（眉批）神來，氣來。通首作勢，在一起一結，大筆如椽。「拾翠」數語，少鍛鍊之功。

周　綸

江南春　雲漠漠

（「江南江北人如綫，帶得窮愁信馬歸」眉批）結語雋絶。

顧貞觀

金縷曲　此恨君知否

（眉批）問得妙，妙在無端。　（「但寒烟衰草秋無數」眉批）「秋無數」三字警。

賀新郎　季子平安否

（眉批）二詞只如家常説話，而痛快淋漓，宛轉反復，两人心跡，一一如見，此千秋絶調也。〇悲之深，慰之至，丁寧告戒，無一字不從肺腑流出，可以泣鬼神矣。〇沉痛語，人人自深。

又　我亦飄零久

（眉批）上章寄吴，歷叙其家事。此兼自概，末仍歸到吴，冀其留身後之名。且悲且慰，如此交情，令人墮淚。二詞純以性情結撰而成，其品最工，結構之巧，猶其餘事。

彭孫遹

憶王孫　梨雲婀娜柳雲斜

（眉批）淒豔特絶。

蘇幕遮　柳花風

（眉批）語亦沈至。

尤侗

更漏子　五更風

（眉批）鬼境迷離。○字字淒斷，如聞哀猨。但詞品不高。

滿江紅　對酒當歌

（眉批）較梅村作更頑豔。（下闋）風流藴藉。

念奴嬌　江山如夢

（眉批）故國之感。吾不知梅村見之，何以爲情也。

朱彝尊

解珮令　十年磨劍

（下闋「不師秦七，不師黄九，倚新聲玉田差近」眉批）不師黄九可也；不師秦七，不可也。不知秦七，焉知玉田哉，襲南宋面目，而不得本源，自以爲姜、史復生。國初諸公多犯此病，竹垞其首作俑也。

滿江紅　玉座苔衣

（眉批）氣象雄傑。

風蝶令　青蓋三杯酒

（眉批）風流悲壯。

百字令　菰蘆深處

（眉批）感慨而不激烈。顧寧人自謂「不如竹垞和厚」，想見先生氣量。

又　崇墉積翠

（眉批）旅行如畫。上半寫景，下段吊古，議論縱橫，目無餘子。

消息　千里重關

（眉批）以吊古之筆，寫旅行之景，無一字不精神。◯筆致灑脱可喜。

水龍吟　當年博浪金椎

（眉批）誠如先生言，何以阻立六國後耶？余嘗謂：子房，漢之功臣，非韓之忠臣也。未遇黄石公以前，發於血性，成就未可限量；一遇黄石後，純用譎詐，殊乖於正。而尤謬在薦四皓一事，則亦並不得爲漢之忠臣矣！但就詞論，筆力自是高絶。

滿庭芳李晉王墓下作　獨眼龍飛

（眉批）歎息唐室終亡，無窮惋惜。温公寇梁之書，令人髮指。

摸魚子　一身藏萬人海裏

（眉批）情文相生。

又題陳其年填詞圖　擅詞場飛揚跋扈

（眉批）竹垞《自題詞集》云：「一半是空中傳恨，幾曾圍燕釵蟬鬢。」《題其年詞》亦云：「空中語，想出空中姝麗。」可謂推己及人，其實朱、陳未必真空也。

詞則輯評

放歌集卷四

陳維崧

其年詞，魄力雄大，虎視千古，稼軒後一人而已。板橋、心餘輩，極力騰踔，終不能望其項背。

其年氣魄，可與稼軒頡頏。而沉鬱、渾厚，則去稼軒尚遠。至於著述之富，古今罕見，故所選獨多。

其年詞，有真氣魄，真力量，故涉筆便作驚雷怒濤。板橋、心餘輩，有意爲之，正是魄力歉處。

國初詞家，斷以迦陵爲巨擘。後人每好揚朱而抑陳，以爲竹垞獨得南宋真脈。嗚呼！彼豈真知有南宋哉？庸耳、俗目不值一笑也。

醉太平　鍾山後湖

春光好　鵠鴿叫

點絳脣　濁浪堆空

又　晴髻離離

又　絶憶生平

（眉批）其年諸短調，波瀾壯闊，氣象萬千，是何神勇？

好事近　分手柳花天

（眉批）平叙中波瀾自生，是爲真力量。

清平樂　關山如許

（眉批）感慨沉至，一語抵人千百。

西江月　猛獸産於絶域

（眉批）偏論亦是快論，至論，大言炎炎，我爲起舞。

憶少年　半村紅蓼

（「閣中僧夜語，有猿吟相接」眉批）結二語，令人尋味不盡。

南鄉子　秋色冷并刀

（上闋）骨力雄勁，洪鐘無纖響。（下闋）不着議論，自令讀者怦怦心動。

醉落魄　寒山幾堵

（眉批）感憤之詞，聲色俱厲。

夜游宫秋懷四首　耿耿秋情欲動

（眉批）四章無一語不精鋭，正如干將出匣，寒光逼人。○短句特地精神。

又　秋氣横排萬馬

（眉批）奇警，令人色變。縱筆所之，音調無不合拍，熟於宜僚之弄丸矣。

又　箭與鐖鴟競快

（眉批）字字精神。

又　一派明雲薦爽

（眉批）精警之句，從何得來？令人驚喜！

感皇恩晚涼雜憶六首　記得鎮淮門

（眉批）六章皆追憶舊游之作。不言感慨，而感慨亦見。○收束大雅。

又　記趁過江船

（眉批）每章起三句，提明所憶處，俱極生動。造語必警。

又　記在百泉山

（眉批）設色精工。寫景處亦能舉其大。

又　記在玉河橋

（眉批）忽然生感，氣骨沉雄。

又　記在魯蒙陰

（眉批）寫景有些聲勢，筆力勝人故也。

又　記在湧金門

（眉批）壯浪之氣，合幼安爲古今兩雄。

解蹀躞　峽劈成皋古郡

（眉批）狀險絶之境，遞入正面，有萬千氣象。○夜行如畫。

側犯　罷官不樂

（眉批）申明來訊之意。下半答之。

洞仙歌　摩空翠鬣

（眉批）比擬奇肆。即物言志，燆燆不孱。

鵲踏花翻　雨滴梅梢

（眉批）筆勢亦如秋風颯沓。

又　十上燉煌

（眉批）似唐賢塞外詩。

法曲獻仙音　赤兔無成

（下闋）是何意態，雄且傑。碎擊唾壺。（「又西風喚起，仍舊酸嘶中夜」眉批）壯心猶在。

滿江紅　鐵笛鈿箏

（眉批）悲歌嗚咽，不堪卒讀。

又　二十年前

（眉批）直起老。　（「只沈腰、今也不宜秋，驚堪把」眉批）淒婉在一「也」字。（「芍藥」句至末）淋淋漓漓，文生於情。

又　此地孫劉

（眉批）魄力雄勁，下語如生鐵鑄成。

又　陽羨書生

（眉批）一筆叫醒，龍跳虎臥。（下闋）蒼茫感喟。

又　絲竹揚州

（眉批）過邯鄲，只於末處一點，情味無窮，正妙在不多着墨。

又　漭漭河聲

（眉批）摩天巨刃，慘淡淋漓。

又　壞堞崩沙

（眉批）一起便自魂銷。《汴京懷古》十首，蒼涼悲壯，氣韻沉雄。板橋《金陵》十二首，高者可稱後勁。心餘則去此遠矣。○心餘亦好作壯語，但面目可襲，力量不可强，去迦陵何可道里計也。

又　鉛築無成

（「只千年，還響子房椎，奸雄悖」眉批）壯在「千年」二字。

又　汜水敖倉

（眉批）議論風生。

又　太息韶華

（眉批）縱筆感慨，推開説，意味更永。

又　野渡盤渦

（眉批）筆勢森竦，在諸篇中尤爲警策。　（「浪打」句至末）怨而壯，有古詩氣味。

又　宋室宣和

（眉批）哀猿一聲。

又　曲水金塘

（眉批）何等感喟，可爲復來者炯戒。

又　北宋樊樓

（眉批）清麗語。　（下闋）淋漓大筆，慷慨激昂。

又　古玉津園

（眉批）警絶。　（下闋）淒豔獨絶。

又　汴水分藩

（眉批）意哀婉而詞藻豔。

又　速壘糟邱

（眉批）沉雄悲壯，較前篇更警策。（編者按：前篇「枯樹衰楊」。）筆意超悟，怨惑中別饒意味。

又　瓜步船來

（眉批）熱血一腔。

又磨鏡來耶

（眉批）起勢突兀。

又　亦復何傷

（眉批）起語承上章折入，矯變異常。前是自悲，此復自慰。慰更甚於悲也。

又　雨覆雲翻

（眉批）自負亦甚不凡矣。無一語不跳躍。

又　五老匡廬

（眉批）目空一切。

又　舞袖成圍

（眉批）運典巧合，亦見精神。

又　席帽聊蕭

(眉批)前半闋淡淡着筆,而淒涼嗚咽,已如秋商叩林,哀湍瀉壑。　情不自禁。如此吊古,可謂神交冥漠。

又　若且歌乎

(眉批)險絶,奇絶。　(下闋)雄闊壯麗,極才人之能事。

滿庭芳　汜水東來

(眉批)聲情激越,魄力沉雄。

水調歌頭　老子半生事

(眉批)行神如空,行氣如虹。○其年《水調歌頭》諸闋,不及稼軒之神化,而老辣處時復過之,真稼軒後勁也。

又　酒冷天寒日,人去客愁中

(眉批)起十字警。(下闋)筆力雄蒼,英姿颯爽。

又　海上玉龍舞

(眉批)(「短鬢(颯秋葉,僵指矗枯枒)」二句)千錘百鍊之句。「流落亦爲佳」,已是難堪,今則並此不能矣。「豈意(有今日)」五字,悲極,憤極,讀之如聞熊啼兕吼。

又　將相寧有種

(眉批)浩氣流行。　(「鬚作蝟毛磔,箭作餓鴟鳴」眉批)結而不結,不結而結,老禿可愛。

又　我住太湖口

（眉批）字字精鍊。

又　惆悵復惆悵

（眉批）蒼茫感喟，其來無端。（下闋）五句五層。○《水調歌頭》一闋，必須以古詩氣魄運之，方能合拍。稼軒而外，莫與迦陵爭雄矣。

又　秋色潔於雪

（眉批）精警奇闢，令人神竦。

塞孤　北風如箭吼

（眉批）短語精湛。

珍珠簾　當時紅杏尚書句

（下闋）感激豪宕，是迦陵本色。

閨怨無悶　長此安窮

（眉批）想見先生少年氣慨。（下闋）驅遣史事，抒我胸臆，所謂「讀書破萬卷，下筆如有神」。

渡江雲　一鞭飛錦繖

（眉批）拔劍斫地。

又　向長安市上

（眉批）聲調高抗。

念奴嬌　紅燭如山

（眉批）高唱而入，旁若無人。　（「楊州燈火，明朝人定傳語」眉批）結無味。

又　揮杯一笑

（眉批）迦陵八月初七至十六《對月》十首，每篇各極其盛，録其尤者六章。○全是寫身世之感，對月意每篇略點染一二，至「初七」、「初八」等字，更不沾沾摹繪，作小家氣。（編者按，選自此首起，至「浩歌被酒」止）

又　中宵狂叫

（眉批）颯颯風生。

又　先生語我

（眉批）聲情悲壯。　（「談深酒冷，鼕鼕街鼓將絶」眉批）一結拍題甚緊。

又　三更以後

（眉批）觸景生情。（下闋）骯髒之氣，勃不可遏。

又　吾生萬事

（眉批）中有鬱勃，出語便沉着。

又　浩歌被酒

（眉批）工於狀物，咄咄逼人。

又　雄關上郡

（「井陘日暮，亂鴉啼入枯木」眉批）結只寫景，而情自足。

又　滏陽南去

（眉批）情景兼寫，乃深吊古之思。

又　老顛欲裂

（眉批）斬釘截鐵，筆力老横。

又　黑窑秋夜

（眉批）一片牢騷，不必看煞。

又　霆轟電掣

（眉批）飛舞而入。　（「關山笛破，欲吹吹不成曲」眉批）結是横空盤硬語，不是老筆頹唐。

又　最無聊賴

（「曼聲狂嘯，碧雲片片都裂」眉批）結警鍊，亦超脱。

又　淋漓頓挫

（眉批）怨鬱。

又　長江之上

（眉批）英思壯采，巨刃摩天，何其霸也。○入正面。○前半蒼莽，後半閑淡，各極其勝。（「徘徊難去，夕陽煙磬沈未」眉批）結更淡遠，卻妙在收束得住。

又　翁家何在

（眉批）此篇亦沉着，亦灑脱，亦雋快，頗近樂笑翁手筆，但深渾處不及。

又　生平慕藺

（眉批）自慨兼慨同社，其年胸中不知有多少眼淚。

又　滎陽京索，是當年、劉項舊爭雄處

（「休輕百里，此間鞏洛門户」眉批）結與起稱，得勢得體。

遶佛閣　亂峰堆髻

（眉批）山庵幽景，畫所難到。

翠樓吟　萬斛空青

（眉批）雄肆。

水龍吟　輕舟夜剪秋江

（眉批）鑄語勁健，骨韻沉雄。（上闋末三句）亦有勝國之感。（下闋末數語）真有心人語，不必多着墨也。

又　一番宛雒元宵

（眉批）淒切入骨。

又　三生石上精靈

（眉批）風馳電掣，筆端亦有龍氣。

又　豁然老眼新晴

（眉批）點綴不可少。　（「漸日斜人靜，盈盈蘋蓼，弄陂塘晚」眉批）結高雅。

又　曾經天語憐才

（眉批）哀感痛惜，西堂讀之，當泣數行下矣。　（「鬧箏琶腰鼓，紅櫻紫筍，上先生壽」眉批）上壽意，只於末三句明點，用筆自高。

詞則輯評

放歌集卷五

陳維崧

南浦　戍樓孤眺

（眉批）秋聲滿紙。

瑞鶴仙　爾頭童齒豁

（「雷轟（雹掣，早煅就秦銅漢鐵）」二句）亦是千煅百煉之句。（「趁天風鱗鬣，狂拏舞場回鶻」眉批）

斬伐荆棘，痛快淋漓，想見先生意氣。

喜遷鶯　憑高指顧

（末數語）抑塞磊落。

永遇樂　如此江山

（眉批）蒼莽雄肆，筆力直與幼安相抗。

又　虎踞龍僵

（眉批）不平之氣，有觸則鳴。

尉遲杯　青溪路

（眉批）撫今吊古，悲壯淒涼。

西河　傷心事

（「卧看新蟾銜沙尾」眉批）不結自結，卻如題位。

望海潮　鼉呿鯨吼

（上闋）慘淡中有精神。（下闋）骨韻沉雄，音節高亮。

風流子　衆山排峭壁。西風吼、亂葉打茆庵

（眉批）起勢崚嶒。（「萬壑」四句眉批）筆致幽閒，忽變面目。（「歎電光」至末）造語精警極矣。

又　冰蟾飛皓彩

（眉批）運用自然。

沁園春　魯國劉生

（眉批）夾寫景物，乃見淒感。

又　昔歲我來

(眉批)慷慨生哀。

又 贈別芝鹿先生三首　四十諸生

(眉批)三詞情深語至,亦沉摯,亦豪宕。「我賦將歸(,公言小住)」二語,起下兩章,曲折。

又　雖則毋歸,對酒當歌,終難激揚

(眉批)起三語,從「公言小住」生出。

又　歸去來兮,竟別公歸,片帆早張

(眉批)起三語,申「我賦將歸」之句。(下闋)情文相生,聲淚俱下。龔尚書爲其年厄窮時第一知己,故言之真切如此。

又　匹馬短衣

(眉批)淒絶,警絶。(「而我來游」至末)轉折有力。

又　凍角無聲

(眉批)魄力雄大,氣象萬千。(「且捋黄鬚命濁醪。吾已醉,尋市中朱亥,共鼓屠刀」眉批)無一字不精悍。

又　登尉繚臺

(眉批)感喟蒼茫,正妙在不多着墨。

又　雨挾泉飛,風助杉吟,調調刁刁

（眉批）起勢蒼莽。　（下闋）酒饌雙寫。

又　十萬瓊枝

（眉批）情詞兼勝，骨韻都高，合周、秦、蘇、辛、姜、王爲一手。

又　葉黑楓青

（眉批）雄奇荒幻，真有史癖。

又　耕二頃田

（眉批）闊大語，無力量運之，便粗笨可厭。稼軒、其年外，更無能作壯語者矣。

又　以磊落人

（眉批）托一曾益見感喟。　（「似販茶商婦，出塞文姬」眉批）比例奇肆。　（下闋）插入寫景，氣象闊大，感慨益深。

又　月黑淩亭

（「記否江東出霸才」眉批）驚人語。　（「吾衰矣，且沽京口酒，上妙高臺」眉批）感喟中自饒眉飛色舞之致，其人胸襟可想。

又　立而望之

（眉批）沙樹城郭，幽深窈曲，畫所難到。

又　粉月一規

（眉批）好句如珠。　（「吾長嘯，把一杯在手，好箇江天」眉批）神不外散，所以爲佳。　蔣心餘輩其病，正在不團鍊。

又　種自何年

（眉批）「虎倒龍顛委榛棘，淚痕血點垂胸臆。」少陵驚人語也，此庶幾近之。

賀新郎甲辰廣陵中秋，小飲孫豹人溉堂歸，歌示阮亭　把酒狂歌起

（眉批）迦陵《賀新郎》一調，填至一百三十餘闋，每章俱極飛舞之致，可謂豪矣。　兹録其精粹者數十章，精神面目，大略可見。

（「知我者，阮亭子」眉批）題位只結句一點，妙甚。

又　醉憑闌干吐

（眉批）主意在「心中苦」三字，非譏靈均也。　曰「陡然魂磊」，曰「忽發狂言」，曰「酒醒後，重懷古」，可知無譏刺意。

又　漏悄裁書罷

（眉批）正面摹繪，只一二語，便無微不至，餘仍寫身世之感。　（「再向丹青」句至末眉批）字字陰森，緑人毛髮，真乃筆端有鬼。

又　榴子紅如繡

（眉批）「北固（外，晴江夜走）」七字突接，精神百倍。　（「今古量才」句至末眉批）顧盼生姿，題分

恰好。

又　擲帽怨歌發

（上闋）插入吊古，極見精神。（下闋「白雁横天」句至末）雄勁之氣，横掃千人。

又　俊鶻無聲擾

（眉批）插入寫景，與上章「秦時明月」同一精神。（「我有淚，只爲公落」眉批）知己眼淚，從血性中流出。

又　易水嚴裝發

（眉批）浩氣流行。（「可有吹簫人傑」句至末眉批）足一句警絶。

又　打鼓船將發

（眉批）筆力亦如怒猊俊鶻。

又　南院花如繡

（眉批）何等感慨。

又　蒲酒濃如乳。更爲我、東溟斫鱠，大魚就脯

（首二句）豪情壯采，入門下馬氣如虹。（下闋末數句）筆墨又變，高下疾徐，無不中節。

又　吴苑春如繡

（「今日華清風景换，剩凄凉鶴髮開元叟。我亦是、中年後」眉批）一結筆力既高，感喟更自無盡。

又　休把平原繡

（上闋末四句）沉痛。（下闋眉批）淒涼酸楚，筆力亦自精絶。

又　已矣何須説

（「此意盡佳那易遂。學龍吟、屈煞床頭鐵。風正吼，燭花裂」眉批）一語挽題見筆力。

又　萬事都成昨

（下闋末數句）下語如鑄，文采可到，力量不可强也。

又　月上梨花午

（眉批）亦悲壯，亦淒麗，寓勝國之感，情味自深。（「繡嶺宫前花似血，正秦川、公子迷歸路」眉批）哀婉沉至。

又　三十年前事

（眉批）十分鷙悍，「風乍刮，髯成蝟」六字，得未曾有。（「且盡君家黄菊酒，論人生、一醉爲佳耳。西州慟，成何濟」眉批）以撇筆作收筆，只如此結便足。

又　山腹蒼皮罅

（眉批）絶巘巉巖，寫得陸離光怪，令人色駭。「窈而深、鑿孔行人怕」一語，雖奇肆，而精神不團聚，其病在一「而」字，句便不振。「又殿上、夜鐘將打」七字，插入精神。

又　古碣穿雲罅

（眉批）千載下凜凜有生氣。（「多少道傍卿與相，對屠沽、不愧誰人者，野香發、暗狼藉」眉批）是歎息，不是嘲笑。警戒不少。

又　炊熟黄粱否

（眉批）奇思横議，不平之甚。窮極則憤生，才人歌哭，亦足上干天和。大哉聖人！鴻博一科，消盡天下多少不平氣也。

又　識得詞仙否

（眉批）平常意寫得激烈，總由胸中不平耳。

又　往事思量否

（「笑看五絲纏艾虎。問汝曹、猛氣憑陵久。何故縛，女兒手」眉批）是感慨語，非游戲語。（「也幸無、下瀨戈船走。漁父醉，唱銅斗」眉批）筆力勁甚。

又　萬斛金波瀉

（「已矣飄零何足恨，鼓天風、鸞背終須跨。暫且學、姮娥寡」眉批）鬱甚，又豪甚。不四年，先生由鴻博入詞林矣。此詞蓋爲之兆也。

又　浪闊驪珠吐

（眉批）語必雄肆。

又　萬劫何曾壞

（上闋）「斫卻月中桂，清光應更多」，亦此胸襟也。　（「鷹側腦，攬天外」眉批）「語不驚人死不休。」

又　太息人間世

（下闋）波濤亂湧，爲末三語反面烘托。

又　廢堞經秋壞

（「粗飯濁醪吾事畢。傍東籬、且了黄花債。今古恨，漫興慨」眉批）意甚鬱，而筆甚超脱。

又　鐵汝前來者

（眉批）無一字不精悍，獅騰象踏，咄咄逼人。　（下闋）跋扈飛揚，一味横霸，亦足雄跨一時。

又　去矣休回顧

（「爲我照望諸君墓。相約當年荆高輩，唤明駝、倒載琵琶去」眉批）非壯語，不能壓題。　其年長處在此，不及宋人處亦在此。

又　滿酌涼州醞

（眉批）「萬馬齊瘖蒲牢吼」，直是迦陵自品其詞耳，吾恐升六尚謙讓未遑也。　（下闋）其年胸中不知吞幾許雲夢。

又　秋到離亭暮

（眉批）迦陵好作壯語，然悲者多而麗者少，惟此篇壯麗之極。

又　立馬和君説

（眉批）一氣卷舒，渾淪磅礴，望而知爲迦陵詞也。◯兩問奇絶，可謂目無一世。（「霜夜吼，劍花裂」眉批）「霜吼」字警。

又　且作平生話

（眉批）蒼莽中無一字不精警，真是驚心動魄。

又　軍馬臺城裏

（眉批）雄闊壯麗。

又　猛性何曾改

（上闋）飛揚跋扈，與題相稱。◯大處落墨，感慨蒼茫。（「況自有、吾髯在」）結六字，聲如霹靂。

蘭陵王　倚簾閣

（上闋）全以骨力勝，短兵相接，精悍逼人。（中闋）一夢一醒，天然段落，姿態横生。（下闋）結迴應「擣衣」句，並入夢之情，意味甚永。

瑞龍吟　西江路

（眉批）大江無風，波浪自湧。

西平樂　篠里東偏

（上闋）極其警鍊，胸有鑪錘。（下闋）縱筆所之，淋漓飛舞。

又　象管庸拈

（眉批）雄才霸氣，出語便與人殊。○短句以氣行之，不嫌滯累。

玉女摇仙佩　仙壇寵崧

（眉批）境地高絶，筆妙足以達之。（下闋）蒼茫感慨，大筆淋漓。

多麗　記劉子

（眉批）疊浪層波，飛花滚雪，幾令人目不暇接。（「回頭聽、似有人兮，山半長嘯」眉批）結亦餘情不盡。

六州歌頭　江東愁安

（眉批）此調當分兩段，於「意難平」爲上半闋，餘至末屬下半闋。分三段者非。以原本如此，姑從之。　語短節促，韻語偏饒。

稍遍　大叫高歌

（上闋）一氣盤旋，排山倒海，直霸才也。○掉臂游行，有獨往獨來之概。（下闋）後幅起勢更蒼莽。○萬派朝宗，收束處淋漓悲壯。

又　自古穰城

（眉批）波瀾壯麗，氣勢磅礴，雖不免蹈揚湖海，然自足雄視一時。亦猶秦、楚大國，以無道行之，亦足制勝。○後幅大聲疾呼，何其直言不諱也。○帆縱波湧，電掣雷轟。○「論通侯羊頭羊胃」七字束得住。○賦跋集正面，淋漓飛舞，與全篇相稱。

詞則輯評

放歌集卷六

董以寧

望梅花　芳草萋萋如畫

（眉批）大言炎炎，旁若無人，但筆力不健。

賀新郎淮陰祠　爲漢空奔走

（眉批）淮陰之獄，自是千古奇冤。當時設爲疑似之跡，亦可謂巧於羅織矣。文友此詞，頗能道着吕雉隱處。結二語（「喜將軍廟祀終難朽。君休言、蒯通口」），尤能表明淮陰心跡。惜措語多不純，平仄亦有顛倒處。

俞士彪

賀新郎　灑盡窮途淚

（眉批）牢愁滿紙，遠行者不堪多讀。

吴儀一

王漁洋晚年《寄懷西泠三子》詩曰：「稗村樂府紫山詩，更有吴山絶妙詞。」此是西泠三子者，老夫無日不相思。」其爲前輩推重如此。

清平樂　畫屏煙霧

（眉批）此詞亦自精警。

孫致彌

摸魚子　挂蒲帆鯉魚風弱

（上闋末三句）寫夜景有聲有色。（下闋末三句）沉雄俊爽，直逼遺山。

狄億

蝶戀花　夏日園居何所事

（眉批）以疏狂寓悲憤。

臨江仙　城郭依然風景異

（眉批）感喟蒼茫，腺腺乎唐人之詩矣。

王策

十六字令　愁

（眉批）此調頗不易工，似此尚稱清警。

念奴嬌　江山如畫

（眉批）沉痛如此，香雪所以不永年也。少年有才者，必不可學此種衰颯語。

陸震

滿江紅　驀地逢君

（眉批）此詞附板橋集中。板橋幼從種園學詞，故筆墨亦與之化。（下闋）措語太粗。世態炎涼，形容盡致。　（「脱敝裘、付與酒家孃，摇頭去」眉批）結二句，尤令人失笑。

鄭　燮

板橋詞，最爲直捷痛快，魄力自不可及，若再加以浩瀚之氣，便不亞於迦陵。

賀新郎　墨瀋餘香賸

（眉批）淋漓痛快。

又　撫景傷飄泊

（上闋末「一静坐，思量着」）二語遞下無痕。　（下闋「村犬吠」至末）感傷而不叫囂。

（眉批）板橋詞之有把握者。

又　擲帽悲歌起

（眉批）哀音激楚，聲調悲遠。　（下闋末數句）筆力雄肆。

又　獨有難忘者

（眉批）跟上章折入，情真語至，遠游子何堪卒讀。「不爲（深情酬國士，肯孤踪獨騎天邊跨）」二句，是無聊解説，不是故作壯語。　（下闋末）規勉得體。

又　咄汝陳生者

（眉批）一氣旋轉，筆力横絶。其年贈何生鐵一篇後有嗣音矣。○（上闋末數句眉批）「何意百鍊銅，化爲繞指柔。」同此浩歎。（下闋末四句）幾於痛哭。

浣溪沙　萬里金風病骨秋

（「近來鄉思也悠悠」眉批）結更進一層，意極悲鬱。

又　隴雨蕭蕭隴草長

（眉批）塞外風景之異，直似唐賢樂府。

念奴嬌　鴛鴦二字

（眉批）板橋《金陵懷古》十二首，聖哲、英豪，美人、名士，蒼茫感喟，畢現毫端，惟不免稍涉叫囂。兹擇其稍純者六章。可見大概。

前半嫌有腐語，後半灑脱自如。

又　秋之爲氣

（眉批）景物淒涼，精於摹繪。（「何事餓來翻掘鼠，省卵攀巢而吸」眉批）稍傷忠厚。（「酸心硬語，英雄淚，在胸臆」眉批）結振作。雖是人云亦云，然措語卻老横。

又　暮雲明滅

（眉批）寫廢寺慘淡可畏。

又　轆轤轉轉

（眉批）此詞精絶，爲諸篇之冠。（下闋末四句）妙語解頤。

又　乾坤欹側

（眉批）此闋未免粗野。然語極雄奇，足爲毅魄忠魂生色，故終不忍置也。「信心（而出，自家不解何故）」十字刺骨。孔曰「成仁」，孟曰「取義」，原非勉强得來。（「世間鼠輩，如何粧得老虎」眉批）結更恣肆。

又　東南王氣

（眉批）感慨不盡。（下闋）虎鬭龍爭，讀至結二語（「老僧山畔，烹泉只取一掬」），正如冷水澆背，令我有遺世之想。

滿江紅　淮水東頭

（眉批）上下千年，流連憑吊，遣詞琢句，俱極淒警。

又　我夢揚州

（眉批）命意措語，全以神行，情詞雙絕，令人不能釋手。〇一氣卷舒，卻字字妥貼。精神團聚故也，固非心餘所及。

太常引　滿天星露壓長城

（眉批）筆力雄蒼。收束亦莊雅。

史承謙

采桑子　鬱輪袍曲當時譜

（眉批）文言道俗情，極其真至。

蔣士銓

心餘詞，氣粗力弱，每有支撑不來處。匪獨不及迦陵，亦去板橋甚遠。兹選其筆力稍健者十餘闋。

滿江紅　鑿翠流丹

（眉批）「歌舞（二喬誰得有）」七字費解。　（「都無奈」眉批）結三字，没意思，外强中乾。

水龍吟　相逢同飲亡何

（眉批）尚見筆力，可以升劉、蔣之堂。

賀新涼（自題一片石傳奇）　蝶是莊生化

（眉批）心餘《一片石》傳奇，表婁妃之貞烈，淋漓悲壯，可泣可歌。此詞非題傳奇中事，只是寫自己懷抱，明所以傳奇之故。

又　瀟瀟房櫳底

（眉批）時北涯方校心餘新詞院本，故云。（末數句）怨憤。

又　名官何堪數

（眉批）北涯有後西樓填詞，故云。（「秋宵想見文心苦」眉批）「文心苦」上着「秋宵」二字，便有精神。（末數句）激昂慷慨，遣詞亦有官止神行之妙。

又　帳冷香銷夜

（眉批）北涯姬人趙蘭徵，能詩。亡後廿餘日，八月十三夜，夫人將産。北涯時共友人露坐庭戺，見姬魂冉冉外來，入夫人臥内，遂生子，七日而殤。姬復見夢曰：「本非樂生者，聊歸視家人耳。」北涯痛絶，爲作《再生緣》樂府，故云。

又　燭炧銅盤矣

（末數語）沉痛激楚，髮幾上指。

滿江紅　馬鐸郎當

（末數語）筆力傲健，雖是極力支撐，亦能自成一隊。

賀新涼　仰屋和誰語

（眉批）字字真樸，淚痕血點結綴而成。（下闋）淚墮聲墮，不能卒讀。

又　愁似形隨影

（眉批）嗚咽纏綿，天地變色。

又　一丈清涼界

（眉批）一片響慕，迦陵知己也。

黄景仁

解連環　江流日夜

（眉批）上下千古，大筆淋漓。

沁園春　讀萬卷書

（眉批）二詞不免有應酬俗套語，然一二矯健奇拔處亦不可没。（「拉一時燕許，置酒論文」眉批）「拉」字粗，「燕許」字不的。（「感牛心分炙，白練題裙」眉批）俗語亦腐語。

又　久客京華

（眉批）上章叙其從征歸來，此章説到本題；上章結筆，即此章起筆來脈。前半寫身世落拓，後半寫消寒夜讌。○下半闋太俗，「怪賤子」句，尤不堪。「頗自豪」句，亦外强而中餒。較其年《贈芝麓先生》等作，相去何可以道里計也。

摸魚子　倚柴門晚天無際

（眉批）「看不得」三字直截。

張翃

摸魚兒　甚悠悠半年離別

（眉批）自然流出。　（「一江春浪，斗酒定須取」眉批）「定須取」三字弱，結不住。　雖太白有「定須沽取對君酌」之句，然無割去「沽」字之理。

陳行

鬲溪梅令　庭前竹樹報平安

（眉批）神似竹山。「缺中（來遠山）」句，有景無情，束不住上三語（「不平安。　一夜西風，吹折兩三竿」）。　（「玉門何處關」眉批）結五字悲涼，音調卻又和緩。

吴會

歸國謡　愁如許

（眉批）不言旅愁，而旅愁自見。　用筆簡妙。

滿江紅　頭白周郎

（上闋）筆力雄健。（下闋）瀏漓頓挫，情詞兼勝。

又　名户松關

（眉批）絶妙畫圖。○（下闋首四句）短句層折入妙。　（「輞水自成詩裏畫，桃源豈復人間世」眉批）對法活潑。　（「倘山頭添箇小行庵，予來矣」眉批）一結風雅，恰好扣住本題。

馮柳東

滿江紅　一枕瞢騰

（眉批）得失何常看得達，故不作憤激語。　（下闋後四句）語極和平，而筆趣甚足。

滿庭芳　種豆棚低

（眉批）只起數語寄慨，下皆寫種菜正面，而不得意之情自於言外可會。　温柔敦厚，我思其人。（末三句）真達天知命語。

朱紫貴

買陂塘　甚無端水程山驛

（眉批）風雅疎狂，似竹垞老人手筆。○下半柬陳。○收是思鄉。

张崇蘭

疏影　梁間燕語

（眉批）淒咽纏綿，往復不盡，若加以理，便是夢窗、梅溪之亞。

蔣春霖

甘州　記疏林霜墮薊門秋

（上闋）爽豁人目。（下闋）纏綿沉着。

木蘭花慢　破驚濤一葉

（上闋）悲壯淋漓，筆力雄厚。（下闋末數句）亦是尋常詞意，妙在筆力絶大。

水龍吟　一年似夢光陰

（眉批）此篇押韻絶陡峭。（下闋末數句）短句中亦帶蒼莽之氣，是何等力量。

王蔭祜

滿江紅　彈鋏悲吟

（眉批）慨當以慷，悲風爲我從天來。

又　擊鉢聲聲

（眉批）一片感慨，不僅以蹈揚湖海爲工。

又　顧曲雄才

（眉批）筆意動盪，不可羈綺。

又　對此茫茫

（眉批）感激豪宕。（下闋「怕階前」句至末）悲歌慷慨，去路亦骯髒不平。

李慎傳

子薪，余故友也。年逾四十始習倚聲，學力未充，而才氣甚狂，使天假之年，未始不可爲迦陵嗣響。録存數闋，每一展卷，爲之泫然。

賀新郎　才氣工馳驟

（眉批）此章追叙少年情事。

又　壯志摧殘驟

（眉批）跟上章來，叙壯年身世之感。（下闋末數語）「富貴應須致身早」，同此感慨。

又　捧檄催人驟

（眉批）此章叙服官上元。

又　秣馬塵中驟

（眉批）此言北上不得志。

又　日月馳如驟

（眉批）總收六篇。（「冷惺忪、夢境吾何守。窗隙影，月斜透」眉批）眼前景作去路。

唐　煜

少白與余爲中表弟兄。年少工詞，後困於衣食，未能充其學力之所至，年未五十下世，可歎也。

金縷曲　此是擎天柱

（眉批）莊麗雄闊。

又　萬仞丹梯路

（眉批）面面都到，是何神勇。

無名氏

雙調南鄉子　茅店月昏黄

（眉批）是下第後有託而言，語絶淒警。

又　宛轉撥檀槽

（眉批）曲高和寡，千古同慨。

西湖老僧

原注：按夏秉衡《清綺軒詞選》云：「老僧名正嵒。」不知其何所據。

點絳唇　來往煙波

（眉批）一片化機，古今絶調。（「唱得千山響」眉批）一本作「唱徹千山響」，然「徹」字不及「得」字。

徐　燦

永遇樂　無恙桃花

（眉批）全章精鍊。運用成典，有唱歎之神，無堆朶之跡。不謂婦人有此傑筆，可與李易安並峙千古矣。

吴蘋香

蘋香父、夫俱業賈，兩家無一讀書者，而獨呈翹秀，殆有夙慧也。

祝英臺近　曲闌低

（眉批）詞意不能無怨，然其情亦可哀矣。

詞則輯評

別調集

別調集序

人情不能無所寄，而又不能使天下同出一途。大雅不多見，而繁聲於是乎作矣。猛起奮末，誠蘇、辛之罪人；盡態逞妍，亦周、姜之變調。此外則嘯傲風月，歌詠江山，規橅物類：情有感而不深，義有託而不理。直抒所事，而比興之義亡；侈陳其盛，而怨慕之情失。辭極其工，意極其巧，而不可語於大雅，而亦不能盡廢也。録《別調集》。

丹徒亦峰陳廷焯識

別調集卷一

唐　詞

李　白

清平樂　禁闈秋夜

（眉批）三千羅綺皆工獻媚，誰能得聖眷哉？　所謂衆女進而蛾眉見嫉也。

又　煙深水闊

（眉批）寄情甚深，含怨言外。

桂殿秋　仙女下

（「萬户千門惟月明」眉批）結句高遠，似古樂府。

又　河漢女

（詞末評注）吴虎臣云：此太白詞也。　有得於石刻，而無其腔，劉無言倚其聲歌之，音極清雅。

連理枝　淺畫雲垂帔

（眉批）仙風縹緲。

（眉批）「玉階生白露」一絶（編者按，句見李白《玉階怨》詩），温厚和平，不着跡相，太白絶調也。此詞微病淺露，然句法、字法，仍不失爲古雅。

劉禹錫

憶江南　春去也

（眉批）婉麗。

瀟湘神　湘水流

（眉批）饒有古意。兩宋後，此調不復彈矣。

又　斑竹枝

（眉批）古致，亦不減上章。

温庭筠

酒泉子　楚女不歸

（眉批）情詞淒怨。「月孤明」三句中有多少層折。

河瀆神　河上望叢祠

（眉批）《河瀆神》三章，寄哀怨於迎神曲中，得《九歌》之遺意。

又　孤廟對寒潮

（眉批）蒼莽中有神韻。

又　銅鼓賽神來

（眉批）上二章待來未來，此章言神至也。下半闋神去，致思慕之情。

遐方怨　憑繡檻

（眉批）神味宛然。

訴衷情　鶯語

（眉批）節愈促，詞愈婉。結二字淒絶。

憶江南　千萬恨

（眉批）低回宛轉。

蕃女怨　萬枝香雪開已遍

（眉批）「又飛廻」三字，悽惋特絶。

又　磧南沙上驚雁起

（眉批）起二句，有力如虎。

荷葉杯　楚女欲歸南浦

（眉批）節短韻長。

皇甫松

竹枝　檳榔花發

（眉批）諸篇情餘言外，得古樂府神理。

又　山頭桃花

（眉批）諸詞純用比興體，意味最深。

又　門前春水

（眉批）直似中唐絶句。

採蓮子　菡萏香連十頃陂

（眉批）此亦絶句也。彼以「枝」、「兒」叶韻，此以「棹」、「少」葉韻，蓋皆歌時群相隨和之聲也。

浪淘沙　蠻歌豆蔻北人愁

（眉批）唐人《浪淘沙》，本是可歌絶句，措語亦緊切調名。自後主「簾外雨潺潺」二闋後，競相沿襲，古調不復彈矣。

天仙子　晴野鷺鷥飛一隻

（眉批）「一隻」妙。（「十二晚峰青歷歷」眉批）結有遠韻，是從「江上數峰青」化出。

又　躑躅花開紅照水

（眉批）字字警快可喜。

摘得新　酌一巵

（眉批）及時勿失，感慨係之。

段成式

閑中子　閑中好

（眉批）合上篇鄭符《閑中好・題永壽寺》皆見靜機。

張　曙

浣溪沙　枕障薰爐隔繡帳

（眉批）婉絶。對法活潑。

李重元

憶王孫　萋萋芳草憶王孫

（眉批）《憶王孫》四首，句斟字酌，期於隱當，直似近人筆墨，古意全失矣。

吕　巖

梧桐影　落日斜

（詞末評注）《詞綜》云：別本首句皆作「落月斜」，非是。今從《竹坡詩話》更正。又景德寺蛾眉院壁所題「今夜故人」作「幽人今夜」。

（眉批）筆意幽寂。

劉采春

羅嗊曲　不喜秦淮水

（眉批）婉雅幽怨，似五絶中最高者。○此類皆可入詩，姑録一二備格，不求多也。

王麗真女郎 原注：見《才鬼録》。

字字雙　牀頭錦衾斑復斑

（眉批）既傷閴寂，又悲寫隔，曼聲促節，極其哀怨。

五代十國詞

後唐莊宗皇帝

憶仙姿　曾宴桃源深洞

（眉批）筆意幽秀。

後主李煜

憶江南　多少恨

（眉批）後主詞，一片憂思，當領會於聲調之外，君人而爲此詞，欲不亡國也得乎？

又　閑夢遠，南國正清秋

（眉批）寥寥數語，括多少景物在内。

采桑子　亭前春逐紅英盡

（眉批）幽怨。

子夜　人生愁恨何能免

（眉批）回首可憐歌舞地，「悠悠蒼天，此何人哉」！

虞美人　春花秋月何時了

（眉批）哀猿一聲。

臨江仙　櫻桃落盡春歸去

（詞末評注）蘇子由云：淒涼怨慕，真亡國之聲也。《詞綜》云：是詞相傳後主在圍城中賦，未就而城破闕。後三句，劉延仲補之，云：「何時重聽玉驄嘶。撲簾柳絮，依約夢回時。」而《耆舊續聞》所載，故是全作，當從之。

（眉批）低徊留戀，宛轉可憐。傷心語，不忍卒讀。

和凝

鶴冲天　曉月墜

（眉批）清和閑雅，似右丞七律，自是貴品。

漁父　白芷汀寒立鷺鷥

（眉批）竟體清朗。

韋莊

天仙子　蟾采霜華夜不分

（眉批）端己詞，時露故君之思，讀者當會意於言外。

荷葉杯　絶代佳人難得

（詞末評注）《古今詞話》云：韋莊以才名寓蜀，王建割據，遂羈留之。莊有寵人，資質豔麗，兼善詞翰。建聞之，託以教内人爲詞强莊，奪去。莊追念悒怏，作《小重山》及此詞，情意悽怨，人相傳播，盛行於時。姬後傳聞之，遂不食而卒。

（眉批）「不忍更思惟」五字，淒然欲絶，姬獨何心能勿腸斷耶！

小重山　一閉昭陽春又春

（眉批）淒警。

訴衷情　碧沼紅芳煙雨淨

（眉批）「鴛夢（隔星橋）」五字，有仙氣，亦有鬼氣。

毛文錫

臨江仙　暮蟬聲盡落斜陽

（眉批）就調名使事，古法本如此。結超遠。

巫山一段雲　雨霽巫山上

（眉批）神光離合。

薛昭藴

小重山　春到長門春草青

（眉批）尚有古意。

歐陽炯

更漏子　三十六宫秋夜永

（眉批）亦係宫怨同，措語閑雅。

清平樂　春來街砌

（眉批）逐句用「春」字，亦見姿態，但非正格。

顧夐

河傳　棹舉

（眉批）起四語，一步緊一步，衝口而出，絶不費力。

閻選

河傳　秋雨

（眉批）起疏爽。（「雁歸人不歸」眉批）結淒婉。

魏承班

玉樓春　寂寂畫堂梁上燕

（上闋）淒警。（下闋）語意爽朗。

毛熙震

菩薩蠻　梨花滿院飄香雪

（眉批）幽豔，得飛卿之意。

清平樂　春光欲暮

（眉批）情味宛然。

李珣

巫山一段雲　古廟依青嶂

（詞末評注）黄叔暘云：唐詞多緣題所賦，《臨江仙》則言仙事，《女冠子》則述道情，《河瀆神》則咏祠廟，大概不失本題之意。爾後漸變，失題遠矣。如珣此作，實唐人本來詞體如此。

河傳　去去

（眉批）一氣卷舒，有水流花放之致。結六字温厚。

孫光憲

河瀆神　汾水碧依依

（眉批）「裊裊泠秋風，洞庭波兮木葉下」，起筆彷彿似之。

馮延巳

羅敷豔歌　花前失卻遊春侣

（眉批）纏綿沉着。

芳草渡　梧桐落

（眉批）語短韻長，音節綿邈。

歸國謡　何處笛

（眉批）緊峭。

又　江水碧

（眉批）結得蒼涼。

南鄉子　細雨濕秋風

（眉批）是深秋景況。

憶秦娥　風淅淅

（眉批）此《憶秦娥》別調也。意極芊婉，語極沉至。

拋毬樂　梅落新春入後庭

（眉批）「入」字妙。「芳草（迎船綠未成）」七字，秀鍊有餘味。對句稍遜。

又　霜積秋山萬樹紅

（眉批）起句恣肆。「白雲（天遠重重恨，黄葉煙深淅淅風）」十四字，頗近中唐名句。

又　坐對高樓千萬山

（眉批）鍊句鍊字，拗一字，更覺宫商一片。

三臺令　春色春色，依舊青山紫陌

（眉批）即今日不作樂，當待何時。

又　南浦南浦

（眉批）上章「依舊」二字鬱而突，故佳。此有「當時（携手高樓，依舊樓前水流）」一語，則「依舊」二字，不過平衍耳。

又　明月明月

（眉批）「不道（幃屏夜長）」一語，中含無數曲折。

浣溪沙　馬上凝情憶舊游

（「早是出門長帶月，可堪分袂又經秋」眉批）流水對，情致極深欵。

應天長　一鈎初月臨妝鏡

（「惆悵落花風不定」眉批）「風不定」三字中，别有愁怨。

阮郎歸　角聲吹斷隴梅枝

（眉批）託物見意。

臨江仙　冷紅飄起桃花片

（眉批）意兼《騷》、《雅》。

宋　詞

高宗皇帝

漁父詞　水涵微雨湛虚明

（詞末評注）廖瑩中《江行雜録》云：《漁父詞》清新簡遠，雖古之騷人詞客，老於江湖，擅名一時者不能企及。

（眉批）尚有逸致。

潘　閬

酒泉子　長憶孤山

（詞末評注）山陰陸子遹云：句法清古，語帶煙露，近時罕及。

（眉批）天然圖畫。　清雅。

又　長憶西湖

（詞末評注）《古今詞話》云：石曼卿見此詞，使畫工繪之作圖。又《湘山》云：錢希白愛之，自書玉堂屏風。

（眉批）蕭灑出塵。（「別來閑想整綸竿，思入水雲寒」眉批）結更清高閑遠。

王　琪

望江南　江南雨

（詞末評注）陳輔之云：君玉有《望江南》十首，自謂謫仙。荆公酷愛「紅綃香潤入梅天」句。

（眉批）精於造句。「飄灑（正蕭然）」句，意盡語亦滑。

韓　琦

點絳脣　病起懨懨

（眉批）意餘於言。

宋　祁

玉樓春　東城漸覺風光好

（眉批）紅杏尚書，豔奪千古。（下闋）「爲樂當及時」，有心人語。

浪淘沙　少年不管

（詞末評注）萬紅友云：因宋公創此三「遠」句，一變而爲何子初「細草沿階」詞，再變而爲王渼陂「無意整雲鬟」曲，愈出愈妙，紅杏尚書豈非風流之祖乎！

（眉批）此《浪淘沙》變調。綿麗中見淒感。

鷓鴣天　畫轂雕鞍狹路逢

（詞末評注）子京過繁臺街，逢内家車子，有搴簾者曰：「小宋也。」子京歸作此詞，傳唱都下，達於禁中。仁宗知之，問内人：「第幾車子，何人呼小宋？」有内人自陳：「頃侍御宴，見宣翰林學士，左右内臣曰：『小宋也。』時在車子中偶見之，呼一聲耳。」上召子京，從容語及，子京惶懼無地。上笑曰：「蓬山不遠。」因以内人賜之。

（眉批）用成句，合拍無痕。

歐陽修

蝶戀花　簾幕風輕雙語燕

（眉批）情有所鬱，淒婉沈至。

采桑子　群芳過後西湖好

（「始覺春空」眉批）四字猛省。

浪淘沙　把酒祝東風

（眉批）想到明年，真乃匪夷所思，非有心人如何道得。

浣溪沙　堤上游人逐畫船

(「緑楊樓外出秋千」句詞末評)晁无咎云:只一「出」字,自是後人道不到。

(下闋)風流自賞。

夜行船　滿眼東風飛絮

(眉批)尋常意寫得如許濃至。「看看是」三字,咄咄逼人,情景兼到。

梅堯臣

蘇幕遮　露隄平

(眉批)自不及永叔一闋,當與林君復並驅中原。

司馬光

阮郎歸　漁舟容易入深山

(眉批)清淡有味。

王安石

甘露歌　折得一枝香在手

（眉批）《甘露歌》一本作兩段，每段六句。《花草粹編》、《樂府雅詞》皆作三段，每段平仄換韻，較正。《欽定詞譜》亦作三段，當從之。

晏幾道

清平樂　留人不住

（眉批）怨語，然自是淒絶。

浪淘沙　小緑間長紅

（眉批）纏綿悱惻。

張　光

剪牡丹　野緑連空

（眉批）子野善押「影」字韻，特地精神。（「盡漢妃一曲，江空月靜」眉批）即樂天「惟見江心秋月白」意。

醉垂鞭　雙蝶繡羅裙

（眉批）蓄勢在一結，風流壯麗。

惜瓊花　汀蘋白

（「螢火而今飛破秋夕」眉批）春去秋來，「而今」二字中，含無數別感。（「樓上徘徊，無盡相憶」眉批）結得孤遠。

漁家傲　巴子城頭青草暮

（眉批）筆意高古。（下闋）情必深，語必雋。

浣溪沙　樓倚春江百尺高

（下闋）造語別致。

柳　永

訴衷情近　雨晴氣爽

（眉批）詞中有畫。（下闋末數語）此情此景，黯然銷魂。

卜算子慢　江楓漸老

（下闋）曲折深婉。

夜半樂　凍雲黯淡天氣

（眉批）此篇層折最妙。始而渡江直下，繼乃江盡溪行。「漸」字妙，是行路人語，蓋風濤雖息，耳中風濤猶未息也。「樵風」句，點綴荒野，尚未依村落也。繼見酒旆，繼見漁人，繼見游女，則已傍村落矣。因游女而觸離情，不禁歎歸期無據。別時邀約，不過一時强慰話耳。「繡閣輕拋，浪萍難駐」，漂零歲暮，悲從中來。繼而「斷鴻聲遠」，白日西頹，旅人當此，何以爲情。層折之妙，令人尋味不盡。陳質齋謂「耆卿最工於行役羈旅」，信然。

蘇　軾

醉翁操　琅然

（眉批）清絶，高絶。不許俗人問津。（末數語）化筆墨爲煙雲。

行香子　清夜無塵

（眉批）看得破，説得透。◯恬淡中別具熱腸，是真名士。

點絳脣　不用悲秋

（眉批）筆意超遠，東坡本色。

又　莫唱陽關，風流公子方終宴

（眉批）次句俚淺。（「孤帆遠。我歌君亂。一送西飛雁」眉批）超脱。

蝶戀花　蔌蔌無風花自嚲

（眉批）語淺情長，筆致亦超邁。

秦　觀

好事近　春路雨添花

（眉批）筆勢飛舞。少游後至藤州，醉卧光化亭而卒。此爲詞讖矣。

江城子　南來飛燕北歸鴻

（眉批）亦疏落，亦沉鬱。

鷓鴣天　枝上流鶯和淚聞

（眉批）不經人力，自然合拍。

晁補之

滿江紅　東武城南

（眉批）風雅疎狂，音流絃外。

李之儀

卜算子　我住長江頭

（眉批）清雅，得古樂府遺意。但不善學之，必流於滑易矣。

賀鑄

清平樂　陰晴未定

（眉批）意餘於言，是方回獨至處。

憶秦娥　曉朦朧

（眉批）《憶秦娥》二章，别饒姿態，骨高氣古，他手未易到此。何等悲怨，卻以淺淡語出之，躁心人不許讀也。

又　著春衫

（眉批）看似信筆寫去，其中自有波折，幽索如屈、宋，豈凡豔所能彷彿。

感皇恩　蘭芷滿汀洲

（眉批）筆致宕往。（下闋末數句）骨韻俱勝，用筆亦精警。

惜雙雙　皎鏡平湖三十里

（眉批）言情處亦是横空盤硬語。

思越人　重過閶門萬事非

（眉批）悲惋於直截處見之，當是悼亡作。

好女兒　車馬匆匆

（眉批）設色精工，措語亦別致。上三句，就眼前説，下三句，從對面寫。上下三句，俱有三層意義，不似後人疊牀架屋，其病百出也。

浣溪沙　煙柳春梢蘸暈黄

（下闋首二句）對法亦超脱。

又　夢想西池輦路邊

（「箇般情味已三年」眉批）一句結醒，峭甚。

又　鸚鵡無言理翠衿

（眉批）方回詞，一語抵人千百，看似平常，讀之既久，情味愈出。

又　清淺陂塘藕葉乾

（「行雲不是渡江難」眉批）結七字幽豔。

憶仙姿　蓮葉初生南浦

（眉批）景中帶情，一結自足。

小梅花　縛虎手

（眉批）掇拾古語，運用入化，借他人之酒杯，澆自己之塊壘。趙聞禮所謂「酒酣耳熱，浩歌數過，亦一快也。」

毛滂

七娘子　山屏霧帳玲瓏碧

（眉批）亦整亦散。筆意雅近賀梅子，但不及彼之沉鬱頓挫。

調笑令　香歇

（眉批）即用詩中語，彼則誦，此則歌也。

憶秦娥　夜夜夜了花開也

（眉批）此《憶秦娥》別調。末句（一片花飛減却春）皆用詩語入，妙。

李冠

蝶戀花　遥夜亭皋閑信步

（詞末評注）王介甫云：張子野「雲破月來花弄影」，不及冠「朦朧淡月雲來去」也。

王觀

慶清朝慢　調雨爲酥

（眉批）琢句秀鍊，詡詡欲活，真耆卿之亞也。至黄叔暘謂：此詞風流楚楚。又（謂）：不獨冠柳詞之上，則又過矣。

王雱

眼兒媚　楊柳絲絲弄輕柔

（眉批）「一半春休」，妙。不待春盡時，更作傷春語，亦有心人也。

葛勝仲

鷓鴣天　玉琯還飛换歲灰

（眉批）自是詞中變格，而風致絶勝，並能使無情處都有情。

舒亶

臨江仙　折柳門前鸚鵡緑

（眉批）情詞兼勝，合大蘇、小晏爲一手。

散天花　雲斷長空葉落秋

（眉批）句圓調浹，字字清脆。

菩薩蠻　柳橋花塢南城陌

（「斜日下汀洲，斷雲和淚流」眉批）結十字，沉着。

又　畫船撾鼓催君去

（詞末評注）黄叔暘云：此詞極有味。

周紫芝

生查子　春寒入翠帷

（眉批）語淺情深，不着力而自勝。

謝　逸

花心動　風裏楊花輕薄性

（詞末評注）沈天羽云：此詞句句比方，用《小雅・鶴鳴》篇體也。

（眉批）純用比體，自是詞中變格，亦未嘗不古，但有色無韻。偶一爲之則可，不必效尤也。

柳梢青　香肩輕拍

（眉批）起四字俚。轉頭處，跌宕生姿。

踏莎行　柳絮風輕

（眉批）工緻。

江神子　一江秋水碧灣灣

（眉批）詞意幽怨，幾可接武少游。

又　杏花村館酒旗風

（眉批）情深義明。

詞則輯評

別調集卷二

周邦彦

瑞龍吟　章臺路

（詞末評注）黄叔暘云：此詞自「章臺路」至「歸來舊處」是第一段，自「黯凝竚」至「盈盈笑語」是第二段，此之謂雙拽頭，屬正平調。自「前度劉郎」以下，即犯大石，係第三段。至「歸騎晚」以下四句，再歸正平調。諸本皆以「吟箋賦筆」處分段，非也。

（眉批）筆筆迴顧，情味雋永。

傷情怨　枝頭風信漸小

（眉批）警絶。

關河令　秋陰時晴漸向暝

（眉批）進一層説愈勁直，愈纏綿。

拜星月慢　夜色催更

（眉批）曲折恣肆，筆情酣暢。

晁端禮

菩薩蠻　捲簾風入雙雙燕

（眉批）别調，取其穩愜，備格而已。

曹組

青門飲　山静煙沈

（眉批）婉雅幽怨，已爲梅溪導其先路。

向鎬

如夢令　誰伴明窗獨坐

（眉批）「影也把人抛躲」，真乃善寫悽惶。

万俟雅言

昭君怨　春到南樓雪盡

（眉批）轉頭處承上折入，妙。（「何處是京華，暮雲遮」眉批）結二語宛約，小令正宗。

吕渭老

小重山　半夜燈殘鼠上檠

（眉批）是病中景況，寫來逼真。

一落索　蟬帶殘聲移別樹

（眉批）淒警。

李　玉

賀新郎　篆縷消金鼎

（眉批）此詞情韻並茂，意味深長。　黄叔暘謂「李君詞不多見，然風流蘊藉，盡於此篇」，非虚語也。

汪藻

點絳脣　永夜厭厭

（詞末評注）《能改齋漫録》云：彦章在翰苑，屢致言者，作此詞。或問曰：「『歸夢濃於酒』，何以在『曉鴉啼後』？」公曰：「無奈這一隊畜生何！」

陳與義

（眉批）情味雋永。《草堂》改「曉鴉」爲「晚鴉」，「歸夢」爲「歸興」，反覺淺露無味。

法駕導引　朝元路

（眉批）超超元著。

又　東風起

（眉批）如聆鈞天廣樂之聲。

又　煙漠漠

（眉批）以清虚之筆，寫闊大之景。「月華（微影是空舟）」七字有仙氣，洗脱凡豔殆盡。

虞美人　張帆欲去仍搔首

（眉批）極沉鬱壯浪之致。

向子諲

阮郎歸　江南江北雪漫漫

（眉批）憒不可遏，不嫌直截。

蔡　伸

滿庭芳　煙鎖長堤

（眉批）不免詞勝於情，然卻精於鑄語。作詞固不可無筆。

蘇武慢　雁落平沙

（眉批）上半寫景。「碧雲（空暮，佳人何處，夢魂俱遠）」三句寄情，遞到下闋。下半言情。「（儘遲留、憑仗）西風（，吹乾淚眼）」三句，又於情中帶景，映合上面，結構精工，寓意深遠。「佳人」改作「美人」，則更雅矣。古詩「日暮碧雲合，佳人殊未來」，恰到好處，詞則不必泥用。

點絳脣　水繞孤城

（眉批）雅正。

葉夢得

臨江仙　夢裏江南渾不記

（眉批）筆意超曠。《樂府雅詞》「竹窗」句無「裏」字，「雲濤」句無「聲」字。又「祇今」作「祇君」，太呆。「雲濤」作「雪濤」，與上半「雪」字復。均從《宋六十家詞》本改正。

賀新郎　睡起啼鶯語

（眉批）低回哀怨，寄托遥深。

趙長卿

臨江仙　過盡征鴻來盡雁

（「短篷南浦雨，疏柳斷橋煙」眉批）精秀，似唐人名句。

吕本中

減字木蘭花　去年今夜

（眉批）數十字中，紆徐反復，道出三年間事，有虚有實，運筆甚圓美。

浣溪沙　暖日温風破淺寒

（眉批）婉雅流麗，居然作手。

朱敦儒

十二時　連雲衰草

蒼涼之景，以疊筆盡其致。（「征人最愁處，送寒衣時節」眉批）「征人」十字，亦是人同有之意，卻未有道過者，大抵多就寄衣一邊着意也。

康與之

玉樓春　青箋後約無憑據

（「東風吹落一庭花，手把新愁無寫處」眉批）即竹坡「滿眼是相思，無説相思處」意，而語更淒惋。

洞仙歌　若耶溪路

（眉批）意有所興，便覺雋永。然伯可之貶節，正在急「嫁東風」也。

喜遷鶯　秋寒初勁

（眉批）此詞頗有蒙塵之感，其在上《中興十策》時乎？

辛棄疾

西江月　明月别枝驚鵲

（眉批）的是夜景。所聞所見，信手拈來，都成異采。總由筆力勝故也。

葛立方

卜算子　裊裊水芝紅

（眉批）連用雙字，小有姿態。

范成大

菩薩蠻　客行忽到湘東驛

（眉批）芊雅，近正中一派。

真德秀

蝶戀花　兩岸月橋花半吐

（眉批）用意着而不着，筆法自高。

楊萬里

好事近　月未到誠齋

（眉批）衒口而出，樸直有味。

劉克莊

長相思　朝有時

上下兩排，頗見别致。較叔原一闋，亦不多讓。

姜夔

隔溪梅令　好花不與殢香人

（眉批）節短音長，醞釀可喜。

鬲山溪　與鷗爲客

（眉批）高朗。

陸游

鵲橋仙　華燈縱博

（眉批）悲壯語，亦是安分語。

張輯

山漸青　山無情

（眉批）音節拍合，有行雲流水之致。

垂楊碧　花半濕

（「醉中歸夢直」眉批）「直」字奇絶，警絶。（「樓外重楊如此碧」眉批）「如此」二字，有多少惋惜！

黄機

醜奴兒　綺窗撥斷琵琶索

兩排。　後段起句，皆承前段。　頓句亦甚別致。（「薄倖知他知不知」眉批）連用三「知」字，趣甚，兩面俱有，虚實兼到。

劉光祖

醉落魄　春風開者

（眉批）此詞一味灑脱，遣詞命意，俱極超忽可喜。

毛开

滿江紅　潑火初收

（眉批）亦只是以詞勝，而説來字字動人。　後半闋更情詞兼勝。

高觀國

卜算子　屈指數春來

（眉批）無情處都寫出情來，自非有情人不能。

金人捧露盤　楚宫閑

（「錦江三十六峰寒」眉批）「寒」字警。（「正梅信、笛裏關山」眉批）結筆高遠。

永遇樂　淺暈修蛾

（眉批）精警。

史達祖

臨江仙　草腳青回細膩

（眉批）悽惋沉至。

汪　莘

乳燕飛　去郢頻回首

（眉批）身世之感，驅遣《騷》語出之，冷豔幽香，別饒精彩。

杏花天　美人家在江南住

（眉批）幽怨。

玉樓春　一片江南春色晚

（眉批）悲鬱見於言外，用筆則頗近小晏。

黄　昇

酹江月　玉林何有

（眉批）「那得（粉墻朱户）」六字，用意似高實陋，琢句尤俗。　（「多少甲第連雲，十眉環座，人醉黄金塢」（眉批）「甲第」數語，不肯説破，未免索然無味，何如並隱之爲妙。

樓槃

霜天曉角　月淡風輕

又　剪雪裁冰

（眉批）考甫詠梅兩章，樸直簡老，頗有别致。

吴文英

點絳脣　捲盡愁雲

（眉批）豔語不落俗套。

好事近　飛露灑銀牀

（眉批）「夢闊（水雲窄）」五字奇警。

浪淘沙　緑樹越溪灣

（眉批）哀怨沉着，其有感於南渡耶？

唐多令　何處合成愁

（詞末評注）張叔夏云：此詞疏快不質實。

(眉批)語淺情長,不第以疏情見長也。

青玉案　短亭芳草長亭柳

(眉批)筆意爽朗。

又　新腔一唱雙金斗

(眉批)接筆好。

玉漏遲　絮花寒食路

(眉批)遣詞雅麗,用意窈曲,似梅溪手筆。

尾犯　紺海掣微雲

(眉批)亦綺麗,亦超脱,此夢窗本色。彼譏夢窗以組織爲工者,不知夢窗者也。

絳都春　情黏舞綫

(眉批)雅麗中時有靈氣往來。

木蘭花慢　紫騮嘶凍草

(眉批)景中帶情,詞意兩勝。

鶯啼序　殘寒正欺病酒

(眉批)此調頗不易合拍,《詞律》詳言之矣。兹篇操縱自如,全體精粹,空絶古今。(「倚張屏」五句)追叙舊歡。「輕把斜陽」二句,束上起下,琢句警鍊。(「長波」四句)此折序别離極爲淋漓慘淡之致。

末段撫今追昔，悼歎無窮。按《招魂》乃屈原作，非宋玉作。結句「魂兮歸來，哀江南」，言魂歸哀江之南也。哀江在今長沙湘陰縣，有大哀、小哀二洲。後人誤解，以爲江南之地可哀，謬矣！沿用已久習爲故，然不可不解。

蔣　捷

一剪梅　小巧梅臺眼界寬

（「梨花月底兩眉攢。敲遍闌干，拍遍闌干」眉批）竹山《一剪梅》詞，「敲」與「拍」無甚分別。然其妙正在無甚分別，乃見愁人情況。必其此乃可以不分別爲工，否則差以毫釐，謬以千里。

聲聲慢　黄花深巷

（「訴未了，把一半分與雁聲」眉批）結得不盡，並能使通篇震動。

陳允平

清平樂　鳳城春淺

（眉批）雅近元獻。怨語出以婉曲之筆，斯謂雅正。

明月引　雨餘芳草碧蕭蕭

（眉批）騷情雅意。起七字便自精神。（「君去矣，舊東風，新畫橋」眉批）曲折婉至。

一落索　欲寄相思愁苦

（眉批）凄警。

唐多令　休去採芙蓉

（眉批）疏快中情致綿邈。

瑞鶴仙　燕歸簾半捲

（眉批）幽情苦意，可與《碧山詞》並讀。

周密

謁金門　天水碧

（眉批）前半雄肆，後半淡遠，山川景物，包括在寥寥數語中。

浣溪沙　淺色初裁試暖衣

（「象局懶拈雙陸子，寶弦愁按十三徽」眉批）「雙陸」、「十三」借對，甚巧。（「試憑新燕問歸期」眉批）結句婉至。

珍珠簾　寶階斜轉春宵醫

（眉批）造語精采。其不及中仙者，詞勝而意不深厚也。

石孝友

南歌子　亂絮飄晴雪

（「西園歌舞驟然稀」眉批）「驟然」二字逼人。（「怕見一天風雨捲春歸」眉批）警鍊語，卻極怨鬱。

又　春淺梅紅小

（眉批）筆力老横，别具恣態。

王沂孫

如夢令　妾似春蠶抽縷

（眉批）意有所興，總不作一淺語。

金盞子　雨葉吟蟬

（眉批）碧山此調，與梅溪、夢窗、竹山所作互異，上半闋少一字，下半闋少兩字。「風急」當句絶，而又氣不順，姑以「沈」字句絶。紅友未見此詞，《詞律》中失證矣。

鎖窗寒　出谷鶯遲

（眉批）警動。

一萼紅　翦丹雲

（眉批）深人無淺語。（「一樹珊瑚淡月，獨照黄昏」眉批）結寓意高遠。

埽花游　滿庭嫩碧

（眉批）託體高遠。

張　炎

臨江仙　蒻蒻春冰生萬壑

（眉批）筆筆超脱。

祝英臺近　路重尋

（眉批）點綴唐詩，用筆清超，無些子塵俗氣。

探芳信　坐清晝

（眉批）以退讓見高曠，襟懷自加人數等。

瀟瀟雨　空山彈古瑟

（眉批）哀怨沉痛，故國之思，溢於言外。

月下笛　萬里孤雲

（眉批）骨韻俱高，詞意兼勝，白石老仙之後勁也。

莫崙

摸魚兒　聽春教燕鶯鶯訴

（眉批）此詞以疊字、雙字見長，亦有佳致。

無名氏

楊柳枝　簌簌花飛一雨殘

（眉批）「回首夕陽紅盡處，應是長安」。張詞以沉着勝，此詞以宛雅勝。

烏夜啼　都無一點殘紅

（眉批）情詞淒豔，後主嗣響。一作五代詞。

又　一彎月挂危樓

（眉批）是用後主原韻，措語自佳，意味稍薄，正坐情未到極處耳！

秦樓月　煙漠漠

（眉批）爲秦皇漢武猛下一鍼。

風光好　柳陰陰

（眉批）旅情如畫。口頭語便成絶妙好筆。

僧　揮

玉樓春　飛香漠漠簾帷暖

（眉批）情詞哀豔，逼近小山。

上清蔡真人

法駕導引　闌干曲

（詞末評注）《夷堅志》云：陳東，靖康間嘗飲於京師酒樓，有妓倚欄歌此詞，音調清越，東不覺傾聽，其後有「鏗鐵板，閑引步虚聲。塵世無人知此曲，卻騎黄鶴上瑶京。風泠月華清」五句。問：「何人所製？」曰：「上清蔡真人詞也。」

（眉批）語極清麗，飄飄有仙氣。

葛長庚

酹江月　漢江北瀉

（眉批）真人詞一片熱腸，不作閑散語，轉見其高。

摸魚兒　問滄江舊盟鷗鷺

（眉批）風流酸楚中，極清俊之致，出黄叔暘筆右矣。

霜天曉角　五羊安在

（眉批）筆力雄蒼。

賀新郎　且盡杯中酒

（眉批）真人《賀新郎》諸闋，大率多送别之作，情極真，語極俊，既纏綿，又沉着。在宋人中，亞於稼軒，高於竹山。

又　倏又西風起

（眉批）一波三折。〇蒼涼悲壯，情味無窮。

又　謂是無情者

（眉批）真人詞，最工發端。〇此篇低徊反復，情至文亦至，絶唱也。

乩　仙

憶少年　淒涼天氣

（「對黄花依舊」眉批）「依舊」二字倒用，甚雋。

舒氏

點絳脣　獨自臨池

（詞末評注）《夷堅志》云：彦齡，元祐中樞密彦霖弟也，善爲詞曲，妻舒亦工篇翰。而婦翁本出武列，彦齡頗失禮於翁，翁怒，邀其女歸，竟至離絶。女在父家，偶獨行池上，懷其夫，仍作此詞。

（眉批）兩「年時」字（上闋「耗卻年時興」；下闋「少箇年時影」），一自寫，一寫趙，兩兩對照，不勝淒感，何物老傖忍令佳偶離絶耶！

李清照

鳳凰臺上憶吹簫　香冷金猊

（眉批）淒豔不減耆卿，而騷情雅意過之。（「凝眸處，從今又添、一段新愁」眉批）曲折盡致。

壺中天慢　蕭條庭院

（詞末評注）黄叔暘云：世稱易安「緑肥紅瘦」爲佳句，余謂「寵柳嬌花」語亦甚奇俊，前此未有能道之者。

一剪梅　紅藕香殘玉簟秋

（眉批）宛轉淒凉，情餘言外。

起七字秀絶，真不食人間煙火者。（「纔下眉頭，卻上心頭」眉批）凄婉。

醉花陰　薄霧濃雲愁永晝

（眉批）深情苦調，元人詞曲往往宗之。

如夢令　昨夜雨疎風驟

（眉批）一片傷心，纏綿凄咽。世徒賞其「緑肥紅瘦」一語，猶是皮相。

漁家傲　天接雲濤連曉霧

（眉批）有出世之想，筆意嬌變。此亦無改適事一證也。

浣溪沙　小院閑窗春色深

（眉批）中有怨情，意味自永。

又　樓上晴天碧四垂（編者按，此詞應爲周邦彦作，見《片玉集》卷三。沈際飛本《草堂詩餘》正集卷一誤爲李清照詞。）

（眉批）凄涼怨慕，言爲心聲。

又　髻子傷春懶更梳

（眉批）清麗出「朦朧淡月雲來去」之右。（「通犀還解辟寒無」眉批）結句沉着。

好事近　風定落花深

（眉批）《樂府雅詞》作「正是傷春時節」，「是」字衍，當删。

魏夫人

點絳脣　波上清風

（眉批）情景兼到，頗有周、柳筆意。

好事近　雨後曉寒輕

（眉批）筆意超邁。朱晦庵謂：宋代婦人能文者，惟魏夫人及李易安二人而已。

徐君寶妻

滿庭芳　漢上繁華

（眉批）上半言往日繁華，銷歸一夢，深責在位諸臣，不能匡復，釀成禍亂。下半言典章雖失，大義自在，今日有死而已。詞敖義正凜凜有生氣。

蜀中妓

市橋柳　欲寄意渾無所有

（眉批）運筆輕雋。用成語，有彈丸脱手之妙，宜爲草窗所賞。

吴城小龍女

江亭怨　簾卷曲欄獨倚

（詞末評注）《冷齋夜話》云：黄魯直登荆州亭，柱間有此詞。夜夢一女子云：「有感而作。」魯直驚悟曰：「此必吴城小龍女也。」

（「山展暮天無際。淚眼不曾晴」眉批）次句雄秀。「不曾晴」三字新警。（「詩句欲成時，没入蒼煙叢裏」眉批）結筆蒼茫無際。

詞則輯評

別調集卷三

金　詞

耶律楚材

鷓鴣天　花界傾頹事已遷

（眉批）語亦雄秀，是宗元人七律之佳者。

蔡松年

浣溪沙　溪雨空濛灑面凉

（眉批）淒麗。

王特起

梅花引　山之麓

（眉批）一幅暮秋旅行畫圖。

党懷英

感皇恩　一葉下梧桐

（眉批）精警特絶。

元好問

江神子　河山亭上酒如川

（眉批）玉田稱遺山精於鍊句，當指此種。

邁陂塘　問世間情是何物

（眉批）大千世界一情場也。（下闋）怨風爲我從天來。

元詞

李冶

邁陂塘　雁雙雙正飛汾水

（眉批）起四語，平率。「何似」句，亦未能清醒。冶情苦調，筆力亦透過數層。設色亦工。

趙孟頫

蝶戀花　儂是江南游冶子

（眉批）淒涼哀怨，情不自已。

虞美人　潮生潮落何時了

（眉批）哀怨之情，溢於言表，責其人，亦悲其過也。

浣溪沙　滿捧金巵低唱詞

（眉批）一聲《河滿》。

劉因

木蘭花　未開常探花開未

（眉批）即「人生行樂意耳」意，而語更危悚。

李琳

木蘭花慢　蘂珠仙馭遠

（眉批）水逝雲卷，感慨無限。

曾允元

謁金門　山銜日

（眉批）筆力自勝。

虞集

蘇武慢　憶昔東坡

道園詞骨頗高，似出仲舉之右。惜規模未定，不能接武南宋諸家也。

（眉批）幻想。（「歎乘桴浮海，飄然從我，未知誰可」眉批）道園老子胸襟，此詞約略可見。

風入松　畫堂紅袖倚清酣

（「報道先生歸也，杏花春雨江南」眉批）天然神韻。

彭元遜

解珮環　江空不渡

（眉批）憂深思遠。

張翥

多麗　晚山青

（眉批）景中帶情，不失宋賢矩矱。

摘紅英　鶯聲寂

（眉批）押韻陡險。

洪希文

浣溪沙　丈室蕭條似病禪

(眉批)灑脱有致。

倪瓚

憑欄人　客有吴郎吹洞簫

(眉批)寥寥數語，妙有遠神。

顧德輝

青玉案　春寒惻惻春陰薄

(眉批)有勁直之氣，可藥元末纖弱一派。

邵亨貞

憑欄人　誰寫江南一段秋

(眉批)題畫如此，可謂簡要。

王行

虞美人　黄花翠竹臨溪處

（眉批）真有山林之癖。○清高絶俗。

王容溪

如夢令　林下一溪春水

（眉批）衝口而出，漸近自然。

馬致遠

天淨沙　枯藤老樹昏鴉

（眉批）疊寫景物。（「斷腸人在天涯」眉批）末句寄情。

又　西風塞上胡笳

（眉批）意境蕭颯。

滕賓

洞仙歌　醉騎黄鵠

（眉批）詞意超邁，筆力蒼勁，元人中最錚錚者。

歸朝歡　畫角西風轟萬鼓

（眉批）調高響逸。

鵲橋仙　斜陽一抹

（眉批）警鍊。

明詞

劉基

如夢令　草際斜陽紅委

（眉批）題畫妙，以假爲真，淺淺數語，固自入神。

千秋歲　淡煙平楚

（眉批）淒婉芊麗。

劉昺

憶秦娥　溪頭柳

（眉批）清爽。

史　鑑

臨江仙　秋水芙蓉江上飲

（眉批）詩情畫景。筆力清勁，不減青田。

邊　貢

蝶戀花　亭外潮生人欲去

（眉批）用筆和雅，自是詩人之詞。

文徵明

滿江紅　漠漠輕陰

（眉批）芊綿宛約，得北宋遺意。

王好問

賀聖朝　嫋嫋西風斂暝煙

（眉批）情景兼至。趙符庚謂「西塘詞如秋水芙蓉，寒江映月」，此篇庶乎近之。（「錦書千里爲誰傳，思依然」眉批）結三字婉約。

葛一龍

憶王孫　春風吹後滿天涯

（眉批）「不如他」三字，妙妙。宋人咏草名作多矣，此詞獨有别致。

陳子龍

浣溪沙　半枕輕寒淚暗流

（眉批）淒婉，是詞場本色。

天仙子　古道棠梨寒惻惻

（眉批）感時之作，筆意淒警。

千秋歲　章臺西弄

（眉批）亦淒豔，亦蒼莽，自是作手。

計南陽

花非花　同心花

（眉批）音調古雅。雖非詞中正聲，在明代自是矯矯之作。

李明嶽

阿那曲　幾回閒夜停機杼

（眉批）語帶鬼氣。

張大烈

少年游　蕭瑟秋風古渡橋

（眉批）筆力雄健，詞意酸楚。

商景蘭

擣練子　長相思

（眉批）情詞淒怨，有樂府遺意。

葉小鸞

南歌子　門掩瑤琴靜

（眉批）「雲散（青天瘦）」五字，新警。

徐元端

南鄉子　獨坐數歸期

（眉批）悽婉，得易安筆意。

呼舉

玉樓春　一燈半滅愁無數

（上闋）悽警，勝讀《秋聲賦》。（下闋）結三語，有仙氣，亦有鬼氣。

王微

憶秦娥　多情月，偷雲出照無窮別

（詞末評注）施子野云：此詞不減李易安。

（眉批）起十字警絶。餘亦妥貼。

鎖懋堅

菩薩蠻　曉鍾纔到春偏度

（眉批）别樣淒豔。

元妙洞天少女

謁金門　真堪惜

（眉批）真乃洞天中人語。

王秋英

瀟湘逢故人慢　春光將暮

（眉批）悽怨，幾令人不能卒讀。

國朝詞

龔鼎孳

青玉案　金閶個是迷香路

（眉批）直抒本事，不著議論，筆意自高。

宋　婉

浣溪沙　乍暖猶寒二月天

（眉批）芊雅，得賀老之神。

宋徵輿

憶秦娥　黄金陌

（眉批）語輕圓，而意沉着。

毛萬齡

瀟湘神　叢嶂迷

（眉批）有古致。

王士禎

望江南　江南好，畫舫聽秋歌

（眉批）小令以宛約閑雅爲貴，漁洋近之。

減字木蘭花　紗窗夢起

（眉批）淒婉特絶，餘味不盡。

偷聲木蘭花　緑楊陰裏秋千索

（眉批）淒麗而古雅，情文兼至。

鳳凰臺上憶吹簫　鏡影圓冰

（眉批）思深意苦，幾欲駕易安上之。

鄒祇謨

浣溪沙　何事連宵唱懊儂

（「水驛篷窗山驛店，夜程霜月曉程風」眉批）「水驛」二句，括得無限旅情旅景。

曹貞吉

賣花聲　風緊紙窗鳴

（眉批）造語清朗，不減宋人。

掃花游　元宵近也

（眉批）綿麗幽細，斟酌於美成、梅溪、碧山、公謹而出之者。

吴　綺

滿江紅　一點青青

（眉批）設色雄麗。

又　海上閒雲

（眉批）精警似此，頗不讓迦陵也。（「向金門索米」眉批）「向」字上余擬加「鎮日」二字較警，不必效九十一字體。

顧貞觀

百字令　冷清清地

（眉批）淒涼哀怨，華峰本色。

性　德

采桑子　誰翻樂府淒涼曲

（眉批）哀婉沉着。

太常引　晚來風起撼花鈴

（眉批）淒切語，亦是放達語。

彭孫遹

生查子　薄醉不成鄉

（眉批）語甚别致。

花心動　幾陣西風涼氣滿

（眉批）發源於淮海，胎息於梅溪，有此意境。（下闋）含情綿邈。

倪燦

浣溪沙　逐水尋幽路不窮

（眉批）未免詞勝於情，然措語自精秀。

尤侗

浣溪沙　陌上家家挂紙錢

（眉批）聲情酸楚，不堪卒讀。

又　少女長安歌踏春

（眉批）情韻並絶，如讀唐詩。

菩薩蠻　曲江芳草年年碧

又　六宫閑掃芙蓉鏡

又　少年悔讀高唐賦

又　平生脱手千金劍

又　關山戎馬驚鼙鼓

又　短衣匹馬盧龍道

又　白雲冉冉蒼梧下

又　著書自苦徒爲尔

八章源出温、韋，而詞意不免淺顯。身世興衰之感，略見於此第二章，尤使人讀之淚下。漁洋《題展成新樂府》云：「南苑西風御水流，殿前無復按梁州。飄零法曲人間遍，誰付當年菊部頭。」又云：「猿臂丁年出塞行，灞陵醉尉莫相輕。旗亭被酒何人識，射虎將軍右北平。」其年《壽悔庵六十》詞云：「曾經天語憐才，如今老卻淩雲手。」又云：「長安笙簫，連昌花竹，可堪回首。」皆當與此篇參看。吴薗次太守跋云：「阮生失路，澆淚無端；屈子問天，寄愁何處？水以不平而激，木因有鬱而奇。情有所之，理固然矣。吾友悔庵，文高於命，宦薄於名。豔曲三章，欲醉沈香之酒；奇才兩字，不分歸院之燈。孤竹崖前，空隨射虎；百花洲上，徒共眠鷗。劉公幹高臥清漳，王仲宣哀吟荆楚。爰以沉鬱之意，寫爲穠麗之音。此《病中八首》所由作也。夫生而識字，即種愁根；長解言文，原非善氣。惺惺自合人奴，咄咄何堪令僕。吾儕若此，復何怪耶？子善吹簫，請命小紅而按節；我爲拔劍，聊浮大白以倚聲。」可謂深得悔庵心者。

毛奇齡

點絳脣　惱殺啼鵑

（眉批）鎔成一片，情韻特勝。

朱彝尊

百字令　竹垞春雨

（眉批）情景盡「鄉園（無恙，匆匆燈影中說）」十字。

又　過江人物

（眉批）緯雲爲迦陵弟。此詞起結皆借迦陵生色。中間譽緯雲處，頗見分寸。○《晉書》：「二陸入洛，三張減價。」《梁書》：「世祖《贈［到］溉［到］洽》詩曰：『魏世重雙丁，晉朝稱二陸。何如今兩到，復似凌寒竹。』」○《名家詩鈔小傳》：其年少清臞，長而于思，學士大夫皆稱爲陳髯。一時言詩古文詞者，必推髯，由是髯之名滿天下。

高陽臺　橋影流虹

（眉批）淒警絶世。

摸魚子　記分襟秋河射角

（眉批）筆情瀟灑，亦婉折有致。

又　玉玲瓏閣前松石

（眉批）脱口而出，有不期然而然之妙。（下闋末數句）雅麗兼夢窗、草窗之長。

又　愛蓮洋無多行卷

（眉批）直書所事，非有真氣盤旋不能。（「殘雪後，待驅馬盧溝，轉入孤山」眉批）豪情逸致，令我神往。

又　最撩人東華塵土

（眉批）押「兩」字，響。（下闋末數語）意度超玄。

又　數才名鷹揚河朔

（眉批）亦沉着，亦瀟灑。

菩薩蠻　夕陰秋遠樓邊笛

（眉批）迴文體，最不易佳，且無韻味，故僅收竹垞此篇。

柳梢青　遵海南耶

（眉批）全用「耶」字韻妙，有靈光縹緲之致。

浣溪沙　煙柳風絲拂岸斜

（眉批）集句本非正格，且近小家氣。然必須脱口而出，運用自如，無谿町之痕，有生動之趣，亦非易易。録竹垞詞十闋，可見一斑。

又　十二層樓敞畫檐

（眉批）疊用雙字，映射成趣。

鷓鴣天　南國佳人字莫愁

（眉批）淒麗精工。

玉樓春　雨滋苔蘚侵階緑

（眉批）情詞淒婉，全在數虚字傳出。

又　劉郎已恨蓬山遠

（眉批）工緻，用成語真如己出。

瑞鷓鴣　春橋南望水溶溶

（眉批）工巧特絶，一片神行。

臨江仙　無限塞鴻飛不度

（眉批）聲調高朗。語自工整，意極怨凉。出以成語，所以爲難。

解佩令　城頭畫鼓

（眉批）聯句亦非正格，然卻見力量。偶録一二，以備一體。

詞則輯評

別調集卷四

陳維崧

望江南　江南憶，白下最堪憐

（眉批）結只五字（「秋雨蔣山前」），而氣韻雄蒼。

又　如皋憶，憶得暮雲天

（眉批）其年小令諸篇，俊爽有餘，少温婉之致。學其年者，不必從此入門。

又　如皋憶，如夢復如煙

（「一城纖月酒旗偏，過了十多年」眉批）結句筆力亦横。

又　如皋憶，往事倍盈盈

（眉批）怨鬱，正不在多着墨。

又　如皋憶，按譜砌香詞

（眉批）圓美流轉。

桂殿秋　波淼淼

（眉批）精於鍊句。（「櫺尾風燈颭夜紅」眉批）「夜紅」二字，尤奇警。

楊柳枝　裊娜絲楊水面生

（眉批）纏綿淒婉，亦復清俊，仍是其年本色。

南鄉子　捲絮搓綿

（眉批）沉警。

昭君怨　誰把軟黄金縷

（「一樹倍堪憐，寺門前」眉批）「一樹」二字有味。

浣溪沙　格格沙禽拍野塘

（眉批）以感慨勝，不以新巧勝。

又　料峭春寒恰未消

（眉批）上半寫景如畫，下半懷古，亦自餘味不盡。

又　秋染包山樹樹蒼

（眉批）運典中亦別有感慨，令人尋味無窮。

又　出郭尋春春已闌

（眉批）銖兩悉稱，可謂工力悉敵矣，以其年首唱，故係之。

添字昭君怨　今夜月明江上

（眉批）骨力雄蒼，措詞和雅。

減字木蘭花　天涯飄泊

（眉批）七章皆寄婦之詞。首章總叙；下六章歷寫二十年心跡。淋漓沉痛，情真義亦至矣。

又　余年二十

（眉批）激昂沉痛，真令人短氣。

又　地名破冢

（眉批）寫時節，風物流動而淒警。

又　曲阿湖上

（眉批）語至情真，叙事亦擦如指掌。

又　客航風雨

（眉批）一片飄零之感。怨哀易工，斯之謂也。

好事近　落日古郯城

（眉批）感慨係之。其年詞有云：「論交道令人齒冷。」可與此相發明。

醉花陰　昔年相見皋橋下

(眉批)觸景興懷，纏綿淒楚。

鷓鴣天　袁浦西風響亂灘

(眉批)筆路頗近遺山，而氣較遒緊。

又　斫屧吹簫吳市間

(「詩情浩蕩風前絮，身計微茫海外山」眉批)兩喻奇特。(「新銜麯部兼茶部，舊署園官并橋官」眉批)趣甚，亦鬱甚。

又　曾倚瑶臺喝月行

(眉批)不可一世。

又　罌粟闌邊已放芽

(眉批)使君自是不凡。

酷相思　趙北燕南多驛路

(眉批)開板橋先路。

歸田樂引　散牧涼秋月

(眉批)化筆墨爲煙雲，凌厲無敵。(下闋)純以神行。

滿江紅　隨帝宫門

（眉批）筆筆生動。

又　阿大中郎

（眉批）錬句精雅。

満庭芳　龍德殿邊

（「内人紅袖，慟哭話昭陽」眉批）哀怨淒涼，鵾絃撥碎矣。

水調歌頭　離别亦常事

（眉批）超脱，兼稼軒、玉田之長。

又　誰送半城緑

（眉批）平常意，卻未經人道。

又　君住馬溪上

（「他日訪君處，烟水空留儂」眉批）極疏狂之趣，胸中真無些子俗塵。

八聲甘州　説西江近事最銷魂

（眉批）直起老。（下闋）人世之恨何窮，真令人思求仙也。

月下笛　今夕何年

（「故將鳳竹悽倦客」眉批）「故將」妙，無心偏作有心。（下闋末數句）筆力精鋭。

金菊對芙蓉　古樹雲平

（眉批）感慨中有悱惻纏綿之致，恰與題稱。

渡江雲　江豚翻碧浪

（上闋）來勢蒼莽。（下闋）去路淒涼。

念奴嬌　得憐堂後

（「舍南舍北，亂飛王謝家燕」眉批）一結哀感不盡。

又　誰將醉墨

（下闋末數句）激烈如此。

又　詞推北宋

（眉批）此詞絶柔緩，筆墨又變。（「蔣山東望，可憐依舊凝緑」眉批）餘情渺渺。

琵琶仙　倦客心情

（眉批）大江無風，波浪自湧。

木蘭花慢　東風昏似夢

（眉批）哀感。（下闋）觸物興怨，情詞雙絶。

憶舊游　松陵東去路

（「碧浪瀉紅顔」眉批）鍊句精秀。（下闋）兼草窗、玉田之勝。

瑶花　青山如黛

(下闋)怨而鬱。惟鬱故能沉着。

春從天上來　煙月杭州

(眉批)警絶。

望明河　冰輪尚缺

(眉批)運典亦十分精采,總由筆力雄勁。

慢卷紬　長城西去

(眉批)濤奔雲湧,大氣盤旋。上半雄莽,下半淒清。

小梅花　君莫喜

(眉批)運用成語如己出。亦如七寶樓臺,折碎下來,不成片段也。

又　咸陽樹

(眉批)别有感喟。(下闋)洋洋灑灑,暢所欲言。

沁園春　極目離離

(上闋)細緻。俗。(下闋末)題外牽情,感慨無限。

又　瑟瑟陰陰

(下闋末)總以感慨勝。

賀新郎　今夜清輝苦

（眉批）前半言月夜被酒，因思鄉意引起懷友。後半感傷文友，字字沉痛。

又　咄汝前來此

（眉批）運典游戲，妙在盘旋一氣，驅遣自如。

又　淚濕蒼梧樹

（眉批）靈光幽氣，爲烈士生色。

又　鵲又填橋矣

（眉批）一「又」字虚領起，通篇悼亡之意。（上闋末數句）曲折沉着。（下闋末數句）情真語切，幾不知是血是淚。

摸魚兒　怪連宵暗風吹雨

（上闋末）措語精鍊，又擺脱。（下闋末數句）文生於情。

李良年

暗香　春纔幾日

（眉批）雅麗而清勁，不失南宋名賢矩矱。

柳梢青　春事閑探

（眉批）情詞俱妙，筆意亦近草窗。

綺羅香　僧磬纔聞

（眉批）畫境。句法、字法俱從白石、玉田得來。

李　符

河滿子　慘澹君王去國

（眉批）只就本事略點綴，而大鋮之罪自著。遇此種題，總以不着議論爲高。

齊天樂　野塘水漫孤城路

（眉批）一幅畫稿。

汪　森

步蟾宫　平沙雁叫西風冷

（眉批）空濛無際。

董以寧

滿江紅　去歲今朝

（詞末評注）鄒程村云：此述哀諸作，文友苫塊中當哭之辭也。家常話以至性出之，都成血淚，是天地間絶大文章。

（眉批）十二首無一不從血性中流出，斯謂情真語至。○命題不無可議，而詞則字字真切，令人墮淚，殆亦悲哀之極，不容己於辭耶！○句句是家常話，寫來十分真至。

又　七葉蓂開

（詞末評注）黄艾庵云：未亡人雖存而待亡，孝子之心雖親亡而不亡，均於此見。

（眉批）思深意苦，不堪多讀。真絶，痛絶。

又　月正團圓，卻不道今宵月半

（詞末評注）魏貞庵云：即此是宛鳩相誡語。

（眉批）「卻不道」三字得神。（「新魂獨自思兒伴」眉批）不曰兒思親，卻云「新魂」、「思兒」，真至性語，真令人淚下。

又　父在斯耶

（詞末評注）周櫟園云：是父墓前哭母詞，極其真切。

（眉批）此詞一往痛絶，真令我不能卒讀。（下闋）歷叙家常瑣事，無一字不傷心。

又　三十無兒

（詞末評注）王阮亭云：牽牛繞泣，没者、存者俱更難爲情。

（眉批）愈真至，愈是動人。（下闋）哀慘淒切。

又　素韡欒欒

（詞末評注）陳其年云：是午日招魂，讀「錦標未奪」語，更爲文友淚下。又云：文友尊慈以跌傷足成病，故後調云云。

又　昨歲鋮樓

（眉批）情詞雙絶。淋漓哀痛，情生文，文生情。

又　時值中元

（眉批）家常語道來，都成異彩。運用七夕事，直恁淒麗。

又　記得當初

（眉批）唐中尚署「七夕進盂蘭盆，薦高祖以下七聖。」（下闋末數句）一片哀情，十分真至，千載共見。

（詞末評注）計甫草云：文友近有詩云：「無復高堂憐冷暖，自家珍重慰黄泉。」與此詞前半映發。

又　每到重陽

（眉批）父母愛子之心，靡不如是。（下闋末數句）想落天外，然思路正自淒絶。

（詞末評注）王西樵云：思親猶可；念及親魂思子，何以爲懷。鐵石人讀之，亦當下淚。

又　永訣經年

（眉批）運用淒警。（下闋「問側身」以下）沉痛語。慈親孝子當不以幽冥隔也。讀之令人酸鼻。

（眉批）觸處便生癡想，藹然孝子之心。與上《中秋》一篇（「記得當初」），同一思路。

又　日月云除

（詞末評注）季滄葦云：諸詞淒慘摯實，文生於情，但「有季」「有兒」，「此身」那便是「閑人」，吾恐斯言過矣。

（眉批）此情真是無可解得，不然無此悔也。淋淋漓漓，一往痛哭。

萬　樹

金縷曲　三野先生者

（眉批）紅友詞，余未窺全豹。二詞見《蓮子居詞話》，尚有別致。此章尤極自然。直似一篇传誌。

又　乙巳春之季

（眉批）叙事直起。（下闋末數句）合拍亦巧，惜筆力不足以舉之。

沈岸登

如夢令　纔見緑楊飄絮

（眉批）意餘於言

沈雄

浣溪沙　壓帽花開香雪痕

（眉批）極力洗鍊，自是精心之作。

曹亮武

剔銀燈　戛觸琅玕欲碎

（眉批）工於言情，語極懊悶。

魏坤

南鄉子　鬢影西風

（眉批）音調淒斷。

城頭月　凌風玉剪穿簾去

（眉批）言中有物，意味便長。

徐瑶

惜紅衣　雲母屏前

（眉批）狄立人謂：天璧才擅衆長，詞非一格。尤展成謂：此詞惝怳迷離，得神光掩映之妙。○余謂：此詞誠佳，但意境不深，擬諸夢窗，貌似而神不似也。

陳崿

憶江南　江南憶

（眉批）咏芰荷偏有此芊麗語，真才人之筆。

杜詔

西江月　人静擁爐時節

（眉批）忍俊不禁。

徐逢吉

如此江山　朔風捲卻彤雲去

（眉批）筆力清勁。寫景有層折，有聲勢，措語亦自精湛。

綵窗立倚　忽地西風起

（眉批）此詞措語容易得妙，然卻不淺率。

詞則輯評

別調集卷五

厲　鶚

木蘭花慢　自吹簫伴去

（眉批）超然絶俗。「冷襟懷（要與俗人疏）」八字，只是自寫其詞。（下闋末）淒豔入骨。

桃源憶故人　夜涼那更秋情獨

（眉批）筆意幽冷。

清平樂　膠鬢新拭

（眉批）婉約，近北宋人手筆。

蝶戀花　二月風顛吹斷柳

（眉批）信手寫去，自饒清麗。俗手學之，畢生不得。

黄之雋

憶漢月　没箇有情如爾，辛苦尋儂來此

（眉批）起二語幽怨。

季元春

醉太平　去年今年

（眉批）淒警。

陸　培

燭影摇紅　征雁來時

（眉批）微之詩：「悼亡詩滿舊屏風。」此云：「嬾寫屏风舊恨，早安仁、霜華點鬢。」運用更淒警。

真珠簾　阿誰軟語紋窗畔

（上闋）貼切大雅。（「一樹梨花開正白」眉批）點染「白」字不可少。

賣花聲　月額雨頻吹

（下闋末三句）沉婉。

王時翔

雨零鈴　一編香雪

（眉批）小山心折於香雪，嘗云：「吾婁建治三百年，始得一香雪，學之久而不能至者，如余是也。」此詞亦字字從肺腑流出。

毛健

更漏子　不成眠

（眉批）此詞絶淒警，不減五代人手筆。

月當窗　非鴛非燕

（眉批）句句貼切，巧不傷雅。

王嵩

疏柳　霜柯槭槭

（眉批）清虚騷雅，神似草窗。

王　策

南鄉子　日影紅檐

（眉批）語不多，而湧感無限，小令雋品也。

甘州子　畫眉纔了换花冠

（眉批）小令以婉約爲宗，香雪得之矣。

天仙子　遠樹驚烏飛不定

（眉批）全首寫景，亦是一格。

浣溪沙　緑葉鶯啼卵色天

（眉批）此篇亦是全首寫景。

虞美人　惱春心事消魂景

（「落花小院夕陽黄」眉批）「落花」七字，精神全在一「黄」字。無怪香雪反復吟玩不置也，亦可謂情種矣。

又　消他幾句愁邊稿

（眉批）情詞淒豔，可以招魂。

臨江仙　一棹離鄉纔四日

(「雨晴山骨瘦,岸圮樹身斜」眉批)「雨晴」句勝。「花」字韻,偏押得虛鍊。

芭蕉雨　昏昏天影如墨

(眉批)哀怨在骨。

高陽臺　遠縷鵝黄

(眉批)寬一步,正是緊一步。

玉燭新　清溪環舍後

(眉批)哀怨沈痛,天地當爲之變色。

二郎神　白楊枝老

(眉批)沉痛。與上章同一迫切。(下闋)淒怨如此,香雪當年不永,於詞中已可概見。

徐庾

踏莎行　蘂珮淩雲

(眉批)語亦逋峭。梅詞最難工,此篇幽豔中見身分,自是佳作。

鄭變

浪淘沙　風雨夜江寒

（眉批）一忙一閑，對寫好

又　秋水漾平沙

（眉批）神在箇中，意在言外。

唐多令　一抹晚天霞

（眉批）此詞絶類西麓短調，板橋集中最平正者。

江炳炎

綺羅香　帆腳初收

（眉批）宛雅幽怨，逼近宋賢。

買陂塘　弄檐牙懸冰滴溜

（眉批）情韻固勝，筆力亦高。　無留滯之跡，可與竹垞把臂入林。

江　昱

松泉詞，深得南宋人遺意，雖未臻深厚，卻與淺俗者迥别。

買陂塘　掐檀痕細巡銀字

（眉批）言爲心聲，有不期然而然者，自歎亦自負也。

鷓鴣天　午夜寒多酒不勝

（上闋）淒豔，近夢窗。（下闋）冷雋。

清平樂　才人老去

（「他日秦淮夜泊，蟪蛄明月勾欄」眉批）結語淒冷。

琵琶仙　春草臺荒

（上闋）流連感歎，黯然銷魂。（下闋）清警似玉田。

湘月　天涯孤旅

（眉批）上半歎其遇，下半慰其名。懷才不遇者爲之開顔。

蝶戀花　夜空收帆葭葦際

（眉批）「黯然銷魂者，惟别而已矣。」正不分遠近也。

張四科

醜奴兒令　玉梅花下晴光嫩

（眉批）淺而有味。

臺城路　閑來且放登臨眼

（眉批）有雲煙縹緲之致。

齊天樂　緑楊城郭黄梅雨

（眉批）既騷雅，又清脆，應得力於樂笑翁。（「別酒醒時，去帆横暮靄」眉批）挽題蒼茫。

江昉

木蘭花慢　近蒹葭野岸

（眉批）情景兼寫，措語清雋，亦不減樊榭。（下闋）收足正面，空濛無際。

清平樂　新陰滿徑

（眉批）悠然意遠。

憶蘿月　嘹嘹征雁

（眉批）筆意近高竹屋。

買陂塘　一枝枝荒江送響

（上闋）筆致淒警，亦灑脱。（下闋）四面烘染，渾是淒怨。

又　愛平鋪水明沙淨

（眉批）佳處全從南宋人得來。（「還認取，盡剪碎秋雲，點綴胡天暮」眉批）二語嫌滯。（「載山色青青，玉纖采摘，和月澹遥浦」眉批）鍊字鍊句，歸於純雅，姜、史化境也。

摸魚子　艤孤篷水平天遠

（眉批）集成語，一氣相生。騷情雅調，便如玉田復生。

史承謙

祝英臺近　楚雲歸

（眉批）淒豔中自饒温雅，較《神女》、《洛神》轉得其正。

玉樓春　年來不覺歡情減

（「淒迷只似雨餘花，涼冷略如秋後簟」眉批）兩喻淒警。（下闋）冷絶中有鬼氣。

石州慢　寒掩空庭

（眉批）情文相生，得賀老遺意。（「二十四橋邊醉年時明月」眉批）深情苦意，「年時」二字中含曲折。

探芳訊　冶城暮

幽情逸韻，神明於姜、史。（下闋末數句）淒涼哀怨。

臺城路　江南五月寒如許

（下闋）全得力於南宋，後半尤逼真西麓。

解佩令　澄江如練

（眉批）此位存縱調，集中偶一爲之。

任曾貽

臨江仙　斷雁西風古驛

（眉批）「燈影（昔年情）」五字，言中有物。

張雲錦

雨霖鈴　炎精銷歇

（眉批）感慨中有筆力。

朱雲翔

玉漏遲　莽秋雲一片

（眉批）融情鍊景，雅近耆卿。（下闋）結處映「漂零」三語，極爲淒黯。

浣溪沙　淡月微黄雨乍晴

（「芳草已非裙帶緑，遠山猶是黛眉青」眉批）「已非」、「猶是」四虚字，唱歎得神。

董　均

鵲踏枝　嵇阮壚邊司馬壁

（眉批）憤懣語，卻不激烈。愈婉曲，愈沉着也。

吴　烺

浣溪沙　獨倚危樓望曉天

（眉批）淒麗，不減陳臥子。

過春山

臨江仙　試數舊愁餘幾縷

（眉批）筆意清超，琢句婉雅，自是湘雲本色。

綺羅香　舊恨消香

（眉批）淒涼幽怨，出入南宋諸賢，而得其神理，最是高境。

江亭怨　寒翠濕衣欲暮

（眉批）風流疏雅，不減樂笑翁。

清平樂　雨輕風細

（眉批）得五代人神髓，不同貌似者。

水龍吟　片帆斜挂西風

（眉批）超曠。疏密適中，兼夢窗、玉田之美。

西子妝　露滴松梢

（眉批）清虚騷雅中又極深厚，此湘雲所以爲高也。

江　立

百字令　孤雲海樹

（眉批）措語警鍊。必以情運詞乃工。

吴泰來

祝英臺近　石玲瓏

（上闋）起數語，佈景工於點綴。（下闋）風流婉雅，是竹嶼本色。吴中七子，璞函而外，固當首屈一指。

臺城路　垂楊零落西堤路

（眉批）宛轉流麗，頗近小長蘆。

買陂塘　又匆匆水天分袂

（眉批）清圓瀏湸，如聞蘇門長嘯。

趙文哲

酷相思　草草一尊臨欲去

（眉批）運用柳詞妙，是自出機杼。

摸魚子　記當年破窗風雨

（上闋）風流雲散。（下闋）清警似玉田。

惜秋華　過了星期

（眉批）紆徐婉折，運典亦雅麗有致。

鄭　澐

長亭怨慢　甚相見匆匆如此

（眉批）低回曲折，情勝而筆力亦勝。欵欵深深，極其淒婉。

吴省欽

憶蘿月　鑪薰被暖

（「好夢如春短，夢又不來人又遠」眉批）「夢又不來」四字中，有多少委曲。

林蕃鍾

菩薩蠻　春風一棹天涯客

（眉批）詞骨亦高。（「夢中柔櫓聲」眉批）寫客感淒切。

鬲溪梅令　蓀橈載酒下吴淞

（眉批）婉雅閒麗，詞場本色。

清平樂　晚妝初就

（眉批）筆意閒雅。

浣溪沙　漠漠寒汀起暮愁

（眉批）字字秀鍊，無一淺滑語，是蠡槎勝人處。

珍珠簾　暮帆微覺西風勁

（眉批）此詞筆意亦雅近石帚。（下闋後數句）清虚騷雅，居然作手。

沈起鳳

浣溪沙　幾度天涯夕照殘

（眉批）遺詞温雅。桐威詞以雋永勝。

慶春宮　波遠生煙

（眉批）亦綿麗，亦清雅，詞品在上下、中上之間

感皇恩　流水謝橋灣

（眉批）風流婉娩而清瘦在骨，所以爲高。

施　源

瑶華　美人何處

（上闋）疏狂中别饒清雅。（下闋）輕揚宛轉，令人銷魂。（「今夜月明尋去」眉批）情癡得妙。

吴錫麒

鳳凰臺上憶吹簫　冷落鴉邊

（眉批）撇去吊咏套語，獨得淒婉之神。（「重回首，新愁舊愁，併作秋看」眉批）淒警。

臺城路　江流不管閒鷗夢

（眉批）祭酒詞深得南宋之雅正，此篇尤與西麓相近。

鎖窗寒　淺壓山腰

（眉批）全以藴藉勝人，自是先生本色。（「問遮將一經春歸，恁禁秋來路」眉批）結淒警。

臺城路　夕陽多少閒鷗在

（眉批）落筆清超閑雅，得白石意趣。

黄景仁

蘇幕遮　雪初晴

（眉批）情勝於詞，中含怨意。

吴翊鳳

淒涼犯　宵深和淚郎當

（眉批）題甚酸楚，詞亦淒麗。榮悴相形，愈難爲情。（下闋末數句）收足牙彊，亦甚沉痛。

錢季重

鷓鴣天　落魄天南意未降

（「纔能吹得燈兒黑，明月無言又到窗」眉批）無避影處，只是無避愁處，語亦婉至。

詞則輯評

別調集卷六

張惠言

傳言玉女　多謝東風

（眉批）奇情幻景，有神光離合之致。（「夢兒無奈，又隨春出」眉批）結筆又獲一往無盡。

陸繼輅

鬲溪梅　游絲不繫可憐身

（眉批）深情婉轉，詞之可以怨者。

金應城

臨江仙　篆縷厭厭人悄悄

（「海棠枝上，一半碧雲横」眉批）「一半」二字有情。　（下闋）旁面生情，極離合之妙。

又　花外啼鵑簾外燕

（下闋）情詞酸楚，黯然銷魂。

鄭善長

高陽臺　暮雨催眠

（上闋）含情要眇。　（下闋末數句）深婉沈篤，純乎碧山咏物諸篇。

又　粉暈微搓

（上闋）怨深愁重，情見乎詞。　（下闋）幽窈綿遠，中仙高境。

甘州　漸香篝餘燼冷羅衾

（眉批）哀怨纏綿，碧山之深厚，玉田之清雅，兩得之矣。

楊芳燦

摸魚兒　據胡牀深林獨坐

（眉批）措詞清麗，蓉裳擅長在此，特不可語於《大雅》也。

小重山　一桁珠簾小綺疏

（「微雨雁飛初」眉批）結五字景中帶情，意味甚永。

楊揆

渡江雲　連雲低暝色，江風暮緊，莽莽長春潮

（眉批）起勢雄勁。後半不過套語，殊少餘味。（「愁未了，打篷雨又瀟瀟」眉批）挽入本題。

浣溪沙　檻外春流長暮潮

措語妙。（「簾影自明波瑟瑟」、「水天涼夜聽吹簫」眉批）「明」、「水」淨，小品雋品也。

沈清瑞

點絳脣　夢隔涼煙

（眉批）起語精秀。「澹到無言處」五字尤佳。通首亦俱生動。

洪亮吉

一萼紅　傍禪關

（眉批）淒清婉轉，似周草窗。（下闋末數語）旁面烘染意不深，而措詞合拍。

余鵬翀

玉樓春　荒村盡處多時立

（眉批）寫夜景，淒涼中有鬼氣。（「無端影墮碧溪邊，一片寒蘆秋瑟瑟」眉批）語亦駭人。

孫源湘

昭君怨　花裏一絲雲影

（「一蝶繞人飛，自依依」眉批）「一蝶」妙，便有姿態。

小桃紅　又趁西風去

（下闋）後半闋意味甚濃，頗得此中三昧。

蔣元龍

憶江南　深院靜

（眉批）語亦淒警，宜其自賞。

郭麐

十二時　疎窗四面

（眉批）雋語，總是小品。

陶梁

解連環　白楊依郭，歎逋仙老去，空山無鶴

（眉批）起超遠。後半面面都到，中有淒感之神，故佳。

賣花聲　薄暈臉烘霞

（眉批）淒麗，尚不病尖薄。

黄承勳

臺城路　烏衣深巷西風緊

（眉批）亦是沐浴於南宋諸家，雖未臻深厚，然自是清雅。

浪陶沙　不載旅人愁

（眉批）聲調清朗，泠泠作泉石響。

吴　會

相見歡　天涯裁罷閒游

（眉批）衝口而出，不煩雕琢，自成絶妙好詞。

沁園春　若有人兮

（眉批）句法、字法，别樣清新，但骨不高耳。

沈星煒

臨江仙　記得樓頭深夜語

（眉批）悼亡十闋，情文交至，措詞以真切勝，正不必求不深也。

又　記得春前江上别

（眉批）音節瀏亮，情韻雙絶。

又　記得滄江歸路晚

（眉批）低回婉曲。文生於情，淚隨聲墮。

又　記得畫眉窗下立

（眉批）「落花（清瘦草根肥）」七字精秀。凄絶。

又　記得荆花開五樹

（眉批）情真語至，沉痛絶倫。

又　記得良友曾勸我

（眉批）字字酸楚，尤爲十章之冠，真令人淚下。用畫館語，偶一爲之尚可。

又　記得天涯逢七夕

（眉批）好句如秋煙籠月。

又　記得繡簾風影細

（眉批）情詞凄豔。（「年時鍼綫，和淚更重看」眉批）「鍼綫」猶存，未忍看，轉不及「和淚更重看」爲真至。

又　記得涼颸吹碧樹

（眉批）婉轉生哀。（「繭絲抽看，雙袖冷香篝」眉批）淒斷。

又　記得傷心臨去日

（眉批）此章寫離語時十分哀慘。（下闋）情緣不斷，筆墨淋漓。

項　達

祝英臺近　惱蜂情

（眉批）字字沉細。（下闋末數語）此情此境，何以爲懷。

陳　行

太常行　水天水地水人家

（眉批）筆致在宋人中近竹山，在國朝人近板橋。

趙慶熺

浣溪沙　檢點青衫有淚痕

（眉批）淒豔絶世，真才人之筆。

生查子　青溪幾尺長

（眉批）清思婉轉。清麗語最能撩人。

朱瓣香

醉太平·用獨木橋體十二解　高槐怒聲

（一至四解眉批）愁緒萬千，中夜交集，泠泠清清，如泣如訴，亦絶調也。○正不必作一怨愁語，而善言怨秋者，亦不能到。（六解「蘭窗剪聲」眉批）此解尤淒切，不堪卒讀。（七解「喁喁蝘聲」眉批）「惜聲」妙。（九解「風鳴瓦聲」眉批）「想殘煙管聲」，匪夷所思。（十二解「遥聲近聲」眉批）無限秋聲，卻是從枕上聽得，「孤衾」二語結醒。

蔣春霖

壽樓春　過垂楊春城

（眉批）此調不易合拍，似此清虚騷雅中，仍復圓美流轉，固是神技。

鷓鴣天　楊柳東塘細水流

（眉批）造語精鍊。

臺城路　驚飛燕子魂無定

（眉批）狀景逼真。層折極多，有聲有色。

霜華飛　岸雲湖草秋無際

（眉批）措語超，用筆健，託體亦在夢窗、玉田之間，在國朝斷推作手。

鶯啼序　淒風又驚院竹

（眉批）語帶鬼氣。從夢境叙起，章法奇變。中二折，叙舊事。末折映第一段。自叙以寫哀，字字淒斷。

西泠酒民

謁金門　江樓晚

（眉批）言外有無窮哀感，極耐玩索。

蝶戀花　一片明湖歌舞舊

（眉批）淒涼哀怨，如讀《黍離》、《麥秀》之歌。語極快樂，意極怨涼，一片傷心，言外可會。

高　雲

踏莎行　漏靜鐘鳴，霜寒月冷，群陰剥盡春將醒

（眉批）起三句，似語録。「滿腔（碧血阿誰知，百年心事傳花影）」二句，極憤懣，殆隱於僧者耶！「高雲（一樣蹤無定）」句，插入自己，趣甚。

徐燦

臨江仙　不識秋來鏡裏

（眉批）觸物生愁。　絶去纖冶之習，乃見淒絶。

風中柳　春到眉端

（眉批）意纏綿而語沉鬱，居然作手。

滿江紅　碧海苕溪

（眉批）鍊字鍊句，運筆空靈，遣詞沉着，不落小家數。（下闋末數語）緣情生文，慰歎兼至。

又　柳岸欹斜

（眉批）有筆力，有感慨，偏出自婦人手，奇矣。○措語絶生動，真是奇才。

滿庭芳　水點成冰

（眉批）淒警。（「銀燭影微紅」眉批）結筆淒婉而温雅。

柳是

金明池　有恨寒潮

（眉批）情景兼到，用筆亦灑落有致。　（下闋）去路甚别致。

侯承恩

擣練子　情脈脈

（眉批）小令以婉約爲宗，須言盡而意不盡。「青鳥（不來春又盡）」七字，極婉約之致。

吴　芳

阮郎歸　東風吹就雨廉纖

（眉批）疊進一層，更見淒警。

鍾　筠

減字木蘭花　曉鶯破夢

（眉批）淒感之詞，筆力頗健。

張學雅

菩薩蠻　纖纖眉月窺簾小

（眉批）淒豔似飛卿語。

蝶戀花　紫燕雙飛春去了

（眉批）離愁滿紙。

燭影摇紅　摇落江天

（眉批）旅懷寂寞，觸處淒凉哀感，如此所以不永年也。

沈闢闢

臨江仙　春睡懨懨如中酒

（眉批）造句精警。情詞並美，筆力亦佳。

葉宏緗

踏莎行　寒雁侵吟

（眉批）清麗紆徐，最耐人思。

浣溪沙　吹落雙星雁獨歸

（眉批）字字淒豔。

李紉蘭

賣花聲　眉影控簾釘

（眉批）淒婉沈至，押「令」字韻尤極遒峭。

菩薩蠻　冰輪碾破遥空碧

（眉批）雅韻欲流。宛轉怨涼。

蝶戀花　記得黄昏躭静坐

（眉批）鍊句鍊字。

露華　星疎雲斂

（眉批）「偏是儂見」四字，淒警中含無限悲怨。（下闋末數語）淒豔直似鬼語。

金縷曲　梵宇隨花轉

（眉批）怨怨中一唱三歎，極其繾綣。（下闋）秋水樓臺，澹不可畫，語意似之。

又　展卷靈光放

（眉批）出筆淒怨，正如寒潭弔影，落花辭枝。「小雨（滴殘秋夢瘦）」七字警絶。

曹玉雨

玉漏遲　緑陰涼月暗

（眉批）淒警。筆意亦雅近南宋諸家。

徐元端

南鄉子　獨坐數歡期

（眉批）脱口如生。

孫雲鳳

菩薩蠻　玉階露冷蟲聲咽

（眉批）後半雅近飛卿。

張玉珍

金縷曲　小院春寒冽

（眉批）慘戚憯悽，聲盡氣咽，不必計其句、調之工拙也。

祝英臺近　雁堂沈

（眉批）曲折哀怨，一片血淚。

清平樂　藥鐺茶臼

（眉批）刻骨之痛，情見乎詞。（「回首鄉關迢遞，負他紅樹青山」眉批）淒婉閑雅。

孫雲鶴

點絳脣　村柝聲寒

（眉批）灑脱可喜。

吴蘋香

柳梢青　不索燒茶

（「楊柳臺，桃花世界，慈子人家」眉批）「楊柳」三語清麗，無人意，言外自見。（下闋）錦心繡口，語極圓脆。

雙　卿

雙卿負絶世才，秉絶代姿。爲農家婦，姑惡夫暴，勞瘁以死。生平所爲詩詞，不願留墨跡，每以粉筆書蘆葉上，以粉易脱，葉易敗也。其旨幽深窈曲，怨而不怒，古今逸品也。余録其詞十二闋，並附録《西青散記》數則，令閲者同聲一哭焉。按史梧岡《西青散記》載雙卿事甚詳，或疑其寓言，亦刻舟之見。

濕羅衣　世間難吐只幽情

（眉批）淒怨，不勝婉娩有致，想見素質幽情。

二郎神　絲絲脆柳

（眉批）雙卿性愛菊，植野菊於破盂，春爨皆對之，爲此詞，淒涼宛轉，可以怨矣。　總無一語落恒逕，所以爲高。低回留戀，我不忍卒讀。此詞絶厚，根於性情。

孤鸞　午寒偏準

（眉批）雙卿之夫，横戾暴虐，粗醜不堪，雙卿無憎意。一日，餉黍遲，夫怒，揮鋤擬之，乃爲此詞。芊綿淒怨。（「算一生淒楚也拚忍，便化粉成灰，嫁時先忖」眉批）讀「一生淒楚」三語，誰不爲之呼天耶！

惜黄花慢　碧盡遥天

（眉批）日暮，雙卿左携帚，右挾畚，自場歸。見孤雁哀鳴，投圩中宿焉，乃西向竚立而望。其姑自後叱之，墮畚於地。雙卿素膽小，易驚，久疾，益虚損，聞暗響，即怔忡不寧，姑以此特苦之。乃爲此詞，鵑血猿聲，令人腸斷。

鳳凰臺上憶吹簫　已暗忘吹

（眉批）雙卿諫其夫賭，夫怒，屏之爨室，倚薪而坐，對殘燈泣焉，乃爲此詞。情文酸楚，不堪卒讀。

薄倖　依依孤影

（眉批）雙卿夙有瘧疾，體弱性柔，能忍事，即甚悶，色常怡然。一日，雙卿春穀喘，抱杵而立，夫疑其惰，推之，仆臼傍，杵壓於腰，忍痛復春。炊粥半而瘧作，火烈粥溢，沃之以水，姑大詬，掣其耳環曰：「出。」耳裂環脱，血流及肩，乃拭血，畢炊。於是抒臼俯地而歎曰：「天乎！願雙卿一身代天下絶世佳人受無量苦，千秋萬世後，爲佳人者無如我雙卿爲也。」至是爲《苦瘧》詞，以蘆葉書之，歎曰：「誠不如化作彩雲飛也。」日用細故，信手拈來，都成異彩。得雙卿詞，足爲《别調集》生色。

摸魚兒　喜初晴晚霞西現

（詞末評注）鄰女韓西，新嫁而歸，性頗慧。見雙卿獨春汲，恒助之。瘧時坐於牀，爲雙卿泣不識字，然愛雙卿書，乞雙卿寫《心經》，且教之誦。是時將返其夫家，父母餞之，召雙卿，瘧弗能往。韓西亦弗食，乃分其所食，自裹之遺雙卿。雙卿泣爲此詞，以淡墨細書蘆葉。又以竹葉題《鳳凰臺上憶吹簫》一闋。

鳳凰臺上憶吹簫　寸寸微雲

（眉批）疊用雙字，累二十餘疊，亦可謂廣大神通矣。易安見之亦當避席。纏綿悽惻，隴頭流水不如是之嗚咽也。

春從天上來　自笑懨懨

又　紫陌春晴

（眉批）雙卿事姑孝謹，事夫柔順。元夜，持《楞嚴經》，就竈燈誦之。姑出游歸，奪而罵曰：「半本爛紙簿，秀才愛面上且窮死，蠢奴乃考女童生耶？」偶滌硯，夫見之，怒曰：「偷閒則弄泥塊耳！釜煤尚可肥田。」雙卿於火紙上，日爲夫記腐酒，夫不識字，縱旁故睥睨，謾罵曰：「此字倒矣。」雙卿愛花，拾花片和土埋之，夫怒曰：「敗花者醜，今世醜復敗花耶？」雙卿好潔，雖拮据煙塵，而髻鬟不染，其夫則狐臊逆鼻，垢膩積頤項，揉可成丸，勸之沐，則大怒。常敬禮白衣大士，夫大罵曰：「汝何修，嫁我福已厚矣。」雙卿謂鄰女韓西曰：「余舌苦，食餳反甚，何也？」爲《梅花》、《餉耕》二闋，情詞淒怨。

何月兒

鷓鴣天　整束簪環下碧霄

（眉批）仙人亦不能忘情也。

張　八

重頭菩薩蠻　今宵屋挂前宵月

（眉批）柔情婉轉，生面獨開。音節之綿遠，全妙在增一句，便覺此調應如此作。自我作古，有何不可？

袁　九

曳腳望江南　無人到花外

（眉批）出奇制勝。與張八作可謂兩美必合。

詞則輯評

閑情集

閑情集序

《閑情》一賦，白璧微瑕，昭明誤會其旨矣。淵明以名臣之後，際易代之時，欲言難言，時時寄託。閑情云者，閑其情使不得逸也。是以歷寫諸願，而終以所願必違，其不仕劉宋之心，言外可見，淺見者膠柱鼓瑟，致使美人香草之遺意，等諸桑間濮上之淫聲，此昭明之過也。兹編之選，綺説邪思，皆所不免。然夫子删詩，並存《鄭》、《衛》，知所懲勸，於義何傷。名以「閑情」，欲學者情有所閑，而求合於正，亦聖人「思無邪」旨也。録《閑情集》。

丹徒亦峰陳廷焯識

閑情集卷一

唐詞

昭宗皇帝

巫山一段雲　蝶舞梨園雲

（眉批）遺詞哀豔，至有李茂貞之亂。

韓翃

章臺柳　章臺柳

（眉批）疑似之詞，卻説得婉折。

白居易

長相思　深畫眉

（眉批）詞近鄙褻。好在「暮雨瀟瀟」四字。妙在絶不着力，若「黄昏卻下瀟瀟雨」，便見痕跡。

温庭筠

南歌子　手裏金鸚鵡

（「偷眼暗形相」眉批）五字摹神。「鴛鴦」二字，與上「鸚鵡」、「鳳凰」映射成趣。

又　倭墮低梳髻

（眉批）低回欲絶。

又　懶拂鴛鴦枕

上三句三層，下接「近來（心更切）」五字甚緊，真是一往情深。

女冠子　含嬌含笑

（眉批）仙骨珊珊，知非凡豔。後半無味。

韓偓

生查子　侍女動妝奩

（眉批）柔情密意。

浣溪沙　櫳鬢新收玉步摇

（眉批）上下闋結句微嫌並頭，然五代人多犯此弊。

柳　氏

楊柳枝　楊柳枝

（眉批）君平寄詞云：「也應攀折他人手。」此則並不剖白，但云：「縱使君來豈堪折。」而相憶之情，貞一之志，言外自見，和平温厚，不愧風人。

五代十國詞

後主李煜

子夜　花明月暗籠輕霧

（眉批）荒淫語，十分沉至。

長相思　雲一緺

（眉批）情詞淒婉。

一斛珠　曉妝初過

（眉批）風流秀曼，失人君之度矣。

和凝

采桑子　蝤蠐領上訶梨子

（眉批）以婉雅之筆，繪穠艷之詞，耐人尋味。

江城子　初夜含嬌入洞房

又　竹裏風生月上門

又　斗轉星移玉漏頻

又　迎得郎來入繡闈

又　帳裏鴛鴦交頸情

（眉批）五詞不少俚淺處，取其章法清晰，爲後人聯章之祖。

韋莊

上行杯　芳草灞陵春岸

（眉批）殷勤悃欵，令人情醉。

女冠子　四月十七

（眉批）一往情深，不着力而自勝。

薛昭藴

謁金門　春滿院

（「早是相思腸欲斷，忍教頻夢見」眉批）曰「相思」，曰「夢見」，泛常語，分作兩層寫，意態便濃，斯謂翻陳出新。

浣溪沙　粉上依稀有淚痕

（眉批）《浣溪沙》數闋，委婉沉至，音調亦閑雅可歌。

又　越女淘金春水上

（眉批）遣詞大雅。

牛　嶠

感恩多　兩條紅粉淚

（眉批）中有傷心處。自然而然，絶不着力。

西溪子　捍撥雙盤金鳳

（眉批）意在言外。

毛文錫

醉花間　休相問

（眉批）合下章自成章法。

又　深相憶

（眉批）筆意古雅。

牛希濟

生查子　春山煙欲收

（眉批）別後情景，晚風殘月，不是過也。

又　新月曲如眉

（眉批）淋漓沉至。後半近纖巧。

歐陽炯

三字令　春欲盡

（眉批）「兩心知」，較端已「憶君君不知」更深。

顧　敻

醉公子　岸柳垂金綫

（眉批）麗而有則。

訴衷情　永夜抛人何處去

（「換我心，爲你心，始知相思深」眉批）末三語嫌近曲。

浣溪沙　紅藕香寒翠渚平

（眉批）婉雅芊麗，不背於古。

又　雲澹風高葉亂飛

（眉批）婉約。

木蘭花　月照玉樓春漏促

（眉批）此猶是詞，若飛卿《木蘭花》，直是絶妙古樂府矣。

閻　選

浣溪沙　寂寞流蘇冷繡茵

「小庭（花露泣濃春）」七字淒豔。下半闋已是元、明一派。

尹鶚

菩薩蠻　隴雲暗合秋天白

（眉批）摹寫嬌寵，只此已足，稍不自持，既流爲「一面發嬌嗔，碎揉花打人」（編者按，此乃唐無名氏《菩薩蠻》詞句）之惡習矣。不可不防其漸。

毛熙震

臨江仙　幽閨欲曙聞鶯囀

（眉批）風流淒婉，晏、歐先聲。

李珣

南鄉子　蘭橈舉

（眉批）李珣《南鄉子》諸詞，語極本色，於唐人《竹枝》外，另闢一境矣。

又　相見處

（眉批）情態可想。

浣溪沙　晚出閒庭看海棠

（眉批）其妙正在説不出處。

孫光憲

清平樂　愁腸欲斷

（眉批）癡情幻想，説得温厚，便有《風》、《騷》遺意。

浣溪沙　碧玉衣裳白玉人，翠眉紅臉小腰身

（眉批）起二語纖小。

又　何事相逢不展眉

（眉批）描繪逼真，惜語近俚。

又　烏帽斜攲倒佩魚

（眉批）情態畢傳。

張泌

蝴蝶兒　蝴蝶兒

（眉批）如許鍾情，干卿甚事。

江城子　浣花溪上見卿卿

（眉批）妙在若會意若不會意之間，惜語近俚。

馮延巳

虞美人　玉鉤鸞柱調鸚鵡

（眉批）風神蘊藉，自是正中本色。

菩薩蠻　欹鬟墮髻摇雙槳

（「顧影約流萍」眉批）五字閑婉。似《子夜》一流人物。（「家住柳陰中，畫橋東復東」眉批）結二句，若關合若不關合，妙甚！　較「家住緑楊邊，往來多少年」，高出數倍。

成幼文

謁金門　風乍起

（詞末評注）陳質齋云：世言「風乍起」爲馮延巳作，或云成幼文也。今《陽春集》無有，當是幼文作。

（眉批）結二語，若離若合，密意癡情，宛轉如見。

許岷

木蘭花　江南日煖芭蕉展

（眉批）思路未精，筆意卻爽朗。

宋　詞

寇　準

點絳脣　小陌輕寒

（眉批）遺詞淒豔，姿態甚饒。

晏　殊

破陣子　燕子來時新社

（眉批）風神婉約。

清平樂　紅箋小字

（眉批）低回婉曲。

玉樓春　綠楊芳草長亭路

（眉批）淒豔。（「天涯地角有窮時，只有相思無盡處」眉批）低回反覆，言有盡而意無窮。

踏莎行　碧海無波，瑶臺有路，思量便合雙飛去

（眉批）起三語妙，是憑空結撰。

漁家傲　越女采蓮江北岸

（眉批）有顧影自憐意。（下闋末）纏綿盡致。

林　逋

長相思　吴山青

（眉批）「此情此水共天涯」（編者按，毛滂《浣溪紗》詞句），可爲此詞接筆。

聶冠卿

多麗　想人生

（詞末評注）黄叔暘云：冠卿詞不多見，如此篇，亦可謂才情富麗矣。其「露洗華桐」四句，又所謂玉中之珙璧，珠中之夜光。每一觀之，撫玩無斁。　胡元任云：「露洗華桐」二語，此是仲春天氣，下乃云「緑陰摇曳，蕩春一色」，其時未有緑陰，亦語病也。

（眉批）此詞情文並茂，富麗精工。湯義仍《還魂記》從此脱胎。《西廂》「彩雲何在」？亦是盜襲此詞後闋語。長孺此篇爲詞中降格，實爲曲中上乘，蓋元、明人雜曲之祖也。起結相應。

范仲淹

御街行　紛紛墜葉飄香砌

（眉批）淋漓沉着，《西廂·長亭》篇襲之，骨力遠遜，且少味外味，此北宋所以爲高。小山、永叔後，此調不復彈矣。

歐陽修

長相思　深花枝，淺花枝。深淺花枝相並時。花樹難似依

（眉批）連用四「花枝」、二「深」、「淺」字，姿態甚足。後半殊遜。

蝶戀花　越女采蓮秋水畔

（眉批）與元獻作同一纏綿，而語更婉雅。

訴衷情　清晨簾幕卷輕霜

（眉批）縱畫長眉，能解離恨否？　筆妙，能於無理中傳出癡女子心腸。

臨江仙　柳外輕雷池上雨

（詞末評注）宋錢文僖罷政爲西京留守。一日，宴於後園，客集，而歐公與妓俱不至，移時方來，在坐相視以目。公責妓云：「末至何也？」妓云：「中暑，往涼堂睡着，覺失金釵，猶未見。」公曰：「若得歐

推官一詞，當爲償汝。」歐陽公即席云云。合座稱善，遂命妓滿酌賞歐，而令公庫償釵。

（眉批）遺詞大雅，宜爲文僖所賞。

司馬光

西江月　寶髻鬆鬆挽就

（眉批）真情至語，《西廂》「多情總被無情惱」淺矣。（編者按，「多情」句首見蘇軾《蝶戀花》。）

晏幾道

長相思　長相思

（眉批）此爲《小山集》中別調，而纏綿往復，姿態有餘。

清商怨　庭花香信尚淺

（眉批）夢生於情。「依舊」二字中，一波三折。

豔詞至小山，全以情勝。後人好作淫褻語，又小山之罪人也

點絳脣　妝席相逢

（眉批）情景兼寫，景生於情。

又　明日征鞭

（眉批）流連往復，情味自永。

又　花信來時

（眉批）淋漓沉至。

更漏子　柳絲長

（眉批）情餘言外，不必用「香澤」字面。

又　露華高

（下闋眉批）曰「昨日」、曰「去年」，宛雅哀怨。

玉樓春　秋千院落重簾暮

（「墻頭丹杏雨餘花，門外緑楊風後絮」眉批）「餘」、「後」二字有意味。

又　採蓮時候慵歌舞

（眉批）綿麗有致。

兩同心　楚鄉春晚

（眉批）清詞麗句，爲元曲濫觴。

滿庭芳　南苑吹花

（眉批）柔情蜜意。

思遠人　紅葉黄花秋意晚

（「淚彈不盡臨窗滴，就硯旋研墨」眉批）就「淚」、「墨」二字渲染成詞，何等姿態。

鷓鴣天　綵袖殷勤捧玉鍾

（「舞低楊柳樓心月，歌罷桃花扇底風」眉批）仙乎！　麗矣。（下闋）後半闋一片深情，低回往復，真不厭百回讀也。言情之作，至斯已極。

又　小令尊前見玉簫

（詞末評注）程叔微云：伊川聞誦晏叔原「夢魂慣得無拘檢，又踏楊花過榭橋」，笑云：「鬼語也。」意亦賞之。

又　陌上濛濛殘絮飛

（眉批）筆意亦俊爽，亦婉約。

蝶戀花　卷絮風頭寒欲盡

（眉批）宛轉幽怨。

又　庭院碧苔紅葉徧

（眉批）出語必雅，北宋豔詞，自以小山爲冠，耆卿、少游皆不及也。

又　碧玉高樓臨水住

（眉批）淒婉欲絶，仙耶！　鬼耶！

又　喜鵲橋成催鳳駕

（眉批）思深意苦。

浣溪沙　牀上銀屏幾點山

（眉批）幽怨。

又　翠閣朱闌倚處危

（眉批）小山諸詞，無不閒雅。後人描寫閨情，大半失之淫冶，此唐、五代、北宋所以猶爲近古。

破陣子　柳下笙歌庭院

（上闋眉批）對法活潑，措詞亦婉媚。（「緑鬢能供多少恨，未肯無情比斷弦，今年老去年」眉批）凄咽芊綿。

張　先

生查子　含羞整翠鬟

（眉批）工雅芊麗，自是唐賢遺意。

木蘭花　西湖楊柳鳳流絶

（「驪駒應亦解人情，欲出重城嘶不歇」眉批）較叔原「紫騮認得舊游踪，嘶過畫橋東畔路」，更覺有味。

減字木蘭花　垂螺近額

（眉批）子野詞最爲近古。耆卿而後，聲色大開，古調不復彈矣。

醉落魄　雲輕柳弱

（眉批）情詞並茂，姿態橫生。李端叔謂：「子野才短情長。」豈其然歟！

碧牡丹　步障摇紅綺

（詞末評注）《道山清話》云：晏文獻爲京兆尹，辟張先爲通判。新納侍兒，公甚屬意。先能爲詩詞，公雅重之。每張來，令侍兒出侑觴，往往歌子野所爲之詞。其後王夫人寢不容，公即出之。一日子野至，公與之飲。子野作此詞，令營妓歌之。至末句，公聞之憮然，曰：「人生行樂耳，何自苦如此！」亟命於宅庫支錢若干，復取前所出侍兒。既來，夫人亦不復誰何也。

（眉批）深情綿邈，晏公聞之，能無動心耶！

柳　永

蝶戀花　獨倚危樓風細細

（眉批）情深語切。

婆羅門令　昨宵裏恁和衣睡

（眉批）起數語俚淺。（「彼此空有相憐意，未有相憐計」眉批）末二語，開出多少傳奇？

雪梅香　景蕭索

（「漁市孤煙裊寒碧，水村殘葉舞愁紅」眉批）造語精絶。（下闋末）一往不盡。

秦　觀

南歌子　玉漏迢迢盡

（「天外一鈎残月，帶三星」眉批）雙關，巧合再過，則傷雅矣。

玉樓春　秋容老盡芙蓉院

（眉批）頑豔中有及時行樂之感。

水龍吟　小樓連苑横空

（下闋起句「玉佩丁東别後」眉批）前後闋起處醒「樓」、「東」、「玉」三字，稍病纖巧。

海棠春　流鶯窗外啼聲巧

（「睡未足把人驚擾」眉批）「睡未足」句，終嫌俚淺。

陳師道

菩薩蠻　哀箏一弄湘江曲

（眉批）淒怨自在言外。

減字木蘭花　娉娉嫋嫋

（眉批）後山詞，亦以情勝，微遜子野沉着，而措語較婉雅。

賀鑄

薄倖　淡妝多態

（眉批）低回往復。（下闋）意致纏綿，而筆勢飛舞。方回善用虚字，其味甚永。

柳色黄　薄雨催寒

（詞末評注）《能改齋漫録》：方回眷一姝，别久，姝寄詩云：「獨倚危闌淚滿襟，小園春色懶追尋。深恩縱似丁香結，難展芭蕉一寸心。」賀因所寄詩遂成此調。

（眉批）寫景亦佈置得宜。（「還記出門時，恰而今時節」眉批）十字往復不盡。（「芭蕉不展丁香結，枉望斷天涯，雨厭厭風月」眉批）淋漓頓挫，情生文，文生情。

瑞鷓鴣　月痕依約到西厢

（「初未識愁那是淚，每渾疑夢奈餘香」眉批）此種句法，賀老從心化出。（下闋）亦有别致。

秦觀

黄金縷　妾本錢塘江上住

（眉批）情詞凄豔，不愧少游之弟。

潘元質

倦尋芳　獸鐶半掩

（眉批）秀麗不減柳七。（「香減羞回空帳裏，月高猶在重簾下」眉批）楚楚可憐。（「恨疏狂，待歸來碎揉花打」眉批）結未免惡劣，轉使上二句減色。

周紫芝

鷓鴣天　一點殘紅欲盡時

（眉批）從愁人耳中聽得。

生查子　青絲結曉鬟

（眉批）永叔詞云：「都緣自有離恨，故畫作遠山長。」此反用其意，亦復入妙。

謝　逸

虞美人　碧梧翠竹交加影

（「一陣荷花風起隔簾香」眉批）「一陣」句稍粗。

周邦彦

少年游　并刀如水

（眉批）曰「向誰行宿」；曰「城上三更」；曰「馬滑霜濃」；曰「不如休去」；曰「少人行」。顛倒重複，層折入妙。

點絳脣　遼鶴歸來

（詞末評注）《夷堅支志》云：美成在姑蘇，與營妓岳楚雲相戀。後從京師過吴，則岳已從人久矣。因飲於太守蔡巒子高坐上，見其妹，因作此詞寄之。楚雲讀之，感泣者累日。

（眉批）入妙。（下闋）纏綿淒咽，措語亦極大雅，豔體正則也。

意難忘　衣染鶯黄

（下闋）灑落有致，吐棄一切香奩泛語。

蝶戀花　魚尾霞生明遠樹

（眉批）語帶仙氣，似贈女冠之作。

望江南　歌席上

（眉批）美成以《少年游》一詞通顯，以此詞得罷，榮枯皆繫於一詞，異矣。◯豔詞至美成一空前人，獨闢機杼。如此詞下半闋，不用香澤字面，而姿態更饒，濃豔益至，此美成獨絶處也。

詞則輯評

閑情集卷二

陳　克

浣溪沙　淺畫香膏拂紫綿

（下闋）嬌態如此。

沈會宗

驀山溪　想伊不住

（眉批）曲折，傳出離情。只是善用托筆。

沈公述

念奴嬌　杏花過雨

（眉批）用筆亦沈着。

方喬

生查子　晨鶯不住啼

（眉批）「嬌極不成狂」五字入細。

向子諲

鷓鴣天　説着分飛百種猜

（眉批）臨别綢繆，十分親切。結句更寫出癡情。

梅花引　花如頰

（眉批）此調頗不易工，古今合作，僅此一首。蓋轉韻太多，真氣必減，且轉韻處，必須另换一意，方能步步引人入勝。作者多爲調所窘。此作層層入妙，如轉丸珠，又如七寶樓臺，不容枝碎也。

蔡伸

洞仙歌　鶯鶯燕燕

（眉批）情到至處，誠無不格，天也憐人，要知真有此情，真有此理。（「我只爲相思特特來，這度更休推、後回相見」眉批）結三語，粗鄙。

虞美人　瑶琴一弄清商怨

（眉批）佈景甚幽。

又　飛梁石徑關山路

（眉批）豔詞亦以雅爲宗，伸道《虞美人》、《菩薩蠻》小詞，最爲有則。

菩薩蠻　杏花零落清明雨

（眉批）婉雅，逼近温、韋。

李邴

玉樓春　沉吟不語晴窗畔

（「雲情散亂未成篇，花骨欹斜終帶軟」眉批）雙管齊下。（「暫時得近玉纖纖，翻羡縷金紅象管」眉批）即「願在髮而爲澤；願在絲而爲屨」之意。

趙　鼎

點絳脣　香冷金爐

（眉批）淒豔似飛卿；芊雅似同叔。

趙長卿

更漏子　燭消紅

（「魂蝶亂，夢鸞孤」眉批）「魂」、「夢」二字，運用淒警。

張元幹

清平樂　明珠翠羽

（「相見嫣然一笑，眼波先入郎懷」眉批）傳神之筆，麗而不佻。

樓上曲　樓外夕陽明遠水

（眉批）意味深長，音調古雅，豔體中陽春白雪也。

朱敦儒

念奴嬌　別離情緒

（眉批）風流藴藉。

辛棄疾

青玉案　東風夜放花千樹

（下闋末數句）豔語，亦以氣行之，是稼軒本色。

程　垓

愁倚闌令　春猶淺

（眉批）此詞甚別致，不言情而情勝。

劉克莊

清平樂　宫腰束素

（「貪與蕭郎眉語，不知舞錯伊州」眉批）亦復誰能遣此。

俞國寶

風入松　一春長費買花錢

（「畫船」句至末）餘波綺麗。

姜　夔

解連環　玉鞍重倚

（眉批）寫離別情事。妙在起四字，已將題説完，卻以「沉吟」二字起下，以「爲」字爲一篇總領，申明所以「沉吟」之故，用筆矯變莫測。「柳怯雲鬆」四字精豔，左與言「滴粉搓酥」，不足道矣。

少年游　雙螺未合

（眉批）綺語，自白石出之，亦自閑雅，具有仙筆。

百宜嬌　看垂楊連苑

（詞末評注）《耆舊續聞》：姜堯章嘗寓吴興張仲遠家。仲遠屢出外，其室人知書，賓客通問，必先窺來札，性頗妒。堯章戲作《百宜嬌》以遺仲遠云云。仲遠歸，竟莫能辯，則受其指爪損面，至不能出外云。

（眉批）言情微至。

劉　凝

江神子　東風吹夢落巫山

（眉批）自然合拍。

一剪梅　唱到陽關第四聲

（下闋末三句）兩面都到。

劉　過

賀新郎　老去相如倦

（眉批）亦只從「同是天涯淪落人」化出，而波瀾轉折，怨感無端，改之豔詞中最雅者。

沁園春　洛浦淩波

（眉批）《沁園春》二闋，去古已遠，麗而淫矣。然風流頑豔，如攬嬙、施之袪，亦不能盡棄也。此調自劉龍州作俑，後來瞿宗吉、馬浩瀾輩愈衍愈多，愈趨愈下矣。

又　銷薄春冰

（「漸長漸彎」眉批）兩「漸」字妙。只四字，姿態甚饒。（「算恩情」四句眉批）低回宛轉。

醉太平　情高意真

（「思君憶君，魂牽夢縈」眉批）重疊，以盡其致。

史達祖

風流子　紅樓横落日

（眉批）起勢超忽。「怨深腮赤，愁重聲遲」八字簡約，亦静細。

高觀國

臨江仙　愁與西風應有約

（「一燈人著夢，雙燕月當樓」眉批）「一燈」二句，警鍊。後半多俚詞。

玉樓春　春煙澹澹生春水

（「愁壓雙鴛飛不起」眉批）「雙鴛」七字凄警。（「十年春事十年心，怕説濺裙當日事」眉批）結二語，不説破，情味最永。

尹焕

唐多令　蘋末轉清商

（詞末評注）周公瑾云：可與杜牧之尋芳較晚爲偶。

（末三句眉批）情態可想。

吴文英

齊天樂　煙波桃葉西陵路

（眉批）遺詞大雅，一洗綺羅香澤之態。

浣溪沙　門隔花深夢舊游

（眉批）字字淒警。

蝶戀花　北斗秋横雲髻影

（眉批）語帶仙氣，吐棄一切凡豔。惟「腰減（青絲剩）」五字病俗，在全篇中不稱。

醉落魄　春温紅玉

（「青山南畔紅雲北，一葉波心，明滅淡妝束」眉批）別饒仙豔，未許俗人問津。

思佳客　釵燕籠雲睡起時

（眉批）淒麗奇警，從何處得來。

蔣　捷

柳梢青　學唱新腔

（眉批）麗語，不免於俗。

趙汝茪

如夢令　小研紅綾箋紙

（眉批）「行人臨發又開封」（編者按，句見唐代詩人張籍《秋思》），真有此情！

袁去華

謁金門　春索莫

（眉批）所謂「自己酸辛自己知」。

張　樞

清平樂　鳳樓人獨

（「留得宿妝眉在，要教知道孤眠」眉批）苦心密意。

木蘭花慢　歌塵凝燕壘

（眉批）麗句，卻是雅調。

周　容

小重山　謝了梅花恨不禁

（眉批）此詞精絶，只寫眼前景物，而愁恨連綿不解，直令讀者神迷所往。

張　炎

虞美人　修眉刷翠春痕聚

（眉批）情事宛轉連出。

李彭老

清平樂　合歡扇子

（「帳底柳綿吹滿，不教好夢分明」眉批）有飛卿遺意。

章臺月　露輕風細

（「螢冷無光，涼入樹聲碎」眉批）鍊句。（「漏歇簾空，低照半床睡」眉批）情詞並妙，筆意亦近方回。

青玉案　楚峰十二陽臺路

（眉批）詞以雅正爲貴，情爲物役，則失其雅正之音。似此頗近西麓手筆。

李萊老

點絳脣　緑染春波

（眉批）語亦雅秀。

翁元龍

江城子　一年簫鼓又疎鐘

（眉批）詞勝，骨韻亦勝。草窗稱時可與夢窗「爲親伯仲，作詞各有所長」（編者按，語見周密《浩然齋雅談》）。今觀此詞，固可亞於夢窗。

西江月　畫閣换黏春帖

（眉批）精秀。

朝中措　花情偏與夜相投

（眉批）筆致甚别。

趙聞禮

踏莎行　照眼菱花

（眉批）周公謹《浩然齋雅談》謂：「《約月集》中，大半皆樓君亮、施仲山所作。此詞安知非他人者？」

（「合歡帶上舊題詩，如今化作相思碧」眉批）沉痛。

無名氏

生查子　閒倚曲屏風

（眉批）屏去浮豔，純用白描，往復纏綿，情味無盡。

踏莎行　碧蘚迴廊

（眉批）爲元人諸曲借徑。

玉瓏璁　城南路

（詞末評注）《能改齋漫録》：近有士人嘗於錢塘江漲橋爲狹斜之游，作此詞。其後朝廷復收河南，士人陷而不返。其友作詩寄之，且附以龍涎香。詩云：「江漲橋邊花發時，故人曾共著征衣。請君莫唱橋南曲，花已飄零人不歸。」士人在河南得詩，酬之云：「認得吴家心字香，玉窗春夢紫羅囊。餘薰未歇人何許，洗破征衣更斷腸。」

（眉批）筆意生動。

鷓鴣天　鎮日無心掃黛眉

（眉批）深情入骨。「天雨粟，鬼夜哭」矣（編者按，語見《淮南子》）。（「不如飲待奴先醉，圖得不知郎去時」眉批）語不深而情深，千古離別之詞，以此爲最。

點絳脣　蹴罷鞦韆

（眉批）情態如畫，微傷莊雅。

琴調相思引　膽樣瓶兒幾點春

（眉批）宛約。得唐、五代遺意。

眼兒媚　蕭蕭江上荻花秋

（「今宵眼底，明朝心上，後日眉頭」三句眉批）緊峭。

謁金門　山無數

（眉批）癡情奇想，用筆亦精警。

又　休只坐

（眉批）一味樸直，似粗實精，此境不易到，亦不必學也。

小重山　鼓報黄昏禽影歇

（眉批）神在箇中，情餘言外。

朱淑真

生查子　去年元夜時

（眉批）此詞一云歐陽公作，漁洋辭之於前，雲伯辭之於後，俱有挽扶風教之心。然淑真本非佚女，不得以一詞短之。

陸游妾

生查子　只知眉上愁

（詞末評注）陸游之蜀，宿一驛中。見題壁詩，詢之，則驛中女也，遂納爲妾。半載，夫人逐之。妾賦詞而别。

（眉批）怨深情至，獨怪放翁不能庇一妾，何也？

蕭淑蘭

菩薩蠻　有情潮落西陵浦

（下闋）憶是真憶，恨非真恨，用意忠厚，益知「待雁卻回時」也，無書寄伊之薄矣。

金　詞

劉仲尹

浣溪沙　繡館人人倦踏青

（眉批）婉麗，不減陳子高。

琴調相思引　醺欲眠時日已曛

（眉批）天然情態。下半闋一味敷衍，了無意味。

劉著

鷓鴣天　雪照山城玉指寒

（「翰林風月三千首，寄與吴姬忍淚看」眉批）風流酸楚。

元好問

滿江紅　一枕餘醒

（眉批）淒麗芊雅，叔原遺響。

元詞

張弘範

臨江仙　千古武陵溪上路

（眉批）清詞麗句，不減永叔、小山諸賢。從古大英雄，必非無情者，吾於仲疇益信。

趙孟頫

蝶戀花　儂是江南游冶子

（眉批）淒涼哀怨，豔詞中亦寓憂患之思。

劉景翔

如夢令　獨立荷汀煙暮

（眉批）「似爲我無情」五字妙甚。欲去仍留，結意不盡。

吴元可

采桑子　江南二月春深淺

（「一樣東風兩樣吹」眉批）輕雋語，自是元人手筆。

劉天迪

蝶戀花　一剪晴波嬌欲溜

（眉批）一時情態，曲曲傳出。

王從叔

阮郎歸　風中柳絮水中萍

（「斜陽路上短長亭，今朝第幾程」眉批）景中帶情，屏去浮豔。（「別時言語總傷心，何曾一字真」眉批）淒情苦語，耆卿《夜半樂》云：「歎後約、丁寧竟何據。」亦此意也。

邵亨貞

沁園春　巧鬭彎環

（眉批）「江亭」四語，切合《大雅》，餘尚不過纖小。復孺《美人目》詞，如「幾度孜孜頻送情」等句，未免賤相，故置不録。

明　詞

楊　基

浣溪沙　鸞股先尋鬭草釵

（眉批）此詞麗極，然雅而不纖，固是作手。

聶大年

卜算子　粉淚濕鮫綃

（眉批）中有怨情，令人尋味不盡。

祝允明

蝶戀花　閑蝶窺春花性淺

（眉批）雅麗，是惚宗吉一流人。

唐　寅

一剪梅　雨打梨花深閉門

（眉批）此詞頗工，但「千點（啼痕）」、「萬點（啼痕）」一意，分不出兩層，亦小疵也。

楊　慎

昭君怨　樓外東風到早

（眉批）宛約。

浪淘沙　春夢似楊花

（眉批）此調絶沉至。明代才人，自以升庵爲冠，詞非專長，偶一涉獵，卻有獨到處。

湯顯祖

阮郎歸　不經人事意相關

（眉批）寄怨無端。

馬洪

少年游　弄粉調脂

（眉批）起四字俗。（下闋）小有情態，不免輕薄相。

施紹莘

浣溪沙　半是花聲半雨聲

（眉批）浪仙詞格不高，然小令卻間有佳者，較之馬浩瀾之陳言穢語，固自有别。

又　如鏡窺妝逗小樓

（「花前和露耍韆鞦」眉批）「耍」字俗惡。（「柳絲濃翠拂鞋鈎」眉批）結語纖麗。

謁金門　春欲去

（眉批）情韻既深，筆力亦健，浪仙最高之作。

陳子龍

清平樂　繡簾花散

（眉批）低回欲絶。

虞美人　枝頭殘雪餘寒透

（眉批）情不自禁，寫來婉折入妙，不流於邪，所謂麗而有則。

單恂

質生平日論詞，以含情綿麗者爲宗，謂不失《風》、《騷》、《樂府》遺意。其所自作，大半藻思麗句，誠如所言。但風骨太低，開後人尖巧之習。

浣溪沙　荳蔻花紅滿眼明

（眉批）結句巧小。

王彥泓

滿江紅　眼角眉端

（眉批）次回《疑雨集》，鈎魂攝魄，極盡香奩能事，真詩中之妖也。詞附見集中，如此篇，亦可謂淒麗矣。

湯傳楹

鷓鴣天　一片傷心花影封

（眉批）「鬢側（花搖數避蜂）」七字，摹寫活現，賤相。（「碧紗深掩喁喁處，塞北江南春夢中」眉批）兼晏、歐、周、秦之美。

錢應金

踏莎行　銅雀春深

（眉批）情景相生，綿邈無際。

于儒頴

浣溪沙　一片心情眼底柔

（眉批）設色自好，通篇只衍出「倦容疏態」四字。

沈　謙

清平樂　香羅曾寄

（眉批）思路雋巧。

沈宜修

浣溪沙　袖惹飛煙緑鬢輕

（眉批）描摹入畫。

葉小紈

浣溪沙　髻薄金釵半嚲輕

（眉批）嬌態可想。

葉紈紈

浣溪沙　幾日輕寒懶上樓

（眉批）淒婉。

葉小鸞

浣溪沙　紅袖香濃日上初

（眉批）芊綿宛約，視《斷腸集》，有過之無不及也。

又　幾日東風倚畫樓

（詞末評注）鈕玉樵云：小鸞父仲韶，風神雅令，工六朝駢體，同沈宜人宛君偕隱汾湖，與子女刻意詩詞，以自娱樂。小鸞生十歲能韻語，秋夜，仲韶命以句云：「桂寒清露濕。」即對曰：「楓冷亂紅凋。」是時以爲夭折之徵。及未婚而殁，見有五彩雲捧足而去，知前身爲緱嶺女仙，今當歸月府。適有冥中比邱尼智泐傳天台教，起無業堂，以收女士慧業而早亡者。小鸞從之。泐師審戒，信口答應，如「研香製就夫人字，鏤雪吟成幼婦詞」，凡十餘聯，皆晚唐名句也。泐師留之堂中，與姊昭齊薰習梵行。所存詩詞皆似不食人間煙火者。

（眉批）淒涼哀怨，所以不能永年也。

張紅橋

念奴嬌　鳳凰山下

（眉批）紅橋寄此詞後，獨坐小樓，感念而卒。一時倡和諸詩甚多，不獨工長短句也。　淒怨。

詞則輯評

閑情集卷三

國朝詞

吴偉業

如夢令　煙鎖畫橋人病

（眉批）憶遠之情，淡而彌遠。

生查子　青鎖隔紅墻

（眉批）有心人語。

又　香煖合歡襦

（眉批）詞新句麗，是有福澤人聲口。

浣溪沙　斷頰微紅眼半醒

（「摘花高處賭身輕」眉批）何等姿態。（下闋）妖冶極美，然傳神繪影，卻不傷雅。（「慣猜閒事爲聰明」眉批）千古詠美人者，説不到此。

又　一斛明珠孔雀羅

（眉批）且慰且留。（「見人先唱定風波」眉批）結七字簡妙。

醜奴兒令　低頭一霎風光變

（眉批）未免麗而淫矣，然用筆甚婉折。

南柯子　玉骨香無汗

（眉批）游戲之筆。

臨江仙　落拓江湖常載酒

（詞末評注）靳介人曰：逸情雋上，非大蘇不能。

（眉批）一片身世之感，胥於言外見之，不第以麗語見長也。「姑蘇（城外月黄昏）」七字超脱。

醉春風　門外青驄騎

（眉批）合下首，當是妓館之作。此首是將别而挽留之。「去」、「住」兩字，疊用巧。

又　眼底桃花媚

（眉批）極淫褻事，偏寫得如許婉麗。國初諸老，多工豔詞，梅村其首倡也。

梁清標

棠村詞，工麗婉雅，自是福澤人語。

菩薩蠻　亂雅啼處春風曉

（眉批）宛轉有情。

一剪梅　宛宛冰輪上畫樓

（眉批）精工秀麗，與梅村《醉春風》次闋異調同工，然皆不免失之纖冶。

釵頭鳳　簾櫳明

（眉批）生香真色，穠麗無比。

曹爾堪

清平樂　眉痕頻皺

（「魂向當初銷盡，如何又説銷魂」眉批）進一層説便深。

王士禎

浣溪沙　柳暖花寒雨似酥

（眉批）遣詞苕雅。

又　漸次紅潮趁靨開

（眉批）詞意温雅。鄒程村輩獨賞其末句，何也？

應天長　餞春時節深深院

（眉批）「偏髻」五字，尋常姿態，卻是先生道得真，使無情處都有情也。

蝶戀花　涼夜沉沉花漏凍

（眉批）此詞絕雅麗，一時京師盛傳，呼之爲王桐花。

菩薩蠻　玉蘭花發清明近

（眉批）於無人處，曲繪情狀。

又　玲瓏嵌石紅蕉葉

（眉批）雅韻欲流。

又　蟬紗半幅團紅玉

（詞末評注）彭羨門云：僕最愛牛嶠詞「須作一生拚，盡君今日歡」，猶讓此「忍笑」「含羞」四字。

（眉批）盡態極妍。

丁澎

搗練子　情脈脈

（眉批）小令貴以宛約勝，此爲近之。

甘州子　晝長人夢小紅樓

（眉批）言外含情。

雙調南鄉子　柳色半紅樓

（眉批）慧心密意。

攤破浣溪沙　一剪雅翎半髀肩

（眉批）「自今年」三字，含蓄不盡。（「捉得蜻蜓雙疊翅，背人看」眉批）閑處生情。

踏莎行　淺碧藏鳩

（眉批）如畫。（「月明偷出浣溪沙，笑將花影同歸去」眉批）此情此景，直以夷光作一影子。

蝶戀花　嫩緑枝頭鶯睡穩

（眉批）情詞凄婉，《標梅》、《蔓草》之遺也。

毛際可

蘇幕遮　早春天

（眉批）上半極昵密，下半極哀怨。

青玉案　彈箏銀甲寒初卸

（眉批）「司天無準，雞人貪睡」二語，太板重。（末三句）若隱若現，得味外味。

清平樂　落花時節

（眉批）深情癡想。

余　懷

憶秦娥　蛾眉淡

（眉批）澹心詞頗輕倩。　此篇尤温雅。

陸　埜

相見歡　碧桃落盡前溪

（眉批）纏綿凄楚。

張　潮

浣溪沙　日影罘罳罷曉眠

（眉批）句法脱胎孫孟文。

王　晫

憶少年　春山淡淹

（眉批）味在言外。此詞彷彿丁飛濤。

吴　綺

薗次有「把酒祝東風，種出雙紅豆」之句，當時呼爲「紅豆詞人」。《藝香詞》四卷，大約綺語最工。竹垞謂其「絶似陳西麓」，則未必然也。

點絳脣　幾度鶯啼

（眉批）雅麗和平。

釵頭鳳　燈花滴

（「巫雲昨夜，同騎雙鳳，夢夢夢」眉批）結三字妙。倒裝文法。

花發沁園春　豔極生愁

（眉批）此詞必有所感，紅顏薄命，今古同慨。「天若有情天亦老」。

高士奇

雙調望江南　堪憶處

（眉批）不腐不纖，豔詞如此却好。

佟世南

謁金門　春寂寂

（眉批）淒涼哀怨，晏小山、秦淮海之流亞也。

周　綸

浣溪沙　懶捉瓊梳倚鏡前

（眉批）麗語，遠追孟文。

顧貞觀

如夢令　顛倒鏡鸞釵鳳

（眉批）言情必真。

歸國遥　舒玉婉

（上闋）俗態俗句。（下闋）押韻甚峭。

錢芳標

憶少年　小屏殘燭

（眉批）出入《風》、《騷》，乃臻斯境。彼好爲豔詞者，那得如此雅麗？

萬里春　顒霞鬢翠

（眉批）情態逼真，妙在並未道破。

南歌之　添麝更衣後

（眉批）瑣細有情。

陳玉瑾

憶漢月　明月一天如水

（「夢魂只在枕頭邊，幾度思量不起」眉批）靈警。（「今朝無力試新妝，且把玉臺深閉」眉批）結二語意淺，語亦率易。

汪懋麟

誤佳期　寒氣暗侵簾幕

（眉批）機趣自勝，然近於薄矣。

葉燮

遐方怨　妝未了

（眉批）綺麗，是豔詞本色。（「困人疏雨小池亭」眉批）結獨閑雅。

性德

酒泉水　謝卻荼蘼

（眉批）情詞淒婉，似韋端己手筆。

浣溪沙　微暈婉花濕欲流

（眉批）調和意遠，似此真不愧大雅矣。古今豔詞亦不多見也，惜全篇平平。

葉舒崇

浣溪沙　彷彿清溪似若耶

（眉批）婀娜有致。

又　潛背紅窗解珮遲

（眉批）「知」字複韻，當易。（末二句）一往情深。

又　斗帳脂香夜半侵

（眉批）起七字，扭捏，亦鄙俗。（下闋）情詞並茂。

沈朝初

如夢令　花裏鶯聲歌溜

（眉批）淒警語，雙關妙。

彭孫遹

浣溪沙　翠浪生紋點曲池

（眉批）雅麗，得北宋遺韻。

柳梢青　何事沈吟

（「兩點眉峰，半分腰帶，憔悴而今」眉批）「而今」字倒煞。與元禮《浣溪沙》同一雋妙。

尤侗

憶王孫　一春心事付眉尖

（眉批）措語婉雅，在《西堂集》中，猶爲難得。

醉公子　何處貪杯酒

（眉批）語妙解頤。

春光好　掩繡閣

（眉批）風致頗似和凝。

菩薩蠻　一堦芳草茸茸緑

（眉批）寫意好。

又　錦葵花底彈棋坐

（眉批）上章命意閑雅，此章更欲出奇鬭巧。姿態雖饒，終嫌鄙褻。

南鄉子　珠箔舞蠻靴

（眉批）時妝淮陰侯故事，故云。豔語別致。未字者鬢後垂「瓣」，解「瓣」，則破瓜矣。

踏莎行　獨上妝樓

（「漫將薄倖比楊花，楊花猶解穿羅幙」眉批）深入一層，怨之至矣。

毛奇齡

相見歡　倚牀還繡芙蓉

（眉批）情態穠麗。

風蝶令　喜摘惟紅豆

（眉批）柔情密意，曲折繪出。

小重山　麥壠青青菜壠黄

（「小姑不解斷人腸，看花落，又看浴鴛鴦」眉批）一無心，一有心，從對面寫。

徐釚

昭君怨　愁畫遠山鏡裏

（眉批）情態逼真。

生查子　晶簾乍捲時

（眉批）遣詞尚雅。

清平樂　梨花無語

（眉批）觸處銷魂，有情人語。

鳳棲梧　廉纖絲雨春陰重

（眉批）情詞悽豔，北宋風流之目，信非虚譽。電發當時盛負詞名，至爲海外所寶貴，可謂榮矣。

嚴繩孫

浣溪沙　緑擁紅遮惱暗期

（眉批）藕漁小令，取法北宋，合者頗近方回。（「等閑踪跡易猜疑」眉批）結句意味不盡。

又　隙影餘香望未賖

（眉批）麗而雅。

雙調望江南　歌宛轉

（眉批）情詞雙絶。樊榭《論詞》云：「獨有藕漁工小令，不教賀老占江南。」如此篇，真不愧矣。

又　臨欲别

（眉批）閑雅，是詞家本色。

王顯祚

點絳脣　青粉牆高

（眉批）筆意靈動。

詞則輯評

閑情集卷四

朱彝尊

豔詞至竹垞，空諸古人，獨抒妙藴，其味濃，其色澹，自有綺語以來，更不得不推爲絶唱也。故所選獨多。

木蘭花慢　今年風月好

（「乍含羞」至結）一句一意，描寫入微，畫亦不能到。

金縷曲　誰在紗窗語

（眉批）後半言情，前半寫景，濃淡各極其致。（下闋末數句）不作豔語，去華存實，情更深，味更濃。

南樓令　春水到門長

（眉批）屏去浮豔，其情乃真。

玉樓春　舊游聽説臨邛路

（眉批）善用翻筆，情節自深。

思佳客　杜牧秋霜染鬢多

（眉批）語意淒感。「河鼓、黄姑，牽牛也，皆語之轉。」見《荆楚歲時記》。

玉抱肚　橋頭官渡

（眉批）（第一段）情景雙寫。後二段，措語未高，情則深絶。

百字令　横街南巷

（眉批）情不必深，詞却沉着。詞勝，情亦勝也。

鵲橋仙　横汾清濟

（末二句）純以筆勝。

一剪梅　子夜琴心調乍翻

（「不應草草放他歸，去便如期，來便空言」眉批）較「來是空言去絶踪」，更婉折。

清平樂　齊心耦意

（眉批）自此章至《洞仙歌》十七首，皆録《靜志居琴趣》一卷中者，生香真色，得未曾有，前後次序，略可意會，不必穿鑿求之也。

四和香　小小春情先漏泄

（眉批）合上章皆寫髫年情態。

卜算子　殘夢繞屏山

（眉批）此章致思慕之情。

憶少年　飛花時節

（眉批）情詞淒絶，較耆卿「彼此空有相憐意，未有相憐計」，更見沉痛。

漁家傲　淡墨輕衫染趁時

（眉批）合《曝書亭全集》詩詞觀之，同舟一層，自是兩情相照之始，故集中屢屢言之。

朝中措　蘭橈並載出横塘

（眉批）此亦前章之意，但彼出此歸。

秦樓月　春眠足

（眉批）情思迷離。

瑶花　日長院宇

（眉批）寫入夢之情逼真。（末二句）吕渭老（《江城子》）詞云：「做夢楊花隨去也，妝閣畔，繡牀前。」

無此情味。

天仙子　小櫂若邪乘曉入

（眉批）語帶仙氣。

又　小閣春寒煙乍禁

（眉批）工於寫景，不多着墨，情致已饒。

南歌子　忍淚潛窺鏡

（眉批）寥寥數語，意態絶勝。

芙蓉月　鑾府輟櫂時

（眉批）層折入妙，極分析，正極迷離。（「貪夢好，問柔魂可曾飛度」眉批）當亦甘與子同夢矣。

眼兒媚　那年私語小窗邊

（眉批）梁武帝「特愛如欲進，含羞未肯前」（編者按，句見梁武帝《秋歌》），即此意也。

鵲橋仙　辛夷花落

（眉批）絶世風趣。

增字漁家傲　百蝶仙裙風易裊

（眉批）情態入妙，可謂工於做作。

金縷曲　枕上閑商略

（眉批）「元夜」一節，《風懷二百韻》中言之詳矣，此篇可與參看。欲合仍離，即《風懷》詩所謂「月難中夜墮，羅枉北山張」也。「已嫁經年」，猶合「紅蕚」，即《風懷》所謂「瓜字尚含瓤」也。此篇似追訴之詞，起五字正面，結二語（「不須頻悔當時錯，且莫負曉雲約」）遥遥呼應。

摸魚子　粉牆青虬檐百尺

（眉批）情詞俱臻絶頂，擺脱綺羅香澤之態，獨饒仙豔，自非仙才不能。淒豔獨絶，是從《風》、《騷》、樂府來，非晏、歐、周、柳一派也。

西江月　傍玉何曾暑熱

（眉批）選詞獨別，總非凡豔。

城頭月　別離偏比相逢易

（眉批）情生文，文生情。

南鄉子　明月別離人

（眉批）癡情人真有此想。

夢芙蓉　日長深院裏

（眉批）「青李」，王羲之《十七帖》之一也。《文房四説》：宣州諸葛高造鼠鬚散卓及長心筆，絶佳。此女工書，《風懷》及《洞仙歌》屢屢言之。　層節較多，不止「人面桃花」之感。

滿庭芳　兩蓋飄荷

（眉批）此章叙離而復合，暫合仍離，情致綿遠。

南樓令　疏雨過輕塵

（眉批）「不見去年人，淚滿春衫袖」（編者按，句見歐陽修《生查子》），無此曲折。

好事近　往事記山陰

（眉批）情深語至，脱盡香奩門面語。

卜算子　留贈鏡湖紗

（眉批）情深入骨。豔詞有竹垞，真乃盡掩古人，獨闢機杼。

浣溪沙　桑葉陰陰淺水灣

（眉批）言情必深。

换巢鸞鳳　桐扣亭前

（末四句）情癡如許。

一葉落　淚眼注

（眉批）如讀唐人短樂府。

無悶　密布垂絲細細

（眉批）迤逦寫來，清寒入骨。（「無計，纔獨眠，更坐起」眉批）八字形容得盡。（「縱有」至結眉批）從對面想來，更深切。

點絳脣　萬里將行

（眉批）設色亦工雅。

風蝶令　秋雨疎偏響

（「一灣楊柳板橋西，料得燈昏獨上小樓梯」眉批）與《無悶》篇同一從對面着想，而語更雅鍊。

鵲橋仙　青鸞有翼

（眉批）後半闋分兩層説，更淒切。

柳梢青　回雁書遲

（眉批）情至詞亦至，不可强求也。

笛春令　鍼樓殘燭

（眉批）自傷失所欲，「淚下如連絲」，休伯《定情》佳句也，運用入詞，更自淒警。

祝英臺近　紫簫停

（下闋）淒涼景物，不堪回首。

風入松　朝雲不改舊時顔

（「錦瑟空成追憶，玉簫定在人間」眉批）情到至處，每多癡想。

臨江仙　昨日苦留今日住

（「口中生石闕，腹内轉車輪」眉批）中有難言之隱。　樂府：「石闕生口中，銜碑不得語。」（編者按，句見《樂府詩集》卷四十六《讀曲歌》）

又　白鷺飛邊舟一箇

（眉批）情詞雙絶。

洞仙歌　書牀鏡檻

又　謝娘春曉

又　津亭回首

又　仲冬二七

又　別離改月

又　東風幾日

又　佳期四五

又　城頭畫角

又　韶光最好

又　三竿日出

又　花餻九日

又　隔年芳信

又　蘋洲小櫂

又　蕭郎歸也

又　明湖碧浪

又　行舟已發

又　崔徽風貌

（眉批）竹垞《洞仙歌》十七首，是指一人一事言，而歷叙悲歡離合之情也。低回宛轉，情意纏綿。色取其淡，骨取其高。不用綺語，風韻自勝。斯謂驚才絶艷。

《洞仙歌》善用折筆，淺處皆深，如云：「傍妝臺見了，已慰相思，原不分，雲母船窗同載。」又云：「津亭回首，望高城天遠。何況城中玉人面。」又云：「周郎三爵後，顧曲無心，爭忍厭厭夜深飲。」又云：「正不在、相逢合歡頻，許並坐雙行，也都情分。」諸如此類，一折便深，可悟用筆之妙。

《洞仙歌》之妙，全在烘襯，正面寥寥，惟四章云：「冉冉行雲，明月懷中半霄墮。」十五章云：「明月重窺舊時面。」均可謂仙乎麗矣。

《洞仙歌》每以樸處見長，最是高妙。如云：「仲冬二七，算良期須果。若再沈吟甚時可。」下云：「難道又、各自抱（衾）［琴］閒坐。」結云：「也莫説，今番不曾真箇。」又云：「最難得、相逢上元時，且過了收燈，放船由恁。」又云：「佳期四五，問黄昏來否？說與低帷月明後。」又云：「隔年芳信，要同衾元夕。比及歸時小寒食。」又云：「十三行小字，寫與臨摹，幾日看來便無別。」又云：「行舟已發，又經旬調笑，不算忽忽別離了。」此類皆愈樸愈妙。豔詞有竹垞，直是化境。

《洞仙歌》有運思極雋極深者。如云：「旋手揭、流蘇近前看，又何處迷藏，者般難捉。」又云：「若不是、臨風暗相思，肯猶把留題，舊時團扇。」又云：「翻喚養娘眠，底事誰知，燈一點、尚懸紅豆。」又云：「隨意楚臺雲，抱玉挨香，冰雪淨、素肌新浴。便歸觸、簾旌侍儿醒，只認是新涼，拂檐蝙蝠。」又云：「偏走向、儂前道勝常，渾不似西窗，夜來曾見。」皆能發前人所未發。不必用穠麗之詞，而視彼穠麗者，淺深判然矣。

《洞仙歌》有極密極昵者。如「恩深容易怨，釋怨成歡，濃笑懷中露深意。」古香古豔，無些子綺羅俗態。

《洞仙歌》有淒豔入骨者。如云：「起折贈、黄梅鏡奩邊，但流睇無言，斷魂誰省。」又云：「同夢裏，又是楝花風雨。」又云：「怪十樣、蠻箋舊曾貽，祗一紙私書，更無消息。」又云：「舍舊枕，珊瑚更誰知，有淚雨烘乾，萬千愁夢。」又云：「奈飛龍骨出，束竹腸攢，月額雨，持比泪珠差少。」又云：「中有錦箋書，密囑歸期，道莫忘、翠樓煙杪。枉辜負，劉郎此重來，戀小洞春香，尚餘細草。」又云：「自化彩雲飛，蟲網蝸涎，又誰對、芳容播喏。儘沉水、煙濃向伊熏，顛萬一真真，夜深來也。」此類皆淒絶，豔絶。然自是竹垞之淒豔，非棠村、藕漁輩所能到也。

豔詞至竹垞，採盡綺羅香澤之態，純以真氣盤旋，情至者文亦至。前無古人，後無來者，《洞仙歌》其最上乘也。

點絳脣　香袂飄空

(眉批)以下八章，録《茶煙閣體物集》一卷中者。情不必真，而傳神寫照，頰上添毫，得未曾有。

《老學庵筆記》：十，轉平聲，可讀爲諶。白樂天詩：「緑浪東西南北路，紅闌三百九十橋。」

(崔徽風貌)此篇爲十七章總結。藍橋夢杳，遺像空留，情詞雙絶。「十分」、「十」字，當讀作平聲。

釵頭鳳　華筵半

（上闋）疊字妙。（下闋）疊字更妙，尤勝前疊。

臨江仙　削就葱根待束

（眉批）諸篇各有機趣。較《靜志居琴趣》一卷，情雖不及，趣則過之。

秦樓月　涼煙翠

（眉批）鄭重分明，《憶秦娥》複句，須知如此。

沁園春　小小瓊田

（眉批）押韻峭甚。（末數句）四面烘染，長袖善舞。

又　嫋嫋輕軀

（眉批）萬感千愁，縈迴不解。○運典沉至，無堆砌之跡。○結淒斷。　唐孟才人歌《河滿子》畢，武宗命醫候之，脈尚温，而氣已絶矣。事見張祜詩《孟才人歎序》，載《全唐詩話》中。

又　意遠態濃

（眉批）風趣絶勝，是謂豔詞。

雙雙燕　問銀海水

（眉批）起勢蒼茫，亦沈着。（「心心心上」句至末）淋漓頓挫。

陳維崧

豔詞非其年專長。然振筆寫去，吐棄一切閨襜泛話，不求工而自工。才大者，固無所不可也。

長相思　潄金巵

（眉批）愈樸直，愈婉曲，愈沉痛。（「花蕚樓前踠地垂，休忘初種時」眉批）言盡而意不盡。

菩薩蠻　流蘇小揭人初起

（眉批）情態絶世。

又　銀河斜墜光如雪

（眉批）虚處着筆，無中生有。

又　後堂恰與中門近

（眉批）風致劇佳。

又　迴廊碧甃芭蕉葉

（「促柱鼓瀟湘，風吹羅帶長」眉批）低回哀怨，饒有古意。

又　梨花簌簌飛紅雪

（上闋）不免俚褻。（下闋）情態逼真。

又　桃笙小擁樓東玉

（眉批）譎甚。

極相思　濕雲未斂香蟬

（「濛濛脈脈如塵，似影記，也難全」眉批）是夢境，亦得思字神理。

蝶蠻花　劉氏三娘雙姊妹

（眉批）十章次第分明，詞意俊快，正如丈夫見客，絶不蒙頭蓋面，齷齪之態，對此消盡。

又　簾外桐花閑弄影

（眉批）傳神妙手。

又　犀蒜銀釘紅玉槅

（眉批）先安頓鬬葉之地，是前一層，卻以「慵鬬草」、「怯彈阮」兩層逼出鬬草來。迤邐有致。

又　涼夜金街天似洗

（「鬢絲扶定相思子」眉批）麗句。（「明月光中亂捲瀟湘水」眉批）令人失笑。（「匿笑佳人聲不止，檀奴小絆花陰裏」眉批）此意亦未經人道過。

又聽歌　梔子簾前斟鵲腦

（「銀蒜輕摇郎到了，和羞吹、滅蘭缸早」眉批）結有情態，恰好收足「聽」字意。

又　亞字闌干花一朶

（眉批）「花朝」二字勿泥看。下章云「玉梅花下交三九」，此不過泛言耳。

又　拂曉相逢花弄口

（眉批）大雅。（「斜送橫波，郎莫衣單否」眉批）泥人情態。

又　一帶紅牆剛六幅

（「放説玉人吹未熟，明朝重到黄金屋」眉批）「故説」二字妙，是多情人眼中心中事。

又　年少雙文能勸酒

（眉批）綿麗有情。題後一層妙。

又　滿院姊歸啼惻惻

（「春陰簾外天如墨」眉批）結七字寫景，着而不着，其品最高，其味最永。

又　芳草萋萋人脈脈

（眉批）語意悽惻，然爲輕淺佻滑者作俑。結和雅。

又　記在繡裙親見汝

（「拆了鞦韆飛却絮，成團滚過墻頭去」眉批）痛快淋漓之句。

落燈風　五更一陣寒偏準

（眉批）不作一香澤語，而情致無限。

師師令　匀紅剔翠

（「忒玲瓏，却已會三分無賴」眉批）連得出。

滿庭芳　黄入東風

（下闋）纏綿淒斷。若遠若近，極恍惚之致。

水調歌頭　真作如此别，真是可憐蟲

（起二句）亦纏綿，亦突兀，言盡而意無窮。（「迴軀攬持重抱」眉批）「迴軀」六字，似褻，而實古雅，固知不可無書，不可無筆。（「語未及，帆勢破晴空」眉批）結寫分手，忽遽之情，咄咄逼人。

揚州慢　十里珠簾

（「奈石馬」至結）感慨無限。

瑣窗寒　鑾字牆兒

（眉批）景中帶情，吐棄浮豔。措辭精雅，兼賀、周、高、史之長。

换巢鸞鳳　月煖絲柔

（眉批）句法、字法，總非凡豔。

齊天樂　小樓昨夜東風到

（上闋）寫景淒涼。（下闋）意鬱而語連。

又　坐來冷店思量遍

石州慢　竹院臨池

（上闋）筆意雅近大晟。（下闋）結寫景，而情自足。

（下闋末數句）觸處生情，意味絕勝。

賀新郎　小酌酴醿釀

（眉批）按徐郎名紫雲，廣陵人，冒巢民家青童，儇巧善歌，與其年狎。其年嘗畫雲郎小像，遍索諸名人題詠。至是出槖中金爲雪郎合巹，復繫以詞。語不免於褻，而情致酸楚。

又　乳燕飛晴晝

（下闋）與上半闋同一比較入妙，而筆法深淺有别。

又　寒食江村約

（眉批）輕率。故作疑筆，欲合仍離。（「我有」五句）淋漓慷慨，情文相生。深人無淺語，信然！

摸魚兒　正輕陰做來寒食

（眉批）只淺淺説來，已覺悽惻入骨，（「君知否」至結）此更摸入深處，幾於猿聲鵑血。

蘭陵王　香腮托

（眉批）起三字俗。（「又不是中酒傷春，盡日沉吟倚妝閣」眉批）曲折盡致。（「小樓欲睡那便着」眉批）「小樓」七字，不鍊而鍊，與輕率者有别。（「念馬嘶門外，聽耒常錯。清明寒食無限恨，燕子覺」眉批）結數語沉至，純乎大晟。

十二時　綿濛二月如酥雨

（中闋）此折較上又進一層，故用「更」字提起。（末數句）若近又遠，似夢如塵。

瑞龍吟　春燈炧

（下闋）游絲落絮之情，雲湧風飛之筆。彼好爲粉白黛綠語者，蓋取其年詞三復之也。

豐樂樓　上元許多往事

（眉批）語必極致，其年本色。姿態絶饒。寫昇平盛世，如火如荼。亦見風致。

詞則輯評

閑情集卷五

李良年

西興樂　天街燈火繡簾重

（眉批）心心相印。淒豔似貧房筆意。

蝶戀花　映水藤邊絲萬縷

（眉批）婉麗。（「鏡檻梨花留一樹，春風又到憑欄處」眉批）情致纏綿，含蓄不盡。

李　符

摘紅英　鴛衾冷

（眉批）慘淡春光，有心人不堪寓目。

華胥引　試妝纔罷

（眉批）夢境惝怳。

生查子　松翠石楠紅

（眉批）醒題。雅而不佻，風致絶妙。

董以寧

董文友，詞中之妖也，與詩中之王次回可謂匹敵。

文友《蓉渡詞》三卷，豔體居其八九。鉤心鬬角，工麗芊綿，又遠出施浪仙、馬浩瀾、沈去矜、周冰持輩上矣。

《花影詞》不過如倚門賣笑者流，並不足爲詞之妖，《蓉渡詞》乃真足惑人矣，此妖之神通也。

浣溪沙　幽夢宵來托錦膠

（詞末評注）宋荔裳云：細膩慰貼，固是當家。

（眉批）「蓮瓣」句纖俗。後半絶婉雅。

感恩多　昨夜傳鴻信

（眉批）情到海枯石爛時。王小山詞云：「空言亦是玉人恩。」未嘗不刻入，尚不及此之沉痛。

菩薩蠻　阿娘碎語綿如絮

（詞末評注）王阮亭云：豔情中之有文友，繪風手也。（眉批）曲折哀婉，情之至也。

相思引　年紀花稍半未諳

（眉批）慧心密意，描寫入微，當爲千古咏侍女者絶唱。

憶秦娥　殊堪訝

（眉批）「昵人（秋水臨行瀉）」句，殊難爲情。（「留他不得，掉他不下」；「看他明日，耐他今夜」眉批）四「他」字，用得甚雋。

桃源憶故人　鴛鴦枕上青山誓

（詞末評注）尤西堂云：是秦九得意筆。「既」字押得甚穩。

（眉批）淺率。怨詞以婉語出之最妙。西堂評語「九」字當是「七」字之訛。

鷓鴣天　荳蔻香含正未笄

（眉批）文友《鷓鴣天》諸闋，婉雅芊麗，豔詞之有則者。（「傍人已道成連理，惹得春山翠黛低」眉批）丰神可想，情態可繪。

又　繡苑晴光晝日佳

（詞末評注）吴梅村云：「名花」二語，妙在是詞非詩。

（眉批）何等婉麗。與馬浩瀾輩自别。

又　賦得將離向綺窗

(眉批)「九」、「迴」、「腸」；「雙」、「鈎」字，支對，不免纖俗。(「多情恐逐浮萍去，發願拈針繡佛幢」眉批)其天女墮落耶？

又　兩小無猜直到今

(眉批)麗而不佻，得詩人比義。

又　是處常來好當家

(眉批)典麗，亦芊雅。(「髲髻雙簪并蒂花」眉批)「雙簪」妙。

又　何處春風着柳斜

(詞末評注)曹顧庵云：三四殊令人思，何處看得此無人態也。

(三四兩句「每彈指處聞花歎，自抵牙時爲曲差」眉批)摹寫入神。(「門前流水藍橋鎖，猶度當初金犢車」眉批)纏綿雅麗，馬浩瀾輩何嘗夢見。

又　昨夜天孫罷錦梭

(眉批)情深意密，令人魂銷千古。　豔詞以品此爲極。　後半闋寫正面，芊雅工麗，亦非俗豔。

虞美人　花陰空覆鴛鴦寢

(詞末評注)王阮亭云：言情處入木三分。

(眉批)幽情苦緒，曲折連出。

東坡引　苕溪前歲住

（詞末評注）陳其年云：前疊句妙在叮嚀。後疊句妙在較量。

（眉批）《東坡引》九章，皆示婢詞，細意熨貼，無微不入。不及秀水之清雅，而韻致過之，亦秀水之勁敵也。竹垞眷所戚，璞函眷一姝，文友則眷一婢，惟其情真，是以無微不至。

又　粉丸鉛雪冶

（眉批）瑣碎得妙，寫來逼真。

（詞末評注）陳其年云：前疊句妙在歎賞。後疊句妙在嘮叨。

又　朱唇何待染

（眉批）猜忌得妙，妒態可哂。

（詞末評注）陳其年云：前疊句妙在慇懃。後疊句妙在瑣碎。

又　如皋人射雉

（眉批）旁面生情，妙！妙！

（詞末評注）陳其年云：前疊句妙在商量，後疊句妙在□□。

又　纔梳雲髻𩮀

（詞末評注）陳其年云：前疊句妙在沉吟。後疊句妙在揣摹。

（眉批）情寄於物，加意憐惜。

又　香巾何細潔

（詞末評注）陳其年云：前疊句妙在踴躍。後疊句妙在指點。

（眉批）題外點綴，思路玲瓏。

又　縫成紅素絹

（詞末評注）陳其年云：前後疊句，俱妙在一句兩意。

（眉批）天然結構，語亦穠麗。情致絶佳，想見昵昵之態。

又　泥金疊扇子

（詞末評注）陳其年云：前疊句妙在躊躇。後疊句妙在跌宕。

（眉批）此章最悽惋，雖一時戲言，合觀《憶秦娥》一闋，此爲詞讖矣。

又　簟紋冰玉潤

（詞末評注）陳其年云：前疊句妙在憂疑。後疊句妙在催促。

（眉批）情態絶佳，正妙在説了一半。

蘇幕遮簾外聽墮釵聲　玉鈎垂

（詞末評注）湯荆峴云：「肯遞春風，偏斷遊絲路」二語，咏簾，佳。就簾先布置下意尤佳。後半摹擬揣度，卻都爲「簾外」二字寫神。

（眉批）「閙掃雖鬆，窣墮知何故」二語，先作疑筆，妙甚。「難道拔時纖手誤」句更妙，先有此層，既見波折，愈見情致。

又　綠初迴（編者按，自此以下九首詞均以各種隔物「聽聲」爲題，不逐一列舉。）

（詞末評注）許力臣云：都於前後想出神情。

（眉批）寫景亦自含情。　（下闋）概括《牡丹亭》前半部。

又　粉罘罳

（詞末評注）汪叔定云：妙有飛霧飛雲，溟濛蕩漾之致。

（眉批）情景夾寫，真癡於情者。

又　月初沈

（詞末評注）孫介夫云：「暗數（闌干應六七）」句妙。寫「迴廊」以後字字入細。

（眉批）曲曲傳出，畫所不到。（「兩瓣輕蓮」）四字纖俗。

又　兎華輕

（詞末評注）薛固庵云：就屏邊字，翻用漢畹浴金餅事，妙。

（眉批）此題易流於褻，此作郤字字雅麗，固與瞿宗吉輩不同。「冷熱心頭省」五字有味。

又　鳳簫停

（詞末評注）王北山云：「骰子逡巡裹手拈，無因得見玉纖纖。」（編者按，句見張祜《妓席與杜牧之同咏》）「玲瓏骰子藏紅豆，刻骨相思知未知。」（編者按，句見温庭筠《南歌子詞》）總不如「親點牙籌，賭喝雙雙雉」爲銷魂鑠骨也。轉親轉熱，愈難爲情耳。

（眉批）癡情慧想，真令人骨醉魂銷。

又　綺窗明

（詞末評注）黄初子云：末句淡而可思，含蓄不盡。

（眉批）十章俱就上二字生情。俗手必貪發下數字，那得如許波折。（「獨坐妝臺畔」眉批）五字俗。

又　紫紋綾

（詞末評注）吴薗次云：字字細貼，都傳「聽」字之神。

（眉批）含思綿婉。

又　穗煤昏

（詞末評注）薛内文云：「聽夢魘」與别題不同，故先下「只隔重幃」等語，自是作者細心。後轉入「唤江郎」，夢魘事，更自慧心。

（眉批）命題别致，措語亦新雋。

又　枕珊瑚

（詞末評注）姜西銘云：「和月和雲（和被抱一夜春風，散盡愁多少）」三語化工。　吴梅村云：十首細膩熨貼，一字不閒，卻無意不出，無思不入，真有繪影繪聲之妙。而筆筆圓轉，更如珠走盤中。

（眉批）穠麗之極，設色欲仙。「和被抱」三字粗俗。

沁園春　眉黛峰侵

（詞末評注）汪蛟門云：文友情癖温柔，才工香豔，故描寫美人諸詞，淪肌浹髓，不許香奩獨步。至於選事典僻，尤屬專長。

（眉批）運典多多益善，不爲題所窘。（「舉手頻加。却訝蕭郎，虚稱上客，歲歲龍門望總賒」眉批）寓以感慨，情味尤勝。文友《美人額》等数篇，精工刻摯，勝似竹垞所咏諸篇，以此知詞各有極也。

又　閒際相看

（眉批）運用雅麗。（下闋）八面烘托，詞意兼勝。

又　看去纖勻

（眉批）運用處，極其工麗。風流藴藉，令人神往。○彭駿孫見沈去矜、董文友詞，謂泥犁中皆若人，故無俗物。然去矜亦花影之餘，冰持之匹，不及文友之工也。

又　此日鴉侵

（眉批）情詞並茂。想其落筆時，必沉思渺慮爲之。

又　拊手應留

（眉批）細膩。描寫殆盡。（「幽歡再，爲嬌兒拋下，濕透重綃」眉批）「寧斷嬌兒乳，不斷郎殷勤」（編者按：句見《樂府詩集》卷四十五《前溪歌》），未免過涉荒淫。似此運用入妙，特有分寸。

又　轉去人看

（眉批）思路必真。「浴室（潛窺此獨親）」句，更想入非非。語語工雅，勝竹垞作。

又　搖動衣紋

（詞末評注）董得仲云：數詞天巧人工，至此而極最。拈題得此，豈龍洲、清溪所能夢見耶！

（眉批）近日勝常，惟低眉斂手俯拜而已。宛曲遷延者，必爲人所笑，時態又一變矣。四面烘襯，典麗極矣。

吴棠楨

甘州子　鴉啼露井玉樓寒

（眉批）含情言外。

蝴蝶兒　錦樓東

（眉批）淒豔幽秀，似唐、五代人寓意之作。

山花子　江影涵天蘸月青

（眉批）故作留連，描寫閨情盡致。

兩同心　斗帳剛垂

（眉批）此詞絶細膩。較棠邨《一剪梅》詞尤覺極情盡致。

陸次雲

蘇幕遮　賣花聲

小有可取處。《四庫全書提要》謂：次雲《北墅緒言》有屬友人改正詩餘姓氏書，蓋因《西泠詞選》借名，刻其詞三首，故力辨之。高士奇稱其自處甚高。今觀所作，乃往往多似元曲，不能如書中所稱周、秦、蘇、辛體也。

俞士彪

浣溪沙　眉翠都殘畫未成

（眉批）曲而而連。

沈岸登

采桑子　桃花馬首桃花放

（「定有愁人樓上頭」眉批）「定有」妙，與幼安「白鳥無言定是愁」，並能使無情處都有情也。

浣溪沙　自在珠簾不上鈎

（眉批）淒警語，微嫌小樣。

步蟾宮　雪花未淨侵堦滑

（眉批）豔詞亦饒筆力，真竹垞之亞也。

卜算子　長簟點點螢

（眉批）情景兼寫，聲調高抗。

曹亮武

浣溪沙　畫閣春眠貼繡茵

（眉批）淒豔。

楊通佺

生查子　欲繡合歡襦

（眉批）此詞絕似梅村。寫惜花心事，筆情婉麗。

盛楓

浪淘沙　槐影綠毿毿

（「有意尋愁愁不見，鏡裏眉山」眉批）只是「愁」、「眉」二字，卻運用得妙。故知人不可無筆。

龔翔麟

醉公子　馬首山無數

（眉批）點綴有情。

馮　瑞

更漏子　藕花風

（「愁蘭繞夜烟」眉批）「秋蘭」五字精秀。

焦袁熹

采桑子　蘚階苔砌無人跡

（眉批）語勁直而意閒婉。「唱箇（相思曲得成）」句粗。

更漏子　漏初殘

（「憶他臨別時」眉批）五字真，最難忘情者，臨別時也。（下闋）造語精鍊。

范允鏻

蘇幕遮　粉牆陰

（「芳草連天，没箇遮闌處」眉批）「芳草」二句，自是「心中事，眼中淚」（編者按：句見歐陽修《行香子》）人語。

葉尋源

蝴蝶兒　蝴蝶兒

（眉批）歡感不同，一有知，一無知也。

周稚廉

相見歡　小鬟衫着輕羅

（詞末評注）合下章，別本作「明代湖廣女子龍輔作」，未知何據。

（眉批）嬌態如畫，然流入荒淫矣。（「打叠閑情別緒教鸚哥」眉批）風致絶勝。

又　雛鸝啄下紅櫻

（「多少柔腸囑付護花鈴」眉批）宛轉纏綿。

生查子　鸂鶒翠鈿飛

（眉批）雅筆傳豔情，妙只不露。

玉蝴蝶　越羅初繡雙鸞

（眉批）妒情可哂，可謂善戲謔兮。

卜算子　剗襪墜金菱

（眉批）自愛自拋，自解自剖，妙甚。思路甚巧，而筆路病纖。

添字昭君怨　斗帳朝褰銀蒜

（眉批）摹寫嬌憨，不免纖小。

浪淘沙　把盞餞東君

（眉批）淒婉，頗近小山

送入我門來　青粉牆頭

（下闋末數語）淒涼酸楚，情韻雙絶。

柴　震

更漏子　麝煙微

（眉批）結語婉至。

查慎行

念奴嬌　尋春較晚

（眉批）後半低回宛轉，一往情深。（結句「叮嚀莫似瓶井」眉批）李嶠詩：「消息似瓶井。」言瓶沉井底也。

許田

小重山　百囀新鶯在柳梢

（眉批）情態如繪。

解語花　鴨頭波淨

（眉批）此闋最爲劉廷璣所愛。以結二語（「一朵行雲，化水痕難覓」），妙在離即之間，不着跡象。然篇中俚語甚多，除結數語外，皆無可取。

華宗鈺

減蘭　朱門更靜

（眉批）寄情綿邈

杜　詔

南鄉子　絮語曲闌邊

（眉批）思路悠遠，筆意清峭。

厲　鶚

賣花聲　花月秣陵秋

（眉批）結二語可括《琵琶行》，不煩多着墨也。

黄之雋

一枝春　絮撲東鄰

（眉批）細緻。麗而有則。

陳　沆

浣溪沙　簾外將雛燕語忙

（眉批）從「忽見陌頭楊柳色」化出。

又　斜挂桐梢月一弓

（眉批）「秋心微裊篆煙中」七字精絶。

毛之玉

拜星月　露洗冰蟾

（「春情半似寒灰，趁殘煙飛起」眉批）精鍊語。

毛　倢

菩薩蠻　流蘇百結參差影

（眉批）前半闋似唐、五代人筆意。

昭君怨　簾底燭花銷盡

（結二句「道是没心情，理銀箏」眉批）只此便住，意味正自不盡。

玉樓春　玉船銷盡銀缸焰

（眉批）遣詞閒雅，逼近北宋。

臨江仙　樓上輕寒風景悄

（眉批）美人好佛，名士亦好佛；美人懺悔在老大時，名士懺悔亦在白髮後。然終不能脱去羈縛者，只是情關一點打不破耳。

詞則輯評

閑情集卷六

王時翔

太倉諸王皆工詞，漢舒最爲傑出，次則小山。小山工爲綺語，才不高而情勝，措語亦自婉雅，無綺羅惡態。小山自云：規模北宋。此亦未必盡然，大約得晏、歐之貌，不能升周、秦之堂也。

采桑子　梨花小院東風謝

（「巷口斜陽記不真」眉批）「記不真」三字絶有味。

又　涼波倒浸層樓影

（眉批）短句，節短韻長。

踏莎行　嫩嫩煙絲

（眉批）婉約中見筆態，小晏之流亞也。

一斛珠　夜來聞雨

（眉批）情絲宛轉，觸處生愁。

臨江仙　不斷柔情春似水

（眉批）淒麗。思路淒絶，真才人之筆。

又　一段旅情無處著

（眉批）淒婉，全得小晏遺意。

青玉案　暗飄玉笛高樓暮

（眉批）真切懇至，無限纏綿。

蝶戀花　碧樹蕭疏斜日漏

（眉批）淒麗閒婉，洵沐浴於晏、歐而出之者。

浣溪沙　彩扇輕遮畫燭紅

（「眼波低剪篆絲風」眉批）「剪」字警。（下闋）意境全從宋人來。

又　半是含嬌半是慵

（眉批）不尚新奇，自饒婉麗。

又　楊柳梧桐翠色齊

（眉批）離即之間，用筆超妙。

又　細雨尖風欲斷魂

（下闋）情到至處，乃有此語。淺情人不知也。

南柯子　握藕香沾雪

（眉批）刻意傷春復傷别，人間惟有杜司勳。

訴衷情近　晚香庭院

（眉批）語語真至。

王　輅

虞美人　聞説碧桃開滿院

（眉批）描寫分花拂柳之態，設色頗妍。

王　策

踏莎行　短燭三條

（「落燈天似晚秋寒，病春人卧消魂處」眉批）淒警。（結二句「夢中尋夢幾時醒，小橋流水東風路」眉批）較叔原鬼語更覺有味。

臨江仙　綵絡雙鈎銀蒜小

（眉批）清麗。

滿江紅　睡眼初回

（「拂砌風輕鶯作態，穿簾雨細花無恙」眉批）何等芊雅。（下闋）絶世丰神，幾令讀者不能釋手。

又　嫩碧池塘

（眉批）描寫病容，另是一種筆墨，香雪真繪風繪影手。（「夢短易添清晝倦，晝長慣費黄昏想」眉批）字字耐人玩索。

又　黛拂輕螺

（下闋）騷情雅意，一片商音，固知漢舒之不永年也。

蘇幕遮　柳棉新

（眉批）一味淒絶。較夢窗《女髑髏》之作，筆墨又變。

蘭陵王　小樓角

（眉批）全篇從對面寫來，直至結處，一筆挽入，戛然而止，真有龍跳虎卧之奇。

鄭　燮

賀新郎　竹馬相過日

（眉批）意芊婉，而語俊爽，是板橋本色。

又　舊作吴陵客

（眉批）題前設色。○迤浬寫來，宛如畫稿。○情深似海，血淚淋漓。不謂豔詞有如許筆力，真正神勇。

虞美人　盈盈十五人兒小

（眉批）情態可哂，亦可憐。

酷相思　杏花深院紅如許

（結二句「半字也，何曾吐。一字也，何曾吐」眉批）惟其情真，故言之親切有味，不着力而自勝。

張四科

浣溪沙　夜合花西水閣東

（眉批）冷處傳神，工於刻畫。

江　昉

高陽臺　乍茁瑶房

（眉批）雅麗，似夢窗手筆。

史承謙

南歌子　月上輕羅扇

（眉批）景中帶情，不着浮豔。

又　茜袖凝香重

（眉批）「人去月痕消」五字淒警。

小重山　閒倚風前數落紅

（眉批）措語宛約，得南宋人神髓。

滿江紅　纔説春來

（眉批）語極深欵。（「更不推亂花下酒」至結）此種句法，自是衝口而出，然非天人兼到者不能。

鵲橋仙　經時消渴

（眉批）有心人語。

留春令　薄羅初試

（眉批）句法頗似竹垞。

東風第一枝　杏葉陰繁

（眉批）曲折哀怨，才不大而情勝。

任曾貽

踏莎行　絮影簾櫳

（眉批）妙在有意無意之間。情詞婉轉。

陸烜

浣溪沙　好夢無端上玉釵

（眉批）淒咽，直似鬼語。

夏宗沂

浣溪沙　暗別偷啼掩淚珠

（眉批）此意昔人用之屢矣。然情節特妙，不病其襲也。

徐柱臣

珍珠簾　雲空碧落寒光透

（眉批）深情若揭。

吴　烺

探春　度曲人歸

（眉批）魂不勝銷，死也。拚癡於情者，亦猶是也。

王鳴盛

漁家傲　淺夢輕寒添酒病

（「相憐愁對春風影」眉批）即顧影自憐意。（下闋）「不宜」二字妙，是代他設想。

過春山

踏莎行　寂寂簾櫳

（眉批）詞不必豔，而情自芊婉。

更漏子　半開簾

（眉批）措語宛約。規撫古人，不肯流入時派。

朱　昂

攤破浣溪沙　藥鼎微温枕半欹

（眉批）微傷纖巧。結二語（簷馬丁東燈燄小，五更時）尚可。

趙文哲

璞函豔詞情最深，味最濃。筆力卻絶遒，與竹垞分道揚鑣，各有千秋。

豔詞至竹垞，仙骨珊珊，正如姑射神人，無一點人間煙火氣。璞函則如麗娟、玉環一流人物，偶墮人間，亦非凡豔。此兩家豔詞之别也。

憶少年　楊花時節

（眉批）仙乎！仙乎！絶非凡豔。

綺羅香　寶帳圍春

（眉批）璞函詞以穠麗勝，而氣甚清，筆甚遒，所以不可及。

又　乳燕棲梁

（眉批）贈妓之詞，亦以雅爲貴。此篇情深文明，可推絶唱。作豔詞者，以此爲法，則不病詞蕪，亦不患情淺矣。◯淋漓曲折，一往情深。較古人贈妓之作，高出數倍。

祝英臺近　映紅霞。

（眉批）八章遣詞閒雅，用筆沉至，黯詞中運以絶大筆力，其千年絶調也。竹垞《洞仙歌》後，又闢一境矣。首章叙識面之始。

又　採茶天

（眉批）此章訪之，句句承上章來。（下闋）借乞漿入門，偏先見其母，層折妙。「墮地（釵聲，只在玉屏後）」二語，有意無意，八面玲瓏。

又　鳳釵盟

（眉批）此章既見之後，特移居以就之。◯「心事尚難料」五字妙，是初見時情景。心尚摇摇如懸旌。

又　拓書巢

（眉批）此章移居已就。上半言彼此心心相印。下半歎佳約仍是無憑。所謂「空有相憐意，未有相憐計」也（編者按，句見柳永《婆羅門令》）。殷勤反覆，以起下章之意。

又　井桐陰

（眉批）此章因比鄰既久，有隙可乘，遂赴佳約也。◯「偷解意偏肯」五字筆力絶大。寫到此處，學力稍次者，立見其蹶矣。

又　月如弓

（眉批）此章叙暫時離别，更重堅後約也。「恁臨去又還重問」七字，姿態逼真。◯「睡起意猶困」，題後傳神，正是加一倍寫法，筆力亦自横絶。

又　捲魚雲

（眉批）五章是訪彼美。此章是彼美自來，情節特妙。曰「誰禁」者，非比前日之訪彼美，不免蹈險也。「一聲（宿鳥翻檐，流螢撲扇）」二語，寫來時情景，妙。

又　颺茶煙

（眉批）此章叙離别，中有一片不得已之情，欲言難言，令讀者自悟。○不作心灰意死語，結而不結，餘情無盡。

孤鸞　當年鴛社

（眉批）通篇是追憶之詞，用「當年」二字領起，非泛詠帳也。儷雲偶月之詞，都憑虚駕過。（「何時淺斟低唱」眉批）「何時」二字，挽到目前，映上「當年」字。

雙頭蓮　學繡棚邊

（眉批）從繡枕時叙起。後半淒豔芊綿，深情無限。

摸魚子　怪苔痕一番疏雨

（眉批）「春風重到憑欄處，腸斷妝樓不忍登。」劉改之詩也。此詞情深一往，固自不減。

臺城路　紅欄橋轉逢西弄

（眉批）情景兼寫，豔詞必如此，乃不俚俗。

黄景仁

點絳脣　瘦骨無情

（眉批）此詞絶有味。但上半第三句（「小立風前」）變調，下半第四句（「斷無人處」）不押韻，終非正格。

吴蔚光

臨江仙　樓上闌干閒倚遍

（眉批）工麗語，亦警鍊。

楊芳燦

雙調望江南　人去也

（眉批）淒麗，不減楊孟載。

又　腰圍減

（眉批）情必極深，詞必極豔。

楊　揆

浣溪沙　手展文窗幾扇紗

（眉批）淒秀刺骨。

吴志遠

卜算子　攬鏡不成妝

（眉批）筆意亦近秀水。

吴寶書

浣溪沙　對鏡何心理翠鈿

（眉批）閒麗。

李　福

臨江仙　春色三分澹宕

（「落花飛不遠，有恨幾人知」眉批）幽怨。（「天涯無夢到，生悔舊題詩」眉批）哀怨沉着。

郭　麐

頻伽詞骨不高而情勝。

好事近　深院斷無人

（眉批）措語甚雅，頻伽詞之最正者。

卜算子　簾外雨如煙

（眉批）語太尖，而氣不厚。

憶少年　三巡渌酒

（眉批）小有別致。一結頗似竹垞筆路，頻伽詞中不可多得。

清平樂　小桃如綺，命短東風裏

「命短」句，惡劣不堪。餘亦尖薄。（「又是一番寒食，不知多少飛花」眉批）結二語有意味。

賣花聲　十二玉闌干

（眉批）筆頭總嫌尖，味便不永。（「只是別來珍重意，不爲春寒」眉批）結真情至語。録楊、郭、黄、袁等詞，只可截取，全璧甚少也。

又　秋水澹盈盈

（眉批）輕倩語。

喝火令　鶴背吹笙下

（下闋）只寫景而情在其中。但筆意總嫌尖薄。

江城梅花引　一重方空一重紗

（眉批）亦有筆意，然總不免俚淺。（「漸漸」至結）此數語尚佳。

袁通

蘭邨詞輕薄尖小，又下於頻伽。擇録其稍正者數闋。

綺羅香　香夢勾人

（眉批）此篇詞意極融洽，爲蘭邨集中壓卷。

臨江仙　記得小喬初嫁了

（眉批）不免過於豔冶，然卻有心思。

又　記得蘭期初七夜

（眉批）情詞淒斷。

又　記得畫蘭紅壓水

（眉批）麗而不佻，蘭邨集中尤爲難得。

陳行

浣溪沙　一世楊花二世萍

(眉批)筆致尚佳,工於取巧,非正格也。

吳會

摸魚兒　倩東風吹愁不去

(眉批)句法、字法趨入輕巧一路。此乾隆以後風氣也。無往不復,皋文唱於前,蒿庵興於後,所謂貞下起元也。

蕭掄

卜算子　幾度悔相思

(眉批)深情在「拚盡」二字。

董國華

浣溪沙　背着銀缺伴寂寥

（上闋）惡劣語。（下闋）淒秀似元人筆意。

吴蘭修

石華詞，氣格不高，措語卻淒警。

菩薩蠻　愁蟲瑣碎啼金井

（眉批）語極鬆秀。嶺南絶少詞家，如石華者即傑出也。

虞美人　一年又到穿鍼節

（眉批）語亦閑雅。（下闋）情真語切。

黄金縷　柳絲細膩煙如綫

（眉批）佳處亦不免淺薄，然不得謂之不佳。

汪　焜

喝火令　弱絮黏紅豆

（「欲見無端借，相期有夢來」眉批）「欲見」五字不妥，與下所云亦不貫。（「記得鬢邊釵上，雙鳳不分開」眉批）小有姿態。

趙慶熺

蘇幕遮　玉闌干

（下闋）語極沉痛，古人亦説不到此。

冒　褒

浣溪沙　翠被生寒寶篆斜

（眉批）婉妙。

歐陽德榕

長相思　雲蒼蒼

（眉批）語淺情長，低回哀怨。

程振鷺

金縷曲贈葛九　廿四橋頭步

（眉批）處處貼切，「九」字分寫合寫，如天衣無縫，巧奪化工，「葛九」之名，焉得不著。雅麗精工，而不纖巧。視宋人無名氏《贈妓崔念四》一闋，瑣屑不足道矣。誰謂今人不逮古人耶！

趙彦俞

蝶戀花　醉裏花奴停羯鼓

（眉批）傳神阿堵。

又　長晝懨懨無箇事

（眉批）淒感。（結二句「一笑佯輸窺葉底，驀然亂掃秋風裏」眉批）形容盡致。

李慎傳

釵頭鳳　相思字

（上闋）信得妙。（下闋）疑得妙。

西泠酒民

酣酣子詞，一片傷心，寄情言外，讀者當别具會心，不可泥跡求之也。

沙塞子　休將醽醁破愁城

（眉批）恨深怨極，寥寥數語，極淋漓之致。

徐燦

浣溪沙　金斗香生繞畫簾

（眉批）淒麗而和雅，無纖佻之習。

水龍吟　隔花深處聞鶯

（眉批）綿麗得北宋遺意。神味淵永，固自不讓李易安。

葉宏緗

望江南　人別後

（「愁思近來加」眉批）結五字婉約。

秦清芬

憶江南　人靜也

（眉批）纖巧語，小有聰明。

孫雲鳳

少年游　淡掃蛾眉

（眉批）似馬浩瀾一派，然語卻聰明。

吴蘋香

浪淘沙　蓮漏正迢迢

（眉批）措語輕圓，亦不免習氣。○蘋香初好讀詞曲，或勸之曰：「何不自作？」遂援筆賦《浪淘沙》一闋云云。一時湖上名流傳誦殆遍。

如夢令　燕子未隨春去

（眉批）風流藴藉，有意無意之間。

李　畹

南歌子　細點瓜蠤譜

（眉批）語亦樸實。芊綿温婉，音節自佳。

附録　序跋

植庵集序

光緒乙亥仲夏，始識李君子薪於海陵，一見傾心，意爲之下。君亦謬相推許，而以弟畜之行歌互答，把酒言歡，往來無間者七閲寒暑。余年三十，尚守一衿；君亦履躓，鬱鬱不得志。酒酣耳熱，未嘗不慷慨悲歌，思有以自奮。既無所遇，抑塞磊落之氣，胥於詩發之，發之不足則旁及於詞。君年逾四十，始習倚聲。故詩宗韓、杜，規模宏遠，氣息深厚，匪獨爲吾邑冠，即置之古名家中，亦卓然有所自立。詞則取徑玉田，而猶不廢猛起奮末之音，則遇爲之也。嘗語余曰：「古文詩賦，代有作者，獨倚聲之學，南宋後絶且千年，杳無嗣響。吾邑莊中白庶乎詞之中興，然知之者鮮矣。」嗚呼，以君之識，充君之學，固足推本乎《風》、《騷》，而方駕乎姜、史。天奪君速，致以泉源萬斛之才，僅得寥寥數闋，散見於零編斷簡中，而又非君之止境也。然君才雖不盡於是，猶幸存此一編，使後之讀君詞者，思其言，繹其義，想見其爲人，益將流連往復於斯編而不置也夫！　時在光緒甲申仲春上浣，同里亦峰陳廷焯序。

〔清〕陳　銳撰

詞比

詞比目録

詞比

自序

余五十以後，不復爲詩；偶一填詞，旋復棄去。病在不能依詠和聲，而以詠依聲，以聲和律，其必不能合矣。今欲窺古人之用心，必於古人之成績。大抵詞自五季以降，以耆卿爲先聖，美成爲先師。白石道人崛起南渡之餘，明心見性，居然成佛作祖。而四明吴君特以其軼才，貫串百氏，蔚爲大宗，令人有觀止之歎。目餘諸家，或亦自製腔調，更唱迭和。要其謹守繩墨，神明於規矩，匪獨韻協律調，曲盡精微。即一字一句，咸墧乎具有法度，份份其可考也。汎覽既多，隨手摘取，比而同之，間附鄙意。世競新學，獨此咬文嚼字，不敢輕蔑古人。使黨人得志，開詞學堂，其必以此爲初級教科書矣。宣統三年，重光赤奮若，三月清明陳鋭自序。

字句第一

「詩言志，歌永言」。積字成句，長言短言，天緣適宜，降而爲詞。自南宋以來，始專「長短句」之名。嘗覽柳、周諸大家，音律至精，自我作古，故字句之間，或有不齊。緣初學倚聲，必先規矩：如同一七言句，而有上三下四之分；同一五言句，而有上一下四之别；舉一而三可知也。

上一下三句：

過長淮底。《還金樂》

漸西風緊。《塞孤》

記清平調。《夜合花》

引胡笳怨。《迷神引》

對長亭晚。《雨霖鈴》

訪吹簫侶。《百宜嬌》

上三下一句：

過春社了。《雙雙燕》

倚闌干處。《八聲甘州》

棹滄波遠。《水龍吟》

指天涯去。《引駕行》

一字領四字句：此類最多，單舉起句一二。

登孤壘荒涼。《竹馬子》

折桐花爛漫。《木蘭花慢》

一字領五字句：

便添起春懷抱。《留春令》

一字領七字句：

縱芭蕉不雨也飀飀。

怕梨花落盡成秋色。《淡黄柳》

見步韈江妃弄明鏡。《側犯》

念一瞬韶光堪重惜。《侍香金童》

一字領三字偶句：

對宿煙收，春禽靜。《大酺》

望畫閣迴，繡簾垂。《夢玉人引》

一字領四字偶字：

正愁横斷塢，煙鎖溪橋。《换巢鸞鳳》

仗酒祓清愁，花消英氣。《翠樓吟》

閒共我焚香，伴伊刺繡。《卓牌子近》

愛停歌駐拍，勸酒持觴。《意難忘》

趁·栽梅徑裏，插柳池邊。《金盞倒垂蓮》

一字領五字偶句：

觀·露溼縷金衣，葉映如簧語。《黄鶯兒》

一字領六字偶句：

歎·事逐孤鴻盡去，心與蒲塘共晚。《西平樂》

會·樂府兩籍神仙，梨園四部弦管。《傾杯樂》

念·柳外青驄別後，水邊紅袂分時。《八六字》

見·梨花初帶夜月，海棠半含朝雨。《三臺》

更·暗塵偷鎖鸞影，心事屢羞團扇。《玲瓏四犯》

有·翩若驚鴻體態，暮爲行雨標格。《多麗》

八字句：

人生悲莫悲於輕別。《傾盃樂》

中有萬點相思清淚。《還京樂》

因念翠眉音塵何處。《佳人醉》

定知我今無魂可銷。《換巢鸞鳳》

九字句：

淚珠都作秋宵枕前雨。《解蹀躞》

這一段淒涼爲誰悵望。《殢人嬌》

恁生向主人未肯交去。《留客住》

凝寒又不與衆芳同歇。《暗香疏影》

十字句：

便是當年唐昌觀中玉蕊。《下水船》

近日來不期而會重歡宴。《秋夜月》

一字領八字偶句：

念渚蒲汀柳，空歸閒夢；風輪雨檝，終孤前約。《一寸金》

羨金屋去來，舊時巢燕；土花繚繞，前度莓牆。《風流子》

念取酒東壚，罇罍雖近；採花南圃，蜂蝶須知。《紅羅襖》

念小奩瑤鑑，重勻絳蠟；玉籠金斗，時熨沈香。《沁園春》

兩字領七字句：

觸處浮香秀色相料理。《還京樂》

何況舊歡新寵阻心期。《鳳銜盃》

兩字領六字偶句：

未省宴處能忘弦管，醉裏不尋花柳。《笛家》

似覺瓊枝玉樹相倚，暝日明霞光爛。《拜星月慢》

那堪片片飛花弄晚，濛濛殘雨籠晴。《八六子》

暖日春郊綠柳紅杏，香徑舞燕流鶯。《更漏子》

兩字領四字偶句：

望處曠野沈沈，暮雲黯黯。《安公子》

將次柳際涼銷，梅邊粉瘦。《念奴嬌》

尖頭五言偶句：

對暮山横翠，襯梧葉飄黄。《臨江仙》

繡鴛鴦枕暖，畫孔雀屏高。《獻衷心》

繫長江舴艋，拂深院秋千。《行香子》

尖頭七言偶句：

驚粉重蝶宿西園；喜泥潤燕歸南浦。《綺羅香》

念雙燕難憑遠信；指暮天空識逿艎。《玉胡蝶》

正依約冰絲射眼；更荏苒蟾玉西飛。《步月》

六言句應作兩句豆：

問山影·是誰偷。《木蘭花慢》起句
偏句引·黄昏淚。《水龍吟》結句
扶殘醉·遶紅藥。《瑞鶴仙》
看黄昏·燈火市。《夜游宫》
空目斷·遥山翠。《鳳銜盃》

五言兩句，下句一領四：

醉裏屢忘歸，任·虚檐月轉。《瑞雲濃》
竟夕起相思，謾·嗟怨遥夜。《塞垣春》
細雨濕黄昏，半·醉歸懷抱。《珍珠簾》
平生花裏活，奈·舊夢難忘。《玉簟涼》
坐看月華生，射·玉露清瑩。《採明珠》

五言兩句，上句一領四：

卷·書帷寂靜，對此傷離别。《陽關引》
道·鬢髮雪侵，莫待菱花照。《倒犯》
向·仙島歸宴，兩路無消息。《秋蘂香引》
漸·更衣對客，危坐自輕笑。《早梅芳近》

四言四排句：

欲説又休，慮乖芳信；未歌先咽，愁近清觴。《風流子》

蘭堂夜燭，百萬呼盧；畫閣春風，十千沽酒。《笛家》

夢裏飛紅，覺來無覓；望中新緑，别後空稠。《春風嫋娜》

紅妝趁戲，綺羅夾道；青帘賣酒，臺榭侵雲。《戀芳春慢》

四言四排句，可上下對：

望天不盡，背城漸杳；離亭黯黯，恨水迢迢。《惜黄華慢》

雲絲香裏，冰粉光中；興來進酒，睡起分茶。《夏初臨》

雕觴霞灧，翠幕雲飛；楚腰舞柳，宫面妝梅。《燕春臺》

五言四排句：

高柳春纔軟，凍梅寒更香；莫雪助清峭，王塵散林塘。《紅林擒近》

花徑欹殘紅，風沼縈新皺；乳燕穿庭户，飛絮沾襟袖。《謝池春慢》

千秋萬歲君，五帝三王世；覲風重令節，與民樂盛際。《快活年近拍》

六言四排句：

臉色朝霞紅膩，眼色秋波明媚；雲度小釵濃鬢，雪透輕綃香臂。《鬭百花》

三言三句，上偶下單：

溪上月，堂下水，併春暉。《芳草渡》

三言三句，上單下偶：

且酣眠，篷底月，甕間春。《最高樓》

四言三句，上偶下單：

碧縷牆頭，紅雲水面，柳隄花島。《醉篷萊》

四言三句，上單下偶：

相逢遼遠，簾卷翠樓，月冷星河。《慶春宮》

六言三句，上偶下單：

柳絲輕度流鶯，畫棟低飛乳燕，園林綠陰初徧。《撲胡蝶》

六言三句，上單下偶：

佳景清明漸近，時節輕寒乍煖，天氣才晴又雨。《西平樂》

下二字承上四言偶句：

庾信愁多，江淹恨極，須賦。《宴清都》

下二字承上五言偶句：

巧鶯喧翠管，嬌燕語雕梁，留客。《花發狀元紅慢》

三言連五句：

《江城梅花引》

全三言十四句：

《芳草渡》但中一七言，一六言。

全三言十八句：

《三字令》

上段三言連九句：

《廳前柳》

四言連六句：

《水龍吟》　《秀碧霄》

四言連九句：

《鳳歸雲》　《石州慢》

全四言十句：

《賀聖朝》但起句七言。

上段全四言六句：

《柳梢青》　《鹽角兒》

下段全四言六句：

《人月圓》《喜團圓》
全首五言絶句：
《囉貢曲》《紇那曲》《一片子》
全首五言六句：
《抛球樂》《踏歌詞》
雙調五言絶句：
《生查子》
雙調同五言律：
《怨回紇》
全首六言絶句：
《塞姑》《三臺》《舞馬》《回波詞》平仄調均有
全首六言六句：
《何滿子》
全首六言十句：
《壽山曲》
雙調全六言：

《雙鸂鶒》

全首七言絶句：

《清平調》《小秦王》《春曉》《採蓮子》《竹子女兒》《楊柳枝》《浪淘沙》有雙調。《阿那曲》《款乃曲》《八拍蠻》但起不韻。

上段全七言絶：

《應天長》

雙調全七言：

《玉樓春》《木蘭花》有换韻、不换韻。

雙調全七言、上平下仄：

《清江曲》

雙調同七言律：

《瑞鷓鴣》

兩三言、兩五言、兩七言單調：

《江南春》

兩三言、兩五言、兩七言雙調：

《遐方怨》七言兩句押韻。

五言二句，夾七言一句雙調：

《卜算子》

六言三句，夾七言一句雙調：

《西江月》

六言三句，夾五言一句：

《荆州亭》

六言四句，夾四言一句：

《天净沙》

七言三句，夾三言一句：

《晴偏好》

七言四句，夾三言一句：

《憶王孫》單調。　《漁家傲》雙調。

七言四句，夾三言兩句：

《天仙子》

七言五句，夾五言一句：

《抛球樂》

一字疊句：

《思帝鄉》如「花花」之類。

兩字疊句或起或末或在中。

《調笑令》如「明月明月」之類。　《如夢令》　《江城梅花引》　《慶宣和》

三字疊句：

《章臺柳》如「章臺柳章臺柳」之類。　《瀟湘神》　《法駕導引》　《憶秦娥》　《感恩多》　《慶佳節》

四字疊句：

《荷葉盃》　《古陽關》　《梅花引》

五字疊句：

《添字采桑子》「點滴淒清」。

《東坡引》「愁隨煙樹蹙」。　《古陽關》

六字疊句：

《攤破醜奴兒》「真箇是，可人香」。

七字疊句：

《古陽關》「勸君更盡一杯酒」之類。

三疊字：

《醉春風》如「悶悶悶」之類。《釵頭鳳》《思越人》

三言對起：

寶釵分，桃葉渡。《祝英臺近》

鬢雲鬆，眉葉聚。《蘇幕遮》

掩朱扉，鉤翠箔。《木蘭花》

古簾空，墜月皎。《秋宵吟》

畫簾深，妝閣小。《早梅芳近》

三言對結：

腸成結，淚盈襟。《燕歸梁》

蕩塵襟，寫名醥。《倒犯》

四言四句起：

風雲起間，雁横天末；嚴城畫角，梅花三奏。《青門飲》

四言四句結：

午夜中秋，十分圓月；香槽撥鳳，朱弦軋雁。《傾杯樂》

雕觴霞灧，翠幕雲飛；楚腰舞柳，宫面妝梅。《燕春臺》

五言對起：

畫燭尋歡去，羸馬載愁歸。《紅羅襖》

晚見情如舊，交疏分已深。《喝火令》

簾烘淚雨乾，酒壓愁城破。《滿路花》

鳳髻金泥帶，龍文玉掌梳。《南歌子》

五言對句結：

殘鐙孤枕夢，輕浪五更風。《臨江仙》

寒玉簪秋水，輕紗卷碧煙。《女冠子》

六言對句起：

燕子來時新社，梨花落後清明。《破陣子》

裙褶綠羅芳草，冠梁白玉芙蓉。《西江月》

芳草洲前道路，夕陽樓上闌干。《江月晃山》

冠劍不隨君去，江河還共恩深。《何滿子》

六言對句結：

作態似深仍淺，多情要密還疏。《風入松》

西子冰綃冷處，素娥寶鏡圓時。《木蘭花慢》

銀葉初生薄暈，金猊旋翻纖指。《天香》

七言對句起：

江梅的的依茆舍，石瀨淺淺漱玉沙。《喜春來》

七言對句結：

榴心空疊舞裙紅，艾枝應壓愁鬟亂。《踏莎行》

隔苑蘭馨趁風遠，鄰牆桃影伴煙收。《春風嫋娜》

自從都尉別蘇句，便到司空送白詞。《一七令》

上段全五言句：

《生查子》《贊浦子》

下段全五言句：

《生查子》《醉花間》《傷春怨》

下段全六言句：

《清平樂》《謫仙怨》

上段句法同：

《後庭花》《賀聖朝》如《後庭花》詞云：「輕盈舞妓含芳艷。競妝新臉。步搖珠翠修蛾斂。膩鬟雲染。」《賀聖朝》詞云：「牡丹盛折春將暮。羣芳羞妒。幾時流落在人間，半開仙露。」是句法同也。以下所列仿此。

《洞天春》《春錦堂》

《阮郎歸》《雙頭蓮令》《武陵春》《望遠行》《月中行》
《散天花》《朝玉階》
《憶漢月》《西江月》
《踏莎行》《後庭宴》
《鼓笛令》《徵招調中腔》《思歸樂》
《竹香子》同《錦堂春》，但起句押韻。
《雨中花》同《行香子》，但第三句不押韻。
《紅窗睡》同《於中好》，但末句少一字。
《秋蕊香》同《洞天春》，但末句多一字。
《定風波》同《漁家傲》，但三言句作兩言夾協。

韻協第二

詞家選韻，陰陽平仄，其理甚微。韻書則吴縣戈載氏言之頗詳。至入聲分配三聲，雖當時顯家，罕定論也。惟一調之中，起韻住韻，宜用何聲？何者爲夾協？何者爲側協？粗明其義，自無落韻之嫌矣。自詞林舊本失校，轉寫多譌。或失去一韻，或以换頭句屬上結尾。余於校定柳詞，曾歷歷言之，兹更粗舉大耑，以詒學者。

古無韻書，但有方音；故「一」可作「伊」，「十」可作「時」，「閣」可協「懊」，「玉」可叶「句」，此入聲派入三聲之説也。至「冷」讀如「朗」，「否」讀如「釜」，「打」之切「雅」，「陌」之切「各」，皆以音近而協，其理甚明。若中州音韻，以「榮」、「兄」入「東」、「鍾」；美成、少隱諸家，以「心」、「雲」、「南」、「天」並協；此自偶然失檢，不足爲訓。

一字起韻：

《十六字令》　《一字令》　《哨徧》换頭　《金字經》

兩字起韻：

《九張機》　《調笑令》　《思帝鄉》　《訴衷情》　《河傳》

《歸國謡》　《甘草子》　《憶秦娥》　《梁州令》　《看花回》　《過澗歇》

起兩言兩句兩韻：

曲檻。春晚。《河傳》

鶯語。花舞。《訴衷情》

晝景。方永。《月照梨花》

起兩言三句三韻：

琅然。清圓。誰彈。《醉翁操》

一句一押韻：

單調　《醉妝詞》之類。

雙調　《醉太平》之類。

五句兩换韻：

《南鄉子》

六句三换韻：

《荷葉盃》

八句三换韻：

《西溪子》

全首五言八句四换韻雙調：

《醉公子》

全首七言八句四换韻雙調：

《樓上曲》

雙調起二句側協而又二换韻：

《荷葉盃》

全首十句，隔協三换韻：

《醉垂鞭》

全首十一句，隔協三換韻：

《訴衷情》温庭筠詞：「鶯語。花舞。春晝午。雨霏微。金帶枕。宫錦。鳳凰帷。柳弱燕交飛。依依。遼陽音信稀。夢中歸。」

一調六換韻：

《六州歌頭》

《離别難》

一調八换韻：

《小梅花》

全首平韻，而中間忽换一二仄韻，謂之互協：

《戚氏》柳耆卿「絆」、「限」協「寒」。

《渡江雲》周美成「下」協「紗」。

《四園竹》周美成「裏」、「紙」協「知」、「稀」。

全首皆平韻，而起韻過變，忽用一二仄韻，謂之通協與互協微異：

《大聖樂》蔣竹山「破」字起韻協「荷」。

《晝錦堂》蔣竹山「上」字换頭協「糧」。

《西平樂》周美成「楚」、「野」字换頭協「斜」。

《醜奴兒慢》吴夢窗「影」字起韻協「清」。

全首平韻，而中間忽换一二不同部之仄韻，謂之側協：

《西平樂》吴夢窗「苑」、「晚」句側協。

《最高樓》辛稼軒换頭處側協。

隔句韻謂之隔協：

《傾盃樂》柳耆卿「動幾許、傷春懷抱。念何處、韶陽偏早。」「許」、「處」隔協。

句中韻謂之暗協：

相思未忘蘋藻香忘韻　《壽樓春》

歌聲未盡處先淚零聲韻　《綺寮怨》

路隔重雲雁北隔韻　《秋思耗》

偷啼自搵殘妝粉搵韻　《瑶池燕》

東籬把酒黄昏後酒韻　《醉花陰》

兩闋前句用韻而後句不用韻，或後用而前不用韻：

輕躡羅鞋掩絳綃，傳音耗，苦相招。後怱怱草草難留戀，還歸去，又無聊。「戀」字不協。《燕歸梁》

一般妝樣百般嬌，眉兒秀，總如描。後更起雙歌郎且飲，郎未醉，有金貂。「飲」字不協。《醉紅妝》

翠羅衫上，點點紅無數。後亂英飛絮，相逐東風去。「絮」字協。《茶瓶兒》

六句一用韻：

別有盈盈遊女，各采明珠，爭拾翠羽，相將歸去，漸覺雲海沉沉，洞天日晚。柳耆卿《破陣樂》

多謝故人，親馳鄭驛，時倒融尊，勸此淹留，共過芳時，翻令倦客思家。周清真《西平樂慢》

一抹殘霞，幾行新雁，天染斷紅，雲迷陣影，隱約望中，點破晚空澄碧。周清真《雙頭蓮》

驅驅行役，苒苒光陰，蠅頭利禄，蝸角功名，畢竟成何事，謾相高。柳耆卿《鳳歸雲》

七句一用韻：

戀帝里，金谷園林，平康巷陌，觸處繁華，連日疏狂，未嘗輕負，寸心雙眼。同上

八句一用韻：

更可惜、淑景亭臺，暑天枕簟，霜月夜明，雪霰朝飛，一歲風光，儘堪隨分，俊游清宴。同上

律調第三

詞貴守律，陽羡萬樹氏言之極詳。然古人作詞，或前後兩首，偶有不同，遂爲承學所藉口，率爾亂填，或自製腔調，滋可恨也。不知詩有古近體之分，詞何爲獨不然？如《柳枝》、《漁父》爲詞中之歌謡，《清平調》、《甘州令》、《破陣樂》爲詞中之樂府鐃歌，《南歌子》、《法曲獻仙音》、《霓裳中序》爲詞中之燕樂大曲，《醉翁操》、《梅花引》、《祭天神》、《河瀆神》爲詞中之琴調神弦。他如小令苞絶句之體裁，長調擅歌行之變化，尋聲定拍，諸可會通。若夫扭嗓捩喉，則知律詩中亦有拗體矣。善乎萬氏之言曰：「一

調之中，豈無數字可以互用？然必無通篇可以隨意通融之理。」學者宜知所擇耳。自《草堂》有小令、中調、長調之分，調各異名。然字法句法自一至十，衹有此數。即以長調論，字數在百内外，句數在二十以外，其音節步伐，大約相同。兹姑舉《高陽臺》一首，以例其餘。

高陽臺九十九字　吴夢窗詞

修竹凝妝，垂楊駐馬，憑闌淺畫成圖。山色誰題，樓前有雁斜書。東風緊送斜陽下，弄舊寒、晚酒醒餘。自消凝，能幾花前，頓老相如。　傷春不在高樓上，在鐙前欹枕，雨外薰鑪。怕艤游船，臨流可奈清臞。飛紅若到西湖底，攪翠瀾、總是愁魚。莫重來，吹盡香綿，淚滿平蕪。吴詞最修飾，獨此作「樓前」、「花前」、「樓上」、「鐙前」連用不忌，應是未刊之作。并記。

按此調鏗鏘宛轉，無人不填，殆詞中之律體矣。試觀：

《慶清朝》、《聲聲慢》、《十月桃》、《月華清》、《新雁過妝樓》皆與此調幾全同。若《慶春宮》、《澡蘭香》、《花心動》、《宴清都》、《鳳凰臺上憶吹簫》、《金菊對芙蓉》之類，或略同上段，或略仿下段，可按圖而索也。

他如《惜餘春慢》同《蘇武慢》，《沁園春》同《洞庭春色》，《夏初臨》同《燕春臺》，《昇平樂》同《慶春宮》，《珍珠髻》同《百宜嬌》，《萬年歡》同《楚宮春慢》，《四犯令》同《桂華明》，《雙雁兒》同《醉紅妝》，《綺羅香》同《齊天樂》之類，不可枚舉。兹更舉其起結之相似者：

起調兩句同：

庾郎先自吟愁賦，悽悽更聞私語。《齊天樂》

潮回卻過西陵浦，扁舟僅容居士。《徵招》

黯黯青山紅日暮，浩浩大江東去。《迷神引》

青春何處風光好，帝里偏愛元夕。《御帶花》

緑楊巷陌秋風起，邊城一片離索。《淒涼犯》

又：

笑秋天，晚荷花綴露珠圓。《拂霓裳》

玉龜山，東皇靈媲統羣山。《戚氏》

月華邊，萬年芳樹起祥煙。《透碧霄》

二句同：

吹笙池上道。爲王孫、重來旋生芳草。《三姝媚》

楓葉濃如染。秋正老、江上征衫寒淺。《繫梧桐》

春訊飛瓊管。風日薄、度牆啼鳥聲亂。《宴清都》

堆枕香鬟側。驟夜深、偏稱畫屏秋色。《秋思耗》

又：

疏雲縈碧岫。帶晚日摇光，半江寒皺。《玉燭新》

千機雲錦裏。看並蒂新房，駢頭芳蕊。《雙瑞蓮》

殘蟬聲漸絶。向碧砌修梧，敗葉微脱。《應天長》

又：

露迷衰草。疏星挂、涼蟾低下林表。《霜葉飛》

空江浪闊。清塵凝、層層刻碎冰葉。《淒涼犯》

閬苑高寒。金樞動、冰宫桂樹年年。《新雁過妝樓》

又：

水殿風涼，賜環歸、正是夢熊華旦。《四犯剪梅花》

纔入新年，逢人日、拂拂淡煙無雨。《玉女迎春慢》

又：

怨懷無託。嗟情人斷絶，信音遼邈。《解連環》

舊時月色。算幾番照我，梅邊吹笛。《暗香》

花姥來時。帶天香國艷，羞掩名姝。《漢宫春》

春滿皇州。見祥煙擁日，初照龍樓。《月中仙》

江頭春早。問江上寒梅，占春多少。《孤鸞》

登臨送目。正故國晚秋，天氣初肅。《桂枝香》

四句同：

露顆添花色。月彩投窗隙。春思如中酒，恨無力。《滿路花》

千丈擎天手。萬卷懸河口。黄金腰下印，大如斗。《一枝花》

五句同或平或仄起：

雲深山塢，煙冷江皋，人生未易相逢。一笑鐙前，釵行兩兩春容。《聲聲慢》

《高陽臺》《月華清》

《慶清朝》《綺羅香》

《夜合花》《卜算子慢》

《如魚水》《燕春臺》

《夏初臨》

如《江南好》之類，但第五句作五言。

六句兩排同或平或仄起：

斜日明霞，殘虹分雨，軟風淺掠蘋波。聲冷瑶笙，情疏寶扇，酒醒無奈秋何。《慶春宫》

《飛雪滿羣山》《過秦樓》

《雙聲子》《氏州第一》

《西平樂》　《探春慢》

《澡蘭香》　《瑞雲濃慢》

《天香》　《惜餘春慢》

《蘇武慢》　《百宜嬌》

《選冠子》　《花發沁園春》

又：

香冷金猊，被翻紅浪，起來慵自梳頭。　任寶奩塵滿，日上簾鉤。《鳳皇臺上憶吹簫》

《錦堂春慢》

《雨中花慢》

《無悶》

《金菊對芙蓉》

如《晝錦堂》、《滿朝歡》之類，但第四句作六言。

又：

南月驚烏，西風破雁，又是秋滿平湖。　採蓮人盡，寒色戰菰蒲。《滿庭芳》

《步月》　《拜星月慢》

《送入我門來》　《向湖邊》

《剪牡丹》

如《揚州慢》之類，但第四句作五言。

又：

枕簟邀涼，琴書换日。睡餘無力。細灑冰泉，并刀破寒碧。《惜紅衣》

《東風齊著力》

如《倦尋芳》、《鎖窗寒》、《雪獅兒》之類，但第五句作六言。

上段兩句結同：

等行人、醉擁重衾，載將離恨歸去。《尉遲盃》

約重陽、菊糁萸英，小樓遥夜歌舞。《百宜嬌》

消幾番、花落花開，老了玉關豪傑。《瑶花》

便解佩、飛入雲階，長伴此花傾國。《西湖月》

引多少、夢魂歸緒，洞庭雨釣煙簑。《瀟湘逢故人慢》

又：

漸驚他、秋老梧桐，蕭蕭金井斷蛩暮。《綺羅香》

念去去、千里煙波，暮靄沉沉楚天闊。《雨霖鈴》

自彩鸞、飛入芳巢，繡屏羅薦粉光新。《憶瑶姬》

記年時、舊宿淒涼，暮煙秋雨野橋寒。《霜花腴》

過變三句同：

佳期。誰料久參差。愁緒暗縈絲。《一叢花》

妝樓。曉澀翠罌油。倦鬢理還休。《木蘭花慢》

又：

西窗又吹暗雨，爲誰頻斷續，相和砧杵。《齊天樂》

回文近傳錦字，道爲君瘦損，是人都説。《三部樂》

池邊屢回醉輦，擁羣仙賞醉，憑闌凝思。《並蒂芙蓉》

又：

垂楊岸。何處紅亭醉館。于今游興全嬾。《摸魚子》

倦遊處。故人相見易阻。花事從今堪數。《蕊珠閒》

四句同：

清致。悄無似。有照水南枝，已攙春意。《無悶》

《催雪》《月下笛》

《鎖窗寒》《暗香》

《蘭陵王》《憶舊遊》

《晝錦堂》

五句同：

惆悵秦隴當年，念水遠山長，故人難寄。山城倦眼無緒。更看桃李。《遠朝歸》

《玉漏遲》《一枝春》

《綺羅香》《月華清》

《雪獅兒》《探春慢》

《萬年歡》《春夏兩相期》

六句同：

回頭五雲雙闕，恍天上繁華，玉殿珠白，櫳髮歸來，昆明灰冷，十年一夢無蹤。《春從天上來》

《花心動》《一萼紅》

《望海潮》《花發沁園春》

《齊天樂》

七言結尾同：

山遥水遠空斷魂。《飛雪滿羣山》

東風盡日吹露桃。《憶舊遊》

歲華休作容易看。《紅林檎近》

今夕何夕恨未了。《秋宵吟》

九言同：

棹歌回，衣露滿身花氣。《緑蓋舞風輕》

最傷心，一片孤山夕雨。《西子妝》

正消魂，梧桐又移翠陰。《八六子》

低告託，早把被香薰卻。《雪獅兒》

十言同：

忍因循，片花飛、又成春減。《粉蝶兒慢》

這情懷，對東風、盡成消瘦。《倦尋芳》

且沉醉，趁樓頭、零片未消。《玲瓏玉》

正搖落，歎淹留、客又未歸。《聲聲慢》

便問訊，湖上柳、兩隄翠匝。《暗香》

如以上所述十言結尾，其第三字「循」、「懷」，第四字「片」、「對」，第七字「又」、「盡」，第九字「春」、「消」，可知律意之有定矣。

三句結尾同：

奈愁極頻驚，夢輕難記，自憐幽獨。《大酺》

道宦途蹤跡，歌酒情懷。不似當年。《透碧霄》

但殷勤寄與，舊遊鶯燕，水流雲散。《陌上花》

願天上人間，占得歡娛，年年今夜。《二郎神》《選冠子》

又：

野老林泉，故王臺榭，呼喚登臨。《一尊紅》

十里揚州，三生杜牧，前事休説。《琵琶仙》

暗思前事，月下風流，狂蹤無限。《安公子》

誰知好事，初移畫舫，特地相將。《遶池游慢》

按三句起結，此例多同；蓋取其作勢，易於協律。若夫扭喉捩嗓，音拍躧促，如《遶佛閣》之平去平上去平去上，《綺寮怨》之去入平去平，《帝臺春》之「拚則而今已拚了，忘則怎生便忘卻」，最難赴節耳。

去平去平句：

又啼數聲。《八六子》

願春暫留。《六醜》

去上去上句：

傍柳繫馬。《鶯啼序》

平入平入句：

愁壓眉窄。《秋思耗》

全平句：

裁春衫尋芳。《壽樓春》

全仄句：

似夢裏淚暗滴。《蘭陵王》

四聲句：

水雲共色。《埽花遊》

雙拽頭調：

《遶佛閣》《秋宵吟》

《瑞龍吟》《曲玉管》

《安公子》《夜半樂》

《塞翁吟》《傾盃樂》柳詞「金風淡蕩」一首。

犯調：

《側犯》《倒犯》

《尾犯》《花犯》

《淒涼犯》　《小鎮西犯》
《玲瓏四犯》　《四犯令》
《四犯剪梅花》　《八犯玉交枝》

按陳暘《樂書》云：「正宮之調，正犯黄鐘宫，旁犯越調，偏犯中吕宫，側犯越角。」但樂府諸曲，自昔不用犯聲。自宋以來，填詞家始有此名。然有犯調犯詞之不同，如《江月晃重山》，則前三句犯《西江月》，後二句犯《小重山》也。

〔清〕陳　鋭撰

裦碧齋詩話

裦碧齋詩話目録

裒碧齋詩話

聯詞難於聯詩

聯詞難於聯詩。曩在金陵，胡糧儲延招同繆筱珊、王半塘、徐積餘諸君，每課二題，左右更迭聯屬，筆無停綴，頗爲苛政，究亦無佳作可存。惟人自一段，方有旨趣。兹檢篋中有《六醜》一首，最爲踸調，又雜二首，附録於後。

《六醜·和片玉》：「悵春陰一箭，又畫裏、湖山抛擲。翠尊未殘，征帆如去翼。夢不留迹。試上層樓望，夕陽紅處，認燕歸江國。臨分扇帕餘鉛澤。月掩雕櫳，花飛繡陌。天涯此情堪惜。但黄塵换目，雲海迢遞。漢軍鄭文焯叔問。雙鴛淒寂。賸荒萿寸碧。星日經遊地，按此處據詞譜脱三字。啼鵑慣送孤客。自歌梁别後，怨塵凝極。香叢外、斷鐔零幘。還怕向、一片女蘿窈窕，被風吹側。瀟湘渺，石瀨清汐。染緑筠、萬古嬋媛淚，歸舟載得。弢。」

《瑞龍吟·聽楓園即席用清真韻》：「蘇臺路。纔見暗水籠煙，細蘿牽樹。弢回思三十年前，小橋畫舫，清遊處處。餘杭褚成博伯約。舊吟佇。多少翠香雲亂，唾絨窗户。歸安朱祖謀古微。而今倦説春愁，謝堂燕子，依稀夢語。漢軍鄭文焯叔問。　間度珍叢消睡，好花開晚，迎人猶舞。空想醉楓殘紅，門巷非故。江夏張仲炘次珊。　風鐙霧幕，題徧吳襟句。弢。　還留照、娥池鏡裏，蹁躚回步。倒影雲來去。微。　瘦塵乍浣，重温舊緒。吟鬢添霜縷。約。　年事換、淒淒空簾聽雨。晚陰漫閣，一江萍絮。問。」

《埽花游·用清真韻》：「短橋側帽，誰識我當年，倦游孫楚。弢。　柳絲萬縷。又尋常換了，舊時歌舞。漢壽易順豫由甫。　望裏天涯，忍更紅樓隔雨。弢。　刺船去。淥波一片，知向何處。由。　塵外春幾許。甚古事今情，亂鶯迷路。弢　碧尊翠俎。趁今宵俊約，酒邊蠻素。由。　燭暗潮回，一例江南別苦。弢。　謾凝佇。怕催人、數聲街鼓。由。」

題鄭叔問梅花畫扇詞

余在桂陽，爲江建霞題所藏江鄭堂《募梓圖》；在武昌，宋芸子屬爲題薛次申所藏《溪山無盡》四卷；在江寧，俞窓士屬爲題劉聚鄉所拓《晉銅鼓圖》，又代蔡伯浩題匋齋尚書《天發神讖碑圖》。即席揮毫，或詞或詩，多不留草。偶檢日記，有《題鄭叔問梅花畫扇》一詞，調寄《浣溪紗》，蓋竹三同年之屬也。詞未必佳，而回憶吳會舊游，有死生契闊之感，是不可以不録。詞曰：「一樹垂垂絶可憐。空江瀟灑浪如煙。笛聲和夢知誰邊。　長是春來耽冷寂，更無人與鬬嬋娟。舊時月色又今年。」

綴芬一葉落詞

余友夏劍丞敬觀，早年刻《吷盦詞》，余曾为弁首。其夫人綴芬爲左子異方伯之姪女，有《一葉落》詞。劍丞嘗以眎余，詞曰：「小院落。秋陰薄。夕陽一片畫闌角。井梧已漸凋，新凉誰先覺。誰先覺。滿眼西風惡。」「萬籟寂。霜天碧。月明滿地夜碪急。雁飛紫塞遥，相思無終極。無終極。夢破蟲吟壁。」

王闓運評裒碧齋詞

刻意學周、姜，格韻自高，微有未自然、未雕飾處。昔人評詩云：「秋水出芙蓉，天然去雕飾。」乃謂既雕飾而後天然也。雕飾非琢句鍊字，如《詞眼》、《詞旨》所標，乃鑪火純青無黄白之氣也。相去日遠，爲學心同，期各勉於自然，而後從心而已。欲自然，先須雕飾，詩文詞宜一律也。幸無見異而遷。

況周儀書評裒碧齋詞

大著沉著沖澹，一洗鉛華靡麗之習。無矜鍊之迹可尋，卻無一字不矜鍊。格高律細，允爲法乳。清真抗手，西麓唯是，可爲知者道耳。昔人云：詩到無人愛處工。詞境至此，雖有能愛者，廑矣。丁未十月況周儀盥誦竟卷，屬寫官書數語誌佩。

補近詞叢話

〔清〕徐 珂 撰

補近詞叢話目録

補近詞叢話

杜紫綸獨進一詞

杜紫綸名詔，少從其鄉先輩嚴蓀友中允、顧梁汾舍人游，故工倚聲。康熙乙酉，聖祖南巡，以諸生進迎鑾詞。駕幸惠山，召見，已而被召至京。一日傳待詔八人，命寫御製《金蓮花賦》，各賦紀恩詩一首。紫綸獨進一詞，拔置第一。旋命纂修《歷代詩餘》、《詞譜》。《清稗類鈔·朝貢類》

彭羡門詞多神妙語

彭孫遹爲康熙己未宏博第一人，才富學瞻，王阮亭、朱竹垞皆自歎不如。其《延露詞》三卷，清綺纏綿，多神妙語。然當時有黠者，摘其書中穢詞，謂：「如此淫狎，何以獨冠多士？況宏博乃逸世大典，不將遺笑後世乎？」有司乃以其詞進呈乙覽，聖祖大怒，欲劈其書板，降其名次，後以某轉圜，乃寢。彭，字羡門，海鹽人。《清稗類鈔·考試類》

高麗使臣徐成顧詞

吳漢槎成寧古塔，行笥携有徐電發釚《菊莊詞》、容若成德《側帽詞》、顧梁汾貞觀《彈指詞》三册，會高麗使臣仇元吉、徐良崎見之，以一金餅購去。元吉題《菊莊詞》云：「中朝寄得菊莊詞，讀罷煙霞照海湄。北宋風流何處是，一聲鐵笛起相思。」良崎題《側帽》、《彈指》二詞云：「使車昨渡海東邊，携得新詞二妙傳。誰料曉風殘月後，而今重見柳屯田。」以高麗紙書之，寄至我國。王阮亭《漁洋續集》有「新傳春雪詠，蜚徼織弓衣」句，即指此。《清稗類鈔·知遇類》

原來貨殖是家風

順治丁酉江南鄉試，得人最盛，如張玉書、馬世俊、陸燦、趙炳，皆一時名下吉士。題爲「子貢曰：貧而無諂」全章，乃下第者横加誹語，爲作《黄鶯兒》詞一首以譏之云：「命意在題中。輕貧士，重富翁。詩云子曰全無用，切磋欠工。往來要通。其斯之謂方能中。告諸公。方人子貢，原來貨殖是家風。」（編者按，詞文之字數韻律實與《黄鶯兒》不合，疑其記述有誤。）

笑殺兩家劉備

康熙乙卯，長汀黎士弘官甘山。甘山各鄉春秋賽會，均奉劉先主爲案神。兩鄉之賽者，偶爭道後先，互鬨於縣，控詞稱彼家劉備欺我家劉備。黎大笑，各撲其首事而遣之，並書《洛陽春》一詞云：「笑殺兩家劉備。空爭閒氣。一身且自不相容，還要桃園結義。　多是小人生意。有何干係。輕輕十板各歸家，還算縣官省事。」

盛唱燭影摇紅詞

張文襄以好士稱，嘗謂其友曰：「贄而來見者，吾皆倒屣，不識外間議論如何。」友曰：「自公大用，外間盛唱《燭影摇紅》之詞。」文襄驚問故，其友朗其卒章曰：「幾回見了，見了還休，爭如不見。」遂相與大笑。以上《清稗類鈔·譏諷類》

山頭蓋起水晶殿

宣城施愚山侍講閏章愛才如命，其督學某省時，有一名士入場，作「寶藏興焉」文，誤記其句在水下，録畢而後悟之，自知必被除名，乃作詞以書於上曰：「寶藏在山間。誤認卻、在水邊。山頭蓋起水晶殿。瑚長峰尖。珠結樹顛。　這一回，山崖中、真跌殺撑船漢。告蒼天。留點蒂兒，好與友朋看。」施閱至此，和之曰：「寶藏將山跨。忽然間、在水涯。樵夫漫説漁翁話。題目雖差。文字卻佳。　怎肯放在他人下。常見他，登高怕險，那曾見、會水渰殺。」

打點饑腸喫劍潭

乾隆間，揚州鹽商方盛，名士多往依之。有好客之商數家，曰方笠亭，曰汪劍潭。值梁昭明太子生日，會於文選樓，時諸名士方館於方，而汪於席間邀諸名士過其家，羣諸明日移榻，因相與聯句，成一詞曰：「笠亭雖好。怎好天天擾。明日初三。打點饑腸喫劍潭。　昭明太子。保佑我們休餓死。太子開言。爾與家君大有緣。」以上《清稗類鈔·詼諧類》

陳其年賦紫雲婚詞

有歌僮名紫雲者，秀豔善歌，宜興陳其年暱之。紫雲成婚有期，陳賦《賀新郎》詞以贈之云：「小酌荼蘼釀。喜今朝、釵光鈿影，燈前滉漾。隔着屏風喧笑語，報道雀翹初上。又悄把、檀奴偷相。撲朔雌雄渾不辨，但臨風、私取春弓量。送爾去，揭鴛帳。　六年孤館相依傍。最難忘、紅蕤枕畔，淚花輕颺。了爾一生花燭事，宛轉婦隨夫唱。努力做、藁砧模樣。只我羅衾渾似鐵，擁桃笙、難得紗窗亮。休爲我，再惆悵。」

袁寒篁工詞

袁寒篁工詞，擇對不嫁。中年後，以父老無倚，委身布賈，鬱鬱不樂，遂斷筆墨。雍正壬子夏，有人邀華亭蔡孝廉顯往黄草地觀劇，寒篁倚後門，小奚指曰：「此袁寒篁也。」姿首平平，乃風韻翩然，不類俗女。著有《緑窗小草》，焦廣期嘗爲叙之。以上《清稗類鈔·婚姻類》

詠余韞珠仿宋繡詞

王文簡公士禛官揚州司李時，有余氏女子字韞珠者，年甫笄，工仿宋繡，繡仙佛人物，曲盡其妙，不啻針神。曾爲文簡繡神女、洛女、浣沙諸圖，又爲文簡之兄西樵作菩提像，皆極工。鄒程村、彭羨門皆有詞詠之，載《倚聲集》。

尤悔庵題詠刺繡

楊卯君，字雲和，沈君善之側室也。工繡佛，名流多爲題詠之。君善輯《針史》行世。其女關關，字宫音，尤能出新意，所繡山水人物，無不精絶。嘗墨繡顧茂倫《濯足圖》，尤悔庵題《漁家傲》一闋，有「深園玉人閒譜繡，粉香妙寫溪山友。宛轉綵絲盤素手。林下秀，小名獨占毛詩首」等句。

以上《清稗類鈔·工藝類》

武英殿刻歷代詩餘不始於乾隆

武英殿刻書，未能確定其開始之時，御定《全唐詩》及《歷代詩餘》，皆刊於康熙丙戌、丁亥，而何義門在康熙癸亥已拜武英殿纂修之命，則其事當不始於乾隆。

左白玉工詩詞

陽湖左小蓮，名白玉，杏莊中丞輔之女孫，常熟言良鈐室。工詩詞，性純孝。在室時，割臂愈母疾。既嫁，翁中傑、姑鄭氏同時病篤，值良鈐應京兆試未歸，白玉復割臂肉以療之。没時，家人見其兩臂刀痕宛然。其遺稿名《餐霞樓集》。　以上《清稗類鈔·孝友類》

顧貞觀救吴兆騫詞事

無錫顧貞觀與吴江吴兆騫，以文章齊名當世，相友善。吴中順天鄉試南元，會是科爲言者所糾，特旨通榜殿廷覆試，吴因病曳白除名，遣戍塞外。時顧亦客京師，臨歧，執手泣曰：「漢槎往矣。子年方三十，幸而至五十不死，則此二十年中，吾必捐踵頂救吾漢槎也。」顧以工詞與明珠子侍衛成德訂交，遂客明家。一日，念吴不已，譜《金縷曲》二闋以代札。其一云：「季子平安否。便歸來、平生萬事，那堪回首。行路悠悠誰慰藉，母老家貧子幼。記不起、從前杯酒。魑魅搏人應見慣，總輸他、覆雨翻雲手。冰與雪，周旋久。　淚痕莫滴牛衣透。數天涯、依然骨肉，幾家能够。比似紅顔多薄命，更不如今還有。只絶塞、苦寒難受。廿載包胥成一諾，盼烏頭、馬角終相救。置此札，兄懷袖。」其二云：「我亦飄零久。十年來、深恩負盡，死生師友。夙昔齊名非忝竊，只看杜陵窮叟。曾不減、夜郎僝僽。薄命長辭知己别，問人生、到此淒涼否。千萬恨，爲兄剖。　兄生辛未吾丁丑。共些時、冰霜摧折，早衰蒲柳。詞賦而今須少作，留取心魂相守。但願得、河清人壽。歸日急翻行戍稿，把空名、料理傳身後。言不盡，觀頓首。」成德，字容若，後改名性德。緘書既發，置其草於几，成見之，歎曰：「此河梁生別詩也，弟當成先生之志。」言於父，力求爲吴道地。明曰：「汝明日邀顧至内齋，吾親與言之。」越日，顧入見，明笑語顧曰：「吴素負才名，又與先生莫逆，老夫願一效棉薄。但先生素不飲酒，今日能爲君友飲乎？」且笑且舉杯以進。顧立盡其器。明復笑曰：「先生南人，不肯效吾旗俗請安。今日更能爲君友請安者，老夫必有以報命。」顧徑前請安，不稍逡巡。明改容謝曰：「老夫聊相戲耳，不圖先生血性熱腸一至於此，請放懷以待。」未幾，吴果以明力得賜環歸，歸固不知其情，顧亦不言也。二人後以小隙失睦，絶往來，而吴詆顧尤甚。明知之，亟具酒召吴。吴至，即前日見顧之内齋也，榜其左楹曰：「顧某爲吴某飲酒處。」榜其右楹曰：「顧某爲吴某屈膝處。」吴見之大愕，及詢得實，請顧相見，長跪言曰：「生死肉骨之思，而以口舌之爭睾之，兆騫非人類矣。」乃大哭。明命進酒以飲二人，二人之交誼自此益密。

宋于庭填八聲甘州

伶人王四喜，號花農，深州人。年十四，家貧，墮伶籍，隸京師四喜部，以色藝稱。性豪邁，有幽燕俠士風，人以是重之。長洲某散館出宰甘肅某邑，以不善理財，虧官帑巨萬，省吏聞之，怒，立奏褫其職，并下獄嚴追。膽怯者懼牽累，悉乘夜遁。輦下貴人有與某交厚者，將醵金爲之營謀，然數巨，不易集。

花農初不識某令，聞之，倡助百金。同人感其義，始各出囊貲代償所虧，某始得出獄。而花農之名，則因是大噪。顧性孤介，不甚諧於俗，久之落落無所遇。後十餘年，有人見於并州，年鬢長矣。而曲伎益精，並工琴，能畫蘭。長洲宋于庭填《八聲甘州》一闋贈之。

以上《清稗類鈔·義俠類》

賀雙卿詞

賀雙卿，丹陽綃山女子也，世務農。生有夙慧，聞書聲，即喜笑。十餘歲，工女紅。某舅氏某爲塾師，隣其室，聽之，悉暗記，以女紅易詩詞，誦習之。習小楷，點畫端妍，能於桂葉上寫《心經》。有隣女嫁書者，笑其農家不能識書生面也。雍正壬子，雙卿年十八，山中人無有知其才者，第嘖嘖豔其容，以是秋嫁周姓農家子。其姑，乳媪也。夫長雙卿十餘歲，看時憲書，强記月大小字耳。雙卿嘗遺史梧岡詞，以芍藥葉粉書《浣溪紗》云：「暖雨無情漏幾絲。牧童斜插嫩花枝。小田新麥上場時。汲水種瓜偏怒早，忍煙炊黍又嗔遲。日長酸透軟腰肢。」又以玉簪葉粉書《望江南》云：「春不見，尋遍野橋西。染夢淡紅欺粉蝶，鎖愁濃緑騙黄鸝。幽恨莫重題。人不見，相見是還非。拜月有香空惹袖，惜花無淚可沾衣。山遠夕陽低。」又爲詞嘲段玉函，段怒，雙卿聞之，曰：「妾生長山家，自分此生無福見書生，幸於散記中識才子，每夜持香綫望空稽首，若籠鳥之企翔鳳也。」於是向隅而歎曰：「田舍郎雖俗，乃能宛轉相憐，何忍厭之，此生不願識書生面矣。」乃爲《濕羅衣》云：「世間難吐只幽情。淚珠嚥盡還生。手撚殘花，無言倚屏。鏡裏相看，自驚瘦亭亭。春容不是，秋容不是，可是雙卿。」段悔，填詞十數首索和，均不答。偶見雙卿於門，容色甚慘，殊異疇昔。段望空遥拜，時託人爲倩工畫者寫其容。爲留别詞，苦其索和，乃以小緘圓裹題封甚密，屬於無人處拆視之。段欣然袖之去。明日，史使婢問之，雙卿微笑，吟《白羅》詩曰：「多情竟有癡仙子，又累書生半晌猜。」後卒以姑惡，勞瘁而死。然怨而不怒，貞矣。

以上《清稗類鈔·貞烈類》

楊譜香填如此江山詞

道光時，錢塘有楊尚觀號譜香者，習申韓家言，酷好飲，醉輒忤俗，以此貧甚。然意興自如，不鬱於境。壬辰冬，海鹽黄燮清游杭。一日，值大雪，譜香邀黄泛西湖，鑿冰行舟，泊荒亭敗柳間。譜香衣薄寒慄，肌寸寸粟，猶流連不去，填《如此江山》詞一闋。是夕，下榻黄館舍，作竟夕談。黄諗其寒甚，衣以敝裘，笑而辭曰：「我鍊此傲骨，好與朔風鬬也。」

以上《清稗類鈔·狷介類》

譚復堂不以醉人之語爲意

仁和譚復堂司馬獻，性和藹，粹然儒者之容。光緒中葉，補含山縣，不赴官，告歸。時俞小甫通守方待次杭州，與之結文字交，甚投契，常相過從。一日，偕游西湖，小飲於樓外樓。隔座有三少年，亦杭人，方劇談，蓋臧否鄉邦人物也。酒酣，僉有醉意，縱論至於譚，評隲其所選刊之《篋中詞》，多讕言。俞聞之不平，語譚曰：「此亦蚍蜉撼大樹也。」譚曰：「人孰能無過，苦不自知，若輩所言，或不盡誣。且僕年逾五十，亦幸尚能知非耳。矧彼爲醉人，聽彼言之，庸何傷！」

以上《清稗類鈔·雅量類》

納蘭容若轉世

納蘭容若，名成德，原名性德，太傅明珠子也。與無錫顧梁汾舍人貞觀交最密，嘗賦《賀新郎》詞爲梁汾題照云：「一日心期千劫在，後身緣、恐結他生裏。」梁汾答詞亦有「結託來生休悔」之語。容若没，梁汾亦歸里。一夕，夢容若至，曰：「文章知己，念不去懷；泡影石光，願尋息壤。」是夜，與一孫，梁汾視之，面目與容若無二，灼然知爲再來也。梁汾喜甚。彌月，忽得疾。梁汾一日晨卧未醒，驟夢容若來别，驚寤，聞哭聲，則已殤矣，「泡影石光」之言亦驗。容若故有小像在梁汾處，梁汾乃賦詞題其上，詞中隱寓其事，一時名流和者甚衆。像存惠山草庵貫華閣。

以上《清稗類鈔·異禀類》

黄雲孫别賦浣溪紗

姍姍者，字小姍，周姓，戴溪黄夫人侍兒也。……順治丁亥，姍姍年十五，夫人將爲之有家。夫人族子雲孫，時以會試下第歸。一日，爲夫人六秩初度，雲孫從而捧觴焉。姍姍侍夫人出，常妝便服，姿態閒逸。雲孫瞥見之，心蕩。禮畢，姍姍遽隨夫人入，雲孫悵然别去，賦《浣溪紗》一詞，呼媒者告之故，使通殷勤。而夫人乃命家嫗私詢姍姍。嫗曰：「是前稱壽者，恂恂少年，吾聞其才名冠江南，私心慕子，惟恐不得當也，唯夫人命可乎？」姍姍首肯。雲孫大喜。

朱竹垞高陽臺詞紀事

吳江葉元禮舍人舒崇，美丰恣，有衛玠之目。少時，嘗隨其兄學山至同里鎮，過流虹橋，有酒家女子方倚樓凝眺，見而慕之，問其母曰：「有與葉九秀才偕行者，何人也？」母漫應之曰：「三郎也。」女由是積思成疾，將終，語母曰：「得三郎一見，死無恨矣。」女卒，元禮適過其門，母以女臨終之言告之。元禮入哭，女目始瞑。秀水朱竹垞檢討彝尊爲《高陽臺》詞記其事。

靜志居琴趣詞乃風懷二百韻注腳

《曝書亭集》有《風懷二百韻》，朱竹垞未通籍時爲其幼姨所作也。姨，馮氏，世居瀰坊，與朱宅相近，即《風懷》詩中所謂「居連朱雀巷，里是碧雞坊」是也。竹垞少嘗讀書馮宅，年十七，贅焉，與幼姨情益篤。而家人防閑密，意苦不得達，適人後始通殷勤。海陵夫人知之，弗禁也。其《風懷》詩中所謂「乍執纖纖手，深回寸寸腸。背人來冉冉，廣坐走佯佯。齧臂明言屐，摇情漏刻長。梅陰雖結子，瓜字尚含瓤」是也。《紀事》詞云：「枕上閒商略。記全家、看燈元夜，小樓簾幕。暗裏横梯聽點屐，知是潛回香閣。險把箇、玉清追著。徑仄春衣風漸逼，惹釵横、翠鳳都驚落。三里霧，旋迷却。星橋路返填河鵲。算天孫、經年已嫁，夜情難度。走近合歡牀上坐，誰料香含紅萼。又兩暑、三霜分索。綠葉清陰看總好，也不須、頻悔當時錯。且莫負，曉雲約。」皆指此事也。竹垞平日嘗矯夫人命召其姨，一日相約，俟夫人卧後作深談。夫人微聞之，既先卧。次晨起，乃命老嫗送歸。竹垞有詞云：「仲冬二七，算良期須果。若再沈吟甚時可。況熏爐漸冷，牕燭都灰，難道又、各自抱衾閒坐。銀灣橋已就，冉冉行雲，明月懷中半宵墮。歸去忒怱怱，軟語丁寧，第一怕、襪羅塵涴。料消息、青鸞定應知，也莫説，今番不曾真箇。」後數年，姨卒因竹垞死，詩中所謂「定苦遭謡诼，憑誰解迭遏。檃先爲檀斫，李果代桃僵」，即指此事也。竹垞《静志居琴趣》詞一卷，皆《風懷》詩注脚也。姨名壽常，字静志。《風懷》詩所謂「巧笑原名壽，妍娥合號常」，分嵌其名，至爲明顯。竹垞生於明崇禎己巳，而《風懷》詩云「問年愁我誤」，是静志生於崇禎乙亥，少於竹垞七齡。其餘事，細心推求，自可十得六七。太倉某姓家藏有金簪一枝，上刻「壽常」二字，《洞仙歌》詞所云「金簪二寸短，留結殷勤，鑄就偏名有誰認」，固實事而非寓言也。

毛西河詞爲馮氏所悦

毛西河檢討奇齡少與兄萬並知名，人呼西河爲小毛子。性恢奇，負才任達，善詩歌、樂府、填詞。其所爲大率託之美人香草，以寫其騷激之意，纏綿綺麗，按節而歌，使人悽悦。又能吹簫度曲，游靖江，鑪馮氏者悦其詞，欲私就之，西河謝曰：「彼美不知我，直以我爲狂夫也。」徑去。以上《清稗類鈔・情感類》

吴梅村臨殁填詞

吴梅村之入仕也，侯朝宗曾遺書力阻。吴不聽，繼而悔之，自謂負侯生也。其弔朝宗詩云：「死生總負侯嬴諾。」臨殁時，填《賀新涼》詞云：「論龔生、天年竟夭，高名難没。」又云：「爲當年、沉吟不斷，草間偷活。」又云：「竟一錢不值何須説。」怨艾之意深矣。

竹垞題詞楓江漁父圖

吴江徐虹亭、秀水朱竹垞均爲少負才名，定交輦下。後同被徵，同入史館，相宅同居。虹亭就徵日，屬友繪《楓江漁父圖》，竹垞題詩，有「驚起沙鷗定相笑，黑頭未稱作漁翁」之句。又填《摸魚子》詞，前調云：「怕白水撈蝦，紅闌鬭鴨，與爾便無分。」後調云：「料八測塘邊，三高祠裏，讓我醉眠穩。」既而竹垞謫官，虹亭亦言歸，所居雖壤判江、浙，然郵籤百里而近，朝掛席而夕抵其廬，一舸往還，互商舊業。白頭二老，隱繫東南文獻之傳，後生望見者，咸以神仙目之。徐、朱本姻戚，虹亭七十時，竹垞往祝，因命工爲《二老垂綸圖》。

以上《清稗類鈔・師友類》

蘇盦文詩詞集

婁縣楊古醖大令葆光幼承母教，工詩古文辭。同治癸酉，客保定，居蓮池書院，與修《畿輔通志》。光緒時，以縣丞次浙江，旋擢知縣。上官倒屣，僚友折節，皆以其文學也。所著有《蘇龕文詩詞集》，類皆湛然以清，夷然以和，曹子建所謂「儼乎若泰山，勃乎若浮雲」者，其庶幾焉。

徐宗頊集赤壁賦爲詩文詞

華亭徐基，字宗頊，以貢生官訓導。所著有詩文詞，皆集前後《赤壁賦》，洋洋灑灑數千言，伸之縮之，不出四百餘字之外，卷有陳文簡公元龍序，集《聖教序》中字，亦如己出。

宋犖櫽括女子題詩爲詞

任邱旅店嘗有女子題壁云：「妾白浣月，號蓮舫，家住半塘。幼失雙親，寄養他姓。姿容略異，慧業不同。非敢擅秀閨中，願效清風林下。豈意我生不辰，所適非偶。日彈琴之相對，百恨纏綿；時捲幔以言征，一時哽咽。余爰題之驛亭，人共憐之黄土可耳。」其詩云：「吴宫春深怨别離，風塵慘憺雙蛾眉。鵑啼月落寸腸斷，香消芍藥空垂垂。流黄未工機上織，生小殷勤弄文筆。新詩和淚寫郵亭，珍重寒宵誰面壁。」康熙丙辰三月，宋牧仲尚書犖北上過此，挑燈細讀，因櫽括原詩，爲詞云：「面壁淚痕濕，想見含毫燈下立。風鬟雨鬢吴宫隔，芍藥香消堪惜。明妃遠嫁歸何日，一曲琵琶悽惻。」河朔間人皆傳唱之。

以上《清稗類鈔·文學類》

輯録者案：以下原有「太清春工詩詞」條，至「言琴吾謂詞須審音」條，共十九條，已刊入《詞話叢編·近詞叢話》，見中華書局一九八六年版四二一五—四二三〇頁。此不重録。

吴梅村題畫詞不著年號

太倉吴梅村祭酒偉業，曾爲莆田余澹心懷作山水立幀，極蕭疏澹遠之致，並題《菩薩蠻》詞一闋，下署「庚寅重九前五日。」庚寅爲順治七年，不著年號，殆與淵明僅書甲子之意相仿。

僧大汕題毛西河看竹圖詞

毛西河《看竹圖》，爲疏竹數竿，隨風欲動，一科頭寬袍者，手執團扇對坐，神氣奕奕。西河自題詩云：「長向吴中擬卜隣，王家樓子竹溪濱。練裙葛帶尋常見，錯認平原是繡人。」……僧大汕所題爲詞，調寄《一斛珠》云：「冰綃霞縠。圖來膩粉如堪掬。湘皋一片浮煙緑。抗首清流，髣髴瞻淇澳。」西河文章，世人皆知，畫則流傳絶少。

王壬秋題畫梅詞

衡陽彭剛直公玉麟，以畫梅著稱於時，每畫，必題一詩。俞廙軒侍郎廉三撫湘時，剛直已薨，乃從王壬秋檢討闓運乞一幅，並屬壬秋題詞。壬秋題詞云：「姑射貌。舊日酒邊曾索笑。春風吹人醒年少。花開花落情多少。明蟾照。人間只有西湖好。」壬秋之言，蓋有所指也。

以上《清稗類鈔·藝術類》

汲古閣未刻詞

揆文端公叙，爲太傅明珠之子，成容若侍衛德之弟，字愷功。精鑒別，所居曰謙牧堂，其藏書處也。有鈔本金張師顔《南遷録》一卷，及宋元人詞二十二帙，題曰《汲古閣未刻詞》，行款字與已刻《六十家詞》同，每帙鈐毛子晉印，皆精好。其後所藏皆歸天禄琳瑯。

郭頻伽以齊天樂詞寫童藏佳本

童銓，字佛庵，仁和諸生。家北郭，貧無餘資。性愛古，市集門攤，時時搜訪，所得頗有佳本。藏名人小像，多至數十人。有一素册爲蠹魚所蝕，其鑿空處，皆肖蝶形，殆天巧也，郭頻伽嘗以《齊天樂》詞寫之。以上《清稗類鈔·鑒賞類》

蔣子貞藏元刊斷腸集

海寧蔣子貞，名學堅。藏元刊朱淑真《斷腸集》，爲道古樓故物，有年矣，卷末有黄蕘圃跋。道光丙午，其尊人與孫次公、于辛伯、李壬叔作消寒會，嘗以此命題。于詩仿樊榭論詞體，極工，詩云：「愁絶黄昏月上時，文人詞誤女郎詞。任伊衒却千秋恨，我怪小長蘆釣師。」蓋淑真《元夜·生查子》詞，實六一居士作，後人誤編爲淑真詞，遂妄議其不貞，朱竹垞《詞綜》亦未更正。得此詩，可雪其冤矣。

朱竹垞刻絶妙好詞

朱竹垞竊鈔錢遵王《讀書敏求記》一事，人皆豔稱之。蓋其篤嗜古籍，不得已而出此，雖事近詭譎，而仍不失爲雅人深致也，時人謂之雅賺。何義門曾於《讀書敏求記》跋其後云：「絳雲樓未燼之光，藏書至三千九百餘部，而遵王所記凡六百有一種，皆紀宋版、元鈔及書之次第完闕，古今不同，手披目覽，類而載之，遵王畢生之精華萃於斯矣。書既成，扃之篋中，出入每自携。靈蹤微露，竹垞謀之甚力，終不可見。既而校士江南方伯龔某遍召諸名士，大會秦淮河，遵王與焉。是夕，竹垞私以黄金翠裘，與侍書小史，啟鐍得之。豫置楷書生數十於密室，半宵寫成，而仍返之。當時所録，并《絶妙好詞》在焉。詞既刻，始作書告之。遵王始知爲竹垞所詭得，且恐其流傳於外也，竹垞乃設誓以謝之。」

王幼霞刻宋元人詞

王幼霞給諫清通温雅，初耆金石，後迺嫥一於詞。其《四印齋所刻詞》，旁搜博采，精審絶倫，雖汲古之毛弗逮也。

吴印丞影刊古本詞

仁和吴昌綬，字印丞，善屬文。初爲諸侯賓客，嘗佐吕尚書海寰、吴侍郎重熹幕。以少時隨宦吴中，習公牘、章奏、箋啟，故尤工也。尤好刻書。宣統辛亥冬，朱古微見其《雙照樓影刊詞目》，所載者有影宋吉州本《歐陽文忠公近體樂府》三卷，影宋本《醉翁琴趣外篇》六卷，影宋本《閑齋琴趣外篇》六卷，影宋本《晁氏琴趣外篇》六卷，影宋本《酒邊詞》一卷，影宋本《放翁詞》一卷，影宋本《可齋詞》七卷，影宋本《蘆川詞》二卷，影宋本《石屏詞》一卷，影宋本《梅屋詩餘》一卷，影元延祐本《知常先生雲山集》一卷，影明正德仿宋本《花間集》十卷，影明洪武遵正書堂本《草堂詩餘·前集》二卷、《後集》二卷，影元本鳳林書院《草堂詩餘》三卷，影日本五山仿元本《中州樂府》一卷，蓋皆宋、元、明本，影刊於武昌者。成矣，以須絶精之奏摺紙，最上之御製墨印之，所費不貲，猶有待也。聞嘗印一種，僅十七葉，已值銀幣三圓矣。

朱祖謀題薛鏡新雁過妝樓

嘉興張彦雲大令祖廉，嘗得薛鏡於吴市，背鏨思娟小印，榜其居曰娟鏡樓。薛鏡乃湖州薛惠功所鑄，惟思娟不可考。歸安朱漚尹侍郎祖謀爲題一詞，調寄《新雁過妝樓》云：「粉奩金奩。閒情事、緑窗影出娟娟。舞鸞斜倚，親見小字連環。越縷拔香籠袖角，弁峰添黛暈眉彎。慣温存，夜來蒨色，銷與華年。　春風盈盈滿篋，伴上簾紺玉，淺照低鬟。賦情多麗，空悵翠竹寒天。重籠半温繡户，問妝奩、何時相向圓。尋芳約，料小菱春影，不隔蓬山。」

宗嘯吾藏陳迦陵填詞硯

宗嘯吾能文善歌，無事輒飲，每酒酣，輒令姬人吹笛，自謳其所填詞。其需次杭州日，嘗得一硯於泠攤，長七寸，廣五寸，上列七星，色白而突出，磷磷如釘，貯墨可三日不乾。背有六字，曰「陳迦陵填詞硯」。宗自是填詞輒用之。

徐珂題李雲谷殘硯詞

仁和馬夷初文學叙倫，藏有明人李雲谷殘硯，作半月形，其上有陳白沙銘，爲屈翁山所書。徐珂曾爲題《祭天神》一詞，詞云：「倚小樓江上聽疏雨。幾摩挲、片石韓陵差可語。淵襟自接嶠南，莫道儒冠誤。問而今剩水殘山，誰是主。　且守缺、文章府。試回首、斜日湖濱路。人間世，桑海淚，鴝眼無今古。更何堪、關河摇落，丘壑因循，老我天涯，硯北悲秋苦。」

徐珂題銅雀瓦硯詞

無錫王蓴農孝廉蘊章，藏銅雀瓦硯，長一尺有半，寬八寸，其背隱起「建安十五年造」六隸字，甚清勁。明都元敬大書「玉質金聲」四字於上，並有銘，銘云：「昔爲瓦，藏歌童，貯舞馬。今爲硯，承鉛槧，伴圖史。嗚呼！其爲瓦也，不知其爲硯也。然則千百年後，安知其不復爲瓦也！蓋豪雄武人不得而有之，子墨客卿固得而有之也。吾是以喟然有感於物也。」蕁農屬徐珂以《高陽臺》詞賦之。詞云：「横槊空豪，澄泥銅雀臺瓦，陶人澄泥以絺濾過，加胡桃油方埏埴之，故與他瓦異，見《文房四譜》。自昔，憑誰共話興亡。瓢樣硯之中爲瓢形。形紋，銅雀瓦真者，上有琴紋，見《偃曝談餘》。月明曾照鴛鴦。苔花何春渚《銅雀瓦硯》詩：「錫花封雨苔。」依約西陵碧，曹操遺命，妾伎登銅雀臺，望西陵墓田，見《鄴都故事》。夢瑶臺、閒過昏黄。檢遺銘，雒誦迴環，楚怨微茫。　春深待借東風便，奈山河憔悴，門鎖斜陽。銅狄銷沈，還餘賸粉零香。盈盈墨淚鴝眼，錯鑄成、幾閲滄桑。費摩挲，小匣琉璃，相畔吟窗。」

況夔笙題宋拓嘉祐二體石經詞

宋拓嘉祐二體石經，海内孤本也。咸豐丁巳，山陽丁儉卿得於淮安市肆，何子貞爲賦七言長篇。後歸貴池劉葱石參議世珩，屬況夔笙堪《蘭陵王》詞以張之。詞云：「輭塵隔。青案摩挲翠墨。蘭臺製，平揖漢京，三體黄初黯無色。氈椎世幾易。鄒嶧七篇未佚。内有《孟子》三十紙，未經前人著録。鐫珉字，三萬有餘，玉筋銀鉤競標格。經文凡三萬餘，篆正二體。　簪豪憶恢慤。胡恢、謝慤奉勅書。「雅故三蒼函古意」，儉卿和蝯叟詩句。悵劫墮淤黄，朱竹垞謂經石沉黄河淤泥下。塵閟瓴甓。《周禮》一種，開封修學已作瓴甋。残縑珍弆錢吴畢。竹汀、山夫、秋帆所得皆殘本。羡攬羽威鳳，見班全豹，高齋頤志舊審釋。儉卿所著《頤志齋叢書》有《北宋二體石經記》。付蝯叟吟筆。石癖。快良覿。共硯北香南，中壘晨夕。鴻都虎觀餘荆棘。念俊賞無恙，古芬須惜。廛開百宋，葱石藏宋板書甚顆。更異彩，動四壁。」

況夔笙題劉葱石藏小忽雷詞

大忽雷、小忽雷，本馬上樂，又名二絃琵琶。忽雷，即鱷魚，其齒骨可作樂器，有異響。經曰：「河有怪魚，厥名曰鱷，其身已朽，其齒三作。」忽雷之作，實本此。而其作也，蓋唐韓晉公奉使入蜀，至駱谷山椒，巨樹聳茂可愛，烏鳥之聲皆異，下馬，以探弓射其顛，枝柯墜於下，響震山谷，有金石之韻。使還，戒縣令，募樵夫伐之，取其幹，載以歸。召良匠斲之，亦不知其名，堅緻如紫石，復有金石綫交其間。遂製二樂器，名大者曰大忽雷，長今營造尺二尺八寸五分，似琵琶，止二絃，鑿龍其首，螳螂其腹，牙柱齮齕，左右相向，背施朱漆，上加采繪，有金縷紅衣，蹙成雙鳳；小者曰小忽雷，長營造尺一尺四寸七分，準漢建初尺一尺九寸四分，面廣七分，亦二絃，龍首鳳臆，蒙腹以皮柱，雙絃吞入龍口，一珠中分，頷下有篆書，嵌銀「小忽雷」三字，牙軫二面，廣四寸，背正書「臣滉手製恭獻，建中辛酉春正書」等字。大小二忽雷先後入禁中。文宗朝，有内人鄭中丞善彈之。太和乙卯，李訓、鄭注謀誅宦官，宫掖騷亂，始落民間。康熙辛未，曲阜孔東塘農部得小忽雷於燕市。……光緒丁酉，李文石觀察恂曾見之於都門厰肆，索值千金。尋爲貴池劉葱石參議世珩所得，時葱石方官京師也。葱石既得小忽雷，以爲迭經劫火而未遺失，則大忽雷或亦尚在人間，乃百計物色之。宣統庚戌十一月，葱石訪大興張瑞山琴師，與之縱談古樂。瑞山言三十年前，得一古樂器於市，曰大忽雷。葱石索觀，瑞山爲取而彈之，其聲清越而哀。越翌日，葱石携小忽雷訪瑞山，以二器並陳，見其斷紋隱隱，諦審之，覺與舊藏唐雷威、雷霄製琴，斷紋髹漆絶似，益信其爲唐物。瑞山知葱石之喜而欲之也，割愛歸之，於是大小忽雷皆爲葱石所有。葱石大喜，遂倩閩縣林琴南孝廉紓爲作《枕雷圖》，而名其閣曰雙忽雷閣。葱石更屬況夔笙題《鳳凰臺上憶吹簫》詞以張之。詞云：「別殿春雷，長門夜雨，玉蔥銀甲當年。悵劫塵甘露，舊譜荒煙。豔説延津一劍，新樂府、唱徹瓊筵。孔東塘得小忽雷，曾作院本以張之。誰得似、紫雲雙貯，中壘清緣。　吟邊。摩挲倦枕，對如此江山，淺醉閒眠。漫霓裳法曲，回首開天。貽我故山詩事，叢桂影、曾拂么絃。小忽雷曾在伊小尹處，後歸繼蓮龕，自桂林寄貽劉燕庭。知音少，珍琴更携，葱石又藏唐雷威斷紋髹漆，竝與兩忽雷同。何處成連。」以上《清稗類鈔·鑒賞類》

王無爲聞鬼誦詞

宣統己酉七月，王無爲居瀋水城南，夜有叩扉聲甚急。闢之，霜月澄清，四無人跡，而隱約有朗吟聲，聆二語云：「平林漠漠煙如織，寒山一帶傷心碧。」心異之。及闔扉就寢，夢中微覺几案有裂紙聲。晨視之，几上書太白詞一闋，字迹潦草，僅可辨識，宵來所聆二語，宛然紙上也。以上《清稗類鈔·迷信類》

王采薇按笛歌詞

孫淵如夫人王采薇嘗言，唐五代詞，率可倚聲，被之簫管。春餘夜靜，輒取李後主「簾外雨潺潺」詞，按笛譜之，令淵如審聽。至「流水落花春去也，天上人間」二句，聞者欷歔。其後淵如寫采薇遺影，爲《落花流水圖》以此。

美人彈琴詞

彭羨門少宰孫遹有美人彈琴詞，調寄《菩薩蠻》。詞云：「梧桐深院鳴秋葉。狄香小炷氤氲爇。玉指弄哀彈。琴心雲水寒。　園絲珠作串。字字含清怨。清怨寄三湘。眉峰九曲長。」以上《清稗類鈔·音樂類》

梁溪某公子填詞贈陳桐香

陳桐香，字璧月，行三，浙之餘姚人。含睇宜笑，雙趺至纖，工演花鼓戲。浙東瀕海各縣，厥風甚盛。時值棉花已采，以戲進者日集。桐香往來吴越間，所識多豪門右族、貴戚公子。或買舟向村落居人，斂錢演劇，士女如雲，負販駢集，陸博蹋球之徒，以及游手無常業者，且往往藉之以食。桐香少頃心於梁溪某公子，有終焉之志。將之邗江，公子填詞贈别云：「阿娘知道嫁東風，挈兒也作飄零絮。」

陳迦陵拋球樂詞

蹴踘，遊戲之事。踘，亦作鞠，毛丸也，相傳起於黄帝之時，分左右曹以踢之。陳迦陵檢討其年有「詠美人蹴踘」詞，調寄《拋球樂》，詞云：「聞道凝妝多暇，蟬髩嬌嫭。勻面才了，緬額初竟，纖纖眉嫵。蘸畫轂、翠羽低飛，疊香閣、紅襟新乳。正好作劇尋歡，小疊魚箋，遍約嬉春女。向煖日紅樓，商量細數，氤氳粉澤，喧闐笑語。算白打鞦韆，和格五、總然無意緒。且水晶簾畔，斜穿鞠城，相邀同去。此際綽約輕盈，嬌花百朵，瓊枝一樹。寶釵鬆，羅襪小，爭漾絳綃窮袴。玉醉花欹，吹亂紅巾幾縷。一泓香雪，臨風僊舞，髣髴似滾瓊闈絮。更香球將墜，最憐小玉多能，旁襯凌波微步。漸蹴罷春憨，扶髩影、嬌喘渾無語。小換輕容，滿身紅雨。」以上《清稗類鈔·戲劇類》

陳其年眷徐紫雲詞

徐紫雲，廣陵人，冒巢民家青童。猥巧善歌，與陽羨陳其年狎。其年因贈其師陳九《滿江紅》一闋云：「鐵笛鈿箏，還記得、白頭陳九。曾消受、妓堂絲竹，毬場花酒。籍福無雙丞相客，善才第一琵琶手。歎今朝、寒食草青青，人何有。弱息在，佳兒又。玉山皎，瓊枝秀。喜門風不墮，家聲依舊。生子何須李亞子，少年當學王曇首。對君家、兩世濕青衫，吾衰醜。」賦成，書於陳九之扇。其年又爲雲郎合巹賦《賀新郎》詞一闋云：「小酌酴醿釀。喜今朝、釵光簟影，燈前滉漾。隔著屏風喧笑語，報道雀翹初上。又悄把、檀奴偷相。撲朔雌雄渾不辨，但臨風、私取春弓量。送爾去，揭鴛帳。六年孤館相依傍。最難忘、紅蕤枕畔，淚花輕颺。了爾一生花燭事，宛轉婦隨夫唱。努力做、藁砧模樣。只我羅衾渾似鐵，擁桃生、難得紗窗亮。休爲我，再惆悵。」

潘文勤詞多詠蓮華

潘文勤公少年鼎貴，悦歌童朱蓮芬而眷之，故其所作之詞多詠蓮花，託興綿邈。以上《清稗類鈔·優伶類》

朱竹垞贈白狗詞

朱竹垞浪游天下，於歌筵舞席，時一涉足。嘗爲詞以贈妓，其調寄《步蟾宫·贈白狗》者云：「疏簾日影才鋪地。却早被、金鈴唤起。朝雲一片出巫山，盼不到、黄牛峽裏。　仙源乍入重門閉。任閒殺、桃花春水。劉郎去了阮郎歸，算只有、相如伴你。」白狗爲代州之妓，竹垞晨往曲中訪之，不值，因戲投以詞也。

趙秋谷贈玉素詞

康熙時，天津之妓有玉素者，行四，人第稱其行第，晉人也。小身常貌，角頗鮮好，至於手足柔纖，膚肌瑩膩，時蓋罕其輩矣。性尤慧利，工於應對。趙秋谷始於甲申初夏燭下見之，贈以《南柯子》詞，又有句云：「何物比將嬌與巧，燕子鶯兒。」蓋紀實也。

趙秋谷贈真珠詞

康熙時，天津楊柳青之妓，以真珠、金錢爲尤。北地諸姬以金、玉、珠名者十七八，其俗尚也。真珠貌及中人，齒亦不卑，然恬雅無嚚陵習。趙秋谷遇之，意初不甚屬，而真珠乘秋谷於醉，遂與同夢。秋谷乃爲《柳梢青》詞以贈之云：「無計枝梧。病身陡頓，春夢糊。亂惹閒愁，驚開倦眼，斗帳紅珠。　醉濃不省歡娛。曉鏡裏、臨窺畫圖。聞道門前，煙波澹淹，楊柳蕭疏。」

繆蓮仙譜詞贈麥大安

嘉慶時，廣州校書麥大安喜風雅士，善談謔，終日娓娓無倦容，不尚豪華。未幾，繆蓮仙訪之，一見如平生歡。因慕王笠航名，以團扇屬蓮仙索笠航書。大安工酬應，送迎無虛日，恒致病。一夕，蓮仙往視，伏枕妝樓，强起坐與語，輒淚下，蓋憂從中來也。因譜《師師令》詞贈之云：「翠眉雙鎖。又淚珠交墮。此時心事有誰知，低首向、妝臺斜坐。甚閒愁，難貼妥。到這般慵惰。　可憐弱體嬌無那。又似風吹花朶。了無情緒病懨懨，怎得箇、相思醫可。燕子樓頭人獨卧。坐悶懷如我。」

煮石頑仙贈安月娥詞

安月娥，江寧人，巧齡、巧珠之假母也，爲秦淮妓。粵寇未至時，齒尚穉，頗著豔名。有自號煮石頑仙者，賞之，贈以《一萼紅》云：「稱芳名，是廣寒舊隊，小謫下瑶京。蛾樣猶纖，蟾輝未滿，神采先放光明。曾學過、霓裳法曲，串新聲、嚦嚦妒啼鶯。靨笑添渦，眉修露慧，睇轉流情。悮到團圓時候，勸靈娥珍重，莫墮愁城。荳蔻含香，芙蓉作蕊，煩惱何苦相縈。須記著、前身小影，伴青天碧海耐凄清。留待梯雲客至，唤取卿卿。」咸豐癸丑，江寧陷，月娥避至他處。以上《清稗類鈔·娼妓類》

況夔笙購得中州樂府

況夔笙太守周頤嘗游金陵，一日，於東牌樓匧董攤購二册：一九峰書院本《中州樂府》，後爲朱古微侍郎據以覆刻。一寫本《長隨論》。

龔定庵水龍吟詠葛裙

江東某大姓以禍死，其寵姬皆挾金珠散去，一婢堅不行。婢常著葛裙，人以葛裙呼之。自言主人嘗被酒一召我，我誓報之。豪家吞其屋，葛裙奉木主卧一室，堅守，力不支，絶粒斃。豪憫之，扃此室，並其主瘞焉，曰：「還汝一塊土。」其事絶可傳。龔定庵曾有《水龍吟》一闋詠之。詞云：「君家花月笙歌，葛裙那許陪宵讌。嘯如魯柱，才如買錦，空遇如班扇。蓬鬢慵裝，蛾眉怕妬，天寒誰管。算平生已矣，春風一度，恩歇絶，何曾怨。一夕倉皇家變，抱琵琶、傾城都散。雍門琴碎，雀臺香燼，西陵墓遠。塊土爭還，芳魂永守，秋燐如電。憶史家柱叔敖公，千載下，今重見。」以上《清稗類鈔·奴婢類》

朱竹垞紀象詞

象爲陸産之最大者，身長至一丈二尺，高稱之，鼻長八尺許，形如圓筒，屈伸自在。食物時，皆以鼻送之於口。鼻端小塊突起如人指，故能拾至微之物。上齒六，上顎二門齒極長，突出口外，爲用甚廣。力强，性温順。産於印度及非洲等熱帶地，我國亦有之，蓋皆自他處移來者。京師象房之象，至六月，輒出而浴於河。康熙時，朱竹垞嘗觀之，紀以《水龍吟》詞。詞云：「涼波曉色城西路，趁著熱風猶未。引來舞隊，依稀昔日，黄門鼓吹。垂鼻轔囷，旋渦遠近，欲沉還起。看雲旗摇處，更番催去，偏會得，鑾奴意。　夾岸人家此際。步踟蹰、紫騮難繫。疏簾隱隱，輕容小袖，笑聲齊指。赤日徐高，黄塵又徧，鈿車流水。剩白頭宫監，相携柳下，説前朝事。」

朱竹垞詠貓詞

朱竹垞嘗以《雪獅兒》詞和錢葆馚《詠貓》，詞云：「吴鹽幾兩，聘取貍奴，浴蠶時候。錦帶無痕，搦絮堆緜生就。詩人黄九。也不惜、買魚穿柳。偏愛住、戎葵石畔，牡丹花後。　午夢初迴晴晝。斂雙睛乍豎，困眠還又。驚起藤墩，子母相持良久。鸜哥來否。惹幾度、春閨停繡。重簾逗，便請爐邊叉手。」

朱竹垞題孔雀詞

孔雀，形略如雉，體長三尺餘，翼短小。雄者特壯麗，尾有長羽，能開張作扇狀，金色，有翠緑斑紋作眼球形排列於上。觀其文彩，雖取百鳥之美羽集於一身，不能成此絢爛，實雌雄淘汰最佳之實例矣。展尾徐步，且行且鳴，以自矜其美，名曰示美運動，亦悦雌之慣性也。或曰雄者最喜美麗，性妬忌，自矜其尾，遇婦女、童子服錦綵者，則展其尾如羽狀，必逐而啄之。孔雀産於熱帶地，吾國園囿所蓄，多由印度羣島及暹羅輸入，故畏寒，不易蓄也。朱竹垞曾見其舞，而爲《八寶妝》詞以詠之。詞云：「庭暗娑羅，山明躑躅，正值好春時候。不用紅樓三十級，合在迴廊疏牖。朝來彈指，阿誰妒殺芳心，緑蕤響處開雖驟。絶勝織成步障，編他銅釦。看場壓倒窗櫺，一迴舞旋，更教人立屏後。數項翠尾花如縷，怎染出、輕紈圖繡。除非是、邊鸞好手。鬱伊聲裏低丹咮，問飫眼蠻奴，莫銷殘碧暗金否。」

朱竹垞詠鷺詞

鷺，羽純白，亦稱白鷺，頸脚皆長，脚青色，嘴長二三寸，頂有白毛，頗長，肩背胸部亦生長毛，是稱蓑毛，毿毿如絲，故一名鷺鷥。棲息水邊，捕食魚類。西洋婦人取其羽以爲冠飾，鄂人多收之，由海舶輸出甚夥。朱竹垞嘗爲《臺城路》詞以詠之，詞云：「謝池最愛鮮禽好，當年惠連曾賦。紫荇絲邊，水葓花外，長見伊窺魚住。乍翻淺渚。訝拍拍隨波，欲低還舉。占得圓沙，慣拳一足久延佇。采蓮舟漸近也，笑紅裙按楫，不教驚去。荻岸偏明，蘋風慣浴，涼月毿毿鯀羽。曲江人渡，指隱約秋潮，望中生處。才挂魚罾，又飛來別浦。」

朱竹垞詠鴛鴦詞

鴛鴦爲水鳥，雌雄未曾相離。朱竹垞嘗作《花犯》詞以詠之，詞云：「曲池塘，天教付與，雙棲夜深並。綠蒲分映。任夢裏隨波，煙外交頸。圓沙一片斜陽冷，多應睡未醒。看足了、浣衣人去，蜻蜓移釣艇。采蓮渡頭最愁他，清歌才起處，驚飛難定。齊浴罷，花潭下、翠牽紅凝。休緣却、竹弓射鴨，還自去、空江千萬頃。正好伴、水亭風檻，低垂羅袖影。」

朱竹垞觀玉泉魚詞

康熙時，杭州玉泉寺池中有五色魚，凡千頭。中有翠藍色者，爲朱竹垞所深愛，因爲《玉人歌》詞以詠之，詞云：「輕漣白。愛一種娵隅，暈藍拖碧。練塘風煖，蒼玉恣抛擲。丹砂泉淺游朱鬣，受盡人憐惜。又爭如、雨過天青，者般顔色。濠上未歸客。投香飯青精，日斜與食。蓮葉東西，何事便深匿。翠鱗六六空摇尾，嬾遞閒消息。但年年、映取柳陰千尺。」以上《清稗類鈔·動物類》

朱竹垞賦紅蓮作並頭花詞

康熙丁丑六月，朱竹垞之舍南池上，紅蓮作並頭花，因賦《綺羅香》詞以紀其異，詞云：「蕙草連葩，蘭英並蔕，慣在貧家盆甕。誰料今番，雙頭水芝看涌。交巵勸、金叵羅深，畫軸展、玉丫叉重。笑莊窩、半畝平池，翻贏三十六陂種。　谿亭容我小住，那費桃根桃葉，隔江迎送。卧穩風前，一任冷香吹夢。愁遮了、葉底難扶，描不到、花心齊動。除非喚、薛夜來過，繡成針七孔。」又云：「楊柳陰中，菰蒲雨外，一柄犀珠通體。並著花房，宛似仙娥雙髻。算只有、蜀苣同心，祇認得、嶧桐連理。又爭如、水珮風裳，嫣然交影鏡香裏。　約開渚蘋汀蓼，恣與纖鱗隊隊，鬧紅遊戲。第一輕舟，莫放采香人檥。渾不管、翠蝶衣翻，生怕是、緑雲風起。問沙面、頭白鴛鴦，舊來曾見幾。」沈覃九乃爲詩以題其後，詩云：「紅玉雙擎漢卺杯，温風別費剪刀裁。定知茅屋詞人在，故向亭陰作意開。」「朋牋雙調綺羅香，比似蕢洲遂譜强。有約重過聽按曲，鬧紅一舸話斜陽。」

朱古微劉新甫詠唐花詞

京師氣候寒，花事較南中爲遲。然有所謂唐花者，非時之品，十二月即有之，誠足以奪造化而通仙靈。蓋皆貯於暖室，烘以火，使之早放，臘尾年頭，爛熳如錦，牡丹、芍藥、探春、梅、桃諸花，悉已上市矣。唐，一作堂。至光緒時，則上海亦有之。朱古微侍郎祖謀、劉新甫員外恩黻皆有《水龍吟・詠唐花》

詞。朱云：「夢華不醒愁春，探芳別有千紅地。是空是色，瑶姬酒重，維摩病起。羯聲聲中，紅旛影外，東風凝睇。笑繁華占否，聞蜂浪蝶，空撩亂，冰霜裏。　聞道唐宫剪綵，好簾櫳、畫情妝綴。輸他爛漫，香雲一窖，先春花事。火速年芳，冬烘心性，優曇身世。問高樓怨笛，黄昏叫裂，著梅花未。」劉云：「花宫不耐深寒，羣仙偷嫁紅塵裏。春愁未醒，憑空數到，番風廿四。噀雨痕輕，釀雲香潤，内家標致。笑貴人金屋，藏嬌買豔，渾不解，温存意。　過了試燈天氣，玉簾空、主恩捐棄。當初底事，千熏萬沐，催教梳洗。我亦曾經，鳳城西畔，略窺芳思。歎龜年老去，淒涼羯鼓，説開元事。」旌德江秋珊大令順詒則以五排詠之。

程子大詠奇花詞

英人嘗至南洲荒島，見有奇花，其葉周十畝，花大如車輪。歸，以其女主維多利亞之名名之。而江西之廬山亦有此花，人莫知其名，程子大謂即維多利亞花之賫相，以《菩薩蠻》詞詠之曰：「靈根不伴孤山雪。茜魂偷葬廬山月。絶代本孤清。人間浪得名。　不曾邀十姊。共逐風姨死。賸欲訪西家。維多利亞花。」

朱竹垞詠芭蕉詞

芭蕉，一名緑天，葉長可及丈，廣可及尺，望之如樹。朱竹垞嘗爲《疎影》詞以詠之，詞云：「是誰種汝，把緑天一片，檐牙遮住。欲折翻連，乍卷還抽，有得愁心如許。秋來慣與羈人伴，惹多少、冷風凄雨。那更堪、一點疏燈，繞砌暗蟲交訴。待把蛛絲拭却，試今朝留與，箇人題句。小院誰來，依舊黄昏，明月暫飛還去。羅衾夢斷三更後，又一葉、一聲低語。拚今番、盡剪秋陰，移種櫻桃花樹。」以上《清稗類鈔·植物類》

龔鼎孳詠舟詞

龔芝麓宗伯鼎孳嘗偕其姬人顧横波游杭州，寓西湖，夏夜繫艇樓下，小飲達曙。月明如洗，天水一碧，樓臺燈火，周視悄然，惟四山蒼翠，時時滴入杯底，因作《醜奴兒令》詞云：「一湖風漾當樓月，涼滿人間。我與青山。冷澹相看不等閒。藕花社榜疏狂約，緑酒朱顔。放進嬋娟。今夜紗窗可忍關。」藕花社，舟名也。《清稗類鈔·舟車類》

宋翔鳳詠美人抹胸詞

抹胸，胸間小衣也，一名袜腹，又名袜肚。以方尺之布爲之，緊束前胸，以防風之内侵者。俗謂之兜肚，男女皆有之。《南史·周迪傳》：「性質樸，不事威儀，冬則短身布袍，夏則紫紗袜腹。」古亦謂之曰祖服。《左傳》「陳靈公與孔寧、儀行父通於夏姬，皆衷其祖服以戲於朝」是也。宋于庭名翔鳳，有《沁園春》詞詠美人抹胸，詞云：「絡索雙垂，輕容全護，收來暗香。憶才鬆寶釦，領邊依約，偶除瑶釧，袖裏端相。塞上酥凝，峰頭玉小，恨淺抹横拖一道岡。深深掩，掩幾分衷曲，還待猜詳。幾經刀尺評量。與細膩肌膚要恰當。爲當胸闌束，期他婉轉，一心偎貼，不間温涼。若化蠶絲，縫成尺幅，那數陶家十願償。偏纖手，在風前扇底，更自周防。」

樊增祥詠袜胸詞

同治時，閩人某提學按試某州，其婦人手書促歸，媵以紅袜。學使遽以試事屬州牧，移病還閩偕老，當時熱中者傳爲笑談。樊雲門方伯增祥詠袜胸《滿江紅》詞下半闋即引之，其詞曰：「花露灑，香球爇。芳汗透，冰肌貼。話三山舊事，佩纕親結。書字一緘蘇錦蕙，淚痕雙寄鄜州月。願展爲、繡被覆鴛鴦，通身熱。」即指此。

朱竹垞詠弓鞋詞

弓鞋，纏足女子之鞋也。京津人所著者，宛如弓形，他處則惟鋭其端，而以揚州之鞋爲最尖，歐美人常購之以爲陳設品。朱竹垞嘗爲詞以詠之，調寄《鵲橋仙》，詞云：「湖菱烏角，渚蓮紅瓣，不比幫兒還瘦。拈來直是小觥船，只合借、燈前行酒。　春陽花底，春泥陌上，最好踏青時候。假饒無意把人看，又何用、明金壓繡。」吴藯光有詠美人鞋詞，調寄《沁園春》，詞云：「色揀新紅，影窺初月，著意裁成。恰銷金窄窄，麝蘭馥馥，珠明鳳翠，花樣翻新。半露簾波，淺埋碧草，現出纖纖一段春。苔階輭，料步回睍視，底印些痕。　有時試浴銀盆。似水畔蓮垂兩瓣輕。更心憎泥汙，玉葱斜剔，舞餘微褪，悄拽羅跟。斜綰鸞絛，半偎繡韈，坐處偷藏在畫裙。閒庭早，莫漫沾珠露，濕了吴綾。」

朱程詠釵詞

釵爲古笄之遺，秦穆王以象牙爲之，周敬王以玳瑁爲之，至秦始皇時則始以金銀爲之。朱竹垞嘗詠之以詞，調寄《踏莎行》，其詞云：「金重難勝，翠匀如沐。愛他也有同心目。曉來尋慣枕函邊，坐懷先綰香雲束。　小鳳垂珠，小魚銜玉。離愁夜半挑殘燭。玉郎消息斷紅牋，背人潛把歸期卜。」程子大有「詠釵和姚二叔慈」詞，調寄《鳳凰臺上憶吹簫》云：「髻趁盤鴉，妝催墮馬，斂衣欲下還停。有兩枝龍鳳，鈿合裝成。遞向玉奴纖手，迴皓腕、自插殷勤。香盟負，簪邊想墜，燭底敲頻。　銷魂。簾前溜也，又拾向裙邊，七寶斜横。傍檀郎茸帽，微印春痕。昨夜粉蛾窺歛，還曾剔、一剪蘭莖。和伊畫，夢餘蕤枕，暗損鸞紋。」

程子大詠耳環詞

女子穿耳，帶以耳環，自古有之，乃賤者之事。《莊子》曰：「天子之侍御不穿耳。」杜子美詩：「玉環穿耳誰家女。」其後遂爲婦女之普通耳飾矣。程子大以《生查子》詞詠之云：「小小彈齊肩，灼灼明如月。耳熱那時情，背立櫻桃雪。　低觸枕函聲，巧綰連環結。驀到洗妝初，卸入妝臺側。」

程子大詠金指甲詞

金指甲，婦女施之於指以爲飾，欲其指之纖如春葱也，自大指外皆有之。有用銀者，古時彈箏所用之銀甲也。又有用銀而加以琺瑯者。程子大以《生查子》詞詠之云：「纖影傍妝臺，滴粉調新水。嫩護玉葱芽，彈落銀箏淚。　嬌小十三年，不解愁滋味。昨夜小闌花，掐破葱痕細。」

朱程詠指環詞

指環，以貴金屬或寶石製之，約之於指，以爲美觀。初惟左手之第三、第四兩指，後則惟欲矣。亦謂之戒指。紂作寶幹指環。漢宮人御幸，賜銀指環。蓋古宮禁中本用以爲嬪妃進御或有所避忌之符號，後世遂用爲普通之指飾，故曰戒指。大宛娶婦，先以同心指環爲聘。今乃以爲訂婚之紀念品，則歐風所漸也。朱竹垞有詠金指環詞，調寄《臨江仙》，詞云：「削就葱根待束，挂將榴火齊炎。殷勤搓粉爲君拈。愛他金小小，曾近玉纖纖。　數偏檀郎十指，帶來第五猶嫌。憑教麗句續香奩。解時愁不斷，約了悶翻添。」程子大以《生查子》詞詠之云：「香印嵌珠圓，翠影迴金縷。浣了玉纖纖，十指中央住。曉起約葱尖，笑向檀郎語。昨夜夢回初，卸入鴛衾去。」　以上《清稗類鈔・服飾類》

林則徐禁鴉片詞

林文忠公則徐深惡鴉片煙，道光戊戌，奉命爲廣東欽差大臣，嚴禁之，悉燒英商所有者，遂啟戰釁。其初盛時，僅行於閩、廣，斷而各省並皆漸染。某公班烏土出明雅喇，白皮出孟買，紅皮出曼達喇薩。烏土爲上，白皮次之，紅皮又次之。紅皮則以花紅爲上，油紅次之。出嗎喇及盎叭哩者，名鴨屎紅。文忠有和鄧嶰筠制軍韻《高陽臺》詞，蓋即燒鴉片煙時所作也。詞云：「玉粟收餘，金絲種後，蕃航別有蠻煙。雙管橫陳，何人對擁無眠。不知呼吸成滋味，愛挑鐙、夜永如年。最堪憐，是一泥丸，捐萬緡錢。　春雷欻破零丁穴，笑蜃樓氣盡，無復灰然。沙角臺高，亂帆收向天邊。浮槎漫許陪霓節，看澂波、似鏡長圓。更應傳，絶島重洋，取次迴舷。」

朱竹垞飲蛤湯詞

蛤有圓而白者，有花而白者，炒之醉之，不如蒸作湯之味雋也。朱竹垞嘗以《雙鸂鶒》詞詠之，詞云：「俊味鹽官稠疊。一種小如瓜甤。最愛蘭湯渟雪。卯酒欲醒時節。　雲母乍分瓊屑。玉楮刻成風葉。拾取黏雙蝴蝶。驚飛鬢影奇絶。」又作《湘江靜》詞云：「獱殼深緘潭底並。任吹殘、老楓誰省。房同蘆雉，花輸石蛄，占魚牀清冷。　網漉兩�竹，橛頭響、青泥成餅。西風古木，斜陽野田，尋啅雀、更無影。　甲卸初、湯沸定。一痕纖、嫩黃逾淨。不知許事，相逢且食，把膏脂都屏。犯卯未醒時，喚金鈒、小盤須釘。幾番爲爾，勾留住了，早春歸興。」

朱竹垞食河豚羹詞

河豚，江淮河海均有之。腹白，背有赤道如印，且能開闔。觸之，即嗔怒，腹脹如氣球。漁者以物撩而取之。春暮雲游水上，食飛絮而肥。食之者多與荻芽爲羹，最美。朱竹垞食之，紀以《探春慢》詞。詞云：「曉日孤帆，腥風一翦，販鮮江市船小。滌徧寒泉，烹來深院，不許纖塵舞到。聽説西施乳，惹賓坐、垂涎多少。阿誰犀箸翻停，莫是生年逢卯。　閒把食經品第，量雀鮓蟹胥，輸與風調。荻筍將芽，蔞蒿未葉，此際故園真好。鬬鴨闌邊路，猛記憶、谿頭春早。竹外桃花，三枝兩枝開了。」

朱竹垞食山獐詞

獐，如小鹿而美，孫愸叔嘗以山獐贈朱竹垞，烹而食之，因紀《木蘭花慢》詞。詞云：「孫郎真愛客，分異味，到寒庖。尚髣髴童時，鹿邊曾見，照影驚跑。弓鞘。餓鴟叫處，想風生、耳後落飛髇。誰向原頭飲血，一鞭歸騎橫捎。　毛炮。嫩滴瓷罌，漿乍洗，析成肴。任滿薦辛盤，椒花頌罷，荷葉堪包。西郊。雪晴人日，擬重尋、退谷半山坳。笑擘春前紅脯，醉吟小閣松梢。」

朱竹垞食黄鼠詞

黄鼠，産雲中，穴處，各有配匹。人掘其穴，見其中作小土窖，若牀榻之狀，則牡牡所居之處也。至秋，則蓄黍、菽、草木之實以禦冬。天氣晴和，出坐穴口，見人，則拱前腋如揖狀，即竄入穴。惟畏地猴，縱地猴入其穴，則以喙曳而出之。味極肥美，元時曾爲玉食之獻，置官守其處，人不得擅取也。康熙時，山右人甚珍之。朱竹垞游大同，曾於讌會時食之，乃紀之以詞，調寄《催雪》。詞云：「倦擁癡牀，寒禦旨蓄，多事拱人嬰屑。惹花豹騰山，地猴臨穴。五技頓窮就掩，趁快馬、携歸捎殘雪。封肝驗膽，油蒸糝附，寸膏凝結。　鏤切。俊味別。耐伴醉夜闌，引杯稠疊。更何用晶鹽，玉盤陳設。一種低徊舊事，想獨客、三雲愁時節。唤小妓、並坐教嘗，聽唱塞垣風月。」

朱竹垞食龍蝨詞

朱竹垞嘗啖龍蝨，曾紀以《聒龍謡》詞。詞云：「雨黑南溟，煙黄北户，慣候潮痕昏曉。倦羽飛來，被濕沙黏了。何曾見、蝖蝂塵生，宛一似、蛣蟯香抱。待红絲、綴上釵頭，又輸與、緬蟲小。　鮫人市，蜒人船，過十里五里，洒人騰笑。刀砧唤住，擘珠娘纖爪。算加恩、薄子須添，辨異味、食經重草。訝劉郎、學豢龍時，不曾捫到。」

朱竹垞食蓴羹詞

朱竹垞食蓴羹而甘之，嘗爲《摸魚子》以詠其事。詞云：「記湘湖、舊曾游處，鴨頭新漲初釅。越娃短艇烏蓬小，鏡裏千絲縈髮。柔櫓撥。絆荇帶、荷錢一樣青難割。波餘影末。愛乍摺春纖，盛盆宛似，戢戢小魚活。　西泠水，濯取凝脂齊脱。白銀釵股同滑。蜀薑楚豉調應好，不數韭芽如蕨。煙渚闊。任吹老西風，若箇扁舟發。鄉心未遏。想別後三潭，龜髯雉綯，冷浸幾秋月。」

毛西河和詠窩絲糖詞

某歲上元，毛西河赴梁尚書宴，出窩絲糖供客。其形如扁蛋，光面，有二摺，若指摺者，囓之，粉碎散落，皆成細絲。座客無識者，尚書云：「此明崇禎末宮中所製，今久無此矣，惟西山淨室有老宮人爲比邱尼，尚能製此糖。每歲上元節，必以銀花椀合子相餉，真罕物也。」乃出所製《唐多令》詞，命詞客和之。西河和之云：「擣盡笛音曲，《説文》：「蠶簿也。」頭泥。春蠶已蜕衣。片錫裏作彈丸兒。不破彌羅三寸繭，誰解道，一窩絲。　粔籹漢宮遺。餦餭久未施。開元宮女尚能爲。今日尚書花飲會。銀椀合，使人思。」

錢枚感賦望梅詞

婁江市上有糖梅，味極甘脆，名風雨梅。錢枚之妻善作之。既悼亡，某年夏，有以此梅見寄者，枚因感賦一詞，調寄《望梅》。詞云：「江城夏五，正梅肥時候，風風雨雨。記窗前、一樹青青，早分付園丁，傾筐摘取。親手搓挲，更方法、從頭説與。青錢細簸，白蜜生醃，紅瓷封貯。追思十年前事，悵緑么絃斷，翠歛香炷。又江南、節物登盤，問舊時滋味，何嘗如許。春夢銷沈，訪嫩緑、池塘何處。賸微酸一點，常在心頭留住。」

朱竹垞食檇李詞

檇李爲嘉興名産，遠道不易致。朱竹垞，禾人也，故時得食之。一日，在曹某席上啖之而甘，乃作《邁陂塘》詞云：「錦淙鳴、行廚竹裏，玉盤寒水初注。未須雪藕黄瓜伴，早釋人間煩暑。名最古。記轍迹、東西魯叟曾書汝。吴洲越渚。傍折戟沙邊，芳根蟠後，幾濕戰場雨。房陵種，三十六園佳樹。也愁聲價輸與。西施過此曾潛掐，一縷纖痕留取。小摘許。慎莫被、來禽偷眼銜將去。薰風且住。漫染就輕黄，青青携付，乞巧小兒女。」以上《清稗類鈔·飲食類》

〔清〕徐　珂輯編

歷代詞選集評 附補遺

歷代詞選集評目録

歷代詞選集評

自序

詞之選本夥矣，無論爲歷代、爲斷代，主其事者博覽精擇，要皆標舉準繩，有宗派之可言，所以使操觚者昕夕諷詠，得尋正軌以合雅音也。而惜其不皆有評，初學之苦，苦於開卷茫然，尠所領會，欲其鍥而不舍，得有成就，不亦戞戞乎其難之耶。蓋古人之詞，類有寄託，意内言外，往往委曲而難明。或且零亂拉雜，胡帝胡天，讀者不易知，作者固亦不蘄讀者之知也。珂雅好讀詞，以性惷，今猶懵憒，知同病之大有人在也。於是搜輯唐、五代、宋、金、元、明之詞，擇其有古今名人評語者，勒爲一編，名之曰《歷代詞選集評》。清詞別具，曰《清詞選集評》，又有《歷代閨秀詞選集評》。無評者不與焉。且以但求有評，而宗派亦不暇顧矣。若夫諸詞之短長、周疏，雖不盡同，然皆卓然有以自見。所附評語，其宗旨亦不盡同，雜列之而不墨守一先生之言，且不加圈點者，亦以使仁者見仁、知者見知而已。學者於此，既得先正緒論以相啟發，而又覃精研思，善自審擇，涵泳之，翫索之，以此古詞數百闋，熟復胸中。然後取己之所好者，誦其全集，研覈而折衷之，專精數年，亦趨亦步，則豁然貫通資深逢源之日，不難企也。抑嘗聞之於師友矣。唐五代之詞，猶文之先秦諸子，詩之漢魏樂府，而以兩宋爲集大成。北宋尤勝於南宋，以南宋多清泚，北宋多穠摯也。金詞清疏伉爽而近剛方，逮元而衰，明亦纖靡少骨，然二三作者，亦間有精到處。今就兩宋言，當以周、辛、吳、王爲之冠，所期「問津碧山，歷夢窗、稼軒，以還清真之渾化」，庶無冥行擿埴之艱，而有誕登彼岸、升堂入室之樂，不其善歟。中華民國十六年七月，杭縣徐珂仲可序於滬上之康居。

李白

憶秦娥　簫聲咽

黄蓼園曰：太白於君臣之際，難以顯言，因託興以抒幽思耳。言至今簫聲之咽，無非秦地女郎，夢想從前秦樓之月耳。夫秦樓，乃簫史與弄玉夫婦和諧吹簫引鳳升仙之所，至今誰不慕之！豈知今日秦樓之月，乃是灞陵傷別之月乎。漢之樂游原，極爲繁盛。今際清秋古道之音塵已絶，惟見淡風斜日映照陵闕而已。歎古道之不復，或亦爲天寶之亂而言乎？然思深而託興遠矣。

菩薩蠻　平林漠漠煙如織

黄蓼園云：首二句，意興蒼涼壯闊。第三、四句，説到「樓」、到「人」，又自靜細孤寂，真化工之筆。「闌干」跟「樓」字來，「佇立」跟「愁」字來。末始點出「歸」字，是題目歸宿。所以「愁」者，此也，所以「寒山」、「傷心」者，亦此也。更覺前半淩空結撰，意興高遠。結句仍含蓄不盡，雄渾無匹。

張志和

漁歌子　西塞山前白鷺飛

黄魯直曰：有遠韻。

黄蓼園曰：數句只寫漁家之自樂其樂，無風波之患，對面已有不能自由者已。隱躍言外，蘊含不露，筆墨入化，超然塵壒之外。

戴叔倫

轉應曲　邊草

《古今詞話》云：筆意回環，音調宛轉。

劉禹錫

憶江南　春去也、多謝洛陽人

況夔笙曰：流麗之筆，下開宋人張子野、秦少游一派。唯其出自唐音，故能流而不靡，所謂風流高格調者，其在斯乎。

又　春去也、共惜艷陽年

况夔笙曰：亦流麗之筆。

白居易

花非花　花非花

花庵詞客曰：纏綿無盡。

長相思　深畫眉

花庵詞客曰：縟麗。

温庭筠

菩薩蠻　小山重疊金明滅

張皋文張翰風曰：此《感士不遇》也。篇法彷彿《長門賦》，而節節逆叙。此章從夢曉後，領起「懶起」二字，含後文情事。「照花」四句，《離騷》「初服」之意。

譚復堂師曰：「懶起畫蛾眉」句，是起步。

又　水精簾裏頗黎枕

張皋文張翰風曰：「夢」字提。又曰：「江上」以下略叙夢境。「玉釵香隔」，言夢亦不得到也。

又曰：「江上柳如煙」是關絡。

又　蕊黄無限當山額

張皋文張翰風曰：提起。　又曰：以下三章，本入夢之情。

又　杏花含露團香雪

張皋文張翰風曰：結。

又　玉樓明月長相憶

張皋文張翰風曰：「玉樓明月長相憶」，又提。「柳絲裊娜」，送君之時。故「江上柳如煙」，夢中情境亦爾。七章「欄外垂絲柳」，八章「緑楊滿院」，九章「楊柳色依依」，十章「楊柳又如絲」，皆本此「柳絲裊娜」言之，明相憶之久也。

譚復堂師曰：「玉樓明月長相憶」句，提。「花落子規啼」句，小歇。

又　牡丹花謝鶯聲歇

張皋文張翰風曰：「相憶夢難成」，正是殘夢迷情事。

又　寶函鈿雀金鸂鶒

張皋文張翰風曰：「鸞鏡」二句，結，與「心事竟誰知」相應。

譚復堂師曰：「寶函鈿雀金鸂鶒」句，追叙。「畫樓音信斷」句，指點今情。「鸞鏡與花枝」句，頓。

又　南園滿地堆輕絮

張皋文張翰風曰：此下乃叙夢。此章言黄昏。

譚復堂師曰：「雨後卻斜陽」句，餘韻。「無憀獨倚門」句，收束。

又　夜來皓月纔當午

張皋文張翰風曰：此自卧時至曉，所謂「相憶夢難成」也。

又　雨晴夜合玲瓏日

張皋文張翰風曰：此章正寫夢。「垂簾」、「凭闌」，皆夢中情事，正應「人勝參差」三句。

又　竹風輕動庭除冷

張皋文張翰風曰：此言夢醒。「春恨正關情」，與五章「春夢正關情」相對雙鎖。　又曰：「青瑣」、「金堂」、「故國吴宫」，略露寓意。

更漏子　柳絲長

張皋文張翰風曰：此三首，亦《菩薩蠻》之意。　又曰：「驚塞雁」三句，言懽不同，興下「夢長君不知」也。

又　星斗稀

張皋文張翰風曰：「蘭露重」三句，與「塞雁」、「城烏」義同。

又　玉爐香

胡元任曰：庭筠工於造語，極爲奇麗。此詞尤佳。

譚復堂師曰：似直下語，正從「夜長」逗出，亦書家無垂不縮之法。

南歌子　手裏金鸚鵡

譚復堂師曰：盡頭語單調中重筆，五代後絶響。

又　似帶如絲柳

譚復堂師曰：源出古樂府。

又　倭墮低梳髻

譚復堂師曰：「百花時」三字，加倍法，亦重筆也。

夢江南　梳洗罷

譚復堂師曰：猶是盛唐絶句。

玉樓春　家臨長信往來道

沈際飛曰：實是唐詩，而柔艷近情詞，而非詩矣，晚唐之所以爲晚唐也。結處雖有「衰」、「老」字面，殊自富貴。

黃蓼園曰：前後一氣呵成。前六句，是寫家居繁盛之地，見人家富麗之象。末二句，始借以自況，黯然情深。

呂　巖

梧桐影　落日斜

無煙火氣。

編者按：此首出自《竹坡老人詩話》卷三，原無調名。《詞綜》卷一擬名《梧桐影》。《全宋詞》編者謂「宋代所傳呂詞，實皆宋人作」，遂收入《宋人依託神仙鬼怪詞》卷，見《全宋詞》中華書局版三八五八頁。

無名氏

魚游春水　秦樓東風裏

《詞苑》云：凡八十九字，而風花鶯燕、動植之物曲盡。

李存勗

山花子　菡萏香銷翠葉殘

王壬秋曰：選聲配色，恰是詞語。

李　璟

攤破浣溪沙　手捲真珠（編者按：《苕溪漁隱叢話》後集卷十八「真珠」作「珠簾」）上玉鉤

黄蓼園曰：「手捲珠簾」，似可曠日舒懷矣，誰知依然「恨鎖重樓」。所以恨者何也？見「落花」無「主」，不覺心共「悠悠」耳；且遠「信」不來，幽「愁」空結。第見「三峽」波「接天流」，此恨何能自已乎！清和宛轉，詞旨秀穎。然以帝王爲之，則非治世之音矣。

李　煜

玉樓春　晚妝初了明肌雪

王世貞曰：「歸時」二句，致語也。

譚復堂師曰：豪宕。

相見歡　林花謝了春紅

譚復堂師曰：前半闋濡染大筆。

王壬秋曰：詞之妙處，亦別是一般滋味。

清平樂　別來春半

譚復堂師曰：「淚眼問花花不語，落紅飛過秋千去」，與此同妙。

臨江仙　櫻桃落盡春歸去

蘇子由曰：淒涼怨慕，真亡國之聲也。

譚復堂師曰：末二句，疑出續貂。

浪淘沙　簾外雨潺潺

蔡條曰：含思悽惋。

譚復堂師曰：雄奇幽怨，乃兼二難。後起稼軒，稍傖父矣。

王壬秋曰：高妙超脱，一往情深。

虞美人　風迴小院庭蕪緑

又　春花秋月何時了

王世貞曰：「小樓」二句，「問君」二句，情語也。

譚復堂師曰：二詞終當以神品目之。　又曰：後主之詞，足當太白詩篇，高奇無匹。

王壬秋曰：常語耳，以初見故佳，再學便濫矣。「朱顏」本是山河，因歸宋不敢言耳，若直説「山河改」，反又淺也。結亦恰到好處。

攤破浣溪沙　菡萏香銷翠葉殘

《雪浪齋日記》云：荆公問山谷：「後主詞何處最佳？」山谷以「一江春水向東流」對。荆公曰：「未若『細雨夢回（雞塞遠，小樓吹徹玉笙寒）』二句。」

黄蓼園曰：「細雨」二句，意興清幽。結「倚闌干」三字，亦有説不盡之意。

擣練子　深院静

又　雲鬢亂

附《鷓鴣天》　塘水初澄似玉容

又　節候雖佳景漸闌

況夔笙曰：楊用修席芬名閥，涉筆瑰麗。自負見聞賅博，不恤杜譔肆欺。迹其忍俊不禁，信有奇思妙語，非尋常才俊所及。嘗云：李後主《搗練子》「深院靜」、「雲鬟亂」二闋，曩見一舊本，並是《鷓鴣天》。又曰：以「塘水初澄」比方玉容，其爲妙肖，匪夷所思。「雲鬟亂」闋前段，尤能以畫家白描法，形容一極貞靜之思婦。綾羅間之暖寒，非深閨弱質，工愁善感者，體會不到。「一樹藤花」確是人家庭院景物。曰「獨自看」，其殆《白華》之詩，「無營無欲」之旨乎？「扉無風而自掩」，境至清寂，無一點塵。如此云云。可知「遠岫眉攢」、「倚闌和淚」，皆是至真至正之情，有合風人之旨。即詞境詞格，亦與之俱高。雖重光復起，宜無間然。或獨譏其嚮壁虚造，寧非固歟。

孟　昶

玉樓春　冰肌玉骨清無汗

譚復堂師曰：此詞終當存疑，未必東坡點竄。

馮延巳

蝶戀花　六曲闌干偎碧樹

譚復堂師曰：金碧山水，一片空濛，此正周氏所謂「有寄託入，無寄託出」也。「滿眼游絲兼落絮」是感。「一霎清明雨」是境。「濃睡覺來鶯亂語」是人。「驚殘好夢無尋處」是情。

又　誰道閒情抛棄久

譚復堂師曰：此闋叙事。

梁任公曰：稼軒《摸魚兒》起處，從此脱胎。文前有文，如黄河伏流，莫窮其源。

又　幾日行雲何處去

張皋文張翰風曰：三詞忠愛纏綿，宛然《騷》、《辨》之義。延巳爲人，專蔽嫉妒，又敢爲大言，此詞蓋以排間異己者，其君之所以信而弗疑也。

譚復堂師曰：「行雲」、「百草」、「千花」、「香車」、「雙燕」，心有所託。「依依夢裏無尋處」，呼應。

又　庭院深深深幾許

張皋文張翰風曰：「庭院深深」，閨中既以邃遠也；「樓高不見」，哲王又不寤也；「章臺」、「遊冶」，小人之徑；「雨横風狂」，政令暴急也；「亂紅飛去」，斥逐者非一人而已，殆爲韓、范作乎？

黄蓼園曰：濃麗。

譚復堂師曰：宋刻玉氈，雙層浮起，筆墨至此，能事幾盡。

浣溪沙　馬上凝情憶舊游

譚復堂師曰：開北宋疏宕之派。

謁金門　風乍起

沈際飛曰：聞鵲報喜，須知喜中還有疑在，無非望澤希寵之心，而語自清雋。

韋莊

菩薩蠻　紅樓別夜堪惆悵

張皋文張翰風曰：此詞蓋留蜀後寄意之作。一章言奉使之志，本欲速歸。

譚復堂師曰：亦填詞中《古詩十九首》。即以讀《十九首》心眼讀之。

又　人人盡説江南好

張皋文張翰風曰：此章述蜀人勸留之辭，即下章云「滿樓紅袖招」也。「江南」，即指蜀中，原沸亂，故曰「還鄉須斷腸」。

譚復堂師曰：强顔作愉快語，怕斷腸，腸亦斷矣。

又　如今卻憶江南樂

張皋文張翰風曰：上云「未老莫還鄉」，猶冀老而還鄉也。其後朱温篡成，中原愈亂，遂決勸進之志。故曰「如今卻憶江南樂」。又曰「白頭誓不歸」。則此詞之作，其在相蜀時乎？

譚復堂師曰：「如今卻憶江南樂」是半面語。後半闋意不盡而語盡。「卻憶」、「此度」四字，度人金針。

又　洛陽城裏春光好

張皋文張翰風曰：此章致思唐之意。

譚復堂師曰：「洛陽才子他鄉去」，是至此揭出。又曰：項莊舞劍，怨而不怒之義。

荷葉杯　絶代佳人難得

《古今詞話》：情意悽怨。

女冠子　四月十七

王壬秋曰：「不知」得妙，夢隨乃知耳，若先知，那得有夢？惟有月知，則常語矣。

謁金門　春雨足

黄蓼園曰：端己以才名入蜀，後王建割據，遂被羈留爲蜀散騎常侍，判中書門下事。曰「弄晴對浴」，其自喻仕蜀乎。曰「寸心千里」，又可以悲其志矣。

牛嶠

菩薩蠻　舞裙香暖金泥鳳，畫梁語燕驚殘夢

徐珂按：蜀趙崇祚《花間集》所載七闋，實非一時之作，朱彝尊《詞綜》删存此二闋，章法遂佳。此爲《花間集》原列第一闋。

又　緑雲鬢上飛金雀

張皋文張翰風曰：「驚殘夢」一點，以下純是夢境，章法似《西洲曲》。

徐珂按：此爲《花間集》原列之第六闋。

西溪子　捍撥雙盤金鳳

陸放翁曰：末二句，刻細似晚唐。

望江怨　東風急

陸放翁曰：盛唐遺音。

歐陽炯

南鄉子　岸遠沙平

譚復堂師曰：未起意先改直下，語似頓挫。「認得行人驚不起」，頓挫語似直下，「驚」字倒裝。

浣溪沙　相見休言有淚珠

况夔笙曰：自有艷詞以來，殆莫艷於此矣。　半塘曰：「奚啻艷而已，直是大且重。」苟無《花間》詞筆，孰敢爲斯語者。

鹿虔扆

臨江仙　金鎖重門荒苑靜

譚復堂師曰：哀悼感憤。

顧夐

訴衷情　永夜抛人何處去

《蓉城集》云：雖爲透骨語，已開柳七一派。

王壬秋曰：亦是對面寫照，有嘲有怨，放刁放嬌，《詩》所謂「無庶予子憎」，正是一種意。

孫光憲

思帝鄉　如何

王壬秋曰：常語常景，自然丰采。

五代無名氏

撲蝴蝶　煙條雨葉

《詞統》云：情景周摯。換頭句逼真，周、秦之先聲也。

趙佶

探春令　簾旌微動

燕山亭　裁翦冰綃

《能改齋漫録》云：二詞清麗悽惋。

趙　構

漁父詞　水涵微雨湛虚明

《江行雜録》：清新簡遠。

潘　閬

酒泉子　長憶孤山

陸子遹曰：句法清古，語帶煙霞，近時罕及。

寇　準

踏莎行　春色將闌

黄蓼園曰：「春色」二句，年漸老也；「梅小」，職卑也；「屏山」、「香裊」，香氣徒鬱結也；「密約」二句，比啟納之心也；「菱花」喻難照也；至末句，則總言離間者多也。文情鬱勃，意致沉深。

王禹偁

點絳脣　雨恨雲愁

《詞苑》云：清麗。

錢惟演

玉樓春　城上風光鶯語亂

黄叔暘曰：此暮年作，詞極悽惋。

晏　殊

踏莎行　小徑紅稀

沈際飛曰：結「深深」妙，着不得實字。

張皋文張翰風曰：此詞亦有所興，其歐公《蝶戀花》之流乎。

黄蓼園曰：首三句，言花稀葉盛，喻君子少小人多也；「高臺」指帝閽；「東風」二句，言小人如楊花輕薄，易動摇君心也；「翠葉」二句，喻事多阻隔；「爐香」句，喻己心鬱紆也；「斜陽（却）照深深院」，言不明之日難照此淵衷也。

譚復堂師曰：刺詞。「高臺樹色陰陰見」，正與「斜陽」相映。

生查子　金鞍美少年（編者按：此首見於《小山詞》，《全宋詞》編入晏幾道卷中。《古今別腸詞選》卷一誤作晏殊詞。）

黄蓼園曰：「去躍」二字，從婦人目中看出深情摯語；末聯「無處」二字，意致悽然，妙在含蓄。

浣溪沙　一曲新詞酒一杯

沈際飛曰：「無可奈何花落去」，律詩俊語也，然自是天成一段詞，著詩不得也。

玉樓春　緑楊芳草長亭路

《詩眼》云：晏叔原見蒲傳正云：「先公平日小詞雖多，未嘗作婦人語。」傳正云：「『緑楊芳草長亭路，年少抛人容易去』，豈非婦人語乎？」晏曰：「公謂年少爲何語？」傳正曰：「豈不謂其所歡乎。」晏曰：「因公言，遂曉樂詩兩句：『欲留所歡待富貴，富貴不來所歡去。』」傳正笑而悟其言之失。然此詞語意甚爲高雅。

黄蓼園曰：言近指遠者，善言也。「年少抛人」，凡羅雀之門，枯魚之泣，皆可作如見觀。「樓頭」二語，意致悽然，挈起多情苦來。末二句，總是多情之苦耳。妙在意思忠厚，無怨懟口角。

蝶戀花　簾幕風輕雙語燕

黄蓼園曰：「心事」二句，言心事未見，有春意怡人處，而春已闌矣。「消息」二句，言春歸未知早晚，而斜照平波，已是送春歸模樣矣。

宋祁

玉樓春　東城漸覺風光好

黄蓼園曰：濃麗。「春意鬧」三字尤奇闢。

錦纏道　燕子呢喃（編者按，此首實爲無名氏作，見《草堂詩餘》前集卷上；《類編草堂詩餘》卷二誤爲宋祁作。）

《古今詞話》云：「海棠（經雨臙脂透）」句最善形容景物，至下段用問酒杏花村事，曲盡郊外游春之情。此亦游覽題，好在「海棠經雨」一句，比興濃深。餘亦清倩不俗。

賈昌朝

木蘭花令　都城水渌嬉游處

黄叔暘曰：極有風味。

林逋

點絳脣　金谷年年

《詩話總龜》云：雅潔。

黄蓼園曰：「南北東西路」句，宜緩讀，一字一讀，恰是「無數」二字神味。

聶冠卿

多麗　想人生

黄叔暘曰：才情富麗。「露洗華桐(，煙霏絲柳，緑陰摇曳，蕩春一色)」四句，又玉中之珙璧，珠中之夜光。

韓　琦

胡元任曰：「露洗桐華」二語，是仲春天氣。下云「緑陰摇曳，蕩春一色」，其時未有緑陰，亦語病也。

點絳脣　病起懨懨

《詞苑》云：情韻勝人。

范仲淹

蘇幕遮　碧雲天

《詞苑》云：情語入妙。

張皋文張翰風曰：此去國之情。

譚復堂師曰：大筆振迅。

王壬秋曰：「外」字，嘲者以爲江西腔。今江西人文、佳卻分；且范是吴人，吴亦分寘、泰也。正是宋朝京語耳。

漁家傲　塞下秋來風景異

沈際飛曰：「燕然(未勒歸無計)」句，悲憤鬱勃。

譚復堂師曰：沉雄似張巡五言。

御街行　紛紛墜葉飄香砌

王壬秋曰：是壯語，不嫌不入律。又曰：「都來」，即算來也。因此字宜平，故用「都」字，究嫌不醒。

韓維

胡搗練令　夜來風横雨飛狂

況夔笙曰：詞境以深静爲主。「燕子漸歸春悄，簾幕垂清曉」，境至静矣，而此中有人，如隔蓬山。思之思之，遂由淺而見深。蓋寫景與言情，非二事也。善言情者，但寫景而情在其中。此等境界，惟北宋人詞往往有之。持國此二句，尤妙在一「漸」字。

歐陽修

浣溪沙　堤上遊人逐畫船

晁无咎曰：（「緑楊樓外出鞦韆」句）只一「出」字，自是後人道不到。

黄蓼園曰：寫世人兒女，多少得意歡娱。「白髮（戴花君莫笑）」句，寫老成意趣自在衆人喧囂之外。末句（「人生何處似尊前」）寫無限悽愴沉鬱，妙在含蓄不盡。

采桑子　羣芳過後西湖好

譚復堂師曰：「羣芳過後西湖好」句，埽處即生。「笙歌散盡游人去」句，悟語，是戀語。

蝶戀花　越女采蓮秋水畔

譚復堂師曰：「窄袖輕羅，暗露雙金釧」句，言小人常態。「霧重煙輕，不見來時伴」句，言君子道消。

臨江仙　柳外輕雷池上雨

王壬秋曰：「歸」，一作「窺」。且垂簾矣，何得始窺。且此寫閨人睡景，非狎語也，豈有自嘲自狀之人。因垂簾不能歸棟，故窺也。

浣溪沙　湖上朱橋響畫輪

黄蓼園曰：「奈何春」三字，從「縈」字、「喚」字生出來。「縈」字、「喚」字下得有情。而「奈何」字自然脱口而出，不拘是比、是賦，讀之亹亹情長。

又　雨過殘紅濕未飛（編者按，此首乃周邦彦詞，見《片玉詞》卷三；《類選箋釋草堂詩餘》卷一誤爲歐陽修作）

黄蓼園曰：上言落英滿地，斜日照之，游蜂尚自採之。下言我今獨居夜靜，風過竹響，沉水香微，黯然魂銷，玉人何在？一春惟付之寤思而已。思婦懷人，孤人戀主，同此情懷。不必泥也，熟玩自饒神韻。

阮郎歸　南園春半踏青時（編者按，此首乃馮延巳作，見《陽春集》；《近體樂府》卷一誤爲歐陽修作）

沈際飛曰：景物閒遠。

浪淘沙　把酒祝東風

黄蓼園曰：末二句，憂盛危明之意，持盈保泰之心，在天道則虧盈益謙之理，俱可悟得。

朝中措　平山闌檻倚晴空

黄蓼園曰：神采奕奕。

青玉案　一年春事都來幾（編者按，此首爲無名氏詞，見《草堂詩餘》前集卷上；《類編草堂詩餘》卷一誤爲歐陽修作）

黄蓼園曰：「一年」二句，言年光已去也。「緑暗」四句，言時芳非不可玩，而自己心緒憔悴也。所以憔悴，以不見家山桃李，苦欲思歸耳。

踏莎行　候館梅殘

黄蓼園曰：清麗。

王安石

桂枝香　登臨送目

張叔夏曰：清空中有意趣。

沈際飛曰：清空中出意趣，無筆力者難爲。

梁任公曰：李易安謂介甫文章似西漢，然以作歌詞則人必絕倒。但此作卻頡頏清真、稼軒，未可漫詆也。

傷春怨　雨打江南樹

王壬秋曰：以去要君語，尚有一肚皮新法要施行，卻不見一點執拗。

漁家傲　平岸小橋千嶂抱

黃蓼園曰：超雋。

千秋歲引　別館寒砧

黃蓼園曰：意致清迥，翛然有出塵之致。

王安國

清平樂　留春不住

譚復堂師曰：「滿地（殘紅宮錦污。昨夜南園風雨）」二句，倒裝見筆力。末二句，見其品格之高。

劉涇

夏初臨　泛水新荷

黄蓼園曰：從容和雅。

晏幾道

臨江仙　夢後樓臺高鎖

譚復堂師曰：「落花（人獨立，微雨燕雙飛）」二句，爲千古未有之名句。末二句（「當時明月在，曾照彩雲歸」），正以見其柔厚。

清平樂　留人不住

周止庵曰：結語殊怨，然不忍割。

阮郎歸　天邊金掌露成霜

況夔笙曰：「緑杯（紅袖稱重陽，人情似故鄉）」二句，意已厚矣。「殷勤理舊狂」，五字有三層意。「狂」者，一肚皮不合時宜，發見於外者也。狂已舊矣，而理之，其狂若有甚不得已者。「欲將沉醉换悲涼」，是上句注腳。「清歌莫斷腸」，仍含不盡之意。此詞沉著厚重，得此結句，便覺竟體空靈。小晏神仙中人，重以名父之貽，賢師友相與沆瀣，其獨造處豈凡夫肉眼所能見及。「夢魂慣得無拘管，又逐楊花過謝橋」，以是爲至，烏足與論小山詞耶。

鷓鴣天　翠袖殷勤捧玉鍾

《雪浪齋日記》云：晏叔原此詞云：「舞低楊柳樓心月，歌盡桃花扇底風。」此等語不愧六朝宮掖體。

《侯鯖録》云：晁无咎云：叔原不蹈襲人語，而風調閑雅，自是一家。如「舞低楊柳樓心月，歌盡桃花扇底風」，自可知此人不生於三家村中也。

黄蓼園曰：「舞低」二句，比白香山「笙歌歸院落，燈火下樓臺」，更覺濃至。

蝶戀花　庭院碧苔紅葉徧

黄蓼園曰：前面平平叙來，至末二句（「幾點護霜雲影轉。誰家蘆管吹愁怨」）引入深處，幾有北風其涼之思矣。「雲」而曰「護霜」，寫得凛栗，此「蘆管」之所以「秋怨」也。

玉樓春　秋千院落重簾暮，彩筆閒來題繡户

黄蓼園曰：首二句，别後想其院宇深沈，門闌謹閉。接言牆内之人，如雨餘之花。門外行蹤，如風後之絮。後段起二句，言此後杳無音信。末二句，言重經其地，馬尚有情，況於人乎。

張先

醉垂鞭　雙蝶繡羅裙

周止庵曰：横絶。

山亭宴　宴堂永晝喧簫鼓

周止庵曰：結奇。

踏莎行　衾鳳猶温

周止庵曰：《古詩十九首》。

生查子　含羞整翠鬟（編者按，此首乃歐陽修作，見《近體樂府》卷一；《類編草堂詩餘》卷一誤爲張先詞。）

黄蓼園曰：「一一」字從「頻」字生來，「春鶯」語從「得意」字生來。前寫得意時情懷，無限旖旎；次寫別後情懷，無限悽苦，胥於箏寓之。

浣溪沙　錦帳重重捲暮霞（編者按，此首乃秦觀詞，見《淮海居士長短句》卷中；《類編草堂詩餘》卷一誤爲張先詞。）

黄蓼園曰：「重重」、「曲曲」，寫得柔情旖旎，方喚得下句「何事」起，「飛不去」，亦從此生出。寫閨情至此，意致濃深，大雅不俗。

沈際飛曰：前人詩：「夢魂不知處，飛過大江西。」此云「飛不去」，絶好翻用法。

菩薩蠻　哀箏一弄湘江曲（編者按，此首爲晏幾道詞，見《小山詞》；《類編草堂詩餘》卷一誤作張先詞。）

黄蓼園曰：寫箏耶？寄託耶？意致卻極悽惋。末句意濃而韻遠，妙在能藴藉。

天仙子　水調數聲持酒聽

黄蓼園曰：聽《水調》而愁，自傷卑賤也。「送春」四句，傷流光易去，後期茫茫也。「沙上」二句，言所居岑寂，以沙禽與花自喻也。「重重」三句，言多障蔽也。結句仍繳送春本題，恐其時之晚也。

青門引　乍暖還輕冷

黄蓼園曰：幽雋。角聲而曰「風吹醒」，「醒」字極尖刻。末句「那堪」、「送影」，真是描神之筆，極細微窅渺之致。

柳　永

八聲甘州　對瀟瀟暮雨灑江天

晁无咎曰：世言耆卿曲俗，非也。如「霜風淒緊」云云，真不減唐人語。

梁任公曰：飛卿詞：「照花前後鏡，花面交相映。」（編者按，句見温庭筠《菩薩蠻》詞）此詞境頗似之。

周止庵曰：柳詞總以平敘見長，或發端，或結尾，或換頭，以一二語句勒提掇，有千鈞之力。

鬭百花　煦色韶光明媚

雨霖鈴　寒蟬淒切

周止庵曰：清真詞多從耆卿奪胎，思力沉摯處往往出藍。然耆卿秀淡幽艷，實不可及。後人摭其《樂章》，訾爲俗筆，真瞽說也。

劉融齋曰：詞有點染，「念去去」三句，點出離别。「今宵」二句，乃就上三句染之。點染之間，不得有他語相隔。否則警句亦成死灰。

黄蓼園曰：綿密。

卜算子慢　江楓漸老

周止庵曰：後半闋一氣轉注，聯翩而下，清真最得此妙。

安公子　遠岸收殘雨

周止庵曰：後半闋音節態度，絶類《拜新月慢》，清真「夜色催更」一闋，全從此脱化出來，特較更跌宕耳。

傾杯樂　木落霜洲

譚復堂師曰：耆卿正鋒，以當杜詩。　又曰：「何人」二句，扶質立幹。「想繡閣深沉」三句，忠厚悱惻，不媿大家。「楚峽」二句，寬處坦夷，正見家數。

望海潮　東南形勝

王壬秋曰：此宜於紅氍上扮演，非文人聲口。

過澗歇　淮楚

黄蓼園曰：意不過爲「衣冠冒炎暑」五字下針砭，而淩空結撰。先從舟行苦熱，深夜舟人之語布一奇景，忽用「此際」二字，直接點入「衣冠炎暑」，令人不測。以後又用「江鄉」倒繳，只一「幸」字縮住，語意含蓄，筆勢奇矯絶倫。

黄鶯兒　園林晴晝春誰主

黄蓼園曰：秀氣獨饒，自然清雋。

望遠行　長空降瑞

黄蓼園曰：通首清雅，第以用前人意思多，總覺少獨得之妙句耳。

望梅　小寒時節

黄蓼園曰：爲梅花寫照，有超然物外之致。

蘇　軾

水調歌頭　明月幾時有

張叔夜曰：清空中饒意趣，非有大筆力者不能到。

董子遠曰：忠愛之言，惻然動人。神宗讀「瓊樓玉宇，高處不勝寒」之句，以爲終是愛君，宜矣。

黄蓼園曰：愈轉愈曲，愈曲愈深。

王壬秋曰：「人有（悲歡離合，月有陰晴圓缺，此事古難全）」三句，大開大合之筆，他人所不能。

賀新郎　乳燕飛華屋

胡仲任曰：託意高遠。本詠夏景，至換頭但只説榴花。蓋其文章之妙，語意到處即爲之，不可限以繩墨也。與《卜算子》本詠夜景，至換頭但只説鴻正同。

沈際飛曰：恍惚輕儇。又曰：換頭單説榴花，意到處即爲之，不當限以繩墨。榴開榴謝，似芳心共粉淚，想像詠物妙境。

黄蓼園曰：末四句，是花是人，婉曲纏綿，耐人情味不盡。

譚復堂師曰：頗欲與少陵《佳人》一篇互證。後半闋別開異境，南宋惟稼軒有變而近正。

水龍吟　似花還似非花

張叔夏曰：後篇愈出愈奇，真是壓倒今古。

卜算子　缺月掛疏桐

黄魯直曰：語意高妙，似非喫煙火食人語。非胸中有數萬卷書，筆下無一點塵俗氣，孰能至此。

張皋文張翰風曰：此東坡在黄州時作。鮦陽居士云：「缺月」，刺明微也。「漏斷」，暗時也。「幽人」，不得志也。「獨往來」，無助也。「驚鴻」，賢人不安也。「回頭」，愛君不忘也。「無人省」，君不察也。「揀盡寒枝不肯棲」，不偷安於高位也。「寂寞沙洲冷」，非所安也。此詞與《考槃》詩極相似。

黄蓼園曰：此東坡自寫在黄州之寂寞耳。初從人説起，言如「孤鴻」之冷落。下專就鴻説，語語雙關。格奇而語雋，斯爲超詣神品。

譚復堂師曰：以《考槃》爲比，其言非河漢也。此亦鄙人所謂「作者未必然，讀者何必不然」。

點絳脣　不用悲愁

吴子律曰：妙在數虚字，運掉便化實爲虚，最得用古之訣。

徐珂按：子律所謂用古者，言其用漢武横汾事也。

蝶戀花　花褪殘紅青杏小

黃蓼園曰：後段奇情四溢。

王壬秋曰：此有逸思，非文人所宜。

念奴嬌　大江東去

黃蓼園曰：「大江」二句，是自己與周郎俱在内也。「故壘」至「灰飛煙滅」句，俱就赤壁寫周郎之事。「故國」三句，就周郎拍到自己。「人生似夢」二句總結，以應起二句。總而言之，題是「赤壁」，心實爲己而發。周郎是賓，自己是主；借賓定主，寓主於賓；是主是賓，離奇變幻。細思方得其主意處。

王壬秋曰：豪語。

浣溪沙　風壓輕雲貼水飛

黃蓼園曰：此作其在被謫時乎？首尾自喻。「燕爭泥」，喻别人得意。「沈郎」，自比。「未聞鴻雁」，無佳信息也。「鷓鴣啼」，聲淒切也。通首惋惻。

阮郎歸　緑槐高柳咽新蟬

黃蓼園曰：清和婉麗中風格自佳。

青玉案　三年枕上吴中路

況夔笙曰：歇拍上三句，未爲甚艷。「曾濕西湖雨」，是清語，非艷語，與上三句相連屬，遂成奇艷，絶艷，令人愛不忍釋。坡公天仙化人，此等詞猶爲非其至者，後學已未易橅彷其萬一。

徐珂按：朱竹垞采入《詞綜》，作姚進道。

南柯子　山與歌眉斂

黄蓼園曰：亦壯麗。

虞美人　波聲拍枕長淮曉

黄蓼園曰：清新濃厚。

行香子　北望平川

黄蓼園曰：凡遊覽題易於平呆，最難做得超雋。「飛鴻」二句，情景交融，自具雋旨。結句於旁觀着筆，筆有餘妍，亦是跳脱生新之法。

水龍吟　楚山修竹如雲

沈際飛曰：用多許故事，不爲事用。結嶺南太守上，妙妙！

水調歌頭　落日繡簾捲

黄蓼園曰：前段從「快」字之意入。後段起三語，承前段寫景；「忽然」二句，一跌以頓出；末二句來結處一振，「快」字之意方足。

八聲甘州　有情風萬里捲潮來

黄蓼園曰：豪宕。

黃庭堅

浣溪沙　新婦磯頭眉黛愁

蘇子瞻曰：清新婉麗。

黃蓼園曰：寫山水有聲有色，有情有態，筆筆清奇。「無限事」，「一生休」，未免語含憤激。涪翁一生坎壈，託興於漁父，欲爲恬適，終帶牢騷。結句與張志和「斜風細雨不須歸」句，亦自神理迥別。張句是無心任運，涪翁句是有心避患也。細味當自得之。

鷓鴣天　黃菊枝頭破曉寒

黃蓼園曰：菊稱其耐寒則有之，曰「破曉寒」更寫得菊精神出。曰「斜吹雨」、「倒著冠」，則有傲兀不平氣在。末二句尤見牢騷，然自清迥獨出，骨力不凡。

踏莎行　臨水夭桃

黃蓼園曰：辭旨濃鬱。結二句（「欲牋心事寄天公，教人長對花前醉」）雖近纖新，亦自沉鬱有致。

水調歌頭　瑶草一何碧

黃蓼園曰：一往深秀，吐屬雋雅絶倫。

秦觀

好事近　春路雨添花

周止庵曰：隱括一生，結語遂作藤州之讖。又：造語奇警，不似少游尋常手筆。

踏莎行　霧失樓臺

釋天隱曰：末二句從「沅湘日夜東流去，不爲愁人住少時」（編者按，句見戴叔倫《湘南即事》詩）變化來。

黄魯直曰：此詞高絶，但「斜陽暮」三字爲重犯耳。又曰：極似劉夢得楚、蜀間語。

語意淒切，亦自蘊藉，「霧失」、「月迷」，總是被讒寫照。

浣溪沙　漠漠輕寒上小樓

梁任公曰：奇語。

八六子　倚危亭

張叔夏曰：離情當如此作，全在情景交鍊，得言外意。

洪容齋曰：（「哪堪片片飛花弄晚」）「片片」四字，清峭。

周止庵曰：神來之作。

黄蓼園曰：纏綿淒婉。

滿庭芳　山抹微雲

晁无咎曰：近來作者皆不及少游，如「斜陽外，寒鴉數點，流水繞孤村。」雖不識字人，亦知是天生好言語。

周止庵曰：將身世之感，打并入艷情，又是一法。又曰：謂君子因小人而斥。

譚復堂師曰：淮海在北宋，如唐之劉文房。此詞後半闋不假雕琢，水到渠成，非平鈍者所能藉口。

望海潮　梅英疏淡

周止庵曰：兩兩相形，以整見勁，以兩「到」字作眼，點出「换」字精神。

譚復堂師曰：「長記誤隨車」句，頓宕。「柳下桃蹊（亂分春色到人家）」二句，旋斷仍連。後半闋，若陳、隋小賦縮本。填詞家不以唐人爲止境也。

金明池　瓊苑金池（編者按，此首爲無名氏詞，見《草堂詩餘》前集卷上；《類編草堂詩餘》卷一誤爲秦觀詞）

周止庵曰：此詞最明快，得結語神味更遠。

黄蓼園曰：前段寫韶光婉媚，奕奕動人。後段起處，願朱顏留住，意已感慨。結句尤峻切，語意含蓄得妙。

如夢令　門外緑陰千頃（編者按，此首乃曹組作，見《樂府雅詞》卷下；《類編草堂詩餘》卷一誤爲秦觀詞）

沈際飛曰：「不勝情」三字，包裹前後。

黄蓼園曰：「不勝情」從「千頃」字、「相應」字生出，因「不勝情」而「行」，「行」而無「人」，只見「風弄一枝花影」，更難爲情。「一枝」字幽雋。又曰：韻味清遠。

又　鶯嘴啄花紅溜（編者按，此首乃無名氏詞，見《草堂詩餘》前集卷上；《類編草堂詩餘》卷一誤爲秦觀作）

沈際飛曰：奇峭。

菩薩蠻　金風簌簌驚黄葉（編者按，此首爲無名氏詞，見《草堂詩餘》前集卷下；沈際飛本《草堂詩餘》正集卷二誤爲秦觀作）

黄蓼園曰：「匝」字從「轉」字生來，月由東而西，轉於「高樓」之上者，已匝也。通首亦清微澹遠。

阮郎歸　春風吹雨遶殘枝（編者按，此首乃無名氏詞，見《樂府雅詞》拾遺卷下；《類編草堂詩餘》卷一誤爲秦觀作）

沈際飛曰：「諱愁無奈」，想深且慧。又曰：既已「翻身整頓」，終不禁「應劫」之「遲」。「應劫」，猶言應敵。

黄蓼園曰：此詞疑少游坐黨被謫後作。言已被謫，而衆謗尚交搆也。「繞」字有糾纏不已之意。風雨相逼，至「花無可飛」，則憔悴甚矣。「池欲生漪」，亦「吹皺一池」之意。「日西」，言日已暮而時已晚也。「整頓殘棋」而「應劫遲」，言欲求伸而無心於應敵也。詞旨清婉悽楚，結「沉吟」二字，妙在尚有含蓄。

桃源憶故人　碧紗影弄東風曉（編者按，此首乃歐陽修詞，見《全芳備祖》前集卷七海棠門；《類編草堂詩餘》卷一誤爲秦觀作）

沈際飛曰：「海棠開了」下轉出「啼鳥」、「妝點」，趣溢不窘，奇筆。

黄蓼園曰：娟秀。

鷓鴣天　枝上流鶯和淚聞（編者按，此首乃無名氏詞，見《草堂詩餘》前集卷上；《類編草堂詩餘》卷一誤爲秦觀作）

黄蓼園曰：「雨打」句含蓄。

鵲橋仙　纖雲弄巧

黄蓼園曰：少游以坐黨被謫，思君臣際會之難，因託雙星以寫意，而慕君之念，惋惻纏綿，令人意遠矣。

蝶戀花　鐘送黄昏雞報曉（編者按，此首乃王詵詞，見《唐宋諸賢絶妙詞選》卷三；《草堂詩餘》後集卷下誤題秦觀作）

沈際飛曰：後段占多許地步，開多許眼光。

千秋歲　柳邊沙外

黄蓼園曰：此謫虔州思京中友人作。起從虔州寫起，自寫情懷落寞也。「人不見」，即指京中友，故直接「憶昔」四句。

滿庭芳　晚色雲開

黄蓼園曰：「雨過還晴」，承恩未久也；「燕蹴紅英」，喻小人讒搆也；「榆錢」，自喻也；「緑水橋平」，隨所適也；「朱門」、「秦箏」，彼得意者自得意也。前段叙事。後段則事後追憶之詞。「行樂」三句，追從前也；「酒空」二句，言被謫也；「豆蔻」三句，言爲日已久也；「憑欄」二句結。通首黯然自傷也。章法極綿密。

又　碧水澄秋

黃蓼園曰：「酒未醒」、「意先回」，曲而能達，結句清遠。

秦湛

卜算子　春透水波明

沈際飛曰：「春未透，花枝瘦」，山谷句也，秦蓋法此。「人在否」從「宛在水中央」悟出。「四和」，香也。

黃蓼園曰：懷人之作，自饒清微澹遠之致，自是俊才，可藥纖濃惡俗之病。

王雱

眼兒媚　楊柳絲絲弄輕柔

黃蓼園曰：清新婉倩。

倦尋芳　露晞向曉

沈際飛曰：「榆錢」二句，可謂費力，史邦卿「做冷欺花，將煙困柳」，殆尤甚焉。

李　廌

虞美人　玉闌干外清江浦

況夔笙曰：「好風（如扇雨如簾。時見岸花汀草漲痕添）」二句，春夏之交，近水樓臺，碻有此景。「好風」句絶新，似乎未經人道。「碧蕪（千里信悠悠。惟有霎時凉夢到南州）」二句，尤極淡遠清疏之致。

晁補之

臨江仙　謫宦江城無屋買

周止庵曰：後半憔悴婉篤。

洞仙歌　青煙冪處

《苕溪叢話》云：凡作詩詞，要當如常山之蛇，救首救尾，不可偏也。如晁无咎《中秋・洞仙歌》，首云「青煙冪處」，至「閒階卧桂影」，固已佳矣。後云「待都將許多明，付與金尊」，至「素秋千頃」，若此可謂善救首尾者也。至朱希真作《中秋・念奴嬌》，則不知出此。首云：「插天翠柳，被何人、推上一輪明月。照我藤牀凉似水，飛入瑶臺銀闕。」亦已佳矣。後云：「洗盡凡心，滿身清露，冷浸蕭蕭髮。明朝塵世，記取休向人説。」此兩句全無意味，收拾得不佳，遂并全篇，其氣索然矣。

黄蓼園曰：前評固甚得謀篇搆局之法。至其前闋，從無月看到有月。後段從有月看到月滿人間，層次井井，而詞致奇傑。各段俱有新警語，自覺冰魂玉魄，氣象萬千，興乃不淺。

晁沖之

摸魚兒　買陂塘旋栽楊柳

黄蓼園曰：語意峻切，而風調自清迥拔俗。故真西山極賞之。

漢宫春　瀟灑江梅

黄蓼園曰：借梅寫照，丰神藴藉。

賀　鑄

蒲倖　淡妝多態

周止庵曰：耆卿於寫景中見情，故淡遠。方回於言情中布景，故穠至。

浣溪沙　鶯外紅綃一縷霞

《漁隱叢話》云：「淡黄楊柳帶棲鴉」句，寫景詠物，造微入妙。

又　雲母窗前歇繡鍼

況夔笙曰：「柳花」句，融景入情，丰神獨絶。近來纖佻一派誤認輕靈，此等處何曾夢見。

臨江仙　巧翦合歡羅勝子

黄蓼園曰：前段言勸酒者，辭意周至，見主人款待之厚。後段自己心緒之多牽。「未至（文園多病客）」句，言未至，如相如爲文園令，以病免之時，而心繫京華，如薛道衡之思故國也。情至婉而篤。

清玉案　淩波不過横塘路

沈際飛曰：疊寫三句閒愁，真絶唱。

黄蓼園曰：所居横塘，斷無宓妃到，然波光清幽，亦常目送芳塵，第孤寂自守，無與爲歡，惟有春風相慰藉而已。後段言幽居腸斷，不盡窮愁，惟見煙草風絮，梅雨如霧，共此旦晚耳。無非寫其境之鬱勃岑寂也。

望湘人　厭鶯聲到枕

意志濃腴，得《騷》、《辨》之遺韻。張文潛稱其樂府絶妙一世，幽索如屈、宋，悲壯如蘇、辛，斷推此種。

毛　滂

惜分飛　淚濕闌干花著露

陳質齋曰：澤民他辭難工，未有能及此者。

周煇曰：語盡而意不盡，意盡而情不盡。

李元膺

洞仙歌　雪雲散盡

黄蓼園曰：隨分自得，有知足持盈之意。

又　廉纖細雨

沈際飛曰：一起一收，實説雨，中間都説己意，有作法。涙珠都做秋宵枕前雨，顛之倒之，無不入妙。

黄蓼園曰：是雨是涙，寫得婉轉流動，比興深切，筆筆飛舞，自是超詣。

林　外

洞仙歌　飛梁壓水

黄蓼園曰：「一劍横空」句，偉壯。

章　楶

水龍吟　燕忙鶯懶芳殘

黄叔暘曰：「傍珠簾（散漫，垂垂欲下，依前被、風扶起）」數語，形容盡矣。

舒亶

菩薩蠻　畫船搥鼓催君去

黄叔暘曰：詞極有味。

趙令時

錦堂春　樓上縈簾弱絮（編者按，《唐宋諸賢絶妙詞選》卷六收此詞，調名《烏夜啼》）

沈際飛曰：休問夢中不識路，何以慰相思。反其指而用之，情思纏綿動人。

黄蓼園曰：絮撲簾而情動，花礙月而望沉，「年年心事」，最難處者，日落「棲鴉」時耳。末二句（「重門不鎖相思夢，隨意繞天涯」）寫得沉摯。

王觀

天香　霜瓦鴛鴦

黄魯直曰：此即一處所，一物色，無一不是嚴冬蕭索之境。但仔細詳玩之，略無半點酸寒憔悴之意。亦善於造語者矣。

慶清朝慢　調雨爲酥

黄蓼園曰：此詞黄叔暘極稱賞之。然總未免纖巧，少真意，第語多清雋耳。

陳　亞

生查子　相思意已深

吴處厚曰：雖一時俳諧之詞，寄興亦有深意。

徐珂按：俳諧者，指詞中隱藥名而言也。

張舜民

賣花聲　木葉下君山

麥孺博曰：聲可裂石。

蘇　庠

阮郎歸　西園風暖落花時

沈際飛曰：前好在「絮飛（蝴蝶飛）」，後好在「（燕歸）人未歸」。愁不可諱，亦不可遺，各領一奇。因思愁來無着處，又非確論。

黄蓼園曰：「絮飛」句，言花飛而蝶亦無可采也，言之黯然自傷。上半是心繫歸人也。此首意在句中。

李冠

蝶戀花　遥夜亭皋閒信步

王介甫曰：張子野「雲破月來花弄影」，不如冠「朦朧淡月雲來去」也。

謝逸

花心動　風裏楊花

沈天羽曰：句句比方，用《小雅·鶴鳴》篇體也。

卜算子　煙雨幕横塘

《詞品》云：標致雋永。

千秋歲　楝花飄砌

黄蓼園曰：幽俊。

謝薖

蝶戀花　一水盈盈天女渡

況夔笙曰：「君似」五句，循環無端，含意無盡，小謝可謂善言愁。

周邦彦

瑞龍吟　章臺路

周止庵曰：「事與孤鴻去」一句，化去町畦。又曰：不過桃花人面，而舊曲翻新耳。看其由無情入，結歸無情，層層脱换，筆筆往復處。

蘭陵王　柳陰直

周止庵曰：客中送客，一「愁」字代行者設想。以下不辨是情是景，但覺煙靄蒼茫。「望」字、「念」字尤幻。

譚復堂師曰：已是磨杵成鍼手段，用筆用落不落。「愁一箭風快」等句之噴醒，非玉田所知。「斜陽冉冉春無極」句，微吟千百徧，當入三昧，出三昧。

梁任公曰：「斜陽（冉冉春無極）」七字，綺麗中帶悲壯，全首精神振起。

瑣窗寒　暗柳啼鴉

黄蓼園曰：前寫宦況淒清。後段起處，點清寒食，以下引到思家。

周止庵曰：奇横。

齊天樂　緑蕪凋盡臺城路，殊鄉又逢秋晚

周止庵曰：此清真荆南作也，胸中猶有塊壘。南宋諸公多模仿之。身在荆南，所思在關中，故有「渭水」、「長安」之句，碧山用作故實。

譚復堂師曰：「緑蕪」二句，是以掃爲生法。「荆江」應「殊鄉」。「渭水」、「長安」，點化成句，開後來多少章法。「醉倒」二句，結束出奇，正是哀樂無端。

六醜　正單衣試酒

周止庵曰：「願春暫留，春歸如過翼，一去無迹」十三字，千迴百折，千錘百鍊，以下如鵬羽自逝。又曰：不説人惜花，卻説花戀人。不從無花惜春，卻從有花惜春。不惜已簪之殘英，偏惜欲去之斷紅。

黄蓼園曰：自歎年老遠宦，意境落寞，借花起興。以下是花，是自己，比興無端，指與物化，奇情四溢，不可方物，人巧極而天工生矣。結處意致尤纏綿無已。

譚復堂師曰：「願春」二句，逆入平出，亦平入逆出。「爲問」三句，搏兔用全力。「静遶」三句，處處斷，處處連。「殘英」句，即「願春暫留」也。「飄流」句，即「春歸如過翼」。末二句，仍用逆挽，片玉所獨。

大酺　對宿煙收

譚復堂師曰：「牆頭」三句，辟灌皆有賦心，前周後吴，所以爲大家也。「行人」二句，亦新亭之淚。「況蕭索」下，一句一折，一步一態，然周昉美人，非時世妝也。

梁任公曰：「流潦妨車轂」句，託想奇拙，清真最善用之。

法曲獻仙音　蟬咽涼柯

周止庵曰：結是本色俊語。

滿庭芳　風老鶯雛

周止庵曰：體物入微，夾入上下文中，似褒似貶，神味最遠。

譚復堂師曰：「地卑」二句，覺《離騷》廿五，去人不遠。「且莫」二句，杜詩韓筆。

梁任公曰：最頽唐語，卻最含蓄。

應天長慢　條風布煖

周止庵曰：「池臺」二句，生辣。「青青草」下，反剔所尋不見。

拜新月慢　夜色催更

周止庵曰：全是追思，卻純用實寫。但讀前半闋，幾疑是賦也。换頭再爲加倍跌宕之，他人萬萬無此力量。

黄蓼園曰：「驚風」句，怨有所歸也，可以怨矣。「隔溪」句，饒有敦厚之致。

尉遲杯　隋堤路

周止庵曰：南宋諸公所斷不能到者，出之平實，故勝。又曰：一結拙甚。

譚復堂師曰：「無情」二句，沉著。「因思」句，見章法。「漁村水驛」是挽收處，率意。

況夔笙曰：元人沈伯時作《樂府指迷》，於清真詞推許甚至。唯以「天便教人，霎時廝見何妨」；「夢魂凝想鴛侣」等句爲不可學，則非真能知詞者也。清真又有句云：「多少暗愁密意，惟有天知」；「最苦夢魂，今宵不到伊行」；「拚今生、對花對酒，爲伊淚落」。此等語愈樸愈厚，愈厚愈雅，至真之情，由性靈肺腑中流出，不妨説盡，而愈無盡。南宋人詞如姜白石云：「酒醒波遠，正凝想、明璫素韈」，遮幾近似，然已微嫌刷色。誠如清真等句，唯有學之不能到耳，如曰不可學也，詎必顰眉搔首，作態幾許，然後出之，乃爲可學耶。明以來詞，纖艷少骨，致斯道爲之不尊，未始非伯時之言階之厲矣。竊嘗以刻印比之，自六代作者，以縈紆拗折爲工，而兩漢方正平直之風蕩然無復存者。救敝起衰，欲求一丁敬身、黄小松，而未易遽得。乃至倚聲小道，即亦將成絶學，良可嘅夫。

過秦樓　水浴清蟾

周止庵曰：入此「梅風地溽，梧雨苔滋，一架舞紅都變」三句，意味深厚。

氐州第一　波落寒汀

周止庵曰：竭力追逼，得换頭一句出，鈎轉，思牽情繞，力挽千鈞。此與《瑞鶴仙》一闋，皆絶新機杼，而結體各别。此輕利，彼沉鬱。

瑞鶴仙　悄郊原帶郭

周止庵曰：只閒閒説起。又曰：不「扶殘醉」，不見「紅藥」之繫情，「東風」之作惡。因追溯昨日送客後，薄暮入城，因所携之妓倦游，訪伴小憩，復成酣飲。换頭三句，反透出一「醒」字。「驚飈」句倒插東風，然後以「扶殘醉」三字點睛。結構精奇，金鍼度盡。

花犯　粉牆低，梅花照眼，依然舊風味

黄叔暘曰：此只詠梅花，而紆徐反覆，道盡二年間事，圓美流轉如彈丸。

周止庵曰：清真詞之清婉者如此，故知建章千門，非一匠所營。

譚復堂師曰：「依然」句逆入。「去年（勝賞曾孤倚）」句平出。「今年（對花最忽忽）」句放筆爲直幹。「凝望久」以下，筋摇脈動。「相將見」二句，如顔魯公書，力透紙背。

浪淘沙慢　曉陰重

周止庵曰：空際出力，夢窗最得其訣。「翠尊未竭，憑斷雲留取，西樓殘月」三句，一氣趕下，是清真長技。又曰：鈎勒勁健峭舉。

譚復堂師曰：「正拂面」二句，以見難忘在此。「翠尊」三句，所謂「以無厚入有間」也。「斷」字、「殘」字，皆不輕下。末三句，本是人去不與春期，翻説是無聊之思。

夜飛鵲　河橋送人處

周止庵曰：「班草」是散會處，「酹酒」是送人處，二處皆前地也。雙起故須雙結。

黄蓼園曰：自將行至遠送，又自去後寫懷望之情，層次井井，而意致綿密，詞采穠深，時出雄厚之句，耐人咀嚼。

解語花　風銷焰蠟

梁任公曰：「兎葵燕麥」二語，與柳屯田之「曉風殘月」，可稱送別詞中雙絶。皆鎔情入景也。

周止庵曰：此美成在荆南作，當與《齊天樂》同時。到處歌舞太平，京師尤爲絶盛。

西河　佳麗地

梁任公曰：張玉田謂清真最長處，在善融化古人詩句，如自己出。讀此詞，可見此中三昧。

蘇幕遮　燎沈香

周止庵曰：若有意，若無意，使人神眩。

木蘭花　桃溪不作從容住

周止庵曰：只賦天台事，態濃意遠。

少年游　并刀如水

周止庵曰：此亦本色佳製也。本色至此便足，再過一分，便入山谷惡道矣。

譚復堂師曰：麗極而清，清極而婉。不可忽過「馬滑霜濃」四字。

菩薩蠻　銀河宛轉三千曲

周止庵曰：造語奇險。

關河令　秋陰時作

周止庵曰：淡永。

夜游宫　葉下斜陽照水

周止庵曰：此亦是層疊加倍寫法，本只「不戀單衾」一句耳，加上前闋，方覺精力彌滿。

感皇恩　小閣倚晴空

周止庵曰：前半闋白描高手。

望江南　歌席上

況夔笙曰：「惺忪（言語勝聞歌）」句，熨帖入微。

浣溪沙　水漲魚天拍柳高

黄蓼園曰：首二句，寫景入微。末二句是静眼看人得意，而良時不覺蹉跎矣。神致黯然，耐人玩味。

蝶戀花　月皎驚烏棲不定

沈際飛曰：「唤起（兩眸清炯炯）」句，形容睡起之妙。

華胥引　川原澄映

黄蓼園曰：美成由徽猷閣待制出知順昌府，徙處州。結三句，戀戀主恩，情詞悱惻，不失敦厚之致。

塞垣春　暮色分平野

黄蓼園曰：清雋。

渡江雲　晴嵐低楚甸

黄蓼園曰：想是由待制出守水程艤舟時作也。「雁起平沙」是舟中所見。「借問」句，是因目中而想到家中之春耳。「塗香」句至「藏鴉」，是心中摹想春到家園，光景如此。換頭寫身在舟中、心懷魏闕之意。「宴闌」句是寫被黜之故。「今宵（正對初弦月，傍水驛、深艤蒹葭）」二句，點明其時其地。收處含蓄不露。

水龍吟　素肌應怯餘寒

黄蓼園曰：寫梨花冷淡性情。曰「占盡青蕪」，曰「長門閉」，曰「引黄昏淚」，曰「不成春意」，爲梨花寫神矣，卻移不到桃、李、梅、杏上。

宴清都　地僻無鐘鼓

黄蓼園曰：淒然欲絶。

風流子　楓林凋晚葉

黄蓼園曰：婉曲周至。

況夔笙曰：末二句愈樸愈厚，愈厚愈雅。

又　新緑小池塘

黄蓼園曰：因見「舊燕」「度莓牆」而「巢」於「金屋」，乃思自身已在「鳳幃」之外，而聽別人「理絲簧」，未免悲咽耳。

況夔笙曰：「最苦（夢魂今宵不到伊行）」二句、「天便（教人霎時廝見何妨）」二句，亦愈樸愈厚，愈厚愈雅。

丹鳳吟　迤邐春光無賴

黄蓼園曰：「翠藻翻池」，喻己之顛覆。「黄蜂游閣」，喻人之得意。「杏靥」、「榆錢」，刺讒之意耳。後段是别京中好友而作，「素手重握」，指素心之友也。

早梅芳　花竹深

黄蓼園曰：前段由「曉」字寫入，漸引到「别」字，是未别以前也。後段從别時寫起，説到别以後，是去路也。詞意綿密細膩，無一剩字。

晁端禮

水龍吟　嶺梅香雪飄零盡

況夔笙曰：自「微噴」句已下，婉麗清空，不黏不脱，尤能熨帖入妙，移詠他花不得。嘗謂北宋詞不易學，此等詞卻與人以可學，其寫情景有含蓄，及其用事靈活處有消息可參。

清平樂　深沈院宇

黄蓼園曰：「飛雲」「過雨」、「殘雷」「夕陽」，總見非清平時候，借「燕歸巢」以寄其招隱之心耳。先從清平寫入，「一霎」字斗轉，引起後半闋，局法一變，有見幾不俟終日之意。又曰：《詞綜》以此爲劉涇作。涇於元符末，官職方郎中，則此詞所指，應指章惇、蔡卞紹述之禍，所謂「一霎飛雲過雨」也。黨人難作，日月不停，所謂「隱隱殘雷」也。「夕陽」，喻不明也。宣仁太后聽政，召用賢臣，朝野歡騰。太后即世，哲宗信任奸邪，元祐諸賢貶逐殆盡。謂「莫把珠簾垂下」者，望諸賢歸來也。

曹組

婆羅門引　漲雲暮卷

王漁洋曰：「南樓」二句，演迤有致。

万俟雅言

長相思　短長亭

黄蓼園曰：「一暈生」三字，仍帶有「古今情」之意。末句「不要聽」三字，含無限惋惻。

徐伸

二郎神　悶來彈鵲

黄蓼園曰：婉曲。

王壬秋曰：妙手偶得之作。

陳克

菩薩蠻　赤欄橋盡香街直

張皋文張翰風曰：此刺時也。

譚復堂師云：李義山詩最善學杜，「午香（吹暗塵）」句風刺顯然。

又　緑蕪牆遶青苔院

張皋文張翰風曰：此自寓也。

譚復堂師曰：「風簾自在垂」，以見不聞不見之無窮也。

謁金門　愁脈脈

黄蓼園曰：落花到地聽無聲，怨矣。「飛不得」，其怨更深。前半言事多阻隔，後半言少吹噓之力，總是爲身世而感也。

譚復堂師曰：「煙樹（重重芸信隔，小樓山幾尺）」二句，不如不見也。「簾外（落花飛不得，東風無氣力）」二句，言辛相何故失此人也。

又　花滿院

譚復堂師曰：（「紅雨入簾寒不卷。曉屏山六扇」）簾既不卷，屏又掩之，「入簾」二句，是加倍寫法。「消息（不知郎近遠。一春長夢見）」二句，不怨簾，亦不怨屏。

李　祁

點絳脣　樓下清歌

況夔笙曰：後段意境不求甚深，讀者悦其輕倩。竹垞《詞綜》首録此闋，「此等詞」固浙西派之初祖也。其《鵲橋仙》云：「小舟誰在落梅村，正夢繞、清溪煙雨。」《西江月》云：「瓊璈珠珥下秋空，一笑滿天鸞鳳。」皆警句可誦。

韓　駒

念奴嬌　海天向晚

黄蓼園曰：首從「秋」字寫起，漸入到月，因説到「姮娥」，獨借以比君勢之孤也。後段望月之人，獨立無偶，以見己之獨立，少同心也。結處「此情誰會」，想得同志之人耳。比興深切，含而不露，斯爲情景交融者。凡寫景而不寓情，則意盡，言中便少佳致。

何　籀

點絳脣　鶯踏花翻

黄蓼園曰：「鶯踏花翻」，自是傷時寄託語。「杜鵑來了，梅子枝頭小」，自是時當晚季，自傷卑賤耳。看下闋「知音少」、「傷懷抱」，則前寓意尤顯。士不得志，而悲憫之懷難以顯言，託於閨怨，往往如是。

蔣子雲

小重山　花過園林清蔭濃

沈際飛曰：寫閒適之致，超然塵外。

好事近　葉暗乳鴉啼

黄蓼園曰：上言春老花謝，蝴蝶猶解戀人。下言不須勸酒，天下惟靜者覿人，閑者自閑，飄泊者自飄泊耳。倏然有物外觀化之意，斯爲淡遠。

宋齊愈

眼兒媚　霏霏疎影轉秋鴻

宋徽宗曰：非惟不經人道，且自開花説至結子黄熟，并天氣亦言之，可謂盡致矣。

李甲

憶王孫　萋萋芳草憶王孫（編者按，此首應爲李重元作，見《唐宋諸賢絶妙詞選》卷七；《歷代詩餘》卷二誤爲李甲詞）

沈際飛曰：一句一思，因「樓高」曰「空」，因「閉門」曰「深」，俱可味。

黄蓼園曰：高樓望遠，「空」字已悽惻，況聞「杜宇」乎？ 末句尤比興深遠，言有盡而意無窮。

廖世美

燭影摇紅　靄靄春空

況夔笙曰：「塞鴻」三句，神來之筆，即已佳矣。「催促」六句，語淡而情深。令張子野、秦少游輩爲之，容或未必能到。此等詞一再吟誦，輒沁入心脾。花庵《絶妙詞選》中，真能不愧「絶妙」二字，如世美之作者，殊不多觀。

何大圭

小重山　緑樹鶯啼春正濃

高恥庵曰：「玉船（風動酒鱗紅）」句，如雲錦月鉤，奪造化之巧。

況夔笙曰：「玉船」句，特麗句云爾，恥庵奬許太過。余喜其「車馬（去怱怱，路隨芳草遠）」十字，其淡入情，其麗在神。

沈公述

念奴嬌　杏花過雨

黄蓼園曰：前段順叙，後段愈轉愈深，意致纏綿，迷離惝怳，非止一日九迴腸矣。饒有敦厚之致，夫婦、君臣間俱有此真境。

李　玉

賀新郎　篆縷銷金鼎

黄叔暘曰：風流藴藉。

黄蓼園曰：幽秀中自饒雋旨。

趙　鼎

點絳脣　香冷金爐

《古今詞話》云：較《花間》更饒情思。

鷓鴣天　客路那知歲序移

況夔笙曰：清剛沉至，卓然名家。故君故國之思，流溢行間句裏。

蝶戀花　盡日東風吹緑樹

況夔笙曰：閑情綺語，不爲盛德之累。

葉夢得

念奴嬌　洞庭波冷

黄蓼園曰：前段寫其在京時啟沃之意，如「長笛吹破層陰」，「洶湧」五句，寫其披肝瀝膽耳。後段寫分散無復從前光景。然猶心不忘君，想嫦娥應知此心也。所謂時出雄傑者歟。

徐珂按：關于東謂少蘊妙齡詞甚婉麗，晚歲落其華而實之，能於簡淡時出雄傑。合處不減東坡。

賀新郎　睡起流鶯語

沈際飛曰：一意一機，自語自話，草木花鳥，字面迭來，不見質實，受知於蔡元長，宜也。

黄蓼園曰：此詞有所指。

李邴

小重山　誰勸東風臘裏來

黄蓼園曰：「紅羅（先繡踏青鞋）」句着想新鮮，妙在「先」字。

念奴嬌　素光練静

黄蓼園云：氣體清高，詞旨伉爽。

汪　藻

點絳脣　新月娟娟

黄蓼園曰：「霜天」無酒，落寞可知，寫來却蘊籍。

徐　俯

卜算子　胸中千種愁

黄蓼園曰：不言所愁何事，曰「千種」，曰「遮不斷」，意象壯闊，大約爲憂時而作。「緑葉」二句，似喻小人之得意；「淩波」二句，似歎君門之遠。《離騷》美人之怡也，意致自是高迥。

畫堂春　落紅鋪徑水平池

黄蓼園曰：一篇主義，只是時已過而世少知己耳。說來自娟秀無匹，末二句尤爲切摯。花之香，比君子德之芳也，所以「手撚」者以此，所以「無語」而「對斜暉」者以此，既無人知，惟自愛自解而已。語意含蓄，清氣遠出。

陳與義

臨江仙　憶昔午橋橋上飲

張叔夏曰：真是自然而然。

胡仲任曰：清婉奇麗。

沈際飛曰：意思超越，腕力排奡，可摩坡仙之壘。「流水無聲」，巧語也。「吹笛天明」，爽語也。「漁唱三更」，冷語也。

謝克家

憶君王　依依宮柳拂宮牆

《避戎夜話》云：淵聖幸虜營不返，謝元及作此詞。

《鼠璞》云：語意悲涼，讀之使人墮淚，真憂君憂國之語。

榮諲

南鄉子　江上野梅芳

況夔笙曰：「似箇（人人玉體香）」句，艷而質，猶是宋初風格，《花間》之遺。

朱翌

點絳脣　流水泠泠

《詞苑》云：西湖詠梅者多矣，而不爲雕琢，自然大雅，首推此詞。

吕本中

清平樂　柳塘新漲

《嘯翁詞評》云：工穩清潤。

張掄

燭影摇紅　雙闕中天

沈際飛曰：前段追憶徽廟，後段直指目前，哀樂各至。

黄蓼園曰：清壯。

朱敦儒

好事近　摇首出紅塵

又　漁父長身來

又　撥轉釣魚船

又　短棹釣魚船

又　失却故山雲

梁任公曰：五詞飄飄有出塵想，讀之令人意境翛遠。

鷓鴣天　檢盡曆頭冬又殘

黄蓼園曰：看「拖條竹杖」二語，似隨處行樂之意。細玩首二句，冬殘耐寒，居然生當晚季之憂，所云行樂，亦出於無聊耳。下所云「癡頑」者，此也。末二句，只寫自己身世，即與「梅花」同夢矣，非好逸也，自有難於言者在，正妙在含蓄。

孤鸞　天然標格

黄蓼園曰：後段幽思綿渺，一往情深，無一習見語擾其筆端。清雋處，可奪梅魂矣。

念奴嬌　别離情緒

黄蓼園曰：峭拔。又曰：語意含蓄。

又　見梅驚笑

黄蓼園曰：希真《梅》詞最多，性之所近也。此作尤奇矯無匹。前段起處作問答語，便自超雋異常。後段起處亦自高雅，「豈是無情」一折，意更周密。結語黯然。

康與之

滿庭芳　霜幕風簾

賀黄公曰：樂而不淫，兼詞令、議論、叙事之妙。「霜幕」三句，寫景序節物。「玉杯」七句，陳設之濟楚，殺核之精良，與夫手爪顏色，一一如見。「清新」七句，不惟以色藝見長，宛然慧心女子，小窗中喁喁口角。「酩酊」三句，一段温存旖旎之致，咄咄逼人。

江城梅花引　娟娟霜月冷侵門

黄蓼園曰：詞自淒清，但少骨力。

滿江紅　惱殺行人

黄蓼園曰：伯可際高宗南渡之初，《十策》上陳，人望丰采，所謂「東風啼血」也。雖「惱殺行人」，人亦憐之。言既不用，或遠舉可也，乃又以諛言取悦，幸進後，終於擯斥。「杜鵑不如歸去」之言，何不凛於幾先。徒貽後悔，則亦何益。

醜奴兒令　馮夷翦破澄溪練

黄蓼園曰：前是詠雪夜，後半起句點明「夜」字，是承上。以下俱促養直赴約之意。「山陰」是用徽之訪戴安道士。

曾　覿

阮郎歸　柳陰庭館占風光

黄蓼園曰：末二句（「爲憐流去落紅香。銜將歸畫梁」）大有寄託忠愛之心，宛然可想。

侯寘

菩薩蠻　樓前曲浪歸橈急

卜清娰女士曰：「終日（依危闌，故人湖上山）」二句，眼前語，卻似未經人道。

姚述堯進道

好事近　梅子欲黄時

況夔笙曰：進道爲南宋理學家，張子韶詩云：「環顧天下間，四海唯三友。」三友者，施彦執、姚進道、葉先覺，其見重於時若此。顧亦能爲綺語、情語，可知《蘭畹》、《金荃》何損於言坊行表也。

張綱

浣溪紗　臘日银罌翠管新

又　象服華年兩鬢青

卜清娰女士曰：清新流麗。

辛棄疾

賀新郎　緑樹聽啼鴂

張皋文張翰風曰：茂嘉蓋以罪謫徙，故有是言。

周止庵曰：前半闋，北都舊恨。後半闋，南渡新恨。

梁任公曰：《賀新郎》調，以第四韻之單句爲全首筋節，如此句最可學。

又　鳳尾龍香撥

周止庵曰：「記出塞（、黄雲堆雪）」句，言謫逐正人，以致離亂。「遼陽（驛使音塵絶）」句，言晏安江沱，不復北望。

梁任公曰：琵琶故事，網羅臚列，雜亂無章，殆如一團野草，惟大氣足以包舉之，故不覺粗率。非其人，勿學步也。

摸魚兒　更能消幾番風雨

張皋文张翰風曰：《鶴林玉露》云：詞意殊怨，「斜陽」、「煙柳」之句，其與「未須愁日暮，天際乍輕陰」者異矣。聞壽皇見此詞，頗不悦，然終不加罪也。

譚復堂師曰：權奇倜儻，純用太白樂府詩法。「見説道」句是開，「君不見」句是合。

梁任公曰：迴腸盪氣，至於此極。前無古人，後無來者。

王壬秋曰：「算只有」三句，是指張浚、秦檜一班人。又曰：亡國之音，不爲諷刺。

太常引　一輪秋影轉金波

周止庵曰：所指甚多，不止秦檜一人而已。

水龍吟　舉頭西北浮雲

周止庵曰：欲抉浮雲，必須長劍，長劍不可得出，安得不恨魚龍？

譚復堂師曰：裂竹之聲，何嘗不潛氣内轉。

水龍吟　楚天千里清秋

岳倦翁曰：微覺用事多。

永遇樂　千古江山

周止庵曰：有英主則可以隆中興，此是正説。英主必起於草澤，此是反説。又曰：繼世圖功，前車如此。

譚復堂師曰：起句嫌有獷氣，且使事太多，宜爲岳氏所譏。非稼軒之盛氣，勿輕染指也。

漢宮春　春已歸來，看美人頭上，裊裊春幡

周止庵曰：「春幡」九字，情景已極不堪。「燕子」猶記「年時」好「夢」，「黄柑」「青韭」，極寫燕安酖毒。換頭又提動黨禍，結用「雁」與「燕」激射，卻捎帶五國城舊恨。辛詞之怨，未有甚於此者。

譚復堂師曰：以古文長篇法行之。

新荷葉　人已歸來

周止庵曰：以閒居反映朝局，一語便透。

蝶戀花　誰向椒盤簪彩勝

周止庵曰：然則依舊不定也。

譚復堂師曰：末二句（「今歲花期消息定，只愁風雨無憑準」），旋撇旋挽。

菩薩蠻　鬱孤臺下清江水

張皋文张翰風曰：《鶴林玉露》云：南渡之初，金人追隆祐太后御舟，至造口不及而還，幼安因此起興「鷓鴣」之句，謂恢復行不得也。

周止庵曰：借水怨山。

譚復堂師曰：「西北」二句，宕逸中亦深鍊。

梁任公曰：《菩薩蠻》如此大聲鏜鞳，未曾有也。

鷓鴣天　枕簟溪堂冷欲秋

周止庵曰：詞中有此大筆。

黄蓼園曰：其有《匪風》、《下泉》之思乎？　可以悲其志矣。　妙在結二句（「不知筋力衰多少，但覺新來懶上樓」）放開寫，不即不離尚含住。

況夔笙曰：「不知」二句入詞佳，入詩便稍覺未合。　詞與詩體格不同處，其消息即此可參。

青玉案　東風夜放花千樹

譚復堂師曰：稼軒心胸，發其才氣，改之而下則獷。起二句賦色瑰異，收處和婉。

梁任公曰：自憐幽獨，傷心人别有懷抱。

念奴嬌　野棠花落

譚復堂師曰：大踏步出來，與眉山同工異曲。然東坡是衣冠偉人，稼軒則弓刀游俠。「樓空（人去，舊遊飛燕能説）」二句，可識其俊逸清新，兼之故實。

梁任公曰：此南渡之感。

祝英臺近　寶釵分

張皋文张翰風曰：此與德祐太學生二詞用意相似，「點點飛紅」，傷君子之棄。「流鶯」，惡小人得志也。「春帶愁來」，其刺趙、張乎？

譚復堂師曰：「斷腸」三句，一波三過折。末三句，託興深切，亦非全用直語。

破陣子　醉裏挑燈看劍

梁任公曰：無限感慨，哀同甫亦自哀也。

鷓鴣天　着意尋春懶便回

黄蓼園曰：通首總是隨遇而安之意。而筆墨入化，故隨手拈來都成妙諦。末二句尤屬指與物化。

千秋歲　塞垣秋草

黄蓼園曰：沈際飛以閔刻本抹「鳳詔」、「中書」二句，謂其近俚，是並未讀史，僅以尋常壽詞目之也。是時，戎馬倥偬，終日播遷，幼安一見史浩，即以汾陽恢復規勵之，義勇之氣溢於言表。史浩相孝宗，雖未能全行恢復，而得以安然，史稱其忠，年八十九卒，謚文惠。此詞未爲失言矣。

水龍吟　渡江天馬南來

黄蓼園曰：幼安助耿京起義，克復東平，由山東間道赴行在奏事，忠義之氣根於肺腑。見南澗而勸以功名，亦猶壽史致遠之意也。又曰：《草堂詩餘》載《樂府指迷》云：壽詞盡言富貴，則塵俗；盡言功名，則諛佞；盡言神仙，則迂誕；言功名而慨歎寫之壽詞中，合踞上座。此猶刻舟求劍之説也。幼安忠義之氣，由山東間道歸來，見有同心者，即鼓其義勇，辭似頌美，實句句是規勵，豈可以尋常壽詞例之？

沁園春　三徑初成

黄蓼園曰：稼軒當高宗初南渡，由山東間道奔赴行在，竭蹶間關，力圖恢復，豈是安於退閒者！自秦檜柄用，而正人氣沮矣。所謂「驚弦」、「駭浪」，迫於不得已而思退，心亦苦矣。末又云：「怕君恩未許，此意徘徊。」退不能退，何以爲情哉！

韓　玉

且坐令　閒院落

況夔笙曰：韓玉《東浦詞·且坐令》云：「但冤家，何處貪歡樂。引得我、心兒惡。」毛子晉刻入《六十家詞》，以「冤家」字涉俚，跋語譏之。按宋蔣津《葦航紀談》：作詞者流，多用冤家爲事。初未知何等語，亦不知所出。後閱《煙花記》，有云冤家之説有六，情深意濃，彼此牽繫，寧有死耳，不懷異心，所謂冤家者一。兩情相繫，阻隔萬端，心想魂飛，寢食俱廢，所謂冤家者二。長亭短亭，臨歧分袂，黯然魂銷，悲泣良苦，所謂冤家者三。山遥水遠，魚雁無憑，夢寐相思，柔腸寸斷，所謂冤家者四。憐新棄舊，孤恩負義，恨切惆悵，怨深刻骨，所謂冤家者五。一生一死，觸景悲傷，抱恨成疾，迨與俱逝，所謂冤家者六。此語雖鄙俚，亦余之樂聞耳云云。樸質爲宋詞之一格，此等字不足爲疵病。唯是宋人可用，吾人斷不敢用。若用之而亦不足爲疵病，則駸駸乎入宋人之室矣。

徐珂按：玉本金人，爲北方之豪。宋之司馬朴使金不屈，生子名通國。通國有大志，嘗結玉舉事，未得要領。紹興初玉挈家而南，授江淮都督府計議軍事。工詞，嘗與康與之、辛棄疾相唱和。有《東浦詞》。

范成大

眼兒媚　酣酣日腳紫煙浮

王壬秋曰：自然移情，不可言説，綺語中仙語也。

況夔笙曰：「春慵」緊接「困」字、「醉」字來，細極。

張元幹

滿江紅　春水連天

黄蓼園曰：前段言浪生風惡，雲遮風作，隱然有念亂之意。「芳洲」、「杜若」有賢人隱之象；「帆帶」、「雨落」有自傷飄泊意；「寒猶在」六句，寫繁憂獨省意；「寒食」二句，見時已逝；末二句，懸想家中念已欲歸隱之意，有難以顯言者。

石州慢　寒水依痕

黄蓼園曰：仲宗於紹興中，坐送胡銓及李綱詞除名。起六句，是望天意之回，「寒枝競發」，是望謫者復用也。「天涯舊恨」至「時節」，是目望中原，又恐不明也。「想見東風消肌雪」，是遠念同心者應亦瘦損也。「負枕前雲雨」，是借夫婦以喻朋友也。因送友而除名，不得已而託於思家，意亦苦矣。

黄公度

青玉案　鄰雞不管離懷苦

黄以第一人登第，爲趙忠簡所器，而秦檜頗銜之。及召赴行在，知非當路意，而迫於君命，故作《青玉案》詞。蓋去就早定矣。

葛立方

卜算子　裊裊水芝紅

《草窗詞評》云：用十八疊字，妙手無痕，與李清照《聲聲慢》並絶千古。

張孝祥

念奴嬌　洞庭青草

魏了翁曰：英姿奇氣。

黄蓼園曰：寫景不能繪情，必少佳致。此題詠洞庭，若只就洞庭落想，縱寫得壯觀，亦覺寡味。此詞開首從洞庭説至「玉界瓊田三萬頃」，題已説完，即引入「扁舟一葉」。以下從舟中人心跡，與湖光映帶，寫隱現離合，不可端倪鏡花水月，是二是一，自爾神采高騫，興會洋溢。

王壬秋曰：飄飄有淩雲之氣，覺東坡《水調》猶有塵心。

菩薩蠻　東風約略吹羅幕

況夔笙曰：綿麗蕃艷，直逼《花間》，求之北宋人集中，未易多覯。

滿江紅　斗帳高眠

黄蓼園曰：寫雨寫情，是一是二，筆極清婉流麗。

吕本中

滿江紅　東里先生

黄蓼園曰：骨秀神清，玲玲高韻，由其天機勝也。

韓元吉

好事近　凝碧舊池頭

麥孺博曰：賦體如此，高於比興。

水調歌頭　今日我重九

黄蓼園曰：不過一首登高詞耳，易入熟徑，最難超卓。詞雖未甚奇闢，但亦清雅不俗，有俊拔自喜之概。「平原西望」，有神州陸沉之慨乎？「休問」句，見南渡非可苟安也。

洪　适

漁家傲引　子月水寒風又烈

俞小甫師曰：真實。

況夔笙曰：委心任運，不失其爲我。知足長樂，不願乎其外。詞境有高於此者乎。

生查子　桃疏蝶惜香

卜清似女士曰：意境空靈可喜。

吕勝己

醉桃源　去年手種十枝梅

卜清似女士曰：（「今朝蝶也來」，「英英露粉顋」）「來」、「顋」二韻意趣絶佳，「來」韻更勝。

楊萬里

好事近　月未到誠齋

《續清言》云：有奇致。

崔與之

水調歌頭　萬里雲間戍

麥孺博曰：豪邁何減稼軒。

劉克莊

玉樓春　年年躍馬長安市

況夔笙曰：楊升庵謂其「壯語足以立懦」，此類是已。

賀新郎　深院榴花吐

黄蓼園曰：非爲靈均雪恥，實爲無識者下一針砭，思想超超，意在筆墨之外。又曰：就競渡者及沉角黍者落想，是從實處落想。（編者按，此是楊慎《詞品》評語，非黄蓼園評。）

又　思遠樓前路

黄蓼園曰：就觀競渡者，落想是避實擊虚之法。「誰肯獨醒」，翻用得妙。「看未足，怎歸去」，妙有寄託，含蓄無限意。

俞國寶

風入松　一春常費買花錢

況夔笙曰：流美。

趙　昂

婆羅門引　暮霞照水

況蘷笙曰：近沉著。

姜　夔

暗香　舊時月色

張皋文張翰風曰：題曰石湖詠梅，此爲石湖作也。時石湖蓋有隱遯之志，故作此二詞以沮之。白石《石湖仙》云：「須信石湖仙，以鴟夷飄然引去。」末云：「聞好語，明年定在槐府。」此與同意。又曰：首章言己嘗有用世之志，今老無能，但望之石湖也。

周止庵曰：前半闋言盛時如此，後半闋想其盛時，感其衰時。

譚復堂曰：石湖詠梅，是堯章獨到處。「翠尊（易泣，紅萼無言耿相憶）」二句，深美有《騷》、《辨》意。

王壬秋曰：如此起法，即不是詠梅矣。《暗香》、《疏影》二詞最有名，然語高品下，以其貪用典故也。

疏影　苔枝綴玉

張皋文張翰風曰：此章更以二帝之憤發之，故有「昭君（不慣胡沙遠，但暗憶、江南江北）」之句。

周止庵曰：此詞以「相逢」、「化作」、「莫似」六字作骨，「莫似」五句，言其不能挽留，聽其自爲盛衰也。

譚復堂師曰：「還教（一片隨波去，又卻欲、玉龍哀曲）」二句，跌宕昭彰。

王壬秋曰：「莫似」當作「莫是」。

翠樓吟　月冷龍沙

周止庵曰：此地宜得人才，而人才不可得。

齊天樂　庚郎先自吟愁賦

張叔夏曰：全章皆精粹，所詠瞭然在目，且不留滯於物。

琵琶仙　雙槳來時

張叔夏曰：情景交鍊，得言外意。又曰：白石《疏影》、《暗香》、《揚州慢》、《一萼紅》、《琵琶仙》、《淡黄柳》等曲，不惟清虚，且又騷雅，讀之使人神觀飛越。

玲瓏四犯　疊鼓夜寒

梁任公曰：與清真之「斜陽冉冉春無極」同一風格。

念奴嬌　鬧紅一舸

麥孺博曰：俊語。

長亭怨慢　漸吹盡枝頭香絮

麥孺博曰：渾灝流轉，脱胎稼軒。

八歸　芳蓮墜粉

麥孺博曰：全首一氣到底，刀揮不斷。

淡黃柳　空城曉角

譚復堂師曰：白石、稼軒，同音笙磬，但清脆與鏜鞳異響，此事自關性分。

宋自遜

賀新郎　靈鵲橋初就

黄蓼園曰：結數語有含蓄，妙在「隨分」二字。

陸　游

朝中措　怕歌愁舞懶逢迎

譚復堂師曰：放翁穠纖得中，精粹不少。南宋善學少游者惟陸。又曰：「總是」二句，彌拙彌秀。

鵲橋仙　茅簷人靜

麥孺博曰：當有所刺。

水龍吟　摩訶池上追游路

黄蓼園曰：此詞雖含蓄，而極沉痛。蓋南渡國步日蹙，而上下逸樂，所謂「一城絲管」爭占亭館也。後段自歎年華已晚，身安廢棄，流落天涯，不能爲力也。結句「恨向東風滿」，饒有沉雄鬱勃之致。

陳　亮

虞美人　東風蕩漾輕雲縷

《周密詞評》云：陳龍川好談天下大略，以氣節自居，而詞亦疏宕有致。

水龍吟　鬧花深處層樓

黄蓼園曰：「鬧花深處層樓」言不事事也。「東風軟」，即東風不競之意也。「遲日」、「淡雲」、「輕寒輕暖」，一暴十寒之喻也。好「世界」不求賢共理，惟與小人游玩如鶯燕也。「念遠」者，念中原也。「一聲歸燕」，謂邊信至，樂者自樂，憂者徒憂也。

劉　過

唐多令　蘆葉滿汀洲

沈際飛曰：情暢語俊。

譚復堂師曰：雅音。

玉樓春　只在春風園西畔

譚復堂師曰：能用齊梁小樂府義法入填詞，便參上乘。

賀新郎　睡覺啼鶯曉

黄蓼園曰：奇崛鬱勃，得《騷》、《雅》之遺。隱而彰，旁若無人，可以悲其遇。

又　曉印霜花步

況夔笙曰：「誰念」五句，與前調云：「衣袂京塵曾染處，空有香紅尚軟。料彼此、魂銷腸斷。」又云：「但託意、焦琴紈扇。莫鼓琵琶江上曲，怕荻花、楓葉俱淒怨。」《祝英臺近·游東園》云：「晚來約住青驄，踏花歸去，亂紅碎、一庭風月。」《唐多令·八月五日安遠樓小集》云：「柳下繫船猶未穩，能幾日、又中秋。」《醉太平》云：「翠綃香暖雲屏，更那堪酒醒。」此等句，是其當行出色，蔣竹山伯仲間耳。其激昂慷慨諸作，乃刻意橅擬幼安。至如《沁園春》「斗酒彘肩」云云，則尤橅擬而失之太過者矣。

楊炎正

蝶戀花　離恨做成春夜雨

況夔笙曰：前段婉曲而近沉著，新穎而不穿鑿，於詞爲正宗中之上乘。

張　輯

疎簾淡月　梧桐雨細

王壬秋曰：輕重得宜，再莽不得。

謝懋

鵲橋仙　鉤簾借月

黄蓼園曰：不寫雙星，從人間兒女落筆。前段就瞻拜雙星之人寫入。換頭三句，言將曙時，雙星泣别。末二句，撲到人間，回應前段，是避實擊虚之法。

趙善扛

賀新郎　晝永重簾捲

黄蓼園曰：夏日誦數過，如在水晶宫裏住，涼意偪人。

陸淞

瑞鶴仙　臉霞紅印枕

張叔夏曰：景中帶情，屏去浮艷。

賀黄公曰：「待歸來」下，迷離婉妮。

董子遠曰：刺時之言。

王壬秋曰：小説造爲詠歌姬睡起之詞，又顧文理、本事之附會，大要如此。

魏　杞

虞美人　冰膚玉面孤山裔

況夔笙曰：兩宋鉅公大僚能詞者多，往往不脱簪紱氣。魏文節《詠梅》「只應（明月最相思，曾見幽香一點、未開時）」二句，輕清婉麗，詞人之詞。專對抗節之臣，顧亦能此。宋廣平鐵石心腸，不辭爲梅花作賦也。

徐珂按：專對抗節云者，文節以右僕射兼樞密使使金，不辱命也。文節驟登相位。乾道丁亥以《災異同葉顆策》免。

盧祖皐

謁金門　香漠漠

麥孺博曰：靜境妙觀。

清平樂　柳邊深院

況夔笙曰：末二句（「何處一春遊蕩，夢中猶恨楊花」），是加倍寫法。

又　錦屏開曉

王壬秋曰：亦恰到好處，未免有意。

江城子　畫樓簾幕捲新晴

況夔笙曰：後段與劉龍洲詞「欲買桂花重載酒，終不似少年游」，可稱異曲同工。然終不如少陵之「詩酒尚堪驅使在，未須料理白頭人」，爲倔彊可喜。

徐　照

清平樂　綠圍紅繞

王壬秋曰：眼前景當如此寫法。

高觀國

金人捧露盤　楚宮閒

況夔笙曰：風格遒上。

玉蝴蝶　喚起一襟涼思

黄蓼園曰：清俊。

齊天樂　晚雲知有關山念

況夔笙曰：宋人詞亦有疵病，斷不可學。「古驛」三句，鈎勒太露，便失之薄。

史達祖

雙雙燕　過春社了

黄叔暘曰：形容盡矣。又曰：姜堯章最賞其「柳昏花暝」之句。

許蒿廬曰：清新俊逸。

黄蓼園曰：「棲香」下至末，似指朋友間有不能踐言者。

譚復堂師曰：起處藏過一番感歎，爲「還」字、「又」字張本。「還相（雕梁藻井，又軟語、商量不定）」二句，挑按見指法，再撥弄便薄。「紅樓（歸晚）」句换筆，「應自（棲香正穩）」句换意，「愁損（翠黛雙蛾，日日畫闌獨凭）」二句收足，然無餘味。

東風第一枝　草腳愁回

張叔夏曰：不獨措辭精粹，又且見時節風物之感。

黄鍾喜遷鶯　月波疑滴

王壬秋曰：富貴語無脂粉氣。諸家皆賞下二語，不知現寒乞相正是此等處。

臨江仙　倦客如今老矣

況夔笙曰：「向來（簫鼓地，猶見柳婆娑）」二句，人人能道。「幾曾（湖上不經過）」句妙絶，似乎不甚經意，所謂「得來容易却艱辛」也。

壽樓春　裁春衫尋芳

況夔笙曰：前段「因風飛絮，照花斜陽」，後段「湘雲人散，楚蘭魂傷」，風、飛；花、斜；雲、人；蘭、魂，並用雙聲疊韻字，是聲律極細處。

綺羅香　做冷欺花

《玉林詞話》云：「臨斷岸」以下數語（「新緑生時，是落紅、帶愁流去」），姜堯章稱賞謂「梅溪之詞，蓋能融情景於一家，會句意於兩得」，其謂是歟？

黄蓼園曰：愁雨耶？　怨雨耶？　多少淑偶佳期，盡爲所誤，而伊仍浸淫漸漬，聯綿不已。小人情態如是。句句清雋可思。好在結二語（「記當日、門掩梨花，剪燈深夜語」），寫得幽閒貞静，自有身分，怨而不怒。

翁孟寅

燭影摇紅　樓倚春城

王壬秋曰：（「人生好夢比春風，不似楊花健」）「健」字險妙，無限傷心卻不作態。

摸魚兒　捲西風方肥寒草

況夔笙曰：「沙津」云云。東坡送子由詩：「時見烏帽出復没。」是由送客者望見行人，極寫臨歧眷戀之狀。五峰詞乃由行人望見送者，客子消魂，故人惜别，用筆兩面俱到。

劉　頡

滿庭芳　鶯老梅黃

趙立之曰：宛有淮海風味。

況夔笙曰：風格於南宋爲近。

趙汝茪

戀繡衾　柳絲空有萬千條

況夔笙曰：詞衰於元，當時名人詞論・即亦未臻上乘。如陸輔之《詞旨》所謂「警句」，往往抉擇不精，適足啟晚近纖姸之習。宋宗室名汝茪者，詞筆清麗，格調本不甚高。《詞旨》取其《戀繡衾》「怪別來（胭脂慵傅，被東風偷在杏梢）」二句，此不過新巧而已。

王壬秋曰：初見杏花，情思入妙。

漢宮春　著破荷衣

況夔笙曰：「故人」以下等句，以清麗之筆作淡語，便似冰壺濯魄，玉骨横秋，綺紈紛黛，迴眸無色，但此等佳處，猶爲自詞中出者，未爲其至。如欲超軼碧山、草窗，伯仲白石、夢窗，而上企東坡、稼軒，其必由性情學問中出乎。

馮去非

喜遷鶯　涼生遥渚

況夔笙曰：此詞多矜鍊之句，尤合疏密相間之法。

洪瑹

南柯子　柳浪摇晴沼

況夔笙曰：（「碧天如水印新蟾」）「印」字從追琢中出。

菩薩蠻　斷虹遠飲横江水

況夔笙曰：（「丹楓明酒旗」）「明」字從追琢中出。

踏莎行　滿滿金杯

《詞苑》云：造語工卻微著色。

鍾過

步蟾宫　東風又送酴醿信

麥孺博曰：本色語。

陳以莊

菩薩蠻　舉頭忽見衡陽雁

況夔笙曰：歇拍略失敦厚之旨，所謂「盡其在我」，何也？　然而以謂至深之情，亦無不可。

潘　牥

南鄉子　生怕倚闌干

沈際飛曰：「閣下溪聲閣外山」句，便止已婉摯，況復足「山水」一句乎。　結淒切。

況夔笙曰：小令中能轉折，便有尺幅千里之妙。　歇拍尤意境蕭瑟。

馮艾子

春雲怨　春風惡劣

黃蓼園曰：前段是比，後段是賦。　夫妻恩愛乖違，乃有前段之比興，如《詩》詠《終風》也。　然夫婦亦非正面，不過寄託而已。　則後段仍是比興也。

黄昇

南鄉子　萬籟寂無聲

沈際飛曰：幻思幻調。

菩薩蠻　南山未解松梢雪

黄蓼園曰：自寫山居清況，而素節清操、不可一世之意自見。

文及翁

賀新涼　一勺西湖水

王壬秋曰：須得此洗盡綺語柔情，復還清明世界。惜後半不清。

吴文英

憶舊游　送人猶未苦

譚復堂師曰：起處如飛鳥側翅。換頭見章法。正面已足「葵麥」三句，深湛之思，最是善學清真處。

點絳脣　捲盡浮雲

譚復堂師曰：起稍平，换頭見拗怒。「情如水」三句，足當「咳唾珠玉」四字。

王漏遲　雁邊風訊小

譚復堂師曰：「秦鏡（滿，素娥未肯，分秋一片）」二句，奇弄間發。「每圓處即良宵」二句，直白不當學。

齊天樂　煙波桃葉西陵路

譚復堂師曰：起平而結響頗遒。「涼颸乍起」是領句，亦是提肘書法。「但有（江花，共臨秋鏡照憔悴）」二句沉著。換頭是追叙。

風入松　聽風聽雨過清明

譚復堂師曰：此是夢窗極經意詞，有五季遺響。「黄蜂（頻撲秋千索，有當時纖手香凝）」二句，是癡語，是深語。結處見温厚。

唐多令　何處合成愁

張叔夏曰：此詞疏快不質實。

高陽臺　修竹凝妝

麥孺博曰：穠麗極矣，仍自清空，如此等詞，安能以「七寶樓臺」誚之。

八聲甘州　渺空煙四遠是何年

麥孺博曰：奇情壯采。

蔣　捷

賀新涼　夢冷黄金屋

譚復堂師曰：瑰麗處鮮妍自在，然詞藻太密。

虞美人　少年聽雨歌樓上

王壬秋曰：「情」亦作「憑」，較勝。

陳允平

八寶妝　望遠秋平

周止庵曰：西麓和平婉麗，最合世好，但無健舉之筆，沉摯之思，學之必使生氣沮喪。

絳都春　鞦韆倦倚

梁任公曰：陳通甫最賞之，謂其怨而不怒。

周　密

玉漏遲　老來歡意少

《宋名家詞評》：纏綿深至。

大聖樂　嬌緑迷雲

周止庵曰：草窗最近夢窗，但夢窗思沉力厚，草窗則貌合耳。苦其鏤新鬬冶，固自絶倫。

麥孺博曰：此刺羣小競進，慨天下之將亡也。憂時念亂，往復低回。

花犯　楚江湄

周止庵曰：草窗長於賦物，然惟此及《瑶華·詠瓊花》二闋，一意盤旋，毫無渣滓。他作縱極工切，不免就題尋典，就典趁韻，就韻成句，墮落苦海矣。特拈出之，以爲南宋諸公鍼砭。

玉京秋　煙水闊

譚復堂師曰：南渡詞境高處，往往出於清真，「玉骨（西風，恨最恨，閑卻新涼時節）」二句，髀肉之歎也。

解語花　暗絲罥蝶

譚復堂師曰：層折斷續，熔煉瀝液。「淺薄（東風，莫因循、輕把杏鈿狼藉）」二句，柔厚之至，豈非風詩之遺。

醉落魄　餘寒正怯

王壬秋曰：此亦偶然得句，而清艷天然，幾於化工。

少年游　簾销寶篆捲香羅

況夔笙曰：「一樣（東風，燕梁鶯院，那處春多）」三句，即「梨花雪，桃花雨，畢竟春誰主」（編者按，句見易彦祥《蓦山溪》詞）之意，俱從義山「鶯啼花又笑，畢竟是誰春」（編者按，句見李商隱《早起》）脱胎而來。

朝中措　綵繩朱乘駕濤雲

況夔笙曰：末二句，庶幾得夢窗之神似。

王沂孫

南浦　柳下碧粼粼

周止庵曰：碧山故國之思甚深，託意高，故能自尊其體。

花犯　古嬋娟

周止庵曰：賦物能將人、景、情思一齊融入，最是碧山長處。由其心細筆靈，取徑曲，布勢遠故也。

無悶　陰積龍荒

周止庵曰：何嘗不峭拔，然略粗，此其所以爲碧山之清剛也。白石好處，無半點粗氣矣。

眉嫵　漸新痕懸柳

張皋文張翰風曰：碧山詠物諸篇，並有君國之憂。此喜君有恢復之志，而惜無賢臣也。

譚復堂師曰：聖與精能，以婉約出之，以詩派律之。大曆諸家，去開寶未遠。玉田正是勁敵，但士氣則碧山勝矣。「便有」三句，寓意自深，音辭高亮。歐、晏如《蘭亭》真本，此僅一翻。

齊天樂螢　碧痕初化池塘草

譚復堂師曰：「誤我（殘編，翠囊空歎夢無準）」二句亦寓言。「樓陰（時過數點，倚欄人未睡，曾賦幽恨）」三句拓成遠勢，過變中又一法。「漢苑（飄苔，秦陵墜葉，千古凄凉不盡）」三句，可謂盤拏倔强矣。結處有繞梁之音。

又　緑槐千樹西窗悄

周止庵曰：此身世之感。

又蟬　一襟餘恨宫魂斷

周止庵曰：此家國之恨。

譚復堂師曰：此是學唐人句法、章法。「庾郎先自吟愁賦」（編者按，句見姜夔《齊天樂・蟋蟀》），遜其蔚跂。「西窗過雨」句，是排宕法。誦「病翼驚秋，枯形閲世」二句，玩其絃指收裹處，有變徵之音。「漫想（薰風，柳絲千萬縷）」二句，掉尾不肯直瀉，然未自在。

高陽臺　淺萼梅酸

麥孺博曰：此言半壁江山，猶可整頓也。睠懷君國，盼望中興，何減少陵。

又　殘雪庭除

張臯文張翰風曰：此傷君臣晏安，不思國恥，天下將亡也。

譚復堂師曰：「相思（一夜窗前夢）」句點逗清醒，換頭又是一層鈎勒。《詩品》云「返虚入渾」，「如今（處處生芳草，縱凭高、不見天涯）」二句是也。

王壬秋曰：此等傷心語，詞家各自出新，實則一意。比較自知文法。

慶清朝　玉局歌殘

張皋文張翰風曰：此言亂世尚有人才，惜世不用也，不知其何所指。

掃花游　小庭蔭碧

周止庵曰：盛時易法。

又　捲簾翠濕

譚復堂師曰：「亂碧（迷人，總是江南舊樹）」二句，刺朋黨日繁。

瑣窗寒　趁酒梨花

譚復堂師曰：「數東風（二十四番，幾番誤了西園宴）」二句，幽咽如訴。換頭，見章法。「試憑他」二句，宕逸得未曾有，碧山勝處獨擅。

張　炎

解連環　楚江空晚

譚復堂師曰：起是側入，而氣傷於僄。「寫不成書（只寄得相思一點）」二句，若檇李之有指痕。「想伴侶（猶宿蘆花，也曾念春前，去程應轉）」二句，清空如話。「暮雨（相呼，怕驀地玉關重見）」二句，若浪花之圓蹴，頗近自然。

高陽臺　接葉巢鶯

譚復堂師曰：「能幾番（游，看花又是明年）」二句，運掉虚渾。「東風（且伴薔薇住，到薔薇，春已堪憐）」二句，是措注，惟玉田能之，爲他家所無。　換章見章法，玉田云「最是過變不可斷了曲意」是也。

麥孺博曰：亡國之音哀以思。

甘州　記玉關踏雪事清游

譚復堂師曰：一氣旋折，作壯詞須識此法。　白石嚶求稼軒，脱胎耆卿，此中消息，願與知音人參之。

「一字無題處（，落葉都愁）」二句，恢詭。　結有不著屠沽之妙。

水龍吟　幾番問竹平安

況夔笙曰：末二句（「待相逢、説與相思，想亦在、相思裏」）空滑粗率。

石孝友

眼兒媚　愁雲淡淡雨蕭蕭

卜清似女士曰：過拍三句用秦少游，也應似舊「盈盈秋水，淡淡春山」句意而稍變化，究不如秦句渾雅。

韓瞹

高陽臺　頻聽銀籤

況夔笙曰：語淺情深。妙在字句之表，便覺刻意求工，是無端多費氣力。

黄簡

柳梢青　病酒心情

況夔笙曰：（「花驚寒食，柳認清明」）「驚」、「認」字，屬對絶工，昔人用字不苟如是，所謂詞眼也。

薛夢桂

醉落魄　單衣乍著

況夔笙曰：詞筆麗與艷不同。艷如芍藥、牡丹，慵春媚景；麗若海棠、文杏，映燭窺簾。此詞工於刷色，當得一「麗」字。

周端臣

木蘭花慢　靄芳陰未解

況夔笙曰：「料今朝（別後，他時有夢，應夢今朝）」三句，與朱服「而今樂事他年淚」（編者按，句見《漁家傲》詞）句同意。合「而今」句及白石「少年情事老來悲」（編者按，句出《正月十一日觀燈》詩）句參之，可悟一意化兩之法。

黄孝邁

湘春夜月　近清明

麥孺博曰：時事日非，無可與語，感喟遥深。

徐珂嘗聞之俞小甫師曰：前半空際盤旋，摇曳出之，將「翠禽」、「柳花」一齊請出作陪，何等旖旎。後半一波三折，惝恍迷離。

鄧剡

南樓令　雨過水明霞

王壬秋曰：亡國不死，仍有羈愁一語，寫盡黄梨洲、王船山一輩人。

劉辰翁

寶鼎現　紅妝春騎

張孟浩曰：時爲大德元年，自題曰丁酉元夕，亦「義熙舊人、只書甲子」之意，「父老」二句、「腸斷」二句，「又説向」四句，反反覆覆，字字悲咽，真孤竹、彭澤之流。

大酺　任瑣窗深

卓人月曰：「休回首」下説春寒，至此太有深味。

蘭陵王　送春去，春去人間無路

卓人月曰：「送春去」二句悲絶，「春去，最誰苦（。但箭雁沉邊，梁燕無主。杜鵑聲裏長門暮）」四句凄清，何減夜猿。第三疊悠揚悱惻，即以爲《小雅》、《楚騷》可也，填詞云乎哉。

浣溪沙　點點疏林欲雪天

又　遠遠游蜂不記家

況夔笙曰：須溪詞，風格遒上似稼軒，情辭跌宕似遺山。有時意筆俱化，純任天倪，竟能略似坡公。往往獨到之處，能以中鋒達意，以中聲赴節。世或目爲别調，非知人之言也。《促拍醜奴兒》云：「百年已是中年後，西州垂淚，東山携手，幾箇斜暉。」《踏莎行·九日牛山作》云：「向來吹帽插花人，盡隨殘照西風去。」（編者按，此首乃劉克莊詞，見《後村長短句》卷五；《須溪詞》卷一誤爲劉辰翁作）《永遇樂》云：「香塵暗陌，華燈明晝，長是嬾携手去。」《摸魚兒·海棠一夕如雪，無飲余者，賦恨》云：「無人舉酒。但照影堤流，圖他紅淚，飄灑到襟袖。」前調《守歲》云：「古今守歲無言説，長是酒闌情緒。」《金縷曲·五日》云：「欸乃漁歌斜陽外，幾書生、能辨投湘賦。」余所摘警句視此。其《江城子·海棠花下燒燭》云：「欲睡心情，一似夢鶯殘。」《山花子·春暮》云：「更欲徘徊春尚肯，已無花。」若斯之類，是其次矣。如衡論全體大段，以骨幹氣息爲主，則必舉全首而言。其中即無如右等句可也。由是推之全卷，乃至口占、漫與之作，而其骨幹氣息具在此。須溪之所以不可及乎。

《須溪詞》中，亦間有輕靈婉麗之作，似乎元、明以後詞派，導源乎此。詎時代已入元初，風會所趨，不期然而然者耶。如《浣溪沙·感別》、《春日即事》二闋，及《山花子》後段云：「早宿半程芳草路，猶寒欲雨暮春天。小小桃花三兩樹，得人憐。」此等小詞，乃至略似清初顧梁汾、納蘭容若輩之作，以謂《須溪詞》中之別調可耳。

余桂英

小桃紅　芳草連天暮

王壬秋曰：比「桃花依舊」者更深悲感。

王易簡

慶春宮　庭草春遲

況夔笙曰：末十二字（「因君凝竚，依約吳山，半痕蛾緑」），絶佳，能融景入情，秀極，成韻凝而不佻。

趙與仁

西江月　夜半沙痕依約

王壬秋曰：此不愛而恨，非恨玉人也。所謂錦屏人忒看韶光賤，乃譏當時君、相，然非詞之正。

唐　珏

水龍吟　淡妝人更嬋娟

譚復堂師曰：「汐社」諸篇，當以江淹《雜詩》法讀之。更上，則郭璞《游仙》、陶潛《讀山海經》，字字詄麗，字字瓏玲，學者取月，於此梯雲。「太液」三句是開，「珠房」三句是合。換頭推闡之，以盡能事。結三句，一唱三歎，有遺音者矣。

徐珂按：汐社，爲南宋遺民王沂孫、周密、王易簡、馮應瑞、唐藝孫、呂同老、李彭老、李居仁、練恕可、趙汝鈉、張炎、仇遠、唐珏所結，以詠物之詞相唱和。其社作曰《樂府補題》，有《騷》、《辨》之風，所謂寓意於物也。

德祐太學生

百字令　半隄花雨

朱竹垞曰：見《湖海新聞》。三、四謂衆宫女行，五謂朝士去，六謂臺官默，七指太學上書，八、九謂只陳宜中在。「東風」謂賈似道；「飛書傳羽」，北軍至也；「新塘楊柳」，謂賈妾。

祝英臺近　倚危欄

朱竹垞曰：「穉柳」，謂幼君；「嬌黄」，謂太后；「扁舟飛渡」，謂北軍至；「塞鴻」，指流民也；「人惹愁來」，謂賈出；「那人何處」，謂賈去。

無名氏

緑意　碧圓自潔

張皋文張翰風曰：此傷君子負枉而死，蓋似李綱、趙鼎之流。「回首當年漢舞」，云者言其自結，主知不肯遠引。結語，喜其死而心得白也。

撲蝴蝶　煙條雨葉

胡仲任曰：非惟藻麗可喜，其腔調亦自婉美。

魚游春水　秦樓東風裏

黄蓼園曰：韶雅，無一纖巧語，自是秀色天成，風情和篤。《復齋漫録》以爲唐人語，不爲無見。

佚名

御街行　霜風漸緊寒侵袂

王壬秋曰：純乎浙調。後半透一層寫法，卻是真情真景。

僧揮仲殊

訴衷情　湧金門外小瀛洲

《玉林詞選》云：字字清婉，高處不減唐人風致也。

黄蓼園曰：「一片雲頭」四字，真力彌滿，傑作也。

新荷葉　雨過回塘（編者按，此首乃趙抃詞，見《樂府雅詞》拾遺卷下；《類編草堂詩餘》卷二誤爲仲殊詞）

黄蓼園曰：此詞從越女泛舟，艷粉菱歌，郎心妝影，寫得十分旖旎。歸時，直至天挂蟾鉤，可謂盡態極妍矣。乃忽然遞到蟬噪晚風，鷗棲霞照，便覺有荒涼光景。乃更接入「漁笛、不道有人，獨倚危樓」，奇絶！横絶！蓋斯時也，早已於百尺樓上，有冷眼看而心歎者，不獨采蓮者不知，漁笛亦不知也。末句陡轉，真如天上下將軍，令人無處躲閃，情奇！筆奇！感慨意仍含蓄不露。

念奴嬌　水楓葉下

黄蓼園曰：前段寫西湖荷花之盛，隱隱見繁華之俗於言外。後段自寫其孤寒，隱隱有目擊心憂、物外閒觀，不能自已之意。「爲誰［長恁］凝竚」，世之有心人，别有懷抱，妙在語意含蓄不盡。

僧　皎如晦

卜算子　有意送春歸

沈際飛曰：清空，超脱，不滑熟，不沾滯，當得一雋字。

金主亮

鵲橋仙　停杯不舉

《藝苑雌黄》云：俚而實豪。

昭君怨　昨日樵村漁浦

《藝苑雌黄》云：詭而有致。

金章宗璟

蝶戀花　幾股湘江龍骨瘦

況夔笙曰：真字是詞骨，情真、景真，所作必佳。此詠物兼賦事，寫出廷臣入對時情景，確是詠聚頭扇，確是章宗《詠聚骨扇》也。他人挪移不得，所以爲佳。

完顏璹

青玉案　凍雲封卻駝岡路

況蘷笙曰：幽秀。其《臨江仙》云：「薰風樓閣夕陽多。倚闌凝思久，漁笛起煙波。」淡淡著筆，言外卻有無限感愴。

僕散汝弼

風流子　三郎年少客

況蘷笙曰：詞筆藻耀高翔，極慷慨低徊之致。其「浴酒發春」、「笑波生媚」，句法矜鍊，雅近專家。唯起調云「三郎年少客」，則誤甚。按唐元宗生於光宅二年乙酉，而楊妃以天寶四年乙酉入宫。元宗年已六十一，何得謂「三郎年少」耶。「但淚滿關山」句之「但」字襯。

吴　激

春從天上來　海角飄零

元遺山曰：曾見王防禦公玉説。此詞皆用琵琶故實，引據甚明，惜不能記憶。

劉仲尹

琴調相思引　蠶欲眠時日已曛

卜清似女士曰：一「大」字寫出桑之精神，無他字可易。

劉　迎

烏夜啼　菱鑑玉篦秋月

況夔笙曰：「宿酲（人困屏山夢，煙樹小江村）」二句清勁，運實入虛，巧不傷格。「離愁（分付殘春雨，花外泣黄昏）」二句，近纖、近衰颯，此等句雖名家之作，亦不可學。

党懷英

月上海棠　傲霜枝裊團珠蕾

況夔笙曰：後段融情景中，旨淡而遠，迂倪畫筆，遮幾似之。

景　覃

天香　百歲中分

況夔笙曰：「閒階（土花碧潤。緩芒鞋、恐傷蝸蚓）」二句，小中見厚。

鳳棲梧　倦客情悰紛似縷

況夔笙曰：意境清絶、高絶。

趙秉文

百字令　清光一片

《詞苑》云：壯偉不羈。

促拍醜奴兒　風雨替花愁

況夔笙曰：此詞幾於無復筆墨痕迹可尋。

張行信

驀山溪　山河百二

況夔笙曰：以清遒之筆，寫慷慨之懷。昔人評詞有云「剛健含婀娜」，余於此詞亦云。

元好問

木蘭花慢　渺漲江東下

況蘷笙曰：幽靜芳蒨，卻有難狀之情，令人低徊欲絶。

清平樂　離腸宛轉

況蘷笙曰：用馮延巳「雙燕來時，陌上相逢否」（編者按，句見《陽春集·蝶戀花》；《近體樂府》卷二亦收該詞，疑爲歐陽修作）句意。彼未定其逢否，此則直以爲知，唯消息近遠未定耳。妙在能變化。

王予可

生查子　夜色靜明河

《詞品》云：高妙飄逸。

鄧千江

望海潮　雲雷天塹

《詞品》云：繁縟雄壯。

陶九成曰：近世所謂大曲：蘇小小《蝶戀花》、蘇東坡《念奴嬌》、晏叔原《鷓鴣天》、柳耆卿《雨淋鈴》、辛稼軒《摸魚子》、吳彦高《春草碧》、蔡伯堅《石州慢》、張子野《天仙子》、朱淑真《生查子》、鄧千江《望海潮》。

佚名

卜算子　我有一枝花

浪淘沙　今日綺筵中

調笑令　花酒

花酒　花酒我平生

況夔笙曰：四詞近質重，是元以前風格。

徐珂按：此宋、元間人酒令，見《事林廣記》癸集。

耶律楚材

鷓鴣天　花界傾頹事已遷

況夔笙曰：末二句高渾之至，淡而近於穆矣。　遮幾合蘇、辛之健而一之。

張弘範

臨江仙　千古武陵溪上路。

《古今詞話》云：末二句（「紫簫明月底，翠袖暮天寒」），不減晏小山。

姚燧

醉高歌　十年燕月歌聲

《詞品》：高古不減東坡、稼軒。

仇遠

八犯玉交枝　滄島雲連

《詞苑》云：後段縱横之妙，直似東坡。

李冶

邁陂塘　雁雙雙正分汾水

況夔笙曰：託指甚大。

王惲

鷓鴣天　短短羅袿淡淡妝

況夔笙曰：「馭説」，即説書。此詞清渾超逸，近兩宋風格。

劉因

菩薩蠻　吾鄉先友今誰健

況夔笙曰：此與宋程大昌之壽人詞，皆非性情厚、閱歷深未易道得。程之《臨江仙・和正卿弟生日》云：「紫荆同本但殊枝。直須投老日，常似有親時。」《感皇恩・淑人生日》云：「人人戴白，獨我青青常保。只將平易處，爲蓬島。」又宋王質《西江月・借江梅蠟梅爲意壽董守》云：「試將花蕊數層層，猶比長年不盡。」元李庭《水調歌頭・史侯生朝》云：「側聽稱觴新語，一滴願增一歲，門外酒如泉。」並巧語不涉纖。又曰：此詞至《念奴嬌・憶仲良》十四闋，寓騷雅於沖夷，足穠郁於平淡，讀之如飲醇醪，如鑒古錦。涵泳而翫索之，於性靈懷抱，胥有裨益。

菩薩蠻　種花人去花應道

清平樂　青天仰面

又　山翁醉也

又　雨晴簫鼓

又　棋聲清美

人月圓　自從謝病修花史

又　茫茫大塊洪爐裏

西江月　看竹何須問主

玉樓春　西山不似龐公傲

南鄉子　窗下絡車聲

鵲橋仙　悠悠萬古

玉漏遲　故園平似掌

念奴嬌　中原形勢

梁　曾

木蘭花慢　問花花不語

《詞品》云：格調俊雅，不讓宋人。

沈偶僧曰：「一醉」三句（「拚一醉留春，留春不住，醉裏春歸」），陡健圓轉。

吴衡照云：「一醉」三句，灑落有致。

詹　正

齊天樂　相逢喚醒京華夢

況夔笙曰：末二句（「如此湖山，忍教人更説」）看似平淡，卻含有無限悲涼。

彭元遜

漢宮春　十月春風

況夔笙曰：「夜來（風雨，摇得楊柳黄深）」二句，便是元詞，去南渡諸賢遠矣。

羅志仁

木蘭花慢　漢家糜粟詔，將不醉、飽生靈

況夔笙曰：「漢家」三句極莊，卻極謔。

菩薩蠻慢　曉鶯催起

況夔笙曰：「悵别後（、屏掩吴山，便樓燕月寒，鬢蟬雲委。錦字無憑，付銀燭、盡燒千紙）」五句，十二分決絶，卻十二分纏綿，詞人之筆，如是如是。

李　琳

六么令　淡煙疏雨

況夔笙曰：《六么令》，調情娟倩，如髫年碧玉，凝睇含顰，讀之令人悵惘。此詞語淡態濃，筆留神往。初春早花，方其韶令，庶幾不負此調。

劉　鉉

少年游　石榴花下薄羅衣

況夔笙曰：「意重子聲遲」五字凝鍊，如聞子著楸枰。

蝶戀花　人自憐春春未去

況夔笙曰：「只道（送春無送處，山花落得紅成路）」二句，信手拈來，自成妙諦，以鬆秀二字評之，宜。

段弘章

洞仙歌　一庭晴雪

況夔笙曰：起調以前人「開到荼蘼花事了」詩意，爲故國銅駝之感。「睡起」句言南宋湖山歌舞，皆在睡夢中，即南唐史虚白所謂「風雨揭卻屋，渾家醉未知」也。「翠蛟白鳳」，是留夢炎一輩。「飛瓊弄玉」，是信國文公及其以次諸賢。「清淚滿檀心」，新亭之淚也。歇拍云云，不揮返日之戈，翻落下井之石，爲新朝而推刃故國者，方自詡爲識時豪傑。哀莫大於心死，讀先生此詞，猶有天良觸發否乎。詞能爲悱惻，而不能爲激昂。蓋當是時，南宋無復中興之望。餘生薇葛，歌歗都非。我安適歸，忍與終古。安得「瓊樓玉宇」，無恙高寒，又安得尺寸乾浄土，著我鐵撥銅琶，唱「大江東去」耶。

劉天迪

虞美人　子規解勸春歸去

況蘷笙曰：「春亦（無心住）」句，淡而鬆，卻未易道得，並「子規解勸」之「解」字，亦爲之有精神。竊謂詞學自宋迄元，乃至雲閑等輩，清妍婉潤，未墜方雅之遺。亦猶書法自六朝迄唐，至褚登善、徐季海輩，餘韻猶存，風格毋容稍降矣。設令元賢繼起者，不爲詞變爲曲，風會所轉移，俾肆力於倚聲，以語南渡名家，何遽多讓。雲閑輩所詣止此，豈曰其才限之耶。

曾允元

點絳脣　一夜東風

況蘷笙曰：後段看似毫不喫力，正恐南北宋名家未易道得。所謂自然從追琢中出也。

水龍吟　日高深院無人

況蘷笙曰：作慢詞起處，必須籠罩全闋。近人輒作景語徐引，乃至意淺筆弱，非法甚矣。此詞起調，從題前攝起題神，以下逐層意境，自能迤邐入勝。「儘雲山」至「金鞍遠」數句，尤極迷離惝怳，非霧非花之妙。

周孚先

鷓鴣天　曾唱陽關送客時

況夔笙曰：句中有韻，能使無情有情，且若有甚深之情。是深於情、工於言情者，由意境醖釀得來，非小慧爲詞之比。

王從叔

阮郎歸　風中柳絮水中萍

況夔笙曰：「別時（言語總傷心，何曾一字真）」二語，前人或摘爲警句。余嫌其説得太盡，且「心」、「真」非韻。

蕭漢傑

菩薩蠻　春愁一段來無影

況夔笙曰：國朝郭麐《浪淘沙》云：「袷衣剛換又增綿。只是別來珍重意，不爲春寒。」何嘗不婉麗可喜。古今人不相及，當於此等句參之。（「杏花驚蟄寒」）「驚蟄」入詞，僅見，合上句觀之乃特韻。

浪淘沙　愁似晚天雲

況夔笙曰：（「貧得今年無月看，留滯江城」）貧字入詞夥矣，未有更新於此者。無月非貧者所獨，即亦何加於貧。所謂愈無理愈佳，詞中固有此一境。惟此等句以肆口而成爲佳，若有意爲之，則纖矣。

彭泰翁

念奴嬌　九華驚覺

況夔笙曰：「鶯燕」五句，詞旨悽絶。彷彿貞元朝士，白髮重來，上陽宫人，青燈擁髻。

拜星月慢　霧罥觚稜

況夔笙曰：去路縹渺中仍收束完密，神不外散，是爲斲輪手。世之以空泛寫景語爲「江上數峰青」者，直未喻箇中甘苦也。

虞　集

風入松　畫堂紅袖倚清酣

況夔笙曰：此詞當時傳唱甚盛，宋俞國寶「一春長費買花錢」闋，體格於虞詞爲近，鮮翠流麗而已，亦復膾炙人口。此文字所以貴入時也。

又　頻年清夜肯相過

況蕙笙曰：此詞意境較沉淡，便不如寄柯敬仲詞悦人口耳。

薩都剌

小闌干　去年人在鳳凰池

《詞苑》云：筆情何減宋人。

百字令　石頭城上

《詞苑》云：「一江（南北，消磨多少豪傑）」句，尤感慨。

張翥

六州歌頭　孤山歲晚

卓人月曰：有飛鴻戲海，舞鶴游天之勢。

摸魚兒　問西湖舊家兒女

況蕙笙曰：善寫情景，寓於忘言之頃，至静之中。非胸中無一點塵，未易領會得到。筆能達出，新而不纖，雖淺語，卻有深致。倚聲家於小處規橅古人，此等句即金鍼之度矣。

袁易

臺城路　落紅填徑東風惡

卜清娰女士曰：「但詩惱東陽，病添中散」二句，屬對穩稱。

吴鎮

漁父詞　紅葉村西日影餘

《古今詞話》云：澹而潔。

倪瓚

人月圓　驚回一枕當年夢

《詞苑》云：高潔。

太常引　柳陰濯足水侵磯

況夔笙曰：壽詞如此著筆，脱然畦封，方雅超逸，「壽」字只於結處見之，可以爲法。

顧德輝

青玉案　春寒惻惻春陰薄

況夔笙曰：「晴日」四句，眼前景物，涉筆成趣，猶在宋人範圍之中。「可恨」四句，即墮元詞藩籬。再稍纖弱，即成曲矣。元、明人詞亦復不無可采，視抉擇何如耳。

蕭東父

齊天樂　扇鸞收影驚秋晚

況夔笙曰：「軟玉」三句，穠艷極矣，卻不墮惡趣。下接「如今」三句，極合疏密相間之法。

陸行直

清平樂　楚天雲斷

劉稽曰：抑揚悽惋。

趙　雍

人月圓　人生能幾渾如夢

況夔笙曰：「別時」三句，從秦淮海「也應似舊，盈盈秋水，淡淡春山」句出（編者按，此非秦觀作，乃左譽詞《眼兒媚》，見《詞綜》卷十二），可謂善於變化。

燭影摇紅　新緑成陰

況夔笙曰：清真詞「最苦夢魂，今宵不到伊行」，「天便教人，霎時相見何妨」（編者按，句出周邦彦《風流子》詞）等句，愈質愈厚。趙待制《燭影摇紅》云：「莫恨藍橋路遠。有心時、終須再見。」略得其似。待制詞以婉麗勝，似此句不能有二也。

舒　頔

小重山　碧艾香蒲處處忙

況夔笙曰：其寄託如此。

天目中峰禪師

行香子　短短横牆

又　閬苑瀛洲

又　水竹之居

沈偶僧曰：三詞若不經意出之者，所謂一一天真，一一明妙也。

劉基

水龍吟　雞鳴風雨瀟瀟

《草堂詞評》云：感喟激昂。

徐珂按：伯温爲元進士，入明以佑命功顯封誠意伯。此詞爲未遇時作。

楊慎

轉應曲　銀燭

丁杏舲曰：清空。

商輅

一叢花　今年春淺臘侵年

《古今詞話》云：「東風（有信無人見，露微意、柳際花邊）」二句，妥貼輕圓。

俞彦

長相思　折花枝

王阮亭曰：末二句（「輪到相思没處辭，眉間露一絲」），視李易安「纔下眉頭，又上心頭」，可謂此兒善盜。然易安亦從范希文「都來此事，眉間心上，無計相迴避」語脱胎，特更工耳。

計南陽

花非花　同心花

王阮亭曰：可作古樂府讀。

湯胤績

浣溪沙　燕壘雛空日正長

況夔笙曰：清潤入格。（「榴葉擁花當北户」）「擁」字鍊，能寫出榴花之精神。

陳子龍

如夢令　煙景霏微陰洞

又　綺閣沈沈煙重

又　天上仙裾無縫

又　醽醁宜春瑶甕

鄒祇謨曰：前情婉而愉，後意深而愴，便知哀樂不同處。

浣溪沙　百尺章臺撩亂吹

王漁洋曰：不著形相，詠物神境。

又　半枕輕寒淚暗流

王漁洋曰：本色當行。

訴衷情　小桃枝下試羅裳

王漁洋曰：弇州謂清真能作景語，不能作情語。至大樽而情景相生，令人有後來之歎。

謁金門　鶯啼處

鄒祇謨曰：縹緲瀋宕，全見用筆之妙。

清平樂　繡簾花散

王漁洋曰：此從瑶臺金屋中閱歷得來，非漫作者。

憶秦娥　春漠漠

鄒祇謨曰：情景并入三昧，此譬之畫家神品，不應於字句求之。

畫堂春　輕陰池館水平橋

王漁洋曰：憮然欲絶。

醉桃源　朱闌清影下簾時

鄒祇謨曰：秦、黄佳處，有句可摘。大樽覺無句可摘，總由天才神逸，不許他人掎摭也。

山花子　靜掩珠簾透麝蘭

王漁洋曰：柔情俊語，自淮海、漱玉組織而出。

少年游　滿庭清露浸花明

鄒祇謨曰：詞不極情者，未能臻妙。如此朦朧宕折，應稱獨絶。

南柯子　淡淡花梢去

鄒祇謨曰：如此詠月，那數珠斗斕班，銀河清淺也。

浪淘沙　清淺木蘭舟

顧琦坊曰：湘真詞皆申酉以後作，故令人如讀《長門》篇，爲之掩涕。

雙調望江南　思往事

王漁洋曰：神韻，天然風味不盡，如瑶臺仙子獨立卻扇時。

虞美人　夭桃紅杏春將半

李葵生曰：意在題外。

小重山　曉日重簷挂玉鉤

胡允瑗曰：先生詞悽惻徘徊，可方李後主感舊諸作。然以彼之流淚洗面，視先生之灑血埋魂，猶應顔赭。

蝶戀花　紫燕香泥歸畫棟

胡允瑗曰：似懶似悶，畢竟不可言傳，乃有厚處。

驀山溪　碧雲芳草

胡允瑗曰：只是淡到極處，而一種艷情反自此傳。其故實不可解。

念奴嬌　問天何意

顧璟芳曰：此大樽之香草美人懷也。讀《湘真閣詞》，俱應作是想。

胡允瑗曰：滿腹蕭騷，只是不肯説出。

李葵生曰：全首忠厚，在末句看出。

夏完淳

卜算子　秋色到空閨

王阮亭曰：寓意即工，自是再來人。

燭影摇紅　孤負天工

況夔笙曰：聲哀以思，與蓮社詞「雙闕中天」闋，託旨略同。

阮大鋮

減字木蘭花　春光漸老

《詞苑》云：温麗不減和凝。

徐珂纂

歷代詞選集評補遺

歷代詞選集評補遺目録

歷代詞選集評補遺

李　白

清平樂　禁闈秋月

許蒿廬曰：怨而不怒。又曰：以解嘲爲怨悱，可與客難、賓戲一例看。

司空圖

酒泉子　買得杏花

許蒿廬曰：（結句「黄昏把酒祝東風。且從容」眉批）歐公《浪淘沙》起語（「把酒祝東風。且共從容」）本此，然删去「黄昏」二字，便覺寡味。

張　曙

浣溪沙　枕障熏爐隔繡帷

許蒿廬曰：不言而神傷。

温庭筠

酒泉子　楚女不歸

吴子律曰：作小令不似此著色取致，便覺寡味。

徐珂按：子律所謂「著色取致」者，指「月孤明，風又起，杏花稀」三句言之。

和凝

采桑子　蝤蠐領上訶梨子

許蒿廬曰：「訶梨子」，或是領上妝飾。「繡帶」，疑亦言上體之帶，非裙帶也。「叢頭」二句，言下服，蓋前言上服，此言下服，意較前更細。

李煜

子夜　花明月暗飛輕霧

許蒿廬曰：情真意真，與空中語自别。

張泌

南歌子　柳色遮樓暗

許蒿廬曰：此初日芙蓉，非鏤金錯采也。

夢江南　蘭燼落

張詠川曰：厲孝廉樊榭《論詞集句》：「頗愛花間斷腸句，夜船吹笛雨瀟瀟。」知味外味者，乃可語此，豈笨伯所能解乎。

韋莊

荷葉杯　記得那年花下

許蒿廬曰：語淡而悲。

清平樂　野花芳草

許蒿廬曰：前半説遠，後半説近。

又　鶯啼殘月

許蒿廬曰：與飛卿「門外草萋萋（送君聞馬蹄）」二語（編者按，句見温庭筠《菩薩蠻》），意正相似。

歐陽炯

三字令　春欲盡

許蒿廬曰：前半闋由外而内，後半闋由内而外。又曰：春光欲盡，故曰「花淡薄」。

顧夐

醉公子　岸柳垂金綫

許蒿廬曰：覺少游「小樓連苑横空」（編者按，句見秦觀《水龍吟》），無此神韻也。

寇準

江南春　波渺渺

許蒿廬曰：「孤村（芳草遠，斜日杏花飛）」二句，唐人五言佳境。

晏殊

破陣子　燕子來時新社

許蒿廬曰：如聞口香，如見冶容。

宋祁

好事近　睡起玉屏風

許蒿廬曰：（「天氣驟生輕暖，襯沈香帷箔」眉批）此「襯」字，疑是襯起之襯，否則只是入内義耳。換頭雖緊接上句來，然既用「沈香帷箔」，又用「珠簾」，後人不宜效之。

林逋

長相思　吴山青

《詞苑叢談》云：何等風致，《閒情》一賦，詎必玉瑕珠纇耶。

謝絳

夜行船　昨夜佳期初共

許蒿廬曰：情真語摯，不似他人一味雕琢。花庵乃曰後段語最奇，何奇有之？

歐陽修

采桑子　輕舟短棹西湖好

許蒿廬曰：閑雅處自不可及。

梅堯臣

蘇幕遮　露隄平

許蒿廬曰：前結用嫩色，後結用翠色，犯重。

少年游　闌干十二獨憑春

許蒿廬曰：清勁。

王安國

減字木蘭花　畫橋流水

許蒿廬曰：結語與和凝「卻愛熏香小鴨，羨他長在屏幃」（編者按，句見《河滿子》詞）等句，俱從龍標「玉顔不及寒鴉色，猶帶昭陽日影來」（編者按，句見王昌齡《長信秋詞》之三）悟出。

張　先

醉落魄　雲輕柳弱。内家髻要新梳掠。生香真色人難學

許蒿廬曰：起三句寫美人，「横管」以下説吹笛。「朱脣」二句，暗用唐詩。

翦牡丹　野緑連天

許蒿廬曰：前半闋説舟中。後半闋説琵琶。

柳　永

夜半樂　凍雲黯淡天氣

許蒿廬曰：第一疊言道途所經，第二疊言目中所見，第三疊乃言去國離鄉之感。

蘇　軾

哨遍　睡起畫堂

許蒿廬曰：先言景，後言情；先言晝，後言夜。層次一絲不紊。樓敬思云：「詞到工處，未有静細者。」此亦静細之一端也。又曰：「晝永人間」二句，勒住。「君看」以下總收。

秦　觀

畫堂春　東風吹柳日初長

許蒿廬曰：高麗，直可使耆卿、美成爲輿儓矣。

秦　觀

黄金縷縷　妾本錢塘江上住

許蒿廬曰：仙才，鬼才，兼而有之。

張　耒

風流子　亭皋木葉下

況夔笙曰：張文潛《風流子》：「芳草有情，夕陽無語，雁横南浦，人倚西樓。」景語亦復尋常，惟用在過拍，即此頓住，便覺老當渾成。換頭「玉容，知安否」，融景入情，力量甚大。此等句有力量，非深於詞，不能知也。「香牋」至「沈浮」，微嫌近滑，幸「風前」四句，深婉入情，爲之補救，而「芳心」、「翠眉」又稍刷色。下云：「情到不堪言處，分付東流。」蓋至是不能不用質語爲結束矣。雖古人用心，未必如我所云，要不失爲知人之言也。「香牋共錦字，兩地悠悠」，吾人填詞，斷不可如此率意，勢必縮兩句爲一句，下句更添一意，由情中、景中生出皆可，情景兼到，又盡善矣。雖然突過前人不易，或反不逮前人，視平昔之功力，臨時之杼軸何如耳。

陳師道

菩薩蠻　哀箏一曲湘江曲

許蒿廬曰：含情無限。

晁沖之

臨江仙　憶昔西池池上飲

許蒿廬曰：淡語有深致，咀之無窮。

賀鑄

踏莎行　楊花回塘

許蒿廬曰：「斷無」二句見身份。「當年」二句，有美人遲暮之感。

定風波　牆上夭桃簌簌紅

許蒿廬曰：全用唐詩櫽括入律。

毛滂

燭影摇紅　一畝清陰

許蒿廬曰：水窮雲起，寫入夢境，已極變化。説到夢覺，則更匪夷所思矣。此清空之妙也。

舒亶

菩薩蠻　江梅未放枝頭結

王阮亭曰：鍾退谷評閭邱曉詩，謂具此手段，方能殺王龍標。此等語，乃出渠輩手，豈不可惜。僕每讀嚴分宜《鈐山堂詩》，至佳處，輒作此歎。

徐珂按：亶號懶堂，試禮部第一。初官臨海尉，民有使酒詈逐後母者，亶自起斬之，投劾去。王安石當國，異而用之，洊遷奉禮郎，累官御史中丞，舉劾多私，氣焰熏灼，掎摭善類，株連排抵，朝野側目。且與李定同陷蘇軾，以湖州詩案陷之於罪。阮亭故以嚴嵩比之。

王觀

雨中花　百尺清泉聲斷續

《漫叟詩話》云：不用浮瓜沈李等事，而天然有塵外涼思。

周紫芝

生查子　青絲結曉鬟

許蒿廬曰：「柳困（玉樓空，花落紅窗暖）」十字，麗句。

謝　逸

燕歸梁　六曲闌干翠幕垂

許蒿廬曰：清麗。

南歌子　雨洗溪光淨

許蒿廬曰：前段言簾外，後段言簾内。

周邦彦

點絳唇　遼鶴歸來

許蒿廬曰：淡淡寫來，深情無限，宜楚雲爲之感泣也。

曹組

驀山溪　護霜雲際

許蒿廬曰：「竹外（一枝斜，想佳人、天寒日暮）」二句，幾於合杜、蘇而一之矣。又曰：此首或以爲白石作，然玩結處數語，氣格軟弱，其非姜作可知。

李邴

漢宮春　瀟灑江梅

許蒿廬曰：圓美流轉，何減美成。

劉一止

喜遷鶯　曉光催角

許蒿廬曰：「宿鳥」以下七句，字字真切，覺曉行情景宛在目前，宜當時以此得名。

李彌遜

花心動　水館風亭

許蒿廬曰：前段只寫秋景，换頭以下略點入牛女事，最善避俗。

朱　翌

朝中措　玉臺金盞對炎光

許蒿廬曰：末二句（「舊日東籬陶令，北窗只卧羲皇」），天然巧合。

康與之

長相思　南高峰

《詞苑叢談》云：詞意婉約。

辛棄疾

生查子　去年燕子來

許蒿廬曰：玩第四句（「都把琴書污」），似帶厭惡之意。

浪淘沙　身世酒杯中

許蒿廬曰：與老杜「欲覺聞晨鐘，令人發深省」（編者按，句見杜甫《遊龍門奉先寺》詩）同意。

西江月　明月别枝驚鵲

許蒿廬曰：後疊似乎太直，然確是夜行光景。

清平樂　繞牀飢鼠

許蒿廬曰：有「老驥伏櫪」之概。

沁園春　杯汝來前

陳子宏曰：此如《賓戲》、《解嘲》等作，乃是把做古文手段寓之於詞賦。

又　疊嶂西馳

陳子宏曰：説松而及謝家、相如、太史公，自非脱落故常者，未易闖其堂奥。

黄公度

卜算子　薄宦各東西

許蒿廬曰：骨肉之别，語無一毫妝點。

姚　寛

憶王孫　毿毿楊柳緑初低

許蒿廬曰：與飛卿「送君聞馬嘶」（編者按，句見《菩薩蠻》），各有其妙，正可參看。

踏莎行　蘋葉煙深

許蒿盧曰：前半闋四句是即景。「飛鴻」句至後半闋「回紋」句是遥想。「夢魂」二句，兩層一齊收拾。

程 垓

酷相思 月挂霜林寒欲墜

許蒿盧曰：人人之所欲言，卻是人人之所不能言。又曰：此之謂本色，無筆力者未許妄作邯鄲。

愁倚欄令 春猶淺

許蒿盧曰：昵昵兒女語，妙以渲染出之。

劉克莊

清平樂 宫腰束素

許蒿盧曰：入神。

李 石

臨江仙 煙柳疏疏人悄悄

許蒿盧曰：「倚闌（聞唤小紅聲，熏香臨欲睡，玉漏已三更）」三句，有景有情。「坐待（不來來不去，一方明月中庭）」二句，用劉禹錫詩。「粉牆（東畔小橋横。起來花影下，扇子撲飛螢）」三句，用杜牧之詩。

張　鎡

滿庭芳　月洗高梧

《詞苑叢談》云：曼聲勝其高調。兼形容處，心細如絲。

許蒿廬曰：響逸調遠。又曰：「螢火（墜牆陰）」句陪襯。「任滿身（花影，猶自追尋）」二句，工細。

杜　旟

酹江月　江山如此

許蒿廬曰：六朝興廢，起六句括盡，換頭又提起言之，並寓南宋之慨。

姜　夔

解連環　玉鞍重倚

吴子律曰：言情之詞，必藉景色映託，迺具深婉流美之致。白石「問後約、空指薔薇，歎如此溪山，甚時重至」。似此造境，覺秦七、黄九尚有未到，何論餘子。

許蒿廬曰：「玉鞍」三句，冒起。「爲大喬」以下倒叙。「歎幽歡」二句，與起處遥接。從合至離，他人必用鋪排，當看其省筆處。「問舊約」三句，深情無限，覺少游「此去何時見也」，淺率寡味矣。

周文璞

浪淘沙　還了酒家錢

《詞苑叢談》云：詞旨飄逸，迥出塵表。

陸　游

鵲橋仙　華燈縱博

許蒿廬曰：「酒徒」二句，感憤語，以藴藉出之。「鏡湖」二句，翻用賀知章事，而感慨意即寓其中。

采桑子　寶釵樓上妝梳晚

許蒿廬曰：體格彷彿《花間》，但味較薄耳。南宋小令，佳者大抵皆然。

劉　過

賀新郎　老去相如倦

許蒿廬曰：清衫憔悴，紅粉飄零，千古一淚。

鄭域

昭君怨　道是春來花未

《詞苑叢談》云：比興甚佳。

高觀國

燭影摇紅　别浦潮平

許蒿廬曰：起六句俱寫景物，卻有層次，故不板實。其寫景自下而上，「酒醒」三句，總承起六句。「寥落」二句，收轉前段。

賀新郎　月冷霜袍擁

吴子律曰：詠物雖小題，然極難作，貴有不粘不脱之妙。高竹屋《梅》云：「雲隔溪橋人不度，的皪春心未縱。」刻畫精巧，運用生動，可謂空前絶後矣。

許蒿廬曰：此詞神韻小減，然氣格自佳。又曰：「開徧西湖」二句，奇語不可多得。

御街行　藤�巧摺花紋細

許蒿廬曰：只起二句説轎，以下俱説轎中之人。又曰：「花」字一首中三見，微複。

史達祖

齊天樂　犀紋隱隱黄金嫩

許蒿廬曰：以橘陪襯。

洪瑹

蘘山溪　潮平風穩

許蒿廬曰：兩疊一言初别，一言别後。前歡如夢，後會無期，寫得淋漓盡致。

尹焕

唐多令　蘋末轉清商

許蒿廬曰：情景逼真。

黄昇

清平樂　珠簾寂寂

許蒿廬曰：語語悱惻動人，然較之太白則更傷矣。又曰：末二句（「又是羊車過也，月明花落黄昏」)，似從摩詰「那堪聞鳳吹，門外度金輿」化出。

許芷齋曰：結句，本唐人宮詞「月明花落又黄昏」。

吴文英

水龍吟　艷陽不到青山

許蒿廬曰：一起便如畫。「樹密」三句，從山説到泉。「二十年」三句，自慨。「夜深」二句，懷古。「把閒愁」三句，去路。

祝英臺近　翦紅情

許蒿廬曰：换頭數語，指春盤、綵縷也。「歸夢(湖邊，還迷鏡中路)」二句，從春歸在客先想出。

蔣捷

絳都春　春愁正晝

許蒿廬曰：「細雨」句，景中有情。「歸時(記約燒燈夜。早拆盡、鞦韆紅架)」二句，情中有景。「縱然(歸近，風光又是，翠陰初夏)」二句，曲折入情。

虞美人　絲絲楊柳絲絲雨

許蒿廬曰：「幾度(和雲飛去、覓歸舟)」句，較「天際識歸舟」更進一層。

陳允平

綺羅香　雁宇蒼寒

許蒿廬曰：以此接武梅溪，亦如驂之在靳。

永遇樂　玉腕籠寒

許蒿廬曰：「雲南（歸雁，樓西飛燕，去來慣認炎凉）」三句，所謂賦而興也，故下直接云「王孫遠」。

周密

臺城路　槐陰忽送清窗怨

許蒿廬曰：朗潤清越，詠物題中所難。

疎影　冰條凍葉

許蒿廬曰：「横斜照水」，是題前引子，即爲下文伏脈。「一花初發」以下，方是正面描寫。「輕妝（誰寫崔徽面，認隱約、煙綃重疊）」句比。「記夢回（，紙帳殘燈，瘦倚數枝清絶）」二句，比而賦。

王沂孫

摸魚兒　洗芳林夜來風雨

許蒿廬曰：筆路與思路俱極尖巧，尤妙在無一點俗氣，否則便類市井小兒聲口矣。

張思嚴曰：《苕溪漁隱叢話》云：山谷詞「春歸何處。寂寞無行路。若有人知春去處。喚取歸來同住。」王逐客詞「若到江南趕上春，千萬和春住。」體山谷語也。愚意碧山此闋，亦從逐客、山谷兩詞脱化而出。

慶春宫　殘萼梅酸

許蒿廬曰：與竹山「縱然歸近，風光又是，翠陰初夏」（編者按，句見蔣捷《絳都春》），各有其妙。

掃花游　商飆乍發

許蒿廬曰：不似竹山羅列許多秋聲，命意與歐公一賦彷彿相似。但從旅客情懷説來，便覺愴然。又曰：「頓驚」句，一闋之主意。「想邊鴻」四句，借以作波，亦如歐公賦末用「蟲聲唧唧」也。

三姝媚　紅纓懸翠葆，漸金鈴枝深，瑶階花少

許蒿廬曰：「紅纓」三句，正寫起。「萬顆」以下三層，俱是借用法。

水龍吟牡丹　曉寒慵揭珠簾

許蒿廬曰：《牡丹》、《海棠》、《落葉》三首，俱明雋清圓，無堆垜之習。

又海棠　世門無此娉婷

許蒿廬曰：《牡丹》、《海棠》兩首，前後結句彷彿相似，尚少變化。

張 炎

清平樂 候蛩淒斷

許蒿廬曰：淡語能腴，常語有致，惟玉田爲然。

南樓令 風雨怯殊鄉

許蒿廬曰：「暗憶」以下是追憶。

風入松 老來學圃樂年華

許蒿廬曰：如讀儲、王田家詩。

壺中天 揚舲萬里

許蒿廬曰：「須信（平生無夢到，卻向而今遊歷）」二句，淡語入情，人不能道。

湘月 行行且止

許蒿廬曰：起四句，細細寫景。「縱使」二句，寄慨。「落日」二句，收轉。「幾時」二句，去路。

新雁過妝樓 風雨不來

許蒿廬曰：蕭疎淡遠，雅與題稱。

疎影 柳黄未結

許蒿廬曰：先述舊游，後説北歸。於事則爲順叙，於法則爲倒裝。

渡江雲　山空天入海

許蒿廬曰：曲折如意。

木蘭花慢　水痕吹杏雨

許蒿廬曰：前段只寫舟中情景。換頭以下方說昔游。

掃花游　嫩寒禁暖

許蒿廬曰：上半闋結句引起下半闋。

探春慢　銀浦流雲

許蒿廬曰：「纔放（些晴意，早瘦了、梅花一半。也知不做花看，東風何事吹散）」四句，可謂筆如其手，手如其口矣，不意於詠物題得之。

綺羅香　萬里飛霜

許蒿廬曰：「甚荒溝（一片淒涼。載情不去載愁去）」二句，用事無迹。

南浦　波暖綠粼粼

許蒿廬曰：亦空闊，亦微妙。

疎影　黄昏片月

許蒿廬曰：人巧極而天工錯，草窗亦應退三舍避之。又曰：「黄昏片月」四字，標出眼目。「窺鏡」八句，三層模寫，賦而比也。

張　桂

菩薩蠻　東風忽驟無人見

許蒿廬曰：新倩。

湯　恢

二郎神　瑣窗睡起

許蒿廬曰：以會合與別離兩層夾寫。

汪元量

鶯啼序　金陵故都最好

許蒿廬曰：慨古實以傷今，當與《麥秀》之歌、《黍離》之詩並傳。「金陵」三句，點清重過。「檻外」句，虛籠。「更落盡」三句，只作引子，亦是襯法。「問青山」三句，領起下二段。「麥甸」五句，兩層俱是所見，一下一高。「聽樓頭」句，所聞。「漸夜深」二句，轉接。「傷心」二句，略頓。「因思」九句，追思致亂之由。「歎人間」句，總收。「東風」三句，仍應轉第一段。

李萊老

生查子　妾情歌柳枝

許蒿廬曰：「樓上（數殘更，馬上看新月）」二句，從「樓上黄昏，馬上黄昏」（編者按，劉仙倫《一剪梅》結句作「馬上黄昏，樓上黄昏」，許氏引文上下句誤倒）脱來。

趙汝鈉

水龍吟　露華洗盡凡妝

許蒿廬曰：「雪空冰冷，此情唯許，鷺知鷗見」句，微複。

張詠川曰：（「冰肌雪艷，清涼不汗」）「不汗」二字微硬，視蜀主「冰肌玉骨清無汗」，只换一字，何等穩妥。

陳紀

賀新郎　趁拍哀絃促

許蒿廬曰：稼軒作從昔人説起，此作就本事説起，合二闋觀之，可以識章法之變。

無名氏

踏莎行　碧蘚迴廊

許蒿廬曰：可與後主「花明月暗」詞並傳。又曰：「融情景於一家」，固是詞中三昧，若論艷詞，則與其多作情語，無寧多作景語。蓋情語尤易流入鄙褻也。細玩自知。

吴　激

眼兒媚　蕭蕭江上荻花秋

許蒿廬曰：希文「眉間心上，無計相迴避」，易安襲用之，而語較工。此則更加尖穎矣。

人月圓　南朝千古傷心地

許蒿廬曰：花庵稱其精妙悽婉，良然。然只是善於運化唐句耳。

党懷英

青玉案　紅莎緑蒻春風餅

《詞苑叢談》云：與黄魯直「口不能言，心下快活」，雅俗自覺霄壤。

況夔笙曰：（「痛飲休辭今夕永。與君洗盡，滿襟煩暑，別作高寒境」）以松秀之筆，達清勁之氣，倚聲家高詣也。「松」字最不易做到。

元好問

邁陂塘　問世間情是何物

張玉田曰：立意高遠。

又　問蓮根有絲多少

許蒿廬曰：遺山二闋，綿至之思，一往而深，讀之令人低徊欲絶。

董解元

哨徧　太皡司春

況夔笙曰：此詞運情發藻，妥帖易施。體格於樂章爲近。

趙　雍

玉珥墜金環　乳燕交飛

許蒿廬曰：前後俱説目前情景，只中間數語是追叙舊情。

水調歌頭　春色去何急

吴子律曰：仲穆以孤忠自許，而興亡骨肉之感默寓其中，意當時父子之仕亦實有不得已者，良可悲也。

張翥

陌上花　關山夢裏

許蒿廬曰：曲折如意。

滿江紅　前度劉郎

許蒿廬曰：「啼鳥（猶知人悵望，東風不管花狼藉。又凄凄、紅雨夕陽中，空相憶）」四句，爲畫圖作勢。「丹青（筆，還留得）」句點睛。

多麗　晚山青

吴子律曰：「藕花深（、雨涼悲翠，菰蒲軟、風弄蜻蜓）」二句，絶似梅溪。

露華　瀛洲種玉

吴子律曰：「琢就」二句，絶似夢窗。

定風波　恨行雲特地高寒

吴子律曰：「一樹（瑶花可憐影。低映。怕月明照見，青禽相并）」四句，絶似碧山。

水龍吟　芙蓉老去妝殘

吴子律曰：「船窗（雨後，數枝低入，香零粉碎）」三句，絶似玉田。

許蒿廬曰：以「芙蓉」引起。以「瘦葦」襯寫。「幾度（臨流送遠，向花前、偏驚客意）」二句，點入送客。「船窗」三句，寫得入畫。「不見（當年，秦淮花月，竹西歌吹）」三句，帶出廣陵。「但此時（此處，叢叢滿眼，伴離人醉）」三句，收轉蓼花。

綺羅香　燕子梁深

吴子律曰：仲舉《雨中舟次洹上》，先寫四時之雨，而云「水閣雲窗，總是慣曾經處」二語總束。接云「曾信有、客裏關河，又怎禁、夜深風雨」二語跌醒。接云「一聲聲、滴在疏篷，做成情味苦」二語煞足。章法絶奇，從辛稼軒《賀新郎》化出。

疎影　山陰賦客

許蒿廬曰：前段只説梅花，後段方説畫梅。又曰：「微霜（恰護朦朧月，更漠漠、暝煙低隔）」二句，爲畫圖伏脈。「恨翠禽（啼處驚殘，一夜夢雲無際）」二句，跌起畫梅。「唯有（龍梅解染）」句，直接。

摸魚兒　記西湖水邊曾見

吴子律曰：「墨池（雪嶺三生夢，唤起縞衣仙子。仍獨自，伴瘦影，黄昏和月窺窗紙）」五句，絶似石帚。

許蒿廬曰：蹊徑與《疎影》相似。又曰：「仍獨自」三句，有追魂攝魄手段。

張埜

水龍吟　落花天氣初晴

許蒿盧曰：「落花」五句虚，「雪繭」七句實。

倪瓚

人月圓　傷心莫問前朝事

許蒿盧曰：前段全用竇鞏《南游感興》詩，後段則用劉禹錫《石頭城》詩語意。

徐珂　輯編

清詞選集評

劉彦捷　輯録

清詞選集評目録

卷上

卷下

清詞選集評卷上

吴偉業

浣溪沙　斷頰微紅眼半醒

譚復堂師曰：本色詞人語。

滿江紅　沽酒南徐

譚復堂師曰：瀏於稼軒。

龔鼎孳

東風第一枝　鳳琯排煙

譚復堂師曰：有諷。

薄倖　碧簾風綃

譚復堂師曰：去國懷人，日暮塗遠。

趙進美

醉落魄　木犀小院

譚復堂師曰：觚稜之夢。

李雯

菩薩蠻　薔薇未洗燕支雨

譚復堂師曰：亡國之音。

謁金門　楓葉舞

譚復堂師曰：淒咽。

鵲踏枝　慘碧愁黄無氣力

譚復堂師曰：客子畏人。

鳳凰臺上憶吹簫　漏咽銅龍

譚復堂師曰：當言未言。

虞美人　廉纖斷送荼蘼架

譚復堂師曰：《九辨》之遺。

虞美人　蜂黄蝶粉依然在

譚復堂師曰：故國之思。

浪淘沙　金縷曉風殘

譚復堂師曰：哀於墮溷。

風流子　誰教春去也

譚復堂師曰：同病相憐。

曹　溶

霓裳中序第一　繡囊冷雲輭

譚復堂師曰：沉著似盛唐詩。

宋　琬

蝶戀花　月去疏簾纔幾尺

譚復堂師曰：戞譏。

宋徵輿

踏莎行　錦幄銷香

譚復堂師曰：何減馮、韋？

憶秦娥　黄金陌

譚復堂師曰：身世可憐。

浪淘沙　雁字起江干

譚復堂師曰：縮本《哀江南賦》。

蝶戀花　寶枕輕風秋夢薄

譚復堂師曰：悱惻忠厚。

玉樓春　雕梁畫棟原無數

譚復堂師曰：探喉而出。

王　庭

暗香　半城落日

譚復堂師曰：南渡樂章之奥。

王士禛

點絳唇　水滿春塘

譚復堂師曰：源出小樂府。

減字木蘭花　紗窗夢起

譚復堂師曰：嬋娟著眼。

醉花陰　香閨小院閒清晝

譚復堂師曰：含悽垂縮，尚不墮入曲子。

浣溪沙　北郭青谿一帶流

譚復堂師曰：名貴。

同前　白鳥朱荷引畫橈

譚復堂師曰：風人之旨。

蝶戀花　涼夜沉沉花漏凍

譚復堂師曰：深於梁陳。

賀新郎　過雨花如繡

譚復堂師曰：居然勝欲。

吴兆騫

念奴嬌　牧羝沙磧

譚復堂師曰：其氣不怯，宜乎生還。

李天馥

憶王孫　妒春良夜愛春朝

譚復堂師曰：人意中語。

孔尚任

鷓鴣天　院静廚寒睡起遲

譚復堂師曰：哀於《麥秀》。

毛際可

蝶戀花　桂魄清涼寒玉宇

沈偶僧曰：曲折。

潘瀛選

新荷葉　日麗風柔

卜清姒女士曰：此詞韶令可憙。塘水初澄、「雛晴嫩霽」比喻美人，並皆匪夷所思。苟非其人身有仙骨，來自羣玉山頭、瑶臺月下，烏足與語斯恉？　徐珂按：卜清姒爲臨桂況夔笙周頤室。

鄒衹謨

浣溪沙　何事連宵唱懊儂

謝枚如曰：《浣溪沙》調不易填，以其句法近詩。程村《别緒》到恰好地位，且有餘味。

曹貞吉

留客住　瘴雲苦

譚復堂師曰：投荒念亂之感。

玉樓春　蘼蕪一翦城南路

譚復堂師曰：警策。

水龍吟　平湖煙水微茫

譚復堂師曰：瑶臺嬋娟。

江　皋

江神子　幾枝疏樹近斜陽

譚復堂師曰：每作一波，恒三過折。

毛先舒

滿江紅　一片殘陽

譚復堂師曰：豐柔婀娜。

水龍吟　怳然夢影樓臺

譚復堂師曰：詩人之詞。

沈　謙

清平樂　香羅曾寄

譚復堂師曰：小樂府遺意，與俳詞衹隔一塵，須嚴辨之。

東風無力　翠密紅疏

譚復堂師曰：神似稼軒。

清平樂　雪消水溢

譚復堂師曰：源出《金荃》。

浪淘沙　彈淚溼流光

譚復堂師曰：天籟。

滿江紅　獨對銀釭

譚復堂師曰：幽思。

吴　綺

浣溪沙　吴苑青苔鎖畫廊

譚復堂師曰：「東風紅豆」最下，最傳。似此含悽古淡，乃爲不負。

佟世南

山花子　芳信無由覓彩鸞

譚復堂師曰：不無天際輕陰之感。

顧貞觀

南鄉子　嘹唳夜鴻鳴

譚復堂師曰：清空若拭。

石州慢　一月長河

譚復堂師曰：貧士失職。

金縷曲　季子平安否、我亦飄零久

譚復堂師曰：使人增朋友之重，可以興矣。

徐倬

金縷曲　碧海晶簾卷

譚復堂師曰：詞中杜陵。此境宋人未有。遺山、伯雨之流也。

性德

譚復堂師曰：周稚圭云，或言納蘭容若，南唐李重光後身也，予謂重光，天籟也，恐非人力所及。容若長調多不協律，小令則格高韻遠，極纏緜婉約之致，能使殘唐墜緒絶而復續。第其品格，殆叔原、方回之亞乎！

臺城路　白狼河北秋偏蚤

譚復堂師曰：偪真北宋慢詞。

蝶戀花　辛苦最憐天上月

又　眼底風光留不住

又　又到綠楊曾折處

又　蕭瑟蘭成看老去

譚復堂師曰：勢縱語咽，淒澹無聊，延巳、六一而後，僅見湘真。

錢芳標

憶少年　小屏殘燭

譚復堂師曰：源出義山。

臨江仙　歷歷槿籬芳草徑

譚復堂師曰：適怨清和，如聞錦瑟。

雙雙燕　記休休宴

譚復堂師曰：固是推衍唐人，正是詞家本色。

水龍吟　黄昏庭院無人

譚復堂師曰：當時貳臣倖進，詞人刺之。

薄倖　裲襠殘綫

譚復堂師曰：取材六朝樂府，聲情亦肖似矣。

水龍吟　乍晴紋簟涼多

譚復堂師曰：神味居然淮海。

望海潮　窮桑一髮

譚復堂師曰：當作於海事定後。

彭孫遹

生查子　薄醉不成鄉

譚復堂師曰：唐調。

柳梢青　何事沉吟

譚復堂師曰：不嫌太盡。

宴清都　四壁秋聲靜

譚復堂師曰：絶似中仙。

花心動　幾陣西風

譚復堂師曰：體素儲潔。

踏莎行　鶯擲金梭

譚復堂師曰：觸緒無端。

少年遊　花底新聲

譚復堂師曰：自然湊泊。

秦松齡

臨江仙　向日風流今在否

譚復堂師曰：情景相副。

尤侗

水龍吟　卷簾但見飛花

譚復堂師曰：似勝質夫。

高　詠

聲聲慢　隋隄銷翠

譚復堂師曰：感起隋隄、漢苑，便爾身世難堪。

毛奇齡

南歌子　茜染牆頭草、鐵鑊生粱子

譚復堂師曰：五代單調，幾成絶響。

南柯子　驛館吹蘆葉

譚復堂師曰：北宋句法。

陳聶恒

臨江仙　曉色也知晴更好

況夔笙曰：恰合分際，不犯刻露。南宋人遜北宋以此。

定風波　窣地谿聲裹月流

況夔笙曰：不黏不脱，題畫詞斯爲合作。

浣溪沙　坐待三更恨二更

謝枚如曰：清宕。

鄧漢儀

小重山　淮水横拕柳線柔

譚復堂師曰：從李後主《浪淘沙》出。

孫致彌

解連環　豆花微雨

譚復堂師曰：骨堅音脆。

張台柱

念奴嬌　游絲裊裊

譚復堂師曰：清麗。

朱彝尊

高陽臺　橋影流虹

譚復堂師曰：遺山、松雪所不能爲。

桂殿秋　思往事

譚復堂師曰：單調小令，近世名家復振五代、北宋之緒。

賣花聲　衰柳白門灣

譚復堂師曰：聲可裂竹。

百字令　崇墉積翠

譚復堂師曰：意深。

河傳　南陌

譚復堂師曰：漸近自然。

百字令　横街南巷

譚復堂師曰：有潛氣内轉之妙。

蝶戀花　十里雷塘歌吹遠

譚復堂師曰：吞吐離即。

臨江仙　菜甲齊開更歛

譚復堂師曰：風諭三昧。

水龍吟　當年博浪金椎

譚復堂師曰：何堪使洪、吴輩聞之。

金縷曲　誰在紗窗語

譚復堂師曰：人才進退，知己難尋，所感甚深。

春風裊娜　倩東君著力

譚復堂師曰：層臺嬋媛。

暗香　凝珠吹黍

譚復堂師曰：纍纍如貫珠。

綺羅香　挾火難温

譚復堂師曰：刺詞。

陳維崧

滿江紅　二十年前

譚復堂師曰：失職不平。

夏初臨　中酒心情

譚復堂師曰：故家喬木，語自不同。

琵琶仙　暝色官橋

譚復堂師曰：亦似海上未靖時作。

慶春澤　已近花朝

譚復堂師曰：尚有拙致，頻伽不能爲。

摸魚子　是誰家

譚復堂師曰：拔奇本師長歌之外。

譚復堂師曰：錫鬯、其年出而本朝詞派始成。顧朱傷於碎，陳厭其率，流弊亦百年而漸變。錫鬯情深，其年筆重，固後人所難到，嘉慶以前，爲二家牢籠者十居七八。

嚴繩孫

南歌子　積潤初消砌

譚復堂師曰：能用重筆。

雙調望江南　歌宛轉

譚復堂師曰：稼軒之神。

御街行　算來不似瀟瀟雨

菩薩蠻　君恩自古如流水

丁杏舲曰：二詞似有所諷。

孫枝蔚

臨江仙　春到揚州人又去

譚復堂師曰：岸異。

李良年

暗香　春纔幾日

譚復堂師曰：白石故以幽勝。

疏影　旗亭隴首

譚復堂師曰：澀處可味。

蝶戀花　暎水藤邊絲萬縷

譚復堂師曰：《珠玉》、《六一》。

李符

疏影　雙橈且住

譚復堂師曰：惝怳迷離，意有所指，絶似六朝賦手。

吴棠楨

滿庭芳　紅樹藏雅

譚復堂師曰：哀玉之音。

沈岸登

珍珠簾　緑筠翦取煙江畔

譚復堂師曰：漸開常州一派。

浣溪沙　自在珠簾不上鉤

譚復堂師曰：比興温厚。

龔翔麟

南浦　人柳乍三眠

譚復堂師曰：南宋本色。

王允持

解連環　亂帆零雨

譚復堂師曰：歛抑斷續。

沈　崑

鎖窗寒　雨細吹絲

譚復堂師曰：觸緒幽咽。

梁佩蘭

山花子　水闊瀟湘見二妃

譚復堂師曰：善學唐人。

錢肇修

滿庭芳　酥雨澆花

譚復堂師曰：遲遲春晝，未久日斜，鶯聲蝶影，轉眴皆非，此危辭也。

魏　坤

摸魚子　禁煙時

譚復堂師曰：遠懷如訴。

徐　瑶

惜紅衣　雲母屏前

尤展成曰：惝恍迷離，得神光離合之妙。

杜　詔

杏花天　柳絲風翦青旗颭

譚復堂師曰：側艷正宗。

張　梁

西子妝　浥翠窗深

譚復堂師曰：徘徊婉約，一往而深。

徐逢吉

霓裳中序第一　纔看過寒食

譚復堂師曰：鬬亂不亂。

厲　鶚

齊天樂　瘦筇如唤登臨去

譚復堂師曰：頓挫跌宕。

百字令　春光老去

譚復堂師曰：忍俊不禁。

揚州慢　疏雨催妍

譚復堂師曰：縹緲之音。

賣花聲　花月秣陵秋

譚復堂師曰：才人同感。

曲游春　一水仙源曲

譚復堂師曰：至竟迷離。

丁香結　吹落嬌雲

譚復堂師曰：太鴻思力，可到清真，苦爲玉田所累。

玉漏遲　薄游成小倦

譚復堂師曰：柔厚幽森。

百字令　秋光今夜

譚復堂師曰：與于湖洞庭詞壯浪幽奇，各極其勝。

憶舊游　遡溪流雲去

譚復堂師曰：白石卻步。

齊天樂　簟淒鐙暗眠還起

譚復堂師曰：詞禪。

八歸　初翻雁背

譚復堂師曰：無垂不縮。

高陽臺　縞月嚬香

譚復堂師曰：靚妝獨立之態。

蕙蘭芳引　塵沁短衣

譚復堂師曰：關山失路，觸緒可憐，與登車攬轡者別是一種心眼。黄莘田詩：「我亦譬如騎竹日，所思人本不曾來」，彼教所謂轉語。

聲聲慢　簾垂有影

譚復堂師曰：如此方是清空，不質實。

譚復堂師曰：填詞至太鴻，真可分中仙、夢窗之席。世人爭賞其餖飣窳弱之作，所謂「微之識碔砆」也。《樂府補題》别有懷抱，後來巧搆形似之言，漸忘古意，竹垞、樊榭不得辭其過。浙派爲人詬病，由其以姜、張爲止境，而又不能如白石之澀、玉田之潤。録乾隆以來詞慎取之。

王時翔

踏莎行　嫩嫩煙絲

譚復堂師曰：工於著句。

緑意　采香怎定

譚復堂師曰：緑陰中有人，緑陰外有事，此賦物三昧。

王　愫

清平樂　雨濃煙暝

譚復堂師曰：森竦。

毛　健

疏影　秦簫怨咽

譚復堂師曰：翫其斷續之妙。

王　嵩

滿庭芳　中酒心情

譚復堂師曰：野雲孤飛，去留無迹，妙在語言之外。

王太岳

憶秦娥　愁如織、人如削

譚復堂師曰：紆回隱軫，《騷》《辨》之遺。

張四科

邁陂塘　問江南

譚復堂師曰：火攻碧山。

史承謙

一萼紅　楚江邊

譚復堂師曰：加一倍法。

蔣士銓

長亭怨慢　畫檐上

譚復堂師曰：詩人比興。

水調歌頭　偶爲共命鳥

譚復堂師曰：生氣遠出，善學坡仙。

賀新涼　水鳥愁鐘鼓

譚復堂師曰：源出山谷《演雅》。

戴敦元

減字木蘭花　金風玉露

譚復堂師曰：清節名臣，情深語婉，希文、永叔之流亞。

吴　鎮

玉蝴蝶　扼腕炎靈末季

況夔笙曰：後段字字勁偉。

意難忘　纔上離筵

況夔笙曰：换頭稼軒勝處。

憶少年　飄飄梧葉

況夔笙曰：蘇、辛卻無此娟雋。

儲秘書

蝶戀花　乍減羅衣寒未褪

譚復堂師曰：天際乍輕陰。

趙文哲

倦尋芳　柳遮翠館

譚復堂師曰：態濃意遠。

鄭　澐

齊天樂　雁風吹送燕南雪

譚復堂師曰：森峻威夷。

林蕃鍾

清平樂　翠禽飛盡

譚復堂師曰：含悽古淡。

玉樓春　羅幃小障殘寒淺

譚復堂師曰：微詞可悟。

探花慢　潮落沙平

譚復堂師曰：蕭條温厚。

珍珠簾　暮帆微覺西風勁

譚復堂師曰：清絶滔滔。

南浦　薄霧散愁陰

譚復堂師曰：大筆壓榨，士衡所謂警策。

梅子黄時雨　殘葉離亭

譚復堂師曰：雖未空際盤旋，而婉約有晚唐人絶句意思。

沈起鳳

玉蝴蝶　涼意乍歸庭樹

譚復堂師曰：猶有古服勁裝之意。

黄景仁

醜奴兒慢　日日登樓

譚復堂師曰：名作，於律太疏。

沈清瑞

東風第一枝　火樹藏橋

譚復堂師曰：語含比興。

吴錫麒

望湘人　慣留寒弄暝

譚復堂師曰：迷離悒怏，若近若遠。

凌廷堪

摸魚兒　暮天空

譚復堂師曰：奇情蹴起。

李方湛

齊天樂　燕歸换得哀鴻到

譚復堂師曰：精警。

吴翌鳳

玉樓春　空園數日無芳信

譚復堂師曰：俊絶。

瑶華　疏花散霧

譚復堂師曰：名貴。

桂枝香　蘋風吹晚

譚復堂師曰：善用逆筆。

倦尋芳　碧雲向晚

譚復堂師曰：意境深異。

滿庭芳　花氣浮春

譚復堂師曰：琴簫俊韻，秦七去人不遠。

齊天樂　十年不上吹笙路

譚復堂師曰：秀絶。

郭麐

臺城路　薄陰不散霜飛早

譚復堂師曰：雅令。

望湘人　漸蕭蕭瑟瑟

譚復堂師曰：清深婉麗。

疏影　珠嘑玉泣

譚復堂師曰：深思密藻，漸近張、周。

疏影　生香活色

譚復堂師曰：亦本色語。　運思窈曲，不覺其易盡。

高陽臺　暗水通潮

譚復堂師曰：中邊俱徹。

譚復堂師曰：南宋詞敝瑣屑餖飣，朱、厲二家学之者流爲寒乞，枚菴高朗，頻伽清疏，浙派爲之一變，而郭詞則疏俊少年尤喜之。　予初事倚聲，頗以頻伽名雋，樂於風詠，繼而微窺柔厚之旨，乃覺頻伽之薄，又以詞尚深澀，而頻伽滑矣。　後來辨之。

劉嗣綰

木蘭花慢　插天湖柳碧

譚復堂師曰：離即吞吐間求之。

楊夔生

高陽臺　隱霧蛾消

譚復堂師曰：昂昂若千里之駒。

木蘭花令　緑香繡帳懸空霧

譚復堂師曰：《金荃》遺響，不絶如縷。

一萼紅　遡空明輕移吟鷁

譚復堂師曰：胸襟甚大，鍼線甚細，此非易到。

左　輔

浪淘沙　水輭櫓聲柔

譚復堂師曰：所感甚大。

南浦　潯陽江上

譚復堂師曰：濡染大筆，此道遂尊。

蘇幕遮　玉波寒

譚復堂師曰：畏此簡書，徘徊求助，詞當作於已達時。

沈蓮生

蝶戀花　年去年來江上燕

譚復堂師曰：浮雲白月，與此同慨。

曹言純

步蟾宫　鳳脛燈小添油灼

黄韻甫曰：小令觸緒生情，瑣瑣如道家常，深得古樂府神理。

孫鼎烜

綺羅香　碎裂苔箋

譚復堂師曰：伯雨、仲舉妙處傳矣。捫之有稜，使人不思南宋。

二郎神　凍雲紺合

譚復堂師曰：婉甚。

張惠言

木蘭花慢　儘飄零盡了

譚復堂師曰：撮兩宋之菁英。

水調歌頭　東風無一事

又　百年復幾許

又　珠簾卷春曉

又　今日非昨日

又　長鑱白木柄

譚復堂師曰：胸襟學問，醖釀噴薄而出，賦手文心，開倚聲家未有之境。

相見歡　年年負卻花期

譚復堂師曰：信手拈來。

木蘭花慢　是春魂一縷

譚復堂師曰：屈曲洞達。

玉樓春　一春長放秋千靜

譚復堂師曰：善學子野。

張　琦

六醜　悵秋光漸老

譚復堂師曰：美成思力。

摸魚兒　漸黄昏

譚復堂師曰：風刺隱然。

南浦　驚回殘夢

譚復堂師曰：所謂深美閎約。

譚復堂師曰：翰風與哲兄同撰《宛鄰詞選》，雖町畦未盡，而奥窔始開。其所自爲，大雅遒逸，振北宋名家之緒。其子仲遠序《同聲集》有云「嘉慶以來名家，均從此出」，信非虚語。周正庵益窮正變，潘四農又持異論，要之，倚聲之學，由二張而始尊耳。

錢季重

六醜　正木棉乍試

譚復堂師曰：寫仿清真，唐臨晉帖，終非廖瑩中所能爲。

四園竹　蜂須蝶粉

譚復堂師曰：用意深遠。

丁履恒

緑意　暗蛩吟斷

譚復堂師曰：人品甚高。

滿庭芳　冥霧沈山

譚復堂師曰：氣體高妙。

金應城

湘春夜月　鎮愁人

譚復堂師曰：温潤縝密。

臨江仙　篆縷厭厭人悄悄

譚復堂師曰：如明七子之擬古。

金式玉

六州歌頭　重帷深鎖

譚復堂師曰：言近指遠。

鄭善長

緑意　芳塘曲處

譚復堂師曰：叔夏卻步。

高陽臺　暮雨催眠

譚復堂師曰：常州詞派不善學之，入於平鈍廓落。當求其用意深雋處。

周　濟

渡江雲　春風真解事

譚復堂師曰：怨斷之中，豪宕不減。

垂楊　秋懷漸遠

譚復堂師曰：開闔動盪。

徵招　邊笳吹老天山雪

譚復堂師曰：擲筆空際，偉岸深鷙，如讀杜詩。

滿庭芳　珍重經年

譚復堂師曰：逋峭。

夜飛鵲　春酣鎮無語

譚復堂師曰：閎約。

八六子　竟春歸

譚復堂師曰：温然其辭。

蝶戀花　柳絮年年三月暮

譚復堂師曰：渾灝。

一萼紅　漏聲沈

蔣劍人曰：纏綿婉約中得深厚之致。

六醜　向濃陰翠幄

蔣劍人曰：精思妙緒，宛轉環生，《片玉》家風，洵乎未墜。其聲律謹嚴處可謂字字從華嚴法界中來。

金明池　十五年前

譚復堂師曰：風刺。

譚復堂先生曰：《茗柯詞選》出，倚聲之學日趨正鵠。張氏甥董晉卿造微踵美，止庵切磋於晉卿，而持論益精。其言曰：「慎重而後出之，馳騁而變化之，胸襟醞釀乃有所寄。」又曰：「詞非寄託不入，專寄託不出。一物一事，引申觸類，意感偶生，假類必達，斯入矣；萬感横集，五中無主，赤子隨母笑啼，野人緣劇喜怒，能出矣。」以予所見，周氏撰定《詞辨》、《宋四家詞選》，推明張氏之旨而擴大之，此道遂與於著作之林，與詩賦文筆同其正變也。止庵自爲詞精密純正，與茗柯把臂入林。

董士錫

江城子　寒風相送出層城

譚復堂師曰：格高。

憶舊游　恨繁華遊水

譚復堂師曰：鬱勃無端。

董基誠

南浦　幽夢戀重衾

譚復堂師曰：幽陗。

董祐誠

菩薩蠻　銀鐙别夜飛金雀

又　江南剗地花如海

又　黄昏風雨連天草

又　簾前一夜霜華紫

張韻梅曰：情至文生，麗而有則。

譚復堂師曰：舊恨新愁，鉤鏁完密，花驛畫樓皆夢境。

翠樓吟　夢冷金娥

譚復堂師曰：驚心動魄，正復盪氣回腸。

戈　載

齊天樂　春愁飛滿斜陽裏

蔣劍人曰：流麗盡致。

汪士進

鵲橋仙　幾重煙水、誰知今夜

譚復堂師曰：嬋嫣百態。

承　齡

金縷曲　莫翦燈花穗

譚復堂師曰：善學幼安。

采桑子　永豐坊裏尋常見

譚復堂師曰：妍妙。

憶舊游　怎燕子鶯兒

譚復堂師曰：草窗勝境。

雙雙燕　玉釵股上

譚復堂師曰：幽靚悽婉。

潘德輿

蝶戀花　百尺高樓春色暮

譚復堂師曰：駘盪縹緲，何嘗非陽湖詞派。

望海潮　闌干醉拍

譚復堂師曰：亦在草窗、玉田間，何遽北宋？

譚復堂師曰：四農大令《與葉生書》略曰：「張氏《詞選》抗志希古，標高揭己，宏音雅調，多被排擯。五代、北宋，有自昔傳誦，非徒隻句之警者，張氏亦多絜然置之。竊謂詞濫觴於唐，暢於五代，而意格之閎深曲摯則莫盛於北宋。詞之有北宋，猶詩之有盛唐，至南宋則稍衰矣」云云，張氏之後，首發難端，亦可謂言之有故。然不求立言宗旨而以迹論，則亦何異明中葉詩人之侈口盛唐邪？宜《養一齋詞》平鈍淺狹，不足登大雅之堂也。然其鍼砭張氏，亦是諍友。

宋翔鳳

高陽臺　雲疊離情

譚復堂師曰：婉約。

汪全德

唐多令　春水細紋生

譚復堂師曰：格韻俱遠。

探春慢　薄靄籠寒

譚復堂師曰：氣體甚高。

緑意　春愁如綺

譚復堂師曰：北宋名篇，柔澹秀折。

掃花游　谿邊一樹

譚復堂師曰：情語，癡絶。

舒位

緑意　青燈促漏

譚復堂師曰：高格遠韻。

周之琦

三姝媚　交枝紅在眼

譚復堂師曰：工力甚深。

一枝春　珂里新晴

譚復堂師曰：仙骨。

瑞鶴仙　柳絲征袂綰

譚復堂師曰：仲宣灞岸之篇。

思佳客　杷上新題間舊題

譚復堂師曰：唐人佳境，寄託遥深，《珠玉》、《六一》之遺音也。

吴慈鶴

高陽臺　鑄柳塗金

譚復堂師曰：吐屬非凡，人品高峻。

李　堂

望湘人　正回潮落處

譚復堂師曰：雅詞。

汪潮生

高陽臺　浪蹙鱗圓

譚復堂師曰：君聽空外音。

高陽臺　陌上春歸

譚復堂師曰：悽澹。

百字令　漏聲初轉

譚復堂師曰：少游、方回有此替人。

大酺　正漏將殘

譚復堂師曰：麗密悲斷。

湘春夜月　太淒清

譚復堂師曰：婉約。

木蘭花慢　是誰家長笛

譚復堂師曰：《士不遇賦》，不徒作孤憤語。

高陽臺　暝外含晴（編者按，暝，原誤作瞑）

譚復堂師曰：沖微。

尤維熊

應天長　懨懨人病了

譚復堂師曰：精到。

蕭師度

月下笛　雁底懷人

譚復堂師曰：有數名篇。

仲　湘

緑意　垂楊巷陌

譚復堂師曰：忍俊不禁。

吴廷鉁

山花子　寂寞東籬鞠已殘

譚復堂師曰：一字一珠。

高陽臺　暖雪烘晴

譚復堂師曰：瑚塵鏤香，無微不入，奇作也。

臺城路　寒枝未别聲先急

譚復堂師曰：三昧。

王　曦

湘月　春風十里

譚復堂師曰：氣體勝。

水龍吟　迢迢萬里長空

譚復堂師曰：書家所謂逆入平出。

暗香　半窗月白

譚復堂師曰：感遇。

水龍吟　分明鏡裏朱顔

譚復堂師曰：緜麗。

憶舊游　更看花幾度

譚復堂師曰：有諷。

江　沅

高陽臺　早色侵衣、小雨開晴

譚復堂師曰：依約宛轉。

項鴻祚

譚復堂師曰：蓮生，古之傷心人也。盪氣回腸，一波三折，有白石之幽澀而去其俗，有玉田之秀折而無其率，有夢窗之深細而化其滯，殆欲前無古人。以成容若之貴、項蓮生之富，而填詞皆幽艷哀斷，異曲同工，所謂别有懷抱者也。

朱　綬

選冠子　細馬妝殘

譚復堂師曰：濡染淋漓。

瑞鶴仙　笑笑凋淚影

譚復堂師曰：綺密。

臺城路　韋郎吟鬢看如此

蔣劍人曰：後段純乎題外，取神「西風」三句，得唐賢三昧，氣味亦厚。

顧　翰

清平樂　翠陰如埽

譚復堂師曰：得文章加一倍法。

虞美人　淒淒涼月如煙白

譚復堂師曰：深婉。

百字令　烏篷當日

譚復堂師曰：精粹，不減竹屋、草窗。

玉漏遲　四圍雲影帖

譚復堂師曰：險韻鮮穩，賦情駘蕩，何減尹惟曉末利詞（編者按，尹焕《霓裳中序第一》茉莉咏，參見《全宋詞》二七〇八頁）？

莊縉度

賀新涼　九陌黄塵淺

譚復堂師曰：一何綺！

陳　澧

摸魚兒　繞城陰

譚復堂師曰：玄著。

甘州　漸斜陽澹澹下平隄

譚復堂師曰：柔厚，衷於詩教。

疏影　空庭雨積

譚復堂師曰：如太白古風，多少和婉。

沈傳桂

高陽臺　酒薄欺寒

譚復堂師曰：以温、李詩筆入詞，自是精品。

踏莎行　細緑迷鴉

譚復堂師曰：晚唐樂府之遺。

徐本立

大聖樂　濃露迎華

譚復堂師曰：細腰輕軀。

賀新郎　夜色明於水

譚復堂師曰：白傅詩篇，不嫌太盡。

鄧廷楨

金縷曲　悄影來秋館

譚復堂師曰：寓言十九。

買陂塘　悔殘春

譚復堂師曰：姿態横生。

高陽臺　逕轉疏花

譚復堂師曰：竟有新亭之淚。

好事近　雲母小窗虚

譚復堂師曰：韻勝。

酷相思　百五芳期過也未

譚復堂師曰：三事大夫，憂生念亂，敦我之歎，其氣已餒。

邊浴禮

齊天樂　碧雲界破殘陽影

譚復堂師曰：置之《絶妙好詞》中，亦屬上乘。

雙雙燕　杏梢粉墜

譚復堂師曰：雅令婉約。

石州慢　薄暝摇窗

譚復堂師曰：幽咽如訴。

踏莎行　香霧籠嬌

譚復堂師曰：高秀。

金　泰

鷓鴣天　勝業坊前見淨持

譚復堂師曰：以氣體勝。

石州慢　鴛瓦新霜

譚復堂師曰：有神味。

摸魚子　只疏疏

譚復堂師曰：纏綿悱惻，一結尤淒黯。

吴存義

臺城路　十年不蹋青谿路

譚復堂師曰：王介甫秦淮感舊，把臂入林。

浣谿沙　翠縷挑成韻字紗

譚復堂師曰：如嘲似惜。

清詞選集評卷下

袁祖惠

金縷曲　暝色沈寒角

譚復堂師曰：危苦之言。

湯貽汾

長亭怨慢　更誰向

譚復堂師曰：力透紙背。

馮志沂

蝶戀花　雨過空庭人寂寂

又　老圃花殘風露冷

譚復堂師曰：二篇高秀，居然作家。

馮　焯

念奴嬌

譚復堂師曰：多少和婉。

疏影　春歸太早

邊卓存曰：細膩風光，近惟《金梁夢月詞》中有此上乘。

王　潤

三姝媚　遥嵐嵌缺樹

譚復堂師曰：句法、章法不墜止庵、周氏師傅。

孔廣淵

百字令　荒涼如此

譚復堂師曰：憂患之言，不嫌太盡。

張　僖

南歌子　新釀和愁醉

譚復堂師曰：自然名儁。

木蘭花慢　笑雙雙燕子

譚復堂師曰：託興幽遐。

清平樂　狂花易落

譚復堂師曰：一何温厚！

虞美人　妝成斜倚湘匳坐

譚復堂師曰：人意中語。

易佩紳

采桑子　客行正對鴻來處

譚復堂師曰：超超。

孫麟趾

祝英臺近　懶看山

譚復堂師曰：沉痛。

王憲成

祝英臺近　洛城鐘

譚復堂師曰：巧思拙致，最是高手。

揚州慢　水國魚鹽

譚復堂師曰：鹺綱既壞，海氛又惡，杜詩韓筆，斂抑入倚聲，足當詞史。

周岱齡

八寶妝　翠箔成塵

譚復堂師曰：別有懷抱。

姚　燮

高陽臺　拭唾題裙

譚復堂師曰：幽倩。

王嘉禄

南浦　東風怨碧

譚復堂師曰：正宗。

吴廷燮

解連環　峭寒輕閣

譚復堂師曰：語語有意，善學清真。

吴承勳

四犯翠連環　露翦聲輕

譚復堂師曰：芳蘭竞體。

唐多令　愁共水潺潺

譚復堂師曰：青琴高響。

黄增禄

浪淘沙　慵唱女兒箱

譚復堂師曰：比興。

王效成

玉漏遲　漏遲深巷窈

譚復堂師曰：清深。

許宗衡

百宜嬌　鏤玉無煙

譚復堂師曰：使事如水中鹽，味長於换意，深入南宋之室。

西窗燭　薊門煙樹

譚復堂師曰：骨折魂驚，語語沉痛。

中興樂　繞樓一帶薜蘿牆

譚復堂師曰：止庵《詞辨》所謂「既成格調求實，實則精力彌滿」者也。

霓裳中序第一　西風又蕭瑟

譚復堂師曰：念亂憂生。

百宜嬌　倚帽愁煙

譚復堂師曰：宋玉微詞，蘭成小賦。

王錫振

湘春夜月　夜朦朧

譚復堂師曰：悟境。

鎖窗寒　小閣雲深

譚復堂師曰：俊絶。

暗香　亂峰翠帀

譚復堂師曰：有對此茫茫之概。

疏影　江樓跨鶴

譚復堂師曰：書劍從軍，觚棱望闕，感兼身世，語合情文。

夏寶晉

湘春夜月　可憐春

譚復堂師曰：少游神味。

踏莎行令　宛轉藤蘿

譚復堂師曰：夏玉延爲郭頻伽之甥，所謂「山抹微雲」女婿也。高秀之致，欲度冰清。

顔錫名

點絳唇　槭槭凄凄

譚復堂師曰：集句如自運。

張　道

三姝媚　西風捎墜葉

譚復堂師曰：便可平揖蔣、史。

蔣坦

霓裳中序第一　移篷翠嶂疊

譚復堂師曰：殊有鬼氣。

蔣敦復

大酺　問一重山

譚復堂師曰：神似清真。

蘭陵王　暮煙直

譚復堂師曰：以深重之筆，發緜邈之思。

買陂塘　黯長亭

譚復堂師曰：婉密。

阮郎歸　玉驄人去畫樓西

譚復堂師曰：意本樂府，調學南唐。

程庭鷺

疏影　春陰小院

蔣劍人曰：後段深得題神。

憶舊游　慣當抔側帽

蔣劍人曰：酸楚之音，自是才人失意後所作。

汪承慶

霓裳中序第一　玫階雨乍歇

蔣劍人曰：似夢窗。

高陽臺　倚病鑭愁

蔣劍人曰：似碧山。

錢恩棨

長亭怨慢　是依舊

蔣劍人曰：淒厲動魄，芬芳竟體。

陳升

瑞鶴仙　亂鶯啼夢醒

蔣劍人曰：古艷幽秀，兼夢窗、碧山之勝。

長亭怨慢　又香徑

倦尋芳　菰煙颭影

蔣劍人曰：二詞風格在蒲江、竹屋間。

沈穆孫

春霽　空翠波迢

蔣劍人曰：頗得草窗風格。

何兆瀛

金縷曲　辛苦銜泥燕

譚復堂師曰：情瀾不竭，曲盡事理。

壺中天慢　緇塵人老

譚復堂師曰：神明於《樂府補題》，乃覺賦、比、興皆備。

月下笛　一抹荒煙

譚復堂師曰：幽澀，爲玉田所無之鏡。

南鄉子　春事了殘紅

譚復堂師曰：高格。

臺城路　修蛇曲折城南路

譚復堂師曰：南宋平夷之韻，北宋峭折之思。

張炳堃

湘月　湘妃素面

譚復堂師曰：工而不縟，寄託遥深。

潘曾瑋

菩薩蠻　芙蓉帳外燒銀燭

又　輕雲冉冉籠殘月

又　登樓一望傷心碧

又　征鴻不到邊城遠

又　鄰家同戍遼陽轉

徐子陵曰：肇端房闥之近，叙恨暌隔之交，其愛也似媟，其怨也如慕。余思之，余重思之，而卒無以解其旨之所在。

楊傳第

譚復堂師曰：鈎鏁斷續，聲情相副，末章特開異境，乃不爲《金荃》所囿。

雙雙燕　粤亭瘦影

譚復堂師曰：宛鄰詞派，不絶如綫。

薛時雨

臨江仙　雨驟風馳帆似舞

譚復堂師曰：結響甚遒。

東風第一枝　彩换桃符

譚復堂師曰：裂石穿雲，感均頑豔。

木蘭花慢　問春風來處

譚復堂師曰：温厚，得詩教。

臺城路　黄山烽火連天赤

蔣劍人曰：豪放似稼軒、于湖，令人慨然有封狼居胥意。

杜文瀾

臺城路　江南一夜江波冷

譚復堂師曰：芳潤悱惻。

喬守敬

埽花游　女牆一桁

譚復堂師曰：幽怨而磊落，得力草窗。

法曲獻仙音　晴緑愔愔

譚復堂師曰：似南宋人《和清真詞》體。

點絳唇　著意尋春

譚復堂師曰：温厚，有餘味。

范凌夔

邁陂塘　怕蟲鳴

譚復堂師曰：詞史。

吴熙載

霓裳中序第一　花光動木末

譚復堂師曰：曲折。

摸魚兒　問天河

譚復堂師曰：甚見筆力。

汪　鋆

埽花游　晚煙漾碧

譚復堂師曰：不作呢呢喁喁，是謂雅詞。

王　莢

賣花聲　簾外是天涯

譚復堂師曰：漸近自然。

黄涇祥

掃花游　一天夢影

譚復堂師曰：起結甚工。

郭　夔

淡黄柳　青山與客

譚復堂師曰：金陵陷後作。

琵琶仙　何世人間

譚復堂師曰：名作。

緑意　曲池漾碧

譚復堂師曰：曲折處有潛氣内轉之意。

馬汝楫

二郎神　一春冷淚

譚復堂師曰：士屈於不知己。

黄錫禧

聲聲慢　鷗波打槳

譚復堂師曰：彈丸脱手。

陌上花　燕支一抹

譚復堂師曰：深靚婉麗。

姚正鏞

霓裳中序第一　微颸盪静碧

譚復堂師曰：精粹，南宋深處。

淒涼犯　幾家落日

譚復堂師曰：念亂之言，源於《小雅》。

黄燮清

燭影摇紅　鐙火江城

譚復堂師曰：駘盪有神韻，不著力。

蔣春霖

木蘭花慢　泊秦淮雨霽

譚復堂師曰：子山、子美，把臂入林。

浪淘沙　雲氣壓虚闌

譚復堂師曰：鄭湛侯爲予言此詞本事，蓋感兵事之連結、人才之惰窳而作。

柳梢青　芳草閒門

譚復堂師曰：自然。

踏莎行　疊砌苔深

譚復堂師曰：詠金陵淪陷事，此謂詞史。

揚州慢　野幕巢烏

譚復堂師曰：賦體至此轉高於比興矣。

南浦　緑意隱汀沙

譚復堂師曰：南唐之骨，北宋之神，此才獨擅。

鷓鴣天　楊柳東塘細水流

譚復堂師曰：字字用意，氣體甚高，不易到也。

三姝媚　相思隄上柳

譚復堂師曰：如誦中晚唐絶句詩。

虞美人　水晶簾卷澂濃霧

譚復堂師曰：斜陽煙柳謝其温厚。

東風第一枝　糁草疑霜

譚復堂師曰：憂時盼捷，何減杜陵。　南國廓清，詞人已死，其志其遇，蓋可哀也。

渡江雲　春風燕市酒

譚復堂師曰：詞當作於庚申。　又云，前使李暮事，後闕以天寶應之，鉤鎖精細。

臺城路　兩年心事西窗雨

譚復堂師曰：豪竹哀絲，一時並奏，「馬足」句千古。

换巢鸞鳳　雲涌蓀橈

譚復堂師曰：調易墮曲，宋詞原唱亦不免。　作者乃沉著而大雅。

琵琶仙　天際歸舟

李冰叔曰：君爲詩恢雄骯髒，若《東淘雜詩》二十首，不減少陵秦州之作。乃易其工力爲長短句，鏤情劌恨，轉豪於銖黍之間，直而緻，沉而姚，曼而不靡。

譚復堂師曰：屈曲洞達，齊、梁書體。

譚復堂師曰：文字無大小，必有正變，必有家數，《水雲樓詞》固清商變徵之聲，而流別甚正，家數頗大，與成容若、項蓮生二百年中分鼎三足。咸豐兵事，天挺此才爲倚聲家杜老，而晚唐兩宋一唱三歎之意則已微矣。或曰：何以與成、項並論？應之曰：阮亭、葆馚一流，爲才人之詞；宛鄰、止菴一派，爲學人之詞；惟三家是詞人之詞，與朱、厲同工異曲，其他則旁流羽翼而已。

丁至和

慶清朝　燕陌泥蘇

俞小甫師曰：觀此可知詞之宜改也。

月下笛　開盡桐華

譚復堂師曰：如新炙簧。

清平樂　丁香開後

譚復堂師曰：有意翻新。

瑣窗寒　碧瓦霜鋪

譚復堂師曰：絲不如竹。

丁彥和

更漏子　露初凝

譚復堂師曰：超妙。

孫汝燮

揚州慢　香袖長垂

丁紹儀曰：此詞作於淮鹽改票後。鹺商失業，市景日落，不無今昔之慨。

蔣恭亮

長相思　思綿綿

譚復堂師曰：格高。

趙彦俞

瀟瀟雨　咿啞停弱櫓

譚復堂師曰：玉田佳境。

程紹裘

瑣窗寒　解纜旗亭

譚復堂師曰：空際傳神，《樂府解題》所未有。

周作鎔

祝英臺近　曉妝慵

譚復堂師曰：秀絶。

鷓鴣天　池柳初裁細葉新

譚復堂師曰：神來。

謝章鋌

賣花聲　無計避淒涼

譚復堂師曰：噌吰鏜鎝，絃管皆瘖。

劉　勷

水龍吟　簾前昨夜西風

譚復堂師曰：起訖沉著。

劉履芬

長亭怨慢　又風裏

譚復堂師曰：對此茫茫。

孔廣牧

玲瓏四犯　摇落牆陰

譚復堂師曰：不作隨指汎音，半甲半肉，所謂猱吟者是。

王詒壽

虞美人　阻風中酒心情惡、峭帆風裏眠難穩

譚復堂師曰：婉麗。真小樂府。

清平樂　三更時候

譚復堂師曰：戀語、癡語，推之忠愛。

揚州慢　笙玉排雲

譚復堂師曰：居然石帚，不徒形似。

解語花　初三月子

譚復堂師曰：一結沉痛，得美成之髓。

孫德祖

高陽臺　紅板橋頭

譚復堂師曰：惻愴傷懷，拔奇古人之外。

朱孝起

一萼紅　燒痕平

譚復堂師曰：神韻獨絶，使人不思少游。

八聲甘州　算繁華已到盡頭時

譚復堂師曰：危苦悲哀，不能卒讀，拔奇古人之外。

河傳　簾捲

譚復堂師曰：姚冶跌宕。

蝶戀花　老去逢春春漸短

譚復堂師曰：風調駘蕩。

潘介繁

賣花聲　好夢倩誰招

譚復堂師曰：超妙。

長亭怨慢　曾幾度

譚復堂師曰：刀揮不斷，慢詞佳境。

高望曾

蝶戀花　樓上春寒眠未穩

譚復堂師曰：合作。

一萼紅　漾簾旌

譚復堂師曰：通於比興。

方濬頤

垂楊　春來憶遠

譚復堂師曰：清空如話。嘗有句云：「詞家工比興，儂獨工賦。」

張延邴

曲游春　春向沈陰閟

譚復堂師曰：婉曲幽秀。

邁陂塘　蕩秋情

譚復堂師曰：隱軫徘徊，語含《騷》《雅》。

張景祁

高陽臺　月苦嘑鵑

譚復堂師曰：掩抑如訴。

八歸　煙寒鷺溆

譚復堂師曰：石帚遂有替人。

天仙子　煙柳垂隄春已半

譚復堂師曰：骨清辭綺。

一枝春　不管清寒

譚復堂師曰：茵溷飄零，感均頑豔。

小重山　幾點疏雅眷柳條

譚復堂師曰：高尋歐、晏，參異己之長。

雙雙燕　玳梁對語

譚復堂師曰：繚曲往復，不數梅谿。

木蘭花慢　萬重蓬海隔

譚復堂師曰：清新相接，婉約可歌。

宗山

齊天樂　牆陰不斷蝸涎篆

譚復堂師曰：筋脈甚細。

一萼紅　暎斜陽

譚復堂師曰：一味本色語，爲有寄託，爲無寄託？ 樂府上乘。

邊保樞

浪淘沙　涼雨忽瀟瀟

譚復堂師曰：疏俊。

吴唐林

摸魚兒　問城西

譚復堂師曰：晉壬如虹之氣，不屑爲滴粉搓酥語，而情深一往，無愧古人。

鄧嘉純

後庭宴　別思春濃

譚復堂師曰：非必《花間》之雋，足當《草堂》之腴。

俞廷瑛

買陂塘　算年光

譚復堂師曰：熨帖，近陳西麓。

鄧濂

秋波媚　幾絲重柳趁風斜

譚復堂師曰：淒澹入神。

摸魚兒　最銷魂

譚復堂師曰：婉曲。

王映薇

臨江仙　載酒湖山佳處去

譚復堂師曰：俯仰欲絶。

馬賡良

疏影　鷗邊艤艇

譚復堂師曰：幽勝。

徐廷華

蝶戀花　花事方濃風信緊

又　百舌一聲先弄巧

譚復堂師曰：海氛正亟，雜進羣言，寓意顯然。

程耀采

金縷曲　冰麝成塵搗

譚復堂師曰：沉鬱。

張鳴珂

綺羅香　蜨夢剛回

譚復堂師曰：回腸欲絶。

甘州　甚年時蹤跡似浮萍

譚復堂師曰：此是安石碎金。

南浦　谿雨夜廉纖

譚復堂師曰：今之張春水。

陶方琦

永遇樂　水殿柔瀾

譚復堂師曰：元人絶勝之作。

長亭怨　苦曉雨

譚復堂師曰：幽怨。

浪淘沙　寒色動簾旌

譚復堂師曰：情至之語，誦之黯然。

曾行涂

江南好　青溪曲

譚復堂師曰：如聞水樂。

瑣窗寒　疏柳摇寒

譚復堂師曰：庸峭之致，南宋高手。

莊棫

壺中天慢　行雲何處

譚復堂師曰：屈曲洞達，一轉一深。

垂楊　東風幾日

譚復堂師曰：哀於《片玉》，厚於屯田。

鳳凰臺上憶吹簫　瓜渚煙消

譚復堂師曰：清空如話，不至輕僄，消息甚微。

菩薩蠻　曈曨紅日纔當午

又　寶函鈿雀金泥鳳

又　六銖衣薄迷香霧

譚復堂師曰：語語温厚。

高陽臺　長樂溪邊

譚復堂師曰：駘盪怨抑之境，爲前人所未聞。

夜飛鵲　河橋送行處

譚復堂師曰：頓挫排盪，深入北宋之室。

高陽臺　飄拂微風

譚復堂師曰：碧山《白雲》之調，屈原、宋玉之心，興寄百端，望古遥集，止庵所謂能出者也。

唐多令　鐙燄似凝脂

虞美人　悠悠客鬢生華髮

譚復堂師曰：二詞皆於時事多所棖觸，非苟作者。

諸可寶

蝶戀花　野狐絃索龜年口

譚復堂師曰：衆中制淚，澤畔行吟。

浣溪沙　舊恨新愁兩不饒

譚復堂師曰：宕逸。

玉交枝　僊源楫

陶湘湄曰：八字銷魂。

黄長森

踏莎行　玉宇天高

譚復堂師曰：失職不平，婉曲可以諷矣。

汪　淵

一枝春　一樹棠梨

譚復堂師曰：幽怨。

三姝媚　胥江停旅櫂

譚復堂師曰：探喉而出，漸近自然。

鷓鴣天　梅雪吹殘玉笛風

譚復堂師曰：姿妍情婉。

於士廉

甘州　望人家宛在水中央

譚復堂師曰：彈丸脱手。

陳　翰

柳色黄　太液池邊

譚復堂師曰：以氣體勝。

羊復禮

百字令　涼蟾飛白

譚復堂師曰：辛楣文彩，最近齊梁，運筆倚聲，寓意高秀，即此片玉，已兼白石、碧山，仰闚秦、鼂矣。

沈景修

一萼紅　倚牆根

譚復堂師曰：探喉而出。

祝英臺近　旮紋移

譚復堂師曰：託意幽遐，含悽古澹。

踏莎行　草長紅心

譚復堂師曰：絶似小晏。

蔡秉衡

一枝春　一夜風欺

譚復堂師曰：繚而曲，如往而復，惟其情至，乃爾韻長。

醉落魄　及時杯酒

況夔笙曰：澹雅略近宋人，「吟牀（賺夢詩痕瘦）」句遜。

王尚辰

貂裘换酒　雪又飛花也

譚復堂師曰：筆情拗怨而醖釀出之。

清平樂　綺窗春透

譚復堂師曰：豪竹哀絲，坐中並起。

賣花聲　小鳥自呼晴

譚復堂師曰：消息甚大。

趙對澂

點絳唇　陌上人回

譚復堂師曰：氣體自勝。

乳燕飛　芳草斜陽路

譚復堂師曰：觸類引伸人物身世之感，不得以狎詞少之。

鳳皇臺上憶吹簫　芍藥階前

譚復堂師曰：《長門賦》本是寓言，消息可以微悟。

虞美人　千金一劍留身畔

譚復堂師曰：奪胎李益詩句，聲可裂竹。

風流子　曉風吹不斷

譚復堂師曰：癡語正是三昧。

蝶戀花　聒耳聲聲行不得

譚復堂師曰：巧語似俳，後闋格高。

酹江月　凄涼夜色

譚復堂師曰：一結奇響，想見嶔崎。

趙彦倫

鳳皇臺上憶吹簫　月滿離亭

譚復堂師曰：峭蒨幽豔。

李恩綬

百字令　段橋新霽

譚復堂師曰：倚新聲，玉田差近。

水龍吟　西風抱犢山家

譚復堂師曰：碧山法乳，後結尤奇。

點絳唇　疑雨疑煙

譚復堂師曰：雋永。

湘春夜月　問并刀

譚復堂師曰：高秀不讓叔夏。

鵲踏枝　弱縷依依春弄影

譚復堂師曰：殊有駘盪之致。

潘慎生

探芳信　漸春過

譚復堂師曰：《騷》、《雅》。

王詠霓

滿江紅　終古斜陽

譚復堂師曰：超妙。

郭鍾岳

浣谿紗　眉鎖春愁畫不平、輭倦惟宜鎮日眠

譚復堂師曰：温、韋遺響。

江順詒

摸魚兒　倦西風

譚復堂師曰：比興貞正。

潘　鴻

念奴嬌　水沈香燼

譚復堂師曰：淒戾至不忍讀。

月華清　刀唱金鐶

譚復堂師曰：情瀾回薄，靈緒低迷。

齊天樂　翠樓吹笛行雲散

譚復堂師曰：跌宕昭彰，精靈不匱。

汪清冕

高陽臺　洞古猿空

譚復堂師曰：此亦令威城郭之痛。

端木埰

齊天樂　一聲彈指分今昔

譚復堂師曰：《思舊》之賦，主客千秋。

齊天樂　冷雲低羃簾櫳影

譚復堂師曰：遒峻。

許玉瑑

一萼紅　度蕭辰

譚復堂師曰：因寄所託。

王鵬運

齊天樂　新霜一夜秋魂醒

譚復堂師曰：野雲孤飛，去來無跡。

宴清都　歡意隨春減

譚復堂師曰：每作一波恒三過折。（編者按，折原誤作拆）

綺羅香　雨斷雲流

譚復堂師曰：清真法乳，《袖墨詞》千辟萬灌，幾無鑪錘之迹，一時無兩。

鄭文焯

湘月　夜鈴語斷

譚復堂師曰：漸離倚筑。

八聲甘州　喚吟邊

譚復堂師曰：「弦弦掩抑聲聲思」。

虞美人　斷魂空畫相思影

譚復堂師曰：尚是北宋小令。

摸魚兒　渺吴天

譚復堂師曰：名士新亭之涕。

東風第一枝　玉鬫新梅

譚復堂師曰：邦卿失色。

況周頤

南浦　南浦暗銷魂

譚復堂師曰：字字《離騷》屈、宋心。

沈世良

蘭陵王　錦波直

譚復堂師曰：筆筆中鋒，清真法乳，此調幾成《廣陵散》矣。

沈昌宇

六州歌頭　鵝黄淺嫩

譚復堂師曰：如怨如慕，百端交集。

蝶戀花　布穀聲中鄉味苦

譚復堂師曰：牢愁結轖，乃成達觀。

楊葆光

瑶華　官家富貴

譚復堂師曰：杜詩韓筆，淩厲無前，此事自關襟抱。

劉炳照

清平樂　韶光虛度

譚復堂師曰：高秀。

梅子黄時雨　無數樓臺

譚復堂師曰：詞賦本意清空幽裊，直到古人。

鍾　景

高陽臺　瘦竹敲涼

譚復堂師曰：著色透紙，清談如面語。

八聲甘州　聽迷離

譚復堂師曰：弦弦掩咽聲聲思。

王廷鼎

玉京秋　雲欲没

譚復堂師曰：託興幽微，聲情相副。又曰：夢薇通經稽古，發爲高文，填詞未嘗專詣，而騷怨所激，頓折沈揚，頗近晚宋。

吕　泰

洞仙歌　春愁已罷

譚復堂師曰：前闋一綫，次章結語仍回應。

同前　韶華冉冉

譚復堂師曰：沉痛在團扇一叶。

馬寶文

金縷曲　花事銷春雨

譚復堂師曰：緜邈迴蕩。

易順鼎

疏影　瑶華寄語

譚復堂師曰：吹蘭散雪，空艷絶塵。

霜花腴　亂山做雨

譚復堂師曰：一字不輕下，是謂雅詞。

易順豫

臺城路　杜郎已是尋春倦

譚復堂師曰：潛氣内轉。

浪淘沙　窗雨夜潺潺。

譚復堂師曰：天生好言語。

程頌萬

解連環　返魂難曳

況夔笙曰：離神得似，詠物上乘。

高陽臺　殢雨篷心

況夔笙曰：便饒煙水迷離之致，令人輒喚奈何。

浣溪沙　昨夜西風冷翠樓

況夔笙曰：詞境亦幽。

虞美人　小小迴廊花逕轉

況夔笙曰：寒韻加一「只是」，更娟楚。

小樓連苑　可憐人日天涯

況夔笙曰：精穩。

月華清　月孏蘭閨

況夔笙曰：精穩雅，與題稱。

浣溪沙　六曲闌干一尺波

又　舊夢紅橋已十年

又　卧酒吞花惱阿儂

又　别酒芳襟半已闌

況夔笙曰：四詞清脆緜婉，神似炊聞。

玉樓春　纖鉤竝握雲鬟側

況夔笙曰：規倣清真，得其神似。

浪淘沙　十二碧闌斜

況夔笙曰：此卻是國初人好句，嬌憨如是如是。

高陽臺　翳曉疎檽

況夔笙曰：自然從追琢中來。此境不易能並不易知，然韻尤得清真神髓。

清平樂　十三年紀

況夔笙曰：此卻恰好，甚可愛，在衆豔中不易摘出。

大酺　對柳邊樓

況夔笙曰：出色當行。

離亭燕　纔過蘋鄉幾曲

況夔笙曰：可與宋人「一帶江山如畫」闋並傳。境界似之。

木蘭花慢　悵天邊恨影

金縷曲　今夕愁來也

況夔笙曰：前闋「愁鴛」二句及此闋後段具有消息，可爲知者道耳。

虞美人　前年記得頻相見

況夔笙曰：此言夜深寒重耳。妙在詞意不盡。

同前　朱唇乍啟櫻桃破

況夔笙曰：梅溪詞：「歸卧文園猶帶酒，柳花飛度畫牆陰。」「樓」韻情中寫景，即是此意。

同前　菊花天氣新霜早

況夔笙曰：艷詞亦貴厚。消息可參。

生查子　闌畔握香荑

況夔笙曰：奇豔而近清空。

清平樂　緑陰如網

況夔笙曰：煞拍絶唱。

長亭怨慢　甚一片愁煙夢雨

況夔笙曰：清空婉約，兼白石、玉田勝處。

湘春夜月　乍來時

況夔笙曰：「巾」韻極似清真，此卻非質。

唐多令　五月已如秋

況夔笙曰：有爽氣。

桂枝香　層層卍字

況夔笙曰：止乎禮義，風人之恉。

淒涼犯　垂羅四角

況夔笙曰：換頭意佳。邵復儒詞「魚吹翠浪柳花行」，亦小言之致有味者。

鳳凰臺上憶吹簫　髻趁盤鴉

況夔笙曰：巧不傷雅。

鷓鴣天　樓上阿鬟似柳枝

況夔笙曰：渾成温婉，似賀東山。

水龍吟　青天一髮神州

況夔笙曰：一氣呵成，另爲一派。

長亭怨慢　乍卸了征颿海色

況夔笙曰：氣格蒼秀，置之《江湖載酒集》中，不復可辨。又曰：極似竹垞《李晉王墓》、《函關》諸作。

徵招　狐奴磧外秋聲送

況夔笙曰：紈綺濯餘，性靈流露。

洞仙歌　酒闌人並

況夔笙曰：歇拍情真景真，意境便厚。

同前　別來鴛夢

況夔笙曰：有真性情便厚。

玉燭新　中原孤騎走

況蘷笙曰：起三韻竟似稼軒。

玲瓏四犯　驛柝遞寒

況蘷笙曰：直入南宋，非國朝人所能。竟體精整。

迎春樂　瓊瓊小小真無賴

況蘷笙曰：頗似《花間》。

摸魚兒　問珠孃

況蘷笙曰：沉著語雅，近南宋。

買陂塘　乍連宵

又　兩三人

又　兩三花

況蘷笙曰：三調渾成，不似連句之作。

何維樸

齊天樂　貂裘匹馬皋蘭道

況蘷笙曰：極磊落光明之致。

馮壽

一痕沙　月子彎彎清絶

譚復堂師曰：脆如新篁。

馮煦

一枝花　帆影收殘驛

譚復堂師曰：幽咽怨斷，夢華詞境感遇爲多。

琵琶仙　何事西風

譚復堂師曰：緜緜無盡。

江南好　三月暮

譚復堂師曰：單調漸近自然。

南鄉子　一葉碧雲輕

譚復堂師曰：顧影矜寵。

霓裳中序第一　孤蟾下倦驛

譚復堂師曰：回曲隱軫。

樊增祥

采桑子　娟娟月子隨人慣

譚復堂師曰：淒婉。

金縷曲　江外青青柳

譚復堂師曰：汐社遺音。

程　霱

六州歌頭　乳鵝屏底

月下笛　脱葉收螢

譚復堂師曰：妙在澀。二調直到汴宋。

三　多

昭君怨　新霽落花春曙

譚復堂師曰：「三河少年，風流自賞。」

緑意　非珠不玉

譚復堂師曰：清綺。

徐珂選輯

歷代閨秀詞選集評

劉彦捷輯録

歷代閨秀詞選集評目録

歷代閨秀詞選集評

李清照

壺中天慢　蕭條庭院

黄叔暘曰：前輩稱易安「綠肥紅瘦」爲佳句，予謂「寵柳嬌花」語亦甚奇俊，前此未有能道之者。只寫心緒落漠，遇寒食更難遣耳。陡然而起，便爾深邃，至前段云「重門須閉」，後段云「不許愁人不起」，一開一合，情各戛戛生新；起處雨，結句晴，局法渾成。

聲聲慢　尋尋覓覓

黄叔暘曰：「黑」字真不許第二人押。

周止庵曰：雙聲疊韻字須着意布置，重字則既雙且疊，尤宜斟酌。如此處三疊韻六雙聲，是鍛鍊出來，非偶然拈得也。

王壬秋曰：亦是女郎語。諸家賞其七疊，亦以初見，故新。效之則可嘔。又曰：「黑」韻卻新。

梁任公曰：此詞最得咽字訣，清真不及也。

浣溪沙　髻子傷春懶更梳

譚復堂師曰：易安居士獨此篇有唐調。選家鑪冶，遂標此奇。

漁家傲　天接雲濤連曉霧

梁任公曰：此絶似蘇辛派，不類《漱玉集》中語。

醉花陰　薄霧濃雲愁永晝

王壬秋曰：末二句若非女子自寫照，則無意致。

如夢令　昨夜雨疏風驟

沈際飛曰：「知否」二字疊得甚新。

黄蓼園曰：一問極有情，答以「依舊」，答得極澹，跌出「知否」二句來，而「緑肥紅瘦」無限悽惋，卻又妙在含蓄。短幅中藏無數曲折，自是聖於詞者。

怨王孫　夢斷漏悄

沈際飛曰：換韻有兔起鶻落之致。

〔宋〕徐君寶妻

滿庭芳　海上繁華

王壬秋曰：寫兵亂國亡，正是不相干人語。非吴梅村所得借口，亦非趙子昂所能説也。

聶勝瓊

鷓鴣天　玉慘花愁出鳳城

況夔笙曰：自然妙造，不假追琢，愈渾成，愈穠粹。於北宋名家中，頗近六一、東山。

徐珂按：勝瓊初隸樂籍，後嫁（李）之問。

張娟倩

菩薩蠻　落花風捲愁難歇

伊人思曰：雖緑窗自怨，不失貞静。

徐　燦

踏莎行　芳草纔芽

譚復堂師曰：興亡之感，相國愧之。

永遇樂　翠帳春寒

譚復堂師曰：相國加膝墜淵，愆咎自積，此詞殊怨。

永遇樂　無恙桃花

譚復堂師曰：外似悲壯，中實悲咽，欲言未言。

金　莊

清平樂　淒涼晚色

譚復堂師曰：大手筆。

賀雙卿

黄花慢　碧盡遥天

譚復堂師曰：清空一氣如拭，忠厚之旨出於《風》、《雅》。

鳳凰臺上憶吹簫　已暗忘吹

譚復堂師曰：别調。

顧信芳

浣溪沙　一樹清陰倚粉牆

又　鳳髻梳成整翠鈿

又　嫩緑新紅映碧池

又　一雁横飛萬里秋

譚復堂師曰：幾可抗手粱汾。

顧樹芬

浣溪沙　昨夜東風透路臺

譚復堂師曰：天籟。

李佩金

菩薩蠻　冰輪碾破遥空碧

譚復堂師曰：五代十國之遺。

金縷曲　月照梨花白

譚復堂師曰：筆勢奇縱，清照卻步。

沈　芳

一枝春　作弄輕寒

譚復堂師曰：神來。

莊盤珠

踏莎行　曉月離亭

譚復堂師曰：一何浩渺！

菩薩蠻　羣芳逞媚韶光裏

譚復堂師曰：古詩高境。

探芳信　冷消息

譚復堂師曰：奇筆。

瘦　鸞

賣花聲　袖薄那禁寒

蔣劍人曰：愁苦中卻温厚不迫。

西林顧春

鷓鴣天　窗外寒梅報早春

况夔笙曰：詠花四闋，極合宋詞消息。若多看近人詞，一中其病，便不能如此純粹。

徐珂按：此言詠花四闋者，以是闋合《水仙》、《盆梅》、《燈下看蠟梅》三闋并計之也。

定風波　翠帶仙仙雲氣凝

入寒　好花枝

玉連環影　瑣瑣三五黄金顆

定風波　花裏樓臺看不真

况夔笙曰：饒有煙水迷離之致。

醉桃源　花肥葉大兩三枝

况夔笙曰：不黏不脱，詠物上乘。

冉冉雲　秋雨瀟瀟意難暢

况夔笙曰：質而拙，卻近宋人，政復不俗。

鷓鴣天　夜半談經玉漏遲

况夔笙曰：過拍具大澈悟，嫌其説得太盡，乏絃外音。

定風波　斑竹簾櫳亞字闌

况夔笙曰：歇拍情景絶佳，詠物聖手。

杏花天　倚樓目送人歸去

況夔笙曰：情深乃爾，是亦獨造。

江城子　西溪溪水拍長天

況夔笙曰：不煩色澤，漸近深穩。

賀新涼　小宴神仙宅

況夔笙曰：不必以矜鍊勝。饒有清氣，撲人眉宇。

碧芙蓉　一帶小紅橋

況夔笙曰：清雋沈著，恰到好處。

江城梅花引　故人千里寄書來

況夔笙曰：情又相生，自然合拍。

東風齊着力　燕子來時

況夔笙曰：刻畫工緻，是矜心作意而爲之，然亦不犯雕琢。

金縷曲　三載交情重

況夔笙曰：妥帖易施，卻不犯滑。

祝英臺近　古松陰

況夔笙曰：近、緊、勁。

浪淘沙慢　又盼到冬深

況夔笙曰：樸實言情，宋人法乳。非纖豔之筆、藻績之工所能夢見。

壽樓春　鵑聲中春歸

況夔笙曰：肆力而成，毫不喫力。似此功候，碻從宋詞中得來。

定風波　曉起庭除徧落花

況夔笙曰：清穩，絶無時氣。

江城子　花開花落一年中

況夔笙曰：一片空靈，天仙化人之筆。

惜花春起早　曉禽鳴

況夔笙曰：直入清真之室，閨秀中不能有二。

陽臺路　未天晚

況夔笙曰：此等詞非時下人所能，並非時下人所知。

左錫璇

蝶戀花　月過西窗涼似水

譚復堂師曰：名作。

楊琇

江城子　繡帷睡起倚香篝

譚復堂師曰：人意中語，詞家上乘。

丁芝仙

憶王孫　梧桐分緑上雕欄

譚復堂師曰：警絶。

吴藻

木蘭花慢　明湖千萬頃

譚復堂師曰：樂章高格，非苟作者。

月華清　柳穉匀黄

譚復堂師曰：用意甚深。

風流子　闌干十二曲

譚復堂師曰：高華。

關鍈

高陽臺　斷雁飄愁

譚復堂師曰：忽聞變徵。

南樓令　夢醒杏花叢

譚復堂師曰：百端交集。

錢斐仲

高陽臺　銜肉鴉盤

譚復堂師曰：上乘。

鷓鴣天　臺榭新晴燕子飛

譚復堂師曰：可以怨。

顧翊徽

瑞鶴仙　流螢侵砌碧

青玉案　鈿車寶馬重遊地

浣溪沙　風雨重陽載酒遊

浣溪沙　朱閣層陰夢未通

況夔笙曰：四詞莊雅不佻，於重字爲近。

俞因

清平樂　爲君裁綺

況夔笙曰：此詞情深一往，昔人「寒到君邊衣到無」之句未足以喻。歇拍尤見慧心。

徐珂按：君木嘗集毛公鼎字爲楹，言云：「天横匹雁入高畫，家有玉人能小詞。」「玉人」即謂季則也。季則著有《婦學齋詞》。

王國維撰

人間詞話補遺

附録一　評人間詞話　唐圭璋撰

附録二　人間詞話述評　陳兼與撰

人間詞話補遺目録

人間詞話補遺

填詞不喜作長調

余填詞不喜作長調，尤不喜用人韻。偶爾遊戲作《水龍吟·詠楊花》，用質夫、東坡倡和韻；作《齊天樂·詠蟋蟀》，用白石韻，皆有與晉代興之意。然余之所長殊不在是，世之君子寧以他詞稱我。

余才不若古人

樊抗父謂余詞如《浣溪沙》之「天末同雲」、《蝶戀花》之「昨夜夢中」、「百尺朱樓」、「春到臨春」等闋，鑿空而道，開詞家未有之境。余自謂才不若古人，但於力爭第一義處，古人亦不如我用意耳。

詞則今不如古

叔本華曰：「抒情詩，少年之作也。叙事詩及戲曲，壯年之作也。」余謂：抒情詩，國民幼稚時代之作，叙事詩，國民盛壯時代之作也。故曲則古不如今，（元曲誠多天籟，然其思想之陋劣，布置之粗笨，千篇一律，令人噴飯。至本朝之《桃花扇》、《長生殿》諸傳奇，則進矣。）詞則今不如古。蓋一則以布局爲主，一則須佇興而成故也。

牛嶠等詞不必删

「豈不爾思，室是遠而」，孔子譏之。故知孔門而用詞，則牛嶠之「甘作一生拚，盡君今日歡」（編者按，《花間集》卷四録牛嶠《菩薩蠻》詞「甘」作「須」；又「今」下原脱「日」，據《花間集》補）等作，必不在見删之數。

暮雨瀟瀟郎不歸

「暮雨瀟瀟郎不歸」，當是古詞，未必即白傅所作。故白詩云：「吴娘夜雨瀟瀟曲，自别蘇州更不聞」也。

賀黄公論玉田詞論

賀黄公裳《皺水軒詞筌》云：張玉田《樂府指迷》，其調叶宫商，鋪張藻繪，抑亦可矣，至於風流藴藉之事，真屬茫茫。如啖官厨飯者，不知牲牢之外别有甘鮮也。此語解頤。

周保緒論玉田

周保緒濟《詞辨》云：玉田，近人所最尊奉，才情詣力亦不後諸人，終覺積穀作米，把纜放船，無開闊手段。又云：叔夏所以不及前人處，只在字句上著功夫，不肯換意。近人喜學玉田，亦爲修飾字句易，換意難。

毛西河論詞曲轉變

毛西河《詞話》謂：趙德麟令時作《商調鼓子詞》，譜西廂傳奇，爲雜劇之祖。然《樂府雅詞》卷首所載秦少游、晁補之、鄭彦能名僅《調笑轉踏》，首有致語，末有放隊，每調之前有口號詩，甚似曲本體例。無名氏《九張機》亦然。至董穎《道宫薄媚》大曲詠西子事，凡十隻曲，皆平仄通押，則竟是套曲。此可與《弦索西厢》同爲曲家之蓽路。曾氏置諸《雅詞》卷首，所以别之於詞也。穎字仲達，紹興初人，從汪彦章、徐師川游，彦章爲作《字説》，見《書録解題》。

詞曲致語

宋人遇令節、朝賀、宴會、落成等事，有「致語」一種。宋子京、歐陽永叔、蘇子瞻、陳後山、文宋瑞集中皆有之。《嘯餘譜》列之於詞曲之間。其式：先「教坊致語」四六文，次「口號」詩，次「句合曲」四六文，次「句小兒隊」四六文，次「隊名」詩二句，次「問小兒」、「小兒致語」，次「句雜劇」皆四六文，次「放隊」或詩或四六文。若有女弟子隊，則句女弟子隊如前。其所歌之詞曲與所演之劇，則自伶人定之。少游、補之之《調笑》乃併爲之作詞。元人雜劇乃以曲代之，曲中楔子、科白、上下場詩，猶是致語、口號、句隊、放隊之遺也。此程明善《嘯餘譜》所以列致語於詞曲之間者也。

尊前集

明顧梧芳刻《尊前集》二卷，自爲之引。並云「明嘉禾顧梧芳編次」。毛子晉刻《詞苑英華》，疑爲梧芳所輯。朱竹垞跋稱：吴下得吴寬手鈔本，取顧本勘之，靡有不同，因定爲宋初人編輯。《提要》兩存其説。按《古今詞話》云：「趙崇祚《花間集》載温飛卿《菩薩蠻》甚多，合之吕鵬《尊前集》不下二十闋。」今考顧刻所載飛卿《菩薩蠻》五首，除「詠淚」一首外，皆《花間》所有，知顧刻雖非自編，亦非復吕鵬所編之舊矣。《提要》又云：「張炎《樂府指迷》雖云唐人有《尊前》、《花間集》，然《樂府指迷》真出張炎與否，蓋未可定。陳直齋《書録解題・歌詞類》以《花間集》爲首，注曰『此近世倚聲填詞之祖』，而無《尊前集》之名。不應張炎見之而陳振孫不見。」然《書録解題》「陽春録」條下引高郵崔公度語曰：「《尊前》、《花間》往往謬其姓氏。」公度元祐間人，《宋史》有傳。北宋固有，則此書不過直齋未見耳。又案：黄昇《花庵詞選》李白《清平樂》下注云：「翰林應制」。又云：「案：唐吕鵬《遏雲集》載應制詞四首，以後二首無清逸氣韻，疑非太白所作」云云。今《尊前集》所載太白《清平樂》有五首，豈《尊前集》一名《遏雲集》，而四首五首之不同，乃花庵所見之本略異歟？又歐陽炯《花間集序》謂：「明皇朝有李太白應制《清平樂》四首。」則唐末時只有四首，豈末一首爲梧芳所羼入，非吕鵬之舊歟？

古今詞話非一書

《提要》載「《古今詞話》六卷，國朝沈雄纂。雄字偶僧，吴江人。是編所述上起於唐，下迄康熙中年」。然維見明嘉靖前白口本《箋注草堂詩餘》，林外《洞仙歌》下引《古今詞話》云：「此詞乃近時林外題於吴江垂虹亭。」明刻《類編草堂詩餘》亦同。案：升庵《詞品》云：「林外字豈塵，有《洞仙歌》書於垂虹亭畔。作道裝，不告姓名，飲醉而去。人疑爲吕洞賓。傳入宫中，孝宗笑曰：『雲崖洞天無鎖』，『鎖』與『老』叶韻，則『鎖』音掃，乃閩音也。偵問之，果閩人林外也。」《齊東野語》所載亦略同。則《古今詞話》宋時固有此書，豈雄竊此書而復益以近代事歟？又《季滄葦書目》載《古今詞話》十卷，而沈雄所纂只六卷，益證其非一書矣。

詞源唐大成於北宋

楚辭之體，非屈子所創也。《滄浪》、《鳳兮》之歌，已與《三百篇》異，然至屈子而最工。五七律始於齊、梁而盛於唐。詞源於唐而大成於北宋。故最工之文學，非徒善創，亦且善因。

金朗甫詞分三種

金朗甫作《詞選後序》，分詞爲「淫詞」、「鄙詞」、「游詞」三種，詞之弊盡是矣。五代、北宋之詞，其失也淫。辛、劉之詞，其失也鄙。姜、張之詞，其失也游。

附録一　評人間詞話

唐圭璋撰

海寧王靜安氏，曾著《人間詞話》，議論精到，夙爲人所傳誦。然其評諸家得失，亦間有未盡當者，因略論之。

王氏論詞，首標「境界」二字。其第一則即曰：「詞以境界爲上，有境界則自成高格，自有名句，五代、北宋之詞，所以獨絶者在此。」予謂境界固爲詞中緊要之事，然不可舍情韻而專倡此二字。境界亦自人心中體會得來，不能截然獨立。五代、北宋之所以獨絶者，並不專在境界上，而只是一二名句，亦不足包括境界，且不足以盡全詞之美妙。上乘作品，往往情境交融，一片渾成，不能强分；即如《花間集》及二主之詞，吾人豈能割裂單句，以爲獨絶在是耶？

王氏嘗言境非獨景物，然王氏所舉之例，如：「明月照積雪」、「大江流日夜」、「中天懸明月」、「黄河落日圓」、「紅杏枝頭春意鬧」、「緑楊樓外出秋千」、「一一風荷舉」、「柳昏花暝」、「夜深千帳鐙」、「獨鳥衝波去意閒」等，皆重在描寫景物。描寫景物，何能盡詞之能事？即就描寫景物言，亦有非一二語所能描寫盡致者：如于湖「月夜泛洞庭」與白石「雪夜泛垂虹」之作，皆集合眼前許多見聞感觸，而構成一空靈壯闊之境界。若舉一二句，何足明其所處之真境及其胸襟之浩蕩？

劉融齋嘗謂賀方回《青玉案》詞「一川煙草，滿城風絮，梅子黄時雨」三句固好，然尤好在上一句「試問閒愁都幾許」能唤起也。又如小山之「落花人獨立，微雨燕雙飛」，原是唐人翁宏詩，然亦好在上一句「去年春恨却來時」，能點明也。是知景自生情，情亦寓於景，内心外物，是二是一。嚴滄浪專言興趣，王阮亭專言神韻，王氏專言境界，各執一説，未能會通。王氏自以境界爲主，而嚴、王二氏又何嘗不各以其興趣、神韻爲主，入主出奴，孰能定其是非？要之，專言興趣、神韻，易流於空虚；專言境界，易流於質實。合之則醇美，離之則不免偏頗。

東坡極賞少游之「郴江幸自繞郴山，爲誰流下瀟湘去」兩句，正以其情韻綿邈，令人低徊不盡，而王氏譏爲「皮相」，可知王氏過執境界之説，遂並情韻而忽視之矣。原詞上片「可堪孤館閉春寒，杜鵑聲裏斜陽暮」二句固好，但東坡所賞者，亦豈「皮相」？東坡既賞屯田之「霜風淒緊，關河冷落，殘照當樓」，以爲唐人高處不過如此；但又賞少游「郴江」兩句，可知東坡以境界、情韻並重，不主一偏也。且昔人所謂沉鬱頓挫、纏綿悱惻，有合於温柔敦厚之旨者，皆就情韻言之，苟忽視情韻，其何以能令人百讀不厭？

王氏既倡境界之説，而對於描寫景物，又有隔與不隔之説，此亦非公論。推王氏之意，在專尚賦體，而以白描爲主，故舉「池塘生春草」、「采菊東籬下」爲不隔之例。夫詩原有賦、比、興三體，賦體白描，固是一法，然不能謂除此一法外，即無他法。比、興從來亦是一法，用來言近旨遠，有含蓄，有寄託，香草美人，寄慨遥深，固不能謂之隔也。東坡之《卜算子》詠鴻、放翁之《卜算子》詠梅、碧山之《齊天樂》詠蟬，詠物既以喻人，語語雙關，何能以隔譏之？若盡以淺露直率爲不隔，則亦何貴有此不隔？後主天才卓越，吐屬自然，純用白描，後人難以企及；吾人若不從凝鍊入手，漫思效顰，其不流爲淺露直率者幾希！

白石天籟人力，兩臻高絶，所寫景物，往往體會入微，而王氏以隔少之，殊爲皮相。「二十四橋仍在，波心蕩冷月無聲」，極寫揚州亂後荒涼景象，令人哀傷，何嘗有隔？「數峰清苦，商略黄昏雨」，則寫雲山幽寂境界，「清苦」、「商略」皆從山容、雲意體會出來，極細切，極生動，豈能謂之爲隔？「高樹晚蟬，説西風消息」，以一「説」字擬人，何等靈活，而王氏概以「隔」字少之，是深刻精鍊之描寫皆爲隔矣。王氏知愛白石「淮南皓月冷千山，冥冥歸去無人管」兩句，而顧不愛其他佳處，殊不可解。即如「千樹壓、西湖寒碧」之詠梅、「冷香飛上詩句」之詠荷，亦何嘗非妙語妙境，不同凡響。王氏盛稱稼軒《賀新郎·别茂嘉十二弟》詞，以爲有境界。其實此詞羅列古代莊姜、荆軻、蘇武、陳皇后、昭君許多離别故事，可謂隔之至者，何以又獨稱之？

王氏極詆白石，不一而足，有謂「白石有格而無情」者，有謂白石「無言外之味，絃外之響者」，有謂「白石之曠在貌。白石如王衍口不言阿堵物，而暗中爲營三窟之計，此其所以可鄙」者，有謂「白石《暗香》、《疎影》格調雖高，然無一語道着」者。余謂王氏之論列白石，實無一語道着。白石以健筆寫柔情，出語峭拔俊逸，最有神味，如《鷓鴣天》云：「春未緑，鬢先絲。人間別久不成悲。誰教歲歲紅蓮夜，兩處沈吟各自知。」寫得何等深刻！何等沈痛！又如《長亭怨慢》寫別詞云：「日暮。望高城不見，只見亂山無數。韋郎去也，怎忘得、玉環分付。第一是、早早歸來，怕紅萼、無人爲主。算空有并刀，難剪離愁千縷。」亦深情繾綣，筆妙如環。其他自度名篇，舉不勝舉。而《暗香》、《疎影》兩詞，藉梅寄意，懷念君國，尤爲後世所傳誦。或謂「昭君不慣胡沙遠，但暗憶、江南江北」與梅無關，不知唐王建詩云：「天山路邊一株梅，年年花發黄雲下。昭君已没漢使回，前後征人誰繫馬。」白石正用王建詩，並非無關。且江南是偏安王朝，江北是淪陷區，白石「但暗憶、江南江北」，亦豈無因？宋于庭謂「白石念念君國，似杜陵之詩」，譚復堂亦以爲「有《騷》、《辨》之餘」，皆非虚言。戈順卿、陳亦峰俱譽白石爲「詞聖」，固不免過當；然王氏率意極詆，亦係偏見。

此外王氏論柳、周之處，亦有不符合實際。至謂「北宋名家，以方回爲最次」，尤爲不知方回者。張柯山謂方回有「盛麗、妖冶、幽潔、悲壯」之美，豈可輕詆？南宋諸家如夢窗、梅溪、草窗、玉田、碧山各有藝術特色，亦不應一概抹殺。王氏謂夢窗「映夢窗凌亂碧」，謂玉田「玉老田荒」，攻其一端，不及其餘，尤非實事求是之道。

附録二　人間詞話述評

陳兼與撰

王靜安先生論詞，爲吾國詩詞評論最早之受西洋文論影響者，言理想與寫實，言自然之規律與藝術之形象，皆前人之所未及，在詞學研究中，爲最有影響之著作。其書中立論，概括之有三個標準：一爲境界，「詞以境界爲上，有境界則自成高格，自有名句。」二爲自然，「以自然之眼觀物，以自然之舌言情。」三爲不隔，「南宋諸家寫景之病，皆在一隔字。」因其言境界，則重氣象、神韻，要真景物與真感情；因其言自然，故忌雕刻、塗澤與摹擬；因其言不隔，故要自然脱口，語語如在目前，入乎内而出乎外。其于古人所許可者，五代後主外，惟端己、正中，北宋惟同叔、永叔、東坡、少游、美成數人，南宋惟稼軒耳。立論正大而高遠，一歸于渾淪要眇，洗雕琢粉飾、摹仿敷衍之習，爲倚聲家金針度盡。然間亦有不可理解及近于偏見者，提出若干條，以待討論。

有有我之境，有無我之境，「淚眼問花花不語，亂紅飛過秋千去。」「可堪孤館閉春寒，杜鵑聲裏斜陽暮。」有我之境也；「採菊東籬下，悠然見南山。」「寒波澹澹起，白鳥悠悠下。」無我之境也。有我之境，以我觀物，故物皆着我之色彩；無我之境，以物觀物，故不知何者爲我，何者爲物。古人爲詞，寫有我之境者爲多，然未始不能寫無我之境，此在豪傑之士能自樹立耳。

按：有我之境與無我之境，至爲難辨。如其所引「採菊東籬下，悠然見南山」，既採菊又見南山，安在爲無我之境？「寒波澹澹起，白鳥悠悠下」，雖純然客觀現象，然自然之秘妙，被詩人所發見，而描寫之，已含有主觀成分，形象思維，終不能無我在。

無我之境，人惟于靜中得之；有我之境，于由動至靜中得之。故一優美，一宏壯也。

按：此亦頗難理解。優美與宏壯，何關于動、靜所得？一切形象，出于自然，一切思維，生于形象。神機妙契，詩人多從靜趣中得來，所謂「由動至靜中得之」，要亦得自靜耳。境界有大小，如書中另條所引「『細雨魚兒出，微風燕子斜』何遽不若『落日照大旗，馬鳴風蕭蕭』？『寶簾閒掛小銀鉤』何遽不若『霧失樓臺，月迷津渡』」，大小之間，却爲此條優美與宏壯之適當解釋。

太白純以氣象勝，「西風殘照，漢家陵闕」寥寥八字，遂關千古登臨之口。後世惟范文正之《漁家傲》、夏英公之《喜遷鶯》差足繼武，然氣象已不逮矣。

按：文章之氣象，亦猶人之風度，高下不可度越。惟是太白之《菩薩蠻》、《憶秦娥》二詞，發現較晚，來路不明，前人已疑其僞，意者當爲五代人所作而託名者，先生竟信爲太白作，何耶？

南唐中主詞：「菡萏香銷翠葉殘，西風愁起緑波間。」大有衆芳蕪穢，美人遲暮之感，乃古今獨賞其「細雨夢回鷄塞遠，小樓吹徹玉笙寒」，故知解人正不易也。

按：詞句之欣賞，有體會之不同，不必皆欣賞之不足。中主之世，周師南下，割地稱臣，江南一隅，已岌岌不能自保。謂「菡萏」二語，有衆芳蕪穢，美人遲暮之感，而「細雨」二語，亦何限風雨淒其，幽士悲秋之情也。

詞至李後主而眼界始大，感慨遂深，遂變伶工之詞而爲士大夫之詞。周介存置諸温、韋之下，可謂顛倒黑白矣。「自是人生長恨水長東」，「流水落花春去也，天上人間」。《金荃》、《浣花》能有此氣象耶？

按：變伶工之詞而爲士大夫之詞，實始于中唐之劉、白，而健全于温、韋，馮延巳、李煜並時豪傑耳。至氣象之于人，亦猶氣質之于人，關于天賦者十之六七，關于學問與環境者十之三四。《金荃》、《浣花》不能爲後主之詞，後主亦不能爲《金荃》、《浣花》之詞，各有所受也。周介存于古詞人，每以己意分甲乙，其選《宋四家詞》中，以歐陽修、柳永、秦觀爲周邦彦之附庸，蘇軾爲辛棄疾之附庸，尤爲顛倒。

詞人者，不失其赤子之心者也，故生于深宫之中，長于婦人之手，是後主之爲人君所短處，亦即爲詞人所長處。

客觀之詩人，不可不多閲世。閲世愈深，則材料愈豐富，愈變化，《水滸傳》、《紅樓夢》之作是也。主觀之詩人不必多閲世，閲世愈淺則性情愈真，李後主是也。

按：先生于詞，但重一「真」字，周濟所謂「中霄驚雷，罔識東西，赤子隨母笑啼，鄉人緣劇喜怒」者也。然吾以爲，真之見解專屬于天真幼稚之人，亦爲偏面。世有大懷抱與大學問之人，飽經世故，而胸襟磊落，志事光明，豈不能有真景物與真感情動摇人心之作品？必如後主，則韋、馮、歐、秦、蘇、辛諸人何自出耶？周濟云：「王嬙、西施，天下美婦人也，嚴妝佳，淡妝亦佳，亂頭粗服，不掩本色。飛卿嚴妝也，端己淡妝也，後主則亂頭粗服矣。」此譬差近理。

尼采謂一切文學，余愛以血書者。後主之詞，真所謂以血書也。宋道君皇帝《宴山亭》詞亦略似之。然道君不過自道身世之感，後主則有釋迦、基督擔荷人類罪惡之意，其大小固不同矣。

按：後主一昏庸、驕侈、亡國之君耳，擬之釋迦、基督，未免不倫。惟國亡之後，猶不斷作詞，情溢于中，不能自已，乃以此而召牽機之禍，天良猶未昧耳。

馮正中詞雖不失五代風格，而堂廡特大，開北宋一代風味，與中後二主詞皆在《花間》範圍之外，宜《花間》不登其隻字也。

按：正中詞瑰麗高渾，于北宋影響誠大。劉熙載謂「晏同叔得其俊，歐陽永叔得其深。」晏、歐猶各得其一體，餘可知矣。惟其詞之不入《花間集》，據亡友龍榆生于所編《唐宋名家詞選》中云：「《花間集》多西蜀詞人，不採二主及正中詞，當由道路隔絶，又年歲不相及，有以致然，非因流派不同，遂爾遺置。」其説似是。

正中詞除《鵲踏枝》、《菩薩蠻》十數闋最煊赫外，如《醉花間》之「高樹鵲銜巢，斜月明寒草」，余謂韋蘇州之「流螢渡高閣」，孟襄陽之「疏雨滴梧桐」，不能過也。

按：正中與韋、孟數語，皆尋常字面，綴一動詞「銜」、「明」、「渡」、「滴」等字而意境全出，此用字之妙也。正中詞每與歐詞相混，周介存《宋四家詞選》中，將正中《鵲踏枝》中「誰道閑情」、「幾日行雲」、「庭院深深」、「六曲闌干」四首入于歐作，謂「延巳小人，豈能有此至性」。陳亦峰乃云：「『庭院深深』一章，他本多作永叔詞，細味此闋，與上二章筆墨的是一色，歐公無此手筆。」吾友施蟄存近撰《讀馮正中詞札記》中，則右周説，僅以正中《蝶戀花》四首及《歸自謡》並見《樂府雅詞》，而歸于歐作。由周之説惟心推理，近于武斷，蟄存之説，依據亦尚不足。前人編纂移竊凌亂，不可究詰，正中詞之被支解爲尤其，先生猶能保全其煊赫之《鵲踏枝》詞，實獲我心。

梅聖俞《蘇幕遮》詞：「落盡梨花春事了。滿地斜陽，翠色和煙老。」劉融齋謂少游一生似專學此種。余謂馮正中《玉樓春》詞：「芳菲次第長相續。自是情多無處足。尊前百計得春歸，莫爲傷春眉黛蹙。」永叔一生似專學此種。

按：《玉樓春》一詞，又是一重公案，既未見《陽春集》，又載于《歐陽文忠公近體樂府》，當爲歐作無疑。《尊前集》題爲馮延巳詞，不知何所依據？先生但據《尊前集》而定爲馮作，似欠深考，謂歐學正中此體，不知正爲歐作也。

美成《蘇幕遮》詞：「葉上初陽乾宿雨，水面清圓，一一風荷舉。」似真能得荷之神理者，覺白石《念奴嬌》、《惜紅衣》詞，猶有隔霧看花之恨。　詠物之詞，自以東坡《水龍吟》爲最工，邦卿《雙雙燕》次之。白石《暗香》、《疏影》格調雖高，然無一語道著，視古人「江邊一樹垂垂發」等句何如耶？

按：詞之詠物，始于北宋，而盛于南宋。南宋人詠物，皆有寄託，先生似一不屑意。白石《暗香》、《疏影》二首詠梅中如「長記曾攜手處，千樹壓、西湖寒碧。又片片、吹盡也，幾時見得。」「昭君不慣胡沙遠，但暗憶、江南江北。想佩環、月夜歸來，化作此花幽獨。」寄情深遠，謂「無一語道着」，未免存有成見。又如同時王碧山之《眉嫵·詠新月》：「故山夜永，試待他、窺户端正。」《水龍吟·詠牡丹》：「把酒花前，賸拚醉了，醒來還醉。怕洛中、春色忽忽，又入杜鵑聲裏。」《齊天樂·詠蟬》：「病翼驚秋，枯形閱世，消得斜陽幾度。」《無悶·雪意》：「悵短景無多，亂山如此。欲唤飛瓊起舞，怕攪碎、紛紛銀河水。」皆有無限故國之思與身世之感。詩詞中之詠物，本非高體，觀唐宋人之詠物詩，往往雕鎸入于纖巧，極少上乘之作，獨南宋詠物詞，情景交融，物我俱化，氣體特爲高大，使詠物一體，成爲南宋詞之一特色。如上所舉白石、碧山之句，豈讓東坡、邦卿專美于前耶？

白石寫景之作，如：「二十四橋仍在，波心蕩、冷月無聲。」「數峰清苦，商略黄昏雨。」「高樹晚蟬，説西風消息。」雖格韻高絶，然如霧裏看花，終隔一層。梅溪、夢窗諸家寫景之病，皆在一「隔」字，北宋風流，渡江遂絶，抑真有運會存乎其間耶？

按：此拈出一「隔」字爲主要觀點，所謂「隔」亦極抽象，以普通語言説明之，即詞中之意識形態，皆須用第一層之語言表現，始爲不隔，轉一手即爲隔。白石之句，何不舉《長亭怨》：「閲人多矣，誰得似、長亭樹。樹若有情時，不會得、青青如此。」曾有隔耶？

陸放翁跋《花間集》，謂「唐季五代詩愈卑，而倚聲獨簡古可愛，能此而不能彼，未可以理推也」。《提要》駁之，謂「能舉七十斤者，舉百斤則蹶，舉五十斤則運掉自如」。其言甚辯。然謂詞必易于詩，余未敢信。善乎陳卧子之言曰：「宋人不知詩而强作詩，故終宋之世無詩。然其歡愉愁苦之致，動于中而不能抑者，類發于詩餘，故其所造獨工。五代詞之所以獨勝，亦以此也。」四言敝而有楚辭，楚辭敝而有五言，五言敝而有七言；古詩敝而有律、絶，律、絶敝而有詞。蓋文體通行既久，染指遂多，自成習套，豪傑之士，亦難于其中自出新意，故遁而爲他體，以自解脱。一切文體所以始盛終衰者，皆由于此。故謂文學後不如前，余未敢信，但就一體論，則此説固無以易也。

按：文體有嬗變，惟無難易。《提要》重詩而輕詞，以爲詞易于詩，陳卧子以宋無詩，故有詞，先生以一體之文學，後不如前，皆屬一偏之論。至文體之始盛終衰，先生所言，亦偏于文人之主觀方面，謂窮而别謀出路。其實文人之思想，大都頑固守舊，非有外力之壓迫，不肯改其故步。以詞論，在古樂府中，已有先有詞而後配樂及先有曲而後製詞二種，後者即爲填詞之濫觴。隋、唐之世，民歌盛行，外國音樂亦漸輸入，所謂「胡夷里巷之曲」，已普遍流行于民間，而文人學者堅持所謂「中夏正聲」、「六義要旨」而恥言胡曲，所作仍不出律、絶之詩。樂工爲便于配樂，必須加以襯字與泛聲，中已參雜若干外來之曲調，而不自知。歷時既久，律、絶詩句益不能滿足人民羣衆之要求，迫使文人不得不改變方法，亦按起拍子填詞，詞之被壓抑而延遲發展若干年矣。故文體之遞變，實由于時代客觀之要求與促進，非文人之自覺自動也。

詩有題而詩亡，詞有題而詞亡，然中材之士，鮮能知此而自振拔矣。

自《花庵》、《草堂》每調立題，並古人無題之詞亦爲之作題，如觀一幅佳山水，而即曰此某山某河，可乎？詩之《三百篇》、《十九首》，詞之五代、北宋，皆無題也，非無題也，詩詞中之意不能以題盡之也。

按：五代以前詞無題，北宋之初已有于詞調外加以小題者，不過寥寥數字，點明時間、地點及作詞之對象而已，如張先之《木蘭花》題爲「乙卯吴興寒食」，晏殊之《山亭柳》題爲「贈歌者」，至蘇軾則多有題，且加小序。後乃啟姜夔之長題，其《徵招》一闋，題序長至四百餘字。詞之有題，亦詞之發展，蓋所涉既繁，加題説明，未始爲害，若詞中已有之語，題又重復言之，有傷格局。古人詞本無題，爲之加題，更爲多事。

近體詩體制，以五七言絶句爲最尊，律詩次之，排律最下。蓋此體于寄興言情，兩無所當，殆有韻之駢體文耳。詞中小令如絶句，長調似律詩，若長調《百字令》、《沁園春》等，則近于排律矣。

按：詩中排律之體最下，固矣。詞中小令比之絶句，長調擬之律詩，亦甚切當。但謂《百字令》、《沁園春》近于排律，則未敢雷同。《百字令》音調高亢，《沁園春》多四字對句，氣勢宏偉，東坡、稼軒在此二調中，有不少激動人心之輝煌作品，何得與詩之排律相持並論。先生工小令，其作品有五代、北宋風格，論詞闗于小令者，多中腠理，長調尚非當行。

總之，王氏論詞，取直觀態度，從本能出發，純任自然，其言曰：「有造境，有寫境，此理想與寫實二派之所由分。然二者頗難分别，因大詩人所造之境必合乎自然，所寫之景必鄰于理想故也。」「自然中之物，互相關係互相限制。然寫之于文學及美術中也，必遺其關係、限制之處。故雖寫實家，亦理想家也。又雖如何虚構之境，其材料必求諸自然，而其構造，亦必從自然之法則，故雖理想家，亦寫實家也。」「境非獨謂景物也。喜怒哀樂，亦人心中之一境界。故能寫真景物、真感情者，謂之有境界。否則謂之無境界。」又曰：「一切境界，無不爲詩人設，世無詩人，即無此境界。夫境界之呈于吾心而見于外物者，皆須臾之物。惟詩人能以須臾之物，鐫諸不朽之文字，使讀者自得之，遂覺詩人之言，字字皆爲我心中所欲言，而又非我之所能自言，此大詩人之秘妙也。」此等文學創作思想，頗受叔本華生活意志説之影響，而又有尼采超人之觀，故于古人之作，惟賞其自然神妙，要眇宜修者，尤斥文字藻飾雕鏤之病，故于南宋以後，稼軒外，一無取焉。議論自高，然于吾國詞學之發展史上，亦不免爲片面不切實際之看法。凡一種文體，初起之時，皆真純可喜，由樸素入于精巧，由簡單入于繁複，亦一般文學發展之規律。詞之初期爲民歌，多屬口語，故辭多鄙俚。中唐時期劉禹錫、白居易輩欣賞之，而又惡其鄙俗，爲之作文字上之加工，于是有《竹枝》、《柳枝》諸作，是爲文人作詞之始。其初文字亦尚平淡自然，及至南宋，偏向于文字上之講求，詞乃開始變質。然時代愈進，事務俞繁賾，表達思想之文字，亦必隨而增加其方式，改變其體制。南宋以後詞，雖偏重文字，氣體不及前人，然反映之事物，畢竟多于前人，其表現之技巧及方法亦有加于前人，疆宇增辟，音吕大振，皆爲其進步之一面。先生欲含真抱素，返回于嬰，亦云固矣。

雖然，王氏之論詞，固有甚高之見解與一定之立場。張孟劬云：「先生之書，未爲精審，晚年亦頗自悔。」此言實無根據。當清之末季，詞人皆服膺姜、吴者，對王著既不敢否定，又不愜其對南宋人之詆諆，乃作爲此説以爲掩護，未免可笑。後又有胡適將詞分爲三個時期，一曰歌者之詞，二曰詞人之詞，三曰詞匠之詞，指姜夔、史達祖、吴文英、張炎諸人爲重音律而不重内容，爲詞匠，尤爲偏謬。胡固提倡新文學者，其對姜、史輩之看法，亦不出王氏所論之范圍，而貶低爲詞匠，則又過之。余以爲南宋姜、史諸公一時才傑，遭時板蕩，憂生憫世，亦有若干燦爛光輝不可磨滅之作品生于其時，何必使其返回于唐、五代之纏令小詞，爲纖纖兒女語，亦何能限制其專在北宋歐、秦中討生活。自由發展，勢有必然，且對後來六七百年之詞學，影響極巨，非有大力，曷克有此？知人論世，尋源溯流，固未可一筆抹煞也。

王國維撰

讀詞雜記

讀詞雜記目録

宋元戲曲考

附録一　清真先生遺事

附録二　觀堂先生題跋

讀詞雜記・庚辛之間讀書記

片玉詞

曩讀周清真《片玉詞》、《訴衷情》一闋《片玉》、《清真集》均不載曰：「當時選舞萬人長。玉帶小排方。喧傳京國聲價，年少最無量。」按「排方」、「玉帶」乃宋時乘輿之服。岳倦翁《愧郯録》十二：「國朝服帶之制，乘輿東宫以玉，大臣以金，勳舊間賜以玉，其次則犀、則角，此不易之制。考之典故，玉帶，乘輿以排方，東宫不佩魚，親王佩玉魚，大臣勳舊佩金魚。」《石林燕語》七亦云：「國朝親王皆服金帶，元豐中官制行，上欲寵嘉、岐二王，乃詔賜方團玉帶，著爲朝儀。先是乘輿玉帶皆排方，故以方團别之，二王力辭，乞寶藏於家而不服用，不許，乃請加佩金魚，遂詔以玉魚賜之，親王玉帶佩玉魚自此始。故事，玉帶皆不許施於公服，然熙寧中收復熙河，神宗特解所繫帶賜王荆公，且使服以入賀。荆公力辭久之，不從，上待服而後追班，不得已受詔。次日，即釋去。維案：《臨川集》卷十八荆公《賜玉帶謝表》末云：「退藏唯謹，知燕及於雲來。」知釋去之説不妄。大觀中收復青、唐，以熙河故事，復賜蔡魯公而用排方。時公已進太師，上以爲三師禮當異特，許施於公服，辭，乃乞琢爲方團。既以爲未安，或誦韓退之「玉帶垂金魚」之禮，告以請，因加佩金魚《鐵圍山叢談》、《揮麈前録》所記略同。則排方、玉帶實乘輿之制，臣下未有敢服者也。且宋時臣下受玉帶之賜者可以指數，太祖時則有李彝興、符彦卿、王審琦、石保吉，英宗時則有王守約，保吉、守約均以主壻賜。神宗時則有王安石、嘉岐二王，徽宗時則有蔡京、何執中、鄭居中、王黼、蔡攸、童貫、趙仲忽，欽宗時則有李綱。上皇所賜。南宋得賜者，文臣則有張浚、秦檜、史浩、史彌遠、鄭清之、賈似道，宗室則有居、廣、士㒟、璩、伯圭、師揆、師彌，勳臣則有劉光世、張俊、楊存中、吴璘，外戚則有吴益、謝淵、楊次山何執中以下五人賜玉帶事，見《石林燕語》，史彌遠、趙師揆見《四朝聞見録》，賈似道、師彌見《癸辛雜志》。餘見《宋史》本傳及《玉海》卷八十六。此外罕聞。唯《太祖紀》載「建隆元年正月，以犀玉帶徧賜宰相樞密使及諸君列校。」此行佐命之賞，未可據爲典要。又《夢溪筆談》二十二云：「丁晉公從車駕巡幸禮成，有詔賜輔臣玉帶，時輔臣八人，行在祗候庫只有七帶，尚衣有帶，謂之比玉，價直數百萬，上欲以賜輔臣，以足其數。」《容齋隨筆》四駁之曰：「景德元年真宗巡幸西京，大中祥符元年巡幸太山，四年幸河中，丁謂皆爲行在三司使，未登政府。七年幸亳州，謂始以參知政事從，時輔臣六人，王旦、向敏中爲宰相，王欽若、陳堯叟爲樞密使，皆在謂上，謂之下尚有樞密副使馬知節，即不與此説合。且既爲玉帶，而又名比玉，尤可笑。」洪氏之言如此。案《宋史・真宗紀》：「大中祥符二年五月癸亥，以封禪慶成，賜宗室輔臣襲衣金帶器幣，不云玉帶。」《舊聞證誤》四引某書謂「真宗嘗徧以玉帶賜兩府大臣」，蓋亦襲《筆談》之誤。夫以乘輿御服，大臣所不得賜，宰相親王所不敢服，僭侈如蔡京猶必琢爲方團，加以金魚，而後敢用。何物倡優，乃以此自炫于萬人之中，此事誠不可解。蓋嘗參互而得其説焉。《宋史・輿服志》：「太平興國七年，翰林學士承旨李昉奏奉詔詳定車服制度，請從三品以上服玉帶。」《舊聞證誤》四引《慶元令》云：「諸帶三品以上得服玉，臣僚在京者不得施於公服。」蓋宋時便服並無禁令，故東坡曾以玉帶施元長老，有詩見集中《東坡集》十四。其二曰：「此帶閱人如傳舍，流傳到我亦悠哉。錦袍錯落真相稱，乞與佯狂老萬回。」味其詩意，不獨東坡可服，似了元亦可服矣。《至順鎮江志》十九載此事云：「公便服入方丈。」又云：「師急呼侍者收公所許玉帶。」則爲便服束帶之證。東坡贈陳季常《臨江仙》詞云：「細馬遠馱雙侍女，青巾玉帶紅靴。」亦其一證。陳后山《談叢》《后山集》十九亦云：「都市大賈趙氏，世居貨寶，言玉帶有刻文者，皆有疵疾以蔽映耳，美玉蓋不琢也。比歲杭、揚二州，化洛石爲假帶，色如瑾瑜，然可辨者，以其有光也。」觀此，知宋時上下便服通用玉帶，故人能辨之。漫至倡優服飾，上僭乘輿，雖云細事，亦可見哲、徽以後政刑之失矣。

囊作《清真先生遺事》，頗辨《貴耳集》、《浩然齋雅談》記李師師事之妄；今得李師師「金帶」一事，見於當時公牘，當爲實事。案《三朝北盟會編》三十：「靖康元年正月十五日，聖旨：應有官無官諸色人，曾經賜金帶，各據前項所賜條數，自陳納官，如敢隱蔽，許人告犯，重行斷遣。」後有尚書省指揮云：「趙元奴、李師師、王仲端曾經祗候倡優之家中略，曾經賜金帶者，並行陳納。」當時名器之濫如是。則「玉帶」、「排方」亦何足爲怪。頗疑此詞或爲師師作矣。然當時制度之紊，實出意外，《老學庵筆記》一言：「宣和間，親王公主及他近屬戚里入宫，輒得金帶關子，得者旋填姓名賣之，價五百千，雖卒伍屠酤，自一命以上皆可得。方臘破錢塘時，［朔日］太守客次有服金腰帶者數十人，皆朱勔家奴也。時諺曰：

『金腰帶，銀腰帶，趙家天下朱家壞。』」然則徽宗南狩時，盡以太宗時紫雲樓金帶賜蔡攸、童貫等見《鐵圍山叢談》六。更不足道，以公服而猶若是，則便服之僭侈更何待言。「國家將亡，必有妖孽」，殆謂是歟？

桂翁詞

《桂翁詞》六卷後題作《玉堂餘興》，《鷗園新曲》一卷，明刊本，不題作者姓名，實貴溪夏文愍公言所作樂府也。前有吴一鵬、費寀、□儀三序，後有皇甫涍、石遷高二跋。目録後有二行曰：「嘉靖丙寅仲夏，金陵雙泉童氏梓行。」第三序缺末頁，自稱名曰儀。中云：「壬寅歲，儀繆領霸州之命，公屬詞書扇，以爲贈言。」今卷四中有《贈楊正郎儀陞霸州兵備副使・減字木蘭花》一闋，知即常熟楊夢羽作也。楊序云：「元相《桂翁詞》六卷，初刻於吴郡，再刻於鉛山，三刻於閩中。」吴郡本據吴序、皇甫跋，刊於嘉靖戊戌。鉛山本據費序刊於辛丑。閩本不見序跋，不識刊於何年。又據大名府知府石遷高跋，則庚子歲畿南似亦有刊本，楊序略之。楊刻最後，在文愍再召之歲，始增《鷗園新曲》。此本又覆刊楊本。是嘉靖一朝前後三十年間，已六付剞劂，古今詞家未曾有也。有明一代，樂府道衰，「寫情」、「扣舷」尚有宋、元遺響，仁、宣以後，兹事幾絶。獨文愍以魁碩之才，起而振之，豪壯典麗，與于湖、劍南爲近。方其得路，入正郊廟，出扈禁蹕，一詞朝傳，萬口暮誦。同時名公皆摹擬其體格。門生故吏，爭相傳刻。雖居勢使然，抑其風采文采，自有以發之者歟？洎夫再秉鈞衡，獨任邊事。主疑於上，讒間於下。至於白首而對獄吏，朝衣而赴東市。進無帷蓋之報，退靡盤水之恩。君臣之際，斯爲酷矣。帝殺其軀，天奪其亂。怙權不如介谿，而刑禍爲深；文采過於鈐山，而著述獨晦。身後之事，又可悲矣。然没不二十年，南都坊肆，乃復梓其遺集。維時永陵倦勤，華亭當國，雖靡投鼠之忌，寧無吠堯之嫌。豈文章事業，自有公論，有不可泯滅者歟？又以知生前諸刻，非盡出於屬吏之貢諛也。此本舊藏怡邸，有「明善堂書畫印記」、「安樂堂藏書記」二印。

花間集

《花間集》十卷，明覆刊宋本，前有蜀廣政三年武德軍節度判官歐陽炯序，後有紹興十八年濟陽晁謙之跋。炯爲孟蜀宰相，蜀亡入宋，爲翰林學士。一作歐陽炳。蘇易簡《續翰林志》下謂：「學士放誕，則有王著、歐陽炳。」又云：「炳以僞蜀順化，旋召入院，嘗不巾不韈，見客於玉堂之上。尤善長笛，太祖嘗置酒令奏數弄。後以右貂終於西洛。」又作歐陽迥，《學士年表》：「歐陽迥，乾德三年八月以左散騎常侍拜，前云「右貂」，此云「左散騎常侍」，左右必有一誤。開寶四年六月以本官分司西京，罷。」則與炳自爲一人。此本與聊城楊氏所藏鄂州本均作歐陽炯，恐炯字不誤，「炳」與「迥」因避太宗嫌名而追改也。《集》中詞十八家，温助教、皇甫先輩、韋相之次，有薛侍郎昭藴。按《唐書·薛廷老傳》：「廷老子保遜，保遜子昭緯，乾寧中至禮部侍郎。性輕率，坐事貶磎州刺史。」《舊書》略同。《北夢瑣言》十：「唐薛澄州昭緯，即保遜之子，恃才傲物，亦有父風。每入朝省，弄笏而行，旁若無人。好唱《浣溪沙》詞。」今此集載昭藴詞十九首，其八首爲《浣溪沙》，又稱爲薛侍郎，恐與昭緯爲一人。緯、藴二字俱從系，必有一誤也。李洵則鄂州本作李珣，毛本亦同，《鑑誡録》四：「李洵字德潤，本蜀中土生波斯也。少小苦心，屢稱賓貢。所吟詩句，往往動人。尹校書鶚者，錦城煙月之士也，與李生常爲善友。遽因戲遇嘲之，李生文章，掃地而盡。詩曰：『異域從來不亂常，李波斯强學文章。假饒折得東堂桂，胡臭薰來也不香。』」黄休復《茅亭客話》亦記其爲波斯人。以異域之人而所造若此，誠爲異事。王灼《碧雞漫志》屢稱珣《瓊瑶集》，其所舉《倒排甘州》、《河滿子》、《長命女》、《喝馱子》四首，均此集與《尊前集》所未載。則南宋之初，蜀中尚有此書，未識佚於何時也。唐五代人詞有專集者：《南唐二主詞》、《陽春集》，均宋人所編。飛卿《金奩詞》則係贋本。《金荃詞》一卷，顧嗣立《温飛卿詩集跋》謂有宋本，未知可信否。和凝《紅葉稿》之名，則係竹垞杜撰，凝《紅藥編》五卷，見於宋志者，乃制誥之文焦竑《國史經籍志》列之制誥類。其書竑時已亡，殆由其名定之是也。，非詞集，亦非《紅葉稿》也。唯珣《瓊瑶集》見於宋人所記，當爲詞人專集之始矣。

尊前集

《尊前集》二卷，明刊本，題明嘉禾顧梧芳編次，東吴史叔成釋。前有萬曆壬午梧芳自序，蓋其自刊本也。梧芳序云：「余素愛《花間集》勝《草堂詩餘》，欲播傳之。曩歲刻於吴興，茅氏兼有附補，而余斯編，第有類焉。」其意蓋以爲自編也。毛氏《詞苑英華》重刊此本，跋曰：「雍熙間，有集唐末五代詞，命名《家宴》，爲其可以侑觴也。又有名《尊前集》者，殆亦類此，惜其本不傳。嘉禾顧梧芳氏采録名篇，釐爲二卷，仍其舊名」云云，則毛氏亦以此爲梧芳自編也。唯朱竹垞《曝書亭集》跋此本則云：「康熙辛酉冬，余留白下，有持吴文定公手鈔本告售，書法精楷，卷首識以私印。取刊本勘之，詞人之先後，樂章之次第，靡有不同。始知是集爲宋初人編輯。」《四庫總目》亦采其説，而頗以其名不見宋人書目爲疑。余按《碧雞漫志》「清平樂」、「麥秀兩歧」二條下均引《尊前集》。《直齋書録解題・陽春録》條下引崔公度序云：「《花間》、《尊前》，往往謬其姓氏。」則宋時固有此書矣。且《南唐二主詞》爲高、孝間人所輯，而《虞美人》以下八首，《蝶戀花》、《菩薩蠻》二首，皆注見《尊前集》，今此本皆有之，惟闕《臨江仙》一首恐顧氏以有闕字删去。則南宋人所見之本，與此本略同。至編次出何人手，不見記載。唯《歷代詩餘》引《古今詞話》云：「趙崇祚《花間集》載温飛卿《菩薩蠻》甚多，合之吕鵬《尊前集》，不下二十闋。」按《古今詞話》一爲宋楊湜撰，一爲國朝沈雄撰。楊書已佚，頗散見宋人書中。此不知係楊書或沈書，然當有所本。則以此集爲吕鵬作。吕鵬亦罕見記載。黄昇《花庵詞選》李白《清平樂》下注：「按唐吕鵬《遏雲集》載應制詞四首，後二首無清逸氣韻，疑非太白所作。」今此本所載太白《應制・清平樂》有五首，則與吕鵬《遏雲集》不合。又歐陽炯《花間集叙》云：「明皇朝有李白《應制・清平樂》四首。」則唐末宋初，只有四首，末首自係後人羼入。然則此本雖非梧芳所編，亦非吕鵬之舊矣。此本前有「甌舫」朱文長印，即竹垞舊藏。而竹垞跋此書乃云「不著編次人姓氏」，殆作跋時未檢原書。抑欲申其宋初人編輯之説，故没其事也。不知明人所題編次、纂輯等語，全不足據。此本亦題「東吴史叔成釋」，何嘗釋一字耶？拈出此事，可供目録家一粲也。

草堂詩餘

《新刊古今名賢草堂詩餘》此疑宋人舊題四卷，前有嘉靖己酉李謹序。序後有總目。卷一標題下有「皇明進士知歙縣事四會南津李謹纂輯，歙縣教諭秀州曾丙校次，歙丞饒餘劉時濟梓行」三行。卷四末有劉時濟跋。李序及總目標題下均有「三衢童子山刊行」一行。宣統己酉得於京師。按《草堂詩餘》行世者以毛氏《詞苑英華》本爲廣，次則沈際飛本，次則烏程閔氏朱墨本。近四印齋刻天一閣舊鈔明嘉靖間閩沙太學生陳鍾秀校刊本，世已驚爲祕笈。余所見此書別本獨多。一嘉靖庚戌顧從敬刊本；一嘉靖末安肅荆聚刊本；一萬曆李廷機刊本；一嘉靖己酉李謹刊本，即此本也。荆聚本在唐風樓羅氏，餘三本均在敝篋。綜而觀之，可分爲二類：一分調編次者，以顧從敬本爲首，李廷機、閔□□、沈際飛、毛晉諸本祖之。一分類編次者，此本與陳鍾秀本、荆聚本皆是。然此三本又自不同。陳鍾秀本二卷，而此本與荆聚本則俱四卷。陳本分時令、節序、懷古、人物、人事、雜詠六類，而此本則首天時，次地理，次人物，次人事，次器用，次花鳥，亦爲六類。次第亦復不同。陳本故有注，王氏重刊時已删去大半。荆聚本亦有注，訛脱殊甚。唯此本正文注文首尾完具。故分調編次之本，以顧本爲最善；分類編次之本，當以此本爲最善矣。至分調與分類二種孰先孰後，尚一疑問。顧本與此本同爲四卷，均與《書録解題》卷數不合。顧本據何元郎序，謂出顧氏家藏宋本，比世所行多三十餘調。近臨桂王鵬運始疑爲明人羼亂之本。書中題武陵顧從敬編次，似其確證。然明人所題編次纂輯等語，全不足據，已於跋

《尊前集》時言之。今案王楙《野客叢書》二十四云：「《草堂詩餘》載張仲宗《滿江紅》詞：『蝶粉蜂黄都褪却』，注：蝶粉蜂黄，唐人宫妝。」李本無此詞，顧本則題周美成，在張仲宗、晁无咎二詞之後。今《清真集》、《片玉集》、《片玉詞》均有此詞程大昌《演繁露·續集》四亦以此爲美成詞，自係周作。其誤以爲張仲宗者，殆王楙所見已爲分調編次之本，或原脱人名，或因其前後相接而誤憶也。則顧本出宋本之説，自尚可信。否則張詞題爲「春暮」，當入時令類，周詞題爲「春閨」，當入人事類，二詞雖同一調，無從牽合也。至此本編次，與周邦彦《清真集》、《片玉集》、趙長卿《惜香樂府》相同，自是宋人體例。注雖蕪累，分明出宋人手。如卷四東坡《水龍吟·詠笛》詞「梁州初遍」，注曰：「初遍，謂如今樂府諸大曲凡數十解，於攧前則有排遍，攧後則有延遍，初遍豈非排遍之首解」云云，此數語證以史浩《鄮峰真隱漫録》卷四十五所有大曲，無一不合，非元以後人所能知，自係宋人之注。即云此注采之他書，然傅幹《注坡詞》與顧禧補注《東坡長短句》，元時已少見。又元延祐本《東坡樂府》亦無注解，則定爲宋人所注，當無大誤。要之，宋時此書必多别本，故顧本與此本編次絶殊，不礙其爲皆宋本。然在宋本之中，則此先彼後，自有確證。顧本每詞必有一題，勘以宋人本集，往往不合。然細考之，則顧本之題，如「春景」、「夏景」、「秋景」、「冬景」、「春恨」、「春閨」、「立春」、「元宵」之屬，皆此本六大目之子目，是分調之時，必據分類本，而以其子目冠於詞上，蹤跡甚明。此實先有分類，後有分調本之鐵案也。又顧本附詞話若干條，皆見此本注中，殆祖本亦有注，而顧重刊時删去歟？

讀詞雜記・東山雜記

望江南菩薩蠻風行之速

上虞羅氏藏敦煌所出唐寫本《春秋後語》，背記有唐咸通間人所書《望江南》二闋、《菩薩蠻》詞一闋，别字甚多，蓋僧雛戲筆。此二闋，唐人最多爲之。其風行實始于太和中間，不十年間，已傳至邊陲，可見風行之速矣。

黄蕘圃舊藏詞集

上虞羅氏所藏元刊雜劇，凡三十種，舊藏吴門顧□，去歲日本人某購之以東，爲羅君所得，乃黄蕘圃故物也。蕘翁題跋，屢稱其所藏詞曲之富。以明李中麓所居有詞山曲海之名，故自名其室曰「學山海居」。其所藏詞最著者，有元刊《東坡樂》二卷、元刊《辛稼軒長短句》十二卷，後歸汪氏藝芸精舍，今在楊氏海源閣，臨桂王氏四印齋曾刊之。此外尚有汲古毛氏影宋本詞若干種，亦見他題跋中。惟所藏元曲，世未有知其詳者，其見于《士禮居題跋》者，僅《太平樂府》、《南峰樂》二種，與□唐丁氏所藏元刊

《陽春白雪》，爲蕘翁故物耳。

曾布大曲水調歌頭

元刊《張千替殺妻》雜劇，《太和正音譜》録作《張子替殺妻》，乃《譜》誤也。其關目與《太平廣記》中載唐人小説《馮燕傳》略同。宋曾布曾以大曲《水調歌頭》詠馮燕事，載于宋王明清《玉照新志》，後人或推爲戲曲之祖。其實宋人此等大曲甚多，不自布始也。

侯鯖録載商調蝶戀花

有詞有話者，則謂之詞話。《也是園書目》有宋人詞話十六種，其目爲《燈花婆婆》、《種瓜張老》、《紫羅蓋頭》、《女報怨》、《風吹轎兒》、《錯斬崔寧》、《小亭兒》、《西湖三塔》、《馮玉梅團圓》、《簡帖和尚》、《李焕生王陳南》、《小金錢》十二種，不著卷數。其它四種，則爲《宣和遺事》四卷（實二卷），《煙粉小説》四卷，《奇聞類記》十卷，《湖海奇聞》二卷。詞話二字，非遵王所能杜撰，意原本必題《燈花婆婆詞話》、《種瓜張老詞話》等，故遵王仍用之。若《宣和遺事》四種，亦當因其體例相似，故附于後耳。《侯鯖録》所載《商調·蝶戀花》，于叙事中，間以《蝶戀花》詞，乃宋人詞話之尚存者。

周邦彦訴衷情一闋爲李師師所作

曩撰《清真先生事》，頗辨《貴耳集》、《浩然齋雅談》所載周清真與李師師事之誤。然清真《片玉詞》中有《訴衷情》一闋，曰：「當時起舞萬人長。玉帶小排方。喧傳京國聲價，年少最無量。花閣迥，酒筵香。想難忘。而今何事，佯向人前，不認周郎。」按：「玉帶排方」，乃宋時乘輿之服。親王大臣賜玉帶者，以方團別之，復加佩玉魚、金魚。且有宋一代，雖上下通用，然不知倡優何以得服此，且用排方，與天子無別。頗疑此詞爲師師作矣。按：師師曾賜金帶，見于當時公牘《三朝北盟匯編》。靖康元年正月十五日聖旨：應有官無官諸色人，曾經賜金帶各據前項所賜條數，自陳納官，如敢隱蔽，許人告犯，重行遺斷。後有尚書省指揮云，趙元奴、李師師、王仲縉，曾經祇候，倡優之家，曾經賜金帶者，并行陳納。《老學庵筆記》亦言：「朱勔家奴數十人，皆服金帶。」宋制亦三品以上方許服金帶，乃倡優奴隸皆得此賜，則玉帶排方或出内賜，亦未可知。僭濫至此，真五行傳所謂「服妖」者矣。

王清惠

周密《浩然齋雅談》載王夫人所作《滿江紅》詞及文文山、鄧中甫和作，其詞人人能道之，獨不詳夫人爲何人。按世傳《宋舊人詩詞》一卷，云昭儀王清惠，字冲華。汪元量《水雲集》、《湖山類稿》亦屢有與昭儀贈答之作。其人《宋史·后妃傳》失載，惟《江萬里傳》云：「帝在講筵，每問經史疑義及古人姓名，賈似道不能對，萬里從旁代對。時王夫人頗知書，帝常語夫人以爲笑。」則夫人乃度宗嬪御。陳世崇《隨隱漫録》云：「會寧郡夫人昭儀王秋兒、順安俞修容、新興胡美人、永陽朱梅兒、資陽朱春兒、高安朱夏兒、南平朱端兒、東陽周冬兒，皆上所幸也。初，東宮以春夏秋冬四夫人直書閣爲最親，王能屬文爲尤親。雖鶴骨臞貌，但自上即位後，批答畫聞式克欽承，皆出其手。然則王非以色事主，度皇亦悦德者也。」則夫人在度宗朝已主批答，及少帝嗣位，謝后臨朝，老病不能視事，夫人與聞國政，亦可想見。故入元之後，元人待足有殊。汪水雲詩：「萬里修途似夢中，天家賜予意無窮。昭儀别館香雲暖，手把詩書授國公。」其禮遇幾亞于謝、全二后。厥後，全太后爲尼，夫人亦爲女道士，亦以其與宋室至親故也。

以上卷二

讀詞雜記·閲古漫録

朱竹垞先生煙雨歸耕圖自贊及諸題詠

《朱竹垞先生煙雨歸耕圖》，康熙壬子西泠戴蒼寫，有竹垞自書贊及《百字令》一闋，並同時諸名士詩詞。余見竹垞弟子顧中郵仲清重摹本，今備録之。《自贊》云：「饁有婦子，居有環堵。舍而征衣，蓑笠是荷。爲力雖微，其志則堅。粒食既足，不求逢年。咄者斯人，誰爲徒者。人或爾知，百世之下。竹垞自題。」又《百字令》云：「菰蘆深處，歎斯人枯槁，豈非窮士。剩有虚名身後策，小技文章而已。四十無聞，一邱欲卧，漂泊今如此。田園何在，白頭亂髮垂耳。空自南走羊城，西窮雁塞，更東浮淄水。一刺懷中磨滅盡，回首風塵燕市。草屨撈蝦，短衣射虎，足了平生事。滔滔天下，不知知己誰是。」舊題小像作，歲在癸丑。又書後有李秋錦良年和作云：「彼何爲者，數過江門第，恨人奇士。朔雪南枝來往慣，筋力也應倦矣。弱不勝衣，狂思摇筆，壠上從無此。展圖一笑，士郎聊寫愁耳。曾記細雨青蕪，雙拏小艇，問桃花流水。本欲逃名名不去，行遍山林城市。子定歸與，吾將作伴，摒擋西疇事。算來長策，爲農今日良是。」又雲間彭師度和作云：「生涯瀟灑，笑披蓑荷立，可農可士。越絶文章誰爾雅，惟有朱生而已。把盞劉伶，吟詩李白，偃蹇誰堪此。農家足慕，田園此際難耳。漫説諸葛南陽，子真谷口，有名畬煙水。但識篝車非可視，樂道何須避市。巖壑琴樽，江關詞賦，豈了豐年事。長沮桀溺，料德與子同是。」復有嚴蓀友繩孫題五古一首云：「吾友有朱生，由來相門子。與爾復何爲，相逢帝城裏。風塵隨短褐，躑躅荆軻市。不見古時人，清淚如鉛水。或時并馬還，日落月復起。蕩蕩十二門，誰羈我與爾。書作竹垞圖，筦簕穩稱體。豈伊詩書戀，徒抱風塵恥。所願營草堂，宛在藕花沚。懷哉勿慮陳，吾亦從逝矣。……又有西泠陳晉明康侯題《眼兒媚》詞一闋云：「歸去耕田白板扉。青攔緑蓑衣。盡□筆硯，不招書史，只把鉏犁。幾回相見相憐惜，心事兩依依。圖中紙上，添□相伴，□子回歸。」又孫豹人枝蔚題《滿江紅》二闋，其一云：「管樂肩頭，長卸却、乾坤損子。怪造物、從來顛倒，英雄如此。始覺敬通書可玩，只看蓑笠身難此。每遭逢、煙雨偶然間，功成矣。羞載贄，寧操耒。羞從獵，寧幹耜。問先生門第，云同栗里。晉室勛臣司馬後，祖孫出處名齊美。想同行、此路豈無人，桃源裏。」其二云：「萬里曾游，塵撲滿、東西南北。却走向、三家村裏，披蓑戴笠。携手同行人最少，北風雨雲催蹄急。訪椎牛、屠狗昨賢豪，無消息。這邊路，黄狐立。那邊樹，玄猿泣。愁獨行踽踽，如何去得。饋肉汝能麾道濟，買山吾豈須于□。莫便沮、溺耦而□耕，今難及。」嘉慶中，此圖歸嘉興李金瀾明經，同時名人題詩詞者亦多。吴子律衡照題《百字令》，用竹垞原韻云：「曝書亭古，到于古津逮，盡成名士。梅會風流渾似昔，一老瓣香靡已。貌得平生，傳來阿堵，蓑笠重逢此。歸耕太早，行年四十三耳。猶憶硤石東西，横山遠近，傍死央湖水。煙雨空濛留不住，索米長安舊市。鴻館翹才，鶴書應選，莫問田居事。李侯同調，灌園圖更奚是。」「李侯」，謂李錦秋良年，金瀾之祖也。馬笙谷錦亦題《百字令》一闋，用原韻云：「翩翩博雅，共李公秋錦，一雙徵士。老輩同年，今後輩、但撫遺編而已。次岳丹青，鴻臚筆墨，零落猶存此。誰歟好古，葫蘆依樣描耳。曾記載酒江湖，無拘無束，任怡情山水。一笑風塵空躑躅，舊夢依稀燕市。蓑笠隨身，犁鉏入手，商略農家事。披圖宛在，高風當日如是。」按竹垞此圖，作于康熙壬子，即康熙十一年。時旅食京師，後七年，乃應鴻博，入詞林。後來張雲巢、朱少仙諸詩，若此圖作于館選後者。蓋誤矣。

讀詞雜記·二牖軒隨録

蔣伯斧詠買地券詞

端氏所藏玉買地券，長漢尺三寸許，廣一寸八分，兩面刻字各五行，隸書字大不逾四分，而寬博縱恣，有尋丈之勢。亡友蔣伯斧郎中，曾增填《蝶戀花》一闋詠之，云：「玉匣飄殘金椀碎。一寸寒瓊，猶辨東都字。粟米居然尋丈勢。秦權漢卯差相類。因憶同時兄與弟。三萬金錢，同買稽山地。鑱鑿巉巖刊冢記。千秋翠墨爭雄肆。」卷二

人間詞話舊稿選

余于七八年前，偶書詞話數十則。今檢舊稿，頗有可採者，摘録如下。

詞以境界爲上。有境界，則自成高格，自有名句。五代北宋之詞所以獨絕者在此。

言氣格，言神韻，不如言境界。境界，本也。氣格、神韻，末也。境界具，而二者隨之矣。

有造境，有寫境。此理想與寫實二派之所由分。然二者頗難區別。因大詩人所造之境，必合乎自然，

所寫之境，必鄰乎理想故也。

境非獨景物也，情感亦人心中之一境界。故能寫真景物、真感情者，謂之有境界，否則謂之無境界。「紅杏枝頭春意鬧」，著一「鬧」字，而境界全出。「雲破月來花弄影」，著一「弄」字，而境界全出矣。

境界有大小，然不以是而分優劣。「細雨魚兒出，微風燕子斜」，何遽不若「落日照大旗，馬鳴風蕭蕭」。「寶簾閑挂小銀鉤」，何遽不若「霧失樓臺，月迷津渡」也。

《詩·蒹葭》一篇，最得風人深致。晏同叔之「昨夜西風彫碧樹。獨上高樓，望盡天涯路」，意頗近之。但一灑落，一悲壯耳。

「我瞻四方，蹙蹙靡所騁」，詩人之憂生也；「昨夜西風彫碧樹。獨上高樓，望盡天涯路」似之。「終日馳車走，不見所問津」，詩人之憂世也；「百草千花寒食路，香車繫在誰家樹」似之。

成就一切事，罔不歷三種境界：「昨夜西風彫碧樹。獨上高樓，望盡天涯路。」此第一境也。「衣帶漸寬終不悔，爲伊銷得人憔悴。」此第二境也。「衆裏尋他千百度，回頭驀見，那人正在燈火闌珊處。」此第三境也。此等語，均非大詞人不能道。然遽以此意解諸詞，恐爲晏、歐諸公所不許也。

太白詞，純以氣象勝。「西風殘照，漢家陵闕」，寥寥八字，遂關千古登臨之口。後世惟范文正之《漁家傲》、夏英公之《喜遷鶯》差堪繼武，然氣象已不逮矣。

温飛卿之詞，句秀也。韋端己之詞，骨秀也。李後主之詞，神秀也。詞至李後主，而境界始大，感慨遂深，遂變伶工之詞，而爲士大夫之詞。宋初晏、歐諸公，皆自此出，而《花間》一派微矣。

馮正中詞，除《鵲踏枝》、《菩薩蠻》數十闋最煊赫外，如《醉花間》之「高樹鵲銜巢，斜月明寒草」，雖韋蘇州之「流螢渡高閣」、孟襄陽之「疏雨滴梧桐」，不能過也。

「畫屏金鷓鴣」，飛卿語也，其詞品似之。「弦上黄鶯語」，端己語也，其詞品亦似。若正中詞品，欲于其詞中求之，則「和淚試嚴妝」殆近之歟？

歐陽公《浣溪沙》詞「緑楊樓外出秋千」。晁補之謂：只一「出」字，便後人所不能道也。余謂此本于正中《上行杯》詞，「柳外秋千出畫牆」，但歐語尤工耳。

少游詞境，最爲淒婉。至「可堪孤館閉春寒，杜鵑聲裏斜陽暮」，則變而淒厲矣。東坡賞其後二語，尤爲皮相。

「風雨如晦，鷄鳴不已。」「山峻高以蔽日兮，下幽晦以多雨。霰雪紛其無垠兮，雲霏霏而承宇。」「樹樹皆秋色，山山盡落暉。」「可堪孤館閉春寒，杜鵑聲裏斜陽暮。」氣象皆相似。

美成詞，深遠之致，不及歐、秦，惟言情體物，窮極工巧，故不失爲第一流之作者。但恨創調之才多，創意之才少耳。

詞最忌用替代字。美成《解語花》之「桂華流瓦」，境界極妙，惜以「桂華」二字代「月」耳。夢窗以下，則用代字更多。其所以然者，非意不足，則語不妙也。蓋語妙則不必代，意足則不暇代。此少游之《水龍吟》首二語，所以爲東坡所譏也。

美成《蘇幕遮》詞：「葉上初陽乾宿雨。水面清圓，一一風荷舉。」此真能得荷之神理者。覺白石《念奴嬌》、《惜紅衣》二詞，猶有隔霧看花之恨。

南宋詞人，白石有格而無情，劍南有氣而乏韻。其堪與北宋人頡頏者，惟一幼安耳。近人祖南宋而祧北宋，以南宋之詞可學，北宋不可學也。學南宋者，不祖白石，則祖夢窗，以白石、夢窗可學，幼安不可學也。學幼安者，率祖其粗獷滑稽，以其粗獷滑稽處可學，佳處不可學也。同時白石、龍洲學幼安之作且如此，況其他乎？其實幼安詞之佳者，俊偉幽咽，獨有千古，其他豪放之處，亦有「横素波、干青雲」之概，豈夢窗輩齷齪小生所可語耶？

東坡之詞曠，稼軒之詞豪。無二人之胸襟，而學其詞，猶東施之效捧心也。

讀東坡、稼軒詞，須觀其雅量高致，有伯夷、柳下惠之風。白石雖似蟬蜕塵埃，終不免局促轅下。

昭明太子稱陶淵明詩「跌宕昭彰，獨超衆類，抑揚爽朗，莫之與京」。王無功稱薛收賦「韻趣高奇，詞義晦遠，嵯峨蕭瑟，真不可言」。詞中惜少此二種氣象，前者坡詞近之，後者惟白石略得一二耳。

白石寫景之作，如「二十四橋仍在，波心蕩、冷月無聲」、「數峰清苦，商略黄昏雨」、「高樹晚蟬，説西風消息」，雖格韻高絶，然如霧裏看花，終隔一層。梅溪、夢窗諸家寫景之作，其病皆在一「隔」字。北宋風流，過江遂絶，抑真有風會存乎其間耶？

東坡、稼軒，詞中之狂。白石，詞中之狷。若梅溪、夢窗、草窗、玉田、西麓、竹山之詞，則鄉願而已。

問「隔」與「不隔」之别，曰：「生年不滿百，常懷千歲憂。晝短苦夜長，何不秉燭游。」「服食求神仙，多爲藥所誤。不如飲美酒，被服紈與素。」寫情如此，方爲不隔。「採菊東籬下，悠然南山。山氣日夕佳，飛鳥相與還。」「天似穹廬，籠蓋四野。天蒼蒼，野茫茫，風吹草低見牛羊。」寫景如此，方爲不隔。詞亦如之。如歐陽公《少年游》詠春草云：「闌干十二獨凭春，晴碧遠連雲。三月二月，千里萬里，行色苦愁人。」語語皆在眼前，便是不隔；至換調云：「謝家池上，江淹浦畔，吟魄與離魂」，便用故事，便不如前半精彩。然歐詞前既實寫，故至此不能不拓開，若通體如此，則成笑柄。南宋人詞，則不免通體皆是「謝家池上」矣。

國朝人詞，余最愛宋尚木《蝶戀花》「新樣羅衣渾棄却，獨尋舊日春衫著」，及譚復堂之「連理枝頭儂與汝，千花百草從渠許」，以爲最得風人之旨。

近人詞如復堂之深婉，彊村之隱秀，當在吾家半塘翁之上。彊村學夢窗，而情味較夢窗反勝，蓋有臨川、廬陵之高華，而濟以白石之疏越者。學人之詞，斯爲極則。然于古人自然神妙處，尚未夢見。《半塘丁稿》和馮正中《鵲踏枝》十闋，乃《鶩翁詞》之最精者。「望遠愁多休縱目」等闋，鬱伊惝怳，令人不能爲懷。《定稿》只存六闋，殊爲未允。

詞總集，如《花間》、《尊前》，行于宋世。南宋迄明，盛行《草堂詩餘》。自朱竹垞力詆《草堂》，而推重周草窗之《絶妙好詞》。其實《草堂》瑕瑜互見，宋人名作，大抵在焉。《絶妙好詞》，則如碔砆，無瑕可指，而可觀之詞甚少。竹垞《詞綜》，自宋代以後，其病略同。臯文《詞選》，又揚其波，固陋彌甚矣。

詞至元人，皆承南宋餘緒，殆無足觀。然曲中小令，却有絶妙者，如無名氏《天淨沙》云：「枯藤老樹昏鴉。小橋流水人家。古道西風瘦馬。夕陽西下。斷腸人在天涯。」此等語，非當時詞家所能道也。

李後主詞反因書以傳

《南唐二主詞》，南宋長沙書肆有刊本，以後五百年，未見再刻。國初無錫侯文燦，始重刻于《名家詞》中。余曾將南詞本校勘一過，並從總集中蒐補十二闋，則近歲番禺沈氏刊于《晨風閣叢書》中者是也。余跋其後云：右南詞本《南唐二主詞》，與常熟毛氏所鈔、無錫侯氏所刻，同出一源，猶是南宋初輯本，殆即《直齋書録解題》所著録「長沙書肆所刊行」者也。直齋云：「卷首四闋，《應天長》、《望遠行》各一，《浣溪沙》二，中主所作。重光嘗書之，墨迹在盱江晁氏。」此本正同。其餘諸詞，半從真跡入録，且著其所藏之家，如《浪淘沙》下云「傳自池州夏氏」，《采桑子》下云「二詞墨迹，在王季宫判院家」，《玉樓春》下云「以後兩詞，傳自曹功顯節度使，云墨迹舊在京師梁門外李王寺一老尼處，故敝難讀」，《謝新恩》下云「以下六首，真跡在孟郡王家」。是全書卅七首中，其十五首，出自真跡□□。其所舉王季宫判院、曹顯功節度使、孟郡王葉，皆南宋初葉人。王季宫，疑王季海之訛。季海，王淮字也。《宋史·宰輔表》：王淮以淳熙三年七月，同知樞密院。次年五月，除參知政事。此云王季海判院，則編録此書時，季海正知樞密院事也。又曹功顯，曹勛字。《宋史》勛本傳：勛以紹興廿十九年拜昭信軍節度使。又《外戚傳》：孟忠厚以紹興七年封安郡王。是三人，皆高、孝間人。此書爲孝宗淳熙間所編輯矣。後主工書，其墨迹流傳者，宋人甚珍之，故歿後百年，後人猶得輯其詞爲一集，則詞反因書以傳矣。

汪水雲憶王孫詞爲瀛德祐事作

汪水雲《湖山類稿》中，有集句《憶王孫》詞九闋，語甚淒惋，爲瀛德祐事作也。其一曰：「漢家宮闕動高秋。人自傷心水自流。今日晴明獨上樓。恨悠悠。白盡梨園子弟頭。」其二曰：「吴王此地有樓臺。風雨誰知長緑苔。半醉閑吟獨自來。小徘徊。惟見江流去不回。」其三曰：「長安不見使人愁。物换星移幾度秋。一自佳人墜玉樓。莫淹留。遠别秦城萬里游。」其四曰：「陣前金甲受降時。園客爭偷御果枝。白髮宫娃不解悲。理征衣。一片春帆帶雨飛。」其五曰：「鷓鴣飛上越王臺。燒接黄雲慘不開。有客新從趙地回。轉堪哀。巖畔古碑空緑苔。」其六曰：「離宫别苑草萋萋。對此如何不淚垂。滿檻山川漾落暉。昔人非。惟有年年秋雁飛。」其七曰：「上陽宫裏斷腸時。春半如秋意轉迷。獨坐紗窗刺繡遲。淚沾衣。不見人歸見燕歸。」其八曰：「華清宫樹不勝秋。雲物淒涼拂曙流。七夕何人望斗牛。一登樓。水遠山長步步愁。」其九曰：「五陵無樹起秋風。千里黄雲與斷蓬。人物蕭條市井空。思無窮。惟有青山似洛中。」九詞均天然湊合，無集句之迹，殆可與謝任伯克家原詞相頡頏。謝詞云：「萋萋芳草憶王孫。柳外樓高空斷魂。杜宇聲聲不忍聞。欲黄昏。雨打梨花深閉門。」實爲徽、欽北狩而作，真千古絶調也。

汪水雲重過金陵遠在夢窗之上

詞調中最長者，爲《鶯啼序》，詞人爲之者甚少，亦不能工。汪水雲《重過金陵》一闋，悲涼委婉，遠在吴夢窗之上。因夢窗但知堆垛，羌無意致故也。汪詞曰：「金陵故都最好，有朱樓迢遞。嗟倦客、又此凭欄高，檻外已少佳致。更落盡梨花，飛盡楊花，春也成憔悴。問青山、三國英雄，六朝奇偉。　麥甸葵邱，荒臺廢壘。鹿豕銜枯薺。正潮打孤城，寂寞斜陽影裏。聽樓頭、哀笳怨角，未把酒、愁心先醉。漸夜深，月滿秦淮，煙籠寒水。　悽悽慘慘，冷冷清清，燈火渡頭市。慨商女不知興廢，隔江猶唱庭花，餘音娓娓。傷心千古，淚痕如洗。烏衣巷口青蕪路，認依稀、王謝舊鄰里。臨春結綺。可憐紅粉成灰，蕭索白楊風起。　因思疇昔，鐵鎖千尋，漫沈江底。揮羽扇、障西塵，便好角巾私第。清談到底成何事。回首新亭，風景今如此。楚囚對泣何時已。歎人間、今古真兒戲。東風歲歲還來，吹入鍾山，幾重蒼翠。」元王學文作《摸魚兒》一闋，送汪水雲入湘。其詞曰：「記當年、舞衫零亂，霖鈴忍按新闋。杜鵑枝上東風急，點點淚痕凝血。芳信歇。念初試琵琶，曾識關山月。怨弦易絶。奈笑罷顰生，曲終愁在，誰解寸腸結。　浮雲事，又作南柯夢徹。一簪聊寄華髮。乾坤桑海無窮事，才歷昆明初劫。誰共説。都付與焦桐，寫入梅花疊。黄花送客，休更問湘魂，獨醒何在，沈醉浩歌發。」

以上卷四

讀詞雜記・宋元戲曲考

宋之歌曲

宋之歌曲，其最通行而爲人人所知者，是爲詞，亦謂之近體樂府，亦謂之長短句。其體始於唐之中葉，至晚唐、五代而作者漸多，及宋而大盛。宋人譔集，無不歌以侑觴。然大率徒歌而不舞，其歌亦以一闋爲率。其有連續歌此一曲者，如歐陽公之《采桑子》凡十一首，趙德麟之《商調・蝶戀花》凡十首，一述西湖之勝，一詠會真之事，皆徒歌而不舞。其所以異於普通之詞者，不過重疊此曲，以詠一事而已。

轉踏

其歌舞相兼者，則謂之「傳踏」，曾慥《樂府雅詞》卷上。亦謂之「轉踏」，王灼《碧雞漫志》卷三。亦謂之「纏達」。《夢粱録》卷二十。北宋之「轉踏」，恒以一曲連續歌之，每一首詠一事，共若干首，則詠若干事。然亦有合若干首而詠一事者。《碧雞漫志》卷三謂「石曼卿作《拂霓裳轉踏》，述開元、天寶遺事」是也。其曲調唯《調笑》一調用之最多。今舉一例，《樂府雅詞》鄭僅《調笑轉踏》：

良辰易失，信四者之難併；佳客相逢，實一時之盛會。用陳妙曲，上助清歡。女伴相將，調笑入隊。

秦樓有女字羅敷。二十未滿十五餘。金鐶約腕携籠去，攀枝折葉城南隅。使君春思如飛絮。五馬徘徊芳草路。東風吹鬢不可親，日晚蠶饑欲歸去。

歸去。携籠女。南陌春愁三月暮。使君春思如飛絮。五馬徘徊頻駐。蠶饑日晚空留顧。笑指秦樓歸去。

石城女子名莫愁。家住石城西渡頭。拾翠每尋芳草路，採蓮時過緑蘋洲。五陵豪客青樓上。醉倒金壺待清唱。風高江闊白浪飛，急催艇子操雙槳。

雙槳。小舟蕩。喚取莫愁迎疊浪。五陵豪客青樓上。不道風高江廣。千金難買傾城樣。那聽繞梁清唱。

繡户朱簾翠幕張。主人置酒宴華堂。相如年少多才調，消得文君暗斷腸。斷腸初認琴心挑。幺絃暗寫相思調。從來萬曲不關心，此度傷心何草草。

草草。最年少。繡户銀屏人窈窕。瑶琴暗寫相思調。一曲關心多少。臨邛客舍成都道。苦恨相逢不早。此三曲分詠羅敷、莫愁、文君三事。尚有九曲詠九事，文多略之。

放隊

新詞宛轉遞相傳。振袖傾鬟風露前。月落烏啼雲雨散，游人陌上拾花鈿。

此種詞，前有勾隊，詞後以一詩一曲相間，終以放隊，詞則亦用七絶，此宋初體格如此。然至汴宋之末，則其體漸變。《夢粱録》卷二十：「在京時，只有《纏令》、《纏達》。有引子、尾聲爲《纏令》；引子後只有兩腔迎互循環，間有《纏達》。」此《纏達》之音與《傳踏》同，其爲一物無疑也。吴《録》所云與上文之《傳踏》相比較，其變化之跡顯然，蓋勾隊之詞變而爲引子，放隊之詞變而爲尾聲，曲前之詩後亦變而用他曲。故云引子後只有兩腔迎互循環也。今《纏達》之詞皆亡，唯元劇中，正宫套曲其體例，全自此出。

史浩劍舞

宋時舞曲，尚有《曲破》。《宋史・樂志》：「太宗洞曉音律，製《曲破》二十九。」此在唐、五代已有之。至宋時又藉以演故事，史浩《鄮峰真隱漫録》之《劍舞》即是也。今録其辭如左：

二舞者對廳立裀上。下略。樂部唱《劍器曲破》，作舞一段了，二舞者同唱《霜天曉角》：

熒熒巨闕。左右凝霜雪。且向玉階掀舞，終當有、用時節。唱徹。人盡説。寶此剛不折。內使奸雄落膽，外須遺、豺狼滅。

樂部唱曲子，作舞《劍器曲破》一段。舞罷，二人分立兩邊。別二人漢裝者出，對坐，桌上設酒果。竹竿子念：伏以斷蛇大澤，逐鹿中原。佩赤帝之真符，接蒼姬之正統。皇威既振，天命有歸。量勢雖盛於重瞳，德難勝於隆準。鴻門設會，亞父輸謀。徒矜起舞之雄姿，厥有解紛之壯士。想當時之賈勇，激烈飛揚；宜後世之效顰，迴翔宛轉。雙鸞奏技，四座騰歡。

樂部唱曲子，舞《劍器曲破》一段。一人左立者上裀舞，有欲刺右漢裝者之勢。又一人舞進前翼蔽之。舞罷，兩舞者並退，漢裝者亦退。復有兩人唐裝者出，對坐。桌上設筆硯紙，舞者一人換婦人裝立裀上。竹竿子勾，念：「伏以雲鬟聳蒼璧，霧縠罩香肌。袖翻紫電以連軒，手握青蛇而的皪。花影下、游龍自躍；錦裀上、蹌鳳來儀。逸態橫生，瓌姿譎起。傾此入神之技，誠爲駭目之觀。巴女心驚，燕姬色沮。豈唯張長史草書大進，抑亦杜工部麗句新成。稱妙一時，流芳萬古。宜呈雅態，以洽濃歡。」

樂部唱曲子，舞《劍器曲破》一段，作龍蛇蜿蜒曼舞之勢。兩人唐裝者起。二舞者，一男一女對舞，結《劍器曲破》徹。竹竿子念：「項伯有功扶帝業，大娘馳譽滿文場。合兹二妙甚奇特，欲使嘉賓釂一觴。霍如羿射九日落，矯如羣帝驂龍翔。來如雷霆收震怒，罷如江海含清光。」歌舞既終，相將好去。念了，二舞者出隊。

由此觀之，其樂有聲無詞，且於舞踏之中，寓以故事，頗與唐之歌舞戲相似。而其曲中有破有徹，蓋截大曲入破以後用之也。

大曲

大曲，自南北朝已有此名。南朝大曲，則清商三調中之大曲，《宋書·樂志》所載者是也；北朝大曲，則《魏書·樂志》言之而不詳。至唐，而雅樂、清樂、燕樂、西涼、龜兹、安國、天竺、疏勒、高昌樂中均有大曲。見《大唐六典》卷十四協律郎條注。然傳於後世者唯胡樂大曲耳。其名悉載於《教坊記》，而其詞尚略存於《樂府詩集·近代曲辭》中。宋之大曲，即自此出。教坊所奏，凡十八調四十大曲。《文獻通考》及《宋史·樂志》具載其目。此外亦尚有之，故又有五十大曲，及五十四大曲之稱。詳見予《唐宋大曲考》，兹略之。其曲辭之存於今日者，有董穎《薄媚》《樂府雅詞》卷上、曾布《水調歌頭》王明清《玉照新志》卷二、史浩《採蓮》《鄮峰真隱漫録》卷四十五三曲稍長。然亦非其全遍，其中間一二遍，則於宋詞中間遇之。大曲遍數多至一二十，其各遍之名，則唐時有排遍、入破、徹，《樂府詩集》卷七十九。而排遍、入破，又各有數遍。徹者，入破之末一遍也。宋大曲，則王灼謂：「凡大曲有散序、靸排、遍攧、正攧、入破、虚催、實催、衮遍、歇拍、殺衮，始成一曲，謂之大遍。」《碧雞漫志》卷三。沈括亦云：「所謂大遍者，有序、引、歌、歙、嗺、哨、催、攧、衮、破、行、中腔、踏歌之類，凡數十解。」《夢溪筆談》卷五。沈氏所列各名，與現存大曲不合。王説近之，惟攧後尚有延遍，實催前尚有衮遍。即張炎《詞源》所謂中衮。而散序與排遍均不止一遍，排遍且多至八九，故大曲遍數往往至於數十，唯宋人多裁截用之。即其所用者，亦以聲與舞爲主，而不以詞爲主，故多有聲無詞者。自北宋時，葛守誠撰四十大曲，而教坊大曲始全有詞。然南宋修内司所編《樂府混成集》，大曲一項，凡數百解，有譜無詞者居半，周密《齊東野語》卷十。則亦不以詞重矣。其攧、破、催、衮，以舞之節名之。此種大曲，遍數既多，自於叙事爲便，故宋人詠事多用之。今録董穎《薄媚》以示其一例。宋人大曲之存者，以此爲最長矣。

《薄媚》《西子詞·樂府雅詞》卷上。《排遍第八》：「怒濤卷雪，巍岫布雲，越襟吴帶如斯。有客經遊，月伴風隨。值盛世。觀此江山美。合放懷、何事却興悲。不爲回頭，舊國天涯。爲想前君事。越王嫁禍獻西施。吴即中深機。闔廬死。有遺誓。勾踐必誅夷。吴未干戈出境，倉卒越兵，投怒夫差。鼎沸鯨鯢。越遭勁敵，可憐無計脱重圍。歸路茫然，城郭邱墟，飄泊稽山裏。旅魂暗逐戰塵飛。天日慘無輝。」

《排遍第九》：「自笑平生，英氣凌雲，凜然萬里宣威。那知此際。熊虎塗窮，來伴麋鹿卑棲。既甘臣妾，猶不許，何爲計。爭若都燔寶器。盡誅吾妻子。徑將死戰決雄雌。天意恐憐之。偶聞太宰，正擅權，貪賂市恩私。因將寶玩獻誠，雖脱霜戈，石室囚繫。憂嗟又經時。恨不如巢燕自由歸。殘月朦朧，寒雨瀟瀟，有血都成淚。備嘗嶮厄返邦畿。冤憤刻肝脾。」

《第十攧》：「種陳謀，謂吴兵正熾。越勇難施。破吴策，惟妖姬。有傾城妙麗。名稱一作字西子。歲方笄。算夫差惑此。須致顛危。范蠡微行，珠貝爲香餌。苧蘿不釣釣深閨。吞餌果殊姿。素肌纖弱，不勝羅綺。鸞鏡畔、粉面淡勻，梨花一朵瓊壺裏。嫣然意態嬌春，寸眸剪水。斜鬟鬆翠。人無雙、宜名動君王，翠履容易。來登玉陛。」

《入破第一》：「窣湘裙，搖漢珮。步步香風起。歛雙蛾，論時事。蘭心巧會君意。殊珍異寶，猶自朝臣未與。妾何人，被此隆恩，雖令效死。奉嚴旨。隱約龍姿忻悅。更把甘言說。辭俊美，質娉婷，天教汝、衆美兼備。聞吴重色，憑汝和親，應爲靖邊陲。將別金門，俄揮粉淚。靚妝洗。」

《第二虚催》：「飛雲駛。香車故國難回睇。芳心漸搖，迤邐吴都繁麗。忠臣子胥，預知道爲邦祟。諫言先啟。願勿容其至。周亡褒姒。商傾妲己。吴王却嫌胥逆耳。纔經眼、便深恩愛。東風暗綻嬌蘂。綵鸞翻妬伊。得取次、于飛共戲。金屋看承，他宫盡廢。」

《第三衮遍》：「華宴夕，燈搖醉。粉菡萏，籠蟾桂。揚翠袖，含風舞，輕妙處，驚鴻態。分明是。瑶臺瓊榭，閬苑蓬壺，景盡移此地。花繞仙步，鶯隨管吹。寶帳暖留春，百和馥郁融鴛被。銀漏永，楚雲濃，三竿日、猶褪霞衣。宿酲輕腕，嗅宫花，雙帶繫。合同心時。波下比目，深憐到底。」

《第四催拍》：「耳盈絲竹，眼搖珠翠。迷樂事。宫闈内。爭知。漸國勢陵夷。姦臣獻佞。轉恣奢淫，天譴歲屢饑。從此萬姓，離心解體。越遣使。陰窺虚實，蚤夜營邊備。兵未動，子胥存，雖堪伐、尚畏忠義。斯人既戮，又且嚴兵卷土，赴黄池觀釁，種蠡方云可矣。」

《第五衮遍》：「機有神，征鼙一鼓，萬馬襟喉地。庭喋血，誅留守，憐屈服，斂兵還，危如此。當除禍本，重結人心，爭奈竟荒迷。戰骨方埋，靈旗又指。勢連敗。柔荑攜泣，不忍相抛棄。身在兮，心先死。宵奔兮，兵已前圍。謀窮計盡，唳鶴啼猿，聞處分外悲。丹穴縱近，誰容再歸。」

《第六歇拍》：「哀誠屢吐，甬東分賜。垂暮日，置荒隅，心知愧。寶鍔紅委。鸞存鳳去，辜負恩憐，情不似虞姬。尚望論功，榮歸故里。　降令曰，吴亡赦汝，越與吴何異。吴正怨，越方疑。從公論、合去妖類。蛾眉宛轉，竟殞鮫綃，香骨委塵泥。渺渺姑蘇，荒臺鹿戲。」

《第七煞袞》：「王公子。青春更才美。風流慕連理。耶溪一日，悠悠回首凝思。雲鬟煙鬢，王珮霞裾。依約露妍姿。送目驚喜。俄迂玉趾。同仙騎。洞府歸去，簾櫳窈窕戲魚水。正一點犀通，遽別恨何已。媚魄千載，教人屬意。況當時。金殿裏。」

此曲自《排遍第八》云《煞袞》共十遍，而截去《排遍第七》以上不用。此種大曲，遍數既多，雖便於叙事，然其動作皆有定則，欲以完全演一故事，固非易易。且現存大曲，皆爲叙事體，而非代言體。即有故事，要亦爲歌舞戲之種，未足以當戲曲之名也。

附録一　清真先生遺事

事蹟一

周邦彦字美成，錢塘人。疏雋少檢，不爲州里推重，而博涉百家之書。元豐初遊京師，獻《汴都賦》萬餘言，神宗異之，命侍臣讀於邇英閣，召赴政事堂，自太學諸生一命爲正，居五歲不遷，益盡力於辭章。出教授廬州，知溧水縣，還爲國子主簿。哲宗召對，使誦前賦，除祕書省正字，歷校書郎、考功員外郎，衛尉、宗正少卿，兼議禮局檢討，以直龍圖閣知河中府。徽宗欲使畢禮書，留之。踰年，乃知龍德府當作隆德府。徙明州，入拜祕書監，進徽猷閣待制、提舉大晟府。未幾，知順昌府，徙處州。卒，年六十六，贈宣奉大夫。邦彦好音樂，能自度曲，製樂府長短句，詞韻清蔚，傳於世。《宋史·文苑傳》。

案：先生獻賦之歲，本傳及《揮麈餘話》皆云在元豐初，《餘話》所載先生《重進汴都賦表》，則云元豐元年七月，汲古、照曠二本皆同。而近時錢塘丁氏《武林先哲遺書》中重刊明單刻本《汴都賦》前有《重進賦表》則作六年七月。《直齋書録解題》又作元豐七年。余案：元年當爲六年之誤，賦中所陳有疏汴洛、改官制、修景靈宫三事。案《宋史·河渠志》，元豐二年三月，以宋用臣提舉導洛通汴。《神宗紀》元豐二年六月甲寅，清汴成。三年六月丙午，詔中書省詳定官制，五年夏四月癸酉，官制成。三年九月乙酉，詔即景靈宫作十一殿，以時王禮祀祖宗，五年十一月景靈宫成，告遷祖宗神御。此三事皆在元年之後，此一證也。樓攻媿《清真先生文集序》云：「未及三十作《汴都賦》。」時先生方二十八歲，若在元年，則才二十三歲，當云年踰二十，不得云未及三十，此二證也。樓《序》、《咸淳志》、《直齋書録》皆云賦奏，命左丞李清臣讀於邇英殿。案：清臣官至門下侍郎，此云左丞，非稱其最後之官，乃以讀賦時之官稱之。而《神宗紀》及《宰輔表》，清臣以元豐六年八月辛卯自吏部尚書除尚書右丞，至元祐初乃遷左丞，則左丞當爲右丞之誤。獻賦在七月，而讀賦則在八月以後，亦與事實合，此三證也。若直齋所云七年，則又因六年七月而誤也。

周邦彦字美成，錢塘人也。性落魄不羈，涉獵書史。元豐中賦《汴都賦》，神宗異之，自諸生命爲太學正。紹聖中除祕書省正字。徽宗即位，爲校書郎，遷考功員外郎、衛尉宗正少卿，又遷衛尉卿，出知隆德府，徙明州，召爲祕書監，擢徽猷閣待制，提舉大晟府。未幾，知真定，改順昌府，提舉洞霄宫。卒，年六十六。邦彦能文章，世特傳其詞調云。《東都事略・文藝傳》。

周邦彦字美成，少涉獵書史，遊太學，有儁聲。元豐中獻《汴都賦》七千言，多古文奇字，神宗嗟異，命左丞李清臣讀於邇英閣，多以邊旁言之，不盡悉也。徽宗即位，爲校書郎，累遷衛尉卿，出知隆德府，徙明州。以祕書監召賜對崇政殿，上問《汴都賦》其詞云何，對以歲月久不能省憶，用表進，帝覽表稱善。除徽猷閣待制，提舉大晟府，知真定府，改順昌府，提舉洞霄宫。卒，年六十六。邦彦能文章，妙解音律，名其堂曰「顧曲」，樂府盛行於世，人謂之落魄不羈，其提舉大晟亦由此。然其文，識者謂有工力深到處。磬鏡烏几之銘，有鄭圃、漆園之風；禱神之文，倣《送窮》、《乞巧》之作，不但詞調而已。自號清真居士，有集二十四卷。《咸淳臨安志·人物傳》以《東都事略》本傳、王明清《揮麈録》、樓鑰《清真集序》、陳直齋《書録解題》修。

案：此以重進《汴都賦》在官祕書監後，本《揮麈餘話》，誤，辨見後條。提舉洞霄宮當從《玉照新志》王銍所手記者爲正，乃南京鴻慶宮，非杭州洞霄也。樓鑰《文集序》稱其旅死，亦合。

周美成邦彦，元豐初以太學生進《汴都賦》，神宗命之以官，除太學録。其後流落不偶，浮沉州縣三十餘年。蔡元長用事，美成獻《生日》詩，略云：「化行禹貢山川内，人在周公禮樂中。」元長大喜，即以祕書少監召，又復薦之，上殿契合，詔再取其本來進。表云：「六月十六日賜對崇政殿，問臣爲諸生時所進先帝《汴都賦》，其辭云何？臣言曰：賦語猥繁，歲月持久，不能省憶，即勑以本來進者。雕蟲末技，已玷國恩，芻狗陳言，再干睿覽，事超所望，憂過于榮。竊惟漢、晉以來，才士輩出，咸有頌述，爲國光華。兩京天臨之國，鼎峙奇偉之作，行於無窮。恭惟神宗皇帝，盛德大業，卓高古初，積害悉平，百廢再舉；朝廷郊廟，罔不崇飾；倉廩府庫，罔不充牣；經術學校，罔不興作；禮樂制度，罔不釐正；攘狄斥地，罔不流行；理財禁非，動協成算。以至鬼神懷，鳥獸若，搢紳之所誦習，載籍之所編記，三五以降，莫之與京，未聞承學之臣，有所歌詠，於今無傳，視古爲愧。臣於斯時，自惟徒費學廩，無益治世萬分之一，不揣所堪，裒集盛事，鋪陳爲賦，冒死集投。先帝哀其狂愚，賜以首領，特從官使，以勸四方。臣命薄數奇，旋遭時變，不能俯仰取容，自觸罷廢，漂零不偶，積年於兹。臣孤憤莫伸，大恩未報，每抱舊槀，涕泗横流。不圖於今，得望天表，親奉聖訓，命録舊文。退省荒蕪，恨其少作，憂懼惶惑，不知所爲。伏惟陛下，執道御有，本於生知，出言成章，匪由學習。而臣也欲晞雲漢之麗，自呈繪畫之工，唐突不量，誅死何恨。陛下德侔覆燾，恩浹飛沈，致絶異之祥光，出久幽之神璽，豐年應，瑞物畢臻，方將泥金泰山，鳴玉梁父，一代方策，可無述焉。如使臣殫竭精神，馳騁筆墨，方於兹賦，尚有靡者焉。其元豐元年七月所進《汴都賦》並書共二册，謹隨表上進以聞。」表入，乙覽稱善，除次對内祠。《揮麈餘話》一。

案：此條所記牴牾最甚，太學録當依《宋史》、《東都事略》諸書作「太學正，浮沉州縣三十餘年」亦無此事。其重進《汴都賦》，參考諸書，當在哲宗元符之初，而不在蔡元長用事之後，徵之表文，事甚明白。《壽蔡元長》詩云：「化行禹貢山川内，人在周公禮樂中」，必作於崇寧、大觀制作禮樂之後，時先生已位列卿，於此時進賦，不得云「漂零不偶，積年於兹」，一也。表文又云：「陛下德侔覆燾，恩浹飛沈，致絶異之祥光，出久幽之神璽。」此正哲宗元符事。案咸陽段義得玉璽，《宋史·哲宗紀》云在元符元年正月。《輿服志》謂在紹聖三年、四年。上之《志》説較是。《志》又云元符元年三月，翰林學士蔡京及講議官十三員奏按所獻玉璽云：「今得璽於咸陽，其玉乃藍田之色，其篆與李斯小篆體合，飾以龍、鳳、鳥、魚，乃蟲書鳥跡之法，於今所傳，古書莫可比擬，非漢以後所作明矣。今陛下嗣守祖宗大寶，而神璽自出，其文曰『受命於天，既壽永昌』，則天之所畀烏可忽哉。漢、晉以來，得寶鼎瑞物猶告廟改元，肆青上壽，況傳國之器乎？」遂以五月朔御大慶殿降坐受寶，羣臣上壽稱賀，所謂「出久幽之神璽」，正指此事。若徽宗崇寧五年雖得玉印，然未嘗以爲神璽，則重進《汴都賦》明在哲宗時，二也。若《重進賦表》作於徽宗時，不應不及哲宗朝誦賦之事，三也。明、清通習宋時掌故，不知何以疏漏若此。《咸淳志》亦仍其誤，幸有《宋史》及表文可證耳。樓攻媿《清真先生文集序》云：「哲宗既寘之文館，徽宗又列之郎曹，皆以受知先帝之故，以一賦而得三朝之眷」云云。則先生非由元長進用亦可知。至云「表入，乙覽稱善，除次對内祠」，則又併前、後數事爲一事。又後日提舉鴻慶宫亦外祠而非内祠，其紕繆不待論也。

周邦彦待制嘗爲劉昺之祖作埋銘，以白金數十斤爲潤筆，不受，昺無以報之，因除户部尚書，薦以自代。後劉緣坐王寀訞言事得罪，美成亦落職，罷知順昌府宫祠。周笑謂人曰：「世有門生累舉主者多矣，獨邦彦乃爲舉主所累，亦異事也。」莊綽《雞肋編》中。

案：《揮麈後録》三云：「王、劉既誅竄，適鄭達夫與蔡元長交惡，鄭知蔡之嘗薦二人也，忽降旨應劉炳所薦，並令吏部具姓名以聞。當議降黜，宰執既對，左丞薛昂進曰：『劉炳臣嘗薦之矣，今炳所薦尚當坐而臣薦炳何以逃罪？』京即進曰（中略）。上笑而止，由是不直達夫，即再降旨劉炳所薦並不問。」則先生此時但外轉，並未落職，亦未奉祠，季裕所記但一時之言，故王銍記先生晚年事猶云以待制提舉南京鴻慶宫也。

道君幸李師師家，偶周邦彦先在焉。知道君至，遂匿於牀下。道君自攜新橙一棵，云：「江南初進來。」遂與師師謔語。邦彦悉聞之，隱括成《少年遊》云：「并刀如水，吴鹽勝雪，纖手破新橙。」後云：「城上已三更。馬滑霜濃，不如休去，直是少人行。」李師師因歌此詞，道君問：「誰作？」李師師奏云：「周邦彦詞。」道君大怒，坐朝諭蔡京云：「開封府有監税周邦彦者，聞課額不登，如何京尹不案發來？」蔡京罔知所以，奏云：「容臣退朝呼京尹叩問，續得覆奏。」京尹至，蔡以御前聖旨諭之。京尹云：「惟周邦彦課額增羨。」蔡云：「上意如此，只得遷就將上。」得旨：「周邦彦職事廢弛，可日下押出國門。」隔一二日，道君復幸李師師家，不見李師師，問其家，知送周監税。道君方以邦彦出國門爲喜，既至不遇，坐久至更初，李始歸，愁眉淚睫，憔悴可掬。道君大怒云：「爾往那裏去？」李奏：「臣妾萬死，知周邦彦得罪押出國門，略致一杯相别，不知官家來。」道君問：「曾有詞否？」李奏云：「有《蘭陵王》詞。」今「柳陰直」者是也。道君云：「唱一徧看。」李奏云：「容臣妾奉一杯，歌此詞爲官家壽。」曲終，道君大喜，復召爲大晟樂正，後官至大晟樂府待制。邦彦以詞行，當時皆稱美成詞，殊不知美成文筆大有可觀，作《汴都賦》，如箋奏雜著，皆是傑作，可惜以詞掩其他文也。當時李師師家有二邦彦，一周美成，一李士美，皆爲道君狎客。士美因而爲宰相。吁！君臣遇合於倡優下賤之家，國之安危治亂，可想而知矣。張端義《貴耳集》下。

案：此條所言尤失實。《宋史·徽宗紀》，宣和元年十二月，帝數微行，正字曹輔上書極論之，編管郴州。又《曹輔傳》，自政和後，帝多微行，乘小轎子，數内臣導從，置「行幸局」，局中以帝出日謂之「有排當」，次日未還，則傳旨稱瘡痍不坐朝。始民間猶未知，及蔡京謝表有「輕車小輦，七賜臨幸」，自是邸報聞四方。是徽宗微行始於政和而極於宣和。政和元年，先生已五十六歲，官至列卿，應無冶遊之事。所云開封府監税，亦非卿監侍從所爲。至大晟樂正與大晟樂府待制，宋時亦無此官也。

宣和中，李師師以能歌舞稱，時周邦彦爲太學生，每遊其家。一夕，值祐陵臨幸，倉猝隱去。既而賦小詞，所謂「并刀如水，吴鹽勝雪」者，蓋紀此夕事也。未幾，李被宣唤，遂歌於上前。問誰所爲，則以邦彦對，於是遂與解褐，自此通顯。既而朝廷賜酺，師師又歌《大酺》、《六醜》二解，上顧教坊使袁祹，問祹，曰：「此起居舍人新知潞州周邦彦作也。」問「六醜」之義，莫能對，急召邦彦問之。對曰：「此犯六調，皆聲之美者，然絶難歌。昔高陽氏有子六人，才而醜，故以比之。」上喜，意將留行，且以近者祥瑞沓至，將使播之樂府，命蔡元長微叩之，邦彦云：「某老矣，頗悔少作。」會起居郎張果與之不咸，廉知邦彦嘗於親王席上作小詞贈舞鬟云：「歌席上、無賴是横波。寶髻玲瓏敧玉燕，繡巾柔膩掩香羅。何況會婆娑。無箇事、因甚斂雙蛾。淺淡梳妝疑是畫，惺鬆言語勝聞歌。好處是情多。」爲蔡道其事，上知之，由是得罪。師師後入中，封瀛國夫人。朱希真有詩云：「解唱陽關别調聲，前朝惟有李夫人。」即其人也。周密《浩然齋雅談》下。

案：此條失實，與《貴耳集》同。云「宣和中」，先生「尚爲太學生」，則事已距四十餘年。且苟以《少年》致通顯，不應復以《憶江南》詞得罪，其所自記，亦相牴牾也。師師未嘗入宫，見《三朝北盟會編》。

周美成晚歸錢塘鄉里，夢中得《瑞鶴仙》一闋：「悄郊原帶郭。行路永，客去車塵漠漠。斜陽映山落。斂餘紅、猶戀孤城闌角。凌波步弱。過短亭、何用素約。有流鶯勸我，重解繡鞍，緩引春酌。不計歸時早暮，上馬誰扶，醉眠朱閣。驚飆動幕。猶殘醉，遶紅藥。歎西園、已是花深無地，東風何事又惡。任流光過却。歸來洞天自樂。」未幾，方臘盜起，自桐廬擁兵入杭，時美成方會客，聞之，倉皇出奔，移西湖之墳庵，次郊外。適際殘臘，落日在山，忽見故人之妾徒步亦爲逃避計，約下馬小飲於道旁，聞鶯聲於木杪，分背，少焉抵庵中，尚有餘醺，困卧小閣之上，恍如詞中。逾月賊平，入城，則故居皆遭蹂踐，旋營緝而處。繼而得請舉杭州洞霄宫，遂老焉，悉符前作。美成嘗自記其詳，今偶失其本，姑記其略，而書於編。《揮麈餘話》二。

明清《揮麈餘話》記周美成《瑞鶴仙》事，近於故篋中得先人所叙，特爲詳備，今具載之。美成以待制提舉南京鴻慶宫，自杭徙居睦州，夢中作長短句《瑞鶴仙》一闋，既覺猶能全記，了不詳其所謂也。未幾，青溪賊方臘起，逮鴟張，方還杭州舊居，而道路兵戈已滿，僅得脱死，始得入錢塘門，但見杭人倉皇奔避，如蜂屯蟻沸，視落日半在鼓角樓簷間，即詞中所云「斜陽映山落，斂餘暉、猶戀孤城闌角」者應矣。當是時，天下承平日久，吴越享安閒之樂，而狂寇嘯聚，徑自睦州直擣蘇、杭，聲言遂踞二浙，浙人傳聞，内外響應，求死不暇。美成舊居既不可住，是日無處得食，饑甚，忽於稠人中有呼待制何往，視之，鄉人之侍兒素所識者也。且曰：「日昃未必食，能捨車過酒家乎？」美成從之，驚遽間，連引數杯散去，腹枵頓解，乃詞中所謂「凌波步弱。過短亭、何用素約。有流鶯勸我，重解繡鞍，緩引春酌」之句驗矣。飲罷，覺微醉，便耳目惶惑，不敢少留，徑出城北。江漲橋諸寺，士女已盈滿，不能駐足，獨一小寺經閣偶無人，遂宿其上，即詞中所謂「上馬誰扶，醉眠朱閣」又應矣。既見兩浙處處奔避，遂絶江居揚州。未及息肩，而傳聞方賊已盡據二浙，將涉江之淮泗，因自計方領南京鴻慶宫，有齋廳可居，乃挈家往焉。則詞中所謂「念西園、已是花深無路，東風又惡」之語應矣。至鴻慶，未幾以疾卒，則「任流光過了，歸來洞天自樂」又應於身後矣。美成平生好作樂府，將死之際，夢中得句而字字俱應，卒章又應身後，豈偶然哉。美成之守潁上，與僕相知，其至南京，又以此詞見寄，尚不知此詞之言待其死乃竟驗如此。《玉照新志》二。

案二條當以《玉照新志》明清父銍所手記者爲正。

周美成初在姑蘇，與營妓岳七楚雲者遊甚久，後歸自京師，首訪之，則已從人矣。明日，飲於太守蔡巒子高坐上，見其妹，作《點絳唇》曲寄之，云：「遼鶴歸來，故鄉多少傷心事。短書不寄。魚浪空千里。　憑仗桃根，説與相思意。愁無際。舊時衣袂。猶有東風淚。」王灼《碧雞漫志》二。

案：《吴郡志》，自元豐至宣和，蘇州太守並無蔡巒其人，僅崇寧間有蔡渭耳。渭故相蔡確之子，後改名懋，與巒字不類，義亦與子高之字不相應，以他書所記先生事觀之，則此説疑亦附會也。

周美成爲江寧府，溧水令主簿之室有色而慧，美成常款洽於尊席之間，世所傳《風流子》詞蓋所寓意焉（中略）。詞中「新緑」、「待月」皆簿廳、亭、軒之名也。俞義仲云。《揮麈餘話》二。

案：明清記美成事，前後牴牾者甚多，此條疑亦好事者爲之也。《御選歷代詩餘詞話》，引此條作「主簿之姬」，疑所見别有善本也。

著述二

《清真集》十一卷《宋史·藝文志》。

《清真先生文集》二十四卷《攻媿集》、《郡齋讀書志》同。《直齋書録解題》作《清真集》二十四卷。

樓鑰《清真先生文集序》：班孟堅之賦兩都，張平子之賦二京，不獨爲五經鼓吹，直足以佐大漢之光明，誠千載之傑作也。國家定都大梁，雖仍前世之舊，當四通五達之會，貢賦地均，不恃險阻，真得國家有易以王之意。祖宗仁澤深厚，承平百年，高掩千古，異才間出，曾未有繼班、張之作者。神宗稽古有爲，鼎新百度，文物彬彬，號爲盛際。錢塘周公，少負庠校雋聲，未及三十，作《汴都賦》凡七千言，富哉，壯哉！鋪張揚厲之工，期月而成，無十稔之勞；指陳事實，無夸詡之過。賦奏，天子嗟異之，命近臣讀於邇英閣，由諸生擢爲學官，聲名一日震耀海内，而皇朝太平之盛觀備矣。未幾，神宗上賓，公亦低徊不自表襮。哲宗始寘之文館，徽宗又列之郎曹，皆以受知先帝之故。以一賦而得三朝之眷，儒生之榮莫加焉。公之殁，距今八十餘載，世之能誦公賦者蓋寡，而樂府之詞盛行於世，莫知公爲何等人也。公嘗守四明而諸孫又寓居於此，嘗訪其家集而讀之，參以他本，間見手藁，又得京本文選，與公之曾孫鑄裒爲二十四卷。中更兵火，散墜已多，然足以不朽矣。公壯年氣鋭，以布衣自結於明主，又當全盛之時，宜乎立取貴顯，而考其歲月仕宦，殊爲流落，更就銓部試遠邑，雖歸班於朝，坐視捷徑，不一趨焉。三綰州麾，僅登松班，而旅死矣。蓋其學道退然，委順知命，人望之如木雞，自以爲喜，此又世所未知者。樂府傳播，風流自命，又性好音律，如古之妙解，「顧曲」名堂，不能自已，人必以爲豪放飄逸高視古人，非攻苦力學以寸進者。及詳味其辭，經史百家之言，盤屈於筆下，若自己出，一何用功之深而致力之精耶？故見所上獻賦之書，然後知一賦之機杼，見《續秋興後序》，然後知平生之所安，磐鏡烏几之銘，可與鄭圃、漆園相周旋；而禱神之文，則《送窮》、《乞巧》之流亞也。驟以此語人，未必遽信，惟能細讀之者，姑知斯言之不爲溢美耳。居閒養疴，爲之校讐三數過，猶未敢以爲盡。方淇水李左丞讀賦上前，多以偏旁言之，因爲考之羣書，略爲音釋，闕其所未知者，以俟博雅之君子，非敢自比張載、劉逵爲《三都》之訓詁也。鑰先世與公家有事契，且嘗受廛焉；公之詩文，幸不泯没，鑰之願也。公諱邦彦，字美成，清真其自號。歷官詳見誌銘云。制使待制陳公，政事之餘，既刊曾祖賢良都官家集，又以清真之文並傳，以慰邦人之思。君子謂是舉也，加於人數等，類非文吏之所能爲也。

晁公武《郡齋讀書志》：《清真先生文集》二十四卷。右周邦彦字美成之文也。神宗時嘗奏《汴都賦》七千言，上命近臣讀於邇英閣，由諸生爲學官。哲宗寘之文館，徽宗列之郎曹，嘗守四明，故樓忠簡公鑰序而刻之。

陳振孫《直齋書録解題》集部别集類：《清真集》二十四卷，徽猷閣待制錢塘周邦彦撰。元豐七年進《汴都賦》，自諸生命爲太學正。邦彦博文多能，尤長於長短句自度曲，其提舉大晟府亦由此，而他文未傳。嘉泰中，四明樓鑰始爲之序，而太守陳杞刊之，蓋其子孫家居四明故也。《汴都賦》已載《文鑑》。世傳賦初奏，御詔李清臣讀之，多古文奇字，清臣誦之如素所習熟者，乃以偏旁取之耳。鑰爲音釋，附之卷末。

案：杞曾刻其曾祖舜俞《都官集》三十卷，《都官集》爲先生叔邠所編，邠爲舜俞女夫，見蔣之奇《都官集序》，故併及先生集耳。

《清真雜著》三卷

《書録解題》集部别集類：邦彦嘗爲溧水令，故邑有詞集。其後有好事者取其在邑所作文、記、詩歌併刻之。

《操縵集》五卷

《書録解題》集部詩集類：周邦彦撰。亦有前集中所無者。

國維案：右詩文集四種，今皆不傳。《宋志》《文集》僅十一卷，疑即樓《序》中所謂家集，而二十四卷本，則宋世通行之本也。今遺文尚存者，則有《汴都賦》《宋文鑑》、《重進汴都賦表》、《揮麈餘話》、《敕賜唐二高僧師號記》《嚴陵集》；遺詩則錢塘丁立中重刻《汴都賦》附録，除録《宋詩紀事》外，尚有補輯，其目爲：《過羊角哀左伯桃墓》一首、《鳳凰臺》一首、《仙杏山》一首出《景定建康志》、《曝日》一首出《齊東野語》、《天賜白》一首出陳郁《藏一話腴》、《春帖子》一首出《合璧事類》、《春雨》一首出後村《千家詩》、《贈常熟賀公叔隱士》一首出《琴川志》、《竹城》一首出《江寧志》、《投子山》一首、《宿靈仙觀》一首、《芝朮歌》一首均出《茅山志》，而陳元靚《歲時廣記》中尚有《内制》、《春帖子》詩二斷句，爲丁氏所未録。又《寶真齋法書贊》卷十八、郁氏書畫題跋記》卷一各有一帖，溧陽端制軍方藏有先生手蹟，亦未見。至遺文則《聖宋文海》、《播芳文粹》尚有之，未及檢也。

《清真詞》二卷、續一卷

《書録解題》集部歌詞類：周美成邦彦撰。多用唐人詩語隱括入律，渾然天成，長調尤善鋪叙，富艷精工，詞人之甲乙也。

《注清真詞》二卷

同上歌詞類。曹杓季中注，自稱一壺居士。

《片玉詞》二卷

晉陽强焕序：文章政事，初非兩途。學之優者，發而爲政，必有可觀；政有其暇，其游藝於詠歌者，必其才有餘辨者也。溧水爲負山之邑，官賦浩穰，民訟紛沓，似不可以弦歌爲政。而待制周公，元祐癸酉春中爲邑長於斯，其政敬簡，民到於今稱之者，固有餘愛。而其尤可稱者，於撥煩治劇之中，不妨舒嘯，一觴一詠，句中有眼，膾炙人口者，又有餘聲，洋洋乎在耳側，其政有不亡者存。余慕周公之才名有年於兹，不謂於八十餘載之後，踵公舊蹤，既喜而且愧，故自到任以來，訪其政事，於所治後圃，得其遺致，有亭曰「姑射」，有堂曰「蕭閑」，皆取神仙中事，揭而名之，可以想像其襟抱之不凡；而又覩「新緑」之地，「隔浦」之蓮，依然在目，抑又思公之詞，其櫽寫物態，曲盡其妙。方思有以發揚其聲之不可忘者，而未能及乎？暇日從容式燕嘉賓，歌者在上，果以公之詞爲首唱，夫然後知邑人愛其詞，乃所以不忘其政也。余欲廣邑人愛之之意，故裒公之詞，旁搜遠紹，僅得百八十有二章，釐爲上下卷，迺輟俸餘，鳩工鋟木，以壽其傳，非惟慰邑人之思，亦蘄傳之有所託，俾人聲其歌者，足以知其才之優於爲邑如此，故冠之以序，而述其意云。公諱邦彦，字美成，錢塘人也。淳熙歲在上章困敦孟陬月彊圉赤奮若，晉陽强焕序。

明毛晉跋：美成於徽宗時提舉大晟樂府，故其詞盛行於世。余家藏凡三本：一名《清真集》，一名《美成長短句》，皆不滿百闋。最後得宋刻《片玉集》二卷，計詞百八十有奇，晉陽强焕爲叙。余見評注龐雜，一一削去，釐其訛謬。間有兹集不載，錯見清真諸本者，附補遺一卷，美成庶無遺憾云。若乃諸名家之甲乙，久著人間，無待余備述也。湖南毛晉識。

《四庫全書總目》集部詞曲類：《片玉詞》二卷、《補遺》一卷，宋周邦彦撰。邦彦字美成，錢塘人。元豐中獻《汴都賦》，召爲太學正。徽宗朝仕至徽猷閣待制，出知順昌府，徙處州卒。自號清真居士。《宋史・文苑傳》稱：「邦彦疏雋少檢，不爲州里推重。好音樂，能自度曲，製樂府長短句，詞韻清蔚。」《藝文志》載《清真居士集》十一卷，蓋其詩文全集久已散佚，其附載詩餘與否，不可復考。陳振孫《書録解題》載：「其詞有《清真集》當作《清真詞》二卷，《後集》一卷。」此編名曰《片玉》，據毛晉跋稱：「爲宋時刊本所題，原作二卷，其補遺一卷，則晉採各選本成之。」疑舊本二卷，即所謂《清真集》，晉所掇拾，乃其《後集》所載也。卷首有强焕序，與《書録解題》所傳合。其詞多用唐人詩句隱括入調，渾然天成，長篇尤富艷精工，善於鋪叙。陳郁《藏一話腴》謂其「以樂府獨步，貴人學士、市儈伎女皆知其詞爲可愛。」非溢美也。下略。

案：此疑舊本二卷，爲直齋著録之《清真詞》。晉所掇拾，乃其《後集》，誤。辨見下。

《清真詩餘》見鄭瑶《景定嚴州續志》、黄昇《花庵絶妙詞選》。

《圈法美成詞》張炎《詞源》卷下。

《詳註周美成片玉集》十卷

漳江陳元龍少章注。

劉肅序：辭不輕措，辭之工也。閲辭必詳其所措，工於閲者也。措之非輕，而閲之非詳，工於閲而不工於措胥失矣，亦奚胥望焉。是知雌霓之誦，方脱諸口，而見謂知音白題，八滑之事既陳，而當世之疑已釋，楛矢萍實，苟非推其所從，則是物也棄物耳。誰歟能知，觸物而不明其原，覩事而莫徵所自，與冥行何别。故曰無張華之博，則孰知五色之珍，乏雷焕之識，則孰辨衝斗之靈，況措辭之工，豈有不待於閲者之箋釋耶。周美成以旁搜遠紹之才，寄情長短句，縝密典麗，流風可仰，其徵辭引類，推古誇今，或借字用意，言言皆有來歷，真足冠冕詞林。歡筵歌席，率知崇愛，知其故實者，幾何人斯，殆猶屬目於霧中花雲中月，雖意其美，而皎然識其所以美則未也。章江陳少章家，世以學問文章爲廬陵望族，涵泳經籍之暇，閲其詞，病舊註之簡略，遂詳而疏之，俾歌之者究其事達其辭，則美成之美益彰，猶獲崑山之片珍，琢其質而彰其文，豈不快夫人之心目也。因命之曰《片玉集》云。少章名元龍。時嘉定辛未杪臘。廬陵劉肅必欽序。

阮元《四庫未收書目提要》：《詳註周美成片玉集》十卷。宋周邦彦所撰。《片玉詞》二卷，《四庫全書》已著録，此宋陳元龍注釋本。元龍字少章，廬陵人。是書分春、夏、秋、冬四景及「單題」、「雜賦」諸體，爲十卷。元龍以美成詞借字用意，言言俱有來歷，乃廣爲考證，詳加箋注焉。

《清真集》二卷

明無名氏跋：隆慶庚午用復所司李藏元人巾箱本，命胥魯頌照録訖。盟鷗主人記。

王鵬運跋：右影元巾箱本《清真集》二卷，附《集外詞》一卷。案美成詞傳世者，以汲古毛氏《片玉詞》爲最著，近仁和丁氏《西泠詞萃》所刻，即汲古本。此本二卷，百二十七闋，爲余家所藏，末有盟鷗主人誌語，蓋明鈔元本也。編次體例與《片玉詞》迥別，而調名字句亦多不同。陳振孫《書録解題》云：「《清真集》二卷，《後集》一卷。」又毛子晉《片玉詞跋》：「美成詞一名《清真集》，一名《美成長短句》，皆不滿百闋。」與此均不合。久欲刊行，以舊鈔剥蝕過甚，無本可校而止。去年從孫駕航京兆丈假得元刻廬陵陳元龍《片玉詞》注本，編次體例與鈔本正同，特分卷與題號異耳。爰據陳注校訂，依式影寫，付諸手民。其集中所無，而見於毛刻者，共五十四闋，爲《集外詞》一卷附後。毛本强序，陳注劉序，鈔本不載，今皆補入。美成詞又名《片玉詞》，據序即劉必欽改題也。光緒丙申春三月十有三日，臨桂王鵬運鶩翁記。

案：先生詞集行於世者，今惟毛刻《片玉詞》二卷、王刻《清真集》二卷，陳注《片玉集》十卷，則元刻僅存。又見仁和勞巽卿鈔振綺堂藏《片玉集》十卷，目録之下，略有注釋，詞中注多已削去，殆亦從陳本出。其古本則見於《景定嚴州續志》、《花庵詞選》者，曰《清真詩餘》。見於《詞源》者，曰《圈法美成詞》。見於《直齋書録》者，曰《清真詞》，曰曹杓《注清真詞》，又與方千里、楊澤民《和清真詞》合刻者，曰《三英集》見毛晉《方千里和清真詞跋》。子晉所藏《清真集》與王刊元本不同，其《氏州第一》一首作《熙州摘徧》，此宋人語，非元以後人所知，則其源亦出宋本。加以溧水本，是宋時已有七本。而陳注《片玉集》十卷、王刻《清真集》二卷，則爲元本。毛跋之《美成長短句》不識編於何時。别本之多，爲古今詞家所未有。溧水本編於淳熙庚子，故闋數雖多，頗有僞詞。陳注十卷，與王刻二卷編次均同，方千里、楊澤民和詞，既不據溧水本，又題《和清真詞》，則必據《清真詞》，今其次序與陳注本、王刊本正同，則此二本疑即出於直齋著録之《清真詞》三卷。今以此數本比較觀之，方、楊和詞均至《滿路花》而止，陳注本卷八之末，王刊本卷二第五十三闋。而陳注本、王刊本尚有《綺寮怨》以下三十一闋。疑宋本《清真詞》二卷當至《滿路花》止，而《綺寮怨》以下即所謂《後集》。王刊元本以後集一卷合於下卷，而陳本則分前集爲八卷，後集爲二卷，雖皆出於《清真詞》，然皆非《清真詞》之舊矣。由此觀之，則《清真》三卷之編次，亦復不難推測。至毛刊《片玉詞》，子晉謂出宋本，或據陳注本，劉必欽序謂「片玉」之名，乃必欽所改題，溧水舊本不應先有此名。然此本編次既與他本絶異，而所增詞甚多，其中僞作間出，而其佳者又絶非清真不辨，且陳允平《西麓繼周集》全從此本次第，足證宋末已有此本。又子晉未見陳注本，則亦無從改題爲「片玉」。余疑劉《序》乃釋「片玉」二字，特措辭不倫，此又元、明人常態，無足怪也。又疑《清真詞》三卷，篇篇精粹，雖非先生手定，要爲最先之本。考王灼《碧雞漫志》成於紹興間已巳，而書中已有「美成集中多新聲」一語，則先生詞集，紹興間已盛行矣。《片玉》本强煥所編，又益以未收諸詞，既編於數十年後，羼入他作，自不能免，惟子晉宋本之説，固無可疑也。

《大觀禮書賓軍等四禮》五百卷《看詳》十二卷

《大觀新編禮書吉禮》二百三十二卷《看詳》十七卷均見《宋史·藝文志》。

《祭服制度》十六卷大觀三年成，見《禮志》。

《五禮》四百七十七卷政和元年成，見《禮志》。此四種疑即《五禮新儀》之長編也。

《政和五禮新儀》二百四十卷政和三年成，見《禮志》、《藝文志》。

《徽宗御序》題政和新元三月一日。文煩不録。以下略。

尚論三

先生家世錢塘，自祖父以上，均不可考。有名邠者，乃先生之從父。《咸淳志》云：邠字開祖，嘉祐八年登進士第，熙寧間，蘇軾倅杭，多與酬唱，所謂周長官者是也。軾後自密州改除河中府，過濰州，邠時爲樂清令，以《雁蕩圖》寄軾，有詩，軾和韻有「西湖三載與君同」之句。後軾知湖州，以詩得罪，邠亦坐贖金。元祐初，邠知管城縣，乞復管城爲鄭州，有興廢補敗之力，由是通判壽春府，見蘇轍所行告詞。後知吉州，官至朝請大夫，上輕車都尉。其丘墓在南蕩山。邠係元符末上書人，崇寧初第爲上書邪等，政和五年又爲僧懷顯序《錢塘勝蹟記》，蓋歷五朝云。侄邦彥。《咸淳臨安志·人物傳》以《九朝通略》、《東坡年譜》及《乾道志》條。案《茅山志》載先生《芝朮歌序》云：「道正盧至恭得芝一本於朮間，邦彥請乞於盧，持壽叔人。」中有句云：「廬陵太守蘊仙風。」邠嘗知吉州，故云「廬陵太守」。然則邠乃先生叔父也。《咸淳志·人物》尚有周邦式字南伯，著名錢塘，中元二年進士，官至提點江東刑獄，知宿州、滑州，皆不赴，提舉南京鴻慶宫，十二年，起知處州，不行，積官中大夫。其傳即在先生傳後，蓋先生兄弟行，而亦知處州，亦提舉鴻慶宫，可謂盛事。

先生子姓無考。《四庫全書總目》：《清波雜志》十二卷、《别志》三卷，宋周煇撰，煇字昭禮，邦彥之子。案煇書中載其父事至紹興中尚存，又事絶不與先生類，決非一人也。

先生有孫與岳倦翁相知。《寶真齋法書贊》云：「嘉泰甲子十二月，舟過吴門，遇公之孫某同上蘭省。」但名字官階均不可考。曾孫鑄，則嘉泰中與樓忠簡共編定先生文集者也。案《桯史》云「辛稼軒守南徐，予來筮仕委吏，時以乙丑南宫試，歲前莅事，僅兩旬即謁告去」云云，則倦翁於甲子十二月過吴門，實應乙丑省試，時先生之孫尚赴南宫，而曾孫已與攻媿編定先生文集，可知先生有數孫也。先生冢墓在杭南蕩山，《咸淳志》、《夢粱録》均同。故後裔自明州復徙於此。《咸淳志》云：「子孫今居定山之北鄉」是也。

先生卒年，《宋史》、《東都事略》、《咸淳志》皆云「年六十六」。而據《玉照新志》，則先生實以宣和三年辛丑卒，以此上推，則當生於仁宗嘉祐二年也。

宋太學生額，熙寧初九百人，後稍增至千人，至元豐二年詔增太學生舍爲八十齋，齋三十人，外舍生二千人，内舍生三百人，上舍生百人《宋史・選舉志》。先生入都爲太學生，當在此時。詞中《西平樂序》「元豐初，予以布衣西上，過天長道中」，亦足證也。

先生所歷之官，爲太學正、國子主簿、秘書省正字、校書郎、考工員外郎、衛尉少卿、宗正少卿、衛尉卿、秘書監。所帶之職，則爲直龍圖閣、徽猷閣待制。所任之差遣，則在朝爲議禮局檢討官，提舉大晟府；在外則教授廬州，知溧水縣，知河中府，知隆德府，知明州，知真定府，知順昌府，知處州。河中、真定、處州均未之官，故樓攻媿《序》但云《「三綰州麾」》。至《揮麈餘話》謂先生嘗爲秘書少監，《浩然齋雅談》謂嘗爲起居舍人，均不足信。胡仔《漁隱叢話》、王楙《野客叢書》稱先生爲周侍郎，亦誤也。

先生交遊殊不易考，其見於遺詩者，則有蔡天啟、賀公叔。《片玉詞》下《鬢雲鬆令》一闋「送傅國華奉使三韓」，案《宋史・高麗傳》，宣和四年，高麗王俁卒，詔給事中路允迪、中書舍人傅墨卿奠尉，留二年而歸，徐兢《宣和奉使高麗圖經序》同。國華當即墨卿字，時爲中書舍人，故詞中有「鳳閣鸞坡，看即飛騰去」之句。時先生已卒，即未卒亦不應復入京師，此詞必係他人之作。又《片玉詞》上有《水調歌頭》一闋

「中秋寄李伯紀大觀文」，案忠定初罷宣撫使，除觀文殿學士，知揚州，在靖康元年九月，其罷左僕射爲觀文殿大學士，在建炎元年八月，十月落職，至紹興二年復拜觀文殿學士、湖廣宣撫使，均在先生卒後。且忠定爲觀文殿大學士，僅歷兩月，其詞亦不似建炎倥偬時之作，其僞無疑。則先生與二人有交際否，殊不可考。其在議禮局則上官同僚有鄭居中等十數人，其提舉大晟府則僚屬有徐伸幹臣典樂、田爲不伐初爲製撰官，後爲典樂大司樂。姚公立協律郎、晁沖之叔用大晟府丞，然大晟府官制無丞，疑即大樂令官，與太常寺丞同。江漢朝宗、万俟詠雅言、晁端禮次膺均製撰官，次膺後爲協律郎。，其在順昌則與王性之相知。交遊可考者如此而已。徐伸見《揮麈餘話》，田爲見《宋史·樂志》、《方技·魏漢津傳》，姚公立見《直齋書録》，晁沖之見《獨醒雜志》，江漢諸人見《鐵圍山叢談》、《碧雞漫志》，唯徐伸、晁沖之官大晟府在政和初，未必與先生提舉同時耳。

先生於熙寧、元祐兩黨均無依附，其於東坡爲故人子弟，哲宗初，東坡起謫籍掌兩制時，先生尚留京師，不聞有往復之跡，其賦《汴都》也頗頌新法，然紹聖之中不因是以求進。晚年稍顯達，亦循資格得之，其於蔡氏亦非絶無交際。蓋文人脱略，於權勢無所趨避，然終與强淵明、劉昺諸人由蔡氏以躋要路者不同。此則强焕政事之目，或屬諛詞，攻媿委順之言，殆爲篤論者已。徽宗時，士人以言大樂頌符瑞進者甚多，樓《序》、《潛志》均謂先生妙解音律，其提舉大晟府以此，然當大觀、崇寧製作之際，先生絶不言樂，至政和末蔡攸提舉大晟府，力主田爲而排任宗堯事見《宋史·樂志》及《方伎·魏漢津傳》。先生提舉適當其後，不聞有所建議，集中又無一頌聖貢諛之作，然則弁陽翁所記頗悔少作之對，當得其實，不得以他事失實而併疑之也。

先生少年曾客荆州，《片玉詞》上有《少年遊》「南都石黛掃晴山」一闋，注云「荆州作」《片玉集》無此注。又《渡江雲》詞云「晴嵐低楚甸」，《風流子》詞云「楚客慘將歸」，均此時作也。其時當在教授廬州之後知溧水之前。集中《齊天樂》「緑蕪凋盡臺城路」一首作於金陵，當在知溧水前後，而其換頭云「荆江留滯最久，故人相望處，離思何限」，此其證也。又《瑣窗寒》詞云「似楚江暝宿，風燈零亂，少年羈旅」，時先生方三十餘歲，雖云少年可也。

先生《友議帖》見《寶真齋法書贊》：「罪逆不死，奄及祥除，食貧所驅，未免禄仕。此月挈家歸錢塘展省墳域，季春遠當西邁。」此帖歲月雖不可考，味「西邁」一語，或即在客荆州之際。果爾，則在荆州亦當任教授等職。

先生游蹤或至關中，故有《西河》「長安道」一闋，惟此詞真僞尚不可定，又無他詞足證。至《蘇幕遮》詞所云「家在吴門，久作長安旅」，則以汴都爲長安也。

先生出知隆德府，當在政和二三年之交，《五禮新儀》進於政和三年四月二十九日，書中不列銜，蓋已莅潞州矣。至五年，徙知明州，則在潞州蓋及二年以上。

先生以直龍圖閣知明州，在政和五年，其次年即以顯謨閣待制毛友代之，見乾道《四明圖經》、《太守題名記》《寶慶》、《延祐》二志同。則其入爲秘書監，即在次年也。

先生出知順昌府，據《雞肋編》在王寀、劉昺獲罪之後，而《揮麈後録》載開封尹盛章命其子并釋昺，和寀詩有「來年庚子」之語，則必在宣和己亥元年以前。又案《昺傳》「昺免死，長流瓊州」，乃刑部尚書范致虚爲請。考致虚於重和元年九月自刑部尚書爲尚書右丞，則寀、昺獲罪必在重和元年九月前，先生出外，亦在是歲矣。

先生晚年自杭徙居睦州，故《嚴陵集》有先生《勅賜唐二高僧師號記》，《景定嚴州續志》載州校書板有《清真集》、《清真詩餘》，以此集中《一寸金》詞恐亦在睦州時改定也。

宋時，錢塘詞人以先生與潘閬爲最著，而二人身後毁譽適得其反，可謂有幸有不幸矣。逍遥獲罪之事，宋人所記亦不一，謂太宗晚年燒煉丹藥，潘閬嘗獻方書，懼誅，匿舒州潛山寺爲行者。《劉貢父詩話》之説也。謂閬爲秦王記室參軍，王坐罪下獄，捕閬急，閬自髠其髮，後編置信上者，葉紹翁《四朝聞見録》之説也。謂坐盧多遜黨追捕，變姓名僧服入中條山者，沈括《夢溪筆談》之説也。謂太宗大漸時，閬與内侍王繼恩等謀立太祖之孫惟吉，尋悉誅竄者，《揮麈餘話》之説也。《宋史・王繼恩傳》言閬與繼恩交通狀而不及易儲事。《吕端傳》言繼恩等謀立楚王元佐，而不及太祖孫惟吉案元佐亦字惟吉，疑即一事。參考諸説，知閬曳裾王門，納交宦官，至以布衣與人家國事，决非高蹈之士，徒以東坡盛稱其詩，陸子遹跋《逍遥集》遂以楊朴、魏野比之，殊爲失實。先生立身頗有本末，而爲樂府所累，遂使人間異事，皆附蘇秦；海内奇言，盡歸方朔。廓而清之，亦後人之責矣。

先生《汴都賦》變《二京》、《三都》之形貌，而得其意，無十年一紀之研鍊，而有其工。壯采飛騰，奇文綺錯。二劉博奥，乏此波瀾，兩蘇汪洋，遜其典則。至今同時碩學，只誦偏旁；異世通儒，或窮音釋。然在先生猶爲少作已。

《重進汴都賦表》高華古質，語重味深，極似荆公制誥表啟之文，末段倣退之《潮州謝上表》，在宋四六中頗爲罕覯。《五禮新儀劄子》語尤簡古，又與《重進汴都賦表》同一機杼，時先生雖已在外，疑亦出其手也。

先生詩之存者，一鱗片爪，俱有足觀。至如《曝日》詩云：「冬曦如村釀，微温只須臾。行行正須此，戀戀忽已無。」語極自然，而言外有北風雨雪之意，在東坡和陶詩中猶爲上乘，惜僅存四句也。

陳元靚《歲時廣記》有先生内制《春帖子》三斷句。案宋制《春帖子》詞均翰林學士爲之，先生未任此官，殆爲人代作耶。

先生詩文之外，兼擅書法，岳倦翁《法書贊》稱其體具態全，董史《皇宋書録》謂其正、行皆善，又石刻鋪叙《鳳墅堂帖》第二十卷中，刻有周清真書，古人能事之多，自不可測也。

先生於詩文無所不工，然尚未盡脱古人蹊逕。平生著述，自以樂府爲第一，詞人甲乙，宋人早有定論。惟張叔夏病其意趣不高遠，然北宋人如歐、蘇、秦、黄高則高矣，至精工博大，殊不逮先生。故以宋詞比唐詩，則東坡似太白，歐、秦似摩詰，耆卿似樂天，方回、叔原則大曆十子之流，南宋惟一稼軒可比昌黎，而詞中老杜，則非先生不可。昔人以耆卿比少陵，猶爲未當也。

先生之詞，陳直齋謂其「多用唐人詩句，隱括入律，渾然天城」，張玉田謂其善於融化詩句，然此不過一端。不如强焕云「模寫物態，曲盡其妙」，爲知言也。

山谷云「天下清景不擇賢愚而與之，然吾特疑端爲我輩設。」誠哉是言，抑豈獨清景而已。一切境界無不爲詩人設，世無詩人，即無此種境界。夫境界之呈於吾心而見於外物者，皆須臾之物，惟詩人能以此須臾之物，鐫諸不朽之文字，使讀者自得之，遂覺詩人之言，字字爲我心中所欲言，而又非我之所能自言，此大詩人之祕妙也。境界有二：有詩人之境界，有常人之境界，詩人之境界惟詩人能感之而能寫之，故讀其詩者亦高舉遠慕，有遺世之意；而亦有得有不得，且得之者亦各有深淺焉。若夫悲歡離合，羈旅行役之感，常人皆能感之，而惟詩人能寫之，故其入於人者至深而行於世也尤廣。先生之詞屬於第二種爲多，故宋時別本之多，他無與匹，又和者三家，注者二家，强焕本亦有注，見毛跋。自士大夫以至婦人女子，莫不知有清真，而種種無稽之言，亦由此以起，然非入人之深，烏能如是耶。

樓忠簡謂先生妙解音律，惟王晦叔《碧雞漫志》謂：「江南某氏者解音律，時時度曲，周美成與有瓜葛，每得一解，即爲製詞，故周集中多新聲。」則集中新曲，非盡自度，然「顧曲」名堂，不能自已，固非不知音者。故先生之詞，文字之外，須兼味其音律，惟詞中所注宮調，不出「教坊十八調」之外，則其音非大晟樂府之新聲，而爲隋、唐以來之燕樂，固可知也。今其聲雖忘，讀其詞者猶覺拗怒之中，自饒和婉，曼聲促節，繁會相宣，清濁抑揚，轆轤交往。兩宋之間，一人而已。

先生逸詞，除毛氏所録《草堂》數闋外，罕有所見，祇《樂府雅詞·拾遺》下《南歌子》一首，《能改齋漫録》載先生增王晉卿《燭影摇紅》半闋耳。惟僞詞最多，强焕本所增，强半皆是。如《片玉詞》上《青玉案》「良夜燈光簇紅豆」一闋，乃改山谷《憶帝京》詞爲之者，决非先生作，不獨《送傅國華》、《寄李伯紀》二首歲月不合也。

年表四

紀年	時事	出處
仁宗嘉祐二年丁酉　一歲		
英宗治平元年甲辰　八歲		
神宗熙寧元年戊申　十三歲		
元豐元年戊午二十三歲		
二年己未　二十四歲	增太學生千人爲二千四百人　清汴成	入都爲太學生當在是歲
三年庚申　二十五歲		
四年辛酉　二十六歲		
五年壬戌　二十七歲	四月官制成　九月景靈宮成	
六年癸亥　二十八歲		七月進《汴都賦》自諸生一命爲太學正
七年甲子　二十九歲		
八年乙丑　三十歲		
哲宗元祐元年丙寅三十一歲	詔齊、廬、宿、常等州各置教授一員	

續表

紀年	時事	出處
二年丁卯　三十二歲		教授廬州
三年戊辰　三十三歲		
四年己巳　三十四歲		
五年庚辰　三十五歲		
六年辛未　三十六歲		以上數年當在荆州
七年壬申　三十七歲		
八年癸酉　三十八歲		春知溧水縣
紹聖元年甲午三十九歲		
二年乙亥　四十歲		
三年丙子　四十一歲		尚在溧水任　作插竹亭記
四年丁丑　四十二歲	咸陽人段義上玉璽	還爲國子主簿當在此數年
元符元年戊寅四十三歲		六月十八日召對崇政殿　重進《汴都賦》除秘書省正字
二年己卯　四十四歲		

續表

紀年	時事	出處
三年庚辰　四十五歲		
徽宗建中靖國元年辛巳四十六歲		遷校書郎
崇寧元年壬午四十七歲		
二年癸未　四十八歲		
三年甲申　四十九歲		
四年乙酉　五十歲	八月置大晟府	
五年丙午　五十一歲		
大觀元年丁亥五十二歲	置議禮局於尚書省　命詳議檢討官具禮制本末　議定請旨	歷考功員外郎、衛尉、宗正少卿兼議禮局檢討當在此數年
二年戊子　五十三歲		
三年己丑　五十四歲	議禮局成《吉禮》二百三十一卷、《祭服制度》十六卷	
四年庚寅　五十五歲		
政和元年辛卯五十六歲	議禮局分秩《五禮》成書四百七十七卷　帝始微行	遷衛尉卿　又以直龍圖閣知河中府帝留之　當在此年

續表

紀年	時事	出處
二年壬辰　五十七歲		出知隆德府當在此年
三年癸巳　五十八歲	議禮局成《五禮新儀》二百二十卷　罷局	
四年甲午　五十九歲	以大晟樂頒天下	
五年乙未　六十歲		徙知明州　劉昺遷户部尚書　薦先生自代　不用
六年丙申　六十一歲		入爲秘書監　進徽猷閣待制　提舉大晟府
七年丁酉　六十二歲		
重和元年戊戌六十三歲	劉昺獲罪　長流瓊州㊀	出知真定府　改順昌府
宣和元年己亥六十四歲		
二年庚子　六十五歲	方臘反　罷大晟府	徙知處州　旋罷官　提舉南京鴻慶宫當在前年或此年　是歲居睦州　適方臘反　還杭州　又絶江居揚州
三年辛丑　六十六歲		正月過天長　至南京　卒於鴻慶宫齋廳

㊀ 原作「劉瓊昺獲罪，流長州」，誤。詳見《新證》。

附録二　觀堂先生題跋

温庭筠金荃詞輯本跋

案《御選歷代詩餘》謂「唐自大中後，詩衰而倚聲作。至庭筠始有專集，名《握蘭》、《金荃》」。維考《新唐書·藝文志》，温庭筠《握蘭集》三卷，《金荃集》十卷，《漢南真稿》十卷。《宋史·藝文志》只存《温庭筠集》七卷。又長洲顧嗣立跋《温飛卿詩集》後曰：「今所見宋刻只《金荃集》七卷，《别集》一卷，《金荃詞》一卷。」知宋時飛卿詞止有一卷。《握蘭》、《金荃》，當是詩文集，非詞集也。兹以《花間集》爲本，又從《尊前集》補一闋，《草堂詩餘》補一闋，《詩集》補二闋，共七十闋。錢塘丁氏善本書室藏有一百四十七闋本，然中尚有韋莊、張泌、歐陽炯之詞混見在内。除四人詞外，尚得八十三闋。然此八十三闋盡飛卿否？尚待校勘。求其可信，則飛卿之詞，盡于此矣。光緒戊申季夏，海寧王國維記。

韋莊浣花詞輯本跋

《宋史·藝文志》載韋莊《浣花集》十卷。《歷代詩餘·詞人姓氏》則謂莊有集二十餘卷，其弟藹編定其詩爲五卷。今二十餘卷本不傳，則詞在集中與否亦不可知矣。《全唐詩》所載端己詞共五十四首，兹録爲一卷。中見于《花間集》者四十八首，見于《尊前集》者五首，見于《草堂詩餘》者一首。《應天長》第一闋亦見《陽春録》中，惟《花間》屬之端己。端己詞情深語秀，雖規模不及後主、正中，要在飛卿之上。觀昔人顔謝優劣論可知矣。光緒戊申季夏，海寧王國維。

南唐二主詞輯本跋

右《南詞》本《南唐二主詞》，與常熟毛氏所鈔，無錫侯氏所刻同出一源，猶是南宋初輯本，殆即《直齋書録解題》所著録宋長沙書肆所刊行者也。直齋云：「卷首四闋，《應天長》、《望遠行》各一，《浣溪沙》二，中主所作。重光嘗書之，墨迹在盱江晁氏。」今此本正同。又注中引曹功顯節度、孟郡王、曾端伯諸人。案功顯，曹勛字。《宋史》本傳以紹興二十九年拜昭信軍節度使；孝宗朝，加太尉，提舉皇城司，開府儀同三司；淳熙元年卒，贈少保。又《外戚傳》：孟忠厚以紹興七年封信安郡王，紹興二十七年卒。曾端伯慥亦紹興時人。以此數條推之，則編輯者當在紹興之季，曹功顯已拜節度之後，未加太尉之前也。且半從真跡編録，尤爲可據。故如式寫録，另爲補遺及校勘記附後。諸本得失，覽者當自得之。宣統改元，春三月，海寧王國維記。

和凝紅葉稿輯本跋

案《宋史·藝文志》有和凝《演綸集》三十卷。又《游藝集》五十卷、《紅藥編》五卷。《御選歷代詩餘》云:「凝有集百餘卷,長短句名《紅葉稿》。」殆即宋志所云《紅藥編》者。然考焦竑《國史經籍志》,有《紅藥編》五卷,入制誥類,則非長短句明矣。今考《歷代詩餘》所選凝詞,除見于《花間集》、《全唐詩》者,其《拋球樂》、《喜遷鶯》二闋,亦見馮延巳《陽春録》,餘無所增益。恐所謂《紅葉稿》者,亦但據《詞綜》書之。但《詞綜》惟云凝「有《紅葉稿》」,《歷代詩餘》遂以爲凝詞之名耳。兹輯成一卷,仍用此名,以便稱舉而已。光緒戊申季夏,海寧王國維記。

孫中丞詞輯本跋

案《歷代詩餘·詞人姓氏》:「孫光憲,字孟文,貴平人。唐時爲陵州判官,荆南節度副使,檢校秘書,兼御史中丞。後勸高繼沖歸宋,太祖授以黄州刺史。將用爲學士,未及而卒。自號葆光子。有《荆臺》、《筆傭》、《橘齋》、《鞏湖》諸集。」其詞《花間集》選六十首,兹從《全唐詩》補二十四首,輯爲一卷。昔黄玉林賞其「一庭花雨濕春愁」爲古今佳句,余以爲不若「片帆煙際閃孤光」尤有境界也。光緒戊申季夏,海寧王國維記。

牛給事詞輯本跋

案《御選歷代詩餘·詞人姓氏》云：「牛嶠，字松卿，一字延峰，隴西人。唐宰相僧孺之後《全唐詩》云，自云僧孺之後。乾符五年進士，歷官拾遺、補闕、尚書郎。王建鎮蜀，辟爲判官。後事後蜀爲給事中。有集三十卷。」《全唐詩》云：歌詩三卷，今存六首。今從《花間集》録出嶠詞三十二首，都爲一卷。光緒戊申季夏，海寧王國維記。

牛中丞詞輯本跋

案《歷代詩餘·詞人姓氏》：「牛希濟，嶠之兄子。王衍時，累官翰林學士，御史中丞。降于後唐。明宗拜爲雍州節度副使。」其詞《花間集》有十一首，復從《詞林萬選》補三首，録爲一卷。《十國春秋》云：「希濟次牛嶠《女冠子》四闋，時輩嘖嘖稱道。」《女冠子》今不可考矣。光緒戊申季夏，海寧王國維記。

皇甫松檀欒子詞輯本跋

案《御選歷代詩餘·詞人姓氏》曰：「皇甫松，一作嵩，字子奇，睦州人。工部郎中湜之子。」《唐詩紀事》稱松爲牛僧孺表甥，不相薦舉。則松之生卒，當舉飛卿同時。兹從《花間》、《尊前》二集及《全唐詩》共輯得二十二首。《全唐詩》謂松自稱檀欒子，遂以名其詞。黄叔暘稱其《摘得新》二首爲有達觀之見，余謂不若《憶江南》二闋情味深長，在樂天、夢得上也。光緒戊申季夏，海寧王國維記。

韓偓香奩詞輯本跋

唐人詩詞尚未分界，故《調笑》、《三臺》、《憶江南》諸詞，皆入詩集，不獨《竹枝》、《柳枝》、《浪淘沙》諸詞本係七言絶句也。致光之詞，見于《尊前集》者，僅《浣溪沙》二闋。然《香奩集》中之長短句，尚十闋許。兹輯成一卷。《憶眠時》本沈隱侯創調，隋煬帝繼之，升庵視爲詞祖，唯致光詞少二句耳。「春樓處子」三首比《三臺》多二韻，比馮正中《壽山曲》少一韻。考《全唐詩》、《歷代詩餘》、《天籟軒詞譜》，唐人劉長卿、竇弘餘等皆填詞，名《謫仙怨》，今從之。至《玉合》、《金陵》二首，皆係致光創調，而《金陵》尤純乎詞格。《木蘭花》亦本係七古，然飛卿詩中之《春曉曲》，《草堂詩餘》已改爲《木蘭花》，固非自我作古也。光緒戊申季夏，海寧王國維記。

薛侍郎詞輯本跋

案昭藴字、里均無可考，《花間集》止稱薛侍郎而已。惟《全唐詩》載薛昭緯，河東人，乾寧中爲禮部侍郎。天復中，累貶磎州司馬。昭藴當即其兄弟行。又《北夢瑣言》稱昭緯恃才傲物，每入朝省，弄笏而行，旁若無人。好唱《浣溪沙》詞。今昭藴詞中，亦以《浣溪沙》詞爲最多。殆一門有同好歟。其詞《花間集》有十九首，《全唐詩》同，今録爲一卷。光緒戊申季夏，海寧王國維記。

毛司徒詞輯本跋

案《歷代詩餘·詞人姓氏》云：「毛文錫，字平珪，南陽人。唐太僕卿龜範子。登進士，仕蜀爲翰林學士，遷内樞密使，進文思殿大學士，拜司徒。貶茂州司馬。隨衍降唐，復事後唐此「唐」疑蜀字之誤。與歐陽炯等並以詞章供奉内庭。所著有《前蜀記事》二卷，《茶譜》一卷。」其詞《花間集》載三十一首。茲復從《尊前集》補《巫山一段雲》一首，録爲一卷。其詞比牛、薛諸人，殊爲不及。葉夢得謂文錫詞以質直爲情致，殊不知流于率露。諸人評庸陋詞者，必曰：「此仿毛文錫之《贊成功》而不及者。」其言是也。

光緒戊申季夏。

顧太尉詞輯本跋

案顧敻字、里不傳。前蜀時官刺史，後事孟知祥，累遷至太尉。其詞見《花間集》者五十五首，茲録爲一卷。敻在牛給事、毛司徒間。《浣溪沙》「春色迷人」一闋，亦見《陽春録》，與《河傳》、《訴衷情》數闋，當爲敻最佳之作矣。

鹿太保詞輯本跋

案虔扆字、里無考，《歷代詩餘》謂虔扆事孟昶爲永泰軍節度使，進檢校太尉，加太保。《樂府紀聞》謂其「國亡不仕，詞多感慨之音」，蓋指《臨江仙》一調言之。然《花間集》輯于蜀廣政三年，首載此詞，此時後蜀未亡。若云傷前蜀，則虔扆固任于昶矣。《紀聞》之言，實無所據。其詞只存《花間集》所載六首，在五代名家中爲最少矣。光緒戊申季夏，海寧王國維記。

歐陽平章詞輯本跋

案《歷代詩餘·詞人姓氏》云：「歐陽炯，益州人。事王衍爲中書舍人。後事知祥及昶，累官翰林學士，進侍郎、門下同平章事。從昶歸宋，授左散騎常侍。」案昶廣政三年，炯作《花間集序》，其結銜署「武德軍節度判官」，而集中稱爲「歐陽舍人」，則炯爲中書舍人當在昶時，不應在王衍時也。其詞《花間集》選十七首，茲從《尊前集》補三十一首，録爲一卷。《全唐詩》炯詞中又載《柳枝》「軟碧摇煙」一首，考係和凝作，故削之。光緒戊申季夏，海寧王國維記。

毛秘監詞輯本跋

案熙震，蜀人，官秘書監。周密《齊東野語》稱其詞，新警而不爲儇薄。余尤愛其《後庭花》，不獨意勝，即以調論，亦有雋上清越之致，視文錫蔑如也。其詞存者，僅《花間集》所載二十九首，茲録爲一卷。光緒戊申季夏，海寧王國維記。

閻處士詞輯本跋

案選字、里均無考。《花間集》但稱閻處士。有詞八首。兹復從《尊前集》補二首，録爲一卷。其詞惟《臨江仙》第二首有軒翥之意，餘尚未足與于作者也。光緒戊申季夏，海寧王國維記。

張舍人詞輯本跋

案《歷代詩餘·詞人姓氏》曰：「張泌，一作佖，字子澄，淮南人。初官句容尉，上書陳治道，後主徵爲監察御史，歷考功員外郎，進中書舍人，改内史舍人，隨煜歸宋，仍入史館，遷郎中，歸。寓家毘陵。有集一卷。」其詞録于《花間集》者共二十七首，而《全唐詩》增《江城子》一闋。此闋與前一闋均見《陽春録》，兹并存之。昔沈文慤深賞泌「緑楊花撲一溪煙」，爲晚唐名句，然其詞如「露濃香泛小庭花」，較前語似更幽艷也。光緒戊申季夏，海寧王國維記。

魏太尉詞輯本跋

案承斑字、里無考，《歷代詩餘》謂承斑「父弘夫爲王建養子，賜姓名王宗弼，封齊王。承斑爲駙馬都尉，官至太尉。」其詞《花間集》載十三首，云十五首，誤。復從《全唐詩》補七首，共二十首。其詞遜于薛昭藴、牛嶠，而高于毛文錫。然皆不如王衍。五代詞以帝王爲最工，豈不以無意于求與歟？光緒戊申季夏，海寧王國維記。

尹參卿詞輯本跋

案尹鶚字、里無考，《歷代詩餘》曰：「鶚，成都人，事王衍爲翰林校書，累官參卿。」其詞《花間集》僅載六首。兹從《尊前集》録爲一卷。其《金浮圖》一闋至九十四字，五代詞除唐莊宗《歌頭》外，以此爲最長，然頗疑是柳耆卿、康伯可手筆也。光緒戊申季夏，海寧王國維記。

李珣瓊瑶集輯本跋

案《歷代詩餘》曰：「李珣，字德潤，先世本波斯人，家于梓州，王衍昭儀李舜絃兄也。爲蜀秀才，常與賓貢，有《瓊瑶集》一卷。」其集至南宋尚存。王灼《碧雞漫志》所引珣作《倒排甘州》、《河滿子》、《長命女》三闋，今宋人選本皆無之。是灼猶及見此書矣。兹從《花間集》録三十七首，補以《尊前集》十七首，録爲一卷。光緒戊申季夏，海寧王國維記。

赤城詞跋

案陳振孫《真齋書録解題》歌詞類：《赤城詞》一卷，陳克子高撰。而詩集類又有子高《天台集》十卷，《外集》四卷，《長短句》三句。是子高詞在宋末已有二本矣。今二本皆佚。此本從曾慥《樂府雅詞》鈔出，亦傳世蒲江、東澤之流亞也。宣統改元三月，過録樊榭老人手鈔宋元四家詞本。

雙溪詩餘跋

壬子夏日，於董氏誦芬室見《雙溪文集》殘本明嘉靖刊，幸詩餘尚全，因假歸，令兒子潛明影寫之。此集傳世甚稀，竹垞纂《詞綜》時未見此書。此本乃嘉靖十二年所刊，前有潘滋序，計爲書十七卷，與文淵閣之二十七卷編次不同，目録家亦罕見著録。詞雖不甚工，亦一家眷屬也。

王周士詞跋

《王周士詞》一卷，宋王以凝撰。以凝，字周士，湘潭人，由太學生仕鼎澧師幕。靖康初，徵天下兵，以凝走鼎州，乞解太原圍。建炎中，以宣撫司參謀制置襄鄧。是編依毛晉汲古閣舊鈔過録，凡三十一首。以凝詞法精壯，如《和虞彦恭寄錢遜升·驀山溪》一闋，《重午登霞樓·滿庭芳》一闋，《艤舟洪江步下·浣溪沙》一闋，絶無南宋浮艷虚薄之習。其他作亦多類是也。

蜕巖詞跋

《蜕巖詞》二卷，厲樊榭先生校本，長塘鮑氏刻入《知不足齋叢書》。此乾隆間舊鈔，亦從鮑出，所缺字略同。唯上卷《南浦》詞自注：「艤舟南浦，因賦題」，鮑刻漏「賦題」二字，知從鈔本出，不從刻本出矣。

宣統改元閏二月，取鮑刻校勘一過，並録厲跋，因記于後。

鷗夢詞跋

江山劉彦清先生履芬《鷗夢詞》手稿一卷，光緒乙巳得于吴中，上有彦翁手録同時詞人評隲商榷之語。「小」者杜小舫文瀾，「少」者勒少仲方錡，「瘦」者潘瘦羊鍾瑞也。宣統改元夏四月。

詞林萬選跋

此汲古閣刻《詞苑英華》中一種也。《提要》疑升庵原本已佚，此爲後來依託，並歷舉其考證之疏。然考證之疏，自是明人通病，且其中頗有與升庵《詞品》印證之處，未必即爲依託也。前有焦氏藏書印，乃理堂先生故物，尤可寶也。光緒戊申秋七月，積暑初退，于廠肆得此本，喜而誌之。

張孝純《百字令》「疏眉秀目」云云，此詞見劉昌詩《蘆浦筆記》。據劉祁《歸潛志》，係宇文虚中作。

唐寫本雲謡集雜曲子跋

此卷首題《雲謡集雜曲子》，共三十首，其目爲：《鳳歸雲》四首，《天仙子》二首，《竹枝子》、《洞仙歌》、《破陣子》、《浣溪沙》、《柳青娘》、《傾杯樂》，則不着道數。其詞爲狩野博士録出者，《鳳歸雲》二首，《天仙子》一首而已。案此八調名，均見崔令欽《教坊記》所載曲名中。《唐書·宰相世系表》有國子司業崔令欽，爲隋宏農太守宣度之五世孫，則其人當生玄、肅二宗時，《教坊記》記事訖於開元，亦足推其時代，則此八曲固開元教坊舊物矣。郭茂倩《樂府詩集》近代曲詞中，有滕潛《鳳歸雲》二首，皆七言絶句，此則爲長短句。此猶唐人樂府於各家文集、《樂府詩集》者多近體詩，而同調之見於《花間》、《尊前》者，則多爲長短句，蓋詩家務尊其體，而樂家只倚其聲，故不同也。《天仙子》，唐人皇甫松所作者不疊，《鳳歸雲》二首，此則有二疊。《鳳歸雲》二首，句法與用韻各自不同，然大體相似，可見唐人詞律之寬。《天仙子》詞特深峭隱秀，堪與飛卿、端己抗行，惜其餘二十餘篇，不可見也。癸亥冬，羅叔言參事寄巴黎寫本至，存十八首。惟《傾杯樂》有目而佚其詞，三十首但佚十二首耳。

唐寫本春秋後語背記跋

上虞羅氏藏唐寫本《春秋後語》，有背記凡八條。中有西蕃書一行餘，漢字七條，皆以木筆書之。內有咸通皇帝判官王文瑀語，蓋唐咸通間人所書，末有詞三闋：前二闋不著調名，觀其句法知爲《望江南》，後一闋則《菩薩蠻》也。案段安節《樂府雜録》云：「《望江南》始自朱崖李太尉鎮浙西日，爲亡伎謝秋娘所撰。本名《謝秋娘》，後改此名，亦曰《夢江南》。」考德裕鎮浙西在長慶四年，至太和三年入朝，凡六年。嗣是白居易、劉禹錫、温庭筠、皇甫松並爲此詞，白詞名《憶江南》，見《長慶後集》卷三，乃太和八九年間所作。劉詞有「多謝洛城人」語，必居洛陽時作，殆與白詞同時作。温、皇甫二詞，則又在其後。前則未聞。又《菩薩蠻》據蘇鶚《杜陽雜編》，亦以爲宣宗大中初製。然世所傳小説《煬帝海山記》，已有煬帝所作《望江南》八首。宋初所編《尊前集》及李白《古風集》見《湘山野録》，均有白所作《菩薩蠻》詞。《海山記》僞書，固不足信。白詞世亦有疑之者，顧唐宋説部所謂某調創於某時某人者，尤多附會。考崔令欽《教坊記》所載教坊曲名三百六十五中，有《望江南》、《菩薩蠻》二調。令欽時代雖不可考，然《唐書・宰相世系表》有國子司業崔令欽，乃隋恒農太守宣度之五世孫，唐高祖至玄宗五世，宣度與高祖同時，則其五世孫令欽，當在玄、肅二宗之世。其書記事訖於開元，亦足略推其時代。據此則《望江南》、《菩薩蠻》二詞，開元教坊固已有之。惟《望江南》因贊皇首填此詞，劉、白諸公相繼而作；《菩薩蠻》則因宣宗所喜，宰相令狐綯曾令温庭筠撰密進之見《唐詩紀事》。故《樂府雜録》與《杜陽雜編》遂以此二詞之創作，傳之德裕與宣宗。語雖失實，然其風行實始於此。此背記書於咸通間，距太和末廿餘年，距大中不過數年，已有此二調。雖別字聲病滿紙皆是，可見沙州一隅，自大中内屬後，又頗接中原最新之文化也。至此背記中與沙州相關者，已見於羅叔言參事所補《唐書張義潮傳》，兹不贅云。癸丑五月。

葛渭君 編

詞話叢編補編

第六册

中華書局

況周頤編撰

歷代詞人考略

附録一　序跋

附録二　織餘瑣述

歷代詞人考略目録

卷一

唐一

卷二

唐二

卷三

唐三

後梁

卷四

卷五

卷六

卷七

卷八

宋二

卷九

宋三

卷十九

宋十三

卷二十

宋十四

卷二十一

宋十五

卷二十二

宋十六

卷二十三

宋十七

卷二十四

宋十八

卷二十五

宋十九

卷二十六

宋二十

卷二十七

宋二十一

卷二十八

宋二十二

卷二十九

宋二十三

卷三十

宋二十四

卷三十一

宋二十五

卷三十二

宋二十六

卷三十三

宋二十七

卷三十四

宋二十八

卷三十五

宋二十九

卷三十六

宋三十

卷三十七

宋三十一

附録一　序跋

附録二　織餘瑣述

歷代詞人考略卷一

唐一

明皇帝

明皇帝諱隆基，睿宗第三子，延和元年受禪即皇帝位。天寶十四載，安禄山陷京師，車駕幸蜀，太子即位靈武，尊爲上皇。寶應元年崩，謚玄宗孝皇帝。

〔詞話〕《開元軼事》：明皇諳音律，善度曲。嘗臨軒縱擊製一曲，曰《春光好》，方奏時，桃李俱發。又製一曲，曰《秋風高》，奏之，風雨颯然。帝曰：「此事不喚我作天公可乎？」詞俱失傳，唯《好時光》一闋云：「寶髻偏宜宮樣。蓮臉嫩，體紅香。眉黛不須張敞畫，天教入鬢長。　莫倚傾國貌，嫁取箇，有情郎。彼此當年少，莫負好時光。」

《梅妃傳》：江采蘋九歲能誦「二南」詩，開元中選，侍明皇見寵，所居悉植梅花，號稱梅妃，爲楊太真逼遷上陽宮。明皇於花萼樓念之，會夷使貢珠，命封一斛賜妃。妃謝以詩，明皇以新聲度曲，曰《一斛珠》。

按：明皇帝《好時光》詞，見《尊前集》及《全唐詩》。此詞不假琱琢，是爲頑艷。《教坊記》曰：「開元十一年初，製聖壽樂，以歌舞之。所司先進曲名，[上]以墨點者舞，舞有曲，教坊惟得舞《伊州》、《五天》，重來疊，不離此兩曲，餘悉讓内家也。舞曲有《二垂手羅》、《回波樂》、《蘭陵王》、《春鶯囀》、《半社渠》、《借席》、《烏夜啼》之屬，謂之軟舞；《阿遼曲》、《柘枝黄》、《黀拂林》、《大渭州》、《達摩》之屬，謂之健舞。」崔令欽所編曲名三百餘調始此。明皇精曌宫律，往往蘭英荃艷萌芽，開、天盛時，明皇自潞州還京師，平内難，半夜斬長樂門關，領兵入宫，製《夜半樂》、《還京樂》二曲。楊貴妃生日，命小部張樂長生殿，會南京進荔支，因以《荔支香》名新曲，並見《唐書·禮樂志》。開元初，大酺於勤政樓，觀者喧聚，莫得魚龍百戲之音，高力士請命永新出歌，可以止喧，永新出奏曼聲，至是廣場寂寂，若無一人，《大酺》曲名自此始見。《太平樂府》：念奴，天寳中名倡，明皇嘗曰「此女眼色媚人」，製曲曰《念奴嬌》，見《碧雞漫志》。明皇幸蜀，霖雨彌旬，棧道中聞鈴聲，明皇悼念貴妃，爲製《雨霖鈴》曲，見《楊貴妃外傳》具徵。詞學寖興六朝、五季之間，唐賢實筦鑰喉衿之，而明皇膺期首出，當時禁闈清暇，珠玉揮毫，何止一二短章而已。李謩擫笛宫牆，僅得數般新曲，可知清詞麗句，九天咳唾，非人間所得聞，矧復求之千載而下。此《好時光》一闋，或猶疑爲非明皇作。然《尊前集》其書已古，向來選本及詞話多有從之者矣。

又按：隋煬帝《海山記》載：帝多泛東湖，因製湖上曲《望江南》八闋。《海山記》爲唐·韓偓所作。彊邨朱先生疑此八詞爲韓氏假託，謂煬帝時不當有雙調《望江南》也。韓冬郎詞傳於世者亦僅此，即屬假託，亦甚可貴。煬帝又有《夜飲朝眠曲》曰：「憶睡時，待來剛不來。卸妝仍索伴，解佩更相催。博山思結夢，沉水未成灰。」「憶起時，投籤初報曉。被惹香黛殘，枕隱金釵裊。笑動林中烏，除卻司晨鳥。」是爲唐詞之濫觴。見《曲洧舊聞》。

昭宗皇帝

昭宗諱(昱)[曄],懿宗第七子。文德元年嗣立。光化三年爲宦官劉季述等所幽,立太子裕。天復元年反正,宦官韓全誨等劫幸鳳翔,三年還京師。天祐元年遷洛陽,爲朱全忠所殺,在位十六年。

〔詞話〕《中朝故事》:乾寧三年,鳳翔李茂真與朝臣有隙,將欲搆亂,干犯神京。上乃順動,欲幸太原,行止渭北華州,韓建迎歸郡中。上鬱鬱不樂,時登城西齊雲樓眺望。明年製《菩薩蠻》詞二首。曰:「登城遥望秦宫殿。茫茫只見雙飛燕。渭水一條流。千山與萬丘。遠煙籠碧樹。陌上行人去。何處是英雄。迎奴歸故宫。」又一曰:「飄飄且在三峰下。秋風往往堪沾灑。腸斷憶仙宫。朦朧煙霧中。思夢時時睡。不語常如醉。早晚是歸期。穹蒼知不知。」

《蓮子居詞話》:「古男子稱奴,見《世説》。」錢竹汀先生《養新録》曰:「奴即儂之轉聲。」《唐詩紀事》載昭宗《菩薩蠻》詞:「何處是英雄,迎奴歸故宫。」則天子亦以此自稱矣。

〔詞評〕《江鄰幾雜志》:陝府昭宗御製《菩薩蠻》詞:「何處有英雄,迎儂歸故宫。」與太宗詩「昔乘匹馬去,今驅萬乘來」,氣象不侔矣。

按:昭宗《菩薩蠻》詞肆口而成,聲情慷慨,雖處困阨之中,猶有清雄之氣。考《杜陽雜編》,宣宗嘗製《泰邊陲》曲,可知和陵孳精宫闈,學有淵源。後起若李後主、宋徽宗近於嫥家,深造韻度過之,而其骨幹之不相及,據此二曲即可論定。此其所以爲唐音也。「秋風往往堪沾灑」,饒有無限悲涼,所謂對此茫茫,百端交集。茗茗數百年,非稼軒、遺山輩未易得其仿佛。

李景伯　裴談　楊廷玉

景伯，柏仁人。景龍中爲給事中，遷諫議大夫。景雲中，進太子右庶子，累遷右散騎常侍致仕。開元中卒。

〔詞話〕《新唐書·李懷遠傳》：中宗嘗宴侍臣。及朝集，使酒酣，令各爲《迴波辭》。衆皆爲諂佞之辭及自要榮位，次至景伯，曰：「回波爾時酒卮。微臣職在箴規。侍宴既過三爵，喧譁竊恐非儀。」中宗不悦。中書令蕭至忠稱之曰：「此真諫官也。」

〔詞考〕《日知録》：劉肅《大唐新語》：中宗宴興慶池，侍宴者並唱《迴波詞》。給事中李景伯歌曰：「迴波詞，持酒卮。微臣職在箴規。侍宴既過三爵，諠譁竊恐非儀。」首二句三言，下三句六言，蓋《迴波詞》體也。今通鑑作「迴波爾時酒卮」，恐傳寫之誤。

按：《大唐新語》謂景伯此詞首二句三言，其説絶新。亭林翁稱引，蓋足依據，則凡《迴波詞》皆當如此讀。「爾」字、「時」字皆當作「詞」作「持」矣，唯沈佺期一首「時」不能改「持」也。

又按：《全唐詩》載裴談詞《回波樂》云：「回波爾時栲栳。怕婦也，是大好。外邊祇有裴談，内裏無過李老。」又《朝野僉載》：蘇州嘉興令楊廷玉，則天之表姪，貪猥無厭。著詞曰：「回波爾時廷玉。打獠取錢未足。姑婆見作天子，傍人不得抵觸。」云云。此等詞本不足存，唯唐詞流傳絶少，廷玉時代猶在李景伯之前，故附記於此。

沈佺期

佺期字雲卿，内黄人。擢進士第。長安中，累遷通事舍人，預修《三教珠英》。轉考功員外郎，陞給事中。坐交張易之，流驩州。稍遷台州録事參軍。神龍中拜起居郎，加修文館直學士。歷中書舍人、太子詹事。開元初卒。有集十卷。

〔詞話〕《本事詩》：沈佺期會以罪謫，遇恩，還秩，朱紱未復。甞内宴，群臣皆歌《回波樂》，撰詞起舞，因是多求遷擢。佺期詞云：「回波爾時佺期。流向嶺外生歸。身名已蒙齒録，袍笏未復牙緋。」中宗即以緋魚賜之。是時佩魚須有特恩。

按：唐人詞有齰聲嫐誼者，如「摇蓮」作「遥憐」之類，猶是古樂府之遺。有借聲屬對者，如「齒録」之「録」作「緑」對「緋」之類。唐人開其端，北宋人往往沿用之。洎南宋而此風寖革，彊合不足言巧也。《唐詩紀事》云：「佺期甞侍宴，爲弄詞悦帝。」「弄詞」二字甚新，世之爲詞者慎勿爲弄詞，庶幾尊重詞格，不爲俗論詬病耳。

又按：歐陽文忠《浣溪沙》云：「白髮戴花君莫笑，六么推拍盞頻傳。」借「六么」作「緑腰」對「白髮」，可徑作「緑腰」，卻寫作「六么」，當時沿襲唐人風尚如此。

張　説

説字道濟，一字説之，其先范陽人，徙洛陽。武后策賢良方正第一，授左補闕。預修《三教珠英》，擢鳳閣舍人，忤旨配流欽州。中宗召還，拜兵部員外郎，累遷工部、兵部侍郎、修文館學士。景雲中，拜中書侍郎，知政事。開元初進中書令，封燕國公。尋出刺相州，左轉岳州，召拜兵部尚書，仍知政事，敕爲欸方軍節度大使，令巡五城。後爲集賢院學士，尚書，左丞相，開府儀同三司。卒謚文貞。有集。

〔詞話〕《全唐詩》載張説《舞馬詞》云：「萬玉朝宗鳳扆。千金率領龍媒。眄鼓凝驕躞蹀，聽歌弄影徘徊。」又：「天鹿遥徵衛叔，日龍上借羲和。將共兩驂爭舞，來隨八駿齊歌。」又：「綵旄八佾成行。時龍五色因方。屈膝銜杯赴節，傾心獻壽無疆。」又：「帝皂龍駒沛艾，星闌驥子權奇。騰倚驤洋應節，繁驕接跡不移。」又：「二聖先天合德，群靈率土可封。擊石驂驔紫燕，摐金顧步蒼龍。」又：「聖君出震應籙。神馬浮河獻圖。足蹋天庭鼓舞，心將帝樂踟蹰。」

〔詞評〕《餐櫻廡詞話》：張説之《舞馬詞》：「眄鼓凝驕躞蹀，聽歌弄影徘徊。」「凝驕」二字，傳馬之神絶佳，驕而能凝，駿骨之所以千金也。彼畫皮者烏足語此。

按：《唐書·禮樂志》：明皇嘗命教舞馬四百蹄，各爲左右分部目。衣以文繡，絡以金珠。每千秋節，舞於勤政樓下，賜讌設酺。其曲數十疊，馬聞聲，奮首鼓尾，縱橫應節。又施三層板牀，乘馬而上，抃轉如飛。或命壯士舉榻，馬舞其上，歲以爲常。道濟詞「五色因方，屈膝銜杯」云云。又史志所未詳也。

崔液

液字潤甫，小字海子，安喜人。登進士第一人。官至殿中侍御史。坐兄湜反，配流，逃匿郢州。遇赦還。有文集十卷。

〔詞話〕《全唐詩》載潤甫《踏歌詞》云：「緑女迎金屋，仙姬出畫堂。鴛鴦裁錦袖，翡翠貼花黄。歌響舞分行，艷色動流光。」又：「庭際花微落，樓前漢已横。金壺催夜盡，羅袖舞寒輕。樂笑暢歡情，未半著天明。」元注：此詞五言六句，與《抛毬樂》相似，惟於第五句用韻不同。或將第二首末二句作[上]七言下三言讀者誤。

按：陳暘《樂書》：踏歌，隊舞曲也。唐《輦下歲時記》：先天初，上御安福門觀燈，令朝士能文者爲踏歌。

李白

白字太白，自號青蓮居士，又號酒仙翁，又自稱海上釣鰲客。賀知章號之爲謫仙。綿州人。（《新唐書》本傳：其先隋末以罪徙西域，神龍初遁還，客巴西綿州，在唐爲巴西郡。）一作山東人。（《舊唐書》本傳。）一作隴西成紀人。（李陽冰（誤）〔譔〕《草堂集序》。）涼武昭王暠九世孫。初隱岷山，州舉不應。天寶初游長安，賀知章薦於明皇，召見金鑾殿，論當世事，奏誦一篇，有詔供奉翰林。白嘗侍帝醉，使高力士脱鞾。力士恥之，摘其詩以激楊貴妃。帝欲官白，妃輒沮之，賜金放還。後坐永王璘事，流夜郎。會赦還，依當塗令李陽冰。代宗立，以左拾遺召，已卒。有《李翰林集》。（按太白鄉貫，各書不同，實則白本隴西成紀人，生於蜀，流寓山東。明·胡應麟考之甚詳。見《少室山房筆叢》，兹不備録。）

〔詞話〕《開元遺事》：李白於便殿對帝譔詞時，天寒筆凍，莫能書字。帝敕宮嬪十人侍白左右，各執牙筆呵之，其受聖眷如此。

《唐國史補》：李白在翰林多沉飲。玄宗令撰樂詞，醉不可待，以水沃之，白稍能動，索筆一揮十數章，文不加點。後對御令高力士脱韡，上令小閹排出之。

《松窗摭異録》：開元中，禁中初重木芍藥，即今牡丹也。得四本紅、紫、淺紅、通白者，上移植於興慶池東沉香亭前。會花方繁開，上乘照夜白，太真妃以步輦從。宣賜翰林供奉李白立進《清平調》辭三章。白欣然承旨，猶苦宿酲未解，因援筆賦之。龜年遽以詞進，上命梨園子弟約略調撫絲竹，遂促龜年以歌。太真妃持玻瓈七寶盞，酌西涼州蒲桃酒，笑領歌意甚厚。上因調玉笛以倚曲，每曲徧將換，則遲其聲以媚之。太真妃飲罷，飾繡巾重拜上。龜年常語於五王，獨憶以歌得自勝者無出於此，抑亦一時之極致耳。上自是顧李翰林尤異於他學士。會高力士終以脱韡爲深恥，異日太真妃重吟前題，力士戲曰：「比以妃子怨李白深入骨髓，何反拳拳如是？」太真妃驚曰：「何翰林學士能辱人如斯？」力士曰：「以飛燕指妃子，是賤之甚矣。」太真妃深然之。上嘗三欲命李白官，卒爲宫中所捍而止。

《湘山野録》：「平林漠漠煙如織」云云。此詞不知何人寫在鼎州滄水驛樓，復不知何人所作？魏道輔泰見而愛之。後至長沙，得古集於曾子宣内翰家，乃知李白所譔。

《能改齋漫録》：「河漢女，玉鍊顔。雲輧往往在人間。九霄有路去無跡，裊裊香風生佩環。」此太白《桂殿秋》詞也，有得於石刻而無其腔，劉無言倚其聲歌之，音極清雅。

《六研齋二筆》：白樂天孫白龜年住嵩山，遇李太白招之，曰：「我自水解後放遁山水間，因思故鄉，西一曲歸嵩峰。中帝飛章薦奏，見辟掌牋奏於此，今已百年矣。近過潼關，有一詞曰：『曾宴桃源深洞。一曲歌鸞舞鳳。常記別伊時，明月落花煙重。如夢。如夢。和淚出門相送。』」乃書一卷遺之曰：「讀此可辨九天禽語。」夫太白詞麗，然與禽語何關。

〔詞評〕《花庵絶妙詞選》：李太白《菩薩蠻》、《憶秦娥》二詞，爲百代詞曲之祖。

《通義堂文集》：李太白、温飛卿，精於詞律。說唐之詞人倡始者，以李太白爲最著，繼起者以温飛卿爲最高。自歐陽炯作《花間集序》，推重二家。後此論詞者，莫不首舉青蓮，次及《金荃》，奉若準繩，毫無異議。誠以二家之詞，不獨天才超卓，抑且格律精嚴。太白開口成文，揮翰霧散，（元注：見樂史《李翰林别集序》。）詞句妍麗，與古人爭長。

《蓼園詞選》：李太白《菩薩蠻》入首二句，意興蒼涼壯闊。第三、第四句，說到「樓」到「人」，又自靜細孤寂，真化工之筆。第二闋「欄干」字跟上「樓」字來，「佇立」字跟上「愁」字來。末聯始點出「歸」字來，是題目歸宿。所以「愁」者，此也，所以「寒山」、「傷心」者，亦此也。更覺前闋淩空結撰，意興高遠。至結句，仍念蓄不說盡，雄渾無匹。又《憶秦娥》，乃太白於君臣之際，難以顯言，因託興以抒幽思耳。言至今簫聲之咽，無非秦地女郎，夢想從前「秦樓」之「月」耳。夫秦樓，乃簫史與弄玉夫婦和諧，吹簫引鳳、升仙之所，至今誰不慕之，豈知今日秦樓之月，乃是灞陵傷別之月耳。第二闋，漢之「樂遊原」，極爲繁盛，今際「清秋」「古道」之「音塵」已「絶」，惟見淡風斜日映照「陵闕」而已。歎古道之不復，或亦爲天寶之亂而言乎？然思深而託興遠矣。

《藝概》：梁武帝《江南弄》、陶宏景《寒夜怨》、陸瓊《飲酒樂》、徐孝穆《長想思》，皆具詞體，而堂廡未大。至太白《菩薩蠻》之繁情促節，《憶秦娥》之長吟遠慕，遂使前此諸家，悉歸環内。又太白《菩薩蠻》、《憶秦娥》兩闋，足抵少陵《秋興》八首，想其情境，殆作於明皇西幸後乎。

《人間詞話》：太白純以氣象勝，「西風殘照，漢家陵闕」，寥寥八字，遂關千古登臨之口。後世惟范文正之《漁家傲》、夏英公之《喜遷鶯》差足繼武，然氣象已不逮矣。

《餐櫻廡詞話》：太白《清平樂》云：「夜夜長留半被，待君魂夢歸來。」又云「花貌此子時光。」《草堂》詩中必無此等質句，而詞則有之。豈非以詞之體格直接古樂府，當視詩尤爲近古乎？後人言情之作，輒蹈纖佻，甚弗率其初祖矣。

〔詞考〕《花庵詞選》：唐・吕鵬《遏雲集》載應制詞四首，以後二無清逸氣韻，疑非太白所作。

《碧雞漫志》：太白進《清平調》詞，張君房《脞説》指爲《清平樂》曲。明皇宣白進此詞，乃是令白於《清平調》中製詞，蓋古樂取聲律高下合爲三，曰清調、平調、側調，此之謂三調。明皇止令就擇上兩調，偶不樂側調故也。況白詞七字絶句，與今曲不類。而《尊前集》亦載此三絶句，止目曰《清平調》。然唐人不深考，妄指此三絶句耳。此曲在越調，唐至今盛行。今世又有黄鍾宫、黄鍾商兩音者，歐陽炯稱，白有應制《清平樂》四首，往往是也。

《夢溪筆談》：小曲有「咸陽沽酒寳釵空」之句，云是李白所製，然李白集中有《清平樂》詞四首，獨欠是詩。而《花間集》所載「咸陽沽酒寳釵空」，乃云是張泌所爲，莫知孰是也。

《唐詞紀事》：《憶秦娥》，商調曲也，《鳳樓春》即其遺意。李白之「簫聲咽」，用仄韻，孫夫人之「花深深」，用平韻。張宗瑞復立新名，曰《碧雲深》。

《藝苑巵言》：《昔昔鹽》、《阿濫堆》、《烏鹽角》、《阿那朋》之類，皆歌曲名也。起自羌胡，自《昔昔鹽》排律外，餘多七言絶句，有其名而無其調。隋煬帝、李白調始生矣。然《望江南》、《憶秦娥》則以詞起調者也，《菩薩蠻》則以詞按調者也。

《少室山房筆叢》：今詩餘名《望江南》外，《菩薩蠻》、《憶秦娥》稱最古，以《草堂》二詞出太白也，近世文人學士或以實。然余謂太白在當時，直以風雅自任，即近體盛行，七言律鄙不肯爲，寧屑事此。且二詞雖工麗而氣衰颯，於太白超然之致不啻穹壤，藉令真出青蓮，必不作如是語。詳其意調絶類温方城輩，蓋晚唐人詞嫁名太白，若懷素草書、李赤姑孰耳。原二詞嫁名太白有故，《草堂詞》宋末人編，青蓮詩亦稱《草堂集》，後世以二詞出唐人而無名氏，故僞題太白以冠斯編耶。（元注：見魏顥《李翰林集序》。）

《蓮子居詞話》：唐詞《菩薩蠻》、《憶秦娥》二闋，花庵以後，咸目爲出自太白。然《太白集》本不載。至楊齊賢、蕭士贇注，始附益之。胡應麟《筆叢》疑其僞託，未爲無見。謂「詳其意調，絶類温方城」，殊不然。如「暝色入高樓，有人樓上愁」，「西風殘照，漢家陵闕」等語，神理高絶，卻非金荃手筆所能。

《餐櫻廡詞話》：唐人詞三首，永觀堂爲余書扇頭。《望江南》云：「天上月，遥望似一團銀。夜久更闌風漸緊。以（元注：爲）奴吹卻月邊雲。照見附（元注：負）心人。」前調云：「五梁台上月，一片玉無暇（元注：瑕）。以里（元注：迤邐）看歸西□去，横雲出來不敢遮。霎䨴繞天涯。」《菩薩蠻》云：「自從宇宙光戈戟。

狼煙處處獯天黑。早晚竪金雞。休磨戰馬蹄。　淼淼三江小（元注：水。）。半是□（元注：不易辨，似儒字）生類（元注：淚。）。老尚逐今財。問龍門、何日開。」並識云：詞三闋，書於唐本《春秋後語》紙背，今藏上虞羅氏。《樂府雜録》云：《望江南》始於朱崖李太尉鎮浙西日，爲亡伎謝秋娘所撰。《杜陽雜編》亦云：《菩薩蠻》乃宣宗大中初所製。明・胡元瑞《筆叢》據之，斥太白集中《菩薩蠻》四詞爲僞作。然崔令《教坊記》末所載教坊曲名三百六十五中，已有此二調。崔令欽，見《唐書・宰相世系表》，乃隋恒農太守宣度之五世孫，是其人當在睿、元二宗之世。其書紀事訖於開元，亦足略推其時代。據此，則《望江南》、《菩薩蠻》皆開元教坊舊曲。此詞寫於咸通間，距李贊皇鎮江西時二十餘年，距大中末不過數年，而敦煌邊地已行此二調，益知段安節與蘇鶚之説，非實録也。

按：世謂李白《菩薩蠻》、《憶秦娥》二詞爲「百代詞曲初祖」，惟是長短句之作，唐已前見之屢矣。如梁武帝《江南弄》云：『衆花雜色滿上林。舒芳耀彩垂輕陰。連手躞蹀舞春心。舞春心，臨歲腴。中人望，獨踟躕。」梁僧法雲《三洲歌》一解云：「三洲斷江口。水從窈窕河旁流。啼將别共來，長相思。」二解云：「三洲斷江口，水從窈窕河旁流。歡將樂共來，長相思。」梁臣徐勉《迎客曲》云：「絲管列，舞曲陳。含羞未奏待嘉賓。羅絲管，陳舞席。斂袖嘿脣迎上客。」《送客曲》云：「袖繽紛，聲委咽。歌曲未終高駕别。爵無算，景已流。空紆長袖客不留。」並皆六朝君臣風華靡麗之語，後來詞家之濫觴。特至太白《菩薩蠻》、《憶秦娥》而詞格始成耳。　又《詞品》曰：無名氏《回紇曲》一名《拋毬樂》，又名《莫思歸》云：「陰山瀚海信難通。幽閨少婦罷裁縫。緬想邊庭征戰苦，誰能對鏡冶愁容。久戍人將老，須臾變作白頭翁。」長歌之哀，通於痛哭，必陳、隋、初唐之作也。是則已成詞格者，亦在太白兩調之前。又按：唐人樂府，元用律、絶等詩雜和聲歌之。其并和聲作實字，長短其句以協曲拍者爲填詞。開元、天寶肇其端，元和、太和衍其流，大中、咸通以後迄於南唐、二蜀，尤家工户習，以盡其變。凡有五音二十八調，各有分屬，今皆失傳。《花庵絶妙詞選》黄叔暘云：「凡看唐人詞曲，當看其命意造語工緻處。」蓋語簡而意深，所以爲奇作也。

劉長卿

長卿字文房，河間人。開元末登進士第。至德中爲監察御史，以檢校祠部員外郎爲轉運使判官，知淮西、鄂岳轉運留後。授鄂岳觀察使。坐吴仲孺奏誣，貶潘州南巴尉。尋有爲之辨者，除睦州司馬。終隨州刺史。有集十卷。

〔詞話〕《全唐詩》載劉文房詞，《謫仙怨》云：「晴川落日初低，惆悵孤舟解携。鳥向平蕪遠近，人隨流水東西。白雲千里萬里，明月前溪後溪。獨恨長沙謫去，江潭春草萋萋。」

按此詞本集作律詩，題云《苕溪酬梁耿别後見寄》。細審體格，於詞爲近。且六言無律詩，如以爲六言絶句二首，前後正不必同韻也。

元結

結字次山，自稱元子，（按著《元子》十篇。）號猗玗子，又稱浪士，呼「漫郎」、「漫叟」，更號聱叟。少居商餘山，後家瀼濱。天寶十二載擢進士上第。復舉制科，以蘇源明薦，召詣京師，上《時議》三篇，擢右金吾兵曹參軍，攝監察御史，爲山南西道節度參謀，以討賊功，遷監察御史裏行，進水部員外郎。代宗立，丏侍親歸樊，上授著作郎。久之拜道州刺史，進授容管經略史，加左金吾衛將軍。還京師卒，贈禮部侍郎。

〔詞話〕《苕溪漁隱叢話》：山谷云：「元次山《欸乃曲》，『欸』音媪，『乃』音靄，湘中節歌聲。子厚《漁父》詞，有『欸乃一聲山水緑』之句，誤書『欵欠』，少年多承誤妄用之，可笑。」苕溪漁隱曰：「余游浯溪，讀磨崖《中興頌》於碑側，有山谷所書《欸乃曲》，因以百金買碑本以歸。今録入《叢話》。又《元次山集・欸乃曲》注云：『欸』音襖，『乃』音靄，棹舡之聲。《洪駒父詩話》謂『欸』音靄，『乃』音襖，遂反其音，是不曾看《元次山集》及山谷此碑，而妄爲之音耳。」

《演繁露》：元次山《欸乃曲》，殆舟人於歌聲之外，別出一聲，以互相共歌也。

《歷代詩話》：楊升庵曰：「朱子《辨證》：柳宗元詩『欸乃一聲山水緑』，注：『欸乃』，一本作『襖靄』。按『欸』音靄，『乃』音襖，近日倒讀之誤矣。《項氏家説》云：《劉蜕文集》有《湘中靄迺歌》。劉言史《瀟湘》詩有『閒歌曖迺深峽裏』。靄，迺也；欸，乃也。皆一事，但用字異耳。此雖字音之微，而襖靄當作靄襖，自朱子始正世俗倒讀之誤。靄迺，欸乃，自項平庵始正前人混淆之失。」吴旦生曰：黄山谷謂「元次山《欸乃曲》，『欸』音媪『乃』音靄，湘中節歌聲也。」《次山集》音注亦云「棹舟之聲」。《嘯餘譜》云：「是漁歌，張邦基以爲嶺外之音，非也。」《冷齋夜話》作㱱，合二字書之，其説益紛。升庵以爲「欸」音靄，「乃」音襖是矣。據《説文長箋》云：「乃欸，船艫摇曳聲。有《乃欸歌》，譌作乃款，又倒其詞作款乃，謬甚。」然則字當從《説文》，而音即當作襖靄。此柳集注云「一作襖靄」，亦有據也。山谷之於元集亦如之。字作欸乃，蓋俗寫之譌，升庵屢證之而實未確考耳。《字彙》云：「篆作乃，象氣出之難也。又作𠄎。」

按：「欸乃」之音，雖諸説不同，要爲棹舟時之呼聲，殆有聲無義者，《詞譜》：《欸乃曲》注云：「欸乃」爲唐人唱歌和聲，所謂號頭者。（按今北方人謂之打號子。蓋逆流而上，棹船勸力之聲也。其説最允覯。次山詩序謂：舟行不進，作《欸乃曲》，令舟子唱之。其爲勸力可知，作𦩷聲者誤矣。次山此曲共五首，見《全唐詩》，實即七言絶句，與《楊柳枝》、《采蓮子》等詞相同。）

韓翃　柳氏　郎大家宋氏　夷陵女子

翃字君平，南陽人。天寶十二載登進士第。侯希逸鎮淄青，辟爲從事，罷府十年不出。李勉鎮夷門，復辟爲幕屬。建中初，除駕部郎中、知制誥。終中書舍人。有詩集五卷。

〔詞話〕《太平廣記》（參《唐詩紀事》）：韓君平有友人，每將妙伎柳氏至其居，窺韓所與往還，皆名人，必不久貧賤，許配之。未幾，韓成名，從辟淄青，置柳都下。三歲，寄以詞云：「章臺柳。章臺柳。昔日青青今在否。縱使長條似舊垂，也應攀折他人手。」柳答詞云：「楊柳枝，芳菲節。可恨年年贈離别。一葉隨風忽報秋，縱使君來豈堪折。」後果爲番將沙叱利所劫。翃會入中書，道逢之，謂永訣矣。是日臨淄大校置酒，疑翃不樂，具告之。有虞侯將許俊，以義烈自許，即詐取得之，以授翃。侯希逸聞之曰：「似我往日所爲也，俊復能之。」（按韓翃《章臺柳》詞，第二句「昔日青青」，《詞綜》作「往日依依」。）

按：韓君平爲大歷十才子之一，其詞僅見此短調。蓋倚聲之學方當萌芽，以長短句言情，較詩筆尤曲達，才俊之士間一爲之耳。柳姬答詞清疎婉雋，直欲駕君平而上之。唐媛詞流傳絶尠，奚翅一字一珠。

又按：唐郎大家宋氏，擬晉女劉妙容《宛轉歌》云：「風已清。月郎琴復鳴。掩抑非千態，殷勤是一聲。歌宛轉，宛轉和且長。願爲雙黄鵠，比翼共翺翔。」夷陵女子《夷陵歌》云：「楊柳。楊柳。裊裊隨風急。西樓美人春夢中，翠簾斜捲千條入。」並見《全唐詩》，皆長短句風格，於詞爲近。設令著以調名，傳之宫律，以謂爲詞，寧非佳構？以唐媛詞傳世少，故附著之。

韋應物

應物字未詳，長安人。初以三衛郎事明皇。天寶時扈從游幸，後辟從事河陽。永泰中，授京兆府功曹，遷洛陽兩軍騎士，驕横，繩以法，被訟，棄官。起爲鄠令，十四年除櫟陽令，復謝病歸。建中二年，由前資除比部員外郎，出爲滁州刺史，頃之改江州，追赴闕擢左司郎中。貞元初，復出蘇州刺史。太和中，以太僕少卿兼御史中丞，爲諸道鹽鐵轉運，江淮留後，罷居永定卒。有集十卷。

〔詞話〕《樂府紀聞》：韋應物曉音律，夜泊靈壁舟中聞笛聲，酷似天寶梨園法曲李謩所吹者。詢之，乃謩外甥許雲封也。韋授以李謩笛，許曰：「此非外祖所吹者，遇至音必裂。」强令試之，遂吹《六州》，偏一疊而裂。

《唐詩紀事》：韋蘇州，性高潔，鮮食寡欲，所居必焚香掃地，而冥心象外，唯顧況、皎然輩得與唱酬。其小詞不多見，唯《三臺令》、《轉應曲》流傳耳。

按：蘇州詞流傳者，有《三臺令》、《調笑令》各二首，均載《全唐詩》中。《調笑令》即《轉應曲》也。

竇宏餘

宏餘金城人，官至台州刺史。

〔詞話〕《全唐詩》載竇宏餘詞《廣謫仙怨》，並序云：「天寶十五載正月，安禄山反，陷没洛陽，王師敗績，關門不守。車駕幸蜀，途次馬嵬驛，六軍不發，賜貴妃自盡，然後駕行，次駱谷，上登高下馬，望秦川遥辭陵廟，再拜嗚咽流涕，左右皆泣。謂力士曰：『吾聽張九齡之言，不到於此。』乃命中使，往韶州以太牢祭之。因上馬，索長笛，吹笛。曲成，潸然流涕，佇立久之。時有司旋録成譜。及鑾駕至成都，乃進此譜。請名曲，帝謂：『吾因思九齡，亦别有意，可名此曲爲《謫仙怨》。』其旨屬馬嵬之事，厥後以亂離隔絶，有人自西川傳得者，無由知，但呼爲《劍南神曲》。其音怨切，諸曲莫比。大曆中，江南人盛爲此曲，隨州刺史劉長卿左遷睦州司馬，祖筵之内，長卿遂撰其詞，吹之爲曲，意頗自得。蓋亦不知本事。余既備知，聊因暇日，撰其詞，復命樂工唱之，用廣不知者。」詞云：「邊塵突闕衝關，金輅提携玉顔。雲雨此時瀟散，君王何日歸還。傷心朝恨暮恨，回首千山萬山。獨望天邊初月，娥眉猶自彎彎。」

按：觀宏餘序中之語，則劉文房之作，非六言詩明矣。

顧況

況字逋翁，晚號華陽山人，海鹽人。至德二載，登進士第。德宗時，以秘書郎召遷著作郎，貶饒州司户參軍。後結廬茅山，屢召不起。年九十卒，人謂尸解去。有集二十卷。

按：《詞譜》載顧逋翁詞《漁父引》云：「新婦磯邊月明。女兒浦口潮平。沙頭鷺宿魚驚。」此詞與張志和《漁歌子》極爲宋人傳誦，黄庭堅、徐俯曾取二詞合爲《浣溪沙》歌之云云。

歷代詞人考略卷二

唐 二

張松齡

松齡，一名鶴齡，金華人。官浦陽尉。

〔詞話〕《羅湖野録》：張松齡以《漁歌子》詞招其弟志和，曰：「樂在風波釣是閒。草堂松桂已勝攀。太湖水，洞庭山。風狂浪急且須還。」後家鶯脰湖旁，仙去。吴人爲建登仙亭。

按：張松齡《漁歌子》詞，「松桂」一作「松檜」，「浪急」一作「浪起」。寥寥二十餘言，融景入情，略無筆墨痕跡。《唐書・志和傳》云：兄鶴齡恐其遁世不還，爲築室越州東郭。茨以生草，椽棟不施斤斧。嘗欲以大布製裘，嫂爲躬績織，及成衣之，雖暑不解，友于之愛足爲矜式矣。

張志和

志和本名龜齡，字子同，自稱煙波釣徒，又號元真子，金華人。松齡弟，年十六，擢明經。（按《續仙傳》云：

山陰人，進士擢第。並與史異。）以策干肅宗見賞重，命待詔翰林，授左金吾衛録事參軍，因賜名。後坐事貶南浦尉，會赦還，以親既喪，不復仕。居江湖，世傳以爲仙去。嘗譔《漁歌》，憲宗圖真求其歌，不能致。

〔詞話〕《雲笈七籤》、《續仙傳》：玄真子張志和，魯公顏真卿與之友善。真卿爲湖州刺史，與門客會飲，乃唱和爲《漁父》詞。其首唱，即志和之詞，曰「西塞山邊白鳥飛」云云。真卿與陸鴻漸、徐士衡、李成矩共唱和二十五首，遞相誇賞。而志和命丹青翦素，寫景夾詞，須臾成五本，花木、禽魚、山水，景像奇絶，蹤跡今古無倫。真卿與諸賓客，傳翫歎服不已。

《花庵詞選》：張志和著《元真子》，亦以爲號，每垂釣，不設餌，志不在魚也。《漁歌子》五首，極能道漁家之事。

《竹坡詩話》：肅宗賜張志和奴名漁童，使捧釣收綸，蘆中鼓枻；婢名樵青，使蘇蘭薪桂，竹裏煎茶。號元真子，屬和《漁歌子》者無算。

《苕溪漁隱叢話》：《夷白堂小集》云：山谷道人向爲余言：張志和《漁父》詞雅有遠韻。志和善丹青，必有形於圖畫者，而世莫之傳也。嘗以其詞增損爲《浣溪沙》，誦之有矜色。

〔詞評〕《藝概》：張志和《漁歌子》「西塞山前白鷺飛」一闋，風流千古。東坡嘗以其成句用入《鷓鴣天》，又用於《浣溪沙》，然其所足成之句，猶未若原詞之妙通造化也。太白《菩薩蠻》、《憶秦娥》，張志和《漁歌子》，兩家一憂一樂，歸趣難明，或靈均《思美人》、《哀郢》，莊叟《濠上》近之耳。

〔詞考〕《丹鉛總録》：張志和《漁父》曲：「車子釣，撅頭船。樂在風波不用仙。」唐譚用之詩云：「碧玉蜉蛴迎客酒，黄金轂轆釣魚車。」又云：「翩翾鑾榼薰晴浦，轂轆魚車響釣船。」是其事也。《宋史》：洞庭湖賊楊么，四輪激水船行如飛。今失其制。

《歷代詩話》：張志和《漁父》詞云：「西塞山前白鷺飛。」吴旦生曰：按有兩西塞，一在武昌，一在霅川。故讀此詩者往往誤認之。《經鉏堂雜志》云：西塞，郡城南一帶遠山是也。謂之西塞者，下菰城爲屯兵之處，坐西向東故也。《唐書》：志和謁顔真卿於湖州，真卿以舟敝漏，請更之。志和曰：「願浮家泛宅，往來苕、霅間。」其時顔公與門客會飲，乃唱和爲《漁父》詞。志和首唱得五首，其第四首有「霅溪灣裏釣魚翁」之句，此屬霅川之西塞無疑。皮日休詩：「西塞山前終日客。」建文初，韓公望《湖州道中》詩：「南潯賈客舟中市，西塞人家水上耕。」

按：張子同詞《漁歌子》五首，見《花庵絶妙詞選》。據《續仙傳》，當時顔魯公諸人皆有唱和之作，惜今失傳。又宋高宗《和漁父詞序》云：「紹興元年七月十日，余至會稽，因覽黄庭堅所書張志和《漁父》詞十五首，戲同其韻，賜辛永宗」云云。見《紹興府志·古蹟門》。據此，則元真子詞有十五首，惜傳世僅五首耳。

王建

建字仲初，潁川人。大歷十年登進士第，辟魏博幕府，歷渭南尉，昭應丞，入爲秘書丞，轉太常寺丞，擢侍御史。太和中，出爲陝州司馬，從軍塞上。後卜居咸陽。有集十卷。

〔詞話〕《花庵詞選》顧起綸跋：王仲初《古調笑》，融情會景，猶不失題旨。

《古今詞話》：花庵詞客曰：王仲初以《宮詞》百首著名。《三臺》、《轉應曲》其餘技也。

《六一詞話》：王建《霓裳詞》云：「弟子部中留一色，聽風聽水作霓裳。」今教坊尚存其聲，而其舞則廢不傳矣。近世有《望瀛府》、《獻仙音》二曲，乃其遺聲也。《霓裳曲》前世傳記論説頗詳，不知「聽風聽水」爲何事。白樂天有《霓裳羽衣歌》甚詳，亦無「風水」之説。第記之，必有知者爾。

按：王仲初詞《宮中三臺》（即《翠華引》）、《江南三臺》、《調笑令》，並見《全唐詩》附詞。

劉禹錫

禹錫字夢得，彭城人，系出中山。貞元九年登進士第，又登宏辭科。辟淮南節度使記室，入爲監察御史。轉屯田員外郎，判度支鹽鐵案，兼崇陵使判官，貶連州刺史、郎州司馬。元和十年召還，復出爲播州刺史，易連州，又徙夔州、和州，入爲主客郎中，俄分司東都。宰相裴度薦爲禮部郎中，集賢直學士。度罷，出爲蘇州刺史，以政最，賜金紫服。徙同、汝二州，遷太子賓客。會昌時，加檢校禮部尚書。卒，贈户部尚書。有《劉賓客文集》三十卷、《外集》十卷。

〔詞話〕劉禹錫《竹枝詞自序》：四方之歌，異音而同樂。歲正月，余來建平，里中兒聯歌《竹枝》，吹短笛擊鼓以赴節。歌者揚袂睢舞，以曲多爲賢。聆其音，中黄鐘之羽，卒章激訐如吴聲，雖傖儜不可分，而含思宛轉，有淇澳之艷。昔屈原居沅、湘間，其民迎神，詞多鄙陋，乃爲作《九歌》，到于今荆楚鼓舞之。故余亦作《竹枝詞》九篇，俾善歌者颺之，附于末。後之聆巴歈，知變風之自焉。

《唐書·劉禹錫傳》：禹錫斥朗州司馬。州接夜郎諸夷，每祠，歌《竹枝》，鼓吹。禹錫倚其聲作《竹枝詞》十餘篇。倚聲字始此。

《耆舊續聞》：周德華在崔芻言郎中席上唱《柳枝詞》，如劉禹錫之「春江一曲柳千條」，賀知章之「碧玉栽成一樹高」，楊臣源之「江邊楊柳麴塵絲」，而不取温庭筠、裴諴所作，二人有愧色。

《苕溪漁隱叢話》：《竹枝歌》云：「楊柳青青江水平。聞郎江上唱歌聲。東邊日出西邊雨，道是無情也有情。」予嘗舟行苕溪，夜聞舟人唱《吴歌》，歌中有此後兩句，餘皆雜以俚語，豈非夢得之歌，自巴渝流傳至此乎？

《草堂詩餘箋》：劉禹錫別有《瀟湘神》詞云：「斑竹枝。斑竹枝。淚痕點點寄相思。楚客欲聽瑶瑟怨，瀟湘深夜月時時。」亦《竹枝》之流也。

《古今詞話》：「春去也，多謝洛城人。弱柳從風疑舉袂，叢蘭浥露似沾巾。獨坐亦含顰。」劉賓客詞也。一時傳唱，乃名爲《春去也》曲。

又：《柳枝》，樂府作《折楊柳》，爲漢鐃歌横吹曲，「上馬不捉鞭，反拗楊柳枝。蹀坐吹長笛，怨煞行客兒。」蓋邊詞別曲也。舊詞如劉禹錫云：「清江一曲柳千條。二十年前舊板橋。曾與美人橋上別，更無消息到今朝。」一曰《壽杯詞》，如：「千門萬户喧歌吹，富貴人間只此聲。」「年年織作昇平字，高映南山獻壽觥。」語意自別。

〔詞評〕《餐櫻廡詞話》：唐賢爲詞，往往麗而不流，與其詩不甚相遠也。劉夢得《憶江南》「春去也」云云，流麗之筆，下開北宋子野、少游一派。唯其出自唐音，故能流而不靡，所謂風流高格調，其在斯乎。

按：劉夢得詞《瀟湘神》云：「湘水流。湘水流。九疑雲物至今愁。君問二妃何處所，零陵香草露中秋。」前調「斑竹枝」云云（見前詞話），《竹枝詞》九首又二首，《楊柳枝詞》九首又二首，《浪淘沙》九首，《拋毬樂》詞二首，《紇那曲》詞二首，並見《劉賓客文集》卷第二十七。末附識云：「右已上詞先不入集，伏緣播在樂章，今附於卷末。和白樂天《春詞》依《憶江南》曲拍爲句，「春去也」云云（見前詞話）。見《外集》卷第四。

白居易　吴二娘

居易字樂天，自號香山居士，又號醉吟先生。其先太原人，徙下邽。貞元十四年登進士第，補校書郎。元和元年對制策乙等，調盩厔尉，爲集賢校理，召入翰林爲學士。遷左拾遺，兼京兆户曹參軍。拜左贊善大夫，貶江州司馬，徙忠州刺史。入爲司門員外郎，以主客郎中知制誥。轉中書舍人，遷杭州刺史。以太子左庶子分司東都，復拜蘇州刺史，病免。文宗立，以祕書監召，遷刑部侍郎，封晉陽縣男，開成初進馮翊縣侯。會昌初以刑部尚書致仕，卒贈尚書右僕射。謚曰文。有《白氏長慶集》七十五卷。

〔詞話〕《花庵詞選》：白樂天《長相思》：「汴水流。泗水流。流到瓜州古渡頭。吴山點點愁。」黄叔暘云：「此四句，皆談錢塘景。」又前調「深畫眉，淺畫眉」云云，蓋詠閨怨。二詞非後世作者所及。（《白香詞譜箋》按：「泗水」，在今徐州府城東北，受汴水合流而東南入邳州。韓愈詩「汴泗交流郡城角」是也。「瓜州」，即瓜州渡，在今揚州府南，皆屬江北地，與錢唐相去甚遠。叔暘謂談錢唐景，未知所指。）

《花庵詞選》：顧起綸跋：白樂天始調换頭，去題漸遠，揆之本來詞體稍變矣。

〔詞評〕《歷代詞話》：花庵詞客云：白樂天《長相思》、《望江南》，縟麗可愛，非後世作者可及。《花非花》一首，尤纏綿無盡。

又：楊慎云：白樂天詞《花非花》云云，蓋其自度之曲，因情生文，雖《高唐》、《洛神》，奇麗不及也。張子野衍之爲《御街行》，亦有出藍之色。

按：《升庵詩話》：吴二娘，杭州名妓也。有《長相思》一詞云：「深花枝。淺花枝。深淺花枝相間時。花枝難似伊。巫山高。巫山低。暮雨瀟瀟郎不歸。空房獨守時。」白樂天詩「吴娘暮雨瀟瀟曲，自别江南久不聞」。又「夜舞吴娘袖，春歌蠻子詞」。自注：吴二娘歌詞有「暮雨瀟瀟郎不歸」之句云云。《絶妙詞選》以此爲白樂天詞，誤矣。吴二娘，亦杜公之黄四娘也，聊表出之。吴二娘《長相思》詞，與白香山《深畫眉》闋，後段全同。升庵云云，未詳其所自出，附著於此。

又按：白文公《長相思》「深畫眉」闋，又見歐陽文忠《六一詞》。

戴叔倫

叔倫字幼公，金壇人。貞元十六年登進士第。劉晏管鹽鐵，表主運湖南。嗣曹王皋領湖南、江西，表佐幕府。皋討李希烈，留叔倫領府事，試守撫州刺史。俄即真封譙郡男，加金紫服，遷容管經略使。

請度爲道士。有《述藁》十卷。

〔詞話〕《古今詞話》：金壇戴叔倫有《轉應曲》云：「邊草。邊草。邊草盡來兵老。山南山北雪晴。千里萬里月明。明月。明月。哀笳一聲愁絶。」即《調笑令》也，筆意回環，音調宛轉，舉韋蘇州一闋同妙。

按：戴詞「哀笳一聲愁絶」，《全唐詩》「哀笳」作「胡笳」。或云一句之中哀與愁不應並用，作「胡笳」較勝。然笳聲之哀，令人生愁，於誼亦叶。

元稹

稹字微之，河南人。擢明經，入等，補校書郎。元和元年，舉制科第一，拜左拾遺。當路者惡之，出爲河南尉。母喪，服除，拜監察御史。按獄東川，俄分司東都，貶江陵士曹參軍，徙通州司馬，改虢州長史。元和末，召拜膳部員外郎，擢祠部郎中，知制誥，遷中書舍人，入翰林承旨學士，出爲工部侍郎。未幾，進同中書門下平章事。俄罷相，出爲同州刺史，徙浙東觀察使。太和三年，召爲尚書左丞，俄拜武昌節度使。卒，贈尚書右僕射。有《元氏長慶集》一百卷。

〔詞話〕《古今詞話》：「《才調集》曰：元稹歌云：『櫻桃花，一枝兩枝千萬朵。花甎曾立采花人，窣破羅裙紅似火。』此亦長短句，比《章臺柳》少疊三字，然不可列於古風也，録之爲《櫻桃歌》。」

按：元微之詞未經前人著録，《櫻桃花》云云，格調於詞爲近，惜無調名，即名《櫻桃歌》可耳。

李德裕

德裕字文饒，贊皇人，以蔭補校書郎。穆宗初，擢翰林學士，授御史中丞。敬宗初，遷浙西觀察使。大和三年拜兵部侍郎，出爲鄭滑節度使。入拜中書門下平章事，封贊皇縣伯，拜兵部尚書。俄貶爲太子賓客，分司東都。起爲浙西觀察使，遷淮南節度使。武宗立，召爲門下侍郎，同中書門下平章事。拜司空，進司徒。徙拜太尉，封趙國公。大中二年，貶爲崖州司户參軍，卒。懿宗時，贈尚書左僕射。

〔詞話〕《樂府雜録》：《望江南》，始自朱崖李太尉鎮浙日，爲亡妓謝秋娘所撰。本名《謝秋娘》，後改此名，亦曰《夢江南》。

〔詞考〕《古今詞話》：唐詞載李德裕《步虛詞》，即雙調《搗練子》。唐詞本無换頭，《搗練子》本無雙調。近刻列爲李白《桂殿秋》二首。李集之考覈者多矣，不聞《菩薩蠻》、《憶秦娥》而外，别有《桂殿秋》也。吴虎臣得於石刻，而無其腔，劉無言倚其聲歌之。其説亦未足信。劉禹錫作《瀟湘神》，起處疊三字一句，亦即《搗練子》，但爲迎神送神之詞耳。

按：李贊皇詞《搗練子》云：「河漢女，玉鍊顔。雲輧往往在人間。九霄有路去無跡，裊裊香風生佩環。」又：「仙女下，董雙成。漢殿夜涼吹玉笙。曲終卻從仙官去，萬户千門惟月明。」兩詞各自爲韻，謂是雙調合爲一闋，非也。此二詞或以爲李太白作。《御選歷代詩餘》作李德裕必有所據。至《望江南》詞調，尤託始於贊皇，固當列爲唐代詞家矣。

杜牧

牧字牧之，人號爲小杜，以别於少陵，萬年人。進士擢第，復舉賢良方正登乙第，釋褐宏文館校書郎，試左武衛兵曹參軍。辟江西團練府巡官，試大理評事，又爲淮南節度府掌書記。拜監察院御史，分司東都，以弟顗病棄官。授宣州團練判官，拜殿中侍御史、内供奉。遷左補闕、史館修撰，轉膳部、比部員外郎。歷黄、池、睦三州刺史。遷司勳員外郎，轉吏部，又以弟病免歸。復乞爲湖州刺史，入拜考功郎中、知制誥，遷中書舍人，卒。有《樊川集》二十卷。

〔詞話〕《賭棋山莊詞話》：《詞綜》一書，采摭精富矣，而失載杜樊川之《八六子》。按是詞見顧梧芳《尊前集》。竹垞凡例曾列是書，不知此詞何以弗采。其詞云：「洞房深。畫屏燈照，山色凝翠沈沈。聽夜雨冷滴芭蕉，驚斷紅窗好夢，龍煙細飄繡衾。辭恩久歸長信，鳳帳蕭疏，椒殿閑扃。輦路苔侵。繡簾垂、遲遲漏傳丹禁，蕣華偷悴，翠鬟羞整，愁重望處金輿漸遠，何時綵仗重臨。正銷魂，梧桐又移翠陰。」唐詞傳世甚罕，零璣斷璧，俱屬可寶。第此詞後片一連四句無韻，不應如是之疎。檢《詞綜》所選少游之作亦然，第上片又微有不同，而《詞律》楊纘、晁補之等篇，則第四句皆有韻。紅友疑杜、秦俱有錯誤，是也。又按洪文敏曰：「少游《八六子》詞，『片片飛花弄晚，濛濛殘雨籠晴。正銷凝，黄鸝又啼數聲。』余家舊有建本《蘭畹集》，載杜牧之一詞，記其末句云云。」（元注：《容齋四筆》。）然則詞調俱在，而吴子律《詞話》謂詞不全，而并忘調名，失考之甚矣。又按杜詞或是三聲互叶，「禁」字、「整」字、「遠」字皆韻。

按：杜牧之詞《八六子》「洞房深」云云，又見《全唐詩》附詞。後段「愁重望處」，「重」作「坐」，小杜清狂，自是詞人標格。誦白石道人《揚州慢》換頭以下，令人想望低徊，爲之意遠，惜其倚聲之作，僅此吉光片羽耳。

温庭筠

庭筠本名岐，一名庭雲，字飛卿，太原人。大中初，應進士不第。徐商鎮襄陽，署爲巡官，與令狐綯不協，失意歸。商知政事，用爲國子助教。商罷，貶方城尉。遷隋縣尉卒。有《握蘭集》三卷。《金荃集》十卷。按朱氏彊邨所刻庭筠詞，依梅禹金藏明寫本，名《金奩集》。

〔詞話〕《北夢瑣言》：温庭筠詞有《金荃集》，蓋取其香而軟也。

《樂府紀聞》：宣宗愛唱《菩薩蠻》。令狐綯假温庭筠手撰二十闋以進，戒勿泄。而遽言於人，且曰：「中書堂内坐將軍。」以譏其無學也。由是疏之。

《古今詞話》：趙崇祚《花間集》，載温飛卿《菩薩蠻》甚多，合之吕鵬《尊前集》，不下二十闋。

《横雲山人詞話》：温飛卿所作詞曰《金荃集》，唐人詞有集曰《蘭畹》，蓋皆取其香而弱也。然則雄壯者固次之矣。温庭筠「雁柱十三絃，一一春鶯語」，陳無己「彈到斷腸時，春山眉黛低」，皆彈琴、箏俊語也。

〔詞評〕《苕溪漁隱叢話》：温庭筠工於造語，極爲綺靡，《花間集》可見矣。《更漏子》一首「玉爐香」云云，尤佳。

又《玉樓春》云：「衰桃一樹近前池，似惜容顔鏡中老。」欲改「近」字爲「頫」字、「暎」字，便覺一分積露。

《花草蒙拾》：弇州謂蘇、黄、稼軒爲詞之變體，是也。謂温、韋爲詞之變體，非也。夫温、韋視晏、李、秦、周，譬賦有《高唐》、《神女》，而後有《長門》、《洛神》。詩有古詩録别，而後有建安、黄初、三唐也。謂之正始則可，謂之體變則不可。又「蟬鬢美人愁絶」，果是妙語。飛卿《更漏子》、《河瀆神》，凡兩見之。李空同所謂自家物終久還來耶。（按飛卿《歸國遥》云「藕絲秋色染」，《菩薩蠻》云「藕絲秋色淺」，二句僅易一字。「染」字勝。）温、李齊名，然温實不及李。李不作詞，而温爲花間鼻祖，豈亦同能不如獨勝之意耶。

《賭棋山莊詞話》：太白如姑射仙人，温尉是王、謝子弟，温尉詞當看其清真，不當看其繁縟。胡元任謂庭筠工於造語，極爲奇麗。然如《更漏子》云：「梧桐樹。三更雨。不道離情正苦。一葉葉，一聲聲。空階滴到明。」語彌淡情彌苦，非奇麗爲佳者矣。設色，詞家所不廢也。今試取温尉與夢窗較之，便知仙凡之别矣。蓋所爭在風骨，在神韻，温尉生香活色，夢窗所謂「七寶樓臺，拆碎不成片段」。又其甚者，則浮艷耳。阮亭揣摩《花間》，沾沾於𩦢苣一二字義，是猶見其表而遺其裏歟。須知「檀欒金碧，婀娜蓬萊」，未必便低便俗於「竇函鈿雀，畫屏鷓鴣」，亦視驅遣者造詣何如耳。

《龍壁山房文集·懺盦詞序》：唐之中葉，李白沿襲樂府遺音，爲《菩薩蠻》、《憶秦娥》之闋，王建、韓翃、温庭筠諸人復衍推之，而詞之體以立。其文窈深幽約，善達賢人君子愷惻怨悱不能自言之情，論者以庭筠爲獨至。

黄叔暘云：飛卿詞，極流麗，宜爲《花間集》之冠。

張皋文云：飛卿之詞，深美閎約，信然。　又云：飛卿醖釀最深，故其言不怒不懾，備剛柔之氣。　又云：鍼縷之密，南宋人始露痕跡。《花間》極有渾厚氣象，如飛卿則神理超越，不復可以跡象求矣。然細繹之，正字字有脈絡。

《介存齋論詞雜著》：詞有高下之別，有輕重之別。飛卿下語鎮紙，端己揭響入雲，可謂極兩者之能事。

劉融齋云：温飛卿詞，精妙絶人，然類不出乎綺怨。

王永觀云：張皋文謂飛卿之詞，「深美閎約」，余謂此四字，唯馮正中足以當之。劉融齋謂飛卿詞「精艷絶人」，差近之耳。

〔詞考〕《皺水軒詞筌》：弇州曰：「『油壁車輕金犢肥，流蘇帳曉春雞報。』非歌行麗對乎，然是天成一段詞也，著詩不得。按温集作《春曉曲》，不列之詩。《花間》采温詞至多，此亦不載，僅《草堂》收之耳。然細觀全闋，惟中聯濃媚，如「籠中嬌鳥暖猶睡」，亦不愧前語，至「簾外落花閑不掃」，已覺其勁。至「衰桃一樹近前池，似惜紅顔鏡中老」，尤不婍妮也。作歌行爲當。

《蓮子居詞話》：飛卿《菩薩蠻》二十首，以《全唐詩》校之，逸其四之一，未審《金荃詞》所載何如也。長洲顧氏嗣立言：所見宋板《金荃集》八卷，末《金荃詞》一卷。而其刻飛卿詩，則不及詩餘，益集外詩以傅合宋本卷數，致使零篇賸句，幾與《乾撰子》同不傳，亦可惜已。

明寫本《金奩集》鮑以文跋：右《金奩集》一卷，計詞一百四十七闋，明正統辛酉海虞吴訥所編《四朝名賢詞》之一也。編纂各分宫調，此他詞集及《詞譜》所未有。間取《全唐詩》校勘，中雜韋莊四十七首，張泌一首，歐陽炯十六首，温詞衹六十三首，疑是前人彙集四人之作，非飛卿專集也。按飛卿有《握蘭》、《金荃》二集，《金奩》豈即《金荃》之譌耶。

按：温飛卿詞有以麗密勝者，有以清疏勝者。永觀王氏以「畫屏金鷓鴣」概之，就其麗密者言之耳。其清疏者如《更漏子》「梧桐樹」云云，亦爲前人所稱，未始不佳也。彊村朱氏所刻《金奩集》（奩俗字，當作籢，一作匳）依鮑渌飲手寫本。渌飲疑「金奩」即「金荃」之譌，其説大誤。《金荃》自是飛卿詞名，《金奩集》乃彙集韋莊、張泌，歐陽炯及飛卿四家之詞者，烏得以一家詞名名之。四家詞並多艷體，故名之曰《金奩》。如嫥刻飛卿詞，則必仍用《金荃》舊名矣。彊邨跋語中考之綦詳。

裴誠 按《花草粹編》作裴諴

諴字通理，聞喜人。以父度補京兆參軍，歷郎中，擢大理少卿。改司農卿，進湖南觀察使。入拜大理卿，襲晉國公半封。爲涇原節度使。加檢校刑部尚書，徙鳳翔、忠武、天平、邠寧、靈武等軍，進檢校尚書右僕射。卒贈司空，謚昭。

〔詞話〕《雲溪友議》：裴郎中諴，晉國公次子也，足情調，善談諧。舉子温岐爲友，好作歌曲，迄今飲席，多是其詞焉。裴君既入臺，而爲三院所謔，曰：「能爲淫艷之歌，有異清潔之士也。」裴君《南歌子》詞云：「不是厨中丳，爭知炙裹心。井邊銀釧落，展轉恨還深。」二人又爲《新添聲楊柳枝》詞，飲筵競唱其詞而打令也。詞云：「思量大是恶因緣，只得相看不得憐。願作琵琶槽那畔，美人長抱在胸前。」温岐曰：「一尺深紅朦麴塵。舊物天生如此新。合歡桃核終堪恨，裹許元來別有人。」《雲溪友議》原載裴詞《南歌子》三首，《楊柳枝》裴、温各二首，今不全録。

按：裴通理名，《花草粹編》作識與，字通理，義相切合。唯《雲溪友議》係唐人書，固當從之。

魏　扶

扶字相之。大中三年四月，同中書門下平章事。四年六月卒。按據《新唐書·宣宗本紀》及《宰相世系表》。

按：魏相之詞《一七令》云：「愁。迴野，深秋。生枕上，起眉頭。閨閣危坐，風塵遠游。巴猿啼不住，谷水咽還流。送客泊舟入浦，思鄉望月登樓。煙波早晚長羈旅，絃管終年樂五侯。」見《御選歷代詩餘》。

段成式

成式字柯古，西河人。以父文昌推蔭入官，爲祕書省校書郎，累遷尚書郎。咸通初，爲江州刺史，（按一作吉州刺史，一作連典九江、縉雲、廬陵三郡。）除太常少卿，解印寓居襄陽卒。有《酉陽雜俎》。

〔詞話〕《餐櫻廡詞話》：段柯古詞，僅見《閒中好》，寥寥十許字，殊未饜人意。《海山記》中隋煬帝《望江南》八闋，或以謂枯古所託，亦無碻據。余喜其《折楊柳》詩云：「公子驊騮往何處，緑陰堪繫紫游繮。」此等意境入詞絶佳，尤允當於高格。

按：段柯古詞《閒中好》云：「閒中好，塵務不縈心。坐對當窗木，看移三面陰。」見《全唐詩》。《新唐書》稱柯古子安節善樂律，能自度曲，惜無倚聲之作流傳於世也。

歷代詞人考略卷三

唐　三

皇甫松

松一作嵩，字子奇，新安人。

〔詞話〕《樂府解題》：清商曲有《采蓮子》，即《江南弄》中《采蓮曲》。如李白「耶溪采蓮女」，劉方平「落日晴江曲」。又王昌齡「亂入池中看不見，聞歌始覺有人來」，張潮「賴逢鄰女曾相識，並著蓮舟不畏風」，殊有風致。然必以皇甫松、孫光憲之排調有襯字者爲詞體。

〔詞評〕《古今詞話》：花庵詞客曰：皇甫松爲牛僧孺甥。以《天仙子》詞著名，終不若《摘得新》二首，爲有達觀之見。

《詞暵》：皇甫松以《天仙子》、《摘得新》著名。然總不如《憶江南》二闋，尤能以韻勝也。其詞曰：「蘭燼落，屏上暗紅蕉。閒夢江南梅熟日，夜船吹笛雨瀟瀟。人語驛邊橋。」「樓上寢，殘月下簾旌。夢見秣陵惆悵事，桃花柳絮滿江城。雙髻坐吹笙。」

《餐櫻廡詞話》：詞以含蓄爲佳，亦有不妨説盡者。皇甫子奇《摘得新》云：「繁紅一夜經風雨，是空枝。」語淡而沉痛欲絶。《采蓮子》云：「船動湖光灩灩秋。貪看年少信船流。無端隔水抛蓮子，遥被人知半日羞。」寫出閨娃稺憨情態，匪夷所思，是何筆妙乃爾。

按：皇甫子奇詞《摘得新》云：「酌一巵。須教玉笛吹。錦筵紅蠟燭，莫來遲。繁紅一夜經風雨，是空枝。」又「摘得新。枝枝葉葉春。管絃兼美酒，最關人。平生都得幾十度，展香裀。」《天仙子》云：「晴野鷺鷥飛一隻。水葓花發秋江碧。劉郎此日别天仙，登綺席。淚珠滴。十二晚峰青歷歷。」又：「躑躅花開紅照水。鷓鴣飛遶青山觜。行人經歲始歸來，千萬里。錯相倚。懊惱天仙應有以。」及《詞暽》所稱《憶江南》二首，並見《全唐詩》附詞。

鄭符　張希復

符字夢復，滎陽人。累官秘書監。

〔詞話〕沈雄《古今詞話》：唐人《閒中好》三首，《詞品》不載。前人斥爲三首三體，難入詞調，殊不知梓人之誤。即《古今詞譜》、《詞隱》亦祗登其二，以爲二體。余於舊本按之，其鄭夢復云：「閒中好，此趣人不知，盡日松爲侣。輕風度僧扉。」覺前此倒置之者，反無旨趣。其段成式云：「閒中好，塵務不關心。坐對牀前木，看移三面陰。」其張善繼云：「閒中好，雲外度鐘遲。卷上論題筆，畫中僧姓支。」仍然三首一調矣。登之。

按：鄭夢復詞《閒中好・題永壽寺》云：「閒中好，盡日松爲侶。此趣人不知，輕風度僧語。」見《御選歷代詩餘》。沈偶僧臆改此詞作平叶，俾與段、張二家詞合。其説别無依據，第標新逞異，襲明人慣技。姑備一説可耳。即以詞論，亦復遠遜。「輕風度僧語」，得清遠之趣，改「僧扉」，尤點金成鐵。張希復字善繼，常山人，歷官集賢校理學士。其《閒中好》詞，見《花草粹編》。

司空圖

圖字表聖，自稱知非子，又稱耐辱居士，本臨淄人，遷虞鄉。咸通十年登進士第，主司王凝奇之。凝左授商州刺史，圖請從凝，拜宣歙觀察使，辟置幕府。召爲殿中侍御史，以不忍去凝，赴闕遲留，責授光禄寺主簿，分司東都。辟陝帥幕，召爲禮部員外郎，賜緋魚袋，遷郎中。僖宗自蜀還，次鳳翔，召圖知制誥，拜中書舍人。河北亂，乃寓華陰。景福中以諫議大夫徵，乾寧中，以户部侍郎徵，皆不出。朱全忠篡，召爲禮部尚書，不食卒。有《一鳴集》三十卷。

〔詞話〕《唐詩紀事》：司空圖隱王官谷，自目爲耐辱居士，豫爲冢棺，遇勝日引客坐壙中，賦詩詞，徘徊不已。客或難之，則曰：「君何不廣也？生死一致，吾寧暫遊此中哉。」每歲時祠禱歌舞，與閭里耆老相樂。有《酒泉子》詞云：「買得杏花，十載歸來方始坼。假山西畔藥闌東。滿枝紅。　　旋開旋落旋成空。白髮多情人更惜。黄昏把酒祝東風。且從容。」

〔詞評〕《餐櫻廡詞話》：司空表聖《酒泉子》云：「黄昏把酒祝東風，且從容。」歐陽文忠《浪淘沙》云：「把酒祝東風，且共從容。」表聖句上多「黄昏」字，便益悽惋。彼之時何時乎？所謂「斜陽正在，煙柳斷腸處」矣。歐陽歇拍云：「可惜明年花更好，知與誰同。」表聖《吴村看杏花》詩：「莫算明年人在否，不知花得更開無。」詞意亦較淒苦，皆時會爲之也。

按：司空表聖詞，傳於世者祇《酒泉子》一闋。（《一鳴集》不載）然如《耐辱居士歌》云：「咄諾，休休休，莫莫莫。伎倆雖多性靈惡，賴是長教閒處著。休休休，莫莫莫。一局棊，一爐藥。天意時情且料度，白日偏催人快活。黄金難買堪騎鶴。若曰爾何能，答曰耐辱莫。」《短歌行》云：「烏飛飛，兔蹶蹶。朝來暮去驅時節。女媧祇解補青天，不解煎膠黏日月。」並皆長短句，何不可作詞觀。又《楊柳枝》（《壽杯詞》）云：「恰值小娥初學舞，擬偷金縷押春衫。」「昨日流鶯今不見，亂螢飛出照黄昏。」則句尤婉麗，蓋《柳枝》本詞體也。

鍾輻

輻，金陵人。（按《唐摭言》云虔州南康人。）後周中選甲科第二，不仕。八十餘卒。一云唐咸通末以廣文生，爲蘇州院巡。

按：輻詞《卜算子慢》云：「桃花院落，煙重露寒，寂寞禁煙晴晝。風拂珠簾，還記去年時候。惜春心、不喜閑窗繡。倚屏山、和衣睡覺，醺醺暗消殘酒。　獨倚危闌久。把玉筯偷彈，黛蛾輕鬭。一點相思，萬般自家甘受。抽金釵，欲買丹青手。寫別來容顔寄與，使知人清瘦。」

康駢

駢（按《唐書・藝文志》作軿），字駕言（按一作駕輕），貴池人。乾符四年進士，爲崇文館校書郎。田頵守宣州，聘駢入幕，常爲頵畫策。禦冠後，薦爲户部郎，遷中書舍人。有《劇談録》二卷。

按：康駕言詞《廣謫仙怨》云：「晴山礙目横天。緑疊君王馬前。鑾輅西巡蜀國，龍顔東望秦川。　曲江魂斷芳草，妃子愁凝暮煙。長笛此時吹罷，何言獨爲嬋娟。」見《全唐詩》。

韓偓

偓字致堯（按《唐書》作致光誤），小字冬郎，自號玉樵山人，萬年人。龍紀元年登進士第，佐河中幕府，召拜左拾遺，以疾解。後累遷左諫議大夫。宰相崔允判度支，表以自副，以薦爲翰林學士，遷中書舍人。從昭宗幸鳳翔，遷兵部侍郎，進承旨。帝意欲相者，三四讓不敢當。朱全忠惡之，貶濮州司馬，再貶榮懿尉，徙鄧州司馬。天祐二年，復召爲學士。還故宫，偓不敢入朝，挈家南依王審知卒。有《香奩集》。

〔詞話〕《全芳備祖》：韓冬郎《浣溪沙》二首，絶非和魯公嫁名者，亦以《香奩》名詞。

〔詞評〕《皺水軒詞筌》：凡寫迷離之況者，止須述景，如「小窗斜日到芭蕉，半牀斜月疏鐘後」，不言愁而愁自見。因思韓致光「空樓雁一聲，遠屏燈半滅」，已足色悲涼，何必又贅眉山正愁絶耶。覺首篇「時復見殘燈，和煙墜金穗」，如此結句，更自含情無限。

《聽秋聲館詞話》：韓致堯遭唐末造，力不能揮戈挽日，一腔忠憤，無所於洩，不得已託之閨房兒女。世徒以香奩目之，蓋未深究厥旨耳。余最愛其「碧闌干外繡簾垂」一絶，與「靜中樓閣深春雨，遠處簾櫳半夜燈」句，言外别具深情。又《浣溪沙》云：「宿醉新愁慢鬌鬟。六銖衣薄惹輕寒。慵紅悶翠掩青鸞。羅韈況兼金菡萏，雪肌仍是玉琅玕。骨香腰細更沉檀。」與前詩均自《離騷》中「製芰荷以爲衣」數語融化而出。至《生查子》「侍女動妝奩」云云，其蒿目時艱，自甘貶死，深鄙楊涉輩之意，更昭然若揭矣。

按：韓致堯詞，尚有《浣溪沙》一首，「攏鬌新收玉步搖」云云，見《全唐詩》附詞。其《生查子》又一闋云：「秋雨五更頭，桐竹鳴騷屑。卻似殘春間，斷送花時節。空樓雁一聲，遠屏燈半滅。繡被擁嬌寒，眉山正愁絶。」自《尊前集》已下各選家皆不録，《全唐詩》收作古體詩，題曰《五更》，入《香奩集》。細審之，格調於詞爲近。賀黄公多見舊籍，以時復見「殘燈」二句爲首篇，則此闋其次篇矣。《唐詩紀事》亦云「其《生查子》二首。」殆必有本，當從之。

張曙

曙小字阿灰，成都人。龍紀元年進士，累官至右補闕。

〔詞話〕《北夢瑣言》：張褘侍郎，有愛姬早逝，悼念不已。因入朝未回，其猶子右補闕曙，才俊風流，因增大阮之悲，乃製《浣溪沙》詞云：「枕障熏爐隔繡帷。二年終日兩相思。杏花明月始應知。天上人間何處去，舊歡新夢覺來遲。黄昏微雨畫簾垂。」詞成，置於几上。大阮退朝，憑几無憀，忽睹此詞，不覺哀痛，曰：「此必阿灰所作。」然於風教還亦不可，以某叔姪年顔相似，姑恕之可矣。諺曰：「小舅小叔，相追相逐。」戲謔在所不免也。

按：張曙詞《浣溪沙》「枕障熏爐」云云，《花庵詞選》作张泌誤。

又按：《歷代詩餘》：張曙，侍郎禕子（當作猶子），龍紀元年進士。《全唐詩》小傳云：曙，吏部侍郎聚之子。大順中登進士第。龍紀，大順，相距僅一二年，兩書所紀，未知孰是。

許岷

岷字及，占籍待考。

按：許岷詞，《木蘭花》二首，其一云：「小庭日晚花零落。倚户無聊妝臉薄。寶箏金鴨任生塵，繡畫工夫全放卻。有時覷著同心結。萬恨千愁無處説。當初不合儘饒伊，贏得如今長恨别。」其二云：「江南日暖芭蕉展。美人折得親裁剪。書成小簡寄情人，臨行更把輕輕撚。其中撚破相思字。卻恐郎疑踪不似。若還猜妾倩人書，誤了平生多少事。」並見《全唐詩》附詞。《木蘭花》後段换韻與牛松卿「春入横塘」闋同體。

林楚翹

楚翹字及，占籍待考。

按：林楚翹詞《菩薩蠻》云：「畫堂春晝垂珠箔。卧來揉惹金釵落。簟滑枕頭移。鬢蟬狂欲飛。　笑拖嬌眼慢。羅袖籠花面。重道好郎君。人前莫惱人。」見《歷代詩餘》。《五代詩話》引《雅言系述》：林楚才，賀州富川人，工韻語。《贈黄損》云：「身閒不恨辭官早，詩好常甘得句遲。」疑或楚翹昆季行也，時代正合。

無名氏

無名氏，唐人。

〔詞話〕《詞苑》：東都防河卒於濬汴日，得一石刻，有詞無調，摭詞中四字名之曰《魚遊春水》，教坊倚聲歌之。詞云：「秦樓東風裏。燕子還來尋舊壘。餘寒猶峭，紅日薄侵羅綺。嫩草方抽碧玉簪，媚柳輕拂黄金蘂。鶯囀上林，魚遊春水。　幾曲闌干偏倚。又是一番新桃李。佳人應怪歸遲，梅妝淚洗。鳳簫聲絶無歸雁，望斷清波無雙鯉。雲山萬重，寸心千里。」凡八十九字，而風花鶯燕動植之物曲盡，此唐人語也。

無名氏二

無名氏，唐人。

〔詞話〕《詞苑》：宣和間，掘地得石刻一詞，唐人作也。本無調名，後人名之爲《後庭宴》。詞云：「千里故鄉，十年華屋。亂魂飛過屏山簇。眼重眉褪不勝春，菱花知我銷香玉。　雙雙燕子歸來，應解笑人幽獨。斷歌零舞，遺恨清江曲。萬樹緑低迷，一庭紅撲簌。」

《詞統》：無名氏有《撲蝴蝶》詞，云：「煙條雨葉，緑偏江南岸。思歸倦客，尋春來較晚。岫邊紅日初斜，陌上飛花正滿。淒涼數聲羌管。怨春短。　玉人應在，明月樓中畫眉懶。鸞箋錦字，多少魚雁斷。恨隨去水東流，事與行雲共遠。羅衾舊香猶暖。」一篇情景周摯，换頭句逼真，周、秦之先聲也。（渭君按：評語爲況氏所增，非《詞統》原有。）

《餐櫻廡詞話》：唐無名氏《撲蝴蝶》云：「玉人應在，明月樓中畫眉嬾。鸞牋錦字，多少魚雁斷。」《片玉詞·風流子》云：「玉容知安否，香箋共錦字，兩地悠悠。」蓋由此出。

按：唐詞失譔人姓名者，自宋已還，詞選、詞話中所見甚夥。而《詞苑》、《詞統》所載二闋尤爲佳勝，亟記之。

玄謠集

《玄謠集》，不具譔人姓名。

〔詞話〕《餐櫻廡詞話》：唐人《玄謠集雜曲子》三十首，鳴沙石室秘籍也。有目無詞者十二首，有詞者只三首。《鳳歸雲》云：「征夫數歲，萍寄他邦。去便無消息，累换星霜。愁聽砧杵，疑塞雁□□□（此三□增）行。孤眠鸞帳裏，枉勞魂夢，夜夜飛颺。想君薄行，更不思量。誰爲傳書，與妾表衷腸。倚牖無言，垂血淚，闇祝三光。萬般無那處，一鑪香盡，又更添香。」又云：「怨緑窗獨坐，修得爲君書。（前闋起調二句，句四字。此二句，句五字，疑「怨」字、「爲」字是襯字。）征衣裁縫了，遠寄邊塞。（此字應平應叶，「塞」疑傳寫之譌。）想得爲君貪苦戰，不憚崎嶇，中朝沙里□（此□增），□憑三尺，勇戰姦愚。豈知紅□（此□增），□淚如珠。枉把金釵卜，卦□皆虚。魂夢天涯，無暫歇，枕上□（此□增）虚。待公卿迴日，容顔憔悴，彼此何如。」（兩詞譌奪已甚，幾不能句讀，尤不成片段。頃稍加整比，增□六，疑襯字二，疑失叶譌字一，便兩闋皆可分段。前後段句法、字數並同，惟後闋起調多二襯字耳。）又（並闕）《天仙子》云：「鸎語啼時三月半。煙蘸柳條金綫亂。五陵原上有仙娥，携歌扇。香爛漫。留往九華雲一片。　犀玉滿頭花滿面。負妾一雙偷淚眼。淚珠若得似真珠，拈不散。知何限。串向紅絲應百萬。」（已下詞並闕）《竹枝子》、《洞仙歌》、《破陣子》、《换沙溪》、《柳青娘》、《頃盃樂》。《浣溪沙》作《换沙溪》僅見。

按：《餐櫻廡詞話》又載唐人詞三首，二《望江南》，一《菩薩蠻》，亦無名氏作。（原詞見太白條下，不重録。）

船子和尚

和尚名德誠，蜀人。青原下三世，藥山儼禪師法嗣。自離藥山至華亭，泛一舟隨緣度日，時人因號船子和尚。其後覆舟而逝。唐咸通十年，僧藏暉即其覆舟處建寺。

〔詞話〕《五燈會元》：秀州華亭船子德誠禪師，泛一小舟隨緣度日，以接四方往來之者，時人莫知其高蹈，因號船子和尚。有偈曰：「有一魚兮偉莫裁。混融包納信奇哉。能變化，吐風雷。下綫何曾釣得來。」「别人秖看採芙蓉。香氣長粘遶指風。兩岸映，一船紅。何曾解染得虚空。」「問我生涯秖是船。子孫各自睹機緣。不由地，不由天。除卻蓑衣無可傳。」（按此三調《漁歌子》。）

《紹興雲間志》：船子和尚《漁歌子·題松澤西亭》三首云：「一葉虚舟一副竿。了然無事坐煙灘。忘得喪，任悲歡。卻教人唤有多端。」又：「一任孤舟正又斜。乾坤何路指生涯。抛歲月，卧煙霞。在處江山便是家。」又：「愚人未識主人公。終日孜孜恨不同。到彼岸，出樊籠。元來只是舊時翁。」

按：船子和尚又有《撥棹歌》三十首，吕益柔叙而刻之，見《松江府志》。

吕巖

巖（按一作喦），始名紹先，字洞賓，自號回道人，世稱回仙，又稱純陽真人，京兆人。（按一云關右人，一云蒲坂人。）咸通中（按一作会昌中），屢舉進士不第，乃罷舉，隱終南山得道。一云咸通中及第，兩調縣令，值黄巢亂，始棄官。一云舉進士不第，官德化令。

〔詞話〕《苕溪漁隱叢話》：山谷云：「秋風吹渭水，落葉滿長安。黄塵車馬道，獨清閑。自然爐鼎，虎繞與龍盤。九轉丹砂就，琴心三疊，蘂珠看舞胎仙。　便萬釘寶帶貂蟬，富貴欲薰天。黄粱炊未熟，夢驚殘。是非海裏，直道作人難。袖手江南去，白蘋紅蓼，再遊溢浦廬山。」往三十年，有人書此曲於州東茶圈酒肆之柱間，或愛其文指趣而不能歌也。中間樂工，或按而歌之，輒以俚語竄入，睟然有市井氣，不類神仙中人語也。十年前，有醉道士歌此曲廣陵市上，童兒和之，乃合其故時語。此道士去後，乃以物色跡逐之，知其爲吕洞賓也。苕溪漁隱曰：近時吴江長橋垂虹亭屋山壁上草書一詞，人亦以爲吕仙作，其果然邪。詞曰「蜚梁欹水」云云。（按此闋乃宋人林外詞，見《四朝聞見録》。）又回仙有《沁園春》一闋，明内丹之旨，語意深妙。惜乎世人但歌其詞，不究其理，吾故表而顯之云：「七返還丹，在人先須，煉己待時。正一陽初動，中宵漏永，温温鉛鼎，光透簾幃。造化爭馳，虎龍交合，進火工夫猶鬬危。曲江上，看月華瑩静，有箇烏飛。　當時。自飲刀圭。又誰信無中養就兒。辨水源清濁，木金間隔，不因師指，此事難知。道要玄微，天機深遠，下手速修猶太遲。蓬萊路，仗三千行滿，獨步雲歸。」

〔詞考〕《茗溪漁隱叢話》：回仙於京師景德寺僧房壁上題詞云：「明月斜，秋風冷。今夜故人來不來，教人立盡梧桐影。」相傳此詞自國初時即有之。柳耆卿詞云：「愁緒終難罄，人立盡，梧桐碎影。」用回仙語也。《古今詞話》乃云：耆卿作《傾杯·秋景》一闋，忽夢一婦人云：「妾非今世人，曾作前詩，數百年無稱道，公能用之。」夢覺説其事，世傳乃鬼謡也。此語怪誕無可考據，蓋不曾見回仙留題，遂妄言耳。

又《復齋漫録》云：《異聞集》載沈既濟作《枕中記》云：開元中，道者吕翁經邯鄲道上邸舍中，以囊中枕借盧生睡事。此之吕翁，非洞賓也。蓋洞賓嘗自序以爲吕渭之孫，仕德宗朝，今云開元，則吕翁非洞賓，無可疑者。苕溪漁隱曰：回仙嘗有詞云：「黄粱猶未熟，夢驚殘。」尚用《枕中記》故事，可見其非吕翁也。

《古今詞譜》：《如夢令》小石調曲，有傳自莊宗者，有傳自吕仙者。莊宗於宫中掘得石刻，名曰《古記》，復取調中二字，爲名曰《如夢令》，所謂「如夢。如夢。殘月落花煙重」是也。不知先曾有一闋云：「嘗記溪亭日暮。沉醉不知歸路。興盡欲回舟，誤入藕花深處。爭渡。爭渡。驚起一行鷗鷺。」傳是吕仙之曲别刻。又云無名氏作，非吕仙也。張宗瑞寓以新詞曰《比梅》。近選以莊宗「曾宴桃源深洞」，又名《宴桃源》。按《如夢令》「常記溪亭」闋，又見李清照《漱玉詞》，此詞意境與漱玉它作不甚相類。

《物外清音》：《解紅》相傳爲吕仙作。余考解紅爲和魯公歌童，其詞曰：「百戲罷，五音清。解紅一曲新教成。兩箇瑶池小仙子，此時奪卻柘枝名。」魯公自製曲也。按解紅舞衣，紫緋繡襦，銀帶載花鳳冠，五代時飾，焉有吕仙在唐季預爲此腔耶？

按：吕洞賓詞，見《全唐詩》附詞。三十首皆鼎籙家言。其《促拍滿路花》前段末二句，《苕溪漁隱叢話》作「琴心三疊，蘂珠看舞胎仙」。《全唐詩》作「一粒刀圭，便成陸地神仙」，視《叢話》遠遜。

楊貴妃

貴妃小字玉環，永樂人。（按一作廣西容州普寧人。）蜀州司户參軍元琰女。初籍女冠號太真，召入禁中稱娘子，體制與皇后同。天寶初進册貴妃。安禄山反，從帝幸蜀，次馬嵬驛，六軍不發，請誅妃以謝天下。帝不得已與訣，遂縊於佛室。

〔詞話〕《詞統》：楊太真亦有一詞，贈善舞張雲容者。詞云：「羅袖動香香不已。紅蕖裊裊秋煙裏。輕雲嶺上乍摇風，嫩柳池邊初拂水。」此《阿那曲》也。

按《古今詞譜》曰：唐人爲《阿那曲》，宋人爲《雞叫子》。唐女郎姚月華嘗賦二曲，宋閨秀朱淑真亦曾爲之。其音節甚婉麗也。《新義録》孫璧文云：「雲容，楊貴妃侍兒，善爲《霓裳舞》，妃從幸繡嶺宮時賦此詞贈之。」

唐昭宗宫人

昭宗宫人，姓名、占籍無考。

〔詞話〕《古今詞話》：《尊前集》曰：唐昭宗宫人作《巫山一段雲》二首，非昭宗作也。其一云：「縹緲雲間質，輕盈掌上身。袖羅斜舉動埃塵。明艷不勝春。　翠鬟晚妝煙重。寂寂陽臺一夢。冰眸蓮臉見誰新。巫峽更何人。」其二云：「蝶舞梨園雪，鶯啼柳岸煙。小池殘日艷陽天。苧蘿山又山。　青鳥不來愁絶。忍看鴛鴦雙結。春風一等少年心。閒情恨不禁。」二首各一體，比舊調用六字句換頭，而第二調歇拍又换韻叶者。

按：此二首《全唐詩》作昭宗詞，非是。《尊前集》其書已古，其説自必可從。昭宗登華州城，賦《菩薩蠻》「登樓遥望秦宫殿」云云，筆情沉鬱，與此兩詞迥乎不同。《全唐詩話》云：廣明寇亂之後，唐祚日衰。遺詩隻字，皆其播遷所製，詎有此閒情之作耶？

鄭仙姑女奴

女奴，無姓名，唐代、德間人。

〔詞話〕《處州府志》：鄭仙姑姊妹二人，同心學道，求謝自然師之。每靜夜，焚香求度，忽一女奴歌曰：「坎離坤兑分子午。須認取、自家宗祖。地雷震動山頭雨。要洗濯、黄芽出土。　捉得金精牢閉固。煉丹庭、要生龍虎。他人問汝甚人傳，但説先生姓呂。」姊妹聞而習之。

按：《集仙録》：謝自然，居果州南充縣。年十四修道，築室於金泉山。貞元十年，白日升天。韓愈有《謝自然》詩。鄭仙姑師謝自然，則貞元已前人矣。其女奴所歌詞，字數斷句並與宋柳永《思歸樂》調同。後段末句少一字，尤爲脗合。唯歇拍上一句不叶韻，與柳詞異，平仄亦間有出入耳。

李　治

治字季蘭，唐女冠，與劉長卿同時。有集一卷。

按：李季蘭詞「緑徧香階」句，見宋朱秋娘《采桑子》集閨秀詞句，惜其全闋不可得見矣。季蘭有集一卷，見《直齋書録解題》。《全唐詩》載其古體《相思怨》云：「彈著相思曲，絃腸一時斷。」詞有説盡反佳者，如此詩之類是。又《八至》詩云：「至近至遠東西。」語直質而意曲深。其所以爲佳之故，亦非深於詞者不能道。

盛小叢　劉採春

小叢，浙東妓。

〔詞話〕《全唐詩》注：李尚書訥爲浙東廉使，夜登越城樓，聞歌聲激切。召至，乃小叢歌突厥《三臺》詞也。時崔侍御元範至府幕赴闕，李餞之，命小叢歌，餞在座各爲一紙贈之。其爲名流所重如此。

按：盛小叢所歌詞云：「雁門山上雁初飛。馬邑闌中馬正肥。日旰山西逢驛使，殷勤南北送征衣。」雖七言四句，然據《全唐詩》注，自是突厥《三臺》詞，不得謂詩也。唯是小叢所歌，未必即其所作，姑以屬之小叢云爾。唐人詩皆可歌，皆有和聲，以字填之，即成爲詞。近人填詞以雕琢爲工，尖巧相尚，不能風骨騫舉，上追唐音，蓋昧於詞所從出久矣。

又按：《雲谿友議》：劉採春善弄陸參軍，歌聲徹雲，容華莫比。元公微之贈詩曰：「更有惱人腸斷處，選詞能唱望夫歌。」「望夫歌」者，即羅嗊之曲也。採春所唱一百二十首，皆當代才子所作。其詞五六七言皆可和者。採春一唱是曲，閨婦行人莫不漣泣云云。所謂皆可和者，即增入和聲，付之歌喉也。（宋人詞往往有襯字，蓋又增一和聲耳。）採春所唱《羅嗊曲》，《全唐詩》及《花草粹編》、《古今詞話》並即以爲採春所作，亦猶盛小叢之突厥《三臺》也。

王麗真

麗真，姓名外無可考。

〔詞話〕沈雄《古今詞話》：《才鬼録》曰：唐中涓宿宫妓館，見童子捧酒核導三人至，皆古衣冠。相謂曰：「崔常侍來何遲。」俄一人至，有離别意，共聯四句爲《字字雙》曲：「牀頭錦衾斑復斑。架上朱衣殷復殷。空庭明月閒復閒。夜長路遠山復山。」似非王麗真一人詞也。《詞品》竟作王麗真。諸選又以王建詞爲《字字雙》云：「宛宛轉轉勝上紗。紅紅緑緑苑中花。紛紛泊泊夜飛鴉。寂寂寞寞離人家。」意亦近似，而又見一集中爲《宛轉曲》，宜從之。

按：《字字雙》「牀頭錦衾」闋，《才鬼録》云云，並無王麗真作之説。竹垞《詞綜》署王麗真女郎，蓋沿升庵《詞品》之譌。升庵所本不復可考。《全唐詩》既收此詞爲崔常侍詩，又入附詞置王麗真女郎。既複見，又兩歧，尤疏於檢勘矣。

後　梁

李夢符

夢符，梁開平中洪州帥種傳客。

「詞話」《郡閣雅談》：李夢符，不知何許人。梁開平中鍾傳鎮洪州，日與布衣飲酒，狂吟放逸。嘗以釣竿懸一魚，向市肆唱《漁父引》，賣其詞，好事者爭買之，得錢便入酒家。其詞有千餘首，傳于江表。略記其一兩首云：「村寺鐘聲度遠灘。半輪殘日落前山。徐徐撥棹卻歸灣。浪疊朝霞錦繡翻。」又曰：「漁弟漁兄喜到來。婆官賽了坐江隈。柳楡杓子木癭盃。爛煮鮫魚滿岸堆。」晉考取狀，答曰：「掐花飲酒何妨事，樵唱漁歌不礙時。」遂不敢復問。或把冰入水，及出，身上氣如蒸。鍾氏亡，亦不知所在。

按：李夢符《漁父引》，當時自立調名，其必非七言絶句明矣。兩首平仄並同，詞體固當如是。意境夷猶容與，不以促節爲嫌。

後　唐

莊宗皇帝

莊宗，本姓朱邪，唐懿宗時賜姓李氏，其先出於西突厥，諱存勖，小字亞子。天祐五年，嗣立爲晉王，破燕滅梁，遂即帝位。在位四年崩，謚曰光聖神閔孝皇帝。

〔詞話〕《北夢瑣言》：唐莊宗自傅粉墨爲優人之戲，《一葉落》、《陽臺夢》，皆其所製詞也。同光末兵變，登道旁塚上，野人獻雉。詢其地，曰：「此愁臺也。」乃罷飲。《一葉落》云：「一葉落。褰珠箔。此時景物正蕭索。畫樓月影寒，西風吹羅幕。吹羅幕。往事思量著。」《陽臺夢》云：「薄羅衫子金泥鳳。困纖腰怯銖衣重。笑迎移步小蘭叢，嚲金翹玉鳳。　嬌多情脈脈，羞把同心撚弄。楚天雲雨卻相和，又入陽臺夢。」舊本有改「金泥鳳」，「鳳」字爲「縫」字者。

〔詞考〕《苕溪漁隱叢話》：東坡言：《如夢令》曲名，本唐莊宗製，一名《憶仙姿》。嫌其不雅，改云「如夢」。莊宗作此詞，卒章云：「如夢。如夢。和淚出門相送。」取以爲之名。《古今詞話》云：後唐莊宗修内苑，掘得斷碑，中有字三十二（按應作三）曰：「曾宴桃源深洞。一曲舞鸞歌鳳。長記欲別時，殘月落花煙重。如夢。如夢。和淚出門相送。」莊宗使樂工入律歌之，名曰《古記》。但詞話所記，多是臆説，初無所據，故不可信，當以坡言爲正。

〔詞評〕《爰園詞話》：晚唐、五代小令，填詞用韻多詭譎，不成文者，聊爲之可耳，不足多法。《尊前集》載後唐莊宗《歌頭》一首，爲字一百三十六，此長調之祖，然不能佳。

《餐櫻廡詞話》：後唐莊宗《歌頭》慢詞一詞，備四時之景，體格甚創。金・董解元《哨徧》，前段説春景，後段説到夏、秋，略昉莊宗詞爲之。此外不多覯也。

按：《舊五代史・後唐莊宗本紀》稱其洞曉音律。其詞凡《一葉落》、《陽臺夢》、《歌頭》、《憶仙姿》四調，並見《尊前集》。《歌頭》（元注大石調）云：「賞芳春、暖風飄箔。鶯啼緑樹，輕煙籠晚閣。杏桃紅，開繁萼。靈和殿、禁柳千行，斜金絲絡。夏雲多、奇峰如削。紈扇動微涼，輕綃薄。梅雨霽，火雲爍。臨水檻、永日逃煩暑，泛觥酌。露華濃，冷高梧，彫萬葉。一霎晚風，蟬聲新雨歇。惜惜此光陰，如流水，東籬菊殘時，歎蕭索。繁陰積，歲時暮，景難留，不覺朱顔失卻。好容光，且且須呼賓友，西園長宵，宴雲謡，歌皓齒，且行樂。」一詞備四時之景，體格甚創，如《餐櫻廡詞話》所云:「跡其連情發藻,亦復精穩沉著,特調近艱澀耳。」又《六研齋二筆》:白樂天、孫龜年住嵩山,遇李太白,示以一詞,「曾宴桃源洞」云云。謂近過潼關所作,即唐莊宗《憶仙姿》闋。其説謬悠,不足置辨。

和凝

凝字成績,須昌人。梁舉明經,登進士第。辟義成軍節度使從事,歷鄆、鄧、洋三州從事。唐天成中,入拜殿中侍御史,歷禮部、刑部員外郎,改主客員外郎,轉郎中、知制誥,入翰林充學士,兼權知貢舉。明宗朝遷中書舍人、工部侍郎。晉初拜端明殿學士,兼判度支,爲翰林學士承旨。天福五年,拜中書侍郎同中書門下平章事。少帝即位,加右僕射,轉左僕射。後漢高祖時,授太子太保,封魯國公。宋初遷太子太傅卒。輟視朝兩日,詔贈侍中。有《紅葉集》。

〔詞話〕《北夢瑣言》:晉相和凝,少年時好爲曲子詞,布於汴洛。洎入相,專託人收拾焚毁。然相公厚重有德,終爲艷詞所玷。契丹入夷門,號爲「曲子相公」。

《舊五代史·和凝傳》:平生爲文章長于短歌艷曲,(按所謂曲,即詞也。)尤好聲譽。有集百卷,自篆于版模,印數百帙,分惠于人焉。

《詞暵》:和成績《河滿子》詞:「寫魚牋無限。其如花鎖春輝。目斷巫山雲雨,空教殘夢依依。卻愛薰香小鴨,羡他長在屏幃。」末二語,爲世所傳詠。

《詞苑叢談》:晉宰相和凝,有《河滿子》詞曰:「正是破瓜年紀,含情慣得人饒。桃李精神鸚鵡舌,可堪虚度良宵。卻愛研羅裙子，羨它長束纖腰。」亦香奩佳句也。

《蓮子居詞話》：和凝《采桑子》：「蝤蠐領上訶梨子。」朱竹垞云：「『訶梨』，婦女雲肩也。」考「雲肩」，見《元史》，五代時未得有。此《本草》訶梨勒子，似橄欖，六稜，殆當時婦女領上有此飾，如姚翻「日照茱萸領」云云也。

〔詞評〕沈雄《古今詞話》：江尚質曰：《花间》詞狀物描情，每多意態，直如身履其地，眼見其人。和凝之「幾度試香纖手煖，幾回嘗酒絳唇光」，孫光憲之「翠袂半將遮粉臆，寶釵長欲墜香肩」是也。

《餐櫻廡詞話》：和魯公《江城子》云：「輕撥朱絃，恐亂馬嘶聲。」二語熨帖入微，似乎人人意中所有，卻未經前人道過，寫出柔情密意，真質而不涉尖纖。又一闋云：「歷歷花間，似有馬蹄聲。」尤爲渾雅，進乎高詣。

按：和成績詞如《臨江仙》、《麥秀兩歧》、《江城子》五闋，介在艷與清之間。《望梅花》、《菩薩蠻》則近於玉屑清言矣。《餐櫻廡詞話》摘其《江城子》「輕撥朱絃」二语以謂熨帖入微。余喜其《臨江仙》云：「嬌羞不肯入鴛衾，蘭亭光裏兩情深。」尤能狀難狀之情景。

又按：《十國春秋》：後蜀徐光溥時號睡相，坐以艷詞挑前蜀安康長公主罷相云云。「睡相」與「曲子相公」風趣略同，其詞無傳，作附記於此。光溥姓名不見於史傳。

歷代詞人考略卷四

南唐

中主

中主姓李氏，名璟，初名景通，又名景，字伯玉，徐州人。唐裔，南唐烈祖昇長子，封齊王。昇元七年嗣位。周顯德五年，奉表臣屬，去年號，奉正朔，降稱國主。宋建隆元年，遷南都，薨。請於宋許復帝號，謚文宣孝皇帝，廟號元宗。有詞與後主詞合刻，爲《南唐二主詞》。

〔詞話〕陸游《南唐書·馮延巳傳》：延巳工詩，雖貴，且老不廢。如：「鴛瓦數行曉日，龍旗百尺春風。」識者謂有元和詞人氣格。尤喜爲樂詞，元宗嘗因曲宴内殿，從容謂曰：「『吹皺一池春水』，何干卿事？」延巳對曰：「安得如陛下『小樓吹徹玉笙寒』之句。」

馬令《南唐書·王感化傳》：感化善謳歌，聲韻悠揚，清振林木，繫樂部，爲「歌版色」。元宗嗣位，宴樂擊鞠不輟，嘗乘醉命感化奏《水調》詞，感化唯歌「南朝天子愛風流」一句，如是者數四，元宗輒悟，覆杯歎曰：「使孫、陳二主得此一句，不當有銜璧之辱也。」感化由是有寵。元宗嘗作《浣溪沙》二闋：「菡萏香消」、「半捲真珠」云云，手寫賜感化。後主即位，感化以其詞札上之。後主感動，賞賜甚優。〔詞評〕《藝苑巵言》：「細雨夢回雞塞遠，小樓吹徹玉笙寒。」「青鳥不傳雲外信，丁香空結雨中愁。」非律詩俊語乎，然是天成一段詞也，著詩不得。

又：《花間》猶傷促碎，至南唐李王父子而妙極矣。「『風乍起，吹皺一池春水』，干卿何事？」曰：「未若陛下『小樓吹徹玉笙寒。』」此語不可聞鄰國。然固是詞林本色佳話。

《雪浪齋日記》：荆公問山谷：「作小詞，曾看李後主詞否？」云：「曾看。」荆公云：「何處最好？」山谷以「一江春水向東流」爲對。荆公云：未若「細雨夢回雞塞遠，小樓吹徹玉笙寒」最好。（按《詞苑》云：「細雨」、「夢回」二句，元宗詞。荆公誤以爲後主也。）

《詩話總龜·翰苑名譚》云：李煜作詩，大率多悲感愁戚，如「青鳥不傳雲外信，丁香空結雨中愁」，「鬢從今日愁添白，菊似去年依舊黄」，皆思清句雅可愛。（按「青鳥」二句，是元宗詞，作後主詩誤。）

《漫叟詩話》：李璟有詞云：「手卷真珠上玉鈎。」後人改爲「珠簾」，非所謂知音者。

《皺水軒詞筌》：「細雨夢回雞塞遠，小樓吹徹玉笙寒」，不可使闻於鄰國。然細看詞意，含蓄尚多。至少游「無端銀燭殞秋風，靈犀得暗通。」「相看有似夢初回，只恐又抛人去幾時來」，則竟爲蔓草之偕藏，頓丘之執别，一一自供矣。

《人間詞話》：南唐中主詞：「菡萏香銷翠葉殘，西風愁起緑波間。」大有衆芳蕪穢，美人遲暮之感。乃古今獨賞其「細雨夢回雞塞遠，小樓吹徹玉笙寒」，故知解人正不易得。

〔詞考〕陳振孫《書録解題》：《南唐二主詞》，中主李璟、後主李煜撰。卷首四闋，《應天長》、《望遠行》各一，《浣溪沙》二，中主所作，重光嘗書之，墨蹟在盱江晁氏，題云：先皇御製歌詞。余嘗見之，於麥光紙上作撥鐙書，有晁景迂題字，今不知何在矣。餘詞皆重光作。

劉繼增《南唐二主詞箋序》云：《南唐二主詞》編輯緣起不可考。康熙二十八年，吾邑亦園侯氏文燦刻《名家詞》十種，首列之。見王文簡《居易録》、阮文達《四庫未收書目》。近江陰金氏《粟香室叢書》所刻者，即其本也。此本卷末印記，爲明萬曆四十八年春，常熟吕遠所刻，目録下綴陳直齋《書録解題》一條，其編次大略與侯本同。惟侯本分題中主，後主，此則前後連屬，不分爲異。《解題》有云：「卷首四闋，《應天長》、《望遠行》各一、《浣溪沙》二，中主作。餘皆重光作。」蓋宋時元本如此，故陳氏特表而出之。中間注引，似亦出宋人手。唯卷末《搗練子》一闋，侯本所無，注引升庵《詞林萬選》，乃明人書，疑不類。旋得汲古閣舊鈔本，編次悉同，獨無此闋，知爲吕氏所補，非元有也。三本相校，吕本爲長。侯本刻在吕本後六十九年，時地相近，而自序乃云：「所刻諸詞，見者絶少。」豈吕本當時印行未廣，侯氏未之見耶。案《欽定詞譜》成於康熙五十四年，中列南唐李景《望遠行》詞，注云：「從二主詞元本校定。」是當時元本固在。審所校字句雖與此本合，而此本後主詞「亭前春逐紅英盡」一闋，調爲《采桑子》，《詞譜》於此調注云：「李煜詞，名《醜奴兒令》。」又「晚妝初了明肌雪」一闋，調爲《玉樓春》，《詞譜》於此調注云：「李煜詞，名《惜春容》。」則所謂元本，當是又一本矣。第此元本，四庫既未著録，無從訂證。吕氏此刻雖在明季，尚存宋時之舊，好古家所當珍視者也。爰與舊鈔本、侯本，及諸選本校其異同而爲之箋，別爲補遺附於後。

按：南唐中主詞傳於世僅四首。其《浣溪沙》（一作《山花子》）二首，見馬令《南唐書》，合之《應天長》、《望遠行》二首，即《南唐二主詞》卷端之四首也。《應天長》闋又見馮正中《陽春集》、歐陽文忠《六一詞》，其文小異。然萬曆本《二主詞》首載此調，觀《直齋書録解題》所考至爲碻切，可知必非它家之作矣。《二主詞》除吕刻、侯刻外，尚有沈氏《晨風閣叢書》本，乃海寧王忠慤公手校附補遺，校記考證頗詳。

後主

後主名煜，初名從嘉，字重光，自號鍾隱，又稱中峰白蓮居士，中峰隱居，中峰隱者（按據《海岳畫史》），又號鴛鴦寺大師。中主璟第六子，以次及封吴王。宋建隆二年，中主遷都南昌，立爲太子，留監國。中主薨，嗣立於金陵，在位十有五年，至開寶八年，國滅入宋。太平興國三年七月被害殂。

〔詞話〕馬令《南唐書》本注：後主繼室周氏，昭惠后之母弟也。警敏有才思，神彩端静。昭惠感疾，后嘗出入卧内，而昭惠未之知也。一日，因立帳前，昭惠驚曰：「妹在此耶？」后幼未識嫌疑，即以實告曰：「已數日矣。」昭惠惡之，返卧不復顧。昭惠殂，后未勝禮服，待年宮中。明年鍾太后殂，後主服喪故中宮，位號久而未正。至開寶元年，始議立后爲國后。后自昭惠殂，常在禁中。後主樂府詞有「衩襪步香階，手提金縷鞋」之類，多傳於外。至納后，乃成禮而已。翌日，大宴群臣。韓熙載以下，皆爲詩以諷焉，而後主不之譴。

《古今詞話》：李後主《菩薩蠻》「銅簧韻脆」、「花明月暗」兩詞，皆爲繼立周后作也。

《樂府紀聞》：後主歸宋後，每懷故國，詞調愈工，其賦《浪淘沙》、《虞美人》云云。舊臣聞之，有泣下者。

《南唐拾遺記》：後主歸朝後，每懷江國，且念嬪妾散落，鬱鬱不自聊，作《浪淘沙令》：「簾外雨潺潺」云云。情思悽惋，未幾下世。

《唐餘紀傳》：李重光以七夕日生，是日燕飲聲伎，徹於禁中。太宗銜其有「故國不堪回首」之詞，至是又愠其酣暢，乃命楚王元佐等携觴就其第而助之歡。酒闌，煜中牽機毒藥而死。

〔詞評〕《捫蝨新語》：帝王文章，自有一般富貴氣象，國朝江南遺徐鉉來朝，欲以辭勝，至誦後主《秋月》詩，太祖但笑曰：「此寒士語耳，吾不爲也。吾微時，夜自華陰道，逢月出，有句云：『未離海底千山暗，纔到天中萬國明。』」鉉聞驚服。太祖雖無意爲文，然出語雄健如此。以予觀李氏據江南，全盛時，宫中詞曰：「簾日已高三丈透」云云。議者謂與「時挑野菜和羹煮，旋砍生柴帶葉燒」者異矣。然太祖一日與朝臣議論不合，歎曰：「安得桑維翰者與之謀事乎。」左右曰：「維翰愛錢。」太祖曰：「措大家眼孔小，賜與十萬貫，則塞破屋子矣。」以此言之，不知彼所謂「金鑪」、「香獸」、「紅錦地衣」，當費幾萬貫。此語得無是措大眼孔乎？

《詞苑》：南唐後主歸國，臨行作《破陣子》詞云：「最是蒼黄辭廟日，教坊獨奏別離歌。垂淚對宫娥。」東坡謂：「後主既爲樊若水所賣，舉國與人，故當痛哭於九廟之前而後行。乃揮淚對宫娥，聽教坊離曲，何哉？」

《能改齋漫録》：《顔氏家訓》云：別易會難，古人所重。江南餞送，下泣言難。北方風俗不屑此事，歧路言別，歡笑分手。李後主長短句蓋用此耳。故云：「別時容易見時難。」又云：「別易會難無可奈。」顔説又本《文選》陸士衡《答賈謐》詩云：「分索則易，携手實難。」

《後山詩話》：王斿，平甫之子，嘗云：「今語例襲陳言，但能轉移爾。」世稱秦少游《千秋歲》詞「春去也，飛紅萬點愁如海」爲新奇，不知李國主已云：「問君能有幾多愁，恰似一江春水向東流。」但以「江」爲「海」耳。

《野客叢書》：《後山詩話》謂秦少游「愁如海」之句，出於江南李後主。僕謂李後主之意又有所自，白樂天詩曰：「欲識愁多少，高於灧澦堆。」劉禹錫詩曰：「蜀江春水拍天流，水流無限似儂愁。」得非祖此乎？ 則知好處前人皆已道過，後人但翻而用之耳。

《詞品》：唐詞「眼重眉褪不勝春」，李後主詞「多少淚，斷臉復橫頤。」元人樂府：「眼餘眉賸。」皆祖唐詞之語。

《花草蒙拾》：鍾隱入汴後，春花秋月諸詞，與「此中日夕，只以眼淚洗面」一帖，同是千古情種，較長城公煞是可憐。

《詞苑叢談》：南唐李後主重光，作《烏夜啼》一詞，最爲悽惋。「無言獨上西樓」云云，所謂亡國之音哀以思也。又：李後主宮中未嘗點燭，每至夜，則懸大寶珠，光照一室如日中。嘗賦《玉樓春》宮詞曰：

「歸時休放燭花紅，待踏馬蹄清夜月。」

《兩般秋雨盦隨筆》：南唐李後主詞：「最是倉皇辭廟日，不堪重聽教坊歌，揮淚對宮娥。」譏之者曰倉皇辭廟，不揮淚於宗社，而揮淚於宮娥，其失業也宜矣。不知以爲君之道責後主，則當責之於垂淚之日，不當責之於亡國之時。若以填詞之法繩後主，則此淚對宮娥揮爲有情，對宗社揮爲乏味也。此與宋蓉塘譏白香山詩，謂憶妓多於憶民，同一腐論。

《藝苑巵言》：「歸來休放燭花紅，待踏馬蹄清夜月。」致語也。「問君能有幾多愁，卻是一江春水向東流。」情語也。後主直是詞手。

《人間詞話》：詞至李後主而眼界始大，感慨遂深，遂變伶工之詞而爲士大夫之詞。周介存置諸温、韋之下，可謂顛倒黑白矣。「自是人生長恨水長東」，「流水落花春去也，天上人間」。《金荃》、《浣花》能有此氣象耶？

又：温飛卿之詞，句秀也。韋端己之詞，骨秀也。李重光之詞，神秀也。

又：詞人者，不失其赤子之心者也。故生于深宮之中，長于婦人之手，是後主爲人君所短處，亦即爲詞人所長處。

又：客觀之詞人，不可不多閱世。閱世愈深，則材料愈豐富，愈變化，《水滸傳》、《紅樓夢》之作者是也。主觀之詞人，不必多閱世。閱世愈淺，則性情愈真，李後主是也。

周介存云：李後主詞，如生馬駒，不受控捉。

毛嬙、西施，天下美婦人也，嚴妝佳，淡妝亦佳，麤服亂頭，不掩國色。飛卿，嚴妝也。端己，淡妝也。後主，則麤服亂頭也。

孫清瑞云：李重光詞，天仙化人，卻是當行本色。

王佑遐云：蓮峰居士詞，超逸絶倫，虚靈在骨。芝蘭空谷，未足比其芳華；笙鶴瑶天，詎能方兹清怨。後起之秀，格調氣韻之間，或月日至得十一於千百。若小晏，若徽廟，其殆庶幾斷代，南渡知音闃如，蓋間氣所鍾，以謂詞中之帝，當之無愧色矣。

〔詞考〕《苕溪漁隱叢話》：《西清詩話》云：南唐後主，在圍城中作《臨江仙》詞，未就而城破。嘗見其殘稿，點染晦昧，心方危窘，不在書耳。藝祖曰：「李煜若以作詞工夫治國、治家，豈爲吾所俘也。」苕溪漁隱曰：余觀《太祖實録》及三朝正史云：「開寶七年十月，詔曹彬、潘美等率師伐江南。八年十一月，拔昇州。」今後主詞「櫻桃落盡」云云，乃詠春景，決非十一月城破時作。《西清詩話》：「後主作長短句，未就而城破。」其言非也。然王師圍金陵一年，後主在圍城中春間作此詞，則不可知。

《墨莊漫録》：宣和間，蔡寶臣致君收南唐後主書數軸，來京師以獻蔡絛約之。其一乃王師攻金陵，城垂破時，倉皇作一疏，禱於釋氏，又有長短句《臨江仙》「櫻桃結子春光盡」云云，而無尾句。劉延仲爲補之曰：「何時重聽玉驄嘶，撲簾飛絮，依約夢回時。」

《耆舊續聞》：蔡絛作《西清詩話》載江南李後主《臨江仙》云：圍城中書，其尾不全。以余考之，殆不然。余家藏李後主《七佛戒經》，又雜書二本，皆作梵葉，中有《臨江仙》，塗注數字，未嘗不全。其詞云：「櫻桃落盡春歸去，蝶翻輕粉雙飛。子規啼月小樓西。玉鈎羅幕，惆悵暮煙垂。別巷寂寥人散後，望殘煙草低迷。爐香閒裊鳳凰兒。空持羅帶，回首恨依依。」後有蘇子由題云：「淒涼怨慕，真亡國之音也。」

《侯鯖録》：金陵人謂中酒曰酒惡，則知後主詞曰「酒惡時拈花蕊嗅」，用鄉人語也。

《香海棠館詞話》：楊升庵《詞品》云：李後主《搗練子》二闋，嘗見一舊本，俱係《鷓鴣天》。其「雲鬢亂」一闋前段云：「節候雖佳景漸闌。吳綾已煖越羅寒。朱扉日暮隨風掩，一樹藤花獨自看。」「深院靜」闋前段云：「塘水初澄似玉容。所思還在別離中。誰知九月初三夜，露似珠珍月似弓。」其詞姑勿具論，試問《搗練子》平側，與《鷓鴣天》後半同耶？異耶？升庵大儒，填詞小道，何必自欺欺人。

《織餘續述》：李後主詞《虞美人》起調云：「春花秋葉何時了。」選本迻寫多誤「秋月」。《尊前集》、《花庵詞選》並作「葉」，當從之，與「月」下「明中」不複。細審，字亦較勝。

按：後主詞無上上乘，一字一珠，勿庸撰擇。如《菩薩蠻》句「拋枕翠雲光，繡衣聞異香」，《子夜歌》句「縹色玉柔擎」，此等句尚非其至，亦復艷異無倫。後主《阮郎歸》「東風吹水日銜山」云云，原題云「呈鄭王十二弟」（從善字子師，元宗第七子，後主封鄭王。）詞後識云：後有隸書東宮書府印，蓋編詞者曾見後主墨蹟。此詞又見歐陽文忠《六一詞》，馮正中《陽春集》。又《蘭畹集》以爲晏殊作。今據《二主詞》所署題及識語，其誤不辨自明矣。

馮延巳

延巳一名延嗣，字正中，其先彭城人，唐末徙家新安，又徙廣陵。南唐元宗優待藩邸舊僚，自元帥府書記爲校書郎。累官翰林學士承旨，進中書侍郎，出知撫州。秩滿還朝，拜左僕射，同平章事，改太子太傅。有《陽春集》一卷。

〔詞話〕馬令《南唐書》本傳：延巳著樂府百餘闋，其《鶴沖天》詞云：「曉月墜，宿雲披。銀燭錦屏圍。建章鐘動玉繩低。宫漏出花遲。」又《歸國謡》云：「江水碧。江上何人吹玉笛。扁舟遠送瀟湘客。蘆花千里霜月白。傷行色。明朝便是關山隔。」見稱於世。

《侯鯖録》：余往在中都，見一士大夫家收南唐李後主一詞，下有「馮延巳」三字，詞中復云「聖壽南山永同」，恐延巳作也。（案此詞六言十句，調名《壽山曲》，《陽春集》中未列，王刻《補遺》有之。）

《猗覺寮雜記》：梅用南枝事共知。《青瑣集》中《詠梅》云：南唐馮延巳詞云：「北枝梅蕊犯霜開。」則南北枝事，其來遠矣。

《詩話總龜》：南唐馮延巳詞，有「鬭鴨闌干獨倚」之句，人疑鴨未嘗鬭。余按《三國志·孫權傳》注引《江表傳》：「魏文帝遣使求鬭鴨，群臣奏『宜勿與』。權曰：『彼居諒陰中，所求如此，豈可與言禮哉！』具以與之。」《陸遜傳》：「建昌侯（盧）〔慮〕作鬭鴨闌。遜曰：『君侯宜勤覽經典，用此何爲？』」《南史·王僧達傳》：「僧達爲太子舍人，坐屬疾，而往（揚州）〔楊列〕橋觀鬭鴨，爲有司所劾。」《新唐書》：「齊王祐善養鬭鴨，方未反時，狸（咋）〔齚〕鴨四十餘，絶其頭去。及敗，牽連誅死者四十餘人。」則古蓋有之。又《唐·田令孜傳》：「僖宗好鬭鵝，數幸六王宅興慶池，與諸王鬭鵝，〔一鵝〕直五十萬。」則鵝亦能鬭也。

《詞苑叢談》：南唐宰相馮延巳有樂府一章，名《長命女》，云：「春日宴。綠酒一杯歌一遍。再拜陳三願。一願郎君千歲，二願妾身長健。三願如同梁上燕。歲歲常相見。」其後有以其詞改爲《雨中花》云云。味馮公之詞，典雅丰容，雖置在古樂府中，可以無愧。一遭俗子竄易，不惟句意重複，抑且鄙惡甚矣。

《古今詞話》：卍字本佛經胸前吉祥相也。又髮右旋而結此形。馮延巳詞：「卍字迴闌旋著月。」又「碧波池皺鴛鴦浴」，馮延巳《蝶戀花》語也。唐中主極愛賞之，謂可當「細雨夢回」兩句。

〔詞評〕《雪浪齋日記》：荆公問山谷：「江南詞何處最好？」山谷以「一江春水向東流」爲對。荆公云：未若「細雨夢回雞塞遠，小樓吹徹玉笙寒」，又「細雨濕流光」最妙。（按「細雨濕流光」，馮延巳《南鄉子》詞句。）

《容城集》：「宫瓦數行曉日，龍旂百尺春風。」殊有元和氣象，《陽春詞》尚饒蘊藉，堪與李氏齊驅。

《柳塘詞話》：馮正中樂府，思深語麗，韻逸調新，多至百首。有雜入《六一集》中者，黄山谷、陳後山雖以庸濫目之，然諸家駢金儷玉，而《陽春詞》特爲言情之作。

《詞概》：馮正中詞，晏同叔得其俊，歐陽永叔得其深。

《願爲明鏡室詞話》：《如冠九山心庵詞・序》云：「明月幾時有」，詞而仙者也。「吹皺一池春水」，詞而禪者也。

馮煦《唐五代詞選・自序》：吾家正中翁鼓吹南唐，上翼二主，下啓歐、晏，實正變之樞紐，短長之流別。

《人間詞話》：馮正中詞，雖不失五代風格，而堂廡特大，開北宋一代風氣，與中、後二主詞，皆在《花間》

範圍之外，宜《花間集》中不登其隻字也。

又：正中詞，除《鵲踏枝》、《菩薩蠻》十數闋最煊赫外，如《醉花間》之「高樹鵲銜巢，斜月明寒草」。余謂韋蘇州之「流螢渡高閣」，孟襄陽之「疏雨滴梧桐」，不能過也。

又：歐九《浣溪沙》詞：「緑楊樓外出秋千。」晁補之謂只一「出」字，便後人所不能道。余謂此本於正中《上行杯》詞：「柳外秋千出畫牆」，但歐語尤工耳。

又：「畫屏金鷓鴣」，飛卿語也，其詞品似之。「絃上黄鶯語」，端己語也，其詞品亦似之。正中詞品，若欲於其詞句中求之，則「和淚試嚴妝」殆近之歟。

蕙風詞隱云：《陽春》一集，爲《臨川》、《珠玉》所宗，愈瓌麗愈醇樸。南渡名家霑丐膏馥，輒臻上乘。

〔詞考〕《詞家辨證》：朱竹垞云：「庭院深深」一闋，載馮延巳《陽春録》。刻作歐九，誤也。

四印齋本《陽春集補遺》況周頤跋：《古今詞話・詞品》下卷，引馮延巳詞：「卍字迴闌旋著月。」今此詞全闋未見。又《詞辨》上卷引陳氏《樂書》曰：《後庭花破子》，李後主、馮延巳相率爲之：「玉樹後庭前。瑶草妝鏡邊。去年花不老，今年月又圓。莫教偏。和月和花，天教長少年。」此詞李作「惜」，馮作未載明。各本選李詞亦無此闋。

按：馮正中《陽春集》一卷，有侯氏刻本計一百十八闋，四印齋所刻則多《補遺》七闋。馮詞如古蕃錦，如周、秦寶鼎彝，琳瑯滿目，美不勝收。詞之境詣至此，不易學並不易知，未庸漫加撰，與後主詞實異曲同工也。

潘佑

佑，幽州人。以陳喬、韓熙載薦，除祕書省正字。後主在東宫，以佑直崇文館，及即位，遷虞部員外郎，兼史館修撰。改知制誥，遷中書舍人。上疏極論時政，無所施用，因請休官。命專修國史，悉罷他職。復上疏，辭過激切，後主惡之，坐劾被收。聞命自剄，年三十六。徙其家饒州。

〔詞話〕《鶴林玉露》：南唐張泌、潘佑、徐鉉、湯悦俱有才名。後主於宫中作紅羅亭，四面栽紅梅，欲以艷曲記之。佑應令云：「樓上春寒三四面，桃李不須誇爛漫，已失了東風一半。」時已失淮南，故佑以詞諷諫云。

〔詞評〕《餐櫻廡詞話》：南唐潘佑詞：「桃李不須誇爛漫，已失了春風一半。」是時已失淮南，託恉諷諭，所以爲佳。宋李元膺《洞仙歌》云：「一年春好處，不在濃芳，小艷疏香最嬌軟。到清明時候，百紫千紅花正亂。已失春風一半。」句由佑出，只是愛惜景，亦復宛宛入情。余髫年，最喜誦之。

《七頌堂詞繹》：詞有與古詩同義者，「瀟瀟雨歇」，易水之歌也。「同是天涯」，麥蘄之詩也。「又是羊車過也」，團扇之辭也。「夜夜岳陽樓中」，日出當心之志也。「已失了東風一半」，鯢居之諷也。「瓊樓玉宇」，天問之遺也。

按：《全唐詩》附記斷句：「桃李不須誇爛漫，已失了春風一半。」注韓熙載作，未詳所本。羅大經，宋人，時代距南唐未遠，所記當較可信，故從其說。

張泌

泌按《全唐詩》小傳作佖，字子澄，淮南人。初官句容尉，上書陳治道，後主徵爲監察御史，歷考功員外郎，進中書舍人，改内史舍人。後歸宋，仍入史館，遷郎中，歸寓毘陵。有集一卷。

〔詞話〕《古今詞話》：《才調集》曰：江南張泌，爲李後主内史。以《江城子》二闋得名。國亡仕宋，與錢俶謚議，泌每奏駁其人。少與鄰女浣衣善，經年不見，夜必夢之。女别字，泌寄以詩云「别夢依依到謝家」云云。浣衣爲之隕涕。又《花間集》曰：張子澄時有幽艷語，「露濃香泛小庭花」是也。時遂有以《浣溪花》爲《小庭花》者。

〔詞評〕《餐櫻廡詞話》：張子澄句：「杏花凝恨倚東風。」又「斷香輕碧鎖愁深」，妙在「凝」字、「碧」字，若换用它字，便無如此神韻。「碧」字尤爲人所易忽。

〔詞考〕《花庵詞選》：張泌《江城子》：「碧闌干外小中庭。雨初晴。曉鶯聲。飛絮落花，時節近清明。睡起卷簾無一事，匀面了，没心情。」又：「浣花溪上見卿卿。眼波明。黛眉輕。高綰緑雲，金簇小蜻蜓。好是問他來得麽，還笑道，莫多情。」注：唐詞多無换頭，如此詞兩段，自是兩首，故兩押「情」字。今人不知，合爲一首，誤矣。

按：張子澄詞，其佳者能藴藉，有韻致。有《浣溪沙》十首，見《花間集》。其《河傳》云：「夕陽芳草，千里萬里。雁聲無限起。」又云：「斜陽似共春光語。」祇是不盡之情，目前之景，卻未經人道過。

成幼文

幼文，江南人。仕南唐，爲大理卿。

〔詞話〕《古今詞話》：江南成幼文，爲大理卿。詞曲妙絶，嘗作《謁金門》云：「風乍起，吹皺一池春水。」中主聞之，因案獄稽滯召詰之，且謂曰：「卿職在典刑，一池春水，又何干於卿？」幼文頓首謝。

〔詞評〕《蒿廬詞話》：成幼文《謁金門》，起處九字千錘百鍊，卻似以無意得之。

按：《謁金門》詞「風乍起」云云，陸放翁以爲馮延巳作，《古今詩話》云成幼文作。《直齋書録解題》云：「《陽春録》一卷，南唐馮延巳撰。世言「風乍起」闋爲延巳所作，或云成幼文也。今此集無有，當是幼文作。」與《古今詩話》所云相合。而半唐翁所刻《陽春集》出自舊鈔，此詞適在卷中，究係成作，馮作？殊難斷定。《古今詩話》謂其詞曲妙絶，可知其夙擅倚聲。其人所恃以傳，不僅在「一池春水」也。

漁者

漁者自號回回客，姓名無考。

〔詞話〕《茆亭客話》：南唐元宗時，一漁者持簑笠、綸竿，擊短板唱《漁家傲》，而舌爲鳴根之聲以參之。自號回回客，人疑爲吕洞賓。音清悲如煙波間，聽者無厭。詞曰：「二月江南山水路。李花零落春無主。一箇鯉魚無覓處。風兼雨。玉龍生甲歸天去。」唱于金陵。凡半年，了無悟者，里巷村落皆歌焉。

元宗果以甲辰歲二月殂，歌中之語皆驗。

按：南唐漁者，蓋當時隱逸之士，通曉術數，故能爲詞讖。其自號回回客，冀假託呂仙，駴俗聽聞，庶幾覺悟云爾。

詞頗入格不俗。

昭惠國后

昭惠后周氏，大司徒宗之女，小名娥皇。後主立爲國后。

〔詞話〕《填詞名解》：南唐大周后，即昭惠后。嘗雪夜酣讌，舉杯屬後主起舞。後主曰：「汝能刱爲新聲則可。」后即命箋綴譜，喉無滯音，筆無停思。譜成。名《邀醉舞破》，又《恨來遲破》，亦昭惠作。二詞俱失，無有能傳其音節者。

又：《念家山破》，後主煜所作。昭惠后亦作《邀醉舞破》、《恨來遲破》，既久而忘之。後主追悼昭惠，詢問舊曲，無復曉者。宮人流珠獨能記憶，故三曲復有名傳。

按：南唐昭惠后，不獨能創新聲，且能奏《霓裳羽衣》大曲。陸游《南唐書》：昭惠國后通書史，善歌舞，尤工琵琶。故唐盛時《霓裳羽衣》最爲大曲，亂離之後，絶不復傳。后得殘譜，以琵琶奏之，於是開元、天寶之遺音復傳於世。內史舍人徐鉉聞之於國工曹生，鉉亦知音。問曰：「法曲，終則緩，此聲乃反急，何也？」曹生曰：「舊譜實緩，宮中有人易之，非吉徵也」云云。則李謩之後，一人而已。惜所作《邀醉舞破》二詞未傳于世。

耿玉真

玉真，姓名外無可考。

〔詞話〕馬令《南唐書》：盧絳病痁且死，夜夢白衣婦人頗有姿色，歌《菩薩蠻》勸絳尊酒。其辭云：「玉京人去秋蕭索。畫簷鵲起梧桐落。欹枕悄無言。月和殘夢圓。　背燈惟暗泣。甚處砧聲急。眉黛小山攢。芭蕉生暮寒。」歌數闋，因謂絳曰：「子之疾，食蔗即愈。」詰朝求蔗食之，疾果瘥。迨數夕，又夢前白衣麗人曰：「妾乃玉真也，他日富貴，相見於固子坡。」絳寤，襟懷豁然，唯不測固子坡之說。後入宋，臨刑有白衣婦人同斬，貌宛如所夢。問其姓名，曰耿玉真。其地則固子坡也。

〔詞考〕《古今詩話》：世傳盧絳夢女子唱《菩薩蠻》詞：「眉黛遠山攢。芭蕉生暮寒。」此詞人能道之。而楊文公云：「獨自凭闌干，衣襟生暮寒。」未知孰是。

按：耿玉真《菩薩蠻》詞「特盧絳夢中」，聞其歌以勸酒事涉冥幻，未必此詞即是玉真所作也。詞則頗佳，故列之以殿南唐。

歷代詞人考略卷五

前　蜀

前蜀主王衍

前蜀主衍，本名宗衍，字化源，舞陽人。建幼子，初封衛王。永平三年，立爲皇太子，開崇賢府，置官屬，後更曰天策府。建卒，衍嗣位。在位七年降後唐，遇害。

〔詞話〕《北夢瑣言》：蜀主衍裹小巾，其尖如錐，宫妓多衣道服，簪蓮花冠，施[胭]脂夾（粉）[臉]，名曰「醉妝」。自製《醉妝詞》云：「者邊走。那邊走。只是尋花柳。那邊走。者邊走。莫厭金杯酒。」又嘗宴於怡神亭，自執板，歌《後庭花》、《思越人》曲。　蜀王衍俘繫入秦，至劍閣，見山川之美，賦詩云：「不緣朝闕去，來此結茅廬。」時人笑之。至咸陽，又作曲子云：「盡是一場羸得。」與夫無愁入井者所較無多也。（編者按，以上兩條不見於今本《北夢瑣言》，分別見於《花草粹編》卷一及《五代詩話》卷一之轉引。文字據《花草粹編》校正。）

《堯山堂外紀》：蜀主衍嘗自執板，唱《霓裳羽衣》、《後庭花》、《思越人》曲。

《十國春秋》：蜀王衍奉其太后、太妃禱青城山。宫人皆衣雲霞之衣，後主自製《甘州曲》，令宫人唱之，其辭哀怨，聞者悽慘。詞曰：「畫羅裙，能結束，稱腰身。柳眉桃臉不勝春。薄媚足精神。可惜許，淪落在風塵。」衍意本謂神仙而在凡塵耳。後降中原，宫伎多淪落人間，始驗其語。

〔詞評〕《古今詞話》：沈雄曰：蜀王衍詞，唯以《甘州曲》中「畫羅裙，能結束，稱腰身」三句爲最。

按：前蜀主王化源詞，傳於世者僅《醉妝詞》、《甘州曲》二首，《北夢瑣言》所載《過咸陽作》「盡是一場贏得」句，其全闕亦失傳。萬氏《詞律》，《甘州曲》調據衍詞定譜，「可惜」下脱「許」字，末作七字一句。此詞音節婉麗，全在一「許」字得掩抑之致，詎可脱落？「能結束」句「結」作「解」，不如作「結」較勝。竊謂香膽詞人，於此等處未經考訂，殊少會心也。

韋　莊

莊字端己，杜陵人。乾寧元年登進士第，授校書郎轉左補闕。王建爲西川節度使，昭宗遣李珣宣慰，辟莊判官行，遂留掌書記。尋以起居舍人召，建表留之。及稱號，拜左散騎常侍，進吏部侍郎，判中書門下事。累官至吏部尚書同平章事。卒謚文靖。有集二十餘卷，《浣花集》五卷。

〔詞話〕《古今詞話》：韋端己著《秦婦吟》，稱爲「秦婦吟秀才」。乾寧初舉進士，以才名寓蜀。蜀主建羈留之。莊有寵人，姿質艷麗，兼善詞翰。建聞之，託以教内人爲詞强奪去。莊追念悒怏，作《荷葉杯》、

《小重山》詞云云，情意淒怨，人相傳播，盛行於時。

又：《天仙子》，即《萬斯年曲》。《樂府解題》曰：龜兹樂也，《教坊記》有是名。《詞譜》爲黄鐘宮曲。朱崖李太尉爲應制體，《花間集》多賦天台仙子，單調也，有平仄二體。韋莊詞：「金似衣裳玉似身。眼如秋水鬢如雲。霞裾玉帔一群群。來洞口，望煙分。劉阮不歸春山曛。」和凝詞：「洞口春紅飛蔌蔌。仙子含愁眉黛緑。阮郎何事不歸來，嬾燒金，慵篆玉。流水桃花空斷續。」又韋莊詞：「深夜歸來長酩酊。扶入流蘇猶未醒。醺醺酒氣麝蘭和。驚夢覺，笑呵呵。長道人生能幾何。」三詞俱不一體。其張先所賦「雲破月來花弄影」，則又仄韻雙調，不在此選者。

《堯山堂外紀》：韋端己思舊妃，作《荷葉杯》詞云：「絶代佳人難得。傾國。花下見無期。一雙愁黛遠山眉。不忍更思惟。　閒掩翠屏金鳳。殘夢。羅幕畫堂空。碧天無路信難通。惆悵舊房櫳。」又：「記得那年花下。深夜。初識謝娘時。水堂西面畫簾垂。携手暗相期。　惆悵曉鶯殘月。相别。從此隔音塵。如今俱是異鄉人。相見更無因。」又《小重山》詞云：「一閉昭陽春又春。夜寒宮漏永、夢君恩。卧思前事暗消魂。羅衣濕、新揾舊啼痕。　歌吹隔重閽。遶庭芳草緑、倚長門。萬般惆悵向誰論。凝望立、宮殿欲黄昏。」流傳入禁掖，姬聞之不食死。

《蓼園詞選箋》：韋端己以才名入蜀，值王建割據，遂被羈留，爲蜀散騎常侍，判中書門下事。《謁金門》云：「柳外飛來雙羽玉。弄晴相對浴。」其自惜皜皜之白乎？歇拍云「寸心千里目」，可以悲其志矣。

《餐櫻廡詞話》：韋端己《定西番》云：「挑盡金鐙紅燼，人灼灼，漏遲遲。未眠時。」韋有《傷灼灼詩》序云：「灼灼，蜀之麗人也。近聞貧且老，殂落於成都酒市中。因以四韻弔之。『嘗聞灼灼艷於花』云云。」《定西番》所云灼灼，疑指其人盛時。其又一闋有云：「塞遠久無音問，愁銷鏡裏紅。」是時玉容消息，即已不堪回首矣。

〔詞評〕《詞源》：詞之難於令曲，如詩之難於絶句，不過十數句，一句一字閑不得。末句最當留意，有有餘不盡之意始佳。當以唐《花間集》中韋莊、温飛卿爲則。

《餐櫻廡詞話》：韋端己《浣溪沙》云：「咫尺畫堂深似海，憶來唯把舊書看。」《謁金門》云：「新睡覺來無力，不忍把君書跡。」一意化兩，並皆佳妙。

《皺水軒詞筌》：小詞以含蓄爲佳，亦有作決絶語而妙者。如韋莊「誰家年少足風流。妾擬將身嫁與一生休。縱被無情棄，不能羞」之類是也。牛嶠「須作一生拚，盡君今日歡」，抑亦其次。柳耆卿「衣帶漸寬終不悔，爲伊消得人憔悴」，即韋意而氣加婉矣。

《願爲明鏡室詞話》：韋端己、馮正中諸家詞，流連光景，惆悵自憐，蓋亦易漂摇於風雨者。若第論其吐屬之美，又何加焉。

《蓮子居詞話》：韋相清空善轉，殆與温尉異曲同工。所賦《荷葉杯》，真能攄摽擗之憂，發踟躕之愛。

周介存云：韋端己詞，清艷絶倫，初日芙蓉春月柳，使人想見風度。

〔詞考〕《丹鉛總録》：韋莊《應天長》詞云：「想得此時情切，淚沾紅袖黦。」「黦」字義與涴同，而字則讀如涴字入聲，始得其叶。然《説文》、《玉篇》俱無「黦」字，惟元詞中「馬驟黦人語喧」，北音作平聲，四轉作入聲正叶。

按：韋文靖詞與温方城齊名，熏香掬艷，眩目醉心，尤能運密入疏，寓濃於淡，花間群賢，殆尠其匹。《全唐詩》共載其詞五十二首。所作《秦婦吟》因傳時太甚，秘之不傳。前敦煌石室書出，其中乃有寫本，已佚名，作復傳於世。詩爲七言長古，實《長恨歌》、《連昌宫詞》之亞也，宜其以詩得。

牛嶠

嶠字松卿，一字延峰，隴西人，唐宰相僧孺之後。乾符五年登進士第，歷拾遺，補闕校書郎。王建以節度使鎮西川，辟爲判官。及開國，拜給事中。有集三十卷，詩三卷。

〔詞話〕升庵《詞品》：《南史》王晞詩：「日鶩當歸去，魚鳥見留連。」俗本改「鶩」作「暮」，淺矣。孟蜀牛嶠詞：「日鶩天空波浪急。」正用晞語。

《古今詞話》：牛松卿事蜀爲給事中。其《楊柳枝》詞：「不忿錢塘蘇小小，引郎松下結同心。」見推於時。

又：姜堯章曰：牛松卿《望江南》詞，一詠燕，一詠鴛鴦，是詠物而不滯於物者也，詞家當法此。

又：陸放翁曰：牛嶠《定西審》爲塞下曲，《望江怨》爲閨中曲，是盛唐遺音。及讀其「翠娥愁，不擡頭」，「莫信彩箋書裏，賺人腸斷字」，則又刻細似晚唐矣。

又：沈雄曰：對句易於言景，難於言情。且開放則中多迂濫，收整則結無意緒，對句要宜活句也。牛嶠之《夢江南》：「不是鳥中偏愛爾，爲緣交頸睡南塘。」其下可直接「全勝薄情郎」，此即救尾對也。

又：輪臺，古遷謫地。岑參詩：「西去輪臺萬里餘。」牛嶠詞：「星漸稀，漏頻轉，何處輪臺聲怨。」中吕宫，《樂章集》有《輪臺子》。

〔詞評〕《花草蒙拾》：牛給事「須作一生拚，盡君今日歡」，狎昵已極。南唐「奴爲出來難，教君恣意憐」，本此。至「檀口微微，靠人緊把腰兒貼」，風斯下矣。

《十國春秋》：嶠尤善製小詞，《女冠子》云：「繡帶芙蓉帳，金釵芍藥花。」《菩薩蠻》云：「山月照山花，夢回燈影斜。」皆佳句也。

《金粟詞話》：牛嶠「須作一生拚，盡君今日歡」，是盡頭語，作豔語者無以復加。柳七亦自有唐人妙境，今人但從淺俚處求之，遂使《金荃》、《蘭畹》之音，流入《挂枝》、《黄鶯》之調，此學柳之過也。

《餐櫻廡詞話》：昔人情語、艷語，大都靡曼爲工。牛松卿《西溪子》云：「畫堂前，人不語。弦解語。彈到昭君怨處，翠蛾愁。不擡頭。」《望江怨》云：「東風急。惜别花時手頻執。羅幃愁獨入。馬嘶殘雨春蕪濕。倚門立。寄語薄情郎，粉香和淚泣。」繁絃柱促間，有勁氣暗轉，愈轉愈深。此等佳處，南宋名作中，間一見之。北宋人雖綿（博）〔薄〕如柳屯田，顧未克辨。

又：牛松卿句「斂眉含笑驚」五字三層意，别是一種密法。「眼看唯恐化，魂蕩欲相隨」，别是一種説得盡，與「須作一生拚」云云不同。

按：牛松卿諸詞並見《全唐詩》。五代詞切忌但學其表面，所患除表面無可學。松卿詞蓋有内心者。

毛文錫

文錫字平珪，南陽（按《十國春秋》作高陽）人。年十四，登進士第。仕前蜀，爲翰林學士承旨。永平四年，遷禮部尚書，判樞密院事。通正元年，進文思殿大學士，拜司徒。天漢時，宦官唐文扆譖之，貶茂州司馬，後復事孟蜀。以詞章供奉内廷。

〔詞話〕《苕溪漁隱叢話》：唐毛文錫詞云：「鴛鴦對浴銀塘暖。水面蒲梢短。垂楊低拂麴塵波。」汪彦章詩云：「垂垂梅子雨，細細麴塵波。」然則「麴塵」亦可于水言之也。或云：《周禮》「鞠衣」注云：「黄桑服也，色如鞠塵，象桑葉始生。」鞠者，草名，花色黄，世遂以鞠塵爲麴塵。其説非是。

《十國春秋》：文錫與歐陽炯等五人，以小詞爲後蜀主所賞。文錫有《前蜀紀事》二卷、《茶譜》一卷。尤工艷語，所譔《巫山一段雲》詞，當世傳詠之。

《花草蒙拾》：詞中佳氣，多從詩出。如毛司徒「夕陽低映小窗明」，顧太尉「蟬吟人静，斜日傍，小窗明」，皆本黄奴「夕陽如有意，偏傍小窗明」。若蘇東坡之「與客携壺上翠微」（元注：《定風波》），賀東山之「秋盡江南草未凋」（元注：《太平時》），皆文人偶然游戲，非向《樊川集》中作賊。

〔詞評〕《古今詞話》：毛文錫詞，大致勻淨，不及熙震。其所譔《紗窗恨》可歌也。

又：葉石林曰：毛詞以質直爲清致，殊不知流於率露，致令諸人之評庸陋詞者，必曰，此乃仿毛文錫之《贊成功》而不及者乎。逮覽其全集，而詠其《巫山一段雲》，其細心微詣，直造蓬萊頂上。

《餐櫻廡詞話》：《花間集》毛文錫三十一首，余祇喜其《醉花間》後段：「昨夜雨霏霏，臨明寒一陣。偏憶戍樓人，久絕邊庭信。」情景不奇，寫出政復不易，語淡而真，亦輕清，亦沉著。又：毛文錫《應天長》云：「漁燈明遠渚，蘭櫂今宵何處。」柳屯田云：「今宵酒醒何處，楊柳岸、曉風殘月。」毛詞簡質而情景具足，後人但能歌柳詞耳。「知者亦不易」，誠哉是言。

按：毛平珪詞並見《花間集》。葉石林所稱《巫山一段雲》，非其至者。

庾傳素

傳素仕前蜀王建，起家蜀州刺史，累官至左僕射，兼中書侍郎、同平章事。天漢元年，爲宦者唐文扆所譖，罷爲工部尚書，未幾改兵部。衍嗣位，加太子少保，復兼中書侍郎、同平章事。

按庾傳素詞《木蘭花》云：「木蘭紅艷多情態。不是凡花人不愛。移來孔雀檻邊栽，折向鳳皇釵上戴。是何芍藥爭風彩。自共牡丹長作對。若教爲女嫁東風，除卻黄鶯難匹配。」蓋即詠木蘭花者。見《御選歷代詩餘》。

牛希濟

希濟，隴西人，嶠兄子。蜀王衍時，累官至翰林學士、御史中丞。蜀亡降唐，同光三年，拜爲雍州節度副使。

〔詞評〕《鄒水軒詞筌》：牛希濟《黄陵廟》曰：「風流皆道勝人間，須知狂客，拌死爲紅顔。」抑何狂惑也，然詞則妙矣。

《歷代詞話》：仇遠曰：牛希濟《臨江仙》，芊綿温麗極矣。自有憑弔淒涼之意，得詠史體裁。

按牛希濟詞《生查子》二首、《臨江仙》四首、《謁金門》一首，見《花間集》及《全唐詩》。

魏承班

承班，前蜀駙馬都尉，官至太尉。按承班父名宏夫，王建録爲養子，賜姓名王宗弼，官至太師兼中書令，判六軍輔政，封齊王。

〔詞評〕《古今詞話》：元遺山曰：魏承班俱爲言情之作，大旨明淨，不更苦心刻意以競勝者。

《柳塘詞話》：魏承班詞，較南唐諸公，更淡而近，更寬而盡，盡人喜效爲之。愚按：「相見綺筵時，深情黯共知。」「難話此時心，梁燕雙來去。」亦爲弄姿無限，只是一腔驀出。至「好天涼月盡傷心，爲是玉郎長不見」，「少年何事負初心，淚滴縷金雙衽」，有故意求盡之病。

按：魏承班詞，沈偶僧言其有故意求盡之病。余謂不妨説盡，衹是少味耳。如「嫁得薄情夫，長抱相思病。」「王孫何處不歸來，應在倡樓酩酊」，此等句有何意味耐人涵泳甎索耶？唯《謁金門》云：「煙水闊。人值清明時節。雨細花零鶯語切。愁腸千萬結。　雁去音徽斷絶。有恨欲憑誰説。無事傷心猶不徹。春時容易别。」又云：「春欲半。堆砌落花千片。早是潘郎長不見。忍聽雙語燕。　飛絮晴空颺遠。風送誰家絃管。愁倚畫屏凡事嬾。淚霑金縷线。」前調云：「長思憶。思憶佳辰輕擲。霜月透簾澄夜色。小屏山凝碧。　恨[恨]君何太極。記得嬌嬈無力。獨坐思量愁似織。斷腸煙水隔。」《全唐詩》班詞二十闋，如右三闋，尚覺行間句裏饒有清氣。五代詞自是詞流之詞，余謂承班可云駙馬之詞，世有知音或不以爲過當。

李珣

珣字德潤，先世波斯人，家於梓州。蜀主衍時，以秀才與賓貢，國亡不仕。有《瓊瑤集》一卷。（按《十國春秋》云若干卷，當是近所傳，非足本。）

（詞話）《花庵詞選》：李珣（按作詢誤）《巫山一段雲》「有客經巫峽」云云。元注：唐詞多緣題所賦，《臨江仙》則言仙事，《女冠子》則述道情，《河瀆神》則詠祠廟，大概不失本題之意。爾後漸變，去題遠矣。如此二詞，實唐人本來詞體如此。

《十國春秋》：珣以小詞爲後主所賞，常製《浣溪沙》詞，有「早爲不逢巫峽夜，那堪虚度錦江春」，詞家互相傳誦。所著有《瓊瑤集》若干卷。（元注：「夜」字原本係「夢」字。）

《餐櫻廡詞話》：周草窗云：李珣、歐陽炯輩，俱蜀人，各製《南鄉子》數首以誌風土，亦竹枝體也。珣所作《南鄉子》十七闋，首闋云：「思鄉處，潮退水平春色暮。」似乎誌風土之作矣。乃後闋句云：「采真珠處水風多。」又云：「夾岸荔支紅蘸水。」又云：「越南雲樹望中微。」又云：「愁聽猩猩啼瘴雨。」又云：「越王臺下春風暖。」又云：「刺桐花下越臺前。」又云：「騎象背人先過水。」又云：「出向桄榔樹下立。」又云：「拾翠采珠能幾許。」又云：「孔雀雙雙迎日舞。」又云：「謝娘家接越王臺，一曲鄉歌齊撫掌。」又云：「椰子酒傾鸚鵡醆。」又云：「慣隨潮水采珠來。」珣蜀人，顧所詠，皆東粤景物，何耶？其《巫山一段雲》

云：「啼猿何必近孤舟。行客自多愁。」《河傳》云：「依舊十二峰前，猿聲到客船。」則誠蜀人之言矣。又：李德潤《河傳》云：「想佳人花下，對明月春風。恨應同。」高竹屋《齊天樂·中秋夜懷梅溪》云：「古驛煙寒，幽垣夢冷，應念秦樓十二。」兩家用意略同。高詞傷格不可學，李詞則否。其故當細審之。〔詞評〕《織餘續述》：蜀李珣詞《望遠行》云：「休暈繡，罷吹簫。」閨人刺繡，顏色濃淡深淺之間，細意熨貼，務令化盡針縷痕跡，與畫家設色無異，謂之「暈繡」。此二字入詞絕新。又《臨江仙》云：「彊整嬌姿臨寶鏡，小池一朵芙蓉。」妙絕。形容卻無形容之跡，即是暈繡工夫。蕙風詞隱云：李秀才詞清疏之筆，下開宋人體格。

按：五代人小詞，大都奇艷如古蕃錦，唯李德潤詞有以清勝者，如《酒泉子》云：「秋雨連綿，聲散敗荷叢裏，那堪深夜枕前聽。酒初醒。」前調云：「秋月嬋娟，皎潔碧紗窗外，照花穿竹冷沈沈。印池心。」《浣溪沙》云：「翠疊畫屏山隱隱，冷鋪文簟水潾潾。斷魂何處一蟬新。」蕙風詞隱所云「下開北宋體格」者也。有以質勝者，《西溪子》云：「歸去想嬌嬈。暗魂消。」《中興樂》云：「忍孤前約，教人花貌，虛老風光。」宋人唯吳夢窗能爲此等質句，愈質愈厚，蓋五代詞已開其先矣。宋人《黄氏客話》稱：李德潤國亡不仕，詞多感慨之音。《漁父》及《漁歌子》數闋，具見襟情高澹，故能晚節堅貞。「曾見錢唐八月濤」，殆即所云感慨之音乎？又《定風波》云：「往事豈堪容易想，惆悵。故人迢遞在瀟湘。縱有回文重疊意。誰寄。解鬟臨鏡泣殘妝。」蓋寓故國故君之思，非尋常情語也。

尹　鶚

鶚，成都人。仕前蜀，爲翰林校書郎，累官至參卿。

〔詞評〕張玉田云：尹參卿詞以明淺動人，以簡淨成句者也。

《皺水軒詞筌》：寫景之工者，如尹鶚「盡日醉尋春，歸來月滿身」。

《古今詞話》：尹鶚《秋夜月》，頗覺遵古，而非正賞之音。《杏園芳》，更多頹唐之句。

《柳塘詞話》：尹鶚《杏園芳》第二句「教人見了關情」，末句「何時休遣夢相縈」，遂開柳屯田俳調。至其《臨江仙》云：「西窗鄉夢等閒成。逡巡覺後，特地恨難平。」又「昔年於此伴蕭孃。相偎竚立，牽惹叙衷腸。」流遞於後，令讀者不能爲懷。豈心曰《花間》、《尊前》句，皆婉麗也。

《餐櫻廡詞話》：尹鶚《女冠子》云：「霞帔金絲薄，花冠玉葉危。」押「危」字甚安。《秋夜月》歇拍云：「論心正切。夜深，窗透數條斜月。」能於旖旎中得幽靜之處。「金絲薄」，「薄」字改「弱」，對「危」更稱。

按：唐無名氏《醉公子》云：「門外猧兒吠，知是蕭郎至。剗韈下香階，冤家今夜醉。扶得入羅幃，不肯脱羅衣。醉則從他醉，還勝獨睡時。」前輩謂讀此可悟作詩之法。韓子蒼曰：「只是轉折多耳。且如喜其『至』是一轉，而苦其『今夜醉』又是一轉；『入羅幃』是一轉，而『不肯脱羅衣』又是一轉；二句自家開釋又是一轉。直是賦盡醉公子也。」見《懷古録》。尹鶚《菩薩蠻》云：「朧雲暗合秋天白。俯窗獨坐窺煙陌。樓際角重吹。黄昏方醉歸。荒唐難共語。明日還應去。上馬出門時。金鞭莫與伊。」由未歸説到醉歸，由「荒唐難共語」，想到明日出門時，層層轉折，與無名氏《醉公子》略同。「金鞭莫與伊」尤有不盡之情，癡絶，昵絶。《全唐詩》鶚詞十六闋，此闋最爲佳勝。《秋夜月》全闋云：「三秋佳節。罩晴空，凝翠露，茱萸千結。菊蘂和煙輕撚，酒浮金屑。微雲雨，調絲竹，此時難輟。歡極、一片豔歌聲揭。　黄昏慵別。炷沈煙，熏繡被，翠帷同歇。醉並鴛鴦雙枕，暖偎春雪。語丁寧，情委曲，論心正切。夜深、窗透數條斜月。」所謂開屯田詞派者也。

昭儀李氏

李氏名舜弦，梓州人。珣女弟，前蜀主王衍册立爲昭儀。

〔詞話〕《茅亭客話》：梓州李珣，其先波斯人。珣有詩名，以秀才豫賓貢，事蜀主衍。國亡不仕。其妹爲衍昭儀，亦能詞，有「鴛鴦瓦上忽然聲」句。

按：李昭儀詞斷句「鴛鴦瓦上忽然聲」，當是詠雪之作，調名不可考矣。

後　蜀

後蜀主孟昶

後蜀主昶，初名仁贊，字保元，道號玉霄子，邢州人。知祥三子。知祥爲兩川節度使，昶爲行軍司馬。及稱號，以爲東川節度使、同中書門下平章事。明德元年，知祥病，昶爲太子監國。知祥卒，遂嗣位。在位三十一年，出降宋，至京師七日而卒。

〔詞話〕《温叟詩話》：蜀主孟昶令羅城上盡種芙蓉，盛開四十里。語左右曰：「古以蜀爲錦城，今觀之，真錦城也。」嘗夜同花蘂夫人避暑摩訶池上，作《玉樓春》詞云：「冰肌玉骨清無汗。水殿風來暗香滿。繡簾一點月窺人，攲枕釵横雲鬢亂。　起來瓊户啟無聲，時見疏星渡河漢。屈指西風幾時來，只恐流年暗中换。」

《苕溪漁隱叢話》：《漫叟詩話》云：楊元素作《本事曲》，記《洞仙歌》：「冰肌玉骨，自清涼無汗。水殿風來暗香滿。繡簾開，一點明月窺人，人未寢，攲枕釵横雲鬢亂。起來携素手，庭户無聲，時見疏星渡河漢。試問夜如何，夜已三更，金波淡、玉繩低轉。細屈指、西風幾時來，又不道流年，暗中偷换。」錢塘有老尼，能誦後主詩首章兩句，後人爲足其意，以填此詞。又東坡《洞仙歌》序云：「僕七歲時見眉州老尼姓朱（按一作姓宋），忘其名，年九十餘，自言：嘗隨其師入蜀主孟昶宫中。一日大熱，蜀主與花蘂夫人夜起避暑摩訶池上，作一詞。朱具能記之。今四十年，朱已死矣，人無知此詞者。獨記其首兩句云：冰肌玉骨，自清涼無汗。暇日尋味，豈洞仙歌令乎，乃爲足之云。」苕溪漁隱曰：《漫叟詩話》所載《本事曲》云：錢唐一老尼能誦後主詩首章兩句，與東坡《洞仙歌序》全然不同。當以序爲正也。

《西溪叢話》：孟蜀王《水殿》詩，東坡續爲長短句。「冰肌玉骨清無汗」云云，一云昶與花蘂夫人避暑摩訶池上，所詠《玉樓春》詞也。一云東坡少年遇美人喜《洞仙歌》，又邂逅處景色暗相似，故檃括稍協律以贈之也。

《古今詞話》：沈雄曰：東京士人檃括東坡《洞仙歌》爲《玉樓春》，以記「摩訶池上」之事，見張仲素《本事記》。魯直隱括子同《漁父》詞爲《鷓鴣天》，以記「西塞山前」之勝，見《山谷詞》。是真簡而文矣。又曾氏《雅編》曰：蜀主昶止有《相見歡》一首，云：「無言獨上西樓。月如鈎。寂寞梧桐深院鎖清秋。剪不斷。理還亂。是離愁。别是一般滋味在心頭。」此蜀主之絶妙好詞也，落句人皆襲之，以爲美談。

《十國春秋》：後蜀主孟昶，好學爲文，皆本於理，居恒謂李昊、徐光溥曰：「王衍浮薄，而好輕豔之詞，朕不爲也。」然昶亦工聲曲，有《相見歡》詞。

《蓮子居詞話》：古來詞不全者，後蜀主孟昶《洞仙歌令》，花蘂夫人《采桑子》，宋司馬棫女鬼《黄金縷》，戴復古妻《祝英臺近》，無名子《唐多令》，明張紅橋《蝶戀花》，小青《南鄉子》。

按：後蜀主孟保元詞「冰肌玉骨」云云，自宋已還，諸家之説各異。以「冰肌玉骨清無汗，水殿風來暗香滿」爲蜀主詩首二句，後人足成《玉樓春》者，《漫叟詩話》據楊元素《本事曲》記也。以「冰肌玉骨，自清涼無汗」爲蜀主詞《洞仙歌》首二句，因足成之者，東坡《洞仙歌》自序也。以《玉樓春》全闋爲蜀主作者，《漫叟詩話》也。謂東坡隱括蜀主《玉樓春》爲《洞仙歌》者，《西溪叢話》所引之一云也。謂東京士人隱括東坡《洞仙歌》爲《玉樓春》者，《古今詞話》沈雄之説也。諸説紛歧，莫衷一是，唯坡公詞序最爲可據。誠如胡元任所云，乃向來選家著録蜀主之作，並皆《玉樓春》一首，或者别有確據，不止漫叟一家之言。時代茗遠，無從考定，姑並存其説可耳。曾氏《雅編》載蜀主《相見歡》「無言獨上西樓」云云，一作南唐李後主詞，未審《十國春秋》所云《相見歡》即是此闋否。

顧敻

敻，前蜀通正時，以小臣給事内庭，久之擢某州刺史。後事孟知祥，累遷至太尉。

〔詞話〕《升庵詩話》：俗謂柔言索物曰「泥」，乃計切，諺所謂軟纏也。字又作「詎」，《花間集》「黄鶯嬌囀詎芳妍。」（按顧敻《虞美人》。）句又「記得詎人微斂黛」。

《花草蒙拾》：顧太尉「換我心，爲你心，始知相憶深。」自是透骨情語。徐山民「妾心移得在君心，方知人恨深」，全襲此。然已爲柳七一派濫觴。

《古今詞話》：「衰柳數聲蟬，魂消似去年。」顧太尉《醉公子》句。《花間集》曰陳聲伯愛之，擬衍一絶句云：「擁被忽聽門外雨，山中又作去年秋。」兩俱脱化。

《十國春秋》：顧夐雅善小詞，有《醉公子》曲爲一時艷稱。

《餐櫻廡詞話》：顧太尉《河傳》云：「櫂舉。舟去。波光渺渺，不知何處。岸花汀草共依依。雨微。鷓鴣相逐飛。」孫光憲之「兩槳不知消息，遠汀時起鸂鶒」，確是檃括顧詞。兩家並饒簡勁之趣。顧尤毫不著力，自然清遠。

〔詞評〕蕙風詞隱云：顧夐艷詞多質樸語，妙在分際恰合。孫光憲便涉俗。

又云：顧太尉五代艷詞上駟也，工緻麗密，時復清疏，以艷之神與骨爲清，其艷乃益入神入骨。其體格如宋院畫工筆折枝小幀，非元人設色所及。

按：顧夐詞《全唐詩》附五十五首，皆艷詞也。濃淡疏密，一歸於艷。誠如蕙風詞隱所云：「五代艷詞之上駟也。」其《酒泉子》云：「謝娘斂翠恨無涯。」「翠眉」但言「翠」，僅見。《荷葉杯》云：「我憶君詩最苦。」又云：「紅箋寫寄表情深。」《浣溪沙》云：「無言斜倚小書樓。」詩箋、書樓入詞，亦罕見。

鹿虔扆

虔扆（按一作虔扆），孟蜀時登進士第，累官爲學士。廣政間，出爲永泰軍節度使，進檢校太尉，加太保。

〔詞話〕《樂府紀聞》：鹿虔扆初讀書古祠，見畫壁有周公輔成王圖，期以此見志。國亡不仕。詞多感慨之音。

《古今詞話》：倪元鎮曰：鹿公抗志高節，偶爾寄情倚聲，曲折盡變，有無限感慨淋漓處。

《十國春秋》：鹿虔扆，不知何地人。與歐陽炯、韓琮、閻選、毛文錫等，俱以工小詞供奉後主。虔扆《思越人》詞，有「雙帶繡窠盤錦薦，淚侵花暗香消」之句，推爲絶唱。

〔詞評〕《餐櫻廡詞話》：鹿太保，孟蜀遺臣，堅持雅操。其《臨江仙》云：「煙月不知人事改，夜闌還照深宮。」含思悽惋，不減李重光「晚涼天淨月華開，想得玉樓瑶殿影，空照秦淮」之句。

《織餘續述》：鹿虔扆詞「約砌杏花零」，「約」字雅鍊。殘紅受約於風，極婉款妍倩之致。

按：鹿太保詞，《全唐詩》附六首，與《花間集》同。《臨江仙》全闋云：「金鎖重門荒苑静，綺窗愁對秋空。翠華一去寂無蹤。玉樓歌吹，聲斷已隨風。　煙月不知人事改，夜闌還照深宮。藕花相向野塘中。暗傷亡國，清露泣香紅。」《思越人》全闋云：「翠屏欹，銀燭背，漏殘清夜迢迢。雙帶繡窠盤錦薦，淚侵花暗香銷。　珊瑚枕膩鴉鬟亂。玉纖慵整雲散。若是適來新夢見。離腸爭不千斷。」

歷代詞人考略卷六

後蜀二

歐陽炯

炯，華陽人。事王衍爲中書舍人，（《宣和畫譜·貫休傳》云大學士。）後事孟蜀。廣政三年，武德軍節度判官，累官翰林學士，進門下侍郎、同平章事。蜀亡，從昶歸宋，授左散騎常侍。

〔詞話〕《蓉城集》：歐陽炯，即首叙《花間集》者。每言愁苦之音易好，懽愉之語難工。其詞大抵婉約輕和，不欲强作愁思者也。

《堯山堂外紀》：歐陽炯事孟蜀後主，時號五鬼之一。曾約同僚納涼於寺，寺僧可朋作《耘田鼓歌》以刺之，遂撤飲。炯始作《三字令》。有歐陽彬作《生查子》者，其弟也。

《十國春秋》：炯善文章，尤工詩詞。有小詞十七章，人時時稱道之。其《漁父》歌，詞家尤多和作。

〔詞評〕沈雄《古今詞話》：歐陽炯《清平樂》，通首十「春」字。初在句首，既入句中，始則單行，旋而雙見。安頓變化，究不若高賓王《卜算子》，全用春字，亦復警切，復生動。《花草蒙拾》：《花間》字法，最著意設色，異紋細艷，非後人纂組所及。如「荳蔻花間趖晚日」、「淚沾紅袖黦」、「猶結同心苣」、「畫梁塵黦」、「洞庭波浪颭晴天」，山谷所謂古蕃錦者，其殆是耶。

《餐櫻廡詞話》：《花間集》歐陽炯《浣溪沙》云：「蘭麝細香聞喘息，綺羅纖縷見肌膚。此時還恨薄情無。」自有艷詞以來，殆莫艷於此矣。半唐僧鶩曰：「奚翅艷而已？直是大且重。苟無《花間》詞筆，孰敢爲斯語者。」

又：歐陽炯《春光好》云：「胸鋪雪，臉分蓮，理繁絃。」宋·江致和《五福降中天》句云：「秋水嬌横俊眼，膩雪輕鋪素胸。」由炯句出。因「膩雪」字，益見「鋪」字形容之妙。又：《浣溪沙》句「宛風如舞透香肌」，「宛」字妙絶，能傳出「如舞」之神，無一字可以易之。此等字用得的當，便新而不纖不尖。

按：歐陽炯詞艷而質，質而愈艷，行間句裏卻有清氣流行。大概詞家如炯，求之晚唐五季，亦不多覯。其《定風波》云：「暖日閑窗映碧紗。小池春水浸晴霞。數樹海棠紅欲盡。爭忍。玉閨深掩過年華。獨凭繡牀方寸亂。腸斷。淚珠穿破臉邊花。鄰舍女郎相借問。音信。教人羞道未還家。」此等詞如淡妝西子，肌骨傾城。

又按：衛尉少卿趙崇祚輯《花間集》十卷，炯爲之序，蓋《花間》一集，炯實爲之命名也。

歐陽彬

彬，衡山人，炯弟。廣政初，爲嘉州刺史，歷尚書左丞、寧江軍節度使。

按：歐陽彬詞《生查子》云：「盡日畫堂歡，入夜重開宴。翦燭蠟煙香，促席花光顫。　待得月華來，滿院如鋪練。門外簇驊騮，直待更深散。」見《全唐詩》。

劉保乂

保乂，（《九國志》作保義。）青州人。廣政初，官户部郎中，充諸王侍讀，轉給事中。賜金紫。

按：劉侍讀詞《生查子》云：「深秋更漏長，滴盡銀臺燭。獨步出幽閨，月晃波澄緑。　菱荷風乍觸，一對鴛鴦宿。虚櫂玉釵驚，驚起還相續。」見《全唐詩》。

薛昭蘊　薛昭緯

昭蘊，孟蜀時，累官至侍郎。

〔詞話〕《丹鉛總録》：唐人好畫蕃馬於屏，《花間詞》云「細草平沙，蕃馬小屏風」是也。

《餐櫻廡詞話》：中國櫻花不繁而實，日本櫻花繁而不實。明·祝允明《懷星堂集》，略有《和日本僧省佐諫詠其國中源氏園白櫻花》詩。中國人詠櫻花殆始於此。薛昭蘊詞《離別難》云：「摇袖立，春風急，櫻花楊柳雨凄凄。」櫻花入詩詞，宋已前尤罕覯也。

〔詞評〕《餐櫻廡詞話》：清與艷，皆詞境也。薛昭蘊《浣溪沙》云：「紅蓼渡頭秋正雨，印沙鷗跡自成行。整鬟飄袖野風香。　不語含嚬深浦裏，幾回愁煞櫂船郎。燕歸帆盡水茫茫。」此詞清中之艷，其艷在神。

按：薛昭藴詞，《全唐詩》附載十九首。其中《浣溪沙》「粉上依稀有淚痕」，又「握手河橋柳似金」，又「江館清秋纜客船」，及《喜遷鶯》、《小重山》、《離别難》等六首，體格於兩宋差近。

又按：薛昭緯恃才傲物，每入朝省，弄笏而行，旁若無人，好唱《浣溪沙》詞。知舉後，有一門生辭歸鄉里，臨歧獻規曰：「侍郎重德，某乃受恩，爾後請不弄笏與唱《浣溪沙》，幸甚！」時人以爲至言。見《北夢瑣言》。昭緯，乾寧中爲禮部侍郎。貢舉得人，文章秀麗，爲崔引所惡，出爲磎州刺史卒。見《萬姓統譜》。昭緯有唱詞之好，當必夙擅倚聲，惜所作無傳，附記於此。

毛熙震

熙震，蜀人。官祕書監。

〔詞話〕《齊東野語》：蜀人毛熙震，其集止二十餘調，中多新警，而不爲儇薄者也。

《逸老堂詩話》：《墨莊漫録》載：「婦人弓足，始於五代李後主。」非也。予觀六朝樂府有《雙行纏》，其辭云：「新羅繡行纏，足趺如春妍。他人不言好，獨我知可憐。」《花間集》詞云：「慢移弓底繡羅鞋。」則此飾不始於五代也。或謂起于妲己，乃瞽史以欺閭巷者。士夫或信以爲真，亦可笑哉！

《蓮子居詞話》：花間詞「慢移弓底繡羅鞋」，婦人纏足見詠於詞者始此。劉熙《釋名》：「晚下如舄，婦人短者著之。」今人緣以爲高底之製，即古重臺履也。

《餐櫻廡詞話》：閨人時妝，鬟髮覆額，如黝髹可鑑。以梳之小而精者，約正中片髮，入其齒中，闊與梳相若，梳齒向上，局曲而旋覆之。令齒仍向上，髮密而厚。梳齒藏不見，則翦起爲美觀。《花間集》毛熙震《浣溪沙》云「象梳欹鬢月生雲」，清姒嘗改爲「象梳扶鬢雲藏月」，蓋賦此也。

又：顧太尉《玉樓春》云：「曉鶯簾外語花枝，背帳猶殘紅蠟燭。」毛祕監《臨江仙》云：「幽閨欲曙聞鶯囀，紅窗月影微明。好風頻謝落花聲。隔帷殘燭，猶照綺屏箏。」似推衍顧句意。顧詞「猶殘」，「殘」字作「餘」字解，唐詩中屢見之。

〔詞評〕《柳塘詞話》：毛祕監詞：「象梳欹鬢月生雲」，「玉纖時急繡裙腰」，「曉花微斂輕呵展，裊釵金燕軟。」不止以濃艷見長也，卒章情致尤爲可愛。其《後庭花》云：「傷心一片如珪月，閒鎖宮闕。」《清平樂》云：「正是銷魂時候，東風滿院花飛。」《南歌子》云：「嬌羞愛問曲中名，楊柳杏花時節幾多情。」試問今人弄筆，能出一頭地否？

《織餘續述》：毛熙震詞：「整鬟時見纖瓊。」「纖瓊」，手也，艷而新。又「閑步落花旁」，語小而境佳，此等句須留意體會。又「曉花微斂輕呵展」，尤緻絶可喜。

按：毛熙震詞艷處、質處並近温方城。《全唐詩》附二十九首。《木蘭花》云：「掩朱扉，鈎翠箔。滿院鶯聲春寂寞。匀粉淚，恨檀郎，一去不歸花又落。　對斜暉，臨小閣。前事豈堪重想著。金帶冷，畫屏幽，寶帳慵薰蘭麝薄。」《小重山》云：「梁燕雙飛畫閣前。寂寥多少恨，嬾孤眠。曉來閑處想君憐。紅羅帳，金鴨冷沉煙。　誰信損嬋娟。倚屏啼玉筯，濕香鈿。四支無力上鞦韆。群花謝，愁對艷陽天。」或筆艷而凝，或體麗而清。其於五季，信卓然名家矣。

閻選

選，後蜀布衣，時稱閻處士。

〔詞話〕《十國春秋》：閻選，故布衣也。酷善小詞，有《臨江仙》云：「畫簾深殿，香霧冷風殘。」又云「猿啼明月照空灘」。

〔詞評〕《餐櫻廡詞話》：李德閏《臨江仙》云：「强整嬌姿臨寶鏡，小池一朵芙蓉。」閻選《謁金門》云：「美人浴，碧沼蓮開芬馥。」並皆形容絶妙，尤覺落落大方。是人是花，一而二，二而一，不必用「如」、「似」等字，是詞中暗字訣之一種。

又：閻選《臨江仙》：「猿啼明月照空灘。孤舟行客，驚夢亦艱難。」佳處在下二句。《十國春秋》祇稱引上一句，可云買櫝還珠。又云「藕花珠綴，猶似汗凝妝」，亦極罕，譬之妙自慧心艷想中來。「珠綴」，雨也，起調云：「雨停荷芰逗濃香。」

按：五代人詞清艷兼擅，近人但學其艷，且猶失之膚浮。蕙風詞隱嘗云：五代詞不必學。爲不善學者發也。閻處士《虞美人》「楚腰蠐領團香玉」云云，《謁金門》「美人浴，碧沼蓮開芬馥」云云，此以艷勝者也。《浣溪沙》「寂寞流蘇冷繡茵」云云，界在清艷之間者也。《花庵詞選》録此一闋，抉擇至當。《定風波》「江水沈沈帆影過」云云，此清疏之筆。視李德潤《漁歌子》、《定風波》諸作，襟抱稍不逮耳。以視韋端己輩，則尤韻度相懸矣。其艷語至「一枝嬌卧醉芙蓉」、「酥融香透肉」，已一分無可加。乃至《虞美人》云：「偷期錦浪荷深處。一夢雲兼雨。臂留檀印齒痕香。深秋不寐漏初長。盡思量。」雖質語，詞家所許，然分際太過，不免傷雅傷格。唯如《八拍蠻》之「憔悴不知緣底事，遇人推道不宜春」，《謁金門》之「雙髻綰雲顔似玉，素娥輝淡緑」，則其秀在骨，其艷入神，卷中最佳之句也。

釋貫休

貫休字德隱，俗姓姜氏，蘭谿人。幼落髮於和安寺。年二十，受具足戒於洪州開元寺，後隱南岳。入蜀，歷龍樓待詔明因辨果功德大師、祥驎殿首座引駕内供奉講唱大師、道門子使選鍊校授文章應制大師、兩街僧録封司空太僕卿雲南八國旗鎮國大師、左右街龍華道場對御講讃大師，兼禪月大師，大沙門賜紫食邑八千户。卒奉敕書塔，謚曰白蓮之塔。有《禪月集》（按即舊《西岳集》。）二十五卷。

按：貫休《擣練子・嘲商客》云：「葦蕭蕭，風摵摵。落日江頭何處客。斜倚帆檣不唤人，五湖浪向心中白。」見舊《西岳集》。

慧妃徐氏

妃姓徐氏，（按一云費氏，誤。）青城人。徐匡璋女，後蜀主昶册爲貴妃，升號慧妃，别稱花蘂夫人。廣政二十七年，宋師圍成都。蜀亡，隨昶俘繫至京師，宣召入宫。不屈，輸織室賜死。

〔詞話〕《太平清話》：花蘂夫人製《采桑子》題葭萌驛壁，纔半闋而爲軍騎促行。後有無賴子續成之，「三千宫女如花貌」云云。花蘂至宋，尚有「十四萬人齊解甲，更無一箇是男兒」之句，豈有隨昶而行作此敗節之語?

《新義録》:《堅瓠集》曰:諸書所載花蘂夫人有三。一为蜀王建妾。建納徐耕二女,長爲翊聖淑妃,次爲順聖賢妃。淑妃號花蘂夫人。二徐皆能詩,《輟耕録》載,夫人徐匡璋女,昶拜貴妃。或以爲費氏,則誤矣。《詩人玉屑》等書俱云姓費,蜀之青城人,以才色事昶。歸中國入汴時,題葭萌驛壁云:「初離蜀道心將碎,離恨綿綿。春日如年。馬上時時聞杜鵑。」調《醜奴兒令》也。書未畢,軍騎催行,遂止上半闋。後有人續之云:「三千宮女皆花貌,妾最嬋娟。此去朝天。只恐君王思愛偏。」昶至宋,召夫人入宮,而昶遂死。太祖以蜀亡問夫人,答詩云:「君王城上豎降旗,妾在深宮那得知。十四萬人齊解甲,更無一箇是男兒。」太祖賞愛之。夫人心嘗憶昶,因自畫昶像以祀。太祖見訊,詭稱張仙。後輸織室,以罪賜死。《鐵圍山叢談》云:夫人心嘗憶昶,昌陵惑之,屢造毒爲患不能遂。太宗在晉邸時,數諫昌陵,而未克去。一日從上獵苑中,夫人在則,晉邸方調弓矢引滿,擬走獸,忽回射夫人而死。一爲南唐李後主煜之妃,閩女人王某女。煜降宋,妃入宮。太祖嬖之,號小花蘂。一日游苑中,使奉晉王酒。晉王故不飲,曰:「必得夫人手摘一花來乃飲。」太祖命之。甫之樹下,晉王從後射殺之。太祖歡飲如故。(元注:《聞見雜録》以折花者,金城夫人也,非花蘂。)《萩園雜記》云:小花蘂,南唐宮人,墓在閩之崇安。但既入宋,死後未必發葬閩地,恐崇安之墓或爲傳耳。(元注:又崔寧妾,亦號花蘂夫人,即召募戰士敗楊子琳者。是蜀有三花蘂夫人,合之南唐宮人,共有四人矣。)

《蕙風簃二筆》:《聞見近録》:金城夫人得幸太祖,頗恃寵。一日宴射後苑,上酌巨觥以勸。太宗顧庭下曰：「金城夫人親折此花來飲。」上遂命之，太宗引射殺之。《鐵圍山叢談》亦載此事，謁「金城」作「花蘂」，而花蘂遂蒙不白之冤矣。按《郡齋讀書志》云：「花蘂夫人俘輸織室，以罪賜死。」烏得有宋宫寵幸事。嚮於《近録》、《叢談》所記互異，未定孰是孰非。及證以晁氏之説，始決知誤在《叢談》，而《采桑子》後段之誣，尤不辨自明，而花蘂之冤雪矣。又晉王射殺花蘂夫人事，李日華《紫桃軒又綴》謂是閩人之女，南唐李煜選入宫。煜降，宋祖嬖之云云。此又一説。據此則亦必非作宫詞及《采桑子》之花蘂夫人也。

按：後蜀花蘂夫人《采桑子》詞事，《蕙風簃筆記》辨之綦詳。其據《郡齋讀書志》決定蔡絛《叢談》之誤尤爲確當。夫人被召入宋宫，陳詩「十四萬人齊解甲，更無一箇是男兒」云云，情詞之間甚爲激昂慷慨。言爲心聲，詎甘心玉碎者而能爲是？當是陳詩之後，即以忤旨獲罪被害。覩於晁云「俘輸織室」，設令業已改節服事宋主，何得猶謂之「俘」？晁氏時代距宋初未遠，其説自應可信。《讀書志》著録執文，無關褒貶，尤無容心於夫人曲爲之地也。

吴越

忠懿王

忠懿王姓錢氏，諱俶，字文德，臨安人。文穆王元瓘子，忠獻王佐弟。佐卒，倧廢，俶以次立，歷漢、周襲衣封吴越國王，賜玉册、金印。宋建隆初，加天下兵馬大元帥。太平興國三年詔入朝，舉國歸京師。

雍熙四年八月卒，謚忠懿。

〔詞話〕《後邨詩話》：吴越後主來朝，太祖爲置宴，出内妓彈琵琶。王即席獻詞云：「金鳳欲飛遭掣搦，情脈脈，行即玉樓雲雨隔。」太祖起，拊其背曰：「誓不殺錢王。」

《兩山墨談》：宋邵伯温曰：南唐主李煜，以太平興國三年七月七日卒。吴越王錢俶以雍熙四年八月二十四日卒。二君歸宋，奉朝請於京師，其卒之日，俱其始生之辰也。太宗於是日遣中使賜以器幣，與之燕飲，皆飲畢而暴卒。蓋太宗殺之也。予按野史李後主以七夕誕辰，命故妓於賜第作樂侑飲，聲聞於外。太宗聞之大怒。又傳其小詞，有「小樓昨夜又東風，故國不堪回首夢魂中」之句，（按後主詞各傳本並作「月明中」，當是水南先生所見舊本獨異。）緣是怒不可解。是日命秦王移具過飲。既畢，而李主遇牽機藥發於庭前，反卻數十回遂卒。是李之禍詞語促之也。予因記錢鄧王有《玉樓春》詞，亦云：「帝鄉春雨鎖春愁，故國山川空淚眼。」其感懷傷事，不減於李主。然則其誕辰之禍，豈亦緣是耶。

《古今詞話》：吴越王妃每歲歸臨安，王以書遺之云：「陌上花開，可緩緩歸矣。」吴人用其語爲《緩緩歌》。後蘇東坡爲易其詞歌之：「陌上山花無數開，路人爭看翠軿來。」即古《清平調》也。

按：吴越忠懿王詞僅存兩斷句，其全闋無從考見矣。蓋《玉樓春》闋當時作於禁中，或外間未嘗流布。而「帝鄉煙雨」云云調《漁家傲》，尤涉避忌，傳誦罕聞，且有因此得禍之説，宜乎並其它所作亦湮没失傳矣。

南漢

黄損

損字益之（按一作益叔），連州人。梁龍德二年登進士第，仕南漢劉龑幕府，歷永州團練副使。累進尚書左僕射，以極諫忤意，退居永州卒。或曰仙去。有《三要書》、《桂香集》、《射法》。

〔詞話〕《詩餘廣選》：賈人女裴玉娥善箏，與黄損有婚姻約。損贈詞云：「無所願，願作樂中箏。得近佳人纖手子，砑羅裙上放嬌聲。便死也爲榮。」後爲吕用之刼歸第，賴胡僧神術，復歸損。詞内七言二句，本唐崔懷寶詩，多有以此詞爲崔作者。

〔詞考〕《餐櫻廡隨筆》：明古吴劉晉充撰《天馬媒傳奇》，演唐人黄損事。《歷代詩餘》載損此詞，調《望江南》。（元注：據傳奇，損，咸通朝人。《詩餘》損詞列温庭筠之後，皇甫松之前。）「生平無所願」作「平生願」，「纖手子」作「纖手指」。《詩餘廣選》云：賈人女裴玉娥善箏，與黄損有婚姻約，損贈詞云云。（元注：首句作「無所願」，「纖手子」，云「子」不作「手」，與傳奇合。）後爲吕用之刼歸第，賴胡僧神術，復歸損。此云胡僧傳奇，則云「气氲使者幻形爲道人也。」又《粤東詞鈔》第一首即損此詞。則傳奇所演，未可以子虚烏有目之矣。

按：黄益之《望江南》詞，《全唐詩》作崔懷寶，《天馬媒傳奇》以損爲咸通朝人，又云狀元及第，並未詳所據。惟《御選歷代詩餘》列損詞温庭筠後，皇甫松前，則亦以損爲唐人矣。而詞人姓氏則又列之南漢，（南漢只損一家。）蓋當時詞臣分編，編詞一人，編姓氏又一人，偶不相符合也。兹譔小傳，謹依《詩餘》姓氏。因《雅言雜載》亦云：「損，龍德二年進士。」可資旁證也。

又按：《麗情集》：薛瓊瓊，開元中第一箏手。中官楊羔潛取以還。崔懷寶飲羔薰香酒曰：「此以春草所造。」羔令崔作詞，方得見瓊瓊。崔曰：「平生無所願，願作樂中箏」云云。此别一説。選本有從之作崔詞者，録存備考。

楚

伊用昌

用昌，南岳道士，嘗謁馬氏，其後與妻乞食江、浙間。

〔詞話〕《全唐詩話》：伊用昌不知何許人，與其妻乞食，多在江左廬陵、宜春諸郡。出語輕忽，常爲人毆擊。愛作《望江南》詞，與妻唱和，詞皆有旨。妻有殊色，人以言笑戲調，不可犯。夫妻在南城縣，丐死牛肉，食之死。後有見之者，夫妻皆躡虚而行。發視所埋處，唯爛牛肉，無别物。

按：伊用昌詞《望江南》云：「江南鼓，梭肚兩頭欒。釘著不知侵骨髓，打來只是没心肝。空腹被人謾。」見《御選歷代詩餘》。《全唐詩話》云與妻倡和，其妻之詞惜無傳作。

南平

孫光憲

光憲字孟文，自號葆光子，資州人。（按《十國春秋》作貴平人。《北夢瑣言》作富春人。自序言生自岷峨，則當爲蜀人。《花間集》曰蜀之資州人。其曰富春，蓋舉郡望。）唐時爲陵州判官。天成初，避地江陵。高季興據荆南，辟掌書記。南平三世在幕府，歷黄州刺史，（按陳振孫曰：光憲仕荆南，高從誨爲黄州刺史。《詞林紀事》云：歸宋授黄州刺史。誤。光憲未嘗拜宋命。）拜荆南節度副使、朝儀郎檢校祕書少監、御史中丞，賜紫金魚袋。隨高繼沖歸宋，以薦將用爲學士，未及而卒。有《荆臺》、《橘齋》、《筆傭》、《鞏湖》諸集。

〔詞話〕《逸老堂詩話》云：「殘霞蹙水魚鱗浪，薄日烘雲卵色天。」東坡詩云：「笑把鴟夷一尊酒，相逢卵色五湖天。」正用其語。《花間集》詞云：「一方卵色楚南天。」注以「卵」爲「泖」，非也。（按《花間集》注未經見。）注東坡詩者，亦改「卵色」爲「柳色」。王梅溪亦不及此，何耶？

《古今詞話》：《花間集》曰：孫字葆光，蜀之資州人。爲荆南高從誨記室，後官秘書。兵戈之際，以金帛購書數萬卷。詞見《橘齋》、《蓉湖》諸集。所著《北夢瑣言》，亦多采詞家逸事。（按今傳本《花間集》無此文。）

《十國春秋》：光憲雅善小詞，蜀人輯《花間集》，采其詞至六十餘篇。

《蜀故》：孟蜀時，孫光憲、毛熙震、李珣有《後庭花》曲，皆賦後主故事。不著宫調，而調各四句，似令也。

〔詞評〕《古今詞話》：孫巨源曰：小詞有絶無含蓄，自爾入妙者，孫葆光之《浣溪沙》也。

又：花庵詞客曰：孫葆光「一庭花雨濕春愁」，佳句也。

《皺水軒詞筌》：傷離念遠之詞，無如查荎「斜陽影裏，寒煙明處，雙槳去悠悠」，令人不能爲懷。然尚不如孫光憲「兩槳不知消息，遠汀時起灘鶒」，尤爲黯然。　又：孙光憲「翠袂半將遮粉臆，寶釵長欲墜香房」，真覺儼然如在目前，疑于化工之筆。

蕙風詞隐曰：孫孟文倚聲嫥家，惜一二俗句爲纇。五代人往往不免，北宋庶幾醇雅，南宋更進於厚矣。

〔詞考〕《聽秋聲館詞話》：《生查子》調，五代以後多用四十字體。惟陳亞之詞云：「相思意已深，白紙書難足。字字苦參商，故要檀郎讀。　分明記得約當歸，遠至櫻桃熟。何事菊花時，猶未回鄉曲。」係四十二字。或言「記得約當歸」，語氣已足，「分明」二字似衍。不知孫光憲、魏承班詞，亦間作七字句，且「記得」而言「分明」，語益沉摯。下文接言自春徂秋何事未回，思愈切，怨愈深矣。孫詞云：「暖日驟花驄，鞞鞚垂楊陌。芳草惹煙青，落絮隨風白。　誰家繡轂動香塵，隱約神仙客。狂煞玉鞭郎，咫尺音容隔。」「誰家」二字似不可少，其諷世人見利爭趨意，當於言外得之。（按《生查子》，前後段各四句，句五字。光憲此調七首，其六首换頭並三字二句，五字一句，亦它家所罕有。）

按：孫孟文詞，《全唐詩》附八十首，甄録最多，並皆穠至綿麗，語不涉俗。斷句如「一隻木蘭船。波平遠浸天」，又「極浦幾回頭，煙波無限愁」，又「暗濇小庭中，滴滴梧桐雨」，遥情深致，便似北宋人佳句。又「窈窕一枝芳柳入腰身」，「滿庭噴玉蟾」，「入」字、「噴」字鍊。

閩

國后陳氏

后姓陳氏，名金鳳。唐福建觀察使陳巖假女，閩王審知時被選入府。嗣主延鈞，封爲淑妃，龍啟改元立爲國后。

〔詞話〕《閩外傳》：端陽日，造綵舫數十於西湖，每舫載宫女二十餘人，衣短衣，鼓楫爭先，延鈞御大龍舟以觀。金鳳作《樂游曲》，使宫女同聲歌之。曲曰：「龍舟摇曳東復東。采蓮池上紅更紅。波澹澹，水溶溶。奴隔荷花路不通。」又曰：「西湖南湖鬬綵舟。青蒲紫蓼滿中洲。波渺渺，水悠悠。長奉君王萬歲游。」

〔詞評〕《賭棋山莊詞話》：《樂游曲》，諸家選詞概不收録，然其音節與張志和《漁歌子》極相類，是固絶妙好詞者。紅友《詞律》據以爲譜，真不爲無見也。《天籟軒詞譜》收及遼蕭后《回心院》詞，而獨置此曲不登，是殆一時失檢耳。

按：侯官鄭傑《閩中録》：陳巖，福建建州人。金鳳爲巖假女，占籍仍不可考。其《樂游曲》二章，語艷而質，饒有六朝遺韻。

歷代詞人考略卷七

宋一

徽宗皇帝

帝諱佶，神宗第十一子，在位二十五年。内禪皇太子，尊帝爲教主道君太上皇帝。靖康二年北狩，紹興五年崩於五國城，廟號徽宗。有《崇觀宸奎集》、《御製集》。

〔詞話〕《能改齋漫録》：徽宗天才甚高，于詩文外，尤工長短句。嘗爲《探春令》云：「簾旌微動，峭寒天氣，龍池冰泮。杏花笑吐香紅淺。又還是、春將半。　清歌妙舞從頭按。等芳時開宴。況去年、對著東風，曾許不負鶯花願。」《聒龍謡》云：「紫闕岧嶢，紺宇邃深，望極絳河清淺。霜月流天，鎖穹隆光滿。水精宫、金鎖龍盤，玳瑁簾、玉鉤雲捲。動深思，秋籟蕭蕭，比人世、倍清燕。　瑶階迥。玉籤鳴，漸祕省引水，轆轤聲轉。雞人唱曉，促銅壺銀箭。拂晨光、宫柳煙微，蕩瑞色、御爐香散。從宸游，前後爭趨，向金鑾殿。」宣和乙巳冬幸亳州途次，御製《臨江仙》云：「過水穿山前去也，吟詩約句千餘。淮波寒重雨疏疏。煙籠灘上鷺，人買就船魚。　古寺幽房權且住，夜深宿在僧居。夢魂驚起轉嗟吁。愁牽心上慮，和淚寫回書。」

《詞苑叢談》：徽宗北轅後，賦《燕山亭·杏花》一闋，哀情哽咽，髣髴南唐李主，令人不忍多聽。詞云：「裁剪冰綃，輕疊數重，冷淡胭脂勻注。新樣靚妝，艷溢香融，羞殺蘂珠宫女。易得凋零，更多少、無情風雨。愁苦。閒院落淒涼，幾番春暮。　憑寄離恨重重，這雙燕，何曾會人言語。天遥地遠，萬水千山，知他故宫何處。怎不思量，除夢裏、有時曾去。無據。和夢也、有時不做。」

又：宋徽宗北去，戲作小詞云：「孟婆、孟婆，你做此方便，吹箇船兒倒轉。」「孟婆」，風名。

《雲麓漫鈔》：徽廟既内禪，尋幸淮、浙，嘗作小詞，名《月上海棠》，末句云：「孟婆且與我、做些方便。」而隆祐保祐之功，蓋讖於此。諺語謂風爲孟婆，非也。段公路《北户録》云：南方祝船神，名曰孟姥、孟公。梁簡文《船神記》云：又呼爲孟公、孟姥。劉思貞云：元冥爲水官，死爲水神。「冥」、「孟」聲相似，即元冥也。

〔詞評〕《鄒水軒詞筌》：南唐主《浪淘沙》曰：「夢裏不知身是客，一晌貪歡。」至宣和帝《燕山亭》則曰：「無據，和夢也、有時不做。」其情更慘矣。嗚呼！此猶《麥秀》之後有《黍離》也。

按：有宋一朝，詞稱極盛，上自禁掖，下迄閭巷，靡不犟貫音闋。《古今詞話》沈雄曰：或問詞盛於宋，而宸翰無聞，何也？余謂錢俶之「金鳳欲飛遭掣搦」，爲藝祖所賞，李煜之「一江春水向東流」，爲太宗所忌。開創之主非不知詞，不以詞見耳。嗣則有金珠乞詩之宫嬪，有提舉大晟之官僚，按月律進詞，承宣命珥筆，寵諸詞人，良云盛事，而必宸翰之遠播哉？嚮嘗徵諸載籍，天水守文之主輒於詞流契合甚深，沈氏云云未免語焉弗詳。夏鄭公進《喜遷鶯令》，爲真宗所稱奬，見《青箱雜記》。小宋作《鷓鴣天》，傳唱達禁中，仁宗遂以内人賜之，見《詞林海錯》。東坡以中秋作《水調歌頭》，内侍録呈神宗，讀至「又恐瓊樓玉宇，高處不勝寒」，曰：「蘇軾終是愛君。」見《復雅歌詞》。又仁宗嘗語張文定、宋景文曰：「孟子可謂知樂矣，今樂猶古樂。」又曰：「自排偏以前，音聲不相侵，亂樂之正也。自入破之後，始侵亂矣，至此則鄭衛也。」見《隨手雜録》。當仁宗之世，海宇昇平，萬機多暇，引商刻羽，尤所擅長。《花庵詞選》：景祐中，太史奏老人星現。柳永作《醉蓬萊》進呈仁宗，讀至「太液波翻」句，曰：「何不言『波澄』。」則文人推敲之能事矣。胡銓《玉音問答》：隆興元年五月三日晚，侍上於内殿之秘閣。上命潘妃執玉荷杯唱《萬年歡》，乃仁廟所製，此詞惜不傳，所謂「祇應天上，難得人間」。以迄于今，知音者古之士，滋缺憾焉。徽宗繼體裕陵，天才睿敏，詩文書畫而外，長短句尤卓然名家。雖間關北狩猶有「裁剪冰綃」之作，未嘗少損其風懷。求之古帝王中，唯南唐後主庶幾分鑣平轡，其處境亦大略相同也。唯是後主所作皆小令，徽宗則多慢詞。蓋後主天姿軼倫，而徽宗又深之以學力矣。

欽宗皇帝

帝諱桓，徽宗長子，在位二年北狩。紹興三十一年崩於燕京，廟號欽宗。

〔詞話〕《宣和遺事》：金天輔十一年三月，二帝出靈州往西汗州。某夕宿一林下，時月微明，有番酋吹笛，其聲嗚咽特甚，太上口占一詞曰：「玉京曾憶舊繁華。萬里帝王家。瓊林玉殿，朝喧絃管，暮列笙琶。　花城人去今蕭索。春夢繞胡沙。家山何處，忍聽羌笛，吹徹梅花。」太上謂帝曰：「汝能賡乎？」帝乃繼韻曰：「宸傳四百舊京華。仁孝自名家。一旦奸邪，傾天墋地，忍聽搊琶。　如今塞外多離索。

迆邐遠胡沙。家邦萬里，伶仃父子，向曉霜花。」歌成，二人相執大哭。

按：二詞調寄《眼兒媚》，又見《南燼紀聞》。欽宗詞更易數字。「四百」作「三百」，「忍聽搊琶」作「攙亂琵琶」，「塞外」作「在外」，「遠胡沙」作「走塵沙」，「向曉」作「寒月」。蓋意欲見異，而紀事乃與《宣和遺事》政同，則仍傳寫《遺事》之文耳。

高宗皇帝

帝諱構，字德基，徽宗第九子。宣和三年封康王。靖康元年，使金見留得還，勤王兵奉帝至應天府。元祐皇后詔帝即位，在位三十六年。紹興元年，移蹕臨安府，是爲行都。三十二年，內禪皇太子，尊爲太上皇帝，累上尊號曰光堯。淳熙十四年崩，廟號高宗。有《御製集》。

〔詞話〕《江行雜録》：光堯當內修外攘之際，尤以文德服遠，至於宸章睿藻，日星昭垂者非一。紹興二十八年，將效祀，有司以太常樂章篇序失次，文義弗協，請遵真宗、仁宗朝故事，親製祭享樂章。詔從之。自郊社、宗廟等，共十有四章，肆筆而成。睿思雅正，宸文典贍，所謂「大哉王言」也。至於一時閒適寓景而作，則有《漁父》詞十五章，又清新簡遠，備騷雅之體。其詞有曰：「薄晚煙林澹翠微。江邊秋月已明輝。縱遠柁，適天機。水底閒雲片段飛。」又曰：「青草開時已過船。錦鱗躍處浪痕圓。竹葉酒，柳花氈。有意沙鷗伴我眠。」又曰：「水涵微影澹虛明。小笠輕蓑未要晴。明鏡裏，縠紋生。白鷺飛來空外聲。」詞不能盡載。觀此數篇，雖古之騷人詞客，老於江湖，擅名一時者，不能企及。

按：唐・張志和製《漁父》詞，清超絶俗，和者甚多，皆遜原唱。雖東坡、山谷均就其詞改爲他調，以求協律，亦均自以爲不穩。惟高宗所和，同工異曲，幾駕原唱而上之，信乎宸章不同凡響。惜原有十五首，傳世者僅三首耳。徽、欽所作，含思凄惋，聲調嗚咽，若高宗《漁父》詞則調高韻遠，是誠中興氣象也。

孝宗皇帝

帝諱昚，字元永。太祖少子秦王德芳六世孫秀王子偁子。初名伯琮，紹興二年選育於禁中，賜名瑗。十二年封普安郡王。三十年立爲皇子，更名瑋，進封建王，賜字元瓌。三十二年，立爲皇太子，改名昚，賜字元永，受内禪，即皇帝位。在位二十七年。淳熙十六年，内禪皇太子。尊帝爲至尊壽王聖帝。紹熙五年崩。廟號孝宗。

〔詞話〕胡銓《玉音問答》：隆興元年五月三日晚，侍上於内殿之祕閣。喚内侍司厨，滿頭花備酒，上御玉荷杯，銓用金鴨杯。上飲訖，親唱一曲，名《喜遷鶯》，且謂銓曰：「朕每在宫中，不妄作歌，祇侍太上宴時，有旨令唱，始作之。今夕與卿相會，朕意甚歡，故作此樂卿耳。」又曰：「昨朕苦嗽，故聲音稍澀，卿勿嫌。」

《皺水軒詞筌》：余偶見一古帖，皆宋高、孝、光、寧書也。寧宗有《看杏花》一詞：「花似醺容上玉肌。方論時事卻嬪妃。芳陰人醉漏聲遲。珠箔半鉤風乍暖，雕梁新語燕初飛。斜陽猶送水精卮。」

《東皋雜録》曰：徽宗《探春令》：「杏花笑吐香猶淺。又還是、春將半。」「記去年、對著東風，曾許不負鶯花願。」高宗《漁父》詞：「水涵微雨湛虚明，小笠輕蓑未要晴。」一深於情景，一善於意態，即操觚墉家不过如是。孝宗亦有「珠箔乍開風正煖，雕梁斜倚燕交飛。」蓋《浣溪沙》也。

按：《雜録》所引《浣溪沙》句，即《詞荃》所記《杏花》詞。輾轉傳寫，字有不同耳。唯《詞荃》謂是寧宗作，《雜録》則屬之孝宗。嘗考慶元已還，宫廷之内雅故罕聞。史稱孝宗讀書彊記，天資特異。據《乾淳起居注》，當日慈寧侍養一游一豫，輒命從臣譔進新詞。孝宗承風騷累葉之遺緒，而康與之、曾覿、張掄、吴琚輩，復趨蹌左右之，即染擩亦復深造。今觀此詞，風致清宛，決爲孝宗作無疑。《古今詞話》：淳熙間，宗室趙彦端賦西湖詞，有「波底夕陽紅濕」句，爲孝宗所賞，曰「我家裏人也會作此等語」云云。亦孝宗精諳宫闕之一證。

徐昌圖

昌圖，莆陽人。太祖時，守國子博士，累遷殿中丞。

〔詞評〕《餐櫻廡詞話》：徐昌圖《臨江仙》云：「回頭煙柳漸重重。」只是寫景，恰櫽括無限離情，只一「漸」字，便抵卻無數層折，斯爲傳神之筆。

〔詞考〕沈雄《古今詞話》：徐昌圖，唐人。《木蘭花》一詞，縟麗可愛。今入《草堂》之選，然莫知其爲唐人也。《尊前集》有徐昌圖《臨江仙》、《河傳》二首，俱唐音也。昌圖爲肅宗時進士，至宋太宗時，世次遥遥，而必欲屈之爲博士以列於宋人，不可解也。或曰是兩人。

按：《詞綜》著録徐昌圖《臨江仙》一闋，編次高宗皇帝後，爲有宋一代詞家之冠。沈氏云云意謂朱氏誤列而駁正之。

其曰「宋太宗時」即「太祖時」之誤。考昌圖《木蘭花》詞，《花庵》、《尊前》並録之。《花庵》列王建後，張志和前，是爲唐人。《尊前》列孫光憲後，則爲南平人。伏閲《御選歷代詩餘·詩人姓氏》，徐昌圖列南平莆陽人，與兄昌嗣並有才名。陳洪進歸宋，令昌圖奉表入汴，太祖命爲國子博士，累遷殿中丞。與《詞綜》昌圖小傳政合，事實尤翔確可據。沈雄所云昌圖爲唐肅宗時進士，未知何本。即令肅宗朝進士果有徐昌圖其人，亦以是兩人之説爲近。今觀此詞數闋，實爲五代、北宋宗派，去唐音尚遠，故從《詞綜》。嘗觀北宋人詞，大都清空婉麗。昌圖《臨江仙》過拍云：「回頭煙柳漸重重，淡雲孤雁遠，寒日暮天紅。」意境沉著，實濫觴南渡風格。入《花間》以淡勝，入《草堂》以重勝，宜乎金風亭長以之弁冕全帙也。《木蘭花令》云：「沉檀煙起盤紅霧。一剪霜風吹繡户。漢宫花面學梅妝，謝女雪詩裁柳絮。　長垂天幕孤鸞舞。旋炙銀笙雙鳳語。紅窗酒病嚼寒冰，冰損相思無夢處。」又有《臨江仙》、《河傳》二首，見《尊前集》。《玉樓》一首，見《歷代詩餘》。

陶穀

穀字秀實，新平人。本唐彦謙之孫，避晉祖諱，改姓陶。起家校書郎，單州軍事判官。天福九年，加倉部郎中，俄拜中書舍人。歸漢爲給事中。仕周爲翰林學士，加承旨。顯德六年，遷吏部侍郎。宋初轉禮部尚書，依前翰林承旨。乾德二年，判吏部銓兼知貢舉，再爲南郊禮儀使，累加刑、户二部尚書。開寶三年卒，贈右僕射。有《清異録》行世。

〔詞話〕《南唐近事》：陶穀學士奉使，恃上國勢，下視江左，辭色毅然不可犯。韓熙載命妓秦弱蘭詐爲驛卒女，每日弊衣持帚掃地。陶悦之，與狎。因贈一詞，名《風光好》云：「好因緣。惡因緣。祇得郵亭一夜眠。別神仙。　琵琶撥盡相思調。知音少。再把鸞膠續斷絃。是何年。」明日，後主設宴，陶辭色如前，乃命弱蘭歌此詞勸酒。陶大沮，即日北歸。（《詞林紀事》張宗橚按：沈叡達《雲巢編》謂：陶使吴越，惑倡女任社娘，因作此詞。任大得陶貲，後用以創仁王院，落髮爲尼。與《南唐近事》異，未知孰是。）

《蘆浦筆記》：陶穀贈歌妓秦弱蘭《風光好》，有「鸞膠續斷絃」之句。按東方欸《十洲記》，仙家煮鳳喙及麟角，煎作膠，名爲續絃。能續弓弩絶絃，卻非鸞膠，豈其誤耶！不如杜詩：「麟角鳳觜世莫識，煎膠續絃奇自見。」

按：陶穀詞事，爲秦弱蘭抑任社娘，勿庸深考。夫大德不踰閑，小德出入可也。陶穀委質四姓，尚何風節之足云。宜韓熙載之謀，有以中之於微也。繇來偶寄閑情，亦復何傷行誼。范文正名德碩望，有慶朔堂之詩；何文縝爲靖康中盡節名臣，有贈侍兒惠柔《虞美人》詞，「重來約在牡丹時」云云。類此雅故，曷勝僂指。唯是汗顔槃敦，貽譏與國。如穀所爲，則大不可耳。

潘　閬

閬字逍遥，大名人。嘗居洛陽賣藥，太宗朝有薦其能詩者，召見崇政殿，賜進士及第，授四門國子博士。後坐事遁入中條山，題詩鐘樓，寺僧疑而跡之，復逸去。尋出自首，謫信州，移太平。真宗朝，爲滁州參軍。有《逍遥詞》一卷。

〔詞話〕《湘山野録》：閬有清才，嘗作《憶餘杭》一闋：「長憶西湖，盡日凭闌樓上望」云云。錢希白愛之，自寫於玉堂畫壁。

《古今詞話》：潘閬狂逸不羈，坐事繫獄，往往有出塵之語。《詞品》曰有《憶西湖·虞美人》一闋，於時盛傳，東坡愛之，書於玉堂屏風。《詞綜》曰：潘閬有《酒泉子》三闋，石曼卿見此詞，使畫工繪之作圖。柳塘沈雄起而辨之，非《虞美人》，亦非《酒泉子》，乃自製《憶餘杭》也。舊刻詞曰：「長憶西湖湖水上，盡日憑闌樓上望」云云。復見《詞綜》，共刻三首，其二首首句俱失三字，今爲正之。其一：「長憶孤山山影獨，山在湖心如黛簇。」其二：「長憶西湖添碧溜，靈隱寺前天竺後。」如失「山影獨」三字，「添碧溜」三字便不成詞矣。

〔詞評〕陸淞云：潘閬《憶孤山》詞，句法清古，語帶煙霞，近時罕及。

謹按：《御選歷代詩餘·詞人姓氏》：潘閬，大名人。皕宋樓所藏舊鈔本《逍遥詞》，卷端姓名上亦冠以大名。（四印齋所刻即皕宋樓舊鈔本。）而《尚友録》則云江都人。《四朝聞見録》云居錢塘，《南宋古蹟考》遂作錢塘人。當是占籍大名，若江都、錢塘皆游寓及之，後人傾慕才名，輒引爲鄉望耳。《逍遥詞》「長憶西湖」闋，錢希白自寫於玉堂畫壁，見《湘山野録》。東坡書於玉堂屏風，見《古今詞話》。二説不同，未知孰是。卷尾致茂秀小簡云：《酒泉子》曲子十一首，今祇存十首。《詞綜》著録第四、五、六首，其第三首《憶西湖》云：「吴姬箇箇是神仙，競泛木蘭船。」語不嫌質，尤不嫌説盡。第七首《憶高峰》云：「昔年獨上最高層，月出見觚稜。」第九首《憶龍山》云：「别來已白數莖頭，早晚卻重遊。」第十首《憶觀潮》後段云：「弄濤兒向濤頭立。手把紅旗旗不濕。别來幾向夢中看。夢覺尚心寒。」句皆清新，境尤高絶，非食人間煙火者所能道。

蘇易簡

易簡字太簡，梓州銅山人。太平興國五年登進士，覆試擢甲科第一，由知制誥入爲翰林學士。續唐李肇《翰林志》二卷以獻，太宗賜詩嘉之，遷給事中、參知政事。後以禮部侍郎出知鄧州，移陳州。卒贈禮部尚書。有集二十卷。

〔詞話〕《續湘山野録》：太宗嘗酷愛宫調中十小調子，命近臣十人各探一調撰一詞。蘇翰林易簡探得《越江吟》，曰：「神仙神仙瑶池宴。片片。碧桃零落春風晚。翠雲開處，隱隱金轝挽。玉麟背冷清風遠。」

《古今詞話》：宋初以詞章早著名者，梓州蘇易簡作《越江吟》，載《百琲明珠》。蜀之大魁自此始。

按：蘇易簡《越江吟》，見《花草粹編》卷四，與《續湘山野録》不同，曰：「非煙非霧瑶池宴。片片。碧桃冷落黄金殿。蝦鬚半捲天香散。春雲和，孤竹清婉。入霄漢。紅顔醉態爛熳。金輿轉。霓旌影亂。簫聲遠。」宜興萬氏收入《詞律》，「春雲」作「青雲」，「影亂」作「影斷」。秀水杜氏校刊《詞律》，識其後云：「按《花草粹編》第二句作『片片碧桃，冷落誰見』。第二『片』字、『見』字均叶。萬氏以『桃』字爲句，落『誰見』二字，而以『冷落』二字屬下句，均誤。」今以《粹編》證之，易簡《越江吟》「冷落」二字下確無「誰見」二字，杜氏之説真杜撰矣。杜氏又云：「按《詞譜》『青雲』作『春雲』，『影斷』作『影亂』，應遵改。」不知《粹編》本作「春」、作「亂」，是並未見《粹編》也。易簡《越江吟》見於《湘山野録》者，句調長短與《粹編》所載迥乎不同。此調《詞律》及《詞律拾遺》均失載。文瑩與易簡時代相距至近，所録較可據矣。

寇準

準字平仲，下邽人。年十九，登太平興國中進士。知巴東、成安縣。累遷殿中丞，通判鄆州。召試學士院，授右正言。直史館，擢尚書虞部郎中，樞密院直學士。拜樞密副使，改同知院事，拜參知政事。坐廷辯馮拯事，罷知鄧州。真宗即位，遷知開封府，進尚書右僕射，集賢殿太學士、同中書門下平章事，封萊國公。爲丁謂所搆，貶雷州司户參軍卒。仁宗朝贈中書令，謚忠愍。有《巴東集》。

〔詞話〕《温公詩話》：寇萊公詩思融遠。年十九成進士，初知巴東縣，有詩云：「野水無人渡，孤舟盡日横。」又嘗爲《江南春》云：「波渺渺，柳依依。孤村芳草遠，斜日杏花飛。江南春盡離腸斷，蘋滿汀洲人未歸。」一時膾炙。

《湘山野録》：寇萊公因早春宴客，自譔樂府詞，俾工歌之，曰：「春早。柳絲無力，低拂青門道。暖日籠歸鳥。初坼桃花小。遥望碧天淨如掃。曳一縷、輕煙縹緲。堪惜流年謝芳草。任玉壺傾倒。」

《夢溪筆談》：《柘枝》舊徧數極多，如《羯鼓録》所謂「渾脱解」之類，今無復此。寇萊公好《柘枝舞》，會客必舞《柘枝》，每舞必盡日，時謂之「柘枝顛」。今鳳翔有一老尼，猶萊公時柘枝妓，云：「當時柘枝尚有數十遍，今日所舞柘枝，比當時十不得二三。」老尼尚能記其曲，好事者往往傳之。

《苕溪漁隱叢話》：王右丞《送元二安西》絶句：「渭城朝雨浥輕塵」云云。近世人又歌入《小秦王》，更名《陽關》，用詩中語也。舊本《蘭畹集》載寇萊公《陽關引》，其語豪壯，送別之曲，當爲第一，亦以此絶句填入詞云：「塞草煙光濶，渭水波聲咽。春朝雨霽輕塵歇。征鞍發。指青青楊柳，又是輕攀折。動黯然，知有後會甚時節。更進一杯酒，歌一闋。歎人生、最難歡聚易離別。且莫辭沉醉，聽取陽關徹。念故人、千里自此共明月。」東坡取《蘭畹集》，不載此詞何也？

〔詞評〕楊升庵云：萊公小詞數首，率皆清麗。如《江南春》、《陽關引》、《阿那曲》，作詞不媿唐人。《詞苑叢談》：寇萊公《夜度娘》曲云：「煙波渺渺一千里。白蘋香散東風起。惆悵汀洲日暮時，柔情不斷如春水。」升庵舉似大復，認爲唐音。

按：《湘山野録》所載萊公《早春宴客》詞，調寄《甘草子》，此調第四句柳耆卿作「雨過月華生」，楊无咎作「夢破鱅聲中」，它家並同。萊公作「暖日籠歸鳥」，通首每句叶韻，音節尤佳。第二句柳作「亂灑衰荷」，楊作「永夜西樓」，萊公作「柳絲無力」，平仄亦異。其《江南春》一闋，伏閱《御選歷代詩餘》注云：此寇準自度腔。有「江南春盡離腸斷」之句，因以名調。

王禹偁

禹偁字元之，鉅野人。九歲能文，太平興國八年，登進士，授成武主簿，徙知長洲縣。端拱初召試，擢右拾遺，直史館。拜左司諫，知制誥。坐劾妖尼，貶商州團練副使，量移解州，進拜左正言，直昭文館，出知單州。尋召爲禮部員外郎，再知制誥。至道元年，入翰林爲學士，知審官院兼通進、銀臺、封駁司，又坐謗訕，罷爲工部郎中，知滁州、揚州。真宗即位召還，知制誥。又坐《實録》直書，出知黄州，徙蘄州卒。有《小畜集》六十二卷。

〔詞話〕《詞苑》：王元之有《小畜集》，其《點絳脣》詞「水村漁市，一縷孤煙細」之句，清麗可愛，豈止以詩擅名。

按：王元之《點絳脣》起調云：「雨恨雲愁，江南依舊稱佳麗。」歇拍云：「平生事，此時凝睇。誰會憑闌意。」寓沉著於清空之中。雖寥寥數十字，饒有無限感慨。《詞苑》所稱「水村漁市」二句，第工於寫景耳。

丁謂

謂字公言，初字謂之，長洲人。登淳化三年進士甲科，爲大理評事，通判饒州。天禧初，拜同中書門下平章事，昭文館大學士，封晉國公。仁宗即位，貶崖州司户參軍，徙雷州，道州。明道中，授祕書監致士，居光州卒。

〔詞話〕《古今詞話》：江尚質曰：賢如寇準、晏殊、范仲淹、趙鼎，勳名重臣，不少艷詞。即丁謂、賈昌朝、夏竦，亦有綺語流傳。以及蔡京、蔡攸，各有賞識，累辟大晟府職，當不以人廢言也。

按：《宋史·丁謂傳》稱謂善談笑，尤喜爲詩，至於圖畫、博奕、音律，無不洞曉。宰輔重臣以洞曉音律著稱，史傳殊罕見。謂詞《蝶戀花》二闋，皆應制之作，見《花庵絶妙詞選》。

夏竦

竦字子喬，德安人。太平興國初，以父承皓死契丹之難，録爲丹陽縣主簿，舉賢良方正，擢光禄寺丞，通判台州。慶曆中，同中書門下平章事，判大名府，召入爲宰相，改樞密使，封英國公。罷知河南府，遷武寧軍節度使，進鄭國公。卒贈太師中書令，謚文正。劉敞言，竦奸邪，謚爲「正」不可，改謚文莊。有集一百卷。

〔詞話〕《青箱雜記》：夏子喬竦，慶曆間所謂一不肖者，然文章有名於世。景德中，水殿按舞。時竦翰林内直，上遣中使取新詞。竦援毫立成《喜遷鶯令》以進，曰：「霞散綺，月沉鉤。簾捲未央樓。夜涼河漢截天流。宫闕鎖清秋。　瑶堦曙。金莖露。鳳髓香和雲霧。三千珠翠擁宸遊。水殿按梁州。」上覽之，大蒙稱獎。

〔詞評〕《七頌堂詞繹》：「霞散綺，月沉鉤」，有勸而無諷。其人去賦《清平調》者，不知幾里。然是鈞天廣樂氣象，較之文正公窮塞主不侔矣。

按：夏竦《喜遷鶯令》，特尋常應制之作。謂之清詞麗句則可以，云驚才絶艷則未也。仁宗稱獎之，殆賞其援毫立成，不假思索。自古文人遭遇亦有不蘄然而然者。

（編者按：〔詞話〕列舉之《喜遷鶯令》，「月沉」原作「月垂」，「河漢」原作「銀漢」，「瑶堦曙」原作「瑶臺樹」，「和雲」原作「盤煙」，「梁州」原作「涼州」，蓋録自《歷代詩餘》卷十六。今據四庫全書本《青箱雜記》卷五校改。）

趙　抃

抃字閱道，西安人。進士及第，爲武安軍節度推官。歷知崇安、海陵、江源三縣，通判泗州。以曾公亮薦，擢殿中侍御史。英宗朝，除龍圖閣直學士，知成都。神宗初，召知諫院，擢參知政事。與王安石議政不協求去，除資政殿學士，出知杭州。尋以太子少保致仕。卒贈太子少師，謚清獻。

〔詞話〕《歷代詩餘》：趙清獻詞《點絳脣》云：「秋氣微涼，夢回明月穿簾幕。井梧蕭索。正繞南枝鵲。寶瑟塵生，金雁空零落。情無託。鬢雲慵掠，不似伊思薄。」（編者按：《皇朝事實類苑》卷三十五引《倦游雜録》，該詞乃王安國作。）《新荷葉》云：「雨過回塘，圓荷嫩緑新抽。越女輕盈，畫橈穩泛蘭舟。芳容艷粉，紅相透、脈脈嬌羞。菱歌隱隱漸遥，依約回眸。　隄上郎心，波間妝影遲留。不覺歸時，暮天碧襯蟾鉤。風蟬噪晚，餘霞映、幾點沙鷗。漁笛、不道有人，獨倚危樓。」

按：《新荷葉》一闋，《草堂詩餘》以爲僧仲殊作。今觀此詞，綺麗特甚，不類緇流之筆。證以《樂府雅詞拾遺》、《花草粹編》，並作趙詞，可知《草堂》之誤也。

晏　殊

殊字同叔，撫州臨川人。七歲能屬文，景德初以神童召試，賜同進士出身，擢祕書省正字。慶曆中，拜集賢殿學士，同平章事，兼樞密使，出知永興軍。徙河南府，以疾歸京師，留侍經筵卒。贈司空兼侍中，謚元獻。有《臨川集》、《紫薇集》、《珠玉詞》。

〔詞話〕《貢父詩話》：晏元獻尤喜馮延巳歌詞，其所自作，亦不減延巳。樂府《木蘭花》云：「重頭歌詠響琮琤，入破舞腰红亂旋。」「重頭」、「入破」皆管絃家語也。

《賓退録・詩眼》云：晏叔原見蒲傳正云：「先公平日小詞雖多，未嘗作婦人語也。」傳正云：「『緑楊芳草長亭路，年少抛人容易去』，豈非婦人語乎？」晏曰：「公謂少年爲何語？」傳正曰：「豈不謂其所歡乎？」晏曰：「因公之言，遂曉樂天詩兩句，蓋『欲留所歡待富貴，富貴不來所歡去』。」傳正笑而悟。余按全篇：「緑楊芳草長亭路，年少抛人容易去」云云，蓋真謂所歡者，與樂天「欲留年少待富貴，富貴不來年少去」之句不同，叔原之言失之。

《能改齋漫録》：元獻早入政府，迨出鎮皆近畿名藩，未嘗遠去王室。自南都移陳，離席，官妓有歌「千里傷行客」之詞。公怒曰：「予生平守官，未嘗去王畿五百里。是『何千里傷行客』也。」

《花草蒙拾》：或問詩詞、詞曲分界，予曰：「無可奈何花落去，似曾相識燕歸來」，定非香奩詩；「良辰美景奈何天，賞心樂事誰家院」，定非草堂詞也。

〔詞評〕王晦叔云：晏元獻公長短句，風流藴藉，一時莫及，而温潤秀潔，亦無其比。

〔詞考〕《四庫全書・珠玉詞提要》：馬端臨《經籍考》載殊詞，有《珠玉集》一卷。此本爲毛晉所刻，與端臨所記合，蓋猶舊本。《名臣録》亦稱殊詞名《珠玉集》，張子野爲之序。子野，張先字也，今卷首無先序，蓋傳寫佚之矣。殊賦性剛峻，而詞語特婉麗。故劉攽《中山詩話》謂：「元獻喜馮延巳歌詞，其所自作，亦不減延巳。」趙與時《賓退録》記「殊幼子幾道，嘗稱殊詞不作婦人語」。今觀其集，綺艷之詞不少。蓋幾道欲重其父名，乃故作是言，非確論也。集中《浣溪沙·春恨》詞「無可奈何花落去，似曾相識燕歸來」二句，乃殊示張寺丞、王校勘七言律中腹聯，《復齋漫録》嘗述之。今復填入詞内，豈自愛其造語之工，故不嫌複用耶？考唐許渾集中「一尊酒盡青山暮，千里書回碧樹秋」二句，亦前後兩見，知古人原有此例矣。

《古今詞話》：晏殊詞：「雁過南雲，行人回淚眼。」或問晏詞何出？楊慎舉陸機《思親賦》「指南雲以寄欽」、陸雲《（九愍）[感逝]詞》「眷南雲以興悲」爲據。

《皕宋樓藏書志》：陸敕先校宋本《珠玉詞·跋》：七月二十四日，校凡二鈔本，其一即底本也，章次皆同。而此刻獨異，據卷首有潛翁手注，云依宋刻本。

按：《歸田録》云：晏元獻喜評詩，嘗曰「老覺腰金重，慵便玉枕涼」未是富貴語，不如「笙歌歸院落，燈火下樓臺」，此善言富貴者也。斯恉可通於填詞，凡言情寫景亦何莫不然。昔張端義云：「柳詞皆無表德，只是實説。」「腰金」、「玉枕」等字，即表德之謂矣。元獻《浣溪沙》云：「無可奈何花落去，似曾相識燕歸來。小園香徑獨徘徊。」《踏莎行》云：「一場愁夢酒醒時，斜陽卻照深深院。」《蝶戀花》云：「消息未知歸早晚，斜陽只送平波遠。」（編者按，此詞别見於歐陽修《近體樂府》卷二。）此等詞無須表德，並無須實説，所謂「不著一字，盡得風流」。羅羅清疏，卻按之有物，此北宋人所以不可及也。

賈昌朝

昌朝字子明，獲鹿人。天禧初，真宗祈穀南郊，昌朝獻頌。召試，賜同進士出身，主晉陵簿，除國子監説書。景祐中，授崇政殿説書。累遷尚書禮部郎中，史館修撰，進龍圖閣直學士，權御史中丞。慶歷三年，拜參知政事。尋拜同中書門下平章事，兼侍中。嘉祐元年，封許國公。英宗即位，加左僕射，進魏國公。卒謚文元。有集百二十二卷。

〔詞話〕《古今詞話》：賈昌朝《木蘭花令》詞：「都城水緑嬉游處。仙棹往來人笑語。紅隨遠浪泛桃花，雪散平沙飛柳絮。東君欲共春歸去。一陣狂風和驟雨。碧油紅旆錦障泥，斜日畫橋芳草路。」黄叔暘云：「文元公生平惟賦此一詞，極有風味。」

按：賈昌朝《木蘭花令》换頭云：「東君欲共春歸去，一陣狂風和驟雨。」語不甚深，卻具渾脱流轉之妙，不著鈎勒形跡。此詞過拍云：「紅隨遠浪泛桃花，雪散平沙飛柳絮。」歇拍云：「碧油紅旆錦障泥，斜日畫橋芳草路。」皆以華整見長。賴有换頭二句運掉之，乃能如花庵所云「極有風味」耳。

杜　衍

衍字世昌，山陰人。擢進士甲科，補揚州觀察推官。仁宗朝，爲御史中丞。寶元二年，遷刑部侍郎，拜同平章事，集賢殿大學士兼樞密使。慶曆七年，以太子少師致仕。皇祐元年，特遷太子太保，進太子太師，知制誥，封祁國公。卒贈司徒兼侍中，謚正獻。

〔詞話〕《歷代詩餘》：杜祁公詞《退寓南都·滿江紅》云：「無名無利，無榮無辱無煩惱。夜燈前、獨歌獨酌，獨吟獨笑。又值群山初雪滿，又兼明月交光好。便假饒、百歲擬如何，從它老。知富貴，誰能保。知功業，何時了。算簞瓢金玉，所爭多少。一瞬光陰何足道，但思行樂常須早。待春來、携酒殢東風，眠芳草。」（編者按，《青箱雜記》卷八録此詞爲張昪作。）

按：此詞第二句「榮」下衍「無」字。史稱衍清介，不殖私産。退寓南都凡十年，第室卑陋，才數十楹，居之裕如也。其襟情沖夷，不鶩榮利，於此詞見之矣。

王琪

琪字君玉，華陽人，後徙舒。珪弟。起進士，調江都主簿。上《時務十二事》，除館閣校勘、集賢校理。歷開封府推官、直集賢院、知制誥。會奉使契丹，因感疾還，上介誣其詐，責信州團練副使。久之，以龍圖閣待制知潤州，轉運使。復知制誥，加樞密直學士。以禮部侍郎致仕卒。有《謫仙長短句》。

〔詞話〕《苕溪漁隱叢話》：《陳輔之詩話》云：君玉有《望江南》十首，自謂謫仙。荆公酷愛其「紅綃香潤入梅天」之句。　《復齋漫録》云：晏元獻赴杭州，道過維揚，憩大明寺，瞑目徐行，使侍史讀殿間詩板，戒其勿言爵里姓氏，終篇者無幾。又別誦一詩「水調隋宫曲」云云。徐問之，江都尉王琪詩也。召至同飯，飯已，又同步池上。時春晚已有落花，晏云：「每得句書牆壁間，或彌年未嘗强對，且如『無可奈何花落去』，至今未能對也。」王應聲曰：「似曾相識燕歸來。」自此辟置館職，遂躋侍從矣。

〔詞評〕《能改齋漫録》：歐陽文忠愛王君玉《燕》詞云：「煙徑掠花飛遠遠，曉窗驚夢語匆匆。」梅聖俞以爲不若李堯夫《燕》詩云：「花前語澀春猶冷，江上飛高雨乍晴。」君玉全章云：「江南燕，輕颺繡簾風。二月池塘新社過，六朝宫殿舊巢空。頡頏恣西東。　王謝宅，曾入綺堂中。煙徑掠花飛遠遠，曉窗驚夢語匆匆。偏占杏梁紅。」

按：君玉《望江南》詞「紅綃香潤」云云，王荆公愛之。「煙徑掠花」云云，歐陽文忠愛之，取其不黏不脱而句復婉麗耳。其又一闋云：「江南岸，雲樹半晴陰。帆去帆來天亦老，潮生潮落日空沉。南北別離心。　興廢事，千古一沾巾。山下孤煙漁市遠，柳邊疏雨酒家深。行客莫登臨。」此詞以風格勝，近於清剛雋上。顧二公所賞會，迺在彼不在此，信乎解人難索矣。

葉清臣

清臣字道卿，長洲人。天聖二年舉進士，對策擢第二，授太常寺奉禮郎。累官翰林學士，權三司使。皇祐初，罷爲侍讀學士、知河陽。卒贈左諫議大夫。有集一百六十卷。

〔詞話〕《塵史》：前廣西漕李朝奉湜，江寧人，言昔日内相葉清臣道卿守金陵，爲《江南好》十闋，有云：「丞相有才裨造化，聖皇寛詔養疏頑。贏取十年間。」意以爲雖補郡，不越十年，必復任矣。去金陵十年而卒。

按：葉道卿《賀聖朝》云：「不知來歲牡丹時，再相逢何處。」歐陽永叔《浪淘沙》云：「可惜明年花更好，知與誰同。」皆有不盡之意，而道卿尤以質以淡勝。其全闋云：「滿斟緑醑留君住。莫怱怱歸去。三分春色二分愁，更一分風雨。花開花謝，都來幾許。且高歌休訴。不知來歲牡丹時，再相逢何處。」

又按：《吴興掌故集》：葉清臣，烏程人。與《宋史》本傳異。

歷代詞人考略卷八

宋　二

錢惟演

惟演字希聖，吴越王俶之子。少補牙門將。歸宋爲右屯衛將軍。召試學士院，改太僕少卿。直祕閣預修《册府元龜》，爲翰林學士，累遷工部尚書，拜樞密使，加同中書門下平章事。判河南府，改泰寧軍節度使，坐擅議宗廟，且與后家通婚姻，落平章事，爲崇信軍節度使卒。特贈侍中，謚曰思，後又改謚文僖。有《典懿集》三十卷，《擁旄集》卷數未詳。

〔詞話〕《花庵詞選》：錢惟演《玉樓春》詞云：「城上風光鶯語亂。城下煙波春拍岸。緑楊芳草幾時休，淚眼愁腸先已斷。情懷漸覺成衰晚。鸞鏡朱顔驚暗换。昔年多病厭芳尊，今日芳尊惟恐淺。」此公暮年之作，詞極淒惋。

《侍兒小名録》：錢思公謫漢東日，譔《玉樓春》詞，每酒闌歌之，聞則泣下。後閣有白髮歌姬，乃舊日鄧王舞鬟驚鴻也。遽曰：「先生將薨，預戒挽鐸中歌《木蘭花》，引紼爲送。今相公其將危乎？」果薨於隨州。鄧王舊曲，亦嘗有「帝鄉煙雨鎖春愁，故國山川空淚眼」之句。

《能改齋漫録》：錢文僖公留守西洛，嘗對竹思鶴，寄李和文公詩。淮寧府城上莎，猶是公所植，在鎮每宴客，命廳籍分行，剗襪步于莎上，傳唱《踏莎行》，一時勝事，至今稱之。

〔詞評〕《古今詞話》：錢希聖耑意小詞，其《越江吟》、《浣溪沙》，不愧唐人也。

按：史稱惟演召試學士院，以笏起草立就，文辭清麗，與楊億、劉筠相上下。於書無所不讀，家儲文籍侔祕府云云。《玉樓春》詞歇拍云：「昔年多病厭芳尊，今日芳尊惟恐淺。」所謂清麗之辭矣。又有《詠筍》一闋，亦《玉樓春》調，見《御選歷代詩餘》。

陳堯佐

堯佐，閬中人。少從种放讀書終南山。端拱三年，登進士甲科，歷魏縣中牟尉。天禧中，爲三司户部副使，擢知制誥，進樞密直學士，拜樞密副使，同中書門下平章事。以太子太師致仕。卒贈司空，兼侍中。謚文惠。有《愚邱集》、《遺興集》。

〔詞話〕《湘山野録》：吕申公累乞致仕。仁宗倚眷之重，久之不允。它日，復叩於便坐，上度其志不可奪，因詢之曰：「卿果退，當何人可代？」申國曰：「知臣莫若君，陛下當自擇。」仁宗堅之，申公遂引陳文惠堯佐，曰：「陛下欲用英俊經綸之臣，則臣所不知。必欲圖任老成，鎮靜百度，周知天下之良苦，無如陳某者。」仁宗深然之，遂大拜。後文惠公極懷引薦之德，無以形其意。乃譔《燕》詞一闋，携觴相館，使人歌之曰：「二社良辰，千家庭院。翩翩又見新來燕。鳳凰巢穩許爲鄰，瀟湘煙暝來何晚。亂入紅樓，低飛緑岸。畫梁時拂歌塵散。爲誰歸去爲誰來，主人思重珠簾捲。」申公聽歌，醉笑曰：「自恨捲簾人已老。」文惠應曰：「莫愁調鼎事無功。」老於嵒廊，醖藉不減。

《猗覺寮雜記》：張曲江爲李林甫所忌，甚危，作《歸燕》詩贈之云：「無心與物競，鷹隼莫相猜。」林甫意稍釋。陳文惠用吕申公薦入相久，文惠作《新燕》詞歌以侑酒云：「爲誰歸去爲誰來，主人思重珠簾捲。」詠燕一也，或以解怨，或以感恩。

按：文惠《詠燕》詞調寄《踏莎行》。此詞風格平平，即語句亦未見精警，惟是契合以風雅之道，酬報無世俗之情，則其人其事胥可傳耳。《東軒筆録》云：李淑在翰林，奉詔譔陳文惠《神道碑》，於文章但云平生能爲二韻小詩而已。淑之言誠刻谿已甚，即亦可見選聲訂韻非文惠所擅長矣。

王　益

益字舜良，臨川人，荆公之父。祥符八年進士，任蜀之新繁令，至都官員外郎。

〔詞話〕《能改齋漫録》：晁以道云：杜安世「燒殘絳蠟淚成痕，街鼓報黄昏」，或譏其黄昏未到，那得燒殘絳蠟。或云王荆公父益都官所作。曾有人以此問之，答曰：「重簷邃屋，簾幕擁密，不到夜已可然燭矣。」韓魏公以此賞杜公，杜云乃王益作。荆公時在座，聞語離席。

按：《漫録》所記王益詞，調寄《訴衷情》，全闋云：「燒殘絳蠟淚成痕。街鼓報黄昏。碧雲又阻來信，廊上月侵門。愁永夜，拂香茵。待誰温。夢蘭憔悴，擲果淒涼，兩處銷魂。」詞格出自《花間》，較稍淡而近耳。北宋接武南唐，風會固當如是。又有《好事近》催妝詞，見《御選歷代詩餘》。蔣子平《山房隨筆》云：探花王昂榜下擇婿時。

林　逋

逋字君復，錢唐人。力學好古，弗趨榮利。初放游江淮間，久之歸杭州，結廬西湖之孤山，二十年足不及城市。真宗聞其名，賜粟帛，詔長吏歲時勞問。嘗自爲墓於其廬側，臨終爲詩，有「茂陵它日求遺稿，猶喜曾無封禪書」之句。既卒，州爲上聞，仁宗嗟悼，賜謚和靖先生。有《和靖先生集》，附詞。

〔詞話〕《吹劍録》：讀林和靖《梅》詩及「春水淨於僧眼碧，晚山濃似佛頭青」之句，可想見其清雅，而《長相思》詞云：「君淚盈。妾淚盈。羅帶同心結未成。江頭潮已平。」情之所鍾，雖賢者不能免，豈少時作耶？

《歷代詩餘·詞話》：林君復有《詠梅·霜天曉角》詞云：「冰清雪潔。昨夜梅花發。甚處玉樓三弄，聲摇動，枝頭月。　夢絶。金獸熱。曉寒蘭燼滅。要捲珠簾清賞，莫埽階前雪。」

《西廬詞話》：《剡川詩鈔》言：和靖是奉化黄賢邨人，其地即漢四皓黄公所居，古鄞邑也。宋、元諸志不載，惟《奉化縣志》有之。史稱和靖錢唐人，而和靖本集有《將歸四明夜坐話别任君》詩，則縣志不爲無據。亦猶楊文元本鄞人，其居慈湖，及身而遷，後以慈湖著稱，史家遂以爲慈谿人耳。

〔詞評〕《詩話總龜》：林和靖不特工於詩，且工於詞。如《詠草》一首：「金谷年年，亂生春色誰爲主。」終篇不露一草字。與洪覺範《詠梅》一首：「風吹平野，一點香隨馬。」終篇不露一梅字，同一雅潔。《金粟詞話》：林處士梅妻鶴子，可稱千古高風矣。乃其惜別詞，如「吴山青，越山青」一闋，何等風致！《閑情》一賦，詎必玉瑕珠纇耶。

按：唐·羅鄴《詠草》詩：「不似萋萋南浦見，晚來煙雨正相和。」林和靖「滿地和煙雨」句未必即由鄴詩出，而其佳處政復如驂之靳。

李遵勖

遵勖字公武，崇矩孫，繼昌子。舉進士。大中祥符間，召對便殿，尚萬壽長公主。初名勖，帝益「遵」字，升其行爲崇矩子，授左龍武軍、駙馬都尉，賜第永寧里。官至寧國軍節度使，徙鎮國軍，知許州。卒贈中書令，謚和文。有《閒宴集》二十卷、《外館芳題》七卷。

《能改齋漫録》：李和文公作《望漢月》，一時稱美。云：「黄菊一叢臨砌。顆顆露珠妝綴。獨教冷落向秋天，恨東君不曾留意。　雕闌新雨霽。緑蘚上，亂鋪金蘂。此花開後更無花，願愛惜、莫同桃李。」時公鎮澶淵，寄劉子儀書云：「澶淵營髦，有一二擅喉轉之技者，唯以『此花開後更無花』爲酒鄉之資耳。」「不是花中唯愛菊，此花開後更無花」，乃元微之詩，和文述之爾。　又「帝城五夜宴遊歇。殘燈外、看殘月。都人猶在醉鄉中，聽更漏初徹。　行樂已成閒話説。如春夢、覺時節。大家重約探春行，問甚花先發。」李駙馬正月十九日所譔《滴滴金》詞也。京師上元，國初放燈，止三夕。時錢氏納土進錢買兩夜，其後十七、十八兩夜燈，因錢氏而添，故詞云「五夜」。

按：《宋史・遵勖本傳》：「所居第園池冠京城。嗜奇石，募人載送，有自千里至者。構堂引水，環以佳木，延一時名士大夫與宴樂。師楊億爲文。億卒，爲制服。及知許州，奠億之墓，慟哭而返。又與劉筠相友善，筠卒，存恤其家」云云。當日推襟送裒，大都名流碩彦，今觀《漫録》所載兩詞，意境清超，不爲華貴所揜，蓋澤躬於儒雅深矣。

聶冠卿

冠卿字長孺，新安人。舉進士，授連州軍事推官。大臣交薦，召試學士院，校勘館閣書籍。遷大理寺丞，爲集賢校理、通判蘄州。累官翰林學士，判昭文館，兼侍讀學士。有《蘄春集》十卷。

〔詞話〕《苕溪漁隱叢話》：《復齋漫録》云：翰林學士聶冠卿，嘗于李良定公席上賦《多麗》詞：「想人生，美景良辰堪惜」云云。蔡君謨時知泉州，寄良定公書云：「新傳《多麗》辭，述宴游之娱，使病夫舉首增歎耳。」

《新安志》：長孺，慶曆中學士。以詞著名，率多曼詞。

〔詞評〕黄叔暘云：聶冠卿詞不多見，其《多麗》一首，有「露洗華桐，煙霏絲柳」四句，所謂玉中之拱璧，珠中之夜光。每一觀之，撫玩無斁。

苕溪漁隱曰：冠卿詞有「露洗華桐，煙霏絲柳」之句，此正是仲春天氣。下句乃云：「緑陰摇曳，蕩春一色。」其時未有緑陰，真語病也。

按：《宋史》冠卿本傳云：初，翰林侍講學士馮元修大樂，命冠卿檢閱事跡。又預譔《景祐廣樂記》，宜其於聲律之學擘究有素矣。又云：冠卿奉使契丹，其主謂曰：「嘗觀所著《蘄春集》，詞極清麗。」彼所謂詞自是概論詞章，非塼指長短句而言。然即長短句以觀，即亦何媿清麗之目耶。

韓琦

琦字稚圭，安陽人。天聖五年舉進士第二人，授將作監丞，通判淄州。嘉祐元年，拜同中書門下平章事、集賢殿大學士，遷昭文館大學士，封儀國公。英宗嗣位，進封衛國公，拜右僕射，再進封魏國公。神宗立，拜司空，兼侍中。熙寧元年，判大名府，充安撫使。六年，還，判相州。八年，換節永興軍，未拜而卒，贈尚書令，謚忠獻。徽宗追論定策勳，贈魏郡王。有《安陽集》。

〔詞話〕《詞苑》：韓稚圭《點絳脣》詞：「病起懨懨，庭前花影添顛頷。亂紅飄砌。滴盡珍珠淚。　惆悵前春，誰向花前醉。愁無際。武陵凝睇。人遠波空翠。」公經國大手，而小詞乃以情韻勝人。

《能改齋漫録》：韓魏公皇祐初鎮揚州，《本事集》載公親譔《維揚好》詞四章，所謂「二十四橋千步柳，春風十里上珠簾」者是也。其後熙寧初，公罷相，出鎮安陽，公復作《安陽好》詞十章。其一云：「安陽好，形勢魏西州。曼衍山河環故國，昇平歌吹沸高樓。和氣鎮飛浮。　籠畫陌，喬木幾春秋。花外軒窗排遠岫，竹間門巷帶長流。風物更清幽。」其二云：「安陽好，戟户使君宫。白晝錦衣清宴處，鐵楹丹榭畫圖中。壁記舊三公。　棠訟悄，池館北園通。夏夜泉聲來枕簟，春來花氣透簾櫳。行樂興何窮。」

餘八章不記。

按：宋慶歷八年，始析河北大名、〔定武、〕真定、高陽爲四路，各置帥，更命儒臣以緝邊〔備〕。魏公自鄆州徙鎮，郡圃號衆。春會歲饑，涉春未嘗一遊。陳舍人薦彥升在幕府，以詩請公云：「水底魚龍思鼓吹，沙頭鷗鷺望旌旗。」公亟答之云：「細民溝壑方援手，別館鶯花任送春。」見《石林詩話》。《點絳脣》云：「亂紅飄砌，滴盡珍珠淚。」與「別館鶯花」句政復不妨並傳。

李師中

師中字誠之，楚丘人。年十五，上封事言時政。舉進士，知洛川縣。轉太子中允、知敷政縣，權主管經略司文字。提點廣西刑獄，攝帥事。熙寧初，拜天章閣待制、河東都轉運使。知秦州，與王安石不協，削職知舒州。尋復待制，知瀛州，坐自稱薦。呂惠卿駁其語，以爲罔上，貶和州團練副使安置。還(左)[右]司郎中卒。

按：李師中詞《菩薩蠻》云：「子規啼破城樓月。畫船曉載笙歌發。兩岸荔子紅。萬家煙雨中。　佳人相對泣。淚下羅衣濕。從此信音稀。嶺南無雁飛。」蓋之官廣右時作，其雲鬟玉臂之思乎？據《宋史》本傳，杜衍、范仲淹、富弼，皆薦其有王佐才。其志尚甚高，不容于時而屢黜，氣未嘗少衰。始事州縣，邸狀報包拯參知政事，師中曰：「包公何能爲？今鄞縣王安石者，眼多白，甚似王敦，它日亂天下必斯人也。」其器識卓越如此。顧乃能爲情語，亦猶韓魏公之「人遠波空翠」，寇萊公之「柔情不斷如春水」，蓋非深於情者無氣節可言也。

吴感

感字應之,吴郡人。天聖二年,省試第一。九年,又中書判拔萃科。仕至殿中丞。

〔詞話〕《中吴紀聞》:「吴應之以文章知名,居小市橋。有侍姬曰紅梅,因以名其閣,嘗作《折紅梅》詞『喜輕澌初泮』云云,傳播人口。春日郡宴,必使倡人歌之。」元注:「楊元素《本事集》誤以爲蔣堂侍郎有小鬟,號紅梅,吴殿丞作此詞贈之。」

按:吴應之嘗作《折紅梅》二詞,其「喜輕澌初泮」一闋,朱竹垞以爲杜安世作,選入《詞綜》。又一闋「覘南翔征雁」云云,見《花草粹編》。

鄭獬

獬字毅夫,安陸人。皇祐五年,舉進士第一。通判陳州,入直集賢院,度支判官,修起居注,知制誥。神宗初,召獬夕對内東門,命草三制,賜雙蓮燭送歸舍人院。遂拜翰林學士。權發遣開封府。坐不肯用按問新法,爲王安石所惡,出爲侍讀學士、知杭州。徙青州。引疾祈閑,提舉鴻慶宫卒。有《鄖溪集》。

〔詞話〕《能改齋漫録》:鄭毅夫樂章,有「玉環妾意無渝,問君心、朝槿何如。」「玉環」,韋皋事。「朝槿」,王僧孺詩語也。王賦《山上采蘼蕪》云:「妾意在寒松,君心逐朝槿。」

按:鄭毅夫《好事近》云:「江上探春回,正值早梅時節。兩行小槽雙鳳,按涼州初徹。謝娘扶下繡鞍來,紅靴踏殘雪。歸去不須銀燭，有山頭明月。」見《花庵絶妙詞選》。又一闋云：「把酒對江梅，花小未禁風力。何計不教零落，爲青春留得。故人莫問在天涯，尊前苦相憶。好把素香收取，寄江南消息。」見《花草粹編》。兩詞皆輕清雋逸，妙造自然，而詠梅一闋尤以淡勝。

張　昪（編者按，《宋史》本傳及《宰輔表》均作「昪」，近是。）

昪字杲卿，韓城人。舉進士，爲楚丘主簿。至和二年，拜御史中丞。嘉祐三年，擢參知政事、樞密使。以彰信軍節度使、同中書門下平章事判許州，改鎮河陽三城。拜太子太師致仕。卒贈司徒兼侍中，謚康節。〔詞話〕《過庭録》：張康節公居江南，有詞「一帶江山如畫」云云。公晚年鰥居，有侍妾晏康，奉公甚謹，未嘗少違意。公嘗召而謂曰：「吾死，亦當從我爾。」妾亦恭應曰：「唯命是從。」公薨，妾相繼果死，人以爲異。

按張康節《離亭燕》云：「悵望倚層樓，寒日無言西下。」秦少游《滿庭芳》云：「凭闌久，疏煙淡日，寂寞下蕪城。」兩歇拍意境相若，而張詞尤極蒼涼蕭遠之致。

劉　述

述字孝叔，湖州人。舉進士，爲御史臺主簿。神宗立，召爲侍御史，以久次授吏部郎中。兼判刑部。坐不以王安石爭謀殺刑名爲是，又與劉琦、錢顗共上疏劾安石，出知江州。踰年，提舉崇禧觀卒。紹興初，贈祕閣修撰。

〔詞話〕《湘山野録》：劉孝叔吏部公述，深味道腴，東吴端清之士也。方强仕之際，已恬於進取，譔一闋以見志，曰：「挂冠歸去舊煙蘿。閒身健，養天和。功名富貴非由我，莫貪它。這歧路，足風波。水精宫裏家山好，物外勝游多。晴溪短棹，時時醉唱裏稜羅。天公奈我何。」後將引年，方得請爲三茅宫僚，始有養天和之漸，夫何已先朝露歌此闋幾卅年。信乎！一林泉與軒冕難爲必期。

按：述詞又見《御選歷代詩餘》及《詞律拾遺》，調名《家山好》，《詩餘》署無名氏，《詞律》署沈公述。《詩餘·詞人姓氏》有沈公述名，無字及履貫。《詞律》此詞殆據《詩餘》收入，其決爲沈公述作，與夫易劉而沈，何繇傳譌，皆不可考。此詞是何調名，《野録》失載。以字句審之，與《花上月令》、《繫裙腰》兩調並大同小異。其以換頭句之末三字爲名，是否自《歷代詩餘》始亦不可考。後段「裏稜羅」三字，《詩餘》作「捏梭羅」。

又按：《嘉泰吴興志》：劉述，歸安人，登景祐元年進士第。

又按：沈公述有《念奴嬌》「杏花過雨」一闋，《望海潮》「山光凝翠」一闋，見《花庵詞選》及《花草粹編》。《念奴嬌》又見《草堂詩餘》，當別是一人。

柳　永

永字耆卿，初名三變，字景莊，崇安人。（《御選歷代詩餘》、《詞綜》並作樂安人。）景祐元年進士，歷官屯田員外郎。有《樂章集》九卷。

〔詞話〕《能改齋漫録》：仁宗留意儒雅，務本理道，深斥浮艷虚薄之文。初，進士柳三變，好爲淫冶謳歌之曲，傳播四方。嘗有《鶴沖天》詞云：「忍把浮名，换了淺斟低唱。」及臨軒放榜，特落之曰：「且去淺斟低唱，何要浮名。」景祐元年方及第。後改名永，方得磨勘轉官。又：宣和間，七夕召宰執近臣禁中賜宴，上曰：「七夕何故百司無假？」王公黼對曰：「古今無假。」上爲一笑。蓋用柳耆卿七夕詞以對。（按耆卿《七夕》詞《二郎神》换頭云：「閑雅，須知此景，古今無價。」）

《苕溪漁隱叢話》：《後山詩話》云：柳三變游東都南北二巷，作新樂府，骫骳從俗，天下詠之，遂傳禁中。宋仁宗頗好其詞，每對酒，必使侍妓歌之再三。三變聞之，作宫詞號《醉蓬萊》，因内官達後宫，且求其助。仁宗聞而覺之，自是不復歌此詞矣。會改京官，乃以無行黜之。

又：《藝苑雌黄》云：柳三變喜作小詞，然薄於操行。當時有薦其才者，上曰：「得非填詞柳三變乎？」曰：「然。」上曰：「且去填詞。」由是不得志。日與猥子縱游娼館酒樓間，無復檢約，自稱云「奉聖旨填詞柳三變」。嗚呼，小有才而無德以將之，亦士君子之所宜戒也。柳之樂章，人多稱之。然大概非羈旅窮愁之詞，則閨閣淫媟之語。若以歐陽永叔、晏叔原、蘇子瞻、黄魯直、張子野、秦少游輩較之，萬萬相遼。彼其所以傳名者，直以言多近俗，俗子易悦故也。皇祐中，老人星現，永應制撰詞忤旨，士大夫惜之。余謂柳作此詞，借使不忤旨，亦無佳處。如「嫩菊黄深，拒霜紅淺」，竹籬茅舍間，何處無此景物。方之李謫仙、夏英公等應制辭，殆不啻天冠地履也。世傳永嘗作《輪臺子·蚤行》詞，頗自以爲得意。其後張子野見之云：「既言『忽忽策馬登途，滿目淡煙衰草』，則已辨色矣，而後又言『楚天闊，望中未曉』，何也。抑何語意顛倒如是。」

《花庵詞選》：耆卿《醉蓬萊》詞云：「漸亭皋葉下，隴首雲飛，素秋新霽。華闕中天，鎖葱葱佳氣。嫩菊黄深，拒霜紅淺，近寶階香砌。玉宇無塵，金莖有露，碧天如水。正值昇平，萬機多暇，夜色澄鮮，漏聲迢遞。南極星中，有老人呈瑞。此際宸遊，鳳輦何處，度管絃聲脆。太液波翻，披香簾捲，月明風細。」叔暘注云：永爲屯田員外郎，會太史奏老人星見，時秋霽宴禁中，仁宗命左右詞臣爲樂章，内侍屬柳應制。柳方冀進用，作此詞奏呈。上見首有「漸」字，色若不懌。讀至「宸遊鳳輦何處」，乃與御製真宗挽詞暗合，上慘然。又讀至「太液波翻」，曰：「何不言波澄？」投之於地，自此不復擢用。

《鶴林玉露》：孫何帥錢塘，柳耆卿作《望海潮》詞贈之，「東南形勝」云云。此詞流播，金主亮聞歌，欣然有慕於「三秋桂子，十里荷花」，遂起投鞭渡江之志。

《畫墁録》：柳三變既以詞忤仁廟，吏部不放改官。三變不能堪，詣政府。晏公曰：「賢俊作曲子麽？」三變曰：「祇如相公亦作曲子。」公曰：「殊雖作曲子，不曾道『綵綫慵拈伴伊坐』。」柳遂退。

《方輿勝覽》：范蜀公嘗云：「仁宗四十二年太平，鎮在翰苑十餘載，不能出一語詠歌，乃于耆卿詞見之。」仁宗嘗曰：「此人任從風前月下，淺斟低唱，豈可令仕宦。」遂流落不偶，卒于襄陽。死之日，家無餘財，群妓合金葬之于南門外。每春月上冢，謂之「弔柳七」。

《古今詞話》：宋無名氏《眉峰碧》詞云：「蹙損眉峰碧。纖手還重執。鎮日相看未足時，忍便使、鴛鴦隻。　薄暮投村驛。風雨愁通夕。窗外芭蕉窗裏聲，分明葉上心頭滴。」宋徽宗手書此詞，以問曹組，組亦未詳。徽宗曰:「朕黏於屏,以悟作法。」真州柳永少讀書時,遂以此詞題壁後,悟作詞章法。一妓向人道之,永曰:「某亦願變化多方也。」然遂成屯田蹊徑。

《詞旨》:近時詞人,多不詳看古曲下句命意處,但隨俗念過便了。如柳詞《木蘭花慢》云:「拆桐花爛漫。」此正是第一句,不用空頭字在上,故用「拆」字,言開了桐花爛漫也。有人不曉此意,乃云:「此花名爲拆桐。」於詞中云開到拆桐花,開了又拆,此何意也。(編者按,以上文字見諸《樂府指迷·誤讀柳詞》條,不見於《詞旨》。况氏誤記出處。又「故用『拆』字,言開了」句脱「字言開了」四字,致語意晦。今據《樂府指迷》補正。)

《詞苑叢談》:《木蘭花慢》,柳耆卿《清明》詞,得音調之正。蓋「傾城」、「盈盈」、「歡情」,于第二字有韻。

近見吴彦高《中秋》詞,亦不失此體,餘人皆不能。

〔詞評〕《侯鯖録》:東坡云:世言柳耆卿詞俗,非也。如《八聲甘州》云:「漸霜風淒緊,關河冷落,殘照當樓。」此語於詩句不減唐人。

李端叔云:耆卿詞,鋪叙展衍,備足無餘。較之《花間》所集,韻終不勝。

孫敦立云:耆卿詞雖極工,然多雜以鄙語。

劉潛夫云:耆卿詞有教坊丁大使意(丁仙現也)。

陳質齋云:柳詞格不高,而音律諧婉,詞意妥帖,承平氣象,形容曲盡,尤工於羈旅行役。

張叔夏云:柳詞亦自批風抹月中來,風月二字,在我發揮,柳則爲風月所使耳。

彭羨門云:柳七亦自有唐人妙境,今人但從淺俚處求之,遂使《金荃》、《蘭畹》之音,流入《挂枝》、《黄鶯》之調，此學柳之過也。

《詞辨》周介存云：耆卿爲世訾謷久矣，然其鋪叙委宛，言近意遠，森秀幽淡之趣在骨。

又云：耆卿樂府多，故惡濫可笑者多，使能珍重下筆，則北宋高手也。

《詞概》：詞有點染，柳耆卿《雨淋鈴》云：「多情自古傷離別，更那堪、冷落清秋節。今宵酒醒何處，楊柳岸，曉風殘月。」上二句點出離別。「冷落」、「今宵」二句，乃就上二句意染之。點染之間，不得有他語相隔。相隔則警句亦成死灰矣。

劉融齋云：耆卿詞細密而妥溜，明白而家常，善於序事，有過前人。唯綺羅香澤之態，所在多有，故覺風期未上耳。

〔詞考〕《四庫全書·樂章集提要》：《樂章集》一卷，宋·柳永譔。陳振孫《書録解題》載其《樂章集》三卷，今止一卷，蓋毛晉刊本所合併也。宋詞之傳於今者，唯此集最爲殘闕。晉此刻亦殊少勘正，譌不勝乙，其分調之顯然舛誤者，如《笛家》「別久」二字、《小鎮西》「久離闕」三字、《小鎮西犯》「路遼繞」三字、《臨江仙》「蕭條」二字，皆係後段换頭，今乃截作前段結句。字句之顯然舛誤者，如《尾犯》之「一種芳心力」，「芳」字當作「勞」；《浪淘沙慢》之「幾度飲散歌闌」，「闌」字當作「闋」；「如何時」，「如」字當作「知」；《浪淘沙令》之「有一箇人人」，「一」字屬衍；「促盡隨紅袖舉」，「促」字下闕「拍」字；《破陣樂》之「各明珠」，「各」字下脱「采」字；《定風波》之「拘束教吟詠」，「詠」字當叶韻作「和」字；《鳳歸雲》之「霜月夜」，「夜」字下脱「明」字；《如魚水》之「蘭芷汀洲望中」，「中」字當作「裏」；《望遠行》之「亂飄僧舍，密灑歌樓」二句，上下倒置；《紅窗睡》之「如削肌膚紅玉瑩」句，已屬叶韻，下又誤增「峯」字；《河傳》之「露清江芳交亂」，「清」字當作「淨」；《塞鴻》之「漸西風緊」，「緊」字屬衍；《訴衷情》之「不堪更倚木蘭」，「木蘭」二字當作「蘭棹」；《夜半樂》之「嫩紅光數」，「光」字當作「無」，「金斂爭笑賭」，「斂」字當作「釵」。萬樹作《詞律》，嘗駁正之，今並從其説。其必不可通者，則疑以傳疑，姑仍其舊焉。《蓮子居詞話》：傳譌舛錯，惟《樂章集》信不易訂。如《浪淘沙慢》一百三十三字，《女冠子》一百十一字，《傾杯樂》九十五字，又一百八字，《引駕行》一百二十五字，《望遠行》一百四字，《秋夜月》八十二字，《洞仙歌》一百十九字，又一百二十三字，又一百二十六字，《長壽樂》八十三字，《破陣樂》一百三十二字。世乏周郎，無從顧誤，不能不爲屯田惜已。

又：屯田《女冠子》一百十四字體：「樓臺悄似玉。向紅爐煖閣，院宇深沈，廣排筵會，聽笙歌猶未徹，漸覺寒輕，透簾穿户。」紅友云：「凡三十二字方叶韻。或謂『玉』字讀若裕，以入作叶，未確。『宇』字似韻，然上下讀不去，爲傳譌無疑。」按「玉」字韻，以入作叶，如惜香以吉叶髻戲，坦庵以極叶氣瑞，北宋有此例。「宇」字亦韻，「院宇深沈，廣排筵會」，「深沈」、「院宇」證以所録。伯可詞僅數襯字不合，餘悉同。

又：屯田《訴衷情近》七十五字體：「雨晴氣爽，竚立江樓望處。澄明遠水生光，重疊暮山聳翠。」紅友于「翠」字註韻，殊不知「處」字即韻。蔣勝欲《探春令》，「處」、「翅」、「住」、「指」並叶，可證。且從無至第四句二十二字纔起韻之理。

又：屯田《迷仙引》，紅友《詞律》疑其脱誤，今細繹之，殆無譌也。後片云：「萬里丹霄，何妨携手同去。

句。去。句。便棄卻、煙花伴侣。免教人見妾，朝雲暮雨。」上「去」字叶，下「去」字疊，頓折成文，猶北曲《醉春風》體也。且辭意完足，雖無他詞可證，即亦不證可耳。朱竹垞題水蓼花譜此解，上「去」字不叶，下「去」字不疊，併七字一句，終未爲得也。

朱彊邨《樂章集跋》：毛斧季據含經堂宋本及周氏、孫氏兩鈔本校正《樂章集》三卷，勞巽卿傳鈔本，老友吴伯宛得之京師者。《直齋書録解題》：《樂章集》九卷。《汲古閣祕本書目》：柳公《樂章》五本。（注云：今世行本俱不全，此宋版特全。）俱不經見。伯宛又寄示清常道人趙元度校焦弱侯三卷本，毛子晉所刻，似從之出。而删其《惜春郎》、《傳花枝》二調。然毛刻不分卷，亦不云何本。海豐吴氏重梓毛本，繆小珊、曹君直引梅禹金及諸選本一再校勘。又采案吾郡陸氏藏宋本入記，而别刊之。考《皕宋樓藏書志》稱曰：毛斧季手校本，非宋槧也。以校勞氏鈔本，篇次悉同，而字句頗有乖違，往往與萬紅友説合。或傳寫者據《詞律》點竄，已非斧季真面。杜小舫校《詞律》，徐誠齋編《詞律拾遺》，兼舉宋本，又與毛校不盡合符。兹編顯有脱譌。雜采周、孫二鈔，恐非宋槧，未可盡爲依據。繆、杜諸所據本又未寓目，無從折衷。姑就諸本，鉤稽異同，粗爲諟正。其貳文别出，非顯屬怪謬者，具如疏記，以備參榷。柳詞傳誦既廣，别墨實繁，選家所見，匪盡辜較。今止唯是之從，亦依違不能斠若也。

按：吾友况夔笙舍人《香海棠詞話》云：「作詞有三要：重、拙、大。」吾讀屯田詞，又得一字曰「寛」。「寛」之一字未易幾及，即或近似之矣，總不能無波瀾。屯田則愈抒寫愈平淡。林宗云：「叔度汪洋如千頃之波，澄之不清，淆之不濁。」吾謂屯田詞境亦然。嚮來行文之法，最忌平鋪直叙，屯田卻以鋪叙擅場，求之兩宋詞人，政復不能有二。

歷代詞人考略卷九

宋 三

陳彭年

彭年字永年，南城人。雍熙二年第進士，調江陵府司理參軍。咸平三年，召試學士院，遷祕書丞。大中祥符中，加集賢殿修撰、右諫議大夫，兼祕書監。編次太宗御集，賜勳上柱國，召入翰林充學士，同修國史。拜刑部侍郎、參知政事。卒贈右僕射，謚文禧。有集一百卷。

〔詞話〕《湘山野録》：初，中國長公主爲尼，掖庭嬪御隨出家三十餘人，詔兩禁送於寺，賜齋饌。傳宣各令作詩送，惟陳文僖公彭年詩尚有記者，云：「盡出花鈿散寶津，雲鬟初翦向殘春。因驚風燭難留世，遂作蓮子不染身。貝葉乍翻疑軸錦，梵聲纔學誤梁塵。從茲艷質歸空後，湘浦應無解佩人。」或云作（說）［詩］之說恐非。好事者能於《鷓鴣天》曲聲歌之。

按：《瑞鷓鴣》一名《太平樂》，又名《舞春風》，又名《桃花落》。《古今詞譜》曰：南吕宫曲又入平調，即平韻七言律，仄韻即《玉樓春》也。《湘山野録》所載陳文僖作，能於《鷓鴣天》曲聲歌之者，即《瑞鷓鴣》曲，凡五拍，見《樂府紀聞》。《詞律》此調録侯寘詞爲譜，注云：即七言律詩，分前後段。前段第三、四句，後段第一、二句俱作對語。但首句第二字平聲起，不可誤。今據文僖之作，政「仄仄平平」起，紅友云第二字非平不可，殆偶未見陳詞耳。《詞律拾遺》亦未收二仄起一體。

范仲淹

仲淹字希文，吴縣人。大中祥符八年舉進士，爲廣德軍司理參軍。以晏殊薦，爲祕閣校理。明道中，擢右司諫，累官至權知開封府，以忤吕夷簡，貶知饒州。西北用兵，起爲陝西招討副使，兼知延州。改知慶州，屢進樞密直學士、右諫議大夫，充陝西路安撫招討使。召還，拜樞密副使，除參知政事。卒贈兵部尚書，楚國公，謚文正。有集二十九卷。

〔詞話〕《東軒筆録》：范文正守邊日，作《漁家傲》樂歌數闋，皆以「塞下秋來」爲首句，頗述鎮邊之苦。歐陽公嘗呼爲窮塞主之詞。及王尚書素出守平涼，文忠亦作《漁家傲》一詞以送之，其斷章曰：「戰勝歸來飛捷奏。傾賀酒，玉階遥獻南山壽。」顧謂王曰：「此真元師之事也。」

《中吴紀聞》：范文正與歐陽文忠，席上分題作《剔銀燈》，皆寓勸世之意。文正云：「昨夜因看蜀志。笑曹操、孫權、劉備。用盡機關，徒勞心力，只得三分天地。屈指細尋思，爭如共、劉伶一醉。人世都無百歲。少癡騃、老成尪悴。只有中間，些子少年，忍把浮名牽繫。一品與千金，問白髮、如何回避。」

《詞苑》：范文正公《蘇幕遮》詞云：「碧雲天，紅葉地。秋色連波，波上寒煙翠。山映斜陽天接水。芳草無情，更在斜陽外。　黯鄉魂，追旅思。夜夜除非，好夢留人睡。明月樓高休獨倚。酒入愁腸，化作相思淚。」公之正氣塞天地，而情語入妙至此。

《詞苑叢談》：范文正、司馬温公、韓魏公皆一時名德重望，范《御街行》曰：「紛紛墜葉飄香砌。夜寂靜、寒聲碎。珍珠簾捲玉樓空，天澹銀河垂地。年年今夜，月華如練，長是人千里。　愁腸已斷無由醉。酒未到、先成淚。殘燈明滅枕頭攲。諳盡孤眠滋味。都來此事，眉間心上，無計相回避。」人非太上，未免有情，當不以此累其白璧也。

〔詞評〕《皺水軒詞筌》：廬陵譏范希文《漁家傲》爲窮塞主詞，自矜其「戰勝歸來飛捷奏，傾賀酒，玉階遥獻南山壽」，爲真元帥之事。按宋以小詞爲樂府，被之管絃，往往傳于宫掖。范詞如「長煙落日孤城閉」、「羌管悠悠霜滿地」、「將軍白髮征夫淚」，令「綠樹碧簾相掩映，無人知道外邊寒」者聽之，知邊庭之苦如是，庶有所警觸。此深得「采薇」「出車」、「楊柳」「雨雪」之意。若歐詞止于諛耳，何所感耶。

《蓮子居詞話》：范公《漁家傲》，自得東山詩意。小序：「君子之於人，序其情而閔其勞，所以悦也。」必以《六月》、《采芑》繩之，無乃非姬公之志與。瞿佑《歸田詩話》襲窮塞主之説，言公以總帥而出此語，宜乎士氣不振，而無成功。書生之見，真足噴飯。

王元美云：范希文「都来此事，眉間心上，無計相回避」，類易安而小遜之。其「天澹銀河垂地」語卻自佳。

沈際飛云：「芳草無情，更在斜陽外」，「行人更在青山外」，兩句不厭百回讀。

《金粟詞話》：范希文《蘇幕遮》一調，前段多入麗語，後段純寫柔情，遂成絶唱。

按：范文正《蘇幕遮》詞，《詞苑》第稱其情語入妙，殆猶未窺文正於微也。文正一生並非懷土之士，所爲「鄉魂旅思」以及「愁腸思淚」等語，似沾沾作兒女想，何也？觀前闋可以想其寄託。開首四句，不過借秋色蒼茫以隱抒其憂國之意。「山映斜陽」三句，隱隱見世道不甚清明，而小人更爲得意之象。芳草喻小人，唐人已多用之。後段則因心之憂愁不自聊賴，始動其鄉魂旅思，而夢不安枕，酒皆化淚矣。其實憂愁非爲思家也。文正當宋仁宗之時，歇歷中外，身肩一國之安危，雖其時不無小人，究係隆盛之日，而文正乃憂愁若此，此其所以「先天下之憂而憂」乎？即《漁家傲》後段「燕然未勒」句，亦復悲憤鬱勃，「窮塞主」安得有之。

宋祁

祁字子京，安陸人，徙居雍邱。天聖二年，與兄庠同舉進士，禮部奏祁第一，庠第三。章獻太后不欲以弟先兄，乃擢庠第一，而寘祁第十。人呼曰二宋，以大小别之。祁釋褐復州軍事推官，召試授直史館，再遷太常博士、同知禮儀院。轉尚書工部員外郎，權三司度支判官。擢天章閣待制、知制誥。累出知壽、陳、杭、益、定、鄭等州。累進工部尚書、翰林學士承旨。卒謚景文。有《出麾小集》、《西州猥稿》。

〔詞話〕《詞林海錯》：宋祁爲學士。一日，遇内家車子數輛於繁臺，不及避。車中有搴簾者曰：「此小宋也。」祁驚訝不已，爲作《鷓鴣天》詞云：「畫轂雕輪狹路逢。一聲腸斷繡簾中。身無彩鳳雙飛翼，心有靈犀一點通。　金作屋，玉爲籠。車如流水馬如龍。劉郎已恨蓬山遠，更隔蓬山一萬重。」傳唱達禁中。仁宗聞之，問「第幾車子？」有內人自陳。頃之宣學士赴宴，從容語之。祁惶懼，仁宗曰：「蓬山不遠。」遂以內人賜之。

《聞見後録》：宋子京在翰林時，同院李獻臣以次，有六學士。一日，張貴妃詞頭下，議行告庭之禮，未決，子京遽以制上，妃怒抵于地曰：「何學士敢輕人。」子京出知安州，以長短句詠燕子，有「因爲銜泥汙錦衣，垂下珠簾不敢歸」之句。或傳入禁中，仁皇帝覽之一歎，尋召還玉堂署。

《能改齋漫録》：侍讀劉原父守維揚，宋景文赴壽春，道出治下。原父爲具以待宋，又爲《踏莎行》詞以侑歡云云。宋即席爲《浪淘沙近》，以別原父云：「少年不管。流光如箭。因循不覺韶光換。至如今，始惜月滿、花滿、酒滿。　扁舟欲解垂楊岸。尚同歡宴。日斜歌闋將分散。倚蘭橈，望水遠、天遠、人遠。」

《古今詞話》：宋子京爲天聖中翰林，以賦采侯，中博學宏詞科第一，有「色映堋雲爛，聲連羽月遲」之句，時呼爲宋采侯。每夕臨文，必使麗姝燃雙椽燭，即張子野所謂「紅杏枝頭春意鬧」尚書也。

〔詞評〕《皺水軒詞筌》：詞莫病於淺直，如杜牧《清明》詩：「借問酒家何處有，牧童遥指杏花村。」本無高警，政在遥指不言，稍具畫意。宋子京演爲《錦纏道》詞，後半曰：「向郊原踏青，恣歌携手。醉醺醺、尚寻芳酒。問牧童、遥指孤村道，杏花深處，那裏人家有。」何傖父也。未審賦落花時，伎倆何在。然其《蝶戀花》「繡幕茫茫羅帳捲」云云，真半臂忍寒人語，讀之令人齒頰生香。李端叔云：宋景文以餘力游戲爲詞，而風流閑雅，超出意表。

劉融齋云：宋子京詞是宋初體，張子野始創瘦硬之體，雖以佳句互相稱美，其實趣尚不同。

按：宋子京詞，以《玉樓春》「紅杏枝頭」句得名。其全闋云：「東城漸覺風光好。縠皺波紋迎客棹。綠楊煙外曉雲輕，紅杏枝頭春意鬧。　浮生長恨歡娛少。肯愛千金輕一笑。爲君持酒勸斜陽，且向花間留晚照。」此詞前段寫景，後段言情，歇拍復融情入景，章法分明。詞旨婉約，倚聲正軌，看似無奇。然而學之實難，即知其何以難學亦不易。

韓維

維字持國，雍邱人，忠獻公億之子。以進士奏名禮部，方億輔政，不肯試大廷。受蔭入官。歐陽修薦爲檢討，知太常禮院。神宗即位，除龍圖閣直學士。熙寧三年，爲御史中丞，進資政殿學士，加大學士，拜門下侍郎，出知鄧州，改汝州。以太子少傅致仕，轉少師。元符元年卒。紹聖中坐元祐黨，謫崇信軍節度副使。徽宗初，悉追復舊官。有《南陽集》。

〔詞評〕《餐櫻廡詞話》：詞境以深靜爲至。韓持國《胡擣練令》過拍云：「燕子漸歸春悄，簾幕垂清曉。」境至靜矣，而此中有人，如隔蓬山。思之，思之，遂由靜而見深。蓋寫景與言情，非二事也。善言情者，但寫景而情在其中。此等境界，唯北宋人詞有之。持國此二句，尤妙在一「漸」字。

按：韓持國《踏莎行·次韻范景仁寄子華》云：「歸雁低空，游蜂趁暖。憑高目向西雲斷。具茨山外夕陽多，展江亭下春波滿。雙桂情深，千花明焕。（元注：雙桂樓千花□。）良辰誰是同游伴。卒夷花謝早梅開，應須次第調絃管。」范蜀公詞前人未經著録，持國所和《踏莎行》其元唱亦失傳，惜哉！子華名絳，《宋史》有傳，維之兄也。詞題僅稱子華，或維兄而絳弟耶？

又按：韓持國《南陽詞》僅五闋，《西江月・席上呈子華》云：「早歲相期林下，高年同在尊前。風花繡舞乍晴天。緑蟻新浮酒面。身外虚名電轉，人間急景梭傳。當筵莫惜聽朱絃。一品歸來强健。」又《踏莎行》「歸雁低空」闋，又《減字木蘭花・潁州西湖》云云，又《浪淘沙》云云。此二闋字多殘缺，不録。又《胡擣練》「夜來風横」闋，其《踏莎行》後有子華和詞。字亦不全。

韓縝

縝字玉汝，維弟。登進士第，簽書南京判官。神宗朝，以天章閣待制知秦州。哲宗立，拜尚書右僕射，兼中書侍郎，元祐元年罷爲觀文殿大學士，知潁昌府，移永興、河南。拜安武軍節度使，以太子太保致仕。紹聖四年卒，贈司空，謚莊敏。

〔詞話〕《樂府紀聞》：韓縝有愛姬能詞，韓奉使時，姬作《蝶戀花》送之云：「香作風光濃著露。正恁雙棲，又遣分飛去。密訴東君應不許。淚波一灑奴衷素。」神宗知之，遣使送行。劉貢父贈以詩：「卷耳幸容留婉孌，皇華何啻有光輝。」莫測中旨何自而出，後乃知姬人别曲傳入内庭也。韓亦有詞云：「鎖離愁，連綿無際，來時陌上初薰。繡幃人念遠，暗垂珠露，泣送征輪。長行長在眼，更重重、流水孤雲。

但望極樓高，盡日目斷王孫。消魂。池塘别後，曾行處、緑妒輕裙。恁時携素手，亂花飛絮裏，緩步香茵。朱顔空自改，向年年、芳草長新。徧緑野，嬉游醉眼，莫負青春。」此《鳳簫吟》詠芳草以留别，與《蘭陵王》詠柳以叙别同意。後人竟以芳草爲調名，則失《鳳簫吟》元唱意矣。

按：韓莊敏《鳳簫吟·詠芳草以留别》前段云：「長行長在眼，更重重、遠水孤雲。」語淡可學。後段「亂花飛絮裏」五字，令人不堪回首，輒唤奈何，所謂其艷在骨也。

劉几

几字伯壽，洛陽人。以父任爲將作監主簿。第進士，范仲淹辟通判邠州。孙沔薦其才，换如京使、知寧州。進皇城使，領恒州刺史。曾公亮薦之，爲太原涇原路總管。神宗即位，轉四方館使、知保州，治狀爲河北第一。踰六年，即請老，還爲祕書監致仕。元豐三年，詔詣太常定雅樂。再加通議大夫。

〔詞話〕《花草粹編》：劉几在神宗時，與范蜀公重定太樂。洛陽花品曰狀元紅，爲一時之冠。樂工花日新能爲新聲，汴伎郜懿以色藝著，祕監致仕劉伯壽尤精音律。熙寧中，几携花日新就郜懿家歡詠，仍譔此曲，填詞以贈之。人有謂爲高達者。詞云：「三春向暮，萬卉成陰、有嘉艶方坼。嬌姿嫩質。冠群品，共賞傾城傾國。上苑晴晝暄，千素萬紅尤奇特。綺筵開，會詠歌才子，壓倒元白。　别有芳幽苞小，步障華絲，綺軒油壁。與紫鴛鴦、素蛺蝶。自清旦、往往連夕。巧鶯喧脆管，嬌燕語雕梁留客。武陵人，念夢役意濃，堪遺情溺。」

《宋史·范鎮傳》：鎮於樂尤注意，自謂得古法，獨主房庶以律生尺之說。初，仁宗命李照改定大樂，下王朴樂三律。神宗時詔鎮與劉几定之。鎮作律尺、龠合、升斗、豆區、鬴斛，欲圖上之，又乞訪求真黍，以定黄鐘。而劉几即用李照樂，加用四清聲而奏樂成。詔罷局，賜賚有加。鎮曰：「此劉几樂也，臣何與焉。」乃請太府銅爲之，逾年而成，比李照樂下一律有奇。

《石林燕語》：几本進士，元豐間换文資，以中大夫致仕。居洛中，率騎牛，挾女奴五七輩，載酒，持被囊，往來嵩少間。初不爲定所，遇得意處，即解囊藉地，傾壺引滿，旋度新聲，自爲辭，使女奴共歌之。醉則就卧不去，雖暴露不顧也。嘗召至京師議大樂。旦以朝服趨局，暮則易布裘，徒步市廛間，或倡優所集處。率以爲常，神宗亦不之責。其自度曲有《戴花正音集》行於世，人少有得其聲者。

按劉伯壽《狀元紅》詞，不過詠花而已，乃能連情屬藻，長篇斐然。中間千素萬紅，步障綺軒，紫鴛素蝶，巧鶯嬌燕，觸緒紛來，有餘不盡，頗似柳屯田詞格。蓋劉與柳皆聲律嫥家也。惜劉詞傳者祇此一闋，誠吉光片羽矣。宋同時有三李定，郜懿之子即劾東坡之李資深也。劉几宋亦有二，其一劉恩次子，《宋史》附見恩傳。

謝絳

絳字希深，其先陽夏人，祖懿文爲鹽官縣令，葬富陽，遂爲富陽人。以父濤任試祕書省校書郎。大中祥符八年舉進士甲科，授太常寺奉禮郎、知汝陰縣。楊億薦絳文章，召試擢祕書校理。仁宗即位，遷太常博士，爲國史編修官，再遷兵部員外郎，擢知制誥，判吏部流内銓、太常禮院，出知鄧州卒。有集五十卷。

〔詞評〕《餐櫻廡詞話》：清真詞《望江南》云「惺忪言語勝聞歌」，謝希深《夜行船》云「尊前和笑不成歌」，皆熨帖入微之筆。

按：謝希濟《夜行船》全闋云：「昨夜佳期初共。鬢雲低、翠翹金鳳。尊前和笑不成歌，意偷傳、眼波微送。　草草不容成楚夢。漸寒深、翠簾霜重。相看送到斷腸時，月西斜、畫樓鐘動。」此詞情景逼真，不假琱琢。黄花庵云：「後段語最奇。」竊嘗尋繹至再，以謂清空則近之，於「奇」之一字無當也。

歐陽修

修字永叔，永豐人。天聖中，擢進士甲科，補西京留守推官。召試學士院，爲館閣校勘。慶歷初，拜右正言、知制誥。坐朋黨，出知滁州。復龍圖閣直學士，知應天府。以翰林學士修《唐書》，加史館修撰。《唐書》成，拜禮部侍郎、樞密副使、參知政事。定議立英宗，以觀文殿學士、刑部尚書，知亳州。以太子少師致仕，卒贈太子太師，謚文忠。有《六一居士詞》三卷，本名《平山集》，一名《近體樂府》。

〔詞話〕《樂府紀聞》：歐陽永叔中歲居潁日，自以集古一千卷，藏書一萬卷，琴一張，棊一局，酒一壺，以一翁志於五物間，稱六一居士。有《六一詞》。

《能改齋漫録》：梅聖俞在歐陽公座，有以林逋草詞「金谷年年，亂生青草誰爲主」爲美者，聖俞因别爲《蘇幕遮》一闋，歐公擊節賞之，又自爲一詞云：「闌干十二獨凭春。晴碧遠連雲。千里萬里，二月三月，行色苦愁人。　謝家池上，江淹浦畔，吟魄與離魂。那堪疏雨滴黄昏。更特地、憶王孫。」蓋《少年遊令》也。不唯前二公所不及，雖置諸唐人温、李集中，殆與之爲一矣。今集本不載此篇，惜哉！

《後山叢談》：文元賈公居守北都，歐陽永叔使北還，公預戒官妓辨詞以勸酒，妓唯唯。復使都廳召而喻之。妓亦唯唯。公怪歎，以爲山野。既燕，妓奉觴，歌以爲壽。永叔把盞側聽，每爲引滿，公復怪之，召問所歌，皆其詞也。

《湘山野録》：歐陽公頃謫滁州，一同年將赴閬倅，因訪之，即席爲一曲，歌以爲送。曰：「記得金鑾同唱第，春風上國繁華」云云。其飄逸清遠，皆太白之品流也。公不幸晚爲僉人搆姪艷數曲射之，以成其毁。予皇祐中都下已聞此闋，歌於人口者二十年矣。嗟哉，不能爲之力辯。

《墨莊漫録》：揚州蜀岡上大明寺平山堂前，歐陽文忠公手植柳一株，謂之歐公柳。公詞所謂「手種堂前楊柳，別來幾度春風」者。

《碧雞漫志》：歐陽永叔云：「貪看六么花十八。」此曲内一疊，名花十八，前後十八拍，又四花拍，共二十二拍。樂家者流所謂花拍，蓋非其正也。曲節抑揚可喜，舞亦隨之。而舞築球六么，花十八益奇。

《堯山堂外紀》：歐陽永叔任河南推官，親一妓。時錢文僖爲西京留守，梅聖俞、尹師魯同在幕下。一日，宴於後園，客集而歐與妓俱不至，移時方來。錢責妓云：「未至何也？」妓云：「中暑，往涼堂睡，覺失金釵，猶未見。」錢曰：「若得歐推官一詞，當爲償汝。」歐即度云「柳外輕雷池上雨」云云。坐皆擊節。

命妓滿斟送歐，而令公庫償釵。

〔詞評〕《詞苑叢談》：「山色有無中」，歐公詠平山堂句也。或謂平山堂望江右諸山甚近，公短視故耳。東坡爲公解嘲，乃賦快哉亭詞云：「長記平山堂上，攲枕江南煙雨，杳杳没孤鴻。認得醉翁語，山色有無中。」蓋山色有無，非細雨不能也。然公起句是「平山闌檻倚晴空」，「晴空」安得煙雨？恐東坡終不能爲歐公解矣。

又：「庭院深深深幾許」，此歐陽文忠公《蝶戀花・春暮》詞也。李易安酷愛其語，遂用作「庭院深深」調數闋。

《能改齋漫録》：晁无咎評樂章：歐陽永叔《浣溪沙》云：「隄上遊人逐畫船。拍隄春水四垂天。緑楊樓外出秋千。」要皆絶妙，然只一「出」字，自是後人道不到處。余按：唐・王摩詰《寒食城東即事》詩云：「蹴踘屢過飛鳥上，秋千競出垂楊裏。」歐陽公用「出」字，蓋本此。

《渚山堂詞話》：歐公舊有《春日》詞云：「緑楊樓外出秋千。」前輩歎賞，謂止一「出」字，是人著力道不到處。他日詠秋千，作《浣溪沙》云：「雲曳香綿綵柱高，絳旗風颭出花稍。」予謂：雖同用「出」字，然視前句，其風致大段不侔。

《荔子雜志》：詩餘荔子之詠，作者既少，遂無擅長。獨歐公《浪淘沙》一首，稍存感慨悲涼耳。

《古今詞話》：毛騤曰：詞家意欲層深，語欲渾成，大抵意層深者，語便刻畫；語渾成者，意便膚淺，兩難兼也。永叔詞云：「淚眼問花花不語，亂紅飛過秋千去。」此可謂層深而渾成者，又絶無費力之跡。

《人間詞話》：永叔：「人間自是有情癡，此恨不關風與月」，「直須看盡洛城花，始與東風容易别。」於豪放之中有沉著之致，所以尤高。

羅大經云：歐陽雖游戲作小詞，亦無愧唐人《花間集》。

王元美云：永叔極不能作麗語，乃亦有之，曰「隔花啼鳥喚行人」，又「海棠經雨臙脂透」。

尤展成云：六一婉麗，實妙於蘇。

宋尚木云：永叔其詞，秀逸。

〔詞考〕《古今詞話》：《西清詩話》謂，歐詞之淺近者，是劉煇僞作。又云：元豐中，崔公度跋馮延巳《陽春詞》云：其間有入《六一詞》者，今柳三變詞，亦有雜入《平山堂集》者，則知浮艷者皆非公作也。

《四庫全書·六一詞提要》：《六一詞》一卷，宋歐陽修撰。修詞陳振孫《書録解題》作一卷。此爲毛晉所刻，亦止一卷，而於總目中注「原本三卷」，蓋廬陵舊刻，兼載樂語，分爲三卷。晉删去樂語，乃併爲一卷也。曾慥《樂府雅詞·序》，有云：歐公一代儒宗，風流自命，詞章窈眇，世所矜式。乃小人或作艷曲，謬爲公詞。蔡絛《西清詩話》云：歐陽修之淺近者，謂是劉煇作。《名臣録》亦云：修知貢舉，爲下第舉子劉煇等所忌，以《醉蓬萊》、《望江南》誣之。則修詞中已雜它人之作。又元豐中崔公度跋馮延巳《陽春録》，謂其間有誤入《六一詞》者，則修詞又或羼入它集。蓋在宋時已無定本矣。晉此刻亦多所釐正，然諸選本中，有梅堯臣《少年游》「闌干十二獨凭春」一首，吴曾《能改齋漫録》獨引爲修詞。且云：不唯聖俞、君復二詞不及，雖求諸唐人温、李集中，殆難與之爲一。則堯臣當别有詞，此詞斷當屬修。晉未收此詞，尚不能無所闕漏。又如《越溪春》結語：「沈麝不燒金鴨，玲瓏月照梨花。」係六字二句，集内尚沿坊本，誤「玲」爲「冷」，「瓏」爲「籠」，遂以七字爲句，是校讎亦未盡無譌。然終較它刻爲稍善，故今從其本焉。

《詞苑叢談》：朱竹垞云：「庭院深深」一闋，載馮延巳《陽春録》，刻作歐九，誤也。

又：王銍《默記》載歐陽公《望江南》雙調云：「江南柳，葉小未成陰。人爲絲輕那忍折，鶯憐枝嫩不勝吟。留取待春深。　十四五，閒抱琵琶尋。堂上簸錢堂下走，恁時相見已留心。何況到如今。」歐公有盜甥之疑，上表自白云：喪厥夫而無託，携幼女以來歸。張氏此時年方七歲。錢穆父素恨公，笑曰：正是學簸錢時也。歐知貢舉，下第舉人復作《醉蓬萊》譏之。愚按歐公詞出《錢氏私誌》，蓋錢世昭因公《五代史》中多毀吴越，故詆之，此詞不足信也。

按：歐公「江南柳」之誣，《詞苑叢談》嘗辨之矣。周淙《輦下紀事》云：德壽宫劉妃，臨安人。入宫爲紅霞帔，後拜貴妃。又有小劉妃者，以紫霞帔，轉宜春郡夫人。進婕妤，復封婉容，皆有寵。宫中號妃爲「大劉娘子」，婉容爲「小劉娘子」。婉容入宫時，年尚幼，德壽賜以詞云：「江南柳，嫩緑未成陰。攀折尚憐枝葉小，黄鸝飛上力難禁。留取待春深。」德壽之詞與《默記》所傳歐公之作僅小異耳。錢世昭《私志》稱彭城王錢景臻爲先王，景臻追封當建炎二年。世昭爲景臻之孫愐，（景臻第三字之猶子。）以時代考之，蓋亦南宋中葉矣。（《四庫全書·提要》於錢世昭、王銍時代並未考定詳確。）竊疑後人就德壽詞衍爲雙調以誣歐公，世昭遂録入《私誌》，王銍因載之《默記》。唯錢穆父固與歐公同時，然公詞既可假託，即自白之表，穆父之言亦何不可造作之有。竊意歐陽文集中未必有此表也。

又按：《詞苑叢談·辨證》引朱竹垞云：「庭院深深」一闋，載馮延巳《陽春録》，刻作歐九，誤也。而《叢談·品藻》又云：李易安酷愛其語，遂用作「庭院深深」調數闋。由後之説，則是《陽春録》誤載必矣。易安，宋人，性復彊記。嘗與明誠坐歸來堂烹茶，指堆積書史言某事在某卷某葉某行，以是否決勝負，爲飲茶先後，何至於當代名作向所酷愛者記述有誤。竹垞云云未免負此佳證。

歷代詞人考略卷十

宋　四

蘇舜欽

舜欽字子美，銅山人，易簡之孫。以父耆任補太廟齋郎，調滎陽尉。尋第進士，改光禄寺主簿，知長垣縣，遷大理評事。范仲淹薦其才，仁宗召試，擢集賢校理，監進奏院。坐用鬻故紙公錢，爲李定、王拱辰、劉元瑜輩捃摭奏劾，除名。後爲湖州長史，卒。有《滄浪集》。

〔詞話〕《東軒筆録》：蘇子美謫居吴中，欲游丹陽。潘師旦深不欲其來，宣言于人，欲拒之。子美作《水調歌頭》，有「擬借寒潭垂釣，又恐沙鷗猜我，不肯傍青綸」之句，爲是也。

按：蘇子美《水調歌頭》全闋云：「瀟灑太湖岸，淡竚洞庭山。魚龍隱處，煙霧深鎖渺瀰間。方念陶朱張翰，忽有扁舟急槳，撇浪載鱸還。落日暴風雨，歸路遶汀灣。　丈夫志，當景盛，恥疎閒。壯年何事憔悴，華髮改朱顔。擬借寒潭垂釣，又恐鷗猜鷺忌（編者按，《花草粹編》作『鷗鳥相猜』。），不肯傍青綸。刺棹穿蘆荻，無語看波瀾。」蓋賦滄浪亭之作。

子美《滄浪亭記》：「予遊吴中，過郡學。東顧草樹鬱然，崇阜廣水，不類乎城中。並水得微徑於雜花修竹之間，東趨數百步，有棄地，三向皆水，旁無居民，左右皆林木相虧蔽。予愛而徘徊，遂以錢四萬得之」云云。子美詞用第七部元、寒韻，惟「綸」字屬第六部真、諄韻。宋人詞罕見如此通用者。

梅堯臣

堯臣字聖俞，宣城人。以從父廕補太廟齋郎。歷主簿、縣令，監稅湖州，簽署忠武、鎮安兩軍節度判官。初，大臣屢薦堯臣宜在館閣，嘗一召試，賜進士出身，餘輒不報。嘉祐初，學士趙槩等列言於朝，乃擢國子監直講，累官至尚書屯田都官員外郎。有《宛陵集》六十卷。

〔詞話〕《能改齋漫録》：梅聖俞在歐陽公座，有以林逋《草》詞「金谷年年，亂生青草誰爲主」爲美者，聖俞因别爲《蘇幕遮》一闋云：「露堤平，煙墅杳。亂碧萋萋，雨後江天曉。獨有庾郎年最少。窣地春袍，嫩色宜相照。　接長亭，迷遠道。堪怨王孫，不記歸期早。落盡梨花春又了。滿地殘陽，翠色和煙老。」歐公擊節賞之。

《古今詞話》：《輟耕録》曰：「梅聖俞《禽言》四章。沈雄曰：此與文與可《題竹》十字令，俱長短句，金、元人皆有和詞。而不可以被管絃者也，非詞也。」

又：《漫叟詩話》曰：吕士隆知宣州好笞伎，適杭伎到，喜之。一日欲笞宣伎，伎曰：「不敢辭，恐杭伎不安。」士隆宥之。梅聖俞爲詞云：「莫打鴨，打鴨驚鴛鴦。鴛鴦新向池中落，不比孤洲老禿鶬。」此亦長短句，若足一句，即《謝秋娘》也。

《碧雞漫志》：《鹽角兒》，《嘉祐雜志》云：梅聖俞説，始教坊家人市鹽，於紙角中得一曲譜，翻之，遂以名。今雙調《鹽角兒令》是也。歐陽永叔嘗製詞。

按：林和靖《詠草》云：「餘花落處，滿地和煙雨。」梅聖俞句云：「落盡梨花春又了。滿地殘陽，翠色和煙老。」梅詞亦從林出，只著一「老」字，便別是一意境。

司馬光

光字君實，夏縣人。寶元初，中進士甲科。除奉禮郎，累官天章閣待制，知諫院。治平間，爲諫議大夫，龍圖閣直學士。熙寧初，遷翰林學士，御史中丞。進樞密副使，不拜。以端明殿學士知永興軍安撫使，徙知許州，不赴。請判西京御史臺，歸洛。譔《資治通鑑》，成，加資政殿學士。元祐元年，拜尚書左僕射，兼門下侍郎。卒贈太師、温國公，謚文正。有《傳家集》。

〔詞話〕《歷代詩餘詞話》：司馬温公詞云：「漁舟容易入深山。仙家日日閒。綺窗紗幌映朱顔。相逢醉夢間。　松露冷，海霞斑。忽忽整棹還。落花寂寂水潺潺。重尋此路難。」蓋《阮郎歸》本意也。

《侯鯖録》：司馬文正公言行俱高，然亦每有謔語，嘗作詩云：「由來獄吏少和氣，皋陶之狀如削瓜。」又有長短句云：「寶髻忽忽梳就，鉛華淡淡妝成。青煙紫霧罩輕盈。飛絮游絲無定。　相見爭如不見，有情何似無情。笙歌散後酒初醒。芸窗本醒。深院月斜人靜。」風味極不淺，乃《西江月》詞也。

《渚山堂詞話》:《錦堂春》長闋,乃司馬温公感舊之作。全篇云:「紅日遲遲,虚廊轉影,槐陰迤邐西斜。綵筆工夫,難狀晚景煙霞。蝶尚不知春去,漫遶幽砌尋花。奈猛風過後,縱有殘紅,飛(落)[向]誰家。　始知青鬢無價。歎飄零宦路,荏苒年華。今日笙歌叢裏,特地咨嗟。席上青衫濕透,算感懷、何止琵琶。怎不教人易老,多少離愁,散在天涯。」公端勁有守,而所賦嫵媚悽惋,殆不能忘情,豈其少年所作耶? 古云賢者未能免俗,正謂此耳。

《聽秋聲館詞話》:司馬温公《西江月》云云,艷冶之致。或謂決非公作,此如歐陽文忠「堂上簸錢」詞,當時忌者託名以相浼耳。抑知靖節閑情,何傷盛德。同時范文正、韓忠獻均有麗詞,安知不別有寄託。若謂綺語不宜犯,以訓子弟則可,不應以律前賢。

按:曹子建《洛神賦》云:「動無常則,若危若安;進止難期,若往若還。」蒙嘗謂昔人文言模寫美人神態,殆無逾此。司馬温公《西江月》過拍云:「青煙紫霧罩輕盈,飛絮游絲無定。」亦能傳神光離合、驚鴻游龍之妙。得「飛絮游絲」句,然後「青煙紫霧」成爲生香活色,此二語非冰雪聰明不能道。

王安石

安石字介甫,臨川人。慶曆中擢進士第,知鄞縣。嘉祐三年,爲度支判官,遷直集賢院,同修起居注,知制誥。神宗在潁邸聞其名,及即位,命知江寧府。數月召爲翰林學士兼侍講。熙寧二年,拜參知政事。三年,拜同平章事。七年,罷。八年,復相,屢謝病,出判江寧府。元豐二年,復拜左僕射,封舒國公。改封荆。卒贈太師，謚曰文，追封荆王。晚居金陵，自號半山老人。有《臨川集》，詞一卷。

〔詞話〕《侯鯖録》：公云：「古之歌者，皆先有詞，後有聲，故曰：『詩言志，歌永言，聲依永，律和聲。』如今先撰腔子，後填詞，卻是『永依聲』也。」

《泊宅編》：介甫嘗書寢，謂葉濤曰：「適夢三十年前所喜一婦人，作長短句贈之。但記其後段：『隔岸桃花紅未半。枝頭已有蜂兒亂。惆悵武陵人不管。清夢斷。亭亭佇立春宵短。』」

《石林詩話》：俞澹，字清老，滑稽善諧謔，洞曉音律，能歌。荆公喜之，晚年作《漁家傲》等樂府數闋，每山行，即使澹歌之。

《古今詞話》：《金陵懷古》，諸公寄調於《桂枝香》者，三十餘家，獨介甫爲絶唱。東坡見之，歎曰：「此老乃野狐精也。」東坡羡服之語，非引用劉璽遇狐故事。

《花草蒙拾》：「假使當時俱不遇，老了英雄。」舒王自負語也。僕則謂：彦回幸作中書郎而死，故當不失名士。

〔詞評〕《苕溪漁隱叢話》：魯直書荆公集句《菩薩蠻》詞碑，本云：「花是去年紅，吹開一夜風。」因閲《臨川集》，乃云：「今日是何朝，看余渡石橋。」余謂：不若「花是去年紅，吹開一夜風」爲勝也。

《碧雞漫志》：王荆公長短句不多，合繩墨處，自雍容奇特。

《詞源》：詞以意趣爲主，不要蹈襲前人語意。如王荆公《金陵·桂枝香》云云，清空中有意趣，無筆力者未易到。

《聽秋聲館詞話》：「但起東山謝安石，爲君談笑淨胡塵」，太白詩也，人或譏其大言不慚。然其時鄴侯、汾陽均未顯用，殆有所指，非自況也。至王荆公《浪淘沙》云：「伊吕兩衰翁，歷徧窮通。」「興王只在笑談中。及至而今千載下，誰與爭功。」則隱然欲與爭雄矣。乃新法一行，卒蒙世詬，何哉。公學問卓絶，緣好更張，好立異，好人諛己。有此三好，遂致病國殃民，而不自覺。後世以經濟自負者，當以公爲鑑。逮蔡京輩創爲紹述，土崩之勢遂成，此公所不及知者。公又有《漁家傲》云：「平岸小橋千嶂抱。揉藍一水縈花草。茅屋數間窗窈窕。塵不到。時時自有清風掃。午枕覺來聞語鳥。欹眠似聽朝雞早。忽憶故人今總老。貪夢好。茫茫忘了邯鄲道。」使公九原有知，亦曾自悔誤貪好夢否耶。吁，公非小人，而所用盡小人。謂爲禍梯，夫復奚辭。

黄花庵云：半山老人《漁家傲》詞，極能道閑居之趣。

《雪浪齋日記》云：荆公《漁家傲》，略無塵土思。

按：荆公《桂枝香》换頭云：「自往昔、豪華競逐。歎門外樓頭，悲恨相續。」用杜牧之詩「門外韓擒虎，樓前張麗華」句意。

王安禮

安禮字和甫，安石弟。早登科。吕公弼薦於朝，神宗召對，欲驟用之。安石當國，辭，以爲著作佐郎、崇文院校書。遷直集賢院，進知制誥。以翰林學士知開封府事。元豐四年，拜中大夫、尚書左丞。御史張汝賢論其故，以端明殿學士知江寧府。紹聖初，還職，知永興軍。移知太原府卒。贈右銀青光禄大夫。

〔詞話〕《古今詞話》：介甫弟和甫，名安禮。有《瀟湘逢故人慢》云：「引多少、夢魂歸結，洞庭雨棹煙簑。」弟平甫名安國，有《減字木蘭花》云：「簾裏餘香馬上聞。」人不能及也。

按：王和甫《瀟湘逢故人慢》全闋云：「薰風微動，方櫻桃弄色，萱草成窠（一作窩）。翠帷敞輕羅。試冰簟初展，幾尺湘波。疏簾廣廈，寄瀟灑、一枕南柯。引多少、夢中歸緒，洞庭雨棹煙簑。驚迴處，閒晝永，但時時，燕雛鶯友相過。正緑影婆娑。況庭有幽花，池有新荷。青梅煮酒，幸隨分、贏得高歌。功名事、到頭終在，歲華忍負清和。」見《樂府雅詞拾遺》。過拍「夢中歸緒」四字，《古今詞話》引作「夢魂歸結」，不如作「歸緒」較勝。

王安國

安國字平甫，安禮弟。於書無所不通，數舉進士，又舉茂才異等，有司考其所獻序言爲第一，以母喪不試，廬於墓三年。熙寧初，韓絳薦其材行，召試，賜及第，除西京國子教授。官滿，至京師，授崇文院校書，改祕閣校理。屢以新法力諫安石，又質責曾布誤其兄，深惡吕惠卿之姦。惠卿銜之。及安石罷相，惠卿遂因鄭俠事陷安國，坐奪官，放歸田里。有《王校理集》。

〔詞話〕《倦游雜録》：王平甫熙寧中判官告院，忽於秋日作宫詞《點絳脣》一解，以示魏泰。泰曰：「斷章有流離之思，何也？」明年，果得罪廢歸金陵。其詞曰：「秋氣微涼，夢回明月穿簾幕。井梧蕭索。

正繞南枝鵲。寶瑟塵生，金雁空零落。情無託。鬢雲慵掠。不似君恩薄。」《東軒筆録》：王安國性亮直，嫉惡太甚。王荆公初爲參知政事，閒日因閲讀晏元獻公小詞而笑曰：「爲宰相而作小詞，可乎？」平甫曰：「彼亦偶然自喜而爲爾，顧其事業豈止如是耶。」時吕惠卿爲館職，亦在坐，遽曰：「爲政必先放鄭聲，況自爲之乎。」平甫正色曰：「放鄭聲，不若遠佞人也。」吕大以爲議己，自是尤與平甫相失也。

按：王平甫《減字木蘭花》全闋云：「畫橋流水。雨濕落紅飛不起。月破黄昏。簾裏餘香馬上聞。　徘徊不語。今夜夢魂何處去。不似垂楊。猶解飛花入洞房。」歐拍與和魯公「卻愛薰香小鴨，羨它長在屏幃」等句，俱從龍標「玉顔不及寒鴉色，猶帶昭陽日影來」悟出。平甫又有《清平樂》云：「留春不住。費盡鶯兒語。滿地殘紅宫錦汙。昨夜南園風雨。　小憐初上琵琶。曉來思遶天涯。不肯畫堂朱户，春風自在楊花。」歐拍尤超逸可誦，竊謂較「簾裏餘香」句勝也。

又按：平甫《點絳脣》「秋氣微涼」闋，《樂府雅詞拾遺》、《御選歷代詩餘》並署趙抃名。《詩餘》殆承《雅詞》之誤。《花草粹編》作王和甫，下注《倦游雜録》。則誤「平」爲「和」耳。《雜録》具詳平甫作詞之年，與夫魏泰論詞之應事實確鑿，要當據以爲斷。

沈子山

子山，官宿州獄掾。

〔詞話〕《能改齋漫録》：宿州營妓張玉姊字温卿，本蘄澤人。色技冠一時，見者皆屬意。沈子山爲獄掾，最所鍾愛。既罷，途次南京，念之不忘，爲《剔銀燈》二闋。其一云：「一夜隋河風勁。霜濕水天如鏡。古柳堤長，寒煙不起，波上月無流影。那堪頻聽。疎星外、離鴻相應。　須信道、情多是病。酒未到、愁腸還醒。數疊蘭衾，餘香未減，甚時枕鴛重並。教伊須更。將盟誓、後約言定。」其二云：「江上秋高霜早。雲靜月華如掃。候雁初飛，啼螿正苦，又是黄花衰草。等閒臨照。潘郎鬢、星星易老。　那堪更、酒醒孤棹。望千里、長安西笑。臂上妝痕，胸前淚粉，暗惹離愁多少。此情難表。除非是、重相見了。」

〔詞考〕《蓮子居詞話》：《能改齋漫録》云：宿州獄掾沈子山，眷營妓張温卿，别後賦《剔銀燈》詞，事載《詞苑叢談》。而其《剔銀燈》詞，與《漫録》不同，未審《叢談》據何本也。沈子山，《叢談》作波子山，與《詞綜》同。

按：沈子山，《詞苑叢談》、《歷代詩餘》、《詞綜》並作波子山，誤。波姓絶稀，唯《後漢書》有波才，見《靈帝本紀》。《宋史·沈邈傳》：邈，字子山，信州弋陽人。進士及第起家，補大理評事，知侯官縣，通判廣州。慶曆初爲侍御史，擢天章閣待制，加刑部郎中，知延州卒。邈疏爽有治才，然性少檢，在廣州時歲游劉王山，會賓友縱酒，而與閭里婦女笑言無間云云。作《剔銀燈》詞之沈子山，疑即沈邈，時代政合。其爲宿州獄掾，當在未第進士時，故史傳弗具。

又按：《叢談·紀事》移載《漫録》之文子山，兩詞止録其一，無「一夜隋河」一闋。其所録之一闋，字句卻與《漫録》並同。吴子律乃謂全不同，何耶？（編者按，《叢談》「難表」作「誰表」，唯此「與《漫録》不同」耳。）

張先

先字子野，吴興人。天聖八年第進士。知吴江縣，爲嘉禾郡倅。（按子野《天仙子》詞「水調數聲」闋，題云：「時爲嘉禾小倅，以病眠不赴府會。」宋嘉禾郡，今嘉興府。）晏殊尹京兆，辟爲通判，累官都官郎中。有《安陸集》，詞一卷。

〔詞話〕《樂府紀聞》：聞客謂張子野曰：「人咸目公爲『張三中』，謂公詞有『心中事、眼中淚、意中人』也。」子野曰：「何不謂之『張三影』？」客不喻，子野曰：「『雲破月來花弄影』；『嬌柔嬾起，簾壓捲花影』；『柳徑無人，墜輕絮無影』，此生平得意者。」

《高齋詩話》：子野嘗有詩云「浮萍斷處見山影」，又長短句云「雲破月來花弄影」，又云「隔牆送過秋千影」，並膾炙人口，世謂「張三影」。

《嘉泰吴興志》：子野詩格清麗，尤長於樂府，有「雲破月來花弄影」，「浮萍破處見山影」，「無數楊花過無影」之句，時號爲「張三影」。

《入蜀記》：倅廨花月亭，有小碑，乃張先「雲破月來花弄影」樂章，云得句於此亭也。

《遯齋閒覽》：張子野郎中，以樂章擅名一時，宋子京尚書奇其才，先往見之，遣將命者，謂曰：「尚書欲見『雲破月來花弄影』郎中。」子野屏後呼曰：「得非『紅杏枝頭春意鬧』尚書耶？」遂出，置酒盡歡。蓋二人所舉，皆其警策也。

《黄嬭餘話》：欲見「雲破月來花弄影」郎中。此宋子京語也。

范公偁《過庭録》記張子野《一叢花》詞云：「不如桃杏，猶解嫁東風。」歐陽永叔尤愛之。子野謁永叔，永叔倒屣迎之曰：「此乃『桃杏嫁東風』郎中。」歐公標目又與小宋不同。世但知子野以三影自誇，否則稱爲張三中而已。

《後山詩話》：杭妓胡楚、龍靚皆有詩名。張子野老于杭，多爲官妓作詞而不及靚。靚獻詩云：「天與碧芳十樣葩，獨分顔色不堪誇。牡丹芍藥人題徧，自分身如鼓子花。」子野於是为作詞也。

《詞品》：張子野《減字木蘭花》「垂螺近額」，又晏小山詞「雙螺未綰同心結」。按：「垂螺」，「雙螺」，蓋當時角妓未破瓜時髮飾之名，今秦中妓及搬演旦色，猶有此制。

《苕溪漁隱叢話》：吴興郡圃今有六客亭，即公擇、子瞻、元素、子野、令舉、孝叔，時公擇守吴興也。東坡有云：「余昔與張子野、劉孝叔、李公擇、陳令舉、楊元素會于吴興。時子野作《六客詞》，其卒章云：『盡道賢人聚吴分，試問，也應旁有老人星。』凡十五年，再過吴而五人者皆已亡之矣。」

《石林詩話》：張先郎中能爲詩及樂府，至老不衰。居錢唐，蘇子瞻作倅時，先年已八十餘，視聽尚精强，家猶畜聲妓，子瞻嘗贈以詩云：「詩人老去鶯鶯在，公子歸來燕燕忙。」蓋全用張氏故事戲之。先和云：「愁似鰥魚知夜永，嬾同蝴蝶为春忙。」極爲子瞻所賞。然俚俗多傳詠先樂府，遂掩其詩聲，識者皆以爲恨云。

《道山清話》：晏元獻尹京日，辟張先爲通判。新納侍兒，公甚屬意。先能爲詩詞，公雅重之。每張來，令侍兒出侑觴，往往歌子野所爲之詞。其後王夫人寖不容，公即出之。一日，子野至，公與之飲，子野作《碧牡丹》云：「步障摇紅綺。曉月墮，沈煙砌。緩板香檀，唱徹伊家新製。怨入眉頭，斂黛峰横翠。芭蕉寒，雨聲碎。　鏡華翳。閒照孤鸞戲。思量去時容易。鈿盒瑶釵，至今冷落輕棄。望極藍橋，但暮雲千里。幾重山，幾重水。」令營伎歌之，至末句，公憮然曰：「人生行樂耳，何自苦如此。」亟命於宅庫支錢若干，復取前所出侍兒。既來，夫人亦不復誰何也。

《古今詞話》：子野於玉仙觀道中，逢謝媚卿，作《謝池春慢》：「繚牆重院，閒有流鶯到」云云，一時傳唱幾徧。

〔詞評〕蘇子瞻云：子野詩筆清妙，歌詞乃其餘技耳。

晁无咎云：張子野與柳耆卿齊名，人以爲子野不及耆卿富，然而子野韻高，是耆卿所乏處。

李端叔云：子野詞才不足，而情有餘。

周止庵云：子野清出處生脆，味極雋永，只是偏才，無大起落。

《花草蒙拾》：「生香真色人難學」，爲「丹青女易描，真色人難學」所從出，千古詩文之訣，盡此七字。

《詞統》：張先以三影名者，因其詞中有三「影」字，故自譽也。然以「雲破月來花弄影」爲最，餘二「影」字不及。

《靜志居詩話》：張子野《吴興寒食》詞：「中庭月色正清明，無數楊花過無影。」余嘗歎其工絶，在世所傳三「影」之上。

〔詞考〕《少室山房筆叢》：天聖間，一時有兩張先，皆字子野，第進士，其能詩、壽考悉同。一博山人，號三影。一吴興人，爲都官郎中，見《齊東野語》。愚按：「紅杏枝頭春意鬧」尚書，欲見「雲破月來花弄影」郎中，將命之語，人或疑之。子野自謂：何不謂之張三影。如「嬌柔嬾起，簾壓捲花影」，「柳徑無人，墜輕絮無影」，並前句爲三「影」，豈博山人爲之乎。且吴興近杭，子野至多爲官妓作詞，嘗與東坡作《六客詞》，而年最耄，載在《癸辛雜識》。不聞有兩人同號張三影者也。

《蓮子居詞話》：張子野《師師令》，相傳爲贈李師師作。按子野天聖八年進士，見《齊東野語》。至熙寧六年，年八十五，見《東坡集》。熙寧十年，年八十九卒，見《吴興志》。自子野之卒，距政和、重和、宣和年間，又三十餘年，是子野已不及見師師，何由而爲是言乎。調名《師師令》，非因李師師也。好事者率意附會，並忘子野年幾何矣，豈不疏與。

按：「三影」之説有三，不妨並存。唯「雲破月來」句，清新婉麗，意境尚佳，自餘不過爾爾。子野它作較勝此數句者夥矣。嘗謂北宋群賢作詞誠未易企及，評詞或未爲定論。往往有軼倫獨到處，反不爲稱道所及也。

歷代詞人考略卷十一

宋　五

石延年

延年字曼卿，先世幽州人，徙宋城。累舉進士不第。真宗録三舉進士，爲三班奉職，延年恥不就。張知白謂曰：「母老乃擇禄耶？」不得已就命，以右班殿直改太常寺太祝，知金鄉縣。通判乾寧軍，徙永靜軍，爲大理評事、館閣校勘，歷光禄、大理寺丞。坐與范諷友善，落職，通判海州。久之，爲祕閣校理，終太子中允，同判登聞鼓院。有《捫蝨庵長短句》。

〔詞話〕《澠水燕談録》：石曼卿，天聖、寶元間以歌詩豪於一時，嘗於平陽作《代意寄師魯》一篇，詞意深美。曼卿死後，故人關詠夢曼卿曰：「延年平生作詩多矣，獨常自以爲《代平陽》一首最爲得意，而世人罕稱之。能令予此詩盛傳於世，在永言爾。」詠覺，增廣其詞爲曲，度以《迷仙引》，於是人爭歌之。他日，復夢曼卿謝焉。詠字永言。

《古今仙鑑》：石曼卿，真宗朝學士。生平遺落世事，死後有見之者曰：「我今爲仙，主芙蓉城。」其《捫蝨庵長短句》，少有流傳者。

《堯山堂外紀》：曼卿通守朐山，遣人以泥封桃李核彈之巖谷間，嗣後花開滿山。又嘗攜伎石室中，鳴絃爲冰車鐵馬之聲。後黨竹谿爲詞以弔之云：「鐵馬冰車斷遺響，林花石室自春風。芙蓉城闕五雲中。」

〔詞評〕《漫叟詩話》：李長吉歌「天若有情天亦老」，人以爲奇絶無對。石曼卿對以詞曰「月如無恨月長圓」，足爲勁敵。

按：石曼卿《燕歸梁》云：「芳草年年惹恨幽。想前事悠悠。傷春傷别幾時休。算從古、爲風流。　春山總把，深勻翠黛，千疊在眉頭。不知供得幾多愁。更斜日、凭危樓。」後段前四句一意相承，説到第四句幾無可再説。倘結句無力，或涉薄、涉纖。得「更斜日、凭危樓」句，便厚、便大，便覺意體空靈，含意無盡。此中消息可參。

又按：曼卿《代平陽》一篇，乃《玉樓春》調，非詩也。身後見夢故人，諄諄託以傳世。彼芙蓉城主者，顧猶未忘結習耶？

蘇　軾

軾字子瞻，一字和仲，自號東坡居士，眉山人。嘉祐二年，試禮部第一，對制策入三等，除大理評事、簽書鳳翔府判官，召試直史館。熙寧初，知密、徐、湖三州，坐爲詩謗訕，謫黄州團練副使。哲宗朝，拜龍圖閣學士，出知杭州，召爲兵部尚書，改禮部，兼端明殿、翰林侍讀兩學士，出知定州。紹聖初，貶寧遠軍節度副使，惠州安置。又貶瓊州別駕，居儋耳。徽宗立，移舒州團練副使，復朝奉郎，提舉玉局觀卒。贈太師，謚文忠。有《東坡居士詞》二卷。

〔詞話〕《坡仙集外紀》：蘇軾於中秋夜宿金山寺，作《水調歌頭》寄子由。神宗讀至「瓊樓玉宇」二句，乃歎云：「蘇軾終是愛君。」即量移汝州。

又：東坡問陳無己：「我詞何如少游？」無己曰：「學士小詞似詩，少游詩似小詞。」

又：東坡在儋耳，常負大瓢行歌田間，所歌皆《哨徧》也。一日，遇一媪，謂坡云：「学士昔日富貴，一場春夢耳。」東坡因呼爲春夢婆。

《鐵圍山叢談》：歌者袁綯，宣和間，供奉九重，嘗爲吾言：東坡公昔與客游金山，適中秋夕，天宇四垂，一碧無際，加江流傾湧。俄月色如晝，遂共登金山山頂之妙高臺，命綯歌其《水調歌頭》曰：「明月幾時有，把酒問青天。」歌罷，坡爲起舞，而顧問曰：「此便是神仙矣。」吾謂文章人物，誠千載一時，後世安所得乎？

《苕溪漁隱叢話》：《古今詞話》云：東坡在黄州，中秋夜對月獨酌，作《西江月》云云。托盞淒涼北望，坡以讒言謫居黄州，鬱鬱不得志，凡賦詩綴詞，必寫其所懷，然一日不負朝廷，其懷君之心，末句可見矣。苕漁漁隱曰：《聚蘭集》載此詞，注曰：「寄子由」，故後句云「中秋誰與共孤光，把酒淒涼北望」，則兄弟之情，見于句意之間矣。疑是在錢唐作，時子由爲睢陽幕客，若《詞話》所云，則非也。

又：東坡别參寥長短句云：「西州路，不應回首，爲我沾衣。」東坡用此故事，若世俗之論，必以爲讖矣。然其詞石刻後，東坡自題云「元祐六年三月六日」。余以《東坡先生年譜》考之，元祐四年知杭州，六年召爲翰林學士承旨，則長短句蓋此時作也。自後復守潁，徙揚，入長禮曹，出帥定武。至紹聖元年，方南遷嶺表，建中靖國元年北歸。至常，乃夢。凡十一載。則世俗成讖之論，安可信耶。

又：東坡云：龍丘子自洛之蜀，載二侍女，戎裝駿馬，至溪山佳處，輒留數日，見者以爲異人。後十年，築室黄岡之北，號靜庵居士。作《臨江仙》贈之云：「細馬遠馱雙侍女，青巾玉帶紅靴。溪山好處便爲家。誰知巴峽路，卻是洛城花。　面旋落英飛玉蘂，人間春日初斜。十年不見紫雲車。龍丘新洞府，鉛鼎養丹砂。」龍丘子，即陳季常也。

又：《古今詞話》云：蘇子瞻守錢唐，有官妓秀蘭，天性黠慧，善于應對。湖中有宴會，群妓畢至，惟秀蘭不來。遣人督之，須臾方至。子瞻問其故，具以「髮結沐浴，不覺困睡。忽有人叩門聲急，起而問之，乃樂營將催督之。非敢怠忽，謹以實告。」子瞻亦恕之。坐中倅車屬意于蘭，見其晚來，恚恨未已。責之曰：必有他事，以此晚至。秀蘭力辯，不能止倅之怒。是時榴花盛開，秀蘭以一枝藉手告倅，其怒愈甚。秀蘭收淚無言，子瞻作《賀新涼》以解之，「乳燕飛華屋」云云。其怒始息。子瞻之作，皆目前事，蓋取其沐浴新涼，曲名《賀新涼》也。後人不知之，誤爲《賀新郎》，蓋不得子瞻之意。子瞻真所謂風流太守也，豈可與俗吏同日語哉。苕溪漁隱曰：野哉，楊湜之言，真可入《笑林》。東坡此詞，冠絶古今，託意高遠，寧爲一娼而發耶。「簾外誰來推繡户，枉教人、夢斷瑶臺曲。又卻是，風敲竹。」用古詩

「捲簾風動竹，疑是故人來」之意，今乃云，「忽有人叩門聲急，起而問之，乃樂營將催督」，此可笑者一也。「石榴半吐紅巾蹙。待浮花、浪蘂都盡，伴君幽獨。濃艷一枝細看取，芳意千重似束。」蓋初夏之時千花事退，榴花獨芳，因以申寫幽閨之情，今乃云「是時榴花盛開，秀蘭以一枝藉手告倅，其怒愈甚」，此可笑者二也。此詞腔調寄《賀新郎》，乃古曲名也。今乃云「取其沐浴新涼，曲名《賀新涼》，後人不知之，誤爲《賀新郎》」，此可笑者三也。詞話中可笑者甚衆，姑舉甚尤者。第東坡此詞，深爲不幸，横遭點汙，吾不可無一言雪其恥。宋子京云：江左有文拙而好刻石者，謂之詅癡符。今楊湜之言俚甚，而鋟板行世，殆類是也。

《能改齋漫録》：東坡先生謫居黄州，作《卜算子》「缺月挂疏桐」云云，其屬意蓋爲王氏女子也。讀者不能解。

又：「別酒送君君一醉。清潤潘郎，更是何郎壻。記取釵頭新利市。莫將分付東鄰子。　回首長安佳麗地。三十年前，我是風流帥。爲向青樓尋舊事。花枝缺處餘名字。」右《蝶戀花》詞，東坡在黄時，送潘邠老赴省試作也。今集不載。

又：王定國自嶺表歸，出歌者柔奴勸東坡飲。坡問：「廣南風土應不好？」柔奴曰：「此心安處，便是吾鄉。」東坡喜其語，作《定風波》詞以紀之。結云：「試問嶺南應不好。卻道，此心安處是吾鄉。」

《冷齋夜話》：東坡守錢唐，無一日不在西湖。嘗携妓謁大通禪師，師愠形於色。東坡作長短句，令妓歌之曰：「師唱誰家曲，宗風嗣阿誰。借君拍板與門鎚。我也逢場作戲不須疑。　溪女方偷眼，山僧莫皺眉。卻嫌彌勒下生遲。不見阿婆三五少年時。」

《林下詞談》：子瞻在惠州，與朝雲閑坐，時青女初至，落木蕭蕭，悽然有悲秋之意。命朝雲把大白，唱「花褪殘紅」。朝雲歌喉將囀，淚滿衣襟。子瞻詰其故，答曰：「奴所不能歌，是『枝上柳綿吹又少，天涯何處無芳草』也。」子瞻翻然大笑曰：「是吾政悲秋，而汝又傷春矣。」遂罷。朝雲不久抱疾而亡。子瞻終身不復聽此詞。

《侯鯖録》：元祐七年正月，東坡先生在汝陰，州堂前梅花大開，月色鮮霽。先生王夫人曰：「春月色勝如秋月色。秋月色令人悽慘，春月色令人和悦。何如召趙德麟輩來，飲此花下。」先生大喜曰：「吾不知子能詩耶，此真詩家語耳。」遂相召，與二歐飲，用是語作《減字木蘭花》詞「春庭月午」云云。

又：東坡云：琴曲有《瑶池燕》，其詞不協而聲亦怨咽，變其詞作閨怨，寄陳季常去，此曲奇妙，勿妄與人。云：「飛花成陣。春心困。寸寸。別腸多少愁悶。無人問。偷啼自搵。殘妝粉。抱瑶琴、尋出新韻。玉纖趁。南風來幽慍。低雲鬟、眉峰斂暈。嬌和恨。」

又：東坡自黄移汝，過金陵見舒王。適陳和叔作守，多同飲會。一日，游蔣山，和叔被召將行。舒王顧江山曰：「子瞻可作歌。」坡醉中書云：「卻訝此洲名白鷺。非吾侶，翩然欲下還飛去。」和叔到任數日去。舒王笑曰：「白鷺者，得無意乎。」

《墨莊漫録》：東坡在杭州，一日遊西湖，坐孤山竹閣，前臨湖亭上，時二客皆有服，預焉。久之，湖心有一綵舟漸近亭前，靚妝數人，中有一人尤麗，方鼓箏，年且三十餘，風韻嫺雅，綽有態度。二客競目送之，曲未終，翩然而逝。公戲作長短句云：「鳳凰山下雨初晴。水風清，晚霞明。一朵芙蓉，開過尚盈盈。何處飛來雙白鷺，如有意，慕娉婷。忽聞江上弄哀箏。苦含情。遣誰聽。煙斂雲收，依約是湘靈。欲待曲終尋問取，人不見，數峰青。」

《獨醒雜志》：東坡守徐州，作燕子樓樂章，方具稿，人未知之。一日，忽鬨傳於城中，東坡訝焉。詰其所從來，乃謂發端於邏卒。東坡召而問之，對曰：「某稍知音律，嘗夜宿張建封廟，聞有歌聲，細聽，乃此詞也，記而傳之，初不知何謂。」東坡笑而遣之。

《鶴林玉露》：閭丘公顯致仕居吴，东坡過之必留連信宿，嘗言過蘇不游虎丘，不謁閭丘，乃二欠事。一日，閭丘出後房，善吹笛者名懿卿佐酒，東坡作《水龍吟·詠笛材》以遺之。

《漫叟詩話》：東坡最善用事，既顯而易讀，又切當。《賀人洗兒詞》云：「深愧無功，此事如何到得儂。」南唐時宫中嘗賜洗兒果，有近臣謝表云：「猥蒙寵數，深愧無功。」李主曰：「此事卿安得有功？」尤爲親切。

《避暑録話》：子瞻量移汝州，與數客飲江上。夜歸，江面際天，風露皓然，有當其意，乃作歌辭，所謂「夜闌風静縠紋平。小舟從此逝，江海寄餘生」者，與客大歌數過而散。翌日，喧傳子瞻夜作此詞，挂冠服江邊，拏舟長嘯去矣。郡守徐君猷聞之，驚且懼，以爲州失罪人，急命駕往謁，則子瞻鼻鼾如雷，猶未醒也。然此語卒傳至京師，雖裕陵亦聞而疑之。

《東皋雜録》：東坡自錢唐被召，過京口，林子中作郡守，有宴會，座中營妓出牒，鄭容求落籍，高瑩求從良。子中命呈牒東坡。坡索筆題《減字木蘭花》於牒後，云：「鄭莊好客。容我樓前先墮幘。落筆生風。籍籍聲名不負公。　高山白早。瑩骨柔肌那解老。從此南徐。良夜風清月滿湖。」暗用「鄭容落籍，高瑩從良」八字於句端。一作潤守許仲遠。（按《聚蘭集》作許仲塗。）

《古今詞話》：《女紅餘志》云：惠州温氏女超超，年及笄，不肯字人。聞東坡至，喜曰：「我壻也。」日徘徊窗外，聽公吟詠，覺則亟去。東坡知之，乃曰：「吾將呼王郎與子爲婣。」及東坡泛海歸，超超已卒，葬於沙際。公因作《卜算子》，有「揀盡寒枝不肯棲」之句。　按詞爲詠雁，當別有寄託，何得以俗情傅會也。

又：東坡有二韻事，見於《行香子》。秦、黄、張、晁爲蘇門四學士，每來，必命取密雲龍供茶，家人以此記之。廖明略晚登東坡之門，公大奇之。一日，又命取密雲龍，家人謂是四學士，窺之，則廖明略也。坡爲賦《行香子》一闋。又嘗約劉器之參玉版和尚，至簾泉寺，燒筍而食。劉問之，東坡指筍曰：此玉版僧最善説法，使人得禪悦味。遂有「麯生禪，玉版局，一時參」之句，亦《行香子》也。

〔詞評〕《吹劍録》：東坡在玉堂日，有幕士善歌，因問：「我詞何如柳七？」對曰：「柳郎中詞，只合十七八女郎，執紅牙板，歌『楊柳岸、曉風殘月』。學士詞，須關西大漢，銅琵琶、鐵綽板，唱『大江東去』。」東坡爲之絶倒。

《梁谿漫志》：程子山敦厚跋坡詞《滿庭芳》云：「予聞蘇仲虎云，有傳此詞，以爲先生作。東坡笑曰：『吾文章肯以藻繪一香篆槃乎？』其間如『畫堂別是風光』及『十指露』之語，誠非先生肯云。」子山之説，固人所共曉。予嘗怪李端叔謂坡在中山，歌者欲試坡倉卒之才，於其側歌《戚氏》，坡笑而頷之。邂逅方論穆天子事，頗摘其虚誕，遂資以應之，隨聲隨寫，歌竟篇就，纔點定五六字。坐中隨聲擊節，終席不問他辭，亦不容别進一語，臨分，曰：「足以爲中山一時盛事。」然其詞有曰：「玉龜山，東皇靈媲統群仙」；又「爭解繡勒香韉」；又「鑾輅駐蹕」；又「肆華筵，間作脆管鳴絃。宛若帝所鈞天」；又「盡倒瓊壺酒，獻金鼎藥，固大椿年」；又「浩歌暢飲」，「回首塵寰，爛漫游、玉輦東還。」東坡御風騎氣，下筆真神仙語。此等鄙俚猥俗之詞，殆是教坊倡優所爲，雖東坡竈下老婢亦不爲之，而顧稱譽若此，豈果端叔之言耶？恐貽誤後人，不可不辨。

《老學庵筆記》：東坡在山中作《戚氏》詞最得意，幕客李端叔跋三百餘字，叙述甚備。欲刻石傳後，爲定武盛事，會謫去不果，今乃不載集中。至有立論排詆，以爲非公作者，識真之難如此。

《芥隱筆記》：東坡詞「不與梨花同夢」，蓋用王建《夢中梨花雲》詩。王昌齡《梅花》詩：「落落寞寞路不分，夢中唤作梨花雲。」坡用此語。

《貴耳集》：東坡《水龍吟·詠笛》詞，傳有八字諡，「楚山修竹如雲，異材秀出千林表」，此笛之質也。「龍鬚半剪，鳳膺微漲，玉肌雲繞」，此笛之狀也。「木落淮南，雨晴雲夢，月明風嫋」，此笛之時也。「自中郎不見，將軍去後，知孤負、秋多少」，此笛之事也。「聞道嶺南太守，後堂深、緑珠嬌小」，此笛之人也。「綺窗學弄，涼州初試，霓裳未了」，此笛之曲也。「嚼徵含宫，泛商流羽，一聲雲杪」，此笛之音也。「爲使君洗盡，蠻煙瘴雨，作霜天曉」，此笛之功也。「嚼徵含宫，泛商流羽」，五音已用其四，唯少一角字，末句作「霜天曉」歇後一「角」字。

《曲洧舊聞》：章楶質夫，作《水龍吟・詠楊花》，其命意用事清麗可喜。東坡和之，若豪放不入律呂，徐而視之，聲韻諧婉，便覺質夫詞有織繡工夫。晁叔用云：「東坡如毛嬙、西施，淨洗卻面，與天下婦人鬭好，質夫豈可比耶。」

《竹坡詩話》：白樂天《長恨歌》云：「玉容寂寞淚闌干，梨花一枝春帶雨。」人皆喜其氣韻之佳。東坡作送人小詞云：「故將別語調佳人，要看梨花枝上雨。」雖用樂天兩句，別有一種風味，非點石成金手不能爲此。

《詩話總龜後集》：《後山詩話》：「退之以文爲詩，子瞻以詩爲詞，如教坊雷大使之舞，雖極天下之工，要非本色。」　余謂後山之言過矣，子瞻佳詞最多，其間傑出者，如「大江東去，浪淘盡、千古風流人物」赤壁；「明月幾時有，把酒問青天」中秋；「落日繡簾捲，亭下水連空」快哉亭；「乳燕飛華屋，悄無人，桐陰轉午」初夏；「明月如霜，好風如水，清景無限」夜登燕子樓；「楚山修竹如雲，異材秀出千林表」詠笛；「玉骨那愁瘴霧，冰肌自有仙風」詠梅；「東武南城新堤固，漣漪初溢」宴流杯亭；「冰肌玉骨，自清涼無汗」夏夜；「有情風萬里捲潮來，無情送潮歸」別參寥；「缺月挂疏桐，漏斷人初靜」秋夜；「霜降水痕收，淺碧鱗鱗露遠洲」重九涵輝樓；凡此十餘詞，皆絶去筆墨畦徑，直造古人不到處。子瞻自言，「生平不善唱曲，故間有不入腔處」，非盡如此。後山乃比之教坊雷大使舞，是何每況愈下，蓋其謬耳。

《碧雞漫志》：東坡先生以文章餘事作詩，溢而作詞曲，高處出神入天，平處尚臨鏡笑春，不顧儕輩。

《花草蒙拾》：「枝上柳綿」，恐屯田緣情綺靡，未必能過。孰謂坡但解作「大江東去」耶，髯直是軼倫絶群。

又：「春事闌珊芳草歇」一首，凡六十字，字字驚心動魄。「祇爲一聲河滿子，下泉須弔孟才人」，恐無此魂消也。

又：名家當行，固有二派。蘇公自云：「吾醉後作草書，覺酒氣拂拂，從十指間出。」黄魯直亦云：「東坡書挾海上風濤之氣。」讀坡詞當作如是觀。瑣瑣與柳七較錙珠，無乃爲髯公所笑。

《四庫全書·東坡詞提要》：詞自晚唐、五代以來，以清切婉麗爲宗。至柳永而一變，如詩家之白居易。至軾又一變，如詩家之韓愈，遂開南宋辛棄疾等一派。尋源溯流，不能不謂之别格。然謂之不工則不可，故至今日，尚與《花間》一派並行而不能偏廢。

《七頌堂詞繹》：詞中如「玉佩丁東」，如「一鉤殘月帶三星」，子瞻所謂恐它姬厮賴，以取娱一時可也。乃子瞻贈崔廿四，全首如離合詩，才人戲劇，興復不淺。

《蓮子居詞話》：蘇、辛竝稱，辛之於蘇，亦猶詩中山谷之視東坡也。東坡之大，與白石之高，殆不可以學而至。

《皺水軒詞筌》：蘇子瞻有銅喉鐵板之譏，然其《浣溪沙·春閨》曰：「綵索身輕常趁燕，紅窗睡重不聞鶯。」如此風調，令十七八女郎歌之，豈在「曉風殘月」之下。

晁无咎云：居士詞，人謂多不諧音律，然横放傑出，自是曲子内縳不住者。

陸務觀云：試取東坡諸詞歌之，曲終，覺天風海雨逼人。

周煇云：居士詞，豈無去國懷鄉之感，殊覺哀而不傷。

胡元任云：東坡詞，絶去筆墨畦徑，直造古人不到處，使人一唱而三歎。

胡致堂云：眉山蘇氏，一洗綺羅香澤之態，擺脱綢繆宛轉之度，使人登高望遠，舉首高歌，而逸懷浩氣超乎塵垢之外。於是《花間》爲皂隸，而耆卿爲輿臺矣。

張叔夏云：東坡詞，清麗舒徐處，高出人表，周、秦諸人所不能到。

樓敬思云：東坡靈氣仙才，所作小詞衝口而出，無窮清新，不獨寓以詩人句法，能一洗綺羅香澤之態也。

許蒿廬云：子瞻自評其文云：如萬斛泉源，不擇地皆可出。唯詞亦然。

〔詞考〕《聞見後録》：東坡爲董毅夫作長短句，「文君壻知否，笑君卑辱」，奇語也。「文君壻」，猶「虞姬壻」云，今刻本者不知，有自改「文君細知否」，可笑耳。

《四庫全書·東坡詞》提要：《東坡詞》一卷，宋蘇軾撰。《宋史·藝文志》載軾詞一卷。《書録解題》則稱《東坡詞》二卷。此本乃毛晉所刻，後有晉跋云：得金陵刊本，凡混入黄、晁、秦、柳之作，俱經芟去。然刊削尚有未盡者，如開卷《陽關曲》三首，已載入《詩集》中，乃餞李公擇絶句。其曰以《小秦王》歌之者，乃唐人歌詩之法。宋代失傳，唯《小秦王》調近絶句，故借其聲律以歌之，非别有詞調謂之《陽關曲》也。使當時有《陽關曲》一調，則必有本調之宫律，何必更借《小秦王》乎？以是收之詞集，未免泛灧。至集中《念奴嬌》一首，朱彝尊《詞綜》據《容齋隨筆》所載黄庭堅手書本，改「浪淘盡」爲「浪聲沈」，「多情應笑我早生華髮」，爲「多情應是我笑生華髮」，因謂「浪淘盡」三字，於詞不協，「多情」句應上四下五。然考毛幵此調，如「算無地」、「閬風頂」，皆作仄平仄，豈可俱謂之未協。石孝友此調云：「九重頻念此，衮衣華髮。」周紫芝此調云：「白頭應記得，尊前傾蓋。」亦何嘗不作上五下四句乎。又趙彦衛《雲麓漫鈔》辨《賀新涼》詞版本「乳燕飛華屋」句，真蹟「飛」作「棲」；《水調歌頭》版本「但願人長久」句，真蹟「願」作「得」，指爲妄改古書之失。然二字之工拙，皆相去不遠。前人著作，時有改定，何以定以真蹟爲斷乎？晉此刻不取洪、趙之説，則深爲有見矣。曾敏行《獨醒雜志》載軾守徐州日，作《燕子樓》樂章，其稿初具，邏卒已聞張建封廟中有鬼歌之。其事荒誕不足信，然足見軾之詞曲，輿隸亦相傳誦，故造作是説也。

延祐雲間本《東坡樂府》黄丕烈跋：延祐庚申刻《東坡樂府》，與毛鈔《東坡詞》非一本，二卷雖同，其序次前後字句歧異。鈔本附《東坡詞拾遺》一卷，有紹興辛未孟冬至游居士曾慥跋，謂：「東坡先生長短句既鏤板，復得張賓老所編，並載于蜀本者，悉收之。」似前二卷亦係曾刊，而《直齋解題》但云《東坡詞》二卷，不云有《拾遺》。似非此本。然直齋云：集中《戚氏》叙穆天子、西王母事。今毛鈔本亦有此語，似宋刻即毛鈔所自出。而此刻《戚氏》下無此注釋，大概錢遵王所云「穿鑿附會」者也。且毛鈔遇注釋處，往往云「公舊注」云云，俱與此刻合，而餘多不同。或彼有此無，或彼無此有。余以毛鈔注釋多標明公舊注，則此刻之注釋乃其舊文。遵王欲棄宋留元，未始無意。

四印齋刻《東坡樂府跋》：右延祐雲間本《東坡樂府》二卷。錢遵王《讀書敏求記》：「《東坡樂府》二卷，刻於延祐庚申。舊藏注釋宋本，穿鑿蕪陋，殊不足觀，棄彼留此可也。」其説與葉序吻合。按《文獻通考》：《注坡詞》二卷，陳氏曰仙溪傅幹譔。而黄蕘翁跋即以毛鈔中《戚氏》叙穆天子、西王母云云，爲宋本穿鑿之證，或未盡然。光緒戊子春，鳳阿同年聞餘有縮刻《稼軒長短句》之役，復出此册假我，遂借鈔合刻。中間字句，間有譌奪，與缺筆敬避及不合六書字體者，悉仍其舊，略存影寫之意。

按：臨桂王給諫鵬運，自號半唐老人，近世詞學家之泰斗也。嘗謂北宋人詞如潘逍遥之超逸，宋子京之華貴，歐陽文忠之騷雅，柳屯田之廣博，晏小山之疏俊，秦太虚之婉約，張子野之流麗，黄文節之雋上，賀方回之醇肆，皆可模擬得其仿佛。唯蘇文忠之清雄，敻乎軼塵絶跡，令人無從步趨。蓋霄壤相懸，寧止才華而已，其性情，其學問，其襟抱，舉非恒流所能夢見。詞家蘇、辛並稱，其實辛猶人境也，蘇其殆仙乎？吾友蕙風舍人《香東漫筆》有云：詞中求詞，不如詞外求詞。文忠詞大都得之詞外，而並勿庸求之者也。

蘇　轍

轍字子由，自號潁濱遺老。軾弟。年十九，與兄軾同第進士，又同策制舉，以直言置下等，授商州軍事推官。神宗立，上書召對，爲三司條例司屬官。坐兄軾詩禍，謫監筠州鹽酒税。哲宗朝，代軾爲翰林學士。尋拜尚書右丞，進門下侍郎。以直諫落職，知汝州，又謫化州别駕，雷州安置。徽宗朝，復大中大夫致仕。卒，追復端明殿學士。淳熙中，謚文定。有《欒城集》。

〔詞話〕《花草粹編》，蘇子由《漁家傲·和門人祝壽》云：「七十餘年真一夢。朝来壽斝兒孫奉。憂患已空無復痛。心不動。此間自有千鈞重。　蚤歲文章供世用。中年禪味疑天縱。石塔成時無一縫。誰與共。人間天上隨它送。」

按：東坡有《水調歌頭·和子由中秋作》「安石在東海」云云。歸安朱氏刻《東坡樂府》，附子由原作云：「離別一何久，七度過中秋。去年東武今夕，明月不勝愁。豈意彭城山下，同泛清河古汴，船上載涼州。鼓吹助清賞，鴻雁起汀洲。　坐中客，翠羽帔，紫綺裘。素娥無賴，西去曾不爲人留。今夜清尊對客，明夜孤帆水驛，依舊照離憂。但恐同王粲，相對永登樓。」朱氏按云：此詞爲子由原作，元本、毛本題固甚明。王按（王文誥《蘇詩總案》）於題首增「與」字，遂目爲坡公自作，不知公詞叙固謂子由作此曲以別也。（按：坡公詞叙云：今年子由相從彭門百餘日，過中秋而去，作此曲以別。余以其語過悲，乃爲和之。子由詞末「憂」、「樓」二韻，所謂過悲之語矣。）

徐都尉

徐都尉，名字、占籍待考。

〔詞話〕《堅瓠八集》：徐都尉於西山闢一花園，廣植奇花異果，名曰藏春塢。時值芳春，名花競秀，蘇東坡同佛印訪之。值都尉他出，洞門鎖鑰，無得啟扃。遥見樓頭有一女子美貌，憑闌凝望。東坡遂索筆題詩於門，曰：「我來亭館寂寥寥，鎮鎖朱扉不敢敲。一點好春藏不得，樓頭半露杏花梢。」佛印亦和云：「門掩青春春自饒，未容取次老僧敲。輸他蜂蝶無情物，相逐偷香過柳梢。」題畢而去。都尉回見詩，明日乃約二人宴會，久而不至，用前韻自題云：「藏春日日春如許，門掩應防俗客敲。准擬欸爲花下飲，莫教明月上花梢。」又以事他出，俄而佛印、東坡至。出家姬侍宴，徧賞紅紫。酒半酣，坡詠《殢人嬌》詞贈姬云：「滿院桃花，盡是劉郎未見。於中更、一枝纖軟。仙家日日，笑人閒春晚。濃醉起，鶯落亂紅千片。　密意難窺，羞容易見。平白地、爲伊腸斷。問君終日，怎安排心眼。須信道，司空自來見慣。」都尉歸，見詞即和云：「小苑藏春，信道遊人未見。花臉嫩、柳腰嬌軟。停觴緩引，正夕陽將晚。鶯誤入，蹴損海棠花片。　只悵春心，當時露見。小樓外、曾勞目斷。燈前料想，也饑心飽眼。從此去，縈心有人可慣。」命姬歌詞以勸，坡大醉而別。

按：《蘇文忠公詩集》有《留題徐氏花園》二首：「莫尋群玉山頭路，莫看劉郎觀裏花。但解閉門留我住，主人休問是誰家。」「退之身外無窮事，子美尊前欲盡花。更有多情君未識，不隨柳絮落人家。」《密州藏春塢》一首：「朱閣前頭露井多，碧桃花下美人過。寒泉未必能勝此，奈有銀瓶素綆何。」其《留題徐氏花園》二首，《查注》慎按：此二首施氏原本不載，諸刻本所載共三首，題云《藏春塢》。今據《外集》，以「莫尋群玉山頭路」一首，「退之身外無窮事」一首，係此題下。其「朱閣前頭露井多」一首，題云《密州藏春塢》，分編兩卷，以正諸刻之譌云云。文忠所題《徐氏花園》，即《藏春塢》。徐氏即徐都尉，惜諸家注蘇並不詳其名耳。

李子正

子正，名及占籍待考。按《萬姓統譜》：李奇字子正，宜春人。景祐元年登進士第，嘉祐中任職方員外郎。性慷慨不屑事，家人生産悉以祖産分諸兄弟，仍戒子孫不得追取。既卒，族人端以詩哭之，有「祖來産業分兄弟，身後詩書遺子孫」之句。《梅苑》多北宋人詞，李子正或即李奇，惜無其它佐證，未臆決記，竢詳考。

按：李子正詞《減蘭十梅》並序云：「竊以花雖多品，梅最先春。始因暖律之潛催，正值冰澌之初泮。前邨雪裏，已見一枝；山上驛邊，亂飄千片。寄江南之春信，與隴上之故人。玉臉娉婷，如壽陽之傅粉；冰肌瑩徹，逞姑射之仙姿。不同桃李之繁枝，自有雪霜之素質。香欺青女，冷耐霜娥。月淺溪明，動詩人之清興；日斜煙暝，感行客之幽懷。偏宜淺蘂輕枝，最好暗香疏影。況是非常之標格，別有一種之風情。孀娥（「孀娥」二字，元加墨圍，與下句「那更」字不對，疑誤。）好景難拚，那更綵雲易散。凭闌賞處，已遍南枝兼北枝；秉燭看時，休問今日與昨日。且輟龍吟之三弄，更停畫角之數聲。庾嶺將軍，久思止渴；傅巖元老，專待和羹。豈如凡卉之嬌春，長賴化工而結實。又況風姿雨質，曉色暮雲。日邊月下之妖嬈，雪裏霜中之艷冶。初開微綻，欲落驚飛。取次芬芳，無非奇絶。錦囊佳句，但能髣髴芳姿；皓齒清歌，未盡形容雅態。追惜花之餘恨，舒樂事之餘情。試綴蕪詞，編成短闋。曲盡一時之景，聊資四座之歡。女伴近前，鼓子祗候。」《總題》云：「梅梢香嫩。雪裏開時春粉潤。雨蘂風枝。暗與黄昏取次宜。　日邊月下。休問初開兼欲謝。卻最妖嬈。不似群花春正嬌。」《風》云：「東風吹暖。輕動枝頭嬌艷顫。片片驚飛。不似城南畫角吹。　香英飄處。定向壽陽妝閣去。莫損柔柯。今日清香遠更多。」《雨》云：「瀟瀟細雨。雨歇芳菲猶淡泞。密灑輕籠。濕偏柔枝香更濃。　瓊腮微膩。疑是凝酥初點綴。冷艷相宜。不似梨花帶雨時。」《雪》云：「六花飛素。飄入枝頭無覓處。密綴輕堆。只似香苞次第開。　闌邊欲墜。姑射山頭人半醉。牆外低垂。竊送佳人粉再吹。」《月》云：「寒蟾初滿。正是枝頭開爛熳。素質籠明。多少風姿無限情。　暗香疏影。冰麝蕭蕭山驛静。淺蘂輕枝。酒醒更闌夢斷時。」《日》云：「騰騰初照。半拆瓊苞還似笑。莫近柔條。只恐凝酥暖欲消。　三竿已上。

點綴胭脂紅蕩漾。剛道宜寒。不似前邨雪裏看。」《曉》云：「急催銀漏。漸漸紗窗明欲透。點檢花枝。曉笛吹時幾片飛。　淡煙初破。髣髴夜來飛幾朵。淺粉餘香。晨起佳人帶曉妝。」《晚》云：「天寒欲暮。別有一般姿媚處。半載斜陽。寶鑑微開試晚妝。　淡煙輕處。漸近黃昏香暗度。休怕春寒。秉燭重來仔細看。」《早》云：「陽和初布。入蕚春紅纔半露。暖律潛催。與占百花頭上開。　香英微吐。折贈一枝人已去。楊柳貪眠。不道春風已暗傳。」《殘》云：「香苞漸少。滿地殘英寒不掃。傳語東君。分付南枝桃李春。　東風吹暖。南北枝頭開爛熳。一任飄吹。已占東風第一枝。」見《梅苑》。考鼓子詞，北宋時已有之，南宋詞人作者尤夥。《草窗詞選》云：朱晦翁示黃銖以歐陽永叔鼓子詞，蓋所以諷之也。《宋名臣言行》：王盧溪先生嘗作上元鼓子詞，寄《點絳脣》云云。《武林舊事》：淳熙十一年六月初一日，太上至冷泉堂後苑，小厮兒三十人打息氣，唱道情。太上云：此是張掄所譔鼓子詞。李子正《詠梅》詞十闋連綴，前有樂語，末云「女伴近前，鼓子祗侯」，是亦鼓子詞矣。此體爲大曲之濫觴。其先賦物，後乃詠事。其先每闋詠一事，後乃合如干闋咏一事，而大曲之體以成。又後鼓子變爲搊彈，樂語變爲賓白，而大曲遂變爲散套，爲傳奇。語益通俗，格益不尊，每況愈下，迺至明以還之崑、弋，去古遠且甚矣。若夫大曲，固猶未涉俗調，鼓子詞則尤純是雅音也。子正雖不敢云即是李奇，然詞筆實類北宋，故列於仁宗時代。

歷代詞人考略卷十二

宋　六

楊　適

適字韓道，慈谿人。仁宗时賜粟帛，嘉祐中授將仕郎，起太學助教不赴。〔詞話〕《西廬詞話》：《寶慶志》載：題丈亭館《長相思》一闋，署慈川逸民；《卜算子》一闋，署古詞，並不著名氏。考《乾道圖經・慈谿人物》後，特標「逸民」一條，曰：楊適先生，隱居大隱山。年七十餘，行義聞於鄉里，人皆不敢道其姓名，以先生目之。仁宗訪天下遺逸，知州事鮑軻以適名聞，賜粟帛。嘉祐六年，知州事錢公輔又奏表適高節，遂授將仕郎，試太學助教。州遣郡從事躬捧詔書，仍具袍笏輿從。適辭而不受，終老於家。縣學有大隱先生碑，縣令林叔豹立云云。則慈川逸民者，大隱先生也。

按：大隱先生《長相思・題丈亭館》云：「南山明。北山明。中有長亭號丈亭。沙邊供送迎。　東江清。西江清。海上潮來兩岸平。行人分棹行。」《卜算子》前題云：「潮生浦口雲，潮落沙頭樹。潮本無心落又生，人自來還去。

今古短長亭，送往迎來處。老盡東西南北人，亭下潮如故。」兩詞落落清疏，漸近沉著，自是北宋風格。

晏幾道

幾道字叔原，殊第七子。嘗監潁昌許田鎮。有《小山詞》二卷。

〔詞話〕《古今詞話》：慶曆中，開封府與棘寺同日獄空。仁宗宫中宴集，宣晏幾道作《鷓鴣天》以歌之，得旨受賞。大意先賦昇平之盛，又見祥瑞之徵，而末句略近之，極爲得體。所傳「朝來又奏圜扉靜，十樣宫眉捧壽觴」句是也。亦以誌一時之治化云。

《聞見後録》：晏叔原，臨淄公晚子。監潁昌府許田鎮，手寫自作長短句，上府帥韓少師。少師報書：得新詞盈卷，蓋才有餘而德不足者，願郎君捐有餘之才，補不足之德，不勝門下老吏之望云。一監鎮官，敢以杯酒間自作長短句，示本道大帥；以大帥之嚴，猶盡門生忠于郎君之意。在叔原爲甚豪，在韓公爲甚德也。

《碧雞漫志》：叔原年未至乞身，退居京城賜第，不踐諸貴之門。蔡京重九冬至日，遣客求長短句，欣然兩爲作《鷓鴣天》「九日悲秋不到心」云云，「曉日迎長歲歲同」云云，竟無一語及於蔡者。

《詞林紀事》：晏叔原《臨江仙》「記得小蘋初見」云云。（按：《小山詞跋》：始時，沈十二廉叔、陳十君寵家有蓮、鴻、蘋、雲，品清謳娱客，每得一解，即以草授諸兒。吾三人持酒聽之，爲一笑樂云云，此詞當是追憶蘋、雲而作。又按：小山詞尚有《玉樓春》兩闋，一云「小蘋若解愁春暮」，一云「小蓮未解論心素」，其人之娟姿艷態，一座皆傾，可想見矣。）

〔詞評〕《雪浪齋日記》：晏叔原工於小詞：「舞低楊柳樓心月，歌盡桃花扇底風。」不愧六朝宫掖體。無咎《評樂章》，乃以爲元獻，誤也。

《野客叢書》：晏叔原：「今宵賸把銀缸照，猶恐相逢是夢中。」蓋出於老杜「夜闌更秉燭，相對如夢寐」。戴叔倫「還作江南夢，翻疑夢裏逢」，司空曙「乍見翻疑夢，相悲各問年」之意。

《詞苑叢談》：沈東江曰：填詞結句，或以動蕩見奇，或以迷離稱雋，著一實語敗矣。晏叔原：「紫騮認得舊遊蹤，嘶過畫橋東畔路。」秦少游：「放花無語對斜暉，此恨誰知。」康伯可：「正是鎖魂時候也，撩亂花飛。」深得此法。

宋尚木云：小山其詞聰俊。

王晦叔云：叔原如金陵王謝子弟，秀氣勝韻，將不可學。

周止庵云：晏氏父子，仍步温、韋，小晏精力尤勝。

〔詞考〕《四庫全書·小山詞提要》：黄庭堅《小山集序》曰：「其樂府可謂俠邪之大雅，豪士之鼓吹，其合者《高唐》、《洛神》之流，其下者豈減《桃葉》、《團扇》哉。」又《古今詞話》載程叔微之言曰：「伊川聞人誦叔原詞『夢魂慣得無拘檢，又踏楊花過謝橋』，曰：『鬼語也。』意頗賞之。」然則幾道之詞，固甚爲當時推挹矣。馬端臨《經籍考》載《小山詞》一卷，並録黄庭堅全序。此本庭堅序佚而不存……至舊本字句，往往譌異。如《泛清波摘徧》一闋，「暗惜光陰恨多少」句，此刻於「光」字上誤增「花」字，衍作八字句。《詞匯》遂改「陰」作「飲」，再誤爲「暗惜花光，飲恨多少」。如斯之類，殊失其真，今併訂正焉。《皕宋樓藏書志》：陸敕先、毛斧季手校本《小山詞》，陸氏手跋曰：辛亥七月廿二日校。凡三鈔本，其一即底本也，章次皆同。而此刻自《玉樓春》後即顛倒錯亂，不知何故？內一本分二卷，自《歸田樂》以下爲下卷，其本極佳，得脱謬字極多，惜下卷已逸去耳。毛氏手跋曰：己巳四月廿七日，從孫氏舊録本校，孫氏凡二卷。其次如硃筆所標云。毛扆。

按：叔原詞《自序》曰：「《補亡》一編，補樂府之亡也。」又曰：「嘗思感物之情，古今不易。竊以謂篇中之意，昔人所不遺，第于今無傳爾。故今所製，通以《補亡》名之。」今世所傳叔原詞，皆名曰《小山詞》，非讀其自序，不復知《補亡》之名矣。《自序》又曰：「始時沈十二廉叔、陳十君龍（或作寵）家，有蓮、鴻、蘋、雲，清謳娱客。」廉叔、君龍，殆亦風雅之士，竟無篇闋流傳，並其名亦不可考。宋興百年已還，凡著名之詞人，十九《宋史》有傳，或附見父若兄傳。大都黄閣鉅公，烏衣華胄，即名位稍遜者亦不獲一二焉。顧梁汾有言：熯涼之態，浸淫而入於風雅，良可浩歎。即北宋詞人以觀，如叔原之才，庶幾跨竈，其名殆猶恃父以傳。夫傳不傳亦何足重輕之有。唯是自古迄今，不知埋没幾許好詞，而其傳者或反不如不傳者之可傳，是則重可惜耳。

劉　敞

敞字原父，新喻人。舉慶曆進士，廷試第一。以編排官親嫌，改第二。通判蔡州，直集賢院，判尚書考功。權度支判官，徙三司使。以同修《起居注》，擢知制誥。奉使契丹，使還，求知揚州。徙鄆州，召糾察在京刑獄。求知永興軍，拜翰林侍讀學士。召還，判三班院。復求外，以爲汝州，改集賢院學士，判南京御史臺。卒，門人私謚曰公是先生。有集。

〔詞話〕《能改齋漫録》：侍讀劉原父守維揚，宋景文赴壽春，道出治下，原甫爲具以待宋。又爲《踏莎行》詞以侑歡云：「蠟炬高高，龍煙細細。玉樓十二門初閉。疏簾不捲水晶寒，小屏半掩琉璃翠。桃葉新聲，榴花美味。南山賓客東山妓。利名不肯放人閒，忙中偷取功夫醉。」其云「南山賓客東山妓」，本白樂天詩。

按：劉原父又有《詠桂·清平樂》云：「小山叢桂。最有留人意。拂葉攀花無限思。雨濕濃香滿袂。　別來過了秋光。翠簾昨夜新霜。多少月宫閑地，姮娥與借微芳。」見《花草粹編》、《全芳備祖》。

劉攽

攽字貢父，敞弟，與敞同登科。仕州縣二十年，始爲國子直講。熙寧中，判尚書考功、同知太常禮院。以忤王安石，斥通判泰州。以集賢校理、判登聞檢院、户部判官知曹州。召爲國史編修，與司馬光同修《資治通鑑》。復出爲京東轉運使，徙知兖、亳二州。哲宗初，入爲秘書少監，以疾求去，加直龍圖閣、知蔡州。召拜中書舍人卒。有《公非集》。

按：劉貢父芍藥詞《醉蓬萊》云：「訪鶯花陳跡，姚魏遺風，緑陰成幄。尚有餘香，付寳階紅藥。淮海維揚，物華天産，未覺輸京洛。時世新妝，施朱傅粉，依然相若。　束素腰纖，捻紅唇小，鄣袖嬌看，倚闌柔弱。玉佩瓊琚，勸王孫行樂。況是韶華，爲伊挽駐，未放離情薄。顧盼階前，留連醉裏，莫教零落。」見《全芳備祖》。貢父詞，未經選家著録。（渭君按，《全芳備祖》卷三《芍藥門》收此詞，注作者名劉圻父，即建陽劉子寰，而非劉貢父，況氏誤。）

曾鞏

鞏字子固，南豐人。中嘉祐二年進士。第調太平州司法參軍，召編校史館書籍，遷館閣校勘、集賢校理。出通判越州，知齊、襄、洪三州，加直龍圖閣、知福州。神宗朝，判三班院，加史館修撰，拜中書舍人，掌延安郡王牋奏，卒。有《南豐類稾》五十卷。

按：曾子固詞《賞南枝》云：「暮冬天地閉，正柔木凍折，瑞雪飄飛。對景見南山，嶺梅露、幾點清雅容姿。丹染萼、玉綴枝。又豈是、一陽有私。大抵是、化工獨許，使占卻先時。　霜威莫苦淩持。此花根性，想群卉爭知。貴用在和羹，三春裏、不管緑是紅非。攀賞處、宜酒巵。醉撚嗅、幽香更奇。倚闌干、仗何人去，囑羌管休吹。」見《花草粹編》及《御選歷代詩餘》。又《沁園春·詠臘梅》云：「絳萼欺寒，暗傳春信，一枝乍芳。向籬邊竹外，前邨雪裏，青梢猶瘦，疏影溪旁。惹露和煙凝酥艷，似瀟灑玉人初試妝。江南路，有多情竚立，迴盡柔腸。　倚樓最難忘處，正皓月、千里流光，縱廣平心動，難思麗句，少陵詩興，猶愛清香。休怪東君先留意，問它日和羹誰又强。還輕許，笑淩空檜影，松蔭交相。」見《歷代詩餘》。（編者按，此詞乃無名氏作，見《梅苑》卷一。）子固詞，朱氏《詞綜》、陶氏《詞綜補遺》，並未著録。

曾布

布字子宣，鞏弟。與鞏同登進士，調宣州司户參軍、懷仁令。熙寧二年，徙開封。召見授太子中允，加集賢校理。知制誥，爲翰林學士，以龍圖閣待制知桂州。紹聖初，拜同知樞密院，進知院事。徽宗立，拜右僕射。崇寧初，罷爲觀文殿大學士、知潤州。尋落職，累責降廉州司户。復大中大夫、提舉崇福宫。卒贈觀文殿大學士，謚文肅，入黨籍。

〔詞話〕《玉照新志》：《馮燕傳》，見之《麗情集》，唐賈耽守太原時事也。元祐中，曾文肅帥并門，感歎其義風，自製《水調歌頭》以亞大曲。然世失其傳。近閲故書，得其本，恐久而湮没，盡録於後。《排徧第一》：「魏豪有馮燕，年少客幽并。擊毬鬬雞爲戲，游俠久知名。因避仇、來東郡。元戎逼屬中軍。直氣淩貔虎，須臾叱咤風雲。凛凛座中生。　偶乘佳興。輕裘錦帶，東風躍馬，往來尋訪幽勝。游冶出東城。隄上鶯花撩亂，香車寶馬縱横。草軟平沙穩。高樓兩岸春風，笑語隔簾聲。」《排徧第二》：「袖籠鞭敲鐙。無語獨閒行。綠楊下、人初静。煙澹夕陽明。窈窕佳人，獨立瑶階，擲果潘郎，瞥見紅顔横波盼，不勝嬌軟倚銀屏。　曳紅裳，頻推朱户，半推還掩，似欲倚、咿啞聲裏，細説深情。因遺林間青鳥，爲言彼此心期，的的深相許，竊香解佩，綢繆相顧不勝情。」《排徧第三》：「説良人滑將張嬰。從來嗜酒，還家鎮長酩酊狂酲。屋上鳴鳩空鬬，梁間客燕相驚。誰與花爲主，蘭房從此，朝雲夕雨兩牽縈。　似游絲飄蕩，隨風無定。奈何歲華荏苒，歡計苦難憑。惟見新恩繾綣，連枝並翼，香閨日日爲郎，誰知松蘿託蔓，一比一毫輕。」《排徧第四》：「一夕還家醉，開户起相迎。爲郎引裙相庇，低首略潛形。情深無隱。欲郎乘閒起佳兵。　授青萍。茫然撫歎，不忍欺心。爾能負心於彼，於我必無情。熟視花鈿不足，剛腸終不能平。假手迎天意，一揮雙刃。窗前粉頸斷瑶瓊。」《排徧第五》：「鳳凰釵、寶玉凋零。慘然悵，嬌魂怨，飲泣吞聲。還被淩波呼喚，相將金谷同游，想見逢迎處，揶揄羞面，妝臉淚盈盈。醉眠人、醒來晨起，血凝螓首，但驚喧，白鄰里、駭我卒難明。思敗幽囚推究，覆盆無計哀鳴。丹筆終誣服，闤門驅擁，銜冤垂首欲臨刑。」《排徧第六·帶花徧》：「向紅塵裏，有喧呼攘臂，轉身辟衆，莫遣人冤濫、殺張室，忍偷生。僚吏驚呼呵叱，狂辭不變如初，投身屬吏，慷慨吐丹誠。彷彿縲紲，自疑夢中，聞者皆驚歎，爲不平。割愛無心，泣對虞姬，手戮傾城寵，翻然起死，不教仇怨負冤聲。」《排徧第七·攧花十八》：「義城元靖賢相國，嘉慕英雄士，賜金繒。聞斯事，頻歎賞，封章歸印。請贖馮燕罪，日邊紫泥封詔，闔境赦深刑。萬古三河風義在，青簡上、衆知名。河東注，任流水滔滔，水涸名難泯。至今樂府歌詠。流入管絃聲。」

《揮麈餘話》：曾文肅十子最鍾愛，外祖空青公有壽詞云：「江南客，家有寧馨兒。」其後外祖果以詞翰名世，可謂父子爲知己也。

按：王仲言所稱空青公，名紆，字公衮，文肅第三子，有《空青遺文》十卷。《四庫全書·揮麈録》提要云：明清爲王銍之子，曾紆之外孫。紆爲曾布第十（據《玉照新志》當作三）子，故是録於布多溢美。《玉照新志》提要云：其載曾布、馮燕《水調歌頭·排徧》七章，爲《詞譜》之所未載，亦足以見宋時大曲之式。

曾布妻魏氏

魏氏，曾文肅布之妻，紆之母，封魯國夫人。

〔詞話〕《樂府雅編》：魏夫人，曾子宣丞相内子。有《江城子》、《捲珠簾》諸曲，膾炙人口。其尤雅正者，則有《菩薩蠻》「溪山掩映斜陽裏。樓臺影動鴛鴦起。隔岸兩三家。出牆紅杏花。　綠楊隄下路。早晚溪邊去。三見柳綿飛。離人猶未歸。」深得《國風・卷耳》之遺。

《林下詞選》：魏夫人與朱淑真爲詞友。

《玉塵集》：詞有以本色勝者，魏夫人：「爲報歸期須及早，休誤妾、一春閒。」

《聽秋聲館詞話》：宋時詞學盛行，然夫婦均有詞傳，僅曾布、方喬、陸游、易袚、戴復古五家。方、戴、易姓氏且無考，戴、陸更係怨耦，易妻詞亦甚怨抑，唯子宣與魏夫人克稱良匹。它如趙明誠妻李易安盛以詞名，而明誠詞無傳。趙德麟詞甚工，其妻王夫人衹傳「白藕作花風已秋。不堪殘醉更回頭。晚雲帶雨歸飛急，去作西窗一夜愁」一詩而已。琴鳴瑟應，天固若是靳惜耶。

按：《樂府雅詞》録魏夫人詞十首，其中尤爲擅勝者，《定風波》云：「不是無心惜落花。落花無意戀春華。昨日盈盈枝上笑。誰道。今朝吹去落誰家。　把酒臨風千種恨。難問。夢回雲散見無涯。妙舞清歌誰是主。回顧。高城不見夕陽斜。」雖使方回、稼軒爲之，不過爾爾。又《點絳脣》後段云：「聚散匆匆，此恨年年有。重回首。淡煙疏柳。隱隱蕪城漏。」語淡而深，置之《淮海詞》中，亦允推佳構。

曾肇

肇字子開，鞏幼弟。舉進士，調黄巖簿。累官吏部郎中，遷右司。元祐初，爲中書舍人。以寶文閣待制知潁州。入爲吏部侍郎，出知徐州。坐實録譏訕，降滁州。徽宗立，復爲中書舍人，遷翰林學士兼侍讀。兄布在相位，引故事避禁職，拜龍圖閣學士，出知陳州。崇寧初落職，貶濮州團練副使，安置汀州。歸潤而卒。紹興初，謚文昭。有《曲阜集》。

按：曾文昭有《好事近・亳州秩滿歸江南別諸僚舊》云：「歲晚鳳山陰，看盡楚天冰雪。不待牡丹時候，又使人輕別。　如今歸去老江南，扁舟載風月。不似畫梁雙燕，有重來時節。」見《詞綜》。此詞輕清疏爽，後段尤漸近沉著。南豐家學，固自不凡。

沈括

括字存中，錢塘人，以父任爲沭陽主簿。嘉祐八年第進仕，編校昭文書籍，爲館閣校勘。遷太子中允、集賢校理、太常丞。擢知制誥，兼通進銀臺司。拜翰林學士、權三司使。坐蔡確論劾，以集賢院學士知宣州，復龍圖閣待制、知審官院，出知延州。坐夏人襲永樂，不能救，謫均州團練副使。以光禄少卿分司，居潤卒。有《長興集》、《夢溪筆談》。

〔詞話〕《侯鯖録》：沈存中括，元豐中入翰林爲學士，有《開元樂》詞四首，裕陵賞愛之。詞云：「鸛鵲樓頭日暖，蓬萊殿裏花香。草緑煙迷步（元注：海虞本鳳）輦，天高日近龍牀。」「樓上正臨宫外，人間不見仙家。寒食輕煙薄霧，滿城明月梨花。」「按舞驪山影裏，回鑾渭水光中。玉笛一天明月，翠華滿陌東風。」「殿後春旗簇仗，樓前御隊穿花。一片紅雲鬧處，外人遥認官家。」

按：《開元樂》本名《三臺》，或加「令」字。因沈存中詞有「翠華滿陌東風」句，又名《翠華引》。《古今詞話》引王建詞「魚藻池邊射鴨」云云，以爲《翠華引》命名由此。不知建詞中並無「翠華」字，蓋未見存中詞耳。

又按：《三臺》舞曲，有《宫中》、《上皇》、《江南》、《突厥》之别。存中詞，《宫中三臺》也。《詞律》此調録韋應物詞爲譜，注云「平仄不拘」。韋詞云：「冰泮寒塘水緑，雨餘百草皆生。朝來衡門無事，晚下高齋有情。」第三、四句平仄與第一、二句不同。而存中四詞則第三、四句平仄並與第一、二句同。《古今詞話》所録王建詞，則第三句與沈合，第四句與韋合。觀於韋、王二家之作，似乎平仄信可不拘。觀於存中四首一律，安見其爲不拘者。聲律之學，至宋代而益精，《三臺》定譜，與其據韋蘇州一詞，何如據存中之四首。或者紅友亦未見存中詞耳。

陳師道

師道字履常，一字無己，號後山，彭城人。年十六，以文謁曾鞏，一見奇之。熙寧中，王氏經學盛行，師道心非其説，遂絶意進取。鞏典五朝史事，以白衣薦爲史館屬，章惇屢招之，卒不一往。元祐初，蘇軾、傅堯俞、孫覺薦其文行，起爲徐州教授，又用梁燾薦，爲太學博士。言者謂在官嘗越境出南京見軾，改教授潁州。又論其進非科第，調彭澤令，不赴。元符間，除祕書省正字卒。有《後山詞》一卷。

〔詞話〕《苕溪漁隱叢話》：《後山詩話》云：晁无咎言，眉山公之詞短於情，蓋不更此境也。余謂不然，宋玉初不識巫山神女，而能賦之，豈待更而知也。余它文未能及人，獨於詞自謂不減秦七、黄九。苕溪漁隱曰：無己自矜其詞如此，今《後山集》不載其小詞，世亦無傳之者，何也？（按《後山詞》宋時集外别行，元任未之見也。）

《墨莊漫録》：晁无咎謫玉山，過徐州時，陳無己廢居里中。无咎置酒，出小姬娉娉舞《梁州》，無己作《減字木蘭花》長短句「娉娉裊裊」云云。无咎歎曰：人疑宋開府鐵石心腸，及爲《梅花賦》，清艷殆不類其爲人。無己清通，雖鐵石心腸不致於開府，而此詞已過於《梅花賦》矣。

《菊坡叢話》：陳後山《寄晁大夫》詩云：「墮絮隨風化作塵，黄樓桃李不成春。只今容有名駒子，困倚闌干一欠伸。」自注云：「周昉畫美人有背立欠伸者，最爲妍絶，東坡所賦《麗人行》也。」後山嘗有《南鄉子》詞並自序云：「晁大夫增飾披雲，務欲壓黄樓，而張、馬二子，皆當年尊下世所謂英英、盼盼者。盼卒，英嫁，而盼之子瑩，頗有家風，而曹妓未有顯者，黄樓不可勝也。作《南鄉子》以歌之。」「風絮落東鄰。點綴繁枝旋化塵。關鎖玉樓巢燕子，冥冥。桃李摧殘不見春。　流轉到如今。翡翠生兒翠作衿。花樣腰身宫樣立，婷婷。困倚闌干一欠伸。」蓋風絮以屬英，塵化以屬盼，名駒子以屬瑩，瑩母馬氏。

汲古閣《後山詞跋》：宋人好著詩話，未有著詞話者，唯後山集中略載一二。

〔詞評〕《碧雞漫志》：陳無己作詞數十首，號曰「語業」，妙處如其詩，但用意太深，有時僻澀。

又：陳無己作《浣溪沙》曲云：「暮葉朝花種種陳。三秋作意向詩人。安排雲雨要新清。　隨意且須追去馬，輕衫從使著行塵。晚窗誰念一愁新。」本是「安排雲雨要清新」，以末後句「新」字韻複，遂倒作「新清」。世言無己喜作莊語，其弊生硬是也。詞中暗帶陳三、念一兩名，亦有時不莊語乎。

《四庫全書・後山詞提要》：胡仔《漁隱叢話》述師道自矜語，謂於詞不減秦七、黄九。今觀其《漁家傲》，有云「擬作新詞酬帝力，輕落筆，黄秦去後無强敵」云云，自負良爲不淺。然師道詩冥心孤詣，自是北宋巨擘，至强回筆端，倚聲度曲，則非所擅長。如贈晁補之舞鬟之類，殊不多見。其詩話謂曾子開秦少游詩如詞，而不自知詞如詩，蓋人各有能有不能，不必事事第一也。

王半唐云：詞名詩餘，後山詞信其詩之餘矣。卷中精警之句，亦復隱秀在神，蕃豔爲質，秦七黄九蔑以加。昔杜少陵詩云：「文章千古事，得失寸心知。」國朝納蘭容若自言，其爲詩詞如魚飲水，冷暖自知而已。篤行如後山，詎漫然自矜許者？特可爲知者道耳。

〔詞考〕《四庫全書·後山詞提要》：《後山詩餘》一卷，已附載集中。考陳振孫《書録解題》，載《後山詞》一卷。《宋史·藝文志》則稱爲《語業》一卷。而魏衍作《師道集記》，但及《叢談》、《理究》，不及其詞，知宋時集外别行也。

按：放翁題跋云：陳無己詩妙天下，以其餘作詞，宜其工矣。顧乃不然，殆未易曉也。今世傳《後山詞》一卷，僅四十九闋，竊嘗一再循誦，如《菩薩蠻·七夕》云：「天上隔年期，人間長别離。」《蝶戀花·送彭舍人罷徐》云：「路轉河回寒日暮，連峰不許重回顧。」《卜算子》云：「不比陽臺夢裏逢，親向尊前見。」《木蘭花》云：「誰家言語似黄鸝，深閉玉籠千萬怨。」《臨江仙·送疊羅菊與趙使君》云：「欲知誰稱面，徧插一枝看。」或渾成而調高，或質樸而味厚。《清平樂》云：「夜堂簾合回廊，風帷吹亂凝香。」則尤漸近緻密，爲後來夢窗一派之濫觴。其《南鄉子》用東坡韻者，「潮落去帆收」云云，風骨高騫，直逼黄九，何庸以工之一字繩之？放翁題跋所云，殆不盡然。後山行誼高潔，略見《歸田詩話》。《宋史·文苑傳》云：「與趙挺之友壻，素惡其人。適預郊祀行禮，寒甚，衣無綿。妻就假於挺之家，問所從得，卻去，不肯服，遂以寒疾死。」其卓絶尤可傳也。

李公麟

公麟字伯時，舒州人。元祐間，第進士，歷南康、長垣尉，泗州録事參軍，用陸佃薦爲中書門下後省删定官、御史檢法。元符三年致仕。既歸老，肆意於龍眠山巖壑間。雅善畫，自作《山莊圖》，爲世寶。襟度超軼，名士交譽之，黄庭堅謂其風流不減古人，然因畫爲累，故世但以藝傳云。

按：李伯時《四時樂》詞，見《花草粹編》。《春》云：「桃李花開春雨晴。聲聲布穀迎村鳴。家家場頭酹酒觥。爲告莊主東作興。黄犢先破東南村。」《夏》、《秋》、《冬》詞不備録。此調《詞律》及《詞律拾遺》並未載。

俞紫芝

紫芝字秀老，金華人，游寓揚州。少有高行。與弟澹清老俱從黄山谷游。有《敝帚集》。

〔詞話〕《能改齋漫録》：俞秀老弟清老，名字見王介甫、黄魯直集中。詩詞傳世雖少，亦閒見於《文藴》等編。《葉石林詩話》誤以爲揚州人。按魯直《答清老寒夜》三詩，其一引牧羊金華山黄初平事，蓋黄上世亦出金華也。近覽智者草堂所藏張公詡《青溪圖》，有秀老手題《臨江仙》一闋，後書金華俞紫芝，不知石林何以誤也。此詞世少知者，録於後：「弄水亭前十萬景，登臨不忍空回。水輕墨淡寫蓬萊。莫教世眼，容易洗塵埃。　收去雨昏都不見，展時還似雲開。先生高趣更多才。人人盡道，小杜卻重來。」《苕溪漁隱叢話》：《潘子真詩話》云：俞紫芝，字秀老，山谷所書「釣魚船上謝三郎」一帖石刻，在金山寺。雞林每入貢，輒市模本數百以歸，亦秀老詞也。

按：山谷所書俞秀老詞，刻石金山寺者，調寄《阮郎歸》。其全闋云：「釣魚船上謝三郎。雙鬢已蒼蒼。蓑衣未必清貴，不肯換金章。　汀草畔，浦花旁。靜鳴榔。自來好箇，漁父家風，一片瀟湘。」陶氏《詞綜補遺》據《樂府雅詞·拾遺》著録。此詞補秀老一家，其《漫録》所載《臨江仙》一闋，則未之見也。

方教授

教授婺州人，生於浙東，勺之父。官縣令，擢南陽教授。紹聖改元致仕。

〔詞話〕《泊宅編》：先子晚官鄧州，一日秋風起，思吴中山水，嘗信筆作長短句名《黄鶴引》，遂致仕。詞曰：「生逢垂拱，不識干戈免田隴。士林書圃終年，庸非天寵。才初闒茸。老支支離何用。浩然歸弄。似黄鶴、秋風相送。　塵事塞翁心，浮世莊生夢。漾舟遥指煙波，群山森動。神閒意聳。回首利韁名鞚。此情誰共。問幾斛、淋浪春甕。」

按：方教授之名，偏檢姓氏記載諸書不可得。子勺著有《泊宅編》十卷。《四庫全書提要》：勺，家本婺州，後徙居湖州之西溪。湖有張志和泊舟處，後人以志和有「浮家泛宅」之語，謂之「泊宅村」。勺寓其間，因自號泊宅翁。是編蓋即是時所作也。其父教授詞序「予生浙東」云云。《吴興掌故集·游寓類》：方勺，嚴瀨人。嚴瀨正浙東地。蓋勺家本婺州，先世僑寄浙東，至勺乃移寓浙西耳。教授此詞又見《花草粹編》，署《泊宅編》，無姓名。

歷代詞人考略卷十三

宋　七

黄庭堅

庭堅字魯直，自號山谷道人，一號涪翁，分寧人。舉進士，調葉縣尉。元祐初，爲校書郎。《神宗實録》檢討官加集賢校理，擢起居舍人。紹聖初，出知宣州，改鄂州。章惇、蔡卞與其黨論《實録》多誣，貶涪州别駕，黔州安置，移戎州。徽宗立，起監鄂州稅，簽書寧國軍判官，知舒州，以吏部員外郎召，辭不行。丐郡，得知太平州。復除名，羈管宜州。徙永州，未聞命卒。追謚文節，贈直龍圖閣。有《山谷詞》二卷。

〔詞話〕《苕溪漁隱叢話》：山谷云：「八月十七日，與諸生步自永安城，入張寬夫園待月，以金荷葉酌客。客有孫叔敏，善長笛，連作數曲。諸生曰：今日之會樂矣，不可以無述。因作此曲記之。」文不加點，以爲可繼東坡《赤壁之歌》云。按詞爲《念奴嬌》「雨淨天空」云云。見本集。

又：魯直諸茶詞，余謂《品令》一詞最能道人所不能言，尤在結尾三、四句云：「恰如燈下，故人萬里，歸來對影。」

《能改齋漫録》：黄太史詞云：「一杯春露莫留殘，與郎扶玉山。」又詞云：「杯行到手更留殘。」兩「殘」字下得雖險，而意思極佳。

《甕牖閒評》：黄太史《西江月》詞云：「斷送一生唯有，破除萬事無過。」此皆韓退之詩也。太史集之，乃天成一聯。陳無己以爲切對，而語益峻，蓋其服膺如此。

《東湖集》：張志和《漁父》詞「西塞山前白鷺飛」云云。顧況《漁父》詞「新婦磯邊月明」云云。東坡云：「元真語極清麗，恨其曲度不傳。加數語以《浣溪沙》歌之云：西塞山前白鷺飛。散花洲外片帆微。桃花流水鱖魚肥。　自庇一身青箬笠，相隨到處緑簑衣。斜風細雨不須歸。」山谷見之，擊節稱賞，且云：「惜乎『散花』與『桃花』字重疊，又漁舟少有使帆者。」乃取張、顧二詞合爲《浣溪沙》云：「新婦磯邊眉黛愁。女兒浦口眼波秋。驚魚錯認月沈鉤。　青箬笠前無限事，緑簑衣底一時休。斜風細雨轉船頭。」東坡跋云：「魯直此詞，清新婉麗。問其最得意處，以山光水色替卻玉肌花貌，真得漁父家風也。然纔出新婦磯，便入女兒浦，此漁父無乃太瀾浪乎？」山谷晚年亦悔前作之未工。因表弟李如篪言：「《漁父》詞，以《鷓鴣天》歌之甚協律，恨語少聲多耳。」因以憲宗遺像求元真子文章，及元真之兄松齡勸歸之意，足前後數句云：「西塞山前白鷺飛。桃花流水鱖魚肥。朝廷尚問元真子，何處如今更有詩。　青箬笠，緑簑衣。斜風細雨不須歸。人間欲避風波險，一日風波十二時。」東坡笑曰：「魯直乃欲平地起風波也。」

《耆舊續聞》：崇寧四年重九，山谷在宜城郡樓，聽邊人私語：「今當鏖戰取封侯耳。」因作《南鄉子》詞，有「花向老人頭上笑，羞羞。白髮簪花不解愁。」倚闌高歌，若不勝情。

《藝苑雌黄》：黄魯直過瀘，瀘帥命寵妓盼盼侑觴。魯直贈以《浣溪沙》云：「料得有心憐宋玉，祇因無奈楚襄何。」而帥不知也。盼盼唱《惜春容》一曲云：「少日看花雙鬢緑。走馬章臺絃管逐。而今老更惜花深，終日看花看不足。　坐中美女顏如玉。爲我一歌金縷曲。歸時壓倒帽檐攲，頭上春風紅簌簌。」或謂此詞即涪翁舊作。

《柳塘詞話》：魯直少時，使酒玩世喜作詞。法雲秀老誡之曰：「筆墨勸淫，乃欲墮泥犂中耶。」魯直曰：「空中語也。」後以桂香無隱，因緣有省，居官一如浮屠法。間作小詞，絶不似《桃葉》、《團扇》鬬妖麗者。

《古今詞話》：温飛卿詩云：「合歡桃核真堪恨，裏許元來别有人。」山谷衍爲詞云：「似合歡桃核，真堪人恨，心兒裏，有兩箇人人。」此以短句衍爲長言也。

《花草蒙拾》：《草堂》載山谷《品令》、《阮郎歸》二闋，皆詠茶之作。按黄集詠茶詩最多最工，所謂「雞蘇胡麻聽煮湯，煎成車聲遶羊腸」。坡云：「黄九恁地那得不窮。」又有云：「更烹雙井蒼鷹爪，始耐落花春日長。」此老直是筆有薑桂。僕嘗取黄詩「黄金灘頭鎖子骨，不妨隨俗暫嬋娟」，以爲涪翁殆自道其文品耳。

〔詞評〕蘇籀云：黄太史詞，纖穠精穩，體趣天出，簡切流美。能中之，能投棄，錡斧有佩玉之雍容。

王世貞云：黄九精而險。

又云：魯直書勝詞，詞勝詩，詩勝文。

《藝概》：黄山谷詞，用意深至，自非小才所能辦。惟故以生字俚語侮弄世俗，若爲金、元曲家濫觴。

〔詞考〕《賭棋山莊詞話》：「笛」字讀邱玉切。陸游曰：「瀘邛閒謂笛爲曲。」故魯直《念奴嬌》詞：「老子生平，江南江北，愛聽臨風笛。孫郎微笑，坐來聲噴霜竹。」「笛」與「竹」叶。今俗本竟改作「曲」，非是。

《四庫全書・山谷詞提要》：《宋史・藝文志》載庭堅樂府二卷。《書録解題》則載《山谷詞》一卷，蓋宋代傳刻已合併之矣。陳振孫於晁无咎詞調下引補之語曰：「今代詞手，唯秦七黄九，它人不能及也。」於此集條下又引補之語曰：「魯直間作小詞，固高妙，然不是當行家語，自是著腔子唱好詩。」二説自相矛盾。考秦七、黄九語在《後山詩話》中，乃陳師道語，殆振孫誤記歟。今觀其詞，如《沁園春》、《望遠行》，《千秋歲》第二首，《江城子》第二首，《兩同心》第二、三首，《少年行》一、二首，《醜奴兒》第二首，《鼓笛令》四首，《好事近》第三首，皆褻諢不可名狀。至於《鼓笛令》第三首用「𣍐」字，第四首用「㞘」字，皆字書所無，尤不可解，不止補之所云不當行已也。顧其佳者，則妙脱蹊徑，迥出慧心，補之著腔好詩之説，頗爲近之。師道以配秦觀，殆非定論。觀其《兩同心》第二首與第三首，《玉樓春》第一首與第二首，《醉蓬萊》第一首與第二首，皆改本與初本並存，則當時以其名重，片紙隻字，皆一概收拾，美惡雜陳，故至於是，是固宜分别觀之矣。陸游《老學庵筆記》辨其《念奴嬌》詞「老子平生，江南江北，愛聽臨風笛」句，俗本不知其用蜀中方音，改「笛」爲「曲」以叶韻。今考此本，仍作「笛」字，則猶舊本之未經竄亂者也。

按：北宋詞人，蘇、黄、秦三家尤見推重，三家詞格各不相同。以唐賢書學喻之，坡公如顔文忠，山谷如柳誠懸，太虚兼登善、嗣通之勝。或問蘇、黄二公詞不同之處安在？答曰：此中消息，正復難言。觀於二公字與詩文不同之處，大略可參耳。

又按：《山谷詞・醉蓬萊》云：「對朝雲靉靆，暮雨霏微，亂峰相倚。巫峽高唐，鎖楚宫佳麗。畫戟移春，靚妝迎馬，向一川都會。萬里投荒，一身弔影，成何歡意。　盡道黔南，去天尺五，望極神州，萬重煙水。尊酒公堂，有中朝佳士。荔頰紅深，麝臍香滿，醉舞裀歌袂。杜宇催人，聲聲到曉，不如歸是。」又竄易前詞，連綴於後。前詞前段「畫戟」已下，改「蘸水朱門，半空霜戟，自一川都會。虜酒千杯，夷歌百轉，迫人垂淚」。後段「盡道」改「人道」，「萬重」改「萬種」，「荔頰」改「荔臉」，「尊酒」二句改「懸榻相迎，有風流千騎」。以意揣之，「畫戟」二句嫌刷色，亦欠超。「萬重」三句甚渾成矣，而質重不如後改之句。「懸榻」二句則視前詞稍矜鍊云爾。「重」改「種」，「頰」改「臉」，或由於四聲之講求，起調不起調之關係。可知盛名之副，良非偶然。即此選聲訂韵之末伎，亦斷非率爾操觚也。

秦　觀

觀字少游，一字太虚，高郵人。舉進士不中。見蘇軾於徐，爲賦《黄樓》，軾以爲有屈、宋才。勉以應舉爲親養，始登第，調定海主簿、蔡州教授。元祐初，軾以賢良方正薦於朝，除太學博士，遷祕書正字，兼國史院編修官。紹聖初，坐黨籍，出判杭州。以增損實録，貶監處州酒税。以謁告寫佛書，削秩徙郴州，編管横州，又徙雷州。徽宗立，復宣德郎，放還，至藤州卒。建炎末贈直龍圖閣。有《淮海詞》三卷。

〔詞話〕《冷齋夜話》：東坡初未識少游，少游知其將復過維揚，作坡筆語，題壁於一山寺中。東坡果不能辨，大驚。及見孫莘老，出少游詩詞數十篇，讀之，乃歎曰：「向書壁者，定此郎也。」後與少游維揚飲别，作《虞美人》曰「波聲拍枕長淮曉」云云。世傳此詞，是賀方回作，雖山谷亦云。大觀中於金陵見其親筆，醉墨超放，氣壓王子敬，蓋東坡詞也。

又：少游元豐初夢中作長短句曰：「指點虚無征路」云云。既學，使侍兒歌之，蓋《雨中花》也。

又：少游到郴州，作長短句，結云：「郴江幸自繞郴山，爲誰流下瀟湘去。」東坡絶愛其尾兩句，自書於扇，曰：「少游已矣，雖萬人何贖。」

又：秦少游在處州，夢中作《好事近》詞：「醉卧古藤陰下，杳不知南北。」後南遷久之，北歸，逗留於藤州，遂終於瘴江之上光華亭。時方醉起，以玉盂汲泉欲飲，笑視之而化。

《藝苑雌黄》：朝雲者，東坡侍妾也。嘗令就秦少游乞詞。少游作《南歌子》贈之云：「靄靄迷春態，溶溶媚曉光。不應容易下巫陽。只恐翰林前世是襄王。暫爲清歌住，還因暮雨忙。瞥然歸去斷人腸。空使蘭臺公子賦高唐。」何其婉媚也。

《苕溪漁隱叢話》：《藝苑雌黄》云：程公闢守會稽，少游客焉，館之蓬萊閣。一日，席上有所悦，眷眷不能忘情，因賦長短句云：「多少蓬萊舊事，空回首、煙靄紛紛。」其詞極爲東坡所稱道，取其首句，呼之爲

「山抹微雲君」。

《高齋詩話》：少游自會稽入都見東坡，東坡曰：「不意别後，公卻學柳七作詞。」少游曰：「某雖無學，亦不如是。」東坡曰：「『銷魂當此際』，非柳七語乎。」坡又問别作何詞。少游舉「小樓連苑横空，下窺繡轂雕鞍驟」。東坡曰：「十三箇字，只説得一箇人騎馬樓前過。」少游問公近作，乃舉「燕子樓空，佳人何在，空鎖樓中燕」。晁无咎曰：「只三句，便説盡張建封事。」

又：秦少游在蔡州，與營妓婁婉字東玉者甚密，贈之詞云：「小樓連苑横空」，又云「玉佩丁東别後」者是也。又贈陶心兒詞《南歌子》云：「天外一鉤殘月帶三星。」謂「心」字也。

《容齋四筆》：秦少游《八六子》詞云：「片片飛花弄晚，濛濛殘雨籠晴。正消凝。黄鸝又啼數聲。」語句清峭，爲名流推激。予家舊有建本《蘭畹曲集》，載杜牧之一詞，但記其末句云：「正銷魂，梧桐又移翠陰。」秦公蓋效之，差不及也。

《五總志》：潭守宴客合江亭，時張才叔在坐，令官妓悉歌《臨江仙》。有一妓獨唱兩句云：「微波渾不動，冷浸一天星。」才叔稱歎，索其全篇。妓以實語告之：「賤妾夜居商人船中，鄰舟一男子，遇月色明朗，即倚檣而歌，聲極淒怨。但以苦乏性靈，不能盡記。願助以一二同列共往記之。」太守許焉。至夕，乃與同列飲酒以待。果一男子，三歎而歌。有趙瓊者，傾耳墮淚，曰：「此秦七聲度也。」趙善謳，少游南遷，經從一見而悦之。商人乃遣人問訊，即少游靈舟也。崇寧乙酉，張才叔過荆州，以語先子，乃相與歎息曰：「少游了了，必不致沉滯戀此壞身，似有物爲之。」然詞語超妙，非少游不能作，抑又何疑也。

《詞品》：秦少游謫處州日，作《千秋歲》詞，有「花影亂，鶯聲碎」之句，後人慕之建鶯花亭。陸放翁有詩云：「沙上春風柳十圍，緑陰依舊語黄鸝。故應留與行人恨，不見秦郎半醉時。」（按鶯花亭，乃范文穆所作，見《石湖集》。）

《避暑録話》：秦少游亦善爲樂府，語工而入律，知樂者謂之作家歌。元豐之間，盛行於淮楚。「寒鴉千萬點，流水繞孤村」，本隋煬帝詩也。少游取以爲《滿庭芳》辭，而首言「山抹微雲，天黏衰草」，尤爲當時所傳。蘇子瞻於四學士中，最善少游，故他文未嘗不極口稱善，豈特樂府。然猶以氣格爲病，故常戲云：「山抹微雲秦學士，露花倒影柳屯田。」「露花倒影」，柳永《破陣子》語也。

〔詞評〕《詞源》：「春草碧色，春水緑波。送君南浦，傷如之何。」矧情至於離，則哀怨必至。苟能調感愴於融會中，斯爲得矣。秦少游《八六子》云：「倚危亭。恨如芳草，萋萋剗盡還生」云云。離情當如此作，全在情景交鍊，得言外意。

《侯鯖録》：無咎云：比來作者，皆不及秦少游。如「斜陽外，寒鴉數點，流水遶孤村」。雖不識字人，亦知是天生好言語也。

《四庫全書·秦觀詞提要》：觀詩格不及蘇、黄，而詞則情韻兼勝，在蘇、黄之上。流傳雖少，要爲倚聲家一作手。宋葉夢得《避暑録話》曰：秦少游亦善爲樂府，語工而入律，知樂者謂之作家歌。蔡絛《鐵圍山叢談》亦記：觀壻范温，嘗預貴人家會。貴人有侍兒，善歌秦少游長短句，坐間略不顧温。酒酣懽洽，始問此郎何人。温遽起叉手對曰：「某乃『山抹微雲』女壻也。」聞者絶倒云云。夢得，蔡京客；絛，蔡京子。而所言如是，則觀詞爲當時所重可知矣。

《樂府餘論》：《漁隱叢話》曰：少游《踏莎行》，爲郴州旅舍作也。黄山谷曰：「此詞高絶，但『斜陽暮』爲重出，欲改『斜陽』爲『簾櫳』。」范元實曰：「只看『孤館閉春寒』，似無簾櫳。」山谷曰：「亭傳雖未有簾櫳，有亦無礙。」范曰：「詞本摹寫牢落之狀，若曰簾櫳，恐損初意。」今《郴州志》竟改作「斜陽度」。余謂斜阳屬日，暮屬時，不爲累，何必改。東坡「回首斜陽暮」，美成「雁背斜陽紅欲暮」，可法也。按引東坡、美成語是也。分屬日時，則尚欠明析。《説文》：莫，日且冥也，從日在草中。（今作暮者俗。）是斜陽爲日斜時，暮爲日入時，言自日昃至暮，杜鵑之聲亦云苦云。山谷未解暮字，遂生轇轕。

《詞苑叢談》：詞體大略有二，一體婉約，一體豪放。婉約者，欲其詞調藴藉；豪放者，欲其氣象恢宏。然亦存乎其人。如秦少游之作多是婉約，蘇子瞻之作多是豪放。詞體以婉約爲正，故東坡稱少游爲今之詞手。

又：沈東江曰：秦少游「一向沉吟久」，大類山谷《歸田樂引》，鏟盡浮詞，直抒本色，而淺人常以雕繪傲之。此等詞極難作，然亦不可多作。

又：少游《踏莎行》，東坡絶愛尾二句。余謂不如「杜鵑聲裏斜陽暮」尤堪腸斷。

又：周長卿曰：古人好詞，即一字未易彈改。少游「斜陽暮」，後人妄肆譏評，託名山谷，《淮海集》辨之詳矣。又有人親在郴州，見石刻是「斜陽樹」，「樹」字甚佳，猶未若「暮」字。

《鄒水軒詞筌》：少游「酒醒處，殘陽亂鴉」，情事可念。但細思此景，多在冬間，與梨花時不合，豈一時偶有所觸耶。

《詞概》：少游詞有小晏之妍，其幽趣則過之。梅聖俞《蘇幕遮》云：「落盡梅花春又了，滿地斜陽，翠色和煙老。」此一種，似爲少游開先。

《蓮子居詞話》：秦少游姬人邊朝華，極慧麗，恐礙學道，賦詩遣之。白傅所謂「春隨樊素一時歸」也。未幾南遷，過長沙，有妓生平酷慕少游詞，至是託終身焉。少游有「郴江幸自遶郴山，爲誰流下瀟湘去」云云，繾綣甚至。豈情之所屬，遽忘其前後之矛盾哉。藉令朝華聞之，又何以爲情。及少游卒於藤，喪還，妓自縊以殉。此女固出婁婉、陶心兒上矣。（按長沙妓事，見《夷堅志》。文長不録。）

《金粟詞話》：詞人用語助入詞者甚多，入艷詞者絕少。惟秦少游「悶則和衣擁」，新奇之甚，用「則」字亦僅見此詞。

又：詞家每以秦七、黃九並稱。其實黃不及秦甚遠，猶高之視史，劉之視辛，雖齊名一時，而優劣自不可揜。

《詞潔》：秦少游《千秋歲》後結「春去也」三字，要占勝。前面許多攢簇，在此收煞。「落紅萬點愁如海」七字，銜接得力，異樣出精采。

《人間詞話》：或曰淮海、小山，古之傷心人也。其淡語皆有味，淺語皆有致。余謂此唯淮海足以當之。小山矜貴有餘，但可方駕子野、方回，未足抗衡淮海也。

又：少游詞最爲淒婉，至「可堪孤館閉春寒，杜鵑聲裏斜陽暮」，則變而淒厲矣。東坡賞其後二語，尤爲皮相。

張綖云：少游多婉約，子瞻多豪放，當以婉約爲主。

蘇籀云：秦校理詞，落盡畦畛，天心月脅，逸格超絶，妙中之妙。議者謂前無倫，後無繼。

樓敬思云：淮海詞風骨自高，如紅梅作花，能以韻勝。覺清真亦無此氣味也。

張叔夏云：秦少游詞，體制淡雅，氣骨不衰，清麗中不斷意脈，咀嚼無滓，久而知味。

蔡伯世云：子瞻辭勝乎情，耆卿情勝乎辭。辭情相稱者，惟少游而已。

王世貞云：少游詞勝書，書勝文，文勝詩。

宋尚木云：少游其詞清華。

張皋文云：少游最和婉醇正，稍遜清真者辣耳。

又：少游意在含蓄，如花初胎，故少重筆。

劉融齋云：少游詞，得《花間》、《尊前》遺韻，卻能自出清新。

董晉卿云：少游正以平易近人，故用力者終不能到。

良卿云：（見《介存齋論詞雜著》，良卿姓待考。）少游詞，如花含苞，故不甚見其力量。其實後來作手，無不胚胎於此。

〔詞考〕《日損齋筆記》：范元實《詩眼》曰：少游詞：「杜鵑聲裏斜陽暮。」山谷曰：「既云『斜陽』，又云

『暮』，即重出也，欲改『斜陽』爲『簾櫳』。」予曰：「既云『孤館閉春寒』，似無簾櫳。」山谷曰：「亭傳雖未必有簾櫳，有亦無害。」予曰：「此詞本模寫牢落之狀，若曰簾櫳，恐損初意。」山谷曰：「極難得好字，當徐思之。」寶祐間，外舅王君仲芳隨宦至郴陽，親見其石刻，乃「杜鵑聲裏斜陽樹」，一時傳録者，以「樹」字與英宗廟諱同音，故易以「暮」。蓋其詞一經元祐名公品題，雖有知者，莫敢改也。外舅每爲人言，而爲之永歎。或曰傳録者既以廟諱同音，而爲之諱，少游安得不諱乎？是不然，陸放翁引《北史》：齊神武相魏時，法曹辛子炎讀署爲樹，神武怒其犯諱，殺之。則二字本不同音，樹字本不必避。禮部《韻略》諱而不收者，失于不考也。況當時諸公詩篇中，所用樹字不一而足，未嘗以爲諱，何獨疑少游之不避耶。

《四庫全書·淮海詞提要》：《書録解題》載：《淮海詞》一卷，而傳本俱稱三卷。此本爲毛晉所刻，僅八十七調，裒爲一卷，乃雜采諸書而成，非其舊帙。其總目注「原本三卷」，特姑存舊數云爾。晉跋雖稱訂譌搜遺，而校讎尚多疏漏，如集内《長相思》「鐵甕城高」一闋，乃用賀鑄韻，尾句作「鴛鴦未老否」。《詞滙》所載，則作「鴛鴦未老綢繆」。考當時楊无咎亦有此調，與觀同賦，注云：「用方回韻」，其尾句乃「佳期永卜綢繆」，知《詞滙》为是矣。又《河傳》一闋，尾句作「悶損人、天不管」。考黄庭堅亦有此調，尾句作「好煞人、天不管」，自注云：「因少游詞，戲以好字易瘦字。」是觀原詞，當是「瘦煞人、天不管」，「悶損」二字爲後人妄改也。至「唤起一聲人悄」一闋，乃在黄州詠海棠作，調名《醉鄉春》，詳見《冷齋夜話》。此本乃闕其題，但以三方空記之，亦爲失考。今並釐正，稍還其舊。

《詞苑叢談》：秦少游《滿庭芳》：「山抹微雲，天黏衰草。」今本改「黏」作「連」，非也。韓文：「洞庭汗漫，黏天無壁。」張祐詩：「草色黏天鶗鴂恨。」山谷詩：「遠水黏天吞漁舟。」邵博詩：「老灘聲殷地，平浪勢黏天。」趙文昇詞：「玉關芳草黏天碧。」嚴次山詞：「黏雲紅影傷千古。」葉夢得詞：「浪黏天蒲桃漲緑。」劉行簡詞：「山翠欲黏天。」劉叔安詞：「暮煙細草黏天遠。」「黏」字極工，且有出處，若作「連天」，是小兒語也。

又：秦少游謫處州日，作《千秋歲》詞，今郡治有鶯花亭，因此詞取名。宋·吴虎臣云：少游《千秋歲》詞，在衡陽與孔毅甫作也。詞云「憶昔西池會」，言在京師與毅甫同朝，叙其爲金明池之遊耳，今言處州，非也。

《古今詞話》：少游詞：「半缺椰瓢共舀。」「舀」音拗，元詞：「輕紈舀斷風。」

《觚賸》：「離離山抹雲，窅窅天黏浪。」此少游《松江》詩也。「山抹微雲，天黏衰草。」此少游《滿庭芳》詞也。其用意在「抹」字、「黏」字，蓋屢見矣。況庾闡賦「浪勢黏天」，張祐詩「草色黏天鶗鴂恨」，俱有來歷。俗本以「黏」作「連」，益信其謬。

《詞苑叢談》：《古今詞話》以古人好詞世所共知者，易甲爲乙，稱其所作，仍隋其詞牽合爲説，殊無根蒂，不足信也。如秦少游《千秋歲》「水邊沙外，城郭春寒退」，末云「春去也，飛紅萬點愁如海」者，山谷嘗歎其句意之善，欲和之，而以「海」字難押。陳無己言：此詞用李後主「問君能有幾多愁，恰似一江春水向東流」，但以「江」爲「海」耳。洪覺範嘗和此詞，題「崔徽頭子」云：「多少事，都隨恨遠連雲海。」晁无咎亦和此詞《弔少游》云：「重感慨，驚濤自捲珠沉海。」觀諸君所云，則此詞少游作明甚。乃以爲任世德作。又《八六子》「倚危亭，恨如芳草，萋萋剗盡還生」，《浣溪沙》「腳上鞋兒四寸羅」，二詞皆見《淮海集》。乃以《八六子》爲賀方回作，以《浣溪沙》爲涪翁作。皆非也。

《餐櫻廡詞話》：《淮海詞》：「怎奈向、歡娱漸隨流水」，今本「向」改作「何」，非是。「怎奈向」，宋時方言，他宋人詞亦有用者。

曹元忠：《彊邨刻淮海詞跋》（黄蕘圃以殘宋刻校舊鈔本）：《淮海居士長短句》三卷，見《書録解題》。嘉慶間，蕘翁得江子屏家殘帙，以校舊鈔本，除《長相思》畢曲「不應同是悲秋」句，爲各本所無外，其餘勝處，舊鈔本悉與相同。惟稱《淮海詞》爲異。意丁松生《藏書志》所稱明鈔《淮海詞》三卷，後有嘉靖己亥南湖張綖跋者，當與此舊鈔本同出宋刊。以张綖曾刻《淮海集》四十卷《後集》六卷《長短句》三卷於鄂州，即直齋著録本也。舊鈔本所出既同，又得蕘翁以宋刻殘帙校定，彌足珍已。

按：有宋熙、豐間，詞學稱極盛。蘇長公提倡風雅，爲一代斗山，黄山谷、秦少游、晁无咎，皆长公之客也。山谷、无咎皆工倚聲，體格於長公爲近。唯少游自闢蹊徑，卓然名家。蓋其天分高，故能抽祕騁妍於尋常擩染之外，而其所以契合長公者獨深。張文潛《贈李德載》詩有云：「秦文倩麗舒桃李。」彼所謂文固指一切文字而言，若以其詞論，直是初日芙蓉，曉風楊柳，倩麗之桃李或當之猶有愧色焉。王晦叔《碧雞漫志》云，黄、晁二家詞皆學坡公，得其七八。而於少游獨稱其「俊逸精妙」，與張子野並論，不言其學坡公，可謂知少游者矣。

晁補之

補之字無咎，鉅野人。舉進士，試開封及禮部別院，皆第一，調澧州司户參軍。元祐初，爲太學正，召試，除祕書省正字，遷校書郎，以祕閣校理通判揚州，召還，爲著作佐郎。出知齊州，坐修《神宗實録》失實，降通判應天府、亳州，又貶監處、信二州酒稅。徽宗立，復以著作召。拜禮部郎中，出知河中府，徙湖、密、果三州，主管鴻慶宫。大觀末，知達州，改泗州卒。建炎末贈直龍圖閣。有《雞肋集》，詞一卷。

〔詞話〕《能改齋漫録》：元豐己未。廖明略、晁无咎同登科。明略所遊田氏者，姝麗也。一日，明略邀无咎晨過田氏，田氏遽起對鑑理髮，且盼且語，草草妝掠，以與客對。无咎以明略故，有意而莫傳也，因爲《下水船》一闋：「上客驪駒，喚銀瓶睡起。（起二句，《清波雜志》作「上客驪駒至，鸚喚銀屏睡」。《詞綜》作「上客驪駒繫，驚喚銀屏睡起。」）困倚妝臺，盈盈正解螺髻。鳳釵墜，繚繞金盤玉指。巫山一段雲委。半窺鏡、向我橫秋水。斜頷花枝交鏡裏。淡拂鉛華，怱怱自整羅綺。斂眉翠。雖有愔愔密意，空作江邊解佩。」

《柳塘詞話》：鉅野晁无咎，又稱濟北詞人。次膺，其十二叔也。無斁，其八弟也。

〔詞評〕《苕溪漁隱叢話》：凡作詩詞，要當如常山之蛇，救首救尾，不可偏也。如晁无咎作《中秋·洞仙歌》辭，其首云：「青煙冪處，碧海飛金鏡。永夜閒階卧桂影。」固已佳矣。其後云：「待都將許多明，付與金尊，投曉共、流霞傾盡。更携取、胡牀上南樓，看玉做人間，素秋千頃。」若此，可謂善救首尾者也。

《許彦周詩話》：晁无咎在崇寧間，次李承之長短句韻以弔承之曰：「射虎山邊尋舊跡，騎鯨海上追前約。便江湖與世永相忘，還堪樂。」不獨用事的確，其措意高古，深悲而善怨，有似《離騷》，故特録之。

《四庫全書·无咎詞提要》：補之爲蘇門四學士之一，集中如《洞仙歌》第二首《塡盧仝詩》之類，未免效蘇軾隱括《歸去來辭》之顰。然其詞神姿高秀，與軾實可肩隨。

陳質齋云：无咎嘗云：「今代詞手，唯秦七、黄九，然兩公之詞，亦自有不同。」若无咎者，固未多遜也。

〔詞考〕《四庫全書提要》：晁無咎詞，《書録解題》作一卷，但稱《晁无咎詞》。《柳塘詞話》則稱其詞集亦名《雞肋》，又稱補之嘗自銘其墓，名《逃禪詞》。考楊補之亦字无咎，其詞集名曰《逃禪》，不應名字相同，詞名亦復蹈襲，或誤合二人爲一歟。此本爲毛晉所刊，題曰《琴趣外篇》，其跋語稱「詩餘不入集中，故名外篇。」又分爲六卷，與《書録解題》皆不合，未詳其故。卷末《洞仙歌》一首，爲補之大觀四年之絶筆，則舊本不載，晉摭黄昇《花庵詞選》補録於後者也。刊本多譌，今隨文校正。其《引駕行》一首，證以柳永《樂章集》，及集内「春雲輕鎖」一首，實佚其後半。無從考補，今亦仍之。至《琴趣外篇》，宋人中如歐陽修、黄庭堅、晁端禮、葉夢得四家詞，皆有此名，併補之此集而五，殊爲淆混。今仍題曰《晁无咎詞》，庶相别焉。

按：《碧雞漫志》：「晁无咎、黄魯直皆學東坡，韻製得七八。黄晚年閒〔放〕於狹（斜）〔邪〕，故有少疏蕩處」云云。其於无咎庶幾以醇雅許之。

張耒

耒字文潛，淮陰人。弱冠第進士，歷臨淮主簿、壽安尉、咸平丞。入爲太學録，范純仁以館閣薦試，遷祕書丞、著作郎、史館檢討。擢起居舍人。紹聖初，以直龍圖閣知潤州。坐黨籍，謫監黄州酒稅。徽宗立，召爲太常少卿，復出知潁州、汝州。復坐黨籍落職，主管明道宫。在潁，聞蘇軾訃，爲舉哀行服，貶房州别駕，黄州安置。晚監南嶽廟，主管崇福宫卒。建炎朝，贈集賢殿修撰、直龍圖閣。有《宛丘詞》。

〔詞話〕《能改齋漫録》：右史張文潛初官許州，喜官妓劉淑奴，張作《少年游令》云：「含羞倚醉不成歌。纖手掩香羅。偎花映燭，偷傳深意，酒思入横波。　看朱成碧心迷亂，翻脈脈、斂雙蛾。相見時稀隔别多。又春盡、奈愁何。」其後去任，又爲《秋蘂香》寓意云：「簾幕疏疏風透。一綫香飄金獸。朱闌倚徧黄昏後。廊上月華如晝。　别離滋味濃如酒。著人瘦。此情不及牆東柳。春色年年如舊。」元祐諸公皆有樂府，惟張僅見此二詞，味其句意，不在諸公下矣。

《堯山堂外紀》：張文潛十七歲作《函關賦》，從東坡游。元祐中，在祕閣，上巳日，集西池，文潛詠云：「翠浪有聲黄繖動，春風無力綵旌垂。」少游云：「簾幕千家錦繡垂。」同人笑曰：「又將入小石調也。」因文潛作大石調《風流子》，故云。

按：張文潛詞傳作無多，以《風流子》「亭皋木葉下」云云（編者按，《樂府雅詞拾遺》卷下作「木葉庭皋下」）一闋爲冠。文潛坐黨籍謫官，晚監南嶽廟，主管崇福宫。曰「楚天晚」，必其監南嶽時作也。其曰「玉容，知安否」，憂主之心也。曰

「分付東流」，愁豈隨流而去乎？亦與流俱長而已。《堯山堂外紀》所云大石調《風流子》，後人輒以此闋當之，不知彼固作於上巳集西池之前，何得賦詠秋景？且其時文潛方年少，「老侵潘鬢」之句，尤爲不合。考《樂府雅詞·拾遺》，文潛《風流子》「亭皋」闋下有前調一闋，「淑景皇州滿」云云，不署名。此闋政賦春景，當亦文潛之作，即《外紀》所云大石調無疑。彊邨朱侍郎云：曾見宋本《樂府雅詞》，其《拾遺》二卷，詞皆無名。今世通行享帚精舍《詞學叢書》本，其有名者皆秦敦夫就所知者補署於下，不知者闕焉。此詞爲文潛作，敦夫未知，故不具名也。

范純仁

純仁字堯夫，仲淹子，以父任爲太常寺太祝。中皇祐元年進士第，知襄邑縣。治平中，擢江東轉運判官，遷侍御史。哲宗朝，除給事中，進吏部尚書，拜尚書右僕射。會章惇入相，純仁堅請去，遂以觀文殿大學士知潁昌府，徙河南府，又徙陳州。復忤惇意，落職知隨州，又貶武安軍節度副使，永州安置。徽宗即位，以觀文殿大學士、中太一宫使詔之。乞歸許養疾，卒贈開府儀同三司，謚忠宣。

按：范忠宣詞，本集不載。《鷓鴣天·贈韓持國》云：「臘後春前暖律催。日和風軟欲開梅。公方結客尋佳景，我亦忘形趁酒杯。添管籥，續尊罍。更闌秉燭未能回。清歡莫待相期約，乘興來時便可來。」此詞見《花草粹編》及《詞綜》，而《粹編》注見本集。意者晦伯所見《忠宣集》爲有詞之本耶？或猶不止此一闋矣。

韓嘉彦

嘉彦，琦第五子。尚神宗女齊國公主，拜駙馬都尉。終瀛海軍承宣使。

〔詞話〕《花草粹編》：韓魏公子都尉嘉彦，才質清秀，頗有豪氣。因言語間與公主參商，安置鄧州，洎春來感懷，作詞《玉漏遲》云：「杏香消散盡，須知自昔，都門春早。燕子來時，繡陌亂鋪芳草。蕙圃妖桃過雨，弄笑臉、紅篩碧沼。深院悄。緑楊巷陌，鶯聲爭巧。　蚤是賦得多情，更遇酒臨花，鎮辜歡笑。數曲闌干，故國謾勞凝眺。漢外微雲盡處，亂峰鎖，一竿殘照。問琅玕，東風淚零多少。」此詞都下盛傳。因教池開，公主出游教池。李師師獻此詞以侑觴，聲韻悽惋。公主問詞之所由，師師具道其意。公主因緣感疾，帝乃遣使速召嘉彦還都。

按《粹編》載韓公子《玉漏遲》，附記本事甚詳，惜未標出所據何書耳。《歷代詩餘》作宋子京詞，誤。後段「問琅玕」句，據譜應平仄仄，應叶韻。宋已來名作皆然，此闋獨異。又「漢外微雲盡處」句，「漢」字與下「殘照」不合，疑是「溪」字之譌。

秦觀

覯字少章，觀弟。（按《宋史・秦觀傳》：弟覯字少章；覿字少儀。天社任淵注《陳後山詩》云：秦覯字少章，從蘇長公學。任淵，宋人，當無誤，今從之。）元祐六年進士，爲錢塘尉。

〔詞話〕《春渚紀聞》：司馬才仲初在洛下，晝寢，夢一美姝褰帷而歌曰：「妾本錢塘江上住。花落花開，不管流年度。燕子銜將春色去。紗窗幾陣黄梅雨。」才仲愛其詞，因詢曲名，云是《黄金縷》，且曰後日相見於錢塘江上。及才仲以東坡先生薦，應制舉中等，遂爲錢塘幕官，其廨舍後堂，蘇小小墓在焉。

時秦少章爲錢塘尉，爲續其詞後段云：「斜插犀梳雲半吐。檀板輕敲，唱徹黄金縷。夢斷彩雲無覓處。夜涼明月生南浦。」不逾年而才仲得疾，所乘畫水輿艤泊河塘，柁工遽见才仲携一麗人登舟，即前聲喏，而火起舟尾，倉忙走報，家已慟哭矣。

按：秦少章續《黄金縷》後段句云：「夢斷彩雲無覓處，夜涼明月生南浦。」清空婉約，不墜太虚風格。惜傳作僅此半闋，誠吉光片羽矣。

王益柔

益柔字勝之，河南人。父蔭入官。慶曆中爲集賢校理，歷知制誥，以龍圖直學士、太中大夫知江寧府，移應天府。

按：王益柔《喜長新》云：「愁雲朔吹晚徘徊。雪照樓臺。梁王宴賞召鄒枚。相如獨逞英才。明燭熏鑪香暖，深勸金杯。庭前粉艷有寒梅。一枝昨夜先開。」見《聽秋聲館詞話》。《花草粹编》有此詞，只四十三字，「愁雲」作「秋雲」，第二句無「梁王賞」三字，「英才」作「雄才」，末句作「昨夜一枝開」。

又按：東坡詞《漁家傲》題云：「金陵賞心亭送王勝之龍圖。王守金陵，視事一日移南郡。」（按《景定建康志·年表》：元豐六年癸亥八月五日，以龍圖閣直學士、太中大夫王益柔知江寧府事，六月移知應天府。七年甲子九月三日，端明殿學士王安禮知江寧府。與東坡詞題所云「視事一日移南郡」不合，俟考。）王文誥《蘇詩總案》云：甲子八月與王益柔游蔣山作。又《西江月》題云：「送建溪雙井茶谷簾泉與勝之。」坡詩施注云：王勝之，樞密使晦叔子也。抗直尚氣節，喜論天下事。

歷代詞人考略卷十四

宋八

丁注

注字葆光，歸安人。熙寧六年（《吴興掌故集》及《直齋書録解題》作元豐間，誤。）進士。知永州。嘗爲試官。有《丁永州集》三卷。

〔詞話〕《直齋書録解題》：吴興丁葆光喜爲歌詞，世所傳《催雪》、《無悶》及《重午・慶清朝》，皆有承平閒雅氣象。

按：丁葆光《詠雪・無悶》云：「風急還收，雲凍又開，海闊無人翦水。算六出工夫，怎教容易。剛被郢歌楚舞，鎮獨向、尊前誇輕細。想謝庭詩詠，梁園賦賞，未成歡計。　天意。是則是。便下得控持，柳梢梅蘂。又爭奈、看看漸回春意。好趁東君未覺，預先把、園林都妝綴。看是處、玉樹瓊枝，勝卻萬紅千翠。」見《陽春白雪》。其《重午・慶清朝》一闋，惜已失傳。《泊宅編》稱丁葆光名經，當是傳寫之誤。

黄大臨

大臨字元明，庭堅兄。紹聖中，官萍鄉令。（按《能改齋漫録》云：宰廬陵縣。）〔詞話〕《復齋漫録》：自賀方回爲《青玉案》詞，山谷尤愛之，故作小詩以紀之。及謫宜州，山谷兄元明和以送之云：「千峰百嶂宜州路。天黯淡、知人去。曉別吾家黄叔度。弟兄華髮，舊山修水，異日同歸處。　尊罍飲散長亭暮。別語丁寧不成句。已斷離腸知幾許。水村山館，酒醒無寐，滴盡空階雨。」《能改齋漫録》：豫章先生弟（按當作兄）黄元明宰廬陵縣。赴郡會，坐上巾帶偶脱，太守喻妓令綴之。既畢，且俾元明譔詞，云：「畫堂銀燭明如晝。見林宗、巾墊羞蓬首。針指花枝，綫賒羅袖。須臾兩帶還依舊。　勸君倒戴休令後。也不須、更漉淵明酒。寶篋深藏，濃香熏透。爲經十指如葱手。」蓋《七娘子》也。

按：黄元明《青玉案》詞，見《花庵詞選》，題云「和賀方回韻，送山谷弟貶宜州」。《能改齋漫録》「豫章先生弟黄元明」云云，誤。山谷和詞題云：「至宜州上訓七兄。」知元明行次居七矣。《花庵》云：黄元明，名知命。亦誤。山谷弟叔達，字知命，有數詩附山谷集中。元明《青玉案》云：「天黯淡、知人去。」又云：「已斷離腸知幾許。水村山館，酒醒無寐，滴盡空階雨。」極合別離時狀況，雅近東山風格。

毛滂

滂字澤民，江山人。元祐間，爲杭州法曹。元符二年，知武康縣。蘇軾嘗以文章典麗可備著述科薦之，至祠部員外郎，知秀州。有《東堂集》十卷，樂府二卷。〔詞話〕《清波雜志》：秦少游發郴州，反顧有所屬，其詞曰「霧失樓臺」云云。山谷云：語意極似劉夢得楚、蜀間語，「淚濕闌干花著露」云云，毛澤民元祐間罷杭州法曹，至富陽所作《贈别》也。因是受知東坡。語盡而意不盡，意盡而情不盡，何酷似少游也。乾道間，舅氏張仁仲宰武康，煇往，見留三日，徧覽東堂之勝。蓋澤民嘗宰是邑，於彼老士人家見别語墨跡。

樓思敬《書毛滂惜分飛詞後》：《東堂集》「淚濕闌干」詞，花庵詞客採入《唐宋絶妙詞選》。其詞話云：元祐中，東坡守錢塘，澤民爲法曹掾，秩滿辭去。是夕宴客，有妓歌此詞，坡問誰所作，妓以毛法曹對。坡語坐客曰：「郡寮有詞人不及知，某之罪也。」翌日，折柬追還，留連數月，澤民因此得名。余謂黄昇宋人，其援據不應若是之疏。按蘇公詩集《次韻毛滂法曹感雨》詩云：「公子豈我徒，衣鉢傳一簞。定非郊與島，筆勢江湖寬。」公以郊、島目滂，以韓自況，衣鉢云云，傾倒者至矣。然則蘇公知滂，不在《惜分飛》詞，而滂之受知於蘇公，又豈待《惜分飛》詞哉。又按施元之蘇詩注，元祐初，公在翰苑，澤民自浙入京，以書贄文一編自通。公出守錢塘，澤民適爲掾，則是蘇公與滂已於翰苑日早知之矣。迨閲蘇集尺牘，有《答毛澤民七首》，其一、其二則翰林作也。品目澤民詩文，有「閒暇自得，清美可口」之語，至以黄魯直、張文潛爲比。其在惠州，答寄《雙石堂記》、《秋興賦》二札，謂其《韶》、《濩》之音，追配騷人，且以宏詞科期之，並無瓊芳歌詞始爲激賞之事。且澤民之得名，亦不始于此詞也。其令武康，東堂《鷰山溪》詞最著，其小序亦工。此外陽春亭、寒秀亭、松齋、花塢、定空寺、富陽水寺，一吟一詠，莫不傳唱人間。而衢州孫八太守雙石堂倡和尤多。《東堂集》載詞十又二闋，此即蘇尺牘中「公素人來，寄示《雙石堂記》」者是也。迄今讀《山花子》、《剔銀燈》、《西江月》諸詞，想見一時主賓試茶勸酒，競渡觀燈，伐柳看山，插花劇飲，風流跌宕，承平盛事。試取「聽訟陰中苔自緑，舞衣紅」之句，曼聲歌之，不禁低徊欲絶也。而滂與沈會宗、賈耘老往來尤數。其留耘老《減字木蘭花》詞：「既來且住，風月閒尋秋好處。」送會宗《燭影摇紅》詞：「贈君明月滿前溪，直到西湖畔。」送耘老還郡《清平樂》詞：「煙艇何時重理，更憑風月相催。」蕭然塵外，豈俗吏面目。即如集中《調笑轉踏》舞隊曲、致語、破子、遣隊悉備工妙，可以壓卷。而《南歌子》詞：「更深不鎖醉鄉門，先遣歌聲留住欲歸雲。」《臨江仙》詞：「酒濃春入夢，窗破月尋人。」《生查子》詞：「煙暖柳惺忪，雪盡梅清瘦。」《上林春》詞：「夜寒不到流蘇，祇憐他、後庭梅瘦。」皆佳句也。謂非元祐初一知名之士耶？知之者豈獨一蘇公耶？得名者豈獨一《惜分飛》詞耶？甚矣詞話之承譌襲謬，其疏于考索者，在在皆是也。宜乎楊湜之《古今詞話》，其爲苕溪漁隱彈駁者不少也。

〔詞評〕《皺水軒詞筌》：毛澤民：「酒濃春入夢，窗破月尋人。」此晚唐五律佳境也。

王晦叔云：賀、周語意精新，用心甚苦。毛澤民、黄載萬次之。

〔詞考〕《四庫全書·東堂詞提要》：《東堂詞》一卷，載於馬端臨《經籍考》，與今本相合。蓋其文集久佚，今乃裒録成帙。其詞集則别本孤行，幸而得存也。端臨又引《百家詩序》，稱其罷杭法曹時，以贈妓詞見賞於蘇軾。然集中有太師生辰詞數首，實爲蔡京而作。蔡絛《鐵圍山叢談》載其父柄政時，滂獻一詞甚偉麗。驟得進用者，當即在此數首之中。則滂雖由軾得名，實附京以得官。徒擅才華，本非端士。方回《瀛奎律髓》乃以爲守正之士，蓋偶未及考。其詞則情韻特勝。陳振孫謂「滂它詞雖工，終無及蘇軾所賞一首者」，亦隨人作計之見，非篤論也。其文集、詞集並稱東堂者，滂令武康時，改盡心堂爲東堂，集中《驀山溪》一闋，自序其事甚悉云。

按：毛澤民詞中有壽蔡京數首，遂貽「本非端士」之譏。方毛之壽蔡也，蔡之奸猶未大著也。其後吴君特亦以壽賈相詞爲世詬病。方吴之壽賈也，賈方以幹濟聞於時。而其卒致奸庸誤國，亦非君特所預知也。且即如蔡京生辰以詩詞爲祝者，其姓名未易更僕數。而毛之詞獨傳，是則毛之至不幸，而君特殆亦一例也。澤民爲武康令，慈愛惠下，政平訟簡，詎非端士？若以寸楮之投爲畢生之玷，持論未免太苛。然而文字不可以假人操觚家，宜慎之又慎矣。

馬　瑊

瑊字中玉（按蘇東坡集作忠玉），合肥人。（按《黄山谷年譜》、《咸淳臨安志》並作在平人。）熙寧中提舉永興路。常平九年，以王韶言改太子中舍，權發遣江南西路轉運判官，移荆湖北路轉運判官。元祐五年，自提點淮南西路刑獄，改兩浙路提刑。紹聖三年，以通直郎知湖州，移潁州，荆州。坐與黄庭堅善，安置海州。（詞話）《玉照新志》：東城先生知杭州，馬中玉瑊（按學津討源本《玉照新志》「瑊」誤「咸」，《詞綜補遺》因之。兹改正。）爲浙漕。東坡被召赴闕，中玉席間作詞曰：「來時吴會猶殘暑。去日武林春已暮。欲知遺愛感人深，灑淚多於江上雨。歡情未舉眉先聚。別酒多斟君莫訴。從今寧忍看西湖，擡眼盡成腸斷處。」東坡和之，所謂「明朝歸路下塘西，不見鶯啼花落處」是也。玉忠肅亮之子，仲甫猶子也。

按：《宋詩紀事補遺》載馬中玉《遂寧好》一首云：「遂寧好，勝地產糖霜。不待千年成琥珀，直疑六月凍瓊漿。」注：見《輿地紀勝》。此非詩，乃詞也，調《望江南》，脱末五字句耳。

蘇庠

庠字養直，丹徒人。（按《詞林紀事》云：澧州人，徙丹徒。未詳所本。）紳之後，頌之族伯固之子，號後湖居士。紹興中，與徐俯同被召，庠獨固辭。又命守臣以禮津遣，仍稱疾不赴，以壽終。有《後湖集》。

〔詞話〕《苕溪漁隱叢話》：東坡云：「屬玉雙飛水滿塘。菰蒲深處浴鴛鴦。白蘋滿棹歸來晚，秋著蘆花一岸霜。扁舟繫岸依林樾。蕭蕭兩鬢吹華髮。萬事不理醉復醒，長占煙波弄明月。」此篇若置李太白集中，誰疑其非者，乃吾家養直所作《清江曲》也。苕溪漁隱曰：養直《後湖集》又有《後清江曲》云：「層波渺渺山蒼蒼。輕霜隕木蓮葉黄。呼兒極浦下笭箵，社瓮欲熟浮蛆香。輕蓑淅瀝鳴秋雨。日暮乘流自相語。一笛清風萬事休，白鳥翩翩落煙渚。」殊不及前篇也。（按蘇養直《清江曲》，前篇《花草粹編》采録，《詞律拾遺》云：此調與《玉樓春》、《瑞鷓鴣》相似，唯後段用仄韻，不能混爲一調也。）

《詞品》：蘇養直《清江曲》，有「屬玉雙飛水滿塘」句，當時盛傳，詞亦工。如「醉眠小隖黄茅店，夢倚高城赤葉樓」，佳句也。

按：《樂府雅詞》録蘇養直二十三首，多清微澹遠之音，近於不食人間煙火者。略摘警句如左：《虞美人》云：「病來無處不關情，一夜鳴榔急雨雜灘聲。」《謁金門》云：「竹裏江梅寒未吐，茅屋疏疏雨。」《鷓鴣天》云：「相思恰似江南柳，一夜春風一夜深。」《訴衷情》云：「溪上晚來楊柳，月露洗煙梢。」《木蘭花令》云：「歸帆初張葦邊風，客夢不禁篷背雨。」

又按：《花庵詞選》、升庵《詞品》俱作蘇養直名伯固，誤。東坡詩集有《次韻蘇伯固主簿重九》一首，施注云：伯固名堅，博學能詩，東坡與講宗盟。自黄徙汝，同游廬山，有《歸朝歡》詞以劉夢得比之。黄魯直謫死宜州，至大觀間，伯固在嶺外護其喪，歸葬雙井。其風義如此。子庠，字養直，學世其家。東坡手書其所作《清江曲》，以爲可雜太白詩中莫辨也。號後湖居士，有文集行于世。伯固父子事實釐然。花庵，宋人，其舛誤殊不可解。兹據蘇詩注訂正之。

賀鑄

鑄字方回，衛州人。（按雙照樓《宋詞目》云共城人。）孝惠皇后族孫。初娶宗女，授右班殿直，監太原工作。元祐中，换通直郎，通判泗州，又倅太平州。食宫祠禄，退居吴下。自號慶湖遺老，自裒其歌詞爲《東山寓聲樂府》三卷。

〔詞話〕《中吴紀聞》：賀鑄，本山陰人，徙姑蘇之醋坊橋。嘗游定力寺，訪僧不遇，因題一絶「破冰泉脈漱籬根」云云。王荆公極愛之，自此聲價愈重。有小築在盤門之南十餘里，地名横塘，方回往來其間，嘗作《青玉案》詞云「淩波不過横塘路」云云。初方回爲武弁，李邦直爲執政，力薦之。因易文階，積官至正郎，終於常倅。

《苕溪漁隱叢話》：《復齋漫録》云：方回詞有《雁後歸》云：「人歸落雁後，思發在花前。」山谷守當塗，方回過焉，人日席上作也。腔本《臨江仙》，山谷以方回用薛道衡詩，故易以《雁後歸》云。

《能改齋漫録》：賀方回眷一妓，寄詩云：「獨倚危闌淚滿襟，小園春色嬾追尋。深思縱似丁香結，難展芭蕉一寸心。」賀得詩，初叙分别之景色，或用所寄詩成《石州引》「薄雨初寒」云云。

《竹坡詩話》：賀方回嘗作《青玉案》詞，有「梅子黄時雨」之句，人皆服其工，士大夫謂之「賀梅子」。郭功父有《示耿天隲》一詩，王荆公嘗爲書之，其尾云：「廟前古木藏訓狐，豪氣英風亦何有。」方回晚倅姑孰，與功父游甚歡。方回寡髮，功父指髻謂曰：「此真賀梅子也。」方回乃捋其鬚曰：「君可謂郭訓狐。」功父白鬚而鬍，故有是語。

《老學庵筆記》：賀方回狀貌奇醜，色青黑而有英氣，俗謂之「賀鬼頭」。喜校書，朱黄未嘗去手。詩文皆高，不獨工長短句也。潘邠老贈方回詩云：「詩束牛腰藏舊藁，書譌馬尾辨新讎。」有二子，曰房、曰廩。於文，「房」從方，「廩」從回，蓋寓父字於二子名也。

《七修類稿》：秦觀與蘇、黄齊名，嘗於夢中作《好事近》一詞，其後以事謫藤州，竟死於藤，此詞其讖乎？少游同時有賀鑄，嘗作《青玉案》悼之。山谷有詩云：「少游醉卧古藤下，誰與愁眉唱一杯。解道江南斷腸句，祇今唯有賀方回。」（按方回《青玉案》詞，爲悼秦少游作，於此僅見。）

〔詞評〕《鶴林玉露》：賀方回云：「試問閒愁知幾許。一川煙草，滿城風絮。梅子黄時雨。」蓋以三者比愁之多也，興中有比，意味更長。

《詞源》：句法中有字面，蓋詞中一箇生硬字用不得，須是深加煅煉，字字敲打得響，歌誦妥溜，方爲本色語。如賀方回、吴夢窗皆善於鍊字面，多於温庭筠、李長吉詩中來。字面亦詞中之起眼處，不可不留意也。

《餐櫻廡隨筆》：金元已還，名人製曲，如《西廂記》、《牡丹亭》之類，皆平側互叶，幾於句句有韻，付之歌喉，聲情極致流美。溯其初哉肇祖，出於宋人填詞，詞韻平側互叶，丁北已有之。姑舉一以起例。賀方回《水調歌頭》云：「南國本瀟灑。六代浸豪奢。臺城遊冶。襞箋能賦屬宫娃。雲觀登臨清夏。璧月留連長夜。吟醉送年華。回首飛鴛瓦。卻羨井中蛙。訪烏衣，尋白社。不容車。舊時王謝。堂前雙燕過誰家。樓外河横斗挂。淮上潮平霜下。檣影落寒沙。商女篷窗罅。猶唱後庭花。」又《六州歌頭》：「少年俠氣，交結五都雄。肝膽洞。毛髮聳。立談中。死生同。一諾千金重。推翹勇。矜豪縱。輕蓋擁。聯飛鞚。斗城東。轟飲酒壚，春色浮寒甕。吸海垂虹。閒呼鷹嗾犬，白羽摘雕弓。狡穴俄空。樂怱怱。　似黄粱夢。辭丹鳳。明月共。漾孤篷。官冗從。懷倥偬。落塵籠。簿書叢。鶡弁如雲衆。供麤用。忽奇功。笳鼓動。漁陽弄。思悲翁。不請長纓，繫取天驕種。劍吼西風。恨登山臨水，手寄七絃桐。目送歸鴻。」此調中各三字句，它宋人之作，如張于湖、程懷古諸家，皆不叶側韻，唯韓无咎「東風著意」一闋，逐段自相爲叶，凡换五韻。而方回此詞，則尤通首平側韻，悉叶東、冬部，可謂極聲律家之能事矣。

王晦叔云：賀方回語意精新，用心甚苦。集中如《青玉案》者甚衆，大抵卓然自立，不肯浪下筆。

宋尚木云：方回其詞新鮮。

沈際飛云：方回《望湘人》詞，厭鶯而幸燕，文人無賴。

先著云：方回長調，便有美成意，殊勝晏、張。

《詞潔》：方回《青玉案》詞，工妙之至，無跡可尋，語句思路，亦在目前，而千人萬人不能湊泊。

《香海棠館詞話》：《東山詞》：「歸卧文園猶帶酒，柳花飛度畫堂陰。只憑雙燕話春心。」「柳花」句，融景入情，丰神獨絶。近來纖佻一派，誤認輕靈，此等處何曾夢見。

〔詞考〕《碧雞漫志》：賀方回《石州慢》，予舊見其藁，「風色收寒，雲影弄晴」，改作「薄雨收寒，斜照弄晴」。又「冰垂玉筯，向午滴瀝檐楹，泥融消盡牆陰雪」，改作「煙横水際，映帶幾點歸鴻，東風消盡龍沙雪」。

《敬齋古今黈》：賀方回《東山寓聲樂府·別集》，有《定風波》異名《醉瓊枝》者，云：「檻外雨波新漲，門前煙柳渾青。寂寞文園淹卧久，推枕援琴涕自零。無人著意聽。緒緒風披雲幌，駸駸月到萱庭。長記合懽東館夜，與解香羅掩翠屏。瓊枝半醉醒。」尋其聲律，與《破陣子》正同，不知此曲真爲《破陣子》，而但改名《定風波》乎？或別有聲調也。予以爲但改其名耳，不然，何爲偏考諸樂府中，無有詞語類此而名之爲《定風波》者也。（按《蕙風簃隨筆》：四印齋所刻《東山寓聲樂府》，此闋調名正作《破陣子》，不作《定風波》，亦不云異名《醉瓊枝》。末句「瓊枝半醉醒」五字缺，今據此補足，乃可讀，亦快事也。换頭「雲幌」，四印齋本「雲」作「芸」。）

王迪《東山寓聲樂府跋》：《東山寓聲樂府》原本三卷，久已失傳。所傳者，亦園侯氏本而已。常熟張氏藏本，與侯本同，皆缺中、下兩卷，非足本也。近獲知不足齋鮑氏手鈔校本兩種，一本與侯氏、張氏同，一本分爲兩卷，與侯氏、張氏本相較，同者僅八首。此本雖非原書，亦屬罕見，足可寶貴，不知鮑氏何自得之。傾以三家藏本，彙而編之，得二百四十五首，録成三卷，仍其舊名。又於諸家選本中，輯得四十首，爲補遺一卷，附於後。

王鵬運《東山寓聲樂府跋》：按《四庫全書總目》載方回《慶湖遺老集》十卷，稱其詞勝於詩。此集則未經著録。《文獻通考》引陳氏曰：以舊調填新詞，而易其名以別之，故曰寓聲。即周益公《近體樂府》、元遺山《新樂府》之類，所以別於古也。此本由毛鈔録出，闕佚二十餘闋。據宋以來選本校之，僅補《小梅花》一調，知是書殘損久矣。至諸家謚録，並云：《東山寓聲樂府》三卷。此合百六十九首爲一卷，題曰：《東山詞》。毛氏傳鈔，每變元書體例，不獨此集爲然。兹改從舊名，若分卷則無由臆斷，姑仍毛氏焉。末附補遺，爲況夔笙舍人編輯。

又：《東山寓聲樂府補鈔跋》：《東山詞》傳世者，唯前刻汲古閣未刻詞本，即所謂亦園侯氏本也。近讀歸安陸氏《皕宋樓藏書志》，知有王氏惠庵輯本，視前刻多百許闋。迺丐純伯舍人鈔得，爲補鈔一卷附後。唯屢經傳寫，譌闕至不可句讀，與純伯、夔笙校讎一再，略得十之五六。其仍不可通者，則空格，或注元作某字于下，以俟好學深思者是之。

《香海棠館詞話》：賀方回《小梅花》「城下路」一闋，前段《詞綜》作金人高憲詞，調名《貧也樂》，於家均分段。半塘云：或沿明人選本之譌也。

按：填詞以厚爲要指。蘇、辛詞皆極厚，然不易學，或不能得其萬一而轉滋流弊，如粗率、叫囂、瀾浪之類。東山詞亦極厚，學之卻無流弊，信能得其神似，進而闚蘇、辛堂奥何難矣。厚之一字，關係性情，「解道江南斷腸句」，方回之深於情也。企鴻軒蓄書萬餘卷，得力於醞釀者。又可知张叔夏作《詞源》，於方回但許其善鍊字面，詎深知方回者耶。

又按：《宋史・文苑傳》：賀鑄，衛州人。近人吴氏《雙照樓宋詞目》云，共城人。未詳所本。共城，衛州屬縣也。而《中吴紀聞》則曰本山陰人，它書亦多作山陰人者。考《山樵書外紀》，焦山，賀方回題名，文曰：「青社綦立，與權□陰賀鑄方回、南陽張德洵公美、廣陵左髙和叟，建中靖國元年九月遊。」張開福跋云：「米襄陽與賀方回同見蔡魯公，公書龜山二大字，方回持去，刻諸龜山寺後。」米題曰：「山陰賀鑄刻石。」此刻「陰」上一字爲「山」字無疑，方回占籍山陰，即此可證。衛州或其寄籍耳。

李　嬰

嬰，汴人。元豐間，官蘄水縣令。

〔詞話〕《苕溪漁隱叢話》：元豐間，都人李嬰調蘄水縣令，作《滿江紅》一曲，往黄州上東坡，東坡甚喜之。其詞云：「荆楚風煙，寂寞近、中秋時候。露下冷，蘭英將謝，葦花初秀。歸燕殷勤辭陋巷，鳴蛩淒楚來窗牖。又誰念、江邊有神仙，飄零久。　横琴膝，攜笻手。曠望眼，閒吟口。任紛紛萬事，到頭何有。君不見淩煙冠劍客，何人氣貌長依舊。歸去來、一曲爲君吟，爲君壽。」

按：文詞干謁之風亦已古矣，在當日亦復有幸不幸。周煇《清波雜志》：先人任饒幕，與邵武黄堅叟爲代。一日，郡宴鄱江樓，黄作《木蘭花慢》詞上别乘，有「監郡風流懽恰」之語，貽怒，繳申郡牒，問「風流懽洽」實跡，黄歷考古今「風流懽恰」出處，辯答甚苦。嘗取吏案以觀，而得其詳要。知投獻本求人知，又當視其人如何，庶不返致按劍云云。彼李嬰者，亦幸而遇東坡耳。堅叟詞世無傳作，附記其事，藉存其人焉。

周銖

銖字初平，鄞縣人。崇寧二年第進士，官中牟簿。

〔詞話〕《四明近體樂府》：周初平詞《驀山溪》云：「松陵江上，極目煙波渺。天際接滄溟，到如今、東流未了。吴檣越艑，都是利名人，空擾擾，知多少。只見朱顔老。　故園應是，緑偏池塘草。家住十洲西，算隨分、生涯自好。漁簑清貴，休羨謝三郎，紅蕖月，白蘋風，何似長安道。」

按：初平詞，未經前人著録。

歷代詞人考略卷十五

宋　九

張才翁

才翁，官邛州司理。

〔詞話〕《能改齋漫録》：張才翁風韻不羈，初任臨邛秋官，郡守張公庠待之不厚。會有白鶴之游，郡守率屬官同往。才翁不預，乃語官妓楊皎曰：「老子到彼，必有詩詞，可速寄來。」公庠既到白鶴，便留題云：「初眼官柳未成陰，馬上聊爲擁鼻吟。遠宦情懷消壯志，好花時節負歸心。別離長恨人南北，會合休辭酒淺深。欲把春愁閒抖擻，亂山高處一登臨。」皎録寄才翁，才翁增減作《雨中花》詞寄皎云：「萬縷青青，初眠官柳，向人猶未成陰。據雕鞍馬上，擁鼻微吟。遠宦情懷誰問，空嗟壯志消沉。正是好花時節，山城留滯，忍負歸心。　別離長恨，飄蓬無定，誰念會合難憑。相聚裏，休辭金琖，酒淺還深。欲把春愁抖擻，春愁轉更難禁。亂山高處，憑闌垂袖，聊寄登臨。」公庠再坐，皎歌于側。公庠問之，皎前稟曰：「張司理卻寄來，令皎歌之，以獻臺座。」公庠遂青顧才翁尤厚。

按：張才翁以《雨中花》受知於公庠，與毛澤民以《惜分飛》見賞於東坡，二事相類。以櫻桃之素口，爲蟠木之先容，何其韻也。才翁詞輕清婉約，妙造自然，尤能傳出詩中不盡之意，宜公庠契賞深之矣。公庠，字元善，皇祐元年進士。有《泗州集》。

蔡挺

挺字子政，宋城人。第進士，授陵州團練推官。通判涇州，徙鄜州，知博州。改陜西轉運副使，進直龍圖閣、知慶州。神宗立，加天章閣待制、知渭州，進右諫議大夫，龍圖閣直學士。熙寧五年，拜樞密副使。七年，罷爲資政殿學士、判南京留司御史臺。元豐二年卒。贈工部尚書，謚敏肅。

〔詞話〕《揮麈餘話》：熙寧中，蔡敏肅〔挺〕以樞密直學士帥平涼。初冬，置酒郡齋，偶成《喜遷鶯》一闋云：「霜天秋曉。正紫塞故壘，黄雲衰草。漢馬嘶風，邊鴻叫月，隴上鐵衣寒早。劍歌騎曲悲壯，盡道君恩(須)〔難〕報。塞垣樂，盡雙鞬錦帶，山西年少。　談笑。刁斗静，烽火一把，(時)〔常〕送平安耗。聖主憂邊，威(懷)〔靈〕遐遠，(驕寇)〔强敵〕尚寬天討。歲華向晚愁思，誰念玉關人老。太平也，且歡娱，莫惜金尊頻倒。」詞成，閒步後園，以示其子朦，朦置袖中，偶遺墜，爲廳門老卒得之。老卒不識字，持令筆吏辨之。適郡之倡魁素與筆吏洽，因授之。會賜衣襖中使至，敏肅開燕，倡尊前執板歌此。敏肅怒，送獄根治。倡之儕類祈哀于中使，爲援于敏肅。敏肅舍之，復令謳焉。中使得其本以歸，達于禁中，宫女輩但見「太平也」三字，爭相傳授，歌聲徧掖庭，遂徹宸聽。詰其從來，乃知敏肅所製。裕陵即索紙批出云：「『玉關人老』，朕甚念之，樞管有闕，留以待汝。」未幾，遂拜樞密副使。御筆見藏其孫積家。史言敏肅交結内侍，進詞柄用，又不同也。

《宋史》本傳：敏肅在渭久，鬱鬱不自聊，寓意詞曲，有「玉關人老」之歎。中使至，則使優伶歌之，神宗愍焉，遂有枢密之拜云。

按：六一居士譏范希文《漁家傲》爲窮塞主詞，自矜其「戰勝歸來飛捷奏，傾賀酒，玉階遥獻南山壽」爲真元帥之事。明賀黄公論之曰：宋以小詞爲樂府，被之管絃，往往傳于宫掖。范詞如「長煙落日孤城閉」、「羌管悠悠霜滿地」、「將軍白髪征夫淚」，令「緑樹碧簾相掩映，無人知道外邊寒」者聽之，知邊庭之苦，如是庶有所警觸，此深得《采薇》、《出車》、楊柳、雨雪之意。若歐詞止于諛耳，何所感耶？據王氏《餘話》，蔡敏肅《喜遷鶯》詞「誰念玉關人老」句，其微指與范希文《漁家傲》暗合，而裕陵輒爲之動聽。所謂聲音之道感人易入者，非歟？即或如史傳所云，敏肅納交中使，進詞柄用，亦不失爲黼座好文，契合風雅。有宋一代，《金荃》、《蘭畹》蔚爲國華，則夫提倡奬藉出自天家，其收效至閎遠耳。

王　觀

觀字通叟，高郵人。（一作如皋人）試開封府第一，中嘉祐二年進士第，官翰林學士。賦應制詞，宣仁太后以其近褻，謫之，世遂有逐客之號。一云熙寧中，以將士郎守大理寺丞、知江都縣事。有《冠柳詞》

一卷。

〔詞話〕《能改齋漫録》：王觀學士嘗應制譔《清平樂》詞，云：「黄金殿裏。燭影雙龍戲。勸得官家真個醉。進酒猶呼萬歲。折旋舞徹伊州。君恩與整搔頭。一夜御前宣住，六宫多少人愁。」翌日，宣仁太后聞之，語宰相曰：「豈有館閣儒臣應制作狎詞耶。」既而罷職，世遂有逐客之號。今集本乃以爲擬李太白應制，非也。

《苕溪漁隱叢話》：《復齋漫録》云：王逐客《送鮑浩然之浙東》長短句：「水是眼波横，山是眉峰聚。欲問行人去那邊，眉眼盈盈處。纔始送春歸，又送君歸去。若到江南趕上春，千萬和春住。」苕溪漁隱曰：山谷詞云：「春歸何處。寂寞無行路。若有人知春去處。唤取歸來同住。」王逐客云：「若到江南趕上春，千萬和春住。」體山谷語也。

《漫叟詩話》：古樂府詩云：「今世褦襶子，觸熱向人家。」「褦襶」，《集韻》解之云：「不曉事。」予素畏熱，乃知人觸熱來人家，其謂不曉事，宜矣。嘗愛王遂客作《夏詞・雨中花令》，不用浮瓜沉李等事，而天然有塵外涼思。其詞曰：「百尺清泉聲陸續。映瀟灑、碧梧翠竹。面千步回廊，重重簾幕，小枕攲寒玉。　試展鮫綃看畫軸。見一片、瀟湘凝緑。待玉漏穿花，銀河垂地，月上闌干曲。」此語非觸熱者之所知也。

《古今詞話》：王逐客《冬景・天香》詞云：「霜瓦鴛鴦，珠簾翡翠，今年又是寒早。矮釘明窗，窄開朱户，切莫亂教人到。重陰不解，雲共雪，商量未了。青帳垂氈要密，錦縫放幃宜小。　呵梅弄妝試巧。

繡羅襦、瑞雲芝草。共我語時同語，笑時同笑。已被金尊勸倒。更唱箇新詞故相惱。儘道窮冬，元來恁好。」涪翁見而賞之，且曰：「此曲一處所一物色，無一不是嚴冬蕭索之境。但仔細詳味之，略無半點酸寒顦顇之意，亦善於造語者矣。」

又：王通叟少年遊宦長安，負不羈之才，頗饒逸韻，輦下欣慕者衆。後數年復至，舊遊多有存者，仍寓意焉。遂作《感皇恩》一曲，有「長安重到，人面依然似花好」之句。

《詞苑叢談》：王通叟作《慶清朝慢·踏青》詞，風流楚楚，世以爲高于屯田，遂以「冠柳」名其集。詞云：「調雨爲酥，催冰做水，東君分付春還。何人便將輕暖，點破殘寒。結伴踏青去好，平頭鞵子小雙鸞。煙郊外，望中秀色，如有無間。　晴則箇，陰則箇，餖飣得天氣，有許多般。須教撩花撥柳，爭要先看。不道吴綾繡韈，香泥斜沁幾行斑。東風巧，盡收翠緑，吹在眉山。」

〔詞評〕王叔晦云：王逐客才豪，其新麗處與輕狂處，皆足驚人。

黄叔暘云：通叟風流楚楚，詞林中之佳公子也。

《皺水軒詞筌》：詞之最醜者，爲酸腐，怪誕，粗莽。然險麗貴矣，須泯其鏤劃之痕乃佳。如蔣捷「燈摇縹暈茸窗冷」，可謂工矣，覺斧跡猶在。如王通叟《春游》曰：「晴則箇，陰則箇」云云，則痕跡都無，真猶石尉香塵，漢皇掌上也。兩「箇」字，尤弄姿無限。

按：昔人於通叟詞，最稱許「調雨爲酥」一闋，又謂其詞格不高，雖通叟幾無以自解矣。然如其《生查子》云：「關山魂夢長，塞雁音書少。兩鬢可憐青，一夜相思老。　歸傍碧紗窗，説與人人道。真箇别離難，不似相逢好。」《菩薩蠻》

云：「單于吹落山頭月。漫漫江上沙如雪。誰唱縷金衣。水寒船舫稀。　蘆花楓葉浦。憶抱琵琶語。身未發長沙。夢魂先到家。」二詞格調視《慶清朝慢》何如？竊嘗謂北宋人詞以淡勝，迺至其論詞，則唯艷之欲聞，非唯於通叟一家爲然也。

又按：通叟應制《清平樂》「黄金殿裏」闋，《耆舊續聞》云：作者王仲甫，字明之。誤。

孔武仲

武仲字常父，新喻人，至聖四十八代孫。嘉祐八年，進士甲科。調穀城主簿，教授齊州，爲國子直講。歷祕書省正字，集賢校理，著作郎，國子司業。進起居郎兼侍講邇英殿，除起居舍人，旋拜中書，直學士院。擢給事中，遷禮部侍郎，以寶文閣待制知洪州，徙宣州。坐黨籍奪職，居池州卒。與兄文仲，弟平仲，稱臨江三孔。遺著合刻，名《清江集》。

按：孔常父詞，有《水龍吟・詠梅》二首，見《御選歷代詩餘》。彊邨先生云：此二詞又見《梅苑》，作孔處度。今録其一，云：「淡煙池館霜飈，蕭條又是年華暮。黄花老盡，丹楓舞困，江梅初吐。點綴南枝，暗傳春信，玉苞微露。凭危闌望斷，誰家素臉，遥山遠，空凝竚。　昨夜一枝開處。正前村、雪深幽曙。看來只恐，瑶臺雲散，玉京人去。庾嶺寒餘，漢宫妝曉，飛堆行雨。仗誰人惜取，孤芳雅致，作春光主。」

孔平仲

平仲字毅父，（按《宋史》本傳作義父。）武仲弟。（按《宋史・孔文仲傳》與弟武仲、平仲皆以文聲起江西云云。傳亦武先平後，唯平仲詩集有《發儀徵寄常父弟》五言長篇，存疑待考。）治平二年第進士，又應制科。用呂公著薦，爲祕書丞、集賢校理。出爲江東轉運判官，提點江浙鑄錢、京西刑獄。紹聖中，坐元祐黨籍，屢謫韶州、惠州，安置英州。徽宗立，復朝散大夫，召爲户部、金部郎中，提舉永興路刑獄，帥鄜延、環慶。黨論再起，罷，主管兖州景靈宫，卒。著有《續世説》、《談苑》等諸書行世。

〔詞話〕《能改齋漫録》：秦少游所作《千秋歲》詞，乃在衡陽時作也。少游云「至衡陽呈孔毅父使君」，其詞云云，今更不載。毅父本云「次韻少游見贈」。其詞云：「春風湖外，紅杏花初退。孤館静、愁腸碎。淚餘痕在枕，别久銷香帶。新睡起，小園戲蝶飛成對。　惆悵誰人會。隨處聊傾蓋。情暫遣，心何在。錦書消息斷，玉漏花陰改。遲日暮，仙山杳杳空雲海。」少游詞云：「憶昔西池會，鵷鷺同飛蓋。」亦爲在京師與毅父同在于朝，叙其爲金明池之游耳。今越州、處州皆指西池在彼，蓋未知其本源而云也。

按：秦少游《千秋歲》詞，毅父次韻之後，蘇、黄皆有和作，毅父之作不幾爲二公掩耶。毅父詞「玉漏花陰改」五字，便可櫽括元唱後段之意。雖清壯不如坡公，而婉麗停匀，政復當行出色。

舒亶

亶字信道，慈谿人。治平二年第進士，調臨海尉。歷審官院主簿，遷奉禮郎，擢太子中允，提舉兩浙常平。元豐初，權監察御史裏行，加集賢校理。同李定劾蘇軾作詩譏訕時事，軾坐貶官。未幾，同修起居注，進知雜御史、判司農寺，超拜給事中、權直學士院，爲御史中丞。坐在翰林受廚錢越法，追兩秩，勒停。久之，復通直郎。崇寧初，知南康軍，徙知荆南，由直龍圖閣進待制。卒，贈直學士。有集。

〔詞話〕《詞苑叢談》：舒信道，神宗朝御史，與李定同陷東坡於罪者。嘗作《菩薩蠻》詞云：「江梅未放枝頭結。江樓已見山頭雪。待得此花開。知君來不來。　風帆雙畫鷁。小雨隨行色。空得鬱金裙。酒痕和淚痕。」王阮亭極賞此詞，常曰：「鍾退谷評閭邱曉詩，謂具此手段，方能殺王龍標。此等語乃出渠輩手，豈不可惜。」

《聽秋聲館詞話》：舒亶與蘇門四學士同時，詞亦不減秦、黄。《花庵詞選》録其《菩薩蠻》云：「畫船搥鼓催君去。高樓把酒留君住。去住若爲情。江頭潮欲平。　江潮容易得。只是人南北。今日此尊空。與君何日同。」《樂府雅詞》録其《蝶戀花》云：「最是西風吹不斷，心頭往事歌中怨。」《木蘭花》曰：「西湖一頃白菱花，惆悵行雲無覓處。」《虞美人》云：「背飛雙燕貼雲寒，獨向小樓東畔倚闌看。」縱不識字人，亦知是天生好語。人因其傾陷坡公，已亦不免被斥，惡其人並陋其詞耳。

〔詞評〕王晦叔云：舒信道思致妍密，要是波瀾小。

按：舒信道《菩薩蠻》「畫船搥鼓」云云，黄叔暘云此詞極有味。宋·曾慥《樂府雅詞》録信道詞至四十八闋，視賀方回、周美成爲多。中間有味之作，何止《菩薩蠻》一闋，即丁杏舲《詞話》中所摘句，亦未足盡信道之長。如《散天花》云：「西風偏解送離愁，聲聲南去雁、下汀洲。」《醉花陰》云：「冷對酒尊旁，無語含情，别是江南信。」《菩薩蠻》云：「搔首立江干，春蘿挂暮山。」《木蘭花》云：「傷春還是嬾梳妝，想見緑雲垂鬢腳。」《鵲橋仙》云：「兩堤芳草一江雲，早晚是、西樓望處。」非有味之極者乎？

王詵

詵字晉卿，太原人，徙開封。贈中書令。全斌五世孫，選尚英宗女蜀國長公主。（按據《宋史·王凱傳》及《畫繼》、《坡詩查注》、《坡詩施注》云「尚魏國賢惠公主」，《詞綜》小傳亦作「魏國」。《宋詩紀事》作「秦國」。）與蘇軾游，軾以詩對御史臺，詵坐累，自絳州團練使追兩秩停廢。公主薨，遂安置均州。元豐七年，徙潁州。哲宗即位，許居京師。元祐初，自登州刺史復文州團練使、駙馬都尉。徽宗立，自利州防禦使遷定州觀察使、開國公留後。卒贈昭化軍節度使，謚榮安。

〔詞話〕《能改齋漫録》：王都尉有《憶故人》詞云：「燭影摇紅向夜闌，乍酒醒、心情嬾。尊前誰爲唱陽關，離恨天涯遠。　無奈雲沉雨散。凭闌干、東風淚眼。海棠開後，燕子來時，黄昏庭院。」徽宗喜其詞意，猶以不豐容宛轉爲恨，遂令大晟府別譔腔。周美成增損其詞，而以首句爲名，謂之《燭影摇紅》。

《西清詩話》：王晉卿歌姬名囀春鶯，晉卿得罪外謫，姬爲密縣人所得。晉卿南還，至汝陰道中，聞歌聲，曰：「此囀春鶯也。」訪之果然，賦詩云：「佳人已屬沙吒利，義士曾無古押衙。」有足成之者云：「回首音塵兩沉寂，春鶯休囀上林花。」尋，復歸晉卿。晉卿有《人月圓》、《燭影摇紅》、《花發沁園春》諸調。

《耆舊續聞》：東坡《南歌子》詞「紫陌尋春去」云云，意有所屬也。或云贈王晉卿侍兒，未知然否？

劉後邨《西園雅集圖跋》：本朝戚畹，唯李端愿、王晉卿二駙馬好文喜士。世傳孫巨源「三通鼓」，眉山公「金釵墜」之詞，想見一時風流藴藉。未幾烏臺鞫詩案，賓主俱謫，而囀春鶯輩，亦流落于他人矣。《詞品》：王晉卿詞：「小桃枝上春來早，初試薄羅衣。年年此夜，華燈盛照，人月圓時。」調名《人月圓》，即詠人月圓。猶是唐人餘意。

〔詞評〕黄山谷云：晉卿樂府清麗幽遠，工在江南諸賢季孟之間。

按：元人製曲，幾於每句皆有襯字，取其能達句中之意，而付之歌喉又抑揚頓挫，悦人聽聞，所謂遲其聲以媚之也。兩宋人詞，間亦有用襯字者。王晉卿云：「燭影摇紅向夜闌，乍酒醒、心情嬾。」「向」字、「乍」字是襯字，據《詞譜》，《燭影摇紅》第二句七字，仄平仄仄平平仄。周美成云「黛眉巧畫宫妝淺」，不用襯字，與换頭第二句同。

李之儀

之儀字端叔，無棣人。元豐中第進士，歷樞密院編修官，通判原州。元祐八年，蘇軾安撫定州，辟掌機宜文字。元符中，監内香藥庫。徽宗立，提舉河東常平。坐草范純仁遺表，編管太平州，遂居姑熟，號姑溪居士。久之，徙唐州，終朝請大夫。卒，入黨籍。有《姑溪前後集》七十卷，詞一卷。

〔詞話〕《織餘瑣述》：《姑溪詞·阮郎歸》云：「朱脣玉羽下蓬萊，佳時近早梅。」自注：「朱脣玉羽，湖湘間謂之倒挂子，嶺南謂之梅花使，十二月半方出。」按東坡《梅》詞「倒挂緑毛幺鳳」，白石詞有「翠禽小小，枝上同宿」，馬古洲詞「枝上青禽休訴」。曰「緑毛」，曰「翠禽」，曰「青禽」，皆用《龍城録》趙師雄游羅浮梅花樹下「翠羽啾嘈」語。而端叔獨言「玉羽」，不知其何所本也。

〔詞評〕汲古閣《姑溪詞跋》：端叔小令，更長於淡語、景語、情語。如「鴛衾半擁空牀月」，又如「步孏恰尋牀，卧看游絲到地長」，又如「時時浸手心頭熨，受盡無人知處涼」，即置之《片玉》、《漱玉》集中，莫能伯仲。至若「我住長江頭，君住長江尾。日日思君不見君，共飲長江水。」真是古樂府俊語矣。

〔詞考〕《四庫全書·姑溪詞提要》：《書録解題》載《姑溪詞》一卷。此本爲毛晉刊，凡四十調，共八十有八闋。之儀以尺牘擅名，而其詞亦工。小令尤清婉峭蒨，殆不減秦觀。晉跋謂《花庵詞選》未經采入，有遺珠之歎。其説良是。疑當時流傳未廣，黄昇偶未見之，未必有心於删汰。至所稱「鴛衾半擁空牀月」諸句，亦不足盡之儀所長。其和陳瓘、賀鑄、黄庭堅諸詞，皆列元作於前，而已詞居後，唱和並載，蓋即謝朓集中附載王融詩例，使贈答之情，彼此相應，足以見措詞運意之故，較它集體例爲善。所載黄庭堅《好事近》後闋「負十分蕉葉」句，今本《山谷詞》「蕉葉」誤作「金葉」，亦足以互資考證也。

按：《四庫提要》云：毛子晉所稱「鴛衾半擁空牀月」等句，不足盡端叔所長，誠然。兹略摘其佳勝如左：《早梅芳》云：「最銷魂，弄影無人見。」《謝池春》云：「不見又思量，見了還依舊。爲問頻相見，何似長相守。」《蝶戀花》云：「天淡雲閒晴晝永。庭户深沉，滿地梧桐影。骨冷魂清如夢醒。夢回猶是前時景。」《浣溪沙》云：「酒韻漸濃歡漸密，羅衣初試漏初遲。已涼天氣未寒時。」又《詠梅》云：「戴了又羞緣我老。折來同嗅許誰招。憑將此意問妖嬈。」《鷓鴣天》云：「空驚絶韻天邊落，不許韶顔夢裏看。」《南鄉子》云：「點滴芭蕉疏雨過，微涼。畫角悠悠送夕陽。」又云：「前圃花梢都綠偏，西牆。猶有輕風遞暗香。」又云：「唯有鶯聲如此恨，殷勤。恰似當時枕上聞。」《減字木蘭花》云：「變盡星星，一滴秋霖是一莖。」綜論姑溪詞格，其清空婉約，自是北宋正宗，而漸近沉著，則又開南宋風會矣。毛子晉略骨幹而取情致，曷克盡攬其勝耶？

章　楶

楶字質夫，浦城人。以廕爲孟州司户參軍。試禮部第一，擢知陳留縣，累擢成都路轉運使，入爲考功、吏部、右司員外郎。元祐初，以直龍圖閣知慶州，召權户部侍郎，除知同州。紹聖初，知應天府，加集賢殿修撰、知廣州、渭州，進樞密直學士、龍圖閣端明殿學士、大中大夫。徽宗立，請老，徙知河南。入見，留拜同知樞密院事。踰年，罷，授資政殿學士，中太一宫使。卒贈右銀青光禄大夫，謚莊簡。（按《宋史》本傳云：謚莊簡。《爐餘録》作莊敏，朱氏《詞綜》小傳亦作莊敏，當有所本。）

〔詞話〕《詞苑叢談》：章質夫以功名顯，詩詞尤見稱於世。嘗作《水龍吟·詠楊花》，東坡與之帖云：「《柳花》詞妙絶，使來者何以措詞。」

《織餘瑣述》：章莊簡《水龍吟·柳花》詞云：「時見蜂兒，仰黏輕粉，魚吞池水。」用杜少陵「仰蜂黏墜粉」句意。其换頭云：「蘭帳玉人睡覺，怪春衣、雪沾瓊綴。」則從壽陽公主梅花點額事，運化而出，語雋而新。白石道人《疏影》换頭云：「猶記深宫舊事，那人正睡裏，飛近蛾緑。」命意約略相似。

〔詞評〕黄叔暘云：質夫《柳花》詞「傍珠簾散漫」數語，形容盡矣。

《人間詞話》：東坡《水龍吟·詠楊花》，和韻而似元唱。章質夫詞，元唱而似和韻。才之不可强也如是。

按：章莊敏《水龍吟·柳花》詞，東坡有和作。據《續通鑑長編》：元祐二年正月，章楶爲吏部郎中，四月出知越州。章詞蓋作於拜命知越之前。是時東坡官翰林學士，同在汴京。坡詞又有《水調歌頭》「昵昵兒女語」一闋，爲章質夫家善琵琶者乞爲歌詞而作。

劉燾

燾字無言，長興人。未冠，補太學生。元祐三年第進士甲科，歷安撫使，管句官，至祕閣修撰。有《見南山集》五十卷。

〔詞話〕《能改齋漫録》：「仙女侍，董雙成。漢殿夜涼吹玉笙。曲終卻從仙官去，萬户千門惟月明。」「河漢女，玉鍊顔。雲軿往往在人間。九霄有路去無跡，裊裊香風生佩環。」李太白詞也。有得于石刻，而無其腔。劉無言自倚其聲歌之，音極清雅。

〔詞考〕《餐櫻廡詞話》：劉無言《花心動》後段：「再三留待東君看，管都將、别花不惜。」按「管」猶管取、管教之管。「管都將」，猶言準都將也。陶氏《詞綜補遺》，於「管」字下注云：一本無看字，「管」字屬上句。「都將」下注云：一本有那字，一本作「都拚醉」。皆未審「管」字屬下句之誼，而以意爲增減者也。

按：劉無言詞《花心動》云：「偏憶江南，有塵表丰神，世外標格。低傍小橋，斜出疏籬，似向隴頭曾識。暗香孤韻冰霜裹，初不怕、春寒要勒。問桃杏嬌姿瞞，怎生向前爭得。　省共蕭娘去摘。玉纖映瓊枝，照人一色。澹粉暈酥，多少工夫，到得壽陽宫額。再三留待東君看，管都將、别花不惜。但只恐、南樓又三弄笛。」見《樂府雅詞·拾遺》。

劉頡

頡字吉甫，爵里未詳。

〔詞話〕《陽春白雪》劉吉甫頡《滿庭芳》云：「鶯老梅黄，水寒煙淡，斷香誰與添温。寶缸初上，花影伴芳尊。細細輕簾半捲，憑闌對、山色黄昏。人千里，小樓幽草，何處夢王孫。　十年，羈旅興，舟前水驛，馬上煙邨。記小亭香墨，題恨猶存。幾夜江湖舊夢，空淒怨、多少銷魂。歸鴉被、角聲驚起，微雨暗重門。」趙立之云：「此詞宛有淮海風味，惜不名世。」

按：陶氏《詞綜補遺》劉頡一家，即據《陽春白雪》采録，並爲小傳云：頡字吉甫。《宋詩紀事》：吉甫入元祐黨籍。又《臨漢隱居詩話》載《楊文公談苑》，言本朝武人多能詩，劉吉甫云：「一箭不中鵠，五湖歸釣魚。」大年稱其豪。據此則吉甫曾官武職云云。是合作《滿庭芳》詞之劉頡、入元祐黨籍之劉吉甫、官武職而能詩之劉吉甫爲一人矣。考元祐黨籍碑，餘官一百七十七人，劉吉甫次九十三，武臣二十五人，無劉吉甫名。《元祐黨人傳》：劉吉甫，元符中，累官承務郎。致仕。坐元符末應詔上書，言多詆譏，降官責遠小處監，當崇寧三年入黨籍邪？上第八人，元注據《宋史紀事本末》，入黨籍之劉吉甫既確然非武職矣。其官承務郎，乃在元符中。考《宋史·楊億傳》，億卒於天禧四年，下距元符元年凡七十八年，彼楊文公者，安得預見劉吉甫之詩而稱之乎？可知官武職而能詩之劉吉甫，必非入元祐黨籍之劉吉甫矣。而此二人者，又皆非作《滿庭芳》詞之劉吉甫。何也？彼固名頡，字吉甫，非名吉甫也。元祐黨籍碑斷無書字不書名之例。《楊文公談苑》「本朝武人多能詩」句下，「劉吉甫云」句上，尚有「若曹翰」句：「曾經國難穿金甲，不爲家貧賣寶刀」云云。楊於曹既稱名，詎於劉獨稱字？彼二人皆名吉甫，於名頡者奚與焉？陳藏一

《話腴》云：郴之桂陽縣東，有廟曰九江王，所祀之鬼乃英布、吴芮、共敖也。紹興間劉頡爲守，乃謂九江王項羽所僞封，芮、敖追義帝而布殺之，放弑之賊豈容廟食，遂毁之。此爲郴州守之劉頡，其即作《滿庭芳》詞之劉頡乎？仍未敢據以實小傳也。細審《滿庭芳》詞，風格亦於南宋爲近。

洪思禹

思禹，名及占籍待考。

按：洪思禹詞《千秋歲·詠崔徽頭子》云：「半身屏外，睡覺脣紅退。春思亂，芳心碎。空餘簪髻玉，不見流蘇帶。誰與問，今人秀整誰宜對。湘浦曾同會。手褰輕羅蓋。疑是夢，今猶在。十分春易盡，一點情難改。多少事，卻隨恨遠連雲海。」見《青泥蓮花記》引《冷齋夜話》。檢學津討源本《冷齋夜話》，凡十卷，未載此詞，或梅禹金所見别本有之。其人當在惠洪前，即詞筆亦異於南宋也。惟《樂府紀聞》有之，稱爲釋惠洪題崔徽真子作《蓮花記》，恐是誤引。或洪思禹即洪覺範。（惠洪字覺範，人呼爲洪覺範。）《冷齋夜話》亦惠洪所撰，多載其自作之詞，故誤《紀聞》爲《夜話》歟？抑洪思禹别有其人，詞與惠洪相混？殊不可知。今仍據《蓮花記》存其名，並爲考證如此。（此非南宋人詞，故列之北宋。）

（編者按，據《苕溪漁隱叢話》卷五十引《冷齋夜話》云云，思禹乃洪覺範之兄；又該詞乃次秦少游同調詞韻也。況氏考證有誤漏。）

歷代詞人考略卷十六

宋十

孫洙

洙字巨源，廣陵人。未冠登進士，補秀州法曹。包拯、歐陽修、吴奎舉應制科，遷集賢校理、知太常禮院。治平中，兼史館檢討、同知諫院。以王安石主新法，力求補外，得知海州。尋幹當三班院，同修起居注，進知制誥。元豐初，兼直學士院，譔《靈津廟碑》，稱旨，擢翰林學士。有《孫賢良集》。

〔詞話〕《苕溪漁隱叢話》：孫洙，元豐間爲翰苑，名重一時。李端愿太尉，世戚里，折節交搢紳間，而孫往來尤數。會一日鎖院，宣召者至其家，則已出，數十輩蹤跡之，得於李氏。時李新納妾，能琵琶，孫飲不肯去，而迫於宣命，李不敢留，遂入院，已二鼓矣。草三制罷，復作長短句寄恨恨之意，遲明遣示李。其詞曰：「樓頭尚有三通鼓。何須抵死催人去。上馬苦怱怱。琵琶曲未終。　回頭凝望處。那更簾纖雨。漫道玉爲堂。玉堂今夜長。」

按：孫巨源《菩薩蠻》「樓頭尚有三通鼓」云云，近於游戲之作。《花庵絶妙詞選》録巨源詞二闋，其一《河滿子》云：「悵望浮生急景，淒涼寶瑟餘音。楚客多情偏怨别，碧山遠水登臨。目送連天衰草，夜闌幾處疏砧。黄葉無風自落，秋雲不雨常陰。天若有情天亦老，摇摇幽恨難禁。惆悵舊歡如夢，覺來無處追尋。」此詞氣静而味淡，於流麗婉約而外，别爲一格。它選本輒輾轉傳録，唯朱氏《詞綜》獨遺此闋，蓋其去浙派遠矣。

又：《藝林伐山》云：「孫巨源詞，多爲晏叔原所奪。」斯言殊不足信，即《河滿子》以觀，亦與晏詞不類也。

劉涇

涇字巨濟，陽安人。熙寧六年，進士中第，王安石薦其才，除提舉，修撰經義所檢討。久之，爲太學博士，罷知咸陽縣，常州教授，通判莫州、成都府，除國子監丞。知處、虢、真、坊四州。元符末上書，召對，除職方郎中。有《前溪集》五卷。

〔詞話〕《織餘瑣述》：劉巨濟《清平樂》云：「深沉院宇。枕簟清無暑。睡起花陰初轉午。一霎飛雲過雨。　雨餘隱隱殘雷。夕陽卻照庭槐。莫把珠簾垂下，妨他雙燕歸來。」寫夏閨晚景絶佳。歇拍云云，即陸放翁「待燕歸來始下簾」句意。

按：劉巨濟於元符末官職方郎中。《清平樂》詞應指章惇、蔡卞紹述之禍，所謂「一霎飛雲過雨」也。黨人相軋患害未已，所謂「隱隱殘雷」也。「夕陽」，喻不明也。宣仁太后聽政，召用賢臣，朝野歡忭。太后即世，哲宗信任奸邪，元祐諸賢貶逐殆盡。謂「莫把珠簾垂下」者，望諸賢歸來也，抑或借燕歸巢，以寄其招隱之心耳。

趙令時

令時初字景貺，蘇軾爲改字德麟，自號聊復翁。太祖次子燕王德昭元孫。元祐六年，簽書潁州公事。時軾爲守，薦其才於朝。軾被竄，坐交通罰金。紹聖初，官至右朝請大夫，改右監門衛大將軍，歷榮州防禦使，洪州觀察使。紹興初，襲封安定郡王，遷寧遠軍承宣使，同知行在大宗正事。薨，贈開府儀同三司。入黨籍。有《侯鯖集》、《聊復集》。

〔詞話〕《苕溪漁隱叢話》：《王真方詩話》云：「白藕作花風已秋，不堪殘睡更回頭。晚雲帶雨歸飛急，去作西窗一夜愁。」此趙德麟細君王氏所作也。德麟鰥居，因見此詩，遂與爲姻。余以爲乃二十八字媒也。苕溪漁隱曰：德麟有小詞，贈其細君句云：「臉薄難藏淚，眉長易覺愁。」人多稱之，乃全用《香奩集》「桃花臉薄難藏淚，柳葉眉長易覺愁」一聯詩，但去其上四字耳。

《曲話》：宋人集中多樂語一種，又謂之致語，又謂之念語，更有兼作舞詞者。秦觀、晁无咎、毛滂、鄭僅等之《調笑》、《轉踏》是也。諸家《調笑》，雖合多曲而成，然一曲分詠一事，非就一人一事之首尾而詠之也。惟石曼卿作《拂霓裳轉踏》，述《開元天寶遺事》，今其辭不傳。傳者惟趙德麟之《商調蝶戀花》，述《會真記》事。凡十闋，並置原文于曲前，又以一闋起，一闋結之。視後世戲曲之格律，幾於具體而微。德麟於子瞻守潁州時，爲其屬官，至紹興初尚存其詞，作於何時雖不可考，要在元祐之後靖康之前，原詞具載《侯鯖録》中。雖猶用通行詞調，而毛西河《詞話》已視爲戲曲之祖矣。

〔詞評〕《古今詞話》：黄山谷論詞，以陸圓轉爲佳。屯田意過久許，筆猶未休。待制滔滔漭漭，不能盡變。如趙德麟云：「新酒又添殘酒病，今春不減前春恨。」陸放翁云：「只有夢魂能再遇，堪嗟夢不由人做。」梁貢父云：「拌一醉留春，留春不住，醉裏春歸。」此則陸健圓轉之榜樣也。

《花草蒙拾》：「重門不鎖相思夢，隨意遶天涯」，與「枕上片時春夢中，行盡江南數千里」，同一機杼，然趙詞較勝岑詩。

《蓼園詞話》：休文「夢中不識路，何以慰相思」，聊復翁反其旨而用之。「重門不鎖相思夢，隨意遶人涯」，情思益纏綿動人。

王晦叔云：趙德麟、李方叔皆東坡之客，其氣味殊不近，趙婉而李俊，各有所長。

按：趙德麟詞《菩薩蠻》云：「凭船閒弄水。中有相思意。憶得去年時。水邊初別離。」《好事近》云：「酒醒香冷夢回時，蟲聲正淒絶。只覺小窗風月，與昨宵都別。」語淡而深，耐人尋味。又《蝶戀花》云：「惱亂横波秋一寸。斜陽只與黄昏近。」《浣溪沙》全闋云：「風急花飛晝掩門。一簾殘雨滴黄昏。便無離恨也銷魂。翠被任熏終不暖，玉杯慵舉幾番温。箇般情事與誰論。」益復婉約風流，置之子野、少游集中，亦不失爲合作。

李　廌

廌字方叔，陽翟人。（《宋史・文苑傳》云：其先自鄆徙華。）鄉舉屢試禮部不第。元祐三年，蘇軾知貢舉，以不得廌愧甚，作詩謝之。與范祖禹謀，將同薦諸朝。未幾，相繼去國，不果。元祐求言，廌上《忠諫書》、《忠厚論》，並《兵鑒》二萬言論西事。中年絶意進取，定居長社，縣令李佐及里人買宅處之。卒，有《濟南集》。

〔詞評〕《碧雞漫志》：政和間，李方叔在陽翟，有携善謳老翁過之者。方叔戲作《品令》云：「唱歌須是玉人，檀口皓齒冰膚。意傳心事，語嬌聲顫，字如貫珠。老翁雖是解歌，無奈雪鬢霜鬚。大家且道，是伊模樣，怎如念奴。」方叔固是沉於習俗，而「語嬌聲顫」，那得「字如貫珠」，不思甚矣。

《餐櫻廡詞話》：李方叔《虞美人》過拍云：「好風如扇雨如簾，時見岸花汀草漲痕添。」春夏之交，近水樓臺，確有此景。「好風」句絶新，似乎未經人道。歇拍云：「碧蕪千里思悠悠，唯有霎時涼夢到南州。」尤極淡遠清疏之致。

按：李方叔《虞美人》全闋云：「玉闌干外清江浦。渺渺天涯雨。好風如扇雨如簾。時見岸花汀草漲痕添。　青林枕上關山路。卧想乘鸞處。碧蕪千里思悠悠。唯有霎時涼夢到南州。」《好事近》全闋云：「落日水鎔金，天淡暮煙凝碧。樓上誰家紅袖，靠闌干無力。　鴛鴦相對浴紅衣，短櫂弄長笛。驚起一雙飛去，聽波聲拍拍。」以氣格論，較《虞美人》尤高淡。

文同

同字與可，自號笑笑先生，梓潼人。漢文翁之後，蜀人猶以石室名其家。蘇軾之從表兄。皇祐元年進士，歷太常博士，集賢校理，知陵州、洋州。元豐初，知湖州，至陳州宛丘驛，忽留不行，沐浴，衣冠正坐而卒。有《丹淵集》四十卷。

按：文與可詞《游嘉禾南湖·天香引》云：「三月三、花露吹晴。見麟鳳滄洲，鴛鷺沙汀。華鼓清簫，紅雲蘭棹，青紵旗亭。　細看來、春風世情。都分在、流水歌聲。翦燕嬌鶯，冷笑詩仙，擊楫揚舲。」見《浙江通志》及《詞律拾遺》。

李清臣

清臣字邦直，魏人。舉進士，調邢州司户參軍。治平二年，試祕閣第一，以秘書郎簽書平江軍判官，歷集賢校理、同知太常禮院。出提點京東刑獄，召爲兩朝國史編修官，同修起居注，進知制誥、翰林學士，授朝奉大夫。元豐六年，拜尚書右丞。哲宗立，轉左丞，罷爲資政殿學士、知河陽，復拜中書侍郎，以大學士知河南。徽宗立，入爲門下侍郎。爲曾布所陷，出知大名府，卒。贈金紫光禄大夫。

〔詞話〕《侯鯖録》：李邦直黄門在政府時，夜夢作《春詞》云：「楊花落。燕子横穿朱閣。苦恨春醪如水薄。閒愁無處著。　緑野帶江山落角。桃葉參差殘蕚。歷歷危檣沙外泊。東風晚來惡。」

又：秦少游、賀方回相繼以歌詞知名。少游有詞云：「醉卧古藤陰下，了不知南北。」其後遷謫，卒於藤州光華亭上。方回亦有詞云：「當年曾到王陵鋪，鼓角秋風。千歲遼東。回首人間萬事空。」後卒於北門，門外有王陵鋪云。（按《獨醒雜志》一則，與此又一則同。唯「秋風」作「悲風」，末句「王陵鋪」下有「人皆以爲詞讖」六字。）

《麈史》：王樂道幼子銍，少而博學，善持論。嘗爲予説：李邦直作門下侍郎日，忽夢一石室，有石牀，李披髮坐於上，旁有人曰：「此王陵舍也。」夢中因爲一詞，既覺書之，因示韓治循之。其詞曰：「楊花落。燕子橫穿高閣。長恨春醪如水薄。閒愁無處著。　去年今日王陵舍，鼓角秋風，千歲遼東。回首人間萬事空。」後李出北都，逾年而卒。王陵舍乃近北都地名也。

按：李邦直夢中所作詞見於《侯鯖録》者，後段『緑野帶江』云云，乃《謁金門》全闋，謂是邦直一人之作。《歷代詩餘》、朱氏《詞綜》同。見於《塵史》者，後段「去年今日」云云，則前半《謁金門》，後半《采桑子》，亦謂邦直一人之作。《花草粹編》同《侯鯖録》。又一則載其後半《采桑子》「去年今日」作「當年曾到」，謂是賀方回作，而不及其前半。《獨醒雜志》同。又《陽春白雪》載《謁金門》一闋，署方回名，其詞前後段與《侯鯖》所録邦直之作並同。前有小序云：「李黄門夢得一曲，前偏二十言，後偏二十二言，而無其聲。余采其前偏，潤一『横』字，已續二十五字寫之。」則又以後段「緑野帶江」云云，爲方回之作矣。其後偏二十二言，又似即指後半《采桑子》。《塵史》所載「去年今日」云云，正二十二言，既無其聲，則此詞半闋何自而來？以《侯鯖》之又一則及《獨醒雜志》考之，疑此半闋自是方回别作，與李詞無涉者。顧何由與李詞牽合？而《東山寓聲樂府》中又未見此半闋，或傳本偶佚耶？其第二句「横」字，則《侯鯖録》、《塵史》皆有之，詎二家所録並是方回已潤之闋耶？宋人之説若是，糾紛矧在，今日折衷奚自，姑並存以備參考。

米　芾

芾字元章，吴人。（一云襄陽人。）以母侍宣仁后藩邸舊恩，補浛光尉。知雍丘縣、漣水軍，歷校書郎，太常博士，出知無爲軍。召爲書畫學博士。上其子友仁所作《楚山清曉圖》，擢禮部員外郎，知淮陽軍卒。有《寶晉英光集》，長短句一卷。

〔詞話〕《襄陽書畫考》：米元章與周熟仁，試賜茶於甘露寺，作《滿庭芳》詞，墨蹟爲世所重。其警句云：「輕濤起，香生玉塵，雪濺紫甌圓。」推爲獨絶。（編者按，此詞别見於《淮海居士長短句》卷中。）

按：米元章《滿庭芳·試茶》詞，全闋云：「雅燕飛觴，清談揮塵，使君高會群賢。密雲雙鳳，初破縷金團。窗外爐煙自動，開缾試、一品香泉。輕濤起，香生玉塵，雪濺紫甌圓。　嬌鬟。宜美盼，雙擎翠袖，穩步紅蓮。坐中客翻愁，酒醒歌闌。點上紗籠畫燭，花驄弄、月影當軒。頻相顧，餘歡未盡，欲去且留連。」此詞昔人盛稱過拍「輕濤起」三句，竊謂後段「坐中客翻愁，酒醒歌闌」句最佳。謂茶能醒酒，不黏不脱，詠物詞之上乘也。且换頭「嬌鬟」至「紅蓮」云云，得此句尤合疏密相間之法。《賓晉長短句》一卷，近彊邨朱氏所刻趙氏星鳳閣寫本絶精。

王　重

重字與善，元祐間人。

〔詞話〕《能改齋漫録》：蜀人李久善長短句，有「鶯擲垂楊，一點黄金溜。」識者以爲新。余舊見王與善《蝶戀花》詞云：「粉面與花相間鬭，星眸一轉晴波溜。」殆出於此。全首云：「去歲花前曾記有。半醉嬉遊，花下携纖手。粉面與花相間鬭。星眸一轉晴波溜。　一見新花還感舊。淚眼逢春，忍更看花柳。春恨厭厭和永晝，寂寞黄昏後。」

又《燭影摇紅》云：「煙雨江城，望中緑暗花枝少。惜春長待醉東風，卻恨春歸早。縱有幽歡會，奈如今、風情漸老。鳳樓何處，畫欄愁倚，天涯芳草。」

按：《漫録》所載王與善詞《蝶戀花》末句「寂寞」上缺二字，應平平。《燭影摇紅》换頭第一句「歡會」下缺一字，應叶韻。蜀人李久長短句，未見著録，其傳者唯「鶯擲垂楊，一點黄金溜」九字而已。秦少游《如夢令》云：「鶯嘴啄花紅溜。」李久詞句謂出於此，較爲近之。秦詞「紅溜」言花，李詞「黄金溜」言鶯，同一「溜」字，用法翻新，乃見其妙。

謝克家

克家字任伯，汴人。官參政。

〔詞話〕《鼠璞》：舊傳靖康淵聖狩北營，有人作《憶君王》詞云：「依依宫柳拂宫牆。宫殿無人春晝長。燕子歸來依舊忙。憶君王。獨立黄昏人斷腸。」語意悲淒，讀之令人淚墮，真愛君憂國之語也。

《避戎夜話》：淵聖幸北營不返，謝元及作《憶王孫》詞「依依宫柳壓宫牆」云云。（按《北盟會編》亦云：淵聖北狩不返，謝元及作此詞，當是。任伯，又字元及，俟考。）

《古今詞話》：《東京軼事》曰：謝克家，東京故老。年七十，以忤權相蔡元長下獄，久之得釋。徽宗北狩，克家作詞云云，即《豆葉黄》也。

按：蔡元長爲相，當徽宗崇寧間，是時克家年已七十，計生於天聖明道間。洎徽、欽北狩，克家之年殆近九十，作詞云云，可謂忠愛之忱，老而彌篤者矣。其詞末句「獨立黄昏人斷腸」，《避戎夜話》「獨立」作「月破」，《古今詞話》同。

朱服

服字行中，烏程人。熙寧六年進士甲科，以淮南節度推官充修撰、經義局檢討，歷國子直講、秘閣校理。元豐中，擢監察御史裏行，參知政事。俄知諫院，遷國子司業、起居舍人，以直龍圖閣知潤州，徙泉、婺、寧、廬、壽五州。紹聖初，召爲中書舍人。拜禮部侍郎，謫知萊州。徽宗立，加集賢殿修撰，再知廬州，徙廣州。坐詩句爲罪，黜知袁州。又坐與蘇軾游，貶海州團練副使，蘄州安置。改興國軍，卒。

〔詞話〕《烏程舊志》：朱行中歷官禮部侍郎，坐與蘇軾游，貶海州團練副使。至東陽郡齋，作《漁家傲》以寄意云：「小雨纖纖風細細。萬家楊柳青煙裏。戀樹濕花飛不起。愁無際。和春付與東流水。九十春光能有幾。金龜解盡留無計。寄語東陽沽酒市。拚一醉。而今樂事他年淚。」讀其詞想見其人，不愧爲蘇軾黨也。

《泊宅編》：朱行中自右史帶假龍出典數郡，是時年尚少，風采才藻皆秀整。守東陽日，嘗作《春詞》：「小雨纖纖風細細」云云。予以門下士每或從容，公往往乘醉大言：你曾見我「而今樂事它年淚」否？蓋公自爲得句，故誇之也。予嘗心惡之而不敢言。行中後歷中書舍人，帥番禺，遂得罪，安置興國軍以死。流落之兆，已見於此詞。

《香東漫筆》：白石詞「少年情事老來悲」，宋・朱服句「而今樂事它年淚」，二語合參，可悟一意化兩之法。宋・周端臣《木蘭花慢》句云：「料今朝別後，它時有夢，應夢今朝。」與「而今」句同意。

按：朱行中《漁家傲》詞題曰：「東陽郡齋作。」考地志，東陽，宋縣兩浙路婺州。行中作詞，蓋在自泉徙婺時。《烏程舊志》謂作於貶海州後，誤也。《泊宅編》云「自右史帶假龍出典數郡，是時年尚少，風采才藻皆秀整」等語較合。

謝逸

逸字無逸，臨川人。第進士。（按《萬姓統譜》、《宋詩紀事》小傳俱云：屢舉進士不第。《溪堂詞·漫叟序》、《花庵詞選》俱云：臨川進士。漫叟、花庵皆宋人，其説較可據依，今從之。）學者稱溪堂先生。有《溪堂集》十卷、詞一卷。又有《春秋廣微》、《樵談》等書佚。

〔詞話〕《苕溪漁隱叢話》：《復齋漫録》云：無逸嘗於黄州杏花館驛題《江神子》詞云：「杏花邨館酒旗風」云云。過者必索筆於館，館卒頗以爲苦，因以泥塗焉。其爲人所賞重可知。

〔詞評〕《碧雞漫志》：謝無逸字字求工，不敢輒下一語，如刻削通草人，都無筋骨，要是力不足。然則獨無逸乎？曰：類多有之，此最著者爾。

《詞苑叢談》：謝無逸嘗作《詠蝶》詩三百首。其警句云「飛隨柳絮有時見，舞入梨花何處尋」，人盛稱之，因呼爲謝蝴蝶。有《卜算子》「煙雨暮横塘」云云，標致雋永，全無薌澤，可稱逸調。

黄蓼園云：謝無逸《千秋歲》「楝花飄砌」云云，筆墨瀟灑，自饒一種幽俊之致。

〔詞考〕《四庫全書·溪堂詞提要》：《宋史·藝文志》載逸有集二十卷，《溪堂詩》五卷，歲久散佚。今已從《永樂大典》中蒐輯成編。《書録解題》别載《溪堂詞》一卷。今刊本一卷，末有毛晉跋，稱既得《溪堂全集》，末載樂府一卷，遂依其章次就梓。蓋其集明末尚未佚，晉故得而見之也。逸以詩名宣、政間，然《復齋漫録》載其嘗過黄州杏花邨館，題《江神子》一闋於驛壁。是作今載集中，語意清麗，良非虛美。其他作亦極鍛鍊之工。卷首有序，署漫叟而不名。其所稱「黛淺眉痕沁」、「紅添酒面潮」二句，乃《菩薩蠻》第一闋中句。「魚躍冰池抛玉尺，雲横石嶺拂鮫綃」，乃《望江南》第二闋中句。然「紅潮登頰醉檳榔」，本蘇軾語；「魚躍練江抛玉尺」，亦王令語，皆剽竊前輩舊文，不爲佳句。乃獨摘以爲極工，可謂舍長而取短，殊非定論。晉跋語又載《花心動》一闋，謂出近來吴門鈔本，疑是贋筆。乃沈天羽作《續詞譜》獨收此詞。朱彝尊《詞綜》選逸詞，因亦首登是闋，考宋人詞集，如史達祖、周邦彦、張元幹、趙長卿、高觀國諸人，皆有此調。其音律平仄，如出一轍。獨是詞隨意填凑，頗多失調，措語尤鄙俚不文，其爲贋作，蓋無疑義。晉刊此集，削而不載，特爲有見。

按：毛子晉跋《溪堂詞》云：共六十有三闋，皆小令，輕倩可人。竊嘗雒誦竟卷，其全闋如《千秋歲》「楝花飄砌」云云，《漁家傲》「秋水無痕清見底」云云，皆非軟媚無骨之作。摘句如《虞美人》云：「落英點點拂闌干，風送清香滿院作輕寒。」空靈之筆，求之宋初人詞，即亦未易多覯。《浣溪沙》云：「暖日温風破淺寒。短青無數簇幽蘭。三年春在病中看。」此等語尤漸近沉著。《踏莎行》云：「酒醒霞散臉邊紅，夢回山蹙眉間翠。」句法極矜鍊，卻無追琢痕，亦非名手不辨。而毛子晉乃以「輕倩可人」一語概之，詎得非知人之言耶？

謝　邁

邁字幼槃，逸弟，以詩文媲美，時稱二謝。有《竹友詞》一卷。

〔詞話〕《古今詞話》：無逸弟邁，字幼槃，《竹友詞·減字木蘭花·贈奕妓宋瑶》云：「風篁度曲。倦倚銀屏初睡足。清簟疏簾。金鴨香消嬾去添。　纖纖露玉。風雹縱横飛鈿局。頻斂雙娥。凝竚無言密意多。」

〔詞詞〕《餐櫻廡詞話》：竹友詞，留董之南過七夕《蝶戀花》後段云：「君似庾郎愁幾許。萬斛愁生，更作征人去。留定征鞍君且住。人間豈有無愁處。」循環無端，含意無盡，小謝可謂善言愁矣。

按：竹友詞《中秋懷無逸兄・醉蓬萊》云：「望晴峰染黛，暮靄澄空，碧天銀漢。圓鏡高飛，又一年秋半。皓色誰同，歸心暗折，聽唳雲孤雁。問月停杯，錦袍何處，一尊無伴。　好在南隣，詩盟酒社，刻燭爭成，引觴愁緩。今夕樓中，繼阿連清玩，飲劇狂歌，歌終起舞，醉冷光零亂。樂事難窮，疏星易曉，又成浩歎。」此詞融景入情，如往而復，讀之令人增孔懷之重。即以才調論，微溪堂殆難爲兄矣。《竹友詞》，有武進董氏誦芬室舊鈔南詞本。

晁沖之

沖之字叔用，一字用道，鉅野人。不第，授承務郎。紹聖以來，黨禍既作，避地具茨山下。有《具茨集》十五卷，詞一卷。

〔詞話〕《苕溪漁隱叢話》：端伯所編《樂府雅詞》中，有《漢宮春・梅》詞，云是李漢老作，非也。乃晁沖之叔用作，政和間作此詞獻蔡攸。是時，朝廷方興大晟府，蔡攸携此詞呈其父云：今日於樂府中得一人。京覽其詞喜之，即除大晟府丞。其詞云：「瀟灑江梅，向竹梢稀處，横兩三枝。東君也不愛惜，雪壓風欺。無情燕子，怕春寒、輕失佳期。唯是有，南來歸雁，年年常見開時。　清淺小溪如練，問玉堂何似，茅舍疏籬。傷心故人去後，冷落新詩。微雲淡月，對孤芳、分付他誰。空自倚，清香未減，風流不在人知。」此詞中用玉堂事，乃唐人詩云：「白玉堂前一樹梅，今朝忽見數枝開。兒家門户重重閉，春色因何得入來。」或云玉堂乃翰苑之玉堂，非也。

〔詞考〕《耆舊續聞》：梅詞《漢宫春》，乃晁叔用贈王逐客之作。王官翰林學士，應制賦《清平樂》詞，宣仁太后以爲媟瀆。翌日罷職，館中同寮相約祖餞，及期，無一至者，獨叔用一人而已。因作梅詞贈别云：「無情燕子，怕春寒、輕失花期。」正謂此爾。又云：「問玉堂何似，茅舍疏籬。」指翰苑之玉堂。《苕溪叢話》卻引唐人詩「白玉堂前一樹梅」，謂人間之玉堂，蓋未知此作也。又「傷心故人去後，零落清詩」，今之歌者，類云「冷落」，不知用杜子美《酬高適》詩：「自從蜀中人日作，不意清詩久零落。」蓋「零」字與「泠」字同音，人但見「泠」字去一點爲「冷」字，遂云「冷落」，不知出此耳。

〔詞評〕黄叔暘云：晁叔用《感皇恩》二曲最工。

蕙風詞隱云：晁叔用慢詞，紆徐排調，略似柳耆卿。

按：《漢宫春·梅》詞爲晁叔用作。胡元任、陳西塘言之皆確有事實，而王仲言《玉照新志》載李漢老以是詞受知於首相王黼，又若鑿鑿可信者。（見後李邴詞話。）此詞屬晁屬李，殊難臆决。唯晁叔用不乏佳詞，何庸齗齗爭此一闋。就《樂府雅詞》所録，如《感皇恩》、《臨江仙》、《漁家傲》、《如夢令》，皆外孫齏臼也。

歷代詞人考略卷十七

宋十一

周邦彦

邦彦字美成，自號清真居士，錢塘人。元豐初，游京師，獻《汴都賦》，神宗異之，命爲太學正，出教授廬州，知溧水縣，還爲國子主簿。哲宗召對，除祕書省正字。歷校書郎，考功員外郎，衛尉、宗正少卿，兼議禮局檢討，以直龍圖閣知龍德府，徙明州，入拜祕書監，進徽猷閣待制、提舉大晟府。未幾，知順昌府，徙處州。秩滿，以待制提舉南京鴻慶宫。卒，贈宣奉大夫。有《清真集》二十四卷、《片玉詞》二卷。

〔詞話〕《耆舊續聞》：美成至汴，主角妓李師師家，爲賦《洛陽春》「眉共春山爭秀」云云。師師欲委身而未能也。

《浩然齋雅談》：宣和中，李師師以能歌舞稱，時周邦彦爲太學生，每游其家。一夕，值祐陵臨幸，倉卒隱去。既而賦小詞，所謂「并刀如水，吴鹽勝雪」者，蓋紀此夕事也。未幾，李被宣唤，遂歌于上前，問誰所爲，則以邦彦對。于是遂與解褐，自此通顯。既而朝廷賜酺，師師又歌《大酺》、《六醜》二解，上顧教坊使問袁綯，綯曰：「此起居舍人新知潞州周邦彦作也。」問六醜之義，莫能對。急召邦彦問之，對曰：「此犯六調，皆聲之美者，然絶難歌。昔高陽氏有子六人［才］而醜，故以比之。」上喜，意將留行，且以近者祥瑞沓至，将使播之樂府。命蔡元長微叩之，邦彦云：「某老矣，頗悔少作。」會起居郎張果與之不咸，廉知邦彦嘗于［親王］席上作小詞贈舞鬟「歌席上」云云，爲蔡道其事，上知之，由是得罪。師師入中，封瀛國夫人。朱希真有詩云：「解唱陽關别調聲，前朝唯有李夫人。」即其人也。

《貴耳集》：道君幸李師師家，偶周邦彦先在焉，知道君至，遂匿于牀下。道君自携新橙一顆，云「江南初進來」，遂與師師謔語。邦彦悉聞之，檃括成《少年遊》云：「并刀如水，吴鹽勝雪，纖手破新橙。」後云：「嚴城上，已三更。馬滑霜濃，不如休去，直是少人行。」李師師因歌此詞，道君問誰作，李師師奏云周邦彦詞，道君大怒。坐朝，諭蔡京云：「開封府有監稅周邦彦者，聞課額不登，如何京尹不按發來？」蔡京罔知所以，奏云：「容臣退朝呼京尹叩問，續得復奏。」京尹至，蔡以御前聖旨諭之，京尹云：「唯周邦彦課額增羨。」蔡云：「上意如此，只得遷就將上。」得旨：「周邦彦職事廢弛，可日下押出國門。」隔一、二日，道君復幸李師師家，不見李師師，問其家，知送周監稅。道君方以邦彦出國門爲喜，既至不遇，坐久，至更初。李始歸，愁眉淚睫，顦顇可掬。道君大怒云：「爾去那裏去？」李奏：「臣妾萬死，周邦彦得罪，押出國門，略致一杯相别。不知官家來。」道君問：「曾有詞否？」李奏云：「有《蘭陵王》詞。」今「柳陰直」者是也。道君云：「唱一徧看。」李奏云：「容臣妾奉一杯，歌此詞爲官家壽。」曲終，道君大喜，復召爲大晟樂正。後官至大晟樂府待制。邦彦以詞行，當時皆稱美成詞，殊不知美成文筆，大有可觀。作《汴都賦》，如牋奏雜著，皆是傑作，可惜以詞掩其他文也。

《樵隱筆録》：紹興初，都下盛行周清真《詠柳・蘭陵王慢》，西樓南瓦皆歌之，謂之《渭城三疊》，以用詞凡三换頭，至末段聲尤激越，惟教坊老笛師能倚之以節歌者。其譜傳自趙忠簡家，忠簡於建炎丁未九日南渡，泊舟儀真江口，遇宣和大晟樂府協律郎某，叩獲九重故譜，因令家伎習之，遂流傳於外。

《碧鷄漫志》：江南某氏者解音律，時時度曲，周美成與有瓜葛，每得一解，即爲製詞，故周集中多新聲。

美成初在姑蘇，與營妓岳七楚雲者游甚久，後歸自京師，首訪之，則已從人矣。明日，飲於太守蔡巒子高坐中，見其妹，作《點絳脣》曲寄之：「遼鶴西歸」云云。

《玉照新志》：周美成以待制提舉南京鴻慶宫，自杭徙居睦州，夢中作長短句《瑞鶴仙》一闋，既覺猶能全記，了不詳其所謂也。未幾，青溪賊方臘起，逮其鴟張，方還杭州舊居，而道路兵戈已滿，僅得脱死。始入錢塘門，但見杭人倉皇奔避，如蜂屯蟻沸，視落日半在鼓角樓檐間，即詞中所謂「斜陽映山落，斂餘暉、猶戀孤城闌角」者應矣。當是時，天下承平日久，吴越享安閒之樂，而狂寇嘯聚，徑自睦州直擣蘇杭，聲言遂踞二浙，浙人傳聞，内外響應，求死不暇。美成舊居既不可往，是日無處得食，饑甚。忽於稠人中有呼待制何往者，視之，鄉人之侍兒，素所識者也。且曰：「日昃未必食，能捨車過酒家乎？」美人從之，驚遽間連引數杯散去，腹枵頓解，乃詞中所謂「凌波步弱，過短亭、何用素約。有流鶯勸我，重解繡鞍，緩引春酌」之句驗矣。飲罷覺微醉，便耳目皇惑，不敢少留，徑出城北，江漲橋諸寺士女已盈滿，不能駐足，獨一小寺經閣偶無人，遂宿其上，即詞中所謂「上馬誰扶，醉眠朱閣」又應矣。既見兩浙處處奔避，遂絶江居揚州，未及息肩，而傳聞方賊已盡據兩浙，將涉江之淮泗，因自計方領南京鴻慶宮，有齋廳可居，乃挈家往焉，則詞中所謂「念西園已是，花深無路，東風又惡」之語應矣。至鴻慶宮未幾，以疾卒；則「任流光過了，歸來洞天樂」，又應於身後矣。美成平生好作樂府，將死之際，夢中得句，而字字俱應，卒章又驗於身後，豈偶然哉。美成之守潁上，與僕相知，其至南京，又以此詞見寄，尚不知此詞之言，待其死，乃盡驗如此。

《談藪》：唐小説紀紅葉事，本朝詞人罕用此事，惟周清真樂府兩用之。《掃花遊》云：「信流去，想一葉怨題，今到何處。」《六醜·詠落花》云：「飄流處、莫趁潮汐。恐斷紅、尚有相思字，何由見得。」脱胎換骨之妙極矣。

《山中白雲詞·國香》詞叙：沈梅嬌，杭伎也。忽於京都見之，把酒相勞苦，猶能歌周清真《意難忘》、《臺城路》二曲，因屬余記其事。詞成，以素羅帕書之。《意難忘》詞，叙車氏秀卿，中吴樂部之翹楚，歌美成曲得其音旨。

《詞源》：崇寧立大晟府，命周美成諸人討論古音，審定古調，淪落之後，少得存者。由此八十四調之聲稍傳。而美成諸人又復增演慢曲、引、近，或移宫换羽，爲三犯、四犯之曲，按月律爲之，其曲遂繁。美成負一代詞名，所作之詞，渾厚和雅，善於融化詩句，而於音譜，且間有未諧，可見其難矣。作詞者多效其體製，失之軟媚，而無所取。此唯美成爲然，不能學也。所可倣傚之詞，是一美成而已。

《古今詞話》：《紅林檎近》調始於周美成，云：「風雪驚初霽，水鄉增暮寒。樹杪墮毛羽，檐牙挂琅玕。」四句起似古風。方千里和之，結句則云：「歲華休作容易看。」句法當以結句之第六字爲仄字。

《柳塘詞話》：周邦彦以進《汴都賦》得官，徽廟時提舉大晟樂府。每製一詞，名流輒爲賡和，東楚方千里、樂安楊澤民全和之，或合爲《三英集》行世。

〔詞評〕《花庵詞選》：周美成《花犯》詠梅花「粉牆低」云云。黄叔暘云：此只詠梅花，而紆徐反覆，道盡三年間事。昔人謂好詩圓美流轉如彈丸，余於此詞亦云。

《皇宋書録》：周美成有詞稾，藏張宫講宓家。昔人詠節序，不爲不多，付之歌喉者，類是率俗，不過爲應時納俗之聲。所謂清明「拆桐花爛漫」，端午「梅霖初歇」，七夕「炎光謝」，若律以詞家調度，則皆未然。豈如美成《解語花・賦元夕》「風銷焰蠟」云云。如此等妙詞，不獨措詞精粹，又且見時序風物之盛，人家宴樂之同。

《雲麓漫鈔》：周美成作《西河》詞，有云「莫愁艇子誰繫」，此郢州之石城，皆誤用。莫愁，郢人，《古樂府》云：「莫愁在何處，莫愁石城西。艇子打兩槳，催送莫愁來。」人不知考。

《野客叢書》：苕溪漁隱謂周侍郎詞，「浮萍破處，檐花簾影顛倒」，「檐花」二字，用杜少陵「燈前細雨檐花落」，全與出處意不相合。詳味周用「檐花」字，於理無礙。漁隱謂與少陵出處不合，殆膠於所見乎？大抵詞人用事圓轉，不在深泥出處，其紐合之工，出於一時自然之趣。又如周詞「午妝粉指印窗眼。曲理長眉翠淺。問知社日停鍼綫。探新燕。寶釵落枕春夢遠。簾影參差滿院。」非工於詞，詎至是。或謂眉間爲「窗眼」，謂以粉指印眉心耳。此說非無據，然直作窗牖之眼，亦似意遠。蓋婦人妝罷，以餘粉指印於窗牖之眼，自有閒雅之態。僕嘗至一庵舍，見窗壁間粉指無限，詰其所以，乃其主人嘗攜諸姬抵此，因思周詞，意恐或然。「社日停鍼綫」，張文昌句。

《樂府指迷》：凡作詞當以清真爲主。蓋清真最爲知音，且無一點市井氣。下字運意，皆有法度，往往自唐、宋諸賢詩句中來，而不用經史中生硬字面，此所以爲冠絶也。學者看詞，當以《周詞集解》爲冠。

又：結句須要放開，含有餘不盡之意，以景結情最妙。如清真之「斷腸院落，一簾風絮」，又「掩重關，徧城鐘鼓」之類是也。或以情結尾亦好，往往輕而露，如清真之「天便教人，霎時厮見何妨」，又云「夢魂凝想鴛侣」之類，便無意思，亦是詞家病，卻不學也。

又：如詠物，須時時提調，覺不可分曉，須用一兩件事印證方可。如清真《詠梨花・水龍吟》第三、第四句，須用「樊川」、「靈關」事。又「深閉門」及「一枝」帶雨事。覺後段太寬，又用「玉容」事，方表得梨花。若全篇只説花之白，則是凡白花皆可用，如何見得是梨花。

又：詠物詞，最忌説出題字。如清真《梨花》及《柳》，何曾説出一箇梨、柳字。梅川不免犯此戒，如《月上海棠・詠月》，出兩箇「月」字，便覺淺露。它如周草窗諸人，多有此病，宜戒之。

《渚山堂詞話》：周清真《渡江雲》首云：「晴嵐低楚甸，暖回雁翅，陣勢起平沙。」繼云：「千萬絲、陌頭楊柳，漸漸可藏鴉。」今以景物而觀，暖初回雁，柳漸藏鴉，則仲春候也。後乃云：「今朝正對初弦月，傍水驛、深艤蒹葭。」又似夏秋之際，容非語病乎？謂若稍更句中云：「今宵正對江心月，憶年時、水宿蒹葭。」庶映帶過無礙也。

《皺水軒詞筌》：周清真《少年游》，吾極喜其「錦幄初温，獸煙不斷，相對坐調笙」，情事如見。至「低聲問向誰行宿，城上已三更。馬滑霜濃，不如休去」等語，幾于魂揺目蕩矣。及被謫後，師師持酒餞别，復作《蘭陵王》贈之，中云：「愁一箭風快，半篙波暖，回首迢遞便數驛。」酷盡别離之慘。而題作《詠柳》，不書其事，則意趣索然，不見其妙矣。

又：詞家用意極淺，然愈翻則愈妙。如周清真《滿路花》後半云：「愁如春後絮，來相接。知它那裏，爭信人心切。除共天公説。不成也還，似伊無箇分别。」酷盡無聊賴之致。

又：長調推秦、柳、周、康爲䚡律，然康唯《滿庭芳・冬景》一詞，可稱禁臠，餘多應酬鋪叙，非芳旨也。周清真雖未高出，大致勻淨，有柳欹花嚲之致，沁人肌骨處，視淮海不徒娣姒而已。弇州謂其能入麗字，不能入雅字，誠確。謂能作景語，不能作情語，則不盡然。但生平景勝處爲多耳。

《七頌堂詞繹》：美成《春恨・漁家傲》，以「黄鸝久住如相識」，「重露成涓滴」作結，有離鉤三寸之妙。

《詞潔》：美成《應天長慢》，空淡深遠。石帚專得此種筆意。

《藝概》：周美成詞，或稱其無美不備。余謂論詞莫先於品，美成詞信富艷精工，只是當不得一箇真字。是以士大夫不肯學之，學之則不知終日意縈何處矣。

又：周美成律最精審，史邦卿句最警鍊，然未得爲君子之詞者，周旨蕩，而史意貪也。

《人間詞話》：美成《青玉案》詞：「葉上初陽乾宿雨。水面清圓，一一風荷舉。」此真能得荷之神理者。

覺白石《念奴嬌》、《惜紅衣》二詞，猶有隔霧看花之恨。

樓攻媿云：清真樂府，風流自命，顧曲名堂，不能自已。

陳質齋云：美成詞，多用唐人詩檃括入律，混然天成，長調尤善鋪叙，富艷精工，詞人之甲乙也。

王世貞云：美成能作景語，不能作情語，能入麗字，不能入雅字，以故價微劣於柳。然至「枕痕一綫紅生玉」，又「喚起兩眸清炯炯，淚花落枕紅綿冷」，其形容睡起之妙，真能動人。

彭羨門云：美成詞，如十三女子玉艷珠鮮，政未可以其軟媚而少之也。

先著云：美成詞乍近之，覺疏樸苦澀，不甚悦口，含咀久之，則舌本生津。

周介存云：美成思力獨絶千古，如顔平原書，雖未臻兩晉，而唐初之法至此大備，後有作者，莫能出範圍矣。

又：讀得清真詞多，覺他人所作都不十分經意。

又：鉤勒之妙，無如清真，他人一鉤勒便薄，清真愈鉤勒愈渾厚。

王觀堂云：美成深遠之致，不及歐、秦，唯言情體物，窮極工巧，故不失爲第一流之作者。但恨創調之才多，創意之才少耳。

〔詞考〕《鶴林玉露》：楊東山言，《道藏經》云：「蝶交則粉退，蜂交則黄退。」周美成詞云「蝶粉蜂黄渾退了」，正用此也。而説者以爲宮妝，且以「退」爲「褪」，誤矣。

《花庵詞選》：周美成《瑞龍吟·春》詞「章臺路」云云，叔暘曰：此詞自「章臺路」至「歸來舊處」是第一段；自「黯凝竚」至「盈盈笑語」是第二段，此之謂雙拽頭，屬正平調。自「自度劉郎」以下即犯大石，係第三段，至「歸騎晚」以下四句再歸正平。今諸本皆於「吟箋賦筆」處分段，非也。

《四庫全庫·片玉詞提要》：《宋史·文苑傳》稱邦彦疏儁少檢，不爲州里推重。好音樂，能自度曲，製樂府長短句，詞韻清蔚。《藝文志》載《清真居士集》十一卷，蓋其詩文全集，久已散佚，其附載詩餘與否，不可復考。陳振孫《書録解題》載其詞有《清真集》二卷，後集一卷。此編曰《片玉》，據毛晉跋，稱爲宋時刊本所題，原作二卷，其補遺一卷，則晉采各選本成之。疑舊本二卷即所謂《清真集》，晉所掇拾，乃其後集所載也。……邦彦本通音律，下字用韻，皆有法度。故方千里和詞，一一案譜填腔，不敢稍失尺寸。今以兩集互校，如《隔浦蓮近拍》「金丸驚落飛鳥」句，毛本注云：案譜此處宜三字二句。然千里詞作「夷猶終日魚鳥」，則周詞本是「金丸驚落飛鳥」，非三句二句。又《荔枝香近》「兩兩相依燕新乳」句，止七字，千里詞作「深澗斗瀉飛泉灑甘乳」句，凡九字。覩柳永、吴文英二集，此調亦俱作九字句，不得謂千里爲誤。則此句尚脱二字。又《玲瓏四犯》「細念想、夢魂飛亂」句七字，毛本因舊譜誤脱「細」字，遂注曰：案譜宜是六言。不知千里詞正作「顧鬢影翠雲零亂」七字，則此句「細」字非衍文。又《西平樂》「爭知向此征途，區區佇立塵沙」二句，共十二字，千里和云「流年迅景，霜風敗葦驚沙」，止十字，則此句實誤衍二字。至於《蘭陵王》尾句「似夢裏淚暗滴」六仄字成句，覩史達祖此調此句，作「欲下處似認得」，亦止用六仄字，可以互證。毛本乃於「夢」字下增一「魂」字，作七字句，尤爲舛誤。今並釐正之。據《書録解題》，有曹杓字季中、號一壺居士者，曾注《清真詞》二卷，今其書不傳。

《蓮子居詞話》：小説，周美成以《少年游》得罪外謫。考《浩然齋雅談》，周時爲太學生，因此詞遂與解褐，未有外謫之事。周之得罪，由於張果、蔡京之譖，非爲《少年游》詞，因親王席上妓，非師師也。弁陽翁之言，較小説家差覈實可據。《六醜》，楊用修易爲「箇儂」，殆未喻清真之義耶。

《清真先生遺事》：王國維按：先生詞集行於世者，今惟毛刻《片玉詞》二卷。王刻《清真集》二卷；陳注《片玉集》十卷，則元刻僅存。又見仁和勞巽手鈔本振綺堂藏《片玉集》十卷，目録之下，略有注釋，詞中注多已削去，殆亦從陳本出。其古本則見於《景定嚴州續志》、《花庵詞選》者，曰《清真詩餘》；見於《詞源》者，曰《圈法美成詞》；見於《直齋書録》者，曰《清真詞》、曰曹杓《注清真詞》；又與方千里、楊澤民《和清真詞》合刻者，曰《三英集》。（元注：見毛晉《方千里和清真詞跋》。）子晉所藏《清真集》，與王刻元本不同，其《氐州第一》一首作《熙州摘徧》，此宋人語，非元以後人所知，則其源亦出宋本；加以溧水本，是宋時已有七本。而陳注《片玉集》十卷、王刻《清真集》二卷，則爲元本。毛跋之《美成長短句》不識編於何時。其別本之多，爲古今詞家所未有。溧水本編於淳熙庚子，故闋數雖多，頗有僞詞。陳注十卷，與王刻二卷編次均同，方千里、楊澤民和詞，既不據溧水本，又題《和清真詞》，則必據《清真詞》，今其次序與陳注本、王刊本正同，則此二本疑即出於直齋著録之《清真詞》三卷。今以此數本比較觀之，方、楊和詞均至《滿路花》而止。（元注：陳注本卷八之末、王刊本卷二第五十三闋。）而陳注本、王刊本尚有《綺寮怨》以下三十一闋。疑宋本《清真詞》二卷當至《滿路花》止，而《綺寮怨》以下即所謂後集。王刊元本以後集一卷，合於下卷，而陳本則分前集爲八卷，後集爲二卷，雖皆出於《清真詞》，然皆非《清真詞》之舊矣。由此觀之，則《清真詞》三卷之編次，亦復不難推測。至毛刊《片玉詞》，子晉謂出宋本，或據陳注本，劉必欽序謂「片玉」之名乃必欽所改題，溧水舊本不應先有此名。然此本編次既與他本絶異，而所增詞甚多，其中僞作間出，而其佳者又絶非清真不辦，且陳允平《西麓繼周集》全從此本次第，足證宋末已有此本。又子晉未見陳注本，則亦無從改題爲「片玉」。余疑劉序乃釋「片玉」二字，特措辭不倫，此又元、明人常態，無足怪也。又疑《清真詞》三卷，篇篇精粹，雖非先生手定，要爲最先之本。考王灼《碧雞漫志》，成於紹興己巳年，而書中已有「美成集中多新聲」一語，則先生詞集，紹興間已盛行矣。《片玉》本，强焕所編，又益以未收諸詞，既編於數十年後，羼入他作，自不能免，惟子晉宋本之説，固無可疑也。

按：元人沈伯時作《樂府指迷》，於清真詞推許甚至。唯以「天便教人，霎時厮見何妨」、「夢魂凝想鴛侣」等句爲不可學，則非真能知詞者也。清真又有句云：「多少暗愁密意，惟有天知。」「最苦夢魂，今宵不到伊行。」「拚今生，對花對酒，爲伊淚落。」此等語愈樸愈厚，愈厚愈雅，至真之情由性靈肺腑中流出，不妨説盡而愈無盡。南宋人詞如姜白石云：「酒醒波遠，政凝想、明璫素韈。」庶幾近似，然已微嫌刷色。誠如清真等句，唯有學之不能到，如曰不可學也，詎必顰眉搔首作態幾許，然後出之，乃爲可學耶？明已來詞纖艷少骨，致斯道爲之不尊，未始非伯時之言階之厲矣。清真詞事，散見宋人説部絶夥，或一事兩岐，或歲時僢盭，比勘辨證未易，更僕兹擇。其語近雅馴較可據依者，薈録於編，備參考焉。又清真詞名改爲《片玉》，實自陳元龍注本始。其命名之意，見於劉肅序中，非美成所自名。亦猶朱淑真詞，明人魏端禮以《斷腸》名之，非淑真所自名也。劉肅，宋末人，入元。陳注《片玉詞》刻於淳熙間，近人有收得宋本者。

葛勝仲

勝仲字魯卿，丹陽人。登紹聖四年進士第，調杭州司理參軍。薦試學官及詞科，俱第一，除兗州教授，入爲太學正。差提舉議歷所檢討官兼宗正丞，擢禮部員外郎。坐建言違衆議，責知寧縣，尋復原官，權國子司業，兼太子諭德，徙太常少卿，除國子祭酒。出知汝州，改湖州，徙鄧州。復知湖州。紹興元年，丐祠歸。（按《直齋書録解題》：勝仲官顯謨閣待制。《宋史·文苑》本傳無此文。）卒，謚文康。有《丹陽集》八十四卷，詞一卷別行。

〔詞話〕《詞品》：葛魯卿《蓦山溪》詞，詠天穿節郊射也。宋以前，以正月二十三日爲天穿節。相傳云：女媧氏以是日補天，俗以煎餅置屋上，名曰補天穿。今其俗廢久矣。詞不甚工，而事奇，故拈出之。

《織餘瑣述》：《丹陽詞·章圃賞瑞香·臨江仙》句云：「更携金鑿落，來賞錦薰籠。」按《苕溪漁隱叢話》：陳子高九日瑞香盛開有詩云：「宣和殿裏春風早，紅錦薰籠二月時。」因此詩，遂號瑞香爲錦薰籠，葛詞用之。

〔詞評〕許蒿廬云：魯卿父子，門第既高，譽望亦重。特其所作，不逮元獻、小山耳。

〔詞考〕《四庫全書·丹陽詞提要》：宋葛勝仲詞，《書録解題》別載一卷。此爲毛晉所刻，蓋其單行之本也。勝仲與葉夢得酬唱頗多，而品格亦復相埒。唯葉詞中有《鷓鴣天·次魯卿韻觀太湖》一闋，此卷内未見原唱，而此卷有《定風波·燕駱駝橋次少藴韻》二闋，葉詞内亦未見。非當時有所刊削，即傳寫佚脱。至《浣溪沙》三首，在葉詞以爲次魯卿韻，在此卷又以爲和少藴韻，則兩者必有一僞，不可得而復考矣。其《江城子》後闋押翁字韻，益可證葉詞復押宫字之誤。《鷓鴣天·生辰》一詞，獨用仄韻，諸家皆無是體，據調當改《木蘭花》。至於字句譌缺，凡《永樂大典》所載者，如《鷓鴣天》後闋，「懽華」本作「懽娱」；第二首後闋，「紅囊」本作「紅裳」；《西江月》第二首後闋，「縈塗」本作「榮塗」；《臨江仙》第三首後闋，「擂鼓」本作「醽鼓」；《浣溪沙》第二首後闋，「容貌」本作「容見」；《驀山溪》第一首前闋，「袨服」本作「袪服」，「摸名」本作「摸石」；第二首後闋，「横石」亦本作「摸石」；第三首前闋，「使登榮」本作「便登榮」，「隨柳岸」本作「隋柳岸」；《西江月》第三首後闋，「鱸魚」本作「鱸蒪」；《瑞鷓鴣》後闋，「還過」本作「還遇」；《江城子》第二首後闋，「歌鐘」下本有「捲簾風」三字；《蝶戀花》後闋，今本作二方空者，本「黄紙」二字，「龍濩」本作「龍護」；《臨江仙》前闋，「儒似」本作「臞仙」；第二首後闋，今本缺十二字，本作「憑誰都卷入芳尊，賦歸懽靖節」二句；《醉花陰》前闋，「凍拌萬林梅」句，本作「凍枿萬林海」；《浪淘沙》第二首後闋，「闢宴」本作「開燕」。皆可證此本校讎之疏。又《永樂大典》本尚有《小飲·浣溪沙》一首，《九日·南鄉子》一首，《題靈川廣瑞禪院·虞美人》一首，爲是本所無，則譌脱又不止字句矣。

按：嘗閲《丹陽詞》，以其題考之，作於休寧縣者約三分之一，士君子懷抱高異，不諧於俗，排擠不已，至於遷謫，亦唯是寄情豪素，託恉吟弄，以發抒其無聊抑鬱之思。如蘇長公、黄涪翁、秦太虚諸名輩，其拔俗遺世之作，大都得自蠻煙瘴雨中矣。《丹陽詞》如《漁家傲》云：「興盡碧雲催日暮，招晚渡，遥遥一葉隨鷗鷺。」《水調歌頭》云：「今夜長風萬里，且倩澄泓浩蕩，一爲洗塵容。」《西江月》云：「鳳山香雪定應空，昨夜疏枝入夢。」《南鄉子》云：「笑語忘懷機事盡，鷗邊。萬頃溪光上下天。」《江城子》云：「賴是尋芳無素約，端不恨，緑陰重。」雖未必方駕黄、秦，要亦不在晁、陳下矣。又《鷓鴣天·賞菊疊韻》云：「已邀騷客陶元亮，不用歌姬盛小叢。」韻絶新。

滕宗諒

宗諒字子京，河南人。大中祥符八年進士，以泰州軍事推官召試學士院。改大理丞，知當塗、邵武二縣，遷殿中丞。仁宗時，上疏請章獻太后還政。太后崩，除左正言，遷左司諫，坐言事不實，降尚書祠部員外郎、知信州。與范諷相善，諷貶，宗諒降監池州酒税。久之，通判江寧府，徙知湖州，除刑部員外郎、直賢院、知涇州。擢天章閣待制，徙慶州。坐在涇費公錢，降知虢州，徙岳州，遷蘇州卒。

〔詞話〕《能改齋漫録》：唐·錢起《湘靈鼓瑟》詩末句：「曲終人不見，江上數峰青。」滕子京嘗過巴陵，以前兩句填詞云：「湖水連天天連水，秋來分外澄清。君山自是小蓬瀛。氣蒸雲夢澤，波撼岳陽城。　帝子有靈能鼓瑟，淒然依舊傷情。微聞蘭芷動芳馨。曲終人不見，江山數峰青。」

按：《清波雜志》：「放臣逐客一旦棄置遠外，其憂悲顣頞之歎發於詩什，特爲酸楚，極有不能自遣者。滕子京守巴陵，修岳陽樓。或贊其落成，答以『落甚成，只待凭欄大慟數場。』閔已傷志，固君子所不免，亦豈至是哉」云云。今觀子京《臨江仙》詞，惟换頭稍涉淒抑，而前段則饒有興會意者，周昭禮之言殆傳聞失實歟？抑或賓朋晤語與抽象命牘不同，容有抑鬱牢騷之言流露於不自覺歟？

元絳

絳字厚之，錢塘人。天聖八年進士，調江寧推官，攝上元令。歷永新、海門令。擢江西轉運判官、知台州，入爲度支判官。以直集賢院爲廣東轉運使，擢工部郎中，歷兩浙、河北轉運使，拜鹽鐵副使，擢天章閣待制、知福州，進龍圖閣直學士，徙廣、越、荆南，爲翰林學士、知開封府，拜三司使、參知政事。罷知亳州，改潁州，加資政殿學士，留提舉中太一宫，以太子少保致仕。卒贈太子少師，謚章簡。

〔詞話〕《織餘瑣述》：宋·元絳有牡丹詞，詞寄《映山紅慢》「穀雨風前」云云。吾廣右呼杜鵑花爲映山紅，每届清明前後，峰巒蒼翠間，火齊競吐，照灼雲霞，奇景也。

按：元厚之《牡丹·映山紅慢》云：「穀雨風前，占淑景、名花獨秀。露國色仙姿，品流第一，春工成就。羅幃護日金泥皺。映霞腮動檀痕溜。長記得天上，瑶池閬苑曾有。　千匝繞、紅玉闌干，愁只恐、朝雲難久。須款折、繡囊賸帶，細把蜂鬚頻嗅。佳人再拜擡嬌面，斂紅巾、捧金杯酒。獻千千壽。願長恁、天香滿袖。」見《花草粹編》。此調萬氏《詞律》失載。徐氏《詞律拾遺》補收，即據元詞定譜，注云：「羅幃」二句，與後「佳人」二句同，但「面」字不叶韻耳。俞蔭甫云：「面」字疑手字之誤。

歷代詞人考略卷十八

宋十二

蔡　襄

襄字君謨，其先自光州固始入閩，家仙游，又遷莆田，遂爲莆田人。天聖八年進士，爲西京留守推官。慶曆三年，擢知諫院，進直史館，兼修起居注。以母老求知福州，改福建路轉運使，復修起居注。進知制誥，遷龍圖閣直學士，知開封府。以樞密直學士再知福州，徙知泉州，召爲翰林學士、三司使。乞爲杭州，拜端明殿學士以往。治平四年卒，贈吏部侍郎。乾道中，賜謚忠惠。有《蔡忠惠公集》。

按：蔡忠惠《好事近》云「瑞雪滿京都，宮殿盡成銀闕。常對素光遥望，是江梅時節。如今江上見寒梅，幽香自清絶。重看落英殘艷，想飄零如雪。」見《花草粹編》。此詞以雪梅起興，後段云云，其江湖魏闕之思乎？幽香清絶，蓋以自喻。恉趣厚而意境高，非尋常寫景詠物之作。忠惠詞它選本未經著録。

蒲宗孟

宗孟字傳正，新井人。皇祐五年進士，調夔州觀察推官。熙寧元年，改著作佐郎。召試學士院，以爲館閣校勘，檢正中書户房兼修條例，進集賢校理。俄同修起居注、直舍人院、知制誥，同修兩朝國史，爲翰林學士兼侍讀。拜尚書左丞。坐繕治府舍過制，罷知汝州。踰年，加資政殿學士，徙亳、杭、鄆三州。方徙河中，坐在鄆治盜慘酷，奪職知虢州。復知河中，帥永興，移大名，卒。有《蒲左丞集》十卷。

按：蒲傳正《望梅花》云：「一陽初起。暖律未勝寒氣。堪賞素華長獨秀，不並開紅抽紫。青帝只應憐潔白，不使雷同衆卉。　淡然難比。粉蝶豈知芳蕊。半夜捲簾如乍失，只在銀蟾影裏。殘雪枝頭君認取，自有清香旖旎。」見《梅苑》，蓋詠白梅詞也。此調萬氏《詞律》失收。徐氏《詞律拾遺》有之，即據蒲詞定譜，第二句「暖律」作「暖力」，《詩眼》晏叔原謂蒲傳正曰：「先公一生小詞未嘗作婦人語。」意者傳正深於詞，故叔原與之言乎。

吴師孟

師孟字醇翁，成都人。以通議大夫致仕。

按：吴醇翁《蠟梅香》云：「錦里陽和，看萬木彫時，早梅獨秀。珍館瓊樓畔，正絳跗初吐，穠華將茂。國艷天葩，真淡竚、雪肌清瘦。似廣寒宫，鉛華未御，自然妝就。　凝睇倚朱闌，噴清香暗度，易襲襟袖。好與春爲主，宜秉燭、頻觀泛湘酎。莫待南枝，隨樂府、新聲吹後。對賞心人，良辰好景，須信難偶。」見《梅苑》及《花草粹編》。此調萬氏《詞律》失載。徐氏《詞律拾遺》補收，即據吴詞定譜，惟「師孟」誤作「師益」。

魏　泰

泰字道輔，襄陽人。曾布之妻弟，米元章稱其與王平甫並爲詩豪。崇觀間，章惇为相，欲官之，不就。晚節卜隱漢上。有《臨漢隱居集》二十卷、《詩話》一卷、《東軒筆録》十五卷。

按：魏道輔《上定齋・水晶簾》云：「誰道秋期遠，更旬浹、雙星相見。雨足西簾，正玉井蓮開，壽筵初展。麈尾呼名祛暑淨，那更著、綸巾羽扇。彿清歌，不計杯行，任深任淺。　湖邊小池苑。漸苔痕草色，青青如染。辨橘中荷屋，晚芳自占。蝸角虛名身外事，付骰子、紛紛戲選。喜平時、公道開明，話頭正轉。」（編者按，此詞應爲無名氏作，見《翰墨大全》丁集卷三。）又有《如意令》，並見《花草粹編》。《水晶簾》調，萬氏《詞律》失載，徐氏《詞律拾遺》補收。《如意令》，即《如夢令》，雙調，則徐氏亦失載矣。

劉　弇

弇字偉明，安福人。元豐二年進士。繼中宏詞科，知峨眉縣，改太學博士。元符中，進《南郊大禮賦》，除祕書省正字。徽宗立，改著作佐郎，實録檢討官卒。有《龍雲集》三十卷。

〔詞話〕《苕溪漁隱叢話》：《復齋漫録》云：劉偉明既喪愛妾而不能忘，爲《清平樂》詞云：「東風依舊。著意隋隄柳。搓得鵝兒黄欲就。天氣清明厮勾。　去年紫陌青門。今朝雨魄雲魂。斷送一生顦顇，能消幾箇黄昏。」與唐張阿灰之詞有間矣。

按：劉偉明《清平樂》「東風依舊」闋，《花庵詞選》作趙德麟，未知孰是？偉明又有《洞仙歌》，見《樂府雅詞·拾遺》。又《惜雙雙令》云：「風外橘花香暗度。飛絮綰、殘春歸去。醞造黄梅雨。冷煙曉占横塘路。翠屏人在天低處。驚夢斷、行雲無據。此恨憑誰訴。恁時卻倩危絃語。」見《御選歷代詩餘》。此詞風格不在《清平樂》下。「翠屏人在天低處」，情景逼真，尤爲未經人道。與「斷送一生顦顇，能消幾箇黄昏」，手筆之妙，政復如驂之靳。

王　雱

雱字元澤，安石之子。未冠舉進士，調旌德尉。時安石執政，雱與父謀曰：執政子雖不可預事，而經筵可處。乃以所作策及注《道德經》鏤板，鬻於市，遂達於上。鄧綰、曾布又力薦之，召見，除太子中允，崇德殿説書，擢天章閣待制兼侍講。遷龍圖閣直學士，不拜卒。特贈左諫議大夫。

〔詞話〕《捫蝨新話》：王元澤不作小詞，或者笑之。元澤遂作《倦尋芳慢》一首，時服其工。詞云：「露晞向曉，簾幕風輕，小院閒晝。翠徑鶯來，驚下亂紅鋪繡。倚危闌，登高榭，海棠著雨臙脂透。算韶華，又因循過了，清明時候。倦游燕、風光滿目，好景良辰，誰共携手。恨被榆錢，買斷兩眉長皺。憶高陽，人散後。落花流水仍依舊。這情懷，對東風、盡成消瘦。」

《古今詞話》：王荆公公子雱多病，因令其妻樓居而獨處，荆公别嫁之。雱念之，爲作《秋波媚》詞云：「楊柳絲絲弄輕柔。煙縷織成愁。海棠未雨，梨花先雪，一半春休。而今往事難重省，歸夢遶秦樓。

相思只在，丁香枝上，荳蔻梢頭。」（編者按，此首乃無名氏作，見《類編草堂詩餘》。）

《東皋雜鈔》：宋魏泰《東軒筆録》載：王荆公子雱，为太常寺太祝，素有心疾，娶同郡龐氏女爲妻，逾年生一子，雱以貌不類己，百計欲殺之，竟以悸死，又與妻日相鬭鬨。荆公知其子失心，念此婦無罪，欲離異之，則恐其誤被惡聲，遂與擇壻而嫁之。時有「王太祝生前嫁婦，侯工部死後休妻」之諺。按史稱元澤未冠，著書千百言，作策三十餘篇，極論天下事，不類失心者，其後病疽死。魏泰所云，恐未必然，細味其《眼兒媚》詞，所謂「海棠未雨，梨花先雪，一半春休」。又云：「相思只在，丁香枝上，荳蔻梢頭。」意元澤或是病婦者（按「病」字上疑脱念字），不然人即失心，亦無遽嫁其婦之理。荆公雖執拗，當不至是。

〔詞評〕王元美云：王元澤「恨被榆錢買斷，兩眉長皺」，可謂巧而費力矣。

黄蓼園云：王元澤《眼兒媚》詞，語語清新婉倩，後人爭妍鬭艶終不能及。數百年來，脱口如新。

按：王元澤詞，傳者僅《倦尋芳慢》、《眼兒媚》二闋，並皆吐屬清華。嘗謂填詞與其人生平處境極有關係。宋人如晏叔原、王元澤，國朝如納蘭容若，固由姿稟穎異，亦其地望之高華，有以玉之於成也。叔原云：「舞低楊柳樓心月，歌盡桃花扇底風。」元澤云：「翠徑鶯來，驚下亂紅鋪繡。」容若云：「屏障厭看金碧畫，羅衣不奈水沈香。」此等語，非村學究所能道也。

秦　湛

湛字處度，觀之子。官宣教郎。

〔詞話〕《花草蒙拾》：「亂鴉啼後，歸興濃於酒」，蘇叔黨詞也。「擬倩東風浣此情，情更濃於酒」，秦處度詞也。二公可謂有子，李、晏家世，豈得獨擅。

〔詞評〕沈偶僧云：蓮詞共推永叔諸作。後見處度句云：「藕葉清香勝花氣。」清新自無人道。

《詞概》：少游《水龍吟》：「小樓連苑横空，下窺繡轂雕鞍驟。」東坡譏之云：「十三箇字，只說得一箇人騎馬樓前過。」語極解頤。其子湛作《卜算子》云：「極目煙中百尺樓，人在樓中否。」言外無盡，似勝乃翁，未識東坡見之云何。

〔詞考〕《古今詞譜》：《卜算子》，歇指調曲，平韻，即《巫山一段雲》也。秦湛詞：「極目煙中百尺樓，人在樓中否。」又名《百尺樓》，有八十九字，中調。

按：秦處度《卜算子》全闋云：「春透水波明，寒峭花枝瘦。極目煙中百尺樓，人在樓中否。四和裊金凫，雙陸思纖手。擬倩東風浣此情，情更濃於酒。」其「藕葉清香勝花氣」句，惜全闋不傳，不知寄何調也。又有《謁金門》云：「鴛鴦浦。春漲一江花雨。隔岸數聲初過艣。晚風生碧樹。舟子相呼相語。載取暮愁歸去。寒日江村芳草路。愁來無著處。」（編者按，此首乃張元幹作，見《蘆川詞》卷上。）王阮亭極稱賞「載取」句，謂與「載不動、許多愁」，「只載一船離恨向西州」，政可互觀。

李元膺

元膺，東平人。南京教官。紹聖間，李孝美作《墨譜法式》，元膺爲之序。蓋同時人也。

〔詞話〕《冷齋夜話》：許彦周曰：李元膺作南京教官，喪妻，作長短句曰：「去年相逢深院宇。海棠下、曾歌金縷。歌罷花如雨。翠羅衫上，點點紅無數。　今歲重尋携手處。[空]物是人非春暮。回首青門路。亂紅飛絮，相逐東風去。」(按調寄《茶瓶兒》。)元膺尋亦下世。

《蓼園詞話》：元膺爲南京教官，澹泊好學。《洞仙歌》詞「廉纖細雨」云云，不知所指。讀集中有《茶瓶兒・悼亡》詞，情詞淒切，此闋或亦爲悼亡後作也。是雨是淚，寫得婉轉流動，比興深切。筆筆飛舞，自是超詣。

〔詞評〕《七頌堂詞繹》：詞有與古詩同義者，「已失了春風一半」，鯢居之諷也。

王晦叔云：李元膺思致妍密，要是波瀾小。

按：李元膺《洞仙歌》句云「已失了春風一半」，劉公勇謂是「鯢居之諷」，則此詞殆作於南渡後乎？其全闋云：「雪雲散盡，放曉晴庭院。楊柳於人便青眼。更風流多處，一點梅心，相映遠。約略顰輕笑淺。　一年春好處，不在濃芳，小艷疏香最嬌軟。到清明時候，百紫千紅花正亂。已失(了)春風一半。早占取韶光，共追游，但莫管春寒，醉紅自暖。」又前調一闋，即蓼園所云悼亡後作者，其全闋云：「廉纖細雨，殢東風如困。縈斷千絲爲誰恨。向楚宫一夢，多少悲涼，無處問。愁到而今未盡。　分明都是淚，泣柳沾花，長與騷人伴孤悶。記當年、得意處，酒力方酣，怯輕寒、玉爐香潤。又豈識、情懷苦難禁，對點滴檐聲，夜寒燈暈。」蓼園黄氏之言曰：讀集中有《茶瓶兒・悼亡》詞云云，詎元膺有集流傳而黄氏得見之耶？又元膺又有《驀山溪・送蔡元長》一闋，見《御選歷代詩餘》，亦可爲元膺時代之證。此詞作於元長被謫時，視盛時貢諛之作爲可存耳。

葉夢得

夢得字少藴，吴縣人。紹聖四年進士，調丹徒尉。徽宗朝，官禮部郎。大觀初，除翰林學士，以龍圖閣直學士知汝州，尋落職，提舉洞霄宫。政和五年，起知蔡州，移帥潁昌府，尋提舉南京鴻慶宫。高宗南渡，除户部尚書，拜尚書左丞。紹興初，爲江東安撫大使兼知建康府，兼壽春等六州宣撫使。加觀文殿學士，移知福州，兼福建安撫使。拜崇信軍節度使致仕。卒贈檢校少保。有《石林詞》一卷。

〔詞話〕《詞苑》：葉夢得九月望日，與客習射西園，病不能射，因作《水調歌頭》以寄意，「霜降碧天靜」云云。

《夷堅丁志》：葉少藴左丞初登第，調潤州丹徒尉。郡守器重之，俾檢察征税之出入。務亭在西津上，葉嘗以休日往，與監官並闌干立，望江中有采舫，傃亭而南，滿載皆婦女，嬉笑自若，謂爲貴富家人。方趨避之，舫已泊岸，十許輩袨服而登，徑詣亭上，問小史曰：「葉學士安在，幸爲入白。」葉不得已出見之，皆再拜致詞曰：「學士儁聲滿江表，妾輩乃真州妓也，常願一侍尊俎，愜平生心。」其魁捧花牋以請。葉命筆立成，不加點竄，即今所傳《賀心郎》詞「睡起聞鶯語」云云，蓋紀實也。此詞膾炙人口，配坡公「乳燕華屋」之作，而葉公自以爲非其絶唱，人亦罕知其事云。（元注：葉晦叔説。）

〔詞評〕《古今詞話》：關注曰：葉右丞詞，能於簡淡處時出雄傑，合處不減靖節、東坡，豈近世樂府之比哉！而尤以《虞美人》爲絶唱，如「美人不用斂歌眉，我亦多情無奈酒闌時」是也。

王晦叔云：後來學東坡者，葉少藴、蒲大受亦得六七，其才力比晁、黄差劣。

黄蓼園云：葉石林生於北宋，入南宋初，其爲詞清剛疏爽，風格於北宋初人爲近。

〔詞考〕《蘆浦筆記》：石林《賀新郎》詞，有「誰採蘋花寄與，但悵望、蘭舟容與」，下「與」字去聲。《漢書·禮樂志》「練時日，澹容與」，顔注：「閑舒也。」今歌者不辨音義，乃以其疊兩「與」字，妄改上「與」作「寄取」，而不以爲非，良可笑也。慶元庚申，石林之孫筠守臨江，嘗從容語及，謂賦此詞時年方八十，而傳者乃云爲儀真妓女作。詳味句意皆不相干，或是書此以遺之爾。

《四庫全書·石林詞提要》：《石林詞》卷首有關注序，稱其兄聖功，元符中爲鎮江掾，夢得爲丹徒尉，得其小詞爲多。味其詞婉麗有温、李之風。晚歲，落其華而實之，能於簡淡處時出雄傑，合處不減靖節、東坡云云。考倚聲一道，去古詩頗遠。集中亦唯《念奴嬌》「故山漸近」一首，雜用陶潛之語，不得謂之似陶。注所擬殊爲不類。至於「雲峰横起」一首，全仿蘇軾「大江東去」，並即參用其韻。又《鷓鴣天》「一曲青山」後闋，且直用軾詩語足成。是以舊刻頗有與東坡詞彼此混入者，則注謂夢得近於蘇軾，其説不誣。夢得著《石林詩話》，主持王安石之學，而陰抑蘇、黄，頗乖正論。乃其爲詞，則又挹蘇氏之餘波。所謂是非之心，有終不可澌滅者耶？卷首《賀新郎》一詞，毛晉注：或刻李玉。考王楙《野客叢書》曰：章茂深嘗得其婦翁所書《賀新郎》詞，首曰「睡起啼鶯語」。章疑其誤，頗詰之。石林曰：老夫常得之矣。流鶯不解語，啼鶯解語，見《禽經》云云。則確爲夢得之作，晉蓋未核。又《野客叢書》所記，正謂此句作「啼鶯語」，故章沖疑「啼」字、「語」字相複。此本乃改为「流鶯」，與王楙所記全然牴牾。

知毛晉疏於考證，妄改古書者多矣。

《吹網録》：《石林詞》，近代唯毛氏汲古閣《宋名家詞》中有之，凡九十九闋。（郡中顧氏藝海樓舊鈔本同。）此外單行本絶少，吾友戈君順卿載嘗得一本見示，乃戊戌秋婁縣裔孫光復新刊，序中未言從何本翻雕，而其闋亦十九。疑即以毛刻爲祖本，特以意分上下二卷，書中駁誤不少。順卿曾依汲古閣原本及戴竹友所藏舊鈔本校勘一過，因余借録謀重刻，復爲蒐檢群書詳加訂正，拾遺刊誤，裨益良多。潘君功甫曾沂見之，亦爲補勘數處，余於手繕之餘又稍稍參校一二，皆注明句下。（校語中稱光復本，爲原刻。如《鷓鴣天·次韻魯卿大錢觀太湖》，題中「錢」字原刻誤作夫，今依顧氏舊鈔本改正。按「大錢」，乃瀕湖港名，今隸烏程縣界。金友理《太湖備考》稱大錢口爲苕霅，下太湖之大路。葛魯卿當日蓋於此泛舟觀湖。俗手不知，而誤改夫字。舉此以見一斑。）戈、潘二君從宋人書中搜得逸詞四闋，（潘校采《花庵詞選·江神子》一闋，戈校采《樂府雅詞·南歌子》、《菩薩蠻》二闋，《全芳備祖·卜算子》一闋。）附存卷末。此外尚不偏搜，而毛刻之非完本已可概見。《念奴嬌》第二闋題爲「中秋燕客，有懷壬午歲吴江長橋」，詞中有「高城」語，切不解作於何地。後見張仲宗元幹《蘆川詞》中「代洛濱次韻」此題一闋，有「老去專城」及「坐揖龍江」等語，乃知公此詞是鎮建康時作。（考公第一次鎮建康，以紹興元年九月奉詔，辭而不允，十一月乙未始至。二年閏四月，即被命提舉洞霄宫歸隱，未及遇中秋。是此詞作於再鎮時矣。）證以《石林詞》同調第三闋題爲「次東坡赤壁懷古韻」中，有「萬里雲屯瓜步晚」之句，益信前闋爲鎮建康同時所製無疑也。

《織餘瑣述》：石林有《熙春臺與王取道、賀方回、曾公衮會·臨江仙》詞，則猶及與方回唱酬矣。

按：石林詞《詔芳亭贈坐客·臨江仙》過拍云：「恨無羯鼓打梁州。遺聲猶好在，風景一時留。」少蘊自注：「世傳『梁州』西梁府初進此曲，會明皇遊月宫還，記《霓裳》之曲，適相近，因作《霓裳羽衣曲》，以『梁州』名之。」今考鄭嵎《津陽門》詩注：「葉法善引明皇入月宫，聞樂歸，笛寫其半。會西涼都督楊敬述進《婆羅門》，聲調吻合，遂以月中所聞爲散序，敬述所進爲其腔，製《霓裳羽衣》。」據此則「梁州」當作「涼州」，少蘊蓋偶誤耳。

唐庚

庚字子西，丹稜人。第進士，爲宗子博士，張商英薦其才，除提舉京畿常平，且欲用爲諫官。商英罷相，庚坐貶，安置惠州。大觀五年，會赦北歸，復官承議郎，提舉上清太平宫。歸蜀，道病卒。有《眉山集》十卷。（按《苕溪漁隱叢話》所引有《唐子西語録》。）

按：唐子西《訴衷情》云：「平生不會斂眉頭。諸事等閒休。元來卻到愁情，須著與它愁。　殘照外，大江流。去悠悠。風悲蘭麝，煙淡滄浪，何處歸舟。」見《花草粹編》。子西詞它選本未見著録，「愁情」「情」字疑誤。此字它家無作平聲者，唯柳耆卿有云「不堪更倚危闌」，與子西句同。（編者按，《花菴詞選》卷八作「愁處」，義勝。）

顔博文

博文字持約，德州人。政和戊戌登甲科。靖康初，官著作佐郎。金人立僞楚時，充事務官，草《勸進表》。南渡初，竄灃州，移賀州卒。

〔詞話〕《能改齋漫録》：顔持約流落嶺外，舟次五羊，作《品令》云：「夜蕭索。側耳聽、清海樓頭吹角。停歸棹、不覺重門閉，恨只恨、暮潮落。　偷想紅啼緑怨，道我真箇情薄。紗窗外、厭厭新月上，應也則、睡不著。」不減唐人語。

《花庵詞選》：顔博文《西江月》云：「草草書傳錦字，懨懨夢繞梅花。海山無計駐仙槎。腸斷芭蕉影下。　缺月舊時庭院，飛雪到處人家。而今顛頷鬢先華。説著多情已怕。」詞簡意高，佳作也。

按：萬氏《詞律·品令》第一體四十九字，據顔博文「夜蕭索」闋定譜。前段末句「恨」下落「只恨」二字，注云：「恨」字上下，必有落字；後段末句「應也」下落「則」字。紅友殆未見《漫録》耶？《詞律》又列五十二字一體，定譜據少游「棹又飀」闋，句法與顔詞並同，唯叶韻與平仄稍有不同耳。

陳亞

亞字亞之，揚州人。登咸平五年進士第，嘗爲杭之於潛令，擢知潤州。慶曆七年，以司封郎中知越州。仕至太常少卿。晚年退居，年七十卒。有《澄源集》三卷、《藥名詩》一卷。

〔詞話〕《青箱雜記》：陳亞與章郇公同年友善。郇公當軸，將用之，而爲言者所抑。亞作藥名《生查子》陳情獻之。曰：「朝廷數擢賢，旋占淩霄路。自是鬱陶人，險難無移處。　也知没藥療饑寒，食薄何相誤。大幅紙連黏，甘草歸田賦。」亞又別成藥名《生查子·閨情》三首，其一曰：「相思意已深，白紙書難足。字字苦參商，故要檀郎讀。　分明記得約當歸，遠至櫻桃熟。何事菊花時，猶未回鄉曲。」其二曰：「小院雨餘涼，石竹風生砌。罷扇儘從容，半下紗幮睡。起來閒坐北亭中，滴盡真珠淚。爲念壻辛勤，去折蟾宮桂。」其三曰：「浪蕩去未來，躑躅花頻換。可惜石榴裙，蘭麝香銷半。琵琶閒抱理相思，必撥朱弦斷。擬續斷朱弦，待者冤家看。」又自爲亞字謎曰：「若教有口便啞，且要無心爲惡。中間全没肚腸，外面强生稜角。」此雖一時俳諧之詞，然所寄興，亦有深意。

〔詞評〕《詞苑叢談》：宋陳亞，性滑稽，嘗集藥名作《閨情·生查子》三首云云。此等詞，偶一爲之可耳，畢竟不雅。

按：集藥名詞非不可爲，唯不雅誠不可。陳亞之《生查子》其第一首後段云云，何嘗不渾雅可誦？唯第三首歇拍近俗，第二首末句尤俗，徐氏之言非過矣。

李冠

冠字世英，歷城人。與石曼卿同時，以文學稱京東。舉進士不第，得同三禮出身，調乾寧主簿。有《東皋集》二十卷。

〔詞話〕《後山詩話》：尚書郎張先善著詞，有句云「雲破月來花弄影」。王介甫謂不如李冠「朦朧淡月雲來去」也。冠，齊人，爲《六州歌頭》，道劉、項事，慷慨雄偉。劉潛，大俠也，喜誦之。

《渚山堂詞話》：李世英《蝶戀花》句云「朦朧淡月雲來去」，歐陽公《蝶戀花》句云「珠簾夜夜朦朧月」。二語一律，不知者疑歐出李下。子細較之，狀夜景則李爲高妙，道幽怨則歐爲醖藉。蓋各適其趣，各擅其極，殆未易優劣也。

按：「朦朧淡月雲來去」，第狀景能工而已，於格調氣息何當也？即張子野「雲破月來」句，亦復不過爾爾，而同時名輩亟稱賞之。嘗謂北宋詞人往往手高於眼，觀於此等處，益信。世英又有《千秋萬歲・詠杏花》詞，見《花草粹編》，此調名絕新。

孔　夷　魯逸仲

夷字方平，孔子四十七代孫，元祐間隱士。父旼，隱居汝州龍興縣龍山之滍陽城，夷因自號滍皋漁父。所作詞，或託名魯逸仲云。

按：《宋詩紀事・小傳》云：孔方平，劉攽、韓維之畏友。《參寥集・次韻李端叔題孔方平書齋壁》云：「草堂早晚投君子，紙帳蒲團不用收。」又云：「不見諸郎事絃管，幽窗唯有讀書聲。」可以想見高致。方平詞《水龍吟》又一體云：「去年今日關山路，疏雨斷魂天氣。據鞍驚見，梅花的皪，籬邊水際。一枝折得，雪妍冰麗，風梳雨洗。正水邨山館，倚闌愁立，有多少，春情意。好是孤芳莫比。自不分、歌梁舞地。暗香疏影，高禪文友，清談相對。琴韻初調，茗甌催瀹，鑪熏欲试。向此時，一段風流，付與晉人標致。」（編者按，此首別見《梅苑》卷一，爲無名氏作。）其託名魯逸仲者，有《選冠子》「弄月餘花」云云，《南浦》「風悲畫角」云云，《水龍吟・詠梅》「歲窮風雪」云云等闋，見宋已來各選本。

杜安世

安世字壽域，京兆人。有《壽域詞》一卷。

〔詞評〕《四庫全書存目·壽域詞提要》：杜安世事蹟本末，陳振孫已謂未詳。集内各調，皆不載原題，無可參考。觀振孫列之張先詞後，歐陽修詞前，則北宋人也。振孫稱其詞不甚工，今核集中所載八十六闋，往往失之淺俗，字句尤多湊泊，即所載《折紅梅》一詞，毛晉跋指爲吴感作者，通體皆剽竊柳永《望梅》詞，未可謂之佳製。振孫之言非過。至《菩薩蠻》第二首乃南唐李後主詞，《鳳銜杯》第二首乃晏殊詞，唯結句增一空字爲小異。晉皆未注。晉所稱《訴衷情》一首，見於《花庵詞選》者，僅附載跋中，亦未補入集内。字句譌脱，不一而足。首尾僅二十餘紙，舛謬不可勝乙。晉殆亦忽視詞，漫不一校耶。

〔詞考〕《古今詞話》：《選聲集》曰：杜安世有《朝玉階》，與《小重山》落句稍異者，詞云：「簾卷春寒小雨天。牡丹花落盡，悄庭軒。高空雙燕舞翩翩。無風輕絮墜，暗苔錢。擬將幽怨寫香箋。中心多少事，語難傳。思量真箇惡姻緣。那堪長夢見，在伊邊。」祇上作五字句，下作三字叶。

又：沈雄曰：按《絶句衍義》樂府《水鼓子》，即「千年一遇聖明君」也，後衍爲《漁家傲》。永叔蓮詞，希文塞上詞無異。獨杜安世作，聲調少異，其詞曰：「疏雨纔收淡竚天。微雲綻處月嬋娟。寒雁一聲人正遠。添幽怨。那堪往事思量徧。誰道綢繆兩意堅。水萍風絮不相緣。舞鑑鸞腸虚寸斷。芳容變。好將顦顇教伊見。」杜詞以平仄韻參半耳。

《聽秋聲館詞話》：詞家有以入聲作平。亦有以平聲作上、去二聲。如滕子京《臨江仙》前起云「湖水連天天連水」，下「連」字應聲如斂。又如杜壽域《漁家傲》「疏雨纔收淡淨天」云云，宋人《漁家傲》調均用仄叶，此詞上用「淡」、「兩」、「月」、「不」，兩上聲兩入聲字以代平聲，則所叶四平聲俱應讀作仄聲方協。（按此説太新，恐未必然，姑存之。）

按：汲古閣刻本《壽域詞》，舛譌未精，字句多脱誤，尤多混入他人之作。除《四庫提要》考出二首外，如《醜奴兒》「櫻桃謝了」闋，「微風簾幕」闋，《更漏子》「雪肌輕」闋，皆馮正中作。《生查子》「關山魂夢長」闋，乃王逐客作。陳直齋《書録解題》嗤壽域詞不工，毛子晉跋語中駁之，舉《訴衷情》「燒殘絳蠟」闋，謂其「語纖致巧」。夫「語纖致巧」遂得謂之工耶？矧此詞乃王益作，見《能改齋漫録》。（詳前王益詞話。）毛氏雖稱其工，卻未補入集内，容亦尚疑其非杜作，胡爲據以駁陳也？杜詞風格在柳耆卿、康伯可之間，而涉淺俚，其疵纇處亦與二家略同。唯是連情屬藻，旖旎纏綿，未遠樸厚之風，猶不失爲古艷。

歷代詞人考略卷十九

宋十三

裴湘

湘字楚老，仁宗朝内臣。有《肯堂集》。

〔詞話〕《青箱雜記》：内臣裴愈，字益之，好吟詠。累居三館祕閣職任。有子曰湘，喜爲小詞，嘗在河東路走馬承受，有《詠并門・浪淘沙》小詞云：「雁塞説并門。郡枕西汾。山形高下遠相吞。古寺樓臺依碧障，煙景遥分。　晉廟鏁溪雲。簫鼓仍存。牛羊斜日自歸村。唯有故城禾黍地，前事消魂。」復有《詠汴州・浪淘沙》小詞，仁宗命録進，亦嘉之，其詞曰：「萬國仰神京。禮樂修明。葱葱佳氣鎖龍城。日御明堂天子聖，朝會簪纓。　九陌六街平。萬物充盈。青樓絃管酒如澠。别有隋隄煙柳暮，千古含情。」

按：裴湘詞，向來各選家未經著録，兩詞勝處並在歇拍，略有事外遠致。《詠并門》闋較蒼淡，入高格。

蘇　過

過字叔黨，軾第三子。年十九，以詩賦解兩浙路，禮部試下，任右承務郎。監太原府稅，次知潁昌府郾城縣，皆以法令罷。晚權通判中山府。家潁昌，營淮陰水竹數畝，名曰小斜川，自號斜川居士。有《斜川集》六卷，《補遺》二卷。

〔詞話〕《花庵詞選》：蘇叔黨，坡仙季子。《點絳脣》云：「新月娟娟，夜寒江靜山銜斗。起来搔首。梅影横塘瘦。　好箇霜天，閒卻傳杯手。君知否。亂鴉啼後。歸興穠如酒。」此詞作時，方禁坡文，故隱其名以傳於世。今或以爲汪彦章所作，非也。

《詞品》：叔黨，坡公少子。所著詞，人以小坡目之。有《斜川集》。常以山芋作玉糝羹進公，公喜而爲詩。

按：《能改齋漫録》：汪彦章在翰苑屢致言者，嘗作《點絳脣》「永夜厭厭，畫檐低月山銜斗」云云。歇拍「曉鴉啼後，歸夢濃如酒」云云。或問「歸夢濃如酒」何以在「曉鴉啼後」？公曰：「無奈這一隊畜生聒噪何？」此詞與《花庵詞選》定爲蘇叔黨作之《點絳脣》，僅字句稍有不同，而《漫録》並追溯作詞緣起，與夫當日問對之言以實之，則確爲彦章詞矣。而花庵所云「作時方禁蘇文，故隱其名以傳」，於事實亦近是。能改、花庵皆宋人，究何説爲可信耶？其前調又一闋云：「高柳蟬嘶，采菱歌斷秋風起。晚雲如髻。湖上山横翠。　簾捲西樓，過雨涼生袂。天如水。畫闌十二，少箇人同倚。」此詞風格，略不逮前闋。據楊湜《古今詞話》（按楊湜、國朝沈雄並有《古今詞話》。）謂：當時亦託名彦章，今卻不聞，謂彥章詞者何也？

陳瓘

瓘字瑩中，沙縣人。元豐二年進士，簽書越州判官，入爲太學博士。遷祕書省校書郎，出通判滄州，知衛州。徽宗立，召爲右正言，遷左司監，坐《疏》言「皇太后預政」，罷監揚州糧料院，改知無爲軍。還爲著作郎，遷右司員外郎，以忤曾布，出知泰州。俄除名竄袁州、廉州，移郴州，稍復宣德郎。以子正彙告蔡京失實，坐安置通州，徙台州五年，乃得自便，卜居江州。旋令居南康，又移楚卒。靖康初，贈諫議大夫。紹興二十六年，賜謚忠肅。有《了齋集》，詞一卷。

〔詞話〕《冷齋夜話》：初，張丞相召自荊湖，跛子（按跛子劉野夫，青州人。詳《夜話》別條。）與客飲市橋，客聞車馬過甚都，起觀之，跛子挽其衣，使且飲。作詩曰：「遷客湖湘召赴京，車蹄迎迓一何榮。爭如與子市橋飲，且免人間寵辱驚。」陳瑩中甚愛之，作長短句贈之，其略曰：「槁木形骸，浮雲身世，一年兩到京華。又還乘興，閒看洛陽花。說甚姚黃魏紫，春歸終委泥沙。忘言處，花開花謝，都不似我生涯。」

《苕溪漁隱叢話》：《復齋漫録》云：鄒志全徙昭，陳瑩中貶廉，間以長短句相諧樂。「有箇胡兒模樣別。滿頸頜髮髭，生得渾如漆。見說近來頭也白。髭鬚那得長口黑。（元注：逸忘一句。）鑷子鑷來，須有千堆雪。莫向細君容易說。恐他嫌你將伊摘」。此瑩中語，謂志全之長髭也。「有箇頭陀修苦行，頭上頭髮毿毿。身披一副醪裙衫。緊纏雙腳，苦苦要游南。聞說度牒朝夕到，并除頜下髭髯。鉢中無粥住無庵。摩登伽處，只恐卻重參。」此志全語，謂瑩中之多慾也。廣陵馬推官往來二公間，亦嘗以詩詞贈之。「有才何事老青衫，十載低徊北斗南。肯伴雪髯千日醉，此心真與古人參。不見故人今幾年，年來風物尚依然。遥知閒望登臨處，極目江山萬里天。」志全語也。「一尊蒲酒。滿酌勸君君舉手。不是親朋。誰肯相從寂寞濱。人生如夢。夢裏惺惺何處用。盞到休辭。醉後全勝未醉時。」瑩中語也。（按瑩中詞，前闋調寄《蝶戀花》，第二句「滿頸頷髮髭」，「頷」字是襯字。）

按：陳瑩中詞，《樂府雅詞》録十七首，余最喜其《驀山溪》句云：「千古送殘紅，到如今、東流未了。」又《滿庭芳》云：「盤旋。那忍去，它邦縱好，終異鄉關。向七峰回首，清淚斑斑。」讀之令人增尊鱸之感。其贈劉跛子《滿庭芳》下半闋云：「年華。留不住，饑餐困寢，觸處爲家。這一輪明月，本自無瑕。隨分冬裘夏葛，都不會、赤水黄沙。誰知我，春風一拐，談天有丹砂。」又《贈别・臨江仙》云：「聞道洛陽花正好，家家庭户春風。道人飲散百壺空。年年花下醉，開謝幾番紅。此别又從何處去，風萍一任西東。語聲雖異笑聲同。一輪深夜月，何處不相逢。」似亦爲跛子作。《花庵詞選》云：陳瑩中，名瓘。與它書異，當是誤字。

劉野夫

野夫，以劉跛子稱，青州人。

〔詞話〕《冷齋夜話》：劉野夫留南京，久未入都，劉淵才以書督之，野夫答書曰：「跛子一生别無路，展手教化，三饑兩飽，回視雲漢，聊以自誑元神。新來被劉法師、徐神翁，形跡得不成模樣。深欲上京相覷，又恐撞著文人泥沱佛，驀地被乾拳濕踢，著甚來由。」其不羈如此。嘗自作長短句曰：「跛子年年，形容何似，儼然一部髭鬚。世上詩人，拐上有工夫。達南州北縣，逢著處、酒滿葫蘆。醺醺醉，不知來日，何處度朝晡。　洛陽花看了，歸來帝里，一事全無。若還與匏羹，不記依舊，再作門徒。驀地思量下水，輕船上、蘆席橫鋪。呵呵笑，睢陽門外，有箇好西湖。」

按：《冷齋夜話》所載劉野夫詞調寄《滿庭芳》，陳瑩中「槁木形骸」闋即和此調贈野夫也。野夫詞「世上詩人」句，應平平仄仄；「達南州」句，「達」字上脱一字；换頭「洛陽」，「陽」字失叶；「若還」至「門徒」，誤多四字，如陳云「這一輪明月，本自無瑕」方合。唯是野夫所作，純任天籟，勿庸以律繩之耳。

沈唐

唐，始爲楚州職官。熙寧間，辟充大名府簽判，復辟渭州簽判。卒於官。

〔詞話〕《畫墁録》：沈唐善詞曲，始爲楚州職官，胡知州楷差打蝗蟲。唐方少年，負氣不堪，其後作《蝗蟲三疊》，且曰：「不是這，下輩無禮，都緣是我，自家遭逢。」楷大怒，科其帶禁軍隨行坐贓三十年。至熙寧，魏公劄子特旨改官，辟充大名府簽判，作《霜葉飛》云「願早作歸來計」之語，介甫大怒，矢言曰：「誰教你？」及河大決曹邨，凡豫事者皆獲免，其（按「其」字疑誤）惟唐衝替久之。王廣淵以鄉間之素，辟渭州簽判，作《雨中花》云：「有誰念我，如今霜鬢，遠赴邊堠。」廣淵聞之，亦怒責歌者。唐鬱不自安，竟卒於官。先自曲初成，識者曰：「唐不歸矣。」以其有「身在碧雲西畔，情隨隴水東流」之語。已而果然。

按：沈唐《霜葉飛》詞，其全闋云：「霜林凋晚，危樓迥，登臨無限秋思。望中閒想，洞庭波面，亂紅初墜。更蕭索、風吹渭水。長安飛舞千門裏。變景催芳榭，唯賸有、蘭衰暮叢，菊殘餘蘂。回念花滿華堂，美人一去，鎮掩香閨經歲。又觀珠露，碎點蒼苔，敗梧飄砌。謾贏得、相思淚眼，東君早作歸來計。便莫惜丹青手，重與芳菲，萬紅千翠。」見《樂府雅詞·拾遺》及《花草粹編》，並作沈唐，其《雨中花》全闋則未見著録。北宋詞人有沈子山者，選家或譌波子山（見前卷），此波唐卻又作沈唐。「波」、「沈」二字，左偏殊未爲近似，何屢涉疑誤若是？《粹編》自沿《雅詞》，若張録曾選，孰是孰非，則不可考矣。《霜葉飛》詞，竟體匀穩，雅近倚聲嫥家。

晁端禮

端禮字次膺，其先澶州清豐人，徙家彭門。登熙寧六年進士第，兩爲縣令，忤上官坐廢。政和三年，蔡京薦赴闕，進詞稱旨，以承事郎除大晟府協律郎。有《閑適集》一卷。

〔詞話〕《能改齋漫録》：政和癸巳，大晟樂成，嘉瑞既至，蔡元長以晁端禮次膺薦於徽宗。詔乘驛赴闕。次膺至都，會禁中嘉蓮生，分苞合跗，夐出天造，人意有不能形容者。次膺效樂府體屬詞以進，名《並蒂芙蓉》。上覽之稱善，除大晟府協律郎，不克受而卒。

《鐵圍山叢談》：昔我先人魯公，遭逢聖主，立政建事以致康泰，每區區其間。有晁次膺者，先在韓師朴丞相中秋坐上，作《聽琵琶》詞，爲世所重。又有一曲曰：「深院鎖春風，悄無人、桃李自笑。」亦歌之，遂入大晟，亦爲製譔。時燕樂初成，八音告備，因作《徵招》、《角招》，有曲名《黄河清》、《壽香明》，二者音調極韶美。次膺作一詞曰「晴景初升風細細」云云。時天下雖偉男髫女，皆爭唱之。

《獨醒雜志》：琵琶詞《緑頭鴨》：「路漫漫、漢妃出塞，夜悄悄、商婦移船。」徐師川云：「非是，當云：路漫漫、漢妃馬上，夜悄悄、商婦江邊。」「出塞愁思，移船感恨」，乃當時語。

《花庵詞選》：晁次膺，宣和間充大晟府協律郎，與万俟雅言齊名，按月律進詞。

《苕溪漁隱叢話》：中秋詞，自東坡《水調歌頭》一出，餘詞盡廢，然其後亦豈無佳詞？如晁次膺《緑頭鴨》一詞，殊清婉。但尊俎間歌喉，以其篇長憚唱，故湮没無聞焉。其詞云：「晚雲收，淡天一片琉璃。爛銀盤、來從海底，皓色千里澄輝。瑩無塵、素娥淡佇，淨可數、丹桂參差。玉露初零，金風未凜，一年無似此佳時。向坐久，疏星時度，烏鵲正南飛。瑤臺冷，闌干凭暖，欲下遲遲。念佳人、音塵隔後，對此應解相思。最關情、漏聲正永，暗斷腸、花影潛移。料得來宵，清光未減，陰晴天氣又爭知。共凝戀、如今別後，還是隔年期。人縱健，清尊素月，長願相隨。」

《聽秋聲館詞話》：晁端禮以蔡京薦，爲大晟府協律。時值河清，獻詞「晴景初升」云云，即以《黄河清慢》名調。京子絛《鐵圍山叢談》謂其音調極美，天下無問遐邇大小，皆爭唱之。按葉少藴《避暑録話》言，崇寧初，大樂無徵調，蔡京徇議者請欲補其闕。教坊大使丁仙現云：「音已久亡，不宜妄作。」京不聽，遂使他工爲之，踰旬得數曲，即《黄河清》之類。京喜極，召求衆工按試，使仙現在旁聽之。樂闋，問何如。仙現曰：「曲甚好，只是落韻。」蓋末音寄煞他調，俗所謂落腔是也。詞中「六樂初調」句，正以諛京。其時朝臣無不從風而靡。仙現一樂工耳，獨矯矯不阿如此，與石工安民不肯刊名元祐黨碑，政復相似。噫，是非風節，不在士大夫而在草莽，宋之所以南渡歟。〔詞評〕《織餘瑣述》：宋晁端禮桃花詞調《水龍吟》云：「嶺梅香雪飄零盡」云云。婉麗清空，不黏不脱，尤能熨帖入妙，移詠它花不得。嘗謂北宋詞不易學，此等詞卻與人可以學處。其寫情景有含蓄，及其用事靈活處，具有消息可參。

王晦叔云：晁次膺源流從柳氏來，病於無韻。間作側艷，有佳句。

按：《花庵詞選》注云：仁宗時，太史奏老人星見。屯田員外郎柳永應制譔進《醉蓬萊》詞。仁廟讀至「太液波翻」句曰：何不言「波澄」？投之於地，自此不復擢用。次膺蓋習聞柳氏已事，故《並蒂芙蓉》詞首句改用「太液波澄」也。據吴氏《漫録》：次膺除大晟府協律，不克受而卒。然《花庵詞選》云：次膺宣和間充大晟協律，與万俟雅言按月律進詞。則固嘗供職大晟，云「不克受」者，誤也。宣和初，燕樂新成，作《黄河清》、《壽香明》二曲，次膺有詞「晴景初升」云云，是其爲郎進詞之確證。《漫録》紀事，往往舛誤，不足信也。次膺詞如《水龍吟》詠梅、杏花三闋，《鴨頭緑》（即《多麗》，《樂府雅詞》作《鴨頭緑》）「晚雲收」闋，《蓦山溪》「輕山短帽」闋，皆集中佳勝。其《緑頭鴨》詞題云：「韓師朴相公會上觀佳妓輕盈彈琵琶。」汲古閣《六十家詞》此闋誤入晁无咎《琴趣外編》，蓋未考本事。又沈雄《古今詞話》云：次膺，崇寧中擢第。與它書異，恐誤。

郭祥正

祥正字功父，當塗人，母夢李白而生。少有詩聲，梅堯臣見而歎曰：「真太白後身也。」熙寧中舉進士，知武岡縣，僉書保信軍節度判官。以殿中丞致仕。元豐中復出，通判汀州，攝守漳州，自號漳南浪士。

一云知端州。元祐初，階至朝請大夫。請老歸家於青山下卒。有《青山集》三十卷。〔詞話〕《入蜀記》：秀州本覺寺，故神霄宫也。廢於兵火，建炎後再修。寺西廡有蓮花池十餘畝，飛橋小亭，頗華潔。亭中有小碑，乃郭功甫元祐中所作《醉翁操》，後自跋云：見子瞻所作未工，故賦之。亦可異也。

按：郭功甫《醉翁操》，惜今失傳，雖未必工於子瞻，以其詩例之，計亦當行之作矣。其它所作詞，亦未經著録。

向子諲

子諲字伯恭，自號薌林居士，臨江人，欽聖憲肅皇后再從姪。元符三年，補假承奉郎。宣和七年，以直祕閣爲京畿轉運副使。高宗立，遷直龍圖閣、江淮發運副使。以素善李剛，爲黄潛善斥罷。復起，知潭州。紹興元年，移鄂州，主管荆湖東路安撫使。拒賊曹成於安仁，援絶陷賊。得釋，詔提舉江州太平觀。旋起知廣州，復罷。復起，知江州。進徽猷閣待制，爲兩浙路都轉運使，除户部侍郎。坐入見論事及珍玩，以徽猷閣直學士知平江府，復忤和議，致仕卒。有《酒邊詞》二卷。

〔詞話〕《古今詞話》：向子諲有《梅花引・戲代李師周作》，即所傳「花如頰，眉如葉。小時笑弄堦前月」是也。又有《席上贈侍兒輕輕・殢人嬌》詞云：「白似雪花，柔於柳絮。蝴蝶兒、鎮長一處。春風駘蕩，驀地吹去。爭得倩游絲，半空惹住。　波上精神，掌中態度。分明是、彩雲團做。當年飛燕，從今不數。只恐是、高唐夢中神女。」

《碧雞漫志》：向伯恭用《滿庭芳》曲賦木犀，約陳去非、朱希真、蘇養直同賦，「月窟蟠根，雲巖分種」者是也。然三人皆用《清平樂》和之。後伯恭再賦木犀，亦寄《清平樂·贈韓璜叔夏》云：「吴頭楚尾。踏破芒鞋底。萬壑千巖秋色裏。不奈惱人風味。　如今老我薌林。世間百不關心。獨喜愛香韓壽，能來同醉花陰。」

《皺水軒詞筌》：向伯恭詠鞦韆曰：「霞衣輕舉疑奔月，寶髻欹傾若墜樓。」追琢工緻，絶似楊、劉詩體。

〔詞考〕《四庫全書·酒邊詞提要》：子諲晚年以忤秦檜致仕，卜築於清江五柳坊楊遵道光禄之别墅，號所居曰薌林。既作七言絶句以紀其事，而復廣其聲，爲《鷓鴣天》一闋。樓鑰《攻媿集》嘗紀其事。然鑰僅稱其詩，而不及其詞。又子諲之號薌林居士，據《西江月》「五柳坊中煙緑」一闋注，是已在政和年間，鑰亦考之未審也。《書録解題》載子諲詞《酒邊集》一卷，《樂府紀聞》則稱四卷。此本毛晉所刊，分爲二卷，上卷曰《江南新詞》，下卷曰《江北舊詞》，題下多自注甲子。新詞所注，皆紹興中作；舊詞所注，則政和、宣和中作也。卷首有胡寅序，稱退江北所作於後，而進江南所作於前。以枯木之心，幻出葩華；酌元酒之尊，棄置醇味。玩其詞意，此集似子諲所自定。然《減字木蘭花》「斜江疊翠」一闋注，兼紀「絶筆」云云，已屬後人綴入。而此詞以後，所載甚多，年月先後，又不以甲子爲次，殆後人又有所竄亂，非原本耶？其《浣溪沙》詠巖桂第二闋「别樣清芬撲鼻來」一首，據注云：「曾端伯和」，蓋以端伯和詞附録集内，而目録乃併作子諲之詞，題爲《浣溪沙》十二首，則非其舊次明矣。

按：胡寅序稱：退江北所作於後，而進江南所作於前。以枯木之心，幻出葩華；酌元酒之尊，棄置醇味云云。竊嘗劉覽竟卷。舊詞佳構，實較新詞爲多，其全闋如《生查子》「春心如杜鵑」闋、「近似月當懷」闋、「娟娟月入眉」闋、「相思孏下牀」闋，《好事近》「初上舞裀時」闋。摘句如《梅花引》云：「莫猜疑，莫嫌遲。鴛鴦翡翠，終是一雙飛。」《玉樓春》云：「只今梅雪可憐時。都似緑窗前日夢。」《鷓鴣天》云：「朝雲無限飄春態，暮雨情知更可憐。」《踏莎行》云：「欲將尊酒遣新愁，誰知引到愁深處。」並婉麗可誦。新詞唯《七娘子》後段云：「而今不見生塵步。但長江、無語東流去。滿地落花，漫天飛絮。誰知總是離愁做。」寫情能作天言，卻非舊詞所及。

蔡伸

伸字伸道，一作仲道，自號友古居士，仙游人。（據《宋史》附見子洸傳：洸以父蔭，補將仕郎。）一云莆田人，忠惠公襄之孫。政和五年，登進士第，歷倅徐、楚、饒、真四州。一云宣和中，官彭城倅，歷左中大夫。有《友古詞》一卷。

〔詞話〕《古今詞話》：宣和壬寅，蔡伸道與向伯恭同爲大漕屬官，向有詞云「憑書續斷腸」。蔡因感而作《南鄉子》云：「休落雁南翔。錦鯉殷勤爲渡江。淚墨銀鉤相憶字，成行。滴損雲箋小鳳凰。　陳事費思量。回首煙波捲夕陽。儘道憑書聊破恨，難忘。及至書來更斷腸。」

〔詞評〕《餐櫻廡詞話》：《友古詞·念奴嬌》云：「檻外長江，樓中紅袖，淡蕩秋光裏。」妙在第三句。《清平樂》云：「回首緑窗朱户，斷腸明月清風。」二句含意無盡。《愁倚闌令》云：「木犀微綻幽芳。西風透、窕窈紅窗。恰似箇人鴛被裏，玉肌香。」詠桂花乃能作如是膩語。《洞仙歌》云：「但人心堅固後，天也憐人，相逢處，依舊桃花人面。」語絶癡，卻有至理存焉。又《虞美人》云：「有情還解憶人無，過盡寒沙新雁甚無書。」又云：「郵亭今夜月空圓，不似當時携手對嬋娟。」亦佳句也。

蕙風詞隱云：友古詞，婉雋疏達，風格非《酒邊詞》所及。

〔詞考〕《四庫全書·友古詞提要》：伸嘗與向子諲同官彭城漕屬，故屢有贈子諲詞。而子諲《酒邊詞》中所載倡酬人姓氏甚夥，獨不及伸，未詳其故。伸詞固遜子諲，而才致筆力亦略相伯仲。即如《南鄉子》一闋，自注云：因向詞有「憑書續斷腸」句而作。今考向詞，乃《南歌子》。以伸詞相較，其婉約未遽而相遜也。毛晉刊本，頗多疏舛，如《飛雪滿群山》一調，晉注云：又名《扁舟尋舊約》。不知此乃後人從本詞後闋起句改名，非有異體，亦不應即以名本詞。《惜奴嬌》一調，晉注云：一作《粉蝶兒》。不知《粉蝶兒》另有一調，與《惜奴嬌》判然不同。至《青玉案》和賀方回韻，前闋「處」字韻譌作「地」字，賀此調，南宋諸人和者不知凡幾，晉不能互勘其誤，益爲失考矣。

按：毛子晉跋《友古詞》云：其和向伯恭《木犀》諸闋，亦遜《酒邊》三舍矣。《四庫全書提要》遂云：伸詞固遜子諲。嗟嗟，吾不能不爲友古痛矣。如魚飲水，冷暖自知，宇宙悠悠，賞音能幾？夫向伯恭特達官耆操雅者，其《江北舊詞》，猶時有濃至沉鬱之作，《江南新詞》未免簪紱氣多，性靈語少。友古詞清言雋句，駱驛行間，雖未必卓然名家，其於詞中境界，要有一番閱歷，擘精以求深造，非唯興到口占，閒中筆涉已也。

万俟咏

咏字雅言，（按《碧雞漫志》云：雅言自稱大梁詞隱。疑是汴人。）嘗游上庠不第。徽宗朝，召試，被官大晟樂府製撰。有《大聲集》五卷。

〔詞話〕《花庵詞選》：黄叔暘云：雅言精於音律，崇寧中充大晟樂府製撰，依月用律製詞，故多應制之作。有《大聲集》五卷，周美成爲之序。（按《直齋書録解題》：田不伐亦爲作序。）黄山谷亦稱之爲一代詞人。

《碧雞漫志》：沈公述、李景元、孔方平、處度叔姪、晁次膺、万俟雅言，皆有佳句，就中雅言又絶出。然六人者，源流從柳氏來，病於無韻。雅言初自集分兩體，曰雅詞，曰側艷，目之曰勝萱麗藻。後召試入官，以側艷體無賴太甚，削去之。再編成集，分五體，曰應制、曰風月脂粉、曰雪月風花、曰脂粉才情、曰雜類，周美成目之曰《大聲》。又：崇寧間，建大晟樂府，周美成作提舉官，而製撰官又有七。万俟詠雅言，元祐詩賦科老手也，三舍法行，不復進取，放意歌酒，自稱大梁詞隱。每出一章，信宿喧傳都下。政和初，召試補官，實大晟樂府製撰之職。新廣八十四調，患譜不傳，雅言請以盛德大業及祥瑞事跡制詞實譜，有旨依月用律，月進一曲，自此新譜稍傳。時田爲不伐亦供職大樂，衆謂樂府得人云。

《苕溪漁隱叢話》：木樨，閩中最多，路旁往往有參天合抱者。漕守門前兩徑，自有一二百株，至秋，花盛開，籃輿行清香中，殊可愛也。万俟雅言有詞云：「芳菲葉底。誰會秋江意。深緑護輕黄，怕青女、霜侵鬢額。開分早晚，都占九秋天，花四出，香七里。獨步珠宫裏。佳名叢桂。卻是因遺子。不自月中來，又那得、蕭蕭風味。霓裳舊曲，休問廣寒人，飛大白，酬仙蘂。香外無香比。」

《古今詞話》：万俟雅言《清明應制》一首尤佳，即「見梨花初帶夜月，海棠半含朝雨」之詞也。

〔詞評〕《蓼園詞話》：万俟雅言《詠山驛・長相思》云：「短長亭。古今情。樓外涼蟾一暈生。雨餘秋更清。　暮雲平。暮山横。幾葉秋聲和雁聲。行人不要聽。」按「一暈生」三字，仍帶有「古今情」之意。「行人不要聽」五字，含無限惋惻。

黄叔暘云：雅言之詞，詞之聖者也。發妙旨於律吕之中，運巧思於斧鑿之外，平而工，和而雅。比諸刻琢句意而求精麗者，遠矣。

按：万俟雅言，名詠，見《碧雞漫志》。自《直齋書録解題》及諸選本皆以字傳，而其名遂佚。今考補光緒中葉臨桂王氏鵬運《四印齋彙刻宋元名人詞》於北京，紅羊已還，歸安朱氏（祖謀）彊邨又彙刻於吴中，先後不下百數十家，唯雅言所著《大聲集》訖未得見，誠缺憾也。近人吴氏雙照樓有輯本，見所印行《宋金元詞集見存卷目》，吴氏嘗刻宋詞數種，而此本未付梓人，容或有目無書，未可知耳。楊湜所稱雅言《清明應制》一首，調寄《三臺》，後半闋云：「餳香更、酒冷踏青路。會暗識、夭桃朱户。向晚驟、寶馬雕鞍，醉襟惹、亂花飛絮。（渭君按：《三臺》，前後三闋，此前爲中闋，以下爲後闋。）正輕寒輕暖漏永，半陰半晴雲暮。禁火天、已是試新妝，歲華到、三分佳處。清明看、漢宫傳蠟炬。散翠煙、飛入槐府。斂兵衛、閶闔門開，住傳宣、又還休務。」此詞擅勝處，在换頭「餳香」至「佳處」五十五字，得融景入情之妙，自餘第停勻綿麗而已。

歷代詞人考略卷二十

宋十四

方千里

千里，三衢人。官舒州簽判。有《和清真詞》一卷。

〔詞評〕《七頌堂詞繹》：千里偏和美成詞，非不甚工，總是堆鍊法，不動宕。唯「鴻影又被戰塵迷」一闋，差有氣。

《聽秋聲館詞話》：方千里《和清真詞》，雖不能如驂之靳，與陳西麓頗堪並駕。予尤愛其《少年遊》云：「東風無力颺晴絲。芳草弄餘姿。淺緑還池，輕黄歸柳，老去願春遲。　闌干憑暖慵回首，閒把小花枝。怯酒情懷，惱人天氣，清瘦有誰知。」起二句，即寓君子道消小人道長意，措語極婉。

〔詞考〕《四庫全書·和清真詞提要》：《和清真詞》一卷，宋方千里譔。此集皆和周邦彦詞。邦彦妙解聲律，爲詞家之冠，所製諸調，不獨音之平仄宜遵，即仄字中上、去、入三音，亦不容相混，所謂分刌節度，深契微芒。故千里和詞，字字奉爲標準。今以兩集相較，中有調名稍異者，如《浣溪沙》，目録與周詞相同，而題則誤作《浣沙溪》。《荔枝香》，周詞作《荔枝香近》，吴文英《夢窗稿》亦同，此集獨少「近」字。《浪淘沙》，周詞作《浪淘沙慢》，蓋《浪淘沙》製調之始，皇甫松唯七言絶句，李後主始用雙調，亦止五十四字，周詞至百三十三字之多，故加以「慢」字，此去「慢」字，即非此調。蓋皆傳刻之訛，非千里之舊。又其字句互異者，如《荔枝香》第二調前闋「是處池館春偏」，周詞作「但怪燈偏簾卷」，不唯音異，平仄亦殊。《霜葉飛》前闋「自偏拂塵埃玉鏡羞照」句，止九字，周詞作「透入清輝半晌特地留殘照」，共十一字，則和詞必上脱二字。《塞垣春》前闋結句「短長音如寫」句，止五字，周詞作「一懷幽恨如寫」，乃六字句，則和詞亦脱一字。後闋「滿堆襟袖」，周詞作「兩袖珠淚」，則第二字不用平聲，和詞當爲「堆滿襟袖」之誤。《三部樂》前闋「天際留殘月」句，止五字，周詞作「何用交光明月」，亦六字句，則和詞又脱一字。若《六醜》之分段，以「人間春寂」句屬前半闋之末，周詞刊本亦同，然證以吴文英此調，當爲過變之起句，則兩集傳刻俱訛也。

《聽秋聲館詞話》：《詞綜》所選四詞，尚有錯脱。如《齊天樂》後闋云：「鱗鴻音信未覩，夢魂尋訪後，關山又隔無限。客館愁思，天涯倦跡，幾許良宵輾轉。情閒意遠。記密閣深閨，繡衾羅薦。睡起無人，料應眉黛斂。」（元注：「情閒」倒作「閒情」。）第三句增四爲六，宋元人詞僅此一闋。《塞垣春》云：「四遠天垂野。向晚景，雕鞍卸。吴藍滴草，塞綿藏柳，風物堪畫。對雨收霧霽初晴也。正陌上、煙光灑。聽黄鸝、啼紅樹，短長音調如寫。懷抱幾多愁，年時趁、歡會幽雅。盡日足相思，奈春晝難夜。念征塵、堆滿襟袖，那堪更、獨游花陰下。一別鬢毛減，鏡中霜滿把。」（元注：「堆滿」倒作「滿堆」，「音」字下落「調」字。）按美成與夢窗、西麓詞前段末句均六字，唯楊澤民詞「把心事都寫」係五字。然楊詞前有「向晚把」，後有「羅帕把」，不應一詞中重用三「把」字。恐原闕二字，後人就其語意，誤以「把」字補之。

按：方千里，時代未詳。毛子晉《和清真詞跋》：美成提舉大晟樂府，每製一調，名流輒依律賡唱。獨東楚方千里、樂安楊澤民有《和清真全詞》各一卷，或合爲《三英集》行世云云。以其語意審之，似乎周、方爲同時人矣。然黃花庵録千里詞三闋，入《中興以來絶妙詞選》，繼此選家因之，皆列爲南宋人。考《夷堅志·癸集》有云：乾道辛卯，饒州將秋試，是時以薦福寺爲舉場。鄱陽士人李似於八月七日夜，夢行天慶觀街，逢報榜人騶騬呼云：解元是王播之秀才。未及細問而寤。徧思朋游卓卓，皆無此姓名。獨念《尚書·盤庚篇》，有「王播告之修，不匿厥指，王用丕欽。罔有逸言，民用丕變」之句，是一好書義題目。因入州學語其友方千里子邨曰：「吾夢如是，想必出此。」正係子邨本經，決非偶然。故密以相告，盍預爲之備。子邨曰：「固已曾商量，未必然也。」殊不介意。及引試，果爲第一篇題，子邨悔不從李言，怊悵失色。既揭榜，遭黜（志止此）。此李似之友姓方名千里者，殆即和清真詞之方千里，則其字與時代均可考得。蓋南宋孝宗時人，花庵列之南宋，古今它氏誤也。諸家以千里爲三衢人，乃依據《花庵詞選》，而楊湜《古今詞話》則云「東楚方千里」。此云饒州，考《地志》，饒州本楚番邑，吴置鄱陽郡，隋改饒州，至宋因之，與楊云「東楚」政合。千里詞，如花庵所選《過秦樓》「柳灑鵝黄」闋，《詞綜》所選《塞垣春》「四遠天垂野」闋，並近清真風格。其《訴衷情》起調云：「一鉤新月淡於霜，楊柳漸分行。」「楊柳」句，得淡月之神。《風流子》歇拍云：「爭表爲郎，顦顇相見。」方知作質樸語，亦刻意學清真處。

楊澤民　朱用之

澤民，樂安人。有《續和清真詞》一卷。

〔詞評〕《善本書室藏書志》：毛子晉云：「東楚方千里、樂安楊澤民有《和清真詞》各一卷。花庵詞客止選千里《過秦樓》、《風流子》、《訴衷情》各一闋，而澤民不載，豈楊劣於方耶？」竊謂《花庵詞選》初無成意，子晉即以未選爲劣，殆未見澤民原本，而爲是影響之辭耳。

《聽秋聲館詞話》：宋·楊澤民有《續和清真詞》。其詞遠不如方，於周更無論矣。然亦有數闋不失爲外孫齏臼。如《玉樓春》云：「奇容壓盡群芳秀。枕臂濃香獨在袖。自從草草爲傳杯，但覺懨懨常病酒。　隄上路長官柳瘦。愁在月明霜落後。須知斗帳夜寒多，早趁西風迴鷁首。」《望江南》云：「尋勝去，驅馬上南隄。信脚不知程遠近，醉眠猶勸玉東西。歸路任衝泥。　春雨過，農事在瓜溪。野卉無名隨地發，山禽著意傍人啼。難解是悲悽。」（元注：一作「鼓角已悲悽」。）《大酺》云：「漸雨回春，風清夏，垂柳涼生芳屋。餘花猶滿地，引蜂游蝶戲，慢飛輕觸。院宇深沉，簾櫳寂靜，蒼玉時敲疏竹。雕梁新來燕，恣呢喃不住，似曾相熟。但雙去並來，漫縈幽恨，枕單衾獨。　仙郎去又速。料今在、何許停車轂。（元注：一作「駐雙轂」。）任夢想、頻登臺榭，徧倚闌干，水雲千里空流目。縱遇雙魚客，難盡寫、別來心曲。媚容幸、堪傾國。今日何事，還又難分辨菽。寸心上天可燭。」竹垞《詞綜》僅録《滿庭芳》一詞，乃賦體耳。

《蕙風簃詞話》：「良人輕逐利名遠，不憶幽花靜院。」楊澤民《秋蘂香》句。「幽花靜院」，抵多少「盈盈秋水，淡淡春山」。「良人」句，質不俗，是澤民學清真處。

按：楊澤民《和清真詞》，曩曾見知聖堂齋鈔本，錢塘丁氏善本書室所藏亦精鈔本。近唯海豐吴氏依北海鄭氏石芝堪校本，刻入《山左人詞》，其書印行無多，傳本即已難致。丁杏舲所稱之三闋，以《玉樓春》爲尤勝，所謂自然從追琢中出，雅近清真消息。

又按：《陽春白雪》載有朱用之詞《意難忘·和周清真韻》云：「宫額塗黄。怕賤凝怨墨，酒漬離觴。紅樓春寄夢，青瑣夜生香。花氣暖，柳陰涼。棹曲水滄浪。愛弄嬌，臨流梳洗，顧影低相。桃花結子成雙。縱題紅去後，枉誤劉郎。琴心挑別恨，鶯語學新妝。千萬恨，惱愁腸。便憔悴何妨。待共伊、平消別後，幾度風光。」用之事蹟無考，因此詞亦和清真，姑附楊澤民之後。

趙師使 一作師俠

師使字介之，汴人，太祖次子燕懿王德昭七世孫。舉進士。（按《四庫全書·坦庵詞提要》：師使宦游所及，繫以甲子，見於詞注中者，大約始丁亥，終丁巳。丁亥爲大觀元年，則師使舉進士當在徽廟初年。）有《坦庵長短句》一卷。

〔詞話〕《賭棋山莊詞話》：《詞綜·凡例》云：趙師俠《坦庵長短句》一卷，而所選止《謁金門》一闋。暇日偶讀《坦庵詞》，見其《浣溪沙》「雪絮飄池」云云，所謂清絶滔滔者。而《謁金門》闋反不見於集中，知名詞之散佚多矣。《坦庵詞》凡八十餘首，有《訴衷情》三首，題曰「莆中酌獻白湖靈惠妃」，則今祀典之天后也」。然其詞云：「專掌握，雨暘權。」則湄州在宋代祈晴禱雨，不獨思在海船矣。坦庵在莆陽詠桃花有《滿江紅》，題壺山閣有《柳梢青》，而鹿鳴宴填《漢宫春》云。莆中舊傳盛事，六亞三魁，此尤足資文獻之談助也。

《織餘瑣述》：宋・趙師使《坦庵詞・蝶戀花》歇拍云：「茶飲不歡猶自可，臉兒瘦得訔娘大。」「訔」字僅見《字彙補》，云音未詳。據《坦庵詞》，當作平聲讀矣。《元史・哈嘛傳》：元順帝號所處曰「訔即兀該」，言事事無礙也。元已前書，未見用此字者。「訔娘」，當是人名。又《小重山》題云：「農人以夜雨晝晴爲夜春。」「夜春」二字亦新。

〔詞考〕《四庫全書・坦庵詞提要》：《坦庵詞》一卷，宋趙師使譔。集中有和葉夢得、徐俯二詞，蓋南宋初人也。按陳振孫《書録解題》載《坦庵長短句》一卷，稱趙師俠譔。陳景沂《全芳備祖》載《梅花》五言一絶，亦稱師俠。與此本互異，未詳孰是。蓋二字點畫相近，猶田肯、田宵史傳亦姑兩存耳。毛晉刊本謂師使一名師俠，則似其人本有兩名，非事實也。今觀其集，蕭疏淡遠，不肯爲剪紅刻翠之文，洵詞中之高格。但微傷率易，是其所偏。師使嘗舉進士，其宦游所及，繫以甲子，見於各詞注中者，尚可指數。大約始於丁亥，而終於丁巳，其地爲益陽、豫章、柳州、宜春、信豐、瀟湘、衡陽、莆中、長沙，其資階則不可詳考矣。

按：趙師使之名，一作師俠，誤也。當作師使，其字介之，取一介之使之誼。歸安陸心源《宋詩紀事補遺》亦作師俠，小傳云：「淳熙二年進士。」《坦庵詞》有《水調歌頭・和石林韻》。考《宋史・葉夢得傳》，夢得卒於紹興十八年，下距淳熙二年凡二十七年，時代迥不相合。就令趙舉進士甚遲，其在紹興十八年已前，亦年少已甚，而夢得則已耆年高位，何繇與之唱和？且徑稱之曰石林，若儕輩相等夷者耶？陸氏云云，未知何據，亦疏於考訂矣。

侯彭老

彭老，長沙人。（一云衡山人。）建中靖國時，以太學生上書得罪，詔歸本貫編管。後由鄉貢登崇觀末進士第。紹興三年，知藤州。

〔詞話〕《清波雜志》：侯彭老，建中靖國時以太學生上書得罪，詔歸本貫，綴小詞別同舍：「十二封章，三千里路。當年走徧東西府。時人莫訝出都忙，官家送我歸鄉去。　三詔出山，一言悟主。古人料得皆虚語。太平朝野總多歡，江湖幸有寬閑處。」雖曰小拙，而意氣安閑如此。煇頃得於故老。此詞既傳齋，各厚贐其行，亦傳入禁中，即降旨令改正，屬同獲譴者不一，乃格。後繇鄉貢竟登甲科。

按：侯彭老詞調寄《踏莎行》，筆意沖澹可存，自來選家未經著録。《宋詩紀事》據《合璧事類·前集》，録其《立春》七律一首。大約彭老所作流傳至今者，僅此一詩一詞而已。

張閣

閣字臺卿，河陽人。第進士。崇寧初，由衛尉主簿還祠部員外郎。俄徙吏部，擢宗正少卿，起居舍人，屬疾不能朝，改顯謨閣待制、提舉崇福宫。疾愈，拜給事中、殿中監，爲翰林學士。大觀四年，以龍圖閣學士知杭州，召拜兵部尚書兼侍讀，復爲學士，上特賜敕詔，有意大用。未幾，卒。

〔詞話〕《夷堅丁志》：國朝故事，翰林學士草宰相制，或次補執政，謂之「帶入」。大觀三年六月八日，何清源執中登庸，四年六月八日，張無盡商英登庸，皆張臺鄉閣草麻，竟無還寵。時蔡京責太子少保，張當制，詆之甚切，爲搢紳所傳誦。京銜之，會復相，即出張知杭州。明年六月八日，宴客中和堂，忽思前兩歲宿直命相，正與是日同，乃作長短句紀其事曰：「長天霞散，遠浦潮平，危欄駐目江皋。長記年年榮遇，同是今朝。金鑾兩回命相，對清光、頻許揮毫。雍容久，正茶杯初賜，香袖時飄。　歸去玉堂深夜，泥封罷，金蓮一寸才燒。帝語丁寧，曾被華衮親褒。如今漫勞夢想，歡塵蹤、杳隔仙鼇。無聊意，强當歌對酒怎消。」觀者美其詞而訝其卒章失意。未幾，以故物召還，遽卒于官，壽止四十。（元注：吴傳朋説。）

按：《夷堅志》所記張臺卿詞，調寄《聲聲慢》。臺卿詞傳作止此一首，自昔選家未經著録。其詞感懷紀事，略同賦體，殊少事外遠致，卻能匀穩入格，筆意亦沉著，故觀者美之耳。

汪　藻

藻字彦章，婺源人。（按《宋史》本傳德興人。）崇寧二年進士。由宣州教授，稍遷江西提舉學士幹當公事，入爲《九域圖志》編修官，著作佐郎。與王黼不咸，出通判宣州。欽宗立，召爲屯田員外郎，擢起居舍人。建炎初，召試中書舍人。黄潛善惡之，免爲集英殿修撰，提舉太平觀。俄復召爲中書舍人，累遷至翰林學士。除龍圖閣直學士、知湖州，移撫州。八年，以顯謨閣學士知徽州，改宣州。坐嘗爲蔡京、王黼客，奪職居永州卒。秦檜死，復職。有《浮溪集》六十卷。

〔詞話〕《柳塘詞話》：汪藻詞亦美贍，一時不爲流傳者，曾爲張邦昌雪罪表故也。乃其《小重山·秋閨》云：「月下潮生紅蓼汀。殘霞都斂盡，四山青。柳梢風急墮流螢。隨波去，點點亂寒星。」卻從庾信「秋風驅亂螢」不及寒星句來，而景自勝。過變云：「別語記丁寧。如今能間隔，幾長亭。夜來秋氣入銀屏。梧桐雨，還恨不同聽。」又從小杜「銀燭秋光冷畫屏」不及夜長句來，而情自勝。

《銅熨斗齋隨筆》：汪彦章「曉鴉啼後」一詞，事見《能改齋漫録》。今觀黄考功公度《知稼翁集》有《點絳脣》詞，前有其子沃跋語云：汪藻彦章出守泉南，移知宣城内不自得，乃賦詞「新月娟娟」云云。公時在泉南僉幕，依韻作此送之。又有送汪内翰移鎮宣城長篇，見集中。比有《能改齋漫録》載汪在翰苑屢致言者，嘗作《點絳脣》云云。最末句「曉鴉啼後，歸夢濃如酒」，或問曰：「歸夢濃如酒，何以在曉鴉啼後？」汪曰：「無奈這一隊畜生何！」不唯事失其實，而改竄二字，殊乖本義。然則虎臣所言，乃當日傳聞之誤也。又王明清《玉照新志》云：汪彦章在京師，嘗作小闋云云。紹興中，彦章知徽州，仍令席間聲之。坐客有挾怨者，亟以納檜相，指爲新製，以譏會之，會之怒，諷言者遷之于永。是當日皆以此詞爲彦章在京師所作，而傳聞復異辭。

《康熙歸安縣志》：紅蓼汀，在白蘋洲對岸。宋·汪藻有調《小重山》詞詠紅蓼汀。

按：汪彦章《點絳脣》詞，黄花庵以爲蘇叔黨過作，其《絶妙詞選》録叔黨詞止此一闋，起調「新月娟娟，夜寒江靜山銜斗」，歇拍「亂鴉啼後，歸興濃如酒」。與《玉照新志》同，云此詞作時方禁坡文，故隱其名以傳於世，今或以爲汪彦章所作，非也。花庵，宋人，其説當有所本，姑存以備考。彦章又有《詠梅·霜天曉角》云：「疏明瘦直。不受東皇識。留取伴春應肯，萬紅裏、怎著得。　秋色。何處笛。曉寒無奈力。若在壽陽宫殿，一點點、有人惜。」（《全芳備祖》）「疏明瘦直」四字，極能傳梅之神。

周銖

銖字初平，鄞縣人。崇寧二年第進士，官中牟簿。

按：周初平詞《驀山溪》云：「松陵江上，極目煙波渺。天際接滄溟，到如今、東流未了。吴檣越艫，都是利名人，空擾擾，知多少。只見朱顔老。　故園應是，緑徧池塘草。家住十洲西，算隨分、生涯自好。漁蓑清貴，休羡謝三郎，紅蘋月，白蘋風，何似長安道。」見《四明近體樂府》。初平詞，未經前人著録。

趙鼎

鼎字元鎮，聞喜人，自號得全居士。崇寧五年進士，累官開封市曹。金人議立張邦昌，鼎逃太學，不書議狀。高宗立，擢右司諫，歷官至尚書左僕射、同中書門下平章事。爲秦檜所忌，出爲奉國軍節度使，徙知泉州。檜諷王次翁論之，安置（湖）[潮]州。詹大方希檜意，誣其受賄，移吉陽軍。檜意猶未已，鼎遂不食卒。孝宗朝，追謚忠簡，封豐國公。有《忠正德文集》，（按忠簡纂修《實録》成，高宗親書「忠正德文」四字賜之，因以名集。）詞一卷。

〔詞話〕《古今詞話》：趙鼎中興名相，而詞章婉媚，不減《花間》。其《點絳脣》云：「夢回鴛帳餘香嫩，更無人問。一枕江南恨。」《醉桃源》云：「青春不與花爲主。花正開時春暮。」「只有一尊芳醑。留得春光住」，較《花間》更饒情思。

《百琲明珠》：忠簡趙公，丁未九月南渡泊真州，作《滿江紅》詞最佳。其詞曰：「慘結秋陰，西風送、絲絲雨濕。凝望眼、征鴻幾字，暮投沙磧。欲問鄉關何處是，水雲浩蕩連南北。但修眉、一抹有無中，遥山色。天涯路，江上客。腸已斷，頭應白。空搔首興歎，暮年離隔。欲待忘憂除是酒，奈酒行有盡愁無極。便挽將、江水入尊罍，澆胸臆。」

沈雄《古今詞話》：周德清曰：作詞十法，始即對偶，有扇面對、重疊對、救尾對。趙元鎮《滿江紅》云：「欲往鄉關何處是，正水雲浩蕩連南北。」又：「欲待忘憂須是酒，奈酒行欲盡愁無極。」此即扇面對也。

〔詞評〕李越縵云：宋四名臣中，得全居士之詞最为豔發，似晏元獻。

按：趙忠簡詞有四印齋刻本，爲《宋四名臣詞集》之一。其詞清剛沉至，卓然名家。故國故君之思，流溢楮墨之表，激楚者多悲，掩抑者彌苦，令人不堪卒讀。如《鷓鴣天·建康上元作》及《洞仙歌》「空山雨過」云云，讀之可以想見。

李光

光字泰發，自號讀易老人，上虞人。崇寧五年進士，知常熟縣。除司勳員外郎，遷符寶郎。欽宗受禪，擢右司諫。高宗即位，擢祕書少監。紹興元年，擢吏部侍郎，進尚書，歷官至參知政事，以忤秦檜意乞去，改提舉洞霄宮。爲万俟卨、吕愿中前後論劾，責授建寧軍節度副使，瓊州安置，移昌化軍。以郊恩，復左朝奉大夫，任便居住。至江州卒。孝宗朝，復資政殿學士，追謚莊簡。有《莊簡集》一卷。

〔詞話〕《詞綜補遺》：陶梁按：《宋文・李光傳》：秦檜議撤淮南守備，奪諸將兵權。光極言和不可恃，備不可徹。檜以親黨鄭億年爲資政殿學士，光面折之。又與檜詰難上前，因丐去。中丞万俟卨論光陰懷怨望，安置瓊州。居八年，仲子孟堅坐陸升之誣以私譔國史；吕愿中又告光與胡銓賦詩倡和，譏訕朝政，移昌化軍。論文考古，怡然自適云云。兹讀瓊山昌江諸詞，絶無抑鬱不平之意，而趨附權門者，猶欲摭掎其後，是可慨也。

〔詞評〕李越縵云：宋四名臣中，先莊簡及梁溪、澹庵詞，多近東坡，而尤與後來朱子爲似。雖處阸窮患難，而浩然自得，無一怨尤不平之語，則非東坡所及。

按：李莊簡詞有四印齋《宋四名臣詞》刻本。其中《漢宫春・瓊臺元夕次太守韻》「危閣臨流」云云，乃謫居瓊州時作也。陶氏録入《詞綜補遺》，脱去調名，以題首「瓊臺」二字爲調名，下注云：此調《詞律》不載。誤甚。此詞過拍「清江瘴海」句上缺三字，陶不云缺字。後段「華燈耀添綺席，笑語烘春」，陶作「華煤耀綺席」，竟「笑語」、「烘春」缺字未知，斷句又異，愈不審其爲《漢宫春》調矣。陶氏是書，蒐羅不可謂不廣，檢斠殊不無偶疏也。

歐陽珣

珣字全美，廬陵人。崇寧五年進士。調忠州州學教授，知鹽官縣。以薦上京師，遇國難，及出使，加將作監丞。金人犯京師，朝議割絳、磁、深三鎮地媾和，琱率友九人上書，極言祖宗尺寸地不可與人。及事急會議，琱復抗論當與力戰，戰敗而失其地，它日取之直；不戰而割其地，它日取之曲。時宰怒，欲弑琱，迺遣琱奉使割深州。琱至深州城下慟哭，謂城上人曰：「朝廷爲奸臣所誤至此，吾已辦一死來，汝等宜勉爲忠義報國。」金人怒，執送燕，焚死之。

〔詞話〕《獨醒雜志》：歐陽全美，靖康初調官京師，時金人欲求三鎮，全美行次關山，以樂府寄其内曰：「雁字成行，角聲悲送。無端又作長安夢。青衫小帽者回來，安仁兩鬢秋霜重。孤館燈殘，小樓鐘動。馬蹄踏破前村凍。平生牽繫爲浮名，名垂萬古知何用。」全美至京師，應詔陳利害。奏曰：「割地敵亦來，不割亦來，特遲速有間，今日之策，唯有力戰耳。」時宰執有主棄地之議者，不悦，即除將作監丞，使金，竟不復還。

按：歐陽全美詞調寄《踏莎行》。全美，《宋史》列《忠義傳》，大節凛然，詞以人重者也。「輕衫小帽」、「兩鬢秋霜」、「孤館燈殘，小樓鐘動」，亦復繾綣深情溢於言表。嘗謂情者性之所發，臣忠子孝，皆緣情至，非忠孝人必不工言情。杜陵野老一涉筆不忘君國，不能無「香霧雲鬟濕，清輝玉臂寒」之句。明末國初，某名輩執騷壇之牛耳，嘗製傳奇四種，無一字不精麗，顧言情獨缺如，其胡可深長思矣。

李邴

邴字漢老，任城人。崇寧五年登進士第，累官起居舍人，試中書舍人。除給事中、同修國史，遷翰林學士。坐言者罷，提舉南京鴻慶宮。欽宗立，除徽猷閣待制，知越州。建炎初，召爲兵部侍郎，拜尚書右丞，改參知政事，權知行臺三省樞密院事。以與吕頤浩不合，提舉杭州洞霄宫。起知平江府，升資政殿學士。卒，謚文敏。有《雲龕草堂集》。

〔詞話〕《玉照新志》：李漢老邴，少年日作《漢宫春》詞，膾炙人口，所謂「問玉堂何似，茅舍疏籬」者是也。政和間，自中書省丁憂歸山東，服終造朝，舉國無與立談者。方悵悵無計，時王黼爲首相，忽遣人招至東閣，開宴延之上座，出其家姬數十人，皆絶色也，漢老惘然莫曉。酒半，群唱是詞以侑觴，漢老私竊自欣，知除目可無慮矣，喜甚，大醉而歸。又數日，遂有館閣之命。不數年，遂入翰苑。

《能改齋漫録》：寶文閣直學士連南夫鵬舉，罷守泉南，李右丞邴漢老送之以詞，寄《玉蝴蝶》云：「壯歲分符方面，惠風草偃，禾稼春融。報政朝天，歸去穩步鼇宫。望堯蓂、九重絳闕，頒漢詔、五色芝封。湛恩濃。錦衣槐里，重繼三公。　雍容。臨岐祖帳，綺羅環列，冠蓋雲叢。滿城桃李，盡將芳意謝東風。柳煙輕、萬條離恨，花露重、千點啼紅。莫忽忽。且陪珠履，同醉金鍾。」

《苕溪漁隱叢話》：曾端伯《樂府雅詞》，以秋月詞《念奴嬌》爲徐師川作，誤也。秋月詞乃李漢老作，詞云：「素光練淨，映秋山、隱隱修眉横緑。鳷鵲樓高天似水，碧瓦寒生銀粟。千丈斜暉，奔雲湧霧，飛過盧仝屋。更無塵氣，滿庭風碎梧竹。　誰念鶴髮仙翁，當年曾共賞，紫巖飛瀑。對影三人聊痛飲，一洗離愁千斛。斗轉參横，翩然歸去，萬里騎黄（鶴）〔鵠〕。滿天霜曉，叫雲吹斷横玉。」末二句，乃用崔魯《華清宫》詩：「銀河漾漾月輝輝，樓礙天邊織女機。横玉叫雲清似水，滿空霜逐一聲飛。」或云「叫雲」乃笛名，非也。

《古今詞話》：李邴，任城人。伯昭圮，元祐名士。邴固世其家學者，後受一禪師授記，爲《雲龕居士詞》。

《織餘瑣述》：宋・李邴《詠美人書字・玉樓春》詞，楊湜謂是《雲龕集》中最纖麗者。詞云：「沉吟不語晴窗畔。小字銀鉤題欲徧。雲情散亂未成篇，花骨欹斜終帶軟。重重説盡情和怨。珍重提携常在眼。暫時得近玉纖纖，翻羨鏤金紅象管。」《曝書亭集・詠金指環》云：「愛它金小小，曾傍玉纖纖。」似從此詞末二句脱出。

〔詞評〕《碧雞漫志》：李漢老富麗而韻平平。

按：《苕溪漁隱叢話》既辨月詞《念奴嬌》非徐師川，乃李漢老作，又辨梅詞《漢宮春》「瀟灑江梅」非李漢老，乃晁叔用作，《耆舊續聞》亦云乃晁叔用贈王逐客之作，並與《玉照新志》異。

又按：漢老《月》詞「萬里騎黄鶴」句，「鶴」非韻，當是「鵠」誤。

胡世將

世將字承公，晉陵人。崇寧五年進士。范汝爲寇閩，世將爲監察御史、福建路撫諭使。賊平，遷尚書右司員外郎，擢中書舍人，坐言者落職。未幾，除徽猷閣待制、知鎮江府，入爲禮、刑二部侍郎，出知洪州，兼江西安撫、制置使。除兵部侍郎，以樞密直學士出爲四川安撫、制置使，兼知成都府。紹興九年，爲寶文閣學士、宣撫川、陜。除端明殿學士。以資政殿學士致仕，僉書樞密院事卒。有集十卷。

按：胡承公《酹江月·秋夕興元使院作，用東坡赤壁韻》云：「神州沉陸，問誰是、一范一韓人物。北望長安應不見，抛卻關西半壁。塞馬晨嘶，胡笳夕引，贏得頭如雪。三秦往事，漢家只數三傑。試看百二山河，奈君門萬里，六師不發。閫外何人回首處，鐵騎千群都滅。拜將臺欹，懷賢閣杳，空指衝冠髮。闌干拍徧，中天獨對明月。」陶氏據《陜西通志》録入《詞綜補遺》。「六師」句下注云「朝議主和」，「鐵騎」句下注云「富平之敗」。

又按：世將夙嫻韜略，讀此詞，知其寄慨深矣。承公詞，自來選本未經著録，陶氏采輯之勤，弗可没也。

張擴

擴字彦實，一字子微，（按《樂府雅詞·拾遺》云：張彦實字智宗、子微。《中吴紀聞》作紫微。）德興人。崇寧中，登進士第，授國子監主簿，遷博士。調處州工曹，召爲祕書省校書郎。南渡後擢左史，出知平江府。歷官至中書舍人，坐言罷爲宫祠。有《東窗集》五十卷。

按：張彦實《詠海棠·殢人嬌》云：「深院海棠，誰倩春工染就。映窗户、爛如錦繡。東君何意，便風狂雨驟。堪恨處，一枝未曾到手。今日乍晴，忽忽命酒。猶及見、臙脂半透。殘紅幾點，明朝知在否。問何似，去年看花時候。」又前調用前韻云：「多少臙脂，著意匀成點就。千枝亂、攢紅堆繡。花無長好，更光陰去驟。對景憶，良朋故應招手。曾記年時，花開把酒。枉淋（淋）［浪］、春衫濕透。文園今病，問遠能來否。卻道有，荼蘼牡丹時候。」並見《樂府雅詞·拾遺》。

侯　蒙

蒙字元功，高密人。進士及第，調寶雞尉，知柏鄉縣。徙知襄邑縣，擢監察御史，進殿中侍御史。崇寧星變求言，蒙疏十事。徽宗聽納，遷侍御史，拜給事中，又拜御史中丞，遷刑部尚書、改户部，同知樞密院。進尚書左丞、中書侍郎。坐幾事獨受旨，爲蔡京所惎，罷知亳州。旋加資政殿學士，命知東平府，未赴而卒。贈開府儀同三司，諡文穆。

〔詞話〕《夷堅甲志》：侯中書元功蒙，密州人。自少游場屋，年三十有一，始得鄉貢。人以其年長貌侻，不加敬，有輕薄子畫其形於紙鳶上，引綫放之。蒙見而大笑，作《臨江仙》詞題其上曰：「未遇行藏誰肯信，如今方表名蹤。無端良匠畫形容。當風輕借力，一舉入高空。纔得吹嘘身漸穩，只疑遠赴蟾宫。雨餘時候夕陽紅。幾人平地上，看我碧霄中。」蒙一舉登第。年五十餘，遂爲執政。

按：侯元功《臨江仙》詞，又見《苕溪漁隱叢話》。

田　爲

爲字不伐。徽宗朝，供職大晟樂府。

〔詞話〕《碧雞漫志》：田爲不伐，爲崇寧間亦供職大樂。才思與雅言抗行，不聞有側艷。

《五總志》：馬氏南平王時，有王姓者，善琵琶。忽夢異人傳之數曲，仙家紫雲之亞也。又云，此譜請元昆製叙，刊石於甲寅之方。與世異者有《獨指泛清商》、《醉吟商》、《鳳鳴羽》、《應聖羽》之類。余先友田爲不伐，得音律三昧，能度《醉吟商》、《應聖羽》二曲。其聲清越，不可名狀。不伐死矣，此曲不傳。《銅熨斗齋隨筆》：《陽春白雪》多選田不伐詞，竹垞《詞綜》亦載不伐詞二首。按《五總志》云，余先友田爲不伐，《碧雞漫志》亦云，時田爲不伐亦供職大樂。然則不伐名爲，朱氏以不伐爲名，誤也。

〔詞評〕黄蓼園云：張子野句云：「生香真色人難學。」田不伐詞，佳處似之。

〔詞考〕《天籟集·水龍吟》小序：么前三字用仄者，見田不伐《洋嘔集》。《水龍吟》二首皆如此。田妙於音，蓋仄無疑，或用平字，恐不堪協。

按：田不伐自宋已來即以字傳，今據《碧雞漫志》及《五總志》補著其名。不伐詞，《花庵詞選》録《南柯子》二闋，《詞綜》即轉録之。其前闋云：「淒涼懷抱向誰開，些子清明時候被鶯催。」又云：「多情簾燕獨徘徊，依舊滿身花雨又歸來。」頗饒鮮翠生動之致。《陽春白雪》録慢詞四闋，《江神子慢》前段云：「雨初歇。樓外孤鴻聲漸遠，遠山外、行人音信絶。此恨對語猶難，那堪更寄書説。」則情文悱惻，令人消魂暗然，非深於情者不辦。吴坰謂：不伐能度《醉吟商》、《應聖羽》二曲。今《詞譜》並無之，唯白石詞有《醉吟商小品》，不伐所度，自是大曲也。《遺山樂府·品令》題：「清明夜，夢酒間唱田不伐映竹園啼鳥樂府。」又金世宗書田不伐《望月婆羅門引》，見遺山詩題。

歷代詞人考略卷二十一

宋十五

宇文虚中

虚中字叔通，廣都人。大觀二年，登進士第。累官資政殿大學士，罷知青州，遷祠職。建炎二年，復資政殿大學士，充祈請使。留金，仕爲翰林學士。紹興十五年，謀刼金主事洩，全家皆死。淳熙初，贈開府儀同三司，謚肅愍。有集。

〔詞話〕《碧雞漫志》：宇文叔通久留金國不得歸，立春日作《迎春樂》曲云：「寶幡綵勝堆金縷。雙燕釵頭舞。人間要識春來處。天際雁，江邊樹。　故國鶯花又誰主。念憔悴、幾年羈旅。把酒祝東風，吹取人歸去。」

《古今詞話》：《金源樂府》曰：吴激赴金人張總管家集，出侍兒侑觴，故宋宫姬也。時宇文叔通賦《念奴嬌》將成，見激所作《人月圓》「南朝千古傷心事」云云，叔通遂閣筆，自後人有求作樂府者，叔通輒批云：吴郎近以樂府名天下，可往求之。

按：金·元遺山《中州詩集》首録宇文肅愍詩五十首，其遺聞軼事見於前人，記載非一。其正確者如《北窗炙輠》云：宇文虚中在金作三詩，所謂「人生一死渾閒事」云云，豈李陵所謂欲一效范蠡、曹沫之事。後虚中仕金，爲國師，遂得其柄。令南北講和，大母獲歸，往往皆其力也。近傳明年八月間果欲行范蠡、曹沫事，欲挾淵聖以歸。前五日，爲人告變。虚中覺有警，急發兵直至金主帳下，金主幾不能脱，遂爲所擒。嗚呼痛哉！實紹興乙丑也。審如是，始不負太學讀耳。其言如此，論者不察，或竟以事仇失節譏之。唯錢塘厲太鴻先生輯《宋詩紀事》，於肅愍詩僅録其在金日作三律，前人記載僅録《北窗炙輠》一則。小傳中凡肅愍在金所歷官，自翰林學士以後皆從略焉，以其中有所圖，不得已而受命。可謂尚論有識，能諒肅愍之心者矣，故余皆從之。即其《迎春樂》曲，亦惓懷故國之思，見吴彦高《人月圓》詞，而遂以詞名歸之，尤虚心懷賢之指，未可以微詞中之也。

孫　覿

覿字仲益，（按《樂府雅詞》作仲翼。）晉陵人。大觀三年，登進士第。政和四年，中詞科，以薦爲侍御史，進翰林學士。高宗朝，仕至户部尚書。（按《寧國府志》：覿，太平人。崇寧間進士，授中書舍人。靖康時，侍欽宗如青城，金以二帝北去，而歸覿與馮澥、曹輔等。高宗中興，安置歸州，赦還又謫象郡。未幾擢知臨安，調平江。累官至户部尚書。）罷職，提舉鴻慶宫。有《鴻慶居士集》四十二卷。

按：孫仲益詞《浣溪沙》云：「弱骨輕肌不耐春。一枝江上玉梅新。巡簷索笑爲何人。　素影徘徊波上月，碎香摇蕩竹間雲。酒醒人散夢仙村。」見《樂府雅詞·拾遺》。其《鴻慶居士集》四十二卷本今不可得見。武進盛氏所刻《常州先哲遺書·鴻慶集補》二十卷無詞，蓋輯本也。

左譽

譽字與言，天台人。登大觀三年進士第。仕至湖州通判，棄官爲浮屠。有《筠翁長短句》。

〔詞話〕《玉照新志》：左與言，天台之名士也。其孫裒其樂章，求爲序其後云：天台左君與言，委羽之詩裔，飽經史而下筆有神，名重一時。平日行事，蓋見之國子虞仲容所述誌碑詳矣。吟詠詩句，清新嫵麗，而樂府之詞，調高韻勝，好事者尤所爭先快覩。承平之日，錢塘幕府樂籍中有名姝，張足（按當作芸）女名濃（按一作穠）者，色藝妙天下，君頗顧之，如「無所事，盈盈秋水，淡淡春山」，與「一段離愁堪畫處，横風斜雨摇衰柳」，及「堆（按當作帷）雲剪水，滴粉搓酥」，皆爲濃而作。當時都人有「曉風殘月柳三變，滴粉搓酥左與言」之對，其風流人物，可以想像。俶擾之後，濃委身於立勳大將家，易姓章，遂疏封大國。紹興中，君因覓官行闕，暇日訪西湖，兩山間忽逢車輿甚盛，中覩一麗人，褰簾顧君而顰曰：「如今若把菱花照，猶恐相逢是夢中。」視之，乃濃也。君醒然悟入，即拂衣東渡，一意空門，不復以名利關心。老禪宿德，莫不降伏皈依。此殆與夫僧史所載樓子和尚公案，若合一契。君之孫文本，編次遺詞若干首，名曰《筠翁長短句》，欲以刻行，求予爲序。筠翁，君之自號，與言其字，字蓋析其名云。余既識之，服膺三歎，併爲書此一段奇事。

〔詞評〕《織餘瑣述》：左譽詞《眼兒媚》「樓上黄昏」闋後段云云，可與杜少陵「今夜鄜州月」一律同看。

按：左與言《眼兒媚》全闋云：「樓上黄昏杏花寒。斜月小闌干。一雙燕子，兩行征雁，畫角聲殘。綺窗人在東風裏，無語對春閒。也應似舊，盈盈秋水，淡淡春山。」此詞《草堂詩餘》作秦少游，花庵《絶妙詞選》作阮閱。兹據《玉照新志》載與言本事綦詳，知作秦、作阮皆誤也。且即以風格論，謂是秦詞尤爲不類。《三朝北盟會編》：張浚妾張穠，錢塘名妓也。知書，當代張文字，封榮國夫人。

李彌遜

彌遜字似之，吴縣人。大觀三年（按《宋史》本傳作三年，據《夷堅志》當作二年）進士。政和四年，除會要所檢閲文字，遷校書郎，累官起居郎。以封事剴切，貶知廬山縣。宣和末，知冀州。靖康元年，召爲衛尉少卿，出知瑞州。以江東判運領郡事，改知饒州，以直寶文閣知吉州。召復起居郎，試中書舍人，户部侍郎。再上疏乞歸田，以徽猷閣直學士知端州，改漳州。歸隱連江西山，卒。詔復敷文閣待制。有《筠谿集》，詞一卷。

〔詞考〕《四庫全書·筠谿樂府提要》：《筠谿樂府》舊本，附綴《筠谿集》末。考彌遜家傳稱所譔奏議三卷、外制二卷、詩十卷、雜文六卷，與今本《筠谿集》合，而不及樂府。則此集本别行也，凡長短調八十一首。其長調多學蘇軾，與柳、周纖穠别爲一派，而力稍不足以舉之，不及蘇之操縱自如。短調則不乏秀韻矣。中多與李綱、富知柔、葉夢得、張元幹唱和之作。又有鵬舉座上歌姬唱《夏雲峰》一首。考岳飛與湯邦彦，皆字鵬舉，皆彌遜同時。然飛於南渡初，倥傯戈馬，不應有聲伎之事。或當爲湯邦彦作歟？開卷寄張仲宗《沁園春》一首注「《蘆川集》誤刊」字。然《蝶戀花》第五首，今亦見《蘆川集》中，又不知誰誤刊也。自《虞美人》以下十二首，皆祝壽之詞，顢頇通用，一無可取。宋人詞集往往不加刊削，未喻其故。今姑仍元本，以存其舊焉。

按：李似之詞《菩薩蠻》云：「江城烽火連三月。不堪對酒長亭別。休作斷腸聲。老來無淚傾。　風高帆影疾。月送舟痕碧。錦字幾時來。薰風無雁回。」見花庵《絶妙詞選》、《花草粹編》、竹垞《詞綜》。（《詞綜》録似之詞止此一闋。）光緒中葉臨桂王氏四印齋刻本《宋元三十一家詞・筠谿詞》凡八十七闋，比《四庫》著録之本多詞六闋。調《菩薩蠻》者四闋，卻無此「江城烽火」闋，可知王刻尚非足本也。

胡舜陟

舜陟字汝明，自號三山老人，績溪人。大觀三年登進士第，歷州縣官，爲監察御史。欽宗時，遷侍御史。高宗即位，除集英殿修撰、知廬州。擢徽猷閣待制，充淮西置制使。知建康府，充沿江都制置使。改知臨安府，充京畿路宣撫使。尋罷，遷廬、壽鎮撫使，改淮西安撫使。改知鎮江府，後爲廣西經略。封績溪伯，爲秦檜所陷，死獄中。贈少師。

〔詞話〕《苕溪漁隱叢話》：先君嘗云，古詞《絳都春》，有「鼇山綵構蓬萊島」之句，當云「綵締」。坡詞《水調歌頭》「低綺户」句，當作「窺綺户」。三字既改，其詞益佳。先君頃嘗丐祠，居射郵，作《感皇恩》一詞云：「乞得夢中身，歸棲雲水。始覺精神自家底。峭帆輕棹，時與白鷗游戲。畏途都不管，風波起。

光景如梭，人生浮脆。百歲何妨盡沉醉。卧龍多事，漫説三分奇計。算來爭似我，長昏睡。」又嘗江行阻風，作《漁家傲》一詞云：「幾日北風江海立。千車萬馬鏖聲息。短棹峭寒欺酒力。飛雨急。瓊花細細穿窗隙。　我本綠蓑青箬笠。浮家泛宅煙波逸。渚鷺沙鷗多舊識。行未得。高歌與爾相尋覓。」

按：「鼇山綵構蓬萊島」，乃丁仙現《上元·絳都春》句。當日教坊供奉應詔填詞，被諸宮絃已久，而胡汝明始聞之，以爲古詞也。東坡詞「低綺户」句，改「窺」字遠遜，汝明未爲知音。

韓駒

駒字子蒼，仙井監人。政和初，以獻頌補假將仕郎，召試，賜進士出身，除祕書省正字。坐爲蘇氏學，謫監華州蒲城縣市易務。知洪州分寧縣，召爲著作郎，校正御前文籍。宣和五年，除祕書少監。遷中書舍人、兼修國史，尋權直學士院。復坐鄉黨曲學，以集英殿修撰提舉江州太平觀。高宗即位，知江州。卒，贈中奉大夫。有《陵陽集》三卷。

按：《韓子蒼詩話》，兩宋人士多所稱述，而詞事殊罕聞。據《宋史》子蒼本傳，政和間，召三館士分課親祠明堂、圜壇、方澤等樂曲五十餘章，多駒所作。則子蒼精擘宮律可知，乃其詞亦不多見。（《花庵詞選》、《樂府雅詞》、《陽春白雪》並未載子蒼詞。）竹垞《詞綜》僅録《詠雪·昭君怨》「昨日樵村」一闋，《草堂詩餘》有《詠月·水調歌頭》「江山自雄麗」闋、《念奴嬌》「海天向晚」闋。《念奴嬌》尤疏爽可誦，朱氏不録何耶？

江漢

漢字朝宗，西安人。政和初，官大晟府製撰。

〔詞話〕《鐵圍山叢談》：政和初，有江漢朝宗者，獻魯公詞曰：「昇平無際。慶八載相業，君臣魚水。鎮撫風稜，調燮精神，合是聖朝房魏。鳳山政好，還被畫轂朱輪催起。按錦轡。映玉帶金魚，都人爭指。　丹陛。常注意。追念裕陵，元佐今無幾。繡衮香濃，鼎槐風細。榮耀滿門朱紫。四方具瞻師表，盡道一夔足矣。運化筆，又管領年年，烘春桃李。」時兩學盛謳，播諸海内。魯公喜，爲將上進呈，命之以官，爲大晟府製撰使，遇祥瑞時時作爲歌曲焉。

按：江朝宗《獻時相》詞，有頌無規，殊嫌傷格，然竟體精穩，語不涉俗，其前段云：「鳳山政好，還被畫轂朱輪催起。」漸近跌宕生姿，歇拍寓扶植晚進意，遣辭亦生動切合，自是媾家之筆。

徐伸

伸字幹臣，三衢人。政和初，爲太常典樂，出知常州。有《青山樂府》一卷。（按：據《御選歷代詩餘·詞人姓氏》，當是内府藏有是書，傳本未見。）

〔詞話〕《揮麈餘話》：徐伸，政和初，以知音律爲太常樂典，出知常州。嘗自製《轉調二郎神》云：「悶來彈鵲，又攪碎、一簾花影。謾試著春衫，還思纖手，薰徹金虬燼冷。動是愁端如何向，但怪得、新來多病。嗟舊日沈腰，如今潘鬢，怎堪臨鏡。　重省。別時淚滴，羅襟猶凝。想爲我厭厭，日高慵起，長託春酲未醒。雁足不來，馬蹄難駐，門掩一庭芳景。空佇立，盡日闌干倚遍，晝長人靜。」既成，會開封尹李孝壽來牧吴門。李以嚴治京兆，號李閻羅。道出郡下，幹臣大合樂燕勞之。喻群娼令謳此詞，必待其問乃止。娼如戒，歌至三四，李果詢之。幹臣蹙額云：「某頃有一侍婢，色藝冠絶，前歲以亡室不容逐去。今聞在蘇州一兵官處，屢遣信欲復來，而今之主公靳之，感慨賦此，詞中所叙多其書中語。適有天幸，公擁麾於彼，不審能爲我致之否？」李云：「此甚不難，可無慮也。」既次無錫，賓贊者請受謁次第。李云：「郡官當至楓橋。」橋距城十里而遠，翌日艤舟其所，官使上下，望風股栗。李一閱刺字，忽大怒云：「都監在法不許出城，乃亦至此。使郡中萬一有大盜之虞，豈不殆哉。」斥都監下階，荷校送獄。又數日，取其供牘判奏字，其家震懼求援，宛轉哀鳴致懇。李笑云：「且還徐樂典之妾了來理會。」兵官者解其指，即日承命，然後舍之。

《詞律》注：「悶來彈鵲」，「彈」字乃去聲，是彈弓之彈，意謂鵲本報喜之物，今乃無憑準，因以丸彈之。此字不可讀作平聲，夢窗首句，亦作「素天際水」是也。

按：徐幹臣《二郎神》詞，乃自製《轉調二郎神》。萬氏《詞律》，《二郎神》第三體據湯恢詞「瑣窗睡起」闋定譜。恢詞即和幹臣韻者，《詞律》不云轉調，注云：「此爲本調正格。」作者多從之。又云：「《嘯餘》載徐幹臣詞，亂注平仄。」蓋《詞律》未出以前，詞家多用《嘯餘》譜。萬氏未考《揮麈録》，見此調此體，從之者遂謂爲正格，而不審其爲轉調，是亦少疏矣。

李綱

綱字伯紀，邵武人。政和二年進士，積官至監察御史兼權殿中侍御史，以忤權貴改比部員外郎。宣和七年，爲太常少卿。欽宗時，拜尚書左丞，出爲河東北宣撫使。尋召赴闕，除觀文殿學士，知揚州。高宗立，拜尚書右僕射兼中书侍郎，遷左僕射兼門下侍郎，坐譏者落職。紹興二年，爲湖廣宣撫使兼知潭州。五年，除江西安撫制置大使兼知洪州。九年，除知潭州、荆湖南路安撫大使，辭不赴。卒贈少師，謚忠定。有《梁溪集》一百二十卷，詞一卷。

〔詞話〕《雲麓漫鈔》：紹興初，盛傳《蘇武令》詞：「塞上風高，漁陽秋早。惆悵翠華音杳。驛使空馳，征鴻歸盡，不寄雙龍消耗。念白衣、金殿除恩，[歸]黄閣、未成圖報。　誰信我、致主丹衷，傷時多故，未作救民方召。調鼎爲霖，登壇作將，燕然即須平掃。擁精兵十萬，横行沙漠，奉迎天表。」云李丞相綱作，未知是否。（按此詞《梁谿詞》不載。）

按：李忠定身丁南北宋之間，忤觸權奸，屢起屢躓，居相位僅七十日，不克展其素志。今觀其所爲詞，大都委心安遇，陶情適性之作，略無抑塞磊落、牢騷不平之氣，足徵學養醇至，襟抱坦夷乃至。《江城子》云：「回首中原何處是，天似幕，碧周遭。」《六么令》云：「縱使歲寒途遠，此志應難奪。」《喜遷鶯》云：「暮雲斂，放一輪明月，窺人懷抱。」則貞悃孤光，有流露於不自覺者矣。其《水龍吟·次韻和質夫、子瞻楊花詞》，亦復與二公工力悉敵。《梁溪詞》有四印齋《南宋四名臣詞》本。

胡松年

松年字茂老，懷仁人。政和二年，上舍釋褐，補濰州教授。八年，改校書郎，爲殿試參詳官，遷中書舍人。坐言事，咈時相意，提舉太平觀。建炎間，召赴行在，出知平江府，加徽猷閣待制，召爲中書舍人，除給事中。王倫使金還，言金人欲再遣重臣來計議，以松年試工部尚書，充大金奉表通問使。使還，拜吏部尚書，除端明殿學士，簽書樞密院事，權參知政事。俄以疾提舉洞霄宮，卜居陽羨卒。

「詞話」《雲麓漫鈔》：樞密胡公松年，紹興間使虜。彼盛稱甲兵之富，胡曰：「兵猶火也，弗戢將自焚。」既歸，作《石州詞》二首：「月上疏簾，風射小窗，孤館岑寂。一杯强洗愁懷，萬里堪嗟行客。亂山無數，晚秋雲物蒼然，何如輕抹淮山碧。喜氣拂征衣，作眉間黃色。役役。馬頭塵暗斜陽，隴首路回飛翼。夢裏姑蘇城外，錢塘江北。故人應念我，負吹帽佳時，同把金英摘。歸路且加鞭，趁梅花消息。」又：「歌闋陽關，腸斷短亭，唯有離別。畫船送我薰風，瘦馬迎人飛雪。平生幽夢，豈知塞北江南，而今真歎河山闊。屈指數分携，蚤許多時節。愁絶。雁行點點雲垂，木葉霏霏霜滑。正是荒城落日，空山殘月。一尊誰念我，苦頗頷天涯，陡覺生華髮。賴有紫樞人，共揚鞭丹闕。」

按：胡茂老詞二闋，意境清疏，猶是北宋風格。第二闋「闊」字韻，尤覺感慨無盡。《石州詞》即《石州慢》，一名《石州引》，又名《柳色黃》，萬氏《詞律》據《東山詞》「薄雨催寒」闋定譜，凡一百二字。胡詞止一百字，後段句法、字數並與賀詞不同，卻是兩首一律，當爲又一體。此體徐氏《詞律拾遺》亦失載，當補收。

陳與義

與義字去非，洛人。（按《宋史》本傳云：自京兆遷洛。一云汝州葉縣人。）登政和三年上舍甲科，累遷太學博士，符寶郎，謫監陳留酒稅，召爲兵部員外郎。紹興元年，遷中書舍人，兼掌内制。拜吏部侍郎，以徽猷閣直學士知湖州。召爲給事中，以顯謨閣直學士提舉江州太平觀，復爲中書舍人、直學士院。六年，拜翰林學士、知制誥。七年，參知政事。八年，復以資政殿學士知湖州。提舉臨安洞霄宫卒。有《簡齋集》、《無住詞》。

〔詞話〕《苕溪漁隱叢話》：陳去非《九日》詞云：「九日登臨有故常，隨晴隨雨一傳觴。」用退之《淮西碑》「欲事故常」之語。又《憶洛中舊游》詞云：「憶昔午橋橋上飲，坐中多是豪英。長溝流月去無聲。杏花疏影裏，吹笛到天明。」此數語奇麗。《簡齋集》後載數詞，唯此詞爲最優。

〔詞評〕《四庫全書·無住詞提要》：與義以所居有無住巷，故以名之。……詞不多，且無長調，而語意超絶。……此本爲毛晉所刊，僅十八闋。而吐言天拔，不作柳嚲鶯嬌之態，亦無蔬筍之氣，殆首首可傳，不能以篇帙之少而廢之。方回《瀛奎律髓》稱杜甫爲一祖，而以黄庭堅、陳師道及與義爲三宗。如以詞論，則師道爲勉强學步，庭堅爲利鈍互陳，皆迥非與義之敵矣。開卷《法駕導引》三闋，與義已自注其詞爲擬作，而諸家選本尚有稱爲赤城韓夫人所製，列之仙鬼類中者，證以本集，亦足訂小説之誣焉。

黄花庵云：去非詞雖不多，語意超絶，識者謂可摩坡仙之壘。《古今詞話》：「杏花疏影裏，吹笛到天明」，爽語也。其詞在濃與淡之間。《藝概》：詞之好處有在句中者，有在句之前後際者，陳去非《虞美人》「吟詩日日待春風，及至桃花開後卻匆匆」，此好在句中者也。《臨江仙》「杏花疏影裏，吹笛到天明」，此因仰承「憶昔」，俯注「一夢」，故此二句不覺豪酣轉成悵悒，所謂好在句外者也。儻謂現在如此，則騃甚矣。

許蒿廬云：陳去非《臨江仙》，神到之作，無庸拾襲。

按：《無住詞》除毛刻外，有朱彊邨刻，爲宋胡穉箋本。《四庫全書提要》所稱開卷《法駕導引》三闋，朱竹垞《詞綜》、周勒山《林下詞選》並作赤城韓夫人。《古今詞話》云：紹興間，都下有烏衣椎髻女子歌云「朝元路，朝元路」云云，凡九闋，皆非人世語。或記之以問一道士，道士驚曰：此赤城韓夫人所製，水府蔡真君《法駕導引》也。烏衣女子疑龍云。去非詞自序與詞話所云略同。《詞話》以去非詞屬韓夫人，選家遂遞相沿襲矣。《花草粹編》作陳去非，蓋明人尚不誤。《夷堅志》云：陳東，靖康間嘗飲於京師酒樓，有倡向座而歌，東不之顧。乃去依闌獨立，歌《望江南》詞，音調清越，東不覺傾聽。視其衣服故敝，時以手揭衣爬搔，肌膚綽約如雪。乃復召使前，再歌之。其詞曰：「闌干曲，紅颭繡簾旌。花嫩不禁纖手捻，被風吹去意還驚。眉黛蹙山青。鏗鐵板，閒引步虚聲。塵世無人知此曲，卻騎黄鶴上瑶京。風冷月華清。」東問何人所製，曰：「上清蔡真人詞也。」歌罷，得數錢即下樓。亟追之，已失所在矣。此二詞，清超絶俗，與去非詞意竟相若。又未知誰氏所託，不可考。

何㮚

㮚字文縝，仙井人。政和五年進士第一，擢祕書省校書郎。歷主客員外郎、起居舍人，遷中書舍人兼侍講。坐與蘇軾鄉黨，出知遂寧府，未行，留爲御史中丞，疏論王黼奸邪專横十五罪。黼罷，㮚亦以徽猷閣待制知秦州。欽宗即位，復以中丞召，除翰林學士，進尚書右丞、中書侍郎。俄以資政殿大學士領開封尹，拜尚書右僕射。徽、欽北狩，隨扈陷金，不食卒。建炎初，贈大學士，官其家七人。

〔詞話〕《碧雞漫志》：何文縝在館閣時，飲一貴人家，侍兒惠柔者，解帕子爲贈，約牡丹開再集。何甚屬意，歸作《虞美人》曲，曲中隱其名云：「分香帕子揉藍膩。欲去殷勤惠。重來直待牡丹時。只恐花枝知後故開遲。（元注：按《詞綜》云：「重來約在牡丹時，只恐花枝相妒故開遲。」）別來看盡閒桃李。日日闌干倚。催花無計問東風。夢作一雙蝴蝶遶芳叢。」何書此曲與趙詠道，自言其張本云。

《香東漫筆》：晏同叔賦性剛峻，而詞語特婉麗。蔣竹山詞極穠麗，其人則抱節終身。何文縝少時，會飲貴戚家。侍兒惠柔慕公丰標，解帊爲贈，約牡丹時再集。何賦《虞美人》詞，有「重來約在牡丹時，只恐花枝相妒故開遲」之句，後爲靖康中盡節名臣。國朝彭羨門孫遹《延露詞》，吐屬香艷，多涉閨襜，與夫人伉麗綦管，生平無姬侍，詞固不可概人也。

按：據晦叔《漫志》：何文縝屬意侍兒惠柔，曲中隱其名云云，則首句「揉藍」字當作「柔藍」。歇拍「夢爲蝴蝶」託恉空靈，昔人詞評有云「語盡而意不盡，意盡而情不盡」，此等處庶幾似之。通首吐屬名雋，風華掩映，固當與小宋抗行。

潘良貴

良貴字義榮，一字子賤，號默成居士，金華人。政和五年，以廷試第二人，爲辟雍博士，歷祕書郎，主客郎中，提舉淮南東路常平。建炎初，爲左司諫。黄潛善、汪伯彦惡之，改除工部，主管明道宫。越數年，除考功郎，遷左司。乞補外，以直龍圖閣知嚴州。到官兩月，請祠，主管亳州明道宫。起爲中書舍人，出知明州，除徽猷閣待制。李光得罪，坐嘗與通書，降二官。卒，贈左朝奉大夫。有《默成集》五卷。

按：默成居士《中秋・滿庭芳》云：「夾水松篁，一天風露，覺來身在扁舟。桂花當午，雲捲素光流。起傍篷窗危坐，飄然竟、欲到瀛洲。人世樂，那知此夜，空際到瓊樓。休休。閒最好，十年歸夢，兩眼鄉愁。謾贏得、蕭蕭華髮盈頭。往事不須追諫，從今去、拂袖何求。尊餘酒，持杯顧影，起舞自相酬。」此詞清空蕭爽，意境甚高，作磨鏡帖人襟抱，固當如是。陶氏録入《詞綜補遺》，未詳所出。

洪　皓

皓字光弼，番陽人。政和五年進士。宣和中，秀州司録。建炎三年，召對，遷五官，擢徽猷閣待制，假禮部尚書。爲大金通問使，留金十五年（按當作十四年）。紹興十二年還朝，除徽猷閣直學士，提舉萬壽觀兼權直學士院。秦檜甚之，侍御史李文會承檜指劾皓，出知饒州，罷爲提舉江州太平觀。責濠州團練副使，安置英州。居九年，復朝奉郎，徙袁州，至南雄州卒。復徽猷閣學士，謚忠宣。有集五十卷。

〔詞話〕《容齋五筆》：先忠宣公好讀書，北困松漠十五年，南謫嶺表九年，重之以風淫末疾，而繙閲書策，早暮不置。紹興丁巳，所在始歌《江梅引》詞，不知爲誰人所作。己未、庚申年，北庭亦傳之。至於壬戌，公在燕，赴張總侍御家宴，侍妾歌之，感其「念此情、家萬里」之句，愴然曰：「此詞殆爲我作。」既歸不寐，遂用韻賦四闋。時在囚拘中，無書可檢，但有《初學記》、韓、杜、蘇、白樂天集，所引用句語，一一有來處。北方不識梅花，士人罕有知梅事者，故皆注所出。其一《憶江梅》云：「天涯除館憶江梅。幾枝開。使南來。還帶餘杭、春信到燕臺。準擬寒英聊慰遠，隔山水，應銷落，赴愬誰。　空恁遐想笑摘蘂。斷回腸，思故里。漫彈綠綺。引三弄、不覺魂飛。更聽胡笳、哀怨淚沾衣。亂插繁華須異日，待孤諷，怕東風，一夜吹。」其二《訪寒梅》云：「春還消息訪寒梅。賞初開。夢吟來。映雪銜霜、清絶繞風臺。可怕長洲桃李妬，度香遠，驚愁眼，欲媚誰。　曾動詩興笑冷蘂。效少陵，惭下里。萬株連綺。歎金谷、人墜鶯飛。引領羅浮、翠羽幻青衣。月下花神言極麗，且同醉，休先愁，玉笛吹。」其三《憐落梅》云：「重閨佳麗最憐梅。牖春開。學妝來。爭粉翻光、何遽落梳臺。笑坐雕鞍歌古曲，催玉柱，金卮滿，勸阿誰。　貪爲結子藏暗蘂。斂蛾眉，隔千里。舊時羅綺。已零散、沈謝雙飛。不見嬌姿，真悔著單衣。若作和羹休訝晚，墮煙雨，任春風，片片吹。」第四篇失其稾。每首有一「笑」字，北人謂之《四笑江梅引》，爭傳寫焉。

按：洪忠宣《江梅引》詞換頭「蘂」、「里」、「綺」三韻仄叶，調情婉麗可憙。詞本四闋，《容齋五筆》云：「第四篇失其稾。」檢《陽春白雪》，載忠宣《江梅引》一闋，正用此韻，題爲「使北時和李漢老詞」，云：「去年湖上雪欺梅。片雲開。月飛來。雪月光中、無處認樓臺。今歲梅開依舊雪，人如月，對花笑，還有誰。　一枝兩枝三四蘂。想西湖，今帝里。綵牋爛綺。孤山外、目斷雲飛。坐久花寒、香露濕人衣。誰作叫雲橫短玉，三弄徹，對東風，和淚吹。」此詞過拍亦有「笑」字，未知即失稿之第四篇否？

李持正

持正字季秉。政和五年，登進士第。歷知德慶、南劍、潮陽三郡，終朝請大夫。

按：李季秉詞《明月逐人來》云：「星河明澹。春來深淺。紅蓮正、滿城開徧。禁街行樂，暗塵香拂面。皓月隨人近遠。　天半鼇山，光動鳳樓西觀。東風靜、珠簾不捲。玉輦待歸，雲外聞絃管。認得宮花影轉。」見《御選歷代詩餘》。此詞乃都門元夕之作。首句「星河明澹」春夕無河，所謂「星河」，或就燈市風景約略言之，亦猶「紅蓮」、「鼇山」之類。而「明澹」字亦欠合，殆乘興涉筆，勿庸於字句間認筌執象耳。

沈與求

與求字必先，德清人。政和五年進士，除太學録，靖康改元擢博士。建炎初，通判明州。除監察御史，疏論執政過失，遷兵部員外郎，更除殿中侍御史。遷御史中丞，改吏部尚書權翰林學士兼侍讀。歷知潭州，知鎮江府，荆湖南路、兩浙西路安撫使，除参知政事，知樞密院事。卒贈左銀青光禄大夫，謚忠敏。有《龜溪集》十二卷，長短句附。

按《龜溪集》長短句附第三卷律詩後，僅四闋。《浣溪沙・和鄭慶襲雪中作》云：「雲幕垂垂不掩關。落鴻孤没有無間。雪花欺鬢一年殘。　欲把小梅還鬬雪，冷香嫌怕亂沉檀。惱人歸夢繞江干。」又：「花信催春入帝關。玉霙爭臘去留間。不禁風力又吹殘。　客舍不眠清夜冷，縈愁一縷嫋旃檀。空庭月落斗闌干。」

王　昂

昂，政和八年狀元。

〔詞話〕《山房隨筆·補遺》：探花王昂榜下擇壻時，作《催妝詞》云：「喜氣滿門闌，光動綺羅香陌。行到紫薇花下，悟身非凡客。　不須脂粉汙天真，嫌怕太紅白。留取黛眉淺處，畫章臺春色。」

按：王昂《催妝詞》調寄《好事近》，《山房隨筆》作王昂誤。《花庵絶妙詞選》録昂此詞，《小傳》云：「嘉王榜狀元及第。《隨筆》云「探花」亦異。《御選歷代詩餘》以此詞屬之荆公父益，亦撰輯者之誤。

歷代詞人考略卷二十二

宋十六

何大圭

大圭字揩之，（按一作晉之。）廣德人。政和八年登進士第，爲祕書省著作郎。

〔詞評〕《古今詞話》：「玉船風動酒鱗紅」，何大圭《小重山》句。高恥庵列爲麗句圖，曰：此等句在天壤間有限，如雲錦月鉤，造化之巧非人力所能。然又本於山谷「酒面紅鱗恰細吹」也。

《珠花簃詞話》：何揩之《小重山》「玉船風動酒鱗紅」之句，見稱於時。此等句列爲麗句則可，謂「在天壤間有限」，似乎獎許太過。余喜其换頭「車馬去怱怱，路隨芳草遠」十字，寓情於景，其麗在神。

《織餘瑣述》：「玉船風動酒鱗紅」，此「紅」字與「小槽酒滴珍珠紅」之「紅」字不同，蓋酒與臉霞相映，此其所以爲麗也。此句作如此解，與下過拍二句，意尤貫穿。

按：何揩之《小重山》全闋云：「緑樹鶯啼春正濃，釵頭青杏小，緑成叢。玉船風動酒鱗紅。歌聲咽，相見幾時重。

車馬去怱怱。路隨芳草遠，恨無窮。相思只在夢魂中。今宵月，偏照小樓東。」見《花庵絶妙詞選》。又有《蝶戀花》一闋「魚尾霞收」云云，見《陽春白雪》。元注：又出《清真集》。

王庭珪

庭珪字民瞻，安福人。崇寧癸未，試三舍爲首選。政和八年進士。調茶陵丞，兼造船場，憲臺初與薦牘，久之欲役船工造家具，庭珪卻其薦。遂告歸，葺草堂於盧溪，人稱盧溪先生。紹興十二年，胡銓上疏乞斬秦檜，謫新州。庭珪以詩送行，坐訕謗，送辰州編管。檜死，許自便。孝宗立，改承奉郎，除國子監主簿。以年老乞祠，主管台州崇道觀。乾道六年，以胡銓薦，復召，明年始到闕引對，除直敷文閣，領祠如故。卒，年九十三。有《盧溪集》五十卷，詞二卷。

〔詞話〕《宋名臣言行録》：王盧溪先生知時事阽危，無宦游意，學道著書，若將終身焉。壽皇之代，與朱晦庵同以詩人薦，敦召再三，踰年始至。壽皇一見契合，優詔奬之曰：「粹然純儒，凛有真節。」命直敷文閣。時年九十有三。其詩詞格力雅健。興寄高遠，不知其齒之宿也。嘗作《上元鼓子詞》云：「玉漏春遲，鐵關金鎖星橋夜。暗塵隨馬。明月應無價。天半朱樓，銀漢波光射。更深也。翠蛾如畫。猶在涼蟾下。」蓋寄《點絳脣》云。

按：盧溪先生以《送行》詩得罪，除名編隸辰州。《花庵絶妙詞選》盧溪詞凡五闋，有《辰州泛舟送郭景文、周子康赴行在·桃源憶故人》云：「催花一霎清明雨。留得東風且住。雨岸柳汀煙塢。未放行人去。人如雙鵠雲間舉。

明夜扁舟何處。只向武陵南渡。便是長安路。」又《感皇恩》句云：「無情江水，斷送扁舟何處。」《解佩令》歇拍云：「送人行，水聲淒咽。」狀別離之景，肆口而成，不煩追琢，自然含意無盡。《盧溪詞》有海寧趙氏萬里新輯《宋金元人詞》本。

朱　翌

翌字新仲，自號灊山居士，懷寧人。晚居鄞，號省事老人。政和八年進士，任溧水主簿，爲江寧王彦昭幕官。高宗朝，爲祕書監，預修徽宗《實録》。歷官中書舍人。秦檜相逐趙鼎，翌以鼎黨貶韶州。在韶十九年，起知嚴國、寧國、平江三郡。官至敷文閣待制。卒，累贈少師。有《灊山集》三卷。

〔詞話〕《耆舊續聞》：待制公十八歲時，嘗作樂府云：「流水泠泠，斷橋斜路橫枝亞。雪花飛下。全勝江南畫。　白壁青錢，欲買應無價。歸來也。風吹平野。一點香隨馬。」朱希真訪司農公不值，於几案間見此詞，驚賞不已，遂書於扇而去，初不知何人作也。一日，洪覺範見之，叩其所從得，朱具以告。二人因同往謁司農公問之，公亦愕然。客退，從容詢及待制公，公始不敢對，而以實告。司農公責之曰：「兒曹讀書，正當留意經、史間，何用作此等語耶。」然其心實喜之，以爲此兒他日必以文名於世。今諸家詞集及《漁隱叢話》，皆以爲孫和仲或朱希真所作，非也。正如《詠摺疊扇》詞云：「宮紗蜂趁梅，寶扇鸞開翅。數摺聚清風，一捻生秋意。　摇摇雲母輕，裊裊瓊枝細。莫解玉連環，怕作飛花墜。」余嘗親見稿本於公家，今《于湖集》乃載此詞，蓋張安國嘗爲人題此詞於扇故也。大抵公於文不苟作，雖游戲嘲謔，必極其精妙。嘗《詠五月菊》詞云：「玉臺金盞對炎光。全似去年香。有意莊嚴端午，不應忘卻重陽。　菖蒲九節，金英滿把，同泛瑶觴。舊日東籬陶令，北窗正卧羲皇。」又《與秦師垣啟》：「雞鳴函谷，孟嘗繇是以出關；雁落上林，屬國已聞於歸漢。」蓋秦嘗留金庭，未幾縱還，既而金人復悔，遣騎追之，已無及矣。公之用事，親切多類此，遂得擢用。

《揮麈後録》：朱新仲仕江寧，在王彦昭幕中。彦昭好令人歌柳三變樂府新聲，新仲嘗作樂語曰：「正好歡娱，歌葉樹數聲啼鳥；不妨沈醉，拚畫堂一枕春酲。」皆柳詞中語。

〔詞評〕《詞苑》：朱新仲嘗雪中至西湖看梅，作《點絳脣》詞云云。西湖詠梅者多矣，而不爲琱琢，自然大雅，首推此詞。

按朱新仲《詠摺疊扇》詞調寄《生查子》，《詠五月菊》詞調寄《朝中措》。陳西塘氏辨《生查子》詞入《于湖詞》之譌，今檢汲古閣刻本，《于湖詞》並無此詞，陳氏所見，當別是一本。乾隆時，鄞縣袁陶軒鈞輯《四明近體樂府》。新仲詞又有《道山亭餞張椿老赴行在·謁金門》云：「風露底。石上岸巾愁起。月到房心天似水。亂峯青影裏。　此去登瀛須記。今夕道山同醉。春殿明年人共指。玉皇香案吏。」（編者按，此詞見《蘆川詞》卷下。或爲張元幹作。）《灊山詩餘》有朱彊邨刻本。

朱　松

松字喬年，婺源人。政和八年，登進士第，調尤溪尉。胡世將、謝克家薦之，擢祕書省正字。趙鼎都督川、陝、荆、襄軍馬，辟松爲屬，辭。鼎再相，除校書郎，遷著作郎。以御史中丞常同薦，除度支員外郎，史館校勘，歷司勳、吏部郎。以忤和議，秦檜諷御史論劾，出知饒州，未上，卒。有《韋齋集》。

〔詞話〕《聽秋聲館詞話》：朱子父韋齋公松，尉尤溪時，醉宿鄭氏閣，賦《蝶戀花》云：「清曉方塘開一鏡。落絮飛花，肯向春風定。點破翠奩人未醒。餘寒猶倚芭蕉勁。　擬託行雲醫酒病。簾捲閒愁，空占紅香徑。青鳥呼君君莫聽。日邊幽夢從來正。」見《南溪書院志》。《詞綜》及《補遺》均未録。

按：韋齋先生《詠筍》詩，曾端伯《百家詩選》稱其點化精巧，其《蝶戀花》句云：「落絮飛花，肯向春風定。」亦從陳謝元正貞「風定花猶落」句點化而出，此二句乃擅全闋之勝。

李　璆

璆，字西美，汴人。政和間登進士第，調陳州教授，入爲國子博士，出知房州。宣和三年，廷議將取燕，上疏切諫，不省。及燕平，責監英州清溪鎮。尋赦還爲郎，試中書舍人，以建言忤權要罷。紹興四年，以集英殿修撰知吉州。累遷徽猷閣直學士、四川安撫制置使。有《清溪集》二十卷。

按：李西美詞《滿庭芳·詠梅》二首，並見《梅苑》，今録其一云：「白玉肌膚，清冰神彩，仙妃何事煙村。自然標韻，羞入百花群。不易盈盈瘦質，犯寒臘、獨作春温。溪橋外，斜枝半吐，行客一銷魂。　清香無處著，雪中暗認，月下空聞。算誰許幽人，相伴芳尊。莫放高樓弄笛，忍教看、雪落紛紛。堪調鼎，濛濛煙雨，滋養待和羹。」其第二闋，《梅苑》連綴於前闋之後，未具作者姓字。《花草粹編》僅録此一闋，署李西美，從之。

李乘

乘字德載。政和中，官崑山令。

按：李德載詞《眼兒媚·詠梅》云：「雲兒魂在水雲鄉。猶憶學梅妝。玻璃枝上，體薰山麝，色帶飛霜。　水邊竹外愁多少，不斷俗人腸。如何伴我，黄昏携手，步月斜廊。」見《梅苑》。

袁綯

綯，政和中，教坊判官。宣和六年，爲教坊大使。

〔詞話〕《續骫骳説》：政和中，袁綯爲教坊判官譔文字。一日，爲蔡京譔《傳言玉女》詞云：「淺淡梳妝，愛學女真梳掠。艷容可畫，那精神怎貌。按「貌」字應叶，疑誤。此詞又見《樂府雅詞·拾遺》、《花草粹編》，並作「貌」。（編者按，《四庫全書》本《樂府雅詞·拾遺》作「索」，近是。）鮫綃映玉，鈿帶雙穿纓絡。歌音清麗，舞腰柔弱。　宴罷瑶池，御按「御」字疑脱一平聲字，《雅詞》、《粹編》並同。此調换頭應四字一句，三字二句叶。風跨皓鶴。鳳凰臺上，有蕭郎共約。一面笑開，向月斜褰朱箔。東園無限，好花羞落。」上見之，改「女真」二字爲「漢宫」，而人莫解，蓋當時已與女真盟於海上矣，而中外未知，帝忌其語，故竄易之也。

《宣和遺事》：按《宣和遺事》二卷，宋人所記，雖辭近瞽史，頗傷不文。但檢《述古堂書目》刊宋人詞話門、《百川書志》、《文淵閣書目》並皆著録，兹據影覆宋本移録一則，不稍删潤，以存其舊云。宣和六年正月十四日夜，去大内門直上一條紅綿繩上，飛下一箇仙鶴兒來，口内銜一道詔書。有一員中使接得展開，奉聖旨宣萬姓。有那快行家手中把著金字牌喝道：「宣萬姓。」少刻，京師民有似雲浪，盡頭上戴著玉梅、雪柳、鬧蛾兒，直到鼇山下看燈。卻去宣德門直上有三四箇貴官，金燃綫幞頭舒角，紫羅窄袖袍簇花羅。那三四貴官姓甚名誰？楊戩、王仁、何霍六、黄太尉。這四箇得了聖旨，交撒下金錢銀錢，與萬姓搶金錢。那教坊大使袁綯曾作一詞，名做《撒金錢》：「頻瞻禮。喜昇平、又逢元宵佳致。鼇山高聳翠。對端門、珠璣交製。似嫦娥降仙宫，乍臨凡世。　恩露匀施，凭御闌、聖顔垂視。撒金錢，亂抛墜。萬姓推搶没理會。告官裏。這失儀、且與免罪。」是夜，撒金錢後，萬姓各各徧遊市井，可謂是：「燈火熒煌天不夜，笙歌嘈雜地長春。」

按：《撒金錢》詞調，萬氏《詞律》、徐氏《詞律拾遺》及《拾遺補遺》並未經著録。其詞後段雖涉淺俚，然如前段句云：「鼇山高聳翠。對端門、珠璣交製。」尚不失爲工麗。若《傳言玉女》闋，則進乎作者矣。

范周

周字無外，吴縣人。仲淹之姪孫，贊善大夫純古之子。政和時，諸生所居曰范家園。

〔詞話〕《中吴紀聞》：范周，少負不羈之才，工於詩詞，不求聞達，士林甚推重之。盛季文作守時，頗嫚士，無外嘗於元宵作《寶鼎現》詞投之，極蒙嘉奬，因遺酒五百壺。其詞播於天下，每遇燈夕，諸郡皆歌之。又雙蓮堂在木蘭堂東，舊芙蓉堂是也。至和初，光禄吕大卿濟叔，以雙蓮花開，故易此名。政和中，盛密學季文作守，亦産雙蓮，范無外賦《木蘭花慢》詞云：「美蘭堂晝永，晏清暑、晚迎涼。控水檻風簾，千花競擁，一朵偏雙。銀塘。盡傾醉眼，訝湘娥、倦倚兩霓裳。依約凝情鑑裏，並頭宮面高妝。蓮房。露臉盈盈，無語處、恨何長。有翡翠憐紅，鴛鴦妒影，俱斷柔腸。淒涼。芰荷夜雨，褪嬌紅、換紫結秋房。堪把丹青對寫，鳳池歸去携將。」按換頭「蓮房」句叶，與下「秋房」複。「露臉盈盈」句亦應叶。

按《詞林紀事》録范無外《寶鼎現·元夕》詞云：「夕陽西下，暮靄紅溢，香風羅綺。乘夜景、華燈爭放，濃燄燒空連錦砌。覩皓月、浸嚴城如畫，花影寒籠絳蘂。漸掩映、芙蕖萬頃，迆麗齊開秋水。太守無限行歌意。擁麾幢、光動珠翠。傾萬井、歌臺舞榭，瞻望朱輪駢鼓吹。控寶馬、耀貔貅千騎。銀燭交光數里。似亂簇、寒星萬點，擁入蓬壺影裏。來伴宴閣多才，環艷粉、瑶簪珠履。恐看看，丹詔歸（春）［奉］，宸遊燕待。便趁早、占通宵醉。莫放笙歌（起）［妓］。任畫角、吹徹寒梅，月落西樓十二。」張宗橚按：此闋别本作康伯可，今從《中吴紀聞》訂正云云。今檢《樂府雅詞》、《草堂詩餘》，此詞並作康伯可，《花草粹編》亦作伯可，唯附引《中吴紀聞》謂無外所作，疑即此詞。張氏竟定此詞爲無外作，未知何所依據？《中吴紀聞》固未之載也。無外《雙蓮堂詞》及其詞事，張氏並未采録，詎未見《紀聞》全書耶？

蔡　枏

枏字堅老，南城人。宣和以前人，官宜春别駕，没於乾道庚寅。曾公衮、吕居仁輩，皆與之倡和。有《雲壑隱居集》三卷，《浩歌集詞》一卷。

按：蔡堅老《鷓鴣天》云：「病酒厭厭與睡宜。珠簾羅幕捲銀泥。風來緑樹花含笑，恨入西樓月斂眉。驚瘦盡，怨歸遲。休將桐葉更題詩。不知橋下無情水，流到天涯是幾時。」見《絶妙好詞》。此詞清麗芬惻，卓然名家，歇拍尤有神韻。堅老詞名《浩歌集》，陶氏《詞綜補遺》作《浩歎集》，誤。

張元幹

元幹字仲宗，自號蘆川居士，長樂人，向子諲之甥。太學上舍，政、宣間以樂府擅名。坐紹興八年作詞送胡銓，貶新州，及寄李綱，除名。有《歸來集》六卷，《蘆川詞》二卷按依宋本。

〔詞話〕《百琲明珠》參《揮麈後録》：張元幹以送胡銓及寄李綱詞坐罪，皆《金縷曲》也，元幹以此得名。仲宗挂冠後數年，秦檜始聞此詞，以它事追付大理削籍焉。

《鶴林玉露》：山谷題《元真子圖》詞，所謂「人間底是無波處，一日風波十二時」者，固已妙矣。張仲宗詞云：「釣笠披雲青嶂曉。橛頭細雨春江渺。白鳥飛來風滿棹。收綸了。漁童拍手樵青笑。明月太虚同一照。浮家泛宅忘昏曉。醉眼冷看朝市鬧。煙波老。誰能惹得閒煩惱。」語意尤飄逸，仲宗年逾四十即挂冠，後因作詞送胡澹庵貶新州，忤秦檜，亦得罪。其標致如此，宜其能道元真子心事。

《苕溪漁隱叢話》：張仲宗有《漁家傲》一詞「釣笠披雲」云云。余往歲在錢塘，與仲宗從游甚久，仲宗手寫此詞相示，云舊所作也。其詞第二句元是「橛頭雨細春江渺」，余謂仲宗曰：「橛頭雖是船名，今以雨襯之，語晦而病。」因爲改作「緑蓑雨細」，仲宗笑以爲然。

《古今詞話》：沈雄曰：《蘆川詞》如「溪邊翠靄藏春樹，小艇風斜沙觜路」與「簾旌翠波，颯窗影殘紅一綫」。楊慎《詞品》極歎賞之。

又：徐士俊曰：張仲宗《踏莎行》云：「醉來扶上木蘭舟，將愁不去將人去。」引用李端詩：「青楓緑草將愁去，遠入吴雲暝不還。」此返用之爲勝。

又：宋詞多以否字爲府，與主字、舞字同叶。張仲宗「短夢今宵還到否」，曹元寵謂閩音而通用者。《賭棋山莊詞話》：宋時諺，謂吹笙爲竊，嘗見張仲宗《蘆川詞》。按：仲宗《浣溪沙》詞小序：范才元自釀，色香玉如，直與緑萼梅同調，宛然京洛氣味也，因名曰萼緑春，且作一首。諺以竊嘗爲吹笙云云。

〔詞考〕《四庫全書·蘆川詞提要》：《宋史·藝文志》載其詞二卷。陳振孫《書録解題》則作一卷，與此本合。按紹興八年十一月，待制胡銓謫新州，元幹作《賀新郎》詞以送，坐是除名。元注：考《宋史·胡銓傳》，其上書乞斬秦檜在戊午十一月，則元幹除名自屬此時。毛晉跋以爲辛酉，殊爲未審。謹附訂於此。又李綱疏諫和議，亦在是年十一月，綱斯時已提舉洞霄宫，元幹又有寄詞一闋。今觀此集，即以此二闋壓卷，蓋有深意。其詞慷慨悲涼，數百年後，尚想見其抑塞磊落之氣。然其它作，則多清麗婉轉，與秦觀、周邦彦可以肩隨。毛晉跋曰：「人稱其長於悲憤，及讀《花庵》、《草堂》所選，又極嫵秀之致。」可謂知言。至稱其「洒窗間，唯稷雪」句，引《毛詩疏》爲證，謂用字多有出處，則其説似是而實非。詞曲以本色爲最難，不尚新僻之字，亦不尚典重之字。「稷雪」二字，拈以入詞，究爲别格，未可以之立制也。又卷内《鶴沖天》調本當作《喜遷鶯》。晉乃注云：「向作《喜遷鶯》誤，今改作《鶴沖天》。」不知《喜遷鶯》之亦稱《鶴沖天》，乃後人因韋莊《喜遷鶯》詞有「爭看鶴沖天」句而名，調止四十七字。元幹正用其體。晉乃執後起之新名，反以元名爲誤，尤疏於考證矣。

按：宋人《菉斐軒詞韻》五「車、夫」上聲，《詞林正韻》第四部「魚、語」韻上聲，並有「否」字，方古切。張仲宗《賀新郎》以「否」叶「土」，舉不得謂用閩音叶韻也。曹元寵詠早梅《驀山溪》歇拍云：「消瘦損，東陽也，試問花知否。」其詞通首亦「魚、語」韻。又仲宗所作壽詞，太半以一「壽」字爲題，不著「壽」者何人？此法可師。《蘆川詞》近吴氏有覆宋刻本二卷。

邢俊臣

俊臣，宣、政間戚里子。嘗責爲越州鈐轄。

〔詞話〕《詞苑叢談》：宣政間，戚里子邢俊臣，性滑稽，喜嘲詠，常出入禁中，善作《臨江仙》詞，末章必用唐律兩句爲謔，以寓調笑。徽皇置花石綱，石之大者曰神運石，大舟排聯數十尾，僅能勝載。既至，上大喜，置艮嶽萬歲山，命俊臣爲《臨江仙》詞，以高字爲韻，末句云：「巍峩萬丈與天高。物輕人意重，千里送鵝毛。」又令賦陳朝檜，以陳字爲韻，檜亦高五六丈，圍九尺餘，枝葉覆地幾百步，詞末云：「遠來猶自憶梁陳。江南無好物，聊贈一枝春。」上容之，不怒也。内侍梁師成，位兩府，甚尊顯用事，以文學自命，尤自矜爲詩，因進詩，上稱善，顧謂俊臣曰：「汝可爲好詞以詠師成詩句之美。」且命押詩字韻，俊臣口占末句云：「欲知勤苦爲新詩。吟安一箇字，撚斷數莖髭。」上大笑。師成恨之，譖其漏泄禁中語，謫爲越州鈐轄。太守王嶷聞其名，置酒待之，宴罷醉歸，燈火蕭疏。明日携詞見帥，叙其寥落之狀，末云：「捫窗摸户入房來。笙歌歸院落，燈火下樓臺。」席間有妓秀美，而肌白如玉雪，頗有腋氣，豐甫令乞詞，末云：「酥胸露出白皚皚，遥知不是雪，爲有暗香來。」又有善歌舞而體肥者，末云：「只愁歌舞罷，化作綵雲飛。」邢雖小才，亦是滑稽之雄，子瞻若在，当为絶倒。

《古今詞話》：沈雄曰：蘇長公爲游戲之聖，邢俊臣亦滑稽之雄。蘇贈舞鬟云：「春入腰支金縷細，輕柔。種柳應須柳柳州。」蓋「柳州」用吕温《嘲宗元》詩「柳州柳刺史，種柳柳江邊」也。邢作花石綱應制云：「巍峩萬丈與天高。物輕人意重，千里送鵝毛。」末用成句，以諷徽宗也。若稼軒之《重疊金》云：「人言頭上髪。總向愁中白。拍手笑沙鷗。滿身都是愁。」便不成詞意。

按：邢俊臣喜用唐人律句作《臨江仙》詞，惜全闋不傳於世。其賦艮嶽大石及陳朝檜託怡諷刺，庶幾譎諫者流。乃至奉諭「詠梁師成詩」，一以誹諧出之，不但不涉諛詞，其曰「吟安一箇字，撚斷數莖髭」，直是誚其不能爲詩，徒自苦耳。頗不爲權閹氣燄所懾，斯人風格信非康伯可、曹元寵輩所可同日語。唯沈偶僧作《詞話》，乃竟與蘇長公相提並論，是則俊臣萬不克當耳。

韓師厚　鄭雲娘

師厚，字及占籍不詳。

〔詞話〕《織餘瑣述》：韓師厚《御街行》云：「無言倚定馬門兒，獨對滔滔雪浪。」今人猶呼船門爲馬門，船有幾倉，曰幾道馬門。

按：韓師厚詞《御街行》云：「合和朱粉千餘兩。撚一箇、觀音樣。大都卻似五三分，少副玲瓏五臟。等人合眼，來人眼底，終夜空勞攘。香魂婿魄知何往。料只在、船兒上。無言倚定馬門兒，獨對滔滔雪浪。若將愁淚還做水，算幾箇、黃天蕩。」見《花草粹編》。又《粹編》卷十二録鄭雲娘《勝州令》，姓名下注韓師厚妻。

吕頤浩

頤浩字元直，其先樂陵人，徙齊州。登進士第。徽宗時，歷官至河北都轉運使，以病乞退，提舉崇福宫。高宗即位，起知揚州，除户部侍郎，進吏部尚書。建炎二年，拜同簽書樞密院事、江淮兩浙制置使，改江東安撫、制置使兼知江寧府。進尚書右僕射、中書侍郎兼御營使，改同中書門下平章事兼知樞密院事。紹興八年，以少傅、醴泉觀使致仕。卒，贈太師，封秦國公，謚忠穆。有《忠穆集》八卷。

按：吕元直《詠紫微觀石牛·水調歌頭》云：「一片蒼崖璞，孕秀自天鍾。渾如暖煙堆裏，乍放力猶慵。疑是犀眠海畔，貪玩爛光銀彩，精魄入蟾宫。潑墨陰雲妒，蟾影淡朦朧。　潙山頌，戴生筆，寫難窮。些兒造化，憑誰細與問元工。那用牧童鞭索，不入千羣萬隊，扣角起雷同。莫怪作詩手，偷入錦囊中。」見《詞綜補遺》。

趙長卿

長卿按宋玉牒命名無卿字輩。長卿，疑其字也。名不可考。自號仙源居士，南豐人。宋宗室。有《惜香樂府》十卷。

〔詞考〕《四庫全書·惜香樂府提要》：是集分類編次，凡春景三卷，夏景一卷，秋景一卷，冬景一卷，總詞三卷，拾遺一卷。據毛晉跋語，乃當時鄉貢進士劉澤所定，其體例殊屬無謂。且夏景中如《減字木蘭花・詠柳》一闋、《畫堂春・輦下遊西湖》一闋，宜屬之春。冬景中《永遇樂》一闋，宜屬之秋。是分隸亦未盡愜也。其詞往往瑕瑜互見，如卷二中《水龍吟》第四闋，以「了」、「少」、「峭」叶「晝」、「秀」，純用江右鄉音，終非正律。卷五中《一剪梅》尾句「纔下眉尖，恰上心頭」，勦襲李清照此調元句，竄易二字，殆於點金成鐵。卷六中《叨叨令》一闋，純作俳體，已成北曲。至卷七中《一叢花》一闋，本追和張先作。前半第四句，張詞三字一句、四字一句，此乃作七字一句；後半末三句，張詞四字二句、五字一句，此乃作三字一句、五字二句，是併音律，亦多不協。然長卿恬於仕進，觴詠自娱，隨意成吟，多得淡遠蕭疏之致，固不以一眚廢之。他如《小重山》前闋，結句用「疏雨韻入芭蕉」六字，亦不合譜。殆毛晉刊本誤增「雨」字。又卷六中梅詞一首，題曰《一剪梅》，而注曰：或刻《攤破醜奴兒》，不知此調非《一剪梅》，當以別本爲是。卷五之《似娘兒》，即卷八之《青杏兒》，亦即名《醜奴兒》，晉於《似娘兒》下注云：或作《青杏兒》；於《青杏兒》下注云：舊刊《攤破醜奴兒》，非。不知誤在「攤破」二字，《醜奴兒》實非誤刻。是又明人校讎之失，其過不在長卿矣。

按：《惜香樂府》有《鶩山溪・和曹元寵賦梅韻》，知長卿爲徽宗時人。又有《清平樂・忠孝堂呈李宜山同舍》，當是曾爲太學諸生。詞凡十卷，約三百闋，在六十家中爲褒然鉅帙。其《眼兒媚》「樓上黄昏」闋，乃秦少游作；《念奴嬌》「見梅驚笑」闋，乃朱希真作；《賀新郎》「篆縷銷金鼎」闋，乃李玉作。皆明人改編時羼入也。

張綱

綱字彦正，金壇人。按《宋史》本傳：丹陽人。入太學，以上舍及第。除太學正，歷博士，校書郎。與蔡京論事不合，去職，主管玉局觀。久之還故官，遷著作佐郎、屯田司勳郎。出爲兩浙提刑，移江東。以左司召，權監察御史，進中書舍人，除給事中，侍御史。秦檜用事，久臥家不與通問。檜死，召爲吏部侍郎兼侍讀，權吏部尚書，除參知政事，以資政殿學士知婺州，致仕。卒，謚文定，改章簡。有《華陽集》，長短句一卷。

〔詞話〕《織餘瑣述》：宋人集中，壽詞太半敷衍無味之作。然如張綱《華陽長短句》，《浣溪沙・榮國生日》三首，其二云：「臘日銀甖翠管新。潘輿迎臘慶生辰。捲簾花簇錦堂春。　百和寶薰籠瑞霧，一聲珠唱駐行雲。流霞深勸莫辭頻。」其三云：「象服華年兩鬢青。喜逢生日是嘉平。何妨開宴雪初晴。　酒勸十分金鑿落，舞催三疊玉娉婷。滿堂歡笑祝椿齡。」未嘗不清新流麗也。

按：張章簡《華陽長短句》，近彊邨朱氏刻本詞凡三十五闋。嘗謂兩宋人詞，雖非專家之作，大都深穩沉著，以氣格勝。雖有不經意處，亦是宋人不經意處，其至於有疵類，亦是宋人之疵類，並非時下人所及。如《華陽長短句》之類，即非專家而沉著入格者。

王　寀一作采

寀字輔道，一字道輔，自號南陜居士，德安人。登第後，爲校書郎，歷翰林學士。宣和初，官至兵部侍郎。以譖坐法。

〔詞話〕《能改齋漫録》：「日月無根天不老。浮生總被銷磨了。陌上紅塵常擾擾。昏復曉。一場大夢誰先覺。　雒水東流山四繞。路旁幾箇新華表。見説在時官職好。爭信道。冷煙寒雨埋荒草。」王寀輔道侍郎《漁家傲》詞也，歌之使人有遺世之意。王在徽宗朝，嘗奏天神降其家。徽宗欲出幸，左右奏恐有不測，宜有以審其真僞。既中使至其家，無有也，因坐誣以死。世謂輔道乃曉人，不應爾。蓋輔道，韶之子，韶熙河用兵，濫殺者多，故冤以致其禍耳。

〔詞評〕《碧雞漫志》：王輔道、履道善作一種俊語，其失在輕浮，輔道誇捷敏，故或有不縝密。

按：王道輔詞《玉樓春》云：「多情只有舊時香，衣上經年留得住。」《浣溪沙》云：「舊事只將雲入夢，新歡重借月爲期。」王晦叔所謂「俊語」也。「幾時能句（姑后切）夜何長」，則近於輕浮矣。又有詠梨花《蝶戀花》云：「縷雪成花檀作蘂。愛伴秋千，摇曳東風裏。翠袖年年寒食淚。爲伊牽惹愁無際。　幽艷偏宜春雨細。紅粉闌干，有箇人相似。鈿合金釵誰與寄。丹青傳得淒涼意。」見《全芳備祖》及《詞綜》。許蒿廬云：後半闋暗用《長恨歌》語意。又有前調詠牡丹、海棠、桃花、木瓜四闋，末句並用「丹青傳得」云云，疑是題畫之作，並見《全芳備祖》。其《牡丹》闋换頭云：「斜倚青樓臨遠道。不管旁人，密共東君笑。」語絶媚嫵，似乎未經人道，施之牡丹，尤爲宜稱。

夏倪

倪字均父，蘄州人。英公竦之孫，以宗女夫入仕。宣和庚子，自府曹左遷監祁陽酒税。後知江州卒。有《遠遊堂集》。

〔詞話〕《能改齋漫録》：夏倪均父，宣和庚子自府曹左遷祁陽酒官。過浯溪、登浯臺，愛其山水奇秀。自謂非中州所有，不減淵明斜川之遊。且作長短句，以《減字木蘭花》歌之云：「江涵曉日。蕩漾波光摇槳入。笑指浯溪。聱叟雄文鎖翠微。休嗟不偶。歸到中州何處有。獨立風煙。湘水浯臺總接天。」

按：浯臺在湖南祁陽縣境。唐大曆二年，元次山結譔《峿（字從山作峿）臺銘》。夏均父詞止此一闋，它無傳作。據宗稷辰《永州金石志》，有張耒《題浯溪碑後》詩，王安中《維舟石刻》字，卜其時代，並在靖康已前、宣和年間。當時永昌一邑，詞流薈萃，「金荃」、「紅杏」，齊芳楚畹已。

胡寅

寅字明仲，學者稱致堂先生，崇安人。寳文閣直學士，謚文定。安國弟子，安國子之。宣和三年，登進士第。以薦，除祕書省校書郎，遷司馬門員外郎。建炎三年，爲駕部郎官，擢起居郎。以上書切直，吕頤浩惡之，除直龍圖閣，主管江州太平觀。尋命知永州。紹興四年，復起居郎，遷中書舍人，改集英殿修撰，以待制知嚴州。尋除禮部侍郎。秦檜當國，除徽猷閣直學士，仍提舉太平觀。坐《與李光書》譏訕朝政落職。檜死，復官。卒，謚文忠。有《斐然集》三十卷。

〔詞考〕《渚山堂詞話》：嚴灘釣臺，有書《水調歌頭》一闋，或謂朱晦翁所賦，然無可考證。予輯《草堂遺音》，寘此詞其中，姑依舊本，定爲胡明仲之作。後有知者，或能是正也。

按：胡文忠過子陵釣臺，《水調歌頭》云：「不見嚴夫子，寂寞富春山。空留千丈危石，高出暮雲端。想像羊裘披了，一笑兩忘身世，來把釣魚竿。肯似林間翮，飛倦始知還。　中興主，功業就，鬢毛斑。馳驅一世人物，相與濟時艱。獨委狂奴心事，未羨癡兒鼎足，放去任疏頑。爽氣動星斗，終古照林巒。」見《聽秋聲館詞話》。元注：此詞或云朱文公作。檢朱文公《晦庵詞》，無此闋，當是文忠知嚴州時作。《嚴州圖經》云：紹興六年八月，胡寅以左奉議郎充徽猷閣待制知州事，七年閏十月移永州，在嚴凡一年餘。

劉一止

一止字行簡，歸安人。述之族孫，燾之族弟，七歲能屬文。宣和二年進士，爲越州教授。參知政事李邴薦爲詳定一司敕令所删定官。除祕書省校書郎，遷監察御史，歷起居郎，祠部郎，知袁州，改浙東路提點刑獄，爲秘書少監，擢中書舍人兼侍講。遷給事中，以繳奏不已，爲用事者所忌，罷，提舉江州太平觀。進敷文閣待制，直學士，致士卒。有《非有齋類稾》五十卷，《苕溪集》三十卷，詞一卷。

〔詞話〕《直齋書録解題》：劉行簡嘗爲《曉行》詞，盛傳於京師，號劉曉行。

按：劉行簡《曉行》詞調寄《喜遷鶯》，詞云：「曉光催角，聽宿鳥未驚，鄰雞先覺。迆邐煙村，馬嘶人起，殘月尚穿林薄。淚痕帶霜微凝，酒力衝寒猶弱。歎倦客、悄不禁，重染風塵京洛。　追念，人別後，心事萬重，難覓孤鴻託。翠幌嬌深，曲屏香暖，爭念歲寒飄泊。怨月恨花煩惱，不是不曾經著。這情味，望一成消減，新來還惡。」其所著《苕溪詞》已佚。近彊邨朱氏輯《湖州詞徵》，録行簡詞凡四十二闋。

歷代詞人考略卷二十三

宋十七

曹組　田中行

組字彦章，後字元寵，潁昌人。未第之前，已在西班。宣和三年進士，郊禮，進《祥光賦》。詔换武階，兼閤門宣贊舍人。中書召試，仍給事殿中，官至防禦使。有《箕潁集》二十卷。

〔詞話〕《碧雞漫志》：政和間，曹組元寵每出長短句，膾炙人口。作《紅窗迥》雜曲數百解。《苕溪漁隱叢話》：《桐江詩話》云：潁昌曹緯彦文，弟組彦章，俱有俊才，彦文釋褐即物故，彦章多依棲中貴人門下。一日，徽廟苑中射弓，左右薦至對御，作射弓詞《點絳脣》一闋云：「秋勁風高，頓知斗力生弓面。弝分筠簳。月到天心滿。　白羽流星，飛上黄金椀。胡沙雁。雲邊驚散。壓盡天山箭。」今人但知彦章善謔，不知其才，良可惜也。彦章兄弟幼孤，母王氏教養成就。王氏亦能詩。

又：曹元寵本善作詞，特以《紅窗迥》戲詞盛行于世，遂掩其名。如《望月·婆羅門》詞，亦豈不佳。詞云：「漲雲暮捲，漏聲不到小簾櫳。銀河淡掃澄空。皓月當軒高挂，秋入廣寒宫。正金波不動，桂影朦朧。佳人未逢。歎此夕、與誰同。望遠傷懷對景，霜滿愁紅。南樓何處，想人在、長笛一聲中。凝淚眼、泣盡西風。」此詞病在「霜滿愁紅」之句，時太早耳。曾端伯編《雅詞》，乃以此詞爲楊如晦作，非也。

《松窗録》：元寵六舉不第，著《鐵硯篇》自勵。宣和中成進士，有寵於徽宗，曾賞其《如夢令》「風弄一枝花影」，及《點絳脣》「暮山無數，歸雁愁邊度」之句。

《玉照新志》：「蹙破眉峯碧。纖手還重執。鎮日相看未足時，便忍使、鴛鴦隻。薄暮投村驛，風雨愁通夕。窗外芭蕉窗裏人，分葉上、心頭滴。」祐陵親書其後云：此詞甚佳，不知何人作，奏來。蓋以詢曹組者，宸翰今尚藏其家。

《清波别志》：紹興初，故老閒坐，必談京師風物，且喜歌曹元寵「甚時得歸京裏去」十小闋，聽之感慨，有流涕者。五六十年後，更無説著，蓋耆舊日就淪謝，言之可勝於悒。

按：宋曾慥《樂府雅詞》録曹元寵詞三十一首。據晦叔《漫志》謂：「元寵，滑稽無賴之魁。」今就《雅詞》所録審之，唯《相思會》、《品令》、《醉花陰》三首稍涉俚諺，自餘皆雅正入格，尤有疏爽冲淡之筆，詎可目之曰滑稽，詆之爲無賴耶。其《如夢令》「門外緑陰千頃」、《驀山溪》「護霜雲際」二首，尤爲卷中佳勝，它選本或誤《如夢令》爲秦少游作，雖少游曷以加焉。其斷句如《阮郎歸》云：「鞦韆人散月溶溶，樓臺花氣中。」《好事近》云：「一陣暗香飄處，已難禁愁絶。」寫景言情，並臻超詣。又《品令》歇拍云：「促織兒、聲響雖不大，敢教賢、睡不著。」「賢」字作人字用，蓋宋時方言，至今不嫌其俗，轉覺其雅。《箕潁詞》有海寧趙氏輯本。

又按：《碧雞漫志》云：今有過鈞容班教坊者，問曰：「某宜何歌？」必曰：「汝宜唱田中行、曹元寵小令。」田中行極能寫人意中事，雜以鄙俚，曲盡要妙，當在万俟雅言之右，然莊語輒不佳。嘗執一扇，書句其上云「玉蝴蝶戀花心動」，語人曰：此聯三曲名也，有能對者，吾下拜。北里狹邪間横行者也。據此則田中行必工詞曲，今雖無傳作，其姓名弗可没也。因附著於曹組之次。

趙温之

温之，宋宗室名及官位待考。

〔詞話〕《碧雞漫志》：田中行極能寫人意中事，雜以鄙俚，曲盡要妙。宗室温之次之。長短句中，作滑稽無賴語，起於至和。嘉祐之前，猶未盛也。

按：趙温之有詞三闋，見《梅苑》。《踏莎行》云：「妖艷相偎，清香交噴。花王尤喜來親迎。有如二女事唐虞，羣芳休更誇相並。　小雨資嬌，輕風借問。天應知我憐孤韻。莫驚歲歲有雙葩，儀真自古風流郡。」似詠並蒂梅之作。此外尚有《喜遷鶯》、《踏青游》二闋。

宋齊愈

齊愈字文淵，一字退翁。里居未詳。宣和三年，上舍第一。建炎初，官諫議大夫。

〔詞話〕《古今詞話》：花庵詞客曰：宋退翁齊愈，宣和間爲太學官。固陵召對，曰：「卿文章新奇，可作梅詞進呈，須是不經人道語。」齊愈立進《眼兒媚》詞云：「霏霏疏影轉征鴻。人語暗香中。小橋斜渡曲屏，深院水月濛濛。　人間不是藏春處，玉笛曉霜空。江南處處黄垂，密雨緑漲薰風。」天語稱善。次日，語近臣曰：「宋齊愈《梅》詞，非唯不經人道，又且自開花説至結子黄熟，並天色言之，可謂盡之矣。」

按：《御選歷代詩餘》後附詞話，録《宣和遺事》一則，所記宋齊愈被召進《梅》詞事，與沈雄《古今詞話》所述黄昇《花庵詞選》之言正同。張宗橚《詞林紀事》因之。今檢《宣和遺事》景覆宋本，確無記載。此事之文，宗橚亦未考也。徐釚《詞苑叢談》亦有一則，未詳所出何書。（編者按，事見《花菴詞選》宋退翁《眼兒媚》詞序。疑《御選歷代詩餘》誤注出處。）

陳康伯

康伯字長卿，弋陽人。宣和三年，中上舍丙科。累遷太學正。建炎末，爲勅令删定官。紹興間，累遷軍器監，借吏部尚書使金。[後因金史至，]端午賜扇帕，與論拜受禮，坐言者，罷知泉州。召對，除吏部侍郎，進尚書，拜參知政事。以通(政)[奉]大夫守尚書右僕射、同中書門下平章事，拜光禄大夫，轉左僕射。孝宗即位，命兼樞密使，封信國公。以太保、觀文殿大學士、福國公判信州。丐外祠，除醴泉觀使。未幾，復相。進封魯國公。卒，謚文恭。慶元初，配享孝宗廟庭，改謚文正。

按：陳文正詞《阮郎歸》云：「閒來溪上有雲飛。溪光接翠微。江南三月落花時。春波去櫂遲。　尋竹路，破林扉。蒼苔舊釣磯。欲歸回首未成歸。黄塵滿素衣。」見《花草粹編》。

王之道

之道字彦猷，自號相山居士，無爲軍人。宣和六年，登進士第。靖康改元，調和州歷陽丞，攝歷陽令。建炎間，以便宜攝無爲軍，叙守禦功，改左宣議郎，進承奉郎、鎮撫司參謀官。紹興六年，知開州。八年，通判滁州，投匭上書忤秦檜意，責監南雄州溪塘鹽税。檜死，起知信陽軍，提舉湖北常平茶鹽，兼攝鼎州。除湖南轉運判官權安撫使。以朝奉大夫致仕，卒。有《相山居士集》三十卷，詞一卷。

〔詞考〕《善本書室藏書志・相山居士詞提要》：之道，濡溪人。宣和六年，與兄之義、之深同舉進士。歷官樞密使，封魏國公。閣本《相山集》三十卷，録自《永樂大典》，已失元編次第。此詞一卷，出自明鈔，灼爲舊帙，前有梅禹金藏書印，後有「甲午季秋十九日下春校」朱字一行。

按：《宋史翼》據尤袤《王公神道碑》，參《建炎以來繫年要録》，之道終湖南轉運判官權安撫使。丁氏《藏書志》云「歷官樞密使，封魏國公」，則本於《歷代詩餘・詞人小傳》也。相山居士才品甚高，詞則沉著、乏韻致，竊嘗瀏覽竟卷，録其一二。《如夢令・江上對雨》云：「一餉凝情無語。手撚梅花何處。倚竹不勝愁，暗想江頭歸路。東去。東去。短艇淡煙疏雨。」摘句如《玉連環・題載安僧舍》云：「懸知俗客不曾來，門外蒼苔如許。」《江城子・和彦明兄》云：「濁酒一杯從徑醉，家縱遠，夢中歸。」《點絳脣》云：「柔腸斷。寒鴉噪晚。天共蒹葭遠。」《南歌子》云：「青山終日對柴門，柳外斷橋流水幾家村。」均集中佳勝也。

張燾

燾字子功，德興人。宣和八年，進士第三人，爲祕書省正字。建炎初，通判湖州。紹興二年，除司勳員外郎，遷起居舍人。坐言者，以集英殿修撰提舉江州太平觀。未幾，以兵部侍郎召，尋權吏部尚書。（徽猷閣待制。）（編者按，張燾未曾任「徽猷閣待制」，此蓋涉《宋史》本傳下文叙事而誤衍。）以寶文閣學士知成都府兼本路安撫使。乞祠，歸。久之，除知建康府，進端明殿學士，除吏部尚書。遷參知政事，以老病不拜。除資政殿大學士、提舉萬壽觀兼侍讀。致仕。卒，謚忠定。

〔詞話〕《玉照新志》：元符中，饒州舉子張生游太學，與東曲妓楊六者好，甚密。會張生南宫不利，歸，妓欲與之俱，而張不可，約半歲必再至，若渝盟一日，則任其從人。張偶以親之命，後約幾月始至京師，首訪舊游，其鄰僦舍者迎謂曰：「君非饒州張君乎？六娘每恨君失約，日託我訪來期於學舍，其母痛折之，而念益切，前三日母以歸洛陽富人張氏，遂偕去矣。臨發，涕泣，多與我金錢，令候君來引觀故居畢，乃僦後人。」生入觀，則小樓奥室，歡館宛然，几榻猶設不動，知其初去，如所言也。生大感愴，不能自持，跡其所向，百計不能知矣。作《雨中花》詞，盛傳於都下云。或云，即知常之子，子功燾也。其詞云：「事往人離，還似暮峽歸雲，隴上流泉。强分圓鏡，枉斷哀絃。曾記酒闌歌罷，難忘月底花前。舊携手處，層樓朱户，觸目依然。　從來嬾向，繡幃羅帳，鎮交比翼文鴛。誰念我、而今清夜，常是孤眠。入户不如飛絮，傍懷爭及爐煙。這回休也，一生心事，爲爾縈牽。」此得之廉宣仲布所記云。

按：《宋史·張燾傳》云：祕閣修撰根之子。根亦有傳，字知常，與《玉照新志》云云正合。張忠定以不附和議，與奸檜忤，罷政卧家十有三年，檜死，始除知建康府，可謂忠鯁名臣矣。而其弱齡詞事乃復淒艷若是，是知閒情一賦，甚非累德之言，世之道貌端嚴者，其中反不可恃也。《梅苑》有張尚書子功《踏莎行》云：「陽復寒根，氣回枯桿。前村昨夜梅初綻。誰言造化没偏頗，半開何獨南枝暖。　素艷幽輕，清香遠散。雪中豈恨和羹晚。不知何處誤東君，至今不使春拘管。」忠定遺著，此外不多概見。

米友仁

友仁一名尹仁，字元暉，小字虎兒，自稱嬾拙老人，襄陽人。按《宋史·米芾傳》作吴人。芾之子，世號小米。宣和中，官大名少尹。紹興中，擢兵部一作工部侍郎，進敷文閣直學士，出爲滁陽守。乞宫祠，寓居平江。有《陽春集》，詞一卷。

〔詞話〕《鐵網珊瑚》：米元暉《瀟湘圖》跋云：「夜雨欲霽，曉煙既泮，［則其狀類此。］余蓋戲爲《瀟湘》，寫千變萬化、不可名神奇之（妙）［趣］，非古今畫家者流也。［惟是京口翟］伯壽，余生平至友，昨（蒙）［豪］奪予自祕著色袖卷，盟於天而後不復力取歸。往歲挂冠神武［門］，乃居京口舊廬，以《白雪》詞寄之，世所謂《念奴嬌》也。」詞云：「洞天晝永，正中和時候，涼飆初起。羽扇綸巾，雲流處，水繞山重雲委。好雨新晴，綺霞明麗，全是丹青戲。豪攘横卷，楚天應解深祕。　留滯。字學書林，折腰緣爲米，無機涉世。投組歸來欣自肆，目仰雲霄醒醉。論少卑之，家聲接武，月旦評吾子。憑高臨望，桂輪徒共千里。」

按：米元暉《陽春集》，近彊邨朱氏據聚珍版《寶真齋法書贊》本刻行。詞凡十八闋，體格清超，不染塵俗，兹録二闋如左。《小重山》云：「醉倚朱闌一解衣。碧雲迷望眼，斷虹低。近來休説帶寬圍。人千里，還是燕雙飛。　深院日初遲。綺窗簾幕静，恨生眉。不堪虚度是花時。鴻來速，爭解寄相思。」《阮郎歸》云：「碧溪風動滿文漪。雨餘山更奇。淡煙横處柳行低。鴛鴦來去飛。　人似玉，醉如泥。一枝隨鬢欹。夷猶雙槳月平西。幽尋歸路迷。」

胡仔

仔字仲任，一作元任。號苕溪漁隱，績溪人，舜陟子。宣和間，官建安主簿，擢晉陵令。寓居吴興。有《叢話》前、後集一百卷。

〔詞話〕《苕溪漁隱叢話》：余卜居苕溪，日以漁釣自適，因自稱苕溪漁隱，臨流有屋數椽，亦以此命名。僧了宗善墨戲，落筆瀟灑，爲余作《苕溪漁隱圖》，覽景攄懷，時有鄙句，皆題之左方。《滿江紅》一闋云：「泛宅浮家，何處好、苕溪清境。占雲山萬疊，煙波千頃。茶竈筆牀渾不用，雪簑月笛偏相稱。爭不教、二紀賦歸來，甘幽屏。　紅塵事，誰能省。青霞志，方高引。任家風舴艋，生涯笭箵。三尺鱸魚真好膾，一瓢春酒宜閒飲。問此時、懷抱向誰論，唯箕潁。」又《李長吉美人梳頭歌填入·水龍吟》云：「夢寒綃帳春風曉，檀枕半堆香髻。轆轤初轉，闌干鳴玉，咿啞驚起。眠鴨凝煙，舞鸞翻鏡，影開秋水。解低鬟試整，牙牀對立，香絲亂，雲撒地。　纖手犀梳落處，膩無聲、重盤鴉翠。蘭膏匀漬，冷光欲溜，鸞釵易墜。年少偏嬌，髻多無力，惱人風味。甚含情不語，下階漫自，折花枝戲。」（編者按，《漁隱叢話》後集卷十二録此詞，結句作「理雲裾下階，含情不語，笑折花枝戲」。此引「甚含情」三句系據《御選歷代詩餘》卷七十六所録胡仔詞改作者。）

《蓮子居詞話》：嘗疑李長吉《美人梳歌》「玉釵落處無聲膩」，「釵」當作梳，於義爲順，且與下「釵」字不複，苦無從校勘。後閱苕溪漁隱《水龍吟》詞，櫽括《梳頭歌》云：「纖手犀梳落處，膩無聲、重盤鴉翠。」乃信今本長吉詩之譌，賴有漁隱詞爲之證也。

按：胡仔任詞，唯《滿江紅》、《水龍吟》各一闋，見《苕溪漁隱叢話》，此外別無傳作。花庵黄氏《中興以來絶妙詞選》録仲任詞止一闋《感皇恩》「乞得夢中身」云云。據《叢話後集》卷第三十九長短句第六則，此詞乃仲任之父汝明丏詞，居射村作，即以體格論，亦與仲任兩詞不類，未審花庵何以誤收。近彊邨朱氏輯《湖州詞徵》，亦以此闋入仲任詞，蓋沿花庵之誤，當訂正也。

李祁

祁字蕭遠，歷官至尚書郎。宣和間，責監漢陽酒稅。

〔詞評〕卜清姒云：李祁詞，如微風振簫，幽鳴可聽。

按：李蕭遠詞，以輕倩勝，《樂府雅詞》録十四闋。《鵲橋仙》云：「小舟誰在落梅村，正夢繞、清溪煙雨。」《西江月》云：「瓊瑰珠珥下秋空，一笑滿天鸞鳳。」皆警句也。《點絳脣》後段云：「碧水黄沙，夢到尋梅處。花無數。問花無語。明月隨人去。」意境不求甚深，讀者悦其幽靜。竹垞《詞綜》首録此闋，蓋此等詞固浙西派之初祖也。然如《西江月》：「瓊璈珠珥」二句，是又稍稍軼出浙西派之範圍者。

王以寧

以寧字周士，晚號正信居士，又稱彌陀弟子，湘潭人。以父長孺蔭，由太學生仕鼎、澧帥幕，嘗單騎羈制溪蠻。靖康元年，金兵入寇，征天下兵，以寧走鼎州乞師，解太原圍。建炎初，除宣教郎，添差監台州酒務。累官宣撫司參謀，爲襄、鄧制置使。上章乞養，以朝奉郎致仕。有詞一卷。

〔詞話〕《織餘瑣述》：宋人王周士詞《汪周佐夫婦五月六日同生·慶雙椿》云：「問政山頭景氣嘉。仙家緑酒薦昌牙。仙郎玉女共乘槎。　學士文章舒錦繡，夫人冠帔爛雲霞。壽香來自道人家。」夫婦同月日生，殊僅見，亦詞壇佳話也。

按：王周士詞，陳直齋曾著録，《四庫未收書目》有阮文達《提要》，謂乃依毛晉汲古閣書鈔過録，凡三十首。近彊邨朱氏有刻本，較阮氏進呈本多一闋。

高　登

登字彦先，漳浦人。宣、靖間太學生，與陳東等上書乞斬六賊，不報。紹興二年，廷對極言，附第五甲。歷富川簿、古田縣令，授迪功郎。十四年，爲潮州考官，以題忤秦檜削籍，編管容州。卒。乾道間，立祠容州學宫。有《東溪集》，詞一卷。

〔詞話〕《珠花簃詞話》：高彦先，吾廣右宦賢也。《東溪詞·行香子》云：「瘴氣如雲。暑氣如焚。病輕時、也是十分。沉疴惱客，罪罟縈人。歎檻中猿，籠中鳥，轍中鱗。　休負文章，休説經綸。得生還、已早因循。菱花照影，筇竹隨身。奈沈郎尫，潘郎老，阮郎貧。」蓋編管容州時作，極寫流離困瘁狀態，足令數百年後讀者爲之酸鼻。曩余自題《菊夢詞》句云：「雪虐霜欺，須拌得、鬢邊絲。」彦先先生可謂飽經霜雪矣。

按：四印齋所刻高彦先《東溪詞》僅八闋，其《好事近》全闋云：「富貴本無心，何事故鄉輕别。空惹猿驚鶴怨，誤松蘿風月。　囊錐剛强出頭來，不道甚時節。欲命巾車歸去，恐豺狼當轍。」近閩人葉申薌輯《閩詞鈔》，僅據《御選歷代詩餘》録彦先《好事近》疊韻三闋，而此闋不載，蓋未見《東溪詞》也。又《好事近·題黄義卿畫帶霜竹》云：「瀟灑帶霜枝，獨向歲寒時節。觸目千林憔悴，更幽姿清絶。」則先生自道也。

吕濱老

濱老一作渭老字聖求，秀州人。宣、靖間朝士。有《聖求詞》一卷。

〔詞話〕《織餘瑣述》：宋·吕濱老《聖求詞·千秋歲》歇拍云：「怎奈向，繁陰亂葉梅如豆。」「怎奈向」，宋人方言。秦少游《八六子》云：「怎奈向，歡娱漸隨流水。」亦用此語。

〔詞評〕《古今詞譜》：林鐘商調曲，吕聖求《醉蓬萊》詞，佳處不減少游。

《升庵詞品》：吕聖求在宋不甚著名，而詞極工。詞選載有《望海潮》、《醉蓬萊》、《撲蝴蝶近》、《惜分釵》、《薄倖》、《選冠子》、《百宜嬌》、《豆葉黄》、《鼓笛慢》諸調，佳處不讓少游。即《東風第一枝·詠梅》，亦何減東坡之「緑毛幺鳳」也，但疑中興後不復有此等詞。

《古今詞話》：沈雄曰：「渭老，宣和末朝士，善屬詞，又散落人間，《江神子慢》，盡人以爲婉麗。《西江月慢》，有無限穠華消不得也。」

〔詞考〕《四庫全書·聖求詞提要》：陳振孫《書録解題》作吕渭老。考嘉定壬申趙師岃序，亦作濱老，二字形似，其取義亦同，未詳孰是也。濱老在北宋末，頗以詩名，師岃稱其憂國詩二聯，痛傷詩二聯，釋憒詩二聯，皆爲徽、欽北狩而作。憂國詩有「尚喜山河歸帝子，可憐麋鹿入王宫」語，則南渡時尚存矣。其詩在師岃時已無完帙，詞則至今猶傳。《書録解題》作一卷，與此詞相合。楊慎《詞品》稱其《東風第一枝·詠梅》，不減東坡之「緑毛幺鳳」。今考《詠梅》詞，集中不載，僅附見毛晉跋中。晉跋亦不言所據，未詳其故。晉跋又稱其《惜分釵》一闋，尾句用二疊字，較陸游《釵頭鳳》用三疊字，更有别情。不知濱老爲徽宗時人，游乃寧宗時人，《釵頭鳳》詞，實因《惜分釵》舊調，而變平仄相間爲仄韻相間耳。晉似謂此調反出於《釵頭鳳》，未免不檢。

按：吕聖求詞《望海潮》一闋，最爲前人所稱道，即今卷中第二闋。此詞沉著停匀，自是嫥家之作，唯風格漸近南宋耳。其摘句如《思佳客》云：「春風攪樹花如雨，夕靄迷空燕趁門。」《南歌子》云：「一林楓葉墮愁紅，歸去暮煙深處聽疏鐘。」《一落索》云：「花花葉葉盡成雙，渾似我、梁間燕。」又云：「殘燈不剪五更寒，獨自與、餘香語。」亦復吐屬清新。

王望之

望之，官侍郎。

按：王望之詞《眼兒媚·詠梅》云：「淩寒低亞出牆枝。孤瘦雪霜姿。歲華已晚，暗香幽艷，自與時違。　化工放出江頭路，沙水冷相宜。東風自此，別開紅紫，是處芳菲。」見《梅苑》。

李士舉

士舉，官浙運使。

按：《宋詩紀事》：李士舉《過仙都徐氏山居》絶句：「四海無塵戰馬閒，稻粱桑柘緑迴環。不知盡是君王力，華屋重重對好山。」元注見《仙都山志》。其詞有《菩薩蠻·詠蠟梅》云：「薰沈刻蠟工夫巧。密脾鎖碎金鐘小。別是一般香。解教人斷腸。　冰霜相與瘦。清在江梅否。念我忍寒來。憐君特地開。」見《梅苑》。

權無染

無染字及占籍待考。

按：權無染詞《鳳凰臺上憶吹簫·詠梅》云：「水國雲鄉，冰魂雪魄，朝來新領春還。便未怕、天暄蜂蝶，笛轉羌蠻。一樹垂雲似畫，香暗暗、白淺紅斑。東風外，清新雪月，瀟灑溪山。　應是飛瓊弄玉，天不管、年年謫向人間。占芳事，鉛華一洗，紅葉俱殘。多少煙愁雨恨，空脈脈、意遠情閒。無人見，翠袖倚竹天寒。」又《烏夜啼》云：「洗淨鉛華污，玉顏自發輕紅。無言雪月黄昏後，別是箇丰容。　骨廋難禁消瘦，香蒙不並芳穠。與君高卻看花眼，紅紫謾春風。」並見《梅苑》。又有《孤館深沈・詠梅》云：「瓊英雪艷嶺梅芳。天付與清香。向臘後春前，解壓萬花，先占青陽。　擬待折、一枝相贈，奈水遠天長。對妝面、忍聽羌笛，又還空斷人腸。」見《御選歷代詩餘》。今世所傳《梅苑》，乃揚州詩局重刻曹楝亭藏本，其目録卷五有「別館深花」一首，注缺，疑即無染此詞。内府所藏《梅苑》係足本，有之，當時據以入選耶？此調萬氏《詞律》失載。

李坦然

坦然字及占籍，待考。

按：李坦然詞《風流子・詠梅》云：「東君雖不語，年華事、今歲恰如期。向寒雨望中，曉霜清處，領此春意，開兩三枝。又不是、山桃紅錦爛，溪柳緑摇絲。別是一般，孤高風韻，終裁纖蕚，冰剪芳蕤。　清香還有意，輕飄度勾引，幾句新詩。須是放懷追賞，莫恁輕離。更嫦娥爲愛，寒光滿地，故移疏影，來伴南枝。誰道壽陽妝淺，偏入時宜。」見《梅苑》。

范夢龍

夢龍字及占籍，待考。

按：范夢龍詞《臨江仙・成都西園賦梅》云：「試問前村深雪裏，小梅未放雲英。陽和先到錦官城。南枝初破粉，東閣有餘清。　人在高樓橫怨管，寄將隴客新聲。西園下晚看飛瓊。春風催結子，金鼎待調羹。」見《梅苑》。

趙耆孫

耆孫字及占籍，待考。

按：趙耆孫詞《遠朝歸·詠梅》云：「金谷先春，見乍開江梅，晶明玉膩。珠簾院落，人靜雨疏煙細。橫斜帶月，又別是、一般風味。金尊裏。任遺英亂點，殘粉低墜。　惆悵杜隴當年，念水遠天長，故人難寄。山城倦眼，無緒更看桃李。當時醉魄，算依舊、徘徊花底。斜陽外，謾回首、畫樓十二。」見《梅苑》。又前調前韻一闋，連綴耆孫詞後，不具作者姓名，或耆孫自疊韻，抑它和作，不可考。

史遠道

遠道字及占籍，待考

按：史遠道詞《獨脚令·詠梅》云：「牆頭梅蘂一枝新。宋玉東鄰算未真。折與冰姿綽約人。怯霜晨。桃李紛紛不當春。」見《梅苑》。《獨脚令》即《憶王孫》，又名《豆葉黃》，又名《闌干萬里心》，它書無作《獨脚令》者。

喻仲明

仲明名及占籍，待考。

按：喻仲明詞《蠟梅香·詠梅》云：「曉日初長，正錦里輕陰，小寒天氣。未報春消息，喜瘦梅先發，淺苞纖蘂。揾玉勻香，天賦與、風流標致。問隴頭人，音容萬里。待憑誰寄。　一樣晚妝新，倚朱樓凝盼，素英如墜。映月臨風處，度幾聲羌管，惹愁思。電轉光陰，須信道、飄零容易。且頻歡賞，柔芳正好，滿簪同醉。」見《梅苑》。考《金華府志·人物志》，喻良能，字叔奇，其先居富陽，宋初遷義烏之香山。登進士第，仕至工部郎官，除太常丞知處州。著有《香山集》三十四卷。兄良倚字伯壽，與叔奇同年登進士，官臨海丞，有詩文集十卷。弟良弼字季直，太學生特科，補喻尉，有《山堂集》十卷，樂府五卷。疑仲明與伯壽、叔奇、季直或曰昆季行也。季直樂府，當是長短句，惜今失傳。

蘇仲及

仲及名及占籍，待考。

按：蘇仲及詞《念奴嬌·詠梅》云：「問梅何事，對巖東微笑，暗中輕馥。韻絶姿高直下視，紅紫端如童僕。遶樹千回，臨風三嗅，待與論心曲。何人還解，爲伊特地青目。　瀟灑些箇精神，誰憐孤瘦，正無語幽獨。不許春知應自負，一生風月心足。傲雪難陪，欺霜無伴，耿耿横修竹。紛紛桃李，自憐脂粉粗俗。」見《梅苑》。

薛幾聖

幾聖名及占籍，待考。

按：薛幾聖詞《漁家傲·詠梅影》云：「雪月照梅溪畔路。幽姿背立無言語。冷侵瘦枝清淺處。香暗度。妝成處士横斜句。　渾似玉人常淡泞。菱花相對成清楚。誰解小圖先畫取。天欲曙。恐隨月色雲間去。」見《梅苑》。

郭仲宣

仲宣名及占籍，待考。

按：郭仲宣詞《江神子·詠梅》云：「臘寒猶重見年芳。爲花忙。佇雕牆。準擬巡簷，一笑但清狂。冷蘂疏枝渾不奈，憑折取，泛清觴。　揚州春夢雨微茫。記娥妝。耿冰腸。春信全通，何用玉奩香。誰見月斜人去後，疏影亂，蘸寒塘。」見《梅苑》。

邵叔齊

叔齊名及占籍，待考。

按：邵叔齊詞《連理枝·詠梅》云：「澹泊疏籬隔。寂寞官橋側。緑蕚青枝風塵外，别是一般姿質。念天涯、憔悴各飄零，記初曾相識。　雪裏清寒逼。月下幽香襲。不似薄情無憑準，一去音書難得。看年年、時候不踰期，報陽和消息。」又《撲蝴蝶》云：「蘭摧蕙折，霜重曉風惡。長安何處，孤根謾自託。水寒斷續溪橋，月破黄昏院落。相逢儼然瘦削。　最蕭索。星星蓬鬢，杳杳家山路正邈。攀枝嗅蘂，露暗清淚閣。已無蝶使蜂媒，不共鶯期燕約。甘心伴人澹泊。」又《鷓鴣天·詠蠟梅》云：「不比江梅粉作花。天香肯作俗香誇。高懸蠟蓓蜂房密，徧挂金鐘雁字斜。　侵月影，上窗紗。中央顏色自仙家。玉人插向烏雲畔，渾似靈犀正透芽。」並見《梅苑》。

房舜卿

舜卿名及占籍，待考。

按：房舜卿詞《憶秦娥・詠梅》云：「與君別。相思一夜梅花發。梅花發。淒涼南浦，斷橋斜月。　盈盈微步淩波轍。東風笑倚天涯闊。天涯闊。一聲羌管，暮雲愁絶。」又《玉交枝》云：「蕙死蘭枯待返魂。暗香梅上又重聞。粉妝額子，多少畫難真。　竹外冰清斜倒影，江頭雪裏暗藏春。千鍾玉酒，休更待飄零。」並見《梅苑》，前闋較澹遠可誦。

周忘機

忘機名及占籍，待考。

按：周忘機詞《滿庭芳・詠墨梅》云：「脂澤休施，鉛華不御，自然林下真風。欲窺餘韻，何處問仙踪。路壓横橋夜雪，看暗淡、殘月朦朧。無言處，丹青莫擬，誰寄染毫工。　遥通。塵外信，寒生墨暈，依約形容。似疏疏斜影，醮水摇空。收入雲窗霧箔，春不老，芳意無窮。梨花雨，飄零盡也，難入夢魂中。」《瑞鷓鴣・詠梅》云：「一痕月色挂簾櫳。梅影斜斜小院中。狂醉有心窺粉面，夢魂無處避香風。　愁來夢楚三千里，人在巫山十二重。咫尺藍橋無處問，玉簫聲斷楚山空。」並見《梅苑》。

南山居士

南山居士，姓名字籍待考。

按：南山居士詞《永遇樂・梅贈客》云：「滿眼寒姿，桂蟾匀素，霜女同瑩。野屋噴香，池波弄影，髣髴鸞窺鏡。一枝堪寄，天涯遠信，惆悵塞鴻難倩。這情懷、厭厭怎向，無人伴我孤另。　風淒露冷。仙郎此夜，若許枕衾相並。解吐芳心，綢繆共約，學取雙交頸。好天難遇，從今一去，荏苒後期無定。把柔腸、千縈萬斷，爲伊薄倖。」前調《客答梅》云：「玉骨冰肌，野牆山徑，煙雨蕭索。公子豪華，貪紅念紫，誰分憐孤萼。想應窺見，潘毛相似，故把素懷相託。豈知人、年來悶損，苦被名利拘縛。 當歌對酒，如癡如夢，欲笑啼痕先落。二十年前，歡娱一醉，不忍思量著。衾寒枕冷，不教孤另，不是自家情薄。枉將心、千尤萬殢，算應殢著。」見《梅苑》。

右《梅苑》所載詞人十五家，時代未能確定。此書爲黄大輿所輯，黄氏生於北宋之末，則其所録當無南宋人詞，至遲亦是同輩，今故列於北宋末、黄大輿之前，庶幾近是。

黄大輿

大輿字載萬，自號岷山耦耕，蜀人。曾游寓山陽。生於北宋季年。有詞名《樂府廣變風》，又輯《梅苑》十卷。

〔詞話〕《碧雞漫志》：吾友黄載萬歌詞，號《樂府廣變風》。學富才贍，意深思遠，直與唐名輩相爭逐，又輔以高明之韻，未易求也。夏幾道序之曰：惜乎語妙而多傷，思窮而氣不舒，賦才如此，反嗇其壽，無乃情文之兆歟。載萬所居齋前，梅花一株甚盛，因録唐以來詞人才士之作凡數百首，爲齋居之玩，命曰《梅苑》。《樂府廣變風》有賦梅花數曲，亦自奇特。

又：余少年時喜作《清平樂》曲，贈妓盧姓者曰：「盧家白玉爲堂。于飛多少鴛鴦。縱使東牆隔斷，莫愁應念王昌。」黄載萬亦有《更漏子》曲云：「憐宋玉，許王昌。東西鄰短牆。」予每戲謂人曰：「載萬似曾經界兩家來。」蓋宋玉《好色賦》稱東鄰之子，即宋玉爲西鄰也。東家王，即東鄰也。載萬用事如此之工。

又：《虞美人》，《脞説》稱起於項籍「虞兮」之歌。予謂後世以此命名可也，曲起於當時，非也。曾子宣夫人魏氏作《虞美人草行》，亦有就曲誌其事者，世以爲工。其詞云：「帳前草草軍情變。月下旌旗亂。褫衣推枕愴離情。遠風吹下楚歌聲。正三更。　撫騅欲上重相顧。艷態花無主。手中蓮鍔凜秋霜。九泉歸去是仙鄉。恨茫茫。」黄載萬追和之，壓倒前輩矣。其詞云：「世間離恨何時了。不爲英雄少。楚歌聲起伯圖休。一似□□□□、水東流。元按：陳耀文《花草粹編》載此詞，作「玉帳佳人血淚滿東流」。　葛荒葵老蕪城暮。元注：一作云「蔓葛荒葵城隴暮」，平仄與調不合，似誤。玉貌知何處。至今芳草解婆娑。只有當年魂魄、未消磨。」

按：《清波雜志》云：「紹興庚辰，予在江東，得蜀人黄大輿《梅苑》，四百餘闋。」庚辰，紹興三十年也。《梅苑》自序云：「己酉之冬，予抱疾山陽。」己酉，建炎三年也。載萬時代，丁南北宋之間，行輩在周煇之前，略可考見。其詞，向來選本罕見著録。《詞綜補遺》亦僅見其《虞美人》一闋，其《更漏子》全闋及王灼所稱《賦梅》數曲，均佚不傳。其所輯《梅苑》，據《清波雜志》，凡四百餘闋，今世傳本闕九十六首，尚得四百十二首。據目録五百八首，豈周煇所見已非足本歟？《雜志》又云：「後在上饒，《梅苑》爲湯平甫借去。」湯時以寓客假居王顯道侍郎宅，不戒於火，厦屋百間一夕煨燼，尚何有於《梅苑》哉？雖嘗補亡，而非元本。每歲當花開時，未嘗不歌其曲懷舊編而訴遺恨焉。似煇所得《梅苑》係載萬未刻手稿，被毁於火，即已不可復得，今世所傳或即周氏補亡之本，而沿襲載萬之名，未可知耳。

李　洪

洪字秐叟，昭武人。按《大典》本《芸庵集》，洪占籍未詳。《花庵詞選》録其《木蘭花慢》一闋，署李秐叟。小傳云：名芸子，號芳洲，昭武人。彊邨朱氏刻《芸庵詩餘》，因冠「昭武」於洪姓名上。又按《芸庵詩餘·南鄉子》云：「萬疊雲鬟真似畫，雲州。」今山西大同府大同縣治。洪詞又有《滿江紅·和鹽田驛駒父留題》，駒父疑即洪駒父芻。芻，紹聖元年進士，靖康中爲諫議大夫。李洪與芻同時，則亦北宋末人矣。有《芸庵集》，詩餘一卷。

〔詞考〕《珠花簃詞話》：著《芸庵詩餘》之李洪，與廬陵人字子大著《花萼集》之李洪，姓名並同。古人同姓名者絶夥，而詞人中不多覯。兩李洪外，尚有兩韓玉一宋人，一金人，兩張榘一字子成，一字方叔。字子成者，一名龍榮。而已。

按：李秐叟《秐庵詩餘》，彊邨朱氏移鈔江南圖書館藏《大典·芸庵集》本刻行。《秐叟詞》，清言玉屑，多山林隱逸之思，其殆曾經薄宦而淡於榮利者乎。秐叟，昭武人。昭武，今甘肅甘州府張掖縣西北。《閩詞鈔》録李芸子《木蘭花慢》一闋，小傳云：字秐叟，邵武人。未詳所據。

孫肖之

肖之，北宋末人。

按：孫肖之詞《點絳脣》云：「煙洗風梳，司花先放江梅吐。竹村沙路。脈脈遥寒雨。　醉魄吟魂，無著清香處。愁如縷。繫春不住。又折冰枝去。」見《樂府雅詞拾遺》。《長相思》云：「雲一窩，玉一梭」云云，見《陽春白雪》，實李後主詞，非肖之作也。王銍《雪溪集》有《送孫肖之還縉雲》詩。銍，建炎初，爲樞密院編修官，則肖之時代當亦在南北宋之間。

劉子翬

子翬字彥沖，自號病翁，學者稱屏山先生，崇安人。以父韐任授承務郎，辟真定府幕屬。韐死靖康之難，子翬廬墓三年。服除，通判興化軍。以禦寇事聞，詔因任。始執喪致羸疾，至是以不堪吏責，辭歸武夷山。有《屏山集》，詞附。

〔詞話〕《歷代詞話》：劉子翬，晦庵之師。以承務郎通判興化軍。辭，歸隱武夷山。有《九日·蓦山溪》詞云：「浮煙冷雨，此日還重九。秋去又秋來，但黄花、年年依舊。平臺戲馬，無處問英雄，茅舍小，竹籬疏，兀坐空搔首。客來何有。草草三杯酒。一醉萬緣空，休貪他、金印如斗。病翁老矣，誰共賦歸歟，芟隴麥，網溪魚，未落他人後。」

按：劉子翬《屏山詞》，彊邨朱氏依明刻《屏山集》本刻行。詞僅四闋，即《蓦山溪》「浮煙冷雨」云云，題云「寄寶學」（疑有脱誤），次《滿庭芳·和明仲木犀花》、《南歌子·和章潮州二首》。

周　煇

煇字昭禮，淮海人。祖居錢塘，邦彥之子。曾試宏詞，奏名。有《清波雜志》十二卷、《别志》三卷行世，《梅史》三十卷，不傳。

〔詞話〕《清波雜志》：江南自初春至首夏，有二十四番風信。梅花風最先，楝花風居後。煇少小時，嘗從同舍金華潘元質和人《春詞》，有「捲簾試約東君，問花信、風來第幾番」之句。潘曰：「宫詞體也，語太弱則流入輕浮。」又嘗和人《蠟梅詞》，有「生怕凍損蜂房，膽瓶湯浸，且與温存著」，規警如前。朋友琢磨之益，老不敢忘。潘墓木拱矣。

按：周昭禮，名父之子，家學淵源，又得良友切磋，虚懷受益。觀其論毛澤民詞：「語盡而意不盡，意盡而情不盡」云云，見《清波雜志》卷九。頗得詞中三昧。乃至《梅史》之輯，尤極留心雅故，其生平所作詞，詎無一二名篇，惜今世流傳僅此寥寥斷句耳。其《詠蠟梅》句較《春詞》句稍近沉著。

周玉晨

玉晨號晴川，錢塘人，邦彦從子。仕履未詳。有《晴川詞》。

〔詞話〕《古今詞話》按：《詞統》以《十六字令》始於周邦彦，《片玉集》中不載，見《天機餘錦》。句法多譌，讀不一體。《詞綜》曰：曾見宋人作《蒼梧謡》，張安國集中三首，蔡伸道集中一首。迺知刻本譌「眠」字爲「明」字，遂聯下文三字作句起，五字作句叶。或以五字作句起，三字作句叶。今讀《晴川集》，以一字作句起，七字作句叶，如云：「眠。月影穿窗白玉錢。無人弄，移過枕函邊。」爲是。因考周玉晨爲邦彦從子，號晴川，有《晴川詞》，此乃周玉晨所作。元初程鉅夫曰：予於近代諸家樂府，惟《清真集》犁然當於心目，晴川殊有宗風。雨坐空山，試閲一解，便如輕衫俊騎，上下五陵，花發鶯啼，垂楊拂面時也。

按：周清真有才子煇，字昭禮，嘗以填詞與金華潘元質切磋，見所著《清波雜志》。而其小阮又有《晴川詞》之作，即「無人弄，移過枕函邊」八字，想見空靈蕭爽之致，可謂家傳珠玉，人掘蘭荃矣。《晴川詞》，元初程鉅夫嘗見之。《古今詞話》：今讀《晴川集》，以一字作句起，七字作句叶云云。曰讀其集則並不止見其詞矣。今不惟集與詞不可得見，兼《十六字令》而外，別無片語流傳。五陵俊騎，拂面垂楊。夢想徒勞，曷勝悵惘。

郭章

章字仲達，崑山人。少工文，游京太學有聲。以守城功拜官，至通直郎。

按：郭仲達詞《點絳脣·天聖宮作》云：「翠柏丹崖，碧雲深鎖神仙府。勢盤龍虎。樓觀雄中土。　我欲停時，又恐斜陽暮。黄塵路。客懷良苦。滿目西山雨。」見《山西通志》。《中吴紀聞》載郭仲達詩《游太學歸省》七律，後四句云：「中原百甓知誰運，今日分陰敢自閒。倘有寸功裨社稷，歸來恰好賦衣斑。」知其生當北寇鴟張，中原未陷時也。

文珏

珏，西蜀人。

按：文珏詞《虞美人·詠虞美人草》云：「歌脣乍啟塵飛處。翠葉輕輕舉。似通舞態逞妖容。嫩條纖麗玉玲瓏。恰秋風。　虞姬珠碎兵戈裏。莫認埋魂地。只應遺恨寄芳叢。露和清淚濕輕紅。古今同。」見《花草粹編》，姓名上冠以「西蜀」二字，編次在黄載萬詞前，當亦北宋人也。

歷代詞人考略卷二十四

宋十八

莫少虛

少虛名及爵里，待考。（編者按，名將。洪州人。官至工部尚書。見《全宋詞》作者小傳。）〔詞話〕《碧雞漫志》（參《夷堅志》）：《水調歌頭》：「瑶草一何碧，春入武陵溪。溪上桃花無數，花上有黄鸝。」世傳爲魯直作。予于建炎初，見蜀人石耆翁，言此莫少虛壯年詞也。莫此詞本始，耆翁能道其詳。予嘗見莫《浣溪沙》曲：「寶釧緗裙上玉梯。雲重應恨翠樓低。愁同芳草兩萋萋。」又云：「歸夢悠颺見未真。繡衾恰有暗香薰。五更分得楚臺春。」造語頗工。晚年心醉富貴，不復事文筆，今人鮮有知其所作者。

按：《水調歌頭》全闋云：「瑶草一何碧，春入武陵溪。溪上桃花無數，花上有黄鸝。我欲穿花尋路，直入白雲深處，浩氣展虹霓。祇恐花深裏，紅露濕人衣。　坐白石，欹玉枕，拂金徽。謫仙何處，無人伴我白螺杯。我爲靈芝仙草，不爲朱唇丹臉，長嘯亦何爲。醉舞下山去，明月逐人歸。」此詞一往深秀，吐屬雋雅絶倫。莫少虚又有《豆葉黄》詞云：「春風樓上柳腰肢。初試花前金縷衣。嫋嫋婷婷不自持。曉妝遲。畫得蛾眉勝舊時。」見《花草粹編》。（編者按，此乃陸游詞，見《渭南文集》卷四十九）又前調《梅》詞云：「絳唇初點粉紅新。鳳鏡臨妝已逼真。苒苒釵頭香趁人。惜芳晨。玉骨冰姿別是春。」又有《詠梅・木蘭花令》十首，並見《梅苑》。其《豆葉黄》調名改作《獨脚令》，甚奇。

石耆翁

耆翁，蜀人，名及仕履未詳。

〔詞話〕《碧雞漫志》：蘇在庭、石耆翁入東坡之門矣。

按：晦叔《漫志》又云：予於建炎初，見蜀人石耆翁，言《水調歌頭》「瑶草一何碧」闋，爲莫少虚壯年詞。耆翁有《詠梅・蝶戀花》云：「半夜六龍飛海嶠。滉漾鼇波，露出珊瑚小。玉粉枝頭春意早。東風未緑瀛洲草。　姑射仙人真窈窕。淨鍊明妝，如伴商巖老。夢入水雲閒縹緲。一樓明月千山曉。」見《梅苑》。此詞殆非其至者，惜其它所作無傳。

李重元

重元，字及爵里無考。

〔詞評〕沈際飛云：李重元《春》詞，一句一思。按：李重元《憶王孫》詞，春、夏、秋、冬各一首，見《花庵絶妙詞選》。

黄蓼園云：「柳外樓高空斷魂」，「空」字已悽惻，況聞杜宇乎。末句尤比興深遠，言有盡而意無窮。

柳　富

富字偃畏，東都人。

〔詞話〕《古今詞話》：毛騤《詞譜》，載有《醉高春》一闋，傳是宋東都柳富别王幼玉詞，云：「人世最苦，最苦是分離。伊愛我，我憐伊。青草岸頭人獨立，畫船東去艣聲遲。楚天低，回望處，兩依依。後會也知（。也知）俱有願，未知何日是佳期。心下事，亂如絲。好天良夜還虚過，孤負我，兩心知。〔願伊家，衷腸在，一雙飛。〕」殊有盛宋風味。按《青瑣高議》載此詞，調作《醉高樓》，過拍「回」下有首字。换頭作「後會也（知）俱有願。後會）〔難期。〕未知何日（再）〔重歡會〕」，與此不同。（編者按，原文字句，錯亂譌奪，不堪卒讀。據《詞譜》之「發凡」及卷十九該詞文并注改。）

按：王幼玉，京師人，宋時衡州名妓。柳富眷之久，既而柳之親促其歸里，不忍别，賦此詞贈幼玉，玉念富致疾，竟死。詳宋劉斧所著《青瑣高議》。此書皆記宋時艷異事，殆稗官之流，向無刻本。據《士禮居藏書題跋記》，黄蕘圃曾見藍格綿紙舊鈔本，卷尾有「正德年間鈔録」字，爲惠松崖所藏本。蕘翁移鈔一本，一再跋之。此移鈔本後歸錢塘丁氏善本書室，今歸南京圖書館，蓋宇内流傳，僅此二本而已。柳富别王幼玉詞，調名《醉高樓》，即《最高樓》小變其體，毛騤《詞譜》作《醉高春》，誤。

劉　斧

斧字及爵里，無考。按《善本書室藏書志》：《青瑣高議》前有資政殿大學士孫副樞序，稱劉斧秀才。有《青瑣高議》前集、後集、别集各十卷。

〔詞話〕《青瑣高議》：劉隨州《謫仙怨》詞，未知本事，及詳其意，但以貴妃爲懷。明皇登駱谷之時，本有思賢之意，竇之所製，殊不述焉。因更廣其詞，蓋欲兩全其事，雖才情淺拙，不逮二公，而理或可觀，貽諸識者。詞云：「晴山礙日横天。碧映君王馬前。鑾輅西巡蜀國，龍顔東望秦川。曲江魂斷芳草，妃子愁凝暮煙。長笛此時吹罷，何言獨爲嬋娟。」

按：《青瑣高議》載《謫仙怨》詞三闋，前二闋，唐人劉長卿、竇宏餘作，末一闋則斧自作也。（編者按，《劇談録》卷下署康駢自作也。）《花草粹編》録此三詞，即以《謫仙怨》爲調名。《詞律拾遺》云：本唐時樂府新聲，其後用以填詞，實即《迴波》而加後疊也。劉斧時代不可考，唯所著《青瑣高議》，其目見於晁公武《郡齋讀書志》。公武，沖之子，生於北宋哲、徽之世，其《讀書志》已著録斧所著書，則斧北宋人無疑，其時代當距柳富不遠，故於柳詞本事得聞詳悉之記述也。

孫　巘

巘字濟師，爵里未詳。

〔詞話〕《苕溪漁隱叢話》：孫巘字濟師，嘗作《落梅》詞，甚佳。「一聲羌管吹嗚咽。玉溪夜半梅翻雪。江月正茫茫。斷橋流水香。　含章春欲暮。落日千山雨。一點著枝酸。吴姬先齒寒。」

按：此詞調寄《菩薩蠻》。起句空靈超逸。「江月」二字，梅落時之景，景中卻有情。「落日千山雨」，言梅落之因。

「含章」句，暗用壽陽公主事，不放空「落」字。歇拍從落後著想，託旨稍艷，語意便不衰颯。通首雖切落梅，卻無熨帖刻畫之跡，故漁隱賞之也。

程過

過字觀過，爵里未詳。

按：程觀過詞《昭君怨》「試問愁來」闋，《謁金門》「江上路」闋，《詠梅・滿江紅》「春欲來時」闋，並見《樂府雅詞・拾遺》，自餘選家並輾轉移鈔此三闋而已。此三闋中，以《謁金門》前段、《滿江紅》後段較爲擅勝，摘録如左：《謁金門》云：「江上路。依約數家煙樹。一枕歸心村店暮。更亂山深處。」《滿江紅》云：「荒草渡，孤舟泊。山斂黛，天垂幕。黯銷魂、無奈暮雲殘角。便好折來和雪戴，莫教酒醒隨風落。待殷勤、留取寄相思，誰堪託。」

解昉

昉字方叔，爵里未詳。

按：方叔《永遇樂》「風暖鶯嬌」云云，見《花庵絶妙詞選》。又有《陽臺夢》一闋「仙姿本寓」云云，見《花草粹編》。此詞語意近質，亦不失北宋風格，特雅令不如《永遇樂》耳。

潘元質

元質，金華人。

〔詞話〕《織餘瑣述》：燈煤碾極細，用以畫眉，可代石黛。宋人小説嘗言之。鄭谷《貧女吟》，有「笑剪燈花學畫眉」之句。潘元質詞：「旋剪燈花，兩點翠眉誰畫。」

〔詞評〕《皺水軒詞筌》：作長詞最忌演湊，如蘇養直按元注：「一作潘元質作。」當依注爲是。「獸鐶半掩」，前半皆景語也。至「漸迆邐、更催銀箭，何處貪歡，猶繫驕馬。旋剪燈花，兩點翠眉誰畫。香滅羞回空帳裏，月高猶在重簾下。恨疏狂，待歸來、碎揉花打。」則觸景生情，復緣情布景，節節轉换，穠麗周密，譬之織錦家，真竇氏《回文梭》也。

按：潘元質《倦尋芳》全闋云：「獸鐶半掩，鴛甃無塵，庭院瀟灑。樹色沈沈，春盡燕嬌鶯姹。夢草池塘青漸滿，海棠軒檻紅湘亞。聽簫聲，記秦樓夜約，彩鸞齊跨。　漸迆邐、更催銀箭，何處貪歡，猶繫(驄)[驕]馬。旋剪燈花，兩點翠眉誰畫。香滅羞回空帳裏，月高猶在重簾下。恨疏狂，待歸來、碎揉花打。」此詞《花庵詞選》作潘元質，《草堂詩餘》作蘇養直誤也。元質又有《醜奴兒慢》云：「愁春未醒，還是清和天氣。對濃緑陰中庭院，燕語鶯啼。數點新荷翠鈿，輕泛水平池。一簾風絮，才晴又雨，梅子黄時。　忍記那回，玉人嬌困，初試單衣。共携手、紅窗描繡，畫扇題詩。怎有而今，半牀明月兩天涯。章臺何處，多應是爲我，蹙損雙眉。」此詞緣情布景，穠麗周密，與《倦尋芳》體格政同，可爲前詞決是潘作之證，更以養直詞互勘之(《樂府雅詞》録二十三首)，孰非孰是，無待煩言矣。

查　荎

荎字及爵里，未詳。

〔詞話〕《皺水軒詞筌》：傷離念遠之詞，無如查荎「斜陽影裏，寒煙明處，雙槳去悠悠」，令人不能爲懷。然尚不如孫光憲「兩槳不知消息，遠汀時起鸂鶒」，尤爲黯然。洪叔璵「醉中扶上木蘭舟，醒來忘卻桃源路」，造語雖工，卻微著色矣。兩君專以淡語入情。

《聽秋聲館詞話》：宋曹勛作《透碧霄》詞一百十七字，較柳永、查荎所填一百十二字體，句讀迥異。萬氏未見曹集，致未收入又一體。柳、查二作，字句相同，而查作尤佳。其詞云：「艤蘭舟。十分端是載離愁。練波送遠，屏山遮斷，此去難留。相從爭奈，心期久要，屢變霜秋。歎人生、宛似萍浮。又翻成輕别，都將深恨，付與東流。　想斜陽影裏，寒煙明處，雙槳去悠悠。愛渚梅、幽香動，采掇須倩纖柔。艷歌粲發，誰傳餘韻，來説仙遊。念故人、滯此遐州。但春風老後，秋月圓時，獨倚江樓。」换頭三語，真是繪水繪聲之筆。《詞綜》録此詞，「宛似」作「杳似」，「滯此」作「留此」，似不如「宛」字、「滯」字。又「采掇」句，本作「須采掇、倩纖柔」六字折腰，與柳詞「空恁嚲轡垂鞭」句法小異。《詞律》謂文義亦有可疑，若作「采掇須倩纖柔」，則理順語協，宜從之。

按：查荎，時代無考。《花庵絶妙詞選》録其《透碧霄》一闋，與周美成、晁次膺詞同卷，知其爲北宋人矣。唐韋應物《初發揚子寄元大》句：「悽悽去親愛，泛泛入煙霧。」與查詞换頭意境仿佛，皆融景入情之筆。昔人詞評有云「饒煙水迷離之致」者，此等句庶幾近之。

林少詹 一作少瞻

少詹，字及爵里無考。按少詹疑是字，名無考。《花庵》録各家詞，多署字不署名。（編者按，《宋詩紀事》卷四十七：「林仰，字少瞻，侯官人。紹興十五年進士。終朝奉郎。」）

按：林少詹《早行・少年游》云：「霽霞散曉月猶明。疏木挂殘星。山徑人稀，翠蘿深處，啼鳥兩三聲。　霜華重迫駝裘冷，心共馬蹄輕。十里青山，一溪流水，都做許多情。」見《花庵絶妙詞選》。過拍三句，能寫幽靜之趣。「心共馬蹄輕」五字，未經人道。《花草粹編》作林少瞻。

李　玉

玉字及爵里，未詳。

〔詞評〕《織餘瑣述》：「今夜故人來不來，教人立盡梧桐影。」唐呂洞賓《題景德寺僧房》句也。調名《明月斜》，見《詩話總龜》。宋人李玉用之。「嘶騎不來銀燭暗，枉教人、立盡梧桐影」，只此七字，入呂詞但學其清，入李詞便覺其艷。

卜清似云：李玉詞藻思綺，合清麗芊綿。

按：李玉《春情・賀新郎》「篆縷銷金鼎」云云，見《花庵絶妙詞選》。黄叔暘云：李君之詞，雖不多見，然風流醖藉，盡此篇矣。

向鎬

鎬字豐之，河内人。官位未詳。有《樂齋詞》一卷。

〔詞考〕《善本書室藏書志·樂齋詞提要》：《書録解題》：「《樂齋詞》二卷，向鎬豐之譔。」各家書目罕見著録，《四庫》所未收也。見《皕宋樓藏書記》。此本不分卷，詞凡四十三闋。鮑以文記於末云：豐之詞傳本未廣，亦頗清婉流麗，雖未能與秦、柳抗衡，要不失爲第二流也。

按：《樂齋詞》，元和江氏靈鶼閣有刻本。《朝中措》云：「平生此地幾經過。家近奈情何。長記月斜風勁，小舟猶渡煙波。　而今老大，歡消意減，只有愁多。不似舊時心性，夜長聽徹漁歌。」《如夢令》云：「楊柳千絲萬縷。特地織成愁緒。休更唱陽關，便是渭城西路。歸去。歸去。紅杏一腮春雨。」

孫浩然

浩然字及爵里，未詳。

〔詞話〕《草堂詞箋》：孫浩然在北宋時代，氏籍俱未詳，選詞家俱薄其聲口庸俗。然如《元夕·傳言玉女》云：「艷妝初試，把朱簾半揭。嬌羞向人，手撚玉梅低説。相逢長是，上元佳節。」情致斐亹，亦人所不易到。

按：孫浩然詞，見《草堂詩餘·後集》者凡六闋，其五皆詠節序之作。其一則賦春晴，即《詞箋》所稱者。又有《夜行船》云：「何處采菱歸暮。隔宵煙、棹歌輕舉。白蘋風清月華寒，影朦朧、半和梅雨。脈脈相逢心似許。扶蘭棹、黯然凝竚。遥指前村，隱隱煙樹，含情背人歸去。」見《花草粹編》。過拍「白蘋風清」句，「月華寒影」句，「朦朧半和梅雨」句。與歇拍三句字數政合。「白蘋風清」三平，「隱隱煙樹」三仄，亦遥遥相應。《詞律》有愈拗愈起調者，或揚者使之抑，徐者使之疾；或使幽咽者激昂，流轉者頓挫。參變制宜，非擅聲家之目，弗能喻也。《歷代詩餘》乃毅然改之「白蘋風浸月華寒」句，「影朦朧」句，「半和梅雨」句。並注云：「又一體。」其失甚矣。又《花庵絶妙詞選》有孫浩然詞一首，調《離亭燕》「一帶江山如畫」云云。此詞據它選本並是張康節昇作，《花庵》蓋偶誤耳。

何籀

籀字子初，信安人。官位未詳。

〔詞話〕《浩然齋雅談》：何籀作《宴清都》，有「天遠山遠水遠人遠」之語，一時號爲何四遠。然前是宋景文出知壽春，過維揚，賦《浪淘沙近・留别劉原父》云：「少年不管，流光如箭。因循不覺韶光换。至如今，始惜月滿、花滿、酒滿。　扁舟欲解垂楊岸。尚同歡宴。日斜歌闋將分散。倚闌遥，望天遠、水遠、人遠。」籀蓋用此也。

〔詞考〕《詞律》：《宴清都》注：按此詞何籀于前結云：「那更天遠，山遠，水遠，人遠。」書舟效之云：「那更春好花好，酒好人好。」因名之曰《四代好》。人見《四代好》之名甚新，不知其即《宴清都》也。但「遠」字、「好」字上聲，可以代平，故借入平用，不礙音律。若不知其理，而泛謂仄聲可以上、去通用填入去字，則爲大謬。明王渼波作南曲，亦採「天遠」八字爲結，歌者不以爲拗，因是上聲也，則唱不得矣。

按：何子初《春》詞調寄《宴清都》，見《樂府雅詞·拾遺》、《花庵絶妙詞選》。此詞清麗鏗緻，娉家之筆。

廖世美

世美，字及爵里未詳。

〔詞話〕《織餘瑣述》：李易安詞云：「落日鎔金，暮雲合璧。」廖世美句云「落日水鎔金」。李、廖皆倚聲娉家，句或闇合，未必有意沿襲，其時代孰先孰後，亦未能考定也。

〔詞評〕《珠花簃詞話》：廖世美《燭影摇紅》過拍云：「塞鴻難問，岸柳何窮，别愁紛絮。」神來之筆，即已佳矣。换頭云：「催促年光，舊來流水知何處。斷腸何必更殘陽，極目傷平楚。晚霽波聲帶雨。悄無人、舟横古渡。」語淡情深。令子野、太虚輩爲之，或未必能到。此等詞一再吟誦，輒沁入心脾，畢生不能忘。《花庵絶妙詞選》中，真能不愧絶妙二字，如世美之作，殊不多覯也。

按：廖世美《好事近·夕景》、《燭影摇紅·别愁》，均見《花庵絶妙詞選》。其《燭影摇紅》第二句「雲漢」失叶，《御選歷代詩餘》作「雲渚」。題作「安陸浮雲樓」。

陸敦信

敦信字及爵里無考。（編者按，陸藴字敦信，侯官人。宣和初，以龍圖閣待制知建州。《宋史》卷三五四有傳。）

按：《花庵絶妙詞選》録陸敦信《感皇恩》詞「殘角兩三聲」云云，列何大圭之後，趙企之前，知其爲北宋人也。

蔣子雲

子雲字元龍，爵里待考。

〔詞評〕黄蓼園云：「簾捲日長人静，任楊花飄泊」，言閒者自閒，飄泊者自飄泊耳。翛然有物外觀化之意，斯爲淡遠。

按：蔣元龍《初夏·好事近》云：「葉暗乳鴉啼，風定老紅猶落。蝴蝶不隨春去，入薰風池閣。　休歌金縷勸金巵，酒病煞如昨。簾捲日長人静，任楊花飄泊。」見《樂府雅詞·拾遺》。

趙　軏

軏字信可，許人。爲陝漕屬，被薦改秩而終。

〔詞話〕《過庭録》：趙軏以才稱鄉里，爲陝漕屬，潦倒選調。先子與之鄉舊，既在太原，趙泌檄相謁，因館於書室。是夕八月十四日夜，先子具酒飲食，宣使張永錫召先子會酌，趙獨處寂寥，就枕即作一詞達先子云：「今夜陰雲初霽。畫簾外、月華如水。露靄晴空，風吹高樹，滿院中秋意。皎皎蟾光當此際。怎奈何、不成況味。莫近檐間，休來窗上，且放離人睡。」永錫見之大喜，贈上尊數壺。先子爲求薦章，僅改秩而終。

按：范《録》所載趙信可詞，調寄《夜行船》，與趙長卿《惜香樂府》「龜甲鑪煙」闋同體，换頭「怎奈何、不成況味」句，「何」字當是「向」字之譌。「怎奈向」，宋人方言，據《詞譜》，此字應用仄聲，與前段「畫簾外」「外」字同。秦少游《八六子》云：「怎奈向、歡娱漸隨流水。」後人亦誤用「向」爲「何」也。

岳飛

飛字鵬舉，湯陰人。宣和四年，應真定宣撫劉韐募爲敢戰士，補承信郎。高宗即位，以越職上書奪官。未幾，借修武郎補英州刺史。累立戰功，官至河南北諸路招討使，進樞密副使，加少保，封武昌郡開國公。罷爲萬壽觀使，以不附和議，爲秦檜所陷，殞大理寺獄中。淳熙六年，追謚武穆。嘉定四年，晉封鄂王。淳祐六年，改謚忠武。有集。

〔詞話〕《古今詞話》：岳侯忠孝人也，其《小重山》詞，夢想舊山，悲涼悱惻之至。詞云：「昨夜寒蛩不住鳴。驚回千里夢，已三更。起來獨自遶階行。人悄悄，簾外月朧明。白首爲功名。故山松菊老，阻歸程。欲將心事付瑶琴。知音少，絃斷有誰聽。」

《話腴》：武穆《賀講和赦表》云：莫守金石之約，難充谿壑之求。故作詞云：「欲將心事付瑶琴。知音少，絃斷有誰聽。」蓋指和議之非也。又作《滿江紅》，忠憤可見，其不欲「等閒白了少年頭」，足以明其心跡。

〔詞評〕王定甫云：岳鄂王《滿江紅》詞，穿雲裂石之音，讀之令人神往。

按：岳忠武王孫珂所著《桯史》，録王之遺著，詞僅二闋，即《小重山》、《滿江紅》是也。嘗謂兩宋詞人唯文忠蘇公足當清雄二字。清，可及也，雄，不可及也。鄂王《滿江紅》詞，其爲雄，並非文忠所及。二公之詞，皆自性真流出，文忠只是誠於中，形於外；忠武直是先行其言，而後從之，蓋千古一人而已。

韓世忠

世忠字良佐，延安人。宣和二年，方臘反，以進勇副尉從王淵討平之，積功遷嘉州防禦使。南渡，歷官至橫海、武寧、安化三鎮節度使，授少師，進太保，封英國公兼河北諸路招討使。秦檜收三大將權，拜樞密使。連疏乞骸，罷爲醴泉觀使、奉朝請。封福國公，改潭國公，改封咸安郡王。卒，晉太師，通義郡王。孝宗封蘄王，諡忠武，配饗高廟。

〔詞話〕《齊東野語》：韓世忠武王以元樞就第，絶口不言兵，自號清涼居士。時乘小騾，放浪西湖泉石間。一日，至香林園，蘇仲虎尚書方宴客，王徑造之，賓主歡甚，盡醉而歸。明日，王餉以羊羔，且手書二詞以遺之。《臨江仙》云：「冬日青山瀟灑靜，春來山暖花濃。少年衰老與花同。世間名利客，富貴與貧窮。榮華不是長生藥，清閒不是死門風。勸君識取主人公。單方只一味，盡在不言中。」《南鄉子》云：「人有幾何般。富貴榮華總是閒。自古英雄都是夢，爲官。寶玉妻兒宿業纏。年事已衰殘。鬢鬚蒼蒼骨髓乾。不道山林多好處，貪歡。只恐癡迷誤了賢。」王生長兵間，未能知書。晚歲忽有悟，能作字及小詞。詩詞皆有見趣，信乎非常之才也。

按：韓蘄王《南鄉子》詞歇拍云：「不道山林多好處，貪歡。只恐癡迷誤了賢。」可知湖上騎驢，無日不心存魏闕。岳鄂王《小重山》云：「白首爲功名。舊山松竹老，阻歸程。」一則思歸而未忍決然，一則身隱而終難恝，詞恉雖殊，其悃欵之忠則一也。蘄王兩詞，又見《梁谿漫志》，字句間有出入。讀此等詞，可以振作志氣，毋庸求之聲律文字間也。

俞處俊

處俊字師郝，新淦人。登建炎龍飛乙科，不及除官遽卒。

〔詞話〕《獨醉雜志》：俞師郝嘗因重九日，賦長短句云：「殘蟬斷雁，政西風蕭索，夕陽流水。落木無邊幽眺處，雲擁登山屐齒。歲月如馳，古今同夢，惟有悲歡異。綠尊空對，故人相望千里。追念淮海當年，五雲行殿，咫尺天顏喜。清曉臚傳仙杖裏，衣染玉龍香細。今日天涯，黄花零亂，滿眼重陽淚。艱難多病，茂陵無奈秋思。」詞既出，邑人爭歌之。或曰：詞固佳，然其言太酸辛，何故？師郝明年竟卒。其登科時在維揚，以重九日唱名，故詞中及之。

按：俞師郝《九日》詞調寄《百字令》，其曰艱難者，蓋指國事而言。當時河山半壁，將杭作汴，隱忍偷安，儒生幸叨一第，雖有悃款之忠，何以自致？此時搔首問天，危絃促柱，音哀以思，何止師郝一人一詞而已哉。師郝之未久下世，抑亦會逢其適耳，豈真詞爲之讖耶？

胡銓

銓字邦衡，廬陵人。建炎二年登進士第，授撫州軍事判官。以薦，除樞密院編修。上封事，極詆和議，謫吉陽軍。秦檜死，量移衡州。孝宗即位，復奉議郎、知饒州。歷吏部郎官，祕書少監，宗正少卿，兼國子祭酒，權兵部侍郎。以集英殿修撰知漳州，改泉州。乞致仕，升龍圖閣學士、提舉玉龍萬壽宫。卒，謚忠簡。有《澹庵集》一百卷，长短句一卷。

〔詞話〕《揮麈後録》：胡邦衡在新興，嘗賦《好事近》云：「富貴本無心，何事故鄉輕別。空使猿驚鶴怨，誤薜蘿風月。囊錐剛要出頭來，不道甚時節。欲駕巾車歸去，有豺狼當轍。」郡守張棣繳上之，以謂訕。秦檜愈怒，移送吉陽軍編管。按《好事近》詞，乃宋高登彦先作，見登所著《東溪詞》。王氏四印齋刻本，半唐老人跋云：蓋彦先亦以發策忤檜被謫，事覽略同，張棣遂牽合爲澹庵作。

《織餘瑣述》：宋胡忠簡詞，《青玉案》云「宜霜開盡秋光老」。芙蓉名拒霜，詎又名宜霜耶？俟考。

按：胡忠簡《澹庵長短句》，爲四印齋所刻《南宋四名臣詞》之一，詞凡十五闋。《醉落魄》云：「千巖競秀。西湖好是春時候。誰知梅雪飄零久。藏白收香，空袖和羹手。天涯萬里情難逗元注：一作透。眉峯豈爲傷春皺。片愁未信花能繡。若説相思，只恐天應瘦。」《鷓鴣天·用山谷韻》云：「夢繞松江屬玉飛。秋風蓴美更鱸肥。不因入海求詩句，萬里投荒亦豈宜。　青箬笠，緑荷衣。斜風細雨也須歸。崖州險似風波海，海裏風波有定時。」公不以詞名，此兩闋略見其襟抱，自餘大都沖夷疏曠，寓坎止流行之趣，半唐王氏所謂「推剛藏棱」者也。

陳剛

剛字中孚，天台人。官編修。

〔詞話〕《山房隨筆·補遺》：天台陳剛中孚在燕，端陽日當母誕，作《太常引》二章，云：「綵絲堂上簇蘭翹。記生母，正今朝。無地捧金蕉。奈煙水、龍沙路遥。　碧天迢遞，白雲何處，急雨蕭蕭。萬里夢魂消。待飛逐、錢塘夜潮。」其二：「短衣孤劍客乾坤。奈無策，報親恩。三載隔晨昏。更疏雨、寒燈斷魂。　赤城霞外，西風鶴髮，猶想依柴門。蒲醑漫盈尊。倩誰寫、青山淚痕。」時爲編修云。

〔詞評〕《賭棋山莊詞話》：陸太沖以謙曰：其事關倫紀者，陳剛元誤陳剛中，據《山房隨筆》改正。《太常引》有陟屺瞻望，不遑將母之思。

按：陳中孚詞《太常引》前闋「急雨蕭蕭」句，「雨」下脱一字。謝校如《詞話》，誤以中孚「中」字屬之其名下。宋有陳剛中，字彥柔，長樂人，建炎二年進士，即以啟送胡忠簡貶新州者。謝氏殆誤以《太常引》爲其所作也。（編者按，《全宋詞》、《全金元詞》、《全明詞》均未收陳剛及其《太常引》。）

劉均國

均國按一作鈞國字及占籍，待考。

按：劉均國詞《小梅花·詠梅》云：「千里月，千山雪。梅花正落寒時節。一枝昂。一枝藏。清香冷艷，天付與孤光。孤光似被珠簾隔。風度煙遮好顏色。粉垂垂。玉纍纍。先春挺秀，不管百花枝。似霜結。與霜別。莫使幽人容易折。短牆邊。矮窗前。横斜峭影，重疊鬬嬋娟。黄昏莫聽樓頭角。只恐聽時亂零落。醉來看。醒來看。縈絆麗人，瀟灑倚闌干。」見《梅苑》及《花草粹編》，並作均國。《御選歷代詩餘》作鈞國，未詳所本。《小梅花》調，作者易涉俗滑，均國此詞，筆近凝重，尚留得住。（編者按，四庫全書本《梅苑》卷二，調名作《梅花引》；又四庫全書本《御選歷代詩餘》作「劉均國」，無異文）

又按：劉宰字平國，號漫塘。《御選歷代詩餘》不載其詞，而其姓名乃見詞人姓氏中。《歷代詩餘》有名無詞者，尚有陸域、張良謨、蔡幼學、趙蕃、梅扶、王義山諸家。其趙、陸、梅三家詞均别見，其張、蔡、王三家當亦必有詞。《歷代詩餘》經諸臣分纂，非出一人手，容或曾經入録，而彙次時偶遺之。特附記於此，俟考求焉。

歐陽澈

澈字德明，崇仁人。按《飄然集》有《秋試下第有感》七律，蓋亦諸生也。靖康間，嘗三上書。建炎初，徒步行在，伏闕上封事，請誅汪、黄等，與陳東俱死于市。紹興初追贈承事郎，加朝奉郎，祕閣修撰。官一子。有《飄然集》六卷。按今《豫章叢書》本只三卷，宋吳沆編輯本。詞附。

〔詞話〕《織餘瑣述》：《飄然集·玉樓春》云：「歸時桂影射簾旗，沈水煙消深院悄。」「簾旗」二字甚新，即簾旌，謂簾額也。

按：《飄然集》附詞僅七闋，《玉樓春》云：「年時醉倚温温玉。姤月精神疑可掬。香絲篆裊一簾秋，瀲灧十分浮蟻綠。　興來笑把朱絃促。切切含情聲斷續。曲中依約斷人腸，除卻梨園無此曲。」此闋風格極似大晏。《虞美人》云：「玉樓縹緲孤煙際。徙倚愁如醉。雁來人遠暗銷魂。簾卷一鉤新月、怯黄昏。　那人音信全無箇。幽恨誰憑破。撲花蝴蝶若知人。爲我一場清夢、去相親。」此闋亦輕清婉麗，雅近北宋。自餘亦皆詞人之筆，不似撾壞登聞鼓人所作。《飄然詞》有彊村朱氏刻本。

張輯　陸象澤

輯字宗瑞，自號東澤，又號東仙，或稱廬山道人，一稱東澤詩仙，鄱陽人。履信子，嘗隱居馬蹄山。有《欸乃集》，詞名《東澤綺語債》、《清江漁譜》各一卷。

〔詞話〕《東澤綺語債・朱湛盧序》：東澤得詩法於姜堯章。世所傳《欸乃集》，皆以爲采石月下，謫仙復作，不知其又能詞也。其詞皆以篇末之語而立新名云。按朱序今佚，此數語見《花庵絕妙詞選》。

《詞品》：張宗瑞樂府一卷，名《東澤綺語債》。其詞皆倚舊腔，而別立新名，亦好奇之故也。《草堂》選其《疏簾淡月》一篇，即《桂枝香》也。余尤愛其《垂楊碧》一篇，即《謁金門》。其詞曰：「花半濕。睡起一窗晴色。千里江南空咫尺。醉中歸夢直。　前度蘭舟送客。雙鯉沈沈消息。樓外垂楊如許碧。問春來幾日。」

《織餘瑣述》：宋張輯《東澤綺語債・如此江山・寓齊天樂》，過拍云：「欲下斜陽，長淮渺渺正愁予。」此「予」字同余，訓與上渡、古、去、樹叶，殊僅見。

〔詞評〕《儀墨莊》云：「俊妙乃東澤勝處，然筆太快利，便乏深美而失聲音之妙。唯姜仙氣魄大，力量厚，乃自不妨，人亦不覺。東澤師法石帚，固僅得其半耳。卻已是南宋一家數。

按：張宗瑞《東澤綺語債》一卷，彊邨朱氏依善本書室藏明鈔本刻行。其《清江漁譜》一卷，則近人吳某輯本，僅據《陽春白雪》及《江湖後集》，得詞十二闋，壽詞居其太半。宗瑞生平傑作，大約具載《綺語》中矣。《疏簾淡月・寓桂枝香・秋思》，此闋最膾炙人口。《貂裘換酒・寓賀新郎・乙未冬別馮可久》「笛換春風起」云云。《沙頭雨・寓點絳脣》「帶醉歸時」云云。此兩闋風調清婉，不在《桂枝香》下也。斷句如《月上瓜洲・寓烏夜啼・南徐多景樓作》云：「塞草連天，何處是神州。」《祝英臺近》云：「對酒相思，爭似且留醉。」其寫綿邈遥深之景，低徊往復之情，尤有事外遠致，未可第以綺語目之。

中興野人 一作吴雲公

野人姓名佚。元徐大焯《燼餘録》云：吴雪公靖康國難後所更號詳前林外按語。雪公其字名待考。吴人有《香天雪海集》。

〔詞話〕《苕溪漁隱叢話》：東坡居士《赤壁詞》，語意高妙，真古今絶唱。有稱中興野人和此詞，題於吴江橋上按一作郵亭壁上，語雖粗豪，而氣概可喜。車駕巡師江表，過而覩之。詔物色其人，不復見矣。詞云：「炎精中否，歎人才委靡，都無英物。戎馬長驅三犯闕，誰作長城堅壁。萬里奔騰，兩宫幽隔，此恨何時雪。草廬三顧，豈無高卧賢傑。天意眷我中興，吾皇神武，踵曾孫周發。海嶽封疆俱效順，狂虜會須灰滅。翠羽南巡，叩閽無路，徒有衝冠髮。孤忠耿耿，劍芒冷浸秋月。」

按：《燼餘録》云：「吴雪公居吴縣城東臨頓里，著有《香天雪海集》。靖康國變後，更號中興野人。其追和東坡《赤壁詞》韻《念奴嬌》「炎精中否」云云，乃和李山民之作。山民與雲公爲僚壻，爲社友，言之綦詳。徐大焯，元初人，時代距南宋未遠，《燼餘録》一編塼紀鄉邦雅故（大焯吴縣人），其説似乎可信，惜無它書之言可資佐證耳。（編者按，《泊宅編》卷九題中興野人作。《金華黄先生文集》卷三謂爲元黄溍六世祖黄中輔作。）

鄧肅

肅字志宏，沙縣人。宣和間入太學，以詩諷花石綱，屏歸。靖康召對，補承務郎，授鴻臚寺簿。使金營，張邦昌僭位，肅義不屈，奔赴行在，高宗擢左正言。會李綱罷，肅抗疏爭，忤執政，送吏部罷歸。紹興二年卒。有《栟櫚集》，詞一卷。

〔詞話〕《織餘瑣述》：宋鄧肅《栟櫚詞・西江月》，換頭云：「玉筍輕籠樂句，流鶯夜轉詩餘。」入詞於此僅見。

〔詞評〕蕙風詞隱云：《栟櫚詞》，新聲振綺，好語如珠，寓北宋之輕靈，涉五代之綿麗。宋人稱詞曰韻令，如志宏所作，庶幾足當韻令之目。

按：鄧志宏《栟櫚詞》一卷，半塘老人刻入《宋元三十一家詞》，凡四十五闋，皆短調。其《臨江仙》、《浣溪沙》、《菩薩蠻》諸作，莫不芳情悱惻，妙語蟬嫣，蕙風詞隱所稱，足當之無愧色。《瑞鷓鴣》云：「北書一紙慘天容。花柳春風不敢穠。未學宣尼歌鳳德，姑從阮籍哭途窮。　此身已落千山外，舊事迴思一夢中。何日中興煩吉甫，洗開陰翳放晴空。」志宏先生抗志高節，不屈於金營，不汙於張邦昌。因李忠定罷去，諫爭而獲罪，眷懷故都，想望興復，悃款之志流溢楮墨之表。其《臨江仙》句云：「百卉叢中紅紫亂，玉肌自笑孤光。」亦自寫其襟抱也。《南歌子》云：「鳳城一別幾經秋，身在天涯海角、忍回頭。」又云：「都人應也望宸遊，早晚忽忽佳氣、滿皇州。」略與《瑞鷓鴣》同意。又《一剪梅·題泛碧齋》云：「雨過春山翠欲浮。影落寒溪碧玉流。片帆乘興挂東風，夾岸花香擁去舟。　尊酒時追李郭遊。醉卧煙波萬事休。夢回風定斗杓寒，漁笛一聲天地秋。」此《一剪梅》又一體，萬氏《詞律》、徐氏《詞律拾遺》、杜氏《詞律補遺》並未載。「泛碧齋」，船名。

楊太尉

楊太尉，名字占籍待考。

按：楊太尉詞《蘇武慢》云：「碧眼連車，黄頭閒座，望斷故人何處。當時勝麗，舊日繁華，都變虜言胡語。萬里銜冤，幾年蘊恨，子細向誰分訴。對南風凝眸，眺神旌、觸目淚流如雨。　今幸會，電掃雷驅，雲開霧斂，一旦青天重覩。桃林卧草，華嶽嘶風，行迓太平周武。洗盡腥羶巷陌。從此追歡，酒杯頻舉。任笙簫聲裏，花朝月夕，醉中歌舞。」見《花草粹編》。太尉當是南渡初人，詞前段言汴京淪陷，後段言高宗正位，臨安故人何處思舊君也？「幾年蘊恨」，「重覩」「青天」，其殆歸自兵間者乎？「對南風凝眸」、「淚流如雨」，言其思歸至切，其苦節視汪水雲輩爲何如也？

衛元卿

元卿，洋州人。領薦不第。

〔詞話〕《貴耳集》：衛元卿，洋州人。曾領薦，不得志，游處山谷間，作《謁金門》詞曰：「杏花過雨。又是一番紅素。燕子歸來愁不語。故巢無覓處。　誰在玉樓歌舞。誰在玉關辛苦。若使胡塵吹得去。東風侯萬户。」

按：《謁金門》調，據譜，首句應平仄仄，只三字。衛元卿詞云「杏花過雨」，以句意審之，一字不能省，可知非誤，多一字當是又一體矣。（編者按，四庫全書本《貴耳集》卷上録此詞首句作「花過雨」，無「杏」字。）此體萬氏《詞律》、徐氏《詞律拾遺》、杜氏《詞律補遺》並未載其詞。云「故巢無覓處」，則《黍離》、《麥秀》之傷也。滿目風塵，中興何日？「東風侯萬户」，尤無聊之極，當是汴京遺老之作。元卿又有《齊天樂·塡温飛卿江南曲》云：「藕花洲上芙蓉檝，羞郎故移深處。弄影萍開，搴香袖罥，鸂鶒雙雙飛去。垂鞭笑顧。問住否横塘，試窺簾户。妙舞妍歌，甚時相見定相許。　歸來顰頞錦帳，久塵金櫝𢡿，連娟黛眉顰嫵。扇底紅鉛，愁痕暗漬，消得腰支如杵。鸞弦解語。鎮明月西南，伴人淒楚。閒拾楊花，等閒春又負。」見《御選歷代詩餘》。换頭第三句應平仄平仄四字句，元卿作平平仄平平仄六字句，列爲又一體也。

歷代詞人考略卷二十五

宋十九

朱敦儒　朱敦復

敦儒字希真一作希直，河南人。靖康中，召至京師，將處以學官，固辭。高宗立，淮西部使言，敦儒有文武才，召之，又辭。避亂客南雄州，張浚奏赴軍前計議，弗起。紹興二年，詔以爲右迪功郎，敦遣詣行在。既至，命對便殿，賜進士出身，除祕書省正字，兼兵部郎官，遷兩浙東路提點刑獄。坐與李光交通，罷歸。復除鴻臚寺少卿。有《樵歌》三卷。

〔詞話〕《四朝聞見録》：希真有詞名，以隱德著。思陵必欲見之，累詔始至，上面授以鴻臚卿，希真下殿拜訖，亟請致仕。上改容許之。

《能改齋漫録》：朱希真流落嶺外，九日作《沙塞子》詞，不減唐人語：「萬里飄零南越。山引淚，酒添愁。不見龍樓鳳闕，又驚秋。　九日江亭閒望，蠻樹繞，瘴雲浮。腸斷紅蕉花晚，水東流。」

《貴耳集》：朱希真南渡，以詞得名。《月》詞有「插天翠柳，被何人推上，一輪明月」之句，自是豪放。賦梅詞如不食煙火人語，「橫枝銷瘦一如何，但空裏、疏花數點」，語意奇絕。詞集曰《太平樵唱》。

《二老堂詩話》：朱希真詩詞，獨步一世，致仕居嘉禾。秦丞相欲令希真教秦伯陽作詩，遂落致仕，除鴻臚寺少卿，蓋久廢之官也。蜀人武横作詩譏之云：「少室山人久挂冠，不知何事到長安。如今縱插梅花醉，未必王侯著眼看。」蓋希真舊有《鷓鴣天》詞云：「我是清都山水郎。天教分付與疏狂。曾批給露支風敕，屢上留雲借月章。　詩萬首，酒千觴。幾曾著眼看侯王。玉樓金闕慵歸去，且插梅花醉洛陽。」故横以此譏之。

《皺水軒詞筌》：朱希真《鷓鴣天》云：「道人還了鴛鴦債，紙帳梅花醉夢間。」咸謂朱素心之士，然其《念奴嬌》末云：「料得文君，重簾不卷，且等閒消息。不如歸去，受它真箇憐惜。」如此風情，周、柳定當把臂。　此亦子瞻所云鷫鸘禪五通氣毬，皋陶所不能平反也，而語則妙矣。

〔詞評〕汪叔畊云：希真詞，多塵外之想，雖雜以微塵，而其清氣自不可没。按希真詞品絕清，汪氏所云「微塵」，殆指晚節鴻臚之拜，則是論人非論詞也。

〔詞考〕《古今詞話》：《柳枝》，一名《壽杯詞》，唐人所作皆與七言絕句同。朱敦儒別有一調云：「江南岸柳枝。江北岸柳枝。折送行人無盡時。恨分離柳枝。　酒一杯柳枝。淚雙垂柳枝。君到長安心事違按四印本作「百事違」。幾時歸柳枝。」音節鏗麗，絕似《長相思》琴調曲，而以添聲爲排調者。

《蓮子居詞話》：宋朱希真嘗擬詞韻，元陶南村譏其侵、尋、鹽、咸、廉、纖閉口三韻混入，欲重爲改定。

今其書不傳。此亦宋詞韻之可考者。學宋齋本分入聲作四，與希真合，而平、上、去僅止十一，希真則十六也。似仍非有所據而爲之。

按：《樵歌》久無傳本，阮文達曾得汲古閣鈔本進呈，載入所作《四庫未收書目提要》。王氏四印齋輯刻宋元人詞，先得汲古閣鈔本《樵歌拾遺》三十四首刻之，後又得吴枚庵校三卷足本，詞二百五十五首者，再刻之，其拾遺之詞亦均載三卷之内，並據他書補二闋。王半塘、繆藝風均有跋詳之，不贅。又《過庭録》：洛陽朱敦復，字無悔，並弟希真，以才豪稱。有爲老子學者曰劉跛子，頗有異行。時至洛看花，一日告人曰：「吾某日當死。」至期果然。劉公有一僕曰尚志，隨劉四十年，劉常以畜生呼之。及劉死，人恐其有所得，士夫競叩之。尚志曰：「何所得，但喫畜生四十年矣。」無悔因作一詞曰：「尚志服事跛神仙。辛勤了、萬千般。一朝身死入黄泉。至誠地、哭皇天。旁人苦苦叩玄言。不免得、告諸賢。禁法偈兒不曾傳。喫畜生、四十年。」范氏以才豪稱，敦復其平昔倚聲之作，必有佳者，今僅見此一闋，語以諧而涉俚，未便據此列爲詞家，附記於此，藉存梗概。

康與之

與之字伯可，號順庵，其先滑州人，後居嘉興。渡江初，以詞受知高宗，擢爲臺郎，待詔金馬門。後貶五羊。有《順庵樂府》五卷。

〔詞話〕《貴耳集》：慈寧殿賞牡丹，時椒房受册，三殿極歡。上洞達音律，自製曲，賜名《舞楊花》，停觴命小臣賦詞，俾貴人歌以侑玉卮爲壽，左右皆呼萬歲。詞云：「牡丹半坼初經雨，雕檻翠幕朝陽。嬌困倚東風，羞謝了羣芳。洗煙凝露向清曉，步瑶臺、月底霓裳。輕笑淡拂宫黄。淺擬飛燕新妝。楊柳啼鴉晝永，正鞦韆庭館，風絮池塘。三十六宮，簪艷粉濃香。慈寧玉殿慶清賞，占東君、誰比花王。良夜萬燭熒煌。影裏留住年光。」此康伯可《順庵樂府》所載。

《花庵詞選》：康伯可，以文詞待詔金馬門，凡中興粉飾治具及慈寧歸養、兩宮歡集，必假伯可之歌詠，故應制之詞爲多。書市刊本，皆假託其名。今得官本，乃其壻趙善貢及其友陶安世所校定，篇篇精妙。汝陰王性之，一代名士，嘗稱伯可樂章，非近代所及，雖晏叔原復作，亦不能獨擅。蓋知人之言云。

《鶴林玉路》：宋建炎中，大駕經維揚，康伯可上《中興十策》。時宰相汪、黄輩，不能聽用，而伯可聲名由是益著。余觀其策，正大的確，雖李伯紀、趙元鎮亦何以遠過。厥後秦檜當國，伯可乃附會求進，擢爲臺郎。值慈寧歸養，兩宮燕樂，伯可專應制爲歌詞，諛艷粉飾。於是聲名掃地，而世但以比柳耆卿輩矣。及檜死，伯可亦貶五羊。

《升庵詞品》：康伯可《長相思》詞云：「南高峰。北高峰。一片湖光煙靄中。春來愁煞儂。郎意濃。妾意濃。油壁車輕郎馬驄。相逢九里松。」蓋效和靖「吴山青」之調也。二詞可謂敵手。

《詞苑叢談》：康伯可專應制爲歌詞，重九遇雨，奉敕口占雙調《望江南》云：「重陽日，陰雨四郊垂。戲馬臺前泥拍肚，龍山會上水平臍。直浸到東籬。茱萸胖，菊蘂濕滋滋。落帽孟嘉尋箬笠，休官陶令覓簑衣。兩箇一身泥。」上覽之大笑。

〔詞評〕《默記》：康與之《長安懷古・訴衷情》云：「阿房廢止漢荒丘。狐兔又群游。豪華盡成春夢，留下古今愁。　君莫上，古原頭。　淚難收。　夕陽西下，塞雁南來，渭水東流。」如此等詞，居然不俗，今有晏叔原亦不得獨擅。

《葦航識小録》：乾道中，德壽劉妃以緑華、璚玉二内人進納壽皇。時康伯可侍宴獻《菩薩蠻》詞，有曰：「弱柳小腰身，雙雙蛾翠顰。」伯可雖以滑稽得幸，然應制歌詞敢作無禮之語，去郭舍人之「齧妃女脣甘如飴」者，幾希耳。

沈伯時云：康伯可、柳耆卿音律甚協，句法亦多有好處，然未免有鄙俗語。

《皺水軒詞筌》：詞雖宜於艷冶，亦不可流於穢褻。吾極喜康與之《滿庭芳·寒夜》一闋，真所謂樂而不淫。且雖填詞小技，亦兼詞令、議論、敘事三者之妙。首云：「霜幕風簾，閒齋小户，素蟾初上雕籠。」寫其節序景物也。繼云：「玉杯醽醁，還與可人同。」古鼎沈煙篆細，玉筍破、橙橘香濃。梳妝冷，脂輕粉薄，約略淡眉峯。」則陳設之濟楚，殽核之精良，與夫手爪顔色，一一如見矣。換頭云：「清新，歌幾許，低隨慢唱，笑語相供。道文書針綫，今夜休攻。莫厭蘭膏更繼，明朝又、紛冗忽忽。」則不唯以色藝見長，宛然慧心女子小窗中喁喁口角。末云：「酩酊也，冠兒未卸，先把被兒烘。」一段温存，婍妮之致，咄咄逼人。觀此形容節次，必非狹斜曲里中人，又非望宋窺韓者之事。正如朱希真所云「受它真箇憐惜」也。

《梅墩詞話》：康伯可《瑞鶴仙·上元應制》詞：「風柔夜暖。花影亂，笑聲喧。鬧蛾兒滿路，成團打塊，簇著冠兒鬥轉。喜皇都、舊日風光，太平重見。」壽皇喜此數句，甚念東京故事，賜賚無算。此正弇州所評「以進奉故，未免淺俗取姸也」。然唯順齋老人能賦之。

《詞苑叢談》：沈東江曰：填詞結句，或以動蕩見奇，或以迷離稱雋，著一實語，敗矣。康伯可「正是消魂時候也，撩亂花飛」，深得此中三昧。

《詞學集成》：康、柳詞，亦自批風抹月中來。「風月」二字在我發揮，二公不免爲風月所使耳。

按：宋倚聲家如曹元寵、康伯可輩，專工應制之作。其詞有誦無規，亦無庸寄託感慨，所謂和聲鳴盛，雍容揄揚，亦復有獨到處。陳直齋云《書録解題》：伯可詞鄙褻之甚。則詆謗未免過情。花庵詞客《絶妙詞選》，録伯可詞二十三闋，或以清疏勝，或以綿麗勝，得謂鄙褻之甚耶？《順庵樂府》全帙久佚，只此二十三闋中，可誦者不勝臚舉。茲事具有消息，可爲知者道耳。

陸凝之

凝之字永仲，號石室，餘杭人。布衣。高宗召見，稱疾不赴。

按：陸永仲詞《念奴嬌·觀潮》云：「遠山一帶，遡晴空、極目天涯浮白。楓落鴉翻談笑處，不覺雲濤横席。酒病方蘇，睡魔猶殢，一掃無留蹟。吴帆越棹，恍然飛上空碧。　長記草賦梁園，凌雲筆勢，倒三江秋色。對此驚心空悵望，老作紅塵閒客。別浦煙平，小樓人散，回首千波寂。西風掃霧，爲君重噴霜笛。」見《御選歷代詩餘》。歇拍「掃霧」，《詞綜》作「掃露」，誤。（編者按，《咸淳臨安志》卷六十九引此詞作「西風歸路」。）

徐俯

俯字師川，分寧人。黄魯直之甥。以父禧死國事，授通直郎，累官至司門郎。靖康中，張邦昌僭位，遂致仕。建炎初，胡直孺、汪藻迭薦之，除右諫議大夫。紹興二年，賜進士出身，兼侍讀。三年，遷翰林學士，擢端明殿學士，簽書樞密院事。四年，兼權參知政事。九年，知信州，卒。有《東湖集》。

〔詞話〕《樂府雅詞》：張志和《漁父》詞，東湖老人因坡、谷互有異同之論，故作《浣溪沙》、《鷓鴣天》各二闋。《浣溪沙》云：「西塞山前白鷺飛。桃花溪水鱖魚肥。一波纔動萬波隨。　黄帽豈如青箬笠，羊裘何似緑蓑衣。斜風細雨不須歸。」其二云：「新婦磯邊秋月明。女兒浦口晚潮平。沙頭鷺宿戲魚驚。　青箬笠前明此事，緑蓑衣底度平生。斜風細雨小舟輕。」《鷓鴣天》云：「西塞山前白鷺飛。桃花流水鱖魚肥。朝廷若覓元真子，恆在長江理釣絲。　青箬笠，緑蓑衣。斜風細雨不須歸。浮雲萬里煙波客，唯有滄浪孺子知。」其二云：「七澤三湘碧草連。洞庭江漢水如天。朝廷若覓元真子，不在雲邊在酒邊。　明月棹，夕陽船，鱸魚恰似鏡中懸。絲綸釣餌都收卻，八字山前聽雨眠。」

《獨醒雜志》：徐公師川嘗言：東坡長短句有云：「山下蘭芽短浸溪，松間沙路淨無泥。」白樂天詩云：「柳橋晴有絮，沙路潤無泥。」「淨」、「潤」兩字，當有能辨之者。

〔詞評〕《詞苑叢談》：沈東江曰：徐師川「門外重重疊疊山，遮不斷、愁來路」。歐陽永叔「强將離恨倚江樓，江水不能流恨去」。古人語不相襲，又能各見所長。

《蓼園詞話》：徐師川《卜算子》云：「門外重重疊疊山，遮不斷、愁來路」，與少陵「憂端如山來，澒洞不可掇」，趙嘏「夕陽樓上山重疊，未抵春愁一倍多」之句，合爲三絶。

按：徐師川詞，《樂府雅詞》載十七闋。其它選本並只録其《卜算子》一闋，詞云：「胸中千種愁，挂在斜陽樹。緑葉陰陰自得春，草滿鶯啼處。　不見淩波步，空想如簧語。門外重重疊疊山，遮不斷、愁來路。」此詞意致自是高迥，不言所愁何事，曰「千種」，曰「遮不斷」，意象壯闊，大約爲憂時而作。「緑葉」二句，似喻小人之得意。「淩波」二句，似歎君門之遠，《離騷》美人之恉也。又前調云：「清池過雨凉，暗有清香度。縹緲娉婷絶代歌，翠袖風中舉。　忽斂雙眉去。總是關情處。一段江山一段雲，又下陽臺雨。」極虚靈幽渺之致。

聞人武子

武子號蓬池先生，寓居丹徒。紹興三年，補從政郎，授淮東宣撫司幹辦公事。以右從政郎，特改京官。有《蓬池編》。

按：聞人武子詞《菩薩蠻》云：「晴風吹暖枝頭雪。露華香沁庭中月。屏上小江南。雨昏天際帆。　翠釵香霧濕。側鬢雲鬆立。燈背欲眠時，曉鶯還又啼。」見《陽春白雪》。麗句頗近《花間》。

關　注

注字子東，自號香巖居士，錢塘人。紹興五年進士，官湖州教授，至太常按《直齋書録解題》作太學博士。有

《關博士集》二十卷。

〔詞話〕《墨莊漫録》：宣和二年，睦寇方臘起幫源，浙西震恐。關注子東在錢塘，避地於梁溪。明年，臘就擒。子東以貧甚未能歸，乃僑寓於毗陵郡崇安寺古柏院中。一日，忽夢臨水有軒，主人延客，儀觀甚偉，玄衣美髯，揖坐，使兩女子以銅杯酌酒。謂子東曰：「自來歌曲新聲，先奏天曹，然後散落人間，他日東南休兵，有樂府曰《太平樂》，爾先聽其聲。」遂使兩女子舞，主人抵掌而爲節。已而恍然而覺，猶能記其五拍。子東因以詩紀之云：「玄衣女子從雙鬟，緩節長歌一解顔。滿引銅杯效鯨吸，低回紅袖作弓彎。舞留月殿春風冷，樂奏鈞天曉夢還。行聽新聲太平樂，先傳五拍到人間。」後四年，子東始歸杭州，而先廬已焚於兵，因寄家菩提寺。復夢美髯者，腰一長笛，手披書册，舉以示子東。小朱闌界間行似譜，有其聲而無其詞。笑謂子東曰：「將有待也，往時在梁溪，曾按《太平樂》，尚能記其聲乎？」子東因爲之歌，美髯者援腰間笛，復作一弄，亦能記其聲，蓋是重頭小令。已而遂覺。其後又夢至一處，榜曰廣寒宫。然門鑰不啟，或有告之者曰：「但曳鈴索，呼月姊，則門開。」從其言，果有應者，乃引入，見二仙子。因問引者曰：「此謂誰？」曰：「月姊也。」月姊因問：「往時梁溪曾令雙鬟歌舞傳《太平樂》，尚能記否？又遣紫髯翁吹新聲，亦能記否？」子東曰：「悉記之。」因爲歌之。月姊喜見顔面，復出一紙，書以示子東曰：「亦新詞也。」姊歌之其聲，宛轉似樂府《昆明池》。子東因欲强記之，姊有難色，顧視手中紙，化爲碧，字皆滅迹。覺時，已夜闌矣，獨記其一句云「深誠杳隔無疑」，亦不知爲何語。前後三夢，多忘其聲，惟紫髯翁笛聲尚在，乃倚其聲而爲之詞，名曰《桂華明》，云：「縹緲神清開洞府。

遇廣寒宮女。問我雙鬟梁溪舞。還記得、當時否。碧玉詞章教仙侶。爲按歌宫羽。皓月滿窗人何處。聲永斷、瑶臺路。」子東嘗自爲予言之。

《洞霄圖志》：太博關注子東贈石室陸先生詞序云：「吾鄉陸永仲，博學高才，自其少時，有聲場屋，今棲白鹿洞下，絶葷酒，屏世事，自放塵埃之外。行將六十，而有嬰兒之色，非得道者能如是乎？」乃作《水調歌頭》一闋，詞云：「鳳舞龍蟠處，玉室與金堂。平生想望真境，依約在何方。誰信許君丹竈，便與吴君遺劍，只在洞天傍。若要安心地，須是遠名場。幾年來，開林麓，建山房。安眠飽飯清坐，無事可思量。洗盡人間憂患，看見仙家風月，和氣滿清揚。一笑塵埃外，雲水遠相忘。」

按：關子東《桂華明·記夢》詞，又見《梁溪軼事》，與張氏《漫録》所記略同，其夢中所聞《太平樂》，醒而以詩記之。「玄衣仙子從雙鬟」云云，乃《瑞鷓鴣》調，《詞譜》因子東詩句，又名《太平樂》，又名《五拍》，實七言八句也。惜乎子東夢中所記之《五拍》，今不傳矣。

郭世模

世模字從範一作從范。《宋詩紀事》作「名從範，字世模」，誤。

按：郭從範詞見《陽春白雪》，凡五首，兹録其一《瑞鶴仙》云：「雲階連月地。記舊游、身在温柔鄉裏。花陰透窗綺。羅衾擁殘夢，流鶯驚起。銀瓶水沸。待梳妝、屏風共倚。看情眉恨眼，宿粉剩香，亂愁無際。長記。多情消減，宋玉連牆，茂陵同里。離懷似水。天涯路，歎愁悴。想鴛機織錦，鸞臺窺鏡，秦絲幽怨未已。好歸去、共把琴書，倚嬌扶醉。」

葛立方

立方字常之，江陰人，勝仲子。紹興八年，登進士第。由宫教除祕書省正字，歷校書郎、考功員外郎。以吏部侍郎攝西掖，忤秦相檜得罪。檜卒，召用爲尚書左司郎中，充賀大金生辰使，坐言者刻罷，遂不復起。有《歸愚詞》一卷。

〔詞話〕《草窗詞評》：葛常之《卜算子》按《歸愚集》有題曰《賞荷以蓮葉勸酒作》云：「裊裊水芝紅，脈脈蒹葭浦。淅淅西風澹澹煙，幾點疏疏雨。　草草展杯觴，對此盈盈女。葉葉紅衣當酒船，細細流霞舉。」用十八疊字，妙手無痕。本色學道人，胸中乃有此奇特。

《堅瓠補集》：韎鞨，國名，古肅慎地，産寶石，大如巨栗，中國謂之「韎鞨」。文與可《朱櫻歌》，有「翡翠一盤紅韎鞨」。葛魯卿《西江月》詞「韎鞨斜紅帶柳」云云。詩詞中韎鞨事甚多，人罕知者，故録之。

《珠花簃詞話》：《歸愚詞·西江月·詠開鑪》云：「風送丹楓卷地，霜乾枯葦鳴溪。獸爐重展向深閨。紅入麒麟方熾。　翠箔低垂銀蒜，羅幃小釘金泥。笙歌送我玉東西。誰管瑶華舞砌。」按《夢粱録》：「十月朔，貴家新裝，暖閣低垂繡簾，淺斟低唱，以應開爐之節。」《武林舊事》：「是日，御前供進夾羅御服，臣僚服錦襖子夾公服，授衣之意也。自此御爐日設火，至明年二月朔止。」此詞蓋專詠暖閣繡簾中景物，亦承平盛概也。

〔詞評〕王定甫云：歸愚，學人之詞，閲之可以矯纖佻之失。

〔詞考〕《四庫全書總目·歸愚詞提要》：《歸愚詞》，宋葛立方譔。宋人之中，父子以填詞名家者，惟晏殊、晏幾道，後則立方與其父勝仲爲最著。其詞多平實鋪叙，少清新宛轉之思，然大致不失宋人規格。毛晉跋稱，集内《雨中花》、《眼兒媚》兩調，俱不合譜，未敢妄爲更定。今參考諸家詞集，其《眼兒媚》乃《朝中措》之譌，歐陽修「平山闌檻倚晴空」一闋，可以互證。至《雨中花》調，立方兩詞疊韻，初無舛誤，以音律反覆勘之，實題中脱一「慢」字。京鏜、辛棄疾皆有此調。立方詞起三句，可依辛詞讀；第四、第五句，辛、京兩作皆作上五下四，立方則作上六下三，雖微有不同，而同是九字。其餘不獨字數相符，平仄亦毫無相戾，其爲《雨中花慢》亦無可疑。晉蓋考之未審。他如《滿庭芳》一調，連城十闋，凡後半換頭二字，有用韻者，亦有不用韻而直作五字句者。考宋人此調，此二字本無定式，山谷詞用韻，書舟詞不用韻，立方兩存其體，亦非傳寫有譌也。

按：《四庫全書提要》云：其詞平實鋪叙，少清新宛轉之思。然如《滿庭芳·評梅》云：「北枝，方半吐，水邊疏影，綽約娉婷。　問横空皎月，匝地寒霙。何似此花清絶，憑君爲、子細推評。」《好事近》云：「歸話隔年心事，秉夜闌紅燭。」又前調云：「已是飛花時候，賴東風無力。」未嘗不清新宛轉也。《風流子·詠梅》云：「淡妝宜瘦，玉骨禁寒。」亦佳句。

王之望

之望字瞻叔，穀城人，寓居台州。紹興八年，登進士第，爲太學博士。出知荆門軍，提舉湖南茶鹽，歷潼川府路轉運判官，成都府路計度轉運副使，提舉四川茶馬。除太府少卿，總領四川財賦，陞太府卿。孝宗立，除户部侍郎，充川、陝宣諭使。隆興初，除集英殿修撰，提舉江州太平興國宫，俄兼直學士院。爲淮西宣諭使，擢右諫議大夫。拜參知政事，兼同知樞密院事。坐論罷。乾道元年，起知福州、福建路安撫使，移知温州，卒。有《漢濱集》，詩餘一卷。

〔詞話〕《織餘瑣述》：宋王之望《漢濱詩餘·好事近》云：「弓靴三寸坐中傾，驚歎小如許。子建向來能賦，過淩波仙浦。」此詞當是之望官蜀時作。蜀中纖足之風，至今猶未改也。又《臨江仙》云：「遠山思翠黛，蔓草記羅裙。」此十字非甚新奇，而自覺其佳。

按：王瞻叔《漢濱詩餘》一卷，彊邨朱氏依《漢濱集》本刻行，詞凡二十七首，令勝於慢，其中《贈妓》、《别妓》諸詞，亦復風華流麗，但欠沉著，厠之集中，微嫌傷格。

黄公度　黄童

公度字師憲，自號知稼翁，莆田人。紹興八年省試第一，是科免廷試，賜進士及第，簽書平海軍節度判官，除祕書省正字。時秦檜當國，用李文會居言路，排擊無虚日，公度移書文會，責其受檜風旨。坐劾罷歸，主管台州崇道觀，改高要倅，攝恩平郡事。檜死，召還，授尚書考功員外郎兼金部。尋卒，累贈中奉大夫。有《知稼翁集》，詞一卷。

〔詞話〕《賭棋山莊詞話》：閩中以六月爲荔支天。宋莆田黄師憲公度《好事近》所謂「還家應是荔支天」。

《珠花簃詞話》：《知稼翁詞・菩薩蠻》云：「愁緒促眉端，不隨衣帶寬。」二語未經前人道過。

〔詞考〕《四庫全書總目・知稼翁詞題要》：公度有《知稼翁集》，所作詞一卷，已見集中。此則毛晉所刊別行本也。詞僅十三調，共十四闋。據卷末其子沃跋語，乃收拾未得其半，録而藏之以傳後裔者。每詞之下，係以本事，並詳及同時倡酬詩文。公度之生平本末，可以見其大概，較他家詞集，特爲詳備。至汪藻《點絳脣》詞「亂鴉啼後，歸思濃於酒」句，吴曾《能改齋漫録》改竄作「曉鴉啼後，歸夢濃於酒」，兼憑虚撰一事實，殊乖本義。沃因其父有和詞，辨正其譌，自屬確鑿可據。乃朱彝尊撰《詞綜》，猶信吴曾曲説，改藻原詞，且坐《草堂》以擅改之罪。不知《草堂》惟以「歸思」作「歸興」，其餘實未嘗改，彝尊殆偶誤記歟。

按：黄師憲《知稼翁詞》，有《卜算子・别士季弟之官》云：「薄宦各東西，往事隨風雨。先自離歌不忍聞，又何況、春將暮。　愁共落花多，人逐征鴻去。君向瀟湘我向秦，後會知何處。」注云：「公之從弟童，士季其字也。以紹興戊午同榜乙科及第，有和章云：『不忍更回頭，别淚多於雨。肺腑相看四十秋，奚止朝朝暮暮。　何事值花時，又是匆匆去。過了陽關更向西，總是思兄處。』」士季之官，何地何職，惜不可考。

又按：知稼翁《卜算子》詞前段末句六字，後段末句五字，萬氏《詞律》即據此闋列爲《卜算子》又一體。其弟士季和作前段末句云「奚止朝朝暮暮」，不作上三下三，又稍變原唱句法，竊疑原作「又」字是襯字，非又一體，和作則竟誤多一字，乃至句法平仄均異。士季倚聲之作，蓋亦偶一爲之耳。

邵博

博字公濟，洛陽人，伯温次子。屢官右朝奉大夫，主管襲慶府仙源縣太極境，居犍爲縣。紹興八年，以趙鼎薦，賜同進士出身，除祕書省校書郎，兼實録院檢討官，出知泉州。旋以左朝奉大夫知眉州，爲轉運副使。吴坰所劾，捕置成都司理獄。提點刑獄周綰知其冤，亟詣獄疏決，乃得出。坐以酒餽游客及用官紙，降三官，授左朝奉郎。卒於犍爲。按博官位事實，據《宋史補傳》。有《聞見後録》三十卷。

按：邵公濟詞，世僅有傳者《念奴嬌・詠梅》云：「天然瀟灑，盡人間、無物堪齊標格。只與姮娥爲伴侣，方顯一家顔色。好是多情，一年一度，首作東君客。竹籬茅舍，典刑別是清白。惆悵玉杵無憑，藍橋人去，空鎖神仙宅。今日天涯慚馬上，忽見輕盈冰魄。恰似當年，温柔鄉裏，曉看新妝額。臨風三嗅，挽條不忍空摘。」見《花草粹編》。「典刑」、「清白」，其公濟自道歟？「温柔鄉裏，曉看新妝」，康節文孫亦復作此旖旎語。

邵公序

公序是名是字及爵里，並未詳。

〔詞話〕《渚山堂詞話》：岳武穆駐師鄂州，紀律嚴明，路不拾遺，秋毫無犯，軍民胥樂，古名將莫能加也。有邵公序者，薄游江湘，道其管内，因作《滿庭芳》贈之云：「落日旌旗，清霜劍戟，塞角聲喚嚴更。論兵慷慨，齒頰帶風生。坐擁貔貅十萬，啣枚勇、雲槊交横。笑談頃，匈奴授首，千里静欃槍。荆襄，人按堵，提壺勸酒，布穀催耕。芝夫蕘子，歌舞威名。好是輕裘暖帶，驅營陣、絶漠横行。功誰紀，風神宛轉，麟閣畫丹青。」《鄂王遺事》云：此詞句句緣實，非尋常諛詞也。

按：邵伯温次子博，字公濟，有詞見前。竊疑公序或公濟昆季行。（伯温三子：溥、博、傅。）時代政合，惜無左證，未敢決其是否。（編者按，《金陀續編》卷二十八録此詞，署名「陳緝公序」，則其名緝字公序也。《遂初堂書目》載有「邵緝《荆溪集》」。《宋志》謂爲「八卷」。宋・孫覺撰《春秋經解》，邵緝爲之作《序》。則邵公序與邵博無涉。况氏疑誤。）《滿庭芳》詞後段「芝夫蕘子」句，應五句一領。四句首脱一仄聲字。

吕直夫

直夫字及占籍，待考。

按：吕直夫詞《洞仙歌》云：「征鞍帶月，濃露沾襟袖。馬上輕衫峭寒透。望翠峯深淺，憶著眉兒，腰支嫋，忍看風前細柳。　別時頻囑付，早寄書來，能趁（元注一作及）清明到家否。這言語，便夢裏、也在心頭，重相見、不知伊瘦我（元注一作儂）瘦。縱百卉千花已離披，也（元注一作須）趁得、酴醾牡丹時候。」見《樂府雅詞・拾遺》。

程欽之

欽之字及占籍，待考。

按：程欽之詞《西江月》云：「階下寶鞍羅帕，門前絳蠟紗籠。留連佳客恨怱怱。賴有新團小鳳。　瓊碎黄金碾裏，乳浮紫玉甌中。歸來嬝嬝袖生風。齒頰餘甘入夢。」見《樂府雅詞・拾遺》，當是詠茶詞也。

梁寅

寅字及爵里，待考。按：元・梁寅，新喻人。著有《周易參義》等書。曾慥《樂府雅詞》編於紹興間，當別是一人。

按：梁寅詞《侍香金童》云：「寶臺蒙繡，瑞獸高三尺。玉殿無風煙自直。迤邐傳杯盈綺席。苒苒菲菲，斷處凝碧。　是龍涎鳳髓，惱人情意極。想韓壽、風流應暗識。去似綵雲無處覓。惟有多情，袖中留得。」見《樂府雅詞・拾遺》。

李元卓

元卓字及占籍，待考。

按：李元卓詞《菩薩蠻》云：「一枝絳蠟香梅軟。宜春小勝玲瓏剪。拂曉上瑶釵。春從鬢底來。　菱花頻自照。粉面驚春早。淡拂遠山眉。爲誰今日宜。」見《樂府雅詞・拾遺》

李敦詩

敦詩字及占籍，待考。

按：李敦詩詞《卜算子》云：「南北利名人，常恨家居少。每到春時聽子規，無不傷懷抱。　好去向長安，細與公卿道。待得功成名遂時，不似歸來早。」見《樂府雅詞・拾遺》。

右《樂府雅詞》載詞人五家，不能確指其時代。此書爲曾端伯所輯。端伯，紹興時人。此各家當在其前，故列之於曾慥之上。

曾　慥

慥字端伯，自號至游子，温陵人。紹興十一年，以太府少卿，進太府卿。總領湖廣、江西財賦，充祕閣修撰。以疾自請提舉玉隆觀，退居銀峰。有《樂府雅詞》三卷，《拾遺》二卷。

〔詞話〕《古今詞話》：曾慥，曾惇故相之孫，皆以詞章擅名，而端伯編《樂府雅詞》，尤有功詞學。其《詠梅·調笑令》云：「清友。羣芳右。萬槁紛披兹獨秀。天寒月薄黄昏後。縞袂亭亭招手。故山千里迷雲岫。借問如今安否。」

按：曾端伯《樂府雅詞》，撰録精審，關鍵兩宋，允爲詞林矩矱。其所自作，必多佳構，乃今世所傳只楊湜《詞話》中寥寥三十許字，吉光片羽，彌足珍矣。

周紫芝

紫芝字少隱，自號竹坡居士，宣城人，居陵陽山南。兩以鄉貢試禮部，不第，從李之儀、吕本中游。紹興十二年年六十一，始以廷對第三，同學究出身，監户部麯院。歷樞密院編修官、右司員外郎，出知興國軍。秩滿，奉祠居廬山。有《太倉稊米集》七十卷、《竹坡詩話》三卷、《竹坡詞》一卷。

〔詞話〕《織餘瑣述》：宋・周紫芝《竹坡詞・漢宫春》題云：「别乘趙季成以山谷道人反魂梅香材見遺。明日，劑成。下幃一炷，恍然如身在孤山。又明日，乃作此詞。」又《菩薩蠻・賦疑梅香》「寶薰拂拂濃如霧」云云。「返魂梅香」、「疑梅香」二名絶韻。「别乘」，當即别駕，此稱謂亦新，於此僅見。

〔詞考〕《四庫全書・竹坡詞提要》：《書録解題》載《竹坡詞》一卷，此本作三卷。考卷首高郵孫兢序，稱離爲三卷，則《通考》一卷，乃三卷之誤。兢序稱共詞一百四十八闋，此本乃一百五十闋。據其子栞乾道九年重刊跋，則《憶王孫》爲絶筆，初刻止於是篇。其《減字木蘭花》、《採桑子》二篇，乃栞續得佚藁，别附於末，故與原本數異也。集中《鷓鴣天》凡十三闋，後三闋自注云：「予少時酷喜小晏詞。故其所作，時有似其體製者。此三篇是〔也。〕晚年歌之，不甚如人意，聊載乎此」云云。則紫芝填詞，本從晏幾道入，晚乃刊除穠麗，自爲一格。兢序稱其少師張耒，稍長師李之儀者，乃是詩文之淵源，非詞之淵源也。栞跋稱是集先刻於潯陽，譌舛甚多，乃親自校讎。然集中《瀟湘夜雨》一調，實爲《滿庭芳》，兩調相似，而實不同。其《瀟湘夜雨》本調，有趙彦端一詞可證，自是集誤以《滿庭芳》當之，《詞匯》遂混爲一調。至《選聲集》列《瀟湘夜雨》調，反不收趙詞，而止收周詞，是愈轉愈譌，其失實由於此。又第三卷《定風波令》，實爲《琴調相思引》，亦有趙彦端詞可證。其《定風波》另有正體，與此不同，皆爲疏舛。殆後人又有所竄亂，非栞手勘之舊矣。

按：《四朝聞見録》：宋高宗因林外《洞仙歌》詞以「鎖」字押「老」字，知是福州秀才之作，以其用韻蓋閩音云。《竹坡詞・水龍吟》「楚山木落」闋，以「老」、「表」、「杪」、「曉」叶「瘦」、「秀」；《虞美人》「西園摘處」闋，以「小」叶「後」；《宴桃源》「緑盡小池」闋，以「草」叶「畫」。詎亦方音之獨異耳。

陳克

克字子高，自號赤城居士，臨海人，僑居金陵。嘗就試應舉。紹興中，爲勅令所删定官。吕祉以督府參謀軍事，往淮西撫諭諸軍，辟爲幕僚。有《天台集》十卷、外集四卷，長短句三卷附。按《天台集》，《四庫》未著録。

〔詞話〕《六硯齋二筆》：古人閨閣極重畫衣，士大夫燕居亦有服之者，是以南朝諸公有九華半臂之製。宋《赤城詞》選載陳子高《虞美人》詞題云：「曹申甫以著色山水小景作短製，思極蕭散，方倅襲明邀予爲詠。」短製者，即半臂之類也。詞曰：「越羅巧畫春山疊。箇裏融香雪。滿身空翠不勝寒。恰似那回偷印小眉山。　青驄油壁西陵下。髣髴當時話。而今眼底是高唐。拂拂淡雲疏雨斷人腸。」按《花庵詞選》陳子高詞十三首，《樂府雅詞》録三十六首，此闋並未載。

〔詞評〕盧祖皋云：子高《菩薩蠻》云：「幾處簸錢聲，緑窗春夢輕。」《謁金門》云：「檀炷繞窗燈背壁，畫檐殘雨滴。」殊覺其香倩。

陳質夫云：陳子高詞格高麗，晏、周之流亞也。

《織餘瑣述》：《赤城詞·鷓鴣天》云：「薄情夫婿花相似，一片西飛一片東。」語艷而質。

按：據李子長跋《天台集》後，陳子高生于元豐四年辛酉，應舉不第，洎紹興初得官入幕，年已五十餘矣。嘗謂北宋詞人，享盛名者泰半，達官貴冑沉淪侘傺如子高，其詞得流傳至今，幸矣。《樂府雅詞》録子高詞三十六闋，大都高麗香倩之作，絶少窮愁抑塞之音，足見其有過人襟抱。如《鷓鴣天》云：「鯉魚不寄江南信，緑盡菖蒲春水深。」又云：「梨花院落黄茅店，繡被春寒此夜同。」陳直齋所謂「詞格高麗」，殆指此等句。《虞美人》云：「紅蘭干上刺薔薇，蝴蝶飛來飛去兩三枝。」二語最有生氣。又云：「池光不定藥闌低，閒並一雙鸂鶒没人時。」尤能狀深静之景。《臨江仙》云：「檜雨爲誰凝咽，林花似我飄零。」「檜雨」句，未經人道。

歷代詞人考略卷二十六

宋二十

魏杞

杞字南夫，壽春人，徙居鄞。祖蔭入官。紹興十二年，登進士第，知涇縣。召對，擢太府寺主簿，進丞。以考功員外郎遷宗正少卿。爲金通問使，還朝，守起居舍人，遷給事中、同知樞密院事，進參知政事、右僕射兼樞密使。會郊祀冬雷，用漢制災異策免，守左諫議大夫、提舉江州太平興國宫。授觀文殿學士、知平江府。後以端明殿學士奉祠，告老，復資政殿大學士。卒，贈特進，謚文節。有《山房集》。

〔詞評〕《珠花簃詞話》：兩宋鉅公大僚能詞者多，往往不脱簪紱氣。魏文節《虞美人·詠梅》云：「只應明月最相思，曾見幽香一點未開時。」輕清婉麗，詞人之詞，專對抗節之臣，顧亦能此。宋廣平鐵石心腸，不辭爲梅花作賦也。

按：魏文節詞《虞美人·詠梅》云：「冰膚玉面孤山裔。肯到人間世。天然不與百花同。卻恨無情輕付與東風。

麗譙三弄江梅曉。立馬溪橋小。只應明月最相思。曾見幽香一點未開時。」見《全芳備祖》。文節所著《山房集》，世尠傳本，《宋詩紀事》僅據《寧國府志》，録其《送左彦武歸鄉》五律一首。詞亦僅見此闋而已。

洪适

适字景伯，初名造，鄱陽人，皓長子。紹興十二年，中博學宏詞科，除敕令所删定官，改祕書省正字。皓忤秦檜，适亦出爲台州通判，復論罷。檜死，起知荆門軍，改知徽州，升尚書户部郎中。孝宗立，遷司農少卿，召貳太常兼權直學士院。除中書舍人，爲賀金生辰使。遷翰林學士。除端明殿學士、簽書樞密院事。拜參知政事。（諫議大夫）（編者按，「諫議大夫」四字，涉《宋史》本傳下文而誤衍。）進尚書右僕射、同中書門下平章事兼樞密使。乞退，除觀文殿學士，提舉江州太平興國宫。尋起知紹興府、浙東安撫使。再奉祠，卒。謚文惠。有《盤洲集》八十卷，樂章三卷。

〔詞評〕《織餘瑣述》：宋洪文惠《盤洲詞》，余最喜其《生查子》歇拍云：「春色似行人，無意花間住。」《漁家傲引》後段云：「半夜繫船橋北岸。三杯睡著無人唤。睡覺只疑橋不見。風已變。纜繩吹斷船頭轉。」意境亦空靈可喜。蕙風云：余所喜異於是，《漁家傲引》云：「子月水寒風又烈。巨魚漏網成虚設。圉圉從它歸丙穴。謀自拙。空歸不管旁人説。　昨夜醉眠西浦月。今宵獨釣南溪雪。妻子一船衣百結。長歡悦。不知人世多離别。」委心任運，不失其爲我，知足長樂，不願乎其外。詞境有高於此者乎？是則非娱所能識矣。

按：洪文惠《盤洲樂章》三卷。《御選歷代詩餘》及《詞綜》小傳並作二卷。彊邨朱氏依洪氏晦木齋校刊《盤洲集》本刻行，卷一曰《番禺調笑》、曰《句降黃龍舞》、曰《句南吕薄媚舞》、曰《漁家傲引》，卷二、卷三最長短句一百零三首，雅韻深致，流溢行間，而以令爲尤勝。

范智聞

智聞按智聞疑是字，名佚，高平人。

按：范智聞詞《西江月・贈人博山》云：「紫素全如玉琢，清音不假金粧。海沈時許試芬芳。髣髴雲飛仙掌。 煙縷不愁淒斷，寶釵還與商量。佳人特特爲翻香。圖得氤氳重上。」見《樂府雅詞・拾遺》。劉子翬《屏山集》，有《同范智聞五月十四夜賞月》詩。子翬，高宗時人也。

史浩

浩字直翁，鄞縣人。紹興十四年登進士第。累官宗正少卿，除起居郎兼太子右庶子。孝宗立，以中書舍人遷翰林學士、知制誥，除參知政事。拜尚書右僕射，出知紹興府。坐言者予祠。起仍知紹興府、浙東安撫使，知福州。除少保、觀文殿大學士，復爲右丞相，拜少傅、保寧軍節度使。請老，除太保致仕，封魏國公，進太師。卒，封會稽郡王，謚文惠。追封越王，改謚忠定。有《鄮峯真隱大曲》，詞曲各二卷。

〔詞話〕《珠花簃詞話》：史直翁有《滿庭芳・立春詞，時方獄空》云：「愛日輕融，陰雲初斂，一番雪意闌珊。柳搖金縷，梅綻玉顋寒。知是東皇翠葆，飛星漢、來至人間。開新宴，笙歌逗曉，和氣滿塵寰。風光，偏舜水，賢侯政美，棠蔭多歡。更圜扉草鞠，木索長閒。休向今朝惜醉，紅妝映、羣玉頹山。行將見，宜春帖子，清夜寫金鑾。」《詞苑叢談》：慶曆中，開封府與棘寺同日奏獄空，仁宗於宮中宴集，晏小山叔原作《鷓鴣天》詞「碧藕花開水殿涼」云云，大稱上意。直翁詞可與並傳，蓋華貴之筆，宜於和聲鳴盛也。

《織餘瑣述》：宋史浩《鄮峯真隱詞・臨江仙・詠閨人寫字》云：「檻竹敲風初破睡，楚臺夢雨精神。背屏斜映小腰身。山明雙剪水，香滿一釵雲。　鑪裊金絲簾窣地，綺窗秋靜無塵。半鉤春筍帶湘筠。蘭亭初寫就，愁殺衛夫人。」「背屏」句，極能撫繪閨娃神態。又詞題中有「扇鼓」、「遷哥輳」，其制並待考。

〔詞考〕彊邨所刻詞《鄮峯真隱大曲》，吴梅《跋》：宋時大曲有《水調歌》、《道宫薄媚》、《逍遥樂》諸種，大抵以詞聯綴之。其中節目有散序、靸、排遍、攧、正攧、入破、虚催、實催、衮徧、歇拍、煞衮，始成一曲，謂之大遍。其詞段數，繁簡不同，類皆文人爲之。曾慥《樂府雅詞》可證也。陳暘《樂書》云：「大曲前緩疊不舞，至入破則羯鼓、襄鼓、大鼓與絲竹合作，勾拍益急，姿制俯仰，百態横出。」據此則當時舞態，猶可想見。第宋代作者如六一、東坡，往往僅作勾放樂語，而不製歌詞；鄭僅、董穎之徒，則又止有歌詞而無樂語。二者鮮有兼備焉。《鄮峯大曲》二卷，有歌詞，有樂語。且諸曲之下，各載歌演之狀，尤爲歐、蘇、鄭、董諸子所未及。宋人大曲之詳，無有過於此者矣。

按：史直翁《鄮峯真隱大曲》二卷、《詞曲》二卷，彊邨朱氏依史氏裔孫傳録《四庫》本刻行。其《大曲》曰《采蓮》、曰《采蓮舞》、曰《太清舞》、曰《柘枝舞》、曰《花舞》、曰《劍舞》、曰《漁父舞》。《大曲》入詞總集，宋曾氏《樂府雅詞》已開其例矣。其《詞曲》前卷較勝，足當莊雅二字。彊邨有《校詞跋語》，考證甚詳。

又按：《鄮峯詞·教池回·競渡》云：「雲淡天低，疏雨乍霽，桃溪嫩緑蒙茸。珠簾映畫轂，金勒耀花驄。繞湖上、羅衣溢香風。擘波雙引蛟龍。尋奇處，高標錦段，各騁英雄。　縹緲初登綵舫，簫鼓沸，羣仙玉佩丁東。夕陽低、拚一飲千鍾。看看見、璧月穿林杪，十洲三島春容。醉歸去，雙旌摇曳，夾路金籠。」此調《詞律》及《詞律拾遺》、《補遺》並未載，疑直翁自度曲也。《宋史·太祖本紀》：二年三月辛巳，幸教船池，賜水軍將士衣有差。詞名蓋用此，與《競渡》相切。

洪邁　何善

邁字景盧，號野處，又號容齋，鄱陽人，皓季子。紹興十五年登進士第，爲勑令所删定官，以忤秦檜，出添差教授福州。累遷左司員外郎，進起居舍人。假翰林學士，充賀金主登位使。坐論罷，起知泉州，復知吉州，遷起居郎，拜中書舍人，直學士院，出知贛州，徙婺州。特遷敷文閣待制，以提舉佑神觀兼侍講，同修國史。進焕章閣學士、知紹興府。提舉玉隆萬壽宫，上章告老，進龍圖閣學士。以端明殿學士致仕，卒。贈光禄大夫，謚文敏。有《野處類稿》。

〔詞話〕《夷堅丙志》：紹興十五年三月十五日，予在臨安試詞科第三場畢，出院，時尚早，同試者何善伯明、徐摶升甫相率游市。時族叔邦直應賢、鄉人許良佐舜舉省試罷，相與同行。因至抱劍街，伯明素與明娼孫小九來往，遂拉訪其家，置酒於小樓。夜月如晝，正臨欄几内廂兩燭結花燦然若連珠，孫娼固黠慧解事，乃白坐中曰：「今夕桂魄皎潔，燭光呈祥，五君皆較藝蘭省，其爲登名高第，可證不疑，願各賦一詞紀實。」升甫、應賢、舜舉皆謝不能，伯明俊爽敏捷，即操筆作《浣溪沙》一闋曰：「草草杯盤訪玉人。燈花呈喜坐添春。邀郎覓句要奇新。　黛淺顔嬌情脈脈，雲輕柳弱意真真。從今風月屬閒人。」衆傳觀歎賞，獨恨其末句失意。予續成《臨江仙》曰：「綺席留歡歡正洽，高樓佳氣重重。釵頭小篆燭花紅。直須將喜事，來報主人公。　桂月十分春正半，廣寒宫殿葱葱。姮娥相並曲闌東。雲梯知不遠，平步躡東風。」孫滿酌一觥相勸曰：「學士必高中，此瑞殆爲君設也。」已而予果奏名賜第，餘四人皆不偶。

《歲時記》：紹興中，禁中避暑多御復古、選德等殿，及翠寒堂納涼，長松修竹，濃翠蔽日。御榻兩旁，各設金盤數十架，冰雪如山，初不知人間有塵暑也。洪景盧學士嘗賜對於翠寒堂，當三伏中戰栗不可久立。高宗問故，遣中貴人以北綾半臂賜之。景盧作詞紀思而出。

按：洪文敏詞《踏莎行》云：「院落深沈，池塘寂静。簾鉤捲上梨花影。寶箏拈得雁難尋，篆香消盡山空冷。　釵鳳斜欹，鬢蟬不整。殘紅立褪慵看鏡。杜鵑啼月一聲聲，等閒又是三春盡。」見《絶妙好詞》。《滿江紅·立夏前一日借坡公韻》云：「雨澀風慳，雙溪閟、幾曾洋溢。長長是、非霞散綺，岫雲凝碧。修禊歡游今不講，流觴故事何從覓。待它時、水到卻尋盟，籌輸一。　燕舞倦，鶯吟畢。春肯住，纔明日。波塘波緑皺，小荷爭出。童子舞雩渾悵望，吾人提筆誰飄逸。記去年、修竹暮天寒，無蹤跡。」見《盤洲樂章》附録，其《翠寒堂紀恩詞》惜未得見。又按：何善伯明所賦《浣溪沙》，見《夷堅志》者，頗流麗渾雅，其人必夙工倚聲，惜無它作流傳，兹附名於洪文敏下，不復列爲一家。

袁去華

去華字宣卿，奉新人。紹興十五年，登進士第。改石首令卒。按《宣卿詞·柳梢青》題云「釣臺。紹興甲子赴試南宫登此，今三十三年矣」。據此則去華淳熙四年尚存，非得第改官遽卒，蓋告歸隱居不仕耳。其《歸字謡》云：「陶元亮，千載是吾師。」是其證矣。有《宣卿詞》一卷。

〔詞話〕《織餘瑣述》：袁去華《宣卿詞·念奴嬌·次郢州張推韻》云：「客裏清歡隨分有，爭似還家時樂。料得厭厭，雲窗深鎖，寬盡黄金約。」「約」韻三句，從左譽《眼兒媚》「也應似舊，盈盈秋水，淡淡春山」脱化而出。「寬盡黄金約」，則非「似舊」之謂矣。筆意妙能變化。

〔詞評〕王半塘云：宣卿詞，氣清而筆近澀。詞筆最忌留不住，閲宣卿之作，可以藥其失矣。

按：袁宣卿詞一卷，臨桂王氏四印齋刻入《宋元三十一家詞》，其中《水調歌頭·定王臺》一闋，「雄跨洞庭野」云云，即張于湖所稱賞者。宣卿詞研鍊而非追琢，凝重而能騫舉，在南宋詞人中，不失其爲上駟也。

王淮

淮字季海，金華人。紹興十五年登進士第，爲臨海尉。辟蜀帥幕，遷校書郎。除監察御史，遷右正言。

除祕書少監兼恭王府直講，出知建寧府，改浙江提刑。召除太常少卿，歷中書舍人兼直學士院，翰林學士、知制誥。淳熙二年，除端明殿學士，同知樞密院事、參知政事。擢知院事樞密使，拜右丞相兼樞密事，進左丞相。上章求去，以觀文殿大學士判衢州，改提舉洞霄宫。卒，贈少師，謚文定。

按：王文定詞《滿江紅・題雨花臺用二吴退庵、履齋韻》云：「踏徧江南，予豈爲、解衣推食。謾贏得、煙波短棹，月樓長笛。看劍功名心已死，積薪涕淚今誰滴。想中原、一望一傷情，英雄客。　形勢地，還如昔。談笑裏，封侯覓。豈有於前代，無於今日。龍豹莫藏韜略手，犬羊快掃腥膻跡。看諸公、事業卜臯盧，何勞擲。」見《景定建康志》。

石安民

安民字惠叔，臨桂人。紹興十五年登進士第，爲象州判官，分教廉、藤二州。晚知吉陽軍，未赴而卒。有《惠叔文集》。

按：石惠叔詞《疊綵山題壁（紹興辛未季秋二日）・西江月》云：「飛閣下臨無地，層巒上出重霄。重陽未到客登高。信是今年秋早。　隨意煙霞嘯傲，多情猿鶴招邀。山翁笑我太丰標。竹杖㮶𩌏桐帽。」有刻石，《粵西金石略》失載。

林仰

仰字少瞻按一作詹，侯官人。紹興十五年登進士第，官至朝奉郎。

按：林少瞻詞《少年游・早行》云：「霽霞散曉月猶明。疏木挂殘星。山徑人稀，翠蘿深處，啼鳥兩三聲。　霜華重迫駝裘冷，心共馬蹄輕。十里青山，一溪流水，都做許多情。」見《花庵絶妙詞選》署林少詹，名及爵里未詳。過拍三句，能寫幽靜之趣。「心共馬蹄輕」五字，未經人道。此詞《閩詞鈔》失載。

湯思退

思退字進之，青田人。紹興十五年，以右從政郎授政和令，試博學宏詞科，除祕書省正字。自是登郎曹，貳中祕，秉史筆。二十五年，由禮部侍郎除端明殿學士。二十六年，除知樞密院事。明年，拜尚書右僕射，進左僕射，坐論罷，以觀文殿大學士奉祠。隆興元年，復相，拜左僕射，封岐國公。言者極論急和徹備之罪，再罷相，責居永州，卒。

按：湯進之詞《菩薩蠻·水月寺》云：「畫船橫絶湖波練。更上雕鞍窮翠巘。霜橘半垂黄。征衣盡日香。鐘聲雲外聽。金界青松映。何處是華山。峯巒杳靄間。」見《御選歷代詩餘》。考《吴郡志》，此詞乃思退尉吴縣時，游水月禪院作。

朱子

朱子諱熹，字元晦，一字仲晦，號晦庵，又號雲谷老人、滄州病叟，最後更號遯翁。先世婺源人，父松，宦游建陽之考亭，遂家焉。紹興十八年登進士第，除同安主簿。歷事高、孝、光、寧四朝，累官轉運副使，崇政殿説書，焕章殿待制。僞學禁起，落職奉祠卒。嘉泰二年，賜謚曰文，特贈中大夫，寶謨閣直學士。寶慶三年，贈太師，追封信國公，改徽國。後從祀孔子廟庭。有《大全集》一百卷，《晦庵詞》一卷。

〔詞話〕《鶴林玉露》：世傳《滿江紅》詞云：「膠擾勞生，待足後、何時是足。據見定、隨家豐儉，便堪龜縮。得意濃時休進步，須知世事多翻覆。謾教人、白了少年頭，徒碌碌。誰不愛，黄金屋。誰不羡，千鍾禄。奈五行不是，這般題目。枉費心神空計較，兒孫自有兒孫福。也不須、採藥訪神仙，唯寡欲。」以爲朱文公所作。余讀而疑之，以爲此特安分無求者之詞耳，决非文公口中語。後官于容南，節推翁謂爲余言，其所居與文公隣，嘗舉此詞問公，公曰：「非某作也，乃一僧作，其僧亦自號晦庵云。」又《水調歌頭》云：「富貴有餘樂，貧賤不堪憂。那知天路幽險，倚伏互相酬。請看東門黄犬，更聽華亭清唳，千古恨難收。何似鴟夷子，散髮弄扁舟。鴟夷子，成霸業，有餘謀。致身千乘卿相，歸把釣魚鈎。春晝五湖煙浪，秋夜一天雲月，此外儘悠悠。永棄人間事，吾道付滄洲。」此詞乃文公作，然特敷衍檃括李、杜之詩耳。

《讀書續録》：晦庵先生《菩薩蠻》回文詞，幾於家絃户誦矣。其《檃括杜牧之九日齊山登高詩·水調歌頭》一闋，氣骨豪邁，則俯視辛、蘇，音韻諧和，則僕命秦、柳洗盡千古頭巾俗態。詞云：「江水浸雲影，鴻雁欲南飛。携壺結客，何處空翠渺煙霏。塵世難逢一笑，况有紫萸黄菊，堪插滿頭歸。風景今朝是，身世昔人非。酬佳節，須酩酊，莫相違。人生如寄，何用辛苦怨斜暉。不盡今來古往，多少春花秋月，那更有危機。與問牛山客，何必淚沾衣。」

〔詞評〕王定甫云：朱文公詞，質而不俚，清而能剛，非學養兼到不辦。

按：《晦庵詞・菩薩蠻・回文》云：「晚紅飛盡春寒淺。淺寒春盡飛紅晚。尊酒緑陰繁。繁陰緑酒尊。　老仙詩句好。好句詩仙老。長恨送年芳。芳年送恨長。」《晦庵詞》，元和江氏依彭文勤知聖道齋鈔本，刻行於湘南。

黄銖

銖字子厚，自號穀城翁，崇安人。有《穀城集》。

〔詞話〕《草堂詞選》：朱晦翁示黄子厚以歐陽永叔《鼓子詞》，蓋所以諷之也。子厚賦《漁家傲》云：「永日離憂千萬緒。(霜)〔雪〕舟遠泛清漳浦。珍重故人寒夜雨。揮玉麈。沉沉畫閣凝香霧。　風砌落花留不住。紅蜂翠蝶閒飛舞。明日柳陰江上路。雲起處。蒼山萬疊人歸去。」

按：黄子厚詞《菩薩蠻・夜宿旅館聞吹簫》云：「海山疊翠青螺淺。暮雲散盡天容遠。匹馬渡江皋。北風生怒號。　解鞍棲倦翮。皓月空庭白。何處小闌干。玉簫吹夜寒。」見《花庵絶妙詞選》。《江城子・晚泊分水》云：「秋風嫋嫋夕陽紅。晚煙濃。暮雲重。萬疊青山，山外叫孤鴻。獨上高樓三百尺，憑玉楯，睇層空。　人間日月去匆匆。碧梧桐。又西風。北去南來，銷盡幾英雄。擲下玉尊天外去，多少事，不言中。」見《詞綜》。子厚不以填詞名家，興之所至，肆口而成，饒有清疏蕭爽之趣。

周必大

必大字子充，一字洪道，自號平園老叟，廬陵人。紹興二十一年登進士第，授徽州户曹。中博學宏詞科，教授建康府。除太學録，召試館職，守祕書省正字，除監察御史。孝宗即位，除起居郎，歷祕書少監，敷文閣待制，翰林學士，禮部尚書，樞密使。拜右丞相，濟國公。進左丞相、許國公。光宗踐祚，拜少保、益國公。以少傅致仕。卒贈太師，謚文忠。著書八十一種，有《平園集》二百卷，《近體樂府》一卷。

〔詞話〕《齊東野語》：周平園嘗出使，過池陽，太守趙富文彦博招飲。籍中有曹聘者，潔白純靜，或病其訥而不頎，公爲賦梅以見意云：「踏白江梅，大都玉軟酥凝就。雨肥霜逗。癡騃閨房秀。莫待冬深，雪壓風欺後。君知否。卻嫌伊瘦。又怕伊僝僽。」酒酣，又出家姬小瓊舞以侑歡，公又賦一闋云：「秋夜乘槎，客星容到天孫渚。眼波微注。將謂牽牛渡。見了還非，重理霓裳舞。雖無誤。幾年一遇。莫訝周郎顧。」范石湖嘗云：朝士中姝麗有三傑，謂韓无咎、晁伯如家姬及小瓊也。禁中亦聞之。異時有以此事中傷公者，阜陵亦爲一笑。

《蓮子居詞話》：歌者小瓊，石湖居士所謂三傑之一也。周益公贈以《點絳脣》詞。按益公夫人極妒，韋居聽輿載其事，頗足發哂。《南宋相眼》：益公有侍妾曰芸香，姓孫氏，錢唐人，能爲新聲，豈即夫人所妒之媵與。

按：周文忠《平園近體樂府》，彊邨朱氏依宋槧《平園集》本鍥行。文忠文章名世，著述等身，鐵板紅牙，誠爲餘事。然如《點絳脣・次葛守韻》歇拍云：「高歌起，浮雲閒事，渾付煙中翠。」《醉落魄・次江西帥吴明可韻》後段云：「相逢未穩愁相別。南園煙草南樓月。陽關西出重吹徹。垂柳新栽，寧忍便攀折。」（元注：明可新創南園。）或寓情於景，或融景入情，自是詞人之筆，絶不覺有簪笏氣。

程大昌

大昌字泰之，休寧人。紹興二十一年，登進士第。主吴縣簿，擢太平州教授。召爲太學正，試館職，爲祕書省正字。孝宗即位，遷著作佐郎，選爲恭王府贊讀。遷國子司業兼權禮部侍郎、直學士院。除江東提點刑獄，徙江西轉運副使。進祕閣修撰，召爲祕書少監，兼中書舍人。權刑部侍郎，升侍講兼國子祭酒。兼給事中。權吏部尚書，出知泉州，遷知建寧府。光宗嗣位，徙知明州，尋奉祠。紹熙五年，以龍圖閣學士致仕。卒，謚文簡。有《文簡公詞》一卷。

〔詞話〕《餐櫻廡詞話》：程文簡大昌《臨江仙·和正卿弟生日詞》云：「紫荆同本但殊枝。直須投老日，常似有親時。」《感皇恩·淑人生日詞》云：「人人戴白，獨我青青常保。只將平易處，爲蓬島。」此等句，非性情厚、閲歷深未易道得。元劉靜修《樵庵詞·王利夫壽》云：「吾鄉先友今健。西鄰王老時相見。每見憶先公。音容在眼中。　今朝故人子。爲壽無多事。唯願歲長豐。年年社酒同。」此詞余極喜誦之，與文簡詞庶幾近似。

《織餘瑣述》：近人稱，壽五十一歲曰開六，六十一曰開七。程大昌《韻令》（按宋人稱詞曰韻令，此以爲詞名僅見）·碩人生日》云：「壽開八秩，兩鬢全青。顔紅步武輕。」自注：白樂天《開六秩》詩自注云：「年五十一歲即曰開第六秩矣。言自五十一，即爲六十紀數之始也。」五十即曰開，與今小異。（編者按，《白氏長慶集》中未見「開六秩」之説，疑有誤）又《折丹桂》（按此調名亦僅見）小序云：「通奉嘗欲爲先碩人篆帔，命爲詩語，某獻語曰：『詩禮爲家慶，貂蟬七葉餘。庭闈稱壽處，童稚亦金魚。』通奉喜，自爲小篆，綴珠其上。」「帔」、「詩」、「珠」字，事韻而新，它書未之見也。又《好事近》云：「此去春濃絮起，應翻成新曲。」「春濃絮起」，活潑有生趣。

按：《程文簡詞》一卷，歸安朱氏彊邨依《典雅詞》鈔本付梓。其詞隨筆抒寫，無意求工，然亦非無佳製。

鄭聞

聞，松江人。紹興二十一年，登進士第。淳熙元年，以資政殿大學士，出爲四川宣撫使。未幾，拜參知政事。

〔詞話〕《甕牖閒評》：近日鄭聞眷一官妓周韻者，作《瑞鶴仙》遺之。其末句云：「醉歸來，不悟人間天上，雲雨難尋舊跡。但餘香、暗著羅衾，怎生忘得。」

按：聞《瑞鶴仙》詞全闋已佚，事蹟《松江府志》略載之，謂：聞游學華亭，與錢良臣同舍。紹興間，魁南省，後與錢並參大政，嘗題名於學之達材齋，後人以碧紗籠之，爲一時盛事云云。

張孝祥

孝祥字安國，烏江人。年十六，領鄉書。紹興二十四年，廷試第一，授承事郎、簽書鎮東軍節度判官。除祕書省正字，遷校書郎。歷尚書禮部員外郎，尋爲起居舍人、權中書舍人。坐劾罷，提舉江州太平興國宫。旋起知撫州。孝宗立，復集英殿修撰，知平江府。以張浚薦，除中書舍人，直學士院兼領建康留守。再罷再起，以知荆南、湖北路安撫使。請祠，卒。進顯謨閣直學士致仕。有《于湖詞》三卷。

〔詞話〕《四朝聞見録》：張于湖嘗舟過洞庭，月照龍堆，金沙盪射。公得意命酒，唱歌所作詞，呼羣吏而酌之曰：「亦人子也。」其坦率皆類此。

《朝野遺記》：張孝祥《紫薇雅詞》，湯衡稱其平昔未嘗著稿，筆酣興健，頃刻即成，卻無一字無來處。一日，在建康留守席上，作《六州歌頭》，張魏公讀之，爲罷席而入。

《癸辛雜識・續集》：張于湖知京口，王宣子代之。適多景樓落成，于湖爲大書樓扁，公庫送銀二百兩爲潤筆，于湖卻之，但需紅羅百匹。於是大宴，合樂酒酣，于湖賦詞，命妓合唱，甚歡，遂以所得紅羅百匹犒之。

《吴禮部詩話》：于湖玩鞭亭，晉明帝覘王敦營壘處。自温庭筠賦詩後，張文潛又賦《于湖曲》，以正湖陰之誤。詞皆奇麗警拔，膾炙人口。張安國賦《滿江紅》，雖間采温、張語，而詞氣亦不在其下。嘗見安國大書此詞，後題云：「乾道元年正月十日。」筆勢奇偉可愛。

《皺水軒詞筌》：楊升庵極稱張孝祥詞，而佳者不載。如「醒時冉冉夢時休。擬把菱花一半，試尋高價皇州。」此則壓卷者也。

《花草蒙拾》：張安國雪詞按調寄《憶秦娥》，前半闋刻畫不佳，結乃云：「楚溪山水，碧湘樓閣」，則寫照象外，故知頰上三毛之妙也。古今詞人詠雪，以柳絮因風爲佳話第一。自羊孚贊陶淵明詩後，僅見此八字，銀杯縞帶，傖父鈍根，與擦鹽何以異。

《古今詞話》：張于湖《醉羅歌・閨情》詞，以「毒」、「蹴」字爲韻，「多情早是眉峯蹙。一點秋波，閒裏覷人毒。」「歸來想見櫻桃熟。不道秋千，誰伴那人蹴。」此限韻之險者。

《樂府餘論》：南宋詞人，繫情舊京，凡言歸路，言家山，言故國，皆恨中原隔絶。此周公謹《絶妙好詞》所由選也。公謹生宋之末造，見韓侂胄函首，知恢復非易言，故所選以張于湖爲首。以于湖不附和議，而蚤知恢復之難。不似辛稼軒輩率意輕言，後復自悔也。《宋史・張孝祥傳》曰：「渡江初，大議唯和戰，張浚主復讎，湯思退主秦檜之説，力主和。孝祥出入二人之門，而兩持其説，議者惜之。」按孝祥登第，思退爲考官，然以策不攻程氏專門之學，高宗親擢爲第一，則非爲思退所知也。本傳又言：「張浚自蜀還朝，薦孝祥，召赴行在。孝祥既素爲湯思退所知，乃受浚薦，思退不悦。孝祥入對，乃陳二相當同心勠力，以副陛下恢復之志。且靖康以來，唯和戰兩言，遺無窮禍患。要先立自治之策以應之。復言用才之路太狹，乞博采度外之士，以備緩急之用。上嘉之。」按大臣異論，人材路塞，俱非朝廷所以自治。孝祥所陳，可謂知恢復之本計。《傳》乃謂兩持其説，何也。故北宋之初，未嘗不和，由自治有策。南宋之末，未嘗不言戰，以自治無策。于湖《念奴嬌》詞過拍云：「悠然心會，妙處難與君説。」亦惜朝廷難與暢陳此理也。《慶元黨禁》云：嘉泰四年，辛棄疾入見，陳用兵之利，乞付之元老大臣。侂胄大喜，遂決意開邊。則稼軒先以韓爲可倚，後有《書江西造口壁》一詞。《鶴林玉露》言：「山深聞鷓鴣」之句，謂恢復之事行不得也，則固悔其輕言。

〔詞評〕魏了翁云：張于湖有英姿奇氣，著之湖湘間，未爲不遇。洞庭所賦，在集中最爲傑特。方其吸江酌斗、賓客萬象時，詎知世間有紫微青瑣哉。

朱竹垞云：張安國詞：「點點不離楊柳外，聲聲只在芭蕉裏。」無名子詞：「窗外芭蕉窗裏人，分明葉上心頭滴。」古之愁夜雨者，多以芭蕉葉爲詞，高荷大芋非所憎也。

《珠花簃詞話》：《于湖詞・菩薩蠻》云：「東風約略吹羅幕。一檐細雨春陰薄。試把杏花看。濕紅嬌暮寒。佳人雙玉枕。烘醉鴛鴦錦。折得最繁枝。暖香生翠幃。」此詞綿麗蕃艷，直逼花間。求之北宋人集中，未易多覯。

〔詞考〕《四庫全書・于湖詞提要》：《于湖詞》三卷，宋張孝祥撰。《宋史・藝文志》載其詞一卷。陳振孫《書録解題》亦載《于湖詞》一卷。黄昇《中興詞選》則稱《紫微雅詞》，以孝祥曾官中書舍人故也。此本爲毛晉所刊，第一卷末，即繫以跋，稱恨全集未見，蓋祇就詞選所載二十四闋，更摭四首益之，以備一家。後二卷則無目録，亦無跋語，蓋其後已見全集，删其重複，另編爲兩卷以續之，而首卷則未重刊，故體例特異耳。卷首載陳應行、湯衡兩序，皆稱其詞寓詩人句法，繼軌東坡。觀其所作，氣概亦幾幾近之。《朝野遺記》稱其在建康留守席上，賦《六州歌頭》一闋，感憤淋漓，主人爲之罷席。則其忠憤慷慨，有足動人者矣。又《耆舊續聞》載：孝祥十八歲時，即有《點絳脣》「流水泠泠」一詞，爲朱希真所驚賞。或刻孫和仲，或以爲希真作，皆誤。今集不載，是篇或以少作而佚之歟。陳應行序稱《于湖集》

長短句凡數百篇，今本乃僅一百八十餘首，則元稿散亡，僅存其半，已非當日之舊矣。

按：《于湖詞》原本五卷，《拾遺》一卷，乃宋乾道間刻，稱《于湖先生長短句》，古里瞿氏有影抄本，武進董氏又據南詞本校補一卷，此外，又有項城袁氏翻刻宋《于湖集》本四卷。《直齋》、《宋史》均作一卷者，所據乃宋長沙坊本也。汲古閣之續刻二卷，乃據全集本，然次第移易，又删去目録中所注宫調，非廬山真面矣。

歷代詞人考略卷二十七

宋二十一

曹冠

冠字宗臣，自號雙溪居士，東陽人。紹興二十四年，以第二人登進士第。擢太常博士，坐累罷。孝宗時，得旨再試，中進士乙科，遷知郴州。告老，轉朝奉大夫致仕。有《忠誠堂集》、《燕喜詞》一卷。

〔詞話〕《詞林紀事》：樓敬思書曹冠《霜天曉角》詞：「浦溆凝煙。誰家女採蓮。手撚荷花微笑，傳雅令、侑清歡。　擘葉勸金船。香風襲綺筵。最後殷勤一瓣，分付與、酒中仙。」詞後冠自注：荷花令用歐陽公故事，歌《霜天曉角》詞，擘荷花徧分席上，各人一片，最後者飲云云。

《詞綜補遺》：《燕喜詞》傳本絕少，竹垞亦云隻字未見。舊從藏書家搜訪得之，無異獲珍珠船也。

《織餘瑣述》：《燕喜詞・鳳棲梧》云：「飛絮撩人花照眼。天闊風微，燕外晴絲卷。」狀春晴景色絕佳。每值香南研北，展卷微吟，便覺日麗風暄，淑氣撲人眉宇。全帙中似此佳句，竟不可再得。

按：《燕喜詞》有别下齋刻本，王氏四印齋得鈔本，重刻之。此詞《四庫》未經著録，《未收書目》有之，謂從毛氏汲古閣舊藏本録出，有陳鬚、詹傚之二序，蓋與四印齋刻本同。王刻所據傳鈔本，其源亦出自毛鈔也。宗臣詞取徑質實，尚有骨幹，卻非嫥家之作。

楊萬里　某教授　羅永年

萬里字廷秀，學者稱誠齋先生，吉水人。紹興二十四年，登進士第，爲贛州司户，調零陵丞。知奉新縣，召爲國子博士。轉將作少監，出知常州，提點廣東刑獄，召爲左郎官。歷侍讀、左司郎中，以直祕閣出知筠州，召爲祕書監兼實録院檢討官，出爲江東轉運副使，權總領淮西、江東軍馬錢糧。忤宰相意，改知贛州，不赴。乞祠，提舉興國宫，升寶謨閣學士。卒，贈光禄大夫，謚文節。有《誠齋集》。

〔詞話〕《續清言》：楊萬里不特詩有别才，即詞亦有奇致，其《好事近》云：「月未到誠齋，先到萬花川谷。不是誠齋無月，隔一庭修竹。　如今纔是十三夜，月色已如玉。未是秋光奇絶，看十五十六。」昔人謂東坡詞是曲子中縛不住者，廷秀詞又何多讓，乃知有氣節人，筆墨自然不同。

《行都紀事》：楊誠齋爲監司時，巡歷至一郡，郡守宴之。官妓歌《賀新郎》詞以送酒，其中有「萬里雲帆何日到」之句，誠齋遽曰：「萬里昨日到。」守大慚，監繫此妓。誠齋之善謔也。按「萬里雲帆何日到」，葉石林詞句。

按：《好事近》詞，後段首句末一字應用平聲，楊文節詞「如今纔是十三夜」，「夜」字用仄聲，殊僅見。《貴耳集》：楊誠齋帥某處，有教授狎一官妓。誠齋怒，黥妓之面，押往謝辭教授，是欲愧之。教授延妓入，酌酒爲別，賦《眼兒媚》云：「鬢邊一點似飛鴉。莫把翠鈿遮。三年二載，千擱百就，今日天涯。奈（按「奈」字是襯字）楊花又逐東風去，隨分落誰家。若還忘得，除非睡起，不照菱花。」誠齋得詞，方知教授是文士，即舉妓送之。教授此詞，雖涉游戲風趣，政復不惡，惜其姓名失傳，附記於此。

又按：羅永年詞《酹江月·壽楊誠齋》云：「郎星錦帳，忽翩然歸訪，南溪孤鶩。前日登高誰信道，壽酒重浮萸菊。風露杯寒，芙蓉帳冷，笑受長生籙。廣寒宮殿，桂華應已新續。不用翠倚紅圍，舞裙歌袖，共理稱觴曲。只把文章千古事，留伴平生幽獨。但使明年，鬢青長在，萱草春風緑。諸郎如許，轉頭百事都足。」見《花草粹編》。羅事蹟無考，並附置誠齋後。（編者按，《全宋詞》未收羅永年詞。）

甄龍友

龍友字雲卿，永嘉人，遷樂清。紹興二十四年，登進士第。孝宗時，爲臨安府某縣令。召見，得添倅。官至國子監簿。

〔詞話〕《庶齋老學叢談》：甄龍友《題赤壁》：「蛾眉仙客。四海文章伯。來向東坡游戲，人間世、著不得。　去國誰愛惜。在天何處覓。但見尊前人唱，前赤壁、後赤壁。」

按：甄龍友《題赤壁》詞，見《盛庶齋叢談》，調寄《霜天曉角》。又《水調歌頭》云：「西風新葉墮，南國九秋初。周天三百六十五度，片雲無。上有迢迢河漢，下有滔滔江水，横截洞庭湖。一葉放流去，人在渾儀圖。　滿虚空，張寶蓋，綴明珠。琉璃爲地，游戲乾象駕坤輿。爛醉蓬萊方丈，遍入華嚴法界，試問夜何如。北斗轉魁柄，東海欲飛烏。」見

《陽春白雪》外集。此詞語頗奇恣，不免近狂，幸不失其爲清耳。

姚述堯

述堯字進道，其先世華亭人，占籍錢塘。紹興二十四年，登進士第。乾道四年，知樂清縣事。有《簫臺公餘詞》一卷。

〔詞話〕《珠花簃詞話》：錢塘姚進道，南宋道學家也。其詞如《南歌子・九日次趙季益韻》云：「悠然此興未能忘，似覺庭花全勝去年黄。」又《贈趙順道》云：「不求名利不譚玄，明月清風相對自怡然。」殊盎然有道意。然如《浣溪沙・青田趙宰席間作》云：「醉眼斜拖春水緑，黛眉低拂遠山濃。此情都在酒杯中。」《鷓鴣天・縣有花名日日紅，高仲堅席間作》云：「夜深莫放西風入，頻遣司花護錦裀。」《瑞鷓鴣・賞海棠》云：「一抹霞紅勾醉臉，惱人情處不須香。」《如夢令・水仙用雪堂韻》云：「鉤月襯凌波，彷彿湘江煙路。」《行香子・抹莉花》云：「香風輕度，翠葉柔枝。與玉郎摘，美人戴，總相宜。」《好事近・重午前三日》云：「梅子欲黄時，霖雨晚來初歇。誰在緑窗深處，把綵絲雙結。　淺斟低唱笑相偎，映一團香雪。笑指牆頭榴火，倩玉郎輕折。」亦復能爲綺語情語，可知規行矩步中政不廢《金荃》、《蘭畹》也。又《臨江仙・九日》云：「莫將烏帽任風吹。動容皆是舞，出語總成詩。」「動容」句，亦有深情。

按：姚進道《簫臺公餘詞》，皆其官樂清時所作，故以爲名。《四庫》及《研經室外集》均未予著録，可知傳本之少。仁和勞氏有鈔本，光緒中，錢塘丁氏據以刻入《西泠詞萃》。陸存齋先生跋，稱其詞清麗芊綿，絶無語録氣，信然。《宋詩紀事》録進道詩，僅《過青田》斷句云：「簇簇魚鹽喧古市，聲聲弦誦徧儒家。」其全首竟無存者，而詞集獨未散佚，亦云幸矣。

范端臣

端臣字元卿，學者稱蒙齋先生，蘭溪人。紹興二十四年，登進士第，以奉議郎爲嚴州倅。累官至中書舍人，右史、充殿試官。有集三卷。

〔詞話〕《兩山墨談》：范元卿《上太守月詞》中有云：「有人吟諷，紫荷香滿晴陌。」《韻語陽秋》云：「《晉書·輿服志》：『八座尚書則荷紫，以生紫爲袷囊，服之在左肩。』所謂荷紫者，非荷芰之荷，乃負荷之荷也。人徒見《南史》『著紫荷囊』四字，遂作一句言之，蓋不知《晉書》『荷紫』之義。」予讀《宋史》，宣和間，任子太濫，有年始十餘歲而蔭補通顯者。諫官李會疏論，以謂「尚嬉竹馬，已獲荷囊」。（編者按，李會疏論見諸《文獻通考》卷三十四）以「荷囊」對「竹馬」，則「紫荷」相承之誤久矣。

按：范元卿詞《念奴嬌·賦中秋月》云：「尋常三五，問今宵何夕，嬋娟多勝。天潤雲收崩浪靜，深碧琉璃千頃。銀漢無聲，冰輪直上，桂濕扶疏影。綸巾玉麈，庾樓無限清興。　誰念江海飄零，不堪回首，驚鵲南枝冷。萬點蒼山何處是，修竹吾廬三徑。香霧雲鬟，清輝玉臂，醉了愁重醒。參横斗轉，轆轤聲斷金井。」見《御選歷代詩餘》。

葛郯

郯字謙問，歸安人，按《御選歷代詩餘》作丹陽人。立方次子。按《宋史·葛立方傳》云：子邲、郯。而立方所著《韻語陽秋》，又有鄭姪留意星曆學云云。與史傳異，待考。紹興二十四年，登進士第。終毘陵倅。有《信齋詞》一卷。

〔詞話〕《織餘瑣述》：葛郯《信齋詞·水調歌頭·舟回平望，過烏戍值雨，向晚復晴》云：「應是陽侯薄相，催我胸中錦繡，清唱和鳴鷗。」「薄相」，猶言游戲，吾吴閭里語曰白相。白，蓋薄之聲轉，一作孛相。烏程張鑑《冬青館詩·山塘感舊》云：「東風西月燈船散，愁煞空江孛相人。」

〔詞評〕丁松生云：信齋先生詞筆婉麗，頗多雅令。

按：葛謙問《信齋詞》一卷，有亦園侯氏所刻《十名家詞》本。光緒乙未，元和江建霞標，又依臨桂況氏所藏知聖道齋鈔本鍥行於湘中。其長調熨帖停勻，足徵其詣力所届。

梁安世

安世字次張，括蒼人。紹興二十四年，登進士第。淳熙庚子、辛丑間，官桂林轉運使。有《遠堂集》。

按：《粤西金石略》：梁安世《西江月》詞磨崖在臨桂棲霞洞：「南國秋光過二，賓鴻未帶初寒。洞中馳褐已嫌單。洞口猶須揮扇。　夕照千峯互見，晴空萬象都還。羨它漁艇繫澄灣。欹枕玻璃一片。」淳熙庚子重九，梁次張拉韓廷玉、但能之、陳穎叔同遊。次張又有詩刻屏風山郛牀，賦刻彈子巖。

李長庚

長庚字子西，號冰壺，寧遠人。紹興二十四年，登進士第，仕至朝議大夫。有《冰壺集》。按《陽春白雪》録長庚詞一首,署李冰壺子西。瞿刻《陽春白雪·詞人姓氏》及陶氏《詞綜補遺·小傳》,並作李子酉,字冰壺。檢《宋詩紀事補遺》小傳:李長庚字子西,著有《冰壺集》。並詳載其占籍、官位。《陽春白雪》不書其名,又因字形相近,譌「子西」爲「子酉」。後人不考,遂相沿襲。兹亟更正之。

按:李子西詞《玉樓春》云:「紗窗春睡朦朧著。相見尚懷相别惡。夢隨城上角聲殘,淚逐樓前花片落。　東風不解吹愁卻。明月幾番乖後約。當時惟恐不多情,今日情多無處著。」見《陽春白雪》。《宋詩紀事補遺》録子西詩十五首,皆遊陽華巖之作,無它題焉,蓋有山水癖而襟情軼俗者。

王十朋

十朋字龜齡,樂清人。紹興二十七年,以第一人登進士第,授紹興府簽判,召爲祕書郎,兼建王府小學教授。除著作郎,遷大宗正丞,請祠歸。起知嚴州,拜司封郎中,累遷國子司業,起居舍人,升侍講。除侍御史,改除吏部侍郎,出知饒州,移夔州、湖州,再請祠歸。再起知泉州,除太子詹事,力辭,以龍圖閣學士致仕。卒,謚忠文。有《梅溪集》。

〔詞話〕《詞苑》:王十朋以忠諫著稱,與胡澹庵同爲孝宗所親拔。其《梅溪集》中《詠荼蘼》一闋云:「野態芳姿,枝頭占得春長久。怕鉤衣袖。不放攀花手。　試問東風,花似當時否。還依舊。謫仙去後。風月今誰有。」蓋《點絳脣》也。

按:王忠文有《點絳脣·詠十八香》詞,見温州府屬某縣志,今録二首,以見一斑。《異香牡丹》云:「庭院深深,異香一片來天上。傲春遲放。衆卉咸推讓。　憶昔西都,姚魏聲名[旺]。堪惆悵。醉翁何往。誰爲花標榜。」《温香芍藥》云：「近侍盈盈，向人似笑還無語。牡丹飄雨。間伴羣芳主。　軟質温香，剪染勞天女。青雲暮。花前歌舞。有個狂韓愈。」《歷代詩餘》録其《點絳脣》三闋，其《詠梅》、《詠瑞香》即《十八香詞》之二，《詠荼蘼》「野態芳姿」闋，則見於《梅溪集》中者也。

閻蒼舒

蒼舒字才元，元名安中，字惠夫，晉原人。紹興二十七年，高宗親擢進士第二人。隆興元年，官監察御史。歷吏部郎至侍郎，以試吏部尚書使金賀正旦。淳熙九年，丐祠，得請歸蜀。

〔詞話〕《蘆浦筆記》：蜀人閻侍郎蒼舒使北，過汴京，賦《水龍吟》云：「少年聞説京華，上元景色烘晴晝。朱輪畫轂，雕鞍玉勒，九衢爭驟。春滿鼇山，夜沈陸海，一天星斗。正紅毬過了，鳴鞘聲斷，迴鑾馭、鈞天奏。　誰料此生親到，五十年、都城如舊。而今但有，傷心煙霧，縈愁楊柳。寶籙宫前，絳霄樓下，不堪回首。願黄圖早復，端門燈火，照人還又。」

《爐餘録》：閻侍郎蒼舒使金，感賦《念奴嬌》一闋：「疏眉秀目，向尊前、依舊宣和裝束。貴氣盈盈風韻爽，舉止知非凡俗。皇室宗姬，陳王愛女，曾嫁貂蟬族。干戈流蕩，事隨天地翻覆。　珠淚揾了偷彈，勸人飲盡，愁怕吹笙竹。留落天涯俱是客，何必平生相熟。舊日繁華，如今顦顇，付與杯中醁。興亡休問，爲予且嚼船玉。」

按：閻才元《水龍吟》詞，撫今追昔，感慨係之，令人不堪卒讀，當與《蓮社詞・燭影摇紅》雙闋、《中天》闋並傳。

京鏜

鏜字仲遠，豫章人。紹興二十七年，登進士第，以龔茂良、王希吕薦，擢爲監察御史。累遷右司郎官，轉中書門下省檢正諸房公事。充金國報謝使，還朝，除權工部侍郎，出爲四川安撫制置使兼知成都府。召入進刑部尚書。寧宗即位，由政府累遷爲左丞相。以年老請免相，許之。卒贈太保。謚文忠，改謚忠定。有《松坡集》七卷，樂府一卷。

〔詞評〕儀墨莊云：京松坡詞，能用方筆，惜沉著中尚乏超曠之趣。此事攸關襟褢，不可彊也。

按：京仲遠《松坡詞》，吾湖彊邨朱氏依知聖道齋藏明鈔本刻行。《木蘭花慢》「算秋來景物」云云，《念奴嬌》「錦城城北」云云，《洞仙歌》「東皇著意」云云，此三闋在卷中最爲停勻熨帖，俾色揣稱之作。

吴儆

儆字益恭，學者稱竹洲先生，初名偁，避秀邸諱更名，休寧人。紹興二十七年，登進士第，授鄞縣尉。晉秩知安仁縣，以殺盜自劾，坐累數年。淳熙初，通判邕州，攝府事。以經略張栻薦舉，召見，首論恢復之計。孝宗嘉之，授廣南西路安撫使。以親老丐祠，主管台州崇道觀，轉朝散郎致仕，卒。寶祐四年追謚文肅。有《竹洲集》三十卷，詞一卷。

〔詞話〕《善本書室藏書志·竹洲詞提要》：儆生南宋最盛之時，其時姜白石、辛稼軒二詞家尤負盛名，儆集中有與石湖倡和之作，其爲名流推挹者久矣。雖所傳僅十八闋，而「水滿池塘」之《滿庭芳》，「十里青山」之《浣溪沙》二闋，置之白石集中，亦無以辨。固不必以少而見棄矣。《織餘瑣述》：「生綃籠粉倚窗紗，全似瑶池疏影浸梅花。」吴儆《竹洲詞·虞美人》句也。余極喜誦之。昔林逋詩云：「疏影横斜水清淺，暗香浮動月黄昏。」彼形容梅，此形容似梅者，尤爲妙肖絶倫。

按：《竹洲詞》，無錫侯氏曾刻入《宋元十名家詞》，光緒乙未，元和江建霞氏又依知聖道齋藏書鈔本鍥行於湘中。文肅詞饒有骨幹，不事塗澤，兩刻本並與信齋、樂齋纚屬，風格亦復近似。

李南金

南金字晉卿，自號三谿冰雪翁，樂平人。紹興二十七年登進士第，除光化軍教授。

〔詞話〕《鶴林玉露》：有良家女流落可歎者，余同年李南金贈以詞曰：「流落今如許。我亦三生杜牧，爲秋娘著句。先自多愁多感慨，更值江南春暮。君看取、落花飛絮。也有吹來穿繡幌，有因風、飄墜隨塵土。人世事，總無據。佳人命薄君休訴。若説與、英雄心事，一生更苦。且盡尊前今日意，休記緑窗眉嫵。但春到、兒家庭户。幽恨一簾煙月曉，恐明朝、雁亦無尋處。渾欲倩，鶯留住。」此詞淒婉頓挫，不減古作者。《南史》：齊范縝謂竟陵王子良曰：「人生如樹花同發，隨風而散，或拂簾幌墜茵席之上，或關籬牆落糞溷之中。墜茵席者，殿下是也。落糞溷者，下官是也。」此詞前闋，蓋祖此説。南金自號三谿冰雪翁。

按：《賀新郎》調第二韻應三字一句，四字二句。晉卿詞云：「我亦三生杜牧，爲秋娘著句。」作兩句，上句六字，下句五字，與律不合，未知有所本否？詞人作長短句，以聲倚之，但求高下清濁，赴節合拍，無聱牙捩喉之疵，分句字数可勿拘定，昔人曾有是説。唯是晉卿詞句，平仄尤不盡合。「杜牧」「杜」字，必須用平聲，晉卿乃用上聲，詎亦可以通融耶？意者當日隨筆紀事，未經斟酌，設令改句協律，亦何難之有哉。

范成大

成大字致能，號石湖居士，又號此山居士，吴郡人。紹興二十四年，登進士第，授户曹。累遷著作[佐]郎，吏部郎官。言者論其超躐，罷，奉祠。起知處州，除禮部員外郎。遷起居郎，假資政殿大學士，充金祈請國信使。歸，除中書舍人。出知静江府，改四川制置使。召對，除權吏部尚書，拜參知政事。坐言者，奉祠。起知明州，尋帥金陵。以病請閒，進資政殿學士，加大學士。卒，謚文穆。有《石湖集》，詞一卷。

〔詞話〕《澄懷録》：范石湖云：始余使燕，是日過燕山館，嘗賦《水調》，首句云：「萬里漢家使。」後每自和，《桂林》云：「萬里漢都護。」《成都》云：「萬里橋邊客。」明年，徘徊藥市中，頗歎倦游，不復再賦。但有詩云：「莫向登臨怨落暉，自緣羈宦阻歸期。年來厭把三邊酒，此去休哦萬里詩。烏帽不辭欹短髮，黄花終是欠東籬。若無合坐揮毫健，誰嗣西風楚客悲。」今年幸甚，獲歸故園，偕鄰曲二三子，酧酢佳節于鄉山之上，乃復用舊韻，首句云：「萬里吴船泊，歸訪菊籬秋。」

《蘆浦筆記》：《白玉樓賦》，道君皇帝親灑宸翰於圖之後。石湖跋云：自玉階及紅雲法駕之後，以至六小樓，意趣超絶，形容高妙，必夢游帝所者彷彿得之，非世間俗吏意匠可到。明窗淨几，盡卷展玩，悦然便覺身在九霄三景之上。《簡齋集》有《水府法駕導引曲》，乃倚其體作《步虚詞》六章，羽人有不俗者，使歌之風清月明之下，雖未得仙，亦足豪矣。詞一云：「琳霄境，卻似化人宫。梵炁彌羅融萬象，玉樓十二倚晴空。一片寶光中。」二云：「浮黎路，依約太微閒。雪色寶階千萬丈，人間遥作白虹看。幢節度高寒。」三云：「剛風起，背負玉虚廷。九素煙中寒一色，扶欄四面是青冥。環拱萬珠星。」四云：「流鈴響，龍馭籥雲來。夾道搴華籠綵仗，紅雲扶輅輾天街。迎駕鶴毰毸。」五云：「鈞天奏，流韻滿空明。琪樹玲瓏珠網碎，仙風吹作步虚聲。相和八鸞鳴。」六云：「樓欄外，輦道插非煙。閒上鬱蕭臺上看，空歌來自始青天。揚袂揖飛仙。」按《法駕導引》首句應疊，劉氏《筆記》誤脱去。

《清波別志》：巴蜀海棠富艷，成都燕王公碧雞坊尤名奇特。客云：碧雞王氏亭館，先中植一株，繼益於四隅，歲久繁盛，衺延至三兩間屋，下瞰覆冒錦繡，爲一城春游之冠。石湖范致能詞「碧雞坊裏花如屋」，「只爲海棠，也合來西蜀」，謂是也。

《升庵詞品》：范成大行宜春道中，見野塘春水可喜，有懷舊隱，作《謁金門》詞云：「塘水碧。仍帶麴塵顔色。泥泥縠紋無氣力。東風如愛惜。　恰似越來溪側。也有一雙鸂鶒。只欠柳絲千百尺。繫船春弄笛。」成大出使回，每思石湖，故言之悒悒如此。

《淥水亭雜識》：遼曲宴宋使，酒一行，觱篥起歌；酒三行，手伎入酒；四行，琵琶獨彈；然後食入，雜劇進，繼以吹笙、彈箏、歌擊架、樂角觝。王介甫詩：「涿州沙上飲盤桓，看舞春風小契丹。」（編者按，句見《出塞》詩。）蓋紀其事也。至范致能北使，有《鷓鴣天》詞亦云：「休舞銀貂小契丹。滿堂賓客盡關山。」則金源燕賓，或襲爲故事，未可定耳。（編者按，參見《續文獻通考》卷一百十九。）

《絶妙好詞箋》：《石湖詞·浪淘沙》云：「黯淡養花天。小雨能慳。煙輕雲薄有無間。官柳絲絲都緑偏，猶有春寒。　空翠濕征鞍。馬首千山。多情若是肯俱還。别有玉杯承露冷，留共君看。」「玉杯」，官舍中牡丹絶品也。

〔詞評〕《珠花簃詞話》：詞亦文之一體，昔人名作亦有理脈可尋，所謂蛇灰蚓綫之妙。如范石湖《眼兒媚·萍鄉道中》云：「酣酣日脚紫煙浮。妍暖試輕裘。困人天氣，醉人花底，午夢扶頭。　春慵恰似春塘水，一片縠紋愁。溶溶洩洩，東風無力，欲皺還休。」「春慵」緊接「困」字、「醉」字來，細極。

〔詞考〕《樂府餘論》：范石湖《醉落魄》詞：「棲烏飛絶。絳河緑霧星滅。燒香曳簟眠清樾。花久影吹笙，滿地淡黄月。　好風碎竹聲如雪。昭華三弄臨風咽。鬢絲撩亂綸巾折。涼滿北窗，休共軟紅説。」高江村曰：「『笙』字疑當作簾，不然與下『昭華』句相犯。」按高説非也。此詞正詠吹笙。上解從夜中情景，點出吹笙。下解「好風碎竹聲如雪」，寫笙聲也。「昭華三弄臨風咽」，吹已止也。「鬢絲撩亂」，言執笙而吹者，其竹參差，時時侵鬢也。如吹時風來，則綸巾折，知涼滿北窗也。若易去「笙」字，則後解全無意味。且花影如何吹簾，語更不屬。

《織餘瑣述》：《石湖詞》：「春若有情春莫去，花如無恨花休落。」與「天若有情天亦老，月如無恨月常圓」，句法政同，未知孰先後也。

按：《石湖詞》有知不足齋刻本，乃據鈔本付刊，鮑渌飲又輯《補遺》，但鈔本字多譌脱。王半塘翁曾以舊本校之，朱彊邨刻入《叢書》，又自《花庵詞選》等書補輯二十二首，皆陳夢弼所未和。中間如《醉落魄》「棲烏飛絶」闋，在《石湖詞》中尤爲黄絹幼婦，夢弼所和大都石湖通顯以後之作，其佳詞如《醉落魄》者，不盡在元唱中也。

陳三聘

三聘字夢弼，吴郡人。官位未詳。有《和石湖詞》一卷。

〔詞評〕《珠花簃詞話》：陳夢弼和石湖《鷓鴣天》云：「指剥春葱去采蘋。衣絲秋藕不沾塵。眼波明處偏宜笑，眉黛愁來也解顰。　巫峽路，憶行雲。幾番曾夢曲江春。相逢細把銀釭照，猶恐今宵夢似真。」歇拍用晏叔原「今宵賸把銀釭照，猶恐相逢是夢中」句。「恐夢似真」，翻新入妙，不特不嫌沿襲，幾於青勝於藍。

按：陳夢弼《和石湖詞》，某調、某題、某韻以及先後次第，並皆遵守不易，上彊邨人謂其唱和相間，原編一卷者是也。然如卷中第二十四闋《西江月》調，《石湖詞》云：「十月誰云春小，一年兩見紅嬌。人間霜葉滿庭臯。別有東風不老。　百媚朝天淡粉，六銖步月生綃。雲英寂寞倚藍橋。誰伴玉京霜曉。」夢弼和詞云：「詩眼曾逢花面，畫圖還識春嬌。當年風格太妖饒。粉膩酥柔更好。　酒暈不温香臉，玉慵猶怯輕綃。春風別後又秋高。再見只應人老。」叶韻亦不盡同，詎今世所傳《石湖詞》，非當日唱和相間原編一卷之本耶。（編者按，武進陶氏影印汲古閣鈔本《石湖詞·西江月》與況氏上引者文句稍異，而用韻正與夢弼和詞同也。）夢弼詞，名雋華貴不逮石湖，亦復筆健氣清，迴殊凡響，宜乎石湖當日不辭引爲同調也。

韓元吉

元吉字无咎，雍邱人，徙上饒。以蔭爲龍泉主簿，調南劍州主簿。紹興二十八年，知建安縣。以薦召赴行在，除司農寺主簿。乾道三年，除江東轉運判官。以朝散郎入守大理寺少卿，權中書舍人、吏部侍郎、禮部尚書，爲賀金生辰使。除吏部侍郎，以待制知婺州，移知建安府，轉朝奉大夫。召入，進正奉大夫，除吏部尚書。乞州郡，除龍圖閣學士，復知婺州，罷爲提舉太平興國宫。爵至潁州郡公卒。有《南澗甲乙稿》，《詩餘》一卷。按《御選歷代詩餘》及《詞綜》小傳云有《焦尾集》一卷。

〔詞話〕《絶妙好詞箋》：「韓元吉《好事近·汴京賜宴聞教坊樂有感》云：『凝碧舊池頭，一聽管絃淒切。多少梨園聲在，總不堪華髮。　杏花無處避春愁，也傍野花發。惟有御溝聲斷，似知人嗚咽。』《金史·交聘表》云：大定十三年三月癸巳朔，宋遣試吏部尚書韓元吉、利州觀察使鄭興裔等賀萬春節。按宋孝宗乾道九年，爲金世宗大定十三年，南澗汴京賜宴之詞當是此時作。

〔詞評〕《冷廬雜識》：作小詞貴含蓄，言盡意不盡，韓南澗《霜天曉角·采石蛾眉亭》云：「倚天絶壁。直下江千尺。天際兩蛾横黛，愁與恨、幾時極。　暮潮風正急。酒闌聞塞笛。試問謫仙何處，青山外、遠煙碧。」作長調貴曲折而清空一氣，王沂孫《摸魚兒》「洗芳林夜來風雨」云云。二作各極其妙。

《織餘瑣述》：宋韓元吉《南澗詩餘·霜天曉角》，起調云：「幾聲殘角，月照梅花薄。」歇拍云：「莫把玉肌相映，愁花見、也羞落。」花羞玉肌，其海棠、芍藥之流亞乎。對於梅花，殊未易言，人世幾曾見此玉肌也。

蕙風詞隱云：《南澗詩餘》，竟卷烎俊，無頹唐犓率之筆，它宋人集似此勻稱者，不多覯也。

按：《南澗詩餘》，彊邨朱氏依《南澗甲乙稿》校補本刊行。无咎詞以《陽春白雪》所録三首最爲擅勝，《永遇樂·爲張安國賦》，《六州歌頭·詠桃花》，其一即《好事近·汴京賜宴作》也。斷句如《虞美人·送韓子師》云：「天公也自惜君行，小雨霏霏特地不成晴。」《醉落魄·務觀席上索賦》云：「明年此夜知何處，且插梅花，同聽畫檐雨。」能以淡語入情，不假琱飾。《菩薩蠻·夜宿余家樓聞笛聲》前段云：「薄雲捲雨涼成陣。雨晴陡覺荷花潤。波影澹寒星。水邊燈火明。」寫出幽靜之景，絶佳。

歷代詞人考略卷二十八

宋二十二

王質

質字景文，其先鄆州人，後徙興國。紹興三十年登進士第，召試館職，不就。御史中丞汪澈宣諭荆、襄，樞密使張浚都督江、淮，先後辟置幕府。旋入爲太學正。孝宗時，以上疏論事，干忌罷去。虞允文宣撫川、陝，辟與偕行。後入爲勑令所删定官，遷樞密院編修官。出通判荆南府，改吉州，皆不起，奉祠山居卒。有《雪山集》十六卷，詩餘一卷。

〔詞話〕《蕙風簃二筆》：宋王質詞《江城子》句云：「得到釵梁容略住，無分做，小蜻蜓。」未經人道。

又：韓昌黎《盆池》詩：「夜半青蟲聖得知。」劉賓客《和牛相公寓言》：「只恐重重世緣在，事須三度副蒼生。」周草窗《西江月》詞：「稱銷不過牡丹情，中半傷春酒病。」王質《漁父》詞：「遮些快活有誰知。」「聖得」、「事須」、「稱銷」、「遮些」，皆唐、宋人方言。按近見《雪山詩餘》，某刻本改「遮」爲「這」，誤甚。即不作「遮」，亦應作者。這，《廣韻》：魚變切。《集韻》：牛堰切。並音彦。《玉篇》：迎也。無它音訓。

《織餘瑣述》：宋王質《雪山詩餘·浣溪沙·和王通一韻》云：「何藥能醫腸九回，榴蓮不似蜀當歸。」「榴蓮」字，作留連用，必有所本。又《西江月·借江梅蠟梅爲意壽董守》云：「試將花蘂數層層，猶比長年不盡。」此意甚新，似亦未經人道。

《無著盦詞話》：王質《雪山詞·別素質·請浙江僧嗣宗住庵》：「一箇茅庵，三間七架。兩畔更添兩厦。倒坐雙亭平分，扶闌兩下。門前數十丘穲稏。塍外更百十株桑柘。一溪活水長流，餘波及、蔬畦菜把。　便是招提與蘭若。時鈔疏鄉園，看經村社。隨分斗米相酬，鐶錢相謝。便闕少亦堪借借。常收些、筍乾蕨鮓。好年歲，更無兵無火，快活殺也。」初疑「素質」或「緇流」之名，偶檢《碧雞漫志》載：王齊叟《別素質》句云：「此事憑誰知證，有樓前明月，窗外花影。」乃知《別素質》是調名。此調萬氏《詞律》、徐氏《詞律拾遺》、杜氏《詞律補遺》並未載。

按：王景文自序《西征叢紀》云：「自丁亥至庚寅，得詞五十有一。」今所傳聚珍版大典本《雪山集》卷十六詩餘七十五首。今録小令二首，《清平樂》云：「斷橋流水。香滿扶疏裏。忽見一枝明眼底。人在山腰水尾。　梨花應夢紛紛。征鴻叫斷行雲。不見緑毛么鳳，一方明月中庭。」《虞美人》云：「緑陰夾岸人家住。橋上人來去。行舟遠遠喚相應。全似孤煙斜日出閶門。　浪花拂拂侵沙觜。直到垂楊底。吴江雖有晚潮回。未比合江亭下水如飛。」斷句如《清平樂·梅影》云：「細看横斜影下，如聞溪水泠泠。」《鷓鴣天·山行》云：「微茫山路纔通足，行到山深路亦無。」《一斛珠·桃園賞雪》云：「横吹小弄梅花笛。看你飄零，不似江南客。」《青玉案·池亭》云：「一寸江湖無可付。渚蘭汀草，卧煙欹雨。荒水垂綸處。」並皆疏俊清新，自然妙造。景文於詞，庶幾造詣甚深，不同口占漫興之作。

樓　鍔

鍔字巨山，一字景山，鄞人。紹興三十年，登進士第。由太學正，歷樞密院編修官、出知江陰軍、移知武昌府。奉祠。

按：樓巨山詞《攤破浣溪沙·雙檜堂作》云：「夏半陽烏景最長。小池不斷藕花香。電影雷聲催急雨，十分涼。　茨剥明珠隨意嚼，瓜分瓊玉趁時嘗。雙檜堂深新釀好，且傳觴。」見《御選歷代詩餘》。

林　外

外字豈塵，自號嬾窩，晉江人。紹興三十年，登進士第。乾道間，任興化令。有《嬾窩類稾》。

〔詞話〕《四朝聞見録》：紹興間，有題《洞仙歌》於垂虹者，不書其姓名，龍蛇飛動，真若不煙火食者。詞云：「飛梁壓水，虹影澄清曉。橘里漁村半煙草。歎來今往古，物换人非，天地裏，唯有江山不老。　雨巾風帽，四海誰知我。一劍横空幾番過。按玉龍、嘶未斷，月冷波寒，歸去也、林屋洞門無鎖。認雲屏煙障是吾廬，任滿地蒼苔，年年不掃。」時皆喧傳以爲洞賓所爲。浸達於高宗，天顔輾然而笑曰：「是福州秀才云爾。」左右請聖諭所以然，上曰：「以其用韻，蓋閩音云」。久而知爲閩士林外所爲，聖見異矣。　蓋林以巨舟仰而書於橋梁，水天渺然，旁無外路，故世人神之。

《蓮子居詞話》：林外《洞仙歌》，見《四朝聞見録》。海鹽張詠川宗橚《詞林紀事》言此闋用篠、嘯韻，後段

「我」字、「過」字、「鎖」字用哿、箇韻，以魚、虞、蕭、肴、豪、歌、麻、尤八韻爲角聲，皆可通轉。此用古韻，不獨方言也。以方言合韻，不獨林外詞。韓玉《賀新郎》、《卜算子》，程珌《滿庭芳》、《減字木蘭花》，趙長卿《水龍吟》，與黄魯直「老子平生，江南江北，最愛臨風笛」，借叶瀘邛間音，均詞家用韻變例。

〔詞評〕黄蓼園云：林豈塵奇傑士也，「一劍横空」句，意氣壯偉。

按：林豈塵《洞仙歌》詞，見於昔賢記述屢矣，比閲元徐大焯《燼餘録》：吴雲公雅善詩詞。李山民與雲公爲僚婿，且同爲歲寒社詩友。山民嘗題《洞仙歌》於吴江橋亭，「飛梁壓水」云云，全闋與豈塵詞同，雲公和以《念奴嬌》「炎精中否」云云，全闋見後中興野人詞話。兩詞並刻集中。以豈塵詞爲李山民作，與它書異，亟存其説，以備參考。豈塵《題西湖酒家壁》絶句「藥爐丹竈舊生涯」云云，陶九成以爲龍川藍喬作，只數字不同。《西溪叢語》則以爲終南仵磐監青州酒稅題酒樓所作，其詩亦僅存一首，而傳述互異若是。

朱藻

藻字元章，號野逸，縉雲人。紹興三十年登進士第，調漢中簿，兼尉。嘗爲考官，擢知浦城縣。終焕章閣待制。有《西齋集》十卷。

〔詞話〕《無著盦詞話》：翁五峯之「人生好夢逐春風，不似楊花健」，與朱野逸之「一徑楊花不避人」，及盧蒲江之「何處一春游蕩，夢中猶恨楊花」，皆善於驅使楊花者。

按：朱元章詞《采桑子》云：「障泥油壁人歸後，滿院花陰。樓影沈沈。中有傷春一片心。閒穿緑樹尋梅子，斜日籠明，團扇風輕。一徑楊花不避人。」見《絕妙好詞》。此詞新穩不纖，前段尤極神回氣合之妙。

沈瀛

瀛字子壽，號竹齋，歸安人。紹興三十年，登進士第。以左從政郎任教授。再入郡，三佐帥幕。有《竹齋詞》一卷。

〔詞話〕《香海棠館詞話》：《竹齋詞》句云「桂樹深村狹巷通」，頗能撫寫村居幽邃之趣，若換用它樹，則意境便遜。

《織餘瑣述》：宋·沈瀛詞《減字木蘭花》歇拍云：「成也蕭何，敗也蕭何更是多。」此等諺語，在宋人已爲沿用，其所自始，弗可得而考矣。

按：沈子壽《竹齋詞》，彊邨朱氏刻入《湖州詞徵》。《念奴嬌》「郊原浩蕩」云云，竹垞《詞綜》録此一闋，即卷中第一闋，其它所作未見遠過此闋者。《楊誠齋集·答沈子壽書》云：子壽詩文，「大篇若春江之壯風濤，短章若秋水之落芙蕖」。何獨於詞未臻超詣？詎皆隨筆漫與，不甚經意之作耶？詞凡八十五闋，間涉理學及禪門道家之言。其《行香子》云：「野叟長年。一室蕭然。都齊收、萬軸牙籤。只留三件，三教都全。時看周易，讀莊子，誦楞嚴。」則自言其梗概矣。

耿元鼎

元鼎字時舉，一字德基，吴郡人。紹興間，登進士第。或云居太學，不第而卒。

按：耿時舉詞《浣溪沙》云：「露浥薔薇金井欄。轆轤聲斷碧絲乾。遼陽無信帶圍寬。　花落池塘春夢靜，月生簾幕夜香寒。閒愁無力凭闌干。」又：「獨鶴山前步藥苗。青山只隔過溪橋。洞宫深處白雲飄。　碧井卧花人寂寂，畫廊鳴葉雨瀟瀟。漫題詩句滿芭蕉。」見《陽春白雪》。前闋署耿時舉，後闋注「元鼎」二字。以《吴郡志》及《中吴紀聞》所載西樓詩事互證之，知時舉名元鼎，一字德基，紹興時人。唯一稱進士，一云不第而卒，未知孰是耳。

仲　并

并字彌性，江都人。紹興中進士。通判湖州。入爲光禄寺丞，出守蘄春。終淮東安撫司參議。有《浮山集詩餘》一卷。

〔詞評〕《珠花簃詞話》：仲彌性《浪淘沙》過拍云：「看盡風光花不語，卻是多情。」語淡而深。《憶秦娥·詠木犀》後段云：「佳人斂笑貪先折。重新爲剪斜斜葉。斜斜葉。釵頭常帶，一秋風月。」末二句，賦物上乘，可藥纖滯之失。

按：彌性《浮山詩餘》鄦少傳本，近彊邨朱氏依《永樂大典·浮山集》本梓行。詞凡三十二闋，中間警句如《蓦山溪·有贈》云：「不是不相逢，淚空滴、年年别袖。」《芰荷香·寄趙智夫》云：「朱闌倚偏，又微雨、催下危樓。秋風空響更籌。不將好夢，吹過南州。」《念奴嬌·浮遠堂作》云：「白鳥明邊，青山斷處，眼冷江頭立。」皆清婉可誦也。其《浣溪沙·春閨即事》「淡蕩春光寒食天」云云，乃《漱玉詞》羼入仲集。此詞風格與仲亦殊不類。

揚无咎

无咎字補之，按《江西通志》作名補之，字无咎。（編者按，《文獻通考·經籍考》作楊無咎「字」補之。）自號逃禪老人、清夷長者，南昌人。高宗朝，以不直秦檜，累徵不起。有《逃禪詞》一卷。

〔詞話〕《古今詞話》：揚補之有贈妓周三五詞，調寄《明月棹孤舟》云：「寶髻雙垂煙縷縷。年紀小、未周三五。壓衆精神，出羣標格，偏向衆中翹楚。　記得譙門初見處。禁不定、亂紅飛去。掌託鞋兒，肩拖裙子，悔不做、閒男女。」補之在高宗朝，以不直時相，累徵不起，自號清夷長者，而言之艷如此。

《隱居通議》：陳伯西吉之，泰和人，學揚補之作梅，其酷嗜如師，而得筆外意。余藏補之醉筆扇面，後有《玉燭新·梅》詞一闋，補之自書，筆法槎牙可愛，獨恨未見伯西梅耳。其詞曰：「荒山藏古寺。見傍水梅開，一枝三四。蘭枯蕙死。登臨處、慰我魂銷惟此。可堪紅紫。曾不解、和羹結子。高壓盡、百卉千葩，因君今脩花史。　韶華且莫吹殘，待淺檻枯牀，寫交形似。此時胸次。（編者按，四庫全書本《逃禪詞》作「淺揾松煤，寫教形似」）疑冰雪、洗盡從前塵滓。吟安箇字。判不寐、勾牽幽思。誰伴我、香宿蜂媒，光浮月姊。」右《玉燭新》，紹興乙亥歲，子揚子所作。

《春雨集》：揚補之所居蕭州，有梅，臨之以進徽廟，戲曰村梅南渡後。紹興中，嘗畫作疏枝冷蘂，清意逼人，自署奉勅村梅，題《柳梢青》云：「茅舍疏籬。半飄殘雪，斜卧低枝。可更相宜，煙籠修竹，月在寒溪。　亭亭佇立移時。判瘦損、無妨爲伊。誰賦才情，畫成幽思，寫入新詩。」

《六硯齋筆記》：揚補之，子雲之後，極擅詞學，有《逃禪老人詞》一卷。其寫梅特以寄意，然亦妙絶。秦檜求之，不與。楊升庵先生詩云：「請看麝煤鼠尾外，猶有玉佩瓊琚詞。」《織餘瑣述》：《逃禪詞・傳言玉女》，題云：「許永之以水仙、瑞香、黄香梅、幽蘭同坐，名生四和，即席賦此。」黄香梅，疑即蠟梅，宋時有此名也。

〔詞考〕《四庫全書總目・逃禪詞提要》：《逃禪詞》一卷，宋・揚无咎譔。无咎字補之，自號逃禪老人，清江人。諸書揚或作楊。按《圖繪寶鑑》稱，无咎祖漢子雲，其字從才不從木，則作楊誤也。高宗時秦檜擅權，无咎恥於依附，遂屢徵不起。其人品甚高。所畫墨梅，歷代寶重，遂以技藝掩其文章。然詞格殊工，在南宋之初，不忝作者。陳振孫《書録解題》載无咎《逃禪詞》一卷，與今本合。毛晉跋稱或誤以爲晁補之詞。則晁无咎亦字補之，二人名字俱同，故傳寫誤也。集中《明月棹孤舟》四首，晉注云：向誤作《夜行船》，今按譜正之。案此調即是《夜行船》，亦即是《雨中花》，諸家詞雖有小異，按其音律，要非二調。无咎此詞，實與趙長卿、吴文英詞中所載之《夜行船》，無一字不同。晉第見詞譜收黄在軒詞，名《明月棹孤舟》，不知明月即夜，棹即行，孤舟即船。近時萬樹《詞律》始辨之，晉蓋未及察也。又《相見歡》，本唐腔正名，宋人則名爲《烏夜啼》。與《錦堂春》之亦名《烏夜啼》，名同實異。晉注向作《烏夜啼》，誤。尤考之未詳。至《點絳脣》原注用蘇軾韻，其後闋尾韻舊本作「裹」字，晉因改作「堁」字，並詳載「堁」字義訓於下。實則蘇詞末句乃「破」字韻。此「裹」字且誤，而「堁」字尤爲臆改。明人刊書，好以意竄亂，往往如此。今姑仍晉本録之，而附糾其繆如右。

按：逃禪老人詠梅諸作，清絶不染纖塵。然如集中《鋸解令》「送人歸後酒醒時」，《醉花陰》「捧杯不管餘酲惡」，《解蹀躞》「迆邐韶華將半」，《卓牌子慢·中秋次田不伐韻》，《蝶戀花·鞋》詞，又《贈牛楚》，《垂絲釣·贈吕倩倩》，《好事近·黄瓊》，《殢人嬌·李瑩》等闋，亦復能爲情語艷語。《驀山溪·和鶩州晏倅酴醿》「天姿雅素」云云，尤極細意熨貼。《齊天樂·和周美成韻》「後堂芳樹陰陰見」云云、《瑞鶴仙》「聽梅花再弄」云云，兩長調意致清疏，其能質能淡處，尤近清真矩矱。《逃禪詞》一百七十餘闋，長調約三分之一，疏密濃淡，異格同工。蓋於倚聲之學研究甚深，非近世畫家幅頭偶綴數十字，遂附詞人之列者可比。特未免詞爲畫掩耳。

曾協

協字同季，南豐人，肇之孫。紹興中，舉進士不第，按《宋詩紀事》協小傳云：以詞賦魁胄監。以世賞得官。初爲長興丞，遷嵊縣丞。繼爲鎮江通判，遷臨安通判。乾道九年，權知永州事，卒。有《雲莊集》五卷，詞一卷。按大典本《雲莊集》前有傳伯壽序，叙協仕履。但曰官零陵太守，不及其詳。宋無零陵郡，亦無太守之名，蓋以古地名與古官名假借用之耳。

〔詞評〕《蕙風簃詞話》：《雲莊詞·點絳唇·賦芍藥》云：「君知否，畫闌幽處，留得韶光住。」尋常意中之言，恰似未經人道。《浣溪沙》前題云：「濃雲遮日惜紅妝。」所謂仁者見之謂之仁。又《酹江月》云：「一年好處，是霜輕塵斂，山川如洗。」較「橘緑橙黄」句有意境。

按：曾同季《雲莊詞》一卷，彊邨朱氏依大典《雲莊集》本覆鍥以行。詞筆足當清麗二字，其慢詞較令爲遜。

韓　玉

玉字未詳，家於東浦。紹興初，授江淮都督府計議軍事。有《東浦詞》一卷。

〔詞話〕《聽秋聲館詞話》：《春草碧》即《番搶子》，以韓玉詞尾三字名之。《詞律》未加研究，誤分二體。其詞云：「莫將團扇雙鸞隔。要看玉溪頭、春風客。妙處風格蕭閒，翠羅金縷瘦宜窄。轉面兩眉攢、青山色。　到此月想精神，花凝秀質。待與不清狂、如何得。奈何難駐朝雲，易成春夢恨又積。送上七香車、春草碧。」

〔詞評〕《珠花簃詞話》：《東浦詞・且坐令》「但寃家、何處貪歡樂，引得我心兒惡」之句，爲毛子晉所譏。按宋蔣津《葦航紀談》云：「作詞者流多用寃家爲事。初未知何等語，亦不知所出。後因閲《煙花記》，有云寃家之説有六：『情深意濃，彼此牽累，寧有死耳，不懷異心，此所謂寃家者一也。兩情相繫，阻隔萬端，心想魂飛，寢食俱廢，此所謂寃家者二也。長亭短亭，臨歧分袂，黯然銷魂，悲泣良苦，此所謂寃家者三也。山遥水遠，魚雁無憑，夢寐相思，柔腸寸斷，此所謂寃家者四也。憐新棄舊，孤恩負義，恨切惆悵，怨深刻骨，此所謂寃家者五也。一生一死，觸景悲傷，抱恨成疾，迨與俱逝，此所謂寃家者六也。』此語雖鄙俚，亦余之樂聞耳。」誠如蔣氏所云，則「寃家」二字，詞流多用，何獨於東浦而譏之。

〔詞考〕《四庫全書總目・東浦詞提要》：《東浦詞》，宋・韓玉譔。按是時有二韓玉。劉祁《歸潛志》曰：韓府判玉，字温甫，燕人。少讀書，尚氣節。擢第入翰林，爲應奉文字，後爲鳳翔府判官。大安中，陝西帥府檄授都統。或誣以有異志，收鞫死獄中。《金史》、《大金國志》並同，此一韓玉也。其人終於金。葉紹翁《四朝聞見録》曰：司馬文季使北不屈，生子名通國，蓋本蘇武之意。通國有大志，嘗結北方之豪韓玉舉事，未得要領。紹興初，玉挈家而南，授江淮都督府計議軍事。其兄璘在北，亦與通國善。癸未九月，以扇寄玉詩。都督張魏公見詩，甲申春，遣信往大梁，諷璘、通國等至亳州，爲邏者所獲，通國、璘等三百餘口同日遇害。此又一韓玉也。其人由金而入宋。考集中有《張魏公生日》、《上辛幼安生日》，《自廣中出過廬陵贈歌姬段雲卿·水調歌頭》三首，《廣東與康伯可·感皇恩》一首，則是集爲歸宋後所編。故陳振孫《書録解題》有《東浦詞》一卷著於録也。毛晉刻其詞入《宋六十家詞》，又詆其雖與康與之、辛棄疾唱和，相去不止苧蘿、無鹽。今觀其詞，雖慶賀諸篇，不免俗濫，晉所摘《且坐令》中二句，亦體近北曲，誠非佳製。然宋人詞内，此類至多，何獨刻責於玉。且集中如《感皇恩》、《減字木蘭花》、《賀新郎》諸作，未嘗不淒清宛轉，何獨擯置不道，而獨糾其「寃家何處」二語。又鄙薄既一代之積習，無不重南而輕北，内宋而外金，晉直以畛域之見，曲相排詆，非真出於公論也。蓋明人深，校讎彌略，如《水調歌頭》第二首前闋「容飾尚中州」句，「飾」字譌爲「飭」字。《曲江秋》前闋「淒涼颿舟」句，本無遺脱，乃於「颿」字下加一方空。後闋「瀟然傷」句，「傷」字下當脱一字，乃反不以方空記之。《一剪梅》前闋「只怨閒縱繡鞍塵」句，「怨」字據譜不宜仄。《上西平》調即《金人捧露盤》，前闋「暗惜雙雪」句，「惜」字據譜，亦不宜仄。後闋「不如早」句，「早」字下據譜尚脱一字。《賀新郎》第三首後闋「冷」字韻複，當屬譌字。《一剪梅》一名《行香子》，乃誤作《竹香子》。不知《竹香子》别有一調，與此迴異。《上辛幼安·水調歌頭》誤脱一「頭」字，遂不與《水調歌頭》並載，而别立一《水調歌》之名。排比參錯，備極譌舛。晉刻宋詞，獨此集稱託友人校讎，殆亦自知其疏漏歟？至《賀新郎·詠水仙》，以「玉」、「曲」與「注」、「女」並叶；《卜算子》以「夜」、「謝」與「食」、「月」互叶，則由「玉」參用土音，如林外之以「掃」叶「鎖」，黄庭堅之以「笛」叶「竹」，非校讎之過矣。

《蓮子居詞話》：宋人同姓名者，又有韓玉。二玉亦同時，一見劉祁《歸潛志》，一見葉紹翁《四朝聞見録》。竹垞《詞綜》選東浦詞，《四朝聞見録》中人也，而系《歸潛志》中人履貫，蓋偶未考。《歸潛志》韓玉，《中州集》有詩。

按：《歸潛志》之韓玉字温甫，《四朝聞見録》之韓玉字未詳。作《東浦詞》者，非《歸潛志》之韓玉。毛子晉跋稱韓温甫，誤也。

董　穎

穎字仲達，德興士人。紹興初，從韓子蒼、汪彦章、徐師川游。有《霜傑集》三十卷，彦章爲之序。

〔詞話〕曲原有董穎仲達者，作《道宫薄媚》，詠西施事。《道宫薄媚》乃教坊十八調四十六曲之一。董所譔詞凡十，自《排徧第八》、《排徧第九》、《第十攧》、《入破第一》、《第二虚催》、《第三衮偏》、《第四催拍》、《第五衮偏》、《第六歇拍》，至《第七煞衮》而止。陳氏《樂書》謂：優伶常舞大曲，唯一工獨進，但以手袖爲容，蹋足爲節，其妙串者，雖風旋鳥騫，不踰其速矣。然大曲前緩疊不舞，至入破，則羯鼓、襄鼓、大鼓與絲竹合作，句拍益急，舞者入場，投節制容，故有催拍、歇拍，姿制俯仰，百態橫出。元注：《樂書》一百八十五卷。由此觀之，則合歌舞以演稍長之故事，而具戲曲之形者，實始于此。董詞蓋合十曲而詠一事，又有起結，以舞演之，其去戲曲尤近。

按：董仲達《霜傑集》已佚。陶氏《詞綜補遺》録仲達《薄媚·西子詞》，末附按云：宋·曾端伯《樂府雅詞》以此爲道宮大曲，並稱九重傳出。竹垞跋云：「《道宮薄媚》，排徧之後，有入破、虚催、衮徧、催拍、歇拍、煞衮，其音義不傳。」及閲張叔夏《詞源》，道宮即中吕宮，爲黄鐘七宮之一，蓋即今上（《詞源》作ㄣ）字調也。又云：「道宮是ㄣ（勾）字結聲，要平下，若太下而折，則帶𠆢（尺）一（一）雙聲，即犯中吕宮。」其論拍眼，有法曲、大曲之分，又稱：「法曲之拍與大曲相類。如大曲《降黄龍花十六》，當用十六拍，前衮、中衮，六字一拍，要停聲待拍，取氣輕巧。煞衮則三字一拍，蓋其曲將終也。」叔夏精通音律，附著其説於此。

李鼒

鼒字仲鎮，號嬾窩，宣城人。紹興初，官都尉。擢迪功郎、淮西安撫使準備差遣。

按：李仲鎮詞《清平樂》云：「亂雲將雨。飛過鴛鴦浦。人在小樓空翠處。分得一襟離緒。　片帆隱隱歸舟。天邊雪卷雲浮。今夜夢魂何處，青山不隔人愁。」見《陽春白雪》。

朱雍

雍，紹興中，召試賢良。有《梅詞》二卷。按今刻本止一卷。

〔詞評〕丁松生云：《梅詞》筆意清澈，不染纖塵。如《憶秦娥》、《西平樂》諸闋，尤雅麗可誦。

按：《中興以來絶妙詞選》録朱雍詞三闋。小傳云：有《梅詞》二卷。四印齋所刻《梅詞》依南昌彭文勤知聖道齋藏舊鈔本，即汲古閣未刻本，僅二十闋，又不分卷。疑原本不止此數，爲後人重輯也。錢塘丁氏善本書室，藏勞巽校本，亦止二十闋。朱賢良詞，諧適之調與拗澀之調皆工，自是倚聲嫥家，非涉筆成興，罔關深造者。比如《憶秦娥》、《梅花引》，此諧適之調也；《迷神引》、《西平樂·用柳耆卿韻》，此拗澀之調也。連情發藻，詠歎長言，癯仙知己，斯爲不愧。宋蜀人黄大輿輯前賢詠梅詞爲《梅苑》十卷，賢良此帙可與並傳，《暗香》、《疏影》中述作之能事畢矣。

張震

震字東父，自號無隱居士，益寧人。紹興中，高宗嘗命陳俊卿擇文士入掌内制，後卿以震及范成大對。孝宗朝，官至中書舍人。一云嘗爲諫官。按《吴興備志》：張震字彦亨，歙人。知湖州，官至朝議大夫。《嘉泰吴興志》：張震，朝奉大夫。慶元三年十二月知湖州，五年六月除福建路提刑。歙人，字彦亨之張震，别是一人。而《宋詩紀事》小傳，乃以知湖州、除福建提刑屬之益寧人、字東父之張震，誤甚。

〔詞話〕《織餘瑣述》：宋·張震詞《鷓鴣天》换頭云：「金底背，玉東西。前歡贏得兩相思。」「玉東西」，即酒杯。「金底背」，未知何物之别名，疑即鏡也。或以銀鑿落對「玉東西」，不知「底背」對「東西」尤工。

〔詞評〕黄玉林云：無隱居士詞甚婉媚，蓋富貴人語也。

按：張東父詞，見《中興以來絶妙詞選》，凡五闋。其全闋《鷓鴣天》云：「寬盡香羅金縷衣。心情不似舊家時。萬絲柳暗才飛絮，一點梅酸已着枝。　金底背，玉東西。　前歡贏得兩相思。　傷心不及風前燕，猶解穿簾度幕飛。」花庵詞客謂其詞甚婉媚，庶乎近之。至謂富貴人語，恐富貴人無此雅骨也。

趙磻老

磻老字渭師，東平人。娶歐陽懋女，以懋待制恩補官，從范成大使金。還，擢知臨安府。坐殿司招兵事，謫饒州。後官至工部侍郎。有《拙庵雜著》三十卷，《外集》四卷，詞一卷。

按：趙渭師《拙庵詞》一卷，有四印齋《宋元三十一家詞》本。兹録《滿江紅》一闋云：「西郭園林，湖光淨、暮寒清溢。明月上、近環山翠，遠摇天碧。粉澤蘭膏違俗尚，巖花磴蔓從誰覓。問近來、鐺腳許何人，吾其一。　歡樂事，休教畢。經後夜，思前日。想無心不競，水雲流出。物外煙霞供歗詠，箇中魚鳥同休逸。又何須、浮海訪三山，尋仙跡。」

渭師，門下侍郎野之姪，見《直齋書録解題》。據王仲言《新志》所云，其人風節不無遺議，虞忠肅亦嘗薦之，當是文字被知遇耳。

周文謨

文謨，官太守。

〔詞話〕《珊瑚網·法書題跋》：宋·周文謨太守有愛姬，善棋而絶色。史衛王以計取去，十年不見。一日，周謁衛王，忽見姬與衛王對局。四目相顧，驚喜不已，遂賦《念奴嬌》詞云：「棋聲特地，把十年心事，恍然驚覺。楊柳樓頭歌舞地，長記一枝纖弱。破鏡重圓，玉環猶在，鸚鵡言如昨。秦箏別後，知他幾換絃索。　誰念顧曲周郎，尊前重見，千種愁難著。猶勝玄都人去後，空怨殘紅零落。綠葉成陰，桃花結子，枉恨東風惡。盈盈淚眼，見人欲下還閣。」

按：周文謨詞事，宋以來諸家詞話未見記述，《珊瑚網》所跋，乃元郭天錫手鈔諸賢遺稿。天錫名畀，丹徒人，官吴江州學教授。

曾　覿

覿字純甫，汴人。紹興間，以寄班祇候为建王府内知客。孝宗受禪，自武翼郎除知閤門事，兼皇城司。遷淮西副總管，移浙東，進觀察史。以京祠召，升承宣使。除武泰軍節度使，開府儀同三司。加少保、醴泉觀使。有《海野詞》一卷。

〔詞話〕《武林舊事》：乾道三年三月初十日，上遣使至德壽宫奏知太上：「連日天氣甚好，欲一二日間恭請車駕幸聚景園看花。」太上云：「傳語官家，本宫後園亦有幾株好花，不若來日請官家過來閒看。」次日進早膳後，車駕與皇后、太子過宫起居二殿訖，先至燦錦亭進茶，宣召知閤門并兩府以下六員侍宴，同至後苑看花。太上倚闌閒看，適有雙燕掠水飛過，傳旨令曾覿製詞，遂進《阮郎歸》云：「柳陰庭院占風光。呢喃春晝長。碧波新漲小池塘。雙雙蹴水忙。　萍散漫，絮悠颺。輕盈體態狂。爲憐流去落紅香。銜將歸畫梁。」既登舟，知閤張掄進《柳梢青》云：「柳色初匀。餘寒似水，纖雨如塵。一陣東風，縠紋微皺，碧沼鱗鱗。　仙娥花月精神。奏鳳管、鸞絃鬭新。萬歲聲中，九霞杯內，長醉芳春。」

曾覿和進云：「桃靨紅勻。梨腮粉薄，鴛徑無塵。鳳閣凌虛，龍池澄碧，芳意鱗鱗。　清時酒聖花神。看内苑、風光又新。一部仙韶，九重鸞仗，天上長春。」各有宣賜。

又：淳熙九年八月十五日，駕過德壽宮，上皇曰：「今日中秋，天氣甚清，夜間必有好月色，可少留看月。」上恭領聖旨，晚宴香遠堂。待月初上，簫韶並舉，縹緲相應，如在霄漢。既入坐，樂少止。太上召劉貴妃令獨吹白玉笙《霓裳中序》，上自起執玉杯，奉兩殿酒，並以疊金嵌寶注碗杯盤等物賜貴妃。侍宴官開府曾覿恭進《壺中天慢》一首云：「素飈颺碧，看天衢穩送、一輪明月。翠水瀛壺人不到，比似世間秋别。玉手瑶笙，一时同色，小按霓裳疊。天津橋上，有人偷記新闋。　當日誰幻銀橋，阿瞞兒戲，一笑成癡絶。肯信羣仙高宴處，移下水晶宮闕。雲海塵清，山河影滿，桂冷吹香雪。何勞玉斧，金甌千古無缺。」上皇大喜曰：「從來月詞不曾用金甌事，可謂新奇。」賜金束帶、紫番羅、水晶注盌一副。上亦賜寶盞古香。

《齊東野語》：孝宗内宴酒酣，内人以帕子從曾覿乞詞。

《古今詞話》：花庵詞客曰：曾海野東都故老，及見中興之盛者，常侍宴上苑，應制進《阮郎歸·賦燕》、《柳梢青·賦柳》，一時推重。其奉使舊京作《上西平》，重到臨安作《感皇恩》，感慨淋漓，甚得大體，人所不及也。

〔詞評〕王弇州云：曾覿、張掄輩應制之作，志在鋪張，故多雄麗。

〔詞考〕《四庫全書・海野詞提要》:《海野詞》一卷,宋曾覿譔。覿有《海野集》,已著録。初,孝宗在潛邸時,覿爲建王内知客,常與觴詠唱酬,卷首《水龍吟》後闋有云「携手西園宴罷,下瑶臺、醉魂初醒」,即紀承寵游宴之事,故用飛蓋、西園故實。以後常侍宴應制,如《阮郎歸・賦燕》、《柳梢青・賦柳》諸詞,亦皆其時所作。覿又嘗見東都之盛,故奉使過京,作《金人捧露盤》;邯鄲道上,作《憶秦娥》;重到臨安,作《感皇恩》等曲。黄昇《花庵詞選》謂其語多感慨,淒然有黍離之悲。雖與龍大淵朋比作姦,名列《宋史・佞倖傳》中,爲談藝者所不齒,而才華富艷,實有可觀。過而存之,亦選六朝詩者不遺江總、選唐詩者不遺崔湜、宗楚客例也。

按:曾純甫以文詞受知孝宗,乃至觴詠唱酬,字而不名。雖論劾雲涌,卒躋顯秩,當日侍直從容,固宜有俊語名章,渥邀睿賞。今循誦《海野詞》,信能精穩入格,沖融和雅,出色當行,第稍乏神韻耳。

歷代詞人考略卷二十九

宋二十三

張表臣

表臣字正民。右承議郎，通判常州，與晁以道游。紹興中，爲司農丞。有《珊瑚鉤詩話》三卷。

〔詞話〕《珊瑚鉤詩話》：予挈家過吴江，有詞云：「垂虹亭下扁舟住。松江煙雨長橋暮。白紵聽吴歌。佳人淚臉波。　勸傾金鑿落。莫作思家惡。綠鴨與鱸魚。如何可寄書。」有士人覽之曰：「不聞鴨解附書，云何言鴨？」予不答。信乎柳子厚云：「作之難，知之又難。」雌霓之賞爲少也。

又：李衛公鎮南徐，甘露寺僧有戒行，公贈以方竹杖，出大宛國，蓋公之所寶也。及公再來，問：「杖無恙乎？」僧欣然曰：「已規圓而漆之矣。」公嗟惋彌日。予近在沿江攝帥幕，暇日與同僚遊甘露寺，偶題近作小詞於壁間云：「樓橫北固，盡日厭厭雨。欸乃數聲歌，但渺漠、江山煙樹。寂寥風物，三五過元宵，尋柳眼，覓花英，春色知何處。　落梅嗚咽，吹徹江城暮。脈脈數飛鴻，杳歸期、東風凝佇。長安不見，烽起夕陽間，魂欲斷，酒初醒，獨下危梯去。」其僧頑俗且聵，愀然謂同官曰：「方泥得一堵好壁，可惜寫了。」予知之，戲曰：「近日和尚耳明否？」曰：「背聽如舊。」予曰：「恐賢眼目亦自來不認得物事。壁間之題，謾圬墁之，便是甘露寺祖風也。」聞者大笑。

〔詞評〕蕙風詞隱云：張正民詞，言情寫景恰到好處，筆亦雅潔，所作必多，惜僅見此二闋，爲吉光片羽耳。

按：張正民過吴江詞調寄《菩薩蠻》，題南徐甘露寺詞調寄《驀山溪》，二詞並清婉綿麗，在王通叟、王元澤、李元膺輩伯仲之間，宜其録入《詩話》，意頗自負也。垂虹亭在吴江長橋之上，姜白石、吴夢窗竝有詞賦之。正民里居未詳，據《珊瑚鈎詩話》：「予年十五，時感傷寒，至六七日，困重將斃。忽夢二皂持馬，呼予乘之。自城武東北道濟兖郡縣，直抵嶽祠」云云。疑正民城武人也。

侯寘

寘字彦周，東武人。紹興中，以直學士知建康府。按《景定建康志·建康表》，建炎以來知府事，無侯寘名。有《嬾窟詞》一卷。

〔詞話〕《珠花簃詞話》：侯彦周《嬾窟詞·念奴嬌·探梅》，换頭云：「休恨雪小雲嬌，出羣風韻，已覺桃花俗。」頗能爲早梅傳神。「雪小雲嬌」四字，連用甚新。又《西江月·贈蔡仲常侍兒初嬌》云：「荳蔻梢頭年紀，芙蓉水上精神。幼雲嬌玉兩眉春。京洛當年風韻。」「芙蓉」句，亦妙於傳神。「幼雲嬌玉」四字亦新。

〔詞考〕《四庫全書總目·嬾窟詞提要》：陳振孫《書録解題》：寘字彦周，東武人。紹興中以直學士知建康。今考集中有《戲用賀方回韻餞别朱少章》詞（編者按，調名《青玉案》），則其人當在南宋之初。而《眼兒媚》詞題下注：「效易安體」，易安爲李清照之號，亦紹興初人。寘已稱效，殆猶杜牧、李商隱集中效沈下賢體之例耶。又有《爲張敬夫直閣壽》詞、《中秋上劉共甫舍人》詞，皆孝宗時人。而壬午元旦一詞，實爲孝宗改元之前一年，則乾道、淳熙間其人尚存。振孫特舉其爲官之歲耳。寘爲晁氏之甥，猶有元祐舊家流風餘韻。故交皆勝流，其詞亦婉約嫻雅，無酒樓歌館簪舄狼籍之態。雖名不甚著，而在南宋諸家之中，要不能不推爲作者。《書録解題》著録一卷，與今本同。毛晉嘗刻之《六十家詞》中，校讎頗爲疏漏。其最甚者，如《秦樓月》即《憶秦娥》，因李白詞中有「秦娥夢斷秦樓月」句，後人因改此名，本屬雙調。晉所刻於前闋之末脱去一字，與後闋聯屬爲一，遂似此詞别有此體，殊爲舛誤也。他如《水調歌頭》之「歡傾擁旌旄」，「傾」字不應作平。《青玉案》之「咫尺清明三月暮」，「暮」字與前闋韻複。又「冉冉年元真暗度」句，「元」字文義不可解，當是「光」字。其《遥天奉翠華引》一首，尤譌誤，幾不可讀。今無别本可校，其可改正者改正之，不可考者亦姑仍其舊云。

按：毛子晉跋《嬾窟詞》，謂彦周能作情語。又云：渭陽之誼甚篤，如《玉樓春》、《青玉案》、《朝中措》、《瑞鷓鴣》諸調，情見乎詞矣。其《瑞鷓鴣》全闋云：「遥天拍水共空明。玉鏡開匳特地晴。極目秋容無限好，舉頭醉眼暫須醒。白眉公子催行急，碧落仙人著句清。後夜蕭蕭葭葦岸，一尊獨酌見離情。」其《玉樓春》句云：「庾樓江闊碧天高，遥想飛觴清夜永。」《青玉案》云：「咫尺清明三月暮。尋芳賓客，對花杯酌，回首西江路。」《朝中措》云：「記取明朝登覽，緑漪唯有秦淮。」皆子晉爲情語者也。

趙昂

昂，臨安府學生，從禁弁御前應對，以詞受知高宗。擢總管。

〔詞話〕《話腴》：趙昂總管，始肄業臨安府學，困躓無聊賴，遂脱儒冠，從禁弁升御前應對。一日(侍)阜陵蹕之德壽宫，高廟宴席間，問今應制之臣張掄之後爲誰，阜陵以昂對。高廟俯睞久之，知其嘗爲諸生，命賦拒霜詞。昂奏所用腔，令綴《婆羅門引》。又奏所用意，詔自述其梗概。即進呈云：「暮霞照水，水邊無數木芙蓉。曉來露濕輕紅。十里錦絲步障，日轉影重重。向楚天空迥，人立西風。夕陽道中。歎秋色、與愁濃。寂寞三千粉黛，臨鑑妝慵。施朱太赤，空惆悵、教妾若爲容。花易老、煙水無窮。」高廟喜之，敕賜銀絹加等，仍俾阜陵與之轉官。我朝之獎勵文人也如此。

按：趙昂詞向來選本未見著録，其《婆羅門引》，自「向楚天空迥」句已下，寓意甚佳，艷而有骨，非曹元寵、康伯可輩徒事妍媚者所及，宜高廟契賞之也。

曾惇

惇字宏父，按一作竑父。南豐人，布之孫，紆之子。歷湖州司録。紹興中守台州，移黄州。有詞一卷。少卿謝景思爲之序。

〔詞評〕《珠花簃詞話》：曾宏父《浣溪沙》云：「紫禁正須紅藥句，清江莫與白鷗盟。」尋常稱美語，出以雅令之筆，閲之便不生厭，此酬贈詞之别開生面者。

按：曾宏父詞，見《中興以來絶妙詞選》，凡三闋。其《浣溪沙》云：「無數春山展畫屏。無窮煙柳照溪明。花枝缺處小舟横。紫禁正須紅藥句，清江莫與白鷗盟。主人元自是仙卿。」花庵詞客云：宏父以故相之孫工文辭，播在樂府，平康皆習歌之。

王灼

灼字晦叔，號頤堂，遂寧人。紹興中，嘗佐總幕。有《頤堂先生集》，詞一卷。

〔詞話〕《蓮子居詞話》：宋・王晦叔灼贈妓盧姓《清平樂》曲：「盧家白玉爲堂。于飛多少鴛鴦。縱使東牆隔斷，莫愁應念王昌。」用盧家莫愁，恰好以王昌自寓，信屬巧合。盧家莫愁與王昌事，書缺無可考。晦叔《碧雞漫志》云：李商隱詩「本來銀漢是紅牆，隔得盧家白玉堂。誰與王昌報消息，盡知三十六鴛鴦。」嘗讀古樂府，一曰「相逢狹路間」，一曰「河中之外向東流」。據李商隱詩，知樂府前篇所謂「白玉堂」及「鴛鴦七十二」，乃盧家樂府。後篇所謂「東家王」，即王昌也。晦叔以唐人詩證古樂府甚合，惟以東家王爲王昌，唐人詩皆然，終未知所據耳。

按：王晦叔《頤堂詞》，吾郡彊邨朱氏依錢塘丁氏善本書室藏舊鈔本鍥行。其贈妓盧姓者《清平樂》，題作「妓訴狀立廳下」，前段云：「墜紅飄絮。收拾春歸去。長恨春歸無覓處。心事顧誰分付。」後段「白玉爲堂」，作「小苑回塘」。晦叔著有《碧雞漫志》二卷，詳述曲調源流。首論古初至唐宋聲歌遞變之由，次列《涼州》、《伊州》、《霓裳羽衣》等曲凡二十八條，一一溯得名之緣起與其遷變宋詞之沿革。蓋《三百篇》之餘音，至漢而變爲樂府，至唐而變爲歌詩，亦其中葉詞亦萌芽，至宋而歌詩之法漸絶，詞乃大盛。其時士大夫多嫻音律，往往自製新聲，漸增舊譜，故一調或至數體，一體或有數名，其目幾不可殫舉，又非唐及五代之古法。晦叔作是編，就其傳授分明，可以考見者，核其名義，正其宫調，以著倚聲所自始。其平昔研究詞學至精審矣。

吴億

億字大年，自號谿園居士，蘄春人。官静江倅。有《谿園集》。

〔詞話〕《直齋書録解題》：蘄春吴億大年，其父擇仁爲尚書。億仕至静江倅，居餘干，有谿園佳勝。世傳其「樓雪初銷」詞，爲建康帥晁謙之作。

按：吴大年詞《燭影摇紅》云：「臘雪初消，麗譙吹罷單于晚。使君千炬起班春，歌吹香風暖。十里珠簾盡捲。正人在、蓬壺閬苑。賣薪買酒，立馬傳觴，昇平重見。　誰識遨頭，去年曾侍傳柑宴。至今衣袖帶天香，行處氤氲滿。已是春宵苦短。且莫遣、歡游意懶。細聽歸路，璧月光中，玉簫聲遠。」即陳直齋所云：「爲建康帥晁謙之作」者。首句「臘雪」，陳作「樓雪」，蓋傳寫字異。又《南鄉子》云：「江上雪初消。暖日晴煙弄柳條。認得裙腰芳草路，魂消。曾折梅花過斷橋。　潘鬢爲誰凋。長恨金閨閉阿嬌。遥想晚妝呵手罷，夭饒。更傍朱脣暖玉簫。」兩詞並見《陽春白雪》。《南鄉子》前段融景入情，低徊不盡。

李好古

好古，下邽人。有《碎錦詞》一卷。

〔詞評〕《織餘瑣述》：宋·李好古《碎錦詞·菩薩蠻》過拍云：「春水曉來深，日華嬌漾金。」語絶新艷，亦唯芳晨麗旭足以當之。與易安居士「落日鎔金」句，同工各妙。

丁松生云：《碎錦詞》用筆渾灝，無末流纖弱之習。集中若《八聲甘州》、《江城子》等闋，雄聲壯態，彷彿稼軒。所遜者，生粹耳。

按：李好古《碎錦詞》一卷，有王氏四印齋刻本。歸安陸氏皕宋樓藏汲古閣影宋本，自署鄉貢免解進士。四印齋所刻依南昌彭氏知聖道齋藏舊鈔本，其源亦自汲古出也。詞凡十四闋。丁松生稱其「彷彿稼軒」，半塘老人推爲「白石老仙之亞」。竊嘗循覽竟卷，如《八聲甘州》云「古揚州壯麗壓長淮」云云，《酹江月》「西風横蕩」云云，《清平樂》「清淮北去」云云。三闋以格調言，其在稼軒、白石之間乎。斷句如《八聲甘州》云：「游子凭闌淒斷，百年故國，飛鳥斜陽。」《江城子》云：「休傍塞垣釃酒去，傷望眼，怕層樓。」《酹江月》云：「見説湖陰，飛飛鷗鷺，半是君曾識。」《賀新郎·僧如梵摘阮》云：「聽到三間沈絶處，慘悲風、摇落寒江岸。」余皆極喜誦之。「游子」云云，白石之「廢池喬木，清角空城」也。「休傍」云云，稼軒之「斜陽正在，煙柳斷腸處」也。

又按：《陽春白雪》卷七，録《謁金門》「花過雨」闋署李仲敏，下注「好古」。陶氏《詞綜補遺》據《陽春白雪》入録，謂《碎錦集》中無此詞，以爲别一人作。《渚山堂詞話》又以此詞爲理宗朝武人李好義作。好義官至中軍統制，知西和州，卒謚忠壯，《宋史》有傳。嘗作《望江南》雙調，見《江湖紀聞》，即亦能作《謁金門》矣。陳水南，明弘正間人，著述閎富博學，多見舊籍，其言殆必有本。考《宋史·李好義傳》：開禧初，吴曦以蜀叛，好義合安丙、楊巨源圖曦。約二月晦舉事，好義與好古、好仁及子姓拜决於家廟云云。據此則著《碎錦詞》之李好古，或即好義昆弟行也。

姚寬

寬字令威，嵊縣人。以任補官。吕頤浩、李光帥江東，皆辟幕職。秦檜執政，以舊怨抑不用。後以賀允中、徐林、張孝祥等薦，入監進奏院、六部門。權尚書户部員外郎、權金倉工部屯田郎、樞密院編修官。以據天象，言金亮必滅，未幾果驗。令除郎，召對，俄卒。有《西溪居士樂府》一卷。

〔詞話〕《古今詞話》：姚令威家於西溪，擅山水之勝。故號西溪，亦以名其集。其閨詞云：「酒面撲春風，淚眼零秋雨。」《秋思》云：「採菱渡口日將斜，飛鴻樓上人空立。」足以見其概矣。《珠花簃詞話》：姚令威《憶王孫》云：「毵毵楊柳緑初低。淡淡梨花開未齊。樓上情人聽馬嘶。憶郎歸。細雨春風濕酒旗。」與温飛卿「送君聞馬嘶」各有其妙，正可參看。

按：《西溪樂府·生查子》全闋云：「郎如陌上塵，妾似堤邊絮。相見兩悠揚，蹤跡無尋處。　酒面撲春風，淚眼零秋雨。過了别離時，還解相思否。」見弁陽翁《絶妙好詞》。

黄中輔

中輔字槐卿，自號細高居士，按據《金華府志》，「細」字疑誤字。義烏人。

〔詞話〕《餐櫻廡詞話》：元《黄文獻公涽集》，有《先居士樂府後記》云：舊傳太平樓，秦檜所建。洎檜再相，和議成日，使士人歌詠太平中興之美。樂府《滿庭芳》所由作也。元·吴師道《敬鄉録》載宋·何恪茂恭父《跋黄槐卿題太平樓樂府》云：「予友黄槐卿，有膽略之士也。當秦氏側目磨牙，以臠忠肉義骨之際，獨不爲威惕，成長短句以摩其須。」《金華府志》：紹興中，秦檜和議既成，日使士大夫歌誦太平之美，但有言其奸者，輒捕殺之。黄中輔作樂府題太平樓，有「快磨三尺劍，欲斬佞臣頭」之句。檜聞大怒，蹤跡不得而止。居鄉，每爲仇家所挾，將發之，會檜死，乃免。自號細高居士，名其齋曰轉拙。《金華府志》所云，與《敬鄉録》合。唯《滿庭芳》無兩五字句，「快磨三尺劍」云云，疑《水調歌頭》，起調上句平仄亦不合。黄文獻記父詞事，尤不應誤記。調名或《滿庭芳》詞，乃當時士夫誦美者所作，而槐卿之作非寄此調耶？

按：黄中輔詞斷句，僅見《金華府志》，並調名無從考定。唯詞以人重，關係大節，卓犖可傳。雖吉光片羽，亦麟角鳳毛也。

吕祖謙

祖謙字伯恭，學者稱東萊先生，婺州人。初以蔭補入官，復中博學宏詞科，調南外宗教。除太學博士，添差教授嚴州，尋復召爲博士兼國史院編修官、實録院檢討官。外艱免喪，主管台州崇道觀，除祕書郎。遷著作郎，以末疾請祠歸。孝宗朝，奉詔校定《皇朝文鑑》。書成進呈，除直祕閣。尋主管沖祐觀，復除著作郎兼國史院編修官，卒。理宗朝，賜謚成，爵開封伯，從祀孔子廟庭。有《吕太史集》。

〔詞話〕《艇齋詩話》：東萊晚年，長短句尤渾然天成，不減唐《花間》之作。如一詞云：「柳色過疏籬。花又離披。舊時心緒没人知。記得一年寒食下，獨自歸時。　歸後卻尋伊。月上嫌遲。十分斟酒不推辭。將爲老來渾忘卻，因甚沾衣。」又一詞，其間云：「可惜一春多病，等閑過了酴醿。」又一詞，其間云：「對人不是惜姚黄，實是舊時心緒老難忘。」皆精絶，非尋常詞人所能作也。

按：吕成公詞，向來未經著録，曾裘甫詩話所述調寄《浪淘沙》，其斷句「對人不是惜姚黄」云云，《虞美人》之過拍或歇拍也。成公理學名儒，乃復能爲情語，當與屏山、晦庵諸家並傳，特成公之詞尤能以澹勝耳。（編者按，「可惜」云云，調寄《清平樂》。）

韓淲

淲字仲止，世居開封，南渡後游寓信州，遂爲上饒人。元吉子，以蔭補京局，未久辭歸不出。有《澗泉集》，詩餘一卷。

〔詞話〕《珠花簃詞話》：明·胡廷佩《訂譌雜録》云：杜少陵《水檻遣心》詩「老去詩篇渾漫與」，今本梓作「漫興」。考舊刻劉會孟本、千家注本，皆作「漫與」。趙次公云：「耽佳句而語驚，人言其平。昔如此，今老矣，所爲詩則漫與而已，無復著意於驚人也」云云。韓仲止《澗泉詩餘·鵲橋仙》云：「詩非漫與，酒非無算，都是悲秋興在。」是亦一證，下句用「興」字，上句必當作「漫與」也。

〔詞評〕《織餘瑣述》：《潤泉詩餘·減字浣溪沙》云：「半怯夜寒褰繡幌，尚餘嬌困剔銀燈。」「尚餘」句，極能寫出閨人情態。

按：韓仲止《澗泉詩餘》，彊邨朱氏依錢塘丁氏善本書室藏明梅禹金鈔本刻行。韓集久佚，《四庫》采自《永樂大典》中，得詞九十八首，此本都百九十七首。卷末《攤破浣溪沙》一首，則勞氏權據《大典》本《澗泉集》增入者。其詞小令較多，亦較勝。

馮偉壽

偉壽字文子，號雲月，小名艾子，延平人，取洽子。

〔詞話〕《古今詞話》：馮雙溪與黃玉林互相標榜。其子偉壽，精於律呂，詞多自製腔。《草堂》選其「春風惡劣，把數枝香錦，和鶯吹折」一首。又有自度《春風嫋娜》詞，殊有前宋秦晁風艷，比之晚宋酸餡味教督氣不侔矣。餘句如「笑呼銀漢入金鯨」，臨邛高恥庵列爲麗句圖，云文子小名艾，非誤文也。以雙溪壽玉林《沁園春》詞考之，云：「更携阿艾，同壽靈椿。」可證。

《織餘瑣述》：宋馮偉壽《眼兒媚》詞云：「社前風雨，已歸燕子，未入人家。」語淡而倩，向來未經人道。

按：文子詞《草堂》所選《春雲怨》「春風惡劣」云云，調黄鍾商；《春風嫋娜》調黄鍾羽；又有《雲仙引·詠桂花》調夾鍾羽，見《中興以來絶妙詞選》，皆文子自度腔。又《玉連環·憶李謫仙》云：「謫仙往矣，問當年、飲中儔侶，於今誰在。歎沈香醉夢，胡塵日月，流浪錦袍宫帶。高吟三峽動，舞劍九州隘。玉皇歸覲，半空遺下，詩囊酒佩。雲月仰挹清芬，攬虬鬚、尚友千載。晉宋頹波，羲黃春夢，尊前一慨。待相將共躡，龍肩鯨背。海山何處，五雲靉靉。」亦見《中興詞選》。此闋清勁有奇氣，與文子它詞格調略别。「笑呼銀漢入金鯨」，則《木蘭花慢·和黄玉林》句也。

方信孺

信孺字孚若，自號詩境甫，又號紫帽山人，莆田人。以父蔭補番禺尉。近臣薦信孺可使金，自蕭山丞召赴都，命以事使三往返，以口舌折强敵。後觸韓侂胄，胄怒，奪三秩，臨江軍居住。侂胄誅，乃得自便。尋知韶州，累遷淮東轉運判官兼提刑。知真州、道州、廣西提刑兼判漕。坐上書言事，復責降三秩。起奉祠，稍復官。有《好庵游戲詩境集》。

按：《粤西金石略》：方信孺《西江月》詞，磨崖在臨桂龍隱巖之風洞，詞云：「碧洞青崖著雨，紅泉白石生寒。朅來十日九遊山。人笑元郎太漫。　絶壁偏宜疊鼓，夕陽休唤歸鞍。兹游未必勝驂鸞。聊作湘南公案。」信孺又有詩刻西山、虞山伏波巖。

李石

石字知幾，蜀人稱方舟先生，資陽人。登進士第。紹興末，以薦任太學博士，坐席，爲成都學官。累官知黎州。乾道中，召爲都官，爲言者論罷。久之，起守眉州。除成都路轉運判官，十日而罷。有《方舟集》五十卷，《後集》十卷，詞一卷。

〔詞話〕《古今詞話》：蜀人李方舟，著《續博物志》，詞亦風致可喜。其夏詞云：「煙柳疏疏人悄悄。」贈妓云：「瘦玉倚香愁黛翠。」皆名句也。

按：李知幾《方舟詞》，彊邨朱氏依《大典·方舟集》本刻行。其詞芬菲託情，宛委呈妍，其在梅溪、竹山伯仲之間乎？其中《一剪梅》云：「紅映闌干緑映階。閒閒愁，獨自徘徊。天涯消息幾時歸，別後無書有夢來。後院棠梨昨夜開。雨急風忙次第催。羅衣消瘦卻春寒，莫管紅英，一任蒼苔。」又「百濯香殘」闋，字句並同。其過拍及换頭下一句據譜並應作二句，句四字。李詞作七字一句，二闋相同，知其非有奪文，乃此調又一體。此體《詞律》及《詞律拾遺》、《補遺》並未載。

顧淡雲

淡雲，别號夢粱詞人，吴縣人。有《夢粱集》。

〔詞話〕《獨醒雜志》：紹興中，有於吴江長橋上題《水調歌頭》云：「平生太湖上，短棹幾經過。如今重到，何事愁與水雲多。擬把匣中長劍，换取扁舟一葉，歸去老漁蓑。銀艾非吾事，邱壑已蹉跎。鱠新鱸，斟美酒，起悲歌。太平生長，豈謂今日識干戈。欲瀉三江雪浪，淨洗邊塵千里，不爲挽天河。回首望霄漢，雙淚墮清波。」不題姓氏。後其詞傳入禁中。上命詢訪其人甚力，秦丞相乃請降黄牓招之，其人竟不至。或曰：隱者也。自謂「銀艾非吾事」，可見其泥塗軒冕之意。秦丞相請招以黄牓，非求之，乃拒之也。按《中吴紀聞》亦載此詞，云作於建炎庚戌。

《燼餘録》：顧淡雲，別號夢粱詞人，著有《夢粱集》。和李山民題吴江橋亭一闋，倚《水調歌頭》「平生太湖上」云云。淡雲居靈芝坊，亦歲寒社友。

按：此《水調歌頭・題吴江橋亭》詞，《獨醒雜志》、《中吴紀聞》並無作者姓名。據《燼餘録》則爲顧淡雲作，並詳載淡雲之別號及其所著集名，所居坊名，又與李山民、吴雲公同爲歲寒社友，言之甚確，不同傳聞惝怳之辭。淡雲蓋吴中耆舊，憤世逃名者，故其名知者尠，幸賴徐録存其姓字，不至湮没耳。

毛　幵

幵字平仲，信安人。官宛陵、東陽二州倅。有《樵隱集》十五卷，詞一卷。

〔詞話〕《遯齋閒覽》：毛幵爲郡日，見一婦人陳牒立雨中，作《清平樂》云：「醉紅宿翠。髻嚲烏雲墜。管是夜來不曾睡。那更今朝早起。　春風滿搦腰支。階前小立多時。恰恨一番春雨，想應濕透鞋兒。」按此詞《四庫提要》曾辨其誣，然見於宋人小説，當有所本，仍存之。又按《豹隱紀談》以此詞爲石次仲詠妓趙庭陳狀作，與《遯齋閒覽》異，未知孰是。

《升庵詞品》：毛幵小詞一卷，惟余家有之。其《滿江紅》一闋尤爲清麗：「潑火初收，鞦韆外、輕煙漠漠。春漸遠、緑楊芳草，燕飛池閣。已著單衣寒食後，夜來還是東風惡。對空山、寂寞杜鵑啼，梨花落。　傷別恨，閒情作。十載事，驚如昨。向花前月下，共誰行樂。飛蓋低迷南苑路，湔裙悵望東城約。但老來、顦顇惜春心，年年覺。」

〔詞評〕《織餘瑣述》：毛幵《樵隱詞·念奴嬌》句云：「天際歸舟，雲中行樹，鷺點汀洲雪。」只一「行」字絶佳，大隠春緑，柔艣聲中，不見舟行見樹行也。《風流子》云：「粉牆外，杏花無限笑，楊柳不勝垂。」「無限」、「不勝」字，亦佳。又《滿庭芳》云：「回頭笑，渾家數口，又泛五湖舟。」「渾家」二字，當是宋時方言。

〔詞考〕《四庫全書總目·樵隱詞提要》：毛幵字平仲，信安人。舊刻題曰三衢，蓋偶從古名也。嘗爲宛陵、東陽二州倅。所著有《樵隱集》十五卷，尤袤爲之序，今已不傳。陳振孫《書録解題》載《樵隱詞》一卷。此刻計四十二首，據毛晉跋，謂得自楊夢羽家祕藏鈔本，不知即振孫所見否也。幵他作不甚著，而小詞最工。卷首王木叔題詞，有「或病其詩文視樂府頗不逮」之語，蓋當時已有定論矣。……其《江城子》一闋注：次葉石林韻。後半「爭勸紫髯翁」句，實押「翁」字，而今本《石林詞》，此句乃押「宫」字，於本詞爲複用，可訂《石林詞》刊本之譌。至於《瑞鶴仙》一調，宋人諸本並同，此本乃題與目録俱譌作《瑞仙鶴》。又《燕山亭》前闋，「密映窺，亭亭萬枝開遍」句止九字，考曾覿此調，作「寒壘宣威，紫綬幾垂金印」，共十字，則「窺」字上下必尚脱一字。尾句「愁酒醒、緋千片」只六字，曾覿此調作「長占取、朱顔緑鬢」，共七字，則「緋」字上下又必尚脱一字。其餘如《滿庭芳》第一首注中，「東陽」之譌「東易」；第三首注中，「西安」之譌「四安」。《好事近》注中，「陳天予」之譌「陳天子」。魯魚糾紛，則毛本校讎之疏矣。陳正晦《遯齋閒覽》載幵爲郡，因陳牒婦人立雨中，作《清平調》一詞，事既媟褻，且幵亦未嘗爲郡，此宋人小説之誣，晉不收其詞，特爲有識。今附辨於此，亦不復補入云。

按：毛平仲《賀新郎》「風雨連朝」云云，清疏雋逸，不在升庵所賞《滿江紅》下。摘句如《念奴嬌》云：「夢裏京華，不須驚歎，春草年年緑。」《蝶戀花》云：「殘雪江村迴馬路，嫋嫋春寒，簾晚空凝佇。」《醉落魄·詠梅》云：「更無人處增清絶。冷蘂孤香，竹外朦朧月。」《應天長令》後段云：「柳風輕嫋嫋。門外落花多少。日日離愁縈繞。不知春過了。」《謁金門》云：「回首故人天一角，半江楓又落。」皆玉屑清言也。

盧炳

炳字叔陽，自號醜齋。高宗時人，嘗仕州縣。有《哄堂詞》一卷。

〔詞話〕《珠花簃詞話》：毛子晉跋《哄堂詞》，謂其善用僻字，如「袢溽」、「皴皵」、「褑子」之類。按《詩·鄘風》：是紲袢也。《傳》：是當暑袢延之服也。《類篇》：袢延衣熱也。鄒浩詩：「清標藐冰壺，一見滌袢暑。」范成大詩：「袢暑驕翳雜瘴氛。」「袢溽」即袢暑。「皴皵」，音逡鵲，皮皺也。鄒浩《四柏賦》：「皮皴皵以龍鷩。」《爾雅·釋木》：木大而皵楸，小而皵榎。樊光云：「皵」，豬皮也，謂樹皮粗也。「褑」，于眷切，音瑗。《玉篇》：佩衿也。《爾雅·釋器》：佩衿，謂之褑玉，佩玉之帶上屬。此類字，未爲甚僻。

〔詞評〕許蒿廬云：《哄堂詞》下語用字，亦復楚楚有致。

〔詞考〕《四庫全書存目·哄堂詞提要》：盧炳字叔陽，其履貫未詳，時代亦無可考。陳振孫《書録解題》列詞集九十二家，而總注其後曰：自南唐二主詞以下，皆長沙書坊所刻，號百家詞。其最末一家，爲郭應祥，振孫稱嘉定間人，則諸人皆在寧宗以前。炳詞次序，猶在侯寘詞後。寘，紹興中知建康府，則炳亦南渡後人。集中有「庚戌正月」字。庚戌爲建炎四年，故集中諸詞，多用周邦彦韻，其時代適相接也。其集名，《書録解題》本作《哄堂詞》。毛晉刊本則作「烘堂」。按唐趙璘《因話録》：御史院合座俱笑，謂之「哄堂」。炳蓋謙言博笑，故以爲名，若作「烘堂」，於義無取。知晉所刊爲誤。炳蓋嘗仕州縣，故多同官倡和之詞。然其同官，無一知名之士，其頌祝諸作，亦俱庸下。至於《武陵春》之以「老」叶「頭」，《水龍吟》之以「斗」、「奏」叶「表」，《清平樂》之以「皺」叶「好」、「笑」，雖古韻本通，而詞家無用古韻之例，亦爲破格。他若《賀新郎》之「問天公底事教幽獨，待拉向錦屏曲」，《玉團兒》之「把不定紅生臉肉」，《驀山溪》之「鞭寶馬，鬧竿隨，簇著花藤轎」，皆鄙俚不文，有乖雅調。惟詠物諸作，尚細膩熨帖，間有可觀耳。

按：盧叔陽詞，在宋人中未爲上駟，然氣格雅近沉著，句意不涉纖佻。如《念奴嬌》之「晚天清楚」，《踏莎行》之「獵獵霜風」，《點絳脣》之「過眼溪山」，皆集中合作。斷句如《訴衷情》云：「秋淨楚天如水，雲葉度牆低。」《謁金門》云：「風捲繡簾飛絮入，柳絲縈似織。」又云：「尺素待憑魚雁覓，遠煙凝處碧。」殆即毛跋所謂「詞中有畫」者歟。

閭丘次杲

次杲字及爵里，未詳。

按：閭丘次杲詞《朝中措·登浮遠堂作》云：「横江一抹是平沙。沙上幾千家。到得人家盡處，依然水接天涯。危闌送目，翩翩去鷁，點點歸鴉。漁唱不知何處，多應只在蘆花。」見《詞綜》。前段賦「浮遠」二字絶佳。昔宋景文《浪淘沙》句云：「倚闌遥望，天遠水遠人遠。」次杲詞只言水遠，而人遠自在其中，所謂景中有情也。《萬姓統譜》有閭丘次顔，官涇陽尉，疑或次杲昆弟行。朱彊邨云：「疑閭丘杲字次顔，作名次杲，誤也。」此説近是。宋有閭丘昕，字逢辰，麗水人，紹興間知温州，忤秦檜落職。見嘉靖《浙江通志》。或閭丘杲昆季行。

李流謙

流謙字無變，德陽人，按《宋詩紀事》作綿竹人。以父良臣蔭補將仕郎，授雪泉尉，調雅州教授。以虞允文薦，召入，除諸王府大小教授。改奉議郎，通判潼州府。有《澹齋集》，詞一卷。

〔詞話〕《珠花簃詞話》：詞家僚友贈答之作，佳構絶少。德陽李無變流謙，《澹齋詞·小重山·綿守白宋瑞席間作》云：「輕著單衣四月天。重來閒屈指，惜流年。人間何處有神仙。安排我，花底與尊前。　爭道使君賢。筆端驅萬馬，駐平川。長安只在日西邊。空回首，喬木淡疏煙。」此詞過拍、歇拍言情寫景，疏俊深遠。即换頭「筆端」二句，亦頗有氣勢，不涉庸泛俚滑之失。無變詞名不甚顯，自宋已還，各家選本未經著録，比年乃見刻本。其它所作如《虞美人·春懷》後段云：「東君又是忽忽去。我亦無多住。四年薄宦老天涯，閒了故園多少、好花枝。」《洞仙歌·憶别》前段云：「雲窗霧閣，塵滿題詩處。枝上流鶯解人語。道别來、知否瘦盡花枝，春不管，更遣何人管取。」並皆婉麗可誦。《滿庭芳·過黄州游雪堂次東坡韻》後段云：「松柏皆吾手種，依然□、煙蕊霜柯。君知否，人間塵事，元不到漁蓑。」則尤返虚入渾，漸近骨幹堅蒼矣。

按：李無變《澹齋詞》，彊邨朱氏依《大典·澹齋集》本刻行，清麗之筆兼而有之，惜篇幅無多耳。無變以虞允文薦召入王府教授，蓋紹興、乾道間人。其《醉蓬萊·同幕中諸公勸虞宣威酒》「正紅疏緑密」云云，當時蓋以文字契合也。

李次山

次山，高、孝間人。官提舉。有《漁社詞》。

按：李次山詞《浣溪沙》云：「花圃縈回曲徑通。小亭風捲繡簾重。秋千閒倚畫橋東。　雙蝶舞餘紅便旋，交鶯啼處緑葱瓏。遠山眉黛晚來濃。」見《陽春白雪》。楊冠卿《客亭樂府》，有《霜天曉角·次韻李次山提舉漁社詞》。又《西江月·秋晚白菊叢開，有傲視冰霜之興，李漁社賦長短句云：「若將花卉論行藏，盍在凌煙閣上。」因次其韻》云云。冠卿高、孝間人，並可考定次山之時代矣。

歷代詞人考略卷三十

宋二十四

陳　亮

亮一名同，字同甫，號龍川，永康人。隆興初，以解頭薦，上《中興五論》，不報，居太學上舍。淳熙五年，孝宗即位，詣闕上書。光宗紹熙四年，策進士，擢第一，授僉書建康府判官廳公事。未至官，卒。端平初，謚文毅。有《龍川集》，詞二卷。

〔詞話〕《詞苑》：陳同父開拓萬古之心胸，推倒一世之豪傑，而作詞乃復幽秀。其《水龍吟》云：「鬧花深處層樓，畫簾半卷東風軟。春歸翠陌，平沙茸嫩，緑楊金淺。遲日催花，淡雲閣雨，輕寒輕暖。恨芳菲世界，遊人未賞，都付與、鶯和燕。　寂寞憑高念遠。向南樓、一聲歸雁。金釵鬭草，青絲勒馬，風流雲散。羅綬分香，翠綃封淚，幾多幽怨。正銷凝，又是疏簾淡月，子規聲斷。」

《歷代詞話》：周公謹云：「東風蕩漾輕雲縷。時送瀟瀟雨。水邊臺榭燕新歸。一點香泥濕帶落花飛。

海棠糝徑鋪香繡。依舊成春瘦。黄昏庭院柳啼鴉。記得那人和月折梅花。」蓋《虞美人》詞也。陳龍川好談天下大略，以氣節自居，而詞亦疏宕有致。

《絶妙好詞箋》：葉水心云：同甫《長短句》四卷，每一章成，輒自歎曰：平生經濟之懷，略已陳矣。予所謂微言，多此類也。

《藝概》：陳同甫與稼軒爲友，其人才相若，詞亦相似。同甫《賀新郎·寄幼安和見懷韻》云：「樹猶如此堪重別。只使君、從來與我，話頭多合。行矣置之無足問，誰換妍皮癡骨。但莫使、伯牙絃絶。」其《酬幼安再用韻見寄》云：「斬新換出旌麾別。把當時、一椿大義，拆開收合。據地一呼吾往矣，萬里摇肢動骨。這話霸、只成癡絶。」《懷幼安用前韻》云：「男兒何用傷離別。況古來、幾番際會，風從雲合。千里情親長晤對，妙體本心次骨。卧百尺、高樓斗絶。」觀此則兩公之氣誼懷抱，俱可知矣。

又：同甫《水龍吟》云：「恨芳菲世界，游人未賞，都付與、鶯和燕。」言近指遠，直有宗留守大呼渡河之意。

又：「没些兒、媻珊勃窣。也不是、崢嶸突兀。百二十歲，管做徹、元分人物。」此陳同甫《三部樂》詞也。余欲借其語以判詞品，以「元分人物」爲最上，「崢嶸突兀」猶不失爲奇傑，「媻珊勃窣」則淪於側媚矣。

〔詞考〕《四庫全書·龍川詞提要》：《龍川詞》一卷，《補遺》一卷，宋陳亮譔。《宋史·藝文志》載其詞四卷，今不傳。此集凡詞三十首，已具載本集，然前後不甚詮次。此本爲毛晉所刻，分調類編，復有晉跋，稱據家藏舊刻，蓋摘出别行之本。又補遺七首，則從黄昇《花庵詞選》採入者。詞多纖麗，與本集迥殊，或疑贋作。毛晉跋稱黄昇與亮俱南渡後人，何至謬誤若此。或昇惟選綺豔一種，而亮子沆所編本集，特表其父磊落骨幹，故若出二手云云。考亮雖與朱子講學，而不廢北里之游。其與唐仲友相忤，讒構於朱子，朱子爲其所賣，誤興大獄，即由亮狎台州官妓，屬仲友爲脱籍，仲友沮之之故。事載《齊東野語》第十七卷中。則其詞體雜香奩，不足爲異。晉之所跋，可謂得其實矣。

按：龍川詞分清豪、婉麗兩派，前人所稱述大都婉麗之作。入毛刻《補遺》卷中者，其以清雄勝，如《水調歌頭・送章德茂大卿使虜》「不見南師久」云云，慷慨淋漓，可想見其襟抱。

丘 崈

崈字宗卿，江陰軍人。按《文定公詞》别本作河南人，誤。隆興元年登進士第，丞相虞允文奏除國子博士。累官知吉州，除户部郎中，遷樞密院檢詳文字。予祠。起知鄂州。光宗朝，官至焕章閣直學士、四川安撫制置使兼知成都府。寧宗即位，坐論罷。復職知慶元府，改知建康府，升寶文閣學士、刑部尚書、江淮宣撫使。進端明殿學士、侍讀，拜簽書樞密院，督視江、淮軍馬。忤韓侂胄，落職。侂胄誅，以資政殿學士知建康府，改江、淮制置大使，淮南運司，以病丐歸。拜同知樞密院事。卒，謚忠定。有《文定公詞》一卷。按與史傳謚忠定異。

〔詞話〕《織餘瑣述》：撰，訓擇作譔述之譔用，非古也。《周禮・夏官・大司馬》：「羣吏撰車徒。」《禮・内則》：「栗曰撰之。」撰，並釋詮。宋・丘崈詞《沁園春》云：「撰小窗臨水，危亭當巘，隨宜有竹，著處須梅。」此「撰」字誼與古合。又密詞《感皇恩·庚申爲大兒壽》云：「時節近中秋，桂花天氣。憶得熊羆夢呈瑞。向來三度，恨被一官縈繫。今朝稱壽，也休辭醉。斑衣戲綵，薄羅初試。華髮雙親賸歡喜。功名榮貴，未要怱怱深計。一杯先要祝，千百歲。」父爲子壽之作，前人集中殆不經見，要亦天倫樂事也。

〔詞評〕丁松生云：《文定公詞》，清轉華妙，無愧作者。

按：《丘文定詞》一卷，臨桂王氏四印齋刻入《宋元三十一家詞》。《水調歌頭》之《登賞心亭懷古》、《洞仙歌》之《庚申樂淨錦棠盛開作》、《鷓鴣天》之《采蓮曲》三闋，蓋集中尤雅者。斷句如《祝英臺·成都牡丹會》云：「可堪銀燭燒殘，紅妝歸去，任春在、寶釵雲髻。」《夜行船·越上作》後段云：「恣樂追涼忘日暮。簫鼓動、月明人去。猶有清歌，隨風迢遞，聲在芰荷深處。」亦復清新艷逸，妙造自然。

張良臣

良臣按項刻《絕妙好詞》作景臣，誤。字武子，號雪窗，大梁人，避寇遷於鄞。隆興元年，登進士第，官止監左藏庫。有《雪窗集》十卷。

〔詞話〕《絕妙好詞箋》：樓鑰《攻媿集·書張武子詩後》云：與武子評詩，謂當有悟入處，非積學所能到也。君讀之，以爲得我意。又嘗自哦其詩曰：「客向愁中都老盡，祇留平楚伴銷凝。」又哦其詞云：「昨日豆花籬下過，忽然迎面好風吹。獨自立多時。」其大約可見矣。閉門讀書，室中無一物，妻孥至不免饑寒。或謂：「君獨不爲歲晚計乎？」君曰：「水禽有名信天公者，食魚而不能捕，凝立沙上，俟它禽過，偶墜魚于前，乃拾之，然未聞有餓死者。」其夷澹類此。

《珠花簃詞話》：張武子《西江月》過拍云：「殷雲度雨井桐凋，雁雁無書又到。」昔人句云：「江頭數盡南來雁，不寄西風一幅書。」此詞括以六字，彌覺沉頓。

按：張武子詞《西江月》云：「四壁空圍恨玉，十香淺捻啼綃。殷雲度雨井桐凋。雁雁無書又到。　別後釵分燕尾，病餘鏡減鸞腰。蠻江荳蔻影連梢。不道參横易曉。」見《絶妙好詞》。《采桑子》云：「佳人滿勸金蕉葉，夜玉春温。別後黄昏。燕子樓高月一痕。　年年依舊梨花雨，粉淚空存。流水孤村。不著寒鴉也斷魂。」見《陽春白雪》。《采桑子》末句，描寫淒寂之景，令人殊難爲懷。

許及之

及之初名綸，字深甫，號涉齋，永嘉人。隆興元年，登進士第，知分宜縣。以薦，除諸軍審計，遷宗正簿。乾道元年，增置諫員，以及之爲拾遺。光宗受禪，除軍器監，遷太常少卿，以言者罷。紹熙元年，除淮南運判兼淮東提刑，左遷知廬州。召除大理寺少卿。寧宗即位，除吏部尚書兼給事中。嘉泰二年，拜參知政事，進知樞密院事兼參政。坐奏劾，降兩官，泉州居住。有《涉齋集》三十卷，《北征紀行集》。

按：許深甫詞《賀新郎・重五》云：「舊俗傳荆楚。正江城、梅炎藻夏，做成重午。門艾釵符關何事，付與癡兒騃女。

耳不聽、湖邊鼉鼓。獨炷爐香薰衣潤，對瀟瀟、翠竹都忘暑。時展卷，誦騷語。　新愁不障西山雨。問樓頭、登臨倦客，有誰懷古。回首獨醒人何在，空把清尊酹與。漾不到、瀟湘江渚。我又相將湖南去，已安排、弔屈嘲漁父。君有語，但分付。」見《陽春白雪・外集》。

傅大詢

大詢字公謀，號鈴岡，宜春人。

〔詞話〕《鶴林玉露》：宜春傅公謀詞云：「草草三間屋，愛竹旋添栽。碧紗窗户，眼前都是翠雲堆。一月山翁高卧，（連）〔踏〕雪水村清冷，木落遠山開。唯有平安竹，留得伴寒梅。　□家童，開門看，有誰來。客來一笑，清話煮茗更傳杯。有酒只愁無客，有客又愁無酒，酒熟且徘徊。明日人間事，天自有安排。」此詞清甚，末句尤達，可歌也。

按：傅公謀《水調歌頭》詞肆口而成，清疏超逸，蓋去張安國、辛幼安諸名輩未遠，其流風餘韻猶有存焉者。以謂骨幹堅蒼，則視龍洲差遜耳。《鶴林玉露》又載：許及之爲分宜宰，公謀作賀雨詩，及之擊節稱賞。及之爲隆興元年進士，則公謀亦隆興間人矣。

樓　鑰

鑰字大防，鄞人，鍔從第。隆興元年登進士第。累官太府、宗正寺丞，出知温州。光宗立，除考功郎，改國子司業，擢起居郎。遷給事中，與韓侂冑不合，以顯謨閣學士提舉江州太平興國宫。尋知婺州，移寧國府，罷，奪職。侂冑誅，起爲翰林學士，遷吏部尚書。除端明殿學士、簽書樞密院事，升同知，進參知政事。累疏求去，除資政殿學士，進大學士，提舉萬壽觀。卒，贈少師，謚宣獻。有《攻媿集》，詞附。

按：樓宣獻詞《醉翁操·和東坡韻詠風琴》云：「泠然。輕圓。誰彈。向屋山。何言。清風至陰德之天。悠颺餘響嬋娟。方晝眠。迴立八風前。八音相宜知孰賢。 有時悲壯，鏗若龍泉。有時幽杳，仿佛猿吟鶴怨。忽若巍巍山巔。蕩蕩幾如流川。聊將娱暮年。聽之身欲仙。絃索滿人間。未有逸韻如此弦。」前詞《七月上浣游裴園》云：「茫茫。蒼蒼。青山遶、千頃波光。新秋露風荷吹香。悠颺心地翛然，生清涼。古岸摇垂楊。時有白鷺飛來雙。 隱君如在，鶴與翱翔。老仙何處，尚有流風未忘。琴與君兮宫商。酒與君兮杯觴。清歡殊未央。西山忽斜陽。欲去且徜徉。更將霜鬢臨滄浪。」見傳鈔本《攻媿集》。其前闋過拍「八音」句，作上四下三，與譜不合。後闋前段脱三韻，過拍「有時」句亦與譜不合。

方有開

有開字躬明，淳安人。隆興元年，登進士第。嘗官淮西運判。有《溪堂集》。按：據《宋詩紀事》小傳、《御選歷代詩餘·詞人姓氏》：方有聞，字躬明，號堂溪，歙州人。登進士，授南豐尉，累遷司農丞，轉運判官兼廬州帥，有《堂溪集》。《萬姓統譜》：方有開字躬明，淳安人。紹興中進士，官至户部侍郎。有開之名及其占籍、官位、集名，三書所載互有同異詳略，未知孰是。唯其字，則三書並同耳。

按：方躬明詞《點絳脣·釣臺》云：「七里灘邊，江光漠漠山如戟。漁舟一葉。徑入寒煙碧。　笑我塵勞，羞對雙臺石。身如織。年年行役。魚鳥渾相識。」見《花草粹編》。前半闋意境淡遠。

又按：《詞綜》亦作方有聞，號堂溪，有《堂溪集》。與《歷代詩餘》同。唯云：擢國子學録由南豐尉，出知和州。則又它書所未載也。

趙汝愚

汝愚字子直，按《陽春白雪》作子真。號愚齋，餘干人，漢恭憲王元佐七世孫。隆興三年，擢進士第一，召試館職，除祕書省正字。知信、台二州，除江西轉運判官，入爲吏部郎。權吏部侍郎，以集英殿修撰帥福建，進直學士、制四川兼知成都府。光宗受禪，除知太平州，進敷文閣學士，知福州。召爲吏部尚書，累進爲樞密使，拜右丞相。韓侂胄黨合謀擯之，以大學士提舉洞霄宫，責寧遠軍節度副使，永州安置，卒。侂胄誅，盡復元官，贈太師，謚忠定，追封周王。

〔詞話〕《武林舊事》：南山路豐樂樓，淳祐間，趙京尹與簒重建，宏麗爲湖山冠。林畊、施北山皆有賦詠。趙忠定《柳梢青》云：「水月光中，煙霞影裏，湧出樓臺。空外笙簫，雲間笑語，人在蓬萊。　天香暗逐風回。正十里、荷花盛開。買箇小舟，山南游徧，山北歸來。」

《宋名家詞評》：趙丞相汝愚有題豐樂樓《柳梢青》詞「水月光中」云云。汝愚謫後，朱晦庵歎宗臣去國，讒人高張，爲注楚詞以哀之。

《古今詞話》：沈雄曰：《詞綜》載餘干王孫趙汝愚，字子直，進士第一，累官至右丞相，盛以詞章鳴世。與師俠、善扛、長卿，爲四宗室工於詞者。

按：趙子直丁孝、光之際，擢秀璆枝。沈偶僧譔《詞話》稱，爲四宗室工詞者之一，惜其遺著失傳，並集名亦不可考，倚聲之作僅存《柳梢青》題豐樂樓一闋。此詞竟體空靈，無一筆黏著紙上。换頭二句雖只是寫景，卻饒煙水瀰漫之致，合潛氣内轉之法。微嫌歇拍三句近於敷衍，全闋收束不住。蓋詞貴意多，無意便薄也。汝愚字子直，蓋取《魯論》「古之愚也直」誼。《陽春白雪》署趙子真，且依宋本「真」字缺筆，可知其非傳寫偶誤。然徧檢他書，皆作「直」，無作「真」者。

辛棄疾　陳成甫

棄疾字幼安，歷城人。耿京聚兵山東，節制忠義軍馬，辟爲掌書記。令奉表南歸，高宗召見，授承務郎。乾道四年，通判建康，遷司農主簿，出知滁州，提點江西刑獄，加祕閣修撰。歷大理少卿，湖北、湖南運副，擢知潭州兼湖南安撫使。加右文殿修撰，差知隆興兼江西安撫使，坐言罷。紹熙二年，起福建安撫刑獄，加集英殿修撰、知福州，丐祠歸。再起，知紹興兼浙東安撫使。進寶文閣待制，樞密院都承旨，卒。贈少師，謚忠敏。有《稼軒集》九卷，詞五卷。

《桯史》：辛稼軒守南徐，每燕集必命侍姬歌其所作。特好歌《賀新郎》一詞，自誦其警句曰：「我見青山多嫵媚，料青山、見我應如是。」又曰：「不恨古人吾不見，恨古人、不見吾狂耳。」每至此，輒拊髀自笑，顧問坐客何如，皆歎譽如出一口。既而又作一《永遇樂》，序北府事，首章曰：「千古江山，英雄無覓，孫仲謀處。」又曰：「尋常巷陌，人道寄奴曾住。」其寓感慨者，則曰：「不堪回首，佛貍祠下，一片神鴉社鼓。憑誰問，廉頗老矣，尚能飯否。」特置酒召數客，使妓迭歌，益自擊節，徧問客，必使摘其疵，孫謝不可。或措一二辭，不契其意，又弗答，然揮羽四視不止。予時年少，勇於言，偶坐於席側，稼軒因誦啟語，顧問再四。余率然對曰：「待制詞句，脱去今古軫轍，每見集中有『解道此句，真宰上訴，天應嗔耳』之序，以爲其言不誣。童子何知，而敢有議？然必欲如范文正以千金求《嚴陵祠記》一字之易，則晚進尚竊有疑也。」稼軒喜，促膝亟使畢其説。予曰：「前篇豪視一世，獨首尾二腔，警語差相似；新作微覺用事多耳。」於是大喜，酌酒而謂坐中曰：「夫君實中予痼。」乃詠改其語，日數十易，累月猶未竟，其刻意如此。是時，潤有貢士姜君玉瑩中，嘗與予游，偶及此，次日携康伯可與之《順庵樂府》一帙相示。中有《滿江紅》作於婺女潘子賤席上者，如「歎詩書、萬卷致君人，番沈陸」。「且置請纓封萬户，徑須賣劍酬黄犢。痛當年、寂寞賈長沙，傷時哭」之句，與稼軒集中詞全無異。伯可蓋先四五十年，君玉亦疑之。然予讀其全篇，則它語卻不甚稱，似不及稼軒出一格律。所携乃板行，又故本，殆不可曉也。《順庵樂府》今麻沙尚有之，但少讀者，與世傳俚語不同。

《鶴林玉露》：辛幼安《晚春》詞「更能消、幾番風雨」云云，詞意殊怨。「斜陽」、「煙柳」之句，其與「未須愁日暮，天際乍輕陰」者異矣。使在漢、唐時，寧不賈種豆種桃之禍哉。愚聞壽皇見此詞，頗不悦，然終不加罪，可謂至德也已。其《題江西造口》詞云：「鬱孤臺下清江水」云云，蓋南渡之初，虜人追隆祐太后御舟至造口，不及而還，幼安因此起興，「聞鷓鴣」之句，謂恢復之事行不得也。又《寄丘宗卿》詞「千古江山」云云，此詞集中不載按今集中有此詞，尤雋壯可喜。朱文公云：辛幼安、陳同甫，若朝廷賞罰明，此等人皆可用。

《齊東野語》：王佐宣子帥長沙日，茶賊陳豐歗聚數千人，出没旁郡，朝廷命宣子討之。時馮太尉湛謫居在焉，宣子乃權宜用之。諜知賊巢所在，遣亡命三十人，持短兵以前，湛自率五百人繼其後，徑入山寨，於是成禽。宣子乃以湛功聞於朝，於是湛以勞復原官，宣子亦增秩。辛幼安以《滿江紅》詞賀之，有云：「三萬卷，龍頭客。渾未得，文章力。把詩書馬上，笑驅鋒鏑。金印明年如斗大，貂蟬元自兜鍪出。」宣子得之，疑爲諷己，意頗銜之。殊不知陳後山亦常用此語，《送蘇尚書知常州》云：「枉讀平生三萬卷，貂蟬當復作兜鍪。」幼安政用此。

《耆舊續聞》：辛幼安詞：「是它春帶愁來，春歸何處。卻不解、帶將愁去。」人皆以爲佳，不知趙德莊《鵲橋仙》詞云：「春愁元是逐春來，卻不肯、隨春歸去。」蓋德莊又本李漢老《楊花》詞：「驀地便和春，帶將歸去。」大抵後輩作詞，無非前人已道底句，特善能轉換爾。

又：辛幼安作長短句，有用經語者，《水調歌頭》云：「凡我同盟鷗鷺，今日既盟之後，來往莫相猜。」亦爲新奇可喜。

《清波別志》：《稼軒樂府》，辛幼安酒邊游戲之作也，詞與音叶，好事者爭傳之。在上饒日，屬其室有疾，呼醫對脈，吹笛婢名整整者侍側，乃指以謂醫曰：老妻病安，以此人爲贈。不數日，果勿藥，乃踐前約。整整既去，因口占《好事近》云：「醫者索酬勞，那得許多錢物。只有一箇整整，也盒盤盛得。下官歌舞轉悽惶，賸得幾枝笛。覷著這般火色，告媽媽將息。」一時戲謔，風調不羣。稼軒所編遺此。

《古今詞話》：陳亮過稼軒，縱談天下事。亮夜思幼安素嚴重，恐爲所忌，竊乘其廄馬以去。幼安賦《破陣子》詞寄之。詞云：「醉裏挑燈看劍，夢回吹角連營。八百里分麾下炙，五十絃翻塞外聲。沙場秋點兵。　馬作的盧飛快，弓如霹靂弦驚。了卻君王天下事，贏得生前身後名。可憐白髮生。」

《詞林紀事》：張宗橚按，《説海》：幼安流寓江南，陈同甫来訪，近有小橋，同甫引馬三躍，而馬三卻。同甫怒，拔劍斬馬首，徒步而行。幼安適倚樓見之，大驚異，即遣人往詢，而陳已及門，遂與定交。後十數年，幼安帥淮，同甫尚落落貧甚，乃詣幼安，相與談天下事。幼安酒酣，因指南北利害云：「南之可以並北者如此，北之可以並南者如此。錢塘非帝王居：斷牛頭山，天下無援兵；決西湖水，滿城皆魚鼈。」飲罷，宿同甫齋中。同甫夜思幼安沈重寡言，因酒誤發，若醒而悟，必殺我滅口。遂中夜盜其駿馬而逃。後致書幼安，微露其意，假十萬緡以濟乏。幼安如數與焉。其《破陣子》「醉裏挑燈」闋，殆作於是時，故題云「賦壯詩以寄之」。「壯詩」當作「壯詞」。

《歸潛志》：党懷英、辛棄疾少同舍屬。金國初亂，辛率數千騎南渡，顯於宋；党在北，擢第，入翰林。二公皆有榮寵。後辛退閒，有《鷓鴣天》詞「壯歲旌旗擁萬夫」云云，蓋舉其少年時事也。

《焦氏筆乘》：王右軍《帖》云：「寒食近，得且住爲佳耳。」辛幼安《玉蝴蝶》詞：「試聽呵。寒食近也，且住爲佳。」又《霜天曉角》云：「明日落花寒食，得且住、爲佳耳。」凡兩用之，當是絶愛其語。

〔詞評〕《詞源》：簸弄風月，陶寫性情，詞婉於詩。蓋聲出鶯吭燕舌間，稍近乎情可也。若鄰乎鄭衛，則與纏令何異也。辛幼安《祝英臺近》之「寶釵分」，景中帶情，而存《騷》、《雅》。故其燕酣之樂，離别之愁，回文題葉之思，峴首西州之淚，一寓於詞。若能屏去浮艷，樂而不淫，是亦漢魏樂府之遺意。

《詞苑》：稼軒有姬名錢錢，辛年老遣去，賦《臨江仙》詞與之，云：「一自酒情詩興嬾，舞裙歌扇闌珊。好天良夜月團團。杜陵真好事，留得一文看。　歲晚人欺程不識，怎教阿堵流連。楊花榆莢任漫天。從今花影下，只有緑苔圓。」

《渚山堂詞話》：辛稼軒詞，或議其多用事，而欠流便。予覽其《琵琶》一詞，則此論未足憑也，《賀新郎》「鳳尾龍香撥」云云，此篇用事最多，然圓轉流麗，不爲事所使，允推妙手。

《詞苑叢談》：盧陵陳子宏云：「蔡光工於詞，靖康中陷金。辛幼安嘗以詩詞謁之，蔡曰：『子之詩則未也，他日當以詞名家。』故稼軒歸宋，晚年詞筆尤高。」嘗作《賀新郎》「緑樹聽鶗鴂」云云，此詞盡集許多怨事，全與李太白《擬恨賦》相似。又《沁園春·止酒》「杯汝前來」云云，此又如《賓戲》、《解嘲》等作，乃是把做古文手段寓之於詞。《賦築堰湖》「疊嶂西馳」云云，説松而及謝家、〔相如、〕太史公，自非脱落故常者未易闖其堂奥。

《渌水亭雜識》：詞雖蘇、辛竝稱，而辛實勝蘇。蘇詩傷學，詞傷才。

《蓮子居詞話》：辛稼軒别開天地，横絶古今，《論》、《孟》、《詩·小序》、《左氏春秋》、《南漢》、《離騷》、《史》、《漢》、《世説》、《選》學，李、杜詩，拉雜運用，彌見其筆力之峭。《稼軒長短句》十二卷，元大德己亥孫粹然、張公俊刊於廣信書院。余在知不足齋見寫本。

又：辛詞「小草舊曾呼遠志，故人今有寄當歸」。《日知録》云：稼軒久宦南朝，未得大用，晚歲有廉頗思用趙之意。竊謂此當與《摸魚兒》、《破陣子》等闋合看，感慨自見。

《金粟詞話》：辛稼軒「驀然回首，那人卻在、燈火闌珊處」，秦、周之佳境也。

《七頌堂詞繹》：稼軒詞「杯汝前來」，《毛穎傳》也。「誰共我，醉明月」，《恨賦》也。皆非倚聲本色。

《介存齋論詞雜著》：稼軒不平之鳴，隨處輒發，有英雄語，無學問語，故往往鋒穎太露。然其才情富艷，思力果鋭，南北兩朝，實無其匹，無怪流傳之廣且久也。

又：世以蘇、辛並稱，蘇之自在處，辛偶能到之。當行處，蘇必不能到。二公之詞，不可同日語也。

又：後人以麤豪學稼軒，非徒無其才，並無其情。稼軒固是才大，然情至處，後人萬不能及。

又：北宋詞多就景叙情，故珠圓玉潤，四照玲瓏。至稼軒、白石，一變而爲即事叙景，使深者反淺，曲者反直。吾十年來服膺白石，而以稼軒爲外道，由今思之，可謂瞽人捫籥也。稼軒鬱勃故情深，白石放曠故情淺。稼軒縱横故才大，白石局促故才小。惟《暗香》、《疏影》二詞，寄意題外，包蘊無窮，可與稼軒伯仲。餘俱據事直書，不過手意近辣耳。

《藝概》：辛稼軒風節建樹，卓絶一時。惜每有成功，輒爲議者所沮。觀其《踏莎行》「吾道悠悠，憂心悄悄」云云，其志與遇，概可知矣。《宋史》本傳，稱其「雅善長短句，悲壯激烈」。又稱謝校勘過其墓旁，「有疾聲大呼於堂上，若鳴其不平」。然則其長短句之作，固莫非假之鳴者哉。

又：稼軒詞龍騰虎擲，任古書中理語、瘦語，一經運用，便得風流，天姿是何夐異。

又：蘇、辛皆至情至性人，故其詞瀟灑卓犖，悉出於温柔敦厚。世或以粗獷託蘇、辛，固宜有視蘇、辛爲别調者矣。

又：張玉田盛稱白石，而不甚許稼軒，耳食者遂於兩家有軒輊意。不知稼軒之體，白石嘗效之矣，集中如《永遇樂》、《漢宫春》諸闋，均次稼軒韻。其吐屬氣味，皆若祕響相通，何後人過分門户耶。

《宋四家詞選・序論》：蘇、辛並稱，東坡天趣獨到處，殆成絶詣。而苦不經意，完璧甚少。稼軒則沉著痛快，有轍可循。南宋諸公，無不傳其衣鉢，固未可同年而語也。稼軒由北開南，夢窗由南追北，是詞家轉境。

《賭棋山莊詞話》：學稼軒，要於豪邁中見精緻。近人學稼軒，只學得莽字、粗字，無怪闌入打油惡道。試取辛詞讀之，豈一味叫囂者所能望其頂踵。蔣藏園爲善於學稼軒者。

又：稼軒是極有性情人，學稼軒者，胸中須先具一段真氣、奇氣，否則雖紙上奔騰，其中俄空焉，亦蕭蕭索索，如牖下風耳。

又：晏、秦之妙麗，源於李太白、温飛卿；姜、史之清、真，源於張志和、白香山；惟蘇、辛在詞中，則藩籬獨闢矣。讀蘇、辛詞，知詞中有人，詞中有品，不敢自爲菲薄。然辛以畢生精力注之，比蘇尤爲横出。吴子律曰：「辛之於蘇，猶詩中山谷視東坡也，東坡之大，殆不可以學而至。」此論或不盡然。蘇風格自高，而性情頗歉；辛卻纏綿惻悱。且辛之造語俊於蘇，若僅以大論也，則室之大不如堂，而以堂爲室，可乎？

《香海棠館詞話》：性情少，勿學稼軒；非絶頂聰明，勿學夢窗。

又：東坡、稼軒，其秀在骨，其厚在神。初學看之，但得其粗率而已。其實二公不經意處，是真率，非粗率也。

劉潛夫云：公所作，大聲鞺鞳，小聲鏗鍧，横絶六合，掃空萬古。其穠麗綿密者，亦不在小晏、秦郎之下。

賀黄公云：稼軒雖入粗豪，尚饒氣骨。

俞仲茅云：唐詩三變愈下，宋詞殊不然。歐、蘇、秦、黄，足當高、岑、王、李。南渡以後，矯矯陡健，即不得稱中宋、晚宋也。惟辛稼軒自度粱肉不勝前哲，特出奇險，爲珍錯供，與劉後村輩，俱曹洞旁出。學者正可欽佩，不必反脣併捧心也。

劉公勇云：稼軒非不自立門户，但自散仙入聖，非正法眼藏。

彭羨門云：稼軒詞，胸有萬卷，筆無點塵，激昂排宕，不可一世。今人未有一字，輒紛紛爲異同之論。

宋玉罪人，可勝三歎。

鄒程村云：《稼軒詞》中調小令，亦間作嫵媚語。觀其得意處，真有壓倒古人之意。

沈東江云：《稼軒詞》以激揚奮厲爲工。至「寶釵分，桃葉渡」一曲，昵狎温柔，魂銷意盡，才人伎倆，真不可測。

樓敬思云：稼軒驅使《莊》、《騷》、經、史，無一點斧鑿痕，筆力甚峭。

〔詞考〕《貴耳集》：吕婆，吕正己之妻。正己爲京畿漕，有女事辛幼安，因以微事觸其怒，竟逐之，稼軒《祝英臺近》詞「寶釵分」云云，因此而作。按幼安此詞，纏綿悱惻，寄託遥深，似是撫時感事之作，張説非也。矧如張所云，事實與詞意亦殊不相合。

《吴禮部詩話》：「新來塞北。傳到真消息。赤地居民無一粒。更五單于爭立。　誰師尚父鷹揚。熊羆百萬堂堂。看取黄金假鉞，歸來異姓真王。」又云：「堂上謀臣尊俎，邊頭將士干戈。天时地利與人和。燕可伐歟曰可。　今日樓臺鼎鼐，明年帶礪山河。大家齊唱大風歌。不日四方來賀。」世傳辛幼安壽韓侂胄詞也。又有小詞一首，尤多俚談，不録。近讀謝疊山文，論李氏《繫年録》、《朝野雜記》之非。謂乾道間，幼安以金有必亡之勢，願詔大臣，預修邊備，爲倉卒應變之計，此憂國遠猷也。今摘數語，而曰贊開邊，借江西劉過京師人小詞曰：此幼安作也。忠魂得無寃乎？故今特爲拈出。

《梅花草堂集》：昔時見閣本《辛稼軒集》，用真、行、篆、隸雜書之，鐫刻遒潤，類名手新落墨者。或云稼軒自爲之。凡二本，而詩餘得半。

《四庫全書・稼軒詞提要》：稼軒詞，慷慨縱横，有不可一世之概，於倚聲家爲變調。而異軍特起，能於剪紅刻翠之外，屹然别立一宗，迄今不廢。觀其才氣俊邁，雖似乎奮筆而成，然岳珂《桯史》記棄疾自誦《賀新涼》、《永遇樂》二詞，使座客指摘其失，珂謂《賀新涼》詞首尾二腔語句相似，《永遇樂》詞用事太多，棄疾乃自改其語，日數十易，累月猶未竟，其刻意如此云云，則未始不由苦思得之矣。《書録解題》載《稼軒詞》四卷，又云：信州本十二卷，視長沙本爲多。此本爲毛晉所刻，亦爲四卷，而其總目又注元本十二卷，殆即就信州本而合併之歟。其集舊多譌異，如二卷内《醜奴兒近》一闋，前半是本調，殘闕不全，自「飛流萬壑」以下則全首係《洞仙歌》，蓋因《洞仙歌》五闋即在此調之後，舊本遂誤割第一首以補前詞之闕，而五闋之《洞仙歌》遂止存其四。近萬樹《詞律》中辨之甚明，此本尚未及訂正。其中「歎輕衫帽，幾許紅塵」句，據其文義，「帽」字上尚有一脱字，樹亦未經勘及，斯足證掃葉之喻矣。今並詳爲勘定。其必不可通而别本可證者，姑從闕疑之義焉。

《樂府餘論》：辛稼軒《永遇樂·京口北固亭懷古》一詞，意在恢復，故追數孫、劉，皆南朝之英主。屢言佛貍，以拓跋比金人也。《古今詞話》載岳倦翁議之，稼軒乃味改其語，日數十易，累月未竟。按此則今傳辛詞，已是改本。《詞綜》仍注岳語於下，誤也。

《西雲札記·梁玉绳瞥记七》：《御覽》引《衛公兵法》：令人枕空，胡祿卧。有人馬行三十里之外，東西南北皆響。見於胡祿中名，曰地聽。梁云：不知「胡祿」是何物？按方以智《通雅·戎器》：胡祿，箭室也。《韻會》作胡簶。《雜俎》作胡盝，一作胡鹿。蘇宏家作箶簏。又按：《廣韻》簶字注：弧簶，箭室也。《歸潛志》卷八：辛棄疾《鷓鴣天》詞：「燕兵夜捉銀胡䩮，漢箭朝飛金僕姑。」

按：稼軒詞，除汲古閣本外，有四印齋重刻元大德本十二卷。毛刻亦從此出，但並十二卷爲四卷，又脱去詞十一首，其餘脱誤極多。四印齋本附黄蕘圃、王半塘二跋，考之甚詳。嘉慶中，萬載辛啟泰曾重刻汲古閣四卷本，而别據《永樂大典》採輯三十六首，爲補遺一卷。所補與大德本同者僅一首，餘均出大德本之外，稼軒詞實以此本爲最足。顧其書傳本頗少，半塘翁初未及見，故刻時未補入，近朱彊邨始據辛本重刻其補遺，以補王本之不足。詞家蘇、辛並稱，差堪鼎足者，其賀方回乎。蘇詞清雄，其厚在神；辛詞剛健含婀娜，其秀在骨。今世倚聲嫥家富有性情者，其於幼安或粗得涯涘，而長公未由窺其堂奧也。稍有合於辛矣，不進於蘇不止，其唯取徑東山乎？東山筆力沉至，滿心而發，肆口而成。驟觀之甚似意中之言，深求之實有無窮之藴，蓋具體長公，而於幼安，則異曲而同工也。東山獨到之處在語言文字之外，非於辛有合者不能學，即能學之亦未必遽近於蘇，特舍此別無可假之塗耳。此論爲得力於幼安者發。

又按：稼軒詞《席上送張仲固帥興元·木蘭花慢》句云：「追亡事，今不見，但山川滿目淚沾衣。」蓋用酇侯追韓信事，時本誤「追亡」作「興亡」，遂失本恉，王氏四印齋所刻大德廣信本作「追亡」，此舊本所以可貴也。

又按：《萬姓統譜》：陳成父，字汝玉，寧德人。辛棄疾持憲節來閩，聞其才名，羅置賓席而妻以女。有和稼軒詞《默齋集》藏於家。其詞今佚無傳，亟附著其名於此。

彭止

止字應期，自號漫者，崇安人。有《刻鵠集》。

按：漫者詞《滿庭芳·壽平交五十》云：「月閏清秋，時逢誕節，畫堂瑞氣多多。遥瞻南極，瑞彩照盤坡。好是年纔五十，身富貴、福比山河，無此事，方裙短褐，時復自高歌。歡娱，當此際，香燃寶鴨，酒酌金荷。恣柳腰櫻口，左右森羅。縱有人人捧擁，爭得似、正面嫦娥。思量取，朱顔未老，好事莫蹉跎。」見《翰墨全書·戊集》。《堅瓠七集》云：宋崇安彭應期止，所爲詩皆清麗典雅。有《刻鵠集》。嘗謁辛稼軒，值其晝寢，題一絶於書齋云：「碁子聲乾案接塵，午窗詩夢暖于春。清風不動階前竹，誰道今朝有故人。」稼軒覺而遣人追之，去已遠矣。

楊炎正

炎正字濟翁，廬陵人，萬里族弟。官位未詳。有《西樵語業》一卷。

〔詞話〕《珠花簃詞話》：楊濟翁《蝶戀花》前段云：「離恨做成春夜雨。添得春江，剗地東流去。弱柳繫船都不住。爲君愁絶聽鳴艣。」亦婉曲，亦新穎。無此詞心，不能有此詞筆。

〔詞考〕《四庫全書總目·西樵語業提要》：陳振孫《書録解題》載《西樵語業》一卷，楊炎正濟翁撰。馬端臨《文獻通考》引之，誤以「正」字爲「止」字。毛晉刻《六十家詞》，遂誤以楊炎爲姓名，以止濟翁爲别號。近時所印，始改刊楊炎正姓名。跋中止濟翁字，亦追改爲楊濟翁。然舊印之本，與新印之本並行，名字兩歧，頗滋疑惑。故厲鶚《宋詩紀事》辨之曰：嘗見《西樵語業》舊鈔本，作楊炎正濟翁。後考《武林舊事》載楊炎正《錢塘迎酒歌》一首，《全芳備祖》亦載此詩，稱楊濟翁，是炎正其名，濟翁其字可見，云云。今觀辛棄疾《稼軒詞》中，屢有與楊濟翁贈答之作。又楊萬里《誠齋詩話》曰：余族弟炎正，字濟翁，年五十二乃登第，初爲寧遠簿，甚爲京丞相所知。有啟上丞相云：「秋鷩一葉，感蒲柳之先知；春到千花，歎桑麻之後長。」丞相遂厚待，除掌故之令。其始末甚明，足證厲鶚所辨爲不誤，而毛氏舊印之本爲不足憑矣。是集詞僅三十七首，而因辛棄疾作者凡六首。其縱横排奡之氣，雖不足敵棄疾，而屏絶纖穠，自抒清俊，要非俗艷所可擬。一時投契，蓋亦有由云。

按：楊濟翁詞《水調歌頭・登多景樓》云：「寒眼亂空闊，客意不勝秋。强呼斗酒，發興特上最高樓。舒卷江山圖畫，應答龍魚悲嘯，不暇顧詩愁。風露巧欺客，分冷入衣裘。　忽醒然，成感慨，望神州。可憐報國無路，空白一分頭。都把平生意氣，只做如今憔悴，歲晚若爲謀。此意仗江月，分付與沙鷗。」此等詞風骨高騫，自是稼軒法乳。其《賀新郎》句云：「獨有荼蘼開未到，留得一分春住。」《蝶戀花》云：「門外馬嘶人去後，亂紅不管花消瘦。」亦稼軒之「斷腸點點飛紅，都無人管。倩誰唤、流鶯聲住」也。劉改之模範稼軒，《龍洲詞》中不少婉約綿麗之作，政與濟翁略同。

謝明遠

明遠，名及占籍未詳。高宗時人。

按：謝明遠詞《踏莎行》云：「楚樹芊綿，江雲蕪漫。曉風吹墮梅千片。驚禽飛去響春空，平沙月落光零亂。　人意傷離，物華驚换。武夷此去如天遠。臨分爲我少留連，柳條猶在江南岸。」又有《菩薩蠻》一闋，並見《陽春白雪》。《栟櫚集》有《次謝明遠》和韻詩。

歷代詞人考略卷三十一

宋二十五

劉過

過字改之，自號龍洲道人，泰和人。辛棄疾之客。嘗權鹽官學。光宗時，伏闕上書，請過宫。復以書抵時宰，陳恢復方略，不報。有《龍洲集》十五卷，詩餘二卷。按彊邨所刻詞，有《補遺》一卷。

〔詞話〕《桯史》：劉改之過以詩鳴江西，厄於韋布，放浪荆、楚，客食諸侯間。嘉泰癸亥歲，改之在中都，時辛稼軒棄疾帥越，聞其名，遣介招之。適以事不及行，作書歸輅者。因效辛體《沁園春》一詞，併緘往，下筆便逼真，其詞「斗酒彘肩」云云。辛得之大喜，致魄數百千，竟邀之去。館燕彌月，酬唱亹亹，皆似之，逾喜。垂别，賙之千緡，曰：以是为求田資。改之歸，竟蕩於酒，不問也。詞語峻拔如尾腔，對偶錯綜，蓋出唐王勃體而又變之。余時與之飲西園，改之中席自言，掀髯有得色，余率然應之曰：「詞句固佳，然恨無刀圭藥，療君白日見鬼證耳！」坐中烘堂一笑。

《吹劍録》：稼軒帥越，招劉改之，不去，乃寄情《沁園春》「斗酒彘肩」云云。此詞雖粗，而局段高，與三賢游，固可睨視稼軒，視林、白之清致，則東坡所謂「淡妝濃抹」已不足道。稼軒富貴，焉能浼我哉。

《江湖紀聞》：劉改之性疏豪好施，辛稼軒客之。稼軒帥淮時，改之以母病告歸，囊囊蕭然。是夕，稼軒與改之微服登倡樓，適一都吏命樂飲酒，不知爲稼軒也，命左右逐之，二公大笑而歸。即以爲有機密文書唤某都吏，其夜不至，稼軒欲籍其産而流之。言者數十，皆不能解。遂以五千緡爲改之母壽，請言於稼軒。稼軒曰：「未也。」令倍之。都吏如數增作萬緡。稼軒爲買舟於岸，舉萬緡於舟中，曰：「可即行，無如常日輕用也。」作《念奴嬌》爲别：「知音者少」云云。

《游宦紀聞》：劉改之能詩詞，流落江湖。酒酣耳熱，出語豪縱，自謂晉、宋間人物。尤好作《沁園春》。上稼軒詞，已見岳侍郎珂《桯史》，最爲辛所喜。今又得數篇，其一：黄尚書由帥蜀中，中閣乃胡給事晉臣之女，過雪堂，行書《赤壁賦》於壁間，改之從後題一闋「按轡徐驅」云云。後黄知爲劉所作，厚有饋貺。又壽皇鋭意親征，大閲禁旅，軍容肅甚。郭杲爲殿巖，從駕還内，都人昉見一時之盛。改之以詞與郭「玉帶猩袍」云云。郭餽劉亦踰數十萬錢。

《西湖遊覽志》：辛棄疾遊湖《酹江月》詞之「西風吹雨」，劉改之遊湖《賀新郎》詞之「睡覺啼鶯曉」云。公詞格相肖，宜其賓主投歡也。

《渚山堂詞話》：劉改之《沁園春》「緑鬢朱顔」云云，此詞題云「代壽韓平原」。然在當時，不知竟代誰作。改之與康伯可俱渡江後詩人，康以詞受知秦檜，致位通顯。而改之竟流落布衣以死。人之幸不幸又何也。然改之詞意雖媚，其「收拾用儒」、「收斂若無」，與「芝香棗熟」等句，猶有勸侂胄謙沖下賢，及功成身退之意。若康之壽檜云：「願歲歲，見柳梢青淺，梅英紅小。」則迎導其怙寵固位，志則陋矣。

《古今詞話》：劉改之《天仙子》，游戲詞耳，惟「雪迷村店酒旗斜」爲佳句。《艷異編》曰：淳熙甲午，改之赴試，賦《天仙子》，過麻姑山下，使小僮歌以侑酒，夜有美媛，執拍來唱一詞，即賡前調者，有云：「別酒未斟心已醉，忍聽陽關辭故里。」又云：「蔡邕博識爨桐聲，君抱負卻如是，酒滿金杯來勸你。」改之與偕東，擢第後過臨江。道士熊若水密謂：隨車女子非人也。改之具以告，道士作法使改之緊抱焉，則一琴也。爲趙知軍前葬麻姑山下，令焚之。

《蓮子居詞話》：《山房隨筆》載劉改之見辛幼安，朱子、張南軒爲之地云云，與《宋史》不合。幼安兩知紹興府，皆在慶元四年以後。朱子官浙東，乃淳熙八九年間。南軒初未嘗官浙東也，又何得爲之地乎。正與《絶妙詞選》載毛澤民見蘇子瞻事，同爲無稽之言也。

〔詞評〕黄叔暘云：改之，稼軒之客。王簡卿侍郎嘗贈以詩云：「觀渠論到前賢處，據我看來近世無。」其詞多壯詞，蓋學稼軒者也。

《皺水軒詞筌》：詞有如張融危膝，不可無一，不可有二者，如劉改之《天仙子·別妾》是也。中云：「馬兒不住去如飛，牽一憩，坐一憩。」又云：「去則是，住則是，煩惱自家煩你。」再若效顰，寧非打油惡道乎。然篇中「雪迷村店酒旗斜」，固非雅流不能作此語。

《七頌堂詞繹》：字字有眼，一字輕下不得。如《詠美人足》前云「微褪些跟」，下云「不覺微尖點拍頻」，二「微」字殊草草。

劉融齋云：劉改之詞，狂逸之中自饒俊致。

〔詞考〕《四庫全書·龍洲詞提要》：陳振孫《書録解題》載《劉改之詞》一卷。此本爲毛晉所刊，題曰《龍洲詞》，從全集之名也。黄昇《花庵詞選》謂改之乃稼軒之客，詞多壯語，蓋學稼軒。然過詞凡贈辛棄疾者，則學其體，如「古豈無人，可以似吾稼軒者誰」等詞是也。其餘雖跌宕淋漓，實未嘗全作辛體。陶九成《輟耕録》又謂改之造語贍逸有思致，《沁園春》二首，尤纖麗可愛。今觀集中「詠美人指甲」、「美人足」二闋，刻畫猥褻，頗乖大雅，九成乃獨加推許，不及張端義《貴耳集》獨取其「南樓」一詞爲不失賞音矣。《渚山堂詞話》云：改之《沁園春》「緑鬢朱顔」一闋，係「代壽韓平原」。然在當時，不知竟代誰作，今並無從詳考。觀集中《賀新郎》第五首，注曰：「平原納寵姬，奏方響，席上賦別。」則改之且身預南園之宴，不止代人祝嘏矣。蓋縱横游士，志在功名，固不能規言而矩行，亦不必曲爲之諱也。又《沁園春》第七首注曰：「寄辛承旨，時承旨招不赴。」此原注也，其事本明。又注或作：「風雪中欲詣稼軒，久寓湖上，未能一往，賦此以解。」此毛晉校本注也，已自生譌異。《樂府紀聞》乃謂幼安守京口日，改之即敝衣曳履，承命賦詩。是兩人定交在幼安未帥越之前。《山房隨筆》載此詞，又稱稼軒帥越東時，改之欲見，辛不納。藉晦庵、南軒二人爲之地，始得進見云云。考岳珂與過相善，珂所作《桯史》第二卷載此事，與集中自注相合，則諸説之誣審矣。珂又稱過誦此詞，掀髯有得色，珂乃以「白日見鬼」調之。其言雖戲，要亦未嘗不中其病也。

按：《龍洲詞》行世者有《龍洲集》全本，有汲古閣本，有歸安朱氏刻本。雖略有異同，然無大參差，要皆同出一源，不過後刻者有他書增補者耳。上虞羅氏嘗得天一閣藏明初沈愚刻本，不獨增詞甚多，且今本譌脱之處皆得藉以補正，因校而刻之，並加補輯。計比他本增詞數十首，補正脱誤更不可勝計，乃《龍洲詞》最足最善之本也。《四庫全書提要》謂《龍洲詞》不全學辛，今讀之信然。如《賀新郎》之「老去相如倦」，《贈張彦公》之「曉印霜花步」，《祝英臺近》之「窄輕衫」，《醉太平》之「情高意真」，此等詞跌宕則近之，淋漓則未也，疑是龍洲本色。

蘇　洞

洞字紹叟，按一作召叟。山陰人。有《泠然閣按一作齋集》二十卷。

〔詞話〕《游宦紀聞》：予於菊磵高九萬處，見蘇紹叟手書《憶劉改之·摸魚兒》一闋，云：「望關河、試窮遥眼，新愁似絲千縷。劉郎豪氣今何在，應是九嶷三楚。堪恨處。便拚得、一生寂寞長羈旅。無人寄語。但弔麥傷桃，邊松倚竹，空憶舊詩句。　文章事，到底將身自誤。功名難料遲暮。鶉衣簞食年年瘦，受侮世間兒女。君信否。盡縣簿高門，歲晚誰青顧。何如引去。任槎上張騫，山中李廣，商略儘風度。」又賦《雨中花》一闋云：「予往時憶劉改之，作《摸魚兒》詞，頗爲朋友間所喜，然改之尚未之見也。數日前，忽聞改之去世，悵惘殆不勝言。因憶改之每聚首，愛歌《雨中花》，悲壯激烈，令人鼓舞。今輒倚此聲，以寓余思。凡未忘吾改之者，幸爲我和之：十載尊前，放歌起舞，人間酒户詩流。盡期君凌厲，羽翮高秋。世事幾如人意，儒冠還負身謀。歎天生李廣，才氣無雙，不得封侯。　榆關萬里，一去飄然，片雲甚處神州。應悵望、家人父子，重見無由。隴水寂寥傳恨淚，淮山宛轉供愁。者回休也，燕鴻南北，長隔英游。」紹叟有《冷然詩集》行于世。

按：蘇紹翁兩詞，並爲劉改之作。其《摸魚兒》前段「旅」韻，後段「女」韻，言之最爲沉痛。《雨中花》聲情悲壯，其後段「隴水寂寥傳恨淚」句，據萬氏《詞律》，《雨中花》平韻三體，此句東坡作「高會聊追短景」，稼軒作「石卧山前認虎」，京松坡作「惜别未催鷁首」，皆六字句。紹叟此詞殆又一體耶？抑「淚」字衍文，傳寫者之失耶？近彊邨朱氏所刻《龍洲詞》，依黄堯圃藏錢遵王校本，紹叟兩詞附録於後，它刻本並未載。

陸淞　陳鵠

淞字子逸，號雲溪，又號雪窗。游之兄。官辰州守。

〔詞話〕《耆舊續聞》：南渡初，南班宗子寓居會稽，爲近屬士家最盛，園亭甲於浙東。一時坐客皆騷人墨客，陸子逸實預焉。士有侍姬盼盼者，色藝殊絶，公每屬意焉。一日宴客，偶睡，不預捧觴之列。陸因問之，士即呼至，其枕痕猶在臉，公爲賦《瑞鶴仙》，有「臉霞紅印枕」之句，一時盛傳之，逮今爲雅唱。後盼盼亦歸陸氏，二陸兄弟，俱有時名，子逸詞勝，而詩不及其弟。余嘗登門，出近作贈别長短句以示公。其末句云：「莫待柳吹綿，吹綿時杜鵑。」公賞誦久之。是後從游頗密。公之詞傳於曲編者，獨《瑞鶴仙》「臉霞紅印枕」之句，有和李漢老「叫雲吹斷横玉」，詞語高妙，惜其不傳於世。其詞云：「黄橙紫蟹，映金壺瀲灧，新醅浮緑。共賞西樓今夜月，極目雲無一粟。揮塵高談，倚闌長嘯，下視鱗鱗屋。轟然何處，瑞龍聲噴蘄竹。　何況露白風清，銀河澈漢，髣髴如懸瀑。此景古今如有價，豈惜明珠千斛。灝氣盈襟，冷風入袖，只欲騎鴻鵠。廣寒宮殿，看人顏似冰玉。」公之詞，可以知其風流醖藉矣。《皺水軒詞筌》：從來文之所在，不必名之所在，如陸雪窗名不甚著，其《瑞鶴仙・春情》末云：「待歸來，先指花梢教看，卻把心期細問。問因循、過了青春，怎生意穩。」迷離婉妮，幾在秦、周之上。今誤作歐公，非是。

〔詞評〕張叔夏云：陸雪窗《瑞鶴仙》、辛稼軒《祝英臺近》，皆景中帶情，屏去浮艷。

按：陸子逸《瑞鶴仙》見《絶妙好詞》。此詞後段意頗深遠，當是觸景生感，不僅爲盼盼言也。陳西塘鵠《耆舊續聞》載其自作「莫待柳吹綿，吹綿時杜鵑」之句，當是《菩薩蠻》歇拍。西塘詞傳於世者，只此二句而已。

陸　游

游字務觀，自號放翁，山陰人。蔭補登仕郎。瑣廳薦送第一，試禮部，主事復前列。授寧德簿，以薦除敕令所删定官，遷大理寺司直兼宗正簿。孝宗立，遷樞密院編修官兼編類聖政所檢討官。以史浩、黄祖舜薦，召見，賜進士出身，出通判建康府，易隆興府，坐言者免歸。久之，通判夔州。范成大帥蜀，辟爲參議官，遷江西常平提舉，知嚴州。紹熙元年，由軍器少監，遷禮部郎中。嘉泰二年，權同修國史，兼祕書監，升寶章閣待制，致仕。有《放翁詞》一卷。

〔詞話〕《四朝聞見録》：陸游字務觀。觀，去聲，蓋母氏夢秦少游而生公，故以秦名爲字而字其名云，曰公慕少游者也。公早求退，官已階中大夫，遂致仕不復出。韓侂胄固欲其出，落致仕，除次對，公勉爲之出。韓喜公附己，至出所愛四夫人，擘阮琴舞，索公爲詞，有「飛上錦裀紅縐」之語。《詞林紀事》張宗橚按：王宗沐《續資治通鑑》：「韓侂胄愛妾張、譚、王、陳四人，皆知郡夫人。」又按：「飛上錦裀紅縐」，《放翁詞》無此句。

《鶴林玉露》：陸務觀，農師之孫，有詩名。恃酒頹放，因自號放翁，作詞云：「橋如虹。水如空。一葉飄然煙雨中。天教稱放翁。」

《齊東野語》：放翁在蜀，日有所盼，作《風入松》云：「十年裘馬錦江濱。酒隱紅塵。黄金選勝鶯花海，倚疏狂、驅使青春。弄笛魚龍盡在，題詩風月俱新。自憐華髮滿紗巾。猶是官身。鳳樓曾記當年語，問浮名、何似身親。欲寫吴牋説與，這回真箇閒人。」前輩風流雅韻，猶可想見也。

又：陸務觀初娶唐氏，閎之女也，於其母夫人爲姑姪。伉儷相得，而弗獲於其姑。既出，而未忍絶，爲之别館，時時往焉。其姑知而掩之，雖先知挈去，然事不得隱，竟絶之，亦人倫之大變也。唐後改適同郡宗子士程。嘗以春日出遊，相遇於禹跡寺南之沈園。唐以語趙，遣致酒肴，翁悵然久之，爲《釵頭鳳》一詞，題園壁間云：「紅酥手，黄縢酒」云云。蓋慶元己未歲也。

《耆舊續聞》：陸放翁官南昌日，代還，有贈别詞云：「雨斷西山晚照明。悄無人、幽夢自驚。説道去、多時也，到如今、真箇是行。　遠山已是無心畫，小樓空、斜掩繡屏。你嚎早、收心呵，趁劉郎、雙鬢未星。」閒居三山日，方務德侍郎携妓訪之，公有詞云：「三山山下閒居士，巾履蕭然。小醉閒眠。風引花飛落釣船。」並不載於集。

《六硯齋筆記》：放翁詞稿，陳深跋語云：陸放翁詞稿，行草爛熳，如黄如米。細玩之，則顔魯公、楊少師精髓皆在。詞乃《大聖樂》，亦辛稼軒之流也。詞云：「電轉雷驚，自歎浮生，四十二年。試思量往事，虚無似夢，悲歡萬狀，合散如煙。苦海無邊，愛河無底，流浪看成百漏船。何人解，問無常火裏，鐵打身堅。　須臾便是華顛，好收拾形骸歸自然。又何須著意，求田問舍，生須宦達，死欲名傳。壽夭窮通，是非榮辱，此事由來都在天。從今去，任東西南北，作箇飛仙」。南宋放翁詞稿真蹟，凡一百一十七字。至正改元，獲於山陰王英孫家。細窮詳玩，備見句法清真，筆勢圓熟，信一代之名蹟也。按放翁工詞翰，累官華文閣待制，封渭南縣伯。

〔詞評〕《升庵詞品》：放翁詞纖麗處似淮海，雄快處似東坡。其感舊《鵲橋仙》一首「華燈縱博」云云，英氣可掬，流落亦可惜矣。

《皺水軒詞筌》：陸務觀《王忠州席上作》曰：「欲歸時、司空笑問，微近處、丞相嗔狂。」笑啼不敢之致，描勒殆盡。較東坡「司空見慣」，應謂尋常。座中有狂客，惱亂柔腸。」豈惟出藍，幾于點鐵矣。升庵以爲不減少游，此幾于以樂令方伯仁也。

《詞統》：放翁《呈范至能待制·雙頭蓮》末句云：「空悵望，鱠美菰香，秋風又起。」又《夜聞杜鵑·鵲橋仙》末句云：「故山猶自不堪聽，況半世、飄然羈旅。」去國懷鄉之感，觸緒紛來，讀之令人於邑。

《古今詞話》：山谷謂好詞唯取陡健圓轉。陸放翁云：「只有夢魂難再遇，堪嗟夢不由人做。」此則陡健圓轉之榜樣也。

劉潛夫云：放翁、稼軒，一掃纖艷，不事斧鑿。高則高矣，但時時掉書袋，要是一癖。

劉融齋云：陸放翁《釵頭鳳》，孝義兼摯。

又：陸放翁詞，安雅清贍。

許蒿廬云：南渡後唯放翁爲詩家大宗，詞亦掃盡纖淫，超然拔俗。

〔詞考〕《四庫全書·放翁詞提要》：《書録解題》載《放翁詞》一卷。毛晉所刊《放翁全書》，内附長短句二卷。此本亦晉所刊，又併爲一卷，乃集外别行之本。據卷末有晉跋云：余家刻《放翁全集》，已載《長短句》二卷，尚逸一二調，章次亦錯見，因載訂入名家云云。則較集本爲精密也。游生平精力盡於爲詩，填詞乃其餘力，故今所傳者，僅乃詩集百分之一。劉克莊《後村詩話》謂其時掉書袋，要是一病。楊慎《詞品》則謂其纖麗處似淮海，雄快處似東坡。平心而論，游之本意，蓋欲驛騎於二家之間，故奄有其勝，而皆不能造其極。要之，詩人之言，終爲近雅，與詞人之冶蕩有殊。其短其長，故具在是也。葉紹翁《四朝聞見録》載韓侂胄喜游附己，至出所愛四夫人號滿頭花者索詞，有「飛上錦裀紅皺」之句，今集内不載。蓋游老而墮節，失身侂胄，为一时清議所譏。游亦自知其誤，棄其稿而不存。《南園閱古泉記》不編於《渭南集》中，亦此意也。而終不能禁當代之傳述，是亦可謂炯戒者矣。

按：放翁詞風格雋上，亦有芊綿温麗之作。其《雙頭蓮·呈范致能待制》「華髮星星」云云，此闋尤矜心作意之筆，氣體沉著。又如《月上海棠·詠成都城南蜀王舊苑古梅》「斜陽廢苑朱門閉」，則尤卓然嫥家，不得謂詩人餘事矣。《絶妙好詞》録其小令三闋，殊未盡集中之勝。《六硯齋隨筆》云：放翁累官華文閣待制，封劍南縣伯。據《宋史》本傳，放翁終實章閣待制，無封劍南伯之文，未知李君實何所據也。

戴復古

復古字式之，天台人。仕履未詳。嘗登陸游之門，爲江湖四靈之一。所居有石屏山。有《石屏集》六卷，長短句一卷。

〔詞話〕《藝概》：詩有西江、西崑两派，惟詞亦然。戴石屏《望江南》云：「誰解學西崑。」是學西江派人語，吴夢窗一流，當不喜聞。

《珠花簃詞話》：《石屏詞》往往作豪放語，綿麗是其本色。《滿江紅·赤壁懷古》云：「赤壁磯頭，一番過、一番懷古。想當年、周郎年少，氣吞區宇。萬騎臨江貔虎噪，千艘烈炬魚龍怒。捲長波、一鼓困曹瞞，今如許。江上渡，江邊路。形勝地，興亡處。覽遺蹤，勝讀（詩）［史］書言語。幾度東風吹世换，千年往事隨潮去。問道旁、楊柳爲誰春，摇金縷。」歇拍云云，是本色流露處。

〔詞考〕《四庫全書總目·石屏詞提要》：《石屏詞》一卷，乃毛晉所刻别行本。復古爲陸游門人，以詩鳴江湖間。方回《瀛奎律髓》稱其清新健快，自成一家。今觀其詞，亦音韻天成，不費斧鑿。其《望江南·自嘲》第一首云：「賈島形模元自瘦，杜陵言語不妨村。誰解學西崑。」復古論詩之宗旨，於此具見。宜其以詩爲詞，時出新意，無一語蹈襲也。集内《大江西上曲》，即《念奴嬌》，本因蘇軾詞起句，故稱《大江東去》，復古乃以己詞首句，又改名《大江西上曲》，未免效顰。此本卷後載樓鑰所記一則，即係《石屏集》中跋語。陶宗儀所記一則，見《輟耕録》。其江右女子一詞，不著調名，以各調證之，當爲《祝英臺近》，但前闋三十七字俱完，後闋則逸去起處三句十四字，當係流傳殘闋。宗儀既未經辨及，後之作圖譜者，因詞中第四語有「揉碎花箋」四字，遂別造一調名，殊爲杜撰。至於《木蘭花慢》懷舊詞前闋，有「重來故人不見」云云，與江右女子詞「君若重來，不相忘處」，語意若相酬答，疑即爲其妻而作，然不可考矣。

按：戴式之《石屏詞》，爲壺山宋謙父作《望江南》四曲，又《自嘲三解》、《沁園春·自述》、《賀新郎·寄豐宅之》等闋，並豪放近辛、劉。然如《鵲橋仙》之「新荷池沼」，《醉太平》之「長亭短亭」兩詞，清麗芊綿，未墜北宋風格。其《木蘭花慢·懷舊》闋「鶯啼啼不住」云云，則以情真而語工，非其它所作可比也。見宋版《石屏長短句》卷尾，有「臨安府棚北大街睦親坊南陳宅書籍印行」一行，各詞編次與汲古閣刻本不同。其《九日吴勝之運使黄鶴山登高·醉落魄》後段「此懷只有黄花覺」句，汲古閣本奪「此懷」二字。

張栻

栻字敬夫，學者稱南軒先生，綿竹人。以廕補官，辟宣撫司都督府書寫機宜文字，除直祕閣。孝宗即位，除知撫州，改嚴州，召爲吏部侍郎，兼侍講，除左司員外郎。以忤宰相，出知袁州。俄除舊職，知靜江府，經略安撫廣南西路。進秩，直寶文閣，尋除祕閣修撰、荆湖北路轉運副使。改知江陵府，安撫本路，因事，自求去職，以右文殿修撰提舉武夷山沖祐觀。卒，謚曰宣。淳祐初，從祀孔子廟庭。

按：朱文公《晦庵詞·聯句問訊羅漢（此二字疑有脱誤）同張敬夫》云：「雪月兩相映，水石互悲鳴。不知巖上枯木，今夜若爲情。應見塵中膠擾，便道山間空曠，與麽了平生。與麽平生了，止水不流行。起披衣，瞻碧漢，露華清。寥寥千載誰會，此事本分明。若向乾坤識易，便信行藏無間，處處總圓成。記取淵冰語，莫錯定盤星。」前段文公作，後段宣公作也。宣公詞傳世者僅此半闋耳。换頭三句，饒有清空超曠之趣。

晁公武　戴平之

公武字子止，學者稱昭德先生，沖之子。歷侍御史，出知榮州。乾道初，知興元府。官至敷文閣直學士，臨安少尹。

按：晁子止詞《鷓鴣天》云：「笑擘黄柑酒半醒。玉壺金斗夜生冰。開窗盡見千山雪，雪未消時月正明。　蘭爐短，麝煤輕。畫樓鐘鼓已三更。倚闌誰唱清真曲，人與梅花一樣清。」見《陽春白雪》。元注：「或云戴平之。」平之詞亦未經見，戴復古字式之，疑平之其兄弟行也。子止著有《郡齋讀書志》四卷、《後志》二卷行世，爲考證者所取資。

蔡　戡

戡字定夫，其先仙游人，襄之四世孫。祖紳，紹興中官左中大夫，始寓武進，遂爲武進人。幼承門蔭，補溧陽尉。乾道二年登進士甲科，除正字，知江陰軍。淳熙十年，以朝奉郎守太府少卿，任建康總領。紹熙元年，以朝散大夫直寶文閣，任會稽提刑。除中書門下省，檢正諸房公事。五年，以朝請大夫試司農卿，兼知臨安府、兼權户部侍郎，爲湖廣總領。按《尊白堂集》，有右文殿修撰蔡戡，除集英殿修撰，知靜江府制。戡又嘗仕領廣西經略、淮西總領等官。有《定齋集》二十卷，詩餘附。

〔詞話〕《蕙風簃詞話》：蔡定夫《點絳脣·詠百結》云：「皓腕輕纏，結就相思病。」《風俗通》：「五月五日造百索，一名長命縷，又名朱索。」《文昌雅録》：「唐歲時節物五月五日造百索粽。」《首楞嚴經》：「阿難自言：世尊，此寶疊華，緝續成巾，雖本一體，如我思惟，如來一綰，得一結名，若百綰成，終名百結。」百結之制與百索同。《易·損·六四》：損其疾使遄有喜。疏疾者，相思之疾也。相思病名，託始於此，入詞雅絶。或者病其近俗，是爲俗，不可醫。

按：蔡定夫詩餘僅三首，附《定齋集》第二十卷後（集元四十卷，《大典》本二十卷）。《點絳脣·詠百索》云：「纖手工夫，采絲五色交相映。同心端正。上有雙鴛並。　皓腕輕纏，結就相思病。憑誰信。玉肌寬盡。卻繫心兒緊。」《水調歌頭·南徐秋閲宴諸將，代老人作》云：「肅霜靡衰草，驟雨洗寒空。刀弓斗力增勁，萬馬驟西風。細看外圍合陣，忽變横斜曲直，妙在指麾中。號令肅諸將，談笑聽元戎。　坐中客，休笑我，已衰翁。十年重到，今日此會與誰同。差把龍鍾鶴髮，來對虎頭燕頷，年少總英雄。飛鏃落金盌，酣醉吸長虹。」

羅　願

願字端良，號存齋，歙縣人。紹興中，以父汝楫廕補承務郎，監新城稅。乾道二年登進士第，任贛州通判。秩滿，差知南劍州，改知鄂州。有《爾雅翼》二十卷，《鄂州小集》七卷。

按：羅瑞良詞《水調歌頭·中秋和施司諫》云：「秋宇淨如水，月鏡不安臺。鬱孤高處張樂，語笑脱塵埃。簷外白毫千丈，坐上銀河萬斛，心境兩佳哉。俯仰共清絶，底處著風雷。 問天公，邀月姊，愧凡才。婆娑人世，羞見蓬鬢漾金罍。来歲公歸何處，照耀彩衣簪槖，禁直且休催。一曲庾江上，千古繼韶陔。」見《御選歷代詩餘》。

徐似道

似道字淵子，號竹隱，黄巖人。乾道二年進士。初官户曹，歷權直學士院，祕書少監。終提點江西刑獄。有《竹隱集》。

〔詞話〕《鶴林玉露》：徐淵子詩云：「俸餘擬辨買山錢，卻置端州古硯磚。依舊被渠驅使在，買山之事定何年。」劉改之賀其《除直院啟》云：「以載鶴之船載書，入覲之清標如此。移買山之錢買硯，平生之雅好可知。」淵子詩詞清雅，余尤喜其《夜泊廬山》詞云：「風緊浪淘生。蛟吼鼉鳴。家人睡著怕人驚。只有一翁捫虱坐，依約三更。 雪又打殘燈。欲暗還明。有誰知我此時情。獨對梅花傾一盞，還又詩成。」

《癸辛雜識·續集》：竹隱徐淵子似道，天台人，名士也，筆端輕俊，人品秀爽。初官爲户曹，其長方以道學自高，每以輕脱目之，淵子積不能堪，適其長丁母憂去官，淵子賦《一剪梅》詞云：「道學從來不則聲。行也東銘。坐也西銘。爺娘死後更伶仃。也不看經。也不齋僧。 卻言淵子太狂生。行也輕輕。坐也輕輕。它年青史總無名。我也能亨。你也能亨。」元注：「能亨」，鄉音也。

《容齋隨筆》：徐淵子好以詩文諧謔。丁少詹與妻有違言，乃棄家居茶寮山，茹素誦經，日買海物放生，久而不歸。妻患之，祈徐爲譬解。徐許諾，出門見賣老婆牙者，買一巨筐餉丁，並遺以《阮郎歸》詞云：「茶寮山上一頭陀。新來學甚麽。蛸蚌螃蠏與烏螺。知它放幾多。　有一物，似蜂窩。姓牙名老婆。雖然無奈得它何。如何放得它。」丁見詞，大笑遽歸。

按：徐淵子《一剪梅》「我也能亨，你也能亨」。「能亨」，猶言者樣，即寧馨聲近之轉。宋時詞學盛行，墨林騷客譏評談笑，悉以詞令出之。金、元曲語諢諧通俗，蓋濫觴乎此矣。淵子又有《瑞鶴仙令》「西子湖邊春正好」云云，見《陽春白雪》。

王　炎

炎字晦叔，婺源人。乾道五年登進士第，調明州司法參軍，再調崇陽主簿。江陵帥張栻檄補幕僚。秩滿，授潭州教授，以特立有守薦改臨湘令，通判臨江軍。三攝郡政，除太學博士，遷祕書郎、著作佐郎兼實録院檢討官，陞著作郎兼考功郎，吴興郡王府教授，又兼侍左郎官，又兼禮部員外郎。除軍器少監，主管武夷山沖佑觀。起知饒州，尋與部使不合，去，改知湖州。以謗罷，再奉祠。積官至中奉大夫、軍器監，賜金紫。有《雙溪類稿》，詩餘一卷。

〔詞評〕四印齋刻《宋元三十一家詞·雙溪詩餘跋》：《古今詞話》云：林外題詞垂虹，傳者以爲吕仙作。壽皇閲之，笑曰：「此閩人作耳。」蓋以「老」叶「我」，爲閩音也。雙溪此集，以方音叶者，十居三四。其時取便歌喉，所謹嚴者在律而不在韻，故不甚以爲嫌。毛稚黄嘗主是説，而戈寶士力詆之，則以防下流之偭越，固兩是也。納蘭侍衛云：韻本休文，小學之書以爲詩韻，已誤。今人又爲詞韻，謬之謬也。其理甚微，特難爲躁心人道耳。又寶士著書，動謂宋詞失韻。余謂執韻以繩今之不知宫調者則可，若以繩宋人，似尚隔一塵也。

按：王晦叔《雙溪詩餘》，疏俊處雅有北宋風格。如《鷓鴣天》之「淡淡疏疏不惹塵」，《念奴嬌》之「曉來雨過」是也。斷句如《卜算子》云：「那得心情似少年，雙燕歸時候。」又云：「蓓蕾枝頭怯苦寒，恰似人顛頷。」又云：「雨意纔收日氣濃，玉靨紅如醉。」言情肖物，並皆佳妙。又《南柯子》云：「青翰載酒泛晴暉，不忍寥落負花時。」《好事近》云：「閒日似年長，又在他鄉春暮。柳外一聲鶗鴂，怨落花飛絮。」晦叔自序之言曰：長短句命名曰曲，取其曲盡人情，唯婉轉嫵媚爲善。如右所作，固猶在婉轉嫵媚之上也。

歷代詞人考略卷三十二

宋二十六

石孝友

孝友字次仲，南昌人。乾道中，登進士第。有《金谷遺音》一卷。

〔詞評〕《宋名家詞評》：石次仲南渡初上舍，嘗賦《鷓鴣天》「萬里覊孤困一簞，平頭四十誤儒冠」云云，其不遇可知矣。又云：「浮雲富貴何須羨，畫餅聲名肯浪求。」其人品亦可知矣。

又：《金谷遺音》一卷，大都迷花殢酒，弄月嘲風之作，不乏謔詞俳體，利于嘌唱者口，覽者往往目倦。然如《水調歌頭》云：「高情邈雲漢，長揖謝君侯。脱遺軒冕，簸弄泉石下清幽。心契匡廬猿鶴，淚染固陵松柏，一衲且蒙頭。風月感平髮，魂夢繞神州。漾一葉，横孤管，去來休。琵琶亭畔，正是楓葉荻花秋。點檢詩囊酒盌，擡帖舞裀歌扇，收盡兩眉愁。回望碧雲合，相伴赤松游。」是亦有託而逃也。詞凡百四十八闋，沙中有金，清麗者亦儘可誦。作者瓣香在秦淮海，故其高處亦不減淮海也。

《古今詞話》：楊用修曰：石次仲《金谷遺音》有「西湖晚」一詞。按次仲於宋未著名，而清奇宕逸如此。此宋之填詞，猶晉之字、唐之詩，不必名家而皆可傳也。

《四庫全書存目·金谷遺音提要》：《書録解題》載孝友《金谷遺音》一卷，與此本合。其詞長調以端莊爲主，小令以輕倩爲工。而長調類多獻諛之作，小令亦間近於俚俗。毛晉跋黄機詞，恨《草堂詩餘》不載機及孝友一篇，跋孝友詞又獨稱其《茶瓶兒》、《惜奴嬌》諸篇謂爲輕倩纖麗。今考《茶瓶兒》結句云：「而今若没些兒事，卻枉了、做人一世。」《惜奴嬌》前一闋云：「我已多情，更撞著、多情底你。」後一闋云：「冤家，你教我、如何割捨。」「冤家，休直待，教人呪罵。」直是市井俚談，而晉乃特激賞之，反置其佳者於不論，其爲顛倒，更在《草堂詩餘》下矣。又楊慎《詞品》極稱孝友《多麗》一闋，此集不載。詳考其詞，乃元人張翥所作，慎偶誤記。今附辨於此，不復據以補入焉。

按：石次仲《金谷遺音》，言情寫景，並多佳構。《四庫》僅列存目，未免屈抑。如《水調歌頭》之「美人在何許」，《點絳脣》之「醉倚危檣」，《謁金門》之「雲樹直」，《望江南》之「山又水」，《蝶戀花》之「薄倖人人留不住」，《千秋歲引》之「春江領略」，以上各闋或寓情於景，或融景入情，有清新疏俊之長，而無輕媚纖佻之失，在兩宋人詞中抑亦駸駸上駟矣。間有言情通俗，體涉俳諧，遂開金、元劇曲蹊徑，是則風會遷流，有不期然而然者。

又按：次仲詞《南歌子》云：「春淺梅紅小，山寒嵐翠薄。斜風吹雨入簾幕。夢覺南樓嗚咽數聲角。　歌酒工夫懶，別離情緒惡。舞衫寬盡不堪著。若比那回相見更消削。」通首叶入聲韻。《蝶戀花》云：「別後相思無限期。欲説相思，要見終無計。擬寫相思持送伊。如何盡得相思意。　眼底相思心裏事。縱把相思，寫盡憑誰寄。多少相思都做淚。一齊淚損相思字。」「期」、「伊」二韻以平叶仄，皆別體，殊僅見。

朱景文

景文，清江人。乾道間登進士第。攝新建尉，豫章酒官。調袁州分宜主簿，未至官卒。

〔詞話〕《異文總録》：舊傳荆州江亭柱間有詞曰：「簾卷曲闌獨倚。山展暮天無際。淚眼不曾晴，家在吴頭楚尾。　數點雪花亂委。撲漉沙鷗驚起。詩句欲成時，没入蒼煙叢裏。」黄魯直讀之，悽然曰：「似爲予發也，不知何人所作，筆勢類女子。」又「淚眼不曾晴」之句，疑爲鬼耳。是夕，夢女子曰：「我家豫章吴城山，附客舟至此，墮水死，不得歸。登江亭有感而作，不意公能識之。」魯直驚寤曰：「此必吴城小龍女輩也。」時建中靖國元年。乾道六年，吴明可芾守豫章，其子登科，同年生清江朱景文，因緣來見，得攝新建尉，適府中葺吴城龍王廟，命之董役。塑偶像，朱指壁間所繪神女容相，謂工曰：「必肖此，乃佳。」凡三、四易，然後明麗艷冶如之，朱甚喜，忽憶荆州詞，以謂語意憤抑悽惋，殆非龍宫嫺雅出塵態度，爲賦《玉樓春》一闋，書于壁曰：「玉陛瓊室冰壺帳。（窣）〔恁〕地水晶簾不上。兒家住處隔紅塵，雲氣悠揚風淡蕩。　有時閒把蘭舟放。霧鬢（煙）〔霜〕鬟乘翠浪。夜深滿載月明歸，畫破琉璃千萬丈。」既而夜夢美女子。傳言龍女來謁，宴飲寢昵如常人。經一日夜，將行，謂朱曰：「君前身本南海廣利王幼子，因行游江湖，爲我家婿，妾實得奉箕帚。今君雖以宿緣來生朱氏，然吴城之念，正爾不忘，故得禄多在豫章之分。須君官南海，陽禄且盡，此時當復諧佳偶。知君所作《玉樓春》詞，破前人明年，之誤，甚以爲感。非君憶舊游，亦無因知我家如此其熟也。」言畢，愴別而去。久而病瘠，罷歸。明年，又以事來，攝酒官，俄以家難去。服闋，調袁州分宜主簿。頃次家居，縣之士子，聞其歸鄉，相率來謁，因話邑中風土，偶及主簿廨前有南海王廟。朱恍然自失，明日抱疾遂不起。蓋初治像及撰詞時，方寸墜妄境，故自絶其命，神女之夢契殆必黠鬼託以为姦者歟。

按：朱景文《玉樓春》詞，思筆俱清，沖淡飄逸，信有出塵態度，宜其可以契合神靈。《總録》之言，景文心墜妄境云云，自是正論，而不免於腐，與法雲秀訶山谷語略同。

吴琚

琚字居夫，號雲壑，汴人，憲聖太后之姪，太寧郡王益之子。乾道九年，特授添差臨安府通判，其後歷尚書郎、部使者，换資至鎮安軍節度使，復以才選，出知明州兼沿海制置使。寧宗即位，乃得祠，奉朝請。尋知鄂州，再知慶元府，位至少師，判建康府兼留守。卒。謚忠惠。有《雲壑集》。

〔詞話〕《武林舊事》：淳熙八年元日，上至德壽宫行朝賀禮，恭請太上、太后，來日就南内排當。初二日，遣太子到宫恭請，官家親至殿門拱迎，扶太上降輦，至損齋進茶，次至清燕殿。午正三刻，至萼緑華堂看梅。未初雪大下，正是臘前，太上、官家大喜，云：今年正欠些雪，可謂及時。節使吴琚進《喜雪·水龍吟》詞。太后命本宫歌板色，歌此曲進酒，太上盡醉還宫。

《乾淳起居注》：淳熙十八年八月十八日，上詣德壽宫，恭請兩殿往浙江亭觀潮。太上喜見顔色，曰：

「錢塘形勝，東南所無。」上起奏曰：「錢塘江潮，亦天下所無也。」太上宣諭侍宴官，令各賦《酹江月》一曲，至晚進呈，太上以吴琚爲第一，其詞云：「玉虹遥挂，望青山隱隱，一眉如抹。忽覺天風吹海立，好似春霆初發。白馬淩空，瓊鼇駕水，日夜朝天闕。飛龍舞鳳，鬱葱環拱吴越。此景天下應無，東南形勝，偉觀真奇絶。好是吴兒飛彩幟，蹴起一江秋雪。黄屋天臨，水犀雲擁，看擊中流楫。晚來波靜，海門飛上明月。」兩宫並有宣賜。

《景定建康志》：吴琚居父《浪淘沙》詞游青溪呈馬野亭云：「岸柳可藏鴉。路轉溪斜。忘機鷗鷺立汀沙。咫尺鍾山迷望眼，一半雲遮。　臨水整烏紗。兩鬢蒼華。故鄉心事在天涯。幾日不來春便老，開盡桃花。」野亭跋其後云：「秦淮海之詞，獨擅一時，字未聞；米寶晉善詩，然終不及字。若公可謂兼之矣。辛酉季春，馬之純謹書。」

按：吴居父應制兩詞，格調精穩，雅有儒臣風度，非曹元寵、康伯可輩所及。其《游清溪》一闋，尤能情景融洽，極駘宕騷雅之致。又有《柳梢青》、《浪淘沙》二闋，見《絶妙好詞》。

徐珌

珌字公飾，爵里無考。

〔詞話〕《雲谷雜記》：沅洲道間有古驛，曰幽蘭鋪。有徐珌者，凡兩經過，書二詞於其壁。一云：「秋欲暮。路入亂山深處。撲面西風吹霧雨。驛亭欣暫駐。　可惜國香風度。空谷寂寥誰顧。已作竹枝傳楚女。客愁推不去。」其二云：「春欲半。重到寂寥山館。修竹連山青不斷。誰家門可欸。紅暈花梢未半。緑蘸柳芽猶短。金縷香消春不管。素蟾光又滿。」乾道中，先君曾寓是館，愛其語意悽惋，每舉似於人。珌字公飾，不知何許人也。

按：徐公飾詞，向来選家未經著録。張淏《雜記》所録二闋調寄《謁金門》，並皆雋婉可誦。

趙彦端

彦端字德莊，魏王廷美七世孫。乾道、淳熙間，以直寶文閣知建寧府，開府事。官至朝請大夫、左司郎官。賜紫金魚袋。有《介庵集》十卷、《外集》三卷，詞四卷。

〔詞話〕《貴耳集》：德莊，宗室之秀，能作文，嘗賦《西湖・謁金門》云：「波底夕陽紅濕。」阜陵問誰詞，答云：「彦端所作。」上曰：「我家裏人，也會作此等語。」甚喜。有《介庵詞》三卷。

《耆舊續聞》：趙德莊詞：「波底夕陽紅濕。」「紅濕」二字，當時以爲新奇，不知乃用李後主按當作馮延巳「細雨濕流光」，與《花間集》「一簾疏雨濕春愁」之「濕」字。

《堅瓠補集》：楊升庵少與恒、忱二弟賞梅世耕堂，懸挂燈于梅枝上，賦詩云：「疏梅懸高燈，照此花下酌。只疑梅枝然，不覺燈火落。」王浚川延相見而賞之曰：「此奇事奇句，古今未有也。」後閲趙德莊《眼兒媚》詞云：「黄昏小宴到君家。梅粉試春華。暗垂素蘂，横枝疏影，月淡風斜。更燒紅燭枝頭挂，粉蠟鬬香奢。元宵近也，小園先試，火樹銀花。」則昔人已有此事矣。

〔詞評〕《四庫全書總目·介庵詞提要》：集末《鷓鴣天》十闋，乃爲京口角妓蕭秀、蕭瑩、歐懿、劉雅、歐倩、文秀、王婉、楊蘭、吴玉九人而作。詞格凡猥，皆無可取，且連名入之集中，殆於北里之志，殊乖雅音。自唐、宋以來，士大夫不禁狹邪之游。彦端是作，蓋亦移於習俗，存而不論可矣。

按：趙德莊《介庵詞》，《宋史·藝文志》作四卷，《貴耳集》作三卷，而汲古閣刻本乃只一卷。當以史志爲可據，毛刻殆非足本耳。其賦西湖《謁金門》全闋云：「休相憶。明夜遠如今日。樓外緑煙村羃䍥。花飛如許急。柳外晚來船集。波底夕陽紅濕。送盡去雲成獨立。酒醒愁又入。」《詞林紀事》張宗橚按：「柳外」疑當作「柳下」。然各本俱作「柳外」，似複。今據毛刻本，「柳外」作「柳岸」，「岸」字較「下」字爲佳。詠川詎未考耶？

游次公

次公字子明，號西池，建安人。乾道、淳熙間，參桂林帥幕，通判汀州。

〔詞話〕《竹山漫録》：范石湖坐上，客有談劉婕妤事，公與客約賦詞。游次公子明倚《金縷曲》先成，公不復作，衆亦斂手。詞云：「暖靄烘晴簾。鎖垂楊、籠池罩閣，萬絲千縷。池上曉光分靄霧。日近羣芳易吐。尋並蒂、闌邊凝竚。不信釵頭雙鳳去，奈寶刀、被妾先留住。天一笑，萬花妒。　阿嬌好在金屋貯。甚秋風、易得蕭疏，扇鸞塵污。一自昭陽宫閉後，牆角土花無數。況多病、情傷幽素。臺上百花空雨露，望紅雲、杳杳知何處。天尺五，去無路。」捷按：起處「垂楊」、「絲縷」雖屬賦景，實則比體，蓋用高廟賜婕妤詞語耳。「並蒂」，指大劉妃及婕妤也。餘詳方勺《行都記》。

《山樵暇語》：唐人「風雨」字入詩最佳者，載於《麓堂詩話》。宋詩惟潘邠老「滿城風雨近重陽」之句，播傳人口。《後邨續詩話》按見《後村詩話後集》載游次公《卜算子》詞云：「風雨送人來，風雨留人住。草草杯盤話別離，風雨催人去。　淚眼不曾晴，眉黛愁還聚。明日相思莫上樓，樓上多風雨。」一詞而四句有風雨字，讀者亦不覺其多。句意清婉，亦是可喜。

按：據《建康縣志》，范石湖帥桂林，次公實參閫幕，有唱酬詩卷甚多，尤長于詞，惜全集已佚，僅存一斑半豹耳。蔣捷《竹山漫録》未見傳本，歸安揚鳳芭《西湖秋柳詩注》引此一則，豈揚氏曾見此書耶？

俞國寶 按俞一作于，或作干。

國寶，臨川人。乾淳間太學生，以詞稱旨，特予釋褐。有《醒庵遺珠集》十卷。

〔詞話〕《武林舊事》：淳熙間，德壽三殿游幸湖山。一日，御舟經斷橋，橋旁有小酒肆，頗雅潔，中飾素屏風，書《風入松》一詞於上。光堯駐目，稱賞久之，宣問何人所作，乃太學生俞國寶醉筆也。其詞云：「一春常費買花錢。日日醉湖邊。玉驄慣識西湖路，驕嘶過、沽酒樓前。紅杏香中歌舞，緑楊影裏鞦韆。　暖風十里麗人天。花壓鬢雲偏。畫船載取春歸去，餘情付、湖水湖煙。明日重携殘酒，來尋陌花鈿。」上笑曰：此詞甚好，但末句未免儒酸。因爲改定云「明日重扶殘醉」，則迥不同矣。即日宣命解褐云。

〔詞評〕蕙風詞隱云：俞醒庵《風入松》詞，歡娛之言不涉規諷，以此博當宣之，蓋闕於其微者審矣。

按：俞國寶占籍臨川，有《醒庵遺珠集》十卷，見《直齋書録解題》。「醒庵」，其自號也。《宋詩紀事》僅據《全芳備祖》録其《詠山茶》七絶一首，詞亦僅見此闋，蓋本集已佚久矣。

張掄

掄字材甫。一作才甫，自號蓮社居士，又號灌園老圃。淳熙初，知閤門事。有《蓮社詞》一卷，附《道情鼓子詞》。

〔詞話〕《乾淳起居注》：乾道三年三月初十日，上遣使至德壽宮奏知太上，欲一二日間，恭請車駕幸聚景園看花。太上云：「本宮後園亦有幾株好花，不若來日請官家過來閒看。」次日，車駕與皇后、太子過宮，起居二殿訖，先至燦錦亭進茶。宣召知閤門並兩府以下六員侍宴，同至後苑看花。知閤張掄進《柳梢青》云：「柳色初匀，餘寒似水，纖雨如塵。一陣東風，縠紋微皺，碧沼鱗鱗。仙娥花月精神。奏鳳管、鸞絃鬭新。萬歲聲中，九霞杯内，長醉芳春。」

《武林舊事》：淳熙六年三月十五日，車駕過宮，恭請太上、太后幸聚景園。次日，太上、太后至會芳殿降輦，上及皇后至翠光降輦，至錦壁賞大花，三面漫坡，牡丹約千餘叢，各有牙牌金字，上張碧油絹幕。是日知閤張掄進《壺中天慢》云：「洞天深處賞嬌紅，輕玉高張雲幕。國艷天香相競秀，瓊蕊清光如昨。露洗妖妍，風傳馥郁，雲雨巫山約。春濃似酒，五雲臺榭樓閣。聖代治定功成，一塵不動，四境無鳴柝。屢有豐年天助順，基業增隆山嶽。兩世明君，千秋萬歲，永享昇平樂。東皇呈瑞，更無一片花落。」賜金杯盤、法錦等物。又九月十五日，明堂大禮。十三日值雨。十四日早，車駕自景靈宮回太廟宿齋。雨終日不至，午後太上遣使提舉至太廟傳語官家：「連日祀事不易，所有十六日詣宮飲福，以陰雨泥濘勞頓，可免到宮行禮。」至晚，雨不止，遣御藥奏聞北内：來日爲值雨，更不乘輅，謹遵聖旨，更不過宮行飲福禮。至黄昏後雨止月明，上大喜，再遣御藥奏聞北内，以天晴仍舊乘輅，候登門肆赦訖，詣宮行飲福禮。禮畢，知閤張掄進《臨江仙》詞云：「聞道彤庭森寶仗，霜風逐雨驅雲。六龍扶輦下青冥。香隨鸞扇遠，日映赭袍明。　簾捲天街人頂戴，滿城喜氣氤氲。等閒散作八荒春。欲知天意好，昨夜月華新。」又十一年六月初一日，太上至冷泉堂後苑，小厮兒三十人，打息氣唱道情。太上云：此是張掄所撰《鼓子詞》。

《蓮社詞選》：張材甫，南渡故老，及見太平之盛者。集中多應制詞，如《蝶戀花》、《朝中措》、《霜天曉角》，傑作也。

《古今詞話》：淳熙中，張材甫應制詞云：「柳色初濃，餘寒如水，纖雨如塵。」復命曾海野和詞云：「桃靨紅勻，梨腮粉薄，鴛徑無塵。」《詞品》曰：「句句叶，而起句未叶，則亦未知詞者矣。」夫《柳梢青》起句，不用韻者間有。既在應制聯賡之作，是亦可通融者，極言其未知詞也，過矣。

《詞林紀事》：張材甫賦《禁中丹桂・臨江仙》云：「玉宇涼生清禁曉，丹葩色照晴空。珊瑚敲碎小玲瓏。人间無此種，來自廣寒宮。　雕玉闌干深院靜，嫣然凝笑西風。曲屏須占一枝紅。且圖歆醉枕，香到夢魂中。」按陳藏一《話腴》：四明之象山，士子史本有木犀，忽變紅色異香，因接本獻闕下。高廟雅愛之，畫爲扇面，仍製詩以賜從臣。自是四方爭傳其本，歲接數百。史氏由是昌焉。

〔詞評〕毛子晉云：材甫好填詞，應制極其華艷。

按：張材甫《上元有懷·燭影摇紅》「雙闕中天」云云，此詞情真調楚，悃欵纏綿，故國故君之思，溢於楮墨之表。求之雲壑、海野詞中殆未曾有，觀於此，而蓮社詞格，夐乎尚已。《蓮社詞》一卷，《直齋書録解題》著録，久佚不傳。近彊邨朱氏依善本書室藏本刻行，惜缺字太多，無從據補。有《春》、《夏》、《秋》、《冬》及《山居》、《漁父》、《詠酒》、《詠閒》、《修養》、《神仙》詞各十闋，疑即所謂《道情鼓子詞》，當時别爲一卷，附《蓮社詞》以行者。宋人有《十二月鼓子詞》，此仿其體而稍稍變通之。而《蓮社詞》僅九闋，則後人鈔撮而成，非足本矣。

何令修

令修，仁壽人。淳熙二年官渠州牧。

按：何令修詞《望江南》石刻不具調名，題龍脊石云：「登龍脊，撫劍一長歌。巫峽峯高騰鳳鶴，夔門波闊失蛟鼉。東望意如何。」後識云：「丁酉歲不盡六日，武陽何令修奉憲檄東下，道出雲安，獨游龍脊石，荒江沍寒，水落石出，賦此刻之崖壁，并記歲月，子塤侍行。」見拓本，丁酉，淳熙四年。

章良能

良能字達之，歸安人。按《絶妙好詞箋·小傳》：良能，麗水人。《宋詩紀事·小傳》云：麗水人，居吴興。《湖州府志》據《宰輔編年録》，作歸安人。淳熙五年，登進士第。除著作佐郎。嘉泰元年，爲起居舍人。二年，除御史中丞，遷中大夫。同知樞密院事。六年，拜參知政事。卒謚文莊。有《嘉林集》百卷。〔詞話〕《齊東野語》：外大父文莊章公間作小詞，極有思致，先妣能口誦數闋。《小重山》云：「柳暗花明春事深。小闌紅芍藥，已抽簪。雨餘風軟碎鳴禽。遲遲日，猶帶一分陰。　把酒莫沉吟。身閒無箇事，且登臨。舊游何處不堪尋。無尋處，唯有少年心。」今家集已不復存，而外家凋謝殆盡。暇日追憶書之，以寄余凱風寒泉之思云。《渚山堂詞話》：章文莊《春日·小重山》，意甚婉約。但鳴禽曰碎，於理不通，殊爲語病。唐人句云：「風暖鳥聲碎。」然則何不曰「暖風嬌語碎鳴音」也。按「音」字疑禽誤。

按：章文莊公《小重山》詞，雅韻天然，不假追琢。所謂融情入景，卻無筆墨痕跡可尋，寫景者皆當以爲法。周公謹以宅相至親，野記所述，斷無舛誤。朱竹垞録此詞入《詞綜》，署章穎名。（章穎，《宋史》有傳，作穎誤。）小傳云：穎字茂獻，臨江軍人。第進士，累官禮部尚書兼侍讀。卒，贈光禄大夫，謚文肅。名字、占籍、官謚並與公謹所記不同，《宋史》穎本傳：淳熙二年，禮部奏明第一，亦異。疑其有誤。

劉　褒

褒字伯寵，一字春卿，自號梅山老人，建安人。按《閩詞鈔》小傳作崇安人。《花庵詞選》云武夷人。淳熙五年登進士第。累官司門郎中。慶元元年，任林桂儒學教授，以朝請郎擢知全州。有《梅山集》。

〔詞話〕《珠花簃詞話》：劉伯寵生平宦轍，在吾廣右。惜其姓僅見省志《金石略》，而事行無傳。《水調歌頭·中秋》云：「破匣菱花飛動，跨海清光無際，草露滴明璣。」「跨海」云云，是何意境。下乃忽作小言。子雲《解嘲》所云「大者含元氣，細者入無間」，略可喻詞筆之變化。

按：劉伯寵詞見《中興以來絶妙詞選》，凡五闋。《水調歌頭·中秋》云：「天淡四垂幕，雲細不成衣。西風掃盡纖翳，掠我鬢邊絲。破匣菱花飛動，跨海清光無際，草露滴明璣。杯到莫停手，何用問來期。坐虚堂，揩病眼，泝流輝。雲山應有幽恨，瑶瑟掩金徽。河漢無聲自轉，玉兔有情亦老，世事巧相違。一寫謫仙怨，雙淚滿君頤。」昔賢賦《水調歌頭》，往往作壯語、放語，此詞清麗爲鄰而體格自高，殊不多覯。又有《六州歌頭·上廣西張帥》一闋。張帥即張栻也。《粤西金石略》：臨桂龍隱巖、劉焞題磨崖，跋。《宋史·吴獵傳》云：張栻經略廣西，劉焞代栻而撫水蠻。又云：乾道六年，詔補蒙澤進武副尉。初，宜州蠻莫才都爲亂，廣西經略劉焞遣進勇副尉蒙明質賊巢。明死，焞乞推恩其子澤，故有是命。考張栻經略在淳熙間，據此則焞經略反在栻前矣。今雜以石刻、史傳考之。張孝祥以乾道元年知静江府，廣西經略安撫使，二年張維代之（元注：見《宋史》及《水月洞詩紀》）。五年，維有《開潛洞記》，尚未去桂。六年，李浩知静江府，主管廣南西路安撫使，治廣。二年召還（元注：見《宋史》），是乾道八年也，范成大以是年帥桂，淳熙二年移蜀（元注：見《驂鸞録》及《碧虚亭題名》）。張栻即以是年知静江府，經略安撫廣南西路（元注：見《宋史》及朱子《虞帝廟碑》）。五年閏六月去桂（元注：見《冷水巖題名》）。焞始代之。歷任皆有確據，「撫水蠻」云云，傳誤也。伯寵以淳熙五年登第，當是釋褐即授静江文學，甫抵桂即賦詞呈省帥，猶及張栻去桂之前，栻爲桂帥之年，即此詞亦可考見。此詞章之關係考據者。

楊冠卿

冠卿字夢錫，江陵人。嘗舉進士，知廣州府，以事罷職。有《客亭類稿》十五卷，樂府一卷。

〔詞評〕蕙風詞隱云：宋人詞如《客亭樂府》，不失其爲清辭麗句。顧絶無迴腸盪氣、驚才絶艷之筆，以其無事外遠致，乃至循覽竟卷不能言其佳勝所在。蓋是中駟，非上乘也。

按：楊夢錫《客亭樂府》一卷，彊邨朱氏依《大典·客亭類稾》本刻行。詞凡三十六首，《垂絲釣》云：「翠簾畫捲。庭花日影初轉。酒力未醒，眉黛還歛。停歌扇。（《詞綜補遺》作：「眉黛歛。還傳歌扇。」）背畫闌倚徧。情無限。悵韶華又晚。　錦韉去後，愁寬珠袖金釧。碧雲信遠。難託西樓雁。空寫銀箏怨。腸欲斷。更落紅萬點。」此調澀甚。詞則妥帖易施，可稱合作。《水調歌頭》序云：「歸自羅浮，舟過于湖，哭張安國，至采石，弔李謫仙，悼今昔二賢豪之不復見也，月夜酹酒江濆，慨然而去，作長短句：曳杖羅浮去，遼鶴正南翔。青鸞爲報消息，巖壑久相望。無奈漁溪欸乃，唤起蘋洲昨夢，風雨趁歸航。萬里家何許，天闊水雲長。　歷五湖，轉湘楚，下三江。興亡千古餘恨，收拾付詩囊。重到然犀磯渚，不見騎鯨仙子，客意轉凄涼。舉酒酹江月，襟袖淚淋浪。」此詞稱題自是不易，以其傷今弔古，一往情深，頗有關於襟抱，故録之。詞格如楊客亭，當以「穆」字藥一「近」字。

史彌遠

彌遠字同叔，鄞縣人，浩子。淳熙六年，補承事郎。八年，銓試第一。十四年，登進士第。授大理司直，改諸王宫大小學教授。遷太常丞，改宗正丞。勾外，知池州。入爲司封郎官。權刑部、禮部侍郎，遷禮部尚書兼國史實録院修撰。拜少師，進太師。拜左丞相兼樞密使，特授保寧、昭信軍節度使，充醴泉觀使。封鄞縣男，進封伯，進奉化郡侯，魏、魯二國公，會稽郡王。卒，特贈中書令，追封衛王，謚忠獻。

〔詞話〕《堅瓠二集》：建炎中，金人追高宗至舟山，登岸斫道隆觀柱，柱忽流血，金人畏而遁去。高宗得免。史彌遠題詞觀中曰：「試憑闌干春欲暮，桃花點點臙脂。故鄉凝望水雲迷。數堆青玉髻，千頃碧琉璃。　我本清都閒散客，蓬萊未是幽奇。明朝歸去鶴齊飛。三山乘縹緲，海運到天池。」（編者按，據《大德昌國州圖志》卷七，此首乃史浩作。恰合事理。《堅瓠集・乙集》卷二考述有誤。）

按：史彌遠《臨江仙》詞，能作游仙語，似有覺悟。然以蓬萊爲未寄，期天池之運到，可知其非真能澹退矣。

馬子嚴

子嚴字莊甫，自號古洲居士，建安人。淳熙六年，攝廣西帥幕文字官。除知岳陽府。著有《岳陽志》二卷。

〔詞話〕《珠花簃詞話》：馬古洲《海棠春》云：「護取一庭春，莫彈花間鵲。」用徐幹臣：「悶來彈鵲，又攪碎、一簾花影。」（編者按，句見徐伸《二郎神》詞）可謂善變。又《月華清》云：「怕裹。又悲來老卻，蘭臺公子。」「怕裹」，宋人方言，《草窗詞》中屢見，猶言恰提防閒，大致如此詮釋，尚須就句意活動用之。

《織餘瑣述》：「翻騰妝束鬧蘇隄」，宋・馬子嚴《阮郎歸》詞句，形容粗釵膩粉，可謂妙於語言。「天與娉婷」，（編者按，句見秦觀《八六子》詞）何有於「翻騰妝束」，適成其爲「鬧」而已。

〔詞評〕況蕙風云：馬古洲詞，間有拙處、欠熨帖處，卻不涉俗。不楚楚作態也，故也。

按：馬莊甫在南宋詞人中名不甚顯，《御選歷代詩餘・詞人姓氏》：馬莊甫，字子嚴。蓋名、字互誤。其詞見《花庵詞選》、《花草粹編》。見竹垞《詞綜》者署馬莊甫，見《全芳備祖》者署馬古洲。明以前選家，其於作者往往僅署字，不書名，或僅署别號，甚或僅記所從出之書，《粹編》多有，久之而其人之名乃至不可考，是亦缺憾也。莊甫詞格與康伯可、曹元寵、田不伐輩近似，有《卜算子慢》云：「璧月上極浦。帆落人撾鼓。石城倒影，深夜魚龍舞。佳氣鬱鬱，紫闕騰雲雨。回首分今古。千載是和非，夕陽中、雙燕語。　向人訴。記玉井轆轤，臙脂漲膩，幾許蛾眉妬。感歎息、花好隨風去。流景如羽。且共樂昇平，不須後庭玉樹。」見《景定建康志》，爲選本所未收。

李　洪

洪字子大，廬陵人。按《花庵絶妙詞選》洪小傳云：家世同登桂籍，躋膴仕。與弟漳、泳、浂、淛，著《花萼集》五卷，姪直倫爲之序。

按：李子大詞《念奴嬌·曉起觀落梅》「麗譙吹角」云云，見《中興以來絶妙詞選》。又《浪淘沙·櫻桃》云：「上苑又春殘。櫻顆如丹。明光宫裏水晶盤。想得退朝花底散，宣賜千官。　往事記金鑾。荔子難攀。多情更有酪漿寒。蜀客筠籠相贈處，愁憶長安。」見《詞綜》。

李　漳

漳字子清，一作子申，洪弟。

按：李子清詞《桃源憶故人·閨情》云：「小樓簾捲闌干外。花下朱門半啟。中有傾城佳麗。一笑西風裏。　盈盈臨水情難致。盡日相看如醉。乾鵲不知人意。只管聲聲喜。」見《中興以來絶妙詞選》。《多麗》「好人人，去來欲見無因」云云，見《花草粹編》。長調連情發藻，雅近屯田。

李泳

泳字子永，號蘭澤，漳弟。淳熙六年，爲阮冶司幹官。據《夷堅志》。十四年，爲溧水令。據《景定建康志》。

〔詞話〕《夷堅己志》：大江富池縣隸興國軍，有甘寧將軍廟，殿宇雄偉。行舟過之者，必具牲醴祇謁。李子永嘗自西下，舟次散花洲，有神鴉飛立檣竿，久之東去。即遇便風，晡時抵岸步，青蛇激箭而來，至舟尾不見。是夕艤泊。明日賽神，其前大樓七間，尤偉壯。郡守周少隱采東坡詞語，扁爲「捲雪」。每潮漲時，石柱半插入水。方三伏中登望，江面萬頃，羣山環合。賦《望月·水調歌頭》云：「危樓雲雨上，其下水扶天。羣山四合飛動，寒翠落簷前。盡是秋清闌檻，一笑波翻濤怒，雪陣卷蒼煙。炎暑去無迹，清駛久翩翩。　夜將闌，人欲静，月初圓。素娥弄影，光射空際緑嬋娟。不用濯纓垂釣，喚取龍公仙駕，耕此萬瓊田。横笛望中起，吾意已超然。」及旦移舟，神鴉、青蛇俱送至長沙，風乃至。

按：李子永詞《賀新郎》「門掩長安道」云云，見《中興以來絶妙詞選》。《定風波》「點點行人趁落暉」云云，《清平樂》「亂雲將雨」云云，並見《絶妙好詞》。合以《夷堅志》所載《水調歌頭》，子永詞傳於世者僅此四闋而已。雖吉光片羽，即已卓然名家，五李之中最爲擅勝，宜乎見於家選本者屢也。

李泩

泩字子召，泳弟。

按：李子召詞《滿庭芳·送張守漢卿赴召》「麥秀連雲」云云，見《中興以來絶妙詞選》。

李　潮

潮字子秀，淦弟。官新城丞。

按：李子秀詞《踏莎行·送新城交代李達善》云：「紅藥香殘，緑筠粉嫩。春歸何處尋春信。繡鞍初上馬蹄輕，舉頭便覺長安近。　别酒無情，啼妝有恨。山城向晚斜陽褪。清江極目帶寒煙，錦鱗去後憑誰問。」見《中興以來絶妙詞選》。

李廷忠

廷忠字居厚，號橘山，於潛人。淳熙八年，登進士第。有《橘山甲乙稿》。

按：李橘山詞《鷓鴣天·詠牡丹》云：「洛浦風光爛漫時。千金開宴醉爲期。花方著雨猶含笑，蝶不禁寒總是癡。　檀暈吐，玉華滋。不隨桃李競春菲。東君自有回天力，看把花枝帶月歸。」《生查子·詠薔薇》云：「玉女翠帷熏，香粉開妝面。不是占春遲，羞被羣花見。　纖手折柔條，絳雪飛千片。流入紫金卮，未許停歌扇。」並見《全芳備祖》。《滿江紅·上夔帥樂祕閣生日》、《水調歌頭·武昌南樓落成，次王漕韻》二首，並見《花草粹編》。橘山仕履未詳，以兩長調審之，當在楚、蜀間也。

吕勝己

勝己字季克，其先建陽人，以父祉死義，按祉字安老，《宋史》有傳。敕葬邵武，因家焉。任湖南幹官，歷長沙幕僚。淳熙八年，假守沅州。坐貶罷。營別業，號小渭川。有《渭川居士詞》一卷。

〔詞話〕《負暄野録》：吕勝己渭川人，嘗爲沅州守，部使者忌之，中以事罷歸。按《渭川居士詞・滿江紅》「憶昔西來」闋自注：於時部使者一二人，修私怨，攘微功，陰加中傷，不遺餘力。有一故人當道，甚憐無辜，津送之意甚勤，逆旅不至狼狽者，故人之恩也。遂發興于風雨梅花之間。有別業一區，可五百畝，植花竹其上，號小渭川，作《渭川行樂詞》。按詞云：「殘梅飄簌簌。看柳上春歸，柔條新緑。嬌鶯離幽谷。弄彈簧清響，飛遷喬木。年華迅速。歎浮生、流暉轉燭。自春來、每每遨游，多辦九霞醽醁。溪北。踏青微步，鬬草慵眠，錦裀花褥。鉛華簇簇。歌聲妙、間絲竹。愛一川好處，高山流水，不減城南杜曲。笑平生、卓地無錐，老來富足。」調《瑞鶴仙》。善隸書。

《織餘瑣述》：宋・吕勝己《渭川居士詞・醉桃源》云：「去年手種十株梅。而今猶未開。山翁一日走千迴。今朝蝶也來。　高樹梢，暗香微。慳香越惱懷。更燒銀燭引春回。英英露粉顋。」「來」、「顋」二韻，意趣絶佳，「來」韻更勝。又《蝶戀花・觀雪作》云：「白玉裝成全世界，江湖點染微瑕纇。」前調前題云「玉女凝愁金闕下。褪粉殘妝，和淚輕揮灑。」兩意均新，似未經人道過。又《浣溪沙》云：「直繫腰圍鶴間霞。雙垂項帕鳳穿花。新妝全學内人家。」寫閨人裝束如畫。又《鷓鴣天》云：「壘金梳子雙雙耍，鋪翠花兒裊裊垂。」「耍」字、「花兒」字不易用，於詞格非宜，此卻尚可。其歇拍云：「門前恰限行人至，喜鵲如何聖得知。」「聖得知」，宋人方言，韓昌黎《盆池》詩：「夜半青蟲聖得知。」則唐賢有用之者。又《瑞鶴仙・栽梅》云：「南州春又到。向臘盡冬殘，冰姑先報。」《江城子・盆中梅》云：「年年臘後見冰姑。」梅稱冰姑，甚新，於此僅見。

按：吕季克《渭川居士詞》一卷，彊邨朱氏依善本書室藏舊鈔本刻行，以鐵琴銅劍樓藏鈔本校，校記附後。詞凡八十九首，間見沖淡渾成之作。此詞傳本絶少，《詞綜》、《詞綜補遺》並未之載。葉申薌《閩詞鈔》，遵《御選歷代詩餘》録十五首。當瞿、丁二鈔未出，唯《四庫》有藏本，陶梁不應未見。《歷代詩餘》乃亦未經著録，何耶？

謝　直

直，原名希孟，避寧宗諱，改名直，字古民，黄巖人。淳熙十一年，登進士第。歷太社令，嘉興府通判。〔詞話〕《談藪》：謝希孟在臨安狎娼，陸氏象山責之，希孟敬謝。他日復爲娼造鴛鴦樓。象山聞之，又以爲言。希孟曰：「非特建樓，且爲之記。」象山喜其文，不覺曰：「樓記云何？」即口占首句云：「自遜、抗、機、雲之死，而天地美靈之氣，不鍾於世之男子，而鍾於婦人。」象山默然。希孟一日在娼所，忽起歸興，遂不告而行。娼追送江滸，泣涕戀戀。希孟毅然取領巾書一詞與之云：「雙槳浪花平，夾岸青山鎖。你自歸家我自歸，説著如何過。　我斷不思量，你莫思量我。將你從前於我心，付與旁人可。」

按：謝古民固嘗從陸象山遊。其書領巾詞調寄《卜算子》，坎止流行，明决而不凝滯，庶幾見道之言，亦惟象山門人乃克辨之。

廖行之

行之字天民，其先延平人，徙衡州。按《御選歷代詩餘·詞人姓氏》作衡陽人。淳熙十一年，登進士第。官巴陵尉。以親老丐養，歸注授寧鄉主簿，未赴。有《省齋集》十卷，詩餘一卷。

〔詞評〕丁松生云：廖天民詞筆質樸，絶去雕飾。

按：《省齋詩餘》一卷，《直齋書録解題》、《善本書室藏書志》並著録。近彊邨朱氏依姚氏邃雅堂藏舊鈔本付梓。最四十一闋，壽詞居其泰半，嘗流覽竟卷，臨其佳勝，《西江月・舟中作》云：「紺滑一篙春水，雲横幾里江山。一番煙雨洗晴嵐。向曉碧天如鑑。　客枕謾勞魂夢，心旌長繫鄉關。封姨慳與送歸帆。愁對緑波腸斷。」《如夢令・詠梅》絶句云：「芳意與香撩亂。」

歷代詞人考略卷三十三

宋二十七

高似孫

似孫字續古，號疏寮，餘姚人。淳熙十一年登進士第，爲會稽主簿，擢校書郎。樓鑰除給事中，嘗舉以自代。其後爲禮部郎，按一作禮部侍郎。出倅徽州，守處州。累官中大夫，丐祠，提舉崇禧觀，卒。贈通議大夫。有《疏寮小集》、《剡録》、《緯略》。

〔詞話〕《癸辛雜識》：高疏寮守括蒼日，有籍妓洪渠，慧黠過人。一日歌《真珠簾》詞，至「病酒情懷猶困嬾」，使之演其聲，若病酒而困嬾者。疏寮極稱賞之。適有客云：「卿自用卿法。」高因視洪云：「吾亦愛吾渠。」遂與落籍而去。

按：《陽春白雪》録高疏寮詞三闋，其《鶯啼序》有《序》曰：「屈原《九歌·東皇太一》，春之神也。其詞凄婉，含意無盡。略采其意，以度春曲。」〔詞〕云：「青旂報春來了，玉麟麟風旋。陳瑶席、新奏琳琅，窈窕來薦嘉祉。桂酒洗瓊芳，麗景暉暉，日夜催紅紫。湛青陽新沐，人聲澹蕩花裏。光汎崇蘭，拆遍桃李，把深心料理。共携手、蘅室蘭房，奈何新恨如此。對佳時、芳情脈脈，眉黛蹙、羞褰瓊珥。折微馨、聊寄相思，莫愁如水。青蘋再轉，淑思菲菲，春又過半矣。細雨濕香塵，未曉又止。莫教一鳩無聊，羣芳亹亹。傷情漠漠，淚痕輕洗。曲瓊桂帳流蘇暖，望美人、又是論千里。佳期杳渺，香風不肯爲媒，可堪玩此芳芷。春今漸歇，不忍零花，猶戀餘綺。度美曲、造新聲，樂莫樂此新知。思美人兮，有花同倚。年華做了，功成如委。天時相代何日已。悵春功、非與他時比。殷勤舉酒酬春，春若能留，□還亦喜。」據《詞譜》，《鶯啼序》第二句應叶，「風旎」二字，當是傳刻之誤。第四段「不忍」至「新知」數句，亦與譜不合。

趙希邁

希邁字端行，號西里，永喜人。燕王德昭九世孫，師僚第三子。有《西里稿》。按《續文獻通考》云，高似孫跋。

〔詞話〕《浩然齋雅談》：「三十年前，愛買劍、買書買畫。凡幾度、詩壇爭敵，酒兵爭霸。春色秋光如可買，錢慳也不曾論價。任粗豪、爭肯放頭低，諸公下。　今老大，空嗟呀。思往事，還驚詫。是和非未說，此心先怕。萬事全將飛雪看，一閒且問蒼天借。樂餘齡、泉石在膏肓，吾非詐。」西里趙希孟《滿江紅》也。

按：趙端行詞當有《八聲甘州·竹西懷古》「寒雲飛萬里」云云，見《絕妙好詞》。

危積

積舊名科，字逢吉，臨川人。淳熙十四年登進士第，孝宗更名積。除南康軍教授，調臨安府教授。幹辦京西安撫司公事，入爲武學諭，改太學録。遷武學博士，又遷諸王宫教授。嘉定九年，改創宗子學成，充博士。遷祕書郎、著作佐郎，兼吴益王府教授。升著作郎兼屯田郎官。忤宰相，出知潮州，坐論罷，提舉千秋鴻禧觀。起知漳州，作龍江書院於臨漳臺上。以提舉崇禧觀致仕卒。有《巽齋集》。

按：危逢吉詞《漁家傲》云：「老去諸餘情味淺。詩情不上閒釵釧。竇幌有人紅兩靨。簾間見。紫雲元在深深院。十四條絃音調遠。柳絲不隔芙蓉面。秋入西窗風露晚。歸去嬾。酒酣一任烏巾岸。」見《御選歷代詩餘》。語艷而清，「柳絲不隔芙蓉面」，尤風致絶倫。

王居安

居安字資道，始名居敬，字簡卿，自號芳巖老圃，黄巖人。淳熙十四年舉進士，授江東提刑司幹官。入爲太學博士，遷校書郎，坐論劾，主管仙都觀。起知興化軍，召爲祕書丞。遷著作郎，擢右司諫，坐越職，劾罷。復官，知太平州，以直龍圖閣提點浙西刑獄。以集英殿修撰知隆興府，徙鎮襄陽，再劾罷。嘉定中，與魏了翁同召，遷工部侍郎，知温州。理宗即位，以敷文閣待制知福州，升龍圖閣直學士，轉大中大夫，提舉崇福宫。卒，累贈少保。有《方巖集》。

按：王資道《沁園春·敬次白真人韻》：「湖海襟期，煙霞氣宇，天上星郎。有靈方肘後，年年卻老，神鋒耳底，夜夜騰光。萬卷蟠胸，千鍾蘸甲，袞袞詞源三峽旁。功成處，見須彌日月，河岳星霜。　興來引筆千行。看舉世何人是智囊。任縱横萬變，難瞞道眼，優游自樂，不識愁腸。鬧市叢中，密林靜處，鼻觀常聞三界香。天書到，聽笙簫競奏，幢蓋班行。」「行」韻複。居安詞，向來選家未經著録。此閩彊邨録示，玉蟾先生有《送王侍郎帥三山》詞「錦繡文章」云云，即元唱也。（編者按，元唱見葛長庚《玉蟾先生詩餘》。）又資道有贈劉改之詩，見《瀛奎律髓》。

王自中

自中字道甫，平陽人。淳熙中登進士乙科，授淮寧主簿，擢分水令。中書舍人王藺薦其才，召對稱旨，改籍田令，遷通判郢州，道除知光化軍。光宗朝，以郎官召，固辭。命知信州，再知邵州。終知興化軍。

按：王道甫詞《酹江月·題釣臺》云：「扁舟夜泛，向子陵臺下，偃帆收艣。水闊風摇舟不定，依約月華新吐。細酌清泉，痛澆塵臆，唤起先生語。當年綸釣，爲誰高卧煙渚。　還念古往今來，功名可共，能幾人光武。一旦文星驚四海，從此故人何許。到底軒裳，不如蓑笠，久矣心相與。天低雲淡，浩然吾欲高舉。」見《御選歷代詩餘》。此詞一氣呵成，如高雲盪空，舒捲自如，略無筆墨之迹。而疏朗曠逸，尤雅與題稱，可想見其襟抱矣。

韓彦古　韓鑄

彦古字子師，延安人，世忠第三子。淳熙中知平江府，終敷文閣待制，户部尚書。

按：韓子師詞《浣溪沙》云：「一縷金香永夜清。殘編未掩古琴横。繡衾寒擁寶缸明。坐聽竹風敲竹磴，旋傾花水漱春酲。落梅和雨打簾聲。」見《陽春白雪》。

又：《詞旨》云：蘄王孫韓鑄，字亦顔，雅有才思，學詞於樂笑翁。一日，與周公謹泛舟西湖，泊荷花而飲酒杯半。公謹父舉似亦顔學詞之意，翁指花云：「蓮子結成花自落。」《山中白雲·慶宮春（按當作慶清朝）》「淺草猶霜」闋題云：「韓亦顔歸隱兩水之濱，殆未遜王右丞茱萸沜。余從之游，盤花旋竹，散懷吟眺，一任所適。太白去後三百年，無此樂也。」又《聲聲慢》「鬢絲濕霧」闋題云：「和韓竹閒韻，贈歌者關關，在兩水居。」竹閒，亦顔别字也。方回《桐江集·爲韓王孫亦顔題蘄王湖上騎驢歌》云：「亦顔用意何崢嶸，大司馬侃孫淵明。」其襟抱可想。亦顔必工倚聲，今乃未見隻字，姑附其名於此。

劉仙倫

仙倫一名儗，字叔儗，倫一作掄。一云名儗，字仙倫。號招山翁，廬陵人。有《招山小集》，樂章一卷。

〔詞話〕《花庵詞選·小傳》：叔儗自號招山，有詩集行於世，樂章尤爲人所膾炙。吉州刊本多遺落，今以家藏善本選集。

《詞旨·警句》：劉叔儗《一剪梅》云：「一般離思兩消魂，馬上黄昏，樓上黄昏。」

〔詞評〕《珠花簃詞話》：詞有淡遠取神，只描取景物，而神致自在言外，此爲高手。然不善學之，最易落套，亦如詩中之假王、孟也。劉招山《一剪梅》過拍云：「杏花時節雨紛紛，山繞孤村，水繞孤村。」頗能景中寓情。昔人但稱其揭拍三句「一般離思」云云，未足盡此詞佳勝。

按：招山詞清勁疏雋，風格在南北宋之間。《絶妙好詞》録十七闋，如《賀新郎·題吴江》云：「依舊四橋風景在，爲問坡仙甚處。但遺愛、沙邊鷗鷺。天水相連蒼茫外，更碧雲、去盡山無數。潮正落，日還暮。」《永遇樂·春暮有懷》云：「解籜吹香，遺丸薦脆，小芰浮鴛浦。畫闌如舊，依稀猶記，佇立一鈎蓮步。」皆可誦之句。其短調如《霜天曉角·題蛾眉亭》云：「倚空絶壁。直下江千尺。天際兩蛾凝黛，愁與恨、幾時極。　暮潮風正急。酒醒聞塞笛。試問謫仙何處，青山外、遠煙碧。」亦復玉致瑶姿，不假雕飾。

周文璞

文璞字晉仙，一號方泉老人，又號埜齋，又號山楹。陽穀人。有《方泉先生集》二卷。

〔詞話〕《貴耳集》：埜齋周晉仙文璞曾語余曰：「《花間集》只有五字絶佳，『細雨濕流光』，景意俱微妙。」

《貞居詞》：周晉仙有詞云：「還了酒家錢。便好安眠。大槐宫裏著貂蟬。行到江南知是夢，雪壓漁船。　盤礴古梅邊。也信前緣。鵝黄雪白又醒然。一事最奇君聽取，明日新年。」晉仙宋南渡名士，此詞鮮于困學每愛書之。百年後，方外士張雨追和一章，以爲笑樂，惜困學公不能爲我賞音：「拋下杖頭錢，取次高眠。玉梅金縷孟家蟬。説著錢塘都似夢，嬾問游船。　誰信酒壚邊。别有仙緣。自家天地一陶然。醉寫桃符都不記，明日新年。」

按：周晉仙《題酒家壁詞·浪淘沙》，雖自然超妙，然學之非宜，恐墮野狐禪也。晉仙又有《一剪梅》云：「風韻蕭疏玉一團。更著梅花，輕裊雲鬟。者回不是戀江南。只爲温柔，天上人間。賦罷閒情共倚闌。江月庭蕪，總是消魂。流蘇斜掩燭花寒。一樣眉尖，兩處關山。」見弁陽翁《絶妙好詞》，斯爲倚聲正軌。晉仙所稱「細雨濕流光」五字，乃馮正中《陽春集・南鄉子》詞句，謂出《花間集》，誤也。晉仙子伯弼，嘗選《唐三體詩》。

管鑑

鑑字明仲，龍泉人。以父澤官江西常平提幹，始家臨川。孝宗朝，累官至廣東提刑、權知廣州兼經略安撫使。有《養拙堂詞》一卷。

〔詞評〕《餐櫻廡詞話》：管明仲《養拙堂詞・蓦山溪・甲辰生日醉書示兒輩》云：「浮雲富貴，本自無心羨。金帶便圍腰，也應似、休文瘦減。」以韻語入淡語，無求新之迹，政復新艷絶倫。

按：管明仲《養拙堂詞》一卷，最六十八闋，有四印齋刻本。南宋人詞别集，往往循覽一過，中間不無率意之句，頹放之筆。明仲詞獨能勻腴妥帖，竟卷一律，尤有風格韻致，蓋深於倚聲之學者矣。

沈端節

端節字約之，吴興之寓溧陽。曾官京職，令蕪湖，知衡州，提舉江東茶鹽。淳熙間，仕致朝散大夫。有《克齋詞》一卷。

〔詞評〕《珠花簃詞話》：宋詞名句，多尚渾成。亦有以刻畫見長者。沈約之《謁金門》云：「獨依危闌清晝寂，草長流翠碧。」又云：「寒色著人無意緒，竹鳴風似雨。」《如夢令》云「炊睡，炊睡，窗在芭蕉葉底。」《念奴嬌》(刻本無題，當是詠海棠之作)云：「醉態天真，半羞微歛，未肯都開了。」雖刻畫而不涉纖，所以爲佳。

〔詞考〕《四庫全書總目・克齋詞提要》：是集見陳振孫《書録解題》，然振孫亦不詳其始末。毛晉跋語，疑其即《詠賈耘老苕上水閣》沈會宗之同族，亦無確證。惟《湖州府志》及《溧陽縣志》均載端節寓居溧陽，嘗令蕪湖，知衡州，提舉江東茶鹽。淳熙間，官至朝散大夫。其説必有所據。獨載其詞名《充齋集》，則「充」、「克」二字，形近致譌耳。其詞僅四十餘闋，多有詞而無題。考《花間》諸集，往往調即是題，如《女冠子》則詠女道士，《河瀆神》則爲送神曲，《虞美人》則詠虞姬之類。唐末五代諸詞，例原如是。後人題詠漸繁，題與調兩不相涉，若非存其本事，則詞意俱不可詳。集中如《念奴嬌》二闋之稱太守，《青玉案》第一闋之稱使君，第三闋之稱賢侯，竟不知所贈何人。至《念奴嬌》「尋幽覽勝」一闋，似屬端節自道。據詞中「自笑飄零驚歲晚，欲挂衣冠神武」，及「羣玉圖書，廣寒宫殿，一一經行處」云云，則端節固當曾官京職。以其題已佚，遂無可援據。宋人詞集，似此者頗少，疑原本必屬調與題全，輒轉傳寫，苟趨簡易，遂遭删削耳。今無可考補，姑存其舊。至其吐屬婉約，頗具風致，固不以《花庵》、《草堂》諸選不見採録，稍減聲價矣。

按：沈約之詞，全闋如《虞美人》之「暮雲衰草連天遠」，《洞仙歌》(刻本無題，當是詠雪)之「夜來驚怪，冷逼流蘇帳」。摘句如《卜算子》云：「千里江山暗淡中，總是悲秋意。」《南歌子》云：「雪篷煙櫂炯寒光，疑是風林纖月到船窗。」《醉落魄》云：「深院無人，只有燕穿幕。」《太常引》云：「天遠樹冥冥。悵好夢、纔成又醒。」並方雅清渾，未墜宋人標格。

陳　善

善字敬甫，號秋塘。有《雪篷夜話》三卷。

〔詞話〕《貴耳集》：秋塘陳敬甫善，淳熙間一豪士，有《滿江紅》詞曰：「三月風前花薄命，五更枕上春無力。」

〔詞考〕《餐櫻廡詞話》：《吹劍録》云：古今詩人間出，極有佳句，無人收拾，盡成遺珠。陳秋塘詩：「不知筋力衰多少，但覺新來嬾上樓。」按此二句，乃《稼軒詞·鷓鴣天》歇拍。稼軒倚聲大家，行輩在秋塘稍前，何至取材秋塘詩句？秋塘平昔以才氣自豪，亦豈肯沿襲近人所作。或者俞文蔚氏誤記辛詞爲陳詩耶？此二句入詞則佳，入詩便覺未合。

按：陳秋塘《滿江紅》對句云云，其詞傳於世者，僅此二句而已。此等語雖出自宋人，亦斷不可學，學之易涉纖佻，於格調非宜也。

王　嵎

嵎字季夷，號貴英，北海人。紹興、淳熙間寓居吴興。有《北海集》二卷。

〔詞話〕《癸辛雜識》：或云上巳當作十干之己，蓋古人用日例以十干，如上辛、上戊之類，無用支者，若首午尾卯，則上旬，無巳矣。王季夷嵎《上己》詞云「曲水湔裙三月二」，此其證也。

《詞旨》：王季夷警句：「春在賣花聲裏。」

〔詞評〕王定甫云：王季夷詞筆如旋珠，妙在收捺得住，便有餘音，且意深矣。

按：王季夷詞，有《祝英臺近》、《夜行船》，並見《絶妙好詞》。《夜行船》後段「不覺小窗人靜」，「不覺」二字，據譜誤多，即以詞論，亦不宜多此二字。

陸維之

維之字仲永，一名凝之，字子才，餘杭人。嘗應舉不第，隱於大滌山之石室，人因以石室稱之。有《石室小隱集》三卷。

〔詞話〕《洞霄圖志》：陸維之隱於大滌山，消摇林谷，詩酒自娱。嘗觀潮錢〔塘〕，有《酹江月》詞云：「遠山一帶，遡晴空、極目天涯浮白。楓落鴉翻談笑處，不覺雲濤横席。酒病方蘇，睡魔猶殢，一掃無留迹。吴帆越棹，恍然飛上空碧。　長記草賦梁園，淩雲筆勢，倒三江秋色。對此驚心空悵望，老作紅塵閒客。别浦煙平，小樓人散，回首千波寂。西風歸路，爲君重噴霜笛。」高宗嘉賞，欲召見，辭疾不赴。及上退處北宫，嘗幸大滌，憲聖亦偕行。上問山中詩客，或以維之對，進其行卷，上讀數首，太息曰：「布衣入翰林可也。」欲歸與孝宗言之，憲聖曰：「山林隱士，必不求名，强之出山，乃大勞苦。」遂止。未幾，以疾卒。

按：陸仲永《觀潮》詞起調三句，便覺彌漫浩瀚，湧見豪端。歇拍云云，便是潮之餘音，與「曲終人不見，江上數峯青」

並臻神妙。「回首千波寂」，能於驚心駭目中忽呈靜悟之一境，殆非不食煙火人未易領會，宜乎關博士以得道稱之也。

徐沖淵

沖淵字叔靜，自號栖霞子，吴人。淳熙中，典洞霄通明館，主豫章玉隆觀。有《經進西游集》。按《宋詩紀事·沖淵小傳》云：大滌山凝神齋高士。

按：徐叔靜詞《水調歌頭·懷山中》云：「窮達付天命，生死見交情。人今老矣，□□狗苟與蠅營。贏得一頭霜雪，閒卻五湖風月，鷗鳥負前盟。顔厚已如甲，太息誤生平。　想箕山，懷潁水，挹餘清。只今歸去，滄浪深處濯吾纓。笑撫山中泉石，細説人荆棘，有道苦難行。好補青蘿屋，且占白雲耕。」見《洞霄詩集》。

張頎

頎，嘉興人。字及官位待考。

按：張頎詞《水調歌頭·徐高士游洞霄》云：「雨後煙景緑，春水漲桃花。繫舟溪上，筍輿十里達平沙。路轉峯回勝處，無數青熒玉樹，縹緲羽人家。樓觀倚空碧，水竹湛清華。　縱幽尋，携蠟屐，上蒼霞。古仙何在，空餘藥竈委巖窪。它日倘然歸老，乞取一庵雲卧，隨分了生涯。底用更辛苦，九轉鍊黄芽。」見《洞霄詩集》。徐高士，即徐沖淵也。

杜旟

旟字伯高，號橋齋，金華人。淳熙、開禧間，兩以制科薦。有《橋齋集》。

〔詞話〕《筆乘續集》：杜旟字伯高，《酹江月·賦石頭城》云：「江山如此，是天開萬古，東南王氣。一自髯孫橫短策，坐使英雄鵲起。玉樹聲消，金蓮影散，多少傷心事。千年遼鶴，併疑城郭非是。當日萬駟雲屯，潮生潮落處，石頭孤峙。人笑褚淵今齒冷，只有袁公不死。斜日荒煙，神州何在，欲墮新亭淚。元龍老矣，世間何限餘子。」

《珠花簃詞話》：杜伯高《酹江月·賦石頭城》云：「人笑褚淵今齒冷，只有袁公不死。」「寧爲袁粲死，不作褚淵生」，宋時石城謠也。

〔詞評〕許蒿廬云：杜伯高詞，豪邁處，不減稼軒。

按：杜伯高詞《驀山溪》：「春風如客，可是繁華主。紅紫未全開，早緑遍、江南千樹。一番新火，多少倦遊人，纖腰柳，不知愁，猶作風前舞。　小闌干外，兩兩幽禽語。問我不歸家，有佳人、天寒日暮。老來心事，惟只有春知，江頭路，帶春來，更帶春歸去。」見《花草粹編》。此詞清新流麗，雅近北宋，與《酹江月》「江山如此」闋異曲同工。又《摸魚兒》「放扁舟、萬山環處」云云，見《詞綜》。

杜旃

旃字仲高，蘭谿人，旟弟。淳熙間，湖漕舉首。有《癖齋小集》。

〔詞話〕《金華府志·人物志》：仲高嘗占湖漕舉首。吴獵、楊長孺與之善。所著有《杜詩發微》、《癖齋集》。陳同甫書云：「惠教高文麗句，見所謂『半落半開花有恨，一晴一雨春無力』，令人眼動；及讀到

『別纜解時風度緊，離觴盡處花飛急』，然後知晏叔原之『落花人獨立，微雨燕雙飛』，不得專長擅美矣。『雲破月來花弄影』，何足以勞歐公之拳拳乎！」又云：「仲高之詞，叔高之詩，皆入能品。此非獨一門之盛，蓋可謂一時之豪矣。」

按：杜仲高詞，全闋未見著録，陳同甫書所稱斷句，乃《满江紅》前後段中間對句也。「離觴盡處花飛急」，融景入情，最爲佳句。少陵翁「感時花濺淚，恨别鳥驚心」，視此微嫌辭費。仲高它作，今雖不可得見，以此例之，未必如同甫所云，僅臻能品而已。

趙善括

善括號應齋，隆興人。商王元份六世孫，鄆王仲御曾孫。孝宗朝，登進士第。初爲常熟令，改郡倅。擢知鄂州。歷官凡四十年，因事謫罷。復出，充幕職。終岳州漕佐。有《應齋雜著》，詞一卷。

〔詞話〕《四庫全書總目·應齋雜著提要》：詩詞多與洪邁、章甫唱和，而與辛棄疾酬贈尤多。其詞氣駿邁，亦復相似。觀其《金陵有感》詩，有「謝安王導亦可罪，至今遂使南北分」句，其不滿於湖山歌舞，文酣武嬉，意趣蓋與棄疾等，宜其相契甚深也。

《織餘瑣述》：宋·趙善括《應齋詞·醉落魄·江閣》云：「天公著意秤停著。寒色人情，都恁兩清薄。」「秤停」，猶言平亭權衡之意。《廣韻》：秤，俗稱字。

按：趙善括《應齋詞》一卷，彊邨朱氏依輯《大典·應齋雜著》本刻行。應齋與辛幼安、洪景盧唱酬，宜其詞筆超軼凡近也。如《摸鱼兒・和辛師》云：「天涯勞苦。望故國江山，東風吹淚，渺渺在何處。」《醉落魄・江閣》云：「碧山回繞闌干角。一縷行雲，忽向杯中落。」於綿邈處寫情，於空靈處寫景，各得象外環中之妙。又《水調歌頭・席上作》：「燭影烘寒成暖，花色照人如晝。」二句亦工鍊。

王千秋

千秋字錫老，號審齋，東平人。有《審齋詞》一卷。

〔詞評〕《四庫全書・審齋詞提要》：毛晉跋稱其詞多酬賀之作，然生日娵詞，南宋人集中皆有之，何獨刻責於千秋。況其體本《花間》，而出入於東坡門徑，風格秀拔，要自不雜俚音。南渡之後，亦卓然爲一作手。黄昇《中興詞選》不見采録，或偶未見其本耳。晉跋遽以「絶少綺艷」評之，亦殊未允。集中如《憶秦娥》、《清平樂》、《好事近》、《虞美人》、《點絳脣》以及詠花諸作，短歌微吟，興復不淺，何必屯田《樂章》始爲情語也。

《珠花簃詞話》：《審齋詞・好事近・和李清宇》云：「歸晚楚天不夜，抹牆腰横月。」只一「抹」字，便得冷靜幽瑟之趣。

黄蓼園云：王審齋有詞筆，時有佳句，非杜壽域輩所及。

〔詞考〕《四庫全書提要》：陳振孫《書録解題》載《審齋詞》一卷，而不詳其始末。據卷内有《壽韓南澗生日》及《席上贈梁次張》二詞：南澗名元吉，隆興中爲吏部尚書；次張名安世，淳熙中爲桂林轉運使。

是千秋爲孝宗時人矣。惟安世詩稱千秋爲金陵耆舊，與陳振孫所稱爲東平人不合，或流寓於金陵耶。

按：《審齋詞·浣溪沙·詠焦油》云：「買市宣和預賞時。流蘇垂蓋寶燈圍。小鐺烹玉鼓聲隨。金彈玲瓏今夕是，鼇山縹緲昔遊非。馬行遺老想霑衣。」感物興懷，不沾不脱。其斷句如《虞美人》云：「老來心緒怯幺絃，出塞移船莫遣到愁邊。」前調云：「海棠開盡野棠開，匹馬崎嶇還入亂山來。」骨幹疏俊。蓼園黄氏稱其時有佳句，此類是已。又《青玉案》云：「擁翹欲去，顰蛾還住，不盡徘徊意。」描寫閨人姿態，栩栩豪端。毛子晉譏其絶少綺語，非知人之言也。又《審齋詞·浣溪沙》云：「不止恨伊唯準擬，也先傷我太因循。而今頭過總休論。」或疑「頭」是誤字，「頭過」，或宋人方言，猶「稱消」（周草窗《西江月》句「稱消不過牡丹情」）、「遮」（王質《漁父詞》「遮些快活有誰知」）、「怎奈向」（秦少游《八六子》句：「怎奈向，歡娱漸隨流水。」）之類。

李處全　龍大淵

處全字粹伯，號晦庵，洛陽人。登進士第，除宗正簿，遷太常丞，爲杭郡掾，知沅州，提舉湖北茶鹽，授祕書丞兼禮部郎官。遷殿中侍御史、進侍御史。母憂，去職奉祠。後知袁州、處州，移贛州，未赴改舒州。卒於任。有《晦庵詞》一卷。

〔詞話〕《織餘瑣述》：宋·李處全《晦庵詞·念奴嬌·京口上元雪夜》云：「我亦低窗翻蠹紙，失喜瑶花盈尺。」《水調歌頭》云：「睡起推窗凝睇，失喜柔桑微緑，便擬作春衣。」「失喜」，當是宋人方言。《減字木蘭花·菊》詞云「色莊香重」，此四字亦甚新。

按：李粹伯《晦庵詞》，臨桂王氏四印齋刻入《宋元三十一家詞》。其詞氣格雅近蒼淡，與康伯可、曹元寵輩迥乎不侔，如《水調歌頭·冒大風渡沙子》云：「我常欲，利劍戟，斬蛟鼉。胡塵未掃，指揮壯士挽天河。誰料半生憂患，成就如今老態，白髮逐年多。」又《詠梅》云：「松下淩霜古榦，竹外横窗疏影，同是歲寒姿。喚取我曹賞，莫使俗流知。」又云：「誰道梳風洗雨，不許調脂弄粉，容易涴天姿。」此等詞，饒有骨榦。又如《朝中措》之「薰風庭院」，《驀山溪》之「梨山過雨」兩闋，稍近穠麗，卻無便辟軟媚之習，其人品大概可知矣。《德壽宮起居注》稱：侍御李處全上《玉京秋》詞。此詞集中不載，竟卷亦無應制之作，詎晚直禁廷所作不復之稿耶？

又按：粹伯占籍亦有作溧陽者。粹伯從兄處權，字巽伯，《瀛奎律髓》選其詩，注亦云洛陽人。而《景定建康志》（卷四十九《儒雅傳》）則稱處全淑之曾孫，本徐州豐縣人，遷居溧陽登第云云。《四庫全書·崧庵集提要》謂《瀛奎律髓》所稱洛陽，當由刻本傳譌，以「溧」爲「洛」。今據兩説考定之。《晦庵詞·水調歌頭》云：「此地嵩高名里，信美元非吾土，清夢繞瀍洢。」「瀍」、「洢」皆河南水名，引爲「吾土」，詎溧陽人之言耶？《建康志》謂處全溧陽人，嘗登第矣。而是書進士題名（卷三十二《儒學志》）卻無處全姓名。處權以崧名庵，亦與洛陽相切，則二李當是洛陽人，作溧陽者，「洛」、「溧」聲近致誤也。《崧庵集·夢歸賦》引云：予洛陽人也。此尤證據親切，無庸側引旁徵者已。《崧庵集》有「淳熙六年八月弟處全跋」。自稱行年五十，則處全生於建炎四年，當淳熙九年，内直上《玉京秋》時，年已五十三矣。又按：《德壽宮起居注》云：承旨龍大淵上《瑶臺聚八仙》，此詞今亦未見。大淵它作亦無傳者，兹附著其名於此。

吴禮之

禮之字子和，自號順受老人，錢塘人。有詞五卷。

〔詞話〕《西湖游覽志餘》：西湖競渡，自二月八日爲始，而午尤盛。是日，畫舫齊開，游人如蟻，龍舟六隻，俱裝十太尉、七聖、二郎神雜劇。帥守往一清堂彈壓，立標竿於湖中，挂錦綵、銀碗、官楮，以賞捷者。諸舟競發，先至標者取賞，其餘犒錢而已。吴子和賦《喜遷鶯》云：「梅霖初歇。正絳色海榴，爭開佳節。角黍包金，香蒲切玉，是處玳筵羅列。鬬巧盡輸年少，玉腕綵絲雙結。艤畫舫，見龍舟兩兩，波心齊發。奇絶。難畫處，激起浪花，翻作湖間雪。畫鼓轟雷，紅旗掣電，奪罷錦標方徹。望中水天日暮，猶自珠簾高揭。棹歌歸晚，載荷香十里，一鉤新月。」

《南宋雜事詩注》：花庵《中興絶妙詞選》：吴禮之，字子和。王生、陶氏月夜共沈西湖，賦《霜天曉角》弔之云：「連環易缺。難解同心結。癡騃佳人才子，情緣重、怕離别。意切。人路絶。共沈煙水濶。蕩漾香魂何處，長橋月，短橋月。斷橋月。」按《西湖志》本《癸辛雜識》載王生、陶氏事，但云都人作「長橋月，短橋月」以哀之，不記全篇，且不知作者姓字，得此可以補之。「短橋」，花庵本作「斷橋」，是斷橋可名短橋也，亦前此所未聞。按《西湖游覽志餘》：淳熙初，行都角妓陶師兒與蕩子王生狎，甚相眷戀，爲惡姥所閫，不盡綢繆。一日，王生拉師兒遊西湖，更闌舉舟倦寢，舟泊淨慈寺藕花深處，王生、師兒相抱投水中。舟人驚救不及而死，都人作「長橋月，短橋月」，以歌之。

〔詞評〕鄭國甫云：順受老人詞，久著名，能以尋常語言爲極透脱文字。

按：吴子和時代未詳，其賦西湖競渡《喜遷鶯》詞，丁臨安全盛時，殆心在光、寧前矣。順受老人詞，花庵撰録凡十六闋，《蝶戀花·別恨》「急水浮萍風裏絮」云云，空中傳恨，循環無端。十六闋中最爲擅勝。斷句如《醜奴兒·秋别》

云：「去也難留，萬重煙水一扁舟。錦屏羅幌，多應換得，蓼岸蘋洲。」《杏花天》云：「遥山好似宫眉淺，人比遥山更遠。」《漁家傲》云：「曉妝鏡裏春愁滿。」差不愧絶妙二字。

胡浩然

浩然字及爵里，未詳。

〔詞話〕《西湖游覽志餘》：立春前一日，臨安府進大春牛，設於福寧殿庭。及駕臨幸，内官皆用五色綵杖鞭牛。……是日，賜百官春旛勝，宰執親王以金，餘以金裹銀及羅帛爲之，係文思院造辦各帶於幞頭之左。入謝。後苑辦造春盤供進，及分賜貴邸宰臣巨璫翠鏤紅絲金雞玉燕，備極珍巧，每盤直萬錢。學士院撰進春帖，帝、后、貴妃、夫人諸閤各有定式，絳羅金鏤，華彩可觀。臨安府亦鞭春開宴，而邸第饋遺多仿效内庭焉。胡浩然《上郡守・喜遷鶯》云：「譙門殘月。聽畫角曉寒，梅花吹徹。瑞日祥雲，和風解凍，青帝乍臨東闕。暖向土牛簫鼓，天路珠簾高揭。最好是，带綵幡春勝，披頭雙結。奇絶。開宴處，珠履玳簪，俎豆爭羅列。舞袖翩躚，歌喉縹緲，壓倒柳腰鶯舌。勸我應時納祜，還把金爐香爇。願歲歲，這一卮春酒，長陪佳節。」

《聽秋聲館詞話》：《春霽》，一名《秋霽》，與《送入我門來》二調，皆始自胡浩然，夷猶誕漫，自成一格。他詞亦頗可觀，乃《詞綜》及《補遺》均未録。至《草堂詩餘》，誤以晁無咎《傳言玉女》詞爲浩然作，所録《吉席・滿庭芳》詞，鄙穢已甚，宜爲竹垞太史指摘。

按：胡浩然詞，見《草堂詩餘》凡三闋，非罕見之書也，乃朱氏《詞綜》、陶氏《詞綜補遺》、王氏《詞綜補人》並皆無之，疏漏政同。《御選歷代詩餘》録其詞矣，而詞人姓氏中亦不著其名，（《歷代詩餘》有詞無名者，胡浩然、陳沂孫、僧仲璋三家。）是亦奇矣。丁杏舲録其《秋霽》「虹影侵階」闋，所據蓋《歷代詩餘》。《草堂詩餘》有浩然《春霽》「遲日融和」云云，其《秋霽》「虹影侵階」闋則署陳後主。顧後主時，安得有倚聲。（《歷代詩餘》注云：《秋霽》調始於胡浩然。）其非是不可辨而決。此二詞字句多同，疑浩然同時之作。

曹遵

遵字擇可，號松山。官御前應制。有《松山小稾》。

按：曹松山詞，見《陽春白雪》及《絶妙好詞》，共六闋。兹録其《瑞鶴仙》云：「爐煙消篆碧。對院落秋千，晝永人寂。濃春透花骨。正長紅小白，暈香塗色。銅駝巷陌。想游絲、飛絮無力。念繡窗、深鎖紅鸞，虚度禁煙寒食。　空憶。象牀沉水，鳳枕屏山，殢歡尤惜。粉香狼籍。海棠下、東風急。自秦臺簫咽，漢皋珮冷，斷雨零雲難覓。但杏梁、雙燕歸來，似曾相識。」其應制詠花諸作，亦工麗合體裁。

姜特立

特立字邦傑，麗水人。靖康中，以父綬殉國，廕補承信郎，以特奏名四舉禮部。孝宗召試，遷閤門舍人，爲太子春坊。光宗即位，除知閤門事。按《武林舊事》：特立觀察使與周端臣、曹遵、陳郁同爲御前應制。累官浙東馬步軍副總管，慶遠軍節度使。卒，祀武義縣鄉賢祠。有《梅山稾》六卷、《續稾》五卷，詞一卷。

〔詞評〕《纖餘瑣述》：宋姜特立《梅山詞・菩薩蠻》云：「苗葉萬珠明，露華圓更清。」「圓更清」三字，其所以然未易説出，卻有無限真趣深致，決非鈍根人所能領會耳。又《蝶戀花》云：「明日尊前無覓處，咿軋籃輿，只向雙溪路。」「籃輿」入詞，似乎前此未有。「咿軋」肖其聲，妙。蕙風詞隱云：梅山詞，妍麗丰腴，是其本色，漸近深造，恰未成變化，以故紛披沉頓之筆，間一見之，而究不敵本色語多也。

按：姜邦傑《梅山詞》一卷，半塘老人依南昌彭氏知聖道齋藏舊鈔本刻入《宋元三十一家詞》，詞凡二十闋。其在集中較爲清疏遒上者，如《霜天曉角》之「歡娱電掣」，《滿江紅》之「小小華堂」均是。又《浣溪沙》之後段云：「蝸角虚名真誤我，蠅頭細字不禁愁。班超何日定封侯。」上二句屬對工活，末句恰能承束上意。余當謂宋詞名作皆有理脈可尋，於此等處見之。《德壽宫起居注》載姜特立進《金盞子慢》詞，今集中失載。

周端臣

端臣字彦良，號葵窗，建業人。官御前應制。有《葵窗小史》。

〔詞話〕《西湖秋柳詞注》：周端臣葵窗，有廖氏《香月園詞》，調寄《瑶臺聚八仙》。按此詞惜未見，《秋柳詞續賦十六首，注引《葵窗小史》，餘録一則。

《香東漫筆》：白石詞「少年情事老來悲」，宋・朱服句「而今樂事他年淚」，二語合參，可悟一意化兩之法。宋・周端臣《木蘭花慢》句云：「料今朝别後，它時有夢，應夢今朝。」與「而今」句同意。

〔詞評〕儀墨莊云：周葵窗詞，音節神采最佳。

按：周彦良詞，《陽春白雪》及《絶妙好詞》共四闋。如《木蘭花慢》之「霭芳陰未解」，越調《清夜游》之「西園昨夜」。斷句如《玉樓春》歇拍云：「重來花畔倚闌干，愁滿闌干無倚處。」與《木蘭花慢》「梢」、「飄」韻並極輕清婉約之致。彦良與姜梅山、曹松山、陳藏一同時爲御前應制，見《武林舊事》，四君皆擅倚聲之學。

徐照

照字道暉，又字靈暉，號山民。按《文獻通考》作天民。永嘉人。卒於嘉定四年據《宋詩鈔·小傳》。有《芳蘭軒集》三卷。一名《山民集》。

〔詞話〕《花草蒙拾》：顧太尉「换我心，爲你心，始知相憶深」，自是透骨情語。徐山民「妾心移得在君心，方知人恨深」，全襲此。然已考爲柳七一派濫觴。

《珠花簃詞話》：徐山民《瑞鷓鴣》云：「雨多庭石上苔文。門外春光老幾分。爲把舊書藏寶帶，誤翻殘酒濕綃裙。　風頭花片難裝綴，愁裏鶯聲怯聽聞。恰似剪刀裁破恨，半隨妾處半隨君。」《瑞鷓鴣》調與七言律詩同。山民此詞卻必不可作七律觀，此詞與詩之别也。

《織餘瑣述》：宋徐照《清平樂》後段云：「迎人捲上珠簾，小螺未拂眉尖。貪教玉籠鸚鵡，楊花飛滿妝匳。」描寫閨娃憨態，饒絃外音。

按：徐山民詞《南歌子》云：「相思無處説相思，笑把畫羅小扇覓春詞。」《阮郎歸》云：「妾心移得在君心，方知人恨深。」此陸輔之所摘警句也。余喜其《玉樓春》起調云：「螢飛月裏無光色，波水不摇樓影直。」狀夜景妙肖入神，尤能以淡静勝。又《文獻通考》云：徐照、徐璣、翁卷、趙師秀四人，號永嘉四靈，惟趙師秀登第改官，則山民或竟一布衣矣。檢《芳蘭軒詩集》，有《永州書懷》、《題浯溪水》、《永州寄翁靈舒》諸作，其寄靈舒句云：「古郡百蠻邊，蒼梧九點煙。去家疑萬里，歸計在明年。」山民蓋寓永稍久，或嘗薄宦此間，今不可考。其卒在嘉定初，則當爲孝、光時人。

劉　瀾

瀾字養源，號江邨，天台人。嘗爲道士，卒於嘉定九年。

〔詞話〕《浩然齋雅談》：「御風來、翠鄉深處，連天雲錦平遠。卧遊已動蓬舟興，那在芙蓉城畔。巾孏岸。任壓頂嵯峨，滿鬢絲零亂。飛吟水殿。載十丈青青，隨波弄粉，菰雨淚如霰。　斜陽外，也有仙妝半面。無言應對花怨。西湖千頃腥塵暗。更憶鑑湖一片。何日見。試折藕占絲，絲與腸俱斷。遐征漸倦。當潁尾湖頭，緑波彩筆，相伴老坡健。」此劉瀾養源游天台雁蕩東湖所賦《買陂塘》詞，絶筆也。哀哉！

《剡源集·王德玉樂府倡答小序》：往年客錢塘，與金仁翁、劉養源、翁處静輩商略樂府，往往花朝月夕，皆能自爲而自歌之。余雖不能，輒從旁拊掌繫節稱善，亦一時之快也。聚散三十年，升沉工拙，是非賢否，悉所不問，獨江湖交友，過從之樂，時時未能去心耳。

〔詞評〕王定甫云：江邨清挺能作豪俊語，而自不戾格。

按：劉養源詞，清拔處具體白石，見《絶妙好詞》凡三闋，皆合作也。《慶宫春·重登蛾眉亭感舊》云：「春翦緑波，日明金渚，鏡光盡浸寒碧。喜溢雙蛾，迎風一笑，兩情依舊脈脈。那時同醉，錦袍濕、烏紗欹側。英游何在，滿目青山，飛下孤白。片帆誰上天門，我亦明朝，是天門客。平生高興，青蓮一葉，從此飄然八極。磯頭緑樹，見白馬、書生破敵。百年前事，欲問東風，酒醒長笛。」此詞從白石「雙槳蓴波」闋脱化而出，所不逮白石者，質與遒耳。其《瑞鶴仙·詠海棠》後段云：「紅蹙。花開不到，杜老溪莊，已公茅屋。山城水國。歡易斷，夢難續。記年時馬上，人酣花醉，樂奏開元舊曲。夜歸來，駕錦漫天，絳紗萬燭。」《齊天樂·吴興郡宴遇舊人》後段云：「劉郎今度更老，雅懷都不到，書帶題扇。花信風高，苕溪月冷，明日雲帆天遠。」此等詞濃處見骨幹，淡處彌腴韻，置之碧山、玉田集中，未易伯仲。又《蘋洲漁笛譜》有和劉養源《明月引》、《六么令》各二闋，惜元唱已佚。

歷代詞人考略卷三十四

宋二十八

蔡幼學

幼學字行之，瑞安人。年十八，試禮部第一。以對策忤時相，得下第，教授廣德軍。孝、光間，至校書郎。寧宗即位，特提舉福建常平。時朱熹居建陽，幼學每事諮訪，坐劾罷，奉祠。尋起知黄州，召入爲吏部員外郎，歷國子司業、宗正少卿，遷中書舍人兼侍講。兼直學士院。除刑部侍郎，改吏部。除龍圖閣待制、知泉州，徙建康府、福州，進福建路安撫使。力求罷去，升寶謨閣直學士、提舉萬壽宫。召權兵部尚書兼太子詹事。卒，謚文懿。有《育德堂集》。

按：蔡文懿詞《好事近》云：「日日惜春殘，春去更無明日。擬把醉同春住，又醒來岑寂。　明年不怕不逢春，嬌春怕無力。待向燈前休睡，與留連今夕。」見《花草粹編》。《歷代詩餘》蔡幼學有名無詞。

高觀國

觀國字賓王，號竹屋，山陰人。有《竹屋癡語》一卷。

〔詞話〕楊湜《古今詞話》：高觀國精於詠物，《竹屋癡語》中最佳者，有《御街行·詠轎》、《詠簾》，《賀新郎·詠梅》，《解連環·詠柳》，《祝英臺近·詠荷》，《少年游·詠草》皆工而入逸，婉而多風。

《歷代詞話》：姜堯章云：高竹屋有《中秋夜懷史梅溪·齊天樂》詞，即「晚雲知有關山念」一闋也，徘徊宛轉，交情如見。

沈雄《古今詞話》：僧皎然《送春》詞：「有意送春歸，無計留春住。畢竟年年用著來，何似休歸去。」高賓王全用之：「屈指數春來，彈指驚春去。檐外蛛絲網落花，也要留春住。幾日喜春晴，幾夜愁春雨。十二闌干六曲屏，題徧傷春句。」

〔詞評〕《珠花簃詞話》：高竹屋有梅花詞二闋，調寄《金人捧露盤》，《絶妙好詞》録其「念瑶姬」闋，其「楚宫閒」闋風格尤遒上，未審公謹何以不登？

又：《竹屋詞·齊天樂·中秋夜懷梅溪》云：「古驛煙寒，幽垣夢冷，應念秦樓十二。」此等句開國朝詞門徑。鈎勒太露，便失之薄。

《織餘瑣述》：高觀國，《竹屋詞·臨江仙》句云：「詩俊爲梅新。」此語亦俊而新。《謁金門》「濕紅如有恨」，亦佳句。

張叔夏云：竹屋、白石、梅溪、夢窗格調不凡，句法挺異，俱能特立清新之意，删削靡曼之詞，自成一家。

劉融齋云：高竹屋爭驅白石，然嫌多綺語。

王定甫云：竹屋詞力量稍遜梅溪，較梅溪爲和渾耳。

黄蓼園云：艷詞寧近質，勿涉纖。如高竹屋，尚不失爲作者。

〔詞考〕《四庫全書總目·竹屋癡語提要》：陳振孫《書録解題》載：《竹屋詞》一卷，高觀國譔，不詳爲何許人。高郵陳造並史達祖二家爲之序。此本爲毛晉所刊，末有晉跋，僅録造序中所稱「竹屋、梅溪語皆不經人道，其妙處少游、美成不及」數語，而不載全文。然考造《江湖長翁集》亦不載是序，或當時削其稾歟。詞自鄱陽姜夔句琢字鍊，始歸醇雅，而達祖、觀國爲之羽翼。故張炎謂數家格調不凡，句法挺異，俱能特立清新之意，删削靡曼之詞。乃《草堂詩餘》於白石、梅溪則概未寓目，竹屋詞亦止選其《玉蝴蝶》一闋，蓋其時方尚甜熟，與風尚相左故也。觀國與史達祖疊相酬唱，旗鼓俱足相當。惟梅溪詞中尚有《賀新郎》一闋，注云：「湖上與高賓王同賦」，今集中未見此調，殆佚之歟。

按：融齋劉氏《藝概》云：「高竹屋詞爭驅白石，然嫌多綺語。」竊嘗瀏覽竟卷，亦有並非綺語而詞甚工。如《玉蝴蝶》「喚起一襟涼思」云云，《鷓鴣天》「有約湖山卻解襟」云云，此等詞亦復饒有骨榦，未可付之十八女郎紅牙拍板也，其實雖艷而不俗，即亦無傷高格。如《夜合花》之「斑駁雲開」，《蘭陵王》之《爲十年故人作》「鳳簫咽」，此等詞雖涉言情，未可以綺語目之，其氣清，其神淡也。斷句如《玲瓏四犯》云：「魂驚苒苒江南遠，煙草愁如許。」《醉落魄》云：「亂峰低處明殘日。雁字成行，界破暮天碧。」綿邈疏爽，各擅所長，並皆可誦。

張鎡

鎡字功甫，一字時可，自號約齋居士，成紀人，居臨安。循王曾孫。淳熙、紹熙間，歷承事郎、宣義郎、直秘閣通判、臨安軍府事。開禧初，爲右司郎官，終少卿。有《南湖集》十卷，詩餘一卷。按一名《玉照堂詞》。

〔詞話〕《浩然齋雅談》：放翁在朝日，嘗與館閣諸人會飲於張功父南湖園，酒酣，主人出小姬新桃者，歌自製曲以侑尊，按今檢《南湖詩餘》，未見有自製曲，當是已佚。《南湖集·朱文藻書後》稱，公詩存者僅三之一，即詞亦非全豹矣。以手中團扇求詩於翁，翁書一絶云：「寒日清明數日中，西園春事又悤悤。梅花自避新桃李，不爲高樓一笛風。」蓋戲寓小姬名於句中，以爲一笑。當路有恚之者，遽指以爲有所譏，竟以此去。

《蕉壁瑣言》：鄭君光錫語余，曩赴張功甫南湖園春燕。置酒聽鶯亭，亭外垂柳數十株，柔荑初緑。酒半，出家伎十餘輩，悉衣鵝黄宫錦半臂，並歌唐人《柳枝》詞，作貼地舞。歌竟，又易十餘輩，悉衣淺碧蜀錦，群手執柳枝，唱名流詠柳樂府。送客，諸伎籠燈者以百計。

《古今詞話》：花庵詞客曰：楊萬里極稱張功甫之詞。《玉照堂詞》以種梅得名，如「光摇動、一川銀浪，九霄珂月」是也。

周草窗曰：張功甫，西秦人。其「月洗高梧」一闋，乃詠物之入神者。此白石論史邦卿詞而及之。

《詞統源流》：張南湖《詩餘圖譜》，於詞學失傳之日，創爲譜系，有蓽路藍縷之功。《虞山詩選》云：南湖少從西樓王氏游，刻意填詞。必求合某宮某調第幾聲，其聲出入第幾犯，抗墜圓美，必求合作，則此言似屬溢論。大約南湖所載，俱係習見諸體。一按字數多寡，韻脚平仄，而於音律之學，尚隔一塵。試觀柳永《樂章集》中，有同一體而分大石、歇指諸調，按之平仄，亦復無別。此理近人原無見解，亦如公甗所言徐六擔板耳。

《南湖集·朱文藻書後》：玉照之梅，桂隱之桂，邀客宴賞，對花獨吟，集中屢見。至於牡丹之會，王簡卿嘗一赴之，如《齊東野語》所述，可謂極聲伎之盛矣。而集中《擁繡堂看大花》詞云：「手種滿闌花，瑞露一枝先坼。拄箇杖兒來看，兩三人門客。」又何其清況。若公有小姬，放翁會飲，則有贈詩書扇之新桃。公集中於《夢游仙》題下云：「小姬病起，幡然有入道之志。」正與《自詠》詩所謂「紅裙遺去如僧榻，白髮梳來稱道冠」之語合。故史魏公《慧雲寺記》，稱其閒居遠聲色，薄滋味，矻矻詩文自處，不異布衣臞儒。而明之吴本如作公祠記，遂疑史語非實録，然公不云乎，光明藏中孰非游戲，能於有差別境中入無差別定，則淫房酒肆偏歷道場，鼓樂音聲皆談般若。後之論公者，當作如是觀耳。

〔詞評〕《皺水軒詞筌》：《稗史》稱韓幹畫馬，人入其齋，見幹身作馬形，凝思之極，理或然也。作詩文亦必如此始工。如史邦卿《咏燕》，幾於形神俱似矣；次則姜白石《詠蟋蟀》；然尚不如張功甫「月洗高梧」云云，不惟曼聲勝其高調，兼形容處心細如絲髮，皆姜詞之所未及發。

《織餘瑣述》：《玉照堂詞·宜雨亭詠千葉海棠》云：「紫膩紅嬌扶不起，好是未開時候。半怯春寒，半便晴色，養得臙脂透。」宋邵康節云：「好花看到半開時。」此更於未開時着眼，豈稼軒所謂「惜春常怕花開早」耶。蕙風外子句云：「玉奴羯鼓悔催花，花若遲開應未落。」才人之筆，往往恉趣略同，而抒辭愈變愈工也。

沈雄《古今詞話》：張功甫有《送陳退翁分教衡湘·賀新郎》詞。楊升庵曰：此詞首尾變化，送教官而及陰山狂虜，非善轉換不及此。末句「呼翠袖，爲君舞」，又能換回結煞，真有千鈞筆力。稼軒有「憑誰喚取，盈盈翠袖，揾英雄淚」似之。

許蒿廬云：約齋居士詞，響逸調遠，亦有工細處。

按：《玉照堂詞》，朱竹垞選《詞綜》時曾見之。今《南湖詩餘》有知不足齋刻本，乃館臣自《永樂大典》輯出，鮑氏又據《詞綜》補《蘭陵王》一首，可見《大典》所録非足本也。近彊邨朱氏又據鮑本重校刻之，後附《張斗南詞》。斗南，名樞，一字雲窗，功甫諸孫，叔夏父也。仁和許氏輯其詞，置于《山中白雲》卷首，朱氏改附《南湖詞》後。今讀《南湖詩餘》，泰半對花拊景之作，兹擇其尤雅者，標目如左：《昭君怨·園池夜泛》「月在碧虚」闋，《菩薩蠻·詠鴛鴦梅》「前生曾是」闋，《好事近·擁繡堂看大花》「手種滿闌花」闋，《虞美人·詠水蓱花》「濃妝未試」闋，《感皇恩·駕霄亭觀月》「詩眼看青天」闋，《蝶戀花》「楊柳鞦韆」闋，又「門外滄洲」闋，《鷓鴣天·自興遠橋過清夏堂》「閒立飛虹」闋，《念奴嬌·宜雨亭詠千葉海棠》「緑雲影裏」闋，《八聲甘州·秋夜奉懷浙東辛帥》「領千巖萬壑」闋，《宴山亭》「幽夢初回」闋。斷句如《眼兒媚·詠女貞木》云：「月兒照着，風兒吹動，香了黄昏。」《鵲橋仙·采菱》云：「濕煙吹霽木蘭輕，照波底、紅嬌翠婉。」皆可誦。《滿庭芳·詠促織》後段云：「兒時，曾記得，呼燈灌穴，斂步隨音。任滿身花影，猶自追尋。攜向華堂戲鬭，亭臺小、籠巧妝金。今休説，從渠牀下，涼夜伴孤吟。」狀物寓情，庶幾石帚嗣響。唯《風入松》云：「耳邊囑付話兒姦。休放鑾檀。」「姦」韻絶奇，「鑾檀」字亦僅見。

史達祖

達祖字邦卿。汴人。有《梅溪詞》一卷。

〔詞評〕《玉林詞話》：史邦卿《雙雙燕》「過春社了」云云。姜堯章極稱賞「柳昏花暝」之句。形容雙燕，亦曲盡其妙矣。

《詞源》：詩難於詠物，詞爲尤難。體認稍真，則拘而不暢，模寫差遠，則晦而不明。要須收縱聯密，用事合題。一段意思，全在結句，斯爲絶妙。如史邦卿《東風第一枝・詠春雪》、《綺羅香・詠春雨》、《雙雙燕・詠燕》，此皆全章精粹，所詠瞭然在目，且不留滯於物。

又：史邦卿《春雨》云：「臨斷岸、新緑生時，是落紅、帶愁流處。」《燈夜》云：「自憐詩酒瘦，難應接、許多春色。」此皆平易中有句法。

又：史邦卿《東風第一枝・賦立春》、《黄鐘喜遷鶯・賦元夕》，此等妙詞，不獨措辭精粹，又且見時序風物之盛，人家宴樂之同。

《詞品》：姜堯章謂邦卿之詞，奇秀清逸，有李長吉之韻，蓋能融情景於一家，會句意於兩得者。其「做冷欺花，將煙困柳」一闋，將春雨神色拈出。「飄然快拂花梢，翠尾分開紅影」，又將春燕形神畫出矣。姜亦當時名手，而推服之如此。

《絶妙好詞箋》：《梅溪詞・水龍吟・陪節欲行留别社友》「道人越布單衣」云云。按梅溪曾陪使臣至金，故有此詞。

《古今詞話》：沈雄曰：史梅溪《换巢鸞鳳·春情》句云：「花外語香，時透郎懷抱。暗握荑苗，乍嘗櫻顆，猶恨侵階芳草。」《詞統》謂醉心蘇魄之語，恐非生人所安也。

又：《詞統》曰：史邦卿《喜遷鶯》，細心苦思，不幸有改之者，如「芳草漸侵裙幄」，則改爲「雙燕漸窺簾幕」。又「鶯囀緑窗，也似來相約。粉壁題詩，香堦走馬，爭奈鬢絲輸却」，又改爲「無奈緑窗，孤負敲碁約。錦瑟調絃，銀瓶索酒，年少也曾迷着」，不亦大損風韻也哉？此不可以我面爲子面者，終必爲識法者懼也。（編者按，《詞統》引述之《喜遷鶯》系蔣捷作，見《竹山詞》。）

《玉塵集》：用詩入詞，名家往往不免。如史邦卿與陸放翁同時，而翻其句入詞云：「小雨空樓，無人深巷，早已杏花先賣。」

《皺水軒詞筌》：作險韻者，以妥爲貴，史達祖《一斛珠》曰：「鴛鴦意惬，空分付、有情眉睫。齊家蓮子黄金葉。爭比秋苔，靴鳳幾番躡。牆陰月白花重疊。怱怱軟語頻驚怯。宫香錦字將盈篋。雨長新寒，今夜夢魂接。」語甚生新，卻無一字不安也，末語尤有致。

又：嘗觀姜論史詞，不稱其「軟語商量」，而賞其「柳昏花暝」，固知不免項羽學兵法之恨。

《花草蒙拾》：宋南渡後，梅溪、白石、竹屋、夢窗諸子，極妍盡態，反有秦、李未到者。雖神韻天然處或減，要自令人有觀止之歎。正如唐絶句，至晚唐劉賓客、杜京兆，妙處反進青蓮、龍標一塵。

《金粟詞話》：南宋詞人，如白石、梅谿、竹屋、夢窗、竹山諸家之中，當以史邦卿爲第一。昔人稱其分鑣清真，平睨方回，紛紛三變行輩，不足比數，非虚言也。

《遠志齋詞衷》：梅溪、白石、竹山、夢窗諸家，麗情密藻，盡態極妍。要其追琢處，無不有蛇灰蚓綫之妙。

《詞徑》：詞中四字對句，最要凝鍊，如史梅溪云：「做冷欺花，將煙困柳。」只八個字，已將春雨畫出。

《香海棠館詞話》：梅溪詞「幾曾湖上不經過。看花南陌醉，駐馬翠樓歌。」下二語人人能道，上七字妙絶，似乎不甚經意，所謂「得來容易卻艱辛」也。

《珠花簃詞话》：「詩酒尚堪驅使在，未須料理白頭人。」少陵句也。《梅溪詞·喜遷鶯》云：「自憐詩酒瘦，難應接、許多春色。」蓋反用其意。

陳唐卿云：梅溪、竹屋詞，要是不經人道語，其妙處，雖少游、美成不及也。

許蒿廬云：白石、梅溪，昔人往往並稱。驟閲之，史似勝姜，其實則史少減堯章。昔鈍翁嘗問漁洋曰：「王、孟齊名，何以孟不及王？」漁洋曰：「孟詩味之，未能免俗耳。」吾于姜、史亦云。倚聲者試取兩家詞熟玩之，當不以予爲蚍蜉之撼。

劉融齋云：史邦卿詞，句最警鍊，微嫌意貪。

黄蓼園云：史邦卿詞，如珠玉艷秋，羅綺嬌春。

〔詞考〕《四庫全書總目·梅溪詞提要》：田汝成《西湖志餘》稱：韓侂胄有堂吏史達祖，擅權用事。與之名姓皆同。今考集中《齊天樂》第五首注云：「中秋宿真定驛。」《滿江红》第三首注云：「九月二十一日出京懷古。」《水龍吟》第三首注云：「陪節欲行，留别社友。」《鷓鴣天》第四首注云：「衛縣道中。」《惜黄花》一首注云：「九月七日定興道中。」核其詞意，必李壁使金之時，侂胄遣之隨行覘國，故有諸詞。知譔此集者，即侂胄所用之史達祖。又考玉津園事，張鎡雖預其謀，而鎡實侂胄之狎客，故於滿頭花生辰得移厨張樂於其邸。此篇前有鎡序，足證其爲侂胄黨。序末稱數路得人，恐不特尋美於漢，亦足證其實爲掾史，確非兩人。惟序作於嘉泰元年辛酉，而集中有壬戌立春一首。序稱初識達祖，出詞一編，而集中有與鎡唱和詞二首，則此本又後來所編，非鎡所序之本矣。

四印齋刻《梅溪詞跋》：陳氏《書録解題》云：汴人史達祖邦卿撰，張約齋鎡爲作序。不詳何人。葉紹翁《四朝聞見録》云：韓侂胄爲平章，專倚省吏史達祖。韓敗，黥焉。或遂謂邦卿即侂胄吏，並引詞中「陪節北行」、「一錢不值」等語實之。按陳氏去侂胄未遠，邦卿果爲其省吏，何必曲爲之諱，猥云不詳。即以詞論，如《滿江紅》之「好領青山」，《齊天樂》之「郎潛白髮」，皆非胥吏所能假託。且約齋爲手刃侂胄之人，何至與其吏唱酬，復作序傾倒如此。殆不然矣。堂吏非輿臺。侂胄之奸，視秦、賈有間，邦卿即真爲省掾，原不必深論，特古今同時同姓名者正自不乏，强爲牽合，亦知人論世者所宜辨也。

按：史梅溪，宋詞名家也。其賦詠諸作，久膾炙人口，乃至工於言情，則論者殊未之及，兹略舉數闋。如《三姝媚》之「煙光摇縹瓦」，《瑞鶴仙》之「杏煙嬌濕鬢」，乃其最濃至者。《八歸》之「秋江帶雨」，《玉蝴蝶》之「晚雨未摧宫樹」，乃其較疏俊者。《蝶戀花》之「二月東風吹客袂」，《解佩令》之「人行花塢」，則又以標韻勝矣。又《梅溪詞·尋春服感念·壽樓春》云：「裁春衫尋芳。記金刀素手，同在晴窗。幾度因風飛絮，照花斜陽。誰念我，今無腸。自少年、消磨疏狂。但聽雨挑燈，欹牀病酒，多夢睡時妝。　飛花去，良宵長。有絲闌舊曲，金譜新腔。最恨湘雲人散，楚蘭魂傷。身是客，愁爲鄉。算玉簫、猶逢韋郎，近寒食人家，相思未忘蘋藻香。」此自度曲也。前段「因風飛絮，照花斜陽」，後段「湘雲人散，楚蘭魂傷」句，「風飛」、「花斜」、「雲人」、「蘭魂」並用雙聲疊韻字，是聲律極細處。

劉光祖

光祖字德修，陽安人，寓居德清。登進士第，累官除右正言、知果州。以趙汝愚薦，召入。光宗即位，除軍器少監，補殿中侍御史，徙太府少卿。求去，除直祕閣、潼川運判，改夔州提刑。寧宗即位，除侍御史，改司農少卿。進起居郎，忤韓侂胄奪職，謫房州。起知眉州，除潼川路提刑、權知瀘川。侂胄誅，召除右文殿修撰、知襄陽府，進寶謨閣待制、知遂寧府，改京、湖制置使，以寶謨閣直學士知潼川府。升顯謨閣學士，提舉西京嵩山崇福宮。嘉定十五年卒，進文華閣學士，謚文節。有《後溪集》十卷，《鶴林詞》一卷。

〔詞話〕《絕妙好詞箋》：《鶴林詞·踏莎行》：「掃徑花零，閉門春晚。恨長無奈東風短。起來消息探荼蘼，雪條玉蘂都開徧。　晚月魂清，夕陽香遠。故山別後誰拘管。多情於此更情多，一枝嗅罷還重撚。」

按：劉文節詞，氣體清疏，不假追琢。《洞仙歌·荷花》一闋，允推佳構，其詞云：「晚風收暑，小池塘荷淨。獨倚胡牀酒初醒。起徘徊、時有香氣吹來，雲藻亂，葉底游魚動影。　空擎承露蓋，不見冰容，惆悵明妝曉鸞鏡。後夜月涼時，月淡花低，幽夢覺、欲憑誰省。也應記、臨流凭闌干，便遥想，江南紅酣千頃。」見《中興以來絶妙詞選》及《絶妙好詞》題作「敗荷」。《鵲橋仙·留别》歇拍云：「如何不寄一行書，有萬緒、千端别後。」倒裝句法，亦佳。魏文靖《鶴山詞》，與文節唱酬之作絶夥，蓋氣類之雅，琴筑同聲也。

崔與之

與之字正子，廣州人。少游太學。紹熙四年登進士第，授潯州司法參軍。知新城縣，通判邕州，特授廣西提點刑獄。入爲金部員外郎，授直寶謨閣、權發遣揚州事、主節淮東安撫司公事。升祕書監兼太子侍講，權工部侍郎。以焕章閣待制知成都府、本路安撫使。理宗即位，提舉南京鴻慶宫。俄授廣東經略安撫使兼知廣州。拜參知政事，拜右丞相，皆力辭。嘉熙三年致仕，以觀文殿大學士提舉洞霄宫。卒，謚清獻，累封至南海郡公。有《菊坡集》。

〔詞話〕李昂英《文溪集·題菊坡水調歌頭後》：清獻崔公劍閣賦長短句，惓惓愛君憂國，遑惜身計，此意類《出師表》。雅趣欲結茅庾嶺邊，一琴一鶴。蹊湘桂歸南海，竟不得踐緑陰青子約，然幅巾藜杖，徜徉老圃寒花間十有六年。晏歲之樂，不減洛中耆英也。好事者揭此詞山中，惜非公手跡，某敬以所藏本，授横浦校官賴君棟使刻之。文獻張公始鑿嶺路，而未有祠，著公同龕为宜。此則地主事，非過客所得專也。

又《崔清獻公行狀》：公嘗度劍閣，留題詞：「蒲澗清泉白石，怪我舊盟寒。」里人采其語，立公生祠於其地。

按：崔清獻詞《水調歌頭》帥蜀作云：「萬里雲間戍，立馬劍門關。亂山極目無際，直北是長安。人苦百年塗炭，鬼哭三邊鋒鏑，天道久應還。手寫留屯奏，炯炯寸心丹。　對青燈，搔白首，漏聲殘。老來勳業未就，妨卻一身閒。蒲澗清泉白石，梅嶺緑陰青子，怪我舊盟寒。烽火平安夜，歸夢遶家山。」見《中興以來絶妙詞選》。清獻在蜀帥任以疾告歸，未幾，召爲禮部尚書，除知潭州、知隆興府，復召爲吏部尚書。理宗數以御筆起之，皆力辭不拜，其敝屣榮利，樂志邱園，於此詞見之矣。其後安撫廣東，即家治事，則亦迫於恩命，萬不獲已耳。

俞灝

灝字商卿，自號青松居士，世居杭。紹熙四年，登進士第。歷麾節皆有聲。寶慶二年致仕。有《青松居士集》。又嘗與姜夔、葛天民同作詩詞鈔爲一卷，名《載雪録》，夔爲之序。

〔詞話〕《浩然齋雅談》：慶元丙辰冬，姜堯章與俞商卿、銛朴翁、張平甫自封禺同載，詣梁溪，道吴淞，既歸，各得詩詞若干解，鈔爲一卷，命之曰《載雪録》。

白石道人詞《角招·小序》：甲寅春，予與俞商卿燕游西湖，觀梅於孤山之西村。玉雪照映，吹香薄人。已而商卿歸吴興，予獨來，則山横春煙，新柳被水，游人容與飛花中。悵然有懷，作此寄之。商卿善歌聲，稍以儒雅緣飾。予每自度曲，吟洞簫，商卿輒歌而和之，極有山林縹緲之思。今予離憂，商卿一行作吏，殆無復此樂矣。

按：俞商卿詞：《點絳脣》云：「欲問東君，爲誰重到江頭路。斷橋薄暮。香透溪雲渡。細草平沙，愁入淩波步。今何許。怨春無語。片片隨流水。」見《絶妙好詞》。商卿與白石道人唱酬，生平佳構殆未易僂指，乃僅存此短章，令人惆悵曷極。

程珌

珌字懷古，先世居洺州，自號洺水遺民，休寧人。紹熙四年，登進士第。以祕書丞，出爲江東轉運判官。遷浙西提舉常平，升著作郎。歷軍器少監，國子司業，起居舍人，直學士院。遷禮部侍郎，進尚書，封休寧縣男，兼同修國史、實録院同修撰。拜翰林學士、知制誥。以焕章閣學士知建寧府。進新安郡侯，加寶文閣學士、知福州兼福建安撫使。以端明殿學士致仕。卒，贈少師。有《洺水集》，詞一卷。

〔詞話〕《餐櫻廡詞話》：程珌《洺水詞·西江月·壬辰自壽》首句「天上初秋桂子」，自注：「今歲七月，月中桂子下。」《織餘瑣述》謂此典絶新，惜語焉弗詳。按宋·舒岳祥《閬風集》，有《月中桂子記》，可與程詞印證。唯歲月不同耳。記云：余童丱時，先祖拙齋翁夜課余讀書。會中秋，月色浩然。聞瓦上聲如撒雹，甚怪之。先祖曰：「此月中桂子也。我少時嘗得之天台山中。」呼童子就西廂天井燭之，得二升許。其大如豫章子，無皮，色如白玉，有紋如雀卵。其中有仁，嚼之作脂麻氣味。余囊之，雜菊花作枕。其收拾不盡散落磚罅甓縫者，旬日後輒出樹，子葉柔長如荔支，其底粉青色，經冬猶在，便可尺餘。兒戲不甚愛惜，徙植盆斛，往往失其所在矣。是後未之見也。

〔詞評〕《四庫全書存目・洺水詞提要》：珌有《洺水集》，詩餘止二十一闋，已載集中，此毛晉摘出别行之本也。珌文宗歐、蘇，其所作詞，亦出入於蘇、辛二家之間。中多壽人及自壽之作，頗嫌寡味。至《滿庭芳》第二闋之蕭、歌通叶，《減字木蘭花》後闋之「好」、「坐」同韻，皆係鄉音，尤不可爲訓也。

按：程懷古《洺水詞》頗多奇崛之筆，足當一「重」字。《四庫》列之存目，稍形屈抑。如《水調歌頭》「日轂金鉦赤」云云，此等詞可醫庸弱之失。又如前調之「天地本無際」，《滿江紅》之「黄鶴樓前」，此兩闋亦集中佳勝。斷句如《念奴嬌・憶先廬春山之勝》云：「忍見庭前，去年芳草，依舊青青色。」又云：「燕子春寒渾未到，誰説江南消息。」則又以疏俊擅長矣。

程　垓

垓字正伯，眉山人。紹熙間，以制舉論薦。有《書舟詞》一卷。

〔詞話〕《詞品》：程正伯，東坡中表之戚也。其《酷相思》、《四代好》、《折紅英》諸闋皆佳，故盛以詞名。獨尚書尤公以爲正伯之文過於詞。

《梅墩詞話》：「沉水熨香年似日，薄雲垂帳夏如秋。」書舟佳句也。

《詞苑叢談》：眉山程正伯，號虚舟，與錦江某妓眷戀甚篤，别時作《酷相思》詞「月挂霜林寒欲墜」云云。

〔詞考〕《四庫全書・書舟詞提要》：程垓家有擬舫名書舟，見本集詞注。《古今詞話》謂號虚舟者，蓋字音近似之誤也。《書録解題》載垓《書舟詞》一卷。傳本或作《書舟雅詞》二卷，而《宋史·藝文志》乃作陳正伯《書舟雅詞》十一卷，則又誤「程」爲「陳」，誤「二」爲「十一」矣。此本爲毛晉所刻，仍作一卷，前有王偁序，與《書録解題》所載合。集内《攤破江神子》「娟娟霜月又侵門」一闋，諸刻多作康與之《江城梅花引》，僅字句小有異同。此調相傳爲前半用《江城子》，後半用《梅花引》，故合云《江城梅花引》。詳至過變以下，則兩調俱不合。考《詞譜》載：《江城子》，亦名《江神子》，應以名《攤破江神子》爲是。其句格，亦屬垓本色。其題爲康作，當屬傳譌。又卷末毛晉跋，《意難忘》、《一剪梅》諸闋，俱定爲蘇作，悉行删正。今考東坡詞内，已增入《意難忘》一首，而《一剪梅》尚未載入，其詞亦仍載此集中，未嘗刊削。然數詞語意淺俚，即在垓亦非佳製，可信其必非軾作。晉之所云，未詳其何所據也。

按：楊升庵《詞品》云：程正伯，東坡中表之戚也。毛子晉《書舟詞跋》云：正伯與子瞻中表兄弟也。二家之説，於它書未經見，據王季平《書舟詞序》，季平實與正伯同時。東坡卒於建中靖國元年辛巳，季平《書舟詞序》作於紹熙五年甲寅，上距東坡之卒凡九十三年，正伯與東坡安得爲中表兄弟乎？考《東坡詩集》，《送表弟程六知楚州》一首，施元之注云：「東坡母，成國太夫人程氏，眉山著姓，其侄之才字正輔，第二；之元字德孺，第六；之邵字懿叔，第七。」同是程氏，又同是眉山人，遂致譌舛。子晉又改中表之戚爲中表兄弟，更不知何據？升庵述舊之言本不盡可信，此其跡盭之尤者也。（編者按，正輔娶東坡女兄，則「中表兄弟」之説不爲無據也。況氏失考）

孫惟信

惟信字季蕃，號花翁，開封人，游寓婺州。光宗時，嘗調監當，棄去隱西湖。有《花翁詞》一卷。按《西湖游覽志》：好藝花卉，自號花翁。

〔詞話〕《浩然齋雅談》：古詞有《元夕·望遠行》云：「又還到元宵臺榭。記輕衫短帽，酒朋詩社。爛漫向、羅綺叢中，馳騁風流俊雅。轉頭是三十年話。　量減才慳，自覺是、歡情衰謝。但一點難忘，酒痕香帕。如今雪鬢霜髭，嬉游不忺深夜。怕相逢、風前月下。」翁賓暘謂是孫季蕃詞，然集中無之。按據《詞律》、《望遠行》無此體。此詞調名待考，且恐有脱句。

《後村詩話·後集》：孫季蕃歲爲一詞，自壽其四十九歲詞云：「壽花戴了。山童問、華庚多少。待瞞來、又怕旁人笑。況戒臘、淳熙可考。大衍之用恰恰好。學易後、尚一年小。謝屐唐衣眉山帽。薰風送下蓬島。　生巧。吕翁昨夜鍾離早。也曾參、兩箇先生道。又也曾、偷桃啖棗。百屋堆錢都不要。更不要、衮衣茸纛。但要酒星花星照。鶻突到老。」

《絶妙好詞續鈔箋》：羅希聲所書孫花翁《水龍吟·除夕》一詞：「小童教寫桃符，道人還了常年例。神前竈下，祓除清淨，獻花酌水。禱告此兒，也都不是，求名求利。但吟詩寫字，分數上面，略精進、儘足矣。　飲量添教不醉。好時節、逢場作戲。驅儺爆竹，軟餳酥豆，通宵不睡。四海皆兄弟，阿鵲也、同添一歲。願家家户户，和和順順，樂昇平世。」此集中所無也。

《文獻通考》：陳氏曰：花翁在江湖，頗有標致，多見前輩，多聞舊事，善雅談，長短句尤工。

〔詞評〕《詞旨》：花翁詞警句：《燭影摇紅》云：「絮飛春盡，天遠書沈，日長人瘦。」又屬對：「薄袖禁寒，輕妝媚晚。」

《銅鼓書堂詞話》：花翁詞《夜合花・閨情》云：「風葉敲窗，露蛩吟甃，謝娘庭院秋宵。」又云：「斷魂留夢，煙迷楚驛，月冷藍橋。」又云：「羅衫暗摺，蘭痕粉跡都消。」又云：「幾時重恁，玉驄過處，小袖輕招。」又《燭影摇紅》詠牡丹云：「對花臨景，爲景牽情，因花感舊。」又云：「絮飛春盡，天遠書沈，日長人瘦。」又《南鄉子・感舊》云：「霜冷欄干天似水，揚州。薄倖聲名總是愁。」又云：「一夢覺來三十載，風流。空對梅花白了頭。」詞之情味纏綿，筆力幽秀，讀之令人涵泳不盡。

沈伯時云：孫花翁有好詞，亦善運意，但雅正中時有一二市井語。

按：孫花翁《夜合花》詞云：「風葉敲窗，露蛩吟甃，謝娘庭院秋宵。鳳屏半掩，釵花映燭紅摇。潤玉暖，膩雲嬌。染芳情、香透鮫綃。斷魂留夢，煙迷楚驛，月冷藍橋。　誰念賣樂文簫。望仙城路杳，鶯燕迢迢。羅衫暗摺，蘭痕粉跡都消。流水遠，亂花飄。苦相思、寬盡春腰。幾時重恁，玉驄過處，小袖輕招。」此詞風流藴藉，神韻獨絶。又《燭影摇紅》詠牡丹「一朵鞓紅」云云，《南鄉子》「璧月小紅樓」云云，二詞亦集中佳勝。誠如查恂叔云：纏綿幽秀，令人涵泳不盡。

謝　懋

懋字勉仲。有《靜寄居士樂章》二卷。

〔詞話〕《花庵絶妙詞選》：黄叔暘云：靜寄居士，有《樂章》二卷，吴坦伯明爲之序，稱其片言隻字，戛玉鏗金，藴藉風流，爲世所貴云。

〔詞評〕《升庵詞品》：靜寄居士有聲樂府，甚《七夕·鵲橋仙》一詞，入《草堂選》，即「鉤簾借月，染雲爲幌」是也。若「餘酲未解扶頭嬾，屏裏瀟湘夢遠」，亦的的奇句。

《古今詞話》：沈雄曰：「染雲爲幌，借月爲鉤。」按興元句異。謝勉仲《七夕》詞，稱爲險麗語。

《織餘瑣述》：《花庵詞選》謝懋《杏花天》歇拍云：「餘酲未解扶頭嬾，屏裏瀟湘夢遠。」昔人盛稱之。不如其過拍云：「雙雙燕子歸來晚，藹落紅香過半。」此二語不曾作態，恰妙造自然。蕙風外子論詞之指如此。

按：謝勉仲《鵲橋仙·七夕》詞，前人所最稱賞，余不知其何以佳也。《詞旨》警句：「燕子不歸花有恨，小院春寒。」是亦非其至者。勉仲詞，見於《花庵絶妙詞選》及《絶妙好詞》凡十三闋，以《石州引》一闋爲最完整：「日腳斜明，秋色半陰，人意淒楚。飛雲特地凝愁，做弄晚來微雨。誰家别院，舞困幾葉霜紅，西風送客聞砧杵。鞭馬出都門，正潮平洲渚。　無語。匆匆短棹，滿載離愁，片帆高舉。京洛紅塵，因念幾年羈旅。淺顰輕笑，風月逢迎，别來誰畫雙眉嫵。回首一銷凝，望歸鴻容與。」云云，惜後段「風月」上仍闕二字。《詞綜》有此詞，亦闕此二字。

俞克成

克成字及占籍，待考。

按：俞克成詞《蝶戀花》云：「夢斷池塘驚乍曉。百舌無端，故作枝頭鬧。報道不禁寒料峭。未教舒展閒花草。　盡日簾垂人不到。老去情疏，底事傷春瘦。相對一尊歸計早。玉山不減巫山好。」《聲聲令》云：「簾移碎影，香褪衣襟，舊家庭院嫩苔侵。東風過盡，暮雲鎖、緑窗深。怕對人、閒枕賸衾。樓底輕陰。春信斷、怯登臨。斷腸魂夢兩沈沈。花飛水遠，便從今、莫追尋。又怎禁、驀地上心。」並見《草堂詩餘》。（編者按，《聲聲令》詞乃無名氏作，《類編草堂詩餘》卷二誤作俞克成詞。）《草堂》載俞詞《蝶戀花》有二首，其一爲「海燕雙來歸畫棟」云云，乃歐陽文忠詞，宋本《近體樂府》、《醉翁琴趣外篇》，汲古本《六一詞》均載之，筆意與南宋詞家迴異，《草堂》作俞克成，誤也，特爲辨正。又考古以魚、虞，蕭、肴、豪，歌、麻、尤八韻爲角聲，皆可通轉，俞克成《蝶戀花》後段以「瘦」叶「倒」、「早」、「好」，用古韻也。閩音往往與古韻合，林外《洞仙歌》，宋高宗一見而知，爲閩士之作，其詞以「歌」叶「蕭」、「肴」也。克成或亦閩人耶，俟考。

趙德仁

德仁字及占籍，待考。

按：趙德仁詞《小重山》云：「樓上風和玉漏遲。秋千庭院靜，落花飛。午窗纔起暖金巵。勻面了，闌畔看春池。何事苦顰眉。碧雲春信斷，儘來時。鴛鴦游戲鎮相隨。雲霧斂，新月挂天西。」《醉春風》云：「陌上清明近。行人難借問。風流何處不歸來，悶悶悶。回雁峰前，戲魚波上，試尋芳信。夜永蘭膏燼。春睡何曾穩。枕邊珠淚幾時乾，恨恨恨。唯有窗前，過来明月，照人方寸。」並見《草堂詩餘》。其《醉春風》闋不具作者姓名，據《花草粹編》作趙德仁。《小重山》闋，《粹編》作趙德麟，誤。（編者按，《樂府雅詞》卷中亦作趙令時詞。待考。）

右《草堂詩餘》載詞人二家，時代無考，此書《四庫全書提要》考爲慶元時人，編輯則所録詞必在慶元以前也，故置於寧宗以前。

歷代詞人考略卷三十五

宋二十九

魏子敬　無名氏

子敬，光、寧間人。有《雲溪樂府》四卷。

〔詞話〕《蘆浦筆記》：道涂間題壁，有可采者，嘗記《生查子》一首，甚工。云：「愁盈鏡裏山，心疊琴中恨。露濕玉蘭秋，香伴金屏冷。　雲歸月正圓，雁到人無信。孤損鳳凰釵，立盡梧桐影。」蓋魏子敬詞也。

按：魏子敬《雲溪樂府》，陳直齋曾著録，惜已久佚。其《生查子》詞見劉昌詩《蘆浦筆記》。據《江西志》，昌詩開禧元年進士，則子敬亦光、寧間人。

又按：《蘆浦筆記》載《鷓鴣天・上元詞》十五首。劉興伯云：備述宣、政之盛，非想像者所能道，當與《夢華録》並行也。詞云：一：「春曉千門放鑰匙。萬官班從出祥曦。九重綵浪浮龍蓋，一點紅雲護赭衣。　車馬過，打毬歸。芳塵灑定不教飛。鈞天品動回鑾曲，十里珠簾待日西。」二：「日暮迎祥對御回。宮花載路錦成堆。天津橋畔鞭聲過，宣德樓前扇影開。奏舜樂，進堯盃。傳宣車馬上天街。君王喜與民同樂，八面三呼震地來。」三：「紫禁煙光一萬重。五門金碧射晴空。梨園羯鼓三千面，陸海鼇山十二峰。香霧重，月華濃。露臺仙仗綵雲中。朱欄畫棟金泥幕，捲盡紅蓮十里風。」四：「香霧氤氳結綵山。蓬萊頂上駕頭還。繡韉狨坐三千騎，玉帶金魚四十班。風細細。珮珊珊。一天和氣轉春寒。千門萬户笙簫裏，十二樓臺月上闌。」五：「禁衛傳呼約下廊。層層掌扇簇親王。明珠照地三千乘，一片春雷入未央。宮漏永，御街長。華燈偏共月爭光。樂聲都在人聲裏，五夜車塵馬足香。」六：「寶炬金蓮一萬條。火龍圍輦轉州橋。月迎仙仗回三殿，風遞韶音下九霄。登複道，聽鳴鞘。再頒酥酒賜臣僚。太平無事多歡樂，夜半傳宣放早朝。」七：「玉座臨軒宴近臣。御樓燈火發春温。九重天上聞仙樂，萬寶牀邊侍至尊。花似海，月如盆。不任宣勸醉醺醺。豈知頭上宮花重，貪愛傳柑遺細君。」八：「九陌游人起暗塵。一天燈霧鎖彤雲。瑶臺雪映無窮玉，閬苑花開不夜春。攢寶騎，簇雕輪。漢家宮闕五侯門。景陽鐘動才歸去，猶挂西窗望月痕。」九：「宣德樓前雪未融。賀正人見綵山红。九衢照影紛紛月，萬井吹香細細風。複道遠，暗相通。平陽主第五王宮。鳳簫聲裏春寒淺，不到珠簾第二重。」十：「風約微雲不放陰。滿天星點綴明金。燭龍銜耀烘殘雪，羯鼓催花發上林。河影轉，漏聲沈。縷衣羅薄暮雲深。更期明夜相逢處，還盡今宵未足心。」十一：「五日都無一日陰。往來車馬鬧如林。葆真行到燭初上，豐樂游歸夜已深。人未散，月將沈。更期明夜到而今。歸來尚向燈前說，猶恨追游不稱心。」十二：「徹曉華燈照鳳城。猶嗔宮漏促天明。九重天上聞花氣，五色雲中應笑聲。頻報到，奏河清。萬民和樂見人情。年豐米賤無邊事，萬國稱觴賀太平。」十三：「憶得当年全盛时。人情物態自熙熙。家家簾幕人歸晚，處處樓臺月上遲。花市裏，使人迷，州東無暇看州西。都人只到收燈夜，已向尊前约上池。」十四：「步障移春錦繡叢。珠簾翠幕護春風。沉香甲煎薰爐暖，玉樹明金蜜炬融。車流水，馬游龍。歡聲浮動建章宮。誰憐此夜春江上，魂斷黄粱一夢中。」十五：「真箇親曾見太平。元宵且説景龍燈。四方同奏昇平曲，天下都無歎息聲。長月好，定天晴。人人五夜到天明。如今一把傷心淚，猶恨江南過此生。」惜作者姓名不可考，附著於此。

王　楙

楙字勉夫，長洲人。光、寧間人，養母不仕。有《野客叢書》三十卷。

〔詞話〕《野客叢書》：張子野晚年多愛姬，東坡有詩曰：「詩人老去鶯鶯在，公子歸來燕燕忙。」正均用當家故事也。魯直作《蘇翰林出游》詩曰：「人間化鶴三千歲，海上看羊十九年。」皆用本家故事，而不失之偏枯，可以爲法也。僕嘗有一詞《爲張儀真壽》曰：「三傑後，福壽兩無涯。食乳相君功未既，嫵眉京兆眷方滋。富貴莫推辭。門兩戟，卻棹一綸絲。蓴菜秋風鱸鱠美，桃花春水鱖魚肥。笑傲霅溪湄。」

按：王勉夫壽張姓詞調寄雙調《憶江南》，其後段句云：「蓴菜秋風鱸鱠美，桃花春水鱖魚肥。」典切工雅，造妙自然，庶幾麗而有則。所著《野客叢書》，嘗辨秦少游詞「杜鵑聲裏斜陽暮」句，「暮」字不誤，持論允叶，其於倚聲之學殆亦研究有素，獨惜生平傳作，僅此壽詞一闋耳。

劉之翰

之翰，按一作翰。字武子，長沙人。有《小山集》一卷。

〔詞話〕《夷堅志·丙集》：田世輔爲金州都統制。荆南人劉之翰者，待峽州遠安主簿闕，作《水調歌頭》獻之曰：「涼露洗金井，一葉下梧桐。謫仙浪游，何事華髮作詩翁。烏帽蕭蕭一幅，坐對清泉白石，矯首撫長松。獨鶴歸來晚，聲在碧霄中。　神仙宅，留玉節，駐金狨。黔南一道，十萬貔虎控雕弓。笑折碧荷倒影，自唱采蓮新曲，詞句滿秋風。劍佩八千歲，長入大明宮。」田覽之大喜，致書約來金城，欲厚加資給。之翰遽亡。明年，田出閱武，见之翰立道左，泣曰：人鬼殊塗，公能恤吾家，亦足表踐言之義。忽不見。田大驚異，亟送千緡與其孤。

按：劉武子名，《絶妙好詞》、《宋詩紀事》並作之翰，《陽春白雪》作翰，其時代未詳。（編者按，《全宋詞》將劉翰與劉之翰分作兩人。）程珌《洺水詞》有「謝劉小山寄詞」之作，則是光、寧間人矣。（《洺水詞·沁園春》云：「君有新詞，何妨爲我，時遣奚奴。看此山大小，風流晉宋，眼中餘子，若自侏儒。九曲清溪，千枝楊柳，還記新條更有無。春將好，欲從君商略，君意何如。佳人玉佩瓊琚。更胸中、澆灌有詩書。把古人行處，從頭檢點，今人説底，卻不須渠。更上石頭，重登鍾阜，畫作金陵考古圖。頻相見，怕薰風早晚，便隔天偶。」）武子詞《好事近》云：「花底一聲鶯，花上半鈎斜月。月落烏啼何處，點飛英如雪。　東風吹盡去年愁，解放丁香結。驚動小亭紅雨，舞雙雙金蝶。」又有《清平樂》「萋萋芳草」云云，《蝶戀花》「團扇題詩春又晚」云云，並見《絶妙好詞》。《好事近》前段，摹寫春曉景物絶佳。

朱晞顔

晞顔字子囦，新安人。慶元初，官廣西漕使。

按：《粤西金石略》：朱晞顔《南歌子》詞磨崖，在臨桂水月洞。詞云：「影落三秋月，寒生六月霜。是誰幻出玉篔簹。乞與一枝和雪釣瀟湘。　勁節依琳館，虚心陋草堂。筆端元自有雌黄。疑是化龍飛到葛仙旁。」「詞序云：」「□□桂林，過□□玉堂仙，景盧餞别野處。壁間歌姬所作墨竹，上有同年傅景仁長短句，走筆次韻，既抵嶠南，回首野處，後會之期未卜也。因鍥石湘灘江上，以寓萬里之思云。紹熙五年清明後二日，新安朱晞顔。」又有詩刻虞山及伏波巖白龍洞、彈子巖。

游九言

九言，初名九思，字誠之，學者稱默齋先生，建陽人。初仕古田尉，入監文思院，辟廣西帥幕。慶元元年，以承直郎幹辨江東安撫司公事，調全椒令。開禧初，主管淮西安撫司機宜文字，尋知光化軍，充荆鄂宣撫參謀官，卒。端平中，特贈直龍圖閣，謚文靖。按一作文清。有《默齋遺稿》二卷。

按：游文靖詞存者僅四闋，有《沁園春·五十五歲自述》一闋，又有《華陽洞》詞三章云（調寄《搗練子》）：「河漢徹，碧霄晴。九華仙子到凡塵。涼夜山頭吹玉笛，纖雲卷盡月分明。」其一；「香露濕，草晶熒。起看大地盡瑶瓊。下界千門人寂寂，空山夜静海波聲。」其二；「仙子去，眇雪程。天香杳杳佩環清。回望九州煙霧日，千山月落影縱横。」其三。並見《默齋遺稿》附詩後。《四庫全書提要》云：其《華陽洞》詞三首，從元劉大彬所輯《茅山志》補録。

姜夔

夔字堯章，號石帚，鄱陽人。寓居吴興之武康，與白石洞天为鄰，自號白石道人。慶元三年，上書論雅樂，並進《大樂議》一卷、《琴瑟考古圖》一卷，詔付奉常同寺官校正，不合歸。五年，上《聖宋鐃歌鼓吹曲》十二章，詔免解，與試禮部不第。尋卒。有《白石道人詩》一卷、《歌曲》四卷、《别集》一卷。

〔詞話〕《後村詩話》：「姜堯章有平聲《滿江紅》，《自序》云：《滿江紅》舊詞用仄韻，多不協律。如〔末句〕『無心撲』，歌者將『心』字融入去聲，方諧音律。予欲以平韻爲之，久不能成。因泛巢湖，祝曰：『得一席風，當以平韻《滿江紅》爲神姥壽。』言訖，風與帆俱駛，頃刻而成。末句『聞佩環』，則協律矣。」此闋甚佳，惜無人能歌之者。

《樂府紀聞》：鄱陽姜堯章流寓吴興，嘗暇日游金閶，徘徊弔古，賦《柳枝》詞，有「行人悵望蘇臺柳，曾爲吴王掃落花」之句。楊誠齋極喜誦之。蕭東父尤愛其詞，以其兄之子妻焉。

《耆舊續聞》：姜堯章嘗寓吴興張仲遠家。仲遠屢外出，其室人知書，賓客通問，必先窺來札。性頗妒，堯章戲作《百宜嬌》以遺仲遠：「看垂楊連苑」云云。仲遠歸，竟莫能辨，則受其指爪損面，至不能出外云。

《硯北雜志》：小紅，順陽公元注：即范石湖。青衣也，有色藝。順陽公請老，姜堯章詣之。一日，授簡徵新聲，堯章製《暗香》、《疏影》兩詞。公使二妓肄習之，音節清婉。堯章歸吴興，公尋以小紅贈之。其夕大雪，過垂虹，賦詩曰：「自琢新詞韻最嬌，小紅低唱我吹簫。曲終過盡松陵路，回首煙波十四橋。」堯章每喜自度曲，吹洞簫，小紅輒歌而和之。堯章後以疾歿，石湖挽之曰：「幸是小紅方嫁了，不然啼損馬塍花。」宋時花藥出東西馬塍，西馬塍皆名人葬處，堯章歿後葬此。

〔詞評〕《詞源》：詞中句法，要平妥精粹。姜白石《揚州慢》云：「二十四橋仍在，波心蕩、冷月無聲。」此平易中有句法。

又：詞要清空，不要質實。清空則古雅峭拔，質實則凝澀晦昧。白石詞如《暗香》、《疏影》、《揚州慢》、《一萼紅》、《琵琶仙》、《探春》、《八歸》、《淡黄柳》等曲，不唯清空，又且騷雅，讀之使人神觀飛越。

又：詞以意趣爲主，要不蹈襲前人語意。姜白石《暗香》、《疏影》二詞，清空中有意趣，無筆力者未易到。

又：詞用事最難，要體認著題，融化不澀。白石《疏影》云：「猶記深宫舊事，那人正睡裏，飛近蛾緑。」用壽陽公主事。又云：「昭君不慣胡沙遠，但暗憶、江南江北。想佩環、月夜歸來，化作此花幽獨。」用少陵詩。此皆用事不爲事所使。

又：白石《齊天樂·詠蟋蟀》，全章精粹，所詠瞭然在目，且不留滯於物。

又：「春草碧色，春水緑波，送君南浦，傷如之何。」（編者按，句見江淹《别賦》）矧情至於離，則哀怨必至。苟能調感愴於融會中，斯爲得矣。白石《琵琶仙》「雙槳來時」云云，離情當如此作，全在情景交鍊，得言外意。有如「勸君更盡一杯酒，西出陽關無故人」，乃爲絶唱。

又：作慢詞，看是甚題目，先擇曲名，然後命意。命意既了，思量頭如何起，尾如何結，方始選韻，而後述曲。最是過片，不要斷了曲意，須要承上接下。如姜白石詞云：「曲曲屏山，夜涼獨自甚情緒。」於過片則云：「西窗又吹暗雨。」此則曲之意脈不斷矣。

又：詞之賦梅，惟姜白石《暗香》、《疏影》二曲，前無古人，後無來者，自立新意，真爲絶唱。太白云「眼前有景道不得，崔顥題詩在上頭。」誠哉是言也。

《詞旨》：白石詞，如「虚閣籠雲，小簾通月」，「池面冰膠，牆腰雪老」，「酒袚清愁，花消英氣」，此屬對之妙。又「冷香飛上詩句」，「湖山盡入尊俎」，「高樹晚蟬，説西風消息」，「最可惜、一片江山，總付與啼鴂」，「千樹壓、西湖寒碧」，「二十四橋仍在，波心蕩、冷月無聲」，皆警句也。

《詞品》：姜白石，詩家名流，詞尤精妙。其《少年游》：「别母情懷，隨郎滋味，桃葉渡江時。」《玲瓏四犯》：「酒醒明月下，夢逐潮聲去。」《探春慢》：「拂雪金鞭，欺寒茸帽，嘗記章臺走馬。」「雁磧波平，漁汀人散，老去不堪游冶。」《一萼紅》：「朱户黏雞，金盤簇燕，空歎時序侵尋。」「待得歸鞍到時，只怕春深。」《翠樓吟》：「酒袚清愁，花消英氣」等語，句法奇麗，其腔皆自度曲者。元注：按諸調中，止《翠樓吟》爲自製曲，餘皆舊腔。惜舊譜零落，未能被之管絃也。

《蓮子居詞話》：言情之詞，必藉景色映托，迺具深宛流美之致。白石「問後約、空指薔薇，歎如此溪山，甚時重至。」又「想文君望久，倚竹愁生步羅韈，歸來後翠尊雙飲，下了珠簾，玲瓏閒看月。」似此造境，覺秦七、黄九尚有未到，何論餘子。

《賭棋山莊詞話》：白石道人爲詞中大宗，論定久矣。讀其説詩諸則，有與長短句相通者。節録一二於左，略以鄙意注之，而傳諸同志焉。無怪予之附會也：韻度欲其飄逸，其失也輕。詞嫌重滯，故渾厚宏大諸説，俱用不著。然使其飄逸而輕也，則又無繞梁之致，而不足繫人思。雕刻傷氣，敷衍露骨。若鄙而不精巧，是不雕刻之過；拙而無委曲，是不敷衍之過。此即疏密相間之説也。故白石句雕字刻，而必準之以雅。雅則氣和而不促，辭穩而不澆，何患其不精巧委曲乎。僻事實用，熟事虚用。「那人正睡裏，飛近蛾緑」，此即熟事虚用之法。説景要微妙。微妙則耐思，而景中有情。「寒鴉數點，流水遶孤村」，「楊柳岸、曉風殘月」，所以膾炙人口也。短章醖藉，大篇有開闔乃妙。不醖藉則吐露，言盡意盡，成何短章。無開闔則板拙，周草窗之詞或譏之爲平矣。委曲盡情曰曲。竹垞贈鈕玉樵曰：吾最愛姜、史，君亦厭辛、劉，亦以其徑直不委曲也。語貴含蓄。句中無餘字，篇中無長語，非善之善者也。句中有餘味，篇中有餘意，善之善者也。填詞有一定字數，但使填畢讀之，短不可增，長不可節，已極洗伐操縱功夫矣。若餘味餘意，則詞家率不留心，故講之爲尤難。體物不欲寒乞。今之搜討冷僻者，其去寒乞亦無幾矣，而奈何自以爲淹博哉。一曰理高妙，二曰意高妙，三曰想高妙，四曰自然高妙。自然高妙，詞家最重，所謂本色當行也。

《樂府餘論》：詞家之有姜石帚，猶詩家之有杜少陵，繼往開來，文中關鍵。其流落江湖，不忘君國，皆借託比興，於長短句寄之。如《齊天樂》，傷二帝北狩。《揚州慢》，惜無意恢復也。《暗香》、《疏影》，恨偏安也。蓋意愈切，則辭愈微，屈、宋之心，誰能見之。乃長短句中，復有白石道人也。

《皺水軒詞筌》：姜白石《詠蟋蟀》：「露濕銅鋪，苔侵石井，都是曾聽伊處。哀音似訴。正思婦無眠，起尋機杼。」蟋蟀無可言，而言聽蟋蟀者，正姚鉉所謂賦水不當僅言水，而言水之前後左右也。

《藝概》：姜白石詞幽韻冷香，令人挹之無盡，擬諸形容，在樂則琴，在花則梅也。

又：詞家稱白石曰白石老仙，或問：「畢竟與何仙相似？」曰：「藐姑冰雪，蓋爲近之。」

又：詞中用事，貴無事障。晦也，膚也，多也，板也，此類皆障也。姜白石詞用事入妙，其要訣所在，可於其《詩説》見之。曰：僻事實用，熟事虚用。學有餘而約以用之，善用事者也。乍敘事而間以理言，得活法者也。

《人間詞話》：白石寫景之作，如「二十四橋仍在，波心蕩、冷月無聲」，「數峰清苦，商略黄昏雨」，「高樹晚蟬，説西風消息」，雖格韻高絶，然如霧裏看花，終隔一層。梅溪、夢窗諸家寫景之病，皆在一「隔」字。北宋風流，渡江遂絶，抑真有運會存乎其間耶。

黄叔暘云：白石詞極精妙，不減清真，其高處有美成所不能及。

張叔夏云：白石詞如野雲孤飛，去留無跡。

又云：格調不侔，句法挺異，特立清新之意，删削靡曼之詞。

陳藏一云：白石道人意到語工，不期高遠而自高遠。

沈伯時云：姜白石清勁知音，亦未免有生硬處。

趙子固云：白石，詞家之申、韓也。

朱竹垞云：詞莫善於姜夔，宗之者張輯、盧祖皋、史達祖、吴文英、蔣捷、王沂孫、張炎、周密、陳允平、張翥、楊基，皆具夔之一體。基之後，得其門者寡矣。

劉融齋云：白石，才子之詞。

許蒿廬云：詞中之有白石，猶文中之有昌黎也。世固以昌黎爲穿鑿生割者，則以白石爲生硬也亦宜。

〔詞考〕《四庫全書總目·白石道人歌曲提要》：《白石道人歌曲》四卷、《别集》一卷，宋姜夔撰。其集久無善本，舊有毛晉汲古閣刊版，僅三十四闋，而題下小序往往不載原文。康熙甲午，陳撰刻其詩集，以詞附後，亦僅五十八闋，且小序及題下自注，多意爲删竄，又出毛本之下。此本從宋槧翻刻，最爲完善。卷一宋鐃歌十四首、越九歌十首、琴曲一首。卷二詞三十三首，總題曰「令」。卷三詞二十首，總題曰「慢」。卷四詞十三首，皆題曰「自製曲」。《别集》詞十八首，不復標立總名，疑後人所掇拾也。其九歌皆注律吕於字旁，琴曲亦注指法於字旁，皆尚可解。惟「自製曲」一卷及二卷《鬲溪梅令》、《杏花天影》、《醉吟商小品》、《玉梅令》，三卷之《霓裳中序第一》，皆記拍於字旁。宋代曲譜今不可見，亦無人能歌，莫辨其似波似磔，宛轉欹斜，如西域旁行字者，節奏安在。然歌詞之法，僅僅留此一綫，録而存之，安知無懸解之士能尋其分刌者乎。魯鼓薛鼓亡其音而留其譜，亦此意也。

《思適齋集·白石集跋》：嚮者山尊學士見語曰：子曾校《文選》，亦知《吴都賦》今本有脱句否。予叩其故，則舉姜白石《琵琶仙》詞題中引《吴都賦》「户藏煙浦，家具畫船」二句。予心知白石雖聖於詞，而此卻不可爲典要。當時無切證，未能奪之也。今校姚鼎臣《文粹》至李庾《西都賦》，有曰：「其近也方塘含春，曲沼澄秋。户閉煙浦，家藏畫舟。」則正其所引矣。「藏」、「具」兩字皆誤，又誤「舟」爲「船」，皆失原韻。且移唐之西都於吴都，地理又錯。可見白石舊但襲志書或類書之舛耳，豈得便謂之《文選》

之脱文哉。知其所無，爲之一快，遂識於白石集後，以諗讀者。

《蓮子居詞話》：白石自製曲，其旁注半字譜共十七調。譜與《朱子全集》字樣微不同，由涉筆時就各便也。半字之譜，昉自唐以來，陳氏《樂書》可證。黄泰泉佐因《楚辭·大招》「四上競氣」之語，謂即大吕四字、仲吕上字。尋摭穿鑿，不若王叔師舊注爲長。

又：歌家十六字外，别有疾、徐、重、輕、赴節、合拍之字，見《夢溪筆談》，亦半字也。白石此譜，有折有掣，折高半格，掣低半格，於畢曲處尤競競不苟，足見當時詞律之細。

《舒藝室餘筆》：宋人詞集存於今者，惟張子野、柳耆卿分著宫調。其有旁譜者，惟堯章此集耳。據張叔夏《詞源》言：其父斗南名樞有《寄閒集》，亦旁綴音譜，今已不傳。則此集實吉光之片羽矣。其中雖錯亂脱落，就其可辨處尋之，猶稍能領其音節，安得好事者重刊之，庶不與《寄閒集》同歸泯滅乎？宋人歌詞，以合𠆩四下一上勾尺𠆩工𠆩凡配十二律，以六𠆩五𠆩五配四清聲，凡十六聲。今人度曲，以上尺工六五配五聲，以乙凡配二變，而各有低聲高聲，凡二十一聲，然皆不能盡用也。以之配字，各有條理，故即依旁譜歌堯章詞，必不能相合也。

《香東漫筆》：乾隆寫本《白石道人集》，靈鶼閣藏。余曾迻鈔一本。白石自序後，有洪武十八年八世孫福四謹志，略云：「公詩一卷，歌曲六卷，早已板行。暮年復加删竄，定爲五卷。無雕本，藏於家。經兵火，帖軸無隻字，而是編獨存。録寫兩本，一付兒子，一詒猶子通，世世寶之。」

又萬曆二十一年十六世孫鰲謹書，略云：「此青坡徵君手書，以遺侍御哦客公者。今又二百餘年。楮雖蟲落，而字蹟猶在。因付匠整頓，且命鯉弟以側理漿紙照本臨出，用時莊誦焉。」又乾隆甲子二十世孫虬緑謹書，略云：「公詩初本刻於嘉泰間，晚又塗改删汰，録爲定本，藏於家五六百年，世無知者。爰搜取各家刊本，彼此讎勘，附以累朝詩話掌故，有入近代者，並爲箋略。獨篇什不敢擅爲增損。間有捃拾，僅以附别之。」

余藏《白石詩詞集》，常熟汲古閣本、江都陸鍾輝本、華亭張奕樞本、歙洪正治本、華亭姜氏祠堂本、臨桂倪鴻本、王鵬運本、仁和許增本。許本參互各家，備極精審。除此寫本未見外，所據各本與余所藏略同。寫本備録所見各本序跋，有康熙庚寅通越諸錦序，康熙戊戌廣陵書局刻本，龍溪曾時燦序，爲許氏及余所未見。所録詩話、詞評、軼聞、故事亦視刻本爲多。間有虬緑自識，亦極該博。又有《姜氏世系》、《白石年譜》，足資考證。（祠堂本姜熙序，以世表無考爲恨，亦未見此寫本。）附采五絶二首，（《訪全老於淨林》、《觀沈傳師碑隆茂宗畫》二首，刻本有。）七絶二首，（《和朴翁悼牽牛》一首刻本有，《三高祠》一首刻本無，據《姑蘇志》采入，首句「不貪名爵不爭勞」。）填詞二首，（《越女鏡心》即《法曲獻仙音》，刻本無。）細讀兩詞，雖非集中傑作，然如前闋「雨」、「緒」、「路」，後闋「綺」、「幾」、「醉」等韻，自是白石風格，非竄入它人之作也。《越女鏡心·别席毛瑩》云：「風竹吹香，水楓鳴緑，睡覺涼生金縷。鏡底同心，枕前雙玉，相看轉傷幽素。旁綺閣、清陰度。飛來鑑湖雨。　近重午。燎銀篝、暗薰溽暑。羅扇小、空寫數行怨苦。纖手結芳蘭，且休歌、九辯懷楚。故國情多，對溪山、都是離緒。但一川煙葦，恨滿西陵歸路。」前調《春晚》云：「檀撥么弦，象奩雙陸，舊日留懽情意。夢别銀屏，恨裁蘭燭，香篝夜閒鴛被。料燕子、重來地，桐陰鎖窗綺。　倦梳洗。

暈芳鈿、自羞鸞鏡，羅袖冷，疏竹畫簾半倚。淺雨滲酴醾，指東風、芳事餘幾。院落黄昏，怕春鶯、笑人顦顇。倩柔紅約定，喚起玉簫同醉。」（元注：右詞二闋，采附《法曲獻仙音》「虚閣籠寒」闋後，細審詞調，有與《法曲獻仙音》小異者。前段「輕陰度」，「重來地」，叶。後段「空寫數行怨苦」，「疎竹畫簾半倚」，「怨」字、「半」字，去聲是也。有與《法曲獻仙音》脗合者，前闋前段「風竹」竹字、「鳴緑」緑字、「睡覺」覺字，後段「故國」國字。後闋前段「檀撥」撥字、「雙陸」陸字、「舊日」日字，後段「院落」落字，並入聲是也。守律若是謹嚴，自是白石家法。）（編者按，《春晚》詞乃趙聞禮作，見《絶妙好詞》卷四，字句稍有異。）

按：《白石詞》刻本極多，《香東漫筆》所載諸本外，余尚見他刻三四種，然皆同出一源，無大參差。最近朱彊邨刻江研南本亦然，特此本附刻張嘯山校語，考求聲律至爲精審，爲他本所無耳。若《漫筆》所稱之白石裔孫虬緑鈔本，乃刻集，更經白石删改者，斯爲定本，非他刻所能及矣。《四庫提要》云：宋代曲譜，今不可見，《白石詞》皆記拍於句旁，莫辨其似波似磔，宛轉欹斜，如西域旁行字者，節奏安在。考《四庫存目》，著録張炎《樂府指迷》一卷，《提要》云：其書分詞源、製曲、句法、字面、虚字、清空、意趣、用事、詠物、節序、賦情、令曲、雜論十四篇，即《詞源》下卷，不知何所本，而以沈伯時《樂府指迷》之名名之，而其上卷則當時並未經見，故於白石譜字竟不能辨識也。宋燕樂譜字流傳至今者絶少，日本貞亨初當中國康熙初，所刻《增類群書類要事林廣記》（吾國西潁陳元靚編輯）卷八《音樂舉要》，有管色、指法、譜字，與白石所記正同。卷九《樂星圖譜》所列律吕、隔八相生圖及四宫清聲律生八十四調，於諸譜字陰陽配合，剖析尤詳。卷二文藝類，有黄鐘宫散套曲爲《願成雙令》、《願成雙慢》（已以係官拍）、《獅子序》、本宫《破子賺》、《雙勝子》、《急三句兒》等名，首尾完具，節拍分明。讀《白石詞》者，得此可資印證，亟記之。

黄巖叟

巖叟字及里居、官位未詳。

按：黄巖叟《望海潮》云：「梅天雨歇，柳隄風定，江浮晝鷁縱横。瀛女弄簫，馮夷伐鼓，雲間鳳咽鼉鳴。波面走長鯨。捲怒濤來往，攪碎滄溟。兩岸游人笑語，羅綺間簪纓。靈均逝魄無憑。但湘沅一水，到底澄清。菰黍萬家，絲桐五綵，年年弔古深情。錦幟片霞明。使操舟妙手，翻動心旌。向晚魚龍戲罷，千里浪花平。」見《陽春白雪》，蓋重午詞也。《望海潮》調過拍二句，應上四下七，下句首二字應作仄平。歇拍同。《淮海詞》「秦峰蒼翠」闋，歇拍作「最好金龜换酒，相與醉滄洲」，句法上六下五，「酒」字用仄聲，與它家之作不同。萬氏《詞律》即據此闋列爲又一體。今審巖叟此詞，則並過拍二句，亦與秦詞同，更應列爲又一體矣。乃《詞律》未經收入，徐氏《詞律拾遺》，杜氏《詞律補遺》又皆無之，未免考訂偶疏。

易祓

祓字彦祥，按一作彦祚，又作彦章。自號山齋居士，寧鄉人。寧宗朝，以第一人登進士第，以優校爲前廊。開禧間，歷左司諫、翰林學士，拜禮部尚書，以時不合謫融州。尋復原官，轉朝議大夫。賜紫金魚袋，封寧鄉縣開國男。有《山齋集》。

〔詞話〕《織餘瑣述》：易祓《喜遷鶯》云：「記得年時，膽瓶兒畔，曾把牡丹同嗅。」語小而不纖。極不經意之事，信手拈來，便覺旖旎纏綿，令人低徊不盡。納蘭成德《浣溪沙》云：「被酒莫驚春睡重，賭書消得潑茶香。當時祇道是尋常。」亦復工於寫情，視此微嫌詞費矣。《喜遷鶯》歇拍云：「强消遣，把閒愁推入，花前杯酒。」由舉杯消愁意翻變而出，亦前人所未有。

按：易彦祥詞《鶩山溪》、《喜遷鶯》並见《中興以來絶妙詞選》。據《西湖游覽志餘》，韓侂胄用事，祓撰答詔，以元聖褒之。則彦祥爲人未免與陳合、郭居安輩（譔壽詞諛賈似道者）同譏，即其詞亦第以婉麗勝，未可與言骨榦也。

許　奕

奕字成子，簡州人。慶元五年，以第一人登進士第。爲祕書省正字，遷祕書郎，權考功郎。以起居舍人宣撫四川。使金還，權禮部侍郎，遷吏部侍郎，出知瀘州。移遂寧府，進龍圖閣待制，知潼川府。被劾，降一官。提舉玉隆宫卒。

按：楊升庵《丹鉛總録》：唐詩「春寒側側掩重門」，王介甫「側側輕寒剪剪風」，許奕小詞「玉樓十二春寒側」，（編者按，《花草粹編》卷六謂此詞爲王子武作《木蘭花·聞笛》。）吕聖求詞「側寒斜雨」，「側寒」字，詞人相承用，不所出大意。「側」，不正也。「側寒」字，甚新，特拈出之。許成子詞，向來選家未經著録，升庵所引「玉樓」句，其全闋亦不可得，惜哉。

真德秀

德秀字景元，後改景希，學者稱西山先生，浦城人。慶元五年登進士第，繼中博學宏詞科。累官起居舍人，兼太常少卿。出爲祕閣修撰，江東轉運副使。以右文殿修撰知泉州。以集英殿修撰知隆興府。以寶謨閣待制、湖南安撫使知潭州。理宗立，召爲中書舍人，擢禮部侍郎、直學士院。劾罷。再起，以顯謨閣待制知福州，召爲户部尚書，改翰林學士、知制誥，拜參知政事。乞祠，進資政殿學士、提舉萬壽觀。卒，謚文忠。有《西山甲乙稾》諸書如干卷。

〔詞話〕《宋名家詞評》：真德秀《詠紅梅》詞云：「兩岸月橋花半吐。紅透肌香，暗把游人誤。盡道武陵溪上路。不知迷入江南去。　先是冰霜真態度。何事枝頭，點點臙脂(涴)[汙]。莫是東君嫌淡素。問花花又嬌無語。」蓋《蝶戀花》也。作《大學衍義》人，又有此等詞筆。

按：真文忠《詠紅梅·蝶戀花》，見《絶妙好詞》，雖涉艷語，卻有骨幹，絶無詞流軟媚之失。儀墨莊云：歇拍三句，殆爲小人蠱君者發説，亦近似。

夏元鼎

元鼎字宗禹，自號雲峰散人，又號西城真人，永嘉人。屢試不第，辟幕職，有功兵間。棄官入道。有《蓬萊鼓吹》一卷。

按：《蓬萊鼓吹》一卷，彊邨朱氏依知聖道齋藏明鈔本刻行。詞凡三十首，皆羽衣丹鼎家言，唯《滿江紅》云：「人人何爲，江湖上、漁蓑堪老。鳴榔處、汪汪萬頃，清波無垢。欸乃一聲虚谷應，夷猶短棹關心否。向晚來、垂釣傍寒汀，牽星斗。　砂磧畔，蒹葭茂。煙波際，盟鷗友。喜清風明月，多情相守。紫綬金章朝路險，青蓑箬笠滄溟浩。捨浮雲、富貴樂天真，釃江酒。」此闋詞人之詞，亦復清超拔俗。「老」、「浩」二韻，用古韻通叶。

歷代詞人考略卷三十六

宋三十

魏了翁

了翁字華父，蒲江人。慶元五年，登進士第。爲國子正，改武學博士。開禧元年，召試學士院，以策忤韓侂胄，改祕書省正字。嘉定十年，遷直祕閣，知瀘州。十七年，遷起居舍人。寶慶改元，以集英殿修撰知常德府。理宗親政，進華文閣待制，權禮部尚書，兼吏部尚書。以端明殿學士、同僉書樞密院事督視京湖軍馬，兼領江、淮。封臨邛郡開國侯，僉書樞密院事。改資政殿學士、湖南安撫使、知潭州。改知紹興府、浙東安撫使。改知福州、福建安撫使。卒，贈太師、秦國公，謚文靖。有《鶴山大全集》，長短句三卷。

〔詞話〕《詞品》：魏了翁，道學宗派，與真西山齊名。詞不作艷語，有長短句一卷，皆壽詞也。《菩薩蠻・壽江倅》云：「東窗五老峰前月。南窗九疊坡前雪。推出侍郎山。著君窗户間。　離騷鄉裏住。

卻記庚寅度。挹取芷蘭芳。酌君千歲觴。」又《鷓鴣天·壽范靖州》云：「誰把璿璣運化工。參旗又挂玉梅東。三三律琯聲餘亥，九九元經卦起中。」又《水調歌頭》（按亦壽范靖州）云：「玉圍腰，金繫肘，繡籠鞍。」宋代壽詞，無有過之者。

《賭棋山莊詞話續編》：竹垞曰：宣政而後，士大夫爭爲獻壽之詞，連篇累牘，殊無意味。至魏華父則非此不作矣，置之不録也。按此説本於花庵。然華父《鶴山長短句》三卷，雖未臻上乘，亦未嘗全作諛詞。其《水調歌頭·過淩雲和太博張方韻》「千古蛾眉月」云云，亦疏暢可誦。竹垞謂曾覽覶是集，殆未諦審乎？又《臨江仙·上元放燈約束伎前燈火》云：「千燈渾是淚，一笑不論錢。」《八聲甘州》云：「多少曹符氣勢，只數舟㨆葦，一局枯棋。更完顔何事，花玉困重圍。算眼前、未知誰恃，恃蒼天、終古限華夷。還須念，人謀如舊，天意難知。」則不可謂非有心人也。

又：田元均曰：「爲三司使數年，强笑多矣，直笑得面似靴皮。」月泉吟社謝詩賞啟用之云：「恭維某官，笑面如靴。」阮亭議其不雅馴。（元注：《香祖筆記》）華父《清平樂·詠白笑花》云：「纔問爲誰含笑，盈盈靴面皺風。」知此語爲宋人所習用，然「靴面」上頭贅以「盈盈」字，亦殊不倫。

〔詞考〕《織餘瑣述》：宋·魏文靖《鶴山長短句·水調歌頭·壽李參政》云：「輦路升平風月，禁陌清時鐘鼓，嗺送紫霞觴。」自注：「嗺」，子須反，撮口也。《念奴嬌·鮮于安撫勸酒》云：「嗺送春江船上水，笑指□山歸去。」《鷓鴣天·十六日再賦觀燈》云：「被人嗺送作遨頭。」按《廣韻》：嗺，素回切，嗺送歌。《集韻》：蘇回切，音毸，促飲也，或作唆。音切竝與魏詞自注異。《玉篇》：嗺，撮口也。自注本此。又

《水調歌頭·壽李提刑》云：「溥露浸秋色，零雨濯湖弦。」《浣溪沙·次韻李參政》云：「亭亭雙秀倚湖弦。」「湖弦」字新，湖邊也。

又：鶴山詞有《清平樂·即席和李參政白笑花》、前調《次李提刑白笑詞，並呈李參政》。此花未見它家題詠，殆宋時有之，今不可得也。

《蕙風簃詞話》：魏文靖《鶴山長短句》，屢用「嗺」、「送」字。《織餘瑣述》嘗拈出之。比閱《雙溪醉隱詩集》，有《西園仙居亭對雪命酒，作白雪嗺》七絶五首，序云：嗺與催同音，蘇回切。李涪《刊誤》言，催酒二十拍促曲名《三臺》。催催合作啐啐，馳送酒聲。後誤爲平聲。李正文所説亦然。然一則余以字書驗之，爲平聲，於義爲得。啐，一字凡音，一音蘇内切，曰送酒聲。嗺，一字幾音，蘇回切，曰促飲也，又嗺送歌也。程林曰：催與嗺同，則嗺酒也，以侑酒爲義，唐人熟語也。其於嗺字音義，言之甚詳悉。仍未審「嗺送歌」作何語耳？

按：魏文靖詞，黄玉林云：皆壽詞之得體者。朱竹垞本花庵之説，遂謂非壽詞不作。今考《鶴山先生大全文集》卷九十四至九十六皆長短句，最一百八十八首，非壽詞八十七首，黄、朱二氏之説皆不然矣。文靖，理學名臣，藴蓄深厚。即其倚聲之作，亦復局度沖夷，體製樸雅，非尋常摛華掞藻角逐詞壇者所可同日語也。

李肩吾

肩吾（按鶴山集中作李從周，字肩吾）字子我，號蠙洲，眉州人。魏文靖之客。精六書之學，著有《字通》。

〔詞話〕《墨莊詞話》：李嬪洲《清平樂》云：「美人嬌小。鏡裏容顏好。秀色侵人春帳曉。郎去幾時重到。　丁寧記取兒家。碧雲隱映紅霞。直下小橋流水，門前一樹桃花。」「碧雲紅霞」句，先爲下「流水」、「桃花」寫照也。

《珠花簃詞話》：李嬪洲《拋毬樂》云：「綺窗幽夢亂如柳，羅袖淚痕凝似錫。」《謁金門》云：「可奈薄情如此點，寄書渾不荅。」「錫」、「點」叶韻雖新，卻不墜宋人風格。然如「錫」韻二句所爭亦止絫黍間矣，其不失之小纖者，以其尚近質拙也，學詞者不可不知。

按：李子我詞，見《陽春白雪》及《絶妙好詞》共十闋。《風流子》「雙燕立虹梁」云云，龍壁山人賞其穠麗。余尤喜其《清平樂》云：「東風無用。吹得愁眉重。有意迎春無意送。門外濕雲如夢。　韶光九十慳慳。俊游回首關山。燕子可憐人去，海棠不分春寒。」《鷓鴣天》云：「綠色吴箋覆古苔。濡毫重擬賦幽懷。杏花簾外鶯將老，楊柳樓前燕不來。　倚玉枕，墜瑶釵。午窗輕夢繞秦淮。玉鞭何處貪游冶，尋徧春風十二街。」此等詞，所謂生香真色，人難學也。

盧祖皋

祖皋字申之，又字次夔，自號蒲江居士，永嘉人。一云本邛州人。慶元五年登進士第。除軍器少監。嘉定十六年，權直學士院。有《蒲江集》，詞一卷。

〔詞話〕《蘆浦筆記》：吴江三高祠前作釣雪亭，蓋漁人之窟宅也。盧申之賦《賀新郎》一詞：「挽住風前柳」云云。

《貴耳集》：盧申之貌宇修整，作小詞纖雅，曰《蒲江集》。余領先生詞外之旨。

《豹隱紀談》：平江妓送太守詞（按調寄《賀新郎》）曰：「春色元無主。荷東君、著意看承，等閒分付。多少無情風與浪，又那更、蝶欺蜂妒。算燕雀、眼前無數。縱使簾櫳能愛護。到如今、已是成遲暮。芳草碧，遮歸路。看看做到難言處。怕仙槎、輕轉旌旗，易歌襦袴。月滿西樓絃索靜，雲蔽崑城閬府。便恁地、一帆輕舉。獨倚闌干愁拍碎，慘玉容，淚眼如紅雨。去與住，兩難訴。」或云是蒲江盧申之作。

〔詞評〕《珠花簃詞話》：盧申之《江城子》後段云：「年華空自感飄零。擁春酲。對誰醒。天潤雲閒，無處覓簫聲。載酒買花年少事，渾不似，舊心情。」與劉龍洲詞：「欲買桂花重載酒，終不似、少年游。」可稱異曲同工。然終不如少陵之「詩酒尚堪驅使在，未須料理白頭人」，爲倔强可喜。其《清平樂》歇拍云：「何處一春游蕩，夢中猶恨楊花。」是加倍寫法。

《墨莊詞話》：《詞綜》載盧祖皋《洞仙歌・詠茉莉》一首，其結句云：「正紋簟如波帳如煙，更奈向、月明露濃時候。」不即不離，所謂賦物當賦神也。

周止庵云：蒲江小令時有佳趣，長篇則枯寂少味，此才小也。

〔詞考〕《四庫全書總目・蒲江詞提要》：《貴耳集》稱其小詞纖雅，曰《蒲江集》，然不言卷數。陳振孫《書録解題》著録一卷。其篇數多寡，亦不可考。此本爲明毛晉所刻，凡二十五闋。今以黄昇《花庵詞選》相校，則前二十四闋，悉《詞選》之所録，惟最後《好事近》一闋，爲晉所增入。疑原集散佚，晉特鈔撮黄昇所録，以備一家耳。其中字句與《詞選》頗有異同，如開卷《賀新郎》「荒詞誰繼風流後」句，《詞選》作「荒祠」，《水龍吟》「帶酒離恨」句，「帶酒」《詞選》作「帶將」，《烏夜啼》第三首後闋「昨日幾秋風」句，「昨日」《詞選》作「昨夜」，並以《詞選》爲長。晉蓋未及詳校。惟《賀新郎》序首「沈傳師」字，晉注《詞選》作「傳帥」，然今《詞選》實作「傳師」，則不知晉所據者何本矣。至《鷓鴣天》後闋「丁寧須滿玉西東」句，據文應作「玉東西」，而此詞實用東韻，則由祖皋偶然誤用，如黄庭堅之押秦西巴爲巴西，非校者之誤也。

按：《蒲江詞》近有彊邨朱氏刻本，比汲古本多七十一闋，乃據知聖道齋藏明抄南詞本傳刻，當即黄叔暘著録之本，汲古所刻誠如《提要》所云，乃出於鈔撮，非原本也。盧蒲江詞中《錦園春三犯・賦牡丹》一闋，乃自度腔，萬氏《詞律》、徐氏《詞律拾遺》、杜氏《詞律補遺》並未載此調，未見《蒲江詞》足本耳。

王澡

澡字身甫，初名津，字子知，寧海人。官太常博士。有《瓦全居士詩詞》二卷。

〔詞話〕《深雪偶談》：太常博士瓦全先生王公，名澡，字身甫，有《落梅》小詞：「疏明瘦直。不受東皇識。留取伴春應肯，千紅底、怎著得。　夜色。何處笛。曉（風）〔寒〕無奈力。若在壽陽宮院，一點點、有人惜。」劉公潛夫賞之，已附此詞於《後村集・詩話》中。予亦僭附拙稿。

按：瓦全居士又有《祝英臺近・別詞》云：「玉東西，歌宛轉，未做苦離調。著上征衫，字字是愁抱。月寒鬢影刁蕭，柁樓開纜，記柳暗、乳鴉啼曉。　短亭草。還是緑與春歸，羅屏夢空好。燕語難憑，憔悴未渠了。可能妒柳羞花，起来渾孏，便瘦也、教春知道。」見《四明近體樂府》。

又按：《深雪偶談》，宋寧海方岳撰。宋有兩方岳，一字巨山，祁門人，有《秋崖詞》一卷，刻入王氏四印齋《宋元三十一家詞》。兹據《偶談》云：身甫《落梅》詞，予亦僭附之拙藁。則是寧海方岳，亦有詞稿，惜已久佚，無從訪求矣。

劉　鎮

鎮字叔安，自號隨如子，學者稱隨如先生，南海人。嘉泰二年登進士第。按戴石屏《送叔安入京》詩序：謫居三山二十餘年，真西山奏令自便云云。叔安以何官被謫，不可考。有《隨如百詠》，刻于三山。

〔詞評〕《皺水軒詞筌》：作詞不待用事，用之妥切，則語始有情。劉叔安《水龍吟·立春懷内》曰：「雙燕無憑，尺書難表，甚時回首。想書闌、倚徧東風，閒負卻、桃花咒。」此用樊夫人、劉綱事，妙在與己姓暗合。若他人用之，雖亦好語，終減量矣。

《樊榭詞話》：劉隨如詞：「黄昏人静，暖香吹月，一簾花碎。芳意婆娑，緑陰風雨，畫橋煙水。」寫景皆妙。

《織餘瑣述》：宋·劉鎮《水龍吟·立春懷内》云：「試燈簾幕，送寒幡勝，暗香携手。」「暗香」句只四字，饒有無限景中之情。自非雅人深致，未易領會得到。

《堅瓠八集》：劉叔安《元夕·慶春澤》一首入《草堂選》，又有《阮郎歸》云：「寒陰漠漠夜來霜。階庭楓葉黄。歸鴉數點帶斜陽。誰家砧杵忙。　燈弄幌，月侵廊。熏籠添寶香。小屏低枕怯更長。和雲入醉鄉。」亦清麗可誦。

劉潛夫云：隨如詞，以騷人墨士之豪，寓放臣逐子之意，麗不至褻，新不犯陳，周、柳、辛、陸之能，庶乎兼之。

按：劉隨如《水龍吟·丙子立春懷内》云：「三山臘雪才消，夜來誰轉回寅斗。試燈簾幕，送寒皤勝，暗香携手。少日歡娛，舊游零落，異鄉歌酒。到而今，生怕春來太早，空贏得、兩眉皺。　春到蘭湖少住，肯殷勤、訪梅尋柳。相思人遠，帶圍寬減，粉痕消瘦。雙燕無憑，尺書難表，甚時回首。想畫闌、倚徧東風，閒負卻、桃花呪。」歇拍二句，與秦太虚《眼兒媚》後段「綺窗人在東風裏」云云，異曲同工。又《玉樓春·東山探梅》歇拍云：「白頭空負雪邊春，著意問春春不語。」語意亦淡而深。

曹豳

豳字西士，號東畝，按一作東猷。瑞安人。嘉泰二年登進士第，授安吉州教授。調重慶府司法參軍，改知建昌縣。擢祕書丞兼倉部郎官。出爲浙西提舉常平，移浙東提點刑獄。召爲左司諫，上疏請立太子、又論劾余天錫、李鳴，復迕旨，遷起居郎。進禮部侍郎，不拜。久之，起知福州，再以侍郎召，爲臺臣沮止。以守寶章閣待制致仕。卒謚文恭。

〔詞話〕《堅瓠集》：康熙壬子冬，在德州旅店中，見壁上一詞云：「春闈將近也，望帝鄉迢迢，猶在天際。懊恨這一雙腳底。一日斷趕上五六十里。　爭氣。扶持吾去，博得官歸，恁時賞你。穿對朝靴，安排你在轎兒裏。更選箇、弓樣鞋，夜間伴你。」不知爲何人所作。後讀顧元慶《簷曝偶談》，知爲曹東畎赴省試陸行良苦，自慰其足而作。按東畎名豳，字西士，宋嘉熙時人。詞名《紅窗迥》。

按：曹西士《紅窗迥》詞，又見元盛如梓《庶齋老學叢談》，唯云曹東畝作，而《堅瓠集》作東畎，且一則之中字凡兩見，似非傳刻之譌。「畝」「畎」字形相近，未審何者爲是？西士晚歲之作，又有《西河・和王潛齋韻》云：「今日事。何人弄得如此。漫漫白骨蔽川原，恨何日已。關河萬里寂無煙，月明空照蘆葦。謾哀痛，無及矣。無情莫問江水。西風落日慘新亭，幾人墮淚，戰和何者是良籌，扶危但看天意。只今寂寞藪澤裏。豈無人、高卧閭里。試問安危誰寄。定相將、有詔催公起。須信前書言猶未。」見《花草粹編》。

馮　鎔

鎔字景範，夔州人。嘉泰間，鄉貢進士。

按：馮景範詞《如夢令・題龍脊石》云：「素養浩然之氣。鐵石心腸誰擬。蒿目縣前江，不逐隊魚游戲。藏器。藏器。只等時乘奮起。」前署「郡人馮鎔」，後書「嘉泰壬戌仲春，鄉進士馮鎔景範游此，因成《如夢令》一闋，書之于石」云云，見《魚龍文字記》。龍脊石，在四川夔州府雲陽縣龍脊灘，石壁題刻殆徧，以濱江窪下，非水涸，甚不得見，故未經前人著録。光緒壬寅，蕙風況先生薄游雲安。是年冬乾，水落石出，諸刻呈露，爰亟命工從事氈椎，得孟蜀已還題名九十餘種，景範詞其一也。況氏審驛全文，合以涪州石魚題名拓本一百有零，爲《魚龍文字記》二卷。

李　訦

訦字誠之，自號山澤道人，晉江人，邴孫。建炎中，邴避地泉州，子孫遂籍晉江。訦以祖蔭，補承務郎，調仙游丞，改主管南外睦宗院。除通判漳州，擢知黄州。外艱服闋，知袁州，遷夔州路提點刑獄。開禧初，移荆湖北路轉運判官。入爲大理正卿，權户部侍郎，坐忤韓侂胄，劾罷。起知靖江府兼廣西安撫使。嘉定改元，加敷文閣待制，知建寧府。乞歸畀祠。再除寶文閣待制。致仕卒，贈宣奉大夫。

按：李訦和劉改之《六州歌頭·弔武穆鄂王忠烈廟》云：「高皇神武」云云，见《龍洲詞》附録。又《水調歌頭·敬次瓊山韻》云：「足跡半天下，家説在瓊川。往來無定，蓬頭垢面任憎嫌。揮掃筆頭萬字，貫穿胸中千古，不記受生年。海角一相遇，緣契似從前。　鍾離歌，吕公篆，醉張顛。恍如赤城龍鳳，來過我鯨仙。笑我未離世網，不染箇中塵土，飢食困來眠。擬問君家祖，兜率樂天天。」此闋彊邨録示。

李好義　易靜

好義，下邽人。按《全蜀藝文志》作宕渠人。弱冠，善射馬，西邊第一。以準備將討文州蕃部有功。開禧初，爲興州正將。蜀吴曦叛，好義約楊巨源同舉事誅曦，立安丙宣撫。遂率衆出關，復西和州，以中軍統制知西和。卒，贈檢校少保，謚忠壯。

〔詞話〕《江湖紀聞》：宋理宗時，李好義爲某郡總管，作詞名《望江南》云：「思往事，白盡少年頭。曾帥三軍平蜀難，沿邊四郡一齊收。逆黨反封侯。　元宵夜，燈火鬧啾啾。廳上一員閒總管，門前幾箇紙燈毬。簫鼓勝皇州。」

按：李好義《望江南》詞，所謂滿心而發，肆口而成，質樸伉爽，不假追琢。中間叙述生平，感慨時世，寧無拔劍斫地之哀。而語意不涉過激，吾見其嫵媚之至，未見其爲俗也。嘗閱《蕙風簃隨筆》，宋武安軍左押衙易靜譔，起《占委任》，止《占赧最》，五百二十首。詞雖不工，具徵天水詞學之盛，下至方伎曲士，亦粗諳宫闋。雲自在龕舊鈔本云云。易靜詞誠蕪而俚，以視好義之作猶不逮遠甚，未便列爲一家，附紀於此。（編者按，《兵要望江南詞》今存七百二十首，其版本不一，諸家書目著録各異。《郡齋讀書後志》卷三題云「易靜撰，蓋唐人也」；《四庫全書總目》則謂爲「僞託」。今況氏所據不知爲何本。易靜詞，見中華書局版《全唐五代詞》上册。）

又按：宋李仲敏好古《謁金門》云：「花著雨。又是一番紅素。燕子歸來愁不語，故巢無覓處。　誰在玉樓歌舞。誰在玉關辛苦。若使胡塵吹得去。東風侯萬户。」《花草粹編》、《渚山堂詞話》並誤作李好義詞。

卓田

田字稼翁，號西山，建陽人。開禧元年，登進士第，改官遽卒。按《福建通志·選舉志》：開禧元年，毛自知榜特奏名建安縣卓田。《後村詩話》：卓田策名，改秩卒。又按：《尚友録》：卓田，紹興間文士，工詞，有《三衢買舟詞》，蓋指《好事近》「奏賦謁金門」闋，非田詞集以「三衢買舟」名也。

〔詞話〕《山房隨筆·補遺》（按《藕香簃叢書》本有《補遺》一卷）：三山卓田（按田元誤用）能賦馳聲，嘗作詞云：「丈夫隻手把吴鈎。欲斷萬人頭。因何鐵石，打成心性，卻爲花柔。　君看項籍並劉季，一怒使人愁。只因撞著，虞姬戚氏，豪傑都休。」其爲人風趣可想。

《柳塘詞話》：《眼兒媚》起句平黏仄黏俱通，阮閎一首：「樓上黄昏杏花寒，斜月小闌干。」仄黏起也；卓田一首：「丈夫隻手把吴鈎，欲斷萬人頭。」平黏起也。

按：卓稼翁詞《好事近·三衢買舟》、《昭君怨·送人赴上庠》、《品令·新秋》三闋，並見《中興以來絶妙詞選》。其《眼兒媚》「丈夫隻手把吴鈎」云云，又見《花草粹編》，題云「蘇小樓」。

陳韡

韡字子華，號抑齋，侯官人。開禧元年登進士第，辟京東、河北幹官。累遷太府寺丞，差知真州、淮東提點刑獄，兼知寶應州。累遷倉部員外郎，以寶章閣直學士，知南劍州，福建路兵馬鈐轄，兼招捕使。進右文殿修撰，兼知建寧府。進寶章閣待制、知隆興府，節制江西、廣東、福建三路捕寇軍馬。進華文閣待制、江西安撫使，改江東，知建康府。召爲兵馬尚書，拜參知政事，知樞密院事。授福建安撫大使知福州，提舉佑神觀致仕。卒贈少師，謚忠肅。

按：陳忠肅詞《蘭陵王》云：「角聲切。何處梅梢弄雪。還鄉夢，玉井樓前，千朶芙蕖插空碧。鄰翁問消息。爲説紅塵倦客。應憐笑、弓劍旌旗，底事留人未歸得。　淮山舊相識。記急處笙歌，静裏鋒鏑。隋堤楊柳猶春色。嗟十載人事，幾番棋局，青油年少已鬢白。漫惆悵京國。　朱墨。困無力。似病鶴樊籠，老驥羈勒。夕陽不繫棲林翼。待添竹東圃，種松西陌。功名休問，吾老矣，付俊傑。」見《陽春白雪》。此詞布置妥帖，局度從容，非擅長倚聲者不辨。

留元剛

元剛字茂潛，自號雲麓子，（按《陽春白雪》録元剛詞，署劉雲巖元剛。）永春人。開禧元年，試博學宏詞科，授國子監學録。遷祕閣校理。累遷直學士院，歷軍器少監，權起居舍人，出知温州。加直寶文閣，移知贛州。坐言者詔與宫觀罷歸。有《雲麓集》。

按：留茂潛詞《滿江紅·泛舟武夷，午炊仙游館，次吕居仁韻》云：「風送清篙，沿流泝、武夷九曲。回首處，虹橋無復，幔亭遺屋。翠壁雲屏臨釣石，銀河雪瀑飛寒玉。想當年、鐵笛倚林吹，秋空緑。褰荇帶，揞筇竹。披荷芰，餐椒菊。問丹崖碧嶺，底堪重辱。青笈不妨娱老眼，烏鞾未許污吾足。恰仙游、一枕夢醒來，胡麻熟。」見《陽春白雪》。

元剛，正長子恭之子，見《泉州府志》。

李 珏

珏字元暉，號鶴田，吉水人。年十二，通書經。召試館職。除祕書省正字，批差充幹辦御前翰林司主管御覽書籍，除閤門宣贊舍人。開禧三年，以朝散大夫直寶謨閣。嘉定元年，除右侍郎。有雜著四集，《穆陵大事記》、《錢唐百詠》。

按：李元暉詞《繫梧桐·别西湖社友》、《木蘭花慢·寄豫章故人》，並見《絶妙好詞》。《都城紀勝》云：文士有西湖詩社，非其它社集之比，乃行都士夫及寓居詩人，舊多出名士。

趙 廱

廱一作雍，字浦夫，號竹潭，聞喜人。鄖國公德鈞之後，丞相鼎裔孫。開禧間爲處州太守。

按：趙浦夫詞《謁金門》云：「天色晚。雲外一箏斜雁。獨凭闌干秋滿眼。菊花寒尚淺。　葉落香篝紅泛。懶把新詩題怨。何處笛聲三弄斷。月遲簾未捲。」見《陽春白雪》。

又按：《宋詩紀事補遺》：趙廱《星巖紀游》五古一首，其後識云：浚儀趙廱和仲以淳熙二年來守肇慶。據《宋詩紀事·小傳》：趙廱字浦夫，聞喜人，開禧間爲處州太守。與《星巖紀游》之趙廱，字籍並異。淳熙二年下距開禧凡三十年，廱以三十年前守肇慶，三十年後守處州，揆之事實，亦似不甚相合，竊疑别是一人，附記俟考。陸氏於趙廱姓名下注云：厲有則竟以爲一人矣。

汪晫

晫字處微，績溪人。開禧中，一至闕下，不就舉試而歸。結廬隱居曰環谷。卒，里人私謚康範先生。德祐元年，孫夢斗上所著書，特贈通直郎，有《環谷存稾》、《康範詩餘》一卷。

〔詞話〕《織餘瑣述》：宋·汪晫《康範詩餘》：《水調歌頭·次韻荷淨亭小集》云：「落日水亭静，藕葉勝花香。」與秦湛「藕葉香風勝花氣」句同意。藕葉之香，非静中不能領略。淨而後能静，無塵則不囂矣。只此起二句，便恰是詠荷淨亭，不能移到它處，所以爲佳。

按：汪處微《康範詩餘》一卷，彊村朱氏依勞巽卿傳録《康範集》本刻行。《鷓鴣詞·春愁》云：「傷時懷抱不勝愁。野水粼粼緑偏洲。　滿地落花春病酒，一簾明月夜登樓。　明眸皓齒人難得，寒食清明事又休。只是鷓鴣三兩曲，得閒白了幾人頭。」詞筆疏宕有骨幹，藉可想像其爲人。其《念奴嬌·環谷夜酌，借坡公韻餞汪平叔》云：「後夜山深何處宿，紅豆寒燈明滅。一老堪憐，两生未起，應念星星髮。」則尤古誼今情，芬芳悱惻，雖嫥家之作曷以加兹。又《賀新郎·開禧丁卯端午中都借石林韻》一闋，蓋即赴闕不試時作，此詞换頭「離騷古意盈洲渚」云云，忠愛至情，流露楮墨之表，可知其巖阿高蹈，殆有見於時輩之難與有爲，非好遯忘世也。

林正大

正大字敬之，號隨庵，永嘉人。開禧中爲嚴州學官。有《風雅遺音》二卷。

〔詞考〕《四庫全書總目·風雅遺音提要》：據卷首易嘉靖序，蓋開禧中爲嚴州學官。其里籍則不可考。是編皆取前人詩文，隱括其意，製爲雜曲。每首之前，仍全載本文，蓋仿蘇軾隱括《歸去來辭》之例。然語意蹇拙，殊無可采。卷末有徐釚跋云：《風雅遺音》上下卷，南宋刊本，泰興季滄葦家藏書。靈壽傅使君於都門珠市口購得，遂付小史鈔録。林序闕前七行，卷末《清平調》逸其半。皆舊時脱落，今亦仍之。此本字畫譌缺，蓋又從釚本傳寫云。

按：林敬之《風雅遺音》二卷，元和江氏依知聖道齋藏舊鈔本鍥行於湘中。《杜工部醉時歌·酹江月》云：「諸公臺省，問先生何事，冷官如許。甲第紛紛粱肉厭，應怪先生無此。道出羲皇，才過屈宋，空有名垂古。得錢沽酒，忘形欲到爾汝。好是清夜沈沈，共開春酌，細聽檐花雨。茅屋石田荒已久，總待先生歸去。司馬子雲，孔丘盜跖，到了俱塵土。不須聞此，生前杯酒相遇。」自餘隱括昔賢詩文，大略昉此。宋時聲伎工歌者衆，往往長篇文字亦可被之管絃，填入詞調，更諧宮耳。

又按：《四庫全書總目·風雅遺音提要》「卷首易嘉靖序」云云，「嘉靖」當作「嘉猷」，「靖」係寫刻之誤。云：「林序闕前七行，卷末《清平調》逸其半。皆舊時脱落。」錢塘丁氏《善本書室藏書志》：《風雅遺音》二卷，前有嘉泰壬戌、甲子自序二篇，明初據南宋本重刻，尚多嘉泰甲子陳子武序一篇。序云：「居士實永嘉林君正大，字敬之，爲道州史君之子，尚書吏部開府之孫，生長華胄，恪守詩禮。體《大易》隨時之義，故自號曰隨庵。」是正大乃永嘉人也。今湘中刻本《風雅遺音》祇存嘉泰壬戌自序，其甲子自序、易嘉猷序、陳子武序均佚。《四庫提要》所云「林序闕前七行」者，當即甲子自序，今並闕行者而亦無之。唯卷末太白《清平調・括醉江月》完全無闕。則此本較《四庫》本爲勝耳。

吴泳

泳字叔永，潼川人。嘉定二年，登進士第。歷軍器少監，升祕書丞兼權司封郎官，兼樞密院編修官，升著作郎，兼權直舍人院。遷祕書少監，權中書舍人，遷起居舍人，權吏部侍郎，兼直學士院。權刑部尚書兼修玉牒，以寶章閣直學士知寧國府，提舉太平興國宫，進寶章閣學士，差知温州，改知泉州。以言罷。有《鶴林集》四十卷，詞一卷。

〔詞話〕《蕙風簃詞話》：吴人呼女曰囡，讀若奴頑切。《柳南續筆》：漁家日在湖中，自無不肌面粗黑。有生女瑩白者多，名曰囡，以寵異之云云。吴叔永泳《鶴林詞・賀新郎・宣城壽季永弟》云：「爺作嘉興新太守，囡拜謌書天府，況哥共、白頭相聚。」則宋人已用之入韻語矣。叔永，蜀人，亦作吴語，何耶？囡字，偏檢字書，並未之載。

又：《鶴林詞・清平樂・壽吴毅夫》云：「荔子纔丹梔子白，擡貼誕彌嘉月。」「擡」、「貼」字亦方言，於此僅見。

又：《鶴林詞·祝英臺近·春日感懷》云：「有時低按銀箏，高歌水調，落花外、紛紛人境。」末七字，余極喜之，其妙處難以言説。但覺芥子須彌，猶涉執象。

又：「算一生繞徧，瑶堦玉樹，如君様，人间少。」吴叔永《水龍吟·壽李長孺》句。壽詞能爲此等語，視尋常歌誦功德，何止仙塵糟玉之别。

按：吴叔永《鶴林詞》一卷，彊邨朱氏依《大典·鶴林集》本鍥行，詞凡三十二首。其中如《八聲甘州·壽魏鶴山》、《賀新郎·送游景仁赴夔漕》、《洞仙歌·惜春和李元膺》，前二首以遒勁勝，後一首以綿麗勝，全卷以《送游景仁作》爲第一。《四庫全書提要》：吴泳《鶴林集》在西蜀文字中，頗有眉山蘇氏之風，繼魏了翁《鶴山集》後固無多讓云云。如以詞論，似乎叔永尤爲當行，第無庸以文章餘事軒輊二公耳。

洪咨夔

咨夔字舜俞，於潛人。嘉定二年進士，除如皋主簿。授南外宗學教授，應博學宏詞科。崔與之帥淮辟幕職，及帥成都，授爲籍田令、通判成都府，尋知龍州。還朝，爲祕書郎，遷金部員外郎。轉考功員外郎。忤史彌遠，論鐫二級。彌遠死，以禮部員外郎召，拜監察御史。擢殿中侍御史，歷中書舍人，吏部侍郎。進刑部尚書，拜翰林學士、知制誥，加端明殿學士。卒，贈兩官，謚忠文。有《平齋詞》一卷。

〔詞評〕《織餘瑣述》：洪咨夔《平齋詞·風流子·詠芍藥》句云：「金繫花腰，玉匀人面。」八字工麗可喜。又《水調歌頭·送曹侍郎歸永嘉》句云：「氣脈《中庸》《大學》，體統《采薇》《天保》，幾疏柘袍紅。」

《中庸》、《大學》入詞，絶奇，「體統」字亦僅見。

〔詞考〕《四庫全書總目·平齋詞提要》：《平齋詞》一卷，爲毛晉所刊，晉跋稱未見其集，蓋汲古閣偶無其本，僅見其詞也。洛夔以才藝自負，新第後上書衛王，自宰相至州縣，無不捃摭其短。遂爲時相所忌，十年不調。故其詞淋漓激壯，多抑塞磊落之感，頗有似稼軒、龍洲者。晉跋乃徒以王岐公文多富貴氣擬之，殊爲未允。洛夔父名鉞，號谷隱，有詩名。洛夔出蜀時，得書數千卷，藏蕭寺。父子考論諷誦，學益宏肆。詞注内所稱老人，即其父也。其子勲、燾、熹亦皆能紹其家學。《鷓鴣天·爲老人壽》後闋云：「諸孫認取翁翁意，插架詩書不負人。」可想見其世業之盛。又《漢宫春》一闋，乃慶其父七十作，據《平齋集》有《壬辰小雪前，奉親游道場何山》五言古詩一首，中有句云：「老親八十健」，而集内未載其詞，疑其傳稿尚多散佚矣。

按：《四庫全書提要》云：「平齋詞頗有似稼軒、龍洲」者。今閲洪詞，細審之，其中所懷蘊蓄，鬱勃不能自已，及至放筆爲詞，慷慨淋漓，自然與辛、劉契合，非刻意模仿辛、劉也。其詞如《賀新郎·詠梅用甄龍友韻》云：「放了孤山鶴。向西湖、問訊水邊，嫩寒籬落。試粉盈盈微見面，一點芳心先著。正日暮、煙輕雲薄。欲攬清香和月嚥，倩馮夷、爲洗黄金杓。花向我，勸多酌。　單于吹徹今成昨。未甘渠、琢玉爲堂，把春留卻。倚偏黄昏闌十二，知被兒曹先覺。更笑殺、盧仝赤腳。但得東風先在手，管緑陰、好踐青青約。方寸事，兩眉角。」仍以清疏擅勝，唯「覺」、「腳」兩韻，體格近似辛、劉耳。弁陽翁《絶妙好詞》，録其《眼兒媚》「平沙芳草渡頭村」云云，此等詞似非平齋本色，集中亦不多見，草窗選詞未免偏重婉麗一派。

又按：《平齋詞》有《老人游東山，追和俞貳卿詞謹用韻·滿江紅》、《老人用僧仲殊韻詠荷花横披，謹和·念奴嬌》、《敬借老人燈韻爲壽》前調、《德清舟中和老人韻·南鄉子》各一闋，「老人」即咨夔父鉞，號谷隱，見《四庫提要》，所作詞惜不傳。兩宋士夫不能詞者殆尠，幸而得傳十之一二而已。方勺之父有詞無名（方教授見前卷），平齋之父有名無詞，皆缺憾也。

撫掌詞

《撫掌詞》一卷，附《十二月宫樂詞》，譔人姓名無考。

〔詞評〕丁松生云：《撫掌詞》頗多清婉之語，小令亦尚有風致，惟瑕瑜雜陳耳。

〔詞考〕四印齋刻《撫掌詞》，王鵬運《跋》：《撫掌詞》卷前不署姓名，從《典雅詞》傳出，蓋南渡人詞也。歐良乃編集者之名。此本去「後學」二字，遂以當作者矣。末附倣李長吉《十二月宫樂詞》，此係樂府，固不得入詞，元本所有，仍補入之。良，南城人，官司户，見劉後村所作詩集序。「咸豐癸丑五月廿三日午後，據曝書序鈔本《典雅詞》校過，飲香詞隱勞顨卿記於漚喜亭池上。」按皕宋樓藏本有此跋，據補「後學」字於首。所云《十二月宫樂詞》，此本亦有之。餘與勞本同不同，亦未可知耳。

按：《撫掌詞·多麗·楊花》云：「日初長，寶爐一縷沉煙。緑陰新，垂楊亭榭，知誰巧擘香綿。有時共、落紅零亂，有時共、芳草留連。只道無情，那知有意，幾回飛過綺窗前。人爭訝，艷陽三月，乾雪舞晴天。游絲外，不堪燕掠，無奈蜂粘。　那小鬟、忒暰嬌劣，鎮日地、倚闌干。輕吹處、櫻桃的的，閒拈處、筍指纖纖。愛點猩羅，妝成粉纈，嗔人不許放朱簾。端相好、驀然風起，特送上秋千。明朝看，池塘雨過，萍翠應添。」《更漏子》云：「鬢慵梳，眉嬾畫。獨自行來花下。情脈脈，淚垂垂。此情知爲誰。雨初晴，簾半捲。兩兩銜泥新燕。人比燕，不成雙。枉教人斷腸。」如右二闋，庶幾丁評所稱「清婉有風致者」。其《多麗》換頭「那小鬟」云云，近於元人曲語，殆即所謂「瑕瑜雜陳」矣。《四庫提要》謂爲南渡詞人，雖不能確指其時代，然編者歐良、劉後村爲作詩集序，則作者必在歐良、後村以前可知，今故列於後村之上。

劉克莊

克莊初名灼，字潛夫，號後村，莆田人。嘉定二年郊恩補將仕郎，調靖安主簿。累官至太府少卿。淳祐六年，賜同進士出身，除祕書少監，兼權國史院編修、實録院檢討官。景定元年，除寶章閣學士，知建寧府。咸淳四年，特除龍圖閣學士。致仕卒，贈銀青光禄大夫，謚文定。有《後村集》五十卷，長短句五卷，明毛氏刻本名《後村別調》一卷。

〔詞話〕《渚山堂詞話》：劉後村作《摸魚兒》以詠海棠，後闋云：「君(試論)[細認]，花共酒，古來二(字)[事]天猶吝。年光(更)[去]迅。謾緑葉成陰，青苔滿地，做取異時恨。」舊見瞿山陽《摸魚兒》尾云：「怕緑葉成陰，紅(花)[英]結子，留作異時恨。」殆全用後村句格。或者宗吉誦劉詞久熟，不覺用爲己語耶。

《古今詞話》沈雄曰：後村《清平樂》云：「除是無身方了，有身定有閒愁。」特用《楞嚴》「因我有身，所以有患」句也。疑是妙悟一流人語。

〔詞評〕《歷代詞話》：張炎云：「劉潛夫《後村别調》一卷，大抵直致近俗，乃效稼軒而不及者。」

《四庫全書存目·後村别調提要》：克莊在宋末以詩名，其所作詞，張炎《樂府指迷》譏其直致近俗，效稼軒而不及。今觀是集，雖從横排宕，亦頗自豪，然於此事究非當家，如贈陳參議家舞姬《清平樂》詞：「貪與蕭郎眉語，不知舞錯伊州」者，集中不數見也。

《珠花簃詞話》：後村《玉樓春》云：「男兒西北有神州，莫滴水西橋畔淚。」楊升庵謂其壯語足以立懦，此類是已。

《藝概》：劉後村詞，旨正而語有致。真西山文章正宗，詩歌一門屬後村編類，且約以世教民彝爲主，知必心重其人也。後村《賀新郎·席上聞歌有感》云：「粗識國風關雎亂，羞學流鶯百囀。」總不涉閨情春怨。又云：「我有生平離鸞。」頗哀而不愠，微而婉。意殆自寓其詞品耶。

按：劉潛夫文章鄙匠，餘事填詞，真率坦夷，信筆抒寫，往往神似稼軒，非刻意傚稼軒也。竊嘗維誦竟卷，就所賞會之句綴録如左，其於後村勝處殆猶未逮什一。《風入松·福清道中作》云：「多情唯是燈前影，伴此翁、同去同來。逆旅主人相問，今回老似前回。」真語可喜。《生查子·燈夕戲陳敬叟》云：「人散市聲收，漸入愁時節。」賦情絶工。《摸魚兒·賞海棠》云：「甚春來、冷煙淒雨，朝朝遲了芳信。驀然作暖晴三日，又覺萬株嬌困。」尤能字字跳脱，婉轉關生。又前調云：「暮雲千里傷心處，那更亂蟬疏柳。」《臨江仙·潮惠道中》云：「最憐幾樹木芙蓉。手栽纔數尺，别後爲誰紅。」《踏莎行·甲午重九牛山作》云：「向來吹帽插花人，盡隨殘照西風去。」此等句，非必矜心作意而後出之，亦何庸於稼軒詞中求生活耶。

又按：潛夫詞，前人著録皆《後村別調》一卷，吾湖彊邨朱侍郎所刻長短句五卷，據劉燕庭藏鈔《後村大全集》本，以張氏愛日精廬、張氏適園藏兩舊鈔本校補，末附校記若干條，尤極精審，可資考訂。別有《晨風閣叢書》本亦足。

黄孝邁

孝邁字德父，按《御選歷代詩餘·詞人姓氏》作德文。號雪舟。

〔詞話〕《後村集·跋雪舟長短句》：十年前曾評君樂章，耄矣復觀新腔一卷。《賦梨花》云：「一春花下，幽恨重重。又愁晴，又愁雨，又愁風。」《水仙》云：「自側金卮，臨風一笑，酒容吹盡。恨東風、忙去薰桃染柳，不念淡妝人冷。」又云：「驚鴻去後，輕抛素襪，杳無音信。細看來，祇怕蕊仙不肯，讓梅花俊。」《暮春》云：「店舍無煙，關山有月，梨花滿地。二十年好夢，不曾圓合，而今老、都休矣。」其清麗，叔原、方回不能加，其綿密，騣騣秦郎「和天也瘦」之作。

《珠花簃詞話》：黄雪舟詞，清麗芊綿，頗似北宋名作。唯傳作無多，殊爲恨事。其《水龍吟》云：「柔腸一寸，七分是恨，三分是淚。」蓋仿東坡「春色三分，二分塵土，一分流水」之句。所不逮者，以刻鏤稍著痕迹耳。其歇拍云：「待問春，怎把千紅换得，一池緑水。」亦從「一分流水」句引伸而出。

按：德父詞《湘春夜月》、《水龍吟》均見《絶妙好詞》，其賦梨花、水仙全闋惜未得見。

歷代詞人考略卷三十七

宋三十一

程公許

公許字季與，一字希穎，自號玉局散吏，宣化人。嘉定四年登進士第，授華陽尉，調綿州教授，改知崇寧縣，通判簡、施二州。端平初，授大理司直，遷太常博士，除祕書丞兼考功郎官，劾罷。差主管雲臺觀、知衢州。未幾，以著作郎召，兼權尚左郎官、兼直舍人院。累遷將作少監。淳祐元年，遷祕書少監，兼直學士院。拜太常少卿，再劾罷。以直寶謨閣知袁州，尋以薦召拜宗正少卿。遷中書舍人，進禮部侍郎、權刑部尚書。卒，贈宣奉大夫。有《塵缶集》。

〔詞話〕《織餘瑣述》：宋·程公許詞《沁園春·用履齋多景樓韻》歇拍云：「憑誰問，借天河一挽，洗甲休鬭。」「鬭」字作平叶，僅見。《集韻》：鬭，當侯切，音兜，交爭也。

按：程季與詞見《陽春白雪·外集》，凡四闋，其《沁園春·用履齋多景樓韻》全闋云：「萬里飄萍，送江入海，過古潤州。正羈懷無奈，憑高縱覽，濛濛煙雨，簇簇漁舟。南北區分，江山形勝，憂憤令人扶上樓。沉凝久，任斜飛雪片，急灑貂裘。　英風追想孫劉。似黑白兩奩棋未收。把煙霞饒與，坡仙米老，丹青難覓，摩詰營邱。斗野號風，海門殘照，長與人間管領愁。憑誰問，借天河一挽，洗甲休鬭。」

李劉

劉字公甫，號梅亭，崇仁人。嘉定七年登進士第。授禮部郎官、兼崇政殿説書。出守榮、眉二州，進總漕事管理都大茶馬，知成都府兼本路安撫使。召出爲中書（按一作起居）舍人，直學士院，寶章閣待制。有《類稾》、《續類稾》各三十卷。

按：李公甫詞《賀新郎・上趙侍郎生日》云：「鵠立通明殿。又重逢、揆余初度，夢庚華旦。不學花奴簪紅槿，且看秋香宜晚。任甲子、從新更換。天欲東都修車馬，故降神、生甫維周翰。歌崧嶽，詠江汉。　明堂朝罷夷琛獻。引星辰、萬人共聽，風塵長算。清晝山東諸將捷，席捲黄河兩岸。問誰在、玉皇香案。師保萬民功業別，向西京、原廟行圭瓚。定郟鄏，卜瀍澗。」見《中興以來絶妙詞選》。又《如意令・八月二十一日壽王學老》、《滿朝歡・壽韓尚書出守》、《壽星明・慶黄宰秩滿》，並見《花草粹編》，雖皆慶祝之作，亦自莊雅典重，不失大家風度。《翰墨全書》有李劉「春秋得舉謝啟，年當五歲日記萬言」云云。公甫蚤歲穎惠，宜其詞華富贍也。

吴淵

淵字道夫，號退庵，寧國人，一云德清人。按《湖州府志》：吴淵，祕閣修撰柔勝第三子。柔勝徙居德清。嘉定七年，登進士第。累官直煥章閣、知平江府。以樞密副都承旨知江州，遷太府少卿，加集英殿修撰，知鎮江，以寶章閣直學士知太平州、以華文閣學士知隆興府。歷江西安撫使，陞兵部尚書、知平江府，進端明殿學士、江東安撫使兼知建康府。拜資政殿大學士，封金陵公，徙知福州、福建安撫使，改知寧國府，予祠。起知江陵府，拜參知政事。卒，贈少師，謚莊敏。有《退庵集》。

〔詞話〕《珠花簃詞話》：宋・王沂公之言曰：「平生志不在温飽。」以《梅》詩謁吕文穆云：「雪中未問調羹事，先向百花頭上開。」吴莊敏詞《沁園春・詠梅》云：「雖虚林幽壑，數枝偏瘦，已存鼎鼐，一點微酸。松竹文盟，雪霜心事，斷是平生不肯寒。」二公襟抱，正復相同。「一點微酸」，即「調羹心事」，不志温飽，爲有不肯寒者在耳。又莊敏《滿江紅》詞有「晚風牛笛」句，絶雅鍊可喜。

按：吴莊敏《退庵詞》有朱彊邨刻本。其中《念奴嬌》之「我來牛渚」、《水調歌頭》之「太白已仙去」，崎嶔磊落，吐屬不凡。《沁園春・詠梅》云：「草草村墟，疏疏籬落，猶記花間曾卓庵。茶甌罷，問幾回吟繞，冷淡相看。」何其沖夷曠遠！若是隱居求志，行義達道，昔賢固操之有要耳。

陳耆卿

耆卿字壽老，臨海人。嘉定七年登進士第。十年以迪功郎主青田簿。十三年，陞從事郎、慶元府教授，嘗爲沂王府記室。寶慶二年，召試館職，除祕書省正字，轉校書郎。紹定元年除祕書郎，三年除著作佐郎，六年除著作郎。端平元年兼國史院編修官，除將作少監，官至國子監司業。有《篔窗先生初集》三十卷、《續集》三十八卷，詞一卷。

按：陳壽老詞，附《篔窗集》僅四首，彊邨朱氏覆鍥以行。《鷓鴣天·南校場賞芙蓉》云：「莫惜花前泥酒壺。沙場千步錦平鋪。將軍閒試臨邊手，按出吴宫小陣圖。　清露裏，曉霜餘。嬌紅淡白更憐渠。人間落木蕭蕭下，獨倚秋江畫不如。」前調《再賦》云：「艷朵珍叢閒舞衣。蹴毬場外打紅圍。小輿穿入花深處，且住簪花醉一巵。　秋欲盡，最憐伊。江梅未破菊離披。情知不與韶華競，回首西風怨阿誰。」其《三臺令》乃誤收王建詞，王詞本二首，誤合爲一首。

林表民

表民字逢吉，號玉溪。其先魯人，六世祖廣之，卒天台税官，遂居臨海。有《玉溪吟草》、《赤城續志》、《赤城集》。

按：林玉溪詞《玉漏遲·和趙立之》云：「並湖游冶路。垂隄萬柳，麴塵籠霧。草色將春，離思暗傷南浦。舊日愔愔坊陌。尚想得、畫樓窗户。成遠阻。鳳箋空寄，燕梁何許。　淒涼瘦損文園，記翠箔聯吟，玉壺通語。事逐征鴻，幾度悲歡休數。鶯醉亂花深裏，悄難替、愁人分訴。空院宇。東風晚來吹雨。」此詞停勻綿麗，出色當行，允推能品。

吴　潛

潛字毅夫，號履齋，寧國人，一云德清人。按據《湖州府志》，詳潛兄淵小傳。嘉定十年，以第一人登進士第，授承事郎、簽鎮東軍節度判官。累遷知建康府、江東安撫留守，以直論忤時相罷。淳祐十一年，爲參知政事，拜右丞相兼樞密使。以久任丐祠，進封慶國公，判寧國府。還家未幾，以醴泉觀使兼侍讀，召入對。特進左丞相，改封許國公。屬立儲，密奏，以論劾落職。責授化州團練使、循州安置。卒，德祐元年，追復元官，仍還執政恩數，特贈少師。有《履齋詩餘》三卷。

〔詞話〕《豹隱紀談》：徐參政清叟微時，贈建寧妓唐玉詩云：「上國新行巧樣花，一枝聊插鬢雲斜。嬌羞未肯從郎意，故把芳容半面遮。」吴履齋丞相和以《賀新郎》詞云：「可意人如玉。小簾櫳、輕勻淡泞，道家妝束。長恨春歸無尋處，全在波明黛緑。看冶葉、倡條渾俗。比似江梅清有韻，更臨風、對月斜依竹。看不足，詠不足。　曲屏半掩春山簇。正輕寒、夜深花睡，半欹殘燭。縹緲九霞光裏夢，香在衣裳賸馥。又只恐、銅壺聲促。試問送人歸去後，對一奩、花影垂金粟。腸易斷，倩誰續。」

《升庵詞品》：吴毅甫爲賈似道所陷，南遷嶺表，其《送李御帶祺・滿江紅》云：「報國無門空自怨，濟時有策從誰吐。」亦自道也。李祺號竹湖，亦當時名士。

《渚山堂詞話》：吴履齋潛，字毅夫，宋狀元及第。初其父柔勝仕行朝，晚寓予里，履齋實生焉。曩予作《仙潭誌》，求其制作，不可見。近偶獲其《滿江紅》一詞，云：「柳帶榆錢，又還過、清明寒食。天一笑、滿園羅綺，滿城簫笛。花樹得晴紅欲染，遠山過雨青如滴。問江南、池館有誰來，江南客。　烏衣巷，今猶昔。烏衣事，今難覓。但年年燕子，晚煙斜日。抖擻一春塵土債，悲涼萬古英雄跡。且芳尊、隨分趁芳時，休虚擲。」史稱履齋爲人豪邁，不肯附權要，然則固剛腸者。而「抖擻」、「悲涼」等句，似亦類其爲人。

《皺水軒詞筌》：吴履齋贈妓詞，不載于集，又與生平手筆不類。然如「錦字偷裁，立盡西風雁不來」，致何妍媚也，乃出自稼軒之手，文人固不可測。

《珠花簃詞話》：《履齋詞·滿江紅·九日郊行》云：「數本菊，香能勁。」「勁」韻，絶儁峭，非菊之香不足以當此。《二郎神》云：「凝竚久，驀聽棋邊落子，一聲聲静。」《千秋歲》云：「荷遞香能細。」此「静」與「細」，亦非雅人深致，未易領略。

《織餘瑣述》：宋·吴潛詞《念奴嬌·詠白蓮》云：「天然皜質，想當年此種，來從太素。」自注：「太素，國名，出荷花。」此國名甚新，殆即所謂香國耶？《滿江紅·爲蒼雲堂後桂樹作》云：「劉安笑，淹留耳。吴猛約，何時是。」「吴猛」，即吴剛也。《青玉案·四明窗會客》云：「歸去來兮，不如歸去，鐵定知今是。」「鐵定」字入詞亦新。

〔詞評〕《四庫全書總目·履齋遺集提要》云：《詩餘》一卷，激昂悽勁，兼而有之，在南宋人中不失爲佳手。

按：《四庫》著録《履齋遺集》四卷，宣城梅鼎祚所編，凡詩一卷、詩餘一卷、雜文二卷。吾郡彊邨朱氏近輯《湖州詞徵》，《履齋詞》凡三卷，（卷十一迄卷十二）其一卷即《四庫遺集》本，其二卷録自《（開）〔寶〕慶四明續志》。履齋詞筆清超，不事追琢，風格在張安國、洪舜俞之間。如《滿江紅》之「萬里西風」、《水調歌頭》之「皎月亦常有」、《長相思》之「燕高飛」，卷中不少佳構，略舉以概其餘。

又按：《吴興掌故集·游寓類》：吴潛，溧水人，登第後寓居德清之新市。按《溧水志》云：吴柔勝淳熙八年進士，仕至祕閣修撰，生四子：源、泳、淵、潛。淵登嘉定七年進士，潛後三年及第，二公俱入溧水鄉賢祠。今《湖州志》乃列潛爲長興人，尤謬，《德清新志》又併吴柔勝收入之，秉筆疏妄，一至於此。潛兄弟俱葬德清縣北之張家山，據此則二吴之於德清，第游寓耳，其爲溧水人，於它書未經見。曰寧國、曰溧水、曰長興、曰德清，二公占籍，乃至紛如聚訟，蓋才名碩望，後人樂於比附，亦可見考訂之不易矣。

王邁

邁字實之，號臞軒居士，按一云號臞庵。又自稱敕賜狂生，仙游人。嘉定十年登進士第，調南外睦宗院教授。召試學士院除正字，因論事鐫二秩，改通判漳州。淳祐中，知邵武軍，召入爲右司郎官。予祠，卒，贈司農少卿。有《臞軒集》，詩餘一卷。

〔詞話〕《齊東野語》：王邁實之莆人。登甲科，甚有文名，落魄不羈。爲正字日，因輪對，及故相擅權。理宗宣諭曰：「姑置衛王之事。」邁即抗聲曰：「陛下一則曰衛王，二則曰衛王，何容保之至耶？」上怒不答，徑轉御屏曰：「此狂生也。」邁後歸鄉里，自稱「勅賜狂生」。嘗有詩云：「未知死所先期死，自笑狂生老更狂。」又賦《沁園春》曰：「狂如此，更狂狂不已。」押赴瓊崖。

按：《臞軒詩餘》，吾郡彊邨朱先生依《永樂大典·臞軒集》本鍥行。《沁園春》序云：「尹和靖，宣政間，不爲權臣詘，隱於洛中。及兵起，全家受禍，老先生獨以身免。賢者之不出如此。楊龜山屢出，不合又去，未幾又出。靖康之變，以諫議大夫從駕入金營。賢者之出，竟如此。謹詳二先生出處之節，求質正於西山真先生，遂成此詞以呈。」〔詞云：」「人物渺然，蕙蘭椒艾，孰臭孰香。昔尹公和靖，與龜山老，雖同名節，卻異行藏。尹在當年，深居養道，親見兵戈興洛陽。楊雖出，又何畀於蔡，何救於章。　公今爲尹爲楊。這一著須平心較量。正南洲潢弄，西淮鼎沸，廷紳噤舌，舉國如狂。招鶴亭前，居然高卧，許大乾坤誰主張。公須起，要擎天一柱，支架明堂。」以此等題爲詞，求之兩宋人集中，殆未曾有。《臞軒集》詩餘僅五闋，又有《沁園春·迎方右史德潤》一闋「首尾四年」云云，見《花草粹編》，本集未載。彊邨補輯五闋，近海寧趙氏輯本又增補七闋，共得十七闋。

姚鏞

鏞字希聲，號雪篷，又號敬庵，剡溪人。嘉定十五年登進士第，爲吉州判官。以平寇功，擢贛州守，貶衡陽。有《雪篷集》。

按：姚希聲詞《謁金門》云：「吟院静。遲日自行花影。薰透水沈雲滿鼎。晚妝窺露井。　飛絮游絲無定。誤了鶯鶯相等。欲唤海棠教睡醒。奈何春不肯。」見《絶妙好詞》，「遲日」句，頗得春晝静中之趣。

尹焕

焕字惟曉，山陰人。嘉定十年登進士第。淳祐六年任兩浙轉運司運判，除右司郎官，轉左司，歷大監。有《梅津集》。

〔詞話〕《齊東野語》：梅津尹涣（按涣當作焕）惟曉未第時，嘗薄游苕溪籍中，適有所盼。後十年，自吴來雪，艤舟碧瀾，問訊舊游，則久爲一宗子所據，已育子，而猶挂名籍中。於是假之郡將，久而始來。顔色瘁赧，不足膏沐，相對若不勝情。梅津爲賦《唐多令》云：「蘋末轉清商。溪聲供夕涼。緩傳杯、催喚紅妝。斜綰烏雲新浴罷，裙拂地、水沈香。　歌短舊情長。重來驚鬢霜。悵緑陰、青子成雙。説著前歡佯不采，颺蓮子、打鴛鴦。」數百載而下，真可與杜牧之「尋芳較晚」爲偶也。

《絶妙好詞箋》：《全芳備祖》云：素馨花舊名那悉茗，一名野悉茗。昔劉鋹有侍女名素馨，冢上生此花，因以得名。尹梅津《霓裳中序第一》「青顰粲素靨，海國仙人偏耐熱」云云。

《交翠軒筆記》：《絶妙好詞》梅津尹惟曉《唐多令》云：「説著前歡佯不采，颺蓮子、打鴛鴦。」「不采」二字，見《北齊書·穆后傳》，今人猶以不見答爲不采，宋、元詞曲多用之。唐·杜荀鶴《登靈山水閣貽釣者》云：「未勝漁父閒垂釣，獨背斜陽不采人。」二字入詩僅見。

《墨莊詞話》：「冷香清到骨，夢十里、梅花霽雪。」尹梅津《茉莉》詞句也。道光丙午，戴交節督學粵東，按試廣州經古，以此二句命排律詩題，全場無知出處者。

《織餘瑣述》：宋·尹煥《詠柳·眼兒媚》句云：「一好百般宜」五字，可作美人評語。明·王彦泓詩「亂頭粗服總傾城」，所謂「一好百般宜」也。

按：尹梅津詞，《絶妙好詞》著録凡三闋。《霓裳中序第一·詠茉莉》見《全芳備祖》，《唐多令·苕溪有牧之之感》見《齊東野語》，《眼兒媚·詠柳》全闋云：「垂楊裊裊蘸清漪。明緑染春絲。市橋繫馬，旗亭沽酒，無限相思。　雲梳雨洗風前舞，一好百般宜。不知爲甚，落花時節，都是顰眉。」《御選歷代詩餘》搜羅閎富，非其它選本所及，所録梅津詞亦止此三闋，蓋自餘不多見也。吴夢窗與梅津文字交情最爲切至，其詞四稿中，壽梅津之作三，和梅津、餞梅津各二，慶梅津、送梅津各一，又《幾漕新樓上梅津》，又《題梅津所藏趙昌芙蓉圖》，共得十一闋，皆慢調。

趙以夫

以夫字用父，號虚齋，自號芝山老人，長樂人。宋宗室。嘉定十年，登進士第。紹定間，知邵武軍，移建康府。端平初，知漳州。嘉熙元年，入爲樞密都承旨。二年，拜同知樞密院事，淳祐初罷。尋加資政殿學士，進吏部尚書、兼侍讀，詔與劉克莊同纂修國史。有《虚齋樂府》二卷。按歙鮑氏知不足齋藏明鈔本《虚齋樂府》二卷，與《御選歷代詩餘》卷數合。無錫侯氏刻《十家詞》本，元和江氏湘中刻本並止一卷。

〔詞話〕《織餘瑣述》：趙以夫《謁金門》云：「梅共雪。著箇玉人三絶。醉倒醉鄉無寶屑。照人些子月。催得花王先發。一曲陽春圓滑。疑是嵬坡留錦襪。至今香未歇。」世人稱牡丹爲花王，此則屬之梅花矣。

又：《青玉案・贛州巢龜亭荷花爲曾提管賦》云：「亭上佳人雲態度。天然嬌韻，十分擱就，唱盡黄金縷。」「擱就」，宋人方言。《唐韻》：擱，而緣切，軟，平聲。《考工記》：鮑人進而握之，注謂親手煩擱之。阮孝緒《字略》：煩擱，猶挼抄。《方言》：擱就，猶言搓挪，成就也。

〔詞評〕《織餘瑣述》：《虚齋樂府・萬年歡・慶元聖節》，此詞吉語嬋嫣，喬皇典麗，與無名氏《鷓鴣天》「宣德樓前」等闋，庶幾競爽同工，所謂一片承平雅頌聲也。

按：趙虚齋詞，沉著中饒有精采，可誦之闋甚多，兹略具其目如左：《芙蓉月》「黄葉舞」云云，《徵招·雪》「玉壺凍裂」云云，《漢宫春》「投老歸來」云云，《秋蘂香》「一夜金風」云云，《解語花》「紅香濕月」云云，《鳳歸雲》「正愁予」云云，《桂枝香》「水天一色」云云，前調「青霄望極」云云，《水龍吟》「塞樓吹斷」云云，《探春慢》「寶勝賓春」云云，《龍山會》「九日無風雨」云云，《二郎神》「野塘暗碧」云云，《摸魚兒》「古城陰」云云，《賀新郎》「葵扇秋來賤」云云，前調「載酒陽關去」云云。其尤雅者，《孤鸞·詠梅》、《玉燭新·和方時父並懷孫季蕃》、《角招·詠梅》諸闋。虚齋在南宋名家中庶幾上駟矣。

鄭清之

清之字德源，初名爕，字文叔，鄞人。嘉定十年，登進士第，調陜州教授。理宗即位，授諸王宫大小學教授。寶慶元年，遷起居郎，進給事中。紹定元年，遷翰林學士。六年，拜右丞相兼樞密使。端平二年，進左丞相，勾去。授觀文殿大學士、醴泉觀使。封申國公，進封越國公，拜少師、奉國軍節度使。淳祐七年，拜太傅、復右丞相兼樞密使。九年，進左丞相。十一年，以保寧軍節度使充醴泉觀使、齊國公致仕。卒，特贈尚書令，追封魏郡王，謚忠定。有《安晚集》六十卷。

按：鄭忠定詞《念奴嬌·詠菊》云：「楚天霜曉，看秋來老圃，寒花猶在。金闕裁培端正色，全勝東籬風采。雅韻清虚，幽香淡泊，惟有陶家愛。由他塵世，落紅愁處如海。　多少風雨飄摇，夫君何素，晚節應難改。休道三間曾舊識，輕把木蘭相對。延桂同盟，索梅爲友，不復嬌春態。年年秋後，笑觀芳草蕭艾。」見《陽春白雪》。正色幽香，桂盟梅友，風采固自不凡。

樓采

采字君亮，鄞人，鑰從孫。嘉定十年登進士第。

〔詞評〕王定甫云：諸樓以君亮爲最良。

按：樓君亮詞，見《絶妙好詞》凡六首。《玉漏遲》云：「絮花寒食路。晴絲罥日，緑陰吹霧。客帽欺風，愁滿畫船煙浦。綵柱鞦韆散後，悵塵鎖、燕簾鶯户。從間阻。夢雲無準，鬢霜如許。夜永繡閣藏嬌，記掩扇傳歌，剪燈留語。月約星期，細把花須頻數。彈指一襟幽恨，謾空趁、啼鵑聲訴。深院宇。黄昏杏花微雨。」斷句《好事近》云：「簾外杏花細雨，罥春紅愁濕。」《玉樓春》云：「淡煙疏柳一簾春，細雨遥山千疊恨。」《瑞鶴仙》云：「記銜香嘶馬，流紅回岸，幾度緑楊殘照。想暗黄，依舊東風，灞陵古道。」並如初寫《蘭亭》，恰到好處，宜乎龍壁山人評爲諸樓之冠也。又有句云：「珠蹙花輿，翠翻簾額」。「汗粉難融，袖香新竊」。見《詞旨·屬對》，其全闋未見。

劉子寰

子寰字圻父，按《御選歷代詩餘·詞人姓氏》作：名圻父字子寰。自號篁𡾰翁，建陽人，居麻沙。嘉定十年登進士第。早游晦庵朱子之門。有《麻沙集》，劉克莊爲之序。《篁𡾰詞》一卷。按《皕宋樓藏書志》作《篁嵘詞》。

〔詞話〕《古今詞話》：劉圻父早登朱晦庵之門，劉後村嘗序其詞集。其詠山泉云：「静坐時看松鼠飲，醉眠不礙山禽浴。」是真得山泉之興趣者。

按：劉圻父詠山泉句，爲楊湜所稱賞，此詞調寄《滿江紅》，題爲《風泉峽》。又有《玉樓春·小竿嶺》云：「今來古往吴京道。歲歲榮枯原上草。行人幾度到江濱，不覺身隨風樹老。蒲花易晚蘆花早。客裏光陰如過鳥。一般垂柳短長亭，去路不如歸路好。」清老沖淡，詞人之詞，求之理學家集中，未易多觀。圻父詞見《花庵詞選》八闋，見《閩詞鈔》二闋。

又按：《皕宋樓藏書志》：《篁嵲詞》一卷，汲古閣影宋本，宋麻沙劉子寰撰，其詞《四庫》未收，各家書目亦罕著録云云。曩見王氏四印齋傳鈔本，計十六葉，僅存第十二葉，第一葉首書詞名及撰人占籍名字，餘葉皆空白，僅書號數，當是汲古元鈔，亦有如許空葉，王鈔依式爲之耳。以其殘闕泰甚，王氏刻《宋元名家詞》及朱氏彊邨所刻詞並未收入。其第十二葉存全詞二闋，爲各家選本所未載，兹移録全葉如左，以存毛鈔之舊云。（原鈔半頁十行，行十八字。）此調最近趙氏有輯本，增補十五首。

晝錦堂

……思縱步，時自駐籃輿，策杖荒郊。爲有柔荑可坐，野菜時挑。思憶家山行樂處，片心時逐野雲飄。歌長鋏、遥寄故人，歸路賦隱辭招。

解語花　雪

龍沙殿臘，兔苑留寒，花照冰壺夜。亂山平野。裝珠樹滿眼，買春無價。牆頭苑下。渾不見、桃夭杏冶。疑趁風、庾嶺寒梅，觸處都飄謝。吹面峭寒未怕，覽瑶池萬里，飛觀高榭。霓旌鶴駕。歌黄竹、勝躍踏青驕馬。峰巒似畫。但點綴、片時相借。驚望中、玉宇瓊樓，殘溜空鴛瓦。

玉漏遲　夏

翠草侵園徑。陰陰夏木，鳴鳩相應。縱目江天，窈窕雨昏煙暝。屋角黄梅乍熟，聽落顆、時敲金井。深院静。閒階自長，花磚苔暈。　樓居簟枕清涼，盡永日闌干，與誰同凭。舊社鷗盟，零落斷無音信。遼鶴追思舊事，向華表、空吟遺恨。縈念損。休怪暮年多病。

又　秋

暮天初過。雨淒清、頓覺今年秋早。夜景虚明，彷彿露華清曉。蕙草繁花競吐，向暗裏、幽香縹緲。……

劉清夫

清夫字靜甫。建陽人，居麻沙。

按：劉靜甫與劉圻父齊名，有《沁園春·詠劉篁嶁碧蓮，時其内子將誕》「淺碧芙蓉」云云，陶氏《詞綜補》録靜甫詞止此一闋，題曰《白蓮》，蓋沿前人選本之誤。靜甫詞見花庵《絶妙詞選》，凡五闋。《念奴嬌·武夷詠梅》云：「亂山深處，見寒梅一朵，皎然如雪。的皪妍姿羞半吐，斜映小窗幽絶。玉染香腮，酥凝冷艷，容態天然别。故人雖遠，對花誰肯輕折。　疑是姑射神仙，幔亭宴罷，迤邐停瑶節。愛此溪山供嘯詠，飽玩洞天風月。萬石叢中，百花頭上，誰與爭高潔。蘸桃俗李，不須連夜催發。」又有《金菊對芙蓉·戲贈沙邑宰琴妓》，此二闋實較勝，陶不選入何也？

程先

先字傳之，休寧人。朱文公弟子。有《東隱集》。

按：程傳之詞《鎖窗寒·有感》云：「雨洗紅塵，雲迷翠麓，小車難去。淒涼感慨，未有今年春暮。想曲江水邊麗人，影沈香歇誰爲主。但兔葵燕麥，風前摇蕩，徑花成土。　空被多情苦。慶會難逢，少年幾許。紛紛沸鼎，負了青陽百五。待何時、重享太平，典衣貰酒相爾汝。算蘭亭、有此歡娱，又卻悲今古。」見《花草粹編》。蓋憂時念亂之作，「影沈香歇誰爲主」，痛朝綱之解紐也。「葵麥風前，徑花成土」，恢復無望，正類摧殘也。「鼎沸」中「負了青陽」，不能及時圖治防亂也。末數語，想望昇平，低徊掩抑，如不勝情。我聞此語，心骨悲矣。前段「主」、「土」二韻，頗近婉麗，不圖於理學家得之。

嚴羽

羽字儀卿，一字丹丘，自號滄浪逋客，邵武人。與族人仁、參齊名，稱邵武三嚴。有《滄浪吟》，詞附。

按：嚴丹丘詞《滿江紅·送廖叔仁赴闕》，見《詞綜》。《沁園春·爲董叔宏賦溪莊》云：「問訊溪莊，景如之何，吾爲平章。自月湖不見，江山零落，孋塘去後，煙月淒涼。有老先生，如梅峰者，健筆縱横爲發揚。還添得，石屏詩句，一段風光。　主人雅興徜徉。每携客臨流泛羽觴。想歸來松菊，小煩管領，同盟鷗鷺，未許相忘。我道其間，如斯人物，只合盛之白玉堂。還須把，扁舟借我，散髮滄浪。」見《滄浪詞》，明鈔本，彊邨朱氏藏。

嚴仁

仁字次山，號樵溪，邵武人。有詞名《清江欸乃》，杜月渚爲之序。

〔詞話〕《草堂詞評》：嚴次山《清江欸乃集》，極爲詞家所重。《玉樓春》之春怨，《鷓鴣天》之別情，《緑頭鴨》之記恨，《金縷曲》之送春，無不入選，而吾獨愛其「看黏雲、江影傷千古，流不去，斷魂處」，自是才人創句。

《詞品》：趙汝愚《題鼓山寺》云：「幾年奔走厭塵埃，此日登臨亦快哉。江月不隨流水去，天風常送海濤來。」朱晦庵摘其中「天風海濤」四字題扁，人莫知爲趙公詩也。嚴次山有《水龍吟》詞題壁云：「飆車飛上蓬萊，不須更跨琴高鯉。砉然長歗，天風澒洞，雲濤無際。我欲乘桴，從兹浮海，約任公子。辦虹竿千丈，犗鉤五十，親點對、連鼇餌。誰榜佳名空翠。紫陽仙、去騎箕尾。銀鉤鐵畫，龍拏鳳翥，留人間世。更憶東山，登臨一曲，暗霑襟淚。到而今，幸有高亭遺愛，寓甘棠意。」此詞前段言江山風景，後段「紫陽仙去」指朱文公，「東山」、「甘棠」指趙公也。趙詩、朱字、嚴詞，可謂三絶，特記於此。按次山《水龍吟》詞題云：「題天風海濤亭呈潘料院。」

〔詞評〕《織餘瑣述》：宋嚴仁詞《醉桃源》云：「拍隄春水蘸垂楊，水流花片香。弄花嚼柳小鴛鴦，一雙隨一雙。」描寫芳春景物極娟妍鮮翠之致，微特如畫而已。政恐刺繡妙手，未必能致。

黄花庵云：次山詞，極能道閨襜之趣。

按：嚴次山詞，除《玉樓春》等四闋見稱於《草堂詞評》外，斷句如《蝶戀花》云：「風送生香來近遠，笑聲只在秋千畔。」《鷓鴣天》云：「挑成錦字心相向，未必君心似妾心。」《一落索》云：「一春不忍上高樓，爲怕見、分攜處。」《南柯子》云：「門前溪水泛花流，流到西川猶是故家愁。」《菩薩蠻》云：「寄語笛休橫，只消三兩聲。」可謂工於言情。次山詞，見《花庵絶妙詞選》，凡三十闋。

嚴參

參字少魯，自號三休居士，邵武人。

按：嚴少魯詞《沁園春·題吴明仲竹坡》云：「竹焉美哉，愛竹者誰，曰君子歟。向佳山水處，築宫一畝，好風煙裏，種玉千餘。朝引輕霏，夕延涼月，此外塵埃一點無。須知道，有樂其樂者，吾愛吾廬。竹之清也何如。應料得詩人清矣乎。況滿庭秀色，對拈彩筆，半窗涼影，伴讀殘書。休説龍吟，莫言鳳嘯，且道高標誰勝渠。君試看，正遶坡雲氣，似渭川圖。」見《中興以來絶妙詞選》。邵武舊志云：嚴少魯志氣崖岸，外無廉棱，或勸廣交延譽，則掉耳不答，高卧中林，瞪視一世。蓋其人品甚高，故其詞亦饒清曠之趣，非有意興蘇、辛，乃不蘄而自合矣。

劉學箕

學箕字習之，按一作習文。自號種春子，崇安人。子翬孫。淡於仕進，年未五十，隱居南山之下。有《方是閒居士詞》一卷。

〔詞話〕《萬姓統譜》：劉學箕，七者翁玶之子，爲文高爽閒雅，得其家傳。劉叔通淮稱其詩摩香山之壘，詞拍稼軒之肩，至若《松江哨徧》，直欲與坡仙爭衡。時人以爲知言。

按：劉習之《方是閒居士詞》一卷，彊邨朱氏依元刊《方是閒居士小稿》本鍥行。其《哨徧》乃檃括東坡《赤壁賦》者。又嘗作《賀新郎》和稼軒詞韻，故《萬姓統譜》云云。又《賀新郎》，題云：「白牡丹，京師妓李師師也。畫者曲盡其妙，輸棋者賦之。代黄端夫」：「午睡鶯驚起。鬢雲偏，髻鬆未整，鳳釵斜墜，宿酒殘妝無意緒，春恨春愁如水。誰共説、厭厭情味。手展流蘇腰肢瘦，歎黄金、兩鈿香消臂。心事遠，仗誰寄。　簾櫳漸是槐風細。對梧桐、清陰滿院，夏初天氣。回首春空梨花夢，屈指從頭暗記。歎薄倖、拋人容易。目斷孤鴻沈雙鯉，恨蕭郎、不寄相思字。幽恨積，黛眉翠。」此闋綿密停勻，不愧婷家之作。《天一閣書目》：《方是閒居士小稾》二卷，嘉定丁丑自序稱：游季仙來山中相訪，索余詩文不寘口，辭拒不能，爲檢尋舊倡和，揭出一百首，新作七十一首，雜著二十七首，詞四十一首，集成兩編，以酬其雅志云云。今四印齋所刻《方是閒居士詞》祇三十八首，則尚非足本矣。

虞剛簡

剛簡字仲易，一字子韶，學者稱滄江先生，仁壽人。元學士集之曾祖。以郊恩任官，再舉禮部，知華陽縣教授。再知永康軍，以薦詔赴都堂，不果，奉祠。未幾起用，未上遭劾罷。嘉定十一年，詔知簡州。金人犯邊，制置使董居誼辟爲參議官，遷夔州路提點刑獄，兼提舉常州，改利州路。與制置使鄭損不相得，告歸，五上報可，坐誣劾，罷祠。

按：虞仲易詞《南鄉子·用子和韻送玨西歸就試》。玨屢勸予早還家，因一致意》云：「兒有掌中杯。但把歸期苦苦催。□世衣冠仍上第，公台。元自詩書裏面來。　秋色爲渠開。先我梁山馬首回。猿鶴莫輕窺蕙帳，驚猜。抬步歸休亦樂哉。」嘉定元年秋七月丁丑漢中澤物堂書。見《鐵網珊瑚·書品·虞提刑尚書父子詞翰》二帖。

王埜

埜字子文，號潛齋，金華人。嘉定十二年登進士第，辟潭帥幕。紹定初，汀、邵盜作，辟議幕，攝邵武令，復攝軍事。後爲樞密院編修兼檢討，繼爲副都承旨。拜禮部尚書，爲江西轉運副使、知隆興府，移鎮江府。淳祐末，遷沿江制置使、江東安撫使，節度和州無爲軍安慶府。寶祐二年，拜端明殿學士、簽書樞密院事，封吴郡侯。與宰相不合，坐言者，以前職主管洞霄宫。卒，贈七官，位特進。有文集。

〔詞話〕《焦氏筆乘續集》：長短句中，《六州歌頭》音節最爲悲壯。昨見王潛齋埜詠金陵二闋，讀之亦自爽然。「龍蟠虎踞，今古帝王州。水如淮，山似洛，鳳來游。五雲浮。宇宙無終極，千載恨，六朝事，同一夢休。更莫問閒愁。風景悠悠。得似青溪曲，著我扁舟。對殘煙衰草，滿目是清秋。白露汀洲。夕陽收。　黄旗紫蓋，中興運，鍾王氣，護金甌。駐游蹕，開行殿，夾朱樓。送華輈。萬里長江險，集鴻雁，列貔貅。掃關河，清海岱，志應酬。機會何常，鶴唳風聲處，天意人謀。臣今雖老，未遣壯心休。擊楫中流。」

按：王子文又有《西河》一闋，見《花草粹編》，與《六州歌頭》氣格近似。其《六州歌頭》只一闋，焦弱侯云二闋，蓋因調長，誤以换頭以下爲又一闋也。

附　删訂《歷代詞人考略》條例

一此書纂述極有用，爲詞學不可少之品。惜原稿貪多務得，轉成庇累，今删削之，約去其半，庶乎可觀。

一删除大要，在關乎詞者留之，不關者去之，其每一段中亦有支辭，並删節原文，以歸簡要，古人引書，亦多節引，非完全鈔録也。

一原書多鈔録原詞，連編累牘，雖家絃户誦之作，一字不遺，不免遺譏大雅。今定例，凡有專集者不録全詞，但著詞名及首句；其無專集者，略登一二首，以見其人詞筆之一斑。

一詞考貴傳，自宜窮搜冷僻，但亦不能任情拉扯，其有以詩爲詞及毫無記述意味者亦汰去。若于人妓女，雖照例可收，至于王八從來不入選，如李師師之本夫亦録之，太辱没衣冠矣，汰之。

一原來書名未定，或作《歷朝詞林考鑒》，或作《歷代詞人考略》，因詞林與翰院作混，且作詞亦無取乎鑒戒，故用《考略》之名。

一原來行欵參差，秩序紛亂，刻板甚不整齊。今略分爲詞話、詞評、詞考三類，無者闕之，較有端緒。分類頂格，但加括弧，其按語，則低一格以别之，庶整齊而令讀者醒目。

一原來附考一門，最無意味，詞人之遺聞軼事，鈔不勝鈔，與詞無干者，只可一律淘汰。

一一事甲名下引之，乙下又引之，丙下又引之，太覺繁複，今僅留其一。其一事兩書略同者，汰略留詳或兩引之，而去其重複之語。

一按語要有考據斷制，方見精采，今于按語中過于空衍者，刪去浮詞，略加考訂。

一原來唐、五代六卷，宋三十三卷，有二卷共一本者，今視其頁數，少者並之，共成三十七卷。

一原每卷一目録，今合並作總目。自三十八卷起，可續于其後。

一原有補遺數次，今均併入正書。

一序及凡例，照例全書完成方可作。

一原稿宋尚未完，既曰歷代，必須完全，王忠慤公嘗欲作《詞録》，謂可至元而止，因詞迄明而衰也，今可從之。

第二次删訂條例

一此次續來之二十卷，與前十二本接，續宋代已全。但此二十卷，詞人時代次序混亂，合前十二本觀之，須重新排列，今另訂目録，接鈔前目之後。十二本目中亦加删補，前次宋代未全，故不能合全局而改訂也。

一此二十卷，除尋常詞人外，又分數類附後，如中官、盜賊置於最末，次及釋子，次道流，次閨秀，次妓女，次女鬼，猶之史傳之附忠義、儒林、循吏、烈女等門，義例甚合。惟其時代前後，甚爲紛亂，與前十二本不同。其故因北宋及南宋初，詞家有名者多，其時代仕履多有可考，至南宋晚季無名者多，但據詞選録其詞，僅知爲宋人而已。又有姓名不全者，或僅别號，或只官爵，當時仍欲考查及宋代已全未考出者，遂一律置之宋末。其實内尚有北宋者，有南宋初者，細加考察不能得其時代者，不過十之一，其餘均可約定。今除少數無可考核，仍置宋末並加注明外，餘皆一一重加編排，内有十卷完全改動。

一二十卷中，有名人，亦有時代錯誤者，如吴夢窗及與辛、姜倡和，其受知吴潛乃在晚年，竟列之景定以後；文文山寶祐始通籍，乃列之理宗初，其前輩諸人反出其後。又如岳珂太後，廖瑩中太前。此類均爲改正。

一據選本入録者，爲《梅苑》、《樂府雅詞》、《陽春白雪》、《絶妙好詞》等。其時代有考者固已照時代排列，無考者則全置宋末。不知作詞人時代雖不可考，而選人時代未嘗不可考，如《梅苑》爲黄大輿所輯，黄爲北宋末人，其所選必無南宋人詞，此等詞家即可置於北宋末。黄大輿之前，《樂府雅詞》爲曾慥所選，曾爲紹興時人，所選諸詞即可列於曾慥之前。餘如輯《陽春白雪》趙聞禮爲理宗時人，選《絶妙好詞》之周密爲理、度間人，各如其時代列之，便無錯誤，蓋選詞者只能録其以前及同輩所作，不能及其以後之人也。此等處均一一改正。

一閨秀、妓女不可混亂，原本有閨秀誤入妓女者，有妓女誤入閨秀者，均爲改正。

一古人詞多混亂，如甲詞誤以爲乙作，丙詞誤以爲丁作，必當辨正。有南宋兩人詞中，誤入歐陽文忠詞三首，必當辨正。乃竟據以入録並無案語，似不知爲歐詞者。在生冷詞家所作失考亦無妨，若歐詞家絃户誦，北宋人詞又與南宋人不同，不爲揭明，豈不貽譏固陋。今均加辨正。

一宋人没於元高隱不仕者，選本多列在元代，實乃宋之遺民，仍當屬宋。原本於此三致意焉，其理甚正。惟宋人入元不仕者，既當屬宋，其入元出仕者，便當入元。原本於仕元者有數家，仍列宋代，未免自亂其例，今提出七人，另爲一本，將來編元代詞人時，列入元初可也。

一宋末遺老甚多，宜自爲一類。今自各卷抽出成一卷，殿於宋末，列之釋、道之前，表彰正義，庶乎有合。

一查前十二本中，有内臣裴湘與閨秀曾子布妻二人，與後重複，蓋當時未擬分類，故裴湘列於仁宗時，而曾妻即附列曾子布後。今删前留後，免於重複。

一二十卷中，當改列於北宋及南宋初者，有三十二人，雖經注明某人當列某卷某人之後，但頭緒太多，恐鈔者有誤，已代鈔分别列入各卷之中，此項不必再鈔矣。

一詞人有專集者，此書必注明有某種刻本，俾讀者易於探索，其例甚善。但彊村刻詞中，所有之詞未全注出，蓋蕙風輯此書時，《彊村詞》尚未刻全也，今爲補注。又近年海寧趙氏萬里，又繼朱氏輯刻詞若干家，爲蕙風所未見，今亦爲補注。

一既曰歷代，尚少金、元、明三朝，必當補全，方成完璧。必不得已，明人可省，金、元必不可少也。

附録一　序跋

逍遥詞校記

《古今詞話》：「潘逍遥自製《憶餘杭》詞三首。其詞曰：『長憶西湖湖水上』，又『長憶孤山山影獨』，又『長憶西湖添碧溜』云云。舊刻或云《虞美人》，或云《酒泉子》，皆誤。更有失去『山影獨』、『添碧溜』字者，不成詞矣。」按《詞話》所載，即卷中第四、五、六三闋，每起羼入三字，似屬杜撰，何謂失去不成詞耶！其七闋，考明以來詞選、詞話並未載，沈氏殆未見耳。光緒癸巳灌佛日玉梅詞隱校畢記。

梅詞校記

通卷詠梅，行間自無一點塵俗，是不浪費楮墨者。耆卿《塞孤》詞，《樂章》舊刻誤連爲一段，《詞律》云，應於「裂」韻分段。又云前後段歇拍字數應同，前結「漸西風緊」句，「緊」字爲「羨」。《笛家》詞「別久」二字，舊刻誤屬前段之末，《詞律》亦力辨之。今按和作政與萬氏説合，足資考證。光緒癸巳送春日校畢並記。玉梅詞人。

燕喜詞跋

宗臣詞，世鮮傳本，僅一刻於海昌蔣氏《别下齋叢書》中，印行未廣。兵燹後，版佚無存。近杭州書賈仿袖珍本石印，譌誤幾不可讀。此傳鈔本校爲精整，間有誤字，據蔣本改正，遂成完璧。卷中《和歸去來辭》首，非長短句體，或當時可被管弦，故附於此，仍之以存舊觀。癸巳七月，半塘屬斠，羼提生記。時移居宣武門外將軍校場頭條胡同，與半塘同衙。是月，半塘擢諫垣。

秋崖詞跋

癸巳上元前夕斠畢。疏渾中有名句，不墜宋人風格。應酬率意之作，亦較它家爲少。寘之六十家中，不在石林、後邨下也。玉梅詞人竝記。

章華詞跋

此卷迻鈔皕宋樓景宋本，詞筆清雋有生氣。宋人傳作，或有不逮者。作者姓名失考，詞亦斷殘過半，人事顯晦，文字何莫不然。顯微闡幽，重有望於世之好事者。光緒癸巳六夕，半塘屬斠一過。羼提生記於第一生修梅華館。

樵庵詞跋

真摯語見性情，和平語見學養。近閱劉太保《藏春詞》，其厚處、大處亦不可及。孰謂詞敝於元耶？癸巳上巳，據《御選歷代詩餘》、《花草粹編》、《詞綜》斠知聖道齋舊鈔本。並遵《歷代詩餘》補《菩薩蠻》、《玉樓春》兩闋於後。玉梅詞隱竝記。

補遺二闋，疑非劉詞，氣格不逮遠甚。《菩薩蠻》一闋尤遜。癸巳中秋前四夕，刻成覆斠，再記。

校補斷腸詞跋

右校補汲古閣未刻本宋·朱淑真《斷腸詞》一卷。詞學家莫盛於宋，易安、淑真尤爲閨閣雋才，而皆受奇謗。國朝盧抱孫、俞理初、金偉軍三先生竝爲易安辨誣。吾鄉王幼遐前輩鵬運刻《漱玉詞》，即以理初先生《易安事輯》附焉。顯微闡幽，庶幾無憾。淑真《生查子》詞，欽定《四庫全書提要》辨之綦詳。宋·曾慥《樂府雅詞》、明·陳耀文《花草粹編》竝作永叔。慥録歐詞特慎，《雅詞》序云：「當時或作艷曲，謬爲公詞，今悉删除。」此闋適在選中，其爲歐詞明甚。毛刻《斷腸詞》校讎不精，跋尾又襲升庵臆説，青蠅玷璧，不足以傳賢媛。此本得自吴縣許鶴巢前輩玉瑑，與《雜俎》本互有異同，訂誤補遺，得詞三十一闋，鈔付手民。書成，與四印齋《漱玉詞》合爲一集，亦詞林快事云。光緒己丑端陽臨桂況周頤夔笙識於都門寓齋。

蟻術詞選跋

右元雲間邵亨貞復孺《蟻術詞選》四卷，知不足齋影鈔本。庚寅孟冬，余客羊城，從方柳橋觀察借鈔，覆校付梓。按亨貞詞世不多見，國朝儀徵阮氏《揅經室外集》始著録，《御選歷代詩餘》載十二闋，明以來諸選本，竝載《沁園春》眉、目二闋，《古今詞話》載《凭闌人》一闋。今此本多至百四十三闋。每卷首題「新都汪稷校」，末題「長洲吴曜書，袁宸刻」。蓋即阮氏《提要》所云「上海陸郯授稷刊行之本也」。元鈔有隆慶壬申四明沈明臣後序，稱復孺元末人，入明初，通博敏贍，雖陰陽、醫卜、佛老書，靡弗精覈。元時訓導松江府學，以子詿誤，戍潁上，久乃赦還。卒年九十三。所著《野處集》、《蟻術詩選》、《詞選》三種，而《詞選》實通宋詞三昧云。光緒十七年辛卯正月丙子，臨桂況周儀夔笙識于容舊廬。

夢窗甲乙丙丁稿跋

半塘老人刻《夢窗詞》凡三易板，第三次斠讎最精。甲辰五月授梓於揚城，秋初斷手，而半塘先殤於吴閶。書未印行，版及原稿亦復可問，余從剞氏購得樣本，每葉悉綴字數，蓋半塘所未見也。以是書無第二本，絶珍棄之。叔雍仁兄邃於詞學，夙規模夢窗，從余假觀，謀付印行，以廣其傳，爲識厓略如此。庚申熟食日，臨桂況周頤書於海上賃廡之天春樓。

養吾齋詩餘跋

宋・劉尚友《養吾齋詩餘》一卷，彊邨朱先生依《大典・養吾齋集》本鍥行，凡二十闋。檢元《鳳林書院草堂詩餘》，有劉尚友《憶舊游・論字韻》云：「正落花時節，顦顇東風，緑滿愁痕。悄客夢驚呼伴侣，斷鴻有約，回泊歸雲。江空共道惆悵，夜雨隔篷聞。儘世外縱横，人間恩怨，細酌重論。　歎他鄉異縣，渺舊雨新知，歷落情真。匆匆那忍别，料當君思我，我亦思君。人生自非麋鹿，無計久同群。此去重消魂，黄昏細雨人閉門。」此闋《大典》本《養吾齋詩餘》未載。樊榭山民跋《元草堂詩餘》：「無名氏選至元大德間諸人所作，皆南宋遺民也。詞多悽惻傷感，不忘故國，而於卷首冠以劉藏春、許魯齋二家，厥有深意」云云。抑余觀於劉、許之後，即以信國文公繼之，不啻爲之楬櫫諸人何如人者。劉尚友詩餘有《摸魚兒・己卯元夕》、《甲申客路聞鵑》各一闋。己卯，宋帝昺祥興二年，是年宋亡。甲申，元世祖至元二十一年，上距宋亡五年。尚友兩詞，竝情文慨慷，骨幹近蒼。《聞鵑》闋，有「少日曾聽，摇落壯心」之句，（編者按，原詞下片云：「曾聽處。少日京華行路。」又云：「風林颯颯雞聲亂，摇落壯心如土。」况氏引文有誤。）蓋雖須溪之子，而身丁國變，已届中年，抗志自高，得力庭訓。詩餘二十一闋，無隻字涉宦蹟。如《踏莎行・閒游》云：「血染紅箋，淚題錦句。西湖豈憶相思苦。只應幽夢解重來，夢中不識從何去。」《八聲甘州・送春》云：「春還是、多情多恨，便不教、緑滿洛陽宫。只消得，無情風雨，斷送匆匆。」樊榭所謂悽惻傷感，不忘故國，恉在斯乎。彊邨所刻詞成，就余商定編目。余謂《養吾齋詩餘》宜纚屬須溪詞後，不當下儕元人。因略抒己意，爲之跋，冀不拂昔賢之意云爾。臨桂況周頤。

清庵先生詞跋

庚申嘉平月既望，閱《清庵先生詞》竟，皆道家言，説理圓徹，引而申之，乃至三教一源，庶幾閎恉。其於禪乘，信有悟入處。其言性、言道、言中、言默，所謂示衆無分彼此，不能出二氏範圍。唯如《沁園春》云：「中是儒宗，中爲道本，中是禪機。」言之鄭重，分明以殊塗同歸爲注腳，與援儒入墨，推墨附儒有間。清庵生平，其殆固所守，而觀其通者。白太素樸《天籟集・水調歌頭》序云：「丙戌夏四月八日夜，夢有人以『三元祕秋水』五言謂予，請三元之義。曰，上中下也。恍惚玩味，可作《水調歌頭》首句，恨祕字之義未詳。後從相國史公歡游如平生，俾賦樂章，因道此句，但不知祕字何意。公曰，祕即封也，甫一韻而寤，後三日成之，以識其異。」前調序云：「予既賦前篇，一日舉似京口郭義山。義山曰：此詞固佳，但詳夢中所得之句，元者應謂水府，今止詠甲子及《秋水篇》事，恐未盡也，因請再賦。」兩闋皆以「三元祕秋水」为起句，清庵詞《水調歌頭》有《贈白蘭谷》及《言道》、《言性》各一闋，亦皆以「三元祕秋水」爲起句，太素詞乃酬答清庵之作，顧必託諸夢幻，何耶？清庵《贈蘭谷》詞歇拍云：「誰爲白蘭谷，安寢感羲皇。」以太素有《水龍吟》睡詞二闋，可知當日商榷文字，過從甚密。太素詞作於丙戌至元二十三年，清庵詞當亦是時作也。臨桂況周頤識於滬寓之天春樓。

東海漁歌序

光緒戊子己丑間，與半塘同客都門。於廠肆得太素道人所著《子章子》及顧太清春《天游閣詩》，皆手稿。太清詩，楷書秀整，惜詞獨闕如。其後，僅得聞《東海漁歌》之名。或告余，手稿在盛伯希處，得自錫公子；或曰，文道希有傳鈔本。求之，求之，皆不可得；思之，思之，二十年於兹矣。癸丑十月，索居海隅，冒子歐隱自温州寄《東海漁歌》來。歊牀炳燭，雒誦竟卷，低徊三復而涵詠玩索之。太清詞，得力於周清真，旁參白石之清雋。深穩沉著，不琢不率，極合倚聲消息。求其詣此之由，大概明以後詞未嘗寓目，純乎宋人法乳，故能不煩洗伐，絶無一毫纖艷涉其筆端。曩閲某詞話，謂鐵嶺詞人顧太清與納蘭容若齊名。竊疑稱美之或過。今以兩家詞互校，欲求研秀韶令，自是容若擅長。若以格調論，似乎容若不逮太清。太清詞，其佳處在氣格，不在字句，當以全體大段求之，不能以一二闋爲論定一聲一字爲工拙，此等詞無人能知，無人能愛，夫以絶代佳人而能填無人能愛之詞，是亦奇矣！夫詞之爲體，易涉纖佻，閨人以小慧爲詞，欲求其深穩沉著，殆無一二焉。吾友南陵徐君乃昌刻《閨秀詞》至百家，旁搜博採，幾於無美不臻，而惟太清詞未備，亦遺珠之惜也。末世言妖競作，深文周納，宇内幾無完人。以太清之才之美，不得免於微雲之滓，變亂黑白，流爲丹青；雖在方聞騷雅之士，或亦樂其新艷，不加察而揚其波。亦有援據事實，鈎考歲月，作爲論説，爲之申辨者。余則謂言爲心聲，讀太清詞，可決定太清之爲人，無庸斷斷置辨也。余有詞癖，唯半塘實同之。曩在京師，蒐羅古今人詞，以不得漁、樵二歌爲恨事，宋·朱希真《樵歌》及《東海漁歌》也。洎余出都後數年，半塘乃得《樵歌》刻之。今又十數年，而余竟得《漁歌》，而半塘墓木拱矣。嗟乎！一編幸存，九原不作，開兹縹帙，能無悁悁以悲耶！《東海漁歌》凡四卷，缺第二卷，曩閲沈女士善寶《閨秀詞話》和太清詞五闋，録入《蘭雲菱夢樓筆記》，今此三卷中適無此五闋，當是編入第二卷者，則是第二卷亦不盡缺。惜乎不得與半塘共賞會也。上元癸丑仲冬，桂林況周頤夔笙序於海上寓廬。

東海漁歌校記

右詞五闋，見錢塘沈湘佩女史《閨秀詞話》，適爲三卷中所無，當是編入第二卷者。甲寅六月，蕙風詞隱記。

《東海漁歌》三卷，附補遺五闋，甲寅荷花生日校畢。各闋後間綴評語。太清詞亦未即卓然成家，閲者能知其詞之所以爲佳，再以評語參之，則於倚聲消息思過半矣。蕙風再記。

小檀欒室滙刻閨秀詞序

桃葉晚渡，蘭成倦游，東風忽來，春水欲皺，積餘先生以《小檀欒室滙刻閨秀詞》屬蕙風爲弁言。夘奇群玉之府，騰吹衆香之國。有意皆内，無聲不雙。搓酥滴粉，尹刑鬬乎縹緗；續騷抗雅，姜張愧其裙屐。嘗考倚聲總集，導源虞山毛氏，而於國朝曾道扶王孫、聶晉人先《百名家詞》歎觀止焉。大雅云邈，嗣音末聞，曷圖闕製，乃造閟纂。崇祚《花間》之集，采遺夫翠羽；勒山《林下》之選，窺囿於豹斑。以昔方今，瞠乎後已。翳惟女美之貽，實協我心之寫。江山如畫，青袍結客之場；花草連篇，白社推襟之卷。華年荏苒，錦瑟無端；陳跡俯仰，玉瑲斯在。憶蕙風與積餘傾蓋於春明，而素心晨夕，則自乙未南轅始，而即《閨秀詞》琬鐫之俶落也。時則緑字紅吟，蒐餘蓋篋；脂然墨弄，付彼桐箋。一瓻之借，異書渾似荆州；什襲之珍，慧業詎輸蘭畹。端伯《雅詞》之輯，得自傳鈔；遵王《絶妙》之藏，未煩巧賺。辛羊曾讎，奇字逾麗；鶗蟀屢易，前塵信芳。蓋滙刻各家中，若《棲香》顧貞立、《瑶花》袁綬之富於宫閨，《聽雨》孫雲鶴、《夢影》關鍈之窮極幼眇，洎乎尺縑寸璧，凡假自蕙風而屬爲斠勘者，逾全書之半焉。竝世藏書家，審積餘之嘉願，而亦各出其奇相餉遺矣。好龍龍至，香海沫采珠塵；遏雲雲停，鬘天振其瓊籟。紅絲十二，研染嫻暇；緑衣三百，霑丐膏馥。月蛾吐華，諧六瑩於霓裳；星婺煥彩，紛十色於雲錦。春艷鱗萃，搴芳蟬嫣。環肥燕瘦，疑覿婥態；周情柳思，各具妍指。琴筑迭奏，非惟臺上鳳簫；莖韶和聲，可作房中燕樂。八百珊瑚之樹，三千璹瑁之簪。雖鬱蘇異薰，繡組殊緻，莫不姒畜班、謝，媵揮宋、劉。謂非鴻都麟閣，美蔑以加；鴦針鳳杼，麗無遺則者哉！矧丁清時，明弼陰教。郛廓華秀則柔道化其牽，桃通藴萬則坤靈鑰其秘。彼沈擩於樂府，容超冶其情襟。倘易安、淑真而復生，寧《漱玉》、《斷腸》之自足。則以無非無儀之訓，非所論於今日，而《閨秀詞》未可玩忽視之也。遲梅媚春，晴雪絢夜。長干十里，人懷頌椒之筆；江南二月，家有執蘭之約。方當拭拂瑶函，循環珠字。澣薇泛其朝露，攬薰當其昔風。青綾女師，觿璲珩璜之度；黄絹幼婦，葡萄芍藥之篇。彼《玉臺》孝穆，托喤引於香奩；《金荃》温尉，儷聲綦於彤管。固當歛歌娥後，掩笑嬙前。至乃西樓斷雁，魏夫人欵絮緘愁；仙苑幽禽，阮逸女攀桃譜恨。胡蕙齋塵梅之詠，吴淑姬岸柳之吟。天空花晚，幼卿感舊之文；日暮雨疏，美奴送别之作。雖吉光各留夫片羽，而威鳳猶閟其九苞。豈若連情發藻，不下數千萬言；清角流徵，能工二十八調。以傾國之香名，爲凌波之獨步者乎！秘文傲中麓之儲，别有詞山曲海；綺語續東澤之債，何妨謳奥歈吴。朱鳥窗前，字簪花而婉孌；绿螺屏里，音比竹以纏綿。蘼蕪徑香，春人恒聚；黄花簾捲，秋魂易銷。惟福慧之雙修，乃宫商之叶應。指冷笙寒之地，檀深鈿淺之間。跡其輕靈，每近北宋；或者穠郁，上追南唐。釵翹慨慷，亦有蘇、辛之派；琴瑟喁于，尤多趙、管之匹。家家翠袖烏絲，處處鸞弦象管。吹嚼花蕊，雕蒐琳瑯。金絲各奏而同清，蓉杏殊姿而共嫭。衡其聲價，明月夜光之上；要於温厚，時風宵雅之遺。嬗芬蕤於詞苑英華，溯馨葉於美人香草。麝塵蓮寸，猶爲駿骨之求；金闕玉肩，齊下蛾眉之拜。光緒乙巳仲春上浣，臨桂況周儀阮盦，序於金陵四象橋北寓廬之蕙風簃。

歷代兩浙詞人小傳序

詞學託始唐之開、天，盛於北宋，極盛於南宋。當宋之世，若閩若贛，號稱詞苑多才，顧猶不逮兩浙。何耶？蓋自南渡首都臨安，湖山靈閟，風雅所興，高、孝右文，有宣、政流風餘韻，趙昂以賦拒霜邀眷賚，甄龍友以才華見賞，雖清狂牾俗不爲嫌。是時，東南士夫向風競爽，浙士近光輦轂，尤宜家擅倚聲重。以開其先者，若煙波釣徒、「雲破月來花弄影」郎中，襟抱神韻之間，妙造不可一世。乃至《清真》

一集，深美閎約，兼賅衆長，爲兩宋關鍵。自是厥後，覺翁崛起四明，以空靈奇幻之筆，運沉博絶麗之才，縋幽抉潛，開徑自行，凝然爲斯道高矩。又後草窗、碧山、龜溪二隱輩，熏香掬艷，異曲同工。以審定宫律言，知音如紫霞翁，亦當於詞壇别樹一幟。兩浙詞家之導源引緒，如此所由，雅音遠姚，綿翼勿替。下逮有元，仇仁近趾美於前，其詞清麗和雅；邵復孺耀藻於後，其詞遒秀精密：蓋猶有兩宋之遺音焉。國朝詞學蔚興，幾於方駕天水，承列聖熙洽，治世安樂之貽，握荃蘭詠韎任者，奚翅千百氏？别黑白而定一尊，吾必以金風亭長爲巨擘焉。其所爲詞由精穩進於沉著，不失其爲格調之正也。兩浙詞人之名歸實至又如此，雖無庸以多爲貴乎？然而鍾吕既陳，八音繁會，同聲之應，不期而然，於稽其數，曷勝僂指！烏程周夢坡先生劬學媚古，餘事填詞，既於西溪秋雪庵後建築歷代兩浙詞人祠堂，復甄輯詞人小傳最如干家，晨書暝寫，付梓以行，其以詞傳人者，尤有合於顯微闡幽之旨，甚盛事也。抑余重有感焉。詞之極盛於南宋也，方當半壁河山，將杭將汴，一時騷人韻士，刻羽吟商，寧止流連光景云爾？其犖犖可傳者，大率有忠憤抑塞，萬不得已之至情，寄託於其間，而非「曉風殘月」、「桂子飄香」可同日語矣。夢翁懷抱清夐，於詞境爲最宜，設令躬際承平，出其象筆鸞箋，以鳴和聲之盛，雖平揖蘇、辛，指麾姜、史，何難矣！乃丁世劇變，戢影滄洲，黍離、麥秀之傷，以視南渡群公，殆又甚焉。開、天全盛，何堪回首，韓陵片石而外，唯是古人與稽，風雨一編，輒復按譜尋聲，以自陶寫其微尚所寄，方之兩浙詞人，於吴勉道、錢玉潭爲近。斯人可作，庶幾引爲同調乎！　歲在壬戌重九前五日，臨桂況周頤序於滬上賃廡之天春樓。

宋詞三百首序

詞學極盛於兩宋，讀宋人詞當於體格、神致間求之，而體格尤重於神致。以渾成之一境爲學人必赴之程境，更有進於渾成者，要非可躐而至，此關係學力者也。神致由性靈出，即體格之至美，積發而爲清暉芳氣而不可掩者也。近世以小慧側艷爲詞，致斯道爲之不尊；往往塗抹半生，未窺宋賢門徑，何論堂奥！未聞有人焉，以神明與古會，而抉擇其至精，爲來學周行之示也。彊邨先生嘗選《宋詞三百首》，爲小阮逸馨誦習之資；大要求之體格、神致，以渾成爲主旨。夫渾成未遽詣極也，能循塗守轍於三百首之中，必能取精用閎於三百首之外，益神明變化於詞外求之，則夫體格、神致間尤有無形之訢合，自然之妙造，即更進於渾成，要亦未爲止境。夫無止境之學，可不有以端其始基乎？則彊邨兹選，倚聲者宜人置一編矣。中元甲子燕九日，臨桂況周頤。

蓼園詞選序

近人操觚爲詞，輒曰：吾學五代，學北宋，學南宋。近數十年，學清真、夢窗者尤多。以是自刻繩、自表襮，認筌執象，非知人之言也。詞之爲道，貴乎有性情，有襟抱；涉世少，讀書多。平日求詞詞外，臨時取景題外。尺素寸心，八極萬仞；恢之彌廣，斯按之逾深。返象外於環中，出自然於追琢；率吾性之所近，眇衆慮而爲言，乃至詣精造微。庶幾神明與古人通，奚必跡象與古人合？矧乎於衆古人中，而斷斷蘄合一古人也。惟是致力之始，門徑不可不知。晚近輕佻纖巧，餖飣噭囂諸失，皆門徑之誤中之。舍步趨古人，末由辨識門徑，擷群賢之菁華，詔來學以津逮。綜觀宋以前諸選本，《花間》未易遽學，《花庵》間涉標榜，弁陽翁《絶妙好詞》，泰半同時儕輩之作，往往以詞存人。或此人别有佳構，翁未及見而遂闕如，烏在其爲黄絹幼婦也。唯《草堂詩餘》、《樂府雅詞》、《陽春白雪》較爲醇雅。以格調氣息言，似乎《草堂》尤勝。中間十之一二近俳近俚，爲大醇之小疵。自餘名章俊語，撰録精審，清雅朗潤，最便初學。學之雖不能至，即亦絶無流弊。於性情，於襟抱，不無裨益，不失其爲取法乎上也。《蓼園詞選》者，取材於《草堂》而汰其近俳近俚諸作者也。每闋綴以小箋，意在引掖初學。蓼園先生姓黄氏，吾姊夫籲卿比部之曾大父。姊氏名桂珊，字月芬，明慧能爲小詩，楷書昉歐陽率更，絶秀勁，嘗手寫《爾雅》授余讀。曩歲壬申，余年十二，先未嘗知詞。偶往省姊氏，得是書案頭，假歸雒誦，詫爲鴻寶。由是遂學爲詞，蓋余詞之導師也。曩撰詞話有云：「讀詞之法，取前人名句意境絶佳者，將此意境締構於吾想望中，然後澄思眇慮，以吾心入乎其中，而涵泳翫索之。吾性靈與相浹而俱化，乃真實爲吾有，而外物不能奪。」所謂前人名句意境絶佳者，皆載在是編者也。晚卧滄江，學殖荒落，兹事亦復衰退。涉世雖少，而讀書不多，不能詣精造微，負吾導師，愧矣。叔雍公子微尚清遠，早飲香名，其於倚聲之學，尤能覃精覃思，發前人所未發，非近人操觚爲詞者比。其性情襟抱，與余尤有沆瀣之合。十年以來，得漚尹同聲之雅爲吾師，得叔雍後來之秀爲吾友，斯道爲之不孤，抑又幸矣。叔雍從余假觀是書，謀付排印，以廣其傳，以爲初學周行之示，屬序於余，而識其崖略如此。庚申季春月幾望，臨桂況周頤夔笙書於秀盦。

州山吴氏詞萃序

客歲夏秋間，同社潛泉先生訪求其先世遺著，謀導揚引翼之。余因檢舊藏《百名家詞》，迻寫《留邨》、《鳳車》、《攝閒》、《課鵡》四家，俾合爲一集，付印行世。昔歐陽炯序《花間集》云：「鏤玉雕瓊，與化工而迴巧；裁花剪葉，奪春艷以爭鮮。」古所稱爲一時之盛，今乃於一家見之。假非稱先述古之勤，且至有如潛泉其人，或亦致歎於莫爲之後，雖盛而勿傳也。潛泉被服儒雅，精篆籀，工模印。吾聞倚聲家言，詞貴自然從追琢中出。今潛泉之製印，其致力於追琢也，遠師文、何，近昉吴、趙，而其究也，托體於兩京之方正平直，則妙造自然矣。然則潛泉之印學，與其先世四家之詞華，所謂異事同揆，而能善繼善述者非歟！益以歎家學淵源，凡夫世家邵族之所留貽，非尋常之弓冶箕裘所可同日語矣。歲在戊午四月幾望，臨桂況周頤夔笙序。

粤西詞見序

粤西詩總集有上林張先生鵬展《嶠西詩鈔》、福州梁撫部章鉅《三管英靈集》，詞獨闕如。地偏塵遠詞境也，顧作者僅耶？抑不好名、不喜標榜，作亦不傳也。地又卑濕，零箋枚楮，不十數年，輒蝕朽不可收拾，幸而獲存，什佰之一耳。是編就我所見，裒而存之；而又擷其菁華，以少爲貴。它日輯嘉道以來詩，續梁氏著録，以此附焉。光緒丙申展重陽日，臨桂況周儀葵孫自識於江寧水西門内古糯米巷寓廬。

粤西詞見跋

右《粤西詞見》二卷，二十四人，詞不及二百首。綜論國朝吾粤詞人，朱小岑先生倡之於前，龍、王、蘇三先生繼起而振興之，一二作者，類能擺脱窠臼，各抒性情，造詣所獨得，流傳雖罕，派别具存。今半唐王前輩鵬運大昌詞學，所著《袖墨》、《味梨》等集，微尚亦不甚相遠，殆不期然而然耶！嗟乎，世路荆棘，風雅弁髦，區區選聲訂韻之末技，深山窮谷之音夫，孰過而問者？是編刻成，以貽半唐，亦曰傷心人别有懷抱也。光緒丙申長至日，玉梅詞人況周儀跋於凭霄閣。

存悔詞序

余性耆倚聲，是詞爲己卯以前作，固陋。無師友切磋，不自揣度，謬禍梨棗。戊子入都後，獲睹古今名作，復就正子疇、鶴巢、幼遐三前輩，寢饋其間者五年始決。知前刻不足存，以少年微尚所寄，未忍概以棄置，擇其稍能入格者十餘闋，録附卷末。功候淺深，不可强如是。俟之視今，猶今視昔，庶有進焉。壬辰小寒後四日。

薐景詞序

乙未九月，秦淮即事《金縷曲》云：「憔悴菱花年时影，忍向天涯重見。況嗚咽、秦淮翠晚。別有西風消魂樣，是芙蓉、老去鴛鴦散。」蓋有所觸，絶此所爲詞，因以爲名也。是詞全闋不足存耳。夔笙自記。

玉梅後詞序

《玉梅後詞》者，甲龍仲如玉梅詞人後游蘇州作也。是歲四月，自常州之揚州，晤半唐於東關街儀董學堂，半唐謂余，是詞淫艷不可刻也。夫艷何責焉？淫，古意也。《三百篇》集頂淫，孔子奚取焉？雖然，半唐之言甚愛我也。唯是甚不似吾半唐之言，寧吾半唐而顧出此？余回常州，半唐旋之鎮江而杭州、蘇州，略舉余詞似某名士老於蘇州者，某益大，何之其言寖不可聞？未幾，而半唐遽離。兩廣會館之戚言：反常則亦爲妖。半唐之言，非吾半唐之常也。而某名士無恙，至今則道其常故也。吾刻吾詞，亦道其常云爾。丁未小寒食，自識於秦淮侯廬之珠花簃。

二雲詞序

《薐景詞》刻於戊戌夏秋間，距今十六年。中間刻《玉梅後詞》十數闋，附筆記別行，謂涉淫艷，爲傖父所訶，自是斷手。間有所作，輒復棄去，亦不足存也。歲在癸丑，避地海寓，索居多暇，稍復從事。頑而不艷，窮而不工。姜白石乘肩小女，花月堪悲；張材甫回首長安，星霜易换。此際潯陽商婦，琵琶忽聞，何堪舊人，渭城重唱，有不託蘭情之婉娩，締瑶想之蟬嫣者乎！重以江關蕭條，知愛斷絶。言愁欲愁，則春水方滋；斯世何世，則秋雲非薄。似曾相識，唯吾二雲；二雲而外，吾詞何屬。以二雲名，非必爲二雲作也。寫付烏絲，但博傾城一笑。上元甲寅花朝，自題於海上眉廬。

餐櫻詞自序

余自壬申癸酉間，即學填詞，所作多性靈語，有今日萬不能道者，而尖艷之譏在所不免。己丑薄游京師，與半唐共晨夕，半唐於詞夙尚體格，於余詞多所規誡，又以所刻宋、元人詞爲鬥鯆，余自得窺詞學門徑。所謂重拙大，所謂自然從追琢中出，積心領而神會之，而體格爲之一變。半唐亟獎藉之，而其他無責焉。夫聲律與體格並重也。余詞僅能平側無誤，或某調某句有一定之四聲，昔人名作皆然，則亦謹守勿失而已，未能一聲一字剖析無遺，如方千里之和清真也。如是者二十餘年。壬子已還，辟地滬上，與漚尹以詞相切磨。漚尹守律綦嚴，余亦恍然，向者之失，斷斷不敢自放。《餐櫻》一集，除尋常三數熟調外，悉根據宋、元舊譜，四聲相依，一字不易。其得力於漚尹，與得力於半唐同。人人可無良師友，不信然歟！大雅不作，同調甚稀，如吾半唐，如吾漚尹，寧可多得。半唐長已矣，於吾漚尹，雖小别亦依黯，吾漚尹有同情焉，豈過情哉！乙卯風雪中，漚尹爲鍥《餐櫻詞》竣，因略述得力所由，與夫知愛之雅，爲之序，與漚尹共證之。歲不盡六日，夔笙書於餐櫻廡。

和珠玉詞跋

在昔光緒中葉，鯫生薄游春明，與漢州張子苾庶常、同邑王半唐給諫相約聯句，盡和《珠玉詞》，僅五夕而脱稿。無求工，競勝之見存，而神來之筆，輒復奇雋，往往相視而笑，得意自鳴，宜若爲樂，可以終古。蓋後此之不堪回首，誠非當日意料所及也。人事變遷，垂三十稔，子苾、半唐，墓木已拱，海濱聱叟，塊然寡儔，大雅不作，吾衰何望！武進趙叔雍精研聲律家言，出其近著《和小山詞》，屬爲審定。拙撰詞話有云：「填詞要天資，要學力；平日之閱歷，目前之境界，亦與有關係。」詞學如叔雍，庶幾天人具足，而其閱歷與境界，以謂今之晏小山可也。全和小山，爲《珠玉》續，吾儕昔者志焉未逮，不圖後來之秀有此沆瀣之合，張、王有靈，在海山兜率間，或者素雲黄鶴，翩然而來下，當亦引爲同調也。《和珠玉詞》曩開雕於厰肆，印行僅數十本，敝篋所有，乃比歲得自坊間者，以示叔雍，爲之循環雒誦，愛不忍釋，輒任覆鍥，俾廣其傳，意甚盛也。昔晏小山自名其詞曰《補亡》，其託恉若有甚不得已者。夫今日而言風雅，所謂絶續存亡之會非歟！叔雍和小山之作，即亦亟宜付梓繼屬以行，爲提倡風雅計，勿庸謙遜未遑也。癸亥五月既望，臨桂況周頤跋於天春樓。

雛水軒詞筌校記

按《雛水軒詞筌》第七葉「詞有如張融危膝」一則，據《御選詩餘詞話》，此則内引劉改之《天仙子》、曹東畝《紅窗迥》二詞。此本曹詞全删，劉詞僅摘句。明人往往喜删節前人書，不獨刻同時人之作爲然。

光緒戊戌暮春，冰甌館依賴古堂本付梓。玉梅詞人校畢並記。

附録二　織餘瑣述

序

《織餘瑣述》泰半述蕙風之言。間有一二心得，蕙風容或弗克辨，是則關係性靈，于掌録舌學曷與焉。溯昔壬辰春，清似始來歸。綢髮覆額，嫽釥爾，嫛婗爾，未能任織，何有于述。越數年，略能通雅訓諸字誼，嗜讀《稽神》、《括異》諸小説、唐宋名家詩詞。夙嫥靜，近士行，其所匹儷，則又涑水所謂迂遇迂夫，朝斯夕斯，形影而神明之，環堵之，至圖帙四壁，同夢乎其中，百年猶不足，曷止偕老云爾。嘗戲語蕙風，吾二人誠比目魚，然而非鰈，迺是蠹爾。時或粉奩脂盝，羼緁入故紙堆，需之亟而弗獲，則相視而笑。當是時，無論塵事澹忘，雖饑寒曷嘗爲意矣。如是者又有年，耳目之所近習，一書癡外無非書與夫書之類，積濡染，與俱化，則并己而亦癡。古今學修之途，惟癡爲能詣精，而亦非可蹴致。吾清似近十年來焚脂弄墨，能爲數十數百言，而《瑣述》于是乎作。即吾清似亦冉冉老矣。以二十餘稔珠玉華茂之光陰，廑乃易此一知半解，零星冷澹之陳跡，吾清似感慨繫之矣。清似述蕙風之言夥矣，緁佩以報之謂何？烏可無述語清似者。蕙風跅弛之士，謀生拙，嗜好多，嘗見一舊本，一佳拓，市估居奇，索高貲，欲得則絀于力，舍去又恫厥心。忐忑不能以自決，則據梧沈默若坐忘。清姒習見乎此度也，曰：「欲之，斯受之爾。」曰：「直安出？」曰：「某衣在笥，適未易質劑也。」猗歟，凡吾清姒所可述，庸有踰于此者乎？若夫《瑣述》之作，并世金閨諸彦耽玩群籍者優爲之，烏足爲增重，然而衆人固不識矣。上元己未先長至四日，臨桂況周頤序于海上賃廡之天春樓。

夫婦同月日生詞

宋人王周士詞《汪周佐夫婦五月六日同生·慶雙椿》云：「問政山頭景氣嘉。仙家緑酒薦菖芽。仙郎玉女共乘槎。　學士文章舒錦繡，夫人冠帔爛雲霞。壽香來是道人家。」夫婦同月日生，殊僅見，亦詞壇佳話也。

章姜詞命意略相似

宋·章楶《水龍吟·柳花》詞云：「時見蜂兒，仰黏輕粉，魚吞池水。」用杜少陵「仰蜂黏墜粉」句意。其换頭云：「蘭帳玉人睡覺，怪春衣、雪沾瓊綴。」則從壽陽公主梅花點額事運化而出，語雋而新。白石道人《疏影》换頭云：「猶記深宫舊事，那人正睡裏，飛近蛾緑。」命意約略相似。

延安夫人詞小言有深致

延安夫人《立春寄季順妹・臨江仙》過拍云：「春來何處最先知，平明堤上柳，染徧郁金枝。」讀此便覺「春江水暖鴨先知」句殊少標韻。歇拍云：「凭誰説與到家期，玉釵頭上勝，留待遠人歸。」雖小言卻有深致。

延安夫人悃款入情

延安夫人詞悃款入情，語無泛涉。蕙風外子譔《香海棠館詞話》有云：「真字是詞骨。情真，景真，所作必佳。」觀於延安詞，益信。

孫夫人清平樂

孫夫人道絢《詠雪・清平樂》歇拍云：「無奈爊爐煙霧，騰騰扶上金釵。」此景冷艷清奇，非閨人不能寫出。

沖虛居士詞

沖虛居士詞麗而有則，丰不垂腴。

阮逸女詞

阮逸女詞情移畫裏，景赴筆端。純任性靈，不假雕飾。

幽棲居士詞

幽棲居士詞如初月眉，新鶯弄舌。

易安居士詞

易安居士詞如初蓉迎曦，嬌杏足雨。

吴則禮北湖詩餘

吴則禮《北湖詩餘》，當得一清字。

李祁詞

李祁詞如微風振簫，幽鳴可聽。

花外集詠榴花

温陽七聖殿繞殿石榴花，皆太真手植。見洪氏《雜俎》。《花外集·慶清朝·詠榴花》云：「誰在舊家殿閣，自太真仙去，掃地春空。」用此故事。

山中白雲詞詠物

《山中白雲詞·水龍吟·詠白蓮》云：「記小舟夜悄，波明香遠，渾不見、花開處。」幽敻空靈，不減陸魯望「月曉風清」之句。《西子妝》云：「楊花點點是春心，替風前、萬花吹淚。」較蘇東坡詞「點點是離人淚」更覺纖新。

左詞杜詩

宋·左譽詞《眼兒媚》「樓上黄昏」闋後段云云，可與杜少陵「今夜鄜州月」一律同看。

怎奈向

宋·吕濱老《聖求詞·千秋歲》歇拍云：「怎奈向、繁陰亂葉梅如豆。」「怎奈向」，宋人方言。秦少游《八六子》云：「怎奈向、歡娱漸隨流水。」亦用此語。

陳克鷓鴣天

宋・陳克《赤城詞・鷓鴣天》云：「薄情夫婿花相似，一片西飛一片東。」語艷而質。嘗記國初人句云：「儂似飛花郎似絮，東風卷起卻成團。」古今人不相及處，消息可參。

葉夢得猶及與賀方回唱酬

宋・陳鵠《耆舊續聞》嘗謂：「後輩作詞，無非前人已道底句，特善於轉換耳。」葉夢得《石林詞・與幹譽才卿步西園始見青梅・定風波》歇拍云：「待得微黄春亦暮。煙雨。半和飛絮作濛濛。」用賀方回「一川煙草，滿城風絮，梅子黄時雨」。所謂善能轉換，亦復景中有情，特高渾不逮方回耳。石林有《熙春臺與王取道賀方回曾公衮會别・臨江仙》詞，則猶及與方回唱酬矣。

呰　娘

宋・趙師俠《坦庵詞・蝶戀花》歇拍云：「茶飲不歡猶自可，臉兒瘦得呰娘大。」呰字僅見《字彙補》，云「音未詳」，據《坦庵詞》，當作平聲讀矣。《元史・哈嘛傳》：元順帝號所處曰「呰即兀該」，言事事無碍也。元已前書，未見用此字者。「呰娘」當是人名，此名絶奇。又《小重山》題云：「農人以夜雨晝晴爲夜春。」「夜春」二字亦新。

李玉明月斜

「今夜故人來不來，教人立盡梧桐影」。唐・吕洞賓題景德寺僧房句也。調名《明月斜》，見《詩話總龜》，宋人李玉用之。

吕李詞

「嘶騎不來銀燭暗，枉教人、立盡梧桐影」。只此七字，入吕詞但覺其清，入李詞便覺其艷。

張樞謁金門

宋・張樞《謁金門》詞歇拍云：「款步花陰尋蛺蝶，玉纖和粉撚。」寫閨人情態如畫。

蔣捷賀新郎

蔣捷《竹山詞・賀新郎》句云：「月有微黄籬無影，挂牽牛、數朵青花小。」昔人云，牽牛花日出即萎。故此詞亦然。

洪咨夔詞

宋·洪咨夔《平齋詞》:《風流子·詠芍藥》句云:「金㩪花腰,玉匀人面。」八字工麗可喜。又《水調歌頭·送曹侍郎歸永嘉》句云:「氣脈《中庸》《大學》,體統《采薇》《天保》,幾疏柘袍紅。」《中庸》、《大學》字入詞,絶奇。體統字亦僅見。

玉羽

《姑溪詞·阮郎歸》云:「朱唇玉羽下蓬萊,佳時近早梅。」自注:「朱唇玉羽,湖湘間謂之倒挂子。嶺南謂之梅花使。十二月半方出。」按東坡《梅詞》「倒挂緑毛么鳳」,白石詞有「翠禽小小,枝上同宿」,馬古洲詞「枝上青禽休訴」。曰「緑毛」,曰「翠禽」,曰「青禽」,皆用《龍城録》趙師雄游羅浮梅花樹下「翠羽啾嘈」語,而端叔獨言玉羽,不知其何所本也。

錦薰籠

《丹陽詞》:《章圃賞瑞香·臨江仙》句云:「更携金䥥落,來賞錦薰籠。」按《苕溪漁隱叢話》陳子高《九日瑞香盛開有詩》云:「宣和殿裹春風早,紅錦薰籠二月時。」因此詩遂號瑞香爲「錦薰籠」。葛詞用之。

按瑞香白色,以錦薰籠爲號,似乎未合。詎宋人所詠瑞香非白色耶?

石孝友眼兒媚

石孝友《金谷遺音·眼兒媚》云：「愁雲淡淡雨瀟瀟，暮暮復朝朝。別來應是，眉峰翠減，腕玉香銷。小軒獨坐相思處，情緒好無聊。一叢萱草，幾竿修竹，數葉芭蕉。」過拍三句，用秦少游「也應似舊，盈盈秋水，淡淡春山」句意而稍加變化之，究不如秦句渾雅。

張綱壽詞

宋人集中壽詞，大半敷衍無味之作。然如張綱《華陽長短句·浣溪沙》「榮國生日」三首，其二云：「臘日銀罌翠管新。潘輿迎臘慶生辰。捲簾花簇錦堂春。　百和寶薰籠瑞霧，一聲珠唱駐行雲。流霞深勸莫辭頻。」其三云：「象服華年兩鬢青，喜逢生日是嘉平。何妨開宴雪初晴。　酒勸十分金鑿落，舞催三疊玉娉婷。滿堂歡笑祝椿齡。」未嘗不清新流麗也。

周紫芝詞

宋·周紫芝《竹坡詞·漢宮春》題云：「別乘趙季成以山谷道人反魂梅香材見遺。明日劑成，下幃一炷，恍然如身在孤山，雪後園林、水邊籬落，使人神氣俱清。又明日，乃作此詞，歌於妙香寮中，亦僕西來一可喜事也。」詞云：「香滿箱奩，看沈犀弄水，濃麝含薰。荀郎一時舊事，盡屬王孫。殘膏賸馥，須傾囊、乞與蘭蓀。金獸暖，雲窗霧閣，爲人洗盡餘醺。依稀雪梅風味，似孤山盡處，馬上煙村。從來甲煎淺俗，那忍重聞。蘇臺燕寢，下重幃、深閉孤雲。都占得，横斜亂影，伴他月下黄昏。」又《菩薩蠻・賦疑梅香》云：「寶薰拂拂濃如霧。暗驚梅蕊風前度。依約似江村。餘香馬上聞。畫橋風雨暮。零落知無數。收拾小窗春。金爐檀炷深。」「返魂梅香」、「疑梅香」，二名絶韻。「别乘」，當作别駕，此稱謂亦新，於此僅見。

草窗詞用杜詩趙詩

杜陵詩「水荇牽風翠帶長」，趙嘏詩「紅衣落盡渚蓮愁」。草窗詞《惜餘春慢》「魚牽翠帶，燕掠紅衣」句用此。

曹冠鳳棲梧

宋・曹冠《燕喜詞・鳳棲梧》云：「飛絮撩人花照眼，天闊風微，燕外晴絲卷。」狀春晴景色絶佳。每值香南研北，展卷微吟，便覺日麗風暄，淑氣撲人眉宇。全帙中似此佳句，竟不可再得。

李邴玉樓春

宋・李邴《詠美人書字・玉樓春》詞，楊湜謂是《雲龕集》中最纖麗者。詞云：「沉吟不語晴窗畔。小字銀鉤題欲遍。雲情散亂未成篇，花骨欹斜終帶軟。重重說盡情和怨。珍重提携常在眼。暫時得近玉纖纖，翻羨縷金紅象管。」《曝書亭集・詠金指環》云：「愛他小小，曾傍玉纖纖。」似從此詞末二句脱出。

史浩臨江仙

宋・史浩《鄮峰真隱詞・臨江仙・詠閨人寫字》云：「檻竹敲風初破睡，楚臺夢雨精神。背屏斜映小腰身。山明雙翦水，香滿一釵雲。爐裊金絲簾窣地，綺窗秋靜無塵。半鉤春笋帶湘筠。蘭亭初寫就，愁殺衛夫人。」「背屏」句，極能模繪閨娃神態。又詞題中有「扇鼓」、「遷哥鞋」，其制并待考。

劉巨濟清平樂

劉巨濟《清平樂》云：「深沉院宇。枕簟清無暑。睡起花陰初轉午。一霎飛雲過雨。雨餘隱隱殘雷。夕陽卻照庭槐。莫把珠簾垂下，妨他雙燕歸來。」寫夏閨晚景絶佳。歇拍云云，即陸放翁「待燕歸來始下簾」句意。

晁端禮水龍吟

宋・晁端禮《桃花詞》，調《水龍吟》云：「嶺梅香雪飄零盡，紅杏枝頭猶未。小桃一種，妖嬈偏占，春工用意。微噴丹砂，半含朝露，粉牆低倚。正春寒露井，高樓窗外，爭凝睇，東風裏。好是佳人半醉。近橫波、一枝爭媚。元都觀裏，武陵溪上，空隨流水。惆悵妖紅，雨風不定，五更天氣。念當年門裏，如今陌上，灑離人淚。」此詞自「微噴」句已下，婉麗清空，不黏不脱，尤能熨帖入妙，移詠它花不得。嘗謂北宋詞不易學，此等詞卻與人以可學處。其寫情景有含蓄，及其用事靈活處，具有消息可參。

畫眉詞

燈煤碾極細，用以畫眉，可代石黛。宋人小説嘗言之。鄭谷《貧女吟》有「笑翦燈花學畫眉」之句。潘元質詞「旋翦燈花，兩點翠眉誰畫。」

滕詞范文

唐·錢起《湘靈鼓瑟》詩末句：「曲終人不見，江上數峰青。」滕子京嘗在巴陵以前兩句填《臨江仙》詞云：「湖水連天天連水，秋來分外澄清。君山自是小蓬瀛。氣蒸雲夢澤，波撼岳陽城。帝子有靈能鼓瑟，淒然依舊傷情。微聞蘭芷動芳馨。曲終人不見，江上數峰青。」范文正爲滕子京作《岳陽樓記》「至若春和景明，波瀾不驚。上下天光，一碧萬頃。沙鷗翔集，錦鱗游泳。岸芷汀蘭，郁郁青青」云云，與滕詞前段意境正合。雖記言春，詞言秋，時序不同，其爲天情闓朗，景物澄鮮，一也。兩賢襟抱略同，於此可見。

李昂英摸魚兒

李昂英《文溪詞·摸魚兒》云：「愁絶處。怎忍聽，聲聲杜宇深樹。」疊字頗可喜。

程珌西江月

宋·程珌《洺水詞·西江月·壬辰自壽》首句「天上初秋桂子」，自注云：「今歲七月，月中桂子下。」此典絶新甚，惜其語焉而弗詳也。

空同詞月華清

《空同詞·月華清》春夜對月云：「況是風柔夜暖。正燕子新來，海棠微綻。不似秋光，只照離人腸斷。」用蘇文忠公悼王夫人語意絶佳。上三句亦勝情行徐引。

馬子嚴阮郎歸

「翻騰妝束鬧蘇堤」，宋·馬子嚴《阮郎歸》詞句。形容粗釵膩粉，可謂妙于語言。天與娉婷，何有于翻騰妝束，適成其爲鬧而已。

徐照清平樂

宋・徐照《清平樂》後段云:「迎人卷上珠簾。小螺未拂眉尖。貪教玉籠鸚䳇,楊花飛滿妝奩。」描寫閨娃憨態,饒弦外音。

簾旗

《飄然集・玉樓春》云:「歸時桂影射簾旗,沉水煙消深院悄。」「簾旗」二字甚新,即簾旌,謂額也。

失喜

宋・李處全《晦庵詞・念奴嬌・京口上元雪夜》云:「我亦低窗翻蠹紙,失喜瑶花盈尺。」《水調歌頭》云:「睡起推窗凝睇,失喜柔桑微緑,便擬作春衣。」「失喜」,當是宋人方言。《減字木蘭花・菊》詞云:「色莊香重。」此四字亦甚新。

照壁

官署前當門築垣若屏,施以彩繪,俗呼照牆,亦曰照壁。宋・郭應祥《笑笑詞・西江月》題云:「遁齋生日,有以喜神之軸來爲壽者,懸之照壁,爲賦此解。」則宋時已有此稱矣。

吴潛詞

宋·吴潛詞《念奴嬌·詠白蓮》云：「天然縞質，想當年此種，來從太素。」自注：「太素，國名。出荷花。」此國名甚新，殆即所謂香國耶。《滿江紅·爲蒼雲堂後桂樹作》云：「劉安笑，淹留耳。吴猛約，何時是。」「吴猛」，即吴剛也。《青玉案·四明窗會客》云：「歸去來兮，不如歸去，鐵定知今是。」「鐵定」字入詞亦新。

汪莘西江月

宋·汪莘《方壺詩餘·西江月》賦紅梅歇拍云：「自開自落有誰來，與汝上林相待。」自注：「上林院有朱梅。」梅以朱名，殆必深红如榴花，是誠奇葩，惜不可得見。海棠之鐵梗者，亦朱海棠也。

尚餘嬌困剔銀燈

《澗泉詩餘·減字浣溪沙》云：「半怯夜寒褰繡幌，尚餘嬌困剔銀燈。」「尚餘」句，極能寫出閨人情態。

玉照堂詞詠千葉海棠

《玉照堂詞·宜雨亭詠千葉海棠》云：「紫膩紅嬌扶不起，好是未開時候。半怯春寒，半便晴色，養得胭脂透。」宋・邵康節云：「好花看到半開時。」此更於未開時著眼，豈稼軒詞所謂「惜春長怕花開早」耶。蕙風外子句云：「玉奴羯鼓悔催花，花若遲開應未落。」才人之筆，往往旨趣略同，而抒詞愈變愈工也。

乳鵝裙

宋・曹良史《江城子》句云：「背燈暗卸乳鵝裙，酒初醒，夢初醒。」「乳鵝裙」，未知出處。

小言佳妙

《香海棠館詞話》云：「邵復孺詞，『魚吹翠浪柳花行』，小而不纖，最有生氣。」比讀《陽春白雪》，王玉《朝中措》云：「戲數翠萍幾靨，零星未碍圓荷。」亦小言之佳妙者。「靨」字尤新雋可喜。

謝懋杏花天

《花庵詞選》謝懋《杏花天》歇拍云：「餘酲未解扶頭懶，屏裏瀟湘夢遠。」昔人盛稱之，不如其過拍云：「雙雙燕子歸來晚，零落紅香過半。」此二語不曾作態，恰妙造自然，蕙風論詞之旨如此。

宜霜拒霜

宋・胡忠簡詞《青玉案》云：「宜霜開盡秋光老。」芙蓉名拒霜，詎又名「宜霜」耶，俟考。

嚴仁醉桃源

宋・嚴仁詞《醉桃源》云：「拍堤春水蘸垂楊，水流花片香。弄花嚼柳小鴛鴦，一雙隨一雙。」描寫芳春景物，極娟妍。鮮翠之致，微特如畫而已，政恐刺繡妙手，未必能到。

張榘詠蘇堤春曉

宋張榘《應天長・詠蘇堤春曉》云：「秋千架，閒曉索。正露洗、繡鴛痕窄。」此等句卻不嫌纖艷，以境韻勝也。又《詠雷峰夕照》「磬圓樹杪」句，「圓」字亦極形容之妙。

万俟紹婢態詩

《江湖後集》万俟紹之《婢態》詩云：「才人園中便折花，厨頭坐話是生涯。不時招數周年限，每事誇稱舊主家。遷怒故將甌椀擲，效顰剛借粉脂搽。隔屏竊聽賓朋語，汲汲譌傳又妄加。」此詩題目頗新，惜語不求韻。其所賦者，殆非泥中稱詩，竹裏煎茶之選矣。

横　羌

《全芳備祖》岳東几《木蘭花慢・詠梅花》歇拍云：「多謝膽瓶重見，不堪三弄横羌。」「羌」，謂羌笛，以羌爲笛，猶之以單于爲角也。按岳珂號東几。

成也蕭何敗也蕭何

宋·沈瀛詞《減字木蘭花》歇拍云：「成也蕭何，敗也蕭何更是多。」此等諺語，在宋人已爲沿用，其所自始弗可得而考矣。

思王

《陽春白雪》徐寶之《桂枝香》歇拍云：「思王漸老，休爲明璫，沉吟洛涘。」昔人稱葛亮，稱馬相如，皆省姓上一字。此思王即陳思王，省地名之上一字，殊僅見。

陳以莊菩薩蠻

偶閱《閩詞鈔》，宋·陳以莊《菩薩蠻》云：「舉頭忽見衡陽雁。千聲萬字情何限。叵耐薄情夫，一行書也無。　泣歸香閣恨。和淚淹紅粉。待雁卻回時。也無書寄伊。」歇拍云云，略失敦厚之旨，所謂盡其在我可也。然而以謂至深之情，亦無不可。

金底背玉東西

宋・張震詞《鷓鴣天》换頭云：「金底背，玉東西，前歡贏得兩相思。」「玉東西」，即酒杯。「金底背」，未知何物之别名，疑即鏡也。或以銀鑿落花十八對玉東西，不如底背對東西尤工。

汪晫秦湛句同意

宋・汪晫《康範詩餘・水調歌頭・次韻荷淨亭小集》云：「落日水亭靜，藕葉勝花香。」與秦湛「藕葉香風勝花氣」句同意。藕葉之香，非靜中不能領略。淨而後能靜，無塵則不囂矣。只此起二句，便恰是詠荷淨亭，不能移到它處，所以爲佳。

張輯如此江山

宋・張輯《東澤綺語債・如此江山・寓齊天樂》過拍云：「欲下斜陽，長淮渺渺正愁予。」此「予」字同余，訓與上渡、古、去、樹叶，殊僅見。

人　日

宋・牟巘《陵陽詞・滿江紅・壽樞密》云：「七莢新春，問底事、以人爲曰。記貞觀、鄭公恰至，名因人得。」按《西京雜記》魏鄭公徵嘗出行，以正月初七日謁太宗。太宗勞之曰：「卿今日至，可謂人日矣。」牟詞用此，殊典切雅稱，蓋樞密初度值人日也。

頂顃

宋・吴存《樂庵詩餘・水龍吟》云：「趁輕風徑上，蓬萊頂顃，去天尺五。」「顃」，乃挺切。寧上聲。《玉篇》：「頂，顃也。」此字入詞僅見。

石湖詞

石湖詞：「春若有情春莫去，花如無恨花休落。」與「天若有情天亦老，月如無恨月長圓」句法政同。未知孰先後也。

王質詞

宋・王質《雪山詩餘・浣溪沙・和王通一韻》云：「何藥能醫腸九回，榴蓮不似蜀當歸。」「榴蓮」字作留連用，必有所本。又《西江月・借江梅蠟梅爲意壽董守》云：「試將花蕊數層層，猶比長年不盡。」此意甚新，似亦未經人道。

称停

宋・趙善括《應齋詞・醉落魄・江閣》云：「天公著意称停著，寒色人情都恁兩清薄。」「称停」，猶言平亭，權衡之意。《廣韻》：「称，俗稱字。」

鬬字平叶

宋・程公許詞《沁園春・用履齋多景樓韻》歇拍云：「憑誰問，借天河一挽，洗甲休鬬。」「鬬」字作平叶，僅見。《集韻》：「鬬，當候切，音兜，交爭也。」

姜特立詞

宋姜特立《梅山詞・菩薩蠻》云：「苗葉萬珠明，露華圓更清。」「圓更清」三字，其所以然，未易說出，卻有無限真趣深致，決非鈍根人所能領會耳。又《蝶戀花》云：「明日尊前無覓處，咿軋籃輿，只向雙溪路。」「籃輿」入詞，似乎前此未有。「咿軋」肖其聲，妙。

一好百般宜

宋・尹煥《詠柳・眼兒媚》句云：「一好百般宜。」五字可作美人評語。明・王彥泓詩「亂頭粗服總傾城」，所謂「一好百般宜」也。

李好古菩薩蠻

宋・李好古《碎錦詞・菩薩蠻》過拍云：「春水曉來深，日華嬌漾金。」語絶新艷，亦惟芳晨麗旭，足以當之。與易安居士「落日熔金」句同工各妙。

辛婿工詞

宋・陳成父，字汝玉，寧德人。辛棄疾持憲節來閩，聞其才名，羅致賓席，而妻以女。有《和稼軒詞》、《默齋集》，藏於家。見《萬姓統譜》。辛婿工詞，庶幾玉潤，惜所作至今無傳耳。

蘇茂一詞

《陽春白雪》蘇茂一《點絳唇》云：「竹翠藏煙，杏紅流水歸何處。透簾穿户。更灑黄昏雨。　織錦題書，誰寄愁情去。渾無緒。緑楊千縷。不似真眉嫵。」歇拍三句，語亦非甚新奇，卻似未經人道。又《祝英臺近》云：「結垂楊，臨廣陌，分袂唱陽關。穩上征鞍。目極萬重山。歸鴻若到伊行，丁寧須記，寫一封、書報平安。　漸春殘。是他紅褪香收，綃淚點斑斑。枕上盟言，都作夢中看。銷魂鵑鴂聲中，楊花飛處，斜陽下、愁倚闌干。」此調叶平韻，宋詞中不多見。萬氏《詞律》未之載也。

笙　吸

宋·應灋孫詞《賀新郎》云：「記年時、翠樓寒淺，寶笙慵吸。」八音中凡竹製皆以吹鳴，惟笙字半用吸氣成聲。潘岳《笙賦》：「應吹噏以往來，隨抑揚以虛滿。」《廣韻》：「噏與吸同。吹，出氣。噏，入氣。」昔人詩詞言笙者夥矣，笙而曰吸似乎於此僅見。

陳趙詞命意略同

宋·陳坦之《沁園春》云：「愁無際，被東風吹去，緑黯芳洲。」此警句有神韻。趙汝茪《戀繡衾》云：「怪別來、胭脂慵傅，被東風、偷在杏梢。」命意略同，彼何其纖也。

王之望詞

宋·王之望《漢濱詩餘·好事近》云：「弓靴三寸坐中傾，驚歎小如許。子建向來能賦，過淩波仙浦。」此詞當是之望宦蜀時作。蜀中纖足之風，至今猶未改也。又《臨江仙》云：「遠山思翠黛，蔓草記羅裙。」此十字非甚新奇，而自覺其佳。高觀國《少年游·詠草》云：「萋萋多少，江南舊恨，翻憶翠羅裙。」並用杜詩「蔓草見羅裙」句意。

工尺

石正倫詞《漁家傲》過拍云：「貪聽新聲翻歇指，工尺字，窗前自品瓊簫試。」按張炎《詞源》：「《古今譜字》南吕爲工，林鐘爲尺。《管色應指字譜》𠃌爲工，⼈爲尺。」宋人詞用工尺字，前此殆未經見。

竊嘗

《賭棋山莊詞話》：「宋諺謂吹笙爲竊嘗，見張仲宗《蘆川詞》。」按《蘆川詞·浣溪沙序》云：「范才元自釀，色香玉如，直與緑萼梅同調，宛然京洛風味也，因名曰萼緑春。且作一首。諺以竊嘗爲吹笙云。」詞後段「竹葉傳杯驚老眼，松醪題賦倒綸巾。須防銀字暖朱唇。」「竊嘗」，嘗酒也，故末句云云。樂器竹製者，惟笙用吸氣。吸之恒輕，故以喻竊嘗。諺謂「竊嘗爲吹笙」。如謂吹笙爲竊嘗，則誤矣。

韓元吉霜天曉角

韓元吉《南澗詩餘·霜天曉角》起調云：「幾聲殘角，月照梅花薄。」歇拍云：「莫把玉肌相映愁，花見也羞落。」花羞玉肌，其海棠、芍藥之流亞乎。對於梅花，殊未易言。人生幾曾見此玉肌也。

洪文惠詞漁家傲引

宋·洪文惠《盤洲詞》，余最喜其《生查子》歇拍云：「春色似行人，無意花間住。」《漁家傲引》後段云：「半夜繫船橋北岸。三杯睡著無人唤。睡覺只疑橋不見。風已變。纜繩吹斷船頭轉。」意境亦空靈可喜。蕙風云：余所喜異於是。《漁家傲引》云：「子月水寒風又烈。巨魚漏網成虛設。圉圉從它歸丙穴。謀自拙。空歸不管旁人說。　昨夜醉眠西浦月。今宵獨釣南溪雪。妻子一船衣百結。長歡悦。不知人世多離别。」委心任運，不失其爲我；知足長樂，不願乎其外。詞境有高於此者乎？是則非娱所能識矣。

姜夔題楊冠卿客亭類藁

姜夔題楊冠卿《客亭類藁》云：「楊侯筆力天下奇，早歲豪彦相追隨。一斑略見客亭藁，文采炳蔚驚群兒。長安城中擇幽棲，靜退不願時人知。大書前榮號霧隱，意與風虎雲龍期。人皆炫耀身陸離，見革而悦忘皋比。南山十日不下食，君子一變誰能窺。正論不作世道微，通都大邑多狐狸。惜君爪牙不得施，公超五里亦奚爲。」此詩《白石道人集》不載。

吕勝己渭川居士詞

宋・吕勝己《渭川居士詞・醉桃源》云：「去年手種十株梅。而今猶未開。山翁一日走千迴。今朝蝶也來。　高樹杪，暗香微。慳香越惱懷。更燒銀燭引春回。英英露粉顋。」「來」、「顋」二韻，意趣絶佳。「來」韻更勝。又《蝶戀花・觀雪作》云：「白玉裝成全世界，江湖點染微瑕纇。」前調前題云：「玉女凝愁金闕下。褪粉殘妝，和淚輕揮灑。」兩意均新，似未經人道過。又《浣溪沙》云：「直繫腰圍鶴閒霞，雙垂項帕鳳穿花，新妝全學内人家。」寫閨人妝束如畫。又《鷓鴣天》云：「門前恰限行人至，喜鵲如何聖得知。」「聖得知」，宋人方言。韓昌黎《盆池》詩「夜半青蟲聖得知」，則唐賢有用之者。又《瑞鶴仙・栽梅》云：「南州春又到，向臘盡冬殘，冰姑先報。」《江城子・盆中梅》云：「年年臘後見冰姑。」梅稱冰姑，甚新，於此僅見。

蕙風論詞之穆境

蕙風云：詞有穆之一境，静而兼厚重大也。淡而穆，不易；濃而穆，更難。知此，可以讀《花間集》。

蕙風論學花間

又云：《花間》至不易學。其蔽也，襲其貌，似其中，空空如也。所謂麒麟楦也。或取前人句中意境而紆折變化之，而雕琢勾勒等弊出焉。以尖爲新，以纖爲艷，詞之風格日靡，真意盡漓，反不如國初名家本色語，或猶近於沉著濃厚也，庸詎知《花間》高絶。即或詞學甚深，頗能窺兩宋堂奥，對於《花間》，猶爲望塵卻步耶。

魏文靖詞

宋·魏文靖《鶴山長短句·水調歌頭》壽李參政云：「輦路升平風月，禁陌清時鐘鼓，嗺送紫霞觴。」自注：「嗺，子須反，撮口也。」《念奴嬌·鮮于安撫勸酒》云：「嗺送春江舡上水，笑指□山歸去。」《鷓鴣天·十六日再賦觀燈》云：「被人嗺送作遨頭。」按《廣韻》：「嗺，嗺送歌。」「嗺送」二字本此。其「歌」不知何云，殆亦勸酒之意。又《水調歌頭·壽李提刑》云：「溥露浸秋色，零雨濯湖弦。」《浣溪沙·次韻李參政》云：「亭亭雙秀倚湖弦。」「湖弦」字亦新，湖邊也。

白笑花

鶴山詞有《清平樂·即席和李參政白笑花》，又《次韻李提刑白笑詞竝呈李參政》。此花未見它家題詠，殆宋時有之，今不可得矣。

劉辰翁詞

劉辰翁《須溪詞·詠牡丹(一撚紅)》云:「當年掌上開元寶,半是楊妃爪。」按唐開元通寶錢背文作新月形,鄭虔《會粹》云:「初進蠟模,文德皇后掐一甲痕。故錢上有掐文。」今謂之月,即掐文也。一説謂是楊妃爪印,劉詞用之。又《詠牡丹(魚尾壽安)》云:「向來染得渭脂紅,又自細摇花浪動春風。」「渭脂」二字新,用唐杜牧《阿房宫賦》「渭流漲膩,棄脂水也」。又《詠海棠(御愛紫)》云:「離披正午盛時休,閑爲思王重賦洛神愁。」陳思王作思王,與徐寶之《桂枝香》同。寶之句見前。

紅撲

金·蔡松年《明秀集》(魏道明注)《浣溪沙》云:「芍藥弄香紅撲暖,酴醾趁雪翠綃長。」注:「紅撲,猶紅蕾也。」此二字新。

雲破春陰花玉立

《明秀集·滿江紅》句云:「雲破春陰花玉立。」七字寫出花之精神,至爲妙肖。

勝友

《明秀集・念奴嬌》：「浩然勝友生朝。」注：「勝友，名勝之友。或云勝己之友。《論語》云：無友不如己者。」按唐王勃《滕王閣序》：「十旬休暇，勝友如雲。」注未引此。

詠牡丹詞

蕙風近詞《定風波》題云：「九月五日詠牡丹。」或曰「非時」。漚尹曰「非非時」。偶閱《元草堂詩餘》，會心彭泰翁（安成）有《念奴嬌・詠秋日牡丹》句云：「岸蓼汀萍成色界，未必天香人識。」詞題與蕙風略同。惟蕙風此詞旨，别有託耳。

齊姜語渾厚衝夷

《列女傳・齊姜》曰：「人生安樂，孰知其它。」蕙風語娱：「斯語渾厚衝夷，取之自足，不圖於壼闈閒得之。政恐班、謝輩未易道得。」

近人四韻通叶

元・白樸《天籟集・滿庭芳》小序：「屢欲作茶詞，未暇也。近選宋名公樂府，黄、賀、陳三集中，凡載

《滿庭芳》四首，大概相類，互有得失。複雜用元、寒、删、先韻，而語意苦不倫」云云。近人詞此四韻多通叶，昔賢不謂然也。夫詞雖慢調，韻不踰十。即如寒、删兩韻，本韻之字，即獨用不患不敷，矧已通叶，何必再闌入元先部乎。其爲取便，亦已甚矣。

田不伐洋嘔集

宋・田不伐名爲，見《碧雞漫志》。所著詞名《洋嘔集》，見《天籟集・水龍吟》小序。向來選家，未經考出。

孏闌花樣

宋・閨秀孏闌花樣，屈蕙纕舊藏。闌，襴省，抹胸也。花樣羅紋纸，淡緑色，高六寸五分，闊一尺一寸。右方稍上題「孏闌」二字，字徑四分。闌，從東，不從柬。尸旁作尸。就尸之下横畫作東上之横畫。結體絶奇。花樣縱三寸九分，横四寸三分，兩樣竝列，仿菱花六出式。花分兩層，中各畫一鳳。外層分六格，繚以烏絲，縈迴相屬。正中一格，當紉帶處，畫一飛蝶。右樣有，左無。蓋畫猶未峻也。左樣右方有「侯淑君借珠花一枝」八字。「三月十二日」五字。各一行。當日隨筆寫記，近於以代簿籍。意者花樣别有正本，此其副耶。按侯淑君，宋・侯寘女。寘字彦周，東武人，晁説之甥。紹興中，以直學士知建康府。所著《嬾窟詞》一卷，刻入汲古閣《六十名家詞》。有《菩薩蠻・小女淑君索賦晚春》詞「東風吹夢春酲惡」云云。花樣不著畫者姓名，以侯媛時代證之，知其作於紹興間，距今垂七百年。古香奇艷，爲寶幾何矣。屈蕙纕，字逸珊，臨海人。署鳳陽知府王詠霓室。有《含青閣詩餘》一卷，刻入《小檀欒室滙刻閨秀詞》。

侯寘詞

《嬾窟詞·菩薩蠻·木犀十詠簪髻》云：「玉蕊縱妖嬈，恐無能樣嬌。」按《廣韻》：「能，奴登切，音佇。」北語對我而言曰佇。蓋你之聲轉。能、佇，音同。侯寘北人，用方音入詞耳。奴登切之登，讀若丁。丁有當誼。粤語即時曰登時。丁、當、登，亦聲轉。又《菩薩蠻·湖上即事》云：「終日倚危闌，故人湖上山。」眼前語，卻似未經人道。又《阮郎歸·爲刑魯仲小鬟賦》云：「淡妝濃態楚宮腰，梅枝雪未消。」美人丰姿清潤，「梅枝」句妙於形容。

慵困不如飛絮

姚雲文《齊天樂》云：「啼鳥窗幽，晝陰人寂，慵困不如飛絮。」「慵困」句，是加一倍寫法。易安居士「人比黄花瘦」，言人比黄花更瘦，與雲文句法略同，特韻致較勝耳。

比喻美人

明·楊慎云：李後主《搗練子》二闋，嘗見一舊本，俱是《鷓鴣天》。其「深院静」闋前段云：「塘水初澄似玉容，所思還在別離中。誰知九月初三夜，露似珍珠月似弓。」蕙風曩撰詞話，謂是楊氏臆造。《搗練子》平仄與《鷓鴣天》後段不同也。然「塘水」句余甚喜之。又蕙風舊輯《薇省詞鈔》，有潘瀛選（順治朝宜興人）《新荷葉》云：「日麗風柔，水邊天氣鮮新。閒坐斜橋，數完幾折溪痕。酒旗戲鼓，怯餘寒，未滿前村。小紅乍乳，鶯聲一巷才匀。　節過收燈，風光尚未逾旬。粉糝疏籬，誰家香玉粼粼。皺晴嫩霽，似垂髫好女盈盈。江南煙景，殢人猶在初春。」此詞亦韶令可喜。塘水初澄，雛晴嫩霽，比喻美人，並皆匪夷所思。苟非其人身有仙骨，來自群玉山頭，瑶臺月下，烏足與語斯旨。

求詞詞外

蕙風嘗讀梁元帝《蕩婦秋思賦》，至「登樓一望，惟見遠樹含煙，平原如此，不知道路幾千。」呼娱而詔之曰：「此至佳之詞境也。看似平淡無奇，卻情深而意真。求詞詞外，當於此等處得之。」

顧太清東海漁歌

西林閨秀顧太清詞名《東海漁歌》。歲在癸丑，蕙風得其手稿，付聚珍版印行，爲之序云：「太清詞得力於周清真，旁參白石之清雋，深穩沉著，不琢不率，極合倚聲消息。求其詣此之由，大概明以後詞未嘗寓目，純乎宋人法乳，故能不煩洗伐，絶無一豪纖艷涉其筆端。」觀於蕙風此論，凡操觚學詞者當知所謹避矣。苟中其病，而求去之，而信能去之矣。以視太清之天然純粹，相隔何止一塵。

鄙事入太清詞

《東海漁歌》有《唐多令·十月十日屏山姊月下使蒼頭送糠一袋以飼猪率成小令申謝》，歇拍云：「穀膜米皮中有道，君莫笑，察雞豚。」飼猪鄙事，入太清詞，乃韻絶無倫。

蕙風評太清詞

《漁歌·鷓鴣天》句云：「世人莫戀花香好，花到香濃是謝時。」蕙風評云：「具大徹悟。」娱則嫌其説得太盡，乏弦外音。質之蕙風，亦以爲然。

漁歌詞題尤韻絶

《漁歌》詞題尤韻絶者：古春軒老人有《消夏集》，徵詠夜來香，鸚歌，紉素馨以爲架，蓋雲林手製也。《定風波》歇拍云：「閒向緑槐陰裹挂，長夏，悄無人處一聲蟬。」蕙風評：「情景絶佳，詠物聖手。」

高宗誥詞

歸安楊鳳苞《西湖秋柳詞》注引《湖上名園記》：張循王真珠園有奎藻樓，藏御敕之所，刊石者，皆高宗御書，凡七通，悉貯樓下。其一爲循王妾章氏封咸寧郡夫人誥，詞有曰：「朕眷禮勛臣，既極異姓王之貴；疏恩私室，並侈如夫人之榮。以爾芳和適性，倏態横生」云云。紹興二十一年十月□日。章氏，即張穠也。（穠知書，嘗代循王文字，後封榮國夫人，循王以爲繼室，嫌同姓改章氏。）「倏態」句入制誥，絶奇。

西湖秋柳詞注引宋人説部

《西湖秋柳詞》，鳳苞弟知新注。宋人説部傳於世者，南渡以後較少，注引説部數十種，多南宋人之作，泰半向所未見，或并其目亦未之前聞。注或引一二則，或三數則，大都晢見是書，一何博洽乃爾。蕙風屬摘記其目，備它日訪求焉。蔣捷《竹山漫録》，方勺《雲茅漫録》，毛幵《樵隱筆録》，周端臣《葵窗小史餘録》，奚滪《秋崖津言》，薛夢桂《蓀壁瑣言》，翁夢寅《淮南雜録》，李萊老《餘不溪二隱叢説》，周淙《輦下紀事》，朱鼎孫《介亭舊話》，胡仲弓《葦航識小録》，邵桂子《雪舟麈談》，錢抱金《湖上名園記》。（茅止生該博堂傳鈔本。）陳埙《分水退閒録》，孫鋭《耕閒偶記》，宋復《一足齋小乘》，陸起潛《皆山樓餘話》，陳子兼《窗閒紀聞》，陳隨應《南宋行宫記》，（疑陳世崇《隨隱》。）張澐《瑶阜詩話》，李景文《東谷筆談》，趙與圻《借竹軒書畫評》，趙克非《荷畔老漁話舊》，甘泳《東溪聆善録》，褚仁獲《雙名志》，吴震元、宋相眼

《德壽宮起居注》，（元按：是書已佚，從明・潘曾紘所藏《宋外史記鈔》中録出，無撰人姓名。）《紫霞偶筆》，（無譔人姓名，疑楊纘。）元・王執禮《竹寮瑣筆》，周溥《東圃紀談》，姚雲文《江村詩詞剩語》，曾遇《學古齋臆記》，陳文增《溪雲閣雜記》。最三十三種。